安徽古籍叢書

黃山書社

龍眠風雅全編

十

〔清〕潘　江／輯　彭君華／主編

第十册目次

龍眠風雅續集

龍眠風雅續集卷二十六下

木厓潘　江蜀藻輯

劉鴻都

字爾雅，別號西麓。崇禎末諸生。改革後與里中親朋爲文會，祭酒膠序間。順治甲午，學使者藍公潤考取拔貢，宰晉之廣昌。廣當凋瘵之後，田疇汙萊，君務以德化民，捐俸輸公，墾荒足額，又首倡義學，分俸濟貧，不以齷齪售奸，不以桁楊植威，疊膺紀録者五。去之日，樹珉道左，鐫有劉公實録，至今庚桑弗輟。里居步屧閭巷間，無貴倨之色，遇横逆，一以情恕理遣，里中大家右姓咸稱其謙和退讓爲不可及，至訓誡子弟，奉爲挈令。年七十有八，考終于家。君文名籍甚，髫與張子如三、齊子古愚爲竹林之會，繼偕其同學與吾黨共樹旗鼓，文壇細柳誉也。殁後，予爲之私謚曰端惠先生，蓋實録也。詩不多作，廑存其什二以表崖略。

寄懷倪涵谷孝廉

昔年曾記客京華，同寓天壇羽士家。猶念授經懸馬帳，遂因薄宦散天涯。喜君新拜夕郎職，憐我久看故國花。惆悵春明還有夢，依依廿度雁飛斜。

甲辰春仲旅寓燕臺喜晤藍寅庵世兄得悉夫子東山近況甚慰隨蒙以農舍旺山記事諸篇見示依韻敬和聊志景仰

東莊農舍

宿繫舟霖望，東山樂泳游。鳳毛傳藻翰，豹尾壯弓裘。陶秫釀新酒，裴堂集舊遊。聖朝資碩輔，還有璧輪求。

旺山亭

攜客登亭上，微風不掩關。恩知赤舄重，情戀白雲間。芝秀千年澤，松高百歲顏。碩人舒嘯處，皎月滿東山。

藍學臺夫子輓詞

木天清署紫微郎，誰料花磚日影荒。名節應教千古壽，文章寧比六朝香。可知鐵網存江上，曾記冰壺照法堂。從此靈光秋夜隕，愁看東海月中霜。

廣署感賦

萬里浮家到此間，一官勃窣老塵顔。飽看倒馬關頭月，遍歷飛狐塞外山。歲儉苦多鹽米累，鄉遥時覺信音艱。何由解綬需微禄，半畝松筠鎮日閒？

贈倪涵谷

聽鷄午夜共披帷，薊北風煙寄所思。别緒幾看芳草處，逢君恰值杏花時。臺誇燕市黄金麗，賦比長楊白鳳奇。經術兒寬原博雅，姓名應許對龍墀。

乙卯孟冬六日同蜀藻以贊如三子周喈公集越樓山閣望紅葉拈楓字

何必雲深處，登臨好看楓。偶陪六逸後，初許一尊同。坐見秋山色，飛來小閣中。鉤簾眺平楚，非愛夕陽紅。

方太史密之元配潘夫人七十

十月天高秋已暮，菊英燦燦香晚吐。稱觴此日快登堂，南極星輝明寶婺。當時争式碩人儀，河陽閫訓勤姆傅。太史聲華振鳳池，獨留忠孝抒真愫。一朝冠蓋敝屣輕，卅年操作同荆布。丸熊深識北堂賢，教成晝荻經幾度。名士風流屬謝庭，參天蓊鬱皆瓊樹。即今詞藻重鷄壇，他年早卜天衢步。會見褒美列黄麻，千秋爲詠岡陵句。

送陳蘗菴同年之任瀘州

同譜情親三十年，如今仍著祖生鞭。使君叱馭春風起，刺史隨車莫雨懸。灩澦輕舟聽擊楫，郫筒美酒助鳴絃。河橋緑柳欣相送，瀘水剛逢五月天。

贈余郇長郡丞同年

遥遥華胄舊馳聲，青綬承恩出帝京。歷仕久知培世澤，著名今又見專城。行看蘇雨千門偏，佇聽懽謡五袴成。盛代循良推第一，誰云江漢少澄清？

上巳修禊同集子周龍眠山莊拈山天二字

舊鍊三都地，捫蘿許共攀。酒行叢竹裏，人坐緑陰間。地曠容栽樹，牆低縱看山。流觴何處好？更過碧溪灣。

草滿榆煙路，茶香穀雨天。雲深時入户，園小不妨田。山徑千竿緑，僧寮一樹然。僧房尚存絳桃一樹未殘。盤餐勞遠致，已覺日如年。

答渾源鄧宗原

塞外荒城絶雁魚，不圖染翰忽飛余。尊前笑語相逢久，山下馳驅又待初。誰似風流忘淡泊，那能鞅掌事詩書？請看使至貽佳箑，筆墨餘光摩詰如。

丙辰上元後一日同集張如三勺園看梅拈得芳字

似惜笙歌鬧，巡檐可侑觴。到來非一樹，早已綻羣芳。不夜非關月，無風時有香。辟彊花事好，還欲賞姚黄。

白鴉紀瑞詩爲余郡丞賦

爛熳一城花，高飛見白鴉。佇看棲柏府，先與集冰衙。皎皎心何潔，嘈嘈語未譁。野人還獻瑞，幾歲足桑麻。

龍門十二景 選十

石門

疊疊千峯去復回，天留一逕石門開。縱横不屑容車馬，應爲幽人獨往來。

丹青峽

争將綵筆染丹青，畫出層巒到紙屏。安得畫圖如怪斧，天然益信有山靈。

天方池

蕩漾天然别有池，池生坡側覺幽奇。波光可是菩提水，歲歲慈航渡者誰？

雨珠崖

蒼崖滴翠水如珠，山際空濛色有無。豈是夜光堪照乘，移來萬顆滴山隅？

白龍潭

峯頭清澈白龍潭，潭底滄浪影淡涵。莫有煙雲時出岫，在天霖雨偏東南。

元圭石

雲根如劍亦如圭，瘦骨嶙峋草色迷。誰使禹功分錫後，頓教風雨立山蹊？

古藤洞

盤旋山勢信幽棲，山本空來洞自宜。折得古藤爲一杖，好隨洞口徧探奇。

羅漢峯

羅漢峯高立寺西，環看四面衆山齊。誰令得道阿羅漢，五百離羣獨此棲？

獅子峯

古佛曾名獅子吼，峯頭高處亦同名。春來筇杖相尋去，鐘磬聲聲别有情。

瀑　布

諸峯萬仞勢縱横，夾道飛泉日夜聲。一任潺湲流不盡，禪心不擾夢魂清。

程松皋招集北郭分賦

倚壑晴張幔，招攜水一涯。開樽臨怪石，分韻坐平沙。春老鶯吭滑，巖高野色斜。坡仙題詠處，古壁長藤花。

不是山陰道，臨風亦泛觴。酒温寒食過，風静落花香。石罅雲根白，春疇麥穗黄。徜徉歸去晚，山色淡斜陽。

詠天竹

蕭蕭瘦影比琅玕，青碧多從禁苑看。朱實縱多難引鳳，翠枝雖滿不棲鸞。伶倫漫想裁龍笛，漁父休思截釣竿。密葉枯藤還耐冷，歷殘霜雪未知寒。

小滿後二日同集以贊息心亭看竹拈新端二字

花事闌珊後，方知久別春。衣沾梅雨潤，酒過麥秋醇。筍覺初看好，亭因改徑新。主賓渾莫辨，總是竹林人。

翠竹抽梢易，芳時聚首難。恰逢新雨露，仍長舊琅玕。怪石留人拜，藏書與客看。醉歸那用燭？　明月逗林端。

戊午菊月滁岑自雲間歸子周續舉花會于橘亭看菊拈天影二字

里中真率飲，疏闊動經年。歎息人事異，隨時各變遷。萍踪自聚散，月魄有虧圓。泖水泛一葉，久客返龍眠。左慈續前約，丹楓九月天。舉杯失孫楚，使我心淒然。還念張仲蔚，一官冷青氈。掀髯風雅伯，高談驚四筵。移尊就花下，莫惜沽十千。不見高陽侶，曠達至今傳。

取逕何逶迤，橘亭固幽境。金粟間芙蓉〔一〕，閉門秋色静。猶有傲霜花，挺挺横素梗。徘徊把玩間，永日直俄頃。猶恐不盡懽，夜遊燭可秉。虚檐蟋蟀鳴，耐此清露冷。起視銀漢高，天際流淡影。

陽月望前二日滁岑重舉壽讌邀同諸子看菊拈須就二字

高會良可續，花時聊足娱。壺觴佐風雅，吾道庶不孤。主人雲間還，折簡邀吾徒。耆英傳洛下，何復禮法拘？賦詩争獻壽，燦燦雙明珠。我亦索枯腸，小言媿躡嚅。酣飲願爲樂，醉仍把茱萸。籬花猶騁豔，天意若爲須。

酌酒問花神，所憐花影瘦。把玩未移時，暗香盈我袖。霜雪任交加，亭亭獨挺秀。回首當春陽，衆卉俱暢茂。誰爲振孤芳？零落初冬候。乃知晚節堅，天地亦成就。眷言懷德音，采采爲君壽。

季春望前二日同集喈公片野看牡丹拈溪圖二字

天香那易得？君獨種成畦。蝶趁將殘採，鶯争選豔啼。色疑經雨淡，顔欲向人低。衹恐衰紅謝，春流落滿溪。

終朝城市裏，不信報春徂。是事逢花撇，浮名到酒無。隔林來梵唄，穿竹見行廚。他日耆英會，誰將入畫圖？

贈别胡簡士明府

山城何幸借高賢，竹馬初來製錦偏。百里桑麻開夜户，千家燈火接朝煙。趙公依舊攜孤鶴，劉寵何曾受一錢？自古陽城多下考，歸來贏得抱琴眠。

壽潘伯母吳太夫人

六袠尋常事，夫人德範全。河陽名倍重，梅里族尤賢。列女應同史，麻姑本是仙。板輿看膝下，玉樹與雲連。

拜母當兹日，鷄窗念載情。汎舟歌令節，剉薦著賢聲。永日詩兼畫，長年鶴與笙。綺筵將進酒，金粟泛秋英。

霜降楓葉不紅

出郭尋秋石徑斜，楓陰深處懶停車。驚看霜罩千章碧，難説紅于二月花。造化何須工點綴？山林原不重繁華。但憐詩句憑誰寄，從此深宫怨更賒。

社後燕不辭巢

頻到茅堂覓舊棲，相親最愛羽差池。但教來日還宜早，誰訂歸期未許遲。縱可依依終是客，卻疑去去不知時。年年村鼓秋聲裏，似爲梁間促别離。

秋山杜鵑花

風霜蕭索莫秋天，一片流霞綻欲然。未聽鳥聲來枕上，何緣春色到崖前？重教豔處朱顔老，開不逢時造物偏。應是枝頭留舊恨，荒林衰草亦相憐。

遲月看芙蓉影

拒霜花傍小橋東，不盡徘徊此夜中。失記容顔徒想像，欲窺深淺待朣朧。幾叢弱態移時出，一片微陰著意籠。寄語嫦娥休見妬，早教婀娜媚簾櫳。

篝燈聞蟋蟀聲

燈影風摇寒氣侵，耳邊唧唧更蕭森。可憐緘口猶多語，似惜流光費苦吟。底事在牀悲至此，入秋伴我到于今。祇教感憤存天壤，踪迹深藏不可尋。

夢回聽野寺霜鐘

纔向邯鄲枕上還，清音何處動禪關？偏于寒漏將殘候，頻唤迷途半醒間。入耳豈同霜杵急？住山翻覺野僧閒。浮生多少繁華想，此際如如盡可删。

雨中望江村蟹火

一天秋雨望偏繁，燈火熒熒江上村。夾岸參差疑野燒，沿灘明滅亂黄昏。影從荻葦叢中出，光在芙蓉浪裏翻。終是横行湖海客，莫趨湖海恐銷魂。

過張子容湖上偶題

茅亭新構石巖前，松竹森森盡百年。幽静喜無車馬鬧，鶯啼三月落花天。欲傍君居接數椽，背山臨水足留連。漁舡朝夕客來往，一卷南華幾覺眠。

嘉平二日越樓木厓湛齋西渠橘亭喈公過集小軒看瓶中蠟梅拈經華二字

種花猶蔣徑，載酒匪楊亭。架有遺書讀，門從解綬扃。高談驚滿座，寒氣避疏櫺。珍重瓶中蕊，風霜渾未經。

十月梅開早，巡檐未放花。不妨尋别種，聊亦紀年華。檀口舒猶歛，枝頭整復斜。總輸詞賦客，彩筆掞天葩。

立冬後二日同集蜀藻石經齋看菊分得芳叢二字

久輟尋幽興，東籬菊尚芳。味同人意淡，影向酒杯黄。傍燭添微暈，圍爐避薄霜。河陽花滿縣，争上聲。不愛寒香？

三秋渾底事，敢説濟川功？心爲褰裳切，狂猶落帽同。近與蜀藻督造河橋，酒半同諸子出郭往觀。畫屏分秀色，繡幕護香風。留得餘芳在，潘園舊錦叢。

春暮感懷

枳籬疏竹小亭前，連日勞勞廢午眠。桃柳已營三畝地，煙波須覓五湖船。書封冀北遲鴻雁，春去江南響杜鵑。郭外人家多太息，郊原四月有閒田。

冬日木厓復開壽讌招同諸子看梅拈大徵二字

我友潘安仁，壯歲同切磋。綵筆夢生花，天驚因石破。藻思豔春葩，芳名遠邇播。幾時辛河陽，特堅東山臥。掩關嗜著書，圖史直環座。雅好漢魏詩，高言誰屬和？回思交遊時，荏苒俱老大。請勿負年華，白駒令空過。尊前嚴課程，斯道賴負荷。

風威大凜冽，呵氣成堅冰。出門御狐貉，驅寒苦未能。顧念孰爲樂？雅讌集良朋。兵廚命夙辦，籔籔進殽蒸。主客雜喧譁，何止爭坐興？五月見榴火，介眉觴已稱。而今梅花發，冷冷映華燈。葛裘既一易，節序亦頻仍。白髮願常聚，安問旌幣徵？

趙湛齋新廈告成招同人落之

卓哉趙倚樓，聲價比國珍。琤琤玉爲骨，湛湛冰爲神。小齡攻舉業，造語輒驚人。行年纔十五，著書已等身。大才晚見收，逾艾乃垂紳。東巷廓故趾，力肯堂搆新。爲子能負荷，用無添析薪。移家富圖史，裝載車轔轔。何必積寶貨，始不歎長貧？箕裘緜世澤，浪言爲買鄰。

緬懷世廟時，中丞真耆宿。立朝秉直聲，惠愛被陵谷。後勁推徵君，而以綏後禄。手澤至今存，玉珠輝綾縠。價可比南金，珍重藏笥簏。一朝懸華堂，玉缸春酒熟。我來縱奇觀，墨香猶馥馥。螽斯遞呈祥，奕葉光嗣服。鄴架萬卷書，有兒堪誦讀。直令振家聲，詎云僅潤屋？

賀石瓊甫赴鄉飲賓

君是羲皇以上人，比鄰年久最相親。山城月旦咸推重，太守徵書不厭頻。江郡笙歌聞遠近，公堂春酒酌逡巡。佇看二陸聲名籍，紫誥持來氣象新。

張敦復宗伯乞假歸里過訪賦贈

天恩寵眷鳳池身，乞假還過訪舊盟。寒暑歷來成皓首，賤貧安處足平生。感君北闕時揮翰，憐我南山日課耕。共憶昔年風雨夜，操家巷裏對敲枰。

詠齋前海棠

錦官花事舊芳菲，杜老詩中見轉稀。鐵幹嶙峋來海外，紅潮高下動書幃。楊妃清晝貪殘睡，虢國春郊帶醉歸。莫道豔宜新著雨，芳園露重淚痕微。

冬至日

已歎年將晚，又欣日漸長。乘除天意在，去住歲功忙。我輩分陰惜，深宮一綫量。階前梅應節，不獨嶺頭香。

春雨

枯坐松窗晝覺長，春風春雨倍淒涼。一灣溪水痕初碧，三徑梅花蕚有香。草茁從兹看漸緑，柳芽都已半垂黄。階前杖履添幽興，簾捲呢喃燕語梁。

諸同人過集小齋看梅

隆冬塞户牖，無事常閉關。攝生在清静，匪敢學癡頑。瞻彼德星聚，惠風開襟顔。因念名利客，墮入塵網間。何如逍遥子，俗遠心自閒。高會傳洛社，佳話數香山。而我恣幽賞，寒花手自攀。階前一搔首，牆缺見西山。

暖日烘檐楹，流澌融積雪。薄言陳芳樽，正值嘉平節。姻婭意綢繆，金石交締結。圍爐縱深談，相對常怡悦。客顧謂主人，舍南地數笏。竹樹可種蒔，亭臺儘施設。豈不愛幽棲？塵事苦曲折。勞勞半百年，神疲力亦竭。從此丐餘閒，栽花擬成列。開時便遲君，把杯至耄耋。酒闌起送行，霜天明皎月。

己未上元前二日問齋讌集諸子時將有中州之行

改歲未半月，梅信到南枝。傳柑届令節，燈火照通逵。無復少年行，逐隊效遊嬉。斗酒堪娱樂，讌集同心知。把臂入君門，短竹夾疏籬。架上書一編，手註杜陵詩。旁搜及正解，遂豁千古疑。前有浣花叟，風流今在兹。我晚學吟詠，攻苦亦徒爲。談言喜微中，聞之輒解頤。斯道欽儒雅，一字實吾師。好客方投轄，奈何輕别離？別離何足歎？我懷各有寄。佳會不可常，滿盛天地忌。追憶花會成，座客已數異。已矣夢游仙，萬事俱委棄。謂喈公。絳帳施吴門，遠望勞予企。西渠。何期美髯公，又攬中州轡？誰可針芥投？所契在文字。豈謂被饑驅？四方各有志。我本倦遠遊，伏櫪同老驥。停杯不盡懽，前致纏綿意。

石瓊甫八十

忽聽絲竹徹青霄，争捧登朝杖一條。甲子重過二十載，庚申還守幾千宵。隨身鶴浴溶溪水，洗耳松呑渤海潮。雲際仙人日來往，躋堂不用更相招。

歷遍滄桑八十人，朱顔長駐見精神。彩衣試舞雲圍膝，丹藥初和香繞身。臘雪夜寒傾沆瀣，冰花蕊拆報陽春。九重粟帛聯翩賜〔二〕，只爲前朝舊隱淪。

贈蘄水許序皇明府

文翁教澤又浠川，何處春風不藹然？郭外溪聲千澗雨，雲中樹色萬家煙。公堂松老晝鳴鶴，官閣花深夜聽絃。指日仙飆吹北闕，遥看舄影蹁躚。

壽元上人六十

僧臘本無窮，潛修志不慵。溪雲冷皓月，蘿薜引喬松。香散千山雪，花飛五夜鐘。優曇應獻瑞，光映最高峯。

詠玉蘭

獨舒冷豔謝妖紅，素質亭亭夕照中。香氣好教浮緑酒，晶簾風動影朦朧。一樹玲瓏玉屑成，風飄葉葉色輕盈。欲教夜覓香魂處，唯見庭前月碎明。

寄懷張桃邨先生湖上

輞川臺榭想依然，四面芙蓉媚曉煙。攜酒早催籬下菊，放船還采月中蓮。湖山領略渾忘夜，風景清幽别有天。因憶茅亭沈醉處，于今相别已三年。

過方東來石門沖看水

溪山春雨勢潺湲，大小明珠到石門。峭壁接天雲易起，飛泉出谷地如翻。煙生古洞迷歸路，水漲陂池没舊痕。夾岸桃花醉啼鳥，坐來恍是武陵源。

宿江干僧家

古寺棲身春水邊，門開白浪與天連。蒲團暫借消塵夢，松鶴相依聽古禪。月下趁春供佛米，柳陰常繫救生船。村遥不識更深候，破被蒙頭伴月眠。

王屋寺訪嵩石上人不遇

老僧何處去？門掩數峯青。荒葉埋松逕，疏蘿護竹扃。蟲吟檐際草，鶴掠雨中翎。相對倍惆悵，雲依飯客庭。

看梅晚歸偶成二絶

繞樹烏棲噪晚晴，幾株梅萼小塘横。蕭疏影對疏狂者，月出依依分外明。

月中疏影雪中香，只爲無言枉斷腸。寄語西湖林處士，一丘一壑伴孤芳。

張桃邨六十

詞壇年少久傳名，老入湖山遠市城。但有煙霞供嘯傲，懶將文字動公卿。鹿門共遂丘園樂，鶴夢同酣栗里情。遥望桃源周甲子，彩衣隊隊色分明。

立冬日感賦

老來寂坐似枯禪，萬事心灰祇聽天。閉户喜看書滿架，新寒未辨被裝緜。名僧説法消塵累，野客評詩罷午眠。莫歎駒光還迅速，黄花猶自傲霜妍。

白燕廬詩爲李相國賦

别稟瑶筐色，來飛相國阡。土沾花絮絮，泪引玉翩翩。銜貺知非漫，通靈豈偶然？如何瞻壟道，只愛羽毛偏？

和木厓讀復齋集有感詩

鯉庭常聽溯淵源，舅氏飄零不忍論。海上久悲無鶴返，閩鄉誰信有孤存？遺編終古藏名獄，枯骨何年到里門？老友詞壇長健在，臨風酹酒賦招魂。

輓石母高孺人並唁漢昭言昭

望華亭畔敞賓筵，幾度招攜識母賢。底事華山猶在望，亭空無復婺星懸？

茅檐篝火夜窗虛，絡緯聲希聽讀書。卷帙滿庭遺挂在，丸熊誰與助三餘？

賓友追隨六十年，武威夫子列鄉賢。可憐直到陳衣夕，雙袖纔離食具邊。

家累千金不自問，髦荒猶守廥庾閒。衹今食指人餘百，泣向風前淚色殷。

張子大學臺頌言

高名齊北斗，大業起南宮。盛世隆文教，持衡屬鉅公。掄才懸藻鑑，清賞出焦桐。桃李南天遍，人歌化雨中。

壽李明府太夫人八十

賢侯有壽母，慈祥如老佛。翟茀駕魚軒，就養來桐邑。花陰奉板輿，天真樂揚溢。容色如渥丹，鬢髮如點漆。側聞謂我侯，竭蹶公家力。百代紀賢勞，著爲邦國式。勿惜鸞鳳身，暫與棲枳棘。鞭朴戒弗施，德化匪姑息。持此愷弟心，實足靖奸慝。漢代雋氏風，千秋此再得。下車甫半年，四郊樂無極。常兹秋風高，原野浄稼穡。新酒持滿壺，父老咸湊集。拜跪倒衣冠，感激動顏色。一呼頌侯賢〔三〕，再呼頌母德。

勺園假歸吴門嘉平月三應亭重舉花會拈得青蓮

知己招攜啓户扃，西窗高曠接遥青。寒花偏媚殘冬夜，高會重聯三應亭。話久遠峯俱入望，酒闌新月漸移檽。相看座上憐雙鬢，風度于今羨九齡。

游宦姑蘇已七年，桐山震澤各依然。每從風雨懷良友，何幸梅樽共綺筵？司鐸吴中尊馬帳，揚舲江上返龍眠。春來花發還攜酒，皆響亭前石似蓮。

木厓招飲河墅

長河繞郭水潺潺，河上誅茅翠靄閒。栗里老諳杯酒樂，輞川身入畫圖間。門迎古樹成三徑，客坐孤亭小衆山。安得連牀如昔日，幽棲絶勝舊松關。

但是羊求豈厭過？故人幽興在煙蘿。何難出郭頻扶杖，況有横橋可渡河？緑竹待人書警句，黄鶯留客聽清歌。閒愁鎮日無消處，眼見潘園景色多。

姚文勳

字集侯，號丹楓。□贈光禄芳麓公之孫，戊生公之仲子也。爲人孝友俊朗，少與兄文烈、弟文然有『三姚』之目。『瀦園十五子』會業，公其一也。文譽蜚起，視科第可契戾獲，以明經家居，晚乃徜徉詩酒。西郊有亦園，龍眠有蒲居，花時觴詠，樂而忘返。方端恪公以青鎖碩望内陞留任時，宸眷最渥，鄉梓大興革，視公眉目爲進止。公持論侃侃，不激不阿，務造福地方，利籌其可久，害去其太甚，至于無名之算，以憶萬姓脂膏爲一己竿牘地，則斷斷乎賁、育不能奪，儀、秦不能誘，故里中之號稱家教淳謹者，必歸之。闔門循循，不以門地驕人，恃公爲砥柱。公歿，而阿邑成風，仁言利溥，其曷賴焉？公生於定陵戊午五月四日，亦即以是日歿，享年八十有二。有丹楓詩集行世。邑屋中至歎息流涕，思其嚴氣正性，爲不可得，即公之生平可知矣。

拜送大人遠遊

出遊隨地好，言別去時難。僕馬頻催發，琴書遠念寒。雨餘峯頂碧，秋老海天寬。拜送詢歸日，還家約歲闌。

山居懷王明我

與君數載遊，同作天涯客。山色異鄉青，歸情共水迫。今余獨處時，念子寒風夕。秋盡猶未還，愁見庭楓赤。

秋日飲王潤甫夫子山莊

聚坐松林下，遥聽遠浦歌。夕陽明古樹，微露引疏荷。鳥噪暮山静，風生秋水波。揚亭容問字，呼酒興偏多。

送别劉鶴亭兼訂後期

軒車已命駕，愁對客庭空。月映江頭浪，霜侵嶺上楓。歸舟行欲速，别緒語難窮。更訂來桐日，梅花點雪紅。

池陽别方夢名先生

一院緑陰滿，蹉跎倏暮春。同爲江上客，又作送歸人。風隱孤帆寂，蟬鳴夏景新。交情存傲骨，欲别轉傷神。

小集送别夏廣生先生歸桐

壺觴延笑語，惜别正寒天。月冷孤帆際，風鳴斷雁邊。家貧謀卒歲，交厚許忘年。因識悲歌意，聞鷄夜未眠。

曉　發

夢餘驚已曙，遠近櫓聲同。古木蒼煙裏，空山細雨中。岸花低傍水，江鳥弱從風。極目鄉關杳，幽棲憶桂叢。

歸　里

數載賦離居，今朝歸敝廬。山城圍鼓角，烽火伴琴書。剽寇臨方急，援師望已虚。勞勞無善策，束手動欷歔。

送別城起叔歸桐幷訂其移家白門

烽火驚心吳楚間，青溪迢遞憶鄉關。相逢幾度通宵醉，又送長江一葦還。牛首寒煙迷落照，龍眠紅葉遍秋山。移居早發江南櫂，黄菊花開合共攀。

輓孫克咸殉難閩中

分手吳門幾播遷，尺書難寄更堪憐。驚心烽火家同遠，奮臂干戈戰獨先。憶昔一堂成隔世，從今壯志付黄泉。招魂此日親攜酒，俯仰山河涕泗懸。

張齡若以懷余詩見示步原韻

風雨涼生渾似秋，旅人纔繫秣陵舟。相逢快讀新詩句，憶遠還詢舊酒樓。滿院花隨流水去，幾聲鵑向暮天留。論文漫説因遊壯，依舊歸來一敝裘。

雨窗懷諸昆弟

晝掩松扉獨自眠，藤陰低與竹牀連。輕雷驟送千峯雨，落日平收野樹煙。故里團欒成客夢，貧家俯仰望豐年。歸期不遠先藏酒，天柱秋高對月圓。

憶城起叔村居

客路雲山渺，思君及草堂。水浮荷葉緑，風起稻花香。剥啄驚啼鳥，酣眠醉夕陽。應憐持鉢者，寒暑滯他鄉。

鸚鵡洲

鸚鵡今何在？沙邊草色濃。春雲如有待，鷗鳥漫相從。白湧磯頭浪，青開江上峯。醉醒寒客夢，黄鶴到清鐘。

登漢陽城樓

楊花三月客中飛，寂寂山城自減衣。巢燕銜泥窺户入，浴鳧曬翅向人依。天收翠嶂來春色，風動晴江盪晚暉。無限悲歌憑遠眺，鄉關東望幾時歸？

寄懷大兄時將自辰州赴楚雄太守任

竹馬曾何日，相看老弟兄。五年成遠别，萬里又孤征。性静能居劇，官貧轉足榮。此行歌慷慨，遍歷武侯營。

長松閣飲月懷三弟五弟十九弟

處處鄰烽急，園亭幸可居。幽花環小築，皓月照吾廬。賴有因人竈，難修乞米書。天涯諸弟隔，消息近何如？

二姪邀過深柳讀書堂同陳二如張齡若賞月有懷三弟

皓魄迥無極，臺高得近看。山光侵户逼，雲影渡池寬。天浄長如畫，宵分不覺寒。懽餘愁易集，久别憶長安。

周家潭登舟渡江

小港沿堤問渡頭，片帆容與泛中流。夕陽明滅隨波動，殘荻攲斜受槳柔。漸聽江濤聲不斷，遠看山霧氣全浮。少焉皓月横空白，恰喜輕橈傍酒樓。

宛陵郊外喜兒重孫鋆鍙來迎

遊屐值新晴，前亭彩蓋迎。兩年驚見面，三代喜同情。漸看人煙集，遥聞絃頌聲。幽偏官署冷，山護水爲城。

遣价歸寄示兒量里備 適家中信至

平安兩字報居諸，搦管翻思拜别初。恰得雙魚驚歲暮，又聞孤雁過窗虚。就閒朝夕分兄俸，寄遠叮嚀讀父書。松閣開函羣問訊，新裘披酌醉公餘。

元之三日倪魯瞻招踐賞梅之約

立春已十日，獻歲又三朝。策杖臨層堞，探梅過短橋。晴光遶鳥出，暖氣引蜂驕。信宿相酬勸，樽開不用招。

瓶　梅

紅碧枝相間，膽瓶几上窺。色如初折好，香在欲開時。映日看無厭，垂簾坐不移。昨遊殊稱意，重爲賦新詩。吳體一昨邀看梅雲深菴。

宛陵諸子招遊敬亭小詩紀事

出郭攜遊伴，晴嵐望不窮。平疇春麥緑，近水野花紅。乍霽凝微霧，初晴怯曉風。寺瞻雙塔近，鐘出翠雲東。作客屐都出，同躬豫弟，兒重、里，孫鏊。主人情太隆。小童拾野蕨，百舌噪枯楓。力疾追游驥，張子翔九腰疾，强赴。吟箋託便鴻。高低穿竹逕，周折望琳宫。暫憩山門静，旋登殿宇崇。劇談少長集，禪悦雨花同。遠歷層臺迴，驚看老樹空。婆娑忘甲子，生長任天公。遠水千峯外，高樓萬木中。陰濃觴借緑，窗暖日初烘。膾鯉還供雉，烹葵復剪菘。梵魚騰藻澗，松鼠戲花叢。棲鳥夕陽集，樵歌晚市通。酒酣賓主洽，歸路暮煙籠。

池邊懸幔待月得長字

池邊懸幔傍斜陽，折簡邀朋到草堂。繞屋桃花紅欲吐，環堤柳線緑初長。晚煙斷續微流影，遠水蒼茫薄有光。響動寺鐘驚晚眺，清波一片上東牆。

上巳日琴溪橋上同兒里玩月

風光三月柳如煙，一日塵途暫息肩。皓魄晶晶看不厭，清流活活聽忘眠。長橋向夕羣罾過，峭壁摩空古佛懸。壁上有天生古佛。得遺旅懷村酒熟，況逢修禊更烹鮮。琴魚以上巳日出，恰值其期，得以烹鮮。

馬姪女陸舟成和十姪韻

二陸聲名重，經營慰柏舟。丹心隨日出，蒼節與天浮。圖史成閨訓，山川足臥遊。清貧多譏集，不羡庾公樓。

寫　園

空谷呼相應，門開不用敲。梅横枝礙杖，梁冷燕辭巢。緑泛杯中酒，青浮檻外梢。還山人已往，歸隱憶誅茅。

雪中懷十洲上人

憶昨别禪扉，衝寒策馬歸。纔聞五葉勝，又見六花飛。雪凍松鱗合，山寒鳥語稀。有懷憑遠望，針芥已忘機。

蒲居閒步

歷盡山深處，高松覆蓽門。幽花如索笑，野鳥静無喧。繞徑尋泉脉，沿溪洗石痕。煩囂從此隔，詩酒樂朝昏。

龞峯遠眺

城頭俯瞰水千章，緑長新禾刈麥忙。雲接遠山成一色，風生高閣自飄涼。松陰低亞藤花遇仙橋畔影蒼茫。行過舊廬丹竈冷，憶臥雲。墜，魚艇遥牽竹纜長。

留别簡伯弟

片帆遥繫蛟臺柳，旅夢還趨疊嶂樓。別後詩成姜被冷，雙魚早寄大江頭。來時緑葉綴丹榴，去日霜楓映客舟。巢燕相依經六月，停雲欲賦正三秋。

椶川夜泊

盡日驚濤少便風，故鄉山色有無中。三江駭浪兼天湧，一葉孤舟泣路窮。遥見漁燈迎急槳，漸聞寺鼓起征鴻。望門投止村煙暗，擊柝難尋舊酒翁。

壽陳問齋七十

五年以長肩隨之，余年望七贈君詩。兩世交情如骨肉，一門子弟争相師。叨附比鄰忘老大，長憶兒童竹馬時。歲在庚午同筆硯，風雨論文多奇思。二方樓岡、邵村。三姚余兄弟。及陳子，祇今三人垂龐眉。今僅存樓岡、問齋及余三人。大小成名償書債，滄桑榮枯事多岐。鄙性疏懶君曠達，樂山樂水手共持。或寄眺于林麓，或散步于河湄。對紅葉以敲律，詠白雪而持巵。信金石之好友，如松柏之後衰。誰言七十古來稀，節屆陽生壽可期。從兹耄耋及期頤，百歲翁前我杖隨。

花會飲招李石逋陳問齋潘木厓劉西麓左橋亭趙湛齋集亦園限痕招二韻

二首

羣賢攜手至，笑語隔牆喧。一水涵林影，千峯過雨痕。鳥鳴增霽色，花落點芳罇。向夕談無倦，炊煙起蓽門。

邂逅共逍遥，經行樂事饒。環堤新柳緑，點砌野花嬌。塔頂留殘照，山頭過晚樵。春遊多老伴，重集不須招。

庚午秋日同勞在兹李長康僧植本姪銘右兒里遊浮山

一别浮山四十年，至今丘壑意中傳。不從世外親泉石，誰信人間有洞天？秋色高低來遠岫，濤聲斷續入晴川。盡收好景歸圖畫，晨夕煙雲在目前。在兹爲繪浮山圖十六幅。

十九兒新廊成八兒有詩予見而和之

嘯傲東軒下，閒行步幾回。囊空猶架屋，客到好浮杯。廊曲風徐入，林深鳥自來。承懽看繞膝，作賦望多才。

桃豔會

年經八十，驚歲月之如流；節届三春，借桃花以遣興。爰攜肴核，共醉芳菲。聊賦短章，永傳佳話。我既歌矣，羣起和之。

三代隨鳩杖，争扶八十翁。沿溪春水緑，繞徑野花紅。肴核因時布，笙歌幾處同。昇平皆帝力，逐歲誦和豐。

八十自壽

今上御曆三十六，民安物阜享天禄。歲次丁丑仲夏時，節届天中先一宿。羣進蒲翁八衺觴，薰風煖日笙歌簇。子率孫兮及曾孫，跪拜趨蹌同致祝。吾家先世大參公，享年七十德澤豐。相延至今歷多世，年臻大耋惟吾翁。予聞斯言心怡悦，把杯呼起兒孫列。衆皆唯唯侍華筵，暫止笙歌聽予説。緬惟先朝戊午年，我祖杭州太守賢。我母是日誕生我，錫名端四以字傳。癸酉弱冠初應試，得遇葉公不我棄。收入藥籠列宫牆，是秋嚴君捷音至。越歲乙亥禾無收，紛紛寇信來中州。我父抗志共城守，我奉母氏向南投。丙子挈家復歸里，兩載辛勤多轉徙。晝夜城頭振鼓鼙，喜仗楊侯多指使。楊侯諱爾銘，蜀人。春闈我父捷庚辰，予遊閩越屢問津。伯鎮漳南因負笈，海澄拜像祀先人。辛巳我父官瀫水，予隨綵鷁侍杖履。十八灘頭歷險艱，相佐琴堂敷化理。壬午之秋赴南闈，伯也前驅季也隨。三人矢志各努力，季子振翮而先飛。午未馳驅異南北，豈料人心不可測。倉卒變起東陽城，城復有罪罪誅賊。幸遇興朝鼎革新，浮雲一掃除奸臣。始得全家歸故土，菽水相將慰老親。老親誅茅頌嘉嶺，逍遥林泉甘戢影。一觴一詠疊承懽，不敢晨昏疏定省。辛卯秋闈願不違，南北翩翩衣錦歸。大兒捷北闈，五弟捷南闈。予亦成均蒙特簡，庭闈稍覺有光輝。癸巳癸卯兩讀禮，呼天搶地悲難已。栲栳峽山卜牛眠，佳城況是佳山水？癸丑孟冬歌鼓盆，閨門之内失賢媛。絲絃一斷不復續，淚灑嚮崖賦招魂。大兒服闋甘小草，藉沾微禄以娱老。頗懷大志□獲伸，召赴修文恨太早。吁嗟乎！人生境遇多變遷，天倫之樂不偶然。眼前三男頗成立，一女隨宦隔山川。諸孫含飴在一室，濟濟成行已列七。曾孫攜抱共四人，朝夕承顔而繞膝。今朝八十共稱觴，吹笙鼓瑟將承筐。自此門閭益昌熾，願言佑啓以無疆。

桂香會

歲又秋矣，桂有花矣。會成桃豔，已於三春伊始；睹兹秋色，爰賦桂香繼之。因率吾子若孫及諸曾孫于亦園共爲雅集，垂示來兹。

出自西門石路斜，秋風香發亦園花。循牆竹色團茅屋，繞樹桐陰映水涯。布席臨池新月滿，呼樽隔苑小童譁。回思先澤深何限，肯搆多慙感歲華。

壽潘木厓八十

蒲翁閒愛耐翁閒，二老花時共往還。介壽齒叨周歲長，稱觴期在一旬間。耐翁以己未五月十二生，余以戊午五月初四生。朱陳久託絲蘿寄，月旦羣推玉筍班。莫向璜溪問踪迹，好從洛水繼香山。

輓劉西麓

廿載聯花會，相逢無幾遭。轉因老太健，遂致積成勞。樸素能還古，棲遲足養高。比閭稱退讓，時取訓兒曹。

社集慙叨長，誰知我哭翁？ 餘生還貿貿，此別已匆匆。 觴詠情何限，潘張淚僅同。花會老友僅存木厓、西渠及余三人。 克家堪慰藉，繼述守遺風。

方壻大女雙壽詩以寄懷

計別在何日？ 屈指十載前。 老我成鶴髮，忽及杖朝年。 五月榴花開，稱觴望爾旋。 引領久不至，知爲王事牽。 外孫前致詞，情意動留連。 今喜届秋冬，壻女壽雙傳。 問年纔半百，鬚鬢亦皤然。 知爲婚嫁累，不覺歲月躅。 秉鐸守冷官，遲遲苦未遷。 三鱣賀飛騰，望著祖生鞭。 道眼視紛華，窮通歸一緣。 隨分安所遇，達者全其天。 歌觴案齊舉，繞膝兒孫賢。 安居信爲福，和氣祥可延。 遥瞻白嶽高，南極雙星纏。 老人頗健飯，不用遠相憐。 會待宦業成，來賡百齡篇。

光廷瑛

字漢白。 給諫含萬公之仲子也。 十齡隨任巴、蜀，輒能吟詠。 甫冠，補博士弟子，偕兄輯侯、弟公雅寓居白門，文社騷壇，膾炙人口。 □無貴公子之習。 奈賊陷燕京，給諫公墮陴折臂，自經古廟，老巫奔解，題詩衣帶曰：『抗議知無補，憂時畢此心。君恩惠未報，遺恨古今深。』復沈身御河，小民王明等救甦。三死不得，乘間歸南。奸黨借名阻遷，矯詔殺之。漢白同輯侯刺血疏辯，蒙恩昭雪。又不幸雁羽中没，漢白隻身奉母童孺人返桐。童孺人淑慎儉勤，患難之餘，漢白菽水承懽，課兩子標、楷，蜚聲庠序，諸孫濟濟能文，庶可慰童孺人之志，上承先世之忠孝也。漢白晚以棋酒自放，著六十自壽文、南園詩集十餘卷。癸酉夏，端坐誦金剛經而逝。閱一歲，邑侯高雪亭捐俸梓給諫公制義及金正希、左三山諸先生辯章行世，此漢白夙志，惜未獲覩，當亦含笑夜臺矣。

海棠香國

海棠花最豔，有色恨無香。惟在三巴域，嬌妍多餘芳。吾父昔令蜀，忻賞此種良。海棠香國名，其説非荒唐。江南不利蓄，善植終必傷。亦如彼雪蠶，皎潔白玉光。峨嵋積雪生，食之同瓊漿。性能解暑毒，連柏不敵涼。二者難遠攜，産之各有方。異卉與異物，天竟秘遐荒。

飲花下

有花不看何其迂，有酒不飲何其愚！我今飲酒在花下，莫使酒空花復謝。花謝當有再開時，酒空沽來仍滿巵。惟此流光逝不返，白髮蒙頭悔已晚。會須飲酒去看花，山南山北有人家。村酒也堪醉，山花亦自嘉。君不見，纍纍之冢掩黃沙，徒令觀者興咨嗟。

放鶴亭

放鶴亭前鶴不飛，主人一去竟忘歸。我登亭上倚欄望，惆悵西風對落暉。月黃昏，水清淺，當時題詠輕軒冕。舉頭讀之怡我心，後代步之者亦鮮。傍遺故址處士家，昔有三十樹梅花。梅花於今不得見，鶴有知兮同繾戀。曾聞鶴算可千年，或尚飛來到亭前。湖煙冷，其人遠，何處重尋處士船？

入閩行爲先兄輯侯紀事

吾兄生平酷慕李青蓮，別字又青非徒然。十五便能窮經史，亦能斗酒詩百篇。隨父宦遊入巴蜀，長嘯浩浩三峽巔。眺峨峯之秋月，挽劍閣之雲煙，竊自比於謫仙。無何流氛逼縈邑，潰圍請師蜀撫前。痛哭陳詞言便便，撫軍奇其大志，驚彼少年。與兵數百率之旅，危疆賴此復瓦全。後又流寓白門下，操觚擊劍喜走馬。散金結客發狂歌，當時文人和者寡。可憐劇賊陷燕京，奸人弄權石頭城。□父墜障投河自經皆不得，三死間關歸聖明，尚欲留身圖報國。汪黄刀鋸任縱横，乃竟甇以諫阻南遷名。吾兄觸地大不平，發憤決志爲閩行。茹素徒步數千里，刺血上書叩天子。郭樞臣，方諫議，兩人交章薦奇士。猶記疏中頗誇詡，孝可格天，才不減父。至尊下訊有天語，血疏明冤，今在何處？諸臣不得爲之沮。特旨復父爵，破格授兄官，堂堂中翰繼糾彈。黨禍未改多讒忌，挂冠神武反桐山。祝髮披緇斷腥酒，積憤幽思病已久。形容憔悴，嘔血一斗。誕自辛酉，卒於己丑，考厥素履堪不朽。海内賢者聞之，無不心惻問天，爲之搔首。吁嗟乎，噫嘻哀哉！時年二十有九。

捐租行

流氛突自秦豫來，殺人百萬白骨堆。官兵劫戮甚於賊，土寇縱横掠民財。耕牛鷄犬空千里，瓦屋草屋共成灰。更苦天行布炎疫，十死八九哭聲哀。人家有田種不得，膏腴美産生蒿萊。此是壬午癸未事，十四十五連年災。吾父自蜀回皖國，目覩荒亂淚頻摧。幸膺内召入帝里，面擢梧垣留燕臺。特疏爲桐陳疾苦，一字一血情盡吐。悲哉不減鄭俠圖，批鱗折檻動人主。維時桐邑正催科，徵糧促運猛于虎。家家枵腹斷朝炊，升斗漕糈何處取？忽爾恩綸賜捐租，如時雨降萬民蘇。在市在野驚且娛，頓忘巢破與田蕪。上感天子之明詔，下念諫臣之伏蒲。不覺悠悠四十載，世異人亡屢更改。能道其詳者爲誰？幸有一二三遺老在。知者不少不知多，我故爲此發長歌。歌雖不善聊當紀，更望後日有位之君子。

哭三弟公雅

已痛伯兄没，旋悲幼弟殤。持家方並立，棄我忽云亡。雪映殘編冷，天知作記良。蕭蕭黄葉怨，雁字不成行。

讀兄又青遺稿

折腰非就禄，矢志欲酬親。蘇武終歸漢，魯連豈帝秦？文章憑嘯傲，山水足艱辛。猶記茹茶意，頻年獨卧薪。

西樓夕眺

散步西樓上，含情夕眺中。陣鴉歸似雨，獨鶴唳生風。晚寺寒鐘急，春村暮杵空。偶然逢故友，相對已成翁。

喜兩子採芹

給諫成名後，傳家止一經。慙余添髮白，喜爾尚年青。得失原無定，文章似有靈。從兹須努力，前路指南溟。

讀龍眠風雅

潘子詩才步盛唐，評詩渾厚更精詳。或因警句存佳士，亦藉名人載雅章。小傳寫生流玉屑，披吟滿目觸琳瑯。里門創舉惟斯集，海内應同石室藏。

春村田父

偶爾尋春遇老翁，自言從不入城中。山田數畝杏花雨，茅屋一檐楊柳風。曉起負犂攜子往，暮歸炊爨與妻同。牀頭尚有冬藏酒，松節燃燈興頗濃。

馬嵬

車駕星馳起暮塵，中途兵變滯征輪。至尊無計留妃子，大將奇謀殺婦人。骨委馬嵬沈古驛，魂隨杜宇泣殘春。聖唐總弊强藩手，亡國空教恨太真。

舊院

一望頹垣野圃斜，當年曾駐五侯車。霓裳罷舞餘荒草，錦瑟停歌起暮笳。緑鬢只今飄柳絮，紅顔何處映桃花？秣陵多少傷心事，不獨青樓舊酒家。

左之柳

字箴我，號杭初。侍御貞介公之次孫，文學非楚公之仲子。幼即岐嶷夙惠，大司寇姚端恪公一見即以女字之。迨補博士弟子，籍籍膠序，爲藝苑裘領。屢躓棘闈，始以明經司訓宿州，中丁内艱，補授下邳。兩州士習波靡，君起衰崇雅，風爲丕變。又出其緒餘，爲地方陳利弊，賙饑乏，賑疾困，州刺史皆倚若左右手，每遇大事必咨訪後行，故州人士恆德之。方待銓次以大展其用，值駕南巡，王事靡盬，遂中暑染疾，歿於邳之學舍。邳人如喪父母，哀思不置。君蚤歲失怙，奉母色養備至，里稱純孝。少與戴子韓五稱性命交，戴有遺孤三齡，挈歸撫恤，而妻以從女，尤嘖嘖人口。觀君之天性篤友誼重，而其爲人從可知已。君抱大才，淹蹇一氈，常肆力於詩，以寄其志。然春容大雅，初不見有悲憤干通之迹云。

柬恆修上人

遠公苦行老彌堅，參悟餘功墾薄田。十載松楸勞穩護，先人冠劍足安眠。誅茅恰喜三間就，省墓常分半榻緣。回首虎溪明月夜，相思兩地一輪圓。

和馬太史嚴沖見贈原韻

操是松筠傲雪霜，當年風雨坐匡牀。凌雲有賦推司馬，讀史深情惜子房。小草獨慚殊隱鵠，高梧早已羨棲凰。濁醪莫怪頻酬勸，衣錦明朝返故鄉。

夏日歸署作

卸卻征鞍坐草堂，緑陰暗日逗風涼。數枝新筍成高竹，一架野薇上短牆。設榻静眠人覺懶，翻飛挾子燕偏忙。歸來依舊門羅雀，逸興惟添詩酒狂。

賦得玉粒未吾慳爲張貞實志謝

廣文飯不足，庚癸向誰呼？恃有謝仁祖，饔飧良無虞。所期飯脱粟，矧復遺雕胡？晨炊盛瓦盆，一食三歎俱。古人一飯恩，投金信不逾。今兹餉滿載，飽德當何如？慨彼肉食者，誰肯念窮儒？惟君意氣摯，爲我生計圖。睹此日加餐，深感交道殊。

和高中尊韋直遊鎮國寺韻

山幽開古刹，地僻在林泉。禪室永清晝，槐陰染緑天。雲移爐篆合，鳥續梵音圓。飛錫飛凫者，看來總是仙。

到邳署感懷

除書鐸下邳，聞信淚頻揮。水没盤無蓿，山荒食鮮薇。空言懸馬帳，仍是泣牛衣。傳説蕭條況，看來合忍饑。

村煙聚一隄，河水泛東西。浪湧漁舟隱，風霾酒市迷。忘機希海鳥，破夢但鄰鷄。屈指春光半，殊方草未萋。

守府姚子欽招飲平園賦贈

黄河滂湃漸安流，别墅沿隄野趣幽。臨水三間供嘯詠，傍橋一逕待羊求。南樓乘興寮常集，北海開樽客任遊。傳説下邳來叔子，果然緩帶復輕裘。

遣价南歸

奔馳憐爾走荒郊，困守慙予伏草茅。清冷一氈猶舊物，綢繆兩月始新巢。折腰原向風塵懶，問字權將俗累抛。詢我眠餐更何事？閒情終日在推敲。

除夕感懷

五斗微糈强折腰，勞勞遷次度殘宵。蹉跎壯志年何補？磊落襟懷歲暗消。故國思牽諸子隔，荒塋恨別兩親遥。那能除夕除愁盡，换得春光春酒饒？

晨起偶感

春花剛燦爛，夜雨忽離披。始悟好風景，卻無多日時。雛飛雙翮滿，麥秀兩岐垂。作客增惆悵，惟添幾句詩。

寄懷注若春水船中

雲霄接武早知名，底事滄洲一棹輕？莫戀東山傾白墮，久辭西省繫蒼生。林穿乳燕簾應捲，池鑑遊魚水更清。遥想此中詩畫興，憐予或亦費經營。

寄柬馬伯逢仲昭

久向君家羡二難，每看摇筆湧波瀾。兄能捧檄横經早，弟喜爲樓奉母懽。十載屋梁看月落，三秋鵬翮望風摶。河濱幾度煩存問，卻報齏鹽味已安。

□兒生日治具觴余余以公事之艾山歸適牧兒自浙來兩年闊别一朝團聚不覺飲至夜分矣

侵曉驅車亭午回，爲兒初度計銜杯。十年難博全家聚，千里欣傳仲子來。甬上風情圯上話，桐山懷抱艾山開。懽娱已欲傾家釀，漏鼓何須著意催？

遣僕歸里口占示諸兒

官湖水次早堅冰，又復驅驢送馬陵。到日莫言官蹭蹬，逢人且説氣崚嶒。片帆風去攜雙鯉，萬里程思奮一鵬。銀鹿臨岐呼數語，爲予報主勖寒鐙。

歲暮寄内

尋常分袂愁難慰，卒歲天涯悵可知。鴻案疏因家事累，雁書杳爲俸錢遲。寒鴉依舊棲楊柳，臈雪重新點竹籬。内顧無憂惟惜别，當頭又見月圓時。

息機

清芬最愛野薔薇，猶自留芳待客歸。滿架濃陰篩日影，幾枝露浥殿春暉。匆忙纔識閒滋味，閱歷方知事是非。不向一番鞅掌苦，誰人肯戀釣魚磯？

天池妹丈昨歲遠投詩箑因匆迫赴淮藏之書篋今夏展讀率步原韻

鷦棲無復志鶯遷，濩落河干不記年。僻處久停遥集屐，雄情常憶子猷船。帳懸黍谷惟添冷，賦遜長門那得錢？遠讀瑶章驚覿面，懽然如話景山前。景山，姚樓名。

校　記

〔一〕栗　當作「粟」。
〔二〕栗　當作「粟」。
〔三〕候　當作「侯」。

龍眠風雅續集卷二十七

木厓潘　江蜀藻輯

寓公

范又蠡

原名景仁，字小范。崇禎間懷寧諸生。少工文詞，好結納賢豪，與桐城方爾止文、錢幼光秉鐙、陳默公焯、方直之其義、吴南蒼日永、方子留授、潘蜀藻江相友善，尤與同邑任克家塾、汪禹行之順文譽頡頏，爲懷寧聲氣之宗。爲人恬静沖雅，有汪汪千頃之度，使即之者躁忿頓釋。甲申國變，遂棄去舉子業，更今名，隱于大雷之漳湖，若將終焉。會中州李公嵩陽督學江左，以書幣致之幕中。品藻人倫，興起古學，李公深倚重之，貽以棲遁之資粻，遂謝歸，垂釣湖濱，不應諸侯辟召。予嘗集唐人詩一聯贈之曰：『釣竿欲拂珊瑚樹，詩韻如聞渌水琴。』聞者以爲無愧。暇日，輒巾車來龍眠訪故舊，觴詠不衰。年七十有三卒。所著有釣吟六卷，詩品在栗里、輞川之間，而神味亦無不似，張芑山、姚佺期爲序而行之。子西漢叔適游喻觀察之署，其宅相羅阮嘯文彪出其手録釣吟續稾以應予請，要不足盡先生之萬一也。

湖上懷直之默公兼訂小龍之約 以下釣吟

湖上歲已寒，頑民守空谷。冰霜在鬚眉，抱膝堅貧骨。野性放湖山，出入友麋鹿。倚杖招孤雲，縱釣伐修竹。頻懷二子遊，離羣念幽獨。時序勞夢魂，悲歎寄草木。龍山横大江，青冥遥在目。泉石有佳名，林巒多樵牧。期爾此中遊，白雲隨隱伏。嘯詠弄鳴琴，松風來謖謖。

戊子初度

閲世幾何時，蹉跎三十九。悠忽如夢中，落落苦不偶。生既逢亂離，長夜無白晝。國破與家亡，釜甑亦烏有。鬚眉負平生，漸次成皓首。龍戰滿乾坤，棲遲守數畝。白髮稿風霜，面目傷老醜。一釣困漳湖，猶不謀身口。堅志念古人，出處必不苟。高哉嚴子陵，終爲富春叟。千載遺知音，希慕曷敢後？

過采石望山上古松

孤島峙中江，萬松倚石壁。鬱鬱歲寒姿，挺翠高千尺。老質飽風霜，化龍將旦夕。客遊二十年，舟過頻如織。山川有變更，此松尚疇昔。應笑舟中人，勞勞竟何益？

至鳩兹答陳伯璣見贈詩

扁舟開皖口，帆落至鳩兹。芳草滿洲渚，春青二月時。艤舟尋逸友，登樓詠新詩。詩中殷懷念，感世多深悲。人心何茫茫，鷗羣日猶夷。與君生離亂，舉步路頻岐。相憐麋鹿性，江湖非所宜。

登天柱歌 又名皖公

天柱峨峨峻無極，上下峯巒純是石。莽莽根盤三十里，矗矗體長八萬尺。每逢晴朗氣氤氳，巨嵓大嶴石不羣。昂首已覺穿霄漢，去天咫尺卑浮雲。浮雲積霧出深谷，半迷縹緲布山麓。峯頭晴日見青天，下聞奔雷雨平陸。數峯旁列侍兒孫，混漭無過天柱尊。飛巒峭壁如斧削，獨犖大力撑乾坤。昔封南岳自漢武，皖公之名歷千古。奇峯生長始何年？一柱日填空無寸土。令人坐臥賞不窮，欲討靈異畏巉崇。吾將拽杖攀峯頂，身凌蒼冥御輕風。似嵓間之猛虎以騁覽，而友潭上之蛟龍。

後猛虎行

戊子臘月苛政苦，逼我腰鐮滄洲渚。日暮負薪向江邊，獨出樵路逢猛虎。猛虎嚎呼殊跳梁，通身黄質黑白章。垂頭掉尾毛怒竪，向我縱横氣飛揚。我問虎兮爾何意，吾生苦爲追呼累。今日逢君君若何？爪牙未必全道義。虎復沈吟雙目眈，弭耳昂首反顧三。踉蹌大步入榛莽，似若見予多深慙。予因佇立重歎惜，步履胡爲冒虎迹？吁嗟不及太山民，苛政山君兩見逆，五噫從此歌益力。

客歸

湖上秋將盡，經年人始歸。到門深落葉，入室少寒衣。百事因遊費，雙親及老違。自非名利客，何故逐輕肥？

斷送

兵戈斷送十年餘，城破身貧賦索居。湖上薄田年不稔，天涯離妹信猶虛。難消永日孤舟釣，錯料平生一卷書。愁至自然多白髮，三春芳草欲何如？

寓皖樓中偶作

樓頭夜雨擁奔雷，曉起雲山黑未開。花事一春愁裏過，鶯聲百囀夢中來。江帆到眼看時遠，城角關情聽轉哀。二月湖村芳草緑，如何不上釣魚臺？

皖上逢周重禋感賦

十年江郭聚懽時，攜手春流展釣絲。歲月蹉跎人事改，鬢毛斑白壯心遲。湖田賤賣輸荒税，山犢生屠飽亂師。與子重逢嗟未已，扁舟催赴五湖期。

蜀藻贈詩四首賦答

潘子投詩我放吟，吟完一首淚沾襟。詩中不晦窮愁境，世外能同煙水心。萬事都空身亦累，五湖猶在夢還尋。交情義氣惟君好，每釣蒹葭寄念深。

冬杪過鳩兹晤方爾止

片帆昨暮落江關，問卜居移郭外山。見我喜從天上至，羡君能向市中閒。頻呼熱酒澆寒肺，朗誦新詩慰客顔。數載别離情似舊，鬢毛微比昔時斑。

湖上

鶯老花殘雨未晴，山頭雲散復雲生。驅牛飽飯湖邊草，明日秧田帶水耕。

舟夜

野寺孤舟夢不成，山村布穀夜催耕。起來獨立船頭上，朗朗春星隔水明。

宿橋店

茆店清谿落日斜，小橋流水傍山花。漁人力倦相留宿，問是秦民第幾家？

大雷走贈姬人

美人秋浦昔爲家，門外清谿似若耶。偶向江城歌白雪，殷勤莫唱後庭花。

自江陰放舟吳門

吳山越水已全非，芳草王孫去不歸。姑蘇甲第空寥落，百姓門前燕子飛。

江東門外歌 以下釣吟續稾

金陵柳發桃花開，狂客扁舟皖上來。春風細雨泊江口，好沽斗酒水雲隈。柳外鶯聲巧自囀，啼散落紅春不管。過客遊人枉斷腸，莫辭一醉花滿眼。花下開尊且笑歌，人生百年顔須酡。快倒金陵老春甕，白髮漸生奈若何？

至南浦感作

南浦別十年，成敗今如此。凌霄滕王閣，瓦礫但遺址。將軍□爲誰，舉事類穴蟻。嗟哉百萬人，同時困餓死。我來重訪舊，存者不數子。鳥散復魚潛，悵望章江水。

過潘蜀藻茅齋

茆齋幽僻甚，城市似山居。種竹無妨密，編籬莫太疏。手中長慶集，案上魯公書。小酌時相過，忘形笑老漁。

過舊王府廢址感作

舊王殿閣昔時新，今見荒畦與市鄰。牆上蝸牛猶甲士，草間蝴蝶是宫人。消除一代豪華夢，零落當年花鳥春。四顧不堪頻極目，薙蔬鋤麥任閒民。

雨落歌

一春雨落落未足，老漁愁溼坐蘆屋。狂風冷落桃花紅，野水生殘芳草緑。誰人撑我破釣船？說在鄰村酒店前。拄杖卓泥頻出望，恐隨潮出大湖邊。

邗江與姚佺期孫豹人飲酒肆中

江湖只許散人狂，尊未開時酒便香。既約漁翁來就醉，何妨十甕一傾囊？

同方百二周士泛西湖作

雨止山青泉復流，平堤水泛木蘭舟。松雲似畫能生動，樓觀如仙可歷遊。涼縱菰香清酒味，洞沈簫響徹歌喉。莫嫌黯淡西湖色，掃卻鉛華態更幽。

嚴州七里灘

谿船起布帆，隨風轉峭壁。七里數迴環，兩山殊秀立。灘急□奇兀，撑破一溪碧。磊落見釣臺，雙峯聳危石。遺像古祠中，碑臥苔蘚積。長揖問嚴公，可許攜竿笠？

嚴公祠

滄海垂綸興轉涼，先生意本薄侯王。故人天下兵初定，處士溪中餌自香。身著羊裘非傲世，足加帝腹不知狂。當時若就君臣分，竹帛何如一釣長？

雨後荷塘歌

雨過荷花千朵香，紅白高下摇横塘。老翁扶杖步水曲，葉中忽起雙鴛鴦。掠轉花藂飛相顧，意戀荷花不肯去。野人獨立心茫然，物情翻有幽閒趣。

皖上逢潘蜀藻感賦

江郭重相晤，離懷憶十年。見鬢驚變白，著草已成玄。稼穡因兵廢，詩書值亂捐。聞君欣捧檄，知爲老親牽。

題飲犢圖

負笠高人短後衣，清流引犢飲忘機。有時扣角歌聲起，細草芊芊牛自肥。

楊昭雍

字南有，號持庵。懷寧人。明洪武初，始祖以軍功受封于皖，歷傳至五世祖近峯公，以文章顯于時。再傳至殿卿公，以世職守真州，即公父也。博物好古，爲文不屑時趨，常授經金陵，從之遊者多掇高魁，遊鄉校者指不勝屈，有合删九科程墨宗及感應經註釋行世。又所著心經解義、猛省警言諸書，以貧未梓。生平樂善好施，不苟取與，慨近今習俗頹澆，毅然有維持風教之志，卒困諸生以老。嘗來遊吾桐，寓友人鄧子山衣家，與予定交，因得讀其蕉亭近詩。没後，其門人私謚曰孝靖先生。子汝穀年二十登丁卯科賢書第六，人僉以爲爲善之報云。

雜　詩 五首

百歲難自必，安知有千秋？齷齪文雅士，猥作名山謀。人生在立德，詞賦焉足留？繄余束髮年，青燈幾校讎。中夜擁敝衾，忽忽生遠憂。説向素心人，斯言良信不？

十五事詩書，二十望飛鳴。驅車上長安，謁彼公與卿。公卿不可見，但聞車馬聲。中心忽然悟，我有性與情。歸來坐一室，尚友足平生。呼兒以爲戒，慎勿事逢迎。

今古幾完士？天地乃虚舟。燕然石徒勒，麟閣畫空留。竹帛名千載，青山土一丘。矧爲蠅與犬，尤若等蜉蝣。浩歌且自得，於世復奚求？吁嗟富春江，高風何悠悠！

人生有微尚，結交在知音。邂逅成久要，寧必契合深？意氣非所許，所許在寸心。寸心豈云厚？今世復難尋。

汎舟在秋渚，秋月山巔浮。我屋南山下，青葱隱竹樓。牀頭有尊酒，招友與唱酬。酒中有真嗜，銜杯可忘憂。舉目視飛鵲，繞樹鳴悠悠。間以蟋蟀聲，何異調箜篌？陶然浮大白，吾醉客亦休。方之五侯家，此樂孰云優？

四宜亭爲某使君賦

江亭聳立江之涘，四望煙霞蔽江起。江外晴空嵌翠峯，江頭塔影江濤裏。百子九子望中開，收盡雲山千萬里。使君把酒興徜徉，匪亭之樂胡樂矣？民樂使君君樂亭，樂亭樂君同一理。江花江月自年年，酒徒墨客紛填委。固知名勝總因人，山水由來不自美。

□□樓送鄧山衣之粵

君去帆何急，驪歌短髮侵。山川遊子興，雲樹故人心。一字千金直，雙珠萬里尋。莫愁前路杳，到處有知音。

答　友

君去三年久，雲山入夢頻。忽傳雙鯉字，如見一心人。身向愁中老，囊傳舊日貧。古琴勞惠贈，彈作別離聲。

兒穀二十初度勉之以詩

二十今朝過，舟中共一卮。才雖同我拙，學莫要人知。逐熱無高士，安貧乃道基。青雲汝自致，努力及兹時。

四宜亭

溢水遠從天際落，城煙直向檻前重。濤聲夜湧千門月，海色晴涵萬仞峯。雲裏孤帆收晚汉，亭邊落照飲長虹。臨風對酒成欣賞，薄暮笙歌間遠鐘。

別駕張了然先生見過草堂 二首

著書踪迹總閒居，錯比楊雄迥不如。敢説人龍來太尹？漫勞車馬造寒廬。關中紫氣堪模楷，袖裏風生起櫟樗。不是雲天高義薄，幾人肯式野人閭？

緬懷索賦高軒後，盛事于今不再聞。幸坐春風常醉月，快從夏日更披雲。論文瀉漢傾三島，解易縣河過七分。不爲元戎頻速駕，尚思投轄到斜曛。

贈尼醫

生來不解畫雙眉，松院棲遲迹較奇。已卻塵緣時見佛，還憐久病早工醫。丹砂鐺裏慈雲護，藥樹山頭法雨滋。何必談□登上座，回生應勝讀毗尼。

題□守戎别業

謝公墅在東山下，何氏園居北郭隈。爲隔喧囂門早閉，愛藏曲折徑斜開。草堂抱膝還高詠，竹里彈琴更舉杯。距我敝廬纔咫尺，頻過不待報書來。

送姚雯起

憶昔論交冰署裏，三春花雨共寒氈。詞源倒峽才偏富，紫氣臨風策早傳。遥對鯉庭勤問業，暫同鷁舫快登仙。龍門自此人千里，悵望江帆倍黯然。

送別駕張了然先生歸里

薜蘿淚濕青山路，目送單車情倍牽。折柳正逢春草碧，攀轅遥望白雲還。止知稽古酬三接，不敢隨人説二天。翹首問關歸去遠，何時再執繞朝鞭？

哭黎又淳

靈松猶冀復朝東，誰意長歸浄土中？昨日嘯歌今夜夢，百年意氣半生同。劍琴吟共秋風寂，詩酒情隨繐帳空。欲睇仙踪何處是？數聲鴉噪夕陽紅。

輓郡侯姚書岑先生

江城離別思凄其，遠訃傳聞一詠詩。白髮相期緣世路，青山遥涕爲心知。板輿天上猶將母，彩服雲中數顧兒。同日仙遊真異事，玉樓應已接瑶池。

答金陵友人招遊郊寺

秋光憐客客悲秋，勝友招尋一上樓。野寺斷蟬黄葉下，江天遠樹碧波浮。飲逢酒聖樽先倒，坐有詩僧句早搜。歸去□□前路近，秦淮明月好扁舟。

喜兒子汝穀秋捷詩以勉之

傳家猶自有遺編，望汝私心老益堅。顧我硯田無樂歲，幸兒學耨早逢年。文章敢謂追時輩？行誼應須效昔賢。最喜堂前娱大母，白頭看著綵衣旋。

栽花

栽花常爲惜花閒，一日園中數往還。寄語東風休薄倖，稍留春色在人間。

程鳳

字周岐。休寧人。順治初，隨父君信翁僑居灊水之泥溪，嘗之荻埠，從方子大升遊。其中表范子泰生寓桐之雙溪，因往來荻埠、雙溪之間，與桐人士相倡和。性疏放，喜麴蘖，嗜法書、名畫。大升謂其詩援筆立就，頗新穎可喜，貽我半亭詩如干首。惜也作記踰昌谷之年，修文及子淵之歲，三十一而卒，士林靡不悼惋。予故表而出之，以存其人，亦存其詩云爾。

閱海篇

無事曲肱窗下臥，有時抱膝齋頭坐。偶然檢取海篇看，只識其中間一箇。

京江懷伯兄周望叔弟周瑞

此地堂偏靜，悠悠愁思生。春風天二月，微雨夜三更。夢幻通南北，情真屬弟兄。浮踪如落絮，慙媿對流鶯。

九日舟次楊塘河坐雨遣懷

□□□重九，西風意惘然。一天前路雨，數曲隔船絃。詩思經秋澹，鄉心入病堅。繞籬容看菊，記取主人賢。

删竹

兩月廢人力，春叢滿目前。縱云陰足矣，無復致悠然。纔斸幾竿竹，便添一塊天。繁苛循吏厭，吾意欲鳴絃。

賦得日長似歲閒方覺

靜中塵事遠，流水白雲鄉。坐久漁人石，眠多高士牀。怡情裁紙帳，隨意製荷裳。不禁君消受，休云日月忙。

雪窗懷史子魚 二首

三日連風雪，梅花已百枝。天時寒主事，人事飲其時。偶作懷君句，翻成寄爾詩。須知呵凍候，一字一相思。一聯中再用『時』、『事』二字，始病其同，既歎其互對之妙。大升評。

容易三冬日，勞勞感歲華。漫天飛玉屑，滿地拂銀沙。短夢圍爐睡，長號起樹鴉。遥知臨此境，無客不思家。

秋日雜詩 七首

曉起昏眠儘自然，浮生何處受人憐？一窗細雨看書日，三徑寒風熟橘天。樹葉漸凋枝格古，硯池頻滌墨痕妍。閒情最愛詩粘壁，買盡泥溪十樣箋。

自識生平拙所爲，窮居野處正相宜。無心遂少關情事，信口翻多得意詩。曲岸粼粼潮落早，長空杳杳雁來遲。黄花風味淵明愛，好斫荆條補舊籬。

役役風塵亦久，蠅頭于我何有？不如見在工夫，且摘菊花浸酒。

空空一腹無事，飯飽案頭鼾睡。只爲落葉侵階，不時自去掃地。

路入□□人影斜，枯楊□樹亂棲鴉。再來便是看紅葉，村尾新添賣酒家。

爲怯檐前風力賒，小窗一一紙糊遮。心情近日貪秋色，頻到鄰家看菊花。

一盤供養羨奢華，堆砌香橼雜木瓜。學得蒲圃消受法〔一〕，瓦壺濃煮六安茶。

送表弟范泰生之雙溪

揖别渾無語，予懷君自知。明朝驢背上，一路送行詩。

秋日偶成 六首

緩尋墅色踏斜曛，逕到村頭八字分。借得漁舟過隔岸，望湖亭上看秋雲。

山麓人家三兩村，蘆圍院落竹編門。路迷直到庭前問，一老垂頭坐樹根。

不合時宜住處偏，雙扉深閉荻蘆編。横攲一榻山窗下，大半堆書小半眠。

曲逕蕭蕭落葉輕，和霜鳥奏半空笙。呼童好把芭蕉護，留向牀頭作雨聲。

小閣沈沈夜色冥，梧桐樹角兩三星。燈前酒醒奚童唤，數縷爐煙上紙屏。

一鉤新月透疏林，枯坐前軒夜氣侵。直到更深難就寐，蛩聲瑣碎石欄陰。

留題旅壁示表弟范掄生

適則遊兮倦則眠，行踪處處可留連。到來不覺秋冬易，一住三河六十天。

早梅

苔蘚空階緑漸回，山風吹醒數枝梅。主人莫訝難全放，不盡精神在半開。

附　春日過程周岐半亭有感

方期猷　漁村

片壤竟成園，空堂遍蘚痕。錦鮮花競放，虎倦石攲蹲。遼鶴知何日？程子時亡去已十載。吳鵑欲斷魂。生平閒字識，消受不堪論。程子閱海篇詩末云『只識其中閒一箇』，余評其下曰：『識得便消受不了。』而今已矣。噫！

衲子

釋興斧

字山足。吉安張氏子。初入金陵，爲石谿禪師剃度，秉戒于萬松響谷禪師，隨參天界，次謁青原，受法無可和尚，奉和尚命應桐邑請，就席華嚴寺，修山志，建藏閣，送天界、青原兩録入嘉禾藏。池州喻太守迎主九華，一時皈依者衆。旋歸浮山，置齋田，葺殿宇，百廢具舉。戊辰上元後，召大衆，出衣履爲記莂，飄爾長往，寄錫京師之觀音寺。預示順世之期，以三月十四日沐浴更衣，趺坐而逝，七日如生。吾鄉張宗伯爲召匠寫真入龕，京師觀者如堵。首座定崖迎歸，塔于浮山。世壽五十三，僧臘三十四。所著有浮山録、五燈綱宗，其一莖草前後詩數卷，吴水部無齋、張宗伯敦復咸爲序以傳之。

丙午首山解制送友還廬山

罷講鐘聲亦苦吟，情難别處是知音。聽殘更悄風生座，響答天空鳥散林。竹杖青扶孤客興，梅花白照故人心。明年□踐匡山約，五老峯頭踏翠尋。

陪□銓部遊白鷺洲

廬陵城外一孤舟，千古波心作勝遊。不聽風聲悲往事，唯看□影上層樓。山高兩岸雲常合，水闊四圍天欲浮。謾道狂瀾無砥柱，巍然臺閣壯中流。

本師命余送李公之洪都除夕阻風劍江

從來消受是蒼涼，此夕孤舟敢自傷？燈影看無窮歲月，灘聲洗不盡風霜。江天非我成寥廓，海岳憑誰補混茫？劍氣當年今尚在，試看殘雪舞寒光。

庚戌二月本師命住浮山華嚴寺有感呈延陵諸公

古寺時悲春色徂，杜鵑啼血雨荒蕪。司空字鎖蒼苔碧，晉川劉公。太史心同老桂枯。觀我吳公。棋局未殘容客補，歐陽請遠公因棋説法。天風欲醉倩誰扶？雷半窗有『天風醉花鳥』之句。華嚴此日堪彈指，樓閣門開水一湖。

次韻答吳函雲水部請開鐘板

謾言重啓太陽宗，且挂懸崑久廢鐘。撞破蒼松穿澗遠，擊開翠竹點山濃。響時浪起雲千頃，聽處光生月幾峯。一旦豁開天地夢，恐驚頑石作飛龍。

將修浮山志先柬潘木厓先生

浮山名重大江東，到此遊人感慨同。碣石殘非秦代火，天池鑿豈漢時功？題封洞口蒼苔厚，月冷巖端薜荔叢。點綴千秋無墨迹，煙霞寧不笑虞公？

秋日哭方還山少府

悲歌此日動江城，風雅龍眠失主盟。落筆已教千載重，□□□□一官輕。相期暑退窮山水，豈料秋來隔死生？唯有四松青不改，寒濤猶作斷腸聲。公有四松莊。

庚申人日送李士雅歸草堂

茫茫世事總浮槎，誰識龍眠處士家？山水興能寬歲月，利名忙不到煙霞。我從七日來三徑，君向孤村載五車。無限東風都領略，可堪招鶴返天涯？

懷喻太守

道人世事了無關，唯有池陽夢寐間。月到青溪明九子，杏飛紅雨點三山。詩中畫作煙雲響，畫裏詩歸天地閒。謾説今年書信杳，庭前芳草接芳顔。

吳門喜遇方有懷同宿開元寺讀其近詩感賦呈張學博如三

何期千里外相逢？共聽開元寺裏鐘。月向詩中歸正派，雲從筆底變奇峯。波瀾世態心原冷，山水途窮興尚濃。今夜若無知己榻，那能抵足話從容？

次韻答吳克菴農部

既愛玲瓏水上山，天然面目待君還。懸巖有竅容誰鑿？絶壁無藤共我攀。杖底撥開千嶺峻，筆尖點出萬峯閒。鴻濛已付凌雲手，只在今朝指顧間。

□□行明府過浮山

前驅都屏卻，兩度過浮山。剔隱看雲起，探奇愛石閒。不容酒入寺，唯許月臨關。談到忘機處，天空一鶴還。

張南邨秋日見訪浮山

十年前許入浮山，今始乘舟過遠關。月聽談時天動色，洞經題處石開顔。一莖草長聲名外，公爲余選一莖草並序。三世情存筆墨間。謂杖人藥地，詳序中。最愛蕭蕭風雨夕，秋燈留得故人閒。

酬張敦復宗伯選浮山十坐處爲余作詩序

華嚴寺後雙桂下坐

華嚴寺以後，雙桂緑悠然。蔭塔枝千古，有青原先師塔。藏峕葉一天。花開曾見性，黄山谷聞木樨花香得悟。樹老竟忘年。勝槩容誰選？名憑太史傳。

金谷巖西種茶處坐

金谷種茶處，難將一筆描。披麻皴磊落，斧劈石岧嶤。松老青盤壁，藤深緑擁橋。輞川人再至，點綴在今朝。

紫霞關坐

立馬峯前石，門開接四郊。紫霞横嶺脊，赤壁墮林梢。外望山無路，中行道始交。過關人偶坐，談笑鶴鷲巢。

首楞巖坐

首楞巖壁立，到此興偏豪。白湧三江遠，青騰九子高。眉端翻竹浪，足下響松濤。更愛山花發，香風上布袍。

達子巖前竹下坐

到此幽篁好，巖前意若何？萬竿青疊浪，滿徑緑生波。直節凌霄漢，虚心傍蔦蘿。今人思不盡，對此發長歌。

石龍松下坐

松愛石龍上，坐看天一涯。四圍山潑翠，夾岸瀑飛花。鳥語知時事，鐘聲樂歲華。亢潛雖有别，出没總煙霞。

指月石坐

指月石何處？高鄰九帶堂。羣峯環左右，萬木揖低昂。板屋藏春草，村鴉噪夕陽。山深興不淺，曳杖過平岡。

嚮雪橋坐

橋何名嚮雪？噴白澗成聲。石瀉晴飛雨，濤傾雨亦晴。高人頻縱目，野鳥竟忘情。宛坐石梁上，四山天宇清。

佛母巖前石楠樹下坐

古今遊不絕，誰勒石楠名？ 葉向春前赤，枝從冬後青。 盤根連海島，直幹接天庭。 宗伯留題處，無山不藉靈。

妙高峯坐

欲收浮渡勝，直上妙高層。 望闕峯頭立，看雲杖底興。 松招千載鶴，石長萬年藤。 回首天無際，平湖月漸升。

懷吳克菴司農次杜少陵韻 公曾爲萬載令

治平誰第一？ 當代有吳公。 里巷歌猶在，江山思不窮。 日寧容海浴，天豈讓煙籠？ 才大睢陽節，西江萬載同。

張宗伯奉御書心經供浮山華嚴寺

御書經奉到浮丘，永供華嚴寶藏樓。 三十六巖尊玉璽，經首印以『清寧之寶』。 百千萬祀壯皇猷。 鸞翔鳳翥雲端落，虎嘯龍吟筆底收。 備極晉人深密法，奇才天縱更風流。

宿遷客舍

馬到孤城落日斜，北風一任捲黄沙。莫言此夜身爲客，一枕安時即是家。

望泰山

望裏孤峯起，嵯峨直到天。秦松撑落日，漢柏裊寒煙。無字碑誰讀？有心人自傳。何時登絶頂？一覽衆山川。

病中感懷呈董王朱蘇諸公

久把殘軀付化工，住山行脚任窮通。短鬢消受江南雪，病骨磨成冀北風。看破古今燈影裏，聽來天地苦聲中。誰云世外無知己？高士名流興頗同。

至都門次王申伯先生韻

得傍軒車達帝畿，笑談終日把詩題。同君一到長安後，無限春光襯馬蹄。

釋智操

字寒松，別號隱翁。邑中嚴氏子。幼穎慧不凡，年十有八，因寇亂，二親皆喪，祝髮爲僧。偏參知識，後嗣法於洞宗百愚和尚，繼青龍席。辛亥，赴國山善權之請，次遷靈山安樂、弁山龍華。凡坐名藍，唯以第一義鉗錘學者。晚居白雲香山寺，葺殿宇，植松竹，大建法幢，規矩重疊，疇昔之碌碌庸僧以世法爲佛法者皆斂迹遁去。夫香山東接浮渡之華巖，西鄰潛岳之山谷，得公爲巍然開法第一代，遂與華巖、山谷共稱『三叢林』，永作選佛場矣。戊辰正月，曳杖説偈而逝，荼毗之頃，香聞四佈，得舍利五十餘顆，邑士大夫咸以詩文紀異，因建塔於本寺之中峯，春秋六十有三，僧臘四十有五。説法三十餘載，所刻有語録拈頌、方外英華、拈來草九□□共二十卷行世。婁江吳學士梅邨、吾里方宮詹甦菴、松陵俞隱君無殊皆亟口贊歎，推服其詩，以爲必與録並傳，豈欺我哉？付衣雖不乏人，能印宗旨不墜者，昊公淳菴已駐錫貴池，而香山方丈則公親授麟公天瑞，爲嗣法第二代云。

別硯

客有四方志，去去尚沈吟。客離還可晤，硯離不可尋。硯問余何適？遠在薝蔔林。知足空天地，乘閒閲古今。我元不逃質，停雲飄素襟。半瓢乘野色，一杖荷松陰。念子生平志，潤得古人心。留助知己者，銷磨歲月深。

訪陳其年史雲臣賦得白雲深處

地僻絶無塵，風光高且曠。濤聲萬壑連，漁樵尋莫向。中有飲翠人，翛然忘得喪。素懷羅百川，白眼空千嶂。門掩青霄雲，夢翻滄溟浪。我來訪舊棲，無心到月上。回首問家童，笑指煙霞宕。

和東坡戒殺詩

水有蓮可肉，山有筍可汁。但將筍與蓮，日可飽脣溼。物我同性靈，稚耄戒在得。護生悟尚遲，恣意何太急？惜珠因惜鵝，惜語因惜鴨。相殺在虛鄰，相訴在幽冪。血畫刃邊痕，濺來天亦赤。骨亂澗邊堆，横來地亦白。今雖異影形，昔也曾冠幘。人能爲物憐，物亦代人泣。人物兩相憐，惻隱心不缺。蔬可供高人，茗可飲嘉客。苟不昧素心，心可與神集。

寄懷王玠右名世兄弟

美人兩兩江之芷，江煙一帶隔秋水。停雲正在大江頭，目斷東皋劍氣紫。陡有瑶章天外來，高歌雅坐春風堆。波浪遡洄三泖竭，繁華一洗六朝灰。仙臺多見暮雲起，十載神交惟一紙。山川老我興扁舟，風月知君心萬里。青谿谿上沙草深，黄浦浦邊魚雁沈。野客秋晚誰相對？再期山水共談心。

秋　燕

畫棟時頻入，涼風復見侵。語疑辭舊主，飛似戀知音。香謝銜泥潤，衣輕掠水深。明年春社到，還向玉堂尋。

過訪

寓吴江包朗威張九臨陳長發吴小修聞瑋趙砥之山子叔子顧樵水喻非指

秋老蒼煙外，林幽雨露新。雪灘逢釣叟，蕭寺作詩人。静極聊堪隱，閒多剩得貧。他時攜一策，乘月問遺民。

訪何山幽禪寺有感

爲訪幽禪寺，千山策一笻。藤花迷斷碣，谿水咽殘鐘。砌老雲根活，萊深屐齒封。如何天上月，不照此杉松？

重遊浮山

金刹知何處？鐘聲杳靄閒。常因尋碧澗，幾度問青山。屐齒留新迹，苔痕識舊斑。白雲猶曉事，時伴老僧還。

過崑山訪乾一諸豸史

昔年幾度夢登臨，今獨尋流入上林。鶴立松梢翻素羽，鴻來天外墮清音。筍抽石竇和煙煮，茶熟蘭泉帶月斟。話盡殘燈蓮漏永，寒光獨照故人心。

訪吳司成梅邨

欸乃聲中夏日長，薰風影裏挂危檣。孤雲出岫三年別，一水環村六月涼。路入疏籬分□徑，香流遠浦識芳塘。談深相共忘天暮，夕照絲絲柳數行。

寄懷顧茂倫

江天空闊曉風清，遥望松陵紫氣横。廿載英華招逸士，半窗滴露引書聲。青山有約音遲寄，緑水無期夢欲生。浪迹煙霞惟我輩，何時相對數閒情？英華，茂倫集名。

同乾一登二十三峯閣分得龍字

乘暇登高訪舊踪，喜同知己話從容。星懸古瓦光堪摘，雲繞虚窗影欲重。紅藕香中千尺壁，緑楊蔭裏廿三峯。凭欄時喚沙鷗問，道是何人起卧龍？

喜徐松之過訪

竹徑參差久不删，偶逢蠟屐破苔斑。煙霞老我多年思，湖海留君半日閒。興到松間歌白雪，倦來枕上對青山。牽人更有情深處，鐘送黃昏月一灣。

遊投子寺有感

凌風一嘯白雲隈，轉入空林草木哀。斷碣不堪頻拂拭，野猿何事獨徘徊？月臨谿畔詢幽徑，花落巖前覆劫灰。回首山靈相借問，幾時得聽曉鐘來？

顧茂倫王咸平選先師百老人同予詩入方外英華集梓竣承送閱拈謝

徑僻幽深歲月忘，誰分桂櫂載文章？清標客已傳摩詰，逸韻人猶頌野王。林接好山來翠遠，池開曲水引流長。展看欣有知音在，欲報還期問草堂。

山居

閒攜片笠到山家，瀑響松風自煮茶。啜罷歸來天欲暮，半肩明月半肩花。

仙人牀

閬苑仙人笑語温，白雲一榻臥黃昏。年來想是飛昇去，枕簟猶餘石上痕。

學士亭

窗開曲岸抱清谿，雲作珠簾捲户西。視草不須人秉燭，一亭明月代青藜。

九峯主人歌

山藤踏偏戀江沚，第一奇觀稱松水。峯峯屏列泖如環，造物峻深雅無比。予每遨遊蒼翠中，呼仙呼釋問主翁。盡道不知何者是，歸來滿袖貯清風。今晤九峯欣有主，瀟灑懶與塵作伍。慕道多年輕利名，機耶雲耶非其數。時或同歌何有鄉，左佘右厙相和長。時或同歌廣莫野，高踏鳳凰跨天馬。詞場墨陣排無讓，唯善鐵崖呼欲上。九峯煙接衆峯煙，泖湖浪接瀫湖浪。天生奇境何磷磷，一日十登不厭頻。我愛青山藏我拙，青山愛主得其人。寄語探幽俠劍客，風光莫並韶光擲。好生擊碎利名關，來到九峯賡白雪。

秋夜懷諸乾一董得仲倪思曼

秋聲來何處？老我湖上山。湖山堪寄迹，故人久未還。沈吟扶杖起，問月出松關。明月殊不妄，照我鬢毛斑。一步一俛首，徘徊興欲攀。仰天舒長嘯，餘響荅人寰。寒泉流碎玉，落落瀉蘆灣。懷人千里夢，猿叫數峯間。

賦得緣雲擬住最高峯

爲愛青霄好，餘情總莫聞。卻招松頂鶴，同住嶺頭雲。春色高低共，秋光爾汝分。是誰知此意，一徑下斜曛？

熊司馬蔣太史同遊張公洞

久熟張公洞，乘閒適勝遊。古藤攲怪石，飛乳結重樓。雲竇通幽静，霞光帶溼流。如何荒壤處，亦自有丹丘？

過雲際寺

探幽獨得入重巔，一杖斜擔萬壑煙。水滿石潭龍乍起，雲飛松徑鶴初眠。巡檐清磬敲明月，抱嶺疏鐘扣碧天。何處僧歸谿上影？好來燈下共談禪。

江夏張千户全家殉節和韻

煙捲黄沙鼓角時，一聲吹動滿城危。魂銷馬革荆山冷，血濺蛾眉漢水知。細雨催花添客淚，空林啼鳥代人悲。全家雖載千秋史，金碧還留佛火垂。

和戴恂九春日過訪韻

香老梅花識素心，無干寵辱古猶今。文章不易連城璧，聲價先馳翰墨林。明月一壺青嶂曉，高風滿徑碧雲深。朝來展讀臨軒外，錯落珠璣助客吟。

竹　杖

不必輕投棄，時陪出遠山。摩娑青骨瘦，常帶白雲還。

經脱白處　崇禎癸未，薙髮桐城地藏閣，七日即徧參。康熙癸亥，過此感賦。

撥草桐陽翠滿樓，繞城山水轉長流。翻思髮落軒前日，一杖翛然四十秋。

六十自敘

夢托高僧兩鬢霜，聲啼户外報更長。當年愧與潮同日，此夕空傳滿室香。母氏夢僧借寓，産時聞香。

讀木厓集 二首

風雅争傳已有年，忽遺珠玉滿庭前。情知陶謝應無敵，寫入香山第一篇。

乾坤老我不知年，姓字時聞客在前。一帶雲霞裁古句，兩京風月展長篇。

寓靈泉陳越樓姚羹湖丹楓潘木厓戴叔冶方世五東來過訪

别後鴻音半有無，高軒遠過草亭孤。徑荒無假凌晨掃，天遣檐華洗石衢。

深林寂寂鎖蒼苔，惟有白雲去復來。靈鵲不曾傳信至，燈花昨爲故人開。

柳外旌旂拂曉塵，英耆驚喜白頭新。那知一會靈山客，來訪三生石上人。

舟發揚子江訪青龍北和尚議刻先師遺稿

櫓聲摇曳水聲清，千里尋幽一櫂輕。獨抱琴書梯白浪，不知身在畫圖行。

同青龍北和尚送老師全集入楞嚴大藏

兩兩冰心水一灣，知心猶在海邊山。遺風載上鴛湖月，深貯樓臺翠靄間。

寄贈袁重其

吴水悠悠不計年，吴山渺渺隱高賢。鬚眉尚未逢袁粲，耳畔唯聞霜哺篇。

釋音時

字竺怡。邑人王氏子。年二十三謁巔愚和尚祝髮，與尊宿元白同參，雅相善，巔公兩器之。嘗謂元白曰：『道吾雲嵒他日上座好爲之，華亭船子吾事也。』徧游講席，至飛來峯下，忽歎曰：『一動不如一静，飛來幾誤矣！』遂歸桐。時左侍御公三山雅聞其名，請駐錫媚筆泉。吾桐山水最龍眠，而媚筆泉又爲龍眠之最，公辭曰：『枯禪安用名山乎？』募邑西龍井深處，燔蕪穢，誅茅數椽，顔曰『西竺庵』，獨居廿餘載，以病就醫藥，遷于郭外孫氏之北溪。癸亥首夏順世，世壽六十有九，僧臘四十有六。公善詩，善琴，善書畫，畫宗北苑，書法章草。性韜晦，不輕示人，人得其寸縑尺楮皆珍之。其居西竺時，馬子虎岑、祝子樸巢嘗過訪，留之宿。丙夜待月，兩人乘興賦詩，撚鬚吮毫，略不顧公，公亦默默側坐。詩成，戲以似公曰：『竺公其一寓目乎？』公稍爲點竄評騭，兩人大驚，曰：『公真善詩者！』已而歎曰：『十年來知□□盡如此。』搜其篋，得詩若干首，曰：『是不及散軼之半。』樸巢、虎岑因各爲之序。金陵顧君與治論詩慎許可，獨愛公真趣，掃除一切，得未曾有，即其詩品可知已。

春暮懷陶二

閒聽流鶯囀，春光不我留。故鄉千里夢，客舍一天愁。有友羈燕地，斜陽想去舟。皖江清夜月，何日共君遊？

夏日居清涼寺見清涼國師影偶成

金陵多古刹，此地倍清涼。入寺參遺像，登堂禮梵王。空山依性寂，小艇應人忙。翹首白雲外，何時返故鄉？

次二彧晚坐清涼亭韻

浪迹天涯此暫居，遊人接武舊知疏。遥看牛渚千帆影，近覩龍亭六代書。幾點晚煙籠遠樹，一痕新月映前墟。坐來話到無言處，忘卻霜華點素裾。

挂錫吳門寄示長干璣子時予將遊越

錫杖蒲團曾到處，賤軀今復爲饑驅。支硎景物殊寥落，蓮社交遊半有無。賴與杜公成二老，相從芒屩徧三吳。時與陳默公居士同行。明朝又放山陰櫂，勾踐宫中聽鷓鴣。

同陳滌岑樞部過虎丘

布蓬艇子自夷猶〔二〕，蕩槳循崖過虎丘。法席已圓猶見昔，石人獨立幾經秋？風流太守因堤在，寂寞名姬有墓留。弔古情深天欲暮，數聲欸乃宿蘇州。

月夜泛舟

汎盡長江險，平河自在行。推窗來遠色，攲枕得歌聲。市語通宵鬧，漁燈傍岸生。同舟雖異地，宛有故鄉情。

喜祝山如馬一公兩居士見過

□伴閒雲住，偶聞空谷聲。交情深夢寐，禮數略逢迎。禪寂花分笑，窗虛月吐明。聯吟同擊鉢，宿鳥亦頻驚。

即事

諸方蹋遍懶談玄，小構茅廬樂自然。插槿編籬因護筍，引泉入沼爲栽蓮。琴調石榻消□晝，鉢洗溪流動碧天。不記春秋忘世代，野雲深處抱枯禪。

中秋雨霽

飛錫鄉關外，秋光此夜清。一輪微月上，四嶺晚雲輕。榻擁殘書夢，鐘歸落葉聲。禪扉雖靜掩，不減庾樓情。

何木末過訪留話竟日作此以贈

一片香雲鎖上方，何緣命駕竟登堂？談鋒捲霧終朝對，麈尾生風六月涼。慧業自慙惟儼短，交情偏覺曼卿長。相看不忍輕相别，斷續蟬聲噪夕陽。

初夏偕陳克謙止一遊玉蘭庵

幾年不向玉蘭遊，此日攜笻正麥秋。路繞雲梯知力短，山藏精舍覺僧幽。庭前古柏青相蔭，林表飛泉白亂流。坐久忽聽蓮漏發，朧朧夜月碧峯頭。

秋日寓椶川喜晤一任即送其之廬山

相逢錫杖落椶川，更喜兵船阻客船。一月連牀風雨話，十年藏匣水雲篇。蛟臺古道飛紅葉，鹿洞新幢擁白蓮。兩岸蘆花相送遠，一帆西挂暮江煙。

山　居

□築龍泉深處，繞籬盡是梅花。階下負暄獨立，香風直透袈裟。

春日方還□□□過訪分得裝字

短策輕衫入□□，□□居士半僧裝。貝函能助談鋒健，澗水尤添茗味長。拂蘚坐來衣□緑，踏花行處草鞋香。谿橋送別天將暮，又伴歸雲宿翠篁。

訪窮崖

老拙躭閒只隱身，因君策蹇問迷津。柴門漾水成新徑，茗碗論心喜故人。野鳥數聲啼欲暮，梨花幾點送歸春。擬攜筆墨圖佳景，策杖看山不厭頻。

北溪喜雨

老年宜負郭，因愛北溪平。徑傍疏籬曲，菴藏修竹清。歸雲將鳥宿，驟雨起蛙鳴。明日柴門外，流泉應有聲。

懷鄒方魯

湖海交遊久，如君風度稀。詩除蔬笋氣，體稱芰荷衣。多病殘身在，遥天客夢違。節霞談笑處，回首尚依依。方魯家有節霞堂。

過小龍月居庵訪徵巳静主和壁間韻

谷口雲封入徑斜，松篁曲曲引溪譁。一龕減塑木像曰減塑，泥像曰增塑。前朝像，兩點寒燈徹夜花。司馬當年遺勝迹，庵爲孫司馬建。安禪此地卻繁華。空山自有天人供，明月清風不用賒。

北溪即事

萬竿修竹裏，永日絶塵氛。静撫箕山操，閒評籙海文。人情病境見，世態□□□。□有前峯色，相看日每曛。

釋照賢

字歲五。□□山王氏子。爲樂岑廣公同母弟。年五□□□□剃染于與疏彣公[三]，受戒于棲雲無絃和尚。幼具夙慧，□□□竺元白尊宿嘗問其何年祝髮，以五歲對，因即以『歲五』字之。頗留心吟詠，宵旦不輟，使其早事推敲，又得導師繩削，雖皎然、貫休，不足多也。寂後始見其稿，爲之歎息移日，姑存片羽。徒普易年纔十歲，亦有兼人之慧，能承彣公衣鉢者。

遊春次韻

垂柳溪邊一徑斜，扶筇款步興彌賒。依依緑樹寒煙鎖，隱隱青山碧霧遮。鶯語欲調求友舌，桃枝猶放隔年花。尋芳難盡歸來晚，明月清風噪暮鴉。

校　記

〔一〕圃　疑當作『團』。
〔二〕蓬　當作『篷』。
〔三〕彣　字待考。

龍眠風雅續集卷末

蕭山毛　甡大可
涇陽李念慈屺瞻
寧都曾　燦青藜
吴江顧有孝茂倫　選定

潘　江

字蜀藻，一字耐翁，别號木厓。

陌上桑

日出東南隅，先照城中樓。樓中有佳人，姓秦名羅敷。羅敷不出户，孰敢萌異圖？方春務蠶桑，采桑來陌頭。首戴九華玉，耳綴大秦珠。香綺爲衣帶，紫羅爲裙裾。道傍有行人，隴畔有耕夫。觀者纍十百，目目視羅敷。求桑亦有伴，佳麗皆不如。采采未盈把，相顧失金鉤。嬉者忘其嬉，遊者忘其遊。東西相馳逐，愛與羅敷俱。一解

不知何官長，軒駕臨通衢。見此生懽悦，遣吏致區區。使君多姬侍，無如夫人殊。力桑徒自苦，倘可與同車？羅敷前置對，使君行且休。羅敷他人婦，使君他人夫。二解

羅敷有夫壻，巍巍專城居。千金買駿馬，百金買轡頭。前驅陳騶從，後隊擁徒胥。一朝入

公府，意氣何軒渠。二八名家女，三十上大夫。結髮爲夫婦，恩愛匪斯須。采桑亦何爲？反貽夫壻憂。寄言閨中婦，慎無踰門樞。三解

龍眠二烈詩 二首

項烈婦潘氏 諱巽，進士項紹芳之妻，從兄迴瀾之女也。

吾宗毓閨秀，紉佩紛芷若。阿翁性嶔崎，與我少同學。猶記生女時，不減生男樂。汝髮纔覆眉，汝翁趨戎幕。殷勤臨別言，勖我生死託。望斷嶺南梅，不返遼東鶴。母女顧相依，凶歲守窮約。秉性既幽貞，賦質復柔弱。緋洸聊自存，饔飧採藜藿。及笄始議婚，東鄰饒媒妁。蒼黃卜筮中，擇壻得項橐。醮詞代阿翁，西向酒三酌。往哉事夫子，禮法稟鍾郝。梁鴻甫出關，陸機旋入洛。再登計偕車，文譽騰秘閣。私心欣有歸，九原亦可作。翟茀雖十年，服玩仍澹泊。謁選入承明，反被微名縛。鸞翮方排霄，千里投矰繳。凶問自北來，鄰里咸驚愕。憔悴深閨夜，泣斷寒城柝。絶食已三旬，母在姑徉諾。既念結髮恩，此意安可薄？雙鬟不及知，慈母亦弗度。衰絰拜靈前，從容歸冥寞。病骨廑支牀，就義胡踴躍。持此報所天，中心庶無怍。曄曄寶婺星，白日嗟隕落。平生篋笥藏，一任豺虎攫。猶能感侍婢，奮激委溝壑。悠悠舂杵人，哭聲震西郭。

江烈婦夏氏 諱諧，諸生江迴之妻，夏少府統春之女也。

龍眠有夏氏，往往多偉人。子效爲孝子，元夫爲忠臣。孺人忠臣女，賦性本清淳。幼秉保姆訓，壼範知所遵。視聽罔陜輸，修潔及梖榛。十七始于歸，舉案叶良辰。操作井臼間，黽勉忘其貧。淑問播姻黨，仁風被四鄰。吾弟與江子，連袂託情親。熟諳少君賢，福履必駢臻。秋颯起鵰鶚，江子充國賓。花筆未及揮，零落秦淮濱。孺人聞凶耗，憤激不顧身。口呼江子字，頭觸楹間桭。四肢爲之彈，兩目爲之瞋。握透平原爪，嚼穿睢陽齦。淚盡繼以血，膚裂無完唇。展轉牀蓐間，絶粒遂經旬。一朝靈輀至，驚起如有神。再拜謝夫子，浩氣橫秋旻。剔目與斷臂，區區安足論？吾弟既不禄，厥婦亦貞純。守死二十載，植節如松筠。皭然稱雙璧，難分玉與珉。江子吾夙好，膠漆比雷陳。中路惑讒言，懷疑生怨嗔。因婦敬其夫，刑于良有因。大節炳千古，疇能没其真？

先王母見背方繡山民部王暟文學博各寓書枉唁兼惠賻儀賦謝

鄰喪春不相，大禮垂訓辭。匍匐救有喪，谷風載歌詩。生長同鄉曲，弔賻有常儀。矧在大母行，節孝兼壽耆？伊予罹凶閔，中心憯以悲。上感賢明宰，洎我慈惠師。誄詞揚彤史，酒漿羅寢帷。親故曁族黨，赴弔皆及期。哀輓與酹奠，一一有隆施。豈無二三輩，生芻曾莫遺？亦有輕薄子，訃聞若罔知。彼哉何足較，適自形衰漓。廣文英山麓，民部秦淮涯。雖有死喪戚，無由寄所思。顧念杵臼義，慰問各孜孜。手箋及賵贈，道遠咸致之。古道不可復，高風良在兹。再拜陳靈几，中懷永不移。

同王寶臣遊安國寺訪雲白時習兩上人有懷晦山和尚

散步出郭門，晴日被廣甸。煙靄既清疏，林風亦平善。行行闤闠殘，樹杪浮屠見。衰草乳母墳，荒基定惠院。琅琅聞鐘聲，石梁水微濺。披榛取曲徑，摳衣登佛殿。上人梵誦餘，茶瓜留客便。清言見禪機，竹石徵雅撰。因憶蓮社賢，祖庭復何戀？晦山時住錫四祖山。匡牀挂瓔瓢，虛室存几硯。遂穿蔬圃歸，漸踏香林徧。復訪鄰菴潮音師不值。賴君幽興熟，江山始識面。雖無濟勝具，詠歸弗言倦。不有同心人，嘉會疇能踐？

悼亡妻方氏用安仁韻 三首

旅食阻京華，日月屢改易。家書非不稠，苦被關山隔。入門見素幃，啼號已無益。我無朝命榮，胡爲此行役？不待秋風來，房帷已寂歷。梁餘燕啅泥，榻有鼠行迹。聞爾病劇中，宛轉扶牆壁。凭立氣稍蘇，假寐心轉惕。紙窗背燈光，猶疑孤影隻。相距僅浹旬，死生蚤分析。欲哭防母知，吞聲淚暗滴。寒宵手上絲，牀頭猶委積。誰謂鼓與鐘，他人恣考擊？作客半年餘，辛苦累萬端。方期秋暮歸，與子語夜闌。豈知入我室，人亡影已單。上憂老母饑，下念稚子寒。稚子共我宿，秋月方朧朧。夜半呼阿孃，不知牀簟空。燈花落殘燼，簾幕生悲風。思極都無夢，何由見爾容？爾容應憔悴，疾患攻心胸。轉憶未病前，尋思思不起。惟有出門言，琅琅貫予耳。君意自纏綿，吾豈猥薄子？同穴指皦日，遥遥踰二紀。王駿洵可師，龐參良足鄙。王駿，漢人，妻死誓不繼妻〔一〕。

盡室皆宛然，斯人獨長逝。奪我閨中友，真宰一何厲！婺曜歛光芒，白日莽昏翳。不知磨蝎宫，今歲是何歲？非無達者觀，淚出不能制。朝亦銜淚奠，暮亦銜淚祭。予淚有時枯，予心悲無盡。援理意暫寬，觸境緒旋引。他人强慰藉，安識予憂慜？歸家曾幾時，木葉衰還隕。木落有再春，琴斷無完軫。粉版題虚位，舉筆吾何忍？舉筆不能下，空堂獨躊躇。霜華被階戺，燈影暗庭隅。悲風動丹旐，得非魂返無？靈馭日以遠，焉得有回車？撫几一長號，涕淚霑餕餘。

寄幼兒仁樾入贅京邸

古人重婚姻，親迎乃爲貴。入贅亦偶爾，嘉禮固無二。方春甫納徵，憐汝齒猶穉。生長十五年，何曾百里離？一朝涉長途，徧歷關山瘁。泥淖没車輪，羽檄飛驛騎。驅馬出東門，未行心先悸。念汝遠就婚，家人黯含淚。阿母不及送，形容汝應記。阿翁送汝行，臨河發長喟。登車各愴神，還家轉酸鼻。老親亦涕零，兹行何造次。自此懷抱間，百憂縈夢寐。心逐馬蹄馳，淚共雨絲漬。冉冉征途中，一月到猶未？望斷薊門鴻，忽報雙魚至。知汝到京日，懽聲舉家沸。又聞汝婦翁，卜吉期已遲。客從長安來，探出懷中刺。喜汝忽長成，稱汝果瓌異。開函未及終，展轉予增愧。汝婦壼範嫺，四德知必備。汝昔在家日，頗盛自標置。今兹方有室，勿墮平生志。京兆工畫眉，東萊作博議。妝臺傍筆牀，芳躅定誰企？署静好論文，晝長堪學字。當入萬卷樓，經史貯腹笥。下物非不多，斗酒莫輕醉。須令婦翁心，常似初來意。我友張太史，侍從趨中秘。王母外家親，故人猶子義。問難倘過從，古義豈遐棄？慈仁幾樹松，西山數峯翠。講肄有餘勤，結伴亦把臂。謂姚庠若、張卣臣也。但當一登臨，未可太縱恣。我老生計拙，長夏北窗睡。常防收責人，兼畏催科吏。閉户簡應酬，衹弄雙孫戲。婚嫁雖粗完，五嶽何時遂？早暮過書堂，汝兄一人侍。少汝讀書聲，久冷同牀新婦初入門，百兩競迎致。老屋僅數椽，修葺良不易。執豕廚門東，酒食匪細事。歸期早雁傳，莫待折梅寄。回首白雲飛，有人念予季。

二蟲篇 二首

長夏家居，逃暑無地。晝蠅夜蚊，來相擈擾。然是二者，其來也有聲，禦之差易；其飛也有翼，驅之非難。獨是二者之外，又有跳蚤、鱉蝨，乘於暗而不及覺，驅之去而莫知其來，尤爲難堪。因各拈一首，以代飛檄，敢效微之詠七蟲，庶幾叔敖殺兩頭云爾。

有蟲躁而輕，厥名曰跳蚤。託生溲勃中，氣濁色亦皂。賦性何靡常，受形太眇小。嘬嚼最堅利，奔躍頗猥佻。自矜黔驢技，儼然强哉矯。捫之甫可獲，少緩迹旋杳。追捕曾莫及，無力欺我老。一中毒螫傷，肌膚不勝撓。痛定久乃癢，安得麻姑爪？有客授我方，振衣向盆沼。竹橋那用渡，泥泉縱一飽。決堤智伯殲，囊沙龍且勦。寄語避蚤人，水攻胡弗早？

有蟲黠而狠，厥名曰鱉蝨。象形如黿鼉，誅心等鬼蜮。冬春寒沍時，聚族猶潛蟄。陽氣甫憤盈，肆毒遂無匹。伏匿牀笫間，趦趄不輕出。一出便殺人，噉血恣咀吸。擁腫行似艱，多足走偏疾。瞥見緣衣領，欲俘股已栗。不惜遽成擒，遺臭恐難即。有客授我方，投牀炎火側。席薦愼勿留，襆被亦莫恤。鹿臺頭俱燔，郿塢臍不熄。寄語避蝨人，火攻胡弗亟？

懷許綏人邳州十首　選五

君本孤介士，祇合潛山林。宦海當今日，波浪深千尋。持君彊項性，焉能與浮沈？憶昔筮仕初，君已二毛侵。少壯辭弗就，三十年前曾拔鄉貢，不仕。垂老翻不禁。親故皆慫慂，解橐釀多金。我雖不敢沮，欲語還沈吟。豈知除目到，驅君去淮陰。江船數更易，顧賃力不任。迢迢千餘里，一去無嗣音。昔爲雲與龍，今爲辰與參。側身一長望，淚下徒霑襟。

霑襟復搤擥〔二〕，念子盡室行。一男甫五歲，兩女猶孩嬰。大婦挈小婦，辛苦事長征。渡江又渡淮，載書不滿籯。掀簸濁流中，日夕凡數驚。學宮成澤國，蛙黽游空城。僦居羊山巔，破屋無三楹。麥飯且不繼，遑問秫與秔？聞子捐薄俸〔三〕，召匠重經營。寒官事畚鍤，拮据良非輕。還恐西風緊，秋高魚龍争。花山口再決，使君牆屋傾。

花山竟如何？水至屋旋倒。妻子蹴蹐逃，少緩幾莫保。手提數卷書，襆被無乾燥。四顧將焉之？堤短人家少。假館韓王孫，荒徑爲君掃。眠餐但得地，不問室廬好。回首盼舊巢，飄泊隨荇藻。嗟君命不辰，艱危苦未了。能堪幾播遷？婦病姪復夭。容膝雖有家，一飯安得飽？

長吏與師儒，士民各有屬。父母教子弟，尊師禮宜肅。斯道既淪替，詩書罷百六。紈袴綰銅符，厭薄儒冠服。醴酒尚不設，寧復繼粟肉？夙尚本安貧，老學且秉燭。鳴琴無斗筲，此意殊不俗。但恐妻兒嗔，糠籺抵苜蓿。故園粳稻香，爛蒸子鵝熟。得歸召故人，飽食死亦足。

龍眠别峯西，是君廬墓處。猶記偶邀仙，贊賞非無據。偶邀仙，綏人所請降乩仙自署也，曾爲其先塋作記。窀穸神所瞻，松楸手自樹。攀號曾幾年，遽被微官誤。付託雖有僧，衰齡等朝露。羣從燒紙錢，但上蒿墩墓。道遠不遑將，樵蘇失守護。知君腸九迴，夢繞白楊路。歲時缺蒸嘗，風雨嗥狐兔。南望涕淚多，不獨清明故。

吳克菴民部以詩稿見示中有讀木厓集詩次韻和答

杜陵裁僞體，射洪變正雅。鼓吹三百篇，依稀追屈賈。寧爲狂狷真，不學鄉愿假。我讀二公集，氣懾長平瓦。後來學步人，撏扯工鈔寫。和扁診其疢，能取不能舍。王李啜糟醨，鍾譚弄土苴。白雪儷黄金，矯之用者也。泱泱大國風，澒洞詞源瀉。君洵風雅宗，予豈知音者？如彼甕牖人，忽覯萬間廈。軒宇既弘深，風神頓清灑。昌黎一代豪，奚取孟東野？自慙瓦缶質，無計受陶冶。秖合無佛處，號呶里中社。何當高軒過，長跽拜牀下？

初買河墅作 四首

幼承先子訓，總髮事詩書。老大迄無成，蹉跎六十餘。逝將去城郭，結我田中廬。堂前好種樹，堂後好種蔬。量雨復較晴，來往惟農夫。緩步林泉間，時或狎樵漁。既得山林趣，亦罕禮法拘。荏苒年復年，此志終未舒。豈知西北郊，尚有幽人居？微微沙際路，渺渺原上墟。負山對清流，可營宅一區。於焉終餘年，安用復踟躕？

我本樗櫟材，秖合臥蓬蒿。眷彼古塘莊，有田非不毛。屋後九株松，風至聲如號。願言受一廛，晨夕聽松濤。何意牛鳴地，溝塍適周遭。方春燒東菑，亭午饁南皋。桑柘陰相接，阡陌恣遊遨。俯視河水流，仰睇山月高。種秫及秋成，新篘壓香醪。鄰舍招我飲，亦復餔其糟。諒無北山移，永學南郭逃。避世吾何敢？庶幾謝煩囂。

荒園一片地，依倚毛河濱。前與九松對，左與僧舍鄰。伊昔全盛時，花木何繽紛。一朝罹劫火，樓臺蕩爲塵。主人數更易，不復植松筠。一二桃李花，零亂委荊榛。池水亦已涸〔四〕，游魚無寸鱗。我今方經始，緩急良有因。先築門前堤，使彼水勢分。然後議捄度，繚垣周且勻。種花乘臘雨，插柳選芳辰。何時召匠石？稍待來年春。來春將如何？此事殊不易。召我親與朋，審勢忖位置。亭榭儘安排，十人九異議。吾意獨不然，人生各有志。軒宇何必多？多餘閒隙地。花竹雖雅尚，亦但寓幽致。莫學平泉莊，遐荒輦珍異。所惜衰病身，晚爲土木累。仲子仁標。已矣夫，拮据惟予季。揮涕呼兒前，巖居何嫌忌？阿翁用我法，人言且姑寘。不見道旁築，三年猶未遂。

聞敦復宗伯歸舟已泊維揚喜而有作

昔有韋表微，行年將五十。永懷松竹居，一歸不復出。又有韓見素，尸禄嫉貪墨。年甫四十八，致政還鄉國。高躅追二疏，中年尤難得。達哉白樂天，起家尉盩厔。歷官數十年，分司已七秩。懸車且踰期，挂冠猶弗力。當其謫江州，四十有六七。仕路已多年，宦味豈未悉？匡廬況名山，司馬匪猥職。不知湓浦舟，何故青衫溼？視彼韋與韓，誰得復誰失？

我友宗伯公，未艾思隱逸。上書請急歸，猿鶴縈胸臆。問其年幾何？正白江州日。孰謂古今人，遥遥不相及？方春聞出都，餞送傾京邑。有車幾百輛，有馬幾百匹。贈言幾何篇？賜書幾何笈？聞君陛辭時，天顔喜動色。祝汝以平安，慰汝好眠食。文錦二十端，白金二十鎰。中道更馳頒，霧縠衣兩襲。稽首揚王休，拊心惟感泣。鏡湖賜賀監，衡山歸李泌。知遇雖無殊，隆恩奚足述？顧陳烏鳥私，窀穸子職畢。復推錫類仁，賜祭特准敕。請假葬親，蒙恩賜諭祭。曠觀古人中，榮遇斯已極。朝發帝城東，暮宿衛河側。春水漸瀰漫，漕艘虞梗塞。渺渺蒲葦中，歸期詎可刻？昨聞書畫船，吹入邗溝疾。本無越境交，亦鮮空谷縶。計日艤蛟臺，早秋端可必。龍眠好山水，風日足游陟。豈無下潠田，堪種淵明秫？我欲買山隱，惜無百金直。君本謫仙人，蓬壺猶可憶。手作四軒記，一一有程式。春葩巡檐行，夏荷凭檻立。秋坐小山叢，冬臥仲長室。酒碗與茶鐺，臨池水可汲。藥欄與花榭，編籬茅可葺。繞砌泉聲流，捲簾山翠入。位置頗清疏，結構最明密。迴視輭紅塵，奚啻相伯什？誰能繪此圖？再見公麟筆。畫是姚經三，龔湖開化。記則徐原一。健菴編修。走也何人斯？搦管有餘怵。公曾寓書，屬予作四軒記。海寓方晏安，村塢人煙集。五穀時雨暘，四郊鮮盗賊。倡予復和汝，所言惟稼穡。差勝白樂天，垂老方休息。未知韋與韓，疇能分甲乙？

目訴

天予人五官，最靈莫如目。察色兼察度，造物所亭毒。昔有離朱氏，手獲玄珠出。叶都木切。明可鑑秋毫，奚秖辨麥菽？方朔若珠懸，王戎若電逐。鄴侯如水清，子儀似火熇。皆能流英盼，幽遠肆旁燭。師曠左丘明，不幸罹天戮。自分莫誰何，返觀但沕穆。湘東下隻淚，克用龍眼獨。眇眇雖愁予，視遠夫何惡？惟有近覷人，十步窘遐矚。所見隔褷襹，若蒙兩葉覆。炯炯不異人，䀮䀮欲誰告？叶都木切。謂明則不可，謂盲則不服。雙眸有若無，此罰何其酷！雖有金篦方，無膜刮不得。叶都木切。龍眠有一士，年少如冠玉。黑白頗明澈，五歲遊家塾。一讀下數行，虛譽竊書簏。試以宜春帖，瞪視苦迫促。門榜末行字，莫辨五與六。父母驚問故，始知目力蹙。自此患冥眴，遇物即頻顣。非不强盯𥉂，疑猜徒碌碌。兩目常眵昏，一日數盥沐。到處被欺蒙，辨色輒隱伏。他人指掌易，偏我欠生活。叶呼酷切。受累亦孔多，細數難更僕。曾擇父祖藏，隨人走川麓。但別西與東，砂水全不覺。叶姑沃切。林莽渾似罔，陂陀卻如壑。叶呼酷切。聚米任指麾，瞻烏知誰屋？使我淹親喪，牛眠無由卜。曾偕親舊遊，造訪幽人築。白衣變蒼狗，落霞亂孤鶩。欲窮千里遥，轉瞬失樵牧。同行匪無儔，遇人多不淑。叱石詎稱羊，指馬紿曰鹿。使我曳杖歸，悔未靚松菊。曾入市廛中，頫首行躑間蹋。預防親與朋，覿面躬未鞠。忽見軒蓋來，疾整衣冠肅。諦視乃吾兒，偕行即我叔。使我失逢久別友，似我平生熟。已過急追謝，恚怒不可贖。反值輿臺輩〔五〕，卻立如桎梏。百萬錦纏頭，石禮數，後言滋謗讟。讒慝復間之，終身失姻睦。曾叨歌舞筵，滿堂奮絲竹。百萬錦纏頭，石珠擲幾斛。鬖髿宮樣粧，盤繞芙蓉褥。不見柘枝舞，但聽梅花曲。酒酣燭未跋，誘向摴蒱局。一擲本得盧，翻説是黑犢。方欲與之争，五木入彼握〔六〕。叶烏谷切。使我飲博闌，不若還家宿。曾過賞鑑家，書畫裝滿櫝。冰絹挂翠屏，無風聲謖謖。煙雲似黑蛟，蝌蚪類翔鵠。款識本分明，摸索空盈匊。使我對絹素，高處遺數幅。真贋且茫然，安識雅與俗？曾入懽讌場，燈前倍踧踖。舉杯輒覆羹，啖棗誤攫肉。東鄰寒食節，飯我桃花粥。漫作脯腊探，雙指溼淋漉。主人勸腹腴，相師意真朴。叶普木切。否則翻訕予，茗荈當醽醁。使我霑醉還，不得飽鼎餗。凡此意中事，往往失觀覿。叶徒谷切。如月罩薄雲，如花隔重幄。叶烏谷切。又如彊與界，尺寸有畛域。叶于六切。逡巡跬步外，光芒那可捉？叶側禄切。最恨佳山水，生平看不足。昔我登泰山，日觀峯矗矗。鷄鳴升扶桑，我仍待朝旭。天門十八盤，攢巒如劍鏃。舉足一不慎，常恐墮巖谷。穹碑立如林，盡作無字讀。練馬總不分，但免華山哭。昔我走北平，逐隊躡師屬。雙闕帝城東，迷離煙雨簇。西山雖在望，罕覯松柏禿。黄塵撲面來，秖疑是霢霂。昔我汎潯陽，溢水如油緑。曉霧小孤過，秋雨濂溪濯。叶廚玉切。誰謂匡廬高，林木暗潤黷。不見五老峯，遑問三疊瀑？昔我遊臨皋，憑弔江黃國。叶姑沃切。赤壁風月佳，匏尊舉相屬。隔江望寒溪，似有帆檣宿。烏鵲忽南飛，認作東來鶴。叶胡沃切。昔我下吳閶，商舶亦連舳。舟人指金焦，兩點青螺直。叶廚玉切。江豚拜風濤，飄若鼉鼉縮。數峯數上聲。不清，舟居不如陸。昔我寓秣陵，紺林徧天竺。長干塔放光，閃若電火撲。折殘靈谷梅，斲盡鍾山木。眸子縱清朗，皃頸焉可續？嗟哉此一士，青矑徒尸禄。或曰是何傷？美玉貴在璞。薰以香自燒，膏以明自爂。聞之老聃氏，聖人寧爲腹？老子云：『聖人爲腹不爲目。』又聞釋氏言，内識方爲默。叶莫玉切。閉眼猶見暗，何必光昱昱？或曰明太露，能發不能蓄。少小鑑蚊睫，老爲靉靆眼鏡也。役。叶余玉切。曷若早韜光，秉燭猶可學。叶胡沃切。昏黄立雙趺，瞑瞑暗處密窺也。予嘗于昏時與人角目力轉勝。與人角。叶盧谷切。短檠窺蠅頭，亦足自勉勖。豈無瞠眊徒，眼大如炊箕。箕也。鷹瞬復鴞視，一丁知誰孰？或曰天玉汝，使不見可欲。寶馬問香車，薌澤氣芬馥。鴉鬟炫珠翠，袿襡耀綺縠。目留目又送，注射何太毒！君無淫視具，失馬庸非福？或曰閭里中，年少工妝束。長裙曳霧綃，嬉遊自衒鬻。似爲悦己容，翕目飄曼睩。彼且嬌作態，君胡反見辱？噫嘻客所言，持論非不篤。詎知我生初，父母爲我慉？謂自外王父，外王父患近覷。爰降我凶德。叶都木切。傳染及雙雛，早年俱不育。仁樹、仁標亦皆遠覷〔七〕，不幸早夭。能堪血幾枯？老淚盡溝瀆。在昔趙宋初，學士有陶轂。奉符換鬼眼，不得秉鈞軸。轂夢吏求錢不得，遂換鬼眼，竟不至大位。近有陳益修，事載奇報録。陳，濟寧人，順治初爲仇家矐其目，夢關侯界以羊眼復明，後登兩榜，作奇報録。羊眼蠕蠕動，夢中隻手掬。可見天壤間，盈虛如轉轂。吏嗔尚可換，神佑決可復。稽首叩穹蒼，瓣香向空祝。緑章奏青詞，五言當尺牘。不敢求方瞳，陶弘景晚年方瞳。亦不求重複。舜、羽重瞳。冀同蚩蚩氓，遠觀恆煜煜。茲願亦尋常，諒不天怒觸。換得四五年，勝飽十年粟。天高聽倘卑，鑑此微臣愨。叶枯沃切。微臣何名字，生長何氏族？姓潘名曰江，字藻冠以蜀。

河墅落成　二首

伊昔太學公，躭静營及園。觀察亦選勝，卜築名閬村。一在南河畔，一出城西門。其時方全盛，四郊煙火繁。羣盜忽充斥，亭榭無一存。曲池成洿藪，高臺爲頹垣。牛溲與馬矢，糾纏花樹根。良由不擇地，負郭太囂喧。一朝兵燹起，萬騎如雲屯。陰風震屋瓦，烈火燔華軒。極盛易召忌，首難夫何言？我今卜幽棲，乃在古塘原。地僻人罕到，路迂馬難奔。容膝構三間，足以娱晨昏。藝圃摘葵韭，足以供饔飧。濬池種荷芰，樹棘作牆藩。小有亭與臺，錯落點丘樊。避暑迎涼颸，暖老負朝暄。尚恐勢家奪，不能及子孫。寄語金谷人，經營徒勞煩。

山城經劫火，民生日以蹙。休養四十年，豐豫難可復。中更歷喪亂，剽掠禍尤酷。連年幸小康，閭閻有半菽。東家起名園，西家繕華築。嗟我何人斯，亦復事土木。僮僕不自量，盛稱他林麓。百金石幾尺，十金花幾束。勸我搜瑰異，垂老娛心目。人生各有命，窮達寧齊躅？贊皇平泉莊，表聖王官谷。晉公構午橋，温造築王屋。未聞石隱流，敢與公卿逐？揣分合苟安，知止故不辱。何必購語鳥？有池可汎鶩。何必求異葩？有籬可植菊。繞屋千株松，傍牆萬竿竹。勿愁長大遲，但當布種速。久久成園林，亦足媚幽獨。晨聽鐘魚聲，暮看歸樵牧。城中親朋來，須是平生熟。就水瀹新茶，拾薪炊脱粟。酒盡不言沽，齏飯飽亦足。莫嫌太樸陋，樸陋吾何恧？

苦　熱

羲輪耀中天，赤日烈如火。茉莉花逾肥，秋棠葉盡嚲。晴久卉木焦，紫薇兩三朵。餐食不能終，方匕腹已果。雖復瀹茶槍，喉間欠帖妥。始知三伏中，城野無一可。晝寢汗漬簟，枕上滴珠顆。舉頭望西北，陽烏何時墮？夜短復難眠，十起當階坐。樹静風不來，月没螢自邏。經旬罕一詩，僮俾竊笑我〔八〕。筆硯委牀塵，非關吟課惰。何況俗下文，祝誄徒瑣瑣。

五月以來烹茶寘門前樹下飲道傍行人如是者三閱月感而有述

古塘匪大道，來往惟樵蘇。高柳立門前，輪囷十餘株。其下可憩息，其樹甚扶疏。行人喘汗至，聊復停斯須。非不病煩暍，疇能飲潢汙？我見爲心惻，餉以茶一盂。不見復誰繼，如濟人乘輿。展轉弗能置，饑溺由已辜。因解杖頭錢，搜括纔千餘。買茶不盈擔，烹寘於中衢。傍設几與石，坐臥得自如。清泉潤燥吻，微風生襟裾。頓使負販人，望門聲懽呼。饁婦適南畝，亦來提滿壺。耕者樂於野，行旅樂於途。予心乃快然，掩扉讀我書。

憶鶴行

有客載雙鶴，來自淮海岸。縞衣曳玄裳，丹頂被素腕。物以稀爲貴，聚觀喧里閈。嗤彼肉食人，疑鵠復疑鸛。我獨解杖頭，不惜千錢換。憩汝竹樹陰，縱汝泉石畔。冀汝引圓吭，清唳徹雲漢。豈知矰繳餘，標格減其半。羽毛未低摧，爪距苦縶絆。養汝未浹旬，一死一飛竄。死者瘞畦傍，竄者落輕彈。偏與毒手逢，老饕飽烹爨。使我籬落間，舊迹空繚亂。瑶臺何處尋？臨風發三歎。久矣淩霄姿，匪人耳目玩。

後憶鶴行

野鶴翔層霄，網羅未易致。賦性本孤高，不受樊籠寄。遼海任翩翻，初何與人事？越境來閶闔〔九〕，皇皇秪爲利。嗟爾弋者流，梟雉儘不匱。胡爲網仙禽，孤標坐顛頓？應爲好鶴人，乘軒有同嗜。遂使負販徒，千里聞風至。花鳥雖雅尚，性癖亦一累。我本無嗜好，誰復輦珍異？不見白香山，送鶴直如棄。裴家勝白家，斯言有諷意。白送鶴與裴令公詩云：『穩上青雲勿回顧，的應勝在白家時。』

閔雨行 六月十七日作

衰年生事微，萬慮俱冰泮。惟念稼穡艱，時復憂水旱。況居隴畝間，與民同懽歎〔一〇〕。水潦有畛畦，旱乾無邊岸。去冬殷其雷，占言今歲暵。老夫懷杞憂，驚心物候换。夏五乃苦霪，漂流潰隄垾。一雨輒翻盆，連緜無昏旦。噬肯搏節施，可支十年灌。預恐秋雨慳，生民坐塗炭。毒熱果浹旬，中夜盼雲漢。非無霧與雷，經風輒飄散。川澤盡如焚，奚秖蹄涔斷？十日仍不雨，豐凶自此判。未知下潩田，能獲秔秫半。還虞災沴作，釀成疫與亂。

喜雨 七夕後一日

春夏恆患澇，梅雨斷復續。預恐秋前後，黃土罕霡霂。果罹暵乾災，五旬旱何酷！非無風霆動，知向何山谷？鄰壤不靳施，焚惔此鄉獨。老農勤竭作，踏車響河澳。力盡禾仍枯，得水不盈匊。婦孺饁餉還，牽衣循畛哭。自分生理艱，喚客估黃犢。何意七月初，逡巡過三伏。黑霧壓投子，邑北山名。潛蛟起王屋。邑西山名。檐溜漸砰磅，不舒亦不促。喜色動三農，生機回百穀。草木皆含潤，枕簟亦如沐。天其哀斯民，錫此一方福。早禾已結實，既槁不可贖。晚禾未出穗，猶可獲什六。縣知穲稏收，足以供饘粥。不見溝塍間，田夫笑追逐？磨鐮望黃雲，洗甑待白玉。雖非大有年，差不失中熟。且辦酒與詩，呼兒召鄰曲。

尊信軒初成示三孫

古者家有塾，寘諸門西側。所以教子弟，使知好紙筆。吾家亦有此，擇地惜匪吉。外與衢巷鄰，內與僮婢逼。又復卑且狹，門户向西北。沍冬苦淒風，炎夏患日昃。黃口且不堪，師席安能即？多年買鄰居，瓦礫雜荊棘。子婦傷哉貧，逡巡弗營葺。乃捐諛墓金，募工重作室。前榮與後寢，間架有程式。肯構加塈塗，以待汝叔姪。經年甫落成，差不異蓬篳。念汝無父兄，經營賴母力。當知阿母心，遠與三遷匹。汝叔初交游，不乏賓朋集。汝輩纔髫齔，晨昏謹出入。汝師賢且明，提命是其職。春風講席開，夜雪門階立。愼勿遽佩觿，出與俗人揖。聽彼道塗言，鄙誕中胸臆。蒙養苟弗正，流弊嗟何及？立身首孝友，讀書先器識。尊孔復信孟，基始在岐嶷。行則貴端方，言則貴信實。審能希孔孟，誦讀猶非急。何況官與爵，難得亦易失。似祖奚足云？勉旃入聖域。

張玉叔招同羹湖丹皋敦復東來禾客松皋方東遊碧峯山房觀披雪洞瀑布以風月無邊庭草交翠八字爲韻予得風字

去城方三里，川原多惠風。但聞流水聲，瀌瀌稻田中。一徑入深林，怪石當門東。拾級登君堂，締造何穹窿。足覘棟梁材，小試一畝宮。最愛澗濱亭，端坐對空濛。捫蘿躡危磴，褰裳披幽叢。洗斸不到處，尚有微踪通。紹聖留遺鐫，歲月吾安窮。洞前有石，刊『紹聖年章子厚皇甫』字猶在。緬懷永和遊，逸興將無同？

西偏堂榭落成

西偏有廢墟，蓬蒿高盈尺。惡竹復間之，瓦礫恣充斥。呼童除其薉，愛此一片石。下有池一泓，暗通氿泉脉。此爲山水間，棄寘良可惜。出我賣賦錢，鳩工始興役。先滌石使清，次甃池使闢。然後築長廊，畚鍤伺農隙。倚檻俯清流，回看石影碧。山水間。東招投子峯，青翠來几席。小隱軒。南向宅後山，薰風生兩腋。南榮。更營檥香樹，檥香榭。盈盈一水隔。榭後竹陰濃，榭前荷花白。憑欄風可呼，垂手蓮可摘。庶足送長夏，不畏炎威赫。四時各有居，可以坐賓客。奚獨二六時，研朱此讀易？經始去年冬，斷手自今夕。屧步一行吟，始惜茅堂窄。老大衰病餘〔一一〕，頓覺襟懷適。片瓦與寸椽，皆自心血積。勖哉子若孫，身後勿輕擲。

古塘莊感賦

昔我少司馬，揚歷徧臺垣。家居奉母諱，薄營田與園。時維萬曆末，仕者長子孫。彊圉大荒落，始買此郊原。此莊購于丁巳，又明年己未予始生。踰年乃生予，珍視比璵璠。甫晬摩我頂，稍長喜我言。十歲髮覆額，輒入膠庠門。謂此或亢宗，不類犬與豚。延師課我讀，既冠望我婚。庶幾見頭角，闢扉叫帝閽。獻賦陳所學，上書訟祖冤。豈知壯盛日，奮翼失飛鶱？于今悲晼晚，仍棲此丘樊。尚賴貽厥力，晨夕飽饔飧。春祈與秋賽，醉倒老瓦盆。樹木壅其本，飲泉溯其源。願言世守之，作詩戒後昆。保此百年物，無忘父祖恩。

有感題壁間

嘗服王摩詰，妻死不再匹。藥臼與繩牀，蕭然閉一室。又惜陶淵明，在官八十日。未能竟沈冥，猶多此一出。我無摩詰操，更復理琴瑟。庶守固窮心，終身老衡泌。

日暮出遊近村因書所歷 四首

出門度略彴，沙路澀且紆。手挈筇杖行，僮僕咸奔趨。過河踐危石，不待後至扶。峨峨真人祠，清陰翳竹梧。光禄晚好道，雅讀陵陽書。遼鶴頗傅會，後人無乃誣。孝哉上林公，斥金構精廬。論者不深察，譏其孝而愚。車服與禮器，一一先澤餘。緱山倘可待，安忍信其無？所惜崇祀久，頓歸他人居。金碧漸剥落，庭宇亦荒蕪。春秋薦蘋蘩，明水無一盂。不見池中蓮，未霜荷已枯。右真人祠。

瞻彼玉屏山，鬱鬱隱雲樹。淝上有雪公，精藍曾此住。身因受請忙，徒爲聽經聚。卓錫幾何時？刹竿嗟忽仆。我來渡溪橋，石齒嚙芒屨。仍是去年春，送我還山路。蒼松夾道長，紫竹當門護。空院閉影堂，精靈渺何處？山半尚有亭，暇日招緇素。欲登還瑟縮，咫尺蹇予步。試詢嗣法人，行化日云暮。佛龕香燼寒，齋廚茶煙錮。鐘魚與鉢袋，偷兒亦袖去。右玉屏庵。

我有外王父，事佛最精誠。克守宮諭訓，常懷出世情。龐公與龐媼，團圞説無生。我母亦禪誦，擺脱塵累輕。爰有碧山居，飯僧聽談經。陵谷既以易，梵宇亦頹傾。雖有粥飯僧，杖錫來拄撑。晨鐘與暮鼓，不及一牛鳴。開士來何方？云自舍衛城。種蔬藝後圃，移花樹南榮。煙雨培萬竿，深緑覆檐楹。歸途偶税駕，坐令萬慮清。何況隔籬落，時聞梵唄聲。緬懷創始人，檀護在守成。右碧山居。

微雲漾天宇，細雨溼柴荆。炊煙晚未起，策杖步林坰。遥望九株松，向我傴僂迎。偃蹇不一態，輪囷各異形。或爲長劍倚，或爲古釵横。或狡若猿翻，或怒若虬撑。或如摩空龍，或如吸川鯨。或如雷火劈，拏攫與之争。鱗皴髯墮處，尚帶蛟龍腥。鐵榦更磥砢，霜皮亦髼鬙。或如刀斧劃，或如徽纆縈。或任蟻蟲萃，或被蘚苔侵。其聲復清越，因風爲重輕。或鏜如鼓鐘，或細如竽笙。或吼若虎豹，或瑲若葱珩。以兹稱絶勝，道俗心咸傾。我欲樓其上，遥對皆響亭。晝日看不足，静夜聽其聲。一聽心耳肅，再聽魂夢清。惜哉碑與碣，南陽古先塋。愛此不能去，再拜心屏營。右九株松。

輓何存齋八首 選四

昔在曆昌間，青山起二何。方伯淬干將，文端相琢磨。繼起淡石公，訓子丘與軻。君獨鄙章句，冥搜窮羲娥。沈淫古文辭，汎濫及詩歌。所著等身書，殺青永不磨。謂當入東觀，校讎手摩挲。吁嗟方伯澤，奕世有餘波。非無羣從輩，紛紛鳴玉珂。司馬指辰溪，牧五辰州郡丞。廣文溯淮河。截若山陽學博。憔悴獨斯人，無命安巖阿。

宗法既不修，祠宇亦失守。君昔纂家乘，詳略寓臧否。又復建祠堂，丹黝及窗牖。手口拮据間，辛勤良獨受。先靈泯怨恫，難避潝訿口。論定在今兹，試叩宗老某。謂三江方屏也。

大雅久不作，王風委蔓草。整比先賢詩〔一二〕，自謂極幽討。微君更旁蒐〔一三〕，誰識文辭好？奇文揭日月，頓回狂瀾倒。龍眠古文選。尚論每質疑，網羅恨不早。孑影賴挽推，圖書共娛老。歲月何足翫？榮名永爲寶。

吾友陳絅菴，與君締葭莩。其女爲君婦，罜罜飭中廚。伊蒿有許子，夙昔交匪疏。近爲子擇婦，兩姓裁通書。二君吾老友，因友倍愛予。所惜二君遠，歲晏音問無。一隱南山南，一官圯橋墟。無由臨寢門，慟哭共悲吁。絅菴老猶健，赴弔直須臾。未知圯橋叟，聞訃定何如？

夏日當食歎

維夏際三伏，炎熇勢莫加。對食不能餐，非關無齒牙。肥鮮與醒醲，臟腑之鏌鋣。緬昔宗老言，質元翁。暑月戒豪奢。何必設魚肉，殽列徒紛拏。但當抄雲子，爛蒸去其沙。輔之以鹽豉，沃以泠淘茶。一飽誠已足，八珍焉足誇？陋彼河朔飲，鼎烹恣無涯。珠粲堆瓊羞，金罍瀉流霞。日昳酒肉臭，有如蠅集瓜。口腹曾莫飽，糜費已如麻。以此戒妻孥，慕彼養生家。清虚來道氣，腥穢叢汙瑕。淡泊可明志，不獨暑月嘉。老成有明訓，當食常咨嗟。其言猶可思，其人今已遐。

楊家打虎歌

白麟山下虎相逐，三三兩兩繞林谷。未昏便伺路傍人，將曉猶攫籬邊犢。行人到此輒逡巡，我亦爲之停車輪。忽聞少年三五輩〔一四〕，自云楊家打虎人。不幸家鄰猛虎窟，長戈彊弩時出没。更織獸皮爲網羅，張羅置杙向叢樾。殺虎本用衛民生，誰知翻以虎得名。官家緣此著爲令，年年打虎誤春耕。春來打虎限時刻，頭限二限吏如織。虎死疾馳獻虎皮，少緩須臾坐隱匿。且如今年新令來，送官何愁無錢財？帖取虎皮月數下，昨朝馬上使人催。嗟我楊氏一何愚且昧，除害適自貽其害。卻喜雲霧四山迷，拚向深林張羅叏。我聞此言重興悲，胡不毀網折弩扶耕犂？楊家少年淚如雨，畏官何能復畏虎？

梁園行

梁園自古稱宋國，白馬萋苴何愴惻！千餘年後封梁王，置酒平臺樂無極。一時鄒枚諸儒生，賦雪賦月才縱横。養士風微入競羡〔一五〕，至今遂以梁園名。又千餘年天寶末，禄山無賴犯京洛。睢陽食盡張許亡，九原生氣猶可作。我來此地弔前賢，但問梁園人争傳〔一六〕。幾回卻詢張許事，欲答不答心茫然。世人重文輕節義，動稱梁王能好士。不傳張許傳鄒枚，何怪人臣懷二志？秖今鄒枚安在哉？荒煙衰草没平臺。不及二忠祠雖圮，猶有春秋酒一杯。

觀吴臨垣明府所藏宋張擇端清明上河圖

汴州清明競上河，汴城内外遊人多。河邊隄岸兩相向，褰裳連袂踏春莎。昔在有宋全盛年，朝野寧謐除煩苛。誰爲此圖繪太平？張君擇端手摩挲。彭城吳公示此卷，層層裹折如卷荷。纔展半幅豁心目，柳隄花曲何逶迤。其間人物皆盈寸，來往絡繹肩相摩。或行或立或負戴，或坐或臥或婆娑。或擁香車隔紫障，或控金羈鳴玉珂。或聚兒童相嬉逐，或扶笻杖髮皤皤。或放鵝鴨戲沙渚，或驅牛羊上陂陀。或挈遊伴聽黃鸝，或迎田祖伐靈鼉。或爲舞緪角觝戲，九門磔禳如行儺。或羣輿隸擁官長，行行如聞吏怒訶。或共藉草相比鬭，或獨騎驢潛吟哦。或上冢回行踽踽，或醉而歸舞傞傞。河中檣帆更不定，或去或來疾如梭。或去乘風篙櫓間，或來牽挽虞蹉跎。或入蘆葦淺叢中，漁翁得魚擲漁婆。或逢簫鼓來中流，長年穩坐柁微拖。或數舴艋相抵觸，或兩艨艟並經過。或榜船頭號軍餉，或插黃旗署官鹺。遊人自遊船自行，不覺已到帝城阿。城中店舍看不足，富埒陶白貲程羅。五都之市百貨集，欲載奚止千橐駝？最後漸知皇居近，龍舟鳳舸鬱嵯峨。朱簾錦纜闃無人，清流汎汎動微波。令人想見舟中人，朝烹百鼎夕千娥。我閱此圖三太息，汴京風俗應無訛。東陽相國有跋記，虞集危素爲詩歌。皆言宋末久流落，張著得之最轗軻。因思仁宗真宗時，聖明在位無偏頗。民俗康樂財力阜，年年社酒朱顔酡。疇生厲階失此景？坐令神州尋干戈。汴城風物無今昔，一朝頹敗自宣和。五國城中莓母生，如此寒食清明何？徽宗在五國城清明詩有云：『莓母初生認禁煙，無家對景倍淒然。』自古興亡皆如此，使我掩卷淚滂沱。

馮姬歌和宋牧仲 即用宋原序

單父朱子有姬馮氏，吳人也，美而慧，不幸早死，素所愛鸚䳇與鶴亦相繼死。朱子悲之，徵詩海内，予爲作歌附諸樂府。

江南女兒顏如玉，辭家遠嫁驅黄犢。鈿合粧成賦玉臺，錦纏買就來金谷。一從春雨鎖葳蕤，鎮日深閨行樂時。眉添螺黛朝臨鏡，手擘烏絲夜寫詩。閒來偶向芳園憩，偏選珍禽憐清慧。教成鸚䳇語畫梁，親調文鶴舞朱砌。鳥亦有情得所依，相呼相傍不相違。怕驚曉睡低聲唤，愛伴秋遊刷羽飛。自是華軒樂事侈，白首青春長如此。絶代佳人馮婕妤，多情夫壻朱公子。誰教紫府召飛瓊？一夜西風返玉京。海上虚傳不死藥，人間空有悼亡情。雖然美人歸黄土，鸚䳇能言鶴能舞。月下猶疑素影來，夢回似覺紗窗語。卻爲主人淚痕多，也逐芳魂葬薜蘿。自古美好巧慧不長久，朱生朱生可奈何？

美人舞劍當杯槃舞歌和張師石

美人胸貯峨嵋雪，等閒作使芙蓉鐵。書生終日弄吳鉤，鬼物疇能一撇捩？三寸凌波三尺圍，與郎相約争纖微。砉然拔鞘迎風出，滿堂凌亂生光輝。一鉤新月杯槃小，迴旋作態腰肢嫋。弱腕横抛匹練飛，全身總被冰花繞。暗將星眼覷賓筵，幾人言笑幾人悄。嘻異哉！有如月裏嬋娟微雲掩，金背蝦蟆光閃閃。又如電母檐前掣流電，滿身是電看不見。玲瓏碧藕水晶盤，劍耶人耶環無端。一舞燼花落，再舞三舞霜風寒。舞到上下一線光轉急，驀然捧劍當筵立。四座無聲忽笑喧，看取羅衫溼未溼？

湖南草堂歌爲許子綏人賦

許子重修草堂成，會予有齊魯之行未及飲落，作此寄之。

許子家住湖水傍，因以湖南名草堂。卜居城市猶不忘，先人堂搆遥相望。草堂歲久多頹唐，破壁敗榱良可傷。一朝修葺費餱糧，短衣雜作蒙風霜。時維孟冬月載陽，喜聞四壁重輝光。君才自足任棟梁，廣厦千間分所當。胡爲拮据歲靡遑，老屋數椽不得將？勸君安貧守故鄉，坐擁臯比書滿牀。弟子傍立東西廂，春陰夜火書聲長。暇時抱女戲提筐，出登講席入由房。大婦小婦同翺翔，祝君新年無他彊。老大樂事惟弄麞，堂前拆去當門牆。蚤覓桐梓種成行，更須環堵插垂楊。莫斲牆根老篔簹，秋宵玩月夏納涼。召我同人羅酒漿，行吟雜坐無所妨。箕踞盤礴成吾狂，我亦粗葺草堂荒。饑來驅我走四方，使我三徑委寒蛩。作詩寄君吾恐惶，出門一諾今始償。比年不肯索君觴，恐君好客嗔空囊。暮春三月整歸裝，索君落成酒倍嘗。急乘社雨釀黍粱，澆我壘塊百千場。

濟寧酒樓醉歌留別楊聖喻聖企聖美郭孚吉月珮方雪疇張雲眉潘允恭高予岌諸子〔一七〕

濟寧歌樓高插天，曲檻雕闌大道邊。夜夜燒燈還擊鼓，朝朝洗爵預烹鮮。有客有客還鄉縣，故人祖帳情留戀。要我登樓折柳條，清歌妙舞愜芳讌。一對新鶯嘹喨啼，聲聲水調緩還低。似惜羈人歸路遠，頻唱陽關絆馬蹄。中有座客攬袂起，傷心碧血汙邗水。借問青溪舊院中，得有風流還似此？昌啓盛時吾不知，過江以後猶堪思。秦淮渡口香塵動，文德橋頭鈿轂馳。美人如雲復如玉，都學内家好粧束。花紅葉緑罨青樓，徹夜彈箏剪明燭。予亦曾從狹斜遊，結客少年輕五侯。皓雪叢中鞭駿馬，綵花仗裏蹋香毬。此時烽火連廬皖，此日親朋音書斷。白骨江頭鼙鼓寒，朱脣席上檀槽煖。至今夢繞白門春，天中佳節上元晨。畫船簾幕窺雲鬢，燈市煙花照璧人。記得王妍與喬小，青年不怕東風老。教師挤擲錦纏頭，侍女賭尋書帶草。誰料北兵忽渡河，軍書填委牀頭多。民間博選如花女，早被齊驅上槖駝。猶幸平康脂粉賤，晚來仍撲流螢扇。紅窗小院睡起遲，緑柳重扉敲剥善。一朝軍府盡抄名，細馬輕靴入上京。捫酒黄羊誰解慣？鵾絃搊斷不成聲。縱有幾家脱虎口，埋名却向他鄉走。剩得鷄皮供老兵，可憐馬矢齊窗牖。秖今春雨舊藏鴉，尚憶垂楊蘇小家。盈盈一水長橋畔，知誰曾駐七香車？排門編入居民牒，荒園野采飛黄蝶〔一八〕。眼前名妓俱銷沈，何况桃根與桃葉？四座聞言慘不舒，雙鬟潸聽亦欷歔。砉然一奏黄天蕩，滿場悲歎成懽呼。再拜辭君歌且歇，自古興亡皆勃忽。一鞭馳去傍河湄，要到南陽日未没。

白玉澗歌爲孝烈張公賦　公諱清雅，字玉楚。

我聞灊山張公家住白玉澗，崇禎十年罹寇患。老翁八十病在牀，瀕危不肯烏鼠竄。公曰父在敢出鄉？父存與存亡與亡。病則視藥歿視斂，誰知賊騎登吾堂？公然斫棺齊舉火，忽驚人從梁上墮。雙手伏棺泣父屍，子屍已仆父屍左。此時天日慘欲昏，一子一僕皆斷魂。一子十六從父死，一僕七十報主恩。嗚呼！寇難以來逢百罹，未有全家死如飴。張氏一門六十口，如公父子主僕尤稱奇。南昌王子王于一也。作佳傳，描畫鬚眉開生面。修史誰當失斯人？從容慷慨都堪羡。公有長君超載官慈利令。早辭榮，乞言海内非爲名。分明永抱蓼莪痛，老去彌深烏鳥情。至今白玉澗水常嗚咽，賴公一門名不滅。子死孝兮僕死忠，與玉争光水争潔。

觀太學石鼓歌

嗚呼大雅不可作，俗書叢薈如蟣蠓。蟲文鳥篆去古遠，墨瀋亂滴麒麟駿。昆明灰爐爍銅狄，瑶函玉笈塵土封。伏挺圖書填馬矢，明誠金石堆駝峯。尚存此鼓劫火後，如魯靈光巋巋宗[一九]。薛剥苔沈半明滅，摩挲寒碧空朦朧。岣嶁石碑猶餘古，偃師銅盤嫌太工。籀文直在篆隸前，詎數李斯與蔡邕？吾聞此鼓初潛陳倉野，蘇勉紀載貞觀中。鄭餘慶寘夫子廟，大觀初年入辟雍。金源以後始北徙，虞集得之荆棘叢。東坡手鉤篆籀備，三百餘字音釋通。升菴私淑六百餘，古遠今近安適從？瞪瞢捫索惜殘缺，字凹石凸形龍鍾。石室何人語中散？玄亭祇合問揚雄。要知自是三代物，後人贋筆難彌縫。漪園老子强解事，捃摭蘇綽何夢夢！神物出没自有時，豐城寶劍會稽鐘。緬維周宣中興日，狩于岐陽鼉鼓逢。大會諸侯整六師，我車既攻我馬同。從兹九伐揚神武，魚馬鐵戟驅邊烽。率彼淮浦命虓虎，薄伐玁狁奏膚功。鑾荆來威有方叔，江漢滔滔肇敏公。千百年後仰廟算，赫若神人御長風。乃鑱貞珉勒鴻績，金薤琳琅交磨礲。史籀珥筆拜稽首，印泥劃沙藏銛鋒。年深如蟲蝕木葉，字畫迸斷句讀窮。高皮太學風六館，采芑六月誰比踪？我來燕臺搜遺迹，圜橋不暇聽笙鏞。拾級再拜璇墀下，光芒閃爍蟠蛟龍。周宣往事徒已矣，使我懷古胸杵舂。

歲暮以一銀盞買徐文長花卉册子喜成長句

會稽宛委石匱藏，誕生才子垂光芒。徐生詩文皆卓絶，餘技丹青亦擅場。自從兵火劫灰後，百年絹素歸銷亡。牛馬踐踏汙卷軸，兒童標插換壺漿。當時價重推耆宿，後來具體聲華續。衣冠方雅陳章侯，山水清妍藍田叔。繼起仍聞關與祁，誰把殘縑比珠玉？畢竟皴染老輩强，雨葉風枝都不俗。老夫晨起廚無煙，閭左徵責方喧闐。友人遺我一銀盞，江州葉清聞。准擬償抵負書錢。鄰家病叟持一束，揩摩老眼口流涎。君從何處得此卷？水墨瀟疏照湘簾。天池翰墨久零散，尚餘碩果存人間。借問粉本誰脱稾？若耶蓮花剡山草。名高不許權要求，興酣翻爲兒甥掃。卷爲史甥畫。石逋老人李當衡。賞鑑家，一見大笑便絶倒。四松居士方還青。辨款識，酬以長句雲煙渺。我愛天池畫入神，曾貌琅玕數筆成。從父根孫家有文長畫竹，不戒于火。未若此卷劈生紙，信腕灑墨皆有情。一花一卉取真致，意匠不用苦經營。更留題詠標圖記，書法瘦硬相搘撑。吁嗟乎！斗酒羊肩亦易具〔二〇〕，文長作詩貽史甥，索斗酒羊肉〔二一〕。當年一飽曾難遇。我今乍獲如奇珍，殘年何惜此孤注？歸語兒孫好收藏，餓死休教歸質庫。衹恐夜半雷電來，帝遣六丁取將去。

傾蓋行柬許綏人

傾蓋如故白首新，昔人感歎良有因。人生結交無早晚，知心不論疏與親。舉向許君君搖手，我曰良是君曰否。路逢貴介謂傾蓋，人遇衰老謂白首。不信但看今世俗，望見車蓋論心曲。不幸相逢舊知交，衰殘安足當一目？雖然衰殘曾爲官，徼倖不作等閒看。又或布衣年猶少，亦恐其人未可料。惟有年老又賤貧，棄之不屑如飛塵。今世無如貴第一，次則富厚倉廩實。既老且賤豈不窮？枉憶昔年論膠漆。聽罷君言增欷歔，人情翻覆如此夫！爾我于今老且賤，莫怪故人罕識面。

蜂來篇爲綏人賦

湖南許子天下才，踰艾自憐無豚豕〔二二〕。從前非不頻弄璋，春雛常墮鳩巢底。我曾摩頂作詩歌，轉眼蘭茁委流水。何況人種復銷亡，兩女號跳酸貫耳〔二三〕。今年買妾練湖邊，榴花照水清瀰瀰。香車入門繡幌開，親知走賀醉芳醴。漫空薨薨彼何聲？飛集檐牙密如蟻。兒童嘑叫報蜂來，蜂來似道人家喜。此物生長在山村，等閒未肯到城市。舉羣忽來欲蔽天，合家讙噪奔錯趾。篙笆窶籔紛持將，齊入箴籠不移時。叶上紙切。天其或者告之祥，子姓繩蟄端可期。叶巨椅切。許子顧我笑復歎，前年神已授意指。戊申秋，禱于城隍，有卯年生子之識。果到卯年識始真，吾年亦且六十矣。他人六十見孫曾，吾今望子尚姑俟。人家生男本尋常，胡至我躬難如此？至苦莫如田家翁，父出扶犂羣兒偕。叶荀起切。至窮莫如丐乞兒，夫負妻挈走纍纍。至賤莫如洗削及馬醫，家家有男供驅使。至惡莫如子母徵責家，白晳兒郎盈階戺。魚有鯤鮞雀有鷇，石榴有子麻有枲。世間物物皆孳生，君看蜂子亦成壘。我獨何辜降災割，年過商瞿迫濛汜？笑謂許子君不知，此中遲早多寡有妙理。君看蜂來豈無因？兹兆分明非誕詭。吾聞蜂一名爲萬，以一生萬且靡止。萬盈數也無終窮，大萬無不自一起。君今望子如景卿，後且多不可勝紀。一年一子子又孫，孫枝蕃衍羣戲綵。叶此禮切。嗚笳導從披簿籍，汾陽但頷之而已。君不見，畢萬之後世必大，公侯子孫復其始。吾聞蜂王之子代爲王，猶士之子恆爲士。舉手賀君必多男，雲仍相承守圖史。釀成花筆如蜜房，好作鹽梅調鼎手。叶書蟻切。似續柏臺舊家聲，詎止爲國充耘耔？君不見，蜂窠一日兩排衙，將相君臣皆有禮。出入扈從爲前驅，體統非同凡蟲豸。日出于卯象開門，卯曰單閼物始茂。叶姥罪切。鄭玄祖孫同卯生，未若父子相同世濟美。吾欲排雲叫天門，緑章一紙奏帝所。叶爽揣切。紫府香案遣金童，化爲玉燕投懷裏。待到卯年降君家，恰與阿翁序同齒。兒年六十翁百二，翁年百歲兒强仕。裴庾那有雌甲辰？程龐都是大戊子。君家舊有丁卯橋，從兹錫名高陽當曰乙卯里。非熊詩句悟前身，羊祜金鐶發後祉。其時我來掀髯捋君鬚，始知蜂來蜂來良有以。又明年乙卯，果生子。

長孫義炳初就外傅詩以勉之

我年五六便入學，辛苦一生守硯削。書淫傳癖到今癡，把卷瞪瞢猶如昨。汝父六齡亦受書，琅琅雒誦臨通衢。尚憶汝昔初生日，驥子熊兒墮地殊。竹馬風鳶曾幾許，眼見受書又到汝。愛孫衹合含果飴，代父安能斷夏楚？喜汝拂几纔啓脣，負劍卻立知吟呻。讀書有求非富貴，奇字要識是君親。汝生半歲父不禄，撫牀只爲孤兒哭。今朝若見汝塗鴉，梨栗詩書欣有屬。我老師丹性善忘，齒牙落盡鬚眉蒼。惟憑書卷課孫子，耕耨肯教筆硯荒？他年學成能撰著，須記今日射遊處。願汝勤苦勝家公，老來秉燭嗟遲暮〔一一四〕。

童烈婦行 童玄籥之繼配孫夫人，孫石文之小妹也。偶讀祝山如望海水篇，感而有作。

憶在乙酉改元初，職方童公首上書。剋日類禡出神武，兼領諸軍銅虎符。童公諱天閎，時監軍五省，與予定交秦淮。中流擊楫誰同濟？孫郎小妹偏明慧。箴管靈芸黹紩工，軍容譙國麾幢麗。曾作香奩金粉詞，催向粧樓早畫眉。今宵洗盞猶呼酒，明日搴旗便出師。誰料中原偏銅馬，尺木焉能支大廈〔二五〕？乞援曾無矢一遺，過河空有淚盈把。歎息神州日月昏，衹憑寶劍報君恩。力盡疆埸惟裹革，身騎箕尾孰招魂？閨中血淚浸羅綺，一片冰心照海水。寧甘憔悴守空幃，不更二庭墮廉恥。脱卻褕翟禮空王，顧影煢煢心暗傷。秦珠割作精藍飾，霧縠施爲繡佛場。何人錯夢陽臺雨？截鼻呼天覿如堵。引刀斷臂王凝妻，入帷剔目盧家女。可憐繞膝雙女雛，大者啞啞小呱呱。教成錦字冰和墨，裂破麻衣血染襦。歸來已是遼東鶴，但願門楣皆有託。寡鵠孤鸞豈耐秋？布衣椎髻還如昨。我因婦烈懷臣忠，捐軀慷慨仍從容。若不毁顔報魏溥，誰知碧血是萇弘？樸巢居士吾詩友，望海一篇堪不朽。寒窗燈灺吟復吟，如此方不愧爲忠臣婦。

賣鐀行爲方子安母夫人賦

昔人善買鐀，今人善賣鐀。買鐀鄭人昔何愚！賣鐀方母今何智！借問方母出何家？延陵女宗婦德備。尊章種花無諸城，君周先生宰建寧。歸來松菊靡一遺。衹存破屋老梅中，洗手作羹躬執鐀。有子少負不凡才，負笈函丈受誣諉。歲殘不給束脩羊，仰屋長吁潸涕淚。顧我桁上無懸衣，搜盡傳璣少珠翠。尚存老鐀庋牀頭，賣來且了先生事。吁噫嘻！古來賢母教子成，類能慷慨明大義。麯母揮金買異書，薛母授經飽腹笥。誰能割取嫁時裝，持向書堂作師贄？方子乞言走通都，愀然念母劬勞意。他時何以報母恩？好將彤管爲母記。上之當宁備采風，千年石室藏金匱。

夜迎春

王制東郊重迎春，行慶施惠及兆民。其時卜夙不卜夜，未聞夜半始命駕。今何時乎月下弦，居民扃户方熟眠。忽聞刀劍戛擊負弓弩，兜鍪鐵甲耀觀覩。廛市見慣猶詫疑，鄉村看春婦孺色如土。色如土，心暗驚。今年尚有夜迎日，未知明年迎不迎？

古鼎閣歌爲鄧元昭太史賦

元昭先生今鄧禹，開科釋褐登華膴。不殊高密拜衮年，射策聯翩綰珪組。校書親然太乙藜，歸院還賜金蓮炬。詔許詞垣分化權，藻鏡西江十得五。譬如選材入豫章，鄧林樹樹皆翹楚。又如劍出豐城中，淬以鵜膏華陰土。至今桃李盈公門，官階往往至台輔。揚歷中外廿年餘，夢魂常憶東山墅。羲之誓墓還會稽，弘景挂冠辭神武。緬懷壽春溉水東，猶存弓劍華表柱。歲時享祀潔蒸嘗，鼎養曾不逮三鬴。飲泣永叔表瀧岡，銜悲僧孺對鹵簿。乃營傑閣室西南，中祀皇考及王父。春雨秋霜墨有容，登器未備淚落俎〔二六〕。洪州故人宰營丘，官齋掘地如拔弩。細觀乃獲鼎與鎛，觚稜完好無缺窳。湮沈埋没幾千年，沙蟲鳥鼠弗敢侮。古文奇字蟠雲螭，褚妍歐怪非其侶。丁公癸父款識殊，上下商周居何許？神禹封山岣嶁碑，宣王鑿石岐陽鼓。我聞考父鼎有銘，一命而僂三命俯。晉輿莒鼎賜國僑，周銘昆吾錫尚父。謍丘之地古稷下，白石齒齒康浪滸。此地何從得此寶？儼然天球列東序。將無神物出有時，千年光怪鍾齊魯？蟲文鳥篆人不識，韓蘇已往孰訓詁？氈苞席裹來舊京，一朝舁致爾斯所。先生再拜手摩挲，焚香告廟天所予。爰召工人剗瑕蝕，剜苔剔蘚耀觀覩。身領僮奴奮贔屭，安置妥帖傍鐘虡。因以古鼎顔斯閣，榮光燭天夜起舞。雷電殷殷奏緑章，帝遣六丁不能取。率乃孫曾謍焄蕭，馨香式薦神其吐。億萬斯年永保之〔二七〕，祭則獲福受多祜。近今士夫博物家，訪求珍秘富藏弆。旁搜遠古奇器物，瑚戈寶簠闐廊廡。罍尊彝玉等閒看，不惜千金購瓦甒。廬陵集古亦偶然，明誠金石究何補？網羅翫好遺子孫，轉瞬未知誰是主？嗐假有廟重彝器，志在享親衎烈祖。先生忠孝本性成，有大勳勞在盟府。佇看三代勒鼎鐘，垂名竹帛並千古。

又題千里長江圖

法書名畫吾夙嗜，所惜過眼如雲煙。鄉里不乏好事家，緘縢扃鐍無百年。清夜圖易數匹絹，借船帖博幾緡錢。以此慵惰不復聚，但目到處心灑然。東鄰病叟抱一軸，粉黦丹黰紙欲穿。錦瞟繡褫漸脱落，無人裝潢成完全。云是趙家老承旨，手畫長江千里到今傳。天門春水緑欲瀉，遠山斷續雲樹聯。但見片帆斜挂金山寺，連檣直溯小孤山。叶。小孤緑髮盤螺髻，金山蜃樓湧鐵蓮。牛渚火犀清徹底，蜈磯老蛟浪拍天。水鄉風景村村别，漁灣蟹舍清且漣。柴扉掩映菰蘆裏，女牆隱現晴嵐邊。浮圖丹碧矗霄漢，隔江數峯青可憐。人物結束纔徑寸，舟行陸駛争後先。遠樹無椏人無目，倪迂范緩徒拘攣。何處剛來唤渡船？如聞争渡聲喧闐。又如臥我東林寺，牀頭時聽水潺湲。江邊斥堠空森列，鸕鷀鷗鷺相洄沿。咄哉此老經營慘，近形遠勢何蜿蜒！貶衣削食購歸吾，補綴完好重新鮮。把卷撫翫覽形勝，令人憑弔增流連。開平躍戈采石磯，國用陷陣蔣山巔。祖宗百戰有天塹，輿櫬銜璧瞬刻捐。江水亦復何留戀，芳草年年媚晴川。吁嗟乎！作賦未須哀庾信，投鞭豈獨驕苻堅？自古敗亡踵相襲，天限南北幾無權。不見李煜陳叔寶？公然恃險恣酣眠。金陵王氣已銷滅，軍書抛擲御牀前。臥側豈容他人睡？若水絲繩牽復牽。卻怪松雪老承旨，何不畫出宋家天子走臨安？叶。一片降幡石頭懸，使後之長城公、違命侯，猶知披圖悔過而思悛。

苦雨歎

癸亥王正癸卯朔，晝日陰霾暮雪作。從此旭日少光輝，風雪雷雨相澒洶。人日穀日連元宵，衢衢泥滑人赤脚。非無朝曦偶負暄，轉瞬霧曀復如昨。既望戊午至甲子，連朝霔雨益磅礴。總被東風吹不休，預恐大地盡成壑。荏苒至今子規鳴，麥苗爛殺林花落。春光九十行將盡，何曾鎮日陽烏赫？或如梅雨滴霤聲，或如夏凍打帷箔。或如凝沍閉陰精，或如秋霖摧敗籜。路邊行人不得歸，前邪後許扶略彴。苔蘚無端上欄干，鼉黽公然入簾幕。生憎逐婦鵓鳩啼，最厭戲水鵝鴨樂。夜半點滴漸覺稀，雨勢纔闌雷聲惡。老夫起坐懷杞憂，仰視天宇重錯愕。不愁垣頹沙石多，不愁屋漏瓴甓薄。惟虞東作全未興，農人袖手懸錢鎛。秧田未燒稻種死，今茲不耕秋胡穫？

憶昔行贈樂岑上人

憶昔山庵凡數徙，最後始卜鷹阿裏。鷹阿莊户但種田，農器顛倒高於几。豖盆牛棬雜鷄棲，十丈蓬蒿塞階圮。琰公與疏。訌公屆遠。避亂回，漉囊鉢袋歸休矣。手薙榛蕪迎金仙，石田數畝自耘耔。法施漸湧拓舊觀，寶坊紺殿耀金紫。兩公各有嗣法徒，長言諫公再勖皖公。

未授衣拂遽爾爾。卓哉廣公樂岑。秀骨清，無著天親真弟兄。令弟賢公歲五佐之。頻修塔院護舍利，別築亭臺輾硃砰。累石爲隄闢門宇，甃瓦蓋殿聳榱楹。既建大鼓靈鼉吼，復鑄洪鐘蒲牢鳴。殿傍門楣皆烜赫，廚湢筦庫咸精明。兩公平生未了事，一一竭蹶手經營。常寂光中應慰藉，何況吾徒檀施情？所惜老夫崦嵫迫，不能邪許相拄撐。四十年來幾陵谷，見爾三世燈傳燈。祖庭幡幢看重整，謂開山師祖西印公。蓮社緇素心同傾。勉旃自愛益精進，庶幾此庵稱中興。

敦復宗伯致其仲兄湖上先生之意期同往看芙蓉予以病不克赴賦此寄答

放翁晚住三山下，嘗言湖中有隱者。長笛一聲夜半聞，聽曲審音知者寡。吾鄉亦有湖中人，不愛市廛愛田野〔二八〕。卜居湖畔三十春，柴門臨水特瀟灑。湖面花開儘客遊，湖底魚肥從人打。興來一葦縱所如，真道使船如使馬。洪沖書屋兩三楹，小構亭臺足遊冶。誰向秋風爛熳開？繞徑芙蓉白兼赭。媿我龍鍾擁病軀，咫尺山房天不假。聞河墅芙蓉亦放。何況蓬瀛天際看，無由闌入枌榆社。今年佳節插茱萸，弟勸兄酬飛觴斝。遥知湖上澹蕩人，惟有園林興難捨。好花開罷重壅培，春來還欲乞滿把。

式廬詩爲恕行王明府造訪方素北賦

合山方子佩服先訓，戢影林泉，跬步不入公府。邑侯恕行王公雅切景慕，枉訪至再，必欲賦既見之章，同人傳爲盛事，詩以美之。

古人重道輕勢位，蠋前王前分軒輊。富貴固不可驕人，貧賤驕人亦何異？踰垣閉門皆已甚，迫斯可見乃合義。合山方子梁管流，著書樂道秋復秋。躬耕南陽挈妻子，采藥鹿門傲王侯。邦君何自聞姓字，鳴鐃造膝夫何求？去年車騎賁蓬篳，柴門稻花香滿室。今春風雨復過存，安能高臥終不出？折節如覯古循良，薦荷彌見真隱逸。從來處士多虛聲，下士亦或徒沽名。誰肯回軒一而再？須知此念由中誠。高士奚藉旌旆重？賢侯能令冠蓋輕。一時聚觀人如堵，皆言此事洵曠舉。侯誠愛士去矜驕〔二九〕，士亦自愛豈倨侮？異時邑乘誰大書，鋪揚盛美傳千古。

夢四松

四松先生真詩豪，文瀾蹙起如秋濤。長歌短詠動盈幅，含咀雅頌追風騷。一歸道山十二載，我思不見徒鬱陶。別來不少唱酬輩，我歌子和一而再。亦有瓦缶廁黄鍾，猫兒狗子恣狂吠。誰能往復十餘紙，明光美錦無纖纇？　嗟我壇壝失斯人，老幹槎枒無其倫。鉥心擢腎裁僞體，獨整旗鼓争清新。我有新詩十三卷，卷卷無君孰與陳？　夜來夢君宛如昨，羡我避俗山居樂。勸我老至謝交遊，俗下文字慎勿作。忽驚梁燕語呢喃，涼月昏黄射簾閣。

白華壽讌詩爲方竹西先生賦

竹西山中有精廬，竹西先生此中居。清齋但餌伊蒲饌，繙經弗荅城市書。借問先生胡居此？　雙封馬鬛牛眠美。種瓜攀柏年復年，聞雷伏地輒不起。先生明善之曾孫，連理堂前通德門。弱冠摛文輩行屈，壯年典記諸侯尊。阿翁偕計曾對策，中道捐館遭豪客。千里扶櫬輟蓼莪，手植松楸此玄宅。壽母九袠步蹣跚，潔爾夕膳與晨餐。御輿不就安蒲聘，戲綵寧回纁幣看？　一朝婺隕歸幽室，長號一聲吾事畢。鮮于對芋有餘悲，羲之誓墓終不出。即今八十猶在山，兒孫繞膝争迎還。先生曰嘻親在此，況有弟喪奚懽顔？　時有令弟管厓之痛。予也忝附葭莩誼，擬瀹茗荈博一醉。逡巡未進祝釐詞，遥賦長歌備鼓吹。我聞詞臣視學皖江湄，濟濟衿佩前致辭。重申舊請如一喙，臚君孝行上台司。前學使屢允舉孝行，中格不果。今以詞垣特簡復申前請，下所司覆核。台司曷不輶軒告，旌門表宅頒明詔？　孝義弗褒董召南，粟帛誰賜徐節孝？　昔壽君文琬琰鐫，丙辰夏，予有七十壽序。何必銀榜漆書傳？　異時國史兼家乘，願采七十廬墓篇。

姜爾熾爲予塑小影絶肖寘巾箱中鼠嚙髭鬚略盡感而有作

摶泥作人儼形模，其中雖殊貌不殊。蕪陰小姜洵能手，用意直追造化鑪。親知熟睨皆絶倒，酷似乃祖譁孫雛。歲久泥乾骨骼瘦，羸然山澤一臞儒。小童安置巾箱裏，還家和箱入書廚。黠鼠公然肆剽掠，嚼膚囓皮拔其鬚。今朝扶出忽大笑，老翁霎時成老嫗。我年望七漸枯槁，齒牙脱盡鬢髮疏。惟有數莖鬚似戟，半白半黑猶枝梧。男兒鬚眉見意氣，張禹無鬚非丈夫。豈得捧頤似衰媪，頤頷禿盡成閹奴。雖然點睛或有待，頰上三毛安可無？使我對面三太息，本來面目無乃誣。幾欲呼童投水火，將棄復留意躊躇。人生滿百會有盡，達者幻視七尺軀。何況笵土爲蜕殼，色理焉能長敷腴？一笑置之勿復道，較量真似何其愚！

上鄭中丞

天柱銘勳日，欃槍夜不飛。但聞籌筆苦，未見謗書稀。六月常傳捷，三年便解歸。近來江北事，處處哭重圍。

哭亡兒仁桃詩二十首竟復賦一章

死去已無及，重來或可期。昔賢有顧叟，七十喪熊兒。賴此五言力，仍將一子遺。靈根如不泯，應誦汝爺詩。

送女歸陳氏 四首

行矣爲人婦，言之鼻已酸。自從生汝後，何日不承懽？母拙教兒少，男遲待女寬。德門多禮法，難作我家看。

陳郎真玉潤，他日必名儒。每食須相敬，何衣不可娱？汝能常婉嫕，親亦少憂虞。莫歎離家遠，比鄰有小姑。居與方氏妹鄰。

十七閨中秀，登車頓遠離。可憐一幼弟，送姊尚兒嬉。儉歲香奩薄，貧家竹笥宜。況無犬可賣，此際爾應知。

一從懸帨日，長説有兹行。何事今朝淚，如從意外生？含悲成醮禮，執手待車聲。慎守無違訓，拳拳王母情。

山莊寒夜憶母氏臥病 三首

颯颯松聲閣，今宵風更多。不知違別後，臥起復如何？藥要加參朮，衾應撤綺羅。永懷難假寐，霜葉落庭柯。

孤生兄弟鮮，誰復侍庭帷？小妹還家急，癡兒散塾遲〔三〇〕。乍寒乘夜入，久病怯風吹。辛苦惟羣婢，添衣恐未知。

一月憂如醉，昨來始百端。竟無王母健，愈使寸心酸。半世和丸苦，吾生捧檄難。夜深應歎息，更念客中寒。

梁園謁二忠祠〔三一〕 祀唐張巡、許遠。

寂寞西偏地，高祠晝掩扉。乾坤猶戰伐，魂魄此憑依。落日荒荒薄，歸鴉漠漠微。無繇覩遺像，遥拜一歔欷。

半青禪房〔三二〕

倦遊生計拙，繞樹一枝輕。梵院斜開徑，僧樓近接城。攢眉聞酒戒，叉手得詩情。且喜逢休已，藏書足細評。一無上人能詩，所藏古今名人詩甚多。

稚　子

稚子初生日，羈留皖水邊。常言今歲樂，抱汝入新年。作客嗟何定，思家夢屢牽。不知啼笑處，幾許動人憐。

濡須道中

衰草連江北，濡須路更長。驅驢憑短策，沽酒怯空囊。古壩秋潮健，村舂晚稻香。呼童詢渡口，衰柳挂斜陽。

將赴秦中吳賡菴臬使之幕有感 四首

亦識爲儒賤，其如世業何？講堂恩禮薄，幕府俸錢多。吏事須諳練，民艱合揣摩。西京饒勝迹，應得飽經過。

老親頭已白，此去輟承懽。欲語先垂淚，別時應更難。何曾爲負米？并不是彈冠。迢遞三千里，秋風客路寒。

准擬中秋後，攀花奉板輿。壽觴羅棗栗，賓從滿庭除。待奏南飛曲，還驅下澤車。看雲知漸遠，回首意何如？

秋來何限事？亦欲葺廬居。又輟將移竹，兼殘半著書。輕裝拚獨往，幽徑與誰鋤？記室知無補，蕭蕭髮影疏。

謁閔子祠墓

閔子一儒者，高風永不泯。孝能慈後母，義足卻權臣。墓古存蒼碣，祠荒有白蘋。戚塋曾幾代？松柏盡爲薪。墓傍有國戚塋。

廬州道中

廬陽來去路，一過一徘徊。去爲征程急，來因歸思催。此鄉惟表妹，龔氏妹，吾姑女也。别日尚嬰孩。廿載無由見，那堪首重回？

憶㟃㟯山刹兼懷曹印上人〔三三〕

㟃㟯層峯上〔三四〕，吾曾坐翠微。甲午夏曾讀書其地。燒燈窺日出，俯檻看雲飛。地迴蚊蠅絶〔三五〕，廚香莧筍肥。最憐月黑夜，衝虎一僧歸。曹公每明月夜還山〔三六〕，遇虎輒叱去之。

過官莊橋有懷王爾須先生 先生諱夷吾，以詩名，罵賊不屈而死。

郊行纔數里，流水漸聞聲。店以莊成市，橋因官得名。牛羊循隴熟，桑柘抱村明〔三七〕。舊日談經處，春來草又生。先生家于橋頭，予兄弟曾受業門下。

寓白門承恩寺偶遇富平趙述古邂逅定交兼損雅貺賦贈

偶爾萍逢日，聞聲喜欲狂。市喧韋布賤，寺古姓名藏。嘉貺風生腋，時方盛暑，惠以買葛之資。

奇文字有霜。所賜佳稿甚夥。非君湖海士，誰解橐中裝？趙爲江寧守重客。

毗陵曉發

早起趁涼行，篷窗不辨明。殘更疑未盡，落月似初生。隔岸人纔語，前村櫓有聲。煙汀一回首，已失闔閭城。時風利，已過錫山。

白門歸舟泊李陽河呈綏人古愚如三〔三八〕

來往蘆花路，低頭笑復嗔。片帆縣雨色，雙槳盪秋旻。村店到猶記，鄉音聽漸親。江干新酒熟，不醉倦遊人。

哭姪女 三首〔三九〕亡弟子厚女適姚子注若，姚若侯黄門之冢婦也。

已矣吾猶子，音容自此辭。竟無阿母壽，弟婦夏歿，纔四十，今女年二十有六。轉爲汝翁悲。一女曾難永，終身與病隨。回思縣帨日，抱爾問名時。

十五于歸早，能承堂上懽。姚黄門、夏孺人極稱女孝謹，甚愛重之。儉勤貧女慣，賢孝少年難。久病身原弱，思親淚益酸。夏孺人先兩月即世，女病中哀痛倍至。慈姑與順婦，地下可團圞。

姚子銜雙淚，情深倍悼亡。母喪纔骨立，婦病已神傷。治斂勞諸弟，營齊仗梵王〔四〇〕。所嗟兒女幼，舉眼一空房。

自桐城至黄州道中雜詩 六首〔四一〕

怪殺沿山路，投村儘僕夫。客房全不管，馬棧只愁無。藉草爲牀蓐，編柴作户樞。霜風何太緊，淒絶夜啼烏。

天寒沙凍坼，野闊水瀠洄。上馬未三里，過河已十迴。茶亭明驛路，煙樹隱烽臺。日暮前村叟，縣燈待客來。

見説吴天盡，還聞楚路賒。河流分縣界，山店夾人家。白小鹹無味，黄粱澀有沙。軍需凋瘵後，物力總堪嗟。

不是饑驅迫，中途亦可歸。傳來三楚信，纔解萬山圍。野曠棲烏急，峯高過雁稀。北風吾畏汝，吹作雪花飛。

薄酒宵難寐，寒風曉不禁。路長偏遇嶺，日短更愁陰。熟店憑驢歇，空廚任僕尋。隔鄰何事哭？淒動故園心。

到此翻成怯，干人實可羞。萬山屯黑霧，匹馬指黄州。江岸沙灘坼，田家菜麥稠。冬來渾不冷，閒殺老羊裘。

不寐

永夜眼常開，愁腸幾百迴。唤醒僮復睡，喝去鼠偏來。寒柝經心急，孤鴻入耳哀。明朝看短鬢，應有雪霜催。

雪

頗怪連朝煖，侵晨雨雪霏。布衾眠未穩，爐火坐相依。塔頂移時白，林梢著處肥〔四二〕。慈親念遊子，休向故園飛。

投贈大宗伯龔芝麓先生〔四三〕

海内推詞伯，惟君奏雅音。峨嵋天半出，白雪郢中吟。身賤干求拙，名高汲引深。自憐無一可，足動愛才心。

華陰王無異以佳集見贈賦答

邂逅逢君話，聞知各倍憐。談天來碣石，縮地憶樊川。名比何蕃重，詩依嚴武傳。時客賈中丞幕中。摩挲看寶劍，誰不羡龍泉？

予向遊徐兖間備嘗旅況偶作何時爲客苦詩十二首章素文見而悦之依韻屬和見柬走筆奉答

老來頻道路，動即與愁攖。一日一衰態，無時無歎聲。壯遊君自得，浪迹我何成？不謂臨邛客，趦趄共此情。

出京途中即事 二首〔四四〕

不知何事劇，兩犯薊門塵。也作還家夢，偏無指路人。馬疲嗔倦鳥，車静識勞薪。滿目生涯盡，誰能復怨貧？

老大不歸去，浮生能幾何？可憐新白髮，猶過古黄河。官路明煙堠，人家臥碧莎。寶刀仍繡澀〔四五〕，長挂舊山阿。

老將行

弱冠提三尺，空增老大羞。雖曾蒙重賞，終未拜通侯。倚馬調金勒，看人弄蒯緱。創瘢猶滿臂，陰雨夜啾啾。

亡兒仁樹周忌日 四首

吾兒何夙業？病愈轉難支。忽到服除日，祇如初殁時。留將一掬淚，拈取隔年詩。策馬漫河驛，焉知無見期？去年此日北歸，宿漫河驛。

年少頻生子，春巢歎屢空。兄殤憐倍劇，乳乏氣猶雄。婚冠雖皆畢，功名竟鮮終。夭桃與穠李，總不耐淒風。兒小字李，仁桃其兄也。

前歲憂伊母，昨年復慮渠。那堪兩番淚，俱灑入門初。鏡影臺纔寂，書聲閣又虛。浪遊真失計，深悔不閒居。

成均曾問業，蹀躞已空羣。讀禮期猶未，談經夜每分。藐孤三歲子，遺稿百篇文。何日搜書篋，鎸成海内聞？

次韻和王甓亭自七級歸署有感之作奉贈 王時爲陽穀令

夙負澄清志，登車未覺非。市都無虎集，澤漸有鴻歸。葭動陽將轉，時冬至前二日。梅暄霰不飛。旂常方望爾，莫慢憶初衣。

張秋道中憶幼兒仁樾是日初度 九月晦日

吾兒剛十歲，阿母已辭幃。嗣此逢初度，皆予遊未歸。定停一日講，早索過年衣。殘臘行當返，新篇看汝揮。

哭方還青 四首〔四六〕

老猶輕道路，病豈耐風塵？留得顛厓在，肯容曠野頻？先生向欲遊上谷，顛厓力阻之，今不可得矣。

吟魂今有伴，諍友竟何人？太息呼餘子，忠言未苦陳。

如何年已至，不自惜餘年？容易同秋擇，分飛逐暮天。幸離兒女手，但乏斂含錢。寂寞荒村驛，西風咽晚煙。

生死亦常事，歸全曷可傷？憐君淹客路，訣絶在王莊。山左非吾土，鍾離尚故鄉。秋風四松在，殘月夜蒼涼。

頗怪春遊鬧，南郊蠟屐賒。如憂日不足，常到月將斜。飲酒無蕉葉，題詩徧杏花。夜臺秋色好，策杖向誰家？

送齊古愚歸窆 二首

一代文章伯，銜悲入九泉。貧招骨月忌，慘動市廛憐。賣産全嫠婦〔四七〕，無人散鬼錢。不知門下士，築室幾三年。

記曾同送殯，薤露一聲分。笑説人難免〔四八〕，今朝果再聞。嘗與古愚送殯，聽挽郎聲，古愚笑曰：『此一聲，人人不能免。』寡妻嘘遠道〔四九〕，孤女上新墳。如此淒涼去，皇天覺負君。

重九日同許綬人張如三方當時張巨源哭酹齊古愚墓 二首〔五〇〕

昔送城闉外，猶嫌欠一杯。可憐黄菊放，尚有白衣來。碑已山頭立，松誰葬後栽？買田緣底事？墳土博成堆。先生買山莊，今鬻去，惟存此墓山一抔土耳。

埋去已旬日，生芻始一陳。門徒惟二仲，窗友恰三人。師以嚴多忘，交因淡少真。也緣無嗣子，恩義等浮塵。

得仁樾到京信

自汝出門後，全家淚泫然。别曾無百里，路忽向三千。雨陣泥途滑，軍書驛騎連。懽呼知到日，辛苦不須憐。

盛珍示張覲文爲序五子詩義行世賦謝 五子者，許綏人來惠、齊古愚邦直、張如三杰、張夢敦英及予不佞江也。

硯北分題日，抽毫謬管窺。四家宗卜夏，五詠愧延之。文字聊從順，箋疏未析疑。翻因皇甫序，一解世人頤。

淝上留别蕭伯闇先輩

又此天涯聚，難禁雪滿鬢。肝誰貽仲叔？米亦向胡奴。阮籍途將返，禰衡刺欲孤。稻香樓咫尺，不是酒徒無？

湖上早行即事

擊汰殘星裏，中流徹底澄。忽驚書墮地，始悟柁妨罾。盪槳和霜落，揚帆帶月升。前船聞梵唄，更有早行僧。

雀雛墮地收而畜之羽翼既成颺去弗顧感作[五一]

鬫心調飲啄，毛羽漸能飛。忽掠高林去，如矜弱翮肥。本無責報意[五二]，空學負恩非。莫怪田間雀，啁啾日苦饑。

田家雜興 松山作　四首〔五三〕

徙倚蓬門外，陰移榻屢遷。農貧嗔入市，僧朴厭談禪。鳥立爭牛背，魚游避鷺拳。扶筇循隴去，不覺到河邊。

日長兼苦熱，昨夜見繁星。酒店忙時貴，魚塘雨後腥。濃陰牛息喘，皷岸鴨梳翎〔五四〕。穉子書堂散，咿唔亦可聽。

亦有躬耕樂，難抛世俗牽。乍晴魚曬網〔五五〕，未曉媪收棉。插柳防堤潰，誅茅補屋穿。一年生計足，只恐欠官錢。

鄰叟談生事，今年穀果登。土神祠換瓦，痘母殿然燈。社皷逢秋競，江潮被雨增。晚禾如可望，不怕募緣僧。

晚秋田家雜興 浮山作　三首〔五六〕

九月霜飛後，來看十畝閒。村環三大姓，王、高、詹三姓。寨倚一浮山。夕照荒煙外，蛩聲細草間。佛塘塘畔水，歲歲照衰顏。

稻刈新晴後，人來古渡傍。籬荒編虎落，水涸見魚梁。野燒山全赤，微霜草未黄。貧家租税畢，强半是空倉。

高士常鄰近，幽棲久在兹。謂高道矅先生也。草生無路處，酒熟有花時。雛誦知晨課，寒煙識晚炊。最憐霜後樹，紅葉覆茅茨。

方素伯爲言春浮園之勝兼述蕭孟昉生平甚悉賦以見懷 二首

聞道蕭夫子，名園本舊家。兩山騰白簡，八葉草黄麻。秀疊平泉石，香分緑野花。春浮有春夢，絶望是東華。

海内諸緇素，羣知覽德輝。郊迎寧有驛？賓至輒如歸。急難千金賤，安貧八口饑。黄塵滿京洛，不上釣魚磯。

夢亡荆

每于獨坐處，灑淚對淒風。琴是舊絃好，縑非織素工。七年消息斷，一夕夢魂通。泉下應相念，還來訪故雄。

濟寧門人郭月珮舉于鄉貽書相聞賦以志喜〔五七〕

頻年困舉場，壯志久銷亡。聞爾登鄉薦，如身得省郎。白傅贈張籍云：『今日聞君除水部，喜于身得省郎時。』螢窗工簡練，虎榜快騰驤。尚憶扶風帳，傳經老季長。

哭陳爾先 王母陳太君之兄子也〔五八〕

蚤起聞凶問，流傳恐未真。醫曾遺和緩，藥亦乞比鄰。得疾寧非酒？多憂祇爲貧。寄書今始到，波撇尚精神。

寄懷龔孝積避地三河兼柬孫秋我胡肇美 二首

羽檄方旁午，萍踪適不辰。城無逃賦地，村有避兵人。病後參苓賤，愁中詩酒真。獨憐盡室去，無計遣長貧。

三河魚米地，宗伯故鄉情。孫綽摛文麗，秋我爲宗伯公執友。胡威得父清。肇美爲文節公令嗣，庚戌出宗伯公之門。亂離存古道，師友見平生。不少嚶鳴意〔五九〕，憑君一寄聲。

稻花齋詩次原韻爲方素北賦 二首〔六〇〕

幽棲聊自適，何處不吾廬？避世翻諧俗，逃名更著書。史窺羣喙外，疑剖獨醒餘。素北有詠史詩，又著有古今釋疑〔六一〕。環堵聞金石，商歌正晏如。

柴門流水過，香稻結成鄰。地僻容僧熟，農閒稱主貧。杖留匡阜雪，花夢嶺南春。曾侍尊公無大師于嶺嶠、匡廬之間。他日傳高隱，蘆中尚有人。

七月七日爲亡友陳子垣曬書

冷泉讎校處，手澤尚如新。匣掩丹黄暗，苔生鎖鑰塵。粉遺蟫蠹久，香盡悟芸陳。廿載泉臺下，長埋曝腹人。

同李石逋芥須訪鄧樸菴因留飲宅後亭子 二首〔六二〕

聞道新亭好，邀同舊雨來。編籬成竹徑，移樹上花臺。隨酒出魚饌，憑兒勸客杯。知君且除服，未減蓼莪哀。後二日内艱服闋。

落成曾幾日，已盡斬蓬蒿。荷葉如錢大，葵花比樹高。衰眸宜稗史，几上列外史。前輩剩風騷。翻藉兵廚酒，讎書慰老饕。時予輯風雅梓成問世〔六三〕。

正月初七夜新月

陰晴都不定，天忽變秋旻。此日人猶舊〔六四〕，今年月乍新。半弦疑有缺，全魄欲無垠。想到傳柑夜，清光恰滿輪。

喜得姚經三還家消息 二首〔六五〕

忽有歸來信，迎門萊綵新。綏仲方舉于鄉。飽餐冰窌久，生入玉門真。揥髀宵衣切，龐眉暮倚頻。芒鞵穿間道，辛苦爲君親。

東郊曾祖帳，溪柳爲君攀。叱馭王程去，乘槎漢節還。間關饒客路，入楚即家山。計日看裝橐，新詩動百蠻。

送樂岑上人南遊

參學何精進，辭鄉一刹那。春帆雙岸闊，古寺六朝多。伴侶惟瓶鉢，汀洲少鸛鵝。龍華浴佛罷，結夏問鷹阿。

皖口遇方樓岡學士即送其楚遊 二首

判袂知何日？禪林忽遇君。征途三楚櫂，鄉夢一溪雲。畫溪爲尊先君宮詹公別業。難後交情固，衰年學道勤。眼前多醉尉，誰識故將軍？

復溯荆湘上，纔從閩粤歸。五湖長作客，一卷可忘饑。梓里風初采，葩壇事恐非。椷書遠相慰，寧復歎知希？公有長書寄予，極推服龍眠風雅之選。

方與三過集賦詩六章見贈即席次韻奉和〔六六〕

遊興何曾減？詩情到處新。回思分袂日，重憶解衣人。丁未春同與三遊濟寧，訪蛟峯觀察。老覺家園好，貧逢骨肉真。羡君婚嫁畢，五嶽是閒身。

詔舉山林隱逸里人僉以予應賦此謝之

忽有徵書至，枌榆姓字聯。敢言羞噲伍？深覺愧盧前。堊室門常閟，蒼顔藥苟延。自知今老矣，休玷進賢箋。

喜　雨

久蓄甘霖望，猶争一日春。立夏前一日。雷轟書任輟，屋漏婦忘嗔。滴滴農夫粒，聲聲造物仁。明朝平米價，應有不饑人〔六七〕。

哭亡兒仁標 三首〔六八〕

記得兒生日，蒼頭入皖傳。迴思如一夢，瞬息廿餘年。壯子翻難恃，頹顔轉自憐〔六九〕。西河無限淚，直似水潺湲。

骨相生來異，衰門望汝多。鋒鋩疑太露，夏楚悔徒苛。書屋已牢閉，靈帷不忍過。原知哭無益，如此斷腸何？

隔歲冬將盡，亡妻骨甫藏。牛眠知不吉，雛墮遽罹殃。卜兆庸非孝？寧親豈自戕？九原如悔禍，誤汝是青囊。舊冬誤信黠徒汪某葬母，予力阻不聽，剛四閱月而兒亡矣，噬臍何及？

哭王陽縠甓亭 四首〔七〇〕

移病聞方決，歸休諒不難。石門猿鶴邃，青灣山莊有石門最勝。河墅鷺鷗寬。互訪情方劇，同遊盟竟寒。不知摩詰畫，曾向夢中看。

屢有傳來信，危痾劇復安。才雖輕百里，迹似戀微官。瘠土荒萊闢，凶年租賦寬〔七一〕。如何耽上考，屢奉『不論俸滿即陞』之旨。不挂病中冠？指廪存遺宅，青灣有釣磯。里門凝望久，谷口信音稀。未見鳴騶入，徒聞輿櫬歸。作書吾力勸，口諾意何遲〔七二〕？白下聯牀夜，青溪問渡時。三年同筆硯，兩姓合壎篪。車笠俄分判，壬午共事秦淮，乙酉君舉于鄉。雲泥輒別離。到今四十載，終不改心期。

視工河墅雜詠 四首〔七三〕

造車衰且戒，築舍老何其？祇爲投閒計，翻緣經始疲。更番容子共，傭作怕僮嬉。步屧頻還往，能無市井嗤？

出郭剛三里，行年踰六旬。朝愁犯霜露，夜怯閉城闉。獨子還家屬，羣傭退舍嗔。倘留吾仲在，豈累白頭人？謂仲子仁標。

夜半常開眼，傍徨到五更。犬寧無故吠，鷄卻過時鳴。垂老自增累，干人未有名。祇應編槿後，閉户度餘生。

落日銜山盡，比鄰盡掩扉。人聲勾犬出，牛背帶鴉歸。莊舍舂聲近，村墟燈火微。忽思寒夜酒，倩僕過漁磯。

郊居雜詠 二首〔七四〕

拚與兒孫別，煙霞伴此身。市聲休到耳，山色解留春。浸酒收桑椹，加餐貰麥仁。桃源夫豈遠？人自不逃秦。

經營雖自苦，敢説是吾廬。樹密清陰滿，橋迴曲徑紆。掃梁迎紫燕〔七五〕，换水浴朱魚。恐有敲門客，題詩榜里閭。

玉屏菴訪雪映上人

一徑循山麓，沿溪新種松。危橋全倚杖，高閣漸聞鐘。蔬圃編籬隔，苔階上筍重。老僧延茗話，語不墮禪宗。

夏日雜詠 二首〔七六〕

三間茅屋隘，一箇草亭峨。聊比逍遥谷，難稱安樂窩。山高偵虎迹，雨暴揣龍過。不是郊居久，何從狎薜蘿？

忽報蒲觴近，因教穡事忙。趁晴收小麥，待雨插新秧。粔籹初開甑，篔簹陡出牆。絺衣步阡陌，已愛晚風涼。

暴雨後出門看水

忽挾雷霆至，羣流赴壑奔。沙隄經雨失，河水入池渾。樹杪占風信，橋邊記漲痕。疏籬嗟盡坼，麂眼一無存。

早秋雜興 二首〔七七〕

經旬不出户，風起自開關。人與塘俱古，居因山更閒。扶笻行犖确，坐石聽潺湲。缶粥堪留客，何須煮六班？暑中客至，以粥代茗。

園丁雖少事，亦不減耕耘。畏虎編籬密，防蛇去蔓勤。粉餈鄰媪遺，茶荈老僧分。日暮荷鋤返，南山起薄雲。

懷綏人邳州有寄

除日蒼頭到，開椷驚復疑。忍饑緣地瘠，受侮爲官卑。縱有談經暇，難營嫁女資。次女將適彭氏。量移知不果，無計避馮夷。邳常有河患。

螢

纔到黄梅候，流螢便有情。無風光自颺，得雨濕尤明。乍覺穿林杳，旋看著葉輕。衰眸那藉汝，伴我坐檐楹。

病

自是心情減，非關膂力殘。得方旋試藥，苦熱卻防寒。婢出迎醫慣，僮扶見客難。調糜憐小婦，時復勸加餐。

日暮柴門散步

日暮羣峯歛，村煙望處稀。好風來牧笛，新月動人衣。樹影娟娟静，河流活活微。定知無客到，自上戾扅歸。

贈王暟文〔七八〕

憶昔聯牀中夜泣，披衣起坐至天明。知予棠棣詩難讀，令爾蘼蕪夢亦驚。亂後總多離别恨，客中各見慰勞情。盧郎未老風流在，腸斷琴聲竟不鳴。

入港喜逢吴瑞初

江路既過鄉語近，舟人指點沂河流。我來君去何匆迫〔七九〕，日落風微暫挽留。遠客須詢烽火信，貧家祇有稻粱謀。檣帆邂逅翻沈醉，且喜黄壚在上頭。

送方子留遊越

日落鍾山古樹林，橋邊揮手各沾襟。祇緣風雨牽懷久，不比河梁託恨深。期爾早成嚴子釣，知予豈辱戴逵岑〔八〇〕？聞鷄況有中宵約，白水清清見此心。

答噋文

問余閉户欲何爲，俯仰之間數獨奇。國已早春催夏税，家猶亭午待晨炊。病妻既念亡兒泣，稚子還因乏乳悲。如此閒居閒亦苦，教人安得好懷時？

皖上喜遇范小范誌别〔八一〕

别後星霜何所爲？君言湖上足棲遲。醉臨逸少籠鵝帖，閒擬淵明誡子詩。所恨賣田輸國税，更憐烹犢飽王師。小范近詩有云：『湖田賤賣輸荒税，山犢生屠飽亂師。』曾於山路三逢虎，危病無如此一時。小范三遇虎無恙，有三猛虎行。

柬任克家〔八二〕

幾年前泊皖江濆〔八三〕，握手相憐出處分。下里聲歌難和雪，茂陵詞賦本凌雲。何曾小草空慙我，此去先鞭定屬君。他日安車謝巖壑，龍山休假稚圭文。

冬日雜詠 二首〔八四〕

平生解道交遊好，細數升沈悔可追。豈向白家尋老嫗〔八五〕？莫從黄氏問牛醫。病中得句愁先減，醉後論詩悟每奇。歲事驚心容易過，誅茅吾欲卜東籬。

斗室未全齏飯氣，尚存几案置吾書。微添爐火防香盡，少插瓶梅令影疏。一日百看關尹畫，三冬幾食季鷹魚。龐家清福應難買，即此雖貧樂有餘。

竹

三十年來愛竹情，今朝始得拂檐楹。喜聞鳥雀争枝噪，漸覺兒孫迸砌生〔八六〕。掩映朱魚摇碎影，推敲文石作秋聲。安能買盡琅玕種，滿院千竿一逕横？

友人頻命録拙詩恨書法不工賦以解嘲

詩學粗諳書法微〔八七〕，鸞箋幅幅帶慙揮。安能筆下龍蛇走，更覺行間珠玉霏？書法僅堪傳墨妙，詩篇動輒寫天機。歐虞褚陸唐名手，得有香山一字稀。

哭方子留 六首〔八八〕

憶昔論交白下初，聞鷄高會意何如？共憐作客逢王朔，争欲乘時獻子虚。分席最推連理樹，開樻猶見萬言書。不堪同哭臧三後，又惜君家雁影疏。昔在白門有聞鷄之會，爲方揩公、吴式昭、戴道及、臧壽平、方子九、子留及予共七子，今壽平既夭，子留亦殁，益深人琴之痛。

屈指從遊幾變更，舊京風景最關情。看燈共蹋虹橋月，訪妓同聽馬巷鶯。一自滄桑身獨隱，每詢陵木恨難平。于今草罷瑶宫記，天問何愁問不明？

君家高節有三仁，年少如君更覺真。營墓直當依斷事，鎸碑自合署孤臣。獨憐未矢雙親報，猶恨難抽五嶽身。一領袈裟消不得，翩翩裘馬是何人？

龍眠雅道在先型，許爾同登著作庭。割席頓歸天上去，鼓琴難與衆人聽。天埋杜甫無詩史，我報微之有誌銘。他日石渠如載筆，巳年月犯少微星〔八九〕。

象山官舍舊銜冤，臥病悲吟骨僅存。痛定每爲予歎息，生還豈合復飛翻？可憐六七年前讖，果斷三千里外魂。詩草滿囊招得否？海天蒼莽日黄昏〔九〇〕。

我曾勸汝遊非計，高隱長齋足自娱。無奈饑軀誠薄命，誰知夭折復窮途。雲迷舊梵魂歸否？潮入秋江櫬返無？老母含悲妻女哭，幾回望斷石塘湖。子留所居稱舊梵。

見白傅集中屢誇蘇杭之勝率爾遣懷

蘇杭山水東南最，每讀詩篇逸思興。旅寓豈能常騁望？宦遊或可日頻登。同鄉民社應難得，開府箕裘恐不勝。他日倘能徼薄禄，吴門學博武林丞〔九一〕。國法：同鄉不得作吏。皖、吴，鄰郡也。先大王父開府浙中。

山莊望浮山有懷

不上浮山已十年，年年山下刈秋田。到時每恨煙波隔，别去無如世網牽。嵓洞依稀猶記憶，寺僧零落幾更遷。新晴野老貪收割，那得閒人送渡船？

同陳子垣方爾止陳二如馬孔璋張濬之集城東樓送滴投上人之匡廬左子直之歸德〔九二〕

高僧忽到野人居，正好論詩摘晚蔬。無奈西歸兼北去，俱當秋盡復冬初。疲驢荒店猶沽酒，破衲寒江豈羡魚？只有些些風景異，梁園雪不及匡廬。

哭張圯孺 三首〔九三〕

孤生兩折紫荊枝，雁序嘗懷隻影悲。異姓不殊兄與弟，同心寧獨酒兼詩？尚期白首常懽聚〔九四〕，豈料青春早別離？此日人琴俱痛絶〔九五〕，渾如初喪獻之時。予數有手足之痛。

擇友常推汐社賢，曲江風度本翩翩。摛文恥曳終朝白，問字心懷午夜玄。共許登壇相慰藉，忽聞營奠各悲憐。那堪四十人爲誄，屈指惟君最少年。四十人同社〔九六〕，皆來弔唁。

褊性難將世俗宜，下交真欲友兼師。嫉邪共有鷹鸇逐，望遠常輸練馬知。齏飯半生空自苦，牙籤滿架亦何爲？每過嶽廟增惆悵，憶爾鷄窗講習時〔九七〕。

孟夏至皖城與馬永公食鰣魚有感

郡城魚美舊曾傳，更説鰣魚味最妍。每恨來時非四月，肯教今日惜千錢？呼童入市那難得？隔宿還家已不鮮。各有庭闈君較遠，幾回輟箸兩茫然。

賈静子徵君招同徐邇黄徐恭士宋牧仲夜集

高言歷落響茅茨，一夕酬予廿載思〔九八〕。投轄漫教燈火亂，擁爐翻怪雪霜遲。頻開酒甕從傾倒，别向騷壇作鼓吹。誰識梁園老詞客？猶能痛飲苦吟詩。静子屢更酒酌予，自言近詩是韋、孟一流。

聞邑侯葉紫賓明府罷官有感 二首

三年棠庇滿郊原，不獨身銜國士恩。萬井自輸無税吏，一溪環繞到花村。侯惠政甚夥，惟革里胥俾民自輸、疏濬桐渠溉田千頃，民尤德之。中山有篋偏騰謗，門下何人爲訟冤？卻恨饑軀羈遠道，心隨父老共攀轅。

去年烽火照江東，兩岸樓船戍守空。獨鎮羣棼疑懼日，全銷兵氣笑談中。司常縱惜封侯賞，輿論難忘固圉功〔九九〕。安忍彈文仍不免，海天風雨挂殘虹。

兖州感懷

兖州城北市煙繁，獨立蒼茫感慨存。杜老亭臺餘故址，魯王宫殿鎖重門。風流令尹祠詩史，灰燼遺民説舊藩。更欲驅車濟陰去，不堪回首日黄昏。

抵舍

六月六日天最炎，臨階下馬繫茅檐。女雖異物親差健，客不如人吏本廉。王母堂前焚素韠，是日承重服闋。嬌兒膝下挽蒼髯。許多悲喜言難盡，新月層層上竹簾。

哭倪南藔同黄陶村齊古愚周信臣入山作五首之四

乍聽凶聞痛轉猜，疾驅山逕問蒿萊。束芻滿路情何限，輿櫬當門實可哀。老屋數椽差足隱，荒田十畝況全開。年年期我剡溪櫂，竟作西州一慟迴。南藔曾期予相訪，輒不果。

看君腹笥果便便，宜向人間享大年〔一〇〇〕。得疾何曾多病苦？傷生畢竟是憂煎。傳經肯輟書堂講，屬纊終推地主賢。聞道瀕行真易簀，曾元樂正侍牀前。地主，謂舒人葉汝錫〔一〇一〕。

君自長留身後名，獨悲吾道失干城。多才未肯輕然諾，負氣偏堪託死生。不分龍蛇逢歲厄，忍將車馬答交情。今朝奠爾牀頭酒，半月前曾約共傾。

新句曾從梵刹聞，蟲聲清切聽中分。兩日前〔一〇二〕，以山刹蟲吟四章見示，多悟後語，今成絕筆矣。也疑竟似無生偈，豈料真成絕命文？遊草尚霑庾嶺雪，粵遊有曇喘草〔一〇三〕。吟聲猶傍魯琪雲〔一〇四〕。家居有北窗吟。那堪亡友詩盈帙，撿點遺篇又到君〔一〇五〕？予輯亡友吳南薈、方子留、陳子垣、方井公遺詩一帙〔一〇六〕，將合梓之。

黄州贈宋牧仲通守 二首

廣平門第本翩翩，三十通侯正少年。劇郡倍徵經術重，才人誰信簿書賢？褰帷野外萑苻靖〔一〇七〕，輓漕江皋芻粟全。莫道一官憑世胄，贊皇相業是家傳。

梁苑曾陪執簡賓，相門三載最嶙峋。如何澤國巡行吏，卻借先皇侍衛臣？宋玉風流需後起，子瞻詞賦悟前身。當時二客知誰似？或是江湖羈旅人。

寄壽與疏師七十〔一〇八〕

杖錫歸來二十霜，弟兄投老共行藏。募成寶殿頭先白，定起空山草自香。一部日抄持佛號，幾篇詩句挂禪牀。遥知舊識諸緇侶，魚梵鐘聲禮藥王。

聞劉爾雅除廣昌令卻寄 二首

雲中西去是王程，羡爾分符此建旌。二月之官剛望雨，十年乞禄始專城。地臨紫塞防兵駐，路近黄河候吏迎。況有雁門新太守，平生世講最關情〔一〇九〕。

桑乾河上水潺湲，叱馭遥從冀北還〔一一〇〕。久歷風塵行路熟，不攜妻子辦裝閒〔一一一〕。雲迷絶坂飛狐口，雪壓層冰倒馬關。頓使故人遊興冷，任君拄笏對香山。

王寶臣得古鏡土中賦詩索和次韻答之

雙龍蟠就古銅花，亂後多因出内家〔一一二〕。照去幾經迎曉日，粧成誰與折春葩？也隨冷豔歸黄土，尚有斑文染碧霞。高士鬢眉堪對汝，莫同釵釧鬬鉛華。

倪南薩向許以粤中生香家園藜杖見贈未果今即世半載矣藐諸孤持以贈予愴然有感〔一一三〕

曾荷亡友輕相許，媿我生香與杖藜。香是粤裝留在匣，藜從山徑種成畦。每思爐火閒時爇，亦擬林泉險處攜。卻待孤兒始持贈，墓門春草已萋萋。

輓祝山如 二首〔一一四〕

誰遣西風鎩羽翰？半生跼蹐老儒冠。移居祇爲從遊衆，學賈其如付託難。曾以館俸授僕爲賈〔一一五〕，竟耗去。斷酒太嚴終不免〔一一六〕，著書將竟惜猶殘〔一一七〕。所著竹窗迂話尚未卒業。共言絶筆遺詩在，寫向空堂淚眼看〔一一八〕。

老去婆娑寄此身，硯田耕織未全貧。異書不厭從予假，屢向予借書。往事偏争逸史真。每與君言無俗諦，可憐吾里失詩人。妖狐毒蟒曾何限，一問蒼天一愴神。

自桐至定陶道中口號 十首

湖田賤賣債全還，底事新逋積更艱？爲母搆樓營木石，與兒完室買釵鐶。情知糶穀徒剜肉，預恐干人已厚顔。僕馬蕭蕭風颯颯，也隨計吏度間關。時公車諸子偕計北上。

鎮日家居不覺寒，出門霧雨便霮䨴。霑衣未怕行囊溼，灑道聊回塵土乾。酒爲力微臨臥酌，飯因米惡待饑餐。幾番蚤起天昏黑，十月中旬月已殘。

舒城城北宗家店，十載前曾此問津。晝短難容中夜假，霧濃生怕雪天真。橋逢獨木頻驚馬，路遇雙叉早問人。稍喜僕夫多舊識，今宵旅館倍情親。

村醪一盞不成酣，纔上征鞍又解驂。馬倦倍增行李重〔一一九〕，僕痛翻令主人慙。防稱暄熱遭風變，算定程途被雨耽。一夜凝寒衾枕凍，起看微雪似江南。

雪後新晴煖未迴，僕夫趁凍已頻催。鷄啼遠店星猶動，鴨宿沿河夜不回。處處土鍋當户置，村村石廟向南開。蹇驢破帽吾憐汝，可是山陰訪戴來？

馬上連朝耐苦辛，衹愁雪夜與霜晨。回頭向日寒微減，撲面迎風凍欲皴。北麥南禾都苦賤，居人客子盡言貧。家園若不饑軀迫，剪燭圍爐過小春。

壽春北去古蒙城，極目寒煙一望平。爲趁前程泥僕飲，怕差岐路逐商行。纔安寢後車夫鬧，剛出門時店主争。老大年華筋力減，等閒乞食作長征。

客夢頻年不戒裝，惟將行止僕夫商。沿門饅首拋錢走，當路薑湯駐足嘗。飼馬只圖争小店〔一二〇〕，問人偏喜説他鄉。獨憐道左埋碑碣〔一二一〕，不許停鞭一審詳。

渡得黄河不論錢，饑烏叫雪倍悽然。足緣晨冷寧徒步，手爲風龜怕捉鞭。到臘瓜條青轉脆，先春芹菜翠尤鮮。白頭野老能留客，不待黄昏已醉眠。

游子無端賦北征，荒原古戍不勝情。麥憑牲踐方經旱，楊隔年椿轉易生。每過市城詢土俗，喜聞父老説官清。明朝準入陶城署〔一二二〕，話盡家園到幾更。

登岱十首之二

玉殿高居聖母宫，翠微縹緲下天風。鶴纔飛處雲俱白，鷄未鳴時日已紅。我欲騎猊驂太乙，誰人倚劍薄蒼穹？卻看斗大城何在？雉堞全浮煙靄中。

屢朝封迹已成荒〔一二三〕，尚有雲霞覆御牀。石洞煙迷龍蜕骨，芝田花煖麝留香。磨崖可惜當天寶〔一二四〕，無字何嘗恕始皇？日落扶筇歸路晚，滿山嵐氣溼衣裳。

丁未雪夜同綏人宿湖南草堂感賦

廿載湖南繞夢思，與君同到話淒其。最憐烏繎悲翁日，猶憶牛衣語婦時。破屋記曾親塈壁，荒田讓與姪扶犂。于今五十纔生子，勺水應須告祖知。

次韻和顛厓語菊八首之四

羅衣纔解芰荷香，又見籬根傲曉霜。簾外新寒誰解護？尊前疏影且相將。寧依蘭佩同芳草，漫上雲鬟耀寶鐺。莫道鄧家黃白異，謂顛厓也。潘園秋色正蒼蒼。菊有鄧州黃、鄧州白二種。

誰將書信報秦嘉？一任疏籬自吐葩。千古幾人真晚節？半生薄命似窮花。埤雅云：花至菊而窮，故曰『鞠』。無言底事臨風笑？非泣偏憐帶雨斜。畢竟黃裳稱正色，漫勞五彩鬬鉛華。東坡詩：『坤裳有正色，菊衣亦令名〔一二五〕。』

錯將時序憶韶年，領略荒村有淡煙。傲骨幸存惟雨露，嘉名誤玷是金錢。菊有金錢、玉錢之名。人中衹合稱秋士，方外差堪比瘦權。僧善權清癯，號『瘦權』。莫向玳筵輕佐酒，防他拋擲管絃邊。

移來便帶一叢花，愛傍書窗竹影斜。老圃儘容高士屐，寒郊不駐美人車。請看上苑今誰主，只有東籬是爾家。欲插滿頭君莫笑，安仁雙鬢已生華。

次韻和顛厓菊答八首之四

何處秋林放晚香？北山山下耐風霜。顛厓。長源煨芋堪孤對，芥須。張翰思蓴好並將。西渠。漢水放臣分雜佩，還山。鑾坡歸客解明璫。澡青。河陽滿縣花無數，也共諸君問老蒼。

閒來久識世情非，特傍幽棲攜手歸。舊譜袛憐花意淡，方書底愛菊苗肥〔一二六〕。後先我自安時命，甘苦人猶辨等威。黄葉叢中勞見訊，短籬亦覺有光輝。

生長籬東不記年〔一二七〕，繁枝亦解傲風煙。採菱女伴頻回櫂〔一二八〕，賣藥仙人肯受錢。尚喜搴芳君有約，誰言招隱我無權？菊爲隱逸花。從今欲問歸棲處〔一二九〕，多在梅邊與竹邊。

日日西村抹晚煙〔一三〇〕，愁聞歎息菜畦邊。得依吾子如連璧，一任園丁横索錢。老我郊寒兼島瘦，憑他劉蹶與嬴顛。不知歲月今何許，只借君詩暗紀年。

出紫荆關

天險何年鎮朔方？出關風物便淒涼。河流挾石聲悲壯，牆堡沿山勢渺茫。磧草纔青來紫燕，邊沙欲白起黄羊。我來五月猶如此，愁殺軍城賦早霜。

哭鄧顛厓先生 七首

顛厓〔一三一〕，予三十年老友也。捐館之日，會予有悼亡之痛，思爲詩以寫予哀，久之，卒未就。既讀芥須十九首〔一三二〕，不禁汍瀾之無從矣。因步還山、無齋兩先生後，次韻哭之，韻雖竟，予哀猶未竟也。聞還山又有五十絶句，當再取而和之。

東南吾道失津梁，便覺風霜颯颯涼〔一三三〕。海底月沈珠有蜕，斗間氣盡劍無鋩。龍歸並不留鱗爪，鶴去何心戀稻粱？太息悼亡悲未已，又將涕淚灑山陽。

交到中流遇險灘，門庭寂歷幾任安。人皆欲殺扶危少，我盡觀空匿怨難。賴有崔公成獨立，竟亡鍾子向誰彈？篋中忽撿遺箋在，滿紙牢騷不忍看。

里鄰春罷欲呼天，廿載枌榆信有緣。長揖軍門資計畫，運籌幕府賴蕃宣。芻茭肯許師中老，刁斗無驚閭左眠。護得虬松先隴上，霜皮鐵幹尚依然。

幽棲自署曰薑菴，愛傍先塋與佛龕。終窶不嫌門近北，長貧仍似阮居南。泣攀松栝吟皆血，醉灑芭蕉墨更酣。三徑秖今蕭瑟甚，憑君詩卷鎮伽藍。

金石吟聲響蓽門，和歌一出衆咸尊。不知慧業成孤往，可有騷壇樹九原？社燕欲辭先結舌，秋花未放已銷魂。曾與予輩唱和，有秋燕、語菊諸詩。常言鄙句驅愁好，那得愁中細討論？先生評予詩：愁悶讀之〔一三四〕，輒爲解頤。

自是封侯骨相殊，飽餐霜雪歷崎嶇。誰傳阿堵真能手，足抵雲臺幾丈夫？便腹一團儲史籍，寒鋩三尺照髭須。呼君或恐君猶出，笙鶴歸來過酒罏。先生有小影絶肖，嘗命余題其上。

鑫山野死訃纔通，又哭先生秋雨中。處士星驚同日隕，延津劍訝一時空。陶潛可惜無通子，鑫山先生無嗣。明允猶欣有長公。謂田公也。記取他年傳隱逸，有兒書奏建章宫。

美人午睡次韻

日長人倦倚簾櫳，挼取雲鬟片刻鬆。斜覆錦衾如半臂，稍開羅帳露雙紅。枕痕印面微生暈，花影當窗卻正中。下得牙牀猶凭立，茶煙嗔不起松風。

雨中手録鄉先輩詩還山以詩見贈次韻奉酬

姚生詩傳海内知，將梓忽輟吾滋疑。姚經三有龍眠詩傳之刻不果，予更爲廣搜之。安忍斗邊勃窣氣，仍如爨下焦枯時？乘此雨天恣冥討，鼓我餘勇來新詩。集成長跪乞玄晏〔一三五〕，碧眼爛爛今波斯。

曝亡妻故衣潸然久之感賦

茜紅衫子畫羅裙，曝向空庭雨後暄。紫玉緣環尋不見，黄金紐扣折難存〔一三六〕。香殘尚帶薰籠馥〔一三七〕，粉褪惟餘舉案痕。記得裁成還懶著，牛衣鎮日淚偷吞。

將之京師次方還山見送韻即用留别八首之二

燕臺此去足風塵，新決黄河早問津。雪洗湖山春色浄，路穿齊魯舊遊頻。虞翻倘得逢知己，阮籍何曾妄笑人？獨惜炊扊無令妹，辭家不覺淚盈巾。還山，予内兄也。

竹溪春水漸潺湲，輸爾分題共客攀〔一三八〕。鸞鏡雖然塵略掃，蛾眉久矣筆投閒。來詩云：「又手客離黄絹冷，看眉郎去緑窗閒〔一三九〕。』伏生老去尋辭闕，陶令歸來便買山。煩語諸君留片席，並傳詩句到人間。

戲詠石鞋杯

誰把瑶瓊作意鐫？等閒琢就錦雙纏。移來天上初弦月，捧出池中兩瓣蓮。且共蟹螯分手執，免教鴉襪礙人憐。幾回珍重頻看取，只合孤牀伴醉眠。

哭齊古愚墓示外甥張若湛方將

文章憎命孰如君？問向青天天弗聞。忍以無兒酬伯道，更將不第蹴劉蕡。一抔幸傍朱公墓，冢與漢大司農朱公墓鄰。斗酒誰澆白傅墳？香山墓過客輒酹酒墓前，土爲之濘。哭罷殷勤呼二子，可知房杜出河汾？唐宰相房玄齡、杜如晦皆出文中子之門。

哭與疎禪師 二首

廿年前見爾南歸，手剪荆榛啓破扉。貝葉勤翻編欲絶，松條親插樹成圍。寒罏尚爇初傳火，短桁猶懸舊補衣〔一四〇〕。不分刹竿今忽倒，鷹阿堂上失皈依。

二老風流好論文，忽驚臘盡痛離羣。談經不灑天邊雨，洗鉢空歸澗口雲。龕室在時常入定，佛聲寂後尚如聞。金陵亦有三生石，一笑何因再見君〔一四一〕？

赤鸚鵡和陳默公任克家 二首

天南翠羽到人間，誰染胭脂色倍殷？賦擬夭桃曾獨步，用謝莊賦中語。歌翻朱鷺總堪删。呼來執拂雙鬟應，用紅拂事。歸去明霞一縷還。用紅線事。饒爾自矜聰慧甚，可知命薄是紅顏？

曾揮血淚灑羅裳，隴口雙雙憶上皇。教曲須抛紅豆記，誦經先放赤毫光。蚤餐勾漏來炎海，濃著榴裙閉後房。用樂天詩中語。借問漢宫誰最妬？緑衣使者雪衣娘。

亡荆忌日

西風又斷别離腸，冷落空箱少舊裳。今日若存應更讁，五年不見似初亡。未知堂斧能同穴，尚恐兵戈徙異鄉。季子就婚中子出，惟餘老淚獨成行。

幼兒仁樾久贅京邸詩以寄之

一月頻開數紙書，如何無計説歸與？雖聞鴻案宜家穩，卻恐羊機勸學疏。小縣時時馳羽檄，大兵處處輟犂鋤。可知王母思孫意，不爲含飴日倚閭？

輓程立菴奉常 二首〔一四二〕

廿年視草動明光，休澣還家已七霜。車尚未懸歸廣柳，年六十有六。樓須作記罷長楊。西河明喪緣思女，奉倩神傷爲悼亡。猶冀城南共攜手，忍騎箕尾獨排閶？

折角談經滿石渠，雄文誰復似相如？前星北嚮儲宫遠，卿月西頹望省虚。公以宫詹轉太常。英蕩尚存銅柱節，出使安南。金蓮空照玉堂書。嘗奉詔書大字。可憐八百孤寒士，回首南天灑淚初。分校春闈〔一四三〕，視學畿輔，皆力拔寒畯，北方學者至今思之。

送何省齋學士還白門 二首〔一四四〕

髫齔辭家入舊京，歸來顛白厭承明。廿年已遂初衣樂，三黨猶誇晝錦榮。秖爲少君躬井臼，要看新婦作湯羹。以送女歸里。須知醮酒登車日，禮法高門久著聲。不到平泉幾十年，相門三戟尚高懸。庭除灑掃看旋馬，階級瞪瞢憶放鳶。前度桃花雖浄盡，舊時燕子卻依然。御書樓上雲章爛，猶有榮光夜燭天。

寄壽王髭亭陽穀四首之一

七年冰檗宰巖疆，五斗何嘗滿陸裝？駡後上官翻得白，愁來鬢鬒欲成蒼〔一四五〕。輸租稍喜秋收稔，秣馬難將月俸償。魯酒向來知最薄，聞君終歲不曾嘗。

有以不倒翁貽穉孫者戲效梅郵賦之

泥妝軀殼粉妝肌，傀儡場中最險巇。瞥爾逢人輒夷俟，儼然衰叟尚兒戲〔一四六〕。無心叔寶醒如醉，負腹將軍肥更癡。笑爾胸中何所有，掉頭彊項亦奚爲？

過王髭亭青灣山莊卻寄

怪爾輕將月俸分，元來此地足耕耘。四圍山色青如黛，一望田疇緑似雲。華子岡頭聞犬吠，小兒坡上散羊羣。何時猿鶴容同伴，曲水流觴從右軍？

越樓以老母抱病予不得赴花會爲詩柬問齋頃幸母病少間依韻奉和

春風隔歲到來奢，寸草階前欲放芽。侍寢憂惟憑藥裹，巡檐笑不向梅花。辛盤卻病陽初長，丙舍尋芳日正賒。但願樹萱常在背，肯容壺榼負年華？

吳天況表弟自都門歸張敦復學士遠貽書問謂博學宏詞之舉未及推薦遂成有生一大憾事然三公不易之一日名山不朽之千秋終不肯以區區一官間先生之樂云云知己之言愧感交集賦謝二首兼述本懷〔一四七〕

待詔金門盡石渠，熙朝結網未全疏。鑿坏焉敢逃旌幣？推轂還當慎簡書。久識故人嵇叔夜，休言臣邑馬相如。平生讀史多遺憾，心薄温嶠是絕裾。

老母欣增大耋籌，衰羸多病轉多憂。吏胥郡邑防敦趣，僕馬山川畏阻修。豈有微榮争一日？本無大業付千秋。行年三十還加倍，莫怪安仁歎白頭〔一四八〕。

任克家三河以隨兄粵遊草及修學記與詩惠寄卻柬

才子分符未輟絃，飛來珠唾落江天。錦山枕被連牀夜，赤縣羹牆釋菜年。墨陣欲驅潭底鰐，文瀾真蹴講堂鱣。如何七載爲勞吏，不獻長楊到日邊？時有博學宏詞之舉，克家爲吾郡才人而不得與，遑惜其他〔一四九〕？

送何牧伍之官洪雅〔一五〇〕洪雅隸四川嘉定州

玉壘軍麾百戰收，楚江西去總安流。荆門山轉穿三峽，劍閣雲開見益州。循吏傳家饒治譜，尊大父方伯公、尊甫太守公皆有政聲。餘氛伏莽易封侯。知君到日蠻煙靖，月照峨眉正早秋。

重陽後一日陳越樓邀同南郊禮佛因訪園菊以老母忌辰將近病不克赴次韻奉答

喜君病起不扶牀，我病猶疲翰墨場。時有風雅續集之選。菊圃未嫌笻杖晚，衹林久負木樨香。獨投陳轄衣誰白？罷御潘輿髮更蒼。自履霜來詩興減，非關租吏妬重陽。

敦復宗伯貽書云聞於九松碧山之間新搆河墅甚爲神往僕久困風塵中頗欲從事惜無善地亦俟機候之自至耳詩以趣之

廿載身騰霄漢間，夔龍又復接鵷班。謂令以卣臣編修。王陽雖共王尊叱，疏廣應先疏受還。我釣滄浪嗟已晚，君營緑野早投閒。頗聞詔賜金錢數，莫買湖田且買山。

坐亭子讀放翁詩

廿年前讀劍南詩，最愛歸休鏡水時。出郭道途無十里，閉門絃誦有諸兒。便思築室山莊好，早與塵囂俗子辭。今日卜居纔可遂，欲追芳躅已嫌遲。

聞敦復學士蒙恩予假歸營先兆舟已遄發喜賦二首〔一五一〕

嘗裁短什附郵筒〔一五二〕，勸買園林煙靄中。抗疏果聞歸計決，温綸益見主恩隆。鵷鸞舊侶知難割，猿鶴家山望久空。猶有詩豪老賓客，能酬白傅和裴公。劉禹錫賓客在東都與白傅唱和，有劉白唱和集；與裴令公唱和，有汝雒集。

河上奔濤邗上潮，别來已踰十年遥。清流忽浣京塵涴，柔櫓何如騶唱囂？一櫂泝洄隨野岸，五雲縹緲隔層霄。知君穩傍汀蘆宿，夢裏猶應賦早朝。

詔舉山林隱逸里人再以予應賦此解嘲

昔叨四皓原非分，今忝一夔尤厚顔。纔向荒郊築環堵，何曾避世入深山？希之自信難充隱，潘岳家居正乞閒。肯學鐵厓輕一出？任他宣去任他還。

歎老

孑影扶筇老愈衰，出門能得幾心知？眼前祇覺晨星少，夢裏頻逢舊雨疑。圍減腰原同鶴瘦，齒殘飯亦學牛齝。縱容披髮山中去，不及當初壯盛時。

二月二十九日移居河墅雜詠十首之四

巷處暫辭新義社，村居初占古塘坳。爲鄰且喜皆莊户，負郭猶憐是近郊。賸有架書剛滿乘，無多瓦屋再誅茅。不妨門牡常關卻，還恐人來市井敲。

未解嚴寒敢出城，清明節近杖藜輕。堵牆略與眉肩並，甃地渾如手掌平。學道不成臨老學，耕田無計看人耕。獨憐春雨犂鋤罷，入户猶聞春杵聲。

本無長物累行囊，手挈圖書恰滿牀。五寸銅瓶存古朴，新買古銅瓶。一枝竹杖表端方。方竹杖，徐羽先所贈。擔來菱芰填芳沼，引去藤蘿上粉牆。不仕元知非宦隱，路人誤指是柴桑。

齒豁頭童老愈頑，日晡無事一開關。門前倚杖迎風立，橋上吟詩待月還。謝客先觴諸客遍，買山兼得衆山環。城中雖有兒孫至，不問庭除况市闤？

王恕行明府有事於古塘枉過草堂同王我建丘徽五兩廣文談讌竟日有賦

花村緑野徧謳吟，容我山中匿影深。本爲勸耕巡麥隴，卻因聽訟憩棠陰。旌旄忽拂門前柳，笑語猶鏗堂上琴。鄰叟村童争詫異，此間何自聚朝簪？

幽居述懷〔一五三〕

家事多時敕斷竣，優游端可送餘年。諸孫稍遠分甘寄，小婦能隨治具便。詩調不如鶯百囀，睡情偏學柳三眠。柴門剥啄緣何事？新欠黄罏貰酒錢。

晚春雜詠　五首〔一五四〕

一春風雨太淒涼，且喜園林春晝長。睡起門生剛載酒，詩成小婢旋焚香。蝶酣似惜花投溷〔一五五〕，僧惡難禁笋過牆。怪殺夜來河水漲〔一五六〕，前村處處訪橋梁。

漫道山中習静尊，静中亦覺擾晨昏。枝頭鳥哢平明鬧，月下人行徹夜喧。最喜老農談稼穡，微憎遊女破籬樊。相期直待花殘盡，預敕園丁穩閉門。

聞道輿儓亦拜官，喧聲總不到河干。本無褦襶衣冠廢，並少追呼寢食安。犬吠秖緣流水響〔一五七〕，僮眠真作小年看。卻緣雅會城中去，未免周旋世法難。比來間入城與諸君花會。

久從城市逐悲懽，擺落銜羈領略寬。事少方知清晝永，山多微覺晚春寒。尋源溪上鷗同社，采藥雲中鶴共餐。便是叩門無俗客，不逢緇衲即黄冠。

滿園花落杳難探，屧步階前老尚堪。乍減寒衣旋復著，偶嘗新醖已微酣。溪流細細鳴琴筑，山色層層寫蔚藍。不是杜門風雨裏，一春幽事幾曾諳。

閒中遣興六首之三〔一五八〕

園林風景四時閒，最好春深三月間。繞屋重重圍緑樹，鉤簾隱隱露青山。秧鍼出水齊拳脊，菜甲拋泥坼耳環。預祝今年蔬飯足，叮嚀城市莫輕還。

半畝荒園幾折河，也能作意點煙蘿。紆迴曲徑迷羊仲，坳接名花敵橐駞〔一五九〕。老至童心猶且在，愁來懽趣卻無多。龐家妻子凋零早，不得團圞守澗阿。

市城擾擾竟何如？水滿花開樂有餘。臨睡可賒村店酒，將餐方乞比鄰蔬。蚊雷不擾胡牀蝶，螢火從窺鄰架魚。耕讀安時隨分足，可知天地一籧廬？

輓舊山吳無齋先生 三首〔一六〇〕

耆舊纔餘碩果遺，忍教一老復乘箕？詩稱工部真堪並，官前工部。嶺對白雲惟自怡。家於白雲嵓。祈死范文安用祝？悲時許伯竟長辭。可憐賷恨泉臺去，秖有西山薇蕨知。

延陵世德本荀陳，博物當今更軼倫。天上少微空黯淡，枕中鴻寶尚輪囷。鐵函思肖千秋史，土室袁宏半世人〔一六一〕。先生年四十即隱居，今八十有二。他日所忠詢姓字，誰將遺稿表孤臣？

少壯曾隨鵷鷺班，年過四十便間關。永辭神武孤踪易，徧走臨邛一飯艱。常喜龐公入城市，輒邀二仲共追攀。如何高會年三百，別去雲巖竟不還？辛酉秋同樸庵石逋過飲，予有詩云『四人年齒恰三百』，今成訣別之筵矣。

晚興

天公有意縱疏頑，清福于予亦未慳。一卷圖書供晼晚，滿林花鳥伴幽閒。偶隨月下僧同步，遂喚雲中犬共還。半榻華胥吾自適，久無塵夢市城間。

入城曬書見高曾祖父母誥命四通及先司馬公故笏猶寘書簏中感賦

遺書幾篋畀兒孫，蝕盡無由一負暄。先人遺書兵掠殆盡。象板猶知留祖澤，鸞章空復憶君恩。笏袍賤肯優伶戲？綸誥榮如考妣存。爲語後人勿輕視〔一六二〕，先朝法物比璵璠。

幽　居

幽居秪合守柴荆，暑退涼生竹樹明。決肉全呈衰老狀，買書猶動少年情。吟聲清苦蟲相和〔一六三〕，醉態顛狂犬數驚。可惜秋風催入郭，與梅不共歲寒盟。

八月廿一日移家入城

秋殘霜冷漸寒天〔一六四〕，趣我輕裝返故廛。曠野預防胠篋客，陰崖怕立朔風前。墅向西北。居村勢必還居市，在邑心猶繫在田。須待土膏春雨動，攜家仍隱舊林泉。

秋杪過河墅

經旬未啓白雲扉，入户驚看落葉飛。紙閣總教蛛網徧，柴門更覺雀羅稀。收藏抹麗歸温室，結束芭蕉給草衣。莫怪主人輕別去，望秋蒲柳自知幾。

謝蒼霖書自白下至爲言于制府身後無以爲殮父老童孺哭臨者三日殆近古所未有也詩以輓之〔一六五〕

聞道同官括賻金，亦知薄殮是君心。荒廚並乏桃花米，空橐難營赤斧衾。葛帔有兒徒步返，緑輿無信驛書沈。海罡峯後清風邈，又見南人淚滿襟。

重九後五日姚羹湖招集同人讌遊賸山園林拈晴軒二字予以病未得與賦□二首之一

聞道衡門石徑縈，千尋壁立一亭横。人因舊雨如期至，天過重陽著意晴。紙閣遥連庭户迥，經幢長護梵書明。慙予欹枕聽兒説，似向山陰道上行。

孤鶴無偶方子鄰子哲家有一雄欣然見贈卻謝

海鶴孤標迥出塵，也須雙影伴松筠。君從何處來雲翮？似惜孀禽有夙因。共舞池邊欺鷺宿，齊鳴月下警霜晨〔一六六〕。何時卻枉蓬門駕，呼婦同迎舊主人。

夢爾止憶之

少微星隕已多年，夢裏誰將姓字傳？老杜飄零詩是史，青蓮謫去酒爲仙。家無可破因貧免，途有時窮仗友賢。聞道宋園今易主，梅花滿壁起寒煙〔一六七〕。

原上村〔一六八〕

平楚茫茫盡隰原，采風誰復到輶軒？鷄豚社裏花藏屋，桑柘陰中人啓門。處處各增新院落，田田猶記舊潮痕。晚來莫辨縱横路，一點春燈雨後昏。

溪上路

野徑横橋往復回，春泥香輭襯新苔。沙平有□牛羊下，水淺無人鷗鷺來。垂釣每從漁父問，杖藜時倩老僧陪。偶然行飯前溪去，路本無岐不用猜。

園居雜詠六首之二

一到園林萬慮輕，最宜寒食與清明。洗開石鏡山房見，逗出荷錢水檻成。社雨剛迎新到燕，□陰微囀欲調鶯。何由得似三都叟，一臥經年不入城？謂越巢左霜鶴也。

貧病摧人常晏如，今朝底事欲欷歔？晨炊浄盡謀生拙，夜夢昏迷學道疏。忙裏呼童添鶴料，暇時招客校農書。惟嫌村落猶人境〔一六九〕，車馬時時到草廬。

贈　鶴

廛市何人不世情？朅來結伴白雲層。梳翎立似修容女，卷足眠如入定僧。月下對鳴秋更皎，池邊雙舞水同澄。聞君饒有千年壽，是我山中耐久朋。

古塘過亡妻方安人權厝處 舊葬此地不吉，後權厝於此。

遠山無復畫眉人，每過荒原倍愴神。豎子摶沙凶果驗，黠徒汪嫯。癡兒渴葬孝難泯。亡兒仁標。新營亭榭堪偕隱，舊植松楸已盡薪。翻幸佳城須改卜，與卿圖作數年鄰。距河墅里許。

落葉詩次程松皋韻四首之一

緑瘦黄稀各愴神，商飆收盡樹頭春。枝間若有延年術，世上應無題怨人。掃去垣衣同淅瀝，□來筆冢比嶙峋。漫教霜重催紅雨，認作桃花片片新。

大匡壻以鸚鵡見贈漫賦

漫道山房花鳥幽，攜來與鶴共遨遊。雖憐聰慧音聲巧，卻愛翎毛文采優。色比黃鸝深暈碧，嘴如紅豆略鉤輈。祗應玉鏡臺前語，彩鳳同歸蕭史樓。外孫女將歸長孫義炳。

送幼兒仁樾之官吳縣司訓五首之一

送別難禁淚幾行，情牽兩地倍徬徨。□喪□共荆榛没，一子纔齊几案長。仁樾甫生一子。棗栗有□娱菽水，松楸何日表瀧岡？雖然阿大今婚冠，長孫義炳。汝懦吾衰事渺茫。

七十自壽詩八首之一 戊辰五月十二日

不向東華踏輭塵，此生祇合老河濱。鑿坏恥學呈身輩，挂檄羞稱充隱人。梅塢竹廊容膝處，野鷗林鶴款門賓。譬如元不通文史，没齒長爲版籍民。

恭祝母大人六袠一百韻

桐子鍾祥久，延陵毓秀殊。篤生吾母氏，端不讓名儒。蚤歲蠲脂澤，潛思溯典謨。衡書猶溢幅，掩卷輒操觚。體弱神能王，心聰貌若愚。竟無煩保姆，雅欲奉浮屠。母氏幼即皈依釋教。綺閣鐘聲邃，紗窗篆影紆。逃禪繡彌勒，祈子代商瞿。數于佛前爲外王父祈嗣。以此外王父，珍之等丈夫。趙襄堪簡授，鯉也亦庭趨。擇對持箕帚，來歸作楷模。先司馬嘗語宗一先生，以母氏爲吾家女範。吾翁洵長者，厥德足刑于。髻是荆釵綰，奩將竹笥鋪。低顔稱冢婦，洗手試諸姑。菅蒯曾無棄，纖絺每自汙。勤能先蟋蟀，巧不乞蜘蛛。遂購田千畝，還營宅一區。母氏手置田千畝，又買觀音閣大宅。兩家歸禮法，三代慼懽娱。暇日搜遺笈，終年味道腴。詩先明雅鄭，詞必黜巴渝。蘇李元音叶，王儲近體俱。桃花紅可𩔾，柳絮白堪摹。淑範誠無敵，多能亦匪誣。畫成金粟影，穿就水晶珠。母氏善大士像，又精女紅。貝葉枝枝出，蓮花瓣瓣敷。手録佛經數十卷。談棋追鄧艾，顧曲勝周瑜。善奕及樂律。書法分鷄鶩，琴聲譜鳳雛。工書〔一七〇〕。星疑傳日者，劍不減風胡。素諳星學，又多鑑識。善講公明易，能書王母符。卜筮符呪皆曉大意。長才無不可，至孝復誰逾？嘗藥頻加額，和羹自割膚。外王父病篤，母氏刲股以進。緹縈差弗媿，漆室更多虞。夜績憐匡蟹，晨征勉弋鳧。庭闈疏戚徧，膳服吉凶拘。百禮咸釐舉，三喪何有無？母氏凡三厝大喪。分糜從衆婦，合爛任鄰吾。家業方隆起，軍儲忽轉輸。妖氛來豫楚，寇盜弄枌榆。跼蹐龍山路，艱難鴨子湖。若非綢牖户，争得免泥塗？崇禎七年民變、八年流賊來，避亂皖城、練水間也。賣犬行方始，牽羊任所須。崇禎八年，姊氏于歸，九年、十年連爲江與弟培娶婦也。世途甘坎坷，物力惜錙銖。欸遘龍蛇歲，遽傷箕尾殂。崇禎十三年，先君即世，歲在庚辰。脱簪全附郭，拉淚欲捐軀。苫塊哀何及，冰霜誓不渝。憑誰酬逝者？惟有訓遺孤。薛鳳雖曾鍛，張騶擬並驅。中途摧雁序，兩度折荆株。崇禎五年，弟埏夭。十五年，弟培復夭也。幾怒嵇康懶，還憐卜夏癯。和丸當白墮，剉薦即青芻。絳帳饒談議，青綾解囁嚅。孟宗欣有被，韓伯賴多襦。郤憶饑荒日，頻聞庚癸呼。民家無長物，官舍亦空帑。族偪多狐鼠，兵驕盡虎貙。蠲貲消衆忌，破産給軍需。崇禎十五年春事。兒去趨安宅，身留守畏途。逾時方傳徙〔一七一〕，間道倍崎嶇。危地仍思楚，炎天似渡瀘。母氏以是年五月渡江之白下。山城非樂土，建業尚皇都。百口羣依倚，孤身敢怯懦？三年真飲水，一飯勝茹茶。偏值流亡繪，周遭嫁娶圖。在白下三年〔一七二〕，數爲諸妹畢婚嫁。衣簪搜敝篋，蔬藿出荒廚。客路飄零慣，鄉園戰伐蘇。言歸浮斷梗，臥病伏繩樞〔一七三〕。乙酉，奉母氏歸桐憩浮山山莊。遠墅空聞雁，殘冬始鱠鱸。城池猶繡錯，田里總榛蕪。新令矛頭急，勞人橐底枯。誰家容乞食？鎮日是催租。更歷湯宣旱，難支旦夕餔。陂塘俱竭澤，父老各呼雩。病髮成絲縷，愁腸轉轆轤。鏡塵朝不掃，枕淚夜長吁。

自憐祇爲牽兒女，那曾屢黍稌？不知老忽至，生我一何劬！天地侏儒苦，江湖歲月徂。毛義寧無懷楚璞，空復忤齊竽。有賦惟窮鳥，何人不賤駑？數奇遭指摘，命薄被揶揄。終軍屢棄繻。竟難陳鼎養，强半饌伊蒲。母氏茹齋輒數月。近秉維摩教，真成法喜徒。歛眉持梵唄，叩齒結跏趺。渡蟻同公序，放龜似孔愉。母氏日誦佛經，喜放生。流鈴摇玳瑁〔一七四〕，寶蓋接珊瑚。白業原難老，丹砂豈待沽？且忻慈力健，剛報宿痾逋。雲氣來瑶島，霞觴瀉玉壺。魚音嘗遠播〔一七五〕，鳩杖不須扶。試看盈階草，誰非汗血駒？壻才堪伯仲，門第盡崔盧。甥竊東方實，孫懷萊子烏。會須揚壼範，取次入天衢。社圃饒蔬甲，秋林足木奴。月爲銀鑿落，花作錦氍毹。瑞露飄丹桂〔一七六〕，清風動碧梧。仙娥瞻婺曜，賓從唱吳歈。是日辱諸君子惠以祝言。雋箸懽當案，潘輿緩繞郛。微生如寸草，百歲待涵濡。

耐翁六十自壽詩次聱叟一百四韻並答聱叟見贈之作 有序

僕久歷荼辛，忽周花甲。生逢盛世，未分太乙餘光；老守遺經，空負長庚吉夢。母氏夢青蓮到門而生。閒適無香山懷抱，敢傳醉吟？靖節遜栗里風規，羞言自祭。粤先朝神廟之末，值屠維協洽之年，桑蓬並懸，枌榆相望。甫修禊而聱叟誕降，距上巳乎浹旬；三月十五。剛競渡而耐翁試啼，後天中者七日。五月十二。兩家皇覽，昔賀盈門；二老風流，今稱同道。首倡百韻，仿樂天之寄微之；載贈四章，似安仁之連孝若。然而，比甲辰於裴、庾，豈無雄雌？較戊子于程、龐，終分大小。蟬嘶夏木，敢希睍睆之音？槿綻朝籬，難覸夭穠之色。略無詮次，率寫懷來，庶先行狀以編年，免乞文人之諛墓云爾。

年譜因君紀，生涯儘自知。力微艱薄宦，計拙易恆饑。欻爾衰殘至，回思少壯時。五車渾欲徧，一簣已虞虧。學必崇先正，名蕲邁醜彝。遭時非不造，生我尚無爲。家有遺經讀，朝多好爵靡。人材争拔起，天路豈倭遲？大父知吾異，兒時爲曾大父少司馬公所鍾愛。宗工許獨奇。崇禎己巳遊泮，相國蔡公時督學政，有寧馨之目。十齡能對策，八比早陳詩。試題小子學詩。益好書成癖，羣疑瘦且癡。綴文常矻矻，授簡每孳孳。燕雀方安處，狐烏卻暗窺。烽煙迷遠堠，榛莽没殘碑。射石皆爲虎，炊沙争作糜。官蝗飛被畝，道殣死填逵。哭子焚文葆，悲翁泣繐帷。凶猶無殺禮，亡並補由儀。甲戌民亂，乙亥寇至，先君弃世，兒復夭殤。嗣是兵荒頻仍。固圉頻刑馬，移家不契龜。孤城乘夜出，帝里望雲思。白下原堅壘，青溪亦巨陂。朅來看火樹，已報失瓊枝。雁折嗟無影，琴亡痛切肌。壬午春，挈家南下，仲弟子厚訃至。獨行攻玉少，同學斷金宜。共奮風雲會，兼研月露詞。與王子暟文讀書秦淮何氏園亭。書聲喧曉渡，燈影透疏籬。壯志呼天問，閒情翫水嬉。歌從桃葉劇，酒與竹林期。從叔薪孫亦同研席。吳會仍安堵，燕臺忽覆師。

勤王徒有檄，饗士並無醨。賊騎開關入，邊笳匝地吹。皇枝矜擁戴，豔曲鬬芳蕤。衛士虛加額，輿儓盡朵頤。中樞貪更熾，西邸亂逾滋。江楚清君側，淮揚出宰司。軍符馳羽箭，書記隸牙旗。維揚使相屬友人胡子即公貽書見召〔一七七〕。安足膺徵辟？明知躐等衰。荷鋤從此去，仗策敢相隨？故土兵初散，荒園麥少岐。田園還繡錯，廬舍尚鱗差。決計丘樊隱〔一七八〕，堪承堂構遺。不才甘蚓穴，絶望是龍墀。雅尚惟寧澹，幽居罕鬱伊。臧榮衣但褐，德耀髻能椎。讔語聊同讔，微言也近巵。狂嬰宵小忌，賤被市兒嗤。誤識楊亭字，因傳齏臼辭。敵樓轟觱栗，嶽廟吼靈夔。敵樓、嶽廟皆順治丙戌後讀書處。捧檄終奚補？移文實始基。始奉老母命就試。雖叨伯樂顧，莫遂魯陽麾。學使李弦佩、藍皃渚、李石臺、王石幢、孫天閑五先生皆拔寘第二、三，辛卯、甲午兩榜佹得復失。牛耳何心執？羊腸逐處移。社事自戊子始，相搏軋抨擊者垂十年。避人情躑躅，作客路逶迤。賦就忘憂館，詩題清冷池。到時真雪苑，歸道假鍾離。丙申冬大雪，遊梁園，訪何道岑司理。汗漫扶筇往，崎嶇懷橘遺。陶潛羞乞食，伍員怯吹箎。負米非長計，分金詎薄施？誓辭新縞紵，常守舊茅茨。白髮驚霜露，青春棄履綦。己亥春，王母陳太君棄養。麻衣寒似結，油幕遠難披。大司寇賡菴吳公時爲秦中臬長，見招典記，不果行。載走彭城道，庚子夏，遊徐州，謁觀察李溉林先生，兼訪王吉士州守。先過閔子祠。思蘇王把盞，想楚漢交綏。倦翮還家急，征驂冒暑危。葩壇張鼓吹，藝苑總綱維。匪賴千鈞力，寧扶八代衰？詩正、文聚諸選謬爲四方稱賞，許子綏人、齊子古愚、張子如三、敦復實佽助之。嫁衣雖弗惜，舞袖轉含悲。阮瑀軍謀拙，河陽書幣馳。辛丑，入方蛟峯觀察濟寧幕中。窮途淹蠟屐，食力仗毛錐。記室功何有？明公績本丕。臨岐揮手别，陟屺撫心惟。尚缺尸饔具，遑存儋石資？向平停嫁娶，谷口輟耕耔。康熙癸卯夏遊毗陵，訪畢淄湄司理。逐隊陳三策，無緣駕六螭。是年停八比，改策論。桑榆收較晚，蒲柳病難持。步雪囊粗撿，春糧橐再齎。甲辰遊黄州，訪何道岑太守。丁未再走濟上，訪方蛟峯。城隅招許簿，月夜待元規。未築堤如瓠，徒藏塢是郿。主方悲鵩賦，客亦罷魚麗。蛟峯爲治河使者所困，以勞瘁卒于官。京國觀光懶，家書入夢疑。竟成亡婦讖，歸向老親咨。己酉遊太學，妻方氏殁。遺澤知誰在？招魂憶所之。那堪堂寂寂，又見冢纍纍。辛卯赴部授職〔一七九〕，兒仁樹又卒〔一八〇〕。牧犢非無操，梁鴻可勿噫。波平凝太液，釁起兆虒祈。念亂須同濟，偷安亦我私。杞憂空結舌，螿恤枉顰眉。無復後車載，疇將前席推？逡巡黄浦櫂，蹴躃皓山芝。甲寅再往吴門不果，僅溯江州訪劉淑甫榷部，一望匡盧而已。别駕今尤滯，予隨牒考授州司馬。來轅不再脂。北山移文云：『迴來轅于谷口。』雛孫工狡獪，壽母狎崦嵫。望月吴牛喘，追風老驥羈。萬言辭北闕，一耒戀東菑。甕牖容分照，荷裳肯受緇？常因咄嗟辦，轉憶扊扅炊。□日欣將耋，老母將晉八衮。行年已曰耆。闌幽寧取恕？龍眠風雅。獻醜任求疵。木厓小集。傳世吾何敢？留名或在兹。漫勞文舉薦，本乏長卿貲。閉户非逃客，開廂且課兒〔一八二〕。文章尊賈董，詞賦黜陳隋。冷煖庸關水？輸贏弗在棋。看花蘇病眼，漉酒暖詩脾。近與陳二如、陳默公、劉爾雅、趙以贊、張如三、左子周、孫喈公有花會之約，每會賦詩一體，彙集授梓。但秉餘生燭，休牽此日絲。虞翻有知己，何必汗青垂？

閒中取園林花鳥禽魚漫爲詮次戲詠四十韻

林泉容部署，花鳥任平章。卉譜清奔競，禽經慎激揚。竹梅徵隱逸，桐梓選賢良。白鷺原嘉客〔一八二〕，黃蜂特假王。牡丹侔母后，芍藥比嬪嬙。砦畜乘軒鶴，籬防當道狼。草生旌指佞，芸茁許含香。丹鳥司庭燎，烏圓掌太倉。兔葵從外轉，虎刺入中堂。清愛庾郎韭，辛嘗子野薑〔一八三〕。鶯吭充日講，柳眼占春坊。鷹酷毛堪證，鱎貪餌是贓〔一八四〕。藤蘿常挂月，薜荔儘侵牆。蠅勿閣中集，蚊須帳外藏。屯田牛力穡，營繕燕巢梁。捧劍菖蒲立，抽書帶草長。蠹魚雄翰苑，蝌蚪踞文場。紅杏看雲倚，朱櫻禁鳥嘗。八哥憐語巧，百舌嫉讒昌。鵝鴨軍聲亂，旗槍水戰張。松當膺爵賞，柏要聳臺綱。玉板參禪案，青泥煮飯方。池蓮分太華，宅菊采柴桑。門下羅桃李，疆場屏兔麞。槐安憑蟻鬭，菜圃任羊攘。鳩有婦偏逐，蘭無人自芳。錦鱗專水利，黃耳飭邊防。葵藿朝傾日，芙蓉晚拒霜。驢陞紅叱撥，槿拜紫薇郎。曉起鷄人唱，晨餐魚婢將。茶花赤弁使，鷗鳥雪衣娘。榴火窺梁竈，榆錢助陸裝。水仙如萼綠，山鷓似鶯黃。喜鵲宜朝噪，啼烏忌夜颺。偷鹽擒蝙蝠，逐臭殺蜣蜋。侍衛鷄冠竦，前驅龍爪翔。桂應來廣殿，椒亦可專房。蛺蝶除花史，芭蕉轄墨莊。鼃因浮躁黜[一八五]，欆爲老罷亡。啓事皆如此，山公可頡頏。

讀白香山詩十韻

白香山，善學杜者也。杜詞宛，而白過直；杜意蓄，而白過盡；杜用事隱約，而白過分明。或疑學杜之過，然不如是不足見香山之杜，以爲必似杜之宛、之蓄、之隱約，則有似有不似，有小似有大不似矣。香山入蜀，望浣花里而祀之。元微之亦云：『詩人以來，未有如子美者。』則元、白意中，何嘗不好杜？抑何嘗襲杜哉？今人盛毁長慶，謬袝少陵，烏知其異世同揆也？元學杜而白學杜勝之，白學陶而其學杜勝之。予嘗謂：香山學杜類狂，北地學杜類狷，今詩家則杜之鄉愿而已，惡其似也？秋齋蕭遠，朗詠連旬，愛其沖邕明快，意到筆隨，不似今人點竄故實，蒙昧性靈，惟于杜微有不及[一八六]，而吾即取其寧直、寧盡、寧分明，不屑屑似杜爲工，則猶廣陵散之未絶耳。爰舉其大意，質我同心，無智出鷄林國相下也。

漫道千年人已逝，尚存百卷調逾高。心情疑是仙兼佛，公少好神仙，晚學浮屠。骨味全同杜與陶。大抵詩成聊寫意，不妨興到即揮毫。誇張吳越風光美，公歷刺蘇、杭，集中亟稱其勝。唱和元劉聲氣豪。與微之、夢得酬和甚富。疏受本能輕仕宦，詩中屢求致仕。鄧攸未覺少兒曹。暮年以景受爲子。最宜白髮傾黄酎，更愛紅裙繞緑袍〔一八七〕。所至多贈官妓詩。家有孟光相贈答，贈内詩輒以德耀方之。客惟惠遠共遊遨。嵩山僧如滿爲空門友。匡廬選勝成幽築〔一八八〕，江州有廬山草堂。伊洛閒吟泛小舠。東都有履道新池。何地何時無雅什？一篇一句亦風騷。譬如清水芙蓉出，豈似隋宫剪綵勢？

奉送中尊鄔夢陽先生兼用贈别一百韻

楚江人物當今最，鄂渚文章舉世推。才子青箱聯鸑鷟，詞場彩筆走虬螭。華星夢向長庚卜，藜火書從太乙窺。秋鶚早摩清漢影，春鶯獨囀上林枝。公以葩經掇會魁。讎經禄閣推劉向，給札蘭臺待賈逵。卻爲清時思卓魯，先將巖邑練皋夔。真儒聊取牛刀試，童子争將竹馬騎。偏以長才逢錯節，無妨不潤處膏脂。看山豈爲公麟畫？入境經過朱邑祠。欲剪豪强先吏卒，要扶良懦首惸嫠。令行似水真無滯，判出如山總不移。彊項董宣稱虎臥，清心胡質畏人知。力敦士習驅陽鱎，誓拯民艱戒繭絲。敕法明刑焉用罰？引經斷獄漸無辭。風前鼓操朱絃脆，雨後褰帷緑草滋。百里桑麻開夜户，萬家煙火續朝炊。試將異績詢輿隸，無限芳猷勒鼎彝。農去納租何得得，商來通貨也熙熙。雞豚塢壁安常稅，魚米江鄉保舊貲。頌薄稅惜商也。爲國添丁歸畎畝，教民保甲靖潢池。花村月皎誰聞柝？麥壟春深俱戴犁。頌審丁編保也。虹跨大河車絡繹，魚穿通市水淪漪。橋成不羡乘輿濟，渠濬重誇太守陂。頌復子來橋，濬桐渠也。黌序朱甍迎日動，譙樓畫角任風吹。晨鐘膴舉人知學，宵漏更嚴吏弗欺。頌修明倫堂，改建譙樓也。鼛鼓自能休衆力，撈蒲疇敢狎羣嬉？頌輕徭、禁博也。漕規盡革千艘轉，驛困全蘇四牡馳。頌兑漕、蘇驛也。履畝戴星星閃閃，隨車禱雨雨祁祁。頌勘荒、禱旱也。文翁建學勤捐助，充國屯田許便宜。頌建塾、清屯也。夜火生兒無溺女，春泥踏伴少妖姬。頌禁溺女及游女也。雖遵庭議稽欺隱，猶凜官箴寓撫綏。蘆葦叢中分丈尺，荆榛絶處析毫釐。非關威德期相濟，務使官民兩弗虧。頌清丈洲田不擾也。髦士已烝仍勸勞，成王既格尚噫嘻。水耕火耨躬巡歷，暑雨祁寒任怨咨。牛犢買來盈下隰，蒿萊剪徧墾東菑。雲鋤澤澤濃膏發，翠野離離嘉穟垂。畚鍤幾令人不測，倉箱卒獲稼如茨。頌勸民墾荒也。虛疑火烈同僑猛，實善冬温學趙衰。循吏不嫌兼法吏，經師更欲作人師。詩歌淹博張平子，學術閎通韓退之。作賦體先分雅鄭，論文理必辨醇疵。昔陳賈策曾流涕，今説匡詩又解頤。玉麈揮玄鋒巀業，銀毫判牒墨淋漓。偶從山郭搜丘壑，便踞詞壇樹鼓旗。金石光隨花爛熳，芝蘭氣挾筆葳蕤。公初入桐，有桐城八景、桐署八景詩傳誦人口。黄香江夏真名士，白雪陽春本楚詞。水鏡在懸工賞識，篝燈退食好吾伊。頻年三試羅多士，一見空羣得異姿。璧出藍田洵有價，珠探滄海信無遺。頌校士也。菁莪已誦文風盛，桑土寧教武備隳？匹馬冒霜親校獵，短裘帶月獨登陴。野消伏莽萑苻静，巷叶鳴絃麥穗岐。頌訓武城守也。命駕猶虞朝不夙，求衣數問夜何其。雉馴野外那須鶴？桑滿牆頭自種葵。柘影斜時鞭社鼓，竹聲爆去祝春祺。政傳牟宰卑三異，最報河清踰十奇。梁上懸瓜棲玳瑁，盂中置水徹琉璃。訟堂人散花陰綻，臥閣官閒日影篩。啓事屢曾登象簡，紀功因得到龍墀。公膺中丞之薦，紀録有九。傳家奕葉惟清白，砭俗孤標肯涅緇？大阮烹鮮饒惠澤，尊仲父期仲先生昔令仁和，多善政。小馮製錦倍恩施。鯫生自歎乾坤窄，鴻迹長爲湖海羈。名比半千雙頰熱，年過三十二毛衰。昌黎薄命宫磨蝎，蘇軾招尤宿直箕。任運分爲天末客，成名不羡里中兒〔一八九〕。曾依油幕身經歲，得拜冰廳政已期。公下車一載，江始自濟幕歸。旅食驚聞傳德化，鄰封思欲覿光儀。扶風帳裏從游衆，立雪門前聽講遲。好士偶然先駿骨，傍人未免妬蛾眉。途窮謬辱金篦刮，班列還叨玉筍追。玉筍三集，拙作皆蒙見録。溲渤詎堪稱沆瀣？駑駘輒復目驪騏。江季試蒙拔冠軍，門人高生華、楊生鼎亦連擢第一。三都賦漫勞皇甫，五子歌難比項斯。江與同學許子來惠、齊子邦直、張子杰、張子英有龍眠五子詩義之刻，蒙賜弁言，奬借備至。當代參苓歸藥籠，半生頂踵屬鑪錘。飛騰莫奮垂天翼，齷齪終成測海蠡。昨歲衝寒驅黑衛，霜天乘興入黄蘄。懸魚偏説爲官好，卻鮭因知有母慈。萱草忽萎雲靉靆，蓼莪欲廢涕漣洏。支牀讀禮存鶏骨，奪席談經撤虎皮。素韠欒欒看荻畫，白華暐嘩補笙詩。何堪别入江淹賦？正值秋深宋玉悲。父老一錢争欲獻，仙郎兩袖竟何裨？攀留空有千行淚，歸去仍無三徑資。蛟水江寒催遠櫂，鵡洲霜重老香蘺。轉嗔叔度來何暮，不待君公去後思。北海滿郊蠶四熟，淮陰夾轂鹿雙隨。載將巨石成何用？挂卻胡牀付阿誰？齋馬可憐多菜色，飛鳧竟不到瓜期。河陽愛把花爲縣，黼令生憎石作碑。漫道盛名難繼美，長存治譜詔來兹。人希起復攀車轍〔一九〇〕，獨盡哀思守繐帷。借寇心同情更切，留君計拙數原奇。敢云幼婦裁黄絹？不分神君衣墨衰〔一九一〕。柳暗郵亭休折取，鵶啼粉堞亦淒其。鄧侯一去知難挽，杜母初抛不忍離。謳誦萬聲喧祖帳，圖書數卷冷旌麾。麻衣暫且還苫次，繡衮旋應入鼎司。宣室温綸終不免，普天霖雨更無私。陶公再過樅陽日，召伯重看棠蔭時。不識舊時桃共李，郊迎幾箇到江湄〔一九二〕？

蘄水道中日暮 二首

早行天漸明，晚行天漸黑。途長馬自知，路小人誰識？

計程僕夫嗔，問路行人倨。遥遥聞犬聲，知是投宿處。

望金山

鬼斧劈孤柱，真形露一拳。海氣連江白，年年湧鐵蓮。

江家灣書所見

攜手入桃花，低聲喚阿妹。回身急避人，羞面不羞背。

都門午日程源公邀集平樂園觀劇醉中口號

結客來呼酒，樽前讀楚騷。茫茫燕市裏，或恐有荆高。

木山田家 二首

兩座横山當户，一泓高賽湖名。堪漁。湖汊葭蘆掩映，門庭榆柳扶疏。

插禾自罨饁飯，采柳學焙芽茶。累世農桑生計，一村煙火人家。

贈歌妓玄英〔一九三〕

蕭齋梧竹稱佳人，雨後笙歌滿座春。莫怪燕泥汙粉黛，新聲自足落梁塵。時梁上燕泥乍落。

新年飲王鄭二老嫗有感

尚存王鄭雙鬟在，合計春秋百五旬。王嫗年七十六，鄭嫗年七十五。憐汝不徒因老病，高曾祖母汲炊人。

二月初九夜許綏人見過論詩 二首

我輩同心復幾人？ 烹魚剪韭莫嫌頻。春來獨酌同茲酒，但覺君來飲較醇。

與子挑燈讀異書，春闈此際正紛如。不知誰對天人策，閒殺清宵兩仲舒。

題龍山主人壁

地偏兵賊經過少，路遠親朋惠顧無。只是征徭逃不得，萬山深處有追呼。

夏邑道中〔一九四〕

雪後泥塗凍未消，何人持斧似山樵？ 黄河不少玄圭錫，只要家家積柳條。

除　日

十載窮愁生計衰，每逢除日亂如絲。今年卻喜偷閒地，贏得僧房想舊詩。

白門訪林茂之先生不遇

幾架圖書四壁詩，客來翻怪鶴歸遲。無人讀易西窗下，日午桐陰自轉移。

紡績婆　四首〔一九五〕

日下蟬鳴猶未殘，水中蛙噪幾時乾？ 只有阿婆人不厭，唤人紡織怕人寒。

問君何事慮無衣？ 豆架瓜棚生計微。 一到黄昏聲便急，催他燈火夜鳴機。

夜夜繅絲到五更，清吟祇合傍柴荆。 貴家紈綺堆成錦，莫向豪華庭院鳴。

長夏雙鬟學績麻，禦寒畢竟是緜花。老妻忽歎兒衣薄，明日鄰家借紡車。

商丘道中有懷

曾策梁園下澤車，班荆贈縞最憐予。賈生靜子。死去宋生牧仲。宦，屈指才名有二徐。恭士、邇黄。

早發濟寧諸子餞别酒樓觀劇〔一九六〕

一曲清歌唱渭城，輕風拂袖馬蹄輕。黄鸝也解攀枝囀，訴盡諸君折柳情。

午日渡易水有懷屈子荆卿

靈均惜不遇燕丹，匕首終難殺楚蘭。須識汨羅與易水，千年怨恨一般寒。

校記

〔一〕繼妻　潘江木厓集卷七作「繼娶」，清康熙刻本，下同。

〔二〕擎　當作「掔」。

〔三〕捐　潘江木厓續集卷五倚廬草一作「損」，清康熙二十年增修本，下同。

〔四〕水　木厓續集卷七倚廬草三作『泉』。
〔五〕臺　木厓續集卷九卜築吟一作『儓』。
〔六〕入　木厓續集卷九卜築吟一作『人』。
〔七〕遠　木厓續集卷九卜築吟一作『近』。
〔八〕俾　木厓續集卷十一河墅詩二作『婢』。
〔九〕越境　木厓續集卷十三河墅詩四作『縶縛』。
〔一〇〕民　木厓續集卷十三河墅詩四作『農』。
〔一一〕大　木厓續集卷十五河墅詩六作『夫』。
〔一二〕比　木厓續集卷十六河墅詩七作『齊』。
〔一三〕微　木厓續集卷十六河墅詩七作『徵』。
〔一四〕聞　木厓集卷八作『逢』。
〔一五〕入　木厓集卷八作『人』。
〔一六〕問　木厓集卷八作『聞』。
〔一七〕眉　木厓集卷十作『生』。
〔一八〕采　木厓集卷十作『菜』。
〔一九〕蕌　木厓集卷十作『歸』。
〔二〇〕斗　木厓集卷十作『豆』。

〔二一〕斗　木厓集卷十作『豆』。

〔二二〕『踰艾』句　木厓集卷十一作『踰艾門未懸弧矢』。

〔二三〕跳　木厓集卷十一作『咷』。

〔二四〕老　木厓集卷十一作『莫待老』。

〔二五〕焉能　木厓集卷十一作『竟難』。

〔二六〕登　木厓續集卷六倚廬草二作『祭』。

〔二七〕保　木厓續集卷六倚廬草二作『寶』。

〔二八〕市廛　木厓續集卷十二河墅詩三作『朝市』。

〔二九〕矜驕　木厓續集卷十三河墅詩四作『驕矜』。

〔三〇〕癡　木厓集卷十二作『嬌』。

〔三一〕木厓集卷十二詩題無『梁園』二字。

〔三二〕木厓集卷十二詩題下有『雜詩』二字。原題五首，此録第一首。

〔三三〕栲栳　木厓集卷十三作『峳峔』。

〔三四〕栲栳　木厓集卷十三作『峳峔』。

〔三五〕蚊　木厓集卷十三作『蛟』。

〔三六〕明　木厓集卷十三作『以』。

〔三七〕村　木厓集卷十三作『材』。

續集卷末

〔三八〕木厓集卷十三詩題無『白門』二字。

〔三九〕木厓集卷十四原題六首，此録第一、二、三首。

〔四〇〕齊　木厓集卷十四作『齋』。

〔四一〕木厓集卷十四原題十六首，此録第四、五、八、九、十三、十六計六首。

〔四二〕梢　木厓集卷十四作『稍』。

〔四三〕木厓集卷十四原題二首，此録第一首。

〔四四〕木厓集卷十四原題四首，此録第二、三首。

〔四五〕繡　疑當作『鏽』。

〔四六〕木厓集卷十五原題十首，此録第二、四、六、七首。

〔四七〕婦　木厓集卷十五作『節』。

〔四八〕難　木厓集卷十五作『誰』。

〔四九〕噓　木厓集卷十五作『號』。

〔五〇〕木厓集卷十五原題四首，此録第一、三首。

〔五一〕感作　木厓集卷十五作『感而有作』。

〔五二〕責　木厓集卷十五作『貴』。

〔五三〕木厓集卷十五題下無注，原題十首，此録第二、五、六、十首。

〔五四〕敍　木厓集卷十五作『歌』。

〔五五〕魚　木厓集卷十五作『漁』。『綱』，木厓集卷十五作『網』。
〔五六〕木厓集卷十五題下無注，原題四首，此録第一、二、四首。
〔五七〕木厓集卷十五原題二首，此録第二首。
〔五八〕木厓集卷十五原題二首，此録第一首。
〔五九〕意　木厓集卷十五作『思』。
〔六〇〕木厓集卷十五原題四首，此録第一、四首。
〔六一〕疑　木厓集卷十五作『決』。
〔六二〕木厓續集卷二萊戲草一詩題下有『限來騷樓軒四首』云云。原題四首，此録第一、二首。
〔六三〕風雅　木厓續集卷二萊戲草一作『龍眠風雅』。
〔六四〕此　木厓續集卷四萊戲草三作『七』。
〔六五〕木厓續集卷四萊戲草三原題四首，此録第一、二首。
〔六六〕木厓續集卷五倚廬草一原題六首，此録第一首。
〔六七〕木厓續集卷七倚廬草三詩末注：『桐俗：小旱米輒□貴，一雨輒減。』
〔六八〕木厓續集卷七倚廬草三原題五首，此録第一、二、四首。
〔六九〕顔　木厓續集卷七倚廬草三作『齡』。
〔七〇〕木厓續集卷八卜築吟一原題八首，此録第一、二首。
〔七一〕寬　木厓續集卷八卜築吟一作『完』。

〔七二〕遲　木厓續集卷八卜築吟一作「違」。

〔七三〕木厓續集卷九卜築吟二原題六首，此録第一、二、五、六首。

〔七四〕木厓續集卷十河墅詩一原題四首，此録第一、三首。

〔七五〕迎　木厓續集卷十河墅詩一作「延」。

〔七六〕木厓續集卷十一河墅詩二原題五首，此録第一、四首。

〔七七〕木厓續集卷十二河墅詩三原題四首，此録第一、二首。

〔七八〕木厓集卷十六原題四首，此録第三首。

〔七九〕迫　木厓集卷十六作「促」。

〔八〇〕岑　木厓集卷十七作「琴」。

〔八一〕木厓集卷十七原題二首，此録第二首。

〔八二〕木厓集卷十七原題二首，此録第二首。

〔八三〕濆　木厓集卷十七作「濱」。

〔八四〕木厓集卷十七原題十首，此録第六、十首。

〔八五〕豈　木厓集卷十七作「且」。

〔八六〕覺　木厓集卷十七作「見」。

〔八七〕諳　木厓集卷十七作「韻」。

〔八八〕木厓集卷十八原題八首，此録第二、三、四、五、六、七計六首。

〔八九〕木厓集卷十八詩末注：「予與子留夙有同選龍眠明詩之約。」

〔九〇〕木厓集卷十八詩末注：「子留七年前曾寓象山，臥病詩有云：『倘存病僕收吾骨，詩草殉予葬水厓。』今復病殁于象，前詩竟成讖矣。」

〔九一〕武林　木厓集卷十八作「浙江」。

〔九二〕滴投　木厓集卷十八詩題作「滴」。

〔九三〕木厓集卷十八原題十首，此録第二、五、六首。

〔九四〕常　木厓集卷十八作「長」。

〔九五〕俱　木厓集卷十八作「重」。

〔九六〕四十人同社　木厓集卷十八作「同社四十人」。

〔九七〕木厓集卷十八詩末注：「曾與予讀書嶽廟。」

〔九八〕予　木厓集卷十八作「余」。

〔九九〕論　木厓集卷十九作「誦」。

〔一〇〇〕宜　木厓集卷十九作「合」。

〔一〇一〕錫　木厓集卷十九作「錫也」。

〔一〇二〕日　木厓集卷十九作「月」。

〔一〇三〕喘　木厓集卷十九作「瑞」。

〔一〇四〕聲　木厓集卷十九作「瑞」。「魯碶」，木厓集卷十九作「曾碶」。

〔一〇五〕撿點　木厓集卷十九作「點撿」。
〔一〇六〕一帙　木厓集卷十九作「爲一帙」。
〔一〇七〕靖　木厓集卷二十作「盡」。
〔一〇八〕七　木厓集卷二十作「六」。原題二首，此録第一首。
〔一〇九〕木厓集卷二十詩末注：「大同高太守爾雅世好也。」
〔一一〇〕冀　木厓集卷二十作「薊」。
〔一一一〕辦　木厓集卷二十作「俶」。
〔一一二〕因　木厓集卷二十作「應」。
〔一一三〕諸孤　木厓集卷二十作「孤」。「贈」，木厓集卷二十作「貽」。
〔一一四〕木厓集卷二十原題四首，此録第一、二首。
〔一一五〕授　木厓集卷二十作「付」。
〔一一六〕不免　木厓集卷二十作「得疾」。
〔一一七〕竟　木厓集卷二十作「竣」。
〔一一八〕淚眼　木厓集卷二十作「掩淚」。
〔一一九〕增　木厓集卷二十作「憎」。
〔一二〇〕争　木厓集卷二十作「尋」。
〔一二一〕偈　木厓集卷二十作「碣」。

〔一二二〕城　木厓集卷二十作「丘」。

〔一二三〕屢　木厓集卷二十作「累」。

〔一二四〕嵓　木厓集卷二十作「崖」。

〔一二五〕菊　木厓集卷二十一作「鞠」。

〔一二六〕菊　木厓集卷二十一作「藥」。

〔一二七〕記　木厓集卷二十一作「計」。

〔一二八〕頻　木厓集卷二十一作「空」。

〔一二九〕歸棲　木厓集卷二十一作「棲歸」。

〔一三〇〕晚　木厓集卷二十一作「曉」。

〔一三一〕顛厓　木厓集卷二十一下有「先生」二字。

〔一三二〕芥須　木厓集卷二十一下有「先生」二字。

〔一三三〕風霜　木厓集卷二十一作「霜風」。

〔一三四〕閟　木厓集卷二十一作「閟中」。

〔一三五〕跪　木厓集卷二十一作「跽」。

〔一三六〕難　木厓集卷二十一作「猶」。

〔一三七〕籠　木厓集卷二十一作「爐」。

〔一三八〕共　木厓集卷二十一作「伴」。

〔一三九〕看　木厓集卷二十一作『畫』。

〔一四〇〕舊　木厓集卷二十一作『未』。

〔一四一〕木厓集卷二十一詩末注：『師有白下再生之語。』

〔一四二〕木厓續集卷一丙丁餘草原題四首，此録第一、二首。

〔一四三〕圍　木厓續集卷一丙丁餘草作『闌』。

〔一四四〕木厓續集卷一丙丁餘草原題四首，此録第一、二首。

〔一四五〕鬚　木厓續集卷一丙丁餘草作『短』。

〔一四六〕戲　木厓續集卷二萊戲草一作『嬉』。

〔一四七〕肯　木厓續集卷四萊戲草三作『欲』。　『先生』，木厓續集卷四萊戲草三下有『二者』二字。

〔一四八〕木厓續集卷四萊戲草三詩末注：『末句亦答書中著書娱老之意。』

〔一四九〕惜　木厓續集卷四萊戲草三作『恤』。

〔一五〇〕木厓續集卷五倚廬草一原題二首，此録第一首。

〔一五一〕木厓續集卷八卜築吟一原題七首，此録第一、二首。

〔一五二〕嘗　木厓續集卷八卜築吟一作『曾』。

〔一五三〕木厓續集卷十河墅詩一原題四首，此録第一首。

〔一五四〕木厓續集卷十河墅詩一原題八首，此録第二、三、四、六、七首。

〔一五五〕酣　木厓續集卷十河墅詩一作『憨』。

〔一五六〕殺　木厓續集卷十河墅詩一作『煞』。

〔一五七〕緣　木厓續集卷十河墅詩一作『因』。

〔一五八〕木厓續集卷十河墅詩一原題六首，此録第二、三、五首。

〔一五九〕坳　木厓續集卷十河墅詩一作『拗』。

〔一六〇〕木厓續集卷十一河墅詩二原題六首，此録第一、二、四首。

〔一六一〕宏　木厓續集卷十一河墅詩二作『閎』。

〔一六二〕後　木厓續集卷十二河墅詩三作『家』。

〔一六三〕蟲　木厓續集卷十二河墅詩三作『蛩』。

〔一六四〕霜　木厓續集卷十二河墅詩三作『露』。

〔一六五〕孺　木厓續集卷十三河墅詩四下有『罷市』二字。

〔一六六〕晟　木厓續集卷十五河墅詩六作『晨』。

〔一六七〕木厓續集卷十五河墅詩六下注：『爾止居金陵宋家□草堂，四壁畫梅。』

〔一六八〕本詩及溪上路依次爲木厓續集卷十五賜金園春山人詠次韻和澡青宗伯八首之第二、三首。

〔一六九〕惟　木厓續集卷十五河墅詩六作『微』。

〔一七〇〕書　木厓集卷二十二作『書琴』。

〔一七一〕傳　木厓集卷二十二作『轉』。

〔一七二〕在　木厓集卷二十二作『居』。

〔一七三〕繩　木厓集卷二十二作「神」。

〔一七四〕摇　木厓集卷二十二作「接」。

〔一七五〕嘗　木厓集卷二十二作「常」。

〔一七六〕露　木厓集卷二十二作「靄」。

〔一七七〕使相　疑當作「史相」。

〔一七八〕焚　木厓續集卷二萊戲草一作「樊」。

〔一七九〕辛卯　當作「辛亥」。

〔一八〇〕卒　木厓續集卷二萊戲草一作「歿」。

〔一八一〕廂　木厓續集卷二萊戲草一作「箱」。

〔一八二〕原　木厓續集卷十二河墅詩三作「真」。

〔一八三〕辛嘗子野藚　木厓續集卷十二河墅詩三作「瘦憐博士羊」。

〔一八四〕餌　木厓續集卷十二河墅詩三作「餌」。

〔一八五〕黜　木厓續集卷十二河墅詩三作「逐」。

〔一八六〕惟　木厓集卷二十三作「雖」。

〔一八七〕裙　木厓集卷二十三作「顔」。

〔一八八〕選勝成幽築　木厓集卷二十三作「長嘯尋幽徑」。

〔一八九〕不羡　木厓集卷二十三作「一任」。

〔一九〇〕攀　木厓集卷二十三作『扳』。

〔一九一〕衰　木厓集卷二十三作『齋』。

〔一九二〕幾　木厓集卷二十三作『若』。

〔一九三〕木厓集卷二十五原題四首，此録第一首。

〔一九四〕木厓集卷二十五原題二首，此録第一首。

〔一九五〕木厓集卷二十五原題十首，此録第一、二、九、十首。

〔一九六〕木厓集卷二十五原題二首，此録第一首。

附録

龍眠風雅序

施閏章

潘子蜀藻，以文辭名江上，多所輯撰，間蒐其鄉先生之詩若干卷，曰龍眠風雅。寓書以示施子，其言曰：『誦詩而見其人，以是爲尚友，集一鄉一國者，先土音也。』

余觀孔子稱述夏、殷，而歎杞、宋之無徵，傷文獻之不足。蓋古史竹簡漆書，雖以帝室天府之册，紀載未詳，而殷之遺風餘烈，後世猶見一二於商頌，然已亡其七篇矣。詩託始國風，『漢廣』、『江永』見於周南，而楚大國無傳，曾不得與邶、鄘、曹、檜比，豈以荆蠻，擯楚而不見采録與？抑太史采之，而地遠多故，旋闕逸不存與？三代以下，太史既不采詩以觀風俗、考政治，於是有迹熄詩亡之歎，而風雅遺音不終絶於人間，往往剩詠殘篇，垂耀簡乘，則存乎網羅收輯之人。蓋得其人則傳，不得其人則廢。唐人選唐詩，如河嶽英靈、國秀、篋中等六種，所存不甚多，而傳之至今。杜清碧之谷音集、元裕之之中州集亦錚錚焉。蓋全集繁而易失，選本合而易行也。潘子之爲是書也，例仿河嶽英靈，人敍崖略，詩拔菁華，其間有闕者，摘數語附見。

嗚呼！桐城故望國，昔之作者更閲數百年，盈尺之書强半爲鼠蠹嚙盡，鄉里不記其姓字，子孫不能舉其緒言，一旦揭揭焉，若引星辰而聯珠貝；其或坎坷老窮巷，貞人義士存其隻語單辭，可歌可涕，所謂羅遺文於既墜，發潛德之幽光。雖限以韻語，不過一邑之書，而知人論世，殆與汝南先賢、襄陽耆舊相伯仲矣。

余聞之父老，江上人物蓋稱『二城』，謂桐城、宣城也。吾宣之詩盛於宋，不乏繼起。明隆、萬間，梅禹金先生輯有宛雅一書；其後作者彌衆，吾友蔡君大美嘗見約爲宛雅續集，會予視山以東，大美又老病，造次卒業，其書不大顯。而潘子乃獨以風雅張龍眠，余何敢望潘子哉！詩有之曰：『維桑及梓，必恭敬止。』余雖淺見寡聞，願終有事於斯矣。

（輯自清施閏章施愚山集第一册文集卷三，黄山書社一九九二年版）

龍眠風雅序

毛奇齡

自昔邦賢國獻，多得之雍、豫、燕、齊諸境，而吴、楚以南，傳者漸少。顧其所爲可見者，即一言一行致足稱述，又何嘗定以文章爲是邦耆舊高賢傳哉！故七國文儒、東漢名士，原無爵履官閥可資撰引，然且澤不被于人，詞不彰于世，而其名其氏，誦之赫然。今則非文不足以傳人，而史館文庬，無能軒輊，非其人所自爲文足以嬗後，則雖言行之間原有可見，而其人不傳。然而今之吴、楚，猶之昔之燕、齊、雍、豫，而高賢耆舊往往不逮，致觀者有古今升降之感。此非其文不足傳，而其文之可傳者，或不能傳之使天下見也。

皖城爲七國楚地，而樅陽入漢即爲名縣，其間高賢耆舊，代不乏人。且輓近以來，名士輩出，凡言行文章致足稱述者，前後挽推，互相暉映，可謂盛矣。乃潘子木厓復慨然念宋、元以降，自武、樂、洪、宣下逮今日，有其人其文久傳人間，而風雨兵革，侵蝕流散，漸至湮蔑而不可考者，將先輯其詩爲集。因博採國誌，旁蒐家乘，凡夫故老之遺聞，閭閻之狎識，務必袪其可疑而徵其可信，不汎不偪，以該以審，命之曰龍眠風雅。且不以予爲不文，屬爲敘次。

予思江左言詩，首推雲間，而雲間又首推陳氏。當夫黄門崛興，與海内争雄，一灑啓、禎之末駔獪餘習，而其時齊驅而偶馳者，龍眠也。故『雲』、『龍』之名，彼此並峙。當時習故者，其于江介諸先正，歷歷稱舉，皆有倫有等，可備譜牒。然而，黨同伐異，肆口雌黄，蓋門户習氣，則若有詳於彼而略于此者。此生其後者所由輯遺詩而憒然興也。

夫里門必式，梓桑必敬，此在鄉之人固然，矧文章大事，宜辯方域？昔有見羊酪而誇蓴羹，覩水嬉而歌河女者，其私其所處而矜其所祕，即偶然給捷，世且誇之爲盛事，況乎南音之當操，而土風之可播與？木厓著書等身，其所爲詩久爲海内所誦揚，然猶兢乎不忘先烈，而具爲搜討。今之所爲後，即後之所爲先也。

予生爲越人，僻處海隅，邑之文獻，固無能與寓内頡頏。然嘗考遺載，亦有鄉先生詩共若干卷，自有明迄今，判爲二集。既鏤版行，遠近而數百年間，眇無一存，即故家收藏兼本副録，亦罕有見者。大抵世近則相形者多忌嫉，而代遠則因循忽略，易致軼落。予往欲輯之，而難之也。賦吴都者，矜灌注之能，揚藪囿之廣，荒陬詭譎，旁魄而算，自以爲竭智計詞説有裨吾土。而忽有人焉，控引逢涬，襲歷坱圠，聚鮫鯔而集髮蔓，舉他人之所憑虚而談、睟容而誥者，而皆有以著其實，則夫按緑竹之詩以求衛産，誦板屋之章以驗秦風，而猶謂未足攄懷舊之念，發思古之情，不可已。

（輯自清毛奇齡西河集卷三十五，文淵閣四庫全書影印本第一三二〇册）

（道光）續修桐城縣志·潘江

潘江字蜀藻，號木厓。性敏慧，博極羣書，肆力詩、古文，四方從遊者甚衆，爲江左道德文章之冠。康熙己未，以博學宏詞薦，以母老不赴，隱居北郭之河墅。著述甚富，爲六經蠡測、字學析疑、記事珠、古年譜、詩韻尤雅、木厓詩文集，共四十餘種行世。商邱朱實穎贈聯曰：『兩朝文獻真儒者，四海津梁大父行。』卒年八十四。張相國文端題曰『大詩伯潘木厓先生之墓』。

（輯自清廖大聞等修（道光）續修桐城縣志卷十六人物志文苑，道光七年刻本）

潘木崖先生傳

潘先生諱江，字蜀藻，號木崖。

少孤。母吴氏高節博學，箸有松聲閣集。

先生生而天才雋妙，十歲試文郡邑，羣士推爲聖童。後益博極羣書，歷遊齊、岱、京、楚，與海内名流相結，主盟壇席者三十餘年。康熙十八年舉鴻博，以母老辭。後兩徵遺逸，皆不就，隱居北郭之河墅。年八十四卒，張文端公題其碑曰『詩人河墅先生之墓』。

其詩法白香山，亦時出入錢、劉。耽耆風雅，尤留意兩朝文獻，遇人一韻之工，稱賞不容口。戴編修名世初未知名，先生奇其才，悉發藏書資之，卒傳其學。

先生輯龍眠風雅六十八卷、續二十八卷，桐城鄉賢實録一卷，木崖詩文集五十餘卷、續集十五卷。又六經蠡測、字學析疑、詩韻尤雅、記事珠，均佚。

子仁標、仁樹，孫義炳，皆能世其學。

同時詩人，又有祝樸巢、李芥須二先生：

樸巢諱祺，字山如，文端師事之。家貧，得錢即償書直。匿名迹，遠權勢。所爲詩，博奥蕭遠，有樸巢集。

芥須諱雅，字士雅。高祖諱春，字初陽，景泰元年舉人，授應山令，治行第一，行取御史。先生性卞急，詩文沈酣宏肆，亦文端所敬禮也。寄籍廣東生員，選拔授江西崇義教諭。歸，築東皋草堂於東郭外。無子，依女以居。耆酒而不能恆得，因仿陶潛、顔真卿故事，作乞米行投同志，時應者十許人，程太常兼金代秫，復作後乞米行以謝之。年八十二卒。臨卒，乞潘先生河墅以葬，遂葬河墅。後，潘先生又瘞鶴於墓左，謂其孤高清潔，與鶴宜也。嘗偕友人何存齋編龍眠古文一集二十四卷，鄉先輩詩文得不泯者，潘、李、何三先生力也。

存齋爲布政公孫，諱永紹，字令遠，廩貢生，與毛西河、宋漫堂爲友。

馬其昶曰：當李、何輯録時，自言家藏文集無慮千種。及道光中，徐六襄先生編桐舊集，已謂按目而稽，十亡七八矣。況更兵亂，寧可復問邪？而龍眠風雅、古文一集猶幸有傳本，施愚山學士謂『全集繁而易失，選本合而易行』，信哉！是蓋後死者之責也夫。

（輯自清馬其昶桐城耆舊傳第七十六，清宣統三年刻本）

皖人戲曲選刊・方成培卷
皖人戲曲選刊・龍燮卷
凌廷堪全集（四册）
黄生全集（四册）
東輶紀程
蕭雲從詩文輯注
程文炳文集
程恩培集
方盦山詩集（二册）
趙紹祖金石學三種
小爾雅義證
勉行堂詩文集
貴池唐人集
龍眠風雅全編（十册）

劉銘傳文集
包世臣全集（三册）
戴震全書（七册）
田間易學
莊屈合詁
田間詩集
田間文集
古事比（二册）
安徽出土金文訂補
秋崖詩詞校注
道聽途説
蘭茗館外史
青泥蓮花記
舌華録
明語林

夜雨秋燈録·續録（二册）
包拯集校注
毛詩後箋（二册）
劉文典全集（四册，列入特輯）
壹齋集（二册）
孟子講義
楊仁山全集
弢翁藏書年譜（列入附輯）
不得已附二種
歙事閑譚（二册）
惜抱軒詩集訓纂
張孝祥詩文集
吴汝綸全集（四册）
朱子全書（二十七册）
姚瑩年譜（列入附輯）

明實録安徽經濟史料類編（列入附輯）
青溪集
藏山閣集
田間詩學
俞正燮全集（三册）
皖人戲曲選刊·鄭之珍卷
詠懷堂詩集
所知録附四種
文選箋證（二册）
歙紀
方孝標文集
七頌堂集
劉文典全集補編（列入特輯）
程瑶田全集（四册）

附　安徽古籍叢書已版書目

識小録・寸陰叢録
東萊詩詞集
明太祖集
王侍郎奏議
程氏家塾讀書分年日程
朱楓林集
敬乎類稿
施愚山集（四册）
吴敬梓吴烺詩文合集
張孝祥詞箋校
竇山公家議校注
翠微南征録・北征録合集
阮大鋮戲曲四種

老子注三種
杜詩説
朱書集
論語解注合編
郭祥正集
皖人詩話八種
唐詩評三種
左傳微
續學堂詩文鈔
鈍齋詩選
老子注譯
莊子詮詁
説文假借義證

舊聞隨筆
定本莊子故
張籍集注
文學研究法
桐城文學淵源考・撰述考
包拯集編年校補
康輶紀行・東槎紀略
北山樓集
桐城耆舊傳
疑庵詩
三餘札記
方望溪遺集
爾雅翼

龍眠風雅全編著者索引

Z

龍眠風雅全編篇目索引

A

B

C

D

E

G

H

J

K

L

M

P

Q

S

X

Y

安徽古籍叢書

黄山書社

龍眠風雅全編

九

〔清〕潘　江/輯　彭君華/主編

第九册目次

龍眠風雅續集

龍眠風雅續集卷十九

木厓潘　江蜀藻輯

方中履

字素北，別號小愚。明善先生之玄孫，廷尉文孝公魯岳之曾孫，中丞貞述公仁植之孫，簡討文忠公愚者之叔子也。操觚爲文，即不治舉子業，隨文忠公流寓嶺嶠；既棄家爲僧，則朝夕左右；迨弘法江右之青原，與兩兄更番省侍，不避寒暑。居家，發先世之藏書，緘關雒誦，毅然以著書明道爲己任，不造請貴顯，不徵逐讌遊，賦性恬淡，屏諸嗜好，于六經、諸史，朱黄鉤貫，考訂是非，訓詁異同，雖專門名家，不能通其條要，而君如出家珍，如數指上螺紋，原原本本，首尾瞭然。又以其餘力，旁及天官地理、兵農錢穀、河渠水利諸書，以逮律吕、文字、音聲、書算、醫藥、卜筮之類，靡不亂其津涉。如所著古今釋疑一書，其最著者也。書成，姑孰太守竹庵楊公爲之捐貲鋟板行世，又撰書幣，敦請至其署，俾長公部山執弟子禮事之，而絶口不以居間請，即君之博雅狷潔，名動公卿，具見一斑矣。君爲吾從姑之子，嘗與予論詩文，有鍼芥之合，方謂華顛白紛獲此忘年友，而天不假年，纔五十有三而卒。同人錢子飲光、陳子默公、劉子超宗、錢子扶升暨予輩私謚之曰文逸先生，而屬予爲之議。所著有汗青閣全集、古今釋疑、四詩鼓吹諸書。

當擬古詩

故人日以疏，新人日以親。故人且相薄，況乃在新人？顔色倘不變，豈論故與新？不見長安中，華轂加朱輪。冠蓋相往來，道上紛灰塵。斗酒高堂上，誰肯言家貧？結交皆公侯，誰敢言家貧？若以膠投漆，便可連婚姻。俯視鴛與鴦，仰視參與辰。男兒無錢刀，意氣亦難真。

吳門示吳人

人家多半愛欄干，樓閣依河水不乾。鄧尉山前秋色早，漆娥臺上曉霜寒。可憐歌舞成風俗，但是園林屬達官。猶有吳王宫裏月，不知留得與誰看？

登城樓

曾經百戰孤城在，今日來登城上樓。瓦礫猶堆敵臺下，野花開遍女牆頭。千家父老誰還在？滿目旌旗亂未休。且説彈丸殘破後，此番戎馬不煩愁。

霧中驢背看花

二月百花開滿路，十里五里藏春霧。行人驅驢行霧中，眼前只見兩三樹。行過十里五里來，紅花白花隨路開。可憐路在花樹裏，不到三月花不止。日出霧收見人家，牆内是屋牆外花。不知牆外花多少，不知誰家花最好。忽遇人家花下人，對花歎息傷青春。自言昔是種花者，不覺白頭花樹下。

早　發

夜盡起北風，月落天尚黑。行人呼榜人，早行當蓐食。笑我作客心，反比歸心急。江霧何濛濛，對面難相識。風吹布帆重，浪濺衣服溼。山岸明還滅，大江曲不直。舉首望星河，回首望鄉國。鄉國不可望，且學看風色。來當看西南，去還看東北。

晚次湖口

桃花浪裏夕陽天，風冷黄昏東岸邊。青是石鐘山下草，白爲湖口縣中煙。一聲何處清笳動，十里遥看野火然。多少布帆從北渡，不知誰屬九江船。

砑箏曲

沙棠之舟來宫亭，夜泊湖口湖水清。琵琶洲上月欲落，楊柳岸邊人不行。忽聞水上誰砑箏，將箏砑作關中聲。一遠一近隔船聽，聽者漸多聲漸輕。園客絲絃安蜀竹，夜久梁山犀柱促。左手徘徊右手提，不使聲斷使聲續。箏聲本出自秦中，何來江右譜秦曲？適有咸陽老客聽，不覺嗚嗚掩袖哭。驚得箏聲忽然止，哭聲直入箏船裏。砑箏亦是咸陽人，抱箏出船認鄉里。原來流落一女郎，自言本是良家子。十六嫁爲商人婦，卻恨不如妹與姊。姊嫁尚書妹將軍，妾隨商人居横門。十七便遇關中亂，亂兵擄我來中原。銀華破鏡古離别，杏子一衫千淚痕。湘裙繫在馬蹄後，反恨紅顔不老醜。幾多女子難自存，何況區區商人婦？尚書將軍降亂兵，姊妹翻得平安走。獨憐賤妾善砑箏，箏聲亦爲兵所有。忍恥只望贖我歸，知道商人今在否？紅淚如雨不復言，一哭一時動左右。咸陽老客還語人：此婦是我里門親。丈夫已爲亂兵殺，猶思不死歸西秦。君不見，子女從軍既不少，有人更説從軍好。若使此輩皆男兒，此身久已横秋草。

重渡鄱陽湖

四帆五兩渡鄱陽，又到鞋山望故鄉。春水未生沙尚白，湖風一起浪皆黄。年年過客看銅柱，日日漁人想石倉。船子頗知開國事，爲余指點説康郎。

益王故府行

瓦礫滿眼青草中，尚餘數尺城牆紅。行人暮遇舊耆老，痛哭言是藩王宫。藩王當時封此地，傳出郡王三十二。殿頭盡是碧琉璃，十柱桓門皆御賜。中庭藻井畫鳳凰，四壁彤丹函翡翠。黄金爲階白玉墀，從來不許莓苔至。蒲萄館塞紅珍珠，棠梨閣堆青珊瑚。日燒炎洲火浣布，夜滚丁緩金鉔爐。織得鴛鴦都是錦，飛來蛺蝶便成圖。盛冰自有玉精碗，咳唾必取玻璃壺。玳瑁梁邊燕子語，水晶户外鴣鵲聚。冰簾捲亂麒麟毫，鹵簿動摇孔雀羽。竹葉瑪瑙張屏風，高昌氍毹圍繡柱。園中賓客獻詞賦，宫内美人起歌舞。秦箏趙瑟漢琵琶，胡琴羌笛龜兹鼓。楚中女兒舞絳樹，吴中女兒歌白紵。瓏璁作餅立鸞鷀，酴醾滿杯醉鸚鵡。

炊金饌玉夜宴深，九微燈下花如雨。有時罷樂月未落，歌者舞者愁王怒。可憐赤綬華璠間，鏤錫叉髦高山冠。青瑕燕尾絳扇汗，黑室半鮫金錯環。一朝國破藩王死，畫角半聲宮殿毀。血染灰塵埋管絃，井築臙脂葬羅綺。斷垣斜挂蜘蛛絲，曲池乾卻桃花水。芙蓉不開蜻蜓飛，荒臺猶入春風裏。紛紛校尉皆何在？本朝事竟成前代。昔者門前下馬人，今日都遊寢宮内。寢宮内，變荒野。若使十數年前此殿中，請問誰人敢泣下？

雨後再至龍井關看瀑布

不須重問路西東，兩度經過略不同。紅葉忽殘秋雨後，青山只在水聲中。關添戍卒時驅馬，嶺隔田家斷牧童。卻見杜鵑花盡發，未知何處有春風？

春江花月夜

春江水漲夜流急，月出照遍江南北。江北江南江花多，無有一花無月色。夜夜江花明月裏，明月更浸春江水。江花未知明月寒，月光不畏風波起。但恐花落春殘潮欲平，空餘徹夜江流聲。漫言月照春江夜，即使無花月亦明。

采蓮曲

江南岸邊菡萏紅，采蓮女兒藏花中。江南岸邊芙蓉敗，采蓮女兒出花外。花外還在蓮舟裏，不采蓮花采蓮子。女兒笑語隔船人，蓮子不在空房裏。白練束腰捲香袖，日暮風起水波皺。女兒照影忘采蓮，忽見鴛鴦睡花後。迴舟蕩槳逐鴛鴦，青荷翻露沾衣裳。可憐采蓮蓮子少，且問阿誰歸路長。初月照見晚潮緑，女兒自唱采蓮曲。

重憶天末風景 十二首

去家四千里，兩度廣州行。煙聚虞翻廟，風揺陸賈城。居人晴著屐，蠻女夜彈筝。卻比衡陽遠，秋邊有雁聲。

城外海珠寺，潮聲直到門。蜆灰泥屋壁，蠔甲築牆垣。黄盡荔奴樹，青多椰子村。鷓鴣啼不住，瘴氣自朝昏。

曲曲陳村路，闌干數里遥。鹽凋新婦欖，日漏美人蕉。翠羽常藏石，蠙珠必逞潮。賣花多茉莉，落晚滿杉橋。

佛山松栅外，每泊泛洋船。犀角能分水，車渠不值錢。氍毹多五色，琥珀定千年。難問兵興後，通商可似前？

土俗繁華甚，民皆著綺羅。袖爲松鼠窟，巷賽木魚歌。燈鼓平明出，風筝九月多。幾年流寓熟，無奈故鄉何。

西粤有霜雪，山川異粤東。朱門開靖邸，黄瓦建行宫。獞賈金還貢，狼兵語不通。動看榕樹裏，煙出滿城中。

李白巖花密，楊妃井水清。蚺蛇長塞路，蛤蚧自呼名。竹布猺能織，畬田女善耕。萬山藤葉底，日日聽匏笙。

蠻中卑溼地，雨後少沙塵。僧采桄榔麪，童穿薏苡仁。别離先進蠱，伏臘好迎神。牛酒時相聚，都分負弩人。

湖南諸郡縣，山谷半歸苗。繒帛長纏首，衣衫纔及腰。鸜哥能鬬犬，鼠婦反搏猫。自説夷風好，寧知有國朝？

帶環盤髮女，沐浴輒臨河。袖繞鉛花小，裙拖洞錦多。挂蘭低入户，撲蝶大如荷。學得黔陽調，春亭處處歌。

地接丹砂廠，河通孔雀灘。檳榔持聘婦，禾黍不輸官。衆聽鉦聲合，兵攻棧路難。流人來避亂，鷄犬轉平安。

忽驚天末客，十載臥江皋。獨剩端州石，偏亡交趾刀。可憐紅蝙蝠，不到白蓬蒿。魂夢飄流地，何愁五嶺高？

弔練中丞 有序

練中丞子寧，新淦人也，靖難不屈，族誅，姻戚被逮論死者百五十餘人。僅一幼女，洪熙元年赦回，許贅壻承嗣，新淦令吴以適陳用昌。乃復公茱萸岡、鳳皇山諸故業，令陳氏居守，世世奉祀。弘治中，臨江郡丞王佐捃拾公遺文刻之，題曰金川玉屑，不言姓名，諱之也。吾學編、續藏書並云，原集名則失矣。正德七年，李夢陽爲學使，立金川書院祀之。萬曆初，下詔褒表遜國諸臣，命所在有司建祠，歲時以禮致祭墳墓，苗裔厚加恤録。二十三年，新淦令王文燿始訪得公後于饒州德興縣，名學頤。初，公生三子，長成經，次任忠，次仁善。成經、任忠俱戮，仁善逃于德興，易姓東氏。學頤，仁善七世孫也。學使查公補學頤邑弟子員，義民姚惟守以女妻之。崇禎間，陝西蘭州有練一魁者，自稱公後，請恤于朝。宗伯王應熊辨其爲僞。錢公士升云：『公妾秦氏有身，生子戍所，名曰善慶，洪熙初放還。』未知何據。弘光時議謚未下，里人私稱爲忠貞。癸卯春，余過公故里，拜公之祠，爲詩弔之。問公後人，微矣，而有司復其家如故也。時宣城施公尚白分守兹土，搜公文集，屬山陰徐伯調整比之。余既爲序，復識其事迹于此，獨公之墓無考焉。

過客單衫滿淚痕，茱萸岡上一招魂。白楊何處求墳墓？赤族還憐有子孫。遜國難爲成祖諱，詔書深感顯皇恩。獨傷九廟皆灰燼，猶見中丞俎豆存。

經陽明先生祠屋故址 在吉安府城外

草滿祥符古寺東，幾年春雨野花紅。兵烽漫道祠堂毁，木主長從文廟中。肅帝聖明還奪爵，武宗朝政豈論功？只疑父老無碑記，也似南昌舊日宫。

宣廟御製畫歌

題曰：宣德七年六月二十一日，予朝回，宴坐齋宫，因召少傅楊士奇、楊榮討論治道，從容久之。予既嘉其有所裨益，退而特寫蘭竹之圖，各賜一幅以答其忠貞之意云。又春山圖一幅，題曰賜楊士奇。上俱有武英殿寶。今藏於泰和蕭氏家。

素馨小印桑皮箋，二百三十有二年。云是宣宗之御筆，武英殿寶硃砂鮮。想見國家至治日，海内無事何宴然。朝廷重文不重武，天子都以丹青傳。題曰宣德七年製，特賜華蓋兩學士。魚水之懽有如此，草野小民稱盛事。東京空道章草書，北宋枉傳飛白字。千秋化爲蝴蝶舞，那及春山蘭竹意？豈知一旦兵火子孫貧，錦囊玉軸歸他人。園廟櫻桃不復薦，少牢還祭楊文貞。嗟乎異數豈易得？一覽此圖長太息。九重後世尊如神，臣下誰能望顔色？門朝召對成虚文，何況深宫親筆墨？君不見，陳隋敗滅皆才人，徽欽好古失其國。後代但學齋宫求治爲明君，豈必區區詩畫稱宣德！

謁文信公祠 建祠始于永樂二年

古木殘陽城郭荒，依然遺像塑冠裳。永存信國春秋祀，久已開平社稷亡。陰雨閉門飛燕子，落花滿院見蜂王。兒童亦曉文丞相，指點遊人到饗堂。

七渡彭蠡望大孤山

平沙湮没浪花新，塔影山光已暮春。一歲一番湖水緑，何曾識得舊遊人？

秋夜長

敲斷寒砧木葉黄，寄衣何日到沙場？惟從夢裏來關塞，忘卻金閨秋夜長。

行路難

行行登荒臺，草深走狐兔。問之老者何地名，云是古來歌舞處。舞衣歌扇成塵埃，昔日繁華安在哉？君不見，前人白骨生青苔，後人又買管絃來。

京　師

匹馬入京師，風沙撲面吹。舊居何處是？故吏更從誰？擊筑酒難醉，聽笳淚暗垂。宛然宫闕在，轉勝黍離悲。

煤山

多少興亡恨，煤山夕照斜。東遷雖不果，南渡更堪嗟。較射空秋草，登高憶翠華。時時來此地，猶有舊宮鴉。

疇昔

疇昔帝京全盛日，隨父宦遊來紫陌。煙火萬里九門開，雙闕去天不盈尺。鼎食鐘鳴卿相家，清歌妙舞中□宅。翡翠樓頭盡麗人，蓮花幕下多賓客。寶馬香車似水流，齊紈楚練如山積。朝廷粉飾雖太平，粟紅貫朽安能得？是時逆賊正蹂躪，秦晉楚豫血流赤。廟堂執政無愁容，冠蓋得意朝復夕。宵衣旰食獨君王，誰報祖宗厚恩澤？小臣痛哭大臣笑，坐送神州真可惜。重來二十有餘年，但聽家家弄絃索。千門萬户尚依然，更有何人憶疇昔？

天壽山

淒涼亡國後，父老指紅門。草繡麒麟臥，牆傾牛馬尊。櫻桃無復薦，松柏豈能存？留得諸陵寢，遺民亦感恩。

土木

土木驛中宿，驚心北狩時。休論己巳變，那及甲申悲？亭障今都毀，烽煙久不知。征人還自問，何事到邊陲？

宣府教場

一望黄沙地，當年十萬兵。雪凋旌旆色，人老鼓鼙聲。落日孤城暮，凄風獨客行。蕭條衰草上，惟有駱駝鳴。

歸夢

旅夜疏燈淚滿衣，關城伏枕憶柴扉。邊風那惜孤蓬轉，鄉信曾無一雁飛？紫塞月明刁斗急，黄河水漲渡船稀。夢魂容易三千里，故國安知夢裏歸？

行宫故址 正德十二年所建

宣大本非巡狩地，鑾輿歲歲出居庸。春朝秋請空雙闕，白草黄榆駐六龍。自是幸臣能取寵，遂令直諫不曾從。邊人未解爲君諱，猶指行宫説武宗。

榆肉歌

榆肉本産口外地，遣使求者絡繹至。小民垂老不得嘗，公卿歎息稱佳味。年年邊吏餽京師，金盤玉筯食無時。秋風何必思蓴菜？南海休勞獻荔枝。今年天旱雨不足，禾黍不登多野哭。語君且勿哭，小民自合饑餓死，公卿依舊食榆肉。

客　懷

三月無鮮花，八月有枯草。春風何其遲，秋霜何其早！游子起彷徨，忽覺傷懷抱。浮生能幾時，那堪涉遠道？遠道不足悲，所念在親老。朔風動地鳴，一身棲荒堡。悠悠數千里，愁來失昏曉。欲歸胡不歸，何事戀燕趙？

觀元祐黨籍碑本

古今誤國皆朋黨，讀罷碑文淚泫然。卻憶崇寧年代事，特書文德殿門前。是非只笑徽宗謬，名姓翻因蔡氏傳。好語人間留此石，春風莫使草芊芊。

唎喇詞 二首

費盡黃金教得成，霓裳翠袖舞來輕。秦筝趙瑟同時奏，不聽歌聲聽碟聲。

急管催絃舞更新，紅氍毹上不知身。分明雙袖空中舉，惟見燈旋未見人。

憶兩兄

草木盡黃落，客子猶遠行。故里在何許？淒然念我兄。豈無異鄉友？終非骨肉情。應知故里中，亦復念孤征。

偶　占 二首

金勒雕鞍邊馬肥，黃羊山下見鷹飛。千年一片長城月，獨照將軍夜獵歸。

想見開元全盛時，九門鼓角列旌旗。空餘碧瓦紅樓在，自是行人出塞遲。

拜朱中丞祠

公名之馮，宛平人。崇禎十七年三月十一日，闖賊陷宣府，公時爲撫軍，死之。

中丞本意守封疆，豈爲乘城一戰亡？報主恩波惟馬革，誤人家國是貂璫。監視宦官杜勳先降，城遂不守。陣雲尚自依祠屋，殺氣何曾散女牆？霜草滿階誰拜者？獨垂雙淚對斜陽。

得四弟建寧書

春雨方開故國花，孤帆匹馬各天涯。相思但道加餐飯，流落同憐擲歲華。卻喜風霜書到日，遥知煙瘴客還家。柴門正對湖光好，獨我燕山歸路賒。

宣府雜詩 二首

萬里防秋罷，多年減戍兵。陰晴惟獵火，斷續是長城。牧馬不知數，驅牛今善耕。最憐紅袖衆，箏笛總邊聲。

行人難出口，一望起荒煙。大漠全無路，平沙直接天。炎風惟幾日，臘雪動經年。來往氈裘隊，常依水草邊。

既與采臣別後復從馬上賦詩一篇寄之

執手勞君慰轉蓬，今朝馬首獨霜風。耳邊絲竹分明在，信宿采臣齋中，因觀其新教女樂。集裏詩篇大半同。時采臣盡和余詩。忘卻相依爲塞北，反令歸去恨江東。連宵共剪西窗燭，都入他年魂夢中。

曉　行

燈火辭荒店，垂鞭控一鞍。月昏人影暗，霜重馬蹄寒。犬吠知村近，鷄聲辨夜闌。南歸書未達，猶道在長安。

彭　城

往來懷古幾時休？日日行人喧渡頭。風起山連荒草動，午晴河湧斷冰流。斬蛇故地田夫醉，戲馬空臺牧豎遊。惆悵廢興俱寂寞，不如沽酒上黄樓。

楚遊别内

自笑年年折柳條，征車又復上河橋。既歸不覺邊關遠，欲别翻疑江漢遥。隱計總緣爲客廢，流光卻被旅愁消。深閨莫漫添離緒，好取琴書慰寂寥。

黄鶴樓

高樓西枕女牆平，滿目山川檻外横。煙霧窅冥雲夢澤，江濤出没漢陽城。欲尋水殿憑春草，曾繞吴都只水聲。惟有詩名千古在，幾番登眺不勝情。

遊大别山作

曉渡乘幽興，登山秋正明。湖低看欲盡，江遠聽無聲。天際來舟楫，尊前列郡城。遊人歸復立，身與暮雲平。

喜周信臣自里中來即送其歸悵然有作

秋後紛紛落葉新，一身留滯楚江濱。乍逢故舊忘鄉語，驚問平安到僕人。行役嗟予真浪梗，曰歸知爾厭風塵。孤洲送别腸堪斷，且託音書慰老親。

題漢口柳浪亭同諸子限韻

市盡湖爲路，亭孤柳作垣。遠天低曠野，落日淡前村。惟有鳥聲亂，不聞人語喧。更思春水發，浩渺抱柴門。

聽楚人述先中丞撫楚時勦賊事感賦示胡石屋山佃兄弟

崇禎中年羣盜起，紛紛僭號張與李。減膳撤樂憂至尊，誰爲國家掃蜂蟻？惟知肘挂黄金印，無復腰横白羽矢。高牙大纛擁貔貅，忍見中原血成水。自我大父撫危楚，單騎行間提一旅。誓清江漢報朝廷，直與士卒同甘苦。正值獻忠出巴蜀，所過郡縣慘殺戮。中丞臨陣獨轉戰，八戰八捷勢破竹。逆賊喪膽驚威名，皆服中丞善用兵。麾下偏裨無馬謖，帳前驍勇盡花卿。凱歌高奏承天府，露布數到長安城。若使四方齊進勦，秦楚川洛何難平？豈知當軸鼠子輩，乃欲養寇徼富貴。爭學高駢縱黄巢，遂令騎劫代樂毅。社稷將亡不可爲，勤王討賊翻忤時。殿中但得斬張禹，天下何愁有赤眉？至今我過荆門路，斷草冷煙紅日暮。可憐父老思中丞，猶指昔時征戰處。

題嚴子陵釣圖

羊裘垂釣亦等閒，富貴不忘故人難。巢父洗耳薄天下，何況區區諫議官？

戊申冬日病中作

休分勝負一楸枰，静夜空階枯籜鳴。玩世久看如已死，求醫畢竟是貪生。壯懷荷鍤埋堪罷，癡願殘書著未成。目笑總無身後托〔一〕，不將悲喜試人情。

自題汗青閣

鳥語花明又一春，茶鐺藥竈自相親。不求軒冕非關懶，若論圖書未算貧。高卧便堪忘此世，披裘無意傲時人。卻嫌小閣猶城市，更想煙江理釣緡。

與四弟夜話

舊恨新愁休問天，燈殘酒罷忽淒然。添丁較早翻無後，余年十九生均兒，四弟二十五始舉子，而均兒已前死。花甲平分卻占先。笑我悲時常自諱，聞君慰語轉堪憐。浮生應是填溝壑，惆悵空教夜不眠。

又答四弟

感時原不爲蹉跎，荏苒春光又復過。芳草遍承新雨露，杜鵑猶哭舊山河。一生易得惟多病，萬恨難消轉放歌。遁迹只因愁世態，山中風俗卻如何？

吳舫翁自武功來青原留數日即别去

生涯只有賣文錢，師友情深尚買船。雖是僧裝婚嫁在，誰容餓死姓名傳？興亡不説惟雙淚，聚散能堪幾八年。壬寅夏，余與舫翁别于谿林。後會難期聊妄語，芒鞋或到武功前。

歸雲閣 老父新建，履至，命讀書其中。

山光四面入，高閣卷簾時。樹密鳥相喚，雲歸人不知。泉聲盤竹梘，嵐氣飽書帷。坐臥枯荆下，親看再發枝。閣成，枯荆又生一枝。

步自水碓遊小三疊還過青又菴從漱青峽以歸

一杖攀藤罷，山坑低見田。峽深人影瘦，樹斷日光穿。急瀨怒推石，巉崖思刺天。恍如曾到處，約略是龍眠。

登首山大悲閣

板橋横出柳堤間，萍浪荷風水數灣。片地竟能分島嶼，深林無復見江山。鐘聲遠近如相答，鷗鳥沈浮只是閒。安得長年書一卷，青熒佛火掩柴關？

蕭孟昉索余快閣舊詩更題長句

凭欄登眺忽凌空，三顧雲山望欲窮。直俯澄江如檻外，竟忘高閣在城中。酒尊閲盡陰晴日，帆影看他上下風。惆悵可勝懷古意，題詩不獨爲涪翁。

庚戌元旦

日見吾親老，驚心是歲華。養親惟菜甲，獻歲許梅花。往事真如夢，他鄉竟作家。猛然腸斷處，何故着袈裟？

歸期已定周右試出其藏書借讀遂爲留二十餘日且期過飲因柬此詩

此生應伴蠹魚終，僦舍春明興未窮。宋次道家多藏書，住春明坊。好讀書者皆僦居其側，以便借觀。得句聊辭金谷酒，藏書忽作石尤風。欲降鄭伯勞坡老，東坡挑歐陽叔弼、季默作詩，有「明朝鄭伯降誰受」之句。時右試屢索余詩。易借荆州傲放翁。陸放翁有借書不得詩曰「異書渾似借荆州」。卻笑一瓻君自備，論衡已在枕頭中。

嘉窑甎

蘇州方甎從何至？此是皇極殿中制。工官姓名儼然存，年代尚有嘉靖字。手指畫肚吾問汝，淪落幾時離禁籞？罘罳交疏閶闔中，玉佩翔來屢朝主。方當朝會頒正朔，羣臣誰敢踐四角？即今疑帶庭燎去聲。光，也曾飽聽太常樂。世上偏遭好事者，吻董視如銅雀瓦。想因不受秦人鞭，甘心故遁陳倉野。當時若未入未央，免見朝廷興與亡。能言莫似樊通德，舊事聞之欲斷腸。

題倪文正公畫

二宗四家都不計，造化爲師偶遊戲。雪裏芭蕉興所至，誤筆成蠅非有意。想見解衣盤礴羸，東坡就錯無不可。削鐵蟹鉗全屏除，北海未容人似我。壁折屋漏夏雲奇，雷硠崩豁南山詩。胸中槎枒争欲出，譬之毀之皆不辭。烈哉二十四君子，至今先生生氣浮此紙。握拳透爪顔平原，書法流傳餘事耳。

立夏前一日江樓留别廬陵安福諸子

浪迹萍踪笑此身，吴頭楚尾地相鄰。麥秋到後一江雨，杜宇聲中半日春。子美入舟原不樂，知章换酒亦何頻。諸子觴余于江樓，凡三日。歸雲恐是菟裘處，青原山歸雲閣，余省親讀書其中。邑乘應書僑寓人。劉兼二方修廬陵志。

進艇

家僮相顧喜，今日始歸舟。山遠如相送，江心不辨流。微風帆腹瘦，欲雨櫓聲柔。轉覺青原熟，還鄉似旅遊。

辛亥除夕萬安喪次泣書

毒霧蠻煙繞膝行，歲殘屈指桂林城。明知狴犴鋃鐺苦，不換衰麻苫塊生。旅櫬荒郊歸未卜，瓦燈遺集病難成。破巢直在千山外，如聽慈闈哭祭聲。

又答二兄

三年送臘總他鄉，風雨誰知此對牀？只擬破家難見面，不圖聚首是奔喪。半生竟以緇衣老，百口偏教白髮亡。曠野紙錢灰燼後，路人墮淚亦淒涼。

編次遺集紀哀 十首

惶恐灘頭風雨罷，相看俱在失吾親。編年生卒皆辛亥，患海飄零自甲申。衰草寒煙扶櫬處，麻衣苴杖問安人。從今南岳祠前淚，唐宋淒涼任史臣。朱葆光、顔龑、李濤等，每元旦、冬至必序立南岳祠前，北望哭，幾二十年。宋史存，而唐書、五代史咸遺之。

南宫一著進賢冠，出入圜扉淚不乾。崇禎庚辰通籍，即值先王父撫楚忤時被逮。杜預無錢成罪帥，吉豩抗疏動朝端。先公上疏請代，卒感朝廷，得釋，尋賜環陛見。鷄竿卒得平反出，螭陛能令召對難。聞道至尊稱孝子，白頭閒話舊中官。

秦賊憑陵特請纓，行間願罷講官行。先公時官簡討，充永王講官。疏上蒙召對。每憂王室常流涕，入對平臺急募兵。入對德政殿，請倡義兵，上稱善，欲予兵符，因痛陳時弊，遂忤執政，沮不行。國祚垂亡猶忌諱，天顔顧問痛分明。宵衣旰食庸人手，只剩東華憤哭聲。城陷時，先公即引決，爲人所救。聞梓宮在東華門，往哭，乃被賊執。

攀髯被執梓宮傍，那有金吾壁後藏？許國可憐居散秩，封刀無媿對先皇。先公受刑，矢死不屈。蓋棺梏拲痕猶在，遺老衚衕説未忘。自悼兒時癡已絶，賊庭記得戲鋃鐺。

黨籍重刊文德門，巨奸柄國與誰論？孤忠宜受源明奬，萬死翻同趙鼎冤。蘇源明不降禄山，肅宗表擢；秦檜誣趙鼎受張邦昌僞命。時彼憝亂政，翻案報怨，故必欲誣殺先公。羅織大興原報怨，爰書不就亦無言。逮吳邦策下獄，挾令報先公降賊，邦策至兩髁斷，無二詞。奉天未殺中書令，盧杞誣崔寧與朱泚通書，竟殺之。猶懼人間直筆存。時北來直筆，人人載先公大節。

烽煙溝壑苦難勝，天末班行總未曾。十召絲綸辭入相，孑身苗獞竟爲僧。蒙塵恥作韋貽範，歸路惟餘杜伯升。成都進士杜暹字伯升，出家，見東坡集。一衲一瓢容不得，可憐魂魄繞諸陵。

煴火陽痞凡幾遭，極天都是海凫毛。猗玗洞失無三徑，敕勒歌來乞一刀。庚寅縶出平樂，以死自守，遂供養于冰舍。鷗鳥忘機終不免，麒麟遇獵欲何逃？逍遥日給河東酒，寄語韋敻莫道高。

銅魚黼翣皆何在？恰稱思陵藁葬哀。久告家人如已死，寧煩生祭各相催？昔時尚得黄幡殮，滕茂實事，見中州集。此日難求白骨回。與國始終三百載，錦江斷事表忠來。五世祖官四川斷事，死遜國之難，祀南京表忠祠。

疊山忍死廿餘年，百折惟憂道不傳。窮盡酉陽收梵夾，更從丙舍絶韋編。先公廬墓合山，重編三世之易。天皇寺裏留圖畫，曲阜庭中合豆籩。幸免蘇黄文字禁，時無人讀轉淒然。

易簣殘編手授余，疾革時，以未完諸稿授履。五更冰涕滴遺書。散亡北闕縢囊後，收拾南荒水火餘。草野但看私謚在，豐碑還歎壽藏虚。只今華表皆區脱，不忍招魂返故居。

研鄰即事同彭躬菴楊臨皋作

蔭窗修竹石參差，偃仰驚看故物悲。社稷只留書畫在，君臣如見祖宗時。青宫卻用中和印，墨敕初無外制詞。時觀高廟命廖編修敕、仁宗在東宮時賜楊少師御札、宣宗賜楊少師畫圖。玉躞金題收拾好，夜風歸過少師祠。

扶櫬歸葬阻風不進野泊述哀

飄零將已矣，不信得還鄉。孤櫬仍風浪，殘生看夕陽。草荒千里岸，燈滅一船霜。淒絶歸家日，期功盡免喪。

墓廬除日

意外成封樹，身疑尚萬安。歲從泉□盡，日到墓門寒。漸長松楸易，將除荆棘難。四年皆侍側，猶作膝前看。

生還示内

再生那意有家鄉？秉燭真能聚草堂。不换癡心惟筆墨，各存病骨聽滄桑。卜居未遂松風好，遁世終須木葉藏。土屋席門煨榾柮，且將詩卷送流光。

稻花齋落成詩 四首

尚有躬耕地，殘年付草廬。寧求千樹橘？聊徙一牀書。茶竈浮名外，樵歌患海餘。果能長偃仰，不問世何如。

繩榻隨時起，松濤傍枕生。晴煙依坂闊，曉日與窗平。牧笛遥相和，鳴禽不辨聲。自無賓客到，何用掩柴荆？

曳杖每忘食，步隨阡陌長。遠峯浮樹杪，一鷺破湖光。斷渚橋相續，新陰屋漸藏。老農時共立，人影卧斜陽。

盡日衣冠廢，桑麻作四鄰。潮生將市遠，犬卧識村貧。古木曾經亂，凡花各自春。茅檐閒徙倚，風雨數行人。

答蔣素書

飽經多難杜門居，更欲潛身結草廬。南畝可耕堪種秫，西齋無恙且讎書。服箱挹酒名何有？木癭犀通病未除。慙殺鷄壇推許過，楊劉悮爾十年餘。素書以楊嘉樹、劉黄玉之言慕余，余在塞外時，素書不遠數千里寓書製詩訂交，今屈指已十有一年矣。

難婦竹枝詞 二首

弓刀驅逐綺羅身，毳帳羊酥不敢羶。縱許金繒贖歸去，一家白骨已無人。

戈船日遠改裝難，兩袖啼痕不見乾。已識故鄉屠戮盡，逢人猶自問平安。

社日雨中白鹿山莊看杏花

寒溪繞屋枳籬通，屐齒苔痕亦偶同。社鼓滿村山靄裏，杏花一度雨聲中。供人釣艇春潮近，按節湖陂野菜豐。似此流光休恨速，可能閒到白頭翁？

别四弟還稻花齋

書牀酒榼恰經旬，拂面堤邊柳絮新。淺渚欲歸還趁雨，孤笻偶爾不關春。菘能飽食何求世？鶯漸成歌信此身。閒裏看花猶未得，可堪更作利名人？

南村看桃花

雨收村徑絶輕塵，數里芳菲照水濱。客去客來翻是主，一年一度爲誰春？千林直欲無餘地，隨處俱堪置此身。百遍相過應不計，卻憐常換種花人。

飲汪河發山樓因同出郭閒眺聯句罷再賦

支筇偶聚槿籬間，帶郭堤邊一往還。新水纔能消數尺，殘雲猶不放千山。春從雙屐聲中老，人在垂楊影裏閒。相促高歌應失笑，詩筒終日遞柴關。

丁巳寒食掃墓浮山適四弟亦至一宿而别各賦以詩

匹馬黄昏野渡濱，相呼翻訝語音真。青山重滴連牀雨，白髮將生上冢人。除是煙嵐能卻病，可容耕釣誓終身？布衾一宿尋常事，但覺依依老更親。

暫攜家至稻花齋

負戴相看累頗輕，草堂何事不逃名？但憂葶藶占凶歲，穩辦蓬蒿送此生。飯罷青精忘老至，雪埋黄獨少人争。頓將塵務都抛卻，尚爲慈親夢入城。

鹿湖夜泛同四弟作

攜具家僮熟，湖光又一遭。蟲聲隨舴艋，岸影倒林皋。初月乘山缺，新蒲逐水高。停橈忘近遠，了不畏松濤。

己未季春赴姑孰刻書之約别稻花齋

不巾不襪戀漁莊，采藥還因筆墨妨。逋客恐遺猿鶴笑，名山未許蠹魚藏。松花竹粉雙扉掩，蠟屐茶鐺一艇將。自問此生何所好？閒身卻爲著書忙。

送河發北遊

忽逐塵沙席帽行，飛蝗蔽野念孤征。山林志遂移居穩，溝壑憂來遠别情。如許才華寧落魄？羞將衣鉢但躬耕。巖棲谷飲吾將老，莫向公卿道姓名。

悼女

捫胸何事不勝悲？一綫危軀兩鬢絲。心未肯灰如可救，病雖不起至今疑。忍看藥餌拋殘日，偏遇春花爛熳時。最是愛深難解處，老妻痛惜勝亡兒。

寄大兄江右

家隸束裝辭我行，待我作歌壽吾兄。研墨伸紙夜操筆，撫今追昔悲喜集。宛然記憶十年前，亦在西山南浦邊。文山正吞腦子日，兄弟對泣倉浪天。是辰吾兄進四十，席地一拜廚無煙。鈴柝繞舍合齏粉，豈謂姓名猶苟全？日邁月征復如許，但傷碧血藏黄土。男婚女嫁是至樂，削衣貶食寧算苦？即今齒髮稱五旬，長筵羅列四十人。問安大有頷首意，會待橐裝娛此身。兄才自少負名譽，刻燭揮毫擅詞賦。只因天性淡圭組，遂爾懶踏省門路。諸侯慕悦争相迎，片言輒有救民處。卻緣醴酒離丘園，且向絳紗授章句。平生嗜好惟墳典，燈下細書不計卷。每得秘本即示余，討論大業常相勉。養生曾得異人術，一任流光長冉冉。阿弟髭須反早白，風雨對牀何日展？老年不忍更分居，慈母重爲葺敝廬。夢裏懽容見廷尉，槐陰鬱鬱盈前除。北窗偃仰有餘味，飲水歸來同著書。

用韻答四弟問天壽陵寢 三首

居庸關左近神京，天壽崚嶒舊賜名。白髮守陵餘老監，黃花廢鎮罷屯兵。黃花鎮在天壽山背。

但聞牧豎歌馳道，遠見童山列寶城。一帶離宮俱泯滅，紅門無復翠華行。

絡繹牛車輦路行，水流嗚咽御橋橫。龍垂贔屭碑無字，人語罘罳殿有聲。塵暗尚縣金榜在，祾恩諸殿額猶存。草深欲共玉階平。日斜獨拜彤墀裹，陵户需錢不問名。

翁仲攲斜天禄橫，寢園規制不勝情。明樓漸見觚稜毁，複道猶驚甲仗鳴。丹碣縱存文剥落，神道諸碑皆無字，獨明樓内一碑，紅粉金書某帝之陵。漆燈未滅冢崢嶸。淒涼較勝冬青樹，閒話空山淚滿纓。

訪白子南山居

處處秋原鳥雀喧，林塘依約過前村。書聲紅杏樹邊屋，犬吠緑楊煙裹門。少别乍驚華髮老，亡詩猶藉舊交存。時子南誦余二十年前舊作。七棠零落人何在？爲訪遺文向子孫。先文忠公少受業于白安石先生，所居有香棠七株，先中丞公爲作七棠先生傳，其地今易主矣。子南乃先生從子也。

石塘暮歸

林巒相接暮蟬鳴，劃破菰蒲兩槳輕。斜照漸移前浦暗，殘霞猶襯遠峯明。煙昏水鳥飛無影，風静寒罾落有聲。未忍便歸遲月上，流螢數點一舟横。

壬戌歲暮走别竹菴使君即事

數畝湖田幸半豐，不關世事草堂中。窗閒眺雪千峯白，酒熟探梅萬樹紅。策杖尚遲遊岳興，扁舟特破灌園工。自慙無物堪相報，浪湧寒江一送公。

有園守歲同舫翁子實部山作

柴車計日返牆東，豈謂天門守歲同？萬事醉拋尊酒外，一年滴盡雨聲中。寒燈預想幽燕地，鄉俗分談吴楚風。此後更然商陸火，可能猶念鹿皮翁？

題　畫　二首

一橋横小溪，草木無寒暑。山静少人行，樓中誰可語？

古木覆縣崖，菰蒲隨水長。不問載何人，扁舟自來往。

癸亥元旦試筆

疏窗池畔竹林間，剥啄無聲似掩關。歲酒讓人憑老至，梅花伴我過年間。流光易對青絲菜，雨雪難忘白紵山。一度賓朋稱盛事，昨宵鄉夢不曾還。

甲子仲夏信宿賜金園同四弟作

入谷盤旋不欲忙，溪重路轉到林塘。斷除塵事知長日，領略山容趁夕陽。一卷映窗修竹緑，層峯如幄萬松蒼。漁翁田父行相雜，來往何人識侍郎？

與施孝虔話舊即送其歸宣城

别時君八齡，今我將半百。狀貌已非故，世事感今昔。不謂萬山中，得復共晨夕。流涕念先人，努力互相責。我臥稻花齋，避俗聊遁迹。罷書對林叟，行藥伴樵客。采蒲雨千頃，蔭屋松百尺。自分消殘年，於世何損益？喜君正壯歲，名稱已藉藉。騏驥方遠騁，駑駘自辟易。行當紹前賢，豈獨推詞伯？會面增夢寐，執手慰木石。剪燭不覺深，長歌映月白。生不共里閈，所恨關河隔。吁嗟世路難，願君快行役。去去無限情，江風遥挂席。

過潘木厓表兄河墅

過橋亭子出，石色更相宜。池小泉聲細，林寬鶴步遲。歌從牆外入，竹向雨中移。護筍門應閉，知爲謝客時。

張玉叔秋樹堂分得寒字

鳴澗聞谷口，小徑緣奔湍。山轉天漸狹，茅屋出林端。中庭亦何廣，正受高煙巒。葱蒨浸兩目，未坐先憑欄。長廊恣步屧，青靄沾衣冠。賞此意已愜，更入竹萬竿。曲磴越未竟，匹練懸巑岏〔二〕。一亭飛流下，罇俎列坐看。淵騰衆響絶，日午毛髮寒。追憶疇昔遊，常苦攀躋難。今作几席物，使我久盤桓。起爲兹丘賀，非獨賓朋懽。窮源益澎湃，終古相擊摶。冰霰濺滿壑，草木無時乾。潭心倒人影，疑有龍屈蟠。偃仰就巨石，悠然足忘餐。回翔去復止，不覺白日殘。笑我乏半畝，所到得縱觀。從無經營勞，丘壑亦已寬。會當重理策，相過至歲闌。

秋日山中懷敦復

樵客農家路自通，樱鞋箬笠任西東。四時山色看常變，一種溪聲聽不同。讓我身閒黄葉裏，知君心在碧雲中。耦耕定是何年事？莫待婆娑鶴髮翁。

程松皋過别索詩

山静林疏正熟眠，忽聞鞍馬赴幽燕。纔遊丹壑雲生屨，遠渡黄河雪滿船。雁冷獨聽孤驛枕，鷗閒自泛夕波天。從今梅下清吟客，直在紅塵紫陌邊。

喻臨江遣使見存且索拙選四詩鼓吹爲鋟板行世

深山埋照愧前賢，剥啄寒林歲晚天。按節正移滄海畔，題書偏念薜蘿邊。編蒲只自消年齒，覆瓿何堪費俸錢？握手知君相憶切，沿江應問釣魚船。

附　張氏瑩

大司馬僖和坤安公之女，合山子方小愚之元配也。及笄適合山，即屏絶華靡，無姬姜紈綺之好。合山既紹家學，抗志林泉，夫人亦成夫志，躬甘藜藿，孝友婉嫕，極得予從姑太夫人之懽。性喜讀書，從合山學詩，能明義理，識大體。當辛壬之際，方氏一門齏粉在漏刻，無怖容懼色，手書及合山，惟以大義相勖勉。其母孔太君與文忠公先後即世，喪祭皆盡禮無悔，夫人之力居多。合山嗣續稍晚，爲解嫁衣，廣覓人種，殁後始生子正瑗，宜合山追念樛木之德不忘也。所著有友闇詩，合山請邑侯陽信王公及其兄宗伯溧青公爲之序以行世，而予爲采其什五，以光管彤，不忍没其詩，不忍没其人也。

自題友闇

茗可烹泉香可焚，市囂心遠晝稀聞。松筠冉冉懷空谷，燕雀啾啾自一羣。憂患難堪中學佛，利名不到處論文。高談莫笑裙釵輩，爛熟人情付曉雲。

理琴

胸次了無事，翛然斗室中。塵寰如博奕，道味寄絲桐。自悅堪遺世，求知笑賤工。等閒常挂壁，也與没絃同。

呈合山夫子

家貧有日曝前軒，環堵蕭然好避喧。芻狗雖傷吾道賤，犧牛誰似布衣尊？文章自足垂千古，忠孝原來聚一門。但得饁耕還采藥，何須更與世人言？

和夫子韻

好共山中挽鹿車，荷鋤且種邵平瓜。王孫公子今如此，敢説朱門是妾家？

憶夫子東遊

樹木凋殘是處秋，月明照起一天愁。孤舟野泊知何地？漁火潮聲蘆荻洲。

感　懷

淒淒風雨夜，腸斷有誰知？　獨對孤燈坐，追尋往事時。　多愁偏是我，久病倍思兒。　見汝應無日，三更夢可期。

庚子暮春憶外省侍壽昌

楊花落盡尚征途，阻隔雲山天一隅。　鄉國蕭條春事晚，風塵荏苒客身孤。　深閨遠思情多少？　旅舍歸心夢有無？　欲付尺書雙鯉去，江潮不肯過鄱湖。

病中偶作

弱病無端不自由，淚痕流盡五更頭。　天涯若有還家夢，應見閨中近日愁。

見　月

樹影入高樓，疏簾爲上鈎。　人間都是月，暑氣忽如秋。　遊子千峯外，鄉關五夜愁。　誰憐倚虛幌，偏照淚長流。

寄外即次留别原韻

春風去久夏初時，寄語行人知未知？ 莫是天涯無曆日，不知年月失歸期？

辛丑十一月十九夜念均兒以是日亡今三年矣彈淚寫此

不恨無兒女，難存更可憐。 幻軀無五歲，荒冢易三年。 戲具偏經眼，啼聲若在肩。 寬恩看乳媪，尤勝汝生前。

癸卯春日送李姑返金陵

楊子春江波浪平，輕帆忽返石頭城。 杏花煙裏雨初歇，杜宇聲中人送行。 誰道還家翻是别？ 最憐慈母不勝情。 從今對酒題詩月，可是前時一樣明？

述　懷

魚沈雁杳音書少，南浦西山客路多。 只爲天涯人未返，厭聽人説歷風波。

病中懷蕙閣

懷君無寐到三更，臥疾蕭條百感生。露下寒階知夜永，風吹窗紙助秋聲。書牀日久憑蛛網，琴薦塵封任鼠行。世味愈輕懽趣少，窮愁始見故人情。

風雨十日未得歸寧忽接慈親手書悽惋欲絶

每憶慈顔涕泗零，連朝風雨阻歸寧。那堪病裏秋聲苦，分作寒窗兩處聽？

遣　愁

一念亡兒淚滿巾，酸心未敢告慈親。人間不信寬如許，無處能容薄命人。

乙巳仲春送外之宣府

每慕龍門愛遠行，縱横萬里快生平。舟浮炎海曾南極，馬渡流沙又北征。足迹幾窮輿地半，家居反覺土音生。黄榆白草燕然外，只恐難禁弔古情。

雨阻行期又賦二絶

風雨憐人别，因留客在家。好將今夜夢，且莫到天涯。

冷雨幽窗每自傷，況當離别倍凄凉。燈前忍卻酸心淚，恐帶啼痕到異鄉。

仲秋有懷

蕭瑟秋光總易愁，憶君七度月當樓。三更有夢來鄉國，半載無書到隴頭。惜别只因常臥病，離懷偏是又逢秋。擔簦不屬干時客，汗漫終成五岳遊。

代閨怨

一自征夫别故鄉，鳳釵零落不成妝。秋來寂寞寒閨夜，可是人間一樣長？

細腰難繫舊時裙，别後羅衣總罷薰。欲寄回文到邊塞，憐才那得竇將軍？

與姑姒夜坐細述余病不覺酸心漫成一律

與君細述酸心語，苦病伶仃世所稀。自失掌珠寧再得，安能裙布老相依？此生泡影真成幻，既往光陰疾似飛。回首廿年如一夢，難忘身後是慈帷。

仲冬有懷

雨雪淒淒歲欲殘，閨中無限憶征鞍。心牽塞上風霜冷，覺得今年分外寒。

塵網

年年塵網苦難逃，真視紛華一羽毛。得共餔糜何所慕？雖輕黻佩敢云高？半生樂志餘鉛槧，滿世機心任桔槔。早晚深山椎髻隱，東菑饁餉不辭勞。

聞合山述塞景

殊方物候異中州，日夜邊風吹不休。野草欲青多是夏，嚴霜已白未經秋。平沙大漠隨天盡，横笛清笳動地愁。南北往來將萬里，何堪此處尚淹留？

夢亡兒

仍是孩提入夢來，形容想像只生哀。孤魂若使今猶在，病骨何愁到夜臺？

丙午二月二十五夜因憶去年此日夫子北征時又將有楚遊感今追昔爰賦

偶憶河橋別，征蓬出塞遥。鄉心剛一載，别緒又今朝。客路仍芳草，春光復柳條。何年遊嶽罷，相共樂漁樵？

又呈合山

恐訴悲懷不忍聽，竟無歸著似漂萍。自知病骨年華少，裙布荆釵付小星。

詠　鶴

亭前飲啄竟忘機，竹石池塘且暫依。幸免樊籠能自舞，但除羽翼悵高飛。千年猶抱凌霄志，萬里何時渡海歸？獨怪超然塵垢外，形容底事上朝衣？

送外之楚

絶塞風霜始倦遊，春來又買楚江舟。君心偏逆桃花水，妾夢常依鸚鵡洲。只爲安親輕遠別，獨憐多病重離愁。歸期早晚知何日，莫待瀟湘木葉秋。

寄合山

年年別淚未曾乾，去國能無行路難？魂夢不知今楚地，夜來依舊繞長安。

合山初度因思去年遠遊塞外今復獨客鄂渚感成一律

懷君初度辰，灑淚念風塵。邊月隨孤劍，湘雲又一身。幾年頻作客，此日倍愁人。遥度天涯意，應思兩地親。

新秋見月

當窗明月又將圓，每見清光只自憐。愁裏不知時已換，反驚凋落似秋天。

日望楚信因成四絶 二首

書成詩句盡驪歌，衣上啼痕憶客多。又對西風深恨望，此生無奈别離何。

鄰家絃管助淒涼，午夢驚回厭日長。北雁又將來故國，西風寧不到瀟湘？

接遠書

寒衣未寄到天涯，爲囑西風且莫吹。浪迹只憑青雀舫，還家望盡白雲期。久疏消息懷偏切，喜接平安慰所思。書至尚書爲客慣，不知何日是歸時？

九日懷遠

捲簾愁見北來鴻，獨坐焚香萬念空。小閣又經黄雀雨，孤帆可趁鯉魚風。三秋有約惟書至，千里還家只夢中。近日悲涼君若見，歸心定與妾心同。

病　中 二首

連朝臥病難離榻，藥物翻教累老親。更盡燈殘猶獨坐，牀前爲我淚沾巾。

病中伏枕九迴思，孤客他鄉那得知？只有夢魂能縮地，夜來猶許到天涯。

接家書

遠書雲外至，傳説客將回。不信歸期近，燈前收又開。

落　葉

數日園林覺黯然，蕭蕭敗葉滿階前。根株到底終難戀，衰弱無依太可憐。零落幾番經夜雨，摧殘一半是秋天。不須更起繁華念，好讀淵明榮木篇。

復　病

冷雪寒風總易悲，終年藥裏倍淒其。殘更到耳愁難聽，往事縈懷睡每遲。孤寂轉思時繞膝，沈疴愈覺憶亡兒。臥牀幾日無人問，只有潸然兩淚知。

丁未仲春一病幾逝伏枕口占 二首

青春不肯似愁長，臥病空看草木芳。浮世榮枯何眷戀？此身存没亦平常。他生猶抱煙霞志，百歲終辭傀儡場。泉路茫茫容我到，人間翻畏返魂香。

病中無事轉心清，善性常存死不驚。假寐偏教多幻夢，世情從此當無生。一絲未斷慈恩重，萬念俱灰身後輕。只有鹿門偕隱願，十年依舊是虚名。

偶詠瓶荷

菡萏初浮水面輕，折來小閣暫時生。只愁香盡花零落，空長蓮房子不成。

讀心史

開卷千秋有淚痕，生平凜凜氣猶存。江山換盡仍稱宋，姓字傳來反仗元。眢井終難埋節義，鐵函豈必賴兒孫？同時不少公卿輩，貧賤何常受國恩？

病　起

晴光鳥語小齋頭，自拂琴書興頗幽。雨後落花香尚在，春深芳草緑偏稠。窗櫺乍啓兒童訝，藥餌難離侍婢愁。病起愈看塵世淡，恍然真覺此生浮。

吾　師

閉門時事不求知，得失無心且自宜。天道既難扶薄命，人情到處總吾師。殘生一任流光易，百折饞諳世路危。煩惱慣經翻覺悟，愁因多後不成悲。

偶詠窗前枯茶花

春光青滿地，病樹獨關情。小草皆争長，凡花各自榮。莫因難結實，故爾懶求生。衰幹真如我，東皇太不平。

己酉仲春送合山省覲青原

黯然每在惜春時，鴻雁還家人欲離。此去禪關爲子舍，豈因閨閣動鄉思？孤帆遠近原難定，弱質存亡未可知。將别暗探游子意，臨行故不問歸期。

庚戌除夕

兩載過除夕，君隨白髮傍。親衰貪膝下，客久賤家鄉。索負憑人至，催科任吏强。百憂偷拭淚，飾喜慰高堂。

辛亥春日思親

東風斜雨仲春天，幾度思親幾泫然。慈意竟忘兒老大，膝前猶作少時憐。

慈親見棄思念無窮負痛書此聊以代哭 二首

永訣音容悲欲絶，痛心觸目總凄然。承懽只恨無多日，繞膝翻期在九泉。五内已崩惟搶地，一身有息尚呼天。今朝哭盡平生淚，那得慈恩再見憐？

孤幃暮景倍艱辛，久慮衰顔善病身。不料尚難週甲子，可因無術守庚申。蓼莪竟抱終天痛，萱草還期再世親。哭罷高堂翻自哭，此身已後更無人。

十月七日接家書知合山扶病隨侍入粤感賦 二首

支離不肯暫言旋，辛苦貪留白髮前。度嶺驚心纔半月，辭家屈指已經年。長征那惜風霜苦，孤憤何堪瘴癘天？從此飄零看漸遠，應知消息亦難傳。

每囑晨昏慰北堂，知君原辦遠投荒。途窮幸喜風波定，身病終愁道路長。忽遣夢魂隨庾嶺，枉嫌踪迹戀鄱陽。傳聞藥餌全無效，故報平安轉斷腸。

壬子春日感懷

小園狼藉暮春闌，微雨輕風尚薄寒。遠信望過三月盡，空懷怕見百花殘。世情半在愁中悟，俗累多因病後寬。幸有圖書堆滿架，閒來取次一開看。

秋日同余娣泛白鹿湖 時在難中

短笛蛙聲處處同，雲煙漠漠望無窮。山連遠樹千重碧，水映殘荷一片紅。且喜眼前天地闊，卻憐身在網羅中。浮生暫共今朝樂，隨意輕舟漾晚風。

秋夕思親

滿天明月照悲哀，自失慈帷萬念灰。永夜迢迢人已靜，親魂何事不歸來？

聞合山將扶櫬歸里 二首

三年顛沛此身輕，百折猶存轉自驚。每念慈親難共死，獨因遠客尚偷生。寄回家信徒增淚，屢約歸期總未成。何日蓬門重聚首，燈前同話别離情。

日望行人未有期，癡貪重會藥療饑。頻驚死别醒如夢，竟許生還信轉疑。不惜病軀全孝子，早扶孤柩慰慈帷。秋深屈指黄花後，珍重歸帆切莫遲。

送合山往浮山墓廬度歲

抵舍仍如寓，團圞信有時。雪欺人賤别，歲爲客行遲。萍梗連年慣，松楸故國悲。漫云歸路近，終是隔年期。

壬子除夕

商陸堆盆風雪夜，寒窗四度獨悲涼。久嗟踪迹如浮梗，誰信離愁在故鄉？春至似添新淚眼，歲除不換舊枯腸。五更怕到年空老，鼓角憐人聽亦長。

夏日偶作

浮生幾度變滄桑，不改鶯聲過短牆。劫後枉留殘喘在，塵緣已盡道心長。開書空有延年術，處世從無卻累方。豈是癡情難自釋？多應愁亦到膏肓。

寄懷姚妹德安

屈指秋光菊蕊新，君年最小亦三旬。分明記得鳩車日，倏忽都亡鶴髮人。詠絮正堪娛宦海，夢蘭應自報賢身。瓜期早晚趨青瑣，便道鄉園望實真。

癸丑歲除呈合山

桑田滄海賺清貧，柏酒椒花忽廿春。宇宙看來皆遠客，利名繫不到閒身。窮年只有文章債，逆境翻成瀟灑人。底事淹留城市裏？菱湖松徑足逃秦。

與陳姒夜話 二首

同心良友廿餘春，桑海經過共苦辛。嗟我久如傷彈鳥，感君不棄死灰身。窮逢青眼應非分，交到白頭纔算新。莫恨塵勞難得盡，夙緣俱是俠腸人。

寒風凍合霧難開，薄俗如雲去復來。可信箭能穿虎石，須知弓易入蛇杯。分金每抱前賢志，獻玉寧爲寡識灰？鐵骨剛腸終莫負，堪憐忽忽老相催。

丙辰秋日至稻花齋賦呈合山 三首

參差深樹裏，到始見柴關。繞屋分啼鳥，晴欄列遠山。潮平帆影近，村静犬聲閒。剩此幽棲地，渾忘塵世間。

數椽營搆後，夢寐曲池傍。頓改新松逕，翻迷舊草堂。天空遲暮色，葉落透湖光。脱粟田家飯，閒消歲月忙。

茗香忘野外，一室净無塵。花影移書帙，松陰覆釣綸。桑麻能共隱，魚鳥自相親。處處争名利，青山讓逸人。

夜泛菱湖

四望渺無際，連天水自明。星隨漁火盡，櫓帶雁聲鳴。夜色千林外，秋風一葉輕。草蟲喧兩岸，久聽不知名。

冬日移住稻花齋即事裁詩

共挽柴車到草堂，篷窗特與領晴光。負暄反覺寒天暖，静坐能教短日長。松樹干霄忘歲月，梅花滿塢飽風霜。六時煙景常相對，似此窮愁也不妨。

別稻花齋

茆茨粗糲轉懷開，竹雨松濤戀不回。自笑一年來一度，病軀尚得幾回來？

寄姚妹

每思分袂泣燈殘，迢遞雲山尺素難。足我餘年惟栗里，爲君分夢入長安。加餐莫忘河梁語，善病還愁朔雪寒。少小韶光真浪擲，團圞誤作等閒看。

己未暮春送合山赴姑孰刻書之約 二首

松風竹雨久逃名，忽辨舟車僕從驚。三徑雲煙忘歲月，一春花鳥負柴荆。著書獨荷先人責，傾蓋偏逢太守誠。始信文章是神物，令君遽肯見公卿。

長貧甘耐老家鄉，剥啄曾無到草堂。蘿薜已成疏懶性，較雠轉勝利名忙。蘭芽自是牽歸夢，時江妾方孕。蒲節還期好束裝。春水片帆知不遠，倚閭情切莫相忘。

病中感懷

看盡浮雲易變遷，時違並不許隨緣。貧甘茹苦翻招忌，病可藏形轉畏痊。天縱有知猶我薄，世原無分望誰憐？生涯只剩林泉想，浪擲流光又暮年。

得雨憶稻花齋

躬耕得遂更何貪？遥憶茅齋竹翠含。松柏勝來山亦古，蛟龍起去地成潭。荷生蓮蕊心原苦，梨接桑枝味轉甘。農事辦荒驚雨足，似邀殘歲老煙嵐。

庚申春悼亡女宜弟　三首

掌珠又失痛難揮，萬恨千愁事事非。夢裏音容常彷彿，耳中啼笑尚依稀。壁間空剩曾殘字，架上猶存欲换衣。觸目總成悲慘境，那堪泉路不同歸？

戀戀辛勤九月期，何常寸步肯相離？承懽有盡愁如蟻，追痛無邊命若絲。既少良醫徒自苦，枉多藥債動人悲。可憐日落黄昏候，正是尋常覓我時。

愁城苦海喪光陰，展轉回思淚莫禁。廿載再堪埋玉恨，十年枉負種蘭心。易抛濁世緣原淺，難遣癡情病更深。佳境縱來空自慰，看看白髮漸相侵。

寶慈軒落成

頹垣敗壁廿餘霜，仍作烏衣昔日堂。市遠權爲偕隱地，窗明先徙讀書牀。庭花剛種祈新雨，巢燕初驚覓舊梁。非爲鹿車難共挽，只因戀戀板輿傍。

和合山山居四時樂 三首

籬落飛蝴蝶，柴荊農圃家。鳩聲千嶂雨，燕影滿村花。樵帶谷蘭出，犢眠風柳斜。一溪流户外，新汲試園茶。

煙嵐閒始得，筍蕨味何長。萬木争爲緑，流鶯各自黄。午窗梧葉大，晨露芰荷香。永日忘言處，蟬聲送夕陽。

一川秔稻熟，縱目晚天空。潭水清堪對，霜林看不窮。世分黄菊外，心澹碧雲中。更喜砧聲静，燈前聽砌蟲。

附　方氏御

字□□，太史文忠公長女。德性貞淑，幼聰敏，讀子虛賦三過成誦。長適李君極臣。極臣，銓部香巖公長子也，以外戚應襲封武清侯爵，值改步，家道中落，夫人與夫安貧偕隱，不以菀枯屑意，嘗典衣鬻釧以爲食。生平喜讀書，吟詠成帙，秘不示人，有旦鳴閣稿，其子注藏於金陵，僅從方氏門内搜得廿餘首，附於小愚夫婦之後。

白門送王父中丞公歸桐

亂餘歸故里，惜別戀音徽。霜葉迎舡出，秋鴻引櫂飛。河山猶似昔，風景已全非。晚節留香在，東籬菊正肥。

懷嚴大人 二首

烽火連天路幾千，平安消息斷經年。憑高欲灑思親淚，遥指白雲何處邊。

兩家世受國恩深，地老天荒共此心。一領袈裟存正氣，逃禪豈獨愛山林？

登樓有作

簾捲高樓天似水，西窗獨向斜陽倚。卻憐春色自年年，目斷家山心萬里。

夜坐

金鴨香消獨臥遲，挑燈漫賦不成詩。風飄簾幙鉤聲冷，花影欄干月上時。

送夫子之小山

桂樹叢中望小山，遠峯層疊水迴環。扁舟夜月開圖畫，領取煙波一幅還。

春日思歸

春來開遍滿園花，燕語鶯啼日又斜。悵望龍眠在何許？重重山裏是吾家。

憶親

春暉報答此生休，歲月無情兩鬢秋。鄉淚萬行何處寄？長江不肯向西流。

寄懷諸弟

楓杞家聲舊澤長，憐予憔悴獨他鄉。夢回落月江千里，秋老長天鴈幾行。出處總無慙父祖，才名都不重膏粱。未知歸計何年遂，好共忘憂侍北堂。

長婦病亡感示兒徹

鴻案牛衣識婦賢，朅來孤影立燈前。知兒恐觸慈親痛，故故承懽倍黯然。

書　懷

皺佩回頭正少年，豈知荆布老難全？傷心幾日繁華夢，折盡平生福萬千。

中秋夜憶長女兼寄壻韓上 壻即余仲弟子

苦境憎佳節，浮生住幾時？無人知此恨，有女繫予思。井臼甘貧賤，詩書足唱隨。承懽翻勝我，長得侍慈帷。

聞子規有感

更無人可語，飲恨坐空閨。羨殺子規鳥，春山處處啼。

得慈大人信敬步原韻

鄉書一紙報新秋，未到開函已淚流。自歎白頭還偃蹇，一生長累老親憂。

戊午中秋

笙歌別院是何人？一樣秋光倍愴神。婚嫁累多難免病，繁華分淺合甘貧。名花空向柴荊老，落葉寧知雨露新？幾曲瑤琴寫幽怨，舉頭羞看月重輪。

送次女之桐

此去多親串，休爲遠別嗟。獨憐垂老日，骨肉總天涯。

哭大兒徹

痛汝年初壯，何堪死別離？半生纔有女，再娶竟無兒。已迫饔飧計，偏增骨肉悲。牀頭殘畫稿，一見一淒其。

己未歸寧度歲遠心堂與諸弟侍慈大人

冉冉年華去似塵，團圞且慶一番新。離家反是還家日，負累權爲卻累人。檻外梅花誰氏臘？燈前椒酒故園春。預愁風雨催歸櫂，來歲今朝憶老親。

感寄兒注白門

長齋禮佛罪何辭？姑老兒癡媿孝慈。縱報家人如我死，情緣難斷夢魂悲。

將歸白門呈慈大人

遠將懽聚慰慈帷，多病翻增骨肉悲。鳥語花明春正好，不能留住是歸期。

病中與諸弟姪言别

一回聚首一回别，垂老相看痛不禁。寒雨滿階和淚滴，秋風幾樹攪愁吟。囊衣盡典炊仍斷，藥券頻添病轉深。此去倘能長記憶，莫教音信竟浮沈。

舟中有感

江天風雨冷淒其，浪打孤舟獨去遲。解道萍踪本無定，相逢早怕别離時。

病　起

萬種沈憂百病軀，苦吟聊復遣朝晡。近來漸覺衰難强，搜盡枯腸一字無。

附　潘氏翟

字副華。從祖憲副次魯府君之仲姬，方文忠公密之先生之元配，而江之從姑母也。母少與江同受經于張孩如先生，十七歸文忠公，能屏去宛珠傅璣，有德耀少君之風。文忠公年方弱冠，文名籍甚，母鷄鳴蟲飛，克執婦道。及釋褐通籍，遽罹國變，母勉以大義，萬死不屈。南都黨禍起，文忠公避而之四方，爰挈少子中履，間關萬里，由閩之粤。尋以江南初定，君舅疾篤，歸而上事貞述公，下撫子女，死喪婚嫁之累，一身任之，以紓文忠公内顧之憂，成其大節。長齋奉佛，獨居四十餘年，年八十二而終。文忠公爲完人，母爲完人婦，可謂死者復作，生者不愧也已。宜閣詩集成帙，失于回禄，中德、中通爲追所記憶，併緜掇時訣别詩十餘首〔三〕，以存崖略，惜未獲全稿云。

聞馮妹出家有感

萬里尋夫慘，迴思九斷腸。歸家兒女憶，不忍落他鄉。

憶長子入粤

孤身千萬里，跋涉受艱辛。白髮他鄉苦，傷心念汝貧。

歎仲子羈尊經閣

患難從來有，羈身只爲親。憐兒幽閣閉，不覺淚沾巾。

憶少子病

忽有家書至，行行洒淚看。念兒身體弱，何日報平安？

四姪西省歸里

風波出意外，白雪望蒼天。辛苦憐兒病，馳驅賴姪賢。去路千山遠，回家九月邊。感君情不盡，追悔暫時還。

少子及諸孫隨杖將度嶺陽月廿六日值夫子初度

不避投荒去，義人相遇艱。諸孫扶白髮，病子伴衰顔。拜祝南山遠，團欒異地閒。天憐忠孝事，佛祐速歸還。

聞夫子訃音泣和二媳韻

寒冬苦雨正淒涼，聞信驚魂慟滿堂。半世風波因善病，千秋道德屬他鄉。臨危只入三更夢，旅櫬徒教百結腸。那得庭前重序語，爐中空爇一枝香。

哭夫子 六首

歲歲望君歸故里，誰知跨鶴向雲天？傷心搶地惟求死，何日追隨到佛前？

回憶分離出世外，吾攜稗子返家園。全君名節甘貧苦，無限傷心不敢言。

一別天南逾廿年，思君容貌亦端然。余心實望能揮日，此去光陰再弗還。

展轉思恩腸寸斷，寒幃寂寞淚如泉。望君點醒南柯夢，只恐凡魂命可憐。

傷心一別竟成真，萬里還家只苦辛。追憶當年心已碎，還期速度未亡人。

一生大節已完全，兩地傷心只問天。無限風波悲不盡，可能相見在重泉？

喜三兒納妾和媳韻

歷盡艱辛婦道成，多年憂病有賢聲。自來階下金釵樂，惟望庭前玉樹生。從此門喧重疊慶，但聽雀噪喜猶驚。承懽繞膝知非遠，異日還期報爾情。

病中别歌 二首

飄笠天涯數十年〔四〕，相逢只合在黄泉。兒孫滿目雖云樂，惟有青燈向我憐。

患海辛勤老更愁，那堪屈指話從頭？但將苦節還天地，悉聽花明水自流。

别大兒

念兒身體弱，不必淚千尋。遵我遺言語，九泉亦慰心。

别二兒

只爲家貧苦，相牽鶴髮情。飛身難得見，惟聽斷腸聲。

别四姪

一别怨黄昏，躊躇無限恩。老身今已去，相託夢中言。

校記

〔一〕目　疑當作「自」。

〔二〕峅　當作「屼」。

〔三〕掇　當作「惙」。

〔四〕飄　當作「瓢」。

龍眠風雅續集卷二十

木厓潘　江蜀藻輯

張度

字齡若，一字仲友，號獅崖。年數歲即解吟詠，長而穎敏頎秀，至性過人。崇禎末，奉其父避亂白下，侍疾經年，衣不弛帶。比歿，斥絶水漿，哀動行路。姚端恪公聞其純孝，延請爲子弟師，凡四十年無倦容。公亦懷方自重，不稍自貶抑。性介特寡合，淡于榮利，有語及飾竿牘、工脂韋者，輒頭面發赤，掉臂去。躭書畫，逸韻飛動，雅不欲示人，有請者亦弗拒。國初，豫王下金陵，招納賢士，諸先達皆欲以純孝舉，使人諷之，不應。清河爲里中大姓，城南蘭錡相望，公慮無以别氏族，自署曰『蓬蒿舊家』，其不肯附麗、安恬素如此。居恒抱膝長吟，怡情丘壑。嘗得定武蘭亭及趙文敏文賦、石刻善本，手跋其末，出入懷袖，摩挲臨搨不少休，屬諸子異時以殉。論詩愛許丁卯、陸劍南，往往神合，深疾時人剽竊餖飣之弊。晚歲築室于後圃，顔曰『蟋蟀窩』，有終焉之志。卒年六十有八。所著書有類苑珠華四十卷、古今修短録四卷、詩話五卷、文集三卷、紀遊、紀聞各二卷。手録書如漢、晉書、三國志、南北史紀事本末，皆丹黄品騭，裝潢成帙，藏于家。至蟋蟀窩詩集甚夥，殁後，其三子鑒、鏊、鑾請于父執姚公羮湖選定十卷，梓行于世，復以全集畀予。反覆諷詠，美不給賞，讀者合姚選參觀之，亦可以得公詩之旨趣所在矣。

懷陳馮先不至

何日罷長征，春風到石城。路遥惟共月，人别更無情。桃渡猶歌舞，桐鄉尚甲兵。期君歸櫂後，斗酒盡生平。

雞鳴寺雨後胡子兑潘薪孫過訪

連朝風雨正淒淒，良友經過古寺迷。深院犬眠驚客吠，畫欄鶯徙認賓啼。官梅傍閣紅初落，庭草無人緑未齊。三笑看君歸欲暮，白雲遥度虎溪西。

舟發丹陽

丹陽城外戒裝遲，指點吴山入望時。岸曲柳藏漁子艇，橋危煙障酒壚旗。新晴燕語隨蘭槳，亭午鷄聲出竹籬。客路漸知雲樹異，秣陵回首益相思。

岳武穆墓

英雄遺恨在乾坤，芳草寒煙黯墓門。南渡六陵金碗出，西湖千祀石麟存。春風客至澆黄土，夜月烏棲泣水村。廟貌朱仙知更勝，至今兩地弔忠魂。

于忠肅墓

少保孤墳望岳塋，我來一宿獨傷情。青山空聽鶯聲在，碧草惟看馬鬣平。社稷已留還聖主，頭顱願擲對蒼生。英雄血淚知多少，遺恨如今是石亭。

送姚龍懷隨其令伯石嶺先生備兵荆南

襄陽重鎮已塵蒙，聞道荆南控扼雄。節制固煩專閫慮，指揮還助運籌功。但期公子時成賦，不願將軍日挽弓。況是憂深勞寢殿，總戎幕府定須同。

江　行

風留停泊處，見説是青溪。塔影隨濤去，人煙入樹迷。米鹽争小市，網罟聚長堤。旅食知將午，鷄聲近岸啼。

重過惠應寺

來尋招隱地，野趣足盤桓。怪石支茶臼，幽藤補藥欄。清秋林響静，長晝葛衫寒。未識浮生理，皈依問懶殘。

過陳二如讀書處

碧山棲止著玄經，來叩柴門半啓扃。嵐氣濕衣庭際落，泉聲繞屐竹中聽。素琴常挂同元亮，木榻將穿似管寧。日暮空林猿鳥散，卧看明月上松櫺。

月夜獨坐

空庭人不見，獨對此宵清。鬭鼠巡檐出，流螢入樹明。露滋紈扇濕，風逐葛衣輕。遥聽高樓上，參差玉笛聲。

春圖

春圖寫就小齊紈，把向多情帶笑看。爲問昨宵相似否？嬌羞佯倚玉闌干。

春草

郭外平堤煙水西，憑高一望遠萋萋。王孫去後今猶緑，憶得當時送馬蹄。

別内

歲歲因人熱，余真愧伯鸞。書于傭轉賤，貧到別逾難。鹽米憂相累，風塵興未闌。漫嘲夫壻劣，何事去長安？

金陵

折盡松杉王氣終，空餘形勝説蟠龍。金棺移塔碑猶峙，玉匣藏衣祀已空。夜月生愁唯有黑，山花抱恨不成紅。傷心最是春秋至，麥飯何人薦寢宮？

銅雀臺

霸業雄圖久委塵，荒臺遺址舊漳濱。蛾眉泯滅香奩散，雀瓦消沈野蝶新。落日牛羊多牧豎，孤村風雨斷行人。西陵此日還相對，同是淒涼碧草春。

黃粱夢　在邯鄲縣北二十里

古道邯鄲晝起塵，道旁遺廟對殘春。危闌高閣煙霞駐，曲水通池榆柳新。朱轂盡爲行路客，黃粱無復昔時人。長安此處雖堪望，誰識浮名是夢身？

羑里城　湯陰縣北五里

戡黎事業已成塵，此地曾拘演易身。悔吝都從觀象卜，蓍龜莫惜帶憂陳。孤臣罪已留琴操，暴主全恩屬美人。還是天心眷周德，死生終不繫商辛。

姚羹湖以墨妙見貽作此誌謝

龍眠昔有李公麟，丹青善寫山水真。以此得名熙豐内，六百載後無其人。龍眠今日有姚子，翩翩辭藻富經史。亦復奇情毫素間，深得畫家三昧旨。足迹徧探天下奇，五嶽嶔崎信杖藜。襆被棲巖眠薜荔，煙霧隨身染接䍦。胸中丘壑縱横甚，自謂舉世無奇思。有時終日閉高閣，意匠慘澹入遼廓。天地俱在杳冥中，經營每從霄漢落。有時脱墨罷銜杯，絞綃屏障百尺開。潑墨數斗暫徘徊，揮灑似聞鬼神哀。危峯撼天天欲摧，虎豹班班天上來。瀟湘洞庭波若雷，魚龍白晝盡喧豗。賈帆漁艇疾如鳥，萬里蒼茫去復回。乃知畫品入神妙，公麟復生應嫌猜。所以寸楮並尺練，王公貴人争欽羨。貽我數幅更驚絶，時時坐卧興不倦。千巖萬壑咫尺間，芒鞋直欲費躋攀。白雲深處藏紅葉，茅屋人家流水間。就中靈境桑麻盛，鷄犬聞聲隔遠山。春來若有桃花出，願逐漁舟去不還。姚子洵神手，劣工安足數？我欲從之不可追，爲誦前身應畫師。

過毛家河野店

孤村煙樹望中齊，野店停笻聽午鷄。緑蔓平鋪茅屋小，青帘斜插槿籬低。溪山當户雲横北，樵牧歸途日在西。回憶少年沽酒日，杏花深處夢曾迷。

左子兼子周招遊龍眠山莊 因過久峯庵

十里山行五渡溪，小橋危步互相攜。人從流水聲中過，路向秋花香處迷。識面雲禽如作侶，飲河石馬不聞嘶。尋幽似入山陰道，應接頻勞信杖藜。

過別峯庵

窈窕秋煙裏，竹深迷古寺。牽蘿行未已，憩石補芒屨。會逢采藥人，引入翠微去。

同夏仲寬馬一公江公遊龍井訪竺怡上人

遠公不厭住山深，久約于今始一尋。松下裁雲晴補衲，竹間安石夜調琴。余因問法知旛動，師欲徵詩聽客吟。三笑明朝還共別，白雲唯護虎溪心。

賦得家在江南黃葉村

家在江南黃葉村，數間茅屋亂離存。槿籬帆過縣晴色，柳岸潮空露嚙痕。刈荻遠穿雲滿澤，捕魚歸趁月當門。貧居生計原如此，何事旁人作隱論？

枯樹

荒郊疏影傍塵埃，孤峙從教歲月催。縱度清霜無墜葉，每經新雨卻生苔。春深野蔓依能秀，日暮寒鴉宿更哀。垂老江潭悽愴甚，芳菲空羨百花開。

西施歸湖圖

君王從此罷稱臣，臥榻欣看掃積薪。何事論功惟少伯，黃金不鑄苧蘿人？

左眠樵霜鶴招同子兼夏象九遊越巢

路入秋山不計長，秋花駐屐帶微香。竹間馬鬣前朝墓，英烈侯張公墓。樹裹鷄聲處士莊。樵牧渡溪成小市，稻粱傍麓刈新黃。同羣此地閒憑眺，萬嶺晴煙共渺茫。

古松

天台橋畔種，一樹偶離羣。偃仰攲茅宇，孤清蔽夕曛。濤聲晴作雨，月影冷疑雲。對爾盤桓久，何殊愛此君？

宿村館

孤塾田家側，清宵暫此留。柳霜條影重，扉月隙光流。書枕藜牀夢，蟲吟土壁秋。濁醅難永夜，更欲攬重裘。

祝山如招飲賦贈

樸巢深處不聞譁，小徑真成處士家。荆户懶扃從看竹，苔階慵掃喜栽花。春浮石凍傳千日，牀滿圖書過五車。客去瓦罏香一縷，寒窗剪燭註南華。

紅梅

靈芸千點淚，洒作數枝春。衹合供清夢，何堪贈遠人？冰容消冷豔，酒態得天真。搖落知無日，從教吹笛頻。

種松

嘉樹森成列，庭無半寶寬。移來松一尺，栽傍竹三竿。舊土根培厚，新泉手溉寒。亭亭他日蓋，預擬入雲看。

左子兼月夜過訪留飲限韻

居似丘樊徑亦幽，柴荆誰肯暫相投？故人攬袂衝宵至，舊醞開罌與婦謀。風細角聲傳巷曲，月明山色過城頭。素心未許樽前盡，我和君歌更少留。

喜五具弟客歸江右

將伯余悲叔季稀，天邊有弟忽相依。鬚眉已隔前朝異，音語還聽此日非。乍對酒杯俱是夢，始知客路不如歸。重尋童子曾嬉處，猶認當時舊釣磯。

寄佩若山居

吾老宜丘壑，買山苦難遇。君本朱門人，翻向山中住。一入動經時，深得林泉趣。茅屋結搆新，菉竹修回護。窗浄無纖塵，庭空落晴霧。坐臥一榻間，南華手自註。野老數往來，窮幽朝及暮。往往青壁上，披苔鏤新句。我欲躡屐隨，極目春雲路。

惜筍

一笏閒庭竹接楹，雨餘苔破筍齊生。問名早識龍孫貴，出土財看犢角成。摧折每防嚴豎約，朝昏勤省傍階行。他時百尺琅玕影，可似鄰園數畝清。

暮步朱氏藕塘

雙扉白板夕陽明，數畝蓮塘雨始晴。柳岸半髡濃蔭缺，禾濤初碧隔溪平。香盈短袖凝難散，蓋舞微風細有聲。擬欲移家依此住，製衣時藉緑荷輕。

瓶花

秋花插向小瓶鮮，點綴秋窗棐几研。攲枕静聞香細細，停書時對色娟娟。夜深每惜燈前影，曉起新添井底泉。卻羨天然黄白好，勝他砌下與欄邊。

移居

未向深山覓考槃，翻從闤闠計平安。竹因地窄移栽少，米爲鄰生借貸難。晨銼煙疏稀婦謫，舊書架滿誘兒看。静中聊復躭詩學，吟就時驚句太寒。

寫　經

小閣新縣布幕青，静皈繡佛欲忘形。詩僧我似尤耽酒，禪頌年深自寫經。作供寒梅清素硯，思臨舊榻失黄庭。瓦鐺火活爐煙細，敢乞真如寸管靈。

五旬初度

辛苦爲儒願已虚，年來生計益全疏。句中花鳥雖堪繪，筆底溪山未可居。古巷張羅無轍迹，秋蒿掩徑是吾廬。泥塗莫漫嗟衰白，頫首還傭牖下書。

姚勃少移居

君家園子宿知名，忽爾分居卜數楹。宅直不嫌鄰右貴，書車省向市中行。鯉庭只尺看青桂，露地交加茂紫荆。露地，勃少舊居軒名。兩處冬晴風日好，松聲隔院和琴聲。

送姚蟄存遊建寧兼簡羹湖司理

作客少陵愁至日，君於至後客帆開。葭蘆遠宿寒江月，風雪晴看過嶺梅。馬首猿聲知入耳，雁行冰署待銜杯。相逢倘或詢平子，賦少愁多愧不才。

田　家

槿籬竹舍小山圍，水溢陂塘柳映扉。社燕成家新火换，早蠶登箔落花稀。隴頭春暖兒耕慣，村外鄰招翁醉歸。更愛鷄豚雛作隊，共安飲啄在斜暉。

郊　行

威紆小路達田家，村犬相迎不住譁。屋角煙青烝麥酒，竹間聲起絡絲車。牧童蔭樹調雛雀，饁婦歸途摘野花。好景鄉園惟四月，緑陰堪愛是桑麻。

晚　行

疏林霜葉踏成蹊，十月行程意慘淒。度嶺鴈聲風遞遠，横塘驢影日沈西。農肩秋豆歸煙隴，漁捲寒絲過晚溪。計宿田家猶未到，飛鴉四顧已羣棲。

金　山

到此江流盡，驚看一握山。丹樓明日畔，灌木碧雲間。舟載鐘聲去，江涵塔影閒。輕帆如鳥疾，悵望欲躋攀。

喜晤慧若上人

經時作客滯吳閶，擬放歸舟過上方。師住攝山。千里忽來秋抱病，三年重見鬢添霜。老仍行脚孤笻伴，窶不求人破衲香。爲問紫峯今日勝，梅花依舊閣深藏。

吳趨曲

城内居然似水村，浮家欄檻滿潮痕。尋常市買橋慵度，船去船來直到門。

秣陵中河候風

兩日淹留竟不前，荒堤晚步亦悠然。渚菱實盡餘殘線，秋菽稭收露野田。罾舉鷺穿江霧破，灘寒犢臥蓼花鮮。重尋夏夜乘涼處，臨水人家仍泊船。

讀馬一公詩稿命兒輩録之

扶風帳底數年詩，全卷攜歸慰久思。稚子書於窗霽處，老夫吟到夜深時。聲來松吹難分聽，香過梅花總不知。近代惟君推獨步，參軍開府復何疑？

移　居

隔街辭舊里，小巷得新居。書爲頻移失，鄰因別徙疏。庭虛將種竹，園隘足鋤蔬。不復求深隱，粗安亦晏如。

自題小像 二首

風塵名利已全休，藤杖花籃生事幽。但擬碩人常肆志，未甘公府一低頭。黄精采得充廚饌，紅葉搴來作酒籌。若問友生今幾許？巖猿林鳥是同流。

多難曾看滄海塵，餘生天放作遺民。一丘到處能容我，百事無成不拜人。羞友秦松因受爵，强儔衛鶴笑榮身。飯牛洗耳踪堪寄，野史休傳是隱淪。

訪方還青即贈

十載休官未入城，於今疏卻鷺鷗情。幽莊無主松添翠，曲巷逢春花自榮。窗静鉤簾臨舊榻，茶香揖客聽新鶯。有時閒看盤鈴舞，小馬單衫市上行。

索姚羹湖畫歸田圖

歸田擬謝市城忙，從此閒閒十畝桑。不願故人供禄米，惟期仙令贈村莊。溪山好處堆秋色，松橘陰中著草堂。更向隴頭添一叟，荷鋤須似老農裝。

酒醒

薄醒難通夜，還思爛熳斟。形神親未久，霜月冷相侵。無復驅愁去，猶然聽漏沈。蛩聲兼角響，悽斷五更心。

和友人宿月上庵韻

寒天城角最淒涼，此際知君宿竹房。新月庭中生藻影，晚風林外送茶香。葉聲疑聽長廊雨，衲被難欺午夜霜。想得支公譚共劇，不知鐘動曉蒼蒼。

感事

情添老大喜看花，春色偏於隔院奢。白髮從無千丈日，能堪幾度羨鄰家？

次吳于庭朱梅韻

朱欄晴倚色平分，倩影姗姗映蘚紋。宴罷綠珠初中酒，妝成絳樹欲行雲。明霞滿院烝歌袖，彩蝶因風簇舞裙。不是芳菲春獨早，武陵溪口半疑君。

悼二媳

將雛四十日，生充閭孫僅四十日。無復戀呱呱。撫鞠今朝斷，冤親夙世俱。寄巢悲杜宇，孫寄乳他姓。反哺失慈烏。獨有傷心淚，時時洒病姑。

寄友人鄉居

慙我清時老逸民，荷衣猶染市中塵。買田欲近螺螄店，拚作躬耕赤脚人。

送人之衡陽

揖別西郊舊草堂，飛花亂點贈行觴。木蘭枻擊春波遠，杜若洲晴客路香。江過嘉魚堪把釣，峯看回鴈易思鄉。定知地主占雲氣，躝矢先應候道旁。

六旬自壽 二首

義熙世遠曆頻更，甘向柴桑過此生。畫幅應人聊免俗，詩篇老我竟無名。遊期五岳終難遂，會結耆英亦未成。幸賴桂叢相伴久，階前香發有餘清。

安居亦恐負林泉，寵辱何嘗敢問天？情已能忘難學道，酒雖長斷不皈禪。楸枰富貴英雄夢，韋布家風處士緣。身事粗完閒始得，焚香點筆俟流年。

中秋過生生社

沿溪尋古寺，薜户是新開。不到山僧换，重經令節來。秋苔梧子落，午磬佛聲催。猶憶前朝盛，天花散講臺。

土室新成漫題

經營旬日思千回，斗室雖成客不來。因逼内室。泥壁未乾移榻入，芸编新徙即時開。焚香垂幕春常住，乞竹連苔雨後栽。風雪深冬差可避，瓦盆煨火自追陪。

過田家

茅屋依山面水涯，離離疏樹映寒花。草堆向暖兒眠熟，霜果當門鳥啄譁。幽致祇應容處士，蕭閒不信是農家。偶過便覺堪忘世，何必深林遁始嘉？

元旦雪

梅促芳辰放欲齊，宜春帖子正初題。鶴翎細剪近寒鴈，蝶翅狂飛鬬畫鷄。破屋難成蕉夢穩，新詩誰覓鄭橋西？巡檐爲惜三竿竹，幾次親扶首更低。

寄左霜鶴山居

春城不入慣離居，有客相過室屢虛。破廟鄰鐘隨遠瀨，寒知（霜鶴閣名。）涼月照奇書。村原臥聽調耕犢，山澤遊歸放蹇驢。暇日倘尋高士傳，幾人堪賞幾人除。

題畫

腰斧入深林，和雲伐霜樹。樹摧雲頓開，紅葉飛不住。

朱梅

未識冰容膩，如看中酒醺。影疑斜日照，妝訝曉霞分。倚石烘苔色，臨池醉縠紋。輕風小搖曳，絳蝶鬬紛紛。

重集西園留贈姚綬仲

柴關斜徑落山隈，萬挺琅玕數尺苔。野客時時詢釀熟，園丁日日報花開。卻嫌俗駕驅塵至，生怪啼鳩送雨來。十勝詠成皆入畫，有誰堪繼輞川才？

落花和韻 二首

十分春色已全泯，羞澀花神不忍論。無限燕鶯多別淚，一番風雨倍銷魂。芳菲令節歸流水，寂寞人家深閉門。寄語紅顔須鄭重，風流能得幾時存？

晴窗晝撲滿簾煙，點綴依稀態尚鮮。燕嘴銜來緗帙畔，蟻羣拖入硯池邊。傳生仿彿勞彤管，吟興淋漓費綵牋。無計商量留得住，一回讀罷一回憐。

庭梧

一樹梧桐半畝陰，窗前時見碧森森。雨來便覺涼生席，風起還聞聲在琴。長晝哦詩題葉上，中宵露月到庭心。愛君憐我恆相伴，未許炎威得得侵。

飲姚注若兹園

城中唯此絶塵氛，如畫園林竟莫分。曲徑别開行改步，小山增疊坐生雲。蟬聲出樹催新詠，荷氣浮杯餞晚曛。好月升林涼滿席，勝情幽賞更難羣。

探梅桃花洞

半畝中庭地，雙梅不露天。殊姿遲破玉，凍蕊尚留煙。香肯隨誰後？春知讓爾先。虛堂纔共對，未放已生憐。

擬別克猷以雨留用前韻

煙黯垂楊舞態低，山莊如畫更堪題。麥苗過雨青聯隴，花片沿山絳作泥。新火寧從他舍乞，離歌未許即時睽。紙灰到處飛阡兆，魂斷行人侶共攜。

施敏公贈茶條杖

七尺過頭杖，來從安莱岑。贈貽良友意，珍惜老夫心。步蘚寧辭滑，穿花不厭深。有時詩酒罷，扶爾聽鳴禽。

梅雨

林鳩啼過小窗前，困頓無如五月天。忽斷忽來梅子雨，乍疏乍密柳條煙。朮賒市肆清醪浸，香伴晨昏宿火然。老友相逢談老病，無端增劇是今年。

深園即景

路盡幽纖翠篠清，西莊欲到境還生。寒雲瀰漫柴扉隱，隔水先聞紙碓聲。

蟋蟀窩偶拈

華軒浪説有歌鐘，未抵斯窩著老傭。滿硯冷雲滿壁畫，一竿翠竹一株松。餘生唯此容高枕，暇日從他寄短笻。趿履侯門多少客，吾廬弗愛任苔封。

姚駕侯雨中招賞亦園木香

婪尾春濃餞賞同，筍廚移向衆香中。雲縣雨脚峯峯失，階走泉聲潤潤通。芳樹壓樽鸎鵡緑，新櫻登席杜鵑紅。深談逸興真堪畫，小閣空濛著兩翁。

過李士雅東皋用少陵堂成韻

老愛離紛小搆茅，多年舒嘯寄荒郊。鷄聲午引知叢薄，驢影冰涵怯澗梢。五柳到門栗里宅，三間對客海棠巢。鶴書隴上何曾至，南岳如今不獻嘲。

和姚駕侯殘梅韻

芳園春晝有晴煙，閒看輕風颺碎鈿。徑底亂飄千片豔，枝頭危繫一分憐。歌闌莫挽行雲散，月落難留醉客眠。休爲香魂惆悵甚，世間無物是神仙。

壽左霜鶴

花枝晴照草堂春，有客吹笙調更新。少日朱門傳往事，老來丹壑是高人。久餐王烈山中髓，幾見方平海上塵。笑罄清尊酬白髮，感時莫謾説先秦。

送陳二如姚聲侯赴吳五崖中州衡文幕

新鶯求友到殊方，千里春風送客裝。季節悽其分故舊，元龍豪氣在文章。蘼蕪途緑車塵暗，楊柳亭青酒幔香。月旦汝南知不妄，聲名大半起鄰陽。

喜蟋蟀窩前筍成

愛此新梢迅，平檐有素馨。成竿雙玉碧，分个一窗清。綴露朝垂硯，捎雲夜動星。窩前偕我老，清節各亭亭。

預　題

夢覺何殊鸞鶴昇，多茲面上土層層。岡巒四起成幽壙，日月雙縣代漆燈。怒雨荒雲誰慘澹，黄狐青兕任憑陵。短碑縱豎終難保，幾箇千秋有後稱？

人日送李士雅歸草堂

久别田間舊業荒，凍雲寒雨剩悲涼。新年劍笈歸郊墅，鄰里瓶罍餉酒漿。柳變篷窗依短榻，草香書帶上深堂。放皃蒔藥春來事，閒即高吟發老狂。

過竺怡

竺公禪寂處，附郭即幽岑。煙靄全歸畫，溪喧亂入琴。帷風生竹細，階月印苔深。出定無他事，支藤聽鳥吟。

立冬夜偶成

秋光未辨此宵過，早有微寒透小窩。聽漏青燈霜後冷，打門黄葉月明多。書充畏友甘偕老，香代名媛足養和。濁釀自斟還自遣，鬢邊雪重不成酡。

問竺怡病

尋常聞善病，不謂竟支離。足蹇難迎客，囊空未請醫。舊琴央轉賣，藏畫早分貽。旦暮無徒侍，歸龕更託誰？

同姚履若馬伯逢仲昭遊龐谷

谷口春晴另一天，攀雲拾磴到關前。荷池種麥青圍柳，竹嶼連梅白破煙。髯史風流傳舊隱，龐谷爲宫詹方坦菴先生别業，今成禪刹矣。老僧梵唄祝新年。我來最愛南窗下，分得清閒半日緣。

姚文鰲

字駕侯，一字蟄存，光禄戊生公第四子。少即倜儻不羣，豪於詩酒。年十四，隨父任東陽，會有諸生許都之亂，能以智脱父于難，卒平定之。十六遊鄉校，有聲逢掖中，屢就舉不售。甫三十，即棄去帖括，侍光禄公于頌嘉草堂，承懽養志。西山亦園爲光禄公盛時讀書地，遭亂圮廢，即池上搆茅亭，編籬種竹，吟詠其中。雖昆弟鳴騶相望，有第五何減驃騎之風。世父尚寶公捐館，子文熊纔五歲，公奉遺命教育之，迄成進士。母倪太夫人殁，扃鐍鎖鑰悉以上庶母不問，尤能友庶弟、撫孤姪。夏裕春者，少時受業師也，夫婦俱八十，無嗣，事之甚恭，生養殁殯，咸有倫紀，始終不怠。此其立身砥行之大者。康熙辛亥，邑大饑，公首倡募賑，爲粥于西郊道院，存活綦衆。壬子，復踵行之，尤加詳覈。有前後賑粥紀事，予爲序而傳之，以勸來者。庚申，詔舉山林隱逸，邑父老舉三人暨予而四，公其一也，謀于予，皆以病固辭不就。又明年，再舉，予亦以疾辭，而公已歸道山矣。予有詩云『昔叨四皓原非分，今忝一夔尤厚顔』，蓋爲此也。所著有寶閒齋詩集十五卷，子應甲、士莊、士報、士璽、士運輩，將梓以行世。

板橋舟發

好夢驚風葉，扁舟過板橋。裝輕餘布被，櫓緩信江潮。處處鷄聲急，村村月色遥。故園從此近，息影學鷦鷯。

秋　雁

哀爾年年至，來隨秋草長。聲低過華嶽，影斷自衡陽。夜宿蘆千葉，朝飛字幾行。可憐無漢使，猶帶玉門霜。

送九兄羹湖之蓼

干戈滿目未休兵，負笈勞勞獨遠行。驛路草深官柳細，板橋露白客裝輕。已憐鴻雁三秋别，莫動鱸魚千里情。君到蓼城應念我，屋梁有夢月華明。

懷大人客廣陵

八月攜筇住石頭，書來九月下揚州。居因久客無常迹，貧迫高年事遠遊。雁足每傳燕邸信，蟬聲又報里門秋。應知也酌茱萸酒，獨插茱萸無奈愁。

寄懷若侯三兄三十初度 二首

今日兄三十，登科已七年。磚花傳舊署，諫草繼先賢。朝退回青瑣，樽開列綺筵。可知諸子姪，遥祝白雲邊？

久以文章重，今朝望更殊。夕郎多抗疏，臈月喜縣弧。滿座回鄒律，諸生半魯儒。翻憐兄弟遠，别恨賦茱萸。

游莫愁湖

千頃湖光一望收，舊時臺榭盡荒丘。風生水緑魚吹浪，木落天空人上樓。絃管徒傳歌舞地，衣冠漫説帝王州。蕭條物態今如我，不信當年有莫愁。

弔竇將軍成 將軍蜀人

保障捐生第一功，千家尸祝百年同。將軍自許心猶在，往事徒傷祚已終。無復衣冠從漢臘，空陳蘋藻泣春風。杜鵑啼老難歸蜀，染得山花歲歲紅。

雨中送賀伯醇之武昌

忽漫相逢又遠行，驪歌初唱不勝情。煙花一路當三月，風雨連宵更幾程。亂去草迷江口市，春來魚上武昌城。好從黃鶴樓邊過，半夜橫江有笛聲。

宿沈仲臨齋頭與嚴覧民計甫草話別

茗碗爐煙酒一尊，庭梅影瘦月初昏。好憑銅鉢催詩句，漫剪華燈炤淚痕。白水同旌吾道在，青山遥對此心存。柳絲夾岸垂垂意，似挽輕帆愴別魂。

喈公座上刻燭分得歸字送李屺瞻歸秦左子直遊粤

秋風纔向秣陵歸，又送征帆上下飛。馬度函關知踏雪，梅開庾嶺欲沾衣。班荆一夕嗟何晚，折柳三冬願每違。翹首天邊鴻雁影，莫教書信寄人稀。

偶過亦園

久有誅茅愿，囊空興未闌。擬搜泉石待，賴得歲華寬。臺榭昔何易，茅茨今亦難。吾翁愛丘壑，結搆此承懽。

玉屏山行便酌村莊遇微雨

杖引千峯勝，高空暢遠情。殘林猶帶潤，飛鳥獨驚晴。穫晚農猶力，流迴石有聲。行行山不盡，松下一僧迎。

山中即事

静坐一窗下，起行雙樹間。僧來驚犬吠，花妥識蜂閒。試酌牀頭酒，同看雪後山。兒童安水碓，終日戲潺湲。

答古槐贈杖

藤杖過眉拄，秖園會裏來。伴僧歸白社，扶我破蒼苔。登陟從今好，提攜及此纔。漫誇方竹異，適用即良材。

和張齡若藤杖詩

一見攜筇句，知余調不孤。穿雲尋大藥，帶月踏平蕪。共買山中酒，同縣五岳圖。臥遊還醉隱，出入好相扶。

長松閣賞桂得月 限「月」字

花信雨中慵，月意雲中忽。過雨飽看花，披雲驚得月。徹底注秋光，澄鮮洞毫髮。香靄遍虛空，一天凝紺滑。長嘯臨高臺，隨時具肴核。莫問玉繩低，惟嚴金谷罰。高寄愜深情，揮觥弗知竭。

落　葉

風過霜林鳴故枝，繽紛還勝雨花時。僧歸擁篲疑無路，客見沈吟定有詩。去國隱流千古恨，哀蟬遮莫六宫知。纔回煖律青青發，蔽日連陰自可期。

當壚憶

青山有麗人，行道皆欣羡。姣好出世姿，椎髻何曾衒。少小薄綺羅，無心問鉛茜。苕溪滌器歸，清光摇一片。客從遠方來，眼狂心欲眩。瞥見整犀梳，鷫鵡釵頭顫。冰盤出楊梅，消渴充饑嗻。荷風送酒香，款坐都忘倦。銜山月半規，小立停團扇。倉卒惱輿人，奔投如飛箭。臨安十日留，庭户皆更變。枉憶落梅粧，深掩棃花院。雙水夾垂楊，百道流鶯囀。明沙印玉弓，嫩草藏花鈿。佳人天一方，遊子情難遣。流駛去不回，杖屨隨蓬轉。五載苦縈懷，何如不相見？

龍眠山興

過嶺還爲上嶺遊，嶙峋片片見銀鉤。崖傳瓔珞苔衣古，石號婆娑竹影幽。正喜香廚分脱粟，不妨茗碗泛新篘。興酣共指峯頭墓，慧遠當年此唱酬。

望湖口廬山

柳陰深護柘磯塘，遠近煙巒並渺茫。縣小城門浮水面，塔高湖影射江光。石鐘有記音難覓，瀑布披圖興未忘。何日向長昏嫁畢，一壺千卷任孤航。

九日書懷兼呈何道岑太守

檢點輕裝無長物，依然書劍伴囊琴。黄州偶共黄花節，白下曾旌白水心。夜悄寒蛩浸入户，風高霜葉半辭林。寶山非負題糕會，獨對茱萸不耐簪。

王時若先生坐上晤駱子發郡丞得舍弟望侯捷音

修竹茆堂太史家，故鄉人得聚天涯。正看籬菊初含笑，忽報田荆又放花。學步便知鵬翮健，爲儀方信鳳毛嘉。賓筵話遡章臺澤，世父風流更可誇。

伍家汎

秋老江村復上潮，霜天空曠酒旗摇。緣隄柳臥將依欒，補屋蘿牽欲上橋。率爾迴風難辨鼓，何從乞食學吹簫？荒祠落日行吟倦，多少悲涼隔市朝。

鸚鵡

布幔筠籠惜羽翰，秦中販去越中看。多君一箇能言語，萬里人忘行路難。

不寐

衆籟作秋聲，空江一鳥鳴。漸知天欲白，暗卜雨將晴。夢近家園少，寒侵襆被輕。寸心千萬緒，都逐夜潮生。

懷内

爲卿開篋檢醫方，參术攜來自異鄉。弱質最嫌秋後雨，宵征微點鬢邊霜。慙無邑號誇居易，剩有齏鹽累孟光。三日小姑山下住，東風不與渡彭郎。

祝内 二首

短衣操作十三年，生計如余賴爾賢。善病每添兒女累，甘貧無那世情牽。一門冠蓋難爲婦，滿目升沈敢問天？懶上筍輿赴高會，幾番念及倍堪憐。

我試爲卿進一巵，鹿門風味許誰知？諸雛繞膝皆能拜，阿倩當筵亦解頤。楊柳儘教無可悔，扊扅留得不須炊。自慚閣筆人多賤，潦草何妨學畫眉？

殘雪

振衣憑高樓，青山未全老。常恐朝暾遲，今覺晨曦早。一照遍虛空，薄雪那能保？寒風鼓衆籟，霧斂峯峯好。寧須訪戴船，始上山陰道。

冬緒

身慵冬緒竟如灰，始辨清香在蠟梅。白醉熱因閒坐得，黑甜趣自看書來。誰留屐齒苔侵上？唯託琴心日幾回。不分歲寒觴詠減，敕廚燒芋潑新醅。

晚寒無酒燈下偶得坦菴先生及邵村寧古塔雜詩便讀示病婦遣懷 三首

閤爲寒添手自扃，高縣繡佛一燈青。小兒洗硯催揮翰，嬌女巡香學念經。理悟茗柯還泛泛，瘦憐梅影尚亭亭。平心細讀關山曲，八月繁霜壓塞庭。

學士夫人丞相女，銀魚豸繡拜牀前。誰知垂老投荒日，更乏全家乞米緣。制淚焚枯炊稗熟，相呼下食射麞鮮。支離如爾貧如我，煮菜餔糜好過年。

世五少年多肺病，與余同學復同庚。膩裘常怯臨風立，瘦馬今傳踏雪行。竟爲米鹽親互市，翻誇風土更承平。漢家伏臘唐官制，絶域留詩定得名。

祀竈

一篆清香水一盂，貧家風味只區區。送窮翻笑昌黎拙，乞米誰憐魯郡迂？心自觀空原可問，名從逃後不須沽。荷衣桑屐扶筇穩，珍重幽閒屬酒徒。

江州行

辛丑王正月，初旬有二日。與弟同治裝，王生相儔匹。我遊彼言歸，遠行卜云吉。車馬馳東門，琴書頗有色。鬻渡牛浦潭，蛟臺峯崒嵂。居人張燈火，繁華難具述。既望出長江，石尤苦相嫉。竟夕行五里，雨縣風力疾。牽船宿霧中，計日已十七。濕氣冒長江，彼岸忽以失。二鼓泊宜城，誠恐驚戍卒。去秋上晴川，曾此遭呵叱。纖阿忽當空，塔影江心出。華燈萬朵明，炤徹蛟龍室。行行重行行，飛雪何凜凓。箬窗燭焰低，似與壺觴密。信宿磨盤洲，盎粟晨告畢。柿炭火不紅，擁衾聲唧唧。辛苦望江州，到來轉顛窒。問及太守賢，山僧語極悉。三月德政行，治聲頗洋溢。雁門歌忽哀，百口道其實。我本懷刺來，長吁空抱膝。御李果無緣，握手嗟何及。慘淡返輕舠，圖史任散軼。撿點只空囊，伴侶多蕭瑟。小謝況臨岐，雪涕供詩律。殷勤戒前征，我計子遑恤。共出爲饑驅，中道休惕怵。口甘心實苦，高談仍捫蝨。目送上遊帆，自辰將及戌。幸蒙篙工賢，不復較贏絀。載之還故鄉，行止真沕沕。更感王生意，慰藉殊真摯。非同市井兒，聲利徒相慝。曳裾我無門，點金子何術？密霰壯晚寒，滄江聞觱篥。

歸舟酬張齡若

峯縣五老霧初收，依舊擔簦上小舟。惜別漫勞歌白雪，解憂何處覓青州？堤荒春到煙籠柳，人去江空月浸樓。浪寄一筇須擇地，等閒莫作豫章遊。

苦雨歎

匡山積雪白如銀，湖口北風吹殺人。夜來隱隱豐隆怒，奔濤猛雨集兹晨。箬篷濕透不得住，相顧錯愕旋生嗔。上水帆檣飛鳥疾，我胡爲乎困江濱？人生得意與失意，强半碌碌在風塵。

函雲行憶吳大炎牧山中

我作函雲行，竟在春江上。吳子策衛歸敝廬，姚生倚櫂長欷歔。多少賢豪貽縞紵，當年膠漆半成虛。榕桐訂交之七子，出處迂拙自如如。莆田林君齒較長，十年潦倒困公車。小草期年速官謗，薏苡蒙冤賦遂初。彥昭夙擁皋比座，研田榛棘食無魚。技高不售信有數，饑驅乞米空躊躇。凌風奮翮羹湖子，畫師黄癡詩註李。一官相待又三年，拮据奔馳繁食指。

持鉢孫郎胡不歸，猪肝累人向誰是？柏酒椒花泛客筵，閨中盼斷錢塘水。吾家第五上長安，四次含悽離桑梓。今買胭脂費揣摩，可能價重黄金市？回憶流寓白下時，炎牧揮霍有餘資。綺羅滿船時載酒，唾壺擊碎夜論詩。公卿就見不得見，建安風骨紫芝眉。澤火還鄉土，函雲回春姿。山花水鳥紛相向，高梧翠竹接茅茨。紫芋黄鷄紅稻飯，茗碗一鎗更一旗。虬松飛蘿遠含青，老梅浮動影迷離。屠蘇直踞千峯頂，曳杖參禪摘露葵。打魚觀穫發浩歌，一斗百篇何足多。風不出兮雨不出，涼月滿庭閒雀羅。浮渡看羅立，柳峯列嵯峨。鄰翁村酒熟，呼取好重過。山靈天性纔莫逆，青篳疏簾看對奕。正羡天際有真人，焉知欃槍生肘腋？舉家倉皇夜入城，圖書十乘遭狼藉。僦居城南數載餘，三獻無功空落魄。賣珠補屋頗平常，吳子吳子休蕭索。富貴功名會有期，人生百歲皆如客。君不見，先後踉蹌塞上行，架來板屋爲安宅。較獵焚枯坐一團，木瓢萁稗何暇擇？又不見，姚生懷刺上江州，開尊別君霜月白。辛盤初煖便長征，祇緣啼號坐相迫。樅陽衣帶即潯陽，經旬風雪少人迹。牽船直抵鎖江樓，空揮老淚隨潮汐。金盡裘敝返家園，霧逐星馳竟何益？目送香爐五老最高峯，遥想此時有人高臥函雲小閣中。山風送到松濤壯，啓户方驚海日紅。美釀千日酒，閒開一畝宫，待我扶笻著屐踏春風。踏春風，興不窮，痛澆磊塊弗用醒，科頭箕踞傲王公。古來飲者與隱者，景其高曠何其雄。邀君早結煙霞伴，安能坐費白日成老翁？

網人獻鰣魚

筍笠芒鞋特獻鮮，柳絲輕綰自江邊。忙呼饔子先沽酒，盡倒奚囊不論錢。風俗尚能沿古道，色香殊覺近天然。爲余暫輟馮生鋏，果腹緣推地主賢。巢俗，漁人得鮮，自令君以及大家皆分獻。

涉亭

竹邀鄰院筍，柳折故人莊。个个干霄上，絲絲拂地長。染衣寧望汁，過酒暗生涼。萬緑中間坐，依微見夕陽。

足疾酬二姪注若餽鴨並敘出山後近狀

經旬抱膝門羅雀，遥接題封喜不禁。細讀正多分痛語，承筐深沃載饑心。雙雙拂首親除縛，歷歷尋聲漸入林。花架影重花鴨睡，長教生意豁煩襟。

哭錢塘孫二健六

嘉禾雪趁夜行船，七載回思尚目前。身爲家寒諳客苦，書教兒讀罄囊錢。誰知執手臨岐語，便是平生永訣年。一領青衫天豈忌？忌君歌嘯聖湖邊。

西山人惠梨

筠籠提自范蘿尖，雨汁霜痕色味兼。飽食豈愁三伏熱？望秋便覺十分甜。賜非李泌誰争啖，種是哀家不履謙。更訂花黄梨葉赤，山翁遲我在茅檐。

九日涉亭閒坐適庭若姪攜具招山如齡若偕至

芳辰抱病强支持，小憩閒亭落照時。南阮心情憐我獨，北門肴核過山遲。竹連翠幄人穿徑，花洗紅粧影到池。藆菊未開還勸酒，踏歌歸趁月如眉。

同令及夢敦子藝功及翼侯望侯亦園看花

門倚城隈花接亭，遠峯修竹送青青。魚依緑漪微吹浪，鳥竊朱櫻半避鈴。帖石只求安小築，留雲故不設疏櫺。幾時愛聽鶯聲好，一杖重攜酒一瓶。

吳藹雪先生以詩見贈詢及若侯近況依韻奉答

策蹇衝泥出，饑驅别弟兄。天涯同杖笠，風雪此柴荆。律老歌難和，窗明晚更晴。膽瓶梅影瘦，相耐歲寒情。

晝溪閒步登望湖亭故址望太湖洞庭山弁山積雪藹雪先生亦在山下東嶽宫趙文敏石刻彼此不值歸見詩次韻 二首

松濤穿竹過，和暢似春天。艇小依閒岸，桑低壓沃田。遠峯雪未化，亂石路新填。梵宇連丹竈，參差落照前。

論年方賜杖，高曠戀山居。宦海昌黎似，家風季札餘。此中具丘壑，隨地狎樵漁。大隱真堪羨，關心豈敝廬？

水瑞鵬素不相識並不知爲溆人也偶以迎春憩其藥市詢及先君相對悽惋倉卒治具賦志感謝

小閣香風散綺羅，感君治酒便高歌。屆期霽色年年少，屈指春光日日多。莳藥相看延國老，傾筐猶自問田禾。敢誇臣父心如水，論定方知不可磨。

白溪山莊訪朱日如

煙艇摇摇略彴斜，柳深竹瘦兩三家。晚晴驚上蛾眉月，地錦平鋪鴨脚花。當檻四圍收野趣，呼尊一醉在天涯。小奚撥火鐺初沸，青碗傳香廟後茶。鴨脚花色紫赤，一望無際，唯白溪水田極盛。

别大雄寺

年年浪迹慣擔簦，行脚居然趣勝僧。蓴食每分香積粥，夜光常借佛龕燈。鐘聲杵碎三更月，屐齒忙隨八尺藤。縱信半生工乞米，前途何處託良朋？

菊香墓

菊香，莫詳其爲誰氏女子也。斷碣一片，上鐫『本司婢菊香之墓』。相傳事在甲申、乙酉之間。余思一婢耳，得瘞之放鶴亭右，且馬鬣豐隆，斯婢自不凡矣，但必正之曰婢，此情更苦爾。酹酒披榛，狂叫羅拜，安可無詩以誌一日之痴耶！

廿年衰草白茫茫，誰解孤山弔菊香？天説憐才余不信，人逢知己死難忘。蘚苔剥落峯前字，環珮飄零月下粧。何必定尋蘇小墓，狂歌痛哭在錢塘？

大雲山喜晤林逸

信斷雲鴻又十秋，苾芻驚換老堂頭。茅庵別創詩懷曠，柏子兼參畫理幽。茶熟仍邀峯頂月，人來重上竹邊樓。相期一衲蒲鞋健，好共他年五岳游。

盆亭峽

壁立山將合，溪深夏亦寒。青歸毛竹秀，紅褪刺桐殘。鑿石因修棧，交柯自倚闌。誰云輸蜀道？人語在林端。

羅　灘

昭諫祠堂絶四鄰，灘高如馬石粼粼。采芝慢問長生訣，小草偷全亂世身。豈定濁流方濯足，何妨勝地一投綸？詩名便可齊嚴瀨，免得沾沾說故人。

和姪堯元

南海居然雁影稀，輕裝忘卻隔年衣。來依池草應同夢，去傍樵川尚未歸。岐路孤笻衝嶺過，宵征殘月出林微。長卿客倦逢迎拙，信宿前途意總非。將之邵武。

別陳二如吳炎牧孫喈公蔣潛伯江少文

傷心不待唱驪歌，碧酒纔拈面已酡。風雨廿年空荏苒，雲山千里共蹉跎。馮讙鋏在彈誰聽？阮籍途窮哭總多。焚硯久甘成異物，中原人豈盡巖阿？

懷内初度

躑躅風塵竟一年，眉觴曾記傍驪筵。題封斗酒知如故，靜對銀缸意惘然。稚子誰諳征客苦？旅廚方識細君賢。漫從玉女峯頭望，千里雲山隔暮煙。

輓劉震生 二首

潭陽逢驛吏，話爾竟乘雲。好夢偏難久，真交反易分。失聲天莫問，充耳世無聞。到底疑虛妄，封詩必寄君。

人存多類死，君死竟如生。槖儉因分客，琴亡尚有聲。口碑千里遠，尸祝百年榮。夢筆棠垂蔭，馨香畏壘成。

武夷山

捨舟趨謁武夷君，數里榛梗舊拂雲。亭榭半湮前代迹，溪巒來與昔人分。手招玉女峯如黛，心睇虹橋樂可聞。坐到晚煙浮動處，天然一幅李將軍。

盧中丞以武夷山志及茶脯相贈 曾丞黃陂

小草歸來一葉輕，青鞵黄帽古先生。果然七碗曾留訣，聞道三湘舊有聲。下箸尚勞炊饌美，披圖深愜臥遊情。煙雲自覺盈懷袖，觴政詩瓢壯此行。

白　燕 爲芸圃詠

託足依依愜素心，雖非白屋亦山林。剪殘柳絮全無影，飛入梨花何處尋。來去敢驚河漢色，羽毛寧受雪霜侵。烏衣巷裏誰相識？皎皎離羣不自今。

送姪注若佩若應試北雍省覲梧掖並懷三兄六弟

梢鞭雙指杏花天，望闕趨庭去似仙。惜別轉期多歲月，好音直想到明年。知君鯉對拈春酒，話我牛衣穩晝眠。驤首乘時俱努力，偷閒人仗一門賢。

蓄　犬

蓄犬無深意，郊居豈蓋藏？司花邏曲徑，護筍臥頹牆。所望只如此，難馴反異常。從兹聲似豹，疑是輞川岡。

喜彦昭秋捷

豪氣真堪傲雪霜，心心不離少年場。半生沈鬱今方吐，到手功名晚不妨。三上北書途萬里，九秋南度淚千行。老親喜極翻難信，顛倒持燈出畫堂。

舟中新月因憶内初度

推篷納新月，紙閣應同明。旅酒分鄉思，閨心滿客程。觴稱兒女意，別重歲寒情。莫向樓頭望，長空有雁聲。

昌邑舟雪

顛倒行藏不自由，風團雪片攪離愁。思歸爲失扶筇計，泣路誰憐乞米謀？好夢難隨青雀舫，輕裝尚少黑貂裘。何須攬鏡驚鬢髮？贏得江山盡白頭。

蒲亭署中元旦大雪試筆示五弟

凝空瑞葉凍玻璃，喜傍姜衾聽曙鷄。嵩祝將傳寮幕集，山城初起吏人齊。年豐户可完征稅，官儉天當定品題。籬竹茅檐風味好，誰云不是鳳鸞棲？

寓竹問居在湄枉顧熊子繹生乘角因留小飲

高軒秉燭出城限，多少風流動草萊。半榻總緣分蔭穩，一尊留共對花開。深談雅謔歸民隱，問俗修堤見吏才。沙路水田蛙正急，借將鼓吹送君回。

哭吳大炎牧

論交二十年，締姻復三載。兒女七八歲，昏嫁正有待。客冬餞征帆，心動君顏改。春署展郵筒，報到君安在？當筵輟羹飯，雨淚對茂宰。落落各有失，自午直至亥。素心能幾人？有志皆莫逮。窮遊並宦途，飄蓬滯湖海。諸雛泣呱呱，雙佛髮皚皚。修文偏重君，名場終匿采。禍福尚能移，死生無可賄。每欲摛哀誄，歌薤氣先餒。四月日十三，南山對崔嵬。詠陶挽歌辭，野哭弗敢怠。空觴湛瀼酒，酹君請勿悔。君心我之心，可轉爲我罪。如君自有知，斯言或可採。千秋性命交，何嘗皆鼎鼐？

舟興

溼柴煙注眼，自笑淚如絲。豈爲思鄉落，非同泣路悲。淫霖冬漲急，小艇客炊遲。勉矣加餐飯，空囊竟得歸。

櫂歌

立春方見日花新，雙槳中流趁此辰。沙岸兒童喧爆竹，全然不管未歸人。

涉亭納涼

出郭新蟬晚更清，風回竹浪暑全平。許多雨意歸何處，一望秋成正繫情。甕藕不花香在葉，池魚孤躍水無聲。煙微唱散樵人路，貪坐溪橋儘月明。

秋日方還山李東皋兩先生及鄧田公枉顧亦園不值以詩見投依韻答謝

即此茅堂感廢興，先生切切向時園。雖然隙地全爲圃，依舊臨橋便有門。數卷丹黃沿世澤，叢篁青翠透前村。吾翁素性躭風雅，静裏風光覺尚存。

望讀畫樓

讀畫樓空畫未收，少文一幅在林丘。風亭翠幌先生志，霜葉黄花百代秋。可是煙霞成痼疾，翻令登眺動閒愁。要知五岳原難遍，剩水殘山足臥游。

陳大匡招同方還山先生及許伊蒿張如三潘木厓山樓聽雨限韻

樓小收山足，春城雨過初。鑪聲通屋溜，花片上牀書。但得煙雲侶，何須木石居？飛觥忘漏永，酒癖未能除。

虎溪橋

不識東林近，輿人説虎溪。小橋青嶂合，殘碣緑蘿低。三笑雖難繼，孤懷孰與齊？松陰團塔影，自在囀黄鸝。

憶方壻葆羽用扇頭元韻

洞庭煙景類鄱湖，好把君山當大孤。知子親經彭蠡勝，老夫借譜少文圖。秋風陣陣催鴻雁，堤草青青少鷓鴣。詩畫未常離掌握，長途心目正堪娱。

潭州妓

今日青樓娼，當年良家子。嬌羞掌上珠，流落溝頭水。殺戮斷所親，滄桑甘轉徙。貴賤雖久殊，無非惜一死。忽逢沙叱利，懽場刼風起。温柔自有鄉，那博豺狼喜？清要遭蹂躙，魚肉況聲技。愛惡本無情，人命同敝屣。加膝贈珠璫，轉盼褫羅綺。鞭撻枕席閒，啼笑崩肝肺。綽綽芙蓉華，忽忽秋草委。買絲難繡真，招魂誰剪紙？唐制尚風流，營妓復官妓。流毒數千年，階禍良有以。

四月朔生生社獨坐竟日

孤筇尋徑入，亂水在柴門。盡日風聲怪，連山雨勢屯。鶯貪深樹坐，鵝聽晚鐘喧。一静鎔羣累，誰知是佛恩？

九月朔日同王千里僧崇最及十八郎游焦山

亂餘名勝盡童山，古樹深深獨此閒。不似小姑全露骨，非同玉女只垂鬟。縣崖曲磴陰偏合，蕭寺荒祠影自閒。三卻蒲輪高臥穩，客星帝座了無關。漢焦孝然隱此。

吳時乘移尊蔡爾赤郊園招同就菊爾赤日暮方歸 皆名醫也

江流脉脉到谿塘，深樹横橋路渺茫。不瓦不茅藤蓋屋，非仙非隱橘爲莊。籬花盡占三秋勝，壺榼同消一日忙。正説君謨能好客，果然飛爵挽頹陽。

題賣閒集

我實閒來閒不真，賣閒報帖更鮮新。世間那得閒堪買？又把閒來賣與人。

憶大女

風雨客窗悄，驚心到汝邊。寒深縣帨日，窮逼欲殘年。家食應相憶，游踪孰可憐。點金真有術，出處庶懽然。

和張鶴民擬除夕詩

有客經年竟不歸，雪花飄蕩尚秋衣。送窮到我文偏拙，乞米於今帖每違。歲酒幸能謀竹葉，空囊何用掩荆扉？　此行只爲探梅便，鄧尉靈巖萼已肥。

題袁重其負母看花圖

至理無奇行，至情多樂事。　千秋老萊子，始重斑衣戲。　袁君天下才，知交盡國瑞。　竭力在承懽，豈乏巾車費？　孝思最無窮，上乘唯養志。　側聞鍾鼎家，衰顔滋冷淚。　羶薌及綺紈，只爲飾瞻視。　檐前花欲然，偶合慈親意。　扶持再倩人，懽腸變愁思。　老至轉童心，懽愁少定義。　急荷到花前，色喜方無僞。　連日健精神，暮年獲鴻賜。　萱草永忘憂，松柏添蒼翠。　虞山與梅村，徵詩仍作記。　兩公孰等倫，推尊良有自。　高明忽小節，純孝由細始。　萬古畫圖傳，板輿寧二致？

贈鮑昭娘

小閣深談倍可憐，病容愁態洛川仙。　細腰偏妬三春柳，趺坐輕鉤兩瓣蓮。　飄忽世情雖瞰破，纏緜心事定重圓。　琵琶欲訴卿須早，花趁纔開未雨天。

喜晤方與三

豈是尋常別？驚心二十年。書傳入洛後，邯鄲以書付兒甲。淚滴出關前。薄雪生雙鬢，空囊澀一錢。饑驅何日了，强飯説安眠。

重過一拂軒晤閒公

齊肩松子竟成圍，廿五年來事事非。相對鬢眉都改换，重逢笑語自忘機。君今鷲嶺推高衲，我尚龍眠老布衣。檢點奚囊詩總富，朗吟燒燭雪花飛。

不寐

布衾冷透費支撑，展轉聞鷄近五更。凍樹驚風尤錯落，雪窗和月太分明。乾坤有限頻流覽，真幻無端自送迎。盼到林禽將噪曉，曲肱深憩望新晴。

聞二姪汪若授睢寧學博

阿咸司鐸大淮邊，浮磬齋鳴勝管弦。仙掌峯巒添入畫，仙掌，山名。比肩兄弟漸朝天。佩若將補中翰。連茹同擊中流楫，小草權離春水船。注若軒名。令我長洲風雪裏，喜聞顛倒酒壚前。

竹筆斗

託根在阿澗，滋培飽霜露。寧同羣篠柔，挺直仍堅固。一朝遇良工，截製入文具。置之几研間，管城欣可附。雕琢從古樸，繁華者不慕。移置鼎彝旁，鑑古人莫顧。于世雖無緣，與我頗無忤。素質肯乞憐，幽懷亦有寓。徒輸日月忙，苦被文章誤。松筠心逾貞，煙霞疾已痼。得此即珍藏，物我好遭遇。

由濳墅風雪舟行抵承天寺

曲港波濤惡，風狂雨雪繁。老知精力貴，窮識貨財尊。一葦甘衝冷，千家盡掩門。入城欣彼岸，鐘磬又黃昏。

同鶴民法峻兒莊北寺閒步 仍用壬辰原韻

蒲鞋乘乍霽，緩緩踏春沙。觸目衝霄樹，驚心倦眼花。像垂工力巧，塔聽鐸聲譁。錦繡紛縣綴，燈棚百萬家。

周長康遠貽糟炙食味并示和章正依韻裁謝奚童偶捧春蘭來几上因并及以誌一時之幸

依僧藥竈佛爲家，止酒焚枯謝物華。忽報珍羞來水郭，更緘錦字燦雲霞。功同七發增清健，笑倚孤燈遠怨嗟。歸市小童權噪急，春蘭香擁一盆花。

三姪勃紹授宛陵學博時館蕭山署中二兄遣力往迎余擬束裝候别得十六韻

記離鶴署月，好泊虎丘船。話我游筇久，看君振鐸先。兹行雖小就，佇望必高騫。菽水沾微禄，椿庭樂暮年。門期容駟馬，堂即兆三鱣。桃李新陰密，桑麻古道延。詩篇宗謝朓，梵度倣曇遷。城郭諸溪繞，琴書一葦牽。茶香時到鼻，梨熟大於拳。風景正如此，江天各惘然。感咸多篤摯，次子愧陶甄。失學隨萍梗，探奇負草玄。成均徒有志，竭力尚無緣。何術將雛翥，安貧抱犢眠。敬亭看不厭，拄笏詠相傳。莫爲盈盈水，雙魚惜錦箋。

偶晴同鶴民卓公及十八郎虎丘半塘閒眺

今年惟見此朝晴，急喚輕舠早出城。花事虎丘將有信，倩粧鶴澗漸相迎。酒香便問蓑衣餅，筍嫩旋燒骨董羹。更上半塘高閣望，煙容水態正多情。骨董羹，即今之和菜也。

訪舊不遇

半塘浜底住方航，特訪吳家老四娘。聞說久移城裏去，桃花塢後虎溪倉。吳人呼小河曰浜。浜，音「邦」。

陳石民以畫蘭持贈爰聽鼓琴賦此謝之

畫蘭不畫土，所南志可尚。愛琴復無絃，清逸唯元亮。孟公抱鴻才，丰神正少壯。樂志在山林，用晦裕潛養。潑墨貌幽姿，變幻靡名狀。抒兹冷豔心，花葉皆飄颺。縣對散芬芳，序序春光放。攜手憩閒房，焦尾遥相望。静息各悄然，自覺精神王。吟猱入杳冥，撥刺生風浪。落雁滿汀洲，飛鳴暢情況。置君陶鄭間，擬人竟不妄。響傳空谷中，天香來指上。

清明連上巳 柳巷，吳王遺迹。

偏逢佳節共，風雨釀深寒。柳巷應難問，蘭亭不及觀。將之蕭山。鄉城虚勝會，士女失清懽。豈止囊空客，蹣跚倚藥闌？

寄送五弟入都

樓船簫鼓帝京遊，大婦温恭小婦柔。珠樹三株齊結實，香奩千帙好賡酬。陪兄聽曳尚書履，率姪同鳴禁苑騶。倘得荷衣趨鳳闕，試將詩酒動公侯。

周長康相約二丘堂話别待許月賓不至

雨中一櫓事偏幽，煙曉迷離塔影浮。七里塘成楊柳國，千人石繞菜花洲。頻傾白墮驪歌劇，肯爲紅裙鷁首留。待我山陰乘興返，荷風芒屩覓粧樓。

再過菊香墓仍用香字

湖光月影互蒼茫，三顧頻拈一瓣香。自古多情同此恨，有人閒韻到難忘。春歸杜宇偕誰泣？秋老芙蓉獨試粧。幾樹喬松還伐盡，小青遷葬返餘杭。

吳郡學博張如三留飲賦謝

南園蔬篠共青青，萬朵芙蓉簇一亭。官況果如秋意淡，鄉思暫倚酒杯停。鐸喧鄰塔因風急，鐺沸茶濤雜雨聽。喜極敢辭今夜醉，篷窗侵曉不教醒。

贈雲間陳遜庵

小草誰如遠志高，烽煙笑擲舊閒曹。蘭亭筆老偏增健，藥嶼苗肥肯憚勞。授杖不因登眺具，傾筐愈見食貧豪。欣逢八十樽前醉，鬚髮何曾有二毛？

送彥昭六兄任長洲學博 二首

明經八載書方薦，合計征車萬里多。早識急公纔秉鐸，悔教才子又登科。從今几席繁桃李，自此簪纓換薜蘿。八十慈親添笑語，貽來陸橘舞婆娑。

漫恨天南雁影稀，人生萍聚有分飛。依稀筆硯同清嘯，多少舟車歷翠微。正祝杏煙縈禁苑，且看柳汁染春衣。虎丘君到矜新緑，蘭槳蒲帆繫竹扉。

補和二兄六十自壽詩 六首

蕭山開錦字，諷詠倏經年。丹合千秋藥，詩傾萬斛泉。老徵孺慕切，真覺友于全。出處同經濟，人原以事傳。

名園看授杖，和氣總如春。古樹都成畫，叢篁漸有筠。林邀鶴作伴，莊許蝶來頻。腰笛樽前舞，休歌點絳唇。

雁行真鼎盛，聚散豈由人？漫説文焉用，方知仕爲貧。俸分天眷沃，德飲土風醇。媿我疲竿牘，勞勞失所親。

阿咸皆卓立，鳳不止於三。司訓興江左，承家賴指南。憐甥因得壻，愛女竟如男。中外孫成隊，欣看快盍簪。

明經仍野服，内典倍情親。率性唯疏爽，沖懷任屈伸。晨昏堅拜禮，福慧仗能仁。心入春浮境，花開即是春。

荒疏難屬和，珠玉況無窮。泥飲兄偏壯，霜髯弟亦翁。一門清貴後，勝事暮年中。九節菖蒲酒，稱觴歲歲同。

補和張齡若蟋蟀窩吟 二首

高棲遍擇碧梧枝，晚歲經營託在斯。自染煙嵐來補竹，閒穿野服學茹芝。隨鴻椎結常如客，問鯉趨承不但詩。匡郭一區含蓄備，清懽誰許外人知？

別藏天地暖雲烝，倦起披帷豁寢興。清夢醒驚莊化蝶，閒階看塑雪爲僧。爐聲似送千峯雨，霤影頻搖十尺冰。況説酒徒都刻燭，隔冬先據最高層。

雨中張齡若過寶閒齋小飲和韻

花時筍候與君同，獨坐心澄風雨中。本擬息機人迹斷，不期衝滏屐痕通。窗連竹嶼生虛白，瓶插櫻桃綴小紅。對酌和歌都有致，世間誰覓信天翁？

月

林壑矜新沐，溪光闊更明。流螢藏即炯，村酒淡多情。帆影銜杯落，鐘聲度水清。晚涼孤閣爽，照透袷衣輕。

哭五弟小山

陵陽驚拆京師字，老淚縱横筆墨枯。悼弟服官終在客，命予分子引爲雛。憑樓一慟溪聲斷，剪紙千呼天意無。後勁門庭何所託，幾堪霜鬢任江湖？

湖中

手摘野菱鮮，輕風送網船。湖平光可鑑，山遠黛如煙。塔向深林直，鐘從古廟傳。夕陽牛背子，浴罷即高眠。

殘梅

風送芳魂散入煙，回翔無計傍花鈿。長條攀折原難禁，嫩蕊依稀更可憐。蜂趁餘香還繞樹，鶴隨孤影只高眠。柳絲深謝垂青眼，解得淒涼即是仙。

送陳問齋入中州學使幕

年近縣車尚遠征，一生閒卻小功名。人倫水鏡雖分鑑，天下文衡自得平。亭遇德星知念本，里延月旦莫教輕。沿途桃李花争笑，引領春風正此行。

送海昌胡石其由三姪宛陵學齋還十九弟蕭山官署

匆匆惜别兩經年，意外傷心滿目前。白馬生芻千里客，素交古道一門緣。慙余未蓄中山酒，任爾忙尋下水船。多少家常勞細語，敬亭月送到蕭然。山名。

送方甥受斯廷試北上兼憶紹文卣臣

抱書三十上京華，功名不遲亦不早。人言早達不相宜，如爾少孤早更好。三齡失怙母煢煢，姊妹呱呱皆襁褓。丸熊畫荻十餘年，昏嫁未完萎萱草。其間消蕩豈尋常，鬻産完官人易老。隨緣男女各成家，采芹略覺抒胸抱。麟標特建走秋風，金陵幾度仍潦倒。今幸新綸涣四方，山林誰敢終懷寶？追風展足奮天衢，揮毫落紙摛文藻。青青柳色染征袍，看花已傍長安道。泉下雙親應有知，合向諸天勤致禱。牽懷縷縷渭陽情，一路眠飡須自保。江張與爾共三甥，帝里詩文當細討。

喜十一姪買婢

名花買到秣陵船，一夜春回斗室天。豈類子京圖内寵？總緣奉倩太堪憐。老年失侶司鹽米，壯者持籌廢簡編。不但衾裯須有託，看成兒女要他賢。

示十三郎新居十二韻

卜居今始定，豈只免塵喧？可以處吾子，寧云自有門。比鄰多阿從，過給弄諸孫。竹翠分千个，桃紅冒一園。圖書移世澤，尊酒適春温。渠静常依藻，階深好樹萱。興宜輕小草，志矢試盤根。出處心同泰，安危道共尊。祈年惟帝力，聚首即天恩。風氣都從儉，經營莫太繁。尚當期遠翥，何必盡高軒？甕牖吚唔者，陶然饔復飡。

偶過也足軒大姪十二姪留看牡丹同戴孔曼許亦羣吳陶華共得上字

朝餐信步行，豈作看花想。煮茗暫淹留，徐説花堪賞。委曲造花前，倉卒張帷幌。片語敕中廚，肴核充盆盎。牆頭酒可賒，次第罏聲響。草木竟有知，香色因人爽。面面自相親，暢哉隨俯仰。山㓂山谷荅志名山㓂〔一〕。小龍山名。貽，佳蔬誰可上？齒頰頓清芬，高談同鼓掌。意外好閒緣，終朝真受享。日影漸沈西，醉態都飄蕩。又走小奚來，�軒集少長。候我酹花王，那能慳一往？余懷本洞然，任天得所養。

十四姪邀同錢周臣臥南及簡伯弟十三十八郎適軒看花拈得惜字

牡丹纔紅繡毬白，阿咸折簡遲賓客。雖我連宵酒意慵，芳辰彥集軒堪適。曳杖同登屋裏山，几研之間臨廣陌。香煙一縷冒平林，竹樹遥連天水碧。輕風微雨過高城，設幔增幢爲花惜。惜花好客索添杯，大斗小巵休促迫。雄論縱横無古今，座上人原皆莫逆。樓頭漏鼓任相催，檐前雨勢已非昔。緩步當車半醉歸，來朝整頓扶桑屐。

雨後廿一姪邀賞天尺樓牡丹

秧水真宜雨，花容卻怕風。急來浮大白，幸未褪殘紅。李昊酥堪炙，韓弘第不空。及兹餞春色，相受月朦朧。

和齡若雙墩躬耕詩

深耕白壤儘堪屯，不必西枝自一村。七里可齊嚴子瀨，雙巒竟比謝公墩。任他世事滄桑幻，到底高人姓字存。清酒黃鷄秋色老，田家定出舊時盆。

雨

好雨何遲暮，能滋菜麥田。我炊終不繼，民命或堪延。窗樹纔回碧，盆花竟轉鮮。香生爐火活，白醉亦陶然。

集飲從孫崇修内閣和五姪韻

窗開爾我對樓居，椿蔭槐陰影不疏。眉案筆邀山黛近，膽瓶花受月光虚。尊前蟹擘秋將老，掌上珠來慶有餘。珍重少年時日好，傳家三代一牀書。

初度

知卻非來又一年，自持中饋敕賓筵。頻賒留得經冬酒，不穫空存負郭田。虚室尚摇雙蠟影，孤衾況減八蠶緜。兒孫棗栗紛相攫，須念清空亦荷天。

留吳壻西葭小飲

中秋爾竟入城來，倉卒今朝共舉杯。玉潤久推無價寶，渭陽深望出羣才。桂攀郊甸矜新沐，酒過牆頭喜舊醅。嬌女獨留千里外，有人心惻在泉臺。

同張齡若過護念菴故址有感

三十年前此處春，比丘尼老佛身新。磬聲出郭雲歸岫，篆影浮空月滿輪。固爾廢興同浩劫，未經兵火有流民。當時既捨袈裟地，不念先賢念昔因。

春水船酌月夜分送佩若歸雁軒 用佩若韻

向夕停秋屐，蔬盤已肆筵。池成勞汲引，月蝕望團圓。銀箭憑他急，金罍任我縣。坐深光漸復，不亞昨宵天。

送別巢菴

雉城僧是虎丘人，蓮立泥中久出塵。星散向曾依白社，雲遊何意遇黄巾。千針補衲因憐舊，一棒當鋒要認真。投子傳燈惟老宴，晚年來現趙州身。

遣兒墾展元配張安人墓 爲安人五十壽

莫歎卿無子，今來第五郎。年衰仍失偶，乳臭亦離娘。拜跪麤知禮，啼號各自傷。但存家教在，水木豈尋常？

初寒同兒女夕酌

擁爐燒菜各懽然，兒女雖分尚滿筵。深下布簾香不走，飽經霜汁味能全。調羹豈必期梅鼎，沽酒何妨損杖錢？四野哀鴻嚦冰雪，汝曹深種讀書緣。

憶十八郎讀書松影菴

決志鍼關野寺深〔二〕，青春堪慰白頭心。燈依佛火光䰟炯，耳絶塵緣夢不侵。風送梅英花到筆，濤來松頂韻歸琴。啖齏畫粥誠難事，鐘鼎源流在此尋。

送十八郎移家入山

抗志幽棲便不貧，古今肥遁豈常人？隆中莫認唯高臥，渭水須知即要津。數卷圖書珍世澤，一行兒女得天真。山房舊額縣花萼，春豔秋香次第新。璽卿、光禄兩公讀書方山，顔其精舍曰「花萼山房」，今以小字相符，書以錫之。

夢閣試賑粥詩 牌縣「衡」、「苹」爲韻。

饑溺痌瘝一念生，布衣任亦擬鈞衡。民間久已無鷄黍，野外何曾剩鹿苹？三鼓作糜多雨夜，千人流歠湧潮聲。場登二麥秧分水，遍野農歌答曉鶯。

粥廠輓深雲菴慧朗上人 三首

毗陵名氏子，飛錫住深雲。問臈三旬近，焚書五戒勤。風神猶本色，趨向已超羣。特憫災黎苦，饑劬所樂聞。

回溯相逢際，春寒二月初。三更和雨起，每夜三鼓煮粥，又值連雨。終日傍煙居。抱病衣單薄，歸山藥餌疏。乘雲華藏界，不動自如如。

王屋師登座，公請三浄大師設施焰口，恆月諸師坐方持咒。靈泉鼓更撾。芥庵大師主持功德。因緣都不淺，法會正無遮。滴滴楊枝露，層層優鉢花。古今同一照，得手即生涯。

附　姚氏鳳翽

字季羽。光禄戊生公之少女，蟄存兄弟之妹，而方子復齋之元配也。方、姚爲里中鼎族，世儷朱陳，而光禄公與乃祖宫詹公少同硯席，不異同懷，光禄晚生最小偏憐之女，念輩行中無幼子可爲婚者，適宫詹公患難中投荒萬里，復齋還謁光禄于其第，愛其近句，遽屬意焉，母郭太夫人因力贊婚議。夫人幼從其伯母方太夫人受業，即世所稱爲清芬閣者。教之以內則、女訓琚瑀珩璜之節，以暨經史、詩賦、書畫之學，然深自韜晦，不欲以女子炫才華，間有吟詠，亦寫其至性，弗矜藻績。初入門，即迎君姑劉太夫人于毗陵返里就養，躬滫瀡腆洗以娱晨昏，歲時伏臘，必迎郭太夫人與俱，其純孝天性然也。復齋飢驅四方，恃夫人十指剪綵爲花，鬻以贍養，無内顧之憂，姑婦相依者二十四年。性善病，左圖右史以代藥裹。服御鮮綦組之華，簪珥屏珠璣之飾，與儔伍處，不苟言笑，人頗以簡傲疑之，自若也。所爲詩甚富，然雅不蓄稿，存者什之一二，清真婉秀，別出機杼，即寘之唐才媛如鮑君徽、張夫人諸集中，何多讓焉。先太安人松聲閣集中曾爲詩贈之，有云『自是香閨多學士，青山閒殺老尚書』，亦可見其傾倒者素矣。早生二子皆殤，晚生子世庚、世康。卒年四十九。復齋不忍其内行之泯没也，爲梓其梧閣賡噫集而屬余序之以行。余更爲摭其崖略，附諸難兄之後，以效表章于萬一云。

七夕

瓜果庭前設，焚香乞巧絲。晚風鳴亂木，新月帶疏籬。天上已懽聚，人間尚別離。初秋無雁度，何處寄相思？

月夜過訪八嫂江夫人

對景憶知音，攜詩一過尋。敲門驚宿鳥，立月愛花陰。烹茗賞新句，焚香彈素琴。論心未覺倦，玉露已霑林。

謝四姊贈梅花

一枝分繡閣，斗室忽生春。色帶清霜瘦，香含微雨新。歲寒情共久，意好物堪珍。護惜妝臺伴，時時對玉人。

不寐

不寐漏偏永，敲詩降寸心。苦寒知露重，多病爲情深。落木驚風墜，殘星帶月沈。鄰鷄聲喔喔，好夢亦難尋。

屢寄書未達玉璿姪歸自蕭署悉客中近況有懷二首

數傳吴越信，莫訝報書無。兩附阿咸笈，俱成返浦珠。善愁潘鬢改，多病沈腰癯。徒有懷家夢，空囊滯遠途。

平安憑姪報，拭淚啓題封。半載敝裘客，孤燈蕭寺鐘。牢騷甘浪迹，寂寞想歸農。極目天無際，雲山一萬重。

春日同嫂姪輩侍老母飲牡丹下時老母病新健誌喜

小圃穠芳吐，慈親病起時。清樽懽白髮，細雨豔紅姿。花冠三春色，觴稱百歲巵。座中人四代，長與奉含飴。

同葉妹夜話因憶同盟諸姊妹存亡聚散感賦一律索諸姊妹和之

憶昔西園會，相期松柏心。滄桑更世事，存没念知音。性懶居同僻，交疏情愈深。雁行何日聚，搔首一長吟。

題石門山房次耕壺九兄原韻 四首選二

聞道名園勝，悠然天地殊。虬盤雙檜古，雲吼一亭孤。眼豁晴山爽，情怡野鳥呼。擬將宗炳筆，寫作臥遊圖。

懸崿飛瀑勢，風磴忽陰晴。花徑通雲徑，溪聲疑浪聲。天開羣壑秀，月照萬山清。來往乘幽興，琴書無俗情。

不寐

倦極翻無寐，愁多劇五更。寒風酸病骨，春雨作秋聲。屈指光陰迅，傷心離別輕。披衣占曙色，嬌鳥報新晴。

初度感懷

四十韶華擲，蹉跎誤此生。一身空有病，百事總無成。惹恨花徒放，驚心鳥自鳴。稱觴憐穉女，嬌慧解怡情。

春夜偶集諸兄小飲分得詩字

剥啄聲傳索飲時，瓶梅香綻兩三枝。旋燒蠟炬謀沽酒，細剪春蔬學論詩。窗愛月明開不閉，簾因風急捲還垂。貧廚已愧無兼味，仍笑才疏得句遲。

病中偶成

弱骨經秋病轉緜，無端憔悴若爲憐。慙看蓬鬢虛青歲，懶對菱花整翠鈿。僅寄遠書雙去雁，驚回好夢一聲蟬。闌干倚遍懷難遣，數盡歸期人未旋。

偶感

百舌啼回曉夢餘，鏡臺雖展鬢慵梳。無錢可買歸時卜，有恨難傳別後書。花惜豔陽争並放，人偏憔悴爲離居。羨他燕子多情甚，雙宿雙飛迴自如。

十九嫂索書近詩時十九兄禮闈捷音新至因賦贈一律

姑射雙雙謫下方，僊姝自合嫁僊郎。鴛鴦帶綰春閨少，鴻雁書傳上苑忙。萬柳宫袍争染汁，六珈朝鏡待添妝。登堂不厭蓬門婦，分取瓊花裛袖香。

絹美人 次粱谿女子原韻 四首選三

體態輕盈倦若眠，相思懶去卜金錢。恍如有意邀新寵，又似含情憶昔年。寶髻未窺鸞鏡影，繡裙常惹鴨爐煙。檀郎空愛芙蓉面，其奈紅絲不可牽。

泥美人

萬山深處是儂家，膏沐隨人敢自誇。明月照難移素影，輕風吹不亂堆鴉。嬌同嫩蕊愁春雨，懶問閒花駕寶車。夜半蕭郎因酒渴，朦朧頻喚煮新茶。

畫美人

閒展生綃墨瀋香，憑將朱粉鬬新妝。春衫信手描蝴蝶，鬆鬢隨時插海棠。不到偎山行暮雨，豈同凡質老秋霜？相看展轉心如醉，欲喚真真曉夜忙。

寄　遠

無端裘葛頓相移，錦字難傳別後思。荒圃菊同人影瘦，秋江楓動客心悲。鴻聲驚夢殘燈照，薤葉生寒獨枕攲。莫歎萍蓬銷壯志，應知囊富五湖詩。

謝七妹問病

柴扉晝掩臥經旬，知己相過不厭頻。病裏九秋愁似織，貧來三徑草如茵。愛余情重言堪佩，遲爾茶香句得新。好訂晴郊梅蕊放，一枝同醉嶺頭春。

寄遠

莫悵江天斷雁鱗，愁多書到轉愁人。寄難逢使梅空放，病懶登樓柳自新。落拓車窮憐阮籍，淒涼貂敝感蘇秦。歸來朗誦湖山句，金玉鏗鏘未是貧。

七夕

去歲茲辰兩地思，又看牛女赴佳期。算來天上多懽會，翻是人間好別離。何處金樽花下酒，誰家玉笛月中吹？閒觀女伴陳瓜果，針線慵拈乞巧絲。

枕上聞雁

露下西風寒氣侵，征鴻嘹嚦度前林。一聲驚破三更夢，萬事都歸五夜心。病骨支離秋更劇，貧來俯仰力難任。欲箋幽恨傳雙翼，只恐愁多雁不禁。

偶成

避愁愁轉上雙眉，作意娛親强自支。借米暫供今日粥，挑燈且讀古人詩。良醫難療傷心病，濁酒誰賒撥悶巵。剥極天心應遇復，莫將閒恨負花時。

過頌嘉草堂恭懷先大人

憶昔追隨杖履頻，音容泣别廿餘春。一般三徑千竿竹，萬事雙眸百感新。壁檢蠹殘遺筆字，門看草發舊花茵。夢魂常繞庭前雪，貧病誰憐詠絮人？

集江嫂虚閣賞盆梅限梅字

小閣新移雨後梅，數枝暖綻傍妝臺。影摇絳燭横窗起，香逐清樽入酒來。傲雪冰心操素志，調羹令子賦多才。阿咸共唱陽春曲，欲和慚予駑下材。

秋夜

别恨驚心秋又闌，歸期何事負無端。薄田收儉徵呼急，病骨愁深經理難。卜盡金錢人阻隔，燒殘銀燭淚汍瀾。芭蕉滴破三更夢，雨過西風徹夜寒。

讀懷玉集次十五姪銘右原韻 五首選二

楊柳難留入户枝，南園無復步相隨。强分梔子同心結，空寫梧桐别怨詩。鳳去玉簫添寂寞，題來紈扇寄相思。嫌他三五團圞月，偏照離人不寐時。

聞道秦淮泛小舠，莫愁湖畔百花嬌。鴛鴦帳冷人初去，翡翠樓空香未消。豈是豪家羅粉黛？可憐薄命侣漁樵。韓翃休問章臺柳，那得青青似舊條？

春寒

寂寂春陰鎖緑苔，滿天風雪逼人來。柳顰翠黛愁難放，花抱芳心凍不開。題柱馬卿何日遂，敝裘蘇子幾時回？寒侵病劇唯高臥，寥落空嗟歲月催。

莫訝

莫訝衆中常默默，應知語不合時宜。熱中富貴從他羡，冷眼炎涼笑我癡。三月夭桃承露豔，九秋芳菊傲霜姿。榮枯自是循環理，何事嘵嘵較蚤遲？

社後燕不辭巢 秋日閒居即事 八題選二

剪剪金風足稻粱，當歸猶戀舊茆堂。清波冷掠芙蓉緑，翠羽香飄桂蕊黄。有意長同人繾綣，多情不逐世炎涼。梧桐寒雨敲閨夢，驚聽呢喃繞畫梁。

篝燈聞蟋蟀聲

挑盡寒檠月側輪，空階絮語伴愁人。機牀幾度催梭急，客枕無端唤夢頻。莫向朱門爭鬬力，聊依蓬户穩棲身。叨叨難盡中心事，那得知音慰苦辛？

清明雨

佳辰集飲泛霞杯，片片飛紅點翠苔。薄暮忽驚山雨至，隔牆聞唤踏青回。

送　别

無端又束遠遊裝，離别年年翻覺常。不敢君前頻洒淚，恐教客路動愁腸。

題扇

寫就齊紈思更悠，欲憑鴻羽寄江州。離人不及丹青筆，鳥是雙棲花並頭。

述懷

寂寞年來已慣禁，别離豈是怨孤衾。爲憐傲骨干人拙，誰識艱難負米心？

病中感懷 八首選三

當年繞膝尚孩時，貴比明珠愛勝兒。俱長諸兄遊宦遠，晨昏唯我任嬌癡。

珠翠盈頭衣滿箱，羅襦着意繡鴛鴦。於今剩有空奩在，幾度開時心暗傷。

閒檢殘編心暫開，全憑詩句寫愁懷。最憐嬌小燈前女，也吮霜毫學畫梅。

弔磯孫夫人〔三〕

漫誇英武勝鬚眉，吳蜀兵戈有是非。拚得礁江身一死，可知失計在東歸？

春　懷

欲寄愁懷少雁過，湖山春色定融和。浪游曾念閨中否，去日瓶餘粟幾何？

簾内美人

芬芳蘭麝透房櫳，掩映雲翹珠箔中。輕喚小鬟添篆縷，依稀鶯囀百花叢。

鏡中美人

彷彿傾城學笑顰，緑窗閒鬬曉粧新。水晶宫裏芙蓉面，一樣雙眉有畫人。

秋懷雜詠 八首選一

玉露金風透小窗，白蘋紅蓼冷秋江。蘭含嫩蕊枝枝並，雁寫高天字字雙。

和懷玉詩 十五首選四　玉者，侍兒名也。玉去而懷，情所鍾也。戚黨偶有是事，一時競相唱和，亦戲爲之。

忽驚雙燕繞梁聲，唤起離愁怨不平。目斷盈盈春漲隔，連朝白髮鏡中生。

空效羅生賦比紅，飛花無主各西東。臨岐記得頻回首，悔殺當初月下逢。

銷瘦容光劇可憐，娟娟新月照孤眠。遥知淚濕胭脂頰，恰似池中雨後蓮。

幽棲茅舍蹔爲家，難覓天台洞口麻。每愛粧成花滿鬢，今應羞插並頭花。

代玉答 十五首選三

自甘薄命豈尤天，剩粉殘膏敢説妍？何事檀郎情太重，誤垂青眼到儂邊？

飄零誰肯惜殘紅，薄命桃花逐曉風。妾住溪南君在北，藍橋衹合夢魂通。

萍梗何方是妾家，兔絲今已附蓬麻。春風不管人腸斷，故放枝頭並蒂花。

甥姪輩賦香奩詩依韻三十首偶戲和之 選八

朱樓旭日映簾櫳，曉理新粧寶鏡中。淡畫春山嫌粉涴，宿醒猶潤海棠紅。

懶畫蛾眉倚緑窗，牽人愁緒在湘江。已憎庭樹開連理，又觸離情燕一雙。

睡起鮫綃倦莫支，偶來花下共敲棋。賭郎十笏江淹筆，微笑纖纖落子遲。

結伴尋芳春色佳，露凝香徑膩弓鞋。落花風颺雲鬟亂，笑倚垂楊整鳳釵。

一曲驪歌欲斷魂，臨岐無語對芳樽。恐將離思傷郎意，暗展羅巾拭淚痕。

暖日和風春晝閒，相將鬬草百花間。侍兒悄助宜男蕊，阿姊輸儂雙玉環。

閒坐花茵愛月明，嬌歌輕度繞梁清。漫誇識曲周郎顧，試聽儂今誤幾聲？

謾垂紅袖學和南，心事難傳語半含。早遂合懽消別恨，金鏤大士寶蓮龕。

癸酉秋日復齋客羊城寄懷十章依韻和答 選三

辛苦年年慣別離，鸞箋無復寄相思。近來新受觀空戒，花月情深不賦詩。

不識雲山幾百盤，經時空盼雁書難。堪憐八口啼饑苦，敢怨三冬枕簟寒？

二豎無端侵四肢，病中展轉苦難支。寄書兩字平安報，不欲詳言惱客思。

春歸

子規啼處百花闌，可惜春光病裏殘。聞説薔薇開滿架，倩人扶起捲簾看。

華髮驚添鏡裏絲，愁中歲月病中馳。慇懃好把啼鵑囑，休唤春歸唤客歸。

病中述懷

百結迴腸脉脉情，盈盈皎月對淒清。驚風敗葉啼霜雁，和我長吟到五更。

剪繒口號

雨雪淒其，歲云暮矣。米珠薪桂，靦顔欲告何人；室罄囊懸，無策將謀卒歲。偶然剪綵，戲爾爲花，憑予蓬户金刀，豔彼朱樓雲鬢，易甘羞而供菽水，换牲醴以備蒸嘗。呵凍催成，遑恤寒侵病骨？挑燈勤作，寧知愁結迴腸？口占四絶，非敢言詩，俾長女録存以誌而母之苦心云爾。

剪刀聲裏帶春風，吹綻繁花頃刻中。八口三冬憑活計，敢誇巧手奪天工？

淅瀝檐風透碧紗，薄羅不耐夜寒加。天心自兆豐年瑞，亂剪空中六出花。

爆竹聲聲逼短牆，紛紛紅紫競芬芳。辛勤曉夜寧辭倦，欲辦廚中十日糧。

堪憐弱女最聰明，指下嬌花香欲生。作意承懽多笑語，晨昏賴爾慰閒情。

校記

〔一〕宊 字待考。

〔二〕鹹 疑當作「緘」。

〔三〕磲 當作「螵」。

龍眠風雅續集卷二十一

木厓潘　江蜀藻輯

汪　崑

字河發，原名嵩，字洛公，一字少室。少參端簡先生之孫，文學會山公之仲子也。年數歲，能辨四聲；未弱冠，振筆爲詩輒驚人。嘗從文學公游四方，蓼州徐莘叟太史及吾鄉畲山先生見其詩，咸激賞之曰：『羽年可謂有子矣！』嗣念家中落，母老無以爲養，鏃礪舉子業，期一當以恢父祖之緒，遇郡邑小試，頗爲諸當事所録，卒不獲補弟子員。乃復出游，雅爲陵陽令姚公、錫山令吴公所器識，折節與交，館粲優渥。姚公歿於官，不遠數百里，徒步渡江往哭之慟，歸里即遘疾，踰月而卒，年纔三十有五。友人楊子嘉樹聞而義之曰：『予親見姚公待河發誠厚。然當公在時，崇奬才士，不惜解推，如河發者不少，及聞訃奔臨，不以死生異視，江以南惟徐子式四，江以北則河發一人而已。』嗚呼！河發事親孝、交友信，吾不具論，即往臨姚公一事，可以傳矣！河發初師事錢子雁湖，既又執經于方子合山之門，故其詩有本原，別裁僞體。所著咸受齋詩美不勝賞，以儉于貲，未獲備録，亦拙選之一憾云。

長橋夜坐

長林勝迹板橋通，深坐閒吟待晚風。山郭千家煙靄外，溪流一帶月明中。村邊鐘磬沈遥浦，水面樓臺倒碧空。露下忽驚秋氣早，獨將尊酒慰飄蓬。

客中秋興

眼前風物總天涯，況觸秋風動客悲。暮雨寒江雙白鷺，斷橋疏柳一黄鸝。難憑酒力消愁去，欲遣鄉心入夢遲。故國有家猶是寄，鷦鷯何處托深枝？

客　亭

偶探風物出郊坰，獨惜年華坐客亭。雪盡梅花迎日瘦，春歸柳眼向人青。詩能窮我工無益，酒不毉愁醉亦醒。莫上層樓頻極目，雁鴻嘹嚦滿寒汀。

元日雪中和内韻

寶鴨微薰紙閣香，捲簾殘雪透寒光。不須朱粉矜時豔，一樹梅花稱曉妝。

贈甯山同

不肯逢人眼便青，可憐華髮已星星。世皆逐熱腸偏冷，衆久如酲意獨醒。斷鼓零鐘雲外寺，亂煙疏柳水邊亭。狂吟似我真無賴，共把新詩醉瓦瓶。

送別楊嘉樹之涇縣

陵陽城外碧溪流，溪上人家多酒樓。樓頭有客擁書坐，對酒不醉不肯休。自言短鋏淹留久，晞髮長吟愁白首。逢予傾篋出新詩，一首高歌酒一斗。更有擲地金石文，變幻不測同煙雲。薔薇香露盥手讀，琳瑯滿紙光繽紛。有才如此偏不偶，紈袴紛紛安足數？布衣雄世豈徒然？富貴于君亦何有？此遊我悔出門遲，皂囊羞澀病離支。獨喜逢君共酬唱，君才磊落真吾師。累牘長篇最奔放，衙官屈宋寧多讓？編鈔許截路子蒲，韜藏滿塞中郎帳。懽娛正劇苦分攜，扁舟遠下琴高溪。桃花潭水還千尺，踏歌人覺新聲低。杳杳山蒼白日暮，溪鳥分飛集煙樹。萍踪再會知何年？秋江望斷行人路。

重九日姚石埭夫子招同周長人韋用六二廣文李男蛾陳友昆遊仙壇分賦

二首　壇在陵陽中峯，仙令竇子明修煉處，上有丹泉、丹竈、黄鶴池，皆其遺迹也。

路入層峯著屐行，黄花翠竹暢幽情。流泉咽石分琴韻，巖樹吟秋作雨聲。千古登臺同此日，一時落帽笑狂生。遺踪莫訝尋難見，仙令今逢竇子明。

絶磴支笻望渺茫，下方疑是水雲鄉。煙光射日籠山紫，鶴影翻風帶葉黄。清磬一聲來半嶺，寒鵶幾點散斜陽。遊人爛醉忘歸路，滿把茱萸插絳囊。

悼　亡　三首

還家翻自歎無家，底事江干滯歲華？悔殺秋風催別櫂，輕帆容易去天涯。

前事低徊恨未休，可堪新恨復從頭。惟將雙眼曾枯血，重向燈前細細流。

書籤刺譜日相將，針線餘閒翰墨香。偶把遺編燈下看，錦絨猶帖繡鴛鴦。

北郭同芸圃雲瞻伯顧

亦知花事盡，出郭偶閒行。溪樹得幽賞，雲嵐無世情。鳥隨崖果落，風曳釣絲横。莫負登臨興，秋峯處處晴。

西山秋眺同雁湖師芸圃長康葆羽伯顧分韻

髣髴園林勝，頹垣幾尺存。亂鴉將葉散，叢篠助風喧。塔影藏山勢，碑陰臥雨痕。只餘松際月，曾照舊芳尊。

同有懷玫士登南浮山

雲樹蒼茫外，羣峯一望收。遠帆隨去雁，春水到閒鷗。石瘦寒梅古，江空落日浮。回思勝遊地，惆悵此林丘。

夏夜即事

竹塢煙深一鳥鳴，雲屏石磴寄幽情。空庭入夏穠陰合，無地堪容夜月明。

偕陳鱸江甯山同楊嘉樹茅舜臣出郭訪余不遠同步溪上

游魚愛滄浪，野鶴思冥漠。鱗羽困不舒，神情便蕭索。予亦喜疏放，性不慣拘縛。值此秋氣高，那能閉帷幕？呼童命葛衣，欣然著芒屩。素心三五人，緩步出城郭。山清水亦佳，隨意得領略。羈旅有許詢，素愛名山約。來游同調稀，想亦苦寂寞。因叩古刹扉，相尋共嬉樂。樓居方臥遊，聞聲攬衣作。告語客來意，掉臂不暇喏。語客匆匆遽，西山日未薄。脱君頭上巾，坐我溪邊閣。市果鮮可啖，澗泉清可瀹。開窗納空翠，平疇觀刈穫。人生佳晤難，休厭把杯杓。感此纏緜情，入坐相酬酢。道氣令人親，曠懷殊落拓。坐久出絹素，書法盈囊橐。臨摹蠅蠆工，彷彿龍蛇躍。三張二王後，今見此磅礴。暝色忽欲來，檐際鐘聲落。倉皇問歸路，殽核不能嚼。起步長橋畔，霜楓紅灼灼。數帆天外來，一鳥波間掠。蓑笠捕魚翁，小艇何漂泊？且向村南行，前溪更寥廓。

九月一日出郭同余不遠陳鱸江劉佶四溪南野步枉道西郊邀陳友昆益受兄弟偕游拈華庵歸飲益受草堂 二首

步出城東門，秋山向人好。雙橋一望中，溪流何浩浩！招尋不厭頻，重踏村南道。高空氣肅清，覽眺開懷抱。紅侵霜後楓，青露煙中島。鼪鼯落高松，鳧鷺眠細草。微風溪上來，落葉紛如掃。山田成熟遲，編籬護晚稻。人家臨水居，檜樹餘棃棗。拄枝柴門邊〔一〕，逍遥羨野老。

搴裳出疏籬，茫茫迷去路。前林鐘磬來，蘧然驚欲寤。取道舒溪旁，天空入飛鷺。漁歌樵唱中，溪山足野趣。遥思洞口煙，髣髴武夷樹。爽氣無時無，不復有朝暮。悠哉竇子明，邈矣不可遇。何必苕霅間，移家來此住？

紅葉 二首

霜氣逼殘楓，溪山點染工。寒煙秋水外，斷嶺夕陽中。到眼寧無色？非花自不同。乾坤此何日，那得似春風？

欲落轉生態，能無遲暮嗟？凋殘江上冷，漂泊御溝斜。傍嶺疑寒燒，横空帶晚霞。桃源無地覓，莫認武陵花。

題方合山夫子稻花齋 二首

地偏皆可隱，何必鹿門山？得此一丘足，居然三徑閒。庭虛來野色，樹古上苔斑。偃仰風塵外，容誰共往還？

屐熟往來便，窗開晴雨宜。四時花代謝，竟日鳥追隨。天曠寒煙弱，潮平古渡移。遠峯青可數，都入畫中詩。

雨阻不得出郭看花喜諸君過飲小樓同賦

城隅地僻此林丘，客到同登最上樓。新緑萬家藏燕語，殘紅幾樹見鶯流。貧能傲世惟狂飲，雨不窮人是臥遊。把臂高吟須卜夜，蔬盤茗碗足淹留。

疊翠樓遠眺

新陰積靄徑全遮，一上高樓騁望奢。萬井迷離分竹樹，遥峯斷續出煙霞。乍來燕似初歸客，欲盡春如已放花。亂世尋懽休厭數，能容吾醉即生涯。

浮山

著意躋攀轉不窮，翠屏丹嶂俯晴空。路盤木杪千層上，人在鶯聲百囀中。巖谷盡能容棟宇，煙霞多不出房櫳。苔痕石塔斜陽冷，一局殘棋憶遠公。

齊山

怪石各爲色，兀然成此山。望中無洞壑，行處有躋攀。斷碣荒榛裏，虚亭落照間。江城望不遠，登眺幾人閒？

敬呈簡亝夫子

一官成吏隱，十載滯江沱。但覺冰堪飲，寧知雀可羅？訟庭堆卷帙，臥閣入煙蘿。蔬圃居民共，芸窗野鳥過。風琴聲淅瀝，雲鶴影摩挲。俸薄還分客，書成儘換鵝。經心唯藥裹，入坐有漁蓑。芳佩紉蘭蕙，初衣製芰荷。名山容偃息，薄宦豈蹉跎？選勝閒孤往，敲詩醉獨哦。丹巖開井竈，絳帳擁笙歌。時輩推公輔，諸生仰至和。從游忘歲月，負笈歷關河。祇覺欣隨杖，無勞歎荷戈。世人方混濁，吾道賴研磨。且曳王喬舄，相看鬢未皤。

舟中 時聞前途有警

桴鼓聲聲逐岸移，溪流曲曲片帆攲。青山四面容天小，密樹千層上日遲。沽酒人尋煙外市，賣魚舡繫柳邊籬。輕裝只有詩筒在，穩去無勞歎路岐。

晚到金陵

臺榭參差映夕陽，六朝形勝水雲鄉。升沈屢變繁華在，不似鍾山草木荒。

舟次儀真值逆風不得進

賈客帆檣蔽日明，中流簫管競新聲。可知有客書千卷，一葉漁舟破浪行。

侯園

不信峯巒古，都從結構成。壺觴更聚散，花樹遞枯榮。位置前人意，低徊過客情。風光誰得主？輸卻老僧清。

惠山松石歌

九龍峯畔惠泉側，怪石嵚攲古松直。臥虎虬龍勢不凡，莓苔剥落争爲色。此松傳聞自六朝，蒼翠偃蓋摩青霄。此石屹然立相向，風聲雨聲疑動摇。勝地林丘非不有，經營都藉良工手。耳邊歌管徒紛紛，此石此松淪落久。世人亦愛石與松，園亭搆致誇清供。如拳如蕹費心力，翻令古質雲霞封。我來特爲松石幸，得葆天年賴幽静。四時不受塵囂侵，奇姿傲骨千秋冷。君不見，西湖上，山外山，煙巒夏木非等閒。斧斤砍伐荒岡裏，牛馬馳驅曲磴間。世途反覆如環轉，陵谷滄桑經幾變。君居寂寞人不知，霜雪猶存舊顔面。何當倦客成留連，婆娑相對兩茫然。子房從游未得遂，米顛拜手亦空傳。棲遲此日苦無與，一片玲瓏堪共語。明朝載酒重相過，抱膝松間聽風雨。

聞　雁

豈不嗟行役，年年到異鄉。影孤偏帶月，聲冷欲呼霜。祇自愁矰繳，何曾足稻粱？江湖皆險阻，不獨是衡陽。

燕子磯

孤島中流峙，憑虛傑閣牢。水連瓜步闊，山接秣陵高。觸石奔濤怒，當風老樹號。回思登眺處，清磬出江皋。

重　陽

令節羈棲慣，都忘在異鄉。忽當尊酒緑，驚對菊花黄。登眺非吾土，飄零念北堂。故園有兄弟，不似雁成行。

江樓閣訪王汾仲

草閣臨江處士居，閉門高枕讀殘書。十年薇蕨干人懶，三徑蓬蒿與世疏。醉倚戍樓聽鼓角，閒尋野老問樵漁。卻憐衰鬢如霜雪，不似陵陽識面初。

金陵懷古步汾仲韻

百劫猶存滿眼春，千秋憑弔獨傷神。歌姬別是新絃管，巢燕多非舊主人。金闕曉鐘歸幻夢，銅駝甲第委灰塵。當時不少安危策，都向繁華誤此身。

即　事 二首

漫漫長夜氣冥冥，天帝無端醉不醒。關塞三年烽燧急，乾坤萬里血風腥。雲埋夢澤魚書斷，月暗瞿唐鬼火青。浩劫難消貙虎盛，吾身何地可飄零？

悵望章江絶可憐，嗚笳吹角慘風煙。千村涕泗斜陽裏，盡室流離宿草邊。城郭荒涼嘶戰馬，髑髏狼藉飽飛鳶。三軍不用將旗鼓，奪盡紅裙奏凱還。

訂交詩

青青古澗松，森森幽巖柏。不借春風妍，不隨秋霜折。雖非同根生，交映層霄碧。堅此歲寒心，榮枯誓不易。結交敦古懽，意氣渺金石。山水存素懷，風雨數晨夕。斯道有淵源，微茫具載籍。古人既已往，來者身其責。努力互箴規，全身保圭璧。蒼翠歷歲時，凡卉易狼藉。蒲柳幾芳菲，松柏只如昔。

中秋夜讌集吳伯成老師尺木堂得中字

玉鏡高縣向碧空，滿庭疏影散梧桐。良宵似此誰多得？冰署看來更不同。處處樓臺秋水外，家家絃管桂花叢。南飛卻有無枝鵲，也在清光一照中。

方合山業師四十初度 二首

湖村十畝稻花香，跂足高吟歲月長。俎豆自存前代臘，衣冠恥學衆人裝。斯文有責身難謝，吾道能興世豈忘？滿目塵囂天地暗，蓬蒿深徑得清涼。

一室徘徊見古今，松窗竹榻晝陰陰。家留白鹿藏書地，貧守青原種藥心。不學穆生躭醴酒，寧煩伯玉碎胡琴？琅函寶匣無人識，隱到才名遁迹深。

金壇蔣度臣來桐相訪留數日即別去 二首

烽火來何處，相看豈夢中？關心唯舌在，有分是途窮。僮僕寒温遍，鬚眉老大同。草蔬貧不厭，尊酒話飄蓬。

五年勞夢寐，十日快追隨。揮手又岐路，前期知幾時？文章天意賤，古道世人疑。聚散原無定，休教悵別離。

暮抵石塘同方有懷泛舟過白鹿莊

疲驢驅策倦，小艇蕩斜曛。山外天疑盡，煙中樹不分。流螢明作隊，宿鳥暗呼羣。遥指南浮路，幽居隔亂雲。

坐有懷雲臥樓

鷄犬桑麻自一村，繩牀偃仰任寒暄。春深草色青無岸，潮長湖光白到門。山鳥亂啼聲不辨，野花閒數種偏繁。園亭結搆人何限？難得松楸舊澤存。

高岑小飲即事

屋小藏深樹，庭荒引薜蘿。山光憑檻出，野色入城多。暮磬風吹去，鄰花鳥帶過。客來無禮法，乘醉一狂歌。

石鐘山 二首

突兀雙湖口，峻嶒一望中。蟠根深入水，瘦色遠凌空。行客過還戀，居人老未窮。我來尋勝迹，翻賴石尤風。

造物奇難狀，玲瓏怪此峯。閣虚疑汎艇，石響似聞鐘。斷碣摩苔讀，攲崖把杖從。匡廬暮相對，蒼翠若爲容。

言懷 六首

閒庭風雨日蕭蕭，幸少追呼任寂寥。交到末流無用絶，隱于濁世不須招。吟聲每觸閒愁斷，豪氣全從失意消。只想深山容抱膝，囊空何計遠塵囂？

攲枕高眠夢不驚，楸枰殘劫看人争。敢言富貴非吾願？但覺漁樵絶世情。境静野雲隨變幻，林空山鳥聽飛鳴。羊裘垂釣尋常事，偏是嚴光浪得名。

筆冢支離長緑苔，避人深徑委蒿萊。夜分吟苦眠難熟，酒半愁生醉忽來。白髮漸看侵短鬢，黄金不望築高臺。壯心十載消磨盡，只有煙霞志未灰。

半生憔悴忤時多，駒隙光陰迥易過。但是交親同落寞，偶逢笑語亦風波。孤懷憤世情空切，萬慮攻人鬢早皤。剩有閒吟堪適意，每因楊惲戒悲歌。

無營自覺此心寬，世事惟將白眼看。猿臂將軍空善射，兔園名士自登壇。閒憑蠟屐雲千嶂，醉任漁舟月一竿。姓字莫嫌終冷落，富平奴隸盡衣冠。

高臥寧煩泣路岐？疏狂何必合時宜？滄桑不變唯書卷，榮辱無關只酒巵。尚有東方饑欲死，誰言李廣數全奇？贏輸看破皆天意，朔雪炎風未可知。

移居臥龍山雜興 三首

濁世隱非易，名山深更難。一枝還借廡，三徑敢求安？境僻泉聲古，窗晴竹翠寒。變遷從世態，吾意屬漁竿。

數家村落近，儉俗古風存。麥飯供年歉，芹羹讓客飧。犬聲同旦暮，童語及寒暄。呼應時相接，昏黄不閉門。

衰白憐慈母，卑棲愧此身。和丸虛歲月，負米值艱辛。無禄終非養，承懽始覺貧。晨昏惟菽水，慰語益傷神。

信筆 二首

行徧江湖識客難，溪山歸臥草堂寬。芒鞋稱足無煩蠟，箬笠籠頭不用冠。折芰便堪留客坐，茹葵亦可奉親懽。朝榮暮萎看何限，松竹蕭蕭耐歲寒。

高眠日上紙窗紅，不問牀頭米甕空。脱粟止求供一飽，長裾何事屈三公？書無甚解寧成癖，詩未能工但得窮。若使躬耕容抱膝，賤貧終老亦英雄。

別友

絶裾豈好逐風塵？烽火流離意苦辛。吾母縱云同若母，違親慙説爲寧親。黄雲關塞悲遊子，白髮晨昏託故人。一拜尊前重回首，含情不獨是家貧。

阻兵江上復過白鹿同方有懷玫士分韻

正好天涯落月時，殘燈翻共照鬚眉。但留一日皆良晤，只當重逢是後期。聚散大都天意在，鄉園轉較客途岐。霜林墜葉原無定，儘耐秋風到處吹。

同有懷玫士上柴林遇雨霽後因過石構龍泉菴諸處晚宿懷廬 三首

湖上幽居遠世情，更營別業傍先塋。入山唯恐深難得，學道多因静有成。澗水特穿階下響，松濤忽過屋頭鳴。書籤藥竈無人迹，那得塵心此地生？

薄霽新寒萬象清，披裘冒絮四山行。身高境逐遊笻换，步緩雲隨客屐生。百里川原争出没，一江南北異陰晴。凌空怪石摩挲久，半日纔聞犬吠聲。

餘情無奈夕陽何，歸掩柴門坐薜蘿。萬籟全消燈一點，暗風初起竹微波。野蔬作饌當餐飽，山果充盤下酒多。笑我烽煙還浪迹，從君無分老巖阿。

青陽道中

竹塢煙村引路長，秋光檢點入詩囊。清溪源足非關雨，紅葉山寒不待霜。徑轉認鐘尋野寺，僧孤留客話斜陽。依稀記得前峯下，籬菊荒涼處士莊。山下爲譚維石舊居。

同舡上人登烏聊山

古歙千年郡，烏聊百丈山。兩城圖畫裏，十寺有無間。煙外聞鐘度，天邊看鳥還。登臨憑指點，不負此躋攀。

霞山述遊

野性躭林丘，厭逐熱遊地。所愛遠市囂，稍帶荒涼意。十寺豈不佳？遊人雜沓至。溪南亦云幽，道遠遊不易。瞻彼霞山高，別具塵外致。浮圖劫火餘，虛閣半頹墜。攬衣試一登，悠然發遠思。東望練溪口，晴煙鎖蒼翠。西指黃山顛，奇峯三十二。孤秀挺中央，羣巒列蹸次。山腰樵唱還，牛背牧童睡。松濤野鳥寒，落日霜楓醉。緩步下前林，林梢出野寺。老僧遇路旁，延客入幽邃。山果餉鮮新，盆花列位置。爲言剃度時，入山甫童穉。轉盼五十年，目覩興衰異。力耕飯伊蒲，托鉢非其志。清静無是非，紛華易憔悴。我聞凜晨鐘，汗下流交臂。始知静者言，了然有深義。人生貴守拙，營營安所冀？而況值末流，所遇皆魑魅。雲山無世情，行行理歸轡。

度羊棧嶺

殘雪峯椒路，嶙峋客意驚。坐因貪石色，行只傍溪聲。老樹冰時墮，晴天霧忽生。數羣樵採外，竟日少人行。

歲暮遣興

歲盡還山著敝裘，塵心静後覺山幽。鳥飛欲息應知倦，雲去能歸亦厭浮。擁卷豈輸南面樂？無家幸免北門憂。卻嫌流水猶多事，不到人間不肯休。

詠　史 六首

羽不弑義帝，義帝必無成。漢高取天下，不顧太公烹。三軍服縞素，豈出于忠貞？吾知滅楚後，帝亦不得生。重瞳不熟計，授之以其名。自用新城説，漢始爲義兵。

王莽庸妄徒，悖謬絶可嗤。旋席隨斗柄，豈有奸雄姿？儼然竊神器，元后寔成之。六服既相授，一璽吝何爲？婦人昧遠識，貽禍良足悲。

苻堅將百萬，直壓江南境。晉師八萬人，難與交鋒刃。謝安宰相才，固是應静鎮。如何賭墅遊，尚有圍棋興？玄石諸少年，豈能期必勝？向非朱序謀，秦兵安得遁？草木風鶴驚，天未欲亡晉。既已得驛書，置牀亦矯甚。折屐向内庭，真情不能禁。憂樂關天下，乃是大臣分。安排用意多，反爲賢者病。若論處艱危，諸葛斯爲正。

晉室至安恭，勢無再興理。宋即不受禪，亦爲他人取。安帝幼戇昏，寢食非由己。乳臭録尚書，舉朝悉比匪。致啓桓玄謀，廟社遂遷徙。當時無寄奴，晉祚已終矣。討賊復乘輿，既亡旋復起。西滅盧譙奸，北刷燕秦恥。重延二十年，孰非劉下邳？德文即有爲，安能辭赤紙？

褚淵但爲郎，當作一名士。謝朏不仕齊，始節復何愧？爵高起市心，事久變初志。古今賣國臣，只是貪禄利。

陳武僅三年，後宫無珠翠。瓦器與蚌盤，爲帝亦何利？若以陳公終，伊霍豈有愧？自取篡國名，但爲兄子地。

雨後登萬壽閣同、、公范西漢沈從弱羅阮嘯宣左人諸子限韻

凌空高閣望迴遮，春雨春風客思賒。萬井淺含新樹色，兩山環抱老僧家。江藏屋角帆檣動，霧鎖城頭鳥雀譁。莫笑閒情渾無賴，幾人放眼到煙霞？

即　事

一溪穿嶂白，萬木點山青。候鳥發幽響，巖花生異馨。松根眠正熟，石上醉初醒。便把漁竿去，長歌入翠屏。

自臥龍歷虎棧嶺入龍門訪浪平大師

山路盤迴十數溪，問人猶不識幽棲。攲崖怪石崩餘磴，敗草沈沙没後堤。徑轉白雲鐘忽起，瀑穿丹嶂鳥争啼。講堂只在花飛處，萬竹青青望轉迷。

數過友人齋中 二首

舍旁營小築，抱膝儘高吟。取徑穿花曲，編籬護竹深。嶺雲常不去，溪鳥日相尋。予亦頻來往，清譚愜素心。

咫尺龍潭險，躋攀屐齒輕。緑陰中到户，飛瀑裏聞聲。圃菜隨時供，村醪盡日傾。興酣歸意懶，常待月光明。

喜　晴

久雨愛晴色，柴門物候殊。雲開山盡出，草合徑全無。路坐蛙驕客，檐棲雀哺雛。前村隔溪水，竹杖未堪扶。

山居遣病 十三首（二）

袖穿鬒斷日枯吟，未覺春情似海深。楊柳風和翻麥浪，桃花水暖刺秧鍼。菜畦蘗圃閒中課，野鶴孤雲世外心。但得置身丘壑裏，市朝誰復問升沈？

落盡殘紅萬緑齊，紙窗新補壁新泥。松濤正沸茗初熟，暮雨將來天欲低。門外幾時無客到，林間每日有鶯啼。故人莫訝音書寂，久共煙霞一處棲。

遁迹青溪遠市城，扶犂驅犢學躬耕。古人已往吾誰托？薄俗無端變日生。只有劉龔知仲蔚，漫勞張俊識雲卿。山翁未解居山意，不話桑麻話世情。

竹雨松濤遍几筵，鳴泉幽咽寫冰絃。難抛好月眠常廢，愛逐穠陰坐屢遷。就水細烹茶味爽，堆盤大嚼筍芽鮮。主人莫歎囊羞澀，笑指青荷滿澗錢。

虚谷晴和柳帶煙，疏梧掌大竹齊肩。蒼苔滿地同蛙坐，芳草連天抱犢眠。異藥遠隨樵父采，禁方閒就老僧傳。歸來掃榻焚香罷，箬笠芒鞋手自編。

煙水情深世味疏，長鑱高屐短轅車。王猷借宅還栽竹，李謐傾貲但擁書。賚僕每分賒到酒，飼狸常減釣來魚。時危卻遂嵇康懶，箕踞科頭髮不梳。

山農田少就山耕，豆麥耰鋤次第生。盡室辛勤同力作，一年收穫倍秋成。兒童便習桑麻課，午夜猶聞杵臼聲。笑我舉家唯坐食，種瓜爲圃亦虚名。

榴火翻階杏子黄，山家麥熟已登場。鷄豚入栅初調食，瓜豆牽藤早上牆。野菜挑多分種曬，溪魚釣得及鮮嘗。瓦盆濁酒兼桑椹，不讓蘭陵琥珀光。

山雨連緜宿霧濃，經時不放眼前峯。松枝帶濕欺晨爨，麥飯當餐費夜舂。病起對人情落寞，客來知我性疏慵。牙籤麈尾閒無用，塵土朦朧一寸封。

歲月難留歎轉蓬，一身堪老百城中。晴常雜雨衣無定，病每兼愁藥少功。飲谷但求埋姓字，著書原不問窮通。世緣過眼全如夢，花落花開事總空。

一任中原戰鼓諠，擬拚歲月付桑麻。牆傾防虎謀編竹，蔓密藏蛇欲去瓜。貧賤難疏惟筆硯，交情耐久只煙霞。莫言土室簞瓢儉〔三〕，多少征人未有家？

不勞謝客隱林阿，蒿徑蓬門自懶過。劉峻絶交何必廣？虞翻知己本無多。境當失意惟高枕，愁到難消卻放歌。嚼得菜根塵夢冷，此生隨分老漁蓑。

茅屋疏籬偃臥遲，庭花一樹影參差。溪流不斷歸何處？山鳥含情語自知。夜火欲殘人定後，午鐘剛打夢回時。向來疊塊都消盡〔四〕，力認迷塗恐後期。

潭口蒼崖百丈縣，冷煙空翠瀑涓涓。溪灣小築流觴地，石隙親疏瀹茗泉。棋子落聲幽谷響，游魚入釣碧藤穿。晝長無事頻過此，力倦抛書作枕眠。

漫　書

莫笑嚴陵五月裘，病餘支枕怯涼颼。濕雲難散旋成雨，幽壑常陰早似秋。未夕盤盂窺黠鼠，乍晴窗瓦落蝸牛。蓬蒿塞徑無人識，一卷殘書日臥遊。

寄　兄

腥風怪雨徹天寒，生死都歸季路歎。老母雪侵雙鬢短，先靈土少一抔安。丘封敢望眠牛吉？世亂難謀捧檄懽。辛苦且隨貧賤力，欲求如意轉悲酸。

送錢雁湖夫子偕劉深莊父執赴江右董中丞幕

庾公屢檄下江州，此去知非汗漫遊。千里舟船同李郭，一時聲價重錢劉。人依渌水芙蓉幕，夢冷空山桂樹秋。聞道戍烽猶未息，登臨莫上物華樓。

將過石埭哭姚公簡齋老師先作此詩

白露下庭隅，草冷寒蛩咽。悲風千里來，吹落山樓月。山樓月落起徘徊，楓林弄色高崔嵬。仰天一歌蒿里曲，茫然四顧中心哀。人生感恩重知己，不隨造化同生死。虞翻到老無一人，夷吾終身只鮑子。世上悠悠漫相識，一餐刺蹙羣鷄食。丈夫鐘鼎會有時，安能俛首伺顏色？十年挾策走東西，識公憶在陵陽溪。説項遠過楊祭酒，吹噓不數謝玄暉。翦拂雖頻益困躓，始終顧盼初無異。推解原無責報心，沾沾不似今人意。一官吏隱滯天涯，多少人懷杜母思。豈謂揚雄終不調？信知李廣數多奇。月犯少微星隕地，昨來忽報騎鯨逝。歸去曾無載石舡，空留琴鶴依蕭寺。平生任俠無餘錢，錦茵朱履客三千。早見魏其門下士，武安席上爭周旋。黃金散盡不肯惜，受恩那見銜恩泣？停春罷社路人哀，故交絮酒誰曾滴？羅浮遠在數千里，江上狼烽今又起。賻喪已乏純仁舟，爲文幷少安仁誄。徒聞弔鶴來九皐，還看大鳥聲悲號。物情亦解增悽惋，太息人多愧羽毛。去年曾約載書遊，五湖煙靄畫船收。嗟予一病山中久，蘆荻蕭蕭江上秋。重過舊地添於邑，琴署花蹊想所歷。猶是鳴絃舊日封，可堪但聽山陽笛？生芻徒步路漫漫，敗草荒榛細雨寒。招魂一慟江天晚，旅櫬淒涼不忍看。

詠月

雨過含輝浄，煙深欲上難。似嫌庭樹密，先露遠峯看。皎潔寧終隱？孤高卻耐寒。升沈田海外，千古一輪安。

江允凝黃山畫册歌

平生性癖愛山水，乾坤磊落多靈奇。蓬萊大谷遠難到，向禽五岳知何時？江南勝地復不少，大鄣之山多窈窕。蠟屐探幽千里來，經時魂夢煙霞繞。江君手腕信通神，獨與造化傳其真。三十六峯列指掌，一丘一壑無纖塵。披圖真似登臨遍，眼前突兀開生面。摩挲百態不可窮，坐臥三日渾忘倦。有時杳冥雲霧中，天地一氣歸鴻濛。山精跳梁猿鳥哭，變幻頃刻生悲風。有時霽色開陵谷，縣崖仄徑深深屋。琪花異草非人間，水態山容豁心目。亦有樵漁相往還，亦有野叟共追攀。溪迴徑斷別有處，如聞流水聲潺湲。軒轅浮丘事恍惚，學道修真無定迹。得君搜探入毫端，藥臼丹爐非臆説。君歷黃山四十年，一年一半居山顛。嶄巖邃谷窮跋陟，春花秋卉恣流連。以此揮毫有成竹，山川直寫胸中物。長康維摩僧繇龍，方之此圖不少屈。一生精力此中虧，難怪人稱老畫師。圖中題詠半海内，幾人不愧真相知。勸君什襲收藏固，瑶函好倩山靈護。齋廚莫讓世人窺，神物常妨鬼神妬。我亦不復登兹峯，感君爲寫黄山松。修鱗偃蓋團風雨，攫歸石室蟠蒼龍，歲寒髣髴追高踪。

病中自述 十一首

短布芒鞋折角巾，耕巖飲谷願沈淪。詩書以外緣皆淡，山水中間好獨真。身未許人因母在，亂容棲隱賴家貧。那堪一病蕭條久，梅蕊離離又報春。

多病身難堪久病，少年形已類衰年。骨同瘦樹枯還立，心似殘灰冷不然。卷帙纔看疑隔世，話言將半失從前。賤貧于世曾何補？生死無關只聽天。

弱冠褰裳早論文，盾頭磨墨薄機雲。蹉跎誤獻荆南璞，偃蹇難空冀北羣。漢室中方榮卜式，孫山外合有劉蕡。封侯不藉詩書力，悔不先將筆硯焚。

秋來春去物華新，蓬轉萍飄但苦辛。八口總無妻子累，半生只遇友朋真。溪山滿目慳三徑，天地雖寬礙一身。自笑世緣無我分，支離贏得病相親。

漫漫長夜總如年，瘦骨支撑久廢眠。飲噉未工情易懶，跏趺學結坐難圓。孤燈忽笑將殘候，萬象微生欲曙天。猛聽鷄聲還起舞，恐教憔悴入枯禪。

淪落休輕與世論，驅車未肯拭啼痕。立錐並乏相如璧，羅雀曾無翟尉門。但是路人逾骨月，縱逢逆旅勝家園。楊公没後無知己，從此無勞説報恩。

牛馬呼來止似聾，懶從濁世較雌雄。見聞不著憑山鬼，得失無心學塞翁。王建身孤絃再絶，阮孚遊倦槖常空。桃源亦有漁郎到，縱值花開路不通。

香灺燈殘亂竹鳴，繩牀擁被聽鷄聲。寒宵不曙開雙眼，愁緒相尋逼五更。煙水尚難容薄命，乾坤深悔有虚名。浮沈只合隨流俗，誤學澄潭一樣清。

寒風颯颯響空房，病骨偎鑪起欲僵。除卻吟詩難適意，一從斷酒少懽場。藥妨茶解醫還戒，神恐棋荒僕暗藏。坐久欲眠眠不得，消閒難望黑甜鄉。

求佛求毉事總賒，安能炙艾復然瓜？若論寄迹何殊客，不是承懽未有家。在世本來皆夢幻，爲僧只少著袈裟。呻吟恐惹慈親痛，未敢明言病勢加。

低徊往事閉蕭齋，鬱鬱都無得好懷。但遇恩時仇早伏，一經思處願全乖。多艱已覺生來備，長策翻應死去佳。只恐難尋乾浄地，青山何處骨堪埋？

病中師友諸故人合金佐藥餌餽問綢繆久且不懈此義近今絶少繫之以詩匪繄志感亦見古道猶在吾徒也

看破浮生轉自然，從他八苦日交煎。縱罹病境原非病，除是憐才不受憐。憂患十年存傲骨，眼空一世剩高眠。饑來恥食陶胡米，仁祖知予甕早縣。

除　夕

長繩何計挽居諸？商陸頻添倍感予。但有愁先春早到，難求病與歲同除。囊如殘曆看無幾，身似寒梅凍莫舒。筆墨久荒題詠少，不勞酒脯祭詩書。

陳嘉懿

字又恭。康熙間諸生。少孤，習帖括，于書無不涉獵，淹貫經史，兼通百家。年二十，補博士弟子。嘗步西溪，覩平疇緑野煙霞萬狀，發爲詩歌，語輒驚人。康熙壬子，踏省門佹得復失，因抒其牢騷不平之感，攄于詩篇。著述甚夥，十松程君桓子爲序而傳之。歸里，遽赴玉樓，天同昌谷，聞者悲焉。其子萬超、士杰年纔六齡，今撫遺草，不禁嗚咽失聲，予憫其孝思，不忍其湮没而弗彰也，爲録之如左。

夜過天門 以下南遊詩

天門夜過水沈沈，對出青山兩岸森。上下帆檣吳共楚，往來詞客古沿今。波含雲影風煙淨，潮滿江潭月影深。擬步張騫長共泛，乘槎直向斗牛尋。

過黄公墓

隱隱江干繫客舟，傳聞勝國舊賢侯。血同荒草孤墳碧，骨葬寒雲正氣留。波闊如乘填海勢，風淒亦似汗駒愁。忠魂千載應難没，湧作胥濤向北流。

遊金山寺

梵宫屹立鎮中流，勝地名山孰與侔？樹色葱蘢春色滿，煙光淨盡水光悠。鐘聲帶浪魚龍吼，塔影懸江日月浮。疑是蓬萊居海嶼，飛仙偶共一時遊。

雨阻歸帆

連朝何事苦陰霾？久繫歸帆故國懷。野荇飄來晨爨菜，江蘆掃作暮炊柴。含煙芳草青沿浦，帶露垂楊緑滿涯。沽酒村頭聊獨酌，暫將鄉思一時排。

采石泛月

采石江頭夜色晴，迎春佳景望中生。排空峭壁千尋浪，静影長空萬里清。滿岸樓臺皆畫境，數家簫管入詩情。揚帆何必衣宫錦？自有餘杯對月明。

歸期别友

攜手扁舟説暫離，清風白月意難支。故人惜别休辭醉，歸客書懷獨詠詩。出岫閒雲分上下，騰空飛雁任高卑。明朝又是陽關道，再勸燈前酒一巵。

歸舟有感

射策南闈恨未收，同人歸去復同舟。彈琴擬欲逢鍾子，獻璞無由動楚侯。異地煙花皆失色，故鄉山水亦增羞。不堪回首金陵勝，一望翻添一段愁。

次家伯贈鄰翁土樓落成韻 以下西溪草

自勝尋常百尺樓，傍溪卜築景偏幽。千竿翠竹參天擁，兩岸垂楊夾水流。簾外鳥歌成鼓吹，檐前花放譜春秋。輞川何處尋圖畫？來此登臨總勝遊。

夏日飲樓中再次前韻

主人招飲坐層樓，逸興同欣此際幽。撥户遥看青野闊，飛觴細酌紫霞流。村煙帶霧晴天雨，棋局敲風六月秋。嘉客共登須盡醉，何公家釀儘遨遊。

九日贈友人

去歲登高皖伯臺，今朝家舍共徘徊。田家酒熟逢人飲，山雨詩情信手裁。幾樹丹楓隨地落，一叢黄菊傍籬開。明朝又鼓金陵櫂，也合淹留此日杯。

偶集諸子小飲山齋得枝字

園種陶潛菊幾枝，時逢佳節媚棲遲。野花細摘堪和釀，落葉頻收任寫詩。風到疏林聲漸急，雲封遠岫色偏奇。何須戲馬方稱勝？且把茱萸酒滿卮。

聞　雁

蹁躚幾陣背霜飛，夜半長鳴過我扉。熟記春秋從未爽，頻遊南北總無違。寒風遠送聲聲切，皓月橫空字字稀。誰把文章移北斗，君家兄弟此焉依？

龍眠贈友

卜築名山興自寬，尋幽訪友共盤桓。時乘菊月秋加麗，地近桃源水不寒。紅葉滿林添客醉，青峯一帶儘人看。高賢何必推三李？座上于今有二難。

雪　月

雪散風迴夜氣空，清光不與四時同。月來幽徑添深白，梅映前階帶淺紅。渾似平湖冰吐豔，又如寶匣劍初融。姮娥想自施宮粉，遺得餘輝滿鏡中。

聞徐明一訃

寒色淒其春暮時，忽聞訃到重悲思。飛鴻遠帶愁聲集，亂雨偏和冷淚垂。此榻高懸誰復下？一尊空對弗相隨。不堪吟罷情懷惡，腸斷燈前君豈知？

遊龍眠偶過左子周九峯山房

峯下林間室結蘿，幽人何處鳥閒歌。看花直認桃源洞，臨水還猜甘谷阿。石徑微通華轍少，柴門深鎖白雲多。巢由管葛應難論，橐筆微吟記此過。

送舅父客南越 四首

依依柳色映弓旌，相送芳郊正遠征。此日彈冠惟貢禹，他時入幕有郗生。驪駒道上催程色，杜宇聲中喚別情。邂逅應知魚水合，陽關一曲不須賡。

片帆早挂大江隈，千里浮雲指日開。縱飲貪泉須不染，長懷玉鏡好登臺。今朝漫折王維柳，異日應逢陸凱梅。言別何庸重執手？新詩好勸兩三杯。

曉霧初開夜氣收，輕風嫋嫋送行舟。辭巢好鳥聲浸遠，別樹飛花去復留。豪氣近知高北斗，才名應許重南州。前途不用長彈鋏，脱穎須教在此遊。

行行莫動故鄉思，老驥長鳴千里馳。棹發海門憑水闊，帆開彭澤帶潮移。雲山到處能添興，芳隨時足草解頤。及早趨程今日事，東南賓主自相宜。

秋晨囑別

行李蕭然已夙收，征人此日話離儔。非因他故違親養，只爲微名泛客舟。帶月鷄聲將破曉，凌雲雁陣欲鳴秋。案頭餘卷無多檢，攜得詩囊作壯遊。

限韻

僧房寂處夜初寒，客旅行吟已共懽。點罷新書時拂劍，話經雄略欲彈冠。笙歌幾度隨風入，樓閣千家帶月看。況是金陵求駿日，同人應許仕途寬。

戴芳

字令及。順治庚子舉于鄉。時科場積弊沿襲，丁酉大創，而後特見廓清，君與姚非菴文態應運而起，輿論一時稱快。君少有大志，爲文務根極理要。家貧，授經爲生，性慷慨，好任事，雖旅進諸生中，有范文正天下已任之風。及博于嘉定，興起教化，長育人才，不屑屑椎刀之末。乙卯，膺浙闈之聘，所得士如沈君涵、閔君夢潮、程君斯敏、陳君黄永、盧君鑄、閔君嗣同、周君近梁皆一榜之翹楚，而沈君以丙辰捷南宫，官中秘，尤篤根繩之雅。遺孤應元能讀父書，發憤自振拔，沈君尤卵翼而扶植之。在嘉定，屢受知于上官，慰薦有加，尋擢宰蜀之仁懷，間關赴任，以勞瘁卒于官。今讀其在嘉定踏荒詩十四首，爲録片羽，其敷陳剴切，不啻繪監門之圖，發河内之粟，即仁懷撫字之勞視此矣。

王路庵賑饑踏荒詩

黄浦纔過東海東，連天波湧夕陽紅。魚村蟹市荒煙冷，燕語鶯歌别調工。到處提壺迷草徑，逍遥攜杖挈溪翁。寄言鄰舍休惆悵，明日新糧又急公。

齊翰

字自公。蓉川公之五世孫。少孤貧，寡兄弟，性伉爽，敦孝友。著述最敏捷，以數奇不遇，盡焚其詩文不存。晚年尤佯狂，喜嫚罵人，然遇賢者則禮之。門人姚文焞、都蔚等爲之經紀其喪，葬于城西鳳山，今壟上有齊處士碣云。

菊花

種菊非關僻，清芬與性宜。蕊香猶趁蝶，葉密不妨籬。愛惜驚風損，慇勤及雨移。新詩無一字，留待泛杯時。

同友人登山

愛山宜數往，好鳥向人鳴。不共漁樵話，焉知隱逸情？雲從林際出，水到石邊清。坐久心逾静，松濤作雨聲。

七夕

銀漢傳來異，年年續舊遊。星明雙渡夜，月借半輪秋。天上諧嘉偶，人間望好逑。龍鍾逢此夕，猶自羡牽牛。

客裏重陽

閒採茱萸佐客觴，曠懷開盡此重陽。道旁野菊猶留蝶，望裏飛鴉欲噪霜。遥憶家園多寂寞，那知旅況未淒涼。微醺漫遣登高興，遇著山樵話易長。

赤壁

載酒重來續勝遊，共探仙迹上江樓。清風依舊吹芳草，明月何人泛小舟？萬頃楚江涵碧落，千尋赤壁控黄州。故園遥指寒雲外，上下波光日夜浮。

雨霽同友人郊遊小飲

郊原雨霽土生香，正值家家刈麥忙。偶過僧房貪小憩，乍聞鶯語駐飛觴。衰能寡欲何妨老？貧不沽名亦自强。莫謂此生淹歲月，達人原與世相忘。

方在庭

字既平，原名來庭。少孤，能自振聳，焚膏繼晷，篤學不怠，爲邑侯關中石仲昭先生所知，首掄入鄉校，益淬勵問學，廣資師友，砰訇黌序間。會里中文氣衰苶，古道寢頓，士争緝拾餖語，謬詡逢年之技，君獨起而釐正之，不屑隨人步趨。丁巳，赴省試，已得雋，爲輩語中傷而罷。工詩，能另闢蹊徑，自我作古。中歲家殖隆起，好法書名畫，羅致恐後，予嘗與陳子滌岑坐其蓮園，竟日淹留，激賞不倦，殆吾里之大雅卓爾不羣者也。從兄爾止先生極愛其詩，吴江鈞叟顧茂倫選入名家，謂爲昌黎再來，良非虚語。早生子敬祖，既雋而夭。晚嬰丘明之疾，不得已，立從兄之次子榮祖爲嗣，又爲敬祖立姪孫博士爲後，告之家廟，嗚之族戚，可悲也已！其詩載前、後蓮園集中，行世已久。予擇其古體數章及名家選中膾炙人口者，故多割愛，不復捃摭云。

陌上桑

秦川有美女，方春覓蠶食。不得坐幽閨，蓮步輕一出。烏見咸奮飛，魚窺亦深没。况乃行路人，而肯不矚目？借問誰家子？妾本名羅敷。髻挽巫山雲，耳綴合浦珠。纖手攀柔條，朱唇白玉膚。遍閲採桑者，無如羅敷姝。使君忽自失，因不惜區區。欲解千金裝，願與羅敷俱。羅敷前致辭，自古有良模。比目不他匹，連理靡異株。世多好男兒，胡爲乎秋胡？我非使君婦，汝非羅敷夫。以兹榮顯身，奚難聘名姝？揮手謝使君，勿謂羅敷迂。

白頭吟

妾貌如花復如玉，生長王孫卓氏族。良人入贅便云亡，芳心真不耐幽獨。臨邛貴客美且都，求凰雅操生懽娱。深閨輾轉那得禁？輕身夜向羈旅趨。願託高軒偕伉儷，壽夭窮通勿相棄。新粧日對犢鼻褌，我出當壚君滌器。長卿博學更能文，大人一賦氣凌雲。捐貲掉臂題橋去，駟馬高車荅細君。歸來正踐當年約，情蠧書淫旋病渴。蘗臼縲牀别覓居，兩地寒更同寂寞。薄行金徽負舊語，思聘青春茂陵女。不是白頭吟最工，幾乎永斷巫山雨。辜恩誰弗笑文園？千金殊愧賣長門。自家妻室猶如此，枉以虚言動至尊。天道循環豈可誣？欲有終須愼厥初。相如抛卻私奔者，也似文君忘故夫。

讀　書

古人讀書常滿屋，武庫文倉觀不足。況復鄴架與匡廬，更富牙籤饒錦軸。今人讀書何草草，四書五經猶未了。不但胸橱腹笥無，閉户先生旋亦少。以兹感嘆而欷歔，鬻田買得五車書。千聖百朋同坐臥，終日咿唔慰索居。冷搽肌粟熱汗漫，盛夏隆冬心無倦。光陰迅速擲如梭，耳順年方讀一半。老經病後眼糢糊，開卷都不辨之無。蠹餐獺祭憑高閣，摩挲拂拭胡爲乎？回憶從前數行下，昔何昭昭今夜夜。争得雙目如曙星，仍事研窮不肯罷。我生曾無虚歲月，少小服膺舉子業。癡心直欲立功名，曉窗宵火耗心血。中年性癖喜吟詩，忘餐廢寢以爲之。聯篇未安一二字，頭摇鬚斷不輕離。晚節耐煩躭著述，集經子史咸手録。白帖青編直等身，妄想期頤堪寓目。豈期張籍目易盲，兀坐青氈難爲情。魯史不足奚從傳？蒼蒼閒殺左丘明。漫道前功盡無益，類考詩文各成帙。古人若復生于今，我豈無書古人讀？

暑中坐陳大匡新亭

雅愛元龍墅，衝炎特地臨。望中千嶂合，物外一樓深。理石分苔徑，爲亭補竹陰。納涼須坐此，舉步定相尋。

呈左霜鶴先生

絶迹離塵市，棲棲水石間。朝寛容士處，野曠縱民頑。萬木酬孤賞，千書博一閒。幾年招隱賦，終未破柴關。

贈關中孫豹人先生

先生名久重江干，偶過龍眠訪舊懽。不異王恭披鶴氅，聊從閔貢餉豬肝。遂初賦可成金石，長嘯聲如出鳳鸞。客舍雖貧君且住，忍教霜雪抱征鞍？

贈關中杜杜若先生

東西南北路重重，踏遍千峯與萬峯。曾擁繩牀過洛下，更攜緑綺到臨邛。孤吟夜倚庭前柏，結伴秋看郭外松。有興得來隨杖履，龍眠深處亦相從。

自娱

不合時宜懶是真，自娱殊覺省精神。閒中對石如良友，醉裏看花當麗人。仕恐朝廷多忌諱，遊愁天地足風塵。心心老漸甘家食，寤寐都忘久賤貧。

寄張敦復學士

遥羨聲華滿帝畿，君王行坐定相攜。食分内饌皆天禄，扇列中堂盡御題。賜第鷄從朝裏唱，謁陵馬向駕前嘶。宫貂不是尋常服，萬乘親頒護紫泥。

陳滌岑先生過小園以詩見惠次韻奉和

傍城小築徑難寬，密竹疏花翠一團。近沼席疑船上坐，隔牆峯似鏡中看。行來踏偏仙人草〔五〕，詠去香生王者蘭。最是分題才獨敏，漫勞鬚斷便吟安。

喜伯父重修承恩堂 扁額乃興獻王書賜先高祖草亭公者

皤髮仍存堂構心，偏求材木費經營。棟于斲見龍鱗力，梁大易以山松。瓦以全知雁齒情。白版縱推新閥閲，烏衣還羡舊聲名。他時若掌絲綸美，旋馬能容不用更。

宜城觀渡有感

弔古何須讀楚辭？忠臣莫救普同悲。招魂聲徹遥天聽，拯溺情深薄海知。彪舞紅飄風似織，龍飛白裂水如絲。美人争向江頭立，不惜全身影倒垂。明農先兄讀之歎賞，題云：『愛爾文心秋水明，近來詩律更峥嶸。即如倒影中流句，一幅元人畫不成。』

丁巳鄉闈獲薦因浮議復落孫山書此自嘲

自恨吾生少佩刀，傷心曾製鬱輪袍。錦分鵲渚機能織，香想蟾宫桂不飄。太傅應慙空折屐，長卿卻悔錯題橋。從今擬學元龍臥，只恐偷閒負聖朝。

過爾止兄畲山舊居有感

門館蕭蕭似野岑，吾兄去後幾人尋？蔬仍出土充甘旨，竹自臨風效苦吟。妻女尚爲宗祀計，死生不負國恩深。伯牙一自亡知己，慷慨多年未鼓琴。

寄兄子當時無錫學博

端文忠獻講堂尊，顧、高二公皆無錫人。喜爾承恩續此燈。一水操舠迎老母，三年秉鐸聚良朋。
才高雁塔終能赴，望重龍門不易登。自飲惠泉瓶内酒，相思夜夜夢毗陵。曾以泉酒相餉。

木厓先生河墅初成招集同人落之

經營池館特勞勞，管領春光逸興豪。門待柳深支徑曲，圃須竹長襯亭高。青城作饌饒丹藥，
緑野邀賓狎布袍。自與勝遊情繾綣，時時清夢到山濤。

贈亡將爲僧

禪房夜静輟經文，細述平滇賴有君。百戰功名僧盡廢，半生辛苦佛全聞。兵符拋去披宗籙，
馬革亡來衽衲裙。切莫晚歸逢醉尉，幾人識故李將軍？

讀子房傳

西漢人才一倍稠，英雄畢竟讓留侯。伊周若在惟曰輩，管樂如存第二流。救世蚤聞黄石語，

全身偏傍赤松遊。功成卻退何其勇，不似韓彭死不休。

姚注若過園亭小飲次日以詩畫見投次韻荅之

才微久不赴名場，花下偷閒近十霜。豈爲旁人輕倒屣？但逢知己便傾觴。鳥驚過從喧羊徑，犬聽呼盧吠女牆。多謝深情寬禮數，更將詩畫擲疏狂。

十六夜對月

一鏡重開照滿天，相看不亞昨宵圓。周旋月色成連夜，領略秋光抵二年。顧影久知生桂樹，忘形真擬作嬋娟。依依仍似酬佳節，何忍輕拋就榻眠？

牡丹

撥上移根對客栽，問余云自祖居來。旋看綠葉參差長，尤喜紅苞次第胎。命酒且將妃子醉，歌詩須待謫仙裁。可知富貴原無禁，貧賤人家蓄也開。

催粧詩爲張衡臣賦 二首

親迎須趁小春天，甥舅還添坦腹緣。常憶尚書憐少女，姚端恪公女。久知宗伯愛郎賢。香車就道應過七，珠履填門更滿千。自拜京師離膝下，今宵纔卜合懽眠。

共羨乘鸞喜氣融，深閨雙燭百花叢。副笄姑寄朝簪碧，合巹兄分御酒紅。夢裏有楓生腹上，張志和母。眼前惟燕入懷中。張説母。得師最愛張公子，願學元之是婦翁。唐大司寇姚崇。

江行舟中無事自限險韻爲詩以礪枯腸

自入扁舟慮盡芟，篷窗深閉似關緘。千風都咽帆纔飽，萬水齊吞舵總饞。魯港灘平隨浪濁，吳江濤逆帶潮鹹。飄流到處容吾傲，鎮日吟詩不履衫。

曝哆囉呢氅

只當齊卿晏子裘，年年揮汗曝無休。質從老上擒天鹿，色向回中問土螻。袨服豈宜貧士飾？綈袍端爲故人留。江磊齋相讓者。不煩藥物驅蟲蠹，時有椒蘭氣味浮。

校記

〔一〕枝　疑當作『杖』。

〔二〕十三首　實録十四首。

〔三〕簞　當作『篳』。

〔四〕疊　當作『壘』。

〔五〕偏　當作『徧』。

龍眠風雅續集卷二十二

木厓潘　江蜀藻輯

姚孫柱

字砥中，號佚叟。邑諸生。前乙卯孝廉夢弧公之子也。夢弧公博極羣書，聲名籍甚，以春秋魁南闈。其從子璽卿、樞部兩公皆受業其門，後先成進士。公有緒未竟而佚叟已稱十歲孤，母吴孺人相繼即世，女弟二，叟撫育之，及出，室貧無以資送，僅南郭外瘠田百畝，鬻而中分之，其友愛如此。性方直，不合時宜，姚氏爲里中右族，伯叔兄弟中簪紱纍纍，兼以姻婭之十輪九軼者無算，初不肯降意相下，故貧窶益甚。屢困場屋，遂致去，徜徉山水間，延師課子，詩酒自娱。年六十二卒。所著有世麟堂集、閩粤游草，藏於家。

徐嘿庵周宿來攜尊夜訪

孤客夜蕭瑟，獨坐一無嫌。天空縣皎月，清影透竹簾。勞君攜酒至，入座韻同拈。詩成誇敏捷，思盡笑江淹。君爲天下士，我尚守茅檐。非關傲物隘，無如持己嚴。陶然且爲樂，狂興任厭厭。聚星難再得，道合任飛潛。

真署感賦贈左鶴巖學博

流光一去疾如箭，舊巢又見來新燕。苜蓿盤中滋味長，分得寒氈席一片。在昔姚崇與韓琦，少年一出顯當時。紆青拖紫尋常事，丈夫遇合會有期。莫以沈埋惜干將，豐城夜夜生光芒。將爲款款與曲曲，毋寧踽踽復涼涼。君不見，庾信筆意多縱横，命世文章老更成。又不見，君家左太沖，三都賦就十年功。吁噫嘻！鴻鵠自有青冥志，早成晚成本無異。我欲醉眠廣文居，與君笑讀古人書。

劉子林餽酒賦謝

未届黄花節，勞君送酒頻。一簾僧舍月，孤枕客途人。落落悲知己，棲棲愧此身。尊罏何限意，把盞易傷神。

思　家

片月亦何皎，閨中獨自看。秋空天共遠，漏下夜初寒。葉影飄無定，蟲聲吟未闌。遥知故園夢，應念客衣單。

客真州署中

好懷無片晷，愁緒向誰言？客久休彈鋏，官閒秖閉門。歲時驚過眼，風雨愴銷魂。何限榮枯事，天心未可論。

懷蔣體元

歲宴一爲别，俄驚節候新。鶯聲初唤曉，柳眼乍舒春。白髮誰憐我？青雲解送人。欲尋三逕樂，惆悵逐風塵。

柬五兄戊生

牀前曾託藐諸孤，二十年來仍故吾。遊盡江湖知閲歷，歸看松竹歎荒蕪。王基報叔還聞否？陸贄爲師頗念無？已幸東山起謝傅，不妨月旦有潛夫。

真州署中除夕同吴燕公左鶴巖限韻

畫閣輝輝燭影紅，廣文清興許誰同？親朋情話他鄉外，觴詠懽娱冷署中。千里裝猶羈臘雪，五更寒欲度春風。自憐節候催吟鬢，怕説今宵今歲終。

與韋佩三别已三年今得相晤於郡城次日即别去

每思握手大江東，消息三年不易通。今日偶同吟眺處，明朝又是别離中。無端戎馬悲何極，有待功名遇總窮。一水盈盈勞目送，素心期與古人同。

飄　飄

飄飄落葉晚窗多，雨後空階長薜蘿。千里風塵秋正好，一天月色夜如何？家書幸有鴻堪繫，旅况真成雀可羅。鳳起山頭勞悵望，紫蟹清酒幾時過？

大悲庵即事有感

强持杯酒不成懽，客意蕭蕭獨倚闌。不憚九江登馬脊，虚疑三泖重鷄壇。荒城烽火秋聲亂，古寺淒涼夜色寒。一櫂煙波從此去，天涯儘覺白鷗寬。

別錢肖巖學憲陸繡公太守感賦

伯樂能空冀北羣，嶺南借寇更傳聞。一朝文獻推錢起，五馬風流屬陸雲。刻羽屢慚詩寡和，揮金不惜俸常分。炎風瘴雨難爲別，前路何人得似君？

王昭君

謀臣無計秪和戎，曠代佳人樹武功。假使丹青能畫出，當年終老漢宮中。

曉發潘家塘

野寺鐘聲不住鳴，一天星影照人行。漫愁露重征蹄滑，前路崎嶇更未平。

方宗鼒

字梅阜，號髯樵。邑諸生。曲靖司李振宇公之孫，文學柱海公之子也。生平負義氣，凡枌榆大利弊有關國計民生者，伸眉樹欵，無所鯁避，當其奮髯侃陳，音吐洪暢，殷動牆壁，雖至罹禍弗少悔。董家政三十年，多所釐正，子姓憚其嚴而服其公，里閈推爲禮法宗焉。生三子，長與幼皆殤。仲子夏瑞資敏學豐，咸以遠大相期，顧屢困童子軍，齎志以歿。孫亦繼殤，遂抱香山之痛。立從孫□華爲景受〔一〕，髫年能文，亦足似續其家聲矣。暮年益豪于詩酒，七十有三卒。所著國滋堂詩集甚夥。其壻姚子蘇似爲予搜致得若干首，可以傳已。

張子房

聞道張子房，狀貌都且美。意氣實剛方，夢寐懷國恥。博浪沙中椎，始皇魄早委。圯上受書來，佐漢多奇詭。運籌帷幄中，決勝在千里。功成志已遂，無心戀朱紫。高舉有先機，不隨韓彭死。畢竟大英雄，有物相終始。安知黄石公，非即赤松子？

泊大通因憶先中丞世父赤城公曾謫兹驛

秋風蕭槭江流咽，盡是先臣眼底血。當年自分老江干，賜環仍授舊臺官。孑身拜命出關外，披星戴月殊狼狽。先帝曰咨真忠臣，往哉薊門爲撫巡。解綬歸田年已老，功成名遂身能保。

可知患難之中處之須泰然，顛倒英雄總是天。

杜鵑爲留春作

杜鵑花與杜鵑鳥，異類同名見亦少。花正開時鳥便來，鳥纔啼處春將了。我欲留春春似梭，杜鵑杜鵑奈爾何？

登觀音巖望桃花塢有感

出郭尋幽勝，春深雨後山。巖縣空翠滴，洞古石枰閒。竹葉無新酒，桃花減舊顔。感懷無限事，流水自潺湲。

賞心

讀至賞心處，誰爲最不磨？無功五斗傳，子美八仙歌。物外踪偏迥，杯中趣總多。夜遊須秉燭，不飲欲如何？

望投子

雨後登樓望，秋山螺黛紛。趙州橋下瀑，投子寺間雲。莫問松楸主，應多鹿豕羣。感懷無限事，把酒送殘曛。

寄廡

寄廡聊容膝，蕭然何所餘？半生爲客杖，兩代負人書。貧已過原憲，名徒著子虛。年年芟短髮，煩惱不曾除。

初夏薄暮與兒㚷姚壻文燭飲後園拈韻

城市即山岑，開尊就緑陰。柴門無吠犬，石徑有鳴禽。正對銀缸燦，俄驚玉漏深。天倫真樂事，焉肯輟高吟？

編詩

才微聊寄興，安敢望前賢？散落已云久，搜求總未全。是詩非是史，編體不編年。但得稍成集，毋言傳不傳。

泊紫沙洲

風捲長江浪接天，千帆争落暮煙前。亂來鄉信逢人問，老去窮途祇自憐。野性喜聞牛背笛，村酤醉解杖頭錢。明朝漂泊知何處，且向蘆中穩一眠。

過涉園故址懷江鱗一孫木生戴湛斯諸亡友併即時事

何日輪蹄絶轉輪，慙余數口尚炊珠。雁迴衡浦音書杳，蝶繞桐陂旅夢孤。亂後歌猶傳子夜，醉來論欲續潛夫。當年嵇阮銷亡盡，惆悵黄公舊酒壚。

流寓連城距家虎玉龍潭僅十里時虎玉客建業詩以報之

人情摇曳似縣旌，偷得浮生學耦耕。蒲柳風前牧笛静，芰荷月下釣舟横。瓦瓶舊酒傾瓊液，野圃新葱試水晶。寄語龍潭未歸客，兩牛鳴地即連城。

登九龍山懷古

細酌清泉解宿酲，短笻還繞九龍行。猿啼芳草春申徑，鳥没晴雲泰伯城。眼底聲華成往夢，天涯琴劍厭浮生。不如一笠歸與早，買犢西疇學耦耕。

次江向若先生頌竇公韻

西山何事賦招魂？烈烈孤忠死亦存。不惜一身全社稷，直將隻手定乾坤。丹祠已信馨香遠，青史從教姓字尊。流覽滄桑無限事，幾人簪紱報君恩？

征途

征途雨雪少銀鞍，傍險衝泥逐步難。不見綈袍憐范叔，空留長鋏伴馮驩。春回平野驚微緑，鳥變新聲度淺寒。多難一身貧與病，自傷華髮勉加餐。

藏雩山狂草盈箱後爲離亂遺失僅存一二種乙未季夏雨後曝書對之有感

一從騎鶴羈天闕，明月清風不見歸。仙句每於愁裏誦，狂書猶是醉時揮。幾行煙霧晴難散，滿壁虬龍勢欲飛。至寶豈無神鬼忌？如今始悔慢藏非。

能　隱

巢由何必買深山？能隱山城總一般。無藥醫愁惟痛飲，有方卻老是偷閒。閒來詩與棋相狎，飲處花邀竹共頑。再過半生吾願足，肯將野服覷朝班？

擁　被

海門度日真如歲，高枕翻嫌酒力輕。屢有魚書郵百里，全無蝶夢入三更。鏡中看鬢衰難避，花下撚髭句易成。擁被繩牀趺坐久，江城何故不鷄鳴？

秋柳次王阮亭先生韻 二首

槭槭秋聲黯别魂，飄飄落葉滿衡門。輞川難湧風前浪，彭澤應疏月下痕。漁父網間縣遠岸，酒家帘静挂荒村。由來兩巷分青白，願與蕭何細討論。蕭賁、何妥分住青楊、白楊兩巷。

多情多態本堪憐，零落難含雨後煙。眉黛有愁還自鎖，腰肢雖冷不裝縣。王恭婥約非春月，顧愷蒼浪憶昔年。多少尋秋人不折，垂垂陌上與橋邊。顧愷之與簡文帝同庚而髮早白。帝問之，曰：「蒲柳之質，望秋早凋。」

丁未送春 四月十四日

簾捲高樓望翠微，倚欄寒透幾重衣。花陰旁午迎朝雨，柳色參差映夕暉。掩户每愁租吏擾，分題還苦故人稀。奚囊羞澀無新句，致使春光不肯歸。

玉屏庵訪惟聖上人不遇

亂後栴檀締造難，十年將復舊時觀。玉屏竹樹摇雲日，金闕樓臺舞鳳鸞。陸羽數甌煩惱盡，羲皇一枕歲時寬。老僧看不寒暄破，又棄名山傍宰官。時移錫東郭茶庵。

有客

扃關亦有客相過，倉卒留之事若何？買得楊花魚正好，賒來竹葉酒能多。殷憂懶向人前說，老興偏宜醉後歌。一徑煙蘿吾願足，任他里第號鳴珂。

九日

不復人前説興豪，兩年九日未登高。非關濟勝全無具，秪爲尊生少節勞。秋色枰間聞塞雁，夕陰檐下劈江螯。寥寥一菊英如落，勾引幽人詠楚騷。

喜雪

六出天花影入簾，無風亦自舞纖纖。官堤遇柳端成絮，相府尋梅又作鹽。應有兔毫題素綺，誰從驢背指青帘？貧家望歲情殊迫，修甕毋煩太史占。

試劍石

怒試青萍劍，雲根兩片分。負心無限事，俠氣不逢君。

多　雨

去年招不來，今年止不住。纔窺一隙光，又起千峯霧。

寒夜獨酌懷徐闇之

寒燈孤館夜蒼茫，一雁低聲度柳塘。莫擁爐頭私一醉，南山更有草廬霜。

送　別

春滿征衣翠欲垂，郵亭杯酒駐金羈。青青無數河堤柳，盡是今朝贈別詩。

江南行

長江東下水悠悠，楚尾吳頭一樣秋。莫向雨花臺上望，鍾陵煙草使人愁。

哭馬一公 五首

叢桂花開正好秋，不曾强仕便仙遊。無情莫怨青銅鏡，鏡裏紅顔未白頭。一公有『無情最是青銅鏡，纔照紅顔又白頭』之句。

聞有頭陀號闡微，與君坐臥證菩提。中秋看月成虚約，錫杖追隨路已西。一公與僧闡微有中秋看月之約，中秋前三日，闡微先亡，越二朝，一公相繼，自言有僧來迎。意者其闡微乎？嘻，異矣！

兄弟翩翩君最奇，見君兩哭雁行詩。修文何事需才急？又奪扶風一白眉。

繐帳霜風拂素秋，幾時有信到陶丘？開緘又見亡家督，難使西河淚不流。

金風不掃鏡臺塵，血淚枯時兩黛顰。可處堂前六姊妹，如今四作未亡人。一公外舅廣文姚珠樹先生堂名可處。

楊柳枝詞

春到郊原二月時，東風披拂嫋如絲。來來去去争攀折，人自傷心柳不知。

哭從姪子留

自矢飄零到白頭，不曾頭白早仙遊。共知家訓明明在，獨與青原據上流。『飄零到白頭，明明家訓在』，皆子留感憤詩也。青原，謂藥地也。

方䂓

字夏瑞。髯樵之仲子也。少穎異嗜學，作文不屬草，屢躓童子科。庚戌冬，學使簡公按皖上，甚異其文，既得復失，遂抑鬱成疾而卒。妻鄧氏年二十有七，矢志柏舟，立姪華爲子，茹檗和丸，梓里咸欽其節。二女俱字名家子。

贈妹丈姚蘇似兼憶伯母齊夫人

世麟堂上壼範賢，鍾禮郝法靡弗全。一朝瑞夢錫自天，彩雲結鳳集其肩。吳興甲第本蟬聯，篤生蘇似非偶然。蘇似丰姿本翩翩，弱冠才思如湧泉。興豪把盞吸百川，雄談不啻驚四筵。常見承懽舞庭前，萊子衣裳何蹁躚。風流日解杖頭錢，五陵佳士袂相連。惟我訂交多歲年，朱陳復爾絲蘿牽。異姓如結弟昆緣，相親相勉更相憐。風雨久共鷄窗邊，夫人膏火費周旋。君今卜築我分椽，不見夫人訓子專。勉旃歲月戒遷延，勿負夫人屬望偏。

自詠

貧家甘寂寞，終日掩柴門。喜見瓜蔬熟，難堪燕雀喧。營生虛歲月，失養愧晨昏。荒徑多湘竹，愁人灑淚痕。

擬何處談心好和李芥須先生作 六首

何處談心好？高朋集小軒。雖然嫌在市，翻覺静於村。沽酒能深醉，遺書喜半存。笑歌常竟日，好我不知喧。

何處談心好？龍眠訪戴家。濃陰驅烈日，飛瀑接流霞。野鵲知求食，奚童善煮茶。縱非車馬客，山水不余遐。

何處談心好？石門祖墓前。水飛巖下雪，風拂樹頭煙。野俗休云陋，山翁即是仙。相邀來把臂，一日勝千年。

何處談心好？幽居傍水濱。茫茫千里浪，冉冉一家春。釋子交稱舊，漁翁敘是親。盤桓分兩地，瀹茗幷烹鱗。

何處談心好？層樓聳篤峯。香臺題古迹，敧石誌仙踪。四望雲霞近，閒遊鹿豕從。此間無俗累，笑語更從容。

何處談心好？禪林隱翠霞。泉疑出銀漢，山擬是金華。方丈看飛錫，長空望雨花。坐深歸路晚，門外覓三車。

步家位白尊經閣感懷韻兼以慰之

從來欣戚本無常，大抵乾坤是戲場。托業空門能了悟，棲身異地即家鄉。莫言一日如千日，纔看朝陽又夕陽。寂寞更逢賢地主，烹茶共話泮池旁。

古別離　十首

昔懽初來時，手摘芍藥歸。儂心了不懌，此花名將離。

憔悴山頭草，受盡風顛倒。懽來試問懽，懽只道儂好。

問儂字阿誰？不語頰微潮。人間那得有？合是董嬌嬈。

誰謂懽無婦？誰謂儂無夫？不知婦愛懽，得似儂愛無？

勸懽勿悲傷，只如儂已死。明明往復還，那得有死理？

勸懽勿思儂，只如逢懽怒。但見儂如花，不聞懽似虎。

送送莫回頭，此是終天別。今生不同棲，他生願同穴。

懽似江上船，揚帆疾便去。只在此江中，知船泊何處？

懽似山上雲，狂風捲卻去。安得風復回，還雲舊住處？

莫言成死別，只道是生離。生有重逢日，死無再見期。

七夕戲作

曾聞王子去求仙，七日人間年幾千。莫道雙星懽會少，安知一夕不千年？

謝國楨

號屏石，一號頤齋。天啓間諸生。弱冠時意氣干霄，才敏捷，刻晷七藝，文不起草。賦性清剛，有古人義明于霜、行直于弦之概，顧以耿介忤俗。崇禎末值世變，遂無志進取，退居土室，課子孫，鹿車偕挽，唫詠不輟。喜爲詩娱老，而寫其結轖不平之感者居什之七。工小楷，選註左、國、性理、天中、通考以及天文、地志、方伎之書，靡不繕録精楷，約尺餘許。晚歲好浮屠家言，年八十二卒。卒之前一日，爲絶命辭，有『箕尾乘雲去，飄然上玉京。乾坤從我老，日月任他行』之句，非具有夙慧，能撒手游行若是乎？

言懷詩示胡子允

松柏性堅貞，歲寒色不異。薑桂味本辛，歷久辛彌異。植物且猶然，豈人乃弗類？自分百鍊金，繞指亦何意？緬懷陶元亮，賢愚今古企。非不剛與拙，入世多不遂。中材當末流，謡諑安能避？君子畏冥冥，僉壬無顧忌。鬼神瞰暗室，雷霆無私庇。渺兹羣山魈，伎倆焉不匱？仰首問穹蒼，愀然發深喟。

浮　山

拔地怪石起，鬼斧劈何年？大江環螺黛，矗立狎風煙。巖洞名象具，艛艥形勢全。滿山都是空，空中各一天。更有天紳垂，飛瀑百丈縣。直上繞雲梯，快看赤石蓮。仙橋踞山腹，石牀臥偓佺。塔是遠公藏，詩獨半窗傳。天池龍涎溜，盤谷如虎眠。古樹摶風翻，貝葉豎崖巔。疊嶂奇雲覆，四時幽鳥喧。崒屼空三昧，撑裂振長川。山亦嫌皮相，想像悟安禪。

金山寺

今古山川奇，怡情在目覩。崱屴兹金山，怪特未曾有。圓石繫孤根，砥柱横江口。遠近一望收，入夜瞻星斗。來往艇周遭，天風八面受。雷雨轟一朝，隱影似龍首。得非巨靈撑？還是扶輿厚？旨哉中泠泉，三峽尤須剖。

皖城答友人

亂離飄泊不得意，饑來充腹難煮字。君爲幕掾在皋城，醴酒不設穆生棄。紛紛戎馬事兜鍪，書生挾策何所求？與君朱陳兼管鮑，安能休戚不相謀？嗟我彈鋏亦無魚，雖然依劉不自如。幾撫龍淵欲掉臂，同一緣慳君子疏。『緣慳君子疏』，乃來詩中語。吁嗟斯世范君無，麥舟貽贈何人乎？慙媿予更非仁祖，新亭灑淚共沾濡。此時相逢值重九，幸有白衣人送酒。與君就此澆磊塊，侘傺不忍言揮手。

月夕登樓

此夜月娟娟，山連一色天。潮平光似水，暑退冷于泉。笛送高臺上，鐘來古寺邊。凭欄無限意，應作玉繩牽。

水漲 樅川

巨浸連江海，滄波浩淼天。魚梁通市路，煙竈寘崖巔。高柳人依釣，深蘆估繫船。凭凌時一望，鷗鷺狎洲邊。

僑居戴稼沖江楚望先生見過卻贈

自歷滄桑變，交親遠市廛。買山非避世，小隱且安眠。桂樹君多種，鷦鷯我借椽。相離天尺五，寄廡傍芝田。

春日攜諸孫登城閒眺

登高聊極目，春色一何妍！遠黛晴含雨，深林樹吐煙。樵風山下路，僧磬定中禪。更愛新鶯囀，聲聲緑柳前。

虎丘

鬧處翻成静，芬芳最襲人。塔縣千疋練，花競衆園春。彝鼎摩挲遍，嬋娟邂逅頻。仿佯觀不盡，世界覺忘塵。

人日同許綏人陳子和步屧郊外

人日風光好，相邀出郭遊。曉煙籠霽色，新柳媚溪流。花樹深林密，莓苔曲徑幽。勝情推二妙，欲返且夷猶。

紀事詩

吾桐之有城也，始于司徒盛古泉先生與邑侯陳燕野明府，成之者則有諸大姓。先曾祖明軒公爲古泉公妹夫，實與焉，督建東北城二十丈，宜民城門一座，左右並一丈有奇。庀材鳩工，締造匪易，貲傾力殫，落成亦難。因思崇禎末，秦寇久攻不下，議者歸功建城之首庸，固矣。然東北要害鞏固于金湯，宜門偏陴奠安于磐石，先人佽助之功，諒非卷石可比也。爲嗟悼而賦之。

烽煙靖後此安居，誰識先人竭蹶餘？碑碣燒殘名失紀，東城外豎碑，鐫始事姓氏，爲劫火所灰。甓瓴苔歿字無虛。城塼上姓名猶有存者。全城信是生靈福，固圉寧忘締造初？此外倩誰傳姓字？登臨不禁重欷歔。

輓黃翼猷

曾憶河干折柳晨，相期晝錦及新春。豈知遽赴修文召，徒作鷄壇夢裏人？

同李建公訪王延仲不遇

爲憶王孫攜手來，卻因題鳳轉徘徊。歸歟且帶江南信，瞥見枝頭幾朵梅。

感燕 時值兵燹之後

王謝堂前化作塵，可憐民舍亦荆榛。千迴萬轉無尋處，似亦傷心憶主人。

楊復震

字伯清。邑諸生。親病篤，禱于神，祈以身代，病良已。童時讀書攻苦，欲寐，引錐刺股。博通經史。邑侯陳公贊化、辛公朝薦，學博王公熙章皆欽其人。屢困棘闈，遂不求仕進。别號畊野，作寓言集，弗傳。

病中感懷

長年貧病兩相摧，愁抱何時得暫開？幾片落花門静掩，數聲啼鳥夢初回。池塘水漲魚兒出，茅屋風清燕子來。卻羨漢廷能重士，至今惟説子雲才。

方民牧

字是人。邑諸生。爲人淵博和雅，卓爾不羣。少與予友善，屢躓舉場，鬱邑而卒。詩文亦清婉可誦。

杜蒼略來桐晤言感舊

執手秦淮獻賦忙，癡情漫説即飛揚。天香冷落三千字，葭夢淒其十六霜。策杖自甘林慮老，敲詩微減杜陵狂。濃花細柳垂垂發，話到秋池燭正長。

寄洞羞

粼粼淮水照人清，研席頻年蜀洛争。白髮尚談天寶事，青氈舊識竹林名。幾年荷鍤身將隱，二府横經望已榮。莫厭官階成拓落，亭亭鶴立應飛鳴。

方季芳

字澹齋。明經石楠公之季子。少工制義，屢試不售，隱居海聲別業，與兄郗枝、杜若齊名。杜若早卒無傳，僅生一女。公擇佳壻，割授腴田以資裝送。又族姪貧不能婚者，捐金佐娶。性嗜風雅，自桂林以下，暨南淙、石洲諸公遺集皆繕録成集，出其全稿入予選中，其行誼爲名流推重。晚節無子，立從兄樅叟之子寧，醇謹讀書，補邑諸生。後還居城市，蒔花種竹，饒有山林風味。與李芥須、陳問齋善。壽七十五終，著有澹齋集。

元日

元日一杯酒，聊澆塊壘腸。鶯花春漸動，風月趣偏長。方寸無多地，浮生有底忙。出門占歲稔，塵海正茫茫。

以端硯贈從子方山

一片端溪石，摩挲歲月悠。墨花香薄霧，水氣冷含秋。龍尾星尤潤，猪肝色更幽。扶桑曾砥礪，期爾亦同儔。

寄陳問齋明經

朱門何必定彈冠？百尺神龍豈久蟠？詩社已知先奪幟，文場今喜復登壇。夢驚北鴈秋聲老，吟對西窗月影寒。幾度懷君君不見，長風何日共扶摶？

觀梅

開遍南枝到北枝，園林深處早春知。向人浮動巡檐處，隔水橫斜放鶴時。小雪初飛情更好，淡煙微護意俱遲。黄昏獨坐堪爲侶，似解清言索我詩。

秋夜

楊柳瀟瀟月半斜，滿林秋色夜啼鴉。夢回酒醒砧聲急，知在牆東第幾家？

左國寵

字子衡。爲忠毅、侍御兩公從子。家學有自，性好結納，四方知名之士争與締交。生平著述矜慎，不肯妄下一筆。王充沈慮，賈島苦吟，差足方之。會寇亂，轉徙散落滋盡，同人咸爲惋惜。

長安贈别魏子一

海内推無忌，高名舊所思。與君折屐日，值我挂帆時。獻策金門遠，悲歌燕市遲。留侯椎在袖，只許魯連知。

送友人歸里

客裏銜杯送客行，西風吹動故園情。豈緣遊子輕辭我？無奈將軍欲據城。白兔河邊秋月冷，龍眠山下暮雲平。經年折遍江南柳，子夜吳歌變楚聲。

鄉園偶吟

漫説桃源路似迷，謝家春草自萋萋。堤邊雨過荷絲嫩，陌上風吹柳葉低。留客野船魚受釣，彈棋花下燕銜泥。春山别有煙霞趣，何事征人怯鼓鼙？

弔龍眠 二首

憶昔龍眠里，高齋納夏涼。菖蒲還未緑，梅子正初黄。甯戚牛歌晚，莊周蝶夢長。如何征戰後，畦少稻花香？

憶昔龍眠里，西風咽不流。水清天見底，樹老月當樓。短褐穿三徑，長歌遣萬愁。如何征戰後，楓葉自悲秋？

重修史道鄰中丞生祠

節握江南北，先生獨有神。三年飛赤羽，一旅阻黄巾。去後思何武，生前祀寇恂。邇來聞戰鼓，倍覺此情真。

哀中原

莫向新亭望，中原事可嗟。文章多誤國，扈從盡還家。地割淮千里，河分水一涯。煤山清夜月，淒切動胡笳。

喜吳民在過訪

尚有淩雲志，其如多病身？交疏因世亂，婦謫爲家貧。投刺蹔江夏，垂綸想富春。鏡湖清夜月，秋浄水無塵。

歲暮椶川阻賊喜方子詒吳璧如見招

烽煙滿目故鄉殘，游子思歸行路難。獨櫂三江留歲暮，孤城兩月廢朝餐。相逢邂逅如君少，攜手殷勤念我寒。聞道援師將入境，將軍争不早登壇？

己卯南下得舟字

清水蘆花古渡頭，滿天風雨繫孤舟。女兒莫嫁多才客，書劍年年湖海遊。

夏　遠

字掄采。廣生先生之孫，庠生允初公之子也。少孤，依王父，克自振拔，鋭志汲古。顧以家殖寢落，爲四方之遊，所之輒不偶。晚乃安貧樂志，築室山莊，不入城府。詩清豔不羣，與張子芸圃異曲同工，藝林争傳誦之。掄采爲姚端恪公内姪，與注若兄弟有中表之誼。己酉春，曾游京師，訪端恪公，過予寓齋，信宿論詩有合。今所存竹西漫遊草，履若躬造其家，得諸藐孤，屬予詮次，兼捐貲梓之，固體端恪公姻睦之遺，亦可爲弁髦先集蔑寘不省者愧已。

白門送子駿叔歸里堅訂秋暮重來

共買春帆二月天，我留君去倍凄然。數行旅信仍頻囑，兩字平安望早傳。桃葉尚期花發處，秦淮好待月明前。芙蓉開遍秋江晚，日向江東待泊船。

拜方正學先生祠

幾株殘柏隱斜陽，一望荒祠欲斷腸。十族姓名雖失記，三楊功業亦何常？花飛紅雨當年淚，袖拂清風此日香。一室稱戈猶有恨，衣冠能不愧行藏？

汪翠雲燕京名媛也字何氏甫十七而棄塵偶降乩白下自敘其由立成三絶不勝悲悼因索和同人以致哀輓 三首

雲外天香偶一至，逢人泣訴當年事。畫圖難識怨春風，月下空歸金翡翠。

臨鸞不見舊時容，知落巫山第幾峯？誰識粧臺環珮冷？今朝名字始相逢。

桃源無復可通津，空有雲煙伴此身。自是好花偏易落，東風從未一憐春。

附　仙姬原唱並序

從來名花易謝，薄情不盡東風；好夢誰殘，所恨非關啼鳥。偶逐香，飛于南國；堪憐春，冷于燕臺。虛窗夜月，寂寞殺尋巢燕子；石洞閒雲，收拾卻粧閣鉛華。縱蓮性猶存，而藕絲難斷。海即枯而恨未伸，鴛鴦再結；石雖爛而願有在，連理重生。聊寫柔腸，率成三詠。多情佳士，廣布哀音。

雲鸞偶借春風至，唯有杜宇知我事。夜夜枝頭泣月明，聲聲血損蒼苔翠。

從今恨殺妬花容，粉褪香消散紫峯。風雨無情何太速，不留一夕月相逢。

洞口雲深誰問津？松�邀月任隨身。劉郎一去無消息，盡日桃花千樹春。

和胡元表閨情 曉粧

拂奩羞作勝花粧，影未鸞窺已斷腸。雲髻巧梳新蛺蝶，金鈿斜壓舊鴛鴦。柳絲綰恨雖難解，薇露和脂別有香。細數枝頭紅已盡，愁長何事日隨長？

罷粧

檻外葡萄漸滿棚，碧紗初日曉粧成。紙澆蜜珀穿蘭瓣，星小珊瑚作鳳睛。粉箋無題因懵懂，羅衫單着更輕盈。從今人已羞金屋，暗對菱花泣不平。

閒步

柳絲槐蔭玉樓封，九曲雕欄一逕通。蜂抱花鬚縈兩袖，雨滋苔軟襯雙紅。香羅低挈防薇刺，小步輕那礙草叢。卻恨夭桃爭賣笑，幾枝分墜出牆東。

午睡

緑陰深淺護簾櫳，倦起羅幃眼尚瞢。冰簟痕偷螺黛色，湘裙花綉石榴紅。釵縈香鬢垂鬟尾，枕落殘脂補鏡中。怪殺黄鸝何絮聒，不留一夢醉春風。

侍月

湘裙八幅半虚腰，瘦損如今勝柳梢。苔滑小紅鼓檻整，鳥驚翠影隔簾敲。碧池水静風摇月，朱户宵長燕語巢。鄰院琵琶何所怨，故將聲送是誰教？

待音

湖山側立二更深，倚遍欄杆未有音。滿院落花春寂寂，半簾疏月影沈沈。燒殘銀燭留鸞髻，倦倚金爐擲鳳簪。啓篋再看新錦字，今朝應不苦寒衾。

過訪方畲山先生留飲草堂

沿溪依竹板扉開，犬吠童迎唤客來。暫輟北窗高士講，且傾南國故人杯。一尊潦倒五株柳，七字吟成四壁梅。四壁盡畫老梅。容我慇懃常問字，月明花發好追陪。

晚泊樅川

漠漠孤舟煙霧屯，微茫燈火市音喧。帆停夾岸人沽酒，月滿垂楊犬吠村。百里鄉心歸愈切，一年離緒見難言。應知夢裏人先到，早爲征人款竹門。

書先王父遺稿

撿得三年稿，難禁淚綆縻。所嗟貧與老，賴有酒兼詩。卻杖步猶健，看花屐每遲。塵囂知久厭，未得買山貲。王父時有山居之志，鬱然未遂。

同友人遊宿長干里

盛遊最愛是長干，計日看花直待殘。綺陌風輕歌細細，畫樓春煖柳漫漫。煙籠晚樹鐘聲遠，水動寒光塔影盤。更有留人橋上月，翠裙香滿石欄杆。

舟次下方渡

櫓聲摇破碧湖煙，夾岸藤蘿礙客船。曉霧日收山寺出，遠帆影盡白雲連。溪桃含露紅猶淺，浪柳拖痕緑未全。自信奚囊歸未得，風和花煖足盤旋。

棕川晤注若庭若表兄訊余客況 二首

兩月煙波江上船，弟兄今日一觴連。敝裘痕濕侵春雨，空篋囊盈行路篇。貧賤向人多失意，疏狂違世更誰憐？蓬門柳色陰應滿，羞見征夫拂影鞭。

異姓何分親弟兄？聞余返棹意怦怦。已知蜀道人心險，盍慰蓬門此日情。清白子孫貧不媿，阮嵇疏略懶沽名。分金聊以充歸橐，良晤還期待入城。

方含仲先生與余世交今居鄰接壤招飲話舊追維往事不禁欷歔因賦以贈

與君奕世稱通好，幾易滄桑義不忘。數畝恰通高士逕，一樽開泛故人觴。垂肩柳蔭全遮户，炫眼榴花半出牆。回首那堪言往事？相逢不是舊行藏。

卜居鄉莊 十四首

一枝今始卜，聊以憩途窮。愛竹窗宜北，看山户向東。涓涓多澗水，習習有松風。但得幽居趣，行藏盡此中。

春睡常慵起，褰幃日滿窗。瓶花開對對，梁燕語雙雙。眼暗書恆錯，年衰酒未降。浮生將半百，一夢逐湘江。

野薇何爛熳，延蔓到荆扉。香逐蜂無數，花叢錦一圍。斷垣須借補，荒徑任飄飛。朝起吹殘絮，繁霜點絳衣。

搔首何堪問？深慙七尺軀。螢光那是火？荷露豈爲珠？何必嗔炎熱，無煩論智愚。有花兼有酒，不問日將晡。

門閒疏客屐，逐逕草萋萋。犬就花陰臥，鷄登樹杪啼。繁枝堪供爨，隙地可成畦。何必桃源好？漁郎路已迷。

小築架山限，柴門逐水開。衹緣貪野趣，豈是畏人來？生死交因見，升沈夢幾回。偶然臨小鏡，鬚鬢半年摧。

積雨易經旬，荒階事事新。捲簾蕉緑上，支架豆藤勻。蜂鬧爲爭蜜，鷗馴不避人。曠然無一累，全賴是家貧。

蕭然何定止？暫借數椽安。選石支花逕，循流擇釣灘。三春辭市井，兩月未衣冠。聽語滄桑事，歸來夜已闌。

放閒天許我，何事足相關？花事任開謝，溪雲儘往還。漸來稱白叟，耐可老青山。笑傲塵囂外，身忘天地間。

最愛松篁韻，村村罨暮煙。風開雲外樹，月蕩水中天。遥指山分地，閒談稻認田。清香忽有異，池畔吐新蓮。

落日漾清波，輕風細細過。林喧知鵲鬬，野唱和農歌。門任題凡鳥，書慙換白鵝。尚平家累畢〔二〕，煙水足漁蓑。

誰識疏狂性？無拘性更狂。興來學草聖，醉後曝書囊。野曠天齊樹，檐疏月近牀。南風忽然北，一日有炎涼。

露坐每三更，常看北斗横。篤生原有分，於我太無情。非是羞貧賤，多慙説姓名。仰天長歎惜，何處問君平？

比鄰不數武，竹舍有閒僧。支石留人坐，烹茶取佛燈。塵空心似水，性定語如冰。訊我浮生夢，黄粱熟未曾？

戴　匡

字曙野，號夢粱。鳳皋先生之叔子。幼讀書，旁搜博覽，目無輩行。嘗以筆耕走四方，門下多知名士，如壽春明府夏簡在、里門廣文周信臣、徐扶九及桂林、吴興諸孝廉，多出其門。公性恬静，頗躭山水之樂，而似君芥舟岐嶷克家，尤能養志，故晚年草伏林棲，意興所至，輒有吟詠，不存稿，取適意而已。今搜其家，得如干首，因節録之。

江村晚眺

荒城秋色早，孤戍暮煙平。江湧數峯出，舟浮一葉輕。月光先遠浦，漁火亂疏星。獨立悲搖落，猶聞畫角聲。

送宣維人之海門

蘭譜盟心後，憐予意獨深。才多聯白社，交不重黄金。笑傲空天地，悲歌極古今。歸途逢歲暮，別淚莫霑襟。

早　鴈

書空何太速？幾日到汀洲。飲啄初辭塞，飛鳴特報秋。乍聞寒欲近，漸覺暑全收。不待南歸燕，先期過隴頭。

河干野望

淡雲横碧落，殘雨入秋冥。客舫乘新漲，漁歌隔遠汀。霜侵楓葉紫，水落石苔青。日暮人煙静，魚風過網鮏。

東郊訪菊

聞道東籬菊，秋來色倍妍。葉稀含宿雨，枝細點輕煙。不並春華豔，寧甘秋露鮮？荒臺争放日，攜酒到花前。

西山楓葉

秋色看如許，西郊倍有情。染霞浮片片，剪絳落盈盈。惜少香同伴，嫌無花可名。金風吹不盡，還擬入山行。

金陵懷古

六朝形勝枕江雄，雙闕層城想像中。鍾阜松楸空夕照，秦淮簫管怨春風。雨花杳杳留陳迹，芳草離離没故宫。杜宇不知興廢事，啼來啼去孝陵東。

送春

落絮飛紅已暗催，堂堂此日去堪哀。封姨有恨留難住，蜀魄多情唤不回。遊興每愁經病減，吟懷須索對花開。倚欄獨酌忽成醉，風捲遥天陰雨來。

毗陵旅夜

木脱秋高動旅愁，頻年飄泊久淹留。霜侵十月客衣冷，露白三更江水流。作賦何心能擬宋？登樓有感尚依劉。數聲砧杵情蕭瑟，不待風塵暗白頭。

蕪陰送馮五漁之漳州

漠漠塵沙兩鬢侵，客中送客轉情深。江天潮落征帆遠，榕樹秋高歸路陰。旅館酌花聯臥榻，藥欄遲月聽鳴琴。憶君撥盡高山調，相贈慙無白雪吟。

幽居自述

明珠何必待明投？得遂丘園志總休。半榻懶爲孺子設，一氈還笑獻之留。雲生陰嶺來朝爽，風動寒林逼早秋。澗道縈紆人迹少，日吟哦處對清流。

望雨

雲銜落日四山低，繚繞川原入望鼓。風向樹間吟葉亂，人歸溪上到村遲。卻看黛色含煙處，難寫秋容欲雨時。石上支頤閒獨坐，中林黯淡有餘思。

下帳宜城輓方生嵇侶孝廉

垂老猶憐客是家，江城旅舍度年華。酒供觴詠求玄草，花滿園林護絳紗。風雨一燈消短夢，琴書半榻足生涯。祇今望斷雲中鶴，華表淒涼落照斜。

感懷

半世顛狂百事空，悲歌竟日總途窮。非關壯士才華盡，卻與佳人薄命同。妍裏效顰都是拙，竽中鼓瑟敢言工？鬢毛空起流年感，今古牢騷一老翁。

客中除夕

歲暮猶爲客，兼當雨雪時。送窮囊任澀，失意路從岐。吾道終難問，天心未可知。浪遊羈此地，空作鶺鴒詩。

除夕立春

經年無著作，便覺筆生塵。興以愁多減，囊因業廢貧。雪殘知卒歲，寒極自回春。爲問今何夕？清光又一巡。

和十洲禪師登投子韻 投子曉鐘爲桐八景之一

何代荒殘古寺關？石橋蘿徑尚躋攀。賣油人去徒聞偈，說法臺空不問山。碑記卻尋磨滅後，鐘聲猶說有無間。一從飛錫歸天外，流水孤雲鎮日閒。

龍山客舍

蕭齋風景亦翛然，山色湖光到眼前。綠樹鶯啼春社雨，白頭人病麥秋天。愁時看鏡憐容瘦，永夜支牀怯夢牽。天放一生閒與拙，南華幾卷遣餘年。

秋山苦雨

秋稼凋殘積雨時，不堪摇落苦棲遲。圃經飄没蔬將盡，沙欲傾頹路漸攲。花上露聲窗下酒，座間山色案頭詩。溪雲彌野看無定，霽色空明未有期。

雪中水仙

恰與梅花同日放，獨超羣卉更清新。芽排細石根微瘦，蕊並疏枝香可人。雪色欲凌仙骨冷，寒威直逼案頭春。及時呼酒酬今夕，莫待東風怨不辰。

明妃出塞圖

長門多怨綺羅香，誰識天驕選漢粧？笑説鬟眉終牖下，翻令粉黛定遐方。邊笳悲動黄雲暗，塞馬寒嘶白草荒。若使此圖當日見，争教青冢對斜陽？

校記

〔一〕□　原刻如此。

〔二〕尚　當作『向』。

龍眠風雅續集卷二十三

木厓潘　江蜀藻輯

姚士堂

字佩若，別號敬齋，一號梅谷。端恪公仲子。少即汲古振奇，端恪公讀王文成有庳論，因命作象論，喜曰：『文與陽明旨合，可與論古矣。』又出三都、兩京賦，授讀三日，輒能背誦。與兄弟誦習雁軒中，更相師友。年十八，補博士弟子，試必前茅。康熙己酉舉北闈賢書。庚戌，見賞于太史儲公玉依，而少宰王公冰壺乙之。壬戌，又見賞于憲部畢公鐵崖，而銓部于公桐江乙之。于、王皆端恪公戊子所拔士也。嘗自都門歸里，聞端恪公勞于王事，貽書伯兄注若云：『大人以已衰之年，競方剛之力，冀兄趨侍之暇，叩頭幾諫，念仲達食少事煩之格言，企李公小事糊塗之偉識，蠲繁苛以弘遠略。』端恪公笑而頷之，以爲祐之諫恢、廩之諷傚不是過也。丁巳，補內閣撰文中書舍人，于一切章奏字疏句晰，不敢稍懈。同事滿、漢諸公咸服其敏練淹通，推爲祭酒。會是年上行秋獮禮，獲與扈從，歷覽山川名勝，譜爲詩歌，京師傳誦，膾炙人口。既奉端恪公諱，居喪盡禮。服闋補官，與伯兄僦舍同處，晨夕唱和，貧而能樂，爲詩益夥。常自哂曰：『處則爲遠志，出則爲小草。今通籍爲紫微郎，非處也；而裋褐不完，饔餐弗具，又非出也。其介出處之間乎？』因以『小遠』顔其齋，其陸沈金馬如此。居恆孝事王父母，能體親心，尤友愛同氣，不以遠邇歧吴興之孝友，通博人也。年四十有九卒于京邸，論者惜其才用不盡焉。予夙聞公善詩、古文，因與諸兄弟踐更省侍，予又有汗漫之遊，不獲傾其篋衍。今其孤孔鑑輩裒其雲怡閣集，將乞予爲序，合以問世，姑摭其佳句，比于威鳳一羽，然不勝收矣。

秋遊龍眠訪李伯時隱居故址

竟日尋龍嶺，青山不見君。李莊傳尚在，藜杖與誰羣？村逕寒花静，蔬園亂水分。銜杯遥悵望，空對暮天雲。

送王父之歙州

霾霧連朝黯未收，蘿裙棲屬上扁舟。雖知白髮宜壺隱，難負青山説臥遊。百種藤花岐嶺勝，一村煙雨昉溪幽。吟筇探討歸須早，草閣丹楓待唱酬。

松滋拜外舅張觀察公墓感賦

烽煙纏楚澤，防禦倍崎嶇。公諱鳳翥，明季司臬承天。獻賊攻城，公悉力守禦，城陷，罵賊不屈而死。甘死紫衣卻，歸飛素旐孤。捧輀唯弱女，將老失鵷雛。嬴博長相近，傳經地下無？內兄韜侯祔葬山麓。

宿澹雲菴贈冰持上人

遠公避客還留我，芒屩蒲團永夜同。負月棗枝横瘦影，帶泥芋實斸霜叢。束衣暫作山間枕，藉草隨防榻後風。便覺翛然清夢穩，明朝又入碧雲中。

侍大人過新卜桃花洞别業

行行重行行，白日忽欲暝。攜手放歌回，躡屐頌嘉徑。謂王父頌嘉嶺草堂。頌嘉去幾許，蔽以許氏磴。樹木隱可辨，鷄犬聲相應。我父省我祖，步屧只一瞬。白酒間黄粱，采采園蔬浄。往反兩村間，巾車不須命。三世共一堂，晨昏恣觴詠。

登栲栳山訪曹印上人

紆迴鳥道鬱崔嵬，天半支筇破碧苔。山勢青緜天柱去，江晴白擁暮潮來。向陽麥壟如堪數，拂殿梅花取次開。更喜遠公饒逸興，烹蔬漉酒遞傳杯。上人貯臘醞甚旨，好客至則出之。

宮怨柬同志 二首

按舞徵歌幾度新，君王珍重選才人。那知越水斜陽裏，別有如花怨晚春。

紈素秋風奈若何？莫隨女伴漫悲歌。清齋長日捐芳澤，自賣明珠補薜蘿。

詠石菖蒲

遊龍眠，於篁澗深處見菖蒲叢生石上，不土而蕃，細葉青葱，微馨滿渚。張師顧而樂之曰：『此足以當子瞻怪石供也。』亟攜之歸而詠之，俾好事者屬和焉。

青青石上草，鬱鬱幽溪湄。離離結霜根，娟娟無纖泥。吾師躭奇僻，見之心目怡。攜歸山堂中，坐以錦文瓷。灌以泉洌清，浮以苔參差。好風左右至，微馨度遲遲。嗟哉此微物，遇合亦有時。嗤彼蕙蘭花，彌年老山陂。幽人兮不來，芳香徒爾爲。

枯　樹

古幹披離老曲阿，幾番春色不曾過。空餘巢影連雲迴，翻喜亭邊得月多。落落枝疏疑似畫，
淒淒風急不鳴柯。婆挲念爾霜容苦，生意青青寄薜蘿。

夕　陽

静裏孤筇鎮日忙，行吟不覺又斜陽。氣凝煙岫深深紫，色映風林淡淡黄。老樹柴門歸鳥雀，
高峯松路下牛羊。笑迎小力來城市，擔得雙壺向夕嘗。

贈别七叔父送吴姑母還金陵步祖父韻

三疊歌餘趣起程，嚴裝遠送太沖情。爲憐弱妹分攜苦，不憚寒江冒雪行。畫舫有時聯絮詠，
風帆幾日到臺城？草堂盼望歸須早，莫遣梅花有落英。

悼亡詩 三首

長揖手雙巵，悲心不自持。兩雛纔四齒，重經任兒嬉。萱悴哀秋早，蘭茅滋晼遲。呱呱累我母，不敢説含飴。

爲爾虔齋櫬，芭傳秋鞠新。微微梁上月，慘慘夢中人。翰墨猶新澤，巾箱滿故塵。寧親强破涕，終覺遜忘情。

忍鼓蒙莊缶，難陳潘令辭。羨渠中路析，用潘詩中語。增我百年思。佳兆終須卜，遺經定授兒。九原如不瞑，神爽爾應知。

山雨

終朝滴瀝響山椒，脱葉殘雲亂眼飄。犂下深深寒犢健，竹移箇箇籜龍驕。無那磊塊清尊滿，轉借寒威白晝澆。少霽會探瓔珞勝，瓔珞巖爲寶山勝處。縣巖新漲雪飄飖。

山中五叔父餉鰉鴨佳釀走筆賦謝

山軒小倦撥書眠，煙篠霜林欲暮天。細路忽來黃葉響，開門喜見白衣前。籠提花鴨行階緩，『花鴨無泥滓，階前每緩行。』味似巴魚出浪鮮。『日見巴東峽，黃魚出浪鮮。』卻愧秦王真不慧，銅盤遠餉竹林邊。

寶山歌 同遊者爲二兄、黃翁。

探山結伴何須多？我爾黃翁三人足。三訂張師、六弟遊寶山不果，詩以嘲之。初冬天霽樹停風，共指寶山歷山曲。陽林丹楓刷顏色，離披獨杏老幽谷。翁言昔是杏花村，花貌春粧照林麓。半坡以上橫古砌，瓔珞縣流樹陰翳。瓔珞，巖名。砰硧十月雷聲翻，連雲疋練霜空曳。蘿洞風潭徹底清，沙埂楊根相結締。潭水暴漲，衝沙石幷老楊根，盡洗於潭左，今竟成堅堤，能漲水使注。石上聽泉趙中丞公題。前輩書，披苔讀罷水濡袂。仰止高風不可濟，浩歌更上繞雲梯。初疑巖鎖翠微斷，梯盡疏豁別成蹊。千峯向或背，禾壟高復低。人語水聲中，深篁聞鳴鷄。霜高林落茅菴見，雙柏森森色相絢。上枝結束攢圖尖，下撐圓蓋陰修衍。異種糺紛締一根，柏有二種：一扁柏，一刺柏。此則一樹而兼二種。微風高濤滿空院。老僧酒律暫相借，許我柏下傾清醳。下酒便移啜茗疏，山釀盛來茗碗碧。寒颸謖謖摇緑雲，亂岫衮衮拱几席。行吟髣髴尺木樓，中丞公建，今僅餘故址。醒餘偃仰婆娑石。中丞公題。脱幘高歌甕忽空，傾曦萬嶺碎餘紅。日車酩酊那能挽，齊唱歸來促短筇。翁兮翁兮爾莫嗟，芒鞋幽討後期賒。只待條風動物華，與爾來看山山雪綻辛夷花。寶山木筆花特盛。

冬日同二兄侍外祖張師祖父大人八叔再遊寶山暮歸栗園小飲

探山不厭頻，十日兩度行。杖履緩追從，炙背躡峥嶸。威移曲徑諳，霜楓仍鮮新。題彼縣崖流，久霽改溪聲。相將茆屋下，綴目雙檜清。亭午緑陰圓，晴濤左右鳴。展席面峯缺，百里湖上縈。嚴風四邊來，杯行不可停。酒力與風敵，易醒復易醒。歸來踏空林，暝色延柴荆。洗斝更命酌，果核雜蔬羹。吾師三杯後，劇論健縱横。外祖量素慳，一舉累數觥。我祖更矍鑠，十里山行輕。不見勝具頹，但呼尊連傾。高詠興會發，皓首蒼顔頳。薜裳孫起舞，翩躚後父兄。陶然舒醉眼，相看三世人。嗤彼陳仲弓，長文著車衡。夜闌不肯寐，傾甕剪蔬烹。

二兄移居有賦 時僦居吴屋，與舊居比鄰。

蘆簾紙閣映晴曛，霜柳寒梧小徑分。言别西頭猶寄廡，並依北郭未離羣。濁醪迭向牆頭過，高詠時從月下聞。未臘賓筵梅漸吐，酒香花氣共氤氳。

山居詠懷即事雜詩

邴原斷杯酌，廢業兼荒思。少小亦書紳，積久或忘之。城中紛酬酢，泥飲精形疲。拂衣來空山，清静神庭怡。習定竹聲裏，瀹茗春風時。山水興會發，故態不自持。窗前一株梅，雪綻盛華滋。幽芳隨風颺，懽言酌數巵。數巵亦已醺，蒼茫獨賦詩。

偶得方中丞公亭子石址

老栗雙陰下，當年八角亭。全收羣嶺翠，周氍萬篁青。炎雨涼深納，春谿瀑滿聽。風流前輩思，拂石杖頻停。

雨霽信步

罷卻清齋獨杖藜，纔尋沙路便無泥。寒桃迎旭紅初吐，風柳摇谿緑漸齊。得得閒身真不易，行行幽事漫相稽。汙邪更喜堤新落，時田邊圮岸工成。春漲無妨雨後犂。

過山莊老農爲予言旱苦嘆息而誌之

驅車茆舍晚風清，長揖田翁淚便傾。只説來春祈麥實，吞聲舊歲有秋成。黄雲望望盈疇色，白月村村打稻聲。此日閒扉恣晝臥，夕陽牛飯隴禾輕。旱禾不實，飼牛而已。

侍張師同遐伯二兄六弟訪西竺菴竺怡上人止宿夜飲得茶字

結侶同尋木筆花，峯回蘭若夕陽斜。龍井辛夷特盛，上人精舍乃其深處也。方池碧漾晴春柳，凍土青舒自種茶。座滿琴書人更静，宵闌尊酒興還賒。老僧秉燭籬畦外，手剪香蔬佐紫霞。

包孝肅祠

峥嶸緑水邊，結搆雕梁新。包老偉遺像，英姿森會神。伊昔慎嚬笑，方寸嶽嶙峋。河清會有日，龍性不可馴。勁操高一時，流風馨千春。嶢嶢懼易缺，容容福相仍。俛仰終古間，寂寥無此人。

閔子墓

峨峨閔子騫，高風激萬祀。費宰亦巖邑，製錦良云美。拂衣漸雲逵，逝言浮汶水。由求悉佳士，委身私門裏。我來豊碑前，再拜還徙倚。野卉白紛紛，蘆花宛相似。寂寞古荒村，猶得名閔子。今其地名閔子。

岳王祠

苔碑剥殘碣，古屋帶白雲。言是少保祠，踟躕野日曛。當年奮英略，意無塞馬羣。黄龍一尊酒，談笑收功勳。一朝宋社屋，金牌下其軍。哀哉兩河間，殺戮何紛紛！

梁顥門 在東平州城内，碑題『宋狀元梁顥梁固之門』。固，顥子。

内翰平昔居，甲第切青雲。滄桑幾何年，殘碑零夕曛。八秩未云老，天衢揚令聞。白日轉桑榆，櫪驥騁蘭筋。高名儋一代，仁里垂餘芬。猶聞濟南生，九十誦古文。

慈仁寺古松歌

往昔京華三載住，古松樹下一騁步。今年旅寓慈仁宫，朝朝暮暮松風中。殿前兩株特蒼碧，疊蓋撑枝色相射。蘚苔駁裂幾十圍，虬龍反走數百尺。暑雨炎曦頂上停，微風弘濤殷地坼。其餘衆株亦殊絶，輪囷堛塭霜鱗結。果林旁有羌桃樹近十株，皆合抱。夾道蔭眈眈，長夏婆娑皆可悦。朔日望日廟市開，京師遇朔望日，列肆寺中，百貨畢集，謂之開廟市。奇珍百賄如山來。倚松架室列純麗，亦復星羅樹底掃莓苔。長安貴人競淫巧，日中畢會車徘徊。緑陰交蔭紫騮馬，白日不到無纖埃。此松奇古真希有，我一對之一回首。何當飛置龍眠東，北窗卧領濤聲吼。讀書秋樹根，月明傾一斗。吁嗟乎！時無五丁壯士拔爾柯，松乎松乎奈爾何？

報國寺松間坐月有懷二兄六弟

冉冉僧寮三伏天，鄉心望月轉淒然。孤吟雙樹宵三五，兩地相思路幾千。紈扇詩清常在手，予北上，俱蒙惠詩箑。綵衣花下好隨肩。别來儔侣纔知慕，風雨連牀二十年。

催粧詩 二首

芙蕖香煖簇笙歌，玉碗蘭膏酒易酡。粧閣早教鸞翮下，用盧儲事。將雛從此鳳毛多。玉臺詠就燈前和，金屋花深月下過。笑語雙星何脉脉，佳期先爾渡銀河。時在七夕前十六日。

玉鏡臺曾隔歲將，雙杯此夕捧瓊漿。只緣林下清風好，不憚天隅炎路長。黛試蛾眉京兆筆，衣飄鷄舌侍臣香。外舅父時爲尚書郎。作羹廚下俱佳婦，望望承顏爾最良。

朱徽蔭世兄花燭之喜秋以爲期因南旋匆匆先期賦賀

鏡臺初下訂佳期，並蒂香舒引步遲。叔寶妙年人是璧，鮑照有妹早能詩。嫂夫人爲王掌垣令妹。

瑶臺月上調銀管，金屋花深倒玉巵。冉冉桐風新引露，雙星相望渡河時。

上揚州司理王貽上先生兼懷王西樵銓部

當代名流誰第一？山東二妙才孤標。文章吏部光日月，詞伯揚州有法曹。何遜爲揚州法曹。

揚州佳麗天下稀，法曹案牘如山齊。使君聽事日多暇，訟亭花静流鶯啼。燕城江草連芳甸，迷樓海月挂丹梯。應似南皮高宴會，還如東閣有詩題。使君風流真希有，金薤精光曜星斗。挐舟幸對廣陵潮，聽歌倘附彭宣後。憶昨京華寓禪閣，時從法護展談謔。斗室論文曉日低，雨窗縱酒燈花落。別後江湖歲月遲，南魚北雁各差池。應有郵筒傳日下，因君爲道長相思。

上黄州郡伯何道岑先生

君不見，赤壁之高干霄截漢不可躋，我公卓績與之齊。又不見，大江千尺清徹底，見公廉聲亦如此。我來所治片帆入，石尤到處舟行澀。岸草汀花獨杖藜，牧童田父時相即。桑麻話罷頌公良，六載循聲如一日。黄堂肅穆臨熊軒，訟亭草色春風温。野鬫還鋤嶺頭露，吏呼不到江邊村。聞語感心仰歎息，漢二千石今誰及？邛首九卿不次遷〔一〕，烜赫功名無損益。吁嗟乎！我公隨車之雨沛無垠，霑灑寧獨爲黄人？賤子別有感激私，鏤骨填膺難具陳。憶昨老親陳遠志，種秔蒔藥甘垂翅。車笠故人刺半疏，惟公枯菀不相置。應門間報遠方書，不問知爲黄州使。因之錦里未全貧，西莊寂寞松筠春。我公古處世莫比，大江赤壁齊高深。三月萍踪依大廈，坐公堂上拜牀下。會面難攄李御情，素心且向篷窗寫。

遊赤壁懷東坡先生 山臨江屹立，如鼻，亦名赤鼻，子瞻以爲周郎破曹處，誤也。

晴巒孤眺練光浮，林刹風亭梵磬幽。山水豈無如赤壁？文章自合重黃州。赤壁之山僅一高丘耳，不遇坡公，竟同培塿矣。地以人傳，諒哉！檻邊挂席依依度，江外傾暉宛宛收。峯頂更瞻坡老像，蒼茫異代不同遊。

哭外舅父王紫瀾先生 二首

昨召趨牀簀，叮嚀絮語輕。那知兒女話，遂見死生情。蒲落先秋早，冰清有夢縈。平生持禮數，病劇意將迎。舅父禮見子壻，雖病中不廢。

前年樅水過，乘傳駐江濱。念我悲萱草，馳書慰棘人。光慈荀公第四子。來自遠，甲辰秋，予丁母夫人憂，時舅父之楚任，取道樅江，手書命四妻兄走山城弔唁。彥輔衛玠妻父。意全真。往事疑如昨，悽風起白蘋。

夏日閨情

炎深懶更向粧臺，隨意巡花踏綠苔。茉莉摘來剛半吐，晚風宛宛鬢唇開。

賦得夏雲多奇峯

西陸炎曦赫，雲氣何巑岏。黮䨴染深黑，翕忽凝微丹。隨風成丘壑，映川漾林巒。突兀疑鵠立，逶迤儼鶴盤。歷歷兒孫列，紛紛錦樹攢。天工無雕琢，峯容湧巨觀。三山海外幻，五岳空際看。何當驂六龍，憑陵戲雲端。

賦得蟬曳殘聲過別枝

紗牖風清夏木稠，初觴蟬咽漸驚秋。恰依夕照吟纔穩，忽度花陰響乍流。影動掠來梧露濕，聲多偏稱竹房幽。玉簫停拍歌喉倦，藉爾餘音佐唱酬。

田家樂

南鄰田父鬢如霜，赤脚迎風話羲皇。坐樹愛聽松子落，行吟全受稻花香。竹户槿籬盡相望，命儔嘯侶移斑杖。漉巾白酒瀉瓷甌，出水紫鱗登瓦盎。有時乘月上漁舟，笑倩兒孫打槳遊。柳色一灣舒老眼，荷花十畝過人頭。缶歌百叩彼蒼恩，彼蒼容我樂林園。已喜薄田逢好雨，更聞新釀熟通村。此翁風月無時虛，東籬菊綻又螣觚。勞勞卻笑虞卿子，白首青燈老著書。

賦得月明林下美人來

空林皓月曙巖扉，玉貌臨風是也非？香氣如蘭吹淡淡，寒姿倚竹映暉暉。塵生疑向瑶臺下，斗轉何堪玉珮歸？似爾嬋娟真獨立，芳魂髣髴有梅妃。

得室人書卻寄

宣城遊罷復京華，歲杪違君路更賒。只爲萊衣趨瑣掖，耐看柳色上窗紗。錦箋細訊曾加飯，夜雨開緘試煮茶。計日蒲觴應倍憶，倚闌折盡石榴花。

紀　夢

素卷青燈弟與昆，蹉跎何事守衡門？縱然韋帶他時解，不及周磐逮母存。

秋日再過胡太乙先生總翠園即事 九首

別墅曾經醉瘿瓢，重過未覺馬蹄遥。杜陵自訊東橋竹，寧待將軍折簡招？

元老抽簪逐杖藜，名園負郭足攀躋。帝城好在棲珠鶴，卻笑知章乞剡谿。

午橋裴相接荆關，謂車相國。開府園林只尺間。謂蔡大中丞。休沐過從鄰二老，香山勝事在燕山。

倏倏松竹次高齋，煙水樓臺向夕佳。倚檻笙歌依畫舫，卻教鄉思滿秦淮。

名士風流選勝偏，意中丘壑起平泉。謂江南高士許堯賓位置園景，匠心獨妙。郭文亦遇王丞相，空向西園臥七年。

雲鬟花釵十二行，盈盈燈下盡凝妝。漫言煖老須燕玉，歌舞吴姬更擅場。公家樂皆姑蘇妙選。

午夜新翻子夜歌，曼聲促節總清和。花階舞鶴頻頻唳，也似情深唤奈何。

蘭麝香從綺袖飄，鵠翔龍轉忒嬌嬈。姍姍環珮愁仙去，莫向風前鬬舞腰。

觴罷歌停斗柄斜，主人好客意偏賒。階前攜手還相訂，乘興重陽就菊花。

追詠邵弘齋先生詩爲戒三太史賦

太史校書暇，新詩手一編。盥誦寄遐想，悠然懷先賢。越有弘齋公，公諱經邦，武林人。屹立嘉靖年。泰和謂陳皇親。憑天寵，起第料金錢。内帑六十萬，取辦眉睫邊。郎官緹騎逮，司農仰屋煎。公也伏青蒲，一紙竟回天。岌乎議禮際，永嘉枋國專。謂公且同鄉，式好毋相捐。委蛇便速化，讜論持彌堅。慷慨攖廷杖，悲哉直如紘。乾清一時災，涣汗恩言宣。神龍馴其鱗，衆女妬嬋娟。終焉禦魑魅，委身瘴嶺煙。公謫戍漳州鎮海衛。烈烈楊慎。與豊熙，投荒何聯翩。從遊四百士，文成十萬篇。講授追河汾，閩學啓真詮。嵯峨寓賢祠，終古薦香荃。卓哉一代儒，行藏非偶然。遇合有屈伸，履道無推遷。太史念祖德，闡揚乞如椽。眷兹仁孝心，盛事堪並傳。

舟中聞雁

孤帆細雨五更寒，忽送鴻聲攪夢殘。同是南歸應較早，殷勤憑汝報平安。

晚泊南旺北閘即事

小艇迎曦霜氣微，碧波寒柳静依依。龍旗馬上傳來駛，見説吳舟進御衣。貢舫將臨則豎旗，閘口下板，蓄水以待。

河上歌 憫河工也

役夫苦，役夫苦。一邑籍千人，萬丁集河滸。黄家決口勢莫當，雷掃飆馳走大荒。運艘中斷河爲陸，都水使者心彷徨。拜表馳郵檄諸路，鳩工庀材咄嗟具。七月既望大工興，如今冰雪莽凝沍。役人吞聲秋復冬，敗絮不完藿不充。長者驅役如驅羊，奮挺摐金曉夜同。千人下一楗，謂捲埽下河也。百夫舁一舟。糧舟膠淺，則入水舁之。負藁如雲，伐柳成丘。昨聞飛檄開支河，泥沙苦闕將奈何？妻孥隔眼任啼號，哀哉此身亦何多！聞言意噢咻，役夫爾毋苦。大官茅屋駐沙岸，小吏鳴鑼雜儕伍。矧爾蚩蚩懦且微，努力急公詠靡盬。方今天子躬聖神，百川河嶽皆效靈。屈指宣防不日成，蓬頭赤脚爾歸耕。

次高郵上吏部孫孝則先生

片帆十月下淮揚，仰止東山水一方。當代風流推畢卓，天曹奏事憶田郎。魚來甓社銀絲鱠，酒泛秦郵琥珀光。見説軺車求舊切，時詔求隱逸。黑頭可許戀西莊？

過黄粱夢有感

麟閣功成朝未央，宫娥按部舞霓裳。也知身後都成夢，夢裏盧生卻擅場。

徐文昌方伯招飲

瀟洒風流屬使君，酒闌留客夜平分。岐王宅裏龜年老，法曲偏當月下聞。時有伶工，原隸前朝周王教坊。

項王廟

五百良人殲海濱，八千壯士擁征塵。如何帳下悲歌起，從死徒傳一婦人？

虞姬墓

仗劍重瞳蓋世雄，美人不愧大王風。麗華枉自膏隋鑕，花蕊依然入宋宮。

哭馬江公 四首

余妹夫馬江公以戊申夏月捐館里舍，適予在京華，爲位而哭。冬杪南還，撫棺號慟，即欲爲詩以誄之，悲來填膺，不能成也。頃者再旋鄉國，忽念故人，自我不見，於今三年。事久，心頑餘痛稍減，走筆得四章，倚靈牀而奏之，以當大招。江公素愛誦予詩，毋亦鑑予心之甚悲也耶！

哀緒無端觸，思君淚雨垂。九原諒不作，三載竟如馳。眼底孤孀在，腸中骨肉悲。幾回怕搦管，不是誄章遲。

老檜軒西地，書堂手自營。幾時陳繐帳，令我泣寒檠。時柩停書室。芸牖風旛影，花階晚磬聲。尚思連袂入，觴詠每三更。

屈指三年內，高門事可哀。元方奄化去，謂令兄□公。陶令不歸來。謂尊甫正誼先生，時令定陶，卒於官。縱爾今猶在，支牀痛争裁。也知徇孝友，含笑侍泉臺。

逆旅鞅停暫，藏舟夜半疏。賢愚終共聚，修短定何如？婦慣持家事，兒能讀父書。人間君可暝，自在躡雲車。

送楊陶雲先生

春明鶯柳舊過從，此日江干喜更逢。豈有蓬池曾視草，翻從花縣學哦松？山容著雨簾堪捲，家釀留賓興未慵。早晚金鑾虚左席，謫仙只合侍銅龍。先生以詞林左遷南昌丞。

程禹門年兄招飲霄漢樓

樓高況復據崔巍，永日羈懷好共開。帆帶夕陽過堞去，山横秋色渡江來。籬餘寒菊多依石，盤剥霜螯肯放杯？念爾客中能好客，燭殘更轉未知回。

二兄招同左箴我三兄十弟侍二伯父四叔父於且亭話别即席得山字

嚴裝那得閒？惜别啓柴關。更值新秋雨，全教暑氣删。高低煙際樹，吞吐霧中山。分手無多日，徵杯肯遽還？

再得山字

丘壑如君興未慳，遠裝幽事尚相關。新添西牖篁千箇，自闢方塘柳一灣。愛日早能營緑野，在城難得此青山。衙齋侍飲從容語，定博高堂一展顔。

十弟招同人餞二兄於兹園得月仍用山字

晚涼蹤履叩荆關，垂柳新蟬水一灣。雲重難期今夕月，杯深忽見隔城山。短簫縹緲林間度，叢樹商量雨後删。珍重阿連勤惜别，吟詩肯向夜分還。

送韓珠崖太史請假歸娶

清切蓬池近五雲，青錢誰似爾能文？同朝悵别元才子，宜室初迎桓少君。牙筆試描眉更嫵，玉臺聯詠夜平分。鴛衾翠帳甘同夢，遮莫花磚影欲曛。

又贈

三秋身惹御爐煙，爲賦于飛趣錦韉。才士繡衣歸子舍，夫人象服及丁年。口脂分賜銀罌裏，法酒雙斟玉鏡前。定有大言當博議，粧樓早向鳳樓傳。

同于桐江吏部朱徽蔭主政朱萊孺舍人朱念雲大廷尉劉抑菴前輩沈光斗山人家小山叔父重遊寄暢園觀荷水亭即事 二首

紅亭樹繞鬱蒼蒼，清簟疏簾午夢長。霏灑忽驚荷響驟，滿天風雨送新涼。

胭脂著雨更牽風，錦濯江波未許同。恰似玉環初起睡，遠霞微襯淺深紅。

九日聖駕東巡行秋獮禮彌月還京師小臣幸叨扈從躬逢其盛即事恭紀 九首

吉日田車指大東，萬方送喜奏膚公。時粵東西相繼歸誠。聖朝講事乘農隙，不敢深居忘去聲。武功。

名駝上駟□騰驤，秋野紅塵接建章。懽喜小臣叨扈從，偏宜馬首度重陽。

負郭行營縕晚煙，如雲獵騎散溪田。夜來不辨天邊月，燈火平沙萬幕縣。

羽林如虎馬如龍，拋鞚鳴鞭向朔風。一矢前驅初獻鹿，馳鮮先奉萬安宮。宋咸平中皇太后所居。

霓旌松引入寒空，翠壁雲林圖畫中。一自名山邀睿藻，榮光長繞梵王宮。車駕幸景忠山，御題『靈山秀氣』四大字。

口外金風殷地鳴，無邊巖水助秋聲。參天翠壁黃麾引，親御龍媒自在行。

五峯斗聳競嶕嶢，三閣憑虛影動摇。石几雕闌都在眼，不知何路入雲霄。打藍蘇妹，譯云七十座塔也。

大漠秋陰易作寒，雪花輕點客裘單。裹糧十日猶愁少，燔鹿烹羔當晚餐。

行庖雲幕割芳鮮，醽燕愔愔振旅還。縱有相如休諫獵，君王秉禮歲三田。

西清夜直

新月涼風下九霄，攜來襆被暑全消。夢回忽聽鈞天樂，知是君王御早朝。

夜直即事

捷書宵至傳魚鑰，列炬分曹譯奏忙。幄殿聖人方旰食，黄封飛騎月如霜。時駕幸海子。

題馬妹陸舟和十一弟韻

倚檐新架屋，在岸似牽舟。菽水能將母，琴書足臥遊。檜陰亭午直，爐篆晚香浮。宴息含飴後，何殊百尺樓？

中秋前一日飲崇修姪樓頭賞雨限居字

曾從炎月落新居，此日登臨興不疏。雨景果宜高處望，晚涼肯放酒樽虚？萬家煙樹空濛裏，一片秋山積靄餘。共卜來朝重展席，滿城皓魄映琴書。

十一弟招同章成美六十兩弟侍二伯父四叔父二兄看月山紅葉飲二兄莊舍限得蔬字

隨步探秋信所如，一肩壺榼向茅廬。紅迷霜葉漫山錦，青剪溪園出土蔬。幾處酒歌巖樹裏，望觀音巖，遊人特盛。數聲樵唱晚煙餘。談深不覺歸筇暝，沙路籬燈映水疏。

題張齡若夫子癸巳年所圖小像

葛杖棱轣水石灣，先生物外早閒閒。卅年弟子俱華髮，一幅雲林駐妙顏。冠著方山非傲世，手攜詩卷只緘關。丹崖萬仞松千尺，放悲茅峯問字還。

漫遊示内

彈鋏原知行路難，乘舠衝暑亦安安。饑來驅我懷元亮，熱不因人愧伯鸞。素手束裝期屢展，清江歸棹歲應殘。解嘲公輔君聽慣，莫竟長如去日寒。

舒漢雯舍人招同儀部周澹園先生家兄注若汎舟秦淮

六月苦炎熱，客子日爲年。矧我寓僧寮，時寓承恩寺。板屋兩三椽。檐前隙地不盈尺，榻後炊煙縈枕邊。平明拂袖出門去，今朝避暑知何處？忽枉故人尺素箋，招我泛舟桃葉渡。踏歌便與元方偕，邂逅何幸周郎遇？解纜中流共舉杯，袒衣脱帽無嫌猜。林遮斜日深深没，棹轉迴風習習來。勝槩遊情無不有，晚來水氣浮檽牖。長橋燈火漾微波，夾岸笙歌出深柳。

更喜雅人觴政寬，茗碗瘿瓢隨所受。嗤嗤河朔觴無算，勞勞岸上舷頻叩。同是長干作客人，愛君客裏喜留賓。涼深夜永不歸去，況有中天月一輪。

同二兄注若遊攝山 二首

石勢虬龍舞，參參此獨尊。雲巖重閣小，煙雨一江昏。野服霑松翠，金容上蘚痕。高低佛像因石鑿成。坐深偏不静，鳥語共溪喧。中峯。

天意如留客，翻盆不肯停。檐前巖溜白，竹裏曉煙青。梵志堪將日，偶閲金陵梵刹志。瓶花亦送馨。松風與瀑布，總入雨聲聽。

送癖詩

疥癖，小疾耳，自予攖之，則甚矣憊，以其歲久而患深也。今亦將愈矣，念其骨肉聚處若而年，作詩餞之，以附于昌黎送窮之意。噫！予之患此窮也又已久矣。或解之曰：貧與病相因，意者病去而窮遂不得獨留耶！午窗謾書，以供達者一噱。

送汝無仍戀，情親已六年。把搔愁對客，悶癢字見絶交書。廢高眠。病骨真難耐，方書試已全。窮愁今併遺，觴詠恣翩躚。

古鼎歌　爲父執鄧太史賦

太史先生好奇古，藏書法物充棟宇。一鼎尤爲絶世琛，燃藜作記驚風雨。記中具陳此鼎不知何代遺，乃是及門仲彝謂江右鄧君諱性，時令臨淄。之所貽。長鑱掘自重泉下，大車遠從千里移。兩敦六瑚製髣髴，赧駁雲蒸光陸離。登之閣上侑以雙古罇，罇香鼎篆相氤氳。籩豆静嘉粢盛潔，睍我先人以苾芬。盥讀未闋長嘆息，先生孝思曷有極？幽壤已邀錫命光，明禋彌見精誠集。拜瞻彝鼎薦馨香，皓首孺慕如一日。君不見，管大夫，陳鼎三歸徒自娱。又不見，王右軍，九江鑄鼎摇光晶。大書功伐沈淵底，只爲區區身後名。何如先生置之几筵前，以孝以享伸吉蠲。一堂三代衣文繡，鞠跽斋韝相後先。自兹以往孫枝林林綏若若，長與此鼎千春復萬年。我來白門五十有六日，朝朝暮暮先生側。告别始聞寶鼎名，怱忙未獲瞻古色。鼎兮鼎兮與爾相見恨何遲，神物遭逢會有期。他年升公之閣拭公鼎，拜手還爲公賦之。

觀留墨亭圖歌　爲民部方繡山先生賦。亭爲先生北園新搆。

先生避客棲草堂，手書招我酌我觴。方池錦鱗躍萍藻，倚石虬松森開張。坐久出示二畫帙，煙雲繚繞堂之側。北園疏快倚山成，橘刺藤花冪籬葦。檻外紛紛溪竹橫，耳邊謖謖松風逼。林杪歸然留墨亭，清涼山色到檐楹。界道飛流濺窗白，連峯喬木倚天青。中有石几樽榼陳，拄頰毋乃爲先生？更列酒徒三四輩，野服芒鞵皆出塵。吁嗟乎！園亭小築何地不可娱，抽簪雲卧幾人乎？先生晚達能勇退，五十以外縣其車。如今將及杖朝年，龐眉鶴髮地行仙。三徑羊求恣談謔，六時觴詠相周旋。即論此亭亦好在，竹牖蘆簾堪卧對。位置渾朴存其真，不與時流豔雕繢。王繡水，安節。程黄山，穆倩。勝情老筆逼荆關。春蘭秋鞠各競爽，竟置我于千林萬壑之間。即今亭雖未涉圖常留，風牀卧展亦風流，絶勝天姥高吟説夢遊。

題袁重其負母看花圖

九十孀親六十兒，葵榴灼灼晚風宜。綵衣負母巡花徑，寧必輕軒獻壽卮？用閒居賦中語。

登燕子磯亭子

山下人家錦樹邊，山頭亭子枕雲煙。平臨對岸參差岫，俯閲澄江上下船。

自嘲

孫叔風雲邈，任孤貧莫支。故人誰更念？廉吏信難爲。涼燠隨時序，悲歌付酒巵。因人知不熱，捨此卻何之？

中秋日司訓王大席招同侍御笪在辛先生雪石上人汎舟遊虎丘

曾否溪山似晉時？王珣曠達亦堪師。捨宅爲寺。平泉花石今何在？千古人傳短簿祠。

過錢清拜東漢劉公祠

廟貌千年白水邊，先生清操總天然。人間暮夜金多少？白日逡巡受一錢。

抵蕭山署中拜省十九叔父

山城花柳逐時新，五載臣清總是真。念我素衣餘涕淚，看君斑鬢尚風塵。衰宗皆屬持門户，寒署言愁在米薪。渺渺鴒原逾宿草，雲霄相接莫逡巡。

同雪石上人寓樓酌月

秋日樓居好，況逢秋月圓？窺窗羣岫入，出樹一燈懸。屋底蟲吟切，風前戍鼓傳。巳公饒逸興，觴詠廢高眠。

臥龍山歌懷古

我寓馮家樓，昕夕對此山。相離不數武，屐齒那得慳？山陰客舍一事無，興至便與老僧俱。石磴盤旋直到頂，眺望使我心顔舒。前臨流丹聳翠之層巒，後俯荷花柳浪之澄瀾。黄雲萬頃水村裏，雉堞千甍煙樹間。天風微微從北來，亭午袷衣爲之單。馮高悵然有遐慕，宋碣元碑零草露。飛翼層樓不可求，大夫遺冢歸何處？繡錯山河落照中，官齋曾是越王宫。沼吳當日霓旌入，嬪娥春殿如花紅。

南　鎮 周禮：南鎮曰會稽。

禹陵南指嶺雲重，野飯停舟託短筇。徑轉石梁開大陸，秋高玉殿拱羣峯。千年名鎮蒼松古，歷代祠碑碧蘚封。小立雕闌貪茗話，霜林冉冉暮煙濃。

曹娥廟

祠屋霜林古渡邊，中郎殘碣委寒煙。孝思一代尊巾幗，香火千年沸管絃。嶺日平臨環珮爛，江風輕舉玉衣鮮。石尤遺恨渾如昨，終古安流穩放船。

招寶山觀海歌

朝發鄞江棹，午登招寶山。孤峯壁立海之澨，東南一柱吞狂瀾。我來是日天氣清，萬里波恬如掌平。暄和深照蛟龍臥，天闊唯聞鴻雁聲。二霍東西對峙。中流屹相向，三姑三峯相接。鱗次芙蓉障。虎蹲蛟門二山名。眉睫邊，金塘山名。以外羅丹嶂。夕陽舉酒攬大荒，山海煙嵐殊萬狀。方壺仙子如可呼，星槎漢使應非妄。行歌踏月返巖扉，屏翳午夜憎風威。屋瓦飛鳴殿閣動，羈人震懀宵披衣。待曉觀濤興勃勃，趿履山脚臨溟渤。耳邊何所聞？轟雷一氣塞乾坤。目中何所見？雪山萬疊摇光晶。潛窟掀翻老龍泣，巨鼇股動蓬萊傾。東海泱泱真大風，廣莫鳴條何足論！快哉信宿之間山水窮常變，人意天心愜勝情。矧今天子躬神武，八埏清晏亘終古。海波不揚海禁弛，江左燕遼齊與魯。時新奉恩綸，船隻盛五百石以下者，皆得入海行走。皇仁一體恤遐澨，兩浙取次霑膏雨。補陀往年航海朝山者香火特盛，今廢矣。廟貌還金碧，

舟山 亦海中，周圍八百餘里，向稱沃野，今内徙矣。市舶通商賈。威遠城 因兹山而城之。邊樂太平，不聞枹鼓聞歌舞。流離寶嫁極梯航，烏弋黄皮受吏長。卻哂荆公題絶壁，區區六國夛來王。題云：『六國來王處，平倭第一關。』

服除日哭先端恪公 二首

海天痛哭望龍山，千里招魂血淚殷。回憶三年真瞬際，謾留一息在人間。手中詩禮何時學？夢裏松楸隔歲攀。不分天公無老眼，元臣花甲數猶慳。

至行寧惟家乘揚？先公勳業在旂常。兩朝清要 在先帝朝，由庶常改授垣中。今上即位，累遷副憲、少司馬、少司寇、總憲、尚書。心如水，廿載忠勤鬢早霜。馬鬣新封懷寵錫，蒙恩諭葬。鴒原遺恨付蒼茫。先公以哭五先叔過哀，病益劇。門衰强自加餐飯，泣捧遺書不敢忘。

賦得老婦舞拓拔

紅顔知不再，春至豔花鈿。人自嗤房老，吾猶學少年。燕居迴廣袖，龍轉掠長筵。舞罷含羞泣，君恩儻見憐。

拜東漢董徵君祠 徵君名黯

初冬午日暄，沿溪信芒屩。原野何蕭疏，落葉零紅樹。披榛展豊碑，大書董母墓。越陌復經丘，林際祠宇露。董母有孝子，遺像英靈聚。報仇 王寄。事非奇，宛轉苦心寓。母仇號蒼天，殺之不返顧。獨念仇有母，子死母必仆。隱忍血淚枯，猶待仇母故。然後剚仇胸，請死走如騖。錫類古來稀，矧乃逮仇嫗？天子特原之，殷勤降璽諭。徵拜諫議郎，泣涕辭不赴。兩朝錫命榮，和帝徵之，不起。安帝於其卒也，詔即所居祠之。千秋觴豆注。廟貌鄰墓門，精靈莽迴互。

呈太史葛仝果先生 公諱世振，寧波人，庚辰探花，本朝膺浙撫，范公承謨薦，詔徵之仕，不就。

視草花磚夙著聲，翛然遠志寄柴荆。蒲輪特賁求周黨，瓜圃親鋤學邵平。座擁江山堪自悦，詩裁冰雪有餘清。天涯王父班行少，捧杖承顔益繫情。公與林璽菴先生俱爲先祖庚辰同譜。

十九叔署中守歲同妹夫方葆羽孫馭劉方秋雯弟玉璿玉階

故鄉至友聚冰銜，小集家人笑語譁。翻是阿戎來守歲，喜逢潘岳 潘尼從父。正裁花。銀箏彈罷催飛爵，馮德良善箏歌。爆竹聲高起宿鴉。此夕家園應共憶，羈人忘卻在天涯。

吳山謁曾王父光禄公祠 公昔守杭州

祠堂山畔倚芙蓉，江上煙帆入望重。父老百年陳俎豆，衣冠四世拜儀容。時隨十九叔拜謁。敢誇韋氏傳經貴？不數山陰治譜工。渺渺清風齊處士，看梅駕鶴儻相從。祠近林逋墓。

重過清波門錢氏莊

楊梅時節儻君還，望盡鹽官山外山。小閣可能杯重把？笑聽鸝語倚酡顔。

上姜定庵先生

諫草今猶仰舊儒，扶風旌節返天隅。公以奉天府丞予養歸里。暫同安石遊山墅，不比知章乞鑑湖。花下板輿交舞袖，階前琪樹接亭衢。令弟、令孫相繼秋捷。高軒廿載曾爲御，重近龍門慰鬱紆。

雪石上人偕遊一載今予北發送之南

北固斜暉照别筵，檣烏背發各依然。艱難重聚應何日？容易相攜已踰年。招寶霜清臨海嶠，蘇堤春到汎湖船。莫嫌破衲寒如昨，收得溪山滿載還。

有感 二首

薄宦長貧絆此生，相攜望爾不勝情。早知靈藥魂難返，悔挈雲英上玉京。

不出蘭闈十七春，二千驛路忒艱辛。可憐翠袖塵初涴，只作金臺兩日人。

小遠齋 有序

客有嘲予者曰：『士君子之居世也，非出則處，故處爲遠志，出爲小草。今子通籍而爲紫薇郎，非處也。然而裋褐不完，晨炊不繼，有田可耕而不能醵金以贖，有子可造而不能延師以課。又其甚者，席累葉鍾鼎之後而人不諒其貧，廁薦紳交際之中而人不容其闕。宦名而窶實，外彊而中乾，則又處士之不若矣。以小草當之，不重有汗顔乎？』予曰：『有是哉！予亦不能爲解嘲也。雖然，究何以處我？』客曰：『無已，其置子於季孟之間乎？』予笑而頷之，遂以『小遠』名齋。

赫赫青雲客，八騶驅前途。落落白社翁，殘繒結衣裾。丈夫各有志，潛見隨所如。而我竟何爲？窘步行次且。官同執戟郎，家無斗筲儲。遠志既不逮，小草亦已疏。置身季孟間，坐送歲月徂。城市而山林，舟居復陸居。委心無去留，聊以安吾癯。

張敦復姑父以宗伯學士請假歸里送別舟中悵然有作 四首

絲絲楊柳禁城煙，内相輕騶舉玉鞭。豈爲東山貪燕息？欲從南國問牛眠。時假歸遷葬。臣心繾綣長隨輦，天語平安穩放船。車駕東巡，公送之永定門外，面陳即日南歸，上駐馬慰諭之。不是園陵躬展祀，直廬那得暫言旋？

珥筆譚經已七年，朝朝啓沃聖人前。觀燈大内銀花簇，侍宴蓬池雪藕鮮。同列更誰齊禮數？歸航肯許戀林泉？西華賜第聞扃護，留待青錢學士還。公供奉内庭，賜第西華門内。歸之日，仍諭所司封鐍以待還朝。

東門祖道接河湄，冠蓋傾城手一巵。父老聚觀多嘆息，相臣屬和盡歌詩。用昌黎送楊少尹序中語。時高陽、益都相國而下，皆有贈詩。香山疏沼偏能早，剡曲浮家何太遲？輦下即今若若者，暫時休沐更爲誰？

静者如公意有餘，河流三月錦帆舒。緑楊陰裏攤宸翰，黄鳥聲中讀賜書。山水更能添藻繢，姓名只許到樵漁。松楸況復懷君惠，誰説疏公橐盡虛？璽書獎諭末云：『特賜白金五百兩，表裏十端，既以旌爾之勞，且以資爾墓田之用。』

倪繪江納姬

紙閣蘆簾宵漏賒，杯深嬌靨染微霞。瓶中婪尾春方豔，争似燈前解語花？

喜晤菊九叔父即送之歸里

天網原疏闊，間關歷險巇。武功餘静影，凝碧有傳詩。戀闕臣心苦，歸田聖主慈。倚閭垂九十，新得白頭兒。

偶　吟

官熱常苦勞，官寒常苦饑。兩者不相兼，營營徒爾爲。我本楚鄙人，疏拙無一奇。謬充薇省郎，珥筆相追隨。六日一直廬，朝請無程期。歸即閉斗室，讀史或賦詩。古來美大隱，意者儻如斯？微恨腹枵然，日午常不炊。仁義充饑腸，此語似猶疑。忽聞伯氏至，謂二兄注若。昕夕相因依。有廬堪抱膝，有樽可露頤。方朔不餓死，穆之不苦疲。嘯傲宇宙間，終日神庭恰。未知市朝客，同予更阿誰？

送寶坻杜相國年伯予告歸里

青門祖道擁旌麾，此日東山臥未遲。十載憂勞天下計，一心精白聖人知。昇平樂作馳宮醴，公以引疾未與昇平宴，上念之，特頒上樽玉饌馳賜其第。丘壑情深寵贈詩。御製五言詩有『方倚鹽梅略，難違丘壑情』之句。懽喜天南烽盡息，老臣真與鶴猿期。

得崇修姪次任丘家報知侍嫂夫人入都因懷諸兒步二兒韻

儉歲裝非易，精靈爾竟堪。板輿遥奉母，旅店早馳函。遠望從今慰，長征取次諳。諸雛都健未？離緒到江南。

又夢四兒

寒夜頻來夢，羈思轉不勝。呼爺聲歷歷，就抱意騰騰。宦薄迎無計，田荒歸未能。何時真見汝？笑語對殘燈。

喜金子發先生新陟學士

駑駘修坂合鹽車，華髮從教歲月虚。鉅手敢云希賈至？雕蟲謬許似相如。提攜亦給大官札，蒐採同披金匱書。先生引予同修會典。問字正殷公驟擢，可容載酒退朝餘？

寄懷登萊觀察陸武園世兄

越谿才子攬齊風，按部猶乘柏府驄。帝謂來旬須召伯，人傳奏議似宣公。霞飛蓬閣三山外，日浴滄溟一鏡中。報政青春多宴會，肯將詩句托郵筒。

喜二兄瀋陽書至幷寄見懷之什和原韻

起坐蕭齋念遠征，書來竟可數歸程。深春遼海重裘薄，落日松山疋馬行。喜有簪裾迎客位，更無風雨送寒聲。皆書中云。新詩惠我情何限，吟向花欄月細生。

送張武仕任武昌別駕

青門春暮柳初柔，送爾揚旌向鄂州。綵鷁好探西塞勝，嘉魚堪佐北堂羞。海沂不減休徵誦，燕市唯從康樂遊。謂令兄怡齋。也識樽蘭明月夜，有人橫笛在江樓。

送周澹園儀部奉使安南 二首

仙艾花迎使者車，周郎姓氏滿方輿。珂聲競學容臺禮，墨妙新傳太史書。先生初授詞林。

站站飛鳶帶霧黃，使成計日返炎荒。明珠翠羽非君好，海外新詩陸賈裝。

馬甥伯逢昆仲向陽架閣顔曰凝暉奉吾妹夫人冬月居之徵詩京邸卻寄

封書千里乞題章，新搆南軒奉北堂。爲喜棠花能愛日，轉憐萱草飽經霜。晴窗繡佛朝暉入，竹徑含飴夕照長。況有陸舟宜夏五，寒暄隨意捧霞觴。

送馬嚴沖太史請假歸里 四首

貧也寧非病？時以病請。恆饑憔悴人。五年依禁漏，獨騎出城闉。寥落時將晚，踟躕酒數巡。到家山釀熟，正及早梅春。

爾我常相慰，妻孥隔遠岑。官貧情易淡，時久境難任。縱酒春郊數，論文夜雪深。君今復歸去，惆悵獨吳吟。

鸞坡班侍從，雁塔冠羣英。更拔知名士，全邀稽古榮。暫思蓴鱠去，真著錦衣行。回首趨燕日，蹣跚一老生。

要路紛先據，多君意泊如。篋開居士服，手讀故山書。到日裁芳訊，何時返直廬？燕臺同學少，莫遣酒人孤。

誦二兄待予讀罷飲酒作感和

雪裏咿唔暗短檠，詞場體製易紛更。半生磨盡雄豪氣，中夜能無感慨聲？二兄詩有『騎驢五對天人策，拍案唯聞悲憤聲』之句。喜有同心憐苦讀，猶延餘燼待揮觥。年來不共西頭住，只合齏鹽日日營。

送方瑞人任曹州吏目

河橋小摘柳絲斜，送爾攜樽就淺沙。才大何妨爲小草？官閒喜得看名花。州産牡丹，多異種而良。課功漢掾身偏達，問俗曹風迹未賒。檢校訟亭人散後，茂林長日鳥聲譁。

冬日聖駕行幸闕里恭紀三十二韻

玉燭調元化，華平集萬祥。武功逾鎬洛，文德紹虞唐。風教通重譯，車書暨八荒。漸摩民俗古，景仰聖情長。諏吉當嚴節，乘輿發未央。江淮浮綵鷁，鄒魯肅條狼。疾苦咨田父，恩膏被井疆。觀風臨泰岱，重道詣宫牆。淵湛洙河水，崇閎闕里堂。爐煙霏輦路，鹵簿晃朝陽。嚴翼貔貅旅，雍容鵷鷺行。鑾聲傳噦噦，騎吹叶鏘鏘。鼓伐靈鼉動，旗翻翠鳳揚。一人虔盥薦，列辟盛趨蹌。禮物陳三代，精忱邁百王。管籥歌備舉，都荔散羣芳。文暢牲煙達，嘉虞福醴將。孔林瞻瑞靄，講席吐琳琅。父老圜橋聽，旌麾向夕張。迴鑾松幄畔，駐蹕杏壇傍。慨僾思彌切，低徊眷不忘。葳蕤留寶蓋，霏結灑宸章。御題『萬世師表』四大字。捧去蛟龍護，懸來日月光。尊師情繾綣，延世澤汪洋。冑子承天顧，諸生被繡裳。主恩真莫並，聖德有餘慶。錫帛卑安帝，陳牲陋武皇。寒辰風習習，枯谷露瀼瀼。彤管宣揚盛，尼山草木香。小臣逢曠典，拜手效賡颺。

王宛平相國雨中招飲怡園同方樓岡先生程松皋家兄注若

朝朝密勿侍深宫，退食過從水竹中。別墅恰宜娱謝傅，午橋有待笑裴公。摩娑花樹承先澤，謂大宗伯年伯。位置池亭總化工。廊廟山林無不有，太平宰相幾人同？

送十弟下第歸里有感作

守拙承先訓，年來轉自疑。試看逐逐者，騰上已如斯。人事爭新巧，天心竟護持。無媒洛川女，只合老蛾眉。

送別方樓岡先生

先朝珥筆侍長楊，清切曾依日月光。視草偏分宮燭豔，談經頻飫口脂香。卅年往事歸鴻爪，一代才人孰雁行？此去浣花詩更富，肯憑江鯉寓琳瑯。東坡和子由詩：『人生到處知何似？應似飛鴻踏雪泥。泥雪偶然留指爪，鴻飛那復計東西？』

擬太和殿賜宴應制

重門晴日麗，廣殿靄雲連。劍珮鵷行肅，簫韶鳳管傳。遲遲移晷影，細細散爐煙。辨色趨丹陛，須題自御筵。摩娑瞻寶墨，感激戴堯天。甘露承恩日，李嶠甘露殿侍宴應制。清暉授簡年。宗楚客侍宴清暉閣應制。襪材期淬勵，鶩質望陶甄。仙蕚詩何有？宋之問有仙蕚亭應制詩。華林賦未妍。庾信承詔作華林射馬賦並序。悚心分翠釜，拜手飫嘉籩。吟藥頻年忝，傾葵向日懸。恩波太液闊，膏雨岱宗偏。敢並瑶階草，長隨輦路前。

擬東宮出閤應制

積翠殿名。初成日，承華太子宮名。育德年。徇齊欽玉質，探索藉瑶編。諏吉安車出，晉皇太子安車緑油幢朱絲繩絡。懽呼簇仗先。花鋪青蓋麗，漢皇太子青蓋塗花，倚虎伏鹿。霞冒緑油鮮。虎步人天擁，龍姿遠近傳。唐太宗方四歲，有書生相之曰：『龍鳳之姿，天日之表。』愔愔聞翠管，細細散爐煙。端尹唐置詹事府詹事、少詹事各一人。龍翔中，改爲端尹、少尹。陳芸簡，宮僚侍講筵。温箴長諷誦，晉温嶠爲中庶子，獻侍臣箴。褚記競披宣。唐褚無量爲太子庶子，撰翼善記以進。玉璞攻彌瑩，珠胎拭更妍。重輪光有耀，少海潤無邊。姬室疑丞遜，炎劉諭教偏。元良歌百世，懽動聖人前。

何牧五除辰州郡丞

琴堂冰譽滿三川，初任洪雅。佐郡新膺楚服偏。翠蓋錦衣過里舍，畫橈簫鼓正春天。五溪攬轡蠻煙靜，二酉探書嶺月懸。舟次齊安應騁望，棠陰江岸尚依然。尊公先生舊守黄州。

合懽花

偶同項稚升小步花前，戲成『合懽花對獨眠牀』之句，稚升謬加擊節，立賦一章，即以此語爲弁，率爾和之。

合懽花對獨眠牀，作意風前鬬豔妝。便向朝昏長伴汝，温柔不信更何鄉。

哭三姪崇修 四首

去來原是夢，汝去太怱忙。有子纔彌月，高堂五十霜。孝慈寧遽慊，俯仰竟如忘。泉路知難瞑，悲風入夜長。

少年稱練達，家政竟堪任。黽勉成兄逸，支撑仗汝深。秋曹雖苦劇，時二兄守刑部郎。退食只高吟。阿悦今何往？臺門痛争禁？

下直論文數，推敲不厭工。三年膏火共，四序苦吟中。敢説經平子，真堪勝阿戎。謝庭羣子弟，寧静幾人同？

書齋常絮語，望望返園林。未病時云云。豈是今朝事，先縈昨歲心？盍簪傷玉折，歸櫬待秋深。極目三千里，登車淚不禁。

張卣臣太史花燭 二首

璇閣初晴爽氣賒，荷香爐篆藴窗紗。風流才子推張緒，玉映閨房屬顧家。卣臣爲顧山容太史壻。綵筆試描添遠黛，金蓮移照酌流霞。今宵已是藍橋會，笑指雙星隔水涯。時七夕前五日。

廣玠鸞坡並草麻，趨朝早見御屏遮。兩家高會都鳴玉，百兩初迎已佩珈。禁幄頻分千日酒，時尊公掌院學士供奉内廷。門生親擁七香車。乙丑分校會闈。鳳池容與琴聲好，祝爾將雛李正華。

蘇韋玉移樽招同過查黼皇新寓即席限河字

寓卜城東隅，清幽類巖阿。蘇子攜樽核，邀我同經過。到門囂聲静，爽豁宜嘯歌。庭樹何必古？扶疏漸交柯。高軒臨睥睨，平臺俯澄河。歸鴉帶遠霞，啞啞暮何多。適意共舉杯，澹然風日和。暝盡繼以燭，不覺蒼顏酡。主人興更豪，觴政轉煩苛。宵漏亦已沈，投轄將如何？

東庫檢書恭紀

聖主重文教，琅函恣畋漁。遠求名山藏，近稽秘閣書。書籍千萬軸，縱横充綺疏。歲月一以深，狼藉塵土餘。牙籤封蛛網，寶笈饜蠹魚。惻然廑宸衷，檢校是所須。小臣與斯役，逐隊趨石渠。縱觀宛委帙，紛披海嶽圖。如入東山府，瓌寶色色殊。如遊通霞臺，珍卉人間無。腐儒一何幸，窮年鄙陋祛。擁書勝百城，所志良已攄。芸篇分四部，經、史、子、集。插架炯劃如。全編與斷簡，齗齗復其初。著述詳姓氏，卷帙絶頂拏。行供丙夜觀，課功寧徐徐？憶昨檢書始，階前桑未舒。到今秋風高，葚盡桑亦疏。黽勉偕同人，讎校無時虛。庶幾告成事，焉知日月除？

孟冬朔日同項稚升家兄注若再飲瀟碧軒吴舍人冰持後至

寒邸誰相念？連宵過草堂。張筵聞剥啄，把臂愜清狂。風栗鄉園味，秋花晚節香。菊傷於雨，今始大放。螺瓢曾有賦，賓及自著。欣賞促傳觴。

送崇修姪覲南發至陽和店

汝是後來秀，門寒望一飛。那知駒齒落，便坐柳車歸。慘慘霜林擇，荒荒野日微。衰親須譬解，薄送素心違。

送別萬六叔入臨潁署幕

疋馬衝寒千里行，竹林分袂不勝情。好憑健筆耕能穫，佐種名花績早成。玉碗暇時澆艮嶽，魚書計日達江城。莫嫌吏事縈懷抱，就熟他年易著名。

送二兄奉使河南察審

星軺三月發，特簡白雲司。明允承先訓，精勤答主知。推求情必得，奏當法無移。預擬歸來早，蒲香泛午卮。

送韓元少學士請假歸吳門

春風春水草萋萋，暫遠承明指舊蹊。勳業即今齊内相，文章誰不讓昌黎？蒲帆晝静攤書卷，林屋花深待杖藜。數載通門依館閣，河橋别酒重淒迷。

哭曹賓及

十日九相見，哀音一霎聞。可憐信宿隔，便自死生分。薄宦薪同積，悲歌硯欲焚。瘿菴著有瘿菴集行世。詩尚在，何事苦修文？

次二兄病中詩原韻

二兄日來有河魚之病，今早擬不入署，因司中有一重案，事關多命，逐力疾往〔二〕。正説堂時，忽左足軟弱無力，亟肩輿歸，而左手垂垂亦不能抗而舉也。二兄神思遐適，率爾成吟，省視之餘，因屬和焉。

病中吟不廢，道力果能支？牘宂身全耐，痌深發後知。即今趨署早，尚恐救生遲。黽勉爲民命，天心倘護持。

延陵寶墨詩爲吳仁居賦

寒暑苦朔風，端居百憂煎。忽展延陵墨，灑然心煩蠲。旋公吳先生，泰岳精氣纏。詞賦動公卿，幣書走山川。當其揮毫時，置身千仞顛。碌碌看時輩，唾手凌雲煙。暮齒服鹽車，見者爲惻然。抱璞雖不遇，珠光仍新鮮。吁嗟易世後，翰墨通國傳。兵燹紛澒洞，零落餘殘篇。哲嗣懷祖德，愾慕情緜緜。裝潢成鉅帙，寶之逾璣璿。重繭來京師，闡揚丐如椽。題識多名筆，霏灑盈華牋。大哉仁孝心，永言稱象賢。

邵静山先生枉駕問家兄起居兼和原唱三章率賦志謝仍次前韻

日長消燠伏，起坐一笻支。侍榻無新語，搴簾喜故知。高談愁頓撥，把臂説來遲。七發清吟並，衰殘賴爾持。

送徐平山令峨眉

蘭省迴翔十四年，纔膺百里試朱絃。美人莫漫傷遲暮，才子何妨宦遠天？路入浣花添雅詠，人依叢桂惜離筵。綏山峨眉别名。到日桃千樹，移向官齋分外妍。

陳徽鑑

字彦兼。樞部滌岑第五孫。生有至性，五歲時聞屠豕哀鳴聲，惻然心動，遂屏去肉食勿御，塾師切責之，至夏楚弗應也。稍長，工制舉藝，甫出試，即見賞於邑令王恕行凝命，郡守周兢菴疆、曹實菴貞吉咸以大器期之。會母病篤，呼天號泣，至廢寢食。迨居喪，哀毁成瘵。妻彭氏屢刲股和藥，卒不效。其絶命詞有云：『不忍眼前辭病父，應從泉下侍慈親。』卒年廿一，無子。妻彭投繯至再不獲死，遂長齋矢志，以弟暠鑑次子源潔爲之嗣云。

喜雨詩爲郡伯周公賦

西浙文星匡濟手，鈐閣風清朗牛斗。一從皖口駐朱幡，六邑時和書大有。丁年雨澤春夏饒，平疇碧浪舒良苗。向秋陂池起埃壒，人謂久滂陽必驕。縈禳紛紛忙作計，使君深思閤先閉。六言自訟彷前修，八法首清驅泰厲。壇墠甫設爐煙升，神光歙集靈旗翻。綠章拜讀猶未了，驚雷殷殷雲中奔。須臾瀧嶽冥蒙裏，霮霴漫天捲江水。滂沱寧止徧舒州？立溉吳頭連楚尾。豈無南陽弘？亦有徐州嵩。按部行春兩刺史，車轍所至甘霖從。孰如我公端坐凝香署，列缺豐隆供指顧？恩波四訖憑一心，頃刻提封均布濩。君不見，仕學一書民所瞻，廣求民瘼羅洪纖。又不見，九華豐碑頌慈父，貞珉時有蛟龍護。惟公德本慈惠師，精誠夙受神祇知。天瓢滿注助公施，晚禾更比春榮滋。安得旦夕登公雨，海内九有常豐無儉歲？

、、目禪師招看白衣菴梅花

白衣蘭若竹森森，中挺寒梅著素衿。但取一花開五葉，何妨獨樹傍雙林？普陀亦有羅浮夢，疏影原同出世心。自帶戒香吹不動，憑他横笛作龍吟。

送學博王我建先生宰曲沃

香案應教侍玉皇，權移外史奏循良。心傳絶學留函丈，手挈陽春過太行。俗美優游吟蟋蟀，公餘佩服有羔羊。溯洄三晉原家世，爲話銅川伐木章。

侍祖大人看静觀堂水仙

凌波衫子白兼黄，得近潭潭列柏堂。棐几月來窺冷豔，湘簾風捲逗微香。伯牙操裏清新調，姑射山頭婥約妝。不遇府君勤眄睞，晶盤誰與發幽光？

呈郡守周兢菴先生

朝發陽河夕海門，清香鈴閣入秋暄〔三〕。盧耽典午新增秩，黄霸專城早拜恩。衣帶吳頭仍一水，便蕃晉錫賁雙幡。由來世澤垂江表，匡阜濂溪望裏尊。

壽徐逸人

南州徐穉耽高尚，西蜀君平早下簾。性愛樓居成市隱，學研易象得星占。脯修辭卻賓朋饋，香茗供從子婦添。垂老貌癯神益王，一身仙佛爾能兼。

題移梅圖

未雪先收庾嶺春，和根擔取緑英勻。雖非灞上騎驢客，定是湖邊放鶴人。

山樓大雪

晨起推窗曙色微，驚看大雪已霏霏。亂澆党尉羊羔酒，細剪王恭鶴氅衣。

王廷元

字用九，號乾菴。太史大礽之姪也。少穎異，能文章。屢困場屋，晚以太學生丞昌邑，五載著勞一官竟死，識者以爲未究厥藴焉。所著有志遠堂稿，藏于家。兹録什一，用應嗣子晉福、文鼎□心之請。

途中感懷

逼歲赴長安，途經雨雪寒。馬因泥力減，客至店心寬。捧檄情空切，請纓志欲闌。遣懷惟竹葉，孤坐任更殘。

闕城除夕

鞅掌長安道，蹉跎又一年。風塵疑鬢改，老大怯春還。柏葉聊堪把，椒花恰正妍。北堂昆弟好，彩服憶翩翩。

曉　鐘

何處鐘聲動？星河影黯然。驚殘千里夢，敲散一林煙。市遠無人語，山空有杜鵑。蒼茫塵境外，遥見佛燈縣。

清明憶先大人墓道

驚心榆火節，南望指先塋。引睇關河遠，含悽歲月更。松楸遊子淚，風木古人情。拜墓知何日？棲鴉繞樹鳴。

曉渡仲廟

風正輕帆疾，朝煙幔碧波。霧深看樹小，春暖躍魚多。鷄唱連茅屋，鐘聲出薜蘿。先賢遺廟貌，懷古惜空過。

即　事

維舟煙柳際，緑野草萋萋。入座山千疊，開樽水一溪。波摇新月迴，岸入暮雲低。徙倚多幽思，風塵覺未迷。

廣陵留别蒿伊大兄漢卓五兄御日扶日諸姪

江潮猶有信，人聚獨難期。路指錢塘遠，帆開瓜步遲。蘆花浮淺渚，楓葉點疏枝。分手寒雲暮，煙波悵别離。

中秋邗江同方平齋姪方日分賦

正是觀濤候，秋晴天際寬。故人千里合，明月一江看。漁火隱殘浦，笛聲繞畫欄。傾樽拚盡醉，鄉思夜漫漫。

浮　渡

崚嶒遠勢欲騰空，到此纔知造化工。幻景盡驚天地外，奇觀端在有無中。山光渺渺通雲路，樹影重重罨梵宫。辟穀何年趨絶頂？蓮花石上覓仙踪。

送姚駿北之任粤東

風雨殘編共討論，宦遊忽漫促離樽。一官都下同需次，千里鑾鄉早拜恩。莫道地偏難撫字，已知吏治有淵源。梅花開處烽煙静，應聽絃歌接島門。

過天安門

宮闕陰森暑氣收，八垓車轍壯皇州。鵷班疊疊隨天仗，禁樹行行列御溝。已向金門瞻日近，更從玉陛看雲浮。鈞天九奏風飄細，朝罷從容上苑遊。

春雁同方陪翁姪方日分得來字

五湖方飽稻粱纔，何事東風便促回？寒影遠從天際落，悽聲不似隴頭來。江南啼斷春閨夢，塞北情牽畫角哀。惟有離人聞較苦，鄉思一夜已頻催。

同五兄漢卓姪御日扶日方日旭日臺頭寺小憩

秋風謖謖動微涼，藉草芳郊逸興長。山色遥從臺外見，桂花細落佛前香。笑談欣共人千里，時序驚看雁一行。盤辟竟忘歸騎晚，數聲牧笛送斜陽。

金陵懷古

長空浩淼一江秋，建業城高據上游。勝迹尚餘芳草在，霸圖惟見野雲流。六朝舊壘增人恨，獨戍啼烏共客愁。憑弔不堪重作賦，石頭煙水自悠悠。

蕪湖送方公執之平陵

天涯知己快相逢，十日平原飲興雄。漫擬名山同作賦，那堪客路送孤蓬？波飄蘆葉江天碧，霜染楓林野戍紅。無計勾留重惆悵，征帆期趁鯉魚風。

九日步鶴軒次韻

久客他鄉感歲遷，山村黄葉客心縣。夢回江國殘燈裏，心折關山落木前。千里親朋沽酒夜，半軒風雨索詩天。佳辰卻懶題糕字，愁聽征鴻又一年。

禹穴

亂峯迴合氣如秋，漠漠寒煙暗越州。東望谷王趍萬派，南開天柱砥中流。松陰日落濤聲走，野壑雲生樹影浮。靈迹不隨人代改，登臨徒愧馬遷遊。

河墅賦贈潘木厓先生

別墅菁葱舊碧山，軒窗多在白雲間。鶯花入夢功名薄，麋鹿同羣歲月閒。峯影到門青歷落，河流抱屋響潺湲。中城甲第連雲起，爲戀煙霞不肯還。

報國寺枯松

清都梵刹逼雲開，九死枯松尚壘魁。沸壑已無濤勢壯，化龍常帶雨聲來。虬鱗剥落霜皮古，鶴骨摧殘黛色灰。想像孤標千載上，重重偃蓋接三台。

昭君

莫怨皇恩薄，紅顔應自憐。昭陽如不出，青冢有誰傳？

湖心亭

一湖幽勝處，丹閣枕流深。不管遊人歎，山光自古今。

楊臣諷

字石帆。古度先生之弟。兄弟六人自相師友，皆爲儒而不以儒終，皆能詩而不以詩顯，傷哉貧也！嘗自序其詩曰：『憶予初入西塾，未及一載，經書甫畢，先君曰：「噫！貧家子不習舉業，止此足矣。」遂罷學。常欲奮進一步，苦不可得，然一點靈明，至今不昧。每見斷簡殘編，私心鄉慕。喜聽人誦詩，輒津津不去口。讀古人慷慨悲歌之句，諷誦難忘，因而妄效推敲。質之有道，始識四聲，授以沈韻，規摹唐詩，究之去古人遠也。』周子恕行嘗跋其末云：『楊翁恬淡寡欲，年踰八十，性好爲詩。方子爾止、潘子蜀藻嘗賞識其作，歎爲天真爛熳，故品定點竄，半出二子之手，殆林孤山、陳白沙之流亞也。』合而觀之，可以知其詩之崖略矣。君殁十餘年，猶子裕宜瑝客授他方，歸而搜遺稿見屬，皆予廿年前點定者，爰爲節存什一，亦曰：當吾世而有詩人，忍使其姓名與佳篇秀句湮滅弗彰乎？後之君子，可以興矣。

呈正方爾止先生

雖識荆州面，如瞻投子山。朝朝相望處，未得數躋攀。

贈潘蜀藻先生

君如長劍倚崆峒，管領騷壇大國風。秖恐致身天禄閣，無從問字答揚雄。

溧陽行

有妹有妹適同鄉，亂離别去知何方？十載天涯無處覓，八旬老母悲斷腸。忽爾好音來雁足，殷勤慰母捧如玉。喜隨潮水漲江濱，愁逐春霜經日曝。蕭然行李未出門，擬向甓橋問王村。老大不辭千里涉，風花飄散念同根。

送李恆實居龍眠

君負山林骨，悠然遠市塵。畫圖增隱士，閭巷少居人。好景誠天設，安閒豈偶因？春來桃瓣落，逐澗敢逡巡？

夜静思

微風吹落日，纖月在林端。雲薄清秋爽，天空静夜寒。四方不息戰，一席敢求安？閭左征徭急，枯魚力已殫。

冬日陳子和過我小酌祛寒得霜字

重陰侵透薄衾裳，長嘯開窗愛日光。風到草堂寒逾急，煙籠芸閣景非常。圍爐把酒敘瓜葛，促膝論詩倣漢唐。話久半天明月上，月明照徹小樓霜。

賀古度新居兼舉壽觴

小居仍是城隅北，陋巷還堪車馬過。屢僦秪緣沽價少，長貧端爲買書多。才宏豈厭功名厄？學固何妨鬢髮皤？今日舉觴三祝願，醉來詞賦瀉天河。

夜泊遇左子厚先生

九月登程未授衣，乘舟日日冒風威。蘆花兩岸疑飛雪，樹影千山散落暉。雁字天邊傳信息，江濤水面幻珠璣。夜深泊處聞鄉語，道是人從白下歸。

送古度兄之白下口號

著書多歲月，不覺雪盈頭。究晰前賢理，端爲後學謀。

哭古度兄口課 二首

兄弟同胞生六人，稍知禮義久安貧。通稱古度善文墨，雖富文章命已屯。

大兄斬賊遂遭賊，六弟身經疫瘴淪。我輩咸叨七八十，人呼四皓亦虛名。

秋　葉

莫嫌九月霜，力勝三春雨。林樹豔如花，河陽增幾許？

校記

〔一〕邛　當作『卭』。

〔二〕逐　當作『遂』。

〔三〕暄　疑當作『喧』。

龍眠風雅續集卷二十四

木厓潘　江蜀藻輯

張洵

字子岐，號怡齋。孝廉蔚菴公之長子。年十六入鄉校。以明經授蘇州府崇明縣教諭，簡習孝秀，頌禮肅雝。擢國子監學正，興賢育材，六館競奮。轉大理寺司務，躬視岸獄，恤其饑寒，佽其醫藥，圜扉有更生之慶。以太夫人年高在養，乞假歸省。卒年纔四十有三。所著有東瀛草、望雲集，其舅氏方樓岡學士極稱許之。子必恭、必愉皆克家，能世其學。

上巳日遊燕子磯

征驅東下大江涯，駐楫名磯幸有期。一閣高臨疑欲墮，孤峯遠峙到還岐。乘風漫説追宗浪，搔首真宜讀謝詩。節候忽驚三月好，春光一似永和時。

舟中上巳日清明

露溼荒隄柳帶煙，碧波青草浴鷗眠。漸炊槐火烹新汲，恰看蘭亭理舊編。修褉羽觴高會在，斷魂時節昔人憐。坐搴芳杜篷窗下，肯爲清寒惜酒錢。

望金山風迅未得遊

幾日扁舟滯石尤，一颿東去路悠悠。大江山色連瓜步，終古波光湧潤州。風捲晝昏知近海，人當迹勝憶登樓。禪窗遥見皆通水，獨瞰春潮歲歲流。

渡　海

細雨蕭蕭纔過吳，寒流漸漸失平蕪。難將浩渺窮天地，秖覺空濛入有無。身世半如雲裏見，蒼茫全向水邊孤。瀛川何處風帆遠，星漢乘槎事豈殊？

南沙陸子聖階梁溪席子君濟以詩文來質賦贈並誌別感

風流譽望誰能並？惟有南沙與晉陵。洛下文章新卷帙，士中冠冕舊聲稱。古人傾蓋知偏切，今日論交價倍增。如此才華應蚤貴，送君雙槳憶飛騰。

管咸仲黄雨雍招賞牡丹

若爲臨風試靚妝，紅凝繡幕號花王。千枝未可誇姚魏，羣卉安能比色香？開向豔陽無間地，種宜疏落亦分行。深杯潦倒繁華内，想見清平醉後狂。

沈子長吴四瞻施翔鴻德彰榮問諸年丈復移尊咸仲齋頭賞花竟日

半面全開顆顆團，鉛華深淺出雕闌。花蒸露氣流珠潤，風度春香拂砌寒。昨日尚留餘興去，名園因得盡情看。卻慙良會煩良友，竹裹頻來洗玉盤。

虎丘訪施駿臣

靄靄江雲一逕開，松聲常繞梵王臺。幾家院落分花賣，到處牆陰乞竹栽。欲試劍光尋舊迹，閒搜墨妙洗蒼苔。山齋屨滿人求畫，那識人從畫裹來？

閶門五日即事

柳岸遊絲接芰荷，吳門雜遝唱吳歌。花迎酒氣熏通市，風送衣香暗滿河。官舫過時遊舫近，珠簾垂處畫簾多。水嬉兒女競看渡，中有何人弔汨羅？

飲西渠三兄署中

閶門路出畫橋邊，競渡歸來午後天。共學神仙尋草秘，争言里巷續絲懸。尊移小檻凭花下，詩誦佳兒遶膝前。有弟獨餘將母媿，青蒲安得一枝傳？

宗伯徐立齋年伯招飲

相逢特向玉山行，朗朗如聽劍履聲。珥筆文章高藝苑，看花門第夾江城。浮踪幾媿通家誼，古道偏憐渡瀨情。書畫樓前明月夜，浪陪清宴醉銀罌。

過高子允純郊居

家住郊原霧隱間，久知玄豹欲成斑。依香屐齒荷花岸，向午鷄聲竹葉關。案自有書供旦暮，水常在耳聽潺湲。碧梧苔色新槐影，消受羲皇以上間。

懷東田吳夫子

猶記梅花照別筵，開春舟即犯江煙。常當五夜讎書際，獨憶三冬立雪年。陶令松筠娱老眼，杜家詩史定新編。城南尚有追隨弟，雙桂堂前帳再懸。

集施子德馨園亭

東皋苔滑繞藤牆，漸遠塵喧見草堂。座近藕花香自度，樽浮竹葉韻偏長。松門高下飛江燕，石徑參差種海棠。逸致雅應推絶勝，知君端不負滄江。

憶披雪山房兼寄諸弟

披雪先從聽雪尋，桃花滿路碧苔侵。青松雨過看朝色，白晝峯高見夕陰。瀑落雲中千丈響，蘭移林底一溪深。遥知諸弟登臨際，應有山窗憶遠心。

中秋日張楚伯王年卜兩寅丈集諸同寅飲玉峯叢桂堂

丹崖崛起勢玲瓏，嵐氣波光面面通。傍晚煙蘿叢桂裏，最清鐘磬半天中。高峯暢好星頻聚，佳節招攜興自同。投轄故人何限意，不堪孤棹向秋風。時予將之白門。

憶修堂雙桂

老桂何年久傲霜，先人手植數枝芳。每消殘暑侵階覆，將近中秋出苑香。閣下汗青書共讀，花前酒碧色分涼。昨朝偶見峯頭桂，曾否繁英似故鄉？

白門懷沈蘭若寅丈

暮雨蒼江八月天，扁舟曾繫玉峯前。秋風獨使人常別，吟興同羈官一氈。菊圃詩情應似舊，霜宵杯酒定陶然。可知此際晴空月，夜夜思君未忍眠？

闈後一日集里門同學諸子

水滿清江鶩影斜，秋高建業見繁華。臺城煙樹長堤柳，官妓雲鬟上苑鴉。自有文章標赤幟，卻憐風雨過黄花。莫辭今日登樓興，同醉河橋賣酒家。

江村新霽

舟行十里過横塘，雨後村空露氣涼。風入晴川吹雁影，人迎朝日愛秋光。沿江門掩依流水，隔岸鐘鳴出上方。欲望煙深前泊處，蕭條黄葉滿林霜。

署中送仲弟歸里

忽離忽聚總依依，天北天南又送歸。兩地舟車今日異，十年書劍寸心違。朔風凜冽行裝遠，薄澥淒涼夕照微。爲憶高堂强飯否，益因汝去夢魂飛。

賦得古人已用三冬足示同學諸子

自擬論文學草玄，朔雲風起歲寒天。人將蠹簡親千古，夜冷鷄窗守一編。讀史閣中思舊雪，挑燈霜下擁殘氈。相期莫負三餘興，東觀談經盡少年。

喜四弟寄畫至

知爾池塘夢更多，遠傳墨意當狂歌。雲連樹影依苔石，筆有秋痕寫芰荷。垂釣恍從茅屋去，飛泉如向雪溪過。謂披雪山房。閒來爲倚疏櫺展，雨際松間拚翠蘿。

懷左注我

白門同放海門船，曾幾何時忽一年。遠路春風吹別恨，他鄉陰雨伴寒氈。高樓雁憶清江上，好友書遲落照邊。知有比鄰詞賦客，芸窗昕夕足流連。聞今年讀書姚庠若齋中。

苦　雨

老屋陰寒强自持，蝸涎滿壁篆如絲。危牆畏落將頹瓦，高樹吹殘未艾枝。客次夜闌人漸睡，牀頭燈暗鼠全窺。青蕉葉葉空階影，獨刺秋心欲向誰？

賦謝施子英玉招飲

處士門前溪水清，到來常聽海風聲。沿牆樹暖梅將盡，近屋春陰柳漸成。書擁百城閒日卷，盤多兼味故人情。酒闌獨有天涯興，狂醉歸從月上行。

樊子闇如見招因出示宋南渡石刻聖賢圖像卻贈

水際誅茅向夕曛，横經遺澤半耕耘。竹陰滿苑偏清勝，蘭氣當階有異芬。浮白客將留竟日，殺青史足繼三墳。興酣娓娓談先世，猶出前朝石搨文。

新霽蔡子子六吳子四則過話

荒庭入夏乍寒温，草覆空階鶴應門。一榻茶香遲客話，多時梅濕上潮痕。才名久擅中郎絶，風度今看季子存。意氣看君皆不賤，莫教坎壈怨王孫。

河邊偶成

匝地蘼蕪緑滿灣，偶乘清興一開關。潮來溪網魚蝦賤，雨後人家鷄犬閒。野巷竹聲隨客屐，水田蛙鼓隔煙鬟。天涯憑眺應難盡，欲待晴空看遠山。

吳門舟次讀潘蜀藻先生龍眠詩選卻寄兼誌私感 二首

吳會風光見綠蘋，先生閒賦故園春。松筠閣下琴書老，謂松聲閣。櫻筍山中歲月新。夙有鴻名傾後輩，今看古道表前人。孤舟一卷聽春雨，展讀難禁淚滿巾。

江東大雅數龍眠，先子蒙存亦可憐。詞賦不無遺事憾，表章惟賴故人賢。千秋詩思重泉慰，一代騷壇累世編。海内久推潘騎省，今看書向國門縣。

五人墓

匹夫亦自有高名，志在無妨事未成。同難一時存意氣，貞心終古對江城。可憐草野空冤去，爲指閹璫尚恨生。憑弔只今何處是？千人石畔夜烏鳴。

晚過玉峯城下

鶯啼鳩喚夾江多，城外新陰網綠蘿。塔向雲邊峯上去，山看蓬底日斜過。蒼茫樹色遮紅寺，高下煙光漾碧波。片石買來丘壑趣，水流莎映共清歌。

將去瀛川留別 二首

吳雲剪剪柳絲絲，一幅鵝溪絹裏詞。夏日漸長方雨後，遠天將渡早潮時。花分畫舫公門樹，題滿蕭齋鄴下詩。謂諸子贈言。此別未知重會日，兩年難忘是皋比。

女蘿堤上踏晴沙，記得新飛乳燕斜。逕似故園頻見竹，風鳴高樹有棲鴉。青門舊約同花事，黄海無端感歲華。別後相思知不盡，江南春水憶侯芭。

旅　興 二首

飛鳥擇高枝，嘲哳鳴天際。誰云鼓雙翼，還被風煙滯。浮雲一何高，疾風一何厲！悔昨東海隅，淹留羽毛敝。努力出塵埃，孤踪莫我憩。反羡鴻鵠冥，自顧終拙計。

鶺鴒東林巢，萱花北階砌。比翼嘯清風，出入佩蘭蕙。夙志戀鄉園，敢曰懷佳麗？一朝理征衣，兩載忽分袂。反哺念高堂，青雲難逐隊。何時奮翅歸，懽娱以卒歲？

哭仲弟七首 有引

仲弟竑字禹仲，孝友性成，才學俊逸，以不得志於有司，常鬱鬱不樂。戊午二月十日，無疾而逝。余方鐸崇明，老母命家人秘不以聞。至秋，予北上抵家，驚痛欲絶。以高堂憂慟，不敢自傷，家居兩月出門，又幾時已及週矣。孤鴻旅館，能無痛心？揮淚七首，哭不成聲。

藐藐山間松，淒淒隴頭竹。苞茂乃其常，戕伐亦胡速？我生乃不辰，早著孤兒服。仲年十四齡，余年十有六。叔季稚且嬌，日使慈顔蹙。羽翼纔壯時，仲也忽不禄。噫嘻一歌悲，悲起嗚嗚哭。

大廈傾易毁，弱木安能支？吾母真丈夫，日夜獨憂思。儉節固所安，年荒畏啼饑。我愁病幾死，聰明爾强持。家庭勞委曲，世事任奔馳。此情猶在目，此心何人知？噫嘻再歌苦，苦境不堪追。

南山踞豺狼，北山藏虎豹。不念舊時交，牙爪公然掉。弟昆甘弱材，鍵户遵母教。唾面聽其乾，横逆莫敢較。窮年事詩書，矻矻無一效。嘗膽與臥薪，古人安能傚？噫嘻三歌哀，哀憤憶顏貌。

長江波浪洶，皖山風雨促。驢背復饑驅，小艇冒炎酷。作賦擬前賢，未肯合時俗。我刖任自然，爾放如受辱。男兒氣凌雲，安肯受拘束？灑淚對友朋，私憂抱心曲。噫嘻四歌危，危哉功名毒。

薄宦非我心，爾獨望我切。相送河橋邊，悲歌成哽咽。哽咽就四章，但說多離別。那知牖下言，酸楚兆永絶？秋杪晤江干，努力精神竭。落第至官齋，灑泣海風裂。噫嘻五歌傷，傷哉淚如血。弟送余詩有『明知此後多離別，聚首其如牖下何』之句。

鶺鴒痛在原，高堂念遊子。訃秘家人傳，書但望歸里。弟死在仲春，哭弟秋風裏。强懽承慈顏，夜啼畏落紙。轉盼已經年，人世如流水。舉念恍在前，望望行且止。噫嘻六歌淒，淒涼何所恃？

所恃有兩孤，長者頗聰慧。次亦已三齡，孀閨憂匪細。十年教養成，爾志或能遂。我今客帝鄉，碌碌無長計。兩弟奉慈親，柴門常教閉。孝友如爾言，忠厚勉相勵。噫嘻七歌沈，沈思渺無際。

重建三慧庵

夙昔耽微尚，乃在泉與石。大道有真玄，何必佞伽釋？人生際豐儉，所樂貴自適。昔我先王母，愛此丘壑僻。爲建蘭若居，拈花自朝夕。豈意兵燹遭，倏焉滄桑厄。吾翁及仲弟，言念恣惋惜。卅載力不逮，叔季重芟闢。同奉萱堂遊，見之增怡懌。手澤憶當年，白雲猶咫尺。興廢三代因，山川百年迹。盈虛有常理，流光無輕擲。永惟霜雪姿，莫忘松筠碧。惆悵淵明詞，何日息行役？板輿羡安仁，寄語煙霞客。

訂交詩示錢塘馮紫燦吳漢文景州李枚臣東昌鄧右介楚黄姚栗岡

大化妙代謝，寒暑任紛錯。逐日夸父勞，履霜君子約。投分如飲醇，杵臼有至樂。一言成知己，千金重然諾。砥柱存吾黨，世俗乖厚薄。努力聖明代，放眼塵囂擴。比翼麗鶺班，酬唱輝花萼。今兹匪車笠，期矢泉與壑。昭昭雪上鴻，矯矯雲中鶴。

老母遺价自里門來問訊近況率成二十五韻呈慰

久客望家書，不望家人至。風沙隔三千，跋涉非云易。薄禄無外求，潦倒安素志。僮僕稱追隨，琴書吾夙嗜。倚閭獨傷神，展轉憂況瘁。一自客東瀛，思親常不寐。五日奉母函，十日得兒字。江海隔山川，裹糧無停使。兒曰菽水荒，母曰勤王事。勉之赴長安，道遠情倍摯。驛郵殊未疏，懷抱更勞勩。冒暑辦行裝，行裝曷可遲？午夢正還家，醒見家人侍。驚問何事來，慈親念弗置。尺書不及他，千言慮顚頓。兩弟諄致辭，囑體慈親意。稚子亦能書，瑣細塗鴉寄。展讀至再三，慰藉兼心悸。悸我遠客身，慰我遊子思。神健喜母書，遊子思何爲？惟有凜冰兢，出入戒輕肆。飲食及寒暄，自知珍重視。功名正壯年，俯仰懷怍愧。不敢逐世趨，不敢貽親累。敬緘拜雙魚，心與雙魚致。

四弟之任武昌別駕言別四章兼以誌勉 四首

朝拜九重閽，暮宿春明外。弟兄臨岐別，春風寒襟帶。不覺聚時久，止覺別無奈。不盡語千端，但有心所會。楚水接燕雲，遥遥動旌旆。

旌旆三千里，此別詎云遠？況復近故鄉，高堂可往返。冀爾禄養安，使我夢魂穩。我夢在庭闈，數年深繾綣。省覲知何年，悵望惟自忖。

手挽青絲繮，飛絮繞離筵。絮起落無定，弟兄情相牽。季弟佐郡掾，叔弟守鄉田。三人同一心，三人各一天。一經坐攻苦，半刺習周旋。天涯盼魚雁，努力思勉旃。古人重筮仕，功名及少壯。才智出性情，動静徵所養。勿蹈世人趨，勿與同官抗。吾家清白傳，先澤在俯仰。天子今聖明，青雲正寥曠。

夏日入署偶成十八韻

暮雨霽朝霞，出門浄塵土。涼風趁小軒，單衫快微煦。常嫌入署遥，今日無煩苦。仲夏庭草齊，槐花緑垂乳。案牘舊不繁，深堂如幽户。同僚盡疏狂，清談鮮城府。寥寥二三生，談經如環堵。老隸竭周旋，茗碗清肺腑。坐久自忖度，慨然懷仰俯。我生樗櫟材，不堪作梁柱。七載叨儒官，素餐嗟靡鹽。仁義與詩書，負媿知無補。窮子入寶山，欲採缺斤斧。卑卑籬下燕，層霄乏毛羽。卓然以自持，獨行徒踽踽。惟有少希冀，職在力思努。吏散聽鵶啼，白日又亭午。珍重此聚散，再聚日逾五。例以五日一入署，故云。

長兒必恭回南應童子試走筆勖之 時四弟以奉表入都，歸騎過里門省老母，恭因得隨行焉。乙丑三月十六日。

男兒四五歲，章句親筆墨。稍長解應對，詮註漸知識。次第以行文，神明超語默。人各執一經，百家資組織。大都十有五，造詣差得力。出補弟子員，宮牆貌嶔崱。譬若始駕馬，低頭受銜勒。父師教峻嚴，功名路坦直。固未嘗分岐，而惟別通塞。孝廉薦于鄉，進士華于國。從兹登青雲，幼學攄胸臆。汝今總角時，毛羽剛修飾。士子恆爲士，雨露仰培植。歸試三千里，我心實孔棘。逢汝四叔來，言旋恰在即。王程便省親，攜汝大母側。更有汝三叔，膝下得憑拭。雁行亦林林，弦誦共眠食。家世本簪纓，孝友安儉嗇。我素鮮希冀，勉汝就尺幅。三叔善文章，門内堪法則。揣摩赴制舉，投機如釣弋。强弩自吾操，細綸自吾扐。此際或有天，吾期盡吾職。決勝有至理，忮求滋愚惑。興言縱汝去，未覺間南北。汝歸好自持，屺岵勿漫陟。我久疏菽水，倦遊將斂息。下課汝弟兄，上奉高堂色。橫經與負耒，寔我高曾德。帖括制舉業，古來無此式。有明沿至今，講究于焉亟。務繹聖賢言，用佐經書翼。

黄山老布衣行

新安汪快士能詩文，尤工秦漢篆，凡海内名迹，多勒章紀之，集成名山印譜以資臥遊。兹來長安，云即歸老黄山，屬爲作黄山老布衣行。

人生何必行萬里、遍九州？觸處山川眼底收。又何必拘一丘、守一壑？意外山川堪寄託。自來物色屬幽人，不數桃源能避秦。田公膏肓謝公屐，一去一住情相親。汪子住山卻出山，晨夕著作煙霞顔。青鞋布襪走京國，琳瑯滿笈何斑斕。紅朮軒中秦漢篆，刻畫乾坤奇變如躋攀。自言搜索情潦倒，此身當向黄山老。黄山佳處非一端，結茅桑梓覺倍好。吁嗟乎！君今尚未黄山歸，黄山不與君身違。君今一日黄山去，名山皆與黄山依。把君一卷清音在，此中消息未應稀。未應稀，歲歲黄山老布衣。

寓内城雜興 六首

帝里鶯花滿，羈人感易生。離家三載憶，戀闕一春情。景物隨時眼，交遊仍舊盟。鶺鴒高樹茂，棲托媿峥嶸。

曲折西華逕，人家隱直廬。臣心原似水，賜第只藏書。賓翰牙籤麗，龍文聖藻攄。恩波與忝

短。語愛良宵永，情憎短

籥，旨酒及嘉魚。鵁鶄弦初上，垂鞭休澣時。謂六兄敦復學士也。入門無俗慮，出袖有新詩。語愛良宵永，情憎短漏移。朝朝霄漢側，清晝冷書帷。

攜手尋芳地，金鰲控上林。碧涵滄海闊，青入禁垣深。大澤歸奇獸，遐方獻彩禽。笙歌連禁籞，指點日沈沈。

白塔登臨處，憑高景倍清。晴光萬象合，春色九重明。車馬喧官道，樓臺繞禁城。玉河千尺雪，會有卧鱗驚。

遊子當佳節，低徊望遠天。驚心青變柳，到眼緑縈萱。丘壑將誰適？琴書祇自憐。四時三月好，一度一流連。

月下寄内

共此一輪月，三年兩地看。白頭縈念切，黄口遠攜難。閒可深宵立，光分小逕寬。萱花階下影，應亦念長安。

仲春南歸奉家慈遊聽雪山房

雪聽亦何杳，飛來若有聲。瀠洄依磴曲，奔湃咽溪横。未遂閒居願，懽隨慈母行。春光珍重過，荒草叶流鶯。

晚行口號

樹樹接殘霞，飛飛集暮鴉。不知村舍近，難止僕夫譁。風静看煙直，天空見月斜。萬端非預料，今夕宿誰家？

過馬嚴沖編修館署

長夏花磚静，高槐覆院清。我來猶爾汝，君尚似書生。俸薄廚能減，泉甘茗再行。塵襟深語豁，兹地本蓬瀛。

攜樽訪天壇道士董西池不值喜逢高道士潤生同飲限韻

乘興步平沙，秋光入望賒。霏霏迎曙色，曲曲引仙家。採藥應何地？空階自放花。隔林有高士，許共醉流霞。

瘧後不寐

瘧入夜稍息，猶于寐有妨。眼醒當勁敵，心怯泛滄浪。月影侵窗漸，秋聲引雁長。明朝搔首處，青鬢有微霜。

喜晤姚耕壺年伯暨虛槎別駕至自滇南

一門看四代，俱是望歸人。旅況平安好，家書次第陳。萱花縈念切，菽水繫情真。翻恐絲綸下，京華滯老臣。

送吳冰持中翰歸里

年少絲綸客，才推庾謝名。如何歸騎迫？端爲倚閭情。我亦思鄉者，因君頻夢驚。通家應拜母，慰藉仗兹行。

出　門

勞勞歲暮理征裝，何事催人車馬忙？　卻盼雲霄京洛遠，又教松菊故園荒。　夢添滄海年來別，路近滹沱日漸長。　此去天涯遊子意，惟將加飯祝高堂。

元夕飲家敦復學士兄署中

佳節頻年隔海濱，弟兄今夕倍情親。　談經退食攜明月，賜酒分恩及故人。　春煖直廬花綻蕊，風清冰署夜無塵。　相看勿更躭深語，將曙鳴珂待侍臣。

寄吳少黎世兄

對硯分題年少俱，偏余愛爾爾憐余。　無端壯歲多離别，幾度遥天憶起居。　才子翻應奇字累，微官博得故人疏。　征鴻寥落秋風闊，皖水燕雲相念如。

門人馬衡臣以其令祖方伯公空原園近體詩見投感贈

龍山雅望接龍眠，景仰先型幸有緣。　兵燹多年遺稿失，珠璣片羽嫡孫傳。　宦遊到處煙霞著，老退空原氣節全。自是先生流澤永，辟雍人羨白眉賢。

倪繪江表兄同寓以詩見投依韻奉和

兩家中表舊相依，十載風塵把臂稀。雁陣秋高欣快聚，劍光萍合即如歸。孤兒往事悲何限，旅夜鄉思夢共飛。需次暫澆燕市酒，寒深莫漫賦無衣。

冬日遊馮相國萬柳園步吴魯園比部韻

朱門別業縛柴門，不是春風春滿園。突兀青看山隱屋，瀠洄白望水圍軒。疏枝影帶莓苔色，落葉聲驚鳥雀喧。信是金莖多雨露，煙霞深處亦君恩。

四弟除武昌別駕書報老母誌喜 二首

弟來需次得同居，寒暑依依歲有餘。鄉國幾勞千里思，鄰封今幸一官除。簪纓敢説吾家舊？苜蓿私慙子職疏。此去會能供菽水，郵筒先報北堂書。

非關争羨武昌魚，萊彩離懷可暫攄。煙水移家輕槖便，鶯花將母錦帆徐。青山郭内延官閣，芳草洲邊奉板輿。自古養親求近地，夢魂我已慰牽裾。

春　郊

晚春不分聽鳴鶯，遊興無聊任意行。高岸花飛低岸積，遠峯雨過近峯清。賁緣隙地陳壺榼，邂逅逢人隱姓名。俯仰不知身著處，碧溪波湧白鷗輕。

冬夜撿先兄芸圃遺詩涕泗不禁成五十六字

蘭蕙風姿素鶴身，五陵公子是詩人。香山高致應閒適，昌谷嘔心豈後因？家破燕辭王謝宅，途窮鵩賦楚江濱。從今故國詞壇冷，噩夢池塘倍愴神。

送姚綏仲孝廉兼呈耕壺年伯

海棠花過藥欄芬，春色纔交夏日曛。斗酒故人驚攬轡，半生心事在離羣。鵬飛暫息君才壯，裘敝思歸我意殷。知是渭陽猶子愛，爲言執手盼秋雲。

春歸

江南芳草自萋萋，幾處王孫路入迷。贏得長安行樂處，林間不見子規啼。

除夕封家書後口占 二首

春風七日歲云除，怕說春光到客廬。家事徒勞千里夢，長安只有數行書。

豈爲年華惜歲除？客心此夕憶吾廬。高堂兩地三千里，來日屠蘇盼寄書。

寄馬嚴沖太守客鄂州 二首

嚴沖與余在京唱和詩有云：『何日金門同解紲，醉吟黃鶴望江船。』頃聞其有鄂州之遊，因繹前句卻寄。

風流太史五雲邊，蓴鱠秋思著錦旋。今日懷人在何處？誦君佳句望江船。

暫息風塵亦自仙，輸君先我著歸鞭。醉吟黃鶴江樓望，望我明年春水船。

張仲華

字玉叔，一字碧峯。大理寺司務怡齋公之叔弟也。母太安人夢紅日升於南榮，寤而生。幼岐嶷不凡，父贈君蔚菴公篤愛之。贈君殁，與兄弟相師友，一門以内，率伯兄怡齋之教，雍雍如也，秩秩如也。比長，補博士弟子員，屢蹶舉場，乃下帷攻苦，築室于披雪山房，顔其堂曰『秋樹』，取少陵詩中養親爲園之意，時奉板輿遨遊其間，承懽之暇，雒誦不輟。康熙丁卯秋，赴省試，揣摩已成，迄不獲售，悲憤填膺，抵家甫十日而卒。或曰：馬少游有言：『士生斯世但取衣食裁足，乘下澤車，御款段馬，使鄉里稱爲善人足矣。』玉叔席豐履厚，有良田廣宅、僮奴裘馬之奉，有園林亭榭、花木禽魚之樂，有圖史琴書、鼎彝玩好之娱；堂上有難兄服官京闕，季弟倅郡武昌，魚軒雀舫，更番迎養之懽，奚不可優遊自適？縱不獲登降承明，徊翔田里，爲謝庭之瞻，何家之準，亦足永朝夕，而鬱邑侘傺以死，科名何物，竟夭天年，何其不達也！吾謂玉叔之死，死于孝也。太安人春秋高，日夕冀令子拔起科名，以光大先烈。予讀其卯秋感懷之詩，如怨如訴，如猿啼三峽，如鵑叫五更，如卞和之泣荆山，如杜默之哭項羽，其最不能遣懷者，惟懼無以慰慈親。一則曰：『雖矢壯心猶未已，那堪白髮願難酬？』一則曰：『此際北堂還悵望，可知潦倒問歸舟？』孝矣哉，玉叔乎！　玉叔與仲兄禹仲皆年少，皆多才好學，皆明敏幹練，楮拄家政，而皆以舉場蹭蹬莫慰母心，遂戕其生。　後有君子重纂邑乘，採掇孝義之傳，于張氏二孝子其必有取爾矣。

登黄鶴樓

李白題詩舊遊處，晴川芳草日沿泝。　勝地由來擅盛名，摳衣直上穿雲霧。　長江赤日浴金光，蕩漾峯巒繞殿牆。　自非豪士少奇致，緬懷往事神飛揚。　檻外流水渾如帶，歷盡兵戈閲成敗。　跨鶴何人白眼窺？　一夢滄桑煙水外。　夢轉黄粱蕭瑟秋，長歌一曲高樓頭。　我尋玉笛不可見，梅花氣落風雲浮。　吁嗟乎！　世事紛紜等塵垢，神仙踪迹人間有。　隔簾墩子正荷花，孤舟出没桃源友。　當窗披拂清風來，狂歌且醉樓頭酒。

夜坐哭仲兄禹仲

悲風颯颯響林木，恍如兄弟同夜讀。　景物依然人已非，對此安能不痛哭？　迴思廿年愛育情，慘傷次骨難稱述。　我父昔年見背初，遇時不淑莫我穀。　孀母誓殉苦墜樓，藐我諸孤徒罣罣。　父執交情不足論，外侮紛紛如翻覆。　我兄夙負英敏姿，年甫舞象經綸熟。　兄弟四人獨任勞，内外家政咸清肅。恐隕家聲暗感傷，不憚謡啄與謗讟。數年辛苦既已成，塤箎唱和隱林麓。兄才高邁本絶倫，文章獨自成杼柚。近駕歐蘇萬斛泉，遠追秦漢暨公穀。高才不肯效時趨，十年潦倒仍獻璞。獻璞無功意已違，有才無命時顰蹙。吁嗟乎！憂鬱未必能傷人，兄獨胡爲至此且亡身？架上書，壁間琴，猶如手揮目送笑語頻。忽思魂魄已不復，恍然如夢復如真。吁嗟天兮奚若此？予家世德誠無比。嗟我祖父迄予兄，後先不獲下壽死。哭兄兮人琴俱已亡，痛兄兮花萼委荆杞。兄存予未盡友恭，兄亡徒然悲已矣。白髮堂前泣汍瀾，閨中未亡淚若水。如此慘傷安能慰？誰謂荼苦甘如薺。惟兄有子頗靈異，撫之育之勝吾子。出入必思殫厥心，與兄撫弟求相似。兄其有知聽予言，我心悲傷真無底。苟非堂上與孤姪，我欲從兄地下偕臥起。

夜間偶感

明月挂紅樹，飛花映碧苔。對景非不佳，顧影空徘徊。西風吹我心，上逐孤鴻哀。孤鴻哀復驚，嘹唳聲不平。安得御風翼，與爾共悲鳴？處世若大夢，昔人已忘情。

冬日偶成 二首

離離原草衰，淒淒谷風厲。兹時建子月，荒村門獨閉。幽人擁褐裘，兀坐心無繫。雨夜自漫漫，數椽聊足蔽。寂任世人嗤，而我心獨契。輕肥市上兒，奔走風塵滯。身兼百種勞，心無片刻遂。何如茅檐下，優游以卒歲？

我愛白公詩，逍遥分司時。懶與道相近，鈍將閒自怡。才智世所矜，胡獨恬澹爲？小閣静琴張，池上白蓮垂。真樂不關情，先生能如斯？

題四弟武仕小像

秋山勢崔嵬，秋水何冽冽。十年窗下心，難忘膏火爇。公餘琴鶴隨，長吟憶飛雪。道静息紛争，心平自怡悦。古人適性情，所貴惟用拙。與君共勉旃，勿受緇塵涅。

雨中過先雪樓和大舅父韻

傑閣臨幽徑，秋深獨掩關。小橋通剩水，高樹隱鍾山。名重心多苦，詩工思豈艱？笑予慙宅相，問字白雲間。

雨中又過先雪樓再疊前韻 二首

霜林何肅穆，灝氣啓柴關。煙藹秋深雨，雲橫檻外山。詩連高閣迴，話盡世情艱。想像安心處，松聲動静間。

幽居真可樂，我亦欲緘關。底事他鄉夢，徒思故國山。業荒三徑遠，秋老一身艱。遥憶倚閭者，徘徊風雨間。

春日左注我方子將過訪山齋分得縣字

有客來新霽，山山爽氣縣。谷雲吞野樹，海鶴到花田。竹逕能烹雪，蔬廚爲引泉。勝遊須絶頂，春色倍嫣然。

高瀑聳空際，攀蘿仄逕偏。灘聲隨藥圃，松籟落山煙。倚石詩堪和，凌雲氣欲前。嘯歌無賴甚，勿慮夕陽縣。

蔣瑶滋崖西齋中納涼

畏暑逃無術，端居興欲闌。最欣三徑好，喜共二難懽。地僻羣喧静，情真雄辨寬。笑歌忘永日，花溼露將溥。

寒　夢

寒夢無端積，初醒若有聞。聲從秋葉亂，月傍古槐紛。何事愁難盡，從來酒易醺。鄰鐘敲欲斷，爽氣徹星文。

詠窗前老梅

幾點衝寒洩早春，霜濃雪暗是芳辰。老枝斑駁生銅翠，嫩蕊微舒現玉真。不怕六宫嫌冷淡，獨標孤質任清貧。柴門欲啓無人問，空剩羅浮夢後身。

錢田間先生暨諸子過訪山齋

文壇耆碩久云空，碩果猶存離亂中。收得五湖尋勝屐，來當三逕落花風。澗分疏石羅羣彦，潭映清流影一翁。盡日陰晴山色變，憑君收拾入詩筒。

立春後八日至雪耕園見澄溪含碧山色向榮偶走筆賦此

勿將偃蹇怨年華，眼底風光引興賒。數卷殘書先世業，百年生計老農家。春迴大壑初含碧，雨過疏梅未落花。閒策短筇行自在，好風時拂舊桑麻。

山房粗成詩以落之 二首

借得鶯花結静緣，溪山安敢比平泉？惟尋舊址開新户，聊倚高林架短椽。是處留花沿石坐，有時舒枕傍松眠。幽偏似此能怡性，每到懽餘頓愴然。憶仲兄也。

昔年仲氏費經營，掃逕誅茆結數楹。十載可憐搏翼志，三春猶憶讀書聲。惟將菽水娱慈母，且剪荆榛學野耕。最是承懽風月下，怕云當日樹都成。

山　居

晨起惟披短後衣，窮幽搜僻入山微。行穿柳絮吟還健，笑逐桃花醉始歸。月影漸移松下石，谷雲多傍竹間扉。鄰翁策杖來相約，明日春遊興莫違。

聽子規

落盡殘紅春意闌，催春鳥語白雲間。小窗燈冷三更夢，蜀道魂飛萬里山。望帝尚銜當日恨，野花空帶舊愁顏。傷心歲歲皆如許，叫斷深林血欲殷。

春夜飲鏡香亭聽歌兼送我思南下納寵 二首

園林葱鬱傍高城，剪燭頻留夜色清。幾樹夭桃煙外没，一聲長笛座中驚。歌喉宛轉銅壺急，酒盞清芬玉露盈。自是辟疆饒勝槩，勿辭酩酊到殘更。

歌罷停杯夜未央，忽聞高調特清揚。曲中楊柳難分手，笛裏梅花孰斷腸？蘭槳晴摇遊客興，春江波映美人妝。不知此後東皋月，可許同儕飲再狂？

春杪寄伯兄長安 三首

林花初落燕南征，遥憶吾兄扈蹕行。官閣詩懷春盡後，池塘幽夢夜深情。機雲詞藻傳東洛，班馬才名重帝京。莫把鄉思縈宦況，朝朝環珮逐珂鳴。

六十慈親鬢已霜，春來遊事興偏長。手栽桃李陰遮屋，輿過山亭瀑引觴。嚙指常思遊子夢，伯兄書云：『日日從龍眠披雪遊。』望雲遥憶客心傷。長安若有鶯遷信，先把音書報北堂。

煢煢孤姪過人姿，穎慧今看倍昔時。久識伯忠鍾愛切，愧同淳叔教兒遲。承家舊業惟黄絹，繼武新聲仗白眉。争擁花輿能養志，賫錫時節儘含飴。

寄賀卣臣姪聯捷　三首

年少金門喜氣新，上林先折一枝春。欣看淡墨明花榜，遥望青雲傍紫宸。池上鳳毛添侍從，閣中麟趾協絲綸。君王聞説虚前席，會見承恩得意人。

猶憶當年竹馬時，遠峯亭上樂無期。青箱自愧荷衣舊，彩筆新標玉筍姿。一代文章推子壽，茂年才賦重陳思。如君自是蓬瀛客，玉署還多應制詩。

伯氏新除入帝京，書來深感仲容情。每當午夜羈棲況，喜共青燈笑語迎。國寶世傳鵷鷺隊，家聲久有鳳凰名。内廷此日多詞賦，不負鶯花繞禁城。

送鍾書泉歸里和原韻

鍾子才華足唱酬，經年題詠滿山樓。交疏慙我多行役，傾蓋逢君復去舟。罇酒不堪今夜月，奚囊猶帶暮雲秋。此行幸遂田園樂，莫向江湖又遠遊。

龍門庵留別浪公

信宿譚經笏室西，臨風別袂忽淒淒。人辭白社慙元亮，橋度青山隔虎溪。轉憶松筠心尚寂，迴看煙霧路幾迷。把君詩句閒吟詠，歷數龍門十二題。

楚歸初至碧峯

畢竟煙霞引興長，難將塵俗減疏狂。澄溪水淺經春碧，深谷松陰傍晚蒼。意到隨吟長短句，倦來高臥水雲鄉。小奚入市頻來往，只爲花開覓酒嘗。

晚泊赤壁

峭壁高臨漢水流，翠凝千嶂古黄州。最憐豪傑揮戈處，不及文人載酒遊。古寺緑苔迷石碣，空江皓月到山樓。當年作賦情何極，指點臨皋在上頭。

武昌署中與四弟武仕夜話

努力風塵歷苦辛，政聲今喜滿江濱。雖艱禄養慙遊子，惟有冰清慰老親。澤遍柴桑知共潤，風來琴鶴静無塵。盈盈一水澄千尺，時照官齋徹底貧。

胡亦武先歸里門江舟送别

金蘭先世本纏緜，踪迹天涯隔歲年。黄鶴幸同名士屐，青山復送楚江船。歌殘玉樹驚分袂，浪拂檣花照别筵。君去我留徒悵望，我歸君又著征鞭。

早　春

何處春光最早生？緑窗初曉雨新晴。輭泥初襯苔痕濕，弱葉頻舒水面輕。蛺蝶已飛殘榻夢，鳴鳩欲换舊時聲。階前桃杏含紅遍，獨惹東風一段情。

春日花下喜得伯兄家書卻寄

滿苑韶光稱樂窩，忽傳書至晚風和。長安官況貧如洗，故里交懽喜漸多。須效昔人諳掌故，勿同騷士僅詩歌。明年冀北花如放，待我春明躍馬過。

四弟自武昌以詩見寄賦此答之

衡門無事便高歌，静掃閒階掩薜蘿。自是山人成痼疾，豈知仙吏解吟哦？冰衙琴鶴饒風韻，舊社賓朋共琢磨。讀罷相思楚水闊，一輪溪月轉新荷。

丁卯金陵渡江感懷四首 有序

秋風失意，返轡無聊。裘敝黑貂，已灑蘇君之涕；霜凋紅葉，還添宋玉之悲。望岐路以哀窮，逐洪波而問渡。雖慷慨有志，雅欲先著祖鞭；而時命不猶，未免數刖卞足。徒恨深源之怪事，咄咄書空；竊恐鄧禹之笑人，寂寂没世。爰效五噫之詠，用寫九曲之腸，非敢咎人，聊深自責云爾。

西風孤櫂泛中流，敢以牢騷作怨尤？雖矢壯心猶未已，那堪白髮願難酬？别時夢向泥金切，到日書傳泣玉羞。此際北堂還悵望，可知潦倒問歸舟？
自從髫齔學吟呻，擬向金閨步後塵。五度淒涼秋草路，十年悲憤秣陵濱。劉蕡下第顔終厚，蘇季歸來家本貧。縱使逢年猶有待，可憐少已不如人。
豈是文章未遇知？歐陽摸索暗中期。功成一簣偏逢蹇，憤積孤腸轉自疑。抱璞縱然人未識，封侯何至我偏奇？天心有定終難問，一望江城一涕洟。
勿嗟偃蹇但悲歌，生計須知老澗阿。扃月柴門高臥穩，看花別墅侍遊多。空階霜冷留黄菊，小圃英繁長緑莎。笑指林泉還自遣，放閒應勝此蹉跎。

旅館聞秋蛩

蕭條秋色滿江瀆，遽有蛩聲響夕曛。恍惚悲吟愁思賦，依稀低誦送窮文。知君有恨還應訴，似我長鳴孰與聞？極目淒涼中夜泣，幾回展轉筆難焚。

雪泉下小溪名桃花溪

當門曲水絶塵埃，每傍春風繞釣臺。可是峨眉山雪化，桃花初煖漲初來？

園中雜詩 四首

脩篁雜卉自周遮，翠羽呢喃語碧紗。恰是小窗秋雨後，海棠初發數枝花。

花覆圖書影漸移，匡居端坐肯停披？就中覽盡唐人句，不及南村一卷詩。

手撥鵾絃對落暉，當窗飛鳥亦忘機。林梢吐出新鉤月，半映珠簾半上衣。

石牀斜臥對晴空，爐火當階一點紅。玉露滿瓶還未熟，幽心先碎落花風。

山莊即事 七首

薄雲輕霧點香塵，繞屋青山著雨新。兩日高眠無一詠，隔林花放又催人。

啜茗吟詩對澗阿，俯看修竹與新荷。沿溪一帶藤蘿覆，惟有漁人結網過。

苦愛澄溪一水横，當窗旋汲洗茶鐺。茗香秋露誰同味？棗栗新香分外清。
菊綻黄花覆緑苔，長廊啜茗獨徘徊。清幽最愛憑欄立，楓葉蕭疏暮雨來。
荆扉鎮日掩蒼苔，剥啄聲從竹裏來。有客相逢忘禮法，入門先索酒瓶開。
深翠當軒月滿空，寂寥誰與此宵同？劍南詩集吟初罷，朝暮追陪一放翁。
緑楊深處小橋西，門對方塘罨古堤。潑剌錦鱗初入釣，水田剛報稻花齊。

山齋賞杏花

當軒一杏小橋通，歲歲年年花事同。惆悵不堪紅落遍，停杯無語對春風。

讀列女傳後讀蘇武傳

冰同清潔玉同姿，不異吞氈嚙雪時。卻怪廿年關塞遠，未傳小婦斷腸詞。

題蘇李録别圖

黄沙漠漠塞雲横，攜手河梁感不平。自古銷魂多少别，誰人得似此中情？

思婦詞

黄榆白草玉關秋，少婦家家暮倚樓。妾意獨懷離别恨，不求歸蚤願封侯。

走筆贈王郎 二首

窄袖輕衫舞柘枝，媚人全在折腰時。低聲唱出清平調，羞澀眉梢欲轉遲。

吴下王郎姿出塵，風流今又玉爲神。盈盈辦就鶯紅曲，故意樽前向我顰。吴門舊有王郎，梅村學士作王郎曲。

龍眠風雅續集卷二十五

木厓潘　江蜀藻輯

方幟

字漢樹，號馬溪。副憲聞菴公之長子。年十二即補博士弟子，文譽蜚起，與里中江鱗一中龍、許博豸玥諸名流結環中社，迭主齊盟。隨聞菴公過江，僑寓秣陵者垂五十年，牛首、雨花之間，題詠無虛日。順治丁酉，以年資貢于禮部，廷對第一，銓部欲官以親民之職，辭不就，歸與老友林那子古度、杜于皇濬、白孟新夢鼎諸耆宿詩酒唱酬，有終焉之志。康熙甲寅，廷議復明經，得授廣文，因司訓蕪湖，以方正表率人倫，日集諸生講學課藝，四方來遊者輒館粲之弗怠。自署其齋曰『士若問奇惟載酒，吏元兼隱自栽花』，其坐人春風，在鵝湖、鹿洞間。攝繁昌，有治聲，擢興化教諭，作人與蕪陰等，而蕪士之感公者尤至。嘗手植桃、李、梅、柳于學舍，蕪人士比諸甘棠。迨興化返櫂過蕪，蕪士爭爲僦一枝郊外，公亦顧之色喜，遂老于蕪之但園。公性恬退寡營，步趨端重，尤好奬掖後學，世推爲長者。其讓宅解衣之德，指不勝屈，至奉其業師袁岌山、齊悦水兩先生生養死殯，更爲罕見，視今之負義倍師而操戈入室如某某者，洵名教中之梟獍也。詩學沈酣于浣花、履道之間，有集二十卷，子仲舒、珠鱗藏于家。是集將告竣，惟和憲先生諸子姪之作尚多闕如，珠鱗歸自白門，家于戴沖，手捧遺稿與鋟板之資，重趼入城，鞠跽以請。爲亟取而節録之，用以答其孝思云。

寄大人粤東

亂後徼倖有今日，許多悲喜寫不出。萬疊風波止自憐，三年辛苦向誰悉？蒼頭忽自粤東至，開函喜見平安字。同行少壯獲瓦全，主人名壽邀天賜。木落霜寒鐘磬晚，夜深夢繞江山遠。身無羽翼不可飛，慎擇僮僕且暫遣。爲道腐儒再上書，黑貂敝垢仍貧居。遥祝干戈早休息，日望嚴親返故廬。

立冬前五日林那子招飲南郊看菊同顧與治白孟新

小春天氣恰如春，勝地徜徉賴主人。十月尋秋寧憚遠？一巵對菊竟忘貧。豔當日午全無恨，高立霜初獨有神。今歲看花纔兩度，同遊猶集舊時賓。

十月賣裘

賣裘得值買裘天，物幸逢時轉自憐。破甕但求供白粲，寒窗應不戀青氈。淚痕仍帶殘燈色，墨迹難高賈市錢。卻憶長安年少客，金蓮光照錦袍鮮。

典衣

鷫鸘敝垢亦無多，賤典金錢奈若何？涇比青衫慙司馬，司，去聲。香沾紅粉憶雙蛾。暫償米價還沽酒，不用書空且放歌。昨日繡衣持斧者，已囊三木涕滂沱。

米到

鄉關忽到船，驚起日高眠。聞説耳先飽，寧知目已穿？江寒無阻櫂，竈煖定生煙。滿室懽聲沸，遲來更可憐。

謝人贈墨

藏墨傳家久，相貽見古心。似君嚴一介，於我重千金。啓篋欽殊色，臨池助短吟。文章看老進，良友琢磨深。

賣貂冠 爲二兄郡丞公贈

萬里老兄意，分温亦壯觀。固知冬得令，轉覺賤難安。枵腹慙元首，鶉衣戀鶡冠。家貧輕一擲，減價更心酸。

清明日蛟峯兄招集藤軒即席分韻

芳尊連夕更連朝，爲有朱唇倚洞簫。秋水獨垂遊子盼，春山不向少年描。天涯薄命同萍梗，邂逅深情勝柳條。記取清明通上巳，新愁舊恨總全消。

金水橋應試恭紀

勾臚不襲舊朝儀，新覩皇居劍佩隨。白玉橋通紅葉水，黄金屋隱緑槐枝。傳聞駐蹕昭陽殿，想見焚香太液池。彩鳳有書銜未下，掖廊深坐日遲遲。

人日懷于皇孟新諸子

人日梅花下，吹香似舊時。山深春亦到，客冷主能知。對月金尊倒，當歌翠袖垂。所思惟老友，勝景各天涯。

送子克弟廷對

屈指春明駕北車，廣川三策動京華。高翰已入雲中路，老手重攀月裏花。醉繞古藤塤吹叶，夢吟芳草雁行斜。寄聲伯也郎官久，開府何年出建牙？

秦淮燈舫十二韻

菰黍傳佳節，皁車選勝遊。千燈張古渡，萬籟響中流。龍勢穿橋入，珠光到岸收。陸離河路擁，熠燿海山浮。次第常銜尾，盤旋忽占頭。招來香結篆，盪去水澄秋。俯視波如縠，回看屋似舟。高臺明舞袖，急管掩歌喉。影亂魚争躍，林喧鳥畏投。錦標催桂楫，畫鼓撼朱樓。吐焰羞新月，連輝妬石榴。江心堪作鏡，照遠更通幽。

送李鍊師歸茅山

道人灰百念，難斷是交情。暫舍山雲色，來聽竹雨聲。窗寒忘六月，茶熟記三更。忽又吹笙去，羅浮燕羽輕。

庭　草

閒庭芳草色，誰遣緑年年？不似朱顔改，偏宜青眼憐。半分桃杏雨，長帶薜蘿煙。正愛春陰寂，萋萋媚遠天。

秦淮新水次于皇韻

積雨添新碧，波痕兩岸寬。柳絲連影溼，花片逐春殘。未及招燈舫，先堪試釣竿。望中煙黛遠，高興一憑闌。

柳幢宴集次于皇韻

小庭初放菊，十日快秋晴。獨與黄花對，寧知白髮生？杜陵傳好句，鄭子有難兄。勝地邀觴詠，風流占石城。

山寺聞鐘

到山塵已滌，況復夜聞鐘。清夢忽然破，秋聲不在松。能催紅葉下，未許白雲封。此意無人會，蕭疏散遠峯。

天闕道中

離喧舒曠覽，獨杖得晴天。步緩窮冬日，筋衰異少年。江城新鬼積，客思故鄉牽。已廢前朝墓，還耕隔歲田。人家紅樹裏，驢背夕陽邊。坐憩懷芳草，行吟把舊編。莫愁山寺遠，雙闕望中懸。

山寺朝陽

可愛惟冬日，温温散瓦霜。衣單堪借曝，酒斷勝持觴。先雪傳春意，催梅動蚤芳。尚疑昨夜月，留影在虚廊。

柳邊感舊

半世消魂在柳邊，芳春唱和滿花箋。小窗池水依然碧，只是王孫不少年。

山間小黄葉可作片紙題其上

已辭芳樹緑，不逐御溝紅。風定歸根静，霜消著色空。全收供茗竈，偶拾入詩筒。攜贈高吟客，分題雪夜中。

于皇諸子嘲予花前白髮戲荅一律

久抛明鏡避衰顔，驚聽顛毛忽已斑。驟至無心成一老，潛生有故爲多艱。疑隨徑草經春雨，羞坐林花對遠山。脱帽往來雲鬢側，少年意興未全删。

東園雜詠 園爲徐武寧别墅

知是汾陽地，如何獨此存？危隄環麥秀，廢閣倒溪渾。已斷歌聲咽，猶疑舞袖翻。春花長得放，歲歲説東園。

鑫山新卜築〔一〕，知在杏花西。江上去何久？門前到轉迷。園梅香已過，岸柳緑初齊。可念空閨裏，春深聽鳥啼。

送別内弟吳文轡歸里

憶君三歲還鄉國，今日重來偉丈夫。舊地尚堪同立馬，空閨誰與佐烹鳧？余炊臼二十年。書中播穫豐年望，泉下冰霜血淚枯。歸託樛陰加勉勵，人生建立在羈孤。

與四兒珠鱗寒夜看月時年五歲

庭掩層冰夜欲闌，自知衰早不勝寒。老夫撥火吹燈坐，稚子牽衣向月看。暗以清機占遠大，轉將逸興慰艱難。呼兒更待春花好，杯酒長依膝下懽。

雪　羹

曉起澄吾慮，焚香薦雪羹。家貧羊棗在，霜後菜根清。共飽呼兒女，分甘及友生。梅花檐外笑，亦喻歲寒情。

路姊自棕川寄蝦糟至

同胞惟一姊，每飯祝康强。蝦菜封來固，瓶罍色併香。隔冬經女手，十歲耐糟糠。余女適外甥路車。何必秋風起，蓴鱸憶故鄉？

九日次于皇韻

百歲重陽將過半，繁霜入鏡不須猜。新逢曉霽催笻杖，欲向秋江選釣臺。小摘園蔬今日飽，更巡盆菊幾枝開。東籬莫吠看花犬，恐有山人衣白來。

齒動

漸覺衰侵齒，飄摇勢可危。含香猶有夢，食餅竟無期。愧少穿齦力，空餘漱石思。嘯歌能不廢，藜藿轉相宜。

五十自壽 十一首

吾年忽五十，霜鬢坐蓬蓽。回首庭訓初，諄諄如昨日。兵氛隔嶺雲，陟岵淚沾臆。至今天闕下，孤櫬寄荒寂。

大兒守田廬，次兒客江邑。三兒悲早觴，四兒齡始七。節儉足承懽，詩歌代捧檄。撫穉念箕裘，强之親書籍。

九女三母出，女多詎足累？嫁者既有家，殤者失其二。刺繡喜雙添，萊蕪亦增媚。最憐小女饕，不知阿母瘁。

仲婦遺雙女，三載依祖庭。阿父迎之去，扁舟入棠村。棠村亦有女，云是新婦生。含飴幾凝望，江上煙波横。

同胞有孀姊，六十聞康强。吾女奉箕帚，舉案甘糟糠。吾甥徒骯髒，何以奉高堂？言念分微禄，一官杳茫茫。

故鄉五百里，高江一葦輕。樵蘇藉山木，稻粱足饔飧。胡爲滯此邦，八口空哀鳴？又恐猛於虎，歸興復逡巡。

先人愛園居，丘壑勞穿鑿。雜花映回廊，喬木庇高閣。繁華一炬灰，頃刻成蕭索。昨夢立横塘，把釣雙魚躍。自昔來江南，習俗相沿舊。矢志登要津，一上治安疏。蹉跎今已矣，波靡不可救。願反父母邦，庶以淑吾後。末俗尚浮華，生辰滋煩費。徵詩輯錦屏，開宴闐鼓吹。我兹遠謝之，麋鹿適其意。寒梅古松畔，自歌還自醉。

我寔煙霞客，應舉多苦衷。廷對冠六經，名在銓選中。賤比抱關吏，豈有麟閣功？一命視河清，出處兩從容。少年頗好道，中爲塵俗牽。家國閲滄桑，此心已了然。猶記拘幽日，蕭蕭歲暮天。身在樊籠外，勝陟方壺巔。

剃髮

一剃一回老，驚看白漸繁。易同春草長，難共葛巾存。廢鏡逃清照，銜杯學醉髡。豈惟櫛沐簡？更掩雪霜痕。

賦得失學從兒懶

老年憐少子，長恐失傳經。架滿徒驅蠹，囊空懶著螢。弱難施夏楚，病且費參苓。何怪陶元亮，揮杯醉不醒？

得長孫喜賦二十韻

尋菊得醉歸，棠村書報喜。開緘眼模糊，懽聲出於紙。云以十八日，誕生第一子。湯餅集近鄰，我書適至彼。回音報堂上，鷄子實筐底。紅白各十枚，燈下燦無比。乃習故鄉風，生男例如此。讀過把書歎，忽然念考妣。恭人夙艱嗣，長齋詠葛藟。予生居嫡長，同胞惟一姊。及予舉子年，雙親五十紀。舉子汝後期，得孫我同軌。有孫意已足，有子事方始。錫名曰棠華，記自棠村起。且歌棠棣華，花萼垂青史。及今學義方，將來奉菽水。欲盡慈之道，先求孝之理。積慶保修齡，願孫孝於爾。不敢祝聰明，況敢冀朱紫？明旦告先人，吾今有孫矣。

賸得案上二爐一爲亡妻越氏所遺一爲老僧鐵漢所贈

雙爐重伴一青氈，秋去冬還覺有緣。試火似傳春氣到，移燈爲照冷灰然。鉢龍破壁留清篆，釵燕埋塵續舊煙。不顧膽瓶梅萼忌，離懷且慰雪霜天。

弔林翁那子 三首

江南不見老詩人，百歲難留十四春。袖底一錢存萬曆，舌端千首憶雙親。翁相晤，必誦其先人詩。

竟陵在日詩名並，宗伯遺風墨迹新。翁與伯敬、友夏、牧齋、思白四先生善。亂後欲詳天寶事，白頭宮女委青燐。

行游常帶小詩筒，舊竹斑斑淚點紅。一杖斜陽鞭影下，半間破屋鼓聲中。不留嘯詠招花鳥，惟有鬚眉託畫工。竟與銅駝共荊棘，憖遺今得幾衰翁？

先生何怪別青氈，我輩顛毛失壯年。未賦藹窩慙挂劍，翁向索賦藹窩詩。曾歌馬齒祝加鞭。人間縱少唐朝句，地下新增洛社賢。捉鼻正愁今不免，布衣風節乳山全。

于皇秋竹見過典琴沽酒採庭前蕪菁作供分得歌星二字 二首

叩門無俗響，知是故人過。江上飢驅久，花間病臥多。浮生成泛梗，半日共煙蘿。琴值將沽酒，清音寄嘯歌。

桃花飛片片，芳草向人馨。諸葛名堪愛，蕪菁名。羊求屐且停。古秋留竹徑，嘉會續蘭亭。三月三日。莫惜今宵醉，春風吹鬢星。

燕子來 二首

竹窗睡起短扉開，忽喜春晴一燕來。似識烏衣元有巷，相親白髮渾無猜。早除雀艾虛梁棟，待采泥香上砌臺。何處雙飛偶失伴？江皋覓得好飛回。

紅襟對對抱朝陽，結伴重尋舊草堂。昨去定呼明月夜，今來新帶落花香。迴翔故壘西邊好，細語春風客路長。莫羡豪家金作屋，須憐纖手玉爲筐。

尋菊不見

閒攜穉子趁秋光，種菊人家處處荒。野叟自言花少利，鄰兒爲訴雨多傷。旗亭欲恤游笻倦，歸路翻矜老力强。晚坐東籬看手植，枝枝含笑待重陽。

同孟新野眺

曉霽孤懷忽暫開，晴軒雀語故人來。新詩詠菊驚成帙，早飯烹菘當舉杯。結伴徒勞穿曲巷，尋菴因得上高臺。西山秋色隨雙杖，南北平分一杖回。

喜晤趙以贊表弟

母黨兼妻黨，如君實至親。相思廿載夢，對面百年身。問荅無倫次，悲懽雜舊新。花前不一醉，知我別來貧。

還山二兄過草堂同孟新分陰字晴字 二首

城南三日聚，未罄五年心。忽逐高天雁，來窺深竹林。廚煙炊白粥，詩句發清音。好友同拈韻，遲杯待月陰。

寒光輝竹露，夜好似秋晴。送客還深話，挑燈已二更。齁眠童意懶，步屧鳥棲驚。枕被今能共，年年夢裏情。

秦淮竹枝詞取其幽勝不經人意要以感舊云

珍珠橋過竹橋東，曲曲清谿樹影中。一自沿河添壁壘，城南簫鼓未曾通。竹橋一帶遊城南者從此發舟，酒闌，絡繹而返，較秦淮更爲幽曠。

尋梅逢孟新出隱仙菴相攜往張園看梅又至吉祥寺梅下遇同人共奕遂共午飯用杜集寄高詹事寇侍御韻 二首

尋梅逢老友，一杖出仙居。此會緣何巧，同行伴不疏。繞山迷玉蝶，換酒憶金魚。更欲窮花勝，如觀未了書。

攜手入荒寺，不來三十年。梅疏爭鬢雪，竹隙見江船。客遇圍棋後，僧留小閣前。共餐香積飯，歸趁夕陽偏。

重陽前五日同孟新訪秋竹不值過茶村出蟹酒孟新復邀同北山尋菊留飲冠山堂限衣字

公子荒三徑，幽人啓一扉。正逢杯可共，況有蟹初肥。甘旨分同調，清遊趁夕暉。黄花山北近，更振芰荷衣。

茶村孟新先後見過留飲限嬌字黃字 二首

晏坐愛秋陽，晴光就草堂。正當詩客過，共對菊花黃。遠述開元舊，閒徵煮蟹方。香山期不至，新釀敢先嘗？

白也來何莫，南軒酒正饒。羊求雙屐合，壘塊一杯消。門外河工急，花前月色嬌。同歸應得伴，莫憚北山遙。

送六弟樓岡之嶺南

臈月江航向五羊，曾經先子樹甘棠。廿年豈弟知何在，同姓艱虞不可忘。倘過韋村逢父老，爲言感泣積星霜。此身無翼慙株守，安得飛鳴逐雁行？

寒食沈慵僊招看海棠同孟新及舍弟樓岡與三敦四限紅字

層樓新築短籬中，下瞰全花瓣瓣紅。幾樹珊瑚難獨對，一簾風月與人公。連陰得霽留春色，諸季先來待醉翁。丘壑改觀今得主，舊遊何處覓西東？

鰣　魚 二首

年年江上打魚鮮，眼裹魚過四十年。猶記前朝司禮監，金盤先薦孝陵前。

城内朱門幾十家，烹鮮不改舊豪華。可知白髮蓬門客，獨向中林掘筍芽？

孟新招飲菊下偶詠昔人警句因限爲起語 二首

月色水鋪地，人從醉菊歸。得花思老友，留蟹盼斜暉。後至殊添興，孤斟妙入微。把書觀客飲，相對兩忘機。

雁聲秋滿空，隨雁到花叢。衣聖何嫌瘦，顔酡衹暫同。文章圍膝下，詩史寄屏中。送我河橋立，煙光萬里通。

歲除祀先大夫爲伯兄石公仲兄還青從兄蛟峯位配享

平生知己是耶非？門内三人甘苦微。早歲文名江上立，石兄建南溪社，與予稱『十子』。晚年唱和漢中歸。還兄漢中郡丞。幽篁常夢藤陰緑，予入都，客蛟兄藤軒。小草新驚花萼稀。薄薦椒漿多感愧，友于欲報寸心違。

先大夫忌辰感懷

孤櫬空山廿四年，每逢此日淚潸然。重思嶺外彌留際，難補江南離恨天。俎豆雜馨傳燕翼，干戈何地剩牛眠。白頭捧檄無人見，色喜虚疑在九原。

八月部授蕪陰博士冬仲始聞報束裝 二首

知我宦情少，應教邸狀遲。彈冠來有興，束帶去何爲？烽遠傳之急，裝輕助者誰？鳩兹地不遠，或且免調饑。

江程二百里，兩日到官衙。鄉信樅陽水，家郵白下艖。琴書擔共鶴，秔秫種兼花。米老傳碑在，閒時試墨鴉。

乙卯獻歲六日俶裝之蕪陰

呼僮齊蓐食，水陸併爲裝。解纜風方利，登車路匪長。庭梅難捨緑，驛柳易催黄。愧彼幽棲老，屠蘇醉草堂。

連雨

爲舒内顧强移家，依舊門東索飯譁。把卷雨昏惟覓枕，呼童土濕易鋤瓜。蕭齋屐少苔常緑，稺子文成日未斜。自笑清風同往昔，祇贏掌地唤官衙。

六弟樓岡見過

常誦春風蠟屐詩，秣陵别後重相思。果然獨買潯陽櫂，因得同捫學記碑。盤對琅玕於我足，蹊成桃李較君遲。莫憑前路多知己，舟到匡廬慎所之。

贈甯生

到官不見老同年，訪得青箱一子傳。能讀父書徵舊澤，欲敦友誼課新篇。篝燈朗照春秋富，巵酒淹留禮數躅。離母從師知好學，只愁門倚隔江煙。

華陽道上

此路吾經熟，勞勞卻似前。從師空學步，攜子復同憐。野樹成喬木，當壚換少年。笑看車上客，白髮錦衣鮮。

分鄉米餉無葉和尚

苜蓿官銜一草廬，閒栽花木自蕭疏。知音白足能相過，入世紅塵愧不如。炎月馳驅難免俗，隔江夢想乍通書。新租分作伊蒲供，飯飽披襟勝曳裾。

陸家店題贈主人

之官獻歲曾經此，晚飯燒柴禦雪風。半載馳驅成熟路，一牀安穩寄香叢。燈懸冷照秋階下，影動寒芳客眼中。昨過草堂花事減，卻將此處補籬東。

杜蒼庭過訪留飲同羅子經曹楚航分得杯字

白門何日不同杯？ 此地同杯喜更猜。春樹常於雲裏望，江帆豈自夢中來？ 依然留客烹霜菜，添得高朋坐碧苔。賴有樅川載秔秫，憑君醉飽莫船開。

雨中有以鮮鰣見餉者憶盦山叔父

四月鰣魚價漸平，一雙那得易爲情？ 雨中好就階前洗，興至須揞甕底傾。舉室懽聲因此出，無端感慨忽然生。醉餘頻誦春江句，歎惜詩壇失步兵。

三月十九日偶作

吾家高尚盦山老，此日年年一作詩。歌斷首陽愁夕霧，節同寒食感春時。嵩呼昨夜隨來衆，弓墜煤山記得誰？ 獨爇瓣香更野服，不堪啼血過青枝。

再過萬松庵

不到山庵又二年，層陰依舊壓階前。彈塵猛省深如許，捫髮徐驚白未全。客枕偶尋幽夢入，鶯簧時爲斷鐘連。長林霽影同篩月，怪此森森六月天。

雁過

薄暮抱孫立，驚聞有雁過。雲中矜羽翼，江上慎風波。下視黄花好，重來白髮多。鄉關萬里遠，飄泊夜如何？思遠人也。

喜八弟邵邨來蕪　二首

片帆輕挂忽西來，一月盤桓共酒杯。布被堪同留豸繡，鱣堂挾長僭烏臺。朝陽潑墨春風早，畫墨牡丹。帶醉題箋夜漏催。擊節縱觀重扼腕，霜威終掩謫仙才。

柏臺繩武世爭誇，苜蓿根連列棣華。竹馬鄉園如昨日，蘆笳邊塞又還家。張憑船遍王孫草，李白袍粘茘子花。謂樓岡、梣岑諸弟。且喜萱堂能健飯，英英玉樹擁朝霞。戲集草木字。

挽土街鄰友

菊月征車返白門，特尋老友訊寒温。相逢正乞長生藥，别後旋招處士魂。豈是輕身天上去？自矜多故病中存。不知退老還山日，誰共看雲秋樹根？

亡友許博豸子殿左過訪

官貧常恐故人過，獨喜君來掃薜蘿。遁迹田居今且老，折腰江上興如何？桑麻沃處牽歸夢，桃李開時共醉歌。話到當年悲砍地，書生正氣在山河。

五月朔日與同官登太白樓

鳩江才子老蕭郎，閒寫丹青在竹廊。忽聽松聲連遠瀑，試看雪影散幽篁。奇文草腐兼煙滅，貞行山高亦水長。卻憶鷄壇偕鮑子，剩予捫壁拂清光。

江門老妹遺子澹存問訊詩以送別

同胞今剩兩人存，一妹迢迢隔故園。獨守官貧仍四壁，争看宅相足高門。寄來山味增鄉思，讀罷書詞帶淚痕。花煖春深正酣飲，有如白髮共芳尊。

飲三慈庵同致先希周

郊庵戒律頗森嚴，載酒相過也不嫌。竹下移尊秋氣爽，冢邊得醉道心添。尋花幾處堪停屐，試蟹初遭莫論尖。連日游車胡太數？卻因此地有鱗潛。

喜白大孟新來燕相晤限秋鶯二字 二首

江上懷人正蚤秋，人來江上雨初收。海棠倚砌紅如滴，家醞傾杯緑可浮。茂叔同官多意氣，參軍作客尚淹留。故交新好成星聚，未許忙回白下舟。

清晨柳外忽來鶯，似爲同心一發聲。强病自公情已倦，高才到老興還生。水荒麥飯連春夏，黨錮碑名有弟兄。閩海得人今報命，錦衣應過舊陪京。

次韻答潘木厓

須知官冷亦寒氈，著作輸君老更妍。遥惜謝家芰玉樹，敢將詩句儗青蓮？弘文開館猶虚席，幽夢還鄉穩種田。漫道今時多捷徑，顧予何得躍三鱣？

過興化思文正公築隄處

澤國村村一水齊，遺民猶説范公堤。當年秋穫禾香好，此日春波草色萋。欲望西湖朝柳沐，祇同東苑晚煙迷。誰能再障桃花浪，上此成功待錫圭？

方綏遠

字履開。副憲聞庵公孫，學博馬谿公長子也。年弱冠，隨祖宦嶺南，遂籍嶺南諸生，一時文名蜚起，有司以爲終、賈復出，貢於廷，終以侍祖左右，不拜官。其爲人愿謹，寡言笑，孝友稱於里閈無間言。當閩關播越之際，侍祖湯藥，數千里扶櫬而歸，辛苦備嘗，卒以心血耗散，不克永年，甫三十，無疾而終。

送別李芥須夫子還家

幾年棲嶺嶠，歸計日經心。半榻猶風雨，一尊誰古今？笙歌融帳冷，驛路庾梅深。故國思無盡，那堪商與參？

韋甬山莊侍王父花前小飲

客齋深坐碧蘿秋，著膝分甘忘廣州。吟去郊南時載酒，釣來溪上本無鉤。過牆楊柳開三徑，動地煙瀾護一樓。歸思還同梅信發，龍眠雲樹隔林丘。

奉懷大人

十年依祖膝，每夜夢嚴親。歲月干戈裏，音書江海濱。凍燈還自蕊，游鯉亦空鱗。棗栗偏諸弟，庭闈少一人。

海南道中

欸乃聲中客思閒，海南風景似鄉關。孤舟斜過小橋去，煙水殘陽又一山。

晚眺五羊城

久客登臨怯，黄昏嶺上頭。白雲何處見？荒草幾人愁？鴻雁悲鄉國，牛羊上隴丘。何堪吹暮角，日日郡城樓？

自白下移家茶山呈大人

忍别椿堂返故丘，江天晴雪照孤舟。半生未遂榮親志，垂老翻增憶子愁。家裏平安還易報，盤中甘脆恐難周。春風滿路須東下，擬載新篘古渡頭。

喜四弟珠鱗入塾

高堂白首青雲志，潦倒諸兄進步難。弧矢久懸冬晝煖，詩書新授夜燈寒。于公駟馬門猶待，王氏三珠望正寬。恰值故園來定省，對牀風雨共承懽。

茶山即景

秋雲捲碧天，静坐晚花邊。畦曲村村黍，山幽樹樹蟬。潮痕青岸識，人語緑陰傳。莫笑爲農朴，居然上古年。

啜　茗

幽泉泛微緑，至飲若予私。采自雲深處，烹當睡起時。色香爲美並，清苦一心知。同味人難遇，神交託素瓷。

詠畫眉鳥

學掃雙蛾映舞衣，篘籠斜挂覺依依。美人時爲芳名喜，京兆寧須彩筆揮？曉夢窗前如唤起，嬌啼花底似催歸。縱教飲啄多香粒，争得空山任意飛？

過仲弟仲舒黄華山莊

廿里鄉村近，同余遁世心。俗塵驢背遠，秋氣鹿門深。老樹吟詩屋，新篘賣賦金。閒來花萼下，枕被共招尋。

方育盛

字與三，别號栲舟。順治甲午舉人。宫詹坦菴公第三子。性敦敏，好古文辭。順治丙戌，江南再行鄉試，中副車。甲午舉北闈，主司録其表策陳御覽。戊戌以弟事株連，謫居塞外，與同難吴子漢槎祀斗姥，朝夕虔禱，冀賜環以慰二親，卒得白貫還，公之力多焉。既歸，見季弟力不勝工，與諸兄弟分道稱貸以佐之。所至輒傾倒其主人，甚有解驂投轄縶維不忍别者，蓋公爲人至誠平易，與人交推心置腹，洞見肺腑，有所謀必委曲籌畫，玉于成而後已。在都門有計部某公與其弟宗伯公小有郄，公爲左右譬解，俾友愛如初。後計部殁，宗伯公爲恤其孤倍腆曰：『吾不忍負方先生，忍負吾兄乎？』又有友遘家訟，爲多方排解以平，始終無德色，後官嶺南，招公至，下榻分俸。及公卒，而經紀其喪以歸，曰：『吾愧不能報君萬一也！』其爲人所傾下如此。性僻，躭佳，所至輒成帙，有集十九卷。卒之前一日，某太守召宴慶雲樓，猶即席長歌數百言。伯兄學士樓岡公尤愛其晚年晉游草、隨成草、楚游草爲最工。隨成草爲庚申還里，與姻友暨子姪唱和之什，予爲序而行之，決其必傳，今摭入選者什之七八。公事親孝，宫詹公嘗詠『詩是吾家事』，以爲庭闈間至樂。妻吴亦能孝太淑人，在廣陵思之至泣下。子四人：嘉會、騄、念祖、雲駿皆有父風，此則禾客騄所手授云。

將發毗陵留别楊冰如先生

江流纔漲柳纔絲，恰是歸人解纜時。鴻爪印隨冰雪散，嚶鳴聲出别離悲。平原酒湛醒還醉，故國春深夢復疑。末俗對君存古道，依依不獨爲臨岐。

洗象行

長安初伏看洗象，朝常沿習成游賞。欲洗未洗狀如何？先到象房後河上。一象一房一象奴，象奴呼象象亦呼。誘以芻菽獻羣伎，能爲吼獸爲啼烏。須臾轡勒加絲索，韜鈐在手還連絡。二十五象齊出門，威如猛虎静如鶴。旌旗簫鼓迎向東，城東城河深且洪。似有飛濤來樹上，倏看倒影入波中。一象負人初破水，衆象相隨皆馴耳。四五爲羣浴不譁，翩翩次第聽指使。蜿蜒翻騰欲駕雲，游魚拍岸細生文。舟迴瀚海車方軌，龍挂天門馬軼羣。飛珠濆沫疑春雨，道旁顛倒喧牆堵。以鼻代口爲鼓鐘，以蹄上耳爲歌舞。象奴同象産自山，出水入水性胡嫺？吳兒探浪桃花洞，鷗鷺團沙柳絮灣。一浴再浴浴罷起，象奴騎象歸城裏。衆象巡逡不欲歸，似戀清波情未已。吁嗟乎！此象之來千里萬里遥，或從百粤或三苗。已抛鐵甲依仙仗，率舞虞階聽大韶。只今滇南正在鋒鏑衝，昨日露布披皇宫。旦夕不知更有幾象來，來與此象争寒泉而吸長風。吁嗟乎！衆象紛紛何足計？凌冬歷暑隨年歲。中有一象老而慧，巨牙不落尾還鋭。争言豢牧自明朝，曾侍神宗顯皇帝。

生還詩七章爲周櫟園先生作

君亦生還客，還時在我先。關山無跋涉，雨露有偏全。分袂當三月，回天恰一年。先生辛丑正月奉赦，余家九月蒙恩。秦淮人共住，握手哭從前。

痛定思前事，閩江就質時。乙未冬。臨風酸別眼，忍淚賦新詩。荼蓼懷君苦，棠花禍我奇。崎嶇重聚首，都在白雲司。庚子冬初。

縲絏還酬唱，長鬚挾短箋。韻偕因樹屋，西曹有老槐，櫟翁顔屋曰『因樹』。淚盡落花天。生死那堪問？文章恨未傳。傷心余北發，口囑細丹鉛。以賴古堂稿屬余較定。

秣馬不能別，奚奴代送行。爲言雖絶塞，猶喜得餘生。脱贈圖書字，交申兒女盟。百年心匪石，符讖愜真情。

一載重關外，開君三度書。細傳嘉夢數，故使旅懷舒。夢同愚父子詠酌秦淮。倏異風雷感，擬同沙漠居。豈知龍海澤，先潤轍中魚？朝讞時適感風異減徙塞外，未幾詔赦。

鷄竿懸曉日，罪服拜新恩。物望歸元老，臣心格至尊。廷霾今足記，閩雪久含冤。閩中無雪，丙申大雪十日。試問驚濤裏，樵川何獨存？以守漳州功復職。射烏樓上血，漳州戍閣。滴滴洒毫端。計定親撾鼓，詩成獨據鞍。輿情徵解網，石畫勒登壇。記日篇章在，重歌海氣寒。

讀李忠毅公家書遺筆及嗣君膚公聽鸝圖詠兼飲其齋中賦贈

聞道公辭世，君年纔九齡。奮身當患難，冒死叩朝廷。披雪昭三字，耕田守一經。草堂圖畫裏，犂外有鸝聽。膚公軒名『聽鸝』，因忠毅公遺言有『寄語兒曹焚筆研，好將犂犢聽黄鸝』之句。

依韻答周櫟園侍郎送別見贈

汗漫踪難定，雲門又送行。短歌疑歷下，大楫落任城。未識黄金氣，能諳白眼情。岐亭歌欲哭，豈盡別離聲？

三月依君住，終宵只論詩。新聲尋往事，老律快師資。敢信夔門侶？深慙彭澤兒。隔江傳紙筆，此道定期誰？

歲朝行送別徐健菴先生

人生苦行役，況復當歲朝？歲朝行役那得已，車馬未駕心旌搖。昨夜西山一夜雪，雲根石磴冰凜冽。我住君行踪迹奇，客中送客難爲別。君別不是歸故鄉，猶然短鋏問殊方。何不淹留仍此土，剪韭共薦春盤香？憶昔與君長安聚，刻燭催詩酒無數。二難聲並六色衣，世眼陳荀看齒遇。自是暌違經歲年，龍堆雁磧思紛然。五更雪咽梅花笛，萬里春回楊柳鞭。何幸生還未化鶴，人民尚聚舊城郭。與君邂逅俱羈棲，窮途翻遂平生樂。吁嗟乎！我歸不歸心易傷，君亦胡爲勞客裝？天下文人多坎壈，君家患難猶其常。健菴、公肅俱罹奏銷，今辯復奏可，得還故物。已看旭日飛晴電，白衣蒼狗雲無見。花磚影護曉宮鶯，彩筆香邀春社燕。即今作客興偏豪，太行汾水供揮毫。良友同心歌杕杜，米紫來。主人開閣醉葡萄。王襄璞諸公。已快追隨將一月，並轡連牀語無歇。幾回擊缶唱烏烏，誰復向空書咄咄？吁嗟乎！欲別不別又還留，椒花爲客解離憂。明朝更把屠蘇酒，祖帳偷將車轄投。

登太行山

蔌路轉山腰，裂眥遲飛鳥。隱見早行人，點點翔雲表。衆口寂無聲，目斷青未了。何嘗戒勿喧？自然言語少。我僕已蹣跚，我行難蹻蹻。騎驢復下驢，十步幾環繞。日中仍水邊，何時到林杪？嗟我終年行，今茲昧昏曉。低頭惟疾趨，不復更遠眺。遠眺亂人心，心動身飄渺。老親在高堂，此身關非小。

再送別米紫來入都

送君半月前，君去君未去。豈是戀戀愛殊方？良亦悠悠淹此處。同心更得聚連朝，別酒頻傾不用招。楊柳吹殘城上角，葡萄倚盡洞中簫。都説餞筵翻快事，不苦別離惟苦醉。忽爾歸鞍真在門，使我無聲徒落淚。淚落不獨爲别君，君去我留情事紛。禰衡大地空懷刺，司馬何方可賣文？慇懃强笑勸君酒，君卻咨嗟握我手。欲語不語意更深，但云何不都門走？都門故舊亦相思，昨日書來俱有期。愧我餘生真落魄，不堪韋布謁皋夔。感君意氣邀更切，煩君轉向諸公説。人在風塵骨易銷，夢迴版築腸時結。君聞我語神亦傷，面顔爲熱爲悲涼。謂我不是長貧賤，合去窮途歸故鄉。吁嗟乎！知心纔是真交譜，綈袍解珮何足數？自古艱難見友生，如君與我堪千古。我不歸兮不欲歸，歸去翻嗟萬事非。井里不如羈旅好，百年那識寸心違？寸心繾綣甘爲客，客裏送君真蕭索。蕭索歌君唱和詩，詩易歌終手難釋。

琅琊日出歌

甲辰秋，余遊齊魯歸，出諸城，迂道百廿里登琅琊山，看東海日出，洵大觀也。返轡匆匆，未酬以句，惟屬胡子元潤寫琅琊觀海圖，僅得其概。今因汪子爾純出泰山圖相示，乃更述舊遊形勝，再爲畫以識之，爰補以歌，時丙午三月一日。

瑯琊山頭萬古日，日日日自海中出。海水擁日等平常，日色空山無得失。多事秦帝一登臨，高臺巍巍留事實。跨海闢島作齋堂，立石鎮山標寢室。其人已朽其迹存，山海年年捧日尊。遂以日出爲勝事，山東父老争傳言。我時歸鞭秋欲暮，紅葉飄颻馬前樹。楊柳折殘芍藥山，（山在諸城道中。）梧桐滴冷芙蓉渡。（渡近琅琊。）同時乘興兩三人，（李吉符、厲仲黨、劉子羽。）迂迴共問瑯琊路。望山一日山更高，日落山邊飛海濤。遥看玉兔騰波出，爲嗟日月同奔勞。纖纖不過滿眼白，雪樹銀花盤玉石。以爲日出亦如斯，那有奇觀堪奪魄？攀崖歷蹬到山腰，投宿琳宫不用招。鋪草丹房留客慣，爲言早睡起中宵。一夢未成夜交子，俄驚鉦鼓來軍壘。震地彌天遠近號，只道松風生澗底。豈知金鷄已一鳴，鯨吼龍吟作和聲。聲過依然仙籟細，猶翻孤月浪中明。須臾一唱聲更響，水怪山精驅魍魎。老陽欲動百靈齊，后土迎光成昧爽。月淡星疏山路皴，扶筇執火步遲遲。五更直到駐蹕嶺，三聲已渡海天奇。滅火寂然臨海坐，海上映靈霄返入天，團團不散如珠圓。黑天昏潮汐過。星星一點海心紅，徹底光生水面破。正嗟八極轉微茫，海天四面仍昏黑，只有中央明且鮮。自是凡鷄纔亂叫，日過海心無此照。萬彩繽紛不見日，頃之一線露扶桑。忽指東方異光燿。光爲朱赤復爲黄，黄復蒼蒼白始長。上有彤雲如華檐，扶桑在地日在水，水光戀日日難起。波撼上下與天争，日吐日吞無定止。下有黑雲如海鬼，蓮花金盤堆百卉。掔日日如山峯尖。水氣不敵天工力，火輪躍出真珠簾。直至水平光未定，項盤送日日欲行，讓卻日頭攀日尾。日尾拖雲海面摇，疑花疑貝疑鮫綃。又似秋水浸澄潭，凝碧嵌空懸曠野。盈盈閃爍紅纔消。卻似銀青鎔欲瀉，滿天溢出堪成把。再高二丈復三丈，此時離海一丈餘，猶不射目同蟾蜍。剪金一片貼天上，淡黄微紫分中初。俯觀日又在海東，東駕長橋萬里通。山下人家知日上。日上麗天光已全，只可俯觀難更仰。萬頃波含萬日光，渾波不没精金柱，緜亘天涯臥水中。風來吹碎金橋影，散入琉璃飛萬頃。天海何心日何意？客多日光滚滚秋風冷。吁嗟乎！在天一日日無分，在海一日日紛紜。只有亭亭無字碑，鑿殘亦共秦灰槁。臺上所怪少所聞。歸來策蹇馳輦道，始皇遺迹迷荒草。碑爲人鑿壞。石灰，山傳云：『築臺所餘。』大觀詩思轉荒蕪，惟屬胡生譜作圖。今朝汪子更潑墨，彷彿泰山應不殊。子爲作畫我作賦，賦成畫出詩中句。況值清明又客途，臥遊聊共高歌趣。吁嗟乎！柳溪今日人盡游，獨我不出對春愁。愁吟更憶瑯琊勝，海市春多見蜃樓。

懷周櫟園因汪爾純以寄

雲門山前别淚傾，已經二載傷離情。客子岐路更多苦，使君官衙依舊清。真意亭外花滿地，真意亭中人晝睡。花連棠芾作高陰，人以文章成政事。政著文傳人更閒，春深詩酒只花間。亭横堂静階如水，畫舫依稀繫晚山。别來地遠夢常近，念君事事如高隱。石琴手製更安紘，土壁自書無用粉。我行天下山水多，不成幽賞奈愁何？即今太行汾河道，蒯緱只作無魚歌。安得使君擁旌節，名山大川記車轍？我亦相從作快遊，掣電呵雲賡白雪。兹遊何日恐徒然，只此思君年復年。幸有汪生能作畫，新圖幾幅爲我傳。我觀圖畫情難置，爲屬汪生遠相寄。更畫齊州海上峯，峯頭我與君同醉。

晤潘蜀藻

相逢不記何時别，指屈心傷患難前。共看鬢眉驚老醜，爲詢歲月檢詩篇。吟成雪窖八千里，夢隔雲山十七年。余與蜀藻别在辛卯。珍重此宵樽酒會，人生容易説離筵。

賣船行和施愚山

我昔賣屋曾作歌，今君賣船亦有作。賣屋完官歸罪軀，賣船償屋知官槖。官路險阻等風波，扁舟穩坐羨君多。待除偶爾來鄉里，一椽不辦需舟何？牽來岸上不可住，飄飖風雨芙蓉渡。存之不若棄之安，身無長物輕跬步。前歲甲辰。聞君過維揚，爲尋我父停帆檣。篷窗一席書十卷，十日論詩雲水鄉。又聞吾弟客江右，廬陂大雪迷昏晝。乙巳。曾向官衙醉酒巵，還棲官舫看雲岫。君有此船亦有年，年年船上得周旋。周旋已久那堪賣？賣入公家豈爲錢？吁嗟乎！知君賣船別有以，請看艨艟煙波裏。軍書急下催捉船，船船聲沸長江水。

愚山賣船櫟園與作緣也因並及之

周君有船名就園，七年患難今不存。歸來悵望好山水，那得移居煙水村？酒酣每每自籌畫，誓買小船成泛宅。釣竿深處長兒孫，不教兒孫爲仕客。我聞此語心實傷，本是飄蓬天一方。幾欲攜家結鄰好，蘆花相望共徜徉。未久東山閒步屧，帝曰用汝作舟楫。轉輸萬艘領漕糧，日日催船筮利涉。亦有官舫住河干，高牙大纛飛羽翰。即欲深藏於壑裏，濟川不得爲君寬。施君有船亦如此，匡山山色鑑湖水。載向宛溼難久停，徐牽錦纜長千里。周君一見倍欷歔，何不賣船還買居？世情豈肯容休息？春明行脂長安車。二君于船皆有意，獨我此身勞位置。萍踪終乏買船錢，高歌且紀賣船事。

九日龔芝麓先生招共黑窑廠登高分賦次韻 二首

追陪勝侶此懽場，繞郭西山入坐蒼。陰雨態生林壑浄，芰荷衣傍袞龍香。詩分酒政催遲速，簫逐歌喉叶短長。醉把茱萸時起舞，唱酬不厭野夫狂。

酒酣回首少年場，不分愁深鬢髮蒼。十載夢驚關塞險，九秋花憶故園香。鶴歸月冷牛衣泣，雁度雲迷雉堞長。獨有浩歌酬盛世，餘生安敢説清狂？

十三夜同芝麓先生慈仁寺松下看月

松冷偏宜月，清光總爲秋。羈人愁永夜，元老恣閒遊。氣合星辰動，心依梵唄幽。露臺暄酒力，不復問更籌。

十七夜芝麓先生又招同諸公松下看月疊重九韻

最愛祇林雙樹場，連宵好月落青蒼。露垂鮫濺明珠淚，風動龍迴艾衲香。筆墨幾添行笥富，
關河莫指故園長。晨鐘若爲催詩急，屬和聲隨籌唱狂。

十九日芝麓先生來慈仁小寓海棠樹下爲作詩文竟日又疊前韻即席命和

臨池飛翰擅詞場，勢足波瀾法老蒼。秋暖樹回春日豔，松繁氣入筆花香。得從鴻寶窺弘景，
誰獨龍門説子長？十吏書難供五指，謫仙容易百篇狂。

疊芝麓韻呈别山陽黄夫子

思深不獨此行來，即此深令愁思開。周急手能援水火，同岑心直合莓苔。夢依絳帳三生石，
淚盡青郊兩别杯。歸去自慙桃李色，欲從雪後待春回。

贈徐健菴

蘭譜交從奕葉真，況私口血倍情親。鷄壇廿載君能主，雁序三人我獨貧。健菴、米紫來與余盟于太

原。白首金臺羞駿骨，黑頭玉署羨龍鱗。花磚日煖移宮樹，影動長輝棣蕚春。

晤姚彦昭屬題畫像

别又幾時異，顔仍舊日同。悲歌罇酒下，笑指畫圖中。不分長爲客，相看已是翁。百年身世易，堅坐愧飛蓬。

雙閘同大兄坐月 大兄有事皖城，先我登舟五日。

早余五日舟先發，遲我江頭語竟真。得見肯令椿不繫，初晴況復月隨人。懽腸都向愁容劇，家事翻從客路新。話盡三更還共笑，池塘可夢草生春。

泊宮錦洲望大兄舟不至

點點帆檣亂復齊，大江東下夕陽西。翻嫌昨夜相期切，能使今朝入望迷。閲世幾回經意懶，歸鴉無數向人啼。似言宮錦洲前月，爲待維舟學士題。

入樅陽

到岸風輕半日程，樅川春水接江平。舟人舊泊孤椿易，遊子新歸百感生。世亂多逢岐路哭，家貧益動故園情。白頭難向兒童識，試作鄉音問老成。

媚筆泉 巖有「媚筆泉」三字，爲先外祖何文端公題。

摩崖字歷幾春秋？相國當年勝迹留。手澤至今流不盡，水光還共墨光浮。

飲潘木厓齋中 余與木厓于丁未夏別在任城

別憶南池舊，樽懽東閣新。話紛十四載，頭白兩三人。聚轉離情瑣，歸當客路真。更殘雙秉燭，影認再逢身。

我自苦行役，君能樂著書。名山歸几席，花筆老居諸。賦擬先傳世，詩尤後起予。騷壇原海嶽，豈只重鄉閭？

一邑尚風雅，憑君百世傳。苦心求後裔，逸事表前賢。德業聲歌裏，丹黄俎豆先。吾家家乘瑣，多半綴鴻編。

先子詩專帙，君情較倍深。翻成今古調，定自短長吟。冥漠存知己，元和舉正音。千秋誰大業？異迹此同心。

孫莊展墓

墓爲三世祖元望亭巡檢士源公，卒於亂，藁葬孫家園，是爲孫莊。附葬有姑，未嫁而寡，守志以終，曰貞姑莊。于元至正年即屬他姓，凡三百載。明萬曆末，先祖冏卿公倍價歸之，及清順治間又失別氏。康熙十七年戊午，五弟章鉞之長子嵩年贖買之，以世奉云。

墓近城門拜轉遲，新田舊壟泣遺碑。死當四百年前亂，生動十三世後悲。祔有貞姑高家並，官如慈母望亭知。山園傳亦無心得，頻失頻歸事總奇。

光啓堂桂樹歌

光啓堂前雙桂樹，三百年來深雨露。堂搆何人樹種誰？自勉公諱懋。從六世住。堂高樹古傳至今，居者應知作者心。顧問兒孫指坊額，吾氏胡爲稱桂林？斷事公諱法。初死靖難，忠臣之子家塗炭。洪宣朝間始再興，伐木爲居壯里閈。是有五子苦讀書，中子諱佑。貴乘驄馬車。剛直左遷桂林守，人以桂林顔斯廬。都諫王公瑞題贈。相傳子孫孫復子，子孫世共德星里。垂訓不得售他人，族之貴者當奮起。遂歸吾祖囧卿公。又吾兄，學士公名孝標。不共滄桑嗟變更。門内遺留一百載，我今來見倍多情。回憶當年植桂意，亦只庭除等閒事。安知官與氏皆符，手澤先機思不匱。人生在德不在文，一草一木同慇懃。即今輪囷高臺峙，雖未花時氣已芬。縱然奕葉追先世，克荷人當矢述繼。宗器無勞重更新，天香百代環門第，噫！天香百代環門第。

大姪孫受斯以紙索題賦此贈之

宗派貴元子，人情重長兒。汝生十六世，桂林第一枝。分幼年則壯，才大志不卑。昨歲對大廷，龍雯起鳳池。有叔同給扎，名齊都邑馳。歸家益砥礪，且莫爲人師。同堂諸從叔，先後齒參差。交如大小阮，論文錦織絲。諸弟亦接踵，經傳字問奇。回思汝祖在，學步余實隨。長余二十載，於書無不窺。白頭侍我父，二老喜論詩。叔姪逮孫子，耆舊引孩提。一堂四代集，唱和等含飴。汝父修文早，汝母苦節遺。遺汝得長養，外家恩獨私。迄今已四子，玉砌環金芝。繞膝遠追憶，終天恨莫支。心期祖澤振，惟恐父業隳。光大繼高曾，雄飛寧守雌？元子職如此，長兒念在茲。上並諸叔步，下留諸弟規。秋風只隔歲，天香明月吹。出紙索我賦，情真無蕪詞。勖後語多快，追遠心易悲。淚與筆同落，詩將雲共垂。請攬清溪水，濯髮照鬢眉。丈夫正三十，努力功名期。致身得非早，到手何言遲？藜耀劉生閣，花深董子帷。歌罷更拂拭，餘箋含遠思。一賡鹿鳴什，再題雁塔碑。

次答李東皋

何陋居詩集，知音未等閒。花明遷客夢，雪浄老人顔。鐵笛封珠履，金針度玉關。開函君入室，流水和高山。

四弟寄巖攜兩姪自江寧歸稷已抵義津小莊未即入城相見先寄在江寧時讀余所寄隨成草里門諸詩之作情見乎詞賦此荅寄

汝來親稷稻，辛苦更攜兒。欲使艱難事，教從少壯知。我生皆一誤，祖訓力三時。後起追前步，攤書莫廢犂。

賣稻行

山城萬事一惟稻，稻黄家家舒懷抱。委積河干覓小船，争出樅陽灘賣早。早灘容易晚灘難，一灘兩灘人興闌。揶揄蹂躪還顛倒，高低貴賤等閒看。貧者吞聲求脱載，富者上倉高價待。更散囊金廣賤收，市近冬春利三倍。吁嗟乎！富者益富貧益貧，貧富猶分勞逸身。仲兒賣稻幾朝夕，歸來面黑頭全白。

以新刻家譜及詩册寄内子屬呈老母並分送諸兄弟子姪

不獨平安書，兼寄新著述。祖德垂家乘，客情飄吕律。居桐詩頗多，授梓惟一帙。欲共支系傳，篇章詳事實。裝潢甲乙編，文分意則一。寄歸懷緒紛，貴見閒窗筆。知我半年來，筆墨無虚日。轉爲告高堂，先世懿行悉。浩歌隨白雲，夢魂時繞膝。更語諸弟兄，傳示及子姪。水木本源長，羈旅謳歌逸。遠追百世繁，近攬眼前畢。客子無限情，開函見六七。老妻好讀書，縹緗時列室。況此譜牒親，憑臨徵得失。尤喜讀我詩，尋常無草率。每當一篇成，背誦手書必。兹册定開顔，賡歌聲唧唧。應識客居安，韻可諧琴瑟。

泊遠嫁塔

不欲舟行速，中途田挽人。新椿繫未穩，舊迹考能真。遠嫁貞傳女，浮圖思報親。可憐兵火後，龍象亦灰塵。

樅陽與兒會兒緑孫世翰别

送我出江江已近，命而歸去去無留。樅陽兩日尤難别，楊子三秋正穩流。拜起何言争捧袂，笑歌有意重回頭。相期冬盡舟還泊，萊袖香分柏葉浮。

黄石磯

黄石磯頭石，誰爲圯上仙？亂兵從此返，謡讖至今傳。宸濠兵返于此。天地亦何意？興亡固偶然。轉憐江水古，閲盡往來船。

望九江

十里九江路，孤舟兩日行。軍聲疑草木，山色報陰晴。椿老天何意〔二〕？鷗閒客共情。不須怨久速，安穩信平生。

富池口神鴉

神鴉飛上下，十里接行舟。只傍甘寧廟，如防蜀漢流。令嚴雲鳥陣，悲結塞鴻秋。客意原蕭瑟，非關往事愁。

上馬磯泊田鎮

山高江半黑，磯老水全波。月亦不人照，風將奈客何？前船依樹亂，驚鳥喚羣訛。古鎮應還識，廿年今再過。

到蘄州

到岸語還驚，主人明日行。楊秋屏往武昌。老兄猶假館，過客且停旌。不作猪肝累，聊舒鴈陣情。維舟旋策杖，襆被半肩輕。

晤大兄

且從此地説平安，兄弟懽娱老益難。驛路經秋江自急，客庭成閏月新團。詩文兩卷皆行迹，大兄行笥文稿，余隨成草詩。燈火三更各縱觀。清話莫沽村酒再，雲居茶煮雨湖湍。

喜晤顧黄公 二首

懷君不獨别離深，四海文章廿載心。流水黄州長入夢，余與黄公初訂交於黄州。欺人白髮各相侵。老嗟朋友稀尤貴，亂喜平安遠得尋。握手懽多休解袂，月華照酒湛高林。家兄留飲寓齋。

勝遊那復似當時？衮衮新交只自悲。驚見兩人如再世，特留三日慰相思。楚天路靖烽煙後，吴水歸將冰雪期。定向蘄春還輟棹，五更重較半年詩。

巴河太乙閣

巴河臨江太乙閣，先朝相國姚公作。人亡世變閣峥嶸，來往遊觀殊錯愕。吁嗟乎！梁棟無聞廊廟功，鄉里惟傳土木工。貝葉文借藜光照，桑梓灰飛兵火空。匠石當年心亦苦，式倣黄鶴樓樣古。樓焚又向閣臨摹，飛翬縱橫樓是譜。樓閣江分影合連，廢興今古亦誰憐？武昌客過憑檻望，應共今朝意惘然。

風

風入夜多驚，江來一港聲。漫疑迴雪急，還憶聽松清。野戍不傳漏，孤鴻屢報更。夜長醒客夢，枕上太分明。

舟曉

起檣又動五更心，一月人行風露侵。流異江河同逝水，路經朝夕總雲林。年衰不用愁思切，客久能令道氣深。出塞入關三十載，馳驅漂泊到于今。

早行

晚泊青陰與岸連，早行隄柳復依然。人家五里還三里，流水荆川又漢川。小市經秋農問集，遠村迎日網歸船。食魚楚俗原同米，魚麗由來大有年。

舟寒

晴日兼風舟乍寒，擁衾那畏客衣單？敢將衰眼無時放，可柰秋光不肯殘。出霧荒隄沙帶白，迎霜老樹葉先丹。酒旗飄緲東籬畔，似有花含冷露團。

風信

舟了急呼風信到，果然天與報重陽。丹楓黃菊幾時醉，微雨輕煙入暮蒼。鵶背影將催雁陣，蟹螯情欲問魚梁。客中節序渾難記，獨似今朝未易忘。

抵荆州喜晤大姪子山

故鄉消息總非真，不盡居人念旅人。昨日向余猶寄語，幾時問爾得閒身。千秋難負無雙士，八口全依一个臣。且卜荆南僑寓宅，庾臺宋井有比鄰。

荆南詠懷古迹 鄧偶樵方伯、秦留仙太史、葉含公觀察、舍姪子山參軍先有作。

客到荆南正暮秋，才非宋玉亦多愁。悲歌漫向新聲和，恨事原從古迹留。功業河山看逝水，文章風雨説登樓。空餘名勝勞深憶，按籍扶筇欲盡搜。

王粲依劉正幾時，樓嗟吾土賦鄉思。人留公子坊前句，情共明妃村裏悲。畫扇峯遥連白鷺，素香亭冷繫青驪。誰能橘種李衡宅，江上秋風日夜吹？

送從孫公何赴彝陵鎮軍 二首

世亂文章賤，才高際會奇。功名依將帥，指顧見男兒。蜀道多殘壘，彝陵錫大師。秋山馳獵馬，黄葉閃朱旗。

横槊詩原壯，登樓望益高。人傳王粲筆，家佩吕虔刀。露布飛華翰，雲麾落錦袍。果然身手捷，年少羡兒曹。

舟泊

舟子故説江程嚴，亭午帆落風日兼。野隄客到人語雜，遠市網集魚價添。塘兵亂定增斥堠，居民水退歸閭閻。藉草負暄仰天問，霜夜不寒翻晝炎。

見山

一月舟行不見山，忽驚崒嵂水雲間。楚天江且讓湖浸，客路峯誰許岸環？倒影飛來疑蕩漾，盤陀引去憶躋攀。眼青三里遠還近，百丈牽猶折幾灣。

老母壽日

晴階盈朝暾，遊子正衣拜。老母八十二，壽酒庭闈介。一載悵暌違，千里苦行邁。平日日瞻雲，況復兹晨届？慈親老益慈，臨別牽衣話。作客莫思家，家貧愁自解。健飯不倚閭，兒遊有方界。昨日得平安，細書親點畫。一見動感傷，再讀生愉快。神閒實壽徵，安康復瀟灑。江深煖浪平，曚曨連沆瀣。仰聽笙鶴聲，清宵雲幾派。

閱郢誌讀八世族祖與義公傳 公諱向，字與義，户科給事中，謫安陸州守，崇祀名宦祠。

郢郡舊隸州，族祖前朝牧。名宦祠且傳，善政鏤簡竹。育也閒客窗，借書醒倦目。倏爾仰遺行，私心溯水木。家乘載未詳，國史略不録。賴此方輿誌，里巷留歌哭。至今二百年，姓名香版牘。散衙户不扃，從此惟一僕。猶然骨鯁風，條議每封匱。奏績秩當改，獻皇疏請復。

借寇事弗許，遮道臥車輻。一讀一泣拜，吾家慙世禄。楚江接龍眠，歷仕凡五六。太僕起湖南，李樹棠華郁。先祖冏卿公起家常德司理。建牙開府尊，仁植公撫楚。製錦花封簇。執吾公令臨湘。宮梅百韻聯，睿藻香風逐。世宗潛邸與草亭公宴上賦梅花聯句百韻，今家刻遺集稱梅花半稿，以五十韻屬御製也。往迹多所遺，近事見聞熟。祥刑憶仲兄，二兄邵村於乙未年恤刑楚、粤。恤命慎庭鞫。全生空囹圄，哀矜鮮誅戮。相逢猶問名，舉手還加祝。嗚呼三楚仁，奚苐云安陸？海内知桂林，桂林乃吾族。

楊總戎園亭

楊氏園同第五橋，閒筇不用報書招。將軍休沐亦何日？客子嘯歌來此宵。新月未弦城欲閉，晚花初放樹將凋。山川是處堪容隱，何故浮萍逐水飄？

舟　静

夜半舟全静，江流聲亦無。已知山月落，只有客星孤。不寐愁何遣？將詩夢與俱。吟成休朗誦，鄰舫恐驚呼。

漢江行

漢江天塹稱險絶，上水牽灘下水折。中流不肯傍岸行，波欲留雲沙擁雪。客子十日兩度過，時詢舊泊認江坡。舟人怪我地理熟，當是此方生長族。豈無生長不出門，出門不識門前村？

吴晞齋招仝李劬庵飲城西書屋

鷄黍不折簡，邀我坐草堂。同心兩三人，樸遬露肝腸。世運有治亂，人生有彭殤。但得目前聚，毋勞往事傷。别君君正壯，我鬚黑且長。今日面難識，咨嗟各老蒼。惟言别後喜，連舉兩兒郎。兒皆二十餘，生孫復成行。下食還侍坐，斑斕振琳琅。即此娱遲暮，耕讀守家鄉。慙我日飄泊，歲歷天一方。持杯顧李侯，心迹偕荒凉。且盡酒百斛，更歌詩一章。結交自終始，寧悲參與商？起行視階除，新晴明月光。

同劬庵訪徐繩庸留飲拙公亦至

過岡園在眼，下馬上方亭。入牖湖全碧，環隄柳半青。坐深來酒具，語絮到茶經。陸鴻漸茶經，繩庸家鐫以傳。不速僧能至，朋簪此聚星。

浮園玉笥歌爲吴晞齋賦

浮園片石勢嶙峋，來自吴興霅水濱。廣披二尺高七尺，鑌鐵精光如有神。週遭鐫列大小字，上歷宋元下明季。題名人去歲時留，觀摩俯仰千年異。觀察初官太守閒，吴公諱文企，戊戌進士，湖州守後備兵。公餘幽討遍湖山。深憐此石迷煙草，持向歸舟竟載還。南宫拜亦等閒羨，鬱林船更今時見。我來纔得渡湖看，看共李君攜筆硯。爲寫石形書石書，玉笥二字八分如。其餘篆籀雜行草，好奇競爽人人殊。石不可卷心益遠，我心匪石交源本。奕葉通家三世人，百年雲路相推挽。觀察昔出我祖門，辛卯楚闈。我父禮闈癸未。又薦君。未得冠軍僅副車，家庭每聞嘆惜言。君今高篤雲天義，三十年餘重把臂。即斯十日醉無歸，更向石亭期大被。朋友情原兄弟同，滄桑有變意靡窮。共君撫石還垂淚，石有堅貞人始終。

道傍紅葉

柏老霜繁紅亦稀，乘風故向道傍飛。逐塵聲送馬蹄去，銜照影催牛背歸。流水何心鳴野澗，寒鐘有意出禪扉。悠然深省飄零客，望眼休從落葉違。

廣長院後樓

殿閣倚城牆，城殘閣亦荒。眼中無遠近，方外有興亡。鄰寺檐相接，城内報恩後殿與閣相對，僅隔女牆。當門湖正長。老僧深閉户，一樹蠟梅香。

五岳園 明大廷尉陳公園亭也，石纍五岳，遂以名園，且自號焉。今南岳獨存。

五岳名留百畝園，荒隄古木護雲根。都歸滄海形難問，惟有祝融峯尚存。湖泊可回今日鴈，村帘誰似昔時罇？斜陽引步過殘寺，鐘磬何心向客喧？

黄鶴樓

移櫂詢黄鶴，披襟登古城。樓高江上水，人澹望中情。緲緲天低落，悠悠野曠平。不須吹玉笛，到此已身輕。

對月歌

月明如水水盡白，水底星光連月碧。星月何意水何心？悠然愁集江舟客。客長貧賤自多愁，愁中等級分倫儔。那知富貴愁偏甚，功名謀保身家憂。我遊楚地一百日，日見人情患得失。下自守令上督師，相對何人不皺眉，安往不得貧賤爲？

擄船行

官家用船原給直，號曰擄船船盡匿。小港低檣夾岸維，避擄悲聲動顏色。忽見巨艇影相連，呼風乘浪意懽然。自言商賈納關鈔，不似民間小載船。民間小船非得已，都業田莊田浸水。棄本逐末競錙銖，誰是謀生惟救死。前日漢口送彝陵，風雪寒灘滿目冰。軍需一月始交卸，得放歸家十日曾。家中兒女七八口，饑餓啼號望升斗。此出將爲卒歲謀，封捉在前歸恐後。我聞此語鼻亦酸，安得繪圖人主看？四海昇平兵不用，扁舟樂駕江湖寬。

老妻生日 十一月十八日

貧家内助苦，無米一生炊。患難有今日，懽娛未昔時。持籌親井臼，佐讀理機絲。母矣還曾祖，勤猶新婦爲。

賴卿家少慮，能使客途寬。莫怨終年出，如忘獨力難。不歸囊本澀，縱返室寧懽？理楫躊躇久，居行總一看。

泊潯餘觜 隸江南安慶府宿松縣屬鎮

九派江分合，孤帆落晚村。莫徒嗟客路，驚説是鄉園。傍岸歌吾土，循流識水源。樅川三百里，雲樹望柴門。

長江風雪歌

雪凍雨飛風不息，雨雪助風天更黑。長江未敢與天争，舟子倚篙行不得。一夜吹殘萬籟聲，聲無遠近無晦明。客自憂危何所恃？觀空身外信平生。平生閲歷多奇險，海上螺浮青點點。黄河決口截横流，星辰低傍波濤閃。波濤水面尚尋常，陸地人情更可傷。笑言頃刻皆風浪，飄墮沈淪幾喪亡。患難二十已餘載，厚薄親疏交屢改。誰見翻雲覆雨人，猶隨風雪長江在？長江風雪自年年，天意于人亦偶然。時當陰沍陽應復，客滯曾無十日船。我今三日看江水，愁懼都忘心轉喜。可似當年苦播遷，生死由人不由己？

船開

船竟有開日，聲喧雪浪間。六花明五兩，九派赴孤山。眼已先帆去，風將容客還。可能催鷁尾，真共白鷗閒？

風急不得至樅陽

岸近風偏遠，山高望更明。千家雲底暗，一艇浪中争。盡日依洲渚，逢人問水程。順流牽百丈，顛倒見歸情。

泊采石

天門山壓采江流，岸折姑溪雙塔浮。日落易留歸客櫂，詩成難上謫仙樓。夜當月晦鯨波静，燈貫珠光犀照悠。時傍官舫泊燃犀亭下，見危檣懸炬，列如火齊。日日望家家已近，近疑情緒轉多愁。

椎絲行

鄰家機婦工織縷，晝夜椎絲用力苦。四更起不待鷄鳴，罷時坐聽官街鼓。兒孫書聲亦隔牆，老夫吟詠在中堂。慙愧椎絲聲斷續，饑飽不問無炎涼。吁嗟乎！雲山經抱明珠顆，蓬瀛藥伏丹爐火。仙佛功成視力深，誰爲力盡功仍左？試問椎絲辛苦人，絲成錦織可纏身？朱樓女袖纖纖手，羅綺香飄歌舞春，夜聞椎絲聲尚嗔。

買菜行

秋雨不足菜莖瘦，冬霜早嚴皮復皺。鍾山晚崧名則佳，老圃擔負争先後。街巷喧闐列市雄，值估低昂競日中。待價持歸不賤售，一日二日委牆東。葉焦根爛顔色異，減錢與人人不視。白頭書生買作齏，酸黄不待加鹽豉。鄰家男婦笑余癡，取衆所棄夫何爲？豈知天地無棄物，善用皆化爲神奇，休道龍鍾已過時。

大兄先雪樓看雪

未雪樓原先雪看，況當雪重擁樓寬。四窗盡拓眼何曠，一几高憑身豈寒？有弟頻來同嘯傲，多愁莫遣且盤桓。自欣老脚連朝健，百尺丹梯登不難。

書許燕孫還金卷

名翼祖。遇金于市，持以候。薄暮，一人泣而來，詢實還之，金為賣兒值也。不語以姓名而别，與友者争為篇章稱述焉。

金在情猶異，金遺寧等閒？況將親子鬻，乃得路人還。問且藏名姓，言仍澀面顏。似嫌多事者，傳頌滿江關。

鳩兹見馬溪五兄信宿園居 二首

白頭人並老，所喜弟隨兄。燭盡七年説，園開三徑情。秋花冬更豔，春草夜同生。短榻横長枕，鄰鷄莫遽鳴。

兒孫催我睡，恐坐老兄深。執杖還攜手，離羣豈隔心？友于衰更篤，踪迹遠堪尋。棲喜一枝穩，中途月滿林。

見乩筆所書伯父副憲公墓碑

鶴表多年粤嶺歸，牛眠親卜望柴扉。仙人筆挾龍蛇動，孝子心傷烏兔飛。俎豆千秋香自遠，松楸百里拜偏違。寒燈淚照豐碑落，楓樹黄華等翠微。伯父葬繁昌楓樹壟，先君葬桐城黄華鄉。

宿黄華墓旁

誅茅未結傍山廬，宿借鄰家枕不舒。乍醒乍眠驚木葉，如趨如侍在庭除。隔年事落今宵夢，幾代情牽此地居。頻聽鷄聲天漸曉，披衣草撥露珠初。

别　墓

未能久作墓前留，三宿情仍一歲愁。再到期當春草長，遠離踪逐雪花浮。九京靈亦憐行役，千古人誰得自由？去住愴心徒泣血，兒扶拜起步夷猶。

小孤山

小孤奇不在當江，江擁蓮花結寶幢。吴楚平分争第一，金焦對峙競無雙。記曾攬勝舟爲泊，未及憑顛心已降。風便即今仍指點，千層石磴壓篷窗。

浪泊

鳴浪通宵夢不驚，風波歷久道心平。路曾絶塞去仍返，人亦全家死復生。多病每疑情有累，頻遊真覺水無争。篙師何必依椿守，雲黑終看天地清。

過倒漸洑

江路争言此地危，洑流漱石倒漸垂。舟人屢日驚相問，道士終年伏可疑。那竟乘槎風得御，遂同入漢事何奇。步虚聲朗隨帆遠，欸乃無勞歎力疲。

烏林　江干塘汛也，傳爲吳將甘寧百騎破曹兵處。

野戍煙殘人幾家，老兵漁網曬晴沙。蛟龍何代飛江沫？烏鵲經年撲浪花。神鴉此地尚多。自昔山川無信史，只今道路有悲笳。孫曹一戰三分定，百騎功高空歎嗟。

依韻和答唐閬思共飲

再生情總澹，難割只諸昆。每憶同羅友，猶招絶塞魂。月梁時仰屋，星架爲開門。白髮顛狂醉，相扶子若孫。

傳説大兄有詩見憶未見擲下賦此促之

聞有新詩爲我裁，寄遲轉使漫疑猜。可因雨暗書難就，或是泥深路未開？夢落池邊春半草，望同隴上雪中梅。調高舊許塤篪和，何事今朝棄不才？

得兒念祖都門書

帝里書生豈易遊？平安轉怪不言愁。或因慰我閭長倚，故説逢人轄便投。彩筆能干原汗漫，朱門得掃即綢繆。艱難久已知羈旅，壯志休多憶白頭。

恭紀詩用大兄韻 四首

巡方五載典重修，省斂仁弘匪大蒐。景物及春皆自絢，聲華過眼不深留。西湖勝向姑蘇接，南鎮觀從建業收。仰止孝陵連禹穴，禮崇躬祀議還周。天言屢涣意何虔，三載逋蠲百萬錢。求瘼恩多綸綍遠，掄才額廣網羅全。官方黜陟情雍若，民道喧呼禮肅然。芹獻瓦盤稱野膳，一時盛事古今傳。一覽秦淮即捨舟，笙歌不戀六龍游。南郊古寺拈花笑，北極高臺觀象求。迎輦綵毬填紫陌，傾都黄幄看朱樓。大酺有賜還朋射，擁仗兵民仰豫遊。護龍風雨兆豐年，五色雲車駕百川。粉米特親蓑笠問，租庸永緩市廛編。春潮雪浪金山渡，夜蹕星燈玉帳懸。丹壁行宫留翰藻，賡颺人競説詩篇。

望黄華

小泊烏沙口，黄華望對江。似懸青玉案，還列白雲幢。水石歸湖曲，松楸出岫雙。來朝登墓路，細細指篷窗。

過張始興故里

江邊怪石沿山起，踞阜盤岡三五里。或爲鐘鼓或罏瓶，或爲炬燭或□□。□□篚篋復人行，陳設趨蹡雜且清。老冰劫火增顔色，陵谷□□少變更。舟人謂客莫驚異，地爲人靈天注意。此是唐朝張九齡，生長于斯登相位。噫！張公相業亦平常，流芳傳譽只文章。得地邀天遂如此，後世經過識故鄉。可見才華亦難事，適興分題休易視。筆墨之間有鬼神，聲光以外無天地。吾鄉相國何文端，世居青山水石安。亦有石鼓祖塋下，團團十丈表殊觀。外接樅陽江水匯，磨旗山高旗鼓對。中有黄華土一抔，千秋百代藏其内。

金針撥眼歌爲賈從六先生賦

醫師百種療人疾，未有金針撥眼奇。秣陵賈生擅神手，敢爲具述名當時。方子右眼三年眇，癸亥六月十八日。左眼漸傳光亦小。藥餌無功事坐工，戒憂戒怒戒勞擾。乙丑之秋送兩親，故山歸葬問江津。儀煩哀切形神瘁，驚飆雪浪縈心身。中途視物如隔霧，乙丑九月初一日。到山不見山頭樹。盲趨十日葬禮成，泣血搶呼悲道路。諸兒扶掖淚偷垂，遠近百里爲訪醫。嬌孫冒雨五更去，蹩足泥途驢不騎。醫來進藥藥亦善，厥疾不瘳空瞑眩。眼從内障藥難攻，必得金針始能見。弟姪戚友勸余歸，會城輻輳醫不稀。兒輩合金計醫費，買舟拜送還典衣。抵家内外聚羣議，安得名醫頃刻至？兖州趙公瑶。與揚州張，弘開。隔地往求來不易。有客黄生文在。道賈生，針多奇驗居接衡。咫尺懽欣偕叩懇，翩然惠顧意真誠。問定坐我日檐下，借日審睛光真假。許我右眼即日開，乙丑十月十九日。左眼開期來歲夏。右眼須用左手針，手逆用順絶古今。術精心細指圓活，從容運針道氣深。進針入眼不知痛，障翳避針微覺動。須臾翳墜針尚存，金光一片天空洞。初見舍宇及家人，隨見器具几案陳。徧試棗栗到菽麥，形質悉辨顔色真。出針閉眼封以紙，煖房軟榻高枕倚。兒孫環拜謝賈生，賈生亦拜前致喜。云是君家福德緣，一撥還睛睛光全。世有復針針再復，養之不善終徒然。袖出養針篇一帙，爲期七日至百日。養針功倍挑針功，巨細調攝條例悉。不言不動不平眠，賈生夜對牀與連。持夾兩兒分左右，蔬粥老妻手調鮮。七日開封下牀坐，駭目看人人看我。燦爛銀青世界新，新光伏水兼流火。坐忘身世等逃禪，半偈潛持萬累捐。天命獨全生死外，太和永保性情先。何意一時遭兩慟，妻弟吴汝夢。新亡兄子共。四姪巖叟。悲深莫制淚横流，黑子旋飛煙影重。賈生動色戒心傷，復理刀圭急竇光。詮註篇中嚴例語，銘諸座右凛羹牆。再加十日謹珍護，四十九朝仍禁步。百日雖成少見人，見人休揖休迴顧。敬受遵行敢自輕？勿忘此日只忘情。生生理向無生證，傳説人皆喜且驚。比鄰馬翁星房。八十二，幾年不復見天地。過我細詢邀賈生，亦爲撥治同無異。更有紀君廷録。及李君，坤岳。次第相延但拂雲。賈生盡與天下眼，與我雙眼何足云？書寄桐城兩兒子，看我手書能若此。懽同諸婦與諸孫，遥望江雲悵江水。來春早發上江舡，墓門一望萬山纏。松楸手種泉臺悦，塊土新添鄉里憐。弟姪懽應呼戚友，預謀共醉牀頭酒。屈指見面期尚遲，定把我書不釋手。書不盡言還賦詩，詩成歌奉賈生巵。賈生神手人矜道，金針撥眼奇不奇？噫！金針撥眼奇不奇？

校　記

〔一〕龕　字待考。疑當作『龕』。
〔二〕椿　疑當作『椿』。

龍眠風雅續集卷二十六上

木厓潘　江蜀藻輯

姚文燮

字經三，號羹湖。順治甲午舉人，己亥進士。少穎慧，六歲賦詩，有『月出水生樹』之句。比長，與兄彦昭文焱連鑣競爽，有『龍眠二姚』之稱。家故清白遺，兄弟皆客授，博修脯養親，無私財。既雋南宫，奉母之官。其節推建寧也，平恕明敏，督撫交爲倚重，八閩大獄，悉就平亭，所全活綦多，而丈田、造船二事，尤造福不小。其改宰雄山也，治煩理劇，赤縣賴以爬搔，三輔長吏奉爲挈令，所施設綦裕，而圈地斷繩、狐皮罷貢二事，尤去其害之太甚者，使復舉進律增秩之典，非公是屬而誰屬耶？以捕逃功平遷滇之開化丞，至則宣布威信，猓玀馴服。無何，洱水沸波，不幸陷賊中，百計脱身，間道以歸，遂息機摧撞，將母陳情，堅終隱之志矣。葺城西泳園與龍眠黄柏嶺山房，日奉板輿其中，優游五載，年六十六終。公詩、文、書、畫皆獨闢堂奥，冠絶流輩，而詩歌尤爲傑出，美不勝登。嘗欲表章里中前賢，爲龍眠詩傳之選，既宦於建陽剞劂之鄉，益網羅放失，廣搜博採，以盡枌榆之勝，曾向予徵遺稿數十種，捆載以行。以同事者持擇稍嚴，多寡異議，迄不果。而予得藉手以告成事，亦踵公詩傳之意，因詩以傳其人，而詩與並傳也。今輯風雅續集垂竣，始録公詩，而予亦已老矣。爲追泝首庸，公之欲張吾軍也，其功詎可没乎哉！公有四子：萊通判士藟、翰林院編修士斢、士塛。所著有雉籠吟、雄山草、滇行草、黄柏山房詩諸稿行于世。以士藟貴，覃恩敕封翰林院庶吉士。

採珠謡

帝德盛，明珠進，漢家館陶圍五寸。莫難九曲産神胎，磦砢葱符非凡材。昨歲採珠明珠少，官家震怒珠丁殍。今歲採珠不敢多，珠多罪重昨歲何？向來採珠金滿屋，今命採珠滿路哭。新律盗珠法當族，珠既不盗我何欲？爲我寄語滄海君，勿産明珠産魚目。

馴鹿冤

牝狐拜月嬌朱顔，猛虎嘯風寒青山。媚人食人白晝閒，纍纍白骨官道間。刺史下令責獵士，煙雲埋綱雪照矢。牝狐變化猛虎怒，獵士倉皇各回顧。徘徊終日腹苦饑，誰家養鹿馴且肥？狐既匿林虎登麓，官限空手難迴復，不如磨刀殺馴鹿。

陵陽操

陵陽歌，侯封已晚奈足何？ 若令一獻即封侯，卞玉千年名不留。

弔秃柳

長堤柳，絲昔垂河邊，枝今塞河口。 大車小車日夜走，千金百金編一帚。 一帚入水百人死，更催新柳條，還勾亡丁子。 柳盡秃，三春弔影不復緑，莫向江南問修竹。

旅夜述怨

伊余甫弱冠，結褵屬壬午。 翠譜白玉樓，帶綰黄金縷。 紫簫吹鳳凰，朱欄調鸚鵡。 兵戈起江鄉，荆布歸故土。 狐兔穴石田，蛜蝛竄冷釜。 饑復驅我行，安能守荒圃？ 芍藥空好花，燕子仍雙舞。 小兒始能言，即言别離苦。 出門牽我衣，大哭淚如雨。 强笑慰兒啼，揮襟難再睹。 斑騅嘶朔風，腸斷依前浦。

沈楚簏移寓溪南作此寄懷

誰唱采菱調？新聲出波間。美人不可見，荷花迷朱顔。悵望緑水夕，哀狖啼深山。欲覓素心侶，搴裳臨潺湲。同作千里客，五月同不還。何處無玄居？遠就溪南間。石塔聳層霄，極目難追攀。

七夕行

天樞列牛女，各在天一方。四時守纏次，無異參與商。先秋會銀河，雙星始輝煌。綵霧布重綺，天孫羅七襄。上方自無私，豈同悲懽場？世人苦離别，仰眎重慘愴。慘愴亦何極？托言殊荒唐。云是烏鵲橋，環珮聚河梁。當時驪山殿，詔下君馬黄。鳳輦召昭儀，鵔鸃出阿房。色絲戲金鍼，流雲響銀鐺。君恩滄海深，結髮誓穹蒼。永夜閶闔開，朱樓繡幕張。怨女悲紈扇，思婦泣羅裳。機杼鳴蟋蟀，流蘇空鴛鴦。河漢縱云遠，江海更難量。牛女尚有期，兒女徒悲涼。今夕未易得，況復空相望？誰云天上樂？懽聚亦不長。天上果如此，我生庸何傷？

同林二史吳炎牧孫嗒公易公家彦昭駕侯翼侯游披雪洞韻得四支

天地本至大，似亦好離奇。往往一巖壑，若費巨匠思。運斤開月竁，琢玉鳴天池。銀浪震玄鐵，深感蛟龍慈。芙蓉溼紅岸，鸊鵜翻青枝。日月谷中出，不受羲和馳。嵯峨聳心目，琉璃浸鬚眉。漉洒濺山鬼，長嘯動深悲。既歷萬仞峯，選坐千尺隄。何幸險巇中，尚得履坦夷。

長安春日梅淵公貽予畫箑即同屠維周以舊箋索山水冬日成自繁浦附黄鳴僊郵致題此寄此

長安白團扇，貽我松亭琴。世無鍾子期，奚事工徽音？枯桐市上碎，寸紈存素心。剡藤光尋尺，命我圖雲林。攜之走四方，川谷窮幽尋。茹毫不敢下，舉目無高深。聞君硎瞿山，琪葩藏珍禽。篘光碧顔面，石雲生衣襟。奇峯通文脊，黄鶴聯高吟。搴芳同九畹，棹雪迷山陰。何必圖五嶽，紙上尋嵚崟？高樓驅凍腕，雪照梅窗侵。淡煙托雁足，愧非雙南金。

青窑行

龍泉僻在大海東，嵐深川迅氣巃嵸。地高土瘠無異産，青窑之器出此中。光輝欲滅珠玉價，技巧直令神鬼窮。兩京舟楫迄輦轂，先輸貴寵後皇宫。琅玕翠碧青熒熒，竹口不如大窑工。千金百金買古瓦，商賈奔走江湖通。連年戎馬恣野戰，朝廷數更滄海變。雲霾陰晦真辛泣，江山絶少靈光殿。將軍花驄紫駱駝，寶鞍錦韂囊橐多。行間原不愛瓷罌，銀鉤珠鈿金叵羅。窑工殺絶窑户烈，劍川赤血成洪波。道旁瓦礫積如山，崑岡玉石災頃俄。昨忽大官索窑具，小官恐觸大官怒。國門空自懸多金，大索不得索窑户。窮崖盡谷罥榛莽，青燐野火照狐兔。十家早有八九空，深林寡婦號墳墓。寄語官長亦何愚，青窑青窑胡爲虖？大官所好不僅此，多輸他物當已矣。

董心水以古歌見投索予長句作此贈之

海上布衣名董谿，壯遊五十無定棲。腰間黄金鹿盧白玉璽，頭上紫霞切雲簪文犀。新豐市酒邯鄲娼，驄馬盧雉少年場。氍毹錦繡汎蘇酪，花開夜合子夜長。紫簫紅板青琵琶，玉樓翡翠雙鴛鴦。前年將軍封侯錫胙土，白旄黄鉞跨宣武。三十六萬雄師陳上流，牙旗大纛蔽江列艫舳。公子錦韝逐鷹犬，雕弓蘇合殺猰貐。三更鳴金上馬去，平明腰懸人頭擊鐃撾大鼓。將軍傳檄召參軍，速草露布傳示海内之寮府。捷書上聞天子動顏色，大開帑庫金幣賜羆虎。參軍不受官爵詔，葛巾芒屩洽高調。幕府刁斗静不聞，披襟獨坐江邊理舊釣。一朝前星夜落紫薇更，散髮赤脚入山以待天下清。秦淮姚江爾故宅，何取括蒼與南明？桃葉失舊渡，山陰不可行。麗水縣官桐城生，栽花馴雉藉藉有令聞。能愛百姓復愛士，詩酒與爾稱弟兄。庚寅我亦客東海，少微山頭拾蘭茝。珊瑚鞭短襟帶寬，逢人乞酒百壺澆塊壘。贈擊缶信口高唱長短歌，董生疑我有文采。握手訂交即忘年，自號杜陵老，號我青蓮仙。我古風數百言，果與瀼西錦江相後先。銀絲鱸鱠玉泉酒，每酌狂生以大斗。損爾二百五十沓烏檏，樽傾甕倒秉燭相怒吼。董生長我三十年，反説得我文字友。前山蘗桂徒婆娑，八月短衣尚薜蘿，大龍小龍之嶺高峙何嵯峨！我今不得即歸去，時出孤劍相摩挲。山東周時與爾同居復同調，子居僕射風不磨。君不見，梁伯鸞，出關攜妻子，尚唱五噫歌。又不見，桓子野，聞清歌，唤奈何，可奈何，發清歌。天空地白，海無洪波，我輩何必躅蹙悲坎軻！

家子履齋頭醉觀陳章侯所畫人物歌

人生學劍勝學字，學劍殺人能得志。淬花鸊鵜珊瑚紅，龍鱗鸊尾鮫鮹刺。千金賣身不賣劍，持向秦廷祖龍避。丈夫寸腕萬石强，何事筆墨矜小智？學字不可況學畫？嘔心鏤血供人耳目戲。我怪陳生老蓮子，高營糟丘麯花紫。牙籤寶軸粉空蠹，西錦束絹洛陽紙。雪毛霜髯禿牙齒，博得兩字畫師死。胭脂落臂成守宮，三十六宮驕春風。石家大剪崔家刀，安榴杏子香靨紅。銀獅玉虎碧臍麝，朱豆戲打鸚鵡罵。釵亞桐花小青鳳，新寫鴛鴦繡裙衩。髮鬌嬌慵剪秋水，欲語不語櫻桃下。此幅獨作兩野叟，多是老蓮偕老友。不處巖廊不户牖，醉倚怪石捧大斗。髯斷毫枯死奇句，眉攢頂禿欲怒吼。銀瓶但有菊花笑，不伴佳麗伴老醜。更喜畫人無媚態，豐頤大顙氣慷慨。方袍長袖闊襟帶，眉骨稜稜人自廢。環玦衣摺恥近代，寫生直邁顧陸輩。晉漢以上立宗派，隋唐安敢望項背？不受迫促貴適意，賈人金多難割愛。吁噫嘻！高陽酒徒燕市屠，犬子犢鼻黄公壚。北邙風生啼夜烏，金魚玉碗松楸墟。貴賤俱化青丘無，當年劍俠安在乎？我持此畫挂素壁，高齋相對成追呼。琥珀滿貯白玉壺，紅蘭紫霞泛屠蘇，陳生雖死存畫圖。有時壚頭質媪釀，儼然醉傍酒家胡。吁噫嘻！鵾鷄一聲月魄墮，似聞越王臺上叫鷓鴣。

蕭尺木過訪論畫法賦此謝之

畫畫切莫用畫筆，枯毫秃穎勢崒嵂。蘸墨乾皴莫皴溼，意到雲煙自橫溢。先生臨池五十年，茹毫一萬八千日。置身古人無匹敬〔一〕，波濤夜號鬼啾唧。神龍奔掣馬驚逸，出没造物難自必。古來畫師數董源，南宗獨推北苑尊。倪黄諸家皆後昆，各得一體名宋元。大抵學問雖多須挈要，一家自能集衆妙。小儒窮年死章句，餖飣剽竊貽戮笑。我聞此論豁然悟，日月晴空捲煙霧。不必更走霜毫素，芒鞋布韈愁日暮。第于此中求神遇，玄訣恐觸真宰怒。

題林玉樹花鳥册子歌

石上海棠棲翡翠，雙雙挾雲枕花睡。幽夢不作蝴蜨飛，紅潮含露胭脂醉。孀娥悄呈白玉盤，碧粉掃天天欲墜。誰家荳蔻閉孤香？見此躊躇空斷腸。朱樓羞對玳瑁梁，買絲不必繡鴛鴦。珍重東風慢摇動，恐驚枝上雙棲夢。五更莫遣杜鵑哀，杜鵑叫徹翡翠猜，翡翠一去未必來。

題山水册歌

危峯逼天不盈尺，誰遣白雲斷山脉？一片煙霏蔽大荒，屋角微黄樹頭赤。玄猿攀林鳥不飛，翠微猶有振衣客。落葉埋松石磴滑，回頭已失龐公宅。風生兩腋月出懷，直欲拏雲上空碧。

使君行寄贈方邵村欽恤楚粵

皇帝御極十二載，天狼封豕净清海。白澤玄枵表珍瑞，瓊爵寶甈呈異采。胭脂凝紫閒玉驄，三禮八風臨蒿宫。帝曰咨惟予罔德，萬方有罪在朕躬。金鷄銜幡木鳳嘴，解網委轡弛墨幪。瘞氓凋瘵廛宸衷，安得四海囹圄空？帝曰咨汝明弼欽哉往恤予困窮。西曹郎官何隆隆，石函銅匭近聖驄。青鸞下詔節賜龍，緋驂朱軒法駕同。東南三楚聯百粵，王師連年勞旄鉞。湘江波浪蒼梧雲，青燐碧火白日没。狐狸人啼鬼晝嘯，寡婦尸僵號白骨。夫壻死疆埸，孤兒坐囚獄。大官震怒恣鍛鍊，鞭撻鳩鵲動歲月。長女被掠小女幼，朝夕隨娘拾薇蕨。昨日胥吏索酒錢，熊咆彪吼奮鐵鞭。大官急索寡婦臨，牘前寡婦對女泣。女存娘命不克全，鬻女得錢不盈千。胥吏出門仍赫然，傳聞皇帝下詔遣使清沈冤。皇帝聖明使君賢，孤兒庶幾睹青天。湖南粤西去天一萬里，日月雨露無私偏。天威不違顔咫尺，使君口代黄麻宣。使君曾作浙江令，龔黄杜召芬流傳。皇帝知我使君仁智全，特遣出爾沈溺于深淵。朝辭丹闕駕四牡，玉堂紫綬雙白首。率君昆弟勸君酒，知君善爲民父母。我客江濱釣鯉魚，剖魚得君尺素書。命我遲遲大江岸，彩鷁不見神躊躇。君過鳩兹我繁浦，中流天風催簫鼓。知君王事故靡盬〔二〕，情詞輾轉托雁羽。離思别緒珠縷縷，姚生與君稱弟兄。送君不及心怦怦，扣絃擊缶鸞鳳驚，仰天高歌使君行。鸚鵡洲畔蘭苕盈，鶻鴣峯頭桄榔明。金貂錦襠珂玉豔，玉山光射鑾天清。豐城寶劍聲狰獰，才子舊有神君聲。叔子峴碑蘚剥落，伏波銅柱金峥嶸。古來丈夫遠行役，山川溪洞留令名。明年此日錦帆下，我當黄魚紫蟹迎子於江城。

浮山篇

浮山山倚空濛天，元父炫巧鏤雲煙。神斤鬼斧琢蒼玉，雕鑿造化成自然。媧皇功竟煉已罷，玄黄丹碧猶鑽研。天吴奮浪肆激搏，琉璃浸透玄鐵堅。鼉叢魚鼉徒險絶，方壺員嶠競流傳。曾遊吴越及京洛，鐵鞵尋討蹋欲穿。詎知百里隱仙窟，羈我夢想二十年。遥望芙蓉列繡幔，飄摇疑上蓬萊船。神光驚采射日月，心摇目眩足不前。攀躋獨馮緑玉杖，十步九折三遷延。砯厓轉壑壁絶立，天梯石磴相勾連。霞樓綵殿接複閣，曲房盤谷迴廊聯。瑶臺玉砌倚空翠，罘罳琅玕簾冪偏。檐甍崔嵬不土木，雕繢嬛麗匪丹鉛。雲窠雪竇自堂奥，經營拮据歸蒼玄。列缺霹靂恣震怒，熊咆蛟吼㕟争喧。湘妃啼煙鬼嘯雨，天驚石裂銀河懸。羲和飛金遺赤馭，霜娥弄玉愧寒蟬。霏霏雨絲濺碧落，洛娘淚灑真珠圓。丹煙竈火忽明滅，寶幢繡帶疑飛牽。鶡鷄一聲天欲碎，照天水鏡菱花鮮。紫皇步虚錦襪黶，玉峯香印留金蓮。雨花錯落紛講席，栴檀深護彈棋禪。琪葩瓊樹蔽巇崿，仙人驅龍耕芝田。窮巖幽湛閉陰獸，猱狖仰磴愁迍邅。長湫垂涎噴毒霧，四時隱窅聞腥羶。嵯峨屹屼石勢異，墨瀋數斛難盡宣。山經地志不及肖，摹寫徒愧筆似椽。奔騰躓蹶狀怒馬，摩空沖舉凌飛鳶。渴鯢饑鼯時突兀，玄猿緑羆相周旋。鶴氅吹笙駕白鹿，珠絲金勒披錦韉。鸞鳳回馭虎鼓瑟，雲君環珮聲蹁躚。旛旒冕笏朝萬國，圭璧瑁珽肅後先。吴阿錢弩互擊射，楚腰衛鬢矜娟妍。或如鵜鴂之羣啄，復似鵰鶚之孤騫。烏兔出没相繼照，斗杓的皪列次躔。燕支直削金鞭輭，銅騠焜燿鐵連錢。帝女絲機挂杼軸，將軍甲帳明兜鋋。百寶銀鵝玉妃帳，五花金馬學士甎。赤鯉乘霾走大壑，長鯨吞日起深淵。雕疏香膩遺釵鈿，晶瑩刻漏邁璣璿。秦樓思婦倚蕙欂，蜀國帝子撫湘絃。紅雨滴血聞啼鵑，花袍割鮮歌獻豜。鸛雀飛呼銜素鱣，驊騮蹀躞名玉騏。羣聚犬錯若市廛，嵯峨宫闕跨澗瀍。幽人静默忘蹄筌，多士駿奔陳豆籩。涓流細浄成漪漣，朱輪輻輳疑喧闐。香茸芬馥蘭與荃，危柯聳峭楠及楩。蜂鬟蜨粉承鳶肩，鮫鮹鸞裾飄龍涎。五丁刀斧險未蠲，精衛木石淵難塡。岡溦回環過輞川，巒谷嵚崎拜米顛。巨靈夸娥力已捐，終南太行美未專。陰晴不定天無權，嶮巇難盡人自憐。長嘯可致蘇門仙，欲往從之去不還。紅塵紫陌路百千，摧眉折腰徒熬煎。夔龍蹴蹸巢由全，何如置身萬仞巔？放眼不驚陵谷遷。胡麻可勝玳瑁筵，藤枝豈讓珊瑚鞭？揮毫急掃百尺箋，舉杯高唱浮山篇。浮山浮山吾往焉，不復署號姚龍眠。

神駿行

内廐發馬四十萬，特選天閑靖河漢。斑爛錦覆桃花雲，離迷大野房星亂。中有神駿不五尺，紫瞳碧蹄毛汗赤。黄金滿腦擁肉騣，龍鬐向天如列戟。秋竹新批散九花，一鳴萬驥同辟易。龍種貢自越睒西，詔賜親王助誅逆。徐行身影不到地，奔虹決波無留迹。軍中百萬少人騎，黄羅作蓋連錢垂。一時驊騮失顔色，皮相焉敢争妍媸？健奴控勒倚勁腕，淋漓雨汗妨奔馳。低頭若悲復若笑，長才不試將安爲？王良伯樂死千載，絶識幸見西羌兒。西羌兒，爾有知。拔取異質不敢私，奉獻天子勤王師。急埽欃槍静鋒鍔，須知建立當及時。

吴女謡

吴宫溪水香溶溶，紅潮半面嬌芙蓉。下階摘花當春風，春風吹玉輕雲空。踏歌偶從玄墓歸，梅花不散杏子衣。門前早上木蘭船，四時子夜皆春天。雙鬟十二畫眉嬌，冰紈細束楊柳腰。聖姑廟共真娘墓，東家姊妹時相遇。還香賽會塵徹天，無數遺簪滿芳路。不如八月十六虎丘寺，千人石上候月至。白玉盤懸碧虚静，悄聽新聲銀漏盡。試向船頭學平弄，玉簫驚起鴛鴦夢。隔船醉歌誰家郎？雙橈隨後還金閶。歸來珠簾懶下鉤，明月直照金流蘇。海棠睡足臨粧梳，小妹新傳宫樣頭。烏絲雲起牡丹樓，夾鬢雙飛蛺蝶愁。

梅花片歌

霍山張古岳先生手製異茗，梅花片其第一品也，香、色、味俱甲天下。賞鑑家重購，恨不多得。余蒙厚饋，作歌紀之。

桂櫨實，黄菁子，薇何青青芝何紫？桑宁翁，竹中士，松菊主人賣藥市。乃知古人遁迹寄草木，何必金石駐顔稱不死？霍山先生七十餘，神羊怒觸氣未除。星冠芙蓉衣薜荔，閉門不肯容軒車，自蹋梅峯最高處。少陵長鑱南陽鋤，鐝翻紫雲鏟白霧，手栽瓊枝三萬樹。老梅寒苞瀝香露，飛花落茶花自注。冰雪同心復同氣，星星不改梅花素。仙人玉甲銀剪刀，芽微舌小舍霜毫。丹砂壚邊火文武，坐揮羽扇星辰高。愈信奇姿皎潔終莫變，淡然如水白如霰，古今一時休茗戰。林通山人不足羡〔三〕，種花徒識春風面。欲滌胸中萬斛塵，從君飽乞梅花片。

客中春雨

望渺魚書少，清江浪影寬。遣愁添酒債，覓句弔花殘。三月一春雨，孤身雙樹寒。禪房親啓閉，閒作化城看。

旅夜撿伯兄贈别詩依韻寄懷

艇子漱新漲，落花紅滿津。離家忽百日，遠道失三春。林壑羡村叟，溪山慰病身。白雲看漸近，風信問舟人。

束裝南歸即席得詩留别邵村 二首

無宵不共飲，無飲不題詩。草愧八叉捷，梅尊一字師。醉來多易怨，狂極漸成癡。筆硯因君棄，江毫繡色絲。

歸日拜雙佛，封書托萬金。唯將慈母政，仰荅老親心。緋賜君恩重，碑鐫户口深。昨朝甘露下，紫誥待鸞音。

懷炎牧客洛 二首

南人臨北地，每覺旅愁多。月落即行路，冰堅莫渡河。乳鴉銜馬起，獵犬逐鷹過。大野霜飆勁，綈袍意若何？

思君常不寐，别緒五更中。家信隔多日，村醪難禦風。遊原非得已，客豈救奇窮？白髮含飴際，憂懷俯仰同。

出都雜詠

上俗勤耕織，亂餘纔幾家。頹垣籬漸補，荒地税從加。帶露剪桑葉，犂雲穿棗花。牀頭有新釀，樹杪布簾斜。

同遊馬人歸夜經范沖信宿山家來日便遊龍華 二首

網鯽冰池破，烹䧳瓦釜供。啓扉迎翠靄，引水激朝舂。重語昨遊地，猶多未至踪。若思名勝遍，須得野人從。

小徑路還捷，兼看幽趣多。竹林梢過樹，芋種葉欺荷。馴鹿牌懸項，藏蜂蜜滿窠。人家都倚石，茅屋半牽蘿。

留別項于磐表叔 兩兒受業門下

異姓竹林誼，忘年骨月深。一經三逕日，萬里兩雛心。脱粟貧廚玉，家書遠客金。蓬門閒鳥雀，好閉緑蕉陰。

至平水舍舟共詣酒家盡醉待月徒步夜分始達雲門

溪流舟不上，十里徑偏長。共減笋輿費，來尋茅店香。醉延籬外月，遠踏寺前霜。茶具知難覓，分攜謝橘黄。橘小而甘，無核，上人呼爲謝橘。

奉贈三目和尚

喜識名山面，同參老佛心。一燈諸祖共，六寺五雲深。野鶴自來去，溪風無古今。忘言香可悟，會向木樨尋。

蘭亭 張登子招同蔣虎臣、丁抑之、王冶山、孫嗜公、易公、胥蕙公、凌嵩生。

想像蘭亭勝，多因名士名。林空荒草合，曲變亂流鳴。日月詩文在，山川先後行。越來懽賞地，惟此不勝情。

寄謝祁止祥先生兼懷奕喜奕慶仲明諸子 先生屢招遊寓園，期歸日過訪，頃歲迫速發，不得赴，殊深悵然。

久訂花源約，潮迴夜雪殘。屐妨歸棹妒，人與片雲寒。鳥外松亭負，鷗邊蘭槳寬。非關康樂倦，且覓畫圖看。

寄懷黄鳴僊鄢陵

山盡大梁地，懷人望雁過。種花開緑野，栽柳備黄河。甑冷香秔少，詩成驛騎多。次公傳吏治，才子近如何？黄霸字次公。

讀坦菴舅父關外詩爲之泣下兼懷樓崗邵村與三敦四世五

不□穹廬地，江淹花愈香。磧原收絶景，珠玉豁奇光。字小徵眸力，詞安識體强。離騷嫌太怨，風雨悔沈湘。

春江晚棹

風起清波冷客衣，一帆紅映夕陽微。潮迴出網江魚活，浦晚避人沙鳥飛。村婦賣漿新柳暗，山僧敲磬野雲依。孤舟此夜家還近，莫向高樓夢裏歸。

燕子磯

日暮扶筇歷翠微，難從王謝歎烏衣。煙雲獨臥三江穩，花草空留六代非。玉磬時傳憐寺梵，牙檣晚集舊漁磯。春來春去棲如故，不向昭陽殿裏飛。

新柳和姜如須先生韻

年來年去一絲絲，消息先春依舊垂。芳草横塘纔暗發，梅花長笛正須吹。陌頭未譜東風怨，樓上初裁子夜時。記得往常青到地，斑騅嘶處影迷離。

湖上

當年簫鼓競繁華，山水清音此日賒。畫舫閒依前浦柳，女牆深閉舊時花。空留磐石垂孤釣，分僦名園作幾家。紫燕翻飛黄鳥語，隔堤猶唱浣溪紗。

客上峯寺即景 二首

石倚危牆藤掩門，孤踪幸憩一枝軒。岕茶午睡鐺煙熟，粱米朝春水碓喧。夢異且從癡僕解，髮長還倩老僧髡。暫開行李尋殘帙，支榻頻移古樹根。

佛火依微静梵堂，蒲團分坐定禪傍。環門急溜四時響，通寺危橋一逕長。虎竹筍侵鶯粟圃，虬松花染兔絲香。連朝天作農芒節，蓑笠争趨打麥場。

贈方邵村 自獲鹿調麗水

萍踪常𢍰客星懸，薜荔爲衣研作田。生計唯書乞米帖，天涯難辨買山錢。括蒼問舊三千里，桃葉同遊二十年。蘭渚正芬花正好，春風可爲故人憐？

玉谿宿何氏山樓

高樓斜傍舊漁磯，静日門扃客自稀。幾派流澌喧曲澗，一溪新月護雙扉。槿籬黍熟黄鷄啄，柳岸蒲藏紫鱖肥。不見主人勞悵望，晚風纔捲釣絲歸。

梁園道中

經過此處數康莊，二麥收完種豆忙。牛馬並犂耕地遠，轆轤捲井汲絲長。低垂紅棗珊瑚豔，新摘黄瓜冰雪香。野老指予深樹裏，今年纔搆一茅堂。

静山年伯先數日之姑蘇悵然有懷

聞道先生吳下遊，誰人得附李膺舟？　豈因訪菊勞鳩杖？　想爲尋僧過虎丘。　立雪未能尋舊地，問玄猶憶傍清秋。　停橈徒切望洋思，敢學門題鳳字留？

雨中夜泊虎丘

望裏名山喜不勝，意中今日可重登。　芙蓉雨隔齋堂磬，楊柳煙昏寶塔燈。　繫艇溼愁枯坐客，到門夢訪舊遊僧。　蘭橈自逐鷄聲發，石上青苔掃未能。

自序薙籠吟附題

幾載奚囊雲外收，三都車馬五湖舟。　水邊石上曾題遍，禁裏花前記勝遊。　漫説江山神自助，敢云天地卷長留？　有時醉向旗亭過，赢得雙鬟小妓謳。

宋荔裳先生招同沈日觀月夜讌商家宰園亭命賦

高歌攜手最高臺，屐躡層雲破紫苔。　御曲舊居詹事上，景隆中，命羣臣賦詩，選一首爲新翻御曲，惟留宋與沈詩。後詔稱宋之問詩獨健舉，沈詹事佺期遂伏未敢争。孝廉於先生執弟子誼也。梅花留待廣平開。黛舍香霧山微露，池接仙源潮自來。已到殊庭瓊室内，他人空説小蓬萊。

擬去時行

自君之出矣，不敢上高樓。但願楊柳絲，牽回郎馬頭。

金沙日暮

漁笛樵歌喧落暉，打魚人共打柴歸。老僧自向山門坐，鍼綫穿雲補衲衣。

劉超宗自山中索畫題之

高樓面瀑閣凌溪，聽水看雲不杖藜。一棹秋風自乘興，杏花村裏石塘西。

爲祝山如畫幷題

何必雲林説後身？畫中詩趣自全真。山深定有詩人住，但畫秋山不畫人。

東潘蜀藻 余有龍眠詩傳之選，蒐集先賢遺編，蒙蜀藻多授藏本，賦謝。

明珠産深淵，寶劍出大冶。神光永不磨，寒星照中野。碧血埋幽心，悲風蘭露灑。嵇生秘琴聲，廣陵識者寡。朱穆有遺書，中郎手自寫。名山重傳人，不忍没風雅。淫哇遍都市，元音久浸假。哲人千載憂，素心存楊馬。袖中青琅玕，授我不盈把。白日寧久晦？峽源忽傾瀉。正始本太和，山川豈終舍？匪私父母邦，吾道在天下。鬼嘯山月明，城頭烏啞啞。

張爾公過龍眠招晤於滁岑兼柬默公

老大誼偏重，春寒千里車。辨原非得已，名亦豈無虚？花暖舊縣榻，雨深分注書。山樓香滿座，争引茂先裾。

捉船行 寄懷逐來、雲客、嘉賓、蕤宫、庭表諸同年及既庭、天一諸同學。

夜來親酬長年酒，柔櫓涼趁曉風走。明星在水月在柳，頃刻金閶覓印友。前舡舡頭忽向後，大纜已斷滸墅口。閩越昨日班王師，將吏鞭撻嫌舡遲。官舫捉畢捉艖艑，馬頭高插鑲邊旗。漫言小船官不封，岸上哭者打魚翁。網罟棄擲鷄犬盡，全家樹下號西風。過橋小港覓去路，且向蘆花深處住。世間事變在一時，來日去住知不知？

弁山掃瑞白大和尚塔

和尚爲吾桐人，弁山叢林是其手創，六和泉爲卓錫異迹。道行宗風曹洞，中興第一，巖巒形勝具在龍華志中。

故國人來惜後期，浮圖展拜喜兼悲。三花根自雲門種，七寶蓮移投子枝。東渡幾年還白鶴，西歸何地踞青獅？燈明塔院慈容近，恍似前身座下時。

送伴師還山兼謝碧巖佳茗相期再入龍華

靈荈香生碧霧茸，攜同甘露灑心胸。酒從蓮社多時斷，飯乏桑門愧不供。徭重寺田仙令免，棹迴沙渚大雲封。秋光更訂尋山屐，分領蒲團夜半鐘。

吳山

石磴盤空擁碧岑，越城中峙翠陰陰。江湖前後縣冰鏡，宮殿高低布地金。極目人煙香霧合，關心花樹下方深。峯頭立馬渾閒事，千載諸陵夜雨侵。

湖上觀漁舟偶題

獨占西湖不記年，全家共住木蘭舡。老妻挼線閒編網，稺子擕籃自有錢。一幅煙蓑憑畫筆，四時歌管閱金鈿。欲圖午睡權收鉤，摇向荷花蕩裏眠。

絃子行

姚霞舉孝廉招同應舉泛舟畫溪，坐臧氏閣賞桂，應舉因弄胡琴，譜出塞爲吳調。兩人互相賡和，音律之妙得未曾有，遂醉賦此歌。

香風吹雲雲不開，桂花新發朱樓隈。繫舡岸幘躡空碧，放眼濃翠羣峯來。青天欲墜溪面寒，一時悄寂空相看。飀飀雨脚生四壁，美人醉語花闌珊。久知兩公好絃子，十年不向人前彈。紫檀紅牙蚺蛇蜕，太倉價重金絡索。冰絲三條咽溪水，十指未動先淚落。冢頭草已千年青，夜月猶聞哭沙漠。絃子不與琵琶同，依稀圖畫人同工。字字分明馬上泣，珍珠滴血寒西風。君不見，緱嶺笙作鳳凰鳴，君山笛裂蛟龍驚。又不見，明光女子吳郵亭，峯青江上遇湘靈。從來奇技巧絶動鬼神，黄昏隱約香魂親。晚波泠泠戛寒玉，醉上舡頭弄别曲。新聲近日識者稀，從今莫彈王明妃。

廣德道中

山入江南慰客思，出歌聲醉稻收時。黃荆偏插栽煙地，白石新開洗靛池。社鼓賽神村婦會，郵亭候吏上官遲。馬蹄知爲投林急，樹杪風輕出酒旗。

大通道中

秋色依稀似故鄉，滿林紅葉照斜陽。山明窑火燒新炭，田撒陰棚穫早薑。下嶺曲盤龍脊路，過江争趁馬頭航。風前花倚壚邊妓，撥盡胡琴自斷腸。

恭紀退地歌 四首 以下雄山草

皇帝己酉夏，明鏡當空懸。痌瘝廑宸衷，民命食爲天。貔貅百萬衆，阡陌黃雲連。歲時有豐嗇，旱潦籌金錢。養兵原衛民，賜地本民田。畝畒今再割，林總奚安全？況兹三輔地，根本神京先。二麥飽甲帳，三農膏血鮮。金城古屯牧，耕戰宜實邊。今幸夏五月，猶及秋耕前。急急還元黎，詔下無後焉。綸綍頒郡國，雷動聲喧闐。四海荷鋤人，同祝堯舜年。

老農手加額，襁負還故村。理我舊畚鍤，開我蓬蒿門。驅我瘦黄犢，犂我隴上原。恍如來新豐，鷄犬懽飛奔。攜鋤過墳墓，白楊新陰繁。棗柿青垂垂，未熟猶得存。布種急黍稷，胼胝無朝昏。青天契感通，時雨膏滮淢。新苗飫涼潤，軋茁蒸朝墩。河伯且斂退，馮夷鼓不喧。努力敢言饑？帝德飽乾坤。鷄鳴促婦子，牛背攜兒孫。手指田中禾，粒粒皇帝恩。八月賽秋社，伏雌烹瓦盆。

出門挈瓶罍，笑指青帘斜。手足良辛苦，濁醪還相賒。轉盼八九月，膏粱盈篝車。黄秫種盈畝，酒債寧愁加？小槽珍珠紅，新香蘭陵誇。手招田中人，旋摘園中瓜。稚子裸跣來，細細鮮魚蝦。赤汗下白日，赬顔醉丹霞。自分轉溝壑，一旦有室家。感念皇帝仁，笑語還咨嗟。新月樹頭出，舊枝喧歸鴉。似佐主人懽，鳴噪官塘蛙。

丁男環庭階，羅拜向縣官。天恩詔還地，復獲枌榆安。時已逾秋半，租税猶未完。禾苗田中青，輸將期還寬。致語謝赤子，去去歸林巒。毋論業初復，何人匪艱難？衝邑悉代措，敢言心力殫？宵旰亟衽席，忍令瘡痍殘？無可報天子，惟爾骨月看。官廚日半菽，秔稻江南餐。白日炯明鏡，易水冰同寒。桑榆祝晚收，田歌且盤桓。鶴鳴印牀静，清絃聊三彈。

渾龍檄

龍耶非耶？龍長鱗蟲三百六十屬，元后明禋視四瀆。大水三百支三千，安流息壤隸靈族。溝渠阡陌正經界，雨暘寧敢召愆伏？時當皇帝七年秋田禾，突忽狂挾陽侯波〔四〕。蕩雲沃且豁地軸，無故改道桑乾河，湮陵崩山邑田廬。使我雄山沃土東南墟，竟爲歷暘之都空桑里，潰濩匯納同尾閭。小民仰天灑血悲號呼，渾河萬頃成須臾。匹夫匹婦憂懼亦何愚，不敢指爲狂鯨妖蜃之毒痡。反持鷄豚酒絜噪泥塗，尊爲渾龍霽怒寬我辜。依然死者魚鱉浮體軀，生者男女漂蕩丐道途。如此滔天失道逆帝命，陛下避殿蠲賦私，龍乎龍乎若是乎？今兹八年我來宰，嘉與一切速悛改〔五〕。滿眼平疇已滄海，指點桑田静相待。符分百里畫疆守，治明治幽賓寮宋。舉觴誓水與爾渾龍約，慙無禹功事疏鑿，龍其恬波安流勿肆虐。如或故道難卒復，不妨中流深注通舟航，兩岸原膴施錢鎛。我當率我雄民春秋鼓鐘設，羊豕同祀田祖祝耕穫。君不見，桐柏淮渦無支祈，千尋鎖鎮龜山陲？斷鰲斬蛟驅鰐人能爲，渾龍有知其聽之！

投人謡

一人投身數姓地，人免丁徭地免税。錦翎寶箙千金裝，村社争誇羽林衛。東都探丸南塘出，西鄰殺牛北里醉。官兵旌旆數日至，挾彈乘驄不相避。下邑倉卒責芻糒，有司明庭邀吏議。

狐皮行

雉版有民化魚鱉，鮫宫無地藏狐貍。天家按籍歲作貢，黄衣素錦公子儀。獻功司裘待頒賜，千金粹白羣腋資。吏檄解户領官價，妻兒慟訣從此辭。鬻屏不足累親戚，買皮貸金趨京師。一皮直費十皮價，美惡收却在職司。一年買皮空一村，毛將焉附皮不存。歸來無處可竄匿，渾河又決城東門。狐生異地皮，民死他鄉骨，縣官奔向大官哭。陳情繪圖十三難，余詳近萬言，有『十三難』，中丞憐之，遂代題免。狐皮雖温民骨寒。連章天子動顔色，聖心垂憐廷議格。吁嗟乎！司空虞衡掌山澤，胡不速召移山擘石之巨靈？胡不亟誅滔天逆命之河伯？使我雄山百里之内有高原大野，爲百姓之室家。更使一日之間有長林豐草，爲狐貍之窟宅。

後狐皮行 五兄若侯以步禱疏聖躬憂勞，末及狐皮，遂蒙俞免，甘雨即霈。

貢物責之不産地，問漁於山獵於水。小狐汔濟濡其尾，誤指鮫人呼阿紫。瓦橋風闊飛浪花，韓盧從不驚魚蝦。歲徵狐皮常近百，山鬼長嘯馮夷嗟。内外封章争請命，浮雲難達高天聽。老臣侍從禱桑林，精誠感通知恊應。青蒲拜獻自深禁，聖躬憂勞云日甚。恩波期沛當厄時，微物却兆雲雨施。龍顔豫悦即報罷，不産狐處不貢皮。雷騰電笑旱魃遁，四海汪濊萬彙滋。我頌瑞雨獻廊廟，臨風詩寄春草池。

登雄文閣望水 二首 閣基即小雄山

小雄山不見，高閣領蒼茫。老樹烏巢密，新泥燕壘香。捫天星斗近，環渚水雲涼。負弩思多暇，常來坐夕陽。

二麥油油緑，無關荷鍤民。新屯移戊己，駭浪走庚辰。枉效豚蹄祝，空啼杜宇春。蠲租兼發粟，好共體深仁。

伯兄彦昭北闈登賢書與三即用前韻賦賀更索和章率成三首時姪佩若同捷

錦叢堂後裔，世和感懷詩。争續青緗帙，偏遲黄絹辭。先高祖有錦叢堂感懷詩，自祖父及余輩登第者，皆敬和焉。伯兄南北闈共十二試，今始獲售。機雲原並譽，景孟果同時。榜下喧京洛，文章價不疑。

先登十六載，争問大馮君。余甲午登賢書，今已十六載。久息牆東影，今空冀北羣。國門傳白雪，閶闔拜紅雲。北闈揭曉，舉子例即謝恩闕下。京兆星辰近，金泥一夜聞。

有姪還同捷，金臺並轡過。竹林人競美，梧掖樂教多。爲掌垣若侯兄誌喜也。勳業期鐘鼎，星芒照太阿。明經博高第，才子重元和。唐元和，元稹以明經擢高第，伯兄壬寅廷元也。

寄懷陳思庵先生 先生建節芝山時，余司李，同時裁缺，今還都門。

短扎付豚子，秋風漫滅還。病難拜長者，我益夢長安。旌節明星動，幨帷何地看？他時誰報可？應念舊刑官。

冬日雪史遠公過訪蒙贈長歌留譚竟夕即送其入都

上谷逢君弟，起居深溯洄。恰當寒雪下，忽報故人來。身健原空物，時危卻累才。相看一長嘯，清唳鶴聲猜。

梅淵公同年公車過晤貽予詩畫賦謝即送其入都

瞿硎人獨秀，詩畫擅當時。名老年方壯，交深好豈私？珠光傾月色，松影遞秋思。十載襟懷俗，風塵遠墨池。

長兒萊耀租得金佐余官貧志喜 二首

故國香杭罄，聊爲清白資。憐民家易落，理劇俸難支。風暖沙明路，心驚字到時。平安僮僕健，當不怨調饑。

伯父東歸騎，相逢只數程。家書茅店折，官道竹林情。曉樹羣鴉亂，春雲一雁鳴。桃花新漲急，瓶罄舉家驚。

加級後王敬修攜夫子扎至即别感賦 二首

弟子榮虚秩，微功止自嗤。九還緣豈易？一簣拙先知。庭雪思難立，宫雲望更疑。尺書多慷慨，公道只吾師。

彩翼丹山並，棲應共玉堂。未經親案牘，正自有鋒鋩。愁盡心方定，勞多病轉忘。安仁才具美，何地百花香？

施愚山赴闕過訪

東國驄衍舊，花蹊香繞車。主恩縣節使，詩思狎樵漁。楊柳沿堤憩，江山入闕初。荒城尋故侣，一見即愁余。

懷吳炎牧 傳聞臥病甚劇

病多翻自諱，憂極畏人知。午夜暗相迫，秋雲變益奇。齊眉雙佛健，萬事一身支。民部耽吟詠，休添鬢裏絲。

己酉春日移官雄縣拜别老母之任 二首

纔奉潘輿出武夷，風塵又向日邊移。平反炎嶠留春色，大小雄山信母慈。階砌芝蘭羣繞膝，王程楊柳歎多岐。白雲朝夕頻南望，鶴語琴聲子舍思。

雁行並翼赴金門，爲報生平荻畫恩。日永名香薰繡佛，飴含學語戲曾孫。魚多水縣難封鮓，花滿官衙合樹萱。聞道紅塵車馬劇，家書常得託輶軒。

定遠道中

停鞭指點一沾巾，華蓋山連翠嶂頻。砂石至今蹲虎豹，風雲當日畫麒麟。淮流大澤千年近，天授高皇兩代真。王氣已知消歇處，鍾離松柏倍傷神。

雄署偶成 二首

堂静簾垂鳥不譁，時時秣馬待皇華。分馳南北親除道，不定朝昏自放衙。候吏慣陪殘寺佛，笑人一樹野棠花。支頤無暇腰頻折，夜夜籃輿夢亦嘉。

禁垣尺素雁音和，努力相期振玉珂。官説日邊公道在，書慙天上故人多。春泥獵地愁鷹隼，水草城根牧駱駝。倚杖夜來看北極，星明雙闕近峨峨。

造易易橋成用少陵陪李七司馬皂江上觀竹橋即日成韻

雄南界十里，舊有易易橋，與鄰封堤梁俱圮於水，行人爲渡子所苦。頃余捐俸立成之，亦止畢吾境内事，雖力苦不及，厥有職司存焉。雄民遂勒石題曰姚公橋，余其負媿實多矣。

沉滛陽波斷岸同，御堤車馬久難通。人行接壤横舟處，泣盡窮途買渡中。但使王周能免過，五代王周爲刺史，見橋壞覆民粟，曰：『刺史過也！』乃償粟，修其橋。慙聞崔亮並言功。南北崔亮爲渭橋，民德之，名崔公橋。俸錢難復長虹影，欲障川流使向東。

兒藟書報舉第二孫志喜因懷長孫孔釴

花照冰絃靈鵲鳴，家書又請命孫名。公才公望余深愧，難弟難兄祝易成。學語掌珠知憶祖，傳聞頭玉更多英。雁行似我將雛早，今日懽增四代情。余兩兒俱先諸姪生，今更爲老母喜也。

寄謝蔣督學虎臣先生

炬剪金蓮舊品題，久將片羽作題辭。永和重寫蘭亭本，玄晏逾光傖父詩。筆硯已灰慙下問，階梯忽改秩尤卑。雲霄僚屬能忘分，翹首高天弟子斯。

喜佩若侄同彦兄秋捷賦賀五兄若侯

鯉對人趨梧掖前，盈庭小謝又争先。余兄弟輩若兄先達，子姪輩佩若又先矣。春秋四世無雙譽，叔祖、伯父、若兄及佩若，皆以春秋售，接武四世。南北羣雛第五傳。佩若行五。入直親看銀榜麗，退朝拜舞彩衣鮮。救時多少宣公劄，不獨文章表象賢。

寄上柏鄉魏老師相 二首

手持舊笏上星辰，紫閣爲霖象極春。萬口一詞天下望，兩朝元老讀書人。燈傳理學紗籠静，花染香煙錦字新。聞道平津賓客滿，更容吏醉吐車茵。

四海名流夾袋餘，清時作吏愧才疏。又移潘岳河陽縣，擬上昌黎宰相書。竹下鵷雛春更繞，令姪新捷。桃源皃影近何如？令弟觀周與翼侯弟同進士，作令桃源。今當改選。眼前多少蒼生事，鄭俠圖將達石渠。

喜徐彦和捷京闈

訂交兄弟正垂髫，頻續君家太史貂。余與原一、彦和、公肅訂交于庚寅、甲午、己亥。余與公肅同年，今家兄又獲同門。彩鳳河東原比翼，驊騮冀北更聯鑣。三千里共萱花笑，百二關縣藻鏡標。時公肅典試關中。鰲島再看人第一，錦衣春定賜盤鵰。

遣兒萊試罷南歸　二首

仲弟肩隨才更奇，情同舐犢望尤私。清江又滴鮫人淚，白日空迷幼婦辭。登第我時年尚少，居官幾歲鬢將絲。手抄書在磨穿榻，竹葉春亭自有師。

久同大阮客中衾，歸路提攜仗竹林。夜補羊裘慈母手，病防馬轡舉家心。寒威村酒休深醉，霜染秋花好共吟。遣吏送行惟百里，平安即望隔程音。

寄次兒藟

泥金雙報日邊封，南望重陽意已慵。黄葉仍尋投子國，白雲依舊丈人峯。藟家信：隨其岳父歸白雲山莊。過江門弟名難副，入洛文章業並逢。理我書堂花竹逕，且將詩酒送寒冬。

送門人賈猶龍試罷南還寄賀尊公總戎忠陛自建州移鎮端州

將星南服耀銅魚，百越曾經百戰餘。春笑鑾花迎舊節，奇探古峒有藏書。陽春峒石山，宋咸平初，賜御書藏石室。後車露布推公子，瘴海降帆隸象胥。何必燕然親勒石？端溪水蕨定貽予。端石出水蕨坑者爲上品。

寄祝大宗伯龔芝麓先生

賜醴行開金屈卮，梅花特爲放新枝。容臺香擁文章伯，紫禁名傳聖主知。厚禄總因賓客盡，趨朝不負杖藜期。普天久已沾霖雨，入相從今未覺遲。

庚戌元旦

同戴令及、璩鞠思、江四有、方與三、陳聖源、李既定、林克非、家兄彦昭、包近夫即送戴、璩、江三公先入都門。

朝天銀燭近瑶京，仙掌晴開珂玉鳴。射策共應高殿甲，選詩恰自獻由庚。日邊桃李傳香早，雲際萱花屬望榮。小縣屠蘇看蠟燕，春風人醉錦鞍行。

修雄誌成

斷碣苔封手自捫，風謡久不托輶軒。千年星日春王近，百戰河山京兆存。外史志原陳太史，監門圖敢望龍門？滄桑何用麻姑指？惆悵斜陽水樹村。

賀若侯五兄特簡都憲

盈牀簪笏益嵯峨，父祖驚看步武過。八柱家傳黄閣舊，五花班押繡衣多。雲霄恩自推同氣，蠻部人憐獨坎軻。外任擁旄楊汝士，猶嗟姓字愧鳴珂。時予遷滇南司馬。

建　蓮

曾上驂鸞渡口船，紺房緗菂較珠圓。建蓮想自因名重，最怕逢人説見憐。

答劉超宗自龍山寄書索畫並題 以下滇行草

竹樓領羣籟，翠濕嵐煙濃。條風鳴邃谷，仙洞雲長封。石梁激寒湫，瀑珠濺孤筇。葆真契黄庭，篆㚟青芙蓉。鵬飛入南溟，天地無奇踪。結轍勞遠搜，回首心憧憧。思分萬里裝，千金買長松。虬枝覆古瓦，一壑倚二龍。先期卜深隱，他年尋超宗。

相見坡 用赤谷韻

亂青蔽空旻，蹙蹙將何之？對面成契闊，舉目靡窮期。一峯更中立，瞻顧屬在兹。陰崖凝翡翠，陽谷烘胭脂。難息鳥翼倦，遑問烏啼饑？來者悉可數，去者猶可追。相見不相識，脉脉各有思。絶頂欲號哭，恐蹈終南嗤。

偏橋望諸葛洞 用鐵堂峽韻

武侯固南圉，就險秘阸絶。塞壑阻星槎，愁峽孕陰鐵。利導反夏后，穿天補石裂。一罅迴怒濤，萬派噴古雪。長虹跨斷岸，凭欄暫怡悦。疊疊通千盤，蕩蕩轉九折。碣石出深潭，讖緯字未滅。神龍久寒臥，誰能濯執熱？舟楫止于洞外。相傳爲武侯所塞，後有開者驅役萬夫得一碣云：

『若要此洞開，除非諸葛來。』遂罷。

三郎坡　用法鏡寺韻

天道有平陂，達人忘甘苦。日月紛往來，山川自今古。勞轍何時停？浮雲豈常聚？石磴儼綀縣，高旻挂飛雨。鷄場復羊場，迷濛互吞吐。三郎何人斯？姓名安足數？崇高易蔽天，昏黑不知午。珠崖昔捐割，蛇穴胡所取？

仙影石　用龍門鎮韻。相傳明成祖遣使索張三丰，遂留影以謝。

真仙在人間，步虛雲氣濕。霞帔倚天風，嘯謝使轍急。形空影本無，影留神自集。喧染失墨痕，刻畫苦鋒澀。呼之如欲語，即之不可及。勞勞看往來，似笑復似泣。

甕城橋　用積草嶺韻

銀海瀰昏朝，燭龍不常現。嶂疊恥雷同，峽角欻轉變。溪橋蓄渟泓，平衍似鄉縣。畎畝雖不多，乍豁愁目倦。峯名卓文筆，自有金闉彥。古瀑下平沙，飛雨濺人面。嵯岈苦復逼，咫尺偶戀眷。水田插稻秧，四年此中見。

關索嶺

用木皮嶺韻。世傳索爲漢壽亭侯少子，議者以傳無可考，頗多辨論，而碑紀其佐武侯征孟獲、雍闓之功其大。

洪濛闢天杪，俎豆長蠻村。精誠續炎光，神萃忠臣門。漢替史自佚，魏筆寧詳論？恩威浹鳥獸，千歲猶朝暄。闓也既豕突，獲也復蛇奔。無以承在天，何以答至尊？利用伐鬼方，永言隸乾坤。至今萬丈巔，白日風煙昏。壁峻愁猿狖，磴折摧車轅。毒泉紛泆流，腥涎侵雲根。童山挺琅玕，亮節高筠繁。鼓鐘近庭闈，蠟淚照血痕。浩氣屹嵲屼，山名以人存。展拜忘委頓，泣下傷心魂。祠前有毒泉，以土石遏之，紀于碣，尚有細流。大竹數十竿，皆尋丈，全黔所無。後奉漢壽亭侯，近嶺別有廟。滇中大嶺以『關索』名者數見。

永寧州

用白沙渡韻。舊名項站，新改州治。

盈黔盡危峯，千里天作岸。更擁數峯尊，雄長逼霄漢。霞梯覲紫皇，拾級已過半。贔屭僕喘息，凌風競呼唤。一月方見樹，峭箐雲迷漫。儼如揮大旂，萬馬聽奔散。不知所歷高，俯視嵐影亂。山頭拜州守，雲臥復何歎？

鐵索橋　用飛仙閣韻

絶岸輕一擲，性命争絲毫。良冶鼓洪爐，始信煉石牢。鐵絙結柔繩，虚空凌危濤。天地不自主，終古鬼晝號。分明落深塹，置我萬仞高。六合已隔别，飛渡神工勞。青龍長偃臥，蛇虮安足逃？驅石鞭出血，駑拙嗤仙曹。

武侯祠　用鹿頭山韻。小關嶺作。

毒泉流昏漩，當暑敢言渴？武侯至今存，拭淚眼更豁。渡瀘漾潰川，神物任飛越。爨僰虔明禋，山川報寥闊。南人不復反，豈更虞竊發？彩雲浄風霾，錦城奠宫闕。勿謂一隅偏，周羅萬峯兀。老臣死後已，安望賜骸骨？南陽一輟耕，龍臥失深窟。高歌梁父吟，抱膝寧作達？悲風五丈原，志不在苟活。萬古凌雲霄，一心揭日月。

飛雲洞　和曹中丞韻

讀書破萬卷，耳目免固陋。山靈埒師資，萬里勞善誘。化工良苦心，刻晝希哲遘。亂峯委草莽，忽挺玉獨秀。因材真宰仁，天縱本原厚。當其未琢初，百靈自寂守。物物呈形骸，神理或由舊。石勢學波濤，無聲瀉縣溜。龍蛇争出入，蟠屈失步驟。飛騰仰青蒼，梯雲侈奇遘。鬼工騁巧捷，斧斤誤肥瘦。冥外蜃氣腥，傾藏海市鬬。默契自有因，機鋒本無漏。樓臺現空中，一一具户牖。老檜青銅柯，纓絡垂結繆。如來有真諦，衆石似參透。金粟無二身，來者即其又。眼洞宇内外，心在帝左右。綵筆記龍門，御香盈袍袖。驪珠光晶熒，鱗爪麾弗受。施命乘天風，循環復與垢。谷虚山澤通，丹成坎離就。

李州守來紫具舟學海同程太守姜若暨望九兒萊夜泛達曙姜若命爲之記

更賦以詩

物生天壤間，托處貴得地。當其或廢興，良由時所致。山川同斯人，貴與知己值。河洛龜龍浮，溟海鯤鵬至。九井老子廟，滴水曹溪寺。吾道振有幾，焕峯賁人瑞。五馬攬名勝，淵源沛文治。清清水停泓，遥遥岫横翠。疏滌月窟明，沈湛天心粹。芹芼發新彩，桃李潤芳植。客從遠方來，凌波興容遂。遵渚泛輕舠，泉香觸心醉。誰鳴鳳凰管？和風洽鼓吹。水亭展雲蓋，魚鳥警新睡。勿謂一勺多，迴瀾蓄深義。使君如水心，鑑此澄清志。百川識所歸，千秋業攸寄。翹首附青雲，盛事托筆記。

寄答邵瞻兩主考 蒙寄扎訊，兼致王夫子字。

天池秋水清，照見雙鯉魚。剖之得尺素，蓬萊仙人書。弟子道未就，一墮萬里餘。上真秉帝命，遠采芝房茹。適在西南偏，當令御鹿車。棘叢困羽翼，飛騰焉自如？可望不可即，焚香歌步虛。洲島既已遍，咫尺迷崎嶇。寄謝王子喬，鬱鬱難久居。

晚香篇 爲馮太夫人賦，兼柬再來太守。

高堂鳴華鐘，後房彈朱絲。玉斗進美酒，珈瑜垂文綏。漢廷二千石，膝下稱佳兒。雙手捧鸞紙，百拜前致詞。皇帝隆孝治，珠窠頒榮貤。三命無隕越，當博顔色怡。好爲白鶴舞，勿歌黄鵠辭。黄鵠本貞禽，觸母中心悲。回憶四十年，舊袖血淚垂。束髮事君子，二十初結褵。入門拜姑嫜，皎皎冰霜姿。帶繡雙鴛鴦，視問不敢施。夫子哀孺慕，莫釋陟岵思。三年驚天風，又摧連理枝。懷中啼孤雛，僅識之無時。非惟不見祖，問父亦不知。持此不死身，强慰風露危。腸斷泣吞聲，脉脉濕素帷。兩代恨終天，我姑即我師。字句教孤兒，繡佛齋中詩。人子及人父，俯仰惟所資。壘壘冢上土，冷冷爨下炊。區區松柏心，竟作一木支。凡母身所經，男子亦難爲。争言鳳凰毛，堪備盛世儀。只此存衰門，已荷天地私。一朝奮羽翼，高岡誇葳蕤。藉以答在天，累世賫志期。企得棲上林，禁樹無高卑。兒才擅雕龍，兒筆磨坳螭。應分史館席，職足鳴雍熙。就養金馬門，遑怨東方饑？詎意授一官，乃在天南陲。强顔向母笑，母在敢遠離？微材雖已售，仍復嗟數奇。鷄黍足云養，躬耕還茅茨。寧忍違孀親，輕身試蠻夷？母曰丈夫志，豈受男女嗤？生初縣弧矢，大業名鼎彝。風人詠將母，王程急驅馳。叱馭萬里遥，捧檄焉敢遲？我當同兒行，潘輿長途隨。時際世祖朝，順治十六期。誓師開邊疆，類禡選熊羆。雄藩受賑命，河鼓張星旗。雍梁奮雨鏃，井鬼蔽雲輜。龍川喋寇血，蠶叢僵酋屍。一鼓靖百濮，三驅敉兩迤。哀牢古絶域，君長原羈縻。墩高丞相營，臺冷右軍碑。豕蛇雖盡殲，鷄犬靡孔遺。罪人斯已得，寧尚嗟雉罹？所用慎刑名，矜全兼保釐。司理外廷尉，無冤推釋之。時問平反多，承懽羡不疑。以此加飡飯，何必陳肥脂？炯炯青銅鏡，晶瑩辨妍媸。珊瑚鐵網收，良材歸主司。至今冀北羣，樂顧榮金羈。十年典五郡，所在瘳瘡痍。金蓮菲俞元，玉案浄昆彌。箸借前席籌，影濯昆明池。迄今威楚牧，姓名輝龍墀。士也争横經，曰公擁臯比。農也勤秉耒，曰公予京坻。女紅繅春絲，香豔蠶娘祠。生兒字公姓，竹馬沙路嬉。昔時罹疾病，曰公爲國醫。山中絶椎埋，案下無鞭笞。材官良家子，惟公從指麾。甲臥刁斗閒，不復矜虎貔。雨餘犢盈陌，日夕鷄棲塒。比鄰喧鵝鴨，賽社虔牲犧。高歌腹堪鼓，無事足生氂。桄榔瘴癘鄉，逐處春風披。印牀閒鳥雀，朝爽笏自支。花期集名士，滿引金曲巵。廣庭會詞賦，珠光探龍驪。要荒興禮樂，雅治崇夷夔。羣歌太守仁，知體大母慈。母聞發大笑，名譽曷若兹？一生苦茹荼，今果甘如薺。芳訊故鄉來，棹楔耀通逵。玉音刻當中，蛟龍蟠棟榱。豈數秦懷清？邀寵徒高貲。中丞採輿論，天子礪綱維。旌門題雙節，並爲彤管規。乃知務德報，前後理不虧。嘉慶數月中，踵至慰含飴。崇臺亘閭里，恩綸播滇湄。梁苑枚馬流，吐鳳驚長麗。青緗映彩虹，巾幗凌鬚眉。白璧鑑清流，千年靡磷緇。盡繙子政傳，列女不足奇。盈盈晚香集，寒雪明峨嵋。燮來佐邊郡，冠纓陪駿驥。知己一相見，盟我于壇壝。馮君文章伯，我安當偏裨。詔書修通志，非君其爲誰？猥余側席末，朝昏奉盤匜。佛火共丙夜，恍若然青藜。利劍操干將，智珠握摩尼。蹋踤駑駘步，電影烏能追？高齋十子歌，元音激臨漪。漫言伯與仲，和鳴叶塤篪。若母即吾母，節孝匪參差。吾母七十二，子舍違天涯。兄弟雖三人，公車猶路岐。遣余來雲中，齒髮誇未衰。出門戒叮嚀，九折慎□巇〔六〕。夢寐依庭萱，霜華侵微髭。茅饌羡手進，穎羹遠莫貽。讀君一卷書，我淚先淋漓。焚香寫長箋，倒峽忘神疲。君當入紫闕，南極鸞車移。公卿迴班迎，赤城長朝曦。浮山亦洞天，我將採肉芝。東皇鑑聖善，兩母皆期頤。我詞出至性，或與金石宜。天頭截嶰竹，歲歲常相吹。

懷劉西來

昔聞君已死，誓以死相隨。幸見君再生，何堪生別離？生復與死鄰，焉用徒生爲？有畀既遠投，難冀豺虎慈。骨血苟不保，勿令嬬親知。患難不相救，恩義從此辭。城頭烏夜啼，明月鑑我悲。默默視匕首，長歎還遲疑。刎頸不足益，徒被侯嬴嗤。

龍燈行

截�裁紈狀神龍，吐珠銜燭若木從。上元賽祝三時豐，首尾妙舞迴天風。珊珊骨節炯雙瞳，鱗甲飛動光玲瓏。六街如晝非關月，然犀直透鮫人宫。銀花爛熳金吾閒，踏歌照耀門不關。羣龍尋丈競五色，天河星亂翻波瀾。同願太平景愈熾，沈香夾煎侈鼇山。木難火齊誇不夜，高樓簾幕鳴珮環。塵軮便道驅車還，故園此樂堪追攀。昨歲祝融灼田苗，赤地如燬土盡焦。東疇老父溝壑臥，南塘小兒城市驕。探丸胠篋日未下，戍樓初角人蕭條。弭盜奇策只禁燈，燈即不禁人兢兢。闔户藏火守深夜，梁間鼠墜驚頻仍。誰家龍成燈禁先，不敢出舞龍自憐。埋頭屋角苦蠖屈，無聲削色燈孤然。龍兮龍兮何不施霖雨，光芒晻晦委塵土〔七〕？肥蟦在野寔侮汝，跳梁城社盜狐鼠。

黔中謡 紀明末也　二首

三川失穴竄貴竹，天遣黔黎京觀築。殺人愈多天愈笑，燐火無光鬼不哭。軍中勸進王百越，促製帝衮建帝闕。南明河溢髓血流，貴州城内桃御溝〔八〕。潰敗歸命急朝天，倉卒放火火不燃。梁間呢喃舊巢燕，認是降王舊宫殿。

冰字潑天炎火爐，昆明池底劫灰冷。先從西北終西南，釜魚尚欲假漢鼎。隆準之孫萬嶺頭，杜宇啼血聲啾啾。何人仍畫奸雄籌？云挾天子凌諸侯。一時劫取自稱詔，虚名暫置安籠道。虎豹深林奉帝后，磨牙吮血恣哮吼。文粟都尉造糧册，皇帝一名后一口。

新茶行

龍眠峯頂蟠梅花，雲根梅襲陽坡茶。種茶主人苦鞅掌，幾年馬上駝春芽。海内異品幾嘗遍，禁火他鄉看茗戰。五彩雲中萬里裝，磁罌滿貯梅花片。雲霾蔽日天風寒，普耳團比青琅玕。多時汲水只飲水，有茶不如無茶美。鋤雲老僧巖中來，紫茸萱帶同驚雷。蘭香攜贈不盈掬，仙人掌汎琉璃杯。從前未入竟陵譜，渴者易飲如是哉！吁嗟乎！空烹雀舌無羽翼，翻恐旗槍歸不得。茶醒我脾適我口，夢歸須醉壚頭酒，龍眠茶樹今在否？驚心莫問穀雨時，清明誰插墳前柳？

移石

余數年前於龍眠溪畔見一石，頗佳而大，以冗未及移。頃歸詢之，兒輩遍覓不得。偶於除日馳騎往尋，尚臥殘雪間。命百夫運致小齋，途遇方子山，旋語其尊公還青表兄，即示以詩，走筆和之。

終古一卷石，沈理雨雪陰〔九〕。十年曾遇此，除日尚搜尋。預訂東牆隱，難忘空谷心。品題待真賞，先博浣花吟。

道中雜詠

自里門至湖南作。偶得詩數首，未依韻，次各成一律，遂爾彙録。

宦寧分巧拙？天自有盈虛。君相操時命，乾坤盡版輿。鶯遷同塞馬，鵷序笑溟魚。勿謂闍逾遠，春明夢豈疏？

王程邊吏苦，關税使君嚴。遠道一何有？孤踪合此淹。告身謀酒醉，江水愧泉廉。鶴立推劉寵，親支月俸添。謝劉淑甫。

玉粒東南賦，春風送萬艘。皇仁憐赤土，運額減新漕。恩自宸衷出，金捐内帑勞。八方膏雨遍，天聽未常高。

大帥開龍廐，春原散綺霞。蘆芽充苜蓿，柳葉覆桃花。湘漢霜蹄静，車書驛騎賒。我非窮博望，何事獨乘槎？

一入桃源路，沙明峯影交。驛船飛渡馬，水洞暗藏蛟。危纜時穿樹，遥鐘想結茅。神仙多窟宅，句向白雲敲。

將至鎮遠懷丘龍標 司李撫州時寄訊建寧，裁缺改令施秉。

馬首别何處？花香五柞宫。夢深芳草碧，書報荔枝紅。知己風塵似，遐方消息同。猶遲今夕月，不得慰飄蓬。

新興關索嶺

嶺又傳關索，嵯岈拔地愁。姓名頻據險，生氣壯高秋。壁斷過雲澀，崩崩嚙日幽。樹根魑魅立，陰澗咽潛虬。

臨安喜晤程太守姜若勉留數日偶得賦謝

夢寐亦能洽，何期天外逢？車先驅五馬，劍忽合雙龍。宦薄遊偏遠，心知迹每從。聞余新佐郡，原屬舊提封。

阿迷州 州守王孟僊館余署内，自移別室。時方修醮事，因語令宿松時有余畫，甚珍之。

磴曲盤難盡，邊州著阿迷。一丸天罅小，連筦瀑痕低。客榻依琴室，齋鐘徹鶴棲。松滋舊圖畫，感觸故山蹊。

彌勒州

經旬纔下嶺，馬喜驟平岡。即此已中國，何殊返故鄉？稻遲沙氣冷，澗闊石虹長。繞郭村煙密，帘風送酒香。

三月雨不止

久爲東風惜，徒令苔蘚肥。鳥啼愁馬渡，客意與農違。花逐寒聲減，魚驕新漲稀。敝裘甘自擁，無處寄春衣。

雨宿草舍

殘燈寒照靜，羈客共深宵。野氣全歸水，河身總入潮。話因愁遲止，夢反怯鄉遥。四望不知處，驚魂未可招。

意外

身留爲母在，命薄恨生初。隔水難逢雁，臨淵真羡魚。見人潛拭淚，顧影獨慙予。刻刻嫌疑際，從今死不如。

野外

野外將新穫，田歌感自賒。昨宵又時雨，晚稻足深花。江鳥入無際，檣烏望一涯。中山須盡醉，遣夢早還家。

感懷 二首

郡名未見列皇輿，纔遣樞曹出牧初。井底火燃調瘴藥，樹頭酒熟譯蠻書。風颭羊角扶搖遠，露怯猿聲涕淚餘。更比太行高萬丈，孫陽何處哭鹽車？高密王夫子以書寄郡守劉月坡。

司馬聊爲方外遊，聖朝玉版拓新猷。三唐地阻無遷客，兩漢人來盡列侯。長劍倚天嵐氣淨，樓船橫海火雲收。九州奇自難探遍，李固何曾見益州？

方還青同陳一如夫子張齡若何令遠伯兄彦昭偶集南軒還青即席賦詩依韻和之 二首

笑將鵬翼比飄零，恰指南溟自北溟。且聚故人浮大白，争從詩壘擁還青。金鈿盈砌花期賞，時新種牡丹。鐵索盤江水勢泠。深愧播州劉夢得，遠天落落悵晨星。

漢武瓊宫聳駁娑，昆明池上我親過。名花共唱將離曲，側弁何妨屢舞傞？疋馬羊山孤客去，送陳師之盱幕。站鳶毒霧百蠻多〔一〇〕。勞人久已疏詩畫，南詔碑先問閣羅。

再　和　二首

故里停車雨雪零，詞翻鯨海壯東溟。爲承慈室萱花碧，且待長亭柳色青。鷄卜牂牁多犵狫，象耕交趾近迷泠。夜郎舊有詩人迹，親到天南指謫星。迷泠、交州，舊縣名。

媿看初服影娑娑，拙政偏教邊塞過。司馬久推金谷主，酒人莫遣玉山傞。遠攜故國明珠去，浪說遐方翡翠多。江上青山休涕淚，琵琶獨自理檀羅。

寄答何次德　時同令弟省齋寄早梅芳詞送余滇行

曾記庚年赴帝鄉，雄關先已識星芒。孝廉急駕公車過，亭長難分座席香。益部南行春草夢，大江東去早梅芳。文端鐘鼎諸孫武，莫笑鸞坡後季方。

答何省齋太史　二首　省齋長余一齡

齒遇輸君僅隔年，霜蹄久讓紫騮先。一門衣鉢生徒貴，三殿絲綸宰相傳。大小山前名士滿，丙丁樓上賜書鮮。晶瑩玉樹盈階砌，晝錦雙承佛日全。

宫衣謝卻早投閒，墨瀋淋漓羲獻間。西苑舊名縣北斗，南朝新雨戀東山。遠貽樂府歌三疊，爲念勞人赴百蠻。我覓丹砂向勾漏，歸來共學駐紅顔。

拜别慈大人 二首〔一一〕

瓦橋彩服三年别，洱海朱旛萬里驅。甲帳久閒知賣劍，丁年我恰應縣弧。蘭江舊浦難傳雁，柳岸新巢羨乳烏。卻媿叮嚀須努力，日南好景慰桑榆。

紫誥迴鸞杖祝鳩，霞觴纔進理征裘。晨昏慙自過江夏，險遠誰憐甚播州？笑指彫胡誇善飯，强看萱草説忘憂。縱然七十身還健，子舍那堪天外遊？

玉堂妹久客長安，張夢敦太史。屬望公車振羽翰。伯兄彦昭。宦海爲家奔走苦，小人有母□□難。桄榔麪熟沈香澀，蒟醬藤縣槵子寒。待取歸來説仙佛，釋迦衣鉢舊旃檀。

四代環階數十人，一時别淚盡沾巾。好承大母推嬌子，早祝君恩召遠臣。行部百蠻裝靺鞈，歸途雙鹿畫車輪。五雲深處雲偏白，回首江南北望頻。

調鶴

孤飛仙侶漫相隨，妙舞高吟惜別時。琪樹莫愁三島遠，玉書自與九霄期。香憐菰米寒塘晚，印破蒼苔夜月知。好待主人攜彩筆，青田爲寫雪霜姿。

囊琴

纔從單父看花香，半壁仍縣舊錦囊。鶴語別愁青嶂杳，雁行斜處碧雲長。更誰知己憐焦尾？竟使勞人到越裳。巖谷自堅他日願，將歸試譜楚明光。越裳操名即滇西地。

撿書

緗帙寧勞太乙觀？十年未向静中看。汗餘青簡銀蝸篆，香冷靈芸粉蠹殘。曬腹幾人行笈少，驚心舊雨夜窗寒。近來學佩龍文劍，又擬清溪買釣竿。

移石

皷玉眠雲蝕蘚斑，愚公移致倚花關。但求臨水堪支枕，何用將錢別買山？詩思每憑孤杖底，天涯只在數峯間。可憐袍笏逢人拜，莫汙紅塵石丈顏。

滌硯

影浸清池濕紫雲，磨穿寒鐵細蕉文。鬱林歸日曾同載，玉案遥天惜暫分。古榻共疏王大令，青綾新卷李將軍。嚇蠻投筆題橋後，重寫羊欣白練裙。

種花

手開荒圃薜蘿删，舊識河陽第一班。風度玉門人未老，圍傳金帶客當還。待看紅印檀邊暈，早過行雲夢裏山。自是謝家庭砌好，桃源應笑五溪蠻。

洞庭湖

禹力原多不到區，地空全楚盡歸湖。自來白日更何去？只有青天尚欲無。萬派濤聲羣動息，千年帆影客心孤。魚龍懶聽馮夷鼓，曾奏咸池弟子娛。

易　舟

又買輕舠入五谿，雨灘高浪上丹梯。多收畫稿看奇岫，强解新詩慰病妻。篷小那堪腰更折？翠寒惟見黛全低。鷓鴣自覺雙飛好，只在青叢得得啼。

界　塘 舟人云此爲經略洪相國破賊處

灰殘浩劫歎刁零，峯似兜鍪百戰經。舊壘夕陽吹鬼火，毒潭雨氣帶龍腥。久勞上相横戈甲，旋見降王赴闕廷。堪笑隔汀縣網處，水營曾辦五侯鯖。

北　溶

野水新晴減半篙，人煙聚處有香醪。屋依舊砌編茅暫，村少平田斸石高。小樹桐花開免徑，當門藤子繫漁舠。昔年祠宇皆軍壘，戰骨今猶響怒濤。

九廟塘

十里舟行九廟塘，乍聞九廟黯然傷。前朝冥漠松楸遠，山鬼精靈草木香。猿狖聲聲叢箐外，鸕鷀隱隱浪花藏。荒城莊蹻開黔日，争指天成舊鐵牆。地名鐵城牆。

上大中丞曹澹餘先生

金筑風雲節鉞推，天顔特借巨源來。争言禹貢三苗地，安用陳思八斗才？蘭檢綸扉誇相宅，桃花仙觀憶親栽。感懷先夫子相國。舍人裝自先期促，入相俄看丹詔催。

開花雜詩 四首〔一二〕

巉巖終古最窮邊，鳥道縣空密箐連。何處烏蠻非赤子？難教黑水界青天。土司舊長雄三部，王會新開僅七年。愧比相如持使節，差能詞賦壯山川。黑水自吐蕃由滇經交趾入海，郡治即教化三部長官司。康熙五年反，王師殲滅，今方七載。

犂庭早令嶮巇平，戈指天威京觀成。砂氣遥通勾漏縣，嵐光直接大羅城。印牀刺史苔紋合，棨戟將軍柳葉明。竹馬幾叢新稺子，幢騰鐘鼓報秋晴。勾漏、大羅，皆交趾地。此間多雨，余入署日適晴。

六銖松老入雲幽，指點荒衙望裏收。瓦代片柴欺紙薄，階鋪針葉勝苔柔。月明幸少窗櫺蔽，雨過頻生襆被秋。不用重門心洞見，商歌金石古丹丘。松惟開化樹極高，面質最直，剖爲薄片以代瓦，且編爲屏薦，庭譙以松針鋪地。余署荒陋，户牖門垣俱無。

樓櫓新成卻月輝，重重甲帳里民稀。涼州舊曲吹蘆管，縹氈鑾氈護鐵衣。虎豹笑看豺狗制，鹿麋難聚馬熊肥。射生只在荒郊外，無復平原試獵圍。築土覆板爲城，戍樓悉具。城内外皆兵居，多隴西人。山中有豺狗，小於犬，能羣聚結陣搏虎豹而食之。倘人有醉臥者，豺必環守，彼此不相害。熊大於馬，食鹿及各獸，與虎豹遇即鬭。

陰晴不定氣常熏，蛇徑深盤仔細分。負戴玀横皮抹額，趁虚婦試布花裙。珠看青鹵頻頻换，霞嚙紅潮刻刻醺。鷄獛沙儂十餘種，見官推讓白兒羣。開郡乍雨乍晴，觸之即病瘴癘。部落各從其類，以皮絛絡額負物。婦出赴集，則衣繡布裙，五色百褶爲飾。苦無食鹽，常以牲蔬易市。時嚼檳榔，齒頰皆赤，楊用修有『霞嚼檳榔當早茶』之句。彝種有㹀鷄、獛剌、沙人、儂人、野蒲、喇記、阿成、馬喇、猓玀、阿者、阿杜、土老、僰子、玀彝，惟白兒子能通語言文字，推充里甲，然亦皆上官後裔，至今羣奉其法惟謹。

曲靖府

暫假黄堂綰玉麟，木容山色愧勞薪。月明古廟歌梁父，雨剥殘碑拜黨人。白水魚稀空置驛，瀟湘雁杳豈通津？西來紫馬鞍全濕，纔近秋光瘴癘身。

讀堵仲緘先生傳感賦

鼎湖恨未得攀龍，獨使丸泥百越封。瘴癘半生戈自枕，河山隻手甲親縫。先生於軍中自製，有縫甲泣樂府。孤忠猶足驅羣盜，熱血全傾報列宗。已識天心炎火燼，大星先隕武號峯。

許來惠

字綏人，别號伊蒿，以所居西鄉之蒿墩得名也。崇禎末諸生。康熙乙卯歲貢，丁巳以貲入博於邳州司訓。十年，稍遷浙江瑞安縣丞，用年老乞致例，居五年，即歸田蒿墩。又五年，考終于家，年八十有二。其先世有明經友進者，永樂間以薦舉拜侍御史，直節讜論，聲振朝著，尋忤中人乞歸，養親不復出。臨卒，以大志未伸，遺命其子清無得紀述。六傳至尚适公崑池，君之父也，力田，教子孫耕讀，以好義聞。君有兩兄，皆早世，能率崑池公之教，撫兩孤，所遺祖田五畝，盡以畀之，而用筆耕自給。荒亂後，遷于邑居。嘗歎崑池公種麥賑一鄉荒疫，而弗食其報，以爲終天之憾。順治初，與同學方中諭來貢、陳子垣垣、吴燕士接雲輩爲瑟玉堂會課。既與齊古愚邦直、張如三杰、敦復英及余五人相切劘，爲師友，世所稱『龍眠五子』許、齊、潘、張者是也。五子中，君尤與余善，同事丹黄文聚、詩正諸選，風行海内，君之力爲多。余向有『三益友』之詠，謂王子暟文天璧、陳子季白光，並君而三也，豈阿好哉？君尤好余詩，雖學詩後于余，而能泝源窮委，以三百爲根柢，以漢、魏爲羽翼，以唐、宋、元、明爲鼓吹。先是，壬辰、癸巳之交，余倡爲長慶體，蓋力懲里人學竟陵則近寒瘦，效王、李則患郛郭，耑思以矯枉，不虞其流弊至于淺率，如打油、釘鉸之類也，繼取韓昌黎詰屈聱牙之體而優孟之。君懱然喜曰：『是殆可療元、白之輕俗哉！』心摹手追，幾與南山諸篇頡頏千古。今所登録如近體斷句諸作，直躡青蓮、龍標之踪，至其長篇大詠，多或千言有奇，少亦百韻不乏，雖東野之横空盤硬、妥帖排奡，未之或先也；昌黎復起，有不把臂入林者乎！世有知言，當不河漢此語。君不治生産，壯歲客授爲生，如牆而進，生徒至僦舍以居，歲取脩脯百餘金，輒緣手而盡。予哭君詩有云『萬卷藏書半帖括，一生敝屣是錢刀』，憶在下邳時，好客購書，歲晏，盎無餘米，予屢致書規之，其如君之充耳何耶？歸田而後，人情厭老棄舊，視談經授徒時有監門之養所不堪者。病中，遣子入都門，乞米于張大宗伯，幸獲升斗以還，足償棺衾諸負。堯夫麥舟，猶獲實受，非君有知人之明，以朋友爲性命，而能致是哉！四子：祖裕、祖肇、祖禋、祖元。君少憂無子，初買妾生子而殤，乙卯舉祖裕，年已六十有一矣，至今誦蜂靈百餘韻，吾尤願祖裕之朝夕袖無恤簡，勿忘庭訓也，噫！

得蜀藻山左途中書 二首

書來訊孽子，失學恐師寬。户外防多事，牀頭慮早寒。夜堂須二鼓，日課問三餐。舉眼憐無母，心酸淚未乾。時蜀藻初失偶。

書來問齊嫂，瓶粟未全空。壻少未更事，婢粗猶效忠。田分霜稻後，衣拉血痕中。貴賤看交態，那能生死同？

傷逝 二首

亦拭思君淚，看予淚似絲。縱能容不戚，争奈腹逾悲？那信三冬孕，翻來二豎欺。傷心雙穉女，上飯哭靈時。

身後雖無出，門曾縣矢弧。書因報晦叔，血遂染童烏。兒女緣前劫，悲傷卻大愚。春風巢不定，故復墮新雛。

將赴省試率成

又來説劍賦南游，瞥見霜華漸滿頭。浪擬榜前新奪幟，還愁江上舊歸舟。科名近日看原澮，牲鼎吾生願始酬。翻笑廿年前有約，至今書卷未全收。予前有『再遲十歲猶貧賤，書卷抛閒研亦焚』之句。

抵省過舊寓因柬蜀藻

猶憶當年射策無？三人曾此共懽呼。連牀話雨三更後，對酒燒燈午夜徂。君坐故園悲織素，我來江上失蘼蕪。秦淮煙水憑欄處，獨向秋風哭古愚。

與蜀藻夜話同盟亡友相對愴然因賦此詩

杯酒論交纔幾巡，當時意氣倍情親。秋風原上多衰草，夜雨燈前失故人。回首鷄壇分馬帳，傷心月夕及花晨。與君白髮都相似，屈指交遊淚涕頻。

寄别峯悦可上人

一徑蒼苔舊許諳，十年有客築精藍。溼柴煨火鐘初歇，破衲談經石共參。紅葉堆中圍佛像，白雲飛後見茅菴。贊公指上梧桐月，應照山前石馬潭。

聞潘嫂方夫人出殯北郭時蜀藻往山東已八日矣詩以唁之

君去山東繫我思，忽聞亡嫂柩新移。荒郊纔收亡兒淚，旅店重添哭婦詩。三歲殘燈人睡後，一天霜色夕陽時。可憐猶女思遺愛，偷向風前一涕垂。

山中尋梅

雪比肝腸玉比身，寒梢先報一年春。應儕野鶴稱高士，不分桃花似美人。貪去溪前輾盡溼，擊來月下手還龜。分明香自枝頭出，巡到枝頭嗅未真。

園中尋梅

園隔牆東幾畝居，看花坐久即吾廬。凌晨解凍鬚初放，晌午霜乾蕊漸舒。葉到屋檐香未散，色來竹上緑仍疏。霜威侵骨勞詩夢，影落寒塘一念予。

再哭古愚

絶代詞章泣逝川，風流那讓古名賢？同時争説真才子，死後猶云似散仙。到處看天都白眼，何人落筆即青蓮？相如誰肯憐同邑？應是文全福未全。

南城外觀劇

白馬嘶風問酒樓，城南一夜恣華謳。家家翠袖燈前見，陣陣寒香月下浮。紫板歌銷湘竹管，紅裙笑墮玉搔頭。清商久闊三秋夢，也當雲璈天際遊。

誰家郎 二首

誰家白面少年郎？鎮日城南似洛陽。花下萬錢輸半擲，燈前一夜醉千觴。慢調銀管歌新調，故綻金貂露錦襠。尚説狹邪人未睡，摴蒱䰟罷走横塘。

園傍櫻桃春酒樓，當壚二八女嬌羞。五銖薄袖風前舉，一曲清商月下謳。白馬騎來垂柳下，青梅抛過短牆頭。盧家少婦温存好，可是當年舊莫愁？

山中尋梅

梅開絶壁似屏圍，一望山腰盡縞衣。永叔亭開竹得伴，灞橋人去雪空飛。幹因帶月寒媿瘦，蕊似銜冰冷愈肥。幾陣風飄來嶺上，宛然僧自雪山歸。

園中尋梅

幾夜東風檐下吹，花開正與雪相宜。蕊繁樹上枝枝重，人立風前步步遲。愛雪脚須輕著屐，護花手自密編籬。詩人不覺詩吟苦，片片殘英落白髭。

方密之先生以僧行圓寂賦此以誌景仰 先生法號無可，住静青原。

先生出處自優游，占盡人間第一流。留得幾珠藏佛座，剩來片衲付浮丘。褊衫身葬先朝服，半鉢魂依舊日樓。死後于今應論定，好將正氣表千秋。

高坐當年幾閉關，應將舊恨佛前刪。鴻飛遠水何容慕，錫挂危峯孰與攀？持鉢歸來仍復去，麻衣脱後不曾還。千秋骨葬浮山下，人説文山又疊山。

浮山路上草全薅，爲待先生住最高。不返故廬知鶴性，應將往事等鴻毛。幾年佛火看蓮葉，一段禪心對楚騷。獨有難忘先代處，打柴衣改舊青袍。

南都原是舊陪京，靈武當年曾駐軍。皖口驚沙傳浪激，揚州飛檄盡風聞。朝中鉤黨誅初重，河北兵書羽不焚。從此先生歸路斷，應憐無地乞耕耘。

寒夜書懷示内 二首

紅爐撥盡火還添，欲雪輕寒上布簾。半撅枯楊聲瑟瑟，一勾凍月影纖纖。豚蹄挂壁煙初飽，瓜蒂經霜味正甜。廚冷猶堪供一醉，燈前看我白髭髯。

夜寒地上白如霜，挑盡殘燈月一牀。架牘缺邊硃墨研，家存幾石赤皮糧。似棲不棲鳥聲動，將雪未雪天氣黄。關鬲年來深怕冷，煮茶須教搗煨薑。

感事 二首

皖江地屬舊通津，南北軍麾過往頻。塞上時因常買馬，路旁無有不窮人。大龍嶺下輸芻秣，北峽關前起暗塵。還擬春來鄉落住，應知無地可垂綸。

龍媒百萬赴黔滇，爲至潯陽换渡船。纔到江南便掠食，前過河北尚留錢。雲中鷄犬驚弓彈，草裏兒童避馬鞭。屈指皖城上棧日，催交槽芻隔經年。

傷逝 三首

死後還驚未是真，今朝不覺遂經旬。枉憂生女無資遺，卻念依予倍苦辛。枕上愁看唯藥碗，懷中愛聽説麒麟。昨來卜葬依先壟，憐我風前涕淚頻。

春來啼鴂不堪聞，何處山頭化綵雲？常鎖雙眉應慮我，那知一旦卻悲君。漫收去後殘螺黛，怕見前年舊練裙。大婦可憐聲淚盡，親遺絜酒上荒墳。

春過芳草尚萋萋，魂到荒郊路轉迷。幾樹殘鵑啼夜月，一天細雨溼棠梨。燕來那復重尋舊，人去何因再返閨？　寒食明年初掃墓，桃花影挂夕陽西。

挽方四松先生 二首

山左羈棲重我思，那堪一代失人師？　公無渡已曾相阻，行路難何竟若斯。　客鋏長彈誰念舊？　宦囊雖盡不愁飢。　史公祠外斜陽晚，記是先生話別時。

先生風雅近無倫，六代篇章借討論。　怕聽驪駒嗔往路，愛歌楚些作招魂。　雖從宦後家中落，自失官來道愈尊。　一盞孤燈郊外冷，尚留詩卷伴黄昏。

同潘木厓張如三方當時張巨源載酒酹古愚墓 二首

我昔爲塡君作篦，論文海内重槃匜。　滿山楓葉扶風帳，三尺荒墳有道碑。　白晝看烏題蔓草，清明無紙挂棠梨。　舊交雖在多零落，話到當年淚雨滋。

千劫文章總不灰，無男何用爲君猜？　芸窗夜盡鷄千唱，石井秋高土一堆。　壙上青蒿孤女夢，路傍白馬故人來。　今朝澆酒碑陰下，也當先生一舉杯。

徐州道中

停鞭問俗亦何曾，到處令人百感興。傍路頗聞多古迹，逢菴不見一殘僧。黑雲漫漫符離集，細雨瀟瀟國戚陵。回首塗山鐘磬在，卅年前已失嘗蒸。

黄　河

水渦路滑繞城西，積霧凝煙草色迷。古岸沙崩原路改，戍樓譙斷野雲低。鳩啼白樹仍將雨，馬渡黄河尚有泥。聽説山東偏苦旱，去年田已未全犂。

兖　州 時兖州養馬

一望昌平先聖里，鍾靈間氣肅清高。嶧梟雙闕蟠迴密，汶泗交流結聚牢。六代笙鏞堆馬矢，諸生禮樂付弓刀。野人漫下憂時淚，前路哥舒正驛騷。

河　間

滹沱原枕獻城隈，北望滄洲渤海開。鐵馬營曾連細柳，黄金地已接燕臺。路應渾水灘邊過，人似沈沙堆裏來。漫説九河無故道，高津尚未起塵埃。

盧溝橋 『燕京八景』有『蘆溝曉月』

滚滚盧溝橋下水，行人都指古桑乾。遥看上谷河千里，誰踏黄沙月一灘？馬到城邊知放步，衣當春盡戀餘寒。故人住在前門裏，解橐先謀一夕懽。

張敦復太史留寓邸中

南苦泥深北苦塵，二千里路走三旬。廿年筆研情原切，五載暌離意更真。漫説故交人太賤，卻憐官舍盡長貧。君看衣上純淄土，笑我烏衣巷裏人。

敦復瓶中紫牡丹分真箋二字韻

占取春風四月天，纔將芳豔鬬時妍。虚疑紫塞軍中曲，還拾胭脂井上箋。姚氏園亭應讓席，封家姊妹漫嬌憐。得從太史堂前見，移上宫袍色更鮮。

好是芳菲入直辰，天家分得一枝春。定盆映水看初麗，廠盒承蕚嗅較真。香似緑羅袍上出，色從紫粉諸中分。漫教相詭花堪贈，明日花前別故人。木芍藥一名離草，古人別友相贈。

自壯

聞説江城開選場，據鞍自覺氣飛揚。抛來銀瑄新翻令，舞罷梨花舊戰槍。量敵由來輕隴右，論功已足失燉湟。韶華減後心逾壯，不分吾生老芰裳。

柬蜀藻

風雅無人推絶調，一擔好捧上君肩。秋風徐兖聲聲壯，夜雨□阿字字妍。幾代騷壇曾寄託，百家圖史可漁畋。安仁近日疏慵甚，須認前身是謫仙。蜀藻誕辰有李白之讖。

月夜看梅

我本灞橋風裏客，冰心雪骨與君同。似遊碧藕横塘畔，如坐白銀世界中。荒圃重來人寂寂，寒梢初上月朧朧。東風細細吹纔好，莫遣花開一夕空。

清明陌上

杜鵑紅處罨斜陽，柳色拖煙翠帶長。欲雨不雨雲氣白，十田五田菜色黄。暖樹枝頭流睍睆，野塘草裏睡鴛鴦。一路春光無賴甚，風吹陣陣麥花香。

送春 四質

四時都是春，芳菲始不歇。許及切。如何放春歸，坐令朱顔失？去年陽九後，林木冷徹骨。訣律切。日光不到地，窮陰氣沍洌。魔女搓天花，葭管吹觱篥。關隴樹不紅，江南租少橘。青帝赫然怒，天心愛並育。余律切。拜表閶闔門，上馬不擐甲。訖立切。巾車駕陽烏，驅寒戰慄慄。人憐物好生，生當不廢殺。色櫛切。黑龍骨成堆，蚩尤血如潏。玉關草露布，馳獻冰霜馘。況壁切。飲至歸策勳，賜酺及草木。莫筆切。虞階北三苗，西伯征阮密。花分百千品，月滿三五節。子悉切。立國河陽縣，貤封九州伯。必益切。春袍帶荔枝，春酒飛琥珀。匹辟切。錦叢九錫鋪，紫纛名忝竊。楚乙切。鷟嶺開前軒，青鸞驂舞紱。非律切。人間花是魂，天上妃名宓。是山皆轉青，無蝶不成對。都聿切。秉笛吹蘇小，上墳澆柳七。妝樓畫閣人，一一舊家姑。鴛鴦飛羅裙，鶯燕供繡鬲。訖得切。駐節錦江潯，未滿一百日。嫋嫋隄邊柳，青青原上麥。訖力切。蠶䰍入三眠，秧甫開五葉。於急切。田田出水荷，拋珠不打鴨。於急切。絮飛蝶銜粉，花落蜂添蜜。何忍遽言歸？驪歌不停曲。區聿切。有策贈行旌，無計挽去轍。直質切。征人袖不乾，紅女首不櫛。賺得楝花殘，秃殺江淹筆。舊夢東閣迴，祖筵南浦設。式質切。仙渚鳳凰橋，渡水木蘭楫。籍入切。香從霪雨散，影隨飛鳥矓。莫筆切。月過兩回圓，百草入鼎鑊。胡臭切。書案憎短檠，當風還苦熱。質入切，音執。清蟬抱樹嘶，陽侯舌本縮。式律切。天宮別有春，何爲苦見奪？徒聿切。悲腸託杜鵑，愁絲咽湘瑟。詔是玉皇頒，開從青鳥讀。亭歷切。天空疑一氣，神仙安有宅？直圪切。春夏本無分，臨風肆盤詰。問春何所歸？春指向瑶室。黄金搗紫泥，碧玉開崒嵂。靈妃團翠屏，絳雲徧荆筆。無池不栽蓮，有鳥能呼客。乞得切。王母宴罷開，雙成與留宿。思積切。世豈無春風？吹不到愚谷。魚律切。聞言悵不平，忿懣成撇裂。力直切。立草緑紙章，呼吸奏彤闕。區律切。願留花不飛，年年長三月。魚橘切。眼中青未了，衣上香堪摘。巫陽笑我顛，首碎空匍匐。宦途有遷轉，春豈無替代？湯得切。四序歲功成，甲子無爽忒。若將三序删，祖宗無此律。客退自三思，竭莫望彈劾。聞言焚諫書，歸來氣轉噎。益悉切。天地常秋冬，繁華應盡剕。非律切。月裏走嬋娟，梅花幹又鐵。他吉切。蕙畹十畝空，蘗欄少來躅。直律切。紅杏埋古冢，白藕波沈蜜。朱鷺不上絃，黄鳥聲謇澀。芙蓉白露寒，海棠霜下礫。竹棘切。少君不入海，返少無仙術。環顧坐草亭，舊桃紅雨乏。筆力切。柳條緑拖泥，薔薇一架雪。須律切。自失梨花雨，空占天下白。薄覓切。剩我頭上花，東風吹不迭。人生有時命，毋爲苦憂恤。昨日黑頭人，今朝遽耄耋。徒吉切。縱憐隙裏駒，莫作褌中蝨。花覆金步摇，暖偎玉條脱。它橘切。小餘單閼格，旃蒙越在乙。今年星一週，不逢月再八。必益切。坎壈幾十春，回首頻鬱嵂。雪飛纔逾年，春歸匪蹩躠。韭剪去年根，羅綺試新服。鼻墨切。瑶池翠羽翻，雒水紅蘭茁。金線百襇裙，步障氣芬烈。力質切。珊瑚百寶鞭，暖風縈紫陌。莫筆切。柳從袚飲賜，帖任宫娥索。色櫛切。姜妃帶弓韣，春酒醉玄鳦。鴉髻壓蛾黄，香泥金鈿滑。訣律切。天仍舊山川，人情争倚伏。筆力切。假使春不歸，淵明安種菊？訣律切。不借霜風吹，孰翦蚊虻虐？宜戟切。紂惡得芟鋤，姬祚緜衮黻。非律切。還仗炎熇威，中原多豕突。他橘切。長歌送春詞，歌成意怳惚。虚屈切。霜飛烏柏䞓，雷震蟲豸蟄。菀枯憑元化，轉變無停毒。昌石切。鳴鳩性至拙，前身鷹隼疾。雉食草根蟲，入水化異物。微律切。朝日浴虞淵，暮向桑榆没。莫筆切。泗水出夏鼎，殷周祖稷契。詰歷切。堯舜官天下，黄帝不風牧。莫筆切，音密。稼穡在萬世，失官即不窋。石鼓埋民家，白馬就封國。越筆切。仲尼不繼周，亭長作天子。音則。聖哲混蹠蹻，荆榛礙松柏。必益切。長門涕淚多，金屋承恩澤。直扢切。班妤輦下回，黄綺山中出。聖王御宇時，萬物不相軋。乙得切。夏日鬱佳禾，秋風齊結實。冬不戒積藏，誰與千石秫？世無平不頗，道則周而復。筆力切。願得城門火，不燒昆岡玉。魚律切。人爲物之靈，物乃天之蠹。常隻切。大塊如甕盎，人物俱在腹。筆力切。鑽攻無休時，腑臟都翻覆。筆力切。俯觀大海水，潮迴汐復來。録直切。安知滄桑換，五嶽不四瀆？亭歷切。天不嫌春去，人被憂懽桎。染鬢變童顔，終不改憔悴。子聿切。勿嗔蟪蛄鳴，但求金石質。我生無所庸，譬如眉著目。莫筆切。不資視聽功，徒費五官責。側棘切。義文慎屯亨，畫卦兼否泰。湯得切。梅條老椿抽，璚蕊故枝發。非律切。榮華有消長，貴賤洵轉輻。筆力切。且收今年淚，歲歲送春別。卑吉切。

耕田歌

年年插秧耙春田，今年四月秧纔抽。敕嗽切。出土不上一拳深，上天氣候何舛繆。長老嚅縷向我言，不識耕田莫煩憂。於救切。我生先世見播種，不在爭先頗豐收。舒救切。一陽湊地田功興，正月司令名太蔟。楝花飛後剷田塍，十户九家收溝竇。二三月燒草與柴，鞠灰積柴先澆漚。土暖分秧下科遲，農祥風起勸農候。豳風紀月依夏時，去年冬寒老牛仆。況今小滿節初交，我聽君言非全霧。常愛吾鄉風土醇，苦耕不向江東貿。本富長久末富危，黠者多凶朴者壽。里巷牛羊分阡陌，朝廷令甲嚴封堠。兩漢起家重力田，五土中央位曰戊。學稼雖然宣聖嗤，農服先疇士食舊。丁卯橋邊舊草廬，好時田園高曾授。兩三里外種麥原，三百年來世石窌。灌木千畦緑蔭稠，平疇一色青綃縐。人家五月農蠶忙，小婦中田親飯饁。明星未起催犂田，樹頭啞啞烏哺鷇。黄昏喂牛不得閒，弟兄换工互左右。汗滴禾根背穹窿，全家供役無老幼。六月七月旱威起，赤脚捲水踏田漏。稂莠芟除須亟先，預防渠作嘉禾寇。南人耘草用手薅，舊年北見長鑱鎒。早穫不顧帶青犂，遲秧纔得早晚秀。住傍先壟剪矮茅，不憂風雨悲丘首。長戒子姓莫慵懶，犂尖著土無顛覆。我本南陽窮寠士，卜居城隅虧賃僦。我母生我力以指，我于兄弟指則又。又，手指也，古『右』字。象形三指者，手之列，後二指不動，故爲『三』也。襁褓丏得大父憐，一乳中夜息啼雊。十齡勉出就外塾，六經稍稍窺句讀。短布蔽膝拜先生，此時微尚志俎豆。大父摩頂言在耳，飼駒只盼入天廐。總角强應郡邑招，喜讀太史金匱紬。南山飯牛甯戚貧，千錢脱釧異書購。破壁風雨礙丹黄，校讎稗史憎雜糅。足繭會稽尋禹穴，稽古識字窮岣嶁。種植旁搜小正篇，占卦精研爻象繇。置酒柳車祭肘鬼，放出江花參大籀。篝燈夜聽曉鷄鳴，幸叨盛世備薪槱。自識城南潘江輩，鎖圍角技東西走。一時眼内少英雄，並轡驊騮中原驟。花開先醉上陽春，歌成如聞九天奏。論文甲乙批勒嚴，飛馳海甸失飣餖。龍眠壇坫競喧豗，學使者來公指嗾。文章未達魑魅憎，盎缶器窄難忍詢。書莊插標走長干，誰知不入春官售。年年長看秋葉飛，一竿仍向蒲葦宿。劉蕡下第憑厚顔，季子裘凋妻孥羞。息救切。近來插身少年場，常防老醜笑僂佝。飛雪吟來道轀花，買姝助得薳氏篨。杖藜代鶴兩短僮，竈下婢龘果寢陋。人生失志當固窮，不嫌與君展良覿。賣後老屋經兵燹，明年擬向南湖構。後園粗葺蘆簾房，堂下多栽幾株楸。躬耕添納官家糧，天王酒熟天廟酎。深冬園剩傲霜葵，入春瓶貯煮糜豆。寬恤長沾皇土恩，願得官多賢令守。潔身還仗大吏先，兩臺力牧並風后。此後無他營，但求雛可瞉。種田兒苦肥，讀書兒苦瘦。君不聞，樹頭播穀聲聲呪，芒種插秧上下晝？亟往從之不容後。

午日飲花下感賦

庭前萱草緑，榴花照尊斝。果五切。剪蒲繫我衣，云是月之午。纔見春樹青，朱鳥倏夏五。廚荒猶喜酒未空，大婦前趨小婦後。後五切。長女讀書知禮數，小婦餔糜壓我肘。冢庚切。酒酣話往事，心酸忽悽楚。只尺窗户間，老淚迸林藪。我爲君歌君試聽，一曲歌成一回舞。昔在全盛年，天下方同軌。果五切。多士蔚雲興，我獨自緣羽。揮手謝朝聘，荏苒成衰朽。喜語切。前年到江陰，旅食雜徒五。遥望海水翻，忽經移物候。後五切。日已近桑榆，持牒始奔走。來往歷陰晴，舟車變寒暑。燕雲路二千，踰月纔到部。邸舍缺窗扉，沿途無甑甒。泥濺白毛顛，塵添浮面耉。果許切。驅馬恐羈程，我行逢多故。果五切。館粲故人憐，見客羞傴僂。製錦不成章，機杼出老婦。奉再切。憶前魯郭門，飢疲思安堵。草草不十人，疑是失路者。掌與切。虬髯不入海，公然遮馬首。賞呂切。問客南方來，砱碭雲起否？匪甫切。揮鞭戒勿言，急須掩若口。孔五切。立諱存時忌，念亂憂父母。蒲補切。西南多事秋，妄言妨族汝。蕭何幾轉關中糧，李由正作三川守。賞呂切。知君田廬好時空，聞言不覺首自俯。久立恐被嗔，且去箠我馬。蒲補切。回念出門初，啼笑任親友。演女切。擔簦望京華，荆楚喧戰鼓。道經青齊郊，山川鬱礌砢。籠五切。兵來迂道趨，跛驢脚不舉。帶甲滿中原，天家正用武。朝自有成謨，未雨當桑土。一旅詎興夏，飛廉何衙衙？馬馱舊兜鍪，腰插新弓弩。總帥軍容壯，何挾報天子？余呂切。皁泗失宫懸，芻茭堆兖府。前途厭豺狼，後旅奔猛虎。路人畏不前，賈槖迹如埽。蘇户切。道傍古迹存，有目不暇覩。將推霍嫖姚，觚生行爲魯。少值右文代，學古窮經史。疏土切。豈窺聖賢奥？大義略發蔀。調古時不彈，耽寂遇全左。總古切。論蜀匪司馬，繫越少長組。孤生不自推，與世無一補。秖繫庭廡間，譬如旅生瓜。壯年貪飲噉，尤愛喫粔籹。音茹。入店嗔菜辛，愁聽問麥麩。飯也。曰歸飲水甘，飯豈還避粗？邸舍未息筋，歸裝謀同偶。五舉切。故人彰義門，攜手移日晷。果許切。前趨正畏塗，又走來時道。動五切。下馬接我鞭，認是舊阿嫗。蒲補切。壁破蚪薦驢蹄齕，案頭馬矢積成塢。鰲蝨滿牀啃人血，中起批摑殠欲嘔。凌晨驢背見明星，輕裝不裹南來糗。樹染騶國煙，馬渡淮河滸。薄暮望灊山，漸返故鄉語。我非巫尪輩，坐受曝日苦。比到城東門，傒僮驚我醜。退走似致恭，卻疑迎錯迕。朝廷多公卿，秉鈞年未老。蒲補切。況我未授官，官亦何足數？胡不憚炎蒸？此苦我自取。騎馬進中門，兩女接堂下。後五切。門前柳仍青，隔牆榴似火。後五切。耕田秫可釀，灌園蔬可茹。山中多芋栗，鵝鴨滿煙渚。屋後倚龍眠，前檐挂天柱。高軒何如步？判牒何如賈？生産雖不豐，先疇有十畝。蒲補切。出雖不得仕，里塾備善誘。演女切。怯暑摇紈扇，手披冰雪圖。動五切。浴盤買吳縞，暖脚借鈷鏻。累世忝傳經，先聲猶未墮。動五切。仰溯水木初，廟祀稽祏主。甫侯降崧嶽，原封邑在鄦。遥遥數千載，古史徵舊譜。世事多轗軻，昨悔趨三輔。但乞舊箕裘，明珠誕澤蚌。彼五切。樹得一片石，墓門題處士。魚具切。自顧不是商呰人，争不長鑱早學圃？今朝花下五日觴，去年此日柳泉舍。賞吕切。亭午擠得官兵來，逐我讓房人馬倚閃無處所。豈但酒冷被奪去？人疲馬乏宿中野。上與切。訴盡艱辛誰肯憐？再有深言難具吐。君不聞，黄河以南水濁泥苦深，馬没兩胯人没肚。黄河以北太行路，摧車欲往前行行不可。孔五切。述往事，愁殺我。阮古切，音五。述往事，愁殺我！

竹枝詞 二首

憐郎憔悴惱郎狂，逐蝶迎蜂到處忙。昨日隨郎湖上過，背郎偷打野鴛鴦。

勸郎莫種芭蕉子，勸郎莫栽棠梨樹。棠梨不結合懽花，芭蕉葉上多絲路。

即事

三月溪田已下秧，彎弓休説漢平涼。幕中紫騎嘶芳杜，帳下烏鳶叫女牆。野老只思安世業，君王本意重危疆。請看百子山前路，盡是將軍放馬場。

無題

東風吹柳自絲絲，正是蕭郎欲醉時。幾朵梨花憐素影，半鉤新月見蛾眉。經年人向星前立，一枕香從別後疑。惆悵小窗人去後，秋娘可復問微之？

懷古雜感 二首

爲撤雄藩竟起猜，中原無地不罹災。兵過合挈兒同竄，家在難教首重回。饁婦幸堪充鹵獲，丁男權算作渠魁。小孤江上須堅避，也怕哥舒後隊來。

使君甲帳對江開，羽檄飛提馬上來。千斛租供鼠雀壯，滿堂官仗吏胥才。芻茭纔納軍符去，星火重教府帖催。聞道牙旗指嵩雒，可憐皖北已成灰。

蜂靈篇一百六十韻

憶予授室初，姓名隸博士。志不屑田園，努力研經史。朝誦被管絃，夕詠諧宮徵。捉筆拗龍蛇，束帶飄葳蕤。兒女鏡裏花，飆忽憑石火。叶毀。念不及褓繡，結習在青紫。逡逡走四方，單身任謷毀。結交房杜流，名字香蘭茝。指心盟皦日，敦槃誓白水。卅載擷聲華，一宮鄰畏壘。衣食不自謀，經術頗妄負。簿猥切。自今十餘年，風塵纔回首。書蟣切。路逢人家好兒郎，滿心悲酸淪骨髓。觸事一感傷，腸寸裂如燬。鉤攬寢食間，猶如魚中餌。又如大船解纜遇颶風，漂溺江潯不得艤。貸錢黃姑買絡秀，聊充僖廟簉副蘧。十載五生兒，霜風落璚蕊。今只兩女存，讀書攻麻枲。採花帶宜男，趁晴採芣苢。此志竟未伸，一旦溘焉靡。余時迫官塾，生徒曳屣躧。臨殮一撫慟，有病不暇視。維三月政終，赤奮若繫癸。終夜發千喟，計畫無聊俚。蹇修爲我言，姑家有少婢。種玉田爲藍，兼可備鍼黹。不惜百金聘，衾裯暫儲偫。牽衣入中堂，焚香告廟祀。記伊下車日，五月望初時。上紙切。蜂王忽擁類族至，結隊轟飛集如蟻。小物似亦抱賀私，蟄繩先期示意指。同人目目爭讚歎，爲作蜂來篇誌美。山家收蜂未足多，難得自來落城市。謂是螽斯兆，慶當協麟趾。我思不後復不先，私心亦知良有以。去年廷試歸，珠果孕蚌母。姥背切。苦爲饑驅出，一經傳河涘。陰陰夏木稠，長隄更邐迤。散躅避炎熇，家信日夕企。汪生望望向水奔，口呼手舞足跂跂。謂有僕來喘未息，兩髀飛騰疾如駛。轉致老妻書，封緘記雙鯉。上寫弄璋詩，紅箋耀日晷。初看喜欲狂，漸視起猜儗。楮長字無多，寥寥數言耳。莫非又生女，糊塗故云是？呼僕細問之，門果實懸矢。來時收拾忙，書不及覼縷。推我夢中身，闳門抓一箠。生柴瘦骨上，利鏃一刺跛。音七匕。八年未乾淚，纔覺真生子。千斤重擔釋，積逋欠初罷。音近比。與客盤礴話夜深，漏盡不眠朝忘糜。打馬進衡門，賀賓溢庭戺。小女雙雙接我鞭，笑指蜂來靈如此。去冬天寒割蜜房，鄰兒走集女婢喜。今年分籠去仍還，三桶蜂窠靠窗綺。喜極自憐轉不懽，涕下交頤清如泚。人生不滿百，南山麓亦圮。我行躋上壽，如尺已失咫。夜眠足長拳，偃側似鶴跱。眼看朋偶亡，懼亦戒行李。誰期湯餅盤，大鼓喧鄰里？抱兒拜家廟，清酒照尊雌。荆玉初出璞，新劍躍琫鞞。生男固足珍，悲余已暮齒。我雖荏苒週六旬，譬如前半曾已死。今年始今朝，甲子從頭起。願再活卅年，筋力容相俟。不盲且不聾，生産足經理。案留讀殘書，瓶剩宿舂榖。老樹實纍纍，秋禾科薿薿。昌黎在昔有贈言，添丁與國充耘耔。鵝鴨滿埸瓜滿塍，糗糧早供天倉峙。長成底教得禄養，俾守拱木長吾宰。叶滓。我生罰不及不祀，謂兒曰嗣予考妣。汝耶性褊陿，推車輒遇抳。止輪木也。汝生能長進，立品毋鼻鄙。

志士貴撿束，亦不尚跅跎。有眼少翻白，有手少摑批。有肩勿妄荷，有耳勿長弭。有輔慎嚬笑，有口慎臧否。符鄙切。有脊梁似鐵，有眉宇似頬。毋貽前人羞，毋爲賢者恥。圖史耀東壁，文明羽維雉。致身比鸞皇，觸邪效獬廌。山藪曰藏疾，太清絶垢滓。幃簿闇自修〔一三〕，室祏飭簠簋〔一四〕。矢志須激昂，審端係操履。功名有時命，廉隅當恪守。書蟣切。貨利尠沾濡，富貴防瘢痏。致遠本重器，止學羞方伎。稽古經世務，仁義無猧骫。金玉質堅滋，謾教橘變枳。振衣苟千仞，四海供盤匜。安用成都桑？荆南絹千匹。制行果能然，庶幾免尤呰。坐客聽我言，謂予曰否否。補美切。哲人自知幾，垂訓徒爲爾。後祉藉澆培，君何不自揣？名駒産渥洼，千里一舉跬。如何鬃未燥，預自辨鞭捶？木生豫章郡，莫良惟杞梓。匠石一朝顧，梁棟樹壇壝。祇延宗祧重，後事難前揆。我聞坐客言，中心增磊磈。于鬼切。未知兒夭壽，何遽戒俶詭？旁人毋乃嗤，斯言洵汏侈。持杯一祝天，雙膝地長跪。石田屢歲未一收，今年種粟詎再秕？蕉萲辛勤祈有秋，春風莫遣良苗萎。但丐如客言，康莊騄騄駬。穆滿瑶池遊，六轡飾金靡。龜山柱云蘗，汶泗沃孔楷。遺禮切。喬聳終插天，枝柯翦茸茶。拜起還自慰，兒庇托曾禰。奴禮切。原泉通四瀆，岷峨鬱江汜。觸石雨天下，仄出穴爲氿。種果避蟲蠹，庭垂楨虬柹。火傘罨檐牙，珠樹競璀琲。爾雅翼云：柹有七德：一壽，二多陰，三無鳥巢，四無蟲蠹，五霜葉可翫，六佳實，七落葉肥大。果樹之堅固者，惟此爲最。俗作『柿』，木屑片也。昌黎詩：「赫赫炎官張火傘，金烏下啄頳虬卵。」不同蒲梨姿，休過慮沼沚。回顧欄中犢，額角高巉巖。胸膛細膩光，老舌思常舐。阿鑾味乳教，貪睡那可恃？飢飽並燥溼，仗我閨中友。羽軌切。貧原甘糟糠，惠仍逮葛藟。掣衣裁小襉，剪褥縫短被。浴盤看婢澆，兩髦實親薙。溲溺恐移時，褕裙都預庀。睡濃啼起抱，熱眠簟屢徙。只少十月恩，視出真如己。拊育母氏深，汝長報何似？入門進嘉饍，遠道時悲屺。莫狎母性慈，與事阿翁比。逮事踰所生，服制分崇庳。否當生是景升兒，男子如何戴天履地肯下同豚豕？兒長誦六經，身自明禮義。語綺切。還覓田家女結姻，異日同兒守一耜。再邀天幸哺一雛，朝同趨塾夕耦畝。姥髀切。拮据向平婚嫁完，親見兩婦呼娣姒。堂上白髮兩衰顏，此生願同如斯止。世間馬毉與牛媼，子婦賤看等敝屣。何我生受命獨慳，視人常事如捧不世寶？補美切。我稽古人艱似續，幾世雲耳衍姓氏。自開闢訖周，歲分終日紀。從一生千生萬距生億，語本風俗通。生兆生京復生秭。生垓生壤生澗生正載，地德厚不能載矣。盤義以前生至今，傳我生生豈遽已？前虛後必盈，天道週復始。我更有狂言，客聽當莫駭。許巳切。他年兒似我開六十筵，我觴百二備滫瀡。龐眉浩唱舞娑娑，盛代靈光殿何巋！兒生正值用武秋，天下干戈伊胡底？攜兒佇見泰階平，目掃欃槍話同軌。一家骨肉獲全安，前後同胞兩阿姊。先疇仍南陽，肥腴誇好時。面湖俯晴嵐，陂如京兆渼。草枯牛可飯，霜田稻有米。莫禮切。添種秫十斛，席可穆生醴。

我祖先世來卜居，書聲迸出茅檐裏。後來立朝望峥嶸，承明殿上筆親珥。墳墓室廬相映連，到今葱鬱平如砥。欲紹我祖舊風流，出處兩途毋猥宄。墾茆鑿竇古溝洫，畫棟雕甍依前阯。子孫忠孝傳家聲，耕者扶犂讀者仕。汝生彌月作此辭，拭硯磨墨憑髹几。幾回欲罷復吮毫，緬余聲容悲啼色笑視此紙。

苦熱夜訪余謐生書室兼晤詹張二子 時六月九日

六月天氣苦炎炙，侵晨望見日盤赤。怪昨枕畔如蟲唶，通夜皮未沾牀簀。樹頭棲烏烏啞啞，烏格切。水邊鷺鷥飛絶迹。先生丢書離講席，硯瓦難親筆難搦。迸汗如珠透胸脊，髮似霑雨手揩額。安得膀上生長翮，飛上天宫訶颷颰。音國赤。炎風之妖。還思陰崖洞不隔，積雪層冰挾兩腋。葛比重裘更襞襀，近已兩月首忘幘。半瓶暖漿等炮烙，音格。肚餓先愁靠食格。不是身單怯骨瘠，跳入冷水恣瀰漭。三足烏何苦見厄，汗與睡魔争相戟。家家穫稻少閒客，男女小大供田役。赤脚走路燋兩跖，老牛對草懶齝齝。伊昔切。牛吞芻而反出嚼之也。齝者，齝食之所在。水底螻蟈聲喀喀，抱枝枯蟬音嗚嗌。愁殺棧馬飛通驛，健兒袯布曬爲䒓。農忙暑重怕成疫，秋風彌天幾時釋？爲言訪君趁月夕，紅日漸看西海擲。幾見東方曾生魄，中天半規挂琥珀。田歌四起落下澤，幸有微颸掃蚊螫。摇動樹梢響摵摵，飲我冷茶捧拱壁。背月帶露坐階石，兩踝共覓鞵一隻。夜色淩水憐深碧，稻香侵鼻滿村陌。雨未十日塘開拆，沙鳧偷啄泥裏鯽。星光照見柱下碣，四邊火雲熛如奭。底望青天飛霹靂，一帶水圩月光白。約攜斗酒上湖船，生面舟子不假借。先辨雇船錢幾百，我來田塍多剷窄。夜行無火慎踣躃，路旁牛矢堆狼籍。更防草露涴襪絡，多君乘興訂扶策。明夜爲期僅一昔，況復今宵漏已劇？且共諸子别林薮，月亮離山只幾尺。

田家樂 二首

破硯丟開學種田，滿池秋水滿池蓮。詩成雨過書蕉葉，月好僧來上釣船。初剥鷄頭香似乳，舊栽梨子大如拳。新花魚已長盈尺，舉網那須費半錢？

農家興作依時節，荳圃茶園樂有秋。拾得木棉喧夜火，打來毛栗惱山猴。擣油烏桕霜前老，盛水葫瓢社後收。只辦三冬新夾襖，雪花不怕滚如毬。

口　號 二首

當日司徒費十千，君曾買得幾多錢？公然不怕兒童笑，拖地官袍向客穿。

小兒知羨説成均，催到書堂惱殺人。筆硯撒開都委地，叫耶好辦納官銀。時果有此兒。

晚秋感懷

野色逐秋蓬，蕭然四望空。無村霜不白，是樹葉都紅。牛齕籬邊菊，鷄餐草下蟲。晚禾刈已盡，煙火萬家中。

初度感懷

秋風吹短鬢，家筵酌香醽。我生斗杓月再八，不信今年曆雙午。聽説神宗御宇初，國家全盛奠鐘簴。四十三載生聚繁，家家湯餅登肥羜。兩度中秋月幾望，衡門一日懸桑楛。維時天河皎皎等素練，十日前來絶風雨。又報黄河數百里路清，兆在聖人事豈偶？五舉切。普天大小慶良辰，協律吹風書天府。我祖高曾同譜人，姊弟凡幾先後舉。迄今冉冉幾經秋，不道韶光似水流。百年未滿二萬日，月輪迅急滚銀毬。歲歲堂前競舉杯，山妻祀祖典金釵。記得鎖闈次場畢，同儕鳩分泛秦淮。只今夜雨傷懷抱，故人一半草中埋。朱紘翠管上浪船，自許致身比飛仙。那知上書全不報，仰頭愁見月空圓。九九秋光四千日，屈首泥塗六十年。今朝酹酒争不悲，淚珠盈盈落酒巵。先人黄泉目不閉，墓上空題處士碑。兩女提壺亦欲啼，大婦開言小婦隨。勸君進酒勿歔欷，抆淚且聽南山詩。閏五朔前十一日，乙卯纔生乙卯兒。

將雪

寒廬旅雁滿汀洲，日暮看山獨上樓。不淡不濃雲欲溼，半藏半露月如鉤。風前蠟炬多紅淚，雪裏梅花更白頭。窗外蕭蕭疑雨響，風吹落葉似深秋。

旅夜雪寒

題詩對雪筆頻呵，天女淩空剪素羅。打瓦聲聲交甫珮，舞檐片片右軍鵝。應知借暖須燕玉，不分偎寒只錫婆。風到五更號不息，流澌三尺凍長河。

賦得回首風塵甘息機

少年心事願全違，底事今朝始息機？客橐記連征鼓動，曉鞭遥指曙星微。一牀蝴蝶新詩夢，幾樹珊瑚舊釣磯。縱使黄塵高十丈，飛來不上芰荷衣。

老　懷

少年意氣許誰倫？夢裏咨嗟亦幾番。手不久書將漸懶，眼因長拭覺添昏。老膺歲薦如新第，晚獲豚兒似稚孫。回首壯懷雖未了，閒中撿點亦天恩。

宿祖居五更聽野鳥陽鴨啼愴然往事不勝明發之懷

獨爾聲聲似往時，起看屋角月輪低。催人初斷四更夢，報曉何須午夜鷄？寄宿千家檐樹上，藏身一葉野塘西。傷心兵火蕭條後，曾共先翁聽汝啼。時兵燹後〔一五〕，鷄犬不存，惟以此鳥之鳴稽夜時早晚耳。

養馬行

馬本官給芻與粟，争教説馬眉先蹙。客不知此利害偏，細説君應舌亦縮。兵興皖北是通衢，驛騎往來分水陸。太平土果屬高腴，夏秋兩税畝一斛。自從上游警信傳，陶沖呂亭兩驛。馬蹄鶩鳥飛鸖鸖。三年驛站累賠多，官議加徵匪全贖。只是錢穀坐供鼠雀壯，堂上有官唯尸禄。日前忽傳閉縣衙，闔城人沸騰如粥。密票下鄉簽養馬，人家鷄犬飛林樕。老兄七十齒已衰，夜半敲門牀上縛。全家驚怖重禍來，大男小女目相目。我聞追到縣門前，已押取保解徽纆。弟兄相見互錯視，眼皮塵眯尚枵腹。官馬不准民間養，煌煌令甲王言肅。我本天安門下士，捉來餵馬朝廷體亦辱。幾畝荒田祖授同，一時急切無人鬻。兄少生是田間民，不知養馬知生穀。喘定飯上未充腸，立刻催上草坊宿。兄不歸田田應荒，我亦無食難歸塾。壞家破産不須論，槽上馬誰知翦拂？擠議攤費加田畝，且喜權脱現前役。同時吾鄉塍塘有張氏，人科一金隨畝出。先須打點辦買馬，歸來再賣欄中犢。以此只顧眼前瘡，那計身上無完肉？問人慫恿官者誰？半胥吏半衣冠族。串通蠹役媚官司，忍見人家兒女交啼哭。只此賈怨足兒孫，我聞代汝懷慙恧。此由當年人作俑，良田美宅估直數千來乾没。折封秤上公然手自攘，每年常例交送無贏縮。胥吏欺官不足羞，如何讀書立行下甘同齷齪？渠雖未指若姓名，公言十八學士户兵二部秉鈞軸。痛哭我爲中牽自愛人，兩手捧來淚成臼。音掬。屈掌曰匊，兩手曰臼。近日國帑已不支，將來民困更荼毒。還憶前年用兵修路頻，路闊丈餘轉轣轆。一番雨後一番修，磙子打成光似沐。指大石子盡教除，里保催夫路傍條條受官□。□□□□一站過，一站未到馬屢覆。緣途先備馬罐換，一日馬斃常五六。向年驛上點馬馬數缺，奪我桐人賢令牧。前邑令胡楚人。當時一年供億初紛繁，科費無多愁征督。後人受事兩月一兵過，開費倍前人口反帖服。我思此言倡亦有自來，已是吏胥關白結成局。謂是前侯怯見兵，後人應兵腰間擐弓飛矢箙。人情厭舊喜新味公道，至今事後水分鏈鯉辨清濁。廚玉切。去年臘月礮車來，一車十牛路踼促。牛背人背喫長鞭，衹求車過免脱輻。牛歸欄乾草亦飽，春來犁田牛脚尚蹺曲。猾役前日執票摑，鄉村協保搜牛牛失牿。黠者輸錢免出差，癡農牛死身幾填川谷。更有礮車過臏牛，一牛一金始放贖。今朝馬費粗攤派，還説各役工食須潛復。否當仍報每里富家兒，更有制夫名四百。百同博木切。吁噫嘻！廟堂加意司牧期長育，彼昏坐堂全如木。民瘦獨教吏胥肥，桐子山高千仞騰謗讟。君不見，縣庭有某某，前年飯不足。今年堂上擂大鼓，後房奏絲竹。又不見，縣庭某某前年尚鰥獨，今年買取大官田，坐擁如花住大屋！

紀　時

康熙十五年四月，霪淋積潦天去咫。維時節届一陰生，朔日壬午兆安在。此禮切。我時傳經舊水湄，雨零皷館炊無米。詰朝水似排山來，溯碑撟捷歷崔嵬。餓蛟乘勢欲噬人，雷霆助焰驅鬱壘。青青禾苗一夕空，壓岸崩堤闊如海。叶喜。淹没田廬民食艱，溺殺耕夫田何恃？漂來積屍尚若生，半著衣縷半裸體。水到屋縱難保全，挈家竄亦可逃死。如何坐待水勢張，甘作豀頭銜怨鬼？應是夜半驚聞水信來，纔見水已身落水中矣。龍王嫁女河娶婦，媵男媵女何紛侈！　僕來再述城東西，高高下下失前軌。　北門城近北河堧，雉堞百二劍堪倚。　陒然一裂轟若雷，城頽聲似落庭杝。　河磡石砌鐵桶堅，照見河水清瀰瀰。　陡地衝突一掃光，兩岸土弱全如呰。　上江洪發更滔天，苦雨況不止吾里？　安得手挽岷峨截江流，一劍横斷癡龍尾？　父老相傳逾百年，從無水患大若此。　又報燕都皇城風，倒牆飛瓦人披靡。吹上半天仍墮地，手殘脚斷無鼻耳。　地勢南北本懸絶，争教變作同一晷？　前月辛亥交夏初，水高三丈没城趾。　厥時闔城轟争養馬令，水聲人聲沸騰迅如駛。　子來橋通縣東門，須臾倒折無遺阯。　水過溪港盡沙填，前修官道俱改徙。　有客適從水涯過，忽報水來差一跬。沿河更有小人家，拚生水面趨貨賄。　犂具衣廚隨水奔，急流瀠洄撈豚豕。　虣人墳墓及壇廟〔一六〕，一路木偶埋泥裏。　枯棺人立衮衮來，似車輪轉翻迤邐。　古稱滄桑應若斯，人神都作鼋鼍餌。　吾鄉西有丘家坦，厥户居人曰楊氏。　有客比夜宿其家，纔睡大叫呼令起。　出門回看土漸低，連走連呼尚闖跂。公羊『跂闖而語』注：閉一扇，開一扇，一人在内，一人在外，曰跂。　水涌�上大樹梢〔一七〕，抱樹樹倒飄纚纚。　眼見牆屋若風掀，一旦全家赴深涘。水深處也。　至今人死兩犬存，日夕狺狺望水涘。　不是戀舊悲搶地，似有所見吠不已。　罪應諒不至瀦宫，屠沽種植維生理。　若是淮南盡室仙，犬争下教阿鼠比？　千尺清潭一畝居，牽繩量水深靡止。　踰旬沙堆忽迸裂，顛倒殘胔臭如醢。叶毁。　鄰人曳向一窟埋，墳草青青子孫斷絶誰標紙？　一家死盡慘若斯，生人性命賤于蟻。似此重傷損國租，報官蠲恤差可俟。報官豈但不踏看？還擬山中有竹捶。從古天變不虛生，此禍將來必有以。昨朝胥吏上門說修城，兼說修河修橋私色喜。一丈城科數百金，河工動支須千匭。且說橋繫往來孔道頻，官司安得久視茲橋圮？朝廷舊有修整城池官廨費，此項錢穀歸何所？（爽揣切。）纔議養馬租始輸，從此接續加徵伊胡底？五行占斷屬天官，陽亢陰驕厥咎水。衆流中隸象微陽，（『水』字中一直屬陽，古象形會意如此。）天曰朕觀四方禍將悔。五帝殊方居正位，聲分淫哇色尚紫。西南于今正用兵，一路騷屑走犀兕。腰弓臂戟鵝鸛排，中天括羽飛枉矢。江南水過少秋禾，軍儲仰給知難峙。田淤堰塞幾修復，國版額亦虧生齒。居官近日口俱噤，誰肯飛章抗疏告天子？破衣黴爛天不晴，老人赤脚無完履。雨勢連月尚未休，節近分龍更沾灑。矮窗屋漏書都溼，兩厓醮土非乾晷。搦筆痛哭紀災祲，留爲他年補信史。天怒人怒何時弭？追論今朝誰寔爲禍始？嗚呼！今朝誰寔爲禍始？

飲東皋爲李子士雅賦

東皋仙李孫，吾黨推畏友。讀書富等身，疑義資竭叩。近來文律尊，昔在聲名久。詞章蔚國華，經術雅自負。同輩英俊流，指數君則拇。憶偕童丱時，姓字互某某。擬同一二三子，登堂拜君母。國步忽多難，倉皇君南走。維時邑大饑，三星落魚罶。我亦歸下村，此願遂成苟。嶺南猿猱多，學語調鸚鵡。君初入瘴鄉，志意得伸否？讀書青萍嘯，猜嫌起儕偶。拂袖賦歸來，啻南瘴愛子〔一八〕。濟口切。道路苦顛踣，況喪馮衍婦？比船到皖江，面瘦衣裳垢。對君悲且笑，似拾昔年玖。歸來問故園，榛荆復何有？君才凌行輩，矢志立不朽。挾册上吳航，遊歷經三泖。入齊走薊關，友人作官守。禹迹弁堯年，風土親識剖。冠鄙魯婦髽，樂笑秦王缶。西南出漢中，武侯廟貌黝。夔府駐蹕宮，蒼梧訊昔狩。峨眉積雪高，舉足堪踐蹂。衡山起層雲，古文記岣嶁。瀟湘旅雁飛，白醉江天酘。風塵捲故衣，重理舊春臼。作廬東皋岑，有女字曰妵。音近斗，好女也。酒鐺茶竈香，供應不離肘。後房葺蘆簾，不買新人帚。獨臥枕簟清，孤月射書牖。種桃比瀼溪，仍插陶潛柳。吟餘酒吻乾，散步寬衣鈕。偷閒看鷄豚，世事脱枷杻。吾儕傲放人，夫誰出君右？君性過高孑，泰山俯培塿。斯人縱媉娖，世豈盡稂莠？入坐逢貴人，盛氣肅焉陡。一言不合意，唾沫棄欲嘔。轉身似箭飛，招呼了不受。君居去邑城，轉轉逾山藪。不登故人堂，抱餓返衡茆。人或拽君袂，君言余腹飽。補苟切。後問厥何故，怕奪竈婦吼。音穀，食也。戛戛拒俗懷，人固面可詬。衆皆云欲殺，當亦君自取。昨值君初度，貧寠懷慙忸。同人庀酒樽，摳衣怯稱壽。恐君不快意，見則添君怒。今朝折柬來，云有釀一斗。策蹇過草堂，我瓶貯宿梟。茶坐不移時，山花照清卣。

堆案憎魚飧，烹羔佐新韭。精嚴見性情，殽核揮雜糅。中坐忽長嘯，迸淚紛清瀏。君知境地艱，故劍躍轓輈。西河一慟訣，音耗不復又。我有一荒言，爲君積塊炙。嚳缶有耳喙，盡言莫余咎。天運本不齊，胡爲自撞掊？人不怨不尤，鬼神方福佑。君年入七旬，我生亦乙卯。莫後切。初見時髮鬒，今都面顔醜。凡物穉心壯，終老初亦少。如几切。恃少侮長年，年豈天彼授？何況子早遲，養蠶氣難賭。去年五月中，豚兒甫云頷〔一九〕。人初産子曰頷。君來扣我門，稱賀不離口。我昔歎無男，昨纔知有後。天與君才華，著述莫停手。藏之在名山，昆胤雄四部。後人讀君書，即奉君篚箟。己有切。昔賢守長沙，八十兒入抱。普后切。知由自貶損，買妾備掊揄。況君遲十年，豈遂憂鄧攸？抱得姑家婢，門闌尚有牡。莫彈雉朝飛，雉雛出林莽。四千六百歲，世道值陽九。陰陽合受阨，逃身惟一畝。昔當太平日，遊車馳鳥道。他口切。方今豺虎羣，行旅攔路斟。兵奪取人物曰斟。伊昔盛壯初，遇事耐紛糾。近已筋力衰，一坐幾易溲。行路不知難，官亦應告老。朗口切。人生貴反本，狐死正丘首。持杯一祝君，曰遐不黄耇。俳弄當婉孌，名德在老叟。子亦眎賢愚，么風謝貉犬。薑味老愈辣，才名天所厚。好刮眼上瞧，大扞詩人扭。破硯山水間，不用裹糧糗。拈硃點莊騷，卬天一長吼。考史竄魯魚，識字辨蝌蚪。趁燈究三墳，飛步窺二酉。墾茅依古瀆，少與俗耕耦。搦筆揭大義，無過恣矯揉。兩漢逮李唐，力發腐儒蔀。堅如錐入磑，快似刀截藕。議論齊山嶽，識見著栱料。百年手一編，從笑儒生鯫。期再廿年遊，不入亂離茹。詩題共郵筒，與君相唱喁。一歲一過君，痛飲東皋酒。

雙壽堂詩爲潘大蜀藻賦 百五十韻

與君結交初，太歲維作噩。迨今踰卅年，金石堅如昨。君返白門櫂，閭里正蕭索。王子暟文。友伯通，賃廡城南宅。達居切。座上時見君，兩目頻駭愕。君曰耳若名，文章推跐踈。我曰潘蜀藻，姓字手可摸。英雄一相遇，即定終身託。伊時杵臼間，手手相持握。我已背雙親，烏死存孤鷇。入門瓶罍空，春秋愴嘗礿。摳衣登君堂，拜母修古德。得各切。母儀肅然高，正氣充隩室。施灼切。徘徊堂上行，四壁缺塗堊。前榮付焰熛，中廳柱刀斫。兵去屋無門，馬矢平榱桷。下階見街衢，青蒿長瓦礫。在昔隸先朝，科名氣嵬崿。司馬少通籍，奪身起錢鎛。盛服戴華簪，太清何淄嚼。木山舊枌榆，社酒鷄豚約。去我南陽田，檐楹望參錯。如君光前謨，力學惟丹臒。我家中葉後，讀書務耕鑿。破硯堆土壚，蠃飯裹藜藿。夕陽桑柘根，短布躡芒屩。緬懷四世公，珥筆侍金鑰。思紹我祖武，制行須跉踔。刷鬣出泥塗，展翅解縚縛。豈料壯心違，鈦鈕不離脚〔二〇〕。君才倍儕偶，霜天搏秋鶚。振筆傾天津，持論嚴矩矱。經史紛漁畋，百家供烹嚼。入簸除糠稃，搗臼揄精鑿。丹黃不翼飛，世眼無昏曤。費錢買犂鋤，自謂秋必穫。同學齊與張，多聞復謇諤。五子望崔巍，泰華幷衡霍。割席醜子魚，依曹嗤文若。嗟彼駏蛩徒，耆利競趨踖。我輩素心交，德業互根格。相牽引也。文場逞戰逐，長楊馳五柞。肘挽天狼弓，掄刀奮膈膊。足踏大輪車，天扉焮華爚。日晷猶未移，清藁已頻削。寶槍舞梨花，神劍淬鋒鍔。墨浪滚滚翻，不啻水歸壑。落紙囓有聲，春蠶葉在箔。我時負櫜鞬，執鞭陪踴躍。下眎碌碌流，鸞鳳俯鶵雀。騶麟壓孤尜，長鯨笑尺蠖。時初脱兵燹，絃誦户咿喔。累日爛熳遊，山川饒飲醵。盞飛問犀觥，令翻喝五白。有嵓比洪崖，有陂賽芍藥。鳳山葉幾楨，披雪步屢蹻。歌詩鄰席譁，擲果溪僮攫。柳放青絲長，桃開紅雨落。遊宴縱高尋，詩書争腊臛。徵會草長檄，每月進文格。搜腸掞天藻，助思新茗瀹。仙樂奏彌空，咸誒同韶護。老豎捍門關，文奴捧香爇。石經齋裏花，寶炬吐丹萼。石經齋裏石，長劍插天末。石經齋裏人，蕊珠神仙婥。瑟玉執牛耳，敦槃高斗杓。陡嬰有力妬，莽意工彈射。寔合切。新學使者來，祖席公謡諑。發難彼何人？狂吠日宋獵。賢者齒則芬，小人口可觳。讒言何峥嶸，投比夫豈虐？君得故人賢，幸免擠穽擭。我生歎孤危，幾即遭矰繳。所恃行無點，玷同。猶人尚文莫。筆墨本浄緣，底今險中惡。思此咎何端？本未與人角。譬登百尺樓，趁春自修濯。妝粉匀未工，醜女肆雀啅。顧我寒鄉士，黄金羞囊橐。在朝尠攀援，洪鐘誰戛搏？朝家採羣材，匠石儲櫨槫。我如寒女絲，終朝困短篗。荏苒金輪速，苦貧增落魄。老當膺一命，量授儒官爵。四方正用兵，一官了無著。二十年中事，升沈如電爚。可笑造物兒，走作難把捉。昔人曾問天，果羸何知覺？遥遥遠行人，前途真漆黑。逆各切。吾黨推夢敦，立朝矢共恪。古愚七年前，已占修文籍。嗇龠切。西渠仍蹇伏，園只水一勺。重嗟君不辰，□蹻岸竹箬。白首未爲邦，低頭少懽噱。高堂風燭中，披幃添濁汋。前辟州司馬，捧檄心轉怍。況兼德耀亡，妝臺冷瓔珞。椎碎案上硯，解衣氣磅礴。回頭更語君，世亂官可薄。人生貴適意，後來期式廓。堂榜曰雙壽，金碧未全剥。君自高與曾，皤髮如雙鶴。如何幾世來，孤燕窺簾幕？天道視人事，盛衰理可劘。王母婺曜光，淚滴幽泉涸。君亦復少孤，茹檗率慈教。古岳切。陰禮抗閫範，頑妖知奮激。訖約切。延陵舊家風，禮法繼鍾郝。一婦與一姑，老檜倚枯柏。卜各切。謖謖嶺上風，巍巍松聲閣。我昔稱母觴，作詩傳歌咢。子厚云早逝，閨中人似玉。説岳切。涼風秋凄凄，寒月春漠漠。遺女借妝奩，兩棺長並厝。兼割愛子恩，呱呱守窀穸。祥龠切。長君我康成，六館齒羽籥。甫自京華歸，病勢日燋灼。一聲薤露歌，遂赴滕公碏。張家有淑媛，矢志洵卓犖。沈淵石可泐，在鎔金可鑠。守貞止一家，理可通之國。羞彼衣冠人，俛仰何齷齪！撫孤昨就塾，洗手治杯酌。上堂拜阿翁，謂孫今上學。延師進堂階，酒再一醻酢。歸房一號咷，死者如可作。長跪曰務滋，泉臺踐昔諾。滴酒告君知，君雛已出鷇。午飯市魚飧，晨茶具餺飥。

紉麻補衰裳，夜半酸兩髆。常月止茹齋，向佛屢稽頟。逆各切。但祝兒成人，青雲豐羽翮。曷各切。眼見君三世，大義何炳爍！世間惟此物，雪霜難陊擭。水火不燒濡，刀兵不斬斸。在天曰日星，在地曰河嶽。在人曰綱常，三才永不斁。戈約切。不然世界頹，兩儀終長闔。曷各切。再拜一賀君，節孝培先澤。達各切。佇看雙壽堂，榮封仍疇昔。息約切。請君勿復疑，兔魄蘇重朔。

後蜂靈篇貽潘子木厓 仍用四紙韻

萬物各有靈，靈莫踰蜂蟻。豈祇能作隊？兼識君臣禮。蜂日一大朝，俛視凡蟲豸。生長本山中，最詑入城市。我昔喪人種，後嗣杳難期。叶。買妾練湖旁，香車進階戺。昭陽赤奮若，節届五音徵。有物蔽西至，穿簾復盈几。向人若致恭，訇騰似言喜。老嫗叫蜂來，前後門雙啓。賀賓多改顔，目目驚相視。我亦謂此祥，厥應在兹婢。同人作詩篇，字字徵物理。詩首唱者誰？吾木厓潘子。今年春正中，新月挂庭梓。主人睡未熟，唶膚如蝨蟣。短檠燈未殘，土鑪埋活火。叶。有客排闥入，盛服帶琫鞞。金冠插翠翹，長拜肅焉跪。自言我祖初，賜姓隸萬氏。立國傍華嵓，世典百花史。再傳詑中葉，僦居金谷裏。某托庇宇下，同君閭長跱。祇候君生兒，余屢長童穉。荏苒光陰過，五載前駐此。年年蒲城賊，蹂躪歷邊鄙。

多君捍禦勞，朝夕頻登埤。翦除悉渠魁，敢忘君德只？側知新令開，君將占仕匭。聞君行有日，何事獨余擬？欺也。世亂堪吏隱，學博官不庳。宮牆數仞高，談經擁皋比。一官適遠道，萬里從此始。乘夜一別君，余行亦迤邐。拜畢復長喟，兩淚清如澌。余時聽君言，披衣坐倏起。謂君行何之？如失左右手。叶。招手曰君來，君行且暫止。豈我遽舍君？我行良有以。年少膽氣麤，自謂拾青紫。不料芒屩穿，日光射濛汜。婚嫁未開頭，小草安得已？兹官不出境，幸不台司似。遲得十數年，築籠備當薾。初君來我家，示我多豚豕。甫生一男兒，尚未週兩祀。請君幸少安，牽馬奪君箠。君齊兩手搖，連口曰否否。叶。堂無不撤筵，溷君館人久。叶。我曰君不留，一言望姑俟。我友木厓君，詩歌昔頌美。壁上蜂來篇，第一君知己。聲名藝苑知，四海借盤匜。丹黄不翼飛，余佐指明水。衡茅相對開，去我不離咫。門庭常掃除，安土無禍骫。崇軒貯峻廊，石經花蕊蕊。恣君意採擷，徧體香黵黝。在昔花滿縣，祖世舊居阯。況復得安仁，君素所心儀。叶。苟得分半椽，差勝我一跬。感君不我遐，余忍居誕詭？客起再拜言，我固欲詣彼。執袪多惓切，馬首返長軌。豐芑未敢忘，棠華分鄂韡。丐君作先容，俾得主人旨。臺榭那云寬，有屋者仳仳。日夕哦詩聲，盈盈貫余耳。止此吾願足，他勿漫縷覼。我起復謂君，君行戒張袳。伊人閭巷偏，門額河陽里。趁春釀百花，三冬豐儲偫〔二二〕。不然大雪霏，族類夫何恃？出入須歛戢，莫飽燕鶯觜。

蜘蛛脚甚長，結網當屏扆。立身須高潔，莫玷青蠅矢。天寒分蜜房，主人舌可舐。君身具夙慧，繞朝策止是。與君一言定，君歸治行李。偏集君親知，分桶割姜被。言罷分手去，趣裝戒尊醴。祖席薦佳珍，驪駒飾金靡。酒酣申盟誓，泰山礪若砥。傳國及苗裔，鐵券無銷毀。下寫分封詞，上箝蜂王璽。曰汝往欽哉，朕命出不悔。召我主賓席，華筵奠彝蜼。斟酒凡幾巡，客起看日晷。猛然一夢醒，蹄迹仍排擠。緬思夜來事，東方既白矣。疾馳報木庄，萬事難前揣。君昔哭仁桃，西河慟欲死。近來憂貧窶，歲臘驅窮鬼。讀書遵大道，安行那錯跐？夜者余有夢，蜂將穴君壘。但爇一炷香，傳接辦簝篳。送蜂到君家，蜂來發後祉。孫枝衍長條，猗室蕃生齒。蜂前曰君賢，匪我妄驅使。歸來謂蜂行，蜂尚余首稽。出門揮別淚，似囑嚴舊壘。行行勿反顧，此去知得所。叶。我猶有後言，不辭舌娓娓。煩君致木庄，五字推絶技。重續蜂來篇，長袖飄葳蕤。揮毫書其二，吮墨先伸紙。補君詩集中，君見招劂剞。我更有裏言，莫嗔余性啚。吝嗇也，俗作『圖』，非。廣文飯不足，我官匪膴仕。明年收蜜多，幸稍分一匕。詩腸夜半渴，聊足充香餌。兒饑鬧冰衙，亦免阿母捶。轉身入中堂，老桶靠窗綺。堂樓連小屋，區各具一體。舉手重叮嚀，我去君休徙。皋廡賃有年，取直蒙已唯。客行主自歸，潁川余先妣。有居者有行，稃二米惟秠。潘家去不遥，飛飛走雙鯉。孔李本通家，兩世況師友？叶。感此重徘徊，一步一回首。叶。題詩記時年，太歲曰丁巳。

野田黄雀行

野田有黄雀，自訴鳳凰兒。鳳凰死已遠，黄雀空慘悽。嗉中無食，身上無衣。日暮苦飢，毛短難飛。獸有田鼠，鳥有竊脂。八蜡時通，隋祀斬彝。驅鼠祭貓虎，驅鳥搗黏𪗒。田不聚水，農夫鎡錤。秋禾未落，堆穀成陴。穿廚攫肉，狼藉朵頤。還欲觸人，兩角䰗䰗。兹二蟲者，鐫肌浚骨，流禍無涯。利人之死，自圖身肥。人鬼讓路，如避蒙倛。而往從之，意欲何爲？汝謂身前，家多稻粱。汝防身後，羞見鳳凰。衆口嘈嘈，詈汝耶娘。曰汝身雖潔，汝裔不祥。我思鳳凰本仁瑞，岐土鳴周昌。上古大聖出，阿閣巢虞唐。百鳥紛毛羽，鳳凰占文章。汝勿誣所生，古道未全喪。鳳凰匪汝類，神龍産驌騻。汝應嗣鬼車風馬鷹隼鵖鷱，鼻祖雲孫廟祏奉蒸嘗。雀怖退縮，竦仄張皇。面有愧色，涕泗盈眶。羣見彩鸞文鷸，鴐鵝鷲鶬。雁鶩鸙鵜，烏鳶鵋鵛。鳩哽鸛張，鶉奔鵲𪇆。傴僂負牆，祗肅濟蹌。稽首識感，區別枯良。百口一言詞，豨苓爾菖陽。蔣芰生汙澤，天瓢詎蓏瓤？東方有發明，叶。南方有焦明。叶。北方有幽昌，西方有鷫鸘。五行土爲正，鳳凰位中央。首文曰德，背文曰義，翼文曰順，腹文曰信，膺文曰仁，出山海經。五德相摐撞。叶牀。其身麟前鹿後，鶴首龜背工七襄。

魚爲尾，薪爲翼，鷄喙十丈引長吭。京房易傳。羽羣無一似，鳳獨鳴高岡。自從兹孽點華胄，至今丹穴無輝光。德君一剖判，繡頸彩翮少嘅慷。周官重八刺，分貴賤，辨黑白，蔽厥辜允當。鳳凰十年冤，姓字初芬芳。黄雀黄雀，再勿飛飃。我有忠告，牢補亡羊。汝翅須斂戢，否當罹厥殃。五坊小兒錦裲襠，短袖長弓時樣裝。窮極星壤，獸駭鳥僵。手接飛烏，海水茫茫。此時鳳雛兮韜晦高翔，冥冥弋者何所望？鳳凰千仞上，汝行搶榆枋。卵大彈子愁殺汝，受巨創。世上金帛，箭上鋒鋩。

立秋日筮後感懷

此生原合老耘耔，詹尹那能決所疑？門有雀來終未静，字無人問始爲奇。啼鵑帶血花生舌，織女抛梭淚作絲。但願普天征戰息，羽書不報誓師期。

我生篇

蜀藻書來，言里門有傳予已死者，云奕於同寅舍中，枰終遂絶，書中曲引太白長公往事代抒憤懣。予因作此以告之，兼呈蜀藻。忽喻忽正，忽詼誕以寄懷，忽切寔以指事。其爲體，正譎不一，亦使其人聞之而知警，並以警人之好爲造言樂禍者。

用佳、灰二韻，匪敢務盡，聊寄長言，庶幾投畀之義、彼何人斯之感云爾。

我生受中後，性命永無乖。閲世凌霜雪，同人少禍猜。一官來下邳，胸臆鬱塵壓。少年多好事，此志近成灰。屢啜西河泣，項拴兒女鍮。先人剛有後，深慙詠渥洼。高陽垂益倫，名敢曰隤敳？年甫企四齡，春筍正抽蒠。賓筵將有待，旨酒當爲醅。洋洋大海中，孤舟未泊涯。鄉里傳予死，枰響絶徘徊。書來知備述，老眠重摩揩。旁行羅細筆，莊語雜誹詼。粗看全無字，睇睎積煙煤。市上轟傳虎，疑信並云纔。老友二三子，太息進門根。含詞不直言，眉動欲長哀。淹遲彌半月，飛語應不皆。尋究無根抵，始詫信何來。流傳偏吳越〔二二〕，君山石欲隮。浙江潮不到，鷄林共啞硍。橐鞬誰曾值？哮箭出空鞍。盜賊憎偷主，蜉蝣撼老槐。人命殊修短，參差難遽推。上貴自君公，下賤逮輿儓。短譬如低阜，修疑高徂徠。日星迭照曜，舉步黑黕黵。壽先難預料，殤切莫嗤唉。顔回悲夭逝，老壽讓桓魋。鳳雛巢墮早，岡陵祝虎豺。山中百歲叟，豈盡英雄儕？嘉禾看秀實，抱棄祇空秸。靈氣倘先蝕，朽革裹癡骸。三皇俱千歲，牛首幷蛇虺。人道從渠始，生生賀八垓。黄虞迄商周，歷年晝若褱。似此一稱觥，老人竟兒嵬〔二三〕。神龍蟄深谷，良驥不虺隤。龜鶴多遐算，草木視根荄。我年踰六旬，山蹊樗櫟材。經綸雅自負，苦爲世故絯。撫今常感慨，望古集高懷。燒書快秦政，揉碎盡飆烸。種粟飽窮奇，立國褫有邰。念亂憂方切，垂首獨鰓鰓。笑固霏珠玉，哭亦落瓊瑰。嗟彼謠諑子，張吻似優俳。填膺高短項，弓腰出頹體。座上羅胥蠹，兩月苦塗幭。言與忠信讎，醜正喙長嚌。自負多拳勇，墮地啗生櫰。婦抱娼樓瑟，汝行太媒婄。屋高來鬼瞰，俚婢擁鬅鬙。我思與若輩，太清無纖埃。若自居河糜，我在淮水淣。烏飛不到地，亂流乏巨簰。咻噢不相及，冷風何飆飆。易晞薤上露，鬼伯尋爾催。我行還見汝，寄木幾頻摧。解嘲歌此詩，涼月影篩篩。夢騎大黃馬，崎嶇陟天街。青石長白榆，黃星轉轤輻。雙丸跳足下，日夜觸喧豗。潏水翻金浪，怪誕出齊諧。有物負人飛，羽淵三足能。抛帶忽成橋，海帆挂高桅。倭遲行數里，原野現樓臺。天鷄叫魏闕，旭日照罘罳。紺碧插霄落，石色煉女媧。牧圉嚴捍蔽，守將抹金盔。美人千百羣，鶴氅鳳尖鞵。閒曹並下走，綬糾五色緺。仗策摣天門，重扉倏推排。至尊御寶座，羣仙競追陪。似皆夏殷人，黼黻冠母頗。次亦唐宋上，中坐令公裴。董賈韓范流，手手掀長鬣。揖予似有言，傍列貌奇侅。須臾白麻下，韶頀奏春祴。笙瑟空中舉，臣惠匐長階。予少數有此夢。曰昔試臣工，風雷等燔柴。朕遺高辛子，崇作兩日痎。時予病瘧。河決花山口，異災洶大傀。馮夷蕩厥居，檐際走蝦蟗。破衣溼秋潦，烏羽惢毰毸。鷦鷯失故枝，老屋盡牕牘。有官羞小草，敢饞庾杲膎？四海資經術，八口藉粹麳。蠅聲官鼃下，翻教菜少鮭。買柴脫敝絮，換米拔荊釵。西風吹薄紵，趁日墐頹阫。女寒思麥藕，婦病索山萑。移家無四壁，王事復重敦。搼腰瘦易折，老膝硬難掇。頷瘠眉撐骨，肩枯脅露垂。脅，肋也。古人膺大任，冰霜閱歷倍。莫遂摧長翮，嘶風七尺駷。正直來神聽，暗室狎霆雷。吉人佑自天，此理從不差。汝筮兆蹇譽，時筮得此卦。久詎困蒿萊？詩書壽三靈，萬類仰栽培。大雅久不作，手摧榛莽開。微言披雲霧，聲響鄙淫哇。玉樓齊濟去，張衡神廄騶。金石無多友，安仁藝苑魁。太白返夜郎，東坡儋耳迴。詩文邁千古，閒氣結靈胎。才名從昔忌，況與斯人偕？邳原庸武地，戈鋋隨手扠。白晝公殺人，長鎌拉枯楂。淮南古不治，萑葦淵潅潅。易俗文翁教，椎埋曳紫緺。子房過圯上，袖口露金椎。仙翁一授書，橋南揭石牌。荷鐸來兹土，空堪屈鼎鼐。剜鐵輕千里，槽櫪駭龍媒。汝歸奚所贈？甫也句誠佳。衆人皆欲殺，我意獨憐才。斷章聊舉示，踶諾匪相詒。人性喜談亂，機心禍所該。謊車吾鄉人有此綽號。通國走，勞筋備脊脢。矧彼造言徒，撟舌繫弓畏。弓弭也。銛鋒憑萃葎，原田詠每每。制行争卓犖，雉自不罹罦。古訓仁者壽，天道甚恢恢。海上籌無算，南山賦有臺。止謗曰自修，朕言汝欽哉。稽首大神前，久病起積痞。神思趨爽塏，魂夢越崔嵬。比瘖衾如鐵，披衣坐若雎。細紀防遺漏，拂壁落灰炱。羣鷄時亂叫，霜樹白皚皚。雲氣蒸毛穎，天光照墨胚。續成歌自唱，長書寄木厓。望風應一嘅，兩地共偲偲。憶君訂交初，意氣壓碙磄。高臥元龍榻，岧嶤百尺堆。交惟天下士，痛斥子陽蛙。金躍終歸冶，玉良豈受鎚？歌催酒百碗，詩成手八叉。論文嚴甲乙，禍幾中眥睚。壇坫分旗鼓，兩兵相藉跆。出入同蛩駏，周旋類石磑。花逕因頻掃，夕月坐相偎。挑燈時共研，射策定聯鞾。鑪冷灰猶撥，燒茶火共煨。松溜秦朝雨，瘦刓孔廟楷。天界看霜菊，歐亭醉古梅。以上皆共蜀藻游迹。石經分倡和，驊騮策駑駘。一肩仔善誘，美璞供雕追。鎮年風浪內，峯崿㟌傾積。曾夢君長殂，植位表蒼苔。一號聲斷絶，比似接頤頦。君亦夢天神，赤舄纏膍胲。召君詣對簿，帝錫動三台。陰翳三尸卻，高垣頓躓蹪。醒來亟語婦，流汗倍憂催。天明奔告我，兩齶對擡攌。距今廿餘年，君行無禍災。豈惟頭未疢？似媼反含脢。游裝傾陸賈，作賦儗鄒枚。北雍聲價重，黄金推郭隗。雙壽開賓宴，萊子和南陔。兩駒騰早陌，含飴不祀禖。夢死反長生，俚諺義堪裁。盆鼓莊周恨，詩澆顧況醅。祇兹心嗛嗛，灑血滴成脈。覆載無全理，東南地半隤。天孫機杼穩，纇不損全緒。山川今間阻，魚雁踰江淮。龍困涔蹄久，珠光日色晐。有力荷提挈，全家出水隈。自此珍飡飯，鳴鳥互喈喈。耆英紛雜渚，吟詠播邛崍。世界添麟鳳，結友不徘徊。貲郎天子賤，綸閣諱生財。明堂擶鐘鼓，天廟卸蓑臺。崑崙壘塊石，江河納濁溾。貙豹逃山谷，燎原付舉柴。殿閧争似虎，角恥鬬蝸螝。兹遊雖失意，筋力未全衰。暖不需燕玉，歌愛出吳娃。酒數泥人飲，花常借地栽。兒子祈成立，琢玉敢同坏。燃杖燔劉向，菑田灌李悝。一經都付予，長歌博士齋。淵明辭五斗，歸田興瑋瓌。屬奴多種秫，邀妻對舉杯。面日增浮垢，穹窿背似鮐。兩脚隨年健，一任齒齟齜。山水看將飫，五嶽踏平峧。婚嫁時全畢，仝君玉始埋。寄聲鄉里兒，舌莫掉風霾。據鞍方顧盼，前塗正溯洄。蘇端年果老，汝齡豈尚孩？況説森羅處，死不論年推。訛言災眚折，一笑倒金罍。

烏江弔古 有小序　四首

向艤舟烏江，有懷古詩數章，今其稿亡矣。偶從龍眠風雅中閲昔賢此題作，未慊予懷，因思半月前，曾過下相瞻其遺像，四壁寒螿，古樹風聲，覺當日英姿猛氣猶獵獵在人耳中，因作此詩，舉酒向烏江遥酹之〔二四〕，且弔且恨。喑啞翁得無按劍大叱曰：『書生多事！』泣數行下乎？時下邳庚申秋。冀他日續龍眠風雅者或有取云。

來往烏江幾十春，霸王遺迹等輕塵。傷心數闋千行淚，回首三秦百戰身。縱聽後人分楚漢，肯從當日定君臣？英雄成敗千秋恨，一拜先生一愴神。

江花江草滿江紅，止馬江邊弔魯公。上將功名終一騎，生平眼孔只重瞳。擲將天子還亭長，剩得頭顱報呂童。滚滚江濤都是恨，年年碧淚濺江東。

歌騅聲調孰堪侔？ 鉅鹿威名壓輩儔。豈有才人作天子？ 果然戰將領諸侯。陰陵道上千年血，牛渚舟前一劍愁。楚漢興亡都已矣，鴻溝煙水日東流。

聞説昔人悲下第，痛將履歷問將軍。興王事業君何忝？ 文史才名我不羣。八載功高槍已折，三冬被冷硯空焚。英雄無限含冤死，對面青山李白墳。

寄懷蜀藻 三首

年年衰態日峥嶸，磊砢胸中尚未平。老眼見人多涕淚，拳腰作吏易逢迎。論文獨喜心偏細，搦筆翻愁字漸生。贖得遺田三十畝，南陽春雨共躬耕。

一尊安得再相同？ 覓寄音鴻路未通。連夕談心聽夜雨，三年揮淚落秋風。蘆花似鬢紛紛白，楓葉如啼片片紅。我往君來全是夢，相逢應在半途中。

記與故人通夜飲，原知此後思無窮。簾前驟雨歸途黑，席上殘燈别淚紅。送我三言都是耐，輸君一字已成翁。别之前夕，蜀藻留話，時坐雨達旦，贈予『三耐』，曰耐冷、耐煩、耐辱。今見蜀藻詩刻，亦自稱耐翁矣，故云。 當時珍重鷄聲曉，剪燭猶嫌話未終。

校記

〔一〕敬　當作『敵』。
〔二〕摩　當作『靡』。
〔三〕通　疑當作『逋』。
〔四〕突　當作『突』。
〔五〕俊　當作『悛』。
〔六〕□　原刻爲一墨塊。
〔七〕岌　當作『岌』。
〔八〕桃　疑當作『挑』。
〔九〕理　當作『埋』。
〔一〇〕站　當作『跕』。
〔一一〕二首　實録四首。
〔一二〕開花　當作『開化』。實録五首。
〔一三〕簿　當作『薄』。
〔一四〕室祏　當即『主祏』。『室』待考。
〔一五〕焚　當作『燹』。
〔一六〕亂　當作『齔』。

〔一七〕�

安徽古籍叢書

黄山書社

龍眠風雅全編

八

〔清〕潘江/輯
彭君華/主編

第八册目次

龍眠風雅續集

龍眠風雅續集卷九

木厓潘　江蜀藻輯

孫中礎

字肖武，又字發一。武公先生之長君也。甫十歲，與閩中之難，流離歸里，一遵母方夫人教。性穎慧，凡書史一經瀏覽，輒成誦不忘。及長，雅善操觚，詩文不蹈恆畦，同社諸子咸以牛耳相推。又工行、草、篆、隸，于古法書無不摹寫神似，舅父無大師以能書歸之。爲人豪邁倜儻有父風，力挽强弓，善騎射，尤豪于酒，慷慨悲歌，旁若無人。其才氣横驁如此。善讀書，露鈔雪纂，寒暑無間，手録經史古文幾等身。以屢踏省門不收，去游太學，京師諸公卿争折節與交，宗伯李醒齋先生尤崇重之。與趙鐵源輩俱用博學宏詞薦，以親老力辭不就。宗伯公歎曰：『此真高人名士，不可及也！』歸里即嬰疾，年纔四十五卒。所著有書澤堂集、婕園詩草、江海吟諸稿。又彙古事爲三卷，名盤盂集行世。三子：曰書、元衡、曰注，皆能世其學。

對酒歌 四首

金紫非不羡，貧賤轉相宜。有刺胡敢投？門前立熊羆。吡人使遠走，見人頻指麾。僥倖登其堂，喜怒不可知。男兒自有骨，委蛇將安爲？交盡天下貴，依然寒與饑。我有足可裹，我有帷可披。

有面不見人，見人顔色無。非是無顔色，金盡相與枯。里閭多豪門，門多弄文儒。旦暮走其庭，筐篚取歡呼。恐逢主人怒，先媚桀黠奴。一言拂其欲，不許立須臾。咤叱不敢前，欲走不敢趨。努力采薇蕨，干人遭窮途。

開口輒不合，殺我一世人。不慣逢時語，非意即相嗔。使酒還駡坐，遑問有大賓。有時亦默默，人言不相親。一杯常在手，傲骨殊嶙峋。澤中清且淺，羊裘理釣緡。貪此諫議貴，安能老富春？士前爲慕勢，抱璞且歸真。

昔時陶穴處，今日錦棚居。昔時擔石夫，今日出駕車。人生可未量，滄瀣供春鋤。青白猶有目，富貴念慮疏。平心與世物，率意何容與？不勞巧會計，終歲苦趦趄。夏雲復秋雨，夜月來窗虛。

遠別離

十六爲郎婦，頭白終相守。始念原如斯，離別常八九。策馬舊年遊，河梁把郎手。屬郎定歸盟，郎言會秋後。秋來卜行人，卜者説相負。前路有人羈，鄉心爲彼誘。妾心怪卜非，猶釀洗塵酒。青青樹葉黄，俾妾坐虛牖。鴉啼來遠人，啼之竟無取。荏苒春又深，飛燕求其偶。雙雙宛頸宿，在我梁之右。日出同出餐，不銜它鳥粮。未幾乳燕生，母子聲喁喁。見我薄命人，爲我生憐否？皓月常盈盈，照我庭前柳。對之意何如？自恨還自咎。有琴不能彈，有酒難向口。嗟郎在何方？長年江天走。清尊夜半歡，豈念妾箕帚？紈綺多傾城，豈念妾容朽？昨夜夢郎來，握郎之左肘。説盡別離情，淚下盈數斗。恨殺鷄催曙，心曲談未久。富貴非所願，願得守井臼。妾言直如此，郎心隱難剖。錯嫁輕薄郎，輕薄少聚首。

偶成

秋風兩高樹，冷雨何凄凄。幽情夢不成，雙雙烏夜啼。斷卻門前樹，莫使夜烏棲。

送方位白之長安

天既生有我，安能老故丘？古來輕離別，十年作沈浮。上堂拜父母，妻子不敢留。黄金飾馬勒，白雪耀蒯緱。負劍出門去，豈爲孟浪遊？笑拂珊瑚鞭，駒走直如流。生長亂離間，不識風塵愁。聞説長安道，衣服裝貔貅。凜凜入都門，車前無八騶。相逢舊賓客，泣下濺羊裘。願君括其囊，刺莫投王侯。願君結其舌，話莫盡綢繆。歸來春雨足，同飯隴上牛。赤文緑字書，藜火坐高樓。殷勤治杯酒，和歌彈箜篌。甚勿久留連，顧影嗟無儔。

壽和州戴無忝

父母自我生，劬勞盡拊鞠。稍長知姓名，坐我于誦讀。過庭訓以禮，交遊戒翻覆。貴在賢子孫，豈量升斗禄？歷陽有戴子，生長在名族。少小適四方，經歲事馳逐。家破十年前，滄瀣易陵谷。不願爲雉飛，立志爲龍伏。龍伏清冷淵，有時戲濁瀌。雉飛出天表，終當葬人腹。良玉不自鳴，抱璞藏深匵。何爲泣三刖，輕賤同砆碌？君從度江來，布衣相搴掬。生平不見面，一見成骨肉。同病是孤兒，淚下未敢哭。茅容有蔬草，林宗以止宿。行李何所有？五車盡簡牘。落筆如奔雷，著書輒連屋。豪氣重岱華，論説無邊幅。慷慨對青熒，搔首悲頭禿。惟愛燕市屠，酒酣歌擊筑。教我追古人，當效皮與陸。無忝與予書，『比來無事，當效皮、陸之緒』云。得從叔度遊，自顧何鹿鹿？呫嗶坐青氈，刻鵠終類鶩。鬱鬱久居此，光陰不可復。忽漫二十年，堙没在林麓。君今三十辰，聲名四海轟。不娶亦不官，獨留青白目。膝席爲君壽，浮白盈一斛。生逢亂離時，相看視且熟。莫作司馬賦，棲棲無處鬻。願得似杜陵，畏人成小築。

送田伯之黎川

丈夫各有志，安能守鄉里？鄉里多豪門，結綬垂青紫。丈夫苦饑寒，淒涼啼稚子。堂上有老母，垂暮織紈綺。甘毳不可得，家貧歡菽水。掉頭出門去，馳驅非騄駬。一琴一卷書，蒯緱壯行李。秋風蕭瑟多，辛勤何足恥？在家且饑寒，況當出門矣。西江古名勝，遥望白雲起。老父居其下，衣緇着敝屣。一見當再拜，淚下胡能已？豈敢怨風塵？别離疏甘旨。有言向膝前，絶不問桑梓。廩山高千尋，可望不可擬。嗟我蓬蒿人，何堪久居此！

舟中望青原山不及訪舅父無大師爲此志懷 四首

青青石上松，皎皎雲中鶴。鶴不入塵網，松不嗟摇落。達人能見幾，一丘同一壑。裁衣有芰荷，充餐有藜藿。更有笠與瓢，飄然隨行脚。千秋一片心，篝燈還著作。憶昔澤園日，羣賢畢集時。詩風歸大雅，努力下重帷。天地倏瓦裂，奔散如雲馳。吾父命已授，吾舅衣已緇。高節同千古，各各見心期。可憐一抔土，寂寞空傷悲。猶記合明山，草團坐茆舍。風雨談往事，燈昏談未罷。有時笑相看，有時淚如瀉。拂袖忽然行，住錫廩山下。閉關著炮莊，筆研不肯暇。不知古與今，悠悠曉與夜。遥聞碧雲語，移住青原巔。青原古道場，荆樹傳千年。香城山與峙，文筆峯與聯。登高頻弔古，鷓鴣啼蒼煙。欲拜法幢下，曉風催發船。乞食無定踪，會面良有緣。月骨久相别，搔首涕潸然。青原猶在望，有涕徒潸然。

鬱孤臺

贛山何其壯！贛水何其清！山水相環抱，忽開古郡城。西南一遥望，高臺殊嶒嶸。鬱然而孤立，勢與崆峒京。贛有崆峒山。偶來登臺上，晚風次第生。家家接煙火，樹樹挽餘晴。牛放屋後岡，疑從屋上行。千帆夕陽裏，遠笛忽有聲。一羣歸鳥下，一段歸雲明。故山不可見，感此淚縱橫。本爲負米遊，離别多苦情。孀帷坐老母，屈指數征程。

八境臺

子瞻徧遊覽，往往多苦吟。高臺既已敗，遺踪傳至今。後人憐才意，前人好名心。輪奐忽重葺，雨雪毋相侵。七閩與五嶺，遥指山層陰。嗟予性浩蕩，每喜登高岑。俛仰風塵間，懷古情何深。搔首欲放歌，愁殺鷓鴣音。

過梅嶺 四首

横浦艤孤舟，忽報水程止。我從豫章來，曉夕親舟子。安之若爲家，離舟翻不喜。南安多崇山，梅嶺插天起。青影望無窮，飛雲如流水。籃輿次第過，未過心憂只。昔聞梅嶺名，今幸來過此。嶺路殊盤旋，石磴隨宛委。前人相唤聲，已在翠微裏。

看山畏山險，來登勢頗平。陽坡燒盡黑，僧種茶爲生。施茶當嶺半，往來坐茶棚。行者捐一錢，頃刻錢盈鐺。山泉號卓錫，勺之寒復清。右有放鉢石，一叩聲錚錚。憩息梅關内，回見南安城。征夫當赤日，道上如蟻行。紛紛何所役？牽人惟利名。

榕樹何森森，露根蟠曲徑。陰覆古靈祠，冷然發清磬。閉户有老僧，梵音山谷應。輿人未肯行，躭涼坐石磴。殷殷聽雷鳴，雲黑山將暝。山高常近天，陰晴原無定。鷓鴣聲轉急，客心不可聽。非爲乞食來，那能乘遠興？到此且探奇，無容傷蹭蹬。

九齡開鑿巧，梅福曾隱居。但見丞相祠，不聞隱者廬。昔號梅花國，一株無復餘。那得寄我友，使我徒欷歔。嶺路漸已坦，行人勿徐徐。下嶺有茅店，沽酒還烹魚。居然開阡陌，婦子荷耕鋤。晚風散禾黍，習習涼衣裾。地弗近城郭，古道未全除。

寄家書 二首

有弟常多病，寄來前月書。書中懷我句，讀之增欷歔。追呼頻在户，酬應苦躊躇。遠人雖不見，念此何嘗疏？又聞生得男，舉杯欣有餘。停雲含落日，孤影坐窗虛。豈不思故園，況有親倚閭？

自爲予家婦，年年送行李。與君握別時，凍雪欲墮指。忽見楊柳色，又看秋風起。渺渺天外山，汩汩長江水。寸心如棼絲，繫戀無時已。不必怨別離，良爲貧所使。救貧倘無策，別離從兹始。

孤兒行 贈倪樾公

噫欷歔！君遺腹，我孤子。眼前常笑無知己，所以至今不曾死。知己不問黄金有與無，但期然諾無違耳。與子四載同學書，學書不成去學劍，學劍又爲世所耻。有時痛哭霜葉紅，有時繫筑和歌于中市。相對慷慨復悲呼，須臾怒目髮上指。他人詈我等狂生，他人富貴何足當狂生側目之一視？屈指長我方二年，顛毛種種胡如此？嗚呼！今日之人不可交，今日之事無挂齒，飲酒食肉而已矣。

窮途行

嘗笑蘆中伍子胥，乞食漁翁何卑歟！又笑袴下淮陰侯，不能刺人肯低頭。嗟乎！若使無蘆中與袴下，王孫之名安在哉！幷不信子胥有報仇之才，所以丈夫不以窮途苦，詩書可讀力可努。哀哀不辰獨我生，行年十歲亡其父。架上短布不成袍，牀上脱粟無二鬴。妻病于室愁欲死，弱女支離悲相視。我行見此怒且恨，拂衣浩歌歌變徵。感慨胸中不能除，鄰翁相愛酒招吾。酒酣耳熱悲將至，更使坐上知音者唱鷓鴣。鏌鋣有寶劍，赤文有鉛槧。焚鉛槧，束寶劍，大笑出門何所念？生既昂藏合有意，豈能老死於此無所事！

光漢白招飲感賦

君擊筑，我高歌，歌罷痛哭奈君何？金風蕭蕭送秋去，銜杯醉眼撫庭柯。幾載流離悲生死，篋中寶劍晝夜磨。吁嗟乎！相知貴知心，近日聞說重黄金。我輩同仇言交態，當使百世而下述之羡且欽，豈在乎杯酒酬唱之如今！兩兩顧影布衣身，堂前鶴髮俱孀親。亂世飄零不可知，安得武陵之叟不爲嬴氏民？且盡此夕君之酒，痛飲狂歌莫厭頻。仰天大笑去不得，閉門甘作蓬蒿人。

夜集方田伯位白素北書室同戴無忝讀先君大略齋詩集感賦

我父少小好孫吳，行事不屑爲時趨。三歲積石羣兒戲，聲言步者八陣圖。及長下帷龍眠巔，著書一時稱絶無。終朝射雀在平莽，長年走馬出江湖。座上不下三千客，最愛燕市之狗屠，卑卑巾幗非丈夫。吁嗟乎！男兒有志報□君恩〔一〕，異代而下悲忠魂。吾父死以成其志，正氣磅礴留乾坤。然指夜半殊凜烈，至今親舊猶能言。奉其遺集餉我友，讀之一室寒轉温。同作歌行且當哭，蕉窗夜雨聲潺湲。方子詩情如秋水，秉筆又有奇才之戴子。戴子鐵骨不可磨，獨立高風無徙倚。大雅力振蔓草衰，出言千古供鞭箠。愧我庸才不能賦，識此悲歌之今夕而已矣。

戴韓五二十初度

記得總角與君友，追隨城北常攜手。君家堂上有嫞親，堂上我亦悲嫞母。夜半有聲皆嗚咽，淚下如血空搔首。我心知子子知吾，繩交方之嬰與夫。腰下有鐵不拜人，人之見者咤狂奴。狂奴焉敢不下拜？高梧之鳥不爲藜莠之趨。屈指長君已二齒，桔槔俯仰隨鄉里。書上太尉媿坡公，奉章難與田疇比。子長二十遊禹穴，聞道今朝君是矣。春秋自此亦何長？敢引座上之滿觴。贈君一言君莫忘。君莫忘，日月最忌人年少，舉目堂上之髮已飛霜。吁嗟乎！知君已抱不世之奇才。前驅坐看先駑駘，區區貧賤莫徘徊。王侯將相寧有種？燕雀安知鴻鵠之志哉！

夢倪樾公 時樾公客山東

夜深趺坐思杳然，大風欲拔茅屋椽。獨飲無賴方隱几，此時夢繞故人前。故人告我奔走苦，囊頭留看無一錢。嗚呼！男兒有志在四方。古來俠烈輩，幾人老死妻子傍？櫪下有寶馬，奇書裝縹囊。慷慨拂衣不回顧，一去十年忘故鄉。恨殺庭前樹杪聲，不管吹破夢中人。人生大塊悉如此，富貴功名夢裏身。此時此夜難再寐，鷄聲三唱月過鄰。

酬方田伯感舊之作

物不得其平則鳴，大嘯一聲天地驚。慷慨長歌澤園之舊遊，先君同舅氏無大師及周土室公、方明農公、吳虛來公，有『澤園五子』之盟。一讀再讀淚横流。滄田桑海心百鍊，死生而後交情見。所以古人重託交，不在其常在其變。棄家如屣隱瓢笠，凜然古道照顏色。見我執手哭我翁，猶喜我翁能死國。墓門高築臥羆熊，曉夕但有荆棘風。澤國堂上聚五英，講習應是此日之精忠。爲其後人不可忘，連理兄弟何昂藏！落筆直使鬼神泣，羡哉！堅臥不起者有季方。吁嗟乎！君無車，我戴笠，流離歸來家壁立。喜君衣彩雙親壽，悼我遺書徒滿笈。不能學王裒攀柏之呼號，不能學李翬斷志之逋逃。塵土十年市井中，高飛努力無羽毛。且掩柴門坐春夏，左圖右史觀奇者。頹然醉臥北窗風，不願鴆人之高車與駟馬。

飲懷西樓醉歌

有友懷西名其樓，樓前老樹枝相樛。主人忘機鳥雀喜，挾子來巢高樹頭。四時鳥雀聲不斷，居然城市柴門幽。招我列坐懷西上，清風收拾滿園秋。生平性癖常在酒，乘興一飲酒十斗。常愛阮籍大醉六十日，更愛中山千日爲醉久。盜酒鄰家真樂地，安得一杯常在手？坐上忽有黄花香，知是今朝過重九。重九坡公不虚擲，幸得聚首在此夕，況是相逢諸子俱莫逆。高歌起舞真豪雄，意氣凌雲天地窄。童子能山歌，宛轉助浮白。月半明，紙窗清。城柝敲斷續，殘更涼暗生。短袂單衣客欲睡，落葉淒淒作雨聲。不嫌明日持筑來，酒酣擊筑和荆卿。

從軍行 送樊少楚返里

男兒學書不能成，昂然仗劍從軍行。從軍辛苦多奇計，將軍好殺復好生。擁兵大小百餘戰，一戰必獲千餘人。千城萬郭多瓦礫，舊鬼吞聲新鬼燐。壁中俘獲有王孫，王孫泣下浸紈綺。終日苦饑更苦寒，炊餐秣馬還鞭箠。將軍一顧腸斷折，褰衣握手王孫説。身本將家從滅賊，父死于賊身被紲。但得將軍存遺孤，不怨困苦終爲奴。將軍抆淚向前囑，終當脱子于窮途。賣刀賣劍復賣馬，從今不作從軍者。方袍緩帶山人裝，贖得王孫歸田野。將軍舉事何慷慨，王孫報德何窮時。將軍不受黄金贈，久客忽作無家悲。今年歸去問鄉土，當時夏屋今時圃。當時阿弟方呱呱，今時有子長如父。老母已終兄已亡，二十餘年别故鄉，青青兩鬢已飛霜。王孫百拜辭行裝，將軍之恩天與長。吁嗟乎！海角天涯始倦遊，休歎歸來一布裘。君不見，數奇李廣不封侯，閒居射虎獵高丘。又不見，西湖煙雨酒家樓，破帽短驢春復秋。

客章江寄李維饒

扁舟渡江來，憩息古豫章。豫章山水壯，李生居其傍。李生與我生平不相識，一見握手欣相得。我喜李生肝腸如雪非今人，李生喜我浩浩落落無邊幅。堂前搴衣拜二老，照人顏色惟古道。鹿門偕隱日月閒，四壁琳琅皆詩草。許我玄亭問奇字，十千沽酒期一醉。逢君大醉不須辭，好花好月毋虛棄。吁嗟乎！人生天地間，責人以知己。人既欲我知，我亦貴知彼。君不見，管仲與鮑子。猶幸與君當今日，歲寒之交交如漆。短鋏驅我下虔南，驪歌一唱風蕭瑟。滿舡離恨出灘頭，恃有寸心相綢繆。寄語珍重此寸心，寸心可以質千秋。吁嗟乎！憐君已抱不世之奇才，愧我鹿鹿走塵埃。相思弗相見，獨上鬱孤臺。相思弗相見，愁上鬱孤臺。

望家信不至

千里西江水，千里江上山。回頭故鄉千里外，望之不見空愁顏。在家鬱鬱苦饑寒，出門但覺行路難。吁嗟乎！世無孟嘗矣，馮驩有劍何處彈？我從舊年離故鄉，短裘百結侵風霜。三尺奚奴寄書去，回音不至心彷徨。歸夢纏緜不可止，男兒豈是戀妻子！堂上有老母，子出疏甘旨。吁嗟乎！男兒豈是戀妻子！

過十八灘 三首

章貢之水何漫漫，二水合流至萬安。舟人中夜理篙楫，云是明日須上灘。漸聞灘上濤聲厲，起視月光侵衣袂。月光淡蕩風蕭條，四顧惟見山頭鋭。隱隱茆店有鷄鳴，戍鼓欲闌天欲明。鄰舟開動櫓齊發，客子舟中心已驚。遠岸操舟水更疾，近岸操舟石苦密。一灘初上客莫憂，前行尚有灘十七。

千山萬山如編籬，一水中行殊委蛇。山有斷處水相接，水不及到山相隨。大石小石水中見，船走石上如流箭。石畫船底聲硜然，不顧船穿顧風便。篙師舟後疾聲呼，努力牽纜崖上夫。陡崖傴側足難措，倘遭顛蹶無完膚。更苦牽纜向水裏，水已過項牽不止。齊聲發棹上灘來，前舟少息閣淺水。

逆風上灘灘轉悍，牽夫力盡篙師歎。風勢益强不可行，收纜維舟當曲岸。隻鷄縛向水祠中，難求風順求無風。羡殺小艇隨風浪，青山碧水樂漁翁。幾人閒坐説鄉土，争説此地多豺虎。當年王師從此過，江蘆密密遮前浦。牽纜人去歸者稀，委身與虎充朝饑。可憐生死難自保，恐逢將軍之霆威。君不見，昨夜猶有燐火飛。

道傍榕樹

嶺南人家榕樹多，重陰寂寂覆茅屋。高撑赤日不見天，披襟小坐如空谷。涼風長夏吹不休，枝葉之聲疑深秋。牧犢羣兒走其上，居然拾級登層樓。此樹相傳數百歲，翠色欲流霑短袂。虬幹突兀似老拳，疑將搏人畏其勢〔二〕。蟠根迸土礙路生，宛同列坐留客行。仰視山光青萬疊，俯聽江流千里聲。鵁鶄相和蒼煙裏，客心寂寞歸雲紫。欸乃漁舟次第來，操舟收罾樹下艤。樹下芳草還萋萋，賣魚覓酒出前蹊。一醉不知曉與夕，笑殺征夫東復西。嗟哉！此樹扶蘇蔭十畝，徒見扶蘇心已朽。浪渡日月不成才，土人賤之同蒲柳。又聞此地經烽煙，此樹至今猶獨全。我行翻覺愛此樹，竟以不才終天年。

憶螺川李維饒

亭上春風亭下雪，歌舞筵前從君設。感君意氣逼古人，於我交情豈徒結？扁舟東下暫分襟，握手河干相哽咽。十年不見音茫茫，升沈變態愁難説。君已置身霄漢間，我臥蓬蒿仍守拙。富貴當路貧賤輕，肝腸如君猶昔熱。我欲相訪到燕臺，爛醉高眠歌數闋。吁嗟乎！人生七十古來稀，能禁幾度十年别？

哭四兄易公

嗚呼！噫嘻！亂世之天不可知，善人不禄天胡爲？嗚呼！噫嘻！淚枯腸斷，人琴之悲。羣從豪邁推吾兄，豐頤大顙洪鐘聲。讀書了了不數過，少年早有文章名。與我前年同出遊，買舟直下西江頭。西江達官争避席，刺字羞向時人投。滕王閣外花無主，把酒花前揮鹿麈。匡廬深處煙雲寒，蠟屐登高頻弔古。十八灘奇舟怯渡，虔州故人留且住。偶然痁作不能行，暫將琴劍禪房寓。禪房寂寞燈火稀，夢中有客説無衣。醒看古像衣剥落，購匠重修殊光輝。吾兄好佛無所欲，捐槖傾囊心始足。適有老翁藥力奇，一日二日痁不續。問津梅嶺下南海，瘴雨蠻煙經半載。寒暑無時病復侵，調羹煮藥予常在。數時病退氣益豪，金罍滿泛香蒲萄。一飲一石猶不醉，高歌徹夜何風騷！題贈有詩成一帙，聲調當時稱第一。編就名曰嶺海吟，吟笑閉門常抱膝。蒲帆無恙出五羊，抵掌雄談凌秋霜。珠蘭茉莉滿船載，嶺南花放殊芬芳。生平好遊無寧歲，得金散去不復計。冬來即理長安裝，河干别我頻揮涕。疑兄忽作兒女態，那知會面不可再？春闈射策未得志，輕裘驅馬走西塞。慮兄隻影滯天涯，回首停雲歸路賒。突聞訃音天外至，猶虞信遠傳來差。雪中輿櫬返家園，四壁蕭蕭欲斷魂。捫胸歷按平生事，恍惚卻有吾兄存。老親穉子搴衣哭，路人聽者皆掩目。年當四十曰强仕，天奪吾兄何太速？嗚呼！噫嘻！吾有詩文也，吾兄必擊賞。吾饑吾寒也，分財與吾而顔色無勉强。知吾落拓無所遇，勸以待時而襟抱之必廣。書窗冷冷風淒淒，禿樹霜寒烏夜啼。傷心不寐燈光小，俛仰自顧將何托兮？已矣！已矣！天道不可恃，吾兄之爲善如此而早死，嗚呼！噫嘻！何以報吾兄？何以報知己？

過家雨田從叔山莊

野外秋光好，尋幽興可乘。小窗明枳樹，破屋走瓜藤。犬臥知僧定，山晴有客登。提攜還挈伴，吟醉正相仍。

喜晤余公懋即送其還山

通家在疇昔，亂後論交疏。同下先人淚，重牽兩世裾。衡門過客少，荒草爲君鋤。忽漫山城隔，秋鴻可憶余？

送威公十二弟之姑蘇

送行當溽暑，最苦束塵裝。帷下三年足，裘披六月涼。新聞傳異地，舊趣在垂楊。歸櫂乘風發，秋來共菊觴。

送別方田伯

離別非無淚，看君未敢流。因多生死恨，不爲賤貧遊。琴劍還當友，衣裳早備秋。山田新熟後，應記泛歸舟。

贈汪山人

世路原難住，幽棲在萬山。一聲長嘯去，兩袖帶雲還。縛竹門偏小，鋤花逕自閒。漁郎不解事，翻欲向人間。

喜方位白歸

楊柳舊年別，霜林楓再紅。久遊忘土語，貧況是家風。患海經過後，浮名漸覺空。相看交態在，似比向來雄。

冬夜集遠心堂即席限韻

得向高齋坐，挑燈必苦吟。名原于世淡，交賴有知音。天地容貧賤，詩書共古今。雪風催客醉，寒影正更深。

先大人生日

嚴父乘雲日，余生甫十年。那知衣彩樂，痛哭瓣香前。老母猶扶拜，孤兒幸比肩。傷心無限事，不忍讀遺編。

喜戴無忝來自江右不數日又歸和州爲此贈之

大地終無盡，青鞵到處行。一車藏刺字，四澥老聲名。同調憐多難，長鳴忌不平。淹留寬夜話，歸思趁天晴。

山家

山路徑還曲，停行野老家。米從兵過盡，酒畏客來賒。凍澗敲冰合，晴峯剩雪遮。只因年歲儉，無處問桑麻。

先王母太淑人易簀時以花鴨見賜歸而蓄之家有羣鷄而鴨與爲伍予悲王母之意輒加珍惜見物心傷因作是詩 二首

獨立傷人意，持歸正及雛。非羣應見嫉，顧影亦相呼。馴後常依柵，饑來直到廚。傍檐梳兩翅，珍重羽毛殊。

竟與窗禽狎，同餐同伴歸。昂昂如鶴立，隱隱學雄飛。恃得居人愛，忘存避世機。自憐看到汝，淚逗未乾衣。

示弟

骨節珊珊立，經年病未瘳。漸添兒女事，初學稻粱謀。藥債長于酒，歡情短似愁。護持期靜裏，閉户謝交遊。

贈別江西揭子宣次方位白韻

有客來千里，琴書作壯遊。不虛徐稚榻，同上仲宣樓。今古胸中事，煙波眼底愁。扁舟尋舊泊，正及稻花秋。

過吳閬圃齋中

何地塵囂遠？花源路可通。青燈明夜雨，絳帳坐春風。東晉狂猶在，初唐調益工。仲宣樓外景，寫入畫圖中。吳子善畫。

奉懷二伯父湖上 二首

多年無俗累，山水作清供。一杖風篁嶺，殘棋天竺峯。白垂前代髮，丹養近時容。楊柳春潮去，梅花已過冬。

欲完游覽願，久住在湖西。曲向花間聽，詩留酒後題。求仙探葛塢，學釣下苕谿。何日龍眠興，青鞵芳草隄？

思老母 二首

簾前霜最冷，閒坐撫繩牀。詩寫雛孫讀，縣添遊子裝。畫梅朝點色，繡佛夜拈香。淡泊隨時慣，湖田已半荒。

幾日交春後，蘭簪次第抽。護巢因待燕，刻杖欲成鳩。娛老惟黄口，愁心盡白頭。戒予最疏放，異地莫淹留。

題劉遠公扁舟釣圖

東坡不善飲，行處酒相隨。白舫藏蘆葉，青藤罥柳枝。笛吟孤月浄，雲染衆山奇。從此煙波老，漁童掌釣絲。

飲遠公抱膝廬

劉子南州士，風流世所宗。長歌題釣舫，片幅寫雲峯。巷曲剛旋馬，身閒比臥龍。已知貧況久，好客覺從容。

元夜同葉玉相邑侯王訥如小酌僧舍玉相詩成依韻和之

鐘鳴蕭寺晚，小坐共清宵。一片月明處，幾回鄉思遥。靈祠吹管雜，官舍放燈驕。同是天涯客，銜杯破寂寥。

寄弟

家書常屬草，强半是離情。語碎刪仍複，愁繁遣更生。承歡須努力，餬口媿長征。白晝初眠起，停雲一段明。

游父執司馬李梅公先生别業次老杜何氏園林韻 十首

幽築連高第，迴闌據小橋。花嬌常應節，松勁欲干霄。馴鳥偏成隊，遊人不用招。問津探勝地，洞口喜非遥。

日暖熏衣袂，天空晝益清。築隄緣養鶴，選石待聽鶯。暫作山中相，曾調傳説羹〔三〕。崇朝無一事，傲俗是閒行。

一徑入深樹，雙扉盡日支。冰紋裁作牖，月樣鑿爲池。忽斷山行處，旋看屐迹知。青青茸細草，春到更紛披。

蘭箭抽將滿，常開四季花。石蹲疑虎豹，藤挂隱龍蛇。高枕教春穩，層樓得月奢。疏狂知不厭，借景即爲家。

丹青圖五岳，争看紙屏開。階暗淵明柳，園香和靖梅。輕寒簾外逗，細雨夜深來。每約題詩客，全除石上苔。

頗怪池難渴，應通一脉泉。客心忘寂寞，主道最纏緜。常惠山中酒，因留老杜錢。尋春别有約，乘興訪晴川。

風自林間出，添來湛座香。檐鈴敲斷續，石榻怯清凉。硯彷梅花製，書探竹簏藏。飽看傳世墨，千載色蒼蒼。

卻因防醉後，設檻護清池。世事消棋局，風流倒接䍦。珍禽名五客，彩鳳號雙兒。白髮身逾健，無勞竹杖隨。

杜門多静業，蘭麝篆輕雲。吟絮教閨秀，含飴弄長文。石園詩最富，鏡閣詠平分。先生有石園詩集，夫人有鏡閣新吟，合成一帙。洗硯揮斑管，書成珠玉紛。先生善書法。秉燭芳園坐，那知夜若何？因憐山色好，更覺野情多。樂府新翻調，旗亭已借歌。奚童偏愛客，私約數相過。

寄懷戴大韓五

大戴三冬别，雙魚未寄書。欲抛干謁鋏，常把耦耕鋤。師席貧難救，朋情夢不疏。歸期無定日，辜負月明初。

初晴出郭

寒多常易雨，久雨始逢晴。花老蝶無力，春喧蜂有聲。遥山衝霧出，小渚截江生。幾度行吟罷，誰憐倦客情？

懷外兄方大田伯

我解西江櫂，君回歷下城。兩年方一見，幾日送長征。儒術爲生拙，家貧作客輕。擬從歸去後，湖畔習躬耕。

喜姚十九望侯至南州

頗怪千金子，輕爲千里行。山川探勝迹，裘馬學謀生。顧影憐書幌，依人賴筆耕。故鄉消息好，聽罷亦傷情。

遊嵯峨寺

一徑穿深巷，江城半枕山。地緣爲寺浄，人喜出家閒。留蔭蕉常密，迎風竹莫删。生平躭逸趣，到此欲忘還。

得舍弟家書

忽聞吾弟病，數問老親安。難後貧難救，書來愁未寬。歸懷江水發，世態嶺雲殘。寄我新詩句，魂銷不忍看。

得内人手書

一片含愁意，殷勤托素箋。略言閨裏事，恐動客中憐。身賤傷親老，家貧賴婦賢。豈忘離別苦？心絆小樓前。

自南康至大庾路僅百餘里舟行四日江山偪側雜志觸目 四首

分明看庾嶺，難到易天涯。舟緩防侵石，江清直見沙。蒼猿縣怪木，白鳥帶殘霞。籬外飄帘影，横堤住酒家。

每疑前路盡，一綫水潺湲。峽口如開户，山腰忽見村。閒窗親鷺影，孤舫繫榕根。石髮青千疊，潮歸有舊痕。

遠瀑飛飛下，如傾百斛珠。灘高漁艇熟，峽冷客心孤。古驛圍楊柳，秋田亂鷓鴣。病餘持酒戒，詩思已全枯。

短蓑溪上老，牧犢自爲羣。野燒能禁雨，山昏不辨雲。暗花飛入座，臥石駁成紋。一櫂數千里，懷歸夢漸勤。

客舍無聊與同里諸子戲爲車輪小集劉峽石使君聞之以詩相嘲即席次韻奉答仍用原倡起句爲冠

漫整車輪會，園蔬香可餐。一杯聊破寂，萬里强爲歡。海近地偏熱，官貧客更難。晚風當醉後，獨有此心寒。

喜二伯父司馬公至羊城時余輩已買舟將歸矣 二首

膝下一年別，天南此會奇。已經催返櫂，且爲展行期。萬里燈前話，三更醉後詩。荔枝全罷市，度嶺亦何遲？先是，伯父有書來，云當過嶺食荔枝，及其鮮也。

不嫌霜露重，乘興問羅浮。婚嫁未全畢，山川已徧遊。蟲鳴孤客倦，菊放滿城秋。勝迹能探後，休教滯蒯緱。

舟中憶外弟方素北 予至西江，素北即有薊北之役。

行將之薊北，送客下西江。心事誰能解？詩名我已降。嚴風侵蒯鋏，驟雨點篷窗。猶幸乘潮便，青原禮法幢。

泊舟同蔡邑侯若軾登飛來峯 二首

結伴登峯頂，淹留古佛前。誅茅防野火，架竹引山泉。磯上人争浴，窗間客繫舡。不教清興好，喚起老僧眠。

雖是天南寺，飛從吾郡來。籬堅因虎過，林響識猿回。鐘鼓雲根設，亭臺水面開。還移尊酒去，花畔盡餘杯。

贈嘫咀哆上人

不倦津梁意，相逢結好緣。眼空當世衲，心具本來禪。避客客常滿，藏名名已傳。梅花寒徹骨，苦行竟忘年。

入青原山寺見舅父無大和尚 五首

十里青原路，桑麻幾處賒。山空響羣犢，樹禿帶寒鴉。過雨看新瀑，經霜有剩花。遥遥鐘度嶺，漸近老僧家。

信是高人地，塵紛路可通。入關寒色迴，繫馬暮山中。池染蓮花碧，池水皆青色。魚摇楓葉紅。魚皆紅色。一燈縣不夜，磬落五更風。

杖下容參拜，無言只淚流。冰操常屬耳，雪色已盈頭。升座揮松柄，普天來苾芻。生平文字癖，披讀未曾休。

多年傳七祖，塔院立高岑。插樹參霄漢，七祖有倒插荆。蟠根無古今。千聲梵唱歇，一席雨花深。虎嘯人初静，茫茫月在林。

待月橋名。橋邊坐，波心喜浴凫。芹香供客飯，泉脉入山廚。峭壁渾連霧，孤僧自刈蘇。昨宵分芋話，歸路獨踟躇。

乘月過遠復齋茶話

爲赴評茶約，柴關喜未扃。月篩深樹白，燈放一窗青。露氣侵書幌，蘭煙度紙屏。知君有幽意，座右勒佳銘。

閒居雜詠 二首

夏日長難盡，徘徊晚食餘。研硃評野史〔四〕，篝火録方書。夙慧貧來減，雄談忌未除。故人頻有約，清讌向芙蕖。

抱膝吟初倦，頹然憩竹根。井枯梅雨歇，砌冷草蟲繁。應債心偏下，呼糧吏獨尊。偷安何處好？且爲掩柴門。

秋日訪錢雪公龍友孝綽孝則孝章孝直諸子田間草堂 五首

十載田間夢，于今始問津。羣鷗争入座，馴犬不驚人。客到徐投轄，村深穩避秦。但能消世態，何必厭長貧？

谷口還趺坐，深談可判愁。桂年生自宋，松態冷如秋。敧石偏當户，飛泉直上樓。數聲啼鳥歇，更覺此山幽。

林間傳曉霽，喚客隴頭行。山峇遊人嘯，秋争落葉聲。賭棋消晝永，隱釣避時名。烽火能常息，煙霞結此生。

極目波千頃，柴關映水開。風牽遊艇出，月送遠峯來。織屨争收籜，䃮碑喚掃苔。夜深傷往事，聲淚共相催。

調琴新學曲，豈許俗人聽？涼月侵湖白，疏藤蓋屋青。滄桑留故土，子弟共傳經。地喜足魚米，衡門夜不扃。

訪徐子亨因留小酌

久知徐孺子，名下信高風。呼醉新篘酒，烹香晚摘菘。樹盈當案緑，花送出牆紅。剪燭消良夜，狂談興未窮。

初度夜感懷

雙桂庭前香未殘，自憐蕭瑟獨凭闌。食從漁父難忘郢，封受留侯竟負韓。秋月帶霜人影散，貧家如水劍光寒。已過二十非年少，空有恩仇淚獨彈。

寄懷戴無忝

無定滄桑古復今，惟留一片故人心。十年劍帶風塵色，四壁詩編湖海吟。衣上啼痕家破後，山中木落歲寒深。别來清興應如舊，流水潺潺理素琴。

得潘大殿聲書信

潦倒江頭歲已殘，門前老樹帶霜寒。逢人莫問家來信，有弟恆饑客未安。遊草獨成偏寡和，山花辜負不曾看。生平笑我蓬蒿裏，今日翻言行路難。

題楊太真圖

凭肩私語指天河，聖主其如薄命何？别苑花風寒鐵馬，九重草露濕銅駝。飄零錦襪留餘媚，冷落霓裳孰解歌？相謝六軍人委地，至今蜀水淚痕多。

拜先君墓

晴雨荒郊十四年，墓門再拜亂啼鵑。獨從秦哭終無濟，欲報韓仇最可憐。裹革尚看留碧血，傳家幸有舊青氈。大夫劇美聲名重，原是劉家閣上賢。

拜司馬楊龍友先生墓 先生與先君合葬于桐

繞墓奇峯插碧霄，松楸一帶總蕭條。已經失鹿悲天意，徒視飛鳶泣暮潮。風景不殊悲故主，山河作氣壯前朝。飄然巾扇行軍日，空抱存劉志未消。

踪迹天涯慣別離，先生滇中人，徙家白門。風寒易水識歸期。清操傳世無三惑，暮夜居心畏四知。至死能同真老友，先生與先君同日死難于閩，今復同葬于桐。捐生不愧有佳兒。雙忠豈獨推張許，誰解文山壁上詞？

集遠心堂送外弟方四有懷歸白鹿山莊

帶月飛鴻影欲迷，明朝枯柳送長隄。淹留經歲人難別，笑語三更手更攜。鷄唱寒燈清露重，馬嘶荒草白雲低。憐予近市塵難遠，可許籬東傍隱棲？

廿四日立春夜酌與弟分韻

青青高樹柳眉攢，寒盡梅花色欲殘。剩日俱通新歲算，早春已得隔年看。椒盤處處人呼酒，臘鼓家家夜未闌。風逗蘆簾同撥火，弟兄酬唱喜團欒。

懷冰枚上人次友人韻

沙隄風煖送高僧，破衲蕭然挂杖藤。鉢裏隨緣居士飯，龕前入定坐禪燈。鶯吭到夏聽偏滑，山色從春興未乘。書劍擬將同社隱，一聲長嘯是孫登。

戴無忝來自柳州頃又發西江之櫂

纔從嶺外解霜裘，楊柳春江又買舟。十載九年俱浪迹，一身萬里作閒遊。山城不肯留行客，風雨相思獨上樓。岐路送君因有約，來時應在稻花秋。

過家伯司馬公椒園山房

漁唱樵歌來往頻，堂開緑野迥離塵。圍棋雨後青山約，皁帽霜前白髮新。羣從封胡多不賤，分居南北卻全貧。柴門莫使常空閉，應恐松筠亦笑人。

過張大子藝齋小酌同劉四黄玉即席限韻

碎敲鐵馬一簾風，閒話移時曲檻中。花喜乍晴紅淺淡，月纔射影白朦朧。相逢恕我全無禮，差可驕人賴是窮。罇酒夜深披短袂，秋聲初聽砌邊蟲。

送劉三超宗還深莊與馬大一公分韻

結茅深處白雲飛，水漲溪頭没釣磯。臘醖正香人欲別，春花有約客先歸。淒涼策蹇霜填路，潦到頻年淚濕衣。遥想空山多醉臥，舊知誰叩讀書扉？

宿山店

短袖嚴風不定吹，板橋流水出東籬。深山争挂新官律，破廟猶存舊日碑。虎網未收緣畫雨，魚罾偏欲趁寒時。客將下馬投村宿，且看誰家插酒旗。

同錢孝則左扶于兄弟戴韓五張吉如遊披雪洞 二首

結客攜尊春漸殘，直尋洞口足奇觀。四時晴嶺還疑雨，六月空山總是寒。陡下亂泉人語細，倒來飛瀑樹頭看。探源更向前峯頂，搔首高歌興未闌。

一重泉裏一重山，丘壑平生興未慳。杜宇聲中天欲暮，樵蘇歸處路常彎。草新得霽鋪茵厚，麥故迎風作浪還。倘解桃花千樹種，也隨流水到人間。

過小孤山

霜濺篷窗一葉舟，孤山渺渺水悠悠。影摇千頃煙波迴，翠擁長江日夜流。石上屐痕通寺徑，松間風響亂潮頭。老僧乞米邀行客，幾度鐘聲動暮愁。

彭澤懷古

居然邑令博時名，邑小翻因令不輕。五斗難邀高士拜，一辭深見去官情。柴桑亂後餘荒土，楊柳煙中閉古城。靖節流風千載重，豈争能隱慕先生？

潯陽懷古

淵明襟抱本相親，俎豆千秋幸托鄰。地有陶、白雙祠。社裏酒徒消世俗，客中詩思冷江濱。誰憐白首閒司馬，空濕青衫對美人。欲得艤舟祠下拜，潮頭還隔石粼粼。

鄱陽晚泊

望裏鄱陽水不窮，雙橈竟日泊湖東。輕鷗破浪衝人去，寒雁隨漁宿浦中。村出晚煙千樹白，船歸夕照一帆紅。可憐龍戰風濤去，惟見蒼茫立釣翁。

舟泊南康不及登匡廬望之悵然

匡廬十載勞清夢，未得探奇惱客顔。雲氣不殘山寺失，鶴聲遥和老松閒。卻看風景悲今古，愁聽江潮送往還。何事漁郎偏欲去？桃花羞殺到人間。

上南州守憲宋其武先生 二首

久聞棨戟列鄱陽，欲拜龍門道阻長。千里春波融曉日，半生冰鑑凜秋霜。官閒覓句茶鐺鬧，客静彈棋酒盞香。可憶南天酬唱後，故交風景屬滄桑？宋與先君定交白門。

烏衣巷裏謝王家，清嘯登樓興更賒。湖海客歸疏縞紵，秦淮月冷老蒹葭。可憐巢覆餘黄口，猶幸牀前拜絳紗。短劍歌來風雪苦，請看破葛是西華。

壽吉州司馬李梅公父執 二首

夢想龍門接見疏，今朝何幸謁庭除。談經夜雪尊師表，笑語春風襲客裾。海内聲名蘇學士，山中詩酒白尚書。褰衣猶念通家好，豈羡當年御李車？

七十年來興倍豪，班斕裁就襯宫袍。手中疏草端牙笏，閣上然藜動綵毫。柳色人歸風度遠，槐香門静日陰高。春秋從此籌千點，白鹿青牛酌翠濤。

寺中病鶴

羽衣蕭瑟宿寒煙，翻覺依人不是仙。瘦影自傷鳴月下，梵音如解立香前。何曾夜入坡公夢？未伴山中處士眠。長此蓮花皈浄土，聞鐘求食亦堪憐。

登滕王閣 二首

喚客搴衣閣上遊，寒雲淡水望中收。船移渡口歸帆小，户繞江聲帶影流。幸有才人驚一座，翻令帝子重千秋。我來亦覺風催櫂，都督尊前未許留。

老衲欣將盛迹傳，峨然虚閣枕江邊。窗分樹色寒尤早，碑掃苔痕讀未全。隔浦魚飛初霧候，近林鴉鬧欲霜天。歌筵散後繁華歇，曉暮潮來聲可憐。

筠州道中 二首

客況蕭蕭賴醉吟，連朝風雨倍相侵。漁人載網來章樹，章樹潭多魚。舟子談玄指華林。浴水青鶬銜艇出，横江白鶴入雲深。一聲犬吠孤村見，愁聽寒空嚮暮碪。

繫舫先教問地名，寒燈小小出漁棚。村坊客返常扶醉，水驛人來約打更。櫓急灘頭潮漸落，農閒田作麥初平。筠州明日城邊泊，擬向東軒看月生。

豫章謁陳士業先生 時先生臥病謝客，竟未得晤談。

南州高士隱西山，松竹青青獨閉關。人静江聲來枕上，天寒雲影落窗間。久聞縣榻交全息，常對徵書淚有斑。臥病衹令通姓字，幾時尊酒一開顏？

筠州即事 二首

住艇全防觸石尖，未諳土語各增嫌。水門船鬧輸秋税，沙店煙昏認酒帘。新剥黄柑瓤最滑，學燒玉筍味尤甜。木簾畫虎城頭挂，千點紅燈戍鼓嚴。

流風三代未全更，鋤罷還聞誦讀聲。官廨有山常勒石，民家無壁半依城。橋通市闤人忘夜，地近江潮日少晴。東酒沽來難覓醉，索錢底事苦相争？

東南州李二維饒兼訊澹生校書

歲暮天涯一蒯緱，相逢執手更淹留。風流公子同思曼，雪映佳人勝莫愁。檀板歌聲殘臘炬，石橋凍解喚蘭舟。出牆梅蕊驚齊放，春信殷勤寄小樓。

飲司馬李梅公父執園亭次壁間原韻

石色苔光盡是春，煖風吹散一池蘋。碧紗窗影丹書架，緑酒尊酣白髮人。閒引鳳雛花正好，争飛鶴子客來頻。鄉心勝地全忘卻，赢得奚囊唱和新。

送蕭伯闇先生南歸託寄家信

同向南州汗漫遊，忽驚寒去脱羊裘。老來酒興窮尤放，舊有交情懶未投。春色一帆江上柳，鄉心千里雨中樓。龍眠正是君歸路，爲報平安莫説愁。

訪淡生

芳徑常嘶白鼻騧，一江煙水美人家。闌前媚客忘歸草，醉裏消魂解語花。睡伴香篝藏錦被，裝成繡燕貼輕紗。星摇天漢分明見，妬殺張郎獨泛槎。所厚有張姓者。

寄懷方二位白 時位白客西江

一天蕭瑟竟如秋，節過清明雨未休。送客柳邊敲古寺，懷人竹裏上江樓。耕雖有筆難逢歲，棲已無枝任遠遊。春日定教詩興好，可憐青眼爲誰留？

過李二維饒小飲時予有珠江之行賦此贈别

上巳方過燕語譁，屐聲頻到李膺家。詩篇獨富千秋草，燈火常明四季花。留客擁裘亭下冷，惜春治酒雨中嘉。布帆欲放珠江櫂，執手慇勤别路賒。

喜方敦四至南州兼讀近詩

畫舫纔教艤豫章，西山頻望水天長。三春詩就心如雪，萬里人歸鬢有霜。卻笑離情當故國，翻憐聚首在他鄉。多年懷抱言難盡，小閣深深下竹牀。

病中喜倪七樾公至

雙江千里水潺潺，抱病蕭條獨掩關。良友忽驚天外至，放懷且共客中閒。半年杯酒憐孤影，長夜繩牀問故山。猶覺别來情況好，風塵全未到君顔。

舟中對月

山接高天月上難，清光漸逗碧雲端。波心無定千層影，樹杪能留一片寒。古驛青帘停畫舫，深閨紈扇倚雕闌。分明猶記如鉤樣，卻怪他鄉易得團。

雄州寓中與樾公夜坐

短鬢蕭蕭病後顔，胡牀小坐客心閒。一痕白逗杯中月，千點青來閣外山。不惜風塵趨嶺海，豈無魂夢到鄉關？與君明日乘潮去，笑傲扁舟興莫慳。

晚　泊

晚霞片片落江村，曲岸人家早閉門。園露小紅看荔子，衣沾滴翠坐榕根。烹鮮喜傍漁舟住，取醉常令宿酒存。水上一燈山下寺，獨留清影伴黄昏。

登觀音巖

探奇得向洞中遊，石磴還登古佛樓。千尺山光藏曲徑，滿江風色送輕舟。巖通漲水晴無日，樹合高天夏有秋。浪信武陵堪避世，等閒深處付羣鷗。

飛來寺

山據江流勢欲飛，老僧清坐掩朝扉。岸垂榕葉藏漁艇，石繞蘼蕪染客衣。梵磬數聲雲外響，佛燈一點雨中微。陰陰古洞猿無迹，啼殺愁人未肯歸。寺後有歸猿洞。

喜倪七樾公自韶來

惜別情多入夢頻，相逢異地倍相親。奚囊不獨詩全富，馮劍還愁客盡貧。滿峽煙光移桂楫，一江秋意冷漁緡。喜看顏色風流甚，猶有綈袍及故人。

雨中過姚十九望侯寓中留飲

寒雨絲絲止獨眠，鄉思不斷是秋天。愁難遣處惟尋友，酒可沽來莫計錢。閒擲荔枝猿會接，寓中有馴猿。争分茉莉僕能穿。深談忽墮傷心淚，俱有慈親近暮年。

羊城送别姚十九望侯之新州

忽漫離羣又遠行，他鄉相送不勝情。曉風惜别沈香浦，夜雨思人笏竹城。秋落梧桐孤榻冷，窗鳴翡翠客懷清。有魚便可收長鋏，莫負龍眠舊酒鐺。

嶺南秋興八首次老杜原韻

書劍還棲祇樹林，樓邊蕉葉密森森。黄雲出嶺江風疾，白晝緘關瘴雨陰。客况難禁憑酒力，詩情欲動變愁心。遠人何處衣堪寄？含恨聲聲擊晚碪。

一痕月上入簾斜，清影當頭鬢欲華。粤國翻徵洋外貨，天朝初禁海中艖。越王臺冷眠征騎，陸賈祠荒雜暮笳。歎息美人脂粉碎，空教愛惜素馨花。

萬里擔囊歎夕暉，深慙孤影力原微。鷓鴣老樹當寒泣，蝙蝠空梁帶日飛。海市徙來民已盡，宦遊亂後志全違。幾人能到沈香浦，惟見蘼蕪緑正肥。

閒邀衲子坐談棋，作客經年意更悲。但有青山消永日，敢將白眼對當時。嶺南霜小螢猶在，塞北天涯雁渡遲。何處洞簫聲斷續，木魚歌粵人紀土俗曲名。動起鄉思。

憑高弔古石門山，鼙鼓當年駐此間。卻羨漢家能遣使，遂令南越已開關。一時豪氣歸泉土，千載悲風動客顔。老大自傷垂短鬢，故人努力入鴛班。

餞別遥看江盡頭，菰蘆摇落滿江秋。花當此日猶含笑，含笑，花名。村在何方欲買愁？買愁，村名。瘴氣接天衝獨鶴，閒雲墮水散輕鷗。浮丘山上斜陽迥，賈客千帆到廣州。

古寺難眠詩有功，無邊心事寄篇中。乍看枕上生涼月，還怯樓頭響颶風。茉莉殘香千點白，芭蕉落蕊一番紅。歲時易盡驚秋老，忽漫催成華髮翁。

西樵山勢最逶迤，書寄雙魚水一陂。西樵山有雙魚陂。當舍老翁開竹徑，營巢小鳥拾榕枝。渡寒人去喧相接，灘淺舟來穩不移。遥想深閨添寂寞，燈花剔盡淚垂垂。

夜坐懷内兄光二漢白

話別霜前酒共持，飛霜又上碧梧枝。漏聲催客思偏杳，吟興留人睡更遲。婚嫁可憐當難後，田園卻在就荒時。不堪月骨俱蕭瑟，搔首天涯有淚垂。

喜小四兄臥公七兄德公隨二伯父至

弟兄不見動經年，池草青青夢裏縣。秋雨忽聽鴻雁到，蠻鄉愁看菊花鮮。童能度曲消長夜，人喜趨庭慰遠天。故國書來猶未盡，深談幾日廢高眠。

過大佛寺謁實行和尚

和尚不識文字而功行最高，一時藩封俱親禮之。

兵燹重新古道場，高僧相伴坐禪牀。筍燒玉版茶留話，樹種菩提午納涼。文字已能離色相，聲名偏得動侯王。擬將閒裏頻來往，佛手應添雨後香。

九日同實公遊西禪寺次二伯父韻

高天煙雨瘴難開，尋竹他鄉共上臺。滿目禾田青入座，千蟠榕影綠浮杯。旃檀曾歷塵中劫，戍堡還留戰後堆。野墅東山誰載酒？不堪歸思晚風催。

南歸别伯父暨兩兄

幾日方完離别話，搴衣又動别離情。黄花驛路迎霜老，白髮天涯入夜生。送我孤舟憐客子，安親萬里賴吾兄。故山從此多消息，好向江頭聽雁聲。

艤舟晚步

停舟獨步心方穩，舟子閒談興頗雄。雉走高原藏麥底，鳧沿流水到村中。漁燈晚聚江蘆白，野燒天連秋樹紅。此去韶陽先貰酒，明朝莫起石尤風。

窗　前

窗前坐卧盡朝昏，苦覺衣寒絮不温。荒縣日高防有虎，深林秋後祇聞猿。灘頭落水沙千疊，山頂歸僧路一痕。安得故園成小築，蓬蒿滿處閉閒門。

柬友人緘闞

十載深知交結難，獨憐有淚向誰彈。秋蟲滿座書燈小，新月當天樹色寒。門爲人稀苔未破，酒留課罷夜常闌。今來著作應成帙，寄與狂奴放眼看。

送姚玉青省親于令兄羹湖署中

條風吹草緑初明，春酒方酣送客行。山媚遠天千樹色，灘摇夜月一帆輕。搴帷拜母應添笑，彈劍依兄易有情。今古胸中無限事，雙柑何處聽流鶯？

夏日與王大其人張大子藝劉四黄玉方二位白飲姚三勃少長松閣登臺看月夏大象九限登僊二韻即席賦 二首

雲邊臺榭唤同登，小憩迴廊檻可凭。梅雨歇時清晝舫，齋名亦舫。松濤響處落書燈。遥山影自杯中出，細草光從月下增。禮法盡除談未倦，絺衣高挂賴疏藤。

清風吹去急鳴蟬，獨抱文琴理素絃。老樹色迎千嶂晚，嬌鶯啼破一窗煙。詩從金谷常縣酒，人到桃源即是仙。石磴坐深忘卻暑，慢揮葵扇似秋天。

馬四嚴沖招飲話舊有感分得八庚

豆架蕭疏蟲語清，酒杯留客坐殘更。花因中暑開還歇，月既歸林看更明。蓬華久知交態少，滄桑原自世情生。近來睡法深探得，常對羲皇恨已平。

喜錢五孝則自田間來夜坐共話

開襟閒話北風侵，小設匡牀擁布衾。坐上雪痕垂鬢短，籬邊波影對江深。幾年一劍嗟行路，半夜孤燈校苦吟。回首刺桐花外月，分明照見結交心。

秋日過詹子湖居 四首

青鞵方杖曳輕裾，村酒人酣散社初。親曬野花將入藥，課鋤荒圃欲供蔬。夜喧撥草聞驅鹿，水漲飛橈看取魚。幽趣不令塵事到，松濤深處結茅廬。

湖光千尺接林巒，渡口初歸日已殘。微露暗侵雙槳滑，數星低照一舟寒。人聲遠浦搴菱帶，鴻亂中流踏芡盤。望裏疏燈穿老樹，到門猶自隔前灘。

偶來問字破苔斑，琴韻新調獨閉關。曉霧漸開帆影亂，寒潮方退蓼花殷。鸛巢古樹銜魚去，猿擾秋林帶果還。極目嵐光天外度，傲人贏得一身閒。

丘壑深深入翠微，行吟攜手帶斜暉。風欺衰柳黄鶯老，浪打殘荷白鳥飛。閒理機絲成釣線，細收凋草製蓑衣。武陵鷄犬如相共，不學漁郎問渡歸。

贈椒園古達上人步王大其人韻

丘山宛委喜相尋，瓢笠蕭然見道心。挂樹猿聲人出定，入園鴟嘯月歸林。榻分供客唯趺坐，詩愛逃禪獨苦吟。擬向蒲團埋姓字，此中較比鹿門深。

戴公篤公永公肇招同潘季衡徐子亨泛舟載酒登龍山宫眺風浴亭觀釣臺古迹竟日而歸

攜屐同遊入翠微，老僧迎客竹中扉。潮平渡口横漁艇，雲起山根失釣磯。蝕字斷碑眠積蘚，殘烽古寺掩斜暉。酒酣更上亭邊坐，點點昏鴉帶子歸。

戴公孚招飲書閣

梅子纍纍香滿檐，高樓談笑獨掀髯。案頭石養黄磁斗，架上書翻白玉籤。蕉葉竟酣蘇學士，公永不飲。素琴識趣晉陶潛。夜涼清露紛紛月，篝火留人且下簾。

夢潘伯鸞

神如秋水一泓清，緩帶方袍坐月明。顧我不言先下淚，知君此際有深情。白頭八袞眠荒草，黄口經年飽菜羹。風雨飄摇渾未定，漫將肝膽向誰傾？

寄趙半齋皖中

裁書郵寄首頻搔，俯仰因人歎桔槔。久識廬中藏管樂，且從筆底試蕭曹。半生心事彈雙淚，幾載風塵見二毛。天外飛雲增悵望，可堪夜聽海門濤？

雨中花戲爲四絶句 四首

二月江城寒，催花雨漠漠。雨能令花開，勿復令花落。

帶雨花垂垂，枝頭無氣色。不如插瓶中，開落還自得。

花使訴雨師，花經雨已病。雨無惜花情，花祇嗟薄命。

栽花祝常蕃，初雨亦殊喜。豈料雨判花，花完雨不止。

閨情 六首

溪畔送君去，悠悠一水流。寸心隨流水，常繞百花洲。

木落初分手，春教弱線長。窗前閒刺繡，不分繡鴛鴦。

行行芳樹前，花事春風緊。芟草恨忘歸，但留合歡筍。

風吹素縠襦，飄飄如蝴蝶。應在君夢中，俱穿花底葉。

腰肢帶漸寬，憔悴當庭院。欲畫雙蛾眉，淺深難自見。

睡醒聽更漏，侵人月到牀。慣疑春夜短，此夜覺偏長。

讀史偶題 八首

紛紛珠履苦相爭，誰肯千秋愛姓名？卻笑鷄鳴爲上客，信陵特地重侯嬴。

一激功成相印縣，爲因須賈出秦川。區區免死恩猶薄，不及淮陰報少年。

羊裘六月使人驚，磯上原無避世情。昨夜故人還共臥，徒令天子博聲名。

含饑垂釣最消魂，袴下當年是大恩。今日一軍驚拜將，居然淮上舊王孫。

翠柳煙籠畫舫新，姑蘇仍是舊時春。雖然破國成奇節，未免紅顏別事人。

夜起軍中忽放歌，英雄無奈美人何。虞姬不死終歸漢，有淚空教濺綺羅。

一曲琴聲聽未休，憐才最是解風流。彈琴世上人非少，不是相如肯浪投。

一斛明珠買異姿，流芳豈盡是蛾眉？樓前若使人猶在，顏色那能到此時？

寄友人山中

春雨連宵渡口平，柴門掩處暮雲晴。登山倘作故人思，令我得聞長嘯聲。

寓懷西樓有懷枉句依韻答之

我有慈帷白髮親，傷君子影走風塵。明朝河畔嘶班馬，流水空山想故人。

次韻荅位白

寒風吹雨滴經旬，洗徧秋山似早春。醉臥高樓狂不減，往來彷彿晉朝人。

嶺南即事口號 十四首

葉裏檳榔送客情，盈盈紅唾口頭生。妝臺最是宜珍惜，不倩胭脂博美名。

素馨燈挂夜沈沈，一段香魂直到今。蠟炬也愁頻下淚，玲瓏最是美人心。劉鋹葬美人處名花田，至今素馨獨盛，土人採之穿成燈，挂梁間，清香可愛。

曉起街頭賣荔枝，綺羅擘碎露冰姿。看來香玉嘗猶軟，怕在炎方嗜不宜。

圓眼垂垂香滿村，晶丸剥出佐芳尊。醉中掌上擎來看，可是龍睛不敢吞。

佛手黄柑滿案堆，纖纖柔指向人開。饒伊香氣全無敵，也讓蓮花白玉杯。

入肆先誇真臘香，自開古匣出家藏。外江粵人呼客。人到多從儉，一點伽楠攏扇旁。

雕成蜜臘百般多，竹篦深深裹素羅。未到價高從不賣，借看不買奈予何？

山呼鳥名。小鳥用心調，曉起雕籠語更嬌。只爲聲名攣羽翼，不如鳩拙自逍遥。

鷓鴣飛上釣魚磯，啼遍愁人淚濕衣。何事聲聲行不得，翻憐檐鳥會催歸。

紫皮木屐日晴明，翻向天陰赤脚行。海上徙來家已破，成羣乞食了生平。

乘涼屋上似登山，團扇頻揮女伴閒。談到夜深纔散去，家家蛋户未曾關。蛋户開，屋上人出入其間。

井水常鹹近海邊，山翁賣水索多錢。雖然味淡非清冽，不及吾鄉第二泉。

靖海門前海外船，暹羅入貢已多年。如何天子方柔遠，白面來時白首還？

瘴氣連天曉更深，江南客到最難禁。從來寒暑全無定，半日纔晴半日陰。

書懷 四首

枯坐無聊獨掩扉，入簾草色帶斜暉。無情蜂蜨逢春鬧，不向梅花冷處飛。

茅舍疏籬山更深，武陵佳處獨相尋。漁郎不向桃源住，辜負桃花一片心。

燕子呢喃隔柳條，絲絲碧影拂春宵。東風何意偏相妬？吹使楊花到處飄。

梓樹花明鵲引雛，鄰家沽酒自提壺。有情最是初生月，猶照花前舊酒罏。

校記

〔一〕□ 原刻如此。

〔二〕搏 疑當作「搏」。

〔三〕傳　當作『傅』。

〔四〕硃　疑當作『祩』。

龍眠風雅續集卷十

木厓潘　江蜀藻輯

張茂稷

字子藝，號芸圃。大司馬坤安張公之嫡長子也。性磊落不羣，雖家世烏衣，而情耽山水，多讀書嗜古，工制舉業，雅善音律，好吟詠，尤工五七言近體。襲父廕，入監讀書。甫就雍，而司馬公以賢勞卒于官。請恤典，賜祭葬，扶櫬還里。服闋，復赴闕謝恩，以母夫人病，請假歸，孝養倍至，承膝下歡者十年。母疾篤，刲股以進湯藥，必手奉，衣不解者累月。遂絶意仕進，日與元配姚夫人倡和，一室泊如也。大司成屢檄之不赴，徜徉泉石間，益肆力于漢、魏、三唐，靡不研極微渺，詩名大著，豫章曾青藜亟賞之，選入過日集甚夥。生平好施與，輕財，喜結納。座客常滿，尊酒不空，非虚語也。西江董中丞公愛才禮士，延致爲公子師。不一載，即辭歸，有『醴酒已曾終日醉，蓴鱸須及早秋還』之句，士林傳誦。越二年，董公移督鄂渚，復禮聘之。會從弟武仕倅武昌，强之同行，弔黄鶴樓、鸚鵡洲諸勝，吟詠多膾炙人口。有客中登樓之句曰『斷雲影外吴山暮，衰樹聲中楚國秋』，又曰『江天無際愁無際，不必分明淚已流』，人皆疑爲詩讖，果以是年秋七月七日卒于幕府，時年四十有六。詩篇載行笈中，多散佚。友人錢雁湖爲選定之，曰芸圃詩集，序以行世。先是，大司馬公觀察三楚，夢有異僧來官舍，明日子藝生。越四十五年，復殞于楚。豈生于楚，卒于楚，皆有定數不爽歟？噫！異矣！

和陶歸園田詩 二首

結廬在何處？南山卜高岡。白棘編我籬，黄土覆我牆。茅檐免曝露，甕牖分天光。一几置其下，一榻置其傍。榻縣酒一瓶，几列詩一囊。時遇風月佳，率意吟一章。吟成勿復道，聊且入醉鄉。睡去兩無著，明日都相忘。

晨興啓户立，滏霧暗前浦。始知昨夜中，此地有微雨。鄰翁著屐來，邀我過蔬圃。笑指三四畦，瓜豆青如許。悠然坐樹根，隨事相與語。不覺雲翳散，已是日將午。回首望天邊，遠峯復堪數。

貧家别

江路畏波濤，陸路畏風塵。風塵能病客，波濤能殺人。臨岐誰與親？千里只一身。一身幾莖骨，難載百苦辛。仰天發唏嘘，我生胡不辰？我生胡不辰，嗟哉作士貧。

白晝一以遥，云胡夜如歲？所事不離心，恍然入夢寐。大兒手把書，喁喁語乃弟。小女吮乳啼，母撫未肯睡。向前欲置辭，鷄鳴又驚悸。我來米甕空，數口饑應斃。

望廬山

匡廬未及登，寄矚窅冥裏。絶頂侵九霄，蟠根約千里。煙籠翠黛青，日射胭脂紫。鬼斧雕巉巖，銀河注瀑水。玲瓏七寶裝，光怪那可視？我生三十餘，魂夢久仰止。今且覿面逢，不得停寸晷。靈秘雖有緣，蹇厄良可恥。霜雪逼殘年，節次催行李。崎嶇泥淖中，顛蹶亦累累。擔夫拳兩足，疲驢垂兩耳。捉轡還執鞭，悸惕胡能已？前林暗夕陽，拂塵入旅邸。回顧香爐峯，隱隱丹霞起。

許商華畫梅歌

攢毫截管一枝筆，以手約之不盈尺。一入傳神妙手中，描天寫地猶嫌窄。今人動筆紛塵埃，我目所見皆駑駘。耳食許生名最熱，今春喜自長興來。爲人慷慨好義氣，性甘貧賤輕富貴。三十二歲還不婚，磊磊落落忘世味。慕我龍眠李公麟，直履其地求其人。公麟往矣歎不遇，捉筆欲傳龍眠神。與我傾蓋未曾久，針芥相投便相厚。兩情契合稱弟兄，因緣時節真非偶。半載下榻茅齋中，黄齏脱粟知我窮。自夏徂冬閱寒暑，朝煙暮雨時時同。今夕何夕寒窗下，酒闌燭短深深夜。忽然逸興腕間飛，拂硯挑燈爲我畫。暨塗斜抹何縱横，筆尖疑有風雨聲。卷舒一刻十丈紙，老梅樹樹皆天生。蕊作珍珠花作雪，根如磐石枝如鐵。玉骨冰姿冉冉來，螭頭鬼面森森列。手力筆力俱渾忘，傍觀色變魂飄揚。我將俛首向紙嗅，墨瀋彷彿梅花香。許生能文舊家子，畫畫特其餘技耳。即以餘技觀許生，許生已壓今人矣。許生與我生同年，疏狂懶僻遭迍邅。舉世俗眼無識者，傳神妙手誰爲傳？只恐此筆終淹然，許生許生真可憐。

白紵歌

竹攢笙管花攢鼓，長袖一雙高下舞。蘭麝半含還半吐，氍毹軟蹴紅鸚鵡。弓彎欲罷眼橫波，綉帶垂風斂翠蛾。飛鳳餘情摇鬢拖，美人之意將如何？

採蓮曲

江上蓮花開可憐，江邊女兒初弄船。將船竟入蓮花裏，和花合影摇江水。手披蓮葉採蓮花，袖捲香風日色斜。歸橈雙腕欺無力，蕩溼羅裙兩三幅。

早出南郭晚歸

向晨微雨過，迤邐適田家。石眼窺藤杖，溪心立藻花。等閒逢父老，隨意問桑麻。目送雲飛盡，青天亦有涯。

後　來

後來誰許我，奢望亦何名？鏡不藏貧相，書惟著歎聲。腸鳴天聽遠，氣短道情生。欲作終身計，驅牛壟上耕。

夜大風雨

枕上聞風雨，山川俱撼摇。遠天崩嶽柱，隨地湧江潮。一縣疑全汩，千林不暇凋。總無棲止處，啼殺小鷦鷯。

夏日雜詠 五首

半生隨柳絮，一日得蒲團。梵字從儒讀，齋期作病觀。晚香灰燼煖，朝汲瓦鐺寒。舊侶勞相念，狂奴興偶闌。

百需無一有，微曙至殘暉。鄰父譚將去，樵童望不歸。换鹽琴損價，傾甕鶴呼饑。五畝親耕鑿，因循志每違。

野叟貽笻杖，孤高恰稱人。絶巖生趣古，衰質結緣新。出入堪相伴，扶持爲有身。可知來念切，導我離紅塵。

冉冉夕陽西，桑榆與屋齊。地偏饒鼠鬬，時暮急鶯啼。院落松花路，牆根豆甲畦。濯纓兼濯足，遐憶石門溪。

宵深衲一層，寂静禮禪燈。冢上將枯骨，刀邊未剃僧。短才難自了，多難任人憎。大似縣巖樹，低頭就葛藤。

至蒲亭晤姚翼侯妹丈 二首

作別爲時易，相逢一倍親。莫驚予老大，深念爾風塵。白髮緣何事？蒼生仗此身。關心惟片語，著意耐清貧。

儉素仍寒士，江山滯客踪。爐聲煎箬水，箔影蕩廬峯。吏牘青氈藉，官牆白草封。恰如居廡下，夫婦意春容。

留別舍妹

離家來不易，別爾去猶難。積恨三年抱，開顔十日歡。衣裳勞送煖，粥飯勸加餐。此意誰能識？真情出肺肝。

苔　影

不道不如草，空階亦淺深。雨來初未覺，雲過偶然陰。屐迹何妨在？花魂似可尋。一同生趣好，垂蔭讓長林。

送劉二外甥之金陵省覲 四首

下地相親傍，于今始別余。幼寧諳道路，貧不辨舟車。旅夢鷄聲早，鄉雲雁影疏。一靈亡母在，魂魄倚門閭。

燎鬢無病姊，聚首得賢甥。更有誰同志？難教汝獨行。青春宜愛惜，白骨望功名。此舅那堪似，衰頹一未成。

薄産兄能守，承顔弟好爲。鶺鴒分翼日，詩禮過庭時。繞膝晨昏切，迴腸枕被知。若翁應話我，牽動渭陽悲。

建業稱名勝，偷閒可暫遊。六朝如雨散，千載尚風流。有興題遺迹，無錢上酒樓。莫文裘馬客，歌舞易迷留。

同方四松潘木厓李芥須飲三兄勺園

花期使客聞，蠟屐響朝曛。雨緑池初合，苔青草未分。短牆依鶴影，修竹亂鴉羣。領略茶香處，窗紗一穗雲。

南郭看花分韻

彷彿會錢龍，蘼蕪共比踪。碧蹄飛去馬，香鬢引遊蜂。讓路迴看柳，聞歌側倚笻。欲尋壺榼地，花影隔重重。

夜雨

山縣春雷動，茅檐夜雨深。老枝驚鳥墜，枯竹學龍吟。避漏頻移榻，偎寒獨擁衾。酒醒愁劇處，燈影照殘心。

暮春雜興

細藤編短榻，獨坐絶紛華。梅子圓如葉，櫻桃豔似花。紫檀衣桁小，朱索幕鉤斜。假寐欣然足，黄鶯過碧紗。

河橋夜步

橋邊逢好夜，緩步得閒情。岸偪風無路，河流月有聲。遠煙難辨樹，斜雁若疑城。望望多燈火，低徊惜太平。

兵過

十丈黄塵起，春風裹陣雲。倒戈聊偃息，增竈但喧聞。乳酪汙旗畫，膏脂澀劍文。錦袍能戲馬，稱是上將軍。

錢扶升汪少室劉伯顧吴世修同出西郭便訪靈泉介公

只是常遊地，殘秋意不窮。雁來天欲暝，鴉散樹猶風。野日垂藤下，寒流亂草中。遠公精舍在，還用一橋通。

李長康三十

每愧邀青眼，何當結素心？得君同筆研，知我是山林。雨雪情相永，松筠氣與深。他時杯酒後，白首話于今。

始晤陳官儀

太瘦一書生，才多性寡營。儼然存古道，何以得時名？妙筆供人役，儒冠誤力耕。致君貧病故，天悔與聰明。

扶升自幕中歸不久又當去有作 二首

相逢重感别，一語一情生。異俗誰爲伴？中原況阻兵。白雲迷望眼，黄葉亂歸程。抑塞看人慣，應銷舊不平。

幕府原優暇，書生自苦辛。此身難作主，衰鬢尚依人。暫返終非計，頻驅總是貧。江湖來往路，不必怨風塵。

驢

瘦蹇憐渠老，城邊緩緩騎。舉蹄神太懶，垂耳勢何卑？冷棧寧須戀？長鞭似不知。據鞍成一笑，曾有少年時。

萍

幾陣黃梅雨，盆池點綠萍。浮生依勺水，碎影漾殘星。聚散都無據，炎涼那得經？楊花前世業，改面尚飄零。

滕王閣

雅望皆都督，閻公邁等倫。讓賢能割愛，招客竟通神。勢位身何有？樓臺迹未陳。尋常唐帝子，亦藉作傳人。

寒夜語僕

未可分形影，偎依擁一燈。久甘爲抱犬，知不是饑鷹。凍粥腸吞雪，單衫背負冰。譬如山寺裏，同作結冬僧。

階下叢菊

託迹荒蕪地，枝條瘦且寒。分隨秋蘚盡，誰望晚花看？病骨還堪理，貧家可當餐。幸爲蜂蝶棄，□□儘衰殘。

西山道上

滿地霜華天欲明，西山獨策蹇驢行。嶺飛黑霧雲添勢，煙起黄茅燒有聲。村舍放香梅蕊破，坂田開凍麥芽生。野人樵採無寒意，擔挂蓑罌又入城。

登投子山

梵宫劫火化爲灰，荒土今存古墓堆。鐘鼓住聲寒鳥哭，斧斤弛禁野樵來。葛藤帶葉纏華表，狐兔成羣走拜臺。我欲下山還反望，禪林官冢共蒿萊。

東方子成

二十餘年舊隱淪，焦桐何用覓知音？儘教牛馬呼當世，莫望鵷鶵借上林。藜藿幸酬餬口計，松筠常比讀書心。秋來共作尋幽伴，紅葉峯頭處處深。

和友人悼姬

始信如今死是真，空房斜榻暗流塵。飛來蝴蝶原爲夢，化作鴛鴦未了身。月榭遺釵鉤紙帳，風簾斷剪藉花茵。舊將團扇徘徊處，日影常來不見人。

立春日同趙志則錢扶升小飲

相對難辭酒入脣，年華去去易沾巾。愁中面目還如舊，市上笙歌又一新。且醉且吟今夜客，頻啼頻笑亂時人。通宵莫厭寒威逼，分到蓬門有限春。

姚望侯歸里

雨足園林樹葉新，早時遊子作歸人。掃開綠草中荒徑，拂去青衫上軟塵。别緒話多因久客，看詩題半憶慈親。惟余懶問長安事，料得風波任要津。

黄鸝

飛去飛來取次鳴，好音傳遞滿春城。知名到處呼公子，出谷何時遇友生？亂擲幾梭花作錦，閒翻新曲舌如笙。家家叫得蠶桑老，約計緜蠻非一聲。

石門掃内子墓 二首

此來無意當春遊，獨掃荒山土一丘。淚和酒漿清似水，風鳴松柏冷如秋。烏銜夕照歸林杪，人抱孤雲哭嶺頭。卻怪石溪流太速，不能稍洗少年愁。

常擬百年偕老計，石門山即鹿門山。與余共話猶如昨，嗟爾先來竟不還。黄壤蔓延生碧草，白楊蕭索障朱顔。可憐新月荆榛外，尚學蛾眉畫一灣。

龍眠道上

紅藤扶得一枝輕，石磴沙堤信步行。新草易生將滿地，野花難舉是何名。雲浮過嶺陰隨薄，瀑落歸河勢始平。因愛緑陂成偶坐，數層松葉畫眉聲。

織錦婦

一寸心縈萬縷絲，自憐辛苦令誰知？風吹袖口愁梭墜，月冷機頭倩石支。篆隸結來文似火，璇璣看處字成詩。明朝擬更翻新彩，花鳥行行費所思。

雪花

飄飄寒素悵誰依？誤墮人間似絮飛。無蒂可容開即散，有根何在落難歸。著來木末千枝合，裝出梅稍幾瓣肥。自是仙葩厭煙火，豈同凡草望春暉？

登白雲巖

偶出柴關望夕曛，徐扶竹杖入秋雲。又逢冷石流泉水，翻怪孤松脱斧斤。荒址昔曾多結搆，儉年今且費耕耘。算來只有空門久，青鳥啼聲尚可聞。

夏夜馬一公臨公方田伯素北過訪分賦

細簾高控晚煙清，呼得燈來聽起更。茶冷竈邊無火氣，月明城上有歌聲。庭生亂草留蟲語，壁補疏籬任犬行。吟罷新詩經半夜，一枝殘燭十年情。

山　路

曲澗層巒路轉長，亂雲垂處失斜陽。危橋草合驢難過，破屋牆傾鹿可藏。誰氏墓碑今欲倒，自生桃李不成行。春山數里無人迹，獨摘松花嗅野香。

送劉甥仲嘉再往金陵完娶兼省

數點江山一葉舟，黄花時節又重遊。金陵路喜無多遠，玉鏡臺方待好逑。到日先應趨子舍，佳期後即上書樓。乘閒早作歸來計，終是他鄉莫久留。

九日周子良老師過晤感賦

二十年來别絳紗，駒馳日月老侯芭。備嘗世味身將隱，空負師恩鬢早華。桃李已同霜後草，茱萸還插酒邊花。硯田耗盡平生力，那得收成似陸家？

堤柳

昨夜新寒水驟消，堤邊楊柳最先凋。酸風欲刺那開眼？苦雨頻拖久折腰。繫馬一枝慙短線，棲鴉雙語憶長條。謝他日暮悲秋客，相望徘徊不過橋。

瓦松

破屋相傳近百年，瓦松直長到檐前。深藏小雀經時出，軟襯寒猫向日眠。常愛雨來青似草，一遭霜打白如緜。惱人有漏難尋補，濕爛横房幾尺椽。

同劉超宗小飲分得心字 二首

一天風雪夜沈沈，共擁紅爐話苦心。生計奈何都至此？讀書空望到於今。愁應似縳難全解，酒果能澆但滿斟。還慮市塵無處避，羨君踪迹入山深。

耳邊更漏轉蕭森，殘燭摇摇冷氣侵。思苦漫憐君太瘦，家貧爲累我方深。逢人每覺無生色，歷世纔知有悔心。相慰只餘詩句好，誦來又恐是商音。

感懷 二首

屈指垂髫返故鄉，人情時刻見滄桑。甘爲隱退羣欺懦，恥逐逢迎便駡狂。謗出至親難口辨，名慙同學但心傷。行年三十纔稱壯，鬢髮如蓬早著霜。

門巷秋飈起暗塵，當初光焰變青燐。可憐路上椰榆鬼〔一〕，原是尊前嫵媚人。長夢恨無千日酒，百年愁有再生身。不如化作山中石，常伴蒼松與緑筠。

别妹

彩幡畫舫列江干，兄妹情親語夜闌。如此别離差可樂，奈何斟酌不成歡？鄰邦幾日之官易，仕路他年會我難。花誥著身還念否？謝庭風雪有人寒。

黄昏

殘冬容易到黄昏，自撥紅爐煮一尊。燭影短長摇粉壁，風聲來往過柴門。書求下酒看無次，詩偶成聯稿不存。但得半醺眠去好，竹牀藤枕木緜温。

北郭

不嫌霜露踏清溪，隨分秋光引杖藜。枯樹似人驚鹿走，壞牆無主任鴉棲。丹楓敗葉辭枝響，白日孤猿失伴啼。滿目是愁何處放？老僧相揖過招提。

亦園

流水環牆舊板扉，一分春色已依稀。梅當野徑開花緩，草近池陰出土肥。傍樹石還留雪在，離城煙欲作雲飛。東風信道濃如酒，坐倚亭欄醉不歸。

留别翼侯

忍對離筵酒一尊，斷魂纔續又銷魂。歲云暮矣思南畝，天實爲之賦北門。廉吏會當題殿柱，故人歸只守田園。知君贈我綈袍意，明日江頭揾淚痕。

貧粧

日映篷窗鏡影清，等閒梳掠便教成。常拋黛筆由眉淡，久厭金釵喜鬢輕。曳布作裙寧有色？紉蘭爲珮自無聲。生來合與黔婁配，不是貧粧不稱卿。

西郊懷古

歌舞遺踪付水流，吾儕只作偶然遊。既知栗里無高士，休問瓜田有故侯。白首幾能終緑野？青山遥想映朱樓。芳樽酒盡歸鴉急，落日蒼蒼起暮愁。

内子生日 二首

朱粉常羞衆女身，鹿門從隱及青春。堂前箕帚貧家婦，室内琴書雅致人。鍼綻芰荷兼綉佛，珮縣萱草並寧親。江山映得雙眉秀，每愧張郎筆有塵。

蔡氏姬爲趙氏孤，十三嬌小嫁黔婁。一門散亂身猶在，七載糟糠骨已癯。裘褐果偕當日願，酒殽還待不時需。今朝生日風寒裏，笑指牛衣是六銖。

陳官儀留飲

三年重與對深杯，蹙蹙愁心暫許開。眼底故人新白髮，天涯春信舊蒼苔。當時酒伴如雲散，半夜爐聲似雨來。剩得江山猶可弔，月明同上射蛟臺。

九月初八夜不成寐有懷翼侯蒲亭

枕邊乾葉響迴廊，秋緒緜緜夜許長。檐月暗移千里夢，砌蛩閒待五更霜。壁縣藥裏遮風冷，衾覆荷衣帶酒香。卻憶故人花滿縣，茱萸獨插過重陽。

衰　柳

乍可垂條又改柯，緑絲摇落等寒莎。宫腰往事風流遠，殿脚遺踪日影多。萍迹已隨秋水盡，笛聲其奈夕陽何。長亭外是長安陌，眼見人堪幾次過。

示弟秩

多病余應竟寂寥，少年爾正合扶摇。四方既是難餬口，五斗無妨且折腰。須記竹梧巢鸑鷟，莫安荆棘伴鶻鵃。父書萬卷如何讀？兄學躬耕弟立朝。

觀燈夜作

踏歌連袂逐樵蒸，通夜追歡我亦曾。老退頓銷當日興，軒騰甘讓少年能。杖縣好月難孤往，衣透寒風已數層。小立天街無意緒，蓬門歸掩讀書燈。

送汪少室之石埭

此處寧無爾故棲？年年只見逐輪蹄。燕巢不肯依簾幕，鴻爪多令印雪泥。柳絮驛亭風易起，桃花江水浪難低。慣遊未必歸心切，賴有他鄉杜宇啼。

送姚蟄存遊南嶽

布帆如葉趁條風，雲海蒼茫望祝融。醽醁熟時花作釀，鶬鶊啼處竹成叢。龐公寺院殘陽裏，杜老祠堂細雨中。山水儘收詩畫藁，莫教羞澀歎囊空。

中秋夜飲同汪少室李長康限雲字 二首

亂離佳節少同羣，常到蓬門只有君。習氣定纔知故友，夢魂驚每怕新聞。桂花拂坐秋容老，菱芡充盤野味殷。但願成行似來鴈，飄然無事度青雲。

坐待金波漾簟紋，荒庭月色白紛紛。蘚痕没砌涼如水，蕉影翻窗薄似雲。蟋蟀意中偏夜永，蟾蜍光裏又秋分。西風滿屋無銷處，酌盡松醪只半醺。

重過嘉興

三十年前此路迴，兵戈滿目不勝哀。生逃禍亂人將老，自取飄零客又來。平地恐還餘劫火，戰場驚忽化樓臺。凭舷指點當時事，岸上居民反見猜。

至蕭山贈姚非菴

鴉散槐陰日影偏，青山對案果蕭然。落花不語琴高臥，饑鶴頻呼橐倒縣。鞅掌本違才子志，折腰翻受故人憐。銜杯剪燭通宵話，記得寒窗十載前。

江　寺

夢筆橋頭水繞垣，珠林寶塔現祇園。原來慧遠談經地，舊是文通挂席門。詩思杳梁傳燕語，墨光苔砌認花痕。至今遺像依香火，半藉才名半佛恩。

蕭山曉發

歷盡山名到剡中，片帆不及待秋風。尋津幸不迷漁父，失馬無勞擬塞翁。醴酒懶嘗心已醉，綈袍辭贈命原窮。歸來笑比嚴光好，一夜何曾臥與同？

劉黃玉與余同居三十載因余遷徙黃玉遂決策入山作終老之計矣余猶溷迹市井中不能無今昔聚散之感臨別贈之以詩

脣齒相依不記年，奈何今夕對離筵？巢傾去燕情顛倒，陣散驚鴻影後先。敗草有根猶著地，浮雲無力但憑天。明知到老終當別，未免臨岐各慘然。

别宅

層樓邃室永相辭，抱女攜兒未敢遲。涸鮒但求逢活水，窮猿安望擇高枝？明朝酒迹苔痕改，舊日詩魂樹影知。去去不須回首顧，京華多少客流離。

哭姚小山 五首

昨歲河橋相送時，看君顏色倍淒其。只疑舊侶增留戀，寧道今生永别離？痛飲解憂原是病，危疴羈旅竟難醫。春間兩次郵筒至，尚寄都門感遇詩。

米貴全家寄食難，貧軀又獨出長安。忍抛骨肉心尤苦，因致飄流命亦殘。客舍北歸魂漠漠，鄉關南望路漫漫。枉攜八口三千里，瀕死無人一撫棺。

雖占科名二十年，宦途無處不迍邅。常嗟賈傅遊梁死，欲向盧生借枕眠。憤世早令添白髮，趨朝翻使入黄泉。臨風剪紙焚相贈，莫認殘灰當俸錢。

淋漓心血滿奚囊，誰向甘泉特薦揚？判牒幾年空作吏，修文今日始爲郎。隨身慧業須教讖，折福才名料可忘。憐殺易安編録好，僅存欣賞在閨房。

竹徑羊求願既違，何時執紼導君歸？書遺手迹新題字，袖漬啼痕舊解衣。鄭亞卻無兒可託，韓充惟得女相依。西州門外雙行淚，暗逐陰雲暮雨飛。

不寐

青燈一點落殘花，枕上羈魂萬里賒。心懶病如初中酒，夢回情似再辭家。霜侵襆被寒逾重，月避紗窗影漸斜。乞火細聞鄰舍語，喁喁兒女亦天涯。

寄内 二首

廿年共守灌園盟，何苦輕身汗漫行？家遠信稀嗟歲暮，日寒衣薄盼天晴。孤懷懶散原難屈，舊病蹉跎未易平。雙鬢近來添百感，數莖殘雪一朝生。

男兒失意且攢眉，閨閣悽惶更訴誰？疏月冷穿詩几過，暗風高曳畫屏移。檐前喜鵲休多卜，鏡裏飛鸞合暫離。所恃我非遊慣者，縱無名利有歸期。

同超宗夜坐

螢火穿籬蟋蟀鳴，紫蘭風細入茶鐺。客中幾遍憐時節，花下聊同話月明。將命較人貧實好，據書觀世亂方生。季鷹久抱吳江憶，試問天台採藥情。

歸　期

蓮花蓮葉又離披，屢定歸期屢失期。終日采藍還采綠，幾曾棲塒復棲塒。遥知獨旦憐衾枕，每對如雲憶縞綦。寄語南園桃共柳，好將秋色强支持。

留别制府諸子

自分狂奴合退閒，勞君猶爲唱陽關。也知送客傷南浦，其奈移文動北山？醴酒已曾終日醉，蓴羹須及早秋還。相思别後誰堪語？付與松風夢醒間。

蠡湖即景

帆縣朝日蕩空明，汎汎中流自在行。水闊喜從湖路直，船高知是客裝輕。小童膹飯爲魚餌，三老呼風作鳥鳴。此地山川來往慣，白雲紅樹有餘情。

將至兔河爲風所阻

數里歸舡浪打頭，明明村火隔汀洲。故園已歎經年別，羈旅還償一夜愁。蛩合衆聲聯斷葦，樹低僵影蘸寒流。平生逆境相逢巧，恰好今朝是石尤。

素北再納寵招飲内閣

行處相隨坐處親，比來昕夕總良辰。香奩舊是藏書地，紙閣今添問字人。須得孟光能共隱，故教絡秀肯連姻。風情漫道如雲薄，鏡匣熏籠覺一新。

入石門沖便訪方東來別業

軟踏晴沙步少塵，青鞋恰伴採樵人。晚禾穫後田成路，秋草枯來石起皴。澗斷鴨羣浮不遠，雲低鴉陣認難真。楓林處處桃花色，倘遇秦時舊逸民。

題背立美人圖

無可争憐恰可憐，最銷魂處最難傳。非關妾面羞郎面，是想前緣引後緣。新月趁來安髻底，好風隨去到裙邊。何因得倩菱花對，暗步香塵試拍肩。

憶　内

荒卻山田種硯田，眼看今又不逢年。有謀未遂羞吾拙，無米能炊仗汝賢。落葉拾薪衫袖底，寒衣添線戾廖邊。夫妻命裏宜清苦，決計還家學鮑宣。

遣僕歸里

一朝遣汝恨匆匆，歸計艱辛歲又終。雨雪路荒須禁酒，江湖舡小莫乘風。全家目斷驚疑際，遠客心縣去住中。已發喚回重囑付，山田銷凍早興工。

端　居

世路天心頗覺寬，如予自作廢人看。槩辭晏會持齋便，深謝軒車報謁難。豆粥滿瓢常過飽，松牀鋪絮儘禁寒。端居懶問春何處，偶爲梅花一倚欄。

除夜書懷

一年今日盡，除夕異鄉過。歲酒無蔬果，寒衣只芰荷。回頭身老大，扼腕志蹉跎。舊業惟看劍，新春又擲梭。自慙鋒已折，人笑墨將磨。墮甑須休矣，吞鉤復奈何？青氈徒冷坐，白雪敢高歌？野雉違林麓，溟鵬入網羅。窮途甘獨泣，醉尉輒頻呵。祇覺低眉苦，還憎出涕沱。實同棲枳棘，翻似戀芻禾。我法疏來往，羣情費揣摩。常懷焚筆硯，況聽說干戈。鹿豕輕離伴，鯨鯢乍起波。江湖佳境少，壠畝戰場多。客思偏教久，民言亦孔訛。夢魂驚鼓角，音信隔關河。逆旅誰知己？悲吟總著魔。苟安嗟燕幕，終計想漁蓑。顧影如萍梗，捫心負薜蘿。

聞百舌

晨光未發臥清淒，百舌能先衆鳥啼。將欲喚予春夢覺，不知曾聽五更鷄。

湖　鴈

底事湖邊戀不飛？嗷嗷知也是啼饑。莫教食盡天涯草，留與王孫認路歸。

題琵琶亭

門庭冷落總堪悲，豈聽琵琶始淚垂？我亦江湖空老大，不如卿有嫁人時。

新　燕 和方四松韻三首

江南二月雨初殘，乍就春暉試羽翰。交剪欲開還欲歛，東風猶帶幾分寒。

故傍簾櫳絮語輕，娱人真似解人情。韶光早晚寧多少？消得呢喃只幾聲。

爲尋故壘入京華，重見朱門舊落花。只道主人還姓謝，誰知今已是王家。

觀畫蘭者

扇頭拈筆著芳情，枝葉天然信手成。借問畫時曾悟否？此花原是爾前生。

哭小女

業經生死只三齡，風裏浮雲浪裏萍。似飲中山千日酒，其來如醉去如醒。

宮　詞 二首

粉黛三千各及時，如何雨露一人私？守宮點點皆紅淚，難道官家總不知？

舊例梳裝有賜錢，閒身不用買花鈿。因思鑄作慈悲像，但祝君王萬萬年。

附　節婦孫氏

文學拙也公之仲女，兵部職方童玄籲公天閲之妻也。職方于乙酉冬監軍五省，夫人從。壬辰殉難，夫人年纔二十四，誓不二庭，有欲奪其志者，劓鼻拒之，旋攜二女避亂山刹，祝髮爲尼，以全其節。其兄石文從兵戈戛擊中重趼迎歸。長女適姚氏子，次女適張子芸圃，即依芸圃以居，衣粗食糲，荼苦如薺。芸圃嘗爲予述其苦節，聲淚俱下。祝山如祺作望海水篇以表忠節。因憶予昔在白門時，與童公定交，相得甚歡，爲哀而和之，中有云『今宵洗盞猶呼酒，明日搴旗便出師』，蓋定情之夕，予曾有催粧之詠也。夫人捧誦再四，搶地呼天，幾不欲生，作詩志謝。嗚呼！昔人云『死者復生，生者不媿』，夫人足當之矣。芸圃既歸道山，夫人母女相弔而守，賢淑貞節，萃于一家，可俾其無傳于後哉！録芸圃詩竣，附載于末，以信邦人，使邑乘有所采掇，亦芸圃之志也。

我生不辰，早罹大故，夫子殉節于海壖，兩女偷生于蘭若。賴叔兄石文間關數千里，迎歸故里，得以完節。祝樸巢先生作望海水篇，直敘其事，而潘木厓先生踵而和之，存歿均被，涕淚無從，賦以鳴謝。

毀顏戳鼻總如飴〔二〕，精衛難填海水涯。柳絮少無謝韞思，柏舟老誦衛姜詩。心傷作傳褒忠日，淚漬磨笄救姊時。謂石文兄也。自歎未亡偷視息，敢期名姓簡編垂？

校記

〔一〕椰榆　當作『揶揄』。

〔二〕戳　當作『剹』。

龍眠風雅續集卷十一

木厓潘　江蜀藻輯

何永紹

字令遠，號存齋。方伯虛白公孫。蚤歲補博士弟子，遇試輒高等，食廩餼。天資伉爽，學問淹博，日搆制舉必七藝，諸先達素器重之，謂當躅方伯、文端之武，凡八入鎖闈不售。常客遊四方，若吳、越、楚、豫、關中、亳、宋諸名山大川及宗工鉅卿，流連唱和，益肆力于詩、古文辭，汪洋浩瀚，籠罩百家，所著書幾等身。兩應邑侯聘，修通志。晚督家政，建宗祠，刊譜系，慨然捐貲，至負累無倦色。爲人質寔，不務華餙，不事諧戲，每遇事，侃侃辨論，藴義風生，里族人嚴憚之。嗣有龍眠古文一集之刊，甫竣而卒。子方曾輩爲搜存齋詩文全集問世焉。

擬古 二首

騏驥不能騁，蹄齧槽櫪間。壯士多鬱伊，感慨終蹇艱。驅車出門去，意欲遊名山。名山安所適？將至閬風巔。揮戈指日馭，側身問飛仙。忠孝屢見禍，奸佞福緜緜。斯理殊不平，母乃非先天？仙言此正道，天運久西旋。盤根世所棄，曲突應無憐。會當醉村酒，飲待鬢毛斑。

雅鄭不同好，感此懷古心。幽人静獨夜，素琴鳴空林。零雨積天路，滿目風陰陰。寒暑易代謝，咬咬春禽吟。鬱伊中不解，纏緜一何深！一歲兩三花，坐見霜鬢侵。佳人在天末，寄我雙南金。思之不可見，夢寐相與尋。心孤易感激，白雪無知音。

詠懷 三首

虚中守沖素，服道無所冀。感物懷幽情，撫時自傷棄。胡琴碎市間，同皁悲牛驥。世無郭隗知，豈少伯樂異？冉冉芳蘭根，葩葉忽憔悴。榮榮架上花，俄頃秋將至。鼓瑟以忘憂，一室頽然醉。

染翰對賓友，去日亦苦賒。策策西風樹，宛宛秋前花。倚伏有定數，榮落良可嗟。朝飲金莖露，暮種青陵瓜。富貴亦何常？念此丘中麻。伊人寄秋水，高尚天一涯。圓魄忽易缺，白露滿蒹葭。

家本青山下，翺翔任天放。圓月桂松梢〔一〕，飛雲出林嶂。逸趣寡所偕，緩步屐幾緉。少小學操觚，竽瑟兩無當。歸吳歌五噫，遊秦書十上。念彼昔人賢，遇合各異狀。芳菲不及時，搖落空悲壯。感激傷其真，白頭苦吟望。伯牙無鍾期，千載誰相向？

詠　史

平生重意氣，感念游俠人。結交惟知己，寧論賤與貧？高誼薄霄漢，帶劍過平津。患難急相捄，千秋無等倫。季布魯朱家，傾蓋一何親！丈夫貴義烈，生死遑惜身？世上無斯士，有志不得伸。相彼義鶻鳥，杜陵寫其真。人生不如鳥，空歎白頭新。

靈谷寺前望鍾山

靈山緜地絡，垂峙壯江表。佳氣鬱丹巘，紫雲覆清曉。翠嶺野鶴翔，蒼厓馴鹿擾。疊岫乍隱現，層嵐亦紛杳。弓劍舊可藏，園陵近誰掃？日夕鵾鴰飛，風物恣憑眺。不見昔時人，但有經秋草。山上萬株松，春風逐鳴鳥。

答齊春顧赤方

我聞顧辟疆，意氣淩滄洲。文章掩李杜，詩歌軼曹劉。仗劍走四方，江淮恣遨遊。廣樂具奇麗，時窮焉足憂？昔人陋拘墟，高吟百尺樓。射策既已誤，世榮那可求？歷落主風騷，此道君才優。七言駕李賀，佶曲窮源流。錦濯江月彩，筆染春花稠。把君青琅玕，光芒拂銀鉤。論詩少知音，良懷託林丘。別愁郡齋隔，咫尺阻且修。落花散庭雨，江雲深悠悠。安得從君吟，一夕酬千秋？

曉坐冷泉亭

曉坐冷泉亭，泉清溜山脉。上有飛來峯，峯峯多奇石。巖壑繪靈妙，俯仰躅躡蹐。碑面苔紋蒼，洞口天光白。馳情恣行遊，欣賞累晨夕。幽篁發新籟，乳竇蝕仙迹。烹泉煮春旗，煩襟了爲釋。

南康城下望廬山瀑布

廬岳負城闉，蒼然似屏障。紛紛瀑布水，飛劍遙相望。奔湍濺碧厓，匹練落青嶂。勢如浮空雷，隱若驚天浪。巖前銀漢橫，嶺上白虹向。流沫雪花飄，亂點珠光盪。昨夜山雨生，樹杪幾千狀。下淮入彭蠡，湖波恣漭瀁。浩浩元化功，神奇不可量。我欲杖策遊，十里空惆悵。

姚經三畫山水歌

姚生善解丹青理，爲我拂絹作山水。蒼涼數筆皴致工，飄然不肯同俗綺。溪光嵐影淡清秋，更有雲氣生巖裏。中寫亭石與溪橋，突兀蒼蘿皆倒起。天機所至疑神凝，畫家誰復相憑陵？嘉陵幅内吴道子，輞口莊邊王右丞。攲枕静看松下瀑，倚窗欲映壺中冰。我欲探幽銷永日，心遠獨有煙霞癖。春風雲浄階草生，取君此幅置之西齋之素壁。

白鶴篇贈中丞舅氏

君不見陶都督，昔廬母墓居深山。有客鮮服弔墓間，盛禮致哀事畢去，唯見雙鶴雲中還。古人至孝輒如此，異物招致空山裏。純烏白兔未爲奇，吾舅白鹿先生無愧矣。身爲開府至今日，每日寢門三問疾。去年十月雪花霏，獨爲草舍山中泣。讀禮註易兼著書，自手蓼莪悲罔極。文孝先生予外祖，理學淵源兼創守。生愛二龍漆室成，華表千秋名不朽。即今兩墓兩相望，鬱葱山色映湖光。先生築室老于此，書澤栝棬矢弗忘。我聞仙人騎鶴亦騎鹿，日向南浮草堂宿。白鹿湖邊鶴又飛，昔之開府今都督。

寄顧茂倫

高秋楓落吴江冷，江天霽色澄秋影。讀書堆上顧野王，文苑英華馳復騁。區明風雅數十年，驚卻世間人醉醒。大名烺烺霄漢垂，齊梁陳宋横流拯。晉室風流六代豪，楊雲門巷瀟然迥。百城環擁舊青氈，梅花芬馥無人境。聞聲相憶簡册中，夜雪何時乘舴艋？我賡紈扇棄篋笥，白雲自悦青山嶺。秋江落月滿梁頭，露白葭蒼情耿耿。謂公一柱砥狂瀾，大業將與名山並。龍眠坐嘯春草生，松陵唱和巖壑静。雪灘釣叟歌莫哀，金馬宏詞屈公等。

觀陳簡菴書法歌

中州有客陳仲舉，書中草聖詩中史。詩歌酷似王右丞，書法遠侔鍾大理。躡屐負書湖海行，欲將翰墨傳山水。梁園碑記匡廬碣，解衣盤礴呼奇絶。南浮江淮過漢湘，磊塊襟期多不屑。偶來黄州訪舊遊，黄州太守愛君之風流，憐君之落魄。君言野人無以報，惟將詩字銘公之德澤。太守知君字奇絶，一日盡换堂前額。初洗紫石蒸青煙，旋染貍鬚拂蜀箋。一臺二妙稱衛索，横恣逸態春風前。有時斷痕連屋漏，有時孤石立峯巔。或如疾風掃落葉，或如驚雷鳴重淵。快似峨嵋瀑布飛流直下幾千里，怒似楊子江前崩崖激湍瀠洄澎湃去無邊。我昔與君坐溪口，知君此法無敵手。抱蔓拖枝世上多，似君精妙未曾有。君之小楷亦絶倫，不染麻姑滄海塵。蘭亭彷彿永和意，字畫雖減丰神清。君房下筆妙天下，縱嗟貧病仍瀟灑。草堂偃臥兩三間，萬斛珠璣立傾寫。見才不忮知者希，誰信同心是風雅？

同諸子重遊赤壁

赤壁俯瞰一江水，江流無聲春日裏。西望夏口漢陽前，東望武昌樊川尾。江皋木落葉未生，江洲雨過潮還起。一望再望煙寥寥，雪堂竹樓俱蕭條。麥浪翻青柳絲緑，我昔蠟屐遊逍遥。往事驚心一彈指，悵望千秋何處是？飲酒一斗詩一篇，二客當時意如此。

方與三夜話先王父遼海去思碑記感賦

君不見，萬里山海關，外有遼陽城，邊烽静處春草生。又不見，遼東華表柱上鶴，千年一歸何寂寞？春風吹草年復年，鶴歸華表柱依然。山海關前匪絶國，往事今聞在目前。我祖轉餉渡遼瀋，十萬邊軍給倉廩。官糧支放無減存，懽聲震地經三稔。邊人感德復好義，道旁爲立遺愛記。歸時送者盡焚香，舉手攀轅羣墮淚。巋然一碑五十秋，苔色青青古篆留。風霜自閼邊馬迹，文名千載同悠悠。甯家方子昨過此，下馬看碑更熟視。蒼茫萬里少人煙，只有靈光仍故址。因思古人不朽碑，或立在山或沈水。高岸爲谷谷爲陵，滄海桑田變不恆。春風春草年年緑，華表千秋尚可憑。

三蘇墓下作

魯陽揮戈愁日暮，有碑屹屹臨中露。斬藤剥棘搜遺鐫，斷文裂字多無數。峨嵋嵩嶽五千里，云何此是三蘇墓？反覆晰辨讀再三，始知其故真無誤。文忠文定後先歸，老泉但取衣冠附。郟城西北本崇岡，岡上松楸莽迴互。一望祠墓各巍然，古柏森森走狐兔。有田六頃供春秋，宴游祀事羣班布。下馬欲拜先生墳，行人倉卒莫相顧。先生文章已不朽，三蘇姓名在當路。何人萬古斷荒煙？汝南刺史重標護。

夏日同宋牧仲遊聚寶山次韻 六首

怪石寒煙護，千年此地幽。山從崩路改，人似及春遊。竹影摇風細，藤花得雨稠。江深無六月，不道氣如秋。

頗識謝公意，遊山詩趣多。得閒宜眺聽，不醉亦婆娑。煙月迷蒼嶺，琴尊選翠阿。野人無忌諱，來往唱樵歌。

松風日當午，小徑落陰清。梵唄來初地，林花采異名。雨過石有色，江静水無聲。好作猗蘭操，溪山與共盟。

野趣朝貪適，吟情晚較深。羣賢稱畢集，五字獨君尋。杖屐酬風雨，江山遞古今。習池曾載酒，不遣吏人斟。

登高還騁目，何處快哉亭？落日摇江練，孤帆换地形。漁樵孤嶼碧，寒暑一煙青。可記遼東鶴？千年尚姓丁。

野風吹柳岸，夕照射蔬畦。不盡雪堂勝，悠然赤壁溪。鳧鷗還漠漠，車馬仍棲棲。繪罷芳時宴，桃源路欲迷。

左蠡阻風

一水渺無極，南康低浸城。乾坤悲浩蕩，日月混虚清。灘起朝鳴榜，帆開夜卜程。休言仙櫂便，風浪片時生。

施愚山使君宴席限韻送周司理赴任

不賦滕王閣，空聞勝事傳。詩皆無敵手，人自識登仙。曲度梅花外，杯銜錦席前。使君稱二妙，瀟洒戀羣賢。

和周計百司理冬日遊青原山 四首

兹山萬壑碧，初日半林青。野趣躭蘭若，禪心冷桂庭。不凋霜後葉，常聚水邊萍。遥想溪橋上，清音正可聽。

世事山封盡，塵心夜坐無。千花攢塔異，一室倚峯孤。寺看前朝碣，溪成野水圖。踏歸樵路晚，涼月雜霜鋪。

空林清磬寂，天際看飛鴻。詩寄白雲外，人行黄葉中。攜琴招惠遠，分酒醉園翁。卻羨游山趣，千秋一謝公。

光禄知無敵，深情幾卷攜。林松分細韻，谷鳥助清啼。仙吏題孤島，高人笑獨溪。陽春歌調逸，同是牖羣迷。

潼　關

潼谷千年水，蒼茫掩濁濤。崑崙河勢近，菡萏岳形高。隘口尋常度，重關百二牢。長安車馬客，無計謝塵勞。

希夷峽

扶筇支偪側，采藥愛攀躋。斷續前朝碣，依微隱士棲。三峯仙掌秀，一水大河低。過盡希夷峽，煙深路欲迷。

青柯坪

欲策盧敖杖，疑聽子晉笙。苔花封屐濕，雲氣入衣輕。亂瀑轟雷響，飛花作雨聲。長安誰道遠？落日下層城。

洛陽懷古

龍門伊闕幾千秋，臺榭園林盡古丘。驛路沙飛周鼎没，平蕪草白漢宫愁。地分瀍澗流泉迴，關擁殽函野燒浮。極目秦川何處是？黄河東下水悠悠。

楊用行博士招飲得月臺賦贈

門掩桃江春水邊，竹窗茅舍足林泉。白沙淺草通樵徑，緑樹濃陰泊釣船。半畝池塘晴映月，一溪楊柳晚含煙。徵君娱老無多事，倚杖青山仍醉眠。

桃江署中贈林木生

孤山處士卧雲心，放鶴看梅取次吟。鄴下文章傾阮瑀，洛濱才子羡陳琳。閒支竹雨調芳草，時引松風拂玉琴。煙水五湖誰藉在？碧桃花裏鳳簫音。林時納姬桃江署中。

過太和贈蕭孟昉

海内聲名八顧儔，蕭齋閒放亦千秋。高情愛客草堂見，落日論心江水流。世守異書居遁圃，人傳佳會在南州。偶來不用傾家釀，茗碗檠燈共勸酬。愚山講學，數百人皆孟昉治供具。

除夕逢立春

律變星迴物候新，萬家燈火雜江濱。人間時序驚重轉，天上韶華又一巡。冬夜已消今夕臘，南枝先送隔年春。流光頃刻争遷代，愁對明朝兩鬢銀。

大覺禪林

樹密高崖古鷺洲，石臺精舍碧溪頭。禪林舊是青原派，弟子新傳藥地收。雲過講堂修竹净，月臨前殿晚鐘悠。遠峯浮出當門影，不盡江聲繞寺流。

武陽渡

日月湖邊草色凄，武陽渡口晚煙迷。隄前老樹春催緑，沙外新禾雨長齊。野市傍河安水碓，荒田無犢帶人犂。停鞭更問舟行路，隔浦横雲是梓溪。

同吳備三林公合虎丘茶話

香涵薜荔繞丹梯，碧宇朱欄傍舊堤。藤砌坐涼人近遠，松風亭午日高低。茶甌乍泛山泉味，花管新成粉壁題。浄卻塵心同酩酊，不須招隱覓雲棲。

黄鵠磯

黄鵠磯邊黄鶴樓，煙波三月望中收。漢陽山色窗間見，鄂渚春晴檻外浮。芳草但隨鸚鵡緑，白雲疑伴鳳凰遊。長歌更訪仙人迹，檢點青衫是酒籌。

姚經三席上送别吳炎牧還山共用山字

未别先愁後會艱，頻來今日又頻還。交因老大偏求侶，貧戀田園且入山。洞裏看雲行落葉，巖前踏雪上禪關。知君夜宿層峯下，定有新詩幾卷删。

蘄水酒家

清清河畔緑楊橋，過客登樓興轉饒。黄鶴不離芳草地，青旗早挂杏花朝。一溪新月簾前卷，兩岸晴煙檻外飄。最喜胡姬能壓酒，行人何惜解金貂？

過錢西頑田間

家横秋水小溪橋，門枕青山帶碧潮。桂圃麥園尋伴侣，松林茅屋共逍遥。田間心史詩留在，物外農歌隱可招。看弄漁舟换村酒，緑楊煙畔草蕭蕭。

潘木厓招同李芥須姚耕壺再遊河墅落成 二首

經營又復見精神，曲逕長廊事事新。浴鶴池邊添午夢，艤芳榭裏任遊人。舊時竹樹因年長，此日煙霞到眼親。客醉不能諳出入，愛閒身似在桃津。

疏泉鑿石半天成，林樹溪橋位置精。家釀肯開爲好客，杖藜從此稱閒情。白沙灘外歸樵唱，緑柳陰中布穀鳴。那得放身丘壑裏，與君來往樂耆英。

張學士敦復貽惠龍眠古文集序詩以謝之

黑頭公輔古來稀，世掌絲綸不可幾。燕許文章生氣色，馬班名字有光輝。龍眠典獻誰曾識？寰海聲華自此飛。謝得標題同琬琰，存齋冰雪盡珠璣。

桐　葉

一樹扶疏落晚涼，中庭雲石共蒼蒼。書帷影過爐煙細，草閣陰濃墨雨香。坐月不辭浮緑蟻，題詩兼可詠寒螿。湘靈莫報秋風至，恐有幽情寄夕陽。

武昌訪鄔夢陽明府

黄鵠磯邊鸚鵡洲，先生家住碧江頭。龍眠去後添新碣，鄂渚歸時憶故侯。仙嶠月明丹井夜，草堂人淡菊花秋。昨朝涣號從天下，又見循良側席求。

蔣　蕙

字蕙畝。司徒誰菴公少子。司徒歸老空門，蕙畝欲繼先志，少時芒鞋竹杖，與道侶緇流爲方外交。負儁才，爲文博達敏贍，豪于詩酒，工填詞，豔曲往往知名，自以爲徐山陰後身也。卒乃落拓不羈，詩文隨手散佚。友人方懷谷、何孝禛、翼淳於便面録其詩數章，爲梓以傳。

姚屺翁太守招飲北園

北山秋色好，紅葉滿疏籬。亭晚客初到，林深鳥不知。雲移蘿逕月，苔覆石牀棋。獨羨山公興，持杯到接䍦。

贈印初行脚禪丈

丈人行脚慣，蘭若借安禪。佛火沈蕭寺，齋鐘度暮天。松杉含積雨，楊柳淡霏煙。此夕繩牀下，濤聲破石泉。

園居

仄徑藏花塢，攲橋占柳莊。春深肥菜甲，雨足長茶槍。麥飯欣然飽，村醪索共嘗。倦來賒午夢，小炷一爐香。

盆蘭同長康懷谷孝禛賦拈得音字

緑雲冉冉月沈沈，宅近羅含總易尋。九畹漫吟高士賦，一枝如見美人心。嫩芽原上逢春契，弱葉琴中卜夜深。移向朱欄須愛護，肯教空谷歎知音？

贈姚司馬之任開化

翩翩持節羡神仙，七寶刀環杏葉韉。國士鳴珂誇甲第，通侯取印恰丁年。鐵橋十六城堪紀，玉案三千客不傳。墨瀋倘尋吴道子，東山石壁草芊芊。

和吴梅村先生拜岳少保祠

遺恨終天首重回，蕭蕭松柏冷蒼苔。山河久已隨南渡，祠廟何曾向北開？一自金牌飛虎塞，空令鐵甲返龍堆。至今風怒黄沙急，道是將軍萬馬來。

校　記

〔一〕桂　當作『挂』。

龍眠風雅續集卷十二

木厓潘　江蜀藻輯

左國棅

字子直，晚號眠樵。忠毅公仲子。十四補博士弟子。性磊落，負大志，不事家人生產，喜結交賓客，與遊者周摯無少懈，有所蓄，輒公之，無私財。因寇亂，家於金陵，交遊益廣，士大夫爭推重之。偕叔弟子忠、季弟子厚主盟壇坫，有『三左』之稱。甲申國變，匿影不出，放迹江湖，寓意詩歌。遊屐所至，詩皆成帙，燕、趙、秦、梁暨吴、越、豫、楚間，各有著作，合向所存臥薪草，編輯凡十二帙，其已刊者僅粤遊一集，貧可知已。暮年歸隱龍眠之三都館，即忠毅公讀書處，重葺之，顏其額曰『抱蜀堂』，自是稱『龍眠隱君』云。邑侯王公造山中廬，談盡懽，登門投刺，欲行飲酒禮，終不出。素謹厚，甘恬淡，事堂上以孝，與人以和，遇事接物寬以恕，生平無疾言怒色。侍御三山公委以家督，修祠、輯譜，心力俱瘁，卒年七十。里人悲之，私謚爲和節先生。

山居雜詠 四首

龍眠山水佳，吾家居其最。長堤抱迴流，環合如束帶。雪瀑挂水簾，林風奏天籟。搆屋傍巖阿，萬壑自向背。牧犢芳樹陰，聽鶯修竹外。日落漁樵歸，溪上遥相待。履約名乃豐，身蹇道彌泰。晨夕滋秋蘭，偃仰遵時晦。

兄弟望衡居，遊歷無朝暮。客來即共觴，客去便閒步。翻書崖際牀，息影溪邊樹。有時援五木，百萬作孤注。到處有草庵，鐘磬聲環布。交遊半在僧，一見皆如故。嘗足雨前茶，踏遍雲中路。云胡閉樊籠，寂寂誰復顧？

天地旣已閉，功名亦何有？咄嗟鄉里兒，折腰良可醜。家世本忠貞，能不歸田畝？粲彼桃源花，翳此柴桑柳。感時及季春，三月當十九。洒血哭先皇，登高酹天壽。望帝啼花間，老烏號宅後。側聽斷人腸，千金棄如帚。

達人安吾命，何必更躊躕？深山俗仁厚，所以願結廬。相鄰只數家，亦可成村墟。攜我椎髻婦，來此比屋居。鹿門期偕隱，荒田共耕鋤。溪邊十餘畝，及時且燒畬。生事在耰耨，不敢辭勞劬。開樽招我友，斟酌幸不疏。飲罷頹然睡，于君意何如？

偶感同曾止山作 二首

黄鳥求舊侣，朱鳳遵南陂。不息惡木陰，睍睆棲枯枝。羽儀非不美，飛鳴固有時。石剖方見玉，穎脱方知錐。蔦蘿附松柏，葛藟胡相欺？鵷鶵棲蓬蒿，竟爲斥鴳嗤。鄧禹空笑人，彭澤吾所師。

黄口恆露棲，危如燕巢屋。未堪函牛鼎，先果碩鼠腹。仰哺不聞聲，俛啄猶在目。天末逢故人，感歎骨與肉。梧桐可療饑，相期入空谷。窮者非盡愚，顯者亦碌碌。荷鋤豈不苦？刈薪行且讀。

贈孫豹人

去年睢陽十月時，旅舍相逢姚山期，爲我輒言關西孫子奇。今年孫子來桐山，握手蓬門慰所思。白石行歌悲荒草，壯年顔色空枯槁。大雅不作王風沈，蛾眉交加迹如掃。西京復有詩人興，修篇短什風格老。落魄一身寄邗溝，幅巾野服何所求？讀書恥不破萬卷，俠氣向天天爲愁。愛我同心與論詩，欻然相視心悠悠。傾蓋問答各未已，感新憶舊情難止。風塵漂泊十餘年，王業不興人老矣。念君此意淚如雨，天寒氣結不能語。忽爾天地且崩翻，任他功名俱塵土。高歌一曲爲君舞，眼中之人誰足數？

白鷹圖

白鷹意態一何雄，長飛萬里海生風。羽毛飄動舞霜雪，十爪快利如劍鋒。炯炯金星眸更異，側腦摟身盼天地。向人乍欲下金鞲，竦翮猶疑盤遠勢。早起拂素開中堂，剛風西來天作蒼。咫尺扶摇不可見，檐前烏鵲空相望。此是宣和供奉筆，神色飛揚世無敵。茫茫淺草碧雲寒，一空凡鳥迥獨立。當年艮岳蓄珍禽，好手臨摹直到今。可憐五國城邊路，狐兔縱横落日陰。

别李仲山

十年方得晤，一葉又飛東。以我爲樵拙，嗟君避世同。病多憐骨瘦，吟苦笑身窮。欲挽龍眠櫂，登高唤北風。

閶門别周子佩昆季

故人今夕會，一别十年多。名有文章在，窮如途路何？驚心就患難，遭劫更風波。去住難爲語，莖莖鬢鬢皤。

江上阻風

飄泊春江上，濤聲湧暮潮。水腥龍鬭急，日黑虎行驕。燐火生榆莢，妖風欺柳條。戍樓吹角起，不寐聽通宵。

哭方直之 二首

年少元龍氣，病來尚未除。才應天上妬，狂與市中疏。司馬賦餘篋，换鵝經罷書。平生好結客，此日客何如？

纔返山城駕，忽將箕尾騎。國家多難日，骨肉永離時。穉子那知泣？老親暗自悲。西州此後路，惟與九原期。

酬杜于皇

同是傷摇落，經秋聚石城。病惟詩得意，貧覺酒多情。短竹招風色，高梧盡雨聲。信陵門下客，偏爾慰平生。

同夏子季弟過子兼夏霧

住山同僻性，屢訂訪君情。小雨乘涼至，單衣逐水行。過橋聞客語，隔嶺聽書聲。曲徑緣溪轉，遥遥一犬迎。

與寒上人茶話

一徑入深竹，數楹臨古丘。更無人共住，極喜客來遊。白髮長垂耳，新茶乳滿甌。自言兵後地，皆是老僧修。

初晴野望

初晴殘濕在，花草樹同明。幽鷺窺荷立，丫童跨犢行。斷雲千嶺泊，野水一湖平。隔岸聞人語，家家打麥聲。

臨江寺

寶塔寒雲積，海門晚照開。春光何日去？山色隔江來。官路當城直，商帆抱岸迴。興亡總陳迹，到此不禁哀。

贈漁翁

白頭翁已老，生計一綸知。野水無人占，扁舟逐處移。數鱗新柳串，一笛小兒吹。有酒全家醉，公卿欲識誰？

早秋溪行

入秋纔十日，早暮有微涼。積雨孤村白，輕風一葉黄。晚塘喧雁鶩，夕坂下牛羊。欲把空王禮，魚聲出院牆。

同方還青訪飲光途中作

不識來園路，黃華橋畔分。馬隨驢款段，犬逐鹿離羣。烏桕低銜日，鴉鋤歸荷雲。幽居知未遠，漸漸桂香聞。

寄方子留

共守迂疏性，合令踪迹賒。相親惟野客，與論幾詩家。聽雨眠僧屋，看雲立釣槎。春來有新句，是否爲梅花？

感示劉德輿 二首

同病非今日，相逢似舊時。上書未得志，作客不勝饑。天地愁來閉，乾坤醉後悲。平生湖海興，流落向天涯。

已有詩書禁，胡爲尚苦吟？秋風華髮改，時事淚痕深。裘典寒偏早，沙多晝易陰。窮途仗氣誼，不負古人心。

過余中台索書

君才原大用，五斗是何官？尚有含沙苦，益知作吏難。興還酣筆法，愁不挂眉端。紈扇題來濕，羅裙墨未乾。

喜遇宋牧仲

我愛宋公子，風流儒雅才。袖中懷瑾璧，雪裏賦鄒枚。一見好顔改，那知抱病來？悲秋君最慣，莫再上燕臺。

三藏禪院訪杜蒼略

我來棲半榻，君亦借三間。詩思窮偏老，市情淡始閒。一庭吹落葉，高枕即深山。不斷杯中物，相逢日醉顔。

喜晤周農父舅氏時將訪無道人于竹關

三年南北輕離別，何幸鄉園得見過。河水有心同誓久，山川到處入愁多。龍孫老去嘶衰草，燕子重歸補舊窠。獨念故人成破衲，相期一葦訪江波。

蕭尺木招飲觀畫賦贈

別君已是廿餘年，老大相逢亦偶然。窮巷席門鄰寺畔，黃頭歷齒拜堂前。眼穿日月難回駕，手貯雲煙尚值錢。只此便爲貧賤計，那知性命也能全？

問方明圃病

心事寒來共抱冰，艱辛如爾我難能。高冠緇布哦詩士，短髮長齋行脚僧。疾痛連年呼父母，悲歌終夜泣山陵。河陽況是無消息，蜀客如何病不增？

送齊方壺之吳門省价人署中

不住青旗搖酒樓，揚舲獨自下汀洲。鳧鷖塘淺蒹葭晚，蟋蟀籬疏蕎麥秋。遠水去遥天漠漠，剛風鳴急樹飕飕。寒齋此日江東味，應有鱸魚墜釣鉤。

魏子存以蜀理入比部燕市相逢懽然道故 二首

萬里一官獨苦辛，三年兩袖尚清貧。鶴湖菜憶惟蓴最，錦里書存托雁頻。無夜不來神女夢，有詩都付浣花春。相逢卻喜當燕市，蜀草濤箋取次新。

刑名久已擅三巴，承詔含香粉署斜。圜上何時能鞠草？玉條有筆自生花。團山羯狗聲皆歛，漢時銅駝怨正賒。此日暫從回黍谷，掖垣舊是屬君家。

喜錢飲光還里 二首

南渡君臣羅黨錮，逃亡別後到如今。只知灞上真兒戲，豈料神州竟陸沈？賴爾數年家國意，繫予萬里歲寒心。可憐生死傳疑信，陡聽還山淚滿襟。

每恨不如南去鳥，驚聞猶有北歸人。風波致使捐妻子，瓢笠蕭然歷水濱。定擬詩篇尋老伴，還將婚嫁了閒身。滄桑未敢高聲哭，悵望江村獨愴神。

奉訊無可師自廬山歸省

十年塵土化緇衣，回首干戈甘息機。天上謫仙皆欲殺，海濱遺老竟何歸？去時月骨猶存否？此日家山果是非？空盡難空真種子，蒲團坐下不能違。

贈曾青藜即送返廬山

名家才子半歸僧，姓字空傳見未曾。風雨忽隨瓢笠至，冰霜偏向鉢衣增。過湖就得鄉船便，入寺重將古迹興。偈是遠公人靖節，香爐峯上幾回登？

月夜杜杜若方明農過訪不值留題奉答

巷南巷北相知少，緩步天街任所如。月好忽生高士興，夜深同造野人廬。呼童出茗催新句，命子尋箋看疾書。漏盡歸家開讀罷，兩株梅影一窗虚。

寒食掃墓松鶴山

孤忠所歷已多年，寒食清明又復然。不見深宫傳蠟燭，可堪小市禁炊煙？四山風雨酹杯酒，諸帝園陵欠紙錢。唯有先臣天上侍，感恩痛哭烈皇前。

青布潭感懷三弟子忠

纔許招僧建上方，忽聞吹笛淚山陽。三間屋未興先業，萬里魂猶識北邙。連榻再難同唱和，補牆且爲護松篁。青溪聲共黄鸝語，此後聽來總斷腸。

抱蜀堂落成

把茅爲蓋竹爲扉，北牖南窗緑四圍。種豆朝偕鄰叟出，鋤茶晚趁老僧歸。鳴泉嗽石伊蒲潔，宿霧蒸泥早蕨肥。一盞清燈書萬卷，聽兒苦讀任兒饑。

寄魏交讓

水落吳門繫小航，岕茶洞橘盡情嘗。殘年偪促過京口，孤夢追隨到武塘。同難好將冰雪耐，苦吟只博鬢鬚蒼。亦知蝦菜還期會，争奈貧難再束裝？

寄魏卜臣

記得銜冤過白門，相逢憔悴各吞聲。燕京果靖詞臣節，嶺外忽招司李魂。一卷莊騷娱我老，兩家子弟賴君存。賦成終自縣金馬，千里無忘月骨恩。

訪還青四松齋

秋風魚稻欣來會，涼夜悲傷過去年。舊業已隨流水逝，新巢期與野樵連。相依片石誠堪語，遍繞梅花定入篇。有約更尋浮渡去，逍遥從此地行仙。

飲光入城因與遊龍眠

封書曾在霜前寄，老衲今晨雪裏來。蓬室亂餘門徑改，梅花約到草堂開。兒童長大驚相問，月骨凋零實可哀。欲問天南十載事，爲攜枕被話山隈。

題方明農採藥圖

三十年來風教主，而今採藥一山人。江湖到處藏身好，天地何心獨爾貧。幸有孤松如伯仲，還從百草識君臣。荷鋤獨自歸家晚，袖裏新詩畫裏神。

題孫豹人詩卷

尊酒城隅日夜過，風霜豈得奈人何？獨憐殘邑干求少，剩有新詩贈答多。儲淚千行悲世事，減愁百斛聽君歌。明朝又是盧陽別，兩地吟來春漸和。

贈曾庭聞

詞賦當年自絶倫，行藏此日困風塵。匡廬山怪難留客，華岳峯偏招入秦。疲馬間關嘶棧道，輕舟蕩漾遍江津。窮愁欲識金銀氣，不惜冰霜路苦辛。

聞吴鑑在死虞山詩以哭之

聞道霜威滿桂林，書生偏自得君心。籌邊徒有千章血，絶幕誰通萬里青？交道是人知子重，外家無汝及予深。白門雨雪詩文夜，惆悵如今淚不禁。

贈紀伯紫

松菊亭亭挂冷枝，如斯人竟老江湄。天將黄鵠心俱遠，名在青城世所推。幕府趨迎高士駕，客窗借讀故宫詩。伯紫有故宫三十韻。嚴公就計安危後，深夜何妨一和辭？

白門喜晤李屺瞻

爲憶江頭歲月徂，滿天風雪點蒲蘆。扁舟作客金都盡，蕭寺逢君酒便呼。妙絶一廚傳彩筆，文章千帙得驪珠。新鐫谷口山房草，岐路吟來興不孤。

九日集閣古古楊將軍廟分韻 二首

高林踏碎路重重，都到將軍廟裏逢。家國已傾悲未散，英雄欲戰氣猶衝。明知天地難由轉，豈有湖山尚不容？佳節所期酬唱伴，同時載酒共扶筇。

尋幽重把露臺登，風急天高酒倍增。虛白忽逢明月上，昏黄莫辨暮煙凝。傍城村落千堆草，隔水人家一點燈。直北關山望不得，霧雲影裏鳳陽陵。

和蕭伯闇拜先忠毅祠韻

羣空薊北惟餘血，忽接通家淚暗傾。只道一門新戴命，偏留高士苦謀生。蔦蘿幸附孤松節，師弟相承正氣名。屈指故交盡忠義，知君直欲與争榮。

鶴吟 爲明農姬人鶴胎作 四首

本自泥塗幸見呼，寒棲竹下未生雛。一從君去西江後，得識春風雨露無？

稻粱但足又何求？博得猶憐且自由。争奈生來疏野性，一羣鷄雀不相留。

長齋我亦厭腥羶，爲伴逋翁剛一年。自恨不如鶯脰巧，黄衣綠裏得君憐。

枕畔窗前詠爾詩，詩篇渾似白分司。分司惆悵無如鶴，鶴也如儂送與誰？

左之輹

字壯于。和節公仲子，忠毅公第四孫也。性孝友伉爽，讀書穎異，十一歲即能文，磊落有大家風味。樞部馬正誼公器之曰：『此左氏千里駒也！』因以姪女字之。長工舉子業，篝火之餘，益留心詩、古文詞。和節公遨遊江湖間，輒攜之。行至楚，以文章受知於魏青城先生，拔入蘄黃學〔一〕，屢試輒高等。惜數奇不偶，齎志以没，年僅四十有五。所著有吴越遊草、豫楚金陵雜詠，多感時悼志語，然亦散落不存，僅從殘帙中蒐出若干首，亦可想見其寄托矣。

途中口號 四首

聞説又行役，干人計本非。況當伏霽後，須趁曉涼微。宿霧何妨起？饑烏不定飛。武昌形勝地，千載羡魚肥。

幽徑亦成適，長途翻覺閒。因行松竹澗，更上水雲山。藥解連宵渴，糧齎此日慳。炎風晚愈熾，并未一開顔。

頻年隨杖履，是處歷風塵。病豈未云劇？愁翻不到貧。蓬陰能障日，草色解迎人。短髮蕭蕭白，誰爲念老親？

獨羨閒閒叟，荷鋤把釣吟。朝饑炊店熟，午熱憩林深。聊借風生笠，那堪汗透襟？窮愁原是分，奔走又何心？

武昌喜晤錢飲光先生

未識使君意，先逢父執過。魚烹江上久，書寄客中多。世路艱如此，人情險若何？摇摇心不定，勉强一高歌。

留别卜臣州來 二首

笑我亦爲客，如君始見憐。青雲長在望，白髮豈無緣？蟲響斷幽砌，烏聲驚獨眠。淒淒原上草，歸夢不離舡。

相逢曾幾月，又復逐征鴻。未免别離色，猶譚正變風。賦成燕價重，馬顧冀羣空。惆悵亭前酒，江深落照紅。

上魏青城夫子 二首

文星遥映楚雲低，洛下聲名海内齊。馬市縱横原待顧，龍門咫尺不曾躋。賜衣香惹明光殿，燃火宵分太乙藜。華轂共推知有意，欲教夫子重關西。

九嶷七澤舊才華，杖節持衡擁絳紗。滿坐芷蘭供綵筆，當門鸚鵡護朱霞。秋原日落樓頭笛，旅況江深浪脚花。白髮衝炎隨杖履，應憐文舉是通家。

贈魏卜臣

共是先朝患難餘，乘車戴笠較何如？名山正秘宣公奏，手澤猶攜太史書。念舊有心言可贈，逢時無技望全虚。幾回欲向宫牆步，桃李叢中許曳裾。

沈大悟先生以詩箑見投賦謝

層樓聚首月初明，江比潭深未及情。得傍高賢爲弟子，時余寄籍楚中。始知先世本師生。先生父爲先祖薦舉門人。揮殘故繡千行淚，裁就新紈一代名。更羡休官當老大，只今塞上不堪行。

先生曾爲宣大司李。

左史

字山子。台州石樓公之次子也。前諸生。筆耕舌織，屢困場屋。鼎革後，隱居學道，自號雲澤道人，有古高人之風。

梵月庵同客泛舟

梵月禪林寂且清，涓涓流水繞重城。千條堤柳和煙緑，一夜山鐘帶雨鳴。銀燭燒殘僧已睡，玉簫吹斷客無情。秋帆河上頻來往，鷗鷺隨人亦不驚。

水西寺桃園

水西疑是古桃源，客裏相逢又一年。載酒偶來煩地主，避秦何處問漁船？朝霞爛熳從人賞，暮雨披離動客憐。上寺鼓鐘休報晚，尋幽猶有杖頭錢。

山居

有風常到竹，是石可停雲。葉落僧無徑，山空鳥傲人。

登碧山懷李白

白也當年棲碧山，我來君已去人間。桃花那得重相見？流水依然不自閒。

周孔忠

字恕行，號雪巔。明經洞然公之子也。束髮能文，同里方明善先生愛之。明經公卒，家道中落，筆耕養母，以孝稱。會滄桑之變，飄零三吳、閩、浙間。歸而棄帖括，嗜古文，師事姚休那先生。其教授生徒最有師範，一時知名士多出其門。性落落寡合，尤不喜從貴顯遊，生平未嘗輕受人惠，貧無立錐，晏如也。又有潔癖，至不與人同巾櫛。妻亡，不娶，有以嗣續之説進者，不應。晚年寄居左氏之懷西樓，益潛心典籍，博涉百家，如經、史、左氏傳、陶淵明集，皆手自鈔録，寒暑弗輟。年七十有九而卒。卒之前，預營棺衾墓壙，題『處士碑』于先人兆側，蓋以忠孝自全，且恐以身後累他人也。詩文自成一家，多感憤語，又嘗削去其稿，故多不存。

秋浦道上

桑海屢經過，久與此山别。友朋半凋零，賢豪盡摧折。人亡無見期，羣峯當面列。九子高插天，萬壑積凝雪。昔從人岭遊，望此歎奇絶。翠岫削芙蓉，飛鳥度煙滅。舉目感河山，精英爲誰結？癖性貪名勝，走雨逃炎熱。何當卸塵鞅，山水共怡悦。我願良難酬，山鬼嗟余拙。勞勞走風塵，偷閒聊可輟。

偶過姚休那先生

物外容高論，塵中肯役形。學窮廿一史，理發十三經。文不嬰時忌，詩還藉酒靈。欲傳奇字秘，許我到玄亭。

贈陳司李臥子

三泖多才子，文名海内騰。三宗推竇武，七發重枚乘。南國法星炯，西垣赤幟登。腐儒非孺子，陳榻尚容凭。

飲左夏子雪蕉園

深春啓别墅，踏破舊蒼苔。馬齒羞予長，鴻才獨爾推。喬林懸碧沼，修竹映朱梅。露飲毋辭醉，蘭芳次第開。

同陳二如閒話翠谷

閒屐引谿陰，相攜坐竹林。遠峯雲外溼，閒話雨中深。笑我堅貧骨，期君酬素心。一官慎勿薄，世路儘升沈。

酬左注我

爲予覓句染苔斑，强欲賡歌一破顔。我覺夢中旋逐夢，人稱閒處未偷閒。讀書失記頻開帙，治病無資但掩關。老去已成泉石性，囊空安得隱名山？

戴耆英

字若潞，號月樓。歷陽廣文懸水公子也。少沈静，敏悟過人，弱冠入泮，值流寇之亂，從兵火中挈家間道走歷陽避之。姻族往依者衆，公慮苜蓿寒氈，俸入不給，遂授經其地，脩贄悉佐饔飧。廣文公因甲申三月十九之變，憤不欲生，歸里，遂捐館舍。公哀毁骨立，服闋，不復應試。奉母夫人之命始出，屢困場屋，恬如也。生平嗜讀書，誨人不倦，弗屑屑問生産。嘗推己界内之田讓來争者至輸將，悉聽主者部署不校。其爲人表裏洞達，人有犯輒置之，尤絶口不道人過。教五子，惟以積學立品爲諄諄。殁後，遺書數百卷而已。所著有四書解、禹貢箋註及史論若干卷，次第梓以問世。

廳事讀書 二首

衍慶堂名。猶存一敝廬，平生寢息此間疏。老年習静甘家食，逐日乘閒讀古書。皎月窺簾香燼後，清風滿座客來初。楮冠不輟歌聲樂，只是能將俗慮除。

灌木森森覆草堂，幽居鎮日足徜徉。胸中自信無機事，世上何嫌似戲場？憤俗直思焚筆硯，偷閒亦欲引壺觴。雙柑攜聽黄鸝語，未勝當軒囀緑楊。

龍眠山即事

龍眠山水足清幽，遲日相將一探搜。樵子負薪衝霧出，漁人垂釣逐溪遊。望中嵐氣圖難似，行處松陰翠欲流。指點煙巒誰最勝？家家竹樹擬丹丘。

喜雨

甘雨祁祁欲暮天，煙雲靉靆滿郊原。霧濃忽失村前樹，風急新翻隴上泉。戲水魚兒争出沼，銜泥燕子競歸簾。小窗高詠抛書出，欲典春衣作酒錢。

寄同學李爾贊

鹿門高士近何如？擾擾風塵合隱居。世目誰能分玉石？天心似欲渾龍魚。移人樂國無非酒，置我華胥尚有書。氣味與君應不遠，忍教杖履亦稀疏？

冬日即韻招程桓子

漫道神交迹可疏，松陵唱和未應虚。寒潭月映中秋後，煖閣燈明小雪初。吾輩雲龍須自許，世人膠漆不因書。試乘訪戴山陰興，剪燭西窗慰愸如。

落　葉

生附高枝儘不卑，一逢摇落便堪悲。浮沈莫問溪流轉，遠近惟隨風意吹。掃去有聲還颯颯，飄來無緒自離離。陰濃非復曩時態，應讓青松此一時。

生日程桓子貽詩次韻答之

河水洋洋躍錦鱗，老耽清静懶垂綸。不求温飽平生志，但願康强此日身。白髮漸盈頭上雪，丹元常養腹中春。劬勞未報年將暮，萬卷誰言筆有神？

閱齊君前爲其曾祖侍御公所作傳景仰之下兼贈君前

堤決瀾頹武肅中，先生疏似陸忠公。九重折檻甘三黜，萬里飛章屬兩宮。玉壘功成諸葛羽，蘭臺聲著鮑宣驄。怪來椽筆堪良史，明德知君合纘戎。

歲暮

年光驚遽改，檢曆忽悽然。白髮愁偏長，青氈坐欲穿。難酬躭酒債，易負買書錢。贏得村翁問，雙眉何太煎？

偶閲門人章在千遺文

憐君成異物，三載已於兹。每憶論文地，難忘請益時。挑燈看墨迹，揾淚憶才思。珍重今宵夢，魂來未可知。

送春

楊柳陰拖煙雨濛，數聲啼鳥唤東風。無端白放春歸去，贏得星星到鏡中。

含山酬同盟汪羽年 二首

正爾悲寥落，忻君特地來。奇文無不賞，佳句有餘哀。梅嶺春光麗，桐江客夢催。季君須挂劍，慎勿詠蒿萊。

白雪吟何壯，青衫淚更賒。大都憂國變，匪獨惜年華。木已難支廈，心猶欲補媧。自憐方詠蓼，對爾倍咨嗟。羽年以庭草見示。

再過歷陽題舊主僧影堂

先子昔遊地，重來轉自憐。值余腸正斷，對爾影空懸。竹杖横秋雨，金爐散暮煙。三生何處石，空憶舊逃禪。

酆以芳嘗新召客賦贈

六月正金伏，農人刈早穀。火龍吐毒威，風伯藏山谷。天籟迴不鳴，四野嗟炎燠。中有黄綺翁，無事以爲福。繞舍匯清泉，高柳蔭茅屋。軒窗水面開，几席隱修竹。陶然傲羲皇，彈棋復雙陸。嘗新召比鄰，過從惟袒服。拱手隨意坐，相與談心腹。或言兵火静，或欣禾黍彧。酒闌日欲西，涼風起山麓。乘醉各言歸，主人仍静穆。但云秫稻黄，開樽重賞菊。

庭前雨坐

博奕平生懶，圖書夙昔宜。目昏難久視，心愜仍頻窺。雨景紛難畫，梅香細入詩。稚孫將茗至，正值倦吟時。

七十自壽 四首

先君强仕始生余，珍惜常隨共讀書。十載客窗同寢榻，五年黌署御乘車。饑荒尚識田禾子，兵燹猶驅李固驢。最痛東坡無永壽，至今不敢問居諸。先考壽六十七，與坡公同，余故不敢望遐年。

貨殖原來樂有餘，惟余甘守子雲居。西河設教清風遠，東海辭金俠氣舒。一片心神書裏盡，幾番事業客中徂。縱然貧富都由命，應悔從前計慮疏。

自知懶性如昭諫，只合藏名似子真。荏苒不期遂杖國，優遊猶幸有閒身。蒼松翠竹堪同伴，白社青蓮是比鄰。但得天憐常矍鑠，剡谿築室豈無人？

吾生富貴不如人，卻荷天恩一事真。結髮老妻能共隱，荷薪諸子弗嫌貧。晴看佳卉呼朋慣，雨聽流泉着屐頻。自此丘園閒養性，葛巾藤杖學垂綸。

春雨擁罏長男舍

微雨助春寒，衰年喜静安。地罏宜矮坐，星劍罷長彈。就火烹茶易，敲冰散步難。諸孫新藝好，時復對窗看。

丁未閏四月慰孫生今丙寅恰閏四月則廿齡也詩以勖之

弧矢閏余月，今年恰又逢。問齡已弱冠，託志是長風。經史乘時熟，功名望汝通。果能榮乃祖，更不負而翁。

病中謝天瑞禪師屢問

造物方余逸，胡爲老病侵？扶笻知力減，攲枕漫情深。花柳虚春色，壺觴負夕陰。無窮遲暮意，偏動了元心。

張思耀

字德遠，號岵瞻。少孤，力學，蜚聲膠序，以屢困棘闈，入成均考授州司馬，徧歷燕、趙、齊、楚、吴、越、閩、粤之區，名山大川動多題詠，至與賢豪長者遊，贈荅之篇充溢行笥。兹雖僅登片羽，亦可想見其風韻翛然物表矣。

宿濠梁有感

浪遊此地泣途窮，禾黍高低一望中。鐘鼓尚懸今日殿，牛羊争牧昔時宫。客因攬轡看難盡，詩到傷心句懶工。漫説登臨增感慨，河山興廢古今同。

定陶送潘連城歸里 二首

兩人俱作客，行李共蕭然。立馬余來後，歸鞭君著先。夜寒常貰酒，衣冷更裝緜。珍重長途路，加飡莫惜錢。

相送君歸去，君歸余未歸。不經爲客苦，那識出門非？乞食金俱盡，依人願恐違。故鄉何日到？詩酒話柴扉。

陶丘束裝

去住原無定，今朝又束裝。繁霜一夜白，落葉萬山黄。飛雁聲何早，驅車路正長。蕭條歸故里，猶勝客他鄉。

仲秋同潘如孫馬永公盛節安散步郊外遲左復生不至晚宿真人祠招盛孝寬玩月

同是天邊月，山間覺更明。臨風窺素影，倚杖聽泉聲。酒向鄰家貰，詩從静夜成。徘徊不忍寐，長嘯坐深更。

静休上人招遊草堂賦贈

盤折石門路，乘閒到佛堂。山空人迹少，溪遠水聲長。瀹茗過詩客，焚香禮梵王。林深如太古，禽鳥亦相忘。

雨中遊黄圍洞

聞説登臨愛此山，蒼苔深鎖薜蘿間。洞中貝葉傳天竺，柳上流鶯喚小蠻。甘雨今宵隨馬首，聚星異日侍朝班。何時共訪桃源路，翠壁丹崖筇杖閒。

和讀史書鄴侯傳後韻

白石青鞵儘自然，優遊杖履便成仙。出山已作歸山計，似較留侯著更先。

和歸孝儀先生題芙蓉韻

摇曳秋光爾較强，一枝初放映方塘。金風寥落非無偶，好向東籬伴夕陽。

聞馬永公凶信哭之以詩

經年爲客滯京師，故國交深繫所思。千里忽傳君不壽，兩行殊覺我偏悲。招魂賦就哀黄壤，同譜人亡惜白眉。婚嫁向平諸累畢，森森玉樹羨佳兒。

蘇州口號

載酒尋芳傍虎丘，盈盈一水泛江流。月明簫鼓三更後，惟有鐘聲到客舟。

贈上海明府任待菴先生

彦升風度冠羣倫，黄浦三秋治行新。漫道才人輕作吏，由來宦迹重親民。冰譽漸次傳幽薊，輿頌争看溢海濱。報政雲間推第一，玉堂花發侯雕輪。

齊　炟

字升如。邑諸生。寧侯先生之叔子也。與兄弟蜚聲藝苑，頗負大志。家貧好遊，所如不偶，卒以終窶考終牖下，士論惜之。予少從之遊，以文章道義相切劘，殆古之壹行人也。季弟然四搜遺稾于藐孤，録其一二，不翅車過腹痛云。

都昌謁陶桓公廟

太尉聲名重，千年俎豆新。孤忠存晉室，遺澤滿江濱。曾爲樅陽令。常抱惜陰志，猶留折翼身。舊邦瞻廟貌，仰止拂階塵。

弔滕王閣遺址

千年傑閣擅奇觀，一炬初驚煙燼寒。遺礎數楹藏亂礫，斷碑幾處峙江干。西山南浦仍依舊，畫棟朱簾已盡殘。嗟我來遊烽燹後，臨風懷古恨漫漫。

左文詔

字紹慈。天姿明慧。濟陽左氏盛人文，推詔爲傑出。自其十餘歲，便能操觚綴文，所作詩歌、古文辭有凌雲千仞之槩。每落筆，人競傳誦，擬之雲中俊鶻，知其羽翮可摶扶而上。年二十三卒，芝萎蘭折，傷如何矣！

野望

秋老湖山漫寂寥，滿溪楓葉似將凋。雙雙白鷺立橫浦，兩兩黄鸝過斷橋。幾處村煙迷野望，誰家漁艇泛秋潮？卻憐一陣金風起，吹損芙蓉隔岸飄。

憶椒園

彭湖三月憶龍眠，心在椒崖瀑布前。楊柳破煙籠石畔，杏花飄雨過溪邊。詩敲松下鶯黄鳥，酒醉花叢聽杜鵑。日暮小橋流未斷，夕陽斜映水涓涓。

左文詩

字存雅。夙負穎異，未成童，文藝已有倫次。稍長，知讀書，即奮志攻苦，不間宵旦。與兄紹慈互相師友，識者有眉山軾、轍之目。性尤孝友，謙以自牧，年二十有四，追其兄于黄壤，雙璧並摧，同志爲之於邑。

深山即事

秋色原無異，深山別一天。畫眉聲嚦嚦，瀑布水涓涓。紅葉如花豔，霜砧隔嶺傳。放懷流俗外，枕漱任年年。

初　冬

立冬纔兩日，便覺朔風寒。黄菊花猶綻，芙蓉豔未殘。蕭蕭落木下，渺渺客心酸。欲把歸鞭整，無如天霽難。

楊　芳

字書岑。性敏嗜學，病篤猶不釋卷。少孤，遵母訓，敬兄嫂，與兄旦澄、友雲、西才孝友，可謂二難。初，父季良公六歲即有黄香之孝。明末寇亂，兄流廣德，晝伏夜行，迎之以歸，知其至性爲家傳云。

病中懷龍山友人

落葉蕭蕭未掩關，離思遥入暮雲間。驅愁惟藉牀頭酒，多病難看鏡裏顔。小閣殘燈聽夜雨，寒衾清夢到龍山。不知桃李芳菲候，可許狂生共往還？

北郭晚步

疊疊青山曲曲溪，幾家茅屋晚煙飛。繁花雨過紅應瘦，芳草春深緑自肥。愁逐斷雲歸遠岫，閒隨釣叟上漁磯。多情最是堤邊柳，繫住斜陽不放歸。

范　韓

字汝一。崇禎末邑諸生。少與劉子臣向、周子子韞齊名，有聲文苑。子貞先生之長子也。爲人方雅嚴重，不苟訾笑，與趙子以贊友善。亂後，挈家跧伏山中，處田坳林麓之交，嘯歌自若。間來城訪舊，流連不忍别去。晚患耳失聰，益不輕入襄陽矣。殁後，以贊搜其詩若干，屬予點定。今以贊亦歸道山矣，爲之欷歔不置。

寄潘蜀藻

亂離未許著高冠，老友相看去住難。解贈尚能憐范叔，醇醪今復醉潘安。枌榆詩史千秋業，山水閒身一葉看。月影三更留坐白，有懷不啻共盤桓。

晤趙以贊

故國煙霞悵別離，亭前疏樹雪中詩。偶然杖履思歸日，正值琴書滿座時。侵曉香花生靜室，通宵風雨下孤帷。塵心欲卻先揮麈，趺坐從君即是師。

趙　曾

字志則。又漢先生之子，均州公之來孫也。爲人攻實學，修篤行，崇重節槩，與連雲社諸子相鏃礪，朝夕咿唔不怠，思紹家傳。恆以家貧不獲游黌序爲憾。歿後無子，載園公不幾等若敖之餒乎？其從父東岑公有哭志則詩十首，悲涼悱惻，可哀也已！

祝東岑從父六十

我祖幽燕裔，種德云深厚。一世始遷桐，青箱代相守。篤生中丞公，壁經奪魁首。雁行羡雙飛，先高祖均州公與叔高祖中丞公同榜。循良碑在口。致政憩田園，弟恭兄亦友。中丞建宗祠，規模洵不苟。家乘重本支，體裁前未有。再傳至從父，讀書窺二酉。我父長廿年，令名難與偶。騏驥困鹽車，空嗟鳴瓦缶。吏隱堪閉門，萬卷當户牖。風旛大義明，豈屑拖紫綬？修譜繼前賢，從父爲之後。潘牒推木厓，何出存齋手？張爲太史筆，誰敢執其咎？吾家班馬才，舍君無與右。小巫見大巫，退避三舍走。非藉如椽筆，奚以示永久？際茲嶽降辰，爲君酌大斗。大斗夫何如？將以祈黄耇。玉樹滿庭芳，閒閒怡十畝。宗人樂未央，齊向君獻壽。修譜喜同心，祝頌愧齏臼。花甲適茲時，譜與年不朽。

戴璪

字綺玉，號璞庵。爲人氣度恬雅，望之若千頃陂。其爲文，則又如崩雲倒海，有不可抑塞之勢。惜數奇不遇，以布衣終。豪情逸致，常寄於吟詠，故爲詩質直放達，能自得其性情。蓋公家代有詩人，其尊甫鳳皋公及伯祖源泉公皆以詩著名，是以公之詩甚有家法，非猶夫世俗之論詩者。有隨安堂稿行世。

憶方穉行客秋浦

一葉浮天際，摇摇但信風。蘆花秋水白，漁火夜罾紅。九子占星聚，三江識道東。故園叢桂發，猶待主人翁。

曉入龍眠

侵曉尋幽處，行行宿霧中。瀑飛千尺練，虎嘯萬山風。草露沾衣濕，花源有路通。薄田荒落久，耕稼愧鄰翁。

過柳林 在舒邑

山行經百里，半是草萋萋。古木聞猿嘯，長空見鳥飛。板橋流水亂，茅屋住人稀。對此寥寥境，悲歌入翠微。

初　月

一鉤皎月天如水，小齋竟入冰壺裏。殘春啼亂子規聲，花枝色奪珊瑚紫。相對徘徊叫絶奇，滿身落影蟠虬螭。露臺不是瓊瑶砌，舉手清光落酒巵。醉裏嬋娟恍一見，碧空半露芙蓉面。我自詩狂欲上天，此間或近廣寒殿。

過周重禋山居留飲

騎驢涉大河，深入北山阿。有客枕書卧，開扉待我過。不談天下事，且作醉中歌。門外無龐雜，鶯聲度薜蘿。

春望有感

郊原處處曉煙空，十里垂楊十里風。春色高含青嶂外，溪聲流過小橋東。蜀人解唱江南曲，吴地争開塞北弓。可嘆昇平猶未卜，桃花院落鳥啼紅。

贈殷汝兼孫石文之金陵

天子中興重布衣，故人裘馬自輕肥。劍光直奪豐城氣，帆影遥連燕子磯。鄧禹封侯年尚少，賈生憂國事多違。諸君素有匡時略，肯向空山但掩扉？

雨

經春頻對雨，入夏復思晴。野樹連雲直，江潮接岸平。不堪扶杖往，擬作泛舟行。無限瀟瀟色，孤城日暮生。

冬月

冬月如秋月，雖寒亦耐看。蛾眉還較重，兔魄不殊團。遣興沽鄰酒，傳餐列菜盤。坐忘更漏永，梅影壓闌干。

風

林末聲初静，林中葉又飛。涼從前夜得，花向此番稀。濤擬樓頭聽，人從潮上歸。何當萬籟息，天地一忘機。

弔張將軍 諱韜。獻賊西來，韜率孤軍截戰，衆寡不敵，歿于桐之崆口鋪。

吳會英雄靖楚氛，請纓年少學從軍。出師徒有雲臺志，破賊空傳露布文。俠氣憑臨歐冶劍，忠魂黯淡蕩陰墳。可憐崆口悲風起，行路心傷不忍聞。

春望有感

十里山城見雪飛，空明寒色映前溪。閉門人學袁安臥，訪舊誰貽范叔衣？冀北烽煙連塞外，江南物色到漁磯。自知老大干時拙，且向林泉暫息機。

和祝山如

蓬門陰雨晝常關，未得鄰翁數往還。夜坐有懷遥見月，城居無事静如山。春流石檻添新瀨，香滿荆籬破早閒。共我永爲雲水伴，但逢晴霽一躋攀。

過孟庵兄溪居

經春猶未問春山，得得尋君始放閒。每一到園先看竹，但凡有客即開關。臥看危石臨雲際，坐語飛花蹴席間。鎮日追陪誇勝事，偶然乘興不知還。

西山居士

西山居士傍城居，終日花前讀道書。荆棘漸除庭寂寞，篔簹初種影扶疏。倦攜藤杖煙霞外，醉覓松雲水石餘。獨喜忘年稱勝友，每煩相訪過吾廬。

鄧芝

字石柬。明季諸生。父含甫先生元炤，倜儻權奇，才名爲吾桐耆宿。崇禎庚午赴省試，爲春秋房金楚畹先生所激賞，以争元魁不果，寘副車，中曰：『一第溷子耳！』自是凡十一試棘闈，迄不售。石柬少有夙惠，爲文落筆千言，娓娓不竭。年十八就試江南，學使者陳公良弼取冠上元學。流寓童子科，覆試者三，皆第一。順治乙酉，用麟經家學見賞于主司，佹得復失。好蓄書，庋藏數萬卷，間與同人唱和，興到揮毫，有不屑籬下之致。晚歲輯類書數十卷，雅爲陳樞部越樓所推許。所著有鶴厓樵人詩稿。鶴厓，其别號也。

秋海棠 二首

羣芳競早放，此獨愛秋陰。帶露紅尤豔，縈煙緑未沈。曾無遊蝶戀，不受野蜂侵。底事杜陵叟，詩中缺苦吟？

一夏逢多雨，初秋喜乍晴。鮮葩經宿潤，翠葉稱新陰。有色偏宜淡，無香不受侵。晚來幽砌上，伴菊傲霜林。

中伏同吳壻嘉凡家漢思東巖赴生社元一之約是日前殿告成值趙宗子馬勳公諸子在坐竹窗茶話欲雨微涼漫成二章聊以遣興 二首

攜手苔階上，來參第一機。莊嚴開古殿，蒼翠隱禪扉。樹密秋聲動，溪喧炎景微。晚歸多雨意，似逐落霞飛。

精舍煙霞外，招尋一水涯。匙翻雲子白，鐺沸雨前茶。潦倒溪聲急，低徊燕影斜。小池生意動，山水有蓮花。

九齡晬日遣懷 二首

十年雲霧裏，畢竟覩青天。此樂應皆有，回思秖自憐。也知啼較異，争奈眼將穿。多少難平事，今朝一莞然。

生子纔周歲，閒愁已盡蠲。聞聲知穎異，學語覺緜連。嬌女嬉堪惜，孤孫穉可憐。家藏書萬卷，非汝更誰傳？

石　榴

憔悴年年老病身，庭榴又見一枝新。但貪子結何嫌晚，休恨花開不及春。新緑細翻金縷密，殘紅亂點錦窠勻。蕭娘最愛甘酸味，可有天漿慰渴人？

茉莉

羣花放盡此花遲，夏日炎蒸香滿枝。姿比水仙香更烈，臭如芳蕙粉微滋。烹泉漫説龍團好，點鬢休疑玉蕊垂。惟愛晚涼新浴罷，摘來剛是半開時。

落花吟 五首

到處園林滿緑陰，尋春何事更關心？飄零粉黛姿初黯，狼藉珊瑚影欲沈。三徑踏殘高士屐，一枝拋動美人心。争如陶令門前柳，雨著風牽態轉深。

幽窗夜静月朦朧，冷豔零香處處同。映影疑深三尺雪，聞聲怕惹五更風。幾思著屐愁難度，轉憶凭闌笑已空。卻似緑珠初墜後，斷紅殘錦畫樓中。

一夜霏微露滿蹊，百花潭上影凄凄。漫隨殘絮封蛛網，争逐飛塵散馬蹄。緑鬢香消蝴蝶夢，黄陵聲散鷓鴣啼。桃源處處堪回首，前度劉郎路已迷。

春深何事不開門？碎錦飛瓊繞砌痕。到處欲拋疑有恨，隨人如訴卻無言。落紅點綴湘妃淚，洒血聲呑蜀帝魂。漫道江南花事好，年年憔悴怨王孫。

一院芳菲冷不香，成行綴隊影淒涼。穿樓似動關山笛，點澗如飛曲水觴。千載冤沈青冢恨，三湘魂逐白蘋狂。解衣鼓枕山窗曉，杜宇聲聲喚斷腸。楚辭湘君篇：「登白蘋兮騁望。」

七夕

銀漢盈盈影欲流，雙星又是一年頭。人間到處競佳節，吾鄙何心獨感秋？書腹漫勞高士臥，衣竿難怪小兒羞。人生自有生成巧，偷向天孫乞得不？

春日酬十一兄夢陽見懷用原韻 二首

意氣同堂誰最真，唱酬更合許何人？池塘草長連宵雨，華萼輝聯一院春。才盡已甘當世棄，途窮幾見故交親。竹窗風月柴門柳，懶臥閒遊任此身。

漫説蕉窗趁早眠，一生最癖是林泉。來詩有「少年多才，未老投閒」之句。老無能已比衰暮，人不如須悔少年。曉起鬢羞青鏡裏，春深詩興綠溪邊。松醪自分無涓滴，可許烹茶待玉川？

壽夢陽十一兄七十 二首

歷盡江湖囊更空，看來何處不途窮？牀頭周易傳無用，夢陽絳帳不設數年。袖裏蒙莊註本工。兄爲予言莊註極精。但把松筠堅晚節，肯隨蒲柳託春風？緑醽滿酌懽無限，洞口桃花上面紅。

人生七十稱稀壽，筭到吾家總不奇。大父九三猶且健，先君八六未嘗衰。同堂現臥煙霞老，馮平年八十七詩云『醉遊春圃煙霞煖』，謂樸兄也。小隱何妨醉舞攲？香山年七十四有詩云『婆娑醉舞遺孫扶』，謂格公健，不須扶也。況有同生戊午歲，只遲兩月又催詩。遲兩月，又爲南暨兄七十。

晚眺

積雨初晴返照遥，杖藜獨眺興無聊。天邊水似殘霞染，雲際山如淡墨描。斯世也能容骯髒，高人何必定漁樵？閒來我亦溪邊立，未許沙鷗弄晚潮。

贈漢思五十初度兼簡尊甫樸菴先生二首 時二月十五日

柳軟風輕拂檻低，華堂高會聽黃鸝。銀箏曲度春光豔，鐵笛觴飛夜月遲。松菊一園今有主，韋表微年五十云：『吾將爲松菊主人。』文騷高架待傳兒。杜老課子讀文選、離騷。年來繡得慈悲像，夢獲驪珠正爾時。翟揖五十繪觀音像祈子，夜夢白衣盤擎一兒與之，果生男。

小築疏籬娱老親，薜蘿衣弁綵衣新。囊頭已盡仍談俠，肘後何方不救貧？高適工詩猶洽習，孟郊得第總浮塵。争如來歲期頤壽，恰産麟兒應此辰。樸翁來年九十。

東巖四十初度恰值廷對之期詩以祝之 二首

茅舍相連小徑彎，竹林招對嘯歌閒。煙霞容我稱遺老，事業從君見一斑。賈董賢良標漢代，機雲詞賦動江關。也知安石難高卧，不待明年已出山。謝安年四十一猶高卧東山，有嘲之者云：『安石不出，如蒼生何？』未幾，遂赴徵聘。

樽開榴蔭畫堂前，撥刺江魚上筯鮮。何氏諸高通隱著，謂尊甫樸翁。阮家羣從仲容賢。明經接武傳三世，形家謂九松明經三世後始發祥。捧檄趨庭羨少年。九十今看秦伏勝，錦衣榮弁舞衣牽。

依韻酬齊屯谿兼簡天霞疏庶兩甥 二首

五十餘年氣誼深，年來松菊幾招尋。浮名總誤穿三札，散髮相憐返故林。白雪真成無和曲，黄鍾何處有遺音？明珠在側羞形穢，聚首徒增感慨心。

浮生何事苦辛勤？吾愛吾廬有此君。棋局動隨高士至，詩名未許世人聞。但貪美睡頻攤卷，不分窮途著送文。阿閣鸞凰丘野鶴，飛騰何日附青雲？

竹 二首

蕭齋龍種最嬋娟，聳石眠階處處穿。紺影細篩三徑月，翠陰濃釀一亭煙。花雖爛熳姿微遜，樹縱扶疏節不堅。争似檻前抽萬箇，含筠挺秀雪霜天。

新抽緑筍拂行斜，傍砌穿籬一片遮。色映晚霞侵卷帙，影籠涼月上窗紗。琅玕冷稱幽人徑，玉版光生處士家。最喜凌冬顔色在，不將勁節逐繁華。

孫伯麟

字九山。崇禎間諸生。質貌魁傑，眉目清揚，美鬚髯，有淩雲之慨。性俶儻，見人有不得所惻然若疢痟之在躬，生平任俠，多長者之行。著作頗豐，惜委於兵火，即詩句亦不多見也。

湘江旅舍

雨過驛路淨塵埃，投宿荒村野店開。半嶺夕陽雲捲去，滿天秋色雁將來。煙生漁艇燈千點，月上茅檐酒一杯。羌笛忽聽吹折柳，夜闌無語獨徘徊。

校記

〔一〕蘄　當作『蘄』。

龍眠風雅續集卷十三

木厓潘　江蜀藻輯

王天壁

字豈文，號嶢亭。順治乙酉科登賢書。甲午授英山縣學博，十年不調，稍遷丹徒縣司教。陞山東陽穀知縣，甫下車，賦籍兵瑣，一覽悉記，爲之招流移，闢汙萊，均傜賦，亭訟獄，葺理黌宮，纂修邑乘，治行推山左第一。屢有不論俸滿即陞之敘，顧以鄰邑盜案牽染不得行，病没于官。公少負奇略，諳于經術，久蹭蹬童子科，父麐坊公甚期許之，以爲必達。荒亂中，嘗與予避地秣陵，讀書秦淮何大司空園亭，接席論文，賴其磨礪。予嘗謂：『生平直諒多聞之友，惟公與許子伊蒿兩君，故投分最深，久而彌篤。』嗟乎，崔公死，誰復容畦夸者？公爲人孝友篤誠，待諸父昆弟友愛，爲人所難。初娶郎夫人，貞淑賢孝，有少君德耀之風。崇禎辛巳，避賊至樅陽，追急將執之，躍入龍潭死焉。公與予篝燈夜半，每爲敘其懿行，痛其義烈，涕泣汍瀾，矢學摩詰，不再娶，所以報也。艱于嗣息，初遵父命，以兄子地鈐爲之後。既，又愛地鐸，立之。曾屬予爲購青灣數畝，有耦耕之約。其地有石門瀑布諸名勝，相傳即李伯時龍眠山莊故址。未及歸一游，而卒于宦邸，可悲也已！公殁，而南陽之□、鬱林之石，渺不可問。所刊存心堂制義、詩存諸稿，聞其板亦漫漶散佚，甚至投諸水火，諸子莫敢誰何。使郎夫人而在，奚至此哉！地鈔、地鐸偏搜詩存于親知家，皆不可得，已無望矣。予忽獲之敝簏中，而地鐸又出其笥藏手録之稾，歐陽公所謂『精氣光怪已，能常自發見』，雖其怨家仇人，亦烏能揜蔽之哉？

遊揚州梅花麓

久客多餘暇，古史不堪讀。治亂紛糾纏，悲膺來痛哭。招我新相知，爲尋梅花麓。高岡脅其傍，瀦水刳其腹。雜植四時花，團蓋無秋暴。亭心鏡四區，橋危不可目。潦草抱清蛙，池荷生局促。但聽松風號，古瓦亂反復。守者爲余言，前此比金谷。過客賜我錢，官司饁我肉。老翁未白頭，何期黄茂鞠？不見提榼來，但見嬰城築。昨日號令催，甘棠行翦戮。直者竿爲兵，曲者摧爲輻。祇恐明年來，老夫無住屋。

皋城徐莘叟太史五袠初度寄祝

憶昔甲戌年，餞驅淠水浦。傭書不得志，聊棲富室廡。感君兄弟殊，深情託肺腑。邂逅踏歌間，文章遽傾吐。高閣啓層軒，一榻容予撫。因定筆研交，羈人得所主。未幾事遠役，薄游江漢滸。相期明年春，努力共攻苦。詎意成淹留？干戈滿故土。好友半零落，君無郭外稌。亂離靡有定，遑情及圭組？倏忽兵氣收，秋風刷毛羽。升歌鹿鳴詩，後先相接武。眷言金蘭契，復獲叨年譜。既君登進士，讀書中秘府。校讎無餘閒，王事更靡盬。朝辭石閣芸，夕搴楚江茝。玉筍立亭亭，清廟輝璜琥。嗣是月麓公，雲霄振高矩。一命郎水曹，再擢入天部。羡爾壎篪鳴，功名唾手取。猥予貧且賤，碌碌無足數。泥首就薄宦，棲遲託訓詁。所喜故人門，依然有老腐。殷勤慰藉生，闊別心縷縷。密坐管絃張，嘹喨煩諸豎。猶記十年前，錦衣歸日午。招集舊親知，千金散阿堵。食客日以百，寧計人四鬴？予亦忝其間，餼牽費資斧。皇路正清平，有官愁即補。抗懷幽人貞，婆娑林下圃。今茲愜素願，簪抽亭鶴舞。況復徜徉年，正直旬之五？松菊可怡悦，北山堪閉户。鄴架封琅玕，梁園盛鸎鵡。二妙擅雄才，高文譽龍虎。富貴無盈虧，天人足仰俯。上壽如等閒，期頤可立覩。願學爛柯人，忘年自今古。顧我當茲辰，樅川返敝宇。非無赤石脂，亦有青麟脯。遥念稱觴客，門生與舊雨。

灊臺呈霍山李元公明府

圍巒青欲小，平蕪拓廣陬。遠水辭近峽，滉瀁靡束摮。潏潏潭下瀾，忽擘雙銀鉤。燕尾剪低磧，蝦鬚匯前流。盤盂既西側，迴澓更東漉。環抱方幅石，澄虚動四游。激昂巨鰲首，戴此蓬萊丘。奇峯負怒濤，峭壁削空湫。上有拔石幹，倒屈枝相樛。仰視百尺巔，飄緲凌飛樓。循崖理殊狀，櫂緩心彝猶。遵途步河湄，林麓風颼颼。瀟瀟萬竿碧，自與怪木儔。亭臺各選要，磴道仄相求。陟降隨引勝，左右恣窮搜。俯深怯千仞，憑高豁空眸。鐘聲散林薄，一往川谷收。漁舟乍離合，煙霞時去留。賓從静咸適，雜遝地逾幽。瀨魚戲欄檻，文鳥窺丹髹。緑字照華軒，炫轉波雲浮。快寫丘壑胸，允期風雅輈。匪云惠來兹，良足景前修。緬思漢武皇，南嶽長千秋。

樓頭女子歌

樓頭女子薄面苦，結髮從人教歌舞。紅顔嘗伴老大翁，掩袖争妍態妖蠱。嫁得金夫永分背，音拜。家中獨有雙親在。白日西匿關山遥，卻似明妃歸紫塞。可歎人情不相若，生男不及生女樂。大家滋利比鹽田，小家亦賴寬傭作。王公過客願傾心，敝帚之價題千金。琵琶纔通一兩曲，高山流水無知音。道逢宋玉初來此，顛狂欲夢高唐死。瞥然一見發長笑，不如時日鄰家子。鄰家美人天下白，願嫁王郎作嬌客。若使珊瑚貨緑珠，應成大賈居陽翟。君不見，黄鍾瓦缶争鳴雷，鳳凰無聲凡鳥來。盛名之下實難副，今之相者舉肥哉！

梅花片茶行更試霍製岕片松蘿作

春山社後雨如麻，天蛇閃掣香女車。一聲催出黄金芽，白雲峯頂紛騰拏。筐籠明月歌喧譁，林鶯暗走初生霞。仙人玉杯探流霞，手向柔條怯漫加。陰崖雀舌令金鴉，茸茸欲濕絞綃紗。親以雲光之麗珈，試以冰筋之寒牙。星星活火動谽谺，微陽時候飛灰葭。五花片片落晴沙，脉理全整無皴斜。吳姬粉面半迴遮，清風馥馥生梅花。此種近出張公家，國香遂與涂老誇。主人底事作生涯？一朝賣盡空豪奢。涂老去後張亦遐，至今不復來官衙。何人巧思復偏賒，摹來顧渚渾無差。越僧更製松蘿嘉，黄磁斗貯幽蘭葩。枯腸叫索水晶瓜，月團曖曖鐺中蝦。空齋獨啜頻咨嗟，念爾根移不再華。念爾根移不再華，那堪更向鳩盤茶！

段觀察公殉難歌

粵稽取義成仁士，令名赫赫垂青史。至今高節誰與儔？如公屈數無多指。在昔賊闖荼中原，逆騎所向無堅壘。秦豫之間皆破滅，孤城豈有聲援倚？登陴誓不與俱存，書生敵愾雄無比。竿首頻梟賊使頭〔一〕，詈聲直出重圍裏。其奈人力苦罄竭，天心不改平陂理。北拜遥辭君父前，微軀合殉封疆死。痛哭悽涼鬼神泣，況乃夫人與稺子？滿門骨肉化飛煙，併逐忠魂同一起。巷戰不獲命始盡，頸血未濺空切齒。景仰高風莫可即，憑軒獲式公之里。良邑曹侯知最真，把酒備悉其所以。往事常難盡信書，多君激切提雙耳。使我聞之慷慨生，傾心不覺前移几。太息苗裔無一人，墓門冷落荒荆杞。行將立石表公道，但聞公已爲神矣。秦人廟祀自千秋，何須更挂黄壚紙？

喜黄將軍捷于里門

郭外滿弓刀，秋空殺氣豪。閉門羅鼠雀，飛羽達旌旄。雨過膏原血，風來散盜毛。將軍姑解甲，還有隻輪逃。

秦淮何司空園春日即事同潘蜀藻作

邀客蘭舟上，焚爐待落暉。翩翩盤袖舞，白白饌魚肥。夜爨呼防觸，朝琴醉抱歸。誰家簾内立？看殺綺羅衣。

下第行北道中 二首

北地春多熱，南天曉但雲。塵沙雙眼眯，榆柳寸心焚。古井依田洫，荒牆戍堡軍。逢人都下第，敢自擬劉蕡。

野曠東連海，山遥西接秦。荒城藏虎豹，古廟掩荆榛。柳絮隨行客，桃花作主人。回看風起處，白日總黄塵。

居庸關

紆鬱千門折，嶙峋兩壁支。帝王非在險，天地得無私。紫塞形堪扼，丹霄諜可知。氈裘皆頓顙，不是棄繻時。

八達嶺

複嶺東南盡，平沙西北通。馬如輕燕羽，山似野狐風。短草荒邊色，寒流咽戰功。關城臺點點，回首白雲中。

宣府城中

北來推上谷，西去接雲中。城帶高秋氣，樓尊大國風。人情還戰鬬，天色只溟濛。斥堠經營息，空縣捍禦功。

都門旅寺中秋述悶

朱門初得月，静寺一鳴鐘。卻悔棋離手，翻憎酒在胸。燈青牀蓐冷，階白瓦檐封。老衲高眠後，蕭蕭閬夜蛩。

南康山中贈王子雲

避亂廬山下，知名一老儒。文章淹歲月，書札徧江湖。破屋虧棲止，痡童仗起居。草玄人不識，衰淚灑童烏。王瘗子于所居側。

寧津禹廟落成頌史明府庸庵

城破村煙斷，君來禹廟新。盡能輕物力，自不忍明神。北極開黄屋，東方覲紫宸。悠悠河洛遠，猶有報功人。

初入英不甚耐遇僧從巢湖來居山中聊以自慰

旅緒愁何似，僧來始欲寬。湖邊春草緑，山裏夜鐘寒。苦菜尋將盡，新茶募更難。自言塵世事，飄泊豈無端？

送别胡巢阿郡守罷官還里 二首

山阿叢桂發，一去感生成。解印無慙色，驅車有壯情。斂身辭泛愛，留事與閒評。珍重高堂養，棲遲保令名。

自分遭逢薄，無緣告語難。受知如有素，推誼復多端。名已青雲附，人還白露看。平生雙涕淚，都向別時彈。

金斗歸述途中旱狀

西行經郡邑，呼籲不堪聞。挽水天河涸，燎原地軸焚。一秋軍國賴，數日死生分。夜夜山頭上，風來散黑雲。

壽潘蜀藻母太夫人六十 二首

共事秦淮上，潘生少弟昆。人從叔度至，母似季方存。剉薦供炊火，分箋限燭痕。百年深閣裏，所願在加飧。

門閥貴皆世，才名子並親。竹心調鳳嘴，松節養龍鱗。月正輝天姥，星當祝老人。稱觴兒壻輩，次第幾多巡。母以中秋前四日壽，母苦節數十年，工詩，博極羣書。

英署剪韭再種

記得春初種，深畦布子圓。山盤常一束，歲曆度三年。名笑官應滯，根知老再妍。不同瓜豆蔓，纏破屋頭椽。

山菴阻雨

對水茅亭坐，當檐小木横。愁將眼的歷，看得雨分明。稻濕村酤斷，芻無櫪馬鳴。尚思猿鹿出，一慰眺山情。

下第歸途次慰戴山民留與同歸

計日家園近，躊躇不肯前。落花雖有託，芳草正無邊。稚子饑時待，高堂夢早傳。好將黧黑面，付與室人憐。

落第馬上口示同歸諸子

怪到鷄鳴後，心傷忽泫然。相呼亦上馬，只睡屢遺鞭。文字疑同學，才名讓少年。壯懷催髮白，歸志欲逃禪。

巴河道中

十月零秋露，單衣曉不寒。藁田芽稻長，沙路馬蹄乾。柏樹隨霜剪，緜花帶雪團。家家買一家，珍惜比兒看。

新城道中

三輔畿南地，官橋凍早春。比閭周井在，澤國禹河湮。野曠林行白，沙疏麥縷勻。店人要飯直，横索到儒紳。

過道士洑

絶巘撐江面，孤洲落市情。石紋波鏤就，崖樹鳥銜生。急峽趨寒翠，沈陰上冷清。半天僧住好，功令得無驚？時有汰僧之令。

黄石港曉發

晚泊村煙暝，晨興早溯洄。鐘鳴僧舍近，人語網船來。港月孤篷滿，江星萬頃開。恬波行十里，高枕意悠哉。

栲栳山度歲步方還山歲内見惠原韻

臘月同人集，春羹試早盤。入山由我懶，留歲與君權。白髮孤燈照，青天萬嶺看。夜來霜候早，先到五更寒。

栲栳山元旦 二首

絶頂惟天近，無人任鳥譁。歲添朝起衲，春動昨澆花。椒柏憑兒女，衣冠憶縣衙。通宵喧爆竹，山下幾田家。

斗室天香滿，年華此夜分。燈明羣象□，鐘落下方聞。佛水烹崖乳，僧衣裹石雲。清廚行圃菜，縷切自紛紛。

聞四弟蔚然尚存且公車長安信至

昨日長安信，城中戚友喧。門衰添一弟，年少半諸昆。始識家人字，遥憐故國存。雲霄吾舊夢，望爾早飛騫。

在霍英聞夏二生過訪因留集即事

嶺路啼猿滿，君來雲氣蒼。喜聞新令好，愁説舊田荒。老友頭誰黑？官齋草尚黄。諸生閒問遍，杯酒話偏長。

霍山寄六安徐太史莘叟時在吾里擬即歸陪 二首

太史龍眠興，傳聞在夏初。豈知前日駕，先得幾行書？到自尋朱履，歸須記草廬。即看榴照眼，花下等鰣魚。

桃李香三接，風流一絳紗。時邑侯出徐門下。管吞連夜漏，徐隨有梨園，善聲歌。筆散滿城花。捧杖移星色，時擕有次公同游。題門過竹斜。不應龐處士，反去阿徐家。予在霍，霍故蔘地，徐家在焉。

霍山再聞子規

酒破醒難寐，因君忽再過。去貪春自在，來苦夜如何？叫遍鶵人屋，啼成燕子窩。歸家無故婦，空作扊扅歌。

接四弟蔚然落第還粵西書

多少悲兼喜，思從釋褐歸。似兄乘舊馬，向母戀斑衣。江北鵝空看，湖南鴈更飛。書來不識面，情事兩乖違。

過天界寺贈石潮和尚

竹杖迷參訪，松關久寂寥。師攜雲入定，客與鶴來朝。注水澆饑火，安心養學苗。眼光渾欲迸，知是慧根饒。

壽胡螭贊祖母八十

最苦夫人節，胡然六十年。夫人二十而孀。歲從寒杼度，門仗隻身全。白髮長冰雪，黃壚再海田。夫人早失夫，子于又復喪。猶營舊洲渚，時得橘奴錢。一子如絲息，夫人淚續成。遷來三舍遍，住處五雲生。秀草秋還萎，萱花晚獨榮。不堪因李密，又結報劉情。

穀邑公役回道中述悶

欲試循良學，乖違事事非。望城知苦近，看馬帶愁歸。地凍和心冷，塵欺撲面飛。不才成闒劣，空想芰荷衣。

項羽

詠史詩，凡五十五首，止存十首。

晝錦東歸事頗豪，咸陽同日苦蕭騷。徒誇破釜軍方盛，忍聽坑降鬼欲號？人自縞衣憐義帝，天教紫氣塞成皋。年年冢土烏江上，不及長陵霄漢高。

張良

故國山河淚未收，沛公天授豈人謀？蕭曹等輩稱三傑，秦楚中間決數籌。黄石早能知孺子，赤松老不羡留侯。匆匆博浪渾無賴，偷得餘生已報讎。

周　勃

將軍十萬果稱雄，南北兵符節制同。白馬幾忘先帝誓，蒼龍猶據代王宮。安劉本用調和策，上璽難言擁戴功。自使天顔常目送，圖圄蕭瑟起悲風。

楊　雄

絶代詞人委逝波，大夫風味竟如何？先朝戟下官雖小，太后宫中泣正多。死後但愁名寂寞，老來翻覺事蹉跎。疾風板蕩增惆悵，獨詠商山採蕨歌。

李　膺

將軍塞上舊空庭，破柱天回貫索星。自使時人推李杜，總教黨錮起桓靈。龍門血染河流濁，犴户冤沈鬼火青。爲憶仙舟誰與共，江長漢廣好揚舲。

陳　實

皦皦丰裁不可容，陳公晚節學中庸。黨人禁後無消息，名士同時有吉凶。華表星遲依弔鶴，朗陵門遠隔登龍。春風閣上披圖畫，寂寞何人獨隱傭？

郭　泰

洛下容與錦纜開，江干雜遝譬髦來。親持藻鑑非多事，老作津梁亦愛才。處士有星都犯月，角巾無雨不驚雷。傷心最是瞻爰泣，屋上慈烏祇自猜。

皇甫規

手按青萍願備戎，隴西關外倚崆峒。封侯慢擬中常例，下獄徒諭左校功。卻許蔦蘿甘附黨，肯教瓜李或通公？鹿門舊有夫人在，勁節高風也自同。

蔡　邕

曾聞内殿封章奏，又見江潭放客吟。董卓有心知辨笛，王公何故莽焚琴？虛疑座上中郎歎，實少橋邊國士心。漢史不成空剩曲，一彈一鼓一沾襟。

祖　逖

銅駝遥望草青青，楫誓江流不再經。豪傑總歸新節度，中原半復小朝廷。旌旗歷亂翻河影，壁壘參差隔漢星。父老祠前方痛哭，壽春城郭已嚴扃。

送胡子兑之粤 時家君客于閩海

聞君痛哭辭諸子，青眼雙含淚未收。安得金錢隨手贈，不煩鷄鶩傍人謀。才高有力終騰達，年少方剛足壯遊。媿我豎儒安坐食，海風倒白老烏頭。

落第歸道中夢亡妻郎氏即夢傷之 二首

陋巷蕭條落敝帷，幾年風雨泣牛衣。多君井臼能椎髻，念我泥塗每下機。客路今如回鴈浦，貞魂昨遠釣魚磯。醒來説夢都非幻，腸斷香車挽不歸。

玉堂春色望來稀，彤管酬君事已非。青草漫漫貞婦恨，黄河渺渺故人依。鳩形未改恆饑面，魚腹猶存舊著衣。妻以拒賊投河死。別後汝親都死喪，夢中猶欲訪庭幃。

童子採荷花至喜插瓶中時旅緒悶甚不覺喜之至

擎來一片色香侵，摘去池塘任淺深。翠羽恰迎風冉冉，青枝渾蘸水陰陰。平分小屋舒雙眼，漫入磁瓶歉寸心。更憶冰盤堆雪藕，白花凌亂恐難尋。

高淳夏日飲唐盛際同年宅

渠塘新水漲新荷，負郭堂開碧草阿。鵝鴨亂當荒徑宿，弟兄都逐短牆過。雨吞嵐氣諸峯小，樹吐湖光一綫多。病裏還來尋竹看，莫酤醇酒使顔酡。時爲酒所困。

先君誕日　二首　六月十一日也

麻衣草枕客殊方，明發深懷此際長。馬援昔年猶矍鑠，父亡，年六十三。王修近日苦悲涼。家園薦食惟新穀，先父生時以是日食新。歲月傷心是小祥。回首已成千古事，人間獨我負高堂。

漫漫泉路絶躋攀，一去先君永不還。何用餘生猶世上，可憐初度復人間。老來歲序都虚過，别後鷄豚亦等閒。卻憶年年空若此，舞衣長迸血斕斑。

友人言招寶山海上奇觀近爲防營屯兵處遊人絶迹予在慈水相去咫尺悵此緣之不果也

擬豁雙眸看浪回，人間此處好登臺。乾坤南帶蒼梧杳，煙雨東縣日本來。實想半山棋子落，虚疑丈室海棠開。連營久戍屯兵地，把筆空懷作賦才。

下第旅寓述悶

此時此地看春好，獨坐相憐意黯然。白日細于欄竹引，遊絲閒上桁衣牽。心驚客舍渾楊柳，卧夢家山莽杜鵑。濁酒清歌猶興發，防人卻走在檐前。

下第擬寄劉稚川太史 予平時揣摩太史，私幸遇之，不意適值竟不中。

家在天台幽更幽，松苓深耐短鑱遊。自知神女能炊飯，聞道仙人亦好樓。裋褐即今纏坎壈，角巾翻悔擬風流。蘼蕪綠遍來時路，馬到漳河濁水愁。

都門呈里中諸先達

杜陵韋曲滿京華，別館張筵啓絳紗。曉殿悉看開孔雀，寒池猶待撥琵琶。秋虞直北將來草，春負江南無數花。更欲乘槎上牛斗，相煩指點到天涯。

都門喜胡子兑至

春明逢子禁城隅，道上忙將小字呼。駐馬書傳家裏事，拂衣塵起鬢邊鬚。名遲冀闕羞蘭譜，人到燕臺老駿圖。慢擬青氈吾故物，艱難全似錦氍毹。

都門立秋日

秋風猶未薄簾幃，秋氣蕭條我自知。客裏動經六七月，醉餘愁減二三時。兵戈楚粤烽傳急，旱魃江淮信到遲。鷄肋杳然迷去住，家書何以報歸期？

方繡山司農榷署種竹

清郎種竹在官衙，取次餘行略種花。花供後來遊宦眼，竹宜吾性野人家。長鑱帶雨龍根護，小閣含尊鶴意遐。他日數竿誰早出，嫩篁新筍對春葩。

改女優幼雪字或曰雪可幼乎即席作詩送之

薄粉纖塵總不侵，水晶寒透色難禁。臨風慣作迴迴舞，落屋輕爲細細音。弱質但宜芳草臥，嬌花莫共老梅尋。清琴逗引陽春曲，一片娟娟積素心。

憩栲栳菴蚤起

陶然一覺萬峯青，懶赴公車睡始成。背嶺幸無風穴射，向陽先得蚤窗明。廚邊飯望人來熟，籬下鷄欺客到生。總爲疏慵躭淨土，翻令筆墨起餘情。

新　歲 英山署

老入荒岑懶性偏，官情歲事兩油然。喜將匣印封朱紙，笑看檐茅貼綵錢。甕酒舊餘供宿醉，園蔬新發飽晨饘。梅花不管人淹滯，開放從他又一年。

投宿霍山道士沖塾中

草店蟲侵夜不眠，貪棲投止藥欄前。湍翻急瀑蛙鳴月，碗泛新團蟹沸煙。竹筍老烹甘似肉，石橋横看直如船。村師樸訥無文理，解醉騎驢渴鄭虔。

弔周烈女 事載本傳

生來孤性厭紅粧，徑剪麻衣作嫁裳。未嫁，入門守節。一面未曾謀井臼，重泉何敢異糟糠？夢持竹杖尋夫子，女生，其家有神賜竹杖之夢。誓坐梅樓禮法王。女家先有節女搆梅樓，禮佛于上，女亦效之。薄命久甘同夭折，莫將人語及姑章。傳中頗詆女姑章實致女之死。予憐女烈而原其心，故願諱之。

江夏徐友見訪留飲署中因感舊遊

岸幘高歌一楚狂，江籬秋菊把年芳〔二〕。浮雲渡水添春色，朗月怡人過草堂。此地盤餐鮭菜少，故園臺榭燕巢荒。兵戈忽憶經遊處，大别還應對武昌。

霍山學署贈羅貞符

短牆高柳覆疏花，門對南山徑不斜。亂後還家成小築，老來種藥養年華。農人果剥霜園栗，令子瓶開石乳茶。我愛羅含居最近，嘗攜棋局出官衙。

太湖金井寺候取山中家眷寄王蓼思父母

春風桃李事皆非，猶寄妻孥宇下依。秖爲十年難遽别，忍教八口遂全歸。吏人散後山猿滿，粱肉無時穴鼠饑。江上懷君淹日月，不知秋盡蟹螯肥。

放舟太湖河時雨後新漲

竹裏咿啞擊汏聲，山僧呼我炭船行。迴風亂下雲間瀑，濕日强争雨後晴。野水闊從千嶺合，中流閒信一橈輕。城邊多少人喧渡，散去都穿谷口鶯。

方還山有喜予雨後集左霜鶴宅吟新詩作依韻和之

轇伊空谷索居時，十載從無得意詩。時予英山初歸。近事頗容除鄙吝，敝廬今復喜塗茨。時奉裁，方營舊宅以居。已撡風雨淹良晤，欲擬心神苦締思。待我移家九月裏，唱酬還訂菊花枝。

方季方以詩投贈黄州寓中飲次道其門分授藏書甚富訂就彼買山出示用原韻率答

江寒月冷夜愁賒，賴得伊人客自嘉。底事想同今逆旅，遠來猶藉舊聲華。我聞書屋將千卷，君在山樓第幾家？歸去買鄰原有約，龐公便挽鹿門車。

寓長干寺詩 八首

梵王宫殿尚如磐，法界初圓地一盤。豈許雀窺檐户入，祇宜龍繞蓋幢蟠。仰觀佛像頭難直，俯拾階墀膝易酸。自是慈悲空萬有，輝煌依舊與人看。

大地心安即佛安，莊嚴多賴歲時寬。諸般珍怪供雕彩，幾庫丹黄入堊墁。天上憑工窺制度，宫中移石補闌干。到門便可增人福，煩惱消除只喜懽。

巍巍塔寺迴諸天，外是僧房密比聯。水浸樓臺三夏啓，松移巷陌九條穿。齋堂各供私香火，卜肆争開小市廛。流覽最宜當浴佛，雪山須訂再遊緣。

極目浮屠慷慨初，蕭條物力未全舒。但愁舍利珠驚後，正啓琉璃瓦剩餘。一自梯雲修碧落，更誰把石向空虛？神工似奉更新敕，不用官家費帑儲。

臺邊碧甃倚天清，頂上金繩引日晶。六代樓亭橋水繞，三山江樹渚煙平。遥梯夜月僧無語，細吐春星火自明。最是虛空傳妙覺，風鈴吹下五更聲。

聞道南闈插棘森，上人門倚落英深。藤牀秘閣塵無染，竹梘疏牕濕不侵〔三〕。碧草偏縈留客意，黄花無那讀書心。功名似昔豪華改，感慨蕭條忽莫禁。

涼紗皁帽紫衣裳，邊幅修持熠熠光。老去兒孫都盛長，晚來門巷各趨蹌。有田似我輸官税，不病從人寫藥方。莫道近時無賜物，松林新與剃頭庄。

木榻蒲團棲息同，三尊大佛主人翁。垣繚鐘磬前廊裏，樓隱笙歌别院中。石竹涓涓微沁雪，松龕鳹鳹細迴風。豈知酒竈茶鐺樂，尚有無錢日惱窮？

滄暉法師講經藏經社將畢文車索予詩送聽法諸大衆

塔院風鐺静不譁，法幢高唱演蓮華。迷途衆已開無限，覺路予還識未差。坐處榻穿松頂月，歸時鞋踏雨中花。齋堂飽供香廚飯，此是長干第一家。

姑蘇河漁父

五月田間未插禾，漁翁閒著老農蓑。橋灣覓埠窺魚上，石縫敲罾讓客過。對雨草隨江岸目，背堤家隔壟頭歌。定知婦女忙蠶箔，可有餘絲試薄羅？

贈高瀛仙分闖海上 高昔防英山，與予同地，今以海捷，晉官世職。

匹馬西山射虎歸，將軍燕頷本能飛。登壇偶署樓船號，獻馘旋揚泮水威。捷奏聖明纔寢食，恩覃苗裔亦光輝。十年禮樂官無補，來看連營臥鐵衣。

贈主僧雲笈時于浴佛日增一徒

招提松指白公來，依舊禪房榻席開。乏計客廚時餉食，渴憐詩思許銜杯。耕田師授常存畝，懺佛人投不募財。似看諸峯羅列好，雪山又抱一燈回。

申端愍公甲申殉難詩 二首

居庸烽火逼京畿，策馬條陳事總非。公聞居庸失守，策馬入條陳，不省。國到主亡羣象泣，賊入，過象房橋，羣象皆泣。臣隨宫晚六龍依。公官太僕。星辰已散硃書敕，時硃詔入閣，閣臣皆散。雨雪空存白板扉。吞盡熊丸多少淚，公少孤，依太安人，顔其室曰『和丸』，所著有和丸集。夜臺無辱老萊衣。

國破河山萬里休，壽皇亭色慘如秋。王經自覺難依膝，華寶先教早上頭。公臨難，南向拜辭太安人。先一日，冠其次子。井面桃花丹血灑，公死于井。語云：『井上有桃花不祥。』墓門高鳥紫泥求。公死，朝廷賜祭葬。天公似等憐周處，階下春風拂五侯。

步鄧薑菴韻送方還山之揚州弔方老太史

名家子弟列諸峯，君是龍文愛所鍾。瓜步片帆人獨往，竹林清淚眼雙封。蕭條棋輿笙歌歇，廢閣詩情筆墨慵。把酒還須臨别墅，莫教憂悴老來容。憂悴亦姪于叔事。

步鄧薑菴韻贈徐半僧以雨中見過喜晤之

箬笠青青覆額頭，柴門徙倚練江秋。高人忽自雲間出，夙願因教雨次酬。老至檐梅還索笑，詩來庭草欲探幽。鰥魚無計辭妻子，羨爾逍遥物外遊。

句曲曹掄生學博送遺試集飲

淝水清齋共食貧，無端閒閣兩年身。予時奉裁。已慚苜蓿盤中客，空逐槐花道上人。別後交情渾更熱，醉來狂態莫嫌陳。知君稽古多榮力，吾事甘同積下薪。

蒼梧別四弟蔚然

痛哭相逢淚眼青，別離都惜小寧馨。四千里外予心苦，三十年來汝夢醒。弟自三歲流離，今三十歲矣。俠士義當同骨肉，弟依義兄巨臣。先人魂亦有精靈。海南燕子長爲客，空望迴峯鴈杳冥。予冀弟早歸不得。

白門晤巫繼穉同年

擬看雲霄判杳然，秣陵踪迹轉堪憐。星催驛路郎官馬，巫原官司李，以新令入京改縣令。雨打江帆博士氈。予時赴丹徒學署。謁選君如初筮仕，卑棲予當老歸田。知無貢禹彈冠興，猶望王陽在日邊。

贈袁重其所著有霜哺集頌其母氏之節

曾從霜哺挹嶔岑，袁子家風夙所欽。歲月緜延增母志，山川來去識君心。重其遍游乞詩旌母。事當好極翻堪涕，詩到情興不費吟。秘笈封題皆節孝，六丁驅卻蛀書蟫。

金山寺 二首

碧水孤峯海外洲，層崖簇簇裹瓊樓。無端屹立東南秀，不動驚迴左右流。斜日塔移鮫室影，怒風潮拍女牆頭。百川奔注何時息？獨抱黿鼉砥上游。

極目高臺衆妙生，蒼茫一片斗牛明。天門仰落三江勢，城闕雙浮兩岸情。卻渡帆檣時歷亂，自涵鐘鼓越澄清。羣山若待題聲價，成就中泠已得名。

衆山亭眺

亭對一泓瀉，天開萬嶺中。始知春水闊，上與白雲同。

南嶽對峙

翠岫兒孫接，蒼空石幾盤。常時雲蓋頂，留半老僧看。

四浦漁歌

徑絕樵無迹，漁歌竹浦風。起看環寺水，都在網船中。

長安俠少

夜來十萬賭錢輸，空手敲門駡酒胡。曉送紅裙飛馬去，不知何處又呼盧。

豆生

僧來纔見土痕疏，飯罷亭亭兩甲舒。半日天光一寸草，鬢邊白髮欲何如？

過五嶺 少與先父舊經遊處

往事凋殘親故悲，山川留得我猶知。教兒馬背隄防上，此處先君膽碎時。

過蘄水縣感舊遊作

蘄縣高城古渡東，學宮雙闕迥凌空。昔時溪水流應盡，不認兒童認老翁。

霍行時方還山亦已出遊因別鄧薑菴潘蜀藻齊然四諸子用鄧韻

山水西南不可羣，東風一樣捲行雲。逢花須寄春城客，花到城春已十分。

聞子規 二首

花落應知春可憐，正看濃緑轉淒然。關心不必因何事，但覺聞聲怯杜鵑。

晴巒藹藹碧萋萋，繡谷鶯花好杖藜。 贏得春山無限興，子規枝上一聲啼。

燕　子 三首　霍山作

來去雙雙更有誰？ 辛勤忙出兩巢兒。 明年雛又尋梁壘，陌上花殘子結時。

朱雀橋前緑暗鴉，錦堂簫管噪淫哇。 山池但把粗泥啄，不羡江南王謝家。

舊壘新巢兩不驚，飛棲應見主人情。 畫眉啄盡香秔粒，猶向雕籠作罵聲。

奉取入闈未用歸宿平陰見壁間韻和之

朝出平原晚鑄城，東風勞送不勞迎。 排衙又放催科吏，未許歸山聽鹿鳴。

到七級

宴上辭歸喜色開，無人知道縣官回。 車帷斥處聞傳語，明日催糧檄又來。

方逢月

字漢士，又字舒來。康熙乙卯歲貢生。母夫人夢月中有『仲舒』二字，寤而生公。少好學，善屬文，總角有嶄然長德之表。嘗與予輩聯汐社，爲文會，日未晡繕寫已竣，文不加點，揚揚然意自得也。初餼于郡庠，試必拔幟，年踰耆始筮仕廣文，司太平府訓，加意作人，汲引後學不怠。稍遷幕職，得閩之臺灣。臺灣爲新附版圖，往必泛海。遇風利，四五晝夜可達，否則乘石尤復返以爲常。公叱馭而往，無離別可憐之色，頗爲其上官所慰獎。以老病乞休。二子鳳喈、鳳翽適渡海省覲，因輿疾而歸，殁于閩之汀州，扶櫬還里，可悲也已。公爲人慷慨好義，與人交，出肺腑相示，始終不渝。少與程奉常立庵稱髫齔交，予爲蹇修，以其季女歸奉常之子松皋。仕奉常薨，遺命以藐孤託執友姚端恪公及公兩人，即公之品誼可見矣。公雅志克家，光大先緒，八試瑣闈不收，則力追『唐宋八家』爲古文辭，皆沈郁古茂，可以方駕前人，如集中神女辨、黄忠烈翁夫人血影石記、黄靖南侯祠記，皆踔古轢今之作，予所最服膺者。公赴閩時，以文集百餘篇見託，言其壻松皋許爲之鋟板，而屬予趣之。曾學詩于予，又請予録唐詩之可法者數十篇爲模楷，而篇什不多見，僅于其門人齊子秩斯所得手録詩一章。嘗撰高祖竹亭公以下四世行狀，字裏行間血淚迸下，可以激勸來裔，惜宗譜之未及載也。以其王父號培竹公，因自號『念培』云。

贈葉岫雲明府

顧渚之山秀且深，不及使君風骨之清森。罨畫之溪駛且潔，不及使君才幹之明決。憶昔使君年少時，與予同學同心期。金門獨對天人策，彩筆高凌幼婦辭。一朝釋褐宰劇縣，銅符墨綬人爭羡。縣魚一任訟庭閒，馴雉從教麥隴偏。昨歲傳經鶴署中，官齋下食皆人龍。多君古義薄層漢，陳榻周醇情誼濃。所喜驥子頭角異，皋比謬忝青藍□。一枝果掇郗氏香，六龍佇標卞家幟。自是青廂有世傳，父遺清白子稱賢。博士先生舉第一，天官尚書報三年。我登君堂握君手，笑指顧渚畫溪爲君壽。郎君衿佩不足多，佇舞宮衣進君酒。

劉蕃

字古處。順治丁酉歲貢生。家貧，授經郡城，弟子爭從之遊。爲文光怪陸離，皆經錘鍊而出。楷書有宋人筆法，前後學使者輒擢高等，矢無虛發。六蹶舉場，康熙己未，以明經司訓淮之桃源，屬有水患，公匡坐談經，嘯歌自若，雖至坐客無氈，一飯不足，宴如也。所著有雪堂詩集。壬戌冬染寒疾，卧病四十九日，每丙夜輒起不寐，作詩數首以自遣，未幾歿于官署。二子鴻渚、鴻浦捧其病餘吟來質，爲録數詩以存其槩，亦以慰亡友于九原云。

古虹婁母刲股詩

人生大造内，誰不有其身？一自惜此身，難成忠孝名。家不爲孝子，國不爲忠臣。誰能刲身肉，以奉吾君親？卓哉婁太母，忠孝出至誠。一刲活其姑，再刲活夫君。當其割膚時，鉛刀利若雲。上有鬼神護，下令四海驚。既刲以和藥，婉曲奉所尊。淚血曾不下，履坦如平生。果獲彼蒼鑑，享壽如松筠。嗚呼！天地雖遼闊，忠孝無幾人。況出閨房中，尤稱絶等倫。應上之太史，列傳紀芳型。皇天既眷佑，子孫皆俊英。佇看上玉堂，褒嘉龍篆新。以報夫人德，萬古傳其心。

同張有方飲烏龍潭道士家

松竹蕭疏是何境？人傳前朝景陽井。古木參天千仞長，薜荔垂藤奪晝景。空壇多有羽士家，葡萄滿架煙塵屏。可憐松鼠白晝多，尾拂鐘樓鬚樹瘦。望中明珠口流涎，山徑無人落花静。此時任意銜之趨，直過松陰凡數頃。亡何月下美人來，摘盡葡萄空架影。唯願明年花開時，銜花直上須彌頂。任君招得看花人，月影花陰露清永。鼠計得兮主人愁，金莖還向漢宫請。

張孝烈先生歌

皖江最奇天柱峯，羣山矗矗青芙蓉。就中每産英杰士，忠貞孝烈名不同。我交張子三十年，文章道德世争傳。劍氣珠光騰霄漢，伯樂一顧著先鞭。鐸振崇川收桃李，關西子弟師楊子。又種河陽一縣花，何暮歌聲滿百里。皇恩寵錫及先代，彩篆龍章世所美。張子見之心悲傷，摧肝毁腸淚不止。我亦聞之心痛悲，蕭寺之中傳終始。嗚呼張子勿痛悲，非是孝子不能生忠臣，非是忠臣不能報孝子。憶昔思陵之末造，滄海横流生寇盗。白骨成山血成川，旗上人腸插滿道。死生呼吸等飄塵，臣背君兮子背親。反顔或且事二姓，君父悠悠行路人。孝烈何如我張公，劍戟之前生英風。子死父兮孫死祖，霜刀雪刃衽席中。更有君家南霽雪〔四〕，慷慨亦死睢陽軍。青蓮花發火宅内，一片丹心不可焚。嗚呼！言之心膽裂。泰山有時盡，黄河有時竭。唯此孝子心，凛凛光日月。願君世世産璆琳，移孝爲忠意更深。

麒麟鳳凰都集于百代，以慰當年孝子心。

大龍山同諸子言志

三間茅屋倚煙霞，半植修篁半種花。靈運山情千日酒，玉川詩吻一杯茶。漁樵才了人間業，瓢笠粗成處士家。嶺外白雲雲外路，勞勞何必問京華？

張輿公民部大隱園

危樓百尺倚晴空，太液波連湖海通。隱几静聽千个竹，開窗時見六朝松。清晨下榻宜揮麈，薄暮譚經好制龍。即此已將塵事棄，仙家何必白雲中？

山齋讀書有懷潘蜀藻

誰傳勤苦讀書情，臥聽風聲共雨聲。潘伯母句，因用之。竹裏一燈喧客舍，林間孤月起山城。石經早借中郎筆，花縣兼傳少傅名。老我年華無著述，蒼松日夕與雲平。

金水橋應試恭紀步方漢樹韻

漢官原有舊威儀，九拜皇居雨露隨。鴛鷺同飛紅葉渚，鳳凰初上碧梧枝。昭容選句雲生牖，侍史焚香月滿池。此日求言五色詔，長楊敢説著書遲？

江上送春示渚浦兩兒

今朝忽見東皇去，分付明年須早來。頭白豈因詩思苦？面紅還借酒杯催。未酬書債兒能讀，既死禪心僧共灰。手閱殘編拚不寐，鄰鷄未唱是春臺。

碾玉峽懷爾止曼公子直子厚諸友

誰把青山玉尺分，臥龍曳尾入蒼雯。桃花三月曾無浪，石壁千尋渾是雲。倒注銀河飛瀑布，種成藍璧獲紅裙。少年此地彈琴輩，盡似山陰逸少羣。

淮濱谷凝一解組歸里以詩見贈依韻答之

問月青天首自搔，扁舟采石著宮袍。傳經疏受歸來早，痛哭長沙救世勞。南國佳人歌杕杜，西涼美酒詠葡萄。吾家荷插真難學，香茗櫂將當濁醪。

口占贈延譽

楊柳青青張緒年，分題作賦杏花天。曲江雁塔猶存否？留取名題第一甎。

懷汪卓公

曲曲溪橋爛熳花，山中亦自有人家。庭前已種陶公柳，宅後猶多陸子茶。點綴桑麻如畫裏，安排蘭桂總仙葩。主人愛我來清話，話盡田蠶日未斜。卓公山館幽絶，古松翠竹逼真圖畫。

桃源除夕

今夕爲何夕？飄然歲已除。江湖存鶴髮，生計老蟫魚。不寐懷明發，焚香展佛書。故鄉千里外，家宴或譚余。懷故園小阮守歲飛觥。

懷李士雅

先生河漢口無極，詩句清新近自然。近日傳聞皈佛法，浮山好看木開蓮。朗目大師云：『有人來問法，惟指木開蓮。』

懷潘蜀藻

知君元是少微星，斗酒題詩筆未停。選得龍眠風雅在，騎鯨不羨采江亭。蜀藻夢太白星生，詩名滿海内，選龍眠風雅，藝林寶之。

漂母祠

許多胯下頑男子，肯進壺漿奇婦人。怪底功成歸國日，女郎偏又斬功臣。成也婦人，敗也婦人。

楓　葉

許多紅樹間青林，竟是桃花二月深。獨有門前烏柏樹，較他楓葉醉難禁。霜葉烏柏第一，楓次之。

憶超宗

記得龍山共賞遊，杏花風雨正颼颼。琴書遠逐天邊去，可有將軍薦馬周？時在湖督董公幕中授書，書、畫、詩稱三絶，聞董公疏薦之。

劉漢

字臣向。性敏慧，讀書涉獵，一過即能擷其菁英，措之文筆。崇禎己卯，受知于學使金公楚畹，補博士弟子第一。明年歲試，寘第二。將食餼，以丁外艱不果。壬午中副車，乙酉罹黨禍，會萊陽姜如農垛、如須垓，公安袁特丘彭年皆避地吳下，乃依數君子以居。爲人駿爽，有口，善諧謔，飲酒、博奕僅及中人，而意趣周洽，于人無所牴牾，所至輒爲傾倒。亂定，始返樅陽學治生，家乃日裕。伯兄存我年八十無子，生養殁殯，悉爲經紀。晚于宅後倚山搆別墅，植花竹，召故人觴詠其中，以娱桑榆暮，其行誼具詳錢田間所作劉子傳中。田間與臣向少同學，同患難，老又同里巷唱酬，宜其言之信而有徵也。所著有漱岑稿，予更摭其過江詩，共得如干首，以答其子鴻藻、左平之請云。

秋懷寄幼光鑑在諸子 四首

野雁叫玄霜，寒飆扇蒼木。青燈夜熒熒，窈渺照幽獨。七尺鮫鮹皮，風泥障巾幅。凝神執先契，遐觀蕩鴻矚。朝思北山松，晚憶西潭菊。投袂輟天問，顧菟空在腹。四海無袁羊，誰知趙元叔？

安道在剡溪，王生夜持舫。嵇公山陽鍛，向子激清賞。所重非形骸，興來每孤往。我友多奇懷，蘊義鍾兼兩。風吹玉海澄，月濯冰壺朗。酒盞傾珠飛，茶鐺沸濤響。聯牀麈尾奮，蹋壁大額獎。斯樂忘饑寒，蓮花忽如掌。秋宵理前言，因之寄任昉。

缺月憐半破，微霜見初乾。琤琤梧桐枝，結響青琅玕。振衿出中庭，露下何溥溥。驚鴻繞樹飛，遥翮翻秋寒。羣囂亦已息，古聲暫不彈。夷塗望歸愚，斂退志所安。蘼蕪竟先萎，彫悴非椒蘭。

雅言遁山樊，薜蘿衣未剪。逡巡雲霞交，良約竟難踐。步啄妨天機，歌哭付書卷。朱雀沈傅昭，羣犬吠徐勉。本自澹蕩人，曠懷絡絲繭。褰裳陟兹塗，羊腸豈云險？

贈范文青兼懷大范文白

滄桑存碩果，兄弟擅文章。交以才名老，游將山水長。元龍湖海盛，小范甲兵强。借問西冷業〔五〕，焚書亦可藏。

元宵前一夕同仲馭如須和得燈字

風流江左舊時稱，擊鼓漁陽我未能。鸜鵒杯中千歲酒，鳳凰臺上九華燈。共持玄草尋春苑，更擬新詩望杜陵。公子有樓高百尺，三君長嘯已先登。

同方密之姜如須錢仲馭看春用冠字

使酒高歌總不懽，自慚乘興到朱欄。游人逐醉宵聯袂，當道憂時晝免冠。北海風流殘蠟屐，西園蕭瑟舊椒盤。憐予病後車裘盡，博得樓頭一笑難。

同幼光飲用書字

卻厭窮愁歎索居，折蒲王育近何如？君家酒應多難字，我客歌因在草廬。幸有舊囊餘竹簡，無妨短褐共柴車。莫言流寓終年苦，夜半焚書又著書。

集吳于廷新居

亂後移家已再遷，南村有地似龍眠。數椽補葺遮風雨，雙隴淒涼棘墓田。季札逢人牽縞帶，陳登招我臥青氈。故鄉館舍多荒草，移得牛車屋上縣。

寄答馬倩若陽江

江南江北欲何歸？嶺外長征馬不肥。故國春深豺虎亂，異鄉雪後雁鴻稀。龐公百里堪馳轡，董子三年仍下帷。病臥思君消渴甚，飲河今得慰朝饑。

古　意

買酒江樓問巨觥，相逢慚説舊東平。多情不必憐蘇小，有病將無怨馬卿。彈指幾慚燕市筑，畫眉空老漢宮笙。月明清嘯劉琨在，醉倚雲和作楚聲。

送別錢仲馭之任嶺東分臬 三首

擔囊仍是舊青箱，知子無心問越裝。大布舞衣丞相府，素絲襆被尚書郎。但言煮海三升飲，不借燃犀十乘光。羽扇揮來勞按部，朱旗偏冒嶺頭霜。荷戈奔走擁如雲，拭淚環看送使君。司馬近持横海節，尉佗先草受降文。太平澤國三千里，憔悴江南十萬軍。往日健兒遮道上，山呼饑渴不堪聞。漱流日日飲廉泉，清議堂前手一編。補牘後先曾啓事，推輪南北豈停年？狐裘六載新披錦，貂珥三時戒納錢。聞道海陽廉吏少，匣中還出舊韓箋。

弔高興平

一劍君恩總未酬，傷心馬革在中洲。赤松有計鴻門遁，細柳無人灞上羞。三尺竟傳曹沫手，千金難購項王頭。將軍欲索通侯賞，雲夢如何不早遊？

自題傳影

入山仍着舊綸巾，趺坐沈吟性自馴。九死一經東漢事，百年半是六朝身。性躭巖壑非依木，□飲醇醪不近人。異代春秋看十五，還留青鬢伴松筠。

柬陳静菴司理

君擅才名擁上游，河南有日識荆州。三湘澤匯朝宗遠，十縣星占貫索浮。袖拂和風嘘昧谷，簾鉤秋月照滄洲。方城漢水稱雄峙，移向千山百尺樓。

晤韋惕闇感懷昆銅尺木

江左名流三十年，每從蕭沈讀韋編。經傳前席無雙士，賦獻長門各一天。草塞未還蘇老節，畫溪空泊米家船。玉關應羨垂綸者，可及南塘早着鞭。

惕闇集同社三嵒賦贈

老吏風塵客路艱，扶筇偷逐野僧閒。廉泉一似臣心澹，官柳還同驛使攀。三疊盈樽傾北海，雙飛高屐傲東山。潭深不斷桃花水，片片清波點醉顔。

柬周宿來太守

漢家循吏舊三章，五馬前驅靖十方。自有佩刀安反側，早將縣筆繪流亡。轉輸貫粟東南計，餽運。檢點晨星山谷藏。力役。最是談兵賢太守，樓船横海近湯湯。戰艘。

飲宿來署中出讀書堂集暨長公鷹垂容成稿

脱粟依違七載餘，偶然移興托籃輿。交因鮑子趨兄事，才妙周郎讀父書。少習賦詩能上馬，衰憐戴笠向乘車。酒酣更進三升飯，傳道新安米未儲。

寄懷孫子縠

期君春踏大龍灣，湖海茫茫任往還。鼴鼠不投千尺水，飛鴻難度萬重山。擔囊移照誰家屋，策杖閒扶别後闗。一自河干分竹馬，元宵夜發。秋風蕭颯醉時顔。

何亮功

字次德，號辯齋。順治丁酉舉人。前大學士文端公之冢孫，贛州守蓉庵公之長君也。生而岐嶷，識量不凡，文端公深器之。爲文汲古振奇，不蹈時畛。復社之興，與雲間陳臥子、夏彝仲，金閶楊維斗、錢吉士，貴池吳次尾、劉伯宗，宣城沈眉生、梅朗三諸子遞主壇墠，四方知名之士屣履迎門，傾身容接，文采風流，照耀一時。年五十始舉於鄉，公車二十載，需次得閩之古田，生平所期許已不獲及鋒而用矣。猶據鞍顧盼，叱馭之官，至則勾稽畝税，平亭訟獄，馭豪强，字弱小，士民德之。以勞瘁卒于官，年七十有四。所著詩文甚夥，會其次君扶櫬未歸，而是集垂竣不及待，姑采其還里時酬贈之作爲拙選光。其最奇崛者肺魔詞千餘言，瓌詭詰屈，直與玉川之詛月蝕、虞山之惱天公鼎立而三矣。少許勝人多許，不其然乎？

肺魔詞

稽首大醫王，投詞具履歷。何生名亮功，表字曰次德。本是桐城人，今寄江寧籍。父官章貢守，祖拜前相國。身薦丁酉科，天顔曾仰覿。世緣多所經，行年過五十。家序仍居長，行三又行一。二子隨長干，三女嫁同邑。畫紙唯老妻，斛珠鮮側室。渺小薛公儔，心雄晏嬰匹。眼眶大如箕，髭鬚半如雪。談論削枝蔓，胸懷屏荆棘。復社忝執牛，東林常捫虱。雅自整羽儀，從不涉嫚褻。手足凜冰淵，髮膚勤護惜。不記是何年，忽與此病值。此病若有魔，潛來據肺膈。呦呦唶初聞，虓虓吼漸烈。似磬還似鐘，在喉又在鼻。發縱氣與痰，故使相搏擊。頭痛碎若椎，愈匪陳琳檄。神德杳無根，發豈枚乘七？口辣等桂椒，汗沾比涎汁。嚴寒裸猶燥，酷熱裘尚慄。頫首目若盲，抽脅筋如織。十萬八千孔，孔孔攖魔鏑。三百六十場，場場防魔襲。方在恣雄談，猝而委臥席。萬死與萬生，一呼與一吸。見慣亦等閒，乍覩輒駭惕。憶昔泊江邊，舟中呼太急。汛兵飛槳救，疑爲賊所劫。憶昔走山麓，輿中喘逆噎。農夫荷鋤奔，疑爲虎所搤。憶昔入棘闈，同舍競扶掖。走報至公堂，唯恐命遂絶。憶昔客長安，門生立牀側。賣驟欲治喪，終夜對之泣。似此非一端，更僕難爲説。往猶月一至，近則月三錫。魂魄不可招，歲華頻見擲。反覆思其原，究竟不可得。意者麯蘗傷，非髠不送客。意者妖冶侵，非玉不窺隙。意者營錙銖，錢眼鄙張嗇。意者修睚眥，唾面式婁則。訊之堪輿家，缺陷在龍脉。訊之星平家，命宫坐磨蝎。訊之岐黄家，賦秉多虚怯。訊之相宅家，方向昧生剋。諸家俱荒唐，總是魔作孽。名花謝春朝，好月負秋夕。未嘗貪夏凉，況乎犯冬冽？勝集及懽游，萍梗及膠漆。久要自愆期，衆行獨疏節。最愁遠朋來，尤愧新交別。事事因魔阻，人人受魔辟。被害有四公，供狀在史册。漢武命世雄，魔乃亢其嗌。相如蓋代才，魔乃消成瘠。少陵淹蹇夫，高枕聽魔逼。香山曠達士，罷吟任魔縶。干證引二氏，誑語詎敢入？老曇大神通，梵宫常汲汲。魔焰放丈餘，佛光僅盈尺。雖有韋尊者，横杵睨而立。老聃精道術，丹鑪每熠熠。魔霧散若灰，仙砂不成粒。雖有王靈官，持鞭瞪而嚇。魔不愛文章，魔偏使勢力。攖腦魔過猱，射影魔類蜮。吐舌魔比蝮，掉尾魔同蝎。

慘嘯魔附臬，黠饞魔逐鼪。狂猘魔儆尨，毒嘬魔勝螫。回念少壯時，猶堪與魔敵。間有快心事，聊數以自適。策杖黄山巔，排雲叫空碧。三十六峯頭，赤脚遍松石。揚颿彭蠡湖，五老迎船揖。猪婆拜狂飆，歌笑輕掀溺。齊魯賊如麻，貫甲夜衝斥。健兒彈弓弦，馬蹄濺瓦礫。吴越良讌會，選聲角新劇。晨舠繼暮筵，車酒聯騎炙。當年樂不知，轉盼老斯集。疇昔同學友，八九化異物。碩果誰其珍？匏瓜竟不食。縱使活千年，實受只五百。魔運倘不終，魔患何由歇？或謂再來身，紅塵偶爾謫。凡兹諸苦惱，皆是百祥吉。惡趣即導師，損後才知益。或謂天獨優，酌取英華竭。鬼神忌修能，高梁嫉孤潔。自不合時宜，應被才名折。或謂玩世情，游戲隨所陟。善謔入禅中，無浼任袒側。雖與古爲鄰，難向俗人説。此論誰見之？但稱説者曰。伏惟大慈悲，垂憐判曲直。憤懣莫可申，忍痛空填臆。平生頗錚錚，到此肯寂寂？竊聞金天王，關説供博奕。有徑魔必通，反噬將無及。賤子固無懼，上帝方赫赫。激切語無次，瑣屑字溢格。魔倘許相離，甘心出和息。稽首復稽首，左具年月日。

訪蜀藻不值

到門見老僕，心知已入山。徘徊不忍去，展轉雙扉間。草堂亦匪遠，奈此行步艱？楊子有壯驢，欲借恐其慳。故鄉少故人，惟君數往還。因披別後札，思看別後顔。會當乘早涼，緩步叩松關。籬筍一味足，慎勿入市闤。

別故鄉四十三年別木厓先生且十七年招飲高齋不勝今昔之感賦此請正後期握手又不知在何時也

客爲誰？盧玉川。主爲誰？李青蓮。一啜七碗，一斗百篇。險語怪詞驚掣電，高譚雄辨爭鳴泉。平生飛動不可制，旁人竊笑疑狂顛。薑桂相同性迂拙，面皮雖冷肝腸熱。哀樂枯榮只等閒，時宜不合時流説。酌君酒，爲君歌，故山其奈故人何？會當放舟秣陵去，向來契闊何其多。契闊多，談讌少。空躊躕，成二老。

木厓索題河墅詩漫成四絶句非但不似河墅竟不似詩因笑曰去其似而可矣

茶中岕片菜中蓴，別有清芬不世情。未審人中誰得似？東籬氣味是淵明。

龍眠浮渡白雲巖，鼎足三山表具瞻。不向此中求作活，劈空鑿出一山添。

妖夢荒唐不待圓，須知夢哭旦而田。漆園蝴蝶原成幻，且讀逍遥第一篇。

謝公賭墅古江東，歲歲扶笻愛晚楓。此日故鄉歸未得，霜林河墅一般紅。

吴接雲

字燕士。别駕邈庵公之長子也。崇禎初諸生。少負俊敏，有伏犀貫頂之異。阮光禄與其王父黄州公同譜，嘗推爲國寶，許以遠到。與王太史願五同筆硯，同入鄉校，每試必迭居高等。崇禎乙亥，秦寇至，君與里中士夫籌守禦之策凡十事，邑侯陳公輒稱善，采納施行，桐賴以固。順治初，與親朋方中諭來貢、許綬人來惠、齊古愚邦直、張如三杰、敦復英及予，十數子共聯文會，才名蔚起，授經弟子前後幾百餘人。皋城有丘接三者，家素封，將廢著爲業，君一見收之門牆，勸以力學。暮年冥心默坐，謝絶交游。雅善奕，暇則寄興楸枰，或出郭攬林巒之勝。所著有四書大易遺解、百家言、然藜閣隨筆諸書。

程其相奉常以詩見贈依韻奉酬

六十作閒人，相看只素心。青燈無薄效，白首更知音。蠻句曾傳谷，軍書正待林。感君憐老婦，惆悵一沈吟。

先大人別駕公生忌

侍奉非無日，追思盡惘然。音容疑在眼，夢寐竟無緣。大耋雖增五，彌留已四年。清香持一瓣，跪進淚如泉。

中秋寓白下庵同兄白生邀盛集陶王顧五叔士衡兄函三醉月限韻

水殿潭煙傍晚飛，開尊得月影霏微。諸天直向冰壺出，野衲疑從雪夜歸。雙杵長懸楓漸老，高雲一色雁來稀。秋風已半催人去，坐久寒生欲索衣。

贈何醒齋

此心長在五雲邊，目斷觚稜已十年。策對天人猶滸沐，山名大小是神僊。酒中彭澤吟黃菊，花裏蘭亭落粉箋。應笑故園籬下客，閉門擁鼻似枯禪。

李明楫

字叔濟，號屏嶺。康熙初歲貢生。性孝謹，事兩尊人生養死哀，備有倫禮。伯氏早世，與仲兄仲臣公友愛倍篤。明末，避寇樅陽，爲賊所獲，兄弟泣相讓死，賊義而兩釋之。仲氏歿，爲之撫誨藐孤，賴以成立。生平制行端方，遇權貴人，片言不合輒面折弗少挫。遊鄉校數十年，祭酒諸生，是非無苟合，一時食椹之鴞如某某輩皆爲歛迹。生平教授生徒，循循善誘，多所裨益。雖貧窶，不責其脩脯，故門牆多知名士。卒之日，諸弟子號踊於堂，且請邑廣文泗州趙君雪徵撰次其行事，私謚之曰文介先生。所著有龍眠叟談史論及屏嶺詩文全集，藏于家。

聖林

虬發玄王祥，麟兆素王瑞。敷教在虞廷，紹興當周季。帝憂萬世蒙，嶽降三郊遂。禮本東魯全，道乃尼山備。難叩靈爽天，羣謁歸藏地。千章檜路遥，百頃楷林邃。雲闕向徐兗，虹橋臨洙泗。崇坊石轉蒼，巍殿甍横翠。壙兆兩賢從，古柯端木植。歷近三千年，代傳七十嗣。徑無狐貉踪，林無鳶鳥萃。清虚廣漠遊，沕穆淳風被。借問至人林，何如王者隧？前林車轍稀，兹土四方至。太牢天子儀，芳芹野人意。恍然覩步趨，儼若聞提示。夙昔誦微言，矚瞻思大義。生恨不同時，省誰内無愧？所幸衰朽質，得遂參稽志。悠悠魯道長，馬首猶翹企。

露筋祠

曹娥溺爲父，荀采縊爲夫。古傳諸節烈，有激乃捐軀。兹烈何所激，甘令蚊噬膚？委形棄草際，芳靈入雲衢。姓氏何湮没？祠峙高郵湖。湖水清且長，千載映庭隅。朝飛巢林鶴，夕飛宿渚鳧。古今慕義者，憑弔盡嗟吁。所慕彼姝子，趑趄行暮途。倉皇心不亂，寧死不投汙。足啓志士心，堅忍與時需。莫向荆榛地，俛首赴前驅。

讀茹檗吟 張田中老師母夫人

黄鵠聲何切，淒然感逝帷。節成君子志，吟發古人思。跨鳳春雲杳，丸熊夜月遲。孤貞千載誌，應續柏舟詩。

元旦對雪

曙明競獻歲，爆竹滿城聲。林谷風初起，庭除雪已盈。農占惟慮旱，予意更愁兵。翹首頻天問，何時見太平？

早春送姚羹湖任開化司馬

雪霽驛梅紅，驅車向曉風。地臨方夏外，程盡暮春中。報最傳三異，徵才舉六雄。佩刀堪托贈，莫讓海沂功。

和方臣梅見寄次韻

隱山諧夙願，非爲擇鄰遷。欲學鷗閒叟，惜離鯨飲仙。衰愁髮種種，癯愧腹便便。若惜予岑寂，秋池有芰蓮。

顔　廟

有君斯有相，生聖即生賢。陋巷初非遠，宫牆恰與連。不生誰卓立？不死兩尼宣。生死皆天意，誰云數偶然？

初夏送客歸金陵

湖上風清水鳥飛，湖邊春盡送君歸。嗚榔歌發芙蓉曲，返徑涼生蘿薜衣。同在異鄉情易切，相逢邂逅覺難違。白門風景多佳麗，何日攜遊燕子磯？

秋日過黄伯健大來元白故居

憐君兄弟委荒丘，忽忽經過四十秋。危坐仍存池上石，浩歌不見月中樓。朝朝林樹雲空繞，歲歲山溪水自流。最是傷心迎客路，頽垣衰柳暮蟬愁。

遊浮山

山靈乍見若相嗤，邑有名山子到遲。冬日豈殊春日景？老年方踐少年期。豁然名利心都盡，最訝乾坤鍾此奇。三十六嵓遊未遍，令人一步一回思。

見故園紫薇花

五十年來桑梓殘，荒園猶見此花闌。一家骨肉惟吾在，何用花開老眼看？

舊址荒蕪舊井堙，此花植自我雙親。看花泣盡西風淚，歸去相逢夢裏人。

何永炎

字升公，號方屏。邑諸生。性磊落好讀書，不以屢空少沮。甫遊鄉校，即巋然負重望，詩詞皆清麗可誦。予常于友人便面見其歌行，才力横騖，不可羈紲，遂與定交。肝膽義氣，古道照人，因偕吾友許子綏人、張子如三相唱酬。卒躓頓舉場，數獻策不收。晚歲與從兄三江翁徜徉林泉，有終焉之志。歲在己巳年，登古稀，予爲長歌贈之，有曰『三江淳篤古君子，方屏卓犖大英雄』，即兩公之生平略盡矣。明年冬，無病而卒。會其子式搏方在苫塊，不及搜其全稾，僅從舊所貽七十自壽詩採數首以存崖略。

七十自壽 幷序

予自束髮受書，便希進步，迨窮年學道，罔獲成名。骨匪封侯，求射鵰而無路；鋒難摧敵，愧捫蝨之有人。荏苒年華，今不覺七十之忽已至矣。桑榆景暮，又安知日月之尚可待乎？鶻突誰憐，信無辭於賓戲；蟲吟自適，聊致解乎客嘲云爾。

時己巳中秋前一日，方屏何永炎漫識於樹滋草堂。

年去年來七十春，懸弧羞説古稀辰。齒崩江岸脣難掩，眼蔽煙花覷未真。舊友寥寥空歎逝，餘生落落獨耽貧。兒孫階下層層立，也學斑衣侍老親。

蔬食藜羹伴苦辛，蘆簾草閣自逡巡。婆心易動翻爲累，公道難言祇受嗔。牛馬雜呼隨地轉，松筠獨抱任天真。風中燭影偷閒日，可得年年是健身？

悠悠塵網莫明天，盤錯猶堅直似弦。釋氏本無全世界，道家空有半神仙。歸休志羨陶元亮，窮老心傷孟浩然。幽思一腔誰共寫？白頭終不受人憐。

世味嘗嗟濃似醴，交情近見薄如雲。司空預作幽棲壙，彭澤先爲自祭文。花占四時遮眼熟，月留三徑坐宵分。嫌身戀世同歸幻，厭死貪生不欲聞。自分餘年未有期，孱軀歷盡總艱危。醯鷄那有離酸日？螢火曾無脱腐時。陸羽茶鐺聊散悶，杜康酒醆覺開眉。此身倘得還賒健，重向君平問卜蓍。

春園雜詠

散髮人間逐鹿羣，起行常伴日斜曛。一灣楊柳眠黄犢，半壁藤蘿臥白雲。雨氣遥蒸山帶霧，風聲漸激水生紋。江鷗野性休嫌老，每到忘機不肯分。

槃澗蕭條草盡封，亂雲飛起一重重。自抛筆硯閒清晝，得伴漁樵比惰農。臥久不留花已放，客來欣值酒偏濃。每思湖海寬如許，似我愁無地可容。

方尊堯

字伯勳，號雁沙。崇禎初諸生。總角明惠善屬文，年甫十四即與予同補博士弟子員。長而長身偉幹，鏃礪文行，邑屋中推爲質的。詩追少陵，書法規橅右軍，濡翰輒盡數紙。雅嗜音律，酒酣顧曲，又長于填詞。諸孫、吴、陰符之書皆能亂其津涉。累困鎖院，則抗懷高寄，誅茅開徑，蒔花種竹，凝塵蔽榻，惟杜門卻掃，課子若孫而已。居鄉排解紛難，有陳仲弓、王彦方之風義，聲熉遠邇。族有累代寃役，公捐數百金，奮臂出死力以免。創置義田，鐫譜建祠，宗人賴之。所著有繭園集、杜詩集註、蕉堂明詩選、唐詩輯韻百餘卷。卒年七十，緬昔己巳之冬同入鄉校者八十有二人，今六十三年矣，晨星落落，公又捐館舍去，屈指八十二人中，惟予偷存視息，巋然一魯靈光耳。録公詩而不禁感慨繫之，嗚呼唏矣！

飲菊花酒步韻答仲友韋文

記酌籬邊酒，而今菊滿叢。年催頭上白，霜染樹頭紅。寒鴈秋聲劇，孤燈客興同。一尊遲二仲，清入夢魂中。

送胡壻樓孫讀書山中

環山君舊業，曾作臥中遊。劫火灰精舍，崇臺半古丘。徵書窮二酉，褰幔飲三騶。曲水如堪泛，期余棹剡舟。

寓祝聖寺贈月起上人

賊氛頻我迫，浪迹寄雲門。入世多岐路，逃禪亦業根。家山嗟已變，鬚髮悔猶存。小閣須虛座，留余一快論。

遊城山

帶病尋幽隱，溪山到眼明。讓人談佛法，除我聽泉聲。絶壁原難上，芒鞋自可行。不知前路遠，身向白雲輕。

登茅山絶頂用兒輩韻

履險窮奇峻，風霾變曉晴。山光時隱現，江影半分明。童戒匏樽重，僧遺竹杖輕。燒鐺爭掃葉，扶醉藉人行。

步韻答、、公禊日見懷之作因訂同歸種鱗

飄零一劍未依劉，望氣空傳帝子洲。解禊臨流懷僕射，談兵坐雨夢蚩尤。搜奇有管還窺

豹，叩角無書可挂牛。珍重明珠歸合浦，心期莫易向人投。

春日偕蕭卉仙飲元渡舟次得煙字

春江嫩緑晚生煙，慣飲茅柴醉始旋。芳草清尊相掩映，桃花人面兩争妍。但開青眼逢知己，更問黄壚有市錢。卻憶干戈滿江甸，阿誰同泛五湖船？

步韻答吳亞侯

漢家名隱亦封侯，不羡南冠御綘騶。飲舍何嘗慙犢鼻，釣臺誰許問羊裘？投壺韻絶三公閣，散帙風清八詠樓。爲訂高山偕謝朓，攜將斗酒博涼州。

送王子蜀隱之長安時年各五十矣詩以勖之

燈火連窗廿載前，每經離索倍潸然。眼中陵谷奇如夢，鬧裏焚持静似禪。出郡好停三日棹，還家共覓五湖船。一時兄弟慙余長，未必知非自此年。

病中懷萬淇園

茂陵風雨苦繇繇，輾轉依人夜未眠。白榻仍懸松閣下，青囊不挂草堂前。抄方吝與長生訣，祛病愁賒買藥錢。乞飲桑君承露水，駐顏何處覓神僊？

懷壽族子唯

匹馬衝寒下蔡城，驪歌歲晚不勝情。那堪春雨連芳甸，卻怪長途滯遠旌。華表幾年歸白鶴？雙柑待客聽黃鶯。廢書懶癖吾何事？三徑應爲二仲迎。

送姚黄門龍懷赴長安

廿載心銜鮑叔知，綈袍曾不異當時。驛亭春色濃如酒，橋畔長條細似絲。名重東臺山自震，澤深南國口爲碑。行從上苑看梅發，可憶寒巖寄一枝。

廿四夜同成兒宿江干別墅

咄咄書空笑此身，棲山傍水若浮雲。可堪卒歲爲羈客，直到閒宵得苦吟。鬢染二毛羞看鏡，烏啼三匝怨離羣。挑燈共汝敲陳句，濁酒慇勤對古人。

登浮渡值雪雨宿會聖巖歸途漫賦寄示意生上人 用兒輩韻

訪舊看山共此行，蒲團信宿夢魂清。定中漸契安禪意，老去偏濃出世情。巖竹更因風作態，隴梅似與雪爲盟。漫將黑白分棋子，待我重開石上枰。

憶文兒遠遊

一衲飄然思出塵，闍黎傳語淚沾巾。那堪穉齒爲羈客，何事傷心背老親？行脚恨余牽世諦，業緣嗟爾墮前因。瓢囊一樣分吳楚，覺路迷途總此身。

與朱祐愈夜坐論心飄然有出世之志詩以訂之

好懷終日被愁牽，兀坐愁深似懶禪。半日餘閒貧受用，片時清静佛因緣。將聯白社無僧伴，欲買青山欠業錢。寒共一囊飢共鉢，孤雲縹緲萬峯巔。

孟春登趙壁山歸示兒輩

塵勞碌碌不能刪，乘興登臨一破顔。衰病性猶躭淨業，迂疏情合老深山。拈花卻憶雲峯笑，聚石如陳弟子班。收拾陽春成麗句，赢他開卷但緘關。

爲彭子朗悼亡步李芥須韻

泉扃深閉幾曾開，無路招魂薦野萊。寶鏡影單驚折鳳，玉簫聲斷獨登臺。蒲牀坐雨難成夢，城角吹風聽轉哀。颯颯疏櫺粧閣冷，一枝惟剩壽陽梅。

感懷贈内

啞啞烏啼月影疏，一函殘縷半牀書。提罌出汲卿何讓，滅竈重然我不如。節未驚寒先置纊，庖無異蓄但儲蔬。徑荒休問求羊侶，寂寞江皋掩敝廬。

旅夜書懷

空山獨夜絶纖塵，客夢無端記不真。隻影自憐寒骨在，雙眸錯與古人親。課兒質鈍聊躅俗，學稼田低半未畇。麥飯一簞茶一碗〔六〕，清貧亦自有前因。

和、、和尚七夕 四首

雙星月下註奇姻，雲雨年年一度新。自是人間多密誓，驪山宮外訂前因。

千年桃實未經鋤，持贈君王事豈虚？漢闕只今多博士，不疑青鳥再傳書。

玉絃何用挂金弧？射得攙搶落也無？幾爲良宵頻極目，占雲望氣總成虚。

明漢清淺夜涼多，曾説乘槎此地過。留得支機仙石在，可堪重泛到銀河？

和且易七夕 二首

藍橋一别遠相違，因觸寒風促錦機。送客朝來攜玉杵，計程應向月明歸。時送湯開美南歸。

挹盡江淮不洗愁，幾年占象起旄頭。艱危未必人間事，河水當歌慘不流。

校　記

〔一〕臬　當作「梟」。

〔二〕籬　當作「蘺」。

〔三〕𦢊　字待考。

〔四〕雪　當作「雲」。

〔五〕泠　疑當作「泠」。

〔六〕篳　當作「篳」。

龍眠風雅續集卷十四

木厓潘　江蜀藻輯

徐　翥

字羽先，一字半僧。邑西之横山人。家貧力學，枕經籍書，自命不苟。稍長，遊四方，文譽蔚起。崇禎乙亥避寇寓池州，爲劉嶧桐、吴樓山兩先生所賞識，觴詠與俱。少有末疾，不婚娶，嘗爲詩云：『無緣跨鳳隨秦女，有志乘牛讀漢書。』可以想見。工楷書行草。晚年入城府，爲後學指授書法，有持縑素來乞者，雖闤闠間小兒輒應之。同人方還山畿、鄧薑庵森廣、李芥須雅、李石逋銓咸樂與之交。自定煮字齋詩集，劉嶧桐曾爲之序，比諸義山、飛卿之間，不僅羅昭諫一流人物。又檄同志募資鋟板，事雖不果，前輩汲引之雅，具見一斑。垂老又刊其二集，未及印摹，已疾不可起矣。年八十，病且篤，自築壙于所居之側，題曰『詩人某之墓』。爲鄰豪所踣，復樹之。迄爲病所苦，憤不欲生，效盧照鄰踵汨羅之躅。嗚呼，憯矣！

雪　峯

空霄一柱拄，寒玉削玲瓏。白放仙人掌，青開處士筇。孤情天可問，蒼貌日難容。崖畔冥趺者，吹來夜半鐘。

新　柳 二首

檀暈工春懶，煙盟睡畫容。水天標異質，粧閣慰纖濃。夾岸籠鶯醉，長堤送馬慵。勤辛爲折贈，遠黛已雲封。

深淺修眉較，昏鴉不淡棲。潤條招繫舫，遲雪恐沾泥。彈汁春袍黦，流煙畫閣迷。緑尊紅袖舉，差及小蠻笄。

春園感懷寄峽川劉伯宗先生 三首

青帝飛光遍大荒，花禽漏洩意何長。懶鐫石匣埋龍劍，羞問喻麋裹豹囊〔一〕。謝去山河終絕念，貪來日月藉徉狂。餘生禿髮悠悠想，底事惟消升斗糧？

桃笙休滑游仙夢，藤杖支離款病方。鶴坐苔衣憐骨瘦，鳳翻桐葉隱聲良。寶奩空畫青螺黛，枯枕深留白醉腸。已買水晶珠一串，從僧朝夕禮醫王。

度熊嶺

蒼峽清流静者幽，笥中十賚遠争投。酒逃詩隱青岑老，月臥雲遊紫氣浮。司馬琴聲過大澤，陶公野服坐高秋。著書只了當年事，一代興亡在此收。

短布策藤寒，空行歷步安。虎鳴風影黑，鴈過葉聲丹。囊錦秋方滿，衣雲午不乾。倦逢山下叟，説盡此山難。

輓吳樓山

草廬獨問漢家春，當代難甘尚逸民。大業空傳留血字，餘生不認黯煙塵。石城重敕將軍印，嬴博誰收季子身？念昔徐君曾愛劍，練衣先得弔青萍。

寄陳穆如

春殘無子過，忽忽又經年。成就嵇生懶，空傳草聖顛。緑平飛夢日，青長落花天。履迹窺村市，何人贈酒錢？

秋日歸里別姜元厚留宿齋中

拄頰西山送落暉，當年心事與時違。布袍長劍將歸里，鷄黍冰廚款素扉。蓄硯懶磨鸜鴿瘦，藏書不讀蠹魚肥。別君履迹黄花圃，應對寒空數鴈飛。

寄匡廬諸衲友

五乳余曾過，懷來春已徂。涸鱗難寄字，歸雁屢辭書。隱讀資山力，安貧與世疏。晚風能散夢，吹不到匡廬。

見　梅

九十春情洩一枝，招摇老衲問清奇。尋常花事偏宜酒，今日梅來定借詩。素女夜歸環珮落，主人晨供茗香持。孤山處士蕭疏味，放鶴亭前月映時。

雪夜偶賦 二首

竹梅相守歲寒廬，老友終年是古書。涕淚授官何處覓？麻鞋旋著又旋除。

收得名花弔冷魂，夢翻白浪大江昏。分明夜省雙親冢，哭對青松守墓門。

問吳嘉賓近況

念不常相對，知君隱峽川。勝情留野服，高興訪秋田。詩自無聲合，書從有象傳。居停非昔是，客寄減廚煙。

青城寺秋晚

雲浪棲空晚欲移，松煙尚研笑來癡。黑貂有隙寒威早，黄葉無聲霜信遲。茶自洞中烹雀舌，月從天上畫蛾眉。風流餘我山陰筆，換得鵝羣隊隊奇。

石點菴秋居

纔知土室奉維摩，蕭放清臞肉累何。絲鬢短吹黄葉下，緇衣留住白雲窩。松風縹緲仙翁操，秋水滄浪孺子歌。數點茗花傳鐵鉢，深宵托夢到三峨。

秋浦兵解送楊蘭似潘次益諸親友歸桐

釃酒江干盡別卮，他時雲望遠相期。吾家近宅秋潭上，亂後煩君説在斯。

和劉伯宗先生没後降乩樅川寄懷仙韻 有引

甲午正月初九夜，霜嚴月苦，余篝燈快讀，倦遂就枕。夢先生霞裾野服，曳杖蕭騷，扣門相訪。揖坐後，風流文采宛若生平，咳嗽間覺仙氣勃勃也。頃餘，攜手步屋後山，相賞松石。俄而雲花萬派，漸成傑閣。先生便拉同登閣中，白板峥嶸，題『萼緑』二字，案列圖書玩好，無異舊隱吟窩。余言：『萼緑華乃仙人名字，何貯空宵？』先生云：『此非仙境耶？　青童治食，玉女傳漿，摘梅相贈。他日當共君讀書於此。』不復再語。及覺時，疑仙耶？　人耶？　夢會耶？　面談耶？　生前耶？

没後耶？皆不可測也！比誦少陵夢謫仙『故人入我夢，明我常相憶』之句。逾旬日，有函書來報，傳先生是月十二降乩樅川鄧倬生齋中，縣書沙上，筆勢精妍，云：『諸君與我羽先交在忘形，今小詩可代寄之。句雖警策，皆實録無虛。』衆友駭異，拜求姓字。不答，只云：『彼但寄去，羽先自覺。』然則前夜果相過懇也。自是一時豔傳，都鄙復供棗糕、酒果，願乞仙名，遂書『劉伯宗』三字，飄然而去。來詩有『煮字蘇文今可刻』，當先生在日親製，募刻余詩，小引及絹幅詩箋皆異。奈歲歉囊澀，梓工莫辦，雖知有待，擬先生没後，猶有未了之衷。緬想手澤猶存。仙凡，依韻以誌。

桃花哭送柳車時，敝匣常開贈後詩。仙篆已登香案籍，靈乩猶問故人奇。簫樓曾伴黄花酒，雲閣今分緑萼枝。化鶴歸山貧道士，年年清對一窗梅。

秋雨偕許綬人潘蜀藻劉爾雅齊古愚張如三飲張夢敦遠峯亭

漫言秋飲不如春，紅葉亭臺萬瓦鱗。新雨移尊俱岸幘，寒花分豔欲依人。才名先取當時價，詩況何嫌到處貧。此夕此朝論聚首，暫將踪迹寄疏筠。

山居 四首

蒼石疏林寄一椽，土牛鞭盡始知年。梅花開處村村酒，柳色迷人樹樹煙。曳杖臨階聽社鼓，移檐就曝損苔錢。春祈好是吾家事，細雨扶犂種墓田。

祝天還我去年春，消受鶯花二月新。攬鏡久知疏劍術，賣漿原只爲家貧。欲窮海外三峯雪，遍洗庭前萬竹塵。自墮苦空垂老境，萋萋薇蕨寄逋臣。

桔槔聲倦緑楊西，戲雨平湖吸斷蜺。映日藻蘋花鴨睡，迎風桑柘午鷄啼。園丁狩犢全分力，菜甲瓜苗一様齊。憑弔古人那得似，玉溪昌谷有誰題？

醒即看書倦即行，繞圩常聽水田聲。蜃腸已罷樓臺幻，鶯舌空調鼓吹清。夢破白雲生有恨，心回芳草怨無情。老農近卜陰晴準，穲稏新抽十畝盈。

法華菴觀諸衲禮懺

古道入招提，春尋好杖藜。僧枯茶性潔，香篆佛眉低。挂衲千松冷，回鐘萬竹齊。等閒方外侣，同此卜幽棲。

雲

白雲出峯根，雲亦自斟酌。懶則抱松眠，散則濳溪壑。依僧入寺門，隨杖登仙閣。君不見，飛來飛去繞山腰，今古何曾到城郭？

宿月珠菴

谷中閒日月，遮莫度年光。水碓舂雲白，山巾裹霧黄。掃塵清鹿砦，留夢滿僧房。不繫浮生履，秋宵在上方。

竹枝詞 九首〔二〕

緑樹紅亭隔岸招，弱肌無力鬭風潮。不知今夕成何夕，牛女先先度鵲橋。橋上

原自嬌多酒力微，當筵能競叵羅飛。沈沈獨抱春衾醒，不識何人爲解衣。沈醉

懶蝶無情采暮春，倚缸刺出鳳頭新。儂身願作燈心草，夜夜開花照美人。夜繡

更深凭几閲南華，侍女研硃立絳紗。寶鴨無煙書自冷，天風吹月上梅花。夜課

名園好結社齊雲，三五青娥綵袖分。蹴破春蓮金鳳小，往來不動紫霞裙。蹋踘

鸚哥唤起近妝臺，手撒烏雲委地開。何事欲梳猶且住？畫眉人去未曾來。曉妝

剪就吳綾宫様鞋，青青蹴破印苺苔。飛花莫住榴裙上，恐惹遊蜂驀地來。踏青

桃花扇底暖風柔，檀口新聲字莫愁。怪得曉雲吹不散，海棠花下按梁州。善歌

瘦卻容光減盡肌，藥奩推出理殘脂。回思一種懨懨苦，那得郎知只自知。病起

沈水香消午漏遲，緑窗閒畫好彈棊。局殘不盡仙仙意，聲出花宫子落時。圍棋

大雪潘蜀藻務滋橋梓過宿草堂時尊人歸窆西灣

蓬門通雪意，相過擁寒麻。剪燭分紅淚，停杯詠白華。村荒焚積葉，梅凍未開花。掬土時增墓，君其感歲奢。

秋郊用陳大匡起句

郊外尋秋秋滿郊，白煙迷屋覆重茅。溪回返照村春落，石斷疏陰鳥路交。咫尺山川分太古，參差雲物有靈苗。緣知夕秀衣裳薄，歸去新詩好共敲。

秋夜潘蜀藻招同鄧顛厓小飲

聲光原托在編摩，曾搦吳殘幾度哦。鴻爪香泥春有迹，秋心潭夢夜無波。且邀北道燒燈醉，莫唱南山種豆歌。我藉同人圖一聚，當筵豈惜舞傞傞？

秋閨寄蕩子從戎

一年銀漢一回槎，誰似狂夫不憶家？耐可從軍穿柳葉，何如共妾采蓮花？乍聞牧馬陰山畔，又説移營瀚海涯。莫是受降城下過，酒姬留客醉琵琶？

預題墓碑 二首

剩有千年土，曾無百歲身。好安詩字鬼，領奠紙錢人。雪月梅花夜，松風草樹春。穸堂閒自詠，誰氏足爲鄰？

柴桑元自祭，表聖預營窩。黄鳥吟魂和，青蠅弔客過。半崖荒蘚合，一陌雨風多。挂劍知誰到？長眠當睡魔。

附　方還山先生詩

徐公真達者，墓石自看磨。表聖營生壙，泉明作挽歌。龍眠雲氣遠，練水夜光多。千古詩人字，高風罩薜蘿。

歸横山寄還山顛厓兩詩壇

横山雲接北山雲，别後無思不是君。任俠仍推豪士賦，居貧難卻送窮文。茶箋每帶圖經註，酒德閒將佛偈分。更快汗駒深踐雪，名場歷塊有蘭筋。

重陽陳綏四集飲滌岑

一樽秋閣爽，招得衆山來。白髮無情短，黄花作意開。詩因癡骨傲，貧愧友生哀。高會逢佳節，何緣不盡杯？

鄭介繁攜酒同祝山如齊然四郊外賞菊

水浮雲氣竹分幽，招得同人盡日留。籬有黄花方載酒，野無紅葉不成秋。溪聲遠下沈餘響，夕照光摇影漸收。底是性情閒筆墨，頃時圖出古風流。

雨後同左峙匡張我思遊龍眠

老憶龍眠得得登，暑風清路信枯藤。狂濤怒瀑峯聲下，緑壑紅香雨氣澄。林外忽逢沽酒客，石邊閒坐看雲僧。晚投煙火寒廬宿，夢挾公麟一夜燈。

春　閨 二首

繡針無力度花英，閒倚薰籠春事評。蝴蝶有心能化夢，杜鵑雖怨不言情。

椶影重重上鏡臺，啼紅偎玉一回猜。金釵打在雙鬟背，何事開簾燕子來？

春村 二首

老懶成何濟？居貧户不扃。村鷄鳴野白，山鳥出林青。鐘杵聽晴梵，田冠坐曉屏。開函懷往事，含淚灑新亭。

春雨廉纖暗，霏霏墮麥花。土膏蒸菌濕，泉脉長雷芽。百穀生犂下，羣鵝散水涯。搔頭無寸髮，但少著袈裟。

九日蛟臺同吳爾默登高

老去身輕如燕子，顛危直共與雲浮。逸情顧我隨高下，幽事因君且逗遛。指點潮平峯映水，縣知霜近葉辭秋。歸來還醉東籬菊，破帽相看尚在頭。

贈柳源老衲

遺世真無事，心閒自看花。白雲籬下物，呼出護袈裟。

冬日

愛此閒身在，龍鍾倚大椿。枯心百歲血，秃髮兩朝人。撥悶開封釀，防寒積腐薪。詠懷高阮籍，淒切以全真。

題張我思涉園

舊説書藏萬卷樓，平泉花石到今幽。春催緑竹公然筍，露浥紅蕖不忍秋。客影半從簾外得，天容多在鏡中收。詩成午後茶煙歇，滌硯還當就淺流。

鄧山偶索題白家老婢圖

一首新詩一餅金，當年聲價重鷄林。柳腰桃口稱雙豔，不及爐頭老婢吟。

題劉超宗深莊

選勝龍山北，深莊借數峯。斷厓縣瀑水，汲澗洗梧桐。詩就王維畫，罏炊陸羽風。午窗秋睡起，秃髮補高松。

次貽孫雨中移蕉韻

分得琪園數葉清，緑天猶是雨中莖。看君蘸滿如椽筆，醉聽淋漓潑墨聲。

清明飲夏紀人別業

花柳望村村，龐家祭掃晴。割鷄豐午饌，款燕作春聲。畫幅山川影，草堂詩酒情。頹然謀一醉，各自抱平生。

子規

春去一聲低，千聲花似泥。縱多亡國恨，莫向此山啼。本自懷巴蜀，何須過洛溪？更憐煙雨夕，不斷竹林西。

遊龍眠踐方亶成之約〔三〕

羣峯來杖底，聯步走紆途。臨畫思前輩，看山讓老夫。紀遊編歲月，招隱到仙癯。刻竹留名姓，知余興不孤。

賞雪

狂雪長空舞，飛花罩短籬。素華明浄几，清韻潑寒巵。木脱人煙聚，村孤虎迹遺。催詩風片緊，得意灞橋時。

送楊古度之秣陵授業

晞髪朝寒寶鏡知，行藏雖異共年垂。註書多半開人慧，問字因之解自疑。孤櫂野梅江路早，輕帆細雨秣陵遲。六朝漫説搜名勝，抆淚何時讀舊碑？

新春

平居愛寫和陶詩，三寸黄柑佐歲巵。昨日立春今日柳，梅花又是隔年枝。

重建梵天寺東暎徹住持

古佛西來聚一丘，也依次第住閻浮。高標雲外三千界，省發人間百八愁。優鉢拈香清侍者，戒珠瞻像老堂頭。松風忽送潮音轉，遞出鐘聲報晚秋。

坐菴亭偶憶方有懷山居

不見白雲箋，寒温各未傳。欣逢懷異日，作惡動經年。韻事林泉業，平情香火緣。遥知閒杖履，詩就夕陽前。

新春方還山同鄧田公枉駕草堂

不辭穿虎徑，一度到貧家。熟釀山田酒，聊停文士車。擁爐煨榾柮，繞屋看梅花。始信過朋好，春聲動早鴉。

春暮寓涉園

百舌高枝鬧午眠，輕風輕雨薄寒天。殘春花落時粘屐，永夜衣單乞贈緜。燕壘香泥圓比屋，荷浮新葉小如錢。池塘有夢生佳句，懶向詩情説暮年。

村　夏

力食歲難遇，荒廚望麥秋。捍堤梅雨足，十日稻粱收。警夜常呼犬，躬耕自飯牛。短吟高柳下，清散一庭幽。

辛亥九日

輿情何敢説天荒？乞食無門問酒漿。旦晚葛巾蕭瑟甚，莫言今日是重陽。

喜　雨 二首

繰車蠶箔卷雲絲，松徑樵歸牧到籬。大婦催嘗新麥酒，山翁夢醒北窗時。

稻花萍葉隔溪涼，風約柴門五月香。鄰女綠窗身倦後，畫眉聲裏繡鴛鴦。

舟泊梅渚同漁翁夜話 三首

澤國疏梅晚著風，扁舟藏岸有漁翁。釣竿閒卻絲綸手，那得魚來繫酒筒？

紅蓼灘深白鷺饑，蜻蜓叢立舊蓑衣。十年一度方過市，懶向人間問是非。

翁意求魚我得詩，柳絲微動月如眉。舡頭殘火依然在，自撿乾蘆夜煮糜。

約劉貞士見過

即盡來書意，其如心口非？貧稍能固守，動則有危機。逐夢明前好，徭期恐後違。煙扉倘不值，迹我釣魚磯。

俠客行

生控驊騮走狹斜，剖明恩怨不曾差。腰間解下千金劍，一擲青樓臥酒家。

村　秋

清香燕寢遁頑身，瓜架勾藤礙葛巾。一卷殘書牛角穩，七斤破衲杖頭塵。野花自發欣逢地，好鳥來鳴不避人。刈後稻孫山雨足，平疇交緑亦懷新。

阮宜百出掬亭稿見示

研活松煙紙上行，還他詩癖問生平。夢回午枕風初落，褌曬長竿雨乍晴。羽客籠鵝來换字，散入欄鴨自呼名。秋江莫讓芙蓉老，畫舫蘭巵有弟兄。

重陽過潘貽孫

目送飛鴻過落暉，情同栗里興何違。可憐此地無黄菊，空望前村到白衣。

人日

七十還加五，春行歲在東。愛眠來夜短，買卜問年豐。月瘦梅同白，田燒火自紅。老夫安拙久，起拜不能工。

寄樅江姚揆采

青峯隨意選江涯，衣帶風儀各自賒。隱士小山招桂樹，伊人秋水詠蒹葭。畫成林月將完影，筆補荒畦未種花。幾度看君騷屑甚，欲從天際挽明霞。

初夏試茗

蝶伴花來夢一牀，茗甌醒汎雨前香。評詩不及黄鸝語，字字清和下緑楊。

雪中潘木厓惠岕片一瓶詩一篇賦以奉酬

世傳香草惟蘭茝，何如茗柯涵妙理。陽和春暖發槍旗，産地須佳名自起。況是吳興岕塢芽，廟前廟後俱稱美。陸羽盤旋茗雪閒，常攜爐扇酣其髓。青鞵布衲訪名泉，晚年何事茶經毀？山家正爾雪紛紛，蒙頭已覺無他技。傳説安仁書寄來，逐行諦視情纍纍。遂支瓦鼎煮松濤，岕味同詩香沁齒。武夷雲脚似清奇，幔亭枉戰桃花水。

陳　昉

字朗生，自署石舫老人。世居樅陽之上鎮。少負奇氣，不可一世。受學于白安石、蕭書璞兩先生，雅非其好。既不得志於文戰，益博覽縱酒自適。于詩好李長吉、徐文長，于文好李卓吾諸書。喜爲詩，多自撰造，不循恆格，亦有昌谷之風。宅後故有山石磽确踞其左，公毅然鑿去之，半壁削立，即其傍搆軒曰石舫，内爲魯仲連、李太白、元次山、黄山谷、王文成五先生位祀之。嘗遇流賊，被執，砍之未殊，賊去復蘇，後二賊至，睨之曰『陳先生也』。疾以藥傅其顱，得不死。嘗夜飲下鎮，大醉歸。中道素有魅惑人，家人驚問，故曰：『一老人執炬送我來。』急踪之，無有也。家雖貧，顧好客，喜急人之難，時置酒石舫，召妓侑觴。能豪飲，至數斗不亂。所與遊，客既得志，則謝絶不復通。性不喜貴人，又厭賤市人，以是人望而避之。年八十一卒。自爲墓誌云：『平生所嗜，山水、詩酒、風月、閒静而已。』自題其前和曰『閒翁石舫老人之柩』。其行實詳錢田間先生所作石舫老人傳中。傳古朴跌宕，酷肖龍門，然爲公寫照，頰上三毛不啻矣。有三子高、瑜、度。高，狷介，素與予善；度，詩、畫、書法有『三絶』之稱，亦不喜近貴人，厭賤市人，殆得延之之狂者與。

貧女行

孤嶼有貧女，藏形在蘭阿。蓬垢不爲顔，裙襟剪密蘿。年年畏人識，公子胡渡河？倉卒悦異姿，甘脣索婆娑。隔面强相懽，顧盼發清歌。蛾眉心感激，念此忘干戈。敢願永相託，豔君腴綺羅。倏忽情態變，蘭嶼視沈波。顔色猶昔皎，脂膚棄鼉鼉。洛神憐皓魄，衆庶作妖魔。女性固不淫，因貧輕賤多。

醉臥圖

一醉三日臥，夢覺似龍眠。君如畫醉圖，筆鋒醒處偏。紀年六度十，紀醒百零千。年少迴臥花，花褪興蹁躚。壯年努力醉，富貴吐腥羶。歷歷踰五十，始被聖賢鞭。酒誥落筌諦，酒頌亦纏緜。醒醉有時命，坐臥豈狂顛？歲序能幾醉？醇飲得幾筵？駡坐必安劉，避詔自臣仙。安得紀叟鄰，佳友中山還。俗席苦見招，胡馬渴飲泉。三日深所臥，臥中別有天。爲辭世上人，薄責恕逃禪。

蕭卉仙出遊詩

宦薄珠崖重，聲屹瓊島扼。激愧素交人，捐軀獻丹策。素交激不憤，錦衣歸晝宅。薏苡生嫌猜，綠珠數珍易。航海羞仲堅，執拂矜名赤。主恩既見酬，琴心未易繹。白頭回相如，紅絲綰霞碧。可憐陌上桑，憔悴春風寂。秋郎縱惠枉，顏色已非昔。廣闐路迢遥，湘妃弄江石。去來失萍踪，夢魂常咫尺。剪織厭君聞，瑣碎取君斥。有子得君憎，有衾令君隻。新人如花貌，況值風月夕。浩蕩海梁寬，天地一室窄。飄風東西至，雙星鵲橋客。會權乃前期，別離只一格。湖水偕嘉魚，亦妨驚浪拍。錦水羨文鴛，戢其左右翮。汎汎子乘舟，半分西施席。所憾同心侣，如何千里隔？主明猶用諫，友智喻在奕。君手著著奇，不如終局益。渴飲患豈成？墮樓愁難釋。涣散妻子淚，田園荆棘積。偉然傑丈夫，咄哉黼枕席。性命由美人，煙波迷水驛。

蕩心傷贈遠

緗帶繫裙湘水碧，蜂子酣花心作蜜。玉蕚紅英隔牆黼，長河娥底拂春餞。心傷破國何樂此？緑橋波横送江雨。移書青帝緩點苔，輕蓉夾袖紗未裁。

飛龍破屋歌

黑雲壓嶺奔潮淅，虎嘯風生泊冰雪。巖屋斜傾亂捲茅，蛟龍奪我丹山穴。圖畫琴鼎盡枕流，峭壁落石如噴鐵。穉孫猛力奪支撑，手推明電目拒徹。天公天公降予厄，昨夜虎窺書，今日龍漂宅。皇居帝都胡不争，争此磊落書生藏舟望氣之尺席？

遊俠篇

當年幾個奇男子，扶餘一姓差可數。君留退步作進步，跨江横海十萬户。龍蹲虎踞好河山，島曲銀波雪斑斕。虎未生風龍待鱗，且結蜃樓凌石城。聞君一息命吕駕，東到日邊西到華。雁翎秋水芙蓉浴，紫氣緑光霞彩觸。不衫不履是何人？把上兵書授未曾？知君獨上星臺望，四星聚柳光復興。妖日控弦畢落羽，暘谷扶桑枝上舉。滌洗塵氛羶血清，潤澤周霖咸陽雨。我如竹下王子猷，不須禮作主人酬。興來自命下澤車，漉酒應乘一葉舟。春風澮蕩花枝舞，曉麗旌旗沙嶼鼓。冰消錦水艘櫓頭，暖漲桃花蛟龍吐。爲裁滿篋春潮句，風雨驚濤争不去。可有珊瑚五色明，投我木桃報瑶瓊。男兒定計安邦國，豈同富貴鬬異珍？

送錢孝綽移居

春江夜漲吼蛟龍，雲澤飛移瓊玉峯。湖借郎官傳姓字〔四〕，星分牛斗築芙蓉。書倉堅壁奇攻守，芸閣高深私辟雍。屮緑芊開争結瑞〔五〕，石英麟氣避詞鋒。池矜綉譜鴛鴦伴，樹學新林楊柳風。眉案穎顛因劍舞，朱絃徽度應黄鐘。夭嬌明月隨杯落，燦爛煙花夢筆濃。荆棘叢深迷虎豹，銅標斑剥石重封。知君流寓名山遍，我欲看花幾處逢？

秋山吟

西山雨足走南峯，水雲之致淡無窮。千嶺乍開橘煙淼，一樹一樹秋葉紅。寒蝶近人殰英落，高天鳥去脱樊籠。芝函仙石承釀露，蘿攀稚子學騰空。散帙渡尊清嘯月，荒鷄起舞快晨風。勞勞運甓成虚事，試看横江網索中。

蘆花歌

因想此夜期何杳，彩焰結蘭會窈窕。蛾眉倩盼擲星梭，琴出泛絃音細小。半解羅襦待景陽，春光消漏花陰悄。紅脂在口香嘗脣，雄雉一聲窗上曉。

飲鄧柬老去後獨飲步楊誠齋先生月下傳杯韻

明月催人把杯急，月泛空杯脣未入。杯起晴嵐月入來，月色微微花露濕。我藏斗酒待君傳，欲飲不飲静無言。杯傾河漢帶月吞，酌君不見月在天。怪有羽鶴翩舫道，影落金巵月一團。銜杯詠月相思發，月愛詩新華雲潑。杯深月淺音律成，翻潮震海辰星驚。莫嘲老夫減氣骨，長立冰雪獨醉月。

落花

花片織茵幃組緑，香晴風態佩新簇。沈浮蕩空如蕩水，舞筵依袖還抱蕊。爲惜紅顔泣露華，澍煙嫋嫋吳宫娃。浴浄胭脂鮮裼臂，鎖窗幽鳥啼猶膩。

月下讀騷十四韻待戴無忝不至

湘流瀉注鏡湖澄，連雁征嘶帶楚呻。低月留人歌豔曲，清光何意照孤臣。郎星夜燦傾詞峽，菊圃叢香侵嶺�。三絶韋編延孔易，幾更删定讀王春。冥分芳潔茹蘭氣，遥接岷江覩洛神。學究累冬吟苦足，鷄壇午漏徹宗因。漢河澮旦疑天日，放逐沈浮問水濱。獨撫素琴絃意静，閒澆壘塊醁醽新。禰狂屈怨同騷興，嘿記桃源憶失津。

春月

薰風二月夜如秋，漂儂石上蘭葉愁。輕容涼淡掠銀鉤，晴嵐碧氣霜花浮。書室夜聲雲不流，簡編獨弔招魂愁。娟閣静好恣玩遊，金魚雖佩辭封侯。

寄望華亭習静者

晴摘九華蕊，瀑奇五泄中。簾間花縱雨，几浄鳥書空。潑墨雲歸壑，敲詩月度峯。希音自足貴，天際一聲鐘。

除夕雪盛

節除懽雪夕，舞鶴擁華筵。窗白梅分韻，鬢霜燈帶妍。稚兒敲好句，闌夜惜芳年。柏葉須成頌，春邊花事鮮。

夕陽 和戴無忝五首〔六〕

長安西望嶺雲殘，斜柳餘暉綰玉鞍。巫峽漫遲暮雨約，赤城孤映落霞寒。晚風吹起關山月，遊子愁生行路難。最愛指戈揮日轉，疏林端挂一輪看。

螢火

細雨茆檐沾濕紅，疏星摇落入簾中。鳥驚花散窺藜火，月暗珠零點緑叢。團扇怯來依釧舞，青囊映處照梁空。流光輕度珍餘影，林下池邊趁晚風。

枯　樹

豈是凋傷不耐秋？自成仙骨别凡流。空中玉樹憑風舞，枝上浮花一水漚。寒谷懶分桃李豔，霜垂似結雨花愁。曾看采石虬龍秃，朽處尤堪作畫鉤。

秋　水

雪散蘆汀鷗鷺平，過鴻送影落秋聲。錦江濯句吹紅葉，明月留情蕩白萍。一色長天霞櫂遠，生風纖手織紋輕。芙蓉露下催粧鏡，宛在亭亭弄玉笙。

落　葉

聚散何曾惜别離？春來曾發上林枝。紅愁緑慘悲顔色，妒雨催煙傷暮遲。蘆白一從風縱雪，楓黄不減蝶翻池。寒柯難定棲烏繞，疏墜梧桐星漢窺。

中秋夜同木厓諸公分韻

塞雁初征落葉紛，夜深香霧桂枝蕃。皎看玉女衣翔雪，圓對幽人影共吟。別鶴淒涼袁粲舍，霞帷爛熳武夷村。浮雲莫翳書臺月，寥廓千秋只此樽。

水竹居晚坐

近水樓當晚，風牽菡萏香。夜待湖心静，招娥下月涼。

過荒莊

久廢鷄豚社，荒吾桑柘杯。慇懃囑農父，護此數株梅。

夜　櫂

江樹映秋月，清風徐櫂時。吹香尋采女，沽酒問漁師。

團扇

明月投懷抱，清風拂簟塵。熱時常握手，秋至莫涼人。

曉香

早上曉香臺，香生葉底露。白石滿紅英，薔薇出高樹。

中秋偶感

棲泊湖心欲定禪，停雲知是遏歌絃。幾家離別牽思苦，可向中秋看月圓。

九日

百年高處登幾度？況逐秋花風雨愁。今日晴開千里日，碧空天際見江流。

春遊

春堤一路踏花叢，馬首香風送夕紅。人在玉樓歌白雪，黃鸝深囀緑楊中。

有感

輸卻黄龍幾十霜，淒淒芳草弄珠江。圖書不録英豪字，環帶如今盡棘邦。

石舫春

雲巖花蕚覆幽篁，俯吸江流剖石藏。峭壁獨深苔蘚緑，年年春雨瀑泉香。

方遷

字子安。建寧令君周先生之冢孫。誕生時值建寧公徙新第，因以遷名之。少負美才，穿穴今古，有魁壘俊偉之望，建寧公深器重焉。稍長，益博聞彊記，才思如風發泉湧。顧以清白吏子孫，兼喪亂之後，家故食貧，嘗負笈從師，至無以資脩脯。母夫人歲晚脱簪導不給，至鬻嫁時櫃以佐之。母夫人，吴遯庵別駕公之賢女也。子安以筆耕養親，嘗赴瀔山友人徐公悦之聘，主其家塾。與瀔人士及桐之授經于瀔者互相唱和，有『方字一韻七言律詩近百首，各肖其人，悉其平生，語無重複，文不加點。陸孝廉燦、杜隱君元凱見而悦之，爲説項于郡司馬余公。余故楚人，與杜君善，因屬其索所著書。子安喜得知己，冒雨走泥淖中往獻之，爲門者所厄。歸而中寒，疾作，遽失明，遂祝髮浮山華嚴寺爲僧，受具于青原之高足山公，易名法遷，字學青，冥心内照，證無上菩提。予録子安詩，愛其四十自壽和陳聱叟與予百韻，敘其家世、行藏略備，故特表而出之。至其天柱偶吟與爲僧後焚硯草，皆清麗蒼老，鼓吹吟壇，已鏤版藏于其家，儉于録資，殆美不勝收云。

四十自籌詩和陳聱叟潘耐翁兩先生百四韻 有序

遷有志難伸，何天可問！　瞀瞀筆墨，笑送窮文裏才華；落落聲譽，著乞米帖中冰檗。讀書期有用，自廢何堪；生我豈無心，良辰安在？　才慙史氏，空教疾類丘明；交盡名流，竊幸心如張籍。留神吟詠，絶意窮愁。滿匣富新詩，不問茂陵四壁；長歌時放醉，寧須待詔三升？　顧歲序遷流，而頭顱老大。遲伯玉知非之日，屈指十年；憶宗生破浪之言，灰心萬里。此中情事不盡低徊，用是叉手裁詩，何妨撚鬚學步？　不嫌魚目，混先達之雙珠；也效蛾眉，悉生平於五字。挹元龍之清韻，容登百尺之樓；做潘岳之閒居，豈重二毛之感？　蓋遇難合轍，人各有懷，敢居變豹之林，不避續貂之誚。敘家聲於奕葉，謬托書香；述巧盼於交游，情深蘭臭。如兹盤錯，肯切欷歔。率意狂吟，兒輩授韻言之次；代書潦草，朋儕訂魚魯之訛。用質同心，猥當清翫。俚言既悉，或居歎羨之餘；雅意何憑，定沐陽春之貺。拾珠璣於咳唾，光映縣弧；晤姓字於篇章，榮過放鶴。倘溯洄致念，傳來秋水伊人；即瀟洒爲懷，不讓香山居士。爰成偶語，用弁蕪辭。

生涯常自足，底事少人知。司馬曾多病，東方亦苦饑。世情分冷暖，天道識盈虧。白犢人難測，黄羊我不爲。棘闈雖決絶，藝苑尚羈縻。但得留名姓，何須列鼎彝？效颦時汲汲，揆覽日遲遲。初度尚在冬月。敢和名賢韻？聊當自祭詩。蓂庚寧足異？紀甲本無奇。晝錦堂開日，蘭湯飲罷時。余大父徙新第三日生，命名曰遷。數齡隨鶴任，千里逐鴻逵。癸未隨大父任建寧。一覽浮香閣，能吟雲谷碑。同寮誇穎異，舉坐羡威儀。大父常攜余揖客誦詩。預擬排青瑣，相期給玉麋。帝京隨告急，廟謚竟傳思。忽見滄桑際，旋將簪笏辭。故園初剪棘，破壁漸編籬。丁亥歸里，卜居梅花館。坐聽漁歌鬧，閒看牧豎嬉。醉吟成自得，紙筆復誰期？緑野園招隱，青箱業授師。壐書存蘊藉，諫草繼葳蕤。學步將繩武，含飴一解頤。三槐佳氣集，五柳緑陰滋。麈柄朝昏執，鳩笻出入司。陳情深繾綣，捐館失追隨。不怨家常薄，還愁路轉岐。執經遵母命，賣櫝被人嗤。余奉母命受經舅氏，以奩櫝償寄食者。補得白華句，都成黄絹詞。余有啓徵賣櫝行。有懷毛義捧，肯讓子雲麾？覆簣功原易，磨針志不移。虎溪親馬帳，蛟渚憶龍墀。虎溪、蛟渚，皆余從師處。失恃無先兆，劬勞實始基。難拘苫塊禮，遍覓稻粱資。片席棲珂里，諸生繞墨池。庚子坐馬勳公西席。望雲殊渺渺，愛日愈孜孜。刻志攻燈火，含情解素衰。上書悲下第，同學贈將離。辛丑有臯城之遊。短棘臯城往，長歌清浦遺。銓部徐月鹿先生時権清江浦，余有詩寄，邀其郡薦。黄香聯縞紵，謂秋涵。徐穉結塤篪。謂黽玆兄弟。返宅迎新婦，牽絲藉厚施。圖書親剪尺，荆布佐茅茨。作賦含香閣，含香閣，葉民部公齋名。時子韻、仲賓招同筆硯。論文烈祖祠。叔惟深，弟柔升、夏瑞、當時，侄乘秋、季茵、繼忠，與余八人會業一木堂，而夏瑞、季茵已故。騷壇推主觶，雪苑共交綏。雅慕韓兼柳，稽懷稷與夔。殺青書漢簡，浮白擊秦椎。嶽鎮羣推勝，登臨不憚危。丙午後客濰陽。狂吟呼李白，妙畫學王維。筆向蒲城夢，藜從天禄窺。違時因預卜，嘉遁未從龜。丁未，筮蠱之彖詞，越十年而明失。檢點先人集，難禁後起衰。韋編聊致慕，貂續轉含悲。大父有歸田録，余稍爲增訂之。說項逢傾蓋，談心輒倒巵。黄岡杜昆侯見余諸集，謬加賞識，即有余司馬之薦。江湖全識我，提挈實由伊。伏驥因懷顧，征驂一載馳。庚戌，姨父何次德明府招同令嗣大春、介春讀書白下。盤根尊寶劍，脱穎怪毛錐。愈湜争交賀，陳徐共托丕。歌尋桃葉渡，酒問杏花旗。送客辛盈鼻，悲翁痛切肌。予與王子其人俱客白下，尊甫願五年伯訃至，余忽心動。後得家君凶音，已先五日即世矣！訃遲三日至，裾絶百年帷。深憶春初訣，渾忘篋底資。招魂憑貝葉，報德護荆枝。著意尋鷗侶，何心馭虎螭？長途因自畫，數畝欲親耔。鳳閣遥馳幣，龍關復下帷。壬子赴灤陽明經徐公悦之召。尋班荆舊雨，飲折柬春醨。風鶴傳初急，雲鴻歸較宜。招攜良友意，堂搆昔人遺。甲寅聞警，移家孔鎮，設帳笪子述文會館，乃先明善先生講學處。春到花成徑，秋歸月滿陂。燒燈寧忍倦，積案不停披。詩共安仁校，耐翁先生選刻龍眠風雅，余搜先人集全畀之。文邀正叔推。程立菴奉常悦余制義，因縣西席以待，余未赴。捐金原市骨，攻玉不嫌疵。謬受明公眷，那堪當事咨？嗜痂偏下問，獻醜敢親持？蒲柳經霜易，參苓冒雨齎。丙辰受知郡丞余公，索予諸集，因趨往謁之，途中遇雨得病，歸即失明。人誇逢伯樂，我恨識元規。輟講辭臯廡，移家傍董鄘。妄希天易補，私冀日重麗。宵小何多技，攙搶竟有綦。平湖波浪静，止水颶風吹。投杼誣曾子，亡金指不疑。余失明後，移居於鄉，内外侮交作。棠華雖躑躅，蘭譜肯參差？宅付戴安道，書傳韓退之。耐翁先生搆啓醵金，同人義集，爲余買田。菟裘營老計，社鼓鬧春祈。沃土人皆覬，石田我實私。細君雖没齒，諸子莫攢眉。抵老宜成藹，臨波免畫脂。誅茅椽截竹，薙草逕留芝。予得梅花館之半，因築室焉，顔曰『梅西草堂』。僉説移山妄，予甘守兔癡。閉門辭剥啄，種樹擁招纍。不肯因人熱，方成巧婦炊。煙霞留著述，筆墨挽崦嵫。念誼功無朽，時纂修家譜。教兒才不羈。兒愔侍筆硯。家聲推漢魏，詞賦重陳隋。犬子非無父，牛醫亦有兒。敢誇門户大？未許硯田菑。學道衣更素，安禪服易緇。一筇容老懶，九折謝逶迤。往事雖成贅，交遊半屬耆。贈言吾有望，長價或由兹。黑白纔分局，輸贏莫定棋。陽春舒草澤，冰雪瀉心脾。從此忘孤憤，何方輟五噫？耐翁收墜緒，聲叟薄紽絲。二老風流遠，聲名已並垂。

吾翁誕辰陽月六日也。己未孟陬，陳、潘兩先生以自壽百韻詩見寄，翁依韻和之。而稿脱于愔手，愔猶不知預爲之意也。未幾，倣蘇和陶，彌月復輟。愔跪進曰：『麥飯蔬羹，枯鬚撚斷，得無過勞神思乎？』翁曰：『一肚皮不合時宜，恨不一時吐盡爲無字碑，而汝作如是觀耶？』天中節後，便過同人作别，托言浮山度夏，屢迓不歸，竟而祝髮。則自壽千言、和陶萬字，總是掃卻塵緣作傳神三昧耳。嗟嗟！香山奉佛，有嫗投機；靈照參禪，偕翁入道。愔以童年力薄，何能負米承懽？兼以鈍質心癡，豈克攤書養志？致我翁捐家不顧，不孝之罪豈罄竹之所能書乎！兹逢揆日，不勝各天。捧讀曩篇，用申遥祝。倘同人俯賜一言，即猶子之恩同於再造矣。不孝男愔謹識。

吴彦璁

字璧如，號豹岑。順治初諸生。少卓犖有大志，最爲王父斗華公所鍾愛。父孟休公早世，君猶未冠，執喪如成人，殯葬盡禮。奉孀母避亂江南，以孝稱。師事方蛟峯，館粲必誠。射蛟文會，因與胡子子兑、王子嵦文、鄧子柬之及予輩十數人同研席，文譽籍甚。中年好游，所至輒傾其座客，皆樂與之交。晚食貧，慷慨好義，至老弗衰。年七十四卒。妻陳亦先三月歿。白頭偕老，殆鄉閭所僅見者。所著敦夙堂詩稿予曾爲序之，今摘其尤者若干首。

白紵歌

春雲如黛山如雲，柳陰入手花成文。芳姿新沐容華紛，玄天微淡鬱層雯。縹霞映酒舉屬君，何能不飲空氤氳？

懷方子詒姑丈

十年與君友，朝夕如飲醇。我住柳溪畔，君家樅水濱。經年下我榻，我亦不辭貧。食我脱粟飯，君亦不怒嗔。惟君愛沈静，足不窺四鄰。高文復古處，感君慰誨頻。今年遭離亂，飄散如風塵。我羈白下久，相别已浹旬。念君意甚切，言之苦酸辛。結交盡天下，不若故人親。胡爲江海學，抱志久沈淪？願君更努力，加餐慰故人。

示七弟舟之

吾弟瘦若華亭鶴，高視闊步若不樂。意氣欲懸霄漢間，文章輒自擬盧駱。惜哉偃蹇貧無穰，仰天翹首號風霜。時時閉閣草玄苦，日日窮途乞米忙。丈夫立身恨不早，奇才大用晚亦好。出門休怪炎涼徒，曳裾傾蓋皆草草。君不見，齊王昔困淮陰時，乞食老嫗何枯槁？

浣筆泉

不知此水始何年，相傳太白浣筆泉。筆與人何在？此水尚猶然。風流成不朽，至今頌青蓮。吁嗟乎！此泉何足重千古？良以太白詩酒賢。從來富貴容易没，因知地以人始傳。今人浣筆水如墨，幾見聲聞到耳邊？

舟行小飲漫成

扁舟淩曙色，飄渺絶人羣。浦暗遥吞樹，湖空不礙雲。浪推沙鳥出，風挾寺鐘聞。賴有滄州癖，停杯眷夕曛。

除夕飲方周臣宅即席得文字

一歲今宵盡，懽須及夜分。短歌當座發，長嘯隔林聞。談久詩因就，寒深酒不醺。椒觴明日共，與我再論文。

館舍初成李浴咸額堂曰來青幷示以詩因次原韻

園林三徑好，不藉五丁開。緑傍幽溪出，青隨疊嶂來。簾前留月住，竹裏任風迴。閉户無他意，時人莫浪猜。

懷石龍衍公

朝來望遠公，遥想萬峯中。祇樹浮雲緑，天花墜雨紅。夜看山吐月，曉對竹吟風。不覺懷君切，新詩藉鶴通。

南歸同吳千里潘蜀藻子詒姑丈分得牀字

遊倦陪京秋未央，北風江上近重陽。故人放逐歸三徑，舊籍踉蹌滿一牀。奇字難從朝貴問，新詩常向酒家狂。風流自昔推桃葉，鄉夢何妨繞建康？

贈戴山民道及

謝公墩畔有遺賢，卜築茅廬又幾年。世亂不須求友簿，家貧兼乏買山錢。詩成百斗常浮白，書著三冬更草玄。大小只今稱二戴，慙余空羡祖生鞭。

同潘蜀藻左子周方子九子留集妓蔣飛雲宅用壁間原韻

雲翳瀟湘雨未收，晴風飄渺透簾鉤。笑看結緑將過膝，懶學飛黄不上頭。已賦曉寒遊左掖，更尋夜月到南樓。昨來枕畔無私語，似有旁人聽女牛。

寄懷童穉公

溪頭隔岸柳煙輕，門閉春深花氣清。犨岫雲飛山月午，空江風擁海潮生。開筵上客隨車滿，盈篋新詩對酒成。自笑十年隨淡漠，不從城市問浮名。

余將有濟上之遊方樓岡學士以詩送之次韻以答

春夏棲遲復阻冬，家山千里亂雲封。遊踪非我情靡定，貧病催人意不慵。太史新詩憐獨切，使君舊好想能容。心馳濟水慙無翼，又念妻孥早廢舂。

班婕妤

中道恩衰謝輦餘，搦殘銀管夜窗虛。高情不問羊車路，獨對寒燈自校書。

哭王維稷

落葉悲風望舊廬，故人從此嘆離居。一生筆墨無遺恨，三鳳猶能讀父書。

瓊花觀

雷塘春色映明霞，剪綵懸燈古帝家。二十四橋流覽處，遊人時復問瓊花。

吴彦琫

字舟之。順治初諸生。少游方蛟峯觀察之門，穿穴今古，蔚爲名流。射蛟文會，與兄璧如有『二吴』之目，博聞强記，才思風發。亂後家殖寖落，客授以資膏火。年甫四十餘，齎志而殁，士論惜之。

應試

纔到槐黄候，隨人也趁忙。囊輕惟劍履，金少只衣裳。江載繁華夢，山添嫵媚粧。秣陵秋色裏，徒惹六朝香。

暑中過潘蜀藻石經齋步韻偶成

團扇風涼酒緩傾，南窗午睡夢初驚。海棠尚待秋來發，石蘚偏當雨後生。杜老浣花疑地改，陶公種柳喜堂成。果然身在羲皇上，不到那能識此情？

送鄧東之赴豫章中丞書記汪惟肖赴漢陽明府書記

東風强欲送河梁，楊柳絲牽去路長。珮結湘江招屈子，帆過彭澤謁滕王。琴堂共飲冰壺酒，甲帳旁分侍史香。悵望煙波魚信少，春深紫葯坐閒房。

偶憶王維稷作此哭之

雁急風高哀失羣，知音已去抱琴焚。幽窗雨濺今宵淚，短篋星輝舊日文。天上玉樓需李賀，人間金榜落劉蕡。雄心未冷魂應返，濁酒寒燈夢見君。

送霞蒸叔入都兼東方老師子詒

繫馬長亭勸此杯，青雲隨鐙上金臺。元方若論寰中事，小阮殊慙天下才。薊北三春偏少雁，江南五月更無梅。夢遊微識關山路，只待秋風鼓翮來。

齋中閒詠

輕寒無那酒三杯，兀坐閒堂户不開。護得舊巢留燕至，調將新譜待鶯來。

方正言

字繼忠。高士子留之長子。痛父憤鬱侘傺以死，雅欲追皋羽、聖予之踪，著千秋之業，以不朽其父。厄于窶貧，無以養王母與母，不得已，爲汗漫游，所之不偶。既罹二豎之憂，復抱無兒之痛，甫三十，歿于皖上。予爲詩二章哭之，有云：『客死倍教增母慟，兒亡誰更繼君忠？重温三十年前淚，哭爾還兼哭爾翁。』又云：『本爲生兒求絡秀，翻教泣血哭非熊。』嗚呼，憯矣！予不忍其無傳，從令弟明試所得二首以存其人、存子留也。

懷老母

出門纔幾步，先命早歸來。念子防多病，思親懶上臺。卅年艱苦備，半載别離哀。明月舟中夢，斑衣戲老萊。

和三兄幼安水中牡丹影

誰移姚魏傍堤栽？花映清流不染埃。水面細摇紅粉豔，波心倒挂赤霞開。疑邀秦女臨粧後，似遇湘妃剪絳來。不是凌空虛布錦，依然認作暗香猜。

李越

字白也。世居白雲巖。生而方額豐頤，好學，善屬文，師事丁漢公倬，汲古蒐奇。屢困童子科，遂棄去，用全力攻詩、古文詞。隱居教授，不求聞達。邑令李公雅相引重，聘爲子弟師，然安貧樂饑，絶不以居間請也。會李公伯子宰瞥山，辟爲記室，以母老固辭，不獲，崎嶇萬里。宰故豪武，不諳吏治，一切皆出其手，多政聲。亡何，以病卒于署中。諸兒苦貧，弗克奔喪，賴小奚李方南者流離蜀道，轉徙數年，負骨而歸。所著墨坪草、圃間近草等集，藏于家。其門人余直不忍其湮没而弗傳也，獨慨然捐資佐梓，以存萬一，可感也已。

夏日山居

學稼村莊已二年，何妨人説別家田。山場有分供樵牧，野屋無租勝市廛。澗曲濯纓扶醉坐，松陰繞峽伴閒眠。空林一夜經新雨，細竹修梧處處妍。

水中雁字

奮起臨流畫錦雯，幾行揮掃度河汾。蜃樓改署圖書府，海市争傳露布文。蒼頡曾摹終是迹，祖龍有焰總難焚。山陰當日如能寫，不把籠鵝讓右軍。

奉送漢公丁夫子南都應試

買舟幾度試昆吳，浩氣今番直棄繻。摇筆五花凌上國，挂帆一葉達南都。天人豈是干時策？抱負真爲出世符。寄語山靈休悵恨，先生原不擬潛夫。

春日遊王太史西園 二首

出郭尋幽意，心期太史園。山光恬鳥語，人迹破苔痕。徑以行來曲，花從放處尊。此中塵事少，泉石自寒暄。木石皆成趣，悠然淡客情。鳥聲花底媚，詩思竹間清。鶴去亭無侶，堂虛雲自生。攜尊桃李好，偕坐聽流鶯。

秋夜感懷 二首

西風何瑟瑟，兩度客龍眠。市熱氈偏冷，人孤月亦憐。問名羞學究，抱恨愧林泉。一自饑驅後，勞勞不記年。

怪殺清秋夜，偏爲遠客長。送窮詩亦拙，賣賦債難償。静裏疏人事，寒來憶草堂。檢囊羞澀甚，猶覺少陵强。

哭漢公丁夫子 二首

去歲芝蘭悲夭折，共將天道歎無知。正嗟卜子傷心日，剛是休文病瘦時。先生素善病。七字總難銷永痛，雙珠自許慰含飴。先生哭玉及詩有『孫枝兩樹慰含飴』之句。如何重返家園候，一豎横侵遂不支？

王孟新詩韓柳文，先生氣宇舊超羣。略教啓口空前輩，每試揮毫輒冠軍。筆掃千人推間出，數奇百歲僅平分。可憐咄咄圖南志，半付寒氈半水雲。

杜陵

字又少，別號樊川。祖若榮，鄉飲大賓。父廷哲。君少有大志，十六補博士弟子，甫三十舉明經，待次選人。性敦孝友。曾祖母徐十八歲矢節，壽七十二。高祖母嚴二十歲矢節，壽八十。爲之請于邑侯，有『雙婺流輝』之額。家故裕，歲饑，首發粟以振貧餓。又大軍之後倡議均保甲，皆其爲德于鄉梓者。二子均、壄〔七〕，咸能精文選，不隕家聲。

竇公祠納涼有感弔之 二首

乘箕直返白雲鄉，廟貌崇閎尚有光。灑血直須朝絳節，成名何必佩金章？一腔赤貫千秋日，半壁心寒萬古霜。苦熱與僧談往事，住持僧元生。頓教大地轉清涼。

緬懷古道覯霜顔，劍閣鍾靈不等閒。公諱成，蜀人。一死拚留城郭在，九原定戴髑髏還。忠魂斷送青山碧，血淚重霑野竹斑。愁殺杜鵑啼舌冷，隨風可得到鄉關？

弔無可大師

仰止高風詎可攀？ 芳名從此重桐山。 木天香散花光碧，蓮座寒傾竹淚斑。 應有衣冠傳世澤，尚留姓字滿人寰。 九京多少簪纓輩，頫首爲君合汗顏。

新　茗

冰甌初試雪坑春，頓覺清涼沁入脣。 爲愛龍芽三月早，且嘗雀舌一年新。 香分玉液全承露，色似蘭花未染塵。 解渴穩知功莫敵，相如何事漫傷神？

柏葉歌

蕭颯金風當晚節，柏葉隨之染成血。 豈緣嚴霜早變衰？ 丹成偏覺與衆別。 可憐昔日稱烏柏，一旦猩紅詫奇絶。 終遜磥砢嶺上松，百尺青青傲霜雪。

蘆花歌

江干一片落花飛，虚疑柳絮驚風亂。 煙水茫茫仔細尋，煙波飄渺簇沙岸。 停橈欲呼蘆中人，切莫流離涉河漢。

楊臣鄰

字欽四，號樂胥。康熙丁未進士。少家貧，發憤讀書，不沾沾章句，務淹貫經史，爲經世之用，雖家無擔石，抱膝高吟泊如也。其家五世同炊，傳至贈君邑庠楫汝公，食指漸繁，始謀析箸。以鬮定，公應得某莊，其土頗稱沃，公念弟幼，願取磽确，贈君喜從其請。初宰邯鄲，值甲寅軍興旁午，兵馬絡繹，單騎籌畫，鷄犬不驚。此邑沙地極廣，部議開墾，百姓聞之，咸思逃亡。公捐上部費詳，蒙憲允，民得安堵如故。尋丁太夫人艱回籍，清風兩袖而已。服闋，補任光山，時值歲歉，民不聊生，公捐俸設立十粥廠賑饑，活生民億萬。光邑儒學久頹，公莅任即捐資修葺，焕然如新。又設義學，延師課士，光人士蒸蒸丕變焉。他如減私耗，免當税，寬鹽引，其惠民通商諸政績皆詳載光邑乘中。閲三年，解組歸，父老攀轅泣送之，因勒石建祠，以垂不朽。公歸里，葺也園數椽，鋤雲種藥，足迹不至公庭。陽羡王公常式閭訪之，不見。生平坦懷大度，磊落不羈。卒時趺坐合掌而逝，一語不及家事。

春居

江南春色至，別是一番新。不覺花皆放，翻疑地有茵。風來香引蝶，樹暗徑迷人。老至無他事，林泉寄此身。

古松

老樹尚蒼然，相傳近百年。不愁風雨折，豈受雪霜憐？小雀時藏入，寒猫晝愛眠。居然成偃蓋，莫漫棟梁傳。

三山

海腹藏吳楚，三山自古殊。奇峯天外静，喬木水中浮。暮雨留深樹，斜陽帶小烏。當年成敗事，空有莫愁湖。

夏日也園雜詠 六首

負郭園初葺，臨溪傍遠山。何妨人不到，一任夜無關。樹密苔階窄，林深花影閒。容吾鋤小徑，風至一開顔。

時雨來初歇，石枰長緑苔。嶺雲看不盡，孤鳥去還來。驢向河邊放，人依樹影回。涼風吹竟夕，趺坐轉徘徊。

坐臥情偏適，行吟客思寛。蛛牽當户網，月落一天寒。掃地同僧話，茹齋作病觀。夜來眠不著，默坐聽更闌。

晚涼何處坐？松竹裏爲家。遠舍聲聲笛，沿村處處蛙。漏深人語静，風動樹枝斜。起視天無際，銀星燦若華。

暫作蒲團想，瀟瀟不惹塵。殘書爲素友，一硯結芳鄰。傍晚蚊喧屋，凌空月曬人。焚香兼煮茗，隨地有天真。

無數蜻蜓見，高低散遠天。午風吹轉熱，驟雨燥尤偏。消渴桐山茗，遣懷秋水篇。倦餘窗懶掩，一枕夢翛然。

榻

細藤編短榻，静坐得安全。醉後閒成睡，倦餘坐懶遷。枕書當暑臥，無事上燈眠。小閣相依久，趺跏養自然。

帳

數幅裁成帳，匡牀恰稱君。方冬開看雪，每夏放驅蚊。鈎響侵殘夢，香存尚半熏。卻嫌深夜鼠，頂上自紛紜。

琴

掃几人俱静，閒來拂素琴。辨聲能得趣，暫學即傾心。賀若傳徽軫，鍾期重古今。寒燈心事懶，聊復試清音。

棋

短具隨予好，臨機恰稱情。輸赢争爾我，黑白自分明。淺學敲枰法，欣聞落子聲。科頭松樹下，一局了吾生。

書

每喜書盈屋，癡心似蠹魚。籤新近日換，墨重昔時塗。珍重頻年讀，飄零幾葉餘。縹緗時在眼，分散守吾廬。

劍

楚劍藏秋水，何嘗罷卻明？龍泉身可託，兔膽戰誰爭？壁上常留伴，匣中竟欲鳴。悲來思起舞，懷古獨含情。

恭呈大司農梁夫子

棨戟崔嵬世所宗，崇階特授大司農。持籌久協蒼生望，搢笏時邀聖澤濃。獨以駑駘勞剪拂，謬隨鵷鷺立從容。攀躋蹤有同升願〔八〕，絳帳終教隔幾重。

叢臺讌集酬年姪方文房

累世金蘭有素盟，桂林聲價等慈明。一官我作十年別，仗策君爲萬里行。鄴下漫教尋趙壘，黄粱誰復夢盧生？衹今小集叢臺上，芳草芊芊弔古情。

光山解組歸父老攀轅詩以慰之

回首彈冠一夢中，片帆不及待秋風。詩書滿載知官冷，琴鶴隨人識吏窮。三載瘡痍悲父老，一朝筐篚别兒童。從今好待新慈父，何必依依長葛公？

予性愛桃也園所植極盛留連花下率賦

纔施幾點淡胭脂，不覺桃源路已迷。三月叢中紅正好，百株葉上緑猶遲。輕盈有態歌春曲，爛熳無言落酒巵。聞説此花消恨好，相酬豈惜百篇詩？

訪某上人不遇

無計留春酒一尊，落紅如雨遍荒村。桃花謝後枝生子，杜宇來時月斷魂。山下波濤園竹徑，堤邊楊柳繫禪門。老僧虛我殷勤訪，留句聊當玉帶存。

梅

徒費嚴冬寒徹骨，依然破蕊獨成行。嶺頭樵採春先得，骨裏清癯雪不妨。風過幽香勞客夢，雨餘秀色競羣芳。花中自是推巢許，忘卻人間富貴場。

野蘭

春秋無處不成花，最愛盆蘭映碧紗。粉點春心香幾片，刀分弱瓣影偏斜。何曾當路争濃豔？偏愛空山作野家。桃李雖多人賞識，孤芳原不逐繁華。

西湖贈校書張素雲 六首

鏡湖春色正堪誇，好夢頻教寄阿家。一幅新粧描不出，芳心妬煞上林花。

坐來朝夕好相宜，深注唇兒淺畫眉。只怕一聲腸斷處，落花枝上鷓鴣啼。

金蓮小立露痕深，宛轉秋波醉客心。幾度含羞嬌欲語，歌聲無力夜沈沈。

誤入天台何處來？劉郎從此戀樓臺。縱非太液池邊見，也是桃花鏡裏開。

海燕同棲玳瑁梁，横雲斜月玉生香。從今辨得新詞賦，付與張紅記曲娘。

瀟灑臨風迥出塵，温柔鄉入夢中身。陌頭楊柳青如許，肯負豔陽桃李春？

楓葉 二首

幾處霜楓動客憐，吴江冷落意蕭然。桃源多少花迷路，錯認妖紅二月天。

點綴寒枝山澗裏，參差黄菊任成陰。今朝已是三秋景，杜宇何時血滿林？

楊嘉謨

字爾有，號守崖。樂胥公之子。爲人厚重寧静，不苟訾笑，讀書落落有大志。長從樂胥公宦遊畿邑，循例入上舍，屢困棘闈。潛心經史，博覽九章。故樂胥公兩宰花封，政聲赫赫，其得過庭贊襄之力爲多云。樂胥公牽絲洺、漳時，太夫人以春秋高不欲就養，留君侍王母。君朝夕承懽，惋容愉色，及視飯含，備物盡禮，人謂其善成親志。樂胥公服闋補光山令，君擔簦之署，衣履儉素，儼如寒士，往來汝、潁間，見者皆不識爲田禾公子也。曾有故人子過光，欒胥公欲厚餽之，君覘宦囊適乏，乃私鬻匹馬衾襆，密贈以歸。其不令客歌彈鋏、主餉留行者皆此類也。欒胥公晚年淡於仕宦，雅愛林泉，君爲手搆別墅，以娛晨昏，客至飲滿，樂而忘歸。至今亭館逶迤，花木蕭疏，皆其經營締造之餘也。君相貌魁梧，豊姿白晳，望之若厲，即之愈温。與人讌集，一飲能傾一斗，然終夕雍雍，以禮自持，未嘗少有屢舞之容。其雅量含弘，得諸天性者然也。先是，家甚貧，曾貸人子母錢，獲劑券於路，封還其人，秋毫無負，閭里稱盛德焉。尋因父喪，哀毁過甚，寢疾不痊，卒年三十有九。易簀之日，語不及私，惟以父有侍婢，遺命遣嫁，必以厚奩資之。元配馬孺人，果如其言。所著有守崖詩集、松筠齋文集，藏于家。

懷馬紹平江寧 二首

忽發三江櫂，匆匆不肯留。風光詩裏盡，春色客中收。莫以他鄉遠，還增故里愁。白門花正好，可憶我同遊？

不解分離苦，因君别後知。興從近日減，情爲遠人癡。未遂看花約，翻題折柳詩。倚門親更望，莫浪擬歸期。

贈融遍上人

老僧真性定，無意戀繁華。寺古藤爲壁，人幽竹可家。瘦容矜氣釋，梵語道心嘉。魂夢陶情處，白雲天一涯。

題齊鏄公郭外新居 二首

吾兄家世胄，今日尚峥嶸。雖卜山人屋，還承太守聲。亂峯煙裏望，流水徑旁横。鄴架書千卷，何慙擁百城？

世薄當存拙，容身便是家。琴書堪伴侣，筆硯即生涯。枳棘偏棲鳳，梧枝慣宿鴉。花間尊酒醉，隱忍待年華。

飲胡以昭先生山館

小閣依山山倚城，遊人此地未知名。鳥從林外啼時見，花向樽前笑處明。三徑居然陶處士，一經常授魯諸生。圖書滿架傳家舊，四壁松風動我情。

贈馬大瞿士馬二紹平

與君兄弟最情親，聚首論心不厭頻。俠氣常輕天下士，高談足振市城人。當年司馬風猶在，此日公麟筆更神。笑我寒窗燈火夜，每慚勵志伴松筠。

閨情

松月疏疏色倍清，殘燈四顧不勝驚。蘆簾冷落雙鉤静，菱鏡糢糊隻影横。愁緒那堪鐘漏永，夜深怕聽杜鵑鳴。錦箋寄與同心伴，故里風光亦稱情。

江遠青月夜過訪亟道齋頭蓮花之盛因命余詩

幽棲暫借一枝安，聽説蓮房引興寬。香綻應能浮玉案，葉穠常欲覆朱欄。須防遊蝶連朝採，莫讓狂風午夜殘。更喜碧筒堪勸酒，芳時肯約故人看。

輓吴天夏 二首

少小鷄窗共討論，常將心事話琴尊。即今空有文章在，那得相逢俠氣存？每念連牀頻墮淚，迴思聚首暗銷魂。朱顔不許長留住，寫就新詩哭寢門。

廿載交情意氣真，今朝爲爾倍傷神。同君初夏論知己，獨我新秋哭故人。未報含飴捐大母，恨難戲彩慰雙親。悠悠不盡悲悽事，説到無兒涕更頻。

過友人看菊

特地支筇過草堂，名園佳致勝春光。輕盈幾片風翻緑，爛熳無端日映黄。調護應勞三夏力，芬芳偏趁九秋香。須知冒雨開何限，此後難經午夜霜。

和友人催妝詩

輕寒薄暖日初長，燕子雙棲十二廊。楊柳方垂腰尚瘦，海棠初綻氣偏香。知將錦瑟依蘭閣，常譜新聲到玉堂。此夕已諧秦晉好，朝朝低唤畫眉郎。

和友人寄懷原韻 二首

歲月蹉跎生計微，多年還著舊鶉衣。棲遲野寺愁常積，淪落寒窗志久違。璞玉未明終是刖，羽毛縱滿豈堪飛？雲山不遠人千里，何日同君共下幃？

君依谷口我依城，兩地懸懸恨不平。暗裏繫懷常獨語，夢中相接竟聞聲。久抛殘籍耽狂興，欲搆新詩奈俗情。昨見子安秋水句，庾徐江左舊知名。

送馬紹平覲省江寧

匆匆又向白門行，十月帆輕浪更平。湖海雖增遊子興，山川難遣故人情。風生絶岸江明火，霜落孤舟雁報更。迴首河橋相送處，好將尺素慰同聲。

臨溪松下

獨向清溪把釣鉤，悠悠流水不知愁。翻疑鳥在池中集，更覺魚從天上遊。

冬杪紹平不歸又用瞿士原韻懷之 四首

君到長干是故廬，何須彈鋏歎無魚？ 歸帆切莫三冬後，辜負梅花在歲除。

曾記春遊破積苔，故園春意復催梅。 莫言離別無多日，試看江南開未開？

多時花徑掩柴扉，鴻雁無書空自飛。 豈爲交情疏更密，故留異地莫言歸？

渡江僕至問歸帆，荅説羈人書一函。 唯恐久留風景處，縱然書至怕開緘。

校記

〔一〕裏　當作『裏』。

〔二〕九首　實録十首。

〔三〕亹　字待考。

〔四〕傅　當作『傳』。

〔五〕屮　當作『中』。

〔六〕五首　或即夕陽至落葉五題。

〔七〕壄　當作『壄（臧）』。

〔八〕蹤　當作『縱』。

龍眠風雅續集卷十五

木厓潘　江蜀藻輯

李雅

字士雅，别號芥須。高祖熙臺公春登景泰庚午鄉榜，官至侍御。先生少岐嶷，有文名，里中士大夫争游揚恐後。數奇，輒不得志于有司，司空雷介公延主家塾課子弟。甲申、乙酉之間，方聞菴觀察出守粤之高州，强與之偕。以寓客應童子試，爲督學林公非齋所特賞，補博士弟子，即用拔貢生署江西崇義縣教諭。搶攘中，講學明道，人士捧槃匜事之惟謹。以兵戈道梗，旋棄官挈妻子歸，至望江，妻子相繼殁，司徒嚴端溪公聞其賢，敦請爲子弟師。續娶廣陵一女子，既，又娶白門彭氏女，集中有憶彭姬詩是也。又受知于六安徐莘叟太史，講堂記室，禮以賓師，嘗挾之遨遊吴、越間，所至輒傾其坐客。晚乃依其女，築東皋草堂居焉。先生性不諧俗，村居雅非所樂，日步屧入城市，與故舊門生相唱酬。或疑先生數棄伉偶，有唐詩人崔顥之累，潘子聞而辨之曰，先生豈得已哉！貧窶依人，進止不能自主，每欲買舟迎致，而囊篋蕭然，或卜鐃，又以他故不果，觀集中故劍之思、遺挂之痛，略可想見。所著詩古文甚富，同人爲醵資，梓其白描齋文集什之一二。詩則未有刊本，聞先生手録五大帙，自加丹鉛，今索之壻女家不可得矣。嗟乎！韓昌黎潮海之文，尚待表章于李漢；楊子幼豆萁之句，不聞胠篋于馬遷，彼其之子亦獨何心歟？先生嘗自言一日行飯，近村有塾師袖詩來贄，眎之，則先生十年前舊句也，笑而謝之，因爲詩曰：『手批向秀箋莊子，親見齊丘竊化書。』嗚呼！今人皆匿先生詩不出，思掩爲己有，是何齊丘之多也！予有事斯選，逢人廣搜，不避勞勩。賴石子漢昭、李子士謂、程子偉昭、曾子亦傳、吴子超麓、齊子大齊各出所繕録傾筒見授。漢昭，先生之侯芭也，首倡捐金佽助鏤板，其古處尤不可及。先生無子，初以外孫爲之後，既又以兄子奕豊嗣焉。卒年八十有二。卒之前數月，丐予河墅一抔土，已諾之矣，復扶杖來草堂長跽不起，以速葬爲請，予與西渠先生從臾之。而先生在日，已預礱碑一通，屬予與西渠題之曰『東皋李芥須之墓』，其亦聞趙岐、司空圖之風而起者耶？

程松皋方東來餉金刻集是猶吳錦雯之捐俸刻方爾止盋山詩也作此謝之即做爾止體

往者吳錦雯，蘇州作司李。酷愛龍眠詩，首推方爾止。分俸刊其集，海内皆忻喜。謂吳爲古人，今人無與比。不意古人風，今又見程子。程子官中翰，風雅聲名起。兼之工古文，一揮輒數紙。並有方東來，詞壇屈一指。二妙東南秀，豈惟冠鄉里？知我不藏拙，有集欲授梓。多君慷慨性，捐資倡厥始。因憶盋山詩，得吳一人耳。我有雙蘭交，過於明農矣。所嗟文字非，此衷憎愧恥〔一〕。如何災棗棃，靦顔謝知己。

途中逢張次皋語移時而别

亭皋葉未下，隴首雲不飛。秋山明浄粧，皎日生光輝。野夫行遠道，賓鴻趁落暉。欻逢張七郎，下馬立漁磯。問我往雷川，何時方言歸。我言蜡月初，雨雪當霏霏。是時騎短衛，歸途梅花緋。七郎聞我言，答云胡久違。抗手一揖去，相望還依依。老年戀朋友，淚下溼裳衣。

旱

皇天久不雨，亢陽過三旬。坐此團瓢中，暑氣如薰蒸。有客自外來，備言田間形。穲稏成荒草，池塘坼龜文。縱有桔槔力，其如湖水深。湖水不近田，遠睇空盈盈。農夫心未了，夜仰明河明。烏豬尚投河，晚縠霑秋霖。胡然朝抵暮，萬里無纖雲？斑鳩啼高樹，不見天色陰。玄駒穿孔道，只助天光晴。農夫始絶望，號咷淚沾襟。欲炊盎無米，破竈空煙塵。大人饑無言，小兒啼莫禁。眼見登鬼録，泉路奔前程。我聞客是言，雙淚亦涔涔。爲改陶杜詩，臨風一悲吟。平疇交風火，良苗不懷新。好雨昧時節，當秋不發生。未審我東皋，風雨可停匀。爰賦歸去來，草堂持一尊。

寄佟公子儼若

三韓多鉅族，佟爲面上眉。博陵與范陽，何足稱爲奇。史記諸世家，今日復見之。衣冠難指數，子弟皆蘭芝。所知儼若君，聲聞四遠馳。既爲貴公子，又爲鶏壇師。陸閎本佳人，較君無雄雌。古之大名士，亦具傾城姿。君才不世出，苧蘿産西施。已擅兩京賦，更工三唐詩。箑頭諸近體，芬芳比江蘺。讀在十年前，終日不少移。草窗風雨中，吟興轉淋漓。心馳佟公子，把臂在何時？詎意天水堂，懽會非所期。古人尚傾蓋，知不過如斯。已讀陵寢句，十三陵不遺。雖非皋羽哭，卻有聖予悲。聖代恩德厚，陵土還嵚崎。比諸宋六陵，無煩啼子鳺。至性佟公子，温言感心脾。全稿咸高調，安用古人爲？自從官主墳，益復饒好詞。黄絹幼婦間，如君何須辭？召詩佛頭青，著溷豈相宜？

贈石瓊甫

君家代有人，原始於石碏。爲衛賢大夫，千載聲名灼。流傳至兩漢，萬石家門廓。丞相尤醇謹，持身惟守約。粤稽典午朝，苞崇有誰若？子父俱豪邁，莫漫肆嗤噱。宋之守道公，風節殊磊落。上書斥夏竦，舉朝皆錯愕。永城産曼卿，詩文出常格。一時諸大賢，投分如乳酪。石氏此源流，亦自不寂寞。散居龍眠里，三百年如昨。聞公曾大父，緯武理戎索。古泉盛司徒，締好芠媒妁。公自少至壯，秉性樂天爵。所慕杜季良，揮金踐然諾。所愛魯仲連，排難有方略。快心與熱腸，崇厚而黜薄。舉三丈夫子，矯矯鷄羣鶴。今存兩驪珠，寶光照階閣。先後成均彦，轉瞬雲霄鶚。公益勉自修，聲譽益炳博。所以賢太守，徵書見莊恪。江城明倫堂，主賓罄酬酢。僉曰此盛舉，曩往未有作。歌鹿頌嘉賓，公允無愧怍。我里諸同人，值此俱踴躍。涉筆今古體，真氣乃磅礴。矧有賢侯文，衮領表朱襮。老傖亦製詩，詩成差不惡。

繫舟 爲顛厓作

鄧子作繫舟，舟從何處繫？不繫江干傍緑楊，卻繫城隅傍青桂。我聞張融言有以，陸居無屋舟無水。鄧子此意頗近之，更置修眉花舫裏。香山晚年變樊素，子瞻謫宦狎朝雲。殊才麗色交相重，不似魏宫空老薛靈芸。夷光生長苧蘿村，少伯一見便銷魂。吳苑秋風吹病柳，五湖明月照螓首。湖上尚有風濤憂，何如鄧子陸地之扁舟？恐舟繫君君不繫，遠遊又生吳越計。香爐茗碗付侍兒，嫦娥不敢留夫壻。顛厓顛厓奈爾何？置酒舟中聽我歌。我無繫舟安所住？迫欲揚帆廣陵去。

瘞鶴詩爲嚴生菴司農作

嘐闟距瀣無多路，瀣上仙禽繁無數。司農秋杪榷嘐闟，雙鶴買來共朝暮。若較林逋恰相如，開籠放去還歸廬。若方趙抃增一隻，空庭舞罷還窺客。爾時余客司農廳，陰晴間對此修齡。常言人壽不如鶴，誰知鶴命有時薄。司農留此雙鶴時，一飲一啄兩同之。甲午甲朝前五日，水榭羣賦南飛詩。是年司農來白下，將此雙鶴留僧舍。雌者聞梵絶香臺，雄者悲鳴徹清夜。一日司農立蒼苔，仰看孤鶴盤空來。舉頭奮翼如有訴，胡然亦蹶花間步。前身莫是丁令威，一朝尸解辭鷗鷺。司農惜鶴如美人，忍令仙骨委荒塵？吳門白門共江水，埋骨千年芳草裏。聞説焦山一點青，逋翁曾有瘞鶴銘。我上焦山尋鶴冢，鶴銘沈江江水湧。見君鶴冢峙蒼坡，聽我清歌謂我何？

重九無菊作催菊花詩寄廣陵袁山人

去年重九邗江曲，今年重九桐山麓。滿天風雨閉柴門，獨取陶詩數回讀。陶公采菊東籬下，南山當户不須借。我逢此日無心情，黄菊不粲東籬英。東籬未見舒黄菊，南山空復排青玉。此時若有駱義烏，冒雨難教快所欲。忽憶廣陵袁山人，廣陵種菊三十春。殊名雅字未常有，不知今日曾開否。我家重九菊未開，笑擲籬邊酒一杯。菊花菊花開幾朵，莫令主人催復催。故園蓓蕾若發盡，霜前還下邗江來。

趙以贊雨中招賞芙蓉

秋雨沈沈晝不開，秋闌誰復破蒼苔？故人獨將赫蹄至，招我今朝出蕭寺。片雲雙履過園亭，風吹木樨花滿地。故人謂我莫咨嗟，邀君非賞木樨花。請看木蓮千朵泣新雨，曷似海棠三秋映落霞？此是靈運五言詩，又是文君新寡面。怪來不共遠山妍，憐渠不向初日絢。娉娉婷婷風雨中，新詩原因舊雨變。三千粉黛蹙蛾眉，十二金釵悲婉孌。更將才子比名花，即賞名花才子家。才子之筆無不可，如君筆下花千朵。芙蓉館裏再來身，芙蓉窗下讀書人。常歎孟昶徒多事，錦城百里招人忌。我欲秋園數相從，安能涉江采芙蓉？

程立庵宫詹予假南還喜賦

去年前走長安道，頻過西園藉芳草。幾番痛飲棃花春，不覺花前常潦倒。解衣瞪目視青天，公曰狂奴故態好。酒醒復與公論詩，畢竟推敲如賈島。公念浪子且無兒，謂予何不置如嫂？偶然欲贈名家姝，乃翁司馬前朝老。我時聞此輒攢眉，倩女敢煩薦蘋藻？公更爲女選才郎，余亦挂席趨吴閶。兼金細給光㪇篋，重以便面書瑶章。顔筋柳骨無同異，含任吐沈誰低昂。三吴名士多頫首，焚香盥讀聲琳琅。余遊三吴歷歲月，曾有尺素通漁陽。漁陽也有赫蹄至，天子命公爲學使。花甎彩仗木天人，泰山北斗金臺字。夾囊赤箭與青芝，行幰春嵐與秋翠。八郡同時稱楷模，天子曰嘻！乃爲多士鳴得意。公曰嗟！余拜手稽首告有成，惟此小心敢有二？上不負君恩，下不孤親志。吾親平日教吾忠，屆今窀穸還無地。灑淚陳情聖人前，得請疾上潞河船。圖書以外何所有？童妾相對皆蕭然。公方彈琴且臨帖，閒看鷗鷺翔沙邊。蒲颿徐渡黄河水，葛衣新惹白門煙。桂花欲放猶未放，高軒傳説歸桐川。錦衣故鄉人嘖嘖，余時秋穫還龍眠。臈盡相過一把手，感公念公公知否？惟公博讀古人書，古人誰者敦舊友？昌黎常念孟郊貧，方叔不離子瞻口。公應不棄李山人，桐山酒似長安酒，一醉能掃詩千首。

秋郊鬼

秋郊鬼，知何似？有時嗚咽月方沈，何事悲啼風未止？骨顫長鬚奴，魂驚赤脚婢。奴告男，婢告女。居士掩口竊胡盧，謂是蒼頭老媪之誑語。一日居士增惆悵，秋宵獨卧梅花帳。夢回午夜不成眠，側聞鬼哭秋郊上。披衣起坐静聽之，細如絲縷聲迷離。自非壯士刀傷後，恰類深閨腸斷時。一回訴，一回啼。纔依埜徑芙蓉外，又隔寒塘楓樹西。秋郊鬼，知何似？莫似馬嵬山下路，更似曹娥江上水。芳姿未損香閣中，遊魂先哭秋郊裏。若使子瞻今再來，不厭閒人常説鬼。長鬚奴，赤脚婢，吾過矣，吾過矣！

雙黄鳥

雙黄鳥，雙黄鳥，羽毛雖豐質則小。三春睍睆縟陰中，入夏嬌啼猶未了。有時飛踏垂楊枝，又學吹笙修竹杪。緑窗女兒愛聲音，當窗百囀還嫌少。我亦夙具閨中情，耽爾閨中人窈窕。隔院風吹笑語香，恰如樹裏雙黄鳥。雙黄鳥，常到園林啼幾回，莫別主人去渺渺。

讀楊嘉樹寄園詩

我生歷盡關山路，念年難得鄉園聚。耳中但聞嘉樹名，眼中竟未識嘉樹。一日手把寄園詩，雨中細讀開雙眉。有似江峯湧秋翠，又似嶺南擘荔枝。陳言去已盡，老氣横無邊。風雅一席誰後先，漢魏三唐相纏緜。我聞嘉樹年甚少，此詩便爾臻高妙。過此以往當何如。應使觀者多愧戚施與籧篨。

台州太守行

天台名與雁宕齊，峯巒萬丈難攀躋。台州太守愛山水，騎馬常聽山黄鸝。前年山中多虎豹，白晝攫人無老少。有時直入台州城，更向太守堂上行。太守挂冠蹈東海，擊汰揚舲聲欸乃。蒼茫遥指三神山，雲濤煙浪知何在？讀史竊歎袁本初，爲戀小兒失良圖。太守亦爲小兒誤，遂使阿弟辭江湖。太守今年年六十，攬揆應望江南泣。才人薄命是聰明，使我思君徒於邑。憶昔君宦長安時，我數過君把君巵，酒酣耳熱同作詩。詩成君學王逸少，寫字東臨洗墨池。不知今在滄溟曲，作詩寫字曾否得醽醁？昨夜夢君冒雨來，分明猶似在燕臺。恢諧謔浪不如舊，意色慘黯聲多哀。醒來不見太守面，惟見殘月照深院。不知生死今何如？鴻雁雖多難致書，願通來世雙鯉魚。

吹簫行贈嘉禾李仲玉

居士多愁復多疾，登山臨水情瑟瑟。半歲以來轉增劇，惟聽吹簫便如釋。虎丘月下一人吹，西泠數曲花間兒。便似仙人王子晉，乘鸞遠下步虛時。近歸太史園亭裏，不復吳山與越水。向時疾發愁且生，還賴李子簫聲美。君不見，劉琨清嘯解胡圍，朝雲吹篪羌人歸。吾有陰愁痼疾不啻羌胡爲外患，賴君吹簫一釋之。千人石上斷橋西，何如李子當風一弄欺黃鸝？

賣書篇用龔半千韻

蘇州買書楚州賣，展轉欲留不能留。爲客羞同朱萬拜，簡詩獨存趙倚樓。此時有淚揮不得，垂老尚寄子雲宅。只爲讀書甘守雌，知雄何常不知白？

劉繞梁倣吾家太白楊叛兒樂府體即用原韻呈徐太史 時太史作繞梁歌

公歌劉繞梁，我喫滄州酒。園中秋已深，園外風吹柳。柳老不棲鴉，我尚滯公家。爲耽繞梁歌喉妙，一聲真正徹□雲霞〔一〕。

百憂集行用杜少陵韻

兒時懵懂稱癡孩，人説火頭僧再來。五歲入塾受章句，欻然朗詠瓶中梅。不覺流光至五十，落花依草難收拾。廣陵歸後更無家，寓人廡下百憂集。研田歲稔一朝空，還與庾嶺遭兵同。一女煢煢累老景，灑淚時復懷江東。

畫馬歌贈白門俞衆木

君不見，唐人畫馬推曹霸，弟子韓幹亦其亞。杜陵獨喜曹將軍，韓生遭鄙折聲價。又不見，宋人畫馬李伯時，趙氏孟頫私淑之。公麟筆墨人争重，子昂降元世所嗤。自兹以後畫馬者，四百年來無人也。今年湑水晤俞君，手持一幅贈士雅。展看卻是八駿圖，神采生動骨相殊。風鬃霧鬣纖悉備，形面各出無饃餬。一浴青驄桃花潤，一調赤驥榆錢畔。兩者馳驟緑楊堤，公子仰睇射飛雁。其餘四者更神奇，一是寧王看玉面，滚塵塵不飛毫鼇。再看兩者相蹄齧，似有長嘶聲不絶。如此點染稱神明，何人此圖置優劣？我欲列之唐人宋人中，曹將軍，李伯時，與君異代稱宗工。

畫翎毛花卉歌贈江都吕未仙

邊鸞之鳥趙昌花，古稱神訬無以加。更有徐熙黄子久，此道亦稱兩作家。又聞艾宣與崔白，翎毛花卉空今昔。荆公尤愛建陽僧，鷺鷥荷葉真奇迹。我耽此道殊纏緜，聞而不見心未然。昨見孝穆堂上一幅絹，寫生布筆堪流連。細看汀花兼埜竹，水鳥潭魚相追逐。孤標雅致饒風規，不愧唐宋諸公稱老宿。我閲此畫近兩年，重揖此人藥欄前。登堂盡發此人笥，丹青滿眼俱堪傳。噫嘻，此是江都吕未仙。

中秋前一日憶虎丘寄嚴生菴計部

虎丘平日遊人盛，獨有炎歊泉石浄。彈指時節屆中秋，前此十朝絲竹競。到得此日遊人叢，畫舫香車充復充。更有走者攜酒榼，同至山門行山中。騈肩雜遝男女溷，趾前踵後争尺寸。男則冰綃霧縠雲煙飄，女則袨服明粧蘭麝噴。行過憨泉無留晷，但看劍石當中分。

從此便上千人石，茶香酒氣相氤氳。生公講堂秋樹杪，劍池清絶深窈窈。第三泉是昔賢題，此處遊踪都繚繞。珠宫紺宇穹窿高，浮屠百尺截羽毛。短簿祠前真娘墓，何曾隙地無風騷？看看日落千山紫，遊人半返閶門裏。白公堤上影如飄，半塘寺後船如蟻。獨有風流老白相，平聲。不怕虎丘秋夜長。少焉圓月東方出，各逞紗技登壇場。壇場便是千人石，千人選坐鋪華席。或吹子晉一枝簫，或弄桓伊一枝笛。或彈段師好琵琶，或奏蔡琰悲胡笳。或椎羯鼓聲聲急，或打十翻驚棲鴉。何人更唱明妃怨？羈客聞之淚如霰。夜闌風逗桂花香，一時絃管闃無見。離離石上影飄飄，賸得幾人排風腰。中有永新歌一曲，聲如縷髮通雲霄。歌罷此人亦無迹，虎丘山頭甚蕭索。咄嗟海水湧朱輪，不覺東方之既白。噫嘻吁！此時起視山中與四旁，昨日鼎沸今淒涼。但有遺珠與墜翠，饞僧逐路尋餘香。我昔聞公曾有説，虎丘中秋聞不得。男女俱當智伯頭，此是山靈之一厄。若然又有何餘香，山僧逐臭爲尋芳。埜夫中秋前一日，遥計當有此披猖。公在山陰道上走，見此還憶前言否？

嚴公，山陰人。

無家歎

嶺海歸後妻兒亡，南走金陵北漁陽。又出居庸至上谷，間關歷盡還維揚。故人爲我鸞膠續，雖非如花並如玉。緑窗烹岕與焚沈，也自臨摹能免俗。藥爐風雨病無時，深閨夢斷藍田兒。纔向竹西休馬足，又從桃葉哭蛾眉。五年前遇江葦渡，挈我西還龍眠路。無端業因相牽纏，鑄成錯字墮雲霧。莫言崔顥工題詩，當年更有王獻之。兩人千古稱薄倖，我有心迹難明時。一女煢煢鮮衣食，欲去邗江去不得。但返桐山又無家，徒望青天淚如織。

潘蜀藻寄余徐究草一本快讀竟日遥有此寄

前年潘子遊彭城，我作二詩送君行。繼此鯉魚書斷絶，不知潘子之行旌。客冬偶然歸故里，潘子亦未離桐水。雖然貽得兩種詩，究竟無從面潘子。匆匆更有吳越遊，臘月渡江風颼颼。虎丘梅花西湖柳，安得潘子同蘭舟？今年萍踪返英蓼，終日牀頭伴參朮。相思欲寄一行書，心慌手顫難伸縮。所以筆墨廢多時，夢裏才人常見之。昨日捎來徐究草，手繙眼看無停披。不能道君何處好，但覺天空雲浄水落石出風浩浩。又似鼓櫂東過錢塘江，騎驢直走山陰道。吾久不到石經齋，把盞大呼潘蜀藻。

蝦蟆行

北窗芳草青離離，中有蛙聲當鼓吹。老蛙似學村學究，昏旦聒噪教羣兒。側聞那辨小與大？一者倡而衆者和。爲官爲私本無心，畢竟只了常功課。記得昌黎韓退之，曾寄柳州蝦蟆詩。至今讀之風味勝，比興似爲河東悲。西蜀眉州有蘇軾，音釋。望見峽口蝦蟆石。操觚染翰得一章，卻與韓公異風格。蝦蟆蝦蟆爾何知？見月懷土將焉爲？人生有土歸不得，鼓爾怒氣徒成癡。

榆竹行 有序

去皋城北十里，有榆一株，圍不盈尺，膚裏骨外，生竹數枝，節朗心虛，青翠可愛，此異觀也。憶往歲客嶺南，行山峒中，見樹竹一種，蓋老樹枯死，空其中心，竹從中生，枝葉蔚然，不知其根柢何在。若土人伐樹爲薪，竹隨槁。似乎樹爲母，而竹爲子者，理不可解。嶺志竹種甚繁，此亦其一，未見活榆抽�，如今此一種，此理之愈不可解者也，作榆竹行。

蒼天至高地至厚，奇奇怪怪無不有。即如竹樹本分形，何從合體同蓮藕？皋城之北十里遥，有榆一株身苗條。膚裏骨外忽生竹，節朗心虛枝蕭蕭。嘗見蔦蘿附松柏，畢竟纏綿分主客。似此榆竹同體生，見者回惑真難釋。君不見，漢朝公主嫁烏孫，生得賢王感漢恩。又不見，阮咸騎驢追胡婢，生得佳兒無與比。古今世界黄河渾，白雲蒼狗何足論？羊牢犬子尋常事，休哂榆竹生非倫。

銀杏花開行

銀杏花開人未見，此語不分貴與賤。開花必待夜半時，偶然如燈復如電。今年我作武林遊，天竺寺裏銀杏稠。花開細白香滿樹，一時見者皆同儔。短洪髯徐與小周，交口嘖嘖歎勿休。寄語龍眠諸同社，世間罕事半真假。銀杏花開真復真，老夫題詩在蘭若。

東洞庭老人歌

洞庭老人雙眉修，六百甲子今一周。老人生計惟種橘，橘中之樂何油油。太湖三萬六千頃，洞庭酷似蓬萊景。山中老人觴老人，又似羣仙會緱嶺。老人百歲不足奇，奇亦不在居山時。奇在視聽不少變，桃花面似闉中兒。

袁浦僧舍快讀姚經三薙簏集遥有此寄兼柬錢飲光

姚子才名滿天下，出其餘緒爲風雅。我曾一讀箎頭詩，驚歎此日無倫者。飲水即知滄海寬，煮雪輒思峨眉寒。安得身居山海裏，掃彼峨雪觀瀰瀾。武林別後至袁浦，僧房偶見詩一部。展看卻是姚子詩，竟日讀之未出户。不覺身在滄海中，紫瀾萬里乘迴風。大貝明珠瀉底出，脱網珊瑚炤水紅。不覺身在峨眉巔，白銀萬丈隱蒼煙。璚花瑶草山中見，繞座芙蓉帶雨鮮。噫嘻！姚子之詩乃如此。陟峨眉者難爲山，涉滄海者難爲水。前日我遊虎丘時，見君箋註李賀詩。此手此眼已出升菴上，況復所著皆精奇。西頑道人今錢起，逢人口口説姚子。曾記道人有一評，絶紗好辭不虚矣。

夢中得楊子閉門作何事之句醒呼童子然燭研墨續之遂成長篇

楊子閉門作何事？擁書□卷耽奇字〔三〕。户外履滿無平流，載酒相過半車騎。前身定是揚子雲，只少劇秦美新文。太玄注就焚雄墓，笑問可測玄三分？依稀似覺雄前席，君注吾玄可儗易。曩者白鳳集吾肩，君今感鳳留靈迹。吾之弟子有侯芭，手把吾書當五車。聞君授經桐山下，應有侯生肩相荖。吾愧桓譚是知己，爲莽校書天禄裏。一朝劉尋罹莽誅，吾投閣下瀕於死。可知君是黄門郎，受生巴蜀今桐鄉。當時少壯聲赫奕，於今老大身踉蹌。楊子聞言心如醉，不餐不飲亦不睡。恍兮惚兮疑信間，但逢校士君出試。聞説君當壬子年，正月下浣踆烏縣。海鹽樹鵠君操矢，射堂伐鼓聲闐闐。君時三箭已穿札，鼓聲不響無人察。白猿知哭養由基，青蛉掩口無堪殺。楊子翛然但下帷，畫圖手展王明妃。爾無金賂子瞻寂寞羅浮境，朝雲墳土空纍纍。楊子楊子漫流涕，君信是兄我是弟。江南江北久別驅車又吳市。廣陵春色秣陵秋，買得青鸞今歲死。聞君亦有斷絃悲，紫瓊綠綺和者誰？兒枉自呼，中郎有女還堪娛。我亦轗軻同楊子，有女無兒莫胡盧。自從別卻蒼梧水，燕市皺蛾眉。楊子聞此心如刺，自傷老大何所爲。著得江州司馬衫，白者涕泗紅者淚。伯道無如？弟畜順甫疇堪比？楊子持此不逢時，隨行逐隊蒼頭兒。何曾盧前與王後，終朝老女楊子顧我說如此，醒來呼燈置棐几。細思楊子八股頭，古文詩歌相表裏。兄事與謙定何言之詹詹，出入開元大曆，何有乎玉臺與香奩？進而黃初建安，又何有乎鮑照與江淹？劉安植桂，列子御風。吾居其間，泠泠融融。所太息者，近來風雅，委之蒿蓬。吾剪裁夫小熟杜元凱之評注，楚詞駁七十二家之餖飣。蝴蝶則醉心莊周一輩，青牛則願與老氏爲徒。左傳鬚，夢裏牢騷顧我吁。吾不獨注玄可儗易，唐師韓柳宋歐蘇。漢書枕藉，史記伊吾。楊子裂眥而張曲。卞生有足只一雙，楊子何堪頻泣玉？李生曰嘻！是亦不可以已乎？古釵脚與屋漏痕。驚虵入草看之字，世眼無端問法門。君非蝍蛆百無足，草青還踏龍眠子骨强終不已，日剪明霞㲈秋水。有司不辨石鼓文，有司不愛張顛紙。更兼退盡懷素魂，楊高談自捫蝨。所以楊子落落身，願學王猛西入秦。詎知四海皆景略，楊子不得倂張賓。毛延壽，玉顏那得親宸輝？不是干時果無術，齊王好竽君鼓瑟。即使吹竽豈動王？何如離，一船風雨摧蘭蕙。我欲薙染到匡廬，矢願不上宰相書。大元若重天人策，楊子前無董仲舒。莫嫌老醜秋霜鬢，曉月銜霜霜來認。皚皚雪白滿腮鬚，喜炤冰壺常問訊。君不見，會稽太守朱買臣，五十始佩黄金印。馬援據鞍思滅蠻，廉頗遺矢還驕藺。古來英雄豪傑不長貧，扊扅烹雌始入秦。亞父七十事項籍，玉斗擊碎雙眸瞋。又不見，吕尚八十磻溪遇，八十有二梁太素。中得狀頭馬上歸，異時安知不是楊古度？

徐太史莘叟先生五十

藕花秋老涵秋煙，先生覽揆上聲。中元前。彈指流光五十年，雙瞳閲世幾變遷。九歲筆墨超時賢，徐陵名字海内傳。十四輒已擁青氈，奇文見賞蔡臨川。吾徒競許爲執鞭，雞壇名士相周旋。自從聖人帝幽燕，親掄才子居木天。玉堂金馬稱神仙，石渠虎觀工鑽研。甲午楚士多因緣，三湘七澤歸陶甄。杜蘅蘭芷芬江邊，悉入筐篚增香妍。桃花源裏花尤鮮，一枝早占春風先。謂石浪秋。石，武陵人。驊騮已遇九方歅，季鷹合返松江船。年來緑野張花筵，吹簫擊筑與彈絃。吳歌楚舞同纏緜，神龍有尾急須卷。五湖青城然復然，願熟莊生南華篇。潛心更味老氏玄，長兹甲子無窮焉。定知手拍洪厓肩，回首羅浮十丈蓮。萊公那得較偏全，我學魏野呈詩箋。寇萊公以七月十四日生，處士魏野獻詩，有『何時生上相，明日是中元』之句。

熊雪厓憲使枉駕昭慶寺賦此呈謝

越中隨地佳山水，合置名人山水裏。武林山水佳復佳，天生尤物難比儗。唐宋諸公多宦遊，希文乖厓與鄴侯。香山到處輒題詠，子瞻攜妓老風流。先生此日續芳躅，聽鶴彈琴庭草緑。公餘應出湧金門，畫船徧覽湖山曲。湖山曲處好題詩，定有千篇絶紗詞。我來未投先生刺，反勞先生顧蕭寺，含吐之間皆奇字。

寄鄒祖尼寧州 祖尼即魯齋

澥水朝飛崑崙走，仰睇白雲變蒼狗。我去江南過嶺南，梅華落盡看楊柳。爾時鄒郎年正芳，與我同涉水雲鄉。飄檣甫謝旋騎馬，蠻煙瘴雨侵衣裳。記得乙酉五月之初四，榴花紅繞觀山寺。父老羣迎油壁車，高涼司馬方公至。午日方公莅郡衙，我亦挈婦來天涯。慙愧後房無女樂，幸有生徒擁絳紗。鄒郎鄒郎起人歎，手中彩筆花零亂。有心高密鄭康成，欲學范陽盧子幹。萬里天南思建康，我歌子和神飛揚。彈指高涼别去後，五羊飽噉荔枝香。自從三關失鎖鑰，三關，杉關、□關〔四〕、仙霞關。皆福建險要。福京不守空城郭。乙酉秋，蘇觀生、何吾騶、張肯堂、吳春枝、錢邦芑等擁唐王福州稱帝，改元隆武，更福州爲福京。丙戌秋，清兵至，唐王死，貝勒械鄭之龍北去。觀生、吾騶、邦芑逃至廣州。廣州臘月千門灰，丙戌十月，蘇觀生、何吾騶、袁彭年、顧元鏡等擁小唐王廣州稱帝，改元肇武，以尉佗府爲宮殿。臘月，清兵至，小唐王死，觀生亦死之。宮殿俱焚，元鏡齎圖籍投誠。廣人號元鏡曰『影慙』。又見崧臺焚殿閣。丙戌秋，福州破。桂藩永明王時在端州，丁魁楚、瞿式耜、吕大器、龍起弘、劉湘客、周鼎、朱盛濃、劉廣胤、林佳鼎、童天閲等擁桂藩端州稱帝，改元永曆，以包孝肅府爲宮殿。清兵至，永曆帝焚行在所西幸，亦丙戌臘月事。計廣州、端州相距無三百里，兩帝争雄，交兵三水，不百日而清兵至。昭江三百六十灘，四面篸峯削□寒。孤舟一水泝一水，鄒郎早暮同眠餐。鷓鴣啼在黄茅裏，桄榔樹蔭青山趾。此時客子心竊悲，鄒郎亦閉談天齒。茶城買櫂下西寧，望裏雲樵青復青。白雲、西樵，二山名。與子重來觀海若，高樓聽唱牡丹亭。春風歸路經梅嶺，戊子春。鄒郎前後逐花影。無端從逆莽將軍，大劫緗奩小笭箵。金王作逆南安，鎮將徐紗山叛，從之揚舲西下，大掠士商，曰『起馬撈』。余亦被掠。不同皖口綠林豪，獨愛詩篇恕我曹。我非當年李博士，横溪空去羞號咷。芙蓉江上還傳詔，南安江曰魚江，又曰芙蓉江。何人私向青銅照？宦情至老不肯休，紗帽籠頭始一笑。所苦鄒郎父子貧，分金者我難餘身。乃翁欻背鄒郎去，鄒郎顧影徒酸辛。一旦王師飛鐵馬，鏷鍏蝟集魚城下。南安城曰魚城。鄒郎奉母走南雄，依舊僑居粤東野。我攜妻兒棲聶都，雁鴻不到深山隅。箐林有鬼狐狸嘯，草鞵獨犯炎荒區。屢過扶溪愁别離，瀕行尚挽鄒郎臂。我欲還來看佛桑，晚飯檐前摘茉莉。雙江見説已澄清，章、貢二江曰雙江。我先去聲。鄒郎挂席行。庚寅春。

如何一月春帆水，喪明炊臼兩傷情？兒亡於章貢，婦死於漳湖，一月間事。過得一年春又夏，傳道鄒郎還白下。急鼓輕舠訪鄒郎，杯酒蕭齋戀清夜。鄒郎爲述過嶺時，萱花彫謝師所知。有妹有妹遥天嫁，重亡小婢埋南陲。述罷鄒郎淚如雨，座旁小弟更悲苦。祖尼弟爾時方八九歲，今字嶧山。我亦流涕想妻兒，翼日相看別江滸。花山晤後鯉魚稀，又手懷人静掩扉。幾年前把西江字，精謬少救山中饑。西江只有分寧僻，萬山深處留芳迹。濂溪書院鎖松筠，涪翁筆法鐫金石。周敦頤曾官分寧。黄庭堅，分寧人，工書法，今墨刻甚多。我曾冬日干徐陵，丁未冬。冰衙永夜挑銀燈。又向來蘇渡頭看寒月，其地有來蘇渡。相傳蘇子瞻訪山谷屢過此，故名。醉還古廟呼顛僧。鄒郎鄒郎托毛穎，如水錢刀汲深井。可念當時一老人，流離患難同悽冷。前年所得足纏頭，幸未長途典敝裘。客冬不報東皋訊，空望煙江江水流。

四松詩爲方還山賦

昔年我見長安道，報國寺裏四松好。此松植自孝宗朝，溜雨經霜圍十抱。後來我復遊江南，靈谷松聲不忍談。欲聽松聲覓何處？烏龍潭畔四松庵。四松名字最高雅，不必千株繞大廈。少陵曾有四松詩，四松亦自傳名者。我友直追少陵踪，以詩名世世不容。園居幸有松千尺，蒼然四株如虬龍。如虬龍，復如蓋。老鸛飛來聲嘈嘈，流雲籠罩紛藹藹。我友最愛四松佳，誅茅結屋營心懷。屋成恰在松陰下，自題名曰四松齋。我聞坡公少子爲蘇過，是處與坡同起臥。所幸我友如坡公，宦途林下亦有少子追隨相唱和。我友我友聞松聲，山中宰相今陶公。四松名字配五柳，今人不在古人後。我友如陶復如陶，如陶所恨對松不飲酒。岕茶竟日不離口，應亦澆此支離叟。

初秋送張夢敦太史還朝同潘木厓方還山姚彦昭周信臣

遠峯亭前芳草緑，萬竹檀欒戛蒼玉。紫薇花傍竹邊開，開到秋來猶未足。六郎本是紫薇郎，前年花發歸故鄉。今年花殘送君别，高林遠近啼寒蛩。畫船簫鼓江風駛，圖書尚染吳山翠。時夢敦自武林歸。行過黄河望帝京，雲裏嵯峨宫闕異。計程八日到漁陽，滿城叢桂吹天香。玉堂學士桂邊坐，把杯詠桂聲琳琅。是時瀛海仙人輩，誰是房公杜如晦？張緒風流冠六朝，再來身入詞場内。詞場旗鼓孰相當？羡君本自天人行。若言吐鳳玄何貴，便是生花夢亦常。我把君詩不去手，我讀君詩不去口。至今浣手用薔薇，至今極口推韓柳。君書古人何所如？蘇黄米蔡皆籧篨。我家北海亦胥吏，元常逸少供軒渠。此去朝廷多制作，高文典册憑揮霍。莫將手筆推許公，燕公巋然領臺閣。側聞當年崔定州，三十作相傳千秋。以君異時居政地，休羡中書此黑頭。老夫白頭衲子相，方干潘岳同疏放。更招姚鵠與周郎，君家難兄共酬唱。我欲送君上花舫，看君乘風破秋浪。此意屢舉復趑趄，歸臥東皋舊草廬。班荆夙好不相棄，願寄長安雙鯉魚。

寄方爾止

記吾往歲晤君在揚州，君時適丁太夫人之憂。渾身縗絰草履面深墨，促膝橘枰廣文先生之齋頭。頃聞君乃登舟去，幾年離別不相遇。傳君驅馬走幽州，又傳君客淮徐路。忽又傳君在武林，更傳君買鄱陽渡。屈指三五七年間，君遂歷遍湖海與關山。我亦倦遊一歸里，爲吾門生老友相羈攀。寒暄四易在桑梓，今年浪迹居渫水。把君續集畬山詩，無刻不懷方爾止。客冬我同太史遊三吳，春明更復買櫂遊西湖。榴花開時返英蘷，七月短洪策蹇來祝太史之縣弧。爲言君客金斗城，座上惓惓念李生。再三詢吾廣陵歸，可曾雙劍合延平？我時聞之潸潸泣，不覺青衫兩袖溼。答言有女失所天，藉吾衣食吾不能，遠輒到夫二十四橋邊。杪秋料理孤孀畢，便向雷塘飛去疾。爾時扁舟過白門，先訪寶儉居士，次訪明農哺雛軒。寶儉，方繡山堂名也。

畫美人歌贈天都汪肖野

美人自有真，描摹始何代？施朱傅粉不爲工，鏤金刻玉亦堪廢。畢竟落筆當如何？好手自然逞風裁。描眉點眼衣褶間，處處寫他閨閤態。若論渦頰更不同，雷同便與古人背。唐之周昉及張萱，五代漢臣文矩輩。染翰輒爾風神佳，真得此道中三昧。不圖此日遇天都，寫真入古堂奧内。貽我一幅緑雲鬟，疑是耶溪女兒在。又寫芳園百美圖，徐陵極口稱無對。何以君畫空江東，寫景寫神非逐隊？若供大内寫宫粧，能事畢矣應食采。只莫點污王明妃，遣去空教漢帝悔。

贈曾亦傳移居

昔時淵才六恨奇，其一子固不能詩。今逢閩海小曾子，其先閩之長汀人。文章風雅乃兼之。尊公與我交最好，僑札之懽少逮老。嘗同策蹇遊龍眠，公説不讓山陰道。此時詩思驢背生，若翁業具有詩情。若郎工詩洵有種，風風雅雅馳詩名。愛山惜無錢可買，那得于嶼人瀟灑？不吝青錢數百千，囊槖一時爲君解。市城亦自有山林，遥望西北峯千尋。推窗只似案頭物，手招雲氣穿天心。聖朝自容大市隱，矧此不與大市近？僻徑卻無車馬喧，開口吟詩詩思敏。吾友潘岳與潘尼，謂畏築、木厓二公。與子比鄰不差池。彈指春風萬花發，相看斗酒聽黄鸝。

乞米行 有序

顔魯公居長安，炊煙不繼，書帖乞米；陶元亮彭澤歸後，村中乞食。史傳侈爲佳話。雖然，亦顧其人耳，匪是則卑田兒矣。埜夫居東臯，滿目稻畦，而埜夫無擔秫。暮年孤處，向晚輒欲持杯，雖所飲不多，乃温飽之徒竟不肯割升斗篘酒一盎。每當好花新月，凄風苦雨，獨坐無儔，思我亡室亡兒，愴然而已。用告同心，肯分秫廪萬一，在埜夫即不能敢望魯公、元亮，在同心頗不失爲韻人嘉惠也，然否憑意，曷敢强諸？

埜夫少年能飲酒，一飲輒欲傾五斗。二十年來飲不多，向晚亦持杯在手。無端寄廡東門東，主人難遇臯伯通。眼看秫稻黄金色，那得面上春桃紅？因憶魯公曾乞米，八法書動長安邸。埜夫有腕不能書，何從乞米釀芳醴？柴桑高士陶泉明，乞食常向村中行。遠公沽酒東林寺，此事説來今人驚。埜夫乞米不乞食，即不能書少遮飾。吾儕自有叔牙儔，吾徒自獲康成力。米非秔米秫爲先，素瓷緣仗同心賢。酕醄自呼李秃老，大飄和尚兼醉顛。

後乞米行

余既作乞米行，非乞米也，醉翁之意不在酒，將以徵人情之寒暄也。投什後，應者前輩則吴遯叟、鄧樸庵、方還山、盛雪舟諸先生，同社則許綏人、方舒來、左子直、潘蜀藻、左子厚、張如三、左子周、方幼安、劉超宗、鄧田公諸兄，本宗則當衡，門士則張星槎、方俣士、朱元亮、方庭堅、鄒祖尼、戴韓五、倪仲升、左用一、徐古存九人而已。立春後，程立庵先生兼金代秫，並此申謝。

堥夫年來殊短氣，田家酒熟不知味。客冬草得乞米詩，見人開口縮如蝟。楊憑不恃柳河東，翻笑梁鴻倚伯通。堥夫亦自無强骨，寄廡何須淚眼紅？去向城中告知厚，讀吼。蝟縮有時還開口。任俠憐吾鄙吝嗤，半資秫稻半揺首。老杜窮途仗友生，友生二字何以名？生者門生友朋友，此語那堪槩世情？索食當向謝仁祖，空腸莫謾干錢鹵。所以當時王修齡，不受吴奴米半庾。吾儕豈少謝將軍？吾徒豈盡將軍羣？孰是安豐與靈智？胡盧左思父子兼情文？此意原始左子周橋梓。太常憐我乏春釀，歲除折米金相餉。同儔交口讚太常，今人誼出古人上。堥夫年來號芥須，芥與介角音無殊。此處貪取胡爲乎？醉翁之意不在酒，静觀世態良非迂。

晚望天柱

晚天涼雨後，一髻出雲中。不與浮屠别，將無佛指同？蔚藍分乳翠，崒嵂礙秋鴻。漸漸林煙合，支頤念遠公。

削髮詩

爲誅雙白髮，黑髮頓然空。玉石何曾别？妍媸未許同。片時稱俊友，幾日又皤翁。欲削絲絲辮，投閒蕭寺中。

栴檀林聽休上人講參同契

一部參同契，三年看未通。自從來白下，不覺入玄中。玅旨諸家晦，高談釋子工。伯陽如可作，應欲拜休公。

枕上

枕上不成寐，蕭騷百感叢。最嗔敲瓦雨，還恨透窗風。老鶴應棲竹，新蟬定隱桐。揚州幾時別，計日雪霜中。

小舠

南風翻北雨，齷齪小舠中。人氣繁增燠，炊煙黯不通。問愁真似海，屈背盡如弓。欻欻江光夜，漁燈一點紅。

蟲聲

四壁響西風，孤燈闇不紅。候蟲淒切處，江客寂寥中。物性知寒偪，詩思得爾工。適聞籬畔鬧，倏欻又牆東。

春暮貴池寄鄒祖尼門人鄂城

三十年前事，回頭一夢中。君今爲上客，我竟作衰翁。秋浦無端過，春風不與同。楚天空極目，歸去石榴紅。

和姚丹楓自壽六十詩

自來門祚盛，無復退之窮。抗手比干策，尋源給諫翁。菁葱千樹裏，爛熳百花中。景泰登科者，孫枝迥不同。

方奕于四松園

何處談心好？詞場有四松。到門幽侶集，出郭老僧逢。醉愛陶元亮，狂憐阮嗣宗。指頭書法美，片片小芙蓉。

劉超宗深莊

何處談心好？深莊在大龍。杏花十五里，鳥路一千重。畫意供真素，詩情比淡濃。長卿吾愛爾，安得竟相從？

再遊虎丘

名山題不厭，特補昨來遺。短簿祠前句，真娘墓上詩。愛僧休静室，聽鳥囀高枝。沓沓遊踪倦，擡頭日出時。

放鶴亭拜林處士墓

孤山林處士，墓傍四賢祠。綠草封詩骨，青苔掩石碑。梅花還幾樹，鶴步不相隨。放鶴亭前好，遊人一揖時。

所知貽我菊花一本九日對此輒傷小碧兼憶敬鸞

九日閒園裏，持杯獨酌時。酒非仙令送，花是麗人貽。對菊難爲説，捫心只自悲。廣陵千里路，幽夢各相期。

詠柳贈張夢敦

龍眠春半柳，青到十分時。依約橫山麓，飄颻覆水湄。自然招燕子，不止賽江蘺。笑問張思曼，風流似者誰？

花朝雨柬還山顛厓

不堪村裏住，苦雨妬花朝。繞屋青煙腩，窺窗赤電驕。竟摧東郭路，應損北門橋。一睡鼾鼾足，無端噪老鴞。

王价人以秋海棠見惠

此種嬌嬈甚，曾從鹿苑移。頗妨牆脚日，親置案頭時。縟緑翻難恃，嫣紅佩所貽。瓦盆三兩本，生我一秋詩。

豹人衲衣成

四海武靈服，君看淚欲揮。獨尋高士傳，特製老僧衣。穩著行樵徑，閒披上釣磯。山川不變色，莫笑水田非。

柳花飛仝然四念修作

春盡柳花飛，穿簾透紙帷。硯池還點點，陌上故霏霏。似雪慵沾袖，因風喜蛀衣。飄零同爾我，畢竟是耶非？

讀夢敦自書諸體近詩

靈運工書法，詩成必自書。近看張籍手，似把謝公袪。蝌蚪春塘曲，芙蓉秋水餘。不知先後輩，二寶得誰如？

留　草

緑遍園林草，園丁忽剗除。蛙攜兒徙宅，蚊結伴移居。幕客懽無比，山人悵有餘。獨留青一片，照讀北窗書。

花朝雨柬還山顛厓

二子高吟處，花朝是玅題。因風招紫燕，爲雨憶黄鸝。著屐誰行路？扶筇獨畏泥。郵筒閉詩草，自北復過西。

蓼城訪徐太史得眼見幽居好即用爲題

眼見幽居好，皋城西復西。青山皆畫境，緑樹是詩題。不信花源杳，真同栗里棲。金陵有詞客，早晚共攀躋。

野人家見梁上燕子

畫堂不見爾，茅舍復雙棲。湖海吾能辨，雄雌望轉迷。銜花頻出屋，拂柳未沾泥。笑訂芳園約，來須掠水西。

吴于庭遺齋

何處談心好？幽居愛遺齋。嶙峋幾片石，蒼蘚一層階。史論開人眼，詩題共我儕。玉堂虚左待，竟老北山厓。

徐羽仙煮字齋

何處談心好？傳聞煮字齋。烹煎二酉籍，增減六時柴。書法久推玅，詩情老亦佳。司空圖復起，壽藏已安排。

吳無齋函雲洞

何處談心好？函雲洞裏佳。古今兩工部，山水一無齋。舌上文瀾瀉，胸中武庫排。年來埜夫病，難得與公偕。

小坐堣齋豹人出無道人畫幅查伊璜内繡觀歎久之遂有是作

佳人與才子，雙幅爲予開。畫筆王摩詰，神針薛夜來。絶無指爪迹，惟見雪霜堆。珍重名家製，風流未易裁。

徐太史園連日雨客懷悶絶

畢竟天難霽，東風是雨媒。看人移緑篠，顧我惜朱梅。礎潤今猶昨，鳩啼去復來。客懷真悶絶，無計强登臺。

徐羽仙至

顛厓捐館後，我獨送君回。彈指三年別，驚心二月來。翠寨桐子柳，香帶練潭梅。篋裏新詩句，高吟對緑苔。

寄張如三吳門

玄墓真奇奥，方春次第梅。冰花十里合，晴日萬峯來。憶爾攜遊具，何人共酒杯？我曾同孝穆，夕照坐香臺。

張夢敦書來照濟孀女悲喜交集爰寄此詩

屢墮亡兒淚，兼愁孀女貧。爲依賢太史，思殺老山人。骨月煩君顧，肝腸至此真。捧書當落日，悲喜至頻頻。

偶然題畫即贈方竹西

遲速何須論？能工便出羣。片時吳道子，一月李將軍。山水詩篇合，風騷畫史分。請看吾老友，紗管狎煙雲。

南郊看杏花懷田公北園

客歲江天好，扁舟到白門。相逢桃葉渡，即問杏花村。此日遊南郭，懷君在北園。如何霞片片，不及共銜尊？

秋筍

秋林吾抱病，病起一窺園。欻見青蛇尾，斜穿紫竹根。霜筠風後落，雨籜夜來翻。數寸千尋勢，文同畫意存。

瓶菊

摘向秋瓶裏，閒窗竟日看。爲憐垂老色，不信落英餐。置籠嘗防鼠，貪渠覺勝蘭。鬖鬖小雪近，此意可淩寒。

八公山

望裏八公山，名傳晉漢間。劉安得道去，小謝奏功還。落日帆檣繞，孤僧指顧閒。近來何草草，不復可躋攀。

答馬一公

已自家淮海，歸桐亦偶然。業緣三世結，薄倖一公傳。未必疏因數，須知罵是憐。至今想劉四，吾淚更涓涓。

霉雨

是物經霉氣，難教更似前。衣裳貂半脱，書籍蠹全穿。欲曝無暄晝，將晴有伏天。燒香揀黄熟，祛濕想同然。

家未盡釁嶺山居

幽居隨處好，釁嶺即龍眠。人已藏山谷，衣須著水田。竹冠新勝舊，藤杖老彌堅。復此雙棕履，懷君佇聽泉。

鑷鬚自嘲

懶去窺明鏡，其如髭白何？墨莊分去少，葱嶺得來多。欲掃松邊雪，翻傷稗裏禾。小奚目力好，鑷政不加苛。

張齡若蟋蟀窩

何處談心好？良朋蟋蟀窩。悲秋有佳賦，對景即高歌。畫是關荆起，書超米蔡多。共人論古法，閉眼入禪那。

夏日村居即事

獨坐匡堂裏，終朝覩物華。燕巢惟苦雀，牛背不辭鴉。繞院君臣藥，盈欄姊妹花。更憐書帶草，縟緑透窗紗。

詠菊步徐太史韻

坐此東籬菊，終朝只看花。有如耽静女，還似玩明霞。較駱公爲逸，方陶我更賒。庭堅城裏好，忘卻舊山家。

噉櫻桃孫秋我忽見訪草堂

金斗饒名士，髯公名最彰。詩才謝康樂，書法米元章。以我頭增雪，看君鬢未霜。詼諧與調笑，總是舊孫郎。

四松自漢中解組歸里門

畢竟真才子，爲官非所長。左遷時輩幸，三黜古人光。歸計詩千首，逃禪水一方。浮山山寺近，須上遠公堂。

削鬢詩

三年不照鏡，照鏡輒悲涼。已點潘安雪，難消陸展霜。髮非心則短，白較黑差長。所賴僧刀利，公然號小郎。

錢飲光樂易堂

何處談心好？江干樂易堂。五松傳是宋，八桂説從唐。此物知音少，斯人衆口傷。野夫今共病，欲話水茫茫。

遠峯亭春望示夢敦

遠峯亭上坐，一望遠峯横。老樹青無比，流雲白欲傾。沙明連野氣，湖渺接江聲。日夕隅園好，春來晴復晴。

初春懷夢敦隅園

一片城西地，爲園即在城。花間烹岕氣，竹裏讀書聲。選石隨方列，編籬取次成。遠峯亭子上，春至聽黄鶯。

送羽先歸横山草堂

北山居幾日，把臂輒思行。小飲慙貧弟，孤吟送老兄。草堂雙燕語，花圃一鶯聲。定有歸來句，拈鬚倚樹成。

煙水閣晤王子雲 閣在郭鞏之明府署内

九江煙水閣，相見話油油。棐几新詩刻，牙籤舊酒籌。偶然思白下，只是哭黄州。吴障山頭好，期予獻歲遊。

張如三勺園文昌閣落成步方還山韻

巍築羣花杪，真堪竟日留。鶯聲林裏出，山色座中收。已跨張融舫，寧輸庾亮樓？六時皆可賞，不待月當頭。

雨後望梅山乞無可大師畫絹

一幅天然畫，吴儂半未諳。水聲新瀉碧，山色遠堆藍。欲借維摩手，中添居士菴。周妻與何肉，稽首事優曇。

悼亡詩 傷彭姬也，十八首。

去年春雨後，挂席到江東。柳值龍潭緑，花看虎踞紅。聞君多窈窕，見我實玲瓏。削盡鉛華色，蕭然林下風。

海棠追憶好，新月更溶溶。紅燭燒金屋，青衣夾玉容。鬟低初蓋錦，妝謝忽傳鐘。慙愧湘簾外，嬋娟十二重。

宛轉歸香閣，開奩揾淚時。助妝雙翡翠，暈頰片胭脂。花露傾還滴，珍珠數較虧。最難禁痛處，三尺緑雲垂。

何處金陵客，鄉園不暫歸。説來嗔虎冠，權與臥牛衣。樹未經霜老，花因著雨稀。昨宵感秋意，賦得雉朝飛。

玄武湖邊柳，青青二月初。只宜招海燕，何忍貫江魚？思曼當年似，小蠻一捻如。瘦腰今已矣，削髮上匡廬。

笠澤初歸後，炊煙半有無。饑來分雁膳，困極賣龍鬚。不怨黄金盡，翻憐白面孤。背人常謂我，絶勝霍家奴。婦有姊誤嫁平頭。

嘗歎白司馬，江行夜不迷。琵琶猶感妓，琴瑟敢忘妻？紫海人初返，青銅手自攜。照儂消瘦面，落拓舊京西。

漳州蘭幾本，是爾手重栽。油勒朝揩葉，香湯晚沃荄。自從支枕後，便未入園來。零落歸黄土，花時魂可回？

架上牙籤廢，書從友借頻。愛君藏綺閣，趁讀就花茵。一半知奇字，些兒悟夙因。文心與詩骨，髣髴廣陵人。

三載江南路，凶音次第聞。悲深王武子，淚盡卓文君。況值蘭初折，何堪玉已焚？烏龍潭上月，寂寞照孤墳。

不是尋朱葉，何由滯白門？水仙纔到几，山鬼便窺園。捲幔聞芳氣，提衣見淚痕。茜紅衫子在，高挂一招魂。

久未薰沈水，山房布被寒。西風吹枕席，秋雨滴闌干。蟋蟀愁中聽，梧桐病裏看。不知泉下客，可念舊悲懽？

是我閨中友，針砭不暫閒。換書金跳脱，買硯玉連環。饌未經㛹娌，茶纔命小鬟。送窮詩幾首，薄似白香山。

未註長生籍，雙魔隔歲纏。上池渾不驗，中饋竟無緣。易斷江頭荻，難開火宅蓮。謝公墩後路，望著即潸然。

未必休文似，何當重細腰。慰儂長命酒，看爾學吹簫。不覺商聲咽，遂令蕙草彫。雨花臺上望，人去數峯遥。

不能如陸展，染髮媚青娥。但有思鄉夢，徒深入世魔。賴君攄款曲，慰我涉風波。忽忽珊瑚碎，羈離喚奈何。

芳草吴門月，歸來祇自傷。難求不死藥，未得返魂香。簾外啼鸚鵡，簫中泣鳳凰。獨慙荀奉倩，强活戀他鄉。

不獨開奩後，傷懷涕泗横。香爐徵手澤，茗碗驗心情。針綫看猶在，鴛鴦繡未成。更餘殘藥物，老婢掇來傾。

詠　懷　五首

不是悲秋轉自悲，此生疇與託心期？幾杯緑蟻陶元亮，一曲青琴袁孝尼。蹀躞懶看千里馬，風華翻愛六朝詩。許多篋裏梅花調〔五〕，吹向傍人總未知。

青草湖如彭蠡湖，湖邊芳氣是蘼蕪。楚天未失延津劍，江岸曾埋合浦珠。照水淒涼雙鬢改，買山慙愧一錢無。寫成籜帽荷衣樣，好與村翁入畫圖。

吾欲問天天可疑，閒評往事幾人知？曹瞞諸將皆稱鬼，沈約偷兒定是誰？蟻穴何嘗無晦朔？雞壇亦自有偏裨。年來不與班荆會，獨坐花開花落時。

嶺海歸來一廢人，顛狂無那亦無倫。虎皮不肯尋羊覆，龍性堪憐並馬馴。許大湖山難託足，倘逢花竹即安身。因思廣漢青蓮子，紫水波中特洗塵。

三絶思來獨有癡，無才堪注楚人詞。出門也自題芳草，寄廡何心種錦葵？篋裏舊藏京氏易，案頭新買陸游詩。窮忙那得常開卷？開卷重驚剥啄時。

春日思鄧東之

東風吹柳是春期，社鼓青村賽會時。啓户正憐新燕子，攤書重見好花枝。適看左氏三都賦，還把江淹一卷詩。几上覓君君至否？珊珊也望夜來遲。

秋鶯同方還山張如三和潘木厓韻

早春天氣聽黄鸝，未是秋前結舌時。公子適啼殘柘樹，女兒錯望病楊枝。誰家弄笛空争巧，何處投梭反自悲。不信金風吹楚雀，昌黎還有雪鶯詩。

種竹寄張夢敦時客徐太史莘叟先生園亭

自來移竹雨中移，正是瀟瀟風雨期。爲屬老僧留宿土，更教童子記原枝。數竿不礙流鶯住，深院何妨有客窺？也共皋城徐太史，倚窗遥記密陰時。末爲夢敦原句。

遊香草寺

招提僻在碧雲窩，山脚行來兩箭多。索筆欲題新筍句，開窗貪聽采茶歌。洞無伏虎堪留犬，僧不降龍喜畜鵝。八百年間香草寺，蕙蘭春滿徧坡陀。

竹林橋看澗泉

雨後溪聲怒不休，澗泉別出更滮滮。野魚滅没銜新響，乳鴨喧豗下急流。初上板橋雙屐滑，旋攀竹子一杖柔。朱欄獨憑微吟久，恰好啼鶯和樹頭。

答莘叟先生贈別步原韻

蓼溪垂柳緑於春，攀著枝條各愴神。鸜鵒漫勞留舊客，烏鴉飛似送歸人。也知長夜青山路，無復芳時紫陌塵。洗耳亭前別離酒，吞聲猶自酌三巡。

蚤發高郵

高郵四面皆爲水，此日蒼茫趁早行。鴨睡不知侵曉色，鷄啼已亂刺船聲。浮踪我自身無偶，小閣人還夢喚卿。百丈相思煙霧隔，因風回逐廣陵城。

村居效白體

村居竟日少追陪，日望邗江信使回。乾鵲聲喧人未至，班鳩啼急雨旋來。小奚厭濕燒蒼朮，老婢當風進緑醅。醉裏不知山色晚，柱峯遥對射蛟臺。

答張如三雨中見懷

本無才具使人知，怪殺鳩茶老見疑。鑄錯已經成往事，逃禪端合趁來時。黑甜消盡梅天雨，軟飽吟多麥酒詩。張緒風流還念故，即今那得庾公斯？

勺園留飲同方還山許伊蒿潘木厓家石逋疊前韻再呈如三

乳燕啼鶯即舊知，緑荷白鷺不相疑。閉門可許僧來話，投轄先防客去時。案上圖書諸代史，手中珠玉自家詩。問余那日遊英蓼，須拜龍山張路斯。

潘蜀藻見惠酒品並示以詩疊前韻奉和兼呈四松先生

何人是我魏無知，君自垂憐世自疑。朝海魚孤難破浪，説秦舌在噪過時。獨銜潘岳瓶中酒，偏看方干壁上詩。並號世間多寶塔，畫堂常擁衆波斯。

次韻答方還山王甓亭鄧顛厓陳越樓時將由皋城遠涉

天風吹亂晚山松，斗室窗櫺面面封。狗監吾翻懷得意，蛾眉豈是妒昭容？久無雁度江千里，暫與雲離翠九峯。大道旁邊苦李樹，諸君漫擬是乖龍。

送姚經三郡司馬之滇南開化任

早春風暖入平蕪，才子之官琴鶴俱。江路南行吳地盡，洞庭西上楚天孤。黄陵廟後搴蘭芷，青草湖邊聽鷓鴣。過去雲山多曲折，不知可似武夷無？

龍眠山庵得天字

小霽輕寒二月天，山僧招我到龍眠。團瓢燕子雙飛入，隔浦鶯聲一對圓。有女尋釵紅杏裏，何人吹笛緑楊邊？撫心忽憶柴桑客，几上横琴不用絃。

詠水仙 二首

空林人坐苦寒天，箇箇花開髹几邊。不羡漢宫雙姊妹，真憐瀛海衆神仙。白分玉馬峯頭色，黄結金鷄洞裏緣。是處冰梅含未吐，江南春信一行先。

梅華未放草堂前，幾瓣玲瓏爾獨先。玉面不邀流俗賞，檀心須得我曹憐。隋宫羣黛誰分道？楊氏諸姨孰比肩？不欲上天聊在水，竟陵警句至今傳。

清　明

十載清明客裏過，廣陵三度秣陵多。青松故壠知奚侣，芳草遥天可奈何？怪我不歸惟燕子，笑人無計是鸜哥。春城楊柳當風緑，未敢高聲一放歌。

庚寅年三月二十五日兒復旦死於章江舟中手攜焚骨葬於玉屏山同亡妻盛氏一穴

兒逝章江百子村，舟泊百子村。手攜兒骨葬家園。恰同顧況誰娛老？不見顏饑一返魂。夢裏呼爺啼笑在，燈前檢笥褲袍存。三年未到屏山路，墳土於今草正繁。

無題

蕭寺頻傳漏盡鐘，芳心款語恨催儂。釵横髻溜春衫亂，篆冷香銷露氣濃。留得紫綃權贈別，漫歌團扇怯相逢。騎驢追婢尋常事，里巷何人恕仲容？

泊東流大風雨連日懷小碧有作

大江今古此東流，偶泊東流縣外舟。蘆荻强隨風作勢，芙蓉全爲雨低頭。客因把盞談無悶，我自懷人到莫愁。何日小窗停繡譜，水沈一縷話油油。

牡丹亭在畫樓西還青舊句也懷還青輒誦此

居庸關外草萋萋，倦馬悲鳴日欲低。老愧終軍猶浪迹，貧如原憲定何棲？桃花四月聞邊雁，麥葉連塍見野鷄。別後獨吟風豔句，牡丹亭在畫樓西。

送潘蜀藻遊彭城兼致李溉林憲使

晏坐茆亭日未曛，木魚清磬隔溪聞。憐予已是投林鳥，怪爾翻爲出岫雲。紅藥竟殘空贈句，緑楊雖好忽離羣。彭城跨鶴歸來早，莫忘家園舊此君。

九江舟中呈王子雲

楚國先生天下才，卅年前到皖桐來。只今陵谷都移位，欸在江沱共溯洄。小艇孤燈長夜雪，遠村荒圃斷橋梅。傷心同是無妻子，蘆葦蕭蕭哭不回。

八月八日廣陵書至輒有此答

哭罷長干掩鶴廬，若蘭何處致江魚？細看是爾蠅頭字，私愧形吾鳥迹書。但有悲愁雙札裏，更無月日卅行餘。向來落盡風聞淚，預擬歸時一笑除。

園亭

園亭是處潔如初，惟有新增涴不除。鶴糞任遺花下路，燕泥留伴案頭書。燒香手自添爐火，讀史時常撿蠹魚。日暮高林蟬噪急，臨風獨憶廣陵君。

方還山之廣陵

江上千峯與萬峯，君行未許説龍鍾。陳登晚節豪如舊，謝傅看山門不封。豈有期功聽絲竹？時坦菴先生新逝。將無酬唱怪疏慵？去年病裏傷心句，彈在冰絃也動容。

駱柳州念菴

大守歸來春色徂，江程嶺路各無虞。也因客比梅花瘦，誰覬官同鶴相癯？一硯未持須廢墨，片香不帶可燒爐。箑頭閒寫宗元句，手植黄柑三百株。

聽雪齋爲張禹仲兄弟別業作

看雪何如聽雪宜？古塘深處水聲奇。欲删浮渡峯頭瀑，好當康王谷裏時。畫筆那能招北苑？石交相約坐東籬。不須采菊重陽節，滿眼桃花佐酒卮。

初冬過蛟臺孫不害止予精舍述往有作

十年不到射蛟臺，到即戈船阻溯洄。山寺曉鐘孤客淚，江潮夜雨故人杯。菊花還繞東籬立，茗荚名從北苑來。刻燭孫郎空作者，古今豈獨竟陵才？

作家書竟寄伯兄

家書封後釘還開，别緒勞勞取次裁。爲説黑貂常著雪，可憐紫塞未逢梅。燕山不載文犀去，桃葉空攜小玉回。縱使柴門喧喜鵲，老兄常望弟歸來。

雨霽木厓招同綏人彦升江灣看桃花時花已殘木厓得殘花誤認是初開之句即用此爲起句 吾輩各製一詩

殘花誤認是初開，幾片朱英照緑苔。何止佳人當半老，卻憐好雨未全摧。安仁必踐壺觴約，玄度親辭講席來。爛醉夕陽三四子，野夫放脚獨先回。

石漢昭午日遣人送酒

天中好雨滴閒階，誰叩柴扉送臘醅？自念今非黄菊節，卻煩君遣白衣來。左思詞賦當年重，石介丰稜舉世摧。二子生平皆好我，竈門屢次爇寒灰。前一日橘亭有贈。

秋夜夢林非齋老師 先生諱佳鼎，莆田人，甲戌進士。督學嶺南，首拔予冠童子。

原是桐山老布衣，七絃琴裏賞音稀。先生輒有鍾期鑑，後死終同方朔饑。三水見騎箕與尾，十年夢失瘦過肥。先生癯然鶴立。今宵魂到羊城路，執手依然醒又非。

方當時廣文之無錫拈此送之兼致顧天石

眼底行裝書畫全，蓼花蘆葉送江船。同人多處三吳地，之子長征八月天。莫厭廣文官獨冷，可知名士意堪憐。峅茶不遠梁谿路，到日須烹第二泉。

贈蓉江陶誕仙先生

池塘春草已經過，入夏園林竟若何？我夢大家三月裏，君言往事六朝多。松聲弘景饒清聽，菊瓣淵明摘滿羅。不信廣文官獨冷，愛招詞客酒如河。

送潘括蒼之官吳縣學博

三十論年潘騎省，用龔宗伯贈吳園次三十句。早知三十是明年。登壇前此稱名士，司鐸從兹抗昔賢。宋胡瑗教授蘇、湖。橋梓詩文天下讀，竹林詞賦世間傳。于今好詠佳山水，休説寒氈老鄭虔。

輓石維昭 二首

賦鵩人剛三十三，石郎閱世也相參。金山寺畔留鴻迹，鐵甕城邊寓草庵。客死鎮江僧舍。子敬倏亡琴復喪，押衙已逝劍誰談？不須魂痛秋原裏，生得蠙珠若箇男。

三株樹本太原遺，兄不尋常阿弟奇。豈料君先登鬼籙，卻招魂至薦江蘺。青衫客子難傳影，白社僧人肯放眉。最是嶺猿腸斷夜，一聲天罷一聲兒。

次韻寄范湖居

竹林茅舍水牕通，不與楸枰樣子同。譬則古文辭妙處，參差曲折大家風。

校記

〔一〕憎　疑當作『增』。

〔二〕□　原刻如此。

〔三〕□　原刻空一字。

〔四〕□　原刻如此。

〔五〕篴　當作「篴」。

龍眠風雅續集卷十六

木厓潘　江蜀藻輯

姚士堅

字庭若，號静齋。端恪公第三子。年十二能文，父友太史王頣五見所作漢景帝論，驚爲良史才，端恪公亦器之，勗以詩曰：『相期讀史惟今日，莫浪談詩在少年。』於是，益殫精史學，作歷代帝王世系考、歷代年表二書。每侍端恪公，詢一事，原委井然，命小史取某史某傳第幾頁幾行，驗之無爽。尤留心明史，隱爲己任，網羅野乘最夥，其考定敘斷甚詳慎。後游秦、晉、燕、趙、楚、豫之地，又時時從土著、老卒游，訪明末軼事筆之。論者比之孫甫唐書云。性孝友端直，好急難，被服寒素，與人交謙不自勝。少時立邪淫戒曰：『父母遺體而縱欲自汙，可乎？』作不可不可録四卷，鋟諸板，恐怵獎勸，歲率來會者盟於神。嘗游金陵，友人夏無見治具邀之，到門聞名妓某在坐，曰：『僧律：隔壁聞釵釧聲名破戒，可更共杯酒乎！』不入，人以是益欽之。邑西挂車河爲入省孔道，跨木橋其上，雨後萬山奔流百餘里，往來苦之，又行者至橋之半，水暴漲，距岸纔數尺，進退不得達以没。而甲寅、乙卯間，羽書旁午，使者相望於道，至則念：渡河以溺死，不則誤軍機亦死，策馬奔湍流中，僥倖萬一，濟而卒不免者什七八。公慨然曰：『何忍乎人之魚也！』於是造小舟濟急足，旋募建石梁以永厥利。端恪公位副憲時，侍閲文卷，恆至丙夜，不少怠。因著讀律摘抄，端恪公實資之。歲大祲，捐貲勸分設粥廠，躬經紀其事凡數月，如是者再。病則施藥；寒則給衣絮；貧不能嫁與娶者，助之；不能殮且葬者，賵之。以爲常。公雖貴公子乎，家故貧，然樂此不爲倦也。美鬚髯，善言笑，飲酒至數斗不亂。而談古今人物成敗治亂、山川奇勝之迹，掀髯四顧，聽者忘疲。精九章算法及六壬書，占多奇中。公早負大志，未克展厥用。餼釁宫二十餘年，以明經貢於鄉，年未及艾卒邑屋中，知與不知皆欷歔惋惜。平生慕邵康節之爲人，顔所居室曰『邵窩』。其於詩非所好，而興至援筆，直抒胸臆，不屑屑絺章繪句，凡十餘卷，要不及其古文什之二三云。

遊槭崖

渡溪頻折路，攀石歷崔嵬。老槭縣崖得，清泉樹杪來。小奚迷送茗，老圃議傳杯。青壁新搜好，流連未遣回。

憶外舅方邵村先生

北風蕭索滿庭除，驚喜天涯寄鯉魚。展讀未終横涕泗，八千里外數行書。

送五兄北上就姻王紫蘭先生郎署 二首

共被西頭二十年，分攜此日兩茫然。雙棲海燕期初夏，獨轡花驄走大燕。坐席奮衣當粉署，燃藜閉閣落芸篇。尊前惜别無他語，屈指歸程菊月天。

畫省垂鞭退食遲，趨庭共待月明時。十年山墅孤春草，三月離亭折柳枝。人説陸機先入洛，家推何遜最能詩。閒過舊第憑欄眺，槐蔭交加覆石墀。舊第廳事一槐，予手植也，今應盈拱矣。

平定州土屋

井陘天設險，土室地爲梁。傍岸因穿户，留坡便作牀。納明開小牖，出爨透微窗。遥睇多煙火，人家竟渺茫。

新店道中 距壽陽縣四十里

萬山深處夕陽天，獨騎行吟思渺然。派派川環分更合，峯峯霧鎖斷還連。白留巖畔春前雪，丹溢河稍雨後泉。河水渾赤。卻笑違城剛半舍，絶流十九度揚鞭。

祝宋艾石世兄

太行東擁勢盤紆，第一名流駐隼旟。楚國餘陰棠在野，幷州初沐雨隨車。時司晉臬，先參楚政。訟亭間閉韓公閣，幕府常縣興祖魚。白鹿已瞻雙夾轂，槐庭虚左下除書。

詠廣平内史草書 爲宋世兄叔婦作

翩翩公子雅冰清，草聖妝臺更早成。顔筆翻憐新婦得，衛書堪亞若翁名。尊公姜先生書法馳名山左。晴窗佐讀風前展，綺閣清吟月共明。愛殺松綾題大字，高秋霜鶻健縱橫。

三月十四日有感

殫力承顔二十年，由來甘旨不論錢。猶聞大母彌留際，語語京華病婦賢。大母倪太夫人病卒里門。病篤時，以先慈目恙爲念。

和廣陵女子壁間韻

關山浩浩暮雲遮，逆旅悲吟點筆斜。莫望徐郎還有鏡，可憐蔡女竟無家。繫書到處逢歸雁，沾絮來年更作花。争似紅顔隨逝水，空餘血淚染琵琶。

午節劉扶宇太守貽壺榼賦謝

榴花拂檻敞朱筵，恰是新涼初霽天。久客忽驚佳節近，授餐真感使君賢。作霖政最禾同穎，開閤賓來榻不縣。況值扶風歌喜雨，家家新泛酒如泉。

送卞又徵之平陽

京邸神交舊，天涯聚首新。相憐經歲客，俱是未歸人。況復悲秋至，那堪送遠頻。淒淒今夜月，偏照別離身。

李子性若納第五如君 有序

蓋聞文人寄興，温柔到處爲鄉；而絡秀于歸，門闌從兹多喜。赤繩將繫，不遠千里而來；庶士載求，僅見七梅有寔。既值賓鴻之候，允爲挽鹿之期。二八而笄，正金屋懷春之日；三星在户，看藍田生玉之祥。應知我見猶憐，還能前抱；莫使後來居上，甘比積薪。他時燭照，暮簾或有忍寒之誚；此日妝成，曉閣不厭畫眉之頻。新孔嘉而舊如何？盈盈三五，共協于飛之盛；宜子孫而宜家室，森森芝樹，行看繞膝而吟。屬在石交，敢忘燕賀？余也草荒深院，鎮日垂簾，萍泛天涯，忻逢御李。雖蓬蒿滿徑，居然張仲之廬；而風雨相過，時命拾遺之駕。七寶花障，但願聞聲；五彩雲箋，行看主記。祝房中之多子，先獻石榴；知車前以宜男，載歌芣苢。爰裁五韻，用耋百年。

西北佳人昔有聞，巫山何必羨行雲？蘭花有夢看宜子，樛木多情望細君。第五祗今新獨立，三星可念舊爲羣。應嫌二仲常鄰近，間一相過到夜分。

何子玉其雨中過訪

淅瀝聲聲曉夕聞，起看四野又同雲。詩書静對當知己，風雨情深獨有君。久謝賓朋甘寂坐，喜聽剥啄是吾羣。新詩句句堪欣賞，細論從教夜色分。

懷里門兄弟

樓上寒砧處處聞，客心終日盼吳雲。書聲課弟煩家督，雨夜連牀憶卯君。一自廿年皆共枕，何堪二載獨離羣？最憐此夕團團月，可有清光兩地分？

懷五兄時侍大人京邸

京師消息此常聞，北斗依依望白雲。琴劍他鄉猶故我，晨昏子舍獨勤君。年餘離緒衾纔共，别後新詩孰與羣？卻憶桑乾攜手日，春分不覺已秋分。

夜雨獨酌

蕭蕭木葉數聲聞，星霧依稀起片雲。翫月那能同法喜，學仙便欲訪茅君。淒淒夜雨留人醉，陣陣悲風送雁羣。誰道高秋秋便爽？陰晴屢日未能分。

獨酌遣興

促織聲聲向夕聞，新晴天際總無雲。思家步月人千里，懷古何心詠五君？知我即今誰鮑叔？忘年端不識陳羣。可憐雄伯紛如許，久矣難將石玉分。

招李何二子同遊西頂

西頂崚嶒舊所聞，山連塞北樹連雲。何妨選勝成孤往？偏喜尋幽共二君。新句任攜搔首問，高崖不與衆峯羣。也知作伴無多日，況復秋光已十分。

席散後何子復同余聯轡過小寓賞月

良宵寂寞與君同，酩酊垂鞭到桂叢。幾句新詩敲夜月，數行歸雁叫晴空。旅廚自愧無兼味，沽酒還堪敵朔風。不是故人能過我，可堪獨坐露華中。

九日沁州登高遥同何子玉其限韻得重字

令節他鄉客屢逢，最高峯上也停筇。山從汾北千崖繞，水向城南一澗封。觸目總無籬下菊，迎霜剩有道旁松。登臨望遠情何限，燕樹吳雲千萬重。

潁川送翁子與歸高郵

蕭寺喜爲鄰，班荆正浹旬。丹青時在壁，風雪伴行塵。濟勝老逾健，微酣筆有神。片帆歸去駛，愧我倦游人。子與善繪事。

五日榴軒榴花大放阻雨不得觴詠二兒以詩見懷依韻賦和 三首

鎮日風聲逐雨聲，蹣跚屐齒不堪行。晴來便過西頭醉，何必榴花照眼明？

十年卻憶讀書聲，細論新詩花下行。酩酊連牀還得句，最宜風雨到天明。

數載風塵日日新，每逢佳節索居頻。今宵縱不同沈醉，也勝年年岐路人。

題張昉若畫唐子西山居志圖

山水情深寄薜蘿，吳中高士此婆娑。拂牆新柳枝枝弱，礙石溪流細細波。五嶽堪容宗炳臥，一丘真覺幼輿過。煙雲几席宜招隱，風雨浮家笑志和。

夜宿任橋風雪大作枕上口占兼懷十一弟和吳方東韻

無端宵半寒威重，風入重衾雪打牀。影射窗間清皎皎，聲蟠枕上遠茫茫。艱難村酒驅長夜，容易歸心到故鄉。幾度苦吟吟未穩，欲將幽夢詠池塘。

冒雪驅車夜至廬州城樓戍鼓已三更矣賦寄十弟

經旬凍雪灑征裳，日日驅車夜未央。古道霧迷沙徑合，戍樓風送柝聲長。憐余歲暮衝寒苦，念爾秋晴着屐忙。卻羨承顏當此際，開樽煖閣有餘香。

南歸道中口號

少婦孤兒泣路隅，單衣赤脚雪中呼。人間多少丹青手，誰爲君王繪此圖？

余向讀書廳事之旁即大人丈室也今夏爲長兒畢姻於此因於内齋隙地小搆半間爲静習地顔曰邵窩同二兒十一弟小酌步大人丈室原韻

結搆雖云小，幽棲也自如。興來還把盞，倦起亦攤書。一几孤燈静，雙趺百慮除。叩門來伯季，獵飲莫教疏。

又因階前種蓮限蓮字 二首

小築倚樓前，經營亦有年。膝容一笏地，眼豁萬重天。花影牆頭過，書聲閣内傳。棲遲隨境得，何必在林泉？

爲愛濂溪老，觀蓮學種蓮。擔泥來郭外，移甕就窗前。種自樅陽得，花思梅熟天。相期頻載酒，莫惜杖頭錢。

二兒招同諸友酌月深柳讀書堂

圓坐傾□納晚涼，盆花遠餉讀書堂。十一弟送秋海棠。離離月下沈疏影，一幅天然墨海棠。

過茲園訪二兄不值 二首

茲園不到甫經旬，花徑柴門一一新。半畝方塘深樹裏，牆頭山色故迎人。

衝炎興盡卻言旋，何日披襟北牖前？便摘園榴還採藕，弟兄酬唱晚風天。

偶坐茲園納涼因憶深園

到來不覺暑全除，嫩柳高梧日影疏。恍坐深山最深處，深園深處更何如？

岸舫酌月懷十一弟

臨溪小閣宛如舟，月下澄潭影上樓。歷歷溪山皆在望，季方何事不同游？

二兄坐春水船中招之不來

秋月盈盈秋水天，秋山紅葉滿林鮮。此中別有桃源路，莫戀人間春水船。

懷仲兄 時宿松茂嶺享堂

憶丁未春與仲兄侍嚴大人京邸，時母服初闋，未卜佳城，酒酣以往，各言所志，涕泗滂沱。余云：『但速得吉兆，松楸有托，即功名遲速無復計耳。』仲兄則云：『我意小異，若能衣錦言歸，徐事松栽，即吾母亦含笑九京矣。』越二歲爲己酉，而仲兄果雋北闈，余亦於是冬同諸弟奉母歸此。至今秋，予凡四放南闈矣，而仲兄且珥筆承明，扈駕口外，壯游萬里，親覲天顔。余也顧瞻墓木，鬱鬱葱葱，言念當年，不覺三歎。

仲兄通藉久，余也尚諸生。酬志三年事，悲歌十載情。山深風浩浩，月徹水盈盈。手植松成把，風來亦有聲。

冬日侍張師同箴我十弟游深園和張師韻

陟巘迎流到社壇，背風丹柏敵霜寒。溪山欲盡漁樵斷，忽有柴門隔水看。

聞兹園芍藥盛開柬二兄

聞説兹園勝事繁，盈階芍藥竹生孫。杖藜欲過探春色，先遣奚童一叩門。

兩甥搆小室於檜軒之旁以奉吾妹顔曰陸舟十弟作詩美之余輩屬和

深園岸作舫，此地陸爲舟。小搆能容膝，攤書當卧游。北窗風勢迴，空際檜陰浮。即此堪承志，何殊百尺樓？

邵窩酌鱘走筆招大姪同飲

百里江魚至，三年家釀開。莫嫌兼味少，暫輟夜書來。剪燭論文細，吟詩擊鉢催。山□□酒量，堅坐看傳杯。

秋仲侍張師四叔二五兄及十弟飲崇修姪樓上看月即席限居字和五兄韻

我亦愛樓居，相邀興不虚。庭中一月皎，窗外數峯疏。蟹剥霜前味，盤登臘後蔬。把杯同得句，次第索箋書。

皖寓夢遊茲園

竟到茲園裏，池乾水欲平。弟兄投轄興，甥姪讀書聲。驟雨連山暗，清流繞舍行。鄰家鷄喔喔，身忽在江城。

茲園芍藥盛開二兄云少遲當折柬相邀賦此速之

淡雲籠日養花天，細雨輕霑色倍妍。便欲叩關看爛熳，何勞遠折五雲箋？

送十八弟挈家入山

幽棲余有願，喜爾獨先行。挈室羣山裏，誅茅三徑平。經營當首夏，板築趁新晴。十畝兼秔秫，千章間栗橙。崖陰茶早碧，林密鳥繁聲。春水村村匯，奇峯面面横。交游看易淡，心迹漸雙清。操作萊妻共，籃輿稚子擎。清温休戀戀，岑寂莫怦怦。孟樹書堪讀，陶田力可耕。安貧即養志，閉户自成名。逋客鳴騶日，移文爲謝卿。北山移文『爲君謝逋客』，又云『鳴騶入谷』。

賑粥紀事詩步家伯兄韻 四首

拯饑皆有志，不用發長歎。米向仁人乞，緣隨十日餐。首事者各輸米五石，且供十日之餐。施柴來嶺外，買水自河干。旱餘井竭，買水繼之。不覺春將半，花開到蕙蘭。

停炊歎已矣，片札到山城。百石天中至，千人匝地聲。吳公五崖捐米百石送廠，公時校士中州。釜鬵重舉火，襁負慶更生。四境嗷嗷者，牽衣踏雪行。

爨火光如晝，三更月未斜。沿山人待露，滿釜粥開花。煮粥以釜中開花爲候。殿上梆初動，階前靜不譁。散粥以梆聲爲度。啓扉魚貫出，踴躍趁生涯。

麥熟兼時雨，嗚鴻不用哀。年從君意卜，恩向日邊來。徐大中丞疏請蠲荒幷改折，悉荷俞允。白粲輸花縣，李明府屢次捐米。常平檄柏臺。中丞檄發常平倉。欒郊隨處是，歸去莫徘徊。收廠後時遠近饑民皆焚香泣禱，不忍別去。

舟發樅陽門程子上追至作半日談

江干纔解纜，顛蹶故人來。揮手遥相語，停橈莫遽開。一從經歲别，此去幾時回？坐話頻移席，茶鐺手自催。

江行

下流江面闊，南北皆夷曠。兩岸盡蘆葦，水發隨所漲。窮渚與没州，奔漫一何障。溯流皖之南，南岸山連嶂。岌岌攢霄漢，巖巖紛列仗。一磯復一磯，水石莽相撞。轟轟鳴霹靂，震撼不可嚮。湍轉日月奔，浪擊星河盪。下水點輕篙，離弦矢欲放。溯流如登天，艱難難具狀。我來忻有托，東北風勢壯。揚帆直上磯，乘風破其浪。水力與風持，中流忽悒怏。雄飆逾怒號，踴躍乃得上。百里笑談間，稽首謝神貺。天時勝地利，意外非所望。彭澤酒莫沽，待沽湖口釀。

小孤山

雷港東南望，孤峯筍插雲。悠悠驛樹過，冉冉午鐘聞。卷石中流峙，長江終古分。乘風上急水，帆影各紛紛。

柘磯堂是大江鄱湖兩水匯處

柘磯堂在望，二水不爲羣。高下江湖異，東西清濁分。江水高湖水尺許，湖水清徹不淆也。遠帆浮木末，白浪接朝雲。雉堞山城小，波濤日夜聞。湖口縣。

湖中望匡廬不見

注目望匡廬，白雲遠摇曳。奇峯不可見，但見夏雲締。峯腰彈丸大，倏忽連峯蔽。濃淡俄頃間，山天兩迢遞。誓欲待雲開，峯峯一凝睇。河伯助余風，風帆不可滯。雲端露微黛，直與天相際。或是五老峯，示我以頂髻。他日陟其巔，英英入我袂。陶宗遺迹在，高風如可繼。

登青蓮寺江天閣和談司馬念若世兄壁間韻

楊子洲邊晚繫船，居人指點説青蓮。相輪猶是將軍澤，塔是前朝劉將軍綎捐資建造。高閣俄成節使緣。佟中丞建閣。衮衮長江縈檻牖，寺三面臨江。依依梅嶺起雲煙。新詩白傅真堪並，司馬風流此地偏。

上藍寺老僧話舊

丁亥鐵柱宫，浄水碗忽鳴。嗚嗚若有訴，滚滚如沸騰。易之更復爾，五日不絶聲。未及期年間，欃槍晝縱横。王師自天來，三旬濠其城。困獸殊死鬬，自春復至春。薪爇棟梁盡，釜羅雀鼠烹。斗米銀五兩，升米珠半升。夜深間作糜，糜香四處聞。兵民尋香來，奪糜争殺人。小校倏向善，折柬延衆僧。三日不得出，化作釜中羹。知者但飲泣，守死不出門。羸弱與婦女，食之不復云。逆賊既授首，殘黎亦同弃。白骨積如山，殺氣暗乾坤。盡日城中走，所識無一存。存者殘僧八，稽首感佛恩。承平方二紀，癸丑碗復鳴。吁嗟一老僧，三生此地人。

囑寺僧汲香爐寺水烹茶時適有饋北源新茗者

聞説香爐寺，清泉不染塵。倩僧盈甕汲，有客餽茶新。皜皜三江水，芬芬四座春。炎蒸頓覺盡，不問五陵津。

貢次井惠畫賦謝

雲樹溪山位置新，天然丘壑不由人。歸裝莫訝清如許，滿載煙巒未覺貧。

入栗園觀壁間報香歌諸詩戲和

初霽山中雪未殘，梅花映雪耐人看。壁間新句都堪賞，斗酒高歌興不闌。

和二兄遣力送藥酒韻 時山中大雪

梅花雪瓣亂交飛，中有幽人深下幃。谷口犬聲喧不住，擔來臘酒浸當歸。

又柬謝二兄送酒

空林萬籟夜深稀，風静幽泉到耳微。長嘯一聲山月悄，數杯藥酒失寒威。

有述南郊游人之盛者賦此荅之

桃花十里豔陽春，花下迴風觸處新。深谷幽蘭香細細，殷勤伴我閉關人。

示二女 二首

三旬不見瘦如斯，含淚相看不自持。我痛在心汝在手，九原可作涕交垂。內子病篤時，二女刲股進湯，復延九日。

彌留一刻值千金，九日重生慰我心。强飯久乾孫楚淚，今朝爲爾更沾襟。

十弟餉余新樽冬筍賦此謝之 二首

晚風淅淅晚寒初，獨步空庭星影疏。判對孤燈從漏永，何來新酒又新蔬？

冬筍今年似去年，烹來白水色香全。無端卻憶文居士，晚食偕妻一惘然。

十一弟念予岑寂風雪中馳柬相邀詩以代柬

索居無一可，或與酒相宜。糟牀三閱月，支離一至斯。良朋苦口際，胡枚臣。兄弟涕零時。我心匪木石，能不感且思？不能追邴子，且復限多卮。誓言誠旦旦，廿杯以爲期。懽餘限已竭，陶公真我師。酒節語亦寡，氣與神相隨。願言終身佩，肯云崇朝移？日來朔風厲，急雪滿疏籬。嗟余形土木，寒慄不自持。只可深閉户，孤燈飲薄醨。滿籌便就榻，醺然到皇羲。若復稍深坐，寒欺酒力微。醒醒直到曉，百感相交馳。況復遠赴酌，深更獨自歸。寒威四面入，中人不自知。我運斯不辰，吁嗟母乃危。狂飲與節飲，失意總皆非。卯君念岑寂，折柬遠相期。北山雪際天，眉閣尊可攜。願言率羣從，竟日倒接羅。感子意肫篤，聊復寫此辭。且俟風日融，索酒坐前墀。開懷一痛飲，慰我老狂痴。倘肯賁然來，破我愁與悲。中饋雖往矣，旨蓄頗多遺。遺酒尚盈甕，爲君一啓之。

盆　蘭 二首

盆蘭春又盛，新舊葉參差。花較深山早，香於曲室宜。臨風憐弱質，映月喜多姿。對酒狂歌發，停杯忽有思。

昨歲桃源曲，尋幽共老妻。移來深谷裏，栽向鏡臺西。護葉風常避，觴花案每齊。不堪追往事，對爾益含悽。

新茶寄二女

開園初夏曉雲天，採向峯頭帶露鮮。瓦合封題貽織素，好烹河水餉姑前。

樓頭囑雨

閒對西山一舉罇，無端煙雨滿城昏。東風倩爾吹雲散，明日看花到遠村。

速主人往南郊看荷

芙渠灼灼葉亭亭，莫爲輕陰屐便停。縱使看花偏遇雨，滿池滴瀝最堪聽。

雨中戢影邵窩十弟索硃點定通鑑口占贈之

高樓煙雨四邊來，遥睇連峯霧不開。獨坐小窗點周易，恍疑身坐小蓬萊。

入山採茶偶至黃家河看杉苗忽傳客至余喜曰必余子艾遷馬甥仲昭也遇諸塗果然信宿探奇又得霏玉巖之勝口占紀之 三首

幾年培灌力，今日試新茶。摘葉母沾露，壅根喜帶沙。香從微響發，入焙如爆豆聲，良久乃發香。碧向霽雲加。色以晴勝。更愛初冬候，山山茉莉花。

乾茶連卜夜，小寐竹風邊。偶爾扶笻起，悠然信步前。沿流四五里，辨樹兩三年。有客來相訪，鄰翁促我旋。

縱談別業勝，山水以真奇。異石高低立，清泉向背宜。怪偏擅地勝，拙不受人移。千古誰知此？柳州或庶幾。

山歸得二兄家書喜賦

纔自山中採藥旋，捧來手扎意殷然。揮觴莫訝懽無限，往返炎蒸路五千。時奉差自遼陽回。

典券還時手自焚，石田數畝免紛紜。堪憐范史如冰署，底事攢眉念卯君？

憶庚子秋山中打栗歌有提籠寄高堂三百數還溢之句感賦

弱冠桃源曲，高秋栗熟時。持竿落箇箇，緣樹摘枝枝。撰實兼封識，提籠更賦詩。忽焉二十載，往事不堪思。

秋　懷

陋巷簞瓢士〔一〕，不聞索負人。方知心少累，自與道相親。公子貧非病，吾翁廉益真。悠悠世俗喙，鄙我覺無因。

柬朱道于明府

本爲饑驅出，途窮更異鄉。米從仁祖乞，莊慮陸家荒。覥面言辭拙，虛歸道里長。深情托尺素，舊好莫相忘。

客新安聞三兄來旌陽余適以目病未能往晤遣使代柬 三首

寂寞新安客，聞君馬首東。離悰七載内，良晤片時中。命駕晨將發，微痾不可風。如何一舍地，姜被邈難同？

莫問別來事，蕭條非故吾。向平婚嫁逼，張愈笑吟孤。歲儉經營拙，途窮車笠殊。生涯詩酒外，冉冉白生鬚。

本爲饑驅出，到來翻苦饑。虛期那可副？廉吏太忘機。静對霜林晚，閒看旅雁歸。知君深念我，搔首對斜暉。

綸如招飲太平寺和綸如韻

飯罷攜筇便出城，西干爽氣已相迎。遠公酒許淵明醉，阿惠詩先康樂成。練水遠從千壑會，黄山晴見數峯横。厭厭不覺歸來晚，新月俄從樹杪生。

觀江允凝黄山圖

黄山圖凡百，精妙世無匹。百幅山勢連，奇峯争崒嵂。水静若鏡明，動若飛鳥疾。松柏竹楓藤，丹翠各秀逸。人物與花鳥，生意都勃勃。亭臺及蘭若，種種不相襲。自有此山來，未有此妙筆。就中仙僧洞，筆勢尤奇放。飄飄一老僧，振錫青霞上。獨入此洞中，含吐清虚況。竹松冠石巔，足下雲摩盪。積水穿松石，恍忽從天降。水雲浄窈冥，天嶺氣遼曠。此洞自千古，流傳罕佳句。將無太幽深，游人或窘步？吾便欲誅茅，來此洞中住。裹糧尋圖入，窮幽更作賦。陵谷有時遷，此圖無來去。大矣丹青力，必有神物護。借問圖者誰？此山江生注。

紀夢

我愛黄山圖，擬作黄山記。夢中揮毫素，慘淡經營意。展圖几案間，山妻笑來視。君愛此圖乎？爲君繡一織。信手施鍼線，縱横紛位置。且繡且談問，酬問及家事。因言我有妹，蚤年適江氏。君今在新安，問其平安未？卿妹纔兩女，唱隨有夫婿。雖從患難後，家産未蕩廢。且談復且默，各自運神思。門外風雨號，几上燈摇曳。窗紙獵獵鳴，毛髮爲辟易。君繡倏爾成，逼真了無二。鋪海白漫漫，高峯浮數髻。瀑布飛上天，古松低到地。楓柏與竹柏，丹翠相掩蔽。一石復一石，石石凌空峙。一峯復一峯，峯峯向人媚。危橋松作欄，絶磴梯可至。亭榭峙佳處，谷口深藏寺。人物與舟騎，一一皆工緻。幅首各標名，篆隸楷行字。只此數尺絹，黄山取如寄。芥子須彌納，尺幅千里備。卿卿誠妙才，慧敏不思議。記成當作跋，寫此妙手技。拂紙重研墨，走筆以相示。卿忽發長歎，寒威夜深萃。旅邸好自將，眠餐莫顑頷。君記待明朝，余亦從兹逝。挽衣不可留，淚下空沾臆。夜雨響空階，滴滴愁人淚。

得家書因憶三兒

汝兄昨有信，云汝病全安。實語誠爲喜，虚言且自寬。持書緘復視，把盞醉重懽。惟疾憂惟我，身心莫浪看。

冬日同江允凝汪東大啓悟師游問政山因過擊竹庵訪悟然上人

逶迤來問政，十里竹參差。仙迹于今在，聶仙古迹甚多。高人不可追。行吟吾輩事，杖錫老僧宜。爲煮春前筍，鮮香尚若斯。

江允凝移樽小寓共用燈字

寒扉晝半掩，短袖手如冰。好友來三徑，清樽攜數升。藏鉤推弟子，醉眼視高僧。夜月當軒出，頻吹席上燈。古詩『月出夜燈吹』。

奉和曹篁峙年伯見賜之作並謝惠近集法書

筆硯焚餘老尚親，如林著作總清新。文場于古堪三絶，高士而今第一人。每望雲山思白社，何期邂逅奉清塵。頒來詩字真傳世，蕭瑟歸裝喜未貧。年伯居婺源村中，偶至郡城，余幸得瞻謁。

將發新安江漢石年伯留飲席間感賦

爲憐風雪苦，折柬且留行。款款一尊酒，依依十載情。高年狎匕箸，青眼健縱横。陟岵徒瞻望，哀哀百感生。

五兄署歸夜讀二兄候之小酌久之不至詩以速之共用聲字命余輩屬和

清華數載也崢嶸，何事商音太不平？薇省西暉慘淡意，每武功館課竣輒搆一藝。東頭丙夜苦吟聲。鶖鵠我尚思千里，鴻鵠如君定一鳴。著作等身行問世，春來紙貴洛陽城。

又用聲字示兒輩

清白傳家久益貧，持籌射策兩何成？入山每苦盤餐遠，鍵户那堪剥啄聲？舌在張儀終作相，經明侯勝豈歸耕？可憐老憊飛鳴意，爾輩能無捧檄情？

梯巖山房 二首

萬山深處更扶筇，共指峯頭第一峯。遠近杉林青不斷，雲山足下坐來重。雨移貓竹初舒翠，崖倚孤松老作龍。更喜高岡新得水，清泉石上碧溶溶。山高無水，舊苦遠汲。偶于石罅得泉，甘冽異常，旱澇一致，命之曰『勺泉』。

春來處處草萋萋，山頂林端遍作畦。宿韭初芽和露剪，晴雲逐望帶星低。燈明樹杪開遥岫，松拂檐前護短隄。酩酊不知天欲曉，蒼茫樹色一聲鷄。

歲暮漫興 十首

豪放坡居士，治生總是慳。觀空都覺幻，縱老且偷閒。適志詩書裏，怡情水石間。斯人如可作，攜手款柴關。

老眼燈前字，昏花不耐看。詩書千載上，天地一身寬。未敢希能樂，何常居鮮懽？酒香時到鼻，把盞雪漫漫。

幽蘭青鬱鬱，采采自江南。花較吾鄉早，蕊從十月含。栽須尋土瘦，曝愛向陽酣。更喜盤根大，蘭根以結若餅者，歲歲作花。年年花事諳。

歲暮百逋集，挑燈始靜居。下帷千慮息，到眼數行徐。意適杯中物，廚寒瓶内蔬。絶糧多少士，不敢歎無魚。

元亮曠懷士，饑驅也叩門。言辭夫豈拙？羞澀使聲吞。一旦虛期副，終身冥報存。我生千載後，亦戴主人恩。

尚友陶彭澤，逃名酒一杯。謀生休願外，課子亦因材。家釀微微醉，瓶梅緩緩開。雍雍門内樂，一任漏聲催。

經月勞勞者，園扉掩不開。偶然鄰叟至，折得嶺梅來。頻問山中事，同傾忙裏杯。梯巖竹樹少，寄語更須栽。

山墅荆榛裏，經營十載情。果蔬隨藝植，茶竹半生成。茅舍牽蘿補，頹垣壘石平。此中堪避債，不敢説逃名。

樓頭閒點筆，漸漸覺寒侵。急雪飛千岫，衝風振萬林。添衣驚驟暖，無褐諒難任。施絮年來輟，長吁百感深。

世德緜遺澤，家聲願不違。兩兄俱薄宦，諸季亦雄飛。丘壑予堪老，輕肥念總非。入山驅款段，稚子候柴扉。

過胡敘仲故居感賦

可憐君逝後，妻子病貧侵。零落先疇盡，饑寒我慮深。秋螢徒自照，玉樹望成林。獨此數椽在，君當諒苦心。

寄賀鄧元固世兄海道 二首

崔嵬三戟耀南天，一路歌聲湛露偏。枹鼓靜緜東海月，犢牛新藝北山田。風□白簡澄清志，最奏楓宸綸綍宣。側席正緜卿月待，濟川勳業更誰先？

十載暌違魂夢依，驚傳除目到柴扉。申公簾自多年捲，陸氏莊今存者稀。戊子譜誼尚在仕籍者，惟先生及朱四兄二人。古道祇應推魯國，神交端不讓元微。饑驅便欲來相訪，仲叔豬肝願莫違。

杞縣道中

六出花飛在暮春，此方狎見不爲新。驅車古道南來者，單袷衝寒愁殺人。

大梁旅舍蔣莘田世兄貽酒饌賦謝

客況蕭蕭汴水濱，擁書獨坐欠伸頻。忽驚壺榼來驄府，頓覺光輝動路人。幸舍有魚堪果腹，青林命酌可留賓。眼前古道如君少，千里饑驅難具陳。

清明日淇水道中 二首

羣兒插柳笑歌盈，有女同車陌上行。怪殺今朝緣底事，忽思佳節是清明。

從此風花日日新，客中濁酒倍情親。遥知諸弟尋春處，念我天涯獨醉人。

嵇忠穆祠岳忠武廟 嵇公于此死節，岳公湯陰人。

兩公死去恨猶深，殺賊平生未了心。箕尾騎歸何處去？獨留遺廟在湯陰。

指日中原報捷音，高宗何事苦相禁？莫言晉帝昏騃甚，尚識忠臣濺血心。惠帝猶念死忠穆，高宗忍殺生忠武，不逮遠矣。

殷太師比干墓 在淇縣城外

箕子終身竄海東，夷齊尚不爲周農。可知遺恨泉臺下，孤冢纍纍新主封。

沿途栽柳

千里遥遥官路旁，盡栽楊柳兩三行。濃陰他日誠堪羡，憐爾耕夫輟耒忙。

荆卿里

荆卿兒戲别燕丹，壯士悲歌興已闌。此計緣何賓客曉，白衣垂涕萬人看。

初至磁州沽來瓶酒清洌竟似吾鄉但微甘耳因憶昨宵之酒薄惡臭澀殊不可嚮邇感而賦之

沿途薄魯只沾脣，林慮督郵更可嗔。磁酒居然桐酒味，他鄉益重故鄉人。

聞武安李仙洲衡篇兄弟話定晉巖之勝

佛殿僧居盡在崖下，佛殿極宏敞崚嶒，然其鴟尾尚去崖數丈，惟東暉夕照光乘隙入，若亭午夜分，曦景罕到。諺云：『三崖高崖凡三，櫛比而峙。寺中，無雨有風。』蓋崖洞深迥，陰蔭風生，雨即滂沱，水行崖上，故無風而風，雨而不雨也。相傳大殿工竣，欲立碑爲記，主僧於迤北募一石碑，穹窿豐厚，道遠不可致，乃於山下居民募耕牛數百頭以運，期以某日昃時牽牛。居民許之，先時咸芻秣以待，至期杳然。然被募之牛皆昏昏伏地下，不食水草，如是者兩日夜，衆咸異之。忽寺前崖下石裂有聲，則碑隨石起，泉隨碑湧，碑屹立泉上，泉環流碑下矣，而居民之牛皆蘇。其碑瑩徹如水晶，故名碑曰『透靈』，泉曰『湧碑』。今此碑尚存，不知何時被雷電繞擊，黯慘無光，字亦磨滅不可盡識。而泉則依然如故，不溢不竭，清徹可鑑，足供寺僧之汲。蓋此崖舊無水，寺僧恆苦遠汲云。

聞道三崖裏，僧居近百扉。但聞風淅淅，不見雨霏霏。仙碣隨流出，清泉湧石飛。微陰三伏候，總著薄緜衣。

聞話武安風景

武安西去萬峯攢，廿里羊腸十八盤。過此遼州平曠地，峨峨山右在雲端。

有話武涉山中秋海棠者 二首

海棠秋日萬山中，下下高高深淺紅。陰壑亭亭盈丈許，天然一幅錦屏風。

野人習見呼蕎麥，野人呼爲蕎麥花。不在名園只在山。好事者移植城市即萎。爭似桃源花兩岸，尚隨流水到人間。

白梁洞

洞在磁州，絶壁數十仞，人迹罕到。好事者攀藤附枝而上，至山頂忽平而中斷，左右不見其際。俯視其下，峭壁對峙，杳杳冥冥，但聞水聲滔滔，風林震盪，驚魄搖魂。斷處有巨木横臥其上，長三丈許，圍三四尺，乃騎木猿行，俯伏而過。則丹竈、藥爐、杵臼之類咸備，或昔者仙人修煉之所，不知幾千年矣。但巨木露臥，風日侵蝕而白皙如新，毫無腐浥，何與？豈仙迹常留，必有神物護之歟？洞故以白梁名也。

絶壁緣藤到上頭，兩山中斷水横流。白梁三丈何年置？仙迹依然似可求。

同李仙洲東郊看花偶西府海棠一株嬌豔可愛仙洲罄杖頭所攜買之攜歸武安將以明晨夙駕余不覺羨之而作是詩 二首

看花信步買花忙，百里攜歸植草堂。花定有知添爛熳，年年豔冶鬭春陽。

卻憶家園廳事傍，數株掩映讀書堂。餞驅不記春如許，羨爾偕花歸故鄉。

同張拱辰登中州第一樓

形勝中州誰更過？高樓第一鬱嵯峨。山從林慮蟠燕塞，水合洹漳達御河。淡淡春光隨處樂，茫茫古迹半傳訛。與君憑弔千秋上，壘塊多端唤奈何？

又同游張氏樸園登文昌閣

荒園小閣獨巍然，攜手登臨野色妍。四望麥秋千頃碧，一聲清磬萬家煙。垂綸柳下看魚出，汲水橋頭瀹茗鮮。爛熳刺梅花似菊，數枝折向晚尊前。

初夏任使君巽齋先生招同張拱辰張大章諸友郊外看花集觀稼亭

南樓常許奉清塵，又共尋芳結伴行。冉冉楊花輕未下，依依麥浪静還生。席移檻外延初緑，鳥弄枝頭變夏聲。酩酊不知歸路迥，長堤新月影縱横。

任使君招飲郊外

自公少暇便偷閑，招我同看郭外山。酩酊垂鞭深樹裏，長橋燈火使君還。

同友人郊外尋春過野寺老僧笑云春歸已二日矣賦此自嘲

本爲尋春向草堂，春歸何事太匆忙？紛紛柳絮從風舞，點點荷錢出水香。

送王仙佩孝廉入都

仙珮于戊戌、已亥兩次召試，俱蒙章皇帝特拔五名之內。已亥之不第也，先帝每向近臣咨惜之。及辛丑再上公車，而龍馭已上賓矣，今方以選人需次京師。遇合有數，爲之三歎。

先朝射策主恩優，零落詞壇三十秋。共擬齊賢還作相，何期李廣不封侯？文章已占無雙譽，循卓行看第一流。蕭寺班荆忻問字，明朝岐路各悠悠。

任田子遺端陽節物

荻簾深下坐匡牀，剥啄聲傳到耳傍。手札盤飧頻慰藉，忽思明日是端陽。

午日招同寓吳淵如午間泛蒲

槐陰深院晝無譁，睡起閑階日影斜。卻喜僧雛能解事，遺來蒲艾並榴花。

早發磁陽田子又飛騎追至十里郵亭相送

握手欷歔奈若何？不堪此地又驪歌。長途官柳絲絲綴，可似離人别緒多？

疑　冢

發冢中郎事太癡，今朝也有兔狐悲。革囊死後猶猜惜，仲達同時争不疑？

袁公渠

清化旅店籬落外，溝不踰丈，濁河流澌，浩浩洶洶，波浪間作。藉席坐其滸，涼風颸颸，入我襟抱，毒熱頓消。予顧而樂之，問主人曰：『若大一溝耳，而水勢如此，何歟？』主人笑曰：『噫！是溝也乎哉？渠也！是來自太行山之西，穿山而來，數十里矣。萬曆年間，有袁公應泰者，來尹河内，憫地之瘠且苦旱也，周行境内，相視水道。一日登太行，見山之北有河流其麓，審視數日，躍然起曰：「彼高我卑，此而爲我有，則百世之利也。」乃起境内民夫，鑿而穿之，一邑盡譁，以爲即神如大禹，止聞鑿山通道，不聞穿山引水，紳士咸危言尼之。公毅然行之不顧，凡二三年而功成。太行山下之水，盡由山足穿山而過，入于我境，茫然巨浸，支分派析，灌田以萬頃，秔秫皆宜。水之所經，地悉潤澤，豆麥竹果皆肥茂于昔，他利不可勝數，河内以此富饒甲諸邑。雖大旱此渠不竭，其源遠矣，河内之人謳思之至今。然其測水之高下，究不知其用何術也。』

籬外長渠浪若奔，滔滔百里繞墟村。穿山引水從汾縫，斥鹵桑田長子孫。

倪繪江遣使至偃師以綺卮等物見餉卻寄 二首

晉綺名卮幷潞醅，呼僮收卻轉徘徊。清貧念爾無多俸，應向誰家典質來？

生平離別未經年，從此天涯更渺然。努力清廉酬老友，頌聲絡驛到林泉。

口占

世態交情自古今，春庚秋蟀莽相仍。悠悠誰不輕粱柳，款款惟知餉晉陵。此夜尉能呵李廣，當年人自敬和凝。孝標論出□成怒，尚有幾希念友朋。

去思碑

周來遷擢碑盈道，循吏無論矣。卓魯休官寂不聞。獨有中丞佟公鳳彩。身逝後，路旁遺愛見鐫文。

蕘言 三首

芊兮生汜水〔一〕，移向覃懷栽。共豔知名處，都忘所自來。豈惟人忘之，芊亦自忘之矣。物猶如此，人何以堪！

我行淇水道，不見淇園竹。詩人豈我欺？高岸尚爲谷。

黄河濁萬里，清濟絶流渡。玉帶束其腰，清白在自樹。

偶讀岳武穆傳感賦

秦檜挾金而議，金挾二帝而議，高宗懼焉，以爲二帝歸則己仍康王耳，故與其北面二帝，毋寧北面金人也。武穆日以滅金歸二帝爲事，其能免乎！不然，夫豈不知武穆之爲長城也？欽宗于韋后之歸也，曰：『傳語九官，我得太乙宫使足矣。』后歸，乃不敢言，可想見其時矣。他日，又曰：『寧至覆國，不用斯人。』蓋張俊亦喜言恢復也，豈不情見乎辭歟？

康王秦相兩知音，割地稱藩奉大金。常恐父兄還自北，獨歸母后見深心。

温　縣 司馬懿，温人。

魏武聰明好用疑，可憐枉殺好男兒。試詢三馬同槽夢，日日君前知不知？

過汜水縣

高秋策騎陟崔嵬，遺愛猶傳在草萊。底事道傍争嘖嘖？居民錯認令君來。潘又生三年前令此地，有惠政。余面龐與之相似，故居民喜而争相告也。

成臯故壘 虎牢關二首

拓地兵家第一先，但争形勝進無前。成臯雖復彈丸大，楚漢相持動踰年。

不將身自封函谷，寇入門庭苦戰争。畫地鴻溝應死守，東歸豈得見彭城？

又題 二首

天下紛紛正未央，如何衣繡遽難忘？可憐夜半歌聲起，哭擁虞姬是故鄉。

楚王漢帝俱英雄，兒女鍾情未路同。鴻鵠悲歌壯志盡，拔山氣槩遜重瞳。

中牟縣

中牟三異事非奇，廉吏當年真可爲。太守肯容清惠宰，區區府掾亦相知。

歸自中州迂道碭山晤十一弟於官舍喜而有賦 四首

戒道淮陰正此時，兼程千里恰來思。連宵姜被真僥倖，半日離筵已載馳。過歸德，陸恂若苦留，餞别。余策弟必以是日發淮櫂，力辭而來，遲則不相值矣，爲之一快。

敲鉢呼樽夜未央，白頭弟子款門牆。先生慣聽彭宣樂，今日攜來一侑觴。王生適聞余至，攜家樂侑觴。

室北空庭一笏餘，誅茅甃石亦吾廬。竹窗竹户真瀟灑，苜宿先生此著書。新搆小齋名榴軒。

雖然薄宦是爲師，桃李栽培副所期。更喜官閒堪誦讀，定須頻和感懷詩。五世祖葵軒公有感懷詩，子孫登第者即步原韻，不敢忘先世艱難也。

碭山永城道中

棗柿陰濃百里長，鱗鱗朱實映斜陽。提筐婦女紛來往，處處人家烘棗香。

戲自嘲答 二首

乞食窮年願已虛，此身大抵合樵漁。一經守得徒枵腹，難説貽金翻不如。

多少貽金成子虛，悮人豈必盡詩書？但傳家學安吾素，自有春風到草廬。

次章橋驛從者占星曰黑雲渡河雨兆也口占示之

荒莊直抵章橋驛，馬共飛蝗逐隊行。安得傾盆通夜雨，不妨游子滯歸程。

姚士塾

字庠若，號松茂。大司寇端恪公第五子。少即蜚聲藝苑，餼邑庠有年。以明經司諭碭山，起衰崇雅，士風丕變。督撫廉其賢，交章薦之。欽賜冠服，擢秦之朝邑令。甫下車，即均丁畝，清鹽引，豪强百計沮之，迄不能奪，貧民以甦。朝邑與晉蒲州争黄河界垂百年，歲鬥殺數十百人，大獄絡繹，輿莫能央。公抗言於秦、晉兩中丞，往復辯難不少屈，卒從公所畫疆，浚濠植柳以識之，居人至今稱姚公柳也。秦飢，流亡溢路，公捐俸爲設粥所，市棺瘞道殣，募乳婦哺遺嬰。大司農某齎帑金賑飢，至朝邑，歎曰：『廉吏也！孝子也！使州縣畢若是，朝廷何西顧憂？』以痺疾告歸，歸數年而殁。公爲人磊落俊偉，見義勇爲，與人交不設城府，人咸以長者推之。髫時躭吟詠〔三〕，端恪公慮妨舉子業，禁之。及宦遊，又鞅掌吏事，故其詩頗少，有眉閣集數卷，子孔鉅等藏於家。

晚眺

夕陽斜照半山頭，閒步平原興頗幽。淡淡柳煙拖遠岸，青青麥浪動芳疇。溪邊野婦驅歸鴨，浦外村童返牧牛。遥聽鐘聲傳暮寺，扶筇還欲共淹留。

秋霽同諸兄遊小桃源 二首

攜筇重探勝，古檝四山幽。薄霧林端聚，凝霜日午稠。依聲尋墜栗，緣澗逐浮甌。不覺違茲地，於今竟兩秋。

返騎迎斜日，登臨興未窮。樵歌煙樹外，鴉噪夕陽中。薄霧封層嶺，單衣怯晚風。歸來還命酌，同醉菊花叢。

冬日過夏梅齋小酌

洗盞開新釀，籬邊香氣過。酒中風力減，花下月光多。槐竹疏陰亂，蔬蝦野味和。縱談今古事，莫問夜如何。

春日即席賦別施敏公

銀燭熒熒照別筵，深杯不惜酒如泉。茅容鷄饌慙余闕，陶氏牛眠仗爾賢。榆莢雨昏行客路，柳花風送過江船。臨岐款曲無他語，珍重春寒水驛邊。

季秋張子岐禹仲邀遊披雪山房即席得紅字

郭北雲莊選勝同，相邀此日踏霜叢。巖縣晴瀑千條白，峯挂斜陽半壁紅。曲曲樵歌溪徑轉，浮浮落葉屐聲空。觴吟也識歸途遠，難別煙林暮靄中。

眉閣小酌

室小寒威減，爐圍絮語長。風來添竹韻，坐定得花香。舊釀斟浮蟻，新蔬剪帶霜。更餘青果在，手點解酲湯。

義津橋曉發

古寺疏鐘動，披裘早辦裝。馬銜十里霧，人載一肩霜。黄葉枝頭盡，青松嶺際長。曉風真礴發，酒肆定何方？

疏影樓酌月

春色此中足，行行信杖藜。遠峯平到眼，流水暗穿隄。月净花光出，風恬雁語齊。園蔬堪小摘，拚飲醉如泥。

夏日小憩雲松巢

一几面山設，涼風南北過。花飛蝶舞亂，果熟鳥聲多。汲水助流瀑，哦松理碧蘿。倦來心迹静，小睡意如何？

秋日送别厂一上人還攝山

世外知音少，多君續舊遊。霜華十日話，楓葉一江秋。身健寒能耐，心空境不留。勉成先子志，穩坐攝山頭。時上人有棄攝山之志。

憶静齋兄

半年託鉢走風塵，歲暮家居仍苦貧。鄴架詩書勤課子，世情枯菀莫依人。遥思雪片霏霏日，可踏梅花處處春。佳句郵筒能寄我，一呼清酎展眉顰。

大兒歸娶

春日愛遲遲，春花發滿枝。遣汝歸里閈，千里路多岐。買馬治鞍韉，叮嚀僮僕隨。汝久依膝下，此日始歌驪。丈夫生有室，父母願如斯。婦翁閨範肅，婦道自能持。克勤并克儉，寧貴九十儀。妝臺有餘暇，著書志勿隳。謙光而虛受，戒飲慎言詞。鵬搏振家聲〔四〕，賢愚自得師。轉盼秋風起，偕來莫久離。

小立

又聽啼鴉噪晚晴，懶從詹尹卜行程。三冬霜雪人千里，每夕愁思夢五更。天上月圓偏皎皎，林間葉落自聲聲。入簾乍見燈花好，應是來朝抵舊城。

屋漏

欲睡何曾著？翻盆驟雨來。繩牀移不定，戍鼓暗相催。逐境成余拙，安居此願灰。凌晨檐溜歇，穩臥興悠哉。

臨淮店中懷馬甥伯逢

府帖日夕下，嚴程不敢愆。或陸或放舟，所在歎迍邅。虎阜久淹留，公事幸告竣。河冰不可渡，浦口著歸鞭。歸經濠梁道，危樓倏眼前。此中有白眉，蘇湖學業傳。一別歷數載，天假此日緣。呼童命南轅，與之相周旋。輿隸苦致詞，足僵不能前。密雲捧日沈，雨雪倘連緜。屝屨與資糧，莫辦囊中錢。聞言轉猶豫，北轍情黯然。回顧長淮水，南去自潺湲。

省耕至沙苑喜雨勸農

風定雨聲疾，移時水溢渠。天心猶易挽，民困轉難舒。未計秋成稔，先愁東作虚。停鞭諭父老，秉耒莫徐徐。

何　瀇

字格仁，别號愚窩。司馬諱唐之曾孫，司寇諱恂之從耳孫也。少負大志，鋭意制舉義，與潘蜀藻江，方井公里，齊念修繩祖、然四亮爲硯北友。屢被刖不售，則肆力旁搜遠紹，沈酣于詩。或啜茗坐隱，直追商山之樂，書法尤彷佛蘭亭。董澄菴諸公聞其行誼甚高，徵車借箸，折節與交。嘗游大梁，登燕臺，抵上洋，足迹所至，輒吟詠滿奚囊。倦飛歸憩，兀坐斗室，花晨月夕，得句朗吟，殆古之獨行君子也。柏子亮臣廷采嘗評其詩云：『詩生于情，情感于境。少陵秦中之吟或以志喜，坡公海上之賦亦云寫憂。愚窩胸期灑落，器度沖和，令人有飲醇之慕。而情隨境觸，志喜寫憂，皆託諸歌詠，備文質而兼雅怨，讀之覺正始元音可以復作。』豈阿所好而云然耶？

滬城秋半客思愀然漫賦

去國三秋易，萍流入海天。地連蜃市闊，城擁鳳樓縣。東城有樓名丹鳳樓。比户晨昏織，迎潮上下船。季鷹鱸鱠思，夜夜在龍眠。

使至志喜

伻來剛入户，先取尺書看。數月音傳少，今朝始報安。兒童俱長大，親故幾愁懽。跋涉知勞頓，更闌詢未完。

重遊孫司馬西園

重履西園徑，濃陰訝勝前。枝低憑礙路，幹老自參天。石砌當年筍，池翻舊日蓮。行廚因看竹，別有主人賢。

寄懷陳天池司馬

薊門分袂抵三吳，兩遣雙魚到已無？古木風生官舍冷，伊人心切客懷孤。涼暄枕被連牀共，風雨晨昏捫虱俱。宛宛清揚隨屋月，可曾分念及狂夫？

上海別徐子二愚

褐衣曾惹鳳城煙，交臂因君意氣聯。半載飲醇燕雪月，三年倚玉海雲天。陳蕃好客因徐重，楊敬憐才以項傳。惜別衰顏猶善病，鱗鴻可許到龍眠？

吴淞煙雨

霪雨連朝漲水渾，陰雲黤慘失川原。迎潮浪吼風聲急，一葉孤舟欲斷魂。

石梁夜月

月光皎潔照江流，爲愛清輝圯上留。橋影月沈風蕩漾，驪龍水底抱珠遊。

元夕署中病足

萬里清光徹太虚，故園風景近何如？遥知月下尊前者，應念衰顔老病餘。

夏日苦雨

已歎廚煙午未炊，猶憐燕子色淒其。明知出去毛衣濕，無那巢中黄口飢。

楓

桃李三春盡占先，也將紅葉向秋妍。莫嫌骨瘦霜顔老，曾立唐家殿陛前。

齊亮

字然四，别號屯溪。順治初諸生。先輩寧侯先生之第三子也，與兄中立、升如齊名藝苑。南渡後，與王子暟文天壁暨予兩人爲莫逆筆硯交，有管、華之契。會方子子詒、子克結射蛟文會，三人皆與焉，一時名噪白下，里社推爲裘領。卒侘傺不偶，老于諸生，同人莫不惋惜。三子：天霞方起、蘇署方越、天路方趍，皆能讀父書者。搜其生平吟詠，僅得吳門游草若干篇，姚子彦昭序之以行，乃晚年客茂苑之作也，存其崖略以志吉光片羽，殆美不給賞。會當裒其全集，以效表章，庶藉慰亡友于九原云。

贈天樹上人 僧知詩，善書法，獨不茹素，非俗僧可比。

方袍拄杖度翩翩，對爾悠然浄萬緣。世外世中何所繫？亦僧亦俗總無牽。詩文揮就祠壇重，瓢笠攜來道法傳。一酌更饒雲響曲，風規應是地行仙。

病中得姚羹湖喜音

江山縹緲楚雲孤，雁去迴峯消息無。身望薊門腸欲斷，心牽萱草淚應枯。傳忽天外郵筒至，頓使牀頭病骨蘇。伯氏冰銜連尺五，共予拍案起狂呼。

漁

一葉飄然泛宅頻，舟居是水未云貧。朝隨鷗鷺爲朋侶，夜傍汀沙作比鄰。兒女雁行憑倚檻，鷄豚馴立故親人。狂飈巨浪安流穩，不羡樓舡簫鼓新。

樵

一鐮一斧覓枯株，山路崎嶇總不虞。廉吏後人猶負荷，名公室謫困樵蘇。猿啼喜作深林伴，虎嘯驚聞隔嶺呼。更愛春來花事盛，紅黄遍插唱歸途。

耕

二月春和暖漸舒，家家驅犢問新畬。操豚敢祝函生始，布穀旋催刈麥初。子幼烹庖堪自勞，龜蒙荷插正嫌疏。一門企得西成好，早畢田功葺敝廬。

牧

蓑笠攜驅出蓽門，縱觀千百聚平原。調同扣角能酬唱，睡祝多魚入夢魂。定霸大夫興五羖，提鞭公子畜孤豚。甯歌王泣具何用？惟望孳生歲歲繁。

令及來郡貽兒子竹刻筆斗賦謝 竹刻爲嘉定絶技

篔簹異種植名區，況復雕鏤百巧殊。浄几置君如對畫，錦囊賴爾助操觚。故人投贈真忘倦，父執嘘培肯自辜？久闊他鄉頻聚首，秋思差足慰蓴鱸。

胥門弔古

閶闔城邊簫管喧，淒涼不忍過胥門。屬鏤劍賜君何薄？江水身沈眼尚存。鞭楚志難消舊恨，沼吳義恐負新恩。可知敗主臨亡恨，慚見孤忠地下魂。

張如三招同令及彦昭諸子集飲

城隅搆得好園庭，手植松筠曲逕青。常道宦游虚畫閣，豈知官舍似玄亭？百年古木盈階緑，一沼新蓮入座馨。多病馬卿疏問久，今朝重得共談經。

接蜀藻書得其北堂訃音詩以唁之

白雲掩卻婺星明，風雨河干聽訃聲。宋女驟傷亡學士，秦臺新築爲懷清。見奉題旌。八旬松閣垂青史，六十蓍牀怨有生。遠道讀君苦塊字，淚痕不覺雁書盈。

夢到家

寒衾裘覆臥難舒，闔眼魂飛到敝廬。弱女遠迎笑語鬧，雛孫乍認面龐疏。張燈撥火先烹茗，洗盞開樽疾剪蔬。何事夢回猶客夜，寒山鐘打五更初。

程　烈

字偉昭。家貧，痛自刮摩，尊師取友，鋭志千秋之業。少受業于錢子雁湖暨家竹溪先生之門，讀書而外，矜然諾，重節槩，不隕穫于貧賤，文采風流，爲後來之秀。東臯李子、田間錢子、鹿湖方子、南汀張子常折節與交，歎美其詩不去口實。與里中言詩家曾子亦傳，劉子延譽、穉良，朱子丙文，方子亮書，石子言昭，張子芝田、莘田，陳子聖遵及吾孫義炳、義烈、義□□倡予和女，推爲長城。使天假之年，不以衣食亂其心，後未可量也。甫登四十卒，同人莫不惋惜。亦傳、言昭、穉良、聖遵輩倡議醵金，爲刊其遺詩之什三，以寓表章。而予先掄鹿湖之所最者附諸風雅續集之末捐貲板行，庶幾錦囊之篇不湮没于溷廁云爾。

次韻懷方有懷先生

遥憶鹿湖叟，風塵累不關。山青豁冷眼，松老壯蒼顔。語鳥意同適，聽泉夢亦閒。白雲先壟上，登眺淚潺湲。

秋夜寄曾亦傳

涼月拂林起，孤吟興未灰。亂蟲聞曲砌，落葉上高臺。遠寺鐘鳴後，寒原雁到纔。松關碧蘚合，剥啄待君開。

雨後山行次錢雁湖夫子韻

泉甃帶殘霧，攜笻春晝長。秧針纔變緑，麥穗蚤垂黃。採藥穿雲竇，聽泉臥石梁。分明幽澗裹，髣髴到羲皇。

浮山

縹緲接瀛洲，孤笻島上遊。山從波底立，人在鏡中浮。古樹風疑雨，陰崖夏亦秋。蒼茫目無際，一嘯臥丹丘。

望九華山

九子峯如劍，插空雲結陰。初看嵐尚淺，忽爲客添深。遲日遏層巘，飛流噴碧岑。托根遠人境，幽夢費登臨。

立冬夜同亦傳丙文蔚友大業聖遵作

蟲語斷黃昏，秋歸何處村？可憐昨夜月，猶照菊花尊。松露濕階蘚，竹泉鳴石根。未知嶺頭上，誰伴探梅魂？

同亦傳聖遵大業慕揚夜飲

秋氣慘林暮，樹明見落鴉。月光寒酒竈，霜色老籬花。失意情偏密，成名晚莫嗟。壯心灰不得，看劍欲辭家。

滕王閣

高閣倚江開，登臨重客哀。如何歌舞處，帝子不歸來？雨濕珠簾燕，雲生畫棟苔。閣公清讌後，誰復解憐才？

小孤山

九派潯陽水，中流一柱分。僧縣燃塔月，龍卷過江雲。樹影千檣立，鐘聲獨戍聞。孤標聳霄漢，紫氣結氤氳。

飛來寺 南雄誌載自吾郡飛來

尚含飛動意，殿閣勢趨東。我亦舒州客，相憐萍梗同。樹昏亭影外，鐘細雨聲中。舟子嗔停櫂，呼人發曉風。

廬山

五老九江上，諸山盡送迎。峯危憂石墜，壑邃見雲生。難問虎溪路，空書鹿洞名。不須窮絶頂，面目已分明。

岡州送拙公遊南海

一榻圭峯上，同參逾半年。法舟輕入海，春漲遠浮天。梵唄魚龍解，禪心水月傳。客中休悵別，身世總茫然。

丙文畏友聖遵大業慕揚夜過

斗酒易成醉，細斟坐漏長。病顔悦殘菊，詩思結清商。雁怨寒空月，燈昏老屋霜。話深聊隱几，幽夢滿虛堂。

九賢詩 和言昭

朱司農邑

卑瑣嗇夫職，偏能流澤長。一抔存漢土，千載祀桐鄉。棠蔭豐碑古，泉留石井香。只今遺愛在，誰復繼循良？

魯都督肅

鼎足中原日，羣雄轉戰勞。渡江寧背漢？匡主欠誅曹。萬卷風誰似？一困誼自高。櫜旂來往地，遺迹遍林皋。

陶桓公侃

邈矣樅陽令，孤亭壁萬尋。高風瞻八翼，大業始分陰。義旅詞何激，謂温嶠書。中原志自深。烽煙四十載，西望肯隳心？

李居士公麟

三李知名士，先生幽趣殊。溪山歸筆墨，風月領黄蘇。酒徑苔痕失，丹爐雲影孤。龍眠真面目，得似畫圖無？

史閣部可法

監軍辭皖日，相國誓師時。障北方堅壁，降城已豎旗。同朝誰共死？一簣竟何爲？試問中興疏，當時知未知？

黄靖南得功

萬頃于湖水，空流碧血痕。難窮百戰績，不獨一城恩。丞相疏徒上，長江兵漫屯。參天祠畔柏，髣髴見忠魂。

楊大令爾銘

七載嚴疆令，時艱意若何？警刁裁短調，支枕就長戈。但得民心固，寧愁賊計多？恩膏難話處，遺老淚滂沱。

張大令利民

危城縣一綫，聊矢幾時飛？不瀝千言血，誰開萬騎圍？公泣血請師靖南。勢傾憑信固，民散恃恩歸。他日懷安攘，如公志略稀。

賨部將成

不惜一身死，全城挫賊鋒。雯時悲鼎鑊，萬古見心胸。血濺城頭草，魂歸天外峯。君恩曾未受，臨難獨從容。

雨後同友人河樓看新漲兼送別

野店軒窗豁，臨流客易醺。濤聲風裏度，人影霧中分。濁浪吞官市，層峯走遏雲。蒼茫好煙水，遽忍別鷗羣？

姚天池招同雁湖夫子南汀先生長康武周令姪仲威集飲限韻

疏林露白紙窗明，話到宵分霜氣清。得遂賤貧翻是幸，不求聞達敢沽名？寒松磊落千年色，埜槿分披一瞬榮。蟋蟀夜闌聲未歇，依稀似有不平鳴。

次吴任庵先生蘆中吟韻

先生諱琪滋，毗陵人。中順治壬辰進士，歷官閩、楚，屢經患難。歸隱蘆荻莊，莊近白鶴江，舊爲唐太常別業，再易主而後公得之。公賦此詩，四方好事者多聞而和之。其公子天階游于吾桐，復索和于同志云。

白鶴江頭蘆荻洲，葛巾芒屨日探幽。間乘清淺半篙水，醉看蒼茫一片秋。菰米朝春雲滿碓，魚罾夜漉月隨舟。倦遊不少歸田客，勇退誰能向急流？

海珠寺臥病

江中孤嶼上

藥爐香走竹牀頭，伏枕炎荒淚暗流。不道三年長作客，可堪五月尚披裘。龍招瘴雨歸山閣，鳥帶蠻煙到海樓。孤嶼曉鐘聽不得，聲聲敲出旅人愁。

秋海棠

憶昔芳心未忍忘，至今啼血漬花光。不知何處多情淚，斷盡千秋幾客腸。睡起尚嫌餘酒氣，煙銷應喜注茶香。西風吹醒繁華夢，消瘦朱顏罷靚粧。

登皖城迎江寺塔

招提塔壯古舒州〔五〕，獨客登臨最上頭。天闊雲排千里雁，霜高木落一江秋。楚山嵐接吳山出，海水潮迎江水流。不到層顛寬眼界，那知人世等浮漚？

送潘仙草粤遊

昔年曾向越中行，海上烽煙未罷兵。落日停船三瀧水，清秋伏枕五羊城。葛洪洞口蠻雲蔽，韓愈亭前瘴雨横。細想舊遊蕭瑟甚，知君憑弔不勝情。

冬日懷方鹿湖先生龍山

白髮青山自在身，郭門欲到每逡巡。臘殘萬嶺有春意，梅放半溪多醉人。世味遍嘗知懶貴，年華漸老覺詩新。城東自歎棲難穩，一望湖村一愴神。

懷錢飲光先生

高名無怪滿乾坤，風雅千秋壇坫尊。青史尚存江北叟，翠華空斷粤西魂。山邊白晝雲生屋，湖上黄昏雨打門。許我聽經到樅水，幾重煙樹隔孤村。

海珠寺坐李備五病榻感話

萍踪偶聚古禪林，憐爾孱軀瘴癘侵。十載一官貧到骨，孤身百粵病驚心。青雲路失羞長鋏，碧海天高哭斷琴。島樹昏黄風吼浪，悲涼欲伴老龍吟。

寄懷方東來先生

三載招攜半畝宫，饑驅無奈隔西東。人因詩瘦難騎馬，書爲愁多怕累鴻。感遇琴抛燕市上，還鄉夢斷塞笳中。可憐一管生花筆，衹博公卿禮數隆。

白牡丹和畢詠斯

一種璚瑶琢不成，天香冷稱澹妝情。生來未染繁華習，看去休誇富貴名。深感梨花相映潔，莫將柳絮共論清。東風粉蝶吹無賴，争趁姚黄魏紫行。

寄吳超麓客粤東

五羊城上盼斜暉，萬壑孤雲天半歸。榕樹陰中迷客夢，鷓鴣聲裏溼征衣。嶺南瘴癘秋風惡，江北田園秫稻肥。可念家鄉舊吟侶，長年踪迹戀漁磯。

同都樹瞻過訪潘木厓先生河墅

野水菰蒲河上居，浣花溪畔草堂如。石渠金馬堅辭詔，華髮青藜老著書。香飽山村紅米飯，鮮烹萍沼紫鱗魚。楊亭有客常攜酒，領略春風愧我疏。

春居漫興

小雨初收夕照明，青鞵閒踏碧莎行。平蕪何處管絃地，破屋舊時吟誦聲。竹影交横新月上，松濤亂落晚風生。兀誰種秫東田上？五柳當門不署名。

送别勞林屋隱君返蘇州

片帆東去闔閭城，林屋煙霞滿洞門。霜落路尋疏樹影，灘高石認舊潮痕。江南江北雙芒屨，秋水秋山一酒尊。歎息松陵人别後，新詩更欲向誰論？

同李長康過李芥須先生東臯故居

半世飄零泣路岐，白頭歸老此茅茨。儒官尚入天南籍，手澤惟貽江北詩。華表千年無鶴返，墓門五夜有猿悲。經過卻憶披帷日，淚灑東臯知未知？

程松臯北郭集飲分賦

蒼然春色滿崖阿，勝地勞君載酒過。衣帶煙嵐歸几席，手招猿鶴下松蘿。好花幾樹鳥啼徧，夕照一潭人影多。爲問聯吟諸少長，蘭亭觴詠較如何？

紙　鳶

飄撇長空西復東，衝霄不用羽毛豐。扶持縱借春風力，綫索真通霄漢中。幾日高飛欺燕雀，一時仰面笑兒童。那知身是無根物，蔽日遮天枉自雄。

罏峯贈瑞公

蘼蕪數里入孤峯，寺浸松陰幾萬重。客過溪頭常遇虎，雲生鉢裏自藏龍。一罏活火燒新筍，半嶺微風度晚鐘。偶洗團瓢收墨汁，題詩贈我寫從容。

白燕廬詩爲合肥李容齋相公賦

雙飄玉剪學鷗羣，似欲銜泥也助墳。雪向相君衣上借，雲從子舍望中分。白楊繞逕飛難見，明月窺梁語始聞。微羽也教純孝格，普天錫類仰元勳。

坐讀易樓贈張衡臣兄弟

舊種高槐緑蔭門，謝家亭館静于村。池通溪水錦鱗出，花落湘簾乳燕翻。不道全家依北闕，卻容才子臥西園。賜書樓上書千卷，許我閒來共討論。

秋夜贈内

嫁得黔婁二十年，貧家生事總茫然。寒衣夜補防燈燼，破竈親炊任婢眠。紙閣淒涼蟲語候，蘆簾蕭瑟雁來天。酸辛歷盡何賒想？轉覺齏鹽味可憐。

投子山

百尺虹橋憶趙州，緣崖猶上最高頭。泉聲似爲遊人咽，山色猶含異代愁。日落空林蕭寺影，風飄敗葉墓門秋。平生無限登臨感，豈獨興亡是此丘？

題畫

露白梧葉稀，水碧蓼花發。一笛倚篷窗，吹落千江月。

寄孫伊選

燕山雲樹影蒼茫，夢裹尋君忘路長。看取別時三尺劍，纖塵莫使上鋒鋩。

校記

〔一〕篁　當作「篁」。

〔二〕苄　當作「苄」。

〔三〕髻　字待考。疑當作「髻」。

〔四〕搏　當作『搏』。

〔五〕塔　當作『塔』。

龍眠風雅續集卷十七

木厓潘　江蜀藻輯

陳　式

字二如，自署問齋翁。康熙元年恩選貢士。弱冠負文望，美鬚髯，善談論，質貌魁傑，有大人之度。方坦菴、姚戊生兩先生最愛重之，因執經門下，欣然以公輔自期。崇禎中，邑侯粤東辜在公明府雅相汲引，以爲金馬玉堂中人物。嘗僑寓白門，與里人太守何道岑應珏、臨海胡梣峯如珄、學士方樓岡孝標、楚雄姚屺懷文烈、明府姚丹楓文勳、侍御方邵村亨咸、司寇姚龍懷文然、文學吴南蒼日永、孝廉張蔚庵秉哲、峽江姚磐青文焱爲『潛園十五子』之會，文采風流照映江左。一時，吴、越名下士咸相與班荆贈縞，必爲陳髯屈第一指。猶憶壬午春，與予同舟避亂白下，聞鷄擊楫，有祖士雅、劉越石澄清中原之志。嘗與予步長干道上，泛舟桃葉渡，太息銅駝，爲之泣下霑襟。其爲詩明豔如花，温潤如璧。而撫時觸事，又多淒清激楚之音，如秋隼摩空，嶺猿啼夜，境事既極，亦復不盭於和平。于唐詩中，酷嗜杜少陵，嘗于酒酣耳熱時爲坐客諷杜詩，溯原訖委，箋釋疑義，且吟且解，音節頓挫瀏灕，不啻歌有聲、哭有淚也。聽者爲之忘倦，因爲句櫛字比，貫穿其義類，剗剥其神理，名之曰問齋杜意，神明變化，伐毛洗髓，殆從來箋注家所未有也，吳副憲五厓爲授梓，公諸海内。所著書有四書註註、唐詩選意，藏于家。公少壯即抗顔爲人師，頌禮嚴重，所成就甚多，同里如開化姚羹湖文燮、明經方子山爰發、太史姚士藟華曾、中翰程松皋仕咸出其門。晚入油幕，扣其囊底之智，掀髯爲諸侯上客，無所不克當，人亦深信其無他，時論偉之。

感懷詩 五首

遷鼎薊燕臨塞北，貽謀孫子備□□〔一〕。黄河岸上驅胡騎，玄石山前壯帝圖。誤國坐令邊不守，防秋空使粟常輸。漢家會應宣威德，閫外誰爲周亞夫？

千年赤社雄天府，萬里黄河繞帝州。禹貢總煩疏鑿力，周官時抱度支愁。軍興漸覺租難減，歲月長看水不流。負土束薪今已異，成山碣石可能求？

詔書江上新開府，楚豫遥分節制同。衛士排門張畫戟，官軍立馬繫雕弓。烽連萬堞川原暗，春入千村井竈空。聞説朝朝傳捷羽，輕裘緩帶立奇功。

桓桓鐵騎趨秦塞，黯黯飛塵接戍樓。上將自稱都校尉，三軍坐擁大長秋。凶荒見告芻糧竭，郡邑那堪供億愁？最是逃亡歸未得，深山夜哭不曾休。

王師本意期安撫，飛檄纔傳欲罷兵。三楚一時銷戰色，八公同日起風聲。畏威不忍誅降寇，賣劍從今歌太平。聞道子陽方據險，當年下馬亦投誠。

坦菴師奉命册封楚藩

册命輝煌敦帝穆，詔書旌節出楓宸。人煙斷絶數千里，間道馳驅經幾旬。洛水襄陽同被寇，大弓寶玉盡成塵。傷心桐葉彫殘日，天子親親託使臣。

秋　懷

阿翁六十守孤城，阿母伶仃依舊京。書去但詢烽火信，老來各重别離情。無家莫使秋多病，有子翻愁志未成。微禄難沾羞菽水，幾時三畝事躬耕？

金陵懷古 五首

大帝城臨江水深，波濤汩汩到江心。降幡一片終當挂，鐵鎖千尋總易沈。巴蜀已墟難北伐，長平未下正南侵。故應王氣爲天子，只會吳人爾汝唫。

隋家金甲過淮西，朱雀門前亂鼓鼙。疑是新聲歌未罷，幾番春草緑初齊。美人何意成黄土？天子同時葬濁泥。宫樹凋殘螢火没，芳魂應共夜烏啼。

亂離歲月易蹉跎，乘暇新亭載酒過。傳國可憐無玉璽，渡江何處是銅駝？人心未去逢光武，風俗相沿到永和。賴有諸公同戮力，空餘涕淚向山阿。

細雨連朝著屐遲，東山長憶謝公時。階庭諸子遊都在，丘壑平生性頗宜。别墅總難尋故宅，甘棠依舊發新枝。淮淝地破將軍走，隔岸何人不賭棋？

淒涼故宅短牆平，江左猶傳陸士衡。家世宦吴兼宦洛，文章難弟復難兄。覆軍豈怨牙旗折？引領仍憐白袷輕。急雪回風昏晝合，誰人延停望東城？

贈新婦 四首

陋巷陳平宅，新停之子車。三星猶在户，幾歲不成家。亂後團圞少，燈前笑語譁。懽情無可託，意欲減鉛華。

隔夜愁仍在，鷄鳴早試妝。姑嫜都稱意，兒婦儼成行。門逕延人掃，羹湯洗手嘗。貧家荆布好，佳耦復齊姜。

從今偕我老，爾父竟何之？定薄中郎女，誰爲伯道兒？亂離傷骨肉，光彩賴門楣。絮語都難聽，新懽轉易悲。

異鄉棲息暫，白髪兩蒼然。慰我雙親老，期君四德全。風霜催短日，甘旨缺凶年。但得承懽意，依依亦可憐。

顔書引爲吉偶作

紛紛書法各不同，鍾王以來歷能工。生平性情有酷好，學書專學顔魯公。魯公忠節本勃勃，没後千年難銷歇。書法存者猶崚峋，以手按之純是骨。惟君懷古欽英姿，衆人捐棄，君以爲師。鬼怪軟弱態匪一，比之紛華不能移。即今學者轉相習，君更排衆能獨立。秃毫焦墨充老健，精神百不得其十。古碑宋搨總難尋，方子購求多苦心。雜出僞本復能辨，直者何啻予千金？家世藏書日已久，魯公真迹君自有。甲戌突經賊火焚，一時散落那得守？大字最傳家廟碑，岣嶁嶧山足並垂。見君雙鉤稱善本，筆法宛然見端倪。今年仝我過都市，故物會合非偶爾。賈肆原不知重輕，君一見之獨心喜。銀鉤鐵畫無攲斜，相傳出自尚書家。尚書已死誰當棄？向我稱道復歎嗟。苦學顔書書已成，聲名前與魯公争。學就大字最奇兀，紙背筆力同縱横。世間君固寡所許，人輒有求亦復與。本欲從君工臨摹，腕僵筆强不可舉。

秦淮渡 二首

盛夏江聲闊，橋平水漲時。青簾朝不閉，白舫晚猶移。貰酒爲同調，追懽亦蹔隨。寥寥舟楫興，回首易成悲。

行客紛來往，曾防顧值錢。聖朝寬物力，古渡有官船。計日支微禄，操舟盡一年。暴寒兼酷暑，過此輒相憐。

要離墓

伯鸞死後傍要離，泉下相逢宜不宜？ 燒殺全家成烈士，何如舉案定齊眉？

拜武穆祠

破廟荒阡長緑蕪，古今禍烈似君無。 牙旗卻建年何少，甲第將營骨已枯。 總爲過河成詔獄，竟留遺像向西湖。 異時亦有于司馬，往事同傷伍大夫。

闇淡灘

怪石翻濤勢崩迫，陰霾下逼蛟龍宅。 乍聞隔日已心驚，望見直防喪魂魄。 篙師索莫愁略同，須臾霹靂空中擲。 回頭卻失闇淡灘，高深定得幾千尺。 訴向真宰鏟欲平，默然惆悵到開闢。

延平道中

官路敧向山，山行每前跂。樹老藤稍垂，崖轉妨決眥。辛苦力作人，斬刈施農器。接畦直到巔，所争升斗利。高燥豈無憂？苗起翻毶毶。地暖物性宜，雨露隨天意。疲頓竹輿中，風土閲歷異。誰言閩不貧？持告此方吏。

錢塘江

錢塘江水水欲平，我行適值潮未生。人言八月乃澎湃，萬弩難遣波濤驚。江水怪底通海水，相傳人裹鴟夷死。不投鴟夷潮亦來，隨波激蕩或如此。明月飄風縱往還，壯士精靈古無比。

望越中

山川重抱錦如鋪，勾踐當年此定都。六翮已成猶去國，三津纔渡爲亡吳。果然蔓草棲麋鹿，依舊春風叫鷓鴣。同是報仇君得計，每從雌伏憶雄圖。

紀變三十韻

異變逢今日，傷心肯戴天？乍聞難遽信，閱實不虛傳。太祖營豐鎬，文皇宅澗瀍。論功超百代，卜曆合千年。奕葉承基固，神孫毓德緜。亂常弭蠢爾，威直勒燕然。今上稱英武，前王付仔肩。一朝消鼠祟，百辟仰龍卷。君相寧言命，遭逢會有愆。太平成積漸，多難每相纏。同裂黄巾起，猶將赤子憐。四方罹慘毒，百計止戈鋋。只謂氛終息，那知災不竣。金甌防破碎，玉座竟顛連。西北邊爲守，東南急可遷。死生依社稷，勸沮盡拘牽。雲出蒼梧遠，花開素棕偏。天心宜未厭，重耳倘能全。深恨宜靈訴，遺言尚血鮮。攀髯須及早，俯首必難前。義本關存没，名寧愛簡編？聖人遭此禍，後世莫輕沿。念自初膺籙，何時不撤縣？蠲原無旱澇，賞豈惜金錢？屢出師頻挫，推誠任更專。要津徒議論，門户費周旋。人事宜分咎，天誅肯再延？璽占須有屬，鞭著定誰先？分到諸生賤，仇看率土堅。杜鵑聲裏月，淒絶未曾眠。

卜釵詞

盤龍鏡荒垂鬢亂，金釵雙雙貼在案。正思嫁時插戴宜，一心擬爾長相伴。人自分離釵自雙，粉汙香痕光欲盥。金釵金釵爾有靈，爲余落地莫驚散。一邊敧倒一邊立，想是他邊有事絆。低頭拾釵雙淚流，怕人羞作高聲歎。

得家信

踪迹東西本自輕，幾年三畝廢躬耕。折梅無那春先老，握粟將行卜未成。夢繞鼎湖思故主，禍傳鉤黨到諸生。江流直下通吳會，待爾中興話太平。

客倣釣園七閲月臨行詩以紀之呈園主人宰老師得八十韻

海外占星紀，天南足島夷。高山踰巇業，古郡得逶迤。地去羅浮近，名將吳會比。客曾尊陸賈，祠喜拜昌黎。風俗傳來美，經過覺此宜。名公嘗間出，隔代每相持。當世推令望，先生適我師。振衣從嶺嶠，釋褐理桐陂。未報三年政，因慙一日知。公門蹊不少，行道李先衰。儒果爲謀拙，生翻怪數奇。長懷惟一飯，難免是朝饑。去國雖身在，依劉已迹奇。山川都錯壤，吳越匪臨岐。敷淺方乘舸，崎嶇更載樏。灘高經闇淡，雨歇驟驅馳。分合登堂拜，情應負笈隨。踰時纔得息，涉遠不爲羈。夫子思家久，於心愜素期。少年譚仕宦，中歲恥羈縻。朝野由來異，煙霞信所之。爲園從彷彿，近市任遊嬉。性静喧無礙，人閒物每怡。

茅茨堪偃仰，别館竟迷離。霧樹連蓬島，奇花分月支。平林恣悵望，亂石隱傾攲。宛轉通三逕，芳菲過四時。荔枝紅未熟，橘柚緑初垂。餘畝爲餔鶴，荒郊亦聽鸝。和風常欲動，造化總無私。暘谷疑春早，深居似日遲。好山常近閣，傍户卻穿池。樹下横漁艇，磯邊落釣絲。珊瑚光爛熳，翡翠語參差。濯足波流闊，披衣涼氣颸。磻谿人未老，富瀨寵如遺。此致誰堪共？同心得數追。東山頻折屐，北海且盈巵。賓客交無雜，文章調豈靡？陸機真善賦，謝朓最能詩。吾道玄宜托，良才壽夙推。何人不受簡？有客盡衣緇。門外膠兼漆，堂前塤與篪。家山況待我，丘壑定爲伊。秖是仙成骨，寧煩俗用醫？盤飧羞異味，絲竹譜新詞。富貴須行樂，佳辰莫遽摧。相期還白首，所恨是朱眉。大難今方作，皇輿已竟虧。全生恩浩蕩，忍死涕漣洏。慘變傷明主，功高賴義旗。山河仍一姓，日月政重麗。幸際中興會，兼成吏隱資。江南如宿昔，嶺畔益怡熙。但有葵心切，難忘蒿目悲。行邊初憶李，典樂即思夔。半壁圖恢復，中原問倚毗。處真清寤寐，出果係安危。竹木重教護，亭臺肯令隳？蹔時權命駕，歸沐又扶藜。谷口終須返，山靈敢妄移？偶來陪几杖，過此只愁思。作客原同寄，探奇忍厭罷。登臨咸寓目，吟詠每枯髭。舊國稱餘蔭，孤城挹短籬。興亡胡太驟，彼此顧成蓰。得得棲初穩，勞勞去不疑。懽悰因菽水，恩斷是扊扅。遂使遊如夢，那知恨轉滋。冬殘節暗換，人與歲俱辭。惜别争貽縞，臨行盡唱驪。去來經萬里，爾我各天涯。世網前愈密，浮生禍獨罹。虛傳高士傳，難碎黨人碑。顧及誠多事，膺滂故足爲。全身期有術，歷亂頗難劘。握粟徒空往，茹芝合在兹。竟成天際想，卻望水中坻。漢祚終無恙，桃源不復窺。可憐昨夜月，猶照日南枝。

雜　怨

記得東鄰伴，堪堪到我長。偏他容易嫁，對客喚王郎。

感　舊

夫子粵東彥，先皇諫議臣。山川徒悵望，南北此酸辛。斷續中興緒，艱難扈從身。大風如不起，天意可重陳。

五日山中作

山中五日如昨日，濁酒菖蒲例不失。榴花艾葉次第開，人家插戴雅相匹。正憶金陵甲申前，秦淮新水含新煙。自從四月到八月，非因五日始乘舡。怪底一節成一俗，畫舡愛與龍舡觸。相傳屈子沈深淵，輕歌只唱採蓮曲。樓頭女兒鬭新妝，珠簾高挂倚垂楊。心上顧盼口唧唧，隨風雜沓芙蓉香。黄金白玉錦作會，少年只愁有老大。六街燈火七香車，瑶琴弄罷無聊賴。君不見，秦淮十里漁網稀，千羣飲馬較馬肥。

同方爾止飲潘蜀藻石經齋同賦

我與君常會面難，逢君約便過潘安。里門縱到翻成寄，饑糲雖炊怯勸餐。賦就閒居時獨往，朝來掃逕待同看。詩朋已作經年别，高興何妨與夜闌。燈照黄花秋悄悄，席移翠竹影竿竿。乍寒不覺添衣數，貪詠都忘佐酒寬。白水識從篇裏見，香山集向肘邊攤。老于七字真情性，遇有知音起唱歎。始信浮杯羅衆妙，用閒居賦中語。秖宜投轄續餘懽。詞場寥闊聯雙璧，一是山人一姓潘。

代姬冰浮答東陽趙春□孝廉用原韻

不定憑樓望，山圍面面蒼。伴空思越女，老欲就徐娘。門掩閒花落，春深鬭草芳。愁心抛蟻緑，鬆鬢稱鵶黄。慮及爲商婦，羞聞是教坊。妾真同冶葉，客故索明璫。聲和秦筝細，歌添子夜長。輕煙籠綺席，異味疊瓊漿。剩有人如夢，虚傳壻是郎。暮天一倚竹，芳訊罷焚香。影隻釵宜燕，衾孤曲有凰。舞衣何日换，鸞鏡爲誰荒？月定知予意，風能置汝旁。銀河迢遞路，離會兩茫茫。

續成苦樂相倚曲

漢成瞥眼向飛燕，班女倉卒趨下殿。俯地呼天不自明，庭樹秋風泣團扇。宮人聞言前致辭，苦樂相尋知未知？金屋恩深歌吹日，隔苑含悽莫訴時。班女一聲長歎起，與汝同收傾地水。悔甚當初排陷人，到今苦樂成依倚。問誰觀者淚更多，主雖苦向樂中過。自從身入深宮裏，未覩君王面若何。

和駕侯悼姬詩 次韻

冶葉倡條覆狹斜，青樓猶覓舊兒家。風流淚盡徐娘冢，楊柳陰沈越女紗。夢去屢移江上楫，人來正及雨前茶。石城城畔菖蒲草，傍得香魂是落花。

詠竹似石經齋主人潘蜀藻

場圃無多先種竹，到門蒼翠欲氤氳。主稱舊識每相待，客爲貪看不厭勤。高節會須求養法，甘蕉那復惜彈文？西家正辦春來地，但破籓籬任此君。

西施詠

教成歌舞入姑蘇，又別姑蘇泛五湖。亡國恨添眉黛好，從他臺上長蘼蕪。

詩中畫

偶閲山人方干集，集中有詩贈陳式。稱其水墨山水工，下筆均分造化力。與同名姓事較奇，今古何必皆參差？亦恨有手不善畫，敢以前身認畫師。唐一代推王摩詰，摩詰畫嘗與詩匹。至今傳是摩詰詩，畫何止亡十六七。君不能詩但能畫，畫傳尚借山人筆。如王摩詰兼已難，千百餘年二當一。

春思

初日上珠箔，自起梳雲鬟。施朱每宜淺，畫眉常欲灣。嬌小恣愛惜，新妝性所適。愁怨忽地生，明鏡掩且擲。豈無夭桃花，折取比妍華。亦有金縷衣，堪著弄芳菲。晝不爲長夜不短，象牀鴛被尋餘暖。依然展轉未成眠，相思枕畔落金鈿。

同方敦四坐草閣上有懷宫詹先生

夾砌難分竹樹陰，三年圯上一幽尋。每逢倚杖爲搜句，想見登朝不廢吟。諸少只今才並妙，故人到我語能深。清秋月與方塘□，照見閒雲出岫心。

古怨詩 二首

從今莫苦思，思君君不知。從今亦莫夢，夢見無見期。常歎意中人，不如眼前花。花飛猶戀樹，人去不還家。

春花灼灼開，春女心徘徊。春花簇簇落，春女心錯莫。女好日日新，花貪歲歲春。一年花一度，作底花驕人。

有懷方坦菴先生

吴興喪亂餘，歸來葺茅宇。海鶴素所調，愛看刷毛羽。客至門一開，竹杖常獨拄。當其索句時，不復謂詩苦。出山驅柴車，應是以名取。行藏本相關，豈曰戾于古？冷然池上亭，别後猶再俯。二三兄弟交，家書從借覩。最傳鬢髪皤，又聞歸興阻。百年任運心，浮雲自吞吐。

美人新墳下時同行者皆有詩予亦作此

春霜甚秋霜，頃刻凋紅芳。紅芳飄泊委何處？香魂尚在風低昂。去去春山春草緑，濁土一抔深瘞玉。蘇小墳前海水流，聽我翻成斷腸曲。願今莫戀脂粉新，願今莫共花月嗔。見説年華二十七，不死如何是美人？

瓜藤興戲示兒子

人家兒子如玉樹，我家兒子如瓜藤。瓜藤爲物容易長，刻地凝眸翻不增。我今行年四十五，十二年來爲人父。一年十九住他方，教養何曾身作主？昨者别在三月前，試比出門高一拳。將無兒長畏我見，擬作瓜藤然未然？阿翁爲客非得已，阿兒長亦有時止。細思冠帶爾成人，多應老得歸鄉里。

偶然見

青苔漠漠上庭陰，每爲春光出户尋。一逕香隨羅襪影，蓮花虛費内家金。

海　棠

濃映朱脣淺映肌，春風作意與支持。沈香亭子闌干外，鬢亂釵横睡起遲。

楊廉夫弓鞋行酒戲爲解嘲

弓鞋脱作勸郎杯，杯到郎前不用催。得趣正須鞋漉酒，蓮花一瓣雨中開。

子夜讀曲 予最愛六朝此種詩，遂不覺揣摩過當。　四首

懽是弄船兒，那慣船頭坐？　水深風浪高，看懽不得過。

懽笑懽有因，儂愁儂是真。剛刀初出鞘，分明好殺人。

懽言儂是花，儂言懽是蝶。蝶採花時蝶有情，將花比儂比不得。

亂拋頭上簪，橫拖脚下帶。是儂還是懽，懽圖身子快。

榴艾吟

石榴花開紅似血，開時非爲端陽節。美人晨起理明粧，艾葉榴花同採折。榴花雖是俗邊花，未應與艾無分别。撮合一處上人頭，相依可定心相悦。亦言草木本無知，又爾恩情容易訣。一年一度一端陽，艾過今朝躬不閲。君不見，東家少婦勝花妍，一生身伴拙夫眠。

梅花下作

一身硯北逕從荒，白間紅開更幾行。亂我鄉愁無驲寄，貪他春信有蜂忙。晴方助豔欺高士，風故催粧覓壽陽。索向黄昏饒一笑，也隨疏影暗聞香。

詠榴花歸家作

繁枝低共短檐争，正是開時恣意榮。紙帳每連青欲暗，朝光纔吐豔偏明。新栽梅樹成陰瘦，舊種桃蹊結子盈。記得年年當此日，與君相見忒多情。

除夕

兒女雙雙看長成，一年已過一年情。窮愁泥我無驅遣，日月催人有送迎。堂上椒花堪作頌，階前梅蕊競含榮。欲知新歲余何事，書卷蕭然又遠征。

壽外母方夫人

佳氣晴浮雪後萱，南山獻壽酒盈尊。即看戲綵爲嬌女，便可含飴弄外孫。話到往因皆幻影，心依繡佛本慈門。從來福慧兼常少，健飯人間已是恩。

贈姚經三

吾道升沈屬渺茫，因君一倍晚來狂。聲名不借吹噓力，中外都傳翰墨香。雲母屏高因弟子，汾亭學在自門牆。猶言虎賁中郎將，肯薦桓榮到講堂？

芍藥效李義山體

豈是花開怯早寒，春光要爾殿春殘。蜂黄蝶紫紛窺徑，露重香繁只倚闌。翠幕穩尋神女夢，新粧如共洛妃看。鸞箋小疊他年恨，緘付東風問牡丹。

香奩體

鈿尺從君仔細量，四分加倍減相當。貼苔小視錢爲暈，削筍尖聞玉有香。莫去鞦韆心最怯，倘穿金鐙見何妨？流蘇帳倚屏山焰，轉側難禁漏影長。「轉側」出飛燕外傳。

燈市行

先朝燈市東華門，百官假放恣遊軒。世事滄桑頃刻變，徒有傳聞不及見。目今漢人驅出城外住，賣燈之家鮮定處。雖復沿襲稱曰市，日則填衢夜弗似。絶妙最數屏山新，章施五綵遥遵循，春草春花髣髴真。紛紛爲何看燈者，特因夜色遥相假。有如美人弗御空羅裳，能無徘徊感歎增離傷？顧乃高堂白日成虚張。故鄉雖小，火龍竹馬簫鼓雜還向天明。人亦言，燈火繁華更莫過帝京，肯信孤館垂帷挑短檠？

石鼓歌

岐陽大獵泐石鼓，一千餘年委宿莽。皇唐得自陳倉中，就近安置夫子廡。搨本持索昌黎歌，長篇寄慨思李杜。石鼓賴此神飛揚，未幾金錯星垂鉒。珍重藉襯本色出，已亦悔之由多藏。神物遷徙非偶然，至寶因隨燕鼎傳。政和十鼓失其一，春戳未壞終完全。悉數皆出昌黎後，與告昌黎知也否？太學竟用博士言，及今莫歎蹉跎久。中興想像暢王靈，天子蒐乘百國聽。文事武功相並見，小雅猶漏石鼓銘。蟲彫鳥剥歲月多，邊傍點畫從差訛。不存乎辭存乎器，天地將如石鼓何？老生逐隊入太學，摩挲未了追緜邈。往事張皇各有時，周道西悲心自覺。請觀昌黎以下代揚搉，奚止昌黎之歌共昭倬？而我用蕪詞逞琱琢。

明妃詞

萬里和戎事已真，君王愁接別時新。中原得免流離苦，何惜蛾眉遠嫁人？

代漢宮怨

反魂香裏覓情親，似是如非不肯真。長信草荒金屋冷，將心卻戀死夫人。

長信宮詞

玉漏沈沈夜悄然，君王行幸阿誰邊？合懽殿裏無燈火，綴得隋珠似月圓。

金陵次答方爾止贈行詩

每憶青溪把釣竿，得凭水檻話清懽。廚烹鮮鯉兼招客，門繫驪駒懶卸鞍。行地轉蓬時自喻，出山小草敢同觀。詞壇賴爾稱知己，親老家貧不擇官。

次韻答方樓岡建寧贈別

相逢猶憶舊論詩，不應詩成出手遲。身傍雲霄常覺迥，老來貧賤只如遺。他鄉春換旗亭柳，岐路人驅載道驪。只道詞壇風雅在，君吹塤合我吹篪。

姚龍懷陞副院用方還山韻寄賀 三首

時清未信諫書稀，抗直何人屢叩扉？一室憂心連蔀屋，九重霽色動端闈。夜看卿月窺青瑣，朝假臺霜領繡衣。主聖臣賢誇盛事，頌成今日可能幾？

里門先達數英稱，氣運微君孰與應？天爲興朝儲上相，遇同漢法起中丞。威傳赤棒風清道，響遏朱絲直中繩。想見陰陽資燮理，垂紳更欲泯丰稜。

百尺樓頭枉自雄，飄零湖海竟成翁。雲泥異路頻傳鯉，車笠逢時倘避驄。聖主每資回輦力，蒼生悉荷濟川功。只言造物殊榮悴，捉鼻如君豈易同？

贈朱厚菴父母四十韻

乾坤逢道泰，維嶽挺名賢。枳棘棲何暮，康莊驟獨先。都梁于古重，遠志及兹全。補救惟規久，寬嚴不舉偏。所嗟餘瘠土，相得是廉泉。作吏應如此，遭時詎偶然？及期看歲改，憂旱已心煎。石爍驕陽日，塵流下濮田。瞻雲牲璧罄，引咎苾芬虔。澤靳僖公雨，村寒介子煙。無憑荒政在，有限聖朝蠲。處處燐相續，紛紛命倒縣。本心生惻怛，由己起顛連。升斗皆稱貸，饔飧與接聯。關門來隔縣，遠近荷高天。麥秀岐生穗，蝦沈蝗負蝝。伊今追振古，大有竟編年。始驗誠能格，隨聞詔已宣。人齊登衽席，法總破拘攣。鳥雀何曾逐，河魴在所搴。風詩增十五，禮樂自三千。金石鏗絃誦，春秋肅豆籩。漫勞求也俟，堪笑俗相牽。喻許通慈筏，才兼濟巨川。行人誰復歎？王政此無愆。攬勝江山麗，留題琬琰鐫。異辭均晉乘，大筆擬王椽。香火蘇家磑，滄江米芾船。種花懷縣令，飛舄漢廷仙。未信文章妙，還因政事傳。三年行處絆，一榻坐來穿。春歇王孫草，歌翻相府蓮。中宵陳醴酒，白晝恥高眠。雲母屏風展，崑山碧畫鮮。端方宜共處，壽老與同延。雅愛�晚，名畫御座前。行將超典選，興莫阻周旋。老至思逾拙，歸懷夢屢遷。功成張晝錦，客到敞華筵。再得陪朱履，應知舊有緣。

姚注若春水船落成即用爲韻

別館經過又一新，艤船相勸酒千巡。深林燈火出樹杪，十月天迴此地春。問船遠在江之涘，操而置之一壑裏。急流有待濟川還，謂可舟居不須水。冉冉蓬壺集衆仙，老同仙坐豈無緣？功成只擬五湖去，何似君家春水船？

偶過姚注若兹園用齡若韻

爲園只擬避塵氛，城市山林枉自分。樹正稠時皆礙日，亭於高處每棲雲。從教暑退常留客，最愛樽開必待曛。老我半生書籍少，東家莫就爾爲羣。

石瓊甫赴賓筵

丈人昨自海門回，笙瑟聲中綺席開。誰同揖讓平湖長，榮藉皆言在草萊。聖主省方新下令，鄉飲酒禮關國政。肉帛金錢只等閒，一尊酬酢將予敬。劉寵清風江上傳，每先縣道禮高年。詔書竊恐人難稱，闔郡旁求翁最賢。平湖長忽矜於色，射中甲科分鼎食。但看幷肩老布衣，匪惟貴爵惟貴德。

潘蜀藻六十

江上縣最稱桐子，環桐子擅山川美。三百餘年屢降神，後先不少賢人起。間氣鍾靈問阿誰？木厓先生海内知。春秋似笑彈丸小，龍眠忽配崧高詩。地賴人傳成不朽，其人何必朝廷有？只如天不靳斯文，大業千秋在吾手。走筆分驅書卷神，著作高于七尺身。詩篇刻纔十六七，頓使雞林耳目新。博學弘詞紛應召，乾坤俯仰供長嘯。國門價一聽人增，珊瑚織罽羅光耀。五月開尊泛紫霞，奉觴先揭講堂紗。萱花紅映菖蒲緑，便可神仙聚一家。壽母登筵加抖擻，抖擻孺子斑衣舞。更指孫枝上拂雲，眼中三代同摩撫。高揖南山爲祝君，峥嶸北斗爛星文。四方借得聲名去，羔雁朝來定幾羣。第一豐功及梓里，風雅搜求矜片紙。地底無端白骨生，謂若無知幽無理。洛下商山想舊遊，昇平冉冉百無憂。文壇酒社從前事，重繪風流兩白頭。

張齡若自葺一蟋蟀窩詩以落之步原韻

幾時寒氣奪炎蒸，葺宇工同墐户興。剥啄傳聲無俗客，推敲索句任詩僧。讀書無就窗前日，種火恆消硯上冰。小小一窩康節意，從人高閣自層層。

送何省齋歸江寧兼寄令兄辨齋 二首

風流常説舊龍眠，浩劫回看不記年。相府門前塵忽掃，文孫江上錦初旋。詩篇沈謝才名並，墨妙鍾王腕力縣。未信家山增氣色，朝來物外起雲煙。

高堂色笑乞閒身，萊綵花間學士茵。一月鄉情輕作别，百年歸興總來真。謝庭柳絮憐嬌女，樂令冰清映故人。驃騎江頭如問訊，舊詩親見出懷新。

輓姚小山

郭外旗亭只片時，懽場色不見淒其。一官自此于天近，中道何堪是死離？磊塊胸難消濁酒，牢騷氣肯付庸醫。行裝攜得中郎秘，未信輕抛杜老詩。

石瓊甫初度

予行方州十有九，所見人於父母年，歲歲聚客稱萬壽。獨怪吾鄉俗與他處殊，堅泥旬頭待戚友，在禮相傳當也否？予今於郡飲賓石先生，甚信先生之福之偏厚。仲冬廿有七日七十五春秋，二妙偏借人言侑大斗。因知先生之福之獨鍾於酒，更不偶困於酒之爲善飲酒。然所聞七十五年以來積累分外深，二妙必然以次拖青綬。從今隆隆壽與日争高，伴莫漸同蕉葉叟。或亦付此醒然坐嘯翁，雄談長託先生後。

方中通

字位白，號陪翁。郡諸生。余從姑丈太史以智中子。性篤孝，幼隨父宦京邸。甲申，父棄家流離，重跰奔侍。父被仇陷，檄至，挺身矢殉。有司上其狀，廉使佟國禎謂忠孝萃一門，非孝子不足爲忠臣子，一時卿大夫感其血誠，事得白。由是纘承先緒，研究天人、律曆、音韻、六書之學，著有數度衍、音韻切衍、篆隸辨從、易經深淺説，又闡明明善、文孝、貞述、文忠四世理學，著心學宗續編。晚年從遊士日衆，著繼善録。詩文集凡數十卷行世。卒年六十有五，學者稱繼善先生。

五老峯 時老父以世外度嶺至匡山

九雲屏作磴，雙闕石爲門。霜雪何年老？兵戈此日存。泉雖抛井里，山卻抱兒孫。脚下南康郡，鄱江一綫痕。

三疊泉

玉川門裹入，萬仞響藤蘿。當作冰山看，其如雪窖何？飛流猶曲折，絶壁尚風波。指點遊人路，先從緑水過。

贈干雲龍

兵戈猶未絶耕鋤，收拾乾坤入草廬。萬頃煙波三畝竹，千峯羅列一牀書。療饑時乞鄰人米，閉户還臨長者車。盡日縱談忘主客，同過籬畔剪園蔬。

母大人攜三弟粵歸相遇青山舟中

蠻煙瘴雨走風雷，下拜先驚海國來。母子放聲同一哭，弟兄攜手看千回。眼前白浪翻天地，意外青山聚草萊。留得故鄉丘壟在，烏啼鶴唳有餘哀。

湖田留别王賓明

煙裏人家浪裏城，數竿青竹慰平生。圖書歷亂衣冠偉，户牖蕭條鬢髮清。湖口不流當日水，石鐘猶帶舊時聲。風帆此去過彭澤，夢到樓頭月正明。

夜登雨花臺

兵戈不改舊繁華，錯認當年一片霞。畫舫歌來吳下曲，高樓吹落笛中花。九重塔影江千里，六代松聲月萬家。餘得閒人臺上步，夜深聽遍後棲鴉。

拜方正學先生祠

今古完名節，乾坤屬幾人？先生能報國，門下亦捐身。先世伯通府君諱法，中建文己卯，出正學門，爲四川斷事，死靖難。正氣横霄漢，陰風泣鬼神。可憐同室鬬，尚且念君臣。

海門解纜

海門天曉朔風呼，一粟中流望小孤。江岸花開都是草，汀洲筍出未成蘆。歸雲紫塞千行雁，野店黄昏幾樹烏。遊子驚心渾不看，明朝猶喜渡鄱湖。

銅官阻風

汀洲蘆荻隱孤城，斷渚殘煙野草生。茅店日高無犬吠，荒祠風到有江聲。波濤自識漁人慣，身世都歸燕雀輕。隔岸夕陽紅墜地，扁舟西望不勝情。

莫愁曲 二首

生女莫教美，美女莫教歌。此生無懽時，愁殺復如何？

自知愁不已，聲聲唤莫愁。湖水照遊人，遊人慎勿遊。

文石篇 時省親汭林

吉州之南西昌北，中有桃源堪偃息。特爲蕭君孟昉。到此間，頓令老父開胸臆。古寺新題一段雲，主人好客真殷勤。門前溪水流清淺，照見溪中石上文。有如白砂黄金研丹漆，小李將軍畫不出。又如周彝商鼎起雲雷，王爾公輸造不來。其潤儼如脂，其細又如髮。泥沙不能汙，塵埃不能没。乃知天地自有真文章，一草一木能生光。日月摩挲時蕩漾，秋霜春露豈尋常？但是遊人看此石，一聲長歎還憐惜。此石不生北嶽與南山，又不相逢五湖與七澤。胡爲盡避世間人，徒向山中空斂迹？嗚乎！不遇南宫珍如璧，何人不將汝拋擲！

枯荆再發

一榦千年插碧空，亭亭孤立獨當風。已居世上榮枯外，不在人間生死中。節苦有情通草木，歲寒何意表青葱？劫灰燒盡心難滅，再造靈光豈化工？青原爲七祖道場，倒插荆條在塔院右，千餘年枯朽獨立，笑峯主席時發一枝，老父主此，冬日更發三枝。

乙巳除夕老父賜詩曰念汝隨余學環中竟左旋冬春看兩度首尾算三年風送新花雨詩將舊夢圓沖之傳歷意誰與問青天敬依原韻

未能長削髮，扶杖敢言旋？暫忍承懽淚，同過出世年。門無春色到，夜有雪珠圓。身世都除盡，山中不問天。

臨江與梅耦長李維饒飲施愚山先生就亭

燦爛芙蓉屋，先期夢裏遊。城頭生遠樹，簾外數行舟。鳥亂黄昏月，江明白露秋。尊前應共醉，回首不勝愁。

秋日雨中望江亭用范西漢大觀閣韻

漫將醉眼逐江頭，簾卷西風控玉鉤。孤閣窗臨千樹雨，一城山擁萬家樓。奔來秋水何曾歇，埋入煙雲不見流。爲問鳳凰臺上過，可能還似武昌遊？

自矢 時辛亥，老父粤難作。

男兒不經患難空平生，讀書萬卷何所成？更憐饑寒逼迫驅塵土，碌碌老大埋愁城。一旦風波起倉卒，黑雲蔽天雷雨疾。痛吾廿年世外衰白之老親，正是男兒瀝血捐軀之一日。日吾親日，軀吾親軀。刀鋸鼎鑊在斯須，挺身直入天一呼。呼天不應天垂淚，思親恨不生雙翅。一斗赤血迸虚空，半謝青天半遠寄。寄阿兄，慈幃余左右，願兄早南征。寄阿弟，杖履汝舟旋，余無分身計。此生患難屬家常，判我七尺捐故鄉。余家患難來遲原意外，眼中立地粉碎有何害？但使不畏饑與寒，不負詩與書，了此男兒之志復何如！

四弟入邑

急難星馳湯火前，倉皇熟視不須憐。一腔熱血黄金賤，千里寒心白髮縣。骨月恩深危困日，死生情付有無天。累君百口休嗟我，此際分離聽檄傳。

檄至繫獄

臨難安求免？一門視此身。不才堪下吏，無計可寧親。兄弟迢遥路，妻孥頃刻人。可憐慈母淚，先爲我盈巾。

再繫尊經閣

捐軀方瀝血，再繫復何辭？不畏投羅網，寧愁生別離？忘憂皆樂土，耐辱即榮時。千古藏經處，慙余始下帷。

閣中漫書

古屋惟餘舊薜蘿，羈棲拭淚托悲歌。姓名無處逃今古，天地從來是網羅。四面雲山千嶂少，滿城風雨一人多。清宵只有思親夢，可奈鐘聲到枕何？

次韻荅内

明月離人各一涯，碧空相對半樓斜。離人不及天邊月，月在天邊影到家。

臨風咫尺是天涯，獨卧樓頭月影斜。寄語卿卿休墮淚，夢魂無禁尚還家。

聞老父廬陵自詣飲泣書此

歷遍刀鋒後，空門亦化城。老親不畏死，人子敢偷生？兩地同時繫，千秋此日情。佛恩如有在，拭卻淚縱橫。

老父賜詩曰此日尊經閣應知負荷薪臂休慙九折易不厭三陳藏壁有深意舉幡難脱身門門堪立地毋只恨家貧半生數度衍不肯自言占難學隱身葉懶垂餬口簾苦瓜偏結蒂橄欖漫夸甜閣上攤黄卷殘燈也上炎敬依

原韻

圖書承五世，只愧舊傳薪。別是江山恨，情從刀斧陳。有家堪共死，無術可分身。析骨還親願，寧憂此日貧？

學易拈蓍草，捐軀豈用占？此閒能破壁，何地復垂簾？身竟藏紅鞲，天惟付黑甜。燈傳藜火處，千載向空炎。

諸伯叔朝夕過慰

世外遭風影，一門憐我親。安危移頃刻，驚喜積艱辛。淚逐千行雨，心飛萬里塵。晨昏消息到，日日報羈人。

奔喪

老父舟次萬安去世，親故保釋，乃得奔喪。

灰燼飛霜出世奇，舉幡拚我受羈縻。那知伏地呼天日，翻作生離永別時。完節已酬君父願，慈恩難救子孫危。纍囚餘得奔喪痛，罪負丘山欲訴誰？

除夕喪次寫哀

歲盡荒郊雨雪殘，炷香孤櫬北風寒。終年射影終天痛，此夕遺容此地看。願得生還嘗患難，不將死別易平安。九京恐觸酸心處，幾度吞聲入夜闌。

濯樓思親

曲滸新開迴不同，竟將此地作江東。遠浮南海家何在？老寄西昌夢已空。煙鎖寒塘千樹雪，花殘啼鳥一樓風。遺踪幾處高題額，留入孤兒淚眼中。

壬子故鄉難復作辭柩歸里

去年故國捐軀日，今歲他鄉赴難時。但使兩番全骨月，何妨獨子受羈縻？痛餘大哭翻成笑，寃是深恩總願癡。半載荒郊腸寸斷，不堪旅櫬更分離。

前難得解

君不見，一門争死稱孔氏，弟兄子母垂青史。又不見，西川豪傑附黨人，恥不與黨先自陳。彼爲友朋尚如此，何況儼然爲人子？吉翂虞顗本同心，同此一片赤心耳。回憶難作捐我軀，不料此軀存斯須。兩年繫獄再繫閣，今日尚存豈非天地之恩乎？不畏死，血滿紙。痛哭陳情詳院司，代父直心直如矢。悲號呼蒼天，聞者俱生憐。憐我不肯脱羅網，委曲導我真纏緜。嗟哉！吳道郭揖原奇特，黄金百萬買不得。非是不遵宛轉之殷情，乃深痛吾老親之不測。鐵錚錚，寶刀鳴。同父死，同父生。不敢重身輕白髮，寧甘得罪粉吾骨。豈意使君感此言，竟將我詞直達粤。粤督疏上春風吹，賤子之名朝廷知。嗚乎痛哉粤難白，魂招不來哀孤兒。

赴皖

闔中兩月羈，郡吏忽然至。云是奉上提，老母先垂淚。逼迫倉皇中，從容告郡吏。去年難作時，此身便捐棄。慙愧復生存，刀鋸何驚悸。但願暫還家，母子一相視。堂上哭無聲，兒前驚仆地。妻孥無一言，頓足横涕泗。舉身蹈湯火，本是男兒志。父在不惜軀，父死何所避？揮手便登程，竟不知勞瘁。意外得生還，原非分内事。

日夜冒炎蒸，馳驅不得已。赤日照天心，白雲墮溪水。一片烈肝腸，今日云已矣。藥餌備刑傷，衣被藏片紙。音問恐不通，十生知九死。痛哭再陳情，恩沾從兹始。三度皖江行，驚憂俱成喜。疾風雲不生，迅雷雨中止。至情感天地，何況皆人子？苟非福星臨，未必能如此。

扶櫬歸葬浮山

風波影裏路茫茫，薤露歌聲入夕陽。家在神州無異域，魂歸故里亦他鄉。三千里外來煙瘴，二十年閒總雪霜。今日彌天皆楚些，羈人負土更淒涼。

天池風起逼人寒，里老吞聲淚未乾。末劫尚能留爪髮，名山猶許葬衣冠。夢爲蝴蝶求仙易，歲在龍蛇問世難。遺命只依先壟畔，紙灰飛入碧雲端。

除夕同伯兄三弟墓側寫哀

兩經除夕總風波，旅櫬孤墳灑淚過。憂患日長衰絰短，團圞人少性情多。無才抱恨非貧賤，不孝空慙試網羅。今夜山寒天地凍，舊時鐘鼓聽如何？

後難得解泣書

煴火三年到華門，投羅身不計生存。只憐白髮歸黄壤，今日安知脱子孫？

靈泉寺遇陳良佩還山伯

浮生閒未得，乘興若相期。泉冷人間味，梅香臘後枝。夕陽歸鳥亂，晴郭暮煙遲。偷作尋春客，東風亦不知。

椒園孫威公留宿

偶來蒼翠裏，一逕入雲煙。峭壁水聲怒，短橋人影穿。峯環門外立，天落谷中圓。勝地成吾醉，高樓夜雨眠。

又次小愚韻

四時青不斷，花雨日相迎。曲逕移山色，危橋截水聲。一樓啼鳥遍，雙嶺暮雲橫。世外留人處，閒敲石上枰。

響水崖

谷口聲何遠，攀藤路更幽。倒飛千丈雪，擊碎一溪流。白到崖前斷，青從潭底收。遊人看不盡，宜作響山樓。

南畝小築初成

難餘重歷亂，小築擬容身。將廢田園在，偷安鷄犬鄰。茅檐猶向日，勺水已離塵。可得憂愁外，高眠看世人。

風横香到室，雲過晝生陰。遠樹村明暗，晴峯色淺深。池魚長短陣，林鳥去來音。不用衣冠處，纔消一片心。

過便足樓

小逕入松竹，高臺屋數閒。煙雲生几席，蒼翠滴湖山。榻遂詩書臥，窗收天地閒。遊人與啼鳥，相對不知還。

再示有懷

老大兵戈日，家園風雨樓。一身從此寄，五嶽復何求？伏臘將人换，賓朋帶主遊。不知山水樂，可敵世閒愁。

身世合幽棲，湖山繞屋西。峯晴雲路近，潮漲遠天低。雙屐常依檻，扁舟只在隄。朝來一乘興，直待暮鴉啼。

飲疊翠樓

芳草迎人一逕斜，頓忘城市入煙霞。竹因風過聲成雨，山爲樓高影到家。啼鳥中多將去鳥，落花旁有未開花。著身此地應沈醉，不管春歸減歲華。

强埠拜外舅陳芝山先生墓

歷盡滄桑舉世空，惟餘姓字老江東。百年事業升沈裏，一代文章喪亂中。秖爲蒼生甘自薄，誰從青史歎時窮？教人下馬陵前拜，淚灑荒原憶董公。

唐五序載酒同董西一陳第遠念祖舍弟有懷遊夏林主人彭羅生復演黎園

歸舟分賦

多年深院似山家，載酒臨風過水涯。怪石盤空生窟穴，蒼藤垂老作龍蛇。亭開曲澥千章木，逕轉平橋十畝花。争奈輕舟歸去疾，笙歌聲裏夕陽斜。

白松軒有感

一朝興廢處，廿載夢魂中。亂石亭猶見，横橋路不通。竹鳴前岸雨，鳥唤隔池風。惟有松窗白，濤聲與舊同。

飲陳輿敬曉園值雨

幽棲堪坐雨，簾外覺潮生。屋溜千崖瀑，池荷萬馬聲。魚争新露響，鳥立斷枝驚。竹樹埋煙霧，樓臺一半明。

蛟臺水漲阻風

樓頭放眼入蒼茫，餘得秋聲雁幾行。風雨天低無上下，江湖水合亂青黄。漂流没野山皆去，指點沿途路不長。整日扁舟隄畔繫，恨人端的是垂楊。

吴　山

西望滄浪一面開，四圍青上最高臺。峯環不放水流去，城過竟將山截來。百里江潮無信息，三年烽火有蒿萊。武陵終是笙歌地，未許遊人灑淚回。

木蘭女廟

沙場一望即沾巾，腸斷從戎逐塞塵。堪笑黃河無禁卒，遂令紅粉作邊臣。生前反盡男兒事，死後纔完女子身。豈是未央宫不貴？只愁嫁與薄情人。

鹿湖泛月

雨餘秋在柳隄邊，試放輕舟一採蓮。萬頃湖平潮未退，四圍山合月初圓。魚罾忽見中流火，村樹都成遠岸煙。興不盡時還索酒，滿天星斗落杯前。

小孤山

獨立無依倚，乾坤傲骨成。不從風浪出，何以試平生？

鄱湖行

三十二年前到此，曾泊青山山下水。萬仞峯頭父見兒，千里舟中母遇子。十年歲月易蹉跎，省親江右復經過。一年一度湖光去，湖水知余來往多。不期再歷十年後，天半陰霾昏白晝。夜渡鄱陽奔父喪，波平彭蠡移親柩。自兹别去十二年，眼中不見湖底天。今日乘風重破浪，回首往事心悽然。悽然雙淚落，往事猶如昨。離亂重逢潮水平，死生患難風濤惡。只今五老依舊立匡山，安得九雲屏上重見吾親顔？更辭七十老母天涯去，鄱湖鄱湖勸余當蚤還。

大庾嶺

縱目無南北，誰從嶺上分？朔風摧木葉，炎海住關雲。路折山移險，峯迴語不聞。梅花何處寄？空憶白紛紛。

中秋無月

聽慣西風落葉聲，尚餘一半度三更。人閒此夜雖無影，天上何曾罷卻明？

和杜陵諸將五首

十萬貔貅玉案山，歌臺舞榭豈嚴關？功名易列韓彭上，生死難分楚漢閒。回憶將軍曾縞素，忍令帝室盡朱殷？ 英雄縱不論成敗，話到君親亦汗顔。

一隅雖可作金城，羞建三山九仞旌。 謀出股肱惟鬻爵，寒忘脣齒豈連兵？ 未能射日天皆墜，翻令揚波海不清。 此輩兒童無上下，中原容易説承平。

珠江傳燧亦邊烽，五嶺何愁有萬重？ 楚帝終歸唐代死，秦臣空受漢家封。 寒心父子多年異，屈指餱糧幾日供？ 麾下可憐名士集，猶誇禮樂與兵農。

蓬萊空羨一時標，蜃氣從來只自銷。 那有田横真烈烈，即求董憲亦寥寥。 鳩終不讓巢居鵲，狗又何須尾續貂？ 千古降旗無别意，偷生浮蟻暫趨朝。

兵氛四起總南來，朔漢風高動地哀。 自是斗牛無劍氣，非關將帥有雲臺。 世間何處分甌脱？ 闕下隨人獻玉杯。 夜指大梁猶未實，蒼天知不擢英材。

古絶句 二首

莫作中天月，莫作四時花。 花久不如暫，月正不如斜。

珊瑚贈歌者，歌者全不顧。非是薄珊瑚，只恨郎年暮。

哭楊嘉樹

風塵隊裏日悲歌，南渡江湖北渡河。空使一生文字好，其如終死賤貧何？兒童朋友從君始，老大分離只我多。最痛天涯纔下淚，九原已是二年過。

晚霽

只因終日雨，重把夕陽看。雲散青山碎，花明白露團。村飛煙出樹，牛帶鳥過灘。料到今宵月，秋風吹不殘。

羚羊峽

千里牂牁水，奔來日夜流。截山爲兩岸，擁地起孤洲。鶯囀朝連暮，猿啼春亦秋。誰云江路險，容易下輕舟。

七星巖

五里端州北，晴原聳翠屏。晨星應散落，丘壑亦飄零。雲是無家白，山從出世青。危巖鐘鼓石，敲擊與誰聽？

海珠寺

海珠懸一寺，古木列森森。地作蛟龍窟，天留江漢心。不隨潮上下，且與世浮沈。只恨煙塵近，酸風吹至今。

珠江夜泊

盡日煙波裏，舟隨落照停。一江風似墨，兩岸火如星。人共魚龍夜，天歸瀚海青。琵琶洲上曲，過客幾時聽？

七夕珠江留別龔蘅圃秦望庵陳生洲梁藥亭及兄子正玉

海國秋雲到眼遲，卷舒似與客追隨。如何天上相逢日，變作人間送別時？萬里親朋孤劍影，一帆風雨五更詩。十年戒飲今宵醉，無限心情付酒卮。

虔州命兒琇訪郭入门七里村兼招過舟一宿

虔州舟過已三番，今幸聞君七里村。種竹葉交亭似屋，編籬花發圃如園。此生筆硯爲妻妾，後日文章是子孫。十載鄰人都不識，爲吾兒到特開門。

勞君徒步過余舟，驚喜相逢淚卻流。經難經災經疾病，哭親哭弟哭交遊。江山不作當時夢，風雨還知此日秋。二十七年重抵足，一聲殘角戍樓頭。

三次阻風詩以辭之

自歎知交只石尤，朱磯兩日繫余舟。風從女港還相待，水到孤山竟不流。謾卻蒼天偷一站，追來白浪擁千頭。花園鎮下綢繆極，縱有餘情莫再留。

讀徧行堂集追憶金道隱先生 即澹歸大師

天心總厭世浮華，別路相招雲水涯。一任江湖歸白浪，收將日月到丹霞。丹霞山在仁化。袈袈袖拂山中雪，文字禪參雨後花。應與老親同作佛，空門元是聖賢家。

讀黎美周先生蓮鬚閣集

狀頭曾爲牡丹成，錢虞山評先生黄牡丹詩爲狀頭。孤負才華與亂争。莫歎世新天地舊，一從身死姓名生。死虔州難。千篇盡灑忠臣血，兩代猶傷塞雁聲。追痛吾親遭難日，文山情是疊山情。

答余凌若

故人情爲别離深，面貌都忘但識心。一拜尚疑身是夢，相看無語淚霑襟。雁從五嶺峯頭過，天在三江水底沈。今日炎方寒亦到，單衫同被朔風侵。

太　息

太息升沈久不聞，惟餘雙眼白紛紛。呼風吹卻雁還塞，招雨洗開山畔雲。但有筆花供客玩，都無棋局與人分。可憐樓閣空中影，歸入蕭條酒半醺。

閒來處分韻

湘簾畫閣水晶屏，心醉猶如酒未醒。魚沼畜三千尾赤，竹窗排十數竿青。香添晝漏花爭放，聲轉晴光鳥不停。東唱吳騷西弄笛，教人忙殺住杯聽。

移花

數椽茅舍一階空，掃卻荒塵去草叢。春不好名無貴賤，花因得地有窮通。愁中取樂時烹水，閒裏尋忙細摘蟲。當作友朋晨夕共，嶺南何異到江東？

閱璆兒詩寄勉

淵源詩學指迷津，甘苦承家及此辰。果去陳言能破俗，纔知正始獨傳真。容顏不問逢當世，骨力應須敵古人。爾既得來天外筆，自今莫染地中塵。兒未成童，有『水向古今流曲直，山爲天地露鋒錯』，『秋月滿天千影異，寒風一樹幾聲同』，『春易圓成天地夢，雪難白盡古今冤』等句。

聞珠兒由中州往山左書此勵之

除卻離憂忘卻貧，憑虛意氣忽如神。世閒或有一知己，天下寧無萬苦人？且向毬場中信步，便於鼯技内藏身。泰山左右堪登眺，峯頂嵯峨自絶塵。

老病

老病多端只自知，向人懽笑處含悲。不聞耳值需聞事，欲落牙當未落時。對客忽眠宵便覺，臨餐似飽過還饑。況逢瘴雨蠻煙地，日卜歸期尚没期。

江行

年年東向越王臺，羚峽仙山出月回。流不順時潮水到，櫂知停處逆風來。女郎換米魚三尾，稺子摇舟菜一堆。猶喜岸邊花味足，紅顔白面盡情開。

江光山色信人遊，藤纜蒲帆淺水舟。蓬葉編成艙上瓦，葵衣披作雨中裘。纔行禾黍田邊海，忽繞枝圖樹下溝。此地櫓聲無欸乃，篙工邪許不相投。

題偉夫精室

紙閣控雙鉤，凭欄疊翠幽。峯巒争尺地，竹樹架層樓。玉盞黄花酒，冰壺白露秋。放懷天際外，都在一窗收。

最羡臨池坐，清閒到日西。鳥聲投鼓吹，魚影上玻瓈。石碗懸鐙起，星河落檻低。快遊難選勝，逐境且留題。

附 陳氏舜英

諸生方中通妻，溧陽相國名夏女。幼讀書明大義，年十七歸通於金陵故第。時舅太史公遁迹嶺表，姑萬里追尋，陳棄母家所遺産業不受，鬻釵釧迎姑歸桐，極孝養。通染重疾，陳籲天，刲股入藥，乃甦。通矢殉父難，陳佩一刀與共生死。迨難平而家日落，通客遊數十年，家政悉陳經紀，訓子孫以學行承先志。通垂白病歸，陳復刲股不效，哀泣終喪。年七十七卒。著有文閣詩集。

憶伯兄瀋陽時老母寄居都門

自到龍眠歸敝廬，辭家屈指四年餘。鶺鴒有賦空傷別，鴻雁無情不寄書。萬里關河人去後，一天星月夢來初。慈親已覺燕山遠，恐爲遼陽更倚閭。

雪中思家

嗟余生長相公家，怨別驚心各一涯。積凍階前冰似鏡，狂風天半雪如花。輕簾欲卷衣裳薄，重霧難開竹樹斜。千里故園音信斷，高山流水夢魂賒。

辛亥粵難作夫子被羈

世外猶遭難，人間敢惜生？便捐男子血，成就老親名。君指天爲誓，余懷刃是盟。一家知莫保，不用哭啼聲。

夫子守櫬萬安遣兒瑑易歸就獄

羈棲未了復奔喪，寒入雙江去路長。那許衰麻留血骨，更教纍絏走冰霜。慈親抱痛猶扶病，穉子含悲亦斷腸。惶恐灘頭今日淚，隨流知已下潯陽。

遣兒珠往萬安扶櫬歸葬浮山

西上五雲去，棺移水月旁。難中先棄世，身後始還鄉。骨月泉臺聚，墓在吳太淑人墓側。衣冠草土藏。報親庵在望，煙雨夢存亡。

母大人訃至設奠寫哀

訃自平陵至，倉皇畏啓封。一山應合墓，千里認遺容。時夫子寄吾母小照。奠酒先揮涕，焚錢但擊胸。他生猶未卜，此世不相逢。

子女皆分散，臨危少哭聲。别離過一世，患難盡今生。空受夫人誥，惟傳賢母名。九京難瞑目，只爲憶遼城。伯兄未歸。

同二女夜坐

虚窗遥見斗牛横，攜女同看夜景生。月上花枝風過影，霜鋪茅屋雁來聲。迢迢世路關山阻，寂寂城樓鼓角鳴。四壁蕭然無一語，爐煙消盡淚盈盈。

天南雁去字縱横，夜語團圞感倍生。月影移花分曙色，蟲吟咽露帶秋聲。香添深閣瑶琴韻，風度迴廊鐵馬鳴。惟憶嚴親輕遠道，可堪頭上雪霜盈？　女如環

小院西風一陣横，臨檐秋在竹梢生。思親月落千山影，侍母更殘五夜聲。石砌臺邊花露滴，木闌干外草蟲鳴。幾番鐺沸烹新茗，傾入宣磁碗内盈。　女如璧

哭張娣友閣

三十年來未别離，清閨咫尺一簾垂。儼同弟妹饔飧共，又作賓朋日夕隨。階下可憐秋雨夢，樓頭空賦落花詩。思君爲上靈牀哭，撫得琴聲恐不知。

寄夫子嶺南

十年嶺外總心酸，雲度風高日影殘。流不盡惟兒女淚，悲無窮是室家寒。病投煙瘴身原苦，老客江湖路更難。慈母日來思萬里，天南鴻便報平安。

校記

〔一〕□□　原刻爲一二字長墨塊。

龍眠風雅續集卷十八

木厓潘　江蜀藻輯

趙襄國

字以贊，號湛齋，又號東岑。大中丞柱野公之曾孫，徵君樅江先生之孫，太學辰石公之長子。少而頎身玉立，巋然如巨人。長德從父殁，族難繁興，理遣情恕，御之以忍，卒縮朒匿影，無或逞者。崇禎末，避亂秣陵，與方司農繡山、姚孝廉磐青、吴太史定辭輩角藝文壇，旗鼓相當。久次諸生，試輒高等，既，以舉場不售去，遊成均，就試銓部，得州司馬職以歸，年踰五十矣。善乎同里方繡山之言曰：『以贊事親孝，與友信，方正廉潔，取與不苟合。』山子之言曰：『東岑寡交游，屏塵務，常止息心亭中。過從討論，則藉花齋、繩牀、經卷，穆然静天。圭組不能爲之累，得喪不能易其樂。』吴會王咸平之言曰：『以贊能繩其祖武，嚌嚅道腴，其于性情之業茂矣，近且躭禪悦，儼然似古先生。其于世間興亡治亂、生死榮辱，可喜可愕、欲泣欲歌之事，盡消歸于一禪。』顧茂倫之言曰：『趙子詩清真和雅，絶去矜囂。知其爲人必恬澹寡欲，志凝氣静者也。』合而觀之，即公之行誼學殖盡是矣。近則信而有徵，遠則覈而能直，予豈阿所好者哉！初娶吳夫人，生子女皆慧而夭。暮年艱嗣息，謀爲之後，以五服之内無再從者，爰立族兄晉卿之子錫類。年六十五卒。其弟以匡彷景受之後樂天，又以第二孫秉鑑嗣焉，東岑于是乎不亡矣。

詠懷 三首

匣中有神物，産自昆吾溪。陸可斷犀象，水可斷鯨鯢。永夜作龍鳴，臨風思奮飛。紫氣上干霄，牛斗爲增輝。雷煥不復作，無人辨雄雌。何當自拂拭，爲君吐虹蜺？

徂徠有喬松，枝幹百餘尺。龜蛇蟠其根，歲寒傲霜雪。天生棟梁用，不與凡材列。卻笑桃李姿，夭冶競春日。顔色非不美，能得幾時節？一作東風塵，誰人復攀掇？

我家浮山下，遥接化人居。珠樹繞璇宫，瑶臺千尺餘。昨朝去採藥，蒙授以玉書。其字皆鳥迹，讀之塵心除。吐納沆瀣氣，摇曳雲霞裾。木客飛迎人，山都笑而呼。世路多嶮巇，何如白雲廬？會當生羽翼，飄然淩天衢。

和王邑侯恕行恤嫠詩步原韻

王政哀煢獨，耽耽偏視此。但欲婦別適，遑恤姑嚋倚？我侯念老嫗，惻隱周生死。因之見侯心，懷保偏赤子。他日陳民依，自兹百里始。感誦仁人言，陽春煦滿紙。

潘木厓招同吴無齋恂菴兩先生陳問齋左霜鶴陳越樓劉西麓左橘亭諸子拈大徵二字 二首

吾友高陽徒，其才本王佐。詩酒聚枌榆，勝流常滿座。今年榴花紅，霞觴宴已過。有客吴越歸，開筵因後賀。紗籠覆宵燈，錦屏圍客坐。鬱鬱松千枝，亭亭竹萬箇。樂此幽人居，因思世澤大。開府肇箕裘，文孫克負荷。又有過庭人，厥菑皆肯播。向長婚嫁完，宗炳畫圖卧。室中散花天，愁城應可破。有酒既如澠，良夜情何那？三冬閒有餘，相期在倡和。

倡和追漢魏，木厓鬱崚嶒。所嗜在長慶，其源自少陵。龍眠蔚風雅，我祖實高曾。潘子編兹集，先輩炳傳燈。石經多著作，紙價爲之騰。不種河陽花，冷冷玉壺冰。置身萬卷中，如日接良朋。浮山構春草，堂名。乘興攜烏藤。曾結方外侶，精藍在放鷹。山名。殘年何所用？還有最上乘。緬彼香山老，儼然雲水僧。更思栗里翁，白社得師承。寒梅寒徹骨，乃是花香徵。

新居落成吳恂菴先生楊六御陳問齋陳越樓潘木厓江陶岑劉西麓左橋亭方世五姚聲侯諸子過集拈屋身二字　二首

人生本逆旅，何須慕華屋？徐勉能捨宅，不必復方幅。文正不治第，豈爲居室役？滄桑倏屢移，豪貴日相續。幾見父祖居，子孫長櫛沐？嗟予生不辰，十歲遭回禄。亂後播遷歸，投林寧擇木？雙佛共晨昏，鴻案常雍睦。焚香對古人，園居愜幽獨。雖則市城中，恍如在林麓。輪奐豈曰美？而已歷歌哭。志不求安居，卅年驚轉轂。一旦傍舊巢，偶然成小築。其中何所貯？寥寥止敝簏。朝檢舊草編，暮把殘書讀。渴飲饑則餐，夜來睡還熟。微禄渺難期，無煩歎雌伏。鷦鷯寄一枝，進退忘維谷。因念此階庭，儘可種蘭玉。况我息心亭，猶存石與竹。樓前有緑英，室後有金粟。不速二三人，荒廚陳野蔌。好我惠新詩，瓊瑶欣在目。縣之四壁間，清音聞琴筑。

吾宗出華胄，原是燕山人。薄宦來東南，移家非無因。始遷牛山麓，清浄鄉牛頭山。再遷桐水濱。中丞起甲第，閥閱歸舊臣。堂室俱丹雘，樓閣並嶙峋。雲連南北巷，樹蔭東西鄰。花萼世相輝，竹林亦情親。我父罹喪亂，中葉遂弗振。析箸依殘剩，蝸角各安貧。兄居捧日堂，西樓奉明禋。亭臺侵蔓草，風雨自吟呻。弟居藉花齋，頤室畢婚姻。逍遥洞名。緑雪亭名。下，洞門覆松筠。頤室伊誰居？玄對舊棲身。先考之頤室，先中丞之玄對樓也。西樓伊何地？静勝舊延賓。先考之西樓，先中丞之静勝堂也。感此先人廬，變幻難具陳。東壖有十笏，世澤已久湮。荒基惟瓦礫，比户皆居民。今年值夏五，締造卜良辰。冒暑復衝寒，數椽爰以新。蕭然環堵客，落成多苦辛。陋室思杜衍，疏牖想曹彬。兩賢壇高風，慙我非其倫。紹聞而衣德，安土以敦仁。學佛堪怡老，思親獨愴神。陰晴何必問？于焉樂天真。

嘉平三日劉西麓招同陳問齋陳越樓潘木厓左橘亭看梅拈山月二字　二首

荏苒歲云邁，風雪閉柴關。雖有同心侣，其如良覯艱。長者敦素尚，尊前緣不慳。招攜來燠館，談論破愁顔。物候氣將轉，庭梅次第攀。散步牆之西，雪積草未删。客曰此焉亭，可以招遠山。君有種花方，況復家食閒？主人笑不答，意已在花間。圍爐更促坐，泥飲不知還。

三徑幽以深，傲吏是仙骨。矯矯雲中鶴，逸興獨度越。胸不存高車，色不矜華閥。鄴架有藏書，流覽多歲月。家塾接絃歌，棠蔭移清樾。旌幣賁徵輪，旁招方汲汲。夢得本博宏，胡不趨金闕？山城晚翠飛，晴光乍明没。五夜坐春風，四筵消鬢發。好客情無涯，樽罍恆不竭。彈指誦椒花，羲馭何飄忽。我輩風流同，鬖鬖皆白髮。

上元前二日同諸子集問齋宅時將有中州之行拈知意二字 二首

春風入簾幕，好鳥喧南枝。草色看猶淺，梅花尋未遲。潁川啓高會，新尊招舊知。意氣投夙昔，懽娱重芳時。耆英推最長，借酒以介眉。花課自此始，刻燭共吟詩。良宵絃管徧，燈火已交馳。老大憚喧鬨，惟於雅集宜。何胤肉所斷，伊蒲饌不辭。夜半頻投轄，酬唱各忘疲。花笑長齋客，因君爲解頤。

君是文章伯，少負棟梁氣。經術重明經，牽絲猶未遂。君是風雅宗，扢揚崇正始。樹幟徧騷壇，吾黨之所畏。夙好浣花詩，注之曰杜意。古今兩詩史，曠世同臭味。美髯飄若仙，逢人發長喟。小草等空花，邊徼嗟多事。銜杯百不憂，山雲正靉靆。後會多預期，塵勞恐如蝟。聞君將遊洛，遠從黄華使。梁苑與鄴臺，足酬懷古志。試問折柳時，桃花已開未？諸子約看桃花。

聞笛

燕子磯頭暮吹笛，浦雲不飛江月蝕。尋常聽此自堪悲，況是天涯夢歸夕？江聲嗚咽如不流，敗蘆拍岸風颸颸。一吹已驚棲雁起，再吹還接斷猿愁。餘音縷縷淒然久，遊人遷客皆回首。城南思婦泣關山，塞北征人怨楊柳。東舷西舫寂無譁，一片蒹葭帶露華。故園今夜龍眠月，落盡寒梅幾樹花？

暮春邀陳越樓潘木厓劉西麓左橘亭遊龍眠別墅過玉蘭菴拈玉字

丈室逃禪日閉關，繁紅不覺易新緑。煙雨結伴去看山，提壺出郭循山麓。停車指顧共相詢，聽我試爲諸君告。我祖中丞解組時，登臨朝朝狎猿鹿。探幽不惜買山錢，偶過龍眠第一曲。玉蘭千株玉滿山，陣陣香風拂茅屋。自謂入山何必深，歸隱是處王官谷。摩崖勒石徧題名，丘壑賞心欣卜築。乃搆草堂曰問余，旁有小樓曰尺木。到來更上繞雲梯，瓔珞巖連洞天複。玉龍峽裏溪聲喧，文杏臺邊花枝簇。父子追隨詩酒間，徵君日把遺書讀。劉侯好士曾式廬，春省篇成簪紱續。邑侯劉公諱時俊，至此相訪，因有春省紀遊並何相國、吳太史諸先達和詩。

我父少孤肯構勤，雲樹依然存舊服。又獲古石在池塘，小瀫有人先題玉。先君鑿池得一石，上鐫『玉淑』二字。相傳原是一精藍，祇園重作給孤獨。祈男從此符徐卿，小字佛護與佛育。獅座羣擁寶華王，博山一展人天目。爰名其菴爲玉蘭，婆娑石上詠修竹。博山和尚有『偶來石上坐，風動衲衣寒』之句。飛泉洞口泉涓涓，竹梘自到釜中足。庭前手種柏樹子，至今雙樹臨風肅。憶昔每從籃輿遊，歲歲留連常秉燭。滄桑頻歷劫火餘，梵刹金身奉丈六。前有鏡公後默公，皎皎桑門稱老宿。兄弟平分祖翁田，半爲雙佛資冥福。世家别業幾長存，何如儼然古天竺？語罷山僧早啓扉，一縷茶煙飄新馥。陳寔聚星誼自高，潘岳種花方久蓄。劉表名原八俊傳，左思賦共三都屬。老我家山到亦稀，倚樓有句徒增悳。羣峯合沓遠塵氛，幾處躋攀恣遥矚。捫蘿徧覓先人題，煙霞縹緲迷前躅。青山一半勝難窮，白日無多歸奈速。城邊流水帶斜陽，小徑松風來謖謖。

寄三祖東園和尚

我聞金陵鷹窠子，錦袍遊戲皖山水。剪尺時負杖頭行，一朝飛錫名藍起。又聞少室白衣人，四十餘年居士身。曾建法幢於此地，大樹立化空嶙峋。悠悠千載山如畫，撥草瞻風争下拜。無何古佛去已遥，稻粱不出生秕稗。山前瑞草付誰耘？嶺畔泥牛徒欲憊。空王殿上車軸催，選佛場中爐鞲壞。東師洞上獅子兒，因緣嗣出當在兹。會使無舌石人語，常將無孔玉笛吹。梵音直出青霄上，驚散波旬不敢窺。吁嗟乎！當年無著遇文殊，凡聖龍蛇共一區。何況末法多零落，參商冰炭足悲夫。偉哉龍象之蹴踏，梁不契兮魏不合。今年偶爾過吾桐，飄然一笠雲山衲。息心居士蓮社逢，感師落草相問答。東師自是再來人，下載清風匪衰颯。慈月當空世所稀，巧妙僧繇筆難搨。四衆争參大辨才，拂袖便行胡爲哉？書至海門師未見，人行天柱師未回。傳聞曾復攜筇去，問訊今還折葦來。祖庭夜半日光華，古廟香爐煙氣賒。萬事隨緣安樂法，東師東師莫歎嗟。秋後稠林多落葉，春來枯木自生花。天水頭陀市廛裏，須彌納盡本非誇。昔時何見今何隔，室則邇矣人未遐。行當拈香禮獅座，借與一龍騎到家。

古鼎閣歌爲鄧元昭太史賦

太史素稱天廟器，鼎鉉咸推德可師。松楸久被龍章耀，至孝翻興風木悲。石城甲第連雲起，鼎建棲神亦在兹。鄴架藏書三萬軸，凌煙圖繪覩威儀。古鼎得來數千里，舉而置之傑閣裏。三代法物爲家珍，即此精神符祖妣。森森蘭玉滿階庭，鼎實原非黍稷馨。子子孫孫毖禋祀，春秋永荅在天靈。嗟乎！朱門畫戟多寶玉，誰將宗器光嗣服？薦其時食不掩豆，列鼎娛賓羅水陸。感君孝思歌維則，介福于焉綏後禄。因念我祖建宗祠，烝嘗至今凜覆餗。

謁王父徵君墓

喬木徵君墓，深山車馬稀。殘燈沈古寺，空翠濕春衣。時代兩朝隔，家門萬事非。拜瞻清淚落，細雨趁人歸。

鄭湖金沖玄孝廉招飲賦謝兼别

歲晚身猶客，青樽倍黯然。月明初霽夜，風冷欲霜天。折柳當今日，班荆自昔年。關山歌一闋，淚灑孝廉船。

除夕舟次

歲除猶作客，風雨滯江濱。豈是嗟行役？其如違老親。椒花雙禿鬢，萍梗一閒身。明日山河色，青青又入春。

春雨同方井公拈愁字

積雨徑添幽，陰雲不肯收。書聲沈屋裏，山色暗樓頭。高臥慵如病，閒居冷似秋。銷愁惟有酒，對酒轉多愁。

輓方直之 二首

濁世佳公子，方生稱最賢。狂名騰楚越，俠氣動幽燕。臺已黄金冷，樓將白玉傳。三更山下月，思爾淚潺湲。

伯兄荒遁久，君復與親違。劍去名空在，琴亡調已稀。騎鯨今日恨，化鶴幾時歸？汐社多零落，蕭蕭獨掩扉。

金陵寄弟以匡

白下看雲暮，清秋大被疏。遥知春草夢，正是夜堂書。爲養情偏迫，無營意獨舒。老親勞我思，旅食望雙魚。

月下懷内

今年逢此月，多在客中看。粧罷愁生鏡，更深倦倚欄。梅花吹笛近，竹葉泛舟難。射策歸來早，瑶琴好共彈。

江　上

年年江上路，餘得敝裘歸。薄命愁何惜？高堂願久違。心隨黄葉亂，魂逐白雲飛。數畝行行近，遥看啓竹扉。

内弟吳文玉示令祖兵部集感賦 二首

延陵家世遠，祥發皖山公。才子存遺草，慈孫繼古風。登車人似璧，下筆氣如虹。句裏西河淚，悠悠恨有同。内子法名遠玉，實吾家功臣，生兒石麟，聰慧而夭。

一披兵部集，工部美難專。德與評同著，桐有謡曰：『吳檄何唐張主事，安貧樂道不求人。』官因詩得傳。新硎看爾發，舊澤至今縣。捧誦懷前哲，挑燈夜不眠。

潘括蒼入贅姚總憲公府中招飲花燭用兹字

憲府開屏日，仙郎入贅期。梅妝工詠絮，花筆學描眉。繡閣琴朝御，金臺簫夜吹。于歸昌厥後，早已卜于兹。

南還道中

宵征忘暑熱，露坐覺秋涼。旅店窺新月，荒村帶夕陽。渡河人語變，行路稻花香。漸喜鄉園近，清風臥北窗。

初夏喜陳越樓潘木厓劉西麓張西渠左橘亭孫喈公過集息心亭時新筍初出拈新端二字

吾廬修竹下，瀹筍待嘉賓。徑爲逃塵改，杯因乘興親。節高梢暗長，篛嫩色偏新。對此亭前石，常思跪石人。先徵君有跪石齋。

早春

入春經十日，風物倍鮮妍。草色青纔到，梅花放未全。百年都是夢，萬事合隨緣。鎮日攤書坐，高齋方宴然。

孫雛 命名衣德，字祇適，小字書田。

孫雛吾最愛，衣德汝須知。七歲從師教，周年失母慈。書香遺草在，文種異苗滋。孝友承家日，無忘念祖詩。

江南雜詠 三首

倚徙添粧處，勾留鬭草旁。朱欄連理樹，翠幌合懽牀。夜月吹楊柳，春風睡海棠。鳥啼窗欲曙，雲鬢自生香。

不盡臨岐語，難持別念牽。衫留將去淚，琴悵欲離絃。舊恨隨芳草，新愁逐暮煙。遥知今夜夢，祇在大江邊。

年年芳草碧，離別悵斜暉。欲報書中斷，相尋夢亦稀。吴江春水漲，楚岫暮雲飛。獨有閒心記，題詩在竹扉。

雨中爲大人書金剛經時園桂大放

梵典西來旨，清齋居士家。連朝飄法雨，滿院散天花。境寂心彌静，情真願自奢。天龍呵護處，字字徧恒沙。

息心亭 三首

小亭如一樹，鎮日閉柴門。宿雨花容減，新晴鳥語繁。清齋知體健，端坐覺塵喧。獨慕龐居士，忘言道自尊。

自從禪悦後，不覺歲年深。香案朝煙細，燈籠夕焰侵。冤親惟一視，榮辱總無心。雨裏羊求過，寧論舊與今？

亭畔甘爲圃，幽懷寄此君。笛從無孔響，琴自没絃聞。濁世輕朱紱，閒身戀白雲。杜門常不出，不是謝塵氛。

五十初度 二首　東阿道中

弱冠困場屋，滄桑願屢違。百年難稱意，一旦便知非。吏隱應難俟，家聲愧式微。夜香亭畔月，蓮子結時歸。

我生同佛日，常覓佛堂登。恩愛都如夢，追隨半是僧。神遊三藏部，心醉五宗燈。邂逅逢蘭若，拈香百感增。

送張如三之官姑蘇學博

名儒推夙望，勝地喜新除。講席横經始，官齋問字初。宫花殊徑草，海錯並江魚。更羡金閶市，青錢購異書。

太霞宫賑粥紀事次姚注若韻 二首

花香春已至，菜色景難看。念此仳離苦，敢云高臥安？春停囊久澀，煙斷釜常乾。結伴經營處，驚傳一懶殘。

白頭最可憫，黄口亦宜矜。但使咨嗟慰，忍將面目憎？男歸仙苑樹，女傍佛堂燈。夜半聞風雨，聯牀喜得朋。橘亭、摯存、繪江與予同宿。

同方井公讀書回光寺

烽火秋江滯客踪，聯牀古寺意偏濃。雨中問渡憐桃葉，月下聞鐘識鷲峯。敢望空羣能遇樂？喜從同調得逢鍾。窗前夜半燈花落，共聽濤聲滿院松。

移　居

幾載飄摇借一枝，何人許下董生帷？交遊聚散成今雨，童僕存亡異昔時。四壁無依仍作客，三都有賦未驅饑。羈懷午夜多惆悵，風雨牀頭詠五噫。

柬劉伯宗前輩

亂後移家古渡邊，登樓賦就淚潸然。可憐故國惟三户，更歎空囊無一錢。牛市徒聞歌白石，龍門誰復識朱絃？倦遊予亦離羣者，風雨常賡伐木篇。

贈金沙周仲馭先生

博雅風流久共推，龍門誰不歎崔嵬？歌來新曲人難和，話到時艱志可哀。離亂漫留桃葉渡，招攜同醉菊花杯。玄亭不厭探奇字，應許侯芭載酒來。

紀事雜詠 三首

天壽山頭起大風，諸陵佳氣畫濛濛。青旂無復陳黄道，蒼佩依然曳紫宫。弓墮鼎湖龍已去，笙吹緱嶺鶴還空。可憐二祖經營地，烽火三春處處紅。

十載王師佩虎符，于今驕寇犯清都。淚成班竹長含怨，魂逝蒼梧未可呼。太液春風嘶戰馬，上林夜月泣啼烏。黄金舊市燕臺駿，曾向靈輿痛哭無？

將軍不食武昌魚，漢水黄雲捲萬旟。未見青宫縣日月，但聞赤縣盡丘墟。美人離别春風裏，蕩子飄飖零雨餘。南北近來烽火遍，孤城一望重躊躇。

哭雷介公先生

鬼蜮含沙亂掖庭，孤臣烈氣書冥冥。九原獨抱葵心赤，千古長垂竹簡青。杜宇春深空泣血，銅駝夜半有精靈。人亡邦國那堪問？野客傳來不忍聽。

江上晚泊

幾載登樓首重搔，煙波此日泛輕舠。先秋兩岸多黄葉，傍晚三江起白濤。家在新亭淮雨暗，人歸故國楚雲高。憂來自顧雙蓬鬢，未忍臨流醉濁醪。

晤左子永因憶吴燕公方井公諸子

故人不見幾花開，亂後纔歌歸去來。夜雨如今重對榻，春風依舊共登臺。三年淚落芙蓉劍，十日懽傾竹葉杯。還憶夙盟多遠别，詩成吟詠不勝哀。

病中感懷兼柬左子直子厚

八月山城聽雁聲，秋深同病故人情。門前黄葉隨風積，匣裏青萍對月鳴。歌罷招魂懷屈子，悲來飲酒憶荆卿。新朝昨下旁求詔，多少賢才赴舊京。

飲馬孔璋齋中限東字韻

白璧曾投向楚宫，亂離重返舊牆東。鹿牀聚處忘言久，牛市歌來壯志同。十載雲霞蓮社裏，三秋風雨竹林中。相逢且莫吟招隱，吾黨還期守桂叢。

方坦菴先生招同阮子静方百二讌集因憶吉偶時令獲鹿

秦淮八月雨初晴，逆旅相招意盡傾。花照玉觥秋色老，詩成銀燭晚涼生。謝家階下芝蘭滿，揚子亭中玄草盈。把盞遥懷仙令隔，音書斷絶故人情。

晤程立菴太史

春風擁傳出皇州，畫錦相看感舊遊。十載青藜縣秘閣，一時紫綺共扁舟。禁林久重張昭遠，鄉里争傳馬少游。把酒不堪傷落魄，燈前涕淚灑吳鉤。

重修宗祠有懷曾王父中丞公王父徵君

荒祠春草上階除，堂構相傳百載餘。風雨尚存先世業，絃歌猶近聖人居。淒涼華表空笙鶴，零落青箱滿蠹魚。弓冶只今慙愧甚，于門誰信有高車？祠傍泮宮。

飲方繡山署中

幾度懷人歎寂寥，昨來一櫂逐江潮。詩成官閣推何遜，賦就蕪城擬鮑照。檻外花枝移白日，庭前鶴唳動清宵。與君把盞忘羈旅，惠問殷勤感漱貂。

感　懷

年來委順復何爲？五嶽難遊老一枝。無子漫言生未晚，有妻更苦病相隨。窗前雨急芭蕉破，户外人稀蔓草滋。飯後經行誰可語？壁間閒誦白蘇詩。

哭　内　十首

憶昔垂髫鴛夢成，浮生與汝是同庚。百年將半絃中斷，一旦云亡劍獨鳴。歌愧莊周非任達，鬢憐潘岳爲多情。音容寂寞歸何處？繐帳香銷夜月明。

兵部青箱本世家，于歸小字曰柔嘉。無緣徒夢懷中燕，多病頻驚杯裏蛇。彈指芳魂隨逝水，傷心薄命等空花。去年此夕人猶在，爲奠椒漿感歲華。

鳳皇臺畔舊吹簫，幾度江舟共聽潮。愁滿牛衣珠淚漬，恩深鴻案翠眉消。兵荒漸覺釵鈿盡，病苦空令歲月銷。我欲招魂魂不返，寒宵回首倍蕭條。

故園久共一枝棲，行路年年聽馬嘶。丘壑情深期采藥，扊扅炊盡幾烹鷄。草菴龐蘊難同老，丈室維摩少病妻。生死傷神驚石火，禪心已似絮沾泥。

兒女初生只兩胎，蘭枯蕙折總堪哀。神丹莫遺膏肓去，慧劍應揮纆鎖開。慧山十洲和尚對靈小參，法語内有云：『撤斷識鎖情纆。』世味到頭皆是蠟，人心回首即成灰。松楸舊有家山在，薤露佇看土一堆。予于麒麟山莊爲卜吉穴。

孤燈欲暗曉風吹，梵唄聲聲送別時。予爲請僧念佛，委蜕而逝。前世因緣酬已盡，他生聚會杳難期。鸞飛鏡作金身供，龍臥珠爲寶炬資。予以鏡施佛光，珠供佛燈。松雪齋頭寥落甚，卅年夢幻不勝悲。趙文敏喪偶，中峯禪師示書云：「卅年陳迹宛若夢幻。」

明珠最是掌中珍，轉憶童烏倍愴神。伉儷鍾情摧奉倩，泉臺聞誄念安仁。剩予潦倒一身在，似汝逍遥萬慮泯。縱使康寧到白首，鷄鳴櫛縰是何人？

我父孤生失祖遺，祇因我叔殁無兒。未曾身後螟蛉續，遂爾庭前雀鼠滋。我甫從師罹患海，汝方作婦遘危時。花晨月夕懽娱少，逋負公私窘莫支。

冢婦當時受苦辛，公堂析箸出雙親。荒蕪犢路經營遍，殘剩蝸廬修葺頻。因果難逃三世説，生存誰保百年身？重占熊夢知何日，忍見今無衰經人？

禮法原從閨閤傳，路人也歎女中賢。羅衣久在空箱疊，貝葉還將遺筆宣。曾手書大士經典。林烏孤飛花尚發，仙蛾先去月常圓。試看毒蟒妖狐在，涕淚潸然欲問天。

贈張敦復太史

于門舊德遠堪貽，太史清風久共推。才是木天摛筆客，人猶蒿徑讀書時。常乘駿馬因師錫，特賜貂裘荷主知。更羡公餘多樂事，論文令子日追隨。

送方當時之官錫山學博

才名久已重方干，三徑初辭赴一官。江路蒹葭催去舫，秋風苜蓿薦新盤。草成奇字傳家學，釀有清泉佐母懽。君到東林瞻往哲，荒祠木葉墜聲寒。

吳式昭移居賦贈

清秋幽夢聽吹笳，亂後何人更有家？卜得蓬蒿還滿徑，移來書卷尚盈車。紫貂漫貰新亭酒，黃菊猶開故國花。遥憶吾廬修竹下，連年烽火隔天涯。

金陵感述

白門楊柳正啼鴉，舊苑春深鎖落花。鍾阜曉峯當殿出，秦淮煙水繞城斜。空聞玉樹傳遺曲，難向烏衣問故家。昔日酒旗歌板地，幾人輕舸載琵琶？

歲暮雨雪書懷 二首

寂寞深林晝掩關，優游只在小亭間。雨花歷歷空中語，風樹依依夢裏顔。三徑漸看車馬少，一身常類水雲閒。殘年贏得寒梅共，冒雪親將敗葉删。

山城歲晚少陽和，冷落禪心卻慣過。典盡鷫鸘寒不覺，燒殘榾柮興如何？懽娱久放杯中物，吟詠猶遭筆下魔。雪後新晴花繞屋，滿園春色入簾多。

喜會稽金仲星秋捷因思令祖楚畹夫子

垂髫記得采芹期，幸遇文衡哲匠持。見説孫枝繩武日，因思祖德作人時。失聲未灑墳前淚，焦尾猶懷爨下悲。轉憶臺端期望語，深慙蹭蹬負吾師。予己卯蒙師考取入泮，覆試面誨尤加獎勵。

呈深雲老人

末法門庭實可悲，人天眼目久同推。嗣宗恐誤烏爲馬，待價難分骨與皮。德薄祇期完大事，恩深豈得負明師？團圞偶值中秋月，滿院香飄罄我私。

和潘木厓河墅詩 八首

河陽原是種花才，卜築河干三徑開。選勝當門先植柳，尋芳繞屋已栽梅。窗虚百鳥窺書卷，臺敞千峯入酒杯。只爲好山邀屐齒，紅塵端不染蒼苔。

多年丘壑在胸中，此日登臨興不窮。宅後小山叢桂暗，橋邊流水落花紅。舊鄰蓮社依禪伯，新構茅亭署醉翁。彈指春光驚石火，辟彊樂事幾人同？

宜民門外碧山長，最愛幽居在古塘。是處桃源無晉魏，何方栗里不羲皇？四時風月尋詞客，萬壑煙霞納草堂。向晚樵歸田畔路，荒村深樹帶斜陽。

山如太古鳥依人，水灧方池魚自親。絃上清音圖欲響，詠中芳草夢生春。茶經細品流泉洌，圃史初編曲徑新。莫道閒居君賦就，熙朝還説有蒲輪。

絳帳談經道自尊，菟裘今欲老山村。花飛檻外香侵石，樹繞溪邊影到門。春盡鳥啼催綠野，地偏人散近黄昏。名園日涉真成趣，剥啄何妨車馬喧？

頻訪伊人在水湄，留懽竟日酒盈巵。堤邊煙雨香車過，陌上桑麻牧笛吹。嶺疊樹頭疑瓔璣，風生沼面見漣漪。河橋安步歸來晚，高閣松聲太夫人閣名。月上遲。

逃塵不惜買山錢，種秫還連負郭田。墅傍莊田。別墅王維詩是畫，前身李白酒爲仙。木厓生時，令祖司馬公夢青蓮來。雨中喜乞湘妃竹，曲裏謡傳相府蓮。笻杖常過宜秘洞，予先世別業。我猶城市獨安禪。

掩關擊磬道心生，擁几焚香浄業成。木厓近日持齋念佛。心似河沙忘喜怒，引黄檗語。境隨花鳥任逢迎。引龐居士偈。巢由自有山中癖，支許常懷世外情。長夏誦君招隱句，冰壺一片逼人清。

姚羹湖泳園成招同陳越樓潘木厓張澡青讌集詩以落之

名園丘壑在胸中，華構新成清讌同。別墅王維諳畫理，生還杜甫署詩翁。山亭眺遠飛空翠，水閣臨流泛落紅。笑擁文輿常愛日，承懽知不易三公。

哭何存齋 二首

才名夙昔噪鷄壇，舊雨同人盟未寒。獻賦常沽桃葉酒，逃名早製竹皮冠。參苓祇望扶衰老，椒柏曾難度臘殘。歎息浮生白日裏，手書答我尚平安。

稽古年年静掩扉，先賢著作賴重輝。存齋編輯龍眠古文。文章身後名應在，書法人間迹漸稀。

齋冷謝家多寶樹，堂空萊子賸斑衣。春來芳草還依舊，惆悵王孫去不歸。

送吳天況之官吳江學博 二首

木天華閥舊峥嶸，才學羣推最博宏。絳帳横經初問業，玄亭載酒盡知名。世家原是吳君裔，宅相今爲甯氏甥。莫道氈寒餐苜蓿，三鱣早已卜諸生。

先公射策滯明經，尊甫歲薦，適停廷試。纔有新陰在鯉庭。世好肝腸如一日，殘年鬢髮已雙星。仙舟秋露浮尊白，官閣江雲入案青。聞道虹橋有逸老，高吟晨夕羡君聽。謂顧茂倫。

懷　人 二首

八月西風滿渡頭，思君不見獨登樓。遥聞隔岸梅花落，吹作江城一夜愁。

記得春深玄武湖，而今秋色老庭梧。夢中相見雖疑夢，猶勝年來夢也無。

重葺樓居感賦 十二首

不到樓居已七年，園林花鳥尚鮮妍。回思萊綵追隨日，悽愴南陔獨泫然。予戊午别構新宅，今復重葺舊居，顔曰「南陔」，謂思親也。

昔年成趣錫嘉名，日涉何知在市城？屈指流光周甲子，重編詩句續淵明。歲在甲子，時行年六十。

珠樹先生題尚在，畫溪太史句猶留。少文五嶽遊難徧，高臥元龍百尺樓。姚贈君有聯曰：「少文五嶽，興聊托于臥遊；元亮一園，趣果成于日涉。」方和憲有「樓高百尺臥元龍」之句，皆毁于兵，予猶能記憶，當重書之以誌雅誼。

記得樓頭三徑開，公庭雀鼠忽相摧。七齡早遘家多難，花下曾經飛舃來。辛未有叔父之變，强悍啓釁鬬争，邑侯辜在公先生親臨治之。

蝶菴原是讀書處，室燬聊棲繞樹烏。檢點殘編還滿架，階前種竹待龍雛。甲戌第宅焚燬，僅剩林園，因移居于此。

霜雪尚餘高士蔭，歲寒又報一枝春。東風吹醒梅花夢，惆悵香魂月挂銀。

自是遺弓何必楚？由來良璧不歸秦。木樨風發秋香早，不見當年種樹人。

閒亭息心。別業曾栽柳，寓圃樓畔。重鋤且種蔬。緑雪樓西。琴臺樓東。家塾近，喜聞聲徹隔垣書。

故人落落似晨星，讀罷離騷飲醁醽。醉後開窗樓上望，遠山猶是舊時青。

電光石火易蹉跎，生死傷神可奈何？端坐蒲團香一炷，啓扉常有辨才過。

勺池舊築小池。還擬結蓮社，酉舫小室。真成藏壑舟。新闢禪關圓似月，隨緣任運足優游。

無聞稿著遺書在，亦政堂標宏論同。閉户一編隨手録，幻翁今署幻園翁。予别號幻翁，有宗正録、日省録、紹聞堂詩集。

哭從姪志則二首

十世同堂雙鳳飛，儒冠貤典有光輝。曾聞伯父編家牒，手授中丞心事微。伯曾祖與曾祖同榜，伯高祖與高祖受封，曾手授家譜，付先中丞公。

連雲社名。舊雨重傷神，殯殮相關友誼真。底事同宗無過問？翻嫌越俎是何人。志則執友錢扶升、劉黄玉爲治後事。

安徽古籍叢書

黃山書社

龍眠風雅全編

四

〔清〕潘　江／輯　彭君華／主編

第四册目次

龍眠風雅

卷三十七

卷三十八

卷四十七

龍眠風雅卷三十七

木厓潘　江蜀藻輯

蕭山毛　甡大可同里蔣　愚潛伯參

周　岐

字農父，號需菴。崇禎朝以明經貢入京師，屢上書宰相，言時政得失。大司馬馮公元颺特疏薦之，即參宣督孫少司馬軍事，以功優敘，隨授河南開封府推官，監直指陳公潛夫軍。相國史公開閫淮揚，又以僉事職銜題參軍務。國變，歸里，以所居舍旁餘址築土室，嘯詠其中。溧陽陳相國欲授以官，不應。河漕中丞及江、粤諸幕府争延聘爲上客，雅非本懷，竟謝病歸，足不履城市，終于土室。公少孤，事嫡母以孝聞。博覽墳籍，抉精敓華，結童時即知名當世，與同里方文爾止、吴道凝子遠、方以智密之、孫臨克咸，以博雅好奇聞于四方。江左諸名士冠蓋歙集，飲酒賦詩，必推公上座。所著有執宜集、燼餘稿、孝經外傳行世。

擬李陵別蘇武詩三首

邊聲中夜起，四顧黯無色。遊子戒行期，須臾遠離别。攜手重行行，悲風多慘冽。與子結三載，中懷時耿切。今日雙黄鵠，一飛一摧絶。欲言寄無因，傷心不可説。生爲隔世人，死葬蠻彝穴。努力謝故人，九原以爲訣。

漢誠不背德，韓彭何以族？蕭樊見囚縶，賈汲終斥逐。在昔先將軍，義勇天下服。徒失貴臣意，刭身于絶域。疏者日以卑，暱者蒙厚禄。陵也負漢恩，志豈不自淑？妻子爲鯨鯢，老母被刑戮。常當生死辭，痛極不能哭。

男兒不成名，死固在他鄉。誰能復稽顙，怵惕墨吏傍？憶昔五千兵，獨裹萬里糧。追奔大漠外，疲弊當其强。單于親合戰，振臂呼死傷。如何漢廷論，功過不相當？前罪固莫贖，後效或可將。已矣勿復言，飲泣裂中腸。

詠懷四首

夜深寒露降，蟋蟀鳴空堂。西風吹敗葉，蕭瑟號枯桑。褰帷起回步，薄寒中衣裳。斗間無劍氣，昴畢生光芒。廓落懷友生，中懷難自將。秋蘭紉爲佩，無以異衆芳。仰天長太息，憂思何多方？

憶昔少年時，尚志托詩書。十三工詞賦，浩氣凌太虛。十五治六經，耕穫忘菑畬。管葛未足願，豈曰計其餘？奄忽二十年，披褐守田廬。開軒望四野，徙倚步徐徐。傷哉富春老，白髮釣溪魚。

鳳凰鳴高岡，豈爲稻粱謀？丈夫志四海，豈爲名利求？笑彼田園子，白首戀故丘。營營井里間，富貴稱殊尤。烏知達士心，一息翔九州？

昔見少年子，得意揚輕裘。鏤玉爲腰鞓，雕金餙馬頭。手把珊瑚鞭，往來狹邪遊。朝從博徒飲，暮宿娼家樓。子雲徒自苦，鮑焦非所求。須臾失執間，藍縷頓荒丘。我思古人心，何以慰我愁？獨有著述士，令名常悠悠。

古別離二首

明旦戍窮邊，親戚盈我堂。中廚辦饔飯，張燈羅酒漿。阿母向子言，汝去當自强。風波不可定，會面安能量？一言未及竟，淚下沾衣裳。枯桑鳴悲風，白露變爲霜。起視夜何其，東方白日光。長跪辭阿親，遊子束行裝。收淚出門去，妻孥號我傍。平時非無別，此別實難忘。嘗當生死訣，思亂忽成狂。生既不得歸，安知魂來翔？

行行適交河，前路何逶迤。四望無人煙，但見丘與陂。城郭既已崩，隅隩又已頹。白楊聲蕭蕭，衰草滿前堤。欲行不可去，欲坐常自疑。荒石提爲牆，莘蓼持作糜。忽逢故鄉人，腸中喜復悲。長跪問故鄉，家中依阿誰？老者日以亡，少者垂冠緌。塞耳不忍聽，出涕如綆縻。

送豫章萬茂先秋浦劉伯宗應徵辟

擊鼓深宮中，通市無不聞。良玉媚重淵，鬱鬱上爲雲。君子懷令譽，卓犖自不羣。南陽雖有田，豈必老耕耘？浮雲蔽中天，白晝苦不分。肉食無遠謀，嗡嗡如聚蚊。奮身出塵埃，判苦猶與薰[一]。春日步皋蘭，蘭澤揚芳芬。聖代重徵辟，蒲車何紛紜。網羅及吾黨，賁之以玄纁。勿以蓬蓽適，菲薄功與勳。哲人貴及時，況復得明君？努力長安道，三策振奇文。

己卯春飲池陽吳次尾劉德輿羅季先寓中即席分韻得二冬

江南有天柱，削立雙芙蓉。隔江望吾皖，亦有天柱峯。褰裳陟其間，上撫百尺松。自非吾黨人，蹴蹸不可從〔二〕。清酒載百壺，舉觴何從容。抗聲發危言，聽之若黄鍾。静者各有懷，揔不同凡庸。己卯春正月，雨雪如窮冬。蒿目視天下，南北皆戰衝。挾策數千言，善守尤善攻。豈必隆中人，抱膝稱臥龍？

經淮陰漂母祠懷古

執戟雖云卑，猶勝一飯恩。千金鮮報母，蹙項不並存。韓侯千古傑，施報何失倫？丈夫重知己，官爵惡足論？惜哉重瞳子，不識哀王孫。

嫠女唫荅陳百史

蟾魄既西蝕，烏羽亦東藏。烈烈驚風吹，壁冷燈無光。中有獨居女，唧唧聞悲傷。問女何所悲？不字稱未亡。豈悲衾與裯？切恐人無良。有客何方來？將書委筐箱。偏諸緣繡裾，胡珠綴琳琅。開緘讀書意，姊妹舊稱行。上慰顏色好，下言夫壻當。疊書置筐中，卻拜歸空房。孤鸞戀枯澤，彼鳳自有凰。感君纏緜意，還君明月璫。寄謝諸姊妹，勉事新姑嫜。

春夜月代作閨思

春花飛，春月白，春夜高樓獨嗚咽。月照花飛墮曲檐，人語不聞聞杜鵑。去年此夜樓中淚，正是如今春暮天。君懷但覺江湖好，妾畏風波心草草。在家相對有蓴羹，何必年年輕遠道？此時思君君不知，長空願借西風吹。聞説大江千萬里，正恐西風無定時。

風雪夜山中偶賦

一夜北風三尺雪，四壁欲穿肌欲冽。孤燈黯黯爐無煙，兩手握拳冷如鐵。溪頭活水聲忽死，巖下勁松枝盡折。喁喁擁足不成眠，坐聽寒鴉叫荒穴。

孫武公事騎射余常壯之頃同中丞方仁植先生入楚賦寄

孫武公，談兵説劍何其雄！談兵説劍不足羨，羨子偏衣短後挽强弓。步行追馬躍馬上，仰天射殺雙飛鴻。鴻飛落落散空霧，索筆即草驚鴻賦。賦成字字如琳瑯，長楊羽獵不足慕。

如今天子重專征，中丞特簡方先生。吾子借箸贊帷幄，占星不復見欃槍。欃槍久應滅，掃穴犂庭無遺孽。數莖鼠鬚何足論，坐看吾子成豪傑。

同秋浦吳次尾顧子方飲左子直昆弟宅席中賦贈

丈夫不患交遊寡，但恨所遇無知者。羞說長干百萬家，要津塞盡惟車馬。我來雙眼久不青，仰天直視狼弧星。狼星曄曄弧欲墮，當階側立舞青萍。一人之敵不足學，說劍談兵何數數。搴帷且讀牀上書，一目十行差足樂。有時得意忽狂呼，舉步局蹐徒唏吁。自君好我聯朝夕，把酒臨風興不殊。君言當世多頻蹙，我感君言爲痛哭。吾儕富貴亦何難，但患不能爲碌碌。河南江北盡烽煙，欲耕誰是隆中田？從來好談射策上書事，今日緘口不復言人前。吁嗟乎！蘇門長嘯豈得已，傲視一世無知己。我與君交自今始，他年期許當如是，一二人焉自足耳。

均勞逸歌 爲李臨淮賦

均勞逸，勞者久苦不得陳，逸者尊安無與匹。侏儒飽死方朔飢，古來不平之事豈其一？誰陳此語天子前？那知天子先愀然。李侯分符鎮南國，正值江上多烽煙。賊至江城城書閉，説劍談兵寂無計。李侯横槊刺輕舟，瞋目叱江使倒流。江倒流，賊辟易，帳下健兒好身手。更弄江濤江水赤，行行十年中，辛苦誰更同？至尊一日動顔色，詔書急下褒成功。功成歸奏麒麟殿，大官應上勳臣宴。出入載筆朝明光，不似江南輕百戰。輕百戰，爲君舞，南有賊兮北有□〔三〕。誰均勞逸當其苦，莫惜勞勞報明主。

官兵行

賊近苦賊來，賊至恐賊去。賊來避有時，賊去官兵住。官兵畏賊如虎狼，但行賊後勢莫當。鳴鉦擊鼓入村里，馬索芻豆人索糧。不擇鷄與豚，更驅牛與羊。傾倉倒甕恣搜括，排牆墮壁掘餘藏。官兵得物喜，民家失物悲。語君且勿悲，官兵醉後難支持。東家少婦已被汙，西家兒女終夜啼。但得飽掠速颺去，猶能老弱共餔糜。一旦賊兵去已遠，官兵夜起催朝飯。大車橐重小車盈，路捕行人遞輸輓。行至前村計復生，竟指鄉屯爲賊營。丁男殺盡丁女擄，揚旌奏凱唱功成。君不見，賊去人歸猶爨食，官兵所過生荆棘。痛哉良民至死不爲非，無如官兵勢逼民爲賊。

義僕行爲新安金生賦金生始鬻身以養老母繼刲股以愈主人可以風矣

君不見，李善存孤乳生汁。又不見，杜亮受笞無涕泣。一者重義一愛才，此輩何人名獨立？新安市上有金生，鬻身養親辭孝名。風濤不避從其主，手權重資恆得贏。主人一旦沾風露，諸醫茫茫不知措。金生持刀祝向天，刲股進食衰顔駐。嗚呼！忠孝如今爲最難，每一念之心常寒。金生至性能若此，可以愧夫巍然當世之衣冠。

三十六芙蓉歌 有引

三十六芙蓉者，太常龔芝麓几上石也。大不盈尺，其中層巒疊嶂，不可記數，而峯之秀出者三十有六，狀若芙蓉然。瀑布蜿蜒，如白虹下飲山麓，隱隱似經人徑。色含潤若蒼璧，迨非人工所成。米南宫得而寶之，銘誌字畫悉端好。其從來不知何自，即南宫迄今亦五百餘年物矣。陵谷變遷，所不淪爲沙礫者何限？此石獨完好無殘缺。太常公顧得之於市肆中，而三十六芙蓉之名，人始得傳其實焉。南宫有靈，當亦羡此石之得主也。

西有名山名太華，芙蓉萬仞開不卸。東隅亦有九華峯，凌空不在芙蓉下。兩山相峙各争奇，令人想像多神馳。止可遠望快胸臆，近登不見花披離。誰影兩山作片石？隻手擒看不盈尺。飛泉直下聽無聲，勢若白虹挂危壁。透迤盤谷徑轉幽，隱隱似見人行迹。鬼斧神斤削不成，碧蓮天上墮雙英。流轉不知何代物，祇覺峯峯翠色蒼且明。吁嗟乎！陵谷變遷凡幾易，萬劫千灰堪涕泗。此石完好無虧殘，依稀猶見南宫誌。南宫愛石僻且堅，經其賞識必可傳。自宋迄今五百載，其間存没幾人憐？至寶繇來有神護，不遇其人不輕付。落落賈肆翳塵沙，觀者掉臂誰能顧？一代風流龔太常，摩娑拂拭增輝光〔四〕。移來几上日相對，客至共出傾壺漿。米元章，龔太常，前後傑出名姓芳。胸羅五嶽氣昂藏，手撫二華何徜徉！芙蓉三十六，一峯傾一觴。太常醉舞客益狂，狂歌同此石無疆。

哀王孫

弔韓侯，酹淮水，淮水不清顔色紫。至今佇想萬人英，當年卻出三家市。市中惡少争相侮，知己獨逢浣紗姥。王孫可辱亦可哀，丈夫爲鼠復爲虎。手提佩劍造漢圖，擒王縛將如割雛。嗟彼拔山蓋世之雄傑，竟甐俛首胯下之怯夫。假王不足爲，真王亦何負？一飯不忘恩，寧肯竊漢紐？奇哉鐘室冤，千古不得剖。功高宜觸兒女忌，丞相故人亦爲反覆手！弔韓侯，空延佇。持將一瓢酒，灑向淮河渚。漂母尚有祠，侯祀竟無處。漢廷之雌毒勝雄，淮陰之男不如女。

梅花落

窗下落梅花，風吹楊柳斜。欲隨千里客，羞上七香車。小苑迎朝日，空堂照晚霞。那堪深夜雨，獨坐怨琵琶？

劉　生

關東多任俠，千古重劉生。馬上雕弓滿，腰間血刃明。公卿争避席，天子亦知名。薄醉拂衣去，城西報不平。

秋閨怨

嫖姚征冀北，六郡盡從軍。一夜秋風至，千家砧杵聞。凝粧愁皓月，寒露冷紅裙。惟見遼城雁，翩翩入斷雲。

東歸

寒深鷄犬寂，風疾日將昏。終歲雙扉掩，空堂三柩存。蠨蛸纏故榻，灌莽亂荒村。含涕無昆弟，傷心誰與言？

懷錢幼光

佳會在何日？中庭桐始華。幾時沾白露，八月見黄花。故徑多荒草，秋山照晚霞。高樓時悵望，風急雁飛斜。

聞賊復圍桐思老母陷城中外絶救援孤身千里進退無策

孤城千里絶，況復百重圍。白髮難持户，荒園應苦饑。尺書望不至，長夜夢空歸。時有臨風淚，盈盈洒敝衣。

阻風燕子磯登懸壁半閣

流離逢世亂，特特上漁磯。海水横江湧，林烏匝樹飛。因人辛苦慣，作客姓名微。分向風塵老，逢迎何處歸？

寄懷白子皮

故人何所托？家住石塘灣。緑水常環户，青松獨閉關。往來無驛使，風雨發愁顔。落日高樓上，惟看飛鳥還。

辛卯長安得家報喜舉一孫兼聞歲荒盜發又不覺憂從中來也二首

凍雨寒爲雪，孤燈客思煩。萬金傳一扎，雙眼拭多昏。下第休嗟汝，添丁喜見孫。昨宵清夢吉，或可亢吾門。

離家五甲子，松菊近如何？喜見平安字，愁聞水旱多。石田年不種，租吏日相訶。避亂方安堵，那堪又荷戈？

吴城謁張東平王廟即依睢陽聞笛原韻

高祠湖上臨，乃在此山陰。鐵是生前骨，丹留死後心。晚煙香不盡，野水澹然深。日落濤聲壯，爲公作羽音。

古意

擣衣砧上别離聲，少婦高樓子夜情。翡翠屏開寒露入，珊瑚簾捲朔風驚。懷人千里枯楊戍，擊柝三更細柳營。願作流黄機上月，年年猶得照邊城。

塞下曲

九月繁霜木葉稀，驚風千里亂沙飛。將軍赤兔金爲勒，戍卒黄龍鐵作衣。横角夜吹聞四野，長戈朝試解重圍。關山多少征人淚，不及孤鴻天外歸。

再遊齊山讀岳武穆遺碑感懷

沽酒遥知青樹林，名山負郭再登臨。重巖曲曲尋前徑，翠竹森森憩舊陰。檻外湖光揺緑水，樽前芳草和鳴禽。翠微亭畔悲風發，古木猶成北伐音。

中秋夜別汪大年

落日西山照北城，高樓置酒坐前楹。銜杯萬里來秋色，倚檻千門見月明。長笛暗吹垂柳曲，前村忽度擣衣聲。明朝鞭馬關山遠，愁聽鳴鷄報五更。

冬日訪齊方壺龍眠山房

北風動地滿荒丘，曲徑山深晚更幽。薄照不消殘雪積，清溪時帶斷冰流。到門松檜皆成拱，入座琴書自可留。猶有落花如昔日，飛飛常集故人裘。

太史姚現聞先生招飲席中賦

暮捲疏簾坐北隅，涼風天末下高梧。妄投孔氏通家刺，快得燕公小友呼。策建三朝依袞座，雲成五色映蓬壺。只今歸去人相問，作賦能從漢大夫。

同曹給練大箕飲宗侯朱勃海園

簾捲珊瑚月到門，高梧隱隱覆文軒。籬開帝女花尤重，臺茂王孫草亦尊。西苑風流誰得似？東阿詞賦自無倫。莫言晝省人歸晚，永夜猶堪更倒樽。

病中雜詠二首

孟浪經年獨苦貧，支牀鷄骨復誰親？歸魂漠漠迷鄉井，開眼明明見故人。市上驅車争逐道，坐中笑我醉汙茵。持湯老婢驚殘魄，依舊呻吟一病身。

六月飄風萬里陰，淫淫雷雨響荒岑。一椽牛屋上通下，半畝菹宫淺更深。落日溪蛙鳴釜底，殘更山鬼弄鴞音。長沙多病緣卑濕，賦鵩尤堪傷客心。

喜迎中丞方仁植先生還里門

欲反離騷問汨羅，至今聲老洞庭波。雲中舊牧堅言戰，丞相天威只講和。狂客悲來三策廢，仙人舟去五湖多。秋思豈爲鱸魚鱠？滿耳江潭漁父歌。

紀事三首

直指旄頭氣不平，燭天烽火照人行。秋高自撤長城險，春盡猶聞□馬鳴〔五〕。莫笑于鬛多棄甲，徒知枵腹即呼庚。中原萬骨枯將滿，願祝功成一將名。

將隨蠟表達京畿，臨濟淄青並報圍。血染野蒿三月死，燕依疲客五更飛。荒城極望炊煙絶，燐火平欺日色微。結伴頹垣驚晝伏，分糧飼馬不知饑。

鷄犬無聲北斗斜，但聞中夜亂啼雅。丁男高下埋新冢，子女流離説故家。白晝逢人疑鬼魅，陰風吹木盡邊笳。初歸何必千年鶴？城郭皆非捲暮沙。

自宣大參軍還長安李舒章贈詩步原韻

長揖初歸折幅巾，客星遥見夜來新。暫披襏襫從顔闔，且脱襜褕附耿純。露板交馳争入塞，金城孰肯議留屯？習聞邊地多男子，怪我相逢少異人。

松關静證

丹竈依稀未可尋，黄芽還自印吾心。疏籬雨過門銜虎，落葉更深鬼嘯林。夢魘巴童沈不醒，風吹破壁細如吟。明朝訂有山僧約，收拾筇枝踏碧岑。

得方密之粵中書云已祝髮寄詩有千秋揔是三生夢五嶽空埋九死心之句悲不自禁用原韻

雙龍兩地各悲吟，孤劍飛潛瘴海深。豈不懷歸腸欲結，試看今日髮誰簪？餘生已歷多生劫，百死難消不死心。十載天南傳雁帛，開緘一字一沾襟。

客中初度得無可上人扎

岐路東西泣向誰？布袍堅耐北風吹。美人一水隔天遠，處士四星當户垂。持節嘆君歸國苦，無錢笑我買山遲。朝來攬鏡鬢眉在，短鬢霜凝不見絲。

弔故相國史道鄰先生

舉目河山勢已更，當年百戰此危城。恨留一矢浮圖著，臂刺孤忠血迹明。擲杖長憐夸父没，揮戈難起魯陽生。相看惟有庭前柏，猶宿棲烏向我鳴。

偕家鶴田義臣登望湖亭

名根剷斷久無聞，何意登臨復共君？山勢西來東岸合，江流一派兩湖分。平鋪素練明如鏡，忽動微波織似紋。我欲乘風借羽翰，飄然攜手賦凌雲。

吳　歌

懽心太愛妾，折花比顔色。儂顔那似花？花落願相憶。

大龍山

嶺上秋風起，深林白日昏。亂雲迷澗壑，何處石塘村？

詠　菊

菊下開三徑，門前恰五柳。時見白衣人，不餉陶潛酒。

夢仝李白遊山水間

晝上先生亭，夜作先生客。爾爲醉謫仙，我爲醒太白。

雜詠四首

卜式千緡拜爵，李廣百戰不侯。乃知牧羊有用，不若射虎多憂。

范蠡扁舟得意，向平五嶽空談。清酒中山千日，黄鸝雨後雙柑。

子房狀如女子，南陽弱不勝衣。一旦擊秦鋤魏，請看蠖屈龍飛。

出不能八騶具，死亦當五鼎烹。縱爾蘭摧蕙折，終勝蕭敷艾榮。

西宫春怨

昭陽槐柳拂輕風，玉輦今臨第幾宫？收淚再看明鏡裏，玉顔那得不相同！

長夜怨

御苑更殘聽唱籌，熒熒銀燭照簾鉤。鑪邊獨坐持金筯，淚濕寒灰不舉頭。

懷方密之遊姑孰

十里違山聽蟪蛄，思君舟楫住當塗。曾將池畔驚人句，攜上青山搔首無？

登謫仙樓

采石磯頭醉濁醪，興來鼓掉大江濤〔六〕。慇懃莫負亭邊月，曾照當年宫錦袍。

釣臺詠懷

蹙頊興劉反掌看，弓藏鳥盡未央寒。看來大將登壇幟，争似長淮一釣竿？

秋日野望

倦眼登臨强欲開，剩山殘水載秋來。饒他醉葉紅如火，不是春風淑氣催。

彭澤弔古

一片停雲寄柳絲，陶家風韻未全移。先生應在桃源裏，欲覓漁郎知是誰？

湖中即事

衰鬢惟宜柱杖隨，那堪風雨怨舟遲？峯頭五老應相笑，深坐雲中不許窺。

趙相如

字又漢。天啓間諸生。讀書盡四庫，手鈔典籍，丹黄儼然。爲文震蕩捭闔，奇氣鋒出，時流莫之或先也。事孀母，婉容愉色，嘗以寒素無氣力，不得請于朝旌揚母節爲恨。崇禎四年，詔求直言，上治平十二策，阻于權貴，不果進。晚歲家于五嶺，室廬墊隘，田入至不足供饘粥。所著載園詩稿，其愛君忠國憂時愍俗之作，諷諭婉約，怨而不怒，有詞人之風焉。

雨夜

微雨來寒夕，空階有秋聲。衆木何森然，齊爲中夜鳴。久客無所夢，凜此肅殺情。觀閒任自然，萬物徒營營。始知天地大，至教難爲名。一念但不起，道心縣此生。

修禊日同諶玉長朱清瑟秦虞桓王燕友僧審淵社集得酌字

曲屋護輕花，修檐喧乳雀。美人時一來，霽日展芳約。豈無古人思？詩懷臨廣漠。執筆弄煙嵐，上與浮雲薄。起視東西風，悠然開我幕。此意當誰知，且盡花間酌。

喜龔諧玉楚還併得尹達孝升書

故人楚天至，與我故人書。開書再三讀，清風來徐徐。宦況若孤雲，寒峯自卷舒。食禄澹如此，作客貧何如？君行桐子國，遥山隔敝廬。赤風蕩千里，孑遺當無餘。對君長嘆息，抱策將焉攄？君行何嶮巇，汎波復涉瀦。荆榛大道旁，豺虎何時除？遊子幸歸來，欣於見面初。

城居雜詠

置身秋月旁，秋風颯颯至。有客叩閒扉，牽衣發長喟。世間輕薄子，友道成棄置。黄金盛萋菲，白日叢魑魅。淵翻口血殷，譸張玄黄易。問余余不言，濁酒請君醉。昨值籬間花，小閣晝嘗閉。蒼狗與白衣，總是浮雲意。我既返無懷，彼哉安投畀？

招寶山觀海

江山積旅吟，芳思入寒碧。一葉窮東南，歲盡不知客。乘潮胡所之？遠挂蛟門席。朔風揚怒波，海天勢欲劃。空遥不可支，更上高高石。回眄諸峯雲，已絶飛鳥迹。太虚夫何心，晝夜此潮汐。成連既已逝，清響將誰格？而我撫孤絃，長嘯弄煙隙。

同慧生集范小范齋中

草木變園林，秋聲翔遠壑。天際集遥心，白雲寓微託。美人紛靈修，清齋延杜若。高卧煙塵間，萬卷擁華閣。披帙攬孤懷，陶然足酬酢。萬象于此深，静者得其略。宴起月還來，仰視微雲落。客意夫如何？引樽彌以擴。

酬吴震生餉米

有鳥曰倉庚，三春發嘉唱。老農急西疇，時雨祝帝貺。荷鋤觸炎威，逾秋力始償。如何頌讀儔，虚名冀實養？賤貧道所安，饑餓理云當。矧余亂離軀，十年逢屢創。旅爨寡微煙，國家新淪喪。他鄉空謂人，無計媚枯臟。良執敦古心，手進顛連杖。玉粒分朝饔，牀頭士仍壯。簡匣理青萍，誓使狂烽盪。昨聞羽檄馳，欃槍逼淮上。揮涕望中州，死殣道相望。焉得慈懷舒，盡沃君子餉？浩浩大江流，傷哉萬里浪。

薛仲翊見遺近著賦贈

高天寒檝空江裏，華雲夜蔭居巢水。溯洄遥問草堂人，一編手握雄風起。憶昨黄巾起湖畔，湖流盡赤人煙斷。聞君辛苦脱網羅，乞師慷慨凌霄漢。可笑中原行路難，大纛高牙半賀蘭。祇今三度嘶驕馬，孤城不見登陴者。多君考古觀兵地，東顧石頭北鳳泗。娓娓千言苦不休，能爲桑土善綢繆。梁甫高吟夢未覺，長沙太息淚頻流。憐余病骨殊草草，澄清愧不致身蚤。看君俠槩當封侯，何事銜杯空潦倒？吁嗟乎！天下大勢已如此，仗劍彎弓呼騄駬。君言客意竟何如，明日長安獻天子。

寄蔣一个

蔣子有官不肯就，破衲高冠談宇宙。櫂歌霜夜弔湘靈，披煙手拂瀛州袖。前歲上書侵公輔，酒酣欲撾平原鼓。意氣難降世所違，漢陰聊息千鈞弩。白門蕭蕭羸一身，登堂垂白難許人。青巒紫巘從知己，桃花何必武陵春？

江上喜晤方中丞仁植

匪風發兮匪車偈，慘澹孤舟半明滅。隔江遥見古雲垂，有客三湘舊秉鉞。聞君節鉞摧狂狡，三軍屢捷歌騰飽。誓師泣血浄神州，主計多謀成中撓。君言此事已成灰，風吹黄葉上高臺。臣心已荷明主鑑，縱我閒吟到草萊。聽君此言泣如雨，東南半壁誰安堵？故園鐵騎滿山頭，盡是前日監軍撫。

同葉潛之飲龍舒朱綬若宅賦贈

東海辭秦帝，夷門鼓晉軍。古人高若輩，之子更超羣。積雨深秋色，清樽過夜分。欣陪知己話，劍氣欲凌雲。

史長惺先生歸自山東詩以訊之

千里星軺至，都從劍戟過。東方事乃爾，北闕算如何？馬已虺隤甚，人猶慷慨多。閬村三徑在，石上長藤蘿。閬村，予與潘次魯讀書處。

金斗贈别杜直卿兼訊沈仲連蕭尺木諸子

君才應用世，猶作汝陰遊。坐此寒塘月，同分客舍秋。帆開青嶂曲，煙滿白蘋洲。佇望江天遠，行歌問酒樓。

友人過山齋

秋山黄葉裏，客至共銜杯。種樹雲嘗護，開門月自來。霜嚴威欲勁，禽定影無猜。不覺清言永，燈花已數開。

江　泊

迴艫依岸草，極望暗層林。獨櫂將明月，清宵導遠心。貧欣塵事省，病驗道情深。所愛江光媚，秋陰染客襟。

中秋得月同朱清瑟何麟兮許石疏限居字

屢厭雲生户，誰知向夕除。公然酬令節，于此破門居。静理光難竟，寒香影自如。花前勿便醉，共爾督盈虚。

九江舟中

江程何渺渺，風雨護前途。回舫過彭澤，徵山近小孤。石根翻怒水，木杪漾平湖。自覺身無繫，逢人問酒徒。

王五岳攜樽過浴蓮菴寓齋

招提臨古市，僧定渾無猜。客意從孤寄，主人能數來。奇峯生几席，涼雨到觥罍。日暮村煙動，山翁醉不回。

遯玄載酒同默公見過

故人每乘興，得句叩柴門。二妙復攜手，一樽重細論。審時尊語默，憂亂減饔飧。醉去君猶戀，明當剥啄繁。

於昌道中

登臨殊草草，閱歷等虚舟。中夜見明月，同余江上秋。聽人談近事，到處有深愁。卻笑謀生拙，饑驅尚未休。

唐昌即事

一邑羣峯裏，清齋晝不紛。樵聲驚臥犬，石徑宿寒雲。引衲搜遺事，看碑想斷文。應憐遊子意，閒醉向斜曛。

鄱　湖

洪流長淲淲，小艇受風輕。天水從遥合，煙巒向晚明。歸潮開犢路，旅鴈激霜聲。已見前峯月，炤余獨夜情。

大孤曉發

駛涉連朝席，高風曉又翔。宵更收岸柝，石火響鄰航。帆挂霜如草，星移月觸牀。此時塵界想，煙水總茫茫。

吉安舟中

霜宵恬旅夢，倦楫傍香城。静夜誰堪語？寒河共此情。聽風詢水道，隔岸嚮鷄聲。渺渺遥天末，孤帆屢計程。

美人鼓瑟

綺閣調宫徵，閨情不自繇。數峯江上曲，一葉洞庭秋。玉笋流香韻，金風送遠愁。此時天際客，寒雨滿孤舟。

送潘次魯還白門兼訊定園先生

朅來江上柳依依，三月烽高賊騎飛。痛哭軍門淹七晝，偏師間道解重圍。萱堂夜別蛟臺畔，蘭槳春回燕子磯。戎馬猶多西北壘，期君揮涕賦無衣。

寄張恢生

頻年失意氣難平，聽爾悲歌百感盈。朝議偶然行薦舉，家貧終不脱諸生。春來寒雨喧金斗，江上秋風到石城。典盡鸘鸘還命醉，中原何日罷談兵？

同君如諸子集葉明府春暉堂

十日春風集畫堂，煙雲夜夜引樽長。清言盡入梅花韻，綺氣遥分蕙草香。世界不容嵇叔懶，江天尚見次公狂。對君多少悲歌意，潦倒難禁雨一牀。

哭范子明

西風吹淚白門前，痛哭心知二十年。惠子竟先莊叟夢，鍾生長破伯牙絃。誼同膠漆羞榮舉，歲不龍蛇阨大賢。欲訢高旻腸已絶〔七〕，那堪烽火隔江天？

魏德甫詩别葉使君即和其韻懷之

野外離離香稻肥，新箋小展韻横飛。聞君久擅三都草，作客還悲九月衣。抗論莫嫌唐淚數，高歌寧獨郢聲稀？可能青雀遥相待，我亦江天帶葉歸。

銅旅述懷呈鄭明府

春香不發歲寒華，撫調難成古伯牙。一劍風塵誰可試？十年烽火久無家。孤心入夜凋于葉，老樹驚吹慘似笳。彈鋏歸來吾已矣，故園回首隔天涯。

甲申仲春感事

羣策勳名在鼎鐘，英籌何日殪元兇？十年議撫煩司馬，四爵新班起卧龍。河伯威能争豫壤，泥丸隙竟潰函封。荒原萬里春田草，壟上誰明盛世農？

從李彦卿贊畫乞醫方

瓊田時有草芽香，道力還于入世長。屢擁貔貅麾赤羽，閒馴龍虎搗玄霜。孤心近日衣惟白，半夜開書石是黃。意氣天涯知己重，衰顔輕竊上池方。

姑嫂詞

嫂自理閒琴，姑獨勞機杼。頻聞唤姑聲，停機更不語。

山房

道人久忘機，看瀑偕鷗鷺。倦遊者誰子？停驂呼晚渡。

古意二首

作畫不作山，作山不作樹。山與樹争高，遮歡去時路。

夜雨何茫茫，芭蕉聲難止。我有百千心，都在芭蕉裏。

詠古二首

琴心誰辨手中絲？ 買賦千金又一時。若使當年無漢武，高才惟有婦人知。

大隱金門幾歲華？ 人間彈指付煙霞。蟠桃一耐三千年，何不山中嘗看花？

張俠生爲余畫美人走筆訊之

畫松便似真松樹，畫美如何似美人？ 莫道張公髯似戟，前身應是子房身。

送龔孝緒之伯兄孝升署中

楚國風流天下聞，官衙墨霧疊秋雲。眉齋若作眉山譜，夜半庭前呼卯君。

江南曲四首

樓船簫鼓動江城，長板橋頭落日橫。少婦不知烽火急，櫂歌猶唱鳳陽聲。

蠶箔新科異昔時，桑田賴有土膏宜。寒林一望成霜雪，又是明年四月絲。

漁燈遥岸指江灘，盪槳深深下急湍。生長姑蘇臺畔女，浮家少小在長干。

香傾竹葉敵高寒，理策還尋玉女潭。遥笛忽聞天外響，美人乘月步欄杆。

西湖即事二首

屧繞平蕪石徑斜，玉簫引醉入梅花。蘭橈尚見前朝勝，腸斷春風蘇小家。

平堤霜徑草全迷，載酒湖邊手自攜。攬勝謾尋歌舞地，孤懷吟過段橋西。

海上詞

大汛先春整畫旂，艅艎多載伏狼機。占風只俟清明候，結束軍門看打圍。

陽羨署中送張詣將還湖口

共君隔歲話悲涼，風雨人情幾斷腸。今日扁舟重下淚，新聞烽火滿潯陽。

倪元善

字玄度，號資生。太僕吉旋公之仲子也。少負才望，鍵户績學，工古文、詩辭，尤善鍾、王書法。束髮隸弟子員，飫于膠序。萬曆己酉中副車。天啓甲子，父挈之遊京師，入北雍，因子天印丁卯登鄉舉，遂棄帖括。甲申，以左侍御貞介公、阮懷寧石巢公薦，授工部司務。乙酉，棄官歸里，與左貞介、姚樗叟兩先生逍遥山水觴詠間。所著有小嫏嬛諸集行世。

越遊舟中感懷作長歌

杖策紛馳洛陽陌，摩霄虚擬扶摇翮。己酉中副榜。荆璞三獻血淚枯，蘇書十上絲鬢白。敢嘆我生命不猶？敢嘲竽門瑟未收？英雄濩落常如此，花鳥弄人亦何尤！運會龍蛇亂瘼驚，田園荒穢鼠縱横。挈妻攜子江干走，地覆天翻遘毒手。咄嗟斷送老頭皮，幸仗金剛脱陽九。三日前，夢一僧以金剛經拂面。湫貂遺卷一霎空，踉蹌彳亍暮雲東。親朋見之驚且喜，車耳慶餘得不死。授餐特慰季女饑，開顔且醉穆生醴。正好要女與和予，無端風雨歲時除。況復高高那可問？西河抱痛長欷歔。壯懷嗟已矣，隙駒迅如駛。放浪形骸外，恣探名山水。三十六洞揚仁風，涵碧亭前叱馭通。但取鱸蓴能佐酒，漫信猪肝可送窮。君不見，世情冷暖古道希，安得格澤爲駕蜺爲衣？又不見，三萬六千如石火，何用勞勞名繮與利鎖？清夢煮黄粱，紉蘭幽自芳。試看袖裏珠還在，静悟無生禮梵王。

大悲閣

偶坐憑虚閣，閒雲鎮日深。巖巉龕古佛，潭静照禪心。蝶夢身原幻，蜉蝣浪至今。何如參學者，漱石枕清音。

左三山侍御惠衣謝之

何來錦繡段，裁就薜蘿裳。雖念鶉猶結，將無鵜在梁？春隨淑氣轉，日共暮雲長。子佩重堪憶，悠悠詠不忘。

除歲和石巢韻

内外雙無卜夜深，堂開緑野醉雲林。但傾樂聖如泉酒，不解憂天捧日心。憶昔篆文徒小草，攜來筇竹任登臨。年年願上椒花頌，郢調寧賡白雪吟？

省大兄金華

花萼樓頭茱酒香，飲冰先喜一開堂。君山舊憩棠陰月，瀫水新凝午夜霜。兄有循聲驅去虎，弟無仙術叱成羊。臨行握別還相念，願召龔黄入建章。

程熙載

字完白。父參宇公，樹惇守信，著有箴世瑣言，足砥澆趨。幼奇慧，能前知明日事。遊鄉校，試輒高等。以積學坐臯比，授生徒，先德行而後文藝，問字者百舍重趼。執親喪盡禮，撫從子不異所生。與人交，如坐春風，飲醇醪。古孝友祥順篤實光輝之君子也。明末，以歲貢試大廷，旋棄之而歸，仍與諸門人講學不倦。晚歲舉胸中所得，整比成句，有如連珠，視瑣言更爲詳洽，題曰贈言。其子品録而傳之，洵世道人心之一助也。年八十七，賦詩别宗親，與子訣，皆修身理性之言，不及家事。稱疾六日，端坐而逝。所居宅旁有馬頭山，學者稱馬山先生。

絶筆辭

松柏何嘗不漸零？循環原自有枯榮。不留人世愁眉事，自向天宫放膽行。似我兒孫還肯構，傳家筆墨是躬耕。從容揮手當今日，今日方能證此生。

王敬德

字明甫。兵馬指揮鳳梧公之仲子也。家故裕，所居古塘擅山水園林之勝。尤好賓客，坐上常滿，有孔文舉之風。兄心谷病瘵，明甫口口承其痰唾，兄死，訓諸孤，皆入黨庠，邦鐸、邦鏡，其白眉也。好蓄書，架盈萬卷，客假讀，輒與之，不還亦不取索。生平工集唐詩，所著作出人意表。秦寇之亂，田園子虚，詩亦蕩爲烏有矣。今所録者，得之李子士雅口中。蓋士雅曾主明甫家塾，且爲予言明甫古篤行君子，竟死于悍卒之手，天道不可問，比比然也。又記得吴紹勳集末詩二句云『不識烏歸何處去，卻招僧向此中來』，嘆爲雅絶，其全篇亦忘之矣。

十六夜月王孟常潘緋郎維南倪右臣吳集未李士雅同集草堂得江字

中秋難見月，此夕廢銀缸。樹樹蟾光爛，山山墨氣降。同人剛七子，拈韻得三江。不覺歡窮夜，鴉飛過曉窗。

李毓崑

字攻先，一字他石。崇禎初諸生。年少時，風流自喜，顧盼生姿，自制舉業外，工詩，善小令。詩凡數十百首，多雕香鏤翠如其人。後縋城折足死。死後詩散失，罕存者。李子士雅病中從枕上思得其近體二首，有風格，有聲調，亟登之。又警句如『秋草牆陰綠，春鶯樹杪黃』，『欲拔芙蓉劍，親屠虎豹羣』，『一燈秋寺裏，三管雪窗前』，『雲喜多峯來又別，雨催六月去還留』，『雁行一一辭蘆渚，燕子雙雙到草堂』，皆考功、文房之餘韻也。李子又思得王瑎爾玉詩，其卜居云：『忽厭城居隘，西疇踏幾回。商量買幽築，須種數株梅。』即事云：『誰家燈燭夜輝煌，骰子聲聲響出牆。半醉顛狂斜著帽，長歌踏入賭錢場。』二詩向已闕如，頓獲全璧，附見于此，亦一快云。

六月六日方玉文摺公彭子及陳子垣家士雅集東郊雨宿書舍

赤日炎歊甚，諸君破緑苔。一時雲氣集，四面雨聲來。荷葉翻珠子，蓮香浥酒杯。相留村舍宿，刻燭見詩才。

秦寇偪城諸將軍堅壁不戰感而賦此

十萬黄巾控馬飛，孤城誰把肉屏圍？美人竟夕敲檀板，時羅、孫、龐、左諸將皆頓兵城内，擁聲伎爲長夜飲。大將多時解鐵衣。市上只添鳩鵠面，師中莫測鬼神機。聖明天子無彊福，不見江淮盜賊稀。

孫如蘭

字畹生，自署曼衍老人。兄弟凡五人，以名撿風教相敦，一門之内，訢訢如也。坐臯比談經，貴游子弟肅然矜式。甲申後，即致諸生，舌以代耕而已。予嘗遇諸稠人中，見其嚴氣正性，疑不可梯接。今輯詩將竣，孫子喈公貽我二函，始知廣平一賦，賢者固不可測也。集中警句頗多，如亂後返故居云：『寒鴉無古木，春燕失空梁。』病吟云：『泉石皆成癖，參苓豈是方？』山居云：『釣動沈潭月，鋤開宿嶺雲。移來石似丈，種得竹稱君。』憂旱云：『攬鏡驚難免，同歸鄭俠圖。』訪舊云：『叩門不見曾迎犬，隔岸疑浮舊狎鷗。』感懷云：『擊賊有心惟少笏，報仇無客且懷椎。』紀事云：『豈有一軍持縞素，但聞百爾載玄黃。』感賦云：『蕪田望歲豊猶歉，篿卜疑神吉亦凶。』訪友云：『賢非孺子誰懸榻？豪豈元龍自卧牀？』謁母墓云：『豚肩不具空存豆，馬鬛雖崇未是封。』憶子被賊擄云：『青鸞花下將雛舞，黄犢山間傍母眠。』茅屋被風云：『落花次第穿梁入，列宿分明敧枕看。』下榻長風閣云：『徒躭佳句寢成癖，未有奇文可送窮。』江子長山居落成云：『鶯啼幽谷催攜酒，雲鎖玄關護著書。』泉水菴云：『供隨鳴磬銜花鹿，聲應疏鐘報曉猿。』懷弟云：『雁孤越覺霜天闊，被大偏驚雪夜單。』元旦云：『已甘社樹終爲櫟，卻媿盤花又頌椒。』簡皆公山民兄弟云：『扶風是處堪施帳，安邑何時始得肝？』漢陽署中云：『遣愁階下尋花笑，得句林間選葉書。』自嘲云：『封回一札惟憑雁，歌到三聲匪爲魚。』其琢響煅辭，雖風流才人搆想所不到，奚啻廣平之一賦乎？先生有弟字卉伯者，予兄弟童子師也，授句讀八閱月，日把百美人絶句朗吟密詠，寢食都捐。今采詩于其家，亦無從物色之矣，豈非後死之責與？

同振公伯仲遊龍眠

忽聞清磬發，攜手叩禪關。風雨差堪蔽，荆榛總未删。鳥鳴雙樹静，僧坐一龕閒。許我來相傍，何須更買山？

漢陽幕中寄題曼衍草堂四首

樂土今安在？幽棲勝受廛。雖無五畝地，卻有一壺天。疊嶂高墉列，飛泉匹練懸。少文圖四壁，終是假山川。

插棘環爲堵，寧須版築勞？天隨躭杞橘，仲蔚惜蓬蒿。花影千章繪，松聲一壑濤。翛然物外意，只合讀離騷。

丘壑身偏稱，生平願已酬。庭貆肥似豜，檐鳥狎如鷗。積翠當窗緑，輕煙入座浮。草廬安敢望？差可敵牽舟。

天肯容安隱，爲留此□丘。豪華知不羡，烽火諒無憂。羣得從麋鹿，呼甘任馬牛。得歸銘陋室，何事賦登樓？

村居遺懷二首

半生行乞枉衣珠，歸守蓬茅老益迂。賦有靈光堪教妾，學非博奥莫嗔奴。漸增鷄犬常愁放，下括牛羊不用呼。獨坐林間時小酌，流鶯百囀當吴歈。

後此餘生總是偷，長林豐草且優游。蕨薇不費篝車祝，葑菲何堪夢卜求？四壁圖書猶舊澤，一簾風雨已殘秋。丈夫自有千秋業，豈必求封萬户侯？

訪山僧

獨坐蒲團曉復昏，西來秘意共誰論？一聲鐘磬穿雲出，百轉煙蘿帶露捫。欲乞金鎞來丈室，慙無玉帶鎮山門。看了雙鬟今何似，可許皈依兩足尊？

挽孫武公

回首中原事已非，書生百戰出重圍。壯心自許標銅柱，熱血誰知濺鐵衣？刁斗聲殘悲夜月，旌旗色變捲斜暉。慙予叩馬曾無語，空向深山賦采薇。

山中初度諸弟治酒酌予時有子春之戚

頻年此日俱爲客，何事今朝倍黯然？皓首一經幽谷裏，敝裘五月夕陽前。强支病骨酬尊酒，屢啓空囊覓藥錢。縱得餘生翻是累，不須更讀養生篇。

懷戴大東鮮

何日相攜五岳遊？得逢泉石且優游。千章古木常疑晦，六月衡門卻似秋。有句那堪方鮑謝，絶交未敢避羊求。幽谿不減山陰道，乘興來時杖作舟。

秋日送司馬魯公遊匡廬赴舊將楊羅兩公之約

渺渺征帆向豫章，鼓鼙聲裏奏招商。花開蓮社池應白，秋到柴桑秫正黄。湖上傾尊深醉月，林間移席徧迎□。争持鞭弭追遊屐，尚是山公老葛彊。

代内寄漢陽

霏霏柳絮穿簾入，知是春光不久稽。出塞冥鴻俱比翼，成巢乳燕必雙棲。錦文織似頻年倦，旨蓄封猶隔歲題。偕老不知緣底事，令人翻笑太常妻。

柬姑蘇璧林和尚

出處于今俱是累，飄然杖錫卻從容。一拳室似維摩室，四面峯如鷲嶺峯。磴道高低從草塞，柴扉開閤總雲封。愁人到此聞清磬，猶似寒山夜半鐘。

春初送從子赤玉赴白門李香岩家塾

尚憶六朝佳麗處，于今傳説盡成灰。山河舉目那堪弔？懷抱乘時且得開。醉月艤舟桃葉渡，尋芳折屐雨花臺。待歸簡點奚囊句，看爾登臨作賦才。

月下聞簫

林間淅淅晚風生，風裹招商一曲清。聲漸自然終遜肉，我非太上豈忘情？驚心疑是關山笛，傾耳還非緱嶺笙。記得當年秦弄玉，樓頭曾引鳳來鳴。

嘲老夫得老婦

改得新粧别様嬌，衹餘眉黛待君描。誤施鉛粉侵雲鬢，洗到于今尚未消。

胡代工

字子亮。參知伯玉公冢孫。少穎敏，能讀丘索之書，左侍御三山公器之，以女妻焉。發憤成瘵，年十九卒于白門流寓。所著詩文數卷，爲内兄左子永攜去鏤版吴下，未幾，江南沸螗，悉失之矣。

懷環山

環山秀甲石屏西，村市風帘颺不齊。古木懸崖蒼蘚壁，小橋流水白雲溪。野田雨足垂虹背，别院春濃到馬蹄。人去舊林空有夢，一尊何處聽黄鸝？

盛邦孚

字允中，别號雪舟。祖勳卿匊泉公，父司農蓮生公，累葉簪纓。公世守青箱，終身孺慕。司農公盡瘁卒于官廨，重趼奔赴，上書請贈。恤友幼弟，田宅必均，諸姑伯姊歲時問遺勿缺。尤篤于義故，始終弗渝。里閈以急告，不惜典衣舉息，其孝友睦姻，爲輓季所罕見。崇禎末，授官上林苑監丞，未仕卒，年甫七十。其友鄧子樸菴、李子石逋私謚公以『端惠』，而屬予爲之議，論者謂足盡公生平云。

懷弟山居

卜築緣丘壑，知非得意來。屋藏幽樹裏，門對遠山開。窗淺雲低度，林深鳥暗回。但須勤學圃，瓜豆及時栽。

暮春還山李石逋見過

斗室容深坐，蹉跎已暮春。少年難再得，往事不堪論。禮廢原非病，交疏祇爲貧。歲寒惟老友，數過意何親。

喜吴厚菴吴遯叟鄧樸菴方還山李石逋李芥須見枉小飲

兩月春歸雨雪天，欣逢晴霽小張筵。一尊須盡十分興，七老剛成五百年。試數歲華如過隙，好將身事付流泉。近來親識殊多故，暫得開懷即是仙。

九日江子長相約登高病不能赴

抱病扶笻力不加，傕租人至益堪嗟。何心獨酌茱萸酒，無伴同煎桑苧茶。世少白衣能重客，雨多黄菊未成花。藥爐相對愁千斛，羡爾登高樂事賒。

校記

〔一〕苦　當作『若』。

〔二〕躃　當作『躄』。

〔三〕□　原刻如此。

〔四〕娑　當作『挲』。

〔五〕□　原刻如此。

〔六〕掉　當作『棹』。

〔七〕訢　當作『訴』。

龍眠風雅卷三十八

木厓潘　江蜀藻輯
廣陵韓日起碧滄同里馬繼融愚公參

范世鑑

字子明。天啓初諸生。少績學，原本性理，博通經術，諸凡天官、兵法、讖緯、算曆以及水利之書、火攻之譜、屯田車戰、魚鹽茶馬之政，皆能抉摘奥穾，披露扃鐍，不爲剽販塗澤之學。尤耿介尚風節，恥事干謁，與人交端重不可狎，久而彌篤，人無賢愚，見者傾倒。後生有一言之合乎道，忻然如己出，亟爲稱揚。姚司寇弱冠時，曾上書數千言，涵泓演迤，先生持以示予曰：『此異日救時之才也！』其智鑑如此。崇禎末，以疾卒于旅舍，士林惜之。

鬘嶺山莊笑巖

舊有人行路，新鋤一徑彎。藤旋拳曲蓋，石立自然關。雨過添飛瀑，雲來出遠山。林中盤礴久，鎮日不知還。

遊棕川古道菴

香閣捫蘿上，輕筇乘興遊。蒼苔迷古道，野樹護林丘。帆影松陰内，江流天際頭。如何禪定處，羽客任棲留？

謁朱大司農墓

司農墓枕碧峯旁，老盡蕭蕭舊白楊。長以一抔存漢土，此間千載自桐鄉。古碑斑駁雲猶護，怪石攲傾樹欲僵。我讀簡編如覿面，又攜椒酒拜斜陽。

偕趙又漢方奕于諸子讌集北山

繞郭蒼巖一徑迴，林花經雨未全摧。迢遥雲岫尊前集，次第柴門杖底開。春意卻同人意醉，歌聲還隔水聲來。仙翁棋局何年迹？細草枯藤剥碧苔。

吴道軾

字瞻蘇。弱冠補諸生。篤學者古，爲士林推重。相國史公三徵不就。所撰有涵鏡齋集及涉江畏語、日難録等書。

皖上即事

三冬烽火徹郊原，一望山川帶血痕。帝爲上遊開節鉞，賊從江北瞰天門。鮮衣怒馬驕盈路，寡婦孤兒哭盡村。惟有條侯真鄭重，銜枚擐甲不聞喧。謂撫軍史公也。

陳拱璧

字璣先。崇禎初諸生。性孤介絶俗，好古力學。年二十，文譽斐然，邑令陳公金鉉拔冠童子科，待以國士。每應臺使者試，輒被激賞。數困舉場，遭世亂，抑鬱以死。璣先自祖及父皆遊鄉校有聲，三世縹緗，半生膏火，而竟不偶，命也。所著詩文蕩於兵燹，僅從其壻家蒐得五篇，是亦昌黎之李漢矣。

過白蕩湖入小官山禮祖墓二首

渰渰青山雲，悠悠白湖水。小聚十餘家，世稱通德里。良以我先人，占籍從兹始。生爲皖神君，殁有桐鄉祀。祈報走兒童，伏臘燔羊豕。云胡三百年，豐碑亦澌圮？大宗移官山，守冢留别子。忍輕馬鬣封，纍纍葬巔址。隧道日以迷，不治伊何底？誓將鋤去之，次第剪荆杞。釃酒告靈旗，一滌曾孫耻。

端平際末造，宋室久阽危。西山與鶴山，講學相支持。我祖生茆塘，當軸歸師資。累徵弗一就，心與泉石期。伯顔下彭蠡，姚許先致詞。務須得我祖，不得毋旋師。焚山禍桑梓，忍惜志節虧？所以一麾出，早臥荒江湄。里人呼官山，清白仰令儀。孰知我祖意，服官非所怡。後嗣守耕讀，慎勿慕華滋。

清越樓歌示兄子默公

吾家十世惟讀書，聚書各有三間廬。我曾伯祖爾高祖，丹黄所至躭樓居。特搆此樓植雙桂，歲與三槐葉交翠。綈緗卷軸可三千，經史百家分位置。外翁曲靖方爽鳩，來顧爾母登樓頭。署以嘉名曰清越，蜨蜷叢桂爲增幽。黌舍碩儒標奕葉，此書詎止名山業？奎光夜夜照庭柯，產爾蒲梢天馬骨。九歲作字凌右軍，十三鴻筆該古今。衹今華年望弱冠，姓名已自翔鷄林。噫嘻！茆塘遺訓戒榮進，子孫甘守丘園分。爾生數器兼一身，方池豈得淹鵬運？況當文明極盛時，隆平國步煩撐持？南北交訌待良策，會須吐出胸中奇。不比茆塘在德祐，大如同甫憂南渡。此書應有濟川功，此樓合接凌煙路。昨從樓上醉歸來，夢見桂花開兩樹，晨起揮毫聊致語。

喜門人江葦渡入泮柬尊公峨嵋明府

雨餘初攬泮芹春，綵筆文通夢有神。每把乙藜占虎氣，欣看尺木動龍鱗。書馳灩澦風千里，人對峨嵋月半輪。遥想蜀民稱賀日，爲言茂宰似蘇洵。

讀家默公試牘

小戰驚從壁上觀，八公草木望秋寒。文心韓愈通元狩，詩格陳思壓建安。徐引天人應造郄，詳陳表餌欲登壇。相期努力三年事，盼爾雲逵刷羽翰。

江中龍

字鱗一。天啓間諸生。爲文幽異峭古，自成一家。與方爾瞻維石、何應珏待卿結社南溪，深思孤詣，傲然不可一世。

白門午日喜晤戴東鮮

乘流匡筑傍西州，天闊占星望斗牛。我已倦遊慙立鶴，君來擊汰狎浮鷗。新江花柳薰風老，故國漁樵暑雨稠。連日愁心同屈瓠，相逢聊復慰三秋。

無　題

唾餘豈欲浣時流？郢雪隋珠遍十洲。門徑獨能方仲蔚，琅玕幾度失王猷。寡知自笑雷聲滿，想像多從月影投。册府邊籌新水事，三千聊擊海飆秋。

戴閎閶

字式其。邑諸生。儀部梳河公之子。少孤，能自振，經學通明，卓有時譽。

感遇詩

天門北去有長川，遊子傷心往事牽。策憶仲舒三獻早，詩慙常侍十年先。豈期河朔堪逃暑？且渡江東學刺船。風駛定知催鷁首，莫教離索對晴煙。

冬　懷

江城流寓老風塵，歲暮嚴寒逼隱淪。司馬家貧甘滌器，伯鸞廡下恥因人。但看梅蕊常懷孟，豈有桃源似避秦？埋炤滿抛沾薄醉，離騷快讀莫傷神。

張克儼

字子敬。崇禎初諸生。天姿雋朗，爲文温雅醇茂，所交皆通人名儒。年二十四早卒。與從弟子猷皆負才名而先後不禄，若符徽獻，士林惋惜。所著古訓集，石城李居仁止爲之序而傳之。妻姚氏侍病，刲股肉以進，一匕而愈，再進則不可救矣。矢節三十餘稔，祀列女祠。

燕

不厭僧寮舊，銜泥上下梁。點波雙剪濕，帶雨一芹香。夢逐梨雲冷，語隨春晝長。寂寥欣得爾，來去未能忘。

秋日別友

客從此路去，秋色正淒然。可怪別離際，偏驚風雨天。空山迷落葉，野鳥入孤煙。立久寒衣薄，憐君復自憐。

玉屏山房偶題

綺語緣深懺法王，久無春夢逐風狂。竹侵坐石棋枰冷，花釀流泉硯水香。僧不放魚因鶴瘦，蟫難釋字爲仙忙。鄴侯自具飛霞骨，鷄犬勞勞歎下方。

李延壽

字仲山。家于邑之樅陽。好大言，任誕自放。嘗一試童子科，不售，即棄去經生業，以詩詞書法遊公卿間。皋城徐月鹿銓部特異視之，延爲記室。無何，客死其家，銓部公厚殮以歸。錢子飲光爲詩哭之云：『之子吾鄉秀，樅陽汝最奇。狂言疑薄福，多藝怪無師。死仗故人殮，生憐稚齒飢。不知去婦箧，留取幾篇詩？』亦略見其生平云。

虎丘中秋

客遊時節易蹉跎，忽值清秋吳郡過。連日雨餘今喜霽，中天月好奈愁何？堤邊萬舫如相約，石上千人不礙多。醉裏卻迷歸去路，滿江燈火送笙歌。

西鹿邸中

清酤入市未能賒，且就僧寮自煮茶。累日有緣連草榻，十年無喜報燈花。窗前寒色山間月，枕上秋聲夢裏家。此際若非兄弟共，寂寥誰念滯天涯？

内子長齋禮佛喜賦

解珮除葷向佛前，也知煩惱太相牽。鉛華未老還甘謝，羅綺雖貧尚可穿。祇爲發心求渡筏，願祈出世早登蓮。不然野藿同餐久，何用長齋去學禪？

寄懷方子詒中翰

君服拖朱我鬢華，地分南北各天涯。鳳皇池上神仙侶，猿鶴山中處士家。千里暮寒飛白鴈，半籬秋色老黄花。何時更得雲泥合，尊酒論文逸興賒？

分鏡詩贈美人行

玉鏡今朝欲破時，樂昌當日最傷悲。本教雙鶴窺同舞，卻許孤鸞影各隨。白首尚須憐短髮，緑窗猶賴畫修眉。莫令誤落他人手，長使分開無合期。

哭方子留

海上魂飛實可悲，相將那復盡交期？何須定學顔回壽？卻恨難傳思肖詩。如此同心天下少，重教刮目世間誰？惜君未見予新句，燒向墳頭倘得知？

過惜陰亭同陶羽文坐竹下有感

少時曾借作宮牆，此際俄驚鬢染霜。古廟未頹遺像在，舊遊重憶幾人亡？生徒近日延高座，過從閒談愛老狂。三十年前數竿竹，清陰猶覆讀書牀。

平江舟中雜詩四首

潮漲平江兩岸寬，初暾衝霧上林端。心驚節候更容易，日計程期進屢難。村静鷄鳴桑樹曉，寺荒人睡竹籬安。西風淅瀝吹雙鬢，溯轉清流見小巒。

雲帆漸喜近金閶，何處園林問辟疆？一座好山看入畫，萬株高柳數成行。過橋花市通香水，賣酒人家住半塘。多少吳儂歌子夜，客心纔聽覺悲涼。

秋至方經數日新，勞勞行役負佳辰。野花歷落閒過目，煙水微茫近逐身。唱曲成雙鄰估舶，采菱作伴隔溪人。忽思孤影雲鬟冷，刀尺今宵暗損神。

不須蝦菜與蓴羹，領略多堪慰旅情。佇立但聞香過去，相看每在櫂逢迎。蒼波怪石翻鷗暖，白日游絲裊樹晴。薄暮更攜餘興往，瓶中貯得惠泉清。

感　述

花發長教負好春，黑頭今見雪霜新。江湖有興遊無具，藥餌難求病在身。睡穩卻嫌呼米婢，詩成猶有索書人。年來事事多屯蹇，贏得癡狂惹俗嗔。

呈某都閫

一生任運最艱辛，潦倒風塵剩此身。人每憐才能恕傲，天還與健爲償貧。讀書猶不求科第，學稼終難遂隱淪。病木陽和如再遇，勝他桃李十分春。

早春訪潘蜀藻不值雨中柬懷

揚子貧來更屬文，蕭條門巷鎖春雲。故人到此曾相問，閽者何因不使聞？欲就清光銷鄙吝，怯衝泥濘待斜曛。左家壁上新詩好，也當從容一見君。

題左子厚噉椒堂

擾擾紅塵俗慮煩，君棲北郭幸無喧。乍看華屋新居好，云是先人舊澤存。額曰噉椒姚老叟，饑來乞食李王孫。因之重感當年事，嘗膽如今不易言。噉椒，休那先生所額也。

寄汪平子

去年七月金陵別，消息中間兩不知。舟過虎丘惟見石，客來鴈汊祇傳詩。山邊雪下梅開早，江上君歸我到遲。莫負秋風好涼夜，一聲長笛使人思。

將赴六安途中先寄徐月鹿銓部

春明馬首杏園回，爲寄殷勤到水隈。知己尚無忘故舊，孤征那敢復裴徊？青山著黛銜泥過，紅樹如花夾路開。豫想涼風吹綺席，定應懽接野人來。

六安道中遇雨信宿田家

荒村底事苦淹留？地主依依稍解愁。攜罩捕魚供遠客，犂田趁水駕耕牛。坐看雨脚深林斷，起望山頭宿霧收。臨別牽衣童稚熟，王孫一飯幾時酬？

西湖雜詠四首

湖畔春來似錦圍，清波盪漾静含暉。魚潛密藻吞僧飯，風引幽香上客衣。山鳥尚啼當日恨，藕花猶歎主人非。那堪臺館俱頹謝，華表應無遼鶴歸。

沿湖楊柳種初齊，下有青青草色迷。車過渾如鋪碧毯，風來依舊囀黄鸝。清詞直與山分韻，屢舞常教日欲低。爲説杭州蘇太守，昔年遺愛在斯堤。

仙刹居然出世氛，浮屠矗矗入青雲。徑邊拂石千星落，檻外窺天衆象分。昏旦湖山變氣候，陰晴草木换情文。上方寂寂惟鐘磬，不似中流載酒醺。

橋通山麓會諸源，須信雲中别有村。孤艇偶因風送至，密林但見鳥争喧。青蒲處處抽新葉，緑水家家到小門。我意久躭泉石癖，過逢可許坐層軒？

別西湖

戀飲離筵日欲晡，杭州作底足懽娛。山邊金谷何殊石，曲裏嬌娃本姓蘇。白首幾時還再到？青春此地忍相孤？臨行無限低徊處，易别人情難别湖。

訪慈慧上人

楓橋臘月别袈裟，爲許今秋看晚花。手種青松收舊甕，時當白露摘新茶。慈航約赴來無爽，道號逢人問總差。一帶樅陽魚米市，蓬蒿滿徑李生家。

別胡有自

我已窮年作腐儒，君猶挾策授生徒。湖邊鰕菜同餐久，海内文章欲識無。花發短牆閒借看，客來疏竹遠相呼。可憐三載如三日，此别悠悠會面殊。

寄石逋

風雅調孤千百載，苦吟偏見老夫身。自知此道誰能和？不信吾宗尚有人。客館月明歌滿耳，霜江楓落淚霑巾。何時再得相酬唱，令伯多君我更親。

五十初度二首

卻能力疾尚高眠，知足時時豈怨天？有興詩成真快意，無營心靜即安禪。冷炊端不因人熱，寡過還須加我年。眼見商瞿猶舉子，此生幸免負三千。

青山四面擁幽溪，緩步躋攀信杖藜。居室幾更如蜃市，此身何處傍烏棲？當時生我無皇覽，先君以五月見背，予以九月始生。今日成人感母攜。先孺人苦節，撫育教訓二十餘載。可惜百年銷已半，回看海岸正昏迷。

薦新

貧家今日始嘗新，二簋方登淚滿巾。客箸每常先厥祖，豐年猶自後時人。學書難及襄陽帖，乞食甘爲栗里民。如此艱辛還可獻，寢園不薦十餘春。

吴紹志

字孝先。大參皖山公之曾孫，通政石蘭公之冢孫也。以祖蔭，授河南彰德府通判，遷懷慶府同知，皆有惠政。入爲尚書工部郎，出知廣西南寧府。使交趾，時交患水災，訊之，乃水蜼爲祟，公爲文虔禱，蜼息水退，交人立祠繪像祀之。所著有廣巖齋集。子國珙總戎贛州，身殉國難，于公有光矣。石蘭公諱自峒，有詩集，失傳。

偶興

十五女兒髮覆肩，獨坐深閨春思牽。小園花發方新鮮，輕風送蝶上寶鈿。日暮下階何便嬛，花間微笑蹙金蓮，采采盈掬向母前。阿母愛花增女妍，也將花枝插鬢邊。色衰花豔兩堪憐，女兒睨視意悽然。人生盛顔難久全，何如花發自年年？掩淚歸房卸朱鉛，羅衫半彈髻半鬖。香銷燈暗不成眠，徙倚檐前看月圓。

投少林寺

傍溪尋古刹，驅馬恣閒遊。遠樹暮煙直，亂山殘日浮。疏鐘傳梵唄，微雨點清秋。緇衲遥相迓，禪牀且暫留。

渡　河

積陰今忽解，霽色漾河流。水漲疑無岸，風平恰送舟。中年徒躑躅，三郡屢淹留。最是驚心處，哀鴻集滿洲。

劉胤芳

字未沫，號白林。廷尉湑水公之弟也。壎篪唱和，時人比之二蘇。十九，補博士弟子，稱諸生祭酒。久困場屋，遂棄去帖括，含咀風雅，宜興路宣卿選入詩史中。所著次醉齋稿不下二千首，以疊遘兵燹，僅存什一。年七十，隱居大龍山，鄉里德之。比歿，有感激泣下者。

詠　史

相如罷車騎，高臥秋風時。門掩茂陵草，夢繞上林枝。寂寞竟何事？歲月忽已馳。賴有長門賦，能充取酒資。

小山館

黄鸝雨後來，睍睆在高樹。庭陰鹿養茸，屋角鳩呼婦。賞心非有待，因物自成趣。濠濮宛在兹，華林復何處？

夏夜米氏園燈歌

米燈，天下奇觀也。海淀園芙蕖千頃，樓臺錯其中，景寓於燈。客有請寓目者，使君於夏夜燒之，醉而作歌。

七寶合成月，萬花攢作燈。燈來月自照，燈去月重升。古來燈月不常好，有月無燈月空皎。君家海淀燈最奇，一天皓月人間少。此時海淀月，偏照玉京水。月色映樓臺，芙蕖濯清沘。見月不見園，園花空的歷。對月更燒燈，花自燈中出。花燈寶月一宵并，海淀園林入眼明。恰似開元花月夜，雲中遥見廣陵城。

兗州刺史行

李卓吾先生以副憲祝髮黄州。頃聞沈太守琉復解組、棄妻子去，兗人留之不得，感而作此。

温陵先生金帶圍，倦來一繫比丘衣。把茅作活羞爾爲，揚眉瞬目流清機。先生於世良悠悠，一身萬里猶輕舟。何如兗州刺史百不憂，東方千騎居上頭。男呻女吟苦死留，如花列屋翠黛愁。一朝卻走青巖居，竺度不報苕華書。功名富貴敝屣如，萬夫牽挽無停車。吁嗟乎！二公神龍矯矯翔天衢，下視沙界如羣豬。

懷方嘉州濳夫

之子三刀夢，嘉州萬里行。舟過神女廟，花入錦官城。杜宇千林合，峨眉片月明。此時端手版，從事恰相迎。

忽憶故人五十賦寄

故人天下士，五十尚青袍。何日逢初度？多年已二毛。林花山路澀，巖月草堂高。不寐思瓊樹，無由寄鬱陶。

同方爾止密之過白安石齋頭

流水繞門西，壺觴高復低。花殘留紫萼，樹密隱黄鸝。對酒休辭醉，看山且杖藜。莫愁歸去濕，春路不妨泥。

春　遊

郊西流水處，楊柳間桃花。裛露幾枝好，縈煙萬縷斜。流鶯啼密樹，飛鷺下平沙。不淺明朝興，重尋賣酒家。

寄謝中隱靈泉蘭若

山人不作方中戀，布褐春隨開士居。半榻香雲初地接，六時清梵萬緣疏。當杯濁酒容乘興，照眼濃花好著書。老我別來蕭索甚，高齋夢蝶正蘧蘧。

出塞

寒煙落日□塵飛〔一〕，畫角纔吹淚濕衣。紫塞黄河千古在，賀蘭山下幾人歸？

送路大參宣卿還宜興

白鷺洲前楊柳枯，清江日暮一帆孤。縱然不見楊花落，也寄愁心到五湖。

別文姬

潮來湖畔水痕平，不分通舟送遠行。莫道相思似潮水，有時還退有時生。

送汪君酬之湖陰

幾層孤塔俯江濆，客裏追隨忽又分。倚檻不堪頻眺望，片帆一櫂入寒雲。

別爾止

誰道相逢慰別離？不能成喜反成悲。明朝爾挂孤帆遠，我亦銜泥馬去遲。

吴道濟

字汝楫，一字周萬。弱冠補郡諸生，與兄道觀有郊、祁並美之譽。崇禎壬午中鄉試副榜。篤學惇行，教授鄉里，能抗師法。事母色養備至，尤爲人所難。久次學宫，將以明經貢于廷，先期早卒，士論惜之。

皖邸有感

皖口徽文日，中原鼎沸時。千家聞野哭，一劍倚身危。去國還懷土，登高漫賦詩。祗愁劉刺史，長嘯不勝悲。

小年夜

孤懷驚歲晚，此夜倍堪憐。酌酒聊從俗，思親不忍眠。音書憑問道，信宿老江天。何日欃槍净，呼嵩祝萬年。

元日雪

不是山陰櫂，如何雪滿樓？擊空聲細細，撲面覺飅飅。烏鵲迷歸浦，山川著素秋。老農占歲稔，一語破離愁。

皖江抵仲兄寓

風起天纔霽，因登皖伯臺。吾兄江上望，有弟賊中來。道路經冬雪，悲懽此夜杯。欲前還彳亍，乍見恐疑猜。

迷樓舊址

也曾樓閣倚雲霞，故老相傳帝子家。複道恩光霑腐草，昭陽日影照棲鴉。銅駝不下三年淚，銀剪空裁四季花。興廢衹今憑眺望，江山可認舊繁華？

暮春送友人南下

桃花雨落水東流，去去江天一望浮。曉霧鳴榔迷古驛，春風彈鋏信扁舟。即今故國妖氛滿，可是鍾陵王氣收？爲語僑居陶謝手，新詩好載仲宣樓。

九月十四日同友飲醉月樓因贈其主人陶翁

燃犀山下葉颼颼，有客狂歌古渡頭。邂逅青山能作主，招呼明月卻當樓。天門霧宿千帆影，牛渚風高萬壑秋。可是相逢重九後，君家叢菊尚風流。

同友人舟行大雪

水色天光一氣浮，大江如沸擁歸舟。千山玉樹臨風立，兩岸銀河夾霧流。虛擬梅開何遜閣，又疑月到庾公樓。清寒此日惟君共，典酒前村有敝裘。

楊　遯

字嶰谷，自號天山子。述古先生之季弟也。家貧，采梠養親，不治舉子業。晚築室山中，蓄花樹，取果核鬻以自給。嘗遇雪累日，抱衾兀坐如枯株，不出干人。其爲詩清而不瘠，亦有可誦者。

詠史

蘇武持漢節，不屈志何堅。牧羝待乳生，遂經十九年。饑餐天上雪，渴飲石中泉。雖然歷險艱，至今稱其賢。

憶亡妻范氏

偶爾簡空箱，留得一疋素。執素憶其人，含情欲誰訴？縱得工縑人，未必能如故。

贈李德林先生

蒼顏老子有詩相，短髮長鬚倒曳杖。不駕安蒲隱茅茨，只貪醇酒愜高尚。春花落盡秋蘭芳，幽谷無言祇自香。微風引入棲玄閣，歌罷新詩一舉觴。

茅齋初成喜友人見訪

茅齋纔落罷，有客共徘徊。一水千回繞，羣峯四面來。沿溪幽草出，傍石野花開。他日迎新燕，期君再舉杯。

寄友人

聞道君家築草堂，想應梅竹覆東牆。睡殘午夢黄芽熟，敲就新詩緑醑香。馴雀穿花喧日暮，遊魚戲藻引波長。年來飽得山林趣，未必君狂似我狂。

雪山小景

雪現遠峯畫意，雲歸幽洞詩情。寒鴉幾點枯樹，風來欲定還驚。

山家夜飲歸途口號

山家斗酒醉山翁，醉裏消閒百慮空。夜静歸來猿作伴，半天星月一溪風。

厲　貞

字羽元。隱居有志節，方子子安爲予稱之。

簡友人

深谷松千樹，寒塘水一灣。翠微依石屋，蘿薜繞柴關。丘壑餘生計，風塵壯士顔。含愁忽成寐，鶴唳滿空山。

春日以詩代柬招徐公悦

忽憶論文友，山中正索居。欲將春社酒，共讀古人書。明日掃花徑，相期過草廬。貧家何所有？君莫笑無魚。

戴邁

字槃叟，自號三借道人。性疏放豪邁，不可羈紲，三爵之後，議論蠭湧，雅謔迭奏，舉座爲之傾倒。于一切世事泊如也，好讀書，嚅嚌墳籍，輒能涵揉櫽括。晚年授徒自給，益困蹐不振。年六十餘卒，無子，人咸惜之。著有漫興、閒吟諸集。李子石逋屬予校定，采其最者若干篇。

預書絶命詞

我非彭祖，年安得久？我即彭祖，終當回首。苦海茫茫，一朝撒手。哭我無人，笑我有口。我已行矣，何分好醜？

明　知

明知有一死，未死且復樂。有書且復讀，有酒且復酌。好景恣遊詠，好友恣歡謔。此身在塵寰，不過須臾托。今人漸凋喪，古人不復作。嗟哉無知輩，皆爲名利縛。矻矻不肯休，倏短難預度。譬如少水魚，漸漸日就涸。一朝纊息定，孤墳何寂寞。

夏夜詠懷

月在紙窗明，月落室若漆。蛙鳴不肯休，莎鷄更唧唧。四野闃無人，獨宿領蕭瑟。輾轉望天曙，夏夜如夏日。

幽居五首

淵明不求解，我則不求記。閒翫樂餘年，雙目受其利。所恨居窮鄉，未盡千古異。安得三十乘，死生不相棄。

不飲神已枯，縱飲儀已喪。惟值半酣時，身心自閒曠。賢聖名匪虚，功德頌豈妄？必如大聖人，而後可無量。

古來善書人，鍾王稱法律。多少臨摹者，亦不入於室。技豈在承蜩？射豈必貫虱？我雖不善書，自有我之筆。

孤身對孤月，應知月亦憐。一月圓幾夜？一歲幾回圓？月圓猶有時，人孤已多年。何如無圓月，長夜暗中眠？

我本老來人，晝睡更難已。忘情汙與雕，朽糞甘自擬。拂意事紛紛，一睡便忘矣。料得長逝餘，酣適亦如此。

月下對酒邀竹中泉下諸友共酌

孤居半載餘，賴爾相爲友。月下空徘徊，時愧獨傾酒。頃邀與同歡，魂魄有知不？生前肆飲宴，此際羣緘口。疏竹冷淒風，流螢定衰柳。遲爾爾不來，淚下欲盈斗。今猶感慨生，異日終當偶。不識予何人？姓戴字棨叟。

偶成

蘇州倣彭澤，中郎倣東坡。我自用我法，何爲苦學他？情於静裏得，景向眼前過。花鳥聲色異，風雲變態多。

獨酌歌

獨坐無聊已覆被，忽聞酒來躍然起。把盞獨酌還獨斟，面帶微醺亦可喜。飲罷古詩重展看，嗜酒無如陶與李。我雖不及古之人，欲破窮愁聊復爾。試問酒中趣何如？我亦難名其所以。

喜晴

夜醒危復雨，晨起幸朝曦。宿友重逢日，奇書乍得時。商量燕語壁，奔赴鵲銜枝。又聽農人語，春寒尚可疑。

早起

鳥聲催枕上，起眺意欣欣。松老偏宜雪，山高不礙雲。遠泉穿石落，野火隔宵焚。對此清凡慮，無勞謝世氛。

偶閱陳眉公酒董茶顛率爾書此

茶掌秋兼夏，酒居春與冬。百篇遜李白，七碗過盧仝。善飲東皋子，能烹桑苧翁。斯人如可在，滌器願相從。

山居雜詠二首

素有泉林癖，都無名利貪。含情培姤母，帶怨種宜男。是石堪容拜，無山不可談。黄鸝時刻囀，那用費雙柑？

春到花争勝，荷鋤手自移。竹披君子翠，松老大夫枝。有伴同呼酒，偷閒自課詩。牡丹開即落，富貴幾多時？

讀書詠

老來何以愛山居？寂歷空齋好讀書。水助伊吾鳴澗底，鳥驚吟詠下階除。不求强記情無繫，斷卻名心福有餘。三食神仙慙老蠹，山靈應笑不才樗。

七夕有感

今宵愁思在誰家？望斷清光一倍嗟。有巧難求甘拙守，無衣可曝畏寒加。疾雷古屋驚藏鼠，密雨空山隱暮鴉。回憶昔年相聚日，雙星坐對意無涯。

贈迎龍菴老僧

老僧本是閒中客，更向閒中得最閒。歲老不知成皓首，坐來獨自對青山。心光朗朗花千樹，性地如如月一灣。堪笑嶺雲閒不得，幾番飛去又飛還。

答友

梨雲夢渺恨年年，窮到牀頭斷酒錢。敗葉欲飄鄉思碎，瑶函忽墮友情牽。披從冷砌鶴窺字，讀向西風菊解憐。近況蕭疏那可問？報君只有舊時顛。

歸桐感懷

歸來生事有誰憑？歲暮衰顔百慮增。無室無家仍是客，不齋不佛久如僧。肝腸欲訴尋知舊，形影誰憐託夜燈。性本孤清時更變，遥期弔客借青蠅。

予久客歸桐韓五弟贈以長言走筆步韻

久棄繁華若棄塵，客雲旅月伴閒身。艱難世路休言貴，羞澀囊頭自愧貧。偶憶昔年如隔代，乍逢知舊若新人。浣花卜築期終隱，須仗裴郎數十緡。

雨溼巾壞

午餘攤飯興方濃，驟雨傷巾足惱儂。酒似漉來過靖節，角雖折盡愧林宗。思彈不得情空繫，欲挂無能恨溢胸。應歎儒冠久誤我，卻教露頂任疏慵。

和萬紫函感時之作

兵戈蹂躪幾經秋，遁迹深山絶世求。謾擬雪中披鶴氅，惟思灘上著羊裘。聽笳莫向賓彝館，望月休登鎮海樓。南北紛紛俱不問，酒酣歌罷自搔頭。

七夕山中有感

虛擲年華又七夕，幽棲巖谷已三年。人於老至偏多感，山到秋來倍可憐。蘭茁始萎旋吐桂，鶯歌乍歇忽鳴蟬。光陰迅駛堪惆悵，誰望雙星雲漢邊？

述懷口號

年來年去自年年，鏡裏誰知老態添？但得安心便是福，若能閉户即爲仙。争他名利何時遂？想到兒孫那得全？趁此鬚眉具一世，早参生死大因緣。

閨　情

十載深閨祇自憐，蛾眉畫就負嬋娟。梅花落盡尋常事，不爲春歸恨杜鵑。

聞　蟬

小窗亭午乍聞蟬，日烈風輕響易傳。又是一番新聒噪，緑陰深處惱人眠。

秋夜贈案上菊

移爾置之筆研叢，且收傲骨讓西風。雖無緑酒挤沈醉，也把燈花添夜紅。

詠　菊

霜姿不爲繁華改，傲骨寧甘流俗輕？三復落英多楚怨，一生知己是淵明。

竹中諸賢

翠竹森森幾度春？其中安置百年身。當時一霎氣猶在，俱是奔波名利人。

中秋對月

雲淨天空鴈陣寒，置身如在水晶盤。可憐孤館他鄉客，霜鬢年年衹獨看。

讀書嘆

一字不知真是福，萬言日誦總歸空。焚香默祝來生世，耕叟樵人並釣翁。

憶周文止二首

清才雖死訝仙逸，天遠玉樓勒彩筆。記得哭君河上墳，雪深三尺没人膝。

十年笑語散茅屋，夢裏驚君敲砌竹。何處相知最斷腸？遺書零落無人讀。

言志

杜生愛吞百隻蟹，何老欲買妾滿屋。腐儒齷齪拈鬚笑，架個書樓睡個足。

吴汝旂

字隱招，號鯉石。博學好古，至老手不釋卷。性耿介，與物無競，鄉里以長者稱之。年九十餘卒。自稱瓜山遯者，所著有瓜山集。

菊月朔日壽家公著六十

南雍丈人何所有？拓落青山一杯酒。南雍丈人何所娱？倒迴白眼一牀書。青山白眼兩相得，富貴浮雲各自適。支遁心腸悉達身，維摩鼻孔尼丘脊。如今世態趨炎熱，羡君肝膽飛霜雪。如今交誼中路衰，羡君終始堅金鐵。人世榮枯何足論？古道從今炤顔色。君不見，東方桃實安期瓜，都向君前供歲華。

面壁誦經

碧眼胡僧曾面壁，我今面壁在樅江。洗心但誦經三卷，閲世猶存眼一雙。座上誰堪尼父鐸？塵中自有法王幢。晨鐘暮鼓如常在，何必山僧夜擊撞？

悼季子紹訥

頭戴夫鬚草，身披襏襫衣。日斜猶未返，慈母倚柴扉。

齊煜

字中立。弱冠有才名，崇禎末早卒。

月夜行舟

曲曲寒江路，迢迢遠客情。雲開霜月小，風息夜潮平。清興思宣子，孤懷憶長卿。萍踪何日定？愁聽塞鴻聲。

旅寒思歸

發發寒風吹我衣，遠江孤客冒霜威。朝朝悵望魚書至，日日悲看鴈字飛。夢裏故園千思擾，愁中羈旅萬緣非。前檐獨步行踪寂，漂泊何時櫂北歸？

吴日杲

字漢章。官廕生。中翰澹菴公之弟。

遊浮山

誰道蓬萊仙境賒？名山浮水似蓮花。欲看雷鯉煙霞句，似泛張騫月夜槎。緑樹文禽添古迹，複廊深洞有僧家。不知棋畔人歸否，猶見雲飛谷口斜。

校　記

〔一〕□　原刻如此。

龍眠風雅卷三十九

木厓潘　江蜀藻輯
閩中魏　憲惟度同里馬教思臨公參

吳德操

字鑑在，號覓客。才氣横放，跅跎自負〔一〕。肆力爲詩古文，光芒氣焰，曄曄逼人。所與交皆慷慨魁磊之士。嘗北走燕、趙，憤國步多艱，與客抵掌談用世之略，目直上視，氣勃勃頤頰間，里中兒或以狂生目之，不顧也。南渡後，以諸生仕至大理丞，多所建白。其爲詩援据該博，上薄曹、劉，下躡何、李，有牢籠今古之槩。惜不多傳，僅得北征草與過江集所載者百餘篇而已。

東門行

東門行，露瀼瀼。非陽關，多戎裝。揖我數故人，驅我僕馬當路傍。一解

腐鼠嚇鳳雛，饑烏啄人腸。鳳皇自謂安之？朝飛暮宿徒迴翔。二解

徒迴翔，欲集高樹無枝，下瞰海外無梁。刀鳴箾中，流水湯湯，千里萬里何其長！三解

刀鳴箭中，流水湯湯，千里萬里何爲長？從此著裲襠，入都門，望故鄉。四解

悲歌

父兄當爲廉節，子弟苦于飢寒。一朝得罪，赤手何官？黄金可結人，何必以廉貴？殺人可取錢，何必厭酷吏？

對酒

騎馬走城東，不交卿與公。公卿顔色賤，但畏霍家子都面。霍將軍劍履方登殿，當復思秦淮酒樓中有劉生。人人稱東平，手劍安之？徘徊夜鳴。嗟呼！江以北，淮以南，漢沔間。幾千里，孤兒單丁，寡女無父兄，乳虎之怒哮西營。謂劫掠嘯聚爲降兵，不如對酒吹笙。今日安坐，明日直承明。或云有書萬餘言，願獻陛下，不必知名。

烏生

烏生叢桂樹，雙翅飛入端門樓。嗒！我端門樓中，林木沈密，有人拖玉，摇擺長秋。以金爲彈銀爲鉤，出入挾彈丸。嗒！我烏死，烏子聲啾啾。阿母尚在，淚下不休。阿子飛不得

上，仰天嘆息託報仇。唶！我堂前乳燕雙雙棲，乃在人間銜濁泥。曾不知，黄雀在深林中，羅家尚得射殺烹之。鴻鴈自以爲塞北甚苦，吾來中道，相遭分離。唶！我蕩子逐彈無還期。又見杜宇鳴且悲，骨肉不自啄，滿眼身孤羈。萬事反覆，哀痛何爲？

董逃行

蓬萊之山與天連，仙人端坐樓居前。路絶不可攀，欲駕長虹爲橋，但見海水風激蕭蕭。一解

督工造木蘭船，沙棠爲橈，繫置崑崙巔。高望紛翩，但有山木猿狖相蹁躚。二解

何知採藥不可得，多去少還。或溺于鬼神，福命心所煎。安得鷄犬舐鼎，飛來騰上天！三解

傳教諸公且看，駕車乘馬還長安。生女作后，子爲侍中官。天公愛汝賜金錢，獻此錢，世世加冠。四解

何必神仙，然後萬年？家世王公大人，賣官鬻爵不貧。醉飽樂，過千春，望陛下永結婚與姻。

淮南王篇

淮南王，不自尊，賓客車馬充前軒。吾將舍爾從八公，黄金爲闕天門中。天門中，中何食？

擣藥一丸化五色，奉上天子壽無極。臣服四夷聖皇哉，南遊閶闔，門觀玉臺。觀玉臺，乘天馬。徘徊無人，樂不可下。人生富貴若不足，學得神仙作舞曲。

善哉行

來日大難，憂來千端。出門遇雨，炙火不乾。一解

相如得婦，志在高官。自滌酒器，有何喜歡？二解

汲井之綆，可以斷幹。伯夷覆舟，人人心酸。三解

負薪入市，饑不可餐。行過會稽，去婦難完。四解

人亦有言，沐猴而冠。斑斑猛虎，與之盤桓。五解

我無衣裳，以禦冬寒。築室路傍，愧彼曹瞞。六解

詠懷二首

夜犬吠深巷，晨鷄鳴高樹。殘夢斷不全，平生誰與訴？年齒三十餘，被服舊韋布。父母生我時，親戚賀魁梧。望我大門閭，祝我光墳墓。五歲入鄉塾，從師受章句。十歲能大言，膝下草詞賦。蛟龍善作波，頗爲尺水誤。運命安可知，忽忽蹈遲暮。咄嗟失意人，貧無親戚

顧。北土委柴荆，喪家那得住？大人五十餘，餐飯不如故。阿兄困紙筆，小弟尚懷乳。自恨不高冠，又不能窄步。鹿鹿山水間，强顔怨霜露。杯酒發我狂，衆人嗤無度。胡不埋姓名，輕薄自卑汙？貪財結惡少，空中以行路。偪側徒區區，何用五石瓠？

淮南好文采，乃以得神仙。服食煉藥餌，輕舉有遺篇。嗟汝世俗人，迷惘何拘牽？年命日以邁，蹙迫難少延。奄此明月光，浮雲飛上天。雖有好容色，失意相熬煎。灼灼青藍花，龍蛇當我前。傳教取玉枓，上謁高山巔。寶器不敝箧，怒馬不斷鞭。仲連義辭爵，千載稱豪賢。

門有車馬客行

門有車馬客，言自故鄉來。故鄉千萬里，遠望無高臺。天下方好亂，太白正南災。整衣出見客，僕馬何匳爐？丈人且寬坐，斗酒洗塵埃。家中見阿誰？尺素手自裁。君家婦在堂，日夜望君回。上有小印緘，中寫長不歸。相見日以闊，絲髮日以飛。男兒不念家，無問瘦與肥。明月投君懷，隨風生光輝。灼灼河漢間，詎知會面稀？當軒理促柱，懼驚鄰婦機。

少年行

都亭望宛雒，行行過莊馗。雜沓好身手，蕩子幽并兒。千金得名馬，寶裝爲人騎。關弓挾大彈，中雀烹爲骴。烹汝告烏鳶，啄肉無已時。還脱金錯刀，赤手格狐狸。製錦當市中，且爲豺狼悲。利劍齒腐肉，黄麻變青絲。西北黑雲上，日脚横旌旗。駕車使麒麟，中屋鳴梟鴟。占者云不祥，主人當爲祠。張樂在大野，臨以迎神辭。少年挾彈過，走馬射殺之。一梟作人語，惡聲汝莫嗤。遊戲白日間，不辨殺人誰。

放歌行呈石齋先生四首

枯桑連欂櫨，夏屋怪楝拆〔一〕。置之當路衢，黝黝生枝節。楩楠豈不嘉？植根周十圍。摧之爲柴薪，炊爨揚灰飛。昔我遊瑶臺，犨麋炫袿襡。嫋嫋嫛婗姿，蹇步自趌趄。暮宿北邙山，高者冢與墳。曉日臨灞池，冠蓋屯流雲。西北厲颺風，蕭蕭路傍柳。天馬見黄犬，不願龍爲友。豢牛牛易馴，畫龍龍易波。華藕植修阜，孤鴻落危柯。入地伏土間，上天不顧反。遊子登孟門，下視羊腸坂。

素絲雜卮茜，蒼黄不可知。赤日當西陸，浮雲變爲緇。魍魎向我號，左右相屑涕。亦有東家兒，不能事夫壻。嬌羞雙蛾眉，鬒髮插翠鈿。男兒號冠玉，未必知可憐。譬彼韝上鷹，飽食烏鳶肉。失意即飀去，燕雀巢空屋。糠麧莫苦饑，藍縷莫苦寒。素絲若常白，安用百千端？

舉手招神仙，悢悢不能語。天門一何高，翔駝降北渚。附耳長發嘆，服食何須多？ 樓秀乃卻步，蹩躠登嵯峨。不見河漢水，漭沆激怒濤。西山有獵夫，飛罕空悲嗥。爾龜不我言，豈能信鷄卜？ 駕車上太行，腸中轉輪轂。關蜀雖險峻，視之如表啜。河朔自平曠，畏之如九拆〔三〕。瓴甋與璠璵，委棄大道傍。或遂沈泥淖，或以襲重房。貴賤各不知，不如鬼蜮好。焉能學搗藥，負擔求奇草？

横門遇女子，東鄰良人婦。萬里事邊關，孔武揚豹褎。摻摻夜縫裳，豈不樂膏沐？ 絶塞坐上頭，君次能擊筑。福或重於地，文繡被飑犢。禍或輕于羽，掘獄得怪哉。種豆不成萁〔四〕，治田不薙草。壯女嫁征夫，孤兒當遠道。齧膝蹶康莊，老大傷遲晏。咸陽賣酒兒，多錢復善算。有妻業屠沽，世居横門東。捐貲據路津，復能薄三公。

入都門作

褰衣得繩紐，利劍不在手。上視城頭鳴白烏，大兒得罪小兒口。我來夜渡桑乾河，遼海重關漁陽多。健兒橫槊青驄馬，腰間羽箭還彝歌。華闕中天棲金爵，別風嶕嶢浮雲薄。莊逵館宅繳長蛇，招要雜沓公侯家。齊童趙女立廊廡，七盤長袖能楚舞。市井倡優被繡文，黄口列爵在勳府。昨日諂事魏其與灌夫，不如武安門下爲家奴。武安家奴可殺人，布置權要當路津。睚眥輒敢弄白日，借交搆陷先告密。東來道殣多死亡，盜賊訌哄何足恤？都亭塵起輪莫埋，望見董賢翠蓋車呼來。耽耽猛虎嗡豪賢，娓娓嚴謹要金錢。父兄貴侈致千萬，子弟黄金白玉相勾連。安用左右東方戟，横插雙貂入兩掖。上殿有瑟不得鼓，下殿從軍裹馬革。馬革何其苦！少年肆詘侮。鼫鼠技盡爪牙争，摧頹毛羽憐狂生。葛帔練裙雜紈袴，世人怪我能闊步。我欲向城東，當壚無黄公。我欲問朋友，紛紛車馬不可數。我欲仰天搔首指青山，浮雲蔽之難以還。我走狹斜見好女，顔色頗不足，風俗固當恕。已矣狂生勿悲歌，悲歌聽者當如何？咫尺不得見天子，狂生之歌且已矣！

擬行路難三首

花落東西吹，乘風不上墮濁泥。泥濁日以遠，撲塵飛上天，落花旦旦無時反。君不見阿嬌金屋姿，誰信長門寥落時？君不見平陽盛歌舞，阿兄人奴尚公主。

上山紫雲覆，下山百鳥翔。掘地得遺卵，雄者爲鳳雌爲凰。世人嫌此羽毛文彩異，不如鞲上蒼鷹復解事。雙雙未能飛，籬邊檐下將安歸？將入鷄羣啄餘粟，不食既不可，飽食憂其肥。

汲水上山巔，覆水落山底。大河星宿來，瀉入平地漲不止。黄鵠飛入建章宫，有人從之挾彈子。皛皛太液池水深，一彈即投洪波裏。曾聞東方避世金馬門，據地龍蛇豈得已？斯時建造通天臺，仙人之掌高不可擬。雒陽良工鑄金莖，上有玉盤承露美且旨。道傍渴死乾封年，長卿文園病不起。此兒恢諧見武帝，痛飲神仙之酒如飲水。飲此酒者即長生，誰憐臣朔飢欲死？自稱日誦詞賦千萬言，十五通經史，二十擊劍遊諸侯，可以爲天子大臣矣。嗚呼！東方當知之：大隱隱朝市，好文不用司馬遷，好武李廣何必喜？酷吏纔上書，又廷見方士。

二十四夜作

竄筆地下不敢寫，欲哭不哭無知者。草堂燒燭變青煙，炤見游子當寒天。家家祭拜鬼神走，妻孥怪我不容口。洗手作羹淚霑裳，上有姑嫜聲不揚。白髮中宵看風色，小郎啼笑求衣食。飛飛鴻鴈一還顧，莫顧長安千萬路。黄河水深能作波，泰山雖高跛羊多。男兒生長荆吳遊齊楚，不如早娶健婦持門户。何爲自號慷慨不顧家，北涉萬里聽琵琶？或云唱齊謳，歌吳趨，青樓輕薄多酒徒。坐中誰操鄉土曲？雜譜笳管斷相續。公然帶劍出門單布衣，年年歲歲無人歸。

成相七首

成相者，楚蘭陵令荀卿子所作也，雜陳古今治亂興亡之效，託聲詩以風時君。余取其意，綴以近辭。且引類貴夫通於時者，爲可備覽觀焉。

歌辭莫厭長，試讀請成相。寶鑑何年失？良弓卻早藏。病將愁跨鳌，醫不切膏肓。多識詩書事，中宵得禁方。

吾亦能高義，其如姓運期。求安高士傳，畏挂黨人碑。五郡何相迫，諸生不可爲。好言嘗恐中，得罪累文辭。

廷辱黄衣者，方知相府尊。弄臣歡割袖，乳母計盤根。郡邸行輸作，宮門變慘冤。從來唯宦寺，近地易承恩。

賞賜虚耗費，叨恩自御前。左藏嗟少府，内庫聽中涓。官與鴻都市，人工姹女錢。翻知平準法，武帝善營邊。

上書久不報，誰肯犯龍鱗？多引通經士，時旌敢諫臣。殿中能辟戟，郭外即埋輪。自有遒人誦，謡辭可具陳。

重足稱陰事，隨時本陸沈。鄉人投匭慣，小吏舞文深。驛馬趨行在，韝鷹集上林。早求爲獄卒，得意挾千金。

簾遠須卑聽，先通上下情。深宮觀史傳，便殿接公卿。水旱時陳疏，風雷豈好名？狂言能見採，無有不披誠。

闔游留别幼光兼示臣向

君才在漢代，亦是馬卿流。辛苦成吾黨，凄凉悔遠遊。故人當李杜，癡婢識錢劉。白日江波惡，漁竿莫浪投。

李供奉祠

太白祠前渡，登樓見大荒。老松鱗甲出，畫壁蔦蘿長。倚馬成宫調，騎龍走帝鄉。千年吹不盡，采石客風霜。

七月十三日

一百八十日，音書竟不通。鳴蟬知候到，去燕覺梁空。臥簟思南斗，當軒近北風。已占河射角，無處覓飛鴻。

和仲馭南園詩二首

白社常同宿，深言慰董京。鴉啼雲外月，鳩唤雨中晴。瓦屋還臨水，書牀正面城。芳洲歌采采，遥集楚湘蘅。

託意園林外，溪流傍一隈。詩書隨我讀，風雨耐人來。過雁翻殘露，鄰鷄踏淺苔。向來横吹客，都不到繁臺。

憶姬

小立香階淺，臨風笑語微。客憐新夜月，人著舊時衣。結緑空懸劍，流黄不斷機。但能偕隱逝，椎髻可同歸。

答體嚴伯父

伯父真儒者，吾宗重老成。秣陵青管夢，栗里素琴聲。敢謂潘尼賦？羞同阮籍名。昔年亡祖語，因見古人情。

示密之

魚網那堪鴻鴈羅？君今三十泣銅駝。上書持橐求刀筆，得罪陳詩忍怨歌。使酒尊前豪客少，低顔牀下拜人多。僧房度日忘年歲，雨雪初來正渡河。

送錢仲馭吏部之任粵東分臬

水漲秦淮春可憐，故人載筆滿前川。丹青玅畫廚中變，尺牘成書海外傳。曲奏胡牀憐别鵠，路當庾嶺望飛鳶。昔時賦就江淹後，争似吳生五朵箋？

冬懷二首

江北荒田棄舊農，多齎油素作書傭。豈無買第袁居正？莫笑登山范彦龍。太學鄰房誰下拜？大家廡宇亦堪舂。病來欲獻相如賦，泰岱今年又不封。

投札遠移白下城，燕齊一半阻軍聲。市中胡餅何心羉？宅内茅茨有意晴。憐得小姑難可嫁，笑來壯女竟無情。平生嗜酒貪奇字，岸幘牆東待老兵。

渡黄河

河南河北陰風多，吹我愁心横渡河。近塞□兒變漢語〔五〕，中原浪子工彝歌。四方邊堠有烽燧，一路野田無麥禾。水澤魚龍或不怒，莫令此地揚洪波。

同魯爾章劉阮仙胡孝緒郭昭子集飲

賣賦狂生知者誰？過君執手慰盤匜。楚人不哭終成病，燕市無歌亦自悲。豈脱敝衣成鼓史，將攜新酒問胡姬。十年莫恨披韋帶，高視中原遊俠兒。

燕臺懷古二首

昭王賓客坐如雲，荒草今看樂毅墳。此後白衣辭壯士，可憐赤日死將軍。玉河莫似昆明水，石鼓猶傳獵碣文。巷有屠家能貰酒，恐人擊筑不堪聞。

薊門秋色冷邊關，萬里飄風自北還。牧馬誰能窺瀚海？射鵰終不過陰山。陣前逋寇新王子，口外降彝舊朵顔。恢復諸臣勞計策，早清鐵嶺賀蘭間。

聞掌憲劉念臺僉憲金天樞兩先生同日蒙譴作

危冠伉直遂廷爭，梁下先驚懸鼓聲。獨坐轉慙辛慶忌，同官還累竇游平。人言太尉門牆峻，帝識萊蕪釜甑清。臺閣一時誰表率？飄然南策蹇驢情。

秋興三首

丈人何地覓龍威？秃筆重嗟董子帷。芳樹流雲添晚翠，老荷著雨見新肥。辭巢海燕空梁舞，索食鶬鳥短嘴饑。誰道蓴羹鱸膾好？江東張翰未曾歸。

舅家風雨散帷囊，少小咿唔外祖旁。同載神童慙孝綽，難成宅相負思光。豈憐蒿里悲飢歲，遂有麻冠哭大喪。骨肉至親誰執紼？到今淚濕九秋霜。

莆田七月海風秋，誰到江東寫我憂？露冷芙蓉王儉幕，書藏夾漈鄭樵樓。卜居未有安危信，行路方知出入愁。笑指雙星河漢闊，明朝不肯渡牽牛。

重弔左少保公二首

應山桐水泣清風，先帝彌留顧命同。遂有奸閹通内侍，果然贓罪殺孤忠。黄芝獄底原難問，白鵠車前竟不終。請謚十年纔定議，持將血淚對楊公。

青山惡馬出龍眠，齧指書成血字傳。三世難餘齊變姓，兩河義士各輸錢。移宮得罪中人後，鉤黨含冤獄吏前。辛苦吾家諸舅氏，臥薪獨有子孫賢。

柬懷方大密之京師

夢到蘆溝夜渡河，灰沙風色近如何？蒲葵粗扇今當貴，練布單衣客定多。秘閣有書堪借讀，兩京無賦好搜羅。比來料得張公市，曾記空山挂薜蘿。

柬懷姜三如須大行

混迹江湖不合時，姜郎知我最狂癡。還將草閣閒情賦，遥問章臺絶妙辭。長孺危冠常向主，季方高座早爲師。驚聞拜命行人後，抗疏先殲逆黨碑。

無題八首

雀釵寶袜近闌干，斜貼珠瓔綴畹蘭。趙姊洞房初舞鳳，韓郎玉案恰棲鸞。空階小草茸茸濕，繡幕餘香冉冉寒。豈是感甄徒作賦？朝雲只對雒神看。

小婦驕人織錦忙，流螢細撲爛生光。石家閣掩芙蓉幔，秦氏樓裁文杏梁。腰帶怯圍休恨妾，指環偷墮漫羞郎。東鄰搗盡寒衣杵，薄命秋風夜上堂。

風流蕩子狹斜身，慣是癡情作使人。瑪瑙粧成嬌惡少，珊瑚擊碎惱芳春。金釵豔就文犀動，綺袖香含寶鴨新。無耐瓊扉矜細語，教儂妬殺小平津。

蹀躞章臺陌上聞，漫因夫壻遠從軍。庭花閒放丁香雨，爐火重添甲帳雲。鏡裏孤鸞教妾舞，簪頭小鳳背人焚。腰支一病渾無力，獨怪東風透薄裙。

畫得怡雲舊有圖，便將滌器學當爐〔六〕。愛扳花底邀郎折，私訴樓前畏母呼。眉際嬌添螺子黛，鞋尖香惹鳳頭珠。單衫怯弱西風立，小語闌干怨阿奴。

浮槎恰值晚風波，小小黄姑怕渡河。雲母疊成秋裏字，雪兒解唱夜來歌。耐將文錦供詩話，慵對香奩喚鳥過。卿便成名天下少，爲郎卜得嫁如何。

底事傷心怯畫廊？天涯孤鴈病相當。微聞蘭麝朝成霧，似怨寒蛩夜喚霜。夢裏青絲臨大道，閣中黄葉下横塘。憑闌小啓桃花口，倩得東風送語郎。

小折濤箋唤柰何，背人私自問鸚哥。傷心江月隨郎遠，薄命湘雲笑妾多。鵲上菱花須聽鏡，烏啼柏樹漫停梭。書空無限相思字，傳得嬌情入窄羅。

邊　詞

獵馬陰山帶箭傷，腰懸寶劍白如霜。東方千騎誇年少，豈問深閨夢短長？

寒食述懷

寒食蕭蕭拜掃時，春花撩客倍傷悲。宫門懸得龍蛇字，猶有人憐介子推。

方其義

字直之。中丞仁植公之次子也。五歲能辨四聲，屬對如流。稍長，籍諸生。帖括之餘，輒喜爲詩，才氣蓬涌，書法規摹平原，尤冠絶一時。性輕財好客，折節師友，旁及詩人畫史、羽流劍客、彈棋格五、馬醫灑屑之屬，皆樂與之遊，解衣推食，務厭其心。有膂力，能挽弓五百斤。嘗衩衣短束，隨其父中丞公開府於楚，與材官健兒相追逐，據鞍横槊，顧盼自喜，有河朔俠烈之風。既，因大廈莫支，放廢家居，所作詩多愴恍憤盈之詞，君子讀而悲其志焉。子中發爲之蒐求放佚，彙次成集。其義舊陳子越樓爲之序以行世，曰時術堂遺詩，凡六卷，可以傳已。

上黃石齋先生

澒洞蓬萊波，彈琴移其意。今人飲濁流，故無滄海志。漳浦發條風，醒者皆知醉。江水派朝宗，行潦亦四至。方諸吸月華，河清未爲瑞。浮雲墮海涯，鯨鯢竟作祟。烏鵲晝悲啼，鮫人夜半淚。一壺起中天，魚龍争辟易。從此霄漢間，永無孛與彗。

烈士行

烈士不可無，頭顱不必有。嗚呼樊將軍，千載淚函首。紫綬束在腰，金印懸在肘。騶從過洛陽，車裂亦不朽。富貴極生平，焉知百歲後？笑彼投閣人，寂寂復何有？

良將行

頗牧未遇時，神骨當積煅。雙龍鳴匣中，光芒照秋水。既學萬人敵，又能觀大旨。決漏殺宰相，吳姬樓下死。閨情中夜斷，傷心獨吳起。果然將百萬，何妨殺妻子？

撫楚嘆

流賊起西鄙，羽書何旁午！焚殺十餘年，生民塗炭苦。諸公舉我父，簡命往撫楚。先後奏八捷，陵藩俱安堵。倡議力主勦，他人偏欲撫。踰年賊果叛，言中人更怒。川沅詔會擊，逗留兩開府。楚將獨深入，陣亡尚優敘。近者不救援，顧乃逮我父。黨禍相鉤連，實借封疆處。悲哉復悲哉，惟賴聖明主。

黨禍

北都既陷賊，南都新立帝。宵人忽柄用，朝野皆短氣。魑魅登廟廷，欲盡殺善類。忤者立齏粉，媚者動高位。麒麟逢鉏商，豺虎遂得勢。手翻欽定案，半壁肆羅織。蕭遘反被誣，趙鼎亦受詈。直以門户故，忠邪竟倒置。可憐士君子，狼狽竄無地。我家爲世讎，甘心何足異？冤死不必悲，所悲在國事。先帝兒難保，我輩合當斃。仰首視白日，吞聲一灑淚。

西變記略成感書

甲申既可哀，乙酉更堪哭。人競擁戴功，白板争官禄。巨憝況謀用，一旦秉樞軸。只顧報私讎，何心圖恢復？緹騎遍州郡，忠良滿詔獄。忽聞清君側，矯旨巡部曲。徵兵拒上流，不復守河瀆。拱手送金甌，眼見惠懷辱。王衍且勸進，索綝望收録。此輩賣國家，恨不食其肉。陽九亦大運，傾覆何太速！飲泣筆此卷，腸斷不能讀。是非久論定，留以待史局。

哀濟南

崇禎庚辰濟南陷，張方伯公身殉難。方伯夫人我伯姑，攜妾投入大明湖。夫爲忠臣妻烈婦，名垂天壤真不朽。天子明聖如上聞，自然贈官録其後。方伯實爲我婦翁，招魂不得來山東。可恨中貴師八萬，不援孤城城遂空。誰與守，誰與戰？哀哉新正成此變，使我兩袖淚如霰。

醉翁亭贈馮鄴仙先生

招手狂歌呼永叔，醉翁何處歸華屋。作書者誰蘇端明，揮翰離披真朴遬〔七〕。本朝姚江先生來，講壇終歲絳綃開。是時不聞争戰苦，緑藕花陰長莓苔。衙齋斜倚豐山側，老梅怪石兒孫列。亭子荒蕪浪得名，山水文章主人缺。邇來東海馮夫子，下車闢逕成幽市。甃石依雲貯滿囊，草堂山閣無起止。蘼蕪遍地扶持之，何況凌雲參天姿！蓊蔭十丈羅生徒，揖讓扶風高密師。維時海内宗盟落，學者四走無依泊。南渡黄河北涉江，侁侁負笈趨南郭。太僕門前寒士多，更有方生陳磊砢。先生大笑延末坐，參軍行路愁長歌。

酬彦林畫

近日文人工繪事，吾社往往稱高視。筆墨之外煙雨生，鶴湖錢子多奇思。我有東絹懸中堂，當暑四壁秋風涼。眼中丘壑無如此，畫工千紙失洸洋。洸洋天授非人爲，天下江山yan蕩奇。舉頭四顧天冥漠，墨氣淋漓想見之。我性戀名山，所見亦非一，不善丹青嘗閣筆。安得到山攜山歸，袖裹白雲放雲出。故人寄我吴江綾，吴綾一幅山幾層。上寫蒼蒼之遠樹，下寫田田之芰菱。披圖如夢忽如寤，一泉一石知其處。竊恐中有無睛龍，他日聞雷竟飛去。

夜泊赤壁秉燭遊之

秋雲黯淡愁荒野，孤舟夜泊赤壁下。江月不出行人稀，四面棲烏啼啞啞。欲眠不眠重秉燭，曳杖披衣駭童僕。臨江把酒酹坡公，獨飲一杯歌一曲。曲終仰首天蒼涼，清風颯颯吹衣裳。武昌夏口在何處？白波萬頃空茫茫。此時星河亦錯落，葦岸秋蛩鳴絡索。登舟四顧夜無聊，酒醒不見横江鶴。

廣陵行

廣陵九曲通咽喉，由來一區稱金甌。四方琬琰皆雲合，争趨十丈新城樓。新城巨商與大賈，舊城達官被文組。郎騎駿馬婦登車，雜踏靡麗喧簫鼓。水清山平人物輕，皤翁野姑能嬌聲。此地從來産顔色，盡説傾城復傾國。浣紗之女不敢南，燕趙之子不敢北。繡閣明珠未及笄，聘作城中貴人妻。只有陌上採桑女，秋來當户操機杼。侯王折柳行過門，風前一盼銷人魂。不惜千金與竇璐，急從冰上尋老嫗。今宵翠羽鎖新郎，束素一抱雙琅璫。柔枝香質情意怯，豈肯嫁作公子妾？多情少年善不平，廣陵女子多虚名。一陣寒風城外至，削蹄寒玉如雲騎。男兒横尸七十萬，家家夜夜征人睡。炙羊生彘透羅襦，牛皮馬革親肌膚。

忍恥據鞍嚼早韭，朝餐霜露醉煙酒。更有河南諸娼家，惟聞鬼哭無琵琶。早知今日爲齏醢，衾枕傷心顔色改。不如盡嫁四方人，留得美人在湖海。

憶兄

山崩地裂慈母死，至今二十四年矣。兄方十歲我三齡，痛哭思之何處起？老親愛若雙明珠，我啼夜乳兄朝餔。行行讀書各成立，相期接武遊天衢。喜兄努力成名早，不材愧我終潦倒。那知天步日艱難，勳業空餘憂患老。只今未語已先悲，幾載天涯生別離。憶昔神京天晝黑，龍去鼎湖攀不得。萬死一生全苦節，南歸鉤黨重羅織。膝下一拜雙淚垂，單衣破帽從此辭。緹騎如雲紛四出，變名幸得藏鬚眉。老親在家應官捕，又見風波移韋布。我亦間行逃微軀，兄之三子委道路。父子祖孫各千里，南北東西悲瑣尾。青陽建章復蒙塵，猛虎玄狐江海濱。老親又走姑孰道，一家細弱命我保。間關提挈返龍眠，髡頭赤足問荒田。荒田确确不可耕，仰天忽聽悲鴻鳴。悲鴻鳴兮念遊子，别後音書無片紙。饑寒未審存一身，飄零何地淹年紀？吁嗟乎傷哉！日月清明浮翳開，殺人鬼蜮已成灰。老親日日登高臺，呼我極天望消息，兄胡爲乎不歸來？

感懷

故鄉烽火後，頻首祝功臣。壯士方悲楚，何人說避秦？赤眉殘郡邑，青眼重金銀。莫謂居官好，中原失撫循。

范質公司馬

衣冠當代盛，慷慨一名臣。忠計風塵苦，皇恩賞罰新。詔書朝夕下，封事再三陳。誰識秦淮上，愁心寄白蘋？

比江東

南陽何必問，冤殺薛濤箋。長短休開口，狂癡亦比肩。紫羅囊不佩，白羽箭高懸。名士今安在？寥寥三十年。

贈羅訒菴黄門

都梁懸珮玖，人識舊君章。白簡三更漏，清溪五月霜。好持簪筆意，夢與晝沙長。嶽嶽東南柱，英雲繞夜光。

客雲間聞楚警送杜于皇歸白門與宋轅文徐惠朗共得安字

仗劍同湖海，霜風九日寒。赤眉乘勝易，黄耳寄書難。西渚思雲夢，東牆老建安。到家秋欲盡，落葉滿長干。

金山寺

峭壁俯千尋，驚濤兩岸深。寺鐘寒度水，江日晝生陰。海近潮聲闊，天高野勢沈。中流誰砥柱，巉絶到於今？

秋閨怨〔八〕

嫖姚征冀北，六郡盡從軍。一夜秋風至，千家砧杵聞。月斜侵角枕，露冷濕羅裙。坐看長城鴈，翩翩入斷雲。

東孫克咸

仲謀湖海士，抱膝到如今。入世逢三甲，行師卜六壬。擬騷悲楚調，逸興託胡琴。莫負聞鷄約，神州忍陸沈？

自怨二首

譏誹一賤子，何日脱羊裘？忍恥同睢溺，隨時漆伯頭。蠅偏憐白璧，燕合戀青樓。但恨前車覆，朝朝載鬼遊。

自試龍泉劍，頭顱值幾文？甘心爲厲鬼，剖腹示降軍。莫怨天難問，何愁稿不焚？市中爭短我，未必是陳君。

野　宿

芳草闇萋萋，鄉心逐馬蹄。亂雲時聚散，流水漫東西。歲月消烽火，江山入鼓鼙。壯懷看漸老，惆悵此聞鷄。

書宋子建記黄石齋先生召對册後

廷對聞當日，風生御座前。廟謨攄激烈，天語荅纏緜。揲策原三易，量沙説九邊。千秋遺正氣，長與汗青傳。

自金陵送敏功同舟至淮言别

客路此朝天，相逢亦偶然。不圖滄海變，還博故人憐。壯業輸霄漢，生涯苦石田。承明如有問，殘野望全蠲。

秦郵舟行夜泊

日出曉光微，天空一葉飛。人隨帆影去，山送客心歸。平澤風車動，低田茅屋稀。蘆中來舴艋，遥問有魚肥。

同百史阮仙夜坐

坐深忘寐後，永夜一燈明。人隔疏籬語，鐘傳别寺聲。竹風清梵唄，花雨静楸枰。無限相逢意，當年老弟兄。

拜五世斷事公墓

一命遐荒賤，捐軀痛不禁。但知臣節重，寧論主恩深？白骨無鄉土，丹心自古今。松楸三百載，魂魄尚森森。

春仲入里聞子留弟將至爲此懷之兼贈念松二章 二公皆禿，余亦有釋名，故及之。

網羅雖脱盡，形影復誰憐？節序留僧臘，乾坤托梵天。新聞憑眼底，往事付生前。劫火燒難燼，何愁骨不堅？

笑病今何似，聞知破衲來。老春猶有雪，二月尚殘梅。世眼唯軒冕，天恩獨草萊。辯才持一炷，待爾講堂開。

贈吴駿公少司成

久傳高閣過平津，容與微風動暮塵。方集南皮天下士，肯辭北海座間賓？蓬門幸辱檀車迹，槐市還吹黍谷春。虛語拮据何所用？如今經濟重名臣。

贈田在履

楚水東流勢不回，棄家今日向南來。鵂鶹有賦騷人忌，豺虎成羣蕩子哀。去國詩書還在壁，滿天風雨亦登臺。悲歌難盡傷時事，聖主臨軒正愛才。

慰勞臣

何愁石上勒龍驤？髮怨絲恩不可忘。鸞鳳偏教棲枳棘，蜉蝣並未美衣裳。饒他詩酒陪雕輦，分定風霜老戰場。市井皆知廉吏賤，苞苴白晝到明光。

贈錢仲馭職方氏

名成十萬任操觚，借箸論兵寄虎符。鼎鑊何妨懸北闕，烽煙愁看列南都。轅門戰士詩騏驥，座上狂生泣蟪蛄。引領長安難自薦，漢廷今有積薪無？

題宋子建君子堂

中原極目半丘墟，誰是隆中舊草廬？高臥獨容存百尺，讀書差不負三餘。逢秋腐草螙難化，當户芳蘭忍説鋤？躑躅風塵歸未得，同君且飽食鱸魚。

周農父業師秋浦試竣賊阻不得渡江遂爾東下今送之歸

秋風纔罷雪飛花，極目寒雲蔽九華。戰伐乾坤成沸鼎，流離踪迹等浮槎。青山隻影江千里，白髮重圍天一涯。傳道故園烽正急，那堪徒步夜還家！

錢彦林家伎久爲劍客因余强奏數曲志之以詩並贈

渾脱争憐劍舞才，梨園宴罷爲重開。纔誇擊伎盤空捷，忽作歌聲引扇來。白苧新詞公子就，紅牙小拍使君催。三更掩袖争行酒，醉後猶添一百杯。

懷范小范

堂前白髮近何如？菽麥離離好荷鋤。貧賤祇堪求避世，澄清莫漫説登車。已拚歲月供漁艇，豈料江關遍羽書？風冷漳湖飛雁少，思君夢裏寄雙魚。

陳百史自三洞來一路未嘗舍都亭也時將發公車聞警且主余所感而贈之

六月南屏漫採蓴，結交湖海亦憂貧。應融何處知遊子，謝著原來是故人。夜草長楊淹歲月，春風行李隔煙塵。濁醪莫惜尊前醉，珍重聞鷄是此晨。

送張五敘北上

辭家何事蹈烽煙？西望長安路幾千。半壁殘燈鄉夢冷，一鞭斜日客心懸。書生挾策容誰獻？辛相求才想自憐。好向秦淮橋上望，名成十月早南還。

懷余大微中台

五月鑾輿出帝京，東西夜走避官兵。莫因婚嫁愁兒女，且望干戈憶弟兄。我以鄣山爲兔窟，誰知黄海雜梟鳴？攜家仍問鄉關路，隴上田荒不可耕。

一見陳少宰即書

何時單騎出長安？涕淚塵沙送羽翰。相見忽驚生死後，當年未曉别離難。滿天羅網疏還密，萬里風霜暑亦寒。從此肝腸投白水，故人原不羨高官。

悲敬亭

宛水烏啼永夜哀，啾啾鬼哭正東來。明知煉石天難補，安擬揮戈日可回。壯士豈緣深感激，書生原不悔癡獃。獨憐一片萇弘血，萬劫長然未死灰。

哀秋浦

萬羅劍客射金鉀，嘆惜延陵未識時。報國幸猶存草澤，捐軀真不愧鬚眉。旍頭照夜誰能指？箕尾横天獨許騎。酌酒勸君爲厲鬼，黄塵青草任迷離。

金陵江上感懷二首

百雉横空映夕暉，蔣山煙樹望依稀。戰艘有詔方南指，江浪無情自北歸。陵月荒凉人絶迹，宫雲黯淡鳥愁飛。漁翁獨向風波老，蓑笠年年燕子磯。

野草青青塞馬肥，京華冠蓋盡征衣。宋臣有意求金鎖，蜀女何妨操玉徽？鸋鳺已棲新殿闕，鵪鶉仍愛野薔薇。高標節度江南省，市井人猶說帝畿。

乙酉秋日登浮山有感

亂餘苔徑欲全封，策杖重登第一峯。世局推枰輸遠祖，宋遠録禪師與歐陽公因棋說法于此。時平賜藏想神宗。萬曆時，特遣中官賜藏於華嚴寺。閒雲暗鎖千崑竹，落日寒鋪萬壑松。轉嘆禪宫鎖歇盡，此間猶未見狼烽。

風雨泊石頭

一堤官柳路，歌吹想當年。怪得遊人少，新添渡馬船。

明月謡

常見如鉤曲，何曾似鏡明？終年十二度，能得幾宵晴？

瓊花觀

露冷香消莫用嗟，羞從人世戀繁華。無情豈學長堤柳？送卻楊家又李家。

邗　關

青燈紅粉遍河干，客去燈殘酒易寒。滿眼淒風鳴瓦礫，舊年流血未曾乾。

風雨歌

江皋露濕漁歌苦，兩岸荒鷄聞擊鼓。何處征人數斷腸？一聲新雁三更雨。

黃天蕩懷古

一鼓金山赤幟新，百年南渡氣纔伸。潰圍遺恨雖天意，獻策誰知是漢人！

家大人被逮泣別

白髮蕭蕭擁檻車，呼天搶地欲何如？傷心含淚無他語，焚盡詩書再讀書。

蔡文姬

十二年間日月長，朔風邊雪斷人腸。若非天子齎金璧，雙抱□兒忘故鄉〔九〕。

答默公午夢詩

一曲驪歌拍未終，故人識我在牆東。晝眠聽得階前履，無數春梅落晚風。

校記

〔一〕跑　當作『跑』。
〔二〕折　疑當作『折』。
〔三〕折　疑當作『折』。
〔四〕箕　當作『萁』。
〔五〕□　原刻如此。
〔六〕爐　當作『壚』。
〔七〕樸遨　當作『樸遨』。

〔八〕本詩與卷三十七周岐同題之作基本相重。

〔九〕□ 原刻如此。

龍眠風雅卷四十

木厓潘江蜀藻輯
山陽丘象隨季貞同里劉鴻都爾雅參

孫臨

字克咸。司馬餘菴公少弟也。賦性伉邁，博極羣書，尤折節好客，遨遊吳、越間，與復社、幾社諸名流雅相引重。目擊秦寇躪中原，然指嚼齦，思以武功自見。嘗入楚撫方中丞之幕，短衣匹馬，往來襄、漢間，躬犯矢石，輒能撈籠宿將，咸就絲旋，因自號曰武公。年十六，補博士，及舉明經，不欲赴選。甲申後，挈家雲間，幾與陳公子龍、夏公允彝之難。間道入閩，伏闕抗疏，授職監軍。與楊中丞殉難閩嶠，遂合葬于桐，卒年三十有六。所著有肄雅集、楚水吟、我悝集、大略齋諸稿行世。楊中丞，滇南人，諱文驄，字龍友，父子四人同日俱死。其文集、行實詳國朝風雅集中。

置酒高殿上

甲第集嘉賓，鳳樓開九重。椒壁麗綺窗，繡桷金蓮叢。金鋪敞玄露，綺幕不勝風。一解

紫煙揚寶帳，綵起緑雲中。雕觴溢清醑，香散玉盤龍。趙姬罷鼓瑟，齊客厭絲桐。二解

琴辭將雛鳳，歌喧落塞鴻。中有秦川女，巧餙珮玲瓏。婀娜白紵舞，一曲三嘆終。三解

但惜秋塵起，歡愛逐衰蓬。日落青苔滿，霜墜錦筵空。芳年及早樂，候管和六同。四解

鷄鳴

鷄鳴日將曙，蕩子無所之。天下太平久，出門歸無期。碧玉雙樽酒，作使邯鄲姬。在牀知蟋蟀，風寒知股栗。池中雙鴛鴦，鳴聲不成匹。如何雁南征，驅馬只北行？憤厄倉浪天，守吏皆清平。清平安可梗，梁少懸衣冷。餔糜且斷餐，覆瓶汲深井。憶君天一方，出入黄金堂。公侯爲兄弟，尚友侍中郎。煌煌金絡馬，觀者如堵牆。不知顛頞深，收淚倚長廊。

相逢行

霸陵初相逢，兩馬俱乘良。何來一年少，踟躕田野傍。夾轂聊相問，君家在何方？鄠杜是君家，出門通羊腸。金玉餙門楣，赤璊羅垣牆。庭前列雙桂，宅邊環青桑。挾我開西閣，揖我登高堂。弧矢懸户外，寶劍繫雕梁。内廐有名駒，其名爲驌驦。陸離紛鞍勒，常驂禁中驤。廣筵出豐膳，烹牛宰肥羊。窮珍極水陸，金盤薦鯉魴。楚歌雜楚舞，佐酒燕趙娼。大

夫坐東席，侍中坐西廂。執戟居其中，羽林盡行觴。衆賓咸恣樂，所悲夜不長。

飲馬長城窟行

城窟水且寒，驅馬飲滿腹。荒郊多陰風，大原稽留長城築。板築功難成，官作諧汝聲。千里連連初一簣，何如格鬬死邊城？邊戍日月久，白骨如岡阜。家中多寡妻，盡是健兒婦。夫死骸不歸，便嫁畏人譏。不忍離姑嫜，雙鬢白如絲。結髪新婚初宴爾，徭役抽丁報天子。傷心故邊疆，妾非有身先君死。生女不用哺，恐爲軍妻孤且苦。濠隍死人相撑拄，縱是生男亦莫舉。

聖郎曲

玉女捧金甌，飲者稱聖郎。甌中是何物？云是琳腴漿。不願服此藥，長跽請其方。

白紵舞歌辭

柏寢桂宫蘭杜香，象筵玉柱朱絲長。犀渠鉿匝組幃張，文茵朱爵列高堂。炮鱉膾鯉錦席張，明燭蘭膏皎夜光。蒲萄鬱鬱起瑶觴，凝華結藻鼓笙簧。趙瑟秦筝嬌畫梁，紈扇佳人飄舞裳。清謳繚繞素雲揚，嫋嫋鸞歌雜鳳凰。颯沓羅袿過長廊，首飾琅玕金懸鐺。含商咀羽斷君腸，舞罷龍轉入椒房。明星參差沾露涼，團團鷄子東邊黄。

西門行

第宅甲諸郡，田園傾通都。寶玉藏西閣，黄金埋東隅。門無弄文客，愛畜桀黠奴。夜以繼朝日，券負取懽呼。醜婦供恩寵，自以爲名姝。堂前傳客來，惡草可以廚。食不過菜羹，裘不過羊狐。日入以萬計，常多不足虞。所得賢子孫，惟算入錙銖。有錢不欲使，何如擔石夫？

思悲翁

迅駒將過隙，可望不可留。爲樂及芳晨，所以秉燭遊。愚者不知惜，出入皆爲愁。致使少壯年，同之霜草秋。不見烏啼墓，悲聲下松楸。

少年行

日夜磨雙刀，直走通都下。叱婢敕廚饔，呼兒裝寶馬。不顧斷饔飧，架上衣裳寡。妻子牽衣啼，聲聲爲之啞。拔刀斫雙裾，含淚如湍瀉。一往八九年，不得歸田野。辛苦昏暮馳，無冬亦無夏。瘠畝已盡荒，閒庭斬梧檟。始知君有仇，報之血盈把。法吏過搜求，牙旗不復捨。晴霽成陰霾，塗白以爲赭。何況盜賊多，願君好爲者。

今日良宴會 爲吳子遠開永社廣集

朝陟西山巔，暮走長干路。鷄鳴蚤出門，戎服團朝露。鞭馬直如飛，一矢斃雙兔。李侯有愛弟，與我相知素。能開一石弓，雲中射孤鶩。十五好野戰，殺人不反顧。二十通兵法，鬼神隨風雨。不意大將才，生長在紈袴。我欲速歸來，李侯問我故。告以吳遠公，置酒秦淮渡。比比秦淮人，宴會無昏暮。可惜美少年，皆以服食誤。聞君開綺席，秦淮人不數。四座欲高談，對子不成句。子數多大言，骯髒先時務。此夜左席虚，以我不能赴。

古別離

朝發葱河道，暮至桑乾原。親戚自此遠，百里無人喧。前日置尊酒，連鑣出東門。白衣爲哭泣，哽噎不能言。須臾整肅駕，且復進盤飧。妻子爲長別，斷絶鴦與鴛。生當復言歸，死當善招魂。壯士不顧返，策馬佩雙鞬。戍幟亦星羅，邊騎如雲屯。冰雪傷肌骨，草木冬不繁。縱有歸來時，故人不復存。

朝暉升扶桑，燿燿照林端。林中有高閣，閣上棲孤鸞。中有愁思婦，燦燦綺與紈。金雀垂藻餙，雙蛾揚翠翰。一唱鳴九秋，三嘆凌七盤。清音入雲際，哀哀素指彈。歌者徒自苦，天下知音難。征人處塞外，霜雪被雕鞍。入息不免冑，晨起不能餐。北方陰風多，身上衣裳單。肅肅薄宵征，聲聲奏苦寒。願得比翼飛，一舉至皋蘭。

詠　史

不愛黄金産，爲韓往報仇。東至滄海國，椎秦博浪頭。大索遍天下，下邳亡悠悠。老人圯橋上，角巾且被韝。五日鷄鳴往，尺書爲校讎。一自爲厩將，帷幄多運籌。特以三寸舌，得封位列侯。萬户不敢當，食邑願在留。布衣亦已極，窮老乞歸休。願從赤松子，謝絶歸山丘。如今穀城下，曾無黄石遊。

靈臺望雲物，墳策集京師。抱負逃林藪，補綴及明時。祖割辟雍上，執經考所知。圜橋觀聽者，洋洋共追隨。一自薄藝文，講席爲虚縻。朋徒多散失，博士尚狐疑。學舍爲園蔬，蕘豎刈薪資。圖書與縑帛，剖散無所遺。小者爲藤囊，大者連爲帷。蕩廢亦已盡，菟首空尋思。

録别五首

陰雲翳朝日，薄寒履微霜。北風動地起，飛鳥林中翔。征人悲往路，列酒陳高堂。奮衣出門去，欲濟河無梁。且進一樽酒，明月在他鄉。憂來人莫知，感憤結中腸。異域賤桃李，零落瑶草芳。但願崇明德，别離何足傷？

驅馬涉長道，寒風吹客衣。關路阻且長，霜嚴草木稀。蓬户多蠨蛸，蘭室動伊威。四顧絶人煙，天寒常苦饑。遠行徒轗軻，傷哉心獨違。北風飄浮雲，飛飛將安歸？願託晨風翼，高舉凌風飛。

之子遠於邁，往路何皓皓。曉露生秋衣，寒霜飛百草。蟪蛄啼東壁，游子在遠道。白馬仰天鳴，局促傷懷抱。少壯各有時，立功當及早。堂上荆杞生，繁華同枯槁。昨日園中花，一夜皆衰老。

皎皎有明月，餘光照高樓。誰人起長嘆，獨坐彈箜篌。哀音入雲漢，淚下如泉流。切切陰風暮，天寒無重裘。江湖深且迴，欲濟無方舟。異鄉亦何樂？不若歸故丘。君即不識察，妾心良悠悠。

登高臨四野，北望草木秋。我行還幾時？大火已西流。時厲衣裳單，浩露冷衾裯。晨鷄鳴高樹，欲歸道無由。年少貴結交，何用守荒丘？拔劍下高堂，慷慨縱横浮。盎中有斗粟，行無内顧憂。黄金亦已盡，安能遠行遊？

舟次與齊遯玄夜話

蘆岸冷秋蟲，沙田噪野鶴。零露侵人肌，知是衣裳薄。城遠不知更，談深月已落。鷄荒次第鳴，此夜聲非惡。故交間幾年，僑寓悲離索。今夕共危言，皆賴應人幕。予往戮長鯨，君來賦孔雀。指畫天地間，歎息忽然作。昧者測予心，説在香閨閣。不走章臺駒，神女猶步洛。維子知我深，側枕問三略。夜長不奈眠，況是驚人柝。

懊儂曲

珠勒鬬風鳴，小駒熟深巷。明朝恐不來，珊瑚鞭作當。房櫳黑如墨，兩不察顔色。舉手著郎肌，終不葬馬革。戎服日夜裁，告儂驅之楚。淚下枕將浮，不敢向郎語。鐵鹿一丈高，西風刮天曙。舸䑣當輕遥，奈得褐無絮。大艑飛龍子，綺閣愁無奈。杏子秋衫寬，郎歸盼儂帶。城頭更漏枯，小字相呼素。楚山障青天，三五望蟾兔。楚臺多冽風，刺人中鐵甲。臨岐馬上言，萬勿遊巫峽。千帆上下吹，五日千餘里。雜佩置袖中，非汝之爲美。

自　刺 生日拈

弱冠事詩書，生長在桐國。兄弟有三人，同爨共飲食。堂上有孀母，年邁不罷織。内外孫十人，含飴悦顔色。故國數兵燹，流落何所極！瘠田幾百畝，四年無稼穡。不敢怨天時，皆因苦於賊。傷哉予伯兄，懷寶無人識。四旬困青衿，遷在秋浦側。仲氏蚤黄門，條對過于直。要津且忌之，恨不先落職。所以遷閒曹，杜門在薊北。予年二十餘，學步還匍匐。游好在陰符，所鄙是文墨。馬背逞强弓，弓開一石力。親戚爲我言，鄉人爲我惻。何不同時人，青紫取常餙？安得立功名，一志在金革。不能遵時趨，窮老一溝洫。願學傅介子，棄繻不可得。欲同班仲升，龜兹莫能克。所以娱美人，晨飲至天黑。此意欲何爲？諸君還默默。

過宋子建明月軒

彌棹霜如雪，出舫視華星。寒風飄衣帶，素帨染緇塵。岸草既萎絶，長流履層冰。欲問此何時，來者與我親。雉雀充淮海，我復阻雲津。耿耿天漢曙，蒼蒼霜水清。中洲攬留荑，將以問幽人。幽人臥東皋，喬木俯空庭。剪棘開新圃，采藻葺荒亭。珪璧契文府，湖海覽英靈。朋好不相違，皎月炤冬青。風來月高出，開户得良朋。

闇公訪余兵事謾爲條達

寒日淹以晚，北風吹野田。零霜被短褐，慘悴臨清淵。桑上聞鷄啼，游子不遑眠。偃蹇南屏下，知子來幽燕。奈何承華中，揚雲無甘泉？歸保隆中略，管葛相比肩。予即石孟羣，磨涅心頹然。季冬十二月，執手不能旋。相踰周一歲，江南已烽煙。土瓦自崩解，且言城不堅。對酌一長歎，此身何以全？雲中王子喬，告予以長年。

定情篇

冉冉孤生木，附得女蘿草。飛飛雲中雀，比翼戲清沼。霜露摧其英，芳華同枯槁。羽毛鶩綢羅，雙飛豈嘗好？春風二三月，含生睇天表。榮華發故枝，野田和新鳥。所以生死殊，情分多與少。新人曜朱顏，灼灼吐花早。即意故人存，故人顏色老。蘭燭照靚妝，此夕當精討。男兒縱意氣，後婦以爲寶。

江南曲

春日長，春水深，田田荷葉南湖陰。沙棠舟，窈窕女，蜚纖垂髾雜白褚。手持莫難將雛曲，蕩漾青波照紫縠。纖纖素手束金彄，緑水傾落玉搔頭。東風四角吹龍子，札札橈聲送急流。艇子兩槳長橋渡，行行直上大堤路。廣岸聲悲盧女絃，女兒聞之淚如注。蕩舟十里新荷香，繁華遊客歌前塘。玲瓏雜佩秦川女，千金買笑少年郎。使人借問誰家子，終朝溪畔採蘭芷。徘徊欲贈明月珠，湖邊顧見雙鴛起。三月正芳菲，桃李揆容暉。佳女嘆空室，倉庚鳴繡闈。吳布雖廣闊，相贈作征衣。郗家私愛情何限，春色年年望君歸。

江夏行

美人眉目隱輕紗，盈盈顏色嬌如花。自從遠嫁商人婦，年年行估不歸家。憶昔濃妝在深室，紈袂含羞門不出。西市欲開連理枝，東鄰願得投膠漆。急時裂繒成衣裳，泣對父母聲啾唧。車上唾壺紅玉鮮，池中蓮蒂鴛鴦匹。高樓初日照梅梁，翡翠窗前描鳳凰。逶迤蘭逕香風滿，飄飄環珮出長廊。多情共惜芳華月，明日揚帆下吴越。不傷秋老碧桃顔，最苦相思情不竭。送君直上大江頭，茫茫煙水隱離舟。江空遠度鷄鳴曲，月冷先披鷫子裘。短笛莫歌桃葉怨，素箋頻寄竹枝愁。妾心不逐東流水，歸去常依鳷鵲樓。樓外芳堤鳴鵜鴂，思君不至音書絶。人當年少盡綢繆，儂獨少年遠離别。遠離别，心獨傷，牀中繡被聞餘香。昨夜他家遠遊者，言君又欲過横塘。横塘娼女被紈素，清歌嫋嫋後庭樹。羅幕歡傾玳瑁杯，空閨夢斷江南路。江南迢遞北風寒，蕩子不知行路難。行路難，隔千里，玉筯啼落湘江水。女兒莫作賈人妻，終朝别怨碧窗裏。

易水行

易水蕭蕭送啓行，既祖取道餞荆卿。座上親戚爲白衣，慷慨悲歌變徵聲。燕丹報仇苦日晚，壯士一去不復返。待客不來天一方，治行乃令秦武陽。千金買進咸陽殿，督亢圖窮匕首見。何爲十三殺人者，未至陛前皆色變？嗚呼！荆卿身死報相知，可憐空殺樊於期。田光先生虚一激，千古還爲英雄悲。吁嗟乎！荆卿之身已死後，又有擊筑置鉛高漸離。

流寇圍桐伯兄艾庵率其父老子弟效死勿去三晝夜圍解

山城日夜催板築，築土未堅賊信宿。已聞豕突破巢廬，老稚釁鼓丁壯戮。桐川殺氣不曾平，舊鬼兼雜新鬼聲。襁負男女東西走，野竄哀哀避寇兵。隔河遥見賊旗至，倏忽成羣數百騎。僵尸草積齊山巔，戍卒三千空墮淚。東郊火發西山焚，城上高呼徹九軍。蟣生甲胄有張許，乞師獨無南霽雲。亦有將軍號衛霍，一聞賊至先落魄。大都强郡不能當，獨當三里之城七里郭。晝夜環攻火照天，矢石轟雷如雨懸。執戟書生多決策，其如冒刃張空拳？依城營壘夜吹笛，城内伏姦無處覓。哀哉賊勢猛如狼，百萬師老恃堅壁。堅壁終宵無應援，烏衆安能爲我奔？春秋孫子于今在，孤劍難將答國恩。

論　兵

勇能破敵不用馬，計在埋伏深山下。殺賊不習矢與弓，妄言九龍之火攻。嗚呼！連年對壘楚豫秦，不知設伏殺幾人。露章報斬賊首數百顆，且問多少死于火？黄鬚猿背老轅門，只是張口不能言。君不聞，王平識不過十字，可以倉卒治兵事。馬服之子多讀書，長平一戰爲丘墟。

哀長平

長平日夕悲風起，四十萬騎一時死。燐火蕭蕭陰雨青，茫茫白骨土花紫。飛烏啄人上樹枝，壠前子女日夜悲。沙田人路久已絶，梟鶩存殁君不知。白羽從軍離鄉縣，刀頭飲血惟一戰。可憐身死在沙場，少婦高樓望不見。衰草黄沙寒日曛，山空曠野度愁雲。西望咸陽杜郵道，不須重弔武安君。

舟行風雨夜

白浪過船西風厲，拔刀刺之天不霽。短檣札札濕濛濛，雨中亂落秋花細。遠山斷續陰霧平，老樹枝枯風鬬鳴。二三吏卒操戈戟，斬然不敢差踐更。更深舟破愁生濕，隔水微聽蛟龍泣。啓篷莫辨東與西，獨被短襦燈下立。燈下立，寂無言，我所思兮在白門。白門女兒傷夜半，忽聽鷄鳴説失旦。客孤眇眇衾不温，盧姬定不奈黄昏。

夜同徐楊二將方二登赤壁

百萬戰艘横江壓，直與孫劉同會獵。縱火乘風風怒號，人馬殘落如秋葉。夏口武昌西復東，深黑蒼陰莫辨中。烈炬半續山前草，古石吞江遠鑿空。可憐抽刀斫案者，微得周郎定計寡。致使下馬露布上馬戈，浩歎乘舟如乘馬。鐵索連船船不行，此時步將當成名。灰飛亂射水聲急，白日慘慘雲不平。吳下南陽功半就，身非容容福不厚。只今心血老楊枯，惟有山川不改舊。登此感同今古深，獨二嫖姚知我心。安得破賊塗江水，致使江東呼孫子。

苦寒行

幾歲桑不熟，原蠶復傷馬。蓬麻不能耕，縱是耕者無田野。江南土地非瘠磽，江北土地更肥饒。無奈江北有農半殺死，餘得江南之人好笙簫。甘心絲帛無一尺，冷風刺人朝至夕。陰雪墮地不肯消，深夜飛來大如席。老烏舌僵不堪啼，衰林啞啞若病痱。主人重裘坐重閣，安記關山被鐵衣？鐵衣生凍人無力，凍死敢向將軍泣？孤營深黑水見天，豈辨烽火東西急？況有嚴令出三更，軍中禁絶號寒聲。十指盡折還寥寂，敵人莫得知軍情。嗚呼！吾欲告天天不喜，不知塗炭至如此！熱則何必如炎蒸，寒則何必寒如水？

言別 范仲闇社集送劉客生

如今秦地歸不得，秦地之人皆爲賊。勸君且勿言歸秦，路上荆榛覆死人。君作征人不畏死，河西六郡良家子。龍圖招客餞出城，忽爾狂言我不行。不行聊復與君語，豈爲秦淮樓上女？我獨知君知之深，美人不足牽君心。飲酒卻忘治行李，欲治行李無黄金。黄金雖盡君不住，奈此九月衣無絮。可笑留君不可留，予且别君華陽去。

黄雀行

籬下有雀飲且餔，五步十步日將雛。下有深溝之急湍，上有障天之蒿蘆。以爲處此可笑巢居之雀，穴居之獸，爲人所誅，孰知羅家之計巧矣夫。蘇合彈之不能中，網罝施之不能動。乃以重巒异饌先作囮，黄雀鼓尾摇頭即入羅。幸而得之不殺死，破網一飛不知止。空中忽遇一黄鵠，問爾倉皇何至此？道之欲食滄海食，道之欲飲天池水。黄鵠六翮健，黄雀六翮柔。生來羽翼各不同，安得同之萬里游？所以黄雀中路泣，高低不能有所立。乃知古人遭逢聽彼蒼，安能出入愁斷腸？

哀王孫

萬千市得青驪駒，日向金馬門前驅。犀甲翠羽光照日，玉勒金鑣間美珠。道以令騎先馳突，後以奚兒作大呼。執法達官莫敢問，詰問必至遭非誣。青袍小吏伏道左，驚見貴人顔色殊。有時鸞輿歸就國，千里田園極膏腴。狗馬食比敖倉粟，萬錢不過供一廚。出入童僕千手指，左右幸姬皆名姝。賓客稱觴多膝席，夜半不敢亂步趨。墨客樂於道盛事，起舞壯夫特魁梧。我爲王孫獨於邑，難將百歲此歡娛。一旦告之二千石，詔書十道發金吾。門下腹心半撲殺，階下五木侵肌膚。始知貧賤保首領，貴極人臣不如無。哀哉古人當刑誅，致歎黄犬東門隅。

兵車行

十步之卒，不當一馬。十馬之力，不當一車之馳下。古者名將多知兵，縱横馬步在兼行。更以堅車禦矢石，走即破敵立爲營。郊原用馬易奔逐，峻嶺用步易設伏。摧鋒陷陣偏厢車，施之亦在觀平陸。老奴昨日來北關，道賊休夏在英山。輕車不可得方軌，一步獨騎難躋攀。哀哉金鼓旗幟賊有備，兵一搜山即失利。火照山前中貴營，夜半呼聲動天地。兵擊其西賊又東，我欲及時廢火攻。所以淮陰陣背水，使知進生退則死。如今且守轅門不必前，有時賊去奏凱旋。

折檻行

龍鱗不可逆，虎口不可道。不見豐蔀有時蔽青天，不見黑夜牽衣即煬竈。尚方雖有劍錚錚，佞臣頭多寂不鳴。世路忠臣不可得，堯廷之草亦空生。何以白馬生面扣，過於骨鯁且見宥？至有盛暑不衣冠，帳中使人可其奏。甚矣明主在忠言，獨見無隱趙翁孫。市臣野臣都言事，流涕終非諫主意。折檻朱雲强項宣，到此千載竟茫然。

青鶬拏魚行

竹條插水使不流，竹竿壹丈鞭兩頭。小船蕩蕩無絲網，老翁取魚非釣鉤。載得滿船青黑鳥，啄飲朝暮看饑飽。飽則落水不捕魚，饑又捕魚不輕狡。鯉魚數尺口容拳，三鶬兩鶬銜上船。一羣没浪不空起，水底蝦蛆安得全？頸上帶鐶如服鐵，喉下有魚不能咽。吐出細魚多且鮮，打入波中尋鯉穴。魚何辜，鳥何愚，不及鷗鷺戲菰蒲。石中蝦蟹隨意食，爾銜鯨鯢食得無？振羽齊鳴竿上立，水下游鱗舟後泣。相逢僥倖得生還，作書鯉魴慎出入。日落綱罟榜歌回，鳥船過此魚不來。

嘉禾過朱子葆園中深談十日

萬松怒號清露墜，淡月炤人人已醉。有客鼓櫂吳越來，相遇白門古荒寺。此時坐嘯晚雲低，君復高歌山前谿。石畔流泉光浩浩，户外螢火草萋萋。有書不薦青雲鶚，有火不燒老人藜。予故偃蹇鍾山北，君又遲遲大海西。三年復對秦淮月，把酒猶是舊顔色。一琴一劍且蕭然，誰哀王孫而進食？數奇自笑天爲愁，卻信李廣不封侯。三月春糧糧不足，且作吹竽湖海游。我聞少伯居檇李，築有粧臺住西子。君家宅近范大夫，園亭門對大河水。我來散髪坐中庭，蓮葉田田蓮子青。煙雨不來河流淺，且命奚兒撥小舲。君心最愛山樓好，萬竹當軒暮歸鳥。倚檻盼得漁舟來，今朝且問魚多少。沽爾魚，敕我廚。與我臨池飲一壺，醉折荷花供盤蔬。我欲發君架上三千帙，又欲别去之西湖。

章臺柳

雙鳧飛渡青荷渚，緑蕪朝煙迷白苧。離妝初罷翠樓西，杜鵑花老奈何許。許多鶯燕促芳菲，鐵網珊瑚枝節稀。春蠶午夜吐成簮，停梭莫織合歡衣。衣裳顛倒簾鉤影，玉虎牽絲汲金井。麝熏錦帳送輕風，彩鳳翼垂霜露冷。露冷晝裙素襪低，憶昔兀坐章臺西。郎控雕鞍珠勒馬，青青楊柳一聲嘶。嘶定投鞭繫高柳，値儂理鬢當窗牖。鬔鎖金蟾燒石葉，卻送香風郎馬首。馬認章臺路不岐，短牆曲曲柳如絲。孔雀屏開舒半臂，挽郎騄駬歸去遲。歸去烽高鱗雁絶，始信垂楊輕送別。夕陽枯樹失棲鸞，夜半箜篌臺上咽。臺上玉輪衰草黃，楚珮誰嬌紫鳳凰？柳梢霜重條條白，不似秋閨翠帶長。帶長衣薄愁堪擣，樹影婆娑人自老。孤鴻叫殘海上雲，嫁得東風願不保。保儂身許韓王孫，豈隨花月滯朱門？夜助飛蟬粧不餙，爲誰憔悴向黃昏？黃昏星没看河漢，户列旌旗人未散。寶馬一鞭疾如風，依舊韓郎青玉案。

杏花歎

羅浮夢後梅子黃，花花葉葉滿河陽。鬘華有使別高唐，花亦因人見短長。風流五馬自清狂，杏種千株圃上芳。春鳩鳴罷白如霜，日夕依花歡宴張。龍頭瀉酒琥珀光，虬燈挂樹吹笙簧。花神歡笑舞霓裳，太守遣使索平康。幰綱朱絲穿象牀，月姊鷄翹響明璫。舞裙歌扇鬧花傍，雲衣風暖花飛揚。一羣斜點壽陽妝，珠串咽喉聲變商。明星炤人色相當，孰是小姑真無郎？太守醉後指東方，夜深妓散歸蘭房。老杏忽然生慨慷，百年一日轉淒涼。胭脂冷落瑶草荒，有人鋤圃種青桑。

吴江舟中懷方大密之

落木臨荒渡，愁人不忍看。江湖雙雁迴，風雨一燈寒。越鳥飛鄉夢，吴帆帶日殘。長橋秋色好，遥隔海雲端。

焦山暮游

孤樛聲悲切，登高多遠情。風吹楊子樹，月照吕公城。帆落流雲斷，江平寒水清。草廬今已没，何處弔焦生？

金陵感懷五首

蔓草彌中野，多言妖有麟。楊雄書卻富，蔡澤相非貧。不愈頭風檄，誰裁角墊巾？可憐千古士，無一不依人。

城南兼郭北，日日陣雲平。不變旌旗色，翻加枹鼓聲。壯丁投鴆毒，債帥餌鴟羹。露布連朝動，多繇典禁兵。

王廷移塞下，晝夜發銅符。六郡城門閉，三邊戰士無。金堪歸貝勒，飯不失休屠。雖得封侯賞，何年拜郅都？

羅織從來巧，還疑廷尉平。車茵汙重罪，革履曳新聲。但得蒼鷹吏，深嫌白馬生。檻中常有劍，只自作悲鳴。

當階鋤屈軼，扇不避飛塵。盧子難醫國，羊公豈酖人？高垣還屬耳，北寺易摇唇。秋浦蘆中櫂，琮璜隱釣綸。

懷梅朗三

草閣多遺帙，常懷書帶聲。寺中尋老叟，石上臥先生。人自求羊薦，時難得許評。長江南以北，還望謝宣城。

懷楊龍友

遥思吳下水，繞過德門清。天馬堪爲友，人龍亦可名。石經先負笈，鐃鼓在吹笙。若水無南使，長通賦已成。

懷方密之

莫憚舟車意，年年作遠遊。一時争六角，千里慕雙鉤。奇計尋公瑾，危言問仲謀。憐君成七解，天下不知愁。

懷吴子遠

昔作延陵子，朝還淮水傍。父書傳太史，家集比中郎。封墓當鷄毁，憂時發癲痒。立朝誰者薦？一鶚憶翺翔。

虞山訪錢牧齋先生不值

白沙圍翠竹，煙水共蒼茫。北海人猶在，洪喬刺未將。堂無歌劍客，室有較書郎。已識門前路，秋期話政長。

同陸驤武信宿蘧然紗香禪院

更餘禽定後，冷月淡楓林。曲彔牀邊夢，優曇樹下心。疏檽佛火露，破衲野風深。霜到衣裳濕，猶聞鐘磬音。

宿廣濟菴

客心無一事，只是不安眠。秋思因風亂，寒潮隨雨添。燈孤荒旅寺，犬吠隔溪船。可奈數啼鳥，啾啾谷口懸。

西湖傷秋三首

浮雲西北起，意自秣陵來。入夢先迷路，當歸懶上臺。病深寒中骨，歌久聽生哀。千里持家信，躊躇不忍開。

夜深銀燭短，旅閣滿湖風。斗米千羣鼠，庭秋四壁蟲。三星生桂樹，缺月挂青楓。羅刹江邊水，時時潮信通。

細雨南飛雁，鄉書只自疑。已知游子病，不信越人醫。羈客秋來倦，傷兒醉後悲。玉階芍藥老，當得怨歸遲。

渡　淮

北風慘淡滿離觴，湛湛愁心春水長。二月繁霜迷古渡，五更白露冷征裳。千村野岸荒煙斷，一望平原草色黃。嘹嚦不知天外雁，嗷嗷何事獨南翔？

贈周勒卣

知君湖海一扁舟，好挾青萍賦遠游。玄草十年沈桂閣，白沙三日望椒丘。桓伊江上風傳笛，孫楚洲前月滿樓。慷慨相逢同擊筑，談經何以得封侯？

旅中曹梁甫見訪喜賦

鳳凰臺下大江流，文苑淒涼古石頭。百里寶刀牛渚夜，三山寒杵帝城秋。南皮逸響留秦郡，西漢遺風屬晉州。班馬蕭蕭林閣外，與君共醉仲宣樓。

建業寄陳臥子

寂寞樓船江水頭，蕭疏古樹動離愁。鳴琴最怨三山夜，擊筑空歌九月秋。南雁不來懷錦字，西風吹入滿青樓。幃中太息書多少，日日樽前醉蒯緱。

至石城見密之選詩告成悲歌一夜

大江南北欲丘墟，何用傳經在石渠？驅馬長干思故國，閉門荒寺著新書。漢臣暴露誰遺扇？楚客成騷問卜居。七序知君三易草，素餐恐不獨慙予。

潛江舟次病懷劉阮仙

烽火迷離古道難，王孫有飯不加餐。一時露草争摇落，十月霜衣病苦寒。游子夢生湘水闊，故人家在楚雲端。寄來短札言兵事，猶笑燈前髮指冠。

别齊遯玄

霜餘寒葉亂飛塵，並馬彎弓渡漢津。入幕上賓勞問鬼，出關童子且因人。襜褕説盡龐公略，縞紵慙加范叔貧。三月别君君尚住，食梅易得見酸辛。

寄謝瑞昌趙邑侯

櫂度西江孤燧餘，還家千里不乘車。奚祁特爲求羊舌，張禄如今是范睢。深祝花驄來客夢，蚤隨黄雀謝君書。獄中莫使雙龍劍，日日相看亦笑予。

過左碩人山中重弔中丞公

松竹青青悲且歌，孤兒泣下盼庭柯。深宫有詔封還少，北寺懸金購募多。最是傷心階下杖，無如夜扣鞘中戈。慰君風雨寒知閣，莫向殘詩詠蓼莪。

同張五敘宿燕子磯

野步青莎返照陰，振衣孤嶼且高吟。沙洲客醉燒魚肆，山刹僧多煮鶴心。日夜長江流不盡，風霜古樹老還深。到來始信秋聲苦，共爾通宵冷布衾。

吳鑑在自閩來浙相遇湖上各道旅況

方舟多載武夷雲，南北寒暄阻雁羣。老僕不憐蕭穎士，鑑在有逃僕事。無詩亦瘦沈休文。予方荔枝一熟思飛騎，蓴菜初肥憶使君。珮解清風江上苦，夜闌斜倚麝香裙。鑑在是日病起。有約。

西湖贈沈君牧

青青楊柳六橋隅，獨羡門臨西子湖。山畔野花招楚客，舟中白紵唱吴趨。火明深夜書三架，月照寒窗畫一廚。欲趁秋溪歸短櫂，逢君爲問北風圖。

拜岳墓

百萬南人帶血戈，朱仙一擊戰功多。蒙恬舉衆能除趙，宗澤知君續渡河。自有繡旗歸太尉，卻將金節走休哥。不還二帝身猶恨，嘗駕陰風逐白波。

贈徐蘭生

芰荷香送水邊廬，人讀先秦兩漢書。家住深山嘗射虎，船搴野岸即烹魚。潮歸蓴菜秋風老，雨歇梧桐夜月虚。孤客所聞逮所見，江頭楓落近何如？

飛來峯前當壚甚可人意同幼光醉飲喜雨留行二首

一天陰雨滯雲阿，橋上魂銷奈若何？ 翡翠繡衾隨犢鼻，鳳凰孤管咽蠻歌。石郎隔水呼溪女，靈鷲移峯换苧蘿。不動琴心人亦解，欲將襆被近湘娥。

巫山巫峽路崎嶇，攜得朝雲晚度湖。醉醒卻關孤客恨，笑顰自畫美人圖。瑶姬魂易歸秋草，竈妾情癡代旅廚。五馬曾過桑陌上，羅敷不愛大秦珠。

靈隱寺

古寺微霜款木奴，蘿封石塔老山隅。乘風招鶴湖邊放，帶月馴猿洞口呼。鳥定樹間驚佛磬，泉從竹裏下僧廚。客兒亭畔深深草，野衲懷人夢有無。

孤山舟夜待月同陳臥子吳次尾賦

嶺外秋雲樹杪煙，孤山招隱問高賢。荆卿去魯非爲客，子晉吹笙即是仙。九里松楸頹古道，六橋楊柳憶當年。漁歌歷歷荒燈下，醉裏聲聞酒肆邊。

荅錢牧齋先生

夢餘紅葉寺邊霜，芒屩蹣跚印畫廊。藥採商山芝欲紫，船歸輞口橘應黄。酒銷公子琉璃斝，閣起平津玳瑁梁。白石滄江漁火路，獨能無意向明光。

謁太白祠

水聲夜半雜風聲，灑酒青天問月明。憐我依人爲逐客，笑君先我作狂生。長鯨但是寒江怪，老馬空傳絶塞名。不信肆中沽一醉，深宫猶得草清平。

弔長安

太白星從帝座流，指南何法縛蚩尤〔一〕。山陵不獲三千騎，滄海誰施八櫂舟？垂控澗邊無駿馬，賜緋殿上識獮猴。蒿堪爲柱宫猶壞，梅木年年到石頭。

罘罳巧奏潑寒胡，共説中庖産翣苻。貫索數星明獨柳，欃槍生角照長榆。譙周有表陳乾象，鍾雅無心懼董狐。露印踐平沙上草，西風夜哭范龍圖。

繡裾難登記里車，一時宫怨撥琵琶。丹鉛盡掩鷄人淚，縞素先簪牛女花。竹染蒼梧新護冢，旗番青海泣歸家。可憐苜蓿秋風裹，不見聲嘶千里騧。

萬雉迢迢覆釜雲，虞絃向日鼓南薰。漢妃抱璽終難瘞，胡母持裘不忍焚。赤羽未傳銅馬帝，白旗先插李鴉軍。玉關幸有包胥哭，左右賢王可盡聞？

碧殿深深杜宇啼，六宫花草曉雲衰。紫雲終不移芒碭，白璧何人授滈池？龍種卻從江介化，鷄竿莫赦日中期。甬東築室吴爲沼，多使良金寫范蠡。

東甌曉發

閣對平帆夜雨中，人從天外盼歸鴻。沙頭煙樹揺新緑，霧裹村燈淡遠紅。兩岸梆鳴茅店火，一江潮響石門風。閒雲片片藏孤峽，不鎖寒流流向東。

贈姚彦深

浦近春申好結廬，種成蘿薜自搴裾。鑿池編柳因調鶴，畫水操舡禁罟魚。寄廡客知新杵臼，到門人識舊圖書。上方鐘罷僧歸院，應是幽人禮佛餘。

舟中與驤武夜話

欲倚秋深戰檻凭，時危安得老漁罾？村鷄失曙猶堪舞，泥馬臨江未可乘。仲友何時來作將？賓王尚喜不爲僧。莫將萍梗浮流水，且復深談續夜燈。

與甥姪夜話

居近青山水近籬，霜宵月下老梅枝。閒隨野叟調牛飯，寒向村翁購鹿皮。銀管懶書傷逝賦，家人唱出已焚詩。莫將絲竹如山水，夢裏登臨只自疑。

初度自刺

絶巘孤煙繞赤城，晚風吹雨濕行旌。馬援非是遊無策，鄧禹多應笑不情。山苧可裁高士服，海波難濯楚臣纓。論兵切莫衝冠怒，家破惟餘髮數莖。

從括蒼河夜抵東甌二首

春山花盡月初升，水上南雲夜獨澄。臥虎忽驚樵獵火，遊魚偏觸網船燈。沙隄平緑迷芳草，石谷懸流落澗冰。夜夢不離桃葉渡，即歸已是白頭僧。

曉煙初出一村齊，坐看潮平春草低。片月高懸千嶺樹，孤舟先泊萬山谿。荒中夜色明如晝，静裏河聲響到西。小閣霜深人正臥，卻催前路話晨鷄。

東甌別大姪振公

鷄從霧裏鬧潮聲，軋軋飛船返樂清。時到偏安思隱法，人因離亂欲謀生。好過鴈宕看鴻下，何處龍眠擁犢耕？寄語阿兄深避去，莫教馬岌最多情。

湖上遇許霞城先生

十歲湖邊夢，無繇生羽翰。薄春三月米，時煮一人餐。劍拔東門外，船歸野月端。孤琴聊自適，短鋏不能彈。身病羸非渴，天風秋作寒。家遷離虎口，客久辨猪肝。幸對高山色，相逢曲檻寬。舊交留杵臼，新士賴衣冠。護得堯廷草，鋤將當户蘭。驊騮隨步穩，翡翠落巢安。霜冷青綾被，聲無碧玉鑾。蘆花疑鬢白，楓葉照心丹。北海尊猶在，元規塵未殘。狂泉知飲足，惡木息陰難。瑮闉觀封事，琮璜上釣竿。星覘南斗近，雲樹發清歡。

塞門歌

白草狐兔驕，控弦天山下。健兒聞笳聲，一聲齊上馬。

俠士歌

白驥賽秋霜，烏弓如楚鐵。尊前磨寶刀，洗盡仇家血。

聞笛

江樓弄玉簫，孤客淚如雨。不聽梅花聲，那知離别苦？

少年行

俠士輕生在一言，寶刀如雪伴王孫。沙場不惜爲君死，願待明朝往報恩。

惜春詞

長堤楊柳緑如絲，醉殺遊人天暮時。春花不欲春長在，故使春風一夜吹。

西湖竹枝詞五首

芳草青青覆兩隄，野雲初起一峯齊。客來孤坐深深艇，莫辨湖山東與西。

日挂西山鳥雀喧，樓船寂寞住前村。楚江獨有顛狂客，夜打湖邊酒肆門。

簫鼓前山與後山，段橋時去又時還。畫船蕩漾春秋水，只在西湖兩岸間。

梅梁綺閣日初紅，燕子將雛巢不空。樓下賣花聲宛轉，珠簾輕起問春風。

日上凝妝向水湄，停橈爲問鄂墳枝。妾身代作銀瓶女，打殺當年秦太師。

校　記

〔一〕虽　當作『蚩』。

龍眠風雅卷四十一

木厓潘　江蜀藻輯

采石張　伉文静同里左之杜注我參

吴日永

字南蒼。大廷尉玉華公之家孫也。童髫入鄉校，博學工文。甫冠即善病，嘔血，咯咯然，攻苦不少輟。雖家席豊厚，粥粥善下，弗異畢寒。曾與予約觀函史上下編。予畋漁經歲乃竣。南蒼日程八十篇，不盡不止。有他故不果，明日則倍之；明日又不果，則又倍之。凡三閱月而卒業焉。其敏勤如此。嘗纍書若帷幔，端坐其中，藥碗、詩簡充牣雜錯。迨病卧牀蓐，猶遠搜近討，移日併夜，奮然欲以古通儒自期。而惜乎年之不永也，卒時纔二十有四。所著如史論、史斷、樂府擬、樂府變諸遺稿十五種，已不啻等身之富矣。予與陳子二如各爲百二十韻哭之。今采詩于其家，所作邊紀詩、金陵懷古及擬盛唐諸名家詩，一時膾炙人口者，皆不可得，併其已刻昇元閣古詩亦亡之矣。曩從友人家得南蒼手録稿一帙，授其壻葉子旦中，而別存副墨。今録其什九于左，討論之下，有餘憾焉，究烏足盡表揚之萬一哉！

效鮑昭體爲行路難十八首

前設西園之賓客，後擁南威之美人。奉君紛紜之羽觴，席坐錯落之文茵。華堂歲宴月欲墮，高臺四面鐃風塵。銀箭金壺莫相促，試聽賤子歌苦辛。不見雍門動徽軫，孟嘗涕泣眉不伸。

我有青銅美明鏡，獲自秦氏在咸陽，上有纏繇龍虎文。攜上妝臺安畫閣，遂令妍醜一朝分。拂以水晶之玉塵，襲以交鸞之素纁。如使顏色暗中改，豈不掩歎傷羅裙？

湖水茫茫湖煙薄，落花燕子相寂寞。其中有女字莫愁，胡爲緘愁扃妝閣？春風東來絲管燥，强起晴窗弄絃索。但見十五誰家子，遊戲洲渚自相若。女兒本自嬌無力，況乃離憂久束縛？

應龍無尺水，俛首沈淵鱗甲垂。人生未得勢，文章節義安所施？我心何鬱陶，乘春二月觀江潮。功名富貴雖自有，目下已難安寂寥。

可憐牆上花，隨風輕薄入倡家。可憐水上萍，本生在清渭，乃流至濁涇。今我不樂思龍眠，天末匏繫不能還。金陵青山似洛陽，峯嶺曖昧生雲煙。錦江雖好非吾土，會稽孤棲倍黯然。終歲拘束無所事，安知拔起當何年？

夜中慘不樂，强坐披衣攬帷幄。少年意欲凌雲翔，不覺胸中懷五岳。長風送遠聲，何處吹清角？我亦慣起舞，臨流弄長槊。入市夷塵襟，還家進春爵。讀書擊劍宜此時，吾獨何爲在泥濁？

情思不自慰，散髮游河梁。遠顧濟水人，漸車褰帷裳。白波渺湯湯，中有好鳥雙。鴛鴦曾向青陵冢上翔，至今顧顧還相逐，不願孤飛羽翼傷。三步一啄匹不亂，寧羡南山配鳳凰？嘉此雌雄耿介之禽鳥，使我感觸動中腸。

中庭種胭脂，枝枝顔色鮮。秋風吹到闌干下，一日二日花黯然。東家少婦罷針刺，采采盈把心如醉。我有膏沐誰爲容？空復此花紛滿地。縞帶布衣鬟髮亂，嫁時簪珥置匣笥。仰頭遠望三星明，長袖紗窗徒掩淚。

蛇米繞幽蘭，幽蘭憔悴故不盛。我昔專房恃君愛，明星皦日指爲盟。日月保百年，死生好惡莫相病。昨夜新人上華堂，不覺冷我青銅鏡。鏡中多歷白頭人，敬奉新人照粧靚。

君不見，檐前金明枝，菁葱不耐涼風吹。人生年紀易流邁，四十五十徒爾爲。頭上生繁霜，安能秉燭行樂場？鮐背齒载扶老日，神情形影多飄揚。卻憶往昔盛時事，至今歷歷未曾忘。如何一生空努力，骨折月緩返北邙？

君不見，雄鷄憚人犧，拔尾楚楚空含悲。君不見，海鳥聽鐘鼓，心神震宕增憂思。羡君妙齡當韶年，鳳蒸龍起方及時。世事悠悠不足論，偉人吉士請無悶。旨酒鮮服奉我身，一切安能亂方寸？從此至壯以及老，但願保我顏色好。那奈拘束爲腐儒，人前蹩躄傷懷抱。

二月楊柳垂黄金，五月梅子成酸心。春季夏仲節迴換，蛾眉玉色空沈吟。初言君行即當返，牽衣出送千花林。至今不見雙飛燕，袖裏無書空好音。可憐淚下都爲血，誰念頭蓬不勝簪？壁間塵封錦帳囊，三年蠹蝕舞鸞粧。人生地上多拂意，空中啼罷空歸房。

天中璧月夜夜懸，疏簾青簟隱翠鈿。佳人宕子初結親，嬌情綺思凌青春。韶光媚景不再申，金彈抛脱家累貧。四壁那求赤刀錯？五陵空怨緑珠輪。帶劍擬欲出門去，但恐孤鶼常苦辛。雙飛振六翮，翱翔直去入西秦。比翼幸遠濁水泥，萬里長浮清路塵。逢我昔日游俠子，三三兩兩戲無倫。閨中姊妹舊相識，揭來相見還如新。重整盛年裝，往返射獵猛虎過通津。隴頭天水日夜流，秉風醉嘯西南樓。丈夫憔悴非昔顔，終是氣槩輕五侯。千金已散當復聚，坐守生産懷百憂。

君不見，戍卒守黄河，秋霜白髪嘆蹉跎。奪得□馬馬欲瘦〔一〕，騎上高原更荷戈。閨中爺孃帷中婦，歲歲相思奈若何？爲此愁人兮，使我仰天拊膺發悲歌。涕下如刻漏，身賤罹網羅。男兒無爲慷慨懷壯志，不如牧豕南山阿。

君不見，章華宫，美人如花貌不同。君不見，銅雀臺，西陵歌舞紛相催。筐粉錦瑟杳寂莫，夜烏啞啞啼舊基。王孫加飯善自愛，人生不在千金貲。清歌流暢遣愁思，開顔且醉葡萄巵。

君不見，嶺上雲，觸石起漫漫。文采雖足眷，變化百千端。富貴待何時？但願無事保平安。閒乘下澤御款段，青衣白髪游邯鄲。

君不見，庭梅欲作花，含蕊結蒂春風先。過時光華香澤盡，淒風苦雨來相煎。成陰結實佳人采，采罷枝頭倍愴然。

游子思故鄉，不必多悲傷。九州八埏渺無極，何用卑棲依此方？吳山楚水洵可樂，驅車行行跨𥜥襠。短扎有長篇，少事柔翰十餘年。但抱胡琴彈大市，何愁詞賦不賣錢？人生處處可留戀，醉後揚揚信馬鞭。

詠　懷

六月時雨至，涼風激陰岡。邃壑噴龍泉，迴谿飲虹光。紫莖叢石城，丹葩亞女牆。三旬居土室，今始求衣裳。時日少潤澤，蒸鑠遍下方。吳山來瘴癘，霜露易爲殃。甘霖盪戾氣，生民起翱翔。我亦東渡河，臨流弄滄浪。安得青翰舟，揄袂水中央。佳夕啓樽罍，斗酒陳高堂。豈敢湛暇豫？所願百穀穰。農家富廩庾，朝廟薦馨香。

金礦既已裂，蒲牢遂發聲。代馬依北立，蜀鳥望西鳴。漢高都關中，光武都洛城。誰謂天子貴，終從故國情。止張方飲酒，復户更弛征。豈不願鄉里，所求在太平？背里離丘墓，相隔居神京。曰余辰不穀，家室遭攲傾。秣馬戒僕夫，委轡從南行。心旌且結軫，蓬驅爲縱横。紅日出東方，炤我柴與荆。鷄犬相鳴吠，眷念山田耕。

倨牀行

漢高倨牀駡豎儒，豎儒膽喪嘗嗟吁。酈生陸賈氣益壯，亭亭直向軍中趨。長者長揖不肯拜，新語一上萬歲呼。卻憐鯫生闇時務，裒衣大袖徒區區。若過山東遇沛公，徒然累死咸陽宫。縱令强草傳城檄，其奈難彎一石弓。不見置酒新豐市，思彼猛士歌大風？秦皇苛政已盡變，挾書律令還相同。未央初成解鞍馬，蕭曹猶在經營中。其後朝廷苦草略，從容始見叔孫通。自爾取士用射策，人對一事無不工。所以兩漢多經濟，立陳萬言言莫窮。制詔封奏著不朽，有司奉行成大功。值有災異下明問，金馬白虎能談空。更舉明經方正孝廉郎，公車計偕至上方。半通一職雖小試，自命俶儻稱昂藏。累年不遷節愈厲，大臣保舉鮮咎殃。即如文士散逍遥，頗善執戟遊戲天子旁。尚書筆札一時給，當前屬草皆鴻章。春秋講論開辟雍，太學諸生盡上堂。奪席折角還解頤，豈敢側足溷宫牆？大約十年一傳或一經，揣摩簡練戒荒唐。又嘗閉户澹聲譽，四十五十名始揚。

秋聲四首

楓葉如平楚，波痕復舊江。劍寒金作錯，酒熟玉爲釭。月令羞羣鳥，風聞遠吠尨。荆妃且莫嘆，顔色本無雙。

茀草誰家地？清風戒客遊。水涼冰欲合，淮揚北去黄河九月成冰。山老翠將收。白馬嘶長棧，蒼鷹擊戍樓。高情如可炤，秋日正當頭。

迷陽毋刺足，足痛最傷心。野鴨難飛上，跳魚隱不深。閉關非得已，謝客敢相侵。妍雅吾遊倦，光門渭水陰。

入夏初能起，西風病復妨。惜非楚宋玉，敢是漢張良？白日飛秋景，青雲隔帝鄉。晚來行藥地，烏桕拂衣裳。

爲陳二如催粧二首

梓瑟雙成器，絲蘿兩不移。秋深百子閣，風入萬年枝。夢裏胭脂茜，尊前起拜遲。修髯兼白皙，女壻舊相宜。

飛鳳調新吹，乘龍屬好郎。迎親先俟著，招我更由房。明月千金珮，清風五夜香。從來誇勝事，陳子娶齊姜。娶齊氏。

金陵懷古詩二首

海外湘林赭未休，勞勞更欲鑿方州。碭山雲氣偏難見，滄水神靈不可求。秦樹吳煙疏雨隔，青簾白舫夕陽秋。莫言地破蒙恬死，此後君王共一丘。秦淮水。

陵谷千年恨未平，秋來井上草縱橫。貴人顔色甘泥土，天子恩情共死生。隋尉不勞輕下石，陳家還出繫長纓。可憐涓滴清清水，照見胭脂片片明。胭脂井。

梅花

一樹梧桐隱客扉，梅花下拂釣魚磯。可憐作意侵人眼，不覺無心落我衣。凍去幾時占氣色，閒來一日泥光輝。黄昏對爾常清坐，折蕊攀條事已非。

贈陳二如移家二首

淮水通城城北迴，茅齋卻向此中開。門前車馬常稀過，屋上慈烏亦下來。西漢人容揚子宅，遼東俗愛邴原才。幽懷獨棄新亭樂，往往遊經江上臺。

一歲移家一載書，幾年流落幾躊躇。卑棲不得依場圃，高臥誰人到草廬？消渴病回邛蜀久，渾成詩入杜陵初。衣裳飲食粗能具，供養堂前事有餘。

臥病

促漏悠悠長夜聲，茂陵風雨病中情。寒侵廳事梅花瘦，人静階除瓦雀行。弱骨漸隨衣帶減，愁心焉識酒杯輕？可憐屈子徒訶璧，天問從來問不明。

八月望後三日過瓦官寺訪闍黎不遇是余舊讀書處

緑遍琅玕久耐霜，塵沙吹不到諸方。舊懷鉛槧紛存案，新製袈裟冷挂房。天竺先生何處去？山中弟子儼成行。高臺百尺青雲滿，梧葉空憐老鳳皇。

問渡桃葉不遇

晝遊璿室指窮桑，大乙舟分信渺茫。雨歇芙蓉初帶冷，秋深桃葉不含香。傳書縱有魚銜字，渡我愁無鵲駕梁。一尺盈盈勞隔望，漢家何意築宣房？

憶河上舊遊

橋枕清谿遠數巡，六朝臺榭五陵春。不收明鏡常留月，失卻支磯枉問津。夜射遊魚迷白水，仰看飛雁隔清塵。吹簫換得王孫飯，蘆葦蕭蕭中有人。

神情詩

空致佳人李少君，蘭芳蘜秀怨河汾。浣紗録贈青絲縷，行雨吹殘白練裙。緘口只餘脂藥冷，束腰不勝綺羅分。嗟予夢罷還成夢，大海明珠聽爾焚。

行藥坐水齋庵梧樹下移時有作

燈火蠨蛸網户斜，筋罷蹀坐作趺跏。雙桐老去成雙樹，一鳥飛來供一花。象外真珠藏領緣，毫中樓閣隱幢紗。吳僧百歲稱清健，白水爲齋不飯麻。

病

雲裏仙人駕赤虬，長生靈輒不予投。細君脱珥能求肉，童子持衣勸具裘。絡緯黄昏鳴不息，飛蟲清旦薨難收。昨聞唱得幽并客，徒羨康强復好遊。

即公偕史司馬來白下數日未晤書此志懷

望爾轅門咫尺餘，裁成頓首不通書。清宵夜夜聞鳴鳥，澤畔餐餐食鯉魚。天上美人難識面，雲中帝子獨愁予。閉關草盡千方檄，豈暇嬉遊御小車？

古　意

東南日出照高樓，白下羅敷是莫愁。谿竹清冷傷著露，枯楊摇落恨先秋。爐中夜燼長留暖，篋裏殘膏不上梳。素腕殷勤趨廣陌，只緣未識富平侯。

與友人貰酒不醉倦歸書此

空羨楊家載酒舟，無錢工數力堪羞。淒風冷墮鴛鴦瓦，淡月弦平鸛雀樓。在座狂言俱莫聽，挑燈隱諫欲何投？琴心彈得清商調，又見流雲變上頭。

同光輯侯左夏子子永子周飲爲玉寓中兼訂校書之約二首

相逢縞紵即緇衣，夜嘯翻驚烏鵲飛。碧甃邯鄲無作使，清樽河朔有光輝。劉伶解醉還杯杓，沈約蕭條減帶圍。嘉樹庭前霜薄葉，金吾呼徹不曾歸。

布衣先輩好論文，唐稱秀才先輩。把酒同予草練裙。詞客精靈雖隔世，江南圖畫盡隨君。校書辛苦劉中壘，奇字紛綸揚子雲。三篋若從山下購，異時封禪上章聞。

喜史中丞新擢南樞

謁罷鍾陵過五城，上流波浪一時清。何勞別隊分城守，另有家兒當踐更。朝選漸深三輔寄，樞中議發九江兵。時有武昌會勦之議。桐山舊滿轅門客，將次東來草治平。

酬潘蜀藻見招之作

微雨來自永安宮，春泥雜沓桃花紅。闟門時學小兒泣，看劍徒悲季子窮。卻許相從出郊郭，不能强起到簾櫳。傍人錯認觀書史，我已連朝筆研空。

何武伯移居詩

種竹何妨更種瓜？子孫清白不豪奢。牆迴別室陳三瓦，宅帶澄潭號百花。衣少至今憐阮籍，書多空使累張華。羨君燕頷封侯相，未滅□□敢治家〔二〕？

沈巨源拜墓初回相逢因贈

交頤泣罷鼓嚨號，不駕牛車爾更勞。表道幾年榮灌木，汛墳一日斬邪蒿。衣裳陳設安靈爽，笑語依稀夢鬱陶。堂上白華華正茂，嚴親風雨賦離騷。

内　喻

持門健婦爾當求，風雨鷄鳴解我憂。廚下作羹先洗手，帷中鼓瑟罷搔頭。朝廷亦念張京兆，姬妾休誇郭細侯。六歲食貧貧不改，明珠莫御上高樓。

懷胡即公二首 時將從史司馬至南都

嗚鳥嚶嚶舌已收，夢中顔色落深秋。涔陽王子猶衣布，燕趙佳人倦倚樓。尺半鯉魚潛白水，丈餘龍種跨方州。爾來盎飯吾先具，七略篝燈細講求。

勒石燕山班固才，從軍王粲苦悲哀。尊前揖客文非弱，河上飛書往復回。華菊衣裳仍我舊，芙蓉杯酒爲誰開？龍韋卻憶同談席，雪墮鷄鳴不下臺。

萬里衣

敕敕臨窗不下機，織成縑素剪腰圍。十年久滯三邊戍，九月長傳萬里衣。身手舊時思約莫，霜風新月照霏微。何當破鏡飛天上？馬足彈傷遠未歸。

有感

貧賤窮愁不可論，布衣蔬食舊王孫。珊瑚鞭失難行路，金玉堂空只閉門。白面仰天嗟有恨，紅顏對我笑無言。邯鄲欲去尋年少，醉倒琉璃碧甕罇。

臥病對月

十五初昏月在參，羅帷罷頓夜寒心。牀頭悞秘三年字，桁上横拖六尺襟。織女流黄聲宛轉，鄰翁浮白語沈吟。那知有客愁難臥，饘粥朝來少一金？

雜詩

白草黄茅不用裁，滿庭荒亂徑難開。鄰鷄過我交鳴罷，窮鳥依人覓食回。秋雨笠蓑聞夜度，寒燈刀尺爲冬裁。書生燕處多深念，門外何時陸賈來？

過鄰家園館

不願王侯長者過，隔鄰池館舊家多。花飛底事嬌羅綺？木落何須怨斧柯？曛黑倒懸華燭影，邪紅初入少姬酡。青琴緩發歸風操，正使當筵有豔歌。

懷光輯侯讀書天界寺

楓冷相思落照前，畔牢愁擬未成篇。招提日射金銀氣，郊野秋寒草木煙。歷下有才方聚論，洛陽無紙不爭傳。美人含語仍宜笑，百尺高樓只醉眠。

光廷瑞

字輯侯。給諫含萬公之冢子也。少負俊才，工詩文，善草書。給諫公蒙難後，徒步數千里赴闕，刺血上書，訟父冤。廷議嘉之，授官中翰。疏陳時政，皆優納焉。旋因黨禍未解，脱身南歸，祝髮長齋，竟以憂悴成瘵，嘔血數升而卒。聞者哀之。所著有半園詩集。

入　蜀

蜀道云艱難，行年且十五。晨起看鴻雁，暮宿賦鸜鵒。從者三四人，掉臂當風雨。寂寂雲安間，夜行石如虎。星漢雖縱横，但知關山苦。寄言遨遊人，未可輕鄉土。南來浮滄江，西望極齊魯。豈不壯客顔，丈夫何詡詡？

古　意

馥馥閨中女，盈盈坐高樓。寂寂發長嘆，默默懷殷憂。殷憂何所思？託言在好仇。良晨甫歡娱，抱衾相與裯。未幾言别離，征夫不能休。今年戰城南，明年戰白溝。悲風四地起，明星黯然收。之子赴功名，賤妾欲何求？徒知行者勞，誰惜居者愁？

送遠次左夏子韻

高天不可登，大名不可逃。身能待其時，所以稱賢豪。山川奔走間，何莫非王勞？余年二十二，多閱春秋高。金陵雖富貴，豈得謝波濤？送客思鴻雁，沈吟爲所遭。上書子雲賦，下書屈離騷。子雲今已矣，騷魂留江皋。努力向前路，與子詠同袍。

歸田二首

歸田兮歸田，依山結茅椽。柴林三四里，往來和雲煙。飢采薇蕨食，醉枕詩書眠。我欲出門去，兒女將衣牽。

歸田兮歸田，栽滿池塘蓮。月朗風清夜，酌酒問長天。一問還一酌，醉倒荷花前。荷花羞不語，直抱香魂眠。

太白歌

造物如何生太白？太白生時我不生。木落風悲天日晚，遊人氣概未可平。丈夫不輕少年士，布衣當知宰相名。君不見，韓文公時三上書，詞鋒婉達竟無餘。君不見，孟嘗門下三千客，馮生彈鋏求家居。當年聞之亦可笑，後世傳之增欷歔。豈知有志者，不守此茅廬？所以韓荆州，能令太白投。意氣憑人盡，死生復何憂？英雄多是飄零子，見知必欲在君侯。我飲太白酒，我誦太白詩。太白不知我，悠悠千載思。三尺劍，一張琴，倚馬臨風走上林。著作不必人來讀，放筆成詩獨自吟。

半園歌

是園也，乾一半，坤一半，吾一半。人皆取其全，吾獨取其半。半榻半壺半月明，半整搔頭人影亂。長嘯震山峯，放眼通天漢。詩書任我吟，牛馬憑他喚。醉後自呼爲半仙，煙霞鹿豕吾之伴。

秋　興

寂寂秋紅日，貧家風味閒。杜詩嘗在案，陶户不時關。一局留殘月，千峯映老顔。干戈憑郡縣，料不到黄山。

白嶽時左三山年伯緘闗翠微天

人在翠微裏，鐘鳴恍惚中。心隨秋露白，淚落海棠紅。鳥夢分明醉，蟬吟次第同。移牀稍待月，不覺出朦朧。

答淡然住持

淡然何所好？秋月映藤蘿。信口完詩債，無心卻病魔。水衣還色相，法鼓自笙歌。聞道西來意，傳言總不多。

寄　興

嘯傲何妨市？登臨欲遍山。清風吹客怨，明月愛人閒。醉後編花譜，狂來論隱班。有時乘興去，經歲不知還。

詰　影

君既空形累，那須依傍人？黶燈前嫵媚，炎日下逡巡。骨格憑他弄，容顏任世嗔。問君年幾許？今日是何旬？

影　答

七尺因君有，相憐不避人。常爲燈下伴，更向日中巡。患難何常怒？清窮並未嗔。同年同意氣，今已近三旬。

贈恆上人

數間茅屋半書齋，半石爲梁半用柴。風雨滿天清夢穩，稻粱鋪地放歌偕。白雲能補千針納，翠岫憑穿一草鞋。讀易有時錢亦盡，何妨幾字爲人排？

呈龔年伯孝升

年來心事杖頭知，今日全非痛哭時。常恨吾曹多識字，每憐騷客會題詩。醉鄉歲月猶依舊，河上人家好住持。譃比蘭亭同記取，莫將緑酯負楊枝。

感記和白孟新韻

崇安關上好吞聲，執手何堪問死生？著論南遷千載是，挂冠東去寸心明。原期君子能當國，孰謂先生善用兵？將相不和長恨恨，令人哭倒石頭城。

周元亮先生置一畫舫題之曰就園言就之即園也此吾輩意中事不可無詩

吏瘦清琴酒一尊，園中四季不知貧。連雲種樹皆無意，帶月編書最率真。到處山川移在目，覺來天地動隨身。才人都赴瀛州會，日日偕尋洞口春。

贈　友

把臂溪頭聽水潺，雲爲屏帳月爲門。公侯費盡黄金力，難買吾曹一日閒。

喜月

萬里黄雲一喚開，仙人多少下瑶臺。上天知我真蕭寂，故遣嫦娥送月來。

方思

原名孔炳，字爾孚。崇禎間諸生。少有文譽，甲申後絶意干禄之學，豪于詩歌，因改今名，别號退谷。與皋城徐銓部月鹿、太史莘叟善，嘗館于其家，紵衿方屨，嘯傲自如。意有所不可，輒氣凌之，二徐君乃更相好也。時論兩賢之。嘗取宋遺民録，各爲小傳，人系一詩，事核詞婉，君子尚其志焉。生平遊屐多在吴越、江楚間，篇什繁富。僅得其近體若干。退谷爲龕山從弟，其論詩雅有同好，故集中佳句亦往往似之。

岐亭曉發

黄鷄催曉叫，細馬候人馱。估客出門少，官兵爲盜多。裝輕僮不怯，山險路常過。漸喜江天近，漁舟寄浩歌。

宿徐莘叟草堂

開牖迎花氣，燒爐借月輝。巢湖魚到早，霍嶽笋來肥。廣受風難得，羊求義亦微。方書閒自揀，採藥莫相違。

霍山道中

古道千巖外，幽篁十里中。遇嵐如遇雨，聞水似聞風。過嶺山田少，經村草院通。人家當四月，採茗未曾終。

過金斗假憩僧廬兼懷龔諧玉李秀升秦虞桓龔鳴玉孝緒孝積伯通諸子

教弩臺前寺，別來二十年。空門逃劫火，破殿續香煙。幾箇僧皆老，二間屋借眠。相逢詢市巷，何處故家還？

過許石疏故居

駐馬柴門裏，風庭露草深。落花無客詠，空室少人尋。甕底誰留酒？牀頭不剩金。祇餘丁卯集，一字一傷心。

與洞羞別

翫月漏常盡，看花秋又移。往還六十日，醒醉百篇詩。忍別同雲散？愁歸似鳥饑。行行猶戀汝，恐不耐官卑。

送七兄三峯之廣陵訪柳鳳詹先生兼憶李叔則孫豹人

去歲春多雪，河邊驛路空。延陵號未罷，博士詠何工？兄子公敏客卒彭城，兄移櫬，遇南塘。歸里貧相對，經年哭甫終。飢身驅又急，爭得被常同？

訪信臣山中遂宿

疏性常如病，空齋半似僧。尋蔬除宿雪，炊飯拾枯藤。聽水能無詠？看山幾度登。興闌還酌酒，同臥對孤燈。

元旦僧院書事

小殿淒風起，隨僧讀佛書。春燈龕裏亂，晨雨塔前疏。智短身何往？年深疾幸除。眼邊無藥裹，飄泊也安居。

薄暮過芝山尋宿處

山石森如戟，車塵冷拂雲。風腥知虎過，月静候猿聞。樹影遮寒澗，茅菴對古墳。叩關僧未臥，野飯煮春芹。

六兄爾止自白門來樅川招晤信宿即送其遊豫章予亦將有湖上之役二首

歡接河邊札，疾尋亂後莊。柴門花下啓，村醞月前嘗。夜静人談久，衣單淚滴長。離情差可慰，何事又嗚梆？

吾亦有詩侶，今年官浙西。順流猶易訪，熟路自難迷。乞食頭尤白，衝霜面更黧。何時重買酒，共向蔣山攜？

重過新淦縣

失路重尋友，孤城草未疏。店寒還宿客，市熟肯賒魚。廢廟周瑜像，荒山梅福居。再來依古迹，人道是樵漁。

吴城驛守風

繫石漁舟小，占風賈客親。水鄉魚米賤，山貨筍茶新。兵艦來東粤，娼樓醉北人。管弦聲似哭，一聽一傷神。

將至皖口望天柱峯懷陳襄雲陳爾靖金去的汪子炤陳兼布龔子楝諸子

歸路江流穩，親人嶽影來。插天如筍發，映水似蓮開。夏有雪霜積，山無豺虎哀。遥思羣處士，居此斷塵埃。

海門江上懷阮露臣

乙酉何如歲？汝當總角時。兵來破吾郡，家散剩孤兒。古廟相逢泣，荒山不免饑。相期同卜築，嗟我亦流離。

初夏送七兄三峯赴濟寧兼憶蜀藻

麥浪沿途白，榴花到日紅。雖誇兄子宦，休厭主人窮。骨月疏來老，家園亂後空。參軍是知己，共話月明中。

赤壁晚眺

赤壁江前鶴不飛，我來懷古悵斜暉。寺高山冷佛堂閉，霜白月明漁艇歸。春氣逼雲全斂樹，水光浮郭半侵衣。臨皋亭與雪堂廢，劫火何緣逃此磯？

寄懷徐月鹿奉使武林

西湖勝事我全知，波面峯頭比翠眉。去歲曾愁無地主，今年又恐累曹司。東坡説夢空憐鬢，白傅迴舟竟少詩。千里憑君報山水，二公情況似方思。東坡詩云：『回首西湖真一夢，灰心雙鬢便休論。』樂天詩云：『自別錢塘山水後，不多飲酒少吟詩。』

三月十九日

去年三月十九日，鶴問湖中夜扣舷。今年三月十九日，龍穴山頭晝汲泉。香酎兩迴澆逆旅，愁詩一樣怨蒼天。校來雙鬢添新雪，争比柴桑乞食年？

趙五絃製羊裘見贈賦此謝之

南池分手正殘年，寒解裘衣亦可憐。白似王恭常佩鶴，軟如杜甫欲裝緜。歸途風雪遥堪冒，旅夜江河醉好眠。披到射蛟臺上坐，故人日在釣舟前。

九日與莘叟賦詩時俱在病中

去歲兹辰俱在越，越山如黛水如油。一聲青雀吹簫客，四面紅裙買酒樓。詩滿浙西成勝事，人歸江北忽深秋。今朝英蓼重攜手，同病同貧並白頭。

遇李士雅於蓼城因偕過僧廬同賦二首

杜鵑聲裏麥初齊，客過淮南路未迷。老友忽逢停倦馬，空門重借聽鄰鷄。論心愁處惟添衲，寄食粗來但有齏。若問遠公容買酒，與君不惜醉如泥。

寒香一炷月還明，燈爐茶煙夜半清。老計不如僧有舍，病軀難學佛無生。江鷗野性猶存伴，水竹鄰居莫負盟。卻怪故園隱君子，公麟住處少田耕。

由淮路之東魯答士雅別詩

一句酒醆未曾空，互詠新詩百感同。亂世誰能舍知己？他鄉人易作衰翁。別情浩浩僧房外，病體涔涔客路中。到魯定先登岱望，望君不見望江東。

濟寧署中二首

雀羅庭院日偏幽，睡足可知在濟州。年老飲蛇非是惑，旅貧憶鱠不因秋。心情空處詩難斷，羶膩除來酒未休。十樹榴花皆結子，笑人零落一身留。

閉門是我學禪時，欲覓安心法自持。槐葉助薪炊藥酒，月光代火照書帷。阮公醒醉何人問？向子行藏有嶽知。虛近岱宗難展謁，祗教一望一低眉。

邘江遇五紘自大庾入覲

司李衙中俸禄微，去冬猶有故人依。同辭東兗歲時盡，獨去西江心事違。苦詠可曾逢野客？慵官應得閉閒扉。一年佐郡如逃世，大庾梅花寄亦稀。

憶次兒渾客天柱婦家未歸

正是春光最好時，夏庭寂晝看山宜。河邊草没喬公址，城裏兵殘皖伯祠。百里思家還對婦，七旬寄食未求師。漢書讀處防人聽，下酒休誇博浪椎。

至歷陽不得晤成杏懷侍御因誦從弟井公昔贈杏懷詩感而有作

霜威曾布八閩中，天下何人奏記同？緑野暫留門亦閉，白雲重護客難通。烏啼樹裏還疑柏，馬繫花前尚似驄。惆悵君顔不能見，揀詩惟歎阿連工。

送陳景樸還濡須二首

左慈廟裏道房幽，小飲情親夏復秋。秋後怪君歸獨早，懷人莫上稻孫樓。

筆底江山不賣錢，蘆花楓葉送君旋。知君亦有龔開志，高處何須畫裏傳？

歲暮泊廣陵寄懷藻思三首

夜歇揚州看月明，閒來争肯不牽情？竹西歌吹人人醉，腸斷何須聽一聲？

君别東吴已十霜，寄家袁術浦中央。浦人機巧應難狎，何處鱸魚勝故鄉？

殘年江路雪霜飛，處處游人漸覺稀。君在劉伶臺上望，恨余先别喜余歸。

袁廷憲

字爾章，號笈堂。崇禎末歲貢，乙酉授中城兵馬司。未幾，國變棄歸，以詩酒自娱。晚年工數學，精導引，年臻大耋，鬚髪雖蒼，面若童孺，步履翩翩，所至争以爲人瑞云，卒年九十三。所著有笈山堂文集、玄笈、三合集行世。

接方漢樹省中書

貧交多反覆，千古一心期。談笑歡如昨，寒暄節再移。園林呼酒日，風雨對牀時。慰問來千里，知同別後思。

友人久別月下聚飲

音書遥隔忽經年，此夕清尊夜漏前。空讀陰符慙我老，遠耕先隴羡君賢。月沈樹影庭初寂，風起爐香篆欲圓。時事驚心都勿問，草堂且醉菊花天。

八十初度

莫嫌山僻太孤清，淡泊居身志可明。兩世桑田供冷眼，百年花鳥寄深情。雙扉晏啓無車迹，半榻高懸少友聲。卻笑磻溪當此日，猶貪雲水一竿輕。

庚寅詔以樂輸起廢

君王有意拔沈淪，暫借徵輪訪舊臣。卻恨窗前幾楊柳，年年疏影絆清貧。

姚式過

字介子。休那先生第五子。詩古文皆有父風。

隨家嚴淮上和友人

部署當時有數公，津梁所被輒淩空。淮王竈下鷄成道，謝氏軍前鶴論功。閲世最憐皮相士，論文真畏口興戎。鐘鳴漏盡吾何賴？得近盟壇不敢雄。

校記

〔一〕□　原刻如此。
〔二〕□□　原刻如此。

龍眠風雅卷四十二

木厓潘　江蜀藻輯
上元周　京雨郇同里方雲旅譽子參

方授

字子留。崇禎末諸生。少與兄儀、弟藻有『靈巖三方子』之目。性沈静力學，蒐今摭古，皆穿穴幽隱，掐擢入微，不屑蹈拘牽襞績之習。其爲人孝友祥順，言温而色和，古之壹行人也。嘗與予輩結文社，日角七藝。諸子皆槖筆報完，詼諧轟笑，子留獨面壁沈吟，燈火青熒中猶吮毫不肯輕下。其思苦而力竱，皆此類也。國變後，飄泊江湖間，自號圃道人，攻苦食淡，餔糜不給，一似重有憂者。君子讀其詩，以爲多勞臣怨婦屏營吟望之思焉。既，祝髮從浪杖人遊，屢遊浙東，或歌或泣，卒流離轉徙、悲困悒鬱以死，年纔二十有七。所著詩有三奔浙江草、浙遊四集、奉川草諸集。如遣愁詩『寒與梅花同不睡，悶尋鸜鵒説無聊』；拈韻詩『靈運才思歸古佛，賓王詩句老孤僧』；答友詩『詩多海内風塵淚，衣帶長安秋雨泥』；即事詩『我望杲卿惟駡賊，人談諸葛不知兵』；元日詩『慣經饑渴長齋易，轉覺牢騷禁酒難』；懷陸春明詩『五男獨讓千金劍，一水分藏萬卷書』；懷聞鷄五子詩『鷄亦不知人去盡，數聲猶報五更殘』：皆淒惋不忍竟讀。至其夜悲歌二十七首，一字一淚，直與鐵函並傳。後有杜伯原其人，當入之遺民録中，非兹集所能備載也。

金陵二女歌懷臧三

金陵有二女，家住莫愁湖。長者太聰明，其娣若癡愚。涉獵徧經史，才思美且都。二十俱不足，聘者人姓□〔二〕。此身漸分明，指日事舅姑。結伴採桑去，陌上遇狂且。明珠寧有幾？揚鞭疾馳驅。一女不及避，挾與馬上俱。初不惜身死，志節既已汙。徼倖得富貴，不復心踟躕。一女避草澤，姊去得逃逋。良人千里隔，矢志顔色枯。東望望良人，北望望彼姝。秋胡未負心，羅敷豈賤軀？奈何同心者，頓焉參商殊？汝既事新人，我當待故夫。

幽谷有佳人懷吳亞侯居士

幽谷有佳人，肌膚燦雪霜。耳後大秦珠，腰間明月璫。札札弄機杼，織成好文章。君王鼎盛日，後宫多鴛鴦。貞意徒寂寞，不肯入昭陽。一朝滄海異，削髮心煩傷。結菴高山顛，入道燒明香。少小原不字，寧辱狐與羊？東鄰潔白女，懷玉佩羣芳。三復列女傳，慷忼泣沾裳。佳人憐此意，相好無參商。誓言朝太虛，結伴王母旁。此女良薄命，流離奔四方。間關勞跋涉，名節自輝煌。脉脉望幽谷，盈盈一水長。願言從佳人，欲濟河無梁。起登蓬萊山，爲望雲漢光。梧桐摇落盡，海上愁鸞皇。

自修鵝

壬辰夏大旱，千里水不流。一時射蛟臺，禱雨聲綢繆。乃有林氏鵝，鶃鶃隨比丘。斂翼跪佛前，能知爲雨求。衆人不忍逐，羣鵝不敢留。恥爲右軍得，願與慧遠遊。投身天喜院，有名曰自修。朝夕禮梵聲，每愛鐘磬幽。蛟臺異其事，出米置盆頭。如鶴如鸜鵒，如鷄如班鳩。古者禽鳥中，佛性與人侔。我聞龍致雨，豈無蒼生憂？桓宣大有年，此事書春秋。爲語自修鵝，大旱勿復愁。汝自修汝事，焉知咎與休？我偶當寺門，夜泊江天舟。合掌見鵝樂，身病顔孔羞。

同潘二江舍弟藻隨臧師之東郊哭臧三天格有作

我尋孝廉墳，土淺草已宿。孝廉幼徇齊，數十行一目。羣書每博觀，經史最精熟。對人拙言辭，生小毛髮秃。其氣若秋蘭，其貌若古木。九歲渡大江，與我交情篤。吾翁與若翁，易子爲教育。既事唐夫子，同門益親睦。風雨五六年，知心人有六。之子益驚人，光彩眩篇幅。與我相扶持，爲文且攻讀。此心無不知，居然我鮑叔。食同粗糲飯，出同遲鈍畜。夜同帳與帷，朝同盥與沐。我翁使豎子，爲子調寒燠。我母使女奴，爲子製衣服。世稱臧方交，朋友如骨月。憶昔甫采芹，秋浦步黨塾。聞子得成名，狂歌無厭足。但望子雄飛，不慮我雌伏。觀者大異之，古道童子復。未幾返秣陵，蛩然聞空谷。吾子著先鞭，文章車擊轂。終賈兩少年，羣爲吾子卜。奈何神京陷，中原角羣鹿。同心潘子輩，聞鷄交相勖。如晉哭新亭，如衛盟完濮。勖哉我二人，無敢徒碌碌。改元幾何時，北馬又南牧。子來顧我泣，不忍見戮辱。惟有古彭咸，千載步芳躅。我以老親辭，將訪苕水曲。子聞亦踟躕，有親誰啜菽？千秋事不果，分手各眉顣。十月苕水歸，顛毛共僧祝。訪子莫愁湖，顧子顔色恧。子拜爲我言，而翁相迫蹙。不死亦不仕，終難供饘粥。違心事功名，無面對松菊。聞我有氈衣，假之入場屋。我爲詩責子，其義頗嚴肅。亦復知子貧，養親無恥穀。子文霸天下，姓名遂首録。此夜舉金罍，爲我翁萬福。謝及我昆弟，慰及我奴僕。我時極貧窶，甘旨無餘蓄。感子爲分金，得買米二斛。明年我歸里，古廟拜壯繆。吾子寓其間，夜遊秉明燭。適有良宴會，佳人品絲竹。人生無百年，歡樂爲日促。牽衣與子辭，分飛如孤鶩。我悲吳市簫，子傷燕市筑。聞道黄金臺，空復年年築。吾子上公車，北風共驅逐。王猛與許衡，經濟在子腹。我在甬江東，因人寄尺牘。怪子曠代才，乃爲卞和玉。如何有家書，道子遂不禄！驚聞斷我腸，剪紙東海澳。嗚呼滄浪天，奪子何太速！我輩且偷生，斯人不可贖。聞子有兩兄，骸骨中原暴。子妻在他縣，忽遭此荼毒。所生只一女，勿復能舐犢。不謂作善家，降禍如此酷。今年我越歸，欲致生芻束。未知葬何山，哀情向誰告？夫子爲余言，埋骨東山麓。始得與同心，招魂一痛哭。白楊何蕭蕭，陰風吹之扑。天乎臧氏子，使我心慘讟。

詠史八首

劍學殺荆卿，筑聲死漸離。如何博浪沙，又虛子房椎！嗚呼嬴秦天，一醉六國危。詩書燒欲盡，火發咸陽遲。坑卒亦不仁，何如坑儒時？我讀秦漢書，太息千里騅。

漢末有焦先，不言而廬居。冬夏皆坦露，垢汙身不除。上天且妬之，野火燒其廬。無廬亦可臥，大雪與之俱。人生有茅屋，牽蘿意何如？

有田何必良？卜宅何必廣？役形爲使令，徒步恣來往。妻孥不苦身，何得耕以養？客至無酒肴，清談足幽賞。過矣樂志論，我生無此想。所求日一珍，餐飯慰堂上。此樂但不窮，夫何求天壤？

三閭悲憤人，行吟合枯槁。豈有好容顔，不繇彼懷抱。我病分所當，服藥豈長好？煢煢懷幽蘭，悠悠惜芳草。伏枕讀離騷，與誰漁父道？

王霸有佳兒，黄髮兼歷齒。一見羣功曹，自慚未知禮。父子本恩深，霸久臥不起。奈何高節士，見不及女子？既耕亦已種，焉得不如此？寄語山中人，無與貴家比。

曰沈又曰默，曰深又曰渾。王杲名子姪，戒之惟謹言。吾翁師此意，以言命諸孫。諸孫言尚可，我言憂患根。三復白圭詩，山中早閉門。

趙至在田間，其父叱牛過。不能致榮華，勞親亦以多。千載一垂涕，至我涕滂沱。牛兮在爾側，長夜可奈何？當世無小白，徒然飯牛歌。

人生快意事，故人爲天子。可與共偃仰，亦可助爲理。二十四宿明，客星在澤水。釣魚披羊裘，不顧玄纁禮。三聘舍北軍，帝來臥不起。張目熟視之，願洗巢父耳。帝知不能下，樂與同枕被。太史奏帝座，故人共臥爾。後有李山人，禄位非所喜。自願復京師，上與子陵比。嗚呼彼布衣，中興且如此。一臥動天文，有生事足矣！

忍饑行

出門乞食不顧歸，出門無食當忍饑。米貴囊空遊遠道，相對莫勸加餐好。小舟遥望惠山顛，惠山賣酒又賣泉。無錢尚難飲其水，沽酒之事長已矣。舟中只餘米數升，炊米作飯飽未能。飽既未能饑亦可，首陽高人已先我。

過滸墅關

年年浙江遨遊還，所歷北新滸墅蕪陰之三關。舊年北新關上過，關吏掊克行路艱。商賈掩淚發長嘆，本朝税法今全换。曩時一貨開一單，此日開單過其半。予時客路囊無餘，一肩行李一箱書。買得脂粉花燈遺親友，攜來蟹醬蝦蜡鮝鲞魚。關吏悉索頗無道，編余幾百幾十商人號。八斤海味作十斤，每石行李加三報。書生枉列商人名，其名實辱其財輕。是時滸墅尚疏略，小舟直過姑蘇城。余别姑蘇纔五月，忽聞新官新令發。大關堂上坐三官，小關橋上增羣卒。喜余過此舟内空，閲視無有容我東。鄰舟搜米僅五斗，罰銀四鍰入户工。傳説税人又自明日始，税人安得道路通？相教商賈慎出入，于今天下重足立。何曾關市譏不征？出其路者空於邑。吁嗟乎！爲暴之政日日開，今年不似去年來。此去北新關上我知矣，不知歸去蕪關何如哉？

七夕宿野店

梧桐葉老風颼颼，烏鵲傳聲天欲秋。山中擣衣難寄遠，是日穿針擬上樓。遊子奔走海上路，人困天昏愁日暮。波濤飛擁千丈高，欲渡恐觸蛟龍怒。四顧海邊屋數椽，饑人無食渴無泉。我苦其間人氣多，徘徊夜半不得眠。傷心此夕牛女見，無端涕淚沾團扇。滄溟可通天漢無？乘槎思覩天孫面。稽首再拜勸一杯，小臣不爲乞巧來。天上團圓且有日，臣獨何辜困此哉？上天之難行路比，如沸如吼一海水。遠莫可望悲莫歌，明日未知生與死。散步太息欲斷魂，孤店主人催閉門。呼我進來草榻坐，昨夜猛虎街上蹲。

象山道中紀懷

海山十日風雨積，朝霧暝煙帶征客。茫茫遠望千峯青，浩浩平看萬里白。嗟我胡爲此經過，客程不盡辛苦多。僕夫圉卒皆況瘁，疲驢爲嘶山之坡。五步一石十步水，水深泥濁沾行李。且請勿歌行路難，峻嶺前途突兀起。呼僕扶我徒步行，荒藤蔓草遮天明。決眥不見鳥雀至，側耳如聞虎豹鳴。棘中尋隙低頭入，狹路緩步轉心急。逶迤匍匐十里餘，仰見山顛行人集。破菴僧去徑荒涼，土佛面醜塵爲裝。我坐欲休不敢進，其氣如有人死亡。上山猶可下滑我，攀援手足俱防墮。日落無力渴且饑，悵望山村有煙火。山村索寞丁壯逋，煢煢老叟形貌癯。向我啼哭來乞食，我迎問有酒家無？叟即當年賣酒輩，邇年百里無犬吠。喪亂未休又凶年，何處求粇及蔬菜？喜余攜米一瓦盆，荒竈炊粥爲掩門。拾取荆薪炤土室，鄉音只聞蒼頭言。爲問高山尚幾許，四海飄零吾與汝。人生貧賤老鄉中，莫向天涯作羈旅。

夜悲歌五首

夜悲歌，歌回首。回首亦何爲？瞻望父與母。阿翁遭屯邅，明年五十九。大兄備椒盤，小弟釀春酒。中子最不孝，託鉢東西走。三子兩母生，我母臘月壽。有婦可代夫，納履停針否？有妹可當兒，茶瓜諒亦有。有孫可作兒，小者抱在手。天乎我何辜，雙親離別久。魚在淵，鴈在藪。爲我致書雙親，但當隨時愛景光，無復上怨青天，下思黄口。眼見黄口兒，成人不孝友。人生養兒高談大言學仲謀，不如田家膝下依依得豚狗。心依依，歌蓼莪，海角天涯可奈何？

夜悲歌，歌永嘆。北風起，江水寒。望京師，路漫漫。念我妣，中心酸。薤露不獲壽，蒿里無可安。奴收其骨，賊焚其棺。三子不孝，扶入長干。長干竹有園，鬼伯聲凋殘。前年寒食去，紙錢挂樹摧心肝。舊年長至過，衰草荒煙側目看。今年又值歲云暮，我欲從之行路難。行路難，色惆悵，生不養兮死不葬。

夜悲歌，悲半吐。有姊三人有妹五。婚嫁至老不得完，五岳何年遊我父？生女未出門，生男不在户。誰謂生女惡？生男亦何補？生女時或解父愁，生男如我見之增父怒。怒未已，樂何如？大家爲我續殘書。

夜悲歌，歌房中。荆釵女兒生江東，十七嫁與梁家鴻。自汝之爲我家婦，不得一日笑語同。國既已變兮，家亦以窮。子不得孝兮，臣不得忠。與汝抱頭時痛哭，有時反目首飛蓬。舊秋別汝梧桐落，今夏別汝櫻桃紅。是時天氣乍冷暖，我欲著衣禦江風。取衣桁上汝止之，我遂拔袖不與父母通。拔袖來，幸有舌，擁被繩牀天欲雪。

夜悲歌，歌未止。懸弧懸帨今何似？屈指九月及于今，何事呱呱竟弗子？我母無他兒，我翁年老矣。日日望孫兒得孫，兒縱得孫身在此。有孫勿似不孝兒，緩急他年無所使。有所使，立家門，他年代父報祖恩。

賑饑粥

官今寺院冬煮粥，聊充三日饑民腹。扶親抱子或攜妻，我悲欲繪圖一幅。繪此圖，亦何爲？民雖饑，當告誰？于今不饑之人總不知。君不見，黄堂夜夜羅歌舞，賑饑粥米民間取。自謂能拔饑民苦，刻石收之德政譜。又不見，入寺空言慈若父，登堂苛政猛于虎。

牽兒衣

牽兒衣，執兒手，賣兒天涯牛馬走。不及黄泉得見否？囑兒悲啼勿在口。有兒可易米一斗，即此以報汝父母。只恐新穀未升斗，米完無兒可賣又賣婦。

途中婦

途中婦，哭失聲。自言妾住慈谿縣，偶然乞食到府城。阿夫五日不相見，不知何地去謀生。大兒種痘家裏臥，小兒饑渴牽裳行。急欲歸去問生死，桓桓新設守城兵。城禁婦女不得出，何人爲訴流民情？吁嗟乎！人生骨月須一處，饑來乞食能相助。見此婦人我心傷，明日城門用錢使爾去。

燈花謡

三春花落胡爲哉？不如夜夜燈花開。人言花開好音至，如我好音何所事？老親鬱鬱未安居，弟兄出處枕被疏。尚有室人謫貧窶，厭我焚書且讀書。讀書有淚卻無力，仰見燈花開嘆息。爲歌謝翺冬青詩，此樹終有開花時。此樹終有開花時，夜夜燈花報我知。

童子泣放小鹿歌爲四弟萊綵作

小奴上山獲小鹿，鹿悲不鳴饑食粥。吾弟三歲有仁心，憐鹿無母爲鹿哭。急叱奴人放之山，奴欺在山仍在屋。俄復一奴山上來，爲言鹿母尋子聲哀哀。弟又聞此淚如雨，叱奴抱弟放鹿山之堆。弟因鹿去歡，我爲鹿去苦。爲我謂鹿母，早來爲鹿乳。未放愁人放愁虎，死生離合只須臾，荒林日黑山無主。吁嗟乎！我聞周豫魚，鞠身護子首就湯。又聞桓温猿，哀號求子行斷腸。古今萬物皆如此，貉隸無官素書毁，鳥語獸言不入耳。我願九天大地間，人人吾弟泣放小鹿之童子。

折楊柳

密密河橋樹，青枝一半無。大都朝繫馬，只是夜啼烏。細柳辭征婦，長條別故夫。歸來聞鐵笛，不忍別須臾。

憶内

亦知行路苦，總只爲調饑。念爾惟椎布，因余典桁衣。持縑難比素，織字擬停機。何日能偕隱，相將採蕨薇？

與明農從叔買舟

弭楫聞相待，褰裳逐曉風。到家愁出入，瀉水任西東。道合詩尤合，舟同被亦同。虞翻貴知己，況在一門中。

淳湖過陳汝颺齋頭兼懷邢孟貞先生

近古一詞客，知君兒女親。到門多曲徑，獨樹伴幽人。煉藥惟收鹿，馳書先剖鱗。江天有雙鳥，三匝暫棲身。

贈吳弗如

周師罹黨禍，生死託貧交。奇策曾相救，遺詩不忍拋。幽居依水國，佳兆卜山坳。古道欣良覿，遊踪累爾庖。

贈湯仍三

到此無三日，知君已二年。氣應齊古俠，詩欲步前賢。念友纔趨市，愁余又買船。那堪芒種雨，寒似暮秋天。

贈惠泉

天下當今日，誰爲第一流？甘泉能不變，滄海復何求？每載輕舟出，堪令濁世羞。竟無知我者，將老錫山丘。

武林門送别明農叔歸京口三首

買舟京口去，良友指潘錢。號以淮西隱，詩應海内傳。黄虞風往矣，閩粤事淒然。卻話吴江别，蹉跎已二年。

古人不得志，往往卜容身。言必依忠孝，心能質鬼神。君垂簾自適，朋載酒非貧。橐底錢如滿，封歸獻老親。

胥江不可渡，分手武林城。學卜難同賣，教詩恨未成。家書千鎰重，湖榜一鷗輕。八月余當返，相邀仍耦耕。

曹娥江夜渡二首

一江潮怒發，世世屬曹娥。神孝古無幾，父尸今若何？四時聞痛哭，五日恨絃歌。生女猶如此，停舟莫漫過。

昔聞上虞女，今知葬會稽。江分兩邑界，碑許四方題。近壩愁嘶馬，呼船待聽鷄。遺形存古廟，應卜未曾笄。

范一香國持蛟川雙烈傳索詩雙烈者林穎新妻李氏鼎新妻劉氏也

選烈于今日，閨中有二林。死生千古事，娣姒一時心。可自詩篇得，非關字義深。相將夫子命，終始不商參。

海　店

潮起風何疾，牆頹日未遮。經年艱米穀，滿地曬魚鰕。嫗以饑扶壁，兒因亂出家。客來長嘆息，鹹水渴無茶。

謝忍可上人分淡齋〔二〕

淡薄山僧古，清齋面目黄。十年鹽食斷，終日菜根香。瓦盎蒙分惠，蓬門得遍嘗。病軀餐飯減，味覺此中長。

有懷家君鄉行雜詠二首

會聖巖鄰砦，三春此避兵。經臺晨作市，佛鼓夜巡城。力慣良弓用，恩隨曲突輕。解紛思往事，誰識魯先生？

野外無拘束，青鞋東復西。山行憑一杖，草宿慣雙谿。滑想流匙飯，甘餘入饌鷄。何時與兒子，隨意得幽棲？

寄懷袁令則又安四首

在昔浮東海，袁君交最先。變名艱避世，灑淚共呼天。旅舍湖干酒，芳洲月下船。我生知己重，飛夢越山川。

客路曾聞變，飄零繫小舟。臣心觀海水，子道愧谿流。時同避慈水。入寺貪黄面，思家欲白頭。賴君萍梗共，排悶對沙鷗。

令戚沈吴輩，乾坤亦有心。眼青看向我，林黑想于今。伏枕書難就，裁詩感不禁。故人休致問，癡病逐年深。

我形如豫讓，君隱似韓康。嘗勸加餐食，相憐贈藥方。竟無療鶴血，惟有斷猿腸。萬事牀頭廢，深情未敢忘。

璩鞠思弘士過訪留酌託爲予買山二首

形影十年變，相逢乍問名。細言星散事，彌重歲寒情。親老懽村會，天空戀友聲。青驢來往便，多趁萬山晴。

一枝猶未定，爲卜大龍灣。去子二三里，棲予八九間。乾坤留舊雨，歲月老名山。所託分林石，樵蘇恣往還。

送舍弟之浙江二首

新鶯啼夏木，風雨渡江初。池草勞兄夢，船燈讀父書。詩文頻簡點，山水莫躊躕。小泊苕溪後，先來雙鯉魚。

各自成消息，何須問是非？得霑微禄養，不恨采薇饑。鶴立乾坤病，花分湖海輝。我存雙眼在，秋看彩衣歸。

自寧波往慈水偶占示秦汝翼朱君爽

冉冉山根竹，悠悠水面萍。同心猶夙昔，他縣任飄零。租舫湖西借，肩輿渡北停。病深慙累友，分外眼雙青。

謝秦復齋贈紅穀蔬菜

稻穫君猶未，貽來子粒紅。與僧飯不雜，聽板呪能同。暖味知憐病，同心欲送窮。分蔬及僮僕，飽食慰飄蓬。

復齋又贈穀謝之

糧絶慙相繼，情深受不疑。只從君索食，誰爲我驅饑？典座米無債，諸方齋有辭。禪房鼠又覺，貪我故人貽。

大雷

即此大雷岸，參軍亦偶然。一書傳令妹，千載賞名篇。古道荒埋草，澄江旅泊船。臨風叫才子，寥落幾山川。

燕子磯

千年一隻燕，未忍別家飛。絶頂呼江水，當門擁帝畿。急流衝石度，小泊待風微。蕩子端何事，茫茫對此磯？

偶成

露葵風竹閉門深，萬葉飛飛散夕陰。月護汀洲沙雁宿，天連湖水夜龍吟。孤臣七日亭前淚，高士三秋海上心。彈罷廣陵燈火静，故人寥落不知音。

蘧園秋思

蒹葭秋色起江湖，片月高天炤客孤。臥病深山尋遠志，懷人千里寄文無？典裘正值初逢雁，聞杵那堪更憶鱸？故國白雲消息斷，木犀香老落花鋪。

贈寰中上人時余已爲僧矣二首

古刹雲峯佛磬低，梵音松下問闍黎。竹因香積廚泉響，茶自能仁石縫攜。鶴舞空山争大麓，馬嘶古塔護招提。紛紛柿葉飛揺落，留待羈人月夜題。

翻經燈火夜漫漫，自許彌天一道安。鐘罷有心狂繫鼓，筑殘無髮怒沖冠。月臨古佛青銅鏡，霜老神仙白玉棺。聞説浮山山色好，圍棋藉爾獨登壇。

即事

漳海清風恩詔聞，誰教輕入虎狼羣？後師表繼前師表，生祭文催死祭文。絶食已傳過八日，剖心容易謝三軍。鍾陵南向青青草，欲卜山爲丞相墳。

與外舅張先生飲醉言懷

先生家寓虎林城，去此冰衙五百程。每到歲時頻灑淚，恨無田畝共歸耕。薄遊勉爲兒孫計，汎愛偏多子壻情。嘆我何因更遠別，雲山滿眼未銷兵。

潘蜀藻留飲賦贈四首

破衲歸來又一年，草堂攜手意淒然。君雖不隱文焉用，我已皆空詩漫傳。佛許故人開聖酒，天憐今雨遍狂泉。夜遊況有明明燭，重話西窗未了緣。

秦淮送我有悲吟，白水清清見此心。蜀藻原句。一別五年渾似昨，長歌七字到于今。鷄忘夜雨人分席，鳥戀寒霜友在林。江漢西流流且竭，與君相對益情深。

鏡湖秋水得雙魚，曾道佳兒亦念予。交重賤貧初託女，壻聞聰慧遠憐渠。忽驚望失河陽樹，漸覺愁生靈炤蔬。小冢今朝剛宿草，那知歸客對欷歔。蜀藻有殤兒，吾壻也。

柴門客到徑原荒，見爾誅茅覆短牆。新笋盤分慈母嗜，晚菘味與故人長。交知尹敏親原久，形似嵇康懶不妨。南北宅成春鳥變，好容明圃灌中央。

出門

自擲儒冠愛遠遊，年來頻買浙江舟。苕溪飲水曾銷夏，蓬海觀濤每及秋。三別庭闈三次恨，一過陵寢一番愁。山河若不歸□□〔三〕，從此飄零到白頭。

哭拜岳鄂王墓

湖村指點哭忠臣，南向松楸萬古神。道合于公雙少保，廟邊壯繆一佳鄰。本朝過客曾悲宋，今日何人敢駡秦？爲買寶刀墳上舞，金牌遺禍又沾巾。

關廟

當年遺恨失荆州，久矣談天非姓劉。中國至今稱漢室，古祠隨處是關侯。累封盡受熙朝敕，一將仍垂聖帝旒。如此報功良不薄，何人此日讀春秋？

喜遇左碩人先生湖上

龜齡舴艋向苕川，駐馬西陵松樹前。有衲便攜三竺屐，無官好汎六橋船。曾堅讀史山中約，又結歌詩湖上緣。明日忠魂先展謁，岳王祠宇氣森然。

初度後一日外舅招往象山遂買舟走湖頭渡

憂既傷人路復艱，纔過二十鬢毛斑。將安歸矣來東海，有所思兮在泰山。憤懣欲舒誰許說？窮愁可告亦無顔。官衙莫辨牀頭酒，讀到沙椎淚已潸。

懷小戴青山

□世淮河六代基，何曾文酒故人離？湖山得句余同賞，天地論才爾獨奇。五夜鷄聞雙草榻，兩家犬吠一茅籬。至今風雨三山夢，猶似西窗剪燭時。

懷潘二桐城

世人欲殺爾憐才，幾度春城招我回。已分山中成草莽，偶從海上到蓬萊。鷄聞豈爲劉聰舞？謂聞鷄堂。蛟射還思漢武來。謂射蛟篇。自有王孫能好客，梁園當復聚鄒枚。

懷伯兄季弟

出門曾約註毛經，兄弟聞詩日過庭。獨我有家皆罪戾，登堂無面自零丁。遠辭壽考慙烏鳥，私以慈闈托鶺鴒。憶別樅陽揮淚處，幾羣歸鴈曉天青。

中秋旅懷三首

旅夢依依拜老親，那堪佳節一孤身？青天到處難容我，明月何年不照人？弟妹山中當煮芋，朋儕江上各思蓴。綵衣多辦歸來著，聞道王師下七閩。

櫻桃正熟良人出，何事風來桂子香？懷得明珠秋月盡，夢餘孤劍夜天涼。惟將寄履同行止，斷不持縑較短長。此日燈前休悵望，重陽屈指尚他鄉。

弱女何心怨別離？田園久闕慰情詩。于今可記呼爺語？是節當教拜祖儀。食下含飴亭午後，祀餘分果月明時。尋嘗佳兆占兒口，弟妹今年知未知？

懷左子直子厚

忠祠昨歲病相依，二士邀余採蕨薇。君自有顔瞻俎豆，我今無語對庭闈。曾言南渡宜先紀，自出東門不顧歸。忽憶左思招隱處，重陽紫蟹兩番肥。

象山臥病雜詠六首

象城官舍最湫隘，藥餌扶吾何所之？足繭江山遊倦後，手卷筆墨用疏時。吳蓴自好憑誰採？海味雖甘總不知。鏡裏已慙非壯士，那堪形影又支離！

半間棲息一身微，出入逢人倩掩扉。本草自能存遠志，藥囊底事見當歸？飛來日夕鴉聲惡，夢入鄉園樹影稀。莫使寒風吹我淚，恐防飄灑到庭闈。

寒將淒絶熱猶狂，七日奄奄廢水漿。窗暗榻前争亂鼠，草枯屋上走饑羊。幾聲費力呼人至，開眼無光見吏忙。又説呻吟須自忍，大官列戟到公堂。

已將雲樹棄孤身，病苦方知不耐貧。布被如冰徒臥久，葛衣换絮倩裝頻。秋風欲盡悲添我，冬雨若來愁殺人。消息喜聞如挾纊，可憐遲日又難真。

氣絶甦來恨轉加，剪除爪髪寄還家。二人恩澤天邊雨，一室團圓夢裏花。墓柏不移凋後節，畹蘭寧折種初芽。倘存病僕收吾骨，詩草殉余葬水涯。

九月九日伏枕望，眼開自顧影相憐。驚心節序黄花雨，虚負山城紅葉天。勸酒題糕每歲事，吹簫伐鼓一人眠。蓬萊舊是登高地，求藥難求不死仙。

遣張僕往鄉寄書三首

吳越飄蓬又一年，夢魂飛渡兩峯顛。臨風心動指疑齧，望遠天寒眼欲穿。節序去來日五十，江山往返路三千。整冠送汝先收淚，百拜郵書父母前。

鄉心躑躅紙難舒，汝善爲辭代我書。先勸高堂調寢食，更寛合室倚門閭。憒詩久爲嚴慈戒，浮氣新從佛老除。若問形容憔悴否，諱吾消渴似相如。

汝到窮鄉雪意殘，天涯一字一悲歡。弟兄共紙須分讀，妻女嘗談亦細看。鴻鴈鄉園傳涕淚，蟪蛄客舍望平安。年來心益乖徐庶，待得瓊瑶慰歲寒。

臘月廿四家母初度望鄉遥祝叩首成詩二首

北堂初度憶當年，啜菽聊爲壽母筵。送竈迎先兼歲事，勸兄酬弟樂天緣。貧家薪水慈顔老，亂後雲山望眼穿。此日翁前缶罍共，所生不見定淒然。

膝下悲歡意若何？二千里外白雲過。婦生野里殷勤少，妹在孩年簡略多。遷宅有無題鳳字？登堂應否集漁蓑？小兒欲竊桃爲壽，三復南陔孝養歌。

伯兄送别樅陽有作

伯仲離歌江水長，七年兩送别樅陽。慣看東海人持鉢，卻負西頭月滿梁。明日小舟愁客夢，今宵大被借僧房。離親十二時無幾，兄去家書有數行。

答西頑上人舊梵雨夜見贈

途途何計弗張乖，燒水清談自荷柴。笑我娱親惟布衲，羡君面聖有芒鞵。杜鵑因病不能拜，薇草疑腥空復齋。瓢笠天涯期結伴，蹇驢相送又傷懷。

于湖喜遇盦山叔

唐駱賓王高達夫，爲言昨夜夢中俱。今朝恰喜逢遊子，先哲深慙望腐儒。楚蜀總戎君自有，淮揚飛檄我全無。雖然才命生來薄，附驥還思騁壯圖。

贈蕭尺木居士三首

眼枯未忍望鍾陵，早見鍾山梅下僧。四海有情空見畫，千秋何事欲傳燈？敢當倒屣憐貧病，聊與科頭數廢興。我夢不離靈谷樹，欲隨君住白雲層。

先生大筆垂宇宙，肯爲吾翁圖水厓。高閣初成臨怪石，小菴恰喜近荒齋。久知王宰艱真迹，直借滄洲慰老懷。更許聯詩題畫册，草堂靈與素心諧。

吾輩難堪見楚辭，章章圖更古今奇。本從萬卷書中得，只有三閭湘上知。海内阿誰歌且飲？枕中特出喜成悲。雪菴和尚傷心血，流在君家小墨池。

戊子元日

二十江淮已問津，蹉跎又度兩番春。論年深愧懸珠目，書子當終荷鍤身。桐樹葉生知錯閏，荔枝粉見嘆迎新。辛盤每怯他鄉味，不盡屠蘇憶老親。

喜得大戴書

分手秦淮四月間，三年風雨別離顔。夢魂不去南朝寺，書札初通東海關。我尚未能知死所，君從何處得生還？開函總是長相憶，珍重龍眠大小山。

種　菜

短髮婆娑感不勝，雨移畦菜病中興。灌園無力慙名圃，鋤地求人笑此僧。山供久甘蘆笋飯，牆陰欲借豆瓜藤。東陵古事泉明句，動曰高賢我未能。

奉懷唐畊塢夫子

自挽驪駒別舊都，蔣山栝柏半年枯。直今到處飛鵂鶹，動向何山怨蟪蛄？首郡滄桑增涕淚，八春雲樹隔生徒。可憐視我情猶子，獨立空門一字無。

不寐

今年花信總無香，伏枕呻吟事事荒。防虎微功初斬竹，誅茅費力已頹牆。雨聲嘗使驚天破，春夢還教怨夜長。也有杜鵑眠未得，一聲呼我一迴腸。

九日同左子直諸子遊龍眠分韻二首

重陽尊酒故人移，一出東門步念之。四望但餘山未改，初生轉憶我無爲。黄花插徑歸秦火，惡草盈谿怨楚辭。最是龍眠幽意愜，松前雜坐問寒知。左居士閣，舊名寒知。

浮丘居士龍眠居，其後羣賢共讀書。親手種松多歲月，近城無樹此扶疏。晚從田父賒新釀，静對溪流逐小魚。紅葉青驢詩興好，攜僧當不吝園蔬。

寄陳仲紆量

有弟茗行先訪君，維舟攬涕惜離羣。身當喪亂空存骨，家爲饑寒欲賣文。生死可憐惟舊雨，江山何意慰停雲？我來倡和歌秋興，莫道逃禪硯已焚。

答贈秦復齋白下寄書

叫日同觀東海濤，幾年相訪泊輕舠。官猶太守風流在，談共孤僧雪色高。一別江煙旋斷絶，重來陵樹最牢騷。至今學圃難忘我，珍重君書問桔槔。

柬答李士雅

開見君書淚與俱，啾啾鬼哭説漳湖。難填東海惟精衛，不背南雲是鷓鴣。往事豈堪談百粤？新詩且又遍三吳。二毛容易人憔悴，莫以傷情望眼枯。

贈心上人之山東

杖劍初從丞相軍，幾時削髮不茹葷？論心懶豈如明瓚？截指忠猶想霽雲。佛鼓三撾曾駡賊，僧廚一食尚思君。扶筇過我情無限，漫説蘭臺石室文。

水厓未出門時有作

但得芒鞋任所之，幾雙鞋破出門遲。園鳩忌我分桑椹，山笋留人看竹枝。渺渺江河親望眼，依依香水佛低眉。小菴高閣皆新搆，去住無情兩忸怩。

喜蒼頭拜石自白洋來

日日思親拜佛，年年作客依人。庭闈入夢難舍，主僕離家易親。

催耕鳥

野鳥催耕雜樹多，郭公呼罷再呼婆。啼驚新婦鴛鴦夢，轉罵公婆不插禾。

鱟魚

捕鱟捕雄不捕雌，捕雄自有雌來隨。鱟魚亦解從夫死，可怪漁人太不慈。

校記

〔一〕□ 原刻如此。

〔二〕齋 疑當作『齏』。

〔三〕□□ 原刻如此。

龍眠風雅卷四十三

木厓潘　江蜀藻輯
和陽戴本孝務旃同里李　雅芥須參

方以智

字密之，號曼公，自稱龍眠愚者。中丞仁植公之長子也。九歲善屬文，十五通十三經、史、漢諸書，皆背諷。比冠，著書數十萬言。與陳公子龍力倡大雅，復社諸公皆以聲氣、名節相推。崇禎己卯舉于鄉，庚辰成進士。會中丞公撫楚，忤時相被逮，公控疏請代，膝行沙堰中，兩年卒獲賜環。壬午，授翰林院簡討。公素憤時弊，欲痛陳之，適李賊破潼關，乃慷慨請纓。范公景文復薦之，召對德政殿，至夜分，直言不避諱忌，上撫几稱善。欲超用之，以執政格，不行。賊陷京師，梓宫陳東華門，公往，伏地哭，爲賊執。拘囚廿餘日，峻刑楚毒，兩髁骨見，至死不汙。既南奔，值仇憝柄國，遂流離嶺表，十召不受宰相。庚寅，披緇爲僧。粤破被縶，環以白刃，終不屈。晚遭患難，談笑自若，卒于萬安。臨終，猶與門人講道，語不及世事，惟以未卒業諸書命少子中履踵成之。風雨大至，遂瞑。公博極羣書，天人、禮樂、象數、名物，以及律曆、醫藥、聲音、文字、書畫、卜算，靡不精研。所著有周易圖象幾表、通雅、物理小識、炮莊、會宜編、易餘、陽符、中衍、東西均、旁觀鐸鼎、薪平衡、諸子燔痏、切韻聲原、烹雪録、删補本草，凡數百卷。詩文奏議，喪亂後多半散佚，諸子搜求之四方，編成四十卷，分前集、後集、别集，總名之曰浮山全集，行于世。公讀書深識力厚，才大筆老，故能驅使古今，奇正因創各極其至。其論詩，主于内發性情，外嫺節族，所謂中邊皆到。舍聲調、字句、雅俗可辨之邊，則中有妙意，無所寓矣。故詞爲邊，意爲中。而詞與意皆邊也。素心不俗，感物造端，存乎其人，千載如見者，中也。必陶鑄騷雅，蒸湆漢、魏，然後可與解衣盤礴耳。詳見稽古堂詩説。公大節與斷事公略同，而鄉舉之年亦以己卯，後先若相脗合。故次前朝諸先輩之詩，肇自斷事，訖於簡討，以志枌榆一代之盛，政不獨爲方氏之美談也。

企喻歌辭二首〔一〕

白馬高纏鬃，飲之長城下。毋寧自勞人，慎勿勞我馬。

出門無兄弟，結伴還須多。一看鐵裲襠，淚下將如何？

捉搦歌〔二〕

父母不樂因有婦，事師不專因多友。能舞寶刀常割手〔三〕，錢餘百萬成白首。

折楊柳歌〔四〕

男兒辭父母，涕泣對妻子。女兒辭父母，涕泣心中喜。

對　酒

對酒即當傾，何時慶太平？今幸五穀成。但有天子聖且明，使農家父母兄弟尚躬耕。安能得，罕幵冒頓不犯〔五〕，邊京錢穀皆滿盈。將軍校尉，不復用兵。自丞相以下中大夫，守吏二千石，三公九卿盡廉潔不爭。置觀立學諸儒榮，令跅跎要駕咸成名。下無催科並征，各樂其業，刑罰得重輕，外户不閉夜不驚。今皆不然，何以爲生？

善哉行

上山采蘭，下山風寒。既見故人，我心則懽。一解

西門步還，執手盤桓。今日不樂，明日大難。二解

雲中仙人，與藥一丸。但願藜藿，我不敢餐。三解

明月在天，零露團團。商絃欲絶，我不敢彈。四解

霜降城隅，草木皆枯。何以忘憂？清酒百壺。五解

日月已往，駕言遊湖。何必成名，乃爲丈夫？六解

隴西行

門中有好婦，出門望征夫。征夫戍隴西，艱難萬里途。單衣被雨雪，如今三年餘。杳杳音信絶，不知尚有無？空房悽以慘，春秋顔色殊。采桑在南陌，采蓮在東湖。饑來無饔炊，寒來無重襦。織素以自供，深夜累長吁。爲君度辛苦，鄰女以爲愚。泣下不可言，心中徒區區。有客往北方，將到隴西不？贈君一端布，可向酒家沽。

孤兒行

孤兒生，孤兒既生，不如即夭。人言孤兒無父母，得兄嫂。我言孤兒，寧與他人爲好。人猶怛惻，不若兄與嫂，寒冬臘月未嘗衣魯縞。父母在時，惟我是寶。安知饑無食，啼時向誰

道？出東門，但遠望蒼天，蒼天視我草草。父母所遺我，不下十萬錢。宅一區，數百畝田。兄嫂但用之非一年，我敢言憐？彼心中更不然。將欲殺我，乃得其全。不如早殺，即見黄泉。蓋有小人，從中較計，使我兄嫂，不作聖賢。此里中不可居。十五不足，十四有餘。竟去他鄉，從師讀書。他鄉流宕，知我者少，欺我者多。將安所向？父母之骨，尚在高堂，何時得葬？亂曰：少子固不宜生，致使白骨無收。父母不愛少子？何與父母爲仇？

豔歌何嘗行

遠望白鵠飛，飛飛東南翔。五五相隨，十十成行。一解
本欲一時行，安知復損傷？中道羽毛頽，反顧以徬徨。二解
八月降白露，九月成繁霜。東海將堅冰，北風知枯桑。三解
相逢但飲酒，歌詩以浩倡。明日即離別，不豫愁中腸〔六〕。四解
行行難久留，送子至河梁。河水隨長路，路傍愁白楊〔七〕。莫難于相知，莫怨于相忘。莫悲于離别，莫苦于他鄉。人世論及此，淚下一何長！邂逅樂相樂，死生安有常？

來　羅〔八〕

枯草被平原，西山落日照。草枯還更榮，人老不復少。

騶　樂

少年歡樂意，誓與江水深。分手過明朝，已非今日心。

西平樂

往來輕薄子，與我相知新。贈我青銅鏡，欲得鏡中人。

白紵舞歌辭〔九〕

風寒夜長酒已多，明月皎皎玉顔酡。帟幕珠簾影婆娑，側弁交席起傞傞。鼓鐘鳴磬擊靈鼉，趙姬酣舞胡姬歌。齊謳秦吹聲音和，披離縠霧揚纖阿。揭簾出户怡庭柯〔一〇〕，天津閣道斜臨河，翠微澹影高嵯峨。忽見天邊鴻雁過，樹上繁霜被女蘿。涼風淅淅池中波，春秋嘉會日蹉跎。佳人泣下沾綺羅，不知君心將若何？

古兩頭纖纖詩

兩頭纖纖弓如月，半白半黑將士髮。腷腷膊膊征車發，磊磊落落沙場骨。

東飛伯勞歌

誰家女兒著羅衣？仰視伯勞正東飛。不覺含情理清曲，微按冰絃知柱促。黄金屈戍控流蘇，飛仙髻後大秦珠。倚檻但持白團扇，惟恐傍人得相見。徘徊獨對寶鏡中，可憐花落從春風。

烏生

烏生復能啼，多在長安掖門西。但見掖門前有衛士驅逐，復至宣武門城上棲。生子八九飛尚低，飛落公侯屋，畢逋相呼，半夜聲淒淒。蕩子彈之，墮於濁泥。老烏啼，不能止，不如牆下長鳴鷄。傍有黄鵠摩天極高飛，飛出海外將安歸？又見猛虎近在上林中，日以肉賜之何其肥！鳳凰自以爲聖人所知，來集建章鳴且悲。嗟！我建章宫中未得聽，左右張弓争射之。悲哉鳳凰去，自歎不合時，下告善人慎不可爲。

董逃行

駕車何往何復還？我將逃入深山。人皆喜長安，長安道上大難。但有沙塵，蔽人衣冠。一解

疾馳驅，以争先，市井無賴皆得官。紫衣朱鞍，密使掾吏，出入宫府間。二解

何知一旦不可知事非一端？欲逃亦已晚，前路何漫漫。安得布衣蔬食？日夕饑且寒。三解

知者逃於神仙，上謁蓬萊求一丸。更得玉柈，以遺心所歡。彼尚不能忘長安，獻此藥，陛下加餐。四解

服之神武，左右難欺。但乞聽臣勿疑，請奏董逃歌詞〔一一〕。後漢游童無知，董丞相何不罪殺之？五解

詠史七首〔一二〕

談學本黄老〔一三〕，史記宗春秋。子長發幽憤，其文江漢流。孟堅故莊語，難免种兢謀。蔚宗論目睫，團扇良足羞。兩晉南北朝，清語酸颼颼。宋以理窟拘，唐以風詞浮。載籍有賓

主，浮名安足求？哲人知長短，自寫終身憂。

胇胕領將軍〔一四〕，武安太后弟。王孫喜賓客，藍田拂短袂。失執不自安，終坐蜚語斃。東朝相辨折，天子不可制。杯酒罵臨汝，縛手居室繫。生時受其毒，死後空作厲。噓唏藉太尉，善爲人生計。

蘭陵天子師〔一五〕，草疏好諍諫。撾觖韓延壽，早爲鄭朋閒。朱雲和藥來，終殞于豎宦。因笑賈捐之，貢禹亦出汗。二疏祖帳圖，後世起長嘆。

維鵜翼不濡〔一六〕，彼子服不稱。風流喜顏色，夏侯與何鄧。野草蔓黄花，罥罥滿三徑。秋風一夕至，有力不能勝。悲哉子丹兒，白馬黄金乘。握兵數百萬，郡國皆響應。投刀願富翁，痛哭終弗聽。致使辛憲英，閨中一言定。

擊鼓在深宫〔一七〕，外野皆聲聞。博學不出口，自勝諸生問。平子著靈憲〔一八〕，四愁且叶韻。子幹脱轘轅，上谷糞肆奮。韋氏世傳經，顔氏有家訓。期許從所遠〔一九〕，請業從所近。庭草何不除？堂上猶未糞。

牛衣念王章〔二〇〕，大鳥念楊震。長卿慕相如，終身不似藺。和光貴柳下，礪骨磨白刃。上視蒼浪天，行行常自慎。君明值井溢，小黄言已信。管郭既前知，人生何所吝？無以則翀舉，誰見王子晉？

雜詩

隆中有定算〔二一〕，吞吳悔失計。景略在苻秦，猶能申其意。荆公逢神宗，所志無一遂。徒爲宵小媒，大喪志林氣。此外多巷遇，上容進鞶帨。内虞左右讒，外犯同朝忌。留鄴別路行，神仙若遊戲。

初三月在參，上弦在七星。三五在平道，光輝滿園亭。池塘照楊柳，兩岸色青青。微風吹新絮，落水生浮萍。美女著羅衣，舉止何娉婷。重帷鑑明月，寂莫守中庭。春色盈田野，草木自芳馨。窗前芍藥花，一夜皆飄零。

澤園興永社

南郊有小園，修廣二十畝。開徑蔭松竹，臨水垂楊柳。西北望列嶂，芙蓉青户牖。築室曰退居，閉關此中久。晨起一卷書，向晚一尊酒。偶然遊吳越，天下浪奔走。大雅殊寂寥，黄鍾讓瓦缶。雲間許同調，歸來告親友。結社詩永言，絃歌同杵臼。河梁如嚆矢，風騷爲敝帚。聊以寫我心，何暇計不朽？

當擬古詩二首〔二二〕

五言古，向與農父必期以彷佛河梁十九爲貴。然漢人之調苦不多得，時異事變，情各不同，必合曹、阮、陶、杜，而取材樂府，乃可盡其致耳。長篇唯悲憤與孔雀，杜陵法之。然以行短章，不免粗厲。此二首猶刻意捐愛，求如所爲彷佛者。

西北起黑雲，日暮聲如雷。飄風吹野蓬，當從故鄉來。路逢鄉人云，故鄉城中災。大家盡流離，宫室皆成灰。僦居西城下，不願登高臺。登臺望江南，江南一何哀！吾見江南人，江上空徘徊。

軍士久無事，安坐常苦饑。烽火忽相及，一旦言興師。江干即塞上，明日爲行期。妻子跪涕泣，以爲死别離。征夫告父母，此别何足悲？將軍不好戰，見賊亦不追。拔刀便出門，我去無多時。

悉索詩〔二三〕

薄田數百畝，連年屬煙塵。家僮復乾没，九月不食新。匄貸謀稻粱，猶欲延嘉賓。鄉里故人至，一飯飲以醇。嗤我何鄙吝，憐我何苦辛。望君者甚多，不但君家親。自恨不巨富，又恨不赤貧。巨富可結客，赤貧可謝人。

置酒行爲永社廣集補作〔二四〕

此地好繁華，日日聞簫鼓。非爲宴公侯，即是聚歌舞。輕紈綺席前，有論不敢吐。退與二三子，放言及上古。一夜思得之，書生何太苦。明日盛衣服，賢豪迭賓主。遣使召紅粧，冰絃促玉柱。雖無絶世人，問年多十五。飲酒隨風俗，傍人乃不怒。四座請盈觴，聽我新樂府。

謁金天樞先生

全椒真御史，屹然周道砥。當日彈中涓，正攖逆鱗起。召對大震恐，公卿救不止。風雷下殿陛，乃感聖天子。巖廊爲吐舌，田間賁其趾。如此六七年，冷局留京邸。所憂南北部，與漢相終始。羃繫者炎炎，上容者纍纍。吾道真艱難，刊章未有已。封疆修報復，行間尤易毁。老父有生平，撫楚適遭此。議剿縠城賊，齟齬態總理。不幸其言中，密勿探頤指。督師霹歷火，布置鞭箠使。香油坪深入，兩將捐軀死。楚撫調守襄，相去八百里。川沅皆不救，三路何爲爾？一年中八捷，不洗一敗恥。氣結不能白，伏階叩牙齒。願告我正人，本末獻一紙。

得虚舟師書

前以漳浦公圖寄虚舟師，師答書曰：『漳浦公以曆象徵易，是一觔節。余謂律曆醫占皆差别中節之端幾。古人惟定其恆法，而盈虚損益在其中矣。子肯放息雜事，一心研極，自然神而明之。老昏不多及。』小子悚然！碌碌三十一歲，奈何？

前抄漳浦圖，寄我虚舟師。師云專則通，苦爲他事羈。一身不自識，考究多闕疑。天道本玄遠，碌碌何能知？惟信龍馬言，旦暮熏蓍龜。王師著有龍馬言。

曼寓 壬午春，授翰林院簡討。

我生三十年，但有讀書癖。仕宦非所營，州縣苦勞勩。父冤終當伸，姑且淹紫陌。執政或憐才，聖恩今破格。嘗笑董賈命，不若相如適。避世金馬門，曼倩止執戟。不敢比古人，聊且枕經籍。無奈性疏懶，使酒痛自責。朝罷即掩户，種竹庭檐隙。自題曰曼寓，寓此曼衍客。

哀吴江 吴昌時

主父偃盛時，公卿皆譽之。及其得罪後，人争言其非。太史公此語，吾爲吴江悲。輕俠巧鬬力，過甚不可爲。儀郎調選君，快意亦太奇。將隨建德去，乃以陽羡疵。

邅箴 荀子曰尾邅事已，是謂箴理。

統馭監臨多，親民者四顧。守令竟無權，計如客過路。中飽閭閻困，兵屯皆文具。肺石不得達，指臂成捍拒。吏胥爲奸叢，上進又窘步。虚養邑子弟，殊無明試處。九州憑書判，豈能責銓部？人才非素徵，急求何所據？高束胡世寧，條議亦明著。可惜王安石，負此魚水遇。學不達物情，空慕商鞅誤。

閣中公咨

秦賊圍太原，閣中集衆議。咸陽爲沃野，突出是何意？河南已凋殘，不足復展翅。請以往事鑑，知時早布置。黄巢要旌節，出粵遂横恣。高駢劉巨容，徘徊不可制。宣雲拊我背，飛狐從旁覬。金遼蒙古事，兩路所必備。赫濯固靈長，勿謂賊無智。是日庶常中，幾人大憂悸？竟欲上書論，豈可作館試？

德政殿召對臣名夏臣學濂臣以智翼日補本

賊勢既猖獗，藩鎮爲急策。軍容可撤回，直指亦無益。宣雲來居庸，薊州幷抵隙。紫荆飛狐道，急選勁旅扼。山東河北士，義俠多腕搤。淄青皆感泣，豪傑長羽翮。倡義赴都統，收攬破常迹。無終一泉塢，彼自能控格。李全與九公，舊事宜紬繹。不則爲賊招，腹心翻阻隔。若爲措餉憂，補苴誠脊脊。十庫且改折，東南易采獲。招商作張瑄，中京有陳籍。宫府上下通，何難一籌畫？募屯計並行，守兵作安宅。臣父舊議明，臣願裹馬革。三世受國恩，刳腸刻金石。何敢復忌諱？更有一言白。

朝廷重督撫，天下奔清華。帖括以進身，忠義輕泥沙。但望四衙門，安坐服青緺。身名欲俱泰，所恨在建牙。一有談兵者，頸上披鋸鍜。碩望若出撫，躑躅翻咨嗟。有司當寇衝，支骨如亂麻。冒死守城者，未聞殊恩加。福地輦金入，唾手乘仙槎。噲舌積資俸，台司足矜夸。疆吏反仰面，旋封聽攫拏。合須破此習，推輓豪傑車。高者學韓范，餘亦習韝鞁。洄水非好名，勿受籧屏遮。休休總其轡，羣力淬鏌鋣。守成若中興，各捐其身家。廟堂浮議少，戮力乃無譁。因南陔叔問，遂書此。

紀難四首

我生何不辰？天地遂崩裂。萬年明光宫，蛇豕作巢穴。蚩尤蔽皎日，若木枝已折。誰非朝廷恩？簪纓儼前列。憤哭東華門，髮上齒猶切。嗟哉亡國□（二五），鞭驅甘縲紲。桔桲桁楊下，叱咤魂已絶。九死得甦還，腸斷不能説。夜夢見上帝，逆賊定當滅。南北十三陵，鑑此微臣血。

前者先皇帝，召對德政殿。對曰倡義兵，憑几大稱善。乃爲丞相沮，坐視白羽箭。賊從上谷來，十日驟畿甸。京邊二十萬，未嘗交一戰。烈烈萬歲山，成此千古變。東宫與二王，行藏空繾綣。滅賊會有時，齧齒先涅面。即爲荷戈卒，不負裹尸願。忍死此須臾，區區白日見。

拘囚二十日，乘間得脱走。黧黑蒙土灰，藍縷出左肘。妻孥跪涕泣，斯須且相守。天地已顛覆，行路平安否？余命當萬死，雪恥在馬首。但得脱虎穴，暇計出門後？會面杳無期，黄昏日落西。痛哭與我訣，持刀向心剖。汝死復何益？汝善視黄口。大海生桑田，或得見老叟。心知死别離，結髮斷箕帚。但道長相思，吞聲一揮手。

日暮風揚沙，城門闔未遂。弓刀雖林立，覿面難直視。充作賣菜傭，幸有鬼神庇。出城榛莽中，即是緑林地。何況數千里，豺虎雜魑魅？黑夜徒步行，汲水下乾糒。逢人類喑啞，望塵先引避。問道多不通，荒廟祈神示。衣敝履穿空，遇賊多棄置。乞食免饑餓，假寐猶驚悸。幸無紈袴習，能堪此勞瘁。

變擬古詩四首

屋角多啼烏，烏飛尾畢逋。啞啞八九子，廣州城上居。城中似江南，紈綺紛氍毹。交疏飄霧縠，土曲陳笙竽。調笑入酒家，青絲提一壺。主人酌我盡，擊案聲嗚嗚。東海出寶劍，南海出明珠。聽我歌此聲，此聲世所無。

嶺外稀繁霜，草木不黄落。窮巷生陰風，客心乃蕭索。斗杓指實沈，勾陳半隱爚。蟋蟀滿牀下，篝燈夜矆矆。此地羅浮山，古人嘗采藥。何不披短衣，入山飽藜藿？曉從外來者，皆言道路惡。我欲依神仙，神仙不可託。

東北覆陰雲，其下吾故都。中路一奔走，限隔天一隅。虹蜺下平地，曠野秋荒蕪。翼日大風雨，慎勿臨長途。人傳使者來，旌旗蔽通衢。嗟我遠遊子，不敢同馳驅。京華日益近，冠蓋日喧呼。道左發長嘆，嘆者一何愚。

海渚無橋梁，日暮波浩浩。車馬不能通，遠望惄如擣。浮雲日以變，我親日以老。萬里飛煙塵，天末傷草草。夢見故鄉客，言歸苦不早。舊宅屬他人，斗大梧桐稿。親戚有書來，書中何所道？上言故人少，下言誰家好。

妻孥至

九日悲遠望，妻孥忽然至。萬里風波中，刀鏃蔽天地。牽衽如再生，驚定坐垂淚。稚子前稽首，口敘台州事。何用別高堂？南都知亂避。龍山藏深壑，林藪早安置。兩兄各有託，屢寄思親字。疾風蕩飄蓬，天末浮雲墜。霜雪重松柏，嵓石依薜荔。感汝烈丈夫，成我封刀志。重念生別離，沈痛鬣兩臂。間關抱手筆，恨走娥江棄。著簪日以短，縞衣日以悴。努力推鹿車，幸慰平陵意。

渴筆歌〔二六〕

少小嗜學二王字〔二七〕，妄取張顛懷素意〔二八〕。每當興來喜揮灑〔二九〕，散髮不知天下事。連霞斷雲絡繹飛，飈風怪雨颯沓至。臨池低昂渴無墨，忽然一字如石墜。寫破芭蕉萬餘株，成堆筆甕山頭棄。嘗取從來名士帖，前後縱橫鋪滿地。半夜燒燈照草堂，脱袍磐礴獨睨視。百狀迴翔莫可測，中間數公自然異。乃呼清酒手提壺，一飲十升便已醉。醉後高歌動鬼神，狂走大叫揚灰塵。固知當日不可及，趺坐蒲團思古人。古人作書無法度，以頭濡墨生煙雨。老幹槎櫱不屈伸，隆冬霜雪降枯樹。曠若羣鴻翔晚天，矯若驚龍騰曉霧。孤蓬自振奔沙亂，每謂平生不再遇。嘔血盜冢良獨難，秘傳天與服靈丹。園中幾書六角扇，壁後還穿一漆盤。觀倡公孫聞鼓吹，歸來展轉出毫端。只今流落近千載，殘文真迹今已改。瞪目原非紙上觀，庭前但有神光在。醒時一匣置牀頭，猶覺豪氣陵滄瀣〔三〇〕。

題劉薦叔洞山九潭圖 有序

玄月，長溪薦叔至〔三一〕，以洞山九潭圖爲貽。鄭大司農爲之詩，過詫盛甚，言肇自唐乾符六年，莫稽所廢，迄於今始得名之。余不勝慕，醉後詼調，率書此歌。

君居洞山九潭中，自作洞山九潭圖。山有五峯望穆洋，潭水下濬東海隅。石門壁立啓仙屋，陰蔭尋竹交古木。巉嵒絶磴何嵾嵳，青霄萬仞懸飛瀑〔三二〕。此山荆棘千餘年，今日惟逢我薦叔。薦叔生平好山水，閉關長詠采蘭芷。作客燕齊吳楚間，嘗持此圖對知己。憶昔髫年下長溪〔三三〕，揚鈴直渡飛鸞西〔三四〕。曾過武夷及烏石，復聞太姥與支提。自兹圖出九潭色，七閩諸山難與齊。君來吾桐秋九月，河流活活風發發。高天白露成繁霜，歲暮空悲在倏忽。願言置酒爲狂歌，深林落葉滿山阿。我欲從君披褐遊江湖，何爲鄉里徒蹉跎？

扁舟江月行

作客終年吳與越，扁舟曉夜江頭發。浮雲何處故鄉山？獨倚帆檣看明月。月明但照三江水〔三五〕，海門渺莽波濤起〔三六〕。村犬不鳴夜五更，古廟殘鐘夢千里〔三七〕。可憐遊子秋夜長，霜降不暇縫袷裳〔三八〕。蘆荻洲前愁斷鴈，楓香葉裏問枯桑。男兒安居不足數，道路饑寒何自苦？他鄉城頭霜如雪，故園樓下風吹雨。徬徨一曲爲清歌，村酒不醉牢愁多〔三九〕。仰視月明月欲落，江聲不息君如何〔四〇〕？不若世俗人碌碌，鮮衣美食居華屋。何爲多才好作江湖遊，月落孤舟荒岸宿？

横橋曲

謝公墩後誰家女？登樓竊對紗窗語。單衫金脱忽開窗，柳絲羅帶一何長。手持紈扇羞掩面，紅塵路落桃花香。桃花流水春相送，橋頭酒薄西風痛。金谷還添碧玉愁，東山太傅難逃夢。

從治父道中還家

作客寒冬冬至節，日夕北風何凜冽。同雲布地捲茅村，悲號中夜枯桑折。五更風止天未明，半空淅瀝雨爲雪。長途一望高下平，鷄鳴門外無車轍。披裘騎馬行雪中，兩手執鞭冷如鐵。男兒他鄉自苦辛〔四一〕，安居那得成豪傑？荒田不種少人煙，野河冰合橋梁絶。馳驅百里始還家，入門夜暗燈將滅。道路風塵阻且長，相逢氣結不能説。親戚家人皆笑余，年年歲歲常離别。

讀十九首

僦居陋巷希朋友，叢薄荒塵入甕牖。韋帶無用黃金裝〔四二〕，蓬室瓦爐熏敝帚〔四三〕。昔愛老子言五千，今誦河梁十九首〔四四〕。古人比興多支離〔四五〕，兒女語吐英雄悲。不惜歌者苦，但傷知音稀，高樓一聲落葉飛。

將進酒〔四六〕

君不見，東溪兩岸桃花紅，今日飄摇風雨中。君不見，鏡裏青絲照明月，倏忽一年成白髮。人生少壯不多時，胡爲結束懷傷悲？連袂開襟慰疇昔，相逢不樂當何須？手一卷書一瓨酒〔四七〕，每讀一篇下三斗。古人白眼爲青雲，我歌一曲生楊柳。楊柳橋下水潺湲，落葉東流去不還。燕語鶯啼入春夢，嚴霜白露被秋山。彈琴仰據梧桐樹，願棄人間覓仙路。熊經鴟顧學長年，服食終爲藥所誤。羨門子，安期生，將進酒，杯當傾。古今吞盡浮雲輕〔四八〕，天地已醉不復醒，雙眼交付窮書生。

滅賊行

年來内地如邊疆，日言勦賊賊日强。蹂躪中州横秦楚，大江以北爲戰場。朝廷下詔非一日，刻期廟算分兵出。督撫畫地催臨境，境中賊去事已畢。列營置帥更議兵，邊兵可調張先聲。羽書期會輒旬月，尚且待命繇都城。乃發兵符予大將，各開召募練丁壯。鄉井椎埋皆荷戈，無賴市兒親虎帳。猛士入山寧老死，智士垂簾空骯髒。纔得象人近數千，束手嗷嗷又無餉。更遣大臣督餉來江干，徵收十路催未完。縣吏科斂復數倍，小民遑恤無朝餐？古者興師甚糜費，深馳絶域千里饋。一出輒云億萬金，賞賜封侯尚不計。方今帶甲誰紫騮？步行欲飯指咽喉。賓客間諜之用且勿論，難言五日椎肥牛。執堅披鋭無所勸，人食雙糧亦嗟怨。將帥行伍有舊規，雖號健兒難得健。忽報賊來皆茫然，中軍股慄弓斷弦。青龍白虎習未熟，搴旗易幟迷烽煙。用奇致勝求死士，前途設伏依山川。中原大纛不滿萬，江城羸卒纔三千。分爲伏兵前後隊，大勢散矣安能全？唯有赤心冒白刃，生死不顧身當先。先鋒一身臨四野，賊皆突騎我無馬。脱險長呼下接戰，馬步不敵况衆寡？夜來爇火炬，三頭毒弩暗中黄鬚者。終疑官兵皆在前，自保貲重不東下。繇來當賊亦常事，且戰且守非一次。總之旦夕不得成勁兵，誰能四面禦賊分守地？斥堠偵探既不寔，重賞勇夫非小費。賞既不重徒斬人，變生倉卒亦甚易。況爲賊樂爲兵苦，玉帛子女唯所取。流民四望將揭竿，莫謂賊去兵來之地爲安土。竊見山中小民能殺賊，往往守險合衆力。賊來上寨操矢石，賊去下田種黍稷。乃知客兵終不如主兵，安用統兵尾賊如送迎？郡邑民丁弓箭社，何以談之難寔行？農家清野驅童叟，諸生掾吏城可守。土著之人習地利，教以邊士防隘口。于是各率大軍當要衝，潛以輕師夜襲施火攻。用兵如神自有法，七省會勦空傳烽。言勦不成更言撫，反手掉臂已逆覩。業驚陵寢殘州縣，寧使作官統部伍？已矣乎！依南都，動言滅賊何其迂。隔江望之徒疾呼，天下男兒今有無？男兒但得黄金萬斤綰金印，便可滅賊人不信。夜飲孫武公，堂前養馬嘶悲風。牀上利刀明月弓，齧指自言斬賊不出三年中。又見周農父，卜數當起舞，言賊當滅，可作開府。是時太白纏在午，但恐白衣行軍非其時。宮中左右先罪之，上書言兵已成弊。左右方將出奇計，又恐有腹心之憂比賊更難制。賊不平，亂且成。上有憂亂之天子，下有憂亂之書生。書生憂亂亂將及，誰待汝滅賊封侯獨長揖？

行路難二首〔四九〕

欲好武，誰斬□〔五〇〕？欲好文，文已焚。弱不勝衣能起舞，何必力舉三千斤？即有張華博物之鐵硯，李廣射石之利箭，司馬長卿之筆札，諸葛武侯之羽扇。好文可以勒史册，好武可以事征戰。下之公侯不賓禮，上之天子不召見。行路難，行路難，棄書莫讀劍莫彈。旁人聽此語自誇，有才如此誰憐汝？

行路難，行路竟不難。上有倉浪天，請君日夜平心看。人心不肯平，天意常多端。我但聽天天亦許，仰天欲語不敢語。自愁賤性疏且狂，狂歌忘在他人傍。他人促坐我散步，我不知其故。綺席陳華堂，何苦歌行路？行路難，可下酒，短歌漸長歌何久？東海參軍誠不朽，隴西太白驚搔首。持此行入諸侯門，並可游戲見至尊。有時痛哭反云樂，有時大笑聲亦吞。一哭一笑在何處？行路拂衣去，去挾瓦缶行康衢，旅市獻藝争懽呼。聽我歌，歌嗚嗚，三歎百變兼笙竽。非齊謳，非巴歈。非越豔，非吴趨。其中音義大半不可解，餘聲詰屈收中吾。此一曲，世所無，或云作此歌者大丈夫。

釣臺作

釣臺何嶙峋，當時必有百尺釣竿千丈綸，乃可垂釣桐江濱。祠堂草木歲時新，子孫上食皆不貧。先生無行事，先生不著書，但能不肯爲人臣。今人不能棄富貴，乃以藏拙譏古人。

我亦停舟蹔釣桐江水，桐江千年清如此。嗟乎！不得故人爲天子，至今没没無聞矣。

監軍苦

賊今年盤踞于皖凡兩月，獨史監軍提兵不滿千人，與之抵敵。身衷戎服，不避風雨，自軍士與小民，聞之無不願爲之死。故能以步兵近千，抗數萬衝突之騎焉。然其如衆寡步騎之勢何哉？

賊在皖中六十日，監軍日日提兵出。可憐提兵不滿千，死守死戰驅向前。軍中將士皆感泣，重圍出入斬首級。大兵且至賊且歸，監軍未嘗除鐵衣。鐵衣中夜當風雨，傍人誰念監軍苦？苦哉行，歌一聲。赤心在，白日明。予之金印十萬兵，君王何愁賊不平？

估客苦樂府有估客樂，變爲估客苦，述所見也。

昔言估客樂，今言估客苦。昨夜泊舟楓林下，左右舳艫盡商賈。見彼哽咽當風餐，爲言作客江湖難。江湖近年多盜賊，布衣夜脱安可得？徵賤鬻貴雖不貧，風波萬里真苦辛。更逢當關多暴吏，欲浚錙銖加重罪。可憐嚑黑不開關，苦人巨浪危磯間。恨不載金長安買都尉，等閒見汝一官何足貴！

書姜如須紙

去年爛醉秦淮酒，今年同握春明手。正好海淀高梁橋，聽撥鵾絃折楊柳。誰知命在磨蝎宮，爲人臣子胸如舂。路見不平空蔚氣，黄埃晝晦呼天地。以此登高作賦皆不成，市上筑聲皆楚聲。我纔引喉聽不得，對君淚落一池墨。

答陳卧子

五年譏我歌太哀，纔脱褐衣當此災。空磨兜鞬悔不來，父冤撫牀徒徘徊。議郎耿育今嚜嚜，飢不及餐謝君力。公卿門前貴顔色，泥滑滑兮行不得。

八月四日廷杖黄石齋詹事解石帆中丞下獄

鉤黨立碑禁講學，只爲鳳閣鷄壇争口角。寧負朝廷不負友，巧布簧言久咀嚼。紅牌面諍貶江門，年終例薦何足論？誰挑聖怒發緹騎，羽林哮虎待其至。不及下獄先予杖，血肉濺蹋丹墀上。布裲載畚向西曹〔五二〕，通城童叟嗟嗷嗷。會有神醫合靈藥，氣海微温尚可活。棟梁倒地股肱折，聖主後日思之何可得？

石鼓歌

宣和辟雍置講堂，虞伯生記遷徙詳。馬子卿云宇文造，蘇綽傳中倣大誥。潘迪東坡本盛行，前此疑義姑勿争。方取偃師黄田榻岣嶁，商彝周鼎摹蝌斗。天留國學守門户，虬龍盤踞槐陰路。昌黎歌此懷李杜，勿怪蜉蝣撼大樹。冠蓋視之如隕星，考究之士休太驚。我今卓筆雷一聲，願好古者不如敲金戛玉繙遺經。

狂　歌

出門嘗攜一卷書，豈可五侯七貴同馳驅？作詩不入時人眼，且與燕市丁東按檀板。三斗酒後燈放花，渾脱舞作漁陽撾。細入琴筝大雷電，滿堂烈烈崩風沙。忽然住，得一句。手揮四座騎馬去，枕書假寐東窗曙。

與姜如須論詩

宋元以來學老杜，小則鄙薄大窘步。犂眉浦江開國工，崆峒信陽是雙杜。宏音亮節繼王李，優孟琅當後比比。徐袁换爪搔痾癢，竟陵寒瘦驕糠粃。自此旁開杜撰門，枵腹湊泊翻自尊。剽賊竄竊固鼠璞，冥趨倒行真覆盆。杜陵别裁有六絶，嗤點多師曾論列。翡翠蘭苕上可看，鯨魚碧海中未掣。龍文虎脊誰能馭？歷塊過都經九折。此謂大家收衆長，風雅正變求真訣。壬申即遇雲間龍，己卯又與篔簹逢。騷雅漢魏合陶鑄，協律唐宋窮乃工。逐年蒿目多扼塞，臥子謂我太切直。始信昌黎横空盤，崩豁雷硠顧不得。年少饒顔色，年長煉筋力。疏懶閲世空逼側，終是耒陽一段墨。羨君來去乘仙槎，憐我陸沈偏嗜痂。且讀書，休自誇。他年騎鶴吞雲霞，安知不笑此時猶眼花？

送杜于皇

男兒自有安身處，下第便逐蹇驢去。朝市山林隨所寓，一杯澆盡秋風路。我歌九辯君請吞，君先淚流君楚人。

賜帛謡 爲周陽羨

江北腐，江南舞。素帛一端，前門五鼓。出征遲遲，尚可解疑。横帶黄金，賜坐何心？鼎覆餗，草野卜。三月歌，一年哭。請觀敧器，滿則翻，以爲放□出口真乃冤〔五二〕。

哀哉行 甲申四月二十三日濟下作

奔城南，走城北，炮聲轟轟天地黑。女牆擐甲皆中官，司馬上城上不得。亂傳敵樓鐵騎從至尊，宮人夜出華林園。須臾中官大開東直門，賊營四市如雲屯。比時張牙禁出入，蓬首陋巷陰風泣。居民畏死争焚香，父老衣衫暗沾濕。吁嗟乎！先皇帝，烈丈夫。萬歲山前從者無，神靈九廟長悲呼。卻憶去年雷震奉先破寢室，寶座赤蠓飛三日。享廟衛士夜驚鬼，黑牛十丈端門出。九卿大老無愁容，金紫得意長安中。談兵獻策者仇寇，只引舊例相朦朧。日夕甘泉烽火至，沙河土關紛賊騎。猶然閣試新門生，品第人情出名次。傷心此輩送國家，師生衣鉢求清華。一旦薰蕕盡膏火，崑岡玉石誰争差？可憐忼慷忠義士，前後只合横尸死。難如馮信藏青盲，空羡子真在吳市。已焉哉！哀勿哀，仰天氣絶魂歸來。十年誤國登鼎台，子孫累轂高門開。小臣拜禄十七石，卻生此日當其災。

示同行二客 四月二十九日王家營作

出門幾日腰無錢，自然僵死大道邊。幸有櫟山隺市客，顧我慰我如平昔。行路遠，視蚤晚。脱衣加我寒，擣韭與我飯。三人合上薄畚車，滄州得策南皮蹇。鬲津陽信無人煙，安陵改道之吳川。賊方下東昌，莫上臨清船。東阿陽穀盡枯骨，五年此路行人没。頹垣夜絶鷄犬聲，村夫驚訝三更發。濟寧殺氣如覆舟，西門高挂義兵頭。黎明速趨邵村下，下坡問渡逢賊馬。拔刀停刃腰背間，厲聲南走無活者。苦言客商貧，束擔從天津。下鎮南陽合騆會，未曾夾帶長安人。棄置布囊如敗絮，破帽單衫走前路。馬上虎長饒汝去，此事嘗經不須懼。即夜乘舟投魯橋，丁家下閘人咆號。重跰便舉足，不用煩叨叨。五日奔波馬陵郭，井水十瓢咽藜藿。烹魚祇博野夫飡，兩槳動被樓船奪。嗟乎！南望黄河，北望舊京，宿遷以北無一城。僞官發牌揚干旌，十城九城開城迎。祖宗恩澤二百七十載，只有寧遠將軍在。傳道平原梟騎歸房山，青州義士棲東海。歸德汝寧都未降，太行商雒皆有待。若使諸將齊用兵，何難指顧山東平？卻擁高牙大纛淮陽行。淮陽能守河南岸，建武建炎天下半。徐泗掠行無孑遺，白楊人哭官兵亂。燒桃源，燒清河。禁舟楫，無人過。避難來，難未已。行人愁，愁還喜，荒村一葉藏蒲葦。即使官兵劫殺人，歸魂猶作朝廷鬼。

寶刀行

寶刀贈人許生死，不肯報恩報知己。此是荆卿比干血，千年洗用西江水。江水照見磨刀心，起舞一回天地陰。天地陰，風雨作，裂眥四顧煙塵惡，少年場中敢輕薄。行當北定燕，西定秦。中梁著柱辭麒麟，請問今年致亂者何人？人人走，京不守，孝陵松柏平安否？仰看日月當重輪，滄海愁人夜稽首。此刀日望勤王兵，此心告天非求名。名書刀口煉神火，雌雄許國埋豐城。破山膏野舍妻子，牽牛南斗搖長庚。請言上自公卿，下至諸生，拱手千萬彯冠纓，何人讀得寶刀行？

贈黎美周

麒麟五父逢鉏商，麇身牛尾空嗟傷。陰雲霎䨴罔兩出，磨牙礪爪號豺狼。曲江歎殺杜陵老，行吟漁父怪枯槁。驚弦拉雜飄蓬飛，長爲東海西山鳥。蒼天蒼天視驕人，白虹貫日憐孤臣。痛哭甘泉舊宫闕，疾風墮瓦揚沙塵。安丘市中得死友，上堂拜母酌大斗。翻身捉刀出門去，與君誓飲□□首〔五三〕。吁嗟乎！男兒薄命生此時，讀書萬卷安所之？天下有數文章人，漂流白刃中追隨。奔星墜地變成石，兩眼視天滿天赤。再生落魄無所遺，贈君入土千年碧。

贈吴麟長

遐荒落葉西風雨，孤影三更閉蓬户。山鬼夢中來告人，讀書充棟誰憐汝？幸有湘陰避兵客，見我憐我心莫逆。各披荆棘剪茅居，望衡對宇相朝夕。朝夕渡溪溪水寒，隔溪幾步行路難。履我屩一雙，衣我布一端。龍門數百卷，借我繩牀看。握我手，飲我酒。酒傾十壺飯一斗，醉飽欲歌羞出口。憶昔少年秦淮遊，千謳萬舞芙蓉樓。彈琴擊劍擂大鼓，揮毫刻燭凌公侯。可憐世亂人憔悴，心枯血槁無一字。引喉拍掌不成聲，飲纔盡巵頹然行。感君贈君同君住，五夜沈吟兩三句。曉起伸紙何所書？畫作歲寒松柏樹。

勸隱

君不見，司空早遁王官谷，清流白馬從旁哭。又不聞，繡衣縱車藏閭中，侍御避命如傭工。近見平溪人買沅州道，全家赴官幾日笑。又見諸生幹入將軍營，竊恐親戚誅逃兵。彼一丘，此一壑。可荷鋤，可采藥。植杖何煩老父愁？灌園自有三公樂。殺君馬，壞君車，焚君錦繡來釣魚。山中十錢一壺酒，天地尚在我輩手。

牛角飲

一牛角，兩牛角。滿斟四五壺，雙手不能握。挂柱鳴金催盡觴，左右蘆笙當音樂。流水清，出山濁。芒鞋不畏雪霜天，醉後臨流足可濯。苗兒各唱四聲歌，笑我江南不能學。

何不可行

君不聞，魯仲連，千古稱其名。既輕富貴甘貧賤，何爲出入邯鄲城？珠履錦繡日滿坐，華筵斗酒當虚左。先生玉貌不求人，飄然來往何不可？

鹿門歌

鹿門去襄陽，不過數十里。何以免兵馬，能不入城市？白沙隴上無灰塵，難言隱者不依人。只恨少朋友，何憂妻子貧？當時若無司馬徽，可憐德公把酒呼山民。山民，德公子也。

劉生

寶劍夜光流，平生喜報仇。殺人西闕下，走馬北城頭。談笑連三輔，交驩盡五侯。布衣薄富貴，歸去駕軥牛。

春酌

四望野青葱，長堤兩袖風。春留三月住，人醉百花中。白鷺行間緑，黄鶯啼處紅。不須簫管伴，獨詠板橋東。

贈陳臥子李爲章 爲章後改舒章

天生才不易，士好古尤難。偶作橫塘曲，先登大將壇。讀書非世眼，刺血與君看。擊鼓張燈夕，高冠竦劍寒。

雨後閒題

飄風吹急雨，沙路不成泥。白石洗松徑，青雲挂柳堤。鹿湖秋後雁，牛屋午時鷄。飯罷隨笻杖，招人握手題。

漁灣作二首〔五四〕

半日掩柴關，開時獨往還。櫂聲呼我出，潭影對人閒。黑是江南雨，青歸屋後山。前村新釀熟，一醉老漁灣。間關鳥啼青翠裏，乍雨乍晴天。湖水平浮檻，人家各繫舩。柳陰穿日碎，荷葉積珠圓。洗濯滄洲島，攜琴作枕眠。

子建寫故園荒草見寄爲此答之

故園多白骨，飛作戰場沙。戍卒燒秋草，兒童學暮笳。荒臺堪牧馬，枯木尚棲鴉。空有池塘夢，今年敢到家。

何次德新成書舍以大幅索詩書此

築室新開徑，從來未許過。玉堂嘗膳近，金殿賜書多。壁上繚蘅杜，牆間種薜蘿。君應穿木榻，高臥看余歌。

寄弟武昌署中〔五五〕

病裏相看泣，歸來欲斷腸。誰憐余骨月，言切汝膏肓。雲接烽煙急，魂悲墓道荒。時承德有賊信，浮山墓事未竣，故云〔五六〕。學書兼學射，應足慰高堂。

章侯爲元亮畫淵明圖

藍輿容不下，面目太龍鍾。漫采穿籬菊，先添拂地松。詩藏琴腹裏，天落酒杯中。特與安名字，流傳太古風。

御賜宮扇五柄

錦江金折扇，雲片九螭盤。日下熏風起，恩藏懷袖寬。塵休來便面，秋不嘆齊紈。詩就無題處，輕搊拜手看。古皆團扇。或曰折扇出于高麗，智按：唐韻有搊扇矣。

看月

一片鍾山月，那從嶺外看？昔嘗臨北闕，今獨照南冠。萬里天難指，三更影易寒。夢中兒女路，莫憶舊長安。

聞鴈

衡陽無鴈到，今過嶺南飛。世亂成行少，家亡寄信稀。鷓鴣聲共苦，鸚鵡語全非。鄉國爲關塞，明春帶我歸。

和巢友星嵩見懷之韻

留得天南在，逢君結伴行。海風多殺氣，野吹作邊聲。石室原無字，名山可畏兵。酒酣悲痛後，翻話少年情。

人日劉吳賦椒花字

冒雨牽舟上，灘聲走亂沙。拊心留我輩，披髮到天涯。衣信蠻鄉瘴，春傷故國花。驚魂燈下語，逃竄可知家？

陽朔見畫山作

陽朔山名畫，扁舟筆欲傳。千峯皆拔地，萬笏各朝天。翡翠臨江豔，芙蓉得雨鮮。倘能長對此，烽火亦神仙。

逍遥洞 在武岡之洞口

天地一時小，惟餘谷口寬。名山藏日月，野老想衣冠。石向何人語？春知此歲寒。幾家煙火在，題作鹿門看。

作畫上瞿年伯

結屋依松柏，蒼然枯樹林。春來天末地，筆寫歲寒心。飛瀑牀頭響，名山夢裏深。丹青須後日，壁上記如今。

又和朱子暇韻

能解南華夢，刀頭生死間。酒澆殘筆墨，詩寫舊江山。飄瓦長途裏，桑田落照間。去年棄舟處，可是此沙灣？丁亥棄舟于此。

茅居

僅留皮骨在，生死戀殘書。酒且陳牛屋，炊原傍鹿車。入山音信斷，避世友朋疏。翻怪隆中淺，誰容抱膝居？

湖上老人語

卜宅雙山學種田，扶筇長揖向余前。雪中敝履上無下，竈裏晨炊滅更然。羊褐朝行龍嶺樹，漁舟夕盪鹿湖煙。平生少小辭城市，不入東門四十年。

寄梅朗三

古渡無梁水亂流，思歸空買木蘭舟。風吹客舍江邊雨，月落秋山城上樓。滿目塵埃藏霹靂，有懷蕭瑟入箜篌。衣裳懰慄何曾授，可惜霜凋換酒裘。

六叔舊聘長干女子期而不至爲此招之

天末相思明月流，胭脂井上草三秋。將爲金屋求如願，空使銀河怨莫愁。五馬踟躕勞廣陌，雙魚迢遞斷高樓。君非輕薄邯鄲子，多爲臨邛賦白頭。

柬陸夢鶴崔五竺諸子〔五七〕

寒入空山古樹林，層樓風雨氣蕭森。千聲驚送他鄉夢，一夜吹殘遊子心。寶劍牀頭嗟病久，玉簫窗裏怨秋深。故人盡道蘭橈發，湖畔依然梁甫吟。

雲間同夏彝仲朱宗遠徐闇公陳臥子醉後狂歌分賦

微霜昨夜被高林，湖海秋同知已深。壁上劍悲天下事〔五八〕，池中月照故人心。倚樓石動凌雲氣〔五九〕，擊鼓風吹變徵音。遊俠青冥雖在掌，結交何處散黄金？

閶門憶吳湯日舅氏在閩〔六〇〕

曉鐘初發闔閭城，爲客朝朝怨五更。閩海悲風吹夢到，吳宫殘月照人行。市中空重胡琴價，石上今聞鐵笛聲。莫道長通能學賦，虬之終托上林名。

宫　詞

春歸花片破苔痕，車讓階前草謝恩。深院仰看天碧落，珠簾半捲月黄昏。手知簫譜還催拍，袖拂爐煙不出門。坐到景陽鐘起後，一聲銷卻杜鵑魂。

待月

門對藤蘿古壁陰，羣巒蒼黑影蕭森。冷風谷口秋先到，明月池中夜易深。引我登樓收廓落，留人滅燭與沈吟。當空白露沾茶碗，照見山家太古心。

謁阮堅之先生聞講離騷

楚國宗臣世感恩，首呼皇考一聲吞。椒糈正好殷勤獻，芳草何緣反復論？入廟問天誰答語？遠遊未死自招魂。空疑漁父同詹尹，消得千年老瓦盆。

與農父有感作〔六二〕

一曲西風流水寒，移宮促柱欲重彈。劍知鷄血書無信，車過羊腸路不難。白髮未生行客老，黄金已散故人殘。銜冠拂袖誰憐我？泣下褰衣汝莫看。

渡江作

孟浪羞言湖海舟，仰天長笑過滄洲。大兒下筆期文舉，小弟驅車薄少游。自有八書成太史，豈爲千鎰見諸侯？拔刀嫚駡終何用，斫斷江流不許流。

臥病初起有以范蠡攜西施歸湖圖索余詩者爲此書之

扁舟還顧闔閭城，夢裏招魂病後驚。莫笑東方飢欲死，且憐西子面如生。有官到處皆能富，破國隨人亦薄情。今日若從貧賤老，五湖遊遍不成名。

從江上歸里作

新壘依田田半荒，懷歸正月履繁霜。暮行有虎村煙少，野宿無鷄寒夜長。但有蓬蒿如昔日，卻將桑梓作他鄉。城南敗榭多枯骨，愁對悲風説戰場。

聞劉伯宗沈眉生薦舉時眉生有書至

江上嚴城初解圍，傳聞新詔下丹扉。書生但願爲邊卒，天子如今重布衣。作策悲歌空自苦，封侯長揖欲安歸？報君莫漫傷時事，太傅從前痛哭非。

感時寄陳百史

莫事譚經學仲淹，揮毫騎馬爾能兼。詩書未讀陳災異，刀筆成家舉孝廉。將射大黄朝命中，仰看太白夜愁占。髫時傳得東方數，糊口他年欲下簾。

同農父碩人湯日舅氏子明又漢飲奕于舍中感而有作

瓦礫當門石路殘，開窗戍火徹城端。良弓一石强誰挽？ 麤飯三升病亦餐。辛苦自憐游子熟，流離欲飲故人難。家僮禦寇傷身手，環立燈前説箭瘢。

木末亭拜正學先生

松陰遺像淚縱横，日對鍾山晚霧平。九族可憐亡姓字，三楊終不是功名。遥看江畔烽煙色，應厭亭傍歌舞聲。此地竟無能拜者，六朝風俗壞書生。

聽陳旻昭談禪賦贈

塵沙勿向市中行，薄暮匆匆早閉城。劍欲報讎惟有死，夢能從汝説無生。鶏棲牆下烏争宿，牛飯車前馬夜鳴。莫道講經人不信，西來今日亦談兵。

寄陸夢鶴

臺上神仙不下堂，鑑湖春水照圭璋。久聞才子爲循吏，畏説書生棄故鄉。尺素製成千里錦，敝裘空染六年霜。行車醉作無絃曲，猶憶西泠花酒香。

陳臥子成進士〔六二〕

看花馬上錦連錢，得意珊瑚再著鞭。早著山中金匱史，傳聞闕下玉杯篇。故人望汝非今日，天子知君定少年。久矣棄書都不讀，赧顔近欲擬甘泉。

寄夏彝仲〔六三〕

寄書嘗恐入京師，告密門開輦下疑。市井得官争伏闕，公卿持論亦從時。貴來蒿目隨人苦，枕上葵心向主悲。好問吏胥文法計，不勞君和四愁詩。

鐘山偶集得元字〔六四〕

千里乘風集白門，張燈今夕作平原。擊牛享客歌招隱，牧豕封侯慕建元。六代月明人不見，十年衣敝字猶存。座中奏鼓吹笙歇，好聽狂生醉後論。

答湘潭謝孺玉劉杜三

纓濯湘沅欲繫誰？敝繻已棄采江蘺。自從一日當青眼，忘卻連年苦赤眉。病酒何勞吳客問，讀騷還藉楚人知。長沙卑濕生君後，不似憂愁太傅時。

贈承天劉阮仙且爲轉有所憶云

勿言鼓枻返三湘，安得秋風夜莫長？羌笛已催楊柳曲，江蘺堪補芰荷裳。我能楚語還吳語，人憶劉郎即阮郎。兩岸家家門照水，不知何處問横塘？

得臥子書讀其白雲草感而答之

長書讀罷短歌成，自倚東風變羽聲。青簡數行知我苦，白雲一卷以官名。顧瞻宫闕傷時事，交接公侯説世情。好學貴人誇得意，牢騷何故不能平？

寄侯雍瞻

別君寒暑少良辰，身著羊裘復葛巾。駑鈍亦懷千里駕，裸裎羞學六朝人。愁來嗜酒難醫病，隱去無田不説貧。且賣秘書買茅屋，自將壁上畫麒麟。

呈金天樞先生

日落通衢起暮塵，門前側笠望車茵。既能束髮譚時事，敢説逃名避黨人？入穴彼方張虎翼，擬書惟恐逆龍鱗。爲余塗卻甘泉稿，請作詼諧諷諫臣。

聞警 戊寅冬

都門閉後晚煙低，白羽黄沙夜刺閨。侍輦諸公能獻馬，隔江千里畏聞鷄。人傳濟北城將破，客夢漳南鬼正啼。道路不通音信變，勤王勞憶皖峯西。

控疏請代父罪

致身三世奉淵源，總是君恩敢道冤？年倍吉翂徒控疏，悲同虞顗獨揚幡。冀開羅網憐窮鳥，忍聽鋃鐺泣夜猿？功罪不明疆事僨，勞臣萬死又何言？

廋夢詞次芴生韻二首

斗柄招摇四吐芒，禁城省樹自深藏。掃門羣坐平津廡，向火難窺偃月堂。千里牛知奔輦轂，一鳴馬即送沙場。浮雲此際尤昏黑，獵獵陰風繞御牆。

奈此蒼蠅來往何？鼻間栩栩恨經過。西行誰解青蛇禍？東走空傷白兔歌。酒倚金吾嘗作使，夜逢亭尉定相呵。錢刀意氣嗟魚尾，蹀躞驚看溝水波。

同魏高姚葛諸年兄飲後湖作

御溝來處有沈潭，金碧臨湖蕩蔚藍。衰柳知風從塞北，殘荷催客夢江南。酒澆北苑揮餘墨，筆指西山墮晚嵐。且喜紅塵飛不到，容吾據地作奇談。

同姜如須早朝看月分作

生花夢醒向朝端，親見銀河接露盤。金闕鐘聲天上近，玉橋人影水中寒。詩先鷄唱臨風曉，坐笑鸞坡席地寬。猶是未央前殿月，千年留得與君看。

回春頌 爲黄漳浦學士作

瘴起衡陽雁不飛，忽聞詔令逐臣歸。遥傳此日回天易，翻恨當年折檻非。骨立自書新謝表，血流難簡舊朝衣。君恩深問沅湘水，空使三閭引領晞。

告哀詩七首〔六五〕

守陴神策亂紛營，時盡用内官守城。樞密雍容禁請纓。大司馬疏請禁諸言兵事者。東觀士猶朝試閣，三月十五輪次，穀城欲罷之，而綸扉中自謙，故仍舉故事，庶常有痛罵不入試者。北衙軍已夜開城。十九早，紛傳内丁開門。攀髯竟抱龍湖痛，嚙臂虚傳駱谷行。先傳聖駕以犒師出城，後二日，梓宫乃在東華門。金紫貂蟬何處哭？小臣血伴闕烏聲。

宫中切齒恨朝班，納陛簪纓總厚顔。先帝決遷守及出東宫監南都計，而宰相無一言應者，故退宫痛恨。誰任虎闈當國事？幸留龍種在民間。十七日，召新樂侯劉文炳、駙馬鞏永固入，托以東宫二王事，國母獨付與嘉定、太康云。陽瘖尚恐搜窮巷，潛竄何因出武關？可嘆戚臣倡議者，闔門一炬自投環。劉文炳與弟文燿、叔繼祖，及鞏永固俱自焚其宅而縊死。永固猶寄語舒章，爲作一傳。

氣沖匹練北辰高，涇渭分流自武牢。自武牢之破，盧、李死難，與奚珣分。特重乾元陪血食，誰爲老父歎薰膏？弔龔勝者。天留正笏垂青史，人誦遺詩出紫袍。范、倪諸先生殉難，或傳有遺詩在衣帶中。忍死孟威雙淚落，此心原在納靴刀。周墟字孟威，不肯受官，而後舉事殺苻堅不克者。

鼎鑊當前設地牢，呼名不應即封刀。廿六，押入點名，不應者即封刀驅拷。明甘一死平生畢，恨讓諸公昨日高。鑿坎詎知□地活〔六六〕？用蘇武事。露髮忽藉鄭商逃。露髮是賀循事。金吾壁後人多少，脱得伶仃舊散曹？張直方壁藏公卿爲黄巢殺。

京口維揚斷泊船，封江，不許北來南渡。官軍縱掠大江邊。高傑、劉澤清兵淫掠揚州。逆流别覓蘆中渡，外邑傳封殿下箋。時從泰州渡。初傳議監國信。淮北督師謀入相，山東諸將亂争權。爲策立事，諸帥出揭，史司馬已而彌縫之。刀鋒行丐三千里，得伏高皇陵廟前。時五月十日也。

一弟趨庭善解愁，亂來家學信韓休。韓休諸子俱不降賊，一半走死于路。平原力盡奔行在，魯公。都督心疑用豫州。安東原無意用士雅北伐。見主麻鞋歌露肘，用子美流涕受拾遺詩。憂邊繡帽久焦頭。繡帽，李晟事。兵戈熟計歸田養，投筆何緣比少游？

聞寧遠信

開天御座舊鏕宮，朝請何人敢異同？幸有將軍從塞北，漫勞名士在江東。青綸俱竊龍章服，白版競言鳳翼功。仲長統有青綸龍章之歎。晉元時，封署冗濫，用白版。總揆獨聞大司馬，一朝辭闕出臨戎。史閣部也。

侘傺詩二首

待刃原非望秘書，三司館幸遇乘輿。風飄秀木應先折，門有芳蘭枉見鋤。投餌正多魚漏網，張狐總是鬼盈車。衛州自具忠臣福，今日空憐命不如。肅宗使甄孟成居三司館，命諸降賊者拜之，總因天子親見是非，故其節獨表耳。

險路幽篁不見天，蒼天熟問竟茫然。明知赤汗羈良馬，自割丹心與杜鵑。楚國車傍休覓飯，雍門琴上免張絃。刮腸洗胃投滄海，平昔交遊莫向前。時有欲相晤者，歌而避之。

清明曉步

徒行曉逐野花開，隨分青帘有一杯。不爲聞鷄嘗起早，卻歌窮鳥漫飛來。酒澆城北誰家柳？笛落江南舊日梅。俗老自誇風景好，指人遊冶越王臺。

鄭大野寄書索畫賦此答之

煙塵極目傍誰還？曉視狼星弧矢彎。拜手異鄉新雁字，驚心先帝舊鴛班。憂天無力空投海，畫地惟期早出關。載得丹青頌君筆，爲君直寫五名山。

飲朱子暇七星嵓

秋風吹客客嘗經，添入悲歌酒後聽。詩在人間如落葉，天留我輩亦晨星。扣扉莫比西州路，索筆休誇東冶亭。安得華陰腰下拭，且將嵓石礪青萍。

自題三萍

枉慕尋源注水經，乘潮叩枻往來聽。嘗澆檻外西江月，倒看嵩前北斗星。世外釣魚非用餌，海中放鶴可歸亭。傷心斷絶池塘草，風浪何曾見一萍？

天雷苗雨夜病中作

五岳看看起塞塵，向禽豈謂病兼貧？曲肱茅屋鷄同宿，舉火荒村鬼作鄰。愁是三更風雨夜，夢回九死亂離人。呻吟達旦誰憐者？惟有寒蛩助苦辛。

中　秋

刺桐葉落坐山阿，貰得村醪灑薜蘿。仰問月知今夜苦，從來秋入楚聲多。流人自恤衣冠影，蠻地偏能邊塞歌。江左狂生亂中老，那堪搔首短婆娑？

聞　曲

慴慓西風解客愁〔六七〕，爲吹人語入箜篌。如聞關塞新□樂〔六八〕，猶在秦淮舊酒樓。萬里驚飛生死夢，千聲寒動古今秋。飄蓬欲比青青柳，折寄湘江水北流。

哭臥子

共指西湖靈隱松，揮毫刻石記相逢。文章自小誇司馬，名字當今比臥龍。一死泰山於汝畢，再生苗地爲人傭。悲歌奠酒沅江水，與淚東流到九峯。

極目

鹿起龍眠隔四年，老父隱處。丹丘墓下有荒田。先母葬處。笛中楊柳何堪折？亂裏蓬蒿即是仙。五嶺瘴深迷羽檄，九江水漲壞樓船。鄉心疾上羅公頂，極目神州幾點煙。

感雲間和詩書次前韻

托隱西州慕巨卿，避兵偏入大軍營。離人異地愁饑餓，詞客當時半死生。陳李風流如在坐，謂臥子、舒章也。雲龍唱和舊同聲。大雅之壇坫，惟龍眠與雲間倡之，周農父、吳鑑在、宋轅文諸子，曾有雲龍集選。憐君遇我十年後，緣結干戈嘆筆耕。

夜息武攸道中憶大羊示有斐 大羊初約中秋過洞口，舟作社。

爲待知音造小舟，葦緣避亂不曾留。漢家營看秦時月，楚國風傳貧士秋。破壁旗亭新酒醉，戰場燐火舊宮愁。從軍到處遥相和，卻玩干戈作壯遊。

小東皋即事

便門小馬慕安豐，尊酒胡牀在水東。開徑嘗封千樹雨，渡人分送半江風。種蘭自不妨高士，班草何須問老翁？别墅如雲堪折屐，時聞清嘯上樓中。

拜表忠祠余五世祖斷事公當靖難沈于江余王父廷尉公請入祠云

聖世懷臣節，殊恩建表忠。廟門荒落日，堂廡起淒風。灑血變青草，招魂指白虹。遺書傳地下，舊闕在雲中。麟鳳當圖閣，龍蛇莫畫宫。蹌蹌思我祖，肅肅附羣公。種樹還朝北，沈江流向東。衣冠今日異，拜跪小民同。野有春秋哭，神憐俎豆豐。累朝誰報國？三衛竟和戎。故老心徒赤，宵人面不紅。傷哉無士氣，已矣論軍功。直諫何曾見？悲歌未敢工。孝陵迴首望，松柏正濛濛。

書無疆長幅即送其北上〔六九〕

雲開漳海即南溟，萬里東飛振羽翎。師事黄公曾進履，指石齋先生。旅遊白下好談經。持鉛囊挾風霜氣，刻燭光非月露形。吹律鳳簫爲竹管，揮毫鴝硯寫蘭亭。壯懷棄槧操工市，博學窮編識巨靈。每笑服妖誇粉黛，久傳紙貴善丹青。鹿溪邊笥嘗吞篆，是閣韓檠照夢鈴。發憤加鞭還起舞，沈酣荷鍤亦常醒。孝標廣論愁成釁，公幹題詩欲勒銘。設釣若依漁者志，彈琴羞引俗儒聽。百函答贈唯憑几，五免歸休復閉扃。大隱明時應發甲，奏名今歲正逢丁。有司幸甚投徵幣，天子欣然書御屏。得脱塵埃甘竭蹶，豈憂貧賤苦伶仃？方驚暴寇侵畿輔，幾見精兵出井陘？目擊亂源嗟郡邑，胸藏秘略獻朝廷〔七〇〕。堪傷江漢悲嘗蓼，且泛秦淮遂結萍。把袂河干同款款，垂帷燈影共熒熒。桃源近訪玄都觀，時余在道院。藜火遥輝著作庭。早製齊紈酬鄭苧，相貽蜀錦换湘醽。熱腸可愛如冬日，冷眼長飢怨歲星。蹔勸捧蓍尋季主，何須爛褶效瞿硎？客多譏謗偏投杼，家恃清廉守挈瓶。喜獲披襟臨户牖，奚妨帶索步郊坰？送君北上裝催去，哀我西瞻涕漸零。馬首佩鐔横睚眦，蝸居促座負焦冥。封軺親試賢良策，虚館將留僕射廳。必以文章沾雨露，莫陳利害動雷霆。故人稱意爲吾福，新政傳聞屬爾馨。野外美芹終草莽，籠中採藥備參苓。超升詎歎今猶古，消黨難争渭與涇。字謂無疆原自祝，聊歌此曲至叮嚀。

南州行

江岸多垂柳〔七一〕，春風春日長。美人浣衣處，無限雙鴛鴦。

麗人曲

日對寶鏡中，殘妝怨春色。自誦延年詩，佳人難再得。

下客謡〔七二〕

人不識時務，進退良可惜。走出魏其門，謀爲武安客。

榜人謡二首〔七三〕

大江東北風，可上亦可下。四面皆挂帆，使船如使馬。

相遇風帆疾，行人欲問難。船頭但招手，不及説平安。

西湖雜興三首〔七四〕

露冷芙蓉色不紅，孤山無限老梧桐。當時油壁車前路，猶在西陵風雨中。

白帢烏巾馮子都，偏能作使酒家胡。千金换得燈前笑，敢説羅敷自有夫。

欸乃漁歌杜若洲，露寒燈火不知愁。朝朝盡醉餘杭酒，厭薄樓船歌舞遊。

風雨夜泊

霜枯蘆荻少人行，愁入江濤木葉聲。況是北風荒岸雨，孤舟千里夜三更。

擬春宫曲〔七五〕

闌干昨夜怨東風，上苑櫻桃雨後紅。鏡裏不留春色在，隨花飛入未央宫。

秦淮漫興二首〔七六〕

燈殘酒盡强高聲，作使邯鄲至五更。座有武安門下客，何人敢説病書生？

幾年江北渡江來，哀盡江南反不哀。傍有酒徒還勸我，故鄉書信莫須開。

贈　内〔七七〕

不買明珠不綺羅，樓頭何事日悲歌？家貧欲作饔餐計〔七八〕，安用交遊一飯多？

珠江雜詠二首

琵琶洲上客無魂，花落隨潮有夢存。春被海風吹易盡，鷓鴣聲裏送黄昏。

此方簫管晚琤琤，雜我題詩歎一聲。海表春風不相識，自憐吹老舊狂生。

聽蘆笙作

誰伴愁人坐月明？苗中兒女舞蘆笙。自言頗似江南曲，不是□笳出塞聲〔七九〕。

校　記

〔一〕博依集（北京大學圖書館藏本，下同）卷一共四首。

〔二〕博依集卷一共四首，此爲其四。

〔三〕常　博依集作「嘗」。

〔四〕博依集卷一題作「折楊柳枝歌」，共四首，此爲其四。

〔五〕罕幵冒頓　博依集卷二作「蠻夷戎狄」。

〔六〕不豫愁　博依集卷二作「分手斷」。

〔七〕「路傍」句　博依集作「愁見路傍楊」。

〔八〕博依集卷三共兩首，此爲其一。

〔九〕博依集卷三共兩首，此爲其二。

〔一〇〕「揭簾」句　博依集作「徘徊出閾盼庭柯」。

〔一一〕詞　流寓草（北京大學圖書館藏本，下同）卷一作「辭」。

〔一二〕博依集卷五題作「詠史詩二十有二首」。

〔一三〕本首與博依集其一大致類似：「羑里演周易，尼父志春秋。失明著國語，説難出秦囚。子長稱良史，發憤在荆幽。班子識其知，難免穽兢謀。蔚宗論目睫，詣市先斫頭。但有白團扇，長夜空悠悠。繩牀讀史漢，浮名安足求？古人貴明哲，所以終身憂。」

〔一四〕本首與博依集其三大致類似：「嘗觀武安侯，身爲太后弟。肺胕領將軍，威名震二帝。王孫喜賓客，藍田拂短袂。獨善張仲孺，使氣好睥睨。富貴稍自安，終坐蜚語斃。東朝相辨折，天子不可制。慷慨事豪俠，安能勝權埶？美女充後房，黄金連甲第。杯酒罵臨汝，縛手居室繫。生時受其毒，死後空作厲。噓唏藉太尉，善爲人生計。」

〔一五〕本首與博依集其十九大致類似：『蛇米被墟落，留夷藏深澗。惡固不可爲，薰膏徒自患。蘭陵賢大夫，草疏好諫諍。身爲天子師，親昵當無間。安知六十餘，殞手於豎宦？秋風八月吹，高天見鴻雁。冥冥翔雲表，弋者何所纂？』

〔一六〕本首爲博依集其五。

〔一七〕本首爲博依集其十六。

〔一八〕『平子』以下五句　博依集作『馬融居扶風，盧植起涿郡。公羊世傳經』三句。

〔一九〕期許　博依集作『托名』。

〔二〇〕本首與博依集其十五大致類似：『設教懷王通，成名思楊震。長卿慕相如，終身不似藺。猛氣浮縱横，將可蹈白刃。上視蒼浪天，行行當自慎。我欲學仙人，誰見王子晉？』

〔二一〕本首博依集未見。

〔二二〕流寓草卷二共四首，此爲其二、其三。

〔二三〕流寓草卷二共十首，此爲其二。

〔二四〕流寓草卷二共五首，此爲其二。

〔二五〕□　原刻如此。

〔二六〕博依集卷六題下注：『有序。』序云：『余好學草書，每寘諸古瀍帖，從醉後觀之，狂走臨池，頗傳其意，援筆作此，醒時自謂不及也。』

〔二七〕少小　博依集作『少年』。

〔二八〕妄取　博依集作『併得』。

〔二九〕喜　博依集作『起』。

〔三〇〕滄澥　博依集作『滄海』。

〔三一〕至　博依集卷六作『至自五龍』。

〔三二〕懸　博依集作『縣』。

〔三三〕髫年　博依集作『少年』。

〔三四〕鈐　博依集作『舲』。

〔三五〕三江　博依集卷六作『長江』。

〔三六〕海門　博依集作『長江』。

〔三七〕古廟殘鐘　博依集作『古渡無梁』。

〔三八〕『霜降』以下三句　博依集作『十月已至無衣裳。天際音書愁斷雁，人家蘆荻間枯桑』。

〔三九〕『村酒』句　博依集作『村醪不醉悲思多』。

〔四〇〕君　博依集作『客』。

〔四一〕苦辛　博依集卷六作『辛苦』。

〔四二〕韋帶　博依集卷六作『布衣』。

〔四三〕瓦爐熏　博依集作『朝朝享』。

〔四四〕河梁　博依集作『漢人』。

〔四五〕『古人』以下五句　博依集作『古人作詩多遠思，能令傑士中心悲。余嘗撫几再三詠，獨詠但傷知音稀』四句。

〔四六〕將進酒　博依集卷六作『將進酒贈汪生』。

〔四七〕『手一』以下四句　博依集作『牀頭滿甕葡萄酒，一飲一石餘三斗。酣呼白眼望青天，脱帽長堤折楊柳』。

〔四八〕『古今』以下三句　博依集作『一身寥落浮雲輕，但願大醉天地間，豈惜高才與令名』。

〔四九〕流寓草卷三共十首，此爲其三、其十。

〔五〇〕□　流寓草作『虜』。

〔五一〕緗　字待考。

〔五二〕□　原刻如此。

〔五三〕□□　原刻如此。

〔五四〕二首　原刻正文無另行起者，或應自『間關』起爲另一首，待考。

〔五五〕流寓草卷四共四首，此爲其一。

〔五六〕流寓草夾注謂：『時承德賊信甚緊，余前至浮山，墓事未竣，故云。』

〔五七〕博依集卷八題作『東夢鶴國珍諸子』。

〔五八〕『壁上』以下二句　博依集卷八作『耳熱空悲天下事，月明堪照故人心』。

〔五九〕倚　博依集作『登』。

〔六〇〕在闉　博依集卷八作『兼呈項仲昭』。

〔六一〕流寓草卷五共兩首，此爲其一。

〔六二〕流寓草卷六題作『寄臥子都中』，共兩首，此爲其一。

〔六三〕流寓草卷六題作『寄彝仲』，共兩首，此爲其二。

〔六四〕流寓草卷六題作『丁丑仲夏鐘山偶集同范仲闇傅玉生陳士業劉伯宗羅玄目龔當時謝孺玉劉阮仙劉客生任仙孟杜于皇暨同邑諸子分得元字』。

〔六五〕七首　實録六首。

〔六六〕□　原刻如此。

〔六七〕憀慓　當作『憀慄』。

〔六八〕□　原刻如此。

〔六九〕無疆　流寓草卷七作『無彊』，正文同作『無彊』。

〔七〇〕藏　流寓草作『貯』。

〔七一〕柳　博依集卷十作『楊』。

〔七二〕流寓草卷八共兩首，此爲其二。

〔七三〕流寓草卷八共四首，此爲其一、其二。

〔七四〕博依集卷十共十首，此爲其一、其四、其七。

〔七五〕博依集卷十題作『春宫曲』。

〔七六〕流寓草卷九共十首，此爲其八、其九。

〔七七〕流寓草卷九共四首，此爲其一。

〔七八〕餐　流寓草作『飱』。

〔七九〕□　原刻如此。

龍眠風雅卷四十四

木厓潘　江蜀藻輯
宛陵梅　清淵公同里方逢月舒來參

程芳朝

字其相，號立菴。順治丁亥進士，廷試第二人，授内國史院編修。己丑，遷内秘書院修撰，繙譯五經。壬辰，會試同考官，升左春坊左諭德。甲午，提督北直學政，升内國史院侍講學士、侍讀學士、詹事府少詹事。丙午，充册封安南正使，轉太常寺正卿，加一級。公崛起韋素，早掇巍科，兩握文權，遠持簜節，皆吾桐前此未有也。初入詞垣，最承世祖寵眷，直廬應制，倚待立成，隨事納牖，多所獻替，海内以揆席期之。壬辰之役，所得士胥鉅學鴻生，洊登台鼎。視學畿輔，獎拔寒畯，士皆通經學古，一洗時文剽竊拘攣之習，有功文事不小。使安南，驅馳蠻煙瘴雨中，往無共張繇役之勞，還無薏苡明珠之謗，期于宣暢皇靈而已。顧以枋國有人，不肯左官外附，量移奉常，論者惜之。今上親政，嘗御殿宣傳，命作大字。公伏几楷書，字畫端勁，有古大臣箠諫之風。上方欲大用之，而公已移疾乞休矣。歸里，杜門養疴，弗與外事，惟邑中大利弊，不憚抗顔直陳之。卒年六十有六。學者私謚文純先生。公雅志經世，不求工于聲律，然間一興寄，春容温雅，得殿閣之體。讀其詩，猶可想見其風度也。

古意二首

長干有名姝，顔色絶世好。歌喉宛清揚，舞袖行雲嫋。倚此婉孌姿，顧盼獨矯矯。粉黛非不多，入宫應如掃。豈知君子心，恩愛難長保？

結髪事君子，未解工修餙。淡粧坐簾櫳，天然傅粉質。惠顧獨恩深，明珠比顔色。花蹙金縷香，風生霓裳碧。感此珍重心，微軀寧敢惜？

驛傍古松

蒼松蔭古道，偃蓋結重屋。白日澄清陰，征途宛幽谷。幹老不知年，翠濃如可掬。對此貞秀姿，胡爲苦僕僕？小憩倚雲根，濤聲愜幽獨。流脂當落英，晚食何必肉？

宿湘潭

日暮渡湘水，湘水清且深。美人不可見，空勞君子心。青青江上洲，已戒寒風肅。蕙蘭委蔓草，松柏媚幽獨。自我驅車來，日月如轉轂。老大歷征途，況當歲云卒？少年不可再，棲棲悲行役。

旅雨

客夜風雨多，檐霤響不了。人静寂市譁，角吹入雲杳。林樹冷蕭蕭，鳴蛩聲悄悄。旅緒正無涯，疏鐘已到曉。

壽張漢如

我愛張公子，翛然有僊骨。處世任天真，閉户養幽獨。讀書託雋上，物理窈清淑。臧否了不關，安問枯與菀？世人所營營，君亦無不足。即此是丹砂，長年豈別術？

湖上別碧山草堂歌

龍眠之山高巑岏，我家其下習而安。夢想西湖天下觀，揭來湖上恣盤桓。時當炎熇命輿倌，欲息無門足槃跚。草堂近在吳山巒，入門主人如舊歡。延我高坐具盤餐，茅屋數椽窈且寬。几榻蕭疏竹數竿，吟風漱雨翻清瀾。蹲踞怪石虎豹攢，屈曲蒼藤龍蛇蟠。桐陰清映石闌干，六月無風肌粟寒。小池清淺方如盤，汲水澆花露瀼瀼。香篆成霧氣勝蘭，獨對芳樽琴自彈。晨臥夕坐興莫闌，秋風淅淅衣裳單，我欲返櫂別去難。安得乘風假羽翰，暮宿龍眠朝來看？

過采石作

牛渚磯頭浪拍天，風流供奉憶當年。殿上脱靴叱力士，太真捧硯侍御筵。西涼葡萄瑪瑙碗，清平幾曲霓裳篇。忽爾夜泛金陵船，江上明月正嬋娟。錦袍簫鼓劇可憐，長河耿耿太白懸。我來寒江水涓涓，風吹雪片大如拳。舉杯遥望隔江煙，安得酹酒弔昔賢？百年文采亦徒然，大雅不作誰當傳？

中　秋

七年中秋故鄉月，稚子堂前誇令節。今年看月在長安，一輪金鏡涷廣寒。盈尊有酒不堪把，望裏銀河明月瀉。故鄉此月亦團圞，燕臺客舍思漫漫。簫管誰家賞竟夜？歡娱明月真無價。年年月好讓中秋，分外清光照綺樓。只有客愁看不得，蟾蜍挂影寒芒徹。客中見月月增光，月中作客思故鄉。莫教作客看明月，鏡裏秋霜容易白。

題梁玉立大司馬蕉林書屋圖

南窗種蕉何容與，坐臥緑天任卷舒。疏風密雨陰前墟，曈曨旭日正扶疏。中有高人倚窗虛，擁書百卷伴蕉居。羽衣雈氅步徐徐，四筵獨座皆趦趄。天子憂時儆衣袽，中樞富鄭直承廬。黑頭象管佩金魚，借箸帷幄常躊躇。十年妖氛盡掃除，櫜弓臥鼓歌樂胥。公但退食讀藏書，架上牙籤萬軸餘。蕉風泠泠吹襟裾，茶煙雈夢午陰初。此時蕉影長且紆，或坐或臥意蘧蘧。蕉心甘露秋泉如，忽綴金盤滴瓊琚，一飲大地如飲儲。腐儒横經廁石渠，且書蕉葉待吹嘘。

都門送友人歸里

我來長安十回月，寒廬蕭瑟對城闕。曼倩忍饑盎無米，馮唐老去頭如雪。更逢冬日號天風，閉户蜎縮土室中。布被殘綿眠不得，兩脚卷曲僵成鐵。憶昔家園坐南軒，背負晴暄聳兩肩。薄暮還房爇爐火，妻兒笑語青燈前。今朝長安墐牖户，僮僕蕭蕭冷相顧。霜風觱發裂窗鳴，敝裘趺坐欲誰訴？那堪寒天忽送君，落木叢中卷黄雲。君言謁選不得意，歸家且作耕田計。古道昏鴉落日陰，一鞭孤影度霜林。遥遥客路三千里，計君歸日歲除矣。稚子迎門喜牽衣，椒盤獻酉梅花裏。梅花此去開正好，從來春色江南早。未歸獨有老伏生，江水茫茫百慮盈。見説歸人明日發，此時此際不勝情。

春日上駐蹕南苑閱武行蒐禮召廷臣恭視賜宴行宫各賦五七言律詩五七言絶句每體一首應制

春狩臨南苑，旌旗蔽翠微。鄒枚隨曉杖，賁獲合前圍。葭茁知仁育，弦開識武威。回鑾宴長樂，飽飫主恩歸。

假寓二首

客子投棲晚，無心選勝遊。偶然逢邃壑，兼喜接名流。石罅天然洞，陰濃夏日秋。難將虎頭筆，畫作古滄洲。

平生山水性，片石亦留連。對此幽棲地，方知別有天。琴書皆雅飭，几榻本清妍。不是漁郎誤，桃源未許傳。

送孫棐臣學博之官公安

薄宦羈君久，誰憐苜蓿盤？朔風動燕市，客思繞江干。雁過衡陽遠，人歸薊北寒。馬融臺尚在，好與擷湘蘭。

畫竹

食肉何嘗俗，逢君即灑然。蕭齋風雨夜，隱几北窗前。翠引龍孫滿，苔憑鹿角穿。相過應有客，姓字不須傳。

送蕭三式還楚

倦客歸程遠，春風問渡船。玄狐經簡點，白鶴羽蹁躚。道重憐知己，家貧賴俸錢。子規啼不住，人在楚江天。

種　花

亦有園林興，初移幾樹花。分行無次第，培土護萌芽。細蕊朱欄放，微陰翠幕遮。喜將蜂蝶至，風日鬬妍華。

送吴園次郎中出守湖州二首

苕溪風景異，羡爾駕朱輪。到日鶯花好，隨車麥雉馴。鳩聲官閣雨，槐影訟庭春。金壐他年賜，方知太守貧。

歲晚禁城寒，鳴鑣出紫鑾。香猶留粉署，霜已被雕鞍。賓從魚租宴，兒童竹馬懽。五湖煙水緑，人在鏡中看。

廣南飲線將軍園

行盡天南路，名園此地傳。山光團畫閣，樹影倒晴川。竹裏歌喉慢，花間舞袖妍。將軍真好客，不醉肯言旋？

驛亭對雨

冥冥一夜雨，杳杳萬山昏。水失前谿路，煙迷下嶺村。鳥聲何處濕？花淚昨宵痕。相對愁逾劇，空教酒滿尊。

方舒來赴廷試舉第二人賦以志喜

漢庭經術重，稽古得桓榮。賦獻彤墀近，文迎玉輦清。諸生瞻睿穆，始進動公卿。何異天人策，名高五百英？

遊靈泉寺

經旬慵出郭，節候已黃梅。有約期遊侶，隨人信步來。鶯聲流柳浪，笋勢坼莓苔。日落不知晚，尋幽肯遽回？

課壻

尚有談經興，關心壻郎兒。楚騷司馬賦，漢史杜陵詩。自是君家事，偏縈老大思。青冥期正遠，休説上書遲。

南苑閱武賜宴應制

條風振旅出長楊，鳥陣横雲十里張。芳草帳前流日羽，落花影外逐星狼。宸遊豈戀從禽樂？侍從何勞諫獵章？自古敷文需訓武，垂裳從此祝無疆。

壽心南伯

草堂春暖日遲遲，杖履花間事事宜。樵豎晚煙歸野唱，耕牛初雨趁朝犂。牀頭甕熟新成酒，竹裏香生勝采芝。見説地行仙不少，吾家今亦有龐眉。

十年乞米滯長安，故里迢遥入望難。書到喜聞仍健步，客來隨意有交歡。榮親虚捧毛生檄，猶子誰稱謝樹蘭？ 千里一觴無可獻，全憑筆墨勸加餐。

郊祀以太宗配饗扈駕恭紀

袞衣親御五雲軿，詄蕩天門散曉煙。 仙仗徐開香氣合，薰燎初上日華鮮。 千官隊肅垂鳴珮，午夜齋嚴樂在懸。 碧落黄輿終古事，尊親克配萬斯年。

送郭臥侯備兵西寧

祁連西望朔風號，萬里玄霜擁節勞。 人自紫薇臨玉塞，曲吹羌笛黯征袍。 居延獵騎空荒磧，黑水飛沙捲怒濤。 回首梧陰深院月，賀蘭峯插暮雲高。

强宇良至自關外二首

秋風黄葉度遼城，爲探羈人賦遠征。時送甥陳心簡出關。 鶴表望遥千里月，雁書思斷故鄉情。 漢家風土餘何俗？ 别後文章應有名。 想見臨岐歸轡日，不堪甥舅各分程。

薊門東望促雕鞍，遼水清清十月寒。 日落野亭衰草白，雲迷荒磧客衣單。 渭陽送舅無家別，樂浪征人有夢難。涕淚只今空北望，朔風吹雁過長安。

送幼洪弟之漢中遷葬

主恩新許卜牛眠，帝里春風動別筵。天禄藜煙分雁影，秦關飛棧度銀韉。峯高太白晴空雪，路入興元閣道煙。此去登臨頻覽勝，漢家宫闕舊巍然。

八月十五日早朝看月同周立五太史賦

曉天秋色動龍樓，佩玉鳴珂散紫騮。雙闕影浮仙掌露，千官隊擁碧雲裘。卻看桂子飄宫瓦，坐挹金波弄御溝。爲有霓裳天上曲，還教清夜奏琳球。

別署齋前大松二首

一身薄宦等浮鷗，賴爾清陰伴客幽。獨立寒暄顔不改，慣經風雨翠長留。半庭涼月清書幌，萬壑風聲起暮秋。慙愧門前車馬寂，朝朝徙倚任科頭。

無端鄉思逐江流，欲賦初衣去復留。官舍何心躭歲月？庭柯引盼覺優遊。貞同君子論交重，臭比蘭芬託興幽。從此草堂人迹遠，濤聲好送入扁舟。

松山湖

家住湖干水接天，春來草緑滿平川。鷗鳧睡去晴空迥，荷芰香生斷岸連。幾處垂楊明月上，望中飛鳥夕陽邊。芒鞵竹杖隨吾往，怕説來朝入市廛。

渡黄河和錢亦友韻

臨河真歎古人功，九曲風濤一望中。璧馬空沈歌瓠子，梯航遥集會王風。千年北極趨神隩，萬舸南天破渾濛。欲濟塹無巨舟楫，中流鼓枻讓誰雄？

拜孟母

乾坤千古一慈幃，特卸征鞍拜母祠。厚幣儘堪供鼎養，斷絲原不爲榮時。傳來當日三遷苦，教得如今百世師。欲賦蓼莪何以報？祇將長跪永兒思。孟子自刻石像，跪母墓，今塑像亦然。

和錢亦友天長道中清明韻

客路逍遥正可憐，况逢寒食暮春天。故園柳色舒新緑，野店鷄聲破曉煙。望裏禁城雲五色，沽來村酒直千錢。衰年無意趨丹陛，期爾長吟歸去篇。

雨中次亦友韻

晏起纔回昨夜酲，新愁萬疊莽難平。起看密霧遥林色，不盡浮雲游子情。草閣深簾藏乳燕，緑窗小樹滯啼鶯。黄梅時候多陰雨，記得江南慣卜晴。

長安候補八首次張文位韻

策對彤廷御墨香，五雲珥筆賦長楊。天顔日近紆龍衮，紫綬輕拖出建章。辭闕幾年歸路遠，寸心千載沐恩長。重來閶闔趨蹡地，八月秋風作意涼。

滿鬢秋霜七尺軀，布袍裋褐舊寒儒。蕭條揚馬空門巷，焜燿金張塞路衢。世上黄金交自結，懷中白璧守常株。應須決計歸田里，款段親從下澤驅。

幾層紅葉滿秋山，望裏霜催煙樹斑。官舍風吹寒雁遠，故園人靜淚痕潸。深塹黃菊淵明去，且學金門曼倩閒。老驥衹應甘伏櫪，御龍原自有天閑。

寒暑天工各有分，一班紅紫鬬芳園。東風著處渾難定，天路憑高未可捫。空嘆歲寒彫後質，誰憐瑟鼓向何門？霜寒月白秋風裏，細聽鳴蛩繞砌喧。

蕙蘭蜣合强和同，看盡秋花又朔風。客久徑疑身是夢，月明渾覺影都空。閨中稚女應添齒，別後衰顏漸似翁。且自典衣謀晚醉，明朝鴻爪任西東。

狗尾那堪更續貂？虛誇黃穀石城橋。告身遠納功名易，銅馬争來意氣驕。卜式有緣通選格，馮唐無計轉官寮。讀書學劍都何用？六博空成未得梟。

曉日曈曨接禁煙，非甘辭禄戀歸田。人情厭淡難投水，世路傾攲似躡天。大海藏身應學蛻，多方緘舌只寒蟬。誅茅擬辦鄰精舍，棕笠蒲團好坐禪。

三尺吳鉤徹夜鳴，山川何處訪豪英？平生劇孟徒杯酒，急難朱家總薄情。愧乏千金堪報德，那堪四壁伴虛名。燈前撥盡寒灰箇，一夜棲烏繞樹聲。

壽吳遯叟先生

文章江左著儒林，管樂才原擅古今。家世玄成傳舊業，詩編梁甫發長吟。偶然折角名流競，獨臥危樓湖海心。拄杖閒行思采藥，鹿門車迹白雲深。

江上望九華

秋江風急亂帆催，九子晴峯望裏開。翠擁芙蓉千尺聳，天清鐘磬上方來。遥思幽徑通雲際，欲探靈巖隔水隈。攀陟有緣期異日，蹲鴟須共老僧煨。

送吳弼士授經歷陽二首

書生挾策指江干，春雨瀟瀟道路寒。問字履痕披絳帳，談經麈尾憶熊丸。人從東閣占星聚，詞捲河源簇錦瀾。慰我高歌青望眼，時時傳寄碧琅玕。

嗟君尚滯祖生鞭，又去談經坐講筵。白髪倚閭秋雨後，緑雲當鏡曉窗前。春風欲放舒新柳，驛路初晴起暮煙。憶我舊時書劒客，孤帆江上夕陽船。

馬觀揚座上看紗屏美人

銀燭清尊敞畫筵，青縑四壁擁嬋娟。山花斜髻粧成晚，翠袖凭肩態各妍。似肯憐人嬌未語，恰宜鼓瑟静無弦。高唐有夢誰當赴？一任燈前顧盼偏。

奉使册封舟行

楊子江平八月時，孤帆萬里挂秋颸。久慙劉向陪東觀，今學張騫使月氏。新句應憑山水壯，衰顔肯畏雪霜衰？會看絶域開金册，布得堯恩答玉墀。

贈楚中制府張西曜

同趨仙仗直承廬，日午花磚校石渠。一自旌麾開節鉞，十年梁月憶金魚。楚江蘭杜瀰芳澤，細柳軍容照夢瀦。自喜軺車瞻紫氣，故人結佩上階除。

黄鶴樓

世事滄桑幾變更，樓傳黄鶴舊時名。春風鸚鵡年年樹，秋月晴川夜夜明。仙鳥自來還自去，白雲無定亦無情。登臨只合頻擕酒，醉倒樓頭日影横。

大雪度熊羆嶺至祁陽

雪裏千峯列畫屏，山山水水不勝情。天高鴻雁書難寄，人度熊羆嶺亂横。怯凍馬蹄僵欲墮，沾雲鳥迹去偏輕。遥亭知是祁陽道，傳語征夫前路平。

出關遇雨二首

迢迢征節款關開，風雨迎春洗瘴埃。草木馬前生氣色，旌旗霧裏隱雲雷。卻憐寒食江南近，此日王程異地催。慙愧老夫乘傳遠，可堪草檄上林才？

龍章親捧到交安，驛路瀟瀟瘴雨寒。歌舞百蠻迎玉節，蹣跚馴象引行鑾。銅標久自通虞舞，越貢何勞奉漢冠？共慶車書歸一統，旌麾到處盡騰懽。

賦贈安南國王

聖代要荒瀰六服，南方雨露溢三春。山川輝映霓旌遠，父老懽迎玉節親。職列周官知政古，文同漢制識風淳。萬年永篤天家好，奕世長霑濊澤新。

太平郡舍走筆贈高太守

天南春色一何早，二月東風滿地花。燕啄新泥晴隴上，鶯啼暖樹野人家。榕陰碧蔭庭前水，□葉紅蒸天半霞〔一〕。恰喜風流遇高適，酒闌吟到日西斜。

己酉三月十九日上御保和殿宣傳作字恭賦二首

彩毫廿載賦登瀛，浪得山陰獨步名。已愧籠鵝傳里巷，那堪飛鳳出承明。登牀寧敢思劉洎？正筆徒知慕柳卿。章草醉顛何所事？聖朝原不愛縱横。

剡溪玉版拂明光，濡筆親霑御墨香。咫尺龍顔舒衮袖，殷勤天語誦琳琅。傳來洛範千年瑞，譜出豳風七月章。慚媿儒臣難報稱，惟將無逸勒堂皇。

暮　春

每思丘壑縱天真，臥看青山到眼新。一自草堂縈別夢，兩經客舍送殘春。花開紅藥晴欄暖，簾捲雕梁乳燕馴。惆悵欲歸歸未得，東風無事不愁人。

壽子倫叔

竹林曾許仲容賢，風雨連牀憶昔年。書到解時多得意，文逢樂處輒談天。光陰忽訝頭如雪，懷抱應憑酒似泉。海鶴緱笙原不遠，春風隨地足留連。

喜穆卿叔館與予鄰

芸窗幾載共昏晨，荏苒于今四十春。竹馬不堪思往事，絳紗猶喜接比鄰。須知古調難諧俗，肯信春風好坐人。寂寞蓬門纔咫尺，過從莫厭杖藜頻。

送梁玉立大司農視粤

百粤提藩舊錫封，承恩新許乞明農。如綸紫誥來天上，曳履尚書下九重。旌捲洞庭雲渺渺，馬嘶庾嶺草茸茸。寄言諸將平南者，聖眷千年勒鼎鐘。

南溪春遊即事

扶筇偶爾到溪邊，春色今年勝昔年。水漾花光紅到酒，風飄柳線碧於煙。佳人繞徑排歌席，公子臨流列舞筵。漫笑衰翁猶逐隊，興來亦有杖頭錢。

南苑閲武賜宴應制

皇風昌景運，耀德復觀兵。新製鐃歌曲，相如在漢京。

南苑閲武賜宴應制

迴戈細柳三驅斂，張樂長楊萬舞同。聖澤不教空獻賦，玉盤賜出未央宫。

陰　雨

宿雨連朝催暮春，芳菲上苑緑如新。可憐昨夜殘紅點，化作行人襪底塵。

宿暮雲鋪

暮雲朝雨近巫峯，野店傳來舊楚宮。今夜月明千里夢，高唐何處是行踪？

贈吳守戎致遠

多君俠氣射凌煙，腰繫吳鉤送我船。此地昔人誰最著？須教名共伏波傳。

入安南境百姓聚觀如堵喜賦三首

萬里絲綸銜主恩，蠶叢闢處百蠻喧。千山草木皆呼祝，此日方知中夏尊。

蠻叟蠻童夾路排，争看使節自天來。不知傍險銜泥苦，和雨和風笑口開。

慙愧當年賦子虛，争來覿面問相如。而今已病文園渴，霜雪蕭蕭鬢影疏。

廣州觀競渡二首

海南五月競龍舟，綵杖朱旛激浪遊。倒影纔從天外落，争標已過水西頭。

笳鼓齊鳴發櫂謳，天迴地轉彩雲流。風前白苧人如玉，十二羣仙樓上頭。

萬傑如觀察席上口占贈歌姬玥珠

誰道瑶臺有碧仙，輕移羅襪向人前。可憐一點櫻桃口，遏住行雲墮舞筵。

次日舟中送别玥珠攜其妹琪珠同至戲贈二首

正對清尊黯别筵，歌聲忽踏兩嬋娟。只緣南浦一枝柳，現出瑶池並蔕蓮。

愛爾同稱傾國姿，清歌非竹亦非絲。一聲白雪迴風處，兩箇黄鸝唤柳時。

秋日訪方元祉山莊二首

林深未許夜霜摧，日午柴門尚不開。黄葉一聲山犬吠，草堂知是故人來。

二十年來滯宦遊，還山霜雪已盈頭。故交相對無多在，話到燈殘醉亦愁。

吴季鵾

字予翮，號遯叟。萬曆中諸生。父工部青芝公，歷宦中外。公折節稽古，不以門地驕人，于世俗田宅、輿服、僮僕之好，一無所與，里中紈袴兒見之輒自失也。崇禎時，流賊寇江北，桐岌且殆。公倡議繕備固圉，所畫策，主者多採擇之。又捐木數百株，爲城守捍禦之用，危城賴以保全。性剛介，不肯骩骳隨時，小不可意輒義形于色。遇人有急難，傾身營救，雖貴顯彊有力者弗避也。順治初，少司馬恭庭黄公招撫閩、浙，以别駕辟參軍事，辭弗克，爲之訓組練、飭戎伍。甫告成事，即引退歸隱南陔草堂。年八十一卒。學者私謚文介先生。公自編所作詩爲内外集，仲子龍雯鈔輯成帙，謀授諸梓而屬予序之。其他如筆舌録、歲功解翻切、縱横圖璣録諸書，皆未刊，藏于家。

古松

巖前有蒼松，迥出千山外。蜿蜒老龍鱗，飛偃仙軿蓋。亭亭雲端倚，凜凜歲寒耐。問壽已忘年，閲人不知代。惟有竹與梅，乃是同心派。鄙哉滈池君，大夫豈所愛？

湘竹杖

我行君共行，我息君亦息。昔染妃子痕，今爲幽人掖。常恐化作龍，思鼓垂天翼。風塵何可投？願與君長逸。

紀事

崇禎己巳年，西秦劇寇作。攻城城即陷，掠野野全索。國家久承平，兵力苦單弱。豈不揚天威？莫敢當其斮。乙亥犯吾桐，吾桐慘更博。盤踞十年來，僅存一空郭。畎畝生荆榛，室廬歸炬爝。芻牧無牛羊，林木巢燕雀。重以歲洊饑，民不得耕鑿。朝庭赫然怒，重加武功爵。武人雖鎮桐，禦寇全無略。祇有一長技，能爲民之蠹。羣兇盡三獸，羅睺尤肆虐。羅九武。虎噬而犬狺，旦暮恣攫搏。遺黎攖其鋒，給垣暴其惡。天王下嚴旨，跋扈仍如昨。蟻賊陷北平，放勳乃殂落。新朝雪大仇，兩都歸安樂。一朝發王師，羣弁始就縛。藁首長安街，天網洵不錯。巨憝既已誅，萬姓乃刈穫。

哭哲孫

耄年有愛孫，名哲實亦哲。五歲便讀書，頗與羣兒别。暮從塾師歸，所讀竟能説。親朋向我言，君家有汗血。何期天嫉予，一朝成永訣。傷哉淚眼枯，忽然妄想結。願汝作非熊，再來顧況宅。

香櫞

畜君經廿載，兹秋方結實。離離緑葉間，數之已盈百。異芬習習生，宛然鬬員璧。味踰澤蘭清，嫩類黄金色。幽人恰相宜，護惜敢遺力？寧使老枝頭，一顆未許摘。來賞不辭頻，爲問門前客。

邪許行 崇禎初年作

古亦有三征，非其時不趣。所以歌子來，趨公固所欲。今也殊不然，遑顧民謗讟？正值菑畬時，驅之運皇木。入山不厭深，採取不知足。大者數十圍，次亦十數握。廬舍遭之圮，禾苗遇之秃。況逢陽九天，雨貴于珠玉。十有八九家，尚不得新穀。天災既流行，國事旋追逐。哀哉雲漢吟，儼然長城哭。相率阡陌間，合力争轣轆。何以若呼天，邪許聲相續？閶欲少息肩，搒笞不勝酷。壯者削肢骸，羸者填溝瀆。水陸不流行，道路各以目。墨吏藉爲資，仁人對之蹙。疇敢訴此情？怨誹藏在腹。問需此何爲？新搆海天舳。指日千艘成，出師征不服。賊平未可知，先刓蒼赤肉。額外幾番征，多見妻孥鬻。民勞財復傷，粟死金亦縮。江北與江南，無地是逃竄。似此苦頻臻，九重知之不？誰爲獻此謀？恐非國家福。

量田行

旨下清町疃，志在防隱匿。本欲便黎民，反以資貪冒。量洲已弗堪，量田胡又逼？堂上虎而冠，冷面無慈色。押保數千丁，動則揮三尺。惟日肆誅求，奚但不憫恤？設名既多端，派費復不億。猾胥飽其囊，神奸振其翼。嗟兹受毒人，徒然長太息。非無士與紳，敢怒不敢唧。賴有鄰國賢，怨恨所不惜。秕政歷歷陳，卓哉二千石。雷霆一朝施，必欲鋤鬼蜮。鄰人且若斯，慙愧吾桐邑。胥吏心膽驚，醵金求大力。大力者誰歟？即是楚中棘。極稱立法良，極詆上書慝。太守惑其言，前怒突焉釋。雖然格不行，大義昭如日。連年吾鄉民，南畝儉收獲。金死粟亦艱，安能加此役？此役本非難，故張矰與弋。羣口既以箝，九閽叩不得。

問魯南禪師

説法四十年，究竟没一字。傳地幾惺惺，學人亦昧昧。襲得口頭禪，便稱天童嗣。龍象位久虚，可以發長喟。魯南飛錫王屋山，鉗錘一震羣魔避。我雖未登獅子臺，卻似親承一喝來。請君立仗三尺鐵，爲我劈開三支訣。

絡緯娘

絡緯娘，韻悠揚。夜漸涼，漏漸長，千般辛苦萬般忙。絲絲縷縷經妾手，未知可是妾衣裳？無端思想富家娘，此時高臥夢魂香。夏服輕綃冬夾襭，十指何曾到緝筐？

仇孝子行

我聞昔有歸孝子，聲名徧滿江南耳。至今我見晙城人，説來字字芬口齒。孝子年方總丱時，刲股救親親不知。不圖今有仇孝子，至性奇情髣髴之。孝子年甫一十三，百家諸子恣奇譚。胸中尤明孝經理，云是六經之精髓。晨昏不廢蓼莪篇，誦到劬勞即淚漣。母氏疾厄已垂危，上告蒼天下祖祠。四大假合吾何有？以身報親惟恐後。聞説刲股起沈痾，果然此事不傳訛。吁嗟乎！仇孝子何如歸孝子，後先掩映如同里。又聞刺血寫諸經，韶年便欲了生死。君是衆香國裏人，視死如生生如寄。既報母兮恩，又欲安貞父應地。若得父母同上百年觴，已則減筭亦何傷！

贈甘仲美硯工

端溪豈乏坑中紫？不遇良工不肯起。皖上有翁出舊家，少厭詩書樂爲此。游刃何曾擬宋唐？左之右之無不是。能使楊妃殿上擎，可供逸少池邊洗。區區庸手胡能爲？後人追稱甘仲美。

從弟士衡招飲

無事攤書帙，經旬好閉關。只兹十笏地，收盡四時山。小酌閒雲繞，孤吟宿鳥還。少焉生片月，静照緑蘿間。

即事

小龕聊借榻，恰好對清江。新竹青千箇，輕鷗白一雙。遥汀雲在樹，静夜月窺窗。獨坐無人到，門前有吠尨。

臘月十四日大雪

雪待殘冬降，瀰空剪玉翎。遥看千里白，肯放一峯青？梁苑人争賦，山陰櫂不停。夜闌猶未住，好向枕邊聽。

江干晚步

晏坐江皋上，乘閒望遠空。樹迷西落日，雁逗北來風。沙白知潮滿，田青卜歲豐。衡門無限見，未許市朝同。

程清臣移居

十笏藏居士，秦淮有隱淪。鶯從幽谷度，燕入草堂新。禪誦同摩詰，招尋只許詢。龍駒知不遠，早貯甕頭春。

風阻網埠同舟中人坐石上曝日

風阻章江路，危巖且負暄。呼童收野蛤，對客煮清尊。停櫂雖荒汊，徵名是網村。買魚錢不惜，落得度黄昏。

雨窗雜詠二首

疏窗旋掩又旋開，爲待尋香蛺蝶來。明月舊年留笛步，春風幾日别琴臺。最憐燕燕空貽盼，浪許鶯鶯只姓崔。柳七填詞千古恨，樂遊原上冢成堆。

夢逐梨花片片飛，欲餐秀色惄如饑。玉奩十樣消眉暈，金縷三年歇舞衣。妾命分隨霜葉薄，郎心不勸杜鵑歸。要知裙上榴花濕，只驗腰肢一捻微。

登投子山有感

投子門庭法乳濃，燈傳數代照禪宗。鳳巒投子一名鳳山。誤認牛眠處，鷲殿翻爲馬鬣封。唄寂香消增永嘆，拈椎豎拂欲重逢。不知誰是飛空錫，山頂依然報曉鐘。桐城八景，投子曉鐘其一也。

閨思六首

粧成自恨語誰知？度燕翻鶯二月時。妾有寸心憐薄倖，郎無尺素慰相思。蘼蕪路曲王孫草，楊柳江頭估客枝。十二闌干凭倚遍，楚腰細細步行遲。

涼夜星河耿碧紗，尋郎無地夢中賒。小姑羞佩宜男草，三婦常栽解語花。班去趙姬升漢殿，曲傳簫史傍秦家。相思飛鳥離離樹，千里偏傷狹路斜。

抱瑟高堂錦帳前，依依楊柳大堤邊。傾城女子憐才士，戲馬將軍挾少年。塞北九秋傳帛雁，江南五月采蓮船。莫看榆葉蕭蕭下，不數河間姹女錢。

香生蘭襆濕羅幃，碧玉呼來是小姬。打散鴛鴦傷妾意，教成鸚鵡詠君詩。白門草色秋中落，紫塞箏聲月下遲。縱説化身生比翼，總難飛去別巢枝。

瑶臺深夜弄箜篌，不信人間有素秋。豆蔻結花緘遠恨，芭蕉經雨動新愁。十年畏寫相思字，七夕難登乞巧樓。未嫁許多調笑事，至今珍重玉搔頭。

舊曲何戡一唱彈？雙桐摇落井邊欄。剖來魚腹全無字，望去刀頭那有環？漫説使君留寶枕，不聞神女過巫山。高高别院空回首，璧月流蘇帳底看。

美人纖手

春滿園林水滿灘，纖纖玉筍撫雕闌。閒遊笑把花枝弄，乘興長攜瑶軫彈。新學錦文毫屢禿，舊裁羅袂腕猶寒。有時挽動鞦韆索，赢得人人馬上看。

美人蓮步

風捲羅裙露半叉，行來逐步是蓮花。纖纖微覺雙鉤褪，曲曲偷看三寸斜。動有香塵隨繡幕，影如片月印金沙。當年掌上頻飛舞，寵占昭陽第一家。

歸里奠亡妻攢室

安仁淚盡悼亡篇，自昔相從三十年。别去香閨經一紀，歸逢寒食酹重泉。樂昌流落空留鏡，弄玉逍遥獨證仙。片片飛花爲隕涕，化臺何日卜新阡？

金陵懷古

憶昔樓臺眴彩霞，六朝濃豔此爲家。春回尚記門前柳，雨散都成陌上花。桃葉渡邊驚牧馬，石頭城外數歸鴉。如何白首梁江總，偏向青溪弔麗華？

江南山居雜詠八首

也溷山樵也溷漁，寄身蘭若即吾廬。逃名不屑留奇字，醫俗多方讀道書。泉近山腰瓢滿貯，竹穿石脚笋斜舒。幾番曳杖孤峯上，陸地仙人訪玉虚。

尋幽踏破幾芒鞵，荷鍤隨行死便埋。日月雙丸驚野馬，鼓吹兩部奏鳴蛙。壯年不用標銅柱，短髮無勞挂玉釵。散聖安禪君識否？拈花微笑是生涯。

沉寥息籟敞高旻，遥揖青山晤大賓。羞與揶揄營市儈，摘來笋蕨數家珍。琴方挂壁神先韻，酒未傾尊氣已春。冷暖自知根底事，方袍圓頂是前身。

小歇團瓢也自安，臨流偶爾一投竿。楊花吹雪魚迴影，梅子成丸雀避彈。閒拉僧雛談白話，獨攜漁鼓著黄冠。倦遊何用歸來臥？風月無邊任飲餐。

紗窗依約展紅蕉，睡起渾疑是隔朝。試爇鵲爐挑宿火，旋烹龍井汲新潮。臨摹幾幅斜行字，潦倒三杯獨酌謡。木榻布衾粗供好，隨緣自遣也逍遥。

禪關無鎖倩雲扃，曉病新醒對石醒。擊水抛開斑竹杖，惜花密繫鍍金鈴。因參半偈巾忘脱，爲數前峯屐且停。二六時中捐罣礙，千株松下聽傳經。

鬢眉如許尚沈淹，心事難禁火宅炎。背水墨兵衝趙壁，憂時緑鬢點吳鹽。何年去訪青溪鶴，有日相從白玉蟾。貧病兩般皆證道，幾人到此不矜嚴？

那堪消得一青衫，文字雖腴不療饞。綺語自知淪慧業，清名只合署空銜。踢翻齏甕餐香鉢，上卻仙舟渡石帆。失利文場非戰罪，也看頭角换巉巉。

讀書

不爲兒孫作遠謀，且從鉛槧伴春秋。南華隱吏篇中訣，西竺先生心内求。剪燭還能看小字，藏書最喜在高樓。人言此老真前業，浪學當年衛武侯。

宫怨二首

自入深宫裏，頻年未沐恩。生來是薄命，何必泣長門？

殘粧重復整，龍腦幾回燔。侍女忙來報，羊車已過門。

采石謁青蓮二首

百篇斗酒動天顔，青鎖彤墀談笑間。豈爲永王輸一死？謫來不肯久塵寰。

漫言飛燕語招尤，委地芙蓉到底羞。不惜名花酬彩筆，憐才天子自風流。

讀天寶遺事

尋常一樣兩催花，不灑楊花灑李花。羯鼓又催花欲落，幾番憔悴爲楊花！

弔岳武穆二首

稱姪稱臣詞太哀，吾君吾相志全灰。書生已透安危計，不待金牌十二來。

大讎不報轉爲恩，枉有刀頭飲血痕。試問九哥知悔否，重泉何以對忠魂？

隋煬帝

武略已俘陳後主，文情不讓魏思王。元來喪國亡家者，也入宏詞博學場。

賦得踏花歸去馬蹄香

寶勒紅韁白玉題，百花叢裏踏香泥。醉歸好趁斜陽路，蛺蝶雙雙逐馬蹄。

春閨二首

春來春去已多年，惟有今年恨獨緜。不識梁間雙燕子，可能銜字到天邊？

曉來不顧鬢鬔鬆，且上高樓看落紅。卻訝何人爲掃盡？侍兒報道五更風。

閨思

爲憶征人獨上樓，白雲一片望中浮。不知君在關山外，可有高樓望故丘？

明妃

漢皇薄倖嫁蛾眉，老死焉支無入期。安得阿瞞交誼重，金錢不惜贖文姬。

上堂僧

學得機鋒幾句言，逢人便説是宗門。任教棒子紛紛下，豈是天童嫡子孫？

首夏送幼子章儒歸里

春風纔去送兒歸，一路楊花點客衣。不似荆州廉郡守，猶持匹絹給吴威。

昭君

生前注定□□婦〔二〕，敢怨君王輕棄儂？薄命幾人還似我，後來何苦灸花容。秭歸縣有昭君村，村人生女，恐以色進，必灸其面。

校　記

〔一〕□　原刻如此。

〔二〕□□　原刻如此。

龍眠風雅卷四十五

木厓潘　江蜀藻輯

梁溪鮑鼎銓讓侯同里鄧　鋌田公參

方孔一

字爾唯，號凝齋。司徒玉峽公之子也。成童列黌序，束修砥行，研精經術，屢躓省試。順治初，以歲貢謁選，授廣東清遠令。會嶺南用兵，二禺阻梗，公單車之任，不避盤錯。芻糧供張，應接不匱，有勦寇、殪虎、掩骼、存廟、木驅蜮厲諸善政。尋以衰疾乞休，垂橐歸田。所著有擊柝、抱樸諸集。

烏生八九子

城上烏，聲嗚嗚，一年生九雛。選樹結高巢，風雨無憂虞。取食置嗉間，朝夕勤餵哺。氄毛不自煖，張翼勉相呼。羽成健翮尾畢逋，羣飛啞啞各自東西南北趨。老烏喙秃毛脱病且瘽，誰念疇昔恩艱劬？身棲城上樓，老烏臥蓬苴。膏稌鮮粟争飽餔，老烏咽塞喉乾死荒丘。生兒如此輩，何異破獍與鵂鶹？

短歌行

置酒中庭，臨觴涕零。人生幾何？逝若流星。一解
昔我與子，一瑟一琴。今子棄我，爲商爲參。二解
珠無重瑩，蘭不再馨。空閨闃寂，顧影憐形。三解
懽由會厚，悲以別深。韶顏苦謝，癯顏苦侵。四解
低回日暮，爲子沈吟。颯颯金風，忽灑我襟。五解
案有錯珍，甕有醁醽。云何不樂？保我餘齡。六解

步放鶴亭

塔勢湧錢塘，灝氣每磅礴。霞渚共煙巒，五色紛相錯。我從靈隱來，兩日未息脚。朝採張翰蓴，暮訪林逋鶴。鶴去幾百年，空亭委林薄。嘉遁邈難期，亮節欣有托。玉簪與研瓦，當日遺空槨。苔青石半圮，萏枯木未落。老梅三兩株，猶發山中蕚。樹缺露虹橋，巘迴藏蜃閣。面對削芙蓉，如抱復如攫。奥窔雖莫窮，聊以詮崖略。把臂呼六賢，孤笻寧寂莫？三復史氏碑，斯遊差不惡。

女貞子

山中有處子，冬夏何青青。結實燦緑珠，鬱葱覆吾亭。女子貞不字，載之爻象經。冰姿傲霜霰，豈逐鉛華零？移置松柏間，峻節有餘馨。婆娑坐其下，獨醉復獨醒。我欲益腑臟，兼以通性靈。葆真良有道，焉用采參苓？

皖江寓中晤外甥阮露臣悵然有感

記汝在襁褓，爲母持齋日。祈佛叶熊羆，辛劬百艱集。輒佐汝翁讀，中外都寧謐。焚膏手一編，夙夜罔或逸。爾祖懋厥修，予亦親爲炙〔一〕。吁嗟廿餘年，城破家奚恤？數椽灰燼餘，荒園鳴蟋蟀。梁棟既云摧，蛇豕闌入室。淚血灑江天，岵屺瞻何及？我從嶺南歸，投冠謝斧鑕。瞥眼十三春，江鴻阻尺一。昔别甫垂髫，今逢懽促膝。耿懷不能言，苦境莫可述。追念舊時人，十已去其七。幸惟宅相賢，藻掞文通筆。雙雛更聯翩，瓊樹階前茁。夙業有青箱，芳徽堪祇遹。不盡渭陽情，欲往酹涓滴。努力及韶華，分陰不可失。

天津衛

衛河之南白河北，天津雄鎮踞阨塞。大小直沽控海門，三衛貔貅壯京國。市廛賈客百貨屯，漁人鼓艓趁湍津。落日千檣列芒檉，輕風萬舶飛魚鱗。漳衛合流漭入海，滄溟咫尺風濤改。煙消霧散日曚曈，蜃市蛟樓恍靈怪。迴撾轉柁休㑲㑲〔二〕，倉皇恐犯鼉鼉宮。神山穹渺不可望，風塵苦海徒煩沖。嗚呼！風塵苦海徒煩沖，冥飛羡爾天邊鴻。

過閔子祠

閔子祠前樹，西風亂晚鴉。只今惟宿草，不見有蘆花。寒影親闈隔，單衣客路賒。倚廬何日慰？雙淚落天涯。

劉雁先久客廣濟對菊有懷

片片寒梅白，劉郎别我時。花飛看幾度，秋色滿東籬。不醉杯中月，誰開病後眉？山陰如可櫂，歸日未嫌遲。

代悲白髮

種種髮如此，絲絲愁奈何？頂先秃似鶴，髻卻小于螺。一任飛蓬亂，翻如落葉多。可憐明鏡裏，顧影兩婆娑。

石溪聞砧有懷

十日滯征鞍，三秋憶舊歡。客中人易老，病後路偏難。雲與層巖白，楓于密葉丹。娉婷溪上女，砧急爲誰寒？

句容七夕同葉縉先家弟摺公爾從醵飲

暑枕渾無奈，星橋尚有期。舊遊沽酒地，新浴納涼時。文以送窮拙，思因乞巧遲。誰家鳴玉笛，偏向旅人吹？

詠老梅

老梅亦解隱，樹裏穩藏身。瘦幹澄虚沼，閒雲作比鄰。香清能入夢，花發始知春。吾欲亭其上，緬懷放鶴人。

與田父飲留宿

日出衆山幽，此翁何所求？頗饒藿薜趣，兼足稻粱謀。水涸魚爲市，春殘麥有秋。盤飧供一宿，偏爲老夫留。

浴　罷

浴罷憩空亭，亭空萬象冥。蛾眉山吐月，鶉尾火流星。仰臥喧仍寂，躭吟醉轉醒。何如谿上鳥，濯翅宿沙汀？

童子分菊

奇種誰能辨？滋培應及時。汝從何地覓？獨向小窗移。剔蠹如防寇，芟繁且護枝。待他秋色好，浮白詠陶詩。

孟陬八日山僮報子霞舉孫命名曰穀

椒盤方獻歲，穀日更晴暄。鵲報檐前喜，枝添階下蓀。三遷懷孟訓，百忍媿張門。尚有弓裘在，毋忘襁哺恩。

返照偕甦菴弟遊鐵塔寺登準提閣次和原韻

招提同散步，峻閣一凭欄。鐵塔何年搆？摩霄冶鑄難。雁鴻雲外度，海岱望中寬。媿我壎吹拙，挑燈索句看。

泊高郵有懷

帆纔開寶應，舟已泊高郵。塔影城頭出，人家水面浮。一鉤新挂月，半枕冷吟秋。遥憶樸巢子，應憎汗漫遊。

示三子

獨酌不成歡，孤吟强自寬。野荒天盡黑，霜重榻先寒。落葉隨風掃，枯枝入焰殘。遥憐三子隔，未解覓團圞。

新菴多奇石去石屋二里許眉公以玲瓏榜之石應點頭矣予坐此欣然有得因僧索對爲賦

石屋新菴小澗通，每從壁上揖眉公。龍潭月印琅玕碧，獅窟雲浮瑪瑙紅。修竹細分泉宛轉，香花巧逗石玲瓏。輞川一幅應難畫，我亦糢糊在畫中。

客金陵

三年九月滯長干，千里孤舟行路難。鴻雁數行容易寫，菊花幾度未曾看。藥存丹竈常扶疾，衾怯繁霜亦耐寒。聞道故園征戰劇，江潮何日靚安瀾？

重九日飲祇遹山房同吳坤含段相玉

粒粒盤餐盡苦辛，田家藜藿意偏真。焚餘茅屋仍炊爨，亂後山禽亦避人。穡事將登泉已涸，賊氛未淨堡纔新。莫將野菊虚佳節，醉把松枝挂葛巾。

人日

仙茅七業景方新，禺峽征途別有春。宿雨乍收山點黛，曉風初拂水生鱗。尊中柏葉爲知己，眼底梅花是比鄰。此日題詩忘在客，不須剪綵貼成人。

過梅嶺謁唐張相公祠

百粤山川到者稀，越三千里興遄飛。天開絶巘通南服，地闢周行接翠微。幽澗潺湲清入耳，半空霡霂濕侵衣。曲江殘碣依然在，丞相祠前俎豆非。

同古岡林荃猗許雪橋梁學下夜集分韻

月湧瓊樓最上層，玉壺濯魄冷如冰。羣峯翠擁摩霄塔，古壁孤懸入定僧。石拜林間呼米芾，鳥驚葉底嘯孫登。漏沈莫惜蒲桃醉，枯坐翛然獨對燈。

過二禺峽

羣峯對峙倚天開，禺水中流一櫂催。我已投冠應去急，寺曾挂角特飛來。玉環重訪歸猿洞，金鎖空懸釣鯉臺。告別湞陽不復返，嶺南有客送春回。

歸去來詩效長慶體二首

再不勞勞逐市塵，數椽茅屋合藏身。崖泉卸處橫穿沼，松逕疏時密補筠。喚取麯生爲密友，拉來石丈作嘉賓。醉聽谷口黃鸝囀，方信桃源別有春。

蠕子潮連楊子江，歸時擬買小漁艭。布帆欸乃風隨櫂，篛笠婆娑月滿窗。釣得舫艑時潑潑〔三〕，呼來鷗鷺或雙雙。隔溪喚取採菱女，一曲菱歌酒一缸。

答爾止弟見懷步韻

垂髫尚憶共衾時，長跪同吟聽峽詩。孤雁不堪天外繫，五羊每寄夢中思。支牀偏愜扶脾酒，掃石還躭賭墅棋。惟待巾車消寂寞，頻呼穉子候東籬。

兒朏挈妻孥入山殊增離別之苦

梁鴻歌罷出關時，德曜柴車隨所之。豈曰吾兒依匪母，翻憐稚子棄其師。未荒松竹閒應護，多病桑榆養恐遲。尺璧寸陰良可惜，三冬須下讀書帷。

老妻花甲初度感示四子暨諸孫

曙色籠窗喜雀鳴，恰逢長至一陽生。負暄轉憶牛衣冷，披褐何須象服榮？擬向鹿門偕攬轡，還疑愚谷輟躬耕。莫將榆景輕抛擲，好薦明禋采杜蘅。

松棚

松棚臨水結層陰，永夏渾無溽暑侵。賴有瓜藤初引蔓，漸看竹笋欲成林。蒼鷺投瀨盤圓翅，黄鳥迎風弄好音。偃仰衡門人迹少，小孫長伴醉翁吟。

黄粱夢

攲枕夢黄粱，百年只一瞬。借問邯鄲人，至今醒未醒？

曉發

曉冷長途客子，煙生幾樹人家。烏聲喚起紅日，馬蹄踏破霜花。

春閨憶遠

繡來交頸鴛鴦，織就迴文錦字。望斷玉關三千，倚遍雕闌十二。

子夜憶内

院鎖苔痕樹鎖陰，二千里外攪愁心。遥知閨裏今宵月，深坐無眠詠藁砧。

雷峯夕照

斜暉鴈落正黄昏，古塔煙籠祇樹園。衲子半歸昭慶寺，遊人齊入湧金門。

謫仙樓

謝朓青山太白樓，千秋詩酒讓風流。只今樓外三更月，一瀉長江萬里秋。

紫沙洲

紫沙洲前風浪平，緑莎扉下客舟輕。晚煙漠漠人家冷，荻雨蕭蕭漁火明。

小齋初成對花詠懷

碧桃結子桂生芽，檜柏青青榴始華。一卷殘經猶未了，煖風吹雨上窗紗。

弄　孫

稺子依依傍酒爐〔四〕，助吟亦解拂吾鬚。明朝欲到合明寺，問爾能持拄杖無？

江之漢

字向若。萬曆間諸生。少蔚儒望，試輒前茅，行卷流布吴下，極爲馬君常太史所推許，邦人傳誦，奉爲絜令。公亦自負致身通顯，直契戾取之，十舉鎖院不售。順治初，猶橐筆旅進，冀得一當，然氣槩亦小沮矣。晚以口耳之學爲童子師。與予齋鄰，間有賡酬之作，壯心逸致尚勃勃行間。今搜其稿不可得。其弟之泗手授愁吟一册，公自序以刊行者也。匪是，則無從獲隻字，剞劂之力，顧不大哉？

朝氣

晴雲送日出，猶帶晨鐘煙。禪燈半明滅，漁子已開船。露草濕芒屨，鵝鴨喧曉天。新迎朝氣好，獨立豈徒然？

方子建爲予作畫賦贈

迂才素不長於畫，見君墨氣通畫理。精心欲掃筆下塵，摸索到處疾伸紙。密處求疏濃求淡，遠近之間如意止。化工畫裏原無題，寫得相似而已矣。能於相似忘其真，文人長進皆如此。

秋仲返舍别友人

村鷄鳴薄曙，江月淡微明。遊子今朝色，離人昨夜情。風塵催去馬，卮酒戀啼鶯。惜别由來苦，還緣重友生。

立秋後一日喜姪葦渡至自蜀兼得兄楚望消息

客蜀又經秋，相看喜不休。常從别後問，恰慰望中愁。但説尊人健，兼聞作吏優。峨眉天半路，此坐一番遊。予自署此坐道人。

野望

宜雨宜晴此際收，一帆風影蕩孤舟。纔穿樹杪和煙入，忽過沙汀帶水流。野鶴銜雲任去住，芳蘋依浦自沈浮。遠心對此看無盡，坐到晡時動客愁。

歸舟

江上扁舟興倦餘，客懷憔悴嘆歸與。等閒又作三年夢，幾度空悲十載書。白髮催人驚日月，青雲悮我卜樵漁。一丘一壑猶堪隱，底事芒芒生計疏？

月夜聞潘蜀藻隔牆高吟走筆賦柬

寂寂空齋午夜秋，朗吟聲度隔牆樓。詩情原自孤同調，酒興何妨覓舊遊？肯□唱酬聯白雪，莫嫌衰老憶丹丘。近來想亦憂雲漢，仍有餘狂待我收。時方憂旱。

野　渡

溪口小漁船，招來挾一槳。暫泊送行人，孤櫂仍獨往。

村叟二首

朝驅牛羊來，暮驅牛羊去。半在湖上眠，半在山中住。

有時持釣竿，獨向溪邊立。問叟何所思？魚來水自急。

老　翁

老翁猶記前朝事，近日風光大不同。留得少年他日老，更將瑣碎語兒童。

姚孫森

字繩先，號珠樹。天啓初諸生。湘潭令渥源公之仲子也。少與方太史拱乾、蔣民部臣諸公號『六駿』，文譽翔起。性好遊，器量淹雅。姿容瑋麗，每出，車服甚都，所至奉爲重客。即千金裝，隨手輒盡，意廓如也。一中副車，再舉賢良方正。順治初，以明經署浙江龍泉學博，作士有聲。公詩初學竟陵，既乃瀏灕渾脱，出入錢、劉。所著可處堂集，仲子文燮官建寧鏤版問世，吴水部無齋、錢司李飲光爲序而行之。

送方三計偕北上

霜氣滿林原，其風亦凛冽。百靈肅檐楹，矧乃千里轍。心知别有期，漫不言將别。胸臆時詔語，覿對安于嘿。同居不同行，居者自淒絶。眷戀天上軺，虚此山間月。天路方新輝，高翔奮長翮。草樹亦含思，悲盡翻成悦。飛潛各自分，勿悔久離折。

送謝孺玉魯玉任仙孟劉阮仙還楚

男兒重意氣，結交在賢豪。滌蕩千古心，款款常見招。與君爲兄弟，綢繆等同胞。所憾異形骸，況乃萬里遥？别君正炎夏，道路亦何勞。班騅悲自鳴，黄鳥慘不嬌。悠悠憶河梁，脉脉同此宵。寸腸苟不渝，令德慎所標。

孟秋朔日雨中李通侯玄素招集清嘯園同滕伯倫劉念先劉客生范仲闇劉阮仙方爾止方密之謝孺玉吳子遠胡子濱唐祖命即席分韻得霽字

秋氣到林園，一葉下階砌。冉冉秋雲陰，涼風生羅袂。主人清且賢，幕府集蘭蕙。雷電燦綺筵，狂歌奪雨勢。蘿薜映山窗，觥籌渾不計。百靈肅檐楹，清商如鶴唳。不愁雨不休，翻愁雨聲霽。持此金石心，風雅歸冥契。

楊公實家鬟駐雲花朝日二八初度即席賦贈

濛濛春月漾花林，一曲春歌花裏心。露滿花繁聲不駐，香風裊裊入雲去。圓珠瀝瀝溜盤走，不斷柔煙醉春柳。春到花朝又兩朝，美人湯餅可憐宵。二八流光驚易度，傷心最怕芳辰誤。身輕立不敢迎風，亭亭小倚花枝中。齉笑含情在秋水，肯入遊人春夢裏？

戊子暮冬客海陵宮紫玄示余春雨草堂圖走筆賦此

幽谿曲沼春沈沈，伊人嘉遁入春林。閱盡滄桑意轉恬，初衣全澣海陵煙。欲買青山先買屋，草堂結搆城西麓。芳草湖汀空翠裏，全家都令住寒水。桃源莫問秦人櫂，角巾鳩杖舒長嘯。君不見，西山之巔數畝薇，膏雨陰濃春正肥。又不見，浣花之溪數椽室，詩句經年滿緗帙。山水緣深未肯了，指間燦爛春花繞。墨光化作西湖雲，篋中朝夕雲紛紛。偶向閒窗展圖譜，耳邊已似聞春雨。昔人欲縱遊觀樂，一室之中繪五嶽。君置西湖于几座，世人空自分小大。撫琴動操衆山響，春雨瀟瀟湖水長。我有龍眠廣且深，芳蘭十畝横碧岑。鋤煙灌月頗足娛，歲暮客此胡爲乎？荒寺積霰陰漫漫，怒風到山吹晝寒。篝燈静夜照孤影，層冰未似人心冷。喜君示我圖數幅，宛然坐我春林側。人生貴適禽向願，相逢寧作窮途怨？畫裏猶能移我情，況復將身畫裏行？新詩裁就魂已去，明朝擬踏林間路。

十一月初五夜月

新月過山浄，秋天色自殊。初更遂欲别，永夜越添孤。鄭重明時晦，淒清有後無。來宵應記取，未晚望平蕪。

月夜僧夢雲問疾

月若期僧至，中宵作畫看。劇談茶亦醉，深坐漏忘殘。樹吼歸雲亂，煙生破衲寒。衝風成遠送，翻覺病粗安。

雪夜懷兄純甫

小飲易爲醉，雪深猶未知。忽驚歸鳥亂，出見蚤梅滋。不辯山林色，能添煙雨姿。剡溪曾有約，正值夜寒時。

舟　雨

晚風全入水，相與助爲寒。雨色炤荒岸，江聲走急湍。險能徵定力，眠直廢嘗餐。聽説秦淮近，開窗放遠觀。

月夜渡江歸自京師

江晚風偏急，煙波一櫂還。攜來新月色，分炤故人顔。花路積梅雨，春衣生蘚斑。熏香理舊帙，肯負半秋閒？

將出遊有感

菽水它鄉裏，晨昏忍蹔離。難將游子意，盡令老親知。烽火驚新柝，家園冷故枝。謀生吾本拙，俯仰欲何之？

喜七兄純甫至自白門

同作天雄客，君來我更先。鄉心應較切，生事正相憐。春滿池塘草，堂開花萼天。衙齋清露肅，姜被足酣眠。

北歸四首

生計慙余拙，終年路是家。遍看園内樹，誰放舊時花？水較春前長，籬猶雨後斜。荷風如款主，送得晚香賒。

曰歸豈不快？秋近易爲悲。世事貧方見，人情老始知。加餐偵母喜，沽飲怪奴遲。鄰叟聲音熟，閒吟隔院窺。

征裝何所有？數卷未盈車。貧比去時甚，愁從到日加。婢炊旋糴米，僮煮隔年茶。鄉國方多亂，安居敢怨嗟？

萬事歸來好，城隅舊草堂。青天容我懶，白日看人忙。牆短留峯影，窗虚納雨香。相將同稚子，讀罷共徜徉。

柬徐仲衡

昨夜三更雨，添人兩鬢霜。櫓聲喧急浪，燈影泛孤光。夢静嫌衾短，山寒覺漏長。誰能諳寂寞？賴爾共徜徉。

喜兒燮應試來白門

頭巾吾欲棄，爲爾思翻深。得失原天數，荒勤見汝心。夢懸關店雨，風和客牀吟。不寐縈家計，寒侵到曉衾。

荒　園

荒園集微雨，深坐寂無譁。新月陰猶照，芙蓉冬尚花。囊從前日盡，酒向隔鄰賒。莫怨淹行李，浮生誰是家？

與方坦菴三首

方子論交日，于今三十年。升沈甘自異，閱歷倏過前。世眼盡皆白，吾文敢曰玄？相憐惟有爾，覿面轉淒然。

將母慙無策，當年亦使齊。濯衣愁小婦，負子媿山妻。徒步兒全慣，茆堂姪與棲。更憐諸幼女，無食向人啼。

懷抱今如此，淒涼未忍鳴。開心惟老友，不了是浮名。治亂雖歸數，行藏敢太輕？幾回甘小草，復恐負平生。

八公洞

入山不見洞，逕曲洞能生。堇户接雲氣，疏畦滌雨情。竹凝鄰院碧，泉送隔籬清。静極無餘響，滿林鐘磬聲。

北固山

山近時能過，江光到眼明。魂飛投子下，秋老潤州城。葉冷霜留色，花香風有聲。疏鐘催早月，欲慰旅人情。

生生菴

太守前朝彦，爲官最有聲。鑿山依古刹，結宇對高城。樹欲留春色，池能適物情。亂餘常怖死，竟日坐生生。

同笠公吕霖生登金山

杖策陟高岑，低看波浪深。晴雲籠遠樹，石屋亂秋禽。氣至極清處，坐生無雜心。西來不盡意，領取海潮音。

焦　山

踏遍焦山路，諸山安足云？翠從巖樹落，清與嶺煙分。曲逕行疑失，晴濤望不聞。晚來乘小艇，目送度江雲。

竹林寺結冬看箬公上座

去時方結夏，來值結冬時。萍迹元無定，蓬踪若豫期。語催花影亂，燈表佛容慈。寒響入叢竹，都歸静裏思。

病中沽飲

衰年艱一睡，病亦仗清尊。冬氣夜侵骨，霜天早閉門。寒庭驚剥啄，鄰釀到荒園。强起坐牀簣，微醺煖客魂。

客中除夕

故國當今日，閨人還倚扉。此時猶不至，始擬未曾歸。忍淚供生菜，多愁任敝衣。應難獨守歲，憑夢出深幃。

雨後畫溪待月

曲曲園林傍水涯，尋幽恰值日將斜。山逢静夜能留月，池貯輕舠可當家。野吹涼生經雨竹，疏鐘敲落受風花。狂歌醉倒忘歸路，臥聽哀蟬噪晚霞。

山中雨夜東方時生訂賸山遊期

雨過閒庭樹影鋪，横空煙色冷平蕪。一泓流水自清淺，幾曲青山半有無。交爲情真翻似隔，夜添僧伴愈成孤。朝來試看新晴路，竹杖鏗鏗石上扶。

僦友人河東別業

也知閉户願難成，但免逢迎静者情。細路穿林翻似野，斷橋隔岸尚依城。居猶未穩廊先搆，樹欲成陰窗不明。燈火半簾風雨夜，幽情恰稱讀書聲。

墨蘇齋看雨

幽花自落點苔斑，高閣深深煙雨間。新竹每穿當户徑，古藤剛覆繞籬山。看雲聽鳥渾忘世，課石分泉卻未閒。漫道主人饒癖性，惟余有夢亦相關。

旅店雨宿

金飆淅淅冷秋山，款段翻乘煙浪間。僕子正愁歸路隔，遠人爲愛客途閒。沽來村釀偏難醉，夢去粧樓苦易還。雨過疏簾容月入，更言何處是鄉關？

僦園解嘲

僦居無意傍青山，何幸青山入座間。牆短涼從高樹至，徑迂人共野花閒。長看遠霧峯頭出，細數飛鴻天際還。客裏盡知躭静癖，誰能日日事躋攀？

雨中復東諸子

前峯淅瀝響重泉，梅雨深深五月天。小几鐏爐燈火静，故園茶笋色香全。山多亂後人依住，詩苦吟時句不傳。蚤晚著書長閉户，思君望盡一溪煙。

謝孺玉欲别我之湖上詩以留之

把酒論文興正賒，何堪遽汎剡溪艖？秦淮河畔月方滿，西子湖邊秋尚花。奕世誼深烽火日，中原名重蕊珠華。萍踪遭際艱難甚，隨處煙波可當家。

吴甥爾玉自廬居抵金陵兼出其江行詩相示

烽火千郊故園虚，憐君此日尚居廬。夢魂未與幽冥隔，筆墨皆從血淚餘。異地經懸荒草榻，同心話勝故園書。渭陽自古情偏劇，來未經旬忍别余？

閩遊歸集謝仲玉飲時兒焱將婚即席得凰字

青谿雲水接瀟湘，歲晏萍逢聚一堂。鴻序幾年悲别鶴，鳳雛今日快求凰。新詩夜送貧廚酒，荒圃風疏小樹香。錦荔亦添花燭色，良宵絳蠟爲君長。

贈望海楊斗北先生

雨滿高齋抱膝吟，晴峯忽爾恣登臨。寒花匝地香千樹，野鵑啼春月一林。湖海路幾成蜀道，門牆誼已重南金。也知漢柱名題久，桃李叢中聽好音。侯有門下士，言侯已陞駕部。

杜言邀同董孝疆飲純陽閣

疏柳涼風夕影偏，振衣遥上最高巔。亭因載酒花忘掃，客欲探奇榻未懸。囊澀儘教詩草積，窗虚許共野雲眠。閒踪自笑同萍梗，鄉信紛紛付浪傳。時有言故鄉寇警者。

病起贈居停管思戒

湖海遨遊已及年，相看小極自堪憐。從人乞米聊充食，共妾餔糜不問田。欲櫛忽驚新白髮，懷歸藉有舊青氈。挂帆宜趁秋風早，停泊因君榻未懸。

立春日同友人飲友人出其新編見示

年年操艇走風塵，此日飄零媿老親。好友乍逢欣似故，舊書重讀即能新。遊經歲月占身健，盜滿江湖賴橐貧。雨雪蕭蕭天欲凍，岸邊梅蕊獨催春。

贈葛太常屺瞻先生

西泠靈氣鬱巃嵸，寰海欽瞻矍鑠翁。大業四朝推國老，弘文八代起衰風。太常清節追周澤，仙籍長生註葛洪。久矣帝心求舊碩，恐難堅臥北山中。

野泊

窈窕青山青可憐，孤舟小泊絶人煙。春光九十花應老，江路三千月再圓。傳説兵戈危聖主，親逢盜賊上鄰船。祇緣昨夜驚深夢，坐對清光自不眠。

夜飲陽署留别馬正誼

鄉夢長從涼月生，歸颿何幸及秋清。荔枝經雨房全熟，棠芾成陰瘴亦輕。話間吟蟲支夜漏，爐添新水助風聲。旭光莫漫揺冰署，祇恐驪駒向曉鳴。

雨中訪友人

柴門深掩静無驚，藜杖衝泥日暮行。千樹受風雲影亂，一泓過雨月痕生。交因貧賤情逾摯，話到功名意已平。征馬且歸城市去，來朝未許向人鳴。

客中有感

小雨輕涼苔徑封，晝間旅思自重重。山川遍歷知誰主？天地雖寬似不容。將老漸于書味洽，長貧翻覺世情慵。微風幾枕虚窗夢，繞盡江南無數峯。

樓　望

江風吹雨入林端，野色都從户裏看。一榻三秋黄葉積，千峯雙屐白雲寒。春過北固花纔放，霜壓東籬菊又殘。何事柴門歸約負？半間行李欲挑難。

舟夜讀史達曙

客裏篝燈勤夜讀，數驚身在一舟中。頻年撰著曾何濟？老大咿唔豈送窮？書爲健忘欣乍校，酒無下物藉諸公。櫓人夢醒催鳴櫓，久雨新晴趁順風。

别价人有懷

擬君歲暮上公車，曾記雙魚奏起居。意外留連停桂楫，衰年酩酊仗籃輿。纔彈江北無魚鋏，猶望湖東寄客書。春過花朝寒愈甚，雪風如戀廣文廬。

柏里道中

庚寅春，奉憲委踏勘災荒，崇山峻嶺，日在風雨中行，感而爲詩。

連朝煙雨浣征塵，草際空香天氣新。飛瀑帶雲珠似雪，斷崖凝翠蘚生鱗。老農自荷鋤迎客，仄徑翻嫌車累人。怪底夕陽明遠嶺，桃花紅殺洞門春。

木岱道中

寒食至今寒不解，羈棲未有半朝晴。谷雲欲散溪旋漲，山鳥無言鳩獨鳴。擬覓筍輿分嶺翠，好憑竹閣領泉聲。疏籬茅徑宛鄉曲，畢竟深謀是耦耕。

泛宿潭湖寺

鶯花漸過不知春，笠雨竿煙與夢親。晴月入林如媚客，寒禽啼樹似呼人。世尊傳是三唐像，父老猶然萬曆民。此際行游懷尚足，青山好問赤松鱗。

避雨田家

旦旦清流衝石出，家家黄犢繞籬眠。千峯争送三春雨，一日常經四季天。老母計年疏菽水，寒官累月伴雲煙。寄聲小婦休樓望，楊柳青青到處然。

吴柱溪白寇竊發檄鄉勇往擒之

圖繪流民方欲獻，潢池何事驚烽煙？寒官夢亦關軍政，饗士囊先損俸錢。虎子會須探虎穴，龍泉無異住龍眠。當年策應因桑梓，此日空教惱鄭虔。

斷　橋

湖光山色遠連天，小艇空游破冥煙。簫鼓樓船紛似市，往來只在斷橋邊。

放鶴亭

曉風吹雨過橋灣，偶爲看雲獨往還。翻笑孤山林處士，當年放鶴不曾閒。

六　橋

經年故國無消息，五兩輕舠可當家。莫怨春歸花事盡，緑陰如蓋勝於花。

湖心寺

山色空濛湖水平，葛衣短櫂受風輕。湖心亭畔湖心寺，多少游人看放生。

片雲石

奇石自令人下拜，誰能對此不成顛？深山晴雨元無定，一縷閒雲鎮日眠。

吳　山

雨過危巒曙色開，樓臺層疊水縈迴。長松夜半濤聲發，疑是江潮八月來。

方撝謙

字君則，號四顏。性至孝，既貢，以母老不赴廷對。居家極色養之奉，廁牏必滌。母年近九旬，臥疾，君則病且死，戒勿令母知，恐貽其憂。既歿，母始聞，未幾亦卒。

二蘇墓

眉山有二蘇，眉山不得有。或在楚之南，或在粵之右。大蘇海外還，毗陵實回首。愛兹汝之陽，花萼共高阜。霍冢比祁連，霍里草芊芊。西陵多疑冢，枉自哭橋玄。二蘇文章在，雲漢自經天。黄土焉能蓋？贔屭豈足傳？墓木不敢薪，墓門不敢田。何須問石馬，翠柏自年年。

馮姬歌和宋牧仲

苧蘿不作五湖遊，金谷佳人不墮樓。年華荏苒有何意？紅粉何堪到白頭！莫歎馮姬歸去早，不見憔悴但見好。田横死士有雙禽，姬死，素所畜鶴、鸜鵒亦死。不比小青殊草草。休爲客舞舞羊公，前生同在繡嶺宮。繡嶺宮前冢如許，何似纍纍遼海東？

登黄山

天外三峯陡如削，桃花曲澗通幽壑。樹杪高挂百重泉，直疑倒瀉銀河落。平窺下界多煙霞，願攜鷄犬即爲家。田可躬耕飲黄犢，還宜煉藥浴丹砂。須臾颯颯風雨至，雷電奔轟晦天地。若非潛臥蛟龍驚，定是探奇鬼神忌。朝來雲滿海天秋，頃刻萬狀不勝收。回頭依舊千峯霽，日暮芙蓉紫翠浮。

射虎行爲宋牧仲别駕校獵一日得三虎而作

以石爲虎没箭羽，以虎爲石射不入。丈夫意氣獨精堅，眼底何勳不可集？孝侯除害先南山，邑無苛政去仍還。何如併除肘腋害？老婦攜兒宿草間。入虎穴，探虎子，周留背上微煙起。壯士用命如奔雷，大虎重傷小虎死。須臾三虎列階前，宰肉如宰天下然。淺幟製作車前式，二弓交韔色争鮮。父老競欲與虎訟，安得神君復遇宋？羣虎負子盡渡江，贏得朝耕及暮種。卓然三異動彤廷，天子召談虎觀經。上殿相争氣如許，陳思繡出畫圖青。

洛城懷古

洛城禾黍動人思，洛水東流無已時。幾處斷碑縈野蔓，誰家舊館羃新葵？鵑啼不盡當年淚，燕乳争巢林上枝。興廢已成十七史，北邙何必歎纍纍？

贈俞喜臣

麟閣勳名指顧間，不禁鵑血滿燕山。昆吾有恨難言報，弓劍相依未忍還。幾樹冬青堪漬酒，誰家藏碧已成斑？南枝莫向揚州路，且護西陵月一灣。

次韻和潘蜀藻立春日值坡公初度攜酒赤壁酹之

問君何日作閒人？律轉黄州七度新。不記添籌共栽竹，但知月夕與花晨。丹傳勾漏留顔色，凍解東風識苦辛。認取歲寒千古意，羞同桃李鬬芳春。坡公生辰爲臘月十九日。

虞美人

英雄氣骨爲君柔，心欲灰時淚未收。灑向花枝皆是血，楚歌吹遍滿園秋。

校記

〔一〕炙　當作『炙』。

〔二〕㑞㑞　疑即『忽忽』，待考。

〔三〕舫艅　當作『舫艅』。

〔四〕爐　當作『壚』。

龍眠風雅卷四十六

木厓潘　江蜀藻輯
於越呂光輪晚邨同里姚士堅庭若參

吴道凝

字子遠，一字至之，號虚來。宫諭宗一先生之子。順治丁亥進士。初授山東長清縣，改浙江奉化，所在職辦。未幾，挂吏議歸。公少負才名，胚胎家學，吮毫伸紙，滚滚不休。與人言，才辯蠭湧，傾倒座客。其爲詩，含咀漢、魏，瀾汋三唐，有朱絃清廟之遺。草書尤横絶一代，自謂得李北海筆意。既登第，雅志石渠、天禄之業，齷齪百里非其好也。予僑寓秦淮時，詩文有所質正，公輒謬加許可，不啻口出，至下交，引忘年之義，曾以大指齋詩集十二卷貽予。轉徙以來，卷帙零散，搜牢敝簏，不可復得。己酉，自都門出紫荆關，與其從孫昌仍坐廣昌署中，叩其所記憶未刊之詩，不下數十首，疾録一通，藏之行笈。而以悼亡遄歸，倉皇中亦歸烏有。僅從過江集及予舊鈔本采若干篇，殊未足盡公之長也。循讀數過，爲之三嘆。

有所思

有所思，泰山粱甫間。何用問遺君？皮骨將心肝，日月紹繚之。相思不可得，手舞足蹈之。我心悲，我心難自持。從今已往，慷慨何爲？君心知不知？朝餐暮宿，僮僕當知之。日月在天星辰垂，仰視中夜旁皇歸。

東門行

出東門，還相望。握君手，淚沾裳。天涯有賤子，東西南北皆心傷。一解
作傭心所甘，執御分相當。人生重故人，何愁貧病老他鄉？二解
老他鄉。開門滿酌醇酒，闢門不問舂糧。白日易晚，朝露爲霜。少壯幾時空慷慨〔一〕？三解
白日易晚，朝露爲霜。少壯幾時空慨慷？行吾去翱翔，中心藏，何日忘？四解

燕歌行

雨雪霏霏單布衣，江風栗烈有人歸。一解

魚潛水底不敢窺，雁宿蘆邊不敢飛。二解
舊年初夏及于兹，胡爲一旦不可遲？三解
賤妾他鄉私淚垂，日日思君知不知？四解
願君高舉藏羽儀，願君深心還識時。五解
賤妾容顔難自持，江水悠悠隨所之。六解
寸心脉脉當告誰？ 君乘驄馬大道馳，他日與君還餔糜。七解

遊仙詩

宮闕金銀多，不能住仙人。囿中坐奇草，水深垂長綸。呂政好萬歲，南游窮海濱。云有三神山，使車何鱗鱗。海外多餘田，方士常苦辛。王此童男女，何如稱人臣？ 待詔金馬子，據地日飲醇。世宗恃雄略，但求不死藥。五利無玉簫，鳳臺空可作。素鹿餙黄金，汗漫青絲絡。階前荒草生，白日將安託？ 跣足入終南，四海自寥廓。人生最美好，被髮甘霜幕。桂父煉形色，富貴不足學。咄咄無仙才，屠門期一嚼。

江水深

北風過寒江，顔色變顲頷。日者在房户，家人屑涕淚。告我江水深，水深多危墜。碎首鄉井間，鬻發遠魑魅。不惜荒土田，骨肉亦可棄。輕資奔遠道，忼慨試危地。順風到江南，百兩市瓷觶。千金僦大屋，高會歌既醉。玉鉤餙朱纓，明璫雜翡翠。作使狹斜兒，鄉里耀僮稚。筑聲慎勿擊，隱几託假寐。江水若可絶，驅車挽歸轡。

長歌行

我聞三神山，乃在東海濱。松柏夾長道，不知冬與春。仙人餐松柏，顔色一何新。散髮乘白鹿，赤幢覆其巾。忽憶少年時，挾策遊燕秦。上書見天子，願爲天子臣。馳驅亦已老，努力長苦辛。今至蓬萊中，可勿憂賤貧。吹笙未一曲，散盡人間塵。我與王子晉，嗟此世上人。

聞寇渡漢同方璽卿先生感賦

有客走江南，痛哭爲我道。賊兵一夜來，狂風摧大纛。主將既陣亡，官軍變爲盜。秦人入楚中，楚人爲鄉導。一葦濟千騎，江流空浩浩。塞雲忽南北，中間絶音耗。枯骨枕荒郊，見者增悲悼。白門盛繁華，舉此聊相告。楊子千尺波，楚賊應難到。

胡石屋仲晦招飲黄鶴樓

日落江氣虚，浮雲不肯白。萬頃浸空明，青天容易窄。高樓探奇懷，遠入頻可接。峯巒乘潮來，蛟龍上臺側。靈斧闢終古，混茫遜雄傑。灑酒凌寒風，夢魂貽羽翼。丹爐難久然，肝腸向誰結？與君頓足間，寥寥繁響絶。石室晝消煙，老樹春無葉。滌襟振神韻，蒼冥或未隔。漢帝求三山，窮年迷雨雪。

登觀象臺

山氣凌白日，蒼壁陟岩嶤。巃嵸鍾山英，漭沆江聲驕。焜燿祠十廟，瞻望起六朝。鏤鑄有鬼物，神龍意飄摇。璿璣徵帝極，渾儀懸斗杓。六術數可定，七星度不遥。風雨行其間，氣象干青霄。幽人步靈臺，帣韝且採樵。俯睎中原色，舉手招王喬。落日鳥亂飛，沙起折樹條。宣夜者誰司？漏刻恣蓬蕭。

詠懷詩四首

天地何寥闊，衆志聽紛紜。逸者適爲勞，枯者適爲榮。達士無所懷，區區秉其貞。浮雲西北飛，日落難東升。乍寢如棄骸，夢中無此身。野草雖易萎，萬古無窮青。

江河猶在地，日月猶在天。蓬蒿與蘭蕙，高下何所懸？章服盛榮華，貴顯非徒然。公輔各有命，黜陟原無權。竊笑魯夫人，終年不食鮮。

李聃出關後，中土鮮真人。曼倩雖玩世，毋乃自殘輕。郭璞身死後，其術竟不神。人生順自然，百歲無勞形。元精還太虛，穆然終古存。至人遇仙後，七十無所營。朝夕蔬食供，何曾餐黄精？至理已冥契，脱骨如遠行。

北山有枯桑，主人斧爲薪。枝幹既已除，藐焉根獨存。根爛無斧柯，雨露歷冬春。春深百物滋，下有桑條生。荆棘恣叢蔽，枝葉多夷榮。樹下誰家女？朝來筐已盈。桑大葉益多，蠶肥繇愈明。至今北山上，桑葉如垂陰。道傍多嘆息，不見伐桑人。

社集分題得温柔鄉

白日既已暮，朱顔難久持。人生天地間，倏忽如飆馳。蒼梧骨已朽，黄龍駕難追。蓬島亦非遥，何不往登之？呼吸盡溟渤，鞭撻走虬螭。千載尚云夭，白首呼爲兒。酗酒無所歡，談笑世人爲。飛瓊捧絳綃，雙成進霞巵。神仙多好色，金屋廣冰姿。所以秦皇帝，日夕勞夢思。男女三十人〔二〕，下海無歸期。徐生即非仙，天子甘心之。春秋七十後，宫闕生歔欷。竭力求神仙，冥漠不可攀。胡爲方士惑，金丹無生還。神仙誰少壯？皓首成華妍？不如擁美色，自終其天年。

余與劉客生把臂兩閱月矣予以心贈客生不可無一言遂作歌將之

君何爲乎來白門？白門繁華感客心。盛衰偶爾入懷抱，胸中眼中傷古今。六代佳麗不可起，烏衣篴步空餘址。燕子江頭飛不回，莫愁湖冷人誰是？君家自古帝王州，秦漢既往君誰儔？山川勝槩雄天下，千里爲君談笑收。君何爲乎來白門？江南山小不足論。三江五湖浮天地，日月出没大海濱。徐淮舊有驅車路，錢塘又見觀潮處。下筆疑有波濤來，片言能使蛟龍赴。君將交盡天下人，内江范子君知心。席上忽逢吴十四，掀髯拜手託生平。

吴子流離四年矣，不知他日窮何似？自許心肝值萬金，持贈無人敢當此。君心有若君鬚眉，常與天下共見之。君心未肯輕贈人，心心相照穹蒼知。當今盜賊滿區夏，南嶽烽煙照西華。杜陵樅水兩布衣，夜雨挑燈坐茅舍。我知君懷多旅愁，江南桑土無綢繆。我心甚苦愁不得，大醉秦淮水上樓。挈我終南歷太行，與君白首常相望。

短歌行

窮生今日無所歸，一身飄泊東西飛。半年一年不得返，年年夏日典春衣。僮僕夜深相詬誶，誇説貧賤文章貴。卑濕侵人雨不休，抱病晝眠無一事。吁嗟乎！主人不如歸去且安貧，從今莫言交貴人。可憐病母依門立，可憐稚女牽衣泣。

吴門投贈徐勿齋先生

芙蓉殿前乘雲飛，未央遼絶懸緋衣。脱劍持橐車輪走，薊門風色黄河歸。秘閣紬書上天子，甘泉明月照江水。江南子弟負玉笈，華陰且過張家市。縞衣韋帶鎖柴門，執手相慰王公孫。劉勰雕龍不得鬻，車前嘍啃能大言。猶憶長安獻賦日，窮鳥賦就聊抱膝。豈能登堂望嗣祖？高談西川有趙壹。昨日挂席吹敝裘，長嘯高風凌虎丘。虎丘先生帝闕來，十年重上仙人樓。夜夢老翁擊靈鼓，承明筆札驟風雨。青州鄭子西入關，絳紗爲帳充歌舞。琅琊流寓松節多，莫憐法武空悲歌。脱屨當階著縫掖，摳衣進履猶鳴珂。側身北向浮雲變，塵沙已盡山川見。聖人端冕坐明中，召君劍履獨上殿。

送姜如須北上謁選兼奉兩親歸里

廣陵梅花夾道路，公子驅車不肯顧。望見長安宫殿千萬間，飄風已盡浮雲還。抗手當歌對游子，幅巾奮袖乃如此。姜郎母謂客作豪，羊裘大澤猶鳴刀。東行吴越少年走，秦淮獨飲龍眠酒。誰爲戴笠誰乘車？市兒佯邀城南居。主人作使邯鄲曲，羣從張燈攫銀燭。胡爲乎攜劍直向海岱歸？楊柳雨雪相牽衣。君行莫厭黄河深，千年萬年流至今。岱宗之高幾千丈，秦碑漢碣難名狀。君家丈人賢大夫，高山流水聊追呼。長卿筆札若在手，當憶吴生長歌歌折柳。

超宗蘭社贈楊龍友時龍友後至秉燭寫畫隨手潑墨遂成杰作漫作長歌贈之

鄭子前自邗江來，手腕不肯爲人開。有時紈扇片幅紙，千峯萬壑相喧豗。楊子近自松江至，偶逢蘭社初舉事。移燈就案濡墨濃，見者以爲書大字。老樹離奇輪囷枝，怪石歷落嵚嵜姿。樹老石間石無縫，可憐細草相扶持。蘭葉幾莖出樹底，石竇如錢葉如指。兩花三葉參差生，下筆不知從何起。楊子閣筆就綺筵，一時觀者如雲煙。歎賞咋舌聲不出，咸言此法無人傳。吴子側坐楊子傍，大言小言中心藏。書生不敢言時事，空提鉛槧飛羽觴。滿酌一斗爲君進，且莫畫蘭畫神駿。上之天子鑄其形，嘶風一掃黄雲陣。

聽琴篇

廣陵秋夜濤初飛，蘭橈桂槳佳人歸。輕霜略白堤上草，微月分寒入素幃。揚舲西上疾如鳥，江水江花金陵道。摻摻纖手拂鵾絃，一拂一絃山月曉。激羽變徵愁心魂，轉柱促節哀怨煩。弔古賢者歌烏烏，草木脱落天地昏。有時流連水石間，潺潺鑿鑿還珊珊。泠然幽芳不可摘，忽聞春鳥啼空山。世間惟有風雨之聲千萬變，此曲變聲若流電。聽者惝怳入杳冥，古音邈邈酬新燕。

范太蒙先生招同陳旻昭年兄包稺修錢五長程雄飛令子范汝申同遊狼山

時癸未夏五月也

岷峨懸水數千仞，轉石砂崖千里震〔三〕。東涯漢水至天門，一山横絶愁乾坤。不知鑿此者誰子？江海相通由此始。京口之下無高山，瀰漫萬頃虚無間。波濤晝翻如捲雪，怪獸相搏眼電掣。旭日飛鍷空濛披，蒼天倒浸紅琉璃。扶桑隱現蛟龍窟，鱗鬣宫室相出没。嘆息博望多奇才，鑿空竟自斗牛來。西域都護凡數十，交州還由海道入。南棄珠崖西閉關，海外珍貢無時還。延及元時數十載，水迹分明至今在。本朝湮没不復稽，議者紛紛空爾爲。我自廣陵牽小舸，乘興便欲來江沱。此間真人范先生，皤髮朱顔山水情。引我徒步狼山上，下臨溟渤千萬丈。巋然一山當江中，痛哭高懷文信公。滿天塵沙晝曛黑，此山不南亦不北。洒血陳師激彭咸，當獻天驕授首函。友人告余余急渡，吞舟吹雲起飀飀。舟人怳忽下風颿，重來扶杖登巒崌。是時余病不能醉，援筆作歌記其事。

閲林小眉姬人畫册作長歌

白下橋邊月欲寒，美人對月舒輕紈。欲語不語耐小立，含毫濡墨思盤桓。何來煙雲千萬狀？怪石枯藤相揖讓。溪邊老樹禿如鶖，偃仰龍鱗戲青嶂。纖纖幽草如華星，蒙茸微聽聲清泠。中有静者鑑鬚髮，懷我寂歷石上亭。石倚絲谺天欲墮〔四〕，危峯傾仄正婀娜。大者怒奔小者隨，兒孫羅立高曾坐。風雨聲中帶刀劍，墨光蕩漾波瀲灩。又如絳冠長佩紛陸離，忽逢幼女迴嬌豔。有時惜墨不肯寫，秋空明没澹容冶。朱唇宛轉丹管間，白石蒼崖争齒下。慧心隨手發妙香，彤顆縹蔕膏瀼瀼。昔聞湯夷服八石，我欲餐此淩扶桑。

江行二首

觀象臺前望，吴雲接楚雲。黄沙騰萬騎，赤日走三軍。亦有車船發，徒聞兵仗紛。欲因津吏去，灑淚問湘君。

他鄉遊子夢，夜夜到輕舟。解纜沙汀月，鳴榔驛路秋。懸帆山易盡，送客水空流。惟有垂綸叟，波濤任去留。

山中懷十一兄亞侯

有弟在巖阿，長年種薜蘿。樹深人語絶，路古麝香多。南郭然藜火，西山爛斧柯。共憐朝市客，不解厭兵戈。

旅中苦雨

邸舍愁三夕，羈人似半生。呼童燒短燭，揀曆卜新晴。夢斷檐前溜，心傷天外聲。可憐江漢上，風雨正行兵。

和王給諫送姚永言先生歸里原韻二首

知君廷諍苦，社稷未全安。鳩告原無好，鱗批總不難。單衣東海去，匹馬北風寒。掖省峥嶸地，如何不忍看？

抗顔陳大義，總欲聖懷安。臣節不當苦，忠名何太難？草苫傷驟冷，霜鐵自侵寒。來往山林者，行行側目看。

鷄鳴

鷄鳴宿古寺，殘夜發鐘清。九月霜風疾，衰秋客病生。怯寒頻問酒，出市厭吹笙。曉日當樓影，披衣問屐聲。

潤州雜詩五首　吳會雄

危亭俯絕壑，千里暮煙平。歸鳥雲中直，飛帆岸外明。樓臺騰海氣，風雨起江聲。圖久，三山擁鐵城。

太守風流在，空林祠廟荒。衣冠留畫壁，松檜冷書堂。俯仰山河舊，悲歌竹樹傍。中庭明月上，彷彿接餘光。

山徑未能窮，蕭然野望通。照人池上水，向晚竹林風。高士依芳草，孤臣託梵宮。寒煙飛不盡，俎豆幾時豐？

蕭寺重來日，秋冬異感中。不知煙月變，那得水雲窮？松下尋朝菌，林間出午鐘。風泉清聽滿，老衲詎能同？

孤峯搖巨浪，驅石自何年？寺古行人少，山空老樹全。高尋清漢月，長倚白雲天。衰草侵遺像，經過一惘然。

廣陵三首

蕪城春水滿，惟有白雲多。古道依蘆葦，人家出芰荷。晚煙常斷續，深柳易婆娑。象板銀箏歇，風前度綺羅。

人歸蕭寺裏，月到小橋西。流水平蕪遠，桃花野岸低。前汀巢翠羽，深院隱黄鸝。正值觥籌錯，微聞説鼓鼙。

水驛分南北，關梁古渡横。襟江帶滄海，拱泗衛神京。商舶輸邊算，樓船擁使旌。咽喉真要害，豈獨議嚴城？

夾溝道中

風日滿清泠，輕帆出野汀。幾灣流水白，一點遠山青。漠漠荒煙繞，萋萋衰草腥。傳烽遺戍鼓，旅客正難聽。沿河有墩臺甚密。

東寄密之京邸四首〔五〕

辭家風雨近黃昏，老友三人出郭門。分盪小舟波浪急，晚投村館僕夫喧。關山雪後思寒火，冏寺牀頭盡酒尊。從此屬車塵太甚，已令歸思滿山園。

射影驚聞涕幾行，獨驅疲馬入良鄉。聖明自念勞臣苦，悲憤翻憐孝子狂。僮僕四分多盜賊，饑寒一夜犯風霜。吞聲只望天恩重，客路含淒道路長。

傳制承恩宮漏鳴，臺班館閣半諸生。袖中常滿天人策，座上應難口舌争。舊有京官除一榜，乃勞吏道試專城。知君不獻長楊賦，天子同時浪得名。

風沙漠漠一人歸，馬上春風送晚暉。齊魯萑苻今日甚，江淮煙雨昔年非。授徒異國行將老，養志山堂願不違。蕭瑟懷人亭上望，雪花飄落滿寒衣。

金陵感懷四首

城上飛花在鳳樓，樓前曉日照荒丘。金張客亦彈無食，趙李家猶歌莫愁。鶯囀銀牀三月曲，人吹玉笛六朝秋。不知何以離鄉井，貪説長安索舊遊。五陵佳客自繁華，靚女新粧入酒家。無病豈堪依漢月？多情何事聽胡笳？天高木落烏棲早，夜冷霜飛雁羽斜。不見秦淮秋夜水，幾年桃葉醉仙槎。望得京師佳氣無，風煙吹起塞通衢。起居禁闥秦丞相，潦倒書樓漢大夫。自笑匣中無寶劍，何爲市上問屠奴？不如握粟從詹尹，遊子遲遲出國都。轔轔車馬長安道，落落簫笙年少行。既死陳思誰愛客？枉逢叔度不知名。平原處士能吳語，下里巴人習楚聲。坐有豪家難唱曲，市兒攜手過南城。

過陳龍媒廬居感賦

荒原古冢暗縱横，因岸爲廬斬蔓荆。白晝無人山鬼嘯，青燈將滅野狐鳴。冷苦侵骨還多病，破屋經秋已漸傾。血淚斑斑霑隴上，至今春草不能生。

為錢幼光三十

憶昔從遊大父行，松枝虬屈桂花香。兩家子弟年皆壯，一代詩書澤未亡。織絢不愁糧粒絶，鍛爐共幸姓名藏。何能任達狂呼久？聊與終宵盡百觴。

送鑑在赴史總漕之聘

最苦他鄉離别情，不堪歲晚送君行。淮南使者新開幕，河上諸州久被兵。阮瑀參軍無副草，呂安交友重藏名。寒天遊子歸何日？回首烽煙繞故城。

邗上姜開先招入衍園作

參差石勢擁樓臺，嶺上孤松覆水隈。月冷曲池開荇葉，雨飄深洞隱莓苔。前林客過山初轉，小徑雲歸鳥未回。窗外薜蘿青到几，海棠早已送秋來。

淮南道中同友人旅思

平沙渺渺起風煙，同挽柴車落照前。麥秀漸漸明斷岸，柳花漠漠繞原田。淮南風俗猶如故，河上兵戈已數年。惟有惠連多逸興，何期攜手出江川？

送童玄籲持節監五省軍

漢廷曾説下牂牁，横海樓船霜渡河。月夜初聞楊子櫂，江風吹徹楚人歌。相如諭蜀詞何壯，軍正行誅法豈苛。更有蠻荒思舊迹，勞君談笑解兵戈。

客　興

笳聲幾載徹中原，還買盧龍棄塞垣。葱嶺但聞張博望，金城誰繼趙翁孫？年年春柳丁男怨，歲歲秋風甲士尊。車駕渭橋猶未幸，何緣亭障弛關門？

餘姚道中

越水千迴繞越山，長江如練出山間。舟迎遠樹羣峯合，月到深秋流水閒。斷岸老翁驅犢返，前村野修趁潮還。憐余行役流連甚，空使顛毛草草班。

春日雜興二首

官舍晨開四望迷，門前流水自東西。不知春事蕭條去，惟見寒鴉早晚啼。日落松門人語絶，風生石竇野雲低。閒來煮笋消煩暍，還到東牀學祝鷄。

蘭陵春水接樓船，兩岸人家隔暮天。季子祠前雲黯淡，春申城上草芊緜。松筠嘗贈一亭緑，魚鳥閒依半畝煙。不識桃源今在否，可無消息到籬邊？

哭先大夫六十韻 有序

不孝自嚴君逝後，心志蕭索，廢楮墨者數月。季春，夢嚴君責不上誄，不孝跪泣曰：『卑不誄，尊古也，然不敢不黽。』拭淚爲之，逾時而就。嗚呼！烏足道嚴君萬一也？

天使斯文喪，人悲大道亡。聖朝思碩輔，當代痛元良。德並華嵩峻，名高日月光。詞壇歸北斗，學海老南陽。七步安能先？三都未足揚。譚經生錦繡，揮麈出琳琅。瀛選先英傑，麟圖表殿廓。七旬黄髮客，五載紫薇郎。嚴君筮仕，僅居任五年。宦況從閒局，人情笑病坊。藝林羞百草，芸閣識孤芳。綾被空留月，羅襦冷浸霜。嚴君宮詞有『秋風吹徹紫羅襦』之句，蓋自況也。承明初屬稿，待漏即焚章。避席登名士，興賢報哲王。壬辰禮闈，嚴君爲體中不預瓊林。體中是年成進士，爲名臣云。懷來惟木簡，歸去只縹囊。宅與西城近，山臨北郭藏。先生開鳳穴，門弟集鱣堂。樹作龍鱗老，人含鷄舌香。時何嗇菴以尚書郎授經門下云。翼經垂百代，撰史豈三長？但止明吾道，何妨任世狂？明君懷北海，恩綍起南荒。進秩崇三老，陳言矢一匡。嚴君于天啓癸亥晉宮諭，上八因陳時政疏。微臣五品禄，天子萬年觴。致仕無文繡，終身著浣裳。衡山何鬱鬱，泌水日洋洋。樂道寬薖軸，長吟響汶篁。萱花歡解佩，裳萼笑分行。嚴君事程太夫人無異孫夫人，事三兄，撫一弟，怡怡肅肅兼之。雎伏炊扊扅，雎鳴起鳳凰。恤孤高誼烈，仲父、叔父之藐諸孤，皆嚴君訓之、育之、籌策之。濟死重恩彰。予堂兄有麗人，大不得志于其内，將圖焉，嚴君活而嫁之。聖代羣龍首，明時孤鶚翔。四知存獨戒，百歲守如常。筆彩雖生楮，書塵欲滿牀。責躬惟有厚，作法必於涼。壁立棲風雨，田磽鮮稻糧。長年甘窶乏，終日看滄桑。憶昔辭丹陛，翩然駕彩航。同安山似黛，楊子水如湯。歲月五湖内，春秋九子傍。龍眠烹石髓，牛渚贈松肪。紫氣連關赤，青泥映洞蒼。天都餐玉粒，至人隱于新安天都山，嚴君問道焉。地肺沃瓊漿。五石樽隨運，雙丸劍有鋩。蓬萊九轉藥，山海二升鐺。還取無生訣，冥茲久視方。因心眼何白，隨指葉皆黄。氈字消名相，花雲接混茫。蓮臺安所事？火宅是何鄉？獅子三千座，維摩十尺房。諦觀身若幻，寧必老能康？嚴君對佛祝死，故云。浩劫根塵盡，多生法蔭張。一門三教攝，嚴君有宗一論，合三于一。獨體萬緣忘。川瀆爭歸海，庭楹忽萎梁。塗人知歎惜，後學共徬徨。繼述無賢嗣，聲施啓後昌。不能新紫綬，空守敝青緗。續史難勝任，傳經竊自量。鵬摶培羽翼，鷗息轉滄浪。嚴君自卜窀穸于周山，命其形曰鷗池，歸焉。東南之水爲滄浪。空嘆非騏足，何時借馬當？白雲看目眚，黄橘適心傷。難譜千秋業，徒餘百結腸。況當離亂日，淚血永相將。

夏日滕伯倫明府招飲水閣值校書顧眉生李泠香過訪其所懽馬雲中同方密之劉阮仙賦三十韻

我見秦淮小閣傍，錦衣日日擁紅粧。初時凝就秋前水，取次平分月下霜。鸞管遥吹雲乍起，鶤絃初拂夜逾涼。纖纖不折園中柳，皎皎還凌陌上桑。豈有彩鈿侵緑鬢，何須紫珥映清揚？弓鞋初製蓮花窄，圍帶斜牽荇藻長。小子周郎來建業，先生楮氏貴平康。僑居買得黄金屋，名士都歸白玉堂。虢國專房元不妬，趙家並蒂且相將。輕紈總領三珠秀，錦障渾飄十里香。鷗自忘機隨上下，鵲如相探在中央。花前羅綺明當户，壚畔風濤響曲廊。酒政特司飛姤令，談鋒申禁括空囊。雙巵既醉堪封伯，九畹頻揮可薦王。夏屋秋初歌子夜，後庭陳亦笑前梁。鷓鴣未聽愁鶗鴂，鸚鵡能言想鳳凰。三五抱琴君莫後，十千沽酒我先狂。使君偶入羅浮夢，國士誰分綺里光？未必無心開小社，何曾有意傍高唐？洛陽年少詼諧甚，鄴下才名筆墨良。狗監人來依二妙，鷄闕客到亦千觴。往來橋上懷司馬，出入河中爲寄舫。浉水八千難共語，柯亭十六孰能商？雜言紙上悲寥落，大嘯軒前獨忼慷。金盡不嗟人稍去，榻陳豈厭徑全荒？緑珠當日陪中饋，紅線於今在後房。小琬祿豐猶衣白，大歌髯美不鬚黄。鳴琴別舍留藜火，豢鶴空階減俸糧。伎館暫將開冷眼，詞壇竊笑當羶場。五湖知載多情在，猶自依依戀帝鄉。

古　意

未向湖邊采白蘋，流黄難識認難真。不須更覩春風面，知是秦川織錦人。

出塞曲二首

邊月明明照大營，音書又斷白羊城。遼東小婦吹羌笛，不比尋常出塞聲。

誰在陰山雪裏行？窟中飲馬又長征。不知飛將何名姓，曾破烏桓到柳城。

王大礽

字以介，一字定爾，號願五。順治丁亥進士，授翰林院庶吉士。辛卯，升國史院編修。癸巳，以內外互用候外補。辛丑，補江西右參政督糧道。乙巳，以尾漕愆期鐫級。公爲文不脱稿，有斐其辭，方文孝公賞識之，稱入室弟子。歲祲，家貧，傳經以供甘毳。官詞苑，杜門讀書，恥與時流奔競，即讌遊不一赴也。督漕江右，前政率畏途視之，公下車，悉罷苛細，爬垢剔蠹，一時急公恐後，有倪內史爭挽牛車之風。公餘課藝，被其鑑許獲雋秋闈者二十餘人。歸隱西園，託寄觴詠，于里中吏治得失、民生利弊，侃侃直言，不避嫌怨，邑人德之。所著有有懷堂集、騑騑草、西園雜録。學者私謚文静先生。

曉行

夕見明月生，曉見明月落。夜夜寄鄉思，宛轉照簾薄。老親當簾立，太息何寂寞。去年哭予季，痛絶驚成瘧。少婦與孤孫，凍餒將誰託？滿眼看予仲，多疾體復弱。出入必我咨，纍知温凊恪。富貴非吾願，長年事緯絡。母子永相依，三公良不若。一朝告親去，倉皇走京洛。海内盡烽煙，遥知風土惡。旅次費金錢，高朋誰與約？交謫棄弗顧，兩子曠所學。

我心非木石，念此動魂魄。不嘗陟岵苦，安知懷橘樂？西路幸安行，遠音煩南鵲。何當遇子喬，頓解利名縛。歸來拋書幌，獨采西山藥。

展轉爲倚閭，憔悴中如灼。出門悔汝聽，還期杳難度。童僕恣嘻嘻，老身難勉作。

南奔

有子年十五，英英非凡質。記誦博羣書，偶對習聲律。窮日耽鉤纂，下筆稱疏密。數月不得見，一朝化異物。玉折蘭蕙摧，何以慰繞膝？倚閭臣有母，主聖遂陳乞。富貴本浮雲，温凊飴如蜜。侍膳無珍羞，持獻或棗栗。歡語念平生，嘻笑散愁疾。長此晨以昏，安事禄與秩？一爲世俗牽，母子永相失。不孝罪可誅，拊心毛骨慄。出門顔未衰，此訃疑非實。家書豈寐語？默數已終七。僮僕强寬譬，鳩燕助啾唧。創鉅淒肝脾，骨立忘參术。晨起促歸裝，長塗倦呵叱。候吏識姓名，往來何倏忽。不料北復南，焉知凶與吉？計程隔大河，到門畏入室。帷空餘巵匜，音容仍髣髴。屈指九年間，骨肉喪將畢。吾妻方踰笄，遺我匣中櫛。吾弟纔壯年，速朽豈好佚。吾父良厚施，齎志老蓬蓽。一身逢百憂，吞聲安能述？吾母今又逝，吾兒永相暱。死者如有知，悲風動蕭瑟。福極天命之，彭殤誰能一？哀來發長慨，縱

人皆愛安居，我獨一再出。前年衝雪霜，今年曝烈日。問余何勞勞，聲哽氣鬱壹。

横涙盈帙。

獨　坐

昔人臥東籬，車馬不敢窺。誰將陶潛意，長安乃行之？將軍多揖客，廐馬無停期。閽人竭紙墨，從徒忍渴饑。一日少倦厭，罪積如須彌。而我獨安坐，欲適罕所宜。伊人數不值，歸來空躑躅。羸馬嘶芻粟，僕從恣嬉嘻。迂性久共識，無復鳳題楣。益以遂懶拙，掩卷獨支頤。媿非簪纓侶，依然麋鹿姿。歸問隱君子，能無忤俗嗤？

偶　成

夕掩繩樞扉，朝躋端明殿。我昔曾羡之，今人亦我羡。默念顴脅間，誰從分貴賤？旁睨夏畦人，勞逸等相煎。摶風與失浪，由來須臾變。石暈木生癭，取妍均非善。有黨必有讎，無的自無箭。卓哉魯連子，眼光爛如電。

過東湖雪鴻菴同陳伯璣吴縹霜聽朱于石彈琴

衆鳥喧檐楹，晴曦逗前溆。東西湖之濆，嗹喽雜鷗鷺。出門逢二妙，扶筇共散步。劇談今與昔，無懷見平素。俯仰緬先哲，蘇卿如復晤。有琴挂虚壁，客思聊可訴。幽蘭萎空谷，饑惄動遐慕。夕陽忽在山，紫緑相奔赴。漁唱動晚霞，短笛送孤鶩。世態幻蒼狗，静觀饒逸趣。坐久不欲歸，懶殘進燒芋。樂此竟日閒，天涯幾萍聚？

擬古贈李其鹿

深閨八九女，三五同筐筥。及笄各有適，靚粧何楚楚。珠帔耀金門，舞袖飄雲舉。經年罕相見，懷人如羈旅。一朝聚華堂，喁喁共爾汝。此樂不可極，此日不我與。出門東西去，幽情鬱誰語？皓月逗園亭，涼風散禾黍。

讀張公儀五洌泉志賦以慰之

北地有佳人，淚灑長安路。行道暫借問，掩袂不能訴。昔時雙拱璧，今爲草頭露。昔時雙鴛鴦，今作孤飛鶩。悠悠我心憂，羞學邯鄲步。再逢東鄰女，懽然相煦燠。結交莫言新，被衣亦愛故。玉階空復清，荆扉慎調護。

南歸道中述所見

北走畏風霜，南還當盛夏。昔年苦戰争，頻歲豐禾稼。緣畝勸流移，積逋蠲大赦。煙村挂酒帘，頹壁添茅舍。麥稴半登場，瓜藤已滿架。園肥繁棗杏，女惰空桑柘。傳舍輪蹄頻，成樓鈴柝罷。人貧漸樂生，穀賤無虞詐。海内崩離久，樂此風景乍。壯士好詩書，健兒疲騎射。民氣一朝静，鼓車安所駕？掃軒環竹柏，觴詠永秋夜。

閔澇

從王莊舟抵臨淮，水浸其堞，感之而作。

翹首江南路，到來轉趦趄。北路數見雨，南方盡成瀦。汩汩泥淖中〔六〕，僕馬各徐徐。前驅去忽返，不辨川與墟。舍車招舟子，風逆吹我裾。川陸路俱窮，無計遂歸與。閒步問野老，未語先欷歔。沿淮數萬家，水夜入其廬。號呼震城郭，倏忽迷所如。晨興炊煙斷，周視浸里閭。老幼百千口，如泛秋殘蕖。偶得挂木末，力盡氣微嘘。高下種二麥，辛苦事犂鋤。秠秠登場圃，洪波蕩無餘。鷄犬走屋上，欲爨無薪樗。生不逢堯天，化爲蛇龍居。雨止水自溢，大陸舟爲車。往問垂白叟，百年曾見諸？天豈厭人滿？用力殫爲魚。予聞三太息，搔首空躊躇。東南饒物産，財賦實京儲。河伯沼以去，半壁遂空虚。深宫自高拱，幽隱誰能攄？從古監門圖，遠過封禪書。寄言采風者，目擊豈異予？

遊齊雲山

我聞黄山勝，道阻苦炎熇。白岳差不遠，終日風雨數。及此朝霞明，扁舟繫其麓。遥望杳靄間，相戒徐舉足。天門一株楠，靈異聞夜哭。絶壁千萬仞，珠泉挂飛瀑。繞巖出山前，爐峯立如鵠。左鐘與右鼓，翠屏横裀褥。日入林壑暝，倦遊各求宿。山鳥呼客起，樹杪散朝旭。披衣俯危檻，千巖紛紅緑。崔巍殿閣開，碧瓦映金屋。中有銜泥像，諦觀須然燭。整衣下階拜，聖朝孰敢黷？壯偉帝王居，九龍擁鳳轂。蜿蜒從西來，五老峯峯矗。洞有羅漢影，隱隱十八簇。龜蛇寶劍杵，獅象橐駝伏。天鐽與神鏤，摹肖何其酷。紆迴過洞天，繞砌千竿竹。入門禮真人，百歲臥寒谷。一泉殊清濁，方圓佈一六。石牀滑以温，仙骨尚餘肉。二三學道人，揮麈鮮塵俗。開窗寫黄庭，倒鐺煮白茯。嗟我世中人，此生無此福。出門仍徙倚，松風吹謖謖。妙技有同侣，剥啄終一局。丁丁雜泉溜，飄飄蠲煩溽。仰笑招笙鶴，拍手謝鑾觸。興盡揖山靈，穿磴驚麞鹿。回望煙嵐合，白雲自相逐。

中秋日寄子姪

初經大梁道，鷄鳴戒僮僕。涼飈襲輕裾，落月照晨沐。盤餐苦麤糲，放筯忍虛腹。不諳行路難，豈知安居福？離家一月餘，愁腸九回曲。雖無五車書，要使十年讀。父師浸以疏，嬉遊誰汝督？業精惟在勤，技巧莫如熟。此道忌鹵莽，功深氣自足。百鍊光焰生，萬丈驚人目。但覺修乃來，曾不見可欲。每嘆紈袴子，癡頑饜粱肉。良馬怒鞭影，轅駒空躑躅。賦質有柔强，得心無遲速。盡人從寬假，子姪必嚴酷。至哉汝祖言，念之堪痛哭。若輩苟不材，予罪何可贖！

贈汪山甫

治裝事遠征，旦朝來老友。劇談雜今昔，有懷難出口。流離已十年，俯仰無一畝。回憶篝燈時，視子滋顏厚。昨夢君先子，延予坐南牖。勖以當早達，老人能見否？起立謝慇懃，自嘆時不偶。夢覺增愧恨，莊蝶竟何有？嫫母與西施，易餙無妍醜。破壁會有時，伏櫪慎勿苟。荆玉世所希，可寶在未剖。

己卯讀書秋浦遇杉山僧默然似學道者月夕輒訪之今復遇于新安渡口勞問欣然不覺十有三年之隔也

江干愁溽暑，茅庵風颯颯。逢僧杉山來，對月話半榻。一別遂至今，彈指十三臘。赤足汲溪水，烈日披破衲。行人何必爾，俛視笑不答。相期卒不見，孤坐空於邑。

宿良鄉

驅馳一月餘，明朝肩可息。迢迢故園心，悄悄風霜色。入門簡輕裝，無喪若有得。鄰叟相問勞，三年只瞬刻。薪木幸無恙，舉觴謝卿力。始至不成眠，笳吹來城北。

江南行

冰堅岸坼河浩浩，我亂河流浄如掃。蒼涼古道少人居，狐兔白日走衰草。幾年兵火滿皇州，太息勿復譚天寶。衝寒帶月多苦顏，舉頭忽見江南山。山前蒼松翠欲滴，山上白雲自往還。山深常有隱君子，吸露飡霞窮躋攀。再四招手不肯出，寒煙霜葉掩柴關。君不見，嚴君平，垂簾賣卜不知名。又不見，嚴子陵，咄咄堅臥呼不應。吁嗟乎！古賢嶔嵜歷落多如此，余欲箕踞笑傲柴桑里。

鄴川行

大河南北渺茫茫，斷煙野水何蒼涼。鄴城百二屹金湯，巨室大賈皆多藏。雕甍畫棟爛生光，闤闠贅聚無空房。前阻黄河浩漭泱，北有漳水環其傍。客至蘭膏耀華堂，上下今古生悲傷。孟德當年雄莫當，布魯紹述空猖狂。功成銅雀俯清漳，蛾眉宛轉聲激揚。陳思負才工文章，中郎篡獻比虞唐〔七〕。倏忽懿炎起蕭牆，西陵拱水無人望〔八〕。昨夜西賊百萬彊，縱横燕秦無深隍。孤城得全迎壺漿，蚩蚩安知綱與常？瀕年山左滋跳踉，塗公一騎遭屠腸。丈夫報國裹沙場，挫威失計憂廟廊。感時賈生太息長，補牢應須及亡羊。遠謀肉食誰能藏？客去攲枕獨徬徨。

放歌行贈吴于廷

吴子之筆大如椽，潑墨倒峽輒數千。猿臂將軍常退舍，如予偶著祖生鞭。君家虚來子遠別號。萬人敵，如君登壇詎不然？君才過我且十倍，追風歷塊何翩翩！燕市對月時相憶，此夕搔首不能眠。君莫彈鋏歌無魚，子雲深湛但著書。青藜光怪貫霄漢，南山桂叢難久居。

放歌行贈陳季白

君年三十尚不偶，天之待君非不厚。伏獵伴食古所嗤，黄口乳臭徒增醜。纖條頑豔無奇姿，夕悴朝榮胡能久？神鼎自有百鍊剛，劍成精鋩耀星斗。丹巖鬱鬱千尋幹，號風噴雪蛟龍吼。古人致身不厭遲，今人欲速惟恐後。逐隊如予已後人，枵腹内愧空無有。鹵莽故業悔少年，典册茫然十八九。及今欲學心已衰，況多外營掣其肘。神凝慮静時又暇，獨有埋頭對窗牖。寢處萬卷餐百家，縱横掀翻舊窠臼。摧鋭攻堅戰方酣，得意欣然命尊酒。才老入世應無窮，中有至樂名復壽。俗趨俯仰等浮雲，古學淡泊垂不朽。吁嗟乎！君子常患三不幸，此道未可悠悠憑多口。

寄贈吴來章

山居之樂不可窮，況乃偃仰浮丘東。浮丘有巖三十六，神鏤巧琢極天工。蒼巖曉夕態百變，往往雲霞吐其中。飛仙過之不能去，人間亦有蓬萊宫。君懷瀟灑出塵表，萬事一笑浮雲空。買田築室山之麓，欲使坐卧飡青濛。君能愛山山愈好，巖花笑與幽人通。有時攜酒臨白石，有時把釣追清風。有時醉臥松竹下，山月送我歸簾櫳。羡君適志遂能爾，浮丘何殊龍井沖？唐西獨省有家法，安知萬鎰與三公？蓮舟先生習静龍井沖，山房名唐西，自號獨省翁。

元夕宿胡家莊

蒼涼風火後，疲馬憩空廊。粟粥充精飯，羊燈市短牆。酒微霜到枕，夢斷月窺牀。客路方迢遞，翻愁訊故鄉。

西　園

咫尺城西側，地偏人意遐。鶴閒能伏子，蘭静自開花。石磴清泉繞，茅檐翠竹遮。蘧然午夢熟，不到五侯家。

廣陵别吴至之

毗陵燒燭夜，如對冶城秋。遲我陳蕃榻，分君范叔裘。孤裝淹改歲，迂道繞中州。花事春郊好，躭書不下樓。

聞蟬

紫陌喧闐久，空階乍聽蟬。淒清殘照外，斷續早秋前。稚子經年別，高堂計日憐。殷勤青嶂月，夜夜到桐川。

暮宿儀溝

貴賤皆辛苦，羣趨莫敢違。夕陽人影急，遠道馬聲饑。紅葉懷山果，黃塵染客衣。雲間新雁過，逐我夢南飛。

上谷道中念以存弟

忽憶篝燈夜，潸然感脊鴒。壯懷空碌碌，短髮已星星。生計惟三畝，遺書各一經。怪來删杕杜，知我不能聽。

遊鄒園

仄徑遊筇續，因須二妙來。沿流惟絶巘，穿磴得高臺。古柏根全出，寒梅蕚半開。憑欄清話久，微雨過蒼苔。

過福緣庵

斜日隱高岑，疏鐘出北林。此生居士相，多劫比丘心。已破還鄉夢，兼期入洛音。歸程先雁度，一葉定重尋。

朝　出

初日生東嶺，賢愚各有營。柴車橫巷陌，金轡耀都城。驛路征塵暗，江干風流生。故園堪散髮，因識古人情。

除夜泊舟梁溪喜余石臣李尹清同飲是日立春

盈盈碧水錫山濱，臘盡偏争一日春。美酒吳歌來好友，寒燈曉夢戀衰親。卻看古寺回春草，共羡漁舟膾紫鱗。遥憶山樓同醉者，無邊心事寄梅顰。

喜吳虛來年兄自德水柬寄

聞君半道寄書來，急取來書久不開。兩地愁心纔數語，三秋别淚已盈腮。西園空老無家客，東郡徒勞作賦才。回首毗陵疑似夢，驅車應悔到金臺。

别鐵山宗丈

對酒悲歌興不窮，滄桑滿眼任飄蓬。只知鶴隴需弘景，休問龍圖少潞公。五夜愁生燕市月，三春人醉廣陵風。臨岐盡有仙舟羡，冉冉霜花萬壑中。

重九送施愚山門兄使粤西

飲馬金橋落日斜，故園回首已天涯。莫思舊侶登高處，幸有良朋醉菊花。秋老半山霏白雪，人憐萬里賦皇華。此生離合渾無定，望斷終南嶺樹遮。

西苑觀獵應制

西苑朝來紫氣横，並宣將相出龍城。營開細柳驅三面，賦獻長楊壓兩京。御仗遥隨春霧合，歸鞍競逐晚霞明。侍臣共上升恆頌，喜見銀河浄洗兵。

喜徐逸上夜至

經年不作端明夢，深夜忽傳星使來。燒燭捉衣冠復側，臨階把臂笑還猜。人間石閣長相憶，馬踏金橋幾度回。莫道騑騑凌曉發，明朝且醉草堂杯。

送郭臥侯之安定

一帆東下訪林宗，最喜燕臺數過從。餘子翩翩誇倚馬，使君落落到盤龍。彈箏峽暮春泉迅，振履堆前夏雪封。西顧一時聊借箸，相期長樂候晨鐘。

懷吴子遠

尋常贈客無佳句，獨有思君走筆真。但爲愁腸舒慘澹，豈從詩律鬬清新？少年豪放仍如故，當代循良第幾人？安得一罇同嘯詠，西湖招我醉青春。

過齊山堤

猶記當年宛在亭，于今秋水正盈盈。湖堤只畫蘇公像，自古誰曾浪得名？

繡毬

離騷點罷起徘徊，且喜門無俗客來。的皪齋前千朵雪，吾家只爲映書裁。

即事

屏花爛熳映簾帷，柳絮輕盈入墨池。白日卻嫌容易晚，只看數首杜陵詩。

秋浦署中

主人一去燕巢空，有客重過似夢中。獨立北窗何所思？細聽梧葉打簾櫳。

校記

〔一〕慷慨 當作『慨慷』。

〔二〕三十　疑當作『三千』。
〔三〕砂　當作『硃』。
〔四〕⿰谷布谺　字待考。按漢語大字典有『⿰谷今(谽)谺』。
〔五〕東　疑當作『柬』。
〔六〕汩汩　當作『汨汨』。
〔七〕纂　當作『纂』。
〔八〕水　當作『木』。

龍眠風雅卷四十七

木厓潘江蜀藻輯
繁昌魏康孫紹聞同里姚士重勃少參

齊登元

字君前。天啓間諸生。少而篤志問學，博通墳素，貫穿經史，諳曉掌故，雅志經世適用之業。士大夫多延主家塾，誣誨其子弟。屢困于鄉舉，猶以經學爲大師。予兄弟弱冠時，曾受詩先生之門，每搆一義，輒譽揚不去口。晚挾兔園册教授樅陽市，非駔儈咸知嚮往。間爲人草祝釐、哀誄之辭，購請嗔咽，聊佐束修而已。先生志節耿亮，雖遊薦紳間，嶽嶽不少阿，其行誼亦傫然獨行之儔也。

故鄉思

春風吹客衣，春花發高樹。陌上有紅粧，行行不復顧。遊子久飄零，等彼狂飆絮。出亦無所之，入亦無所附。遥望桐山雲，山雲千里路。有友不可招，雙鯉空將去。有家不可問，孤夢忽相遇。蕭條發長嘆，展書生憂趣。起向閒亭中，悠悠成獨步。

漂母祠

漢公未馬上，非用王孫時。壯士寧無日？斯人賞獨奇。識先蕭相國，膽壓魏無知。今日淮陰道，江濱也斷炊。

即事

楚水吳江十日潮，旌旄百道翳雲霄。飛鴻失路淒中澤，司馬連營護小喬。橐滿金錢軍色壯，野無煙火哭聲遥。可憐冠帶繁華地，不見男兒挽佩刀。

送吕子方孝廉還里

送君歸去我還留，西望家鄉幾度秋。白下文章纔五月，建陵山水又孤舟。客中市酒須停櫂，霜露衝寒細補裘。寄語堂前雙白鬢，頻年遊子思悠悠。

祝何相國

佳氣蘢蔥滿帝京，中盤天竺古先生。虞淵日返梁公子，沙塞人傳司馬名。静裏著書酬歲月，閒中訪道謝經營。只今天子崇更老，可任東山學耦耕？

倪士騏

字君夷。萬曆末諸生。自髫齔至白頭，治博士弟子業，併日分夜，汲汲不休。嘗爲人誦所作制義，遇其愜意處，張目努眉，高詠朗哦，聲中節族。謬謂予可教，折輩行與交。曾與予同舟應舉白下，每日暮艤舟，立舵樓上誦其文，倚篷扣舷，琅琅然戛玉鏘金，鄰舟人皆相視愕眙駭掉，先生自若也。順治末，猶逐隊冀一遇。老爲學宫弟子，手把一帙，寒暑弗輟。遭亂播遷，必挾行卷以隨，其攻苦不懈如此。先生以二月十五花朝日生，自號蝶長。詩非其所長，然興到筆隨，亦有可采者。其制義則會文切理，居然濂洛之功臣也。

張侯莅桐歌

桐溪清且漣，膏雨隨車注。桑梓依然綠，子弟拋我去。水蛙上街鼓，衙屋蛛網護。父老五七人，杖出草間路。匍匐跽階前，腰卷語難吐。捉衿戴破帽，期期衷腸訴。羣盜八九年，辛苦防守固。朝出不夜歸，雨雪孰敢惡？巨室徙金陵，挾貲不我顧。賊去去還來，無襦況有袴。連歲復旱荒，蝗蟲苦難捕。厲鬼疫爲災，餓骨半亡故。府帖更下縣，胥吏催租賦。瘵寡守空房，孤獨仰天呼。賊勢逼臨城，生死誰寐寤？蟠據各徂春，鳥雀空巢怖。枵腹搰一戰，生命如朝露。死尸空自僵，腥穢天地怒。軍門馳羽檄，官兵蜂蟻聚。高臥日椎牛，掠奪疇可遻。白晝挺走人，辮麥委鼠蠹。指揮倚兵符，人民如急兔。襁負散他鄉，九閽渺莫赴。鮒魚老命傾，須臾黄土付。君侯銜命至，王言大哉布。此日見甘棠，召父忻再遇。吞聲寂無言，君侯淚如雨。

同楊大蘭似登西山

獨坐西山下，柴門静日斜。偶因紅葉落，忽枉故人車。心事憐同病，登臨趁晚霞。相將窺物理，莫漫付長嗟。

夏日吕泉

讀書宜浄地，況復有靈泉。棲鳥窺人意，溪聲送遠天。桑麻輸老圃，穮蓘信逢年。説道升沈事，冥心愧昔賢。

新安冬日同許思旦暨臣北姪遊河西十寺

高閣臨河迴，平沙鳥篆文。塔幽無寂響，僧静有深耘。是洞皆爲佛，無山不染雲。衆中成一憩，坐久自忘羣。

初春貽吴魯士

道氣趨庭得，清詞妙齒裁。老從伸欠後，喜共笑言開。郭外新雲物，尊前舊酒杯。忘年今日事，坐聽起春雷。

鄧東之留飲

風日高秋勁，盤餐出不虞。舊交無淺意，新賦屬愚夫。白髮蕭蕭在，良朋歲歲俱。如防騎馬滑，拄杖或相扶。

夏日復過葉以韜山莊留宿

平生耘植意，復此飯胡麻。驟雨溪虧路，高齋天養花。劇談藏短劍，小住樂山家。半畝方塘下，何年學種瓜？

入山懷鄧毓之

身等飛蓬命自輕，干戈阻絶見交情。但將瘦骨攜妻子，始覺窮途仗友生。滿谷白雲招隱遁，岑樓朗月憶峥嶸。知君念我難爲別，遥望山頭古木平。

望梁山因憶舊遊

峭石嶙峋據上遊，長江遥望控芳洲。兩山對峙如天劃，萬派中分似練浮。曾住洞天能壁立，人過危磴有煙留。回思結伴登臨客，雨散星零起夕愁。

喜齊仲良維木歸自豫章

芳樹陰濃日正斜，故人報到自天涯。但將醒眼尋殘卷，忽得同心共晚霞。亂世干人難乞食，老年對友即爲家。從今三徑差堪掃，莫更遨遊泛客槎。

夏日過李未盡園居時已膺保舉之典

就荒三徑事多違，僻巷編籬自啓扉。長夏閉門交總廢，清言高座世全稀。自憐阮籍偏多哭，見説淮陰不久饑。持釣擬將投老日，坐看新燕掠漁磯。

旅次寄内

昨年出門去，穉子泣牽衣。芳草依然緑，狂夫猶未歸。

過嚴子陵釣臺

石自嵯峨水自通，千秋人喜弔遺風。漢家無數勳臣績，收入煙雲霧雨中。

高文光

字右國，一字絅生。天啓中邑諸生。賦性樸雅，恥事奔競。爲人詳視緩步，面峻削骨立，如不勝衣，因自號道臞。好讀書汲古經奇，孤情絶照，迥出流俗之表。家貧，授徒爲生，所至翕然師之。其教人子弟誦讀講貫，日有程要，制義務領異標新，力矯時文熟爛之習。家于浮山之麓，距予山莊一牛鳴地。予每以觀穫至其家，衡門兩版，松檜蓊翳，真幽人之居也。有酒德，飲可一石。文酒而外，間一吟詠，不以示人，自娱而已。仲子華從予遊，力學耆古，有父風，手貽我遺稿一帙，又爲予言，其舅氏王岐逸盛有篇什，亂中散佚，今不可得矣。

古　意

梅花香飛雪，榴花紅飛血。空房花不飛，只解長閉妾。妾閉在空房，更長恨亦長。時時兩行淚，刻刻九迴腸。同行幾女輩，無人解妾意。小妹最知心，知一不知二。天兮父母兮，妾身命所爲。妾命既不薄，胡爲生此時？

託　菊

秋意滿菩蕾，含情露中宿。亭亭不數枝，可以滌煩悳。當其吐英時，值我告歸促。西北佳人誰，盈匊任採服。村童恣頑冥，忍爲花神瀆。護持託賴君，昕夕一寓目。幸留清傲姿，待陪秋士獨。

哭孫坤動

吾孫乙巳生，五月十又五。值予年六二，欣喜達腑肺。直方以大名，字之坤動甫。既取符吾齡，兼用蘇子語。生時不數日，便欲依祖母。祖以孫爲荄，孫以祖爲藪。如影不離形，如卒不去伍。孫衣祖始衣，孫哺祖始哺。事事取孫懽，惟恐與之忤。劬勞歷四年，乃爲痘瘡苦。初來甚平順，九日略淒楚。越宿遂難救，蘭荃竟摧腐。孫生雖稺弱，靈慧家罕有。念我世讀書，得孫應復久。況孫大言笑，儼然類高祖。今春相孫背，亦與高同矩。玉樹正英森，倏忽遭風雨。魂兮何所之？魄瘞西山土。祖母泣成血，予益悲門户。思孫聲琅琅，詩篇雜今古。見神必參拜，遇客躬傴僂。學僧頻誦經，效劇亦屢舞。應對無囁嚅，笑駡隨喜怒。造化護犬豚，英物獨先取。我欲汝齊彭，有言在宗譜。

老女吟

入宫見妬，出塞無媒。父母生我何爲哉？老女辛辛苦苦。説來人鬼蒼涼，年年偷製嫁衣裳。大寒龜坼，剪刀不離手。盛暑汗漬，機杼猶不斷。流黄纖纖，巧手勝針神，如何薄命不如人？東家女兒髮如髡，公子王孫百兩迎。老女生來髮覆地，空鎖幽閨理雲髻。西家女兒色黃蔫，豪門大族綵絲牽。老女花貌姑射仙，肌膚綽約亦徒然。吁嗟！蕭艾敷榮摧蘭蕙，莫耶不割鉛刀鋭。雷鳴瓦缶黃鍾瘞，老女不嫁無家計。

寒　食

寒食他鄉客，今年亦偶然。貧偏逢米貴，老不斷書緣。柳外風吹雨，河邊雪作煙。關心存没事，遥在暮雲天。

閲華兒所寄近作

文章三世舊，膏火一身親。努力承先志，鞭心入古人。不妨山鬼泣，要與謫仙鄰。莫學邯鄲步，勞勞逐後塵。

甲辰閏六月十七夜睡起

臥覺驚窗白，開門步菊叢。宿林無舊鵲，吟砌有新蛩。坐久繁花静，心清一水空。梧桐已落葉，何處問金風？

失　題

兀坐茅齋似閉關，不臨流水不登山。厭看敗局争牛李，喜誦新文役馬班。日下風流鷩日下，雲間詞賦出雲間。論衡正欲留充秘，攫去中郎恐未還。

日暮草堂後望浮渡山

家近浮山不到山，每瞻山色一開顔。煙巒淡淡湖天外，雲樹蒼蒼鐘磬間。退谷記文粗有致，半窗詩句總無關。何年償盡平生債，選勝閒中一筆删。

農　歌

一時和唱後先齊，來去菑田幾杖藜。手快不遑輕按拍，響高常似疾驅犂。酬殘欲去憑耕鳥，聽倦忘歸任饁妻。日暮暫休東作苦，傍檐猶有數聲低。

雪　徑

滕六山蹊寫篆文，高天寒雁一聲聞。鷩回半夜風前凍，掃去明朝霽後雲。遥望千嵒清有迹，不愁萬頃皓無分。剡溪且住王猷櫂，爲可騎驢訪戴君。

曉　窗

下帷盡日不窺園，晨起凭軒望五原。浥露薔薇鮮可掬，籠煙楊柳翠難言。山排爽氣横當牖，月挂餘暉倒射門。滿案縹緗猶睡眼，澆書淺酌莫傾尊。

擬　古

從未一交言，卻如夜夜見。亦有情好久，翻猶不識面。

中秋子夜始月二首

好月雲籠住，雲中衹自圓。恐傷遊子意，不忍到階前。

偏是雲難護，中宵始見圓。應憐人在客，爲一照窗前。

夏日書懷

十杯五杯適趣，長睡短睡全神。隨意數篇詩史，信手幾著楸枰。

偶感

陶潛五斗酒辭去，王績三升亦强留。常恨魯元無醴設，穆生何事不歸休？

齋前小橙樹枝頭戲綴黄花

小園橙樹緑杈枒，黄菊粧成幾朵斜。雖然不是同根蔕，猶勝隋家剪綵花。

丙午秋仲偶作

平生面壁成何用？此日敲門事已非。桃葉渡頭終古月，任他斜轉石橋西。

大孫坤動既夭次孫坤至貌粗濁吾虞書種斷矣歲餘頗好紙筆予大喜曰時所公一燈此其傳乎

大孫頴斷小孫成，外貌雖麤内性清。把卷時來窗下立，咿啞也學老夫聲。

唐時謨

字孟嘉。崇禎初諸生。時中外交訌，兵餉兩匱，雅欲及鋒而用，盱衡抵掌，討論古今成敗興亡之故，如數一二。不得志于科舉，則入青油以自效。史相國出鎮維揚，辟爲記室，高文典册，咸取資焉。又嘗佐孫餘菴司馬之幕。蕭然布素，無所干請，士林重之。有貴思堂詩集。

夏日午睡

不作雲霄夢，于今已有年。臥山情覺穩，嗽石志方堅。毒氣蒸空際，微風到枕邊。婆娑書在握，目倦漸成眠。

冬日歸舊山迂道過查林寺

踏濕尋岐路，陰雲渡小橋。待看山寺古，偏訝野田遥。倏見林谿轉，旋瞻棟宇高。參天惟幾樹，霜葉未全凋。

秋山獨坐

北風吹鴈急，山木帶秋容。菊到寒方秀，楓經霜自紅。高天連野浄，林月蕩煙空。骨月如相憶，知予臥遠峯。

東方仁植中丞

方叔今元老，荆襄勒壯猷。已酬麟閣志，可任蠡湖遊。秋月頻移櫂，春風好繫舟。丹崿題偏處，我正滯林丘。

春日同李末盡郊行過五印寺

四野舒晴色，尋芳結伴遊。澹煙籠遠岫，嫩草發荒丘。柝静城花放，泥香燕子收。遠公新復社，坐久欲淹留。

客有詢予維揚舊事者答之

丞相新承詔，元戎獨視師。飆馳江失險，雹掣纛初移。萬馬屯雲暗，千帆扼海遲。爾時典書記，秘密許誰知？

舒山人爲予寫真

梅天膏雨緑陰濃，饑雀巡檐鶴步風。閉户惟彈憂亂淚，倩人爲寫帶愁容。衣冠敢自違新製，兒輩還能識老翁。他日裝成示孫子，先君遺像倘能同？

送恭順侯吳實宰招撫粤東

鶯花百粤阻春風，草檄臨軒策上公。舌帶劍鋒如陸賈，談銷兵甲勝唐蒙。循崖無復慈元殿，到海惟逢賣藥翁。嶺外尚存銅柱在，只今誰數伏波功？

溦水署中次韻酬姚經三

荒城五載任淹留，多謝居停解客愁。羸老夷門難作監，憲貧環堵賴常賙。待酬知己終無術，欲哺饑兒幸有秋。叢桂故園花正放，君先歸控紫驊騮。

溵署新涼

雲漫荒城秋自新，雨餘殘暑氣將馴。翻空燕去尋來路，依砌蟲鳴近旅人。羅袖香飄初罷扇，天河影没淡拖銀。颼颼涼夜驚鄉夢，好賦歸與守舊貧。

王嘉之

字蓬山。篤學惇行，鄉里以長者目之。著有長善堂詩稿。

兀　坐

朝朝惟兀坐，問我欲何爲。林暗歸禽早，山深得日遲。苦辛羞筆硯，荏苒負鬚眉。痛飲牢騷甚，狂呼不自持。

贈劉起莘

江北風流少，憐君負性孤。舉杯期待月，逃酒便投壺。細水斜穿砌，危峯半壓湖。吟成清嘯發，自與俗情殊。

詠梅

萬木蕭蕭落，幽芳撲面來。知君多傲骨，著意向南開。

山館閒詠

落落行藏孤館，瀟瀟風雨三更。多夢多醒旅思，乍鳴乍咽溪聲。

自遣

入世方知逃世淺，定心不羡定居幽。異鄉有月長爲主，城市山林無兩秋。

秋夜閒吟

一溪浪擁一溪岸，萬木聲高萬木秋。新月快來沈水底，遊雲好去臥山頭。

陳垣

字子垣。崇禎初諸生。性孝友淳雅，好結納賢豪，多長者之遊。家貧，喜畜書，窮日夕讎勘，以倜儻才俊自命。與予輩結文社，同儕推爲祭酒。長身玉立，和易近人，然居恆責備行誼，摩切彊直，意所不許，輒形于色，雖賁、育弗能奪也。既以家殖中圮，從其友方還青遊雲中、上谷間。所著槐龍堂稿、秦中吟，皆孤憤不得志於時之所爲作也。以病歸里，甫踰年而卒。子垣于制義沾沾自喜。草書學張芝，得其筆意。既壯，始學詩，亦不苟作。晚生一子，嫂夫人撫之未及成立而母又喪，予與還青、芥須各爲詩哭之。今其孤已生孫矣，其足慰亡友于地下否耶？

泛舟遊石谷蘭若歸過金華寺

策馬出郡城，漢江三里地。畏暑須及晨，及晨日已至。舟小無户牖，竹箬連艙被。此行躭遠眺，跼蹐亦何爲？船頭鋪片席，少長任起睡。無計卻炎蒸，張蓋庶少避。順流不數晷，舍楫復乘騎。岡阜綴荻蘆，不減江南意。蘭若在山阿，石谷古碑記。余性喜談禪，此會良不易。惜也僧鄙陋，不能明大義。林木陰交加，山風當午熾。司馬攜旨酒，乘涼恣一醉。

日夕牛羊下，再過金華寺。洋川李吏部，片簡参無始。及早看白骨，令人起長喟。身老逐飄蓬，未割妻孥累。

遊漢臺同方還青郡丞作

漢臺亭子三兩處，傍鄰民舍前官署。老桂森森列數株，榴花當夏紛階除。我偕方子遊其上，漢江萬井雲蒼莽。西者王居南者侯，第宅無常任來往。吁嗟乎！此臺至今千餘年，漢高先主幾流連？拜將封侯畫疆土，巍巍事業委荒煙。韓葛諸公袛自悲，勞勞雲棧亦奚爲？俯仰憑弔多騷客，慷慨欷歔壁上詩。寄語江南馮太守，閣道七星今何有？此乃其一亦依稀，憑君題牓在門首。太守題其上曰『閣道一星』。

巢烏

可怪漢中城頭烏，秋冬巢窠夏江湖。或言夏至避炎熱，吾謂此鳥類雁奴。春去秋來南北道，間關寥落歷崎嶇。但能盡室從于役，何似漢南作客孤？作客孤，傷懷抱。露冷草衰烏知還，行人獨坐悲秋早。

冬　懷

女兒纔五歲，歲歲隔長途。念父知留食，迎兄慣引襦。針邊初試線，掌上久名珠。小弟學言語，窗前阿姊呼。

元　宵

漢川燈火盛，大半是兵家。虎帳聽梅落，龍樓看月華。歌兒争勸酒，鼓吏急催花。旅館三更後，驚烏尚繞衙。

哭左子忠司理

屈指君方壯，傳聞恐未真。兒孤扶櫬遠，母老泣家貧。舊詠存私篋，新詩寄故人。遺文應可得，仲季本敦倫。

喜僕至

忽報奚僮至，相逢正病餘。菊華便望爾，梅發始迎予。況瘁客中路，殷勤囊底書。平安今日到，驚喜復欷歔。

己亥元日

浣手拭香煙，平安祝遠天。家貧求有歲，客久媿添年。漢水今猶昨，桐山出未還。何堪新曆日，數數輯成編？

鄖陽清明

秦山自北盡，楚水向南流。芳草青荒岸，疏楊緑古丘。村人競祭墓，客子阻行舟。兩度清明節，家園未一遊。

漢　川

漢川環古渡，斜日照孤城。漲落水痕在，蔬稀草色横。村酤懷故國，野老話前程。頭上雲多黑，來朝恐未晴。

遊大乘禪院

小舟維漢口，散步到招提。編竹門長寂，樁隄柳半齊。誦經聲亂鳥，移蕙葉拖泥。坐久清鐘歇，烹茶進棗梨。

憶石門

不到石門已四年，萍蹤飄泊總徒然。半山瀑布應如舊，滿架薔薇料勝前。別日頭陀今漸老，住時方丈已他遷。迢迢秦嶺思鄉夜，安得松風一晝眠？

立　春

元日纔過春又來，老梅苞萼傍牆隈。官衙有興傳花綵，客舍無心問管灰。盤出青青新剪菜，階鋪片片舊沈苔。居停此日黄柑酒，昨夜曾經痛飲回。

題鸚鵡祖師面壁處

大江迎面可參禪，寂寂蒲團向壁邊。行脚多年仍是業，拈花盡日亦爲顛。空山片石容消受，古樹層雲任轉旋。我欲皈依趺坐處，清泉一勺至今傳。

哭門人方公敏

別時爾我皆爲客，牢囑衙齋著作勤。每悵南天無寄訊，誰知北道有凶聞？櫬扶野店澆村酒，路過荒郊哭草墳。地下若逢高與挺，挺之、遂高，皆予門人，俱以英才早夭。竹林花萼好修文。

潘大蜀藻以詩寄懷依韻和之

燕塞秦關俱遠道，衝風冒雨拂征衣。頗知作客方方苦，無奈居家事事違。稚子關心頻墮淚，故人分俸免調饑。多君雪後懷天末，讀罷新詩興欲飛。

馬懋德

字爾常。幼穎敏，讀書過目成誦。世父太僕六初公愛之，每賓筵，必寘座側，俾詠詩歌以侑浮白。年十五，即補博士弟子。工趙文敏書法，與同里齊維藩善，嘗曰：『齊生摹帖，纔一字便似古人。予必二三字始似。齊生過我遠矣。』又誦齊『客夜人千里，江樓月萬家』之句，自遜以爲不及。後齊登賢書，官樞部，遂疏音問，曰：『大丈夫不能拾青紫，自立功名，徒與貴游往來，適滋之恧耳。』既老，猶授經盛唐山，詩酒自放，門人劉鴻儀芾從之遊，病足數年而卒。有鈴山堂詩，亦散亡不多見云。

寄懷黄荻諸子

卻憶王童子，逢予指路岐。解憐來客遠，便引報君知。榻下傳柑夕，筵開泛月湄。祇今憐夙好，不忍負前期。

夜　思

攲窗高枕夢初闌，不願聽鷄唱曉寒。多病祇今憐皂帽，避人何處理黄冠？繞林楓散霜千樹，近浦沙明月一灘。回首十年無限事，起來磯上把漁竿。

感　懷

只解臨安弄酒巵，那期兵散廣陵時？無人更上金城策，有客空歌玉壘詩。片檄星馳何處駐？孤帆雲捲復誰知？鍾山回首應猶近，不到匡門大海涯。

胡如珄

字子兑。順治間貢生。少賦敏悟，氣岸高舉。爲文章驚才絶豔，不屑寄人籬下。嘗抗顔坐皋比，生徒如牆而進，疏疑釋難，説經霏霏，莫不隨資裁削，各厭其求，户外之屨相錯也。授官浙江臨海令，鋤豪强，字弱小，善政流聞。以疾卒于官，惜未大究其用焉。

望燕然

策馬燕然下，長歌弔昔賢。亂雲中出岫，百里外無煙。石豈武功著？山因文字傳。班家好兄弟，强半出關前。

韓信談兵處

漢代一人傑，千秋兩婦奇。飯君淮水日，紿爾未央時。總爲多多善，還看將將誰。當時兵法在，談罷竟誰知？

初抵上谷飲還青方二署中讀出塞吟漫賦

相思不見各潸然，得得相逢似昔年。抵掌深諳官味冷，論心翻爲故人憐。春深不止階前草，夏到猶裝衣裏棉。自笑寒郊寒徹骨，移來此地點寒煙。

廡怨

一楹簾幕五更愁，兩地摇摇未繫舟。茂苑自憐常作客，玉關幾見即封侯。鷹鞲就手知難脱，兔窟何心好自謀。昨報東方千騎出，思君早已到前頭。

賦得御堤柳送周松崖侍御謫通海

御堤楊柳拂行旌，折向天南贈遠征。哀怨度聲羌笛管，春風吹絮漢家營。煙眠上苑鶯啼合，色暗高臺馬去輕。君到南中自留滯，五株高臥絶逢迎。

巴東道中

香魂吹轉杜鵑風，嘆息離居憶斷蓬。長峽獨逢梁苑在，遠峯思與故人同。荒臺立馬愁神女，亂漖流花下楚宫。夢裏一聲猿嘯落，暗隨雲雨過巴東。

叢　臺

閉閣鐘情長緑苔，蘭花蛺蝶使人哀。瑶臺夢去隨朝雨，綺騎書回夢大雷。折斷柳枝琴裏續，落殘梅蕊笛中開。無人爲返關山戍，黄雀悲吟不可裁。

簡長汪年兄以歸别之先一日買菊置舟中分韻得時字

手插東籬未有期，千錢買得慰相思。香分艇子添秋色，話到花前正别時。共擬幽蘭堪作佩，卻同芍藥唤將離。知君應是林間種，不假遊人漫賦詩。

虎丘吴翁素精岐黄之學今年七十葺菴山中以掩骼爲事長公乞言壽之爰贈一章

新翻貝葉舊青囊，叩得空王即藥王。女子知名逃不得，生公説法老難忘。杏林香處通西竺，衹樹林中護北邙〔一〕。夜雨青燐無鬼泣，可知生死仗慈航。

潘士璜

字鳴瑕，號古巖。順治己丑進士。初授浙江東陽知縣，時寇氛未靖，馬逢知移鎮金華，防弁爲民患，公力請當道，連撤數員，民以安枕。居官踰年，囊無長物，去之日至不能辦歸舟，士民斂錢以贈，而後得行，其清貧可風也。

過譚友夏里

十載憶寒河，輕船望薜蘿。變風當代尚，大雅竟陵多。颯颯看蘆荻，蕭蕭老芰荷。嶽歸堂不遠，煙雨詠相過。

峨眉接輿祠

天半饒尊宿，清風揖楚狂。蒸嘗冰雪浄，廬舍薜蘿香。大澤歌聲斷，高山鳳影荒。爲窮千仞羽，一逕白雲長。

臧天格

字壽平。順治乙酉舉人。少穎慧絶倫，博聞默識。家貧，至鬻衣以給饘粥，負笈從師，惟恐或後。甲乙之間，與予輩僑寓白門，爲聞鷄之會，日搆五藝。壽平後至，文不起草，吮毫立就，或難以再作，則更屬稿，如是者至三至四，燈灺爐燼，猶聞春蠶食葉聲，雖擊鉢刻燭之敏，無以過也。明日遇諸塗，則口誦同儕文，某君某篇佳，某篇某段更佳，悉衝口成誦，一字不謬，其彊記如此。闈牘光豔輕妍，如新桐引露、嫩柳含風，極爲士林所傳誦。丁亥下第歸，數月卒，年二十有三。壽平天姿通朗，有兼人之智，使其加以鏃礪，詩文皆未易才也，人不可以無年，亮哉！

漫　題

花飛白雨柳條黄，山色重重上夕陽。春去春來春不解，愁心偏似柳絲長。

倪天樞

字臣北，號蒼坡。順治癸巳歲貢。崇禎末，流賊圍桐，公建士守末議，兩上防禦事宜，悉爲當事採納。追學博崇明，捐俸購學田。值海上用兵，率士民協守外新橋營，有固圉之功。歿于官舍。崇人至今思之。有恕齋集二卷。門人謚文毅先生。

寄懷方爾止白下即送其授經淮南

江頭送客客心違，想到江頭花正飛。鳩性久憐吾道拙，魚書近與故人稀。不堪白鷺洲前別，倘得雙龍橋上歸。滿地風煙何日靖？望中春色淚沾衣。

方啓曾

字聖羽，號橘枰。崇禎癸酉，與先從祖次魯府君結社中江，狎主齊盟，同學如汪應洛人文、范世鑑子明、齊維藩价人、趙相如又漢、吳道凝至之、洪敏中慧生，其錚錚者。順治間，以歲貢博于江都，頌禮嚴重，有胡湖州之遺教焉。歸里，卜居樅陽，與詩人、衲子相往還，少日無客，至則步屧從之，優遊泉石餘二十年。卒時八十又二。所著有振雅堂詩集。

雨夜坐諷書懷

微膏續頹景，危坐待華旦。孤懷抱膝吟，殘編足展玩。難字每相阻，疑義如有畔。室人進茗粥，破倦鼓餘悍。悠悠夜何修，徵息子方半。風雨變陽和，淒涼增永嘆。起步益單衣，漸覺晨鷄亂。

登城山感舊予三十年前讀書處

不爲移文至，攀臨動遠情。少遊如夢路，昔我似前生。雙屐緣蘿捷，單衣振策輕。山靈相對寂，猿鶴復何驚？

王子湖雜詠二首

廡寄蘇門宅，囊攜工部詩。窮途真仗友，修屋喜留師。深柳圍書幌，秋花綻竹籬。豈圖顛沛際，猶有笑歌時？

廣陵東近海，風草亂重圍。子夜燐猶照，空城雀頓稀。居官原是寄，避地可如歸。橘隱江天渺，誰爲假翼飛？

贈李芥須四首 時將之西江訪舊，道經樅陽。

不見李生久，狂歌又十年。鸕鷀曾幾醉？鸚鵡更誰憐？老友亡龍戒，亡友姚休那别署。前身認馬遷。餘膏霑被廣，尚澀酒家錢。

不見李生久，賢星偶應占。迹疑儒俠併，行是惠夷兼。健筆花常爛，新詩律更嚴。爲予偏説項，過量略無嫌。

不見李生久，傳經古霍州。調高千古雪，題徧六城秋。中聖同徐邈，連年下榻六州徐太史家。談天奪魏牟。龍眠歸未幾，又泛子猷舟。

不見李生久，頭顱亦漸霜。依人寧減傲？翫世總能狂。長鋏又焉往，扁舟何太忙？江程風鶴警，珍重賦滕王。

與胡常之孝廉話舊即送其還蘭溪

論交不比市朝新，話到滄桑俱古人。三肘豈妨懷舊實？一官聊取置閒身。同被短髮迎霜雪，各敝初衣染劫塵。問道已經予較早，苜盤雖淡頗宜貧。時常之亦乞就學博。

河北旅懷雜詠

布袍終日犯風沙，此度間關憊轉加。授粲雖逢賢地主，題詩空占老生涯。一聲雲際嘹新雁，三匝城頭繞暮鴉。秋盡河流知漸斂，可容歸客借星槎？

來從孫君則

青山山下有先廬，峯静溪深與世疏。石屋時傳清磬響，草堂長共白雲居。有孫足拭西河淚，養母休資代舍魚。垂老出門無一可，駐顔還讀養生書。

樅川漫興雜詠四首

夾廟西頭傍古臺，卅年前，從先君居廟後街射蛟臺下。先朝曾此詠南陔。蓼莪永結終天恨，苜蓿空延暮景催。亂後攜家經十徙，天涯浪迹得重回。一枝還向臺邊卜，咫尺愁看舊草萊。

永豐橋畔巷深深，小築移家稍稱心。背市市喧能不到，看山山近得閒尋。有時寺閣邀僧話，準提閣。乘興書臺恣獨吟。山谷讀書臺。不是老懷躭散誕，秦灰漢劫幾銷沈。

吾衰懶拙自謀疏，乞老貧難越里居。患氣所需惟枳术，徒行不可有籃輿。幽尋慣飽田家飯，借閱常窮市肆書。隔岸龍山青未了，徘徊倚杖欲凌虛。

歸休晚節合林泉，今傍屠沽亦偶然。布襪青鞵聊混俗，濁醪粗飯足餘年。雙眸遥矚千秋上，數齒連崩一月前。老去不知來日事，鴻荒再闢豈無天？

八十初度口號三首

回首從前判古今，那期貧病復相尋？多男翻遜榮期樂，何獄能酬向子心？偃臥隱蒲封徑久，婆娑映柳讀書深。自慙碌碌年空長，清淺蓬池幾陸沈？

掌大雙丸去似馳，殘生觸暑又當期。園瓜始摘除青蔕，湖菜新牽剪碧絲。金盡牀頭惟枕易，籤抽架上獨參醫。八箋浪説尊生訣，雖老終非力可持。

晨星落落故交殘，一木孤撐風雅壇。天未喪文何敢死？老期聞道强爲懽。龍鍾摇曳笻相傍，鳳味研磨墨未乾。删定平生詩萬首，編年佇俟賞音看。

齊永繩

字惟木。與兄永箕寧侯、永裘仲冶俱蜚聲黌序，有珠樹之名。内行肅雍，規重矩疊，鄉之稱家風者歸焉。伯仲竇志早殁，公亦偃蹇貧困以死。李子士雅口授詩一首，猶覺典刑去人未遠也。

李士雅歸自粤東

嶺海遊人患難歸，聲音雖是面龐非。眼邊尚有桃花淚，身上俄被衲子衣。爲説喪明居貢水，可憐炊臼過彭磯。許多骨月蒼凉事，鬼哭鵂鶹白晝飛。

倪天弼

字右臣。少參螺阜公之伯子。順治間，以歲貢司教旌德，褎衣升堂，多士競奮。年七十餘卒于學宫。詩文皆有全集，惜不多見。

别門人王建希兄弟

授業烏衣巷，雙珠數二王。笙簫非絳帳，絃誦有青箱。花萼家聲盛，池塘詩思長。預知三載後，拭目看騰驤。

贈洪浪上人

石幢曾有夢，此日問津梁。山色傳清净，溪聲出廣長。枝頭梅子熟，窗外木樨香。婚嫁何年畢，同來禮覺王。

贈韓爾侯

十畝閒閒水竹居，高情真與市城疏。幾年絳帳曾傳業，此日青藜獨著書。澤羽久知山隱豹，垂綸莫嘆食無魚。上林簪筆應相待，落拓何妨賦子虚？

高拱斗

字右箕，别號皓叟。郡諸生。其自序宗譜云：『皓叟平生無他長，惟好讀書，與人言孝弟而已。』

舟泊天壇

前帆時隱見，空翠帶煙霏。城郭人民是，郊壇帝子非。朔風吹野火，荒草照斜暉。無復歌離黍，低頭淚濕衣。

南歸舟中遇雨同陳常干葉爾玉宋茂初姚駕侯

天涯蹭蹬不歸舟，鎮日江干怨石尤。典盡驌驦家萬里，夢遊蝴蝶夜三秋。船頭問酒須謀醉，橐底無錢祇買愁。倦倚篷窗趺坐久，一聲孤雁思悠悠。

錢克恭

字亦友。崇禎中邑諸生。少力學，工制舉義，詩古文皆爲吾黨所推。交遊悉名公鉅卿，所至争折節下之。及門高足如何司空大瀛之子，掇巍科，躋中秘。山以東，稱錢夫子文章、行誼弗去口。里門後進賴其成就者，又不可勝數。晚爲龔大宗伯重客，將以明經貢禮部而卒。以父墓前有雙峯，因自號二峯居士云。

重陽前二日夜汎西湖和張虞山韻

山晚湖天合，秋高一雁聞。月纖西子黛，風縐小姑裙。酒政中宵劇，詩情向晚分。煙光籠醉眼，四望轉繽紛。

雨中汎湖

菊風香霧裏，一櫂入雲天。堞没千家雨，山迷萬樹煙。氤氲連海市，歌吹隱樓船。安得閻公手，還將清景傳。

雨中登吳山眺錢塘江和許子位先輩韻

曲磴嵚嵜浙水濆，驚濤猶撼越家軍。人家近遠煙飛練，海口高低浪湧雲。得意應傳洪谷畫，臨風還憶聽潮文。客懷盪入空濛外，欲挽江流洗俗紛。

吴德音

字式昭，原名德基，字宜民。予外祖鶴灘公之子。三歲失怙，育于嫡母張太君，保抱調護倍至。甫就外傅，又喪母。能自淬勵，攻文史，交有道，廿四即蜚騰藝苑。既稟邑庠，將貢于禮部，以功令停止不果。康熙己酉，復俞舉行。猶記歲暮時，舅氏袖邸抄過予家，欣欣色喜。甫頌椒花，旋歌薤露，傷如之何！予外祖恂恂若處子，外祖母螽斯衍後，以報夫子，而皆不得大年，舅氏亦未及五十而殁，天道其可問耶！舅氏不求工聲律，偶因吾母便道經過，賦詩一首，手足之誼，老而彌篤，可以風已。

伯姊潘夫人每過方甥當時宅必經予家賦以言懷

有姊行年將七十，鶴髮蒼顔常嗚咽。予也少姊廿年餘，追攀亦覺老將及。傷哉姊弟止兩人，言念先人相對泣。老年同氣意更真，姊氏有女居城闉。吾姊愛男兼愛女，留居動輒經浹旬。惟予世居新豐市，來往何分暮與晨。期姊中道常相過，家常一飯亦情親。

戴耆�

字暵中。萬曆末諸生。順治甲午，例舉鄉進士，未及期而歿。公積襲弓裘，早蜚藝苑。生平輕財好義，喜急人之難，或代友倍稱，久莫能償，鬻己産酬之。甲戌民亂，火及廬舍，鄰以救焚爲名掠其貲而去。事定，或諷之，曰：『吾嘉其來之初意耳，轉念固不足誅也。』其長厚如此。

寄懷居停主人

聚首年餘忽別離，淒淒落木使人悲。曹公雲樹難分袂，董子春秋暫解帷。風至常懷徐榻誼，月明空動庾樓思。殷勤爲問亭前柳，可似披襟坐話時？

何應珏

字待卿，號道岑。方伯虚白公少子。方伯服官清介，諸子歲入纔足供饘粥。公削衣貶食，蕭然寒素，篤志綴學，所爲文皆粹然儒者之言。崇禎壬午，一擊副車不中。順治戊子，以選貢入對，特授河南歸德府推官。政尚廉平，務去煩苛，得大體。時方急塞河之役，民困于夫柳轉輸折放，吏緣爲奸，公爲酌遠近，分多寡，重困以紓。當路知其才，數尉薦之，隨牒平進，量轉平涼郡丞。無何，遷黄州太守，益尚寬簡，與民休息，黄稱大治。會巴西啓戎，軍書旁午，公躬督夫役，時其芻茭，軍輸賴以無匱，其得民者素也。寇平，方論功優敘，以屬令逸盜連染被誣，遂挂冠而歸。公爲人恬淡温雅，生平無疾言遽色，自士大夫以及兒童、厮役，靡不推爲盛德長者。卒年六十有六。學者私謚惠述先生，君子以爲直。

雪堂雨中移竹

我來冰署中，傍齋有茅屋。幸無纖塵侵，子姪攜書讀。開徑必須深，支籬嫌其秃。我向衆人謀，何不種梅竹？梅花寒可耐，竹葉色常緑。不愧君子名，可娱幽人目。黑雲沈西山，霖雨没東陸。趁此陰雨中，爰命土功築。遂使雪堂中，蕭蕭成林谷。坐此秀可餐，臥此色可掬。但得常坐臥，何妨食無肉？憶我南村莊，千竿何郁郁。思彼凌霄節，應哂宦途俗。幾時歸草堂，與此君共宿。

晴川樓

日落漢陽暮，秋出漢陽早。老樹敵嚴霜，得得蔽秋草。千古此芳洲，一望盡稿稿。豈知憑弔客，對此傷懷抱。鸚鵡去不來，鸚鵡名猶好。如何作賦人，天地不能保？回首倚高樓，黯黯向清昊。

觀陳簡菴作大字歌

嗟乎！陳子少年稱大儒，不願學劍願學書。長匣短笈秘奇帖，信腕臨摹多絶殊。偶然看山渡楚水，自攜妙筆松花紙。黄州作守愛風流，招到雪堂窮其技。筆歌墨舞雲霞生，淋漓閃爍鬼神驚。有如公孫大娘之舞劍，有如將軍馬上之用兵。頃刻千紙追漢晉，銜杯落拓忘霜鬢。爲言一路意氣豪，驛樓野寺書題盡。君不見，蔡氏八分稱奇絶，曾録五經人動色。又不見，張君醉後草聖傳，髪濡墨濺王公前。當代如子誠亦少，蹉跎莫便山中老。今日有酒須共傾，明朝又逐春風道。

故宫燕

楚王宫殿插天起，人踪不到到燕子。燕子雙雙繞畫梁，飛來飛去帝子傍。春風柳緑巢無阻，秋雨花黄雛學語。雛學語成燕叮嚀，年年巢向王宫營。傍人爲賀燕有壘，豈知此燕不忘主？無端戰鼓動地來，回頭不見楚王臺。心傷寂寞誰能省？到處呢喃罘罳冷。穿簾度閣竟無歸，欲别徘徊盡日飛。何堪此度秋風早，過雁不來歸燕杳。獨此留連亦可憐，羞整毛衣年復年。多少主恩人不戀，愚莫愚于故宫燕。

梁園眺雪

勝槩堪遊賞，梁王舊築臺。時雖更漢魏，人尚弔鄒枚。不減題詩興，難逢作賦才。乘閒憑眺望，急雪點莓苔。

秦川道中

十月秦川道，陰雲四望遮。霜寒嘶獵馬，風急咽清笳。河水征人淚，邊庭壯士家。數聲天外雁，一聽一回嗟。

贈吳六翮明府

不盡干人意，棲遲竟自忘。官貧分禄厚，客久餽廚香。繞樹喧鳩鵲，臨風漾驌驦。臘殘春又至，歸夢正徬徨。

飲新安曹冠五太守署中

東閣招賢地，清風入午涼。酒分松竹色，雨洗杜蘅香。急管歌方勝，鳴琴意更長。陶然傾著述，詩思正茫茫。

登崆峒山

秋滿荒郊興可乘，得邀雙屐躡高層。殘碑委地埋蒼蘚，老樹干霄抱緑藤。煙暗遠村天浩蕩，葉遮深徑石崚嶒。簿書閒赴名山約，觴詠風流愧未能。

雪堂落成

一炬荒城草盡生，回思遺搆不勝情。喜成政績開新址，爽近僧房榜舊名。自是閒庭冰似冷，故教芳署雪争清。空階寂寂容惆悵，烏鵲分飛月正明。

坐竹樓

竹樓新葺老僧閒，爲愛名幽一叩關。文尚勒碑堪共賞，人都化鶴未飛還。堂虚雲起鐘聲静，池小風生草色斑。四顧蕭疏難極目，汀洲自昔水潺湲。

洗墨池步月 東坡遺迹

方池積墨本何心？自謫黄州不廢吟。從古有才須見忌，至今無客不來尋。樓前摇落南風勁，城上横斜北斗沈。獨愛清光猶在眼，江聲渺渺樹森森。

壽方繡山司徒二首

六朝松畔舊烏衣，才子方干學少微。酒興尋常同賀監，詩名七十是玄暉。雲開晝錦花光逼，日映平泉草色圍。最喜秦淮歌管近，曲終應奏鶴南飛。

如絲霜鬢久忘機，還憶江東麈尾揮。棋局到春隨步歇，壺觴有興待吟歸。故園芳草牽愁夢，洛社耆英想遁肥。往事卅年逵路闊，幾人同上釣魚磯？

送黄岡尹徐亦史還吴門

欲覓扁舟向五湖，幾年愁思託蓴鱸。華編舊有詩餘體，徐以詩餘一編見贈。畫閣新成竹史圖。徐惠畫竹一幅。南國一棠猶蔽芾，東籬三徑豈荒蕪？知君徐庾風流在，那惜離筵醉百壺？

别王蘄州

益州家望楚江湄，善政多才意氣新。桴鼓静來車帶雨，海田耕後草生春。七年知己憐同調，十月清秋别故人。酒熟好從歸路醉，看君曳履上楓宸。

送别同寅張瑞騰還岐亭署

天涯星聚綺筵開，路出旗亭首重回。東閣梅花消息斷，西山兵火夢魂來。去年，與予同駐西山，分理兵餉。虚名久誤初衣賦，時望還推博物才。舊迹看君爲第一，五雲多處是蓬萊。

再别瑞騰時亦將解黄州

連宵尊酒足清歡，風雨論心别更難。世事語君羞按劍，交情老我笑彈冠。兩人懷抱一時見，數載相思五夜看。好寄新詩同錦字，衡陽莫待雁歸殘。

宴席别王俟齋司理時同解任

幾年攜手看籬菊，今日悲秋唱落梅。遺愛尚存樵牧外，斯民無怨管絃開。仲宣每詠登樓賦，次道常傾釀酒杯。此别尺書容易寄，無妨長嘯拂衣來。

黄州候代郡伯羅梅居招飲即席言别

雪堂秋望五雲車，此夕同心對月華。秦楚山川連地脉，塤篪伯仲聚天涯。羅亦戊子同年，爲固原郡丞，先後偕予領黄州。江流赤壁潮歸海，霜落梅花客憶家。休悵相逢輕惜别，故人清夢結蒹葭。

郝心型招飲

姑溪星燦碧雲邊，摇落兼葭隱大賢。姓字久經題雁塔，功名猶自滯漁川。製來美錦人争識，賦就凌雲世所傳。斗酒不辭今夜醉，草堂高詠百花箋。

校　記

〔一〕祇　當作『祗』。

安徽古籍叢書

黄山書社

龍眠風雅全編

五

〔清〕潘江/輯

彭君華/主編

第五册目次

龍眠風雅

卷五十三

卷五十四

卷五十五

卷五十六

龍眠風雅卷四十八

木厓潘　江蜀藻輯
茂苑章鏡開忠可同郡陳廷機襄雲參

齊維藩

字价人，號復齋。崇禎壬午舉人。順治初，爲吴縣學博，與林雲鳳若撫、葉襄聖野輩詩文唱酬，名滿吴下。稍遷國子監助教，以兵部郎中出守浙江台州，府城陷，不知所終。公于詩，自漢、魏及開元、大曆，靡不咀啜採擷，而略其膚貌，取其神理，故能翦刻鮮浄，陶寫清超，不得以一家名之，視世之妃青媲白、以儷花鬭葉爲工者，掉頭若浼也。所著燕吴近詠、戊子己丑詩，刊行于世。予更訪搜其辛卯詩，及人家紈扇、紙幀所見者，增入十數首。夫惟大雅卓爾不羣，公足當之矣！

懷亡荆

卿病十年來，如賓相敬禮。今年病益篤，視卿如已死。懷安實敗名，卿能達大體。謂我四方士，勉旃行無止。夫子廢蓼莪，終天恨未已。二人不得訣，何勞訣牀第？感卿明達言，清淚如鹽水。言此尚力疾，今已識如是。食貧罕如意，交謫良有以。余槩不快意，迴思何及悔。劃粥登賢書，謬意温飽始。世變僅身免，依舊勞十指。病尫如柴立，坐起仗老婢。不如瞑目安，戀生秖自累。今日溺儒冠，計偕匪得已。猶爲炊扊扅，猶爲望青紫。聞卿含飯時，遺囑無一字。應余不在目，刓心空自毀。余髮如雜霰，余年過强仕。生事恨未了，何念忘萬里？卿女猶未嫁，卿無遺簪履。余但賣犬後，詩書都付子。薄纊與桐棺，幸尚在桑梓。親戚十九喪，旅櫬正纍纍。感彼朱百年，緜温慟心髓。余家世貧窶，余終亦爾爾。北邙鬼燈漆，同穴當永矢。蕭寺啜寒更，幽夢或相擬。

舟雨新寒甚

北平氣候正，江南秋熱長。盛夏住北平，初秋來故鄉。所以炎歊毒，皮骨獨飽嘗。今年金石流，况予非方剛。舟車總負弩，束帶汗如漿。疲耗潦草睡，魂夢不清涼。舟泊婁東河，半夜師伯狂。萬弩射潮頭，奔雷捲滄浪。聞聲肺已清，飄颯逼四艙。鷄鳴衝寒起，顛倒披衣裳。衣裳盡猶薄，擁被坐匡牀。牀頭酒亦乏，負背如冰霜。秋威攻無備，今始知金商。時固不可恃，雪山晞太陽。男兒蹈水火，鍊此筋骨强。不觀草色餒，岸松疏彌蒼？

訪子玉山莊紀事即贈

流水導予入，一掉探深源〔一〕。平蕪空翠中，白衣迎出門。門前無數山，問名難具論。揖罷不移牀，且看花滿園。兩株杜鵑花，丹葩耀晴軒。高出覆人頭，豔奪絳桃繁。此種山中宜，移來生不蕃。入宫益美富，絶勝苧蘿村。少選燒高燭，四壁若朝旭。清歌二美人，聲從簾内出。高者繞梁塵，卑者轉鳴玉。錚錚琵琶響，悲壯絃柱促。坐忘丘壑中，恍惚在金谷。誰能山水間，清音兼絲竹？明朝歸吴趨，定向交遊述。回首緑野蕟，幽賞夢猶馥。

時運五首

勞逸皆益人，太過各有傷。少賤能鄙事，身與勞相忘。耗磨豈有刑？逝水同浪浪。亦讀導引書，行之固不常。行之若有常，神仙半炎方。

生來各有質，人事空爾鶩。兔絲不自立，苧麻不相附。春蘭與秋菊，雖護不成樹。修竹與林松，攘剔歲復布。頤養特小補，順適齊大數。

堅脆莫相笑，修短不可度。嶧桐秋亦凋，鐵栗冬亦落。栟櫚葉疏軟，苦竹榦虚弱。稜稜飽雪霜，青青姿綽約。堅者不可恃，或爲脆者噱。有懷先大人，七十老益壯。性不廢吪笑，初不談頤養。燈下書蠅頭，黝髮蓁顱長。意可得耆頤，予三即長往。德氣遜前人，陟降將安仰？讀易教趨避，玩占識否臧。真宰出所意，君子道其常。叔夜學養生，所患非陰陽。洗馬先過江，攖碣非帝鄉。愚夫樂無知，智士懼靡遑。

詠報國寺寶殿前兩松

長安塵蒸如毒霧，歇馬憩此松門涼。根株短脰止三尺，横枝展肱百丈長。有如石壓笋斜出，又似古藤拖枯樁。銀扠鎈脚勢鬱怒，奔蛇走虺散八荒。偃垂倒挂欲入地，禿梢蟠頂成大房。連帷蔽日數十畝，溜雨吼風千佛堂。我聞松根遇石成偃蓋，此下地脉穿琳瑯。其餘九龍興大澤，或爲雙柱撐穹蒼。剛稜拗節自有致，論奇難與兩株方。頤隱于臍肩高頂，瘇腫拳曲皆精詳。設想搆畫不到此，天工鬼斧無餘藏。都人下排五都市，紗帽陸羽陳茶坊。譩譆！黄鶴舞多亦侑酒，爐頭辱殺文君當〔二〕。秦五大夫應靈氣，鬚張髪指招吾狂。

寄謝劉上于

百六十三人同籍，厚如爾我稱第一。過畊入住爾書室，餐飯爲招父兄集。猶子猶弟儼一家，通融割贈皆用物。自燕之吴止一身，呼船即借君文隸。使乎體旨絶殷勤，晨夜唯諾好飲食。述君聞我得微官，驚語家人喜動色。我聞斯語轉愧泣，何當萬里共忻慼。江北江南久戎馬，廣文官署剩堵壁。幸者猶知老鄭虔，隻鷄尊酒時相恤。吁嗟吴中真福地，虎丘石在周道側。家家門巷上小舠，吴山萬點臥遊畢。之子寧無剡溪興？我能熟粳貯柏葉。迭爲賓主大被熱，慰我悲秋迴頭白。粉箋脆膩砑冰雪，使乎汝研半榼墨。此爲三郎作手卷，墨飽怒汎神不竭。承許爲買玉鏡臺，已拂鳳簫吹涼月，醁醽十斛醻明德。

烏啼曲

天上凍雲飛不動，衡門老樹多棲烏。不省朝飛向何處，知歸引類趨昏途。飛啞啞，聲相呼。高者聳身直翅入雲窩，卑者斂翼蹬蹋掃荒蕪。若乘焚輪風，盤旋成圓珠。可羣亦可怨，向背相差殊。一株萬點暗如葉，喬柯何擇多偏枯。翔不即棲棲不定，頡頏傾側無時無。或如退飛之六鶂，或如對啼之鷓鴣。或如鴈臣之更番，或如鷺候之延須。或如義鶻行，老拳巨顙爭一枝。或如孔雀東南來，雄喜高棲雌喜卑。世人憎雅而愛鵲，似此喧嘈亦不惡。暮啼夜色晨啼鐘，連天澎湃潮聲落。蕭齋不是御史府，地静下民曷敢侮？倏忽銜枝墮高空，但聞翅響疑驟雨。滄涼涼，日脚忙。晝何短，夜何長。三匝穿寒月，孤枝帶夕陽。紛紛傳雪意，刺刺散晨霜。齊色不受白頂亂，慈烏大嘴同一行。姑蘇臺上啼不住，誰家織錦悲流黄？

吳俗通

吳尚蠶，曚尚績，包山洞庭賣橘實。人知此地稱歌舞，誰識家家務耕織？晚收十月乃滌場，小船銜尾穿河梁。載來都是長鎗米，牙籌會計千斯倉。釀秫大甕恣傾倒，琥珀殷紅映瑪瑙。蘇州老酒不傷人，蘇人但道錫泉好。少年花筆善爭時，前輩優爲庾鮑詩。安得盡如高季迪，執鞭之士吾爲之。

清　明

三年不斫鷹山柴，迸空回首傷心懷。新鬼夜呼故鬼語，年年雪窖填枯骸。桐山萬疊抱城斜，壺榼籃輿家復家。上冢頭圈楊柳葉，歸村滿把杜鵑花。去家千里就微禄，生者死者不在目。冷節食寒河魚腹，孑身多病吞聲哭。學書學劍多不成，江南江北方刀兵。生逢馬上罵陸賈，誰望句裏詗韓翃？鞦韆風鳶俱瑣瑣，與我周旋寧作我？安得廣州鵝鴨金，一續博士龍蛇火。

快讀筠儕遊琴川題陳鴻文畫山水古詩

所爲新詩多不俗，畫山水歌句句好。君從琴川川上來，宜其冰雪浄懷抱。我聞琴川七條水，條條響奏成連旨。寒山鐘動霜天高，蘇門嘯徹大風起。知君於此得其真，開譚下筆皆有神。蕩胸空曠幽寒意，堪贈山水不贈人。詠詩想像畫中趣，瀟湘風雨鄧林樹。雲螺海氣濩千山，無天無地但煙霧。近代吳門畫得傳，倪雲林後沈石田。常嫌馬遠趙千里，格子學問何戔戔。董子胸中具丘壑，觀畫自寫隨手落。潑墨雲吞五岳圖，使我朗吟代行脚。

探梅歌二首

山前山後俱梅花，山下種花一萬家。僧俗松篁相間處，觀之都若爲花助。暮宿光福寺，朝登泰玄墓。往還數十里，總在衆香國裏住。衆香國裏能醉人，六根盡與花香鶩。山寺無鷄鳥鵲傳，鵲聲知是看花天。今日往須攜酒醴，莫待花神責無禮。

青山盡處太湖接，湖光花光一片白。混茫相耀未有涯，渾者湖面疏者花。昨日花，今日香，寒英日炙争芬芳〔三〕。早梅逐雨化泥土，晚梅次第煕太陽。看花者誰子？聽我歌莫狂，羅浮妖鬼殊渺茫。遊人去盡花飛盡，石苔松桂同蒼蒼，摶天瘦鶴時相望〔四〕。

古戰場

剛風捲乾沙，上天成黄雲。黄雲一千里，不辨牛羊羣。高者風推沙爲山，陷者風旋沙爲窟。黄者蘆，白者骨。積者骨，飛者髮。魂與魄先辭，肉與骨復離。惟餘楞楞數枯骸，雨打日炙洗出霜雪姿〔五〕。白日荒荒無人馬，白骨起戴髑髏語。東華掖垣觜骼塲，豈但暴露予與汝？卿辛逃回營石槨，天子桐棺薄如楮。人憐白骨古戰場，我看白骨分河梁。河梁上馬敢深入，幾營全軍歸故鄉。

鰣魚歌

吴江原與海通道，吴門鮭魚來最早。椒花未頌喫河鈍，楊花未盡鰣魚到。鰣魚無毒更爲珍，楞楞箭骨撑素鱗。霜刀寒照三尺雪，水晶盤承一片銀。石頭皖口皆有之，次第逆流上較遲。居此一飯且不足，浪説三鱣空爾爲。乞米誰作陶胡奴？彈鋏不遇田公子。此邦之人一錢不相通，侏儒慣笑東方饑欲死。葉子聽我緩歌聲，齊生不羨五侯鯖。海上六鰲釣不得，絶望黄河水再清。

九日

荒園不見菊花開，叢桂未盡成莓苔。細碎沈鬱香作室，五官不醉如中酷。今日秋風天末來，素雲白雁相徘徊。先生何事閉門坐？天晴試一登崔嵬。姑蘇萬家誰禁足？走鹿臺爲戲馬臺。閩回大兵集城下，虎丘吳山都放馬。中丞戴星辨豆莝，府縣之官受鞭打。坐牀索酒望屋食，城外鷄犬有懼色。遊女奔迴無氣力，入門卸粧面深墨。先生聞此空嘆息。隔夜定計侵曉止，臨河呼船船不得。中秋徐子邀靈巖，風雨潑天難挂帆。十七十八橋心月，但付蓉江波出没。何大山，何小山，山僧約我經柴關，即無主人且須去，此日此地誰能閒？舟子趦趄不肯行，拄篙摇手畏大兵。宣子杖頭原勉强，止或尼之亦有名。乃知看山皆分定，天時人事須相訂。不飲甜鼾午夢餘，壁間五岳圖佳勝。

游女行

虎丘絃管無日夜，虎丘游女無冬夏。游人半爲女徘徊，幾个真爲看山來？蟬衫麟帶鴉鬟彈，我看山面人看我。瞳剪秋水誰家女？堂上拜佛石上坐。少不畏人兒女情，老不畏人頑可憎。劍池水渾照不見，點頭石在呼不應。古來虎丘吳墓田，近代虎丘大道邊。自是大道有還就，青山何事依人憐？山鬼如不喜婦人，驅而放之妬婦津。津頭惡浪如有神，西子無鹽總效颦。門前芙蓉江水大，但容鴟夷舟一過。蓮衣落盡澄如練，照見桃葉手中扇。

放歌行

身長八尺爲僕御，不滿六尺坐車中。侏儒囊粟飽欲死，東方傫然饑且窮。校尉中人盡封拜，將軍猿臂難侯封。其祖殺降爲恨事，其孫以降殺其宗。此中固自有天命，亦緣宿業相始終。文不須記名，武不須彎弓。一朝黄金高北斗，自有衛青爲牧班超爲傭。不得爲鼠得則虎，今日檻獸昨日熊。達哉孫登遂無怒，何必白頭吟望哭秋風？

無花行

江南風雨催花早，北平花遲風雨少。與其無雨亦無花，豈若早花隨雨老？王昌十五畫堂新，賦買長門空復春。雖然白頭吟望花朝頻，猶勝昭君村中老女不嫁人。

初度

吾生猶未老，所歷已殊□。懶病虚長日，危時賤大年。新恩百戰後，舊夢五朝前。聚樂憐兒女，歡餘轉泫然。

敕子秋試

獨子來秋試，三秋伴未離。須令病母見，莫似老夫遲。叩馬投新語，彈冠趁溺時。科名炊汲具，此意舉家知。

賦得秋天不肯明

驟鼾還驟覺，一覺眼常開。信是夜長甚，將毋老態催？晨興仍兀坐，偶夢即歸來。投子經霜葉，應紅於鳳臺。

桃溪即事

楓橋橋作渡，桃渡渡爲橋。即此已陵谷，何須問市朝？童然鍾阜雪，失信舜江潮。滿目非疇昔，餘生亦後彫。

葺署落成宋轅文董玉虬韓孫鶴顧孝侯小集

葺署如營室，寒氈願久留。對花不謂寂，有樹始聞秋。好友望衡宇，園人送酒籌。今朝來飲落，橘柚暗香浮。

安得

安得山中住，爲生十畝桑。停勻調寢食，節嗇用年光。土屋朝暾暖，陰棚六月涼。庶幾學堯老，想像已羲皇。

僕至

芳草雨餘繁，行囊肩到門。幸憑家信至，猶有故園存。北極傳烽接，東鄉聚嘯喧。三年親戚別，題淚滿書痕。

買山茶薔薇各色梅栽

割予三日酒，贏得滿園華。安插多依竹，移來已帶花。攲牆眠緑萼，拱户立山茶。種樹何須譜？天全應自嘉。

懷　女

霧雨潑吴天，晨興老淚懸。遥憐無母女，别在未歸前。書慰和琴瑟，人迴寄木棉。阿慈應宿草，不省已三年。

將　夕

雲動雨霏霏，荒林白板扉。草花寒約住，鵝鴨晚知歸。酒力徵衰至，交情測道微。浮沈生事老，惆悵淚穿衣。

鄧尉梅同公合遊

無地非梅樹，籃輿到處收。許多隨雨送，一半爲寒留。蕎麥三春畝，蘆花九月秋。光香推獨勝，煙雪共沈浮。

喜李龍瞻老師從閩至吳

積雨半過春，孤帆泊水濱。八年萬里夢，兩地再生人。粗糲闌干蓿，浮沈尺素鱗。滄桑兼浪梗，不語已酸辛。

游女龍舟渡

今朝自起早，不道懶梳頭。侍女瞻天喜，諸姑勝日游。出城聞笑語，入舫下簾鉤。豔説歡娱地，千艘集虎丘。

惟直姪自金陵別余適閩亂後生還設帳六安今來省余敘贈

汝來吾所願，念汝自來難。六月江千里，三年話萬端。問兒知病愈，計畝被兵殘。此處饑疲等，欲獻苜蓿盤。

將獻歲諸詠三首

深汲澆花得水微，老人學息漢陰機。江亭目送楊臨賀，客夢還家丁令威。千古自然蘭勝艾，此生何問粟非薇？天寒淚盡燈前笑，記取牛衣是故衣。

婢言今日續朝炊，正是先生祀歲時。清磬聲從鄰舍借，新書臘告祖先知。市衣色製爲緇衲，侵鏡兒童鑷白髭。香到檻梅青到草，春光相耀在江湄。

四十四年老角巾，依然未有若公貧。再休百草憂春雨，豈有殘花上好茵？眼底癡頑馮可道，夢中圖畫李公麟。團圞且進椒盤酒，香路金臺又問津。

感懷三首

三冬枯木倚嵓寒，即次焉知行路難？無具可攖造物忌，將身直作古人觀。欲留日月嚼龍骨，誤讀詩書食馬肝。投子松柯浮渡水，故山倘不厭黄冠。

每逢絶地得生機，眢井逃身海嶠歸。撫己摐摐皆過分，回頭歲歲有知非。報晴選樹嬌鶯囀，漱水吞花子鱭肥。且醉且歌學孟浪，强于自苦泣牛衣。

好我悠游物外身，榮期歌樂亦天真。一百五日清明節，四十三年□□人〔六〕。歸鶴夢中驚白髮，雨鳩聲裏濕青春。惜花敢向枝頭惜，也惜花飛未作茵。

懷賢二首

東山絲竹自夷猶，尺一呼來老不休。髀肉漸消因上馬，家貲多散爲椎牛。三山砥柱中流楫，萬里籌邊江上樓。關外虎頭頭盡白，誰知李廣不封侯？

西園雅讌習家池，賓客何曾冷魏其？廿載牛衣翻得穩，半年犧繡亦何爲？隨身但有巴僮伴，玩世應輕伯道悲。還是鹿門堪並隱，石橋堰水稻香時。

贈維木姪

同族同年同學詩，伊吾彈劍同心期。于今馬齒泣車後，不似鳳山連席時。導引得書洞月窟，風雲有勢通天池。十千秋舫惠泉酒，莫負刺桐花滿枝。

囑僕歸

近來不病復不憂，汝但歸去巴僮留。長安新貴學乞米，老子夏天不賣裘。家書囑牽吳隱犬，山莊好飯王章牛。詩句滿筒誰與簡？梅黃風雨心悠悠。

漫　興

閉門短榻欠何事？自是不能耐寂寥。借馬出懷鼓吏刺，據鞍頻折陶潛腰。詩書代代有秦火，科目呶呶傳幾朝？真長安仁舍數武，狂生壘塊時爲澆。

詩稿輯成寄葉聖野社兄校序賦贈

著稿因貧不能梓，亦惟觸忌每自焚。長安賣文人所見，介眉諛墓徒紛紜。同時司馬傳司馬，異代子雲知子雲。晴窗檢校用我法，玄晏先生今是君。

快閱潘鱗長所著宋史因送其下練暡

難語時人因好我，如斯下酒豈徒然？昌黎不敢言修史，司馬應知書必傳。楓樹淺深殊野色，寒鴉向背點荒天。霜螯紫蟹肥初美，何事忙呼練水船？

家書去料理亡室淺葬投子山哀之

每于無事無人處，輒爲亡妻冷淚彈。月落吴江孤掉夢〔七〕，霜深投子萬松寒。雌烹便是卿含飯，鴻案無人我減餐。金繞天涯渾閒事，龐家清福信爲難。

惟木懷歸詩以留之

三食神仙已化魚，廣文署作子雲居。同庚獻歲憐同老，異地留君讀異書。飯軟冬春生菜細，土鬆春煖杏花疏。大兒更放東吴掉〔八〕，相聚何殊歸敝廬？

孟春幽居適林若撫寄移居詩步韻和贈二首

枌榆千里賦停雲，澤國常懷鴻雁羣。祠畔草生官似客，吴江楓落見如聞。閉門春自林端集，帶雨花從傍舍分。欻接大言庸鼓戮，百篇斗酒信輸君。

上沙移就石橋灣，轉徙寒無庇萬間。斗室良朋青從事，騷壇前輩白香山。單衣敢後供牛飯？舊壘應留待燕還。我即未能探蔣逕，揮毫想像爲君顔。

自課

語必驚人嗤杜老，著書原不爲求名。偶然七步初何意？亦有經旬字不成。今古胸中相瀾汋，忙閒枰裏算輸贏。甕頭吏部花間史，豈獨尊生更達生？

寄和馬正誼詩訊

君詩起臥一高歌，荒逕三春雨裏過。壯不如人今漸老，情隨年少酒偏多。上游策或咨洵美，下澤車翻御伏波。每夢讀書連席處，小軒莪桂鳳山阿。

送壻潘伯鸞迴里

燕臺榆柳石湖蓮，送爾薰風兩上船。璧潤恨無亡婦見，冰寒亦動館甥憐。喜聞命字鴻齊軌，幸亮長貧犬不牽。一倩一兒吾老矣，眼中何有各蹭跧。

偶成效長慶體

送酒源源省杖錢，若無賓至輟梧棬。須知懶是長生學，豈有來多過去年？瞥眼鶯花憐虎阜，關心魚米説龍眠。但充衣食吾將老，攜妾歸耕下潩田。

病婦

孤宦納姬防老病，安知若病較予多。數醫未解經旬劇，十起其如夜重何？蘭要翦澆難假手，藥煎文武每親和。中秋庶可風前立，聽我清尊白髮歌。

晴窗

好事倦時翻懶癖，嘯歌曾不到匡牀。寒花入圃如依主，冬日宜人肯到堂。龍戲反從魚借服，鶴歸不似鴈成行。興觀物理知吾道，破硯晴窗注老莊。

將夕偶成二首

蛛網經旬滿坐軒，石橋細路犯芳蓀。懶爲鼓吏常懷刺，防道陶潛又叩門。飽食豐衣負白日，妖星兵氣足黄昏。不才自放偷閑地，點撿平生未感恩。

薄宦久留如作室，江南風俗亦相隨。封茶造醬争三伏，種竹栽花管一時。河漢影流烏鵲樹，梧桐葉重鳳凰枝。不妨艇過推萍梗，静受疏星落澗池。

適友人索書隨書葉聖野紅藥堂詩林若撫梅花百詩中各數首付之因步若撫吴蜀唱和韻和之

門限索書麻姑壇，此本端謹未能寬。安得方丈逞一字，令人卻憶師宜官。葉子藥堂紙都馥，林翁梅詠心如檀。我所賞會勒數首，三絶付彼千秋看。

月夜懷秋岳冏卿

西湖此日芙蓉墜，聞道乘風獨放舟。客興自然留看寺，月明真憶共登樓。聲過梧葉高林雨，階走瓜藤滿地秋。物候驚心惜離别，舉頭清漢一星流。

同徐定侯姚覲侯看張遠公園亭分得遊字

幽尋再過園亭路，因陋前番秉燭遊。花色盡朝曾坐處，遠峯新入最高樓。木樨香錮經時雨，橘柚青懸一院秋。仲蔚雅人開徑僻，閉門丘壑更何求？

新柳與姜如須同賦

吾猶及見上林春，二月宫條御柳新。萬户垂青招燕子，千官拖紫曳龍鱗。虛誇張緒方年少，不數王恭是美人。肯與隋堤同日語，緑陰一様旋輕塵。

新　居

一枝亦借上林叢，帝里春高燕雀風。敝篋圖書恣展拂，席門車轍感來同。微官合乏廳前馬，佻俗誰容廡寄鴻？向夕舉杯酹良月，何殊江岸草堂中？

得葉聖野書訊懷答

北平風氣一春寒，披褐行吟恥汗漫。無味莫如懷刺出，空居何處借書看？藤蘿石上夏雲擁，橘柚湖邊秋水寬。衆婷登臺當念我，乾坤萬里聚星難。

七夕和潘宗海 禁用典故

大火方西暑漸和，雙星此夕説相過。但看漢影如流水，實考天文不渡河。絡緯有羣當户織，豆花無緒入秋多。佳辰孤宦幾忘卻，爲省先生白雪歌。

正月寄壽三弟方壺彊仕用二冬三十韻

春到將盈月，江寒未解冬。弟年彊可仕，斯世學爲農。辣性堅薑桂，弘謨論鼓鏞。淵泉探月窟，瀟灑縱天慵。白練瞻顔子，黄絲屬蔡邕。王家槐尚蔭，無恤簡常恭。髮燥原同學，眉豪我避鋒。八公聯曉轡，投子幾霜鐘。憶昔皆爲客，諸生到處從。知無所可用，亦莫不能容。桑梓分牛李，孫劉自虎龍。但相安嘯諾，曾不問君宗。豈劇煙霞骨，交湔雲雪胸。亮非求口食，端是爲尸饔。燕地鴒原切，津門馬上逢。心情殊草率，時運太征忪。豹嶺還收橡，龍瞑再撫松。書隨高鳳麥，案伴伯鸞舂。紉珮幽香習，彈冠野性忪。夢熊須汲汲，齒驥莫憧憧。久困青氈冷，新添斑鬢茸。懷珍終泣刖，洴澼罕酬封。未得歸田賦，羞稱尺布縫。逕三念松菊，華九削芙蓉。庚降今初度，辛盤遠缺供。梅花先棣韡，椒酒與愁濃。海口潮千里，天平石萬峯。嘉辰予悵望，芳草憶蒙蘢。元長傷衰病，烽煙訊吉凶。苦吟隨帛去，鴻雁語雝雝。

雨後代書寄馬正誼用十三覃韻成三十韻

虎阜横池石，龍眠映屋嵐。書應抵皖上，使忽到江南。無字心相照，多詞語半含。鄉原方牧馬，土賊勢騰䑛。憶昔師門學，知心同契參。秋香蘋桂宅，春水古堂菴。詠雪東山盛，歌風西席塹。共期堅鵠志，獨讓接鷄談。姓字黄金榜，文章紫玉函。駿圖先蹀躞，駑齒亦驂驔。浪梗身傳舍，滄桑亂用餤。袁閎君築室，彌勒我同龕。鎩翅雙鷗鶚，埋塵兩劍鐔。笑都成畫虎，悲竟老書蟫。樂聖一無愠，爲官七不堪。雲林寬種秫，星里羡多男。大西藏從讀，中山酒任酣。怡園毋再葺，浮渡可重探。世路窮多哭，人情險未諳。欲充鼴鼠腹，味苦蓼蟲甘。苜蓿盤欄足，芳菲佳句耽。歲編餘覆甕，月俸不盈擔。隙地栽山藥，靈巖徙石楠。身托風術微羞九九，禪悦叩三三。所望人藏拙，何妨自習憨？設門常寂歷，無髮可鬖髿。身托風波世，生皆雨露涵。言行先要省，山水不須貪。霡霂時優渥，清和天蔚藍。長吟寄司馬，歸夢繞江潭。

快讀葉聖野紅藥堂詩刻贈之十八韻

黄絹齊裁白雪霏，一椷遺我盡珠璣。具瞻鳳輦雲中駐，忽縱鯨魚碧海飛。風作笙竽鳴地籟，雲迴綺繡譜天機。懶從香逕拈花草，獨向寒山採蕨薇。隨俗安貧如北阮，招魂有美自西歸。泣聲直接王丞相，嗚咽何來丁令威？貌鶴吟猿憐苦瘦，緑蛇紫燕陋癡肥。大娘劍器瀏灕甚，幼婦碑陰絢練稀。讀史儘多下酒物，娱親絶勝綵萊衣。不因促迫圖佳畫，豈愛芬華聲正希？九廟至今留鼎實，三哀共得闡幽輝。箜篌嫠婦公無渡，弓劍龍髯露易晞。堂上采蘭同臭味，階前紅藥報芳菲。信夫必以君爲準，不爾方疑吾道非。枕底論衡韜寶氣，裹中松雪聽音徽。郵筒驛路投明月，雅道坑灰屬少微。惆悵古人輟耕録，相期還共絶編韋。

還里口號

鴻雁無家春也歸，升堂燕子傍人飛。頭顱帶得江湖雪，認是桐山老布衣。

題　畫

浮渡竹深四時雨，昔年得句曾題該。年過竹長鐫書闕，絶似古碑封碧苔。

吴王宫與越王臺，思沛遊魂來不來？試將妙湛泉中水，澆冷英雄未死灰。

題　畫

萬樹千峯黯黮間，平橋野水撼柴關。何人木末樓頭坐？風雨來時響衆山。

齊　岳

字方壺。弱冠遊鄉校，與兄弟名聲相埒。家貧力學，削荆握槧，矻矻弗休。嘗囊書走舒、蓼間，士大夫掃室布席争延致之，贅于舒之郭氏。甫以舌耕博數畝，爲兄台州失守牽連繫獄，徙尚陽堡，寓鐵嶺。作秋懷詩十首、尚陽捕鹿賦一首，聞者哀之。

浮山

我愛浮山諸衲子，半生活在煙雲裏。曬笲石蓮最高峯，濯足張公井底水。曾向巖邊理亂髮，山風颯颯巖邊發。斷雲如帶宿山腰，翠微一半空中揭。我本塵人厭風塵，終歲勞勞徒荷薪。夜半偶聞鐘磬響，悠然如悟前生人。

金蟬行 金蟬墩，桐水口也。

臘月至四月，賊兵據桐野。殺人如山丘，盡堆孤城下。日暮天風吹血腥，撐者白骨燐者螢。相逢但云渡江去，盼斷天邊南斗星。四月賊解圍，沙頭急擣衣。病妻及子女，相率出閨闈。深閨之人怯無力，乍使據鞍據不得。負子且復扶病妻，奔馳又報前村賊。

白門行

江北生無計，因思渡江東。烏衣燕子繁華地，病臥秦淮簫管中。入門妻子面如鐵，旋復身病聲嗚咽。身病猶教命未終，病妻穉子氣齊絕。一時巢破雙卵傾，至今話及心淒切。

桂子歌二首

有桂有桂羣檜中，皮皴榦老枝葉叢。凡卉歇後始一發，上映月殿生香風。望之甚偉比四皓，峨峨又復如三公。烽火廿年猶對此，應有神物護其躬。

塵煙滿天密如布，老夫寸步失歸路。前村蘭若古道場，積水成川飛白鷺。眼見鐵佛銷爲兵，又見英雄成古墓。如何灰燼塵霧中，猶剩東鄰五桂樹？

中秋後三日同孔文亭陳省人胡偉人諸子賞桂

杜陵移居芳樹中，龐眉皓首感秋風。鳴絃對月調絲桐，有客載酒桂樹叢。因之曳履趨牆東，顛倒醉舞如兒童。笑問花神可解事？何爲顛倒苦予志？我有富貴汝制之，年年花開伴汝醉。夜夢黄衣三五至，腰跨明珠拖火燧。黄金爲甲碧玉冠，荇絲爲帶牽荷芰。奈何爾等不富貴？爾等富貴爾自棄。甄盎莫辨作大官，爾等奈何都識字？千錢一醉易告身，爾等强項不言利。門竇儘堪謁貴人，爾等不欲見有位。即爲籬邊犬亦得，爾等動口咤狐媚。夔一足矣可天飛，奈何大鵬張兩翅？驢鳴犬吠皆文章，吐詞奈何成珮璲？初識之無且犯俗，奈何矜文等贔屭？招摇過市稱女貞，紀德奈何動曰四？蹇驢眇馬馳大宛，逐日奈何選騏驥？鴟鴞毛羽餙后宫，妍粧奈何仍翡翠？鮑魚逐臭皆馨香，奈何焚香對茉莉？試看古來忠孝節義之傳充棟梁，孰是多才作官吏？爾之捉衿露肘饑欲死，非關我之善鬼魅。從此我贈爾富貴，我但白晝作爾祟。使爾眼目忽不明，使爾心志忽不智。使爾膏火夜不然，使爾鷄窗等遊戲。以暴易暴不知非，殺人媚人恬不媿。封疆之帥不勝衣，燮理之功等睡寐。富貴貧賤豈異人？真僞兩立視乎地。

早秋示稷下姪

秋色到隆中，梧桐一葉風。樹喧蟬始至，梁静燕初空。曳杖青門客，長吟白髮翁。村醪須早蓄，計日看丹楓。

寄郭翁玉岑

音書雖闊絶，夢即到君家。潮去魚牀見，溪横草閣斜。敗荷藏宿鷺，高柳帶寒鴉。五柱當窗暗，先凝玉露花。

重九前二日寄桃溪黄氏二門人

雪霽衝風發，機雲情倍殷。渡橋隨去馬，藉草望歸雲。難後荒籬廢，貧來荆樹分。窺園三徑裏，寂寂暮鐘聞。

九日潘克兆邀同王絲如陳公遠朱伯友家園觀菊

小溪船渡處，數武即君家。古樹當門立，閒蘿繞徑斜。邀人成快集，選石列名花。揖坐隨窮勝，芒鞋踏淺沙。

送文亭雲子移居山中兼懷公瑜

不堪摇落後，次第故人稀。白社知何日？清尊願共違。八公秋色迴，九井暮煙微。目送驅車去，含愁掩夕扉。

方　霽

檐邊七日雨，草樹盡沈浮。送客經行路，皆爲古渡頭。村煙炊復斷，好日出還收。遥訂晴明穩，同登一葉舟。

赴東甌舟中偶拈

侵曉欲成夢，揚帆天已明。路雖指故國，人卻又長征。一葉去何疾，衆花空有情。晚依鷗鷺侶，處處是秋聲。

懷兒子當如

四歲雛兒慧，頭顱與案平。喜陪佳客坐，兼識古人名。幾載依鄉國，今年別帝城。寄書何日到，乾鵲定先鳴。

漁

浮家憑一葉，慣寄水邊雲。蘆葦朝堪傍，鸕鷀夜共聞。往來沽酒岸，雜錯采蓮羣。鼓枻長歌去，煙嵐闇不分。

樵

長年樵是業，來往此山中。伐木猿驚伴，呼羣虎避鋒。梅簪雙鬢雪，楓捆一肩紅。莫漫行歌去，防人棄老翁。

耕

南陽南畝地，黄犢夜耕煙。犬出隨桑徑，兒眠就麥田。杏花三月雨，布穀五更天。勞勸都教慣，歌風紀歲年。

牧

飯牛兼牧羖，日夕下山阿。叩角時吹篴，提鞭且荷蓑。問因知酒處，夢便識年和。次第升牢畢，何知甯戚歌？

鷗

不作排雲陣，閒情亦自嘉。輕堪同燕子，色欲混蘆花。冰上嗛魚静，湖邊掠水斜。牙檣驚即起，漠漠去天涯。

鷺

彌望如難濟，褰裳澗水濱。乍臨青草畔，勝對白衣人。翮舉疑非力，潭窺静有神。皂雕徒猛鷙，誰似羽毛新？

夜夢婦翁蝶公先生

郄公荒冢石離離，衰草寒鴉暮木垂。何事一氈來晤語？不教千載會無期。予生平未面公。攀龍終負馮唐志，埋玉應深伯道悲。掩涕幾回中夜起，摽心直欲溯當時。

贈孔文亭

屈曲崎嶇路不同，欲依蓮社託春風。問來今事虚齊澣，話入通家足孔融。曾道鹽車收病馬，可能烈火拾焦桐。鄙人新識龍門處，一徑蒼蒼宛在中。

北行道中

暫挂陶潛舊葛巾，荷衣棕笠走逡巡。條條漲水疑無路，疊疊青山欲送人。瘠馬倦嘶愁日晚，村鷄競唱怯天晨。晨興便欲馳驅去，不夢滄江舊釣綸。

中秋旅懷

一輪長夜揭秋空，故國今宵想亦同。閨夢應馳燕市上，扁舟已繫水聲中。荻蘆欲老溪仍碧，楓柏初寒葉未紅。把酒直呼南去雁，數行先付大江東。

晚泊

院落村籬處處同，家家門溯小溪東。聽來市語音如昨，便問前途路可通。荒寺每依高樹下，疏鐘不問亂流中。蘆花白露江南似，但少丹楓映日紅。

九日舟泊檀莊

來日已苦黄梅雨，舟行又泊重陽風。塵沙滿地逼牛馬，虚空吼勢驚魚龍。蔽眼每厭塞北路，有夢即對江南楓。安得長風破萬里，赤脚直上天台峯？

鐵嶺秋懷十首

衰草柴門一徑斜，此中羈我坐年華。魂歸故國車千里，月上茅檐雪萬家。未有尺書來鳳闕，漫淹高士卧龍沙。白頭貧困兼消渴，但剩空囊貯紫霞。

大東本是興王地，零雨西征王氣鍾。牧馬舊營羅武衛，從龍高第列堯封。水週魏闕層層障，山拱諸陵處處峯。每對夕陽觀大陸，祥雲靉靆擁蒼松。

山河百戰嫖姚績，風雨聲中帶血腥。物馬萬羣嘶夜月，雲旗千片捲寒星。名鐫漢代當年竹，勳載燕然此地銘。時過東園歌舞地，欲披荒草弔英靈。

小城城北荆榛處，故老傳言五國城。衰草晝陰聽鬼哭，長河月照吼龍精。百年幾見山川異，千載虛聞漢水清。幸有廢興遺迹在，不然空老舊劉生。

我來此地但行吟，鷄骨支離遂至今。竟可鴆人誅叔子，急須投杼避曾參。風吹細雨晚逾疾，山不厭雲常作陰。買醉百壺衣不惜，病榆衰柳對蕭森。

七上天人一布袍，放歸便著廣離騷。于今身是橘爲枳，人道予兮李代桃。蕊榜又懸新姓字，龐眉遠繫古蓬蒿。未標赤幟心難死，夢繞樓船八月濤。

兵疫荒喪備此生，或云薑桂老逾榮。如何高臥蘆中士，竟作纍囚塞上行？無物可將憑五鬼，有身何計絶三彭？枉勞咄咄虚空問，天問從來問不明。兵謂遭流賊。疫謂遭瘟疫。荒謂遭旱澇。喪謂壬午喪前妻阿許並子。

幾載家園破敗餘，隻身膠目遠驅車。夜從鄰寺分蘆火，饑向荒原摘野蔬。憔悴自憐同病鶴，羈孤人但泣枯魚。無情白雁頻來往，懶繫江南一紙書。

數畝之中一草堂，山妻稚子總淒涼。孤吟恰到故鄉月，兩鬢全沾絶塞霜。結伴有誰來北海？荷鋤只當壟南陽。關河有路數千里，涕淚郊原空斷腸。

極目蒼涼倍黯然，瘴雲疏雨送秋天。草生岐路思千里，花落寒巖記一年。誓死有心投白水，耐愁長夜補青氈。夢回緜薄知霜重，怕聽鄰鷄到枕邊。

己丑初度伯兄以三十韻見投依韻奉酬

初度經三月，書傳自季冬。駑駘安病廢，魚雁到桑農。盡室嗟懸磬，開函覩大鏞。微官淹海嶠，寄迹縱天慵。興自高王粲，名還贈顧邕。雲霞囊已貯，筆札衆尤恭。綺句紗籠壁，雄談舌避鋒。詩喧楊柳曲，聲徹景陽鐘。錦字三縑易，瑶琴一鶴從。畫眉憐曉鏡，繡閣倚春容。共許潛文豹，何須警露龍？朝雲諳内則，靈照啓吾宗。況是流離客，皆誇雲雪胸。衣單猶解珮，坐列盡尸饔。至性隨人釋，才名到處逢。江鄉非寂寞，歲月易征伀。憶昔吴門櫂，偕攀石上松。霜砧依大被，冰署亦同舂。自是河橋别，歸來煮趣忪。鴻文終落落，驥齒已憧憧。强仕龐眉禿，春深碧草茸。蠹魚書久謝，蛛網户全封。豈望岑樓嘯？兼辭尺布縫。手還持琬琰，劍不淬芙蓉。飲啄誰充給？糟糠鮮自供。敝廬風雪滿，短布露華濃。欲采當年蕨，難尋若個峯。半生棲草莽，終日坐樊籠。折臂寧云吉？然龜但有凶。鵂鶹聊自詠，非敢和雝雝。

題懶殘道人蒲扇二首

折將青青草，辮作團團月。午餘炎氣蒸，賴爾清風發。

記得池草生，殷勤別君面。今日憶君歸，蒲草堪爲扇。

夜閲高季迪先生集有杏園瓜圃菊蹊梅塢四題與伯兄共拈四絶

種杏已成村，花紅照羅綺。爲囑沽酒人，莫向此中指。

種豆不如瓜，瓜垂常五色。郎行瓜始生，郎歸瓜堪食。

喜插傲霜枝，花與霜争發。願對白衣人，長吟搔短髮。

雪飛花已芬，雪消花未落。瘦影照冰輪，皎皎雙白鶴。

校　記

〔一〕掉　當作『棹』。

〔二〕爐　當作『壚』。

〔三〕灸　當作『炙』。

〔四〕搏　疑當作『摶』。

〔五〕灸　當作『炙』。

〔六〕□□　原刻如此。

〔七〕掉　當作『棹』。

〔八〕掉　當作『棹』。

龍眠風雅卷四十九

木厓潘　江蜀藻輯

黄安張希良師石同里許來惠綏人參

方　畿

字奕于，一字少游，號還青。祖冏卿沖含公，父明經青林公，胚胎前徽，早負文望。初，盛宜人艱嗣息，禱于九華，行山谿間，見桂花一枝，掇而藏之。迨公年十七，遊鄉校，香猶未散。順治己丑，以明經試大廷，勳部梁公特賞識之。壬辰，特授河間府推官，駐節宣府。宣越在邊陲，繁劇難治，公寓精明于平易。有大獄數年不決者，一訊而服。圄圄多繫囚，輒捐俸資其衣食。一囚將就決，曰：『身應死，然非方公，曷延至今日？』甸拜畢乃服刑。其以德感人如此。攝河間府保安州，皆有民譽。秩滿，遷漢中丞。董黑龍江堰，堰長欲請間爲壽，不可得。爲政尚簡静，對簿時，片言立折，間下獄雜治，不爲深文。暇則賦詩。搆半屋于署西偏，吟咀其中。家人曰：『得無妨公事乎？』公笑而頷之曰：『吾豈若俗吏，以簿書廢詞翰哉？』遂挂冠歸隱楊溪之東。園有四松，因自號四松居士。晚卜築龍眠之寫園，角巾白袷，步屧容與，藜杖錦囊，行相隨也。遇佳山水、名園幽築，坐對累日不肯去。家居雖食貧，慷慨好義，能急人之難，瘞殍振乏，難更僕數。早歲躭情文囿，即工吟詠。牽絲入仕，益苦吟不輟。善行草，爲人書紈素，輒賦新詩，當其得意疾揮，小夫稚子可促迫而得也。生平詩近萬首，有四松齋集，匠意鑄詞，超脱凡近。于唐喜嘉州，于宋喜東坡，不啻南豐瓣香，其佳處亦往往似之。每賓筵逢俗子，終日不怡；有知己義故，則娓娓長談無倦色。少選不相見，即停雲之篇盈帙矣。人知公之吏迹半詩，不知公之交譜半亦詩也。公嘗過予石經齋，瀏覽先賢詩，撫翫品題，涵泳移日。其持論尚平恕，不爲詭激，取詩亦不拘一格，曰：『善善長，惡惡短。君子長者之道也，況父母之邦乎？』今錄成而公已歸道山五稔矣，悲夫！

舟經浮山風駛不得上

寒山秋色高，一水繞澄練。譬如浮孤舟，帆檣隨隱見。天風滋瑶草，新粧浄明絢。石磴老閒雲，猿呼踏僧面。古洞苔陰積，巖花幕成片。前峯懶龍臥，羽甲當秋扇。空厓樓閣迴，小石開深院。山路響笙瑟，足下虚廓穿。楓丹梧葉稀，秋棠晚葱蒨。萬籟静孤寺，黄花佛容變。輕舠環山椒，迴薄露古殿。蒼翠一萬縷，衣衫盡成眩。遠望切心忉，遊思集芳甸。帆轉晢山靈，春逐初飛燕。

東谷書屋

粤若高王父，吏隱號東谷。爲園坐緑雲，此焉搆書屋。春風吹黄鸝，窈窕鳴檐竹。長松高百尺，雨溜若飛瀑。十年長干客，歸與棲舊麓。遠山照鬚眉，一片青彧彧。庭楹宛遺址，仙踪翩在目。孤亭繞梨花，編籬問秋築。柴門三畝在，暝色送歸牧。移蕉淺著陰，垂柳半池曲。故園嗟來暮，奔走何育鞠。汎汎水中石，飄蕭望空逐。冷落荒丘樊，薄采鮮半菽。傷哉肯堂人，兵燹賸喬木。畫圖日以渝，公侯罕不復。黽勉事先疇，如鳥倦還速。灑掃當時廬，深耕督我僕。出門營四方，曷似山之隩？疏花撲向人，鳥語唤來熟。且讀書屋書，高曾有遺卜。

雪後居庸道上同沈子

雄關鬱岧嶢，幽磴宿老雪。餘冰歷差池，飛翼望明滅。我輩肅宵征，旦發路層折。寒深怯朝崿，雲冷陟霜嵲。微陽晞前渡，快馬追去轍。杳曲秦人源，蒼茫夏禹穴。放眼山色古，馳鞭水波咽。三十六巖壑，秀色遠可擷。迢遞出關初，煙雨千峯列。

兒子讀書槐龍軒春日自雲中還詩以示之次韓退之示兒詩韻

空軒過高風，閉門宜讀書。風塵走兩塞，三歲築此廬。愁容涣然掃，清曠樂有餘。濯濯槐葉緑，荒園復種蔬。誦讀世所重，賓客聊相於。關外無南花，移柳十數株。古本宿巢鶴，草色如花敷。西北多凉颸，入牖每吹歔。隔牆數老圃，灌畝田中區。轆轤日夕轉，注水如碧虚。賴爾勸吟諷，不慙揚子居。洗塵繫予馬，乍聽心蕭疏。東家俊少年，十九披簪裾。學道慕孔顔，志匪卿大夫。世情逐榮譽，早已腰垂魚。西家冶蕩子，酖毒安無虞。蚩蚩飽午睡，焚香寄清娱。躭樂等從凶，不僅終蓬樞。先民貽令範，度處將焉如。懷抱别雅俗，且勿較精粗。我思寧澹人，瀟灑天之徒。俗灰未沾腸，何待江水祛？芳蘭襲兩袂，揮指冰霜俱。爾曹去頑懦，力勤猛爲儒。深省今無皇，慎終猶厥初。

茶詩次東坡集中焦千之求惠山泉詩韻

飲泉不槩佳，佳者出山腹。君看塞上水，汩汩匪一族〔一〕。中原有渾流，況乃邊所蓄。獨此西北隅，清泉無斷續。客坐空亭上，秋風頻吹筑〔二〕。暫閒五斗折，忍令孤瓶蹙？不須調水符，園丁自相續。南友致洞岕，瀹飲茗色緑。茶香浸人髓，旗槍如片玉。相伴歷殘漏，孤斟小僮僕。採來白露久，煙霧捧盈掬。不有澄潭姿，誰者助清馥？有時開北窗，午夢初報熟。擎杯樂無度，曷異酒千斛？

郡齋言志

訟庭重執法，一行乃邊李。吾家世科名，吾祖官此始。赫赫臺諫聲，迄今盈楚耳。歸囊只數金，桃源説司理。筮仕欽乃司，遂與祖相似。俯躬秉淵冰，洗心一聽視。填撫傳督郵，糾繩有直指。我黨儼承化，敢不清顧諟？此官司刻印，向者開馬市。城門距塞口，相去六十里。蕭蕭邊草白，黄雲當路是。秋飆御征車，霏雪乃盈軌。童山莽蕩沙，好花無片蕊。荒塞半窟穴，村堡小難恃。胥吏如生猱，頑頓鞭不恥。饑兵雜煢民，日食盡糠粃。寒餓鮮存活，椎埋非得已。間有小犯科，惻惻奚至此？誓將恤鰥寡，非敢貸姦宄。我聞貔虎輩，毒民如瘝痏。忍以裘馬供，剥此窮肌髓？兩州一縣令，平行相汝爾。權輕少彈壓，何以肅風紀？在昔全盛日，雄風重邊壘。精鋭二十萬，大將接踵趾。帝京倚左臂，嚴城星斗峙。令毖芻輓多，人煙錯若綺。我來狐兔號，空城半荆杞。刁斗廢百雉，草屩易刀鞞。緬懷將帥材，誰者勤撫髀？空餘上谷名，九龍但流水。佐郡無郡治，國法未可弛。願守介石心，對兹愚赤子。風高七月寒，冷窗吹破紙。從斯凜在公，歷歷秋霜裏。祖德勿爾忝，聿修惟自矢。黽勉慎所期，世資何足齒？古士曰皋陶，未聞科目起。

昭君村次空同艮嶽韻

絶塞古佳麗，遺村在邊口。紅顔萎白草，過客傷楊柳。漢宫秋夜雨，仳傐願速朽。畫圖識春風，環珮亦何有？蛾眉掃爲誰？拂拭當窗牖。殊豔離鳳闕，羣狐望之走。奪卻閼支色，不聞河東吼。沙場應獨尊，中朝未必后。今昔悲歌人，曷爲長嘆久？我來西朔地，勝迹任搜取。弗審明君居，莽礫付誰守。金微夢路寒，寂歷空迴首。籬落兩三家，昔村今在否？載聞荊門道，村墟亦荒藪。此處但疏煙，金粉銷藜莠。朝露等妍媸，黄雲蔽申酉。

將赴赤城望前途趙川龍門雨勢作

前山鬱岧嶢，雨色沈不已。蒼蒼幾十重，一片濁霧裏。空濛罩危嶺，扳陟策進止。村墟浩雲氣，層阿渾江汜。冥茫别岐路，倉遽不可似。古之戒塗人，褰裳應自此。置身風雨外，乃悟丘壑理。何不歷千峯？水深必濡軌。去去慎前綏，屯陰暗煙水。

獄吏

獄吏前致詞，諸囚向天泣。幽閉圜土中，我公衣賜襲。寒炭饑與糜，被温履並給。昔年一囚決，望日拜於邑。匪公延至此，久矣食絶粒。羣聞公遷去，欲送恨不及。我聆獄吏語，長歎百愧集。不斐主塞刑，無能釋衆縶。間理一二枉，譬百不得十。忍痛視衆囚，襟袂恆淚濕。哀此愍愚輩，棼棼何岌岌。庶戮之不辜，有法不忍執。我去勿致思，矜恤世所習。豈無豈弟人，推解重周急？我馬行遲遲，念囚意怊悒。獄吏仁者心，目送空佇立。

日暮漢臺與客看杏花馮使君惇五適至

初春梅花開，浹日杏花發。高臺多東風，攬袂矜突兀。與客挹返照，空亭雲出没。使君聞我至，攜笻幽興勃。凭闌盼斜陽，花氣紛入骨。數株各晚秀，争芳意飄忽。燈影披潮暈，花光鑑膚髮。曲逕殘梅萼，落英何咄咄。粗服亂頭時，盛粧同勃窣。花工解媚人，推挽香不歇。今年春最早，卉長苔痕滑。朝起行東郊，菜花浮麥麧。漢上上元餘，江南二三月。

東偏書室成效長慶體

爲官敢傷貧？說貧非本志。爲官敢怨閒？曰閒本無事。築室牆之東，略比僧牛義。編竹爲屋壁，茅垣防瓦墜。牀几僅容膝，搆此良不易。遠露城外山，臺樹對窗翠。小橋流水間，致動高人戲。野花次第栽，蔬園室傍地。課兒聞讀書，臨池數行字。掉臂發朗詠，借詩滿行笥。秋風吹短屋，夜雨來無次。移桂新著粟，菊英香可企。是貧亦是閒，斗室天所畀。有令如江州，謂沔令李君也。不使陶公喟。登登聞丕作，畚鍤予重愧。昔年築槐龍，半屋此焉識？亭軒等置郵，經始抑何爲？鴉鵲翩其鄰，花石且位置。室成一狂笑，裁箋待阿季。

促馮使君築漢臺東亭子

漢臺堂東偏，可以搆茅屋。使君新茲臺，不見一竿竹。翛然闢三徑，榴葉五月緑。芳草偏階長，幾樹寒吹肅。君曰此焉亭，勝址久以卜。秋飆儵然至，開軒汎黄菊。春色浮東隅，城外山翠複。有時清謳發，促坐酒百斛。晴雪照四角，一亭殊不俗。空月敞明星，辟暑最宜築。聞君百花洲，有園如空谷。亭高萬木秀，池溜引泉瀑。距家百里許，草堂在山麓。宦遊適未返，林水翳曲曲。知君山林心，聊寓此間目。畚鍤未可待，面勢督僮僕。一片風露地，客至歌信宿。籬落插南花，竹光鬭疏燭。瀟瀟萬竿下，拄杖獨往復。篔簹有遺植，佇君漱青玉。

遣興

浮雲日夜馳，秋霜滿河梁。側身西北望，鴻雁翩翱翔。關河渺千里，游子天一方。鳴蜩亦已歇，寒風吹衣裳。莫采黄金花，東籬非故鄉。

九日渡漢江之南村夜宿田舍

蕭然對高秋，菊花紛在手。此日登山宜，于役履農畝。蚤行經南園，菜畦俯疏柳。走馬廣陌内，江光射漁笱。微風截流渡，一片青溪口。秋禾拂行岸，秋日似春久。向暝理村呶，到舍月出後。白衣非所嗜，田家復何有？爲農臨河滸，山色在左右。入夜領佳色，蒼茫辨星斗。牧馬蹂田禾，獨此嘆蓬首。傷哉及鷄犬，柴籬泣翁婦。太息至深夜，積勢情孰剖？清晨循路歸，江舟仍待否？只作插茱萸，出門問重九。

贈别門人魯子官臨女〔三〕名紹連，貴溪人。

鴻鵠有巨志，渥洼無凡步。子本文章士，激昂服靺鞈。午秋予入闈，燈下閲獻賦。第一英雄姿，常調曷可附？賞心進督府，冠軍榜花註。一時號得士，賀者門盈屨。功令尚未傳，得稱弟與傅。我遷漢江上，忽遭彼婦妬。詔書洗冤抑，誰與白詿誤？雪霰並時集，鬢髪兩行素。家傾二頃田，關擁八千路。癡犬羣吠影，蜉蝣亦撼樹。三年舊僚友，逐客不使住。何期顛頷身，忽與吾子遇？典衣爲我餐，賣劍覓我寓。我身無一人，牀側每夜晤。雖有親人親，不如故人故。解推非所難，肝胆乃宿具。我黨自干霞，薄俗空吹霧。王程適趣子，策馬臨女赴。征鴻將分飛，野鶴擬再聚。浮渡近匡廬，一葦江堪渡。勉矣上霄漢，壯猷慰衰暮。

四松次杜韻

我園有四松，竹下五丈强。爲問浣花翁，較此誰當長？田園幾不守，遑惜松存傷？歸來值幸存，新沐何昂藏。我兒爲搆齋，籬落議周防。稜稜匪支離，風雨閲青黄。藉手慰我老，解衣侑健康。亂幹儘盤礴，便上春雨堂。標寒豎山骨，内吹送野涼。維爾異朝華，素心歷冰霜。夭矯乃猶龍，望俗鱗怒張。萬里橋上客，草堂亦茫茫。卓如我園立，肅容焉可忘？大書四松齋，坐看淩霄蒼。

過保安弔沈光禄青霞先生

沈公賦籌邊，雙目巖下電。散金募豪宕，守邊可以戰。粟活萬餘人，遠市粥僧院。哀師初集議，慷慨争上殿。廷臣率媕婀，歷階獨身先。同心趙大洲，抗聲詆凶焰。復疏十大罪，廷杖罹遠譴。荒塞少邊備，首鼠值儒弁。飛書入轅門，觸忌目悁悁。賊子以叛搆，會疏交上變。黑雲暗黄沙，白日慘不見。我過保安市，霞氣青如練。耿耿化白虹，亘天遥一線。腓草朔風枯，明水缺椒奠。蕪没天池書，祠荒蝕秋扇。聞公在塞垣，剛毅不婉孌。感時寓吟諷，淋漓駡奸串。削木丞相檜，手捶日穿箭。當其痛哭時，賊虜欲寸剸。奸諛既以燼，陽晞破霜霰。公心日在邊，風雨頻顧眄。天陰聞烏烏，釁水洗鳴劍。公有籌邊賦、鳴劍小言。

堂上歌行

坐客且莫喧，聽我堂上歌。昔在邊塞時，巖關鬱嵯峨。長城擊刁斗，營壘臨洋河。彎弓客帶刀，日少來相過。擊缶吹笙竽，羌角雜明駝。飛沙撲筵立，黄雲帶襟多。載馳入潼關，對客清漢阿。黑龍江名。繞褒斜，景仰參與何。予司水利，春祭二相祠。芳園息游豫，王侯宴鳴珂。鼓吹列廣殿，羅綺陳青娥。重廊龜兹樂，曲沼京洛花。夜火照離宫，千馬鳴相和。勝賞在目前，拂袖空蹉跎。

望焦山

雲裏焦徵君，飄舉不可近。鶴蜕渺千年，風煙隔遥磴。江波一點緑，如姝掠秋鬢。金山睇若浮，楊子光如暈。太息天水間，神仙亦徑庭。華陽逸仙銘，蒼茫何可問？

早春登山遲李士雅不至

風物悽早春，雪色浄山面。遥林午煙寂，白石溪流轉。振衣出城闉，選石寓清眄。高岑召飛鳥，河水紆疋練。濕畦草新薺，軟沙霧偏罥。急呼斗酒客，洗我春吟硯。相與坐峯頭，微察山容變。市酒醉何家？宿喏今不踐。徙倚望山徑，亭雲去如線。

贈吳少椰

昔我居白門，每登吳公堂。公適渡江來，高門對方塘。世稱真御史，代易名猶芳。吾里孫黄門，伉直聲相當。草木同臭味，以女字少槲。年少擅才譽，風度何清揚。卜居投子山，賃宅棲孟光。我居適相鄰，燈火梅花香。持箋索我書，意不遺老蒼。俯仰三十年，百感空茫茫。

立春日陳子一如過從論詩適借閲六一集因仿其調貽陳子

陳子齠齔交，聚散三十年。才鋒似干莫，弱冠鬢連蜷。我叔號多鬚，君面乃達顴。掉鞅詞場中，後先推兩髯。江左我流寓，子亦攜家遷。授書王孫塾，花石堆牙籤。笙竽隨帳移，鐵塘池水邊。空堂受花氣，竹疏波漣漣。我等志千秋，詩酒足流連。君更善其書，落筆每不凡。五馬渡江汜，各挂歸來帆。客星散東井，逃俗學髡鉗。小草足笑人，服我從事衫。棧閣插漢高，塞口荒荒天。懶拙值磨蝎，且耕東山田。是時子正出，西楚生徒聯。我之無爲軍，適晤王與錢。壁上黄薇詩，澹冶凌秋煙。公車報經術，子行北至燕。懷袖所上書，豈不如鄭虔？太息長太息，郊島才則兼。子歸我入城，敦此夙昔緣。街頭劇論詩，相訪一晤愆。何處春風來，吹子過茅檐。掀眉誦少陵，磊磊非常詮。咄嗟浣花叟，骨往魂已牽。妙義匪自今，亘古何由宣？當其得意處，爾我都狂顛。君之受經者，激昂冠進賢。網羅盡先輩，龍眠有詩傳。攸尚在文獻，博訪收亦廉。開卷得二公，竹城余廉使珊。與蓉川。齊京兆之鶯。吐内漢魏人，娩杜無可謙。令微戴祠部著顯。如月白，燕及劉廷評胤昌。如風恬。我家狂布衣，文學君重大瑋。蒼茫掃如椽。其餘十數公，灑落同山泉。相對共拍案，大笑口不箝。子曰上元餘，埜岸尋江船。予于江浦道，疋馬東風穿。把臂如張陳，門人遇子瞻。我聽嗣宗琴，瑟亦奏阮咸。我叔雅好杜，丹鉛紙幾千。弋獲頗自矜，大雅相周旋。肌理析微旨，青藍抑何嫌。拓落借廡人，草堂無半廛。扣門知是君，舞晴雪嶄嶄。別後峭寒生，燈暗花復然。昨借歐陽集，朗詠欲終篇。冰花映窗紙，悉索風吹簾。呵凍絕快聚，秃筆聊一拈。

早春過齊圓倩兄弟觀府丞公遺筆及諸名公題贈紀以詩

我讀先輩詩，拜服蓉川公。龍眠鬱嵯峨，公筆争其雄。公詩如少陵，目且無太白。同時有竹城，兩家互騎驛。弱冠魁南宫，首讀中秘書。後生襲餘馥，纍纍垂金魚。出入青瑣中，慷慨上封事。萬言達楓宸，只不諧婦寺。左官及郎署，壯略惟賦詩。一麾入西秦，奏功花馬池。于蕃仍萬言，涕泗不可止。迄今西夏人，食德緜蓬子。公以緜蓬子同疏上陳，言疾苦。

潼　關

潼關勢雄高，設險獨擅壯。一丸遂可封，千夫焉得上？黄河日夜聲，東來莽奔放。不欲令關孤，環拱若相向。蒼蒼太華雲，護關作幃帳。此地古戰場，漢楚胥争王。咸陽一星火，恃此成巨防。壘廢見空城，運移無大將。王公當扼要，豪傑孰西嚮？茅勁少中權，河岳空異狀。三秦只傳檄，雄關勿輕忘。千片青蓮花，百里直遥望。

重葺松聲閣詩爲潘蜀藻母夫人賦二首

南城一佳客，奉母葺高閣。圖書亦以遷，飛翬宛如昨。條嘯鳴勁風，一片松聲落。冰霜護貞栗，樓頭有萬壑。窗前綴繁花，牆隅叢野籜。西山朝爽來，凴檐争噴薄。謖謖集秋氣，絳紗覆簾幕。宣文註書成，海内推著作。

著作傳哲嗣，高齋名石經。鷄林走嘉譽，馬帳流芳馨。文字足承懽，學詩爲趨庭。彤管發異香，亹亹欽儀刑。墨妙騰四座，誦音達前欞。安仁徒板輿，秋興何足聽？松聲自天來，揚光如列星。黛色二千尺，今古常青青。

致許子綏人

夙昔在羈旅，橐筆許與陳。射蛟采閒花，方舟出江津。醉翁亭上坐，老梅鬱輪囷。頫仰華髮鬢，欻忽二十春。陳子策我馬，巖關歷嶙峋。復食漢上魚，懷古賦西秦。墓門今宿草，故妻復不辰。良友嘉會難，驚飆逝飛塵。爾我不少年，吟歎同寒鶉。訪予昨過齋，疏竹風到蘋。架上千卷書，生徒立鱗鱗。小星正當户，抱女知笑顰。徐家好男兒，天予卜石麟。吾子負正氣，有才絶等倫。卓立表萬夫，後凋足宗因。老我嶽夢園，四年狎松筠。比來入喧市，欬唾不得伸。自非金石交，拂衣且逡巡。相期各揮翰，倡和夕與晨。君其勤五字，風雅爲比鄰。不見冷水郊，遺墨飄殘燐？亡友陳子垣居冷水澗。

致潘子蜀藻

李白在山東，詩酒召六逸。我黨復竹溪，吟聲繞茅室。鄧子柬之。豪邁人，微細親紙筆。同心呼潘尼，六子勿闕一。秋水白門路，適與鄧子出。丹楓點檣帆，白鳥掠江驛。野艇菰蔣間，平生最蕭瑟。計歸訪石經，逸侶偕抱膝。雪色詠山岸，浩嘯春花茁。攜壺倚煙水，竹下風栗栗。衰吟半鬢白，子髮黑在櫛。相彼雒下英，末座有君實。努力激騷雅，徂徠遊可必。

逢杜子于皇即别

杜子有奇癖，雙眸照秋水。皇天困斯人，歲歲客樗里。廿年不相見，一見各狂喜。今年渡江來，子仍吟客几。吾家七十翁，祝釐詞滿紙。最愛詩福歌，不與羣客比。憶昔過黄州，大蘇呼不起。江山産俊人，復隔長干汜。浪遊未云佳，懊惱不見子。滄桑予幾更，華髮徑到耳。君顏亦老蒼，咄咄昏嫁裹。浮踪若霜蓬，浩蕩不可止。相逢是别筵，離緒浩難理。欲訪城南隅，瘦馬今亦市。杜子贈予詩，有『感君騎瘦馬，特地到城南』之句。留别夫何言？因風託江鯉。

送素伯姪出遊爲尊甫無可師覓講堂資

吾賢奮清筆，拾級大師後。彪炳推虎文，介特儼龍首。茂先書滿家，輔嗣易在口。二十各已立，五千言不朽。昨年出居庸，塞馬御風走。快舒曠閣兵使弟寄庵所樹閣。眼，取醉槐龍余昔亭其間。酒。碑陰讀鐫詩，風雅仍及某。篤此如蘭心，骨月有良友。今年發江驛，孝思極深厚。爲訪車上客，代闢山中牖。三十六巖前，萬竹繞梧柳。把茅結團瓢，扣擊聞善誘。梅檀侍几杖，薝蔔較蝌蚪。固知忠孝人，子弟志不苟。我思廣長舌，高峯洗瑕垢。白椎呼凡夫，導引被衰叟。兹行歷晴川，鸚鵡相待久。布衣過南陽，躬耕兩非偶。秋深予有適，楚帆擬在手。歸來看仲容，九帶掃孤帚。

顛厓書至不成報章答之以詩聊寫心曲云爾

北山有執友，書來絶相憶。自云夏日長，放脚城庵側。菉竹翠欲流，松陰莽如織。比同黄州生，坐臥或語默。又云哀無次，一月幾匍匐。熱腸撫友枯，急淚向兄拭。因思夢泡身，離合總難即。生趣將日促，年命得無逼？大聲呼憨翁，歸來共家食。團瓢子可住，山阿余欲陟。相與嘯雲根，土室毋獨匿。揮手謝君意，欲來何可得？自我不見君，三月長荆棘。春雨多繁憂，出口仍蹇塞。逃虚入村落，看人播新穡。田田春鳥鳴，竹筍高至極。堤水泊疏卉，好月帶松色。愁心看漸祛，石隱聊自力。豈不念離索？任運不我畫。荷君長相思，慧刀解徽纆。楚水秋正清，湘花晚堪息。襆被大江舟，同心載明德。君其坐石峯，余且逐釣弋。會合日非遥，停雲蕩胸臆。

園陰

移書就緑光，習習好風舉。竹葉如浮波，亭陂即洲渚。我坐秋濤中，日聆鳧雁語。愍彼行路人，汗背是何許。園陰送長吟，黃鳥歌白紵。古史盪天懷，一切眇鼷鼠。何處生微涼，烈日正當暑。開門緑更殊，風吹秀禾黍。

豫讓祠

突兀豫公祠，門前水横橋。毅魄直上天，沈雲曷可招？一身不足惜，斫衣三呼跳。至今橋下水，彷彿公飄飖。老死兒女手，世眼如鶡鶘。婦人不識公，所以高雲霄。我來拜祠前，漆炭成瓊瑶。丈夫貴志節，名山仰嶕嶢。太行大河間，萬古風蕭蕭。

詠荆軻

國士出奇兵，蕭蕭北風起。如何白衣冠，淒其渡易水？太子枉送卿，卿去死不喜。有客來遲遲，何妨緩行李。母在未許人，許人非但死。擊劍昧其術，巧刺胡率爾？兵衛陳殿陛，帶劍羣目視。豈有徑上堂，殺王白日理？藥囊是何物？投筑寧致彼？丈夫可無慙，卻悮燕太子。死易托孤難，臨難有深旨。俠血向空灑，徒顛聶政姊〔四〕。惜乎樊將軍，擲頭亦可已。殺身事無成，遺恨圖與匕。功成何人哉？談笑聊城矢。

秋熱坐石經齋同李石逋鄧顛厓李芥須許伊蒿

潘子乃人杰，詩壇樹旗仗。吾儕有數子，禿穎掞相向。思以行中原，或者免譙讓。偶發龍眠詩，披襟助諧暢。譬如道子畫，一一窮殊相。是日秋正熱，毒暑不可狀。冰盤膾縷絲，瓜果頻出盎〔五〕。頓忘暑勢鬱，自覺秋相望。紛綸傳變異，蠲恤疏莫上。税糧廣昔額，兵馬動夔閬。新政廟殿間，旦夕易所嚮。綜核勞有司，血肉暑仍創。吾儕但苦吟，何補世悲愴？落落寡和者，擊鉢神弗王。從君消永日，風雅資直諒。天高氣朗清，申旦復酬唱。

聞諸弟輯叔父遺詩抆淚有作

吾家老讀書，詩帙署杜癖。丹黄少陵卷，點定十七易。晚節勤撰著，每歲一成册。草閣大江深，客居邗水白。疏花在瓶際，嬌鳥立檐隙。異香發高詠，筆墨朝自夕。亘古説詩壇，舍杜了無擇。仙翁騎鶴往，風雅留陳迹。耒陽失拾遺，四海同惋惜。過庭俱詞人，伯仲同晝戟。金門大隱時，應制每接席。聯翩孝廉船，賡詠聲籍籍。麻衣悼詩亡，痛哭泰山坼。傳聞輯遺稿，隻字幾金石。我昔侍東山，談詩致折屐。篇翰多是正，把筆賞或斥。近詩含涕吟，已就乃復擲。典型去不作，藐焉似喑啞。題示猶在目，惝怳莫請益。臨風盼棗棃，浣花今再鬬。

書李子芥須畫上七十韻

前朝李御史，通籍富文翰。筮仕宰應山，八閩出巡按。再傳武陵公，垂紳有材幹。女孫生尚書，詎止三英粲？誕育大布衣，才名萬人冠。芥須與士雅，字號聽人唤。少小負异才，聲名空里閈。高視而闊步，見者每畏憚。揮手挂江帆，六朝恣遊玩。朱雀晚楓青，笛步朝煙漫。融帳傍雨花，書閣談浩瀚。落筆成論記，説理如象彖。南皮諸勝流，吐舌不敢玩。投稿至尚書，擊節動嗟歎。吾叔捧粤檄，登樓召王粲。師保兼骨月，兵革正零亂。苜蓿授一官，三鱣躍几案。無何當鼎沸，倏楚倏復漢。戈船莽如雨，行李遇兵叛。隻手衛全家，踉蹌急登岸。兵間呼阿叔，齠齔匆奔竄。舟旋大帥府，指麾妙英斷。歸舟泊江滸，痛哭煙雲散。中閨賦悼亡，弱息莽離判。歸來了然病，壯遊反漫漶。浮沈二十年，西席復高館。司空詠緇衣，太湖觀察。皋里歌復旦。六州太史。燕臺重詩酒，繡山司徒。吳門頌銘讚。生菴民部。泳游西子船，蕩漾南州瀾。鷓鴣九峯舌，鸚鵡盛唐腕。青山枕烏石，出處恆得半。曉爲竹溪吟，夕就茅檐爨。鷄聲新詠開，牛皂陳編攤。仄徑亦騎驢，長林偶聞鸛。雨歇東方晴，天高北飆悍。日就吾子詩，每給同人看。秀姿則張祜，清言若衛瓘。餐棃極爽喉，食蔗不分段。賞心偏吾儕，數子尤嗜鍛。安仁木厓。許若豪，仲華顛厓。欣客曼。伊余癖躭佳，得句必深贊。君亦好余書，大卷束煇煥。科頭風透袂，趿履泥没骭。沿溪並訪山，惜花同倚幹〔六〕。君才多不羈，君口頗諧喭〔七〕。世人羣欲殺，往往播謡讕。但期永金石，曷顧滋冰炭？天池常疏疏，次梗亦侃侃。聞豈攖爾寧，慙或發彼汗。天時報災異，草莽屢憤惋。欲作詩史傳，非關堯典擩。同人勸買妾，招招賦冰泮。李子瞠不答，亦不多違扞。亟搆屋三楹，竹影覆帷幔。好友如衛八，撥灰學懶瓚。我愛李子人，磊落無涯畔。不若世上兒，舉足動糾絆。我愛李子詩，脱手似丸彈。不若世上兒，剪花説璀璨。君貽一畫幀，予久不諦觀。述往憂意深，題贈才筆輭。經時書報遲，得毋議欺謾？今朝晴忽雨，秋成天不旱。遂草贈子篇，感慨益淒斷。騷騷閱翻覆，歷歷思患難。硜硜只此翁，汎汎復誰算？幅端寫大略，主臣恕荒誕。

送木厓攜子仁樹遊成均三首

賡歌柏梁後，千載無其人。帝夢發明堂，虎拜開芳辰。爰命六館士，弓招在隱淪。黄金舊高臺，指顧增嶙峋。潘子攬衣出，不敢後明綸。水草躍神魚，咄嗟豈凡鱗？君看雙闕下，紫氣何輪囷。蛟臺有二龍，吟上青雲津。皇哉鐘鼓聲，噲噲起辟雍。孔壁有絲筦，四海皆來從。伊人抱奇略，名高吳下蒙。月旦推汝南，文采照江東。起奉旁求詔，上書明光宫。青藜必早然，白虎今再逢。吾黨一僑肸，泮涣橋門中。魯侯芹藻香，色笑當不同。談經在帝側，可進五十重。鴻漸報魚竿，竹溪方秋風。

燕市俠氣多，遺烈荆與高。至今督亢陂，筑響猶嘈嘈。攜兒上酒樓，彷彿見昔豪。定有悲歌客，起舞音蕭騷。仰看游雲重，下有鶵聲號。所志在四方，齷齪非其曹。咫尺見天子，著論同王褒。不見大鵬飛，竹雀卑蓬蒿。慷慨出門去，相送無輕舠。遥睇玉河柳，贈以昆吾刀。

壬子人日

晴風煦人日，瓦雀微哢曉。椒花尚在盤，梅萼未傳篠。閒門儵成静，剥啄聲不擾。煙光若早秋，嘉氣到檐悄。爛熳春太盈，淑景妙初兆。孤吟愜素尚，筆墨蹊欲掃。山川久相待，把臂非曠渺。扳蘿陟崖深，狎石越溪小。雅供有奇雲，遠志在芳草。五日春始立，過二色已好。少陵詩愁陰，出日何杲杲？杜詩：『元日至人日，未有不陰時。』

竹西弟已爲我圖四松矣復欲寫手卷相貺予喜而志之以詩更欲邀之流賞出其聲影也

四海一子由，詩句妙無比。讀書三十載，突兀精畫理。排空峯插漢，挂石水生齒。筆如風中龍，拏攫難自已。貽我堂上圖，大幅何聳峙。觀者欲下拜，若逢吳道子。更欲寫長卷，横鋪十餘紙。當其豪興來，撞觸可千里。會須入余村，三日同起止。親聽松濤翻，親覩竹光泚。萬壑繞孤亭，喬柯覆蒼藟。拂拂剪雙瞳，照徹林園裏。野塘接花塢，浩淼松邊水。水上添一舟，殘霞綺成市。傍有春雨堂，蕭蕭數間耳。亦復煩毫素，茅檐略疏鄙。當日潁上翁，未必技如是。即以較大蘇，竹石不足擬。錦里諒非遠，浣花村在此。水檻扁舟句，誰者俾予美？謖謖聞松聲，松聲落筆底。矢歌看潑墨，坐待煙雲起。

書潘子木厓集後

詩場託至交，平生鄧與潘。鄧子氣食牛，潘子才如鸞。晨夕數以詩，古調多巑岏。北山掩芒角，二子吟不歡。唱和秋風高，鶯燕空盤桓。今春裒全稿，繡囊傳長安。長安習沙礫，誰者陳珠盤？茅檐有逋老，白水多幽蘭。崇蘭挹水涯，汎汎光風寒。子才眇漢晉，長慶何足難？雜以錦繡段，出以青琅玕。東序鐘鏞在，非但卷石觀。太息鄧子去，不得同褒彈。大雅當在兹，搏扶振飛翰。勉矣集厥成，李杜分波瀾。

鄰女歎

東鄰女兒衣羅綺，繡袂揚風蹙華蕊。西鄰布素當幽窗，茜鉛不御青娥雙。比户盟心長太息，傾城爲爾悲顔色。開箱片縷還共卿，湘裙曳練生芳情。須臾物色來反掌，西鄰簫發瓊臺上。咳唾珠玉隨香風，翡翠豔緑珊瑚紅。鸞釵翺鬟鴉横髻，都梁百子争幽麗。不信故衣人掩門，鏡寒煙杳天黄昏。明璫典盡侍兒去，猶是分香插簪處。溝水自昔東西流，東鄰顩頷卿不愁。

大風行

黄雲罩馬馬不發，隔岸飛聲向空滑。瞥爾沙石如濺雨，乃知怒風振毫髮。茫茫大地一片塵，塵過相看中有人。向來人馬被塵裹，頃刻不見鬚眉真。前行幾處有茅屋，破茅高捲飛空速。野飆拉住征人衣，無路可馳空僕僕。未午揚灰到日晡，前蹊村落誰有無？黄昏不定炊煙起，竟日行行纔十里。

馬嵬

一堆荒草埋枯髗，冬風獵草狐兔呼。冢中不聞妃子笑，黄雲滿路青峯孤。華清宫殿淪敗礫，天子不守咸陽都。紅塵飛騎渺何在？只今冷月空啼烏。此地曾經六龍駐，倉皇入蜀奔無路。御馬眠街壯士譁，紅顔血濺黄華樹。將軍一呼六軍起，玉魚不寒海棠死。不待秋風夜雨鈴，君恩咫尺輕如紙。驛門何處墓門高，半壁華阡半隴蒿。夜深環珮雜仙曲，疑是沈香睡未足。

憶東園花

東園三十年前花，百歲之桃如雪碧。兩株對開明月下，梨花李花争讓白。海棠一幹大若斗，玉蘭千枝香沁席。罩畝葡萄綠半區，出屋牡丹高十尺。黄鸝啼破春風顛，孤亭園畔何巋然。高曾書屋不敢失，遺址敗瓦皆流連。古苔難計月日久，老藤應與虬龍纏。合抱紫薇花似雨，盤根槐棗枝如船。蜉蝣蟻子火一炷，草堂蟋蟀悲秋露。數椽茅覆兵燹餘，三徑寒煙草當路。淡黄菉竹只嗚鴟，傾危嘉樹頻飛鷺。荷筒可許向秋擎，花鈴未必經春護。主人飄泊八春秋，邊雲漢月徒離憂。故郊迢遞隔煙霧，山川間之道阻修。北山有文行復至，南郭之子將焉求？寄語園丁深愛惜，東園夢老停雲留。

代州文昌祠書僧幅

雁門太守遠留客，文昌祠西星月白。窗前棗柏行列疏，老枝蟠曲丁香結。菀彼野花階下叢，僧静庭空夜孤絶。戍樓高倚城之東，烏作人語啼更咽。兀坐幾日暗爐火，雲卿不飲劉顒宅。主人燈下出新碑，杰石空廊待攬擷。策馬朝來訪九龍，縹緲雁峯冷飛雪。

寄槐龍

猶龍一老拳曲奇，坐園日日無相知。忽報故人再來此，風塵顛頓鶴鬢絲。恨不奮飛來鄉祠，予寓也。咄嗟黯對零秋枝。我欲訪龍不可見，龍雖願出行無期。卻望霜容向冬老，爲予耿耿愁難支。傳語致龍莫憔悴，煙雲且護凌霄姿。茂草不除自爾戹，年年緑穗猶春垂。爾我未面何契闊，舊亭結搆如見之。人生好友常别離，患難以來相倚誰？君還不若世情薄，冰雹風雨同所罹。向來太息左股折，亢龍有悔君一枝。詎知百六爲我讖？剥落瘦損筋骨疲。爾我一睬了無二，浩歎曷補惟拄頤。爾不我來我無憾，欲往從之焉可追？兩地閉户兩相憶，麇解蚓結泉初移。莓苔尺許拱蒼幹，鱗甲午扇西風吹。恨不十日下坐臥，三年漫滅空刺遺。碎點穿雲紫氣簇，與君未別留別詩。昔年文長詩勒碑，碑失龍吟文在兹。予歸心繞槐軒墀，龍吟豈異文長時？

蛟峯弟齋古藤歌

古藤香滿秋官園，春風三月蒼煙屯。秋官爲弟余爲昆，大被高歌接晝昏。落落斜穿藤下門，架上紫豔如秋盆。一團老鐵眠雲根，交枝疊幹葉正繁。葉上花飛風露騫，冰雹横天來吐吞。傍有几石相扳援，蒼然不讓松柏尊。客衣盤礴羣開罇，主人大笑手自捫。别客獨坐香層翻，古香匪復時寒暄。青苔半冷歷年痕，若聞野鶴空中喧。枝枝細綴清盤猿，我昔有槐在塞垣。游龍夭矯鬐玃奔，闢草開徑爲樹樊。大書榜曰槐龍軒，文長徐子昔過存。霜顔剥落頭髮髠，頡頏視此二龍蹲。又似二老長子孫，一者峨眉一崑崙。咄咄兩物縈詩魂，古色照根臨風掀。子藤我槐曷可諼？二老聞之笑不言。

英雄相遇處

黄沙蕩莽蒼雲度，漠漠村林起煙霧。千峯盤拱太行孤，此是英雄相遇處。迷樓彗掃白瓊花，幅巾濁酒吟官家。千萬貔貅太原起，帝星直射王宮斜。裼裘公子真異人，一時將帥絶等倫。海上扶餘豈初志？藥師禱嶽同其心。執緋仙姚一女子，横覷英雄兩秋水。笑爾抱琴卓氏兒，文翁賦心焉得此？英雄未遇何人知？世外英雄恆遇之。相逢一笑天下事，酒樓劍氣光離離。雌雄盡是人中龍，耳熱浩氣淩太空。高山大河擁三晉，開天豪傑生其中。我來策騎并州道，啼螿咽岸腓幽草。紅粉青萍並紫髯，野馬黄塵逐征鳥。英雄絶代軼人羣，兵書漫説李將軍，凄涼島外一大人。莽男奇女飛秋雲，風沙百尺屯横汾。

望天柱

我聞栲栳之西天柱峯，岞㟧撑拄層雲中。岸然名號列五嶽，灊峯處處欽皖公。維灊有峯趨我桐，諸山羅列忻然從。龍眠山水擅絶秀，蜿蜒詎知山所宗？遥川異壑青到重，大雲隱隱當其空。我行自皖望嶽拜，欲往從之阻光怪。金界惟聞斕斒雲，凡胎何得餐沆瀣？六祖道場煙霧深，東風逐日空山陰。馬行細嶺踏秋露，蒼翠插漢飛高岑。入山幾日湖水傍，司空一峯猶渺茫。何時躡屐扶筇柱峯去，隨訪山谷讀書處。

曹尚白書天馬賦屏風歌

曹君書法稱奇絶，交光飛刃雲煙結。相逢垂柳夾橋頭，攤紙長書筆如鐵。自言書法妙于亂，中鋒偏鋒不可判。粗服亂頭渾是姿，舞器蘸髮羣争看。我亦棄劍來學書，拜石一顛當不如。君乃神似三十載，骨力傲岸丰容疏。虎臥龍跳形堂堂，臂後掣筆筆不僵。揮毫欲穿鳳咮硯，用腕弗讓黎花鎗。興酣繞几發狂嘯，座中衆客呼奇妙。擘窠大字懸煙霄，畫屏八幅追風驃。擕之茅屋清江上，舊京老客歌流宕。春蚓秋蛇自在逢，漏痕釵脚公然向。滿堂天馬非凡胎，是何所從而遽來？君如太僕圉人至，贈我喬雲紫焰之奇才。奔騰不顧有四壁，蹄踏鬣豎驚風雷。又如滿斛明珠粯，木難火齊徒瑣瑣。草堂竟號海嶽菴，詎數雲麾與争坐？驅馳雨雪尚風塵，鷄聲野店光照人。曰曹曰米君孰真？鞍韂鬱勃青騏驎，字中曹伯誰與倫！

岣嶁碑

岣嶁山前神禹碑，風雨滅没雲雷披。千年神物鬼所護，斑剥窈黑苔蘚奇。蝌蚪贔屭絶恆覯，秦漢鐘鼎備指麾。我所思兮逼夢寐，龍安友人遥寄遺。空齋夜半吐光怪，蛇虺撞突不可支。滿地蛟龍走尺幅，狰獰鱗爪紙陸離。隔牆好古争取視，豔姿古色如卣彝。便郵蜀山急索此，弗忍奪好惟神馳。摩挲月下及雪天，梅花歷亂風參差。退食何物堪對語，一日未見不解頤。波濤沸天弘喪亂，惟我與爾同傾攲。倒筒搜匣竟逸去，偷兒豈解螭虎姿？上古筆畫自虞夏，石鼓與較已後時。秋行出峽走碑洞，安得攜此相追隨？龍安郵傳欲致書，山僻道阻官或移。更恐蛟龍蛇虺自飛遁，嶄嶄鳥道千里萬里如見之。神物惝怳何日歸？風塵莽蕩雲煙遲。

長干遇趙默菴

濡須才人誰第一？默菴趙子稱無敵。新愁寄我一卷詩，草堂吟詠破蕭瑟。昨年重九遊此州，楓林落落菊枝秋。君早出門失交臂，嘯歌無賴空江愁。今年相遇長安陌，河亭剥果茶煙白。雨聲滴瀝蒯緱鳴，鬢眉壘塊常爲客。有才若此君勿嗟，鉛刀何足語鏌鋣？巢湖奇雲覆谿水，芝嶼片片霏江花。知君目内空金斗，龍眠有客尋華首。卻如公子不忘秦，老蒼先禮夷門叟。冒雨别君君出城，相期還訪城南僧。木末亭邊領秋色，同看殿後浮圖燈。

同顛厓輩遊南郊菴

經秋積雨禾生耳，兀兀空堂四圍水。忽爾雲散天氣晴，忍背秋光坐城裏？北山野夫跳躑來，街頭相遇顔各開。城南不少步秋路，幾日晝地心如灰。相將隨興踏草菴，園蔬小摘茶瓜酣。同里數子適偕至，縱談風雅何驂驔。流水河干聲歷歷，此處當年釃酒並吹笛。荒煙敗葦雜碎礫，一瞬滄桑蟲四壁。直須日日出看山，晴花健步秋風間。

虢國夫人夜遊圖東坡手題墨迹沈子得之相對拍案起舞掃筆成詩

邊塵颯颯吹飛雨，土室小窗話今古。黄沙一片撲兩眸，捉塵烹茶荅鸜鵒。我友忽開癡顧廚，中有虢國夫人夜遊圖。此圖蘇書甚奇絶，筆芒蒼黝射寒鐵。吴綾賽繭方四隅，夭矯奇鋒未磨滅。雲雷杳杳驚蛇走，腹内魚書如未剖。定睛光氣勃爾來，重紗隱躍掞天手。開元天子麗人行，玉花驄下流鶯聲。花奴玉奴眇何在？丹青片幅空含情。學士無端發長歎，馬嵬豈異雷塘塋？大唐亦有韓擒虎，麗華只在華清舞。素面朝天鬬玉環，春光好撥漁陽鼓。此圖傳播來千年，一卷車馬何闐駢。坐中八姨殊宛然，髯僊幾筆隨風傳。尤物到手亦有數，真宰逗洩呼天訴。沈子跳跋蘇子才，非子何能留絹素？非子何能留絹素，出門上馬渾煙霧。

贈杜蒼略

耳中廿年杜蒼略，相逢逆旅何躩躩。弱冠便驚天下人，才名五十如飛塵。太史風流極愛才，徐莘叟太史。懸榻只偕徐孺來。三月春花開正徧，峯色蒼蒼君獨羨。野園千竹倚團瓢，一片溪流繞山縣。聞君看山隨聽歌，歌板聲中山水多。學士曉風楊柳月，三十六巖誰復過？君家難兄我兄弟，白首看來猶夢寐。揚州煙月數追呼，長干酒樓今緑蕪。我昔乘素秋，扁舟赤壁下，馳思二杜何瀟灑。少陵不見攘臂來，樊川何處中心寫？陌頭快攜手，聞下大江流。直須龍眠最深處，日日長嘯從君遊。

雨中讀鄧子詩

夏來一月雨不絕，閉户無言似頑鐵。雨中三尺急敲門，新詩甫就向我論。我是樓頭瞌睡漢，雷軛雷舌披帷看。憧憧世界顛昏霿〔八〕，震旦揚音動悲嘆。最愛君詩如古歌，長吟短吟聞奈何？鞶帨不足當斧柯，惟兹卓立排流波。一詩寄去一詩到，感懷諷諭都奇妙。別有聲情紙外傳，賦景詠物非徒然。洪鐘大鏞震頹魄，清商瑟調鳴宮懸。檐前閃忽多飛雨，雨聲恰似吟聲苦。瞌睡漢子頓起舞，日把君詩過夏五。揮手當庭連擊鼓，鼓罷高歌天正午。

問齋談杜

陳子衡炎談杜註，所著杜意得未曾有。紫髯一尺當風鶱。談到酣呼得意時，目飛眉舞吟不住。世間有此絶奇事，千年人往神來附。不在尋常行墨間，少陵老叟翩然遇。一談一笑一拍掌，辟如久别得快晤。又如無限不平鳴，款款傷心向人訴。我輩論詩本恨人，望杜未見或遲悮。服君手眼服君膽，身視杜陵餘不顧。目前種種註杜家，一見真僊各泥塑。如漿之汗君任傾，手擎洞茶口如注。此中真有百花潭，萬里橋西門内路。從君徑入浣花里，我在四松松下駐。奇談沃雪炎天凉，濯足振衣坐流寓。

同芥須過敦復遠峯亭

城外青山如屋裏，右丞此語真畫理。環城何限遠峯青，誰使峯峯青到亭？張子有一亭，搆在西山麓，梅柳桃薇間梧竹。桐山竟有輞川圖，一片奇雲到茅屋。落筆中書堂，夢繞山之陽。歸來暫掃三徑荒，有客踏破苔痕蒼。南風刺刺吹欲顛，紙窗竹屋聲蕭然。坐來嵐氣濕書帙，半榻已挂千峯邊。好讀奇書眈午睡，琅玕七尺琉璃膩。剥啄不到山光延，草堂人署紫薇天。君言風日晴，華山若屏列。九子九芙蓉，點點補林缺。山城排闥江送青，諸峯不動風泠泠。草堂未久留君住，一亭宛在看雲樹。他年爲搆午橋莊，此是平泉最深處。

伊蒿篇贈許子綏人也

伊蒿之父崑池公，孝行德義何穹窿。伊蒿永慕如兒童，爰志以字思無窮。翁住湖南顛澤鴻〔九〕，襄鄧賊騎來吾桐。萬馬火照湖水東，比鄰草樹爲之紅。翁時奉母茅舍中，誓不令母罹賊叢。朝出母俱夕母同，天佑純孝狐豖空，母子無恙如歸鴻。賊去隴首多蒿蓬，翁智惟急麥與豐。許家大澤苗芃芃，坐活萬人無限功。大母愛子書未攻，知孫賦畀明且聰。志養偏於色養隆，教兒奉母翁素衷。伊蒿把卷如見翁，詩書氣與羹牆通。讀破萬卷羣讓工，下筆絶似曾南豐。帷列笙簫今馬融，世上青紫何當雄。湖南草廬日曈曨，翁遺王氣方鬱葱。門前松柏猶華嵩，行看雙戟摇春風。

元夜讀書行

少年此夜燈火光屬天，今兹黯淡臨風煙。寒雲抱凍急釀雪，六花飛空門户閉。憶昔兩塞星橋開，燭龍吐焰花生灰。而今趺坐看脉望，懶瓚蹲鴟如客狀。内手知寒忍歇吟，人日元夜何陰陰。佳辰有月不四照，偃師默坐金吾笑。此刻逋翁好讀書，羣兒繞席還徐徐。書聲滿窗出寓閣，拍浮馬史燈花落。讀書卻悔遲十秋，經營膂力何所求？不若高歌對元夜，星榆歷歷春風射。擁卷大噱勝看燈，清茗香浮光百層。人生行樂貴適意，傳柑帝家抑豈異？山川況爾遲春遊，吾將散髮弄扁舟。扁舟春煖窮吳越，湖水江煙汎海月。只今馳思已色飛，山城何必看九微？逸興遄生三五夕，明日桃源共遊客。

武林徐子登座於梵受攜杖訪余悲喜交集兼投新詩次日操舟酬贈斯作

佷亭和尚絶代名，乃是吾友徐世臣。世臣傳衣偏右袒，嘉禾説法聽者滿。四月我來自江南，聞君敷坐合禮參。君翻拄杖到我寓，三十年來忽相遇。滄桑欲話啼笑難，君今在世出世間。秋風蕭騷宛在目，聖水昔游不可復。景升兒子何足詢？忘情還未忘故人。虎林花近樓名。有諸子，略道行藏半生死。同心淵雅陸麗京，天台聞亦談無生。憧憧卻愧子提唱，書報青原藥和尚。

過王甓亭博士丹徒齋中

去春我作宜城遊，君行江上花盈洲。絳帳君今已逾歲，六月炎風吹我至。黄鳥交交湖水明，鐵甕一寺流江聲。鶴林竹林足高爽，放歌時作公餘行。潤州百貨人煙集，甲馬多從京口入。絃歌不解逐兜鍪，且與故人吟中流。潘子擔簦之帝州，鄧子北山棲上頭。高詠金山焦山一博士，幾年不得同唱酬。清詩夙有曹劉氣，手持如見加餐字。君云白雪和者稀，來一白頭增鼓吹。蒯緱落落當倦遊，未必頻過北固樓。雨前廟後君易辦，中泠第一誰能收？花間七碗銷新愁。

上元前一日過石經齋看文長畫花卉卷子歌

方子李子過石經，庚戌春王日十四。横披大幅花草圖，中有奇詩及奇字。石經攤几我輩看，絶倒狂呼聲不記。青藤道人潑斗墨，一掃凡蹊筆放恣。是花卻作非花想，若説非花非畫義。花花葉葉迥出羣，先生濡毫已沈醉。一肘羊脂一斗酒，點蠅寫犉盡奇致。醉來謔墨酬史甥，豈與尋常稱畫笥？奇寶湮消百年外，天飛何以向君墜？窮冬蹙蹙歲將除，肉食家兒總不值。獨有孤吟塌壁人，典杯貿絹曷肯置？世間神物屬有歸，石經定是天池意。

余齋一幅峨嵋詩，筆勢疏斜難正視。塞上十年今始得，摩挲此畫何易易。直須三日一過君，一過一呼一長喟。

過石逋齋頭復看寧江畫卷歌

我輩畫緣殊未遠，既賞顛徐復顛阮。兩公畫意如米顛，筆底蕭疏還偃蹇。石逋自畫與阮齊，阮畫一卷如璧圭。當其快意落影像，天池再出難端倪。是花非花葉非葉，坐使化工不寧貼。世間只有畫空難，此筆仙耶還是俠？宜城二子足下拜，南阮之字寧江畫。請君對竹開春窗，拂素爲我臨寧江。

寄青原和尚無可弟六十詩

辛亥之冬十月日，大師嶽降吾龍眠。屆茲庚戌六十辰，廩山雲氣遊蹁躚。袈裟紅覆獅子座，祝無量壽燈光然。門外有兄髮皓白，不知佛法寫世緣。憶昔裘裼少年場，登壇撾鼓詩百篇。北海座客盡才子，長干寺裏秦淮船。走馬松楸孝陵道，雪花梅下飄如拳。聲伎便娟足歌舞，兒家門巷垂楊煙。吹笙忽報燕嘉賓，同人送去如登仙。中丞秉鉞在江漢，討賊不遂翻迍邅。看花上林乃寂寞，金門含涕多周旋。公卿具知裴度略，雲中魏尚行復還。帝命師爲王者師，花磚日影開芸編。天地反覆滄海沸，重趼奔走窮顛連。柄人當國殄善類〔一〇〕，辭闕疾走如流泉。逢萌始識高蹈意，梅福反多吳市椽。閩粵之間有赤幟，屢招師去師不然。遥遥衣白者山人，鼓鐘不聽黄麻宣。歸來高座守戒律，雙趺木榻嚴關穿。一切斬開若慧劍，受想行識何曾偏？名士風流供一吷，宰官應度時當捐。茹蔬擔菜共行脚，白雲繞樹居三年。佛門最上一乘義，忠孝摻逼成高禪。世間超乘在口頭，古之佛子皆聖賢。惟師直上聖賢路，我非阿好徒諓諓。廿年瓢笠閱山水，三遊勝比匡山巔。隨師所過是説法，溪聲山色都真詮。青原六祖之道場，老樹一葉徵聖傳。惟師到山葉一發，因緣所至機鋒圓。三教自古沿分門，師今提唱無中邊。聖聖一口同出氣，此法震旦洵開天。炮莊等書世未有，百家俱受維摩鞭。毋論上乘匪等夷，即觀文字亦高搴。他如語小莫能破，瑣言方物殊蹄筌。三十六巖古浮渡，明月九帶飛青蓮。遠公後身有師在，枯棋古洞聲聲懸。師來發矇羣所冀，首楞谷響爲師延。敷天大衆霑法雨，勿住片所相拘牽。西江直上灘水急，青楓白露流波漩。欲親白拂侍函丈，遠道莫致中心煎。佇師拄杖故山棲，爰祝法壽同三千。鉗鎚老學唤聾瞶，壎篪舊侣今應憐。

元夕接錢子飲光書

辛亥元正十五夜，青鳥飛飛向空下。乃是我友錢子書，何異乘潮雙鯉魚？樅陽江上千重雪，拍浪如天門盡閉。我友裁箋念故人，故人相憶秋復春。尚記冬殘送君去，風波滿目不知處。孝子含冤近得明，老翁銜恤還吞聲。武水使君篤故舊，苦吟端不嫌詩瘦。聞君題徧武昌城，晴川黄鶴知才名。歸來何以薄城市？我欲從之阻煙水。復聞將作靈隱遊，意中岳墓重陽秋。飛來峯下同孫子，青黛當罏人老矣。我亦思來明聖湖，不知湖上逢君無？三十年前舊遊客，重來四鬢星星白。相逢相與吟新詩，莫話風波十二時。

勖長孫曾祐

我飲不能一蕉葉，吾孫一飲能數斗。忽然夢中聞母言，欲成大事毋躭酒。嘉爾剛制出自然，賓朋讌集不啓口。淵静復爾好讀書，羣曰文章一好手。我過書齋窅無客，披帷千卷頗自負。文章不必太矜奇，出水芙蓉實無偶。金鐘大鏞匪缶聲，明堂清廟豈山藪？渭陽門第尺五天，頭角峥嶸視諸舅。宅相何須別作型？盈牀簪笏行自取。昨朝傳聞有奇夢，精靈勿泄囑爾友。寒門何許望殊榮？顯揚莫愧前纓綏。曾祖種德曾未酬，名爾以曾圖不朽。爰篤其祜豈在他？試場蘇子逢歐九。爾兒六歲能受書，名曰元凱字高有。岐嶷甚可供含飴，老成不學羣兒走。力勤仁孝乃世貽，故物青緗寧敝帚？即如今年非有秋，貧家努力爲稱壽。爾偕諸叔能竭誠，人云甚足慙某某。丈夫出羣在自立，愛爾秉心惟一厚。明年春色來龍眠，而翁吟詩向深柳。一肩書簏肯隨予，石色溪光皆善誘。書聲都是山水聲，喁喁自午還至酉。躊躇滿志上江船，秋風不在他人後。新釀桂花藏時開，高堂看酌郎君酒。

贈從叔舒來

吾家舒來先生人極奇，獨行孝友真吾師。憐才汲引不啻口，黽勉爲善甘如飴。文章惟法兩司馬，後學共推今退之。一讀萬語笑日落，幾篇半刻從風靡。松山數畝十七世，高曾德澤如雲垂。父祖讀書隱君子，令聞令望傳燕貽。先生甫生有奇夢，照天明月圓如規。前身西漢大儒是，命名與字出等夷。十三穎異露頭角，文場跳躍不可羈。霜毫近日越犀利，吹毛一吷鋒如錐。龍駒未秣將五十，羣訝造物不可知。屏息齋明肅登岱，夢中神語傳離離。先生奉之不敢褻，半百得子嫌何辭？甫生一駒已奇絶，至再至三頻産芝。人言樹德必厚獲，先生總曰神扶持。子生聰慧復精敏，不僅懷抱稱英姿。先生事天若見帝，更有異夢來靈祇。金甲自天擁奇字，恍惚旗上多男兒。摩頂石麟俱俊物，河東三鳳還無涯。形家佳城卜第一，松山餘蔭方葳蕤。大雲隱隱屯其上，豈僅逐隊光門楣？先生至友程奉常，唱名五色同韓琦。諸郎他日等先達，世德世學端無疑。秋風突兀老桂發，珠采照耀階蘭披。裁詩正值彙征至，仲舒勉矣天人期。

秋　夜

野燒銜星白，寒煙帶月黄。暮雲千木吹，晚畝一籬香。宿鳥鳴殘夜，荒鷄報急霜。蓮花清漏杳，秋夢繞胡牀。

閨中早秋

靄色紛來席，重幃問夜幽。梧桐疏碧地，楊柳淡黄樓。鸞鏡摇風幌，鴛鋮冷月鉤。最憐香縷細，花影一簾秋。

初至上谷

出塞正逢秋，秋心到枕流。朔風三夏集，零雨四荒遊。石户人如鳥，山巢洞是樓。客來詢土俗，寒急蚤披裘。

初至喬山

攝篆忝民牧，登車止帝丘。峯頭零雨集，禾耳夏冰流。到署日無事，排衙曉即休。冷雲何地煖？處處朔風秋。

槐龍軒成二首

春草石牀平，春煙冪冪生。鸛巢支舊影，鳩語賀新成。竹榻疑江閣，柴門列塞城。南柯差不俗，風雨夢孤行。

數楹何足快？快此樹當亭。甲冷雲撐立，鱗張雨帶腥。何妨花少伴，不與蔓同零。老眼經時白，朝來一片青。

寒食前二日花朝

疋馬帶風驕，行行客路遥。去程連穀日，歸候逼花朝。雪色沙晴岫，春光水斷橋。竈灰原未熱，不爲禁煙消。

落日

秋風吹落日，送我下山遲。官路行時費，場苗逐處垂。馬蹄銜雁鶩，牛背立鸕鷀。旦晚鄉園近，驅馳何所爲？

淮河雜詩七首

夾道植疏楊，雙竿小廟傍。雨田泥滑滑，野徑草荒荒。場濕鷄鳴樹，門低驢挂牆。一溪臨仄岸，急水汎孤航。

客老秋花瘦，程遥夕照蒼。荒犂牛躑躅，饑櫪馬玄黄。半菽日不飽，三秦秋未央。黄河天上水，煙樹隱咸陽。

十里稻花秋，閒行古渡頭。三村同小隱，一水帶芳洲。柹杪看紅葉，溪邊立白鷗。磷磷沙石淺，應置小舟游。

長路青天覆，漫漫望谷谿。鳥從新葉落，山學故園低。蟣駟風前詠，金鷄夜半啼。厖涼秋正肅，人在大河西。

罷馬迅風颼，單車帷不周。寒沙孤磧裏，險石亂峯頭。氈薄難勝襪，鵩輕欲上裘。非緣關塞冷，颯颯已深秋。

張茅盤九折，已似棧雲連。馬踏高高路，鳶飛貼貼天。山腰新閣募，洞口空窑懸。服賈羊腸處，何曾暫歇鞭？

駐馬祇園裏，伊蒲共我嘗。宵燈分佛座，旅榻下僧房。爽籟吹征夢，輕雲護夕陽。明朝揮手去，衣袂惹餘香。

棧　道

連天六百里，塹殺小橋西。山色因雲變，溪聲挾洞迷。雪飛峯有浪，日照路無泥。一幅郭顛畫，忘身在漢谿。

空同集中有蒙恩詔加贈詩丁酉春先大夫蒙恩錫贈次其韻

喜共空同句，幽冥列大夫。松阡埋宿德，花誥答真儒。萬井輿人誦，三春墓鳥呼。白雲飛片片，可照漢江無？

喜雨

忽爾新霖至，高天竟可呼。三冬雪未落，五月雨全無。浩歎麥禾槁，驚傳草木蘇。所司河上水，忭舞倍常須。

以鸚鵡寄季父都門繫以詩

毛羽知殊俗，聰明略過人。棧雲飄響細，漢水濯姿新。語擇能諧衆，身清不著塵。問予須儘說，莫説在官貧。

寄沔縣

斗大孤城裏，經春只過兵。流鶯知吏憊，疲馬怯山行。南紀何多故？西成已預征。遲君窗草緑，甘苦話平生。

九日

客中重九日，漢上兩三秋。暫霽積霖色，初逢新月流。玄霜兵氣緊，黄菊雁聲悠。隔院更深後，笙簫雜戍籌。

武關

尚武卻無關，行行路險艱。雲鋪巖洞緑，石罥薜蘿斑。半壁一天削，千峯片瀑閒。畫眉山翠舞，相對語緜蠻。

昭光寺晚坐

寺小傍城隈，輕風送雨來。攤書蛩語静，巡堡犬聲迴。勇興朝登岳，微燈夜落煤。臨邛先客去，空惹茂陵猜。時訪華令，適先出。

西城

西城嗚咽水，是否使君灘？馬老知前寺，僚卑戀舊官。時有范尉銜感，款留倍至。風吹關月小，霜帶棧雲寒。南斗迢迢甚，含愁北向看。

陳留

在昔高陽里，陳留漢治餘。邕才工古篆，瑀筆妙軍書。雨過青苔長，風來灌莽疏。中州楊柳禿，半爲築河渠。

贈西巖翁

翁家花最好，不羨雒陽春。愛惜如幽菊，分攜及野人。門前湖水白，酒後月華新。十里松風路，青驢莫計頻。

招磐

梅花今不築，磐有卜築梅花迎養之議。可到四松無？村影親逋客，書聲慰老夫。吟篇鐫竹就，燈火隔籬呼。小謝堪催夢，春池草未枯。

將之蘄春別顧赤方

冷櫂空江去，傷神怯暫離。煙雲摇荻葦，風雨別茅茨。不遠盤龍路，常懷夢鶴詩。麻衣尋道者，疑是晤君時。

午　日

舉網漁魴出，烹葵載酒賒。午風吹艾葉，夜雨濕榴花。山鬼蘿衣破，江蘺桂楫斜。誰吟招屈賦？嗚咽和長沙。

欲出暫止期以次月上澣

秣馬復停鞭，河梁客興闌。長征爭斷雁，小憩怯啼鵑。月下蕪城柳，秋來聖水船。紛綸穿夢出，何計匿林泉？

寄懷叔父維揚兼述予近狀三首

別離秋八月，出郭遇西風。波擁黄天闊，亭攲燕子空。江山新木葉，兄弟舊詩筒。回首高吟處，揚州煙樹中。

到岸忽奇病，招提一月眠。藥香鐘定後，人臥菊開前。九日歇遊屐，孤燈卜曙天。支離纔起立，即問上江船。

舉家先入市，半榻四松孤。堤罊經殘潦，園荒長細蕪。撿書疑蠹盡，拾果任鴉哺。谷口鹿車去，龐公得隱無？

園　憶

客少知庭肅，城喧逼歲徂。耳闐牛儈語，心遠鶴雛呼。萬感縈殘夢，孤亭貫宿逋。有山何不隱？春動老蘼蕪。

與位伯素伯二姪談上谷風景素姪紀以詩賦答

回首黄沙地，高吟倍我憐。始知邊地苦，如見朔風旋。确犖疆千里，驅馳客四年。何爲吟出塞，竟不勒燕然？

春煖

春淺似春深，晴鴉煖倍鳴。梅心薰午破，苔甲照曛明。詩學千花蟄，愁憑一杖輕。連朝未風雨，何處踏歌行？

到村

到村園不改，三徑較前荒。敗竹支茅立，殘梅著蘚香。幸無人影亂，何處雀聲蒼？急命腰鐮子，編籬覆短牆。

送左三子忠儀真學博

子忽振衣去，片帆春到遲。真州江水月，建業晚鐘詩。酒向蓿盤冷，雲生瓜步奇。溪頭遊覽倦，須上浣紗祠。

僧房雨

風沙堆客鬢，夜雨滴僧寮。龍射經壇帙，魚敲海岸潮。砌花分點濕，邊柳逐行凋。秣馬朝衝霧，桑乾水未消。

招陳子問齋

月色向空白，況當花欲殘。奇談承夕炤，高詠壓春寒。吾黨千秋事，知音一字難。數過毋問夜，風雅舊登壇。

含　山

含山春水汎，一葦到和州。夾岸垂楊晚，長堤新麥秋。野犁乘雨後，溪鳥立沙頭。頗似三吳道，平波送遠舟。

廣陵逢余澹心

風雨吳閶路，尋舟已放舟。蹇予隨雁去，虛子掃門留。此地忽然遇，論心無限愁。飄零還集聚，莫恨五湖秋。

雨中寄陳髯促其成杜註

解詩紛若市，畢竟爾單行。一老已千古，何吟能再生？探情因釋貌，得意到無聲。敗楮遲濡墨，將毋遂懶名？

夏日同姚蟄存家弟敦四過姚屺懷北園

昆明歸客騎，到即有園林。薜徑僧留僻，柴門佛讓深。河流千木杪，石抱一溪陰。且莫談經濟，吾儕好野吟。

七夕後飲滌岑即席送越樓西遊二首

青山如屋裏，摩詰爲君吟。小閣秋無底，空亭竹自陰。世兒懷刺過，獨客閉門深。七夕連朝雨，天應滌此岑。

到門今復出，來往逐秋星。醆落飛朋席，詩成繫客亭。詠懷棲楚豫，遊記續滄溟。折柳煩君酒，疏燈一倍青。

夏夜吟

高眠猶暑氣，無夢只蟲聲。樹睡閒宵鵲，星懸來日晴。老懷臨夜醒，詩興出牀清。此際天如畫，寥寥銀漢明。

月下送子成

明月炤山路，野塘人適歸。論心遲草屨，交臂濕荷衣。露下雲初散，波澄暑漸微。獨行誰是伴？一路遠螢飛。

友人邀客游龍眠寄以詩

聞君乘逸興，邀客訪巖僧。樹覓曾吟石，苔緣昔坐藤。樵聲當路斷，竹色過秋澄。昨歲同行處，溪山雲幾層？

寒

積煖非冬候，寒來始辨天。朔風如入塞，涷雨半流煙。冷壁支殘帙，高江念去船。揚州遊子夢，中夜雪霜懸。時兒駿在江上。

入北峽

年來經峽口，此地路行難。繻棄人旋老，鷄鳴客漸殘。山川慙佩劍，星月笑征鞍。頗記前驅日，鵑聲帶雨寒。

雨雪

峭甚春來雨，何堪急雪霏。似花沾客幕，如霰點行衣。塞口渾經慣，街頭不住飛。點書鬚白者，内手怯寒威。

郊外聞子規

不逐城頭鳥，流音萬緑間。孤峯憑諦聽，百舌助緜蠻。夜語移芳晝，春心繞舊山。青郊逢白首，一様野雲閒。

春日遊古靈泉贈介菴分菴字分韻者楚陳坦山士雅默公及大臣兄弟也

介公禪寂理，薰習自淮南。坐只鳴清磬，詩常成草菴。春風生石髓，夜雨下精藍。小院疏花秀，微拈一笑參。

偶　吟

不雨天猶憾，恆風日漸長。静纔知懶力，拙已獲閒方。應客無冠出，酬人有字忙。偶吟緣和答，何意欲成章？

半僧至

敲門驚午夢，人自練川來。黧黑村翁色，孤清詩客才。鶯花春易老，雲漢夏多猜。風雨横山未？因君賦七哀。時方憂旱。

酬何甥懷仲寄野苔

野苔何自得？春露濕山湖。湘釜由田女，封函及老夫。瀹來茶比韻，摘處草應蕪。蔬筭原同氣，知予是澤癯。

友人談真娘墓不可得

香襪埋幽蘚，扳尋悵落暉。釵鈿看欲盡，歌舞恨全非。樹失迷鵑語，魂飄化蝶飛。蒼蒼丘上虎，應識月中歸。

五人墓

正氣丁陽九，彌天只五人。白虹看是血，赤日指藏身。樹暗如魂立，星高但目瞋。吳王池畔水，無劍斬讒臣。

懷顧赤方曹尚白

奇字推曹獨，狂吟想顧豪。菊花催樂府，柿葉寫離騷。楚客危冠舊，尚白遊未離楚。燕卿破筑高。赤方近遊燕。夜闌飛昔夢，風雨到臨皋。

蜀藻見和詠懷詩賦答二首

步兵千載後，高寄託斯人。狂嘯酬知己，新吟奉老親。竹分溪作韻，經與石爲鄰。尉氏餘音在，齊聲有逸民。

吾儕騷雅興，頻爲石經留。二西書成庫，十年字欲讎。品題佳士就，汗漫大人遊。倉卒傳吟和，詩名四十秋。

十一月新月

魄滿露明微，長空一線窺。野光過雀羽，寒色淡蛾眉。照去河山在，輝藏冰雪知。看他纖影挂，不忘欲殘時。

雪後月

魄兆都相似，輝光覺自殊。收來千點白，放出一輪孤。沾灑真宜潔，高清不厭癯。懸將金粟影，照有六花無？

何道岑溪南别業

愛爾草堂静，春郊溪水南。高賢懷樂令，勝地選瞿曇。竹影峯嵐合，隄聲野色參。相期操舴艋，櫂入百花潭。

芥須之皋城二首

畢竟南皮席，能留北海人。紅牙園上客，白眼作西賓。再訪非懷土，長歌有落塵。犬迎徐榻在，匆忽過龍津。

西湖經歲客，昨别在龍眠。細語沿江路，兼詢望海篇。兩峯新畫舫，六里舊歌絃。急返毋相失，長干待泊船。

讀浮廬三遊詩

起草偏成偈，拈花可當遊。我知真學者，人拜大堂頭。九曲文心在，千秋道眼留。許多門外漢，韻語説湯休。

同西頑霜鶴郊遊即倣西頑

杰搆倚山椒，山門接小橋。丹爐無道士，茶碗尚僧寮。瓦鉀帘難挂，經殘香不燒。靈泉泉底水，直向殿前澆。

張敦復太史見訪不值

我愛張公子，人傳新秘書。緑衣穿草屨，白髮問蓬廬。客出仍留户，君來欲下車。翰林南海句，野老意何如？

道岑有别峯之約雨阻卻寄兼致令遠二首

最恨遊人雨，雨來遊未成。幾峯縈澗曲，雙眼礙山城。花有千枝濕，天無一日晴。吾儕羣不出，何以答流鶯？

檐響夜重重，牀頭笑短筇。春從流水暗，雨爲看山濃。野夢過投子，亭雲罩別峯。新晴偕努力，急報兩何顒。

顛厓歸

六代春風地，君來悄自憐。江聲連去雁，雨氣集歸船。白下黄金少，青閨碧樹妍。哀蟬如有曲，莫付李龜年。

理書

勞予親滌硯，賴爾伴懸車。興乃江淮發，緣翻筆墨疏。星霜酬別夢，風雨護奇書。待整秋前駕，相將賦索居。

田公夜分見過

欒欒衣似雪，見爾倍思翁。范式人難負，蘇洵兒不同。愁分燒燭淚，恨繞落花風。封禪遺文在，相傳愧所忠。

浪仙集失去五年矣簡村笥獲之喜作

別去五經霜，疇知留草堂？辟逢山友聚，恰到洞茶香。東野名輸瘦，昌黎詩並狂。椒薑予所癖，顛倒失衣裳。適閱韓、孟二集詩。

湖舟漫興二首

固城三十里，春水漾湖長。野鶩飛無次，離鴻斷作行。空濛迷荻葦，風雨畫瀟湘。欲學玄真子，青蓑住莽蒼。

子夜聞鷄唱，吳儂水調歌。一天春月早，雙櫂曉風多。白苧留人甚，紅顏奈少何？客愁聽不得，嗚咽問湘娥。

贈曾道扶司理

雙柑亭上客，幾歲法星明。暫浣鴛湖水，曾穿馬道營。恤茶關罷税，卸甲漢休兵。不少州堂記，南豐自宿名。

禾中不聞子規

梅雨冪成陰，春殘不送春。恐添爲客恨，難對落花辰。鴛水銷魂少，龍山報舌頻。孤亭深樹裏，留語待羈人。

懷李石逋

小李將軍畫，蕭蕭花石間。有茶能坐客，濡墨已成山。草屨勞空出，蒲葵讓獨閒。歸來新月上，爲說語兒灣。

有感題霧霚集二首

大雅公何忝？鴻名世久標。才高偏奥鬱，學老自飄飖。王李寧驂乘，曹劉欲並鑣。芙蓉刀箾底，風雨認前朝。

東髮稱才子，當風憶大夫。江邊迷杜若，山下有蘼蕪。兒女緣何薄，公侯復竟孤。讀書堂在否？遺樹莽啼烏。

四松有掃除消息

三載縈荒蔓，今朝報掃除。一亭梳菉竹，夾岸熲游魚。門曳多鴉柳，廚開未蠹書。疏籬臨水處，的的剪芙蕖。

子安弟以詩相質即和其見柬韻

小謝傳春草，池塘夢許同。一堂徵韻事，千里發詩筒。作客興無那，躭佳吟自工。孫枝還傍祖，松下有清風。謂其王父明府中渡公也。

秋歸

秋竟堂堂去，予仍踏踏歌。不同閨怨苦，其奈客情何？天外新鴻雁，池邊晚芰荷。西風如惜別，中夜起庭柯。

贈半僧 君自署生前墓碑，云『詩人徐子之墓』。

徐君真達者，墓石自看磨。表聖懸生壙，泉明作挽歌。龍眠雲氣遠，練水夜光多。千古詩人字，高風暗薜蘿。

何處談心好答芥須

何處談心好？城頭多故人。辟疆山入閣，如三。小李畫離塵。當衡。橘嫵亭偏得，子周。董遥庵正親。東之。奇書相向讀，花裏覔安仁。蜀藻。

中秋月

久旱愁晴劇，兹宵不厭晴。海門潮幾尺，山戍角三更。烏鵲看毛細，關河炤影清。莫歌雲漢什，暫喜夜分明。

遊龍眠

龍眠秋百丈，一片李公麟。當日溪山意，于今圖畫身。犬音傳谷亂，雁語渡河真。萬壑千峯裏，誅茅負野人。

獨　醒

獨醒纔夜半，耿耿到天明。數轉腸中轂，横懸天外參。不眠爲老憊，多恨賴詩平。野鶴吟何急，鄰鷄未五更。

再懷芥須

冬風寒刻骨，客醉舊西堂。俯仰麈談麈，悲歌説戰場。南舒前夜席，北峽閉關霜。驛路枝堪折，梅心花正香。

布　穀

静裏一聲聞，村村麥隴分。緑窗驚破曉，紫陌望穿雲。荷篠終吾職，催耕豈浪云？書田有良耜，懶婦最先耘。自比也。

致鹿門翁

訝爾山中鹿，來從城市鞿。爰居寧弗駭？野鶴自應飛。菉竹花前屋，青松水上磯。蓮華高十尺，忍不賦將歸？

小市

雲樹蒼茫裏，依稀小市存。人煙希處見，魚米闕來尊。孔道過遊子，荒廚歇店門。征夫慣饑渴，難覓水漿溫。

和答李士雅拈少陵詩首句十首

不見李生久，魂來只夢中。江山飛過鳥，廬蓼斷征鴻。草榻懸徐穉，談鋒隔蒯通。春愁何處泊？惆悵是新桐。

不見李生久，冬風已隔年。花然爲子豔，野僻勿余憐。禿筆題新恨，殘囊簡舊箋。十詩如冷月，半夜落山泉。

不見李生久，垂楊换陌頭。可憐衝雪别，卻憶出關游。投子山中社，稻孫淮上樓。往還楓葉路，滅没暮煙浮。

不見李生久，刀環未可干。老柯三月冷，羈羽一春單。魑魅書堪代，青天路極難。浮雲西北望，風起佩刀寒。

不見李生久，瓊函手自持。鞠溪蒿里頌，邗水草堂詩。奇士腸偏痛，才人命易悲。漁陽鸜鵒就，休問賞心誰。

不見李生久，荒園日閉關。長松龍德甲，疏竹鳥愁顔。巢父客難遇，皋陶里未還。幾叢衣各寄，分灑淚痕斑。

不見李生久，難將煙駕扳。木看鶯出谷，雲帶鶴離山。有客自題壁，無人來啓關。青松同白水，日日似君顔。

不見李生久，懷人日較長。燕鶯層變舌，水月暗流光。六邑無千里，三春此一方。别離多懊惱，何客贈青堂？

不見李生久，南雲歸未賒。龍眠芳徑草，蛟水故人花。命酒黃梅晚，披襟白帢斜。急乘余未出，井臼話天涯。

不見李生久，疏狂偏足親。綺裘八儇客，花隱再來人。道在何辭殺？才奇適稱貧。思君鵑共語，歷歷訴成真。

銅雀臺

高臺遺址大河邊，零落西陵舊管絃。明月欲來芳草合，彩雲飛去暗沙旋。君王身死香猶在，愛妾春深哭可憐。莫向昔時亭榭望，舞衫歌扇只空煙。

壬辰元日宿樓岡弟齋中步何子省齋韻

誰云重席近爐煙？撥火談經只客筵。風暖鸘鷫丹地榻，人歸鵷鵲紫微天。大書王朔占傳史，小酌屠蘇酹勝年。朝起頌椒兼蠟屐，好尋春信雪花邊。

上谷書懷

三載羈情耿未收，東園短褐薊門裘。比來作吏燕關外，宛似臨戎漢塞遊。白月照來歌北地，黄沙堆處擁南樓。邊雲也壯除書色，爲上軍城賦早秋。

送齊惟木還里門

歸鞭遥指故園花，無復荒雲擁塞衙。建業舊陵聞過雁，蕪城秋水徧啼鴉。幾村白露飄黄葉，一曲青峯入絳紗。好去龍眠深處住，芙蓉滿地半山家。

歌者聞予賞牡丹亭願演而習之春半雲中還宣召客共聽喜而成詩

臨川人去海雲孤，義仍有『通天鐵篴海雲孤』之句。檀板當筵有鸝鴣。極域蕭然傳曲少，高歌清絶出風殊。翠摇金縷聲繚繞，冷雨幽窗夢有無。關塞杜鵑春竟語，半天啼血老靡蕪。關外無杜鵑聲。

哭十三弟子留

蜕骨驚聞返道山，鴒原搔首淚班班。難將此世留卿住，空説慈親望爾還。處士存惟呼碧海，瞿曇寂已化朱顔。文人自合歸天上，所恨池塘宿草斑。

次韻和尤展成賦得絶塞愁時早閉門二首

雪和邊塵攪鬢華，幾年流落悮天涯。依齋柳愧瀟瀟竹，墐户蝶羞豔豔花。白草雲荒孤錦瑟，青衫人少負琵琶。疏燈未點衙先閉，剥啄無聲驚睡鴉。

坐老荒疆樹色低，柴扉青草夢秋谿。癡深王湛難躭馬，恨絶劉琨不聽鷄。欲問花源非晉代，其如雲漢有周黎？關門飛鳥平階過，可似空塘片竹西？

鄉思

五月南風初月斜，金壇新葛岭峯茶。生來好景饑邊地，夢去清陰覆落花。費遂郡園惟小麥，李恂從事有胡麻。凌晨拄笏看山色，一片狂雲堆薄沙。

入門出門三首

五年不到龍眠里，到即東門第一家。拂卻荒邊塵兩鬢，開來新屋桂千花。琴書未換庭如洗，胥吏頻呼俗自譁。攜杖小僮翻一笑，笑予今日始回車。

健婦持門爲掃徑，僦居何必異吾家？親疏是友忻初至，老少比鄰問近嘉。出塞貧原宜薄命，賃舂歌不恨天涯。得歸茅屋吟纔就，吏隱還應笑浣花。

螟蛉既負纔生子，駒犢猶孱亦有家。九歲孤孫能讀傳，一羣嬌女解擎茶。左思子直。童小歌偏劇，陳亮默公。樓空竹半遮。底事適歸歸又去，不從鄉曲老年華？

清明後二日同馮使君南褒二令汎舟漢江作

漢川清淺漾平沙，小石臨江山勢斜。簫鼓受風牽客舫，汀洲移岸擁人家。魚能避獺波飛沫，鳥亦呼尊酒沸花。今日吾儕纔澣沐，連朝頻放五更衙。

偶成

薄雲送風吹漢川，枯吟客子常惘然。樹鴉點點噪日暮，槽馬騷騷鳴遠煙。家僮每嗟旅遊道，同志獨嘉登望篇。清詩短燭空夜伴，涪叟大蘇兼樂天。

送馮成簡還蘭陵

槍舞梨花三十春，只今單劍走風塵。常聞薄命惟才子，幾見猶憐到美人？漢水自吟亭雨澀，湘江忽掉浪華新〔一一〕。所思隔院藏劉尹，不及狂呼與細詢。

寄綏人

冷泉游子陳子垣。到江湄，攜得紛紛籜葉詩。一笑窮愁官少味，數行潦倒客多奇。漢陰春色徒延佇，建業秋風莫浪悲。草屋南城城下路，朗吟梁父夜何其？

寄塞上門人

漢水迢途隔塞煙，懷人偏值看花天。秋吟一榻餘金石，春色三關足筦絃。榆谷朔風當此日，槐亭零雨别經年。持燈若訪碑前字，可憶先生舊草玄？

寄子直

飛來青鳥下梁州，銜卻詩篇號粤遊。一水能吟新雪色，廿年還見舊風流。君嘗落落棠花酒，我憶翩翩荔子秋。近況不堪多訴與，冷如邊塞只添愁。

寄子厚

到家惟見一眠樵，秋色扁舟漁父遥。豈爲江潮乘月去？應同湖水逐風飄。還鄉十日迷長策，出塞三年剩短謡。復有棧雲迎笑客，何時逢子説無聊？

劉非眼有喜還青借白香山詩集之作次韻酬之

轉身白傅應推子，卻説香山是我師。同姓老朋如夢得，比肩詩學愧微之。清秋獨看醉吟處，雨夜高歌諷諭時。白號醉吟先生，有諷諭詩。況有楞嚴新註釋，千篇長慶一軍持。非眼長齋。

喜八弟邵村改授御史臺

桂林舊葉傳烏府，花甲新觴拜豸冠。母淑人六十初度。内省雙開丹禁色，外庭專避碧霜寒。括蒼秀早迎驄馬，弟起家麗水令。湘漢波曾擁瑞鸞。曾恤刑楚、粤。應是闔門多解澤，朝陽特簡是秋官。

送王郎

揮手行歌欲上船，江雲如馬岸花鮮。藏身樹下留新月，回首風前別少年。篋扇逢人拋有淚，廚薪似我濕無煙。主家煙霧重重閉，誰遣冰漿到客邊？

飛　花

飄零無倚況經風，昨日含香小院同。落地捹如黄葉掃，粘空長被緑煙籠。飛迎舞蝶看猶綺，銜入流鶯語轉工。柳絮天涯渾得似，穿林還並繞簾櫳。

咸陽懷古

咸陽宮闕久阤隤，不見昭容引殿來。卦畫雪中猶現影，書焚晴際尚飛灰。華清夢杳連阿閣，棧道春深接馬嵬。一自沈香人散後，問誰催領百花開？

賦得宿花蝴蝶夢魂香

紅英深處撲風狂，飛落閒枝就晚芳。睡足尚留雙褪粉，夢來何意四圍香。心同寶鴨薰蘭杜，影伴春鵑上海棠。舞板暫停園未晚，繞牀清露滴花房。

寶　鷄

古寺臺荒傍寶鷄，有祀鷄臺。征途人老笑棲棲。前村欲雨馬初歇，遠岫無煙烏亂啼。百里泥深官路滑，重陽風緊客天低。經心罨畫頻回首，棧閣蒼涼雲正迷。

扶　風

鳳翔邑號兩西東，有東扶風、西扶風。小大徒矜杼柚空。孔道只今新蜀道，遺風仍是古扶風。

黄圖控馭傳三輔，漢室循良有數公。下馬欲尋耆舊問，野棠無賴柿林紅。

長安

百二山川勢鬱盤，重經四塞古長安。霜坻宛在蒼葭老，晚岳浮空石華寒。一代詩成才子集，三唐詩皆成于長安。三秋人作布衣看。河聲浩浩關門遠，明日難歌行路難。

抵宣府

依舊黄沙擁塞門，青蠅無語笑昏昏。素交一顧已見意，餓隸羣來尚感恩。馬噛草根眠後廐，龍篩槐影待前軒。三年屐冷詩還在，古愛寒苔繞字痕。

北峽關次丙申秋出峽韻

關門新雨亂峯遮，依舊溪流曲石斜。梅子欲逃何必尉？泉明歸去已無家。嚶嚶夏木鶯頻囀，彧彧原田麥未華。小徑柴門新覆緑，林塘開徧野棠花。

過承恩堂贈宗老西巖翁

前王遺翰賜承恩，百韻梅花半草亭。興獻王有梅花百韻，與家草亭公分半成稿。法物到今宗老在，流風喜向故家聽。手栽野菊香堪捋，門對長湖秋不扃。共道先生能讀史，匡牀燈火一編青。

黄州再飲洪念劬

疏煙殘照半荒城，一片秋江待月新。金谷酒催亭上客，輞川詩是畫中身。念劬善畫。傷心百戰横舟地，搔首孤樽送菊辰。歌罷九章天亦老，狂呼何處哭騷人？

秋日感懷

閩南浙右動征蹄，六詔三川報鼓鼙。青海未傳通樂浪，黄鶯空説夢遼西。京營什伍誰櫜鞬？草野刀環半蒺藜。蒿目度支惟尺羽，輸將無計恤烝黎。

反愛妾换馬

迴廊端不繞青驄，曲曲欄干小院中。紈素莫言金絡好，騰黄寧令綺樓空？夷光真色人難似，曹霸虛名畫豈工？一帶垂絲春岸柳，馳鞭忽易戴花風。

淮南

漕舟飛過客登樓，漂母祠前樹報秋。地枕江湖連岱岳，天開淮海是揚州。淮，古揚州地。戰場舊握羣雄策，河勢初分二水流。自是世兒無具眼，坐輸荊布識王侯。

維揚

朱樓十里舊繁華，夕照長堤起亂鴉。承相夜潮乘白馬，國殤寒雨暗青蛇。簫聲咽斷蕪城月，雲色飛開甓社花。不是雷塘行樂處，路人誰指玉鉤斜？

姑蘇

走鹿啼鴉古道傍，英雄兒女俱堪傷。胥濤不繞夫差墓，蠡宅空鄰響屧廊。亂後梅根縈蔓草，秋殘花影指斜陽。魚腸劍冷專諸巷，況復真娘碣蘚荒。

姑　孰

中斷天門一水環，凌歊佳氣有無間。桓家紵舞峯酬酢，袁估悲歌月往還。百朵名花誰絳雪？千年狂客自青山。難成高詠看如練，拾得秋江一片閒。

致陳越樓時予歸自五茸

百尺樓頭三應亭，好花當檻月當櫺。藍輿挾客如陶醉，黄葉呼兒學杜聽。擁卷只同南雁語，闔門不拒北山青。笑予赤手尋秋返，繞袖寒雲別洞庭。

寄懷吴無齋

沙岸春泥兩度遊，蹇驢衝滑過城頭。函雲洞口客旋出，投子峯前鶯正流。瓢笠幽尋同梵寺，川巖遥集待深秋。褰裳河水聞君到，契闊翻添一路愁。

歲暮別季父還淮南予亦歸四松矣

大江風雨暮天寒，正值淮南木葉殘。湖港潮枯初得雪，村煙沙捲易流灘。扁舟客自春前到，千首詩從臘後看。我亦辭歸荒圃去，海陵邗水思漫漫。

聞子規

何來風雨故園西？應是春歸伴杖藜。月下多愁殊百舌，林邊分恨與黄鸝。聲如蜀國啼偏切，橋匪天津聽轉淒。彌望緑蕪雲水闊，好流新韻入詩題。

懷李二嗣雅二首

君去皋城雪滿街，春初幽興未全乖。龍山梅静眈眠雨，鶴徑花寒急扣齋。長耳背人趨古霍，短笙吹夢落清淮。蘼蕪片片天涯緑，不見狂生賦詠懷。

迢遞春雲傍楚天，龍眠人在蓼城眠。紅兒白紵穿林薄，青眼玄經坐日偏。佳客酒同金谷醉，高歌詩共玉堂傳。花源忘返君應得，可憶清商黄鵠篇？

閉門五首

自掃閒階自閉門，了無人過獨成園。微通花氣侵詩骨，細卷蕉心浄客魂。大雅牀頭三尺水，小山吟處一聲猿。狂雲不斷紛來座，答爾空餘沙石痕。

諸史横繙只閉門，未删啼笑是愁根。英雄有淚成花片，兒女傷心剩竹痕。何計春歸酬白晝？無名風老坐黄昏。彌空感槩旋高嘯，天縱狂夫此故園。

月訪風尋揔閉門，啼鶯乳燕略寒暄。鬚眉如雪何人識？筆墨成丘止意存。選韻客常貽菊史，知心天亦助桃源。經行瞌睡閒來話，不負芳林衆鳥喧。

蕭瑟平生且閉門，江關詩賦儘聲吞。無心出世常觀槿，非爲忘憂亦樹萱。一片雲山成獨坐，三秋風雨在荒村。饒他車上僊僊舞，未必公卿長子孫。

邊雪秦雲剩閉門，無情鐃吹也停喧。鉏瓜圃有邵平客，刈稻樓多米芾孫。吟就人疑鬚欲斷，放歸妻笑舌空存。爲郎卻憶十年事，津吏江頭早細論。

過水閣讀叔父揚州寄題詩喜而有作二首

無恙秋風舊草堂，大江深處小池涼。疏籬雨濕苔迎碧，曲檻萍分水帶香。客詠不離花逕月，人歸仍踏板橋霜。成都有屋依依近，橘刺藤梢一倍長。

別去都門復塞門，柴門仍傍白門存。芙蓉一路葩初放，榴火重然實倍繁。詩發廣陵新旅夢，江深草閣舊潮痕。先生豈戀瓊花豔？顆顆驪珠炤故園。

雨花臺

諸天不雨六朝花，臺上游人競物華。偺臘幾叢殘寺磬，裙釵一隊隔春車。江銜落照遥飛樹，陂起香風坐點茶。繁豔場中有冰雪，景方鄰廟繞啼鴉。

正學祠

正學先生何處墳？南朝古寺隔殘曛。當時目已無三恪，此日人誰議六軍？吾道未亡餘正氣，官家若在肯移文。年年杜宇春深血，常使江東木末聞。

甲辰元日

青峯白髮朗吟身，珍重園花報律新。賃廡坐來移歲暖，野林分到入城春。鳥窺竹葉同風笑，雲染椒盤供客貧。不是狂夫好高詠，江山日日助詩人。

送芥須之湖約其歸訪四松

君過春湖竹滿蹊，山煙流水伴鶯啼。路從三祖道場去，望到黃梅法院西。門士解貂充酒券，將軍走馬乞詩題。歸來應向松間問，野鹿林猿已定棲。

與吳逵田話舊

卻憶東郊舊草堂，城西衡宇亦相望。故交零落世先變，新恨漸多顏已蒼。有客飲冰悲劍閣，誰人看樹紀河陽？直須白髮如年少，日日聯吟到爾傍。

宮人斜

東風黃土夕陽鴉，憔悴朱顏掩碧紗。望去塞鴻青草冢，銜來海燕白梨花。漢宮夢冷新恩杳，複道春深舊月斜。麥飯年年絕寒食，生生莫近帝王家。

賦得街頭初見櫻桃紅次小宛韻

朱櫻馳想赤盤春，野味筠籠到市新。寢廟幾殘時食薦，流鶯頻對落花嗔。擎來羃客青駒騎，舉似佳人絳點唇。大小落珠那用惜？芳林園外久飛塵。

文丞相祠

丞相祠堂太學中，千秋柴市起懷忠。祠外有懷忠館。雲昏風裏新朝謚，雷擁天邊信國公。青草尚堪留血食，緑荷公婢也。前指厝英雄。小樓入夜多風雨，誰著黄冠問海東？

次韻酬祝山如送别

藏書能借詩能和，惜别何堪是暮春？楊柳枝青離記室，牡丹花放念遊人。陽關一唱羣知恨，華嶽重探我不貧。羡爾絳紗書閣裏，誦聲高與樸巢鄰。

昭君曲二首

漢宫空老孰知名？嗚咽琵琶異國聲。身著黑貂沈大漠，天留青草伴傾城。還餘夜月深閨夢，難賦秋風出塞行。自是明光艱物色，蕭蕭班馬送長征。

梧桐秋色雨淒其，正是名姝出嫁時。姊妹流螢團扇冷，君王良夜綺羅悲。但披圖畫隨憐汝，自失娉婷欲恨誰？遺世佳人真獨立，單于日日倚蛾眉。

喜左藏一至

荷衣椶帽笋鞋穿，特地過城爲訪仙。慰我深秋詩療病，知君中夜酒無錢。遠開馬帳遊天柱，數寄魚箋話竺乾。與予叔屢書談禪。聞道六壬新學就，傳心直上市樓眠。

汪瑶若亭子次韻

采芳人在聽秋亭，蓮葉田田蓮子青。獨倚微風飛燕雀，莫吟團扇冷流螢。參差石過花間雨，潑刺魚吹水上星。身是二龍山際客，望來雲氣薄滄溟。

移居次東之默公見贈

牆東今喜近君公，羞説尊開似孔融。有興直來尋老懶，多愁無計送詩窮。范塵甑在家仍嗇，阮巷書傳路已通。叉手秃翁堪共詠，不妨雙鬢久如童〔一二〕。

喜徐半僧至次甲辰贈半僧韻

少我一年還白頭，相逢能不同悲秋？回思梅渚舊遊好，卻喜薑菴新唱酬。客共故山春信到，詩成破屋吟聲幽。須君日日詠芳草，火樹放罷予東遊。

徐莘叟著作席上聞歌即次莘叟扇頭韻

紵衣斑管奈情何？良夜商音一院多。宮調文章原激楚，風流才子易悲歌。無端湘女來環珮，最勝秦青入網羅。不是高燒銀燭曉，何緣槎客近明河？

贈程位公

淮陰有客自長干，旅舍毋嗟行路難。邀篴樓傳遺酒在，釣魚人作故侯看。羊裙筆墨江煙合，馬帳笙歌湖水寒。天上石麟君教得，東南佳麗儘盤桓。

雨泊姑蘇

闔閭城外遠潮生，有客長河帶雨行。葭葦尚無飛雁信，芰荷微動小蛩聲。臨流燈火千家亂，伐鼓樓船一水盈。咫尺虎丘煙霧裏，寒山誰問夜鐘鳴？

李子亟口義仍詩從潘子借讀賦之

陽春一奏雨冥冥，誰取歌喉拂卷聽？四夢紅兒移角徵，三生白雪散精靈。才人七字騷兼怨，狂客頻呼醉復醒。我向秋天高拍手，聲聲吟出牡丹亭。

閨　怨

空谷佳人浪得名，日斜猶倚舊柴荆。春山自畫無生氣，秋水來看有歎聲。西子未傳廊屧步，東鄰偏重綺羅情。淒然欲買長門賦，又覓相如賦不成。

寄懷五弟馬溪司訓

菊田秋枕北門斜，日暮臺城並看花。野屐未忘三徑雨，寺鐘猶帶六朝霞。常懷阿弟頻爲客，竟是狂夫弗憶家。細把落英應得醉，故山殊恨不天涯。

問李二石逋病

秋光好覓步秋人，藥裹翻羈林水身。幾竹舞風茶影細，一編迎雨雀聲頻。須知雒下詩同調，莫聽山陽笛愴神。時難兄鬘嶺初逝。千樹霜楓紅未已，牀頭筇杖忍逡巡？

述　懷

夾巷單衫隨意出，兒童誰識長官貧？魚鹽列市有傭作，牛馬任呼無主賓。勿逐雌黄談入世，且留青白眼看人。嵇公饒有餐霞性，鸞翮鎩來龍久馴。

郊遊過鏡上人河橋同之印土值逵田來章仲闇玉青同食智園笋兒爰駿

亦與

東門新漲擁河橋，橋上頭陀拍手招。小院野花迎佛笑，隔鄰佳笋爲僧邀。閒沿澗路□溪竹，誰逐溪漁趁晚潮？皂蓋忽逢林外馬，遨頭莫問髪蕭蕭。

讀西頑客隱集彷西頑調二首

一卷西頑客隱詩，詩懷何異在家時？衣裝竟返龐居士，比興還疑惠遠師。游子官從新代說，參軍銜有舊人知。名山載得田間筆，題徧匡廬又武夷。

吾黨論詩子必傳，翛翛幾筆已如仙。偶攜大部存孤詠，不共狂吟遂五年。閩雪變成爲客髮，江風吹送到家船。維摩法喜堪逃佛，況復同參說偈禪？

白燕

瑶臺有雀拭容輝，曲曲湘簾剪剪飛。玉女横釵天際掠，霜娥臨水夜深歸。休疑碧落香泥誤，莫訝梁園雪影非。一片素心誰得似？縞衣原是舊烏衣。

送何道岑之薊門兼爲究順之遊

馬陵凫繹過征輪，大饗碑前欲問津。擁道青山車裏畫，渡河紅葉客中春。蘆溝此際多新月，鉅鹿當年幾戰塵？冠冕吴公門下士，相逢知有報恩人。

復雪寄顛厓

積雪未晴還復雪，推窗擁榻又支頤。伊人獨坐舟如繫，賤子孤吟手似椎。凍死雲能乾宿雀，煨殘柏也廢蹲鴟。天寒徑絶誰相問？六十老翁來賦詩。

送潘甥務滋遊成均

年少翩翩入帝京，四門人擬對延英。石經分得元龍氣，曲禮傳來司馬名。司馬石乳公以曲臺魁會闕，今甥亦治禮經。蘇頲有兒能勝李，漸離爲客且尋荆。吹簫市上伊吾調，可是當年舊筑聲？

贈顧仲書

馳驟聲華七十餘，才名自負比相如。南皮雨散誰知已？北海風流一問予。馬踏關塵秦樹遠，衣霑朔雪塞煙疏。歸來白髮狂增健，竹影茶香繞故廬。

和尊拙齋廣陵感懷韻

隋堤楊柳暗迷樓，俯仰興亡詠石流。但有瓊花千古夢，不禁明月二分愁。飛章未少開門客，大礮空懸列岸舟。舊是連營藩鎮地，傳餐先已下揚州。

庚戌元日閲澡青詩二首

和風吹雪引庭柯，誰博新年一放歌？望去瑶林元日好，傳來玉署六編多。常邀明月臨丘壑，欲散陽春到薜蘿。郊外同雲初轉律，澡青山色已嵯峨。

春燕秋鴻吳越中，名區佳勝往來通。簫分伍相吹餘咽，潮帶錢王射後雄。十里荷花香故苑，一天梧雨濕離宫。才人覽古多奇思，飛落紅箋滿碧筒。

木厓雨中鈔先輩詩將選成集矣

前賢遺草説相知，大雅同堂勿更疑。吟是趙州持鉢語，人如投子下山時。桐風入市將懸字，夏雨關門獨寫詩。不爲維桑專敬止，斯文惟子與于斯。

寄甥倩吳汝夢及女甥

江上風吹及早春，思君正值看花辰。冶梅瓣宿久殘雪，弱柳煙飄雨後塵。白髮杖頭三徑草，青山園裏六朝身。千年松石知亡恙，應拂莓苔待老人。

錢塘懷古

吳越錢塘跨有名，東南四十幾州城。靈旗每駕明湖出，戰鼓如憑鎮海生。冢立儼然新王氣，江來無復舊潮聲。頻年西子荷花月，常照遺宮細柳營。

讀先達無聞堂稿

高祖園經署考槃，蔦蘿陰處碧琅玕。龍蛇迹向松關走，鸞鳳聲從棘道繁。青瑣解元名突兀，烏江開府調高寒。曾聞大父尊題壁，隻字珍同白玉盤。

從叔梅師屬書大幅漫成書其上

髯樵先生行市中，一條拄杖踏春風。鬟飄徑尺色欲白，酒適斗升顔已紅。小几吟來詩句滿，寒齋客到酒瓶空。時當大義軒然出，笑卻喁喁兒女叢。

初卜園基吟詩送老于其中而卒卒未能園也再疊前韻寄竹西

同人相贈一園風，茅屋遲遲亂石中。焉得萬竿迎到客，也須半壁坐吟翁。畦鋤久爲栽花荷，詩眼應從畫筆空。投子飛來書閣上，幾時看掃最青峯？

過綏人談詩

與子論詩迴絶塵，連朝得句極清新。白雲有夢依紅葉，黄卷無靈對緑蘋。討論不殊鹽裏味，行歌還許澤邊身。木厓遠出顛厓死，賴此湖南一故人。

蜀藻曝吾妹故衣潸然感賦次其韻

紙閣蘆簾失故人，安仁孤影歷寒暄。遺衫尚在無心曝，封篋難開有淚存。送到客愁重集夢，縫來女手舊摻痕。大雷何處投予字？慰爾毋悲語又吞。

寄江塄眉瞻瑞昌

赤顔峯表讀書廳，日日衙齋倚翠屏。作吏幾年離草閣，同人十首見蒲亭。兒能誦句如蘇武，官必傳詩是九齡。羡爾江城春色暮，名山一夜矗成青。

孫仲衍山中書至

獨山山下有精廬，避客山人玉不如。聽水自攜徵士杖，臨風欲著放翁書。楊厓鐵篴吹雲處，李白瑶姬並馬餘。珍重世交還念舊，華顛朝起得雙魚。

槐龍篇步徐文長先生韻雲中歸自書石勒軒前

爲問狐飛地，誰傳蟻國封？荒荒邊雪照，嫋嫋塞煙籠。節駐關前馬，名猶柱下龍。當階盤夏氣，隔院任冬烘。雨霰千年護，山川一代鍾。插條征戰後，遺迹廢興中。葉葉穿鱗爪，枝枝覆帳穹。井頹餘繘㶟，甃塌古泉泓。攫舞星沙暗，騰騫曉霧濛。秋鴉雲等綴，春蝶夢來通。虬曲凝蒼露，淒其咽斷蟲。榆錢當日槩，槐里故家風。選石珉垂久，開尊席自公。孤亭摇秀幕，大漠剩殘烽。開府金鞍立，參軍小隊從。堅心冰寂歷，寒影月朦朧。舊址黄輿過，新陰緑蘚蒙。二陵衰草没，幾處問行宫？

黄州九日風雨集顧赤方客寓限韻七陽 赤方，黄公字也。

客酒醉黄菊，朋尊開赤方。浩歌聲落落，軒舞影堂堂。楚澤芙蕖濕，吴儂橘柚芳。赤方家于蘄，玉峯人也。煙霜何索寞，天地適蒼涼。冷集偏情熱，懽呼只意傷。茱萸寒佩澀，琥珀夜斟長。雲黑新流寓，楓丹古戰場。煙高舟易赭，山落帽難忘。壁岸多飛絮，江蘺半浥香。吾儕詩氣象，世路俗鋒鋩。乞食陶添韻，依人杜隱狂。且圖聯石鼎，勿計别河梁。雜坐堪懸榻，登高怯望鄉。滿城秋色裏，風雨正重陽。

秋思次尊拙齋九日三十韻時與友人談詩感時

我輩愁偏渴，當秋思轉涼。高天容片塵，朗月任千觴。是地堪黄葉，前村賸緑楊。銷魂懷古字，冷夢哂名場。淺碧池堆露，交紅樹作霜。半堤常入望，一段倏飛香。野色荷翻亂，春懷鶯喚長。草情猶狎徑，燕語恰過堂。時同賦四秋也。愛客難投轄，聞歌怕繞梁。魔祛緣睡在，恨到入游忘。瞥眼看花落，何心問菊黄？廝廝憑舞醉，磊磊笑詩狂。岸有千尋陷，波誰一葦杭？世兒無利劍，此道合迷陽。豈識猗蘭操？徒成急就章。小儒惟覆瓿，大雅孰推牀？六代塗鴉陋，三唐畫虎妨。集吟羣倒案，閒詠獨依廊。彤管常飛白，青山忽變蒼。江煙從謝客，燕寢學韋郎。但可隨支遁，焉能似陸康？普天饑足繪，五月肉成瘡。星氣多傳眚，山川急報荒。地摇非穩步，穀賤反空腸。碩鼠填城闕，殘鴉啄稻粱。我行惟曠野，時變若探湯。老屋吟胡補，匡牀懶合藏。繁霜篇欲和，搔首碧雲鄉。

園傍有陂可置舟舟曰恰受謂如老杜之野航恰受兩三人也顧舟成無期擬搆一亭顔曰問舟方之舟之予特問之云爾次杜水宿遣興韻

恰受制何日？問舟行欲迷。苔深須鹿櫛，花冗俟鶯篦。春渡開沿岸，秋荷浄引泥。俯松濤出舫，漾月鏡懸堤。竹圃光横上，茅檐影向西。幾行花鴨舞，一片水禽啼。兩槳時披卷，孤亭倏仗藜。養生誰適主？物論不難齊。北闕憑簪笏，東風亂鼓鼙。曉人惟蛺蝶，唤客有梟鷖。獨往頭先掉，同心手並攜。能吟千賦虱，解語一窗鷄。穩此蘆中座，毋言李下蹊。大篇甘汗漫，短札勿投齎。日永波瀾闊，風悠荇藻低。招招舟子興，草草舊林棲。我道緣應拙，時榮分敢梯。泳游如海運，動止任天倪。身逸纔知隱，詩傳不計題。破船浮水檻，常老杜陵溪。

清明日偕兒孫出遊

寒食柳方緑，清明花已殘。老翁憑蹇進，稚子帶鶯看。游女歌零蔓，幽人賦采蘭。河關沙石秀，僧社茗齏寒。樂較盤鈴勝，遊當舞袖歡。堤波侵鶴墅，圃菜狎漁竿。藕脆枯泥出，椿萌老樹攢。健身惟令節，佳興到河干。落日林藏酒，高歌野度灘。歸程紛繞騎，滿路碧琅玕。

讀蒲亭倡和詩致姚小山

之子臨溢浦，何殊治浚儀？風行江漢遠，樂奏鼓鐘遲。二妙相憐並，雙姝好合宜。公堂傳化雉，中閫叶關雎。鶴静將翔羽，螺妍待畫眉。德心弘樂育，雅度合箴規。漫説三人媭，由來一指麾。自輸釵鈿助，兼疊綺羅施。八寶攢花蝶，千絲結繡螭。香車迎淑女，畫閣坐瑶姬。有美東南秀，同游大小隨。齊眉芳徑立，並步署庭移。姊妹能依主，妃嬪亦號姨。薰衣衙退語，洗硯案邊詞。況值庸功日，偏當生甫時。酌觥田畯喜，行潦牧人嬉。應覯青鸞至，來瞻紫袖垂。南山臺有賦，北極壽無期。燕豫歌簾幕，鴻飛重扆扆。一家偕伉儷，萬口祝熊羆。鸑鷟歸明宰，麒麟毓好兒。公侯知必復，千億抑奚疑？功自賢媛樹，津非妬婦嗤。普天聞鳳噦，闔室兆螽斯。識者心胥服，同人譽共推。錦箋書枕簟，斑管繪胭脂。逸藻翩翩集，奇葩歷歷披。謭才安鈍拙，令望嘆葳蕤。豔曲無能作，香奩未可比。而甥涉江水，老友侑蓬池。蕪草寧堪頌？蒲亭代和詩。略陳樛木義，曾記采蘩辭。

秋夜經三席中讀敦復送其官滇南詩因憶敦復

良朋天外碧琅玕，表弟筵間赤玉盤。半幅風流堪映座，幾行騷雅孰登壇？昆明祖道程千里，燕薊椷書月一團。馳想三秋丹鳳客，貽音六詔碧鷄巒。此時入直裁箋穩，別後懷人驛路殘。太白詩情宮裏見，澡青山色句中看。右軍墨妙真傳子，曼倩名高豈爲官？南苑螢流頻禁漏，西山馬上只風湍。和來白雪歌聲迭，攜出香煙笑語闌。宣政退朝成口號，曲江陪飲勸加餐。常拈翠管謀宵醉，莫典朝衣怯曉寒。才子爲郎吾輩少，翰林言志古人難。荷池酌雨離思渴，菊圃題花旅夢攢。一望遠峯秋矗矗，羣過西閣如三園中閣也。興漫漫。何當舊墅遲吟草，賴有新篇代握蘭。遷客逋翁相對詠，亭雲飛向五雲端。

步余澹心來韻

江南秋草夜鳴笳，江北無衣可當家。憔悴別離楓葉老，不堪重詠赤城霞。

吳岱觀孝廉畫扇

一片青峯水倒流，横空幾筆淡如秋。非君久看西湖色，安得西山引臥游？吳西湖人。

居庸道中

曉起横雲帶半山，寒峯幽露有無間。淡描一卷生綃色，不是倪迂即小灣。

秋堂讀書

冷垣寒屋正秋初，塞草編簾雁影疏。怪爾官閒無箇事，一庭殘日半牀書。

哭王穆如陳伯倫

白玉樓成二子俱，鍾山雲隱筆花枯。萬松深處閒明月，猶照當時舊酒爐〔一三〕。鍾山萬松，昔日同讀書處。

閲空同結腸篇

披君悲楚結腸吟，颯颯迴風吹案塵。大樹荒郊惟宿草，傷心同説左宜人。予妻姓封適同云。

迴望雲棧

誰向雲山寫畫屏？晚風朝霧薄秋旻。横開千里芙蓉片，不是蓮花數點青。

偶感二首

絶塞淒其酬唱多，狐裘霜雪滿關河。馬融帳裏新吹笛，不記幽州馬客歌。

千山當面易東西，一曲驪歌送曉鷄。鸜鵒聲聲留客住，忙歸莫信杜鵑啼。

寄嚴公偉守戎塞上四首

邊沙的皪寶刀寒，戈戟排門新築壇。身是江南揮羽客，吳儂歌入塞笳殘。

官妓胭脂濕袖多，韝門隊裏學鐃歌。後堂鼓吹傳芳讌，好待迴鞭射獵過。

冷地長吟朔雪高，五年風雨恨勞勞。怪來邊吏題詩樹，留得將軍挂戰袍。

阿蒙吳下好詩書，搜我狂歌碑版餘。君是兜鍪楊得意，邊兒争憶馬相如。

春遊曲五首

紈扇常懷春袖寒，女郎揮袂路傍看。清明河上新成畫，撫卷重吟張福端〔一四〕。

老婦春朝逐漫遊，青裙舊布髮颼颼。兒家膏沐曾年少，不是生來便白頭。

吳宫眉黛楚宫腰，反向粧村角翠翹。不對鷄皮三少婦，如何顯得董嬌嬈？

桐山郭外有西湖，菉竹方塘罨畫圖。竟作蘇堤春曉望，可能吟徧六橋無？

傾都争指赤城霞，販負家奴拍臂斜。今日仙真時得見，不同劉阮隔桃花。

瓜洲即事

瓜洲弱女駕輕橈，繡裹紅絲半束腰。雙腕臨風嬌怯甚，隔船呼出小郎摇。

大羅菴祖西禪師塔

大羅天上不沾塵，芳草繁花塔院新。記得講經靈谷寺，齋堂橫坐一千人。

江口書懷

三江口已別經年，蘆荻騷騷迓客船。列戍營兵休聚問，空囊只賸買魚錢。

西湖竹枝詞四首次和默公

芳草青青柳似煙，馬通今與畫橋連。游人怕向招提路，短後邊兒慣賭錢。

半肩兜子半搨舲，領略湖山一片青。莫上于公墳畔去，滿天風雨暗西泠。

笑絶荷花舊六橋，狂且争望美人跳。鄰家少婦新裝抹，瞥向湖灣上小舠。

臨湖高閣榜忠祠，六一池前半酒旗。牧馬黄頭渾不識，馬鞭輕折向南枝。

再次韻爲羈人遊女之樂於湖山者志其盛三首

葑草長堤漁子呼，湖鰻佐酒賽姑蘇。遊人飯罷城頭去，曾見湖干月上無？

雙鬟覆額也揚舲，唱徹儂歌蓮子青。看罷岳墳看大佛，兩高峯下水泠泠。

活佛臨湖燈照祠，湖風吹裊寺門旗。祈兒女伴嬌無賴，笑折佛前花半枝。

偶感

鉛汞輸君煉法精，雲邊鷄犬亦縱横。道人豈少神仙術？只是丹爐鑄不成。

宫詞二首

乳燕鳴鳩夏日長，白頭宫女説先皇。深宫漏永苔花緑，數點殘鐘過景陽。

梧桐疏雨漢宫秋，擊鼓燒燈院院遊。一自漁陽烽火急，同心誰與拜牽牛？

讀史有感

魏其當日惱田蚡，駡坐凌人帳下聞。滿座八風終日舞，如今偏少灌將軍。

雁　歸

童子遥傳雁影歸，牡丹闌畔帶晴暉。斜行字字含邊思，不學南天燕子飛。

車中書所見二首

滚滚飛塵送客車，遊梁高騎似相如。不知劉晏司儲後，可上江淮治粟書？

平頭珠勒擁騰黄，一路旌旄出故鄉。載得黄金滿都市，羣公争拜度支郎。

王安節摘青城詩作畫予賦得柳絲低驛路

眉黛青青應綰愁，腰肢低舞舊風流。問誰挂住章臺色？畫角斜陽古驛樓。

校記

〔一〕汨汨　當作『汩汩』。

〔二〕頪　當作『類』。

〔三〕臨女　疑當作『臨汝』。正文同。

〔四〕頪　當作『類』。

〔五〕盃　疑當作『盎』。『盃』字待考。

〔六〕榦　疑當作『幹』或『榦』。『榦』字待考。

〔七〕頪　當作『類』。

〔八〕頪　當作『類』。

〔九〕頪　當作『類』。

〔一〇〕頪　當作『類』。

〔一一〕掉　當作『棹』。

〔一二〕此下四庫禁燬書叢刊本誤重，自次韻酬祝山如送別一首正文始至喜左藏一至詩題止，係原刻半頁文字，實脱半頁文字。兹據國家圖書館藏善本膠片補足，自喜徐半僧至次甲辰贈半僧韻詩題至贈程位公一首『馬帳笙歌湖水寒』止。

〔一三〕爐　當作『壚』。

〔一四〕福端　當作『擇端』。

龍眠風雅卷五十

木厓潘　江蜀藻輯

采石史　青藜同同里方　遷子安參

左國林

字子忠，號鶴巖。忠毅公之叔子也。順治乙酉舉人。少與兄國棅、弟國材齊名，號『龍眠三左』，吳、越人士軒蓋造訪，以内交爲幸。既舉于鄉，教授儀真，益翕然嚮風。升廣東南雄司理，持法平恕，民以無冤。分校鎖闈，尤稱得士。升河間府郡丞，未及行而殁，至不能歸旅櫬。所著有陵江草行世。

雜感

美人抱瑶瑟，哀怨彈别鶴。雌雄南北飛，一旦異棲託。諒非金石性，安得仍如昨？猶欲悟君心，朝朝佩蘭若。豈知斗酒味，昔厚今已薄。徘徊淮水上，長嘯風波惡！

擬古

昊天轉時律，大火西南馳。攬衣起視夜，明月鑑薄帷。翩翩征鴈翔，唧唧寒蟲悲。紅蘭委芳采，菌桂亦離披。喬喬千丈松，孤生泰山陲。嚴霜裂其膚，層冰斷其枝。摧殘失偃蓋，蒼翠終不移。草木有至性，偏容貞士知。

冬雷行

朱明長子多受節，毒虺硆砑血中裂。今年冬至驚雷發，高棟承雲忍摧折。乙卯震寢誅杜喬，元康霹靂斷賈嬈。雪霜連鼓響宵崿，早占元龍煩制作。莫將悲喜疑天公，野人自恨耳不聾。

江行

布帆去不極，雲際見人家。繫網青楓樹，藏舟白荻花。迴風喧雁鶩，落日上魚蝦。夭矯江山翠，停橈看晚霞。

感時二首

百萬旌旗没，黄巢竟入關。追兵憐秀實，名將失光顔。紫繡施金粟，烏裘狎玉環。河西聲一振，牛酒餉牙山。

僕固今驕甚，樓船據上游。朱顔環帳泣，白骨滿江流。横草功難著，包茅貢不浮。聖恩還錫命，貂珥到霜洲。

友人夜過

苔色車輪破，庭陰榻不妨。絺衣挂曉日，茗碗過新凉。文事原難竟，詩名且暫藏。自憐無一解，得爾愛吾狂。

弔龍眠

昨日春山信，河流白板稀。舊栽奴橘老，新刈女桑肥。錦鯉銜風擲，絲禽掠浪飛。修梧傷剪伐，不得共芳菲。

紀哀二首

何事張皇問守邊？徙薪高議在人先。曲江不祭翻蒙賄，潁水多仇豈餽錢？轔有蒼鷹睨露井，家因白兔賤瓜田。宿囚老弱追呼急，村舍株連斷野烟。

松柏蕭蕭向北枝，荒城伏臘土人思。卻憐朱邑營墳地，想見周章拔劍時。風雨滿旗都似泣，龍蛇畫屋尚餘悲。梁碑争出希文手，處處淒涼少保祠。

送吴鑑在之閩

披裘行踏蔡溪邊，遥指梅峯烏石連。岐路風篁吹雪嶺，中流花鳥醉江船。人傳箋奏勞王粲，山喜帆檣載馬遷。此地故家藏古迹，好齎油素訪遺編。

錢塘弔蘇小墓

灑酒荒墳日落初，南朝粉黛近何如？所思誰跨青驄馬，相待空乘油壁車。薄命瑶華霜裏没，同心羅帶夢中疏。西陵颯颯江頭雨，又值淒涼逼歲除。

塞上曲

將軍羽箭射天山，閃日旌旗出漢關。夜月欲開青海嶂，秋風先到白龍灣。

竹枝詞

紅袖垂風紫陌東，前村斜插碧芙蓉。妾從江上投魚信，郎在瀟湘暮雨中。

班婕妤

半道恩銷謝輦餘，搦殘銀管夜窗虛。高情不問羊車路，獨對寒燈自校書。

附 左氏如芬

字信芳。郡丞鶴巖公之仲女，進士姚非菴之妻也。幼聰慧過人，讀唐詩至千餘首，背諷不忘。年十三歸非菴，太夫人方操家秉，黹紩之外，益得研求書史。因從非菴學詩，出口便有林下風味，蘭閨倡和，幾無虛日。迨非菴成進士，謁選得浙之江山，單騎之官，不能挈家累，憂鬱成疾，甫及三十而殁。所著有纕芷閣詩稿。非菴爲之授梓而屬其世父眠樵先生序之。

懷吴姑夫人白下

修阻難相聚，離悰近一年。因君情展轉，添我淚潺湲。夢向愁中覓，心從病後牽。烽煙今漸息，好爲寄魚箋。

納　涼

向晚深閨静，流螢繞檻飛。竹摇窗影亂，花落樹陰稀。帶露風初動，移雲月漸輝。欲眠愁未穩，爐裊麝香微。

初　夏

忽忽薰風度，韶華病裏過。不知春色盡，但見落花多。拈韻消長日，看書醒睡魔。晚涼新月上，清影照藤蘿。

秋夜憶夫子

送君纔匝月，秋色又將闌。不覺流光易，偏憐久别難。夢隨江水遠，寒念客衣單。良會知何日，離情已百端。

寄懷隨鴻閣錢夫人山居

卜築成高隱，安貧賴爾賢。承歡同綵服，伴讀共青氈。久别常相憶，新詩揔未傳。徵蘭曾有夢，消息寸心懸。

移　花

爲惜閒庭曠，移來隔苑花。根深和雨種，枝弱避風斜。倚檻從予好，成陰望爾賒。芳菲應計日，珍重護窗紗。

詠燈花

雨露何曾見，開時不必春。質偏宜向暖，情獨畏逢辰。落蕊侵殘局，餘光惜比鄰。深閨傷遠别，夜夜卜征人。

夜聞孤雁

孤雁衝寒度，悲涼似不平。因風聲最苦，照月影偏明。念汝離羣意，添予别恨生。驚心懷遠道，攲枕夢難成。

庚子七夕夫子應舉江寧詩以贈别

清江風静浪初平，身逐孤帆一葉輕。天上恰當懽聚日，人間偏有别離情。蛩吟幽砌闺心碎，月落寒汀旅夢驚。爲囑天門須射榜，桂花香處好逢迎。

送夫子公車北上

霜風蕭瑟入簾幃，别思縈懷酒力微。梅欲綻時人遠别，杏都開處燕高飛。九重天上開金榜，五色雲中賜錦衣。從此曲江春宴後，紫騮蹀躞踏花歸。

偶見雪片雪珠共成一律

六出花飛繞玉欄，和風和雨白生寒。飄揚似絮沾衣少，旋轉如珠著線難。徑外半隨人迹盡，枝頭多被鳥銜殘。卻嫌党尉貪歌舞，何不烹茶話夜闌？

春　閨

惜春翻易擲晴曛，小閣晨鐘夢裏聞。燕剪輕裁桃錦綻，鶯梭細織柳絲分。鑪聲沸處時時雨，香篆飄來片片雲。情緒不堪愁向晚，無端窗月白紛紛。

初度書懷

屈指于歸十七年，如賓竊羡古人賢。毫揮卻喜花生筆，葭倚偏慙玉並肩。繞膝佳兒披彩繡，承懽嬌女誦詩篇。相看不禁思親淚，消息安能慰九泉？

寄懷五姒張夫人

深閨惜別記殘秋，每念音容淚暗流。入夢蘭花應結子，趁栽萱草可忘憂。乍拋故里情如失，雙侍名姝願已酬。指日遷官同返斾，挑燈重與話離愁。

菊月夫子北上詩以言別

强疊征裘淚暗垂，秋風瑟瑟又將離。曉天霜月常隨馬，晚岫煙霞盡入詩。野店聞砧驚客夢，荒庭落葉動人悲。欲知別後思君處，小閣殘燈夜雨時。

見新燕

小徑深深長緑苔，烏衣還記社前來。臨春畫閣銜泥入，傍晚紗窗帶雨回。絮語似憐人寂寞，雙飛卻羨影徘徊。凭欄愛爾添詩思，拂硯慙無作賦才。

秋日病中喜諸姊夫人過訪留飲

强扶弱體起繩牀，抱病經旬未作粧。握手反憐人久別，論心卻喜夜初長。月窺玉鏡藏鸞影，花拂青緗染蠹香。他日分飛違雁序，池塘春草夢難忘。

夜坐懷夫子

閒坐翻書强自寬，孤窗寂寂淚空彈。風摇紙帳梅花落，月浸蘆簾樹影寒。短蠟無心和漏盡，疏鐘有意報更闌。應知旅夜懷人處，宿酒微酣客夢殘。

感懷寄夫子

廿年荆布效齊眉，中饋餘閒學賦詩。花下彈棋春永日，尊前刻燭酒闌時。才慙謝女聯吟早，情似高柔作宦遲。此日武林潮信近，好緘雙鯉慰相思。

題　畫

樹色千峯裏，清流與岸平。片雲停不動，小鳥寂無聲。

雨夜不寐

一夜瀟瀟風雨聲，愁人枕上最牽情。孤幃寂寞渾難寐，欲暗蘭釭又乍明。

詠柳

帶雨拖煙拂小樓，枝枝搖曳動人愁。柔條縱有絲千縷，不向江頭挽客舟。

閒居

竹陰籠日映窗紗，裊罷罏煙一縷斜。蝴蝶不知春去久，雙雙飛上石榴花。

題美人看花圖

薄薄羅衣淡淡粧，花陰密處影深藏。幽情不妬雙飛蝶，宛轉秋波盼海棠。

暮春即事

紙閣香銷午夢殘，起來無力倚闌干。桃花飄盡鶯聲老，零落春光不忍看。

秋夜夫子赴芸圃酌酣飲達旦

静掩紗窗避晚涼，挑燈獨坐夜偏長。無情最是初生月，不待人歸上短牆。

擬宫怨二首

苔色深深隔繡幃，經年玉輦不曾歸。一從獨閉長門後，羞著承恩舊賜衣。

連朝愁病罷晨粧，藥餌無徵暗自傷。獨有能言鸚䳇鳥，也將離恨駡君王。

夢　回

銀蒜雙垂錦帳低，夢爲蝴蝶意還迷。癡魂欲度寒窗月，怪殺鄰鷄夜半啼。

暮春病中書懷

懶拭菱花理鬢蟬，參苓鎮日伴愁眠。連朝買卜從無準，檐鵲欺人也浪傳。

彭　纁〔一〕

字孔哲，號粥岑。順治己丑進士。時兩廣未平，甫釋褐即以僉事備兵蒼梧，躬馳炎瘴中，觸犯矢石，屢著勞績。論平粤西功，升副使。移節汝南，復建軍功。爲宵人蜚語所中而罷。孔皙起家寒素，能自豎立，以成父志。居官廉慎勤敏，平亭獄訟，擿伏如神。西粤、中州人迄今德之。年五十六卒，學者私謚孝靖先生。所著梧吟、灘草、越吟諸集。

望遠曲

自入君家門，三年凡九出。今兹臨別言，云歸當歲卒。燕乳咬新泥，芍藥鬬芳苾。老去春又過，忽忽若有失。明月映流黄，深坐轉蕭瑟。欲書寄遠人，含情慵捉筆。獨寐夜愁長，屈指日偏疾。君今賦歸來，論斷須如律。自此深杜門，裹足毋再逸。

閒　望

空山滴蒼翠，下有水潺湲。古藤盤斷樹，獨鳥下高原。朝煙翳濕屋，長堤白浪翻。蜻蜓駐釣絲，芙蓉映朱門。高樓誰家女，凭窗笑無言。輕紈撲遊蝶，高髻礙雲根。手扳青梅枝，玉環白無痕。目光如有待，游子暗銷魂。

喜得汪徵五年兄消息

羽書來北極，風滿粵江春。天地歸才子，文章老病身。五年三去國，萬里一孤臣。目斷寒崖樹，重教淚滿巾。

送王含之赴閿邑任

横經披絳帳，惜别念芳辰。才似南金重，官如北郭貧。榆煙纔出岫，花萼恰逢春。此去鱣堂上，思綸計日新。

伍胥祠

吳越今何在，凌空尚有祠。山猶存故號，濤自鬱餘悲。湘漢流何極，姑蘇月屢移。劍丘知不遠，時慰老臣思。

送張雲閣應試

幾年海内誦雄文，今日名成奏五雲。自是天香須獨步，故教秋色好平分。洛陽紙貴張平子，秘省書傳王右軍。宮錦槐黄相映發，彩毫新傍御爐熏。

哭沈景山年兄

粤西萬里甫投簪，何事秋風臥碧岑？七尺未銷千古恨，一抔空抱百年心。冢邊無字堪留石，江上誰人更碎琴？惟我憐君同鵩鳥，滄浪曲罷薜蘿陰。

送孔暉兄歸南

霜江沙接水雲寒，驛路南歸健羽翰。有客忽驚天上至，無魚空負鋏中彈。猿啼不盡三千里，風起難過十八灘。兩地相思煙霧隔，鄉關應傍斗牛看。

寄懷施尚白年兄督學山左

海濤聲起蜃樓平，仙吏秋高擁絳旌。懸鑑遠澄秦日觀，撤簾近接魯諸生。七年瘴嶺違顔色，此日天涯幾弟兄。君入承明予避世，瓣香聊禮謝宣城。

甲辰初冬同何省齋飲徐寧庵蔡抑庵兩憲副園中分得山字

十年風雨夢相關，執手驚看鬢各斑。一世才名歸白社，半生心事託青山。追懽老去情猶在，問酒閒來興漸刪。珍重明宵還共對，品泉還石落花間。

晴望

雨後流鶯送好聲，晴光遠共戍煙平。坐除世味惟躭酒，静識天心最厭名。客裏兩餐猶病飽，閒中一卷即專城。款門客至留清話，茶沸香芬拂小枰。

閨怨

藁砧一去信蹉跎，忍向天涯理櫂歌？楊子渡頭連夜雨，算來不似淚痕多。

潘益

原名映參，字次益，後以字行，别號拙庵。司馬公石乳府君第五子也。少沈静，不苟訾笑，下鍵力學。順治丁亥以明經博于建安，褎衣登堂，頌禮雍肅。居亡何，制府中丞以禮幣辟爲記室，咸重其行誼，以爲庶子、家丞兼而有之。僑寓嶺南最久，年五十有五卒于廣州。其建安、嶺南諸遊草，什不有一二云。

庚子仲春初度 清明前一日

作客忘晨夕，有生不記年。侍童頻稽首，獻壽清明前。因見桃花發，方知二月天。懸弧四十六，立志本孤騫。米汁從吾好，筆花夢空傳。參禪蠲俗慮，學道愧先賢。泡影既虛度，光陰如逝泉。平生未了事，回首淚涓涓。

己亥元日

歲終終夜雨，旅館倍淒涼。歸思空千里，客愁已十霜。呼朋憑斗酒，祝歲有爐香。又是春風到，蕭蕭白髮長。

秋夜對月

月色清如水，涼風向晚多。竹牀供睡穩，村酒釀顔酡。鶴語千山爽，猿啼隔岸過。此中饒逸興，良夜自娑娑。

嶺南即事和白香山韻

紛紛輕薄欲何如？世上功名有也無？常笑柳生空乞巧，每懷莊子善言愚。見人盡唾貪泉水，在事誰還合浦珠？一自逍遥煙雨外，閒看窮達總無殊。

哭從子薪孫二首

除夕偶逢鄉客至，傳來死字便淒然。七年相别嗟予老，十世重興望爾賢。家在舊京難獻賦，身依荒刹孰談玄？驚聞不覺神如失，謝樹摧殘倍可憐。

爾性最能忘俗嗜，偏于清課覺相宜。名香焚去常千縷，怪石看來似九嶷。幾筆丹青聊寄興，滿篇飛白只移時。優曇花下尋精舍，坐久行吟得意詩。

别　友

嶺外逢君遂結歡，芳名俠氣滿鄉關。自知載石供清玩，可爲思蓴返舊山。湞峽煙雲帆影疾，珠江水月夜聲閒。歸途正及春光好，無數芳菲照客顔。

詠夜落金花

斂豔含朝露，舒華向日中。金錢擲夜半，怕聽五更風。

雨中美人蕉二首

點點妖紅滴翠聲，風流恰帶淚含情。當年飛燕嬌無力，未必芳姿若箇輕。

緑映窗前葉自敷，輕盈體態倩誰扶？何當唤起王摩詰，和雨描來入畫圖。

讀無書

兀坐誰敲月下門？園亭閒適看龍孫。共君話勝十年讀，滿架圖書奚足論？

己亥元日嶺南坐雨

頻年烽火未全消，粤海居民亦太勞。天意欲將兵洗盡，故施靈雨在元朝。

周康祀

字重禋。崇禎間貢生。其先本浙之紹興人，以祖慶祐學博于桐，遂家焉。少失怙，事寡母以孝聞。好結納賢豪長者，交雖久，無忤色媟容。桐罹寇患最烈，重禋于防禦事宜輒抗言請諸當事，動見施行。撫軍張公亮雅相引重，辟參軍事。六皖安堵，實與有勞焉。所著有爽塏堂詩及旅言諸集。

過馬創生山居

君獨厭城市，幽居固所宜。到來樵徑曲，坐對嶺雲奇。下榻空山裏，移尊盛暑時。深柸忘晝永，樹影日參差。

閣坐喜雨

小閣千峯對，窗通送夕曛。偶然山作雨，旋見樹生雲。孤客愁因減，三農望久殷。傳呼蓑笠急，歌唱動紛紛。

曉梵

柴門雖近市，小院自清幽。如坐無人境，因思出世謀。天風吹梵鐸，夜月浄書樓。聽到三更候，儵然解四愁。

金山

兩月重過此，維舟試一登。樓臺招慣客，雲水住宜僧。石向江心立，潮從海口騰。自然塵世外，煙樹隔層層。

留别龍禹九

締交情正好，岐路首重回。此日遽分袂，何時復舉杯？節憐小雪過，舟望大雷開。别後長相憶，魚書莫吝裁。

秋吟二首

入秋剛十日，日一易秋容。樹老山無色，天清霧不封。平疇香稻滿，隔岸野花穠。最是尋詩處，微風送晚春。

空階風雨過，小緑障新愁。萬井一時晦，三更半葉秋。守能甘我拙，苦不爲貧憂。多少悲歌意，金貂感舊遊。

石鐘山晚泊

落日維舟處，懸崖一寺門。樹深分晚翠，石怪上潮痕。湖口江聲合，樓頭夜色昏。好山看不盡，鐘磬出雲根。

横潭晚發

雨過雲猶黑，河流水漸消。輕舠前路杳，野寺曙鐘遥。旅夢回孤枕，覊心感舊貂。横潭渡口急，努力莫停橈。

桃埠河

桃埠河邊路，年來幾次經。忽驚春到柳，可嘆客如萍。不寐吟殘月，貪程看早星。居人傳虎迹，疲蹇莫教停。

偕創生山行

兩月花前共笑歌，衝炎又入考槃阿。青松一徑鳴流水，緑竹千竿挂女蘿。谷口風生嵐氣少，山頭晴色夏雲多。高攀漸覺天相近，俯瞰江心漫碧波。

玄士書至悉揆百夫子盡節清河詩以哭之

剖得雙魚恨未平，吞聲欲哭哭無聲。軍中別我千行淚，門下從公一啓行。生死人情何足異？正邪天道不分明。傳來慷慨捐軀地，河水清清萬古名。

飲田家

願傍三農結伴居，石田蕪穢尚無廬。煙霞儘識村中偶，鷄黍堪停野外車。動地秋聲楓落後，滿天寒色雁來初。臨風正好傾新釀，一醉煩愁且破除。

即事

□想曾經海晏年，即今誰復病相憐？初香草樹還如故，□□春山竟悄然。江上大軍馳羽檄，城頭積雨響流泉。不堪夜静鳴刁斗，細柳新移負郭田。

霽後登樓

萬花簇處草萋萋，秀絶江山望欲迷。輕燕未知何事語，流鶯偏覺盡情啼。樓頭樹色餘城郭，簾外春風送鼓鼙。好慰窮途新霽後，莫言踪迹尚羈棲。

偕玄士閒步臥冰池

方公堤上柳同攀，攜手行吟半日閒。客久黄塵侵白髮，冬來紅葉徧青山。孤亭碣石堪憑弔，官道漁樵自往還。聞説冰池留勝迹，凝寒猶聽水潺潺。

將之京師留别石二孺明府

五月披裘事遠征，牽衣珍重别離情。崎嶇驛路江南客，辛苦鄉關薊北程。賣賦祇爲將毋計〔二〕，感恩惟説使君名。揮絃退食如相憶，試問何人薦長卿？

舟過清河弔揆百夫子

河流清濁自分明，到此驚心怨未平。可惜鼎湖龍已去，竟無華表鶴空鳴。黄錢一陌飛塵土，青史千年著姓名。愧我亦稱門下士，死生何事見交情？

贈魏彩生

少年懶聽浙江潮，忍别西湖緑柳條。自棄微名辭宦達，誰將别信問家遥？囊因治具仍常澀，鬢豈爲愁亦易凋？卻羨青油專草檄，知君端不負嫖姚。

山陰晤潘若玒

當時文酒共風流，别夢經今十五秋。乍見忽驚潘鬢改，深譚還爲陸裝愁。狂來意氣壺仍碎，老去江湖筆未投。剩得子猷佳興在，爲君遠泛剡溪舟。

贈戴其懷

朔風吹葉暮寒天，衰病支笻倍惘然。士不居官成浪迹，途惟仗友當豐年。常思精舍同僧話，可憶山齋擁妓眠？一榻即今容我下，肯令虚櫂剡溪船。

同明卿諸子游回龍宫

攜手探奇渡淺灘，行行野寺惜凋殘。竹籬扉掩人踪少，瓦礫堂空佛火寒。紅葉一林當日落，黄花滿砌帶霜看。登臨此地洵幽絶，酒伴詩情足放歡。

余鳳衢

字振千。寶應司訓觀吾公之孫，諸生象儀之子也。與弟鳳友子彩友愛最篤，昆弟同日補弟子員，有『平原二陸』之譽。子彩早卒，振千爲經紀其喪，卵翼其孤，宗族歸義焉。振母王夫人，太原郡侯王勝之後，二十九而寡，敗幃孤燈，矢節五十餘年，皭然不滓。振千兄弟每爲予述其懿行，嗚咽至不能出口，曾屬予爲之傳，予諾之而未有以報也。録振千之詩，至八十見曾孫之句，爲欷歔者久之。

赴田父飲醉歸用少陵韻

二月春風和，出門看隄柳。山畔杏花開，尋芳無昔友。亂後交遊稀，相與在林藪。長吟大澤間，蒼然一老叟。爲問君胡來，邀我飲春酒。未暇敘寒暄，歡然執我手。到門犬聲高，穉子候已久。堂上堆鉏犂，檐下挂魚笱。招來鄰家翁，老婦先開瓿。耦坐課陰晴，只願兵信否。斟酌頻傾壺，半酣呼大斗。所談無文字，治亂不入口。主客皆忘機，昏昏已過酉。夕陽趣我歸，欲別更拽肘。暮夜畏虎狼，呼童執炬走。扶杖詠新詩，脱幘一搔首。草堂睡不醒，村家釀大厚。

且耕堂落成

家世讀詩禮，結廬傍村居。連遭楚人炬，一椽無復餘。春燕巢林木，花竹且根除。書籍不復存，安得飽蠹魚？滿目蒿萊地，不菑亦不畬。他邦弗我穀，依然還故墟。園林仍世業，刈草結茅廬。瓦礫如山積，何以復其初？膂力幸方剛，兄弟共荷鋤。老嫗可炊爨，山妻可灌蔬。豈無交徧讁？歡然亦自如。興來衣典酒，天乎未貧予。風雨雖難蔽，亦來君子車。

功名應已矣，且還攤我書。世運多否泰，何用更躊躇？菟裘堪終老，山澤任樵漁。憶我文章友，多因亂後疏。自守甘愚拙，常恥過情譽。春初食薇蕨，夏日愛荷蕖。四時饒勝境，笑彼曳長裾。頭顱新製好，幾年未見梳。欣然得此堂，白首問居諸。此中足嘯傲，天地正欷歔。

春日同胡子兑方子詒子克雨中過望龍庵訪覺浪上人時上人自浮山來欲往匡廬便道樅陽二首

破苔兩屐入禪林，坐對青山無古今。共羡江空明月近，不知漏盡白雲深。庭前柏子隨人語，心裏蒲團任自尋。緑竹荒崖來聽法，勝將八水洗塵襟。

浮渡烽煙未可留，知君初爲遠公遊。月湖何幸禪心照，雲谷能將俗徑幽。結社應辭靈運雜，論文不是辨才流。是日論莊易甚快。寒林更有悠然思，那向輕舟逐浪浮？

岳忠武

十載奇功一旦亡，裂衣示背亦堪傷。空留几上春秋傳，尚有墳前草木芳。最怪書生先叩馬，可憐父老哭焚香。中原雖未如君意，棹楔雙懸拜鄂王。

聞禁酤

生來壘塊未停杯，新禁驚傳有詔來。攜杖既無竹葉分，繞籬空趁菊花開。可能方朔仙家飲，但免劉伶地下埋。太守從今慵作郡，荒村夜月獨徘徊。

老母八旬喜見曾孫

寂寞孀帷八十秋，添丁聊藉祝添籌。幾年膝上誇雙鳳，此日巢邊見小雛。惟慰堂前四代老，閒看户外一峯幽。榴花朵朵紅如火，風送香來逐酒浮。

悼妾

回思絡秀入門初，中饋經營亦丈夫。廚間未有先言有，客至從無半字無。不歷年來多坎壈，争知當日好枝梧？女兒十歲尋針線，猶向堂前問老姑。

病中學卜

插棘爲垣暫卜居，更憐多病懶扶鋤。生來未得文章力，半讀方書半數書。

鏡中看花

一花平作兩花猜，疑是花前影更開。任爾雲中攀桂手，争能闌入此粧臺？

水中看花

根從波上浮生巧，緑葉鮮鮮鬬碧瀾。也有遊魚常嚼浪，何曾嚼得一枝殘？

病中看花

病裏花開夢裏歡，清香撲鼻勝加餐。常愁風雨花多病，不分當春扶病看。

吴弘安

字備三，又字定辭。司馬雪厓公之伯子也。順治壬辰進士，授翰林院庶吉士。一時應制館課之作，多爲詞垣傳誦。以終養乞假奉父諱，遂息影林泉。每捧讀懷兹堂集，循覽未終，淚痕漬紙，君子嘉其志焉。所著石堂詩稿，大宗伯王公敬哉序之曰：『自詩體變而性情隱，深者過之，淺者不及。定辭合深淺之宜，適其情性而止，故其爲詩，無比句摹古人之意，而大雅在目前矣！』旨哉其言之也！

都門送别李萊馭孝廉

君來在予後，君歸在予前。同是長安侶，臨岐獨泫然。人生苦離别，著鞭何後先？錦帆渡淮水，江花如舊年。北風起玄旌，千山聞杜鵑。憶昨明經客，今返孝廉船。進酒高堂歡，壎箎鳴綺筵。昔人重然諾，功名奚足傳？落落踽涼人，不解素心堅。君家秦淮里，卜築舊相連。吾翁同若翁，相期時問玄。

淮上雜詩八首

我行淮泗間，霜風正凜冽。黄河天上來，淵流不可竭。長波縈溯洄，天光渾皎潔。中有仙人居，冥然與世絶。但得河上源，已知鍊藥説。張騫掉孤舟〔三〕，隨風度煙滅。從來至人行，迥與衆人别。

百戰古淮北，中原殺氣昏。吴楚通喉舌，燕趙固其門。王孫惜芳草，英雄懷舊恩。留侯甘納履，淮陰報一飧。黄石與漂母，千秋隻眼存。假王起猜忌，國士含沈冤。不及弓藏日，安知辟穀尊？風雨吴鉤劍，明月湘江魂。悔不從赤松，乘鸞駕高軒。

黄鵠志千里，翱翔雲霞遊。鷦鷯安一枝，長林擇所投。所適各大小，不爲網羅收。嗟彼鷄鶩倫，流涎曲江頭。一朝被束縛，文錦披犧牛。機雲才絶世，鶴唳空自尤。哲哉鴟夷子，功成臥丹丘。

軒轅鑄九鼎，丹砂變黄金。騎龍登天漢，飛昇撫瑶琴。俯視秦皇帝，使人嘆荒淫。徐氏載童女，蓬萊不可尋。漢武事王母，露盤空格歆。遠思不死藥，未了是雄心。豈謂秦漢後，神仙空谷音？但見天壤間，纍纍金棺沈。

鄴侯在衡山，其志未可量。軍中白衣公，尚與聖人抗。一被紫衣榮，失卻昂藏狀。所以陶弘景，只作山中相。層臺教生徒，苓密以時餉。余愧倜儻生，千載思酬唱。

漢廷有弄臣，銅山終餓死。晉稱綠珠君，敵國充羅綺。豈無通神錢，何以棄朝市？恩私不相保，倉箱烏足恃？天道盈則虧，消息饒至理。吾讀貨殖篇，獨取陶朱子。

神宗獨恭己，五十年如春。後皇事鍥急，秦川起煙塵。嚴刑似秋肅，聰察鑿天真。政令悲荆莽，禮樂失松筠。鼎彝委丘墟，衣冠等沈淪。皇帝平禍亂，氣象一時新。奮興開奠麗，銳意在陶甄。龍虎静原野，鯨鯢競水濱。都俞重堂殿，吁咈鮮臣鄰。安能汲黯戇？難比魏徵嗔。燕客終懷土，吳人幾思蓴。秀色盈玉階，菉葹瀰楓宸。王風變太古，靡綺不足珍。願見寅恭世，再臻風俗淳。

世風日淪薄，吾道竟誰傳〔四〕？顔曾不世出，典籍銷秦煙。可慨文中子，持獻隋君前。一言既不悟，退處河汾邊。仲舒徒對策，子雲空草玄。韓愈文章伯，李白酒中仙。正音漸微茫，大雅虛言詮。天特啓程朱，不絕道如弦。聖朝端士習，所重在賢賢。希聖如有託，卓立貴無偏。余亦志删述，敢效絶韋編。

七夕作短歌

牛郎直兩角，摇摇河岸頭。其下有天田，九點横九州。黄姑織縷縷，夜夜聞河鼓。七襄機杼成，亦欲親筐篚。斗爲天府庫，次于斗度五。去郎五十六，迢迢望河滸。漸臺輦道黄姑傍，西流大火天蒼涼。于時日月會鶉尾，漸臺輦道近牛郎。七月七，日維吉。仰雲漢，有靈匹。耕者耕，織者織。衣者衣，食者食。漸臺輦道聲歡娱，椒漿鹿脯相招呼。下界不知天上事，紛紛乞巧不乞愚。愚者休，巧者拙。剛者齒，柔者舌。舌者存，齒者折。拙者鳩，巧者鵲。翼者搏，脚者攫。維鵲有巢維鳩居，世間那得揚州鶴？巧者憂，愚者樂。君不見，如蠶作繭徒自縛，如蛾赴燈徒自灼。又不見，牛郎但自耕天田，黄姑不曾鍼孔穿，年年歲歲銀河邊。

玉河冰泮 館課

帝里傳春律，條風先到河。餘寒猶積雪，初旭已澄波。折柳依流水，潛鱗動碧莎。方從凌室薦，滄海徧陽和。

虎丘

客獨憐春老，遊還趁夏新。登臨無限意，徙倚欲歸人。梵唄聲依塔，山川光在晨。生公今有石，慧業豈沈淪？

江曉

蓬嶼望無窮，澄心託曉峯。晨光如沐雨，錦纜欲攲風。遠水同雲白，寒煙入樹紅。逍遥隨所適，秋氣滿長空。

登牛首過峙山草堂

石閣凌雙闕，花風捲夕煙。江明蒼嶺外，鳥度暮鐘前。塔樹團香國，人天戀乳泉。幾年兹一宿，屐齒但隨緣。

秋日由柳峯草堂遊浮山四首

山淺難期静，家風仍草堂。里荒如客寄，農苦到秋忙。病骨扶筇健，籃輿帶月涼。相逢林石外，野老話滄桑。

誰能稱大隱，置此名山空。予愛村居僻，人傳花雨叢。蘆殘湖外白，楓老日邊紅。評奕商玄理，冷然憶遠公。華嚴寺有遠公與歐陽公因棋説法處。

石閣憑虛敞，天風醉鳥啼。披崖尋舊字，染翠得新題。盤磴穿門突，層苔疊徑迷。徘徊今古勝，一宿幾攀躋。

舍利峯頭建，浮圖事若何？莊嚴天上少，功德世間多。先子心如結，千秋業不磨。只今金谷洞，猶念老維摩。余家曩得舍利，先君奉爲小塔于巖頂，迄今巋然。

邸　詠

屐齒隨緣賦遠遊，滿天風月笑吾徒。硯田饑易驅人懶，斗酒歌難送旅愁。喧過荒庭知有市，閒來危坐意如秋。獨憐落落數交譜，猶自逢迎老不休。

吳門贈沈去疑先生

廿載締交推父執，草堂深處爲予開。囊無剩馥存詩卷，日有餘情付酒杯。歷盡平陂惟樂道，談空今古只憐才。典型咫尺時瞻企，屐齒頻過問字回。

五日憶秦淮

四年此節都爲客，兩度吳趨兩度燕。鷄肋遲回多歲日，鴻音嘹繞憶江天。庭蒲過雨仍凝綠，梁月停雲幾見圓。我夢秦淮歸未得，笙歌燈火夜分船。

得家信懷兩尊人

鶯鳴江上語依依，尤喜秋聲願不違。霜雪已經高閣暖，梅花今見上林飛。夢回節序都忘久，接得家書便當歸。遥憶春筵分帝錫，稱觴諸弟滿庭幃。

賦得故園從小別

稚齒從遊追使星，蘭陰漳海學趨庭。只今到眼溪雲白，猶記浮山巖洞青。秋水稻花資旅食，江天石閣喜傳經。長安客老三年夢，幾見西園舊草亭？

孤　吟

滿座猶餘手澤芳，小園松菊忽荒涼。牙籤錯落聲如在，樹影疏離履未亡。霜鬢慈親悲故苑，麻衣弱弟泣空堂。遺文展拂千行淚，淚灑秋風冷斷腸。

秦淮雅集詩次顧菴韻

秦淮簫管恰吟風，遊屐王猷逸興同。簾挂水晶浮月白，杯傳琥珀入燈紅。二三客至連吴越，十六年來驚雁鴻。北轍南轅看鬢雪，悲歡都付酒籌中。

郊外遊二首

一著羊裘不換貂，風塵到眼任輕軺。何須山水移文至，自有琴書隨意邀。多病難支濟勝履，少年如折老人腰。先生久臥滄江穩，偶逐春潮度板橋。

舊好扶筇入翠微，山家日暮尚開扉。投林松鼠學猿挂，歸岫江雲似鶴飛。團野花濃泉眼淡，撑空笋瘦藥苗肥。丹鑪既冷茶鐺熱，白石烹來可耐饑。

石堂玉鱿花詩二首

十萼胎何處，千枝光及辰。一看一長嘯，疑是百花神。

香亦無心送，幽還趁日新。鉛華俱謝色，獨見夏中春。

樓居

青溪繚繞款荆扉，郭外羣巒列翠微。入夜星紋低欲曙，萬家燈火照人衣。

尋梅

亂蕊稠花疊疊開，披襟曳履帶星回。有時風雨顛狂處，快取茶鐺當酒杯。

方無隅

字仲禮，號抑叟。大晉之子。性敏嗜學。隨建寧公入閩。晚歲恬退，不應舉，以筆耕自給，有抑抑齋集。子遲捧而登吾堂，稽首再拜，屬爲表襮，且損其傳經之贄以佐棗梨。抑叟爲有子矣！

苧帳歌

不羨鮫綃與綺縠，白苧歌成玉盈幅。夜深明月照流蘇，曉起一天春霧馥。何須幽夢到梅花，隨意于于枕芳菊。遜彼銷金絢彩霞，卻勝輕柔栽楮縠。此心本與朴素期，四時高臥黄粱熟。

病起盥櫛見白髮有感

莫謂貧非病，都緣鬢欲斑。霜威明鏡裏，月色寶屏間。老大悲身事，顛危痛世艱。書空徒咄咄，何日一開顔？

故園僧去知偶過綏安以詩見投次韻答二首

避世憐無地，奚因杖錫來？一瓢閒自挂，百慮寂如灰。談極應成笑，詩工已熟梅。遥瞻投子焰，何日釋疑猜？師有百梅詩。

平生多浪迹，惟喜故人來。身世都如夢，心情亦已灰。還驚雲外鶴，偏憶隴頭梅。清磬山中事，幽尋肯自猜。

將歸送紹興陳太英先回里

彈鋏俱千里，相逢何可言？浩歌徒白髮，慷慨付清尊。海霧三山暗，林霜十月繁。送君歸故國，予亦返柴門。

半室吟

半室蔽風雨，棲遲一榻間。夢魂誰是伴，形影自相關。仗酒支長夜，憑書娱少閒。提攜嬛女至，獨對欲潸潸。

過鳳臺山寺

鳳臺山下寺，老衲近知聞。性懶能煨芋，身閒且叱雲。拈花供獨笑，擊竹許誰分？賴有蘇居士，談禪到日曛。

酬内兄假居

香山吾老友，假我屋三間。性懶宜幽徑，身潛喜近山。梅含金谷遠，雁度石溪閒。不盡兵戈慮，銜杯且放顏。

贈友

大隱何辭市，茅齋且寄居。下簾時讀易，開篋問藏書。醅自閒中發，花從静裏舒。相過談往昔，夜月到窗虚。

除夕

五旬又過一，寂寞度殘年。歲自空中守，杯從悶裏傳。覆檐餘臘雪，刻燭待新煙。欲識明朝事，晨興且看天。

送李士雅之皋城

嶺海歸來後，名山徧訪時。相逢憐舊識，促別憶新知。不爲牛衣泣，都緣馬鬣悲。送君東郭道，春酒弗能釃。

獨笑

漸喜無多累，晨昏不復忙。爐閒常瘞火，囊澀尚焚香。睡借三杯引，詩消五夜長。餘年能自適，朽棄亦何妨？

偶見鳥有名白頭翁者感賦

白頭名在草，供奉著奇思。不謂林中雀，猶生鬢裏絲。曉飛霜覆額，暮宿月籠眉。若使臨明鏡，當能助我悲。

秋夜喜雨二首

銀缸閒獨對，静夜雨聲幽。生意初回槁，焦思暫釋憂。詩成蛩未歇，酒至蟻能浮。滴落空階葉，瀟瀟不爲秋。

坐久因忘睡，披衾不厭聞。漏聲方帶潤，花氣盡如熏。燕切辭南夢，鴻乘出北雲。還愁打門吏，藉此益紛紛。

旅中除日

謖謖松濤急，羣言此夕除。人皆忙貰酒，我獨静觀書。窮極文難送，詩多祭可疏。此身俱是寄，不必問吾廬。

秋日感懷兼柬季弟

半生顛躓類莊樗，底事疏狂祇讀書？貧到無錐還自立，賢從有廡寄人居。登樓賦擬思分鳳，彈鋏歌殘幾得魚？砧杵聲因寒色至，敝裘重理閲三餘。

建寧署中望金鐃瀑布

雨洗蓮峯窗外過，秀餐爽氣翠微多。裁成百道銀絲錦，散作千行白玉珂。霞起赤城凝曉月，星臨碧漢絢明河。誅茅得向深林隱，坐對流泉好醉歌。

次韻和友人冬日登冶父訪星師

寒谷回春律已吹，幽尋容與入山時。僧閒客至鳥先報，壑静風生竹預知。龍象法中參定慧，虎溪橋畔識津涯。拈花一笑忘言後，南渡重來又是誰？

李中郎卜居故里賦贈

午睡初醒日欲西，藥欄花亞短牆齋〔五〕。泥銜香徑雙飛燕，絲挂芳枝百囀鸝。稚子能文欺白雪，蒼頭習稼引清溪。我來醉舞南山側，借得鷦鷯任好棲。

九日同克承方山道宗登高

登臨莫厭陟崔嵬，况是吾宗作賦才。紫蟹乍肥憑酒剖，黄花未吐著詩催。南天氣暖霜無信，北道風寒雁自來。小艇明朝歸路穩，又從江上盡餘杯。

入門口號

我到山前聞杜鵑，雁鴻又度皖江煙。傳經未是春風座，理篋空餘秋水篇。愁聽吏呼徵白鏹，幸無酒債索青錢。候門童穉欣相接，徒手歸來盡惘然。

贈省非上人

瑗也當年識舊非，師今省矣復奚疑？行參雲鶴天邊影，歸結鷦鷯月下枝。衣裏有珠原屬我，燈前是火竟爲誰？好將半偈閒敲著，煮得清泉茗熟時。

奉挽三叔建寧公

滅度人間七十年，衹今了卻此因緣。宰官説法衆人母，居士修心佛子禪。乘彼白雲來冉冉，瞻將紫氣尚仙仙。玉樓賦就經營慘，沽酒何須惜十千。

解館留別從子遷

傲骨從來不受憐，得君如對謝家玄。三年戰北知予邁，萬里圖南賴汝賢。帳角梅花清入夢，階前霜葉冷催氈。人生聚散何能定？好把新詩匣裏傳。

次韻和王廷美晚春

簾痕拖緑怯春過，病爲春愁貧爲何？司馬病來猶貰酒，原思貧去獨高歌。聲如金石窮方著，味似醇醪醉已多。九十剛餘三五日，沈痾羞澀幾蹉跎。

春　雨

天禄何年問杖藜，牙籤初拭小窗西。山雲忽覆琴書潤，溪霧遥連樓閣迷。幾片香魂梅已褪，數竿疏影竹全低。棲林會有乘時鳥，猶怯春寒不敢啼。

春　遊

鑪添新火篆煙長，春服初熏著處香。燕剪頻分瞿麥緑，鶯梭潛擲菜花黄。無山不引遊人醉，有竹能招逸士觴。閒把茶經相對較，雨前雀舌又堪嘗。

題友人幽居

明月挂松梢，影徹清泉底。鶴夢恬復驚，幽人琴未已。

即事

無那春愁懶畫眉，含情爲拂錦箋遲。蠅頭寫盡柔腸恨，欲訴臨風付阿誰？

田翁

小橋流水傍人家，門挹湖光帶落霞。撿點牧童收晚犢，餘閒共客話桑麻。

化山師北關外搆茅屋成詩以落之二首

結廬容膝便相安，坐對幽篁幾萬竿。煮得山茶親滌碗，客來須當小盤餐。

杖藜郭外問幽棲，度得危橋是虎溪。鳥語花香憑作供，可容一笑夕陽西。

校記

〔一〕黐　字待考。

〔二〕毋　當作『母』。

〔三〕掉　當作『棹』。

〔四〕傅　當作『傳』。

〔五〕齋　當作『齊』。

龍眠風雅卷五十一

木厓潘　江蜀藻輯
淮陰丘五典徽五同里吴兆熊汝夢參

姚文烈

字覲侯，號屺懷。樞部戊生公之伯子也。順治辛卯舉人。少以門望自負，鋭志著作。謁選漢陽司理，明允詳慎，轉辰州同知，升雲南楚雄知府。其地民獠雜處，獷悍難治。覲侯撫以恩信，山賊伏莽則單騎躬請其營，曉譬禍福，靡不款服。未幾，以外艱歸，士民擁道，哭送者萬餘人。去城邑數舍，有北園，方理松菊之荒以吟詠自怡，而病作于哀毁之餘矣。宦遊三郡，家無長物，其猶樗叟之遺風乎？

橐盡

黑雲連雨足，煙花靄暮天。春晚迷荒徑，俯仰不成眠。汝陽能三斗，少陵有一錢。何如吾橐盡，筆硯成荒田。狗監誰先入，牛衣空對憐。清風當户曲，撫景彈鳴絃。簞瓢居陋巷，顔氏亦稱賢。

夏白菜

去夏尚一月，稱名何太早。荒圃引蔓絲，刈除煩野老。雨過土力强，葱翠環周道。呼童提筐筥，摘來剛盈抱。拾薪止自炊，清酒供潦倒。脆質柔且甘，顔色潤枯槁。蔡澤饜肥粱，焉知此味好？

柵鷄 辰州署中作

傍石築荒署，蕭疏似野村。茅檐覆殘壁，編籬作小園。鷄鴨不長數，祝祝任朝昏。觜距無格鬬，孳息覺漸繁。飲啄安天性，亦知負日暄。酉陽兵火後，溪蠻暫羈樊。荒壤已刈穫，田家樂瓦盆。無如軍糈急，負戴咸馳奔。倘得再休息，餘粟飽兒孫。長吏勤撫綏，能使風俗敦。愛物通治理，悠然古道存。

沅州旅舍

上天布同雲，四野忽一色。雨雪已霏霏，竭蹶盡吾職。沅嶺復嶙峋，羸馬怯登陟。將暮抵田家，荒涼少門閾。疾風四面來，頽垣奚庸塞。枯藤縛繩牀，偪側傍荆棘。比户僅殘黎，居然無盜賊。男女負軍芻，往來不遑息。長吏雖徵呼，相顧亦悲惻。何時罷遠征，生長盈千億。

修路行 辰、沅一帶，山高水深。因大兵入滇，有修路之役。

官卑任畚築，驅馬出冰衙。高山勢狰獰，巉巖復攲斜。疏鑿傍危峯，屈曲通谽谺。窄逼路參差，蜿蜒若長蛇。羣力協蕘登，頓令土脉加。坦然通兵車，寬平無險邪。春氣動微和，幽蘭忽已花。耕作人民稀，田園少桑麻。深嶺惟虎猿，向晚聲喧譁。策杖投前村，荒煙水一涯。脱粟與濁醪，醉飽如在家。循分盡吾職，安敢懷怨嗟？

宿界亭驛

駐馬纔誅茅，倏忽屋已畢。松枝四五椽，插籬不暇密。僕夫雜坐臥，一榻僅容膝。溪風吹我面，傍晚更蕭瑟。新漲聲潺湲，蒼巖勢崒嵂。頹垣散荒煙，問名乃廢驛。俯仰憶昔年，盛衰端匪一。廐馬二百餘，居人有千室。遞經喪亂後，民窮時亦詘。區畫雖有心，修復苦無術。

園翁送菜

苦雨已三春，入夏復炎熱。地氣多阻閉，生意不能泄。兼值人民稀，朝夕灌溉缺。蔓草縈荒畦，嘉蔬失時節。盼望踰數旬，每食常中輟。何幸園翁來，筐筥手提挈。青青各異名，芳脆俱堪悦。王瓜嫩且清，細嚼如冰雪。野莧雜萵苣，奚分優與劣？醎酸能調劑，足以供饔飧。無用致書求，凌晨帶露擷。果腹博一飽，策杖過山凸。閒誦杜甫詩，彌歎東陵哲。

飛雲洞 距鎮遠九十里

入黔多險峻，此嶺更崔巍。巖洞炫奇巧，斧劈自天開。怪石皆巉削，峭壁挂蒼苔。猙獰如獅象，結搆似樓臺。三峯面若笋，鵠立不敢猜。下聞澗底泉，澎湃復瀠洄。大士踞其巔，萬物等塵埃。旁有月潭寺，古柏夾道栽。細雨添新緑，涼陰滿院來。瀹茗銷俗慮，何必羨蓬萊？

鋤友人園

自笑滔滔何所見，妻孥萍梗寄他縣。時蹇事多違性情，智拙語皆靦顔面。連朝秋響集羣木，客懷展轉如車轂。未得故鄉理舊編，漸見場圃登新穀。時雨霡霂灑平原，田家鋤地鬧且喧。我亦窮途無旨蓄，半畝從君學種園。

月坐 時兒子士陞、士奎在側。

獨坐高樓月，清光無一塵。貧能安世俗，拙亦見天真。山水憑飄梗，詩書慰苦辛。寒帷賴爾輩，提誨漫諄諄。

發櫂白門

十年多聚散，建業寄浮生。兵革饑荒滿，兒童項領成。詩緣身歷細，貧覺倦還輕。早晚風帆便，溪田待力耕。

渡江有感

來往此江上，憂勤生事微。無人逢狗監，空自泣牛衣。風卷浪花薄，沙藏草色肥。故園霜薤白，臘月正當歸。

風渡湖南草堂刈稻

遥聽鷄聲午，柴門逐水開。舟停知岸近，犬吠識人回。涼氣先秋得，饑廚待米來。呼童勤刈穫，谷口又聞雷。時方苦雨。

看僧花間理豆架

老僧荷鍤往，撥霧到園林。石漱泉聲急，花含雨氣深。絲牽初引竹，葉覆欲生陰。種豆今將實，淹留傷客心。

病中懷内

作客非吾願，持家爾更難。貧能輕險阻，老不耐風寒。生計青氈舊，功名白眼看。思卿頻入夢，井臼報平安。

同聖林叔自崑發櫂姑蘇

日午揚舲去，輕波静不聞。山平隨艇轉，水涸向田分。密樹深藏屋，微風淺度雲。竹林堪笑語，何必嘆離羣？

南康舟中望匡山

高風留勝迹，突兀水雲邊。石古千峯聚，天空一瀑懸。城橋隨曲岸，野燒散晴煙。迢遞西江路，疏鐘送晚船。

過宿州

茅店猶依舊，勞勞不倦遊。橋迴一曲水，樹暗幾家秋。路坦知裝薄，時和喜稼收。牛歌將唱晚，寒氣入煙浮。

自漢陽赴辰州任遣次子奎歸里

不必臨岐戀，清風在漢陽。職雖司擊斷，意只勸農桑。古岸千村遠，晴江一葦航。横吹催早發，簡淡有輝光。

春溪

好雨連朝暮，飛泉響太虚。分流匯衆壑，引脉導微渠。野徑從橋轉，春花待煖舒。涓涓如不舍，石底見游魚。

松溪

松陰兩岸直，夾道一溪分。偃蓋尚留雪，高標竞拂雲。山迴花片片，石冷水紛紛。漸覺村煙杳，猿聲嶺上聞。

界亭曉發

野闊土膏沃，春光草色齊。好花沿澗發，高嶺出雲低。路窄人扶杖，渦深馬怯泥。疏慵慙老大，山水日提攜。

辰州發櫂赴武昌之新任

五馬膺新命，光輝彩服鮮。笙歌喧祖席，肴核咽賓筵。翠色千峯合，灘聲一水連。臨風無限意，把酒轉茫然。

歸過辰州

春來經此地，宿霧隱高城。人覺今年老，泉猶舊日清。青山明遠秀，白鷺浴初晴。父老攜筐篚，殷勤見爾情。

謁吳駿公司成

二月湖邊春水平，蒼茫紫氣動層城。蘭臺自許金莖秀，槐市今看玉珮鳴。白下争傳楊伯起，絳帷應有鄭康成。懸知南國多高足，寧數東京太學生？

別友人

三春朝夕感殷勤，又看榴花隔院分。惜别江淹纔有賦，送窮韓愈久無文。輕風紫燕高低出，永日黄鸝遠近聞。尊酒不堪長嘯傲，湖山煙水惜離羣。

旅寓新秋有懷山居

秋雨澄鮮暑漸蘇，柴門小竹挂魚罛。方塘纍纍垂蓮子，曲樹深深蔭木奴。空爲浮名縻歲月，已將枵腹累妻孥。何時杖履還三徑，脱粟瓜棚酒一壺。

將離漢陽别董防守

滔滔江漢賴澄清，大别何須鐵鎖横。擬託萬間藏我拙，誰知千里别君行。傳梅珍重香盈袖，折柳徘徊月滿營。莫唱驪歌頻勸酒，聲聲愈動故人情。

解纜憶家大人

三載遨遊漢水濱，蕭然懸釜自生塵。及瓜雖代仍貧吏，戲綵無從憶老親。細雨鳥聲依石壁，輕雲雁字滿江津。故園梅信年年早，寄到辰沅計已春。

曉起

曉起晴光到眼明，舍南弱柳倍輕盈。山來鏡裏添眉黛，水近窗前聽櫓聲。竹葉涼生書幌靜，松花香映酒瓢清。芒鞵不用窮嵓壑，滿目煙雲在郡城。

草堂即事

屏息塵囂一室中，如予宦□□□□。階前榆莢舒新緑，檻外榴花放淺紅。細揀舊方遺鼠婦，閒拋餘粒學鷄翁。稍喜薄禄心何繫，擾擾升沈任轉蓬。

舟中送内子歸里四首

淑日清風錦纜牽，兩年連上洞庭船。千峯疊翠來衡岳，一葉歸帆接漢川。促膝妻孥煨芋栗，滿牀瓷甕雜詩篇。裝輕雪夜燈前坐，信宿滄江晚樹煙。

新承簡命去瀟湘，又辦滇南嶺上裝。只爲一官輕萬里，也須隻影耐三霜。家園依舊貧猶劇，詩酒于今老更狂。莫憚閒關煙樹遠，平安雁字亦能將。

入秋多病已冬初，瘦骨支離返舊居。江上片帆隨去鳥，故園三徑有安車。君臣配藥須常揀，子母無錢且自如。小閣梅花應爛熳，開窗閒展昔年書。

扁舟握別大江濱，再拜依依託老親。豈有鼎烹誇祿養？但供菽水稱家貧。迂疏似我寧甘拙，輕薄如人不效顰。早晚遂初須決策，相隨白首慰艱辛。

道傍烹茗

道傍支石爲茶竈，澗底清泉色倍鮮。駐馬拾薪調火候，披襟細酌醒春眠。行看好鳥歸山麓，坐見飛花落水邊。向夕晴光開遠照，參差積翠滿江天。

過澧州驛店

宦遊渺渺五千里，煙樹蒼蒼去路賒。匝月未交滇嶺道，春風盡放楚天花。馬嘶古驛殘陽裏，燕啄新泥舊酒家。明日策鞭何處住？武陵僧舍晚棲鴉。

雨聽子規

耳邊春去最分明，宛轉相隨幾日程。野樹蒙茸看不見，閒花掩映聽多情。時時啼落山頭雨，處處聲催嶺上行。回首故園三徑在，應從煙柳伴流鶯。

曉起

几簟陰濃朝氣涼，披襟緩步繞迴廊。閒心似水同僧況，官舍依山即草堂。柳葉千條能避日，菊花五月已生香。開窗欲送窮無策，漫讀南華老更狂。

草堂即事

披衣早起自焚香，官閣清閒歲月長。藥笋種來經雨緑，槐陰深處得風涼。行看野水環城郭，坐對芳尊待夕陽。笑我渾忘妻子累，孤笻只似在家鄉。

草堂割蜜同劉子試新醞得觴字

初寒曉起卻淒涼，曝背迎暄坐草堂。閒割蜂房收蜜早，偶來蝶隊識花香。雲煙入望家山遠，名禄羈身歲月長。案牘無多看亦易，且開菊酒共飛觴。

感懷

五溪桃李儘芳菲，終日潸然對落暉。十載悲酸雙佛去，孤帆迢遞一人歸。韶光荏苒才華暮，琴鶴蕭條生事微。自愧恩勤無以報，蓼莪空有淚霑衣。

葉文鳳

字子羽，號岫雲。順治戊子副榜，考授推官，改選浙江長興知縣。長興爲西浙望緊之邑，逋賦纍萬。子羽起家田間，熟諳民生利弊，于猾吏豪右不少假貸，故能斧劈理解，户無逋糧，案鮮陳牘，綽綽乎遊刃有餘也。康熙癸卯，邑大旱，居民採木皮草根爲食。故事，磔犬血投龍井可致雨，子羽曰：『龍，神物，豈以犬汙！』自嚼指，滴血井中，澍雨立注。其異政不勝舉。于錢穀禁革歇保，勒石爲令，民尤德之。所著松關舊詩、北征旅言諸集，姚子經三爲之序以行世。

入山

騎驢入山家，山致樸而雅。水聲隱在溪，蘭芳幽在野。禽鳥自往來，猿狖各上下。相見但拱揖，相招亦壺斝。衣冠總率真，話言未涉假。山茶爲我烹，山尊爲我瀉。兒童似故知，笑問騎驢者。

春湖

蕩漾沙汀裏，風光總送春。堤垂詩上柳，舟載畫中人。嫩藻留灘細，游魚出釣新。煙波堪嘯傲，茶竈筆牀親。

秋夜

秋意入林樾，松濤萬壑聲。天高疑月小，嶺峻覺風輕。歷落柴門静，空明湖水平。草蛩迎夜氣，清響達深更。

雨餘

一村煙雨細，灑潤入書堂。近圃看瓜緑，循塍聞稻香。蟬鳴初爽樹，鴨噪乍盈塘。坐聽農歌發，家家早滌場。

雨後飲村家

風爽知晴穩，林香引屐行。秋來平野闊，雨過石溪清。白酒鄰賒取，黄鷄客到烹。晚涼仍未去，蛩語抱疏檠。

京邸初雪

歲暮諸愁集，天涯況苦貧。買蔬充午飯，曝日損晨薪。古佛相依久，微官未即真。六花何太早，偏冷客中人。

九日遊友人園林

古樹蕭疏間密篁，沿溪夾岸有迴廊。入盤秋果從風落，撲鼻野花何處香？蠟屐不妨橋上著，箬冠偏稱客中裝。主人留我籬邊酒，何必茱萸盛滿囊？

松廚吟

長廊百尺蔭書堂，小搆清廚近不妨。入爨時收松下葉，洗盂但汲竹邊塘。奚奴飯熟煙初歇，野客談深茗漸香。曲户涼颸消夏暑，筆牀移置鼎鐺旁。

六祭御茶

清明帶雨採茶辰，六度蘭舟過此頻。父老已知官長舊，兒童偏喜歲時新。渡頭柳葉青如豆，牆角梨花白似銀。經眼未能留信宿，春光應亦笑勞人。

漁家

短櫂輕帆任去留，漁家兒女共扁舟。朝敲石火烹魚出，暮趁溪光曝網收。呼伴每來楊柳岸，醉眠多在蓼花洲。長河夜夜浮螺蛤，明日生涯不用憂。

白下歸友人見過

有客凌晨款竹扉，山家酒熟正當歸。莫嫌對酌無清味，葉底秋深摘豆肥。

戴弘烈

字山民，號燈巖。順治辛卯舉人。性淳篤，雅工文詞。家貧早孤，事節母孫孺人以孝聞。與弟研最友愛，名擅一時，四方人士稱『龍眠大小戴』，籍甚。屢舉南宫不第，考授司理後，改補四川成都知縣。成都地衝民瘠，凡賦調、繇役、軍需、儲偫及往來郵傳置頓，皆取給焉，山民應時立辦，民無苛擾，尤加意綏撫，歲增户口千餘，墾田數萬頃。方暇則搜舉廢墜，如武侯祠堂、浣花、琴臺諸勝迹，以次修復，諸大吏倚辦如左右手。方疏薦于朝，旦夕備大用，而以勞瘵嬰疾，竟卒于官。卒之日，貧無以斂，同官醵金賻之，乃得歸。所著詩文有朗琯齋集、西嶽遊草。

留别陸子玄王勝時諸子

彼美雲間彦，俶儻蜚英聲。文章擬先秦，詞賦追西京。振衣矚四海，意氣何縱横！有客掉扁舟[一]，故人倍深情。穆如清風披，朗若冰雪瑩。贈我金琅玕，飲我白玉觥。旨酒兼嘉羞，高唱吳趨行。秋風吹曠野，遊子東南征。戒徒候明發，關河自崢嶸。去者心留戀，居者意屏營。所以僑札交，縞紵若平生。願言崇令德，千載賓榮名。

過釣臺謁嚴先生祠

羈客苦淹留，嚴霜理孤櫂。暝投七里灘，薄暮展遐眺。溪壑自縈迴，圻岸復奔峭。平皋翠靄垂，絶嶺丹霞曜。樹遠鬱層陰，嵓空澹餘照。别鶴雲中鳴，鵾鷄天外叫。緬懷肥遁賢，披裘事耕釣。秉尚愜幽遐，棲真得要妙。追古發清懽，振衣激長嘯。遠蹈景高踪，毋貽達人誚。

寄懷宋子建

淒淒暮秋日，百卉繁以衰。玉露凝蘭皋，金飆動庭帷。愁人夜何適？起步臨階墀。念我雲間友，中心傷别離。美人久寥廓，迢遞越水湄。憶昔奉几杖，朝夕荷恩私。何幸大廈陰，許借鷦鷯枝。綢繆敦古懽，婉孌及良時。濡毫騁文囿，翰墨同淋漓。散屧遊西園，壺觴共遊嬉。本謂同心人，金石長相期。豈意膠漆固，一旦竟暌違。仰視參辰星，河漢正參差。恨無雙飛翼，臨風向天涯。去年孫子來，訊問知容輝。蒼蒼松柏操，歲寒常不移。晞髮南山陽，垂釣東海陲。大兒最聰俊，下筆摛雄詞。小兒復英特，顧盼青雲姿。頡頏在霄漢，騰驤入天池。顧予車轍窮，徘徊此路岐。何時理舟楫，得覲君光儀。願寄雙鯉魚，慰我長相思。

邵子峻孫古喤齋頭賦别王子箕南歸

遊子客京華，索居寡儔侣。緬懷僑札交，投贈託縞紵。悠悠湖海心，意氣未輕許。道逢王子喬，仙姿若霞舉。豁達披襟期，綢繆寓毫楮。對之如飲醇，頓使忘羈旅。更有素心人，邵平與孫楚。放懷睨古今，高談呼爾汝。瓜果羅芳筵，醁醽佐清醑。明月發浩歌，秋蟲亂悲語。仰視河漢微，鄰鐘動疏杵。

長歌行壽朱右立

朱生慷慨天下才，少年結客黄金臺。雙眸炯炯虬髯碧，談兵説劍如風雷。我與朱家是同里，季心劇孟聊堪比。把臂應逢魯仲連，拍肩願結魏公子。煙嶼霜浦亂素秋，牙檣綿纜上荆州〔二〕。扁舟獨弔鄂君渚，酤酒還登庾亮樓。陰風摧裂鳴刁斗，東達武昌西夏口。知君抗節立賊庭，一聲叱咤黄巾走。徒步蕭然來帝畿，寒江霜雪掩荆扉。謝公墩畔黄花滿，孫楚樓前白鴈飛。聞道漢庭多黨錮，詔獄株連及廚顧。李膺范滂同日收，張儉申屠縣官捕。爾時匿影吳越間，飯牛屠狗俱無顔。擊筑吹篪人不識，春花秋草客江關。維揚京口烽煙始，塵沙黯澹欃槍紫。玄武湖邊鳥亂啼，石頭城外笳聲起。驃騎都尉各前驅，朱君手持金僕姑。錦韝氅弧雕羽箭，黄騮紫燕轡珊瑚。東海逢君一長揖，誰是乘車誰戴笠？殷勤頻問故鄉人，把酒挑燈歌且泣。柳嫩桃嬌二月春，翩翩車騎集芳辰。畫堂絲竹華鐙爛，錦檻歌鐘翠幕新。勞君拂拭大羽扇，指揮天地風雲變。短衣疋馬歸田園，日召賓朋恣游讌。

酬彭燕又

蘆花楓葉晚江秋，十月扁舟湖海游。道逢彭子把我袖，招手同登百尺樓。贈縞班荆古來有，北山草堂坐良久。倒屣初開北海尊，解裘更貰黄公酒。浦近春申秋水寒，階前玉樹青琅玕。緑沈花拂珊瑚架，翠濤光滿琉璃盤。嗟君卓犖天廟器，久困鹽車不得意。西蜀楊雄徒著書，雒陽賈誼空論事。邇來筆札上林開，看花疋馬春明迴。拂衣羞擊荆卿筑，閉户愁登郭隗臺。龍驤虎變君須見，茂陵豈竟長貧賤？攬轡應期江漢清，揮戈直使欃槍變。況有兒郎復不羣，王氏青箱江左聞。日誦萬言何足道，飄飄詞賦氣淩雲。憐余奮袖歸鄉里，慷慨高歌揖遊子。攜手河梁贈短箋，檣帆遠涉江湖水。君不見，吳宫楚榭俱荒煙，躬耕誰是南陽田？滄海桑田何必問，臥龍躍馬非徒然。

挽船行

孫恩戰艦出海島，軍興旁午供芻藁。天子赫然整六師，詔下江南事征討。牙檣錦纜秋風高，徵催牽夫羽檄勞。沿河州縣下急牒，排門僉點誰敢逃。倉皇泣與妻孥别，佇立不行氣哽咽。科頭赤脚水中牽，長繩短纜沙堤掣。滿船盡是八旗兵，幾日并爲一日程。千夫萬卒誰更换，朝朝暮暮挽船行。高灘急浪艅艎過，身上無衣腹飢餓。紫髯碧眼督前行，鞭裂皮膚指雙墮。鵂鶹夜叫生悲風，血淺胭脂鬼火紅。錦衣肉食者誰子，坐使老弱同飄蓬。王師已抵秦淮上，誰念窮黎半死喪？可憐肌肉飽烏鳶，寡妻猶倚門前望。

放歌行送趙天羽南歸

九月燕山風凜冽，桑乾河水聲悲咽。趙生倚掉將南歸〔三〕，手挽長條不堪折。拂衣欲歸可奈何？我輩遭逢偏坎坷。愁來擊碎鐵如意，當筵拔劍爲君歌。君才磊落良不偶，黄初詞賦傳人口。十載空陳痛哭書，承恩宣室竟何有？逢人意氣凌雲霄，寸心耿耿相期久。飄零賸有鷫鸘裘，呼余時典當壚酒〔四〕。酒酣耳熱神茫茫，漁陽莫笑禰生狂。眼前多少鯨鯢輩，小者牧伯大侯王。不則黄金千萬鎰，早博長安執戟郎。何用讀書破萬卷，轅駒蹩躄太行傍？趙生趙生休失意，富貴浮雲等閒事。江上扁舟好著書，故園明月堪沈醉。況有高堂白髮親，還家正值綵衣新。稱詩介壽酌大斗，調高郢曲驕陽春。送君鼓枻邗江路，時天羽僑寓淮揚。煙雨滄洲朝復暮。南池酒樓一追攀，西山回首空雲樹。

酬别孫古喤歸武水

京雒塵沙高百尺，疋馬短衣傷跼蹐。白眼悠悠行路人，道逢孫子數晨夕。孫子家世擅江東，虬髯玉面凌清風。騷壇直踞建安席，體勢不與齊梁同。憶昔射策明光殿，草奏凌雲天子羡。燕昭市駿劇辛來，漢武臨軒主父見。共道蓬瀛第一仙，鳳凰池上客翩翩。石渠天禄較同異，董晁公孫競後先。詎知造物有深意，盤錯由來試利器。秘書未許屬詞人，案牘還來親長吏。昨年幞被入長安，五陵裘馬争交懽。意氣偏與剡溪合，文章山水恣盤桓。一時湖海多同調，屈指趙吴與王邵。燕市日和荆卿歌，薊門夜聽孫登嘯。始知我輩交有神，眼中之儔誰等倫？偶然相視忽大笑，傍人豈識襟期真？君時呼我飲醇酒，我飲一升君一斗。醉後睥睨雙眼寬，茫茫天地終何有？座中更有張麗華，清歌妙舞解琵琶。飄零自訴當年事，淚濕青衫愁轉賒。愁來擬效窮途哭，鹽車空老霜蹄促。十載蹉跎五上書，至今未得沾微禄。勸君巵酒君勿悲，男兒遇合會有時。天生七尺何爲者？四十專城亦未遲。君今拂衣不肯住，驪駒曉發桑乾路。梁鴻惟和出關歌，張衡且著歸田賦。吁嗟乎！人生聚散俄頃殊，河梁執手空躊躇。春鴻秋鴈常相憶，短札殷勤寄我無？

登采石磯弔李供奉常開平

挂席來天際，艤舟傍水涯。山川留翰墨，風雨護旌旗。翠嶂藤蘿合，丹嵓栝柏垂。憑高一長嘯，日下海門遲。

過單狷菴先生白燕菴

小徑青苔長，橫橋緑水平。開尊侵竹色，移榻近松聲。疏雨柴門晚，斜陽谷口晴。到來幽意愜，相對說無生。

越中漫興

仲連曾蹈海，平子欲歸田。草暗瘡痍骨，秋深戰伐天。猗蘭王者操，叢桂小山篇。洵美非吾土，登樓客思懸。

四明道中

久作淹留客，因成汗漫遊。雲霞滄海曙，風雨鏡湖秋。岐路疲羸馬，清霜點敝裘。神州空極目，摇落賦登樓。

蘆溝橋

千里桑乾水，分流控帝畿。岸隨春浪静，沙捲暮雲飛。涿鹿長楊繞，盧龍一鴈稀。馬蹄芳草路，慙著敝貂歸。

濟寧 時海警初定

落日艤征掉〔五〕，蕭條太白樓。漕艘喧閘口，軍堞颭旄頭。鼓急城鴉亂，烽高塞雁愁。偶逢江上使，驚喜問揚州。

山中秋夜

地僻秋光迴，天高夜氣清。繁星連草碧，疏月照花明。哀雁初無影，吟蟲故有聲。茂陵多肺病，何處望金莖？

塞下曲

鐃吹下秋聲，長榆暮草平。煙迷充國帳，柳暗亞夫營。朔雪千山曉，邊烽萬井明。漢庭飛將在，一戰取龍城。

長門怨

畫閣麗秋陰，輕飇動桂林。花飛宫苑寂，葉落御溝深。别夢馳雕輦，離情拂玉琴。相如詞賦在，未敢惜千金。

銅雀妓

花落朱甍暗，煙殘碧瓦銷。管絃何處醉？粉黛向誰嬌？掩淚收綦履，含愁整翠翹。西陵松柏路，風雨自蕭蕭。

東吳山公

吳質南皮彦，風流世所欽。郢中高白雪，燕市少黄金。天地浮雲暗，關河落日陰。鍾期猶未遇，山水乏知音。

冬夜集孫嗜公晚香堂送别李屺瞻還關中左子直遊東粤即席分韻

今夕故人酒，期君十日留。一丸函谷地，千里瘴江舟。適粤陸生橐，歸秦季子裘。河橋歌折柳，去住總生愁。

聞鴈步錢山銘韻

客中逢鴈度，倍覺客情傷。有字侵朝露，無家背夕陽。草黄沙磧暗，蘆白水天長。羡爾凌風翼，翩翩萬里翔。

出都門作

大火正西流，役車行未休。黄沙埋馬足，白日澹城頭。路灑楊朱淚，秋深宋玉愁。三年彈指過，底事客幽州？

真定別蒲佩珩 予客都門，與蒲同寓。

京洛追隨久，聯鑣又幾朝。銜杯停野店，折柳上河橋。秋月隨邊鴈，晴雲壓寒鵰。故人揮手去，寥落是今宵。

北征述事

遠燒圍荒堞，頻年飽戰烽。畬荒籬落盡，蒿長蓽門封。堠吏抛宵柝，田家輟暮春。何時羣盜息，秉耒事春農？

恆山道中紀事二首

古堞千尋直，平疇四望齊。場閒容犢臥，屋老任鷄棲。繞郭穿荷沼，真定郭外荷香十里。循阡種稻畦。此中饒勝槩，不異草堂西。

一夜瀟瀟雨，新添幾尺波。牛車沿徑少，魚罟趁潮多。介馬防馳道，居人負渡河。計程愁未達，前路起樵歌。

江舟晚行

放艇乘風迅，天寒日易昏。沙洲雙槳動，石瀨一星翻。草暗波心影，潮添水面痕。行行聞犬吠，燈火露前村。

龍眠山行雜興四首

十里龍眠路，沿山住幾家。田畬編棘護，牆壞縛籬遮。農喜晴鋤麥，僧忙夜焙茶。峯頭時一嘯，藜杖不須拏。

左思招隱處，茅屋有三間。亂石緣溪布，枯藤礙路刪。松棚人語鬧，竹塢鳥聲閒。高臥北窗下，柴扉不用關。

好山看不盡，選勝入雲峯。鴉立欺牛背，人行印虎踪。秧針渠夜引，茶莢霧晴封。何處藏蘭若？天清響梵鐘。

孤峯何壁立，荒壟傍高原。碧澗環村舍，蒼松指墓門。萬家旁未置，五畝宅猶存。勺水皆先澤，毋忘我祖恩。

江上

落葉江村暮，輕舠繫大堤。樵歸官渡口，犢臥女牆西。野店晴猶閉，沙田凍未犂。長年沽市酒，敲火夕陽低。

同黄子正出居庸作

偶謝承明去，聊爲塞上行。千山横朔氣，萬馬動邊聲。上谷風沙暗，漁陽鼓角鳴。江南庾信在，蕭颯盡平生。

恆山訪董體安留飲賦贈 時謫真定府幕

恆山古上郡，背指五雲高。乞禄知難待，折腰寧憚勞？名同盧從事，詩比謝功曹。牢落應多慨，挑燈讀楚騷。

十里荷塘曲，亭臺覆夕陰。客來頻命酒，吏散只鳴琴。陽羨音書遠，滹沱冰雪深。風塵應有暇，拄笏縱高吟。

咸陽懷古

表裏山河在，提封四塞長。秦皇傳二世，漢祖約三章。故壘蒼煙没，殘碑蔓草荒。閒情何所適？駐馬待斜陽。

過陰平别吳雪巖二首

延陵爲政地，傳是古陰平。草滿姬文廟，花飛鄧艾城。春晴馴雉集，波暖浴鳧輕。更喜邊烽静，登樓清嘯生。

静江樓上望，白石水粼粼。玉壘濤如雪，天池月似銀。負薪多僰女，輸税半番民。剖竹當邊塞，勞君撫字新。

登小孤山

馬當西去小孤峯，艤掉閒尋物外踪〔六〕。碧浪斜開金菡萏，丹梯横劈玉芙蓉。風迴廬嶽濤聲壯，日落天門海氣重。我欲登高吹鐵篴，秋江寂寞有魚龍。

九　江

戎馬瘡痍已十年，潯陽灰劫倍堪憐。水分九派濤聲闊，山抱孤城塔影懸。野燒荒原銜落日，秋風廢壘起殘煙。蕭騷此際江州客，一曲琵琶意惘然。

章江感懷

滿林落葉送秋聲，殘角霜天一鴈鳴。細雨孤帆彭蠡澤，斜陽衰草豫章城。故園楊柳牽鄉夢，岐路關山繫客情。見説湖南烽正惡，中原底事未銷兵？

懷孫大振公雲問

臥病荒村嘆索居，故人懷抱近何如？一時湖海交遊盡，千里河山戰伐餘。夜雨空庭常對鶴，秋風古渡正烹魚。遥憐有客飄零久，不寄征鴻尺素書。

訪山中隱者題贈

野竹編籬好結廬，種成蘿薜欲搴裾。家貧常設高人榻，地僻還勞長者車。栗里自篘元亮酒，蘭亭應擬右軍書。我來剥啄閒相訪，潦倒清尊興有餘。

過鳩兹訪羅璆柯先生

扁舟江上雪霜天，绛帳依然舊講筵。采石磯頭楓葉下，峨眉亭畔月輪圓。中原詞賦悲王粲，草閣詩書老服虔。手訂一編書甲子，逢人猶話義熙年。

月夜遊虎丘作

平楚蒼蒼落日曛，荒榛衰草闔閭墳。寺臨野渡横春水，僧到寒峯卧白雲。庭樹巢烏朝數子，湖煙宿鳥暮呼羣。姑蘇何處吹簫客，明月千人石上聞。

贈錢西頑

十年相見轉相親，燒燭西窗夜雨頻。蹈海自成天下士，過江原第一流人。玄言白法傾高座，圓頂方袍老逸民。知爾更饒濠上意，馬蹄容易學全身。

春日郊行即事

名園亂後已全非，結伴攜壺入翠微。楊柳一灣黄犢臥，稻田十畝白鷗飛。板橋流水逢僧話，官路斜陽送客歸。遥指北邙山下路，野棠細細點春衣。

送兄令及下第歸里

黯然無語悵離筵，疋馬西風早著鞭。憐我術疏甘廢棄，嗟君學就亦迍邅。晴窗好種宜男草，高座應分博士錢。從此天涯姜被冷，池塘春草夢中聯。兄以副車就廣文一席。

送黄子允幼鴻歸里

燕臺日共酒人歌，折柳其如别緒何？君去正當和璧賤，我來又積漢薪多。憑將利器經盤錯，豈有長才老澗阿？此夜尊前休慨嘆，秋風易遣鬢毛皤。

送春夜雨不寐因憶慈仁寺海棠

春光九十忽經過，嘆息年華付逝波。簾外雨聲渾不歇，枕邊愁夢欲如何？西山翠色千層秀，古寺松濤四面多。祇恐海棠數莖樹，朝來零落委泥莎。

長安早秋

殿角金飆送早涼，蔔桃滿架綴秋香。鴻飛督亢陂煙白，日落居庸塞草黄。客爲悲歌增老大，地當西北易風霜。自憐憔悴無家者，楚水吳山正渺茫。

關山嶺

鷄鳴策馬陟山椒，望裏煙嵐倚碧霄。蜀棧八千雲縹緲，秦關百二路岧嶢。禽棲高隴寒能語，山多鸚鵡。雪積長條凍未消。日午停鞭思暫憩，翠微隱隱露團瓢。

雷江答龍理侯和韻

消渴文園已倦游，況逢雨雪倍生愁。最憐老近風流減，羞上關家燕子樓。

校　記

〔一〕掉　當作『棹』。
〔二〕綿　當作『錦』。
〔三〕掉　當作『棹』。
〔四〕爐　當作『壚』。
〔五〕掉　當作『棹』。
〔六〕掉　當作『棹』。

龍眠風雅卷五十二

木厓潘　江蜀藻輯
繁昌魏善長與同同里齊　亮然四参

汪鶴齡

字羽年，號會山。少參端簡先生之伯子也。少有聲鄉校間，與張司馬坤安、齊太守价人、謝文學枚及馬樞部倩若，馳驟藝苑，才名頡頏。順治初即致諸生，罷制舉之業，刻意工詩。能沐浴其先人簡軒之集而出之以秀脱圓穩，雅爲四方稱詩士所推許，皐城徐太史莘叟尤酷好之。以喪亂播遷之後，家産蕭然，至無錢僦一畝之宫，往往侘傺無聊，形諸歌詠，可悲也已！手抄會山詩集凡數十卷，嘗爲予誦其佳句，音節琳琅，若出金石。今録其尤者若干篇，亦以慰吟魂於九原云爾。

讀先簡軒集感賦

詩貴適性情，風雅良可肆。陋習入駢靡，浸失作者意。先子束髮初，便已躭佳句。取體薄葩騷，選辭追晉魏。真性無繁響，簡蓋得其趣。博士老行歌，花封兩作賦。歷官錢穀中，亦有風人致。六詔求俊逸，三津擁車騎。所歷佳山川，詩歌隨攬轡。世道忽云改，劫灰燒天地。一卷冰雪姿，流傳殊不易。小子慙負荷，先業得無棄。衹賴此淵源，不隨滄田墜。每憶趨庭日，歌風叨鯉對。半生讀父書，猶慙詩律細。簡篇紹弓冶，心神擬篋笥。春巖燈火餘，佩韋敢辭瘁？少陵誡子語，詩是吾家事。墮先人所言，腐史身厥罪。重鋟棃棗貧，令人發深懼。

田家詠懷二首

昔賢厭游策，情躭林壑美。襄陽歸南山，彭澤田栗里。素心良有尚，世榮安足侈？鳥飛戀舊林，游魚洽深水。我已倦行路，農夫甘没齒。

長日照田家，蓊然盛草木。青青五株柳，嫋嫋千竿竹。但取容膝居，相與友麋鹿。犢出共開扉，燕棲同借屋。高枕即吾廬，因風展書讀。

夏日飲瑶若鹿莊池上

鹿莊好山池，花萼四時茜。春去夏復來，門柳鳴禽變。竹笋大一拳，荷葉如團扇。時響空山鶻，已乳雛梁燕。招我及衆婿，陶然共懽讌。家醖旨且多，鮒魚美新薦。山翠緑簾櫳，池榴紅筆硯。雨後細論詩，暝色去猶眷。稚子索紙筆，筐果羅相餞。扶兒策杖還，溪瀑白如練。

歲晏行呈吴函雲水部

皜皜玄霜白，奄奄短景紅。冉冉歲將暮，時序去何匆。南枝有巢鵲，北鄉動歸鴻。人無金石固，生事如飄蓬。終年少稻粱，所急且租庸。卒歲賦無衣，盡室杼其空。況復遭時閔，何以禦窮冬？感君故意長，念我心忡忡。不惜贈人言，如關同室弓。我有芷蘭詞，歌爲文雅雄。才宏今詩伯，和答如叩鐘。奇樹畏苦霰，女蘿悲迴風。嗟予守窮賤，悢悢奚所終？君本池上鳳，亦老人中龍。願托晨風翼，問子以窮通。何遜官閣梅，杜陵草堂松。一物重歲寒，吟愛雪霜容。折貽吴水部，亮節將無同。

山中對雪有懷蜀藻石經齋二首

衆鳩集枯桑，夜雪覆山宅。天没曉雲黄，溪續長巒白。高城迥欲封，騷壇遥以隔。我謡北風詩，偶憶南園客。

憶子騁妍辭，家扉看六出。初壓幾枝梅，漸覆千竿竹。定詠絮滿庭，還映書連屋。那停皓叟筇，吟分酒一斛。

過田家

青青堤畔草，冥冥原上煙。老農起飯牛，朝耕東山田。古戍倦遊客，閒來循陌阡。相詢農桑事，高話先皇年。野無吏胥呼，歲可餘十千。以此經百戰，小城猶屹然。近苦黍稷税，庚癸呼最先。文吏拙催科，所恃明宰賢。大兵非孔道，年來稍息肩。鵝鴨日已滋，蒲柳日已妍。不自離鄉土，終年守茆廛。我亦東山叟，未能高枕眠。家乏三畝宅，悠悠五湖船。愧彼荷鋤子，猶自愛林泉。牛羊下高岑，鐘磬動暝天。樂聞田家語，使我不能還。

采蕨行

孟夏盛草木，山巖産不竭。農人田彼苗，吾亦愛吾蕨。雨深蕨初肥，離離南山凸。杖藜偕同志，剪趁清和月。螻蟈行正鳴，蘼草踏已歇。采采盈傾筐，呼兒負猶挈。青勝籬下瓜，黄先原上麥。烹可當餐飯，猶餉山中客。我賣負郭田，妻兒飽無策。七貴門難過，五鼎足易折。肉食吾所慙，藜藿未爲拙。

山亭懷鄧毓之

亭前一泓水，山上百尺松。睹此清蒼意，思君冰雪容。築室依北郭，扶杖望東峯。常懷苦吟侶，高臥幽潭龍。

宿有莊葯房思舊有賦

朔風獵獵吹四野，旅櫬人歸黄山下。兒女中堂泣縞衣，親舊枯楊繫白馬。生芻陳罷酒漿進，相留大被宿茅舍。夜半風吼虬龍枝，窗前竹覆鴛鴦瓦。寒月皎皎星復爛，照人敗絮寒入踝。有客展轉不成眠，老淚因爲故人灑。山城訪舊半零落，鷄壇孰是長年者？葯房倍挺蘭玉姿，燕臺已售驊騮價。客裏金盡西日頹，身前事付東流瀉。生既成名中道殂，傷哉仍是一貧也。廣陵琴在人不彈，鄴架書留翰誰寫？羅户秋蘭猶青青，度曲侍兒空啞啞。思君夜臺無故人，寂寞誰與共杯斝？爲披蕙帳怯空帷，相視桐山失大雅。吁嗟乎！流水絃斷知音亡，延陵劍向寒枝捨。山陽廬畔笛三聲，哀哀向秀涕盈把！

讀龍嵋瘦鐵吟詩集作歌投贈

自古文章士，峭然貴神骨。發爲性情言，壽世永不没。才人匣裏有雄鳴，劍佩錚錚聞鐵聲。筆如老梅鐵作幹，崚嶒瘦骨空蒼清。陳侯之筆堅無比，鋒鍔三溪淬秋水。蒼山高唱梅閣開，鐵笛吹之聲相似。我從好水讀新詩，片玉碎金光陸離。筆老東坡海外日，文過太史龍門時。漢魏三唐馳腕下，海濤澎湃黄河瀉。近代風人罕其儔，獨立騷壇擅大雅。持此遨遊易水隈，白雪歌響黄金臺。自寶神駿千里骨，偏傾燕市五侯杯。而今郎署栽花蕚，鐵梅閣作官梅閣。冰心不改白玉堂，縣門還似青山郭。琅函芝撿日盈盈，老筆清姿仍落落。一編貽我旅館吟，披之價重雙南金。自珍賈島詩情瘦，還愛林逋野趣深。旅人眷此素心意，終朝坐卧名花林，高哦瘦鐵何陰森。

秋霖嘆

人情重稻粱，憂時有旱潦。潦溢還同雲漢愁，秋潦尤勝夏旱槁。今歲剛蘇秋雨天，那堪霪雨漲平田？秋濤響似春濤壯，山霧深與江霧連。十日空嵓斷旭霽，白波渾接碧天際。泉飛木末見芙蓉，亭浸水中搴薜荔。萬壑千溪石吼風，繞屋身在波濤中。木樨雨過黄梅濕，蓼花豁泛桃花紅。鴻鴈稻粱饑且切，蟋蟀寒催牀下咽。祇向樓頭聽鵓鳩，未從枝上聞鵖鳩。已閉雷聲臥蟄龍，誰將潦雨送千峯？衣寒濕動砧前杵，穀熟登妨村外春。吟窗怕聽空階滴，荷裳冷共廚煙濕。點點聲哀公子蘭，蕭蕭韻冷湘妃竹。君不見，皇天歲有秋飛湍，無嗟后土何時乾！長卿秋園霖溢溢，陶潛風雨□漫漫，請君且吟秋水河之干！

烏棲曲

山庭樹，烏夜棲，爲誰啞啞枝上啼？啼落空山茅閣月，寒閨杵婦砧聲歇。啼到楓潭古寺霜，幽人欲冷芙蓉裳。舊來烏夜棲宮殿，此時宮樹休多戀。秦樓彈不近山阿，幽桂高棲將奈何？一枝若近城南宅，城頭老鴉恐相迫。還應獨樹山中棲，啼徹山庭霜月低。我聽呼雛聲似別，應是饑將數子切。爲此更營巢一枝，巢成返哺歸山陲。

蟋蟀吟

時序易悲歡，物候變涼燠。空山凡物動秋哀，最是夜涼鳴蟋蟀。微細啾啾一草蟲，今古發人幽思同。改歲勤深詠唐俗，依人寒至歌豳風。此物不與豪貴伍，寒暄常共幽人處。初隨短杖野外吟，終抱寒衾牀下語。微軀亦有行路情，草根壁上勞宵征。咽同絲管聲何急，啼向勞人寐不成。有時鬪如角才藻，相和自成音律好。頗饒氣韻壯吟壇，誰言促織毛羽小？饑人窮淚聽應傷，騷客詩樓鎖更長。直似哀人空四壁，時來伴我吟西堂。

次韻和倪臣北除夕見懷

十年俱汗漫，昨臘獨遲歸。儒術謀身拙，時情觸願違。賴君存友道，爲我念慈幃。楊柳依依日，征人又客淝。倪詩云：『有髮冷重幃。』

龍門

龍闕真形勝，神功疏鑿存。巨靈開地軸，雙壁似天門。一帶伊川水，千秋河洛恩。誰雕石骨徧，个个古嵩尊。

夜渡潁上

舟子貪家路，連宵渡潁城。水流梁地盡，月近故鄉明。歸夜殊來日，一帆兼數程。曉驚楓色改，紅葉照船行。

好　鳥

好鳥住深樹，時啼到竹關。一枝同借宅，伴我共看山。孤坐吟何苦，愁心鬢已斑。聽如得良友，鳴和破衰顏。

山　夜

山夜雖云寂，添來景事漫。蛙聲喧兩部，鶻語怨千端。月伴松窗臥，潮生竹枕寒。撩人不成寐，詩思亦般般。

石上看泉同右臣令子及兒岵得泉字

攜客秋溪暮，移尊皷石邊。杯澄潭似鏡，鐺和溜如絃。映色滌殘暑，聽聲坐暝煙。買山容易得，少此一泓泉。

右臣同予送次兒移館就傅伯醇壻

老去課兒急，貧來就傅遲。最憐少子意，懽傍長公時。山翠堆書帙，松風過竹籬。杖藜期載酒，一潤董生帷。

贈邛竹杖二首

產自邛城遠，攜過棧道艱。材方涉行路，時乃困家山。探勝煙霜幹，尋幽蘿薜斑。看君瘦骨相，只合倚柴關。

本以孤修性，偏多扶策功。幽棲憐伴少，動履喜君同。握手如良友，攀崖當小僮。更逢得句好，呼共入林叢。

山窗看梅憶井公庭前緑萼初放卻寄

瘦萼應如豆，幽光想映筠。姿尤殊素玉，格欲占青春。高詠喧東閣，分香滿四鄰。山窗零落意，慙炤白頭人。

立秋日得孫喜賦

木葉庭初下，蘭芽忽吐枝。貧添孫可弄，老得爾誰期？前武高曾在，衰宗門户宜。秋風吹短髮，强飯爲含飴。

秋圃詩

先人餘舊業，老圃稱幽居。身託長鑱日，家棲十畝廬。農登無稼穡，水落乏樵漁。八口逢秋事，生涯杖圃蔬。

勖幼兒夜讀

衰叟那須火？愁荒兒子書。髫年惜歲月，殘漏補居諸。園木叫山犼，溪梁鳴夜魚。青燈良可念，稚齒莫教虚。

臘霽

山家逢臘霽，人亦稱心情。卒歲宜冬暵，占霜得曉晴。寒飆依樹息，暖日到堂生。老病無薪炭，逢暄覺體輕。

柬瑶若訊子皛宦況

爾弟之官後，歸鴻有報書。素心聞復爾，清政近何如？花署開樓萼，春風送客裾。錢塘江上水，好爲寄雙魚。

李仲山過樅邸論詩竟夕

惜陰亭一宿，到即共論詩。家在魚鹽市，人歌蘭芷詞。疏狂真我輩，風雅足人師。直結滄洲伴，聯吟倒接䍦。

我　來

我來山郡裏，鎮日未看山。懶自著雲屐，從僧閉竹關。砌花同鶴定，林果任猿攀。尚少風霜色，那先到客顔。

不　寐

秋漏聽難盡，月窗開不扃。鄉愁千斛滿，客夢四更醒。盡室鋪無火，羈人鬢已星。最憐雙白眼，覷著佛燈青。

夜　櫂

幾過佳勝處，不辨好溪名。所喜近家櫂，能兼兩日程。疏簾寒月皎，子夜細歌清。連夜難成寐，鄉關路有情。

江　上

夜雪每朝霽，陽回客路多。沙晴落鴻鴈，江暖曝黿鼉。臘是山堂盡，人從汀岸過。歸帆及春草，生事在煙蘿。

正月二十日過姑孰喜晴

春晴占廿日，客裏欲蠲愁。雲静天門白，江平采石流。風清多雁字，浪暖見鳧游。又是蕪陰緑，青帘颺酒樓。

日枕

再宿天門邑，愁多寐不成。酒醒懵僕睡，思亂入詩清。春草重芳客，家山一日程。難占風信轉，日枕大江聲。

立秋夜月

不耐薄寒意，每驚秋氣生。乍看今夕月，便異昔時明。鄰樹葉初下，牆瓜蟲欲鳴。娟娟如水色，照我舉家清。

立春日寄懷方周臣

袂分旬日後，春到郡城中。江帶冰含綠，梅添日綻紅。惜無湖嶺伴，同醉皖樓風。君問遊囊事，新詩欲滿筒。

人日飲猪山諸從

人日剛逢霽，家山遊有情。晴烘驢背暖，風過杖頭輕。野圃新蔬緑，柴門春釀清。題詩共宗族，可當草堂賡。

柬陳越樓樞部山房

僻巷藏山閣，雙扉晝不扃。繞檐抽笋緑，凭几受峯青。字有奇堪問，車無客敢停。可容老藤杖，吟過聚星亭。

屢訪方臣梅快晤

舊侶尋難覯，惟君訪便逢。眼青知俠骨，鬢白見詩容。探篋評兒課，開尊接友筇。幾期西郭外，吟上最高峯。

喜右臣遊章閩歸

閩虔美官物，我昔放舟迴。君念山中侶，歸分嶺上梅。橘盤銜緑茗，瓷碗試新醅。如載曾遊客，看花又一回。

冬　月

爲愛寒嵓月，開扉一徜徉。映溪明似晝，看地白于霜。素影疏横樹，清輝煖入裳。祇愁照烏鵲，空繞北山堂。

僧檐晚坐

幾回鏡月又如弓，羈客渾將久定同。石几紋分苔砌緑，海棠花映紫薇紅。漸看秋氣方移暑，最愛雲檐恰受風。潦倒雙裾何處曳？塵膺慙對虎溪公。

除夕同仲弟大年從弟延年暨諸兒姪侍慈宴

幾年柏酒對酸辛，對酒今宵未厭頻。所喜脊令來海瘴，又逢萱草入庭春。吾家寶樹看猶茂，此座椒盤不謂貧。謾説歲除催白髮，弟兄俱已白頭人。

侍　養

從邀造物恩波少，獨荷堂前杖履安。鮮我有生空自恧，奉親無禄總輸懽。客憐草具還炊饌，兒畏含飴亦減餐。珍重貧家惟色養，故將斑綵慰衰殘。

送爾止還蛟臺

一城秋色恣君攀，秋色方濃人又還。尊酒醉殘陶靖節，林園題徧白香山。共推蘭館騷壇壯，終愛蛟臺釣艇閒。我亦相尋霜夜櫂，江楓汀水照人顏。尊公玉峽先生有搴蘭館詩集。

客況奉柬徐錫餘先生

先生風烈在林丘，賤子多慙汗漫遊。只擬楊公貪説項，漫教王粲又依劉。侯門已厭三千鋏，夜雨將寒七月裘。賴喜舊登徐孺榻，肯令滯客感悲秋。

歸到

故園只隔百千里，歸到經來四五旬。人自半年渾得老，家緣長鋏更添貧。蓴鱸勝事他鄉盡，柴米愁緣此日新。空橐不慙妻子輩，慙無一物奉慈親。

郾城西村夜泊

停橈初望遠峯清，喜趁東風過郾城。新月柳高弓似曲，晚河潮落鏡如平。怪禽曠野啼空夜，異地孤舟警客情。一枕齁齁憎僕睡，篷窗何處聽鷄聲？

懷古槐上人

桐陂秋水漲芙蓉，遥憶西堂鳴午鐘。來日尚分香積飯，經時不共虎溪筇。新詩明月吟多興，老笠晴雲到幾峯。爲愛故園風日好，黄花歸對話南宗。

歸　興

半老人爲生計苦，暮秋天滯客途窮。木樨雨重于梅雨，寒露風凄似朔風。鄉思渾隨南去雁，羈人不耐夜吟蟲。好將歸興謀驢背，幾向河干見蓼紅。

將之濟河留别右臣時右臣亦將發漢陽之櫂

好水好山雲樹層，與君只合卧憑陵。卻緣八口饑驅出，敢憚長途溽暑蒸？游宦齊梁雖至友，行擔瓢笠似孤僧。不如漢水看花客，一葦乘潮羡獨能。

陶市觀集

開關少長蚤闐呼，也逐陶人到市衢。布粟如隨烽堠至，婦姑都駕犢驢俱。官筵期亦逢常集，旅糴貧猶辨宿廚。只少江鄉魚米味，秋風未起憶蓴鱸。

歲晏柬右臣南蔭兩同志

臥龍吟日不辭貧，衹爲居雙傍德鄰。世法相期寧作我？生涯未免共資人。山幽欲盡庭前臘，歲晏誰閒客裏身？都信草堂寒徹骨，也應香送玉梅春。予居與二倪俱近臥龍寺。

同舍弟西厓訪厥中大師江樓茶話

吾師高坐此團瓢，接引雙筇過石橋。說偈花飛江閣雨，煮茶濤應海門潮。到來識想根應淨，尋去人天業未遥。浪觸機鋒求指撥，可令頑石長靈苗。

雪臥

山妻曉啓白窗紗，瞥見庭前六出花。喜兆麥禾稱瑞物，愁將薪炭問人家。老慵壩上吟梅興，才盡堂中詠雪葩。只學袁安饒勝賞，竹牀高臥作生涯。

生事

鎮日山中巾櫛除，幾番清夢穩吾廬。綠陰堪借分鄰樹，棐几能移讀我書。雨足時鋤半頃豆，煙深常釣一溪魚。許多自愜幽棲興，誰道幽棲生事疏？

與右臣鑿山看瀑

荆榛遮瀑隱巑岏，與子披尋路極難。伐木引流靈運事，沿亭留竹子猷看。眠雲石上飛泉白，燒酒山根拾葉丹。卻笑兩家兒失學，儘饒勝具闕嵓巒。

蜀藻招同井公飲石經齋

一代名聲屬爾曹，石經齋裏見風騷。書連牀上詩連閣，梅作花初竹作濤。良夜家篘吟不盡，草堂霜月坐來高。奉輿侍母多潘岳，裁賦今猶少二毛。太夫人有松聲閣集。

山堂不寐

耿耿雙眸緣底因，山堂一枕百愁新。朔風鳴水水鳴閣，寒月照窗窗照人。偪仄荒茅非我有，衰殘敗絮仗兒親。中宵聽徹無更漏，直訝今朝失旦晨。

首夏寓僧舍

已從客裏卸芳華，首夏清和景卻嘉。野麥黄先報秋色，院榴早可續春花。濃陰袛樹鸝偏囀〔一〕，長晝僧牀雀更譁。忽聽江村農唱發，遊笻何事不還家？

晚酌與幼兒

寒巖白日下西陲，老桂堂紅榾柮時。舊甕恰添新酒熟，黄柑也當紫螯持。孤村剪燭難逢友，萬古銷愁喜傍兒。醉起婆娑呼驥子，老夫一爲唱新詩。

懷左侍御三山方中丞仁植兩先生

高臥桐山兩鄰侯，天門相峙砥江流。師中元老懷方叔，柱下刑書傳左丘。文獻兩三朝事業，風騷七十度春秋。長宜雙傍少微側，望嶽年年上客樓。

一貧

范叔雖寒陶令饑，疇云類我一貧時。家看種秫田何在，人並綈袍贈者誰？節候已過春曙早，生涯猶作歲邊遲。山堂送臘無餘物，只釀松花酒一巵。

雪竈

飛深三尺雪花天，偏擁山扉冷竈前。白有千重封屋瓦，黔無半突動廚煙。婦炊秔米堆難掃，力採樵蘇凍不然。卻想袁安底高臥，也因懸釜縱朝眠。

入秋生事

天高懭悢易生愁，坐使生涯感百憂。借宅人悲巢燕去，無衣客畏火星流。荒莊地闊遲秋歛，長鋏風颸戒客遊。乞食叩門無一策，肯同涼月臥龍湫。

小春題大兒新移宅

市幽仍只如山隱，此地洵宜更築廬。喜汝借來三徑宅，待予移作半年居。堪尋諸弟重酬句，好弄雙孫又授書。春到阿翁方出谷，先來須種小春蔬。

臥病不寐

白頭患暑百憂并，秋漏初長夢不成。皎月無情照河漢，啼蟲有意傍檐楹。炎威未退肝猶怒，金氣方乘肺肯清。内熱人逢枯旱日，誰將七發問枚生？

訪方還青城居

題輿客亦傍牆東，類我東皋田叟風。門外柳歸陶令早，堂前松傍杜陵同。曾尋別墅春山綠，還訪高城落葉紅。短杖相期纔數里，好收秋色貯詩筒。還青自署『四松主人』。

同雲谷右臣暨次兒飲陳良賡書齋有懷姪壻齊念修

城隅深柳啓書扃，聞道陳家聚客星。石磴茶芽浮砌緑，花闌匏口照箱青。共吟東壁三春句，誰點何年此座經？卻憶吾家才逸少，墨池染徧舊黄庭。

徐莘叟太史嘲我苦吟荅之

問我何年據槁枝，袖穿髯斷信情癡。右丞意愜偶然作，工部篇多漫興詩。瘦衲自憎敲夜月，枯筇共笑落吟眉。總輸金馬人題詠，三昧揮毫匪所思。

戲題雙孫

庭前喜弄兩孫枝，老去生涯恨汝遲。九歲亟應預玄草，七齡須早學人師。休將爾祖才名似，好把高曾事業期。笑問何時解烏哺，衰翁貧漸少含飴。

借宅呈黄墅鹿莊兩主人二十四韻

羨兩貴公子，結廬芳草邊。村通諸浦外，家隔一峯巔。沃土黄公最，幽居白鹿偏。帆同湖上過，月共嶺頭圓。德宿分東井，山陰泛小船。人俱裘馬客，韻盡竹林賢。我亦憎喧市，時將學種田。老宜親稻隴，貧久負花天。每過漁樵地，思潛草木年。里多招隱客，囊乏買山錢。興盡于蒲柳，情深在陌阡。女蘿忻有附，荆樹得相連。無計營三徑，應來僦數椽。宅擕湖浦晚，鄰仗友昆先。不借園林住，終無丘壑緣。一裘原我共，半榻爲誰懸？賴倚樓中蓴，憧尋社裏蓮。從兹聯夜話，穩得共衾眠。也種亭前竹，還春廡下煙。聲求鳴鳥侶，詩頌脊令篇。雨過石龍爽，春深查嶺妍。趁青巒載酒，聽緑樹啼鵑。君擬相如賦，予書楊子玄。三星如可聚，題徧好林泉。

湖上感賦三十韻

越會佳山水，頻來興不饒。生原無勝具，分亦吝游船。此日重爲客，王師到正驕。鳳山開雁塞，石鼓振鉦鐃。湖占秋容媚，堤收春色嬈。雪橋連毳幕，雷日落紅綃。荷葉吹笳笛，鐘聲雜斗刁。鶯驚烽燧囀，魚避纛旄跳。片月垂潭冷，雙峯插漢遼。賢王繙翰簡，虎帳集團瓢。操每揮虞瑟，官還類漢朝。青樓全失豔，金屋不藏嬌。守令爲芻牧，監司作大庖。移師多惴慄，駐節有逍遥。懶去征閩嶠，偏留看浙潮。是峯峯立馬，只夜夜停橈。望已心全悸，聽來魂欲消。更誰酣月夕？何處宴花朝？勝地原歌舞，遊人自寂寥。雲天方黯黯，風雨又蕭蕭。樹盡寒吳岫，煙空鎖六橋。僧堂敲竹葉，客路濕芭蕉。鼙鼓正嗚咽，愁霖重沉瀏。炊因乞米斷，酒待典衣澆。彈鋏嫌新第，班荆失久要。歌無蘇小問，琴乏卓家調。梁苑人應病，巴山夜更迢。何時馴海鰐，誰可靖兵妖？帆送貔貅遠，塵因旭日消。風光湖上净，柔櫓更須摇。

途中雜詠

未盡三秋穡，已驅雙駕耕。我來穫麥地，又見麥芽青。

東行途中口號

不思市隱懶緘關，百里湖鄉縱往還。但有青峯堪送目，也將行路當看山。

湖村詠雪

一夜平飛湖上雪，原村都不辨塵埃。山疑羣玉千峯璧，樹盡南天五嶺梅。

舟次遇暴客

竊國由來勝竊鉤，河山掩取盡封侯。君今也是長貧命，遇我寒舟一敝裘。

病中感詠二首

先生貧也非病也，誰解長貧是病因？薄俗不勞人問病，窮鄉只畏鬼嗤貧。

百慮銷除一鵠支，閒心只可對鸕鷀。也知病苦緣詩瘦，併學山人不賦詩。

子夜鄉思

括蒼中夜惱風煙，一枕僧牀睡未便。路近有猿無雁地，人眠雨少瘴多天。

賦得寒山夜雨聲柬蔣丹崖廣文二首

也隨東觀書聲亂，更送西堂客枕愁。似夜閣啼猿淚未？勝空林落葉聲無？

此聲舊説催詩好，更想聯牀一賦詩。好待人歸舊山夜，話君同聽瀑泉時。

曙舸鄉思

河曙篷窗猶客夢，岸邊早已聽鶯聲。渾如緑樹家山裏，喚起雙柑斗酒情。

秋　原

人歸恰喜在秋中，馬首秋原望不窮。蕎麥香浮如雪白，柿園葉落似花紅。

江上游思

鳳水春池吟碧草，海門夏木聽黄鸝。莫令花鳥家山盡，趁入長途送酒巵。

深　夏

幽居景事原非寂，深夏幽居鬧更多。晚水蛙齊喧鼓吹，曉窗鶯早弄笙歌。

秋中遣興二首

人事漫嗟太蕭瑟，乾坤蕭瑟氣逾高。山寒轉聳千峯翠，潦涸還生八月濤。

寒草碧如芳草緑，秋花爛若春花明。物經遲暮芳菲在，人老也應春更生。

憶杜鵑

緑陰窗外鳥聲齊，已變鳴禽夏木低。卻憶幾時春怨盡，鳴禽猶少子規啼。

寒食羈愁

旅況方寒古寺天，不逢風雨也淒然。朝來冷竈誰生火？舊俗無勞説禁煙。

秋盡

客賴秋光好詠遊，金風忽盡白蘋洲。今宵謾上西樓臥，嶽頂晨鐘不是秋。

汪啓齡

字大年，號西厓。端簡公之仲子也。天、崇間與周農父岐、方爾止文相唱和。宰海康、開建兩縣，皆有聲迹。石埭姚六康明府嘗有詩贈之云：『清心每愛桄榔林，貧槖不持鸜鵒硯。』蓋實録也。順治辛卯挂冠歸里。石倉曹能始先生選十二代詩乘，嘗采其詩入集中。去粵有歸來辭，里居有田園三集。崇禎末曾破産脱兄于難，又設粥饘于路，活饑民，里人以好義歸之。

龍江渡

日没古渡頭，人煙四望起。田家晚穫畢，蘆橘成村市。鷄豚放不收，牛羊半在水。天寒荒野外，征夫嘆短晷。飛鳥夜各歸，初月升如駛。暝黑奚所投？孰念流離子？

封川感舊

萬里獨間關，扁舟復往還。亂流空咽石，斜日又銜山。鳥度重雲外，花開曲磴間。何時方税駕？作客老容顔。

康州感懷

生兒今八歲，有妾已辭房。永訣何由見？中懷常自傷。羅衫空疊匣，寶靨罷臨粧。千里思鄉夢，時時返故鄉。

閉門

終日無車馬，閉門深巷中。一庭初過雨，四壁亂鳴蟲。薄靄收殘霽，疏林送晚風。能無感蕭瑟？不見北來鴻。

馬孝廉故居

別後夢常見，重來人已亡。忝知慙鮑叔，思舊賦山陽。井徑秋風冷，銘旌夜雨荒。題詩猶在壁，不忍上君堂。

獻歲

獻歲方三日，離家已七年。丹崖思皖嶽，綠水夢樅川。又發庭前柳，應荒郭外田。候門憐稚子，鎮日望歸船。

汾上春望

穗城初定後，猶自滯孤身。倦作他鄉客，難歸故里人。風吹溪際雨，花落海邊春。桐子雲霄外，登高倍愴神。

虔州感舊

又過南安郡，孤帆趁早揚。庾山千轉盡，贛水一支長。舊主人何在？曾遊處已忘。劫灰光景換，舉目轉淒涼。

抵　家

鄰叟驚相見，離家已十霜。薦瓜當稔歲，懷橘奉高堂。兒女看來長，田園別後荒。生還有今日，親故半凋亡。

雪臺偶題

臺下水縈迴，輕浮野鶩來。香風初拂袖，花影已侵苔。和客詩千首，分僧茗一杯。春風不可待，雙鬢暗中催。

贈齊泊菴郡丞

司馬擅才名，何年樂宦成？詩吟工部細，琴操伯牙清。叢竹應棲鳳，雙柑好聽鶯。舍旁新闢徑，裘仲肯相迎。

悼齊氏長女二首

吾女閨中秀，聰明早出羣。及笄遵母恪，執帚奉姑勤。已健持門户，猶工刺繡紋。暮年毛裹痛，哭罷有誰聞？

自汝歸齊氏，辛勤廿六春。雖爲名閥婦，能食舊家貧。永訣無今日，柔腸折老親。一雙兒與女，俱尚未成人。

趣次兒東莊刈稻

山塍秋穫早，賴爾督家僮。縱值西成稔，何曾樂歲豐？征徭無可應，糶糴苦難通。一室仍懸磬，長嗟杼軸空。

過楊處士嶰谷溪居

對酒君思我，穿籬我訪君。山梅初放豔，林鹿自成羣。臘雪添河水，齋鐘隔嶺雲。一尊傾倒後，落日有餘曛。

飲倪代南妹夫東閣入山卻寄

樓頭春色近，梅柳半含姿。乍領言如屑，翻憐鬢若絲。甯甥呼繞膝，謝妹勸盈巵。一別山城遠，相思但寄詩。

再過十洲大師慧山方丈

石路入煙叢，重來謁遠公。驢鳴春草綠，鴉噪夕陽紅。麥浪浮塍水，松濤響殿風。到來心地静，塵慮已先空。

夜坐

擁坐貪爐火，挑燈夜不眠。一身供老病，萬事付流年。哀角鳴重堞，悲鴻唳遠天。有孫知笑語，猶得動人憐。

柬楊五處士

交情非世態，白髮兩山翁。居處田園接，年庚老大同。采蓮吟沼上，看菊醉籬東。猶喜俱强健，風塵厭轉蓬。

秋懷詩二首

伐木開新圃，誅茅葺敝廬。秋陰生石蘚，夜雨長園蔬。萬慮皆輸酒，一生惟癖書。鹿門深謝客，來往有曇如。

吟風來柳下，翫月到池邊。蟲響新秋地，鷄棲欲暮天。厭青留紫竹，愛白去紅蓮。忙少閒多日，生涯足静便。

吴興邸中夢潘蜀藻過予草堂

夢君親見枉，小館頗清閒。顛倒衣裳出，綢繆觴詠間。人來穿竹徑，客去掩柴關。驚醒鷄鳴後，身猶滯越山。

杜門

自卜東坳住，年來也避喧。花紅迷蝶夢，柳緑引鶯言。草底魚苗長，檐牙燕子翻。春風看一度，寂寞杜柴門。

雙鷗

主人池館内，閒煞白雙鷗。款款沙邊宿，輕輕水上浮。雌雄相唱和，矰繳免驚憂。早有忘機樂，真堪共我遊。

孫艾菴見惠竹椽賦謝

小築逐年葺，新添屋較寬。竹椽煩遠致，蓬户賴粗完。結搆功非易，落成心始安。東籬栽有菊，釀酒待君看。

哭鄧顛厓

廿載髫齡友，相看泥與雲。十年爲記室，一旦去修文。漢水分魚陣，衡山失雁羣。祝予搖落候，秋颯不堪聞。

露坐

日落四山静，村墟各掩扉。鷗藏沙際宿，螢照水邊飛。檐敞月先上，天空星乍稀。坐深清露重，體瘦欲加衣。

嘗家醖

杜康傳法舊，焦革得方新。蒸秫教妻釀，成篘漉我巾。滿瓶封臘味，小酌逗香春。移向秋籬下，花間醉一巡。

訪隱居不值

柴扉常獨掩，石壁挂胡琴。白雪諳松性，青山稱鶴心。露光滋菊蕊，霜色染楓林。自斸黄精去，雲深不可尋。

過胥江懷韓年丈

胥江煙樹冷凄凄，愁鬢那堪聽鼓鼙？九月霜深盧橘熟，千山日落鷓鴣啼。櫓聲摇月過高峽，雁影連天下遠溪。回憶故人攜手地，詩成浮白醉如泥。

留别方爾唯

羊城五月荔枝秋，我賦歸與君尚留。萬里蓴鱸心政切，一場蕉鹿夢何求？漫嗟書劍殊方苦，且喜煙霞夙願酬。此去故園香稻熟，黄鷄白酒思悠悠。

峽山寺

梵王高閣倚雲開，四面峯巒擁法臺。江月不隨流水去，天風直送海濤來。山僧入定玄猿嘯，佛殿敲鐘白鶴回。自覺塵心方外息，蒲菴老衲共追陪。

宿中站

遥望雲深鎖翠微，停車山口落殘暉。杜鵑啼血和煙叫，燕子銜泥帶雨飛。驛路漸荒芳草歇，鄉心先伴塞鴻歸。可憐金錯囊垂盡，念我何人更解衣？

雪臺新成

小徑新開掃薜蘿，一磐穩寘在山阿。已堪學釣尋漁父，兼可參禪寄鳥窠。雪積石餘寒色重，夜沈臺受月光多。溪邊坐聽灘聲鬧，忘卻愁懷與病魔。

田舍即事

編竹爲牆弱蔓纏，野塘半畝復通川。移家舊有平泉石，督豎新耕下潩田。水底峯巒懸影倒，枝梢秋月露光圓。偶然睡起尋書讀，剛得毛詩小雅篇。

雪朝閒題

中庭一尺曉堆鹽，僵臥袁安乍卷簾。欲拂烏巾尋竹徑，懶扶鳩杖下茅檐。交親眼底年年少，老病身中日日添。百事俱拋餘一事，獨將詩律倍加嚴。

移居東村

欲買青山愧乏資，雙峯尚有舊茅茨。數椽重葺攜兒住，半榻殘書守父遺。鴨脚葵烹堪佐饌，麞牙稻穫足充饑。齒過花甲人將老，歛迹歸田悔已遲。

入姚明府六康署中晤姜鐵夫不值

多年自分守林丘，偶一因人漫出遊。雪櫂不辭來訪戴，花封且欲暫依劉。論文白晝空惆悵，對酒青山少唱酬。翹首鳩兹何處是？暮雲春樹思悠悠。

自　贈

葺茅乘屋在東峯，來往田間曳短筇。多歲心灰朝市事，經時迹混牧樵踪。排階玉立千竿竹，倚宅龍蟠二古松。自贈西厓汪處士，安貧樂道頗從容。

丁未陽月六十初度二首

忽驚鬚鬢白于銀，擾擾塵寰六十春。已分草茅爲野叟，久將鍾鼎讓賢人。三間敝屋新重葺，數畝荒田舊盡畇。骨月團圞猶健在，蔬盤藥醞未全貧。

道傍築室不妨癡，漸喜昇平與老期。黄菊籬邊吟靖節，白雲堆裏卧希夷。柴桑甲子無人識，澤畔庚寅衹自知。從此餘齡皆我有，不教痛飲即删詩。

聞韓子久除長興令卻寄

嶺表分攜憶所歡，江天雲樹路漫漫。寄書皆付洪喬去，有夢知憐范叔寒。訪舊定應勞馬首，念貧或不吝猪肝。自聞茂宰除官後，時向妻兒説識韓。

詠　懷

向長今已畢婚姻，宜寘林泉作散人。酒後放歌逢令節，花時翫賞屬閒身。劉楨幸免三春病，司馬何妨四壁貧？憂喜榮枯俱不問，緑陰潭上且垂綸。

閒居雜詩

入户山光展翠眉，當軒水色湛漣漪。龍蟠舊植松飛子，玉立新栽竹産兒。檐鳥每窺花近客，家僮時洗硯臨池。三春幸免維摩病，日料詩篇與酒巵。

龍眠訪友不值

花飛流水鳥啼林，有客招摇以碧岑。石髪毵階青滿路，笋牙穿徑緑分陰。空齋晝永仍常掩，去轍雲深難更尋。料得山中高士返，知予興盡亦行吟。

初夏閒居

深居地僻自幽遐，誰識柴桑處士家？依檻高堆青石筍，平池新放白蓮花。徐徐入户風聲細，悄悄臨闢月色賒。每一拍浮成小醉，樵青竹裏會煎茶。

覽齊念修壻詩

開箱偶揀寄懷詩，詩句中多絶筆辭。獨有傷心人不識，細看掩淚我先知。北邙夜月猿啼後，南郭秋風蝶夢時。嘉樹軒前殊冷落，從今不忍見孤兒。

南村春遊

芒鞵緩踏忘程遠，藜杖輕扶與老宜。巧婦巢藏人不見，杜鵑花發鳥先知。繞身水似黄金帶，迎面峯如翠黛眉。借問誰家桃李盛？行來一步一題詩。

山居雜詠

門巷蕭條長緑苔，何人題鳳又空回？鳥銜荔子過牆去，蜂趁薇花入苑來。

聞杜鵑

枕角初聞杜宇驚，聲聲啼徹月三更。不知底事爲誰怨？血染山花到處明。

石埭遊拈花菴

郭西精舍少人知，門對青山花滿枝。犬吠籬根僧出定，客來剛是焙茶時。

歸至十會山舟次除夕

十日江頭五易舟，風霜歷盡使人愁。石尤留我青山下，伴兩先人守墓丘。

同詠圃梅

偶然遣興句新裁，圃内初添一兩梅。曲檻客來逢茗熟，短筇雪後看花開。

偶　賦

處處花飛又暮春，遣懷惟與酒杯親。出門我欲尋崔李，只恐于今少此人。

碧浪湖

一帶青山映黛長，湖光渺渺泛中央。種桑徧野皆成市，想卻蠶春婦女忙。

汪遐齡

字延年，一字壽人。端簡公之兄子也。父早喪，以遺腹生。端簡公愛之如子，嘗摩頂激賞，以爲必大吾家。已而砰訇鄉序，數踏省門，能率父兄之教，漸摩問學。爲詩孤情絶照，亦有簡軒之風。自號蜘墩居士，所著有森磊居集。伯子峻，字夷玉，力學有聲，與予妹夫張留圯孺同以順治庚寅爲學使者所録。夷玉于六邑中，又裒然舉首，皆不幸早死，而吟篇亦少概見。曾南豐豈必以詩名哉？

村家

偶然村路失，似溯武陵涯。門緑何朝樹？園紅百日花。居民猶土著，人語只桑麻。便合從田叟，耕鋤老歲華。

微霰即霽

纔寒冬已去，氣候失尋常。幾月晴何故？新年陰不妨。同雲因有霰，見晛不如霜。獨此髭髯雪，何曾避太陽？

讀書非園

地從人境喜能潛，掌大園林事事廉。但有閒書供眼底，不將新恨壓眉尖。從前身務從今減，此歲春光此後添。待到柳鶯嬌囀候，也應頻問酒家帘。

從父少參公客姑孰時有家難賦寄奉慰

鄉園遥望不勝悲，爲誦王風痛黍離。多難有家憑集蓼，全家衛足慎如葵。雷峯秋染丹林處，姑浦霜肥紫蟹時。尚喜我公能濟勝，招尋好賦簡軒詩。

漫　成

年華冉冉幾能留？生事蕭蕭可自由？已與妻兒五口計，儒兼佛法一門修。以持寸念爲持素，借剃諸緣當剃頭。尚有多生餘習氣，長吟苦趣未全休。

哭内兄蔣子卿民部 峻兒繼舅氏亡

子卿足下忍辭予，四十年交盡子虚。孤竹固應嫌食粟，錦囊何遂記樓居。祇今無似伊人者，此後争言所著書。傷矣吾兒如送舅，黄泉亦有渭陽與？

雜　詠

□城城邊烏暮還，攬衣起視開柴關。清商欲肅滿林候，落日一登隨宅山。苦竹離離競旖旎，甘瓜葉葉交緜蠻。此際夷猶了何意？蟋蟀鳴處西堂閒。

改葬内子因念亡兒峻

廿六年惟夢見之，啓棺轉憶結褵時。難看此日灰餘骨，猶識當年畫底眉。生拔鳳釵爲婦苦，殁封馬鬣近姑宜。因將一語傷心問，曾否相逢地下兒？

冬日郊行

黮黮同雲渾欲連，陰陰微霰自應先。河身凍合光逾異，山頂寒封色倍妍。鴉似畫圖蹲古樹，鴻成字樣掠青天。尋梅舊路吾能記，策蹇題詩宛去年。

圩莊雜詠

掠舟鳧陣霞天去，拍水鵝羣暗浦旋。芡顆似珠莖似帶，菱膚如玉葉如錢。

燕　去

畫梁終日任翩翻，哺子喃喃未歇喧。一去堂前初冷落，也如客散孟嘗門。

校　記

〔一〕祇　當作「衹」。

龍眠風雅卷五十三

木厓潘　江蜀藻輯
毗陵陳玉堪賡明同郡王大經柚長參

方兆及

字子詒，號蛟峯。贈僉事龍望公之伯子也。少與弟兆弼齊名，稱『蛟臺二方子』。予年甫弱冠，即與同研席，爲杵臼交。若王孝廉天壁、鄧徵君森廣、胡明府如玶兄弟，子詒皆深相結納，後先推挽。射蛟篇之集，二方子其最錚錚者。順治辛卯，貢于成均，考授弘文院中書舍人。范相國在政府，資其擘畫，禮敬有加。旋中北闈甲午舉人，歷官刑部郎中，升山東按察司僉事，備濟寧兵河道。子詒雅志用世，當羣盜充斥之日，目睹時政剡弊，將驕兵懦，于天文、兵制、屯田、魚鹽、茶馬、漕運諸□考據該博，洞徹原委，故一出而名籍甚。濟寧之□，治河決獄，供億驛騷，如取諸懷而予之也。予曾驅車至濟上，親見其櫛沐風雨中。未幾，果以憂勤成疾，卒于官廨，莫罄厥施云。其爲詩音節圓美，神彩豔發。避亂烏沙，有池口羣怨詩六十二首，又有述本堂詩刊，皆崇禎末少壯之作。予搜而存其崖略，掌制而後分臬以前所譔著咸不可考矣，惜哉！

贈姚若侯

琅玕春色上林開，花隊傳呼弱冠才。貂珥自游鳷鵲觀，烏衣曾上鳳皇臺。賦兼江海三都麗，策對天人五色裁。待詔仙郎應賜露，可分涓滴到蒿萊。

感懷

有客無衣剪芰荷，行吟澤畔任蹉跎。芝蘭本自依安石，薏苡其如謗伏波。江渚釣竿投玉鯉，漢廷執戟立銅駝。朔方天半悲風起，試聽燕人易水歌。

懷胡子兑陳二如

秋風都共白門牀，籬菊開殘各四方。總爲饑寒成遠別，莫愁離亂逼空囊。長干夜醉樓頭雨，秋浦人同江上霜。好友北轅將絡馬，早攜清酒上河梁。謂姚若侯也。

懷潘蜀藻二首

挂席同歸入故鄉，君留秋浦菊花黄。射蛟臺上驚烽火，看雁人都失酒觴。從此櫓摇青翰月，至今楓冷白門霜。何時我發扁舟興，再上長干君子堂？

才子攜家走上京，筆飛清藻擅詞名。停船渡口懷桃葉，載酒江湄采杜蘅。草閣他鄉常好客，荒田故國不能耕。逢人切莫傷貧賤，但把文章賣帝城。

送鄧東之南行

清風亭畔唱驪歌，此去檣帆落上河。鳩渚煙寒行客少，鳳臺雲護故人多。名懸江左推金石，賦佩吳中響玉珂。早有客星臨帝里，提觴還采碧峯蘿。

懷胡木夫丘禹拜讀書李陽

蕭蕭二子寄寒洲，但見鵁鶄水際浮。永夜波濤連草榻，隔江烽火照林丘。新詩別後淒涼得，濁酒牀頭仔細留。望我不來三十日，行行將到讀書樓。

懷陳默公

別後流離不忍論，相傳行色在閶門。吳兒簫鼓舟前弄，揚子金焦筆底吞。世事但推游俠好，交情猶見古人存。江南客舍都相屬，臘盡還期解緑罇。同避亂烏沙。

懷余振千子彩

莽莽平原木葉凋，蒼蒼洲影落寒潮。渡江踪迹都無定，隔岸家山不可招。詞賦莫教寒馬笠，兵戈難説老漁樵。弟兄若發尋梅興，待我歸來訪灞橋。

寄胡即公

飄然何遜在揚州，可對梅花憶舊遊。牙帳竟如天上坐，羽書都付幕中收。從戎本是男兒事，仗策何煩帥府憂？羣盜縱横奚日定？淮陰柱石早封侯。望史中丞剿賊。

懷劉古處

兵火流離老布衣，皖江嵐氣望微微。詞人鄴下推公幹，賦價雲間減陸機。但解蕙纕投洛女，還持椒醑弔湘妃。知君孤鶴難馴性，不似蓬蒿燕雀飛。

懷王暟文

朱門臘信點梅花，君向芳園列絳紗。暟文館某貴人家。詞賦京東當上座，干戈江北正無家。六朝臺榭迷花雨，兩地山川入暮霞。可與潘生常飲酒，暟文與蜀藻密。論詩燒燭散林鴉。

懷吳南蒼

昇元高閣散天香，南蒼有昇元閣詩。協律名家起漢皇。公讌粲楨都閣筆，别離蘇李上河梁。七哀遭亂憂陵寢，九辨招魂下楚湘。君住六朝無累句，建安風氣接初唐。

吳璧如歸里對雪有懷

勞勞遊子上漁船，悄悄投家正雪天。各隊官兵隨意擄，半殘農父幾人全？看園但有烏棲樹，迎客都無犬吠田。草閣只今焚殆盡，驚魂長夜可能眠？

憶舍弟消息二首

蛟臺荒寂半無人，日日懷憂望老親。總爲渡江難作客，至今先隴一容身。老父尚留樅川。别來烏鵲音何浪，會勦豺狼信未真。三處飄零三十日，不堪戎馬隔風塵。莫説他鄉勝故鄉，故鄉松竹護高堂。干戈自是連三月，膂力何曾任四方？人老菽羹難盡飽，年殘椒酒不成香。流離貧賤都無怨，但懼嚴親鬢點霜。子美得消息：『亂後誰歸得？他鄉勝故鄉。』

贈齊然四

年少班生負異才，筆花都向五陵開。懷中衡嶽藏金簡，舌上河流汎玉杯。爽氣它鄉多結客，悲風落日獨登臺。近來同我論詩賦，文選樓邊坐翠苔。樓在池陽。

懷密之

蓬萊鈞樂擊鳴球，玉佩聲隨紫禁悠。鶴駕王孫吹雪調，龍門太史接風流。秘書身繫芸香閣，騷雅情同杜若洲。自笑天淵多少路，長安難説大刀頭。

懷子建

板輿難説是閒居，子建江上奉母歸。喪亂蕭條早歲除。城閉兵戈堂繫馬，田荒母膳食無魚。

貧來幸有家庭密，别久才知信息疏。故里相傳狼狽極，陶公何必愛吾廬？

枕上自遣

豈是霜天不肯明？無邊心事起平生。客風客雨空顔面，江水江花自性情。同學故人流四處，鄰家蕩子問三更。夜深收斂相思臥，又聽鳴鷄臥不成。

隴頭水

清水潺潺下隴頭，聲聲嗚咽塞邊秋。秦川涇渭雙飛去，蜀國岷峨一點浮。瘴癘黯侵銅虎節，天風吹破錦貂裘。征人望斷春鄉信，不見桃花出御溝。

出塞

邊堠軍書報可汗，羽林齊點渡桑乾。烽燒苜蓿春猶冷，刀掠芙蓉曉耐寒。番長醍醐催鼓醉，妖姬纓絡抱箏彈。女兒出塞非珍重，多恐閼氏是木蘭。

入塞

黑霧黄沙白日騰，居延城上不堪登。間關幾走千重雪，饑渴惟持一片冰。細柳龍媒馳箭檄，上林鴻使繫書繩。呼韓若放明妃入，天子還須召李陵。

折楊柳

楊柳逢春即著花，相思人折寄天涯。青樓慣繫長安馬，紫陌還巢上苑鴉。宫雨移來生漢笛，邊風吹不到□笳〔一〕。長條打盡雙環結，多少情牽子夜家。

關山月

遠戍關山月正寒，關山添月更漫漫。閨中寶鏡應同破，塞外雕弧也並團。桂子秋蟾飛玉殿，蒲梢天馬濕銀鞍。可憐離别空三五，照見征衣淚不乾。

雒陽道

伊闕巍巍俯雒陽，天津橋畔百花香。春煙金馬門垂柳，朝日銅駝陌采桑。汴水波光摇御苑，嵩山僊氣落明堂。由來歌舞東都勝，不遣淒涼到北邙。

長安道

東井五星占王氣，西京八水護神州。關懸砧杵秦時月，汾唱樓船漢武秋。街繞章臺迷走馬，橋飛清渭逼牽牛。離宮別館知無限，北斗年年挂上頭。

梅花落

滿樹梅花不著身，香魂飛惹漢宮嬪。吹殘鹵簿三更夢，引出妝臺一瓣春。風雨催來思結子，關山拾得送行人。銜霜本是難凋質，不似楊花逐路塵。

驄　馬

蹋石連錢是玉驄，種分洼水即真龍。明皇照夜稱雙絶，御史朝天入九重。楸影走迴京兆勒，桃花嘶徹上林鐘。房星昨夜臨邊塞，更上祁連第一峯。

雨雪曲

寒門朔氣莽雰雰，漢塞□沙揔一雲〔二〕。雨點只添刁斗響，雪花難織戰袍紋。饑吞蘇武關山淚，凍入王嬙錦繡墳。聖主深知征戍苦，貂裘馳賜大將軍。

劉　生

劉生可是高皇裔，任俠由來重漢京。六郡良家甘後起，五陵驚座屬先生。雕龍雄辯金張館，獵騎横穿衛霍營。郭解諸公殊不學，紛紛留得殺人名。

玉階怨

金井銀牀漢苑秋，西風先到婕妤樓。君王歌舞身曾近，太后康强妾不愁。長信草因團扇冷，宜春花並寶釵收。淒涼不惹昭陽殿，燕子飛飛戲玉鉤。

蘇若蘭

一夜烏啼可奈何，秦川織錦正停梭。王孫遠戍憐芳草，少婦新婚附女蘿。圖上迴紋空自寫，刀頭破鏡不須磨。短書願寄雙雙翼，飛入襄陽紫燕窩。

豔歌

堂上屠蘇百和香，羅敷新結兩鴛鴦。長安片月連刀尺，巫峽行雲點黛粧。環珮遺來同洛浦，箏絃彈動是咸陽。使君不識佳人志，請看青青陌上桑。

盧家少婦

阿閣重重鎖莫愁，碧紗窗護不經秋。硨磲杯酒銷吳怨，玳瑁梁塵繞洛謳。九月北征思鼓角，三星東度抱衾裯。桃花結子春何早，十六生兒似阿侯。

秋胡潔婦

結髮從君不識心，兔絲焉用惹喬林？三年遊宦忘長劍，五日新婚冷素琴。背草自知貞女怨，牆茨空刺世家淫。黃金羞殺秋胡婦，一籠桑枝謝藁砧。

卓文君

茂陵秋雨泣絲桐，昔日求凰調不工。捧檄縱矜蟬冕貴，當壚須記犢褌窮。金徽玉枕依然緑，蜀錦湘裙半褪紅。莫笑臨邛奔夜月，白頭還是古人風。

二　妃

朝遊江北暮瀟湘，帝子逍遥水上翔。斑竹未隨虞舜葬，蒼梧空斷屈平腸。鮫人織錦還添淚，龍女編珠懶畫粧。慙愧昭陽雙豔婦，風流誰許步英皇？

戚夫人

高皇英氣重如山，置酒歌風擊布還。吕后固當偕白髮，戚姬何故死紅顔？祖龍灰冷燒秦苑，人彘魂飛出漢關。怨毒至今銷不得，長陵永巷草同斑。

西　施

浣紗石上有青苔，無限秋風掃不開。梟雁昔曾迷桂櫂，鷓鴣今已入蘇臺。珠簾謾捲吴宫怨，寶匳長留越國哀。不是佳人乘畫舫，鴟夷難免霸王猜。

木　蘭

紫馬青絲度隴頭，木蘭征戰也風流。錦纏覆髻藏蘇合，鐵甲遮裙妬石榴。出塞定充男隊長，還家難拜女通侯。依然只聽爺孃喚，嫁與誰人可自由？

箜篌引

箜篌飛出斷腸聲，日日蛟龍浪不平。津卒臨流難鼓枻，陳王置酒尚彈箏。檣烏只作桃花夢，璧馬徒牽瓠子情。多謝鄰家雙麗女，歌喉傳得渡河名。

子　夜

清商曲裏恨蛾眉，石闕長銜子夜悲。花煖蝶來休借粉，春殘蠶老不成絲。只因霜落嗟雙鬢，翻作風流唱四時。多少吳趨兼越豔，家家都變合懽詞。

銅雀妓

漢主金甌非改步，曹公銅雀已名臺。英雄巧入西陵葬，安樂高飛鄴下哀。河漢濕侵歌扇冷，天風吹送舞衣來。可憐繐帳諸妖妓，分得餘香化作灰。

桃　葉

盤龍倭墮珥珠環，露井花開葉自閒。短札新詩裁豔體，長干春酒暈愁顏。請看樂府烏生曲，定產王家雉子斑。莫説渡江不待櫓，風波難得到鍾山。

紀事詩十首

天開都會俯瀟湘，賊駕西風入武昌。地接嘉魚誰把釣，樓燒黃鶴不飛翔。江楓託夢愁神女，宮草迷魂怨楚王。十六年來江北苦，今秋吹作鄂州霜。

四路妖星闖並收，河南食盡到荆州。千羣飲馬江陵水，萬竈屯田漢口秋。叔子臨軍休緩帶，仲宣還鄴不登樓。鹿門山與隆中近，莫犯龐公及武侯。

洛陽宮闕半塵灰，水激伊瀍白日哀。天子不令鄉貢廢，諸公還拜聖恩來。大河錦纜牽紅樹，少室銀樓照紫苔。從此官軍多氣象，招摇旗幟傍三台。

上將文昌第一班，咸陽拒賊閉函關。天河渭水連兵甲，秋月驪山抱劍環。北斗何曾離華嶽，南風誰敢奏荆蠻？王師近有孫都護，早唱鐃歌慰聖顔。

朝聞相國引天兵，暮詔中丞出帝京。豫楚將軍看秉鉞，江淮開府聽連營。雲移車馬彤弓仗，霜度關山畫角聲。郡邑于今供粟米，愁人收淚望昇平。

幕府清秋擁畫戈，史公今代一蕭何。千年玉管書斑竹，萬丈牙檣貢瑞禾。泗上鑾輿蟠虎豹，淮流金鼓震黿鼉。近來鐵騎紛紛起，氣盡揚州不渡河。

龍飛世廟起承天，聖祖園陵日月懸。鳧雁不將金寶鑄，熊羆長守玉衣眠。雲霞松逕開黄道，沱沔荆門赴碧泉。何物妖狐山下走，軒轅魂魄已成仙。

塗山陵墓拱青霄，上有菁葱玉樹條。楓陛北摇秋夜影，桐枝西射斗星杓。九天絲竹仙人近，五嶽樓臺帝子朝。借問將軍誰戍守？黄劉今日是嫖姚。

潯陽江上夜吹笳，左帥淹留八月槎。賊渡湘流窺赤壁，兵過彭澤礙黄花。二孤鼇背銜金掌，九派龍宫建翠牙。若得温嶠來督護，風波安穩接三巴。

開府監軍並仗旄，皇恩原有敕書褒。龍山亭障飛霜葉，雁汊樓船湧雪濤。觱栗曉寒方漸起，弓弦秋勁不曾弢。可憐江北無全郡，惟有孤城天柱高。

吴日駒

字千里。祖印度，父似之，藴義生風，以直聲聞于閭左。公克紹先烈，三世爲儒，卒不獲食報。嘗訓其子若孫曰：『「服田力穡，乃亦有秋」，寧耕而餒，無不稼而希獲也。』以才高困棘院，迄老弗衰。二親即世，皆值公應舉之秋，聞訃奔歸，至欲没淵以殉。殯之日，負土成丘，觀者謂延陵知禮莫公若也。

雉城署中久雨喜晴

連月雨初晴，開軒曙色明。何知春草長，但見野萍生。緑暗鶯聲滑，紅殘蝶翅輕。罨溪雖在望，安得放舟行？

弁山伴我大師以詩見投次韻奉答

名山訪道漫相猜，好友先從竹塢來。已向禪關尋浄土，豈隨仙侶覓蓬萊？徵心幸許登蓮社，乞法何緣上寶臺。鄉曲唱還遺隻履，高懸一塔冷蒼苔。

虎丘晚泊

湖天一色隱長虹，千里孤帆挂晚風。何處鍾聲敲夜月，梵王宫在水晶中。

除夕

愁添商陸守更殘，除夕方知作客難。隻影羈棲誰得似？梅花深鎖一庭寒。

倪傳

字人專。少孤，贅於吴，婦翁遯菴先生撫之，賴以成立。比長，博誦多聞。從兄宫諭瓊圃公嘗攜入都門，以才名遊公卿間。有燕遊草，序之者麻城劉侗同人、華亭沈泓臨秋也。順、康之交，猶屈首爲老諸生。甲午、壬子兩修縣志，先後邑宰皆重之。

勰社歌寄吳千仞方坤丞孫克咸王以介

千仞翺翔隘九州，詞傾三峽水倒流。同學少年十五秋，坤丞壯志射斗牛。瀟灑疏狂仍寡儔，文章鏗爾戛鳴球。克咸邀我秦漢遊，滿紙煙雲筆不休。深山兩載唱詩籌，以介指畫松滋侯。骨節珊珊韻度幽，美人月下彈箜篌。江南渭北溯洄游，可憐獨上仲宣樓。

吳門清明

昨臘兒書至，松楸少陌錢。已知啼夜鬼，況復看風鳶。眼隔千人石，心灰陸子泉。客懷悲死喪，伏枕淚潸然。

都門次孫克咸見贈韻

兩看春色到皇州，還念龍眠鹿豕遊。憐我窺斑徒半豹，知君解節有全牛。詩飄南北一尊酒，文組山川百結裘。屈指黄花秋漸老，相攜問業在岑樓。

漂母祠

閒將冷眼識英雄，無限哀憐一飯中。長揖祠前嗤項羽，當時空目有重瞳。

茂林馴鹿 桐署八景之一

投得僊胎柱下賓，即今伏雉一般馴。臨淮夾轂三公兆，明府他年看畫輪。

方大全

字汝棠。郡諸生。性仁孝，父病，侍湯藥必誠。及父卒，一慟幾不起。崇禎辛巳，歲大祲，公客江右撫軍吕公幕中，力請捐賑桐民之流離豫章者，賴全活甚衆。旋里，復散資財，賙族姻，里人歸義焉。爲文古雅，工懷素草書。自少至老，手不釋卷，口不停哦，屬纊時，猶爲子弟講易，超超玄箸。

棄子行

去年賣子薄得錢，今年棄擲周道邊。道邊號哭訴行人〔三〕，行人枵腹安能憐？馬上健兒鳴鞭速，孱骨不堪踐馬足。朝看人瘦骨如柴，暮看人死白如玉。嗟哉父母不顧子，心非鐵石誰實使？丈夫自任天下重，焉忍鬱鬱坐視此？

仲　秋

繩牀高臥好，全不解秋深。碧入池塘水，紅歸楓樹林。村閒憑短杖，客静動孤吟。夜夜蟲聲伴，清人不寐心。

重經江州

頻年湖海興漫漫，山水天教放眼看。五柳傍江春自緑，一樓當岫月猶寒。故鄉未必并州是，客路無嫌蜀道難。贏得枕邊多噩夢，西窗近報竹平安。

滕王閣

山水悠悠畫閣衰，百年陵谷感遷移。鐵衣短後書生著，下馬何心更賦詩？

煙水亭

煙水中間亭子新，四時風景醉遊人。湖光空碧如僧眼，認取匡廬面目真。

擬宫怨二首

長門舊恨已成塵，雲樹深深草自新。分付昭陽好明月，從今莫照倚欄人。

館娃人面妬花紅，一片飛塵楊柳風。回首舊來歌舞地，野猿山鹿典春風。

吴德堅

字爾玉。父乾初公名重膠序，無禄早世。母姚氏，湘潭令渥源公女，苦節自誓，遭寇亂，駡賊不汙而死。公哀毁滅性，矢不與賊俱生。著有終天恨百餘首，聞者哀之。久次諸生，十赴鄉舉不收。所著有逸溪集。

同雪波上人尋山

攀蘿緣石磴，樹影入溪流。野鳥聲方變，寒花色更幽。輕衫秋氣爽，小閣暝光浮。半偈參禪後，空林萬籟收。

湖　上

燈火疏林滿釣磯，秋光淡宕夕陽微。六橋草樹凌波出，三竺雲霞趁鳥飛。曲榭歌聲遥入耳，畫船香氣暗侵衣。客心欲共湖心醉，繞徧西陵不忍歸〔四〕。

喜鑑在弟書至自梧州卻寄

十年書信幾沈浮，白雁纔銜到故丘。梅寄隴頭猶帶淚，竹霑湘水獨含愁。杜陵西蜀蹉跎幕，王粲江東黯淡樓。勞我謝家春草夢，蒼梧長望碧雲流。

月夜獨步堤上

春殘暮色更蒼然，白舫青尊破暝煙。目斷斜陽花塢外，魂消明月柳堤邊。乍看波影移芳樹，又聽鐘聲到畫船。獨步斷橋何所憶？半生心事託啼鵑。

弔李白祠

采石江干作夜遊，清風明月一扁舟。先生意氣凌千古，盼到詩樓憶酒樓。

章於漢

字天渡。崇禎末諸生。家貧，讀書有氣節，士林推之。

合明雜紀

野樹丁丁聽鳥音，閒從石上獨披襟。白雲有意嘗留劍，流水無聲自入琴。莫信文章今日重，但遺丘壑古人心。茂陵何事居多日，爲問相如病已深。

懷方子詒象山

八月金門賦已虚，同君放棄小江漁。家從喪亂塵餘甑，人隔江湖路絶書。玄草半焚猶欲著，蒿蔬滿徑不曾除。長安多少空彈鋏，爲問何人食有魚？

何永喆

字孟明，號梅溪。搢之公之伯子也。崇禎中諸生。性恬静方雅，爲時論所重。歿後，有青山遺稿。

春日登雨花臺

一望江如練，輕煙作晚霞。不留金布地，只説雨飛花。好鳥悲春去，遊人弄日斜。如何松竹徑，盡種邵陵瓜？

晚秋同左子兼暨從弟武伯古林庵散步

滿目陳東憒，聊從此地遊。如何新政出，竟使望門投？梵語空無相，魚聲遠更幽。月明歸正晚，緘口過鐘樓。

贈方石上人

花雨從天馥，飛來第一峯。談經門過虎，説偈座驚龍。斑駁山頭石，幽深樹裏鐘。倒懸春澗曲，瀑布自重重。

齊安署中

矻矻窮年貎欲癯，扶風煙火墨如烏。争人是處翻成拙，認世真時卻太愚。客願只宜春去早，旅愁偏對月明孤。桃花雨後開初遍，好向深山聽鷓鴣。

高友荆

字處二。邑侯陳公贊化嘗延入幕，偕至山左，與相國傅星巖爲布衣交。補聊城弟子員，棄之復籍，邑諸生第二。順治初，以方聞膺薦舉，署江西弋陽學博，亡何挂冠歸。處二爲人經奇奡兀，與之遊，易直無他腸，姚休那先生嘗爲予稱道不置。詩文多險詣，亦有人岭之風。惜無嗣，少有傳者。

中秋夜久雨得月

不意今宵月，翻從雲際生。照人無擇趣，挂樹有真清。四十九年夜，百千萬劫情。知君憐我老，煙雨一番明。

與何次德别十載矣忽遇于蕪陰連牀道故賦贈

十載烽煙更索居，百年紛錯此躊躇。投竿擬結蓑衣伴，罄筆難抄石室書。管子正貧知己至，浩然無病故人疏。相逢各省從前事，大抵浮名摠是虚。

壽王未葵六十

不上公車不挂蓑，桃花源裏日婆娑。巖前作食資薇蕨，樹下裁衣就薜蘿。六十年中遊嶽早，三千行内力田多。方平自是君先籍，萬里蓬瀛倘一過。

喜吳雪厓返里

相逢各指鬢毛皤，五十光陰一刹那。小別動經千里隔，塵勞奚啻萬山多？誤攻書史家無賴，欲改漁樵老奈何？宣室羡君前席早，相思還向草廬過。

暮春飲奉先樓樓左三山先生山莊也

柱史山樓古渡頭，江南煙景望中收。浮丘積翠侵簾濕，秋浦晴峯逼檻抽。點點漁樵歸落照，年年花鳥送春愁。壺觴久慕陶彭澤，此日登臨宛共遊。

喜姚休那夫子赴浮山僧藏之之招爲其師清隱禪師作塔銘

史筆琳琅推一代，高僧窣堵乞銘章。文心自出無師智，綺語何妨選佛場？遠酒定容寬靖節，郭碑聊且快中郎。書成正作人天眼，漫向名山石室藏。

覓得茉莉一本寄何次德卻柬

奈花自昔非難得，亂後南天久不來。一兩枝存爲碩果，半千里寄當江梅。幽窗伴夢微香適，山月依人夜色開。珍重嚴寒霜雪候，好憑暖律潑春醅。

壽姚祚文六十二首

同學同遊同鬢絲，艱難百折共危時。鼎湖痛徹監門女，嬴博傷深伯道兒。昔歲書堂來雉雊，當年知己半鴟夷。細觀往事悲何及，强欲看君蔗境遲。

强仕稱觴共有詩，不容易句是休師。刹那又病廿年許，落拓空存萬卷爲。燕幕已驚三匝少，牛眠未卜九星疑。相期養老青山地，欲舍浮丘何所之？

廣度菴訪以慈上人話舊並以向上事勖之

同是浮山社裏人，十年奔逐老風塵。已知君到無錐日，卻嘆予多乞米身。草屋破扉荒徑晚，野棠枯木早霜親。遠公棋局荆榛久，若個驚天著子新。

寄懷、、公

浮丘可是安心地，麻麥今堪月幾餐。衰経夜談悲法廢，鈔疏日布爲僧難。逆風舟子惟争柁，息影文人倘據鞍。葆吹清鐃姑勿問，一聲霜雁憶君寒。

送友人之舊京

誤攻文字我無用，即返漁樵爾亦勞。當日酒徒多挂劍，只今猛士諱操刀。野煙萬户思唐德，悴色三年抱楚騷。君去新亭亭上望，河山何處置吾曹？

寄懷傅星巖脩撰

憶昔聊城載硯田，詞場百戰避諸賢。賓鴻書隔三千路，戎馬人歸二十年。天與盛名君自有，時逢多難我誰憐？鄒生暖律春何限，肯借吹聲到九天？

古　意

玉關道路遠，金陵信使疏。獨下千行淚，開君萬里書。

吳希之喪其愛子寄慰二絶

信是童烏不易生，預玄深繫子雲情。人間不少摛詞地，何必修文天上行？

喪明雖見西河愛，嬴博尤推季子賢。珍重君家遺事在，莫將清淚灑啼鵑。

挽程廣文二首

九歌垂就涕先零，恨殺青衫到底青。昨夜微茫牛斗分，不知飛上作何星？

三絶風流數鄭虔，到頭生事僅寒氈。古來文苑君知否？一卷殘編了百年。

贈友二首

曾從燕市放狂歌，歷盡悲懽奈老何？屠狗賣漿豪俠盡，虎皮座上有荆軻。

雲際鵰雛塞上駒，眼中偏著老狂奴。殘針碎錦聊相贈，得似君家故物無？

楊騏

字于王。邑諸生。篤行博聞，雅志古學，高才生多避卻之。授徒成市，皆沐浴經史，無章絺句繡之習。屢試京兆不第，同舍生率去爲顯官，泊如也。居家孝友，比于義門，尤爲輓季所罕見。

雜詩

女蘿寄松柏，裊裊隨風吹。一朝斧斤加，枝折根離披。美惡相妬憎，今古良如兹。緑鬢本榮敷，青蠅易以欺。棄置入深宮，會面安可知？霍家昔全盛，驂乘兆誅夷。烈士貴自保，怙勢非所宜。不見林中鳥，畏網先高飛？

得方壺書知有燕遊

筆札依人苦，風霜冷不勝。鷄啼將落月，馬怯欲消冰。故國黄塵隔，西山爽氣澄。驅車過易水，壯士有誰能？

方維嶽

字從五。踰冠游鄉校，即負盛名，試輒領軍。沾被後學，傑作至今猶在人口。年未六十而卒。

子山至草堂

皖江分袂後，念子已還家。水樹聞啼鳥，山田見稻花。人先秋雁至，坐對夕陽斜。滿酌清尊久，西園興正賒。

彭大年

字子及。邑諸生。爲人端方淳重，從弟粥岑貴，不以私干，談經授徒，取足供尸饔而已。所著石樵集，如寇焚書堂、賊至楊家嶺諸什，讀之亂離在目，爲之憮然。

對君酒

對君酒，放我歌，興酣一百金叵羅。白龍今夕寒威減，紅摇燭影照顔酡。鼓角風清坐上催，招呼陸羽且停杯。七碗啜之復洗斝，侍兒睡立玉山頽。主人嗔我貪不止，我看世間可貪惟有此。翻雲覆雨浪中花，劉伶埋去不曾死。

客夜病中

作客已無賴，病偏向夜多。自知愁是祟，不信睡能魔。萬葉隨風下，孤鴻叫月過。思家從不慣，此際也如何？

雪中晏起

客愁堆一枕，添得雪能閒。晏起無人到，柴門白映山。詩情驢背上，酒興剡溪間。遥見披蓑者，寒河負釣還。

曉發

荒岸曉鷄鳴，舟人解纜行。寒煙没野色，細雨亂江聲。美睡多年減，窮途百感生。披衣天際望，且到大雷城。

喜純一僧自皖至

白晝愁昏寐，蜂傳寇盜横。老僧何處至？昨發皖江城。故里聞無恙，全家忽再生。相留半日話，不爲愛閒情。

枕成

客心不著睡，枕上到初寒。髮向頻年短，衾知此夕單。猿攀林果落，鼠齧案書殘。起步蒼苔月，清光處處團。

病夜不寐僕鼾如雷詩以遣之

城寺漏鐘殘，窗虚月正寒。我心渾欲碎，汝夢一何安！無累從人賤，有痫作客難。秋蛩徧聒耳，長夜益漫漫。

滁州西澗友人集詩限韻

隔岸橋西路，春潮古渡頭。草香知故澗，沙長没行舟。好友招卬涉，新詩入社留。黄鸝猶在樹，終日唤蘇州。

晤吴民在廬江館舍

八口謀何拙，他鄉托一氈。長貧親易老，多病主難賢。下馬來垂問，扶兒出款延。此情難遽别，風雨故纏緜。

詠粥岑新築

世情無一可，掩户著潛夫。酒學歐翁醉，堂因柳子愚。教兒搜帳秘，約僕理園蕪。老興何嘗淺，時來看竹梧。

出城見寇焚讀書處

喜聞寇去出城東，滿目淒涼萬事空。茅屋已經兵火燼，殘書無復蠹魚叢。不逢豺虎惟天上，忽見親朋是夢中。薪木從今休更植，野花遊蝶領春風。

同范子明方搢公吳集未周農父錢亦友飲陳子垣得鹽字

愁痕疊疊壓眉尖，且喜逢君月在檐。話覺多情同密友，詩將險韻索新拈。松聲湯沸紅爐火，燭影風摇白布簾。卻訝盤餐何太盛，杜陵但有水晶鹽。

落榜夜渡

趁月催舟夜渡津，夜長舟静月偏明。試看繞樹無棲鳥，恰似孫山以外人。狂到窮途難免哭，愁來天闊不容身。清風兩岸漁歌好，悔不江頭學隱淪。

山齋紀事

予性迂疏，每曉起拂塵，見檐蟲爲蛛絲所縛，作哀泣聲，疾解脱。軒外植花數種，次第溉水，舉步有殘紙剩字入汙穢中，心輒恐怖，浣就曝焚之。情之所至，隨筆成詩，挑燈朗吟，取酒半酣而卧。

山軒石壁罥藤蘿，曉起攤書頭自科。拂去案塵爲浄土，解開蟲縶即禪那。澆花因悟人天巧，火字爲消筆墨魔。荒盡舌田難斷酒，唾壺夜夜助高歌。

同大兒過靈泉僧舍

汝生我正在靈泉，忽忽于今十六年。舊寺經行看漸廢，老僧延坐認難全。疏鐘自度林梢雨，野鳥還窺廚下煙。歲月儘寬裘與冶，重來此地結茅椽。

除　夕

入山爲乏買山錢，又向危城借一廛。正苦此身當此世，忽驚明日是明年。光陰暗度兵戈擾，生計空看釜磬懸。草草酒漿供臘祀，寒燈挑盡不成眠。

病寄大兒

摇落西風木葉疏，梁園沈卧病相如。客貧難免悲饑渴，交淺何知問起居？淚落芭蕉窗外雨，夢歸蝴蝶枕中廬。經過滋味知如許，何故吾兒又讀書？

初度留吴三蔣四姚五小酌

老我交情又一年，野蔬濁酒共陶然。生逢世亂求無辱，身賴家貧得苟全。往事豪華空竹馬，腐儒衰病只韋編。兒婚不料重爲累，斂手何時大父前？

病中自況

畏暑愁寒病若浮，驚心每對日西流。悔同齊客工操瑟，慙甚王生勸盜牛。讀不盡書空有願，飲亡何酒亦終休。獨看繞膝孫兒戲，任是愁來也遣愁。

賊破楊家嶺

一老渾身帶重傷，望城哭訴舉家殃。只留稚子哀難負，棄落荒村餧犬羊。

代　内

蓮子花開牽别衣，多時望得雁南飛。平安道上人來往，惟有先生出不歸。

苦　雨

借得人間屋數椽，參差破瓦滴如穿。夜來渾寄扁舟上，風打篷窗對水眠。

王孫彧

字惟稷。童髫補博士弟子，儒望蔚然。以家貧，授經自給，所至焚香掃地，整衣洛誦，學者師承其風範，皆有體要。里人目之曰：『此河汾氏之教也。』其爲人傾慕如此。

懷生散從祖

別業臨江甸，幽居遠市曹。時看揚子水，應憶廣陵濤。縣裏花將發，庭前鳳有毛。不才甘寂寞，悵望竹林遥。

友人見招雨阻

落魄愁無限，山居更寂寥。故人猶不棄，岐路獨相招。樹色行雲濕，溪聲入夜驕。無緣成一醉，空自度寒宵。

雪阻寄家孝廉

欲覓孝廉舫，難移書畫舟。可憐新雪片，猶點舊貂裘。山擁風聲驟，洲迷江水流。白門今遠近，旅食更多愁。

吴道親

字民在。風儀聳秀，以高才爲黨庠所推。與鄧徵君顛厓友善，身歿後，顛厓爲庀其喪，撫其孤。里中人嘉鄧之義，益嘆吴之能取友也。

懷顒若兄客廣陵

木落秋江迥，天涯久索居。池塘千里夢，風雨一牀書。梅嶺棲無鶴，邗溝食少魚。瓊花如可採，北道早巾車。

張克偉

字子亮。崇禎末郡諸生。爲人眉目清揚，微鬚飄拂，風神標格，略如世俗所繪張仙狀。性温雅和易，躭研經史。順治初，與予輩結文社，意氣雲蒸，疾交道翻覆之陋，始終弗渝。生平不多作詩，其孤□琮偶從篋衍中得手録示予與齊子古愚詩一首，特存之。古愚名邦直，中順治甲午副榜，與子亮比屋而居，昕夕劘切，其文采行誼，詳予所撰端述先生謚議中，不幸早世，無後，孰謂之天有知者耶？予采詩枌榆，最擯贋作。或予不及管，間爲捉刀所誑，則不任受過也。古愚不能詩，其制義、古文辭自是一代名手，予安敢點竄他作，以誣良友？故因子亮而附著于此。

途中感賦示齊古愚潘蜀藻

連年作客怯長征，吏怒那堪趣啓行？割袂頻添慈母淚，分金空感故人情。亂雲穿峽浮還聚，好鳥吟風去復迎。自笑途窮何用泣，梵音深處學無生。

柏廷植

字培二。少隸諸生，誦習勤勤，齎志早殁，人皆惜之。

雪後之館

積雪空山裏，寒林出曉煙。隴梅封蕊住，野竹壓枝眠。曲澗冰花合，高樓玉樹懸。翻憐貧自好，冷不到青氈。

燕子

大廈連雲起，交飛燕子低。微風依藻井，細雨啄春泥。秋別巢空冷，春來路欲迷。可憐王謝去，不向舊堂棲。

鄭寧

字居易。邑諸生。嘗授徒和陽，頗爲成給諫杏懷所許可。以家貧年邁歸，持兔園册教授村塾。其人則儼然獨行之儔也。

秋日懷方井公

家食貧無計，君歸我復遊。山容如舊日，樹色忽新秋。鄉國多禾黍，江城少酒樓。得餐鱸膾美，可念鄭瓜州？

早春同友人之皖宿練潭

潭水清清帆影寒，月明山色入簾看。與君共醉梅花下，不問來朝行路難。

宮怨二首

花落花開年復年，長門深處鎖寒煙。不知宮外繁華事，細聽鸚哥説枉然。

團扇輕羅五月天，沈香煙暗水晶筵。傳言鳳輦今宵過，不見車聲到耳邊。

吴用劍

一名用鐸，字幼康。天啓丁卯武解元，順治丙戌又中武舉人。東南公之伯子也。少攻墳素，不利文戰，棄而學劍。雖韜鈐自負，有輕裘緩帶之風，結客任俠，鬱鬱不得志而卒。著有待園漫草。

春日同王石仲遊韓御史園

乘閒邀勝侣，攜手入桃源。谿水迴無際，石雲生有根。登山憐屐澀，繞砌喜梅繁。共結林泉契，幽懷此地論。

早發采石有感

江店鷄初唱，村燈光欲濛。晨星雖漸少，皓月正當空。寒重衣沾露，林明鵲噪風。丈夫識丁字，何必定從戎？

勺園感舊

吾猶曾及見，處處是樓臺。落日珠簾捲，香風畫閣開。莠民輕一炬，華屋盡成灰。空有笙歌地，頻來燕子猜。

宿紫沙洲

江深大地浮，飄渺一虛舟。帆勢常疑墜，風聲欲斷流。雲煙迷野樹，燈火隱漁洲。微雨夜來過，篷窗暗起愁。

贈萬如禪師

静裏參禪上講臺，風翻何處動塵埃？幾年納履無人到，今日披襟有我來。節候已知梅子熟，機緣還待木樨開。愧無玉帶山門鎮，辜負豐干饒舌回。

過太白祠

錦袍著去已千秋，此地曾聞捉月遊。搔首坐生遷客淚，空江不斷美人愁。醉中詞賦真無敵，代有才名遜一籌。煙雨瀟瀟迷客路，望風忍不暫停舟？

夜泊紫沙洲

孤洲一宿罷長征，杯酒牢騷遊子情。作客有懷看夜月，艤舟無事聽江聲。聲連永夜思彌苦，月出空江影更清。莫怪鄰船人語寂，杜鵑啼血已三更。

自詠

把酒衹堪薄醉，吟詩不耐深敲。鄉夢常來枕上，客愁頻鎖眉梢。

校書問花亭聞蟬

幽齋空寂全忘暑，座上清風引日長。何處蟬聲驚落葉，卻疑此曲叶霓裳。

泊松山湖

月色朦朧照水鄉，湖天無際隱山光。三更鵑血啼煙樹，引得遊人欲斷腸。

自嘲

假寐夢魂亦不適，真愁鬢髮已將枯。分明枕畔成詩句，待曉尋思一字無。

徐宣

字召旬。家貧，好讀書稱詩，多長者之遊。嘗囊兔園册教授村塾，晝與諸童子講訓詁之學，夜則帷燈達旦，雒誦不休。帖括之餘，旁及敲推。所著雲樓近詩將鋟板以行，錢子飮光、李子石逋、祝子山如、張子敦復各爲之序。讀四子之序，可以知召旬之詩矣。士非附青雲，烏能聲施後世？信哉！

題張敦復遠峯亭

幽人逢勝境，卜築肯尋常？亂竹全無徑，諸峯環抱堂。鳥聲清几席，雲氣冷衣裳。盡日緘關坐，奇書讀幾行？

不寐

假寐何曾著？披衣坐竹牀。鼠遊窺硯水，鶴步怯庭霜。歎歲文難療，寒宵更自長。高樓誰弄笛？不顧客心傷。

重九前一日過齊又予村居

出門貪好景，隨步到君家。野鴨羣浮水，衰楊獨宿鴉。庭幽秋草淡，石冷晚霜華。重九明朝是，還期問菊花。

遊爽園

聞道春殘郭外村，趁晴偕客訪名園。密林深鎖閒雲影，古澗猶存宿雨痕。徑插竹籬因護筍，牆纏薜荔倩遮門。晚來西爽尤堪醉，拚解鷫裘貰一尊。

還家遇雨

衝泥傍險過長堤，百里家鄉望欲迷。細雨頻添溪水急，流雲漸補亂山齊。半黃梅子迎鞍墜，一對斑鳩向客啼。更有幾條牽恨柳，絲絲帶濕颺去聲。還低。

過樸巢先生幽居

喜見先生高隱處，擁書千卷一琴懸。疏桐點點花飄席，修竹枝枝葉映簾。開徑卻能同蔣詡，愛廬猶且勝陶潛。知因問字頻過訪，笑語掀髯總不嫌。

即事有感

莫怪雙眉未肯舒，蕭條心事獨愁予。塾因年久生徒厭，兒爲家貧筆墨疏。寂可張羅門署鳳，冷無儲粟釜游魚。自憐多病心情減，攲枕高眠懶註書。

錢西頑先生過訪便序拙集賦謝

授經小室傍東城，門種三竿竹早成。嘉客偶過停蠟屐，狂談共坐拭茶鐺。詩壇許我師工部，學海推君逼長卿。一卷未堪供世賞，敢勞玄晏重聲名。

爲張谷士催妝

豆蔻風生香正飄，從兹夜夜渡星橋。殷勤寄語張京兆，柳葉雙眉仔細描。

吴用鐔

字聖士。幼康公之弟。少穎異，讀書一覽不忘，爲人忼慨負氣誼。年踰壯，以色養劬勞，絶意仕進，杜門課子，游于酒人以自放，自號龍眠酒徒。有效顰集。

花下美人

早起常乘露未晞，庭前争選最繁枝。緋桃愛傍紅裙立，粉蝶偏隨蓮步移。解語何須煩羯鼓？芳姿都不倩臙脂。坐間更奏清平調，未許牆頭勒馬窺。

懷浩菴大兄

彈鋏歸來臥敝廬，水天闊絶正愁予。恨無鸞鳳堪垂翼，空有鱗鴻不寄書。親老難爲知己用，才微自與故人疏。登舟若發山陰興，掃徑時時望鹿車。

喜長男暲遊泮

懸弧學劍餘三世，此日欣聞果冠軍。共羨孝孫繩祖武，莫辭野鶴在鷄羣。韜鈐久已知無敵，厚重何曾笑少文？須有勳名繪麟閣，芸窗不負十年勤。

方儀

字子九，一字孝威。崇禎末與弟子留、子玉皆有文名。

哭仲弟子留

旅櫬扶來恨莫禁，傍僧鐘磬寄禪林。茹荼久矣長齋慣，就木猶然感舊深。百卷殘書那忍見？千秋正氣幾知音？每過梵刹偷彈淚，季子先予已痛琴。時子玉亦繼逝。

校　記

〔一〕□　原刻如此。

〔二〕□　原刻如此。

〔三〕訢　當作『訴』。

〔四〕徧　當作『偏』。

龍眠風雅卷五十四

木厓潘　江蜀藻輯
當塗曹臺觀文占同里吴商霖弼士参

方兆弼

字子克，號象山。贈僉事龍望公之仲子也。贈君以武舉，官荻港把總，斥堠毖肅，克靖萑苻。甲戌，里中盜起，與兄中丞公有弭亂之績。以故象山少學劍，躍馬挽弓，以用武自負，好與奇士俠客遊。既折節治博士家言，則玩思神明，濡嚌聖涯，爲文務根極理要，直闡程、朱之秘，而筆鋒犀鋭，又足以暢所欲言，浸浸乎登先正之堂矣！以學宫久次，順治庚子貢于廷，猶高自標置，不屑以一氈老。家居食貧，坎壈不得志而殁。象山意氣豪葛，才辯飈馳，文名籍甚公卿間。初爲詩，少年盛氣，腸肥腦滿，抑揚抗墜猶未中音節。迨四十而後，牢籠負涵，波詭雲譎，乃至沈吟眩瞀，酣嘭淋漓，洵哉其爲詩人之雄也。晚歲病瘵，以酒客爲醫人，以詩筒代藥碗，逍遥觴詠，卒不少廢，年四十有八。一月之内，與兄蛟峯先後修文地下，嗚呼悕矣！

長相思二首

長相思，久别離。江北江南各一涯，我素思君君所知。空階看月冷，愁面任風吹。夜深不忍寐，思君前日詩。

長相思，思且悲。苦如檗，亂如絲。簾前春氣動花枝。翡翠兩相劇，鴛鴦雙未離。雕梁落殘月，夜夜窺羅幃。

東飛伯勞歌三首

鴛鴦宿水鳳棲桐，碧玉紅綃時會同。誰家兒女生閨閣，千嬌百豔如花灼。金屋金屏明月珠，玉琴玉鏡紫珊瑚。女兒年紀纔十五，芙蓉白面愁偏嫵。花蕊風從滿院香，空留可憐春斷腸。

西飛翡翠東飛蝶，趙嬪班姬時共挾。誰家冶豔隱金樓，半面看人掩扇羞。錦鴛早繡合歡帳，雙鸞帶結同心樣。女兒年時剛二八，冰肌玉腕如脂滑。忽見東風弄落花，低頭無語坐窗紗。

南集雙鴻北集燕，卓女長卿時共見。誰家閨秀居茂陵，顏如白玉姿如冰。瑶帳流蘇琥珀枕，金雀步摇花文錦。芳年十五私心動，鳳不求凰凰戀鳳。花英草角老青春，年年不嫁繡羅巾。

陽羨謡

外吏不可爲而，江南之吏不可爲而。江南之吏猶可爲而，三吳之吏不可爲而。三吳之吏不可爲而，陽羨之吏尤不可爲而。吁嗟噫嘻，胡爲乎陽羨之吏不可爲而？荆山有虎而，荆溪有蛟而，荆山之陽荆溪之陰有周處而。

邀笛步

東晉尚風流，江左多名士。王謝雖齊驅，諸桓亦媲美。不以貴顯驕，不以貧賤恥。聞聲且相思，命駕行千里。況於眉睫間，忍隔如生死？我來邀笛步，懷古欽桓子。徽之何鹵莽，舟次乃爾爾。護軍既赫奕，車騎任驅馳。掉頭不肯住，進退應何似？茫茫溪渚間，清音散秋水。一弄未爲奇，再弄盈雙耳。灑灑踞胡牀，三調始言止。攜笛在車中，其事已不鄙。蹁躚遂果來，兹情尤足喜。竊怪主與賓，寂寂兩相視。當世好清談，此獨重奇技。孝武爲至尊，亦且慕風旨。主僕吹復彈，瑶箏撫玉几。怨詩歌有聲，諷諫情無已。由來桓子笛，差足垂青史。

烏衣巷

此巷昔不傳，傳自謝安石。丞相王茂弘，比鄰相倚藉。杖履兩風流，軒車俱顯赫。子弟稱賢才，咸蒙晉恩澤。少年被烏衣，老翁拖赤舄。邸第連雲霄，輿蓋填阡陌。一旦宣武來，冕服都狼藉。駐營何處所？即選文靖宅。堂前燕子飛，迴顧非疇昔。

玄武湖

此湖三百年，積水涵空碧。水性産嘉魚，獨數銀絲鯽。虞衡律令嚴，梁笱杳無迹。何年此禁弛？湖光忽蕭索。但見捕魚者，舉網如絡繹。得魚踴躍歸，持向秦淮宅。秦淮多富貴，一尾錢千百。漁郎得錢喜，富貴得魚惜。今夜開華筵，差足供賓客。烹入水精盤，鮮膾素鱗白。多恐食魚人，終宵長跼蹐。

鍾山

鍾麓多喬林，蒼松與翠柏。黛色參青天，扶疏幾千尺。雲氣無時無，隱隱見金碧。種自何年代？壽命應無斁。豈謂地不靈？中歲遭屯厄。樵蘇如虎狼，持斧無顧惜。一旦摧爲薪，負入長干陌。專賣與朱門，不過居民宅。朱門買即焚，居民轉拋擲。拋擲意酸辛，忍饑度朝夕。

馬湘蘭故宅二首

美人不見面，悠然情乃深。煙蘿與翠竹，無物非琅琳。蛾眉倘親狎，歌舞徒驕淫。何如對舊宅，千載俱傷心。小橋引秋水，高柳啼春禽。此中一回想，風流無古今。

隄柳何青青，溪水何盈盈。水流夕愈淡，柳落春還生。人今向何處？妝閣雲煙橫。不見有懽笑，但聞啼鳥聲。過客長戀戀，中心悽且清。其人昔居此，轉見多幽情。

賞詠亭 袁彥伯

彥伯才超敏，倚馬草露布。七紙俄頃間，安數東征賦？所怪爲世胄，何以供傭雇？富商租米多，驕奢不一顧。豈識操舟郎，胸中貯武庫？懷古悲昔賢，詠史藏新句。孤帆落晚煙，獨泊江邊樹。風清月白時，故態寧無露？仁祖特欣賞，蕭灑謀良晤。阿虎未成名，謝氏多知遇。記室傍安南，東陽倚太傅。投契本有緣，相逢豈無故？高才不久淹，湖海只偶寓。定因賢鎮西，說向京華路。

然犀浦 温太真

太真好樗蒲，頗不謹細行。兒戲玉鏡臺，求婚曾弗敬。但其官東宮，恭謹承明命。王敦下石頭，威容特縱横。榮辱在須臾，官寮誰犯諍？慷慨逆將軍，仁孝歸儲聖。主臣既無私，陰陽罔不正。所以驅魑魅，江渚爲清浄。勿論犀有無，此心即明鏡。

龍山 孟萬年

桓温每遊讌，輒命參軍酌。伏滔恆悦從，袁虎卻媿怍。屈首寄籬下，意氣殊蕭索。作賦見雄才，放歌轉落魄。俯視井底蛙，獨立雲中鶴。竊怪孟萬年，亦入征西幕。九日登龍山，追陪費酬酢。主人勢赫赫，從事情躍躍。强顔隨衆懽，吞聲逐俳謔。脱帽參寮前，區區何足樂？祇供司馬笑，殊令莊士愕。孫盛投以文，解嘲安所託？至今相與傳，多恐意輕薄。

賈島墓

昔聞賈主簿，李白墓相連。鄭谷曾憑弔，詩詞久已傳。今我訪谷村，孤墳惟謫仙。青山樹歷歷，白紵草芊芊。問訊向土著，故老皆茫然。丘隴竟湮没，懷古生哀憐。

捉月亭三首 李太白

君臣不得志，激楚成狂顛。放流天地外，歸竄江湖邊。形骸非所顧，笑啼皆忽然。指心當皎月，搔首問青天。天問問不明，月色低相憐。清夜發高致，痛醉臨深川。歌聲上霄漢，還如金殿前。脱靴實故態，騎鯨乃妄傳。何用立亭榭，徧小青蓮賢。大江江有水，水流聲潺湲。後人來聽此，萬古心悲酸。

太白不曉事，醉入昭陽宫。宫中事秘密，頌美安所容？況有巧寺宦，中外聲相通。女子與小人，從來操吉凶。天顔在咫尺，輕狂殊失恭。力士雖至賤，廉恥心所同。三調縱高妙，讒言尤易工。賢主幸憐才，恩赦還江東。蛾眉半輪月，牛渚重相逢。瑶臺休再詠，萬里生悲風。

供奉有令子，名昉姬伯禽。伯禽早不禄，男女傳三人。男遊向遠方，踪迹遂沈淪。惟遺兩孤女，所適皆傷貧。陳雲與劉勸，俱爲編户民。賢哉兩未亡，氣節雙森森。矢志從一終，堅持松柏心。偶遇范觀察，泣言何酸辛！爲祖卜新宅，改兆青山陰。廬墓終餘年，孝思空古今。克紹乃祖志，不辱先朝臣。誰謂李夫子，無後身長泯？

念男繼朴

繼朴性淳厚，恆爲昆弟欺。阿善恃其長，阿弢驕其卑。兩人攻一愚，受者安所支？每一逢彼侮，愬母涕交頤。旅館遥憐汝，平安須報知。

東坡書院

我悲蘇端明，直節不避忌。命數遭轗軻，屢譴投荒地。安置向嶺海，三年能素位。其時天下人，已傳公不諱。豈知忽北歸，人間久游戲。道逢章子厚，升沈聊足慰。平生縱落魄，蹭蹬不喪氣。讀書破萬卷，達觀在道義。癖愛名山川，灑灑肆心志。請移陽羡城，玆意豈無爲？正可終餘年，溘然竟長逝。瘴海豈延生？樂土翻憔悴。吳水與眉山，不問身後事。

鷄聲 示兒輩

課兒常早起，擁衾候鷄聲。鄰村有一鷄，靈慧最先鳴。星稀月甫没，萬籟皆未生。遠遠高林外，凌霄獨砰訇。乍聞疑有無，静聽乃分明。再唱與三唱，令人神肅清。終日所作爲，賴此益勵精。樂莫如天子，端冕朝神京。苦莫如田夫，赤脚凍春耕。驕莫如將軍，雨雪晨交兵。饑莫如行人，辭店從霜程。兒曹睡夢中，寂寂曾不驚。阿翁多病痛，起舞難爲情。

索果聲

吾女生奇男，三歲即秀異。依依老妻前，索果日幾次。未得牽衣啼，既得笑且媚。笑啼聲突如，老夫聊慰意。

争渡聲

趿履行階除，忽聞争渡喧。行人愁日落，急急投煙村。人衆舟偏小，愈亂天愈昏。足疾各争先，落後寧無言？幾簇聲相聚，風送來柴門。

讀書聲

男兒攻五車，必邀車馬賜。稽古報有時，兒曹豈無志？縱不求軒冕，此道難捐棄。從來古哲人，正誼不謀利。皓首窮一經，小心問奇字。揣摩貴簡練，有股誰能刺？篝燈撿漢書，有酒誰能醉？耕鋤力不剛，筆研吾家事。立身在儒林，風雅求不媿。窗前春日静，階下竹先翠。勿學邊孝先，晝眠自適意。昨夜讀書聲，老子聽不寐。

踏青聲

春草色小青，人人踏郊野。提壺溪水邊，旋就杏花下。村妓抱胡琴，里兒學瀟灑。歸路相嘲笑，杜鵑采盈把。誰知叢竹林，獨有登樓者。

命老妻開罇

我愛飲甘酒，甘者慰吾脣。擎杯呼不至，愀然生怒嗔。憐汝亦勤釀，但怨酌者頻。别藏僅五斗，其味苦猶醇。色似山泉白，聊充竹葉春。固封經數月，欲啓屢逡巡。永夜不能寐，吟詠偏津津。病中發高興，賴此全天真。汝其披衣起，開罇速具陳。弱軀厭藥物，但飲覺精神。囑汝勿妄費，難以及他人。縱有賓朋至，無嫌告以因。一升供一夕，汝其珍更珍。

懷伯兄蛟峯濟上

夜静立空階，江雲凍月色。我心有所思，所思在濟北。骨肉勞夢魂，相憐復相憶。尺書且艱難，會面安可得？宦路如江濤，茫茫不可測。急流合挂冠，五斗難久食。本無軒冕心，卻受簪纓惑。十載守清貧，努力報王國。充庖薪水廉，獻壽瓊瑶嗇。祇恐當路人，不信吾道直。

喜晤曹二梁父賦贈

嗤咄曹郎汝記否？與子論交在癸酉。乙未相逢已廿年，浮渡山前一杯酒。至今又度九年春，三十年間兩聚首。人生聚散雖尋常，如此別離亦太久。回憶我甫十四齡，先翁教我習桓赳。嘆惜男兒今世間，學劍勝人學書醜。且從萬里覓封侯，黄金印懸紫絲綬。伏波銅柱拜將軍，定遠玉門垂不朽。余時總角力頗强，强弓長箭時在手。白馬雕鞍珠勒頭，揮鞭縱轡風雲走。南衢來觀動老翁，北巷競看有少婦。我亦對之驚且笑，幼年好事良非偶。太公命我提劍舞，長公飲我開罇卣。高閣吹簫十夜歡，胡牀坐嘯有潘叟。時次魯先生在座。阿姊骨肉更情深，洗盞加餐華堂後。謂我此去請長纓，乘風破浪凌牛斗。豈知三十有餘年，重來姑孰逢親友。猶是江淮舊布衣，蕭然一劍棲南畝。西京作賦媿長楊，北塞從戎慙細柳。紫騮騄駬俱無情，蹇驢窄背安相受？武功文事且勿論，相守百年惟杵臼。看來俱是白頭人，且引一杯爲君壽。

送巫巒稺司理之任南康

誰道南康宦遊薄？予曾客此知其美。山川奇秀甲楚西，郡城静與名園比。上覆匡廬五老峯，下環彭澤千重水。彭澤波從窗底生，匡廬雲自階前起。前有濂溪揚清風，後有考亭續芳軌。太極圖生古室間，中庸註列幽崖裏。紫陽堤上柳垂條，白蓮池中花含蕊。曠古名傳兩大儒，爲官此地垂青史。豫章分郡十有三，歷來名宦誰堪儗？至今經過五百年，孑然又見巫司理。司理此去何所爲？刑清如冰訟獄止。願爾名山多著書，奇文高詠生風旨。豈如俗吏無幽情，秀壑蒼崖不一視。羡彼江州白司馬，草堂結向青峯底。心寄煙霞不染塵，嘯傲風流破鼻鄙。庀材重建香爐前，君今髣髴應相似。區區爲政不足多，更追理學振浮靡。洞開白鹿課諸生，石鑿臥龍集名士。上接周朱真嫡傳，千載三人同一揆。

謫仙樓

李杜齊驅天寶間，文章共事藏名山。窮通死生略相似，劍外江東各轉徙。我歎供奉更失意，徉狂痛哭江邊地。横拖宫錦下金陵，醉擎酒碗霑血淚。隨波既往又復回，年年歲歲鳳凰臺。山川亦復念牛渚，高詠西江志可哀。生愛青山如謝脁，死結墳鄰有同調。萬里魂歸蜀道難，土人憐之立祠廟。唐宋至今祀不絶，干戈兵燹無傾折。謫滿仙人宜上天，恨深妃子久應雪。斯人何必有兒孫？高風生氣至今存。畫棟珠簾照明月，蒼松白石棲幽魂。昔聞杜老在巴蜀，四建草堂何數數。不如此地一祠屋，百世千秋無竟局。浣花瀼西多主人，裴嚴高王皆其倫。分金割俸爲庀材，堂成置酒柴門新。但嫌此係生前樂，身後衣冠竟寂寞。何似清江一片山，早晚仙靈欣有託。

寄示行四兒棣華

諸子之中汝最細，出就外傅甫六歲。清晨樂起不畏霜，纔讀論語氣便狂。初見師長喜言笑，僮僕懶惰能提調。每逢食肉汝最雄，但愁肥多當寒風。每逢食魚汝最壯，但愁骨多食不暢。每逢飲酒汝喜冷，但愁腸薄未許猛。每逢出溺礙其褌，須仗檢點有諸昆。每逢還家山無月，慮汝争先趨且蹶。稍幸春深天氣煖，隔嶺穿松如履坦。晚歸向母索棗棃，慎勿嗔無即悲啼。母若産兒推汝兄，兄道從來宜老成。汝能勤學勝諸子，翁歸私汝以羅綺。

戲題遊舟

競渡本哀屈子忠，今之酺飲情何謬？市井少年無足論，闉闍胭脂亦輻輳。畫舫輕摇娜翠鈿，珠簾半捲拖紅袖。雙斜媚眼我欲避，怯亂高鬟肩每覆。笑投角黍弄清波，故帶兵符補文繡。酒生粉頬滿面春，日射羅裙私汗透。城中移櫂各争先，郊外放船屢相遘。乘興遨遊未肯休，使君多恐憐渠瘦。

爲舟子解紛歌

艇子操楫僅兩傖，解纜便聞勃谿聲。捩舵東西罕遂意，開頭緩急難稱情。江中忽值西風起，雲外旋看高浪生。兩相參差各怒目，舟勢傾危渠那驚？如此同舟失和氣，何況異道相紛争？我聞黨人悉如此，卒致亡國身棄市。三君陋習不忍言，兩部狂瀾尤足恥。古人立節本忠貞，子弟因以圖金紫。門户藩籬不可破，社稷不亡終不止。殊媿三老與長年，稍爲解紛遂釋爾。

移竹

此君此君夙緣遂，平生癖汝無日置。汝亦多情慣悦予，四時四面浮青翠。治塢植汝已廿年，生孫又孫奪花位。秋天風雨共悲涼，春日煙霞獨嫵媚。覓句頻推推且敲，能助幽情發奇思。我於池上偶爲樓，樓外仗汝生高致。汝其隨我度嶺來，三五雁行不相離。黄鸝待汝羣歸棲，流鶯爲汝嬌啼至。頃刻林林更森森，青入半天陰滿地。縱獲黄金百萬斤，無如汝曹適我志。縱食綺席五侯鯖，無如汝曹快我意。日日擎杯到汝前，汝須善飲同予醉。

夜雨醉後寄蜀藻

兵氣依然在，孤城守未休。三間無復瓦，五步尚存樓。懶著東山屐，難爲南浦遊。音書已斷絶，夜雨更啾啾。

憶兄子詒

疲病匡廬道，浮踪託野鷗。讀書非不效，薄命易招尤。口有長存舌，身無可敝裘。此時應念我，魂斷白門秋。

寄三弟

江上傳消息，追呼異昔年。纔沽人日酒，已納仲春錢。法合知渠重，貧將誰汝憐？薄田猶幸少，愼勿故遲延。

藥　餌

藥餌參兼术，山妻識性情。撿蟲憑爾曬，烹蜜禁兒争。逆旅親爲製，和丸久未成。自憐身不健，歸思日怦怦。

望巫戀穉司理不至

春風三月半，曾許放舟回。白紵虛江月，青溪戀酒杯。官船當早發，時將之南康任。地主亦應來。遥見匡山路，紛紛柳絮催。

將往弔李青蓮墓柬曹二梁父

遥遥三十載，犀浦始重遊。不拜山中墓，空登江上樓。蹇驢途未遠，絮酒願應酬。賴爾多幽興，相攜有杖頭。

李宅相姓谷，子姓繁衍，廬青蓮墓下。

賢哉李宅相，天寶舊遺民。能守千年墓，殊非一世人。詩書雖失學，耕鑿不憂貧。阿祖魂應妥，春秋薦有蘋。

憶家園新笋四首

日食他鄉笋，吾廬觸所思。幽篁形磊落，新箭勢參差。恐值偷兒狡，難令稺子知。倘歸逢盛夏，青翠滴雙眉。

每值春將暮，貪看興肯闌？雨多離土迅，露澀拔林難。千百勞親數，東西令爾安。不材隨力盡，未忍奉盤餐。

我行江上路，到眼即徘徊。不問誰爲主，相憐欲索杯。性情千尺歛，煙雨一林開。卻恨溪南女，筐提入市來。

癖竹非常癖，還從畫裏看。亭前培十種，腕底帶千竿。生氣依林動，悲風傴箬寒。故園雖不見，尺寸在毫端。

葉九野童期公移尊見訪

只有詩中酒，無醺但有醒。貪斟身轉健，久覺藥無靈。白晝如相過，黄鸝更可聽。叮嚀修禊事，芳草露痕青。

煙帆

雲嶂連江暗，煙帆帶雨遲。舟中應有客，天外欲何之？愁思如同我，多情必賦詩。停船倘相問，抆淚各言悲。

答長文餉酒

醞出葡萄甕，罇浮琥珀光。山僧不飲酒，隔徑亦聞香。一合詩腸滿，三更客夢長。計供能數夕，親舉向胡牀。

畫竹

對竹聊爲竹，揮竿覺有神。低枝垂宿雨，倚石度青春。階下瀟疏假，毫端顧盼真。江城媿知己，每到索頻頻。

皖邸有懷

此地官齋飲，笙歌饒酒杯。南池頗相似，東閣亦常開。獨我安藜藿，終年臥草萊。長兄曾愛弟，不遣一書來。

内弟吴子静爲次女擇壻適吴天況

此女心差慧，曾通書一編。豈云家有教？或作婦能賢。翁儉安裙布，妝清淡寶鈿。終身今有託，衹仗渭陽憐。

杏花四首

先君垂手澤，二十七餘年。花落花開久，因人因地傳。暗香聞夜静，疏蕊動風前。魂魄長依此，三春幾樹煙。

此塢昔爲圃，吾翁始種花。碧桃存幾樹，紅杏有餘葩。顔色憐遺澤，煙霜惜物華。傷心親在日，林下酒頻賒。

阿兄遊宦久，不見此花開。豈記數株樹，曾爲誰手栽？當年娱老眼，春日坐蒼苔。又值東風煖，紅英慰夜臺。

看花多過客，花下拜吾翁。不敢輕扳折，相看間白紅。半開憐半落，宜月不宜風。碎錦坊如舊，長懷裴晉公。

有感呈東之

當門的的長芳蘭，本欲移來赤玉盤。桂樹難爲今日隱，竹林翻笑古人寬。杯中白水還愁醉，篋底青萍敢易看。高座爲誰揮麈柄？且將獬豸作儒冠。

招隱蜀藻二首

舊時犀管揔無存，木柄長鑱學灌園。賴有老妻釀麴米，偶呼穉女閉柴門。牀頭羞説魚腸劍，桁上惟餘犢鼻褌。近喜故人來往密，怪君曾不到江村。

吞聲衹合開幽棲，豈有桃花路竟迷？門外比來無犬吠，城頭昨夜尚烏啼。兒童自我安榆屑，車馬期君踐藥畦。各具性情人不識，恨於舞後更聞鷄。

攜兒繼善過白鹿爲此示之

溪山一覽考亭題『滄浪草堂』，廷尉述之。字琳瑯，三十餘年白鹿莊。廷尉名猶傳帝里，中丞功不朽瀟湘。階前叢桂干霄漢，石上青松耐雪霜。汝輩穉年少知識，源流指點話偏長。

舟行湖上又示子繼善

竹裏誅茅築小軒，兒曹賴以避塵喧。兩三兄弟堪爲伴，四五年來祇閉門。今日乘舟始行路，隨時問字到前村。尋常紙上詩難解，指出湖山細細論。舟中偶拈浩然武陵泛舟、夜渡湘水二詩，解以示之。

柬白大孟新二首

白郎風骨尚森森，蕭寺淹留語素心。我老躭詩能度日，客中逢病易成吟。橋憐白下春光少，白下橋北盡爲大師所駐。船渡青溪雪水深。遥向城南望城北，看花難與共招尋。

方子依稀似白生，北來風景各深情。貧中婚嫁事相偪，亂後妻孥累不輕。觀察禄微還及弟，孝廉俸薄可貽兄。最憐相見頭俱白，王謝烏衣媿爾名。仲調時在苗僕射幕府。

喜南昌李蔚宗移陽羨令二首

聞道番陽李廣文，近攜琴鶴度江雲。芝山七載清風苦，花徑三春野雀聞。鄰省爲官途不遠，此方作吏事紛紜。比來治行無賢否，早給軍儲第一勳。

江南郡縣最堪悲，烽火初平歲苦饑。盡力輸租曾不減，吞聲鬻子竟誰知？古來作吏原憎酷，今日臨民只少慈。念爾生平爲長者，坐衙還似廣文時。

題從父翕山先生草堂

堂背青溪一徑開，柴門中有小樓臺。閒將野竹參差種，春買梅花次第栽。繞路水光經雨漲，隔城山色帶雲來。每逢看月兼看雪，多少詩人索酒杯。

寄懷童穉公

與君聚散不尋常，我去君來各一方。破帽正衝江上雪，歸帆纔帶嶺南霜。穉公仲冬自東粤還。

相思恰遇秋風冷，恨別偏逢春晝長。兩地一杯紅杏裏，新詩又入舊詩囊。

病裏思家

細思卻病無佳處，只有瀟疏萬竹林。酒態儘容終日放，詩情懶學古人深。老夫得句連聲讀，穉子忘機繞膝吟。更使燈前求甚解，身輕不用服參苓。

李太白祠二首

癸未來登太白祠，只今已越廿年時。曾爲憑弔詩無在，屢遇流離事可悲。像擬翰林傳不朽，身披宮錦意何爲？太真入蜀無消息，勸爾幽魂酒一卮。

七寶牀頭敢醉吟，風流天子卻知音。漢宮飛燕原無著，詞客雕龍興不禁。力士一朝成朽骨，夜郎萬里莫傷心。請將捉月狂名廢，江水清流自古今。

曹二梁父招遊郭外櫻桃園

爲訪櫻桃博小醺，低垂曲徑緑紛紛。枝頭仰看堆千顆，筐底傾來飽一斤。遊子欲餐還愛惜，野人親摘見殷勤。相憐明日煙波上，回首遥蟠幾樹雲。

留别曹二梁父

芒鞵竹杖向江濱，趣别須臾君勿嗔。貪贈名山真足慰，多攜警句更非貧。青松白水存吾道，尊酒盤餐累故人。此去未知重會日，尺書相報莫辭頻。

毗陵送潘蜀藻還白門秋試

孤舟先後泊江濱，共向蘭陵漫問津。久客異鄉如地主，每從旅館送歸人。我安薄命身多病，君著奇文筆有神。倘遇主司歐永叔，眉山從此作名臣。

九日憶内

重陽風雨通千里，知爾懷予思不禁。縱是酒杯逢地主，也應籬菊繫鄉心。甕頭新釀春須厚，簾下初寒秋已深。好祝梅花開趁早，待予歸醉北窗陰。

送陳賡明公車北上

君去停橈濟水邊，捨舟策馬向幽燕。雲横東嶽青峯外，路轉南池緑柳前。縱道阿兄居冷署，也應作主餞清泉。相逢若問荆溪客，消息平安賴汝傳。

撥悶

老妻釀酒味應醇，屈指歸期漸入脣。竹葉杯杯當雪夜，梅花樹樹醉江春。久藏甕計三千斛，每飲筵環十一人。況復蓬門聞剥啄，紛紛故舊問風塵。

歲暮

歲暮辭家歲暮歸，兩年霜雪上征衣。龍江牛渚千峯舊，越國吳門萬事非。兵甲縱多行路穩，客帆常小傍雲飛。海天颯颯寒風起，吹到鄉關願莫違。

病中柬楊得之

林外黄鸝寔可聽，提壺括韻出中庭。野棠苦李花齊白，疏竹垂楊色共青。病渴慣安司馬壁，尚玄還羨子雲亭。比來銷瘦非詩祟，愛我如君勸不靈。

先君墓道種竹

墓道移來竹色青，影垂天外接蒼冥。以茲追養泉臺志，相守常聞德澤馨。百病渾生嗟薄命，一身不死託先靈。佇看萬笋凌華表，年並松根長茯苓。

從子登岱初度示之

阿咸年漸長，初度況逢春。好日過容易，分陰惜幾巡。遠存千里志，健重百年身。束髮無殊景，垂髫亦此辰。揔期人不朽，且喜歲無垠。吾道求安宅，尋源早問津。羽毛非燕雀，汗血是騏驎。外舅官巴蜀，高堂宦濟濱。俸錢差謂足，膏火未爲貧。癡叔名難著，平生氣未伸。羣兒皆穉子，諸從爾成人。竹裏詩盈卷，階前樹絶倫。慎無如大阮，只合學諸荀。努力西窗下，文情自日新。

擬自君之出矣三首

自君之出矣，梅花已再開。昔折贈君去，今折待君回。

自君之出矣，曉妝減青黛。間有畫眉時，翻覺增愁態。

自君之出矣，孤眠白玉牀。但眠虛半枕，常若君居傍。

擬王獻之桃葉歌四首

桃根與桃葉，並立誰嬌怯？寵愛有淺深，俱是王郎妾。

莫爲桃葉喜，莫爲桃根悲。歡會有疏密，素心無轉移。

桃葉醉葡萄，桃根醺竹葉。各能飲一升，笑破芙蓉頰。

桃葉令人愛，桃根令人憐。愛憐無兩心，根葉情纏緜。

擬孫綽碧玉歌六首

碧玉何足愛，全在破瓜時。不似章臺柳，他人攀折枝。

碧玉未嫁時，不識破瓜苦。一夕近郎身，嬌啼掩金縷。

碧玉初破瓜，感郎猶覺淺。合歡重合歡，私情乃盡展。

碧玉承恩後，寸心郎所知。感郎年歲久，猶似破瓜時。

碧玉就郎抱，感郎恩義深。縱有十斛珠，不及一片心。

碧玉不修容，作婦惟崇德。感郎寵賤妾，在德不在色。

金山歌

維北有金臺，維南有金山。願取金山金，高寘金臺間。

秦淮曲四首

我昔居秦淮，夾岸垂珠簾。簾底坐佳麗，看人不引嫌。

我昔居秦淮，夜半歌明月。橋上醉忘歸，樓頭吹不歇。

我昔居秦淮，鍾山山色翠。上有參天松，不識何年植。

我昔居秦淮，水流何太碧。碧水繞朱樓，盡是五侯宅。

野望

我爲春常惜，兼於花最憐。春花還似舊，憐惜異當年。

江風

江風從北起，帆席暮争開。小艇隨煙蕩，高檣使勢來。

泊岸

泊岸先尋酒，聞鷄即問風。客心猶自耐，鄉路卻無窮。

風帆

纔與鳩江別，旋聞鵲石來。榜人筋力省，童僕笑顏開。

灌　花

地僻能容病，庭寒賴有春。既無求藥處，宜作灌花人。

贈黄倫敘都閫三首

汾陽單騎任馳驅，殺賊功成入畫圖。近日漢廷有公論，不將薏苡當明珠。

五老峯高萬尺餘，白雲丹壑盡幽居。舊時白鹿無消息，洞口何人更著書？

爲愛名山一片雲，得君持贈意殷勤。紫霄峯下鴻荒字，更欲搜奇續古文。

贈王子雲

海内聲名四十年，亂頭粗服老江邊。子雲懶獻長楊賦，故向名山草太玄。

古意二首

天子年年近妾身，一朝團扇惹秋塵。婕妤本自無顔色，何用蛾眉不讓人？

趙家飛燕好濃粧，姊妹風流禍水香。妾在長門甘寂寞，犢車夜夜入昭陽。

過彭澤二首

靖節風流久寂寥，孤城猶聽九江潮。祇今五柳依然緑，折盡人間處士腰。

九曲池飛一片霞，柴桑栗里是誰家？城頭多少連錢馬，踏碎東籬舊菊花。

吴獻之新婚留草堂一夕即去詩以嘲之

君在鴛鴦社裏時，錦琴寶瑟兩相宜。山中一夜留京兆，祇恐金閨待畫眉。

賊　退

鵝鴨風聲不忍聞，蛟臺賊火赤江雲。草堂幸有歸來日，榻上藏書尚未焚。

作　畫

折臂傷心久臥遊，逢人未必畫滄洲。毫端忽見風雲起，還是當年顧虎頭。

輓某烈婦二首

楊白花飛白有心，孤翔燕子不容侵。月下玉梭今寂寞，金刀擊碎茂陵琴。

西子何曾一解顰？河邊芍藥贈來頻。緑珠千斛雖多價，不賣珊瑚枕上人。

贈　妓

家在横塘是故鄉，門前有路入丹陽。祇今楊柳知誰折，寄語長安年少郎。

柬之再遊東浙聞途中遇掠無恙寄慰五首

聞道南塘夜出時，行人無恙布帆遲。伏波營裏歸來日，薏苡文犀好自持。

掠盡鄰舟估客錢，長年三老亦蕭然。何人坐嘯胡牀上，不識平原内史船。

一櫂頻窺細柳營，將軍海上有雄名。祇今食邑三千户，可念當時克皖城？

石家金谷酒成池，常使黄門殺愛姬。粗服亂頭無禮法，醉來休犯挺之兒。

故人遊興特逍遥，十萬黄金散一朝。滄海明珠應易得，不須癡聽浙江潮。

白雲亭即事

聞道仙人愛黄鶴，亭上有『黄鶴横江』四字。昨宵乘去又乘來。都緣子晉多情種，日日吹簫上楚臺。

病坐

病坐西窗緑滿苔，梅花未落杏花開。春風爲我吹愁去，笑取山妻濁酒杯。

草堂雜詩四首

羣兒讀罷夜歸還，長者攤書稺不眠。最是老妻情獨苦，笑啼争食滿燈前。

濟北江南兩路岐，蓮池楊柳比南池。長兄方面官非小，猶喜清貧似舊時。

元日纔過人日催，燈前又聽踏歌回。指將三月桃花水，即洗蘭亭春酒杯。

萱草修莛一二畦，春來花觜似黄鸝。終朝對此愁還在，笑指宜男誑老妻。

舊院九首

長橋一片菜花黄，不見牆頭春海棠。借問灌園年老叟，吞聲無語指斜陽。

春種菘葵秋種瓜，當時曾駐七香車。少年過此不相識，真認於陵仲子家。

此地從來恨别離，溪南溪北柳絲垂。我今不識長橋路，二十年前似也知。

昔年寒枕皆生煖，今日春風也似秋。眼底豈無關盼盼，别棲燕子最高樓。

誰倚長橋春水前？其人當日是神仙。飄飄鶴氅層層雪，散作桃花片片煙。

四十年前舊柳隄，五更燈火度橋西。春眠雙結鴛鴦帶，那怕黄鶯枝上啼？

石頭城上夜啼烏，啼入青溪似鷓鴣。繞樹已非桃葉渡，過橋又是莫愁湖。桃葉渡已改爲橋，舊院又一莫愁湖矣。

折去亭臺且種瓜，瓜藤占盡百園花。幾間院口無垣屋，又與懸旗賣酒家。

畫舫珠簾已悄然，吳綾蜀錦更誰妍？三山街口胭脂店，少賣人間百萬錢。

慈姥山

慈姥山前江月明，月光江氣兩含情。孤舟夜半愁吟客，直使鄰船箇箇驚。

柬曹二梁父二首

曹郎山水託幽情，五嶽逍遥事可行。豈有匡廬君不到？祇將屐渚足平生。

汝知太白愛青山，不記當年五老間。工部寄詩相問訊，匡峯深處讀書閒。

桃葉渡

改渡爲橋迹已殊，許多韻事可嗟吁。橋成歲久勢不返，渡廢年深名漸無。

顧唐橋二首 東坡往顧唐子西，故名之。

端明謫後已蕭條，知己相憐時見招。祇向溪頭一來往，千秋名重顧唐橋。

子西當日亦平平，竊附青雲浪得名。身後至今傳盛事，生前由此見交情。

聞　鐘

客牀何物動人情？夜夜疏鐘兩度鳴。酒力祇供眠一覺，四更愁耳聽聲聲。

期王右文太史不至二首

分手延津各有情，聞君久戀惠泉清。畫船盪盡吳江水，又向雲間聽鶴鳴。

蘭陵相訂菊花籬，秋老人歸未有期。陽羨再經茶紫日，洞庭又是橘黄時。陽羨春秋俱製茶。

爲繼善製布袍示之三首

連理亭前瓜瓞緜，須知明善一經傳。宋元我祖遷桐國，布素清風四百年。

蜀錦吴綾自有時，昔賢稽古力如斯。休言阿伯官東魯，妄想椿椒貴繭絲。

僕夫袴襲綺紈新，皂隸裘披狐白勻。世態江河看日下，爾曹應作布衣人。

姑蘇竹枝詞八首

柳絲垂隱半塘煙，秋思潛生畫閣前。錦纜特維千里櫂，珠簾遥捲五湖船。

錦衾别繡野鴛鴦，璹瑁釵横白玉牀。人去西湖庭院静，蓮花生處尚含香。

粧臺深鎖幾時開？寶靨金鈿想落梅。十二樓中人不到，東風吹我入天台。

越水吴雲易斷腸，況兼細雨灑衣裳。客衾未薄今嫌薄，秋夜原長此更長。

欲畫姑蘇豔異圖，夷光嚬笑古今無。吴宫歌舞沈煙水，獨有風流在五湖。

翡翠樓懸七寶帷，鬱金香透紫霞巵。洞庭黄橘甘無敵，休説南閩生荔枝。

瑶管金箏月似銀，虎丘今夜色如春。遥憐臺上千人石，石上千人少一人。

年年織女怨牽牛，路隔銀河萬里秋。伏枕不成蝴蝶夢，吹簫翻惹鳳凰愁。

苕　溪

舟泊苕溪急水頭，水聲流出故園秋。夜深醒聽瀟瀟雨，一滴篷根一點愁。

霅　溪

人臥孤舟霅水東，忽聞天半起秋風。吹來何處無情雁，叫入愁人雙耳中。

樓　頭

展轉樓頭無限情，暗風四面雨盈盈。客心正怕秋聲苦，偏有梧桐窗下生。

聞伯兄蛟峯進表懷之五首

吾兄車馬入長安，多恐郵亭雨雪寒。朝罷若逢僚友問，野人多病卻加餐。

雙鳳樓前一个臣，麒麟殿上見陽春。早朝得與朱衣近，好奏黃河疾苦民。

今日監司入覲來，舊時郎署白雲開。大官相見無羔雁，祇有東阿水一杯。

午夜朝回更何事？定騎白馬哭城東。生平知己曾多少，誰似恩深一范公？

旌旗發處色匆匆，恐忘江邊有病翁。若使家書已先遣，計程應到竹樓中。

喜李山人歸里

芒鞋竹杖信遊踪，五嶽先登泰嶽峯。鍊就紫金丹滿腹，稜稜皮骨似蒼松。

柬陳朗生

竹裏爲樓近野雲，春來啼鳥最先聞。欲將懷袖藏丘壑，一樹梅花留待君。

寄　内

麯米交春賤可賒，釀成一甕似丹霞。囑君親數幾升合，待我歸來看杏花。

龍眠風雅卷五十五

木厓潘　江蜀藻輯
吳門章九儀來成同里戴　研導及參

孫中麟

字振公，號甲符。少司馬餘菴公之長子也。順治乙未進士。少而能文，十五飆于庠，所交皆天下士。嘗流寓雲間，與春澤堂諸子切劘詩文，宋子建、徐武静諸名流咸與結僑札之分。順治甲午，偕弟中象同舉于鄉，乙未捷南宫。主者方以遠大期之，臚傳甫五日而卒。初，振公讀書金陵之靈谷寺，夢謁上帝，語以五日進士，至是果驗，年三十有三，海内人士無不爲之惋惜。仲氏中鳳以次子曰璡爲之後。所著筆花集、過江草諸稿，皆大雅遺音也。

思悲翁

思悲翁，迴谿深谷多烈風，奪我美人思悲翁。百獸晨夜嘷，猛虎目光射草中。兔盡狗亦死，執彼梟母飼梟子。

雉子班

雉子班，雄飛從雌集田間。田間多稻禾，步啄其際毛斑斕。母能高騫，子尚學飛，艾而張羅，雉子被縶母奈何？哀鳴只咎田間穀，爲喜爲憂機相伏。鵬在南，鷃在北。萬里咨遨遊〔一〕，誰能施矰弋？

企喻歌辭二首

男兒筋力强，出門不思鄉。兒女手中死，何似死戰場？

千鈞力可舉，五石弓易彎。霜華未滿頭，不願入玉關。

瑯琊王歌辭二首

瑯琊復瑯琊，瑯琊大道王。深閨意易怨，客途意易傷。

今年寒勝昔，孤兒泣當門。阿兄許裁襦，迴顧嫂無言。

地驅樂歌辭二首

青青黄黄，雀石頽唐。棧殺麒麟，籠殺鳳凰。

病馬欲驅，有何筋力？老女欲嫁，有何顔色？

捉搦歌

華陽山頭深井水，百轉轆轤方見底。女兒臨井空徙倚，炤見愁容冷泉裏。

折楊柳歌辭

妾不如楊柳，郎攀作馬鞭。出入環郎臂，時在郎目前。

幽州馬客吟歌辭

南山雖云高，幸與北山連。女兒雖云好，須得郎君憐。

烏生

烏生八九子，子母相哺。羅坐城上女牆邊，唶我巡徼郎，彎弓射中一烏。矢從烏腹穿，魂魄飛上蒼浪天。阿母率其子，竄入内苑林木中。林木中，枝葉綢繆而陰翳。安餐蠹蟲，皇居舊深邃。苑内無人得至，唶我人民安得知？空苑窈窕，又有脩蛇吞噬之。白兔乃在平原大澤中，鷹犬尚復得搏擊之。猛虎雄爲百獸王，獵人尚得臠之如屠羊。元龜生在大澤深淵，安得網獲調爲羹？唶我人民生有命，壽夭榮辱各已殊，何須嘖嘖怨尤？

對酒

對酒歌愁思，日月東西馳。形容日憔悴，中心抑鬱徒自悲。少頭角峥嶸異羣兒，嘗讀書二十萬言，冠佩陸離。好結交貧士，使氣貴遊，睥睨不羈。謂功名可旦夕成立，爲有識者所奇，爲流俗嗤，惜哉不遇時。佯狂避世無人知，嘗縱遊吳越歌五噫。家無擔石之積，漱流枕石，傲然視等夷。光華復旦渺難期，苟全性命，樂天奚疑？

猛虎行

江淮有猛虎，譬猶北土有鷄豚。本在陰谷深山裏，一旦騰躍入市攫食人。嗟虎胡爲入市攫食人？目若流電颸若奔。朝餐復夕飧，斷脰撑腸，未充其欲，張牙奮爪呼其羣。世少卞莊之力，痛哭流涕往訴泰山君。人命日能生幾許？乃使日供猛虎食。泰山君，若不聞。虎一食人何遽論？坐吸爾膏幷爾脂，仰視威嚴如鬼神，豈盡白額而斑文？猛虎毛間蝨紛紛，貪噬亦難肥其身。大黄夏服競相待，皮骨終爲獵者分。

仙人篇

採藥華山巔，仰首望上清。忽逢三老公，邀我雲中行。縱遊雲漢間，經歷萬里程。先拜紫微殿，徐戲玄都城。井榦螭龍守，宫闕何崇閎！瓊樹含丹蕊，神芝抽紫莖。羣真攜謁帝，華旗雜霓旌。謂某有仙骨，秘籙署賤名。霞漿並玉饌，飽食令身輕。更授藥一丸，餌之即長生。攬轡驂鸞鶴，玉女紛相迎。子登八瑯璈，雙成雲和笙。久聽娱心意，天樂渺難名。爲歡無停晷，不知寒暑更。俯視悲塵俗，腥穢難爲情。

隴西行

隴坂天咫尺，隴樹何微茫！隴上明星密，隴頭流水長。古木熊羆倚，巉巖虎豹藏。行人步躊躕，井邑遥相望。自言昔少年，喜誇筋力强。結交四五人，意氣日飛揚。腰懸大羽箭，身披鐵裲襠。乘興試一出，所獲盈路傍。歸來呼主婦，置酒開中堂。命婦遍拜客，顔色各非常。高歌日沈醉，行樂殊未央。一旦逢警急，徵兵戍朔方。姓名入軍書，五五自成行。上馬不迴顧，戮力向沙場。猿攀度層嶺，魚麗涉飛梁。略陣先摧勁，追寇必擒王。生當封公侯，死當爲國殤。

豔歌何嘗行

生男爲金吾，生女爲婕妤。園林多負郭，甲第起通衢。鄠杜田萬頃，徵收付豪奴。威福自我作，百僚望塵趨。珍異輸郡國，重寶敵内帑。大官賜玉饌，列鼎薦膏腴。上尊盡百斛，醉後妖姬扶。妖姬列兩行，顔色人人殊。但得長如此，豈羡列仙癯？

枯魚過河泣

河中有遊魚，肆中有枯魚。遊魚笑枯魚，謂爾何太愚！行行入網罟，貪餌捐其軀。脯腊憑刀俎，能求似我不？枯魚泣寄聲：生死孰預知？我無似女日，女有似我時。江海雖茫茫，難保千歲期。呴沫意自適，豈覩後來菑？

白頭吟

堅如山上石，白如櫝中璧。自君有他心，堅白非疇昔。疇昔鳳求皇，哀鳴無朝夕。鳳已得其皇，中道忽棄之。今棄一何易，昔求亦何爲！曲池明月光，炤見兩鴛鴦。禽鳥各有匹，生死不相忘。兩人皆白頭，庶保無異心。頭上髮未白，未可相信深。妾無百種態，值君情至時。妾無百種媸，值君恩絶時。牀上緑綺琴，是妾嫁時媒。新絃置在膝，舊絃棄成灰。

擬古雜詩二首

首春多風雨，沈陰翳朝陽。地氣苦卑濕，默坐增暗涼。仰視高飛鴻，嗷嗷歸路長。禽鳥有至性，觸物生慨慷。穠花媚初景，信美非吾鄉。天末白雲浮，閈閭倚相望。羽檄日紛馳，豺虎守關梁。既鮮凌風翼，臨河空褰裳。

曠世有佳人，威施失其美。素質廢鉛華，顏色勝桃李。二八備女儀，姱脩協彤史。生惜不逢時，疇能揚皓齒？衆女嫉蛾眉，鑠金懼積毀。辱隨老齊至，貧與病相倚。常恐先露枯槁沒，芳芷貞性不苟合，十載空閨裏。

述感二首

大才貴忍辱，久客恆畏人。歡笑非衷曲，顏色伺要津。欲語還捫舌，枉道誠足遵。五陵多豪華，難喜復易嗔。杯酒少失意，叱咤忘主賓。吞聲匿形影，屏居安賤貧。淮陰出胯下，名世愛其身。

贈縞與指囷，九京安可作？勢集朋好殷，時去親串薄。悔爲弧矢誤，軀命他鄉託。賃舂吳會間，荷篠披藜藿。僕夫多怨尤，饑寒顏易作。出門遇貴遊，偃蹇增驚愕。微姿實菅蒯，安敢比蘭若？既無萬里風，空違三徑約。

詠屈平

曜靈欲合景，帝業啓嬴皇。六雄紛自滅，荊漢倍堪傷。宗衮擅英略，辭令動四方。靖共憂國恤，好修獨爲常。謠啄移君志，成言忽已忘。朝進託肺腑，夕退委遐荒。商於空有約，布衣老咸陽。逐臣還惓懷，天問徒茫茫。遠涉匪憚勞，敬止維梓桑。積誠終不悟，畢命向沅湘。信史揚徽音，日月與争光。

月夜歌

風吹雲散天如水，明鏡高懸共千里。瀚海初離桂樹梢，華樹旋臨滿瓊戺。玉衡迴轉銀漢連，樓臺如晝夜如年。蟾蜍圓景期三五，宿鳥芳林鑑毛羽。冰輪一派喘吳牛，桂魄三更啼杜宇。幽隙層嵓明不遺，穿簾入隙影相隨。沈沈碧落關山迴，榆黄沙白映旌旗。征夫夜起愁不寐，倚馬看劍腸斷時。嬌姿絶代深閨老，春華秋色倍淒其。羅幃光徹淚霑臆，織錦流黄寄遠思。朱門香霧罘罳隱，杯汎珠輝鬧鼓吹。天上望舒無異照，人間成喜或成悲。嫦娥自耐千年寡，閒譜霓裳撫桂枝。聞道羣仙能卻病，紛紛搗藥欲何爲？滅波淪地露華白，徘徊顧影傷行客。春草萋萋客不歸，繞樹驚看烏鵲飛。雲際獨分鴻鴈影，夢中時舞老萊衣。

文魚青鳥無消息，江南江北望清輝。憶昔官家臨内殿，懸收舞罷鳴琴薦。趙女通宵奉玉輿，班姬永夕悲紈扇。黍離明月漢宮秋，緑蔓黄花麋鹿遊。風景依稀朝市變，繁華瞬息付東流。帝閽茫茫應難問，人生失意莫深愁。舉杯邀月須沈醉，瀲灩金波不久留。

子建作四時行樂詞屬予爲長歌序之

君不見，黍離以後風變雅，跼天蹐地悲行野。又不見，美人遲暮憶西方，猗蘭還操王者香。君不見，三閭靈修傷數化，呵壁問天晝如夜。又不見，君家大夫賦悲秋，羈旅失職心煩憂。東田有客長太息，極目滄桑淚沾臆。宫商獨譜行樂詞，詞中深意人誰識？行樂芳晨歷四時，采蘭競渡日紛馳。登臨獨著龍山宴，朝會還傳亞歲儀。曜靈匿景浮雲障，人間令節增惆悵。風流懷古自情深，慨慷當歌空餘愴。音調只今軼宋元，白雪陽春推絶唱。吁嗟乎！清平醉草真仙才，秦宫漢時生蒿萊。揮毫誰進上之回，網羅矰弋競相待。刻羽引商庶無罪，江潭澤畔獨行吟。騷魂千古應常在，與君淪落感慨多。相期招隱北山阿，飲君酒，聽君歌。臥龍躍馬無消息，好景難留奈樂何？

陽春曲

蒿藍水漲金塘曲，一夜東風芳草緑。十里垂楊拂大堤，疏煙纖月照棠梨。平蕪廣甸初馳馬，曉日高臺早鬬鷄。小欄名萼凌晨粲，黄蜂白蝶花前亂。美人二八臨紅樓，豔粧歡笑不知愁。陌上少年多輕薄，停鞭回首窺珠箔。清明上巳踏青忙，會向河洲贈芍藥。渭城清淚出金人，苑柳渚蘋空復春。昭陽舊日雙飛燕，獨向荆榛尋故殿。薇帳華燈久寂寥，嘆息繁華如逝電。寄語燕子急高飛，莫試射鵰白羽箭。廢緑殘紅宫井迷，採香徑上草萋萋。春風忍聽人離别，歸鴈流鶯避鼓鼙。行吟澤畔頻搔首，蒼天萬物同芻狗。漫道青陽傷客心，春月春花亦難久。林間日煖鶯自歌，芳晨徒憶舊山河。陽春一曲愁千結，欲挽韶華奈老何？

懷章秀博

憶昔吳關别子時，重會惟訂一歲期。曰予嬰累夙約違，兩看黄菊發東籬。我輩不須訊近狀，大都貧病不惆悵。西山薇蕨不療饑，光華復旦今安望？吾子風流正少年，東箭南金世所傳。先人遺書手不釋，蒲柳可編松可然。頻年賃舂伯通廡，近聞遷居依世父。西華子孫憐者稀，後世方知廉吏苦。去年十月得君書，至今兩地信音疏。秋風自動蓴鱸思，特寄邗溝雙鯉魚。春澤堂中諸君子，爲我遍訊各何如？

早春郡遊寄内

倏覩雲中鴈，嗷嗷動客心。影孤憎皎月，夢破怯寒衾。嵐霧臨晨重，霜花入夜深。倦遊何所遇？休作白頭吟。

雜感詩三首

滿地驚秋色，流螢點客衣。有鄉偏欲别，非類强相依。閽遠應難叩，囊空豈易歸？辭巢孤燕子，社日傍誰飛？

知己參辰隔，頻年只索居。西臺官自熱，南省禮應疏。此地聞無鴈，何緣得有書？嶺梅開幾度，曾否念樵漁？

漫思高隱地，觀望罷漁竿。影爲清波愧，人誰白眼看？何從言士氣，原未有儒冠。欒郤狐先後，求爲皂隸難。

關　月

明不遺沙磧，流光炤荷戈。玉蟾臨瀚海，叢桂冷交河。半夜青烽舉，征人白髮多。引杯時看劍，容易醉顔酡。

宫　月

君恩不及月，猶照妾愁容。魚鑰珠輝迴，椒風桂影重。姮娥偏耐寡，薄命喜相從。漏盡明河没，淒涼怨曙鍾。

樓　月

地迥樓陰直，天清宿霧收。風煙含萬井，砧杵動三秋。桂子當檐落，河聲近檻流。登臨愁極目，何處是滄洲？

野　月

芳郊凝曙色，古木玉繩横。永夜自來往，無人更送迎。江山公一照，烏鵲夕多驚。萬里荆榛日，殘燐傍月明。

喜吳備三喬梓歸里用姚彥昭駕侯韻

明月高秋動遠思，忽逢匹馬駐青絲。丹楓錦樹人來後，白草黃雲鴈度時。杯酒尚堪消旅恨，河梁且莫計歸期。望衡對宇時相訪，聽爾趨庭夜論詩。

寄懷方與三

披裘戴笠鬢成絲，寂寞離羣且歲時。湖海竟無容足地，風塵誰是買山期？因思白下千秋會，將勒黃初數子詩。鴻雁正來書信杳，伊人何以慰相思？

喜得家書知生女即賦寄懷余時客維揚

開緘且喜説平安，何必懸弧叶夢蘭？生計反因爲客拙，笑啼總是作人難。病餘參附休嫌苦，秋後晨昏應避寒。遥憶呱呱頻灑淚，將雛爲爾勸加餐。

送戴山民公車二首

竹馬交情三十年，飄零湖海獨相憐。看君已給尚書札，蹇我還乘少伯船。春雨應沾蕉葉袴，霜花先上豹文韉。赧顔爲送登仙客，霄壤中分意惘然。

剡水家風振羽翰，驪駒低唱傍闌干。新知自慕雲霄近，舊約休令車笠寒。宿老文名應結綬，狂奴故態愧彈冠。曲江水落看雙鯉，莫惜閒書慰釣竿。

春仲夜集姚聲侯洞房刻燭限十四鹽

銀河初向女牛瞻，春樹花深蝶粉黏。絳燭喜看金粟滿，沈香頻見博山添。懶雲入夜常依户，好雨生寒尚隔簾。年少已傳紅錦段，應將新句集香奩。

宋子建招同侯研德登東田鳳想樓限韻

輕舠初放此經過，重訪當年舊薜蘿。雨助暮潮銜岸闊，樓依叢桂受香多。到來逸侶充三户，譜得新聲續九歌。信是吾廬高臥穩，九峯回炤滿平莎。

上曹秋岳先生

短褐從來不受憐，獨投片刺拜君前。豈因鸜鵒輕仁祖，曾以鷦鷯重茂先。樂府何人歌白苧，瑶堂有客聽朱絃。東阿倘鑑窮途淚，但捉蒲葵自值錢。

秋　月

泬寥氣迴晚煙收，瑶鏡霄懸上玉鉤。青翰夢歸滄海曙，黄陵木落洞庭秋。藁砧響發深閨怨，團扇恩衰秘禁愁。羌笛塞笳悲永夜，幾人清嘯一登樓？

春望感懷

令節逢青帝，芳郊淑景同。花迎神女雨，樹避大姨風。丹暲斜陽外，黄鸝嫩緑中。深山藏杜若，皎月送歸鴻。就煖�魜魚出，疏泉曲澗通。依依攀舊柳，濯濯引新桐。栗里年空紀，桃源路已窮。探幽常藉卉，涉險更攜笻。有恨存離黍，多憂賦草蟲。從兹名姓隱，混迹向牆東。

函雲先生初度詩依韻奉和三首

思曼風流仍肅然，鹿門歸隱已多年。閣中藜火宵同晝，竈下晨炊滅更然。白苧頻酬青玉案，黄鸝閒聽緑楊天。挂冠不待懸車日，種秫曾無負郭田。碧落三山還馭鶴，黑衣九帶每參禪。雪花夜月焦廬外，菊葉松濤栗里前。老至猶饒濟勝具，興來還結看山緣。陽春一曲誰能和？窺豹從今喜得全。

春星偏伴讀書堂，漫爲滄桑意易傷。庭列魚須前代笏，囊留鷄舌舊臣香。灌園東海非谿刻，罵坐蓬萊是酒狂。潑墨好書裙面字，持螯更舉醉餘觴。綈袍誰解憐寒客？明月空攜返故鄉。同室且看荆樹盛，傳家不用橘奴忙。牀頭有傳名高士，花下逢人似上皇。芒履素無朱紱態，郎官豈掩少微光？

晚菘早韭佐饔飧，斗酒中宵更醉髡。自分著書營土室，應看虚席過夷門。江蘺易助騷人恨，春樹難招望帝魂。甘學採薇過白日，忍隨入洛走朱軒？多時閥閱平泉貴，此日文章水部尊。贈縞遺風懷季札，傳經舊業付公孫。已知綺季原無恙，卻似靈光巍獨存。星聚高陽占太史，絲綸世掌必金昆。

玉妃

死豈三郎意？驚看中旨傳。此生猶不保，胡結再生緣？

春宮詞 社題

名屬昭陽第一人，笑啼唯與至尊親。爲貪春睡嬌無力，轉厭官家召幸頻。

春泛 社題

春水潺湲發櫂歌，杜鵑啼處落花多。五湖空有扁舟意，日見湘靈弄素波。

久客寄内二首

馳驅若不厭風塵，匹馬孤舟寄一身。自笑入門翻似客，年年書劍作征人。

前日申申正詈予，皖江一月信音疏。亦知别恨書難盡，雖有江鴻懶寄書。

附 章氏有湘

字玉筐，又字令儀，號橘隱。華亭行取縣令章公簡之次女，進士孫振公之繼妻也。女兄弟五人，咸通書史。幼時嘗背誦擣衣篇、長恨歌，一字無譌，父奇之。隨宦遊閩中，絮鹽唱和，流傳八閩。乙酉，父抗節殉城，玉筐始歸振公，生子殤，又生女，亦殤。早夜佐讀，刺繡其旁，相莊如賓。振公舉南宮五日而殁，玉筐搶地呼天，絶而復甦。以有後，勉爲撫之，扃居一室，長齋事佛，姻戚罕見其面。所著澄心堂詩、望雲草、再生集、訴天雜紀，皆孤猿寡鵠，自寫其憂傷哀怨之音，君子讀而悲其志焉。

晚眺

嶺峻隱青猿，松高飛白鶴。山雲挂樹梢，風捲殘英落。新蒲已抽芽，細草媚嵓壑。景物最傷心，桃李還如昨。誰家少女郎，背立鞦韆索。貌態衣不勝，歡笑風前樂。春來無所爲，鬬草争花萼。何事深閨人，終朝常寂寞？

上清芬姚老夫人

前歲春王正月時，相逢邂逅稱相知。促坐合尊浮緑蟻，賦詩往往同襟期。清芬一卷香拂紙，君家才藻世無比。謝韞休題柳絮詩，班昭漫續東觀史。書法絶勝衛夫人，畫像並傳吴道子。堪嘆孤燈五十年，湘靈哀怨託冰絃。此志争光惟日月，柏舟不數共姜堅。一生只在閨中老，鉛華罕御曳素縞。可憐鶴髮白如絲，膝邊更少宜男草。我爲君悲作短吟，愧無佳句比南金。相思未得常相見，悵望楓林白露深。

寄懷振公二首

分袂看君去，那堪客思侵？辭家來楚水，多病作吴吟。飄泊慙歸雁，淒涼怨晚砧。夢魂依左右，惜别指前林。

看月懷連理，閨中只一身。君書青鳥絶，妾恨翠蛾顰。堤柳疑驅臘，江梅欲報春。夜深寒犬吠，或是遠歸人。

和外初七夜見月有懷

捲簾頻悵望，含淚見婆娑。憶爾征途苦，憐予旅病多。階除無玉樹，天際有姮娥。偏照同心客，娟娟奈爾何？

病　中

天涯只一身，百病日爲鄰。庭雪思諸妹，山雲憶老親。葛裘頻换歲，藥餌不知貧。薄命應惆悵，愁來淚滿巾。

九日雨中有感

每到茱萸節，思親淚滿衣。難禁心耿耿，況對雨霏霏？故國秋蓴老，他鄉客夢稀。登臨憐弟妹，竟作彩雲飛。

秋　懷

露華寒夜滴柴扉，留滯天涯未擬歸。吳下雲深鴻雁杳，楚江秋老鷓鴣飛。穿針結縷人誰共？詠絮吟風事已違。聞道故園蓴菜熟，他鄉回首淚霑衣。

得家報和姊來韻

五夜飛霜月色寒，蒼茫雲樹隔江看。蟲吟枕畔心全碎，雁過窗頭淚欲彈。獨喜梅花能寄信，應憐萱草缺承歡。夢中不記家千里，依舊談詩共倚欄。

寒夜憶弟

虎丘分手已三年，彼此含情更惘然。異地獨棲惟涕淚，鄉關遥望隔雲煙。自思將母慙余拙，所喜傳家賴爾賢。繚繞鴻飛看不得，江心何日動歸船？

次玉璜妹來韻

記得西窗剪燭時，鴒原回首忽天涯。夢魂不覺吳山遠，愁緒惟應夜月知。畫閣焚香春汎汎，繡簾飛燕晝遲遲。相期泖水歸寧日，重與殷勤話别離。

雨中即事

檐前兩日綢繆雨，江上三春黯淡風。啓户忽驚芳草碧，登樓初見杏花紅。呢喃漸有尋巢燕，嘹嚦徐聞出塞鴻。景色新亭應不異，空勞痛哭怨途窮。

同外和船上韻

離鄉千里到天涯，楓落吳江雁影斜。夜久不眠虚夢蝶，村深有樹隱啼鴉。涼生玉露侵衣袂，水漾金波盪客槎。遥望荻蘆秋瑟瑟，愁中容易度年華。

别四叔母

楚澤招魂事渺茫，一門忠孝死何妨？覆巢尚賴持門户，破産那能覓稻粱？梓里相逢如夢寐，河梁此别又參商。一經不廢孤兒業，織素空餘兩鬢霜。

三十初度

占星猶幸見長庚，彈指流光易變更。攀樹幾揮楊柳淚，繙詩偏動蓼莪情〔二〕。雲邊彷彿來銅狄，簾下依稀聽玉笙。欲采紫芝歌一曲，齊眉且爲祝卿卿。

送外公車北上

雪夜殷勤奉酒巵，臨岐何必淚如絲？一羣鴻雁離家日，三月鶯花得意時。咫尺燕臺雲路近，平明金殿漏聲遲。相憐不盡迴腸語，只在瀕行幾句詩。

哭夫子十首

一自公車去不還，從今信有望夫山。赤繩虛繫三生約，紅淚惟餘兩袖斑。訣別未親真恨事，夢魂時傍見歡顔。也知修短原無定，豈料榮枯頃刻間？

千里良緣合唱隨，于歸不滿十年期。最傷薄命分鴛侶，猶幸高名占鳳池〔三〕。故國泥封聞信日，長安春色看花時。無端遽赴修文召，不管空閨怨別離。

日日傷心静掩門，每因春草憶王孫。空閨形影那堪問，滿架圖書今尚存。十六年前靈谷夢，夫子讀書靈谷寺，夢謁帝，有『五日進士』之語。三千里外杜鵑魂。孤燈厭聽梧桐雨，偏送愁聲漬淚痕。

父子夫妻總幻因，夫子先有鼓盆之感，又屢罹西河之痛。夜臺相見可相親。無端生死偏摧我，不定功名卻誤人。遺得文章驚四海，寄來錦字恰三旬。三月得泥金報，四月訃聞矣。待乘雙鳳君先去，寂寞蘭閨未死身。

幾度悲秋秋已闌，迴紋裁就向誰看？錦衾人去鴛鴦冷，銀蒜簾空翡翠寒〔四〕。無復音容還故國，空餘旅櫬返長安。昨宵夢裏分明見，依舊看花倚畫欄。

遥憶牛衣相對悲，那堪富貴便分離？姓名始入黄金殿，麗藻終傳白雪詞。淚灑在原當此日，魂歸華表竟何時？孀閨寂寂腸應斷，玉鏡臺空忍畫眉。

銀漢霜華下井梧，愁心曾耐夜啼烏。月移粧閣侵書幌，風動形容出畫圖。夫子臨别以寫照一幅示予。咫尺相看言笑隔，依稀偏怪夢魂無。含情獨對芙蓉帳，一任香銷金鵲爐。

挑盡殘燈淚滿衣，空階細雨正霏微。愁凝長夜難成寐，夢到相逢不忍歸。夢同夫子至雲間省母，二人相對泣下。人去依然同色笑，覺來何處覓庭幃？悲涼此際還家日，楓冷吴江一雁飛。

瘦影臨風憶所思，冰心裂碎更誰知？分棲怕覩連枝樹，續命空傳五色絲。閣下招魂憐有弟，墓前執紼痛無兒。閒來到處搜遺稿，開篋篇篇黄絹辭。

蜀魄啼鵑道路長，鶺鴒無復雨連牀。中郎事業書千卷，子敬人琴淚幾行。不死丹心終化石，餘生青鬢總成霜。與君不共齊眉案，紙閣蘆簾瘞孟光。

哭四妹盛夫人兼得遺詩感賦二首

翠袂遥分意惘然，春心何處寄啼鵑？招魂白髮垂雙淚，薄命紅顔葬九泉。潘岳悼亡詩正苦，左芬啄木語堪憐。别來猶憶深閨内，枕被曾同十二年。

人去粧臺冷畫眉，殘脂零粉倍淒其。挑燈共剪蘭苗日，玩雪同吟柳絮時。荒徑寒煙埋弱骨，陰房燐火泣芳姿。縱然魂逐香雲散，猶有亭亭玉樹枝。

松聲閣潘太夫人和予雜感詩賦謝一首

柳絮吟成同輩驚，知心血淚各傷情。嬌兒佳壻魂難返，萱草椿庭恨不平。我爲今年殘玉樹，君曾舊歲哭冰清。蒼葭白露秋風際，共有愁懷訴月明。

天問詞成祇自哀，是誰傳送到粧臺？勞君秘帳多奇句，媿我他鄉乏賦才。花落花開忘節近，秋深秋淺任時回。詩腸難盡傷心語，病裏霜華上鬢來。

九月四日先母忌辰感悼口占焚寄泉下

仙逝今朝已六周，時經風雨菊花秋。陰房有子斑衣奉，冷墓無兒玄兔遊。身後連遭雙妹死，三妹字玉璜，七妹字掌珠。生前只爲一人愁。他鄉灑盡松楸淚，遥祭憑空奠幾甌。

昭君怨

紫塞一身去，琵琶帶淚彈。可憐埋骨處，青冢古今看。

婕妤怨

憶昔曾辭輦，承恩此日疏。長門雖有賦，不用買相如。

白頭吟

皎皎琴臺月，涓涓錦水春。白頭吟已就，好謝茂陵人。

秋夜新晴見月二首

幾日紗窗外，秋聲雜雨聲。遣愁愁不去，始見玉鉤明。

蟾光照濕樹，鴻雁叫清秋。無限淒其意，傷心獨倚樓。

思歸二首

百花開徧又春殘，獨在天涯別淚彈。離恨欲煩青鳥寄，雲深水闊到應難。

爲憐離別思悠悠，不掃蛾眉掩翠樓。杜宇似知人客久，不啼春去過牆頭。

冬夜同振公步月言懷二首

落葉蕭蕭月滿庭，懷人無語倚朱屏。誰家笛奏梅花調，遊子那堪隔院聽？

生不歸鄉老若何？免教時刻淚痕多。不如化作天邊雁，也向秋來一度過。

過采石望太白祠

江天遥望水雲連，荒廟人傳是謫仙。今日我來君不見，芳魂疑向酒家眠。

初　春

折取池塘嫩柳枝，一年風景换新時。深閨思婦征途苦，多少春情夜月知？

至日泊舟江上大風有懷

今節初逢起問程，停橈還喜片帆輕。旅魂欲到親幃側，一夜江聲夢不成。

家園白牡丹

天風昨夜曳仙裙，縹緲高臺一段雲。好共海棠春睡足，不將濃豔嫁東君。

賞花憶外

月明把盞對瓶梅，窗外芳菲取次開。卻憶看花人未到，好留顔色待君來。

作書寄長安口號

接得泥金喜氣新，孟光從此不愁貧。今朝見説來青鳥，寄與長安得意人。

仲秋哭子悲感遺物八首

牀帳

臥牀鋪設起塵煙，祖母恩深望鶴旋。死別忽經三月後，至今繐帳尚空懸。

鞋靴

錦靴朱履趁新裁，戲彩萊庭日幾迴。出入未嘗離乳母，孤行争得到泉臺？

紗袍

每覩空箱拭淚痕，幾番夜月待歸魂。錦綾繡緞衣俱化，惟有紗羅篋内存。

珠帽

珠翠玲瓏八寶粧，見時猶得想容光。梨花粉面人何處？博盡慈親淚萬行。

端硯

一方紫石巧雕成，曾伴嬌兒一二更。帶草連真無限字，自從魂斷暗塵生。

龍墨

硯水争如雨淚多？ 雙龍冷落事如何？ 晚來攜取燈前喚，不見纖纖玉手磨。

錦箋

心痛難將舊物看，雲箋字迹尚瀰漫。欲知阿母情何限，濕透金花淚不乾。

彩筆

大父曾教把彩毫，羲之家法自然高。生成伶俐超凡骨，不與人間作鳳毛。

秋夜禮佛二首

人生勞碌欲何如？ 富貴恩情總是虚。長跽慈悲求指引，早開慧眼一憐予。

寂坐蒲團心自明，敢將兒女苦縈情？ 恩仇了卻今生事，從此彌陀一念誠。

孫中象

字易公，號蓮溪。司馬餘菴公第三子。少穎慧非常，談經史異同如數一二，工詩賦，所至以雅宗相推挹。順治甲午，與兄中麟同舉于鄉，蹭蹬公車，凡五上不見收。丁未被放，遂出居庸關，遨遊塞上，多感遇不平之作。未幾，以病卒于旅邸，聞者爲之泫然。所著有棲月堂詩集，凡十餘卷。

詠　懷

高堂良宴會，絃管繞羅幃。華燈燦鸞臺，芳草依蘭池。公子夜行遊，冠蓋相追隨。金蕉泛瓊英，羽爵何參差。明月照華筵，綺麗有餘姿。良時不可再，歡極盡成悲。鬱鬱庭中樹，早已萎榮滋。俯視玄霜飄，仰見朱華披。倏忽嗟搖落，哀樂誰能持？

渡淮望王家營

日落長淮西，登車寄遐想。憑高瞰平陸，千里皆榛莽。徐州四達衢，自古稱沃壤。南北起戰爭，兹焉實保障。英雄既云亡，人民亦凋喪。遊覽極淒涼，懷古生悲愴。立馬首重搔，乾坤正蒼漭。

冒雪曉行

雪積夜無聲，啓篷孤光入。非不避凝寒，歲月忽已迫。四顧天地閉，萬象驅溟渤。違時涉大川，勞悴弗遑恤。爇火蘇我僵，到村已昏黑。秉燭對弟昆，叩門呼酒急。

昇天行

雲飛仙人住太華，結茆玉井餐丹砂。雙舄醉踏金芙蓉，手撚一枝珊瑚花。俯向清河拾文藻，使我服之顔色好。應從閬苑歌瑶觴，不向崑崙鋤芝草。鷄鳴天上犬雲中，翠羽霓旌下碧空。處處金漿留許穆，家家酒脯拜壺公。有時乘風跨黄鶴，朝遊三山暮五岳。玉碗調來白鳳丹，金盤擣就玄霜藥。謁帝驂鸞上玉京，扶桑何處赤龍迎？春宵弄罷雙成笛，緱嶺同吹子晉笙。王母宫中盛開宴，飈車乘入蓬萊殿。洞陰磬和八琅璈，文琳綬挂揮精劍。盤中火棗大如瓜，同誰食之萼緑華。丹竈沈沈炊絳雪，仙杯細細酌流霞。酒闌宴罷看新月，擕得青花與白蕨。歸來不駕五雲車，冉冉清風下瑶闕。

高堂行

雕盤夜泛椒花雨，斑麟髓雜紅虬脯。玉版金柑佐玳筵，白露清酥盛螭篹。尊前侑酒董嬌嬈，明珠翠羽插鶏翹。碧濤深酌龍頭琖，紅袖輕扶鵲尾杓。瑶席仙杯鸚鵡汎，蠻歌孤管鳳凰調。手中倒執金蕉葉，座上歡持柳瘿瓢。主人笑擲琉璃斝，銀鞭牽出追風馬。頭著羅巾琥珀簪，腰懸寶劍珊瑚靶。肅客登筵敕綺厨，頻瀉瓊漿溢玉壺。荳蔻衣薰沈水座，鷓鴣香爨博山爐。蓮花幕裏開芳宴，翠管金箏集羣彦。酒酣誰賦白雲篇？醉製芙蓉五花箋。

龍潭曲偕子建燕又楊姬舟中作

粼粼西潭吹素波，明雲織夜紅紋多。涼雨牽絲向空緑，湖光頽澹寒青蛾。暝香濕渡樓船暮，擬入圓蟾泛煙霧。銀燈炤水龍蛇吟，傾杯不灑人間路。美人嬌對參差風，斜抱秋心江影中。一曲清歌晚雲散，赤鯉撥刺芙蓉東。摘取霞文裁鳳紙，春蠶小字投秋水。瑶瑟湘娥鏡裏聲，同心夜夜巢蓮子。

補山堂歌爲呰菴尊者題

舟居不必水，招隱不必山。滄漭之涯結茅以容錫，我欲置身千嵓萬壑間。先生矯矯雲中鶴，挂席江干采杜若。不信輕波薄霧中，栴檀寶幢成樓閣。石華紫桂雲嶠孤，千里直望巴陵湖。四圍峯翠一何有？半壁名山宗炳圖。十年荆楚烽煙赤，短衣蓬鬢安所極？愁説茫茫大澤邊，含毫空灑騷人泣。吁嗟乎！南山猛虎食人多，北海鯨鯢盛風波。山川何處可避地，菰蘆是否辭罝羅？我欲從君隔江水，邂逅石公言未已。三秋楓接洞庭丹，五岳氣連雲夢紫。君不見，空同曾作東山歌，補山晚節尤嵯峨。

寄懷許松牖刺史冀州

機雲磊落誠人傑，系出將門更奇絕。君亦頗牧之子孫，居然海内文章伯。憶昔待詔明光宫，相如詞賦長沙策。騰驤燕市驊騮空，寶馬連錢真蹀躞。出宰淮南有異聞，楚州往往稱神君。予也挐舟適相訪，射陽湖畔花如雲。入君之堂飲君酒，肝膽照人成白首。一朝頓挂神武冠，布襪青鞋歸卧久。單車又指蒼梧城，桄榔樹下鷓鴣鳴。人生宦遊那可料？蠻煙瘴雨空縱横。即今領郡漳河北，父老歡迎動顔色。如君豈苐牧守才，函牛之鼎烹瀏鵝。清操惠績何嶙峋，行看曳履上星辰。憐吾坎壈不得意，疲驢旅食京華春。近入龍眠領煙霧，思君不見徒逡巡。裁書爲附謝靈運，暫向天邊問許詢。時以書屬謝真定郵寄。

灌硯歌爲李梅公先生賦

吉來堂在西園畔，小橋曲徑香風暗。牙籤鄴架賜書多，檀篋珍藏青玉案。天生金粟五梅花，相傳硯瓦將軍灌。灌公祠屋何處尋？半段紫雲出池岸。中邊疑存戰血痕，翡翠斑斕光不散。風霜剥落蝕蒼苔，聲聲擲地宫商按。劉家陵墓委荆榛，峨然片石留前漢。雩廟模糊太守銘，龍尾彷彿坡公贊。揮毫潑墨似有神，莫作銅雀一般看。君不見，李司馬，緑野園亭意瀟灑，鹿門偕隱推風雅。新詩琳琅人競傳，千年神物知者寡。游子脱帽柏亭下，寶篆名花浮玉斝。一朝頓識灌硯瓦，金質黄流不忍舍，梅花五瓣何爲者？

姑蘇懷古

漁火孤村出，春江水亂流。張融留故宅，范蠡有扁舟。人去琴臺冷，風歸響屧秋。艅艎何處泊？好問百花洲。

喜　晴

曉露含山翠，新晴噪晚鴉。酒旗懸驛店，村樹隔人家。紫竹霜前筍，紅蕉雨後花。人煙行處斷，空有數椽斜。

九日丹陽道中

落日樵歸唱，清江度遠鴻。草深疑路隔，樹盡覺山空。邊馬嘶秋野，漁舟趁晚風。鶴林前在望，可有杜鵑紅？

江干阻雨同山民導及

細雨沾芳樹，潮聲野岸秋。雲連千嶂没，風亂片帆浮。淺草眠村犢，輕波浴渚鷗。銜杯同是客，共醉木蘭舟。

懷張處中

煙雨吳江冷，風霜故國寒。飄零忘歲月，湖海變衣冠。蓴菜秋來美，梅花客裏看。何時聞鶴唳，共醉聽更殘？

寄懷宋子建兼示楚鴻

江海横流客，招尋獨有君。大家容寄廡，尊酒細論文。天闊東吳樹，秋深歇浦雲。懷人無信息，愁坐對斜曛。

春仲偕諸兄弟遊椒園

荒徑椒何在？空餘勝迹傳。山樵行樹杪，沙鷺浴寒泉。水向千峯落，花從半嶺懸。誅茅成小築，懃説李龍眠。

壬辰憂旱

已憂旱太甚，況復苦徵輸？竟絶雲霓望，驚聞河水枯。療饑無橡實，炊飯憶雕弧。野哭家家徧，何人繪鄭圖？

皖上夜坐偶成

紅葉千峯徧，黄雲萬里翔。鶺鴒天外影，鴻雁月中行。旅思驚刁斗，愁懷攪驌驦。年年常作客，還是孟襄陽。

曉發練潭

一夜霜如雪，思歸不畏寒。日從波底出，山向馬頭看。野店煙初直，溪河水未乾。倦還何所事？吾欲老漁竿。

南歸舟行紀事

南去河流逆，扁舟興已微。潮隨青野闊，帆逐白雲飛。細雨魚吹浪，危檣婦曝衣。年年春草緑，催得幾人歸？

晚　泊

去國經千里，歸途已一春。荒原常斷酒，落照少行人。柳暗虛晴色，天低起暮塵。茫茫漁火亂，早見月華新。

贈陸集生

十載雲間路，行舟許暫同。孤衾波浪裏，疏雨荻蘆中。刈麥盈南畝，停橈候北風。盛名推大陸，底事亦途窮？

武城懷古

小邑民風古，殘碑臥淺莎。城荒人徑少，野闊鳥聲多。賢宰千年在，輕舟半夜過。潺潺流水響，彷彿是絃歌。

舟行南湖

九月秋聲急，寒潮打客船。風疏菰蔣路，晴熟稻粱天。村近人煙接，山稀浦樹連。青帘隨處挂，只乏酒家錢。

南池訪李杜遺迹

風景江南別，園林足臥遊。斷碑遮曲徑，疏柳見高樓。野曠鳴蟬寂，秋歸落雁愁。無人論往事，惆悵一孤舟。

寒食

寒食誰爲主？荒荒對夕暉。殘碑春草護，古殿晚鴉歸。弓劍千年在，松楸一望稀。祇今勞報祀，風雨暗靈旂。

雨中薇菴見月

暮徑穿泥滑，燈殘剥啄驚。衣知霜欲重，窗報月將明。世事供長嘯，山川話舊京。濁醪還往裹，無限客中情。

表忠觀

識時誠俊傑，忠觀至今留。錦繡迷荒嶺，公有衣錦山。魚龍識故侯。弩沈天目雨，碑老武陵秋。尚覺雄圖在，江濤不敢流。

哭康小范二首

冰雪滄州道，驚傳小范回。三年江上別，八口故鄉來。情緒經愁減，鬚眉入夢猜。訃音初不信，天意或憐才。

哭君君竟死，挂劍嘆浮生。百戰身還在，重泉志不平。風雷名士骨，山水故人情。遺草兒能讀，孤鴻夜夜鳴。

懷王暟文戴山民楊欽四姚經三由陸路南歸

並轡嘶征馬，塵沙上布袍。山光行處斷，野色望中高。驛店人情熟，江河客夢勞。同時憔悴伴，短櫂滯風濤。

寄懷徐月鹿榷關二首

淮楚逢君晚，星軺自北來。酒同寒夜静，門爲故人開。草檄存當日，談詩有别才。離愁江上月，夢繞釣魚臺。

孺子南州士，孫登興更狂。尊前孤月白，簾外大河黄。詩卷推工部，旌旗近故鄉。方干何處至？對話五更霜。

奉懷大人久客湖上

傳説吳山寓，雲開鶴護門。尊前人白髮，江上月黄昏。蠟屐經秋健，丹書隔帳翻。燈花兼好夢，家信屢添孫。

上周伯衡兵憲

江城逢使節，春柳送霓旌。客記長干別，鴻從嶺上鳴。囊中留諫草，花影暗棋聲。山水供清嘯，登樓月正明。

題葉玉相宋建湖釣魚圖

楓葉滄洲晚，煙雲破醉顔。琴彈嚴子瀨，棋覆謝公山。木槳漁歌小，紗窗鶴夢閒。藕絲牽不斷，人在碧蓮灣。

送蕭伯闇先生還舟白下

放艇乘新漲，輕裝別故人。載來江上雪，歸去雨中春。酒政渾忘老，詩篇未覺貧。石頭城畔柳，還許汝垂綸。

雨中偕巫巒穉過周伯衡先生小飲次見招除字

捲幔寒風入，開尊興有餘。閒能徵宦況，交不爲貧除。壁冷春將半，牆陰月盡虛。螺川諸勝境，披覽即吾廬。時讀公青原近作。

送周漢思還金陵

辛苦珠江路，殊方聚舊遊。地因遷海瘠，客爲閉洋愁。遠夢羅浮雪，鄉心采石秋。莫嗟無寶玉，瘴雨一囊收。

羊城喜晤大人及兩弟

三年違色笑，相見白盈頭。飯較當時健，詩添故國愁。曹溪曾嘯月，梅嶺恰逢秋。尚有羅浮興，遺踪細探求。

秋日至南華瞻禮六祖并拜憨大師塔院和大人次龔芝麓先生韻四首

智藥尋源後，年年紫氣封。飛泉開白水，坐具蔽羣峯。白玉何朝玦，黄梅半夜鐘。寶林遺派遠，南北豈殊宗？

行脚勞山日，前星動杞憂。挂瓢常哭世，抗疏似悲秋。書法生無敵，雄心老未休。龕前涓滴水，時向祖堂流。

桂叢香不散，燈焰法幢明。賜額前賢筆，『寶林』二字爲坡公手筆。僧田累世耕。磬高人語静，苔淺鹿蹄輕。木榻披衣坐，塵心此夜清。

兵火尋常事，南華仍古菴。禾香飄翠帶，榕蔭隔煙嵐。僧定雲歸岫，烏啼月印潭。半生山水興，今得禮香曇。

登釣臺弔嚴先生

層巒孤峙暮煙垂，撥櫂沙汀日落時。水濺江空知大澤，星高人去剩殘碑。一竿自是狂奴態，三詔徒勞聖主思。馮鄧雲臺何處問？至今獨有子陵祠。

秋日自雲間歸里賦别宋子建彭燕又諸子

横江煙雨送歸航，痛飲難禁夜半狂。偶效機雲來雒下，卻憐蘇李滯河梁。書來奇字留紅葉，賦得新詞佩錦囊。一自香山人去後，詩筒難到石樓傍。

登金焦有感

雲連山寺晚鐘清，弱柳長條依舊生。江嶂遥分吴楚地，海天近護帝王城。嗚榔空翠煙中滅，捲幔輕紅水上明。千載興亡還極目，滄浪東去不勝情。

舟次燕磯

潮平野岸盪輕舟，遠水斜開杜若洲。波底空聞沈鐵鎖，石頭依舊峙丹樓。潮聲夜帶三江雨，山色晴飛萬樹秋。回首蔣陵松柏路，按鷹調馬不勝愁。

石城雜詠

翠旂繡帳壓城頭，堠火依稀點戍樓。古殿雲迷芳草路，故宫風散黍離秋。銅駞没盡王孫怨，玉樹歌殘帝子愁。淮水昔稱歌舞地，只今蕭瑟滿沙鷗。

懷方子留越中

千里扁舟指釣磯，遠遊不是爲調饑。廚中攜有伊蒲饌，匣裏裁成老衲衣。海燕春來人已去，寒鴻秋至客將歸。知君夙志黄農侶，日日登山獨采薇。

次韻和吴湯日先生五十自壽詩二首

十年夢斷漢明光，尚有朝衣染御香。亂後親朋俱契闊，老來詩酒益疏狂。黍離歌罷周臣怨，杜若洲寒楚客傷。一自鼎湖弓墮後，灞陵歲歲哭先皇。

草堂還勝午橋莊，醽醁新開翠羽觴。陶令秫秔秋正熟，向平婚嫁老猶忙。人從畫壁看函谷，客到雲谿識醉鄉。自有枌榆春社酒，玳筵何必泛霞漿？

寄王勝時

桃渡逢君暮雨秋，江風先送木蘭舟。煙花到處催人老，雲樹經年繫客愁。武子狂來猶躍馬，仲宣遊罷倦登樓。錦囊秀句知多少，可有新篇念舊遊？

秋日送戴山民遊豫章

北山高枕臥煙蘿，送爾長征感慨多。猿狖夜啼孤嶺月，魚龍秋静五湖波。尊前怨别攜吴劍，客裏驚心聽楚歌。若上滕王高閣望，西山南浦近如何？

過函雲訪吳無齋先生

石邊孤坐看煙巒，走月廊空樹色殘。函雲有石曰「孤坐」，又有走月廊。陶令有村稱栗里，司空卜地即王官。雨中巖壑秋難到，亂後黃花可耐看？翠嶂丹崖終不改，何時得借一枝安？

喜晤周農父先生兼送之西征應蔡中丞之聘

經年悵別重踟躕，兩地冰心指玉壺。草檄早知周僕射，參軍還傍蔡司徒。薊門行見銅駝泣，楚澤驚聞鐵馬驅。短櫂直過煙水畔，江州有煙水亭。好將詩句遍江湖。

喜大人及仲兄歸自江州

江州彈鋏早言歸，乞米何嘗可療饑？歷盡風塵知客苦，遊窮湖海覺人非。關山到處驚吹角，楚蜀頻年未解圍。猶幸潯陽波浪静，秋帆無恙抵漁磯。

暮秋雨阻松湖小飲

九十秋光去不回，陰霾幾日未曾開。湖邊難定風雲色，嶺畔驚傳虎豹來。四海兵戈愁入夢，百年詩酒共登臺。卻憐黃菊東籬下，又被霜華一夜催。

弔竇將軍次江向若先生韻 將軍名成，以小卒被寇執不屈，克全吾桐。

也知無力振乾坤，志決身殲答主恩。銅柱未標功尚在，鐵衣雖冷氣常存。揮戈直濺睢陽血，擊筑空寒易水魂。寂寞祠前芳草路，好持椒醑獻清尊。

天　津

乍別長安三日程，津門形勝控神京。樓船萬舸租輸急，煙火千家杵臼鳴。夾岸魚鹽通賈客，近城鼓角起邊聲。可憐萬里孤征客，斜枕弓刀對月明。

南旺道中

河水中分上下船，聲聲啼鳥緑楊邊。青山漸入江南路，芳草猶含薊北煙。日抱黿鼉開海曙，帆收汶濟趁潮天。從來但覺悲秋苦，那識傷春更慘然？

送姚仙期偕丘季貞入楚

蘆花楓葉惜孤征，何處天門是楚城？老衲幾時能斷酒，餘生此去莫談兵。十年漢沔爭龍戰，千里江湖一雁聲。回首釣臺秋水白，斜風殘月故人情。

江東橋水中見報恩塔燈影同西頑潛伯賦

離城數武大江頭，橋引西南近莫愁。煙色迷離低遠岸，水光明滅上孤舟。倒垂火樹波初定，壓斷星河月不流。萬點夜珠通國照，熹微常近五更收。

泊莫愁湖

晴煙夕照水平橋，小泊城西鬬暮潮。蕭寺短垣傳戰壘，平沙孤鳥避危巢。亂穿村巷行人恐，將閉城門戍卒驕。惟有莫愁湖上草，秋風秋雨正瀟瀟。

拜武穆祠

和議虛成權相功，忍將三字葬英雄。潛身莫羡蕲王早，争死堪憐幼女同。枝護靈旗寧向北？湖園孤冢尚流東。高宗陵樹何從訪？岳廟千年夕照中。

至白門喜晤周櫟園先生

短衣纔到白門居，未許先生賦遂初。盤錯不教詩興減，饑寒頓覺宦情疏。梁間燕喜方歸客，架上蟲殘未讀書。鎮日故人來慰語，齏鹽風味近何如？公菊帖内語。

午日徐立齋太史奉使豫章便道山城枉駕

皇華當代重詞臣，使草猶含燕市春。柳色摇風迎馬首，蒲香沾雨逐車塵。深山忽覯平吳詔，遠塞無忘諭蜀人。一夜開尊聊送别，還鄉初見錦衣新。立齋登第後，今始以奉使便道省親。

倪檖公訪舊曹州歸過中都話别

訪舊曹城雙馬蹄，荷香秋老雪花低。半年作客羊裘短，兩日鄉心雁陣齊。孤劍晴雲荒禁外，斜陽碑蘚灞陵西。依人羨爾分微禄，村店先子聽曉鷄。

春雪送飲光還江村

大雪圍爐舊帝畿，銜杯屈指五年違。兩朝鉤黨更名姓，千首詩篇何是非？松菊田間憐白髮，冰霜市上變緇衣。還山可向燕臺去，謡詠休嗟古道稀。

過小孤山

客心日夜近潯陽，瞬刻飛帆過馬當。山以小名偏最險，石因孤立卻無郎。霜清嵐嶂螺千點，風急帆檣雁幾行？拂袖莫辭村酒薄，擁裘難耐五更霜。

寄懷龔芝麓先生時拜大司寇

花飛江畔送春詩，又見樓頭颺柳絲。雁影霜清人醉後，馬蹄日落客來時。老臣涕淚封章切，憲府矜疑出署遲。聞道聖恩新解網，尚書特拜不須辭。

上谷柬少參方寄菴二首

鈴閣風清晝不譁，青青菜甲滿官衙。賦詩自嘯樓頭月，行部初開戰後花。幾路乳鶯驚夜柝，千羣市馬踏秋沙。鄭圖新繪流民淚，正及宵衣雨露加。

九閽難叩幾迴腸，無奈西行月似霜。人佩蒯緱趨幕府，天留旌節控遐方。時議裁監司，上谷在應留之内。秋風出塞非投筆，客病思家早戒裝。莫道玉關容易老，看君雙鬢未全蒼。

詠留侯

自念勳名五世長，鋤秦滅楚報韓王。遊仙豈是從黄石？不肯終身事漢皇。

樓上美人

日煖風融清晝長，桃花飛送玉樓香。陌頭柳色青如許，繫馬劉郎是阮郎。

擬從軍行

漠漠平沙草樹微，健兒日暮射鵰歸。角弓枕著通宵醉，醉到明朝又打圍。

紀事二首

寢園松柏晝長昏，樹盡千山露雨痕。今日爨煙香十里，明朝約伴再鋤根。

遍地垂楊影自重，高臺還剩石蟠龍。居人取得琉璃瓦，每夜聲聲當鼓鐘。

荔　枝

火齊拋向海城東，碧樹離離映日紅。最愛曉來和露折，冰紈襯著絳紗籠。

校　記

〔一〕咨　當作『恣』。

〔二〕『繙詩偏動蓼莪情』至哭夫子十首其二第三句『最傷薄命分鴛侶』　刻本係半頁，四庫禁燬書叢刊本誤置於哭夫子十首其五第三句『錦衾人去鴛鴦冷』之下，兹據國家圖書館藏善本膠片校正。

〔三〕『猶幸高名占鳳池』至哭夫子十首其五第三句『錦衾人去鴛鴦冷』　刻本係半頁，四庫禁燬書叢刊本誤置於哭夫子十首其八第八句『楓冷吳江一雁飛』『雁』字下，兹據國家圖書館藏善本膠片校正。

〔四〕『銀蒜簾空翡翠寒』至哭夫子十首其八第八句『楓冷吳江一雁』　刻本係半頁，四庫禁燬書叢刊本誤置於前三十初度第三句『攀樹幾揮楊柳淚』之下，兹據國家圖書館藏善本膠片校正。

龍眠風雅卷五十六

木厓潘　江蜀藻輯
舒城孫昌裔秋我同里徐　翥羽先參

祝　祺

字山如。學殖宏富，早負文名，久困童子科不售。順治乙酉，年三十有八，始補諸生第一，時論允愜，而猶嗛其遇之遲也。會開科取士之初，四方行卷脛翼罕通，山如輒出其宿搆，蒙他人姓字流布國門，選家競採掇之，奉爲風氣鵠的。其文舂容大雅，雖新貴名流或不逮也。既，又刊其小題雅宗行世，藝林購致，以爲先輩神品，在慶曆諸名家之間，沾丐後學，不可勝紀。屢踣場屋，則下鍵著述，罄館修鬻書數千卷，標識眉額，手自點定。所居老屋數椽，竹廚土銼，古梅一株，高梧數挺，左圖右史，旁列古鼎彝，吐納風流，居然名士。生徒從遊者衆，至僦舍以資講肄焉。所鐫樸巢詩前後集，博奥蕭遠，有張文昌、王仲初之風。晚著竹窗迂話，有功世道，未卒業而没。予爲詩哭之，有云『斷酒太嚴終不免，著書將竟惜猶殘』，蓋爲此也。其詩美弗勝收，因有專集單行，故割愛不少，寧録其未刻者。

桐民謡二首

葛之緜兮，蒙于苞櫟。言采而鬻，維婦之績。纖纖者手，絲分縷析。或丈或尺，匪喜伊戚。彼君子兮，豈曰惡奢？既空杼柚，春羅夏紗。粲粲其色，灼灼其花。我葛之樸，不如其華。何所取諸？取之民家。

不食豬，喜食鹿。喜食筋，不食肉。一束之筋戕十生，十束之筋刮一目。吁嗟兮！爲民牧，爲下福。民何辜兮汝蹙，鹿何辜兮民逐？

狐女歌

美姑積脂粉，千年化爲狐。狐復拜髑髏，一朝爲美姑。人惑美姑，不知其爲狐。人惑于狐，猶以爲美姑。嗚呼丈夫！有眉有鬚而聽無鬚眉者愚，嗚呼丈夫！

坑儒焚書歌

莫坑儒，儒不可坑。儒即可坑，心非巷議多蚩氓。揭竿夜呼者誰子？響應豈必皆書生？

莫焚書，書不可焚。書即可焚，老人尚有陰符文。醫卜種樹書猶存，不能平治楚漢之紛紜。秦坑儒，儒坑秦，君不見李斯趙高皆儒臣？秦焚書，書焚秦，君不見咸陽宮闕化灰塵？

歲莫偶書

智紛苦歲馳，身客喜事少。男兒無所成，又驚一年老。起步庭除間，南枝喧凍鳥。積雪天風吹，青青見春草。

夜坐寄山中人

空庭待涼月，草蟲鳴石根。坐憊枕書臥，百慮勞夢魂。兵以已亂設，設兵亂益繁。芳華迎秋風，憔悴能幾存？雲巖有高隱，清標無與倫。我欲往相依，煮石爲饔飧。功名世所貴，達士不復論。讀卦至損益，挂冠神武門。五岳如可游，婚娶俟子孫。君看寥天鶴，鼓翼摩崑崙。下眎林莽間，燕雀徒自喧。

輓胡即公

天不限南北，五月江州失。萬騎薄危城，明星殞良弼。赤血膏川原，白骨疊蟣蝨。江左諸名流，平時與師暱。笳鼓振疆場，狼鼠各奔逸。誰能殉孤臣，仗節獨不屈？卓哉吾子死，相許在平日。金石既匪移，鼎鑊復奚恤？魏昭事郭泰，造食侍寢疾。曹敞師吳章，義不避鈇鑕。以今況古人，古猶有弗及。檜柏無曲心，風霜見良質。師既爲國死，子亦爲師卒。所死有公私，大義同一律。天柱傾東南，衣冠盡若獝。已死實未能，謂人死不必。我披故友書，酸風搖紙筆。悄焉助予悲，空階弔蟋蟀。

雜　詩

人生貴適志，胡爲多所求？夜嘅晨復爾，百歲空自憂。神山在海外，仙人居上頭。力能併六合，不能臥丹丘。何如采芝人？惟與天爲遊。我生非其時，滄海飄虛舟。仰睇河漢間，路長思悠悠。槍雲忽如馬，欃雲忽如牛。

老女詩

苧蘿有名女，溪邊日浣紗。不逢范少伯，安能貯館娃？漢妃亦恃貌，知音能琵琶。生不侍宮寢，死不葬中華。遇合信有命，豈乏貌如花？哀哉女雖老，至老必有家。不見好老者，載之以後車。

積　書

物聚於所嗜，嗜不一端止。或嗜在田園，金珠及羅綺。又或嗜姬姜，狗馬並弓矢。而我俱泊如，暱志惟書史。古人留咳唾，今人抉精髓。吾以明吾心，寧徒徇口耳？寒時當輕裘，饑時當甘旨。憂時當琴笙，病時當藥餌。購求二十年，坐擁百城喜。江南避寇氛，舍此去鄉里。舊本無一存，追念不能已。遨遊金閶肆，見之獵心起。聊市數十卷，舟車伴遷徙。歸復遭兵掠，痛如故人死。乃歎天忌盈，積書同一理。老大不覺悟，營戀猶復爾。歲廢舌耕資，米鹽累妻子。東家穀滿倉，西舍核鑽李。見我寶詩書，無能博金紫。相與竊笑之，輸彼畜鷄豕。淵明五男兒，總不好筆紙。父子且異性，何況彼與此？茅屋映東窗，日影過如駛。開廚撿遺編，古香觸手指。隨意展一過，冰雪滿牙齒。才仙良足嘉，頑鬼寧不恥？何妨效白魚，生死典墳裏？

詠懷二首

四方靡所適，結廬城隅東。椽楹取樸鑿，塗蔇不必工〔一〕。室内羅琴書，俯仰堪自雄。户外寡行迹，春雨深蒿蓬。列坐二三子，疑難頻折衷。陶淑因厥材，或亦多微功。效彼成都市，賣卜垂簾中。與子言依孝，與臣言依忠。於世小有補，寧必居三公？紅日照東牖，竊我几上書。書以適吾意，展卷仍徐徐。大旨既罔昧，可勿理其餘。世儒困鉛槧，不克自卷舒。弄筆供俗好，甘帶如蝍蛆。而我愧莫逮，愚惰猶厥初。宜終鮮有成，偃蹇出無車。長裾已恥曳，短髮已廢梳。蔬圃治荒穢，讀倦聊且鋤。以茲寡所慮，空曠如太虛。向午風日美，有客饋嘉魚。呼妻烹佐酒，小酌還自如。頹然待明月，涼影臨階除。

柬方還山先生

辛苦伴梟羊，何如友麋鹿？跼蹐入荆榛，何如理松菊？古人愛吾鼎，一食恥嘑蹴。而況折我腰，五斗博微禄？先生山林人，疏懶性所獨。强之縶圭組，高臥厭塵牘。如彼海鶴姿，翻作樊籠畜。一朝放歸田，偃仰適空谷。飽我菰米飯，製我芰荷服。山中有四松，蒼翠色可掬。風雨自空來，波濤撼茅屋。側耳腸胃清，新詩成更速。有時入市城，親我倍骨肉。投以古體詩，瑶華奪雙目。煙花三月天，水次一舟宿。吹簫明月橋，琳琅應滿簏。自愧春夏交，争食同野鶩。世豈乏中郎？柯亭鮮靈竹。歸來面騂羞，陌塵積盈斛。願見先生詩，香櫞花下讀。冰雪沁肝脾，音響勝笙筑。得意呼酒杯，浮雲任紛逐。

移居

秋陰覆城郭，澹蕩西風吹。羣樹排寒空，越鳥棲無枝。我欲買青山，道長靡所之。迹寄屠與酤，周旋拙言詞。東城營一巢，偃仰心無爲。或對客飲酒，或焚香賦詩。暑寒不出户，語默惟因時。門前大梧樹，濃陰常四垂。六月來涼颸，高臥枕簟宜。奈何不自保，長與故廬辭？卜居新豐市，鷄犬各熙熙。日暮早閉門，巷議多參差。宅後有隙園，花木猶可移。因念傳舍同，轉盼知爲誰？舉世無伯通，廡春常苦饑。效彼童子鴻，何必因熱炊？杜老江上居，秋風捲茅茨。尚願廣廈多，盡令寒士怡。以今較昔人，寧不爲大癡？短檐有數竿，青青歲寒姿。偶爾攄所懷，對之常撚髭。

方井公索戴敬夫舊書一幅時予方閱河村集因作此並書歸之

歷陽高士書法老，方子覩之稱至寶。我得一幅已七年，饑時展玩還能飽。今秋失意走長干，又買河村舊詩草。歸來斗酒復長吟，短檐曝背黄縣襖。方子嶔崎弄筆墨，好此一幅如好色。趙璧還爲趙國完，楚弓終當楚人得。雲煙過眼我無戀，君開如見高士面。梅花帶雪落香片，我攜避俗詩一卷。

五烈墓

寶刀淬雪光如練，丈夫佩之身命賤。平生節義托文章，柱折維傾心忽變。朝衣四襖夜三衾，無頭亦佳不足羡。嗟彼鬚眉且如此，何況深帷婉孌子？知我有夫贈我珠，感君纏緜寧必死。王家婦女獨不然，口口皦日心青天。一朝秦賊薄城下，願言完璧歸重泉。婦持姑，子依母，頸血濺衣刀在手。當時秪慮玷青蠅，豈願邀名垂永久？黄雲慘淡白晝黑，歲晚蒼柯不殊色。慷慨就義還從容，於昭神鬼亦心惻。因思我昔虎丘客，纍纍五墓藏雄魄。云是逆璫焰熾時，鉤逋黨人爲虮蝪。天生俠烈五男兒，奮不顧身撲殺之。五人死後聖人出，毀祠賜地褒其屍。至今衣冠不敢見，見之頻以袂遮面。悔從橘國飲狂泉，不及市井之臣剛百鍊。嗟乎！成仁取義男子事，男子反如女子媚。女子殺身無求生，以較男子更無愧。我讀五烈死賊狀，寒月酸風摇紙上。人家養女盡若斯，何必生兒四朝長樂爲卿相？

丙申陽月廿五日初度偶書

東西誰運雙丸走？催老英雄雪盈首。憶我少年曾幾何，倏忽今年四十九。四十九年無一成，萍踪浪迹江湖行。逢人不肯屈强項，讀書更恥争浮名。以此鬱鬱貧且賤，終日北窗煮寒硯。故交零落如晨星，生徒往來類秋燕。世人嗤我迂更愚，生不富貴胡爲乎？我亦自笑各有見，麋鹿命豈終庖廚？擁書幸有三間屋，幾樹梅花數竿竹。一琴懸壁不安絃，太古遺音在空腹。昔年著作多嗜奇，血枯髭斷徒爾爲。如今筆墨漸疏棄，知者忌者皆無之。往悲一子落何地，今亦朦朧不復記。死生得失聽之天，且樂中宵安枕睡。眼前有酒座有賓，與君一醉勝千春。心中無事身無病，便是吹笙跨鶴人。

洲上蘆花歌

洲上蘆花飛白雪，洲上人家千里絶。一丈蘆洲一尺金，輸與官司無敢缺。去年淫雨春水高，蘆洲幾處成波濤。蘆洲已改税不改，男女賣盡空悲號。至今此地無人住，江邊虎猛不復渡。吏胥照火夜捕逃，驚起烏啼白楊樹。

八月十六夜李石逋招飲時其長公宣儀自瀠山回

長空之月惟秋皎，況屬故園相對好。君有斗酒復烹魚，我來浩歌共傾倒。眼前之人我與君，世事無心暗中老。君言老友勝少年，少年肝膈多山川。山川崄巇不敢近，何如披襟露腹蒼松前？羡君二子稱象賢，口談今古如河懸。仲兮書澆故鄉酒，伯兮經授他方氈。今夕何夕骨肉聚，勝我一子飄零湖海無時還。杯中物斷二載矣，不覺三蕉爲君喜。當頭皓魄送人歸，風露滿天夜如水。

題黄公祠

幽燕恆星慘不明，潢池赤子争弄兵。黄塵蔽空白日墜，赤眉銅馬何縱横。當時諸將悉巾幗，幾人奮死身能輕？我公登壇號熊虎，窮徼草木知威名。猶憶崇禎壬午歲，賊騎蜂湧圍桐城。走檄告急三百里，師一晝夜程兼行。鼠狼顧影各奔竄，有如疾風摧落英。保我雉堞終屹立，山田雖荒猶可耕。驕帥狡焉欲南下，舳艫千里飛長旌。風雲大小數百戰，天地黯淡江無聲。折槍遺鏃散沙磧，留都半壁還支撑。嘽嘽王旅淮揚至，諸郡解甲争降迎。我公力屈心不屈，仰天仗劍洵錚錚。報國直追古烈士，開城反愧諸名卿。我公之勳在社稷，不隨陵谷爲變更。生當封侯死廟食，英雄寧必皆功成？二十年前此祠建，遠近尸祝同一情。我來瞻拜淚不止，翻嗔誤國皆書生。書生尚存公乃死，我懷抑鬱烏能平？維公有靈腰有劍，願言借以誅蚊蝱。再三問公公不語，參天古柏風吹鳴。乃知我公自萬古，豈與羣小争枯榮？

松聲篇爲潘蜀藻母夫人賦

南山青松高百尺，歲歲冰霜飽天澤。上棲蕭索輪囷之卿雲，下蔭歷落嵚崎之文石。龍鱗欲老虬髯張，溜雨吼風蒼翠積。仙韶一派天半鳴，聽者如潮復如汐。我母愛此常盤桓，草閣六月風濤寒。有時自鼓湘絃曲，松聲指下生波瀾。有時白描大士幅，松聲紙上增神權。裁錦作詩花作字，松聲飄渺迎芳蘭。我母才節軼今古，更有佳兒稱繡虎。雄文旂幟建詞壇，奇字蟲魚蒐石鼓。洛都緬，鷄林金，至今轍迹門前深。梁園賓，平原酒，至今珠璣滿羣口。我母六旬成白首，兒跽稱觴祝吾母。母曰嗟！予子勉旃，立身忠孝乃不朽。經世大業有文章，早取黄金印懸肘。印懸肘，致足樂，母仍坐隱松聲閣。松根千歲有茯苓，細煮清泉即大藥。

麥餅歌

鄉人夜火舂蕎麥，作餅團團色微白。滿柈遺我充朝饑，我還借以供嘉客。記得去年值此朝，菊花酒熟朋堪邀。長腰粳米抄雲子，折脚瓦鐺烹橘苗。今年硯荒俸錢少，苜蓿先生腹不飽。丘壑雖增草木年，那得青精駐顔好？與君食此君莫嫌，撐腸猶勝水晶鹽。何曾下箸云無處，食飽鷄豚總不甜。

喜逢口

與爲别以悲，毋寧逢以喜。與爲悲以生，毋寧喜以死。五倫之所通，一情而已矣。何况天性深，更惟父與子？至今雙冢埋黄沙，行人指點多咨嗟。我感此説淚如海，有兒不歸十六載。

甘仲勳北試武闈作歌送之以壯其行

丈夫意氣多奮激，七尺身軀萬人敵。閒來臂鞲入郊原，馬驟電光弓霹靂。當陽天子雅重武，安事毛錐學迂腐？未能東海釣金鰲，須向南山射斑虎。君不見，甘子仲勳當壯年，雪窗鐵硯欲磨穿。一朝棄此不復道，蹀躞赤驃先著鞭。左持烏號右竹箭，猿臂將軍今復見。腹中更饒龍豹書，補衮堪稱五色線。主者賞心嘆英絶，名姓還教榜頭列。登壇韓信一軍驚，何怪市兒多吐舌。老儒慙我窮一經，皓首坐破氈無青。鮎魚竹竿不能上，至今鼠粟號空瓶。何如甘子挾技小有驗，父兄堂上生光豔。明晨騎馬入都門，腰下陸離横寶劍。方今江湖盜如蝟，大力煩君調鼎沸。功著旂常孺婦知，豈羨穰苴與樂毅？出門梅熟天氣陰，更有黄鸝送好音。歸來老夫飲君酒，醉摩斗大印懸肘。

題楚女題詩樹

中原土崩羣盜竊，南國佳人半煙滅。芙蓉帶綰馬蹄塵，石榴裙濺鋒頭血。薄命誰家婦？征衫淹玉筋。望斷楚天遥，詩題紫荆樹。樹亦傷心枯欲死，紅顔應赴東流水。年年風雨近黄昏，似聞太息之聲芳樹裏。王郎亦是有情癡，每每惜樹還惜詩。詩留樹上行人讀，落日空林杜鵑哭。

楊子嘉樹不得志思隱于醫余聞而傷之因作歌以廣其意

浩然毋誦詩，伯休毋入市。入市愚婦知，誦詩明主棄。知我棄我可奈何？唾壺敲碎竹如意。楊君楊君，今之子雲，胡爲乎躑躅道路三十四十無所聞？無所聞，且休矣，古來高才博學多如此。先人遺書猶可讀，南山敝廬猶未燬。何不草玄藏名山，以待五百年後之知己？君不見，西方有祥鸞，饑□□食青琅玕，豈與螬蠐半李争餘餐？

斫花行

老翁城居餘片地，種樹栽花聊適意。三春白白與紅紅，客至還能供一醉。忽有縣吏來其家，聲言官索繡毬花。老翁愛惜不肯與，不與又恐鞭笞加。吞聲忍氣聽移去，花亦有情若迴顧。一時庭樹減風光，春色無端留不住。有如醒酒石去平泉莊，又如金谷樓墜綠珠亡。世間好物各有主，忍教陌路同蕭郎。老翁撫膺多懊恨，種花不帶看花命。深紅肥綠欲何爲？美人一劍香消盡。鄰家有叟來慰安，在民在官皆一般。君不見，河陽花，巴東柏，都是小人培舊澤。又不見，樹菽麥，種桑麻，賣完官糧還破家。

金陵寒食

二月見垂楊，絲絲拂道旁。鳥呼人過渡，花逐燕歸梁。蜀客霜裘敝，胡姬雪酒香。不堪多悵望，寒食是他鄉。

懷夏哲水避亂江上

鄉關兵火後，江上夢君歸。奉母一身在，依人四壁非。雲深迷鳥道，潭冷念漁磯。莫棄傷時策，興朝重布衣。

宿山家

溪深不可渡，隔浦問漁家。亂竹藏黄鳥，枯楊護白沙。煙炊村麥飯，香嚼澗芹芽。細雨東風急，心憐杏子花。

樸巢冬居二首

此地可容膝，貧居不用嫌。日烘茅屋煖，霜飽菜根甜。留客開春甕，談經下布簾。偶然詩得意，狂叫一掀髯。

竹逕繞蒼藤，清宵月影層。匣藏三尺水，琴挂七條冰。骨瘦梅同鶴，心空石類僧。小僮呵凍指，也傍讀書燈。

詠杖

畏途誰可倚？欣爾共追隨。村醉扶歸後，田流曳聽時。老年添健友，緩步助工詩。只此相攜得，何須天禄藜？

窗下看幼女録余舊詩

嘯詠從余好，篇章倩女忙。腕輕書迹細，紙潤墨痕香。筆愛新斑管，塵除舊錦囊。也知得意句，吟學老夫狂。

夏日項于磐姚經三小集樸巢

一雨洗殘暑，君來生晚涼。鬖眉蕉下緑，木石畫中蒼。瀹茗分寒響，開尊送夕陽。深談忘主客，清露滴詩囊。

人日方退谷馬一公張夢敦同集樸巢

人日故人來，柴門一再開。清談聊隱几，白醉不辭杯。檐煖喧乾鵲，瓶香放蠟梅。蹉跎年已老，慙對少年才。

皖江

高原聊一望，潮自海門生。米艇通漁市，蘆洲牧馬兵。秋聲多在水，江氣半浮城。落日荒荒下，歸鴉野寺鳴。

同張夢敦東園玩菊

衆芳摇落後，愛此傲霜枝。每近重陽節，頻過野老籬。晚香宜我性，清豔鬬君詩。愧乏青錢買，空看日暮時。

别夏邑陳簡菴

江上十年别，客中千里逢。行裝多藥餌，交譜盡詩筒。雁叫湖霜白，楓飄驛路紅。前途戎馬急，君去莫匆匆。

聽　雨

城上春雲暗，斜吹幾陣過。響從蕉葉急，聲自竹梢多。關塞夜奔騎，洞庭秋捲波。莫言生白髮，蓑笠有農歌。

同馬一公宿竺公精舍二首

山深天易莫，自與市城殊。野水寒猶活，林煙淡欲無。松杉迷舊路，筍蕨出香廚。燈下詩初就，從師索畫圖。

風定夜無聲，禪燈照客明。茶煙猶未散，山月忽然生。滿地薜蘿影，深林鳥雀更。與君梅下立，詩思一般清。

昨　有

昨有南來客，相傳北寄書。知兒身尚在，覺我病都除。鄰叟喜相問，檐禽噪不虛。明年歸倘速，欣慰更何如？

同方退谷東郊閒步

風景今年好，沙堤日日晴。草嬌春煖色，溪響雪消聲。無計買山隱，有秋憑研耕。同君覓新句，歸路暗香生。

旅曉

主臥客無寐，屢呼聲始　。披衣牀射月，炊飯釜敲冰。輿僕争温酒，衾裝亂暗燈。出門寒更緊，霜落滿漁罾。

讀宋遺民録二首

宋祚終難永，諸君意自堅。猶思南渡日，不肯北朝天。字字金壺汁，心心雪窖氈。應知秦賈輩，悔恨在黄泉。

微賤當時士，翻多報國情。蘭悲無土畫，鳥恥出關鳴。紙上呼應出，燈前哭有聲。文山歌正氣，見此慰平生。

中秋月夜錢西頑左子直子厚過話

夜静清輝發，知予未忍眠。敲門帶殘醉，燒燭簡遺編。滿地月如雪，三更露洗天。送君蟲語切，只在草橋邊。

和劉超宗深莊詩元韻

山水獨當面，天然圖畫開。丹青隨意展，蒼翠自空來。香焙茶兼筍，寒依鶴共梅。深藏師聖木，肯受世人摧？

看童子芟除草樹

夏愛濃陰好，翻嫌障翳多。疏通新竹樹，剪剔舊藤蘿。便有清風至，還聞黄鳥歌。乃知古循吏，只是去繁苛。

客中逢范小范話舊

尊酒論心後，十年相見難。夢尋湖水闊，詩寄草堂寒。壯志銷書卷，生涯老釣竿。楊花風捲雪，不耐客樓看。

和汪瑶若夏居

長夏何知暑？高槐陰更濃。燕銜花落後，苔印雀行踪。水活常思釣，糧空久罷舂。學徒齎俸米，不負硯耕農。

遊古林寺

好春過半不曾知，青入垂楊第幾絲？扶病尚尋山水處，養花正值雨晴時。林藏秘閣飄煙磬，竹映横塘出酒旗。偶得一詩無客和，聲聲清唱是黄鸝。

營兵掠後柬楊古度

毁室傾巢風雨狂，將軍死士索春糧。千門鷄亂新豐市，四月花飛古戰場。好倩燕泥封筆冢，幸能鼠穴瘞詩囊。蕭條讓與妻兒泣，莫念青氈兩鬢霜。

雜感詩

聞説淮揚未解圍，王師十萬竟何歸？梧桐夜唤宫烏急，苜蓿秋增塞馬肥。雲壓石頭悲畫角，風高木末弔斜暉。孤忠血戰曾三百，欲向將軍問鐵衣。

移居

自慙踪迹海門鴻，幾束琅函三尺桐。亂日少陵詩是史，彊年永叔醉稱翁。城端暮雪高樓見，宅後寒山小徑通。欲擬西湖林處士，春風先放早梅紅。

答潘蜀藻

莫訝書來不寄詩，詩中强半是傷時。況兼貧病稀遊屐，只好疏狂伴酒巵。江雨送春花落盡，黎雲寒夢燕歸遲。南陽近日無耕土，空望高岡賦采芝。

無題四首

百花深處語如簧，畫閣珠簾翡翠粧。玉腕笑分金鈿盒，羅衣行送水沈香。新調巧舌教鸚鵡，小疊同心繡鳳凰。子夜歌殘春寂寂，有人腸斷隔東牆。

眉畫春蠶髻綰鴉，釵頭綵燕受風斜。人名小玉無雙價，巷號明珠第一家。步障籠歌紅豆粒，洞簫吹曲碧桃花。藏嬌不令王孫見，遊倦春郊白鼻騧。

禁漏沈沈酒半醒，絳紗猶護一燈青。春雲入夢無人見，夜月談心有鶴聽。花繡鴛鴦依并蒂，橋填烏鵲聚雙星。當時只道歡相得，士女思圖上畫屏。

笑處相逢哭處留，如今都似夢揚州。神仙路阻三千水，帝女雲遮十二樓。楊柳門前空繫馬，桃花洞口欲迷舟。依稀印得餘香在，窄窄紅綾玉一鉤。

夏日即事

夕陽西下豆棚涼，起汲清泉潤海棠。近水藤蘿多滴翠，傍花蝴蝶對飛黃。山常到眼門難閉，巾不蒙頭髮漸長。野馬浮雲俱絕影，小簾一穗篆爐香。

即事

家計貧來知己疏，況兼老大性情孤。詩添小女燈前誦，病賴頑僮醉裏扶。踪迹漸能離市井，姓名翻悔落江湖。寒宵意不忘山水，夢畫龍瞑風雪圖。

移菊

園中乞得丹霞種，冒雨移過帶土栽。略去繁枝將竹護，便多香氣入衣來。愛君晚節頻頻看，慰我秋思緩緩開。十載葛巾堪漉酒，忍教相對不銜杯？

移居

十年城郭五移家，飄泊真同繞樹鴉。粗覓數椽雖近市，喜餘片地可栽花。門徒壁上懸詩畫，鄰叟牆頭餽果茶。卻笑雙扉無白板，夜來還倩竹籬遮。

癸巳除夕

雪後陽和凍解遲，燒殘榾柮送窮時。掀髯鏡裏常防老，岸幘燈前不賣癡。囊有苦吟酬好酒，耕無惡歲祝毛錐。夜深香繞梅花屋，知是春風次第吹。

甲午元旦

衣冠曉拭隔宵塵，白飯青蔬獻歲新。起拜艱難微覺老，盤餐簡約暗傷貧。簾飛梅雪添清況，烏愛條風弄好春。小醉詩成還自詠，笑將解否問家人。

憶在四首

憶在留都三月天，風光如畫足流連。遊人走馬穿香陌，歌妓彈箏坐酒船。木末亭邊看墓碣，雨花臺畔見鞦韆。而今事事堪垂涕，錦繡河山不似前。

憶在高峯望渺茫，清涼臺上説清涼。江天雁字横秋色，野樹僧瓢挂夕陽。金粉六朝花草秀，胭脂一井土泥香。期年定鼎新天子，荆棘銅駝更可傷。

憶在禪林看古梅，玲瓏寒玉雪中開。踏春好伴留茶社，授偈高僧坐講臺。塞北書來誰解讀？江南賦就不言哀。可憐五月繁華地，萬馬如潮夜渡來。

憶在城南大道旁，連雲甲第甚輝煌。家藏鐵券龍紋字，屏列金釵翡翠粧。自恃麒麟嘗畫閣，將焚燕雀尚安堂。如今門外生青草，都作他人牧馬場。

解嘲

人向江南鬧選場，我從江北坐空堂。漫誇車馬三公貴，不換松篁一枕涼。老近漸知藏拙法，病多且學養生方。諸君大半逢重九，也共閒身看菊黄。

聽馮五魚鼓琴

座上聞君指下聲，一絃真覺一心清。三更玉露孤吟蟀，二月銀牀百囀鶯。謖謖松風堪洗耳，湯湯海水足移情。愧余壁亦懸焦尾，爲乏知音塵土生。

落葉

寒入千山曉露清，飄零一半惜輕盈。歌殘玉樹啼烏急，吹到銀牀促織驚。常似客敲門有約，不同花墜地無聲。年年收拾繁華去，可是金風太薄情？

鷓鴣爲方井公賦

雕籠憐閉羽衣斑，萬里從征海上還。一葉欲遮深夜露，九龍空憶舊家山。悲看雲樹同□

少，解説風塵行路難。我未出門聞不得，君聞況在道途間？

重陽後一日李未盡贈菊二本因出酒共酌

風雨滿城重九後，君能憐我送花來。纔過佳節猶堪賞，似待幽人不盡開。晚節豈同霜裏葉？寒香還類雪時梅。牀頭酒熟休辭去，也學陶家醉幾回。

藕塘納涼

十畝芳塘盡種荷，水痕風蕩緑于羅。弄殘夕照影猶在，行到曲堤香更多。紈扇遊人争選石，蕊珠仙子乍凌波。眠鷗不動輕鱗出，似聽吹簫白紵歌。

李士雅久客蓼城詩以訊之

天涯夢斷舊遊疏，開到寒梅報歲除。故里蓴香渾不憶，廣陵花信近何如？絳紗帷護高人榻，白玉堂分太史書。怪得此間消受好，平安空只寄雙魚。

贈陳遐伯

灊山山水自清奇，筆墨傳來是畫師。痛哭白頭天寶後，狂呼赤脚雪峯時。技能格矢人稱捷，詩就敲缶我愧遲。知爾歲寒堅苦節，梅花不贈向南枝。

詠陳大匡軒前白牡丹

瑶島何年降太真？輕風微雨數枝新。神仙自具冰霜質，富貴無煩羅綺春。玉樹未聞傾國色，梅花終似臥山人。争如錦繡笙歌裏，素面朝天絶點塵。

讀書存存堂

暑中借得一枝棲，習静閒吟日又西。小硯水餘常飲鼠，新豐市遠不聞鷄。科頭病後書慵著，問字人來酒罷擕。卻喜燕雛新長大，空梁無復墮巢泥。

輓方井公

閒時頻喜過君家，小飲還烹紫莢茶。几上墨香摹古迹，庭前蘭暖較新芽。文星忽向寒空落，珠淚翻同夜雨加。只恐泉臺春寂寞，攜尊何處訪名花？

壽吳易水鍊師八十

先生得道樂林泉，臥石餐芝八十年。人似寒巖松挂雪，詩如秋水鶴呼天。一聲鐵笛魚龍戲，九轉金丹鷄犬仙。我向法壇聞妙旨，等閒消受博山煙。

飲倪代南園亭

二月芳菲樹樹妍，偶來選坐杏花邊。主能出酒留嘉客，我亦行吟學少年。小燕忽飛春社近，高城初冷夕陽偏。樵青莫把殘英掃，好待明朝又醉眠。

雪裹朱梅

自是清肌不耐寒，春風醉倚玉欄干。薄施脂粉嬌難畫，細剪珊瑚濕未乾。二月杏村飛柳絮，上元火樹映冰盤。紅顔白髮從來易，早借孤山處士看。

試歸感賦

歸看門逕長蒿蓬，獨坐攤書草閣中。白燕斜衝梅子雨，黃鸝嬌囀楝花風。禰生懷刺經年滅，季子囊金作客空。欲玩新篁山寺裏，不堪溪漲小橋東。

飲古垧侯宅兼送王鑒公之建寧

山家酒熟瓦盆香，招我攜琴過草堂。桑柘影中初掃徑，鵓鳩聲裏半栽秧。烹來野味蓴絲嫩，釣出溪鮮柳葉長。如此竹林堪寄隱，馬蹄何事逐人忙？

征夫塞上 廣王阮亭先生秋柳次韻

梅花吹落已銷魂，羌管還催折玉門。千里□沙迷遠樹，一天白露浸疏痕。獵回不似啼鶯路，戰後空餘繫馬村。因記家園人贈別，應同憔悴未堪論。

少婦樓頭

小園昨夜下微霜，暗褪柔條色映塘。隔樹久拋金織線，入窗還拂玉臺箱。嗔他搖曳調行客，似我支離問藥王。忽憶郎君去年事，春風走馬鬬鷄坊。

高士門前

三逕歸兮早拂衣，五株種得悟前非。身寒漸覺黃金減，腰硬何妨青眼稀？去路王孫難折贈，遷喬公子不來飛。籬邊繼此多香菊，縱是蕭條酒莫違。

離人亭畔

多少驪歌聽可憐，不堪攀折帶寒煙。種來陌上常停騎，舞罷筵前早脱緜。絲軟未能留永日，條疏空自惜芳年。酒闌客散荒亭冷，幾點棲鴉落照邊。

哭倪南蔭

絡繹名場二十年，一朝歸夢化寒煙。天涯半哭窮時路，家計多愁亂後田。無復聽經山寺裏，空餘題句酒樓邊。也如五岳遨遊去，未畢兒婚女嫁緣。

方還山先生有秦中之遊詩以送之

連朝風雨浄行塵，有客辭家西入秦。宦後載舟無長物，老來彈鋏向何人？隴頭衣冷雲千片，馬背詩清月一輪。花事正繁君遠去，名園辜負牡丹春。

遠峯亭同方嶽夢李士雅左子周周信臣方子將賞菊分得臨字

木落空亭一徑深，看花期好客初臨。酒觥薄醉還山日，門掩寒香聽水心。小局敲殘秋雨濕，新詩賦就夜燈沈。西園雅集欣同調，金石聲慙蟋蟀吟。

送楊古度之秣陵

楊子談經鬢已蒼，冷風江上買吳航。書懸久博鷄林價，字問奇分虎觀藏。近水梅花迎客櫂，長干燈火借僧房。知君耳熱悲歌發，幾度鍾山弔夕陽。

除日茅齋初成與鄭公亮夜飲

壘土編茅便可居，何妨人説是蝸廬？一區餘地猶栽竹，半老閒身且著書。博米自宜酬筆舌，披裘還勝學樵漁。家醪初熟更初動，與子張燈話歲除。

題　畫

人歸夕照山，鴉亂秋深樹。蹇驢愛清溪，遲迴不肯渡。

山　行

有此山者誰？此山自今古。山主苦不閒，我閒即山主。

七　夕

牛女相期事若何？人間幽恨此時多。年年留得今宵淚，銀漢應添幾尺波。

兵後返館書史散失于糞草堆中猶簡得自著詩文二册悲喜交集爲賦一絶

避亂歸來徑草荒，敗書堆裏燕泥香。也知煮字燈窗苦，留得山人破錦囊。

贈賣刀者

膏淬青萍映雪明，賣來可是買牛耕？樓蘭斬後英雄少，卻付何人報不平？

門人余季超自山中移梅一株見贈喜賦以謝

高士何時離水濱？枝枝蕊蕊見精神。檐前明月牆東雪，添得貧家一段春。

偶　吟

燕子楊花繞布簾，東風吹動雨簾纖。老妻知我詩懷好，不説明朝乏米鹽。

除夕偶成

臨風小榭暗香聞，開到梅花春幾分。也學主人開口笑，耐寒不作送窮文。

舟泊上新河

柳梢明月晚涼多，螢影飄飄欲墮河。船上郎君樓上女，含情都聽采蓮歌。

送王鍾豫還里

梅雨霏霏江路寒，休嗟行路此時難。溪南水活魚兒出，正好歸家把釣竿。

詠明妃出塞圖二首

畫裏姿容未可憑，單于欲嫁意堪矜。君王莫惜朱顔去，只當中原失李陵。

春色年年閉漢宫，征鞍拂袖去和戎。當時召見非難事，何用妍媸問畫工？

題西施五湖圖二首

一葉扁舟雪浪堆，不堪回首望荒臺。叮嚀莫向錢塘去，恐有人騎白馬來。

煙波遥遁號鴟夷，有女同舟任所之。不畫吳宫眉樣巧，無人知是舊西施。

七　夕

雨沐青桐報早秋，銀河淡淡月如鉤。自知老近風流減，七夕無詩詠女牛。

纖足點毬

款款相依綏墜肩，香尖蹴處燕翩蹮。旁人不羨毬飛疾，只看湘裙一瓣蓮。

看春宮秘戲圖兩頰微紅

燈前帳裏猶含笑，案上圖中反覺羞。持得寸心常似此，分明一卷女春秋。

姚經三寫山水見贈自題一絶因韻答之

青山未得隱閒身，幾度翻疑畫裏真。君畫秋山人不畫，已知余是住山人。

感舊

板橋明月夜呼酒，繡陌香塵春看花。三十年前渾是夢，東風吹醒舊繁華。

橘燈

也學尊前一點紅，洞庭霜信已成空。問他對奕人何在？都付咸陽劫火中。

春　遊

郭外尋芳路欲迷，美人笑語杏花西。春風勾引雙黄鳥，也向鞦韆架上啼。

月　夜

鄰家老桂暗香浮，度入西風客倚樓。明月漸高詩漸好，昔人何事獨悲秋？

閒居即事

授書易穀度殘年，難買南陽負郭田。卻喜詩成風雨夜，無人敲户索租錢。

遊春曲

女兒溪上浣春紗，溪上落花紅似霞。争説朱顔不常好，鬢邊只插白桃花。

居巢陽五奠先生哀詞二首

畫圖座右懸文相，木主庭中哭史公。都是先生薑桂性，不隨黄葉殞秋風。

吾鄉亦有水厓詩，痛哭飄零死不辭。絶粒與君同一志，願言圖像首陽祠。

畫眉

曉粧初試捲珠簾，欲畫春蠶兩道纖。把鏡自憐還自止，墨螺空染筆花尖。

整鬢

螓首斜堆兩鬢鴉，粧成膏沐不須加。鄰家女伴還争羡，爲贈釵頭茉莉花。

酥乳

一抹酥胸白雪光，波清露冷墜蓮房。可憐雙蒂難輕見，願作羅襦貼汗香。

纖趾

自整湘裙下翠樓，白綾藕覆玉雙鉤。擎來掌上剛三寸，一粒珠難綴鳳頭。

蔣弘仲出徐文長畫荷一幅上題絶句字畫生動飄飄欲仙予鄉阮臨江先生畫多類徐筆今亦不可得矣爲賦一絶

筆墨欹崎一幅中，懶仙風味有誰同？百年光怪今方見，浪説從前白醉翁。

送馬一公赴試江南

近日功名蜀道難，看花君喜在長干。自知骨重飛無分，羞對丹爐説九還。

桃葉溪頭水亂流，鍾山嶺上野雲秋。煩君寄語悲歌客，舊日詞人已白頭。

校記

〔一〕旣　當作『塈』。

國家古籍整理出版專項經費資助項目

安徽古籍叢書

黄山書社

龍眠風雅全編 一

〔清〕潘　江/輯　彭君華/主編

圖書在版編目(CIP)數據

龍眠風雅全編/(清)潘江輯;彭君華等校點
—合肥:黄山書社,2013.11
(安徽古籍叢書第二十五輯/安徽古籍叢書編審委員會編纂)
ISBN 978-7-5461-3859-6
Ⅰ.①龍… Ⅱ.①潘…②彭… Ⅲ.①古典詩歌-詩集-中國
Ⅳ.①I222.72

中國版本圖書館 CIP 數據核字(2013)第 243829 號

全國高等院校古籍整理研究工作委員會
安徽省古籍整理出版基金會
立項資助項目

龍眠風雅全編

(清)潘　江　輯　彭君華　主編

*

責任編輯　老　鼓　李　媛　李霜琴
胡長春　張曦仲　賈東亮
封面設計　馬　芳
黄山書社出版發行　合肥杏花印務股份有限公司印刷
開本 880×1230　1/32　印張 160.625　字數 3000 千字
2013 年 11 月第 1 版　2013 年 11 月第 1 次印刷

ISBN 978-7-5461-3859-6
定價　590.00 圓(全十册)

安徽古籍叢書編印緣起

我國歷史悠久，典籍豐富。我省地處南北之交，學術尤擅其盛。數千年來，哲學、史學、文學、藝術、語言、科技，作者輩出，著述如林，或自名一家，或蔚然成派，多爲中華民族文化之菁華，有裨於社會主義文化之建設。允宜及時整理，以廣流傳。

粤自明清，以至近世，南北郡邑已有涇川叢書、龍眠叢書、貴池先哲遺書、南陵先哲遺書諸刻。一九三一年，復有安徽叢書之編刊，所收皆皖人著作，分期影印。出至第六期，以抗戰軍興而中止。盛業未竟，論者惜之。

今者，中央倡導整理古籍，我省領導對此尤爲關心。省古籍整理出版規劃委員會幾經商討，決定編纂安徽古籍叢書。編纂宗旨是在歷史唯物主義指導下，批判繼承，古爲今用，弘揚民族優秀傳統文化，爲建設中國特色社會主義服務。最其體例，約有數端：

一、所收皆爲歷代皖人著作，時間一般以辛亥革命之前爲限，内容以文、史、哲爲主，分類成輯。尤其注意稿本、稀見本之搜輯與傳布。

二、整理方式包括輯、校、標點和注釋、今譯。校勘，力求採用善本爲底本，校以他書，或加補輯、編次。標點，採用新式標點。注釋，務求精確，但不作煩瑣考證。整理中，儘量吸收國內外研究的新成果。

三、先秦、兩漢著作及語言、文字之類，皆用繁體字，其餘則酌用簡體字。版皆豎排，以期一律。

四、凡熱心於本叢書編印及捐貲助刊者，得於書内題名。

安徽古籍叢書編審委員會

總目

第一册目次

卷　二

卷　三

卷　四

卷　十

卷十一

卷十二

卷十三

前言

一

龍眠風雅全編包含龍眠風雅（以下簡稱初編）和龍眠風雅續集（以下簡稱續集）兩種，均爲明末清初安徽桐城人潘江所輯。爲免淆亂計，整理本書名冠以『全編』二字。初編六十四卷，續集二十七卷附卷末潘江本人詩作共二十八卷。『龍眠』是借其境内龍眠山以代桐城邑名，龍眠風雅正編、續集實即甄録有明一代以訖清初桐城一邑的詩歌選集。

潘江，字蜀藻，一字耐翁，别號木厓。父親潘金芝，明崇禎朝太學生，崇禎十三年去世。母親吳坤元，幼即皈依佛教，工書畫，善弈及音律，有詩作松聲閣前後三集、續集，清康熙間去世，享年八十。潘母守節四十餘年，康熙辛酉（一六八一）獲旌表，建坊於其居宅之左。

木厓先生生當明萬曆四十七年己未（一六一九）。崇禎二年己巳（一六二九），年十一補博士弟子員。清順治間，奉母命參加科舉考試，八年辛卯（一六五一）、十一年甲午（一六五四）鄉試兩榜均名列前茅，但『詭得復失』。順治丙申（一六五六）始至丁未（一六六七），先後遊歷梁園、徐州、濟寧、毗陵、黄州等地，拜謁了時任黄州知府的同鄉何應珏等人。康熙己酉（一六六九）遊太學，辛亥（一六七一）赴部授職，曾考授州司馬。康熙十八年己未（一六七九）舉鴻博，以母老辭。康熙十九年庚申（一六八〇）、二十一年壬戌（一六八二）兩徵遺逸，皆以病辭。隱居北郭河墅，康熙四十一年壬午（一七〇二）辭世，享年八十四。其同鄉時任禮部尚書張英題碑曰『詩人河墅先生之墓』。

木厓先生著述頗豐，而數龍眠風雅初編及續集二種的編刊爲用力最勤。如果從順治五年（一六四八）『有志兹選』算起，至康熙三十年（一六九一）最終完成續集的刊刻，前後歷時竟長達四十三年之久，耗費了他半輩子光陰。

二

初編的編刊，可謂好事多磨、一波三折。

先是，順治戊子（一六四八）秋，木厓先生與方授首倡編纂龍眠明詩選，『僅掇前代，不列今朝』。網羅放失，獵秘搜遺，得已刻未刊詩稿六十餘種。其間，因忙於應試，時作時停，遷延日久。

時閲一紀，庚子（一六六〇）、辛丑（一六六一）之間，錢澄之和姚文燮慨然共事，又『廣綜已逝，採及時流』。但錢、姚二子在詩編命名取義上發生了較爲嚴重的分歧：姚曰詩傳，盛推昔人著作；錢曰詩存，嚴持一已權衡。事情因而擱置。

合作未成，木厓先生於是獨當重任，準『國風好色而不淫，小雅怨誹而不亂』的『風雅』之義，寬徵恕取。在方文、陳式等一干友人的協助下，於康熙十七年戊午（一六七八）春編纂付梓。

續集的編纂，則直接緣於姚文然之子士塈。初編告竣當年，文然去世，士塈編其全集，請序於木厓先生，又摘其詩什求入續集。七年後，士塈子孔欽去世，士塈又郵孔欽詩稿託請。而文然又恰是初編刊刻的捐資首倡者之一。出於不得已，木厓先生於是『遍徵戊午後新逝諸公雅什，匯成巨觀』。同志諸公伸出援手；而蒐討之責，整比散逸，勘正舛譌，則木厓先生諸雛孫出力爲多。續集的最終完成，距初編的刊布，又恰恰過了一紀，木厓先生已然是七十三歲的老人了。

將前後兩種放在一起加以比較，不難感受到，由於受經費、精力等因素的制約，續集的編刊，包括資料齊備程度和刊印質量均要遜於初編。

三

初編六十四卷共收録三百九十九人（含方以智爲僧後名弘智者）九千零一十一首詩作（聯章體按一章一首計）。續集二十八卷共收録一百五十四人五千八百六十三首詩作。兩種合計，作者五百五十三人，詩作一萬四千八百七十四首。

綜觀兩種的編纂特點，大致有以下四個方面：

其一，依時爲序。

其二，以類相從。具體在同一卷次内部，大致是人以羣分。

或均有功名，如初編卷十一收録阮自華、范一謨、姚之蘭、戴耆顯、吴應琦五人，均爲萬曆間人，四個進士，一個舉人。

或志趣訢合，而名位與出處大節亦復相埒者，如初編卷十八之葉燦與方大任。

或同門同學又詩品相近者，如初編卷二十五之汪國士與吴國琦。

或皆才氣縱横、慷慨磊落之士，如初編卷三十九之吴德操與方其義。

或爲雁行有序、連鑣競爽的兄弟，如初編卷五十二之汪氏、卷六十一之馬氏。

其三，詳近略遠。就卷次所體現的時間性看，姑且不論續集全爲由明入清戊午（康熙十七年，一六七八）後新逝諸公，即就初編來説，有明近三百年，從萬曆時期直到清代康熙初年的這一百年間，從卷七便開始，已達五十八卷之多，占到六十四卷的九成以上，詩作比例亦與同步。其卷二十二始爲崇禎一朝，竟達四十三卷，一朝更占到初編總卷數的近七成，詩作則超過七成。

其四，借詩存人。爲『闡潛德之幽光，表哲人之孝思』，龍眠風雅初編、續集借鑑了錢謙益列朝詩集『借詩以存其人』的做法。統計初編和續集，存詩一首者共達七十八人，在全部五百五十三人中確是一個不小的羣體。

四

爲作者立傳，木厓先生『率採諸國史，副以家乘』，并經過一番認真考證，資料不足者付之闕如，庶免實行蔑據。較爲完備的小傳一般包括姓名字號、家庭出身、科舉功名、人生大節、個性德行、文藝學術造詣、詩歌創作成就及身後情況。五百五十多個作者小傳，相當集中地展現了有明三百年，尤其是自萬曆以來到清初的一百年中桐城一邑知識分子羣體的衆生相，勾勒出他們的詩歌創作概貌，反映了易代鼎革之際封建社會的現實狀況。

除卻女性、寓公、羽士和衲子共五十人，五百個詩歌作者，有科舉功名者約一百三十人，餘下的則爲普通知識分子，二者比例約爲一比三。

科舉成功者，不乏達官。方佑，天順中官監察御史。錢如京，弘治中曾任御史、督撫，歷户、刑、兵三部尚書。何如寵，崇禎中以元輔召入。乃至入清後，有仕至刑部尚書的姚文然，兩握文權、遠持簜節的程芳朝。嘉靖間，余珊疏陳『十漸』；天啓中，左光斗清直敢言：均堪稱一代名臣。

科舉失利者，即普通知識分子，他們的表現就頗爲複雜了：

有屢敗屢戰甚或老而彌堅者。方效，嘉靖間鄉試十上不第，號『老舉人』。李正時，萬曆中四十八年凡應鄉試者九，中副車者五，最終仍坎坷不遇。江之漢，萬曆間諸生，十舉不售，順治初猶橐筆旅進。倪士騏，萬曆末諸生，自少至老治博士弟子業汲汲不休，順治末猶逐隊冀一遇。張仲華，康熙丁卯省試不售，作丁卯金陵渡江感懷四首：『雖矢壯心猶未已，那堪白髮願難酬』；『此際北堂還悵望，可知潦倒問歸舟？』十日後竟悲憤而卒。

此路不通，則轉而他求，畢竟生計問題最爲現實，這是大多數科場失利者的選擇。吳紹奇，屢試不售，遨遊至京師，爲人捉刀，譽滿長安。戴時翔，數躓於試，隱居教授。方尊堯，累困鎖院，杜門卻掃，課子若孫。汪崑，困於場屋，遊幕。

改朝換代，尤其使知識分子心靈經歷了一場深哀巨痛，故國之思縈懷難忘，創傷平復需待時日。有志圖恢復、凜然就義者，賦性伉邁、博極羣書、折節好客的孫臨可爲代表。有祝髮爲僧、悒鬱以終者，方授可爲典型。有矢不改節，遁入空門，儼然一方大德者，方以智最其代表。

而相當一批人則選擇了退隱：吳道約，入清隱居，號潔庵居士。楊胤昌，改名冐，隱居教授。方思，由原名孔炳改來，別號退谷。方文，入清不試，銳志著述。左國棟，匿影不出，放迹江湖。白瑜，棄官歸隱，絶意仕進。木厓先生最終也是選擇了這條道路。

進入新朝，程芳朝於順治四年丁亥（一六四七）舉進士，廷試一甲第二，對其鄉人來説，無疑是一個莫大的鼓舞。

許來惠，與木厓先生爲莫逆交，崇禎末諸生，壯歲客授爲生，生徒頗衆。康熙乙卯（一六七五）歲貢，丁巳（一六七七）以入貲爲邳州司訓，時已六十二歲。經過十年，七十二歲始遷任瑞安縣丞。五年後致仕。又五年，八十二卒。晚年貧病交加，至遣子入都乞米於老同學大宗伯張英，幸獲升斗以還，用來償付棺衾諸負。一領青衿，蹭蹬半世，到頭來還是没能改變窮愁潦倒的現狀。應該説，在封建時代的知識分子羣體中，許來惠具有相當的典型性。

五

當時桐城詩歌創作之繁榮景象，我們可以通過龍眠風雅全編窺其一斑。

初編、續集的五百五十三個作者，小傳中明確記載有詩集名稱者達二百八十人。而詩作裒然成帙未經整理編次冠名者尚不在少數。如初編卷五十四方兆弼專卷，選詩一百六十八首，而未有集名。初編卷五十八齊繩祖專卷，選詩一百零五首。傳謂繩祖詩多不起草，成輒逸去。子齊賢得遺稿於皋城其父門徒家，木厓先生囑兒子仁樹爲之手録成帙。初編卷六十一，馬敬思入選一百六十二首，馬孝思一百三十五首，均無集名記載。續集卷十五李雅專卷，傳謂其詩未有刊本，李雅手訂五大帙而爲人竊據，選一百五十四首。又如初編卷四十一方思。木厓先生每致慨於文獻之厄：『吾桐自甲戌（崇禎七年，一六三四）民亂，乙亥（崇禎八年，一六三五）寇至而後，兵火流離，卷帙委散。』（初編卷二十四程沖然傳）試想，改朝换代的滄桑巨變，文士著述委諸灰燼者又何啻千萬？即如龍眠風雅二種所著録爲當時已經刊行的詩集，如今又能存在多少？『名山重傳人，不忍没風雅』（姚文燮），明清桐城先賢詩什賴龍眠風雅二種以存，而不與腐草荒煙共其消沈，誠可謂不幸中之大幸也。

桐城自明以來即堪稱文化重鎮，詩歌只是其中的一個門類。而吟詩作賦蔚爲風氣，自有一個濫觴發源、先河後海的過程。較遠者約可溯至正德年間，余珊詩『沈雄高古，與何、李同時，極爲所推』。齊之鸞『歌行力追少陵，近體直逼初、盛，洵詞壇鉅匠也。朱之蕃稱其遒勁』，列朝詩集入録三首。馬其昶評齊之鸞曰：『公天才宏麗，桐城文學推公先導。』（桐城耆舊傳第十一）之鸞孫萊名、策名詩并見清御選明詩選。

龍眠風雅初編作專卷者十九人，續集五人，實則尚有若干卷也可看作專卷。如初編卷八吴應賓一百二十五首，吴令則五首爲附録；初編卷十六姚孫棨三首，方維儀八十首附録，附庸蔚爲大國；續集卷十張茂稷一百一十七首，節婦孫氏一首附録。

詩歌成了很多人生活的一部分，不可斯須或闕，故卷帙繁富。

方大任，曾自序其詩云：『生而有吟癖，未嘗一日廢。』每年必裒成一帙，故其集甚夥。

方拱乾，生平酷好爲詩，雖父子家人被誣出關，亦無一日輟吟詠，故其詩獨富。

吴道約，詩前後成集者亡慮萬首。

方畿，吏迹半詩，交譜亦半詩，匠意鑄詞，超脱凡近，生平詩近萬首。

方兆弼，至晚病瘵，仍以酒客爲醫人，以詩筒代藥碗，逍遥觴詠，卒不少廢。

他如馬之瑛、方文、方以智、姚文然、孫中礎等。木厓先生最後亦以詩人的身份終老丘園。

女性詩人共十七人，明確著録有詩集者十五人，所謂『皆孤猿寡鵠，自寫其憂傷哀怨之音』（初編卷五十五章有湘傳），守貞與寂寞爲鄰，知書達禮者借詩遣懷，自然不難成就爲詩人，『其境愈苦，其節愈堅，其詩亦愈工』（初編卷六十二姚鳳儀傳）。

六

有官僚之詩。何如寵詩文春容爾雅，得臺閣體；程芳朝間一興寄，春容温雅，得殿閣之體。有理學家詩。趙鈝詩清逸俊爽，譚理而無理障，尤爲當時所難。方學漸闡明理學，桐邑講學之盛，先生爲最，詩歌獨宗盛唐。吴應賓理綜儒釋，詩特其駢枝。

更多的則是文人之詩、詩人之詩。阮自華，學殖該博，爲詩文振奇側古，劌心刻腎，力去陳言。而重學養、去陳言則成爲很多人的共同追求。其霧靈集有王世貞、于慎行作序。列朝詩集入選三十首。

方大任，學殖該博，工力深厚，匠意鑄詞，務績底實。葉燦，於學靡所不窺，尤研究理學，詩歌、古文皆真氣溟涬，自成家數。方拱乾，每製一篇必經百慮。手浣花一編，探其壼奥。汪國士，其詩幽峭奡兀，嘔心琢膂，刊落凡近，不屑屑行墨間。吴國琦，學該墳竺，援據奥衍，尤湛於經術，詩歌力去陳言，持擇矜慎。姚康，專精經史，詩賦、古文辭自出爐鞴，不踵前人蹊徑。

吴道凝，胚胎家學，爲詩含咀漢魏，瀾汋三唐，有朱廟清弦之遺。

盛斯唐，博學工文，貫穿史學，曾與錢謙益相唱和。

吴德操，爲詩援據該博，上薄曹、劉，下躡何、李，有牢籠古今之慨。

方以智，更是博極羣書，深識力厚，才大筆老，故能驅使古今，奇正因創各極其致。

陳昉，不得志於文戰，益博覽縱酒自適。喜爲詩，多自撰造，不循常格，亦有昌谷之風。

方在庭，工詩，能另辟蹊徑，自我作古。顧茂倫選入名家，謂爲昌黎再來。

許來惠，長篇大詠，多或千言有奇，少亦百韻不乏，用僻字，壓險韻，詰屈聱牙，與木厓先生的古雅暢達迥異其趣。

方中履作木厓續集序，倡導多讀書，稱道『蜀藻淹通經史，性强記，手未嘗一日釋卷』，『實學虚懷爲不可及』。『故其所作富於庀材，切於使事，曲於寫情，快於遣詞，疾徐縱横無不如志，信乎其工也』。尤爲激賞木厓先生之長律：『百韻千言，鋪陳排比，氣完而力餘。』

天地翻覆，則直接促成了一些人詩風的捩轉：

陳式，爲詩明豔如花，温潤如璧，而撫時感事，又多淒清激楚之音。

方其義，國變後詩多愴怳憤盈之詞。

方授，國變後飄泊江湖間，詩多勞臣怨婦屏營吟望之思，多淒惋不忍卒讀。

方思，甲申後絶意干禄，豪於詩歌，取宋遺民録爲小傳，人系一詩。

木厓先生論詩，由倡爲長慶體，最終選定韓愈，這也構成了他甄録編纂鄉賢詩什的重要標尺。桐城古文最終成爲有清一代影響最著的文派，其與明代以來地方詩歌的發展、地方文化的藴蓄涵養之間自然存在密不可分的有機聯繫，值得加以認真探討。桐城詩歌亦自具面目，能否在有清一代開宗立派，龍眠風雅二種，爲我們提供了頗有意味的研讀資料。

七

考察有明一代至清初桐城詩歌創作繁榮的成因，我們至少可以設三個維度：

其一，詩書繼世的傳統。

明代以來，在桐城一邑逐漸形成一些相對發達的家族，由讀書而望入仕，由入仕而鼓勵讀書，代代相承，詩書繼世，如桂林方氏、麻溪姚氏、麻溪吴氏可爲代表。這同樣可以從龍眠風雅二種的作者羣體中得到印證。

姚氏，自希濂子侄輩始，蕊榜珠聯，瑶篇玉綴，一門科目之盛，桐城前所未有。由其子自虞兄弟至之騏、之蘭兄弟，再至孫棐、孫森、孫榘兄弟，再至文然、文燮兄弟輩，再至士塈、士藟兄弟輩，再至孔鈵、孔鍹兄弟輩，直可謂瓜瓞連緜。文熏，少嗜學，以兄弟爲師友。文臬，與諸昆切磨問學。文燮，與兄文燚有『龍眠二姚』之稱。文勳，與兄文烈、文然又稱『三姚』。希濂『麥飯詩』，自明以來至清，子孫舉甲乙科者和作成帙。

桂林方氏，自明善先生學漸始，至大鎮、大任、大鉉、大美兄弟輩，至孔炤、拱乾、方文、方思兄弟輩，至以智、其義、孝標、亨咸兄弟輩，以智以其博學宏識直接熏陶教育了中德、中通、中履兄弟。有所謂『四世家學之書凡近千卷』（中履時述堂遺詩跋）。以智姑母孟式、維則、維儀號稱『三節』，均有詩集。孔矩與兄方文、弟方思詩名在伯仲之間。方文與從子以智聲名相頡頏。方授與兄方儀、弟方藻號『靈巖三方子』。拱乾與其子孝標、亨咸、育盛等絶域荒徼不廢吟哦，更開拓了奇特的東北『流人文化』景觀。

錢如京歸隱林下，與弟如畿、如景，子元善、元鼎輩以山水觴詠相娱樂。如畿不仕而歸，與兄如京講學龍眠，學者稱柳溪先生。元鼎家世工詩學，尤以書畫名家。

馬孝思兄弟皆工詩，一門之内以父兄爲師友。

左國柱與弟國棅、國林、國材鼓吹詞場，號『龍眠四左』。

楊臣諷、臣諍兄弟六人自相師友。

胡如瓏、如珪、如理兄弟三人皆負才名。

孫如蘭兄弟五人以名撿風教相敦勉。

其二，詩社文會的促進。

一羣文士志趣相投，於是自發地組織起來，觴詠唱酬，切磋琢磨。這種『社會』有名或無名，對於詩歌發展繁榮的作用當不容小覷。

嘉靖間，方可與義舊結詩社，效輞川故事，繪湖山八景，各爲一詠。

萬曆間，林胤瀘好爲詩歌，與豫章王宣，同里方大任、葉燦、方大鉉等，唱和之盛比於元、白、皮、陸。胡效寬與蔣臣、方拱乾、葉組、劉鴻乙、姚孫森相友善，里中有『六駿』之目。方大鉉與葉燦、何如寵、左光斗、劉胤昌以詩文相劘切，士論歸之。方若素、姚士晉、吳紹廉長於詩古文，爲金石交，號『龍眠三珠樹』。江中龍、方爾瞻、何應珏、方幟等結南溪詩社，稱『南溪十子』。方啓曾與潘映婁崇禎中結中江社，狎主齊盟。周岐與方文、吳道凝、方以智、孫臨以博雅好奇聞於四方，名士歙集，飲酒賦詩。木厓先生與許來惠、齊邦直、張杰、張英稱『龍眠五子』，合刊五子詩義。晚年，又與陳式等人有『花會』之約，每會賦詩一體，彙集授梓。

又有汐社、環中社、竹林會、射蛟文會、聞鷄堂文會、瑟玉堂會課、『潛園十五子』等諸多名目。當時桐城『社會』的普遍由此可見一斑。

其三，社會變革的驅動。

可從兩方面看：

一是，面對時代亂離，相當一批文士絶意仕進，選擇退隱，或嘯傲林泉，寓興詩酒； 或閉門卻掃，鋭意著述。這在客觀上壯大了創作隊伍，豐富了詩歌作品。

孫晉崇禎間以兵部侍郎被斥外任，出督宣大。南渡之後又爲逆黨所患而遠徙，號遁翁。後不就新朝徵辟，築室龍眠山，率子弟讀書其中。四處遨遊，著東甌、黄山、廬山、曹溪、楚岳諸遊草。『遊草』甚至成爲此時一種時尚的詩集體式。

方文，刻意爲詩，陶冶性靈，流連物態。錢謙益、施愚山、王士禎盛相推許。

吴道新以隱居著述自娱。

左國棅匿影不出，放迹江湖，寓意詩歌。

二是，易代鼎革之際政治的窳敗、民生的凋敝、社會的動蕩等現實，以及詩人一己悲歌哀愁的感發，一并豐富了詩歌的題材，拓寬了詩歌的意境。

從方孔炤召對之後謹獻芻蕘感而書此、新設屯田、密議嘆、香油坪行、八月四日廷杖黄太史石齋解中丞石帆送獄、一掃、蒼天、辛巳出獄自訟等詩中，可以很具體地了解明末的時政。『廠衛日尊公卿賤』（一嘆），道出了特務政治的黑暗恐怖。『所恨賣田輸國税，更憐烹犢飽王師』（潘江皖上喜遇范小范誌别），社會的亂象，於方以智、方授諸人的詩作中時可見出。

方中通、中履兄弟詩中，如編次遺集紀哀十首等，多反映出其父以智的行實大節及家庭遭際。所謂『經難經災經疾病，哭親哭弟哭交遊』（中通虔州命兒琇訪郭入门七里村兼招過舟一宿其二），更是時代痛苦的呻吟。

八

木厓先生少與張英同學，以南山集案轟動一時的戴名世即出其門下。實則龍眠風雅初編、續集的編刊，名世亦始終與有力焉。方孝標樓岡亦木厓先生好友。因南山集案發，戴、方均爲其中重要人物，故木厓先生自然受到了牽連，其著述屢遭禁毁，傳布寥寥。

木厓先生在其續集凡例中交代，曾補刻了劉壐、檀𪏶、方克、王朝禎詩，分三卷續入初編，今已不知所踪。又續集總目卷二十五列姚士陛、方膏茂二人，注曰『嗣刻』，也未審其後如何。

北京出版社一九九七年版四庫禁燬書叢刊，據木厓先生石經齋自刊本，將龍眠風雅二種影印收入。這次整理，即以叢刊本爲工作本，校以全國圖書館文獻縮微中心縮微膠片，尤其是國家圖書館藏善本膠片，并參酌了明清桐城相關文獻如桐城耆舊傳等。方文、方以智和木厓先生三卷分别與他們的詩集作了認真比對；限於條件，專卷作者未能遍及。整理本儘量保持刻本原貌。對於人名字號用字與他書有歧異者，因各有所本，故一般不作校改。初編各卷卷首原有目録，因作者、作品數目與正文實際時有出入，故整理中未予保留，而改由目次中於各作者名下加括注，精確説明所收作品數目。續集目次同例。

整理中，彌補了叢刊本數以百計的漫漶缺憾，糾正了其中若干處衍、倒、脱簡問題，均集中在初編：卷十六　誤重半頁，致誤脱半頁。

卷二十九　誤重半頁，致誤脱半頁。又誤脱半頁兩幅。
卷四十九　誤重半頁，致誤脱半頁。
卷五十五　誤將兩幅半頁跳過中間兩幅半頁而互乙。
卷六十一　誤將兩幅半頁跳過中間四幅半頁而互乙。

校記處理其要如下：

其一，原刻空白或塗黑，出校説明；　原刻漫漶處依字數加空圍標示，不出校。

其二，顯誤字、疑誤字一般不改正文，出校説明。

其三，少數顯誤字帶有普遍性，如『盼』誤爲『昐』、『粧』誤爲『妆』，一般徑改不出校。

其四，於不經見的字詞，務求水落石出，有所交代，或給出考證結果，或説明存疑待考，均出校記。如『岃』當作『岃』即『弢』字（續集卷三）；『岉』疑當作『岇』即『嶺』字（初編卷十八）；『砯』當作『砯』（續集卷二十六上）；『庢』疑即『底』，待考；『樕櫑』，當即『魁櫑』、『傀儡』，『樕』字待考（初編卷十九）。

其五，異體字處理。整理本的文字處理，基本依據漢語大字典，異體字亦不例外。對於異體字，我們的處理原則是：非絶對對應者不改字。即漢語大字典於甲字下只簡單注作『同乙』（或同時引用書證加以説明），則甲字統改爲乙字。如『搘』爲甲字，其下注『同支』，『支』即爲乙字，故凡遇『搘』字均統改爲『支』。如果甲字有兩個及兩個以上義項，其中某一義項注明『同乙』，則甲字不改作乙字。如『霍』

爲甲字，其下有三個義項：（一）hú 極高；（二）què〔隺然〕心志高；（三）hè ①鳥往高處飛。②同『鶴』。則『隺』即便同『鶴』也不改作『鶴』，詩中仍保留『隺』形不變。異體字處理有一個例外，即凡屬人名字號用字者，一律遵從原字不改。

整理中，我們堅持字斟句酌，嚴格審慎，不放過一處疑問，不放過一個不經見字詞，不盲從，不妄改，是正有據，闕疑存真。全書編製了著者索引和篇目索引。總之，我們力圖最大信度、最大限度地爲現代讀者提供閱讀便利。

參加整理工作者六人，具體分工如下：

李媛：初編卷一、卷三十七、卷五十三至卷五十五，續集卷十至卷十三、卷十九至卷末（其中卷二十一爲與賈東亮合作），復印叢刊本，收集并整理附録材料。李霜琴：初編卷二至卷二十、卷二十二至卷二十八。賈東亮：初編卷二十一、卷五十六至卷六十四，續集卷一至卷四、卷十四至卷十八。張曦仲：初編卷五十至卷五十二。胡長春：續集卷五至卷九。彭君華：初編卷二十九至卷三十六、卷三十八至卷四十九，初編及續集的總目、序言、凡例。

彭君華負責制訂全書校點方案、編輯方案，統籌索引編製，通審全稿，撰寫前言。索引由李媛、李霜琴、賈東亮、彭君華四人編製。全書的校對工作由責任編輯交互承擔。張紅一、談菁參加了部分校對工作。

限於學識和經驗，整理本定不乏疑莫能明、斟酌欠穩之處，幸讀者諸君不吝垂教。

彭君華

二〇一三年十月

龍眠風雅序

宋實穎

嚮予在都下，與海内賢豪長者相結，每邑不過一二人，獨龍眠多閎覽博物之士，如省齋、樓岡、邵村、默公、如三、夢敦、與三、敦四諸先生，皆一見契合，訂乘車戴笠之約。蓋其山深秀而蒼鬱，其水迤邐而蕩潏，古所稱九江之北，三楚之南，乃詩人騷客之所出也。今歲戊午，余友潘子蜀藻卒業龍眠風雅一書，而來問序于余。余讀之而喟然興曰：

嗚呼！風雅一道，豈易言哉！記有之：肆直而慈愛，温良而能斷者，宜歌風；恭儉而好禮，廣大而疏達者，宜歌雅。吾夫子删十五國之風，而二雅卒存正、變，其意固有所寓矣。

龍眠介南北之交，爲江、淮之都會。在春秋時名皖城，服役于楚，『江永』、『漢廣』之詩，夫子采入周南。楚未嘗無詩也。其後，漢魏六朝之間，英雄率以此爲戰鬭處，斜陽遺壁，折戟沈戈，亦有登高而作賦者乎！此蘇子瞻、黄山谷、王荆公輩所感慨而流連低徊不能去之者也。

蜀藻少負才名，作爲詩歌，踔厲風發，籠罩百代，其有事于詩選也，上自洪、永，下迄本朝，闡潛德之幽光，表哲人之忠孝，俾風雅源淵直可媲美于卜氏之序、毛公之傳，豈獨爲龍眠職志而已哉！　昔李公麟好古博雅，多識奇字，自夏、商以來，鐘鼎尊彝，皆能考定世次、辨别款識，號『博古圖』。蜀藻之于詩也亦然，則即稱蜀藻爲『潘龍眠』可矣。

康熙十七年歲次戊午春三月上巳，吴門同學弟宋實穎拜題。

龍眠風雅序

吴道新

予讀劉鳳吴先賢讚，可媲美弇州名卿紀。蓋以鄉之人闡揚其鄉之先哲，而海内崇之，國史採之，一邑之遺事軼聞，遂與海内之鴻猷駿烈並垂不朽，爲功於其鄉綦大矣。所以然者，紀海内之鴻駿，博稽于四方，或詿漏於一隅；惟闡揚其鄉之先哲，則耳目近而巨細畢掄，故蒐羅能夥，品藻咸臧也。

吾鄉方明善先生師此意，撰邇訓諸書，桐先哲之芳規懿迹燦然彪炳。予惜其未附以詩文。夫援据繁缛，人容有疏忽於賾隱而不之探索者，不若詩文之遴梓，可以萃衆甫而播之廣遠也。文又不若詩之怡悦性情，尤易徵而可勒之金石、被之絃歌也。則諸先哲之詩，賴選者討抉幽秘而宣其精采于星移物换散落之餘，豈不亟哉？

吾桐先哲詩比于唐有三盛：以洪、永、宣、成四朝爲初，弘、正、嘉、隆、萬五朝爲中，啓、禎兩朝爲晚。亦不乏篋中、搜玉輝映棃棗，而矜慎自娱，如扁鵲之兄，譽不越乎閭里，是以蜚聲寰宇者尠，猶之湮没而無所表著耳。

卯寅之交，僑寓秣陵，予小阮鑑在偕錢子飲光有過江一選。返桐，予有同聲堂一選。

皆一時鄴下、梁園諸俊彦登高懷古之作。而三百年内宿學、鉅公洎夫逸民、閨秀究無合選捴録之集，以標吾桐大觀，仍嗛嗛闕典也。潘子蜀藻戊子輯已刊、未刊五十餘種，矢志斯舉，而荏苒棘闈，未竣其選務。姚子經三甲辰續輯數十種，攜入閩，計就建川之剞劂。時予暨錢子飲光、陳子二如客富沙，翊襄商兑。姚子顔之曰詩傳，傳者，傳其詳也，寬之也。錢子顔之曰詩存，存者，存其略也，嚴之也。寬之者寬于名，則難苛以真，譬之花，欲蕃其萼夸，不妨衛以枝葉。嚴之者嚴于贗，則必程以實，譬之玉，欲欽其珪璧，不應紊以碔砆。用是互相齮齕，選與録遂因循。

今潘子併經三之所裒儲，而酌以飲光之評議，力任其事，取資既宏，删定胥確，發凡起例，犂然大備，顔之曰龍眠風雅。聖人據輶軒之什、郊廟之章而衍葩經，『風雅』二字盡詩之義藴矣。予觀其命篇，則知所以操選之旨：渾而正，公而平，有脊有倫，無偏無黨，善乎！潘子曰：『寬以收之，嚴以選之。收寬則詩不拘于一途，而無懲噎廢食之弊；選嚴則人不流于過濫，而無魚目混珠之疑。』乃選家執中無方之要道也。踰年而集告成。人之賢者，重其人，即重其詩。詩之佳者，惟其詩，亦惟其人。如是乎，吾桐先哲之詩，多不因駢拇芟，寡不因寸璣寘，汙樽瓦鼎不因樸質棄，虎威龍蜕不因朽落捐，繁簡詳略悉協其宜，真贗名實悉昭其辨，不復慮向來之猥雜，可以懸之國門，式諸海内，俟燕、許之手筆鑑定而甄裁矣。

潘子且倣品彙、英華，各作小傳，誌其人之端委梗概，斯又兼方、劉讚、訓之體，以彰諸先哲之芳規懿迹，俾頌其詩者論其世而知其人。然則潘子茲選，姚子所欲傳者俱傳，錢子所欲存者俱存，不啻兩司馬之有世本、長編，而史、鑑藉以葳也，潘子闡揚鄉先哲之功不既大矣哉！

潘子又曰：『虞山列朝選，龍眠詩登載寥寥，由吾鄉前輩率尚闇修，流布稀少。』誠哉是言！虞山列朝選祖石倉十二代選，而益以絳雲之藏弆。石倉選云十二代，實則明詩之大全。予常侍函丈較閱之：漢、魏、六朝、唐、宋、元爲一集，帙百；二集至八集皆明詩，帙千有二百。其郵寄虞山者，止于明詩四集五百帙也。而先生于龍眠詩未嘗有檄取，惡從翼飛脛走而乞其捃摭哉？茲集出，流布者廣則登載者必衆。天下後世有如能始、牧齋兩先生者，開局設壇，揚扢風雅，必不遜于鷄林賈人之購求也。此潘子之功所以爲大歟！

予謹臚述其始終茲集之志與事而爲之序，以弁于首。

康熙十六年丁巳季冬月，前水部郎舊山隱者吴道新湯日父撰。

龍眠風雅序

陳焯

予弱冠遊吴下，即與華亭李舒章、宋子建輩彙龍眠、雲間詩合爲一選，因取韓、孟倡和之意，以『雲龍』名編，方授鋟人，而當甲申之三月，其事中止。越三十載，同學潘君蜀藻乃專輯龍眠風雅以行。予時整比宋、元詩，丹黄錯互，弗克躬與校讎，而竊喜夙願之藉手也。刻成，屬爲序之。

予觀古今詩格之升降，繫乎時，不繫乎地。自唐殷璠有丹陽集，劉松有宜陽集，黄滔有泉山秀句集，於是，詩始以地著矣。汴宋立江西之派，而推黄魯直爲宗；南宋立蒲陽之派，而稱林艾軒爲長：於是，以地著者，又因以派分矣。顧丹陽諸集自儲光義數人外，其詩多踳駁不傳。嚴羽卿力闢江西爲旁門。劉後村欲自異於蒲陽，有『英豪忌苟同』之句。繇是言之，詩固不得以方隅侈勝乎？

然非所論於龍眠也。龍眠之爲山深秀而迴複，蟺蜒百里，自爲奥區，於天柱諸峯無所附麗。士生其間，稟山川蒼迴沈鬱之氣，人尚實學，不競浮名。尚實學，則含英咀華，先求根柢，風、騷、樂府户習家傳，雖閨閤童孺之言必無麤俚寒儉之態。不競浮名，則適性緣情，各擄才致，外誘莫奪，世趨莫移。故有明三百年來詩體三變，龍眠之名卿碩士，與四方分壇立墠者未嘗不聲光相接，而堅守樸學，一以正始爲歸者，固自如也。

每嘆近日風雅一道，衆喙争鳴，詆婁濼爲浮音，黜湘南爲細響，紛呶愈甚，格調愈卑。使得龍眠學詩之旨而存之，則撈籠漢魏，埏埴三唐，前修之疊矩重規，後儒之一知半解，皆足爲吾資而不爲吾病；彼逐委忘源、絜長較短，亦秖見其徒勞矣，又何地與派之可言哉！當嘉靖初年，八才子繼李、何之後狎主齊盟，其同游海甸一詩，獨心折吴皖山爲絶唱。萬曆間，公安袁氏兄弟掉鞅詞苑，而不能不以大雅尊吴客卿。蓋龍眠詩雖未全播藝林，其英華逗露已踰十紀，至今日始盡發之，抑山川蒼迴沈鬱之氣有弗容終閟者乎？

夫臨平石鼓千年不鳴，一旦引桐魚扣之，聲震遠邇。蜀藻以秤量天下之手揚搉土風，取人恕而衡句精，其所握三寸管亦蜀之桐魚也。相約明年同下吴淞，持此編示雲間諸俊，人當必有踵李、宋而興重酬合選之願者，予尤有望焉。

康熙丁巳長至後三日，滌岑同學姻弟陳焯書於三應亭。

龍眠風雅序

許來惠

潘子蜀藻用三十年之力輯《龍眠風雅》六十四卷，去年春始授諸梓，凡踰歲而書告成。里中父老子弟踏門購求，以爲三百年來得未曾有，懽喜贊歎，如出一聲。間有二三不知者呶呶議其後，潘子愠焉，貽書以告許子。許子曰：

庸何傷？彼呶呶者吾知之矣，其弊有二：一曰貢高，一曰媢嫉。貢高則好上人，謂一世莫己若，區區彈丸，焉得如許陶、謝手？媢嫉則忌人之能，謂事不必自己立，功不必自己居，有豎子成名之嘆。嗟乎！是何其不廣也。夫天之生才，何地何時蔑有？貢高而不可爲也。己則不能，何必忌人之能？媢嫉而不可爲也。彼呶呶者適足形其不廣而已矣，庸何傷？

吾猶記潘子始事斯舉，凡名山之藏，通都之副，故家之秘笥，兔園之殘箱，刓編蠹翰，斷楮廢縑，莫不羅而致之几席。甚至藩溷間亦著筆墨，朱黄錯互，衿袖皆汙；手目旁皇，形神俱敝。移日分夜，矻矻不休。其蒐訪之專勤，薈集之弘備，近代采風家所罕見也。試觀三十年來，晨抄暝寫，不間晦明；雪纂星繙，罔岐炎朔。體分代別，全資獨腕之渠；正謬讎譌，亦屬一手之力。天下有勞如潘子者乎？

若子雲之採方言，持鉛握槧；似樂天之纂六帖，列架編瓶。因謦句以進蠹懿行，蒐家乘而並摭國史。遠稽近溯，分部就班，天下有勤如潘子者乎？

或全書盡蝕於粉鱗，靡遺賸簡；或佳句已寶於球璧，弗廁微瑕。纖纇小疵，間改竄以成人之美；單辭隻句，亦掇拾於小傳之中。不忍以贗鼎疑及子孫，何肯以捉刀逆其親舊？天下有矢念平恕如潘子者乎？

或不無生前之睚眥，而歿後反肆蒐羅；或未免來裔之抨彈，而先人倍多收緝。素有專集，精其選則持擇稍嚴；僅見數篇，存其人則捃摭微恕。天下有宅心長厚如潘子者乎？

竭千句之甄録，經百手之傳鈔。恣摸索於曹、劉，誰載玄亭之酒？挹光芒於李、杜，孰貽諛墓之金？而且僦筆傭以貲財，犒書胥以肴醴。稿經數易，清亦再更。天下有輕財樂善如潘子者乎？

即今者，剞劂將成，棗梨弗給，席先蔭而若罔聞知，覩成書而懵不省詧者有之矣。非潘子貶燕遊之需，謀倍稱之息，其能速潰於成哉？

甚矣！潘子之功于維桑者大也。

夫以三百年未有之舉，潘子一旦舉而行之，先哲有靈，實式憑焉。吾知白月青燐之下，必有聚誦感嘆之聲，凡爲子孫及親故者，宜瞻禮服膺之不遑，而猶呶呶焉議其後，亦獨何與？即有大雅自命者，起而發憤爲雄，痛加芟刈，縮爲徑寸之書，重授鋟人，亦不能不奉此爲絜法，而歸功於經始之人也，而況乎其未必能耶！

然則，吾龍眠詩人幸而有潘子今日之選也，亦不幸而始有潘子今日之選也。向使潘子早生二十年，當啓、禎未罹荒亂之前，咨文考獻，歷有可徵，出其全力，延訪四境，吾不知其明備又當何如也？此吾之所謂不幸也。然使潘子内吝錢刀，外畏謗忌，不及今毅然舉行，亦如向之首鼠莫決，旋作旋罷，吾恐日月如馳，精力不再，雖有充棟之書，鱗比成帙，其不與腐草荒煙共其銷沈，敗紙退筆同其委棄者，幾希矣。此又吾所謂不幸之幸也。

故曰，潘子之功于維桑者大也。

潘子淹博似張茂先，温雅似黄叔度，經濟湛深又似王景略，宜不愧博宏之舉，乃以州司馬需次選人，賴有餘暇，得以從事于此。因念曩者潘子與予同事選政，齊子古愚，張子如三、敦復實左右之，文聚、詩正兩書懸諸國門，千金不易。又曾膺邦君之聘纂修邑志，應宗人之請撰輯族譜，其有造于家國者詎一端而已耶？潘子嘗悒悵于邑志之役，以牽于共事，不得行其志。今此書人立一傳，考據典核，于以補邑志之闕，不亦可乎？

予一氈下邳，望故鄉如河漢，潘子其速郵一函示我，彼呶呶者吾知之矣。書此以釋潘子之愠，並爲之序。

康熙戊午春清明前一日，同學弟許來惠拜譔。

與潘木厓書

方孝標

標嘗見古人聞有異書，必多方求之；有所譔著，必與其朋友相商訂，以歸至是。故歐陽永叔聞人有古本韓文，必索讀之，而其文益進；蔡西山著律呂新書，朱子輯通鑑綱目，每緘書故舊門人，遠相考正，六七易稿乃成。固知古人好學之誠，雖在數千里外猶往來不倦，而況近在里閈之間，又皆里閈諸先正之遺文乎？

僕嘗謂吾鄉人文之盛，唐、宋以前尚矣；即自明洪、永而後，皇皇秩秩，豈亞漢之扶風、三輔，唐之博陵、隴西？而諸先正生當治世，敦本力行，輒不欲以虛聲動海内，故當時與之以詩文提衡月旦，如所謂茶陵、華亭、五子、七子、晉江、震澤、竟陵、公安輩，諸先正亦多與之同朝同官，兄事弟事。向使曲籍標榜，豈不煥然？而諸先正之不肯爲此者，其意蓋謂有得于古，可無求于今；有得于今，則必傳于後。然則表章之責，豈不有待于後進者乎？是以僕不自量，每欲捃拾舊聞，整齊散佚，仿襄陽耆舊、河岳英靈之遺意爲一書，而洊更患難，奔走四方，挾册屢失，力不從心。

向遊閩海，見表弟姚經三笥中有龍眠詩傳一部，將選而刊之，不禁歡欣起舞，著序以力贊其成。而時有操嚴選之論者，僕辨之曰：凡選宜嚴，此選宜寬。蓋凡選主規模，此選主表章也。其間，功名顯奕，著述繁多，子孫能世其業者，即少加删削，終無掩晦；若皓首窮經，未嘗一遇，或子孫寥落，又經兵火，所遺本不多，而復以字句微瑕選而去之，則其人之精神不幾與世抹摋耶？經三亦以爲然。而不知何故，中牽他議以阻，至今惜之。

昨自楚歸金陵，見友人處有足下所選龍眠風雅。其視詩傳加備加整，借而讀之，惜爲索還，未能卒業，然已知其大略。足下此舉，誠可不朽于家邦矣。又聞足下搜求甚苦，至踵門再四，不異私求，割薄田之入獨力程工，此豈非仁人學者斯文自任之道乎？

且僕昔讀虞山錢先生所編列朝詩選，體裁頗與足下此書合，但其客氣未除，宅心未厚，于索般隱刺之言則詳，敷揚盛美則略；門户玄黄之事則豔稱長紀，而和平正大之氣往往不足。以視足下此書，傳賢貴者既詳悉有度，而于隱逸之老、窮約之儒，尤加揚詡，訪咨遺迹極備，而又皆芟繁辨僞，扢善闡幽，毫無吐茹于其間，僕于此爲足下服，且爲足下慶矣。

傳曰：『方以類聚，物以羣分，吉凶生矣。』夫吉凶何有方物？豈非謂陰陽之氣自行天地間，而人心之吉凶，往而迎之，心吉則吉生，心凶則凶生？若足下胸中則純乎其吉，而天地之吉氣自集爾躬。吾知足下等身之著述，異日必有輶軒之採、名山之藏，矜重愛惜，亦如足下今日之于諸先正者等矣。

若夫首以先斷事之忠貞，終以家密之之苦節，於衰宗先後能詩者網羅略盡，而以先君子與先兄環青、亡弟子留各爲一全卷，且云此家國之光，不徒桂林之盛，此又僕輩之承休席寵，籍以光昭來兹，豈獨一時感輯已哉！惜未獲熟誦，故敢求足下以一本見示，俾得漱芳潤而對典型，豈不幸甚！

至僕愚，自爲詩文亦久矣。少作不足存。近在數十年間者，詩曾自删成帙，爲一敝門人刻之嶺南。兵亂，板未攜歸。惟文二種，一爲敝門人刻于廣陵者，一爲敝門人刻于潯陽者。詞既固陋，刻復不精，然海内爲文者多，知文者少，知文而平心、深心于文者尤少。若足下，則知文，而又平心、深心于文者，故敢以就正。諺云：『抛石引玉。』傳云：『佗山之石，可以攻玉。』僕頑石也，何敢以引諸先正之寶玉？然惟以陋質，冀足下之不棄而賜他山之攻耳。

臨楲不盡。

龍眠風雅發凡十六則㊀

潘江

一　吾里舊隸舒州，代稱巖邑。朱司農遺愛桐鄉，陶都督惜陰樅水，業已覃敷聲教，蒸起人文。迨山莊圖自公麟，讀書臺傳魯直，地靈所孕，弘長風流。惜邑治遷徙靡常，宋、元以前，湮没莫考。斷自洪、永，漸有聞人方斷事法踵汨羅之躅，姚參知旭流渤海之膏，狎主吟壇，允推鼻祖。嗣是，家握靈蛇，人裁繡虎，莫不咀漢魏之芬苾，鼓六代之笙簧。但敝邑僻處山陬，郵筒闊絶。而先正鴻儒著書滿家，又皆恥釣浮名，秖用自悦。坐是流傳益尠，全集罕聞。予于戊子秋曾與方子子留授有志兹選，網羅放失，獵祕搜遺，已刻未刊約得六十餘種，顧慁於帖括，作輟鮮終。庚子、辛丑之間，錢子飲光澄之、姚子經三文燮慨然共事，乃盡發夙藏，傾筐倒度，而沮于異議，未覩厥成。予用是不揣戔陋，殫力蒐求，久歷歲時，捃摭較夥。因自念竭半生之力，閲三紀之勤，用意良劬，填咽篋衍，委寘可惜，謬呼將伯，助我庀工，今幸藉手告成。予雖身職其勞，而方、錢、姚三子權輿兹集，表章往哲，實歸首庸，予其敢貪爲己功乎？

二　曩與方子子留首倡斯舉，顔曰龍眠明詩選，廑掇前代，不列今朝。錢、姚二子又廣綜已逝，采及時流，良以人亡論定，闡幽發潛，無歧古今耳。弟姚曰詩傳，盛推昔人著作；錢曰詩存，嚴持一己權衡。揆之鄙衷，均不敢出。因思詩首葩經，托始風雅。太史公曰：『國風好色而不淫，小雅怨誹而不亂。』摛詞之家取法乎上，『風雅』二字盡之矣。雖不能至，心嚮往之，亦曰此吾龍眠之風雅云爾。如謂方駕三百，比宣聖删定之書，微獨予不敢誣昔賢，即昔賢地下有知，亦不敢自誣也。

三　唐人選唐詩，如姚合之極玄集，韋莊之又玄集，殷璠之河嶽英靈，高仲武之中興間氣，間于各姓名下，敘其爵里，隱其事實，凡以闡揚當代，近而易稽；美行嘉言，均無攸伏。況生同閭閈，長接枌榆，其遠者非吾高曾射遊之儔，即吾父祖祝噎之老，至近在數十年內，予猶及見其笑貌聲容，可勿颺彼懿規，光兹雅製？集中所列小傳，率采諸國史，副以家乘，庶不致文采爛然，實行蔑據。其無所考證，又不以行狀來者，未免闕如，非予過也。

四　良璧受點于纖瑕，純錦蒙譏于微纇。點文竄字，裨益匪輕。是以陳思定敬禮之作，雲臺改齊己之詩。苟有瞽陳，弗嫌弋獲。兹集所登，務期全體美善。第恐修章踳雜，斯藉芟繁；累句厖茸，亦資飾陋。予于先輩傑搆，不敢妄爲更絃，惟韻脚欠穩及字義未安者，間效他山。至同儕果邁佳篇，稍虧警策，則不惜塗乙，僭事推敲，增損出入，似有微長。覽者鑑予苦衷，無非成人之美，匪故爲敗鼓之搜，以貽點金之誚也。

五　古人篇什流傳，每見甲乙兩存，祗緣世遠人湮，難從臆斷。故婕妤、光禄一歌互傳，荀鶴、雄飛同詞並見，諸如此類，不勝枚舉。予上下三百餘載間，或傳聞異辭，如姚子詩傳所載江公弘濟二詩，見于林鵑山刻本；掌慧軒所載石馬謡，見于謝中隱抄稿：集中不無一二，惟有闕疑，以俟考辨之君子。

六　賢裔揚扢前人，義舊表襮亡友，人之欲善，孰無同心？顧有美弗揚，命之曰隱；無實而飾，名之曰誣。予有事斯役，即矢擯贋詩，槩從刊落。而親故見投，連篇累牘，魯真齊贋，剖判奚從？彼既長跽而前，口陳仁孝之悃，何忍一麾而去，自蹈逆億之愆？亦云可欺以其方而已。若予也，父祖三世未有遺集，不敢僞撰青箱；叔季兩人本乏傳文，焉肯託名花萼？以身作則，自信無欺。縱或捉刀相蒙，適彰假手之陋。

七　卷次悉依世代，不敢任意後先。惟以科目起家者，甲乙瞭然，按籍可考。至于俊民節士，末由編年，然初盛中晚，亦在髣髴之間，無甚遼絶。其有雁字連章，似竇氏聯珠之集；嚶鳴接簡，等彭陽唱和之篇，間或觸手隨編，並無成見。

八　吾邑人才之盛，不必盡以詩稱。集中所未載者，代有傳人。如孝友，則有檀孝子道清郁、吴秀才德升堂、夏文學以忠子孝、金孝子韡；忠讜，則有許御史友進、潘僉事洪、雷御史希曾宗、張光禄大被澤、吴通政石蘭自峒、馬冏卿泰符孟禎；理學，則有何主事省齋唐、童布衣定夫自澄、姚文學崇孔希顏、趙均州子恆銳、陳孝醇蟠石朝棟；循吏，則有黃副使宗學敏、方天台與信印、吳方伯元石一介、方少卿惟力克、張大參希古淳。或勒功名于竹帛，或饗禋祀于瞽宗，皆此邦之典刑也。脱有篇帙流布，則春華秋實二者兼收，竹簡之載必與輶軒之采並垂汗青。雖然，揚子雲不爲篆刻，曾南豐豈必能詩？一代偉人，千秋物望，固不以兹集之有無爲輕重耳。

九　龍眠彤管之盛，倡自紉蘭張夫人方孟式、清芬姚節婦方維儀，久登詞墠。然如耀殉節于危疆，仲賢守貞于阿閣，大義彪炳，奚假雕蟲？而節婦宫閨詩史一書區明風烈，録正擯邪，尤裨風教。嗣是，玉臺、香奩平分鼓吹，吾母松聲閣集實稱鼎立。又有茂松吳節婦方維則、澄心孫夫人章有湘、蕙綢方節婦姚鳳儀諸女宗，分路揚鑣，雲箋賡唱。大約夜半悲鳴，傷黃鵠之早寡；故人恩重，感孤燕之獨歸。豈懽愉之辭難工，愁苦之言易好乎？若夫環珠何孺人吳令則、棣倩方夫人吳令儀咸琢詞章，纕芷姚夫人左如芬、緘秋張孺人姚宛並工藻翰，可謂鍾禮郝法，嗣京陵東海之徽；謝過張玄，遜林下閨房之譽。笄幃女工，何減詞人？然而內行肅雍，母儀貞順，筆霑花露，皆寶金虹壁之吟；墨蘸香脂，鮮洽葉倡條之奏。則又閨閣錚錚雅音，與高行並傳矣。

十　自三李賡龍眠之操，蘇、黃税山谷之遊，載在篇章，山川增價，固采詩所宜首及也。第土著自明初爲斷，則流寓以遠溯較難，雖有名碩留題，姑從割愛。惟是邑有邦君，花封沛桃李之澤； 學多博士，鱣堂流芹藻之香。倡導人文，厥功匪細。然而，棠陰既遠，不聞賦退示官吏之詩； 氈席久寒，亦鮮『盤中長闌干』之句。祇餘姚許君浩曾司訓鐸，題詠雖多，惜無合作。至近今賢侯，如三原石公二孺朗、武昌鄔公夢陽汝楫，並皆騷壇宿素，而方賦初衣，嗣容續入，以效表揚。

十一　黄冠白足，類説法以拈花； 金簡琅函，亦寄懷而摛藻。吾邑洞賓名泉，仙姑號井，山靈結聚，厥産異人。況投子傳賣油之趙州，浮山有談棋之遠録，法門龍象，代闡宗風，于今爲烈乎。紫霄心常依道，一任三彭是非； 道潛絮已沾泥，不逐春風上下。聆彼吟詠，足證功修。予採釋、道兩家，取其切事嚴偶，不墮機鋒，庶幾詞場之一助云爾。

十二　是集肇舉經始于亡友子留。息壤猶温，玉樓忽賦，今書成而宰木且拱矣。至友人方子爾止文、楊子古度臣諍、方子還青纖、鄧子顛厓森廣、陳子子垣垣、祝子山如祺、左子子兼國斌、方子象山兆弼、倪子南蔭士棠、齊子古愚邦直、李子仲山延壽、方子井公里、齊子念修繩祖、左子夏子國鼎、馬子一公敬思、永公孝思，皆曾目擊收緝，各出家笥，廣爲搜羅，相與昕夕揚推者也。十餘年來，宿草被墳，緑苔生閣，人既後先奄逝，詩亦次第洊登。授簡徒形于夢魂，遺書翻問諸妻子。讎校所至，輒爲撫卷欷歔，不啻過西州之門，悲廣陵之散矣。然生存翊襄盛事，功不可忘，所當備列簡端，以志玉成之雅。

十三　吾鄉二三耆宿凋零殆盡，惟舊水部函雲吴無齋先生道新經神學海，巋然獨存，折角解頤，沾丐後進。年來戢影舊山，間一來遊闤闠，予小子追陪杖屨，竊聆緒言，剔隱宣幽，猥蒙是正。姚子經三所輯詩傳，嘉、隆以前半依原本，不更刊削。而錢子飲光又手一門合集，面授有年。其他拾遺舉墜，竭蹶贊成，家集而外，多方摭拾，則李子石逋銓、陳子問齋式、李子芥須雅、陳子越樓焯、許子伊蒿來惠、李子叔濟明楫、方子念培逢月、何子方屏永炎、張子西渠杰、姚子彦昭文焱、何子存齋永紹、齊子秋浦山、趙子湛齋襄國、張子敦復英、戴子導及研、左子橘亭國治、孫子喈公中鳳、方子子安遷、孫子臥公中夔、方子素伯中履、齊子懷芬賢，門人何子鳳翥漢客、楊子鼎姬士、謝子漢雲倬、王子成績浩生、趙子錧良治、從叔貽孫九芝輩，蒐訪之功爲多。或發累葉之笥藏，或輸帳中之枕祕，有聞必告，無隱弗咨。甚至吴江楓落，亦傳信明；長笛一聲，不遺承祐。予因得披陳萬卷，縱目漁畋，則諸子擷致盛心當與昆刀薤字並壽貞珉，固非予一手一足之烈所敢專美也。

十四　里中先正名什，鏤版而外，强半鈔謄，未有束若牛腰，動盈累尺者。近代惟方宫詹坦菴拱乾、方淮西爾止文、馬樞部正誼之瑛、方太史愚者以智、方郡丞還山織諸稿，卷帙最爲繁富，幾於仞長源之架，溢茂先之車，覽者目眩心摇，望洋而嘆。予渺見謭識，如貧兒入寶藏中，莫知所割，賴同志五君各出手眼，匡予不逮，如陳子二如式之于何陋居集、甦菴集，姚子彦昭文焱之于畲山集，陳子默公焯之于秋莊集，李子士雅雅之于浮山前後集，許子綏人來惠之于四松齋集，拔尤攬最，使作者驪珠獨出，旌壘一新，良友佽助之勞尤不可没云。

十五　往見選家部署，陋轍相因，甫竣壼中，旋登方外，溷緇流于褘翟，廁羽客以笄珈，銓次非倫，錯淆失體，雖無傷于雲水，實有礙夫閨幃。兹則婦麗其夫，表臻妻頌椒之慧；女綴乎父，揚謝媛詠絮之才。既以遠别嫌疑，抑且微分正閏。至寓公生于斯土，終是踏雪之鴻；即古德來自他方，亦等遊雲之鶴。見六十三卷。果繫桑梓，另列栴檀。見六十四卷。此則卷末所汲汲區分者矣。

十六　是集成，或誚予不無溢濫，退有後言。不知三百餘年吾鄉詩人從未彙成合集，用備大觀。當兹標榜之始，徵文不得不寬，取人不得不恕。異時宗工碩彦采風下里，庶不患裁擇無資，苟存什一于千百，良爲厚幸。夫十步之間必有香草，百里之邑豈乏風人？况以三百餘年之久遠，登載者僅三百餘人，惡得謂之溢濫乎？古詩三千餘篇，宣聖去其重，可施於禮義者，存三百五篇。然則予兹選即與古風雅比絜，亦宣聖未删前之三千餘篇，非既删後之三百五篇也。誠欲執化權以進退詞流，窮真贋，别妍媸，汰三千爲三百，有志删定者任自爲之，其何以誚予爲？

康熙十七年歲在戊午閏三月上澣，木厓潘江蜀藻氏自識于石經齋。

注釋

㊀以下『一』至『十六』序次爲整理者所標，刻本無。

龍眠風雅總目

木厓潘江蜀藻輯

姚自虞　方學權　方大年　方大益　方大猷
方大式
卷　十
何如申　何如寵　錢志立　方大晉　齊　近
卷十一
阮自華　范一謨　姚之蘭　戴耆顯　吳應琦
卷十二
劉胤昌
卷十三
左光斗
卷十四
姚之騏　林胤朝　倪應眷　謝　逸　盛可藩
林胤瀘　吳善謙　方大瑋
卷十五
張秉文　方氏孟式　方大鉉　方氏維則　錢巨明
方大欽　錢志道　吳用舒

卷十六
姚孫棨　方氏維儀
卷十七
李遇芳　齊琦名　方學御　齊萊名　吳廷簡
方之璧　李正時
卷十八
葉　燦　方大任
卷十九
方孔炤　吳氏令儀　吳叔度　方大階　吳紹奇
王曰都
卷二十
姚孫榘　姚氏宛　齊心孝　胡效憲　倪嘉善
左光先　吳用寬　方孔時　戴時翔　錢　潤
卷二十一
孫　晉

卷三十四

鄧森廣

卷三十五

楊臣諍　齊　程　李明柱　汪天際　胡如理

汪必達　王敬修　齊　新　劉　夔　張克佐

左國柱　吳天放　吳兆鼎　齊登祚

卷三十六

吳道約

卷三十七

周　岐　趙相如　倪元善　程熙載　王敬德

李毓崑　孫如蘭　胡代工〔一〕

卷三十八

范世鑑　吳道軾　陳拱璧　江中龍　戴閎閭

張克儼　李延壽　吳紹志　劉胤芳　吳道濟

楊　遯　厲　貞　戴　邁　吳汝旂　齊　煜

吳日杲

卷三十九

吳德操　方其義

卷四十

孫　臨

卷四十一

吳日永　光廷瑞　方　思　袁廷憲　姚式過

卷四十二

方　授

卷四十三

方以智

卷四十四

程芳朝　吳季鵾

卷四十五

方孔一　江之漢　姚孫森　方撝謙

卷四十六

吳道凝　王大仍〔二〕

卷四十七

齊登元　倪士騏　高文光　唐時謨　王嘉之

陳　垣　馬懋德　胡如珪　潘士璜　臧天格

倪天樞　方啓曾　齊永繩　倪天弼　高拱斗

錢克恭　吳德音　戴耆映　何應珏

卷四十八

齊維藩　齊　岳

卷四十九

方　畿

卷五十

左國林　左氏如芬　彭　纘　潘　益　周康祀

余鳳衢　吳弘安　方無隅

卷五十一

姚文烈　葉文鳳　戴弘烈

卷五十二

汪鶴齡　汪啓齡　汪遐齡

卷五十三

方兆及　吳日駒　倪　傳　方大全　吳德堅

章于漢〔三〕　何永喆　高友荆　楊　騏

方維岳〔四〕　彭大年　王孫彧　吳道親

張克偉　柏廷植　鄭　寧　吳用釗　徐　宣

吳用鐔　方　儀

卷五十四

方兆弼

卷五十五

孫中麟　章氏有湘　孫中象

卷五十六

祝　祺

卷五十七

陳伯英　方孔矩　錢旦仍　張秉哲　倪甄善

方道乾　左國斌　倪士棠〔五〕

卷五十八

齊繩祖

卷五十九

周曰赤　吳道合　馬之瓊　方　里　吳　循

潘天芝　童奇珍　何永圖　江　迴　齊　敕

方　訥　姚孫植　陳　鼐〔六〕　齊永建　張　曉

卷六十

丁　倬　方　戡　左國鼎　孫大年　王　虯

潘五芝　姚文熙　吳日昞　光廷球　方　雨

吳季鳳

卷六十一

馬敬思　馬孝思　馬方思　馬日思

卷六十二

戴　臚　左國昌　方　碩　姚文奐　錢法祖〔七〕

方于宣　姚氏鳳儀　吳兆武　吳昌猷　丁舟巘

姚士塈　吳　熹　殷　邦　吳　席　姚鼎孝

張　竑　周孔雯　周肯堂

卷六十三

寓　公

王　宣　鮑仲熊　汪之順　汪宗魯

羽　士

吳道隆

衲　子

釋淨倫　釋洪恩　釋德清　釋法鎧　釋本智

釋佛光　釋行岡　釋大巇　釋元亮　釋戒顯

釋慧琛　釋道盛　釋如清　釋海琰　釋本正

釋音可

卷六十四

衲　子

釋明雪　釋淨燈　釋存省　釋大寧　釋弘智

甥張若涵長源、張若湛巨源、方將當時、吳宗璧駛三、方來乘時、吳宗琛冰六、吳宗珩蒼石、吳宗球天一，男潘仁標霞舉、潘仁樾括蒼編校。門人郭璐月珮、王慧業以奏、高華旦兮、楊周監二、戴名世田有、謝漢雲倬、何鳳翥漢客、方朝宗泳思、謝淳蒼霖、趙錧良治、王成績浩生、都蔚樹瞻、王彥月如、金城載維、謝泌次鄴、金楫用舟、楊鼎姬士、胡秉文次衡、張濤大山、張湙次山、朱能文今民參定。

校記

〔一〕正文中此下增『盛邦孚』。

〔二〕仍　正文作『礽』。

〔三〕于　正文作『於』。

〔四〕岳　正文作『嶽』。

〔五〕正文此下多吳道坦、吳顯之二人。

〔六〕正文陳鼒居姚孫植之前。

〔七〕法　正文作『瀍』。

龍眠風雅卷一

木厓潘　江蜀藻輯
吴江顧有孝茂倫同里錢澄之飲光參

方　法

字伯通。少孤，性孝，母程授以書。中洪武己卯舉人，官四川都司斷事。永樂元年，蜀藩表賀，公抗不署名，尋召，逮登舟，謂家人曰：『至安慶告我。』次望江，具衣冠，再拜曰：『望吾先人可矣！』作絶命詩，自沈於江。先是，公舉於鄉，主試爲正學先生，首以『託孤寄命大節不奪』命題，至是，果無忝師承云。

蜀中逢客作

有客從江南，布衣行入蜀。自言少貧賤，不能策高足。放蕩遊江湖，飛飛慕黄鵠。方今兵戈興，死者道相屬。聞之拔劍舞，忼慷爲誰告？引領望京師，安知我躑躅？泣下非故鄉，君勿竟此曲。

客中送人

人生世上離別難，他鄉九月秋風寒。秋風吹落西門柳，遊子見之空搔首。憶昔辭家事遠遊，腰下弧矢懸吳鉤。祇今十年髮漸白，依然窮困他鄉客。他鄉猶復送行人，驅車陌上起灰塵。安得使我長少年，東浮滄海西至秦？

絶命辭

休嗟臣被逮，是報主恩時。不草歸降表，聊吟絶命辭。身當殉國難，死豈論官卑？千載波濤裏，無慙正學師。

聞到望江縣，知爲故國濱。衣冠拜丘壟，爪髮寄家人。魂定從高帝，心將媿叛臣。相知當賀我，不用淚沾巾。

渡黄河

野曠天陰日欲西，北風吹雪鴈行低。交河路斷行人少，一片寒沙没馬蹄。

謝佑

字廷佐。少孤貧，事母以孝聞，嘗讀書牛背。舉正統丙辰進士，授御史。歷官山西布政，所在著廉聲。鄉人某守武昌，頗滋物議，公寄詩箴之，有『塵起頻開扇，元規在武昌』之句。著述淪佚，今僅存二詩，以見一斑。

即事

無心雲出岫，冉冉到林塘。漸覺交遊少，初逢節氣涼。鬢毛嗟我老，名利看人忙。塵起頻開扇，元規在武昌。

山居

流水青山路欲迷，人人疑是浣花溪。紅鱗屢得充新饌，紫燕重來覓舊棲。軒宇風涼開簡籍，村田雨霽看鋤犁。慇懃寄語催歸鳥，我已歸林更莫啼。

姚旭

字景暘。景泰辛未進士。初授刑科給事中。性剛介，天順朝以言事忤權貴，謫鄭州判，惟以吟詠自怡。秩滿去，民懷其惠，遮道不得前，公于馬上作詩謝之。守南安，有嘉禾之異，至今傳爲美談。後陞雲南參政，盜發，上命太監委公同三司督征，公威愛並行，戒毋濫殺，事平，不待論功，遂乞骸歸隱山林。所著詩有菊潭集。

擬古

燕臺古名地，婉娩一佳人。青春裁二八，秋水涵精神。新粧薄脂粉，意態幽且貞。明璫雜環佩，姣服纖阿新。蘋藻心自潔，蹇脩意何頻？伉儷苟不慎，空悔百年身。肯學青樓女，輕踏化衣塵？

夏日詠懷

夏景劇炎天，庭蟬强聒鳴。心煩聽亦厭，心耳何時清？所處既非地，所適難爲情。飛樓與邃閣，何人高崢嶸？勖哉慎所守，天運終當亨！

鄭州懷古十詠

周帝陵

孤阜雲荒草木稠，白楊悲振野風愁。陳橋馬上恩終負，華嶽仙方願未酬。老樹棲猿啼落日，遥山列戟枕寒流。翠華玉輦今何在，俎豆星霜又幾秋？

僕射陂

名陂如練浄無波，倒浸青天一鏡磨。兩岸緑茵芳草合，滿川紅錦藕花多。沙邊日暖眠鷗艇，水底春晴擲鯉梭。僕射想應蒙賜後，畫船尊酒日相過。

大夫祠

大夫相鄭居東里，遺像堂堂殿宇雄。溱洧煙波流不改，衣冠今古祀猶同。雨侵荒砌寒秋草，塵壓雕梁泣暮蛩。民俗豈徒工頌祝，椒漿深念惠人風。

丞相冢

威望當年重四□〔一〕，一身嘗繫國安危。小兒腹坦緋衣日，元老名全緑野時。林錦月高歸鶴杳，梅烽煙冷臥麟悲。不知何事無遺表，半稟空令帝子思。

管叔城

管城廢址草茫茫，屈指曾經百戰場。似有鵾鶵鳴夜雨，不堪車馬送斜陽。山含秋色迷孤館，樹引荒雲覆女牆。試上層樓頻悵望，鎬京離黍幾回傷？

祭伯城

壕塹荒蕪雉堞平，鄭人云是祭公城。故居野草空涵緑，采地閒花自落英。京水霜寒秋鴈集，梅峯月冷夜烏驚。不堪往事皆陳迹，徒使行人倍愴情。

夕陽樓

危樓百尺凌霄漢，面面玲瓏透夕暉。波冷蒹葭孤鶩落，煙昏楊柳乳鴉飛。依依皓魄開明鏡，隱隱青螺列翠圍。城郭已非風景異，西崑花萼自芳菲。

候月臺

良宵雲淨天如洗，望裏秋山爽氣清。一曲霓裳歌暫歇，九霄冰鏡魄初生。何人題石空留字？我亦成詩不記名。近水翻令臺館没，素娥愁聽夜烏鳴。

浮波亭

碧水粼粼繞四圍，幽亭當日俯漁磯。豈因精衛填能滿，遂使馮夷潤亦稀。林外風思來竹簟，荷邊香想襲羅衣。如今遍地青青草，惟有蛙聲鬧夕暉。

列子觀

紫府仙人去不還，獨留遺迹在塵寰。苔荒藥鼎雲常護，春暗丹臺草自閒。老樹不來雙白鶴，敗垣猶對舊青山。洞簫寂寞煙霞冷，徒見空階碧蘚斑。

題密縣天仙白松

貞幹齊芳一本同，天仙同日化奇松。東歸華表還疑鶴，西去瑶池暫作龍。勁節合教霜雪護，清陰常被石苔封。根株原自移三島，指點雲中玉女峯。

和耿好問韻

批鱗同出建章宫，不盡君恩涕淚中。浥露萱花多近北，受風蒲柳恰偏東。莫因失路悲逾切，自古浮湘賦轉工。淮泗煙波勞遠望，庭間兀坐數飛鴻。

和周鼐行人遊東山寺韻二首

皇華星使出天關，暫控花驄駐此間。步月昔曾遊閬苑，觀風今喜看東山。吟邊鶴舞松陰轉，醉裏鶯啼樹影閒。清賞無緣追騎從，坐看雲起又雲還。

古刹蟠空盡日關，鐘聲隱隱翠微間。映窗摇影竹盈砌，隔户飄香花滿山。寶鼎煙消遊客散，石牀雲冷定僧閒。詩成酒罷歸來晚，醉控花驄踏月還。

次韻答范德章郎中二首

旌旆歡從此地過，送行無奈別離何。霜飛使節天文動，柳拂征袍瘴雨多。極浦日高帆有影，大江風順水無波。歸朝想聽簫韶罷，時和陽春白雪歌。

送君横浦惜分襟，別酒須頻莫厭斟。紫禁帝城恒入夢，白雲親舍獨關心。櫂穿渤海波千頃，帆擁匡廬翠萬尋。王事已堅歸省畢，不妨酣飲且長吟。

題白猿洞

山巔古洞景幽深，窗户玲瓏夜不扃。一柱獨撑瓊玉府，兩楹相映水晶屏。懸崖倒結樓臺影，流乳堅凝虎豹形。回首白猿今不見，洞門惟有數峯青。

題五華寺曠怡樓

倚天突兀梵王家，丹碧流輝塔影斜。螺髻好山堆玉案，昆明春水漾金沙。境幽庭蘚侵階草，僧定苔多覆地花。坐久細窮方外事，滿簾紅雨散天葩。

征昌明蠻賊凱還而作

曾領征南上將兵，六花光照鐵衣明。雨隨雕箭鋒頭落，人在龍旂隊裏行。氣奪百蠻山失險，枚銜千騎夜無聲。鼪鼯已滅狼煙熄，鐘鼎何勞更勒名？

和題點蒼山

青天削出繡芙蓉，紅紫花開遠近峯。山鑿點蒼金萬仞，洞涵空翠樹千重。林嵐拂曙啼幽鳥，雲氣爲霖起蟄龍。收拾錦囊詩料在，筆端隨處贍詞鋒。

過胡陵城觀楚漢舊壘

雲黄沙白怒濤争，路入胡陵見古城。風雨當年銷霸氣，江河昔日駐精兵。殘鴉噪晚翻孤影，老樹號寒起戰聲。楚漢英雄俱寂寞，空餘流水繞山清。

題贈鄧德温

一間茅屋一幽人，鶴髮皤然眼倍明。理罷絲桐閒課子，半窗梅影讀書聲。

舟過洞庭遇雨

碧水如天萬頃浮，布帆高挂漾中流。帶將一陣瀟湘雨，直過湖南幾十州。

黄鶴樓

危樓百尺倚江皋，欄檻翬飛抗泬寥。黄鶴自從騎去後，白雲空鎖舊棲巢。

方佑

字廷輔。天順丁丑進士，拜監察御史，巡三省，俱有風采，璽書褒之。尋言事忤中貴，謫知攸縣。治行天下第一，將不次擢用，會銜者主銓政，推桂林知府，以桂林舊按地，陰抑之也。莅任八月，託病免。歸隱萬松間，十二年足不入城。所著有省菴集。

送簿之官

仇覽之官去，行行出帝城。楊花風外舞，草色雨中生。駐馬鞭初贈，歌驪酒更傾。知非鸞鳳集，計日又相迎。

駕獵南郊

聖皇端拱樂雍熙，出獵南郊曙色微。扈蹕旌旗紛似簇，連營弓馬疾如飛。風恬四野沙塵静，日暖三冬雉兔肥。鑾駕從容歸路晚，龍樓初月正光輝。

早朝頒扇

夏日炎炎正畏人，聖恩頒扇及孤臣。九華子建文名世，六角羲之字入神。幾陣清風多爽氣，半輪明月絶纖塵。南遷不減西臺日，出入懷中一倍珍。

過小孤山

屹立層霄玉一簪，荒祠古木更森森。西收楚水歸江漢，東接吴山鎮古今。日月懸光天咫尺，蛟龍遁迹夜深沈。豈徒舟楫通商賈？春到雲偏布雨霖。

三十六灣南阻風

南灣暫泊蓼汀前，風捲秋江浪拍船。喬口有山雲礙樹，洞庭無岸水連天。和煙鷺傍幽溪立，帶雨鷗尋静渚眠。對此不堪人久住，長安回首路三千。

過長沙

岳州南望即長沙，路轉岐分去更賒。鴻雁未稀鄉信少，青楓漸老客愁加。雨餘氣肅茅無瘴，風逗香來桂有花。千户素封千樹橘，年年珍重當桑麻。

中秋泊磊石驛

蘆葦蕭蕭橘柚黄，洞庭風静月輝光。張騫不耐星槎遠，庾亮其如更漏長。釣艇歸來漁父冷，郵亭候罷吏人忙。今宵獨有南遷客，孤櫂天涯一舉觴。

送余僉憲考績

青驄一自别南臺，開府遥看桂嶺來。赫赫九年旄節重，勞勞兩鬢雪霜催。江飛畫鷁程雖遠，路轉嘉魚瘴已開。此去若膺前席問，薰風今日阜民財。

寄章太守

千里相思欲放舟，一官羡爾近皇州。蒼蒼雲樹頻回首，杳杳鱗鴻已度秋。爲問自辭明主後，不知曾夢故人不？長安浩蕩春如舊，五馬何時得共遊？

竹月軒

儵然一室最幽深，竹滿階除月滿林。忽聽枕邊聲戛玉，漸看窗外影搖金。王猷相識初成癖，謝朓多才卻解吟。遷客天涯差不俗，賴君爲我濯纓簪。

寄王孟達

送別曾無折柳詞，長安終日一相思。春天樹外知何處，夜雨牀頭憶舊時。彩鷁潞河南去遠，錦鱗淮水北來遲。故園回首三千里，把袂應須在鳳池。

次韻寄杜公序 攸舊令

憶昔京華與共遊，往還談笑最風流。鳳池一別幾千里，雁字不來三四秋。新政未誇新令尹，舊家猶羨舊賢侯。老年宦業心何壯，辛苦孤身天際頭。

衰柳次吳主事韻

百花冉冉草離離，何事蕭條只故枝。西照衹餘蟬噪處，東風無復馬嘶時。使君詩就三叉手，遷客聽殘兩蹙眉。莫是陶潛歸去晚，衡門恰對影差池。

花殘葉落兩支離，空見寒煙鎖舊枝。眠起無因同漢苑，飄零有恨似隋時。當風不復窺新眼，卻月憑誰學畫眉？試爲君歌永豐柳，陽春屬和鳳皇池。

祈陽道中〔二〕

千里程途五兩風，祈陽泊處路方中。藍拖一帶瀟湘水，青出層霄衡岳峯。漁唱樵歌隨處別，竹籬茅舍幾家同？歸期計在之官日，晝鷁明年又向東。

赴桂林

臺臣作守忽西東，路入南天漸不同。攸縣别來千里外，桂林行去萬山中。土夷雖有任囂俗，士子還多陸賈風。持斧昔年曾到處，人人猶避舊青驄。

赴梧州謁大中丞

清晨五馬出江邊，不似青驄勢赫然。夾道争看千竹馬，隨車只用一蒲鞭。案頭白簡霜雖薄，腰下黃金帶已懸。不負聖朝民社託，淮陽何必十經年！

洞庭阻風

西風拍拍浪摇天，盡日湖中不見船。一點君山煙霧裏，三家漁子蓼花前。野橋悵望家何在？荒岸依棲客未眠。尋得前村相近處，儘堪沽酒卻無錢。

公餘夜讀

性癖從來好簡編，公餘相對夜忘眠。燈開一點花如粟，漏轉三更月上弦。官舍厭聽蟲唧唧，家書欲寄雁懸懸。良宵且得窮今古，案牘平明又滿前。

官舍聞砧

桂林花落逐秋風，浣濯家家趁女工。砧杵聲聞官舍裏，鄉關情動客途中。寒衣此日憑誰寄？宦况今年漸覺窮。安得祇攜琴與鶴，順流直下皖江東？

全州湘山寺

層巒疊嶂樹交加，一徑穿林晚更賒。照塔寶燈懸日月，卓泉錫杖隱煙霞。到來八月堪辭郡，歸去千程未近家。壁上幾多題詠句，半埋塵土半籠紗。

過陽朔

衣繡曾從陽朔過，道旁負弩吏偏多。石龕舊已供虞帝，銅柱新看紀伏波。別去梅花愁借寇，到來桂樹慰思何？莫論治郡勳名滅，五馬前頭節候和。

別南人

朝廷本意愛南人，暫許親臣作守臣。敢薄淮陽難臥治？祇緣楚客久吟呻。往時白簡空然貴，此日黃堂尚爾貧。賴有韓公大中丞也。寒賊膽，賢於干舞格苗民。按廣時事。

書　懷

一生書劍客他鄉，漸覺蕭蕭鬢滿霜。千里故人頻入夢，柳陰疏處菊花黃。

桂林署中有鵲來巢

託身曾向萬年枝，暫借寒松住片時。待得上林春氣暖，結巢依舊傍龍墀。

逢攸人

舊令新爲郡大夫，更將別路作歸途。嶺頭梅子蒙相贈，爲問而今酸也無？

江弘濟

字本深。成化丙戌進士。由邑令擢御史，丰裁嶽嶽，權貴憚之。按滇南，卒于官。平生手不釋卷，讀書目數行下，爲詩文必根于理。所著盡歸淹没，搜二詩，以存其概。

與鄉人飲

我見古人心，不見古人面。我見今人面，今人心不見。心神嘗與古人友，形骸且酌今人酒。呼牛呼馬不足驚，爲鬼爲蜮爾何有？高山擁翠入晴空，黄鸝杜宇啼春風。古人縱飲聲有喰，我亦頽然醉其中。劉伶阮籍今何在？後來達者不可待。人生安別賢與愚？有酒相逢且相對。

送孫逸人遊楚

薊門歸幾日，又作水雲遊。策蹇青松路，鳴榔白蓼洲。笛聲黄鶴夜，木葉洞庭秋。到處堪容醉，生涯一任浮。

方向

字與義。成化辛丑進士。授南京户科給事。時權貴驕横，巨璫尤不法，弘治己丑，西安門災，雷震洪武門鴟吻及孝陵柏。公抗疏劾諸臣罪狀，上立黜責之。卒爲璫所中，獄具，幾不免，謫雲南多羅驛丞。廷臣交章争之，不報，直聲動天下。後歷官瓊州守。及歸，有僕私市一珠，渡海覺之，投于波中，曰：『毋以爾珠喪吾珠也。』尋入覲，卒。所著有素亭集。兄印，字與信，成化丁酉舉人，亦以清廉卒于官。生平弟兄多倡和，今印詩無一存者。從子克，字惟力。嘉靖丙辰進士。官御史。其剛介不减于公，所著有西川文集，亦杳不可得矣。

讀謝方伯神道碑 倪宗伯所撰

哲人不可作，士林無輝光。典刑日已遠，文字照遺芳。在昔元綱頽，四海如沸湯。江山入戰圖，天地含痍瘡。乘時舞鰌鱣，恣食紛豺狼。殺人刈草菅，流血成川潢。無家問妻子，攔道哭爺娘。人不保朝夕，疇能事耕桑？偉哉君先翁，憂心日皇皇。散貲結徒旅，義旗此攸張。匪徒庇宗族，比閭用平康。林木息楚焰，池魚無橫殃。善門慶有餘，仁者後必昌。報施理不爽，瑞氣來瀼瀼。英鍾秀所毓，乃見人鳳凰。少年薄生産，意氣争鋒鋩。平原扣牛角，讀書聲琅琅。縣官修文事，簡登急俊良。聲名動朝著，丰采凝班行。出納政惟允，審克刑斯祥。初持柏臺節，六月霜時颺。載泛南海槎，三年波不揚。星辰麗中岳，雨露膏四方。政洽人通和，所在田無蝗。斗印懸纍纍，薇垣出堂堂。袍團蜀錦鮮，帶簇南金黄。自天錫褒嘉，後先相煒煌。任重操逾厲，官成道彌彰。九重眷方隆，台位虚中央。胡爲忽囂然，知止悔乃亡。連翩進休劄，爛熳催歸裝。疏傅早謝漢，楊尹終辭唐。臨岐發長嘯，逸興飛揚揚。前途問征夫，曙色涵蒼涼。故園舊茅屋，倚帶東山陽。屋頭何所有？好峯互低昂。猿鶴固無恙，松竹猶未荒。三徑媚晚景，一鑑開方塘。煙霞護琴臺，薜荔蔓書房。候門列稚子，牽衣走蹌蹌。閉口時世事，放懷風月塲。朝冠卸巍峨，野服裁郎當。舴艋百花潭，款段五柳莊。盟鷗坐白沙，抱犢臥崇岡。既荷劉伶鍤，亦背李賀囊。松風灑塵夢，石泉漱藜腸。芭蕉自覆鹿，岐路誰亡羊？逍遥觀大化，從容反吾常。陰雨結夜愁，悲風生白楊。龍眠鬱佳城，馬鬣封阡疆。有美宗伯公，雄文吐星芒。揄揚非溢辭，所貴登載詳。石麟臥斜日，豐碑插穹蒼。我生適遲暮，不及窺門牆。汩没炊累餘，百念一未償。摩挲舊時刻，一讀三感傷。桐山高峨峨，桐水深茫茫。仰止先生風，山高水與長。

夜泊雷打石

微風西南來，小雨時幾點。路黑不可認，回舟泊清淺。避蚊暗中坐，一刻腸九轉。何處是長安？春明門已遠。

過饒風嶺

夜宿饒風亭，曉登饒風山。峯迴路詰曲，行行欲摧轅。青雲足下起，白日手可攀。人家似蝸殼，亂粘石壁間。下窺黝無底，毛豎心膽寒。蜀魄繞馬首，百叫聲未闌。行人莫到此，瞬息凋朱顏。

去去詞

去去復去去，去去何所之？上堂有父母，下房有妻兒。涓涓山中泉，青青園中葵。在家足一飽，行邁多艱危。小星盡北向，大水皆東馳。如何百年内，勞勞獨無期？太息視落日，中心詎誰知？

草草吟

別離何草草，一別一回老。宵裝不待曉，朝餐不及飽。行歌聲浩浩，聞者傷懷抱。山高水淼茫，此身難自保。舉頭明月光，照人空皎皎。

山中雜詠

薄雲不成雨，山月有餘白。月光墮尊酒，照我衰顔色。舊交日已遠，芳時坐來歇。惆悵平生懷，今夕竟何夕？

造化握玄柄，寒暑無停機。百年能幾時，而乃多是非。沈憂起中夜，新涼侵故衣。喓喓草根蟲，生意相與微。門前舊遊路，上有人紛紛。青蓋擁白馬，素光生練裙。笑言各娟好，寒暑相殷勤。悠悠結心思，遠樹停孤雲。

明月揮不去，清風招可來。如此良夜何？一飲三百杯。酒盡歌不停，屢舞還低回。爲問謫仙人，而今安在哉？

贈許道士

紫陽真人不可作，玉石丹臺名落落。青牛道士一歸去，鳥鼠高風委冥寞。先生信有仙人風，飄然心與孤雲同。一壺天地逍遥外，萬里風霆指畫中。玄霜擣盡丹砂熟，宣髮方瞳面如玉。有時荇沼戲蒼龍，會見芝田眠白鹿。洞微子，通妙生，當時競説通真靈。先生丰格有如此，雲霞焉能逃姓名？我生齷齪風塵身，冥心枉自思仙真。今日爲君歌此曲，赤霞渺渺横高旻。

古意

朝出門，暮出門，煩車怠馬走奔奔。雲山空逗風塵眼，鬢髮俄驚霜雪繁。百歲光陰如轉燭，幾處人家遞歌哭。問君浪遊歸不歸？東風吹遍蘼蕪緑。

出門行

晨烏啞啞聲到耳，行人匆匆戒行李。瘦妻病妾不梳洗，弱女嬌兒啼不起。前年君謫滇南時，只恐炎風吹作鬼。寸腸日夜幾迴斷，雙淚盈盈落秋水。君今又往西川去，相思又自明朝始。聞道西川道路難，高江急峽饒狐狸。丈夫固自輕離别，妾心鬱鬱難爲理。門前有水自西來，一釣何時掣雙鯉？

望仙歌答謝孟祥

少年負氣輕神仙，下視九土隘八埏。扶桑月窟偏歷覽，蒼梧溟渤遊蹁躚。縛虎千仞岡，射蛟萬里川。有時欲奪羲和鞭，驅策六龍起虞淵。有時或煉五色石，隻手批雲上補天。數奇諧寡時事異，奇功不成願難遂。忽忽西風吹鬢絲，掉頭漫訪安期輩。羣仙見我齊拍手，笑我癡迷空老魄。世上艱虞已備嘗，身後功名竟何有？棄我如敝帚，不肯相引援。吹簫駕紫鸞，一一飛上三山巔。弱水無力不可船，安得羽翼雙連翩？中有一人謝自然，顧我生矜憐。袖出青囊書一編，謂是餐霞之秘傳。浮生盡戀人間樂，誰識仙家此機括？化去應爲天上箕，歸來擬作遼東鶴。嗚呼！謝君此意良已厚，只恐凡骨未堪度。爲我殷勤致語羣仙人，頗聞當時一釣連掣六鰲去。

雷港大風行

忠宣坊下東風起，仗劍長揖別知己。乘流一葦疾如飛，掉頭忽過鱘魚嘴。行行漸覺天氣惡，萬竅怒號泣神鬼。帆脚狂舞不那吹，船窗脱落斜蘸水。老子傾攲屢移坐，小童涕淚空嚙指。敗桅無數被江流，滿岸行人牙擊齒。此身已拚永爲泥，一柁公然屹如砥。夕陽在山飛鳥下，須臾浪息風亦靡。東吴同年顧夫子，隨我江干駐行李。掀篷招我過船去，縮頭吐舌驚且喜。急呼斗酒發狂吟，夜静吟聲撼鄰里。死休魚腹已無知，生還蝸角仍不止。明朝所務各有程，一笑何時燭花紫？

夜坐感懷

小坐傍疏櫺，淒然百感生。鄉山千里月，砧杵萬家聲。四壁寒蟲切，一燈深夜明。沈吟不成寐，静數短長更。

輓謝方伯

悵望東山道，潸然一灑衣。晨星遺老散，今雨故人稀。身世無何有，功名是與非。風塵正澒洞，吾亦息吾機。

寄皖中諸友

野蘿橋上一分襟，自此令人悵望深。芳草斜陽南浦路，青燈夜雨故園心。幽懷誰共尊前話？舊約多從夢裏尋。幾載素書空在袖，江雲渭樹兩沈沈。

送上高尹蔣惟學辭老南還

百里花封舊著賢，惠風回首白盈顛。辭歸天上三千里，買斷江南十畝煙。緑野堂前春似錦，香山社裏酒如泉。紅塵車馬知多少，日暮途窮尚未旋。

送婁元善

連翩莫惜羽觴飛，別思撩人酒力微。眼底故交千里遠，天涯遊子幾時歸？悠悠歲月隨流水，望望山河帶落暉。珍重客途頻自愛，風塵偏上宦遊衣。

九日燈下偶成

紛紛秋思亂如麻，更值重陽思轉賒。客館青燈一杯酒，故園黃菊幾叢花。滿城風雨愁邊色，萬里關山夢裏家。最是不堪情切處，夜深寥歷起寒笳。

獄中次龔秋官韻

棘風吹户鬢毛寒，睡起無時懶著冠。三月鄉書愁裏絶，一年春色夢中看。我心不轉元非石，世路相傾總是瀾。歌罷楚騷天欲暮，當杯且放兩眉寬。

東岡居士爲五兄題

山外紅塵萬慮囂，山中清隱列仙曹。囊收花鳥春吟劇，枕破梨雲午睡高。生意滿庭交野草，碧香分雨煮溪芼。何應忘得清平世？坐待長風起鳳毛。

桃源道中

桃源西望是辰州，兩境中開五置郵。征旆影隨紅樹没，斷橋水帶夕陽流。關山迢遞孤臣路，風物淒涼滿地秋。半世飄零竟何事？獨騎瘦馬重回頭。

界亭驛

亂雲重疊萬山幽，僕馬勞勞此暫休。丹葉滿林楓樹晚，雪花鋪地木棉秋。壁題半染孤臣淚，酒力難澆去國憂。獨坐中亭不成寐，寒更已報第三籌。

洞庭坐雨

湖邊疏雨送廉纖，湖上孤舟幾日淹。啼鳥傍人如有訢〔三〕，東風于我故相嫌。半生踪迹嗟萍梗，一路陰晴費卜占。極目西南天未了，數峯隱隱望中尖。

山中限韻爲外兄王國寧賦

謝卻紛華此結茅，白雲隔斷市聲呶。溪流有意清長繞，庭草無人翠自交。尋伴時過鷗鳥社，隨緣日醉海棠巢。兒童笑道前村好，紅緑扶春上柳梢。

樹柳爲牆屋覆茅，山中無地著喧呶。白雲流水便高臥，明月清風託故交。桑梓連陰移座席，芭蕉分緑到書巢。東林更有生生意，半露新篁引鳳梢。

用世無媒筮拔茅，行年隨分避囂呶。足知緑水青山侶，笑殺紅塵白眼交。晚圃花開供冷景，風林葉脱見危巢。請看石上梧桐月，清夜無人自滿梢。

風攪長空雪擁茅，坐來天地絶號呶。橋邊小蹇獨衝凍，門外無人一問交。藥臼春時冰落手，茶煙起處鶴辭巢。後園春信知何似？梅放微香到樹梢。

送吳時明之官黃州

白鷄壇裏舊風流，五馬雙轓壯此遊。尊酒十年還黑首，故園三日即黃州。丁丁棋子高樓雨，嫋嫋歌聲小月舟。公暇定應饒賦詠，郵筒時寄皖江頭。

普門寺次壁間韻二首

紫翠重環寶刹開，閒雲片片傍香臺。曾聞二虎巡廊至，時有雙鴉報曉來。優鉢花深迷客步，菩提樹老記誰栽？禪關寂寂扃清晝，不放春風掃碧苔。

勝境朝來又一尋，淡雲閣雨半晴陰。宦途有債頻來往，秋意無憑自淺深。隱隱疏鐘聞遠寺，飛飛落木響空林。何應消得今宵永？共聽繩牀蟋蟀吟。

鎮遠道中

瘴雨蠻煙路欲迷，馬頭又報夕陽西。鷓鴣不省行人意，故故飛來耳畔啼。

枕上偶成

榾柮爐中冷未消，蘆花被裏夜偏遥。隔窗忽送鷄聲曉，恍惚當年報早朝。

樅陽絶句

波浪掀天百尺高，風雲接地萬山號。行人莫問樅陽事，令尹于今不姓陶。

山西鋪

滑滑泥途似抹脂，素衣多少化爲緇。十年青鎖從容步，博得淩兢瘦馬騎。

海南雜詠

海外風光别一家，四時楊柳四時花。寒來暑往無從識，只看桃符紀歲華。

城上陰雲拂曙消，曈曈初日照旌旄。年來且喜無征戰，引領春風看海潮。

章綱

字思綱。太守綸之弟。安貧自適，築別墅于烏石岡，號東郭閒居，賦詩飲酒。一日，登小孤山，戲題廟壁，意致蕭遠。有太史過而見之，急訪公，延舟中，縱談數日，曰：『腹廚萬卷，不墮纖塵，真神仙中人也！』所著詩有蚓竅集、武昌集諸稿，今皆無存。

題東郭閒居

白雲爲侶竹爲鄰，棲迹衡門不染塵。贏得此身閒快活，功名留與後來人。

周京

字大觀。弘治間明經。不樂仕進，隱居講學。錢大司寇出其門，自謂得如先生足矣！因名如京，晚年號篁鶴。先生著有叢林、叢篁、白遊詩稿，盡失于兵燹，惜未覩其全集焉。

門人錢大司馬桐溪假歸信宿篁田有作

北斗司喉舌，旌旗動羽林。乍回捧檄志，猶切伏蒲心。萬里邊聲壯，三年客思深。篁田新酒熟，共爾一長吟。

草澤籌時務，相看各有情。廟廊資借箸，湖海罷談兵。迹以煙霞痼，名因老病輕。拂衣榆塞後，邊月望同明。

寄懷吴郡徐髯仙太史

手剪蓬萊入舊扉，頻瞻遠客恨忘歸。園林載酒知何日，雨雪同車願已違。三徑篁深人事少，八行春度雁來稀。閒時莫上高樓望，草長江南鶯亂飛。

陳務本

字立卿。永樂間歲貢。本饒州鄱陽人，其先世茆塘公陳寧，宋端平間講學有聲，爲真德秀、陸九淵所器，待官安慶同知，士民愛戴，因家于桐之官山。公爲寧五世孫，歷官武昌同知。慨黄鶴樓久圮，悉舉俸入修復之，樓成，垂橐而歸，其風致如此。喜吟詩，詩多不存。家乘中僅存黄鶴樓詩一首。

重修黄鶴樓成詩以落之

武昌之魚可不食，黄鶴之樓不可不葺。古人制造各有因，豈止遊觀事雕餙？子安乘雲迹渺茫，相傳乘白雲者，仙人黄子安也。費褘昇天難臆測〔四〕。郡志謂費褘亦乘鶴去。崔顥題詩在上頭，李白有景道不得。我亦勿問神仙之有無，詩句之甲乙。但見漢陽萬雉列當前，傑閣晴川雄岸北。蛇山到此勢昂然，首戴層樓與之頡。皷鼓陧卼久弗振〔五〕，南紀何由表軒特？況乎焦度樓築因崗疆，景宗堡建曲水旁。左右相望皆壁壘，兹樓栱檻寧虚張？自脱青衫雜傭作，譏吾好事吾曰諾。搏土揮斤仰俸錢〔六〕，半年垂盡三年橐。回憶吾祖丞皖時，捐貲首造沿江陴。老臥桐鄉飯不足，一枕清風良可師。

盛德

字克修，號五槐。弘治甲子舉人。少試諸生不利，即不歸，徑造投子寺讀書經年，鏃礪攻苦，果以冠軍舉于鄉。工丹青，嘗畫鳳山八景，各題以詩。今存其半，餘不可考矣。

虎跑靈泉

虎至是何年？蹲伏尚依然。低頭看跑迹，泉底月涓涓。

兔河風帆

鳳山俯羣壑，煙波横如帶。遥見兔河帆，飛向青天外。

萬家煙樹

黯黯雲煙簇，蒼蒼樹影稠。百年王謝迹，大地一浮漚。

九華晴峯

風景朝朝異，江山脉脉通。欲眺九華秀，新晴落照中。

校記

〔一〕□ 原刻爲一墨釘。
〔二〕祈陽 當作『祁陽』。正文同。
〔三〕訢 當作『訴』。
〔四〕禕 當作『禕』。注文同。
〔五〕皶皾 當作『皶皾』。
〔六〕搏 當作『摶』。

龍眠風雅卷二

木厓潘　江蜀藻輯
涇陽李念慈屺瞻同里姚文燮經三參

錢如京

字公溥。弘治壬戌進士。由邑令擢御史，歷官督撫，按所在軍功爛然簡策。當武宗朝，權璫用事，公略不爲沮，久任兩京户、刑、兵三部官保尚書，朝廷實嘉賴之。歸隱桐溪，與弟如畿、如景，子元善、元鼎輩以山水觴詠相娱樂，所著有鍾慶堂稿。

欽賜杯銘

皇仁如天，寵錫爾賢。何以頌之？天子萬年。
皇仁如春，寵畀爾臣。何以報之？曰致其身。
皇恩孔宏，錫爾榮名。何以保之？兢兢捧盈。
皇恩孔深，畀爾良金。何以守之？富貴不淫。

家廟鐘銘

範金象形兮式遵古規，虡業樅兮曰追是麗。穆穆厥聲兮來格孔時，於昭祖考兮慶實我垂。子子孫孫兮勿替引之，永燕家廟兮仰惟制詞。

家廟鼓銘

木冒之革兮五音是調，粤昔夏后氏兮道以是卲。聲逢逢兮奏格孔妙，於昭祖考兮庶其臨照。子子孫孫兮勉焉克肖，仰惟制詞兮永燕家廟。

夜歸

出郭快秋晴，金飈動林樾。留連村社飲，坐見西日没。鳴鑣醉歸來，東山吐新月。渡溪人語鬧，入市暝煙發。露氣濕荷衣，清光徹詩骨。弄影不成眠，長歌聲斷續。

石上松

雲根丈人氣如虹，徂徠髯客勢薄空。龍蟠虎卧兩高士，倏然凌跨深山中。山中别自有天地，杳然不與世路通。春風吹香落金粉，夜雨滋蘚含翠重。秋宵高枝罣明月，積雪琢玉聲玲瓏。萬古千秋自離立，吟風拔地當無窮。吾將樽酒結爲友，歲寒相對成三翁。

聖駕臨雍衍聖公例當侍從至自闕里乃孟夏十一日六部諸公醵餞於禮部是日禮備樂作情文周至桂洲公倡以分韻賦詩爲贈予得瑟字韻取鹿鳴首章也

天王垂衣耀文德，禮樂琅琅陋緜蕝。虎闈一紀今再臨，曠典殊恩信超越。三月十三天氣新，御輦和風扇晴陌。孔庭親行釋菜禮，虞書坐講諸臣列。六軍多士咸縱觀，三氏子孫皆在側。禮成頒賞稱萬歲，百官稽首動顔色。於中衍國秩最尊，詔宴禮部恩赫奕。亦有顔孟族與孫，此日同陪主宗伯。御廚珍羞出大官，拍手優人鼓瑶瑟。共矜恩禮絶代無，公卿嘆賞聲嘖嘖。長安城頭花影重，宫柳曉鴉啼落月。歸心裊裊漫晴絲，苦飲留公留不得。醵錢大合繞朝臣，置酒南宫更相浹。中筵把酒歌鹿鳴，分韻題詩紀離别。我才潦倒非少陵，亦復從前爲公説。我聞宣父開太平，六經仁義爲至極。聖學在中和，天德乃不息。論語雖半部，節用尤所急。我皇視學有深意，匪事文章務情實。霸術管商非所屑，明目達聰邁古昔，采掇葑菲不遺力。野人美芹懷曝日，臨風欲進踟躕立。公歸東方好珍惜，謹率宗人守臣職。大闡淳風化鄉邑，佐我皇明萬萬億。

題周氏天全堂 有引

周氏爲予桐望族，族有大賢，爲予師篁田先生。往予自嶺表被召過鄉，時外兄吴前溪以先生所爲天全堂記見示，知其族有名巖字大静者，自其父文慶公而下，合四世同居，廿有三人，俱生聚無故，蓋天全之也，因以名其堂。予臨文慨焉有懷，前溪曰：『天全子於予有姻好，願藉表揚。』久未有答。兹來留都，復爲之請，因賦以歸之。

揚都肯搆稱絶奇，天全扁揭堂之楣。堂前椿萱蔭華棣，滿堂常貯春熙熙。和氣致祥天亦予，桂秀蘭芳振先緒。千指同餐向此堂，架上衣裳無我汝。耕讀還貽善後謀，慶源滚滚湖邊流。歲時伏臘聚宗黨，宏開壽域飛觥籌。太平盛事真罕有，義門之鄭差可偶。篁田有筆如巨椽，繫此堂名垂不朽。

尋　芳

霜雪逗春期，園林花事遲。偶臨流水曲，忽見隔牆枝。野徑人稀到，孤芳蝶未知。若教移上苑，車馬日争馳。

招鶴

野鶴自標格，飄飄不可羣。盤空千里見，警夜九霄聞。刷羽淩滄海，歸巢夢白雲。本無籠絡意，丘壑任平分。

㠀山掃先尚書墓

絶頂巖嶤望八荒，九華清影落蒼茫。峯雲宛見親闈在，江水遥同教澤長。桃李釀春寒食雨，松筠拂磴午陰涼。春暉浩蕩何由報？抔土年年草自芳。

送客

江干極目送歸航，千里煙波去渺茫。日暮倚雲看雁字，夜深彈劍吐龍光。漁村初歇黄蘆雨，埜岸新添緑樹霜。愁殺故人成遠別，相思一隔楚天長。

燈花

寸草初看一粟垂，珠聯玉綴忽離離。無心見處平增喜，作意開時未有私。長養肯教輕下剪，護持寧忍漫敲棋？更呼緑酒相親坐，清賞何妨夜臥遲？

雨遊靈谷寺二首

松柏陰陰拂道長，鍾山佳氣轉蒼茫。蓮堂晝永慈燈静，塔院雲深法雨涼。功德八行流曲水，丹青四壁繞迴廊。不辭雙屐沾泥滑，正喜幽深夙願償。

雨歇禪林秋滿懷，碧天微日散煙霾。因過別院聽風竹，遂有山僧具午齋。麋鹿成羣依浄土，琵琶留響應空階。從來僻性躭孤往，勝事那能與俗偕？

宿三潭別墅

萬松小築三年別，今啓柴扉幸未蕪。小犬出花迎主吠，鄰人供茗隔籬呼。魚乘水面休驚釣，酒滿牀頭不用沽。更喜夜來新雨足，前灘春漲緑平鋪。

紫荆關閲師

老我原無天下奇，强承恩命歷邊陲。行誇天設三關險，坐閲營開八陣師。按節有時喧鼓吹，傳聲無語動旌旗。轅門共樂朱干舞，杞國還思燕鴆危。

送方西川表弟之任桐鄉

潞河風静柳垂垂，送子維舟更賦詩。把酒忽驚千里别，感時還動百年思。霜臺青瑣名如昨，墨綬金章澤未涯。予外祖省菴爲御史，舅氏一菴爲黄門，俱以直節著終太守，故云。茂宰應知明主意，東南民物正瘡痍。

建安雷生鯉善書畫且工詩嘗遊學吾皖過予桐谿書屋繪卧龍武夷二圖爲贈予時寓都下及歸休始得展翫清奇可愛惜未一見其人也漫爾有作用寫默懷

雷焕風流亦可人，張騫踪迹豈浮萍？如何雙劍藏秋水，獨有孤槎帶客星？龍卧南陽堪想像，詩隨九曲入丹青。披圖盡日閒題品，與汝何當泛緑醽？

黄梅道中曉行

蒼松掩映曙光晴，馬首遥聞畫角聲。入楚，沿鋪以畫角傳道。帝德如天春覆物，孤臣萬里戴恩行。

知止亭

車馬紛紛逐世途，何人肯復念蓴鱸？年來識得知幾好，敢學疏家二大夫。

蕭世賢

字若愚。弘治乙丑進士。授南京刑部主事。時江彬以逆濠興大獄，公多平反，不爲彬屈。後陞湖廣副使，卒于道，囊無餘金，以故服殮。爲詩文力追漢、晉。著有梅林詩集。今子姓零落，集不可得，僅于志中搜一詩以存焉。

過三城寺

竹裏有幽寺，今朝借問來。小兒看繪喜，孤抱對僧開。沈碧過虹影，清香繞篆灰。春寒花蕾縮，風迴樹聲哀。龍虎交青障，雲霞護緑苔。燈空聞呪水，旛動聽經臺。入静參禪妙，尋真蜕俗胎。冷然如有契，日暮下山回。

丘寧

字士安。貢士。天順間爲衛經歷，能詩。今無傳。

投子山勝因禪寺步葉太守壁間韻

窗外青山入座奇，山中果熟鳥頻窺。不嫌地僻人來少，生怪林深月上遲。仙井泉香堪療疾，古碑字缺費尋思。老僧不管遊人醉，請和風流太守詩。

余珊

字德輝，號竹城。才高學博，尤精曆法。正德戊辰進士。官御史。武廟時，政出中涓，公執法敢言，用是賈禍，盛暑下錦衣訊，杖瀕死。世廟立，詔起原官。久之，疏勸十漸，侃侃數萬言，語侵權相，七日不報，幾復不免。疏載皇明奏議、大政紀諸書。尋外轉僉臬。所至平梅花洞盜，收威茂叛獠，功業炳著，爲明一代名臣。卒于官，貧不能殮，生平詩文悉散佚。後百年，同里御史馬孟禎巡鹽長蘆，搜得若干卷，梓之。其詩沈雄高古，與何、李同時，極爲所推。遷楚之日，大復作二詩送之，比于王粲、賈誼，其傾倒可知矣。

擬古

丹山起千仞，上有雙鳳皇。和鳴應天樂，文采炫朝陽。妖鴟爾何類？乃欲巢其傍。宜爲鳳皇羞，不共此高岡。枳棘非所棲，戢翼寧深藏？君子惜靈異，惻惻心孔傷。

泰山有喬木，自昔五大夫。盤根蟠蟄龍，錯榦凌空虛。嚴凝砥寒標，材可供天都。云胡摧爲薪，乃爨田家廚？托位非不高，蔭身非不敷。斧斤將奈何，日日來相圖。

驊騮立天仗，神氣吞長虹。一鳴徹霄漢，四足追剛風。南郊灑清道，騎出大明宫。龍顔照天日，儀衛彌尊崇。何爲輒叱去，頓使天閑空。吾恐宛王知，誓不與漢通。

送洗侍御歸養

秋風撼庭柯，惟聞君太息。問君何所思？問君何所憶？所思非功名，所憶非泉石。青陽逼歲華，白髮悲庭闈。君身鮮兄弟，阿母無仲兒。辛勤八十年，晝夜理寒機。條條手中線，織兒身上衣。兒今得衣繡，菽水翻暌違。願言乞兒身，從此終養歸。暮寫蟣臣心，朝上天王書。東堂辭宰執，西堂辭友于。賣我舊時驄，鬻我舊乘車。雲帆一葉去，煙洲萬里餘。期過大庾嶺，正值梅花初。吟魂耿歸夢，蕩俗凌清虚。稚子聞翁來，商羊走階除。阿母聞兒來，含笑倚門閭。鄉鄰聞友來，載酒胥慶予。更衣試取斑斕著，婆娑萬舞恣歡樂。纔娱一日抵千金，縱有三公君不博。

夜夢題松二句起而續之

孤松獨弔影婆娑，青蓋直與天相摩。夢中句。老堅遲遲弄春色，蒼潤鬱鬱涵煙波。苔蘚摻裂崩陰崖，蛟龍倚仗盤曲阿。近觀鶴骨驚瘦孤，静聽笙聲鳴清和。長安豈無花如綺？章臺更有柳若羅。争奈朝華復夕墜，片時容色如君何？

登陸嶺坡望河山有感

盤旋陸嶺高崔嵬，黄河東走奔巨雷。中條横絶芙蓉開，下有鳥道通丹臺。仙乎鬼乎安在哉？使我不得少追陪。遐思立馬空徘徊，摩天黄鵠聲哀哀。

題余黄門雙嶼

雙孤對峙天門開，華江之水奔瀠迴。天風不下明月來，晴波盪漾握崔嵬。瑶花碧子香雲培，三山出没飄蓬萊。精英幻化昇仙才，聲光摩戛星漢迴。玉皇常侍天仗陪，青鎖沈沈夕照頹。幾回夢入煙霞隈，飛來飛去黄金臺。

鳳凰阡

長安城北無閒土，盡是長安舊人墓。洛陽山陰冢纍纍，空有黄金無買處。松楸塞路多如鱗，回首摧爲爨下薪。誰家古碑高百尺，忽作人家柱下石。何如姑蘇村外阡，凰飛鳳舞來山前。人踪罕到深更幽，棲鳥頻來銜紙錢。三泉下錮人長歸，子孫世世還相依。牛眠葬者三公地，試看青鳥向此飛。

雪詩次沈憲副韻

空霄檠出仙人掌，玉剪芙蓉露盤上。天風吹落徧塵寰，積素凝華競清爽。汀頭涷合寒雨叉，海上深埋牧羝杖。洞庭寥闃明珠宫，天門失卻黄金榜。播糠混沌易庳高，覆甓鴛鴦昧俯仰。謝莊衣濕不勝寒，何似長蓑臥漁舫？沈吟夢入羅浮仙，素縠單衫翳雲氅。陽阿舞，窈窕詩，梅花折贈春一枝。党家風味那有得？淺斟低唱尤出奇。相逢此夕曾多少，覺來恍惚還如癡。起視平原凸，萬徑增寒冽。安得開衡雲，千古繼奇絶？吁嗟汝自壞長城，紇干涷雀饑無聲。卿雲杳靄割昏曉，采薇響絶無人賡。相思幾夜令人老，華髮蕭蕭半瑶草。遼東一帽勵冰操，肯效虞卿愁不了？誰云苦節不可貞？窟飲吞氈味甘好。曉來誤入梁王園，濛濛密布梨花天。玉樓高起落寒粟，光摇銀海炫生妍。五發七乘有佳句，眼底何人號謫仙？昔從周王車馬足，與王笓獵賦黄竹。苹澤霏霏多涷人，忍使斯民納瓜谷？殿上虎，搏高鹿，王家兄弟避三窟。只今流落自天降，洛中高臥動天象。藍關路澀馬難前，秦嶺雲横漱千丈。檐牙撥捩垂鮫珠，地籟呻吟若惆悵。糢糊錯認六月霜，逐客相看攬清況。明朝日出冰山消，春山萬里羅青障。

題姚少師小影

北平主人還東都，秦淮覆蕩天地汙。先生杖策來軍嚪，青囊幻出擎天符。風雷叱咤寰宇虛，指麾才定蕭曹無。黑衣宰相黄冠模，故知此輩非凡夫。由來孔墨直殊途，會須擇術慎所徂。是非端合以一居，先生既有儒者謨。桑門卒業胡爲乎？子明削髮烏鳶嚅。前身後身空自誣，吾爲二老三長吁。

夜泊洞庭望君山

蘭舟夜泊洞庭秋，望望君山未可投。漁火半明波影亂，棹歌長咽雁聲愁。乾坤日夜無時歇，廊廟江湖幾度秋。斜倚燈光耿寒夢，飛來飛去岳陽樓。

東　巖

卜居巖壑買芝田，自喜雲林隔市廛。十里斜陽騎犢醉，半牀明月擁書眠。晝長無事烏頻下，春到不言花自鮮。謾説蓬萊窮海島，蓬萊元只在山前。

題松壑寒泉圖

百丈懸崖瀉碧流，怒雷驚起老龍浮。銀河倒景千峯曉，翠蓋堆陰萬壑秋。何處簫笙鳴水底？誰家疋練挂山頭？先生自得林泉趣，一嘯空山天地愁。

上陵

馬蹄輕踏上陵山，萬里峯巒指顧間。雲掃碧鋩天外劍，日摇銀鏡水中鬟。東迴青海芙蓉障，北控黄沙虎豹關。不用多方窮海上，蓬萊仙島在人寰。

錢如畿

字公錫，號柳溪。大司寇桐溪公之弟也。以明經授浙江布政司都事，不仕歸，與桐溪公講學龍眠。門多種柳，徐髯仙爲繪柳溪圖。學者稱柳溪先生。年八十終。所著柳溪集，今僅存什一云。

憶溪上

谿上楊枝儘可攀，未容桃李入清班。閒排逸興棲南畝，不愧移文負北山。蟬噪只隨秋雨歇，鶴飛長馭午風還。傍人也識年來面，莫道朱顏是醉顏。

閏九月從孫可久移菊池亭小飲

漫移金紫近芳塘，旋剔霜螯一舉觴。令節幾回逢閏月，菊花兩度見重陽。年華冉冉人長健，秋色重重蝶未忙。留取數枝明日看，西風籬落有餘香。

寓鷄鳴山雷半窗有贈次答

一徑縈迴竹樹隈，故人有意抱琴來。暖風細拂翻經案，宿雨初收施食臺。老我疏狂陶謝興，憐君磊落馬班才。掀髯一笑同攜杖，舉目鍾山霽色開。

西湖次東坡定慧寺韻

層巖露滴麝臍香，樹樾花陰六月涼。越嶠遠含雲影淡，浙潮時送櫓聲長。道人面授休糧術，童子心傳製藥方。入定老禪還出定，月團初輾共君嘗。

清明寫懷

病骨春深尚怯寒，蕭然一榻未容安。鏡中白髮無心鑷，樓外青山著意看。佳節可能忘劇飲？幽居聊自强加餐。揮毫展卷銷閒日，更有誰登白戰壇？

二十五日卭山掃先壟

披雲掃葉拜荒丘，清淚潺湲噍欲流。小草難忘春浩蕩，敝衣忍見線綢繆？自憐衰白情何極，每見慈烏恨未休。寂寂空山風雪暮，樹聲蕭颯思悠悠。

贈蕭國賢

記得攜持少壯時，爲君曾賦鶴田詩。美人只隔一水近，老我常懷千里思。七尺青藜扶病骨，滿頭白髮亂垂絲。相逢正剪西窗燭，猶恐明朝又別離。

出郭

郭外茅堂偶一行，沙頭白鷺樹頭鶯。有詩有酒堪娛老，無禄無官可代耕。麥甸雨餘千畝秀，石磯風定一絲輕。夕陽羸馬歸來晚，曲曲清溪帶古城。

華巖過訪有感

蕭條幽巷静朝暉，盆草缸蓮露正晞。白髮故人憐我老，烏衣小鳥繞檐飛。談棋笑傲消長日，對酌婆娑閉短扉。不覺座中生感慨，朋儕零落比星稀。

嘗新

白髮老翁逢稔歲，烹葵及菽飽妻孥。但能舊穀繼新穀，不愧今吾是故吾。南澗藻蘋聊薦廟，西疇黍稷且輸租。一年堪了一年事，便是先民沮溺徒。

梅雨

梅雨絲絲一月餘，敝廬卑濕不堪居。揮殘麈柄驅蚊蚋，焚罷芸香走蠹魚。多病年來惟斷酒，癡狂老去苦躭書。小軒沭後迎明坐[一]，白雪紛紛愧滿梳。

九日

秋閒不問景何如，瀟灑蓬門冷淡居。已辦新詩賞籬菊，旋開舊醞剪畦蔬。芙蓉江上煙雲散，楊柳溪頭夜月疏。漫説登高酬令節，漆園老吏有殘書。

留别方南淙

一病侵尋兩月餘，强支衰骨臥幽居。夢多老景無關事，學失平生已讀書。知己偶同三日話，積懷真覺一時舒。朝來葭管陽方長，漸有春風到草廬。

歲首復次前韻寄南淙

燭燒殘夜尚留餘，照我平生小隱居。林下已知除舊臘，街頭見説賣新書。風生白屋春光動，雪露青枝秀色舒。我獨有懷倍惆悵，與君同調不同廬。

周東泉用齊山杜韻贈鼎兒次荅

遊絲不定柳花飛，春意遲迴樂事微。江上美人招不得，雲端高鳥倦應歸。好憑淺酌消長晝，更遣狂吟送夕暉。白璧黄金須待價，文章豈負芰荷衣？

宿巢山寺聞雷

崆峒夜榻月三更，枕上遥聞霹靂聲。喜共老僧眠得穩，絶無驚恐到天明。

春盡二首

柳壓閒堤花壓枝，青州從事日追隨。呼童旋掃雲間石，與客閒敲石上棋。

雨過南軒春夢覺，風來北牖午天長。千絲細柳垂新緑，一院名花散晚香。

遣懷

碧水垂楊兩岸間，楊花鋪地水環山。更添一個癡呆老，坐此真成一様閒。

沙鷗

無心飲啄向沙洲，伴侣相隨逐水浮。曝罷羽衣眠得穩，夢魂無復上林遊。

鷺

屬玉雙飛落水忙，昂藏驚起睡鴛鴦。水鄉莫道無猜忌，鷹隼無情亦可防。

鵝

火掌冰翎浴水清，長延曲頸向天鳴。幾番欲寫黄庭换，秃筆無鋒寫不成。

桐溪兄長駐車皖城久候不至

酒熟橙香晚稻黄，開樽獨對意茫茫。碧天一色秋光静，雁字遥分作兩行。

題郁惟廣春野卷

走遍天涯幾市城，春風杖屨踏莎行。半生羈旅鄉關思，都在江舟短笛聲。

與南淙痛飲插花

乘酣雙插鬢邊花，嫩緑新紅壓帽斜。盡日南風吹客醉，相逢總是惜年華。

春興二首

春到園林水到池，杏花初放隔牆枝。小亭清敞人閒坐，細讀淵明歸去辭。

雨長檐階草色新，荒村索莫也知春。東風溪上閒來往，野服青鞋烏角巾。

謝　客

午窗清晝一聲鷄，幽夢初回日未西。風掃落花庭院浄，柳絲深處囀黄鸝。

新埠别墅鄰家邀飲醉歸

古壑雲歸欲暮天，醉騎白馬過西川。孤村寂寞柴扉静，坐數風榆落幾錢。

醉　歸

岸邊楊柳路傍花，馬首西山日未斜。莫道田廬多易主，眼前還是舊人家。

方　見

字惟素。瓊州太守向之子。嘉靖間貢生。年十七，從父之官，賦黄鶴樓詩，興寄超遠。比長，才名益籍甚。皖守泰安胡公纘宗嘗召與論文，面試存存堂記、安慶府志序，倚待千言，文不加點。邑令燕山蔡公鋭過其鄉，賦詩云：『古木寒鴉集，溪橋老衲迎。欲共南淙語，黄昏到赤城。』南淙，公别號也。既至，蔬盤村醞，相對甚懽。族有國子生椎牛治具要之，弗屑也。承天孫公交、莆田林公俊、泉州王公慎中皆數千里走書問，其爲名流所推重如此。所著有南淙稿、空石遺音諸集。

晚　霽

積雨晚開霽，池塘水自深。殘霞明柳色，斜日淡花陰。漠漠煙横浦，飄飄鳥入林。采桑何處女？歸去露沾襟。

晝寢

倦坐抛書帙，偷閒入睡鄉。曲肱聊當枕，隱几不須牀。漫有莊生適，殊無寇老涼。乾坤皆夢境，浪笑説黄粱。

何處難忘酒

何處難忘酒？文場戰敗歸。虹霓蟠逸氣，魚水失真機。落落長門賦，飄飄白苧衣。此時無一盞，愁不破重圍。

雨中

愛此三日雨，幽居逸興多。殘紅飄野槿，嫩緑長庭莎。倚柱時高詠，行田只浩歌。出門何怕濕？壁上有漁蓑。

送别章惟仁

北雁忽南飛，先生又説歸。一燈留夜話，片月滿秋衣。水闊蒹葭冷，山深芋栗肥。故園三日近，明發思依依。

中秋述舊寫懷 去年此日，得亡妻訃音。

忽得南來信，傷心一泫然。出城驅瘦馬，附便問歸船。茅屋蕭條雨，藜牀展轉眠。如何今夜月，人意又難圓？

宴坐

宴坐白日晚，蕭然隔世情。隙光留短晷，落葉走書聲。青白分雙眼，詩書快一生。翻思江上客，風浪幾時平？

下第後客邊重陽和蕭應元韻

客邊聊爾過重陽，得失無憑傀儡場。試劍不逢龍在匣，登高能賦筆生香。儘多風月憑天付，若大乾坤任我狂。三百青蚨都買酒，客邊聊爾過重陽。

送高大尹之泗州

百里陽和藹頌聲，大夫今已任專城。疆鄰淮水龍飛地，最屬銓曹鶚薦名。行李舊囊雙短劍，驪歌新柳幾長程。雲霄事業還青鬢，回首鵷班列帝京。

過袁太卿石塘山莊賦贈

笑濯塵纓拂錦袍，歸來卜築混漁樵。石連屋後雲根遠，山峙庭前天柱高。懶得一閒眠白晝，傲將雙眼看青霄。丹成莫道凡緣了，又見池邊長鳳毛。

夜酌七弟限韻時章惟賢在座

一樽良夜醉嬋娟，露下花枝濕翠鈿。情極不妨賓作主，樂深思費錦爲纏。放開青眼逢人好，掃斷紅塵與世懸。我欲覆杯君莫去，松風雙耳付高眠。

偶讀王梅溪集見其述懷詩大有類於予事而深感於予衷因次其韻録寄西川弟

年過三十百無堪，世路多岐日漸諳。貧共糟糠賢有婦，幼需梨栗晚生男。絶編敢謂詩無用？入境須知蔗有甘。三復遺篇翻大笑，此身今是幾眠蠶？

再次韻答西川弟

莫笑年來百不堪，儒家風致飽能諳。羣咻何害爲齊語？獨守真當效魯男。富貴門多還布葛，詩書味好勝肥甘。釣絲未肯輕抛手，甕繭攀桑正育蠶。

九日同西川訪充弟和杜工部韻

翩翩風袖布袍寬，望裏吟懷醉裏歡。潦倒不知秦歲月，疏狂如見晉衣冠。池邊碧柳情含瘦，籬外南山色帶寒。後會未須論健否，百年終作等閒看。

謝周鷗沙惠紡紬

萬縷千絲宛轉長，玉梭聲裏看成章。輕欺楚練含風軟，潔比吳綾妬雪光。投我喜同青玉案，報君慙乏紫芝囊。極知情在冰霜日，肯信秋颸易得涼。

商婦怨

雁已因寒至，良人未到家。多愁無可奈，夜夜卜燈花。

晚塘諭鷗

莫去灘頭宿，還來此處棲。而今垂釣者，不似爾忘機。

春日

東風吹紫陌，到處起香塵。病骨何須酒？晴光自醉人。

飲野人見墳上花枝

墳上花枝好，墳中人不知。對花如不飲，春色笑人癡。

次蔡少白邑侯見訪韻

可人留夜話，山月似相迎。莫問更長短，村居不近城。

牛背鵲次蔡少白邑侯韻

倦飛落牛背，斂翅借牛行。千里從渠到，牛無相負情。

秋夜

窗外蕭蕭雨竹，池邊淅淅風荷。一片秋聲到耳，起來問夜如何。

魏野鶴

元是青城道士，曾見赤壁坡仙。誰信平生踪迹，如今落在君邊。

投子山春日

桃花拂檻柳垂堤，竹繞茅牆傍小溪。天氣困人初睡起，隔林黄鳥數聲啼。

寄謝孟元

休問違君是幾時，請看樓外緑楊枝。别時尚是青青色，帶雨于今拂地垂。

陳摶圖

颯颯松風耳不聞，如雷鼻息震蒼冥。世間多少邯鄲夢，不及先生夢一春。

晏起

閉門松影到牀邊，日絢晴虹雨後天。病酒不知秋早晚，悠悠身世付高眠。

漁磯

山骨巉巖一片青，苔痕點點帶魚腥。婆娑老子持竿坐，一線風高九鼎輕。

石山

名園矗矗倚雲根，朝夕煙霞自吐吞。太華不知高幾許，此中幽意亦堪論。

雨中思家

燕山楚水四千里，細雨斜風十二時。客況渾如秋色淡，挑燈獨坐數歸期。

訪西川弟驢背自嘲是日大寒

長安落葉舞西風，驢背雙肩竦半空。寒似孟郊詩不似，清冷籬下聽秋風。

吳梅屏先生乃郎以草名呼之坐間偶書便面

惟草惟風義自真，吳郎何事草名人？梅翁此意吾能識，草有靈芝木有椿。

方充

字惟美，號槐亭。嘉靖時諸生，南淙公之弟。

黄山歌

我聞廬山高入天，武夷名勝堪並肩。黄山嵂屼擅江表，色凝佳氣春花妍。聯峯沓嶂總嵁崒，朱厓石壁俯清泉。玉煙吐翕巒嶨外〔二〕，金屏疊矗斗牛邊。山因仙名固恒理，楊君昂昂甘徙倚。自分丘壑謝塵囂，手招黄鶴蹁躚起。君不見，仙人王喬樂與羣，四皓芳踪差可擬。又不見，下帷繼董坐春風，獨立庭前尤訓鯉。垂籤架滿書，揮毫雲滿紙。心比谷中虚，不屑逐侈靡。黄山兮，黄山兮，春到欣欣木向榮，信是公門多桃李。

姚希廉

字崇賢，號葵軒。大參公旭之曾孫也。積德累行，爲善於鄉。自念家世不振，延師課子，每歲晏輒考鐘鼓，持塾師俸錢，再拜陳家廟，然後致諸師，以爲常。嘗以麥飯不充追呼到門，作感懷詩，嗣子孫相繼貴顯，自觀察公之蘭而下，屬而和者幾二十餘人。蕊榜珠聯，瑶篇玉綴，一門科目之盛，蓋吾桐所未有也。論者以爲積善之報云。

感懷詩

予少治章句，長習躬耕。顧以世族之後，恐遂式微，用羞厥紹，訓子尊師，既忠且敬。單衣糲食，終窶且貧。詈語盈庭，空怨天高自跼；追呼在野，敢云門設常關？子無馬氏之白眉，徒羨魚而結網；身似曹家之黄雀，甘見鷂以投羅。率爾成章，少宣抑鬱，亦以示後世子孫『苟富貴，毋相忘』云爾。

四十年來光景殊，蹉跎歲月竟何如？兒童五六饑寒迫，家計蕭條事業孤。爨火煙餘蒸麥熟，竹籬掩罷聽征呼。重重樂事人間有，寥落淒涼似我無。

方　璽

字與節。瓊州公之伯兄也。性孝謹，沈默寡言笑，好爲歌詩。晚年棲隱湖濱，築晚翠軒、涵蒼亭，嘯詠其中，自稱一得老人。所著有一得稿，今逸不存。偶讀綠槐窗詩，見其集中載有唱酬之作，得詩三首，亟爲搜出，亦吉光之片羽也。

詠　雪

寒威先作北風聲，寒骨還從半夜生。潑水衾裯眠未穩，鋪鹽庭户看來平。曲高難使巴人和，見少遥憐越犬驚。萬里關山半羈旅，不知多少故園情。

六出花飛亞秃枝，忍寒偏耐北風吹。封條漫作三冬瑞，宜麥先防五月飢。入地遺蝗深幾尺，争巢凍雀鬧多時。漁人何處歸來晚，惹得紛紛滿鬢絲。

次韻荅吴仕富

春風三月識君時，皎皎珊瑚玉樹枝。今日思君獨惆悵，逢人重讀寄來詩。

錢元善

號存菴。桐溪公長子。以蔭官都督府經歷，仕至魯府長史。有詩名。書法絶佳，尤爲人所藏弆，等于拱璧。

舞雩臺同趙東山劉小航避暑

夏日風生暑氣收，村居竹徑轉通幽。人初出郭花饒笑，雨欲催詩雲滿頭。共倒金樽憐舞袖，閒眠紗帽對浮鷗。高堂一笑相逢地，河朔能教續舊遊。

同魯田彭丈東山趙丈踏青南郊竹村殿下遺家樂餽酒饌助發遊興神思飛越一飲至醉次東山韻

笑攜壺榼訪春郊，佳節清明又一遭。花柳頻年催旅食，主賓終日醉醇醪。慙無詩句追錢起，賸有歌兒賽薛濤。酩酊不妨歸路晚，高懷應陋五陵豪。

春日感懷次中立殿下韻

東風三月景依然，弱柳遊絲觸處牽。家遠隔年無信到，官閒鎮日枕書眠。林鳩逐婦晴應雨，沙燕將雛去復旋。遥憶故園春更好，江樓背郭看鋤田。

校　記

〔一〕沭　當作『沐』。
〔二〕畾　當作『畕』。

龍眠風雅卷三

木厓潘　江蜀藻輯

三原孫枝蔚豹人同里陳　式二如參

齊之鸞

字瑞卿，號蓉川。正德辛未進士。本中山王裔也，舉孝廉，魏上公厚遺金幣，公固卻之，因更齊姓。官給事，首發宸濠奸謀，力争武宗留駕。及南幸，復著回鑾賦以寓諷諫。江彬譖王文成通濠，公前後論救凡十一疏，卒以言謫。尋擢僉寧夏，單騎走塞上，見饑民食蓬子，因封題獻御。至花馬池、小鹽池、毛不剌、榆林等處，城守弗固，公掘沙鑿泉，甃石爲城，三月工就，一軍大驚，都御史舉以自代。後還河南提學，歷順天府丞。所著詩有南征紀行、入夏録諸集。歌行力追少陵，近體直逼初、盛，洵詞壇鉅匠也，朱之蕃稱其遒勁，明詩選誤爲無錫人。

晚宿良鄉

我行至良鄉，車駕已臨涿。官藏供億繁，吏走威勢捉。人馬正饑疲，晚來粟一握。華館據高軒，敝廬聊破幄。階前樹卻佳，緑葉全未脱。獨坐新霽清，悠然念盤錯。自顧章句生，胡此擁矛矟？感時不成寐，起視明河數。月色忽半窗，枕上聞吹角。

新城夜宿

自入新城界，風物倍蕭瑟。官道半爲渠，潦水流未歇。斷株如頑石，楂牙臥道側。馬足淩兢行，東西路曲折。晚眠太僕寺，舊榻啞饑蝨。捲衾就地鋪，聊合雙睛澀。一宿豈求安？兹行爲討賊。經過廢弛多，感歎意彌惻。當是災傷餘，民窮賦斂迫。邑中多近臣，玉食累千百。君側豈無人？將非吏政闕。

後　齋 爲陳伯度作

齋胡後爲名？英雄將自譃。不見終峥嶸，誰非始落落？春華過眼新，秋實竟咀嚼。躁率進恆輕，老成顧每卻。惡盈聖者訓，姑予老氏學。譬彼稱良工，抱奇罔示朴。譬彼國手奕，毋令末著錯。君馬何不駛？君穎何不脱？但笑終南徑，豈慕揚州鶴？糠粃故自前，荑稗信有穫。終羞二鳥賦，竟恥十禽獲。諒君歲寒心，高見千古卓。寄語捕蟬徒，爾後有黄雀。

龍門龕

伊水出龍門，疏鑿惟禹績。溪瀠匯澄潭，雲斷劃絶壁。泛舟巡南厓，諸龕空翠滴。遠疑民窑居，近聽境寥闃。黄冠一人來，導我縱幽覿。何年驅鬼工？穴堅隱金狄。刻劃開生面，精微神儻倜。頎然丈六身，大小隨刓剔。虚扣鉦鼓鳴，響應伺考擊。晉迷沿東都，拓跋陷愈癖。荒哉魏王泰，孝誠空爾激。不知文德賢，坤美符帝錫。何事石上災，千古不可滌。

稠桑道中望黄河

桃李蟠土山，谷入昧所出。地底無傍風，天際有中日。仰視耕穫人，轉折忽相失。仄登蟻緣枝，幽盤蠹閉帙。僕夫虞殞傷，反汗更股栗。予將慕王尊，馭吏屢遭叱。徑盡躡河壖，黄流過箭疾。踰闢勢彌雄，四嚙奔馬逸。不知真宰意，何貴砥柱窒？氾濫民其魚，豈止桑田溢？三門中古開，神禹功誰匹？至今沮洳場，盡作粳稻窟。予生髮半蒼，世路才不一。及兹瞻華嵩，眼豁心神猍。太史嗜南遊，吾當分北軼。山川助英華，奚必恆近密？向來險遠憂，兹晨蕩已悉。

慶陽即事

北豳風氣佳，地險兼天起。依山羅雉堞，萬户安枕裹。東委沙漠流，西遡環河水。兩川併南淙，溪嶺互激詭。不窟神明餘，草昧固有以。獨詫泉源懸，井甃不居市。城中皆谷汲，疑非經變理。或言郡治東，鵝池昧經始。慶曆加疏浚，玄澤隱河涘。窈黑近龍宫，緩急公私倚。則知濟物心，往智實相邇。石眼貫少陰，誰當踵前美？兩池竇清深，分甘徧生齒。斯言非謬悠，羸瓶弱者死。

皮服嫗

老嫗髮始艾，諜卒偕以來。問之何皮服？泣云胡中回。嫗兒鮮兄弟，嫗婦初字孩。嫗家平羌堡，隨兒耕山隈。屯田五十畝，旱久生蒿萊。今年雨澤匀，麥實被根荄。五月趣刈穫，官税恐見催。忽報胡西入，烽煙雜黄埃。旋云救東至，鐵騎轟迅雷。以兹不復走，柴門眼恢恢。誰謂賊無憚，對陣掠人財。我軍退自保，堅壁城不開。賊東不越渠，渠西家被災。破户殺我兒，長革縶婦顋。驅婦鞭牛羊，孫懼哭聲哀。最後縛得嫗，馬首行崔嵬。追兵無影響，來應静銜枚。明月千山籟，酸風萬竈灰。胡言不可解，胡心乃多猜。褫剥我衣褌，皮毳授詭裁。賊悦婦美色，防守雉在罦。吞聲姝少羣，華語顔瓊瑰。嫗别與嫗類，並縶囚莓苔。解縶夜奔逸，忍饑愬憲臺。永訣兒孫婦，生死兩悲哉。聞罷書成篇，以告衛霍才。

懷臺西蔬圃

河渠繞夏市，暗通圃中畦。小池樹陰底，晚憩恆鷄棲。清月照天末，涼颸生檻西。林禽下初露，未拾棗與棃。蕭然舊風徑，如含故主悽。牡丹春不開，紅藥委芳荑。蜀葵一何盛，獨豔衆蔬低。蔓摘有新瓜，甕蓄餘陳齏。朗吟清夜酌，高視慰久稽。朅來忽浹月，念若桐南溪。肥茁與甘實，滿腹恣臺奚。歸應涉蕭索，感嘆桃李蹊。

經過故楊副總兵賢花園

衡門臨廣路，中有采椽居。方牆蔬菽畦，宛若幽貞廬。賀蘭焕西翠，黄河蜚東渠。幾樹清明風，花葉雲錦如。鳥聲豈不悦？入耳成踟躕。創者苦莫守，覽者暫停輿。塵勞蔽性靈，銜杯惜居諸。王事存吾道，誰能歎歸與？

寧州曉發

燈火啓嚴城，戴星行未已。夜來下絶坂，左右崇墉倚。昏黑迷前旌，時顧斗杓指。晨鷄登頓初，險澀曙光紫。林原衍山巔，溪壑行地裏。陂陀首乾龍，浮立土不滓。所以穴居民，患燥不患水。改色視井泉，卑棲固其理。耕者百仞上，汲者千尋底。下山阻深溝，上山據高壘。四鄰守無虞，塞馬徒爲駛。民貧獨可憂，咸秦此唇齒。

用韻報一竹給事西山之約兼簡棠陵秋官

秋風將掃西湖溽，湖邊山色浄如漉。勝地曾經翠輦過，名崖多結高僧屋。渴心此日坐生塵，涓滴甘泉向誰沃？昨朝詩枉棠陵約，終夜夢繞雲巖宿。淡煙錦爛芙蓉花，初月龍吟杉檜木。何可長安居十年，不就此中飲一斛？一竹田郎故好奇，新詩首首皆堪讀。便須策馬披煩襟，還擬臨流濯倦足。與爾更是同舟人，且上高山俯深谷。

諗一竹病足兼柬棠陵

聞君裹創臥炎溽，葛巾幷廢葡萄漉。分番見促煩友生，梁騰實給事先用此韻促一竹出入直。擁衾徒切瞻黄屋。痛定本異膏肓憂，欲愈未免湯藥沃。爾來我暫釋負荷，先此予署印兵科。失諗迹疑忘昔宿。料非輕出犯垂堂，兼非暗投踏械木。塞翁無須論禍福，大官何遽慙升斛？亦知非謝簿書忙，五十百步燈火讀。直當坐使良於行，況有葵能衛其足。亟報棠陵且緩期，忍見支笻跛巖谷。

答一竹病足韻

田生所至消息大，前聞寺裏高軒過。屈指距今兩月餘，胡爲更道捫足臥？輕傷便爾病大瘇，坦途莫謂無坎坷。抱膝遥憐七步吟，成創豈但一毫挫？諫院久浪登仙名，六科左右給事得朔望守科，故謂爲『登仙』。閉門方切洪恩荷。敢將越瘠視交遊，暫理湘簾供睡課。塵凡卻無九節杖，殷勤莫效一支佐。勉終遠詣看超驤，勿因小蹶附衰懦。吁嗟兮！扶顛自愛竹一箇，清班正愧糠粃簸。

次方思道後短竹歌韻簡茹均州光禄兄弟

君不見，光禄新栽數莖竹，秋官作歌思何速。竹裏陰疏不可坐，竹上露晞不盈匊。琅玕聲價滿長安，特以均州與光禄。更向秋官經品題，此竹遭逢信無悳。均州桀戟今將移，秋官昨復臨送之。重續長歌即報我，歌詞語意含悽悲。苦云愛竹惜竹短，對竹引巵不能滿。萎黄憔悴爽不生，堂下炎官張大傘。豈因客土根難安？明光急索金銀管。徒令徑造發長歎，謾坐主人澆沃懶。干戈報至理霓裳，有城垂克待晨粧。眼底紛紛惱人意，栽培何暇多感傷？均州南風正密邇，此行須早煩經量。我家蓉川君去路，修竹陰陰舊草堂。即今聞在荆棘裏，滿園鳳尾空斷腸。安得攜壺候三逕，與君酬酢一相當。嗚呼！均州何能復愛竹，到官急令采美箭，不妨直榦伐盡雲山蒼。

見樹窗歌爲方思道秋官作

棠陵山人足風致，城市每有山林趣。西曹簿書急相仍，退即開窗對嘉樹。坐愛明窗塵不起，綠陰院落澄如洗。儵然何異林居清，況復得之公署裏。爾昔計偕來越東，旋復作吏向吳中。青鞋布襪經行處，秀水佳山多異踪。自從闕下留梟舃，海鶴蹁躚卻在籠。世故驅人苦束縛，一枝棲處難從容。曹司見樹見客同，瀟灑窗前興味濃。雲來氣接西山雨，鳥弄涼生少女風。黛色可當袍笏拜，青柯不雜桃李叢。有時得意歌白雪，封題報我詩幾筒。嗟哉窗樹大幾許，從前凡經幾易主。乃今得喚見樹窗，宦海風流兹作古。還惜曹司更代頻，繼爾之後復何人？長得愛樹如今日，豈令斤斧摧爲薪？爲薪爲棟休預擇，自古芬華迭衰見樹之作何歇。等閒欲免牛山悲，漢家温樹應不伐。爾才縱逸不可當，毫端光焰容遽滅。獨闞，細和我詩千載揭。

雄縣南曉渡 扈駕南征作

平田涼蟾浴魄溪光溢，老樹疏星霧前失。北軍怯水馬驚船，日中渡者猶未畢。此船之下平田地，黍苗浸死生荷芰。野叟操舟疾如風，誰云駕浪非長技？憶昔計偕頻歷此，修途輕轡行迤邐。浸淫誰使雄鄚間，相望漫漫四十里。採蓮鉤菱饑可餐，鐃歌鼓吹軍聲讙。從來積水蛟龍蟠，但訝江風吹怒湍。

景州道中

景州水決桑園東，奔沙走石民田中。高黍離披總無實，低禾盡入河伯宫。豈惟禾黍傷頻潦，行人不得遵周道。百里華騑半日程，紆迴昏黑何能到？安得地置良有司，食民脂膏恤瘡痍，蓄洩有備人熙熙。皇華使者亦相慶，拔足泥淖行坦夷。

沛縣謁駕夜歸

歌風臺下大風起，飛雲橋邊萬舟艤。夾道争看虎旅來，入舟一笑龍顔喜。紫花罩甲紅繡衫，五拜趨蹌望錦帆。月裏從官徒步散，填街鐵騎響金銜。

徐州小溪橋晚泊

官舟晚泊黄樓下，汴泗交流駛如馬。霜氣先鳴登岸風，水痕半漬居民瓦。星河鼓角聲動地，樓櫓旌旗色照野。主上西行未肯休，蕭蕭大樹無人舍。

次方思道玉簪花歌韻贈丁德卿員外

考工臥痟昔杜門，秋官策馬問寒暄。主人好客客好事，倒屣踞牀共啓軒。軒下玉簪花正盛，新篘問婦開芳尊。花逢好景人偏愛，素蕊幽香久還耐。月娥新梳緑霧鬟，斜插數枝多意態。仙種疑自廣寒來，化工幻作藍田類。絶異塵中爛熳叢，膩紅俗紫空形穢。涼露濡香净可吞，剛風吹折猶堪戴。玉簪花對玉人清，何不遣騎來我迎？蓉川平生好乘興，聞奇不惜秉燭行。二十四朵雖落去，葳蕤尚有葉與莖。思道歌云：『且聞六月開紫玉，二十四朵懸一莖。』但見秋官歌一首，筆勢顛狂猶帶酒。索我和章期立成，吾豈苦作躭佳叟？南風沸江江有聲，繇才幸預從親征。捲還寧暇事蚓竅，且向江滸收長鯨。丁生亦別玉簪至，謂我安得終無情？舟中吮毫爲子作，玉簪回首成今昨。凱歌聲近陽春來，與子歸醉花前幕。

前太平歌送李寓山秋官赴召詣闕 李松字節夫

太平景象臣不知，聊于秋官李子行卜之。秋官起家固安令，畿縣風清多善政。徵入便合登台階，留都粉署紓奇才。正逢左右開湯網，平反屢報矜眚災。昔歲戚雄潘壯爲御史，上書言事忤天子。有詔逮繫玄武獄，牘吏摇手畏中旨。秋官恐傷盛時美，摧沮直氣執法恥。釋之末減犯蹕金，戴胄論寬校尉死。獄成自詣御史臺，願伏違詔歸去來。精誠格天天爲回，竟薄其罪何嫌猜？南士讙聲騰萬雷。乃今復以諫官召，聖代用人破常調。手持三尺能死守，身爲諫官豈杜口？君不見，陽城救贇遷司業，石介詠賢禍終烈。君以違拂受簡知，千載廟謨獨英特。送君憶昔叨鎖闈，豺狼當道狐假威。涓埃莫報身已累，舉足坎壈逢危機。君今此行戴堯舜，張膽明廷無繫吝。勿謂治平聊素尸，賈生汲黯真吾師。江風五月吹利涉，長蛟驅鯨助擊楫。持杯謾及邊隅事，聖朝臣直頑自格。靈州到日走馬索，願聞李生入朝太平策。

後太平歌贈陸弘齋廷平赴召詣闕　陸鰲

秋官既有執法召，廷平復以有道行。臺諫用人每如此，天下安得不太平？　艤舟且勿發，停鼓且勿伐。滿引江上杯，我歌詞清越。詞清越，江淼漫，五月風絺沁雨寒。薊門黄紙三千里，白下衣冠望闕歎。陸賈詩書真國士，誰其推轂良亦智。始君講學陽明山，隳括知行朱陸間。近來傳得甘泉秘，聞義必爲如轉圜。詩文雖小技，組繡無不好。登君白玉堂，始見潤熙皡。門下殿中皆侍從，得君爲之亦增重。士須先識用明時，入朝始效明時用。堯天浄徹無片雲，台階光潤連斗文。邇來何爲太白復晝見，蝗飛蔽天滿江瀆？　君讀洪範知咎徵，宜向朝廷敷所聞，惟皇致和銷祲氛。其次莫若務薦賢，君子滿朝福萬年。平生識君非委瑣，飛騰有神先告我。予春嘗爲陸得佳夢。　臨岐莫怪語太頻，爲君胸中增磊砢，疆場微臣翹首太平心如火。

與述兒乘别舟至三山舟人醉而觸石覆焉倉卒脱難感而有賦

三山近在吾几席，舟人笑弄煙波碧。長風鰲背片帆輕，掌底微茫伏怪石。狼牙暗觸聲劃然，鷁彩無神舟辟易。安流未解濡衣袽，頃刻澌然百板折。檣勢顛危柁力殫，獨仗太阿縮泉脉。斷蛟再起楚屈原，檄鯨責問唐李白。弱子號呼響入雲，漁艇踉蹡旋脱厄。龍宫釣取五經笥，爲有明時濟川策。餘裝聽爾自浮沈，身存豈復長物惜？請君勿憂黄河萬里從天來，請君勿憂賀蘭山上笳聲哀。丈夫平生四方志，禍福遠近何常哉？

夜聞隔江虎聲作洲虎行

天用神龍地用馬，虎穴在山非在野。咆哮静夜江上洲，水深月白胡爲者？豈因渴吻奔洪流，饑逐孤豚過漁舍？連荻青青續漲高，歸路迷冥誰則假？魚蝦瑣碎不可食，罟獲兼虞泥没踝。長空一嘯悲風來，隔渚猶能飛屋瓦。但恐虚聲賈實禍，技窮豫且挺叉下。何不掉尾涉清波？得到雲林即瀟洒。

松蝗歎

黄楊有閏槿有夕，未聞松有歲時厄。禾苦四蟲木百蠹，未聞蟲能竭松液。桐鄉民俗好種松，大家小家山青葱。胡爲一旦蟲作祟，緣枝食葉葉爲空。蟲長二寸身有毛，黄黑色雜饞如螬。蠶食葉盡蛹歸繭，繭蕃百子嗣老饕。土人皆呼爲松蠶，繭雖纏緜不可繅。吾聞北方有蝗一種類此蟲，食穀氣化南來豈其曹？堅貞高大松最壽，針鋒勁銛且細瘦。蝗不食禾乃食此，帝將寶穀爲民祐？ 或言貞象有德高象位，變異來應君子受。天道深遠豈其然，代民蒙殃爾何咎？ 但使蒸黎歲飽食，何惜萬山蒼翠爲薪櫄。嗚呼！ 何惜萬山蒼翠爲薪櫄！

飛蝗歎 書西平縣臺屏

光霍新蝗如游蜂，饑喙所至民田空。 汝蔡舊蝗類啅雀，飽飛刺天勢彌惡。 久厭北穀恣老饕，近切南禾如刈蒿。 舉家勤動充爾腹，無怪曠野悲號咷。 旋遺種類何勞乳？ 黑脊黄股號蝻子。 春緬布地秋跳梁，誰云冬雪能壓死？ 盤空穿市忽填積，貫索纍纍厚盈尺。 捕瘞莫盡摧使車，田祖無神暗嗟泣。 吾聞天神尊者稱太乙，遞治三才尸道疾。 胡爲蝥氣獨傷農，水旱四蟲災匪一？ 東方青龍澤穲稏，代天降康雨天下。 毒霧腥雲胡少靳，齏粉此蟲惠鰥寡？ 西方白虎口呀呀，習噬婁豬與艾豭。 陰風不爲行肅殺，靦顔蜡食何心耶？ 北方玄武水之精，漂殺人畜歲靡寧。 蝗飛渡淮且渡江，何惜涓滴汩其生？ 南方朱雀炳離□，烈澤赭山猶反掌。 弱羽翩翾畏日中，赤口雖炎底無恙？ 倐途目擊衷隱憂，咎徵洪範懵所求。 行臺客睡何曾著？ 月裏空明炯飛落。 起吟掇拾書且歎，傳語姚崇細商搉。

靈武臺

唐王推心腹，封豕長蛇非我族。漁陽鼙鼓破竹來，猛將當關六師覆。鑾輿倉卒幸西南，馬少不能偕骨肉。當時豈暇計大勢？成都僻遠難興復。太子若循扈蹕恭，世事一去如轉燭。天意人心繫北轅，權宜勸進宗社福。裴冕實册亦徐至，父位子有何嫌惡？竟用李郭收兩京，上皇尊貴旋黄屋。獨恨表裏姤濟奸，大孝致譏倫理瀆。靈武臺，高幾仞，環江雲擁烏崙峻。唐家再造此深機，誰云篡竊非其正？君不見，房琯于時建策長，詔使諸王領節鎮。禄山把詔長太息，從此四方知響應。靈武臺，高幾仞，黄袍加身勝温凊，懸合琯謀讶唐命。

秋雪行

九月三日平山墩，大荒泱漭行旅奔。陰風怒號西北至，彤雲四布天晝昏。半空飛沙雜霾土，旌旗慘淡吹涼雨。前入硝河作霰零，硝牙鹺鹺霰縷縷。咫尺鹽池勢轉盛，水花玉塵兩清凈。瓊瑶雖好絺綌單，長纓欲結指生硬。憶昔官進蓬萊闕，菊時曾踏燕山白。十年江海鬢蕭騷，此日窮邊更秋雪。

侍大中丞聯峯翟公同赴張監鎮紅花寺湖泛舟觀魚

行舟塞北一大奇，鳥況有澤魚有陂？鱗抛網面白玉尺，觳探葦底青琉璃。膾飛卯剥金盤入，禽母護巢亂呼集。安知赤鯉非龍兒？老蛟應恐餘波及。庖人務豐志莫測，鸞刀互鳴几重拭。天吴驅鯨助割鮮，濁浪猛風天晝黑。吾人志在水與山，奚事杯盤鼓吹間？公命覆鮮罷罟釣，潛吟翔舞聲關關。和平協樂樂貫珠，洛瑺漢珮羣仙趨。西日旌旗急歸櫂，賀蘭瞑翠浮虚無。萍踪樂罷悲感至，萬里從公故人意。王陽將奈貢禹何？莫怪尊前舊恨多。

端午侍聯峯公閱將士騎射

軍門午日看扎柳，此戲傳來應未久。都城六邊各盛行，楚粵三吴未前有。往年競渡誇水嬉，撇漩捎漬舟側走。及兹馬上覷天巧，神鬼行空遺踐蹂。朔方健兒好身手，沙苑攻駒半龍友。登壇令罷鉦鼓鳴，生獰肯伏調良后。就中神駿絶可憐，技癢四蹄始驤首。翩然兩轡亦長物，出有入無惟意受。雕盤猿挂又蠖伸，轉足跳身運無肘。電摇赤日雲本閒，風起青蘋虎先吼。奇窮妙盡不相下，趙王鼓瑟秦王缶。朱旗再閃壯士呼，旋馬彎弓倏分耦。馳道東西金作筷，小者如盤大如斗。向來儇捷今或不，一金數自有奇偶。百步控弦何雄赳，得者氣勝失者負。貧士斷金飽數口，不得之家紛内咎。公將持此激貪黝，不獨爲歡勸杯酒。會看守固攻則取，勒石燕然垂不朽。

峽口

生犀飲河欲北渡，海月忽來首東顧。馮夷舉手揮神鞭，鐵角半摧河上路。至今夜有水泣聲，罔象欷歔鬼姦露。土人作渠灌稻田，玄靈委順不敢怒。土人呼山爲「臥牛」，故云。

山現

溪山藴真盤薈蔚，非霧非煙結靈氣。方隅城郭曠野開，樓堞旌干形彷彿。東梧憲使言有徵，山現海市沖和凝。三秦拒敵此要害，會分重闕誅憑陵。

石寺

浮沙聚散陵谷遷，土木塊然千載全。幻鼠導開浮屠窟，衆生地底瞻諸天。金人出現鼠卻走，富媼佞佛更誰咎？陶復沈沈香火深，邊氓望門首重叩。

紅花寺前泛湖奉命作

少師入夏窮夏奇，策馬登臺舟泛陂。紅花寺邊好湖景，初冬冰瑩寒琉璃。琉璃椎碎擊楫入，潛鱗宿翼泳翔集。太阿光動龍渚吟，九首天吳逃莫及。沈竿要爲深淺測，竿頭水怪血頻拭。中流覽物念浸淫，葦短無花荻穗黑。扣舷起面賀蘭山，佳秀胡爲戎夏間？四朝元老久密勿，中書無事西臨關。卑微安敢歎遺珠？短鬢風塵任所趨。阸塞河山險頻失，國恥能辭士獨無。江海萍踪爲公至，奇功偉節生平意。乾坤知己復若何，要使旂常公績多。

歸德水

洞門徑仄林谷幽，水避腥羶東向流。浮嵐照翠磯有聲，一匊入口神骨清。華風搖漾愈脉脉，以識去就歸德名。胡爲過謹高卑禮，出山咫尺行沙底？大麥焦枯小麥黄，山前草木燔根柢。二螺垂涎半空外，打磴前大、小螺峯。雙髻飛蓬曾莫洗。谷口有雙髻峯。乃知溪澗亦朝宗，望洋先伏河伯雄。行潦蹄涔顯易竭，資深富媪趨龍宫。太險蘊洑神千里，誰云不與大海通？君子爲潤雲爲雨，濫觴觸石時足取。尋源剖竹記夔人，刳木較功抱甕父。豈惟萬夫唇吻寧？長城燥土下建瓴。蒼生保障天所祐，小臣苦心庶無咎。

靈州棗

靈州棗，靈州棗，槎牙庭前天地老，棘針半錟春鋋小。何年結子與瓜齊，甘如竹實鳳皇棲。惡少争攀擲瓦礫，生意剪伐同塗泥。帝遣羨門求鳳來，噓枯腴悴花重開〔一〕。元封旌旗亘萬里，青鳥銜花壽玉杯。衛公雪恥休大樹，頡利突利争相附。二兇頸繫兩株高，素車素馬花並素。中興至德遠承家，臺上赭黄凝黄花。張后拂花樹底笑，鷄翅行棋樂未涯。樂未涯，帝忘歸，上皇在蜀誰因依？汾陽赤心貫天日，至今□□□無違〔二〕。

樂遊園歌

名園夙約年年爽，草傑花生幾消長。撥亢真緣聞所聞，見之四顧抵雙掌。空餘唐水隘曲江，賀蘭送翠延清賞。當年帝子鳳凰車，郊原争覩分天仗。胡爲燕樂生板蕩？宫門蘇繡黄金榜。淒風下果藥欄中，湛露肥菘蘭畹上。圖書歌舞非昔時，不獨長安事可悲。秦川未改繁華歇，千古猶歌杜甫辭。共君此來亦難再，脱屣蕭闕荷聖慈。安得不吟復不醉，明朝謾聽驪駒詩。

徐州答方棠陵雲隱山房見招

疏懶晨梳晏，淹留夜飲狂。干戈紛羽檄，樽俎且山房。雨足松流翠，風清竹有香。招呼憐汝意，歌好憶吾鄉。

良鄉曉發

紅塵輕拂面，白露冷霑衣。黍地收新雨，瓜籬摘曉暉。義旗人自奮，初路馬如飛。上策從天下，神威縛賊歸。

德州憶栗兒

阿栗憐渠幼，曾令候德州。開舟何太速，駐馬見無由。篋内空儲果，天涯獨擁裯。平安傳令弟，夜半解吾憂。憲弟書至，云栗兒舟中平安，始得寐。

兗州官廨

院清亭有竹，節近菊無花。獨酌不成趣，微吟易感嗟。淒風吹樹急，細雨傍檐斜。秋色征車外，家園路正賒。

臨城曉雨

明日重陽至，兹晨風雨多。鳴鳩號樹杪，啅雀避檐阿。只作衝泥去，無煩載酒過。登臺阻行路，將奈菊花何？

九日馬上

九日彭城路，征鞍指顧間。晨經高帝廟，暮過子房山。戲馬連荒草，雲龍擁市闤。且須留信宿，懷古一躋攀。

馬首

馬首青絲絡，腰間百寶刀。旗梢霜葉下，箭拂嶺猿號。意氣輕儒吏，飛揚見爾曹。誰知杜武庫，談笑静江濤。

南巢道中感興

小徑依山去，平湖帶郡來。石雲孤寺出，煙樹數花開。桑梓偏青眼，逢迎有白醅。干戈回首地，喜極淚盈腮。

徐州飲王公濟侍御

早春京國別，此地笑言通。翠輦雲霓下，黃樓霽雨中。坐憐煙擁樹，歸待月生空。有客河東宿，招呼未肯同。方思道在河東，不至。

徐州得命先行

有命傳先發，黃昏即放船。橋開人擁渡，水遠石生煙。驛路淹三月，家園望七年。使行成陟屺，感激聖恩偏。

光州簡孫德夫同年二首

藩臬飛騰久，蘭焚事偶然。檻車炎海上，尉幕瘴江邊。汝月秋三五，關塵路幾千。狂歌對君酌，香細夜堂煙。

老去僉闗臬，逢君忽此州。一樽汝水暮，百感曲江遊。直柏衝星立，清河近月流。含情臺上語，露下濕吳鉤。

邠州曉發二首

殘月征人早，州城奥突間。呼船渡涇水，立馬望豳山。禾黍高低壟，煙雲遠近關。誰能渠白石，種稻濁泥灣？

涇北山横絶，穿崖細路高。偏懸疑有麓，峻極乃平皋。嶺露催禾秉，溪風颯苧袍。憂勤見遺俗，無地立蓬蒿。

靈祐驛次毛東塘韻

江路盤山轉，頹垣此驛亭。寨雲風外白，畦菽露中青。鳥雀無歸樹，驊騮不在坰。誰教心匪石，自信迹如萍。

清平驛坐雨

紅城真出塞，且勿憶江干。曙雨飄沙急，秋風捲地寒。儌巡連戰格，旅道庇征鞍。制閫籌元老，能令聖慮寬。

將至靈州

復入人煙境，村墟鷄犬聞。沙黄偏映日，樹緑正連雲。古道流河潤，高嵐塵塞氛。服箱轅下牸，東餉馬池軍。

將至威武堡三首

候物催屯種，肩輿歷塞塵。水縈三岔曉，渠動七星春。花氣酣歌鳥，荆叢翳鬬鶉。麥畦青未了，路有告饑人。

鹵泛春畦白，陽回臘麥青。山形戎夏共，渠利漢唐經。燕早花前乳，鶯遲雨後聽。客心淹冉冉，江樹望冥冥。

朔氣疑長閉，春深始見花。山青橫鳥道，日白鬧蜂衙。土屋耕夫墅，雲烽戰士家。褰帷把殘籍，不記在天涯。

入中衛城

右臂伸西極，寧靈近勢聯。沙山橫絶塞，河水上腴田。草木江南色，旃裘嶺外煙。壯心驅倦足，乘郭思翩翩。

山城由澗道饒陽

高深盤百折，險澀旆旌愁。石學猿猴挂，溪窮鬼魅幽。鹵中冰亦苦，巖際隴無疇。煙火遥罔樹，停車午憩留。

渡河時水勢甚盛漫述二首 計往返十二渡

又作臨津渡，游魚狎櫂謳。河肥初伏雨，岸絶半灘舟。草色風歸馬，車聲汗服牛。塵容水虛照，民物重私憂。

龍躍時看劍，蓮花匣未虛。凌兢新没馬，喁噞舊遊魚。積石浮元氣，扶桑倒尾閭。陽侯驕不起，風浄色雙旟。

過河間

爽風輕颭酒旗摇，策馬瀛西第一橋。水繞郡城秋漸落，煙籠官柳午方消。書生軍旅何曾學？聖世鯨鯢浪作妖。蓐食下春還出郭，塵埃雙鬢任蕭蕭。

將至茌平

長途秋暮馬騑騑，風起塵高雉堞微。蟬到夕陽聲更急，樹經寒露葉初飛。正聞老母平安信，兼喜中丞克捷威。揚策不知行色倦，欲沽村釀解征衣。

汶上柬劉伯祥年兄

征衫十日苦風塵，汶上停驂訪故人。無約信知非我避，有懷端擬向君論。雲林索笑黄花嫩，世路多愁白髮新。聞道江鯨先授首，歸時鷄黍莫辭貧。

臨城驛夜坐

晚風悲角斂孤軍，遼絶滕徐候館分。樹杪月華清送柝，兵前霜氣黯生雲。市無美酒重陽近，人望歸途客思紛。何事金陵千里地，棘闈消息尚無聞？

晚登黄樓

落日州城並馬躋，危樓猶揭昔賢題。河流併泗趨淮壯，洪樹連城望嶽迷。泉縮民居新出水，舟行黍地尚無隄。留連正愛窗前月，野宿遥聞暮夜啼。

露筋廟限韻

道傍女子死於蚊，猶聽居人説露筋。古木荒祠來夜月，清風巍碣罩秋雲。事傳汗簡遺名氏，血染羅襦駭見聞。湖上貞魂千載恨，齋宫白鳥謾紛紛。

烏江弔古

往事追尋感慨多，英雄當日割山河。東纔項地西劉地，内忽虞歌外楚歌。遺廟欲荒神尚烈，大江不轉恨難磨。寒盟卻渡誰非是？故壘風雲長薜蘿。

出冷水關赴召

使節南驅又北馳，關門細雨路倭遲。山藤暗刺低鉤轡，野菊寒花淡著籬。百里迴車懷老母，關去吾家百里。五雲瞻日赴王師。蕭岑候吏知鄉誼，頻認西風勸酒卮。

登牛首山

爲愛城南第一山，芙蓉重憩白雲間。郊形石祖湘江坼，洞勢中虛日月閒。天闕土花函晉寶，相傳宋受晉禪，建郊壇于此。祇園珠樹揭秦關。蒼苔錦石高峯暮，一笑悠然俯八寰。

送朱華溪郎中考績入京 朱方字良矩

青雲岐路問江津，君北之燕我入秦。彩鷁遡風瞻魏闕，黃河出塞近崑崙。功名後會身誰健？慷慨當歌意自親。館閣爲傳知己道，書生不解怨邊塵。

登太華山

顥氣高浮白帝尊，迴翔勢欲遡崑崙。西郊雲斷仙人掌，東井星疏玉女盆。鳥道半空秦樹秃，猿愁絶嶺漢祠昏。蝗飛滿目車箱谷，民瘼應通箭筈門。雲臺整屐玉泉過，積翠層霄引石蘿。興軼蒼龍穿紫氣，手持白扇上青柯。三千里外籠飛練，十八盤頭逼帝窩。鐵鎖半攀懸日月，下方雷雨暝陰多。

永壽道中

客路郵程尚計千，塵勞習慣亦安然。穆陵關東邊書馬，大清溪蒸塢樹煙。穴土居人工曲突，梯山穀壤學平田。征衫怪底晨風急，身入金天斗漸懸。

將至萌城

西風朔馬陟重岡，戍鼓屯笳接大荒。池涸四時烹窖水，天傾八月肅溪霜。塵埃宦拙干旌遠，墳典功疏日月忙。塞北江南差可喜，賀蘭雲外疊青蒼。

韋州月夜望螺山有作

缺月秋山顥氣高，霜清衆皺翠生濤。溪通澗谷方逢水，地近鹽硝半不毛。胡馬幾年空野屋，王宮萬木俯荒壕。何當聽續韓公策，幾省千軍轉運勞？

小鹽池驛書懷

飲啄微生信有方，一官四奏底須忙？銓部凡四擬予僉憲，最後得夏。江東擊楫鱸初美，塞北懷人草又芳。寇壓河𤁮增斥堠，書從天闕借芻糧。客窗三尺春分雪，喜祝青青二麥長。

入寧安堡

河曲當年夏九州，屯田春日擁鳴騶。羚羊潤挾郊禾起，米鉢青攢漠樹浮。藥餌有情雙眼健，脂韋無智二毛羞。花飄萬點風光急，燕語鶯歌喚客愁。

家使遣後意緒紛然走筆謾興以自堅勇退之志

書成秋繫雁南歸，雙眼河山興欲飛。實以病軀來絶域，遂令壯志厭塵機。水邊竹徑時時掃，江上鱸魚歲歲肥。更數瓜期望遷轉，高風吹破芰荷衣。

將至花馬池王參將郊迎設食

岡巒迴合日光斜，毳幕金罍坐剥瓜。蔬徑潤含終伏雨，禾田青覆去年沙。王庭北徙邊烽少，賓雁南飛朔氣加。驛使只今勞戰馬，兩池愁聽損鹽花。大小池鹽利，分給寧夏、榆林、甘肅三邊買馬。

聯峯公將至小鹽池草地取路參迎宿狼巴井

中丞問俗靈州路，瞻望清塵草徑斜。鞞琫看山謁鐵柱，繩牀掃地宿狼巴。月遲坐假星爲燭，雲起眠愁雨打沙。土冷露寒刁斗急，漠荒辛苦念兵家。

過田州故城 即唐朔方軍也

河外軍藩麥秀中，唐兵昔數朔方雄。韓公北輯三城路，至德中興一旅功。番刻勁銷春蘚碧，漢花穠映寺門紅。高雲不罩田州塔，水鶴歸巢戛暮空。

宿周澄堡困甚

小城投止倦如傷，裏革緗帷智木牀。各城公署苦鱉蝨噆膚，因作便巧牀帷，裏革隨行，牀可脱可續，乃名曰『智木』。百草灘名，靈武渡處。春來舟六渡，雙渠湖名。歲換樹重芳。腥羶作病難依藥，犬馬銜恩合背鄉。星月微茫塵夢永，惡聲翻妬曉鷄忙。

相地至邵綱堡即去歲巡歷之日

去年此日均田至，今歲如期涉險來。似與清明風有約，豈因南北路成哀？麥田秀潤黃河水，版築晴轟紫塞雷。坐久詩書聊解縛，蠹魚乾死卷中埃。

赤木裏口墩下坐憩

赤木空濛翠接天，懸車路杪下烽煙。須驅虎北馮金塔，金塔亦山口，當補砌巔罅。更走龍南跨玉泉。玉泉，營名。城當徑跨其西以南。青草谷中兼得水，白雲嵓下盡堪田。驅馳庶竭涓埃報，心苦三陲版幹前。

視農入王澄堡

西峽朝雲雨脚斜，北山天色浄龍沙。催歸水曲襜藍女，布谷林中浪稻車。土人以種稻爲浪稻。浩劫古巢飄鶴羽，小番遺字繡苔花。詩脾不奈邊行喝，豆角蒲芽伴煮茶。

渡　河

馬鞍山下客衣單，瀟灑方舟艤急灘。鴻鴈殿秋風力緊，魚龍欲夜水光寒。逢車莫問公私糴，得路翻生去住難。汀草野花陳迹裏，王孫别思幾河干。

赤木山下閲視新塹

山靈受塹劃龍沙，寡婦孤兒喜有家。碧草暗斑遺鏃血，黄雲平覆戰場花。歌風畚鍤穿林麓，接衽壺簞憩水涯。心悦子來延佇久，唐渠秋樹亂昏鴉。

到鎮三日即出按部沙井道中即事二首

三月驅馳到朔方，席猶未暖使旌忙。日催戍鼓聲初起，霜壓沙蘭氣自芳。廩食欲分蓬食味，客兵須借主兵糧。蕭蕭萬馬西風外，何處青山緑草長？

禾田南盡見民窮，白磧黄沙一望中。戰馬未歸飛粟輓，征鴻雖去缺書筒。斷蓬脱實翻風秸，卑木無名映日叢。寒暑載罹淹制節，侵星何敢惜微躬？

初恩志感卷爲大司寇張公作

鐵筆持邦禁，丹誠注帝衷。忽看歸老疏，再上建章宫。急難鴒原迴，悲愁鶴髮同。腹心非自外，骨肉奈摇中。聖主聞應動，明廷禮特隆。勉留温詔答，存問有司通。草木霑新寵，桑榆慰遠空。離憂知頓釋，志養亦云終。膂力經王事，涓埃感我公。更移温凊孝，還畢救時忠。

别大知己詩六十韻

大知己者，何撫臺大中丞聯峯公也。之鸞辱知己之薦多矣！率附驥尾，茹連數語而止，惟中丞則專疏極稱，累數百言不厭，有表微之道焉。惟淺薄不敢當，而于知己則大矣！故臨岐之詞，欲言莫盡，而筆舌恨不副心云爾。

昔官叨瑣闥，公秩屬司徒。邦計朝聲籍，逵儀士觀殊。上供珍筦庫，内蠹竭錙銖。並拜監臨責，欣諧麗澤圖。規恢遺刻削，瘠薄潤敷腴。繩墨循非縛，廉榮曠亦拘。周旋偕侍御，沃益瑩冰壺。詎謂暌根合，偏令菀速枯。龍收翻浪鮪，兔攫穴墉狐。桂籍違鵷篚，萍踪逐海隅。康莊騰五馬，遠夢滯雙凫。衛最移梁甸，臺資謝郡符。王韶經略地，李勣浪遊區。唾手賓番族，持衡卓憲模。功高人或妬，價重玉徐沽。遂長三秦臬，疇嗟萬里軀？髮莖仍盡黑，服色已重朱。布法臨涇渭，盈庭質芮虞。嶽蓮風格峻，城斗福星俱。兩造神明久，片言忠信孚。北門求鎖鑰，西顧辨瑕瑜。黄紙中丞擢，黔黎要鎮須。民更元昊故，毒染赫連痡。戰伐瘡痍哭，饑寒水旱癯。鐵衣誰死士？烽火日强胡。禮廢軍承變，宗淫訟積誣。王師勞鮮餽，寒廩賦恆逋。幣垤排千孔，涼蹊併一途。要知工補救，絶迹失駘駑。入境初明分，逢災輒免租。紀綱淪復整，凋敝槁全蘇。渠利疏唐漢，兵機洞諜俘。歛貪狼避道，不咥虎依嵎。示儉居貧國，先憂達上都。子卯每撤樂，庚癸未聞呼。萬户皆安枕，諸生始業儒。商通靈武僻，稼掩賀蘭蕪。汎濫新歸壑，鉏犂舊田□〔三〕。小心修屏翰，大舉志匈奴。馬諛言乖實，王恢罪可誅。辭援舟共濟，事異幹連株。給舍廉欺罔，飛章列覬覦。歸裝誠猝遽，跂野幾踟蹰。往恥甘垂翅，南郎幸濫竽。拔茅付盤錯，投筆歎桑榆。茗酪愁鄰貊，蓴絲戀煮鱸。鷄壇思宿約，熊軾儼亨衢。寶衒張華劍，麈超伯樂駒。微衷許披瀝，正氣曠摶扶。

邈徼來縻爵，前驅願執殳。方圓判枘鑿，燥濕會焦濡。果愜彈冠慶，恆勤促膝吁。驫翹非病急，婉狎靡嫌諛。道重綈袍略，情公卵翼踰。竟容親盛德，真曲庇狂夫。學業荒投畚，才名減棄繻。何奇回白眼，極薦選青蚨。虛譽囊羣剡，玄功煽火爐。春噓委溝斷，梵起甓浮屠。謾道鷦維鳥，方看雄轉盧。進曾窺晚達，立莫使終孤。厚誼鐫餘齒，華褒誦弱雛。臨岐私飲恨，對酒再披愚。遠道加餐飯，含生豈卒瘏？朝廷需柱石，輿皂別良汙。廟器捐家食，皇猷待哲謨。性靈煩燮理，鬼躁浪揶揄。倘即風雲去，懸從謦咳趨。平沙渺旌蓋，聚散悵須臾。

聞江西之變憂老母所在一夜而鬢白一莖因成二絶

烽火慈幃定畏途，憂心煎白上莖鬚。凡雛空長三旬七，不得臨危手一扶。

省覲猶思再考時，兩考例得歸省。一莖先已變成絲。平安若遣慈顔見，笑定應驚早白兒。

將至雄縣書所見四首

沿溪風景似江鄉，老柳濃陰緑兩行。雙嶼稀罾編竹細，白沙中閣賣魚航。

十載騎驢此地過，平原如掌半爲河。生魚活蟹來盈市，黍地桑田奈爾何？
天王仗鉞爲蒼生，民見旌旗亦不驚。只恐有司供帳富，重瞳難照蔀檐情。
災傷共道水連年，午過停驂不敢前。南去泛舟三十里，鄭州城北少人煙。

儀真遵陸褚家鋪次壁間韻

小亭繫馬看青山，芳樹人家淺水灣。回首東風生彩鷁，挂帆卻羡祝郎閒。遥緒掌科，先欲由舟入南京，予由儀真陸行，賦此後亦由陸來，相見時不禁大笑。

望桓山

桓山有約竟茫茫，山石嵯峨山樹蒼。三百年來無李白，更從今日憶蘇王。鎮遠顧公同寓於徐，將約遊焉，以迎駕不果。

牛首歸雲亭

草色苔痕半上衣，海東涼雨散初暉。幽崖故是雲生處，謾道雲從天際歸。

校記

〔一〕腴　疑當作『腴』。
〔二〕□□□　原刻如此。
〔三〕□　原刻如此。

龍眠風雅卷四

木厓潘　江蜀藻輯

商丘宋　犖牧仲同里陳　焯默公參

吴檄

字用宣，號皖山。正德辛巳進士。歷官樞曹。性剛嚴有氣節，仕至陝西參政，清介之操始終一致。生平嗜古力學，尤工于詩。著有兵部集，西蜀蔣芝序之曰『言達者實茂，洵爲大雅質的』云。

燕京北閣同王平陽朱節之張子言田毖父諸君宴

兹閣何弘敞，雄峙洲渚隈。高會乘暇日，儔侶懽追陪。列坐盈綺席，櫺牖中天開。遠覽周燕甸，俯瞰黄金臺。疊嶂鬱蒼翠，清川互縈迴。欻忽芳靄結，靈雨從東來。仙飆吹霞裾，恍若升蓬萊。振袂語同遊，流光逝如頹。良辰不極樂，嬿婉須誰諧？令德欣具感，逸興駢相催。蘭肴豈虚反？桂酒數傾罍。談笑凌青雲，歌聲遏玄埃。逍遥萬物表，曠思游無懷。偕往心已愜，久要義勿乖。念此四海交，撫檻以徘徊。

過涿郡

孟冬過涿郡，雨雪何其雱。寒風雖云烈，流塵浄周行。崇朝策疲馬，忽至帝城旁。帝城日以近，鄉路日以長。所思在丘隴，瞻眺登高岡。同雲蔽千里，朔風爲飄揚。迴途窮澤國，神往來無方。徒懷竟何益？但使情内傷。

哀余竹城憲長

大龍之山横古舒，長江波浪無時無。興雲出霧遍南紀，衡岳塊爾湘川隅。山中寔藏天地寶，誕我余公氣何浩。賈誼文章三十成，鳳翥鵬搏凌八表〔一〕。執法之宫天始開，霜飛海甸驅塵埃。借劍將誅倚闕虎，引裾豈避奔空雷？武帝雄才憚汲黯，出守淮陽志不滅。坐使閭閻風俗淳，至今五袴歌廉范。鏌鋣忽遇神龍光，擢居劇地平要荒。吐蕃遠遁沙漠外，匹馬不敢窺邊疆。十漸忠貞動天子，按節山川命伊始。益州將吏暹嚴公，星隕俄傳諸葛死。此地連年枯旱隨，石拆金流數千里。蒼天不救涸澤魚，赤手誰翻大江水？哀哉余公！廟堂之望今已矣。鄉里衣冠真我師，相逢嘗恨識君遲。籲天何處攀箕尾？寶劍空懸隴樹枝。

樓夜

北極高秋轉，南樓爽夜分。苑風連禁樹，山月下窗雲。鶴舞神皋外，龍吟大海濆。危闌看寶劍，霜氣蘯星文。高棟流冰雪，青天玉鏡開。煙華千塞起，樹響萬山來。有客浮槎去，何時駕鶴迴？七絃停北斗，牛女正徘徊。

秋日田髭父使九江與昆侖張子送之平津

扁舟逐張翰，送爾大河津。楚樹應思我，燕鴻復背人。湖平時漾草，天淨不飛塵。離別同杯酒，相酬莫厭頻。

省鶴

白鶴何年集？蹁躚晝省游。雲霞初入夜，松檜半含秋。海性停鵷瑣，天聲繞鳳樓。芝田迴羽翰，慰爾列仙求。

春日憶張子言

北苑花千樹，春深不共看。素琴彈水曲，黄鳥和林端。爾鬢吟中白，吾顔酒後丹。東風倘相惜，迢遞促歸鞍。

奉酬童内翰桐鄉見慰之作

抱病離苦臥，青山採藥歸。秋風拂仙翰，正下白雲扉。我欲問儀禮，因之瞻德輝。不知南楚鳳，已向帝城飛。

十五夜對月奉懷吳石亭太守

千山不動煙，一鏡挂青天。遥憶西江叟，高樓看爾圓。吳有得月樓云。舉杯邀兔魄，揮袂拂龍泉。滿目相思淚，清光爲我傳。

元夕與舍弟楫併諸子飲

春入上元夜，筵開季子家。山中無火樹，白雪映梅花。鸞鵠臨風静，塤篪繞月譁。不辭天色曙，共爾醉流霞。

過董伯嚴松林有懷

白馬穿松塢，玄巾低曲枝。無風濤乍歇，不雨蓋還持。側見空中鶴，深聞谷口鸝。江都定南邁，煙境不同馳。

秋日與方惟裕游浮山會勝巖

鰲背負天台，東從海上來。潮開千古洞，蜃結百層臺。薜荔牵衣袂，琅玕落酒杯。崇岡看勝迹，石字没蒼苔。

金谷巖

玉山標勝地，金谷敞秋天。古往誰高步？吾來獨静便。煙霞丹洞閟，日月紫峯懸。縹緲看雙鶴，乘風萬里旋。

滴珠巖

神龍遵地起，萬壑轉虛無。留雨天門上，千秋瀉玉壺。高霞縈素錦，爽籟散明珠。並坐苔邊石，流音繞四隅。

張公巖

削宇鍾天巧，題巖自野夫。張公名。半空開紫閣，一逕跨玄都。我對金樽酒，君探玉笈圖。竹深仙不見，共倚白雲呼。

霍丘訪胡公擇

尋君指河滸，山郭忽相逢。敝舍惟秋菊，開花間古松。時傾一杯酒，不改十年容。醉臥辭余去，柴扃霧已重。

西原園中

清時薛夫子，巖居長閉門。著書多暇日，種竹已盈園。我繫燕山馬，同傾栗里樽。不辭秋色暮，對雨接高論。

清晨灌芳圃，激水此河濱。種藥秋已熟，何愁多病身？山亭下雲氣，杯酒有詩神。灑翰頻遺我，中心自不塵。

發宿州

我懷千里道，早發宿州城。霧逕紅塵濕，霜原白草平。前村渡河處，繞岸櫂歌聲。聞此急征旆，東山日已明。

謁漢高帝祠

沛人懷赤帝，祠廟據青山。雄甸川原古，前朝劍璽閒。風雲開日表，虎豹護龍顏。瞻拜慙無禮，容臣大度間。

與田毖父走訊張山人消息山人適歸喜賦

結駟長安道，迴車大隱闤。秖因别日遠，借問幾時還。薄暮梅花曲，流聲松樹間。柴扃風乍起，談笑接高顔。

駕幸九龍池

羽蓋乘春集，龍池愜帝游。地疑三島勝，泉是九江流。御氣蒸黄柳，恩波蕩白鷗。春風迴輦處，歌吹繞瀛洲。

省　夜

爲郎夜宿尚書省，漢署深深隱暮花。樓外雲行無過雁，苑中高樹有啼鴉。苦吟座入清霜氣，不寢窗移明月華。愣散寸心違衮闕，風塵十載客天涯。

己丑冬不雪天子禱于南郊是夜大雪喜賦

至後玄冥動春令，暖風晴霧塞天涯。南郊曉駐黄金仗，朔土宵看白雪花。鹽虎凍盤雙闕迥，玉龍光繞萬山斜。微臣敢效豐年頌，桂省蘭觴泛紫霞。

憶少嵓梅 嵓在襄陽謝公嵓旁，郡守徐東濱搆亭其上。

少巖亭畔謝公梅，臘月寒多花正開。山月低軒霜影墮，江飆吹樹玉香迴。橋邊客駐青霄杖，洞口仙傳白雪杯。虛沐君恩游畫省，獨憐春思繞蓬萊。

贈韋地官督漕政

聖代都城盤朔方，九州征賦重維揚。河流萬曲開天漢，海艦千秋接帝鄉。王事獨勞蘭署客，春風初下紫泥章。鵬搏鳳翥江霄外〔二〕，瑞日遥臨棨節光。

移居城東柬田兵部

歲晚天涯歸未定，卜居東傍鳳凰城。煙霞不散紅塵色，日月遥懸滄海情。退食琴書歡自展，中宵鼓角夢還驚。丹丘司馬坊西舍，策騎時勞問友生。

春夜對陸子宇

省署旋歸坐解愁，月華遥滿仲宣樓。玉河風暖蛟冰動，銀海天空蜃霧流。南國早梅誰獨往？北山叢桂爾長遊。春盤竊慶昇平日，永夜層軒醉未休。

贈田뜬父歸閩中二首

昔奉慈顔來帝畿，龍章親接五雲輝。祇憐鶴髪懷鄉遠，更逐仙槎泛海歸。松外丹山開壽畢，花邊碧水照初衣。故人竊捧毛生檄，送爾翩翩興欲飛。

苑外稀聞黄鳥鳴，奇峯面面碧雲生。依沙錦席堪時駐，隔浦蘭檣趣暮征。玄鶴何年傍霞起？紫騮昨日繞花行。祇因別思牽腸斷，一曲離歌賦不成。

春日過張侯園亭

五侯臺榭競芳菲，三日花深車馬稀。絃管不從流水奏，綺羅應化暮雲飛。空聞玉饌分天府，曾覩金葩捧御幃。借問樓前桃李月，由來此地幾人非？

楝塘

高人棲迹謝氛埃，塘上亭依雙楝開。密葉那知朝日轉，修枝忽送晚風來。魚龍起浪臨歌席，梟雁穿雲繞釣臺。萬竹千花金谷裏，不如樹下飲荷杯。

甲午冬過茌平聞吳叔羽癸巳五月卒哭之

南歸曾得蜀中書，道爾平安守故廬。茌縣忽聞摧折久，草堂翻恨往來疏。家貧妻子應難給，歲晚朋儔日已孤。都下送君成永訣，忍看詞賦哭相如。

方效

字去病，號石洲。桂林公曾冢孫。舉嘉靖丁酉應天鄉試，十上公車，不第，亦不官，鄉人以『老舉人』呼之，遂以名其里。父有侍姬，家人不能堪，公安之。父殁，爲擇善配，不問其篋。宗黨稱孝焉。所著有石洲集。

送秦時信謁選

君行在深秋，渺渺燕山下。向日掃雲霾，光輝仍舊射。來歲富春華，我亦長安舍。角藝南宮餘，尊酒話良夜。

送叔惟力令貴溪

信州跨吳楚，名勝雄江右。山川發穎秀，貴溪實稱首。天子重名邦，簡兹賢令守。銓曹閱進士，曰若桐城某。叔也被命馳，夙夜罔敢後。窮養達所施，展布經綸手。振我列祖芳，作彼萬民母。應宿古郎官，碑在兒童口。

寄周延粟

久不遂懽覯，永歲念恆切。川途亦阻修，雲林應巀嵲。丈夫志四方，相期在掀揭。芳秋況轉蓬，青燈無作輟。

皖中病歸值雨

支病索肩輿，避雨宿林屋。不復加餐飯，但得睡味足。晨起戒僕夫，泥塗無彳亍。春淺花事微，寒雲亘山谷。

走百病行

長安風俗真兀縮，不重元宵重十六。處處讙譁走百病，貴游自好何僕僕。雙籠前導沸笙簧，侍兒環簇炫綺縠。市井紛紛恣奪攘，士女悠悠甘局促。首善之地嗟乃然，偏方下邑更何戮？

空石歌爲叔惟素賦

空山之石空離離，俗眼瞀瞀鑑者誰？空石山人性癖奇，卻爲此石深相宜。山人雅負丘壑姿，有名不受天子知，有才卻受世人嗤。放浪山陬水之湄，醉臥石上歌其詩。山人與石同離披，石與山人相追隨。兩兩俱耦數不奇，空石空石千載以爲期。

自信歌 有序

予自丙戌試南宫，己丑以病，庚子以憂未赴，于今十科矣。癸丑之未第也，予卷乃董溽陽公備卷第一。董批曰：『七篇俱清婉，但從星篇稍歉。』又曰：『論亦不俗。』凡予所得意，陸令所稱許者，一一皆合，乃知主司未嘗負人也。歌以自信。

少年姓字登南都，南宮十試何淹濡。錦囊寶劍弢精彩，紅塵赤旬空躊躇。世人不識方生志，美官大郡懸相遲。生今自信惟簡編，静對青燈老彌至。高鶴不共鷄羣棲，神龍不受魚蝦餌。雲雷奮蟄花開時，春衣十里吾堪試。

黄山行爲楊先生賦

黄山黄山高且深，聳薄霄漢雲煙生。東瞻太阿接海島，西望華嶽南望衡。上有長松千萬樹，盤空驟作風雨聲。下有深谷千萬丈，虎狼潛迹猿鶴鳴。高人于茅結幽屋，悠悠林麓樂天真。緡蠻鳥語添笙管，爛熳霞彩張圍屏。東風緑草軟且温，攜酒山陰對客傾。採花泛酒輒謀醉，醒覓清泉時濯纓。鹿豕長年作高侶，隆冬三友不寒盟。幾回得句忘朝暮，山下常留寸地耕。黄山春兮草木欣，黄山秋兮風月清。秋去春來時更變，景移物换幾枯榮。惟有黄山無今古，先生德業與齊名。交君何以爲君贈？洗心高歌黄山行。

送王紹敬歸江西

深秋逢國手，吾瘧藉驅除。短褐辭予里，扁舟返故廬。倚篷聽笛細，泛月度江虚。千里停雲日，相思正渺如。

獨坐

獨坐梅花館，陰雲漠漠收。徑流今雨濕，地傍此君幽。暝笛林歸鳥，春犂隴放牛。輕寒知尚在，未可薄衣裘。

雨望

甘霖自南至，大火將西流。潦積千門暝，涼生六月秋。林園昨夜夢，京國昔時遊。向夕看微霽，鍾山紫翠浮。

吴用宣兵部過訪以還朝期逼冒雨而别

正欲聞高論，俄驚促駕旋。離情今夜雨，悵望早秋天。萬里星辰近，千官岳牧賢。相逢即相别，佳晤鳳城邊。

散步

遊息松陰下，薰風暫拂襟。坡平堪草藉，樹密自禽吟。牧笛真催暝，夭桃欲燒林。春來無限思，吾亦舉杯深。

與章惟賢遊別墅

攜壺向河曲，屐齒破苔紋。二月春將半，千林色未薰。遊魚翻碧浪，征雁叫蒼雲。歸憩松陰下，披襟坐夕曛。

郊行

宿雨開新霽，閒行豁遠眸。林寒多錦樹，水落有滄洲。朔雁驚時序，西風動客愁。尋詩山外去，莫負此清秋。

遊浮山

昨日入山銜雨景，今朝出谷被晴暉。山童導指橋邊去，老衲辭從石上歸。争道茲嵓江表獨，卻憐僻地客來稀。我遊自此應無數，逢著閒時入翠微。

過宿遷

連朝風雨滯官舟，今日張帆泝急流。北指天都雲浩渺，南懸鄉國樹綢繆。清砧緩擣滄洲月，長笛遙吹古戍秋。多少旅愁消不得，酒杯詩卷是良謀。

下邳遇周鹺臺初到予舟坐滯

隱隱平坡入下邳，忽逢豸史報來時。城頭笳鼓千人競，天上帆檣萬里馳。閒對白蘋成小醉，縱觀鴻鵠起遐思。無風無雨灘頭坐，莫怪舟人解纜遲。

舟中曉發有感

忽聽官舟鼓亂撾，舟人解纜夜喧譁。長風天外伸帆脚，逆水灘頭吼舵牙。客枕嚴寒霜正落，戍樓清角月初斜。夜來多少纏緜夢，半在長安半在家。

夜泊沙河不寐

舟停野水碧連天，鼓角傳更思黯然。千片歸帆雲島外，一灣漁火鶴汀前。鷄鳴半夜荒荒月，人傍孤村渺渺煙。賴有朋儔能好我，青燈對語不成眠。

趙鼎卿發解其兄子恆同舉

庚年秋半桂花晨，忽報吾桐首薦人。共羨弟兄逢一榜，遠馳僮僕慰雙親。九重獻奏文章並，萬國傳呼耳目新。薄劣五科猶未第，春明同宴待明春。

歸途

大龍之嶺高插天，石塘湖邊秋可憐。麥花菊花遞香馥，遠壑近壑屯晴煙。江聲激壯自今古，峽徑縈紆還歲年。悠然獨馬渡河去，日暮滄洲停客船。

初秋飲舟中

避暑移尊坐小舟，柳陰深處且停留。我先劇醉呼長鶴，客亦忘機對狎鷗。觀漲故經紅蓼薄，采菱直下紫煙洲。歸時短葛乘驢去，放浪不知天地秋。

謁外祖黃翁

二月乘春來母族，暖風隨我下行轎。儘多樹色映庭宇，漸有鳥聲侵几筵。白髮三翁仍父子，外祖八十七，兩舅氏俱六十餘。青髫幾輩已曾玄。不才倘有神仙骨，他日依然似舅賢。

遊風洞

東風拂面馬蹄輕，十里山容雨復清。百草尊前聊野興，小桃洞口自多情。蒼鷹矯矯何相狎，黃鳥交交亦我賡。醉俯長江招九子，蓮花無語笑相迎。

汪行可使君餞予望湖亭

望湖亭上試追攀，徙倚雲邊卻破顏。萬壑寒煙秋欲老，一天明月鶴初還。乾坤笑口逢今日，松菊芳尊醉此山。無限離愁忙未撥，夜深猶自唱陽關。

次叔惟素遊湖韻

乘興移尊放小舟，烹鮮隨處可垂鉤。落霞爛熳一天錦，輕葛涼生六月秋。争聽菱歌共漁唱，故沿山尾與溪頭。不關小阮無拘繫，叔也風騷第一流。

追次先王父與昌公蓮花亭韻爲良弟賦

松塢良別號。岧嶤著小亭，華榱猶自揭芳名。一池掩映六郎面，十丈依稀太華坪。高義汝能追列祖，短吟吾已愧難兄。年年合坐光風夜，荷葉爲杯藕作羹。

寄宛孝廉

昨我停鞭濳水濱，翩翩朋侣集芳辰。清歌妙舞逢燕女，劇飲玄談似晉人。馬踏輭紅歸路静，鳥啼濃緑别懷新。明年倘遂看花願，冶父山前又探春。

與王紹敬夜飲

花香露正涼，月明庭欲曉。壺觴共故人，忽聽催耕鳥。

晤董伯嚴

新水下長溪，水深不可渡。問津逢故人，偶爾成良晤。

柬高于衡

相别動經年，一會復成别。夕陽幾回首，我欲梅花折。

招同年胡汝學

遥瞻鷄鳴寺，渺渺予懷切。夕陽下山來，期君共明月。

送熊半仙歸豫章 時將偕計

君從廬山歸，我作燕山客。相望五千里，白雲渺南北。

江上

扁舟繫明月，江空幾千里。推篷者何人？興在秋江裏。

聞朱翰卿江時化趙子恒將見顧

輕風拂拂柳絲絲，紅紫春山滿故枝。寄語城頭青眼客，驅車須及看花時。

便面小畫

綠樹低昂淨曉氛，青山遠近擁晴雲。橋邊有客尋詩去，踏徧斑斑苔蘚紋。

夜　梅

小堂夜晏試春醅，醉舞青袍對古梅。點綴最宜燈下看，精神知自雪中來。

對菊次叔明經惟素韻

醉摘寒英插滿頭，滿頭華髮不須愁。編籬闢徑年年種，領取乾坤萬頃秋。

寄章惟學

芳春開徧故園紅，幾度青尊我未同。千里詩來明月夜，始知身在石城中。

索錢實夫畫

知君讀禮亦勤劬，餘暇曾拈繪事無？眼底江山揮灑徧，可能猶記石洲圖？

壬子秋庭桂開已九月矣

桂花開是菊花時，莫訝天香分外遲。回首紛紛紅紫客，上林搖落只空枝。

吴鶴汀招飲浮山

策馬春郊作勝遊，浮山入望豁詩眸。今朝我試登山屐，不憚天池最上頭。

聞　鵑

忽聽子規啼未歇，那堪陟屺獨哀哀。春歸亦有春來日，母骨千年只草萊。

寄弟舉

避暑林亭試葛衣，薰風拂拂稻花飛。黄鷄白酒秋山畔，坐我松陰一醉歸。

曾王父御史公劍

龍劍埋光六十秋，風雷昨夜撼層樓。朱雲不及伸狂直，張禹何時卻斷頭？

方是

字去非，號旦軒。邑諸生。與兄石洲唱酬頗多，以無嗣失傳。

懷四姪學箕

可吾軒隱几静懷四姪，逸興超邁塵表，儼然長公石洲之遺風，詩以獎進云爾。

竹林雅志結南鄰，竹下羊裘笑語頻。放達阮咸幽徑醉，岐嶷杜位曲江春。瘦緣詩思鬚常撚，喜動文鋒筆有神。更憶磻溪高尚老，石洲洲畔任天真。

汪一川

字□□〔三〕，號河衢。嘉靖間諸生。

題黄山清隱卷

黄山有高人，結屋在山下。山下出清泉，此心渾欲化。一經永相傳，塵囂總能謝。曉起穿雲巖，歸來書滿架。邈矣山谷老，遐踪猶並駕。

方良

字去庸，號松塢。孝廉石洲公從弟。由太學生授武陵主簿，陞德藩審理。歸隱先人海聲樓。

挽黄山先生

尚記當年聲氣同，松樓詩酒論文中。五車不倦教吾子，四海知心羨獨公。别後相思千里夢，今朝哀訃片雲空。佳兒善繼青箱學，雖逝猶存長者風。

方禄

字子廉。有俊才，十八註獄。或言于郡守，出之。比試，守大驚賞，以獄故寘第二，遂籍諸生。縱酒劇詩歌，自稱井菴子。嘗于坐中徵事，弟子長謔之曰：『兄腹磊塊何多？』子廉曰：『弟何乃太潔浄！』其不羈如此。

自題井菴子詩

觸蠻蝸角戰酣時，龍血玄黄馬力疲。誰道井蛙亦解樂？仰天終日任支頤。

吴偆

字仕富，自號素修處士。託興吟詠，往往以詩紀事。邑侯天台陳公勉、廣信方公倫、沂州張公崇德皆折節下交，每奏一篇，未嘗不稱善。晚年樹槐于庭，以『緑槐窗主人』自命。嘗爲詩曰：『自媿花黄無事業，三公留與後人封。』四傳至廷尉公應琦，若操左券。公不假問學，而屹然子墨之林。又善以智脱人於難，有『詩壇郊、島，里社良、平』之譽。

次王本觀烏岡别墅韻

浪説瀛洲有盛名，此中佳趣更幽清。苔錢數畝閒花地，歌管幾番啼鳥聲。遊徑月明詩句好，開軒雨過畫圖成。掀髯長嘯壺天闊，別是人間一樣情。

爲表兄姚世良題翠林深處

翠林莫道尋常地，添個幽人事不同。竹影儘容來坐席，花陰不許上簾櫳。午窗詩就三杯酒，六月寒生一枕風。仙子悟真容易得，等閒何處覓行踪？

緑槐窗户自號

重重黛色覆簾櫳，深蔽芳塵隔軟紅。當户月明清影罩，閒庭雨過緑陰濃。午窗夢覺枝頭鳥，一枕凉生樹底風。自媿花黄無事業，三公留與後人封。

李貞婦傳

二十孀居撫幼孤，此心金石更誰逾？滿頭白髮仍從子，百歲黄泉好見夫。秋雨淒涼敲斷枕，殘燈明滅伴寒爐。人間自衒知多少，曾識桐鄉貞婦無？

途中次韻送趙先生行

送客長亭怯曉寒，離愁十斛壓雕鞍。丁寧別後相期處，開到薔薇好共看。

次韻送羅先生行

江空歲晚野雲寒，有客思鄉促去鞍。歸到畫堂春正好，梅花香雪醉中看。

次韻懷吳先生

空山舊雨戀晴雲，鎮日門無迎送人。綠樹窗前慣飛鳥，不知春去尚啼春。

次韻送吳先生行

年少光陰未有涯，春來春去去如馳。上林還有看花日，不必臨行折柳枝。

次趙先生韻

步隨芳草軟塵香，細數飛花片片忙。遊女不知人別恨，隔溪三五立成行。

方照

字子容，號白濱。弱冠補諸生，旋棄去，隱白墈，耕釣自適。喜賦詩，不求工，詠性情、紀時事而已。于家譜中得一首。

有以新安族譜見示者答之

家譜編修重復重，宋元舊已失先踪。但能親睦吾桐族，何必徽州更認宗？

齊傑

字士庸，號鷹山。嘉靖辛丑進士。初官南京刑部主事，秩滿，例得清要，有同年生屬所知諷之，公笑而不答，果左遷，尋出知贛州。清慎克稱其職，卒於官。

梵峯

梵岳凌空聳，霏微曉霧紛。禪林翻貝葉，僧榻暗巢雲。絡石泉痕細，平溪野黛分。臨風何處磬，天外數聲聞。

高座寺次韻

古寺倚巍臺，幽軒跨竹開。採芝人已遠，載酒客偏來。擁巘千松老，穿雲一逕迴。主人情未已，更飲最高隈。

晚泊金陵

夕陽帆影落秦河，夾岸風花逐逝波。三月江天春鴈少，六朝陵樹晚鴉多。計程白下憐萍梗，補屋青山想薜蘿。酒肆住人渾未解，流鶯時傍客船歌。

春　曉

獨掩樓扉隱几眠，老懷春暮怯啼鵑。悲歡歲月詩囊裏，今古乾坤酒幔前。花氣薰蒸三月雨，日光浮蕩九衢煙。年來莫笑生涯拙，只釣東湖縮項鯿。

度桐溪橋

白石青溪度笋輿，西風朔雁計程初。微軀霄漢輕行路，遠道親朋祝寄書。蝗老松梢青復起，鯊吹水面碧仍虛。鄉心忽倦題橋興，何日歸懸駟馬車？

青山莊居

一勺泉供數畝田，薄收租穀度長年。煙霞招我爲山主，風月隨人出社錢。半醒煮茶留客話，稍閒入寺問僧禪。漁舟莫遣迷溪路，漫説桃源洞有仙。

山亭

茅亭穩結鳳凰山，止許幽人日縱攀。千嶂翠微飛檻外，百重寒玉落雲間。春華秋月年年景，雨潤晴曛色色斑。寄語紅塵馳逐客，可知鳥倦亦知還？

齊述

字□□〔四〕，號柳峯。嘉靖間太學生。蓉川公之長子。蓉川公卒于官，洛王賻五千金，公擕歸，傾槖授兩弟，耕隱兔濱，以屬詠自娱。所著有柳峯集。

題黄山清隱卷

秀奪中原閒氣優，青厓白石豈同儔？風松濤撼琴書月，露竹清涵枕簟秋。山路無妨來長者，草廬還可傲王侯。一塵不染真佳境，擕我何時汗漫遊？

盛汝謙

字亨甫。嘉靖辛丑進士。由御史至光禄，皆有偉績。時分宜柄國，心重其才，啗以顯秩，公拒之峻，遂罷歸。分宜敗，詔起官，尋轉南京操江都御史，改造貢院。與吴方伯一介首倡議爲桐築城，鄉里至今賴之。其學闡良知，深于性命之旨，雖人不以詩著，而詩以人存矣。

贈武湖山年丈頓山別業 河南裕州太守

何年遂初衣，卜此頓山業。門橫一澗流，後繫方塘艓。流急境常静，艓移情更愜。庭趨詩禮兒，架散鍾王帙。四時有新釀，客至每歡接。啼鳥雜清歌，游魚翻巨鬣。辭榮終復榮，故園懷日涉。

方點

字子與，號蘭林。南淙公長子。嘉靖間楚閫參軍。曉音律，善八分書。婦翁錢公錫、婦弟錢實夫，皆工詩。公從之遊，有詩名。

即事

明月還來照碧紗，長松修竹自年華。階除閒看蘭芽茁，信是春風戀我家。

題黄山清隱卷

客來談笑渾忘倦，最喜年豐眼界清。地僻山居何所事？傳家惟有舊遺經。

方　兼

字子山，號千崖。南淙公第三子。邑諸生，恩例冠帶。

挽黄山楊先生次松塢韻

吾鄉文獻道原同，不少金蘭滿目中。絳帳春風還有主，青氈夜雨惜無公。談鋒曾奪呵呵佛，怪事徒書咄咄空。細和新詩遺弔客，老夫含淚灑西風。

吴一鳳

字鳴治，號儀亭。嘉靖間諸生。事繼母孝。母嘗潛用父名，訴之學使者。時赴試已冠軍矣，學使者以同序稱屈，欲貫之，公曰：『天下有不是之父母耶？即不黜，亦以休致爲安。』歸事母，益起敬起孝。母卒，偕弟一鶴别卜穴，徙葬其母，而奉繼母與父合兆，成其志也，尤爲人所難。

雨後登東巖

雨過山光浄可憐，奇峯簇擁酒杯前。坐中疑豎仙人掌，檻外驚開大士蓮。百丈煙蘿垂絶壁，數聲鐘磬入諸天。嵓頭宴坐心如水，醉眼還同蘇晉禪。

方可

字子時，號山泉。嘉靖間以郡庠遊胄子，爲光禄寺監事。幼夙惠，五歲日記數百言。桐上鮮治春秋，公獨千里求師于楚，遂稱專門。伯仲以其母異，父愛之，不無觖望，公事之彌謹。將謁選，病足。與義舊結詩社，效輞川故事，繪所居湖山八景，各爲一詠，好事者屬而和之。

題楊黄山清隱齋

先生抱道隱黄山，列岫青青碧落間。晝聽鸝聲傳雅調，夜看金氣識真顔。茹芝餐石何妨老，乞竹分花未許閒。乘興得來陪語笑，頓教吟賞不知還。

校記

〔一〕搏　疑當作『摶』。
〔二〕搏　疑當作『摶』。
〔三〕□□　原刻爲一兩字長墨塊。
〔四〕□□　原刻空白。

龍眠風雅卷五

木厓潘　江蜀藻輯

江寧紀映鍾伯紫同里姚文勳集侯參

趙 釴

字鼎卿，號柱野。嘉靖庚子鄉試第一，甲辰登進士。當居給諫，時巡京營，力阻咸寧侯仇鸞占役諸弊。尋轉吏掌垣，升南太僕。在滁陽，聚生徒講學。□命以都御史巡撫貴州〔一〕，值土舍韓甸叛，督兵勦平之。有媢其功者，調用南京，遂告歸，築室龍眠，學者多來歸之。著有古今原始、鶡林子、九彝古事等書，無聞堂稿。其詩清逸俊爽，譚理而無理障，尤爲當時所難。予嘗過其曾孫襄國、助國家，見公手記省吾録，存省之學已見一班。又與羅汝芳、王慎中往還。諸書墨迹猶新。理學、經濟、文章三者，公殆兼之矣。

君馬黄

君馬黄，臣馬蒼，臣馬齒短君馬長。臣馬晝夜芻一束，君馬有芻兼有菽。追思入貢幾何年，至今尺籍猶存録。廐軍守牧子更孫，此馬芻菽當盈谷。豈是龍駒種自殊？應戀君家多苜蓿。

君馬黄，臣馬赤，二馬同逐臣馬劣。朝出關以南，暮出薊以北。蹄穿塞上霜，毛礫隴頭雪。安得君王十二閑，黄金爲絡玉爲鞭，爲君奪取燕然山。何如沙苑上，長嘶風雨間？

楊白花

楊白花，隨風颺。曾見臨渭水，斜出漢宫牆。春風何事遥相逐？舊日帝鄉今蠻鄉。楊花撲面亦笑我，前日夕郎今夜郎。

行路難

我欲登山，虎豹當關。我欲涉川，鯨鰐在淵。我行負弩，委以危弦。我事躬稼，授以石田。謂水有車，謂陸有船。吁嗟嗟！行路難，如登天。

空侯引

公無渡河，公若渡河奈公何？湯湯河水，有時怒止。公心風波，晝夜不已。晝夜不已可奈何？敗楫摧檣哀聲多。

公無渡河，公若渡河奈水何？河水雖深，人見其裏。白石磷磷，遊魚比比。公心淵深，誰知其津？中有毒蛇，含沙中人。毒沙揚揚，聖達徬徨。不如河廣，猶可舟航。

哀竹操

哀竹操，思父也。父號一竹云。

風邪竹邪？竹邪風邪？隱隱若有聲者，風邪？

竹邪翁邪？翁邪竹邪？影亭亭而過者，月邪？

月邪翁邪？翁邪月邪？葉摵攊如有折者，雀邪？

持節出京夜宿良鄉

旦發神京，暮宿下里。手抱金書，薄言徙倚。車騎翩翩，旌旗瀰瀰。陟彼高岡，瞻望汝水。洋洋汝水，言念帝子。百世支藩，德衍豐芑。帝命孔嘉，永培遐祉。眷此王國，何時戾止？戾止何遲？周道逶迤。爰歷齊郊，至于魯圻。歲云暮矣，風雨淒淒。王事未畢，莫遂我私。

悠悠我私，白雲南飛。親廬何在？楊柳依依。豈無甘旨？帝命莫違。雖有兄弟，不如我歸。

我歸云何？樂事孔多。壽酒既旨，春日微和。簪裾四集，載笑載歌。父母顧我，綵服婆娑。

綵服追隨，兄弟孔怡。如塤如篪，既醉且嬉。攜手田里，桑麻兩岐。媿兹禄食，使我孤危。

夜坐高唐偶尹竹嵎齊泰衢吴少竹北上會於館中得家報有感

日暮苦行役，道路阻且長。停驂問行人，何處是高唐？春風開古渡，瞑色赴長楊。衆山寒歷亂，平野杳蒼茫。入館悄四壁，雙燈照屋梁。門有車馬客，薄言來故鄉。下階見顔色，長揖問高堂。高堂念遊子，相思語傍徨。晤言坐深更，明月入我牀。旦起各路衢，百里遥相望。

鄭家驛道中

礙日苦高峯，迴壑人行少。日午半山陰，林薄時聞鳥。深谷虎縱横，絶壁雲縹緲。爲問前驅人，昏黑路逾小。少選月東升，豁然寬懷抱。澗泉答鼓聲，馬蹄春虚島〔二〕。不緣深夜行，安知月明好？

出門託鶴

不能載汝去，不能放汝歸。寄食依鄰叟，勿謂主人非。網羅隨處密，翮長莫高飛。

募兵行

村鼓晝夜驚，官家催募兵。中國本無寇，寇從東海生。十人困一村，百人困一城。官軍不能戰，購士遠從征。民間久宴樂，不識旗與旌。肥丁不能去，瘦丁不肯行。百金得一士，但充尺籍名。去者魄已落，送者各吞聲。聲斷復聲起，哀與怨相并。天地生大海，東南爲之傾。波濤如山嶽，魚龍長縱橫。倭舟何自來？無乃海波平？海波如可平，天地亦無情。世運苟如此，陸地走長鯨。一身不足惜，尚慮弟與兄。兄弟有時盡，何時息戰争？

採桑行

朝採桑，桑葉不盈匊。暮採桑，桑條刺人目。柔桑知蠶饑，生葉能及時。只顧蠶得飽，不怨傷葉兼傷枝。蠶眠欲作主人衣，猶恨柔桑生葉稀。蠶老桑枯兩無利，官家催輸走羣吏。但願輸完主不辱，桑枯蠶老死亦足。

紀遊行 有序

余與侍御毅所蔣子通家兄弟也。昔别都下，今分牧來滁，偶得共事。自棠邑渡江，遍歷東南諸郡，遊覽追隨凡四十餘日，極爲歡洽。今且還朝，將給假省侍，趙子戀焉，情不能已，併見乎詞。

玉河兩岸春風早，緑柳如絲覆新草。當時與君柳下分，青驄一躍雲開道。今秋督牧來滁中，瑯琊谷裏重相逢。把酒喜看天外合，傷春俱改舊時容。幾度豐山同問俗，常行西澗覓幽踪。磨碣偏披蒼蘚壁，鐫銘直上白雲峯。峯頭八月秋風起，南望金陵是帝里。欲向長干訪六朝，訂期共渡秦淮水。六朝遺迹不可求，鍾山氣結龍光浮。投寺自烹功德水，凭高一賦帝王州。攬轡不問葛仙宅，仗劍先登望海樓。謝公塘上朝迴櫂，長蕩湖中夜泊舟。沙鳥汀鷗争避楫，畫舸何異越中遊？我倏驅車轉平陸，君從宛水浮姑孰。敬亭風高菊正黄，牛渚月出人孤宿。乍合乍分幾晨夕，他鄉共嘆鴻泥迹。野館難留孟博車，皂囊馳上江淮策。封事奏罷且圖歸，八桂林中是彩闈。彩闈拜獻南山曲，鷹隼何時更北飛？

夜至黄州姜侍御邀遊赤壁作赤壁行

赤壁赤壁千丈石，磊砢萬狀色皆赤。古今惟得坡仙遊，至今磯上留奇迹。石老既不長，鶴去不復來。後來好事者，往往架壑開樓臺。豸史愛我夜載酒，爲問今朝月出否？共嘆豪傑幾凋殘，世間何物爲不朽？此時積雨月藏明，檻前惟聞江有聲。舉燭四照驚山靈，虎豹虬龍勢欲生。瞥然罷歌入城去，翻笑當年二客無姓名。

臨池學書忽渾菴送菊花酒至醉後偶成

故人别我向東走，終朝獨坐平原柳。庭前遍種黄金花，釀作仙家紫霞酒。思我遥寄草堂來，入門大笑歡持缶。呼兒便摘籬邊瓜，持刀細剪窗前韭。不須袒裼叫梟盧，不須南陽尋舊友。滿懷磈磊正突兀，便可一飲二三斗。須臾明月出雲端，照我窗下舊蝌蚪。低頭三讀不成章，自恨墮落蒼頡後。混元一破不復還，石室玉簡今已朽。舉觴空嘆簿書煩，吁嗟此意君知否？

送姪養健歸

我家世據桐陂水，水源遠出龍眠裹。春雨桃花兩岸深，浪高十丈蛟龍起。我别水亭今幾年，鷗沙鶴渚空雲煙。誰人擊楫看明月？一夕滄江萬里船。小阮省我來天上，佩劍長吟何豪宕。遊徧燕都返故廬，落日春波正沆漭。爲指溪底白龍穴，夜静珠明水員折。鞭龍早向太液遊，莫使鷁行中斷絶。

送錢實夫讀書冑監

去歲與君伯氏別，朔風吹落燕山雪。今日都門復別君，長空萬里飛春雲。君乘春雲渡江水，石城紫氣當闕起。鳳凰臺上雨初晴，盧龍山下花如綺。此時遊士盡人豪，圜橋碧水拖方袍。王家禮樂輝星日，闕下人文追謝曹。丈夫得意遇知己，躡屩擔簦相遊遨。下帷深究董生業，垂綸還釣任公鰲。

洞庭阻風登岳陽樓戲作

昔聞洞庭名，今識洞庭面。不知天地更何如，但覺四隩茫茫無可見。此水此水深如此，千古浩浩靡底止。可惜風來怒作濤，丈夫胸襟羞與比。我聞瀛海有時變，化爲平陸開郡縣。安得此地長如練？滉漾空使魚龍戰。祖龍何必赭君山？只用剗卻峨眉巔。直令鼉穴爲桑田，洞仙聞說亦開顔。不須騎鶴背，一劍自往還。

嵩丘歌送畢郡守

君不見，八荒巨鎮稱嵩丘，靈標突兀當中州。太室少室互掩映，伊水洛水迴奔流。三臺時見白雲起，月光童子蒼崖裏。青炎常開四樹花，丹池倒噴九龍水〔三〕。花下曾聞子晉笙，緱山嶺上雙鸞鳴。水邊曾駐漢皇旌，少君一見天風生。此地從來可嘯傲，東望三川空浩浩。羨君高乘大夫車，五馬直上函關道。函關老子喜君去，手抱道經爲君馭。再挽淳風天上來，靈波遍灑河橋樹。此時莫惜故人書，應念城東相别處。

後募兵行

欃槍晝吐光，寇來何跳梁。寇來兵亦來，令我負重傷。寇來梳梳我，我髮猶長。兵來篦篦我，蟣蝨俱亡。蟣蝨俱亡可奈何？寇來日少兵日多。君不見，去歲東鄰與賊戰，我挺長戈賊揮扇。力屈死者誠已矣，生者至今有顏面。又不見，西鄰今年逢鄉兵，炙牲貰酒歡相迎〔四〕。奪取金帛不敢問，猶牽子女遠從行。含怨欲訴難具陳，軍門重兵不重民。仰天大叫黑雲斷，空有天地難藏身。

蔣侍御毅所約予督牧江南兼期中秋三茅峯翫月今阻瓜埠舟中有懷

旅泊緣何暮？東江此夜分。鳴榔追蔣詡，隔水望茅君。潮長月盈浦，風高雁失羣。不知三洞客，嘯入幾重雲？

喜方東谷遠訪

宦況輶車何處至？鷗鳥又成羣。客路多黃葉，故鄉空白雲。羞稱東道主，笑誦北山文。此中堪誰説？相知獨有君。

送陳僉憲玉泉之官江西兼憶許石城師

應逢許遠出郎官省，言乘憲府車。清秋度彭蠡，明月挂匡廬。手執三章法，胸藏五笥書。應逢許叔晦，作賦擬相如。

鶡林山莊

五世相傳地，三遷始得家。鑿山開户牖，繞舍種桑麻。林外標千堞，雲端列九華。此中堪寄傲，無處不煙霞。

偶卜幽棲境，真成木石居。春來先食蕨，客至旋撈魚。野曠朝觀稼，身閒夜著書。更欣朋好近，徒步及吾廬。

新得玉蘭塢

聞説龍眠上，木蘭已十尋。聞香經水曲，采秀入雲深。花發銀千樹，月明玉一林。摘來簪滿鬢，不是二毛侵。

途中苦雪

崎嶇行雪徑，高下逐谿田。客路今如此，王程尚渺然。夕陽斜嶺外，荒店斷橋前。翻羡滄江上，風輕一櫂便。

宿長安驛道中

纔離豺虎穴，蹔憩水雲莊。山色雨中盡，櫓聲溪外長。月明如故里，人語是它鄉。更喜天微霽，前途近岳陽。

愛山堂偶成有感

無意尋佳麗，居然得衆峯。始知人境裏，面面有芙蓉。山翠衣前落，林香燕外濃。倚雲時一嘯，鬼國有孤踪。

自辰州泛舟下桃源適阮憲副至共問勝迹有感

桃源乘浪至，卻喜是仙鄉。兩岸皆秋水，千家半夕陽。近村無土著，古渡尚花香。忽報樓船至，忻逢得阮郎。

遊九龍池

乘春趨帝寢，轉壑向龍池。塢曲鶯啼緩，松深馬度遲。紅泉流玉液，丹砌擁金枝。日暮煙雲合，嵐光逐望移。

卜居五嶺訪高氏兄弟

何處訪幽棲？君家在翠微。谷深山似幄，堂古樹藏扉。水帶風聲落，雲驅鳥陣歸。偶來生隱意，小築喜相依。

五嶺經年望，深春始一行。天從青嶂斷，人與白雲平。解帶逐樵伴，寄巢聽鳥聲。從茲來往熟，草木亦知名。

龍眠

天合羣峯勝，山藏百折奇。肯教流水去，不遣世人知。種玉田常稔，燒丹竈已移。就中堪著述，舊與白雲期。

宿白雲僧舍

借榻來山寺，安心得古僧。一燈寒共語，半閣月初升。拂石重留偈，烹茶自鑿冰。豁然悟名理，無念是先登。

真州飲平湫分碧亭

水部一何清，終朝禮白雲。引江成月浦，插柳護鷗羣。地掇金焦勝，春從淮海分。官閒多著作，應似沈休文。

避暑同羅侍御秦虹洲遊宥氏園

結廬一何静，流水護柴扉。莫遣鳴騶入，恐驚啼鳥飛。氣交雲樹合，語久吏人稀。共嘆炎蒸苦，迎風賦式微。

重任太僕見舊署青梧有感

舊日雙梧樹，猶留一院陰。因思枝上月，常入醉中吟。座客去不定，山禽鳴至今。營營空白首，陳迹幾追尋。

山塘早行忽重霧四垂咫尺莫辨恍如瀛海口占成詠

更殘吹角出郊臺，野市三家半未開。風送鷄聲穿屋出，水呑石逕背江迴。青山愛客當關立，白霧欺人擁樹來。一望高深俱草辨〔五〕，何如航海問蓬萊？

謁閔子祠

落日孤墳深草木，山川猶覺肅儀型。單衣笑著蘆花煖，避地遥懷汶水清。天下幾人無異母？世間何處可逃名？鳥啼花塢寒雲斷，一度迴車一慘情。

元旦寓獻縣祝聖口占

六年留滯客燕關，旦逐鵷行侍聖顔。乘傳偶持河上節，聽鐘猶憶殿中班。九門漏盡瑪輿度，五色雲高玉几閒。誰説春明門外遠？祥光猶見禁城山。

瑯琊寺

乘興山行六七里，窈然深秀是瑯琊。迸泉百道常疑雨，芳樹千林不辨花。白首何緣來洞壑？青山更喜入官衙。酒酣遍歷磨陀嶺，東晉樓臺隔暮霞。

喜吳山人卜居金陵爲終老之計詩以賀之

無日山人不問仙，何人爲辦買山錢？清風明月寧須價？朱雀烏衣幸有緣。結隱好圖三畝宅，逃名莫上五湖船。神州百二誰能賦？都在先生杖屨前。

環山樓獨坐有感

日抱殘經對水開，千峯迴合護層臺。竹窗不閉雲常入，花徑無關鶴自來。静業苦多清浄障，閒吟幸少吏人催。支頤獨坐成朝夕，看盡空階長緑苔。

偶將踪迹寄荒城，盡日高樓聽鳥聲。自笑編摩如案牘，翻嫌雲樹費逢迎。黄粱夢裏應難熟，白髮閒中卻易生。真是漆園堪隱吏，不須黎谷更逃名。

自鳳陽至臨淮乘舟入泗道中漫賦

天府乘春得徧遊，汀雲岸草伴行舟。林深谷口藏山寺，雨細花邊見驛樓。平墅幾村湯沐郡，長淮千里帝王州。喜看龍起鍾離處，正是乾文焕斗牛。

督牧至六合聞齊泰銜已先行矣知少選復至賦此留别時初聞雁八月十三日

獨步空階玉露生，古棠葉落暮雲輕。風前立問滄江使，月下驚聞白雁聲。顧我真成牛馬僕，懷人常在鳳凰城。知君計日還停節，候吏能言此夜情。

環山樓懷盛古泉勳卿

踪迹年來惜解攜，白雲天外任東西。君真有道沈金馬，我已無能類木鷄。別後形容看漸老，舊時丘壑望偏迷。生平然諾心猶壯，幾度貽書醉懶題。

林未軒由刑曹轉兵曹詩以賀之

四方兵甲何紛紛，我亦年來悔學文。籌國今歸小司馬，抗顏誰揖大將軍？新聞韜略傳黄石，舊有才名出白雲。牢落天南望天北，鯨鯢簸海倍思君。時有倭警。

寺臺有感寄友人

高樓春望柳初垂，野寺閒情祇自知。載酒每尋花發處，懷人常在月明時。一官不歎虞翻遠，五岳空憐向子遲。幽谷香泉題欲徧，天涯何日寄相思？

鎮遠與吳霽寰中丞交代時有兼制湖北重夔新命吳昔年西省舊寮其翁苕溪公曾爲安慶守有通家之義賦詩而别情見乎詞

黔南何幸接高論，廿載風流喜尚存。詔下建牙三省重，令行分部百蠻尊。共憐粉署元朋侣，況是甘棠舊子孫？惜别有言皆國事，肯輕去住負君恩？

夜聞箏聲枕上口占

誰把銀箏撥晚寒，隨風飛入畫闌干。一窗新月人何處？獨院疏燈夜欲殘。遠客不堪愁裏聽，秋聲偏向醉中彈。無端唤起雲山夢，直渡滄江雁落灘。

入京暫居城外有感時外城新成

六載重來謁紫宸，暫依郭外駐征輪。入門先問新城禁，對客仍稱舊瑣臣。自顧誓心惟有日，回思竭力已無親。明朝鵠立聽魚鑰，又見宫鴉報早春。

入吳寄恆菴伯兄

東下吾何意？傳經得上才。姑蘇佳麗地，行處錦雲堆。海味今甘食，方言漸可猜。虎丘曾借榻，鶴市數銜杯。季子空餘廟，館娃只有臺。洞庭嘗啖橘，玄墓已看梅。山水圖中見，絃歌月下回。好書收不盡，嘉樹遠難栽。獨歎登臨樂，偏逢士女來。更聞於越勝，旦夕問天台。

夜半開窗梅影在壁坐玩移時戲成數韻

一春看不足，深夜尚移檠。影自銀缸出，枝從石壁生。高低隨處得，疏密任天成。寄贈應難折，臨摹惜未精。參差光歷亂，騰攫勢縱橫。真態翻爲幻，枯稍漸入榮。鳥過如有迹，風動寂無聲。鐵遂何妨弄？瓊臺愈覺清。恍疑池面見，何異月中行？

賣花曲 吳中作

市女買花枝，村女買白苧。如何天上春，不到貧家去？

龍眠山次蘇潁濱韻二十章

李伯時昔作龍眠山莊，自爲之圖，東坡爲之記，又屬潁濱作小詩二十章，以繼輞川山水之作。其自西而東，由建德館至垂雲沜，著録者凡十六處，道南四處曰勝金巖、寶華巖、陳彭漈、鵲源。今山川具在，誰踵芳踪？依韻載賡，徒思往哲。

建德館

兩邑割青山，不能割風雨。風雨不妬人，來者即爲主。

墨禪堂

有墨翻爲幻，無墨卻是禪。君看點墨處，只有舊山川。

華巖堂

雲來山欲沈，雲去山復定。讀罷華嚴經，應識山之性。

雲薌閣〔六〕

風送稻香來，偶讀離騷熟。説與醊醨人，今歲秫應足。

發真塢

樵者不知山，漁者不知川。山川總不識，方得返自然。

薌茅館

繞庭種青蘿，結綺覆茅屋。兀坐風雨來，山容浄如沐。

瓔珞巖

神女噴靈泉，挂石成珠網。一見即依然，□作往來想〔七〕。

棲雲室

巖静雲常宿，有時招不來。如何無心者，亦去逐風雷？

秘全菴

名山秘已久，來者自依違。君看雲埋處，千年無是非。

延華洞

山作四時春，花開復花落。洞中别有天，不令風雨惡。

澄元谷

窈窕谷何深，日月自照臨。坐看流水去，因知不住心。

雨花巖

不見有花開，但見有花墮。觀花了無期，時作橐駝坐。

冷冷谷

幽泉灑石厓，迸珠濺草木。不獨廬山中，泉聲有琴筑。

玉龍峽

白龍去乘雲，流沫猶挂壁。日月如跳丸，晝夜來相射。

觀音巖

終日讀心經，九竅皆如石。虚靈何處來？無得亦無失。

垂雲沜

但得淥水趣，莫問蒼生何。君看行李中，滿載皆坡陀。

勝金巖

晏坐緑莎臺，何如金埒地？可憐塵中人，不識静中味。

寶華巖

物華散天寶，中有不凋木。食之可延年，能令鬢長緑。

陳彭潨

山將雲作弁，復以水爲紳。陳彭輕去此，俱作不歸人。

鵲　源

濯纓水逾清，嗽石齒逾勁。如何今日遊，頓忘昔者病？

龍門沖九詠

駐馬坡

本是猿猴徑，那堪車馬來？白雲欲藏巧，曳杖青山開。

石門

天生石作垣，千古空盤踞。好封一丸泥，不放流泉去。

白龍潭

白龍水底眠，猶放雲光入。有時化作人，獨向峯頭立。

丹青峽

四山列翠屏，草木自紅紫。今朝怪石前，著我看雲起。

日月巖

日月互出入，旦夕巖前度。亦在雲霧中，不設通天路。

雨珠崖

跳波濺赤厓，四時如飛雨。我立雨點中，人説白龍舞。

天方池

此地如盆盎，載水只數斗。我欲醉麻姑，爲釀千日酒。

古藤洞

古藤生洞口，不遣遊人入。酌酒坐藤陰，飛泉猶相及。

玄圭石

一石如玄圭，見之每下拜。爲問天地終，石丈可不壞？

助山堂雜詠 十二首

石鼓山

採松作簣桴，擊地成土鼓。我將曳履聲，翻入伊耆譜。

木犀澗

澗傍有木犀，澗下有流水。花香水復清，曲曲白雲裏。

小龍峯

小龍盤山中，大龍横江上。雲氣自往還，百里遥相望。

舞踏嶺

高者如鳳翔，下者如虎踞。朝朝几席前，欲去不能去。

篤　山

山頭禮白雲，時有鄰翁至。我愛洞中牀，獨學五龍睡。

麒麟山

上山只七里，江淮俱在目。山北有温泉，山南有玄谷。

金紫砦

昔時避秦人，山頭立城郭。至今有餘情，白雲猶作幕。

觀音洞

遥望亂石中，居然有法相。捫蘿行已前，魍魎不可狀。

玄玄峽

何物玄又玄？至玄是此水。直欲下滄瀛，不顧行萬里。

蓮華峯

欲住青蓮宇，冥心玩玄化。只是雲霧多，白日在山下。

楮樹灣 中有造紙者

種楮滿山中，不羡藤與竹。欲著書萬言，毛生髮漸禿。

金山寺

問空入山門，山僧不識字。就樹挂袈裟，斸徧白雲地。

宿臨江驛

飄飖何處易銷魂？細雨平蕪帶水村。十里蘆花飛白雪，數家茅屋隱黄昏。

桃源道中

迤邐青山束緑溪，家家花竹自東西。于今車馬朝朝到，何事漁郎去復迷？

種梅

姑射仙人自愛寒，幾番驛使故相殘。于今移入深山裏，不是騎驢不去看。

種柳

小塘横玉傍雲開，蒲柳沿堤手自栽。莫與行人贈離别，年年枝上領春來。

種槐

緑水塘邊盡種槐，疏陰夾道客常來。南薰一枕情何極？不學王家有意栽。

種蓮

蓉蕖半畝白雲圍，賞徧池亭夜不歸。自識簪纓難久戀，乘時先辦芰荷衣。

種花

世人種花須名花，雕欄十二護香葩。我今雜植東風裏，但願花開長在家。

種　菜

抱甕東皋半種葵，汲泉多是夕陽時。興來幾度荷鋤立，藜莧腸中易得詩。

種　竹

擬返長林製籜冠，一綸占盡白鷗灘。呼兒早種篔簹竹，莫向山僧乞釣竿。

月下有感

記得鳳臺賦落霞，桂宮香發萬年花。飛樓十二層層碧，第一仙人萼緑華。

自靈壁至宿皆由隋堤行有感〔八〕

聞説當年帝子遊，兩堤紅粉曳龍舟。空留道上垂楊在，猶帶東風舞不休。

送曹龍田掌科謫無爲便道歸省

君到家時屬暮春，入門先拜白頭人。登堂只説君恩重，莫道今朝是逐臣。

客至

楊花如雪草如茵，玉柱峯前盡是春。客至但知催貰酒，張罾先喚打魚人。

問古泉園中海棠

記得君家二月時，滿庭紅樹競芳姿。今年花發誰同賞，開到東風第幾枝？

鳳山雨雲 鷃林山居八賦之四

習静林中自課耕，朝朝石上看雲生。祇愁雨過山溪漲，流出桃花滿市城。

龍峯霽雪

靈巘岧嶤幾萬重，瑶華削就玉芙蓉。曉來日上雲初散，添出峯頭四五松。

石澗水簾

白虹千尺半空垂，不斷長風盡日吹。昨向巖前看月上，水晶宫裏見蛾眉。

桐溪春漲

春日桐溪水滿川，千家歡笑對川眠。自憐朴俗少機事，兩岸垂楊無釣船。

月下海棠

静捲疏簾看海棠，嫣然一笑帶斜陽。嫦娥有意窗前照，引領花神夜到堂。

燈下海棠

醉後移檠看海棠，嬌姿如醉半依牆。無端驚起花間蝶，飛撲銀缸亂晚粧。

雨中海棠

讀罷茶經看海棠，猩猩萬簇錦雲張。何如新向蘭湯浴，洗出胭脂一段香？

風中海棠

最愛春風到海棠，低迴嫋娜自飛颺。紅英欲墮還扶起，半在臺前半出牆。

校記

〔一〕□　原刻空白。

〔二〕春　當作『春』。

〔三〕『青炎』二句　原刻作雙行小字。

〔四〕炙　當作『炙』。

〔五〕草　當作『莫』。

〔六〕薌　當作『薌』。

〔七〕□　原刻空白。

〔八〕壁　當作『璧』。

龍眠風雅卷六

木厓潘　江蜀藻輯
宜興陳維崧其年同里許來惠綏人参

秦嘉禾

字吾田。嘉靖間處士。家於大龍山，自號大龍山人。爲詩清越遒宕，無郊、島氣，所撰多遺佚，僅存彭澤稿一帙。彭澤稿者，公姊適彭澤丁我山，比歿，奔其喪，往還江上所作也。自爲之序，手録二通，一藏于家，一貽周甥，詩皆可觀。工書法。里人有索書于文待詔徵明者，待詔曰：『子鄉人吾田先生，鳳翥鸞回，書中仙手。今舍之從我，是賤家鷄而愛野鶩也。』其爲名流所遜謝如此。予從人家卷軸紙幀間得公手録詩數首，合之彭澤稿所載，前輩風流，略可想見。

曉發海口

城角吹冥霧，江雲拂曉暾。小舟一以駕，歲暮問西奔。風急寒帆影，沙明引浪痕。悲來鴻雁字，悵望欲銷魂。時之彭澤奔姊喪。

晚泊沙灣

慣識西江路，重遊恥故吾。林疏疑客鬢，瀾倒似狂夫。獨對新生月，相思舊酒徒。寒篷難著睡，何處響嗚嗚？

小孤山

砥柱從開闢，中流自古今。神龍常在窟，怪木不成林。絶頂雲流影，懸崖鳥過音。我題百丈壁，仙迹倘相尋。

遊黄山谷讀書巖

石林探窈窕，巖洞入幽玄。不没苔封字，猶存太史鐫。筆精縈鳥籀，墨妙注龍涎。風竹穿泉竇，書聲日夜傳。

對雪四首

千山寒氣烈，向曉雪冥濛。點瓦先飛霰，窺檐旋舞風。六花天作巧，三白歲占豐。酒力知無那，清尊可耐空？

淡淡初經眼，漫漫欲接天。狂尋東郭履，興動剡溪船。獨對詩多悟，相忘酒有權。此時真意在，不薄愛前賢。

廣寒何處是？照我落瑶華。蘭種交枝玉，梅開隔歲花。呼童分活火，融水泛香茶。讀罷梁園賦，風流迥可誇。

白屋生圭璧，山人不受貧。光摇銀兔魄，飛挽玉龍鱗。别浦供垂釣，前村苦負薪。那能邀郢客，早晚和陽春？

西郊春遊

昨日出西郭，山城春色闌。野花羞見舞，市酒漫逢懽。願學孫思邈，難如管幼安。詩成無寄處，爲客掃齊紈。

山行贈友人

並馬深山月，凌寒滿意霜。看君情未厭，顧我喜成狂。瓦釜餐麤糲，篝燈話短長。十年聊此度，一宿太匆忙。

邀　友

病懶常扃户，秋懷莽不開。林風吹欲去，山月照還來。撿點新詩句，留餘舊酒杯。前村有王粲，命僕掃荒萊。

寺　夜

雪夜景中景，僧房清更清。香爐縈古篆，茗碗泛秋英。了讀南華法，空傳西土名。閒來成底事？破語是浮生。

春日東郊

有客乘餘興，尋春載小車。風光雖郭外，景物似山家。桃李催人醉，塵埃送日斜。區區存古意，未敢妬紛華。

過黄柏嶺

雨歇登黄柏，空濛雲滿身。下逢田舍叟，呼我雲中人。石怪伏玄豹，松高生赤鱗。誤予來小憩，隨意問山鄰。

留別姊夫丁我山

遠隔長江會面稀，難禁此別淚霏霏。青山人影魚軒去，白露歌聲薤葉晞。幸托丈夫憐宿草，好教兒女報春暉。平生已向燈前盡，莫道人間往事非。

癸丑元日紀事

去年元日春正來，今年元日雲不開。萬里晦冥連巨海，九天臨照掩高臺。陽精太損垂空象，陰蝕常煩應候猜。人事天時難忖度，用牲伐鼓直須迴。

遇雪

陰靄淒淒凝苦寒，直教飛霰雪瀰漫。江魚引白俱侵岸，沙鳥隨花亂失灘。漏日光輝能自媚，倚風飄泊向誰看？擁衾且飽袁安臥，銀闕瑶臺夢未殘。

題柳湖

君家傍湖開石扉，繞堤萬柳密如圍。三春柳變鶯調曲，五月湖平鷺浴衣。蕩漾摇金晴冉冉，徘徊覽鏡碧暉暉。柴桑處士名仍在，范蠡于今迹未稀。

老僧别號孤峯索題

小孤當面立，老衲對孤身。江底龍歸鉢，天邊月轉輪。

沙灣坐雪七首

天上瑞木花，開時還落地。點麥秀兩岐，點禾生五穗。

玄雲吹更密，天地忽改色。只聽浪喧豗，不見江南北。

霏霏還拂拂，淡淡轉濛濛。如梅猶映月，似絮不禁風。

寒不壓詩狂，凍偏欺酒力。白戰響金聲，照人生玉色。

坐我孤槎中，如陟清虚殿。謝絶煙火氣，茗碗浮冰片。

嗟嗟阮途窮，有時發長嘯。憶我草堂前，巡檐堪索笑。

淵明百代人，柴桑千日酒。詩成一慕之，吾於爾何有？

雨中曉渡

遊山不問程，騎驢呼曉渡。雲黑正催詩，雨中得佳句。

偶　出

漫尋春水踏桃花，問渡前溪一徑斜。回首不知明月上，等閒沈醉野人家。

客至

大龍山人發浩歌，沽來一斗剩無多。柴門忽報車聲駐，整理烏巾掃雀羅。

即事

吟懶巡巡繞曲廊，木樨花底静聞香。新尊看落新生月，獨掩空齋坐竹牀。

自分山中採蕨仙，有司分得買魚錢。奚奴莫問漁郎姓，物色羊裘第一賢。

河水烹魚魚味真，月洲煙浦趁詩人。也應沽酒來新市，笑殺花源長避秦。

方郎吳郎同釣船，櫂歌渺渺浄江煙。風流便得王摩詰，一幅生綃畫輞川。

汎湖

汎汎楓湖十里中，薄雲細浪夜初融。月明會聽雙龍起，我欲攜之到海東。

登天姥峯

天姥崚嶒不可招，雲巖雪壑傍青霄。天臺四萬八千尺，俯首飛虹渡石橋。

過黄柏嶺居中瑞堂不値

甲瑞堂前秋菊遲，黄英不報主人知。揚雄别有幽居宅，野客相過欲問奇。

秋　興

停雲亭畔枕書眠，夢到江樓月正圓。一曲洞簫吹露冷，玉人此夜隔風煙。

戴　完

字仲修，號渾菴。嘉靖甲辰進士，以部曹負重名。介溪柄國，冀得私謁，當顯擢，竟不往。補貴州副使，威惠大著。以病乞歸，時年四十三。研究理學，與羅近溪、張甑山、耿楚侗、王龍溪往復論難，四方學者多歸之。江陵秉鈞，趣之起，不應。詩未見刻稿。

偶搜數首，頗無理家窠臼。孫耆顯詩極稱弘麗，而耆昌竟無傳篇，可慨也。

撫寧道中乘馬望山海有作

迢遞北平道，揮鞭自控驄。冰堅疑石積，山擁覺途窮。征蓋輝寒日，平沙慘暮風。關城迷望眼，還宿野村中。

宿慈雲寺風雨連宵有懷往事

宦況真無賴，禪宫舊有盟。琴尊連夜雨，燈火十年情。殘夢和雲作，輕寒入夏生。談經歸院晚，老衲喜逢迎。

寧遠夜行有懷

升車穩坐漫成吟，風捲簾開月色臨。月念幽懷應入伴，風知繇力故相侵。塞鴻久遲雲邊素，遼鶴空聞海外音。試問關城還幾許？遊人無限故園心。

運邊餉宿豐潤公署有懷用謝道長韻

天涯歲晏未圖歸，盡口驅車傍落暉。萬里憑誰遼海夢？予廷試時，有人夢往遼，今果然。五雲回首帝城飛。嚴風急柝悲殘夜，新月臨關照客扉。此去足邊應國計，不遑遊子問寒衣。

三月邊城有懷故園春景

殊方物候總堪嗟，誰遣遊人促使車？落日空山餘壁壘，芳春何處覓鶯花？晴峯欲露半埋雪，野草將萌尚覆沙。對節轉令鄉思劇，西風況復起邊笳。

寄贈吴平川令河陰

下榻高歌憶昔時，風煙去住各淒其。雲邊親舍衝宵發，馬首王程計日馳。花向河陽移植早，梅逢驛使寄來遲。循良漢室元無數，誰似吴公第一奇？

錢元鼎

字實夫，號慎菴。柳溪公之子。嘉靖間官鴻臚丞。家世工詩學，尤以書畫名家。所交皆賢士大夫。有集行世。

清明感興

去年寒食無炊煙，湖村阻雨竟日眠。四山絪緼隔咫尺，白雲對面猶淒然。今年清明客江左，坐問鄰家乞新火。遊興都因風雨慳，鄉心苦被嚴城鎖。城南春泥一尺深，家家愁損看花心。冶遊車馬不可出，陌頭壺榼難招尋。聚寶山前多古寺，棲雲樓閣寒陰陰。雨花高臺空突兀，萋萋芳草迷登臨。道傍桃李誰爲主？淚濕紅粧嬌不語。垂垂弱柳暗河橋，一似含顰向人舞。松楸遠近何人栽？兒孫冒雨成行來。故山千里望不極，天涯遊子生悲哀。憶別金陵驚十載，江山依舊人情改。幾度經過覓故知，洞口花深人不在。飛飛燕子識烏衣，泛泛沙鷗狎釣磯。關情惟此兩禽鳥，無猜對語渾相依。屈指離家逾五月，身寄江南夢江北。傳聞親友幾凋零，落落晨星乍明滅。消愁近得平安書，草堂三徑今晏如。吾生亦自有餘樂，逢人不必長嗟吁。嗟吁兮！人生擾擾將何爲？百年歡笑須及時。志願不吾遂，陰晴無定期。甞聞斗酒百篇詩，媿我枯腸無一詞。探囊得錢恰三百，沽來痛飲當勿辭。呼童研取一斛墨，臨池縱筆揮烏絲。清狂聊爾足心賞，莫向時流惜未知。

葛巾嘆

曾聞海上鮫綃帕，剪雪裁冰信無價。又聞内苑賜香羅，纏頭聊足贈青娥。爭如閨中善製作，一幅山巾飄素葛。萬縷千絲當暑輕，魯縞齊紈總不若。苦憶荆釵裙布人，持身不尚綺羅春。窗前燈下甘自績，絺綌未就先傷神。物存人化忽三載，手澤如新顔色改。細細牽絲繫斷腸，裊裊垂綸釣愁海。織成翻覆心悲酸，抆淚含情衹獨看。天荒地老不復見，赤繩斷絕空長嘆。吁嗟此巾莫離手，忍將更漉牀頭酒。豈如匣扇怨秋風，願同白髮長相守。

江南夏

四月欲盡五月來，葵花榴花相映開。薰風夜夜催團扇，瑞日朝朝臨鏡臺。粧成自照青鸞舞，笑啓雕籠教鸚鵡。細舂金鳳染春葱，巧簇絨絲裝艾虎。長日淹淹暑漸添，檀煙縈注水晶簾。忙催白苧裁輕服，生怕香羅膩粉粘。

書感

一月閉門苦愁病，曉起梳頭偶臨鏡。白髮依稀一兩莖，月裏分明得霜信。丈夫意氣當青年，功名何物空相牽？劉君英雄嘆髀肉，潘郎緑鬢悲華顛。我生非無四方志，周道行行苦留滯。十年磨劍尚韜光，匣裏雙鳴猶未試。資質從渠變柳蒲，胸襟豪宕吞江湖。揮毫嘗灑一池墨，時刻莫教詩思枯。

夏日書懷

溽暑招尋寡，消閒病懶宜。花收蜂不鬧，樹合鳥頻窺。豈有嘲須解？更無文可移。悠然初睡起，散步得新詩。

得吳山人書卻寄二首

谷口龐居士，吳門梁伯鸞。家貧猶食力，歲晏不知寒。已愜齊眉願，還成繞膝歡。忘年君辱與，常好報平安。

多病容余懶，忘機任世情。從來倦奔走，豈是廢逢迎？溷俗偏躭隱，完軀敢愛名？每求方外侶，隨意結詩盟。

秋日自江上歸

山堂經夏閉，江櫂及秋歸。野岸潮初落，沙村稻正肥。比鄰歡瀹茗，稚子候牽衣。坐弄黄昏月，清輝照紫薇。

送別張信夫

自別張平子，高談日起予。探奇多識字，析義共讎書。落魄非躭酒，垂綸不在魚。知音倘難遇，迹遠莫情疏。

賦得鳩來巢

念爾巢檐志，戢身寧處卑。每歌維鵲詠，欲作祝鷄詞。飲啄隨緣足，陰晴只自知。寄言堂上燕，相顧莫相疑。

病中書懷

溷迹聊棲市，幽期本在山。避人防口失，臥病得身閒。大火日西下，涼風天未還〔一〕。每逢明月上，相對一開顏。

王伯獻歷滿還寧波賦别

辟水知名日，江梅動小春。風塵同作客，道路各傷神。鷁舫乘流發，烏臺入望頻。把衣情不極，愁殺未歸人。

初度紀興

兩歲客中度，今番喜在家。拚傾泥甕酒，寧負竹罏茶。簾捲重圓月，梅開索笑花。相親憐骨月，還共話京華。

訪雲谿大師

避暑投龍藏，探雲過虎谿。松門生細籟，蘿磴足幽蹟。山果迎風落，秋禽隔塢啼。惠休元愛客，茗碗數招攜。

偶出

臥榻淹三伏，肩輿出早秋。清溪通小市，香稻滿平疇。有約過鄰舍，忘機對水鷗。已成迂懶性，身外更何求？

聞鴈

旅枕夢初覺，秋空鴈正來。霜先遼海降，書自玉關回。顧影飛何急？迷羣聲更哀。天涯有飄泊，悽斷思難裁。

登黄花亭遺址

隔城舒晚眺，信步得高臺。亭去名猶在，霜遲菊未開。浮雲西日下，明月大江來。逸思飛難禁，昏鐘何處催？

吕亭小池

背市柴門寂，池開一鏡明。鳥飛清見影，花落静無聲。垂釣魚隨得，開尊客共傾。風塵滿道路，那許到檐楹？

方户部暉山考績北上

卷書辭畫省，獻績向神京。雨歇潮仍上，江空月正明。興隨鴻去遠，聲與鶴同清。奏對從容處，蒼生無限情。

别文光

百里遥相憶，連朝得共遊。東風花外騎，明月水西樓。不盡樵漁話，欣逢菜麥秋。忽聞城郭信，别思繞芳洲。

小　雨

小雨迎新夏，輕寒釀麥秋。烏衣斜趁濕，黄鳥坐交愁。避客成疏放，孤吟自唱酬。蕭然聊足睡，終日懶梳頭。

鸚鵡

香稻空餘粒，雕籠竟不開。家鷄翻見妬，羣鵲總相猜。嗟爾能言鳥，慙余作賦才。羈懷正牢落，一對一徘徊。

烏江懷古

江頭祠廟屢經過，往事千年迹未磨。父老尚傳垓下戰，兒童猶學楚人歌。怒濤似帶悲風急，古木如含怨氣多。莫向英雄論成敗，漢家宫闕近如何？

雪夜憶亡

臘月二日寒難禁，向晚街頭雪漸深。行人已絶獨閉户，凍鵲忽噪風滿林。舉杯苦憶去年事，擁幃不復生同衾。呼兒到膝問冷煖，孤燈慘淡雙愁心。

遊浮山四首

幾年東望夢攀登，今到龍門第一層。芒履躡雲緣仄徑，薜衣穿竹拄枯藤。花明洞口如供佛，鳥下峯頭欲伴僧。浩興每因山水發，風塵冉冉豈吾能？

巖洞虚無勢若浮，望中新水繞芳洲。煙霞嘗護仙遊地，丹碧真成海市樓。勝賞每便吾獨往，幽棲只合此相留。欲將彩筆摹真景，安得當年顧虎頭？

瀑瀉疑聞天樂聲，嘯歌一和鬼神驚。荒碑蘚蝕前朝字，粉壁沙籠近代名。空洞受風終夜冷，行雲將雨半山晴。松堂醉臥分禪榻，贏得詩懷似水清。

傍壁依巖結小菴，燕藏石罅語呢喃。海州福地曾傳十，蓬島名山浪説三。底用求仙過雁宕？何須採藥入終南？玄談頓覺槐根夢，回首塵中蟻戰酣。

送劉兑峯進士歸

卷書初破歲將更，又送同遊出石城。寒勒早梅初破臘，春回芳草亦知榮。何時天禄重相訪，舊日玄都已得名。把袂不勝鄉國思，鍾山霜月照人明。

旅　懷

江花江草喚新愁，旅食京華已倦遊。社日雨晴喧燕雀，清明節近感松楸。吟邊寶瑟誰同調？物外浮槎可自由？故國雲山好歸去，拂衣還爲故人留。

雨後高座寺看竹軒

天際重雲濕不飛，村端積雨未應晞。寧嫌野客來争席，卻喜山僧爲啓扉。竹色映階空翠冷，花香拂袖晚風微。故山薇蕨今將老，遊子春深尚未歸。

渡江水漲如海勢

大江秋水接天浮，虎踞關前解去舟。微雨片帆經浦口，輕風一日到和州。汀蒲岸柳青無賴，宿鷺饑鳶濕共愁。莫謂魚龍吹浪急，乾坤日夜自東流。

金白嶼惠鮮荔枝

閩南佳品遠誰將？分贈憐君意獨長。飛騎何勞馳驛使，臥遊渾似到炎方。錦苞猶帶丹霞色，珍味還同碧玉香。草野自餘芹曝念，殷勤直欲獻明光。

蕭杏莊樓居缺于登眺賦寄

仙人自昔愛樓居，蕭史飛甍切太虛。臨别已孤登覽興，經時翻訝往來疏。晴窗受月心常静，水檻涵秋畫不如。猶幸秦淮潮信早，素緘還好托雙魚。

松莊省耕作

十里青松帶白雲，農歌牧唱自紛紛。老妻解識躬耕意，稚子能傳諭俗文。風細茅堂聞燕語，水清芳沼散鵝羣。猶慙多事還城市，茗碗胡牀戀夕曛。

感舊和友人

客窗風雪入殘年，往事空懷十載前。繡閣生春寒不到，金尊留醉夜忘眠。歌翻玉樹人何處？墨灑烏絲迹尚鮮。唯有南樓舊時月，清光無限向人圓。

遊茅山

洞口尋真處處通，瑶芝石髓思無窮。山中秀句推張雨，物外丹砂慕葛洪。澗水有聲消積雪，洞桃含蕊待春風。瓊樓玉宇題應徧，鶴背吹簫繞碧空。

登峯

披星中夜禮茅君，第一峯頭掃白雲。海日恍從三島見，天鷄如在半空聞。虚皇秘授長生籙，太乙親持北斗文。回首人間猶未曙，滿身香霧正氤氲。

新林釣磯

傲吏思歸便得歸，新林閒卻釣魚磯。季鷹本爲鱸羹美，元亮何資斗粟微。白鷺滄洲還舊業，緑蓑青箬遂初衣。玄暉古調君能繼，六代遺音和者稀。

鳳凰泉茶所

官薄還鄉無酒錢，獨將茶事寄清緣。著書益苦文園渴，飲水惟甘建業泉。客至旋教分活火，鶴歸終是怯餘煙。思君寫竹吟詩處，兩腋清風便欲仙。

春　懷

三月鶯花已漸過，閉門鬱鬱奈春何？日烘細柳緑煙淡，風入小桃紅雨多。錦瑟漫懷聲裏怨，竹枝猶聽夢中歌。江南正是芳菲節，料得春衣試薄羅。

團山翁卜居別墅號易醉山人

山翁習静謝樵漁，試卜城東作隱居。旋向新鄰乞花竹，即看幽鳥到階除。詩懷易醉非躭酒，老眼相親只是書。門外輪蹄任來往，庭前風月自清虚。

次蕭鶴田見訪韻

雪裏談詩每夜分，春城尊酒復論文。餘寒不襲黄縣襖，醉筆狂書白練裙。柳絮白飄風軟軟，杏花紅逐雨紛紛。盤桓更惜重分手，冷淡交情獨有君。

答吳山人古樽

乍向風前展素書，故人消息未全疏。題詩盡染煙霞色，習懶空懷水竹居。動地秋聲霜降後，滿天寒色雁來初。相思便欲登浮渡，遲爾攜壺興不虛。

家兄左長史存菴公過桐省墓聚首旬餘漫賦留別

五年未拜麒麟冢，千里遥分棠棣枝。迢遞每牽春草夢，瞻依應賦白雲詩。奉常早歲仙班後，幕府風清吏隱時。一自長沙新命後，江東無限故鄉思。

樓　成

款鶴昔曾開别院，收春今復架層樓。閉門覓句經時得，與客移尊竟日留。清引花香浮几席，翠分山色上簾鉤。致身敢謂居高潔？懶性偏宜此地幽。

曉發皖城暮抵破堽别業

出城猶自見殘星，下馬驚看月滿庭。百里風光雙眼白，千江南北萬山青。鶯聲喚客誰爲主？花氣醺人我獨醒。卻笑閒身忙裏過，年來踪迹任浮萍。

林有望

號未軒。嘉靖癸丑進士。初授邵武令，律己字民，以清惠聞。擢兵部職方，晉郎中。時分宜枋政，忌公彊直，以僉事出備兵四川瀘溆，蜀人稱爲海罡風復見。連抗分宜三疏，詆諆不少屈，皆留中，遂挂冠歸。去之日，帑有羡金十萬，例爲公有，吏以故事請，麾之弗問，垂橐而歸，不能名一錢也。公居官十載，未嘗及家人生産，野無尺土，市鮮一廛。其太翁爲築室洞賓泉，竹石自娱。著有史綱辨疑數十卷。年未五旬而歿。桐之稱清白吏者，推公爲最。而郡邑乘皆失紀載，可慨也已！

蘇原柳溪韻紀事

臨池開讌興偏賒，竹蕩波光日已斜。兩地歌翻風底葉，一聲□壓鬢邊花〔二〕。葱青處處平林路，紅紫紛紛淺浦沙。病足不勝浮大白，筍輿醉倚勝仙槎。

兔河早發

曉起開船雲欲曙，赤霞殘月兩争輝。櫂聲欸乃穿波影，羌笛咿唔入翠微。夾岸柳條垂近尺，平湖菱葉滿鑱肥。遠山四望青如許，一路帆檣鏡裏飛。

胡效才

字用甫，號澤菴。嘉靖乙丑進士。少貧，資束修羊以贍菽水。性孝友，事繼母吴尤謹。博學有才名，以晚成未及仕。

登玉峯

雨餘穹翠入窗來，獨上峯頭步幾回。歌舞自憐風日麗，鬢毛休笑雪霜催。萬家匹練花叢繞，一望三江樹色開。春水莫愁魚雁闊，新潮應到射蛟臺。

登 第

自笑窮經五十餘，恩光何幸到寒廬。黄壚白髮新依土，紫陌紅塵乍點書。家擁百城還破卷，園開三徑欲教鋤。春風拂面好歸去，稚子門前已候余。

何思鰲

字子極，號海漁。嘉靖間貢士，以廷試第一授棲霞令。性仁慈簡潔，居官多惠政，秩滿告歸。以子如寵貴贈武英殿大學士。

登聖水菴和韻

掬水尋香入翠微，隔林浮渡午鐘稀。路攀危磴蒼茵滑，泉劈輕煙白練飛。澗道細看梳石髮，雨聲驚聽擊雲扉。經營卻羨如神瀵，我欲甑甎坐不歸。

錢可久

字思畏，號畏齋。存菴公子，桐溪公孫也。爲人倜儻清妙，所交盡一時名流。自言與西湖結物外交，常駕舟千里訪之。善書法，與王百穀、周公瑕齊名。詩集頗多，後嗣零落，遺佚過半矣。

宿舒城

朝出桐城門，暮宿舒城陌。離家未百里，即是他鄉客。客思難禁當，愁心空脉脉。舉酒問明月，清光如可惜。不見故山人，惆悵浮雲隔。

湖上與永思率卿同泛

落日湖中景，西風物外期。四山遥對酒，一水共題詩。社燕秋歸盡，征鴻晚度遲。櫂歌行處好，鷗鷺莫相疑。

曉起登朝陽洞

石林瞻岧嵉，山勢鬱崔嵬。客夢回仙界，塵緣破上台。霞明天路近，日出海門開。試問朝陽地，何時鳳鳥來？

九日感懷

村居聊寄食，多病未全瘳。忽憶去年事，還悲九日秋。霜花籬畔少，風葉檻前稠。獨有寒山月，分明伴客愁。

憶紹卿

臘日遥相別，花時苦憶君。愁看屋梁月，悽斷雁行雲。北峽風煙迥，南樓草樹芬。幽懷誰共語？對酒易成醺。

再遊風洞宫

世俗吾能厭，玄房許再過。野花看不盡，幽籟聽還多。醉叟青藜杖，狂吟白雪歌。眷兹山水趣，欲借魯陽戈。

宿永思探微室話心

探微留信宿，顧影轉淒清。夜半吟風葉，秋空作雨聲。道窮無復夢，山静不聞更。鮑叔應憐汝，平生向此傾。

西郭趙園

逆旅經時久，芳郊載酒頻。常因看花處，憶得故園春。筍迸籬根出，萍浮水面新。灑然逢一笑，聊爾任吾真。

徐州飲路河樓園上聽歌

歲晏逢君水上樓，酒深娱我越中謳。江干未信周郎顧，道路能銷阮籍愁。九里即看山月吐，三洪直接海天流。曲終更有無窮思，五夜還從秉燭遊。

再過厓翁偕可園賞池上芙蓉

名園不厭屢相求，回首多情戀舊遊。菊蕊尚憐陶徑晚，芙蓉獨占習池秋。蹉跎往事浮雲過，磊落高懷竟日留。入夜燈前聞古調，往來真疑醉鄉侯。

元夕同春臺魯臺二宗室燈遊興隆寺

繡陌笙歌夜不休，梵天燈火暫相投。煖雲低傍浮圖宿，慈月清隨寶藏流。風景漫憐城郭異，禪談應憶故山幽。王家兄弟多豪逸，結束忻陪妙躅遊。

訪竹軒舅氏

白雲紅樹日成村，下馬從容款竹門。别久情親常見憶，病餘愁況不堪論。山童采栗修茶供，野鳥啼花傍酒尊。月滿前峯如有待，未須燈火報黄昏。

同紹卿永思智思中思重遊碧泉菴

短策凌秋兩度攜，貪幽不畏遠攀躋。看花已過重陽節，聽鳥還同舊日啼。石峽水奔山欲斷，松門雲擁路如迷。風流喜有支公在，到處觴予乞醉題。

望洋殿下以詩招嚴君春晏用韻奉呈

葉意花情總未知，春光先到萬年枝。卿雲冪殿張燈夜，瑞雪融城設醴時。落魄向來悲阮籍，才華今復見陳思。賡歌幾度裁新句，醉聽天街漏下遲。

感春疊前韻

著意探春春不知，雨鳩忽報上林枝。梅妝殢粉初匀處，柳眼窺青欲露時。岱嶽久懸塵外夢，皖江常繫客中思。鑪熏一縷書千卷，消受閒緣晝景遲。

贈劉道士石昌陽

嵩岳仙人何處尋？石間靈節餌長生。藺于楚畹空成佩，桃以玄都浪得名。遂有白雲浮几席，不妨青霧鎖檐楹。移根遠贈餐霞侶，倘許攜之朝太清？

登岱二首

巨鎮峨然聳處安，春風乘興得奇觀。虛聞神府三千里，直扣天門十八盤。白鶴飛泉流玉髓，扶桑影日弄金丸。秦碑漢碣空苔蘚，指點當年封禪壇。

路轉東峯一徑遥，偏攜仙杖擷芳瑶。暖風二月花初發，背日千巖雪未消。青鳥會傳天宇信，蟄龍應動海門潮。忻從上帝觀元化，常擬高真絳節朝。

舞雩臺在魯城東去歲趙東山應達劉小航漢同予嚴君及舍弟可大嘗有避暑之作今予復從嚴君遊因次其韻

試將春色望中收，長日郊原事事幽。雲起直連山盡處，花開欲遍水東頭。時光又見飛玄鳥，機息誰能信白鷗？一自點狂歸詠後，舞雩贏得至今遊。

同魯田彭丈東山趙丈從嚴君踏青南郊竹村殿下遺家樂餽酒饌助發遊興神思飛越一飲至醉次東山韻

踏踏歌聲滿近郊，名園背郭水迴遭。花間巧度霓裳曲，天上遥分玉色醪。春宴直能方李白，幽情那用羨山濤？同遊況復憐同調，不是詩狂即酒豪。

春日感懷次中立殿下韻

碧草天涯思欲然，白雲江上夢頻牽。鶯啼卻怪春催老，柳困應從晝學眠。琴几對吟消閴寂，轆轤斜倚看回旋。殷勤計到歸家日，水滿陂塘秧滿田。

福興寺赴忠上人之約晚過趙國重樓上邂逅沈郎歌以侑酒

乾坤秋老總茫茫，日日尋秋野興長。初地午餐逢白足，高樓晚宴出紅粧。檐前共指三星爛，水際遥懸片月光。判醉且將愁並遣，春風猶恐斷人腸。

葯園同王子質詹伯中姚永思賞菊觀一松翁諸稾

往年曾此看花來，又見寒芳幾度開。谷口風流傳折簡，江門月色照銜杯。勝遊喜結青雲侶，寡和同驚白雪才。款洽坐聆玄論久，卻疑身世在瑶臺。

登道安作

闌干十二擁高樓，今有神仙在上頭。嶺外鶴歸千嶂月，天邊雁度一江秋。青雲夢入鵬摶處〔三〕，白水光涵鳥落洲。指點欲憑雙醉眼，蓮花九朵望中浮。

二月雪病中作

四陽猶見六花開，萬里愁看一片皚。掃積烹茶供伏枕，凌寒沽酒負登臺。郊南草淺春無迹，檻外梅遲鵲不來。此地自甘袁臥穩，何人獨櫂剡溪迴？

長干寺

寶地登臨一望賒，帝京風物見繁華。雲開金碧浮雙闕，日麗煙花簇萬家。孤塔俯臨禪界淨，長江迴抱石城斜。三生未遇真僧話，欲借松壇臥紫霞。

新豐里

千里風霜十日塵，青林一道帶通津。停車笑問新豐市，不見當時賣酒人。

夜酌對紫荆花

春風芳草徧天涯，二月遊人未到家。愁絶夢中桑梓緑，一尊空對紫荆花。

席上戲贈歌兒小喜

翠柳枝頭囀栗留，碧桃花底醉箜篌。鳥聲恰與歌相和，更向誰家倩莫愁？

謝如山

號宇華。嘉靖間貢監生。官福建汀州府同知。

春日同友人過慈社

春風先客到，繞徑柳條新。啼鳥争求友，游魚不避人。一乘聞妙法，半日寄閒身。賴有招尋侣，年年肯負春？

吴應道

字自明，號來儀。儀亭公之子。邑諸生。少承父志，讀書砥行，如鉅人長德。年二十九，甫入泮，齎志而殁。以子用先貴，贈如其官。

憶牡丹

名花次第向春風，主人猶自滯江東。桃李繽紛落英盡，爛熳好開錦繡叢。嬌膩楊妃初酣酒，豔染樊素櫻桃口。深緋淺絳炫朝霞，瑩白瑶臺映瓊玖。奇芳異品種非一，魏紫姚黄詎能匹？含情不語向空階，可憐一度春光畢。但留傾國姿容在，珍重香心寧自耐？明年重賞舊芳菲，玉琯鸞笙還相待。

戴乾

字元泉。嘉靖間處士。以才名稱，喜詼諧，善飲博，草書學大令，而圓捷較勝。無子。所著詩文散失無存，廑于幀首扇面間得詩數章，以存其概。

述古四首

英雄存其身，安有仇不報？滅楚與復楚，果不出所料。後此博浪椎，報仇志未了。進爲漢廷傑，退偕赤松老。功成保厥軀，王侯安足道？相逢我青田，千載一長嘯。

淮陰一餓士，得志遂王齊。功高非不賞，爵貴身遂危。兔死狗旋烹，人情重堪疑。前此溪邊嫗，曾救王孫饑。後此吕氏後，一身遭誅夷。生死婦人手，英雄徒爾爲。進食不望報，斯言可啓迷。何必蒯生計，追悔臨刑時？

洛陽一年少，慨然悲時移。老成既謝事，新進非所宜。早知勢已去，痛哭亦奚爲？不如捲書劍，歸臥滄江陲。湘水一憑弔，逝者有如斯。悲君千載後，投文弔者誰？

武侯與留侯，漢祚賴之安。留侯爲其易，武侯爲其難。吳魏各虎踞，蜀漢誠彈丸。指揮軍旅間，中原側目看。北伐功未成，奸雄膽已寒。

雪後過汝駕弟鄉居二首

陰嶺留殘雪，寒光逼小除。林寒高士意，地迥野人居。護竹籬新補，移花凍未舒。客來還有累，瓶粟僅能儲。

曉霽松煙白，庭幽柳色黄。山童眠正穩，野水響逾長。敧枕客將起，開門月未央。鐘聲何處發？清韻總蒼茫。

金陵應舉漫興

不定風帆日夜流，金陵江色媚深秋。不知誰對天人策，若箇同登李郭舟？桃葉渡頭多繾綣，雨花臺畔足淹留。莫愁興會無知己，且醉秦淮舊酒樓。

郊外訪菊

園翁生計未全違，半載栽培蕊已肥。也待西成纔有望，擔頭秋色賣錢歸。

校記

〔一〕末　當作『末』。

〔二〕□　原刻空白。

〔三〕搏　疑當作『搏』。

龍眠風雅卷七

木厓潘　江蜀藻輯
錢塘倪　粲闇公同里張　杰如三參

方學漸

字達卿，號本菴。萬曆間明經，不仕。闡明性學，該貫百家，著書凡數十萬言，有易蠡、性善繹、桐彝、邇訓、桐川語諸集。同時如高景逸、顧涇陽諸先生倡學東南，皆推公爲職志，四方學者多歸之，蓋桐邑講學之盛，未有右于先生者也。詩歌獨宗盛唐，以孝友篤行致庭樹有連理之祥，稱連理堂集。門人私謚明善先生。子大鎮、大鉉，孫孔炤，曾孫以智輩，一門忠孝文章焜耀聯緜，知先生之遺澤遠也。

阻風

朔風吹樹黑雲流，江濤日夕鳴牀頭。荒汀斷岸蒹葭秋，千艘萬舶帆檣收。雪花零亂不可櫂，對酒自歌還自笑。夜深孤鶴掠舟飛，江門片月寒相照。

饑民哀

馮夷頻作東南祟，旱魃今年復爲厲。水田滅没恃高田，高田焦涸空雲煙。農家作苦望新穀，播種不收況旨畜？磬懸四壁甑蒙塵，拮据木實斸草根。草木鐺中無粒米，腸胃雖充脚力痿。壯夫貿貿瘠溝渠，老稚輾轉更誰呼？閉門僵臥不能出，雨雪飄飄風颸颸。愆陽伏陰鬱爲災，孑遺札瘥死蒿萊。不及孤鴻飛千里，猶能一飽江湖水。浮雲散去即長空，殍殣征徭隸籍中。追逋悍吏猛于狼，嗚鑣連騄馳村鄉。小户逃亡追大户，不嗟仳傀還索賂。帝閽萬里阻且迂，誰獻監門鄭俠圖？君不見，太倉紅粟化爲土，嗇夫刲羊飼圈虎。

白雲巖

磴道斜飛瀑，巖花半入雲。望中孤鳥没，天外一江分。竹柏山樓色，旃檀石鼎熏。軒然長嘯發，清興好誰聞？

浮山二首

攬勝入丹丘，迂迴石逕幽。樓臺浮蜃氣，風雨出龍湫。野闊天連水，巖深夏欲秋。坐無塵世念，疑是泛虚舟。

萬壑迴流水，深源種碧桃。樹迷千古洞，山接大江潮。複道來仙客，高峯采藥苗。衰年堪寄迹，寧羡十洲遥。

再遊浮山四首

麥秀暮春天，重遊島嶼邊。青山開石屋，碧水泛芝田。花對巖前酒，茶分樹杪泉。老僧能任達，夜共竹牀眠。

静寄巖廊下，塵氛晝不侵。篔簹風韻細，陵谷雨花深。絶壁看苔字，清泉撫素琴。舊遊渾夢寐，追訪只雲林。

何處堪棲逸？巖深地自偏。坐依盤石樹，飲對落花天。翠黛春添色，雲霞晚更妍。寥寥方外榻，已覺浄塵緣。

金谷岧嶤外，春花紫翠重。漁家明滅火，梵閣有無鐘。雨逕來僧屐，風崖拄客笻。登臨興不極，尊酒上層峯。

資福寺

官道紅塵暗，禪林白日閒。山門斜逐水，堤柳密隨灣。酒熟花初發，春深夜尚寒。醉眠高海曙，鐘磬落人間。

重登望華亭

石閣遵江渚，題鐫憶舊遊。晚風重繫纜，明月尚懸秋。渚岸蒼茫出，華山翠黛流。蘆花煙水外，隱約數漁舟。

龍眠精舍

高林散紫煙，列岫敞青天。水下丹崖曲，花開石澗邊。坐茵分野鹿，鳴瑟應山鵑。誰信雲深處，蛟龍未穩眠。

魯王墩

春晴頻載酒，地僻更探玄。草密疑無路，花開別有天。荒墩斜照裏，野燒亂雲邊。魯谷空千古，臨風一惘然。

訪王元善

適國攜龍劍，尋真上鳳臺。萬竿當席出，一杏傍壇開。皎月秋偏迥，涼風夜欲迴。願從九節杖，飄渺到蓬萊。

合明山

雨霽虹消嵐氣清，乘春攬勝入蓬瀛。何來兩片玻璃石，能作雙懸日月明？極浦亂雲來野色，寒山落木動秋聲。蒲團老衲風檐下，法雨開華照水晶。

東征

朝鮮海外作東藩，長護遼城絶寇源。豈謂憑陵愁日本，至勤師旅出中原。千艘鎧甲衝鼉浪，萬里旌旗散蟻屯。聞説釜山新築壘，控弦未許息轅門。

左慈丹臺

元放燒丹萬仞臺，皖潛深處白雲堆。匡廬氣色天邊出，楚澤風煙江上來。松老歲經秦雨露，壇荒人説漢蓬萊。許昌宫殿空淪没，鳩鵲當筵掠酒杯。

天雄别兒大鎮

五載馳驅千里外，一官迎養二親來。異鄉難得庭闈聚，秋水俄驚别櫂催。直北風沙高皖嶽，江南米價賤燕臺。我行自足桑榆計，不必看雲首重回。

司玄洞

曉隨飛鳥度山椒，洞入司玄敞碧霄。人世已成千嶂隔，天家誰羡玉城遥？到來雲壑參龍馭，忽聽仙宫落鳳韶。已謝風塵投鶴鹿，便從黄綺擷瓊瑶。

靈源觀

彤樓紺殿繞雕欄，煙裊獅猊曙色寒。洞裏有仙呼玉箸，人間何處覓金丹？蔚林黄鳥啼春晝，夾岸紅桃點石瀾。自笑風塵空荏苒，欲生白羽振雲端。

王屋寺

蔦杖通王屋，煙蘿接上方。寒流分燕尾，曲逕轉羊腸。地勢雄吳楚，琳宮歷晉唐。雲棲禪榻黑，日照佛幢黃。虎穴依蓮座，丹爐隱竹房。雉從經卷度，龍向鉢盂藏。仙果風前落，虬枝雨後長。崖深喧瀑布，林密亂鶩鶬。�當巖出，金櫻滿路芳。嶙峋山作障，屈曲石爲梁。磴道盤孤岫，丹青落古堂。明霞低劍佩，修霓襲衣裳。嵐氣浮空翠，江聲入混茫。僧臨白石汲，客煮紫茸香。嘉遁懷巢父，清貞想務光。世緣渾欲謝，機事淡相忘。

石馬潭

怪石潭中立，疑是渥洼駒。何當化龍去，逐電馳天衢。

滑石河

曲曲龍眠河，磊磊河中石。步石渡寒流，雨後堤邊立。

盤雲逕

上皷千仞石，下臨百石磎。磴道千盤入，青雲似可梯。

豸角峯

亭亭豸一角，孤立霜天青。聖世無邪孽，幽壑有山靈。

雙木岑

萬仞如雙筆，巑岏入上台。清秋遥對汝，愧我謫仙才。

蓮華屋

曉日照芙蓉，爍灼青雲裹。秋色不朦情，天光浄于水。

走馬岡

平陸多覆轍，羊腸爲坦塗。振策雲霄上，風雨慎馳驅。

楓香菴

放杖白雲岫，説偈丹楓菴。落葉分山谷，一榻自瞿曇。

鵝公嶠

員嶠勢入雲，環峯莫爲侶。不知此嶠嶺，旻天更幾許？

黄白嶺

青黛從開闢，黄白定有無。我來尋大藥，春雨喚蘼蕪。

蜿蜒谿

何事桃花源，漁郎不再入？只今蜿蜒谿，路迷雲滿隰。

水簾洞

洞雲長日静，簾水不曾閒。坐見寒流去，悠然此閉關。

楮棚灣

木天詞賦客，争美赫蹄文。翻從造楮者，鑿破剡溪雲。

蜈蚣巒

此山有蟠龍，寧受蜈蚣制？長日石中眠，一朝風雨至。

賽社壇

山叟不知春，燕來一賽社。不采杜鵑紅，壇前問桑柘。

幽玄峽

已倦青山屐，還開玄峽罇。幽谷聞啼鳥，寒流咽石門。

環流壑

石澗千條落，環流一壑開。胡麻殊可飯，莫教阮郎回。

育龍湫

靈湫開絶巘，神物此中藏。何日風雷作，甘霖浹四方？

澤豹巖

霧雨饑玄豹，長日隱深山。但求文自蔚，不怨少窺斑。

搏虎嵎

猛虎負嵎蹲，匹夫向嵎搏。虎去石林空，巉巖横碧落。

登洪濤山

不盡雲山天際流，登臨如載木蘭舟。徐生大藥尋難見，浪指滄溟撼十洲。

采蓮曲二首

若耶薰風花正飛，木蘭舟楫蕩晴暉。青春白面誰家子？夜夜放歌溪上歸。

采蓮兒女歌不休，今年花發倍添愁。記得舊年花半蕊，爲郎失卻玉搔頭。

訪張生

野岸春花刺眼明，沙汀白鳥向人鳴。縈軒柳絮迴風舞，彷彿山陰雪裏行。

盛世承

字以烈，號匊泉。司徒古泉公之第七子。萬曆丁丑進士。初授户部主事，尋改兵部，迴翔部署，尚書倚以爲重。出爲藩臬，所至多政迹。官至南京光禄寺卿。性恬淡，恥奔競。工詩文，尤精書法。晚年好道，以山水琴詠自怡，有逍遥物外之志。壽八十八。卒之先一夕，邑令夢公衣鶴氅，揮麈言别，升雲入碧漢。比寤，亟遣存問，已無疾逝矣。予徵詩集于其家，猶公所手録，波磔端好，儼然典刑未遠也。

葉山人歸賦别

出關渡桑乾，蕭蕭滯寒寓。邊塞多悲風，家山眇雲樹。客從桐鄉來，乍對驩如故。浮生無定踪，去來同沬聚。感君意氣佳，下榻爲徐孺。掀髯酣且歌，時出驚人句。殘局角空庭，鳴琴發清暮。有術窺青囊，煙巒生指顧。高談欣素心，神隱洽真趣。秋深露欲凝，冥雁紛南鶩。翩翩動歸輪，遥向太行度。欲留不可攀，欲隨事仍忤。簪綬爲微牽，清賞聊自具。雙鬢今已絲，微榮何足慕？所願山水間，何事苦樊笯？憑君語山靈，余將返初步。待得桃花開，谷口挹輕霧。

甲辰春余以病甚不能入覲遂得致仕

偃卧北窗静，遥臨計事紛。汰除寬病吏，休沐荷明君。階柳先春植，亭花帶雨分。一丘堪任懶，隱矣不論文。

卧　病

濟勝偏逢雨，晴天卻抱疴。山光隨處好，心事奈秋何？素壁長懸嶽，閒庭獨盼柯。悔緣辭客久，幾日少人過。

辛亥三月山中歸偶夢尊開峯影外一聯因成一律

谷邃非人境，春亭晝似年。尊開峯影外，棋落水聲邊。有勝疲仍往，無喧懶任眠。冥棲欣得地，長此覓真玄。

瞿率甫鄉丈訪余雲中贈别

沙磧無春塞月高，鄉書長斷夢魂勞。故人冰雪輕千里，俗吏風塵已二毛。東海未聞平島嶼，中朝猶自乏山濤。相逢莫話憂天事，且把閒情付濁醪。

胡子恆表兄遠訪春日言歸賦贈

匹馬和雲度太行，相看忽忘是他鄉。孤城夜月連榆塞，萬壑春煙隔草堂。君到山陰窮遠興，我遲彭澤誤清狂。冠裳世路難終老，妬殺江南薜荔芳。

用韻酬謝山人

懶惰何心論蜀都，小齋閒晝獨支梧。蒼生事業輸儕輩，丹壑風流屬病夫。瓦鼎茗香烹夜雪，紙窗梅蕊綻冰壺。故人珍重緘書問，爲報蒲團萬慮無。

贈孫真道丈

手握玄圖静裏通，芙蓉冠映野顔紅。幾年絶粒寧須藥？何處尋真獨御風。書付鶴傳三島外，爐教猿守萬山中。蘇門當日曾長嘯，漫道孫登即老翁。

偕段士朴遊南中

八十春秋興未灰，扁舟同下秣陵來。六朝文物猶存否？四望山河亦壯哉。選勝車騶紛水竹，追歡簫鼓沸樓臺。登臨到處都成感，幾樹閒花對雨開。

岳太和過訪山居用韻奉酬

危巒秀入五雲齊，俯瞰塵寰萬象低。一線石中窺碧落，半窗榻底隱虹霓。静來轉覺玄關近，懶去從教白日迷。不厭幽人頻著屐，相將笑語度前谿。

睢陳道中入淮北

四十日前曾此去，旋車卻喜即重過。北來煙雨迷村樹，南去山川翳女蘿。鳥倦但思林宿好，馬遲偏怪路迂多。寄言亭子東頭竹，好遂初衣挂芰荷。

春日懷歸 時治兵雲安

五斗羈人未得歸，窮邊三月雪霏微。雁魚錦字經年隔，麋鹿幽踪與世違。旅夢不曾離竹徑，山靈休笑裂荷衣。春深應度江南道，我欲乘風跨鶴飛。

方學箕

字紹卿，號少洲。孝廉石洲公第四子。以諸生入成均，遨遊吴、越間，所交盡一時名宿。晚歸隱梅花館，壘石爲嵒，題曰『卷石山房』。賦詩飲酒，有謝靈運之風。

遊龍門峽

龍門之山高幾許？懸崖絶壁真無際。一道飛泉天上垂，何如瀑布銀河墜？林花爛熳鳥如歌，澗雨溟濛魚引隊。疑是神龍解我來，此時故把風雲會。

重九前一日登雨花臺

出郭先重九，登臨想六朝。麗人嬌粉黛，清籟雜笙簫。江練迴看迴，雲山一望遥。興來成酩酊，歸路任飄摇。

九日再登雨花臺

百年佳麗地，九日復登臨。黄菊知時節，青山自古今。嵐光浮野漵，秋色澹高林。故國江天外，長懸萬里心。

送錢畏齋歸里

短燭彈深夜，寒蛩泣杪秋。我忻君暫合，君去我仍留。南國三更夢，西風五兩舟。那堪分手處，雲水共悠悠。

下第後還家作

上書嗟未達，理楫復西歸。空負長卿志，甘遺季子譏。所憂在出處，豈直戀輕肥？試看雙龍劍，終宵燦紫輝。

謝公墩

古今餘勝迹，延佇傍花宮。落日千峯暝，平林萬象空。放歌吾輩樂，逸興幾人同？僧解前朝事，猶能説謝公。

夜坐

愁來慵灑掃，霜葉滿風林。落日鳴寒杵，秋天急暮砧。碎明簾月影，雜籟户蛩吟。對此渾忘寐，悠然動遠心。

幽軒雜意

幽軒每獨坐，清澹似禪林。踪迹傳孤劍，行藏侶素琴。檻雲朝寂寂，窗雨夜沈沈。斷酒緣多病，愁來孰可禁？

寄從父可吾軒

爲憶芙蕖叟，幽居勝事繁。逍遥磐石上，嘯傲可吾軒。向日葵生子，淩雲竹有孫。醉還容小阮，狂極肆清言。

春日同家兄建菴南臯昆石舍弟學易學守學記學謨學祖學能表弟高繼真姪大有登浮山

共尋浮渡勝，喜及仲春時。山色分孤石，山麓有石可供盆玩，僧出所藏以贈。巖芳得異枝。山有奇卉，因得數種歸。躭幽頻歷險，乘興更搜奇。一笑天池上，難禁别後思。

和之山吳丈長吟閣韻二首

飛閣摩空清晝閒，幽人瀟散迥難攀。翠微當户遥開畫，繡句驚人總説山。日暮不辭筇竹過，興來時灑墨花斑。卻看僮僕來城市，笑指瓶中得酒還。

陰符仙籙滿牀閒，五粒松枝好自攀。杜甫詩名留海内，吴筠逸興寄嵩山。江蘺裛露新縈緑，湘竹臨池舊染斑。媿我與君相見晚，問奇端擬夜深還。

春日訪友人不遇歸宿途中悵然有述

文園共坐軒楹敞，改席郊坰酒漫斟。小榼愧攜無異味，孤琴遠抱爲知音。光生暝樹花籠月，寒戀春衣雨過林。良夜已虚徐孺榻，瀟然猶覺似山陰。

卷石初成

曲檻疏花間碧莎，小山學結五雲窩。深藏未許神龍蟄，守屈惟教尺蠖過。映户平分紅爛熳，迎窗小出翠嵯峨。籬邊莫訝開卷石，數仞功成一簣多。

廣惠祠

仙壇如洗晝沈沈，古石臺階碧蘚深。滿樹繁花開綺繡，一園疏竹長球琳。風前草磴含新潤，雨後山楹落午陰。十二曲欄人不到，百年誰共白雲心？

緑漪亭

孤亭小敞緑漪隈，明鏡浮空照客杯。平地銜煙飛鳥去，半谿懸日亂帆來。林園麗藻千篇具，翠紫生綃百幅開。黄鶴更無崔顥句，謫仙空詠鳳皇臺。

王愛江招遊燕子磯賦答

四月尋芳燕子磯，江光野色映絺衣。千章夏木浮青靄，一縷晴雲鎖翠微。亂罟鳴榔看並進，鮮鯆出水訝初肥。風流最愛王摩詰，結伴攜尊坐晚暉。

宿海聲樓

一榻同心慰寂寥，五雲清話逼寒宵。松風吹籟樓如海，枕簟生涼夢亦潮。突兀沈窗嵐氣合，蒼茫浮屋月明遥。酒醒恰似中流柱，獨障狂瀾不任漂。

午日飲緑漪亭次韻

五兩風摇百頃湖，八窗天繪輞川圖。朱明漫畜三年艾，緑水聊分九節蒲。舞燕掠泥幽自語，流鶯入樹巧相呼。滄浪一濯塵纓净，清似渾身坐玉壺。

昭君怨二首

斂衽辭天闕，含羞逐塞塵。此行何敢怨？妾命不如人。

漢宫花似錦，胡地草如銀。同是二三月，東風不釀春。

劉慎吾贈石卻謝

怪石從何處？玲瓏自可憐。感君同白璧，置我小窗前。

春行二首

燕語鶯啼相和，風恬日暖兼嘉。野溆堤堤楊柳，春山處處桃花。

馬尾河邊春樹，鷄皮道上煙村。茅店方言估客，天涯何處行人？

春日同仲兄建菴及姪大章飲松鶴樓次雷半窗韻

春草池塘虛好夢，竹林清雅愧名流。蛟龍未鼓桃花浪，一夜淒涼似早秋。

感　興

自笑狂夫老更狂，相逢一飲累千觴。歸鞭不控馬蹄疾，滿路松陰山月蒼。

醉後口號

斜日西風青酒旗，鳥啼花發斷腸時。歸來醉度溪橋晚，上馬離鞍總不知。

趙鴻賜

字承玄。中丞柱野公之子。萬曆中太學生。性篤孝，中丞公立祠堂，置祭田，克承其志。好讀書汲古，師事耿天臺、張甑山兩先生，與焦漪園、管東溟稱高足。又游于羅明德先生之門，衍新建良知之旨。闢宜秘洞會，延致多士，爲陋巷會約。所著有人海鷗吟、無甚高論、跪石齋稿。學者稱樅江先生。

寄衣曲

金飆何處至？淅淅入房幃。寒氣早侵面，寒衣猶在機。停梭意轉亂，罷織淚頻揮。漸覺剪刀冷，遥愁霜霰飛。計程萬里遠，惜别幾秋違。只自密針線，那能料瘦肥？夢中曾把贈，醒後倍歔欷。旬月衣堪寄，關山人去稀。今年猶寄衣，明年歸不歸？

望華歌爲清溪劉道士賦

九子九子高插天，枝峯蔓壑如青蓮。九華之名自誰始？云是唐朝李謫仙。此老善貌雲山態，一言出口千古傳。余亦海上釣鰲客，生來即有煙霞癖。扶摇自得羨鵬騫，檀槐相伐悲蟻厄。桐帽棕鞋白布袍，到處尋幽驅下澤。偶爾樅江訪道菴，攀蘿頓覺風生腋。瞥見芙蓉萬朵青，拍欄大叫江雲驀。清溪道士菴中主，長揖邀余揮玉麈。把酒談玄興益豪，江煙收盡鷄聲午。陡然山影杯內浮，一吸九華歸肺腑。滿懷突兀不能禁，吐入江心爲砥柱。須臾霧合滄波立，巨靈落魄蛟龍泣。驟雨颯颯射疏櫺，飛鳥入庭松桂濕。余復長嘯下山前，呼童卜築樅江邊。買舟理楫凌浩蕩，魚爲租入水爲田。清溪道士聞此語，拉余穩住山之巔。余曰風波元不惡，世途險巇如倒懸。眼看俗子徒擾擾，識浪不停心火煎。何如垂釣鉤，寄泊蓼花洲？臺笠壓顱蓑掩脛，共作江湖瀟灑侯。請君回首望天際，九子雲端亦點頭。

題齊護蓮卷

昔聞蓉川老謫仙，雄才逸興何翩翩。紫皇召入蕊珠殿，獨掃金華玉版箋。袖得雲中白榆種，投向碧沼成青蓮。異香浄色鬬嬋娟，恍如姑射之女湘浦之妃，高擎翠蓋争鮮妍。老仙一去經幾年，阿孫風格更超然。池上讀書閒走筆，錦繡頡頏三百篇。樅江浪士豪且顛，時扶榔櫪結良緣。長嘯鎮日泛觥船，藕孔神龍不敢眠。與君同跨凌蒼煙，好將金菡萏，還栽太液濯清漣。

遊茅山放歌

我昔掌書白玉京，乃知華陽洞，即是芙蓉城。墮落塵寰誰作主？賴有茅家三弟兄。竭來尋舊好，猿鳥遠相迎。茅君留我飲，欲將地肺烹。余曰不然，靈泉可釀，乖龍可羹；瑶筍爲菜，玉柱爲楹；雲中鸞鶴皆簫笙。玄談密語忘朝夕，不知人世有陰晴。卻笑五侯門下客，空□白刺滿頭生。

謁赤帝祠

我亦豎儒輩，彈冠仰帝容。空階閒走鹿，望氣尚成龍。父老留遺愛，山川得舊蹤。莫悲炎業盡，猶見白雲封。

玄對樓遲月

把酒揖星辰，天風透葛巾。雲間將吐月，樓上未眠人。玉宇看無極，瑶華摘已頻。醉來吹鐵笛，欲跨白麒麟。

秋日村行二首

秋風動狂興，緩轡作清遊。紅白蓮同浦，青黄稻異疇。山中雲逐鳥，溪上鷺乘牛。日暮情無極，林深不可留。

谷口秋聲鬧，峯頭落葉繁。兒童拾遺穗，鶏犬上頹垣。豐歲農應樂，催租吏尚喧。征輸休厭擾，安土即君恩。

雨中有懷周存江

聽雨閒清晝，焚香伴索居。思歸無定日，頻檢寄來書。悵望關山遠，翻憐歲月虚。周郎同作客，庭草近何如？

白下别周存江之吴江

天生吾輩在，寧久困蒿萊？倚馬人何及？屠龍志未灰。雲迷三楚遠，月照一舟回。莫便躭岑寂，明時肯棄才？

城中草菴與范季直許重卿聽誦經二首

茅茨爲寶所，籬菊即優曇。儘可留僧住，因之對月談。逃名多是夢，佞佛亦成貪。壁觀寥寥意，庭前柏子參。

山轉疑無路，橋迴倏有堂。泉聲傳梵唄，花氣續鑪香。榻冷雲同宿，庭虚鳥共翔。何如蓮社裏，蹙額學柴桑？

庚子秋日南游舟中遇風作

豈不知藏拙，如何復遠遊？百年心未了，一蹔意難留。白浪吹高樹，青雲引去舟。擬沽桃葉酒，醉賞秣陵秋。

奇致閣

潛夫何偃蹇，虚檻澹相依。霧散女牆出，春深官柳肥。拙難謀鵲印，貧不恥牛衣。病骨休嫌傲，新交是翠微。

贈悟圓上人還雲棲兼訊蓮池師

開士遥攜錫，遺民久掩扉。正逢霜葉落，欻見雨花飛。半偈令人悟，孤帆計日歸。雲棲真古佛，投老願相依。

春日訪吴客卿太史次壁間何康侯韻

太史高棲誰與論？焚香對現法王身。常披短褐能忘貴，兀坐匡牀肯說貧？玉署才名盧一擲，蕭齋生計酒三巡。庭前石色苔花碧，不厭過從是比鄰。

吴臨川寄予懷歸之作尋擢計部用原韻奉酬

仙令蕭然四壁寒，只今方著侍臣冠。政成百里春猶在，書到千峯雪又殘。勾漏玄情應有託，維摩垂手不辭難。羨君計日朝天去，莫問磯頭舊釣竿。

游浮渡山

靈境巑岏路不賒，峭青危碧巧相遮。雲封圓嶠今何世？浪隱方壺到是家。丘壑采真惟皂帽，盤餐清供只胡麻。紫簫吹得松篁冥，閒聽嵩僧轉法華。

對　雨

篷窗面嶺開，嶺下雨聲急。山人捲箔看，一片白雲入。

問余堂

問余何太閒？煙霞共往還。山中少機事，古樹當柴關。

贈繡頭尊者二首

本地風光偏十方，不知何處是家鄉？少陵隻履還攜去，脚下泥深路渺茫。

尊者西來有意無？偏將法雨潤焦枯。如今別我何曾別，夜夜迦毗月影孤。

滁陽春遊曲六首

渲染新粧蟬鬢輕，香閨愁聽賣花聲。密招女伴尋春色，綵袖翩翩結隊行。

千山嫩草可憐春，一陣香塵撲麗人。自是妖紅故呈豔，非緣狂蝶浪相親。

戲抛文石擊龍潭，衹辨名香禮佛龕。共羡野桃能結子，誰憐芳草有宜男？

馬蹄無處避華筵，緑戰紅酣二月天。幽谷閒花都采盡，只餘桑柘尚含煙。

錦幛圍春鬧紫霞，山頭醉處即爲家。雕欄國色空零落，翻愛郊原解語花。

黑霧粘天細雨飛，嬌娃戀景不思歸。恣遊肯惜羅襦濕，只謂山深翠浥衣。

午睡

駛雨打窗人獨眠，小童閒捉瓦爐煙。瞢騰睡思濃於酒，一卷南華落枕邊。

青螺洞漁父詞四首

青螺洞口是儂家，古木陰陰繫釣槎。自笑漁郎能免俗，四圍煙水浸蘆花。

獨宿磯頭夢亦清，波心世界轉寬平。道人近覺交遊少，新訂秋江鷗鷺盟。

曬網歸來樂有餘，篷窗展讀數行書。舟中清福難消受，敢望君王賜後車。

金藤浦口鎖煙巒，縱櫂歸來水氣寒。不是漁郎貪利涉，恐人溪上暗投竿。

方學聰

字仲達，號聽松。萬曆間歲貢。兩任學博，陞廣東會同知縣，清惠有聲。初無子，以兄子大翶爲後。宰會同，年六十二矣，捐俸修攀龍橋，橋成而子生，因名攀龍。迨歸，囊無長物。游泳詩酒，于郡邑絕不以居間請。崇禎末，攀龍與二子相繼死，廑一女，爲市儈略賣鄉衮家，族子子留率家人醵金贖之，擇嫁士人。公詩集無存者。齊子秋浦憶少所記誦，口授數首，亦見一班矣。

秋興和少陵韻

自古英雄尚戰功，千年城闕野煙中。殽函依舊秦時月，豐沛猶傳漢代風。陌上纔看芳草綠，洲前又道蓼花紅。人生易得頭如雪，且倒清尊作醉翁。

淅瀝松聲撼萬林，普天商意正森森。寒雲出浦縈朝露，疏雨乘風結暮陰。酌酒盡談今日事，斷金那見古人心？最憐寂寞西江冷，臥聽鄰家幾處砧。

燕子

雙雙飛上畫梁棲，哺得新雛羽翼齊。日暖翻從郊外舞，不知誰爲壘巢泥？

方學記

字默卿，號松餘。主簿松塢公長子。師事黄山先生，先生極稱之。主簿公官武陵，趨庭松署，與楚人士酬唱，楚人目爲佳公子。歸里，居負郭，以家秉授其子，娱情詩酒間。所著述甚富，惜佚于兵燹，鮮有存者。

次家君韻挽黄山先生

恩義平生孰與同？哀情聊寄輓歌中。非干弟子爲私慟，自是斯文泣至公。執紼祇緣江路遠，瞻雲轉覺海天空。誰云此别成今古？見説郎君有父風。

方大美

字黄中，號沖含。萬曆丙戌進士。授常德府推官，擢御史，巡按江西，轉河南，造士釐奸，後先一轍。陞太僕寺少卿，以奉諱歸家而卒。公孝友姻睦，惠逮里閈，嘗捐禄入爲小宗建祠堂，置義田，宗人賴之。其曾孫雲旅搜得遺詩三首。要之，公固不必以詩傳也。

秋日同蔡憲長蘇憲副二使君登伏羲八卦臺

羲皇御世總承乾，八卦層臺畫宛然。遥想虹蜺流渚日，争知龍馬負圖年。象涵太極原無極，數定先天起後天。始爲百王開道統，揚雄謾草太玄篇。

題白雲寺二首

遥看寺插白雲邊，風穴松門敞法筵。不住鐘聲鳴萬壑，倏然香氣繞諸天。山圍雁塔浮金界，水湧龍宫噴玉泉。顧我褰帷嵩汝地，何當重問慧公禪？

林幽風掃翠嵐亭，簾是珍珠錦是屏。僧去池邊看洗鉢，鹿來階下聽談經。瀟瀟佛舍雲垂白，漠漠君山雨漾青。向晚諸天煙霧裏，闍黎稱有少微星。

龍眠風雅卷八

木厓潘　江蜀藻輯

太倉張爲光覲文同里王天壁晅文參

吴應賓

字尚之，又字客卿，號觀我。萬曆丙戌進士。方伯公一介第四子。幼早惠，弱冠魁南宫，入史局，俄嬰目疾，告歸。著書講學，深于性命之旨。凡書有未讀者，俾人旁誦，公傾耳聽之，遇逸句、譌字，輒云某句有逸，宜若何，某字宜作某聲讀，按之，果然。爲文數萬言，宿胸臆間，口授子弟録之，字從古從今，辯析不苟。天啓初，以理學召起，病不克赴，詔加左春坊右諭德，兼翰林院侍讀。著有宗一聖論、性善二書、學庸釋論、悟真篇註、方外遊、南餘草、學易齋集。尤精二氏學，凡海内禪宗往復辯難，無不推觀我居士爲法門龍象焉。公學貫天人，理綜儒釋，詩特其駢枝也。年七十，無疾終。門人姚康輩謚宗一先生。

感興

雨氣澹將夕，疏竹明殘霞。流芳惜餘姿，宛轉歸泥沙。□化一以遷，歡樂爲吁嗟。根株既不定，無乃空中華。渺然念獨往，浩蕩隨無涯。

送何康侯太史入春明

江山閟靈區，高門何鬱葱。中有三鳳毛，雙飛起雄風。康侯綽約姿，秋水明芙蓉。出入金門下，吐氣如長虹。筆陣破萬卷，咄嗟辨雕龍。豈無效步人？不如邯鄲工。休沐戀子舍，家食何從容。念我久索居，淹留話牆東。冥契極玄賞，百慮銷朋從。初服洵可樂，無乃金臺空。長歌續壯遊，玉署清且崇。丘索傲左史，含章牖天聰。前席問蒼生，片言如發蒙。膏澤下八極，蹇蹇盟初終。萬里自此遠，把袂心忡忡。贈爾秋蘭佩，出處將無同。蟋蟀鳴清商，蒹葭應黃鍾。願言頌明德，一慰潛夫忠。江湖與廊廟，未始出吾宗。何必慕攀附，寂寞愁交窮？

朱邑

金穴多驕癡，俛仰歸他人。螭首爲山梁，芻狗當誰陳？嗇夫老悖翁，易簣勞桐民。伏臘二千年，了不知雲仍。

魯肅

昔人重素交，紛紛棄如土。指廩即分金，高誼驅今古。既興伏龍雲，還出鳳雛羽。揚益屑齒邦，將無固吾圉？

陶侃

晨興多苦辛，夜寢非宴息。利刀以割泥，彈指鋒鋩失。江亭運甓心，中原鬼猶泣。志士憂朝聞，分陰憐白日。

李公麟

居士龍眠圖，丹青妙天下。盡道畫如真，不知真亦畫。有時寂住峯，側耳浮山話。誰云履半穿？天遊臥清暇。

葵心歌

杲杲秋陽出，盈盈葵花鮮。朝東暮復西，心與秋日懸。千門桃李何足數？向日丹心應自許。當階不解妒芳華，窮檐未敢辭風雨。太陽亦何私？葵心亦何期？古來烈士皆如此，灼灼繁華亦徒爾。男兒抱懷凌丹霄，忍認君恩作流水？

金人捧劍篇

霸王行春曲，江水雲物尊。罍間羅綺羽，觴迭飛羣臣。醉歌呼四座，雄風起此時。秦王氣正驕，旌麾耀日鳴寶刀。刀頭閃爍白虹吐，渼陂颯颯生波濤。雷轟電掣白日晦，劍光一片西方氣。西方金宿來金人，捧出青蛇色勝銀。幾點寒星初射斗，五山精氣共排雲。雲間紫映芙蓉赭，希代神兵憶歐冶。何年夜半去東吳？此日令君制西夏。炎精焯燿烈焰紅，風雨不救咸陽宮。千年此物竟何許？無乃化作延津龍？安得佩之倚天外，橫行沙漠王庭宮？

題張洪陽先生閒雲館四首

賦就張平子，飄然獨草亭。回環一水綠，高下萬山青。避世曾金馬，焚香對石屏。衹疑雲霧窟，長護太玄經。

居士歸來後，空齋晝不喧。門前自煙水，身外信乾坤。月色寒江樹，山光下野村。憑欄何限意，擬欲向誰言？

高歌流水急，長嘯遠雲開。山到匡廬盡，茶從雲霧來。禪心餘古榻，秋興獨登臺。塵世居然遠，那知是草萊？

東山謝公屐，今復上西山。夜雨驚寥寂，春雲獨往還。功名雙鬢在，身世一鷗閒。願聽無生偈，蛩然解佩環。

月下偶成

夜色静寒輝，空齋敞白扉。亂雲當月散，獨鳥背人飛。詩思餘尊酒，歸心攬客衣。殊方對妻子，蕭索倍相依。

書懷

素餐消未得，何以塞明時？軒冕真非志，煙霞自有期。歸心獨夜苦，生計四鄰知。歲月風塵裏，羞將短鬢絲。

題白燕二首

畫棟巢偏煖，冰肌色自分。名從玄鳥得，身是白鷗羣。映水爲雙玉，飛空作片雲。梨花深院裏，盡日語還聞。

不改瑶光色，來棲玳瑁梁。春疑霜信早，衣惹雪花香。應喜巢珠樹，偏宜覆玉筐。丹青何所有？空色欲相忘。

月夜同諸子登金山絶頂因乘夜浮舟北渡四首

吾心澹若水，況復俯龍宫。倒影疑天上，飛雲是鏡中。月明銀地合，潮落海門通。身世俱無著，鴻濛不可窮。

月色映江流，孤峯水上浮。龍門開寶地，蜃氣出飛樓。心與雲千里，山如海一漚。人間元出世，何處不瀛洲？

浮玉何年至？黄金紀勝隅。月當天塹迥，山借海潮扶。四座江聲繞，中流塔影孤。歸檣仍酹酒，風浪起天吳。

明月引歸舟，天空夜色收。山將青地斷，江入白雲流。水國魚龍冷，仙家島嶼浮。孤帆疑塔影，何事上揚州？

宿白雲巖二首

梵界晚氤氲，藤蘿夕照分。洞中身是水，天上法爲雲。谷氣虚相引，林聲夜獨聞。名山何用買？信宿且離羣。

地古千年寺，山深萬木秋。空堂來蟋蟀，高樹挂獮猴。不定雲霞色，無聲澗壑流。昔人遊不到，或恐是丹丘。

觀珍珠泉二首

畫舫齋中客，明珠擬向誰？近花分玉蕊，無樹著瓊枝。弄影和雲散，飛空伴雨遲。人歸明月夜，懷袖總堪疑。

登臨銷客思，清籟坐中流。驚起鮫人泣，還疑神女遊。水花雲影宿，浦月夜光投。但借龍宮臥，無勞罔象求。

寄楊惟彦黄明起全幼度館丈二首

病眼何須白？逢君尚可青。那無千里駕，分食五侯鯖。雨別空愁日，風流想聚星。不知叢桂曲，定許阿誰聽？

三徑自吾廬，君門萬里餘。補天知有筆，出谷嘆無車。酒入蓮花社，山藏梵字書。思需北溟浪，珍重一雙魚。

板子磯

寶閣臨長鏡，龍宫幻碧岑。千波摇黛色，四壁起潮音。水月無生句，風帆不動心。偶然遺浪迹，長伴紫煙深。

贈太虚上人

覺路非塵世，相期宿化城。已知身不住，聊試藥長生。雷雨歸雙劍，山川共一鐺。秪應飛錫去，早晚向蓬瀛。

將至來鳳嶺道上口占

偶然乘興出，還爲看山來。竹外孤村轉，林中一逕開。飛流驚雪浪，驅石起雲堆。莫怪逃名者，尋幽去不回。

題石玄玄卷

焚香翠微裏，遥對玉宸君。月印琅函色，雲生寶軸文。落花山寺静，燈火夜鐘聞。方外憐真隱，幽棲不可羣。

春日過體中城南素業登山子八首

不淺登臨興，能尋丘壑盟。買山將入社，呼石與安名。竇引深深入，雲扶恰恰行。清言誰舉似？花下一聲鶯。

布置關飛動，參差出畫圖。亂將春點綴，一任鳥歌呼。水月移來有，煙巒變處無。未應勞象罔，寂寞認玄珠。

顛倒陰陽得，依稀造化同。山藏銀海裏，人在玉壺中。掩映樓臺雨，翩翻簾幕風。點頭如有意，誰定是生公？

自愛小山隱，何妨碣石殘。遠峯兼霧起，空翠帶花看。半吐龍光紫，微生蜃界寒。主人含秀色，指點勸加餐。

含漱風濤細，枝撐月練斜。磴危還曲折，林密亂交加。素業知三徑，青春共一家。尋常行坐處，無地著天花。

人澹得春偏，牀頭島嶼懸。怒風看鷲下，鞭石起龍眠。乘興翻疑夢，安心半入禪。還將陶令菊，開作遠公蓮。

豈是山中意？將非物外情。一丘賒月色，萬卉攬風聲。水以迴環出，峯因斷續成。靜觀誰得似？或恐是浮生。

正使人人遠，孤峯晏坐時。放教花上石，分得月來池。夢蝶飛難定，蠻蝸鬬不知。會心無一事，長嘯更題詩。

題齊重客小山白社卷二首

作賦能招隱，逃禪舊卜居。露葵留客饌，叢桂襲人裾。散帙清言外，看山爽氣餘。蓮花開合想，莫問夜何如。

人澹酒尊空，端居憶遠公。徑疑羊仲後，林似虎溪東。妙偈頻開葉，新詩欲滿筒。看君歸白法，瀟灑六時中。

送李景魯給諫南還二首

還家且食武昌魚，行李蕭然指敝廬。報國尚餘三寸舌，拾遺真賴數行書。從來市虎應難問，見説披龍總不如。極目浮雲何限意，看君吾欲解長裾。

回首金臺事已非，長安如夢欲何依？新詩慎勿緣封事，初服何勞羡錦衣？醉後白雲聊共語，閒來黄鶴傍人飛。平生底事堪惆悵？獨有丹心憶瑣闈。

遊石門飛瀑亭

飛流千尺界蓬萊，百折疑從碧漢來。玉乳總添雲窟冷，水簾遥傍石門開。抱琴已覺山皆響，覓句俄成雨更催。夜半虚窗驚坐起，寒聲知欲破蒼苔。

登白嶽中和山

洞門深瑣翠微宫，松下丹梯曲徑通。玉几遥連雲色紫，瓊臺高映月明空。鐘聲曉入千崖瀑，爐氣晴吹萬壑風。欲問玄宗何處是，霏微煙樹隱房櫳。

禮太素宫

赤城丹嶂與雲齊，羅立羣真翠不迷。共道嶽神司玉檢，曾經山鳥和香泥。爐峯自送旃檀滿，簾水全欺雨露低。聖代即今崇漢時，小臣應得碧山棲。

坐白雲巖

金地虛無控夕陽，紫崖丹嶂白雲鄉。雨過薜荔諸峯浄，水濺芙蓉六葉香。談塵散花成錦繡，鉢龍吟樹起笙簧。會心偶爾成孤嘯，片片陰雲接混茫。

登文昌閣對五老峯作 白嶽峯名

步入瑶光翠幾重，露華香沁玉芙蓉。玄都不是羣仙宅，白嶽今看五老峯。杖拂煙霞開薜荔，袖藏風雨出蛟龍。何年竊得長生藥，短髮還憐紫氣封。

水中雁字

瀟湘秋浄緑如苔，寶墨雲箋次第開。顛處最宜波湧没，妍時偏爲月徘徊。分明秦望碑重壻〔二〕，撿點幷州剪欲裁。正是鷓鴣啼半渡，欣逢胡壻寄書來。

讀齊重客越女行有感賦贈

恰恰鶯啼夢未殘，仙山一曲浣紗灘。而今醉竹成孤嘯，當日胡麻且共餐。風過雲扶花影亂，池平月照水心寒。空華滿目人中意，只在高唐賦裏看。

舉子贈内

無限悲歡對孟光，憑君結束舊行藏。蒸嘗酒熟常盈缶，孟浪書成欲滿牀。白眼詎能忘魏闕？青蓮猶記繞空王。銜杯共聽呱呱泣，日到窮途一線長。

九麗詩

樓上美人

金屋高居露靚粧，芙蓉如面映垂楊。遥知倚檻窺人語，取次停鞭惱客腸。衣上雲飛鸞似舞，林梢風静麝還香。封侯覓得須臾事，不信春來夜夜長。

橋上美人

鴈齒參差勢欲翔，銷還幾度過紅粧。半天高擁霓裳暮，一水横開玉鏡長。華表似邀環珮影，凌波不散芰荷香。裴郎只愛神仙窟，底事填河烏鵲忙〔二〕？

馬上美人

騕褭娉婷巧耐寒，香塵踏處落梅殘。春葱緊控黄金勒，夜合輕籠白玉鞍。汗血乍翻眉月皺，搔頭欲墜鬢雲寬。躊躕更説豪華夢，千騎濃粧曉日看。

簾中美人

一曲清歌花下聞，花枝人面隔氤氲。偶將月態依稀露，細把風流想像分。行處影翻雕玉佩，坐來光映鬱金裙。如何萬點瀟湘淚，灑向巫山一段雲？

舟中美人

殿角叢中第一仙，謫來還上若耶船。紅蓮低共朱唇語，翠荇斜將玉佩牽。倒影粧催明月早，中流歌並彩雲懸。多情只把鴛鴦羨，肯信歡娱負少年？

鏡中美人

綽約清真失畫工，帶顰和笑印心同。争看石色分羅綺，忽訝珠光沁粉紅。弄影自憐渠是我，觀身誰悟色還空？陽臺雨過長門月，總在雙鸞一照中。

燈下美人

洞房丹焰晃簾帷，正是巫山暮雨期。玉映乍疑螭吐火，花羞不用蜃凝脂。清歌紅燭高燒夜，私語銀缸欲背時。恨殺可憐宵太短，不教長照合歡枝。

花下美人

春風著意到天台，繞樹清平調幾迴。紅藥總堪行處贈，緋桃争向笑時開。似憐似妬流鶯語，飛去飛來夢蝶猜。自是無心感榮落，儘教人面暗中催。

月下美人

晝短何須秉燭遊？瑶臺明玉夜光流。徘徊最是迎風户，掩映偏宜近水樓。鶴影蹁躚迴妙舞，蟾輝瀲灩泛清謳。當年靈藥君知否？滿目青天碧海秋。

喜方壻潛夫秋薦

萬里雄風兩腋生，祖龍金色動山城。花當月夜開時折，人向雲車簇處行。柱下又看麟一角，樓中真喜鳳雙鳴。欲知年少登科好，只在忠良答聖明。

壽開府體中姪六十

碧油幢下紫煙笻，拂袖仍呼老仲容。貔虎散來還載鶴，鯨鯢靜後更降龍。千年王氣歸皇覽，萬壑雄風和唱恭。卻憶知非應自笑，相期合在妙高峯。

從子道新三十初度爲詩期之

一別承明四十年，十年猶在仲容前。公車意氣頻看劍，露布才名好著鞭。下里曲誰賡白雪？驚人詩合問青天。今逢肇錫嘉名日，叢菊開成筆上蓮。

九日書懷

風雨城頭送酒頻，重陽六十五回人。籬邊看菊圓通耳，薊北登高夢覺身。冷淡長心諳白社，遮藏短髮謝烏巾。平生別有悲秋興，一任茱萸滿路新。

浮山二首

驚濤漩澓湧爲岑，閣道氤氳海藏深。東嶺磬聲西嶺出，上方香氣下方尋。山雲水石年年話，壇月松風夜夜心。三十六巖何處是？空餘殘局待知音。古亭禪師有山雲水石集，純陽登浮山詩有『月在碧天風在松』之句。

雲峯隱約千年寺，蘭若蕭條六代名。挂錫有龕禪窟冷，布金無地寶階平。碧桃翠竹閒清晝，虎穴龍湫鎖化城。水月道場聲色裏，誰能端坐學無生？

別浮山

陟巘迴車日已曛，塵踪羞説北山文。因尋洞壑留清夢，爲惜峯巒怨白雲。檻外石龍眠自穩，嵓中仙漏夜誰聞？何年白卻看人眼，閒對青松野鶴羣。

別九華山

踏碎蓮華路不迷，出門長嘯楚天低。青山送客忘三笑，緑樹隨人過五溪。洞裏煙霞晴自散，雲邊鐘鼓鳥空啼。殷勤更上層臺望，恠得羣峯似掌齊。

碧雲寺同諸子水亭流觴作

巖下荆扉夾路開，中天翠色滿樓臺。人從竹徑穿雲竇，水繞林亭送客杯。乘興未應彭澤去，前身莫自永和來。新詩更與山林約，好爲煙霞長緑苔。

喜胡伯玉登第

曾向長安賦壯遊，宫袍新著舊風流。天從閶闔開金馬，客自雲霄控紫騮。雷雨已知龍是劍，文章應似蜃爲樓。何年玉樹重攜手，記得花磚日影秋？

贈勿銘弟北上

共道延陵有士龍，心華開作玉芙蓉。莫將雁字憐秋葉，早趁鵷班聽曉鐘。東漢郎官尊列宿，西京邦計重司農。頻年赤地蝗飛急，民瘼何方達九重？

送馬見岷邑侯北上

拚卻空囊贈一錢，憐君惟有舊青氈。鵬風自合南溟徙，龍氣遥知北斗懸。報國尚餘焚草日，懷人長似種花年。未央前殿驚飛舄，共道王郎本是仙。

壽廬江張慈人八十

乞火曾驚步步蓮，斑衣捧出女中仙。青鸞户外窺人下，丹鳳階前傍母眠。散髮自將雲作膩，洗頭時滴露爲泉。尊前莫怪麻姑戲，領得春風八十年。

戊申冬七日從家兄與甫移居西舍即事

山城爽塏卜居新，四壁蕭然未是貧。尺地暫爲家食伴，寸田常作耦耕人。百年匕鬯尋常事，一往簪纓老大身。莫戀樊中能接翼，早追鞭影出風塵。

齊重客年滿五旬因賦以祝初度而余亦四十九矣同心白首情見乎辭

晏坐無心乞大還，虚舟原不繫人間。獨憐醉竹能同調，何必仙桃解駐顔？老去上書休北闕，朝來著屐爲東山。莫言高臥無官政，帖石開林未放閒。重客以五月十三日生，因榜其居曰『醉竹』。

壬子六月二十八日紀事

欲向人間老鄧攸，還憑遥集趁風流。耳邊飽聽駒千里，身外真成海一漚。清白先臣臨匕鬯，支離盲史祝箕裘。蘭芽桂實争能料，才到丁年百不憂。

姚母王碩人五十

巀佩翩翻季孟間，饒渠半百侍慈顔。餂耕未必常偕隱，捧檄誰能久在山？一璧堪爲明月伴，六珈應逐彩雲還。何年漢殿迴青鳥，須遣雙成報阿環。

贈醫蔡濟川五十

五十年來鬢未霜，每貪佛日宿僧房。門前橘杏千株秀，室裏芝蘭一味香。斷酒更宜歸白社，燒丹應爲伴青囊。娑婆五濁誰能療？百草頭邊是藥王。

輓何仲嘉方伯

琴鶴蕭然使者車，牀頭空積子雲書。遺清豈爲金難守？比德原知玉不如。屈指女郎須賣犬，傷心官舍尚懸魚。修羅掩卻玻璃殿，長夜漫漫恨有餘。

望九華山

萬仞青冥混紫霄，卜居應得傍漁樵。空中幻出仙人掌，天上潛藏織女橋。鷲嶺亂翻蒼玉碎，龍宫深駐白雲遥。化城已自非塵劫，夜月禪心共寂寥。

哭蕭提扶二首

壯士長歌俠客行，當時白眼自縱横。已知身合歸塵土，何必書堪記姓名？作客半生裘已敝，懷人雙淚劍孤鳴。殷勤爲作遼東鶴，無奈招魂萬古情。

誰云分手易前期？遠道于今不可思。酒態已隨嵇叔盡，交情獨許范卿知。十年江海論心地，千里悲風入夢時。不用含悽題恨賦，篋中猶有送君詩。

從孫德常三月而再舉子詩以志喜

蘭湯頻浴弄璋雛，服媚遥憐風骨殊。天上三回蟾吐玉，人間兩度鳳銜珠。超超共許機雲輩，咄咄争傳孔釋徒。便與難兄成鼎足，薛家園畔聽郎都。

雪僧二首

不二門中色界迷，驚看老衲自天西。朝供乞食偏宜乳，夜對翻經不用藜。舌相誰聞獅獨吼？身形真可鶴同棲。寒山一句分明舉，莫向寒山句後題。

昨夜菩提樹有光，齋頭片石坐清涼。削成世外崎嶔骨，冷盡人間熱惱腸。鉢鐀滿乘天際月，袈裟不散曉來霜。亦生亦老君知否？幻出空身作廣長。

雪姬二首

冷豔空光一倍嬌，夜深高燭未應燒。搏將滿月開粧面〔三〕，束就行雲作舞腰。纖手不持青玉案，芳魂多在白銀橋。瘦來莫把春風恨，金屋嬋娟總寂寥。

素娥青女兩疑猜，竹下池邊絶點埃。顔色肯教脂粉汙，風流不逐雨雲來。輕盈玉樹含嬌立，冷淡梅花帶笑開。一片冰心誰薦取？滿天霜月浸樓臺。

尋遠公談玄巖巖壁有中秋紀事詩

仙源盤谷轉孤峯，八月濤聲萬樹松。豎石自驚人去後，空山時見虎來踪。洞門面壁蒼苔合，月窟臨關紫氣封。千載重逢是今日，林間分得飯時鐘。

遊仙詩二首

海天東去是瀛洲，羽翰翩翩恣遠遊。衣重五銖雲自煖，舟輕一葉水初秋。丹臺日射黄金鼎，玄圃風清白玉樓。吹徹洞簫銀漢曉，蔚藍花發五城頭。

聚窟洲前海嶠危，天台峯下石梁攲。閒將玉枕三生夢，幻作柯亭一局棋。寶月金華生碧漢，蕊珠香霧滿瑶池。揭來不淺蓬壺興，惟許山中鶴夢知。

乾寧先生神室二首

谷口先生此息機，丹丘石閣擁高扉。山中玉粟和雲擣，月裏金苗帶雨肥。客夢欲醒千日酒，仙遊初試五銖衣。翩翩羽翰扶摇上，會見龍光入紫微。

石室玄宫倚泬漻，藤蘿松桂晚蕭蕭。紫霞欲送丹爐暖，絳節紛歸玉洞遥。雷雨滿天雙佩劍，金銀横海百花橋。神人昨夜傳消息，緱氏峯頭坐聽簫。

贈法侣

吹笙引入白雲鄉，不及維摩日月長。五欲鉤牽爲智種，六根清浄伴空王。指揮灊嶽山頭鶴，撿點成都市裏羊。憐我籧篨有尊足，爐邊分得禹餘糧。

甲寅三月七日紀事

初度尋常事，今朝五十年。詔忘金馬待，德愧木鷄全。官政南山謝，君恩北闕懸。沈冥從眼白，寂寞爲珠玄。僧供山前粟，人華社裏蓮。吹塤風六息，烹石月重圓。鏡解呼鸞舞，琴堪挾鯉仙。共將垂柏意，拈作散花禪。視足猶遺土，存心可事天。鍾情遲暮恨，惟有蓼莪篇。

甲寅元日自壽

行藏性癖知應少，老病心閒笑轉新。鵠履未能趨晚列，鵷符端已閱多人。拋書直欲超三際，看曆俄驚到五旬。敢謂龍文歸舊史？翻從鯉對憶先臣。家傳忠孝慙無述，道在希夷可具陳。射斗尚沈豐令劍，彈冠虛佩魯儒紳。乾坤冷落同羈客，丘壑留連作放民。報國猶憐來日短，營生每較去年貧。圓通耳觀旋諸漏，寂寞情根映六塵。火宅總消居士室，化城重御法王輪。掌擎妙喜言思斷，芥納須彌意句親。本爲秖園呵住相〔四〕，偶將姑射發初因。華池浴處肌如雪，玉液烹時色勝銀。混沌後光忘守黑，窈冥中信乍懷春。醍醐夜飲招金母，沆瀣朝餐養谷神。去病渾疑逢扁緩，遠遊聊復伴靈均。襟裾縹緲隨鸞鶴，島嶼參差長鳳麟。寶月深籠優鉢蕊，春風偏拂焰摩巾。久諳西極瞻黃面，還逐東方拜紫宸。二氣氤氳常聚鼎，一腔雷雨足亨屯。洞前叱石占符晉，臺上吹簫曲似秦。數過崑崙青鳥狎，頻添肥膩白牛馴。狂顛自覺嘲難解，出處終看德有鄰。十載煙霞周甲子，幾迴衾影謝庚申。浮漚世界俱成幻，孟浪形骸莫認真。今是昨非滌玄覽，杏壇蓮社等空身。

舍侄體中開府西川討逆瀘水鑾徼甫靖峨岫早登遂感佛光彌勒法護聊因雙鯉報贈七言既賀成師且旌同好兼謝新詩問遺五十初度之辱凡二十韻

翩翩康樂綰銅符，慷慨王陽道上驅。躍馬城容人緩帶，浣花溪映客投壺。府中金矢供飛輓，麾下旌旗擁殿徒。夢破三刀蠻塞浄，身横一劍戍樓孤。戎行鎮定如充國，軍禮分明似亞夫。羆虎氣驕能陷陣，鯨鯢力竭總成俘。攻心豈必多擒縱？得首聊堪罷轉輸。刁斗夜閒千騎壘，郫筒春入萬家酺。肯教壯士嗟行役？還爲勞民請賜租。乘興最宜探象窟，佳兵莫遣到麟圖。芬陀合在林閒社，香積頻開竹裏厨。寶鏡影從銀海出，聖燈光借玉岑鋪。臺空佛現應先覩，樹老僧祥欲共趺。餐食每聞新爨鑠，詩篇猶話舊恬愉。高情數問青山隱，真宰那窮白眼途？露布傳時忘折屐，綈袍解處想懸弧。蹉跎忍聽遼東鶴，蹩躠難翔葉縣鳧。遠餉一雙驚赤棗，浮山半百冷茭蘆。翻緣微尚憐嵇叔，忽憶同參侍藐姑。珍重渡瀘丞相柏，曾經鸞鳳宿來無？

代内答嫂

玉壺貯清冰，揚芬爛雲氣。不及乘鸞人，吹簫下天際。

哀劉將軍二首

喪卻飛將軍，不知亦流涕。那堪行路人，更墮遼陽淚。

載得巴猿去，空聞蜀馬還。遊魂擁旌旆，猶自嘯天山。

太白書堂懷古二首

深林咽危響，怪石互吞吐。不知澗下泉，疑是山中雨。

澹日麗新霽，虛閣流丹霞。青山結朱樓，復作青蓮花。

詠紅梅二首

宮樹生寒簇暗香，東風吹錦散昭陽。應嫌寂寞非春事，先與桃花試曉粧。

小苑離離錦樹斜，偏宜白雪護香霞。壽陽宮女多憨態，紅玉粧成五出花。

胡伯玉水部納壻署中喜贈二首

天上雙瞻龍氣紫，人間五點嶽華青。須君暫領乘槎使，管領牽牛織女星。

一雙秋水沁芙蓉，試向藍橋問舊踪。從此紅顔生羽翰，題詩多在丈人峯。

戴微之覯外舅禮部成讀書甥館喜贈二首

柳絮吟成思有餘，仙郎萬卷擁樓居。已知臺上金無數，更道車中玉不如。

愛酒躭書俠氣粗，青錢三百爲君酤。不知博浪沙中事，消得燈前一斗無？

代内寄胡水部伯兄三首

家在城中甲第開，連枝玉樹倚雲栽。大兒文舉眉偏白，贏得絲綸闕下來。

青雲萬里一身遥，嫁得梁鴻遠市朝。恰似豔陽花萼在，啼風笑日不同條。

仙舟自合有雲翹，不信弘農倍寂寥。除卻白郎詩思在，蜀茶還喚作瓊瑶。

贈齊重客北上兼呈胡水部二首

俠骨飛揚作遠遊，春明滿目仲宣樓。莫教花鳥愁佳句，惹得秋霜暗上頭。

君到金臺爲重客，人傳水部是仙郎。經過桃李空相憶，白雪從來避豔陽。

閨怨二首

金博山爐沈水殘，春盤纖手勸加餐。細腰不得明珠賜，坐對空倉雀影寒。

君覓封侯妾擣衣，曾經折柳尚依依。蛾眉不識燕臺路，莫擬千金换馬蹄。

甲辰宫詞二首

歌塵纔散舞衣閒，冷看春風幾度還。流出上林多少葉，不曾題字到人間。

一片朝華墮御溝，深宫盡日迴添愁。朱顔自是無根蒂，莫道君恩似水流。

張含之水部數得麗人爲賦二首以美樛木

牀頭肯把黄金惜，鏡裏争誇緑黛妍。莫道仙郎渾見慣，一回春色一回憐。

朵朵芙蓉避牡丹，且移芍藥近朱欄。嬌紅脆白無多力，莫遣春風送曉寒。

送牧之侄試陪京二首

吾兄文戰八回秋，劍氣干霄尚未收。此去阿玄須努力，秦淮一曲大江流。

射雉偏憐一矢工，石頭城下有雄風。琴尊水月烏衣巷，多少樓臺六代中。

宫詞六首

敢論顔色欲傾城，曾得君王記姓名。一卧長門憔悴盡，斷腸春夢不分明。

萬方頻送天顔喜，五色祥煙動衮龍。争得監官來引出，暫時隨例作昭容。

懶匀螺黛拂花鈿，金屋高寒裊篆煙。赢得一雙團扇手，朝來合十對青蓮。

似曾爲雨到陽臺，花外鶯聲卻自猜。一種閒居諸女伴，幾人前殿按歌迴？

曾窺王母殿東頭，擬逐飛瓊事遠遊。莫遣玉階明月夜，無端常只對牽牛。

試把離騷讀幾行，有時顛倒舊衣裳。妾心自愛秋蘭佩，何必君王賜國香？

附　吴氏令則

宫諭宗一公之長女，方伯虚白公之冢婦，諸生何應瓊之妻也。應瓊少負文名，與左侍御、倪宫諭、江峨眉、璩武寧結怡園會。氏博通經史，少從宗一公學詩，聲調婉麗，尤能相夫佐讀。艱于嗣，爲廣畜媵侍，著環珠室集以見志，晚年卒無子，手摩尼珠而逝，宗黨哀之。

再寄玉之

君去門蕭瑟，草徑少人行。躅足差萱信，徘徊夢不成。鳥倦思依依，蝶舞正營營。迢遥超一載，闊積何曾改？東風寧帶愁，盈盈落滄海。常憶送別時，含淚復含悽。安能生羽翼，飛去與君齊。雁逢春北向，燕來尋故棲。遊興若飄颺，焉速還故鄉？逆水蕩孤舟，順風久非長。羅袖斑痕迹，君聞能慘傷。白晝懶妝束，花鈿沈空箱。

晝　倦

日高鳥亂小窗前，風煖花明四月天。晴踏香階紅砌地，倦扶竹几碧生煙。堪憐殘鳩春啼血，漸看新荷夏疊錢。且撇米鹽隨筆墨，好吟詩句二三篇。

返　照 值玉之初歸日

日暮寒塘落水濺，殘雲歸岫露新絃。蓼花入夜偏能好，楓葉先秋即自憐。清澗倒垂天際影，夕陽斜墜月邊泉。那堪千里重攜手，回首煙波思惘然。

掌珠吟 有序

予之挽鹿車于夫子也，廿餘年矣，長庚之夢杳然，充閭之慶難再，雖荆釵裙布日操作而前，然未託掌珠，維憂用老。今夫子鑑予淑忱，屬爾新占服媚，有懷躍躍，情見乎辭。

匕鬯頻占寤寐思，鵲巢端可博螽斯。宵征月映芝蘭秀，夜告心將萱蒯知。夢裏石麟應有種，懷中玉燕自多奇。桂花宫錦歸來日，好爲寧馨問庋庨。

春日病起

閒門春色曉悠悠，緑柳紅梅不解愁。何事離人經眼去，一回攀折便成秋。

校記

〔一〕塌　當作『搨』。
〔二〕鳥　疑當作『烏』。
〔三〕搏　疑當作『摶』。
〔四〕秖　當作『祇』。

龍眠風雅卷九

木厓潘　江蜀藻輯
京口何　絜雍南同里李　雅士雅參

方大鎮

字君静，號魯嶽。萬曆己丑進士。授大名推官，擢御史，廵鹽浙江，陞大理寺丞，晉左少卿，所至皆有實政。特疏爲陳簡討憲章、胡布衣居仁請謚，士論韙之。與高、顧、鄒、馮講學于首善書院，淵源其父明善先生之旨。魏璫毁書院，公筮得『同人于野』，遂乞休，自號野同翁。七十廬母墓而終。所著有易意、詩意、禮説、文集、語録數百卷。門人謚爲文孝先生。

孔　廟

下馬入闕里，齋心拜遺像。廟貌王者尊，春秋盛肸蠁。誦讀空有年，今兹快瞻仰。聖道本日星，如何墮榛莽？酌彼洙泗泉，覆幬無下上。尼山不可攀，攀者非一往。天地作宫牆，金石至今響。

富池驛

曾聞山鳥掌中食，今見江烏帆上集。舟人團飯擲虛空，羣喙啄之無一失。相傳此烏似有神，飛舞迴翔長近人。翻笑三更蜀帝魂，萬古熱血啼殘春。

勘獄黎陽值雪

飛旌破清曉，舞雪何翩翩。郡邑不百里，陰晴如兩天。冰從黎水下，雲自大伾連。應有鄒陽泣，誰爲一解縣？

癸丑余自中州以九月三日解任八月抵舍望日壽母二弟君節成進士亦以三日履任刑曹不約同期感作是詩

霜露滿天地，琴書仍草堂。世情危灩澦，吾意快滄浪。白髮迎門喜，黃花注酒香。一經懷二魯，羔雁愧元方。

一自登車後，中原感慨多。田園盛朱邸，雨雪散黃河。鴻雁秋歌切，豺狼晝影過。也知人避馬，終不勝煙蘿。

龍沖見趙中丞墨迹

一入龍沖路，因知黎水源。溼雲翻瀑布，陰樹劃天門。訪隱惟村老，逃名只酒尊。中丞題識處，怪石長荃蓀。

題浮山野同巖天啓甲子，筮得『同人于野』，因題此嵒。

浮渡吾鄉里，虛舟免問津。有巖堪刻字，何處不同人？太古歸高詠，傳家此析薪。天池原易汲，滿酌洗紅塵。

蒼巖

蒼巖萬丈控陘關，一磴巑岏一手攀。礙日叢林寒玉井，憑空複道駕龍山。香浮几席仙人下，雲接招提帝子間。丘壑煉成牛馬走，風塵慎重鬢毛斑。

王乾山之撫州

劇郡誰提聖主封？一封標出舊司農。符分漢殿銅爲虎，雨過徐州馬是龍。江上煙波憐獨往，客中鷄黍喜相從。恆山一道君先度，還踏匡廬第幾峯？

長安春興二首

蓬萊日轂擁天顏，玉殿高居霄漢間。赤汗如雲羅紫塞，黄金爲土貢青山。繭絲使者貂冠出，露布將軍鵲印還。正是平陂憂十漸，衮衣曉夜不曾閒。

春風燕市晝蒼茫，何處荆高醉酒場？一筑斜陽寒易水，千秋俠氣掃阿房。吹光久拭雙龍劍，臥雪希聞七寶牀。共道陸沈堪避世，可緣虎鼠薄東方。

贈高景逸先生奉差還

本爲諸公負笈來，衹因飄散各徘徊。使旌北道春三月，講席東林第一臺。吾道自看川上月，天心呼出臘前雷。惠山登眺應多暇，寄我寒泉可數杯。

丁未十五日謁先高祖天台令祠

百里分符許致身，三春時雨足車輪。兒童九月喧騆雉，天地千秋黯絶麟。霞起赤城標畫棟，雲高玉笥護貞珉。當年賸有桃花米，歲歲春風入藻蘋。

贈成都諸公

清署優游愧伐檀，星槎歷盡萬重灘。人經鳥道雲霄接，峽急猿聲雨雪殘。石竹老知臣節苦，錦江波識帝恩寬。功高上賞諸公事，轍轍無嗟行路難。

壽吳觀我太史

溪社盤桓舊結盟，好掀麈尾聽無生。年深甲子人逢絳，歲掃庚申誰姓彭？日永上樓金紫秀，春臨高閣蕊珠清。毫端天地長如此，衝破青雲不附名。

和何芝嶽太史雪僧雪姬詩

原來火宅本清涼，水月成田種道場。天以大青還縞素，筆將太白攪玄黄。身披祇樹霜前色，骨沁梅花冷後香。一陣清風朝日出，不妨玉麈掃空王。尸陀林裏總堪疑，空谷無根放一枝。冷斷巫山誰是夢？飛來石女自招詩。婕妤紈素新裁後，學士冰團欲煮時。最是玉堂能白戰，香爐紅火莫相思。

丙寅七月既望泛白鹿湖不疑先題兒炤繼之因即其韻

賦手曾開赤壁秋，祇今白鹿即黄州。月從既望收佳客，天命平湖畫小舟。山雨送涼堪痛飲，晚雲開霽見清流。親依寶鏡裁新句，老眼還須秉燭不？

吴用先

字體中，號本如。萬曆壬辰進士。初爲臨川令七年，守正不阿。隨牒除户部主政，尋改職方，典闈試，稱得人。累遷浙臬，爲政平恕。晉右布政，推方面第一。擢都御史，巡撫四川，時播爲蜀患，公督大將劉綎討平之，神廟嘉其功，特賜考績，以病乞歸。又八年，起通政使，以樞貳總督山西。陛辭，改薊遼總督，首建防禦十策。璫禍起，致政歸，卒于家。崇禎初，特賜贈廕祭葬。所著有周易筏語、寒玉山房集行世。

重陽日雅州視師作

遐荒多晦雨，九日喜晴旭。乘霽望荼蒙，翠黛迎遐矚。溪流常在耳，潺湲無斷續。置身山水間，宦況詎云俗？烹茗焚異香，對酒采黄菊。何事復登高？几席煙霞足。三秋一轉盼，萬事空碌碌。浮榮非所歡，願以安全蜀。商風振鼓鼙，寒日照旌纛。克敵如摧枯，掃此狼煙酷。

重九雨阻勝遊酌家芙蓉閣

荏苒秋云暮，霜露忽淒零。片雲挾雨飛，寒風肅肅生。佳序當九日，虛負登高情。謀婦具杯酒，攜向家園亭。佳樹牖中列，鳳臺階下陳。敞閣暢玄覽，清歌發妙音。仰霄聽候鴈，窺川俯遊鱗。馨香摘蘭蕊，斟酌泛菊英。雖阻賓朋集，聊與骨月親。林泉有真樂，吾欲薄榮名。

花朝前五日朱憲昌同林季偉江禎生素園小集分得裏字

甓稅塵鞅還舊里，叢桂幽篁吾所止。三徑逌然半掩扉，焚香宴坐春風裏。牖有水石佐蘭尊，時看煙霞生琴几。況值中和節氣佳，花事殷殷簇紅紫。枝頭一鳥弄新聲，頓滌煩襟清人耳。座中有客並琳瑯，藻句繽紛動盈紙。大言如玉小言珠，故侶新知倍堪喜。不分晴暉向夕沈，坐待明月山間起。勸君有酒休便辭，眼見春光似流水。

署中桃花盛開

春光已過六十日，衙齋不見春消息。昨夜東風入絳桃，枝頭盡染胭脂色。曉來少婦倚窗紗，妝成臨樹自矜誇。豈知朱顔易銷歇，安能歲歲如桃花？

八功德水

聖水多靈異，香生泛沼蓮。樓臺三界上，松柏六朝前。逕曲花宫敞，山深石室懸。維摩與大士，說法尚依然。

登來青亭

臺迥開涼樹，山高擁帝城。亭從雲外建，人似畫中行。翠壁垂蘿滿，青天度月明。況逢支遁話，頓覺六根清。

吳興舟中泛月

早秋問霽色，爽氣浄長空。疏樹明晴影，寒流蕩晚風。層霄無點翳，破浪有飛篷。對此清虚境，扁舟似畫中。

苦　雨

正月連三月，何曾十日晴？陰霾花減色，冥晦鳥無情。虚室侵書潤，閒階積蘚平。最嫌舒晚照，猶帶黑雲横。

登虎丘

獨擅吳中勝，禪林傍翠隈。劍池開絶巘，石鏡展平臺。嶽色千年秀，爐香萬劫灰。碑陰尋古字，一半蝕莓苔。

贈貝林上人

絶頂空山寂，惟將貝葉翻。梵書窮本末，密呪演朝昏。世法了無染，禪心終不言。孤雲時獨往，流水護柴門。

奉命撫蜀川東道中偶拈

自昔空歌蜀道難，而今險阻備征鞍。天鄰五尺車還上，路入千盤嶺更攢。叱馭王尊惟報國，渡瀘諸葛早登壇。此行祇欲邊疆靖，奏凱聲聞即挂冠。

寄黃貞父 曩與貞父時探西湖之勝，御清酺而聽芳歌，今杳然如夢矣。

濯錦江頭看碧波，懷人無奈月明何。酒間雅調尊前絶，湖上幽尋夢裏過。水部風流真慷慨，巴川節鉞愧蹉跎。夜郎若得烽煙息，竹閣還來訪緑蘿。竹樓，余與貞父共建。

過淇謁殷太師比干墓廟

駐馬摳衣謁太師，精忠耿耿動人思。一腔熱血爲誰剖？七竅丹心祇自知。故國舊墟荒草斷，幽祠孤冢白雲低。古今不盡興亡恨，閒倚春風聽鳥啼。

湯義仍貽書以詩荅之

不見維摩十數年，毗耶丈室想安禪。故人離索誰堪語？白日蹉跎祇自憐。芳訊入懷珠滿牘，琅函展誦舌生蓮。如君交誼凌千古，楚水吳雲思渺然。

奉祝客卿太史五袠二首

桐川才子玉堂仙，謫向人間五十年。註疏萬言珠自貫，題詩一字玉堪鐫。長生願效岡陵祝，不朽名將日月懸。我亦大羅蓬島客，蟠桃遥寄入華筵。

蚤從金馬遂初衣，鎮日安禪晝掩扉。丈室維摩堪示病，碧山學士久忘機。心如明鏡同圓照，舌是青蓮説法微。願海無窮常住世，人天眼目共皈依。

雨中登徑山與澹居上人夜坐

碣石開山意若何？靈嵒千載鬱嵯峨。幾盤翠岫穿雲度，十里青松帶雨過。寶蓋煙蘿香霧裊，珠林鐘磬梵音和。清霄喜對支公話，把臂中峯一浩歌。

送澹居歸餘杭

方外知交絶世情，倐然飛錫到蓉城。來時寒照三巴雪，去日春啼二月鶯。巫峽迢迢層嶺翠，洞庭渺渺片帆輕。送君高臥徑山裏，余亦歸尋鷗鷺盟。

連上三章仍奉勉留之命歸心如焚賦此撥悶

璽書新見九重來，三錫温綸不許回。鰲戴愧無涓滴報，樗殘豈是濟川才？身非金石憐蒲柳，意在煙霞戀草萊。歸夢況驚揺落候，不禁秋思滿琴臺。

莫春得家太史客卿叔書卻寄

處處垂楊處處鶯，楚天吴水動離情。竹林肯負煙霞侶？蓮社終期鷗鷺盟。忽報瑶函青鳥至，遥知丹室白雲深。多君已契無生旨，九轉何須大藥成？

繇采石達牛渚

崒嵂江亭入翠微，江濤鎮日薄煙霏。蛾山對峙天門闢，牛渚中澄玉鏡輝。幽樹何心來夕照？好風無意入人衣。月明猶自當年色，白也風流去不歸。

自白門歸雪中齊重客移席祖餞有贈步韻留别

壺榼相將日已斜，閒亭對飲聽琵琶。寒侵肌骨全憑酒，風攬瓊瑶亂著花。譙閣五更偏遣興，郢歌一曲自稱嘉。來朝匹馬金陵去，寄迹人間不問家。

齊重客示除日立春詩索和用賡原韻

居諸荏苒歷風塵，六十韶華夢裏身。曉漏曚曈驚送臘，穉兒踴躍起迎春。椒花入酒陽和轉，梅蕊窺闌淑氣新。樓望四山皆白雪，歌來郢調倍精神。

借眠菴

人世總蘧廬，心空境如借。栩栩莊夢醒，北窗明月射。

秋影亭

金風下一葉，月光不可掃。幽亭堪據梧，閒雲過飛鳥。

寄大海禪師

鳥語花開憶舊山，樓高百尺萬峯間。卻憐紫竹蕭蕭處，獨有真僧晝掩關。

春日署中有感二首

半百浮生歎轉蓬，客窗無語對東風。春光不管人頭白，楊柳青青花又紅。

駘蕩和風颺柳斜，龍山雲樹望中賒。驚心最是春三月，辜負一年桃李花。

送田姬

當筵一曲唱陽關，我自微酡卿自還。攜手下階孤月出，分明照見別時顏。

玄墓閣上望太湖

和日晴煙向晚收，平湖縹緲水悠悠。月明不盡看山興，更上華嚴自倚樓。

雪中登五臺山二首

懸崖絶壑幾紆盤，贏得山川畫裏看。澗底鳴泉千丈練，雲邊飛雪萬峯攢。

山色璚瑶滿四圍，霏霙片片點人衣。藍輿不盡登高興，肯似山陰放棹歸？

齊鼎名

字重客。蓉川公之孫。與弟琦名並有文譽。屢踏省門不收，因遨遊四方。嘗曰：『大丈夫目當飽天下佳山水，臂當接方寓賢士，吾必不負此七尺也。』一時海内名流倒屣延致。同里如何相國如寵、吴宫諭應賓、胡大參瓚、吴司馬用先、劉大理胤昌皆樂與之遊，詩文唱和，風流弘長。晚年刊落浮華，鋭意撰著，輯姓史五十卷，所著有蒯緱集諸稿。

雜　詠

惠施奄物化，莊生結此舌。鍾期不復生，伯牙絃亦輟。六合豈不廣？知音寧再得？夏蛩難語冰，蜀犬安識雪？

吾愛鴟夷子，霸越遊五湖。所至營千金，將無行李汙。吾慕魯仲連，功成賞不居。蹈海恥帝秦，飄然雲與孤。烈士自有心，俱足全其軀。悲哉雲夢後，待烹何其愚！

漂母哀王孫，望報非所思。浣女憐英雄，仗劍決其疑。蘇秦敝黑貂，嫂不爲之炊。買臣昔未貴，生妻請去帷。貧賤士之常，知遇胡可期？舉世尚皮相，促促靡所之。

大鵬怒而飛，浮雲垂其翼。斥鷃搶枋榆，翛然亦自適。鳳凰雖苦饑，寧爲腐鼠嚇？冥鴻無所謀，慕者空加弋。人生石火光，濛汜何相迫？鬱鬱苦自煎，少壯頭忽白。富貴如可求，執鞭吾不惜。

寶劍篇

君不見，斗門山，高接天，鬼母夜哭愁雲煙。紫氣搏風撼牛斗〔一〕，中有神物埋千年。由來神物出有時，石函迎刃光陸離。龍鳴虎吼文如龜，田夫目眩不敢窺。狂呼奮擊瑶鐔折，精芒墮地寒雲飛。鍾靈無乃真宰忌？何物瓦全悲玉碎？雷轟電繞百怪滅，芙蓉一片秋空裂。青苔日午翠色流，硃砂半漬當年血。悲鳴中夜思其雄，令人轉憶張司空。英雄意氣貫白虹，折衝起舞驚猿公。君不見，晉鄭興師圍楚國，引劍登城士卒惑。又不見，延平津上化爲龍，没水求之不可得。千金一擲買純鉤，豪曹巨闕那敢儔？只今南北羽檄飛神州，我欲提攜四海遊。左斫單于頸，右斬越王頭。功成畫麟閣，談笑取封侯，安能久事筆硯常窮愁？

登嶧山四首

策杖度崑巒，星辰掌上看。丹爐黄葉合，碧殿白雲寒。禹貢孤桐老，秦碑小篆殘。振衣凌絶巘，選石坐盤桓。

鬼斧何年鑿？山靈酷好奇。懸崖瀑布落，怪石纍丸支。寂寞羊車冷，紆迴鳥道危。不妨風雨惡，隨處倒金巵。

不淺登臨興，峯頭坐未還。洞疑通地肺，人似叩天關。海色虛無裏，鐘聲杳靄間。雙仙有靈藥，乞取駐紅顔。

芙蓉削五華，雙袖拂煙霞。石罅玲瓏出，雲梯上下遮。秦皇曾駐蹕，郗鑒此移家。回首人間世，秋空落日斜。

初度

爛醉酬初度，生涯竟轗軻。愁隨貧共駐，年與病争多。禮法淹城市，山林想薜蘿。吾希抱甕者，何事五噫歌？

同林渡之諸君飲張立夫園得青字

落日登臨好，樓臺混紫冥。梨花幾樹白，芳草數山青。谷應簫聲響，風吹酒態醒。莫辭明月上，春色易漂零。

江舟夜雨解悶

青燈黯澹看，杯酒不成驩。歸夢江聲破，孤衾雨氣寒。祗嗟人面薄，誰問客衣單？一水家山隔，高吟强自寬。

燕子磯晚眺

孤櫂殘霞引，危嵓倚杖登。潮聲連鐵甕，雲氣護金陵。燕掠江邊雨，烏啼樹裏燈。六朝歌舞地，猶自説山僧。

遊金山寺讀胡虞部詩有感漫賦

如練大江澄，空山翠色凝。波心標古寺，洞口引歸僧。煙渡迷楊子，寒潮接廣陵。驚人佳句在，欲和媿無能。

吳宫懷古

寂寞故宫荒，煙波正渺茫。采蓮猶有曲，響屧已無廊。葉落黄鸝老，河明烏鵲涼。江流渾不盡，應與恨偏長。

登虎丘寺

琳宫翠幾重？倚杖眺諸峯。靈迹金銷虎，清池劍化龍。舞衣留蔓草，寶靨學芙蓉。頓覺浮生幻，西風急暮鐘。

四弟濯龍館成賦二首

市隱余將薄，幽棲爾自偏。庭花嬌浥露，岸柳老含煙。曲水堪浮白，虛窗足草玄。到來機事静，相對興悠然。

平野舟車穩，滄波水檻浮。漫呼石作友，寧藉橘爲奴？接葉藏黄鳥，緣溪狎白鷗。好奇兄與弟，不淺渼陂遊。

上巳前一日清明飲燕及南莊

舊隱南塘處，新營更可憐。翠深楊柳岸，香滿菜花田。曲水先修禊，村酤不禁煙。醉歸幽興暢，纖月馬頭懸。

同燕及遊齊山

來遊三載隔，瞥見柳垂堤。與客尋僧話，當窗聽鳥啼。石奇循罅轉，帆遠飽風低。合我移家隱，山名舊是齊。

平昌得越石薦章志喜

劇郡勞吾弟，殊方得薦音。似看循吏傳，差慰旅人心。灘險迴波激，崖巉灌樹深。衰顔畏嵐熱，取道入山陰。

池陽旅夜

客舍仍多病，淒涼轉不勝。藥囊全仗友，繩榻半分僧。潮長寒生夜，窗疏雨暗燈。無眠數更漏，歸夢杳難憑。

七夕苦旱憶登衡兒

故里久無雨，他鄉又見秋。雙星渡河漢，孤客限江流。書斷嫌兒懶，年荒重婦愁。不知今夜月，何處照針樓？

遊浮渡山石龍峯

醉倚峯頭跨石龍，仙人踪迹蘚苔封。關前欲墮三門月，樹杪初聞半夜鐘。坐覺水光侵澗竹，行看雲氣入嵓松。老僧亦解譚玄意，指點青山到幾重。

送趙生遊武夷

壚頭搚醉酒頻賒，一曲離歌日又斜。何處憐才無地主？暫時分手即天涯。大王臺上雲爲幕，玉女峯頭雪作花。最是閩南名勝處，莫將遊屐老煙霞。

吳斗野白雲巖山莊二首

仙郎青鬢挂冠年，咄咄疏公未是賢。早把身從明主乞，懶將腰折督郵前。竹邊小屋藏茶鼎，樹裏橫塘過酒船。願得廟廊無闕事，北窗紅日任高眠。

一丘儘可作生涯，事事真如隱者家。細雨池塘飛鸂鶒，晚風樓閣護煙霞。已栽陶令門前柳，猶種潘郎縣裏花。急管繁絃銷晝夜，應知不復戀京華。

登岱嶽四首

躡屩東來禮岱宗，青天一壁削芙蓉。懸空飛瀑晴沾袂，度壑浮雲莽盪胸。漢祀尚留司馬草，秦封猶見祖龍松。由來帝座通呼吸，昏黑還登日觀峯。

日湧扶桑海色丹，峯高四月晚偏寒。天門縹緲三千界，鳥道紆迴十八盤。無字碑深春草繡，曝經石冷雨花殘。倦來濟勝渾無具，欲向仙人覓羽翰。

高居青帝敞琳宮，齊魯迢遥指顧中。玉女池邊虛皓月，丈人峯頂起雄風。松枝半落龍鱗老，華表千年鶴影空。夜半披衣發長嘯，一時空谷響玲瓏。

倚天御障亦雄哉，回首滄桑重可哀。誰向煙霞藏玉檢？欲將名姓問丹臺。爐香暗自雲邊落，練影遥從海上來。何俟人間婚嫁後？飄然身已在蓬萊。

胡水部招飲任城太白酒樓 下有浣筆泉

太白高樓濟水濱，諸川歷歷抱城闉。當年不盡池中墨，異代重瞻醉裏身。明月可堪呼佐史，青天何處問詞人？仙郎愛客偏投轄，絶勝風流賀季真。

將赴胡虞部燕市之約惜别吳太史

春草萋萋煙樹迷，同心何事又分離？身閒有嶽遊禽夏，母在無田隱介推。坐上雨花君自落，客中風木我增悲。縱令地主交如石，那得天涯鬢不絲？

再别胡虞部

天涯節候感蹉跎，握手其如别恨何？徐庶辭劉心獨苦，莊生吟越病偏多。愁來雪路迷鴻雁，歸去春山長薜蘿。最是郵亭相憶處，梅花月落影婆娑。

澹居山人閉關天目忽至宛陵以智脱湯太史難復入燕臺爲之昭雪訪余胡虞部署中感其俠氣尚存即席賦贈

遁迹孤峯老歲華，偶然飛錫向天涯。遠公夢冷蓮花漏，季布身藏廣柳車。宛水風波平指顧，薊門霜雪洒袈裟。看君劍術遊三昧，袖裏明珠轉自嘉。

朗目大師護敕藏歸浮山復往沁水弔劉晉川大司空

五載長安事聚沙，風塵原不惹袈裟。十行翰墨歸龍藏，滿字真文笑鹿車。寶手布金成貝葉，點頭拈石是蓮花。西行繞罷尚書冢，莫遣空山閉紫霞。

擬悼隋宫

宛轉迷樓最有情，春光夜夜駐雕甍。李花雪遏嬌歌響，楊柳風低豔舞輕。江上龍舟終不返，岸邊螢火乍還明。東流似寫人間恨，猶作遼陽鐵騎聲。

和何康侯雪僧

亭亭一衲映瑂闌，雲際虚誇捧露盤。錫振碧空驚鶴繞，鉢澄白水毒龍蟠。袖珠玓瓅逢人贈，指月朦朧好自觀。不向俗塵生熱惱，禪心元共水精寒。

雪　姬

姑射仙姬玉不瑕，妝成綽約謝鉛華。衣裁湘水雲光逼，釵韡隋珠月影斜。漫擬尊前吟柳絮，偏宜額上點梅花。冰心一片誰堪許？冷落人間繫臂紗。

秋日陪仲良寧侯同燕及未沬登投子山

高秋聯騎引行軒，寶地曾開不二門。隱隱山形留佛迹，萋萋草色怨王孫。俯臨城郭千家小，遠眺江湖匹練翻。惆悵趙州橋上坐，寒雲漠漠鎖黄昏。

辛巳初度

畫圖披對意茫然，去此于今廿八年。滿眼孫曾催鶴髪，驚心鼓角助狼煙。戴逵難戀山中隱，蘇晉長逃醉裏禪。獨喜故交霄漢上，詩筒猶不阻江邊。

燕及未沬王化卿過余溪上觀百節龍燈

誰結飛龍萬錦燈？五花池煖濯春冰。參差鱗甲天然巧，宛轉精神畫未能。頷下寸珠將月鬬，頭邊尺木借雲升。技成甘謝朱泙漫，且醉尊前酒似澠。

吴客卿少余一歲曩以二詩壽余兹當五十初度賦贈聊酬

悟卻邯鄲夢裏身，抽簪早已出風塵。白牛露地常隨我，黄鵠摩天不近人。才掩西園吴質富，官如南海隱之貧。兹辰莫遣中懷動，往事都消漉酒巾。

懊儂歌三首

綵繩不盈尺，鴛鴦繫不去。柔腸若箇長，繫郎心不住。

歡心如轆轤，一日幾轉移。妾若三眠蠶，難斷腹中絲。

儂憎牛女星，阻隔銀河影。儂愛雙鴛鴦，夜夜常交頸。

曹沫

三敗何勞十萬兵？壇前一劍任縱横。本貪仲父千金諾，不道齊桓不倍盟。

豫讓

漆身吞炭最堪悲，意氣由來國士知。自是報恩疏劍術，可憐空擊趙襄衣。

藺相如

澠池進缶亦雄哉，持璧何須衣褐迴？不是龍蛇能幻迹，秦王地下已成灰。

聶政

一諾深深仗劍行，暫逢知己便輕生。可憐滿志藏刀日，博得人間哭市名。

魯連

從來龍性本難馴，蹈海辭金不帝秦。血濺聊城生碧草，至今陰雨泣青燐。

范雎

難將一死塞深仇，忍溺終爲萬户侯。莫道綈袍堪戀戀，亡情只爲魏齊頭。

荆　軻

高歌易水淚沾裳，一騎西行犯虎狼。最是樊生偏飲恨，誰憐匕首泣咸陽？

范　增

鴻門玉玦不勝情，從此君王獨遠征。骸骨歸來秋草裹，漢家分醢過彭城。

禰　衡

懷中一刺向誰投？千載空留鸚鵡洲。芳草萋萋江水闊，思君懶上仲宣樓。

胡　瓚

字伯玉，號心澤。進士澤菴公之子。萬曆乙未進士。初授工部都水主事，分司南旺，疏濬運道有功。充會試同考，所取皆名下士。累擢江西右參政。予告歸里，聚書萬卷，坐樓頭，日閲一卷以自娱。所著有史奕、尚書過庭雅言、解愠堂集。

宿林泉

朝乞岱岳靈，暮投泗水濱。試問何爲者，驅車良苦辛。稽古文命聖，大智罕所倫。祇緣念方割，孜孜迄平成。南衡還北碣，東蒙復西岷。寸陰羌是惜，矧我猶衆人？帝德通玄佑，瓠子久無薪。九州來玉帛，轉漕伏波臣。荷臿遥千里，于役歲三旬。入山尋地脉，緊有川澤因。胡爲懷酖毒，跋涉憚荆榛？枕流宵不寐，披衣問前津。願言助高厚，效此涓與塵。

太公泉

靈源泄汶水，傅説在山隈〔二〕。泉湧珠池迸，流從銀漢來。里名仍舊迹，地脉喜新開。我欲乘槎去，飄然上釣臺。

和太史何康侯年丈南池韻

供奉仙班玉署郎，新詩爲寄墨淋浪。自憐寂寞分曹冷，誰解炎蒸直閣涼？嘉樹敢忘宣子譽？亂荷猶襲令公香。雄名漫説鏖工部，檢點平生只酒狂。

丙申暮春倪紹傳年丈約爲浮渡之遊已有公事不果獨予偕於鼎季何仲嘉康侯四人者往今鼎季物故又復二年適新志成不勝存歿之感

浮渡重遊爲探奇，得來仙仗共追隨。披圖忽憶雙鳧舄，此去應題墮淚碑。

濟上喜逢朗目上人兼呈客卿太史

當年浮渡曾飛錫，此日松枝忽向東。名理談來知幾許，瓦官高座獨深公。

署中懷客卿太史

仙郎病後已忘機，剩有同心案與齊。見説浮山今更勝，囊空不用買山棲。

胡　珍

字仲玉，號懷澤。水部伯玉公之弟也。

登梁山二首

我昔乘槎海上來，青山相對望中開。白雲争負仙人掌，碧漢遥通織女臺。
話君擬是十年來，醉酒還疑千日杯。不向禪僧聽半偈，已隨煙霧出塵埃。

姚自虞

字智思，號似葵。葵軒公叔子。萬曆初歲貢。始，葵軒公作感懷詩，卒之後，公兄弟四人並列膠序，痛不及見，則益相砥礪。以明經久次貢春官，因和感懷詩。自是，和者接踵，公實倡之。性孝友方正，束修率賙諸兄弟。季弟尤貧，爲置産輒廢，則更置如初。嘗授經某家，□旦辭去〔三〕，及代者事敗，乃服公長者。子之蘭令海澄，嘗校士公廨，家鄭至，左右避之，舉視，則教子廉慈，語不及他，吏民爲之嘆服。所著有白石山吟、牆壁語助、澄心子雜説，皆失傳。

奉和先君子感懷詩

虞以諸生謬與廷試，覩帝京之偉麗，九陌三條；望建章之弘敞，千門萬户。心懸昔者，意感來兹。寂寞青氈，慨長轡之未騁；蕭條縞免，對短褐以興悲。因步先君子感懷詩韻，率賦一章，言意不窮，欣感並集。

澤宫遺制主恩殊，對策天人豈漫如？雉尾欲開雙闕迥，鳳樓不盡五雲孤。青衫未敢悲牢落，紫禁何緣逐拜呼？獨有蕭蕭風木怨，白楊飄渺亦知無？

方學權

字巽卿，號瞻厓。詼諧有雅致，能詩工畫，間寫戈忠蘆雁，彷佛其神，人間多秘之。父易號石厓，有詩集。一女亦能詩。皆不可得矣。

與子偕老詩

女姪適周子壺山，周疾篤，女刲臂一臠，進之，病良已。姻黨義之，爲賦與子偕我家兩姊能封股，姑有賢婦母有女。而我女姪亦能之，河洲三淑皆如許。

老詩。

方大年

字德起，號柱峯。少洲公次子。豪邁有父風。博學强記，尤慷慨好義。手藁甚富，以畬後不傳。

與子偕老詩

古云全歸乃能子，然則虧體者何指？時而泰山愛一毛，時而鴻毛易九死。君不見，沙場有死臣。又不見，深閨有殘人，都不求生以害仁。

方大益

字鳴謙，號龍眠。柱峯之弟。慷慨與兄埒，而好施不倦，兄猶謙讓未遑也。鄉人比之王彥方云。

與子偕老詩

我室我室君之妹，我姊我姊君之配。姊也爲君捐其臂，室也爲姊捐其淚。從來鬒幗皆知義，何必讀書多同志？

方大猷

字思儒，號石楠。邑庠生。能忼慨持大義。石洲公家殖中圮，克振之。有詩集，失傳。

與子偕老詩

仲叔仲叔老且休，有妹有妹嬪于周。周郎齊眉三十秋，有美含之順而柔。妹也賢聲著青史，叔有女矣何必子？

方大式

字君穀。性孝友，樂善不倦。大母與母俱矢柏舟，登大耋。邑令徐公以雙節旌之。

與子偕老詩

何必非閨秀？居然是母儀。桂林真有訓，松石不無兒。匕肉非求譽，寸心只自知。請看千古史，博得幾行詩？

校　記

〔一〕搏　疑當作『搏』。
〔二〕傅　疑當作『傳』。
〔三〕□　原刻空白。

龍眠風雅卷十

木厓潘　江蜀藻輯
江寧余　懷澹心同里姚文烾彦昭參

何如申

字仲嘉，號虚白。棲霞公之仲子也。萬曆乙未，與弟如寵同舉進士。初授户部主事，日鍵户搜本曹掌故，不與讌遊，大司農趙公南渚深器重之。督遼東糧備，衛士咸加額乞留久任，去之日，羣擁輿舁行，頂爐然香，煙霏數十里。歷官嘉湖參政，轉浙江右布政，砥節首公，以名行著聞。引疾歸里，圖書而外無長物。桐之稱清白吏者，咸推公爲最焉。

夜渡淮水

渡頭疏樹晚，淮上片帆過。津鼓逢迎急，漁燈點綴多。煙青浮睥睨，水遠入星河。兩岸荆扉掩，空餘月滿蘿。

陪劉明府龍眠春省

望望青郊遠，行行翠岫深。片雲團鳥影，一水得琴心。鳥道藤蘿外，鷄聲桑柘林。何如羊叔子，留石在高岑？

登戲馬臺

澤國山河壯，巖城鼓角餘。奔流交汴泗，密樹引舟車。日落荒臺古，煙沈霸業虛。歌風懷不盡，平望獨躊躇。

豐沛道中

曲曲堤如織，行行水共斜。鷄鳴原上午，鴈宿渚邊沙。白日寒衣帶，黄塵拂劍花。歌風思猛士，舊是漢王家。

宿桐城驛

極目關河異，驚心驛路名。已拚千里意，忽向一時生。寒雨孤燈色，空亭落木聲。定知不成寐，獨坐夜淒清。

遊浮山

珠巖石閣晝陰陰，掬水流香谷口深。幻出芙蓉青萬疊，怪來虎豹碧千尋。興移危磴苔茵滑，步入幽棲花雨侵。何處有人空外語？高僧説法海潮音。

朗公護藏歸浮山尋之沁水贈别二首

雪竇雲門舊鶴林，祇園重見布黄金。蓮開石上香塵近，桃熟嵓前竇樹深。白氎轉來忘月指，青松别後失潮音。布衫皮履元無恙，一局殘棋自古今。

薙草當年憶遠公，拈花此日振宗風。驚聞白馬從天外，會有青鷹入夢中。幻得袈裟金色界，傳來輪藏玉華宫。五雲衣帶勞相送，何日松枝卻向東？

送徐賓嶽之任衡州

一擁麟符下紫宸，朱旛直曳大江濱。悲歌此日還燕市，岐路明朝便楚臣。對惜離尊同作客，相看津樹總懷人。瀟湘獨喜多迴雁，尺帛飛飛莫厭頻。

送黄中介年兄謫任黔中

天涯岐路惜沈淪，逐客蕭蕭出薊門。萬里長風嘶倦馬，五湖明月照啼猿。君恩豈爲投荒薄？吾道翻因去國尊。屈指刀環知不遠，交情無奈欲銷魂。

送王旭陽年丈册使琉球

蚤有雙星向海東，使臣初出大明宫。萬年圭組青天外，一片樓船紫氣中。

萬里花旌照海陲，殊方争覩漢官儀。衣冠舊是王臣數，雨露新承天語時。

范增墓

好向彭城解鐵衣，鴻門一失事全非。至今草野花如雪，猶作紛紛玉斗飛。

何如寵

字康侯，號芝岳。棲霞公第三子。萬曆乙未進士。時年方二十，風度端凝。選翰林院編修，累官至國子監祭酒。徊翔館閣二十年，推挽才雋，風流弘長。天啓五年閒住。崇禎元年，起禮部侍郎，陞本部尚書，尋拜武英殿大學士。辛未主考會試，得吴偉業等三百餘人，稱最盛，試竣，以病乞歸，上慰留甚至，請益亟，□予告家居〔一〕。癸酉，遣行人以元輔召入，公力疾就道，至臨淮，復乞休，賜老陪京，歲給輿廪。己卯，遣行人存問。公爲相以存大體、培元氣爲本，事具國史。詩文春容爾雅，得臺閣體。年七十，薨于金陵之賜第。贈太保，謚文端，予祭葬有加。所著有後樂堂集，行于世。

登薊丘憶樂生

薄遊薊門道，獨上黄金臺。感慨多悲風，悵念何悠哉！昭王四顧心，樂生千里才。君臣相遇時，剖肝寧見猜？嘘燕成雲霧，刈齊若蒿萊。迴望莽蕭瑟，西北紛塵埃。何人掃氛翳，豁我心顏開？長懷霸者圖，攬衣起徘徊。

感懷示趙儕鶴馮景逸劉念臺鄭玄岳及門人劉青岳繆西溪四首

人生苟知遇，天子若儔伍。足可加其腹，首可枕其股。子陵固無求，鄴侯良有取。撫今以揆昔，昔賢何莽鹵！

織縑與織素，好手無新故。故人百矜慎，不如新人悮。君恩深所感，妾命宜逢妬。爲語雙蛾眉，時哉以金鑄。

文禽潔其羽，中道逢健兒。聞其彀弦音，高飛影迷離。鳥亦何所苦？兒亦何所知？毆之以叢莽〔二〕，棲之以修枝。

少伯遊五湖，留侯師赤松。君臣僚友間，各自有隱衷。灌絳不可伍，病亦虔所終。豈其隆準帝，視與烏喙同？

新安太守唐我求迎亮功往修志傳

吾孫始墮地，雙目烱若電。試啼識虎子，舞象亦豹變。氣欲辟易人，每用戒驕煽。所宜慎三命，不獨破萬卷。蠶腹絲未老，鶯舌語初囀。無曰當吾也，未之或能先。牛鼎函千鍾，犀才貴百鍊。太守信虛名，馳迎修志傳。丈夫志弧矢，聊一省鄉甸。桑梓與松楸，敬恭在親串。道逢長者車，辟弭而負劍。紫陽有遺書，暇日恣漁佃。天鄣至人藪，順風或北面。孺子非所急，老夫則願見。春暉善泥人，名山勿久戀。兹遊雖有方，應念倚閭眷。

舟中雨後看西山作詩姚康伯來自山中

馬首西山山入塵，城頭西山雲欲屯。舟行一雨望新沭〔三〕，西山隨舟如逐人。停舟遥共西山語，鳴瑟峨峨心自許。萬重雲樹千重煙，子昨眺聽在何所？

讀史

君不見，尹臺雜人一斛麥，史雲有子遭呵責。又不見，仲山奉母新野傭，歸軒不與故友同。古人落落自如此，以視今人殊纇泚。吾棄鷄肋若草萊，猪肝豈復憂朋儕？

春興

春陰溶溶花亂飛，柳色向暮黄鶯啼。清池落影淨相照，槁首無復朱顔時。回頭卻共少年語，來日之日知何許？莫道流光不負人，風雨憂愁半寒暑。

水部黄二爲以非罪謫貴陽賦別四首

何緣恩譴重，萬里獨棲遲？負眚非無故，之官未有辭。時危雙足健，天遠寸心知。龍劍雌雄在，延津合可期。

去國成何罪？投荒定幾年？情深千里外，興盡一尊前。地雜羌蠻語，風高瘴癘天。行藏應自愛，莫負故人憐。

爲有長沙謫，千秋念賈生。官微仍見放，裝薄不成行。風雨還家夢，乾坤戀主情。相看無限意，未敢向人鳴。

聞道黔陽路，千山與萬山。古今煙瘴裏，天地戍樓間。石嶺兼三蜀，盤江散百蠻。南征應有賦，翻作壯遊還。

風阻

小雨蝕殘日，罡風留客船。寸程聊幾許，羣策未能前。野埠成孤聚，荒燈就一眠。豈真同緩急？也説近人煙。

舟夜

人語静煙洲，更遥古渡頭。潮生知近海，月滿欲盈舟。市亦有時寂，天無如夜幽。泠然槎上客，銀漢一星留。

十九夜看月

月早易于落，光遲逾有情。最憐初不見，無意忽能生。影共宵籌緩，輝争曉日明。莫言□漸減，一減一孤清。

出處

出處道之大，盈虚理亦微。不緣憎美服，何以遂初衣？有徑在松菊，此生餘蕨薇。一冠彈與挂，商較悟前非。

新　月

霽後憐新月，生時就好天。有光如尚吝，其意欲成圓。映户一痕澹，窺人半席妍。幾家聞細語，簾捲不思眠。

錢爾卓至自吴百里走書見招余病不能往期以中秋見過率爾口占

消渴元同病，遭逢獨數奇。薄遊生計拙，久客世情疑。飲噉徵雙箸，懽愁察兩眉。自非親握手，何以慰相思？

寄答方赤城侍御

帶若忘腰不減圍，年來裾緩素心違。過淮櫂已難乘雪，入洛塵兼欲化衣。家本灌園機事少，道難逢世宦情非。碧山今有焚魚者，我所思兮在翠微。

寄答謝中隱

時情落落指危冠，谷口行吟廡下寒。自昔虞翻知己少，如今管仲話貧難。賦堪取酒非長賣，鋏縱無魚不浪彈。笠馬相逢慙負久，休勞天外勸加餐。

范質公倪鴻寶各投以詩范云顧廚俊及推爲首倪云手障狂瀾有大山蓋爲亮功也詩以答之

吳橋已具千秋鑑，剡水全收一代名。帝許老夫優緑野，天留君等護蒼生。鴻文自可培元氣，駿業何難致太平？孺子頗矜西漢節，獨愁黨錮禍將成。

歸興

製就荷衣典鷫裘，蒿園蓴浦即丹丘。雨暘緑野堪調燮，劍履朱門罷獻酬。舍宅繆稱蓮社長，下堂不廢筍輿遊。獨餘曉夢聞鷄舞，習氣猶懷社稷憂。

偶吟

閱盡乘除拙未妨，漫將疑事問穹蒼。鮭如屬厭惟三韭，食不辭豐滿萬羊。幻士登場看轉轂，郵亭攲枕待吹粱〔四〕。客塵近悟西來意，消受蒲團一篆香。

杜門

谷口雲谿事可師，皮冠已謝尚書期。謀生累少家如客，學道年深眼似眉。微醉罷參長就枕，小吟行藥偶扶藜。非關墐户容疏放，世法衰齡總不宜。

讀史

叢狐僞嘯澤蛇真，稽古難全信史臣。成敗誤論千古事，英雄善賺一時人。隆中耕叟評分漢，胯下饑兒策代秦。捫蝨未應輸借箸，不逢知遇便沈淪。

憶西疇

襏襫西疇入夢思，土膏兼是種花時。晝長日下松關鑰，渚滿風沈釣閣絲。稼圃已添新鶴料，園規因護舊鷄時。香雲一曲堪争席，寄語鄰翁定有期。

枕上

天意將霜漏作寒，薄裯孤擁思無端。偶然得句心殊喜，續不成聯夢已酣。一枕邯鄲同蝶舞，萬緣傀儡付棋殘。壁燈未燼紗窗白，又是浮生隔夜看。

崇禎初祀奉敕總裁神宗實録恭紀

西崑掞史近宸居，領袖羣英典石渠。四十八年無逸聖，百千萬代不磨書。宵分藜照輝銀管，日捧琅函對玉除。繩武倘逢新主問，爲言祖德邁虞初。

自壽 有引

聖恩予告，兼賜秦淮一廛。幸而祁祁十年，今不覺七十老矣，春齋行藥，欣慨交懷，顧影獨哦，頹放自適，工拙非所問也。時在庚辰閏正上澣，賜老平章，恩詔存問，歲給輿廩，龍眠芝岳老人何如寵識于石城之後樂堂。

五朝遺老乞閒身，黄耇緋衣緑野民。十載前頭周甲子，半生回首負君親。人將祖帳賢疏傅，或以辭榮羡季真。不道懸車無異意，明農自古屬髦臣。寒溫厭聽東山語，剥啄慵開北海筵。枕畔南華遮眼熟，衰齡尤愛養生篇。嘉平幾望始弧懸，漉罷椒觴便灑然。已老幸當存馬日，非賢不畏在龍年。歷落中台映少微，夕轤餘照尚依依。許身盛世趨黄閣，投老名山號白衣。似蠹謀生惟食字，與鷗結伴共忘機。不將晚節汗青史，洗耳堯天未必非。伏臘團圞酒共傾，長將往事説家聲。卿無失德終慙長，弟免非才樂有兄。雲外松楸成涕淚，霜前鴻雁憶飛鳴。如今素髮歌皇覽，自撫孤懷百感生。君恩轉覺重難酬，曲爲農臣逸老謀。詔賜秦淮如鑑水，家依鍾阜作菟裘。再召，辭歸，奉旨養病南都。草堂幸免嘲逋客，瓜市應誰識故侯？卻笑古人名累在，猶煩十賚到林丘。西疇曾擬賦歸兮，轉眼花源失舊蹊。鷄社漸稀争席友，鹿門旋悼饁田妻。幾年赬尾籌桑土，是處黄巾應鼓鼙。何日五風兼十雨，酡顔皓首唱銅鞮？待漏曾驚絳幘鷄，今看朝旭夢還迷。人誰再相阿司馬？古有良朋筭稚圭。開閣已難三握髮，下堂猶可一扶藜。自非主眷容堅臥，能免鐘鳴受品題？

白板青林大道邊，尋常封户一丸堅。身癯得健猶賒老，晷短能閒亦抵年。不必爲僧顛漸禿，未思攲枕意先眠。衰殘習氣應全滅，萬念消歸五葉禪。

羅雀門誰櫂雪航？自非支遠即求羊。茅峯夜枕丹爐暖，攝頂春筇藥路長。蠲疾舊持觀鼻偈，讀書重搆印趺堂。世兼世出無奢願，聊遣餘生一味忙。

總貪幽事詎傷廉？攬月搴雲日滿簾。有地便栽王令竹，無書不挂鄴侯籤。閒拈楸譜銷微醉，臥看榆暉下矮檐。學道未知何所得，唯餘永夜夢魂甜。

枯菀疇非雨露恩，看花榮瘁悟朝昏。微痾自便翻辭藥，熱客原疏不署門。弔古每思嚴瀨好，貽謀應讓寢丘尊。歸田逸老惟圖史，免記平泉誤子孫。

黄龍杻自説三關，白鶴何須煉九還？醉客豈真千日醉？閒人難到十分閒。清溪水滿長搖艇，紅雨春深一看山。時至便行無不可，幾能塵世駐朱顏？

儘教任運百無求，難可逍遥到白頭。墮地一生真草草，從天卒歲許悠悠。不須緱嶺思騎鶴，自覺牆東好儈牛。最是俗情無遠韻，繆猜同樂與同憂。

騑騑四牡下仙班，帝語親傳問小山。捧得絲綸開聖藻，宛從蓬蓽覲天顔。驚心馬齒應無幾，稽首龍鱗不再攀。欲和卿雲歌八百，慙無表餌佐時艱。己卯蒙恩遣，大行存問。

屠蘇轉喜後春筵，避世催人白髮賢。樂聖好從耆舊社，買山曾賜尚方錢。八公地近分叢桂，五老峯遥禮白蓮。不是沈冥忘帝力，病臣衰及古稀年。

遊龍井山房

覓得花源寄草堂，未容漁父識行藏。入林人共山情遠，度巘雲隨屐齒香。閒倩韻僧司水石，倦同癯鶴夢蒼涼。文人不似尋常隱，鴻寶書成字挾霜。

寄荅友人

西城小市闞丹房，坐賦閒居日漸長。几借方回妨褦襶，徑開蔣詡待求羊。摒除習氣猶餘懶，好讀全書不耐忘。天上故人勞問訊，名山一字未堪藏。

再過錢爾行草堂

一月茅堂兩度過，追歡無奈故人何。開筵水近魚蝦美，卜築山深松桂多。不少殘題淹歲月，依然塵榻挂煙蘿。殷勤往事重回首，黄菊丹楓滿舊柯。

過淮河遇雨

西風吹雨渡淮陽，極浦蕭蕭大漠荒。岸上樓臺窺水出，渡頭舟楫引人忙。陰山十丈黄雲合，海氣千家宿霧長。故國不知何處是，回頭天際莽蒼蒼。

贈友人見訪

五載離羣似等閒，忽傳梅信款柴關。相思各道年來夢，入坐頻看别後顔。榻畔添燈挑夜雨，牆頭過酒話春山。因將佳興憐疇昔，雪櫂何妨見戴還？

戊寅臘日得錢爾卓書言避賊甚苦賣文爲活淒然賦寄

只言高臥草玄廬，誰道干戈正索居？盡室依人殘歲裏，一身寄命亂烽餘。全生擬學隨陽雁，作活思同食字魚。賦罷江南哀庾信，牢騷未及數行書。

贈鶴

意在凌霄不受憐，羈棲亦向水雲邊。迂行慣學幽人步，小立疑參野衲禪。露冷圓吭通碧落，鄉遥午夢繞青田。風前一鬖聊師汝，隔竹人窺盡道仙。

謝賜藕鮮恭紀

雪藕折冰房，分甘出尚方。瑶池含味永，太華託根香。嫩節抽新紫，柔簪曳半黄。耕泥花葉偶，應月蔓絲長。素蒻藍田璧，瓊肌玉井霜。中虚還外潔，自許媿恩光。

方赤城新搆屏山别業春日同馬六初載酒邀史伯玹謝中隱過訪得春字成排律二十韻

路半依城郭，居全洽隱淪。始知真避世，不在遠逃秦。寬綽纔三畝，蒼涼絶四鄰。渠窮疏水活，徑轉縛樓新。相地添亭子，栽花揀日辰。支分身外累，約束杖頭春。砌有前朝樹，庭無隔宿塵。長吟覘務廣，慣懶驗官貧。盥罷即持帙，朋來方岸巾。襟期予共爾，脱略主和賓。偶結尋幽伴，攜將問字人。入門聲已辨，過臘酒才醇。授簡寧辭陋？揮杯莫厭頻。禮非吾輩設，交似古初淳。密坐歸應晚，清言話自晨。溪光晴報柳，草意軟敷茵。山向疏欞□，煙隨野燒匀。酬閒饒景物，揖别屢逡巡。漸暖天逾好，重遊迹未陳。笑他漁父拙，忘卻舊時津。

亮功讀書清涼僧舍詩以勖之

宿慧汝偏具，文心久入微。但期謀遠大，何必羨輕肥？事到僧廬減，身應淨土歸。若愚真用智，斂翼始高飛。客屐休填户，花房只掩扉。交多防晚節，名重伏危機。茂行莫予毒，虚懷知昨非。定期繩祖武，袖簡莫相違。

寄懷何充符排律十韻時充符繫詔獄

六月燕霜未可期，三年憔悴一身危。從來畫地真難入，況復重關不易窺。哭漢始知孤憤苦，哀湘方識九歌悲。思熏社鼠原非策，欲起冥鴻定有時。淚盡迴疑天聽遠，舌存深見主恩私。遥憐俠氣朱家少，浪説交情鮑子知。忽訝論心應已近，翻將會面轉相思。鄒陽書就誰堪上？黄霸經明志可師。禍福總宜占塞馬，浮湛豈必戀羈雌？龍精自古干牛斗，傍獄風雲好護持。

己卯夏日錢爾卓見訪白門

老不成歡每自傷，因君重憶少年場。故教僦舍連衡宇，爲可隨時話雨暘。星聚豈煩詹太史？風清聊與傲羲皇。問囊僅有新詩富，對酒猶存故態狂。長爲古人增感慨，未容時輩識行藏。他鄉見戴知能幾？興盡休迴雪夜航。

楚中馮僉臬何司理罪狀稅使被逮感賦二章

莫道高天手易捫，孤懷今古不堪論。爲緣抗疏曾流涕，轉覺長沙負漢恩。

消息驚傳一慨慷，纍臣相對泣衡湘。憑添楚水千行淚，莫作燕山六月霜。

范增墓

宴罷鴻門百事空，腰懸寶玦恨無窮。可憐七尺英雄骨，歸葬彭城屬沛公。

又別黃二爲

一杯酒盡數行啼，悵望千山落日低。春水茫茫春草緑，孤帆人去夜郎西。

閒居二首

清齋無事縱朝眠，況是辭寒未熱天。啼鳥一聲驚乍起，隔林遥見午炊煙。

不慕長生懶學禪，休從世路問因緣。年來一種閒功課，纔向尊前又枕前。

錢志立

字爾卓，號鏡水。萬曆間諸生。師事趙公鴻賜、顔公素，稱高足。以母喪，遂罷舉子業，闢館叢桂間，聚徒講易。先是，樅陽童定夫講學于輔仁會館，四方人士多從之遊。及公主會館，邑令劉公時俊謂之曰：『繼定夫之學，非子而誰耶？』所著書有輔仁遺編、菰蘆遁噫、鸞里春音集、白門缶音集。年七十四卒。門人私謚敬修先生。

田家雜興六首

莫問農夫苦，田家也自閒。放歌煙雨外，休影樹陰間。木長犂轅曲，溪流路口灣。逢人常少禮，拄杖看青山。

水耨江南地，家家祗稻粱。馬盤秋後種，蛙卜社前秧。黄米安科發，青苗拔草償。瓦盆盛濁酒，神惠大家嘗。

渾沌無懷氏，依稀自一村。曆圖拈作畫，桑樹紐成門。播種時還早，歸田日已昏。但從耕稼外，萬事總無論。

春日舒筋力，終年免噬臍。桃花粗糲飯，青菜冷酸齏。動脚頻呼子，蓬頭不問妻。糢糊月上起，辛苦五更鷄。

山地雖云穩，湖田信是寬。茭蒲還徧野，牛豕任拋闌。畜牧看滋息，收成儘倍餐。十年高下計，聞道一般般。

春夏初云接，家家更覺忙。照蠶早上箔，打麥夜登場。下脚留纔足，醫瘡賣是方。買蔬兼換酒，明日辦分秧。

寄懷吴味玄

結髮論交日，今經廿載餘。如何三歲別，不寄一行書？世道隨波下，交情自水如。會君濠上意，夜夜夢觀魚。

暑日雨後柬方侍御逢吉

避暑曾無計，經旬祇負城。層冰空結想，一雨忽涼生。儘知山色好，其奈俗情攖。應念支頤者，乘驄何處行？

叢生園酬獨愚過訪

自笑叢生裏，棲遲迹似黏。四圍松樹老，終日小山尖。閲世都堪破，聞香苦未厭。分疏無隱義，好待晦堂拈。

既別德林微雨寒風愴然念之

容易令君別，持杯尚未傾。牛毛微雨似，馬首北風迎。當此乍寒日，何堪前路行？未懸西閣榻，媿我友生情。

省茶二首

肺病何年積？閒居步有遲。草芽春氣怒，茶笋火前奇。久識陰崖勝，新承雨氣滋。旗鎗定幾許？采焙莫違時。

若向東陂去，經春茶事興。火新知候易，雨静聽泉澄。采焙邀鄰叟，烹嘗約寺僧。淡香應有觸，清味阿誰勝？

春日遲杜麓阮二封翁渡樅水

自題尺素寄蓬蒿，每日江頭候小舠。准擬沿河看弱柳，蹉跎滿院見夭桃。春風草色皆堪賞，煖日籃輿未始勞。濁酒一杯琴一曲，待君消息慰吾曹。

登高懷偉長

潮褪江村浄白沙，蕭蕭雁影碧天斜。溪邊魚響高僧舍，籬外鷄鳴處士家。一帶夕陽堪入畫，半山紅樹似開花。不勝秋思頻高望，白露伊人在水涯。

樊圃四首

四圍秋水碧沈沈，小搆幽居稱我心。夾岸楓林紅欲染，覆牆竹色翠成陰。山間行徑稀人迹，湖外漁舟許客尋。一卷道經閒對酒，微醺還弄七絃琴。

得圃名樊久息機，生平丘壑願無違。鳥鳴深竹林添静，龍化蒼松樹欲飛。闢地誅茅爲室小，隨灣取路傍山微。規圓數畝無多地，每日經行有是非。

依阿築室小山岑，快有湖光穿近林。半緑半黄楊柳色，時飛時落雁鴻聲。東連高阜堪舒望，西矚長松可坐吟。種竹遮門今漸密，人來溪路覺深深。

開園分作隱山淪，挈子提孫共此身。四面長湖漁唱入，一拳小室道心真。風來松檜蛟龍起，水半池塘翡翠親。更有梅花當户植，年年春色倍先人。

對梅奉酬劉燕及廷尉 有小序

予既艱居，杜門累月。一日，偶窺兒輩園中肄業，方覩野梅將放，聊命杯酒，以謝花神，忽燕及廷尉以雨後佚園梅盛開走馬邀君酬瑕仲共看詩見寄，便成俚句奉呈。

江岸春風去較遲，野梅猶有未開枝。窺園偶是閒行日，沽酒因成獨酌時。條條似鐵疑支骨，朵朵如珠欲弄姿。未許孤芳終寂寞，傳來官閣賞新詩。

江上奉懷胡彭舉兼聞其入閩急弟難

客心何事轉淒其？爲爾相逢未有期。斷續雲邊鴻雁字，有無原上鶺鴒悲。姓名久已逃吴市，踪迹還聞入武夷。暫向江頭留尺牘，故人尚臥北山陲。曩承彭舉贈言，有『無忘北山』之句。

過張麗華智井

玉樹歌聲猶未收，旌旗十萬滿城頭。官家詩酒臨春閣，兒女煙花結綺樓。固國原無千載計，求生祇爲片時謀。井邊落日遊人度，風起鴉啼幾樹秋。

夏日獨坐樊圃二首

静對池邊竹影長，斜梳短髮竹冠涼。緑荷似掌承朝露，紅槿無情墜夕陽。已得隨緣觀化訣，翻多秘授養生方。蒲團盡日爐香燼，時有僧來叩草堂。

竹色團團上翠微，遮藏茅屋客來稀。白雲每見山南起，黄鳥時從樹裏飛。忽有好風開我□，乍生明月照人衣。清宵露下蟬聲寂，膝上横琴不用揮。

避賊南岸蒙何芝岳相公貽書題詩寄慰步韻奉荅

于今尚説子雲廬，舉目蕭條邑里居。到處逋亡煙火燼，幾家存活哭聲餘。好悲客弔怡堂燕，無奈身先涸轍魚。從古淮南多負固，朝天望有晉公書。

抵白門次何相公見贈原韻

流離到處倍生傷，病死那堪住戰場？偪側干戈森似雨，蕭條雲漢轉恆暘。登樓肯信他鄉美，負耜還同載贇皇。嘯舞荒鷄何日夢？悲憐司馬向時狂。逢車戴笠蒙相揖，歷齒蓬頭忍教藏。涕淚天涯無去處，依依還櫂白門航。

方大晉

字君錫。萬曆間諸生。貌魁梧，卓犖不羣。與弟大晉稱『二難』〔五〕。爲文雋永，不脱稿，有碧荷亭集。

别含鏡齋

去來三月悲生事，含鏡羞人夢裏情。壺榼乍攜冬日暖，笑談相對暮雲平。極知憲也貧非病，莫訝歸與道不行。聚散升沈盡如此，書空咄咄爲誰鳴？

戊午下第

不是狂夫老更狂，偏饒傲骨臥柴桑。敝裘肯悔文章誤？短髮慙爲妻子忙。滿眼菊萸憐下第，兼天風雨嘯重陽。持螯爛醉秋光裏，絶勝華胥夢一場。

齊　近

字愛蓉。都諫蓉川公之季子也。三歲失怙，能自得師。少有大志，欲纘先緒。詩歌沈雄踔厲，亦有悠然堂流風。跼蹐諸生間三十餘年，數奇不偶，慨然曰：『吾豈能拳跽與鷄鶩争食耶？』遂罷棄舉子業，結茅南溪，寄懷觴詠。以子紹與守琦名贈户部郎中。其孫山爲搜諸遺篋，得數首。

旅中聞鵑

客路易含悽，偏聞杜宇啼。新聲横浦外，殘夢斷橋西。血染山花豔，春歸芳草萋。好隨遊屐去，切莫向深閨。

曉發懷友

春風送□□波微，擊汰東遊趁早暉。遠浦菜花黄已徧，新洲蘆笋□猶稀。流鶯繞樹呼儔語，海燕銜泥蹴絮飛。動我鄉園良友思，先憑雙鯉寄將歸。

校記

〔一〕□　原刻空白。

〔二〕毆　疑當作『毆』。

〔三〕沭　當作『沐』。

〔四〕吹　當作『炊』。

〔五〕大晉　當作『大式』。

龍眠風雅卷十一

木厓潘　江蜀藻輯

晉安黄虞稷俞邰同里方豫立子建參

阮自華

字堅之，號澹宇。萬曆戊戌進士。除福州司理，累遷至户部郎。出守慶陽，其地爲李空同桑梓，公搆堂三楹祀之，因作懷賢賦，以寓景仰。再補邵武，告病歸。父中丞公鶚事永陵，以征倭罣誤下獄死，公伏闕號籲，卒得白，予祭葬。公學殖該博，爲詩文振奇側古，劌心刻腎，力去陳言。少時多憂讒畏禍、魁壘用壯之思。晚爲郡，不治吏事，賓客牆進，户屨填咽，分題授簡，觴詠移日。嘗大宴詞客于凌霄臺，推屠緯真主壇墠，讌集之盛，流傳海内，文采風流，照映一時。所著有霧靈集行世，王司寇世貞、于相國慎行序而傳之。居恆謂其從孫集之曰：『「詩是吾家事」，宜單出獨樹，杼柚予懷。以子之才，不千秋是圖，而日與某某相酬唱，吾悲其風之日下也！』言已輒相持涕泗久之，亦可知其厚自期許矣！

飯牛歌

皚如南山石，觩如爾牛角。日之夕矣牛下來，國士在側牛不知。悲歌已闋覆短衣，豈有生逢唐禪虞？

孤子生行

孤兒生，孤子命，終不世間苦。人間兄弟，内鬩牆，外禦侮。丘嫂嚴急，校計將若俘虜。尚有兄嫂，鞭笞此黄口。大兄仕宦，仲兄陟天府。弱弟能言，一朝失怙。王難忽然至，分飛在草土。南到閩，北到金沙，十年不得音語。使我母無食，子命若繅絲，吏爲父友視狼胥。一日三驚絶，夜悲啼。借問悲啼羸子，病欲虺頽。居者凜凜，去者怲怲。暑行冒裘，冬不解絺，一家如此。請把耒耜，學爲農圃何時？天意悲，帝德弘。一疏被原，再疏論功。子抱母泣，兄與弟逢。躭躭髦殘，斗粟尺布〔一〕。雀角鼠牙，取子代室。兄與弟仳離，原隰飄蓬似疇昔。亂曰：里中一何譊譊，號泣于旻天。兄弟不得生面，不如從父黄泉。

烏棲曲二首

夷光浴罷單紗襹，卓女當爐搔玉搔〔二〕。五陵年少本風流，安能棄置取封侯？

霞帔雲髻迎風立，柏梁臺高月如璧。上陽花枝笑早春，瑶林瓊樹避玉人。

石城樂

客有歌陽春，陽春在石城。石城二三月，花與儂齊年。

枯魚過河泣

枯魚銜索啼，作書寄王鮪。齊國相易牙，慎勿來河濟。三江豐短蜮，四海饒鯨鯢。羅網爲天地，違之安所如？枯魚銜索啼，作書寄揚鱎。自昔貪芳餌，别爾到今朝。黄鵠見揚鱎，相戒河水濱。違之不敢飲，飛遁入冥冥。

讌飲歌

飛鳶在天，斷雲滿江。江上依依，遠風白楊。緑樹凝盼，落霞窺人。高懷厭世，雄心汰襟。煙塵四塞，日有回光。豪氣蕩天，轉則徜徉。乾坤有身，星霜風雨。忼慷商歌，何如易水？春風絶江，歸雁聲哀。勉强張目，眺予登臺。環峯入雲，沈影東流。河西豹子，至今善謳。嘒彼小星，烈日西沈。能欺扶桑，不欺東溟。烈日西逝，江聲東還。雙鬢蕭疏，憂心中寒。緑竹琳瑯，清溪漣漪。丈夫多暇，但有杯酒。故人滿眼，膾鯉釀秔。與君爲樂，不必多言。徂日雖邁，詰朝不磨。月駃星流〔三〕，秉燭奈何？簡須屨草，帶索浩吟。青山在户，不厭吾貧。焚車縱驥，逍遥德園。嗚嗚流水，邈邈蕣門。宛彼白駒，茫茫春草。摇摇軎轂，有爾長道。寂寞空山，浩渺煙霞。道不行兮，海有浮槎。載歌載笑，聊以塞口。仙人王喬，則余之友。

出歌

橘柚出嘉樹顛，叶。嘉魚出丙穴源。火浣出炎洲，良醞出淄青。甘冰飴雪出閩越，芬欗馥櫟出厓門。萋菲出輦道，稊稗出籍田。

子夜歌

高樓十二重，當窗理倩粧。明姿詎能掩？芳在自然香。望是樓當窗，芳是香隨風。儂是郎所取，非關能冶容。自愛曉日輝，凌晨理清眺。曉日苦相憐，九衢散光曜。娩坐歡懷膝，襟褏發紅顏。秋露滴芙蓉，何處不成蓮？自郎有他心，抱持不相助。但說勿詒儂，看郎眼前視。坎軻逢郎心，勉强向儂顧。霜下梧桐子，漸次離本處。西陵蘭蕙草，是妾同心枝。平日不相見，已被霜風吹。何處甜香粉，頤角沾口脂。有比蘭蕙草，明自蕺山來。雄鳩歡慕侶，飛鳴不能顧。隔山誰點頭？傍人豈不覰？風雲不易合，艱難心自知。他家有荆棘，郎不記當時。不記相逢時，絲髮纔覆眉。延陵望石鼓，千里斷悲啼。宿昔忮難逢，今日悔容易。不如夢中雲，能使人長憶。腹中陰憶汝，開口誤向人。擿門十日雨，何處得關情？歡本路傍人，傍人今作儂。臨流問湍水，到底不相逢。生在黄檗樹，四面苦攢心。身本是石闕，不畏悲來侵。百沸作蠶絲，蠶命生繭中。悲絲苦纏繞，垂死不相通。紅顏每易捐，日月每易增。黄金鑄菡萏，那得蓮子心？終日弄殘機，獨絲不成匹。自恨絲太長，繚繞終如一。種花種蘭蕙，托根黄檗塢。但得春風長，不畏多辛苦。相别如昨日，相逢未可知。投瓊覆塵局，棋子何時來？郎如地上塵，風至便飛揚。海底種芙蓉，蓮心幾許長？

蓮子著高山，何時終成藕？儂命如郎心，亦恐不長久。問郎郎但應，欲訴先作嗔。朔風上枯樹，持底喚知音？儂如楊柳花，著泥便成根。歡如楊柳花，入水潤浮萍。欲歡别後心，看儂别後容。不敢窺明鏡，羅帶圍成雙。

行路難

功名豈足爲？不見叢蕙與蘩蕭。擷芳秋亦萎，雉惡春還高。智囊有倉卒，造化無童旄。男兒筋骨盡富貴，聖賢黧黑誇功勞。南過錦飆涇，北汎五湖舟。高城霜白要離冢，廓門宵擁鴟夷濤。陶朱千金委黄土，穀城三略齊蓬蒿。英雄苦恨歲不足，年華飄墜心期遥。惜陰視日但有老，何不酌酒盈簞瓢？

春林初花時，百鳥鳴喈喈。長梧離披月慘澹，但見飛鶴走空階。山有木兮木有枝，人心有媚安可移？門施翟網無一雀，庭著韓爐皆死灰。功名在手心戰兢，愛惜防檢畏酒杯。一朝蒙棄擲，但聞原思克伐曾參愚。無可奈何坐忘去，喪家之狗爲誰户？小星照我命不猶，何能慷慨争蛾眉？西家思婦夜搗砧，揚情激怨誰忍聽？瀉水地中終到海，男兒能得幾回情？

南箕北有斗

客從長安來，良友獨無書。封題數行去，冉冉知何時？客見故人不？故人寧見思？客言亦相念，客言亦相思。貴人多迫劇，龐雜盈公車。千士一府朝，五日亦來歸。阡陌充九軌，轂擊不能馳。柳蟬不及鳴，槐蠶不及絲。庭烏不及下，蒼蠅不及飛。見者登龍門，拜者登天衢。應接不自暇，安知拜者誰？庭實何煌煌，贄幣旅璠璵。長跽請一盼，髣髴生丰姿。駿奔鈴閣中，佩結墮璜琚。但言一問君，聽者神魂移。貴人自北斗，君自有南箕。斗自象斟酌，箕下無糠粃。亂中寠且貧，音寄空何爲？鮑叔與虞卿，升沈不獨俱。三復因親言，千秋令人悲。

擢歌行〔四〕

戊子北征，時剪桐藩潞，有詔留司馬，遣將樓船三百入都，寓目作。

皇圖握南紀，澤國流湯湯。小馬作舟楫，揚舲横大江。一解

起自龍虎宅，言徂碣石宮。江海效清晏，安流達神京。二解

青虬出深浦，彩鷁飛長甸。錦檣對雲蒔，畫艦粉霞倩。三解

將軍師雲樓，大瑠司水殿。旟旐分部曲，千里若魚貫。四解
豹尾曉角鳴，苔響届連城。擢歌相激越，悲涼厲青天。五解
亦有風波民，鼓栧滄浪清。策艇出葭葦，銜尾觀上京。六解

録别詩

海門宿應龍，瀇霍奠璠璵。輕生得所敦，斯焉其取斯。江館臨飛雲，父兄前相持。其人與天遠，其室安可違？嬌子競清商，涕下如綆縻。牽衣謀往路，榮名策所期。仰視星辰散，俯觀江海馳。岐路履薄冰，綢繆慎須臾。且言戒沈湎，且復酌金罍。今日當盡醉，明日當馳驅。

皛皛江水光，砉砉春冰裂。風波散天壤，何時復凝結？人如舳艫艇，解維自相失。葭葦隔江海，流連劣相得。心懷萬里知，目無兼辰哲。日月御飄風，況已如髭雪。生還誰當見？零落誰當訣？我來三履霜，同心再磨滅。皆秉神龍姿，同爲盛年客。遊子慎旃哉，青華愛前轍。

轉蓬泣海門，少時捐所生。一往不知還，女子如有行。婉嬺尚歡好，汙漧圖歸寧。我本良

家子，慊慊懷遠征。青時背丘壟，老大淹浮雲。終非鮮兄弟，俛仰接他人。亮無千乘爵，云胡千古名？勸駕重傷離，各言保令聞。感之雪長涕，披心不能陳。賴有盈觴酒，悲復得逡巡。

擬古詩

淒淒重淒淒，戒曉送將征。出門無近遠，居者即天垠。何況道路長，萬里須臾分。海鳥懷東風，隴禽睨西雲。音徽日以絶，憂傷日以切。遠遊音信斷，仰視溪雲缺。思君未遽老，空房盈歲月。容華坐消鑠，征人焉可説？

青青澤畔蘭，晶晶江潭露。矯矯潛龍姿，奕奕天衢步。陽陽皓日行，曀曀霒雲沍〔五〕。昔爲蟠泥韞，今爲坎埳涸。中情不見明，空珮瓊與璐。

堂堂曉日光，皛皛柏穗長。人生旦暮間，貧者積悲涼。何不騁秋駕，遊目傾扶桑？琬液朝陰暍，瓊麐宿春粻。負郭翳窮巷，雙闕坐相望。舍車賁扉履，入市行相羊。冠帶盈宛洛，羔鴈稀津梁。敝裘服羸馬，無爲居帝鄉。

置酒行高會，玉帛紛中堂。毛褐見肘骭，豈敢過金張？良友幸不遺，酌醴薦羣芳。玉瓚斞金罍，黄流在中央。祭酒先屬客，筐篚承笙簧。盛禮會風雲，布衣非所當。雖無斗升活，驩讌極難忘。

高樓擬青天，天高正蒼茫。飛甍接遊極，重欒紛綺窗。春光繞榮廡，秋氣積中唐。佳人獨遺世，縈弦注阿房。乘高送逸響，幽聲咽虹梁。纖指激柔絲，叫窕生冰霜。征雲凝不逝，皎月淹無光。豈爲懷知音？聊以不永傷。

江水清已寒，芙蓉盛華澤。從知秋氣深，零落横江白。故侶何時歸？衆芳多栗烈。歲晏歸何心，豈惟恨離索？

三星下崦嵫，蟋蟀宵征畢。人生欻如爝，榮華逝將訖。連理不怨枯，所貴同照質。高冬天泬寥，列宿紛翔即。房精不服轅，空名連天駟。踠彼腰裹蹄，赤汗霑臲臆。終古枉登阤，過都還歷邑。已矣勿長鳴，一顧終誰及？

猗蘭韞岑谷，樵者隔深林。女蘿唐宛轉，松柏高參天。獨立易以久，遠道難爲親。賢聖抗青冥，賤者恐陸沈。浮雲翳玄景，出没變光榮。終風有旋期，芳華不再憑。軒車來何濡，白日逝何殷。君亮不可期，聊以竭思情。

升車顧衡門，英英樊下蕣。焜煌不終晡，凜凜隨風殞。人生屢盛衰，金石同時盡。慀慀息鄹操，几几居東軫。何如東家婦，簪屝籍相枕？微躬不遑閱，何能慮鍾鼎？

雖有千年藥，能勝一日憂。千歲日以減，繁憂誰當收？何況蜉蝣生，爲樂已不勤。惡能殉俗士，瞿瞿捐生平？得意快本懷，待河幾時清？

明月有虧盈，衆星不全奠。況時冬氣高，深天不可整。蒹葭蕭條蔽，嚴霜厲幽境。豈謂古君子，萬里遥相訊？尺帛數字書，言直意已盡。長跽再三讀，讀終淚如紖。上言慎出話，下言絶蹊徑。

龍泉菴結夏寄顔質鄉中舍〔六〕

離别緣侶俗，知音乃寂寥。獨往甚無籍，芳辰自相招。簪筆勒崇巘，采蕨臥東皋。下觀流水長，上視霄漢高。江淮下滄溟，浮雲變昏朝。澳㴑逐蠅蚋，紆身趨市朝。垂涎澤雉肥，翹首井蛙驕。眷此征途間，風電隨奔韶。一臂失傳舍，前路迂何遼。悲哉白楊樹，風雨何蕭蕭。惟有王喬侶，可與説逍遥。

當陳思王豔歌贈郭建初

馬昇嬌婦宛清揚，入塞蔡琰出王嬙。危坐枯柳攀柳條，摘芽作飯枝以燒。丈夫從軍舅姑老，連朝羽檄烽火高。三月不歸想已死塞下，上官按部張綵架，奪我柳條仍詬罵。父母饑且病，妾當死，妾死何人報君子？含冤愬天，天遠如君門，願記盧龍郭小史。

鵝鴨行

烹雛凫，炰鵞鶩，坐君高堂醉醽醁。酒到胡牀天地寬，醒餘索飽黄粱熟。憐君壽不似青天，青天自憐亦復然。請看醉中春電歇，庭階狼籍柳花眠。

當筵歌贈吳幼元

擔簦歸，自長安。衣裳裂，曳闌干。置酒召飲東平，刲羊剥棗相烹。吳君醉欲罵坐行且歌，捉君之袂躡其足。君勿歌，高歌不和，君當奈何？投秦明月按劍歸，入漢圖畫出金微。丈夫一心但自許，河清海運何時幾？君吹簫，從君吳市號。君擊筑，從君燕市哭。市人掉臂去，吾復何局促？貂破中箸飛，逍遥兩舌歸。歸來更何如？手持數行書。君不見，樂遊原上草，春風披拂青何早。相逢道路五陵豪，七香芝盛飄雲藻。東門黄犬不堪哀，北邙黄土幾人回？英雄消歇意氣盡，拂拭偏提歸去來。

題沈幼玉侍御史宋人寒鵲圖

薊門先冬已飛雪，碣石凌兢天地閉。正冥直望燕臺没，滹沱走孤桑乾絶〔七〕。金沙皛耀奪白日，吹黍難生玉瑄裂。樓桑枯折槐棘空，那得薌蘭可攬結？獨看梅樹能嫛娍，根抵鐵石高巑岏。繁華煜爍叢苯蕁，郡鵲望見争來讙。比翼孤飛翩競集，楊翰如雪紛齊入。長脛短脰合鳴喙，他山異族何相急？銜羽念饑苦未同，錦臆毰毸素裳戢。鷹蒼欲化吝不逝，鳩巢已據還長貫。年華信是戀行羶，莫詫喧闐晏芳歲。北地寒深少修竹，浮筠旁挺纔如篲。浮筠撲簌空猗猗，羣鵲不顧卿何其？勁骨肯隨冰霰詘，碧毛間覆瓊瑶姿。空碃沙飛雲母擊〔八〕，交河日仄琅玕皷。宋人貌此多傷神，畫者恐是元豐人。沈郎見之發三歎，悱惻授簡資横陳。悲來造化如有意，短竹叢梅成北地。春林四面今作冰，不知衰鳳來何事？

入蘇州

悲風生故地，天道走平沙。客路愁爲伴，窮途醉即家。衝煙殘柳色，倚馬瘦桃花。幸有何姬酒，堪賒白鼻騧。

夜渡閩漳水

吏事敦晝夜，繁星戴古今。獨行如有道，愁絶似無心。風急海聲瘁，嵐高蜃氣淫。轍窮人不醉，海畔一行吟。

秋避山中

稀客懶長孺，爲園勞辟疆。酒從村婦乞，徑爲故人荒。江泛舟迎月，秋吟句有霜。士貧非失職，蕭瑟意何長。

東林寺

山藏青嶂底，刹吐白雲堆。溪上虎猶笑，社中蓮正開。藤蘿緣古月，流瀑下晴雷。自契無生理，長歌歸去來。

華清宮

長信黃金屋，招商白玉渠。蓮花虛布地，竹葉不迎車。紅霧遮馳道，青天達綺疏。離宮多少月，偏不照宸居。

寄吳客卿太史二首

内院如兜率，君王即大雄。部行天禄閣，趺坐蕊珠宮。説法經筵上，讎書戲論中。蓮池過駘盪，魔印久塵封。

定月護冠紗，光音吐翠華。仙莖供研滴，侍史散天花。梵字藏中秘，歌輪教館娃。滄洲濱宦海，莫惜寄疏麻。

微　雨

潤自卿雲降，絲飛縠霧重。近山輕拂黛，遠日乍生虹。浴樹林偏静，蒸花香暗通。不知庭草綠，靄靄上簾櫳。

微霽

淑景淩敲至〔九〕，高齋爽氣生。照花增潤澤，映日稍分明。城雀遥喧樹，樓螢暗出扃。遽呼雙蠟屐，吾欲藐姑行。

落第客塞下代盧龍諸將寄京洛相知四首

朔氣厲高秋，將軍洗鐲鏤。勞雲出塞暗，疲馬傍人愁。風色侵重鎧，霜威折丈矛。貴人能作賦，何不自封侯？

合甲凋霜色，曼何灑血光。犀渠猶暴露，虎冠已張皇。祇謂策勳急，安知對簿長？從征元分死，刀筆又沙場。

破斧入洛下，樓船跨海濱。金縢風蘊櫝，銅柱日生塵。綵筆詞臣富，牙籌吏部貧。當時烽火急，若箇肯捐身？

報國惟四體，援枹即九原。洗兵星海色，漂杵月支痕。聖主如信目，孤臣肯喪元？玉關誰望入，但願少流言。

送忍之清兄入天目

之子南方去，環聲過雪溪。桃花春自放，藥草雨偏齊。法座高秦望，迦音滿會稽。何時開六葉，一爲止兒啼？

亞父墓

君白入關將，如何身不王？笑談秦失鹿，去住楚亡羊。白璧誰先碎？黄河空復長。當時絶甬道，老大畏鷹揚。

經李麗妃陵

夕張佳期迅，朝雲昔夢終。春生黄竹雪，秋起白蘋風。氣接鍾山紫，花留桃渡紅。衹看藏蟄處，天上列芙蓉。

碧雲寺泉

秀薄聯雲起，清流繞寺飛。看泉成五色，就樹浣三衣。磬度青城濕，杯浮白足歸。湯湯蕭瑟意，彷彿麗青徽。

融大師百鳥獻花巖

紗嚴存古相，梵迹寄餘清。不見雨花迹，猶聞歸鳥聲。寒雲閟深壑，秋樹吐神京。物色自如此，多情無處生。

癸卯九月冬汛出兵海上

據專凌卉服，投距躐飛潮。弭櫂經諸國，揚舲坐九霄。風隨天將直，星逐使臣驕。獵取長山鳥，羣山歸聖朝。

同黄伯傳小龍灣看三十里杏花詩

幽谷春初滿，盤皋杏似然。連山疏錦障，繞澗瀑紅泉。雲煖倉庚化，泥香白燕旋。鹿車搿荷鍤，千載一韶年。

又示仲升興周

北地寒何極？南冠怨自長。青林時見雪，紅葉未經霜。懸水宵冰裂，滔風野燒黄。浪遊不得意，空使鋏聲涼。

將至阻宿城下

歸路數千里，斜陽咫尺間。角聲斷城堞，離恨起鄉關。宿鳥先人入，江流背客還。月中聽砧杵，遊子復何顏？

清明自越中被促還東吳

吳山越水冠南冥，羊角扶摇下赤城。豈料來時盡風雨，更教歸日在清明。愁看堤上弄花去，俗殺湖邊折柳行。祇是長年勞夢寐，兩高峯頂露華清。

送徐荆州再守衡州

瀟湘秋漲五峯涯，竹馬先期出九嶷。楚昔有弓誇自得，君行免胄不須疑。香多橘柚迷城郭，山向芙蓉倒接羅。到日逢迎誰第一？前驅蒼水舊玄夷。

支鍘問趙凡夫不值

洞壑增城一徑留，遥聞清磬不勝幽。浮雲初散主人出，明月未來山氣秋。峯石低昂循薜荔，野牆宛轉護林丘。依然室邇人偏遠，直是天台賦夢遊。

答何長人行至河南見别之作

中區淮海匯揚州，南紀今同江漢流。瓊樹夜光浮甓社，桃花新水漲邗溝。爲梁應叱鼋鼍起，避繳空慙鴻雁留。别後相思知益苦，莫教風雨在迷樓。

送李赤渡道人還茅山

莊叟此生原是蝶，茅家弟子並騎龍。白雲早歲還鍾阜，丹水何年□句容？嘯底煙霞更六代，煉成鷄犬住三峯。烏衣巷裏諸王謝，誰見清朝有赤松？

宿西山

春回黍谷氣初融，生事良宵托遠公。山鳥夜鳴將吐月，野棠晨笑欲吟風。雨收蘭渚浮青玉，瀑下花源落彩虹。木末曉鐘助天籟，蒼雲應駕楚王宫。

詠冰網燈

瑶池瀑布注靈安，銀漢迴波織女瀾。詎識冰紈光照乘，翻令火樹夜生寒？香如豹髓含神霧，珠似鮫人泣水端。卻下羅幃鑑歌舞，月華鸞彩眩闌干。

秋飲平則門外呈姚給舍潘馬吴侍御何著作

秋氣由來避蕊宫，帝郊物色正籠葱。青原霜露供裘馬，紫陌煙塵亘蜿虹。柳葉暗添茅屋雨，菊花争傍酒帘風。誰知野外孤鴻至，坎壈悲吟九辨中。

出守慶陽雜作

入邊苦憶江南好，春色誰知塞上多。小婦琵琶隨戰馬，短牆楊柳聽燕歌。榆關鶴𨎥遼城度，翰海鴻書碣石過。獨少金莖潤消渴，不堪縱酒奈卿何？

龍山雲從亭

玉饋山中酒未窮，解愁天日若相逢。長竿爲出鮫人月，短笛微吟龍女風。蓮葉高於三丈石，桃花開已十年紅。人間一望蒼煙合，情思春深覺轉空。

大雷賊劉虞平飲至詩

山城節鉞倚雲隈，江浦雷霆動地來。部下材官皆國士，帷中素女贍兵才。投鞭赤壁流先斷，試劍丹陽石自開。欲笑樓船過漢蹕，溟濛風雨射蛟臺。

晚步宣氏莊山麓

羣峯迴合鳥争飛，曲徑迢遥送晚暉。碧岫坐間明月出，青山行處白雲歸。幾家茅屋春多酒，千壑桃花晝掩扉。何事驅車窮宛洛，無人知道昨年非。

經錢塘江先公戰場

銜石西山羽翼衰，射潮無力望天池。赤城猶駐揮戈日，蒼水能知血戰時。海氣北來寒虎窟，江濤西擁怨鴟夷。我來按壘吞聲哭，李廣家門數盡奇。

題武夷

初聞鷄犬異人間，漸入青霞細可憐。蹊上紅泉無徑路，山中香雨有神仙。每逢水盡奇峯出，若爲天迴曲道前。一鑑澄潭思千古，誰當先埽石爐煙？

送覺空還五乳供憨公塔

當時休夏五峯陰，梵起潭龍似笛吟。彼岸南雲千頃雪，下方落日萬池金。竹含月影冥幽寺，杏吐霞光欻故林。爾踏曹溪得歸路，二銖傳衲定中深。

還石鏡上築堤引水灌花爲老計或迂之賦以答

藪陰蘭曲意如何？暢許牛衣老放歌。玄草肯教奇字少，青山能爲野人多。落花座上春相借，迴渚琴前水自過。不道風光同鹿豕，肯令歲月讓煙蘿？

福唐葉臺山先生大拜聞喜詩

象載翔交泰，龍文飛應乾。榮光河九潤，佳暈日初璇。有煥深衢室，無爲悄法筵。升聞遲協帝，恭默正求賢。神籙生山嶽，瑶光注海壖。福唐天鸐下，閩嶠夏鵬騫。瑞相侔嵩石，楨符匯大川。掞天胸次闊，定命指紋連。蘭省探經富，蓬池邁德先。金魚銜不借，玉燕夢初圓。窗瑣春雲映，宫香暮雨闐。銅龍披鶴禁，玉女釋麋純。桂檝浮靈沼，榑桑視錦磚。詞頭勒藻黼，國手讓蹄筌。綠字庖羲辫，青藜太乙然。代工宸翰麗，納牖秘書詮。曉入班升棘，宵歸燭賜蓮。聲華揚北斗，師表籍南銓。赤日量衡設，澄秋水鏡研。璉瑚兼二代，桃李序三千。雲漢章逾倬，微階望益堅。金甌親黻冕，瓊簭叶筳篿。熊像圖椒寢，鸞緘出桂樓。五臣同就日，一柱獨擎天。納麓風雷静，承明日月便。真儒才命世，上相業無前。負斧題書謹，臨軒絶席專。苑花卿月迴，温樹相風妍。馴雉來鳩觀，鳴騶副鶴軿。對揚資廟筭，奉

引亞宮鈿。少海陪先路，勾陳衛曲旃。起居新蹇蹇，書記舊翩翩。六曲臻周約，三章陋漢
駢。明良琴瑟御，謨烈鼎彝聯。敬勝丹書册，艱知七月篇。絲言欣拜手，衮服盡隨肩。闢
路通寒素，攄誠格上玄。元龜自昆侖，雕虎敢分權。玉帛齊天會，金華戩帝編。九疇陳雨
霽，五石鍊雲煙。作柱狂瀾砥，回枯湛露偏。歲裁金幣職，月損水衡錢。玉券三靈壽，瓛圭
九錫遄。股肱司萬國，牙爪護諸邊。座有鴛雛集，烽無狼燧傳。江山重禹迹，天地入堯年。
搏石夔居舜，和羹説在殷。慶雲囷霼靆，籞氣煖阡縣。斟酌天漿滿，招摇斗柄旋。平臺題
玉貌，石室教瓊仙。槐柳依行馬，衣冠繞附蟬。散奇伻鳳節，侍史爇龍涎。虹玉腰爲帶，泥
金手作箋。閣甍交彩殿，御水切朱絃。禮數人間絕，榮名天保全。霞尊致醽醁，雲堵奏韶
淵。河馬呈籤軸，山龍具紞綖。珮琚雙珩白，朝服五時鮮。籲俊尊三能，神奸鑄九埏。旂
常銘法駕，金石備宮懸。吐握逢姬旦，疏狂劇阮宣。賞音山水遇，感義髮膚捐。下吏迷懷
寶，名邦再割鉛。宮中少前席，澤畔忌空弦。鳴雁慙供客，操豚笑祝田。畏途臂三折，泣路
眼頻穿。璧刖終投楚，金兼未築燕。貧難畢婚嫁，拙似愛迍邅。木石疲精衛，榆枋嚇鳥鳶。
失時悲市骨，飲恨化啼鵑。海運蒙莊憊，天憂杞客竣。幽篁棲鷇食，昧谷滯鶯遷。土偶行
何適？匏瓜住亦愆。帛書疏建禮，珥筆避甘泉。金鉉方持鼎，瑜衡念在璿。彈冠謝客餙，
躍冶負陶甄。蘭露朝承飲，荷風晚自搴。有臺欣樂只，無地望因緣。丘壑芳時晏，蒹葭歲

事還。逝將老芹曝，何用答埃涓？

揚州内少姬至奉筆索詩就贈廣陵三曲

淮海春高秀色催，竹西明月引珠胎。前生曾是尋源侶，共拾桃花天上來。

玉臺纖指印眉黄，桃杏初含臉際光。裝罷單衫半銖縠，佛前宛轉學燒香。

廣陵濤上月初生，一片琅玕萬里清。未解讀書先問字，瓊花莫是昔人名？

范一謨

字季直。萬曆丁酉舉人。有詩名。

遊吴鳳逵雲華菴

丘壑平生興，飄然到白雲。遠嵐憑檻得，流水隔窗聞。浄入青蓮字，幽隨野鶴羣。一尊開澗石，對飲更逢君。

下第出都

天涯疾病一身遥，歸去征輪愧聖朝。歲月揣摩成浪計，江雲冥色總蕭條。人思故國驚新柳，馬倦長途畏斷橋。歸去弟兄成把臂，燈前依舊話長宵。

秋病偶值風雨感賦

幽居風雨氣蕭森，落木寒花秋色深。斷飲甕餘三箬酒，高眠枕借七絃琴。疏燈檻外芭蕉影，纖露階前蟋蟀吟。起坐黄昏待殘魄，誰家猶自擣寒砧？

姚之蘭

字汝芳，號芳麓。明經似葵公之子。萬曆辛丑進士。除海澄令，開九都水利，寢采金吕宋之舉，返紅夷請市之舟，邑人特祠祀之。累官禮部郎。出守杭、汀兩郡，皆庚桑弗衰。既，念母春秋高，以終養請，詔許之，仍曰：『無有如汀之急公而愛民者。』晉秩副使，以榮其歸。公詩集佚于播遷，僅搜三首。其從孫文燮述之詳矣，豈獨公一門之憾事哉？

赴鹿鳴宴步王父感懷詩韻 有序

予家自司李公宦茲皖上，悦麻溪山水之秀，因家焉。既，給諫公繼其業，入侍薇省，出襄藩臬。咸號貞亮循良，遹駿有聲。嗣是，家業式微，終貧且窶，衡門蕭瑟，儒術不彰。我王父慨然痛之，開塾延師，鬻産不恤，而所志未伸，欺侮狎至，感懷之詩所繇作也。予小子不敏，少習書史，罔所知識。家大人暨諸父三人，雖聲振黌序，而未薦賢書，每感慨係之，日呼予于庭下而訓之曰：『嗟乎！而忘而祖父之志乎？』言未竟，涕涔涔下矣。予小子益自勉勵，冀得一當，以無羞厥紹。屆今歲，獲倖舉于鄉。立馬長干，旌旗相望，鼓吹振振，谿水淪漪，憶感懷之詩，一以悲，一以喜焉。因兼慮繼起者或承榮貴之資，席累世之寵，乃逸乃諺，罔知先世之艱難，使前人功德湮鬱弗宣，其謂我王父何？因援筆屬和，言之不文，亦庶以上述祖德，下訓來茲，傳諸異日有所觀覽云。時予兩尊人遠在龍眠，音問懸阻，白雲在天，丘陵自出，梁公之思，有同然矣！

先臣名列紫微殊，重振家聲敢晏如？檻外秋風淮水碧，望中佳氣蔣山孤。旌旗欲傍青驄轉，笙管遥隨白雁呼。回首層雲鄉信遠，龍眠莫似太行無？

恩榮宴上步王父感懷詩韻是科同弟若水偕成進士故中及之

燒尾羣歌節候殊，譽髦今日慶孿如。太丘垂教流方遠，小謝偕登調不孤。春水桃花魚乍變，燕山杏苑燕相呼。願將循吏酬家學，敢道龔黄近代無？

登浮山

萬壑騰空勢欲浮，共君一醉勝仙舟。望中流水飄巖去，疊上風雲伴我遊。好鳥亂啼如有識，落花無語總成幽。倦來欲去斜陽下，短笛一聲天地秋。

記癸未冬日，先君子于白門僦園，偶得叔祖芳麓公詩一帙，可百餘首，半屬親筆。四伯父尚寶公過訪小飲，先君子出此示之，伯父浮大白敬受而去，云：『侯搜全稿，方敢壽梓。』乙酉，伯父以播遷歸山中，嗣亦仙逝。熊弟尚在襁褓，叔祖詩亦與金陵室中藏共歸烏有，戊生伯父及覲侯諸兄弟總未之覩也。嗟乎！余家世稱能詩，即祖父輩所著作，余又幸及見者，而猶苦散失，況前此者耶？又況先輩名賢子姓淪落者耶？書之以誌慨嘆。從孫文燮敬識。

戴耆顯

字令微。萬曆甲辰進士。授禮部主事。早慧，能文，藻豔秀麗，爲當時絶唱。與兄耆昌庚子同舉于鄉，人以機、雲方之。惜早卒，昌亦先逝。公詩有梳河集，今搜若干首，以公同好。而其兄詩竟無一存者，是又有幸有不幸也。

雪中寄外舅虞部

玄雲何陰陰，飛霰彌長薄。幽岫封潛穎，平楚舞輕籜。積素媚華軒，流英綴阿閣。凜冽嚴威中，姑射失綽約。南服憯若兹，況乃偏朔漠？宵永悵多懷，節易感疇昨。遥遥薊北門，悠悠河與洛。睆彼高原上，寂寂渺屐屩。夫子盛明德，衆樸被丹雘。前陳羅璵璠，臂韝致雕鶚。吳姬珠已燦，楚客璞亦鑿。獨此居者情，焉持慰離索？驚飆如可褰，晨風庶有託。

射蛟臺詠古

省方歌盛唐，望嶽躋天柱。川汜肅迴鑾，周覽彌遐宇。堙流見方舟，殷雷聞伐鼓。聯檣儼叢葦，揚帆若麗羽。介士雄佽飛，期門力格虎。前驅役奇相，陽侯屬從扈。波臣一不靖，奮鬐瞢相拒。發鏃集中流，角崩腦斯盬。衝濤噬戢威，列校盡驕怒。高臺肆曠矚，天塹恣吞吐。嗚梆瀚海溢，彌節昆明浦。詎如鄠杜旁，擊鮮稱雄武？

初晴作

晴雲晻林薄，山際澹微曦。濯濯池草媚，翽翽水禽嬉。浮陽射楹軒，隱映紛離披。淫潦布餘積，蹄涔列前墀。高樹俯清蔭，朱英吐傍枝。涼風飄以來，巾拂何旖旎。爽抱達神契，高蹈謝塵姿。觀化意悠然，何能束常儀？

爲邢山人題南郭幽人卷

尋真無遠境，一廛聊溷迹。悟澹未云遥，即趣良可適。近市寡囂塵，入室靡交謫。蘊此霞外情，逌彼區中責。中唐鬱遐眺，憑城望南陌。清谿抱郭轉，繡隴分疆坼。層岫薄晴空，参差映青碧。平楚隱連岡，高雲綴危石。欣賞付長嘯，曠矚當躡屐。會心縱條暢，觀化忌跼蹐。寧晝韓生賈，何藉君平策？弢解任天遊，機息免行役。夙契苟莫違，悠悠遂朝夕。

查穉莊遊舒六觀灊嶽之勝慨焉卜居乍病南返歌以送之

查生何地堪爲客？青鞋布襪情太劇。漢聞梅福梁何亂，往往從之卜鄰宅。憶昔草堂夜風雨，余也攘袂生起舞。鐵壺曾擊醉時歌，松枝仍拂譚時麈。長嘯據梧聊隱几，出處浮沈謂誰是？江南江北人無數，白眼處處終相似。挾策探奇春復春，來看南嶽好尋真。即今病骨陵陽道，篋裏南華可再論。

醉歌行飲左生作

郭北春山正淡洽，郭外人家翠微下。平林槮映半稍雲，流泉瀺灂殊飛灑。花間葺葉堪爲幄，澗底采蘭可盈把。已驚飛絮憐餘春，況復清輝足娛人。挾客新尊傳酒政，當歌急節起梁塵。搔首青天極坱莽，興來詄蕩如有神。悲吟攘袂傷刺促，睥睨意態何嶙峋。主人爲樂稱不足，瓷罍羽觴渌水曲。花枝飄墮山鳥鳴，斜陽欲斂空郊緑。醉裏誰知岸接䍠，起舞何曾忘鸜鵒？未能一飲空滄溟，且須潦倒聊避俗。跳梁躑躅何爲乎？千秋氣色無時無。

亦知蹭蹬憐同病，湖海看人那得孤？君不見，城頭風急月色暈，人歸酒散啼林烏。

括蒼山行放歌二首

扁舟上瀨何潦倒，芒鞋卻走巉嵓道。層厓絶巘迴造天，宿霧流雲莽虚灝。數傳清谿渺無極，忽斷雙峯露晴昊。大野漠漠圍茆屋，幽壑茸茸蔽秋草。懸泉陡注成春聲，六月新禾已束藁。深澗陰霾淒若雨，絶頂天光澹如掃。已經路澀數疲蹇，更逐炎蒸漸枯槁。踉蹌就蔭足不前，一畝寒泉吻猶躁。靈蹤異境竟安在？策杖空思恣冥討。不能濟勝凌崎嶇，那得探奇豁懷抱？咄哉遊子勿懊惱，遊子倦遊自言難，山人山居自言好。

君不見，故山之山何蒼蒼，青葱峭蒨松杉長。谿流宛轉通石竇，洞門疏豁開天光。平臺空半拂雲氣，深林六月凌清霜。□處鐘磬應谷響，忽來鳥鵲鳴風篁。高梧平石坐散髮，竹屏花塢臨匡牀。山翠遠近態不極，目前應接饒幽芳。自謂呼吸通閶闔，不知此適非濠梁。泉聲嵐色殊不惡，何必赤城天姥遥翱翔？是處看山亦多致，好奇往往窮遐荒。嚴陵釣臺拳石爾，軒轅踪迹今蒼茫。即今杖底遍三島，猿驚鶴怨安得忘？已拚歸作龍眠長，男兒何須苦笑龜兹王？

在濟上寄兄二首

不省經時别，真同汗漫遊。村城梅入夏，風雨麥爲秋。信去慇懃送，書來恍惚投。無將問歸計，來識此淹留。

緑樹隔雲疏，陰雲碧草除。下馬入門使，故園前月書。里人誰刻羽？鄉吏或懸魚。大戴傳經處，何如楊子居？

南旺湖 古爲陸地，云即大野。

異代南湖水，猶疑大野名。秋風一夕至，蘆荻有餘清。蕩漾浮堤静，微茫入檻明。時時陰雨裹，髣髴魯諸城。

泛湖登蜀山亭

泛泛依堤柳，行行界白萍。檣烏狎風浪，水馬泊煙汀。石浸年深碧，天空日暮青。江南足幽賞，清興復兹亭。

對雨

春殘猶有閏，時儉不須餘。伏雨淹寒食，浮雲擁索居。鶯花殘裏過，車馬病中疏。不是萊蕪長，爲看釜内魚。

廣陵孫遂初年兄邀遊蜀岡賦贈

煙水舊蕪城，長風五兩輕。草封隋苑古，濤帶曲江平。形勝驅遊日，提攜仗友生。興來隨屐履，垂柳聽鶯鳴。

登岱四首

冉冉籃輿十八盤，岧嶢絶磴迴生寒。崖傳漢鑿俱成字，松説秦封尚守官。阿閣已餐三秀色，飛流遥挂五雲端。中原回首蒼茫際，信有人間路渺漫。

中峯雙峙劃天門，幻出危橋勢欲騫。下界虚無淹日月，上方窈窕失朝昏。從來嶽主天孫貴，别有仙人帝子尊。虚宇玄房如可宅，不難丘壑訪仙源。

絶頂褰衣氣壯哉，層嵓石室俯崔嵬。遥飛海色青冥合，環擁煙霄白練迴。鐘磬静聞深夜發，樓臺晴見曉光開。虚傳風雨來中阪，星斗親人落酒杯。

海日東從夜半生，蒼涼摇曳勢縱横。諸天欲擁飛霞去，萬嶠俱連曙色平。探海東梁籠隱見，望秦西觀映崢嶸。何須苦憶雲封事？直北清光五鳳城。

山莊雜詠

谷口陰森處士家，遠林長薄媚煙霞。看山總遣編籬短，穿徑從令趁岸斜。雨近黄梅催秀麥，天開青嶂湧蓮華。到來蕭散成棲託，鎮日從容挽鹿車。

舟泊長山阻風

雨過江風起石尤，江邊波浪蕩汀洲。天涯滿目悲行役，遠道依人作去留。平楚欲冥迴落照，浮雲無定逐維舟。迢遥客思何終極？淮海清潮正北流。

梅花嶺

小嶺横通雙徑斜，俯開江郭蔭晴沙。遥分渤海三山色，更假羅浮幾樹花。落日登樓過白鳥，游人拂袂亂青霞。何郎好韻今寥寂，徒倚池臺聞暮笳。

喜報恩塔修成贈雪浪師

浮圖巀嶭表長干，弘願深心此地看。毫相再圓珠網影，金輪重聳鬘雲端。檐楹星斗千燈映，鈴鐸天風六月寒。説法已令多寶現，蓮華半席許誰安？

懷清師

竹垣茅舍倚清川，長駐支公講法筵。舌底青蓮元七寶，掌中黄葉也三玄。繙經石案遲斜日，洗鉢谿流度晚煙。五月征途忽相憶，九旬休夏正安禪。

懷海光居士

誰向幽衢轉法輪？石堂權現浄名身。根從捲葉知亡所，翳入空華表出塵。燃就寶燈千鏡合，懷來明月一珠新。只今到海觀濤意，按指生光可試論。

別南旺李判官二首

垂楊南岸綰行舟，背指青蓮舊酒樓。汶水有情如別駕，分流遥注百花洲。

風流作賦想南征，憐我思歸更此行。若到李侯舊遊地，相思何處寄芳蘅？

擬春閨曲

紅雲寂寂掩闌干，繡澀苔紋屈戌寒。鎮日藥欄粧閣下，落英如霰不曾看。

吴應琦

字景韓，號玉華。萬曆甲辰進士。筮仕太常博士，丙午分校北闈南宫之役，拔十得五。擢御史，以蹇蹇爲諤諤，巡按滇南。沐黔國以上公世鎮兹土，幾不知漢大，公不爲姑息，衷國體民命官方彝情而次第整飭之，蠲貢金，罷進象，銷鹽課，免協濟，吏習民安。屢疏請代，不報，尋奉父諱，服闋，以重望巡按三輔。時宧豎隻手姦横，且倍建武諸常侍，公不吐不茹，一以按滇之法行之。辛酉，監北場，甫閉棘，雨大注，衆議需再舉，公不可，謂首場無彌封謄録對讀事，以其地坐試者，遂得竣。轉大理丞，再晉少卿，乞歸，陞南大理卿。崇禎初，推恩三代，蔭胄子，因乞休。自鉤黨禍起，同時臺垣皆與于難，公爲臺長，獨超然評論之外。小人知其不比，君子亦諒其無私。家食雖位登九列，欿然寒素。壽八十有一。

奉敕巡滇歸過浮山

繡衣經梓里，露冕聽松風。遠役亦于役，俾躬寧匪躬。春歸塵境外，佛在磬聲中。野老舊相識，環看不避驄。

坐石蓮峯用吴兵部韻

峯頂石蓮開，巍然傍帝臺。色從聲裹出，香自味中來。廣以承趺坐，高宜照羽杯。宦遊難免俗，旌節笑莓苔。

滇中有懷

南詔春深暮雨昏，懷歸畏有簡書存。三年鐵面行荒服，萬里冰心答至尊。永夜衰親頻入夢，何時稚子一迎門？龍眠櫻笋聞無恙，短褐黄冠是主恩。

滇回住峽山山莊三首

數峯相對澗流長，萬里歸人滿鬢霜。舊壘燕來巢未改，新疇雨過稻生香。苦吟賴有陶潛酒，薄宦原無陸賈裝。六詔風煙身歷盡，如今丘壑任徜徉。

峽口芙蓉一徑幽，溪邊蓑笠信風流。甘爲屈蠖看遊鹿，謝卻乘驄好飯牛。老去閒情消白日，山中逸興在清秋。從兹北闕書休上，數畝瓜田學故侯。

不學空門不學仙，村居襬襶自年年。謀生滿眼看禾黍，懷古隨時問簡編。天予青山容老住，人歸白社足高眠。但期淡泊成吾志，回首風塵意灑然。

祝同年閻大參龍門

曾膺簡命靖邊塵，乞得歸來未老身。勒石勳名馳羽檄，著書歲月看松鱗。風清竹徑茶煙細，暑憩萊階酒政新。我亦行年七十者，擬從洛社會耆英。

校記

〔一〕斗粟尺布　若作『尺布斗粟』，似於韻爲協。
〔二〕爐　當作『壚』。
〔三〕駚　當作『駛』。
〔四〕擢　當作『櫂』。第五解同。
〔五〕霶　字待考。
〔六〕鄉　當作『卿』。
〔七〕孤　疑當作『狐』。
〔八〕碃　疑當作『磧』。
〔九〕敲　當作『歊』。

龍眠風雅卷十二

木厓潘　江蜀藻輯
廣陵汪　楫舟次同里戴　芳令及參

劉胤昌

字燕及，號淯水。萬曆甲辰進士。幼穎異，稱神童，過目成誦，萬言立就，爲文多奇豔，負才傲世。初爲臨川令，摘伏如神，權貴不少貸。湯若士有當代名，公必欲踞其上，而若士亦莫敢與之攖。卒以豪放爲忌者所中，三改令尹，稍遷廷評。爲詩不假思索，銜口而出，往往有仙氣，間有似香山者，非素所規橅也。余僅見其遷草、覲草、遊草三種。所著有劉氏類山、學庸口義諸書。

出都門留別諸公

滚滚陌上塵，滑滑車下泥。飄飄蘆荻花，嫋嫋楊柳枝。暉暉日影薄，咽咽河流嘶。亭亭頭上蓋，怯怯手中杯。持杯未忍吞，戀我好襟期。襟期五六人，一一心相知。忘形透肝膽，共體憎鬚眉。殷殷勤慰藉，切切傾箴規。箴規語雖多，大要戒脂韋。脂韋失故步，故步寧可移？矯首看青天，四匝浮雲低。羣馬悲且號，僕子各言私。顧此難久留，高揖搴車帷。或來牽我裳，或來捋我髭。飲我以巨醆，醆醆莫教辭。對面萬里去，去去勞相思。

舟次廣川劉覲國計部招飲小龍湫

虛堂敞寥廓，仄逕達窈窕。疏籬護曲欄，短閣凭方沼。沼水不盈尺，黄蘆間紅蓼。中臥白雲郎，夙結青山好。娱賓卻絲竹，親人習魚鳥。我來悵昏黑，譃坐垂清曉。高談豁素襟，玅義窮玄討。語次及羅浮，千尋空諸島。能留脚力健，不放眼孔小。行矣觸風波，勝地縈懷抱。草草不得醉，即醉亦草草。

守閘

河身細如帶，河流澀如棘。惜水如惜金，得水如得蜜。百人共一步，十步不一尺。尺步之難且如此，而云千里始一息。曉起垂釣得雙鯽，小婦手自調薑汁。珍惜銀絲莫莽喫，來朝水生未可必。

增城有大小流杯石余登之蓋天下第一巧絶處也朱季美林坦之張維禎吴外闇皆集而黄何六文學爲主人余因誦坡老流水有令姿之句遂分爲韻余得流字

平生淡寡營，處境百不憂。有官添贅庬，有身等浮漚。性喜飲美酒，獨酌苦不休。復抱山水癖，探奇恣窮搜。增江有怪石，形容類虎丘。亦可坐千人，而多巖崖幽。曲澗自天成，或云鬼斧修。仰承千丈泉，驚湍變安流。土人不好事，經年罕來遊。我行及暮春，風日妍且柔。結伴得數子，大半高陽儔。脱舄坐曲澗，谷風來颼颼。呼酒命童子，杯盂任所投。擊撞出盤渦，迅使惟中溝。夷險不一睫，譬彼汎海舟。欲去忽復住，將沈還能浮。徘徊若就人，想爲知己留。近者招以臂，遠徒伸其喉。觀者競拍手，我亦眩兩眸。須臾醉狂發，再過他山頭。視此車前騶，正同麇與猴。疾走復善緣，我意徒夷猶。歎息下山去，空坡驅羊牛。

釣臺六首

臨江百尺壁，並立兩高峯。下有釣魚竿，上有披裘翁。姓名雖未識，物色已不同。忽逢漢使者，相牽入漢宫。

漢家新天子，詔覓故人光。此間有老翁，踪迹頗顛狂。終日坐危石，垂絲十丈長。所志不在魚，山水以徜徉。

朝亦一羊裘，暮亦一羊裘。羊毛已欲落，釣竿不肯休。一遭萬乘主，引之同卧遊。從兹罷釣去，荒臺千年留。

桐江一縷絲，南陽一架犂。當其未出日，爲龍不爲犧。士固各有志，士亦各有時。有用有不用，誰能分雄雌？

許由聞讓帝，臨池洗其耳。復有巢父牛，不飲洗耳水。果哉末之難，迫可以見矣。咄咄嚴子陵，對面傲天子。

郡以姓爲號，山因驛掩名。荒祠在江干，千年江水清。我尚滯微禄，出門羅網攖。歎息過祠下，日暮孤雲生。土人不識富春山，但知驛名。

滕陽覽古二首

子房素心人，弱志無雄才。一逢黄石公，殺機從此開。功成不受爵，辟穀何爲哉？帝圖既已矣，神仙骨亦灰。

公子形迹人，招客乃三千。偷兒亦有用，何況多才賢？救趙一大事，功令女子專。英雄異舉止，豈爲文法牽？

羅浮山戲作此問稚川先生

四百三十二君者，孰是丹陽老僊子？青精先生主朱明，源泉治者華子期。洞天福地兩無分，何能鬱鬱久居此？此山南通句曲穴，神僊或亦戀桑梓。欲覓丹砂求作令，到來卻爲婦翁止。千年南海行炙嫗，猶說葛洪妻子是。羅浮列在大荒中，只作南嶽佐命使。我瀞已得副南嶽，軒轅錫命良匪侈。便欲將君去住瀞，亦有浮山如小蟻。我居浮山即比鄰，蒼藤竹杖時從爾。

風雨中揚帆疾趨端州即同季美登七星巖醉歌

海風壓濤濤壓舟，舟高濤伏如安流。壚邊酒沸作龍吼，一呼已到青山頭。山頭有人似招我，手捲螺殼吹塵蜾。我也赤脚往尋之，不見其人見蜾蠃。蜾蠃視君我螟蛉，義畫軒圖抵一丁〔二〕。生年四十百無成，緑笠青蓑澤畔吟。昨日束腰往報府，蠻胥怒隸猛如虎。聞我一嘯辟易走，恨不操箠笞我股。今朝逃出登高臺，衝雨衝煙欲破腮。七星墮地化灰堆，千年白骨埋蒼苔。有酒不飲辜七尺，有官不作反安逸。廣州蟹螯大於鼓，持螯飲酒面光赤。高歌欲將雨勢敵，雨如歌聲如和笛。酒酣歌罷雨亦息，返照入江穿石壁。作去聲。

村店夜半放歌

人囂囂，馬蕭蕭。風刁刁，燈摇摇。矮樓容得一張口，短榻舒開七尺腰。建陽美酒白如雪，玉版新抽冬筍苗。一官已似抱丸蛣，五載長爲捕鼠猫。今日放君君莫焦，眼前世事只如此，一醉偷將百慮銷。建昌二守南城尹，正在搥鑼叫野燒。

富陽江上口號

江風漠漠吹江樹，江水茫茫走江霧。潮頭來比船頭高，人影去隨帆影度。雲脚垂絲雨欲來，黿鼉戲浪逆江迴。六橋只在青山盡，不盡青山眼不開。

汪公頭上蠅子行

汪公頭上三蠅子，一蠅飛墮酒中死。二蠅掉翅不復顧，貪生怖死物亦爾。劉伶飲酒荷鍤死便埋，鄭泉肉骨化爲陶家瓶罍坏。古來賢達求以醉死不可得，嗟爾得醉不醉何爲哉？

瑞鹿歌

癸丑仲秋三日，余以事至龍坪。有牡鹿浮大江而下，土人漉致之，則生鹿也。以爲瑞，獻之余。奇而受之，畜之邑署，作歌紀之。

爾不匿爾斑斑之毛，爾不戢爾嶽嶽之角。虞羅椓罝獫裂齶，誰開一面縱爾脱？爾胡不疾歸深幽罨藹之巉嵓？爾胡不暫走逶迤廣衍之大壑？長江萬里，風狂濤惡。沙霾蓋面，鼉鼊嚼脚。雙耳貼波，仰鼻以息。蹲身奮鬣，四趾彳亍。此時氣盡張兩目，微聞喧呼語獨漉。九死一躍就羈絡，願膏斧鑕充君腹。使君聞此事，惻然解其纆。世間禍福機倚伏，我墮不測同此鹿。我且噉爾以稻粱，處爾以華屋。爾勿復思長林豐草之優游，爾勿復蹈機穽風波之棘蹙。守分全生，深居養福。千歲而蒼毫，千歲而黑骨。長兹表瑞應圖籙，不須更作中原逐。

大明山得年字

朱旂在楹鼉在縣，黑蜧怒號飛上天。玉女初傾洗頭水，岡原倏忽成洪川。此時小臣方穆然，揺牛釃酒祈豐年，明信格神神喜歡。鞭起赤龍殪黑蜧，羲和馭輪迴重淵。須臾白虹千尺自空起，叫哮而下飲溪泉，堆緜噴雪如彼璇宫玉宇仙人倒挂珍珠簾。纖塵不飛日涓涓，微風動樹稻滿田。於是迺有公子夙戒之清酤，宰夫割擊之肥鮮。饒州磁盞白如雪，百盞酌我無休嫌。諸生且脱頭上冠，挂在長橋古樹邊。解衣盤礴坐危石，禮法于我何有焉？谷中簫鼓正喧闐，谷外遊人拄杖看。看説風流使君顛，流連日暮不知還。若教做得西湖長，便將公事了湖船。

清平道中

似葉半帆懸，如絲百丈牽。冥冥煙入浦，闊闊野連天。拂岸深蘆拜，侵堤側柳眠。時時聞鬧吏，逆客鼓闐闐。

再度嶺

歸路重過此，驅車趁夕陽。秋初猶盛暑，雨歇始微涼。未減馬卿病，殊無陸賈裝。風前看短鬢，添得數莖蒼。

雨止寒甚

野闊亂雲屯，山横勢欲奔。風驕初歇雨，霧失暫開暾。貼岸輕鰷出，争籬碎雀喧。共呼泥滑滑，不是學禽言。

石屋 中有石棋枰、石枕、石門，黝黑不可下，相傳通海。

古洞鬱峆谺，平林帶早霞。牖叢青苾草，壁湧紺蓮花。看局應忘斧，尋源欲問槎。蹔來吾意適，高枕即爲家。

符離道中

岸折一潭澄，橋危衆水淩。夙霜寒泥草，初日暖蘇冰。士女趨場集，魚羊入市騰。凄然感興廢，寂寂度車輚。

新豐市

貰酒向新豐，垂楊繫赤驄。石林泉脉脉，霜草日熊熊。門巷周迴入，溪橋宛轉通。家家有鷄犬，紛籍趁青叢。

彭城渡河

天子濬河身，夫徒十萬人。石堤排雉堞，沙岸集魚鱗。鞭督勤州吏，金錢問計臣。十千供一役，猶自説艱辛。

河間即事

一鴈臥沮洳，編蘆可渡車。堡多知路梗，碑没見河淤。日煖黄芽菜，冰僵黑鯉魚。紛紛小童子，雙脚裹蒲苴。

遣　懷

漸懶親朋怪，長貧僮僕安。每挤連夕醉，寧問隔朝餐？倦或扶藜杖，行多傍藥欄。所嗟頭漸白，小髻不勝冠。

題小山石壁

峭壁倚城根，羣山盡到門。白雲屯几席，青薜覆楹軒。似得入林趣，都無近市喧。時來探幽意，結坐已忘言。

中隱君酬過余西齋

春思不可禁，宴坐看梅開。獨樹一鳩語，空亭二客來。到稀忘短揖，話久出深杯。只是尋常意，何爲俗共猜？

林生山居

谷小纔容屋，山空好貯春。有書皆授子，無酒亦留賓。種竹近千箇，分光與四鄰。看君飛動意，轉覺我爲貧。

南溪一帶看桃花

淺緑復深紅，春郊訝許同。開當寒雨後，望入晚煙中。闢徑曲穿水，編籬遠透峯。誰能知此意？園叟及村農。

左共之侍御邀同何康侯宫庶謝無逸山人飲龍眠別業

蘇李不可作，玆山久草萊。昔賢圖畫意，今爲左思開。邀客看庭樹，臨溪坐石苔。林泉真我事，公等幾能來。

潘鎮樸侍御邀同以沖太史共之侍御飲城南別業

祇是隔門巷，過從殊未能。亦知交不薄，無那懶相仍。虚閣憑高柳，危城垂古藤。無嫌歌笑劇，轉憶十年曾。

過丁文遠新園

出郭無多地，湖山堆眼前。竹深全隱日，松老不知年。鳥喜窺人語，僧貪選石眠。焚香留客坐，近得主人賢。

九華山青蓮祠

九錫重兹山，高風代幾還。留名寧有意？訪道亦多艱。尤物魂應戀，荒祠僧不關。春秋一杯酒，想像醉開顔。

秋浦逢重客初度

歲歲竹邊醉，今兹客裏過。亦嗟兒女別，無那友朋何。詩骨年來老，鄉心病後多。遲君生五載，霜髮較婆娑。

初至姑孰將訪胡孟修使君

城郭繞江流，重來憶昔遊。山晴遥見塔，潮落曲通舟。生計資黄綬，天涯笑白頭。當年采石月，猶照謫仙樓。

夏日飲元甫别業

亭閣愜幽尋，參差野逕深。當窗來岫色，面郭散湖陰。酒臼傍花架，琴牀倚竹林。城中盛炎熱，此地足披襟。

立秋夕飲維嵩園亭時苦旱甚

驚心一葉墮，淒氣散滄洲。况復遠爲客，那堪悲此秋？未聞新穀賤，祇賴故交稠。采石江邊月，時時破我愁。

李君一銓部假還胡孟修使君招同飲龍山館

握手憶離别，燕臺十載餘。山公得休沐，啓事近何如？鳥度夕陽没，蟬鳴秋樹疏。使君歡未盡，五馬亦趦趄。

孟修使君招同邵愚公孝廉飲郡齋含清園因得晤其長公贊侯孝廉

曲屋連深洞，招攜酌屢陳。主人真好客，公子亦情親。越酒青如豆，江魚白似銀。但知拚一醉，不覺露沾巾。

別孟修

幸得容棲托，深秋又別歸。馬穿楓葉度，帆指荻花飛。中路無彈鋏，到家能授衣。生平知己淚，灑向故人稀。

梅川署中秋意四首

霜降明朝是，梧桐葉半零。窗間眠蟋蟀，架上立蜻蜓。鸚鵡來江夏，鱸魚感季鷹。鎖聽官務少，醉臥可無醒。

老圃吾真是，秋來事倍賒。剪葵妨灌韭，斷壺便鋤瓜。霜落收麻子，風寒護荳花。誰知廉吏宅，不異野人家。

造物能容懶，清閒可縱狂。攤書常滿案，拄板或登牀。檢點新茶具，添删舊麯方。近來長佞佛，二六禮空王。

白露驚時序，蒼霜感鬢鬚。無能撫松菊，不忍插茱萸。久逸翻成病，宜肥轉益癯。近來腰痛甚，短策倩人扶。

即　事

捹取閒身付小舠，酸風澀雨即停篙。紉將蒲葉爲衣帶，拾得蘆花比鬢毛。已著露葵旋摘葉，未經霜蟹數持螯。莫逢楊柳悲摇落，痛飲村沽讀楚騷。

先與馬君實約同仲秋看月君實舟行甚駛余追之不得是夕悵然

自捉扁舟纜柳條，黄塵飛盡月如瑚。鴉翻瓦屋疑形影，雁避沙矰度泬寥。南去北來齊盪槳，村兒市女學吹簫。期君共作觀濤賦，仙舸凌風未可邀。

雙雁爲近河人所弋余買得之縱使飛去翼不能舉蓄之舟中朝夕戲玩爲賦以志感也

尚想南天可避寒，清霄集伴下霜灘。畏人偏易投羅網，絶命寧辭折羽翰？野性未能忘緑浦，微生幸得託朱欄。炎荒臘月無冰雪，並啄雙棲去不難。

挂角寺

罡風碎割切雲冠，吹拂梅花片片寒。似向雲中騎馬去，擬從天上摘星看。懸崖萬里雙峯出，古寺千秋一角殘。便可凝眸睇海色，白頭騁望淚漫漫。

飛來寺相傳自舒州飛來者寺甚剥落

禪扉雙合靄煙嵐，絶峽清谿樹影涵。白鶴似巢螺頂髻，青松欲破雨花龕。玉環久已歸僧鉢，金鎖空留挂石潭。飛錫倘能還故里，舒州舊徑我曾諳。

自飛來峯入靈隱止僧舍小供由此去三竺不遠僧雲帆治具湖舫誑余遠不可至遂下山矣帆喜飲酒能與余敵

啜罷羅閣日下舂，籃輿猶在最高峯。一尊湖月遥相待，三竺煙霞倏已封。香洞留雲時㒚㒚，石梁濺水去潨潨。我來欲覓無生忍，羡爾能傳酣聖宗。酣聖，浄寺僧也，見袁中郎集。

夏日莊居六首

偶出西郊理薄田，青蓑緑笠意悠然。沿堤插柳妨稻，繞屋穿渠儘種蓮。歲稔定收陶令秫，家貧常辦阮宣錢。遥思帶綬爲官日，浹汗摳趨到府前。

獨自投壺獨舉觥，都無醉醒與輸贏。偶因朗月清風出，一到桃谿柳岸行。久別親朋猶識面，乍歸僮僕不知名。所忻臘月新栽竹，雨後旋添四五莖。

尋常傍午方能起，起即科頭坐竹林。疊石養魚聊適意，删詩品帖亦勞心。客來便酌三升酒，興到時操一曲琴。如此清閒老亦得，不嫌白髮日相侵。

茅屋蓬門倚郭西，新堤近築草萋萋。繁陰匝徑桐花落，野水平田稻葉齊。旋啓竹林旋召客，自燒麥酒自烹鷄。數杯已覺鄰翁醉，日暮辭歸獨把犂。小雨恰臨芒種節，微風猶是熟梅天。分畦灌稻無休歇，得放閒時即醉眠。陶令門前百畝田，千株楊柳帶平川。圃多蔬菜先嘗瓠，魚滿池塘每得鰱。田園舊闢非謀隱，夏日涼生數過從。偶得奇花旋買鉢，但存隙地即栽松。行吟出每逢漁父，學稼歸將問老農。散髮披襟庭樹下，更無一事到心胸。

傅仲執博士先以詩見投次日攜尊過訪飛觴賭奕舉座靡然

伏枕經旬病未除，開械何處報雙魚？攜來苜蓿先生酒，過訪柴桑處士廬。豈有琴書供嘯詠？但憑松菊款巾車。看君事事皆無敵，衰懶年來總不如。

過訪中隱

十年重到草堂前，塵榻還看爲我懸。家僅數椽仍是借，吟纔一字即争傳。才名自昔能推爾，生計于今欲問天。此去莫疏詩酒會，白頭感舊易淒然。

自九華歸宿五溪橋用吴客卿太史舊韻

老眼猶疑戀碧霄，凭輿貪得看漁樵。日沈嵐氣生茅屋，風起潮痕上石橋。估客沙邊雙艇集，野僧雲外一燈遥。九峯歷歷杯中見，對月招呼慰寂寥。

新寒二首

丹楓一葉銷殘暑，青嶂千層閣暮煙。雲合故知將雨夜，風高疑是欲霜天。書催婦子篘新釀，手課兒童理薄緜。直北不堪回首望，亂帆隱隱是歸船。

萬事經營一未成，中宵倍使客心驚。半年踪迹棲僧舍，儉歲饑寒仗友生。始信青山容傲吏，難將白髮待浮名。近來又覺依人倦，擬辦春犂學耦耕。

登黄鶴樓

江空天際敞高樓，樓上仙人不可求。一自白雲迷鶴駕，獨留蒼樹鎖漁舟。洲前鸚鵡千年賦，笛裏梅花五月秋。極目長江萬餘里，蕭條對酒不勝愁。

夏日同張約之袁爾昌萬伯文歐子建集朱季美清暉館韓孟郁黄元卿後至分得八韻其一蝀字五言排律十六韻

背郭開三徑，披林遇數公。幽軒臨睥睨，爽氣入簾櫳。高樹翻蜩鷽，餘陰指蝃蝀。覆階花灼爍，隱几竹朦朧。密坐一亭滿，高窺四野空。有懷塵堨外，得意酒杯中。窺竇來新客，飛籌任小童。歸風翔鶴鶴，落日射熊熊。漸覺雲光黑，旋添燭影紅。星尊重徙倚，露坐復從容。歌嘯懽逾暢，談諧俗轉工。呼盧驕醉態，擊鉢競詞雄。漠漠天如拭，纖纖月似弓。衝泥驚瘦馬，辨影數冥鴻。並是青雲客，偏宜白髮翁。兹遊難再續，勝賞竟誰同？

其二朋字七言排律二十韻

高士幽居爽氣澄，挈來此地避炎蒸。草堂有意藏修竹，花架無心引蔓藤。逕轉高叢陰習習，窗當絶巘翠層層。魚翻碧澗嬉芹藻，鴻起青冥遠繳矰。作賦溷除皆置筆，藏書卷帙必緘縢。好奇自署蒼顔叟，佞佛人稱戴髮僧。率爾揮毫皆吐鳳，偶然墮墨亦成蠅。生來慕古頻搔首，少壯干時每折肱。鑄鐵頻頻驅俗客，盍簪往往得良朋。譎來屢國甘長往，望到龍門快早登。顧我頭顱非昔好，逢君面目轉堪憎。半生懶嫚同中散，一味清狂仿右丞。調合七賢猶頡頏，詩成一字會憑陵。兹方在昔名多哲，而輩於今亦代興。共羡清揚常楚楚，獨憐蒼鬢久鬅鬙。薜蘿處處牽風入，杯酌深深與夜增。短榻最宜施夏簟，空盤祇合薦春冰。談諧嬲謔金初斷，醉舞頽唐玉欲崩。寂寂天街人盡散，沈沈小院月初升。酒闌歌罷清言已，一任歸途款段憑。

數日索菊無所得偶得之張秋野人本雖不佳亦足點綴風景矣三首

落日長河好放船，汀頭岸尾逐鷗眠。寒空一片皆秋色，除卻黄花總黯然。

記得官衙種菊時，開花無樹不齊眉。如今乞向船頭看，短白皷黄三兩枝。

村女粧成也不妍，短衫秃袖向人前。郎君無意求顔色，只説風標近自然。

孔　雀

余畜一雙，惟雄乃有屏，春生冬落，見人盛衣餙，輒開屏舞；僕婢襤褸，必往啄之。屢試皆然。而埤雅以爲朱雀自矜毛羽，妬人盛服，形已誤矣。

五色圓文金翠多，迎尋應節舞婆娑。靚粧袨服宜相對，不似時人妬綺羅。

白鸚䳇

余養之數年矣，頭上淡黄毛一撮，大喜大怒輒開如玉蘭花。嘴距俱作純鐵也。

曾住宫中號雪兒，海南尚得傍瓊枝。清霜皎月琉璃架，學唱仙郎白苧辭。

五色鸚䳇

從粤中得二隻，毛兼五色而赤獨多，猶疑是五色鸚䳇也。

絳幘朱衣海外來，銜書赤雀莫相猜。謝莊自擅江東秀，袁淑非無作賦才。

緑斑鳩

緑衣丹喙，小半凡鳩。初養八趾，旋殞其四。縱使飛去，數日輒還。

翠竹叢中籠不關，碧荷池上步閒閒。尋常一宿檐前樹，飲啄親人去復還。

白鸜鴿

土人云鸜鴿千年變白色，非也，即秦吉了耳。有赤、黑、白三種，視鸜鴿稍雄大，能言，一曰料奇。

寒皋踰海亦飛翔，使者重逢劉景陽。莫向夷酋誇漢鳥，曾同雪女侍開皇。

番禾穀

小鳥來自西番，羽毛整潔，灰白相間，嘴似一塊紅玉琱琢成者。間月一哺雛，每哺輒十餘雛。以大竹籠貯之，每籠可畜百頭，和媚可愛。

楚楚衣裳善媚人，輕紅兩喙玉粧成。碧窗朱户�籠滿，嘍喈時聞哺子聲。

山呼

以音得名，宛轉多變聲。雌雄隔懸之，兩兩相答。丸土爲彈，彈之，接取巧捷，轉相搏擲爲戲也〔二〕。

自譜新歌自唱賡，巧呈百戲解人情。若逢秦漢登封主，山谷應多萬歲聲。

木客

羅浮山五色雀，狀似鸜鵒而小。一羣常數十，輒有二鐵冠者長之，號爲功曹，衆視功曹爲飛集。有異客至，始來一環翔，旋即飛去。山中人亦不得其巢棲處。余一再見之。

長守仙人馭鶴臺，時因覽德一飛迴。遊人漫自誇標格，且看山禽來不來。

五距鷄

即天鷄也。一歲一距，至五而止。羅浮山三更見月，此鷄輒鳴。故曰天鷄鳴而天下之鷄始鳴。形色俱如孔雀而小。傜獞人畜之如家鷄然。一名玉鷄，一名金鷄。

扶桑朝旭正三更，已唱人間第一聲。白澤圖渠作龍種，老猺時或煮藜羹。

無底螺

羅浮瀑澗中附石而生，後穿如朽殼也。手掬之逎伸縮。余攜數十枚歸，畜之金鯽池中，今有存者。

無漏翻成有漏因，朽形元不朽精神。縱然負甲藏眉目，肝膽明明露與人。

接臂猿

行羅浮深林中，常有數百爲羣，交股接臂，緣藤上樹，嘷嘯不常。人從樹下行，不相驚怖則已，稍取木石投之，枯枝敗柯如雨飛下，與人相敵。人舉火作煙熏之，輒逸去。故山行者率種火。

絶壑懸崖自有鄰，嘯歌時復與人親。峽中老衲能相認，不與山公作後身。

沙溪即事

處處垂楊繫小槎，叢叢竹裹著人家。魚罾界破青霞影，水碓舂開白浪花〔三〕。

初至浄慈望湖上

入眼湖山大槩奇，著些煙樹總相宜。不知何處題詩起，攪亂詩腸似藕絲。

龍井雜詠

高依銀樹結琳琅，不向東家覆苑牆。截作老僧香拂子，爲龍或伴費長房。右木香藤

匪石匪金亦匪木，無聲無色亦無塵。琉璃自爇旃檀火，長供如來清浄身。右辟塵爐

潭底老龍曾結伴，檐前香樹近爲鄰。何年款識誇神運，力士輸渠八十人。右神運石

怪底峻嶒聳處尊，飛空巧作亂雲屯。醉來倚嘯雲根下，指點蒼苔碧蘚痕。右一片雲

石池乳滴慢流泉，陸羽茶經品最先。若使親嘗龍井水，中冷康谷漫虚傳。右詠泉

老僧摘葉小僧熏，五百銅錢買一斤。剩得些兒殘箬裹，烹來與客解餘醺。右詠茶

少年船三首

巾子低眉袖子長，妖童豔妓列成行。船頭載酒船梢臥，空著船艙作賭場。

郎撥銀箏儂唱歌，摇船盡是美梢婆。一杯一櫓一聲曲，得到湖心月幾多。

包家新舫畫樓臺，千貫青蚨雇不來。覓向西湖載西子，一聲齊唱錦帆開。

赤壁懷古

百萬豪兵一炬空，小喬初嫁在軍中。英雄得意須酬死，何必睊睊恨臥龍？

古意

妾身家傍學堂居，上大紅完墨建除。村塾初寫『上大人』用硃，次寫『建、除』等日，用墨。瓜子磕來人字樣，衫兒摺作一封書。

校記

〔一〕義　當作『羲』。

〔二〕搏　疑當作『摶』。

〔三〕春　當作『春』。

龍眠風雅卷十三

木厓潘　江蜀藻輯
江寧張　惣僧持同里姚文鰲鷙存参

左光斗

字共之，號蒼嶼。萬曆丁未進士。初授中書舍人，擢監察御史。視屯，多所興復。督學順天，遴才剔弊，有『真御史』之目。先是，神宗不豫，中璫劉朝等矯東宫旨，搜索世廟戚畹絶莊，公封還不啓，奄黨深銜之。及光宗登遐，李氏以選侍居乾清，公抗疏力争，與應山楊公漣並爲時倚重。楊公疏列忠賢二十四大罪，公草疏繼其後，未及上而同逐，尋被逮，與楊公同死杖下。其前後疏稿及頌繫本末事，詳國史，不備載。崇禎初，詔褒忠節，贈副都御史，再贈太子少保，予三代誥命，賜祭葬，謚忠毅公。大節炳青史，不必以詩傳。然觀其檻車急徵時慷慨悲歌，亦可以知其志矣。

詠懷詩示繆西谿宫諭四首

芳樹臨華池，其下多芳草。埃風吹歷亂，嚴霜亦何早。芳草既已摧，芳樹亦云老。宫中有佳麗，儀容多窈窕。封狐競妖冶，蛾眉不自保。青蠅點白璧，棄擲何足道。飛塵避白日，天地失其明。曾參不殺人，慈母胡不驚？願迴若木光，一察葵藿情。墉鼠牀下語，蝙蝠梁上鳴。黄鵠摩青天，不與世相争。哀哉險側子，用心何怦怦。老狐戴髑髏，夜拜北斗神。綏綏曳長尾，頃刻化爲人。我有龍穎劍，欲殺投水濱。丈夫報國家，鴻毛安足論？擊之一不中，徒爲鼠雀嗔。多彼寒蟬輩，教我守沈淪。玄鹿遵長林，白鶴舞晴雪。山中有神人，避世修隱訣。呼吸通神明，坐對忘寒熱。出世君何長！入世我何拙！煩師指病根，迷途頓悟徹。長路進雙履，霜飛水凍冽。

題友人卷四首

我聞巫咸氏，復聞歐絲野。耕織罔所須，衣食多優暇。既已無艱辛，亦復無教化。眷彼徐之翁，詩書起躬稼。不寧開子孫，永勸來者駕。

龍蛇在蟄時，往往風雲護。何況神明人，而無天佑助？無趾尊足存，塞翁真不誤。玉汝亦何勞？行矣翔天路。

峚山有流膏，著處結珠顆。黄帝既以饗，君子以禦禍。積善貴積源，冥修戒無頗。照者亦非熒，明者亦非火。美哉雙璧人，取券豈云左[一]？

小盜盜如鼠，大盜盜如虎。鼠竊猶可防，虎殘不可吐。嗟哉南海民，賴翁得安堵。翁去権使來，荼苦十倍虜。螺蚌無生胎，波神無寧宇。何當叩至尊，令珠安合浦？

哭萬元白

黄霧四塞遮薊北，浮雲滿天蔽白日。道上狐貍走入宫，壯士聞之聲慄慄。西江萬公真人傑，手攬斧柯伐三蘖。上疏直數中官罪，一時羣小皆咋舌。胡爲矯旨杖獄中？血肉淋漓聲音絶。義士搶面各吞聲，不覺唾壺盡擊缺。果然恭顯殺賢傅，中朝之事尚何説？我有白簡繼君何能已，與君同遊杖下矣。丹心留在天壤間，没没之生不如死。

九日懷親

故園秋色好，三載滯歸車。問節驚初度，思親數歲華。埸應升晚秫，霜漸老寒花。莫便登高望，蒼茫思轉賒。

壽伯兄五十

老丈看余伯，追隨似昔時。衰從今日始，非自幾年知。秋色驚加瘦，黄花發故遲。莫辭桑落酒，原上正參差。

小築

卜築龍山下，蕭蕭只數椽。客來頻坐石，鶴唳欲驚天。花竹分鄰圃，栽培問長年。月明乘興返，曳杖度前川。

築成無花

避俗聊爲爾，蒔花不可圖。秋風當晚落，黄菊未全敷。拳石淒無色，雕欄勢轉孤。春光應爛熳，佇想欲狂呼。

九日遲赤城不赴有作賦荅

似爾情躭放，偏余禮不苛。一觴遲老友，隨意出新歌。山水尊前合，風流醉後多。東籬與北郭，秋色定誰過？

吳繩之有約不尋詩以徵之

客裏誰相召？愁懷直到今。狂歌驚驟雨，瑶瑟待知音。一再占庭日，悠然見汝心。轉憐暝色好，無計破孤岑。

題邢子册

薄俗誰當近？君真大隱人。眼前俱鹿豕，生事信風塵。醉敢辭同俗，窮來有一身。轉疑吾道拙，卜宅作比鄰。

王化卿方玉成共遊浮渡永夜有懷

秋入浮山好，興言已自饒。詞人清並往，松月淨相招。色界空中静，窮愁醉裏消。塹余雙屐齒，咫尺一峯遥。

壽家君六十

生我今三十，知年是六旬。斑斕將野服，禄仕本居貧。大藥扶身健，諸孫繞膝馴。寄情雖一壑，猶得戴皇仁。

出烏石岡

漸喜塵囂遠，旋驚野色明。鳳山青欲送，桐子鬱相迎。場圃牛羊下，村籬鷄犬聲。幾年還薜荔，底事悮浮名？

出孔城

歸途曾滯此，三載又重過。村巷還相識，兒童拍手歌。片雲高岫出，荒日古城多。去住身何主？驅車晚渡河。

過浮山二首

五載浮山路，經過復此限。芙蓉當面出，島嶼泛潮來。丘壑吾將老，風塵爾故催。最憐秋色遠，行矣首重迴。

未卜吾廬處，偏憐此壑宜。好山圍四面，曲水繞千池。寺隱僧時見，源深客自疑。不堪樵牧問，應動向時悲。

遲諸弟試音

夜起魂難定，行吟再展文。我疑皆失學，人或擬空羣。雁影寒江並，燈花永夜紛。幾時欣握手，酬唱壯風雲？

山居謝山人過飲

念爾山無色，相逢闤市間。添爐遲白雪，出句見青山。春好還通屐，尊慳略破顏。同遊惟我共，未許厭躋攀。

雪霽道中口號二首

出郭舒新望，搴帷對夕暉。濕雲留野樹，晴雪照宵衣。寒力催梅發，春情入草微。故山有茆屋，鎮日未開扉。

已霽天猶雪，離離樹欲低。寒暄衆壑異，向背一溪迷。凍犬迎人静，饑烏下食齊。牆邊攜犢叟，趁曝夕陽西。

除日訊謝山人西寺二首

歎爾長年困，前途路轉迷。羈棲依病衲，操作賴荆妻。弔影將無醉？排愁合有題。平生關切意，歲晚轉淒淒。

兄弟動相念，君貧日更增。計寧謀食拙？道自固窮能。野外春陰寂，街頭酒價騰。倒囊無長物，買醉共山僧。

穀日飲鄰翁二首

入夜雨濛濛，侵辰日漸融。潤知春隴足，占得歲時豐。艱食身何慮？留歡酒不空。鄰翁深命醉，欣賞亦應同。

愛客鄰家叟，皤然一古翁。勸酬隨意到，語笑仗人通。述舊存亡半，評時得失公。肯呼頻共飲，相隔只籬東。

君節畢嫁有作

歸女營曾竟，啼兒淚不乾。世多勞嫁娶，君更屬艱難。瑣屑隨人面，周旋稱婦歡。一嬌吾漸長，先此欲眉攢。

園遊

不乏名遊處，幽心愜老農。雜花蒔野菜，繞屋種長松。蒨華吾廬似〔二〕，蕭疏爾輩從。莫辭深酌酒，那得數扶笻？

送友人

可惜春明道，春光三月間。故人何事別？行色有餘閒。言上五臺去，經游二寶山。何如僧結侶，獨往悵難還。

九日對月

亦自尋常月，貪看轉覺新。清依雙白鶴，照定一愁人。對面慙思婦，低頭愧覽辰。年年當此夕，小酌共雙親。

同中隱訪化卿談禪

滑嶺來容易，慈雲出不輕。經秋纔一面，索處可爲情。肥瘦驚相問，存亡歎屢更。坐深聞妙義，近得解無生。

化卿別後復別蓋卿

不堪摇落盡，次第故人行。老淚乾南岳，柔腸斷赤城。蚰蜮侵素榻，黠鼠上殘枰。門外偏車馬，將迎不稱情。

九日懷方玉成

生事何爲拙？深秋滯遠歸。黄花隔鄉縣，鴻雁故分飛。何處登高酒？寒砧寄到衣。因君余閉户，無意蟹魚肥。

蒿墩嘴夜宿

薄酌寬能醉，寒燈晃不明。苦吟村媪厭，無寐旅魂清。囑僕勤宵秣，呼兒試早晴。聞鷄先接淅，客路少嚴更。

寶樹菴與松公

恰可稱初地，千峯一室藏。誅茅和雪蓋，種柏與檐長。苦衲剛三衆，真經只數行。便疑超器界，不復問西方。

閲楞嚴畢遂征車北上别松上人

到此巖頭熟，須防歸路生。幾年皈老衲，何法斷時名？白業心須浄，丹楓眼倍明。世途真可畏，勿過虎溪行。

雨宿

小雨疏林浄，虛堂老衲閒。夜深官燭短，病後酒杯慳。起和壁間韻，行看窗外山。一聲鐘磬寂，明月滿林間。

上陵

小雨忽新晴，今朝眼倍明。九陵青一槩，萬壑鬱相迎。恍接風雲氣，真從龍虎行。飄飄忘所適，回首失昌平。

九龍池

削壁嵌山幽，池平過雨收。青天萬馬驟，白日九龍游。湛影涵金鏡，深源接御溝。萬年芳澤在，不獨共藏舟。

長安口號四首

亦自稱中翰，何曾博大官？汗能滰馬臂，飽不足猪肝。衣破還須典，冠陳且耐殘。休猜作兩殿，不是這般寒。

自不預人事，門開也自關。經旬一報謁，長日是深山。貧病差相稱，兒童久習閒。昨宵新謫放，報失兩長班。

薄宦凶年併，長貧百口兼。虛傳高位俸，不養小臣廉。過雨煤錢長，將炎水價添。可憐官樣子，博得自家嫌。

曼倩饑能慣，袁安臥且便。偶傳百斛米，載得大官船。妻子牽相笑，凶荒尚可全。更聞捐俸詔，不到小臣邊。

西山六首

何異龍眠路？所殊未有樵。野牆藤作瓦，村落樹爲橋。向背溪流轉，有無嵐氣饒。好風吹向夕，滿路發松潮。

望望碧雲峯，嶙峋萬石封。一筇通曲徑，數里發深鐘。種杏深成巷，栽松盡作龍。池潭清絕處，尚隔幾重重。

山市自成村，山家薄有垣。花邊深繫馬，柳外雜攜尊。痛飲酬佳節，游閒見主恩。日曛何處宿？高枕老松根。

磴削天全闊，梯蟠地轉牢。一亭環積翠，萬里見秋毫。白日入林礙，青天過鳥勞。自從經御蹕，直是五雲高。

地主何曾問？相逢但酒杯。依人憐薄宦，戀我是香臺。婚嫁期難畢，風塵眼暫開。岱恆清咫尺，極望思徘徊。

又復悠悠去，翻憐草草過。源迷疑不再，鄰接竟如何？新句攜囊少，清思入夢多。堅懷奇絶處，歸語舊鳴珂。

憶　親

賤貧奚不適？何事急兒官？老眼燕雲破，鄉心楚塞團。屢書聞歲儉，多病況秋寒。欲擬雙輿養，無端去住難。

憶龍眠山居

卜築傍龍眠，雲深一逕穿。源窮纔見屋，山盡忽開田。芋栗新栽得，芻蕘任往焉。笑余緣底事，一别動經年？

九日同友人閲武場二首余以是日覽揆

坐臥俱無著，春秋總不知。茱萸逢此日，弧矢憶當時。侍子當闕唤，觀人立馬期。便須强一出，尊酒且追隨。

帝夢急非熊，徵材萬國同。重臣親作鵠，多士儼臨戎。霜氣侵驄馬，風聲怒角弓。勳猷公等在，吾亦厭雕蟲。

送何虚白民部督餉遼東

風雪暗雙旌，籌邊此一行。地官應特簡，天子壯長城。飛輓終無計，隨田可勸耕。會看方略上，不獨慰呼庚。

送劉燕及嶺南四首

把酒不能前，問君何處遷？蠻方鬼是國，炎徼火爲天。小吏誠何罪？驕人不作緣。到時撿謫籍，曾亦有臨川。

自爾矜行危，偏余好服奇。高馳能不顧，此道復何疑？偃蹇有今日，艱難負夙期。忍將新刻畫，倒置舊鬚眉。

衮衮皆兄弟，如君獨此行。羽分雙鳳闕，心折五羊城。朝議方如沸，人情正好兵。無争是絶域，君或厭春明。

最是宜人處，偏宜是廣州。梅花萬嶺雪，桂子四時秋。舟有西施並，門多鮑靚遊。從來仙作吏，莫減舊風流。

送汪嘯雲之粵

久客無歸緒，飄飄又粵州。過門能不入，此世欲何求？白石終難煮，丹砂不可謀。從來鮫客淚，未免向人流。

遭璫逐道中感懷三首

豈料陰初盛，沈淫晝不開。傷心惟枳棘，觸目長蒿萊。爭説朋爲正，難令鴆作媒。呼天問清霽，直待有風雷。

幸未遭嚴譴，居然許放還。願難成栗里，禍恐續椒山。空有安危計，誰開語笑顔？龍眠舊卜築，長在汨羅間。

曖曖浮雲障，冥冥妖祲繁。疲驢銜道路，破帽出都門。抗疏功全少，埋輪志尚存。君王如可悔，幸有老臣言。

別雙親赴詔獄

再別不能去，高堂有老親。殺身成令子，養志學忠臣。涕泣都成血，生全或仗貧。白雲如可望，雷電豁青旻。

畿北道中士民攀檻車持金錢相贈詩以謝之

車指燕山道，徘徊感故人。相逢莫下淚，何事尚攀輪？生死成今古，風雷任鬼神。一錢從未敢，幸不愧焚身。

廿四日懷舊

風雨寒宵旅寺深，濁醪清共老僧斟。追歡强自隨燕俗，怨別難禁動楚吟。十載浮沈餘傲骨，百年生死總關心。殷勤後婦能謀酒，一酌沈冥不可任。

除夕與化卿中隱共酌

荒庭曆盡夜猶長，談笑依依尚爾行。賈島苦吟淹古寺，長卿多病滯他鄉。無營轉覺家爲累，得醉須知客不妨。華髮明朝看又改，莫因牢落負春陽。

正月二日對雨

金花彩勝競清明，滿目陰雲四野横。元日先愁無望日，雨聲早已是春聲。沾知弱柳行將動，寒逗流鶯不肯鳴。獻歲空齋無一事，舊編惟命侍兒擎。

送賀長君侍太母還東

共君纔得飲屠蘇，何事風帆便適吳？餞禰總深王母戀，升輿各得冢孫扶。江梅冷帶官衙色，碧草青分南浦蘆。遥計回瞻知不淺，重來共醉酒家胡。

人日城望歸飲諸社兄

春陰寂寂眺吟違，斜日當樓一放暉。宛轉垂楊新濯濯，啁啾語雀試飛飛。粘天晴雪千峯駐，繞堞寒煙萬井圍。鐘動歸途詩半就，尊餘柏葉忍教揮。

戴令微訃至得化卿霍中書

兄弟當年意氣聞，于今雙劍一時分。招魂心向蘭前動，埋玉情從書後慇。塵市不堪重買駿，窮交況復歎離羣。遺編好在爲珍重，老淚休令盡北雲。

赴葉君嘗鄉莊途中作

荷盡新涼久注情，幽期曉赴及秋晴。盤堤萬柳高低出，亂眼千峯向背明。稻熟天風農自得，路經鄉國馬全輕。到來景色應逾好，不惜清尊百盞傾。

中隱習静慈雲蘭若寄懷奉答兼呈石公上人

新著青州不耐寒，梵鐘深處露華殘。逢人强自呼居士，誤我將無是宰官？縱酒清狂容惠遠，多聞結習似阿難。聽來妙義深開示，獨步階庭嶺月團。

同化卿隨喜靈泉藎卿許攜榼不至

無端秋思下平原，有客邀歡共款門。倒屣急須呼勝侶，抱疴强欲盡深尊。破雲月色分香桂，送雨風颸度野村。笑我空依梁上柱，何人刻燭待王孫？

秋日送化卿之霍山

天空一雁渡檐陰，執手河邊送客心。奔走爲憐高馬骨，姓名無那重鷄林。雲鴻正值歸途背，霜葉偏從去路深。莫謂桐雲渾不念，故園還有白頭吟。

同化卿君節以沖集戴允孚樓宿余僦居北城

北郭東牆咫尺聞，風流當日見殷勤。登樓再值新秋敞，握手偏驚累月分。鷄犬幾家仍户牖，弟兄强半隔風雲。多君無酒能酤我，一任沈冥到夕曛。

中秋夜雨

高閣經秋爽氣開，擬逢今夕共徘徊。無端殘雨收還落，不定鳴蟬去復來。益睡世情聊剪燭，貯愁胸緒且銜杯。坐看滿目陰雲起，風響高梧一鳳哀。

贈孫鏡吾

鏡吾氏久精禪那，晚習韜鈐，遠赴秋防，詩以送之。

筆花落盡劍花鮮，悟得塵緣即浄緣。憑取金剛百八子，更攜家乘十三篇。烏藤玄塵渾成戟，漢月胡雲總是禪。不信防邊有尊宿，新題妙偈在燕然。

宴益藩西園

龍山孤峙擁仙居，別閣西開爽氣舒。玉額金題深護竹，雲縄霞笈静函書。秋風有客過叢桂，授簡何才不子虚？盛事歸傳欽帝葉，定知招和在芙渠。

寒食道中即事

二月春風楊柳煙，一庭花事尚茫然。幾家舊恨斜陽外，無數新愁高冢邊。塞俗耕驢似耕犢，燕人乘馬不乘船。逢迎官吏紛持牘，問道閒曹不肯前。

謁陵二首

皇圖天保九陵雄，宛轉瀠蟠見壽宫。王氣總纏窮塞北，雲封高接大江東。珠襦兩地山河壯，桑土千秋牖户同。鎖鑰只今誰可寄？憂天空自廑孤忠。

晝漏鐘鳴寢殿張，漢儀周禮飭冠裳。祠官帶珮承恩重，列辟徵金薦酎忙。雲護四蛇常出没，月明獨鶴自翺翔。總然肹蠁通呼吸〔三〕，未必尊親似上皇。

送王藎卿館赤城

驚秋旅客動歸程，何事蕭條更遠征？客淚總翻霜葉下，馬蹄直逐塞鴻輕。逢迎到處傾新釀，欣賞同誰嗅落英？清夜赤城回首望，鳳山秋老可爲情？

燕邸送友人歸里

薊門九月雪霜深，短褐臨岐淚不禁。逐電孤騧迷去影，没雲高雁失遺音。到時黄菊尊仍滿，别後青山夢屢沈。爲謝故人勞問訊，風塵早晚急抽簪。

詢三伯父時訪知白兄卻寄

秋氣蕭蕭萬木疏，茂陵遥憶病相如。北窗風好仍殘夢，南極星高不照廬。伏枕懷人還骨月，杜門燒藥枉圖書。欲陳七發憐才少，暫把金縢易子虚。

過馬皖屏侍御古唐山莊

近郭圜城景色新，煙蘿繞逕可藏身。隔籬風雨花迎客，傍水樓臺鳥伺人。抗疏傳經休足慕，買山遊嶽總無因。與君試步長堤上，霜滿青天月滿�。

飲吳體中觀察

鬱葱佳地敞高筵，尊酒相看雨後天。五木祥開星欲落，萬家煙凈月初懸。玉壺寒至侵河朔，銀漢秋沈逼酒泉。漫飲平原過十日，還期夜載雪中船。

盛匊泉方伯招飲卻贈

一灣溪水一篙船，炎夏何勞款綺筵？君自蒲團甘白石，我將酒德訪青蓮。籠中道士原爲佛，眉嶺先生夙是禪。此後彫胡堪作具，相逢但可煮清煙。

送文湛持翰撰南還兼寄姚孟常太史周蓼洲吏部時以狀頭疏參中官降調

曉露花深紫殿高，争看春色暖宮袍。承恩便欲誅常侍，初服相將報聖朝。阿閣誰能來歎鳳？大江歸去怕聞鴞。中流若遇羣鷗侶，如此風波不可招。

贈方孩未侍御

才子名高賦早工，西臺一入想雄風。乍聞鳴鳥驚虞閣，早見批鱗出漢宫。獨樹當陽輝北極，五花𣃁雨遍關東。同鄉何幸逢同調，吾道如今竟不窮。

楊大洪歸里後感示惠元孺給諫二首

痛殺龍髯攀不及，障天毒霧滿朝危。觸階流血君方見，叩闥排簾宫始移。北闕雨風號二祖，西山霜雪致三疑。至今永夜傷心事，空向乾清涕淚垂。

孤危少主自堪憐，姑息翻爲婦寺牽。利口果能昏白日，杞人只恐墮皇天。行吟無地終懷楚，擊筑增悲竟去燕。一死一生原是幻，肯同舉國飲狂泉？

送孫愷陽閣部督師關東二首

一天殺氣成秋色，四面悲歌變漢聲。忍見鯨鯢腥鴨緑，可無籌策返遼城？衮衣急借周公出，簞服還勞方叔行。報國有心常似擊，只將龍樹乞神兵。

丞相胡爲遠鎮邊？痛成兩表出師先。龍蛇原自推車騎，鸞鳳何能混鳥鳶〔四〕？若過燕然應勒石，倘平回紇望朝天。王庭那及人心險，只恐回車不肯前。

酬趙儕鶴冢宰

東山鹿冢經年臥，詔秉銓衡正百官。憂國可憐雙鬢白，焚香爲告寸心丹。身留一劍霜花滿，話到三朝夜月寒。自分駑駘無足道，何緣得顧便交歡？

送魏廓園出都門

征車遥指向荆扉，分手長安木葉稀。淚洒九閽俱是血，烹無五斗且搴薇。忍看毒霧黄河暗，一任雄鳩白晝飛。我亦蹉跎從此去，相期悲嘯採芳菲。

寄葉臺山相公

黨錮將興便乞歸，如公當日號知幾。江湖何必分清濁？牛李難明孰是非。生計青門瓜正熟，功名白髮願同違。西行大禍猶能解，莫戀灘頭舊釣磯。

檻車至濠梁時楊大洪書至

荒郊一帶慘風煙，緹騎徵車江楚聯。含淚開書猶罵賊，同心共請祇呼天。此生莫作無家別，萬死惟知有劍懸。寄語故人須早發，相期折檻聖君前。

與晦軒居士

拓落看居士，風流想昔賢。忘機鄰野鳥，息踵伴枯禪。性喜愚公谷，情宜大士蓮。户盈彭澤柳，花滿辟疆園。卜宅纔三畝，開池可一拳。廚煙雲杪出，山溜石中穿。嫩緑紛初染，嬌紅半欲然。叢林陰拂拂，疏竹媚娟娟。引鏡添華髮，張簾繞洌泉。牛羊日夕下，鷗鷺晚風旋。孤客牀頭酒，遨遊杖底錢。不知城市變，那問谷陵遷？士畏題門外，風高折屐前。雙兒齊鳳起，諸子復蟬聯。坐對河陽縣，閒歌桂樹天。懸壺寬日月，搔首傲坤乾。鶯語堪簫鼓，書聲雜管絃。相皮猶溷俗，揣骨已成仙。漫以三都賦，聊成招隱篇。

初從金山自然師訪其兄松和尚

已過金山尋寶樹，更從無著問天親。山晴一月猶看雪，盡處山頭是上人。

出塞曲二首

陣雲横卷將星高，獵獵秋風動羽旄。揚旆平明屯渭北，銜枚薄暮度臨洮。

羌火燒雲塞草枯，翩翩獵騎海西隅。解鞍臥鼓平原上，胡馬千羣不敢驅。

入塞曲

大漠高空塵不飛，新秋塞上草猶肥。石榴紅綻葡萄紫，博望遥馳宛馬歸。

校記

〔一〕券　當作『劵』。

〔二〕華　疑當作『舉』。

〔三〕盻　當作『盼』。

〔四〕鳥　當作『烏』。

安徽古籍叢書

黃山書社

龍眠風雅全編 二

〔清〕潘　江/輯　彭君華/主编

第二册目次

龍眠風雅

卷二十二

卷二十三

卷二十四

卷二十五

龍眠風雅卷十四

木厓潘　江蜀藻輯
松陵朱鶴齡長孺同里趙襄國以贊參

姚之騏

字汝良，號渥源。萬曆丁未進士。博洽精理學。早歲授經，及門生徒與兩弟成進士，公猶未補博士弟子，怡然自樂。及作令湘潭，以剛介廉潔著聞。卒于官，子孫林、孫森俱幼，詩文多散落，然猶有存諸門人及楚闈所拔士所，後收輯過半，林攜入山，猝遇寇難，與林所著述一時俱燼。此詩亦從外家殘帙中搜出者。文人之厄，不獨公爲然也。

故婦怨

新人初入門，君子猶念舊。妾顔誠已改，獨恃君心厚。爲君常正色，守禮肅中冓。那知隄防疏，衽席生讒搆。束髮爲君婦，恩深怨何驟？驚雷劈長松，黄霧塞清晝。妾冤亦何苦，妾去亦已後。欲語忌投杼，恐復歸君謬。吞聲下庭階，淒風拂羅袖。

王昭君

羞澀貫魚末，詎當明主意？生非健兒身，遠代和戎使。閼氏失顔色，誰道漢宫棄？天子念蒼生，畫工豈必僞？琵琶抱私泣，胡雛皆灑淚。爲訪蘇子卿，昔年氈雪地。

舟行

扁舟惟所適，幽意托滄浪。夾岸峯峯翠，臨流葉葉香。潮生消暑力，吟冷助波光。遠浦青帘出，深杯待夕陽。

喜汝芳弟秋捷

風雨相師閲歲年，豈長貧賤久相憐？半生枕被公超市，千里音書祖逖鞭。自信漫誇逢此日，苦心端賴有高天。錦叢堂上秋花發，爲報孫枝次第妍。

林胤朝

字獻璞，號卞石。少有夙惠，一目十行，嘗與戴封君龍門背誦日曆，試之不爽。年三十一即致諸生，陶泳詩酒間。

春夜飲澗中

華館清溪曲，東風二月時。人從花下醉，簫向夜深吹。古戍鉦聲急，明河星影移。樂遊殊未已，遥認酒家旗。

春　晚

寂寞窮愁客，蕭條春晚時。東風吹野草，宿鳥綴危枝。地僻來人少，瓶空得酒遲。浮雲他自散，五柳是吾師。

次韻答石浪上人

廬峯真卓絶，靄霧白雲隈。古木四圍合，飛泉一逕開。觀心天籟寂，説法雨花來。向子猶家累，何時得共陪？

樅江坐雨

一雨春將盡，餘寒戀布袍。山横雲影亂，風急雁聲高。運甓懷先哲，開門望去舠。謀生甘守拙，鎮日坐江皋。

山堂春雨喜友人過飲戲贈

投子山邊春色遥，東風習習雨瀟瀟。雲流石磴蒼松暗，水長川原白鷺高。但有花同金谷酒，誰家人弄玉樓簫？郎君欲去還休去，牆外桃花故放嬌。

遊偃月巖

桃花宴罷日將微，策杖春泥草色霏。雨潤山頭猶帶濕，煙籠石底若爲衣。黄鸝幾處鳴低樹，白鷺數行過淺溪。攜手狂歌新月上，鬢邊斜插野花歸。

人日讀鴻烈解有感哭渡之弟

曲巷蕭條晝掩關，淮南讀罷淚潸潸。當年意氣從君長，此日凋零剩我孱。白雪有聲成古調，青尊無計對衰顔。惠連何事歸泉早？流水高山只等閒。

丙午秋日過弘濟寺偏尋沿江諸洞晚登燕子磯得來字

高閣憑虚逐水開，清秋躡屐破蒼苔。江聲捲浪潮初到，山氣蒸雲雨欲來。客醉漫隨玄鶴舞，僧閒未許白鷗猜。狂歌莫笑忘歸去，明月還登燕子臺。

過木樨菴

斗室倚懸崖，𥦗窗向水開。無緣登彼岸，心上有如來。

過五谿橋登眺

細雨霏霏侵客衣，樓頭霽色隱斜暉。青林犬吠無人迹，遥聽鐘聲出翠微。

邀友人賞芍藥

翠葉紅苞滿院香，主人終日兩相忘。仙郎肯賦名花曲，那惜千觴與萬觴？

春日宿思貽堂值伯兄兩弟肄業别館

萋萋芳草徧天涯，嫩柳新篁翠更加。春色滿園誰作主？月明閒照紫荆花。

無　題

細雨和風三月春，嬌紅嫩緑一時新。可憐夜半窗前月，夢繞巫山枉斷魂。

席上吹簫

月明清籟響天風，萬里寒雲一碧空。吹殺玉人聽不得，相思今夜更誰同？

倪應眷

字申之，號吉旋。萬曆丁未進士。除上杭令，爲政平易近民。擢監察御史。光宗晏駕，引春秋世子不嘗藥討正紅丸之罪。天啓初，首陳保身、謹微、講學、勤政、納諫、擇相六事。及楊公漣去國，抗疏請留。楊、左被逮，公亦削奪歸矣。崇禎元年，起南太僕正卿，未幾，乞骸還里。年八十考終。贈工部侍郎。

元日集慈雲菴

曾無隔歲約，元日集禪宮。樹色寒暄裹，年華新舊中。淡知蔬味永，閒可俗情空。生事歸嵓壑，還期静者同。

雨晴登西山

但得層巒霽，攜笻即共躋。風和知沍解，野迥覺天低。尊煖燒枯葉，盤香發舊齏。數聲山寺磬，已過竹林西。

謝逸

字中隱，一字無逸。少貧，從黄冠遊。一日，見其師登壇步罡作扣齒戒鬼狀，遂大笑棄去，折節讀書，以能詩名里中。先達如何相國、吴宫諭、方中丞、葉宗伯皆樂與之交，詩筒往復，殆無虚日，洵盛世詞場之美談也。性放達不羈，曾預題壽藏云：『一拳買得屏西地，生用登臨死即埋。碑上預題三路字，壙前寬撥兩重階。歲時好與兒孫集，魂魄還同麋鹿偕。』惜佚去末二句，亦可以得其概矣。

美人

美人坐池上，池水清見底。照見池上人，盪漾緑波裏。鬟影亂浮萍，面色香流水。借問洛川神，風流得似此？

元旦過慈雲菴禮佛同史長惺夏廣生兄弟集雪公方丈有作

力疾過初地，齋心禮梵宫。僧鐘殘雪裏，鳥語亂山中。林僻春先集，人閒念已空。年年當上日，蓮社喜能同。

無美將歸欲賦詩以送之

新詩曾幾日，容易便言歸。近夏方思葛，過春未換衣。窮途淹客遠，末路借人稀。相送樵溪去，茅齋暫掩扉。

盛少府櫬自浙中歸厝月山余往哭之

死痛張元伯，生傷范巨卿。青烏應有兆，白馬竟虛迎。壟木悲秋色，河流泣雨聲。空持懸冢劍，恨未贈生平。

寄倪司成索衣

秋氣日蕭森，偏於瘦骨侵。曾無入火術，長有履冰心。曝日寒難送，迎風病不禁。綈袍憐范叔，古誼見君深。

喜雨獨酌

已向煙霞老，前期信自然。以詩聊玩世，用酒且消年。寒氣兼雲度，風聲雜雨懸。欣欣蘇菜麥，時聽路人傳。

何宗伯招同石上人林塘休暇

上客歸田後，林扉晝不關。每同僧寂坐，長到鳥飛還。往事澹流水，高懷洽遠山。叨陪日何幸，消得念塵閒。

春日同楊蘭似過慈社

東風先客到，繞徑柳條新。啼鳥争求友，遊魚不避人。一乘聞妙法，半日寄閒身。賴有招尋侶，年年肯負春？

獻歲後二日邀楊蘭似小酌時新移西郭

擇里不違仁，追懽得所親。椒酬迎歲酒，梅發隔年春。地近西疇僻，家依南阮貧。論文如不媿，茗飲莫辭頻。

遊披雪洞

絶巘攀蘿上，飛泉倚石看。穿林虹氣落，振谷雨聲寒。洞曲雲回合，嵓懸樹倒盤。緬思濠上意，千古此同觀。

雨後賞月

豈不尋常見？難于雨後看。影纔離積濕，色已逗微寒。照席燈光淺，侵杯酒興寬。薇花高出檻，宛在水晶盤。

過胡賓甫山房

長林延野色，一室枕其間。雅性原遺俗，深居且就閒。静分鄰寺磬，清挹到窗山。祇恐槐花發，秋風送出關。

訪汪林叟山居

春山貪趣涉，路在鳥聲中。古木圍重嶂，高崖閣遠空。到門流水白，隔岸野花紅。飽聽桑麻語，塵寰了不同。

束楊蘭似

昔擬芙蓉作，心將往哲同。可堪年近老，無復句能工。好尚人情異，悲歌吾道窮。君家有玄草，名已逼楊雄。

葉允男惠詩兼邀過集次韻賦謝

謝盡交遊賦索居，剩將貧病老隨余。追尋不但河山渺，音問還從歲月虚。花徑漫勞存倒屣，席門端望款停車。新詩字字珠同潤，更乞分輝到草廬。

同宣城劉鶴亭暨齊寧侯兄弟登投子寂柱峯誌慨二首

鷲嶺蕭條鎖墓丘，誰從燒劫問沈浮？六時禪誦無僧住，九日壺觴有客遊。苔臥殘碑餘字迹，松埋廢址失春秋。趙州橋下無情水，似感興亡咽不流。

捫蘿重上柱峯巔，吟興休爲往事牽。白馬談天知有舌，黄金布地惜無緣。遠峯對酒如相約，新月留人不待圓。更向山靈盟一滴，與君遊賞自年年。

同何宗伯重過如意結夏分登字

路入煙霞紫翠層，塵心先與磬聲澄。犬迎花外曾來客，鵲報林中久定僧。雨過前溪纔響瀑，春回絶澗未融冰。松風竹吹堪消暑，況有羣峯選勝登。

遣悶效長慶體

一丘一壑雖云樂，捫葛攀蘿亦自勞。但得草堂連竹塢，儘於行坐好逍遥。眼昏字細書難讀，骨痛尊盈酒莫拋。老去關心多少事，可能不向醉中消？

幽居即事

茗碗蒲團可伴閒，門無將送不須關。天教老去身差健，人説秋來口盡還。酒量近從謀婦進，詩篇常以課兒删。日長剩有牽藤事，不是尋僧便看山。

答姚康伯過訪

檐梅忽忽又經春，覽鏡重添白髮新。覓睡止因時事懶，典衣不爲酒家貧。病于兒女關心切，話到交遊冷夢頻。莫問別來生計好，如棋著著總輸人。

入郡訪何咸仲儀部話舊

風雨江城秋易陰，西堂剪燭坐更深。人于久別今重見，夢自中宵不再尋。片刺已疏魚鳥字，一尊猶共薜蘿心。因思往日梅花發，誰共何郎倚閣吟？

方侍御玉成何宗伯康侯晉秩志喜時有邊捷

忽報幽燕静塞塵，老夫愁破是今晨。從前下盡羊腸淚，向後全多馬齒身。調鼎特推名宰相，安邊新拜大忠臣。務農銷甲堪行樂，採蕨鋤瓜不厭貧。

登投子

門外初晴見落花，一年遊賞負春華。共邀絶頂看雲坐，莫放深杯醉日斜。江上亂峯青宿雨，城隅一水白平沙。子規爲惜春歸早，故向尊前喚轉賒。

送方侍御還朝兼寄何康侯宗伯

已向龍眠葺菟裘，帛書無夢到林丘。曾因諫草聞新主，未許鋤瓜老故侯。禁苑君高槐棘色，山扉予掩薜蘿秋。寄聲曳履南宫客，爲報爲漁困直鉤。

楊蘭似約遊投子人力不便詩以辭之

濟勝曾無具，探奇負夙心。明朝重九日，籬下就花吟。

送楊蘭似應試金陵因念舊遊五首

後湖側畔憑虛閣，覽勝當年記一登。半壁有題塵土暗，君行但問六朝僧。

城外清溪接御溝，秋風曾繫木蘭舟。長思燕子樓頭婦，緩引春纖弄碧流。

碧峯寺裏西廊竹，戛雨敲風幾萬竿。避暑昔同僧下坐，渾身分綴碧琅玕。

傳聞舊日烏衣巷，世業崢嶸屬謝家。曳履我嘗尋故事，古槐秋燕夕陽斜。

家散金陵已十霜，送君心逐楚雲長。別時人醉槐花月，到日衣霑桂子香。

雨憶無美

闌風伏雨作荒涼，就枕攤書懶下牀。想得天涯未歸客，不因風雨亦思鄉。

戲柬楊蘭似西山看紅葉予以事不果

聞君郭外看楓葉，每日攜朋買醉歸。爲問驚人誰得句？坐中應少謝玄暉。

盛可藩

字屏之，號蓮生。光禄匊泉公之季子也。萬曆己酉舉于鄉，署龍泉教諭。累官至户部郎，皆有勞績。督運昌、密二鎮，以瘁卒于官。其子上林苑監署丞邦孚上疏請卹，贈光禄寺少卿。所著有栝甌吟諸集行世。

題林中尊所藏織錦回文卷後

幽懷一寸通天地，璇圖錯織傷情字。機杼依微離怨聲，錦絲綜合迴旋勢。椷寄安南見亦憐，香車遄返漢江邊。頓教歌舞陽臺女，又逐行雲各一天。後有朱媛能作解，千里丹青摹梗概。二妙應令今古存，妬完趙璧知誰在？仇生繪事當時絕，補畫能全化工缺。彩筆深涵離合心，尺縑具寫悲歡色。筆縑仍譜錦璇璣，蘇蕙朱真兩見之。始知奩閣幽芳韻，賴有芸窗慘淡思。君侯博雅躭遐異，購得精妍吳錦製。退食鳴琴晝下簾，邀予鑑駁同遊戲。展卷徐觀三歎嗟，征人思婦意無涯。陽臺若也嫺文錦，更有詩圖出竇家。

劍川下温處州舟行

山夾水無盡，洲遮溪欲窮。吼頻湍觸石，洑急溜迎風。村閣多依仄，川雲自向空。樓船勞艤待，小艇興能同。

聞直指劉公録薦

疏庸何得此？聞説感還疑。精覈方嚴額，孤微乃特知。羣賢惜有漏，當道信無私。果爾復奚羡？吾今可量移。

李氏槎頭小閣宴坐

小閣溪聲裏，長橋山麓邊。洲分兩河色，岸簇萬家煙。翻激中流碓，奔衝下瀨船。檻前青玉案，凭對日臨川。

舟　住

樓船不可上，停待小舟來。望裏澄波迴，看時疊嶂開。人家隱煙樹，僧寺隔山隈。即事堪留繫，風帆任往迴。

漫　遣

年來數行役，半在栝甌間。孤泊每深夜，小輿多險山。風塵雖獨苦，客味亦曾嫻。逆旅嗟人世，誰能一霎閒？

維舟交江散步玉峯山寺聊志所見

野寺亦幽趣，山名額玉峯。視泉茶竈側，甃沼法堂東。此日深松竹，何年創梵宮？因緣無處問，惆悵翠微中。

途中漫述

半是山腰半水涯，橋頭著屋樹邊祠。行人拄杖無車馬，村店懸茅代酒旗。柏老子疑梅吐早，藤稠葉認柳彫遲。嶺高礙日陽光薄，嵐霧終朝上客衣。

燈下瓶梅

折取寒芳置坐隅，倩教銀蠟夜相扶。蕊開密雪明緗帙，萼襯微霞映玉壺。落瓣似從風宛轉，浮香不共月模糊。怪來素壁無人畫，水墨疏枝自作圖。

謝鄭中尊借畫舫

溪峯四面擁歸舷，彩鷁衝波錦纜牽。我自汎來仙令宅，人誰信道孝廉船？風生忽覺身如鶴，夜静時疑案有絃。寬納煙霞遥載月，惠人何羨濟輿賢？

冬至夜飲甌城主人樓

向夕樓檐生月光，錦屏紅燭照清觴。客愁欲起主能醉，日晷雖添夜自長。江蟹幾螯盈口爽，土瓜一味沁心凉。劍川還往剛千里，何必幷州憶故鄉？

聞量移南雍報

幾載棲遲溪嶺叢，偶傳移席向江東。頓教夢斷春官榜，還許班隨太史公。寒地偏宜容措大，散才長合老閒中。白雲咫尺江山麗，不羡浮沈金馬翁。

歸　署

草裹籃輿沙裹船，兼旬還往意蕭然。何如繫馬堂階下，一枕殘書放脚眠。

舟泊苦竹

潮近灘高鼓櫂艱，好風只許到山灣。夜深一片霜和月，彷彿蘆花淺水間。

林胤瀘

字渡之，號鵑山。萬曆間諸生。僉事未軒公之次子也。幼而穎敏，神彩秀徹，性恬寂，不事家人生産，博極羣書，厭棄舉業。好爲詩歌，與豫章王化卿宣，同里方玉成大任、葉以沖燦、方君節大鉉友善，唱和之盛，比于元、白、皮、陸。年四十二，早卒。子菁爲鐫其遺稿行世。集中有與鄉人飲、送孫逸人遊楚二詩，姚經三誤録爲江公弘濟作。

秋日清泉寺

嵯峨雙峯秀，攀躋陟其端。湖光浩蕩蕩，山川何鬱蟠。鐘鳴上方塔，月色逗林巒。山僧遺我酒，錯落盤中餐。交立兩盤石，流水鳴珊珊。黄菊繞石生，颯颯松風寒。

元日雪

同雲垂四野，獻歲滿千山。古樹衡門外，寒鴉落照間。獨酬今日醉，長願老夫閒。向晚無車轍，呼兒且閉關。

春遊

絶嶂千峯合，清溪一逕通。舊曾來石上，春引到山中。瀑布晴飛雪，桃花晚帶風。前村歸路遠，明月影朧朧。

春日同錢修甫野酌秣陵姝睇望久之

遲日山多色，春風客見招。花邊同醉酒，松下坐吹簫。宿鳥翻飛急，佳人睇望遥。無情還有意，愁殺董嬌嬈。

道中駐馬流觴作

駐馬垂楊逕，因過賣酒家。輕杯浮野水，岸幘坐平沙。雉雊依芳草，鶯啼出晚花。試看流幾曲，獨醉日初斜。

晚遊偃月巖

無復浮雲色，春山極望遥。鶯啼選深樹，馬影怯危橋。石溜晴飛雨，溪聲晚帶潮。沈冥邀月醉，遮莫盡今宵。

春　晚

寂寞村居叟，蕭條花落時。好風吹野色，乳雀上高枝。地僻科頭慣，鄰疏貰酒遲。考槃吾豈敢？養拙是予私。

溪　行

古徑微風度，閒雲逐馬飄。芙蓉開野水，楊柳帶横橋。鷺下窺潭浄，鶯啼出谷嬌。此生無所用，且得伴漁樵。

夏日與朱漢卿飲萬松深處

孤峙一亭小，清陰萬木攢。到來無復暑，坐久欲生寒。放眼頻浮白，搔頭懶著冠。醉來移枕席，明月臥中看。

七夕

今夕爲何夕？他鄉酒一巵。星河低北户，烏鵲繞南枝。乞巧傾都邑，懷人隔水涯。遥知愁織女，夜月冷機絲。

秋夜訪葉以沖

偶乘明月夜，來訪故人家。露氣侵衣濕，山光帶郭斜。橋鳴流水急，路轉薜蘿賒。漸覺幽居近，青松一徑遮。

懷化卿

江鄉同作客，旅館忽驚秋。露冷蟲依户，天清月近樓。蓮房擎菂小，桂子落花稠。不見高陽侶，令人起夕愁。

九日山中

微雨秋山浄，朝陽射郤迴。空庭槐葉下，滿地菊花開。一臥維摩室，長閒靖節杯。今朝清興發，可有白衣來？

化卿玉成見過

對酒不肯醉，無爲空見思。寄書如昨日，入夢憶前期。下榻山堂裏，懸燈暮雪時。悠然無俗韻，相與一題詩。

春雪憶化卿

故人晚歲移家別，千里羊城已到無？候入新年時物換，舟淹遠水客身孤。青峯迴見匡廬色，白浪横行彭蠡湖。風雪滿村酤酒處，遥應分念及狂夫。

送化卿還金川

白雲滿谷留君住，何事年年輕別離？細雨村頭沽酒路，微風船尾釣魚時。匡廬山下桃花水，彭蠡湖邊楊柳陂。取醉一迴歌一曲，就中應有和陶詩。

中秋夜餞別玉成之古田

秋風嫋嫋動林端，霽色初開嶺月團。十載故人成遠別，一尊濁酒罄交歡。知音海内憐予寡，作客天涯見爾難。何處扁舟相憶切，蘆花楓葉暮江寒。

夏日與漢卿飲

繞院長松十萬株，高風謖謖滿庭隅。花間啼鳥聲多少，郭外青山色有無。纖月乍生依古樹，明河半落轉浮屠。蒼苔石上堪趺坐，一曲清簫酒一壺。

友人攜酒問病山中

山居鎮日無巾櫛，寂寂柴扉晝不開。噪屋頻驚乾鵲喜，叩門忽報故人來。草堂自此生春色，遠道何勞載酒杯？力疾從君拚一醉，不知明月上寒梅。

九叔宅逢李含之

牢落長憐李白才，琴尊漫擬共徘徊。秋風江上扁舟别，歲晚山中匹馬來。萬里雲陰横地合，千嵓雪色擁天開。嗣宗頗愛清狂客，不醉無辭小阮杯。

清明柬孫對之

細雨東風春草霏，桃花灼灼柳依依。孫郎獵騎城東過，薄暮應歸猶未歸。

即景二首

山下青楓楓下煙，人家茅屋兩三椽。蕭蕭馬食平蕪地，喔喔鷄鳴近午天。

矗矗青山横郭外，翩翩白鷺下溪中。輕蓑短笠歸來晚，兩角黄牛一笛風。

李太白酒船圖

紅錦宫袍緑玉杯，垂楊拂岸酒船來。遥知詞客江頭醉，夜向金陵櫂月迴。

吴善謙

字伯亨，號黄嶺。萬曆己酉舉人。其父爲壽寧令，嘗攜之行，能佐其職。及釋褐，爲台州推官，廉平不改父政。著有三台平反緒餘二録，台人至今尸祝之。崇禎初，以卓異擢南京監察御史，巡視下江，居言路門，載奏議凡三十條上，諤諤敢言，皆有裨國是，不蹈毛舉鷙擊之習。尋引年致仕，卒時七十有七。

狂　歌

男子未成名，藏器在空谷。所傷知音希，終日長顰蹙。朝看金烏飛層霄，晚看蟾蜍照我屋。流水年華容易衰，兩者分行何太速！吁嗟乎！古來賢哲遇合各有時，誰定英雄誰碌碌？欲將此意問蒼天，風雷夜吼蛟龍哭。

哭盛蓮生年兄二首

曉來凶問草堂前，衰眼難禁涕淚漣。榆社交情能有幾？竹溪詩酒竟無緣。夢迴夜月期招鶴，老入殘春怯聽鵑。最是傷心言不得，餘生風雨有誰憐？

十載故人零落盡，孤忠此日爲君悲。西山爽氣今無主，北闕名臣更是誰？庚癸頻呼勞仰屋，庚申失守竟騎箕。挽郎莫唱丁都護，朔北風號萬馬嘶。

遊飛來峯

層峯疑豹復疑獅，靈鷲飛來面面奇。逗得壺天纔一綫，滴將鍾乳已雙垂。樹深不覺雲歸晚，逕曲翻嫌月上遲。絶頂欲登苔蘚滑，重遊還勝卻何時？

憶天台鴈蕩

五載霞城輟簿書，桑洲卓嶼一肩輿。玉京敲竹陰森曉，古寺觀濤瀑練舒。石罅寒泉吹澗壑，巖前清露滴襟裾。歸田忽憶曾遊地，悔未桃源早卜居。

楊白花二首

二月春光好，楊花歷亂飛。清明風漸至，飄泊更何依？

義重猶難信，情多休浪誇。願郎心事定，切莫學楊花。

方大璋

字君重，號玄圃。萬曆間諸生。蔚有聞望，學使者屢試高等。其爲文如初日芙蓉，自然可愛，一時名公卿皆愧謝以爲弗及。尤好爲大言，風發泉湧，輒傾其座人，卒以負才嬰忌。有姻戚誤殺人，慨然身當之，遂抵罪，病死獄中。讀其寄人詩有『何人打破豐城獄，取出龍光舊鐵磨』，嗚呼，可悲也已！

擬古二首

梟謀鳩將徙，不如變其聲。揭竿逐愈重，請鴉作鳳鳴。美言以市尊，神聽終和平。居室千里應，至哉感物情。勿以細微故，蟻穴虧金城。勿以陸離故，豹皮藏凶兵。白圭玷不渝，磨兜堅以銘。空文可馳騁，禰衡至今生。

五尺紅珊瑚，芙蓉嬌子都。一朝不得意，俛首藏溝渠。金石猶可泐，榮華那得俱？丈夫不識丁，面孔乃如屠。作使飛揚意，特達將奚呼？小心懿文德，含垢養明珠。

三月十六日聞鵑二首

桐子去江一百里，山頭日夕杜鵑呼。土風不與江南別，惟少遊船行酒壺。此物鳴時候春作，田父宵征蠶起箔。小麥大麥青未黃，煖日秧針揚線絡。出門入門各有營，火耕水耨事生活。筋力乘時不肯閒，偃息蓬蘆纔睡著。君不見，鳳儀布衣長松山，有田一頃南城間。一朝豪雄結大姓，殺人放之野水灣。犂鉏筆研皆塵土，展轉春風六載還。妻子有情應化石，女兒無父亦垂鬟。不復上書能叫帝，衹應啼血淚痕斑。

二月紅英飛雨餘，嶲周啼向五更初。哀哀失乳兒聲似，東叫西呼泪滿袪。人生乘時要努力，機會纔差悔何及？紫殿王宮不肯居，竄枝跳葉空嗟泣。冤魂怨魄繞蓁藂，破抵開誣須直筆。君不見，明經白面身七尺，唇如激丹眼如漆。子虛妙麗壯無雙，客難洸洋肆罕匹。一朝漢法用傾斜，注眼韶光虛九十。

行世苦

男兒行世一何苦！落落生平在蛇虎。十尺珊瑚斧作薪，照水芙蓉色如土。七聖襄城具茨迷，陽羨書生口中吐。昨日西秦御史來，烈烈霜威行繡斧。黄犬牌移黑犬項，郡士峨峨看成堵。各言自秉軒轅鏡，誰能更擊登聞鼓？聞道秦關出死人，更道秦坑没迂腐。亦有應侯數三罪，亦有商君問五羖。亦有牽犬咸陽嘆，亦有懸書陽翟賈。亦有鹿馬使詐奸，亦有櫬璧身繫組。嚴刑峻法削元脉，賣國欺君成毒蠱。即今漢法行大明，長安滿令收閽豎。不天不日肉在俎，非人非鬼魚遊釜。諸公補牘舌欲敝，虎賁叫閽聲獨吼。列缺豐隆闃不聞，玉皇高拱尊神武。何況區區閭巷間，么魔威福專明主。自憐追琢媿章相，靡甕匪漏多苦窳。馬醫夏畦賤不如，兩道行天日正午。五世即爲疏遠人，小宗子名懸牒譜。日下之燈不可然，棄市非辜亦何補？有笄婉娩訓公宫，六日懷中絶母乳。白頭獵獵西風吹，腸斷不曾歌別浦。御史即欲燭隱幽，九鼎神姦格神禹。

齒豁吟

青絲紫游年蕣華，秣陵金柳細藏鴉。烏巾白面跨緱嶺，紅袖朱唇溢若邪。當時擬就唾爲珠，吹氣勝蘭清徹膚。玉杵玄霜知有分，銀鉤敷水豈無夫？那藤茗交佛手香，錦盆文石浸高堂。愛把蜀箋臨小字，爲搴湘卉理新妝。韋門全盛换華衰，對浴鴛鴦飛背時。掌珠遺挂心期碎，無復郗林第一枝。臨邛富人欺倦馬，長安老成厭新賈。鄭玄不省橋下追，服虔寧歲能夢中啞？失職詩書穩覆盆，猖狂落魄坐鉗髡。聖朝空下求言詔，甲族羞當殺士寃。歲月蹉跎鬢色皤，涼風吹落桂花多。齒豁眼昏心上熱，何人入室問維摩？

將以是月日渡河對酒作爲此詩得四豪

薰風卷江天怒號，五月十日吹銀濤。吳蠶出繭桑枝高，美人纖手爲蠶繅。我今買得如瓜舠，欲行不行空伏曹。橫劍羞殺五陵豪，酒後還看弄寶刀。

八月十五夜

開卷古人成往迹，罷卷不飲胡爲乎？腐儒關爾吏何事？忽然反接成幽拘。小奴烹鷄淡無汁，篝燈瓦缶然枯蘆。百錢日費不一飽，飯行即與愁爲俱。徒御强作解事語，暫成寬辟翻向隅。云是八月十五夜，布衾斗酒何人無？英雄豈是悲兒女？蟪蛄要見青松癯。骨肉大半復爲土，桑榆幾何烏鳴哺？劍南博得意氣酬，鬚眉七尺徒爾殊。咫尺南山二頃田，何時歸種豆一區？終然精衛銜木石，肉芝不復生秦廚。試看今宵秦淮橋上飲，繁霜沾袖幾歡娛。

有鳥

有鳥有鳥遭網羅，雄乎雌乎兩相過。玄雲泱鬱霜氣多，中夜徬徨可奈何？不能對面航黄河，洞庭咫尺如層波。枉有文章五色紽，漫言紅粉妝娥娥。羽毛栗冽風蹉跎，竄影潛形伏水荷。相見長鳴死亦和，不求比翼天雲摩。公子何人爲挽戈，臨風一擊驅其囮。雙飛起食芝田禾，報爾千百白玉珂。

畏鵙

每到春花發，隄防鵙一鳴。紅英三月盡，青鬢四時更。菜麥收平隴，風煙護野城。寧知湯火裏，執熱變淒清。

寄衣

只是和衣睡，何曾解帶眠？春寒中酒夜，夏冷長潮天。兀兀還如昨，懨懨不似前。裁縫舊針線，破涕一潸然。

詠白苧帳子

郢雪扶湘簟，陽雲汎月鉤。氣淩姑射去，神到洛川遊。玉像朝煙燭，梨花暮雨收。耶溪兒女手，濯素亂中流。

月出二首

月出燈花喜，天晴鼓角清。幾家燒短燭，高燕擗香橙。並面千秋樂，同心五夜盟。少兒無限好，隊隊遂生平。

芙蓉方浥露，橘柚已含霜。那得尊前見，難從醉後忘。荷箕催絡緯，涼月照空牀。妾別君何處？三眠蠶待桑。

聞報三首

承恩非讓後，賜死敢辭先？祇爲蛾眉誤，誰將鴈足傳？一身都是舌，萬字不如錢。早識羊腸險，何須羡執鞭？

生殺朝家事，直心尚轉圜。祇緣成虎市，遂復置魚筌。殘害安無恙，傾斜大有權。避嫌翻得謗，發覆是何年？

慣以薰蕕混，何曾黑白懸？放麑任獲罪，脱兔故能全。影射機關巧，風聞罣誤連。九閽不可叫，雷鼓正闐闐。

見桃花

錦瑟粘多恨，紅茵覆有情。看花三月淚，垂死半生人。草木餘妻子，風塵託弟兄。本根卻不異，何自變枯榮？

留别内弟二首

不是尋常見，殷憂共歲華。帆檣勞霧雨，衣服帶泥沙。餐飲君還健，仳傶我獨賒。江前那可别？會面即天涯。

魂苦蛟龍引，名驚齒頰餘。陰房流熠燿，宵露滿蟾蜍。海鶴存清唳，原鴒斷素書。踏拖還對汝，習氣不曾除。

家訊

一浪通江闊，魚船可厭鳴。順風呼水鳥，囀語澀秋鶯。漢上一槎近，河邊兩宿迎。天街多勝事，人世恨難平。

七夕

暖日將雛叫乳鴉，玉人衫袖澹黃斜。桃花放盡天無雪，杏子生成穀有芽。汴水歸軒臨大道，曲江遊馬趁晴沙。布帆海舶牽陽羨，憶汎金錢煮雨茶。

郝生庭際阮生竿，標領新奇與衆看。瓜果懶隨兒女意，蜘蛛恥結小人歡。中宵情字參難透，半世私心話不瞞。鵲散杳然雲滅後，人間天上兩漫漫。

無咎家人送衣之六題問

衣裳寄取重封裹，慈母西風老淚漣。姊妹一雙操寡鵠，弟兄千里聽啼鵑。荒涼廢圃行虛雨，黯淡空廚學禁煙。更倚狂夫成蕩子，不堪憔悴問天邊。

雪後別李寅之中弟

如掌飛花撲酒香，煥金鸚鵡喚人嘗。丹楓曉角催行旅，白雁青霜別故鄉。殘月帶星横樹影，斷雲將雨濕衣裳。溪聲山色長無恙，龍岫還能憶鳳凰。

得家訊

枯樹烏啼落井檐，池州卑濕地形偏。三年賦鵩徒傷賈，六月飛霜苦憶燕。雀啄含桃江樹變，魚嘗寢廟大官鮮。故園小麥婦姑穫，黄耳音書太損眠。

五　日

我本楚人能楚歌，況逢湘纍問湘娥。薰風是日牙檣合，錦色當年緑樹多。伐鼓揚帆知自好，渡江投些欲如何？潸然一慟來千古，掬淚遥添漢水波。

寄人二首

昨夜天邊紫氣多，司空悵望欲如何？何人打破豐城獄，取出龍光舊鐵磨？

春盡雨殘風力寒，遥憐騎馬出長安。下邳古道迷芳草，把酒中原落日看。

又憤爲絶句

弱冠談經太守知，受書府舍衆人私。不堪嗚躍虚躭酒，憔悴江干自賦詩。

春思二首

花信春迴蝶翅嬌，探春三月柳煙饒。鬱金小婦薰香死，芳草王孫恨不銷。

齊山女伴踏春回，水長平湖浸緑苔。莫向翠微堤上過，東風吹雨濕紅鞋。

龍眠風雅卷十五

木厓潘　江蜀藻輯
黄岡杜　濬于皇同郡范又蠡小范參

張秉文

字含之，號鍾陽。萬曆庚戌進士。由徽州府教授轉國子監助教，遷户部主事，出知撫州府，歷任江、楚、閩、粤司道。居官清惠，所至見思，在粤平海寇李之奇等，功尤俊偉。崇禎丙子擢山東左布政，己卯春城潰，毅然以身殉，遺書太恭人，有『身爲大臣，自當死于封疆』之語，與妻方氏、妾陳氏皆死之。事聞，贈太常寺卿，予祭葬，方氏、陳氏贈一品夫人。公年少登科，文字膾炙一時。歷任藩臬，遇事處以淡定，功成而退，亦無矜容。詩歌清逸幽遠，與竟陵鍾退谷、會稽陸景鄴相唱和，有楚草、閩草諸稿。

舟中阻雨

一艇泝空明，榜人争荷笠。寒雨響蒹葭，浩浩水聲急。怪石奔渴猊，拏攫向人立。舟師駭經過，得失懸呼吸。風緊客衣單，竈冷晨炊濕。撫景百慮煎，勞生嗟靡及。漁燈照遠浦，望望漾舟入。殘夢續煙霞，暫同鷗鳥集。

過習家池

宴遊無滯淫，勝寄托幽僻。酒中得聖賢，踞兹高陽宅。山公賦遐心，劈沼疏泉脉。石鏡水粼粼，空明倒天色。想見酩酊時，影落寒波白。人遠池餘清，來者迭爲客。愧無一石腸，坐待殘陽夕。酌水漱餘馨，寫照浴冰魄。外懼兆殷憂，躊躇弔疇昔。

驚白髮

清晨起梳頭，髮短不堪櫛。少婦從旁窺，星星時間出。當時美好人，面肥髮如漆。風霜換朱顔，盼往猶昨日。名法易生疢，防身苦不密。安能染鬚髭，徒工媚人術。山雉息丘樊，飲啄全生吉。免官豈待年？萬事良已悉。亮無金石固，起視歸雲疾。

夜宿山寺

日午過溪橋，日夕投荒寺。馬行蒼靄中，征衫潤嵐翠。丹葉警晨霜，空中成雨墜。淙淙繞澗鳴，奔泉如渴驥。山僧避客深，石户長年閟。剔蘚讀殘碑，不復識文字。崖空得月全，萬峯同一視。鸛鶴如老人，欸笑令心悸。幽賞破寂寥，遠志于焉寄。

出郭望峴山

遠城灩灩波紋泚，十里香風散蓮子。芡盤細綯跳雨珠，爛熳紅蕖嬌莫比。隔堤一抹峴峯青，秋浄雲霞弄餘綺。青山無恙閲人多，羊公去後龜苔紫。此日來遊淚已乾，百年誰信魂遊此？鴨頭江緑潑新醅，如澠酒熟宜城美。暫留鴻爪印寒沙，且煮鯿羹軿活水。不須回首恨無聞，今古消沈夕陽裏。

席上醉歌贈孫子長

昔時長安聚知己，二三兄弟交如水。翁生陸沈金馬門，往往逃名酒杯裏。李生磊落性難馴，掀髯如戟坐中起。自言經術能致身，丈夫不向兒女死。惟君淡泊性寡營，静對琴書一室清。予時衆中推最少，共許聰明畏後生。荏苒風塵牛馬走，屈指幾人名不朽？嗚呼翁李相繼亡，吏迹悠悠寄人口。君亦倦羽擇幽棲，泌水衡門聊樂饑。藥欄喔喔禽聲合，花逕青青荔子垂。媿予一官徒小草，何意闒遊續舊好？相憐死者不復生，可惜生者亦俱老。憶昨策馬入皇州，清時人物偏風流。經過絲竹陶情地，寂寞當年舊酒樓。

秋夜歎

修竹捎雲曳龍尾，桂陰橫拖一池水。簾前橘實布黃金，餘香時逐西風起。客裏秋從落葉催，寒花一枝兩枝開。流螢乍與繁星亂，急擣遥連畫角哀。主人支石惜清景，水荇參差竹中影。仰視銀河耿耿清，鶴唳空階一聲警。

襄陽無蟹戲歌

桐水湯湯軋魚罟，生縛蝤蛑如縛虎。九日盤鮮饞老饕，家弟傳觴迭賓主。糟臍撲鼻佐清酣，爐頭酒鳴急風雨。朅來湘漢擁旌旄，三秋目斷吳門賈。忽驚有客致一筐，大婦生歡少婦舞。掣筐氣澀色轉惡，流膏潤剥汁鹽鹵。吁嗟萬事難預料，眼前得失何須數？江南秋老稻粱肥，此物村墟賤如土。自是使君不肯歸，空使持螯笑千古。

泛小艇由曲堤入江

細港容舠小，逶迤緩楫行。客情隨地得，病況逐年生。斜照鋪江色，輕帆發水聲。蒹葭空漫漫，搔首重含情。

茶洋夜泊

荒驛停孤棹，遥村接暮煙。湖寬全受月，窗小半窺天。溷酒蠅無賴，欺燈蛾可憐。清光盈一水，流恨此年年。

齋中閒詠

敢謂官如水，傳家清白餘。漸調人吏性，盡絶故交書。砭俗新栽竹，鋤蕪學課蔬。忙中頻撿點，雅尚未全除。

山行

獨步尋幽徑，殘花泥屐香。山空雲影薄，澗合水聲長。溪女花盈髻，漁人罾聚梁。濃陰如翠蓋，儘可挈胡牀。

署園散步

小園寬數畝，儘可縱閒身。洗藥占晴日，栽花記早春。政惟捐太甚，官不厭長貧。如此安心法，無勞歎積薪。

遊白鶴山

徙倚高原上，茅亭住夕曛。寒泉長浴日，絶壑欲吞雲。客至分林影，僧眠下鹿羣。隔溪山響急，落葉已紛紛。

過南華寺

雙屐耽幽興，禪家日月長。緑溪依浄地，黄葉走長廊。入座窺僧定，穿林度佛香。不持三昧法，除俗更無方。

郊行

野望青難了，長堤樹色連。馬聲留去路，鶯語入新年。雨足田家喜，風暄牧豎眠。留心爲客盡，惆悵落花前。

清晨入郊園

乘閒聊出郭，春色與人宜。帶雨蔬堪摘，籠煙草欲滋。花眠風定後，犬吠日生時。羡爾溪邊叟，持竿理釣絲。

登聖因寺

平郊芳草合，春水自潺湲。尋寺不知遠，逢僧相對閒。牆花分半面，螺嶂出雙鬟。如此幽清地，何妨日扣關？

偶　詠

一生能得幾開顔？風雨窮愁客鬢斑。不愛熱官都是假，能消清福莫如閒。書因眼倦收燈坐，花爲頭多帶月删。安得數椽丘壑裏，孤雲半榻掩柴關？

棗陽道中

十里柔條柳線垂，撩人芳緒緩征羈。高原麥秀牛眠穩，晚社桑稠犬吠遲。入境漸占能吏色，徵風不廢野人詞。但看秧馬沿堤舉，二月應知未賣絲。

訪客黄華山中

小築穿雲事事幽，人間丘壑已全收。秋花落處香成徑，夜雨鳴時聲滿樓。品石羣峯分甲乙，著書一榻换春秋。分君清景無多日，自笑殘生愧白鷗。

九日登虹樓

百尺危樓暫一凭，異方客緒若無憑。石橋水静潮初落，草樹煙勾月漸升。人趁淺莎争晚渡，漁依寒浦聚秋燈。江南風物頻堪憶，欲見黄花苦未能。

舟泊建溪

畫橈斜渡曲溪灣，霜剥丹楓慘客顔。秋水落時恒見石，暮煙生處欲沈山。澤鄉市近漁蠻集，瘠土場空村犢閒。風景不殊人物異，歸心時逐片雲還。

雜　感

蕭然巾舃静閒門，丘壑姿生物態繁。風裊茶煙來竹外，石喧泉溜過松根。煖波春漲添魚子，微雨宵沾長竹孫。不用逃名成隱吏，眼前山水亦清魂。

和内子九日登樓作

閒倚危樓看遠峯，鱗鱗丹雉間青松。稚兒初習階前步，病婦新蘇鏡裏容。碧水跳珠秋浪重，青山潑墨暮煙濃。黄花歲歲知誰健？泥飲擎杯到曉鐘。

秋夜對月

娴娴秋風入耳清，空庭初見月輪盈。松枝澹寫交加影，竹葉微乾欲脱聲。童向花茵成夢寐，客同露坐説生平。夜涼無數殘砧起，千里嬋娟共此情。

皆響亭獨坐

寥落天涯客思緜，葳蕤芳草報新年。漸驚白髮堂堂至，敢羨青雲步步先？細雨鳥啼芳樹外，斜陽人静落花前。故園隔歲無消息，坐領春風倍黯然。

附　方氏孟式

字如耀。張奉常鍾陽公之妻也。父大理卿大鎮，弟兵部侍郎孔炤。幼嫺女史，備有婦德。年二十餘，無子，爲夫廣置媵妾，舉三丈夫子。崇禎己卯，濟南失守，奉常殉節，與其妾揚州陳氏同赴大明湖死。事聞，贈一品夫人。所著有紉蘭閣集十四卷，行于世。其同年生孫昌裔妻鄭，翁爲樞妻吴，翁之女佩玖、婦蔣玉君，各有序跋。錢虞山以爲庚戌榜下一美談云。

四牡夫子行役志思也二章章六句

翩翩者雛，肅肅其羽。王事靡盬，以風以雨。琴瑟在右，我心悲苦。

檀車幝幝，悲風四起。父母既遠，維予與子。相隔千里，共飲江水。

贈别吳夫人之任

南國發蘭芷，青青媚幽獨。以之比佳人，芳氣同馨馥。良覿洽遠心，令儀鮮不淑。蔦蘿托高枝，羈邸好逾睦。然燭繼宵光，寒風吹落木。清言未及終，永漏嗔僮僕。子行赴雒陽，翟服炫車輻。邂逅帝城歡，人生難再卜。願同黄鵠飛，千里遥相逐。

聞砧

秋將就夜半，寒信怯無衣。清砧新弄響，愁緒倍周饑。悲霜啼頰潤，怨露夕妝稀。嫋嫋腰如束，瘦影月光依。懶撲流螢扇，暗壁淒蛜蝛。縫裳漸無月，徒寄遠心微。金鎖遥天合，開時客淚肥。風吹不到地，願逐白雲飛。

破癡

灼灼桃李妍，飛向雒城邊。東風無百日，殘枝戀啼鵑。人生非草木，有時固繇纏。智障蟲語冰，華悦馬奔泉。生死七堪内，沈冥五濁前。千金聘碧玉，難買一心堅。宛轉爲情癡，如蛾投火然。守錢一毛吝，醫貧半菽廉。富貴不可常，胡爲膏自煎？流光如逝水，壽命匪山川。階前看走肉，癡骨埋荒巔。

古薄吟

雲薄陰霾曜不開，咫尺青天失斗魁。白衣絮絮千縷合，宛似丹楓障楚臺。葉薄黄金桑下意，秋風亂逐桐葉字。不量相思情淺深，有心負心落何地？酒薄攢眉厭味酸，春風無力倚闌干。斗酒溝頭人意别，可憐生世合歡難。冰薄兢兢那堪履？三冬不見盤中鯉。寒江一片玉壺心，春來化作御溝水。繒薄皎潔製齊紈，動摇出入佐君歡。秋殘粉砌凋梧葉，棄擲西風篋底寒。牆薄負壤作良輔，依依時恐遭風雨。不憐負築效勞薪，别插槿藜作門户。絮薄章臺楊柳花，隨風時復過鄰家。黏紅點翠凌空舞，到頭不惜委泥沙。紙薄寸膚白似玉，錦字細研展心曲。迴紋機上怨流黄，不及相思書一束。秋雲一薄難重來，卻似人情薄不回。

百恩行〔一〕

君恩如日。就之竊餘輝，海底紅輪出。當心萬象争曜靈，追渴敢恤生死力？

君恩如雨。微雨百丈絲，颺空濕林圃。潤物無聲天地心，莫教零落胭脂苦。

君恩如露。溥溥濺圓琛，雙莖雲外鋪。玉女掌上傳消息，不愁畏濕金蓮步。
君恩如山。白雲天可接，佳樹若爲攀。石田不種穀與粟，勿使空倉饑雀慳。
君恩如海。海深尚有涯，君恩豈中絶？柏舟汎汎涕中流，人間多少傷心血。
君恩如扇。滿面春風生，經秋不可見。花落花開尚有時，冶容能奪詩書賤。
君恩如鏡。光若蟾蜍圓，照人肝膽清。三年不磨人面異，從前空自説傾城。
君恩如衣。肯遣黄裳怨，冷落六珈緋。東風葉葉噓楊柳，故人羞著嫁時衣。
君恩如樹。拂披清且陰，殘暑變涼素。垂天百尺廣庇人，一枝曾借烏啼聚。
君恩如瑟。鼓琴如鼓瑟，相思難成匹。玉樓曲引鳳凰鳴，三峽猿聲流水泌。
恩淺恩深可奈何？長恐恩多怨亦多。憐香惜玉有時盡，消得春風幾日過。

惜花早起

窗月影扶疏，緑葉罥衣裳。羅襪繞徑行，燭耀海棠光。露滑嬌凭侍女臂，玉釵攏鬢含殘媚。欲折翻愁蝶意茫，無言桃李抛紅淚。攀條倚嗅憐春姿，不知鴛帶生香施。千蕊片時隨水落，年年護花情較癡。

擬春深詩

何處春深好？寥天洞外峯。白雲奔似馬，明月放如弓。碧水環叢竹，幽崖立怪松。茅亭經一卷，鐘度暝煙中。

松濤

夢裏打流鶯，窗前弄態輕。雨深疑瀑落，風至宛潮生。枝偃鶴無影，天清蟾乍盈。漏沈聲漸息，龍女細吹笙。

缸中小山

月明難取影，風静半浮煙。草樹依峯活，嵓巒映水全。一拳疑積雪，半勺肖平泉。隙處遊魚戲，依稀濠濮天。

寄女

瘦影怯風寒，炎天冷素紈。倚窗千葉動，伏枕半篇殘。蛩泣藥爐沸，絃鳴絲雨彈。良宵耿不寐，辛苦倩誰看？

美人梳頭

深院小桃叢，紗窗春色籠。鳳釵橫上下，鸞鏡舞雌雄。秋水凝波緑，湘雲剪袖紅。錦屏嬌欲倚，不語向東風。

待　月

遲月淡籠煙，欺人較可憐。荷風疏雨後，螢火亂星前。烏鵲生殘影，梧桐隱半絃。巡檐聊默坐，花上色娟娟。

病中思歸

嵐氣爐煙含，疏燈素影疑。愁生零雨後，病值落花期。夢裹鄉音近，天邊雁字遲。牀頭閒月色，心事薄光知。

寄　妹

江國成輕别，花開兩見新。桃陰依逕遠，柳絮入簾親。南浦逢寒雨，金陵值暮春。淹留吾妹在，何日静風塵？

哭甥女二首

憐吾雙鬢短，愛汝及三春。俊逸過男子，婆娑慰老人。拈針分線巧，剪紙繪花新。一旦秋風瘁，悠悠恨不平。

寄去衣猶在，含情怨莫宣。吟詩依母側，學拜向人前。流水消春骨，深山識翠鈿。蘭帷悽弱息，添我淚如泉。

春日隨任建寧過東林寺

東林今夕暫停車，彷彿當年醉月華。絶壁青山星斗落，環溪雪竇水雲賒。荒村沽酒和松葉，茅舍疏籬繞菜花。六十六峯連翠黛，門前五柳是誰家？

山路雜興二首

活活泉聲到處疑，衝人怪石恰相宜。悠揚彩旆迷蝴蝶，宛轉青帘映鷺鷥。世路花間驕白眼，浮生鏡裏落紅脂。馳驅不附青雲客，海闊天長那得知？

繁絲急管雜清笳，篠簜穿林日欲斜。春去柴門餘緑柳，香來籬箔遍黄花。珠簾噴雪垂千尺，茅屋封雲隱數家。煙景參差迷客思，殘碑古道帶流霞。

寄盛夫人

繁霜百歲冷春幃，常共寒燈泣落暉。黑鬢已辭泉下路，白頭尚著嫁時衣。煙籠竹葉涼生案，雨濕梨花静掩扉。杯酒樓頭明月夜，迢迢夢繞楚天微。

和外黄鶴樓作

晴川春樹鎖眉頭，聞道君登黄鶴樓。鸚鵡洲前分二水，漢陽城外泊孤舟。萋萋草色春閨怨，活活江聲夜客愁。捲幔躊躇看不見，空憐新月曲如鉤。

寄赤城嬸母

別離兩度月華寒，遥憶空山薜荔殘。秋調轉悲絃上急，霜花漸向鏡中看。種瓜野蔓荒羊徑，羅雀高軒静豸冠。此日梧桐憐夜雨，相思寥落碧闌干。

燕　剪

春風猶記到柴扉，碎草開花生事微。剖月若分初破鏡，裁雲似劈未成衣。穿簾難斷輕狂絮，帶雨偏侵冷落幃。來往空中如解恨，年年不爲剪愁歸。

田家詞

榆錢不濟饑，柳絲難織絹。木棉背上寒，蕉葉作團扇。

雨中惜花

小院春光好，閒看宿雨過。最憐枝上色，偏帶淚痕多。

覽鏡

我有一片銅，不令紅塵黯。相對寸心清，何事容光減？

田家樂

松下柴扉茅屋，籬邊竹徑清溪。菜花蝴蝶一色，野雀山鷄亂啼。

鏡中美人

玉臺光灩獨含情，秋月長圓遠黛輕。桃李春風多少恨，那堪對面静無聲。

芝城寄女二首

莫問花開花落時，幽芳不必鬬濃枝。晝長無事香銷篆，朝誦楞嚴暮誦詩。

常思雙鶴駕長虹，紅袖偏争劫海中。有想但看無想日，消沈恩愛付東風。

題牧童吹簝圖

青山影裏夕陽斜，終日騎牛隔水涯。到處春風横吹盡，如何四季落梅花？

憶舊

一别江潭月幾圓，相憐人面不如前。依稀舊日芳菲在，秋雨梧桐十二年。

重感

髻綰綢繆已半生，秋風梧葉鬢邊驚。料君豈似潯陽柳，到處隨風舞絮輕。

江上聽潮

乘春畫舫一溪雲，獨宿江州待月明。陡覺潮生驚夜語，南天寒葉盡飛聲。

挽張翰秋思

遊子何來渤海居？月將花影一牀書。江南秋色知多少，何必相思只鱠魚？

悼女五首

寂寂空階細雨霏，愁人無語月無輝。東風不肯留春住，花落重門静掩扉。

杜宇年年叫月殘，啼痕終日濕闌干。可憐畫譜移山水，繡就裙拖寄我看。

天涯佳節淚成行，鳳管蕭條怨玉郎。畫舫依稀殘月影，誰來波上數鴛鴦？

自從結髮伴殘更，歲歲咿唔侍短檠。十四年間風雨夜，窗鷄鳴似讀書聲。

寂寂孤燈獨掩門，三春桃李苦無言。不知死後相思淚，他日何人招我魂？

方大鉉

字君節，號玉峽。明善先生之中子，廷尉魯岳公之弟也。舉萬曆癸丑進士第七人，年及艾矣。初除刑部主事，張差獄起，所保全甚衆，尋奉父諱歸。服闋，補户部主事，卒于官。先是，明善家有楓杞連理之祥，人以爲徵在二難，迨廷尉公弱冠釋褐至御史臺，公雖久困舉場，卒魁南宮。所著有聽峽齋草、搴蘭館集。與葉宗伯燦、何相國如寵、左少保光斗、劉廷尉胤昌相劘切，爲詩文，士論歸之。

題王將軍世忠卷

黔布不作千年餘，空留英蓼一片土。何來王家父子猛于虎，殺賊捐軀等鴻羽。己巳年間有流倭，潢池之内弄干戈。阿父草間拔劍起，挺身直擣窮山阿，先驅不戒奈若何？有子昂藏身八尺，眼光掣電髯如戟。手提螢弧兵四集，猛氣雄姿紛辟易。牂牁屬酋么魔爾，負固公然犯王赫。官軍股悸卻不前，奮臂一呼聲霹靂。六千步騎當一面，四十八日争血戰。黑臺諸洞枯株摧，江津一路壺漿徧。披吭徑入青龍關，鯨鯢授首呼吸間。鄙夫妬功絶後援，嗟哉長子輿尸還。人生百年俱有死，死如君家父子疇堪比？南嶽棹楔聖恩新，婁山廟貌千齡峙。矧也將軍斬蓬蒿，天子開疆乃千里。安得閫外盡此輩，海夷邊寇俱面内，區區狐竊鼠偷何足慮！

寄周子

爲客無時了，依人更遠遊。番王家浩渺，投子信沈浮。生理憑朱紱，風沙送白頭。邊雲日暮起，愁殺薊門秋。

曉出峽山口

斜月催行騎，荒林亂曙鷄。白煙一峽起，蒼霧萬峯迷。松霂吹人面〔二〕，莎珠滑馬蹄。莫愁江雨至，旭日已前溪。

投子山二首

鷲峯佛子地，馬鬣侍郎封。漆炬爐中火，虬枝殿角松。碑鐫新敕重，翠補舊時濃。遷轉悲人世，逍遥任野筇。

磴險凭童僕，松皷挂袷衣。江湖絶頂盡，城郭下方微。泉閟珠襦餙，山空寶樹暉。趙州橋底水，日夜咽巉磯。

遊浮山四首

巀嶪仙人宇，幽深大士居。青蓮涵月浄，紅藥傍臺舒。橋水傳巉洞，樓煙納遠墟。此間堪煉骨，鑿石小爲廬。

羣聖棲真地，躋探結趣長。竹還嘉祐種，塔是遠公藏。苔色縈仙井，雲陰曳石廊。洞門聊枕肘，空翠撲衣涼。

躡屐臨丹磴，石龍繞翠微。風聲羣壑怒，雲氣萬川歸。髣髴仙人迹，翩翻客子衣。結跏雷洞口，崖溜咽斜暉。

勝槩雙眸有，天奇千界無。峽痕驚島浪，泉顆詫鮫珠。背日嵓樓窈，穿雲石壁孤。兒童解取樂，蹲踞學猿呼。

泊牛渚

江上秋風夕，蘆邊獨客舟。雨檣棲斷港，野火射寒流。釃酒懷高詠，宮袍憶壯遊。夜深雲霧散，白月滿滄洲。

天雄道上

洩雲高拂樹，西日遠銜波。鬼廟孤村火，牛車異地歌。風帆纔白下，霜轡又黄河。飄泊今如此，生涯竟若何？

金陵歸舟

薄暮蕩孤舲，江雲四望停。煙連紅樹塢，潮冷白苹汀。峭壁懸殘碣，荒臺傍古亭。謝公千載後，高詠屬誰聽？

浦月

浦月臨船淡，村鷄唤枕煩。櫂聲争遠發，客夢只頻翻。水下天門急，風迴海口昏。披衣問前渚，蕪縣挂朝暾。

舟至泥汊二首

一望雲連水，孤舟繫晚陂。斷圩初露埂，破屋始編籬。粳稻鄉村急，萑苻江路危。東南有封事，何日荷皇慈？濡須溪上柳，偏解繫行舟。江月清相迓，天風姤未休。漁燈穿樹小，雁唳入雲愁。枕楫三更夢，飄飄白鷺洲。

宿僧舍

僧榻眠堪穩，秋更聽轉長。草蟲吟砌壁，松鼠嚙書牀。窗冷芭蕉月，鐘清殿角霜。風波驚乍定，早欲問慈航。

遊大龍山

峯攢壑聳雲霄逼，徑仄林昏車馬愁。翠嶺松風翻虎穴，蒼厓瀑雨吼龍湫。寺殘僧榻埋蘆塢，日晚湖灘艤釣舟。延眺莫揮今古淚，閒身應傍鹿麋遊。

伯兄候旨都門遥寄四章

鑣鑣紫馬入都時，鵷鷺清班指日期。豈謂銓章違聖主，翻令待詔久彤墀。桂薪珠飯家何給？霜轡風珂路總危。一别鄉園十二載，那能客鬢不成絲？

野老江湖恨未捐，每從邸報問幽燕。不聞鶴禁歌鐘鼓，但見貂璫上榷錢。徐泗黄河漂萬户，邢襄赤日僭三年。至今臺省無消息，極目鴒原思愴然。

庭闈白髮日稀疏，弟妹蕭條尚草廬。萬里風沙雙淚眼，十年心事幾行書。雲陰鳩鵲迷仙掌，日色桑乾冷客裾。獨把屠蘇驚節物，登樓搔首賦何如？

每逢朋好薊門還，盡道吾兄憶弟顔。對酒但嗟才落莫，傷心不斷淚潺湲。舊交書札蓬蒿懶，小徑茅堂烏鵲閒。日倚南雲望北斗，幾時驄馬出燕關？

送王化卿之霍山

飄泊誰憐王粲才？年來私喜切追陪。擬延峽逕花間屐，忽把河梁柳外杯。鄉望轉隨關嶺渺，客懷聊向野人開。懸知酒罷狂歌動，南嶽孤雲首重回。

陽平

陽平十月苦冰霜，客舍風高冷鸕鷀。亭菊孤開沙日白，樹鴉羣噪野雲黄。囊琴匣劍俱含恨，城柝檐鈴總斷腸。向晚題詩搔短髮，豪華空負少年場。

春日偕友人入龍眠

野水桃花三月天，興來小騎入龍眠。漸漸麥秀勻鋪隴，稶稶香蔬軟護田。寥嶺瀑泉松杪落，華厓晴雪日中懸。忽看峽柳經年長，把酒攀條意惘然。

憑虚閣

虚閣嶙峋倚鷲峯，下方雲樹幾千重。臺城岳色窺檐静，壁水槐陰著眼濃。宫闕晴霄搏鸛鶴，江天風雨挂虬龍。六朝舊業餘荒草，壑底寒煙濕暮鐘。

子夜四時歌三首

燕飛入儂房，花飛撲儂面。無奈春情何，拾花去打燕。

因風脱羅裳，蘭湯新試浴。能使儂身涼，難解儂心熱。
揚舲盪清沚，鴛鴦雙雙起。共歡劈蓮花，中心實憐子。

閨曲二首

灼灼朱榴照畫溪，幾行鳩婦竹中啼。陽臺五月多雲雨，郎在瀟湘何處迷？
一日頻將一線加，弓鞋繡得過年花。牡丹都繡雙飛翠，妾繡寒梅獨宿鴉。

附 方氏維則

司農玉峽公之女，儒生吴紹忠之妻也。十四適吴，十六而寡，一子復殤，因矢志靡他，與老姑同臥起。其兄中丞貞述公有臣門三節疏請于朝。『三節』一爲張方伯妻孟式，一爲姚前甫妻維儀，與氏鼎峙而三也。嘗預營壽藏于西郭之兔耳山，與夫同穴。卒年八十有四。所著有茂松閣集。

庚午生日感懷

十四適君子，三歲亡所天。一身事孀姑，于今四十年。始意塡溝壑，有孤存目前。不幸襁褓兒，又復歸黃泉。此時腸欲斷，苟生安可全？抱志松筠潔，銘心金石堅。神明或默佑，他人豈見憐？東溪桃李鬱芊芊，西山孤墓含蒼煙。古來聖賢俱已矣，惟有淸風萬古傳。

樓中野望

微雨晚瀟瀟，山雲何處飄。羣鷗藏野渚，乳燕入深條。雲外晨鐘暗，湖中春草凋。涼風聲颯沓，一似海門潮。

關山月

秋月照人明，關山萬里征。旄頭天上落，風暈海邊生。鼓角□兒曲〔三〕，鐃歌漢將營。此行何以報？願築受降城。

隴頭水

馬首望長安，春風隴水寒。堅冰開上谷，游沫聚桑乾。烽燧雲間合，旌旗雪後殘。君恩猶未報，不敢避艱難。

寄弟爾止客白門

夜月光輝蒲柳華，風鳴落葉冷江沙。征帆一片隨流水，故國千山隔晚霞。司馬定知探禹穴，仲連何處卻田巴？秋聲寂寂雙魚杳，屈指歸來天漢斜。

錢巨明

號鶴汀。邑諸生。居家孝友。門内唱和甚富，存者不多見。

爲宗人陽谷賦

蔗山之山高突兀，山中更有春陽谷。千尋巖壑走雲煙，百道泉珠散林麓。春日春風暖律回，春草春花媚幽獨。主人本是王侯裔，避秦應學綺與甪。移家幾度谷口春，歲歲山花壓茅屋。鐵券金章眼底明，詩草牀頭牛腰束。風流更渡江東來，使我一見同本竹。今歲家園有同本竹，此其驗也。錢塘幾年策勳名，而今爾我各封域。披圖細玩話重新，淚洒盈盈眼見骨。固知百年瞬息間，幸兹芳踪傳尺牘。安得盡聯吳越之舊封，千枝萬派同雍睦。

竹石圖歌

誰向壁間寫拳石，石邊更染瀟湘竹。濃淡掩映枝葉分，風雨時時生我屋。不攜妻子升秦樓，不裁鳳管吹嶰谷。閉門獨坐縱冥搜，對此微吟差不俗。

暮春書事

把酒尋詩近若何？遊人隊隊試新羅。風前斜燕空中舉，天外征鴻夢裏過。草木葉稠花事盡，園林果熟鳥聲多。無端卻憶西湖上，畫舫頻催十里荷。

春　盡

一聲杜宇喚春風，蕭索園林幾樹紅。紫燕雙飛朱桁外，黃鸝百囀翠陰中。

和四弟苦雨之作

青精欲飯山頭寺，黄獨空抽洞口芽。枝上不聞鶯百囀，庭前惟有燕雙斜。

寄陳喻簡山中

幾歲移家谷口東，亂山深處雨冥濛。揮鋤不問山前路，喜識于今龐德公。

雪中看花

二月春風賽社神，桃花零落趁詩人。花開莫訝江天雪，著上枝頭總是春。

梨　花

佳人隊隊惜年芳，百合香分淺淡妝。不爲收殘紅舞袖，爲君月殿舞霓裳。

方大欽

字君典，號唐山。郡諸生。明善公之叔子也。母疾，刲股以進，秘不使人覺，迨易簀之夕，諸子見其瘢痕，始知之。兩兄貴顯，公授經自若。年五十九，將貢于鄉而卒。所著有盛唐山人集，藏于家。

中秋宿松山舍弟大瑨大城宅

爲問山中酒，相知其幾人？特來看月色，不是逐風塵。夜静山空鳥，秋高白滿蘋。與君渾一醉，何必問罏尊？

侍御兄按河南歸喜賦

半百看兄弟，搔頭髮欲皤。萊庭看舞綵，魯日漫揮戈。貧室貂裘敝，華堂鳳吹多。歡呼乘暮景，莫遣歲時過。

廬江劉蓉江善畫梅客桐寺東詩以懷之二首

百里披裘衝雪來，梅花數幅傲春開。何當一下東窗榻，共話潛川夜雨杯。

上方清寂綴梅花，汲雪焚香自煮茶。卻笑浩然何處覓？不知春色屬君家。

中秋三潭泛月二首

樂奏鈞天玉女班〔四〕，青雲緑嶺作重闢。不知法静緣何術，傳得霓裳在世間。

隔樹疏陰綴影寒，平空一鏡隱雲端。分明似有人來往，莫是文簫戲彩鸞？

錢志道

字爾行，別號茗冰。與弟爾卓俱有詩名。

初秋同紀三江劉若颺何康侯汪偉長於道安飲眺即同泛舟遊羅汊磯是日三江移尊

共説長林好，偏宜避暑杯。雲間雙舄至，湖上一尊開。松色延秋駐，江濤噴雪來。高談推叔寶，即此勝蓬萊。

外舅明軒朱翁秩滿北上賦贈

青綬原鷄肋，紅塵散馬蹄。風煙迷去住，萍梗各東西。帝里晴雲滿，人家緑樹迷。去天應尺五，寧復事卑棲？

下清溪

片帆高挂片雲低，千頃湖光萬柳齊。日暮酒醒成遠望，家山無數下清溪。

訪友

騎馬平明任所之，雙溪下馬日低時。美人家在雙溪曲，到得門前柳正垂。

吴用舒

字以長。所著有捉鼻吟二百餘首，李子芥須亟稱之，僅記憶得一首已咄咄不猶人。芥須又言，以長酷好詩，又好遊，足迹半天下。所歷佳山水，必有佳詩。中歲遊燕市，遂死于燕，詩亦烏有矣。

洞庭舟中酬鄧覺宇先生

君得江山助，煙雲筆底供。歌聲原是鳳，隱德信如龍。碧□瀟湘水，青迴十二峯。片帆相晤處，新月上芙蓉。

校記

〔一〕原刻未分段。

〔二〕霂　當作『霂』。

〔三〕□　原刻如此。

〔四〕鈞　當作『鈞』。

龍眠風雅卷十六

木厓潘　江蜀藻輯

泰州鄧漢儀孝威同里左國治子周參

姚孫棨

字前甫。贈光禄公芳麓之伯子也。性孝友沈静，好讀書。十歲遊世父湘潭公之門，經其指授，一聞百徹，士林咸推重之。以績學善病，齎志而殁。所作詩不下數百首，俱淪佚不存。今搜其一二，特筆櫝之餘耳。未亡人方氏維儀倣柳下易名之義，私謚爲良隱子。

都門寫懷

花開籬菊正霜天，遊子都門倍黯然。聽徹漏聲金闕外，望殘行色錦韀前。鄉心夜月三千里，病骨秋風又一年。聞道漢庭多薦士，可緣筆札賦甘泉。

和韻奉慰外舅魯岳方翁

西風蕭瑟薊門寒，十載相逢病裏看。日月乾坤誰補衮？古今詞賦自登壇。陽回玉琯梅將發，霜老東籬菊未殘。主聖固宜稀諫草，淹留好共酒杯寬。

病中不寐

獨臥空齋裏，階前樹影偏。已愁蟲語砌，更是月當天。

附　方氏維儀

字仲賢。廷尉公文孝之仲女，姚前甫公之妻也。年十八寡居，因請大歸，守志清芬閣。與伯姊孟式、娣婦吳令儀以文史爲織紝，教其姪以智，儼如人師。手定古今宫闈詩史，主于刊落淫哇，區明風烈，君子尚其志焉。著有楚江吟、歸來歎諸稿。與從妹茂松閣吳節婦俱守貞，至八十四而終。節婦之爲吾母序松聲集也，曰：『感時悼志，每見之於歌詠。』讀其詩，可想見其託寄矣。

死別離

昔聞生別離，不言死別離。無論生與死，我獨身當之。北風吹枯桑，日夜爲我悲。上視蒼浪天，下無黄口兒。人生不如死，父母泣相持。黄鳥各東西，秋草亦參差。余生何所爲？余死何所爲？白日有如此，我心自當知。

訓女童

燕子在高梁，仲夏□日長。園中桑麻成，歲月殊未央。呴媮教童女，紡績盈傾筐。積寸累丈匹，可以作衣裳。

伯姊之粤□□

昨歲長溪來，今□粤中去。此別又數年，離情復何語？明發皖城渚，山川隔煙霧。皓月臨蒼波，春風滿汀樹。

弔古

陰雲蔽白日，殘□明階前。饑鳥鳴無棲，北風滿霜天。多少苦心人，虛幃□渺然。

晨晦

終朝無所見，□□煙霧侵。白日不相照，何況他人心？枯梅依古壁，寒□□□岑。靜坐孤窗中，幽響成哀吟。春水一已平，楊柳□□□。故物無遺迹，蕭條風入林。

贈長姪女

女子耀九歲失母，余撫之成人，莊孫有禮，居數年，今適孫氏。余不勝感焉，爲是勉之。

九歲依吾居，朝夕未離側。傷爾早無母，撫之長歎息。天寒視爾衣，日暮問爾食。常坐清芬堂，花月照窗北。宛轉教數字，殷勤調平仄。儉朴古人意，由來重四德。馬后著大練，敬姜務勤織。班昭作七戒，萬代閨中式。承順在貞静，言語宜簡默。近俗尚繁華，遨遊嬌顏色。弁髦内則規，遵禮如荆棘。新春爲人婦，金玉光滿飾。蘭蕙發東風，雲霞飛比翼。百年爲娱樂，日月未有極。雖云已成人，蒙昧無知識。誨爾□諄諄，□之當努力。

寄娣□□

閩山多瘴氣，來往煙雲隔。千里思皇皇，空望南天白。别久易羅襦，鵬鴣鼓春翮。向來窗前梅，于今高數尺。

北窗

緑蘿結石壁，垂映清芬堂。孤心在遥夜，當窗明月光。悲風何處來？吹我薄衣裳。

傷懷

長年依父母，苦懷多感傷。奄忽髮將變，空室獨徬徨。此生何蹇劣？事事安可詳？十七喪其夫，十八孤女殤。舊居在東郭，新柳暗河梁。蕭條下霜雪，臺閣起荒涼。人世何不齊？天命何不常？鷦鷯棲一枝，鵾鵬搏風翔〔一〕。焉能忘故地？終朝泣斷腸。孤身當自慰，烏用歎存亡？

贈新安吳節婦

嗟君凜峻節，聽我吟悲歌。霜門久寂寞，荒階秋色多。孤松列寒嶺，歸鴈度長河。皎潔獨自持，甘心矢靡他。聞之一何苦，歎息淚滂沱。金石亦云堅，乃能當折磨。感遇從佳召，惠顧得相過。置酒望明月，集衣搴薜蘿。幽窗芬黃菊，白露下庭柯。坎軻同苦辛，薄命更蹉跎。白頭逢世亂，飄泊涉風波。老大不足惜，亂離將奈何？

秋雨吟

高樓秋雨時，事事異往昔。骨肉東南居，田疇稻不穫。樹葉色將變，寒蟲語幽石。孤愁多苦心，四顧成蕭索。雲暗遠山峯，獨坐苔階夕。

贈方姪女鳳儀

深嗟吾姪女，慧質乃天姿。閨閣十餘歲，蘭東能詠詩。父母視將來，富貴肇厥基。鸞凰翔霄漢，雙飛連理枝。豈知歸六載，與君永別離。獨幸生一男，狀貌頗岐嶷。兩女未垂髫，朝暮膝前嬉。孤燕回梁飛，匪石志不移。努力飽劬勤，撫稚歲月遲。莫云孀婦苦，孟母無兩兒。機斷三遷□，賢範古今師。爾子學成日，揚顯當有時。峻節垂青史，百世爲母儀。

擬古

八月天高雁南翔，日暮蕭條草木黄。與君别後獨徬徨，萬事寥落悲斷腸。依稀河漢星無光，徘徊白露沾衣裳。人生壽考安得常？何爲結束懷憂傷？中夜當軒理清商，援琴慷慨不能忘，一心耿耿向空房。

南浮十五夜

□龍山月生秋華，光飛白鹿至我家。我家山半翠微宿，常跨蒼龍乘白鹿。晨上高樓捲紫煙，晚風菱刺緩舟前。隔溪楊柳殘深緑，野水自漾湖中天。休嗟南浦流聲度，隱落西園好花樹。桂蕊飄香滿院幽，氛氲何處廣寒露？人間星漢邈相期，迴望清光不住時。霓裳羽蓋今何在？渺渺江天一雁悲。

有感

枯樹蕭蕭北山曲，北山墳墓西山屬，登樓直視空躑躅。從來壽命榮與辱，千古聖賢更相續。

塵沙已掩顔如玉，黄金萬鎰焉能贖？富貴繁華人所欲，毋寧庸愚侮世俗。一心區區常結束，四十餘年甘局促。十月牀下鳴蟋蟀，庭前冬青子長緑。憂來撫膺歌黄鵠，苦言雖多爲誰告？嘗聞老學如秉燭，日月詩書聊自勖，庶幾不慙徒食粟。

杪冬贈别汪姑姊

山高樓深月出遲，寒夜三更敘故思。執手斯須不能盡，歸家又是數年期。荒村杳杳霜林白，野外哀鴻獨蕭索。殷勤聊復片時歡，别後故園風景易。江城二月柳如煙，鶯啼燕舞清明天。門前桃李迎春色，湖上鴛鴦繞畫船。綺閣層臺連苑起，美人含笑紗窗裏。淡妝婀娜下庭除，斜照芙蓉新出水。芙蓉的的碧欄干，寶瑟金尊興未殘。釀成初和薔薇露，冰獻先開琥珀盤。沙渚輕風吹杜若，亭中香滿羅幃薄。紫簫繁管遏行雲，微吟一曲餘花落。歡娱永夕賦同心，曾憶歲寒清芬閣。

短歌贈從娣方夫人

百卉萋萋春日遲，觀書喜誦漢人詩。每逢知己慰疇昔，念我寒燈静夜時。高秋日暮空房裏，蒼山寂寞西流水。英英白露下梧桐，獨立徬徨老無倚。君家玉樹發薰風，一曲瑶琴芸閣中。夜半子規枝上月，欄干斜照碧池東。人生聚會光陰薄，錦筵紅燭蘭堂灼。對酒斯須當盡歡，留春莫遣餘花落。

戊寅隨母楚養得娣倪太夫人書賦以寄贈

二月杏花春雨寒，天涯愁思望江干。千里故人入我夢，遠遺書札慰平安。去秋别卻故人面，不知何日重相見。老大殘軀瞬息徂，光陰豈肯與人戀？自從年少至于今，顧復恩情歲月深。憶昔亦園 家園名。常懽聚，牡丹臺畔聽幽禽〔二〕。

瞻仰和睦長歎息，貧賤周全衣與食。族黨姻戚藉餘輝，恭順全無富貴色。姚門賴爾起家聲，教子皆成孝友名。七業俱興稱獨立，昆仲吟詩花萼集。庭前碧樹映清觴，歡娱偕老六珈熠。綵衣明月翠羅香，繞檻芳菲噴海棠。鍾山鳴鳳巢華閣，河漢星稀清露凉。回首德門人争羨，我苦惟看列女傳。秋風雁塔題諸郎，明年夫子瓊林宴。

贈定遠徐貞女

徐氏女兮何嬋娟，嗟未嫁兮隕所天。誓柏舟兮金石堅，生不造兮罹迍邅。父母早喪兮家不全，孤心泣血兮憂思煎，躬撫兩弟兮授遺編。厥弟彊仕兮繩爾先，母事厥姊兮無間然。白髮蕭蕭兮悲斷絃，操作勤勞兮鮮安眠。庭帷閴兮月空圓，寒松翠兮靄雲煙。齒已暮兮言難宣，能爲閫範兮垂千年。棣華杕杜兮多才賢，彰聞于朝兮奕祀傳。旌雙闕兮永無愆，我聞歎息兮同可憐。

貞節行

青青湘竹藹庭柯，浩浩東流揚碧波。蕭瑟秋風花落盡，高山樹色白雲多。久别故人林節嫗，深思老病持齋素。清操苦志數十年，知心衷曲能堪訴？月下驅車問爾安，驚看白髮心悲酸。片時難罄寒帷事，杯茗窗前更漏闌。今宵别後三冬速，霜雪松聲響幽谷。倏忽歲華佛日新，誦經香裊蓮臺馥。

隴　頭

隴坂帶長流，關山古木秋。征人悲絶漠，□馬識邊州〔三〕。戈戟玄霜冷，旌旗白日浮。君恩無可報，誓取郅支頭。

出塞

辭家萬里戍，關路隔風煙。賦重無餘餉，邊荒不種田。小兵知有死，貪吏尚求錢。全賴君王福，何時唱凱旋？

曉庭

東城溪水曲，遠岫蕩煙霞。曉笛引愁淚，秋風吹落花。白雲當户牖，碧沼暗蒹葭。寂寞憐雙燕，徘徊顧我家。

晚步

幽砌深梅徑，空陰涼氣賖。閒來尋白石，隨意見黄花。巷老將飛葉，林孤未息鴉。曲欄凭薄暮，柳色淡煙斜。

暮秋

一夜深秋雨，山林天色青。攬衣出房户，落葉暗階庭。寒露沾枯草，飛鴻亂遠汀。蒼茫河漢没，惟見兩三星。

暮春伯姊召登心遠樓同諸美人宴飲玩月

柔桑布穀鳴，引袂敘平生。松月迎樓靄，臺花綴露清。綺羅嬌國色，檀板雜歌聲。不忍零丁妹，相邀慰苦情。

三歎詩

余四世祖蜀斷事公名法，當靖難時，不肯署名賀表被逮，至望江江上遂自沈焉。夫人鄭氏德華抱其爪髮，歸而守志。有女育於川，遂名川貞，許聘盛，及笄，盛郎卒，其翁姑欲更嫁之，川誓以死，乃依母而終，享年八十。屬纊之日，異香滿室，三晝夜紅光照耀不絶，端坐逝焉。吾家諸子弟閫以内外事莫不稟成而後行，宗族鄉黨化之，皆尊稱曰『老姑』云，湮没至今，表揚尚闕。家廷尉以諭蜀之差訟於當道，於是金陵表忠祠、成都顯忠祠皆奉斷事俎豆，騣騣乎遺風較著矣。余哀老姑高節，爰賦三歎云。

嗟公當靖難，不肯署降名。逮詔由巴蜀，沈江近皖城。招魂空自弔，剖腹向誰傾？惟有秋潭月，年年照水明。

兩都歆俎豆，斷事豈堪嗟？黼黻存新淚，衣冠肇舊家。生前臣節苦，死後主恩賒。今日繩繩者，遺風連理華。

當初歸皖邑，腸斷不堪聞。抱髮悲昏日，看江思故君。家門寧寂寞，兒女共辛勤。母教風聲遠，千秋皎白雲。

涕泣分江口，傷情入故林。小臣爲碧血，女子亦丹心。孤幕風霜重，荒田雨雪深。門前墳墓在，松柏至於今。

忠臣配節婦，生女亦奇人。未嫁歌黄鵠，終年守赤貧。雨風常暴變，組練自灰塵。誓死庭前柏，相看八十春。

時抱亡臣淚，能縫老母裳。人生誰不死？苦節倍堪傷。臨没猶端坐，中庭聞異香。一門有如此，誠可對先王。

獨歸故閣思母太恭人

故里何須問？干戈擾不休。家貧空作計，賦重更添愁。遠樹蒼山古，荒田白水秋。蕭條離膝下，欲望淚先流。

居慈親故樓有感

孤幼歸寧養，雙親喪老年。衰容如斷柳，薄命似浮煙。詩調淒霜鬢，琴聲咽暮天。蕭蕭居舊閣，還似未歸前。

哭五娣倪太夫人

特贈高名傳，應憐拙姒談。柏舟成愛女，樛木衍才男。寸檗身齊苦，三槐手澤甘。更誰偕筆墨，孤鏡照霜鬖？

塞上曲

馬上干戈常苦饑，邊城秋月照寒衣。風吹草木連山動，霜落旌旗帶雪飛。永夜厲兵傳五鼓，平明揮劍解重圍。功成雖有封侯日，老將沙場安得歸？

秋日與弟姪論詩

南山煙樹遠蒼蒼，雨後雲開天氣涼。風起寒階吹昨夜，蟬吟衰柳動斜陽。池邊野鳥從榛草，竹下溪流聞畫堂。高論不隨秋色盡，爲留明月發清光。

己巳夏王母即世殯天馬山父大人年七十廬墓側如孺子爲茅舍曰慕亭

慕亭寒苦歲將過，手植松楸亦已多。盛夏炎蒸驄馬嶺，嚴冬冰雪木㮰河。廬中七十徵連理，門下三千廢蓼莪。女子不能隨墓側，焚香日日誦彌陀。

空庭

涼氣初開八九月，滿階梧葉落紛紛。一簾疏影含秋怨，孤鶴清音切夜聞。歲月淹留花自老，霜風吹織雁成紋。中庭寂靜無殊玩，坐對青松拂白雲。

高樓

野岸危橋水不流，秋山楓樹對高樓。心傷滿目無同調，年老看花憶舊遊。返照入林催宿鳥，長空淡月隱蒼洲。庭前古樹雲煙積，户外三星天漢浮。

送密之姪應試

槐花滿眼望江濤，努力南征意氣豪。月夜咿唔雲樹静，星河燦爛曉帆高。鯨飛萬里乘波浪，豹隱三秋澤羽毛。我老零丁惟望爾，秦淮馬上莫辭勞。

病中作四首

生來薄命老無依，風雨蕭蕭獨掩扉。病裏流年將髮變，堂前設席見人稀。雙親拭淚憐孤女，一弟攜醫問素幃。長夜鐘聲清露冷，子規枝上起歔欷。

清池緑竹送微凉，七月淹留卧鹿牀。庭户久違生草色，山川不覺異秋光。落花粉蝶傷春夢，衈巷玄蟬噪夕陽。休歎殘身多局促，且看經卷悟空王。

二十遨遊燕與吳，長虹霹靂過龍駒。皇門世子垂雙髧，陋巷顔生掩獨樞。霜月塊苦悲錦席，帷燈書史照寒爐。豈因孤苦恆湮没，卜地修碑謚我夫。

河水分流入廣川，糾糾葛屨履霜天。單身未逝隨荒草，一女無留托老年。日暮慈烏號秃樹，松寒孤岫積清煙。人生倚仗何須歎？千古英雄多不全。

病　起

空齋無事晚風前，雨過苔階草色鮮。遠岫雲開舒翠髻，新荷池畔疊青錢。衰年轉覺多愁日，薄命何須更問天？閒坐小窗初病起，西林明月幾回圓？

秋後作

天高露下菊花開，朝夕餐英對碧臺。落日綺窗陰草木，多年朱瑟委塵埃。歸寧淑緯誰能識？守信貞姜誓不回。閨閣少年多貴達，蓬門白首獨徘徊。

過先翁故居

憶昔東村傍翠微，春來花發滿黄扉。門迎朱紫三千客，堂舞斑斕七十衣。對月金尊歌璧樹，彈琴玉柳拂羅幃。只今故閣生荒草，唯有空林帶落暉。

姪女子媖失母余撫之今年十五述此有感

多才買石爲金鑾，矜佩鏘環首著弁。綺檻讀書臨皓月，幽窗刺繡對芳蘭。十年膝下如吾出，明歲江南作婦看。遥憶綵鸞如意舞，皖溪梅影一枝寒。

思姪女

長堤一帶翠微横，永夜孤舟惟月明。空對寒林黄葉下，回看江水白雲平。雁鴻迢遞他鄉遠，兒女分離故國情。隱几徘徊無限意，荒村叢薄起風聲。

思林節婦

知君太息盡如吾，清浄焚香學坐趺。夜見枯桑還再拜，朝吟苦竹復長吁。山溪亂後花猶發，道路人稀書到無？病眼自傷流寓老，且從闉闍賦南都。

看　花

東風昨夜到蒼苔，忽見枝頭次第開。花發一番人面改，天高幾度雁聲來。羅敷陌上桑猶綠，越女溪邊春不回。惟有松峯江畔月，清光常照碧蘭臺。

六弟爾止歸舍有贈

當時文苑擅才華，誰信東門學種瓜？祇爲乾坤變桑海，遂令木石老煙霞。蕭條生計嘗爲客，放浪形骸不顧家。最是騎鯨人去後，永懷蘭玉涕交加。時挺之姪初歿。

求合墓詩二首

自君別後苦傷情，六十餘年獨守貞。蘭蕙由來多損折，松筠差不愧平生。當初顯夢常尋憶，今日遷墳敢背盟？薄命若成同穴願，挽歌無復斷腸聲。

壬申卜地魯王墩，癸酉修成雙墓門。只待年時求北首，焉知兵火逼南奔？饗堂既燬難重建，碑石曾鐫幸尚存。泉路莫悲無後苦，未亡人即是兒孫。

看黃葉

風雨催寒色，惟看落葉多。可憐花樹下，不見美人過。

寒夜

獨坐南窗下，無燈月未明。愁懷言不盡，歸雁莫哀鳴。

愁雨

朝朝寒氣侵，鳥聲倦無力。細雨滴空階，林花落顏色。

聽雁

北雁過高樓，南湖起夕愁。雲山千里斷，此去又經秋。

月夜

幽亭溪水碧，惆悵撫孤琴。夜夜湘潭月，清輝滿竹林。

寒菊

葉落滄江晚，秋隨斗柄回。黄花如有意，更向老人開。

柳

垂枝依碧浦，翠色映江樓。不管離情怨，朝朝繫去舟。

讀蘇武傳

從軍老大還，白髮生已久。但有漢忠臣，誰憐蘇氏婦？

丙辰紀夢詩 有序

予年十七，歸姚子前甫。一年，前甫逝。有遺女，亦復不育。至今餘十年矣，朝暮禮靈帷默訴而已。昨夢前甫來，不見其面，但見其身枯，衣裳濡濕。予問安否，乃相與抱頭大哭，曰：『吾向者之沈疴也，子能盡孝，鬻簪珥爲吾醫藥。吾之歸山也，吾母之即世也，子能盡禮而盡哀。吾安能一刻忘子之情？子憊矣！吾所居未寧，誰爲理者？子淑女也，吾將請于帝，益子壽，用成子名。』予對曰：『所不如君言者，有如此日！予忍死備嘗荼苦，爲君無後，欲代君爲子以奉翁姑。又不幸姑逝，此心痛何極耶！予父母亦老，旦夕定省，以報天恩。心長力短，抱恨無涯。至于墓事，當隨力經營。爲同穴計，必俟翁歸，請命而後行，不敢遽也。』既醒，而枕上淚痕淋漓。因援筆爲之記。

與君一別十餘年，誓比陰山石更堅。長燭亦含今古恨，照予朝夕此臺前。

感君入夢隔幽明，轉憶姑嫜鞠我情。母子共悲泉下月，傷心孀婦欲無生。

楚江懷節婦吴妹茂松閣二首

空林隕葉暮烏啼，雲水迢迢隔皖溪。□發蒼梧寒夢遠，楚天明月照樓西。

薄命同罹骨月哀，天涯書信遠難來。愁心不似歸鴻影，能逐湘江夜月回。

從軍行

玉門關外雪霜寒，萬里辭家馬上看。晝夜沙場那解甲，報君直欲破樓蘭。

老將行

絶漠烽煙起戍樓，胡笳吹徹海風秋。關西老將行無力，駐馬聞之掩淚流。

田家行

桑婦辛勤二月天，星河未曙視蠶眠。堂前姑老貧無養，織就新絲直幾錢？

征婦怨

霜凍圁河風暮號，征人蓟北枕金刀。從來皆識沙場苦，誰惜春閨夢裏勞？

同二美人文莊溪望

前村新柳拂煙雲，一望南天野水分。日落芳洲春色遠，滿溪桃李不如君。

落　花

空庭寂寞暗香殘，葉上春光畏曉寒。傳語東風莫吹盡，還留一片與人看。

次新開溝

江邊晴樹拂雲斜，三十年前過此家。回首故鄉思夜月，忽聞吹調落梅花。

看　梅

春風何事到江關？寥落蓬門鬢已斑。惟有溪梅花意好，年年開放舊青山。

别金陵諸夫人

日落橋邊車馬催，故人分散水瀠洄。江關聞道多貔虎，且盡斯須腸斷杯。

題畫上紅梅

一幅紅梅一樹花，四時開放似丹霞。不愁風雨吹零落，常在高樓對月華。

春日同鄧何二妹飲

姊妹相逢老大哀，須教暢敘盡餘杯。春風不管愁人恨，昨歲桃花今又開。

春水生

三月朝朝聽雨聲，南溪春水漲煙平。關河遠道無舟楫，多少離愁不得行。

九日

自少艱辛至八旬，黄花休笑未亡人。雖無旨酒能酬爾，也對幽芳晚節新。

校記

〔一〕搏　當作『摶』。

〔二〕『牡丹臺畔聽』五字以下　四庫禁毁書叢刊本誤重，自杪冬贈别汪姑姊詩題至短歌贈從娣方夫人詩題，係原刻半頁文字，實脱半頁文字。兹據國家圖書館藏善本膠片校補，自『幽禽』至下一題贈定遠徐貞女『母事厥』。

〔三〕□　原刻如此。

龍眠風雅卷十七

木厓潘　江蜀藻輯
吴江徐　崧宲之同里方中履素伯參

李遇芳

字德林，號庭實。萬曆中諸生。博洽多才，豪于詩酒，所交皆海内知名，餽遺多金，輒緣手付去。家徒四壁，纔蔽風雨，而嘯詠不輟，時以方之孟襄陽。所著有棲玄閣草。

席上荅胡賓甫問余隱居

君問儂居處，新居古道傍。短牆茅屋淺，野圃豆花香。村釀提壺醉，松風到枕涼。柴桑五柳宅，此地或相方。

初秋集孫烈卿齋頭同古度尚玄賦

雨歇生涼月，言追卜夜娱。市囂容大隱，彦集著山癯。叢桂瀼清露，名香冷博爐。戍樓驚曉角，似欲索詩逋。

古道菴晚眺

東南山色鬱蘢嵸，蕭瑟高臺落照中。江上横連三楚樹，窗前遥注九華峯。到來絶頂塵氛遠，坐對秋風霜葉紅。向夕不堪鐘磬度，山山都是白雲封。

次韻和鹿野上人贈别上人産黄梅久遊吴越晤于蘭谿

浪遊漫擬是遊仙，邂逅何緣花雨天。楚國舊憐家不遠，蘭江新共月初圓。鉢傳午夜黄梅渡，錫挂三吴白社煙。何日再來揮麈屑，法筵親見吐青蓮？

春日送楊古度嶰谷遊皖

伯通廡下共杯盂，一日分攜起再吁。驛路春晴調鳥語，石塘風暖挂魚罛。煙薰陌草抽詩思，柳引山村問酒爐〔一〕。想到練潭分手處，脊令原上兩相呼。

寄陳九旭聞同細君病

望盡南天思不禁，蕭條惟有托長吟。稔聞司馬多消渴，莫遣東家效捧心。稻蟹正肥杯未把，江魚初割字難尋。相期雪色梅花夜，覓爾村醪細細斟。

晚眺

千林朔氣正蕭條，箕踞憑高四望遥。晚照氤氳飛野鶴，寒空颯沓下霜鵰。訪僧客去穿松徑，送酒人來渡板橋。歸到山房薄醉後，龕燈隱隱興翛翛。

水中雁字

一抹蒼江譜帖留，淋漓潑墨點清秋。欲將古籀藏龍窟，故遣盟書到海鷗。畫破先天摹混沌，塌翻倒影映瓊樓。雨痕釵脚都奇古，卻讓翎鋒別樣遒。

初晴飲村中

一春閉户愁陰雨，今日初晴喜出村。好鳥變聲競報節，老農留客快開尊。欣然一醉無賓主，倏爾高歌忘夕昏。瘦馬銜泥歸路怯，牽衣兒女笑迎門。

訪林渡之山中

朔風吹雪事孤征，駐馬山中問友生。自啓柴關相笑語，旋呼村酒話生平。風塵念我常爲客，詞賦看君定主盟。鎮日淹留拚一醉，杯杯都是歲寒情。

美人看花圖爲袁聖基題

羅幃恨無侶，早起對花語。妾心那負花，不分郎愛汝。

南舒踏青

招呼姊妹出城遊，踏徧城南柳陌頭。共道春遊消百病，那知翻去惹春愁？

齊琦名

字越石，號羣玉。萬曆癸丑進士。以大理寺評事典試四川，甄録皆名下士，大司寇高公倬實出其門。轉户部，著有清屯紀略。出知紹興府，諸生執經問難，接待如家人，寒畯中有宿學或賦異才者，皆尉薦之。性坦率，絶去崖岸，爲上官所齮齕，投劾而歸。其爲詩天然不假雕飾，古文辭極爲馮具區、湯霍林、張侗初、鄒臣虎諸耆宿所推服。家居不事生産，深衣幅巾，與親舊劇談不倦，後生單門有一言之善，寵借不置。每丙夜趣子弟披衣起，討論古今，娓娓達旦。所著有慕草諸稿。

鳴鶴篇

階前有病鶴，籠自北海潯。翛翛六翮短，卑棲無修林。瘦影聲淒涼，月白松森森。一鳴海天高，再鳴海水深。羣鷄不敢叫，有子和其音。如聞訴倦飛，將歸九皋陰。胎仙非弄物，籠者獨何心？

晚途遇雪

屈指長安日，浮雲復許同。饑烏劇作雪，倦馬怯嘶風。白漫千谿失，暝分一徑通。轉憐憑軾客，詩思在其中。

飲米仲詔古雲山房

積想湛園勝，良宵快此尋。蟾光淹暝色，石氣散秋陰。顛合三生具，交從一往深。不知朝市裏，別自有雲林。

輔兒加冠詩以醮之

尋常見總角，倏爾肇加冠。已責成人禮，那能弱齒看？命名翁鄭重，著代祖艱難。況復需才日，崢嶸慶有端。

元振浴佛日舉甥命名佛護詩以祝之

佛日佛須送，佛前乞護奴。門占龍是種，簫引鳳將雛。勞女甥能慰，弱孫弟解呼。最憐湯餅宴，偏得老夫俱。

潘石乳都憲開府兩浙即會稽舊吏與有光寵感知惜别乃不知情之所至而作是詩

此際易成别，覊懷難具陳。臣無當所主，君不避爲親。舊履聲猶戀，新銜夢已頻。應知開府日，勤問拂衣人。

寄贈王伯穀二首

相府推才子，清朝假逸民。黄金揮結客，白首不依人。隻字遐荒購，千函洞壑珍。江湖元浩蕩，詎必上星辰？

一代倩誰識？千秋仗爾聞。詩還驚沈璧，字豈靳羊裙？老大心雙切，艱虞痛獨分。蓴時寬鼓楫，松院竊餘芬。

秋　閨

已識征人苦，翻驚朔雁時。明河趨鵲駕，纖月隱蛾眉。寶靨慵無力，疏燈影自疑。歸期不自擬，瓜苦正離離。

哭亡姪君求太史二首

溘爾厭浮世，偏爲夙所親。瀛洲長往客，栗里獨歸人。杖屐呼無謂，門庭顧自嗔。殘經成絶筆，掩袂泣窮麟。

家以一人重，身于萬累輕。强年遂敢死，晚節欲何生？大慰固公等，垂憐或聖明。向來書囑付，蚤慮特時名。

客卿太史南遊還慰訊

盈盈煙水悵菰蘆，太史名遊迥自孤。蒼狗繁華空六代，雕龍詞賦失三都。浮沈金馬甘岑寂，湖海真人覓有無。浪迹只今成一笑，郁輪可許謁吾徒？

遥憶王化卿方赤城遊浮渡

浮山六六鬱崔嵬，遥憶登臨二子才。霞起石龍秋不斷，鶴凌金谷月同迴。千年勝地開新賞，一日留題失舊裁。自是少文遊不淺，謾嗟籬畔獨徘徊。

贈豐城譚端甫

子虛賦手舊登臺，新識遊卬司馬才〔二〕。一榻古今高士重，雙龍風雨大江迴。尊開海月排空上，歌動峯雲擁户來。莫向秋深悲故國，客中猶有弟兄杯。

去越吟三首

攬轡東巡課績年，期年報殿聖人前。陽城幸免催科考，即墨何須左右憐？轉眼清堂輸是座，驚心白簡署爲權。休言逐吏無根底，博得殃名總憲傳。

風流畫諾事全更，悔説山陰道上行。賭墅雖然望謝傅，飲徒不解與劉榮。鵲巢撇去由他侮，馬角歸來便我生。好是錢江遮道叟，底般還説使君清。

蕭然官閣倚嶔岑，到是雲巒負夙心。據几長年無得句，抽簪此日但行吟。丹楓罨畫應難指，黄菊江邊不費尋。總爲歸田饒勝事，肯從海郡問升沈？

元日即事

長樂疏鐘喚客遲，天心清切小臣知。韶光瑞應堯階莢，春氣温回漢省枝。盛有恩華分上苑，將無寒谷挺幽姿。只愁雙鬢經年换，不似東風問嫁時。

送王季孺太史册封代府

西北諸陵氣鬱葱，詞臣飛旆入雲中。經行土木前朝恨，指點山河列鎮雄。桐葉遠銜天子詔，蘭臺還賦大王風。勒銘無事燕然石，九塞今稱五利工。

送陸從事赴遼陽

御苑東風送客過，共看芳草有離珂。西山晴雪鴻邊盡，北海春雲馬上多。地險時窺玄菟郡，天驕夜遁白狼河。知君幕下參高畫，諸將何時議止戈？

元日即事二首

王春春色媚先春，敬聽春陽詔布新。天語早聞閶闔近，丙寅朝罷自庚寅。萬曆庚寅元日，始輟朝御。

常年隨例祝元正，此日重闉隔火城。遥拜衮龍瞻瑞日，依稀車馬散朝聲。

黄鮮生得吴姬感賦五首

此姬予先鑑定，以他故阻，若留待鮮生然。

尋得仙源路不賒，女牆樓畔是他家。瞥逢無語深深拜，半怯人前半掩遮。

鄉土儂家記渺茫，阿娘常日話吴閶。儂心但羡鴟夷子，不問香塵響屧廊。

瞥辭女弟瞥辭娘，嫁得仙郎自主張。一語出門娘記取，尋常小燕入雕梁。

三朝梳掠慵無賴，鬒髮堆鴉淺淡粧。長日背郎消底箇？爲郎結就錦鴛鴦。

睡起朦朧唤女丫，催妝佳客點新茶。側聞客語郎相似，是否前朝過妾家？

余承匱御馬倉差將告竣適奉帝后龍輴之役于兩水河督放芻豆故事草場計郎例不督放此中耗蠹蓋難言之撫時感事輒得五首

御驥無由問一毛，額芻歲歲委凶饕。即今委吏勞監放，知道誰場馬脊高？

國計年來借箸勞，倉場鼠腹長兒曹。不知市駿金多少，粟比黄金臺更高。

上方騕褭控金韉，賒得中官醉倒鞭。可似債軍轅下骨，一羣斷送一羣錢。

天馬天心況内家，驍騰高傍五雲車。如今萬乘將巡幸，不比長年望翠華。

飛龍法馭左驂多，列觀今番政若何？計日大宛徠汗血，小臣願獻執徐歌。

輔兒試琴

轉弄何曾雜履霜？娱親直欲引高張。誰能寂寞烏啼夜，不向清徽命一觴。

方學御

字名卿。萬曆間歲貢。少耆學，夜讀倦小憩，取量覆燈，覺則啓之，讀如故。以諸生久次貢于廷，授廬州府教授，貧而贄者卻之。從子大美代巡河南道，經廬州，郡守方張具延款，徑屏騶入廣文舍，食僅五豆，霑醉而歸。從子中丞大任曾執經公門，終身弟子禮惟謹。即公之行誼可知矣！升臨湘知縣，清惠著聲。試士躬自校閱，拔五童子，薦之主者，皆獲雋，其父以筐篚進，公曰：『吾薦若子以文，若顧報我以賄乎？』有童子劉弘功、弘化僑寓監利，或以冒籍訐，賴公力得免，卒補弟子，有聲場屋。其鋭意作人如此。卒于官舍，士民奔哭者數千人，至爲罷市。所著有春秋左傳類編，倣龍門紀傳之例，惜遺佚。詩亦不傳，孫若斑、若琮以絶筆詩一首見貽，猶七十年前署中手澤也。

絶筆詩

薄宦乞骸無早見，諸兒執手倍傷情。湘中那有鬱林石，贏得輕舟載月明。

齊萊名

字朱草。萬曆間諸生。紹興守羣玉公之季弟也。公故名家子，慧悟夙成，讀書過目不忘。年十四，爲文驚其長老，學使者深激賞之，試輒弁冕多士。以數奇，屢踏省門不收，憤懣無聊，益肆力詩古文辭，精研六書，篆、楷、行、草皆入品格，擅一時文人之譽。至其風神岸異，幽情遠韻，脩然有出塵之致。素善病，體弱如不勝衣。詩文甚夥，惜爲兵燹委散，廑存者青莎館集，淹雅温麗，自成一家。其子山捐資鏤版，予爲敘而傳之，而節存其尤者如左。

秋日同重客越石兩兄飲中莊

小酌緣青岸，分題坐水漬。荷深全隔暑，樹古半摩雲。牧豎喧風笛，溪農亂晚耘。興新忘聚久，看月醉紛紛。

雨中集陳席之草堂

衝雨貪幽賞，閒攜叩午堂。澗雲寒抱户，砌草緑齊牀。李綻初舒白，鶯穿小閃黃。高談雙耳熱，趺坐任徜徉。

病臥遣悶二首

清齋高伏枕，風雨送春回。曲檻茸紅藥，空除繡緑苔。覆棋辭客去，問疾有醫來。斸渴何方可？檐前正熟梅。

竹院清陰合，朝來爽更增。露涵花石浄，沙煖水雲蒸。服氣從方士，談空傍老僧。稚兒教寫字，臨得趙吳興。

泊觀音港

纔脱籃轝苦，孤帆坐石尤。風鈴喧寺塔，漁火綴鄰舟。落日千崖雨，寒江二月流。十年飄泊恨，此地復淹留。

望金陵

瘠馬驅還卻，金陵睇不遥。江山高王氣，臺榭賸前朝。燕掠城頭雨，人穿樹裏橋。大堤春月柳，濯濯向人驕。

中秋偕諸從諸兒小園坐月

好月知時節，微陰作意晴。初從雲隙破，轉向夜深明。空外摩鴻影，沙頭落杵聲。坐看清不厭，涼氣隔林生。

壽吳客卿太史先生三首

視草承恩列紫薇，早年天放遂初衣。青蓮白石窺禪意，鳥倦雲還悟息機。高適詩成名久重，葛洪丹就願非違。蒲團客至清談後，如意天花信指揮。

抛卻鑾坡訪碧溪，應身真是證菩提。朝修玉液仙人露，夜校金書太乙藜。人臥經牀雲共寂，月明松徑鶴閒棲。憐余慧業慙成道，可許金篦一指迷？

圖懸五嶽臥中看，直作煙霞老籜冠。禪榻木魚歸後課，石渠金馬舊時官。竹間饌客廚煙碧，花外迎僧夕照殘。聞道東山勞聖主，可容强起下蒲團？

雪姬

粉膩輕描暈未乾，裙拖八幅是冰紈。玉腰怯向風前立，素魄偏宜竹下看。滿月新開粧面好，落梅倩點額痕寒。夜深無語凌波濕，似爲傷春獨倚欄。

喜聞越石兄捷報

徙倚空庭側耳重，驚傳天外寄泥封。十年干鏌憐孤擁，一日風雲訝忽逢。喧户鄰朋争雀躍，衰顔慈母失龍鍾。懸知得意長安日，夢繞池塘恨未從。

暑中飲黄石環齋頭

路轉林塘卜築深，參天古木晝森森。花亭鬬局風聲細，石嶼張尊草色侵。忽散浮雲窺檻霽，何來片雨入樓陰？酒酣遮莫催歸騎，扶醉看予倚竹吟。

别康侯

文酒纔聯白社盟，對君未幾送君行。人從藩邸窺龍種，客在臨邛重馬卿。雨歇江亭看遠岫，花深驛路聽啼鶯。石頭城外娼樓柳，莫遣長條繫客情。

晴

舟居數日多風雨，昨夜嚴寒忽放晴。石貌水紋生氣色，汀花岸柳弄鮮明。漁翁矖笠撐船出，山鵲梳翎踏樹鳴。萬舸揚帆齊伐鼓，饒他病骨也應輕。

夏日村居六首

清溪一曲繞橋流，小築依村事事幽。草色沙痕描壁上，茶經藥帙滿牀頭。趁晴貪看將雛雀，呼雨旋愁逐婦鳩。丘壑端宜置病骨，箇中滋味任搜求。

多病年來似馬卿，團焦獨擁澹無營。泉烹蟹眼防茶老，香爇龍涎引榻清。石竇流雲深出没，池塘夏日半陰晴。醉來赤脚磯頭坐，不盡天風兩腋生。

移家剛得一年餘，常日偷閒髪不梳。款户幸無結駟客，攤牀時有换鵝書。衡門泌水身偏適，菜圃瓜畦手自鋤。不是清狂學慢世，得吾簡懶得吾愚。

卜居底事水之涯？喜接南塘路不賒。闢徑縱然新地主，錯居仍是舊鄰家。迸牆新笋輕含粉，炙日朱榴爛著花〔三〕。出對快從人面熟，閒來尊酒話桑麻。

半畝林塘景物饒，暫將生計付漁樵。日暄荇藻添魚子，雨潤階除長藥苗。宛轉曲房通細路，參差野樹出平橋。凭欄夕照千峯外，百道霞光應接驕。

林烘暖日午鶯啼，拉友扶笻信所之。纔向溪頭聊命釣，偶來松下一圍棋。風摇竹翠侵鬃几，雨約荷香逗野陂。卻愛鄰翁能好事，開尊饌客劈江鰣。

斗門山莊

日長常是枕流眠，袒跣山中事事便。掃石鄰陪池閣飲，開軒鳥掠竹廚煙。輕雲出峽屯花塢，細水迴村灌稻田。曳杖微茫青篙裏，半規小月吐峯巔。

刈　稻

水耕火耨經年瘁，女銍男輸又一秋。露白莎鷄吟草底，稻黄池鴨繞場頭。深村日午煙初薄，遠浦農歸雨未收。徙倚柴門舒野望，微吟獨酌坐溪流。

梅花四首

澹抹輕揩取態工，肌膚姑射許能同。半痕淺映簾前雪，數朵清飄笛裏風。夢繞香魂迷夜月，妝嬌粉額點深宮。漫言庾嶺枝頭色，也在村家曲塢東。

管領春風隔歲寬，開時偏向竹松殘。爲憐素魄移尊近，欲折高枝出手寒。雲暗煙縈光曄曄，冰團雹結影珊珊。香霏野館尋春路，清殺襄陽雪裏看。

鏤冰剪玉浄無瑕，緑萼紅苞未擬誇。不是孤芳傲雪色，誰偷嬌豔殿年華？雀銜蓓蕾穿花落，蟾挂枝梢逗影斜。爲問封家諸姊妹，一年春信阿誰家？

山閣幽人分外宜，霜華浥浥護春姿。幾回杜老吟中興？多少何郎去後思？清入小窗拈酒夜，曲殘别院引歌時。更問開落同株異，分得南枝與北枝？

送張鍾陽出守撫州

含香宿昔星辰近，輯玉新從水國過。挂席彭湖秋雨歇，停杯皖口暮雲多。賦凌匡嶽芙蕖色，政擬漁陽麥秀歌。十二諸侯君上郡，青春出守意如何？

劉未沫許攜馮姬招飲竹圃向晚不至走筆戲柬

書來昨日邀今日，起坐朝陽又夕陽。石路輕雲供曳杖，花亭細雨洽飛觴。豈憐病骨銜泥怯，故掩柴關看竹妨。餘興晚來復不淺，肯燒銀蠟出紅粧？

夏日同方玉成劉燕及劉未沫雁先飲汪君酬館

郭抱堤橋水覆田，炎林賓集午張筵。幽亭避俗深開徑，曲澗通池好種蓮。雲閃石牀篩竹翠，風縈花塢起茶煙。酒酣目送千峯色，牧唱漁歌夕照前。

夏日村居再述二首

市遠晨眠囂不通，夢迴窗日試初紅。開軒煙裊孤村外，倚杖禽鳴萬竹中。溽暑乍收穿澗雨，微涼忽動隔林風。桐陰匝地猧兒睡，三五柴門坐老翁。

掠面紅塵日苦煎，放歌枕石覺安便。晴窗品帙迎朝爽，月榭延僧坐夕煙。行徑半生甘學圃，身心近日得依禪。青溪繞舍門垂柳，一幅天然是輞川。

苦雨 四首

翻盆雨勢漲檐流，電霍雷轟怒不收。紅女花間齊浣屧，老翁溪上罷垂鉤。昏荒坐看沈村市，陰曀誰從辨馬牛？笑摘小桃如彈子，檐前拋擲打斑鳩。

慵陰十日只高眠，喀喀鳴蛙上几筵。出户久穿東郭履，閉門空挂阮宣錢。涎蝸屈縮沿窗寫，濕燕呢喃掠水旋。安得女媧真復出，倩渠煉石補天穿。

百尺奔濤樹杪浮，朝來釜甑看魚游。顛風嘯雨花脂卸，宿露縈煙柳黛愁。仰面乍驚虹挂屋，攢眉旋恨黑當頭。東鄰咫尺謀懽飲，剛得衝泥信宿留。

昨聞水變西鄉劇，鄉語今傳信不乖。截屋蛟龍宵作語，掘山霹靂晝常霾。千家萬竈沈魚窟，溪女村男渡竹簰。率野誰歌鴻雁什？笑予空切杞人懷。

燈夕飲趙伯先馮虚樓

喧騰簫鼓滿城闉，月榭燈輪獨駐春。繞砌危廊藏洞壑，撑空高閣近星辰。粧成獅子攔街舞，放出蛾兒綴火新。脾濕年來苛酒禁，十千今夕爲君頻。

子夜歌

儂似池中藕，懽如瓦上霜。日出霜不見，藕斷絲復長。

涉江采芙蓉，采采是並蒂。撫背笑問郎，兩人可相似？

懊儂歌四首

儂面即儂腹，懽腹可如面？露霧隱闌干，花心不可見。

懽情如橘性，等閒有變時。妾似三眠蠶，夜夜獨抽絲。

儂愛辛夷花，何如荆棘翳？懽情雖可憐，人言亦可畏。

凭欄夜候懽，望懽懽不來。安得如春風，時時入儂懷？

贈吴體中中丞四首

曾提鐵騎控蠻方，節鉞霜摇錦水光。帳下健兒俱死士，簾前粉黛盡生香。

暫解簪纓寄水雲，黄冠白氈謝塵氛。星階静卧銅牙弩，霞閣閒搜寶笈文。

玲瓏洞壑嵌琱房，肉奮絲飛競舉觴。竹下香風花下月，夜深絃管醉汾陽。

西園讌罷坐屠蘇，火照香臺映苾芻。收拾歌唇珠一串，舌根贏得唱南無。

夏日東園遣興三首

槎枒病骨愁經暑，敞閣虚檐夏日宜。宿樹涼雲深覆屋，繞花流水曲通池。

丹蕖碧藻漾波鮮，石島空虚窾窾圓。盆水日暄魚子長，錦鱗齊出撥紅泉。

齋西舊種千竿竹，嘯雨縈煙秀可餐。昨夜横階新迸筍，一枝風折壓欄干。

贈馮姬五首

約得雙丫燕尾尖，新粧別樣入時妍。傍人莫道齊看殺，鏡裏卿卿也自憐。

十五青樓早擅名，楊家婉麗趙家輕。可憐半醉工挑撻，爛注秋波百媚生。

病中猶記蹙雙眉，無語闌干袖半垂。漫説千金輸一笑，惑人偏是捧心時。

天然膚骨逼人清，流盼含嬌燭下情。酒正闌時歌正劇，夜深玉指怯銀箏。

珊瑚寶枕印紅腮，蘭室香飄繡幕開。羅襪一鉤鞋鳳窄，灣灣纖月入懷來。

七夕嘲聞不句

薰殘螺甲月西流，閒卻鴛鴦繡枕頭。天上年年猶七夕，人間能得幾迴秋？

張鍾陽娶雙姬聞其閨中有唱和之句戲柬

爐薰百合夜調絃，按入閨中繡句傳。定想承恩雙粉黛，深深暗祝小星前。

窗前小立拭初粧，的的蛾眉看斷腸。笑殺入宫偏不妬，遠山次第畫張郎。

蟬

曲曲朱欄橋半攲，藕花村裏水流澌。長堤高柳蟬吟急，帶卻斜陽過别枝。

人日獨酌

深村風雨朋過少，老病呼尊興不孤。稚女供齋喧夜火，如來禮罷拜箕姑。

無題四首

湘簾斜挂碧交垂，户外青青柳若絲。陌上游郎鞭白馬，戲將桃葉寫新詩。

是處歌樓唤客遊，女娘二八慣當爐〔四〕。金巵纖手殷勤進，拾得春光綰得愁。

風臺百尺鬭歌喉，柔曼纖腰舞未休。按出崑腔齊喝采，齊齊拋擲錦纏頭。

樹裏鞦韆俯碧流，朱繩繫得最高頭。一聲笑入雲霄落，半曳長裙露月鉤。

錦帳詞戲贈程盈之六首

朦朧銀燭白光殘，繡被花紋是合懽。首揭紅羅羞半掩，明珠的的掌中看。

何事閒挑緑綺工？ 秋波屏後識英雄。香塵滿路喧清吹，疑是飛瓊月下逢。

臂綃繫得下樓臺，錦帳芙蕖並蒂開。露浄一天清似水，黄姑昨夜渡河來。

鉤簾暖日颺游絲，嬌倚朱樓袖半垂。漫道郎君看欲死，憐他蜂蝶也相隨。

鏡裏新妝時樣工，同心綵縒鬬春風。請看户外鶼鶼鳥，也自雙雙碧澗中。

淡掃雙蛾綃曉風，銀箏閒撥坐花叢。朱顔願學花常駐，笑取花枝沁酒紅。

雨後柬燕雲兄

吾家大陸住湖邊，湖上春光年復年。昨雨夜添三尺水，可曾顧得泛湖船？

吴廷簡

字籲三，號樸隱。世居桐之挂車山，爲吴將軍後裔。少好擊劍，既，棄去攻書。明經張欽之公聘主家塾者三十八年，子弟皆受業焉。公不慕仕進，傳經至老不衰，所得俸悉舉贍兩弟，宗黨誦之。

宿練潭對月

村店主人舊相識，殷勤扶我下車揖。貰酒纔傾三五杯，茅檐忽訝月光入。月映澄潭素影寒，野風吹徹客衣單。須臾酒盡月亦暗，醉卧焉知行路難？

方之璧

字完卿，號藍石。培竹公子也。貌魁梧，修髯，美丰姿。家故温厚，口不言貲賄，嚮學慕義。族子中丞公大任少貧，歲晏自村塾歸，公遇于途，留之宿，厚其餽遺，資僕馬以返。萬曆間，歲大祲，公出囷粟爲粥賑饑，全活綦衆。至宗戚之間，待以舉火、完室者，指不勝屈也。嘗與從兄孝廉公之綱及中丞公大任讀書小楓樹莊之東梅園，詩文倡和，互相鏃礪。年四十二早卒。大宗伯葉文莊公每語公行誼曰：『盛德好學，君子也！』予采詩，未諳其爲人，而徵信于其孫逢月之家傳，以舒來與予交最久，文行皆卓然自好，有古人風，必非以溢美之辭誣其先人者也。

母山展墓

一望松楸動昔悲，先人荒壟草離離。雲邊水繞龍蟠遠，雨後風翻鶴返遲。第五竟無垂淚日，龐家原有上墳期。果然積厚多孫子，齊向臺前酹酒巵。

浮山即事

何年天造此浮丘？一徑盤空萬壑幽。秋老葉殘無斷岸，春深潮長似孤舟。讀書頂上重興刹，賜藏堂前好搆樓。獨有層巒巉絶處，從無人迹鳥來遊。

李正時

字希白。萬曆間貢士，祭酒諸生。四十八年，凡應鄉舉者九，中副車者五，卒坎坷不遇。率履貞素，食貧如飴，遺風雅範，至今猶在人間。卒年七十有三。爲詩不雕飾，亦如其人，惜尠傳本。

岳陽晚景

木末秋風起，青山送雨歸。日低真見落，雲遠不知飛。夜色煙中淡，鷗羣沙際稀。倚闌情未倦，寒氣濕人衣。

夜坐聽雨

聽雨山中寺，蕭條對佛燈。春懷偏惱客，野興未嫌僧。雷似千峯動，泉應一夜增。壯心方激烈，静坐欲飛騰。

校　記

〔一〕爐　當作『壚』。

〔二〕卬　當作『邛』。
〔三〕炙　當作『炙』。
〔四〕爐　當作『壚』。

龍眠風雅卷十八

木厓潘　江蜀藻輯
太倉唐孫華實君同里吳　易久可參

葉　燦

字以沖，號曾城。萬曆庚子舉人。爲孝廉十四年，教授鄉里，經其指授，悉有繩尺。登癸丑榜進士，官翰林院編修，較書秘閣，多所擩染。遷南京國子司業，倡明古學，士風爲之丕變。已復召入，充講官，遭魏奄螯落籍。崇禎初，起掌院事，教習庶吉士，文章、學術粲然有所成就。轉南京吏侍，晉禮部尚書，以病請休。公少而凝重，記誦不甚敏給，而穎悟過人。好畜書，家藏數萬卷，皆手自讎勘，裝潢大帙，聞某所有異本，必購致之，以必得爲慰。既致政，纍書若城，坐臥其中。甲戌，里中盜起，至公宅，惟牙籤充棟而已，他無所得，盜亦悔之。其學靡所不窺，尤研究性理，詩歌、古文皆真氣溟涬，自成家數。南渡後，儀部顧公瑞屏爲請于朝，賜謚文莊。所著有天柱集、館閣試草、南中稿、廡下草、讀書堂稿、東語西話、開眼録若干卷。公與先曾祖少司馬鎮樸府君同舉于鄉，相友善。集中贈鎮樸府君詩四首，贈先祖楚星府君詩一首，率得之他本，而讀書堂稿中皆未及登，豈典記之失載耶？先司馬詩不傳而公所贈詩有云：『向我吟新句，呼童發舊醅。』意必工于吟詠，予小子生也晚，無從搜討。從祖映翼猶記其林居一聯云：『行行看竹木生意，朗朗聽兒孫誦聲。』洵表薄之雅尚，而惜乎記之弗全也。附識于此，以志吾憾。

餐菊

木葉紛將盡，氣候何悽惻。宛彼東籬花，獨耀黄金色。挺然嚴霜中，孤芳别有植。恰與幽人對，素心似相識。豈徒供玩賞？兼之資服食。可以制頽齡，可以蕩穢慝。所以古哲人，餐之故不惑。豈無灼灼華？暫爾清貞德。

野老行

君不見，城西野老皮骨苦，前年薊門昨江滸。南奔北走脚無力，北風吹面面如土。少年意氣取卿相，只今三十成朽腐。計拙無求妻子饑，顛狂反遭俗眼怒。頭上之巾胡爲乎？腰間寶劍光糢糊。醉來起舞歌聲驫，白日慘淡浮雲孤。嗚呼！男兒讀書萬卷蹭蹬流落有如此，不如歸牧西山豕！

赤城行

故人家住赤城頭，故人讀書赤城樓。胸羅武庫世罕儷，家無擔石心不憂。雄飲百斛江湖涸，落筆千言神鬼愁。左手持蟹螯，右手把吳鈎。自稱絶代豪，唾手取公侯。不然拂衣江海去，三山之上訪丹丘，安能悒鬱聲啾啾！酒酣耳熱高歌發，春雲淒斷成悲秋。鄉里小兒不解識，徬徨四顧驚且咻。掀髯長嘯神自若，熟睨世間皆髑髏。忽然痛哭復嘻笑，觀者疾之如仇讎。丈夫昂藏七尺軀，安能俛仰隨時流？相如子雲可爲友，劉伶阮籍真吾儔。白眼茫茫向九州，搃教齟齬罷即休。夜光翻遭田父咤，天龍頗駭葉公眸。古來英雄寥落不合自如此，流俗悠悠安足謀？

季襄君節玉成漢卿過訪同賦

我生三十數不偶，單衣短褐何其醜。面孔羞將兒輩看，生涯甘落他人後。薄田一頃城西偏，飯牛牧豕自年年。骯髒漫滅懷中刺，塊壘高挂杖頭錢。方生朱生興絶奇，一日訪我來茅茨。科頭赤脚走相接，長歌短調同追隨。滿眼悠悠世上兒，風流爾輩真吾師。八斗五車無不有，詞鋒筆陣從驅馳。相逢但醉不須辭，安能齷齪常攢眉？君看古來豪傑士，千秋萬代垂虹蜺。

贈玉成

君不見，赤城山人貧欲死，破裙單衣混泥滓。書成瀝盡胸中數斗血，世人視之不直一杯水。昨有一奴被人奪，生也垂頭袖手無力争不得。狼吞虎攫氣力麤，使我聞之三嘆息。連朝北風十丈雪，餓豺晝嗥人迹滅。忍饑抱腹口微吟，男啼女哭聲哽噎。百責無辭子羽頭，三寸尚在張儀舌。丈夫失意不足恥，窮愁何必成瘡痏？君不見，鴻漸木，鳳棲枳，一日驂雲排霧羽翮高，烏鴉尚啄園中矢。

早春訪石浪上人

野静煙光淡，悠然散步時。僧瞑一峯下，客到夕陽遲。妙偈階松識，閒心春草知。對牀無一語，性寂本如斯。

抱病

别業空山裏，孤燈獨夜身。交遊江上淚，風雨病中人。宿鳥翻深竹，溪流響亂榛。居然成小隱，日日白綸巾。

首春送潘鎮樸之京

春氣動平野，紛紛物意滋。可堪尊酒別，及此豔陽時？子有飛騰策，予傷羽翮遲。驪歌欲相送，哽咽不成辭。

贈玉成

坐臥空齋裏，行吟溪水邊。野橋山路細，幽澗石泉懸。鳥語風中斷，僧煙竹外連。偶然故人至，對酒興翩翩。

春興

杜門甘避俗，伏枕自經旬。忽見桃花發，方知二月春。村村農事蚤，日日鳥歌新。乘興尋芳去，長吟作醉民。

雜詩二首

霜雪年光暮，圖書夜色孤。窮來失肝膽，老至厭頭顱。酒熟故人到，尊開新月俱。淹留添燭跋，攲倒任狂夫。

貧病人情懶，逢迎幽事妨。晚雲寒聚浦，山月淨依牀。對奕頻燈燭，深吟費酒觴。護窗梅竹色，瀟灑到虛堂。

同玉成作

放歌當落日，散髮對秋風。遂爾忘身世，悠然臥竹叢。蟬吟一葉晚，雲散衆山空。把臂同心在，無爲泣路窮。

疏　懶

秋到雨能報，伏歸熱尚欺。多時剥啄少，只是晝眠宜。行鳥窺人屢，山雲送色奇。但吾遂疏懶，從世喚愚癡。

同潘鎮樸望北山

出郭兩三步，千峯面面帷。近身雲不覺，頻看鳥如知。返景催詩駛，薄寒借酒支。悠然下樵牧，應共爾爲期。

晚　望

緩步高原晚，哀蟬萬木深。黑雲呑衆嶺，紅月迓東林。將老憂端並，多年病苦侵。浮沈底意緒？回首一長吟。

將到河間

大風號白日，滿地捲黃塵。泥屋屯征馬，爐糕坐土人。天烏下一聚，官柳著深春。兩度班班苦，河間到感神。

早發定遠

月斜征馬照，春入曉鷄寒。早厭朝朝飯，遲嗔日日鞍。吐山天有色，平地水無端。千里歸三日，雙眉破一攢。

潘鎮樸過訪

幽棲人不到，乘興爾能來。向我吟新句，呼童發舊醅。鑪錘偏得雋，追琢愧非才。但不嫌麤糲，蓬門任往迴。

自響鈴鋪宿良縣

牛耕亂眼底，風俗近南嘉。高下勻田麥，青紅亞圃花。枯塘春破水，晴浦鳥行沙。良縣今安睡，廬桐接是家。

由蕪湖進東壩

愁殺掀天浪，紆迴東壩穿。湖灘船屢閣，魚笱凍相纏。髀肉銷江海，舟車擲歲年。銀壺對金鏡，一破旅情牽。

觀音寺柏公房

客子誰相晤？寒天古寺中。閒房兀坐掩，幽意與僧同。鴉亂日將夕，鐘鳴月在東。浮生亦如此，吾欲悟真空。

早發棲霞

出門沙草氣，一路撲人香。山僻日遲見，秋初候已涼。籬間數花赤，鳥外亂峯蒼。處處泉聲激，猶疑在上方。

送夏伯孺遊杭兼謁章會稽先生

東南名境冠杭州，藜杖親扶屬勝遊。一鏡天開魚鳥色，萬花春含霧煙流。雲封禹穴金爲檢，潮湧胥江玉作樓。千里起居寬繾綣，慙予猶滯剡溪舟。

戴微之有吳越之遊詩以送之

勝絶東南今古名，片帆雙眼豁崢嶸。黏天海色晴吞樹，捲地濤聲晝撼城。女映越臺銜客宿，馬含吳影犯龍精。未辭峯頂鸞留韻，一寫奚囊錦盡驚。

寄題朱太常園林

碣石滄江借不難，千章萬箇碧琅玕。花間白墮青絲舫，郊外籃輿紫籜冠。礙日樹交晴自瞑，當窗瀑灑晝長寒。相逢莫怪如泥醉，齋禁歸來喜得寬。

贈朱憲昌卜居廣陵

七閩才子住揚州，天下繁華數此丘。寶瑟金箏妖姬酒，名珠翠羽賈胡舟。詩篇驟奪濤聲壯，客宿長懸王氣秋。莫向蕪城城上望，吳煙隋柳喚人愁。

送潘鎮樸明府之官縉雲

一官氣色峥吾黨，廿載綢繆別爾難。天意越城新雨露，人家禹裔舊衣冠。如江文彩波元闊，繞郭花開錦復攢。爲政風流今不淺，好音莫惜慰加餐。

贈玉成之閩

送君遥向嶺南行，粤水吴山萬里情。白日樓臺高蜃氣，清秋風雨亂猿聲。荆州登眺悲王粲，梁苑文章見馬卿。醉舞龍泉多慷慨，江湖飄泊愧儒生。

江上逢潘楚星覲省句章時偕舅氏同往有贈兼柬其尊人鎮樸明府

一櫂寧親慰倚閭，可煩歌詠渭陽餘。逆風雙挂灘頭鷁，買酒同餐江口魚。語共阿戎真自足，好成宅相竟誰如？明朝爲報而翁道，大雪王猷興未疏。

夏至齋宿

何日焚他學士魚，又來隨例事齋居。陳三決不堪同俗，歐九惟嫌欠讀書。野蕩新荷紅底若，柴門高柳緑何如？故山政好不歸去，谷鳥溪花應笑予。

雜詩二首

何妨衙舍冷如冰，似此清閒幾個能？旅館無朋須倩鶴，異書尋買卻呼僧。

烏薪向盡裝難至，白粲須炊載不迴。數喚平頭候風色，今朝江上幾船來？

方大任

字玉成，一字逢吉，號赤城。萬曆丙辰進士，時已踰艾矣，薑桂之性，弗以晚成少渝。知元城縣，爬梳蠹弊，豪右斂迹。以公正廉明奏最，擢監察御史，會逆璫預營生壙，僭侈踰制，特疏糾之，褫籍而歸，旋媒蘗他故，坐城旦。崇禎初，起河南道御史，尋陞僉都御史，巡關最承眷倚。故事：巡關僅弭節關内，公獨出關千餘里，與總督袁崇焕經畫方略，廉督撫某掊尅召變，歸爲上言，寘之法。己巳，以副都御史巡撫順天，出守通州，久之圍解，予告，馳驛歸里，賜白金紵幣，加服俸一級。公學殖該博，工力深厚，匠意鑄詞，務極底實。嘗自序其詩云：『生而有吟癖，未嘗一日廢。』每歲必裒成一帙，故其集甚夥，若霞起樓詩草十卷、强舌吟、胥靡吟、歸田草、出塞吟、後出塞吟，皆盛唐之流響也。公薨已五十餘稔，吾友程奉常立菴有季女，屢擇壻而殤，晚以字新安某，嘗與予論枌榆先正，喟然曰：『方中丞嚴氣介性，朝野具瞻，官至開府而家無千金之産。吾知其孫已成立，不知其猶未有室也，惜不以吾女妻之。』嗚呼！奉常之爲是言，高義固出千古，而公之餘風遺澤其被人者遠矣！公與大宗伯葉公曾城志趣訢合，自爲諸生以迄解巾登仕、挂冠歸田，膠漆之誼始終一致，其唱和之盛，比于長慶、松陵，而名位與出處大節亦復相埒，予故排中丞之詩于宗伯之後，都爲一卷，以明其契分之深，交相切劘如此。

詠懷四首

束髮慕奇癖，讀書萬卷餘。游思緬邈場，削迹棼華途。舉世争捷徑，听然笑其愚。稟氣固已然，改轍將焉如？孔生恥溝壑，原子安桑樞。素志亮有託，斯人豈盡迂？掩耳謝時賢，一心抱區區。

徘徊芳塘上，微風扇輕波。連岡蔭青松，仄徑冒緑莎。是時秋候深，秔稻蕃陂陀。腰鐮朝出隴，捆載夕歸家。鳥雀啄場圃，牛羊散崮阿。曰余無立錐，鼓腹行謳歌。拾穗甌窶間，一飽不願多。嗟彼攘攘子，鼎食終如何？

漢武雅好文，酷慕相如辭。本自當代士，翻恨非同時。向微狗監薦，白首不相知。瑟鼓齊客叱，璞獻荆人悲。經耳等璠璵，涉日成沙泥。至寶不易售，古今同此疑。何世無英雄？

蓬蒿常見遺。

孔雀遊赤霄，牛角何由觸？麒麟可縶羈，翻爲犬羊辱。伊余類窮猿，投林不擇木。悠悠長傍人，顧影傷局趣。百鍊忤時好，繞指乖素欲。犂鋤倘可給，誓息西山麓。

與朱漢卿葉君柱葉君嘗登投子絶頂

絶嶺何岧嶤，力疲興不禁。霜融草根滑，風疾松聲勁。雲霞薄衣袂，驟覺青天近。葱鬱楸槓林，窈窕狐狸徑。石槨與裸葬，世遠同一盡。達生苦不早，荏苒霜侵鬢。逝將辭紛綸，酒伴時相命。

古意下第後示以沖君節

妾容愧不麗，君心苦不長。結髮事君子，荏苒三十霜。金石有銷泐，恩愛篤不忘。一雲忽一泥，末路渺相望。君行如翔龍，妾意同寒螿。咿嚘荒草際，彳亍枯池傍。傷哉復傷哉，永夜守空房。

雄　縣

北土饒塵衍，兹邑乃廣湖。恍疑過江行，一碧萬頃鋪。長堤貫其中，蜿蜒晴虹舒。摇摇柳邊艇，謖謖風中蘆。里人少驅犢，生業半捕魚。蝦菜入市鮮，鳧鷺近人呼。騁望煙水間，目爽心與俱。恨少數青峯，點綴湖四隅。

任丘縣

腷膊鷄初鳴，磊落星猶存。僕夫促進餐，瘦馬已在轅。朦朧行十里，東望見朝暾。取次近城郭，馬嘶人語喧。誰言兹邑鄙？冠蓋乃駢蕃。邊銜悉制府，京秩皆台垣。棹楔塞交衢，甲第凌中天。豈無藿食士？環堵不得完。懷抱瑾瑜質，困頓蒺藜樊。升沈分虎鼠，跂望不敢攀。我本失路人，念兹切辛酸。

河間府

天地初睢盱，人物亦約略。無端書契興，巧競乃攸託。周綜既紛綸，孔緒轉糾錯。發冢抉口珠，人各奮椎鑿。念兹禍亂俑，緊惟神聖作。快哉秦皇帝，一舉付燔灼。天下盡聾瞽，漸得還澹漠。多事河間王，蒐集仍浩博。流傳復漫衍，萬世遭纆絡。我生本倜然，放曠何不樂？一入觚翰林，憂患遂相縛。奔馳訖白首，多弋少所獲。今朝過遺封，撫往氣充膜。想其初購時，真宰神亦懼。矢歌諗同侶，雖狂諒無愕。

雜詩四首

秋暑轉復亢，日夕氣不蘇。夜央涼稍生，枕簟聊自舒。晨鐘忽破夢，百念來紛拏。君看突梯者，隨性得華腴。高軒擁大纛，昂藏展天衢。一心抱硜硜，禍罟甘自驅。當身不自謀，何論後代歟？拙戇天所縱，鞅轍終難紓。仰首望時彥，誰賢與誰愚？緯繣莫能辯，往問江潭漁。漁父笑不答，鼓楫凌碧虛。

夷跖同一殉，豹毅竟誰是？如彼緣督者，亦未得所底。我觀廣道流，身完名則毀。悠悠千載下，疢痏難湔洗。人生一涉世，憂患相終始。緊維川嵓棲，超然絶塵滓。噭汙雨不受，堅缺莫可指。來者猶可追，誓勿蹈前軌。俯仰今古間，獨慕巢居子。

陶公雖不仕，頗亦懸短組。本自甘固窮，豈真爲五斗？玩世有深心，自晦長沙後。所以邂逅間，不辭王弘酒。徘徊晉宋岐，此意人知否？慨焉念黄虞，蕭然詠五柳。試誦荆軻篇，方知中所有。

齋居深閉户，悄然多所思。聞道苦不早，良爲至人嗤。神龍用以潛，鳳鳴維其時。攘臂撩虎鬚，幾成虎口骴。悾悾一寸心，幸賴皇天知。百死而一生，得遂此初衣。返情遊溟涬，研慮窺希夷。願言終吾年，永葆杜德機。

五老峯同化卿放歌

廬山之高出天表，西有漢王東五老。千嵓萬壑競鬱蒼，積廬古刹相縈繞。窟深潭底多神虬，巢安林曲無凡鳥。我來直跨華蓋峯，下凌倒景乘罡風。是時秋清天宇空，目隨灝氣俱無窮。吳楚羣山如聚粟，江湖巨浸成溝瀆。指揮每恐礙日車，飄颻迴覺離坤軸。倚醉高歌興欲顛，卻看身世等浮煙。攀蘿徑度學猿捷，轉石不怕驚龍眠。須臾雲出表靈異，裊裊一縷穿衣袂。消散依然還霽景，九疊屏風轉明麗。嗚呼匡遠去已久，周顛天眼骨亦朽。神仙佛子同沈淪，富貴功名復何有？與君壯觀良不偶，勸君更盡尊中酒。明朝塵土各飄零，嵯峨五老空回首。

夜雨懷以沖

我生骯髒無與偶，但言俗子便疾首。白眼常横天地間，青袍獨落風塵後。眼底交遊能幾人？葉生於我情最真。傾肝吐膽無所惜，痛飲狂歌驚鬼神。年來苦負道路債，南奔北走無根蔕。故里雲山長渺茫，天涯歲月空逾邁。相思入夜雨沈沈，撿君贈詩吟復吟。何時更坐桐陂上，細話江干夜雨心。

車箱歌

作馬不須良，良馬强半服車箱。作士不須才，才士强半困塵埃。龍翰鳳雛或餓死，牧兒賈豎登鼎台。憶昔韶年總角時，矢口落筆無不奇。里師一見誇英物，父老流傳羡可兒。三冬轉益富文史，萬里雲霄日可俟。那知百折歷風波，到來半世淹泥滓。歲歲年年一卷書，東馳西走無寧居。殘杯冷炙潛酸楚，穿衣破履行躊躇。出門俗子多嘲笑，入室妻孥常嗟吁。里中少年人所羡，貂裘駿馬金玉饌。腹内何曾識一丁？氣岸崚嶒光滿面。君不見，洛陽才子命迍邅，絳灌無文勢震天。奪足予翼豈無分？受大取小不得全。萬歲千秋事始定，較計目睫非高賢。

醉時歌寄以沖

閩之山，崔嵬險巇不可攀。閩之水，迅急喧豗流不止。我本淮南抱甕人，何來作客孤城裏？孤城物色非故鄉，臘月園林未見霜。千山萬山晝霧合，但聞樟樹遥含香。孤猿嘯時白日瀺，野鷴飛處青天長。君不見，前者葉生送我時，銜杯握手重致辭。勸我加餐復作賦，相如王粲同襟期。我聞閩中美酒出建陽，主人購之千斛强。一日一醉一狂嘯，安能鬱鬱徒懷傷？

徒步嘆

三月三日天風輕，欲晴不晴花霧横。輕紈駿馬者誰子？而我徒步泥中行。君不見，丈夫有錢始作人，馳街驟陌多精神。青樓十里飛紅塵，隔塍一望前騶嗔。

登東崖歌

九華有層巒，東坡在其内。從内視外如列屏，千朵芙蓉遠相對。我來春霧苦作惡，盡收蒼翠入冥漠。情知攀涉只徒然，終難斂趾坐空閣。衣沾履濕不辭苦，力疲脚酸更鼓舞。小憩太白祠，直上海藏菴。螺髻昏霾了無見，東窺惆悵復西探。菴中老僧笑來迎，指點雖詳竟不明。閟園茶美且一飽，隱几細聽巖泉鳴。屋裏松株屋上出，龍鱗斑駁苔蘚横。孤高冥冥易摧折，浩劫扶持必有靈。谷口迴笻行且坐，罡風吹人人欲墮。墮何當此便騰翀，飄飖直列羣真座。莫道兹遊興未全，也堪小結翠微緣。從他黑霧沾芒履，猶勝紅塵籠錦韉。

獲鹿界上植柳夾路左右各行十餘里不絶蓊鬱特異愛而賦之

新栽高柳夾道傍，一往十里翠帷張。摇落猶令行者愛，況有弱緑當春陽。我車迤邐過其中，垂條拂拂颺微風。誰人風流能爲此？云是獲鹿賢令公。黄昏班駁暗西北，迷茫不見恒山色。塵眼爲君聊一開，斜日穿煙射寒碧。

立春前一日郊行

郊南春意早，無物不堪憐。水次三家市，沙邊數畝田。繁梅全破雪，嫩麥已鋪煙。沽酒聊停騎，乘酣又舉鞭。

春日泛石湖

石湖好山水，春光況復新。輕煙天際鳥，斜日渡頭人。放艇隨輕浪，長歌採緑蘋。網魚復沽酒，慎莫負芳辰。

定居示思拔思實二弟

幽意聊堪愜，青山已定盟。溪邊饒夜雨，隴上動春耕。芳樹葉皆暗，閒禽時一鳴。秋來秫米熟，尊酒日同傾。

寄以沖

念爾京華客，文章近益雄。已齊枚氏捷，原並馬卿工。意氣凌梁苑，聲名動漢宮。慙予真薄劣，追琢未能同。

夏日幽居雜興六首

茅舍深松裏，白雲層復層。一身癯似鶴，諸念寂如僧。把卷每兀坐，愛山亦獨登。莫嫌無過從，野鳥即吾朋。

檢點幽棲事，抛書出棘樊。山妻親供茗，稚子學應門。帶露晨分樹，披星晚灌園。瓦盆有濁酒，作苦不須言。

雜樹孤村逕，殘花四月春。魚鰕翻沼荇，雉兔狎林榛。得酒便成醉，無錢不説貧。絶憐來往少，閒殺白綸巾。

古道今誰在？高人去不還。釣竿落吾手，流水自潺潺。雲澹赤城寺，潮生楊樹灣。興來何以遣？爛醉翠微間。

十日閉門讀，偶行新霽時。夏雲一以浄，林木翠參差。忽過水邊市，還尋竹外陂。老農何處至，倚杖話遲遲。

勺水盆池内，相忘沫自濡。未論得雲雨，何異在江湖？清淺容卷石，芊緜長細蒲。吟詩坐無事，投食引羣雛。

望浮山

幾誤躋攀約，徒令悵望深。天青一鳥去，雲起衆峯陰。歲月淹塵事，煙霞負夙心。山中桂花發，遲我鼓瑶琴。

懷化卿

滑嶺是何地？王生爾寓居。開門見山鹿，佐酒有溪魚。燕乳花飛後，鵑啼月上初。相思春欲盡，不見一行書。

江　行

日出櫂初發，風斜帆不懸。孤檣緣岸轉，百丈拂蘆牽。野樹籠秋色，江鴻下霽煙。忽聞漁唱起，逸興坐翩翩。

以沖七夕誕子席上二首

入懷驚令節，摩頂悟前緣。珠並雙星出，弧盈半月懸。褓衣裁異錦，瓜果趁華筵。他日論聰慧，應知得巧偏。的的珠隨掌，浮浮酒寫尊。試啼驚坐客，抱送即天孫。長定爲英物，賢應大爾門。他年存父執，爲話席間言。

瑞洪道中

秋日澄潭曲，悠悠泛短槎。鸕鷀漁父業，樟樹野人家。候煖饒新雁，霜遲足晚花。風光堪自慰，未覺在天涯。

建陽舟中

不到天涯處，誰知行路難？舟危穿石罅，山峻出雲端。帶月汀洲闊，迎霜橘柚寒。鄉關杳何許？相對且加餐。

開元寺

一逕秋花合，諸天曉霧深。迴廊緣曲岸，古塔峙危岑。飄泊身何定？風塵鬢易侵。安能從惠遠，結社日登臨。

延平津

蒼山南紀郡，白水晉朝津。獨鳥飛何意？雙龍迹已湮。波光摇落日，雲氣澹秋旻。轉意張雷輩，西風重愴神。

寄內

龍嶺三秋月，憐君祇獨看。烏啼千樹夕，霜落一庭寒。曉鏡愁中掩，春衣别後寬。戾㡩情不忘，飄泊媿儒冠。

正月四日葉允男見過 時允男初遊泮，其翁以沖方訪潘鎮樸于慈谿，未歸。

楚楚通家子，青年意氣殊。歲時存世講，風雪歷遥途。才美名初就，顔腴病已蘇。若翁縈客思，曾寄好音無？

宿西溪

鳥道緣崖去，人煙入望賒。客愁孤店雨，春冷萬山花。高枕溪聲急，凭欄樹葉斜。征途方此始，前路瘴雲遮。

天界寺

曲逕叢青靄，孤亭敞白雲。山光樹杪出，鳥語竹中聞。壁有高僧偈，碑留上相文。坐來塵思浄，花雨自紛紛。

崇隱菴

招提入翠微，曳杖步晴暉。路自雲中轉，泉從樹杪飛。林間片月上，洞口一僧歸。安得依瓢衲，徜徉此息機。

春　夜

缺月依然落，疏雲過雨涼。風柯初息響，霜葉亂凝光。老怯兒童大，貧嗟畎畝荒。夜分仍不寐，獨立詠蒼茫。

晴

久雨春愁鬱，新晴曉氣鮮。遲遲雲出岫，脉脉水穿田。嵓竹浄於沐，溪花煖欲然。何來雙白鳥？作意弄暄煙。

由故華嚴寺登金谷嵓絶頂二首

流憩屢丹石，窮探竟碧空。虚無惜古搆，指點喜村翁。野闊層層水，崖孤面面風。郄公錢寂寞，躑躅翠微中。

寺問元開處，嵓憐乍得時。寺址後有小嵓，絶幽峭，遊人自來莫識。春衣鉤棘破，屐齒躡苔危。轉石山僮樂，窺人野鳥疑。上方昏黑徑，憶和故人詩。丙申秋，余與化卿輩遊此。

送靈岳上人之九華

吾□九子勝，九子九芙蓉。問爾從今去，棲禪第幾峯？泉聲□萬慮，雲影伴孤踪。應念迷津客，風塵事事慵。

懷楊灣舊居寄諸弟

莫卑三畝地，須識廿年情。營築心爲破，荒蕪手自耕。艱難有今日，付與見平生。最愛松林色，休令剪伐輕。

過漢卿墓

汝骨遂埋地，他年攜眺頻。業緣兒女幻，交契死生親。拜起苔沾袖，低回風墮巾。哀深反無淚，短步黯摧神〔一〕。

遊廬山過太平宮作

廬嶽望無窮，行行及此宮。山門一繫馬，谷樹亂鳴蟲。碑仆苔痕古，鐘流松澗空。前朝何限事？回首但秋風。

鉛山舟中

川路豁新晴，摇摇一艇輕。水清真見底，山好不知名。小墅青樟匝，斜暉白鷺明。隨眸無限好，暫得緩鄉情。

泊瑞洪

復雪愁仍在，歸舟行復停。鄉程空默數，客睡幾曾寧？絮語鄰人艇，微燈何處汀？朝晴欣有兆，雲際出疏星。

自康山抵鶯子口

晨發康郎麓，都昌忽漫過。乍暄融積凍，遠渚送微波。風正舟師静，湖晴漁子多。匡廬行又近，雲裏辨嵯峨。

以沖過訪山居四首

君來猶未後，籬菊尚餘英。澗道紆盤入，松關一笑迎。風雲寒少色，澗壑夜多聲。借問山居味，何如城郭情？

種竹纔三箇，分蕉只一科。荒蕪全未葺，蒼翠自然多。盡日閒雲駐，無時疏雨過。悄然人事絕，石上共婆娑。

莫道茲遊易，相期已半年。壺觴分石坐，風雨共衾眠。野性吾真癖，幽盟爾亦堅。朝來晴色好，更上最高巔。

小徑層層樹，虛窗面面峯。詩將蕉葉寫，書借石龕籠。山栗童新打，家醅婦遠供。酣餘日未落，溪上步從容。

遊龍井

傳響雲峯遠，尋源樵逕微。渟泓如紺碧，飛灑作珠璣。木落見山骨，沙平上水衣。留連數呼酒，林麓已斜暉。

寄答謝中隱二首

一官垂老得，百感上心多。謾道風雲好，其如霜雪何？勞君舉室喜，貽我遠途歌。肯信金門意，朝朝在薜蘿？

羨爾能超俗，椷投只一詩。寒暄雖不悉，貧病自應知。句老神當健，年豐食可支。故人纔薄宦，何以慰相思？

燕河憶兒二首

京國傳來信，爭言汝貌奇。精神踰往日，聰慧足新知。弄筆常師側，含飴割姆私。見時摩頂問，誦得幾篇詩？

憶昔林居日，提攜不暫離。偶拋纔晷刻，相隔似旬時。何物閒簪紱，令人久路岐？傳來思父語，聽罷淚沾頤。

野泊

解維纔五里，風阻便停舟。屋影藏崖僻，人聲隔樹幽。夢危頻駭浪，思亂不禁秋。忽喜中宵霽，依然櫂浄流。

茫茫

茫茫片心事，寂寂向誰言？江閣愁看月，僧齋早閉門。安危關社稷，明晦任乾坤。一掬孤臣淚，何須灑野原？

宿古道菴

舟眠嫌跼蹐，借榻道人房。星漢垂檐近，江山繞檻長。水明不借月，地敞自生涼。清坐渾忘寐，呼童屢續香。

元日雨中同王化卿林渡之登北山飲

元朝阻雨稀遊客，逸侶攜壺獨看山。崖峭寒風猶瑟瑟，冰融飛瀑已潺潺。醉荷短笠青松下，坐望長空白鳥還。折屐不辭前路滑，杜鵑峯上更躋攀。

入宅詠懷二首

三年不見老萊衣，屢向滄江泣落暉。荒歲流離幾人在？故鄉丘壑一身歸。庭前烏鳥依然宿，天外孤雲何處飛？獨上高堂悲寂寞，晨昏徙倚欲何依？

異國歸來還此春，那堪骨肉莽沈淪？一身暫托鷦鷯寓，諸弟仍隨車馬塵。深谷長鑱吾獨隱，遠天孤劍爾誰親？回思攜手兒童歲，夜雨青燈戲彩蘋。

以沖將有白下之遊許過草堂言别寄此訂之

鄉關猶未罄交懽，況復天涯握手難？白下秋風催汝去，赤城明月對誰看？許停行騎過茅宇，准擬題詩滿藥欄。野外雖然供給少，懸知不厭故人餐。

夜　雨

秋山風動暮雲低，三徑荒涼草樹迷。斜日下時歸鸛鳥，蒼苔合處響莎鷄。檐前急雨連深夜，洞口寒流漲野溪。自古詞人怨摇落，楚騷賦就一淒淒。

以沖自金陵歸見過

故廬春隱水雲深，玩水探雲醉復吟。裘馬厭看年少態，綈袍深見故人心。新詩共向花間覓，濁酒時從竹下斟。世務相牽還復别，何當乘月重招尋？

湖　夜

緑水遠隨平野闊，蒼山高與莫天齊。風前牧笛歸何晚，月下漁舟去不迷。禾黍登場人露宿，松筠蔭户鳥叢棲。獨看秋色渾不寐，盡夜堤邊倚杖藜。

閩中再寄君重弟

幾年高臥故園秋，此日飄零擁敝裘。豪俠自慚非季布，游揚還賴有曹丘。寒雲萬里閩天遠，夜雨空山楚客愁。聞道蠕湖霜落後，網魚攜酒正堪遊。

春遊

春日遊行春色賒，青青芳草遍平沙。老僧供茗來山寺，稚子提壺過酒家。湖上輕風翻燕子，隴頭細雨落桃花。殘尊更徙前溪坐，纖月遥看帶暮霞。

戲君重弟

何處香風入翠樓？樓頭小婦抱箜篌。已聞歐氏名如願，復道盧家字莫愁。蛺蝶俱飛迷曉日，芙蓉並蔕媚清秋。吹簫且莫乘鸞去，結綬還期躍馬遊。

酬化卿見寄

落花飛絮曉陰陰，三月江南春色深。獨客醉眠蒼水曲，故人遥寄白頭吟。疏狂真側當時目，偃蹇徒存千古心。知我只今惟鮑叔，結交端不爲黄金。

宿北峽關懷林渡之

當年訪舊此曾遊，屈指于今已十秋。玉樹關情埋已久，金蘭回首淚難收。筍峯寂歷含雲暮，棃水蕭條帶葉流。後死風塵空碌碌，羞從隴樹挂吳鉤。

偕君節兄登黄連山宿龍隱菴二首

江上黄連碧萬尋，撑雲踞水石森森。峯迴澗轉殊天地，瑶草琪花閲古今。半壁忽逢金布地，六時不斷海潮音。坐來諸相俱岑寂，但覺旃檀氣滿林。

流水桃花瀉石谿，卸鞍扶杖踏春泥。諸天共簇松篁色，下界回看煙水迷。雨黑蛟龍終日立，風腥虎豹或時啼。到來瀹茗沈沈坐，萬壑鐘流暝色齊。

廬州飲名卿叔齋中二首 叔名學御，予受業師也，今爲廬州學博。

落魄歸來羞可論，何堪曳履向師門？奔馳自覺容顔槁，辛楚空餘皮骨存。驥老愁深伏櫪詠，鱣新望起講堂尊。燭花屢燼寧辭倦？六載離情纔一尊。

負笈從遊童稚年，揮毫矢口得師憐。當時立擬雲生足，今日空慚霜滿顛。淝水春風欣晤語，清泉夜雪憶周旋。門牆桃李紛如錦，憔悴如何一樹偏？

同君静君節兩兄遊胡水部莊

負郭從來愛此居，幽期曉赴忍徐徐。何須問主方看竹，倘許爲鄰擬賣書。小舫横陂閒不纜，長溪送瀑直通渠。晚涼嵩徑佳何限，短杖輕裾進所如。

化卿來自霍山

遠道歸來鬢尚稠，知君客思未全愁。黄精自破深雲斸，白帽時同野老遊。去住一囊俱異國，悲歡隨地漫登樓。羊城兒女聞無恙，莫倚西風感敝裘。

送化卿歸金谿兼柬劉臨川燕及

少小綢繆老不殊，嗟君今日尚窮途。思歸惜别燈前淚，雪岸風江病後軀。詩好自堪銷日月，囊空何計飽妻孥？臨邛令尹能延客，肯使相如困酒爐〔二〕？

南歸四首

久信吾生自有涯，晚圖活計不須奢。案頭書少從人借，甕底醪乾喚僕賒。躭睡偏宜隨柳蔭，無憂何必種萱花？所須日用寧多少？一炷清香一碗茶。

山中此去樂婆娑，倦即高眠飽即歌。無事邀人談鬼怪，有時策蹇訪禪和。橋頭樹密鶯聲好，溪口沙明鶴迹多。童子拾薪吾注水，手燒石鼎試松蘿。

長途日見柳條青，春氣薰人睡不醒。晨起雲天方晶晶，晝看塵霧忽冥冥。征鞍好卸溪邊市，村酒旋沽樹裹亭。妓唤臨清丫髻至，藏鉤唱曲伴伶俜。

自我辭家行作客，冬初忽忽又春終。上書北闕志不遂，歸臥東皋計轉窮。恰直一百五日節，已過二十四番風。好把新詩酬麗景，莫將愁淚灑花叢。

山中訪左共之兼送還朝

選勝開居疊嶂阿，年來松竹轉婆娑。鶴糧已道新田足，花事還聞别圃多。正好閉關甘隱几，其如補衮促鳴珂？知君未忘雲林色，直省清宵夢屢過。

壽吳客卿太史五十

銀魚焚罷廿年餘，嶺月溪雲静自如。鷄舌香銷一爐火，龍鱗松老幾編書。眼通寧藉蒲桃朵？心浄真棲菡萏居。説法從前四十九，只今一字不關渠。

黄花路輿中作

黄花古路萬山稠，雲物淒清盡著秋。徑窄僅容單騎入，林深只聽亂蟲啾。鼓鉦暗自雲邊落，阿殿紛從樹裏投。怪得荆榛狼虎穴，使星昨夜照嵓頭。

晚眺

石磴秋涼晚試登，水光山色抱崚嶒。斜陽欲落還未落，皎月當升便好升。澄碧要看千里盡，太清莫著片雲凝。興來扶杖翩翩進，更躡危巒第一層。

癸卯夏金山作

浩劫迷疏鑿，孤根截混茫。樓臺嵌谷密，金碧倒江長。砌險侵蛟蜃，窗虚俯鵁鶄。時時霞絢綺，面面鏡涵光。萬象無遺燭，三洲非異方。山川會淮海，雲物盡荆揚。滅没天邊樹，參差煙外檣。西流傾灩澦，東逝切扶桑。乍睹神爲聳，深遊興轉翔。頓停浮客櫂，穩宿老僧房。臥榻琴書冷，交庭栝柏蒼。旃檀聞寂歷，鐘磬落蒼涼。步散風隨杖，牀移月在廊。石泉清自汲，貝葉静相將。留玉人何處？藏金迹已荒。世輪真駭電，客鬢敢辭霜？白社身堪老，紅塵業未央。鷁迴京國近，騎逐少年忙。宫菊饒秋色，陵萸足晚霜。勝遊或不乏，東眺意難忘。

濠梁逢業師名卿叔時叔新除臨湘令

孤館寒燈客興微，仙鳧何意忽來飛？殷勤杯酒休辭勸，明日瀟湘書信稀。

飲以沖館同賦

青山高枕世情疏，閉户窮年獨著書。不是侯芭能問字，寂寥誰過子雲居？

席上逢妓蘭英

紅粉青蛾進玉卮，錦堂華宴日遲遲。夜闌客散聞薌澤，正是淳于一石時。

臨城驛壁間見吳體中方伯題句有感

塵昏風緊夕陽天，繫馬郵亭意惘然。頭白只今還獻賦，看君倦宦十年前。

歸及北峽關志感兼寄以沖君節

腰圍全減鬢全稀，空有京塵滿素衣。關吏相逢應笑殺，年年持得故繻歸。

第後納妾袁青瑶年丈枉詩爲贈依韻答之

求夢巫山屢未成，齋居常自學周卿。多君贈我風流句，誦與妝臺引笑聲。

清明日輿中二絶

簿書堆裏偷身出，花柳叢邊瞥眼行。天借佳辰寬俗吏，春將芳景媚閒情。

尋常于役嘆勞勞，此日何緣興轉豪？喜得行車逐樵牧，絶勝堆案對功曹。

席上代人有所贈

村家妝束裹芳心，乍譜霓裳學未深。誰道無聲難悦耳？淵明曾撫没絃琴。

遊浮山往還俱值雪歸途漫成二首

石氣松香尚染衣，回頭何事不依依？小僮亦有看山興，並馬相呼得意歸。

雪中來往未悽懷，穩坐巾車足自排。還記當年徒步處，凍泥滑滑曳芒鞋。

出塞有懷

村莊漁獵日蕭然，聞道霜華益滿顛。夜夜池塘空入夢，連牀對雨是何年？

校　記

〔一〕步　疑當作『歬（肯）』。

〔二〕爐　當作『壚』。

龍眠風雅卷十九

木厓潘　江蜀藻輯
吴門張遇恩天一同里何永紹令遠參

方孔炤

字潛夫，以家有連理之祥，别號仁植。萬曆丙辰進士。初任蜀之嘉定，調福寧，皆有聲迹。入爲職方郎，會魏璫欲封其兄子良卿爲伯，固執不覆，削籍歸。崇禎初，起尚寶卿，奉父諱家居，闡明三世之學。歲甲戌，里中偷兒揭竿起，賴公計，殲其渠魁，餘黨解散，撫按皆尉薦之，起南璽卿，以副都御史巡撫湖廣。時總理熊文燦力主撫議，公條上八策，言撫之誤，與督師楊嗣昌忤。在楚九戰八捷，以督師調守襄陽，聲援不及，致有香油坪之敗，逮獄。楊死，賜環陛見，屯撫河北。甲申，南歸，著周易時論，與康節互相發明。母喪，終于墓側。門人謚貞述先生。

棘廬述 辛未，丁廷尉艱，遵命葬鹿湖，廬墓側三載。

斷事死靖難，其女遂不字。以此啓桂林，閥閱十三世。我祖開講堂，我父善繼志。錫山相塤箎，首善誠盛事。通籍四十年，强半丘壑置。晚筮號野同，七十廬墓次。端居歸逸篇，啓予早自記。悲歌以當號，不孝恐負累。晨起誦孝經，一行一灑淚。

一鳴示兒

焦明生三雛，憑虛振其羽。一雛巢阿閣，一雛罹網罟，一雛能高飛，下視歎苞栩。黄雀謝少年，青鳥報阿母。鳳凰來見稀，一鳴遂千古。

召對之後謹獻芻蕘感而書此

當今第一病，所教非所用。巖廊相期許，但可稱麟鳳。比之宋韓范，便謂禍機動。有司慕臺省，臺省論資俸。别是上流人，巧享鈞天夢。籌兵計何饟，故事畢倥傯。外吏久偃蹇，塞責謂采葑。偶失疆埸機，文深不輕縱。安坐講虛無，圜通暗相奉。所以談兵家，目爲含口瞶。搶攘皂白囊，奚補素絲縫？委蛇好容身，忼慨傳言諷。驕將賴白駝，卒誰肯饑凍？十庫可改折，苜蓿與民共。海運可召商，屯田宜募種。監軍徒掣肘，建牙當專控。所言才數事，左右手惶恐。突梯忌直言，植根善隆棟。諸葛躬太輕，胡廣道太重。袁安但飲泣，賈生安敢痛？條對稍切骨，他端定巧中。廟堂不虛公，唐虞枉祝頌。天下岌岌矣，坐見庸人送。

新設屯田

廟議既不與，屯田徒有名。河北山東地，水利難與争。當先布賞格，有司乃奉行。隱覈招民種，亦須三年成。吁嗟恐不及，不如先議兵。兵既不如議，田亦何由耕？

訓孫

繁霜被燕麥，孤松憐兔絲。墓門有梅棘，維斧以斯之。生長亂離中，父母皆乖離。苦我一遺老，旦暮不可知。人情如灩澦，謡諑傷蛾眉。刀俎相魚肉，破巢難支持。汝等既失學，何以當波靡？胝足以負藥，嚔血以吹齏。努力作貧士，勿謂公卿兒。

四重行

爲蜀孝廉高守恆出獄也。生題樓曰『四重』，兼名其集，有才使酒。同里宗伯范醇敬搆陷死罪。予守嘉定，鋭身爲之雪出，上簿臬司閔公夢得讞活之。蜀有雪冤録。

高生高閣題江濱，四重取法楊子雲。二十二萬口編貝，鄰架圖史何紛紛。壺邊如意即時酒，蕭然野鶴棲鷄羣。世人欲殺正爲此，翻雲覆雨迷榆枌。瀘鬼彈沙蜮射湧，泉飄風溺灰下生。來骯髒，干九霄，恥與魑魅争幽夜。飲章楚毒漢庭魂，鑠金碎玉寧論價？哀郢懷沙豈獨今？今朝意氣還千尋。拂清蛛户簡奇字，拔開鮫匣磨新鐔。戚干會向常羊舞，木石愁湮東海深。君不聞，沈寒不結風，炎樹難流影。郤曲吾行影與風，天地虚舟亦何梗？又不見，岷濤峽浪奔谷王，隨流不礙蛟龍藏。期君再衍太玄策，雲雨滿天纔觸石。

錦江懷古

君不見，公孫掌文王建毬，錦江電激瞿塘流。又不見，孟家花蕊李家髮，子夜絃聲咽明月。惟有市簾留得青城春，乖崖苔拜懷綸巾。西川本是回翔地，幸喜欄牛愛文字。時人但覺司馬琴臺豔人眼，不如杜陵草堂澆酒盞。

易水

田光先生齒已衰，舞陽少年膽未煉。碣宫之社方欲灰，滈池之讖方欲焰。漸離之目可毋薰，於期之頭可毋獻。此是司馬子長自作歌，至今易水風揚波。

雍古甕通門歎

冬風肅肅洹長安，朝亦寒，暮亦寒。馬上何人，輕鞍而貂冠？邊朔多狂沙，凍甲何攢攢。番戍日以久，雙糧不足餐。客欲上書筆墮地，雍門有琴誰與彈？

香油坪行

川、沅、楚三路進勦房縣賊，楊世恩、羅安邦先進戰勝，貪功深入，而余又奉閣部調回守襄，相去八百里，鞭長不及。川、沅近而不救，二將陣亡。烈哉！哀哉！爲之哭祭，特疏自劾請卹。

二龍久淬荆江水，八捷一敗敗即死。死尚殺賊嚼牙齒，恨無救兵發一矢。余調回襄八百里，夷陵歸州持重是。香油坪，鬼夜嗚。令箭掣電如風行，可憐不用平穀城。先是，撫獻于穀而叛。

密議歎

楚人歌，秦人舞，䰈欋衣傳兩杖鼓〔一〕。殿上伏機多危語，密議知與外廷忤。外廷不知乃連章，以爲朋黨飛嚴霜。如議，先款建乃可勦賊，而楊機部争之；督師起復，而黄石齋争之。適符先中之言。而君子又略于經濟時宜之策，故宫中切齒朋黨，邪正不分云。

八月四日廷杖黄太史石齋解中丞石帆送獄

天衢久遏閶闔門，霜飛雹毀華林園。梗楠十圍莫能存，叫號地洞搜山根。夜來伏蒲縈清魂，至煩午闕屯虎賁。一呼千諾摧崑崙，棟梁溝斷斧鋸痕。熱血碧湧丹墀翻，咫尺萬里帝者閽。白布裹身頭戴盆，欲絶不絶心微温。公卿卷舌失聲吞，走卒狰獰來追奔，兒童需淚如泉源。不然魁盜駝降幡，金綃魚服傲王孫。不然大帶虱不捫，癡披白帢擁紫墩。不然吴門春市髡，草枯僻壤呼窮猿。吁嘻閩海濤晝昏，隳顛淮上哀朝飧。絆足廣莫愁羊藩，棘檜偷蔭泣窐樽。刀圭一七趦趄臀，土階自築處我褌。須知剥落天成碩果恩，雷聲殷殷吾道尊。

一歎

市井得官口如劍，東上門中草一綫，廠衛日尊公卿賤。一鍰一書下詔獄，黄金夜光袖相見。

大梁決

賊圍大梁六七月，百姓守城力且竭。夜決黄河浸三板，内外一聲同哮嚻。中間知者先造船，縛木乘桴如葑田。可憐居民百萬盡魚鱉，脱者敘功得旌節。河伯爲人雙解圍，千古大變休歔欷。

一掃

一時太宰識履聲，鄭玄嶽爲太宰。御史府堂傳三清。劉念臺、張二無、金天樞，民稱『三清』。班行顔色不幾日，斗柄一掃紛流星。内有主父偃，兩家啖酒飯。君子報壺餐，小人舞杯槃。江南人下楔，江北人出血。究竟江南人賜帛，止落江北一場雪。陽羨先引吴鹿友入拜。已，妬之，出督。未幾，陽羨賜帛死，放吴還籍。于是，井研當國。

蒼天 甲申三月十九，北變，時在濟南，號絶。

萬歲山折蒼天崩，金鰲社鼠同一坑。撞碎九閽北斗裂，烏號射日弦斷絶。增兵勦賊年復年，七百萬餉如流泉。既蹂西安躪山右，三關宣雲遂不捄。盧擕張鎬喪天下，依倚中人嚇仗馬。問監國，問遷都。驚破膽，徒摸餬。請内帑，請倡義。總不許，但咽氣。九邊萬隊皆潰降，不降便走淮渡江。蒼天蒼天！來此一月看石田，倒地哭死張空拳。

哀罪

天王聖明，人臣之罪，八捷一敗。以鉤黨逮，武陵既壞。赦之召對，裂火燒心，流涕可怪。擊縣鼓，丞卿怒，河外募兵請不許。嗟乎！鷙在梁，鶴在林，土崩瓦解不自今。勞人知此病深矣，今日何責諸鼠子？

我父一生一卷易，首善書院開講席，高顧鄒馮合金石。野同歸衍犧皇策，遺書半被兵燹厄。此業未竟漂宦海，風波至今未歇在，進退生死無非不孝之罪。星摇摇，雲靉靉，惟不自欺常不改。

有母有母在故鄉，獄中兩載憂傍徨，不孝上累含飴之高堂。顛連至今，伏地何心？屏風篝火空草檄，悲風刮耳血滴滴。

監國後席稾以請

濟南聞變一慟絶，新設巡屯無寸鐵。招義反爲奔帥劫，老母獨子夢難訣。闡建行在趨伏闕，請死出使虎狼穴。□司馬薦樞貳缺，東川。微臣惶懼求自雪。毋乃擁戴𥟖湔袚？一片心，不敢説，盤水照見犬馬血。

井中鐵 崇禎末，吳門浚井，得鄭所南書。

連江鐵函書似漆，吳門浚井一旦出。沈埋一十三萬日，瓊鬼嘶叫風雨溢。男兒之血本不死，蛟龍蟠護千年紙。鬻栗場中羽變徵，咸淳淚激三江底。淚無端，江且乾，防江不難防心難。丸泥難塞圜通關，天使井水澆人間。至今首陽山，不生周草木，此語歌之古今哭。

讀石齋乙丑甲申諸賢合祠記

乙丑狐鼠盜城社，賢者慘死桁楊下。甲申蛇豕突周京，東序數公能結纓。天鳳四十萬人後，乃有屏風圖上壽。閤門衣鉢暗相傳，金甌坐喪此輩手。下爲川嶽上日星，衝霄匹練轟雷霆。彼揭柄者不早計，旁觀惟死垂天經。最歎瀛公一杓水，温陵錯啖平等矢。羣跖攘臂謝□□，金口沐浴早切齒。請看斯民歌舞秋復春，請看祠堂作記者何如人。

難易

左則黄金萬鎰嬋娟十，封侯鳴玉食千邑。右則鼎鑊沸油火熠熠，哮虎叩刃四圍立。慨然脱衣右邊烹，不肯回頭左邊揖。孰難孰易？孰緩孰急？以視公理之田園，王官之詩集。鹿門山民已作郎，陸渾絃歌不相縶。況復五都華轂時出入？況復素妝牙板餐玉粒？家居不出大平常，何用傲人頭戴笠？

餓

烈妘易，節婦難，啼笑鏡中難久看。子弟呼不應，僕婢逃亡盡。北風刺人骨，南風薰人肉。織布鄰家不與錢，撩人屋角喧鞦韆。衣裳破，守碓磨，日復一日忍不過，所以珍重此一餓。

乙丑忤璫削籍

不即膏唇舌，猶承浩蕩恩。瓶原難假器，鋤只爲當門。鹿馬工前轍，鵙梟善叫魂。埋憂惟抱甕，滅迹此荒園。

辛巳出獄自訟

撫楚一年，陵藩鞏固，城池無一失者。八捷一敗，敗將且卹之，而撫臣遂戍命也。越一年而兩藩俱失，皇陵震驚，城邑潰敗，以視前者何如乎？宫中念之，惟有刻骨。

自從畫地後，始更測天寬。微罪遮千古，深文持兩端。兵機雖曳屣，臣志竟衝冠。髀肉將消盡，何曾一據鞍？

別黄石齋太史

百六遥知候，三墳罷石渠。藏經身作壁，貫械血成書。苦節徒賓戲，讒言過子虚。金商門下對，直諫又其餘。

兒　來 五月九日至

萬死不汙賊，鋃鐺間脱身。翻城棄妻子，潛竄爲君親。兩髁骨猶見，三號生不辰。孝陵前叩血，總是劍鋒人。

太恭人葬白鹿舊穴

通天皆是罪，適送北堂終。老迸千年淚，哀攀兩世松。枕戈同塊土，護穴得鄰農。白髮如何括，真無地可容。

冰舍子得放還 壬辰冬

白頭餘獨子，萬里一瓢回。歷盡刀頭路，親翻池底灰。普天皆北塞，抱膝即西來。哭笑咽喉幷，連吞瓠葉杯。

齊山同王虛舟姚康伯用杜牧韻

蓬壺墨落手中飛，隕石奔星網太微。九子連雲從袖放，一杯浮渡隔江歸。羽陵蝕土看碑字，磊塊澆天蕩夕暉。洞底潮催風雨出，山生鱗甲挽人衣。

塞上曲

受降城月海西雲，罽幕歌兒美酒醺。監院櫜尊愁帥輭，擺邊牆曲苦兵分。山前玁火衝星直，樓上雲笳静夜聞。肺附繇來恩澤重，侯門氣殺李將軍。

謁方正學先生祠

鍾陵松柏對蒼蒼，近代南山祀太常。寧可紙灰埋十族，不將銘志屬三楊。髡緇江上人何在？縞素軍前獨發喪。斷事只今依俎豆，吾家書種托門牆。先五世祖伯通府君諱法，中洪武應天己卯，出正學先生門，爲四川斷事，聞靖難，投江。今補祀表忠祠。

金陵懷古

吴楚乘城戰未休，莫輕鼎足破神州。諸人盡責王夷甫，生子當如孫仲謀。已借荆州休接妹，縱遊華里竟忘仇。八公草木勞呵護，聊藉東山一局留。

春興長安三首

露井桃花始半丹，南行千里已春殘。土龍乞灑黄榆水，木鳳初垂白玉竿。投璧大梁捐印綬，沈金石瀨報壺餐。相逢緩急嘗如此，昏黑門頭劇孟難。

漢代輪臺未詔前，蠑蛾狗馬雜神仙。成都諛佞茅三脊，曼倩恢諧肉一肩。巫客竹書通博望，羽人芝草混甘泉。金甌日卜原無缺，四海空虛倍可憐。

太液池邊早望潮，貪春弱柳晚垂條。仗前芻豆仍供馬，苑内金花賞射鵰。拘處未虧蘇子膝，瘦來非屬沈郎腰。泰山道士誇符力，關豹威威守絳霄。

毗閣同曾二雲作

新亭白袷淚雙流，萬斛風煙一佛樓。鐘鼎有圖皆魍魎，衣冠無地不蜉蝣。人情争刻三年楮，吾道嘗披五月裘。看破金身亦芻狗，傳真惟在蓼花洲。

雪月梅

天公撲鼻歲寒知，凍醒明光夢後悲。大窖盤根藏月窟，沙場枯木有花時。白頭客倚江邊樹，銀漢槎傳嶺上枝。誰謂封條畹潔地，東風珍重臘前吹。

江閣送劉赤存還楚

危閣臨江枕石流，風生蘆葉送新愁。薄寒中客單衣別，帆影吹來九辨秋。

和客傳言三首

多選中涓辦隊裝，明光甲片日争光。原來第一安邊策，只在新開内教場。

百户原酬征戰功，中官子弟盡安籠。少年白領能搜獲，俱得長鳴烏扇風。近年，中官弟侄得爲金吾，又市井白領得以搜獲爲功升百户、千户，障烏扇，喝道。

先時毁像鑄銅錢，後悼靈王説九蓮。皇五子病中言李太皇太后爲九蓮菩薩。遂手詔罪己。適遇蓮花生壁上，西庫有事佛者，壁上現蓮花形，傳入宫内，遂大赦。金鷄竿挂赦書傳。

智兒作激楚而黄東厓宋九青諸公序之

去歲空持虞顗幡，公卿爲汝試啼痕。楚聲一發何堪讀？痛哭無非天地恩。

附　吴氏令儀

字棣倩。官諭宗一公之仲女，兵部侍郎方孔炤之妻也。性穎慧幽閒，孝翁姑，相夫教子，具有儀法。喜讀書史女傳，作長短句，隨宦閩、蜀，輔佐清政。以善病早世，親黨爲之流涕。其姑方維儀搜其遺稿若干首。

嚴陵釣臺

扁舟過陵瀨，富春入雲外。懸崖十九泉，蒼松發幽會。釣竿有餘樂，雲臺何足繪？天子本知心，故將軒冕賫。

次幔亭道中有懷何氏女兄

新雨出多峯，舟來鏡中沐。美人自遠方，三春隔幽谷。與姊寤寐時，老親有舐犢。而今各差池，忝命副華轂。杏花奈何殤？蘭枝有深哭。陰陽于賢人，亦已太百六。今秋聞有秋，料不怨饘粥。福澤自因時，鱗次聽寒燠。我之所傷心，落霞與孤鶩。誰復惜鳳凰？朝朝任簽箙。大椿多病年，見姊爲啜菽。何時賦歸來，山車挽雙鹿。千里涕復洟，輕霜薄黄菊。

寄潛夫夫子時謁選主爵

君去覓封侯，金閨第一流。文成知虎豹，價重得驊騮。詩思春歸錦，鄉心月在樓。素琴隨綵鷁，忘卻擣衣秋。

遣　懷

幾樹孤村外，空船倚暮雲。風來衰草色，日蕩去潮紋。羣雁江邊語，淒猿雨後聞。無端鉤月小，人影各單分。

三峽寄伯姑張夫人

三峽孤帆憶楚蘭，丹崖翠壁墜雲端。欲將鏡裏琴中意，巧畫裙拖寄姊看。

舟發江陵潛夫卿將自襄陽入計贈別二首

去年西蜀兩遊人，春入江流花正新。今日與君分燕婉，卻從歸路淚沾巾。

寒風峭急雨聲長，珠淚千垂不盡行。莫恨石尤江泊夜，只愁容易到襄陽。

江上久泊

三暮三朝下峽愁，解維還繫楚江頭。鄉關有路應須到，只恐明年又遠遊。

夜

新月不來燈自照，江天獨夜夢頻驚。長年自是無歸思，未必風波不可行。

琴　倦

獨坐舟中彈玉琴，絃中山水自清音。遣愁假寐驅閒思，夢入愁城愁更深。

呈姚維儀姑姊

與姑爲伴十年餘，膠漆金蘭總不如。憶得峨眉山下住，相思惟有一雙魚。

從家大人祇謁鯤池神道二首

細雨斜風拂面吹，杏花欲謝柳新垂。此行不爲憐春色，也學清明上冢兒。

一望鯤池幾斷腸，輿中不語淚千行。自憐身是裙釵輩，無復年年拜墓傍。

奉和伯姑張夫人如耀贈壻

尚方拔劍羨卿卿，曾聽樓中兩鳳鳴。蘭畹春風多少意，紫芽初見一株榮。

吴叔度

字勿銘，號青芝。萬曆丙辰進士。少孤貧，力學有大志。初官工部主事，人不敢干以私。嘗榷杭之南關，杭人鐫榷政編以紀其績。出知黄州府。公處劇郡若無事，興起文學，黄人士蒸蒸蔚起。盜起黄梅，梅令叩方略，公曰：『此烏合，易與；急之則瑕者堅矣。』單騎往諭，果即時解散。有同年生修小隙，中蜚語，左官光州守。光故公族父一介公舊守地，治聲前後輝映，人稱爲『大小馮君』云。再入爲工部郎。黄人至今祀之。

署中雜詠

赤壁高千尺，寒峯對曉衙。日閒調鶴息，官冷看梅花。榻静三湘客，棠生六郡家。自知庭少訟，誰遣鳥争譁？

歸　興

明時甘隱計，吾道未全非。宦影雲千片，棠陰樹幾圍。青山尋夢穩，粉蕨入園肥。滿篋捎雲録，有課士捎雲録。何煩載石歸？

入黄州

五馬春星帶日華，頻呼父老問桑麻。江黄剽習難爲吏，琴鶴輕裝易挈家。濡筆近摹蘇氏帖，登樓好看雪堂花。懸知署静多休暇，臥讀離騷懶放衙。

别黄州

海門濤湧接扁舟，攜得詩瓢自唱酬。寒碧野棠留縞帶，竹樓新雨别黄州。秋蓴宜味三餐穩，滄海人情百折流。莫怨軒鴻飛去疾，公麟有約在林丘。

紅　梅

坐對晴光絳色分，淡煙疏雨點窗紋。竟將瓊玉山山雪，幻作胭脂片片雲。霞起赤城翻素笛，步摇金谷壓紅裙。珠簾月下珊瑚影，桃李無言早讓君。

采蓮詞五首

早起搴芳戲淺沙，低聲密約早還家。回船休摘雙頭蕊，怕對孤鸞鏡裏花。

一番秋色蕩溪光，荷葉田田花更香。采得滿船姑舅喜，空抛蓮子落儂房。

郭外蓮花勝若耶，村妝寧敢競容華？不知堤上人如許，只看儂身不看花。

夫遠家貧藿食難，剥將蓮實代姑餐。更憐蓮葉清如水，照得儂心徹底寒。

落月啼烏唤小蠻，沙頭步步印花斑。誰知風起蓮舟疾，墜卻金釵碧水灣。

方大階

字景玄。家貧，以筆耕糊口。始于桐，繼歷舒、閩、燕、越，卒流寓金陵。初爲從孫密之童子師，中丞公雅推重之。所著有逸叟隨筆録，自爲序云：『老夫二子，長補諸生。一孫十有三歲，粗習經書。後先俱歿。老夫年七十餘，煢然無傳。倘有念老夫此集者，録其什一，足延姓名于不朽。然必附之門下之康成，否則亦歸之于烏有而已。』其自序如此，可哀也。

讀潛夫太姥山記

高手寫山形，山形爛滿册。竹樹半隱嵐，層巒如列戟。閃爍仙靈居，崑崙發來脉。大巖環以峙，小巖幽且窄。三十六峯頭，搜奇更可索。捫蘿一線天，夾壁露微隙。懸崖洞中泉，旱潦滴繹繹。又見蓮花排，可觀不可摘。藍溪水潺潺，皎潔如白石。摩霄頂上看，海日東方赤。昔有維舟者，忽夢風雨夕。消氛爲前驅，鸞笙聲奕奕。乘龍上碧空，蟬蛻凡魂魄。荒冢没煙雲，千古太姥宅。

月夜與吳士新閒話

空庭酒一壺，萬事都脱卸。丈夫貴知心，語言卻似蔗。金蟾滿屋梁，銀漢挂臺榭。詎浪興何窮，那知過午夜。

悲秋

涼氣滿江城，蕭蕭落木聲。一年秋又過，百事夜偏生。遊子浮雲意，飛鴻故國情。獨嗟雙鬢短，羞逐少年行。

能仁寺訪奕于

問訊能仁寺，雲山一徑深。松風吹客面，池月印禪心。寶殿摇旛影，瑶龕響梵音。經年坐城市，到此愜幽尋。

過黄陂湖

連朝留古岸，風送過黄陂。迎櫂荷争媚，依堤柳遞移。浮光天更遠，落影鳥還遲。此日鄉園近，何須歎別離？

漁父

自在江頭對落暉，垂綸終日坐苔磯。片帆風挂青山動，一櫂煙含白鳥飛。楊柳溪邊尋醉處，蒹葭叢裏放歌歸。四時不定陰晴日，預剪新蓑織雨衣。

樵叟

筋骨雖勞不肯閒，懸崖絶壁亦躋攀。忙將利斧和雲斫，擔得生柴帶月還。忽發高歌喧谷口，卻驚宿鳥噪林間。老妻穉子休相問，來日鷄鳴又入山。

夜與姚汝碩飲賦此

宴坐書堂興未闌，故人今夜劇相懽。風迴疏竹秋聲細，月照高樓夜色寒。四海風塵愁裏過，百年意氣醉時看。連牀已見情無限，流水如今不浪彈。

舟中即事

暮春三月水東流，落日乘風下石頭。有客卻思張翰鱠，何人能共李膺舟？愁聽積雨鳴江閣，興到攜錢上酒樓。瞥對晚霞幽意愜，佇看杜若滿汀洲。

九日喬莊寄奕于

去年白下好登臺，此日荒村雨未開。數雁分行沾濕去，羣烏列陣過林來。何辜落帽開懷興，難售銜泥濟勝才。應有江州刺史酒，籬邊共醉菊花杯。

愁吟

江北何多難，連年不解兵。可憐蓬鬢客，愁向異鄉生。
天上看明月，人間對落花。相憐只一影，那可更無家？
三萬六千日，百年七十春。嗟嗟吾老矣，欲傍是何人？

春郊傷亂

東風習習日荒荒，野外凋殘空晝長。到處人家煙火斷，只存桃李弄春光。

江上吟

颯颯寒風拍岸秋，一行塞雁落沙頭。煙村樹裏人行出，且喚停舟上酒樓。

吳紹奇

字淑甫，號雲間。大參皖山公之孫也。少失恃，事繼母以順聞。負笈遊學，屢試不售，遂遨遊荆、湘，溯武夷，歷錢塘，渡淮、泗，入京師，客内弟齊太史君求邸，中間爲太史捉刀館課，見賞于樞府孫公承宗，一時名滿長安，鉅公碩輔咸折輩行與定交。未幾，丁艱歸。會里中兵荒洊臻，杜門掃軌，以吟詠自適。或與二三義舊往還唱和，家無擔石，晏如也。年八十四歲終。所著有撫松集二十卷，藏于家。

冬居漫興

日短過牆速，山家冷不嫌。含風餳果脆，帶雪菜根甜。詩老多無律，書殘半有籤。焚香室將暖，獨坐好垂簾。

螢

忽向籬邊繞，還從井畔飛。雨昏光不滅，露重影猶微。伴讀來書舍，窺眠入翠幃。黄花秋老後，未識汝何歸。

浦口

水市千門列，江村萬井通。馬嘶流水外，人語夕陽中。雪浪高吹樹，蒲帆軟趁風。故鄉天際遠，雙目送飛鴻。

閒窗

懶只支頤坐，閒惟展卷看。字昏愁眼眩，髮少覺頭寒。濕爽侵虚檻，陰雲抹遠巒。放歌聊自適，漉酒共誰歡？

舟次桐廬

劃水惟蒼岫，環村盡麥田。沙明兩岸日，犬吠一林煙。入夢莊周蝶，浮踪范蠡船。故園消息斷，漫賦遠遊篇。

初度

仲夏槐陰結，蹉跎暮景新。懶從天性慣，家是昔年貧。負郭無遺畝，臨流有釣綸。不知懸矢後，能得幾康辰？

汪羽年見過小飲

霽日蓬扉啓，忘年畏友來。淘沙炊午飯，剪韭佐春杯。著草心猶壯，餐霞志欲灰。香山如結社，選勝日追陪。

編籬

負郭幽居僻，編籬接短牆。種瓜看蔓引，栽菊待花黄。犬吠驚殘月，鷄棲起夕陽。貧家隨分事，世外得清狂。

飄泊

飄泊渾疑泛五湖，罟師漁父是吾徒。雲開遠岫青螺出，浪静平江白練鋪。聽去晴鳩啼麥隴，望來野鶴下平蕪。江南處處棲遲好，懶問桐鄉舊酒罏。

移居

啼鶯换谷欲何歸？壁立蕭然衹四圍。一任題門皆鳳字，誰言居巷是烏衣？雪殘荒圃新蔬少，火爇貧廚敗葉稀。獨有蠹魚書數卷，擁爐披對送餘暉。

焦山

酒酣藜杖任攜扶，大壑藏山石壁孤。地擁靈珠明寶像，江摇匹練漾金鋪。帆檣挂影黿鼉避，浦樹蒸晴鸛鶴呼。便好一窩淹歲月，采真何處是方壺？

毗陵客興

終朝生事付棋枰，四壁歸來似馬卿。帆席未隨流水去，鼓鐘偏向戍樓鳴。夢回草榻三更雨，興盡芳園幾樹鶯。悵望蘼蕪何處緑？遠峯別溆正關情。

八旬初度三首

八十年華轉睫過，回思往事惜蹉跎。時危楚璞徒含泣〔二〕，老去秦箏亦罷歌。雪月半窗堆蠹簡，羲皇一枕臥煙蘿。叨逢弧矢嘗懸户，晚景徜徉欲挽戈。

少壯無成老不如，喜存筋力屈能舒。登山不用頻扶杖，拂紙猶能細作書。好句敲殘窗外月，閒杯摘盡圃中蔬。康辰得再邀天假，飽讀遺編學蠹魚。

世路多艱獨掩門，一廛終老竹爲樊。春深圃甲頻除蔓，雪霽庭欄亦負暄。薜荔衣成勝製錦，松花飯熟當蒸豚。數餐飽後含飴弄，繞膝知誰袖簡存？

秋晚山尋

手攜鳩杖入林巒，药畹芝房次第看。竹外生煙迷鳥路，寺門秋水狎漁竿。芙蓉浥露花全放，躑躅因風葉半殘。箕踞一尊懷欲遣，恐驚摇落不成歡。

述懷

星霜歷徧歲將除，老至誰憐未定居？借去綈袍甘自擁，得來好句倩人書。牀頭金盡難沽酒，雨後園荒欲種蔬。往事低徊無一慰，長門空擬賦相如。

雲岳山人久住獅子山將赴匡廬詩以送別

窟中獅子久淹留，惜別禪關歲月徂。五載半窗虛九子，三秋一葦渡雙孤。金輪峯轉溪聲壯，石砌牆開竹樹扶。翹首雲山成勝事，風塵還是舊頭顱。

同友人飲秦淮酒樓

秦淮水漲鰣魚肥，滿店楊花作絮飛。日暮酒闌無箇事，渡頭閒數畫船歸。

初田

三日四郊白一片，再來兩眼緑千疇。田夫誇得新來種，饁婦歌翻別樣謳。

詠遊女二首

並肩倚步踏歌來，色色羅襦稱體裁。誤入狹斜逢俠少，齊紈掩袖一時迴。

桃花映日柳含煙，少婦明妝送佛錢。踏徧香臺情未已，相呼又上武陵船。

王曰都

字合虚。邑諸生。博雅能文，制行淳直，鄉里以彦方歸之。

秋望

自覺與清秋，新來多意況。天雲淡淡浮，潦水陰陰漾。冷露白人煙，晚暉紫疊嶂。杖頭萬慮消，遊目川原上。

秋　夜

清秋明夜月，影入伴孤眠。幽意爲誰愜？閒心應自憐。雁聲秋露冷，梧浥帶星娟。起趁空明色，徘徊竹樹邊。

登齊山

爲探齊山勝，扶鳩過大堤。蒼崖蘿纈引，青壁字高題。湖色分嵐影，江雲掠石梯。登臨興不淺，沽酒入清溪。

客中雜詠

信陵公子昔稱賢，七十侯嬴慕執鞭。豈謂荆州慳一識？自將甫老入三川。來思江上飛蝴蝶，歸去山中喚杜鵑。何日錦堂將進酒，虎頭萬里勒燕然？

旅　夜

客子滯他鄉，夜來思百疊。檐頭側耳聽，雨落驚風葉。

木蘭花

白玉仙姬出紫房，齊宫紈袖越羅裳。星姑月姊偏相傍，愁殺封姨十八娘。

春　遊

强扶笻杖入春山，柳碧花明事等閒。拚飲屠蘇消磊塊，醉時遣去醒時還。

曉　夢

幽棲懶性恰相宜，曉夢從酣日上遲。門外應無車馬迹，緑陰深處囀黄鸝。

江上二首

短髮蕭蕭仗短笻，潯陽江上看廬峯。江州司馬今如在，淚濕青衫定幾重？

不識廬山真面目，只緣身在此山中。子瞻此語誰參得？試向東林問遠公。

早春

南北山頭雪未消，天風猶自帶寒驕。前堤恰見青青色，何事春光愛柳條？

即事

蕭蕭夜雨酒杯傾，擁被酣眠到五更。枕上夢回無个事，竹林啼鳥兩三聲。

春遊

三月春光遍野城，花飛蝶鬧不勝情。杖頭解出青蚨百，載酒西林往聽鶯。

美人曉妝

鸜鵒樓頭喚曉妝，雲鬟委地稱身長。蘭湯洗卻殘脂膩，簾外風來別院香。

舟行

彩鷁西飛青翰歌，東湖風景夜如何？黃頭不識歸情懶，咿啞齊聲罵孟婆。

贈友

故人何幸古稀餘，酒滿清尊架滿書。好向階前弄明月，天風桂子落前除。

迎春二首

招招卬友向堤遊〔三〕，春日迎春皖水頭。摘得柳條鞭樣大，來朝約共打春牛。

瞥見梅花臘盡開，遊人争説探春回。山翁亦有皤然鬢，可道年光頭上來。

漫興

無功不爲學士戀，嗣宗豈是步兵才？五斗當年如是酒，淵明應不賦歸來。

竹枝詞

翡翠雙飛不待呼，鴛鴦並宿幾曾孤？生憎寶帶橋頭水，半入吴江半太湖。

校記

〔一〕槴欙　當即『魁欙』、『傀儡』。『槴』字待考。

〔二〕璞　當作『璞』。

〔三〕卬　當作『卬』。

龍眠風雅卷二十

木厓潘　江蜀藻輯
梁溪錢肅潤礎日同里方若琮宗玉參

姚孫棨

字心甫，號石嶺。天啓壬戌進士。副憲芳麓公之子也。初筮龍游知縣，縣多竹樹，大工採辦，爲民患，公力請停之，仍蘇其賦。再補晉江，瀕海地多斥鹵〔一〕，水漲爲鹹潦所淤，田稿民饑，公捐募糴賑，全活甚衆。擢監察御史，章奏悉中時弊。錦衣項震酗醉殺妻，公立訊服辜，而震爲柄國私人，觸忌左遷。尋備兵漳南，故相國林鶴灘遺産爲勢家所奪，讞而歸之，復中蜚語，左遷。公視一官泊如，而爲德于鄉，知無不爲，賑荒繕陴尤其大者。官至尚寶卿。與其弟樞部孫棐同日祀瞽宗，鄉里榮之。

久雨新霽喜殷氏兄弟邀飲

閉門十日陰，門前喧屐齒。已聞前谿漲，更見屬垣圮。曜靈胡匿輝？風雨横如駛。暮霞從東來，欣然報晴美。翼日覩朝暾，羈懷粗可理。散步下檐楹，邂逅逢之子。相邀醉甕頭，到院鳥聲喜。狂譚盡一石，莫逆笑相視。醉翁意不在，歌者聲且止。把袂未能别，初月射軒几。

雨中旅况

春色看將盡，離情兼雨天。掩扃無一客，堆案有殘編。急溜苔全損，繁陰花欲眠。關心惟斗酒，時解杖頭錢。

車中漫紀

鷄鳴盥櫛罷，小憩待晨曦。荒歲時聞戒，征途敢載馳？流亡官道遍，號涕夜猿知。歎息驅車去，風高木脱時。

洊饑生計盡，百室坐難支。兒女含悽鬻，鄉關忍淚辭。荒原寧有粒？野樹半無皮。不及翔空鳥，尋巢返故枝。

馬上逢人問，前途利往無？據鞍聽告誡，結侣貴招呼。世亂裝寧儉，時艱路莫趨。纔聞兵使者，選鋭出車徒。

晨興寒氣肅，行李倍淒清。非雨還成濕，雖霜不易晴。郊原分馬色，村落辨鷄聲。冥坐了無著，幽懷任所生。

辛苦黄河水，蕭條遠客情。望涯催渡進，迴櫂避冰行。碧漾波千頃，寒連鴈一聲。七年重過此，心緒百端生。

斜陽猶在樹，暴客閧前岡。世事寧堪道？民情轉可傷。亂荒關氣數，險阻惕行藏。衰草寒煙際，驅車怯路長。

稍覺霜威解，郊原静不風。平蕪嘶倦馬，古戍掠征鴻。帆影寒流外，人煙落照中。徐滕雖劃界，艱食恐相同。

四牡曾聞詠，今應廢此詩。安居郵吏傲，野宿使臣危。撙節虚宵旰，追呼仍怨咨。頻年裁省詔，曾否益公私？

滿目多兵氣，蕭蕭車馬間。客心殊未定，雲影自能閒。碑老泥封字，溪寒凍作斑。臨街先問酒，相仗慰愁顔。

驅馳朝復暮，車轍未遑停。人閱關河疊，山凋齊魯青。垂藤依砌老，歸鳥入煙冥。于役偕家倩，風霜怯乍經。

早歲行鄒魯，今猶負此山。峯容窺磊落，人事隔躋攀。放過塹身到，吟成遣夢閒。春風歸策蹇，好入翠微間。

觸目見荒殘，無嗟行路難。王程方恐後，旅食敢求安？月黑孤村冷，星移獨夜看。小臣趨獻壽，應説外邊寒。

茅店孤燈黯，繩牀旅夢安。不知一夜雪，但覺五更寒。際曉山山白，因風樹樹殘。憂時應紀瑞，朋輩勸加餐。

雪霽寒威在，稜稜透敝裘。客懷鄉縣積，汶水古今流。所至皆虞寇，相逢盡説愁。夜闌村犬吠，鈴柝鬧前頭。

行行還且止，兀坐奈愁何？人語驚風鶴，村扉掩薜蘿。晚來寒乍緊，天意雪居多。倚榻時看劍，余將發浩歌。

隔宿邀同侣，平明盍去諸？日高城啓宴，風急馬行徐。怯怯過前嶺，頻頻問後車。薊門千里道，極目正愁予。

大索元凶得，聲靈仗九天。欃槍今始掃，烽火昨猶傳。烏啄殘枝雪，人炊破屋煙。艱難需善後，僉曰大夫賢。

野曠路沈沈，長征罷苦吟。暮天殘照影，荒歲遠行心。寒犬吠深巷，疏燈出暝林。一枝欣可借，塵土各盈襟。

朔風吹曉雪，野望入蕭森。遥憶閨中語，應憐陌上吟。愁隨砧共切，寒與夢方深。筆墨粗能習，寧忘寄遠音？

一望炊煙絶，沿途襁負多。監門方有繪，齊右久無歌。雪勢深趨谷，冰痕淺綴柯。昏昏連曉暮，歲月感蹉跎。

歲晏寒飈急，自然銷旅魂。懷多紛有觸，緒渺冷無言。鳥集煙邊樹，人歸雪後村。獨憐橋畔寺，車馬閲朝昏。

殘霞帶深霧，彌天障客程。蒼茫見人影，斷續聽車聲。凍鳥飛還墮，危橋踏乍驚。高林徐辨色，夾道玉妝成。

初日照高樹，前山霧始開。怒飇一以發，寒氣轉相催。野色遥難即，羈愁莽欲來。故人居不遠，去去好銜杯。

四載與君别，離懷相向深。晤當冬杪日，交本歲寒心。呼火慰行色，開樽披素襟。前軒方掃榻，剪燭恣高吟。

颯沓狂飇起，彌空十丈塵。晦將迷曠野，寒倍集征人。躑躅嗟行路，浮沈媿此身。何當謝簪紱，江海任垂綸？

漠漠長堤晚，霏微雪意匀。釀寒淒樹色，飄濕浣車塵。天近年偏稔，人閒興不貧。酒帘欣入望，得句亦清新。

庭際月初上，少焉盈我衣。待看傷遠别，欲睡奈清輝。静覺更聲徹，寒驚酒力微。連宵光漸滿，幽賞亦相依。

呼嵩來萬里，城闕晚煙屯。雪逐勞人駕，塵封蕭寺門。僧閒堪假榻，友過恰呼尊。執手家林話，平安首一言。

同友人攜酒遊龍山作

攜尊出郭喜初晴，佳氣時從杖底迎。山色千重青藹藹，水光四面碧盈盈。人留逸致碑長在，羅近溪先生舊令太湖，山上多其遺迹。鬼幻奇工石怒生。中流多怪□。薄暮迴船逢勝處，故停榜枻促歌聲。

九江雨中呈計部石軫餘年丈

粉署平臨雲水間，使君不媿古爲關。千重帆影看無恙，一帶波光相與閒。杖履儘同盈座客，匡廬指是對門山。尚憐蕭寺愁風雨，爲報晴遊慰旅顔。

贈　別

自憑忠信閱風波，轉以咨嗟發嘯歌。左省久傳新獻納，中朝猶問舊催科。露雷總戴君恩重，煙月還供吏隱多。同病天涯離緒黯，商量出處卻如何？

上虞道中

舍楫登車亦自閒，郊原歷歷當躋攀。山俱入畫青千疊，河僅容舠碧一灣。楊柳斷橋窺馬度，薜蘿幽徑見僧還。便將解綬同漁父，松月谿雲枕席間。

午過月珠菴時旱甚望雨

四圍山色萬疇田，小築禪林拂午煙。竹路逶迤人不覺，草堂虛寂坐堪延。黃鸝聲裏銷清夢，碧樹陰中引暗泉。邂逅老農蒿目甚，只將雨澤望高天。

蕪陰過汪君酬邸中值其初度時予將有荊南之行

江城楓葉晚煙勻，好友先予到幾旬。握手各詢經月狀，開尊正值降申辰。園林秋老黃花醉，山水懷多彩筆新。天氣殊佳君且住，自憐又作遠行人。

西塞山紀遊同吳槃谷邢愷之朱右立王據卿及姪若侯

危崖孤峙碧嶙峋，古木陰森俯白蘋。繞徑雲深龍窟寺，攀林霜冷鹿皮巾。亭銜大壑波光遠，竹引層梯岫色新。不是石尤延勝集，輕舠誰問武陵津？

謁五祖道場

山標千載勝，花衍五枝遥。至理本來寂，真身出外超。林深風肅肅，洞古日蕭蕭。問訊來幽鳥，參宗及野樵。層臺高出峽，飛瀑暗通橋。吴楚當窗接，江湖一望饒。遊人遲晚景，老衲話前朝。

附　姚氏宛

字脩碧。璽卿石嶺公之女，進士文熊之姊，國學張茂稷之妻也。幼讀書史，好吟詠，端莊柔順，不輕言笑。年十五歸茂稷，閨中唱和如良友焉。年二十三而夭。自署所居曰『緘秋閣』，有緘秋閣詩稿。其病中别夫子詩最爲藝林傳誦。

送子藝入都

四鄰唱鷄聲，紗窗報天曙。何事心慘傷？遊子今日去。别緒分亂絲，喉咽不能語。目送出房門，中懷似刀鋸。淚下掩羅衫，兩袖無乾處。

小年夜同子藝侍飲北堂限韻

兩兩青春伴，依依白髮前。燈花開半夜，爆竹送殘年。換酒黄金釧，題詩白玉箋。羹湯親手作，頻到小廚邊。

初春

妝成離曉鏡，簾幕日遲遲。書帙成堆處，茶鐺自煮時。雲穿當户影，風弄隔牆枝。幾曲欄干徑，春寒不可支。

倚欄

倚欄渾不語，何事轉愁賒？畏病思身後，傷情憶母家。遠山屯暮雨，細溜濕輕紗。静裏翻書帙，篇中夾落花。

隨子藝遊石門沖

同挽鹿車去，行行渡石溪。三春花事畢，一路杜鵑啼。樹合青天小，山高白日低。他年卜偕隱，此處足安棲。

晏　起

風雨淒淒繡幕垂，啼霜烏鵲繞寒枝。愁心不耐醒來早，病骨難扶睡起遲。休把鳳釵重理鬢，且將鴻案效齊眉。凭欄多少庭前樹，一陣風來葉盡離。

賦得秋天不肯明

單衾初怯五更霜，遥聽清砧淚幾行。落葉捲風聲慘切，哀鴻啼月夢傍徨。短檠欲續經宵焰，殘火猶温隔夜香。盼得曙光驚坐起，自憐弱影襯繩牀。

階下孤梅步子藝韻二首

和蕊和花壓短牆，已經殘雪又殘陽。影眠紙帳隨琴寂，魂入蘆簾拂袖香。瘦最可憐非是病，寒真無耐不成粧。曾聞三百林逋樹，此似林逋第幾行？斜對窗櫺正對牆，一枝初放占春陽。倒垂入鏡窺鸞影，低亞侵書染蠹香。臥月漫勞留夜夢，因風誰令點晨妝？自知不畏封姨妬，結伴原無姊妹行。

秋日病中送望侯弟應試秣陵

文星熠熠下江湄，喜極關心淚忽垂。好事暫離何所恨？危疴相送覺堪悲。臨行叮囑無多語，努力功名及少時。笑指庭前雙桂樹，此花爛熳是佳期。

病中呈子藝

强下匡牀曳布裙，頽然一拜道慇勤。今生未必能偕老，有子須知不負君。好樹著花花著雨，韶光如夢夢如雲。哀鳴欲學辭巢鳥，先自悲涼不忍聞。

雪　燈

素影移來玉斗，寒光凍破明珠。皓月庭前螢火，琉璃瓶庋珊瑚〔二〕。

蠟炬翻嫌有淚，銀釭何處尋灰？寶鏡朱顔獨照，芙蓉碧水初開。

讀小青詩

數首新詩雨夜聽，卿卿夢續牡丹亭。天公做得風流巧，不妬何由見小青？

代子藝悼小鬟詩八首 集唐

杏花疏雨立黄昏，金屋無人見淚痕。風景蒼蒼多少恨，殘陽細草哭新魂。

今日殘花昨日開，野塘晴煖獨徘徊。憶君淚落東流水，一寸相思一寸灰。

碧窗斜月靄餘暉，物在人亡事已非。無限春愁莫相問，杜鵑啼處淚沾衣。

寂寥珠翠想遺聲，未及酬恩隔死生。三尺孤墳何處是？煙花零落過清明。

零落殘魂倍黯然，不知何處是西天。紅顔未老恩先斷，繡被焚香獨自眠。

洞房簾幕至今垂，春到人間總未知。誰道五絲能續命？留君不住益淒其。

金屋無人螢火流，夜來攜手夢同遊。鈿蟬釵雁皆零落，埋骨成灰恨未休。

泣雨傷春翠黛殘，更無人倚玉欄干。此情可待成追憶，想像精靈欲見難。

齊心孝

字君求，號未孩。萬曆壬子舉應天鄉試第三，天啓壬戌成進士。官庶常，時與選黄石齋、倪鴻寶皆嶽嶽知名士，館試輒冠其上。少敏惠，以神童稱。與人角藝，雖長老皆退避三舍，每得題，閉目凝思，纔彈指間，便伸紙疾書，文不加點，藝苑傳誦。陞翰林院編修，卒于官。一子早世，遂無傳。

初至爽園

閒雲舒素朝，爽氣麗初旭。英英出榛莽，待我西山曲。賞心自疇昔，放意何局促？幽窺尋曲蹊，高臨展遐矚。芊眠藉晚芳，檀欒蔭深緑。鳥弄管絃音，泉振琮琤玉。煩襟託勝區，持此遺暑溽。

翠微亭夜坐

薄遊乘暝色，坐久夜初交。娟娟上弦月，亭亭高樹梢。清影落衣上，宛若盤螭蛟。

納涼作

雨歇空山夜，高館有餘清。涼風起襟袖，嗒然坐前楹。天宇浄若洗，皎鏡月初生。林端衆鳥静，草際孤螢征。方此謝塵累，適我幽居情。

女郎沙蘭英夙有從予之約丙辰冬予過白下因題鴛鴦枕示予予亦漫賦答之

妾本水中蓮，蓮心如妾苦。君比水中鴛，越在寒江滸。願言藕絲長，長繫鴛鴦羽。
密彩文其身，淡緑寫其鬣。汲汲相隨心，丹青描不徹。流水落蓮花，人間好紅葉。

牡丹亭次坡公韻

東坡把筆東風時，東風散入東坡詩。東坡一去何時返？東風千載空相知。山水清音無窮已，琴操如花悵已矣。我來亭上弔風流，煙雨茫茫愁萬里。

題武陵主人壁上

三尺青萍氣欲吼，狂奴挾之風塵走。霜花雪花拂劍花，山魅海怪不敢吐。長安兩度未雄飛，斗牛光曄空盈肘。朝遊秣陵暮武陵，武陵青蚨換賢酒。痛飲十千讀離騷，生平肝胆向誰剖？正爾浩歎作悲歌，倏忽大叫開笑口。主人視之太顛狂，予曰噫嘻君知否？予出無車，食無魚，予四無壁，十無畝。予墨乃莊，筆乃耘，予笥在腹，翮在手。鷦鷯聊借一枝棲，神龍豈是喪家狗？兩字馬牛任人呼，一雙青白眼如斗。且倚酒壚衣犢褌，富貴於我乎何有？悠悠世路孰深交？司馬長卿予良友。

下第出都門遇雨

霖雨堪同濟，泥塗悵獨歸。黄金應散盡，白璧詎知希？自昔文章是，于今時代非。如何天下事，偏與壯心違？

山齋雨後

信風調麥候，涷雨急梅天。几席侵嵐氣，房櫳濇竹煙。階前羣潦集，樹外一泉懸。兀兀過清晝，棲遲託地偏。

酬姑蘇王克仲年丈攜女郎章文玉命酌昭慶僧院賦詩索和

嵇生痼疾阮生途，賸得昂藏氣不孤。此際相知惟子晉，生平得意是酴酥。怪來酒衲銜歌席，斜覷花姬倚玉壺。多少寒梅愁瘦骨，也應妬殺舊姑蘇。

輓曹伯樂年丈

懸弧四十事何如？倏忽居諸化子虛。屈殺肘邊三尺劍，可憐閣上一牀書。千秋駿骨埋幽草，萬里愁心命素車。永訣即今成隔世，空餘莊蝶夢蘧蘧。

翠微寺分得依字

日坐西山之翠微，冷冷拂拭黄金徽。音高暗逐閒雲遠，曲盡還看衆鳥依。正喜開尊邀竹韻，何來曳杖叩荆扉？故人多事猶憐我，始信年來病懶非。

酒中得論榜首疏

花向長安次第新，一枝濃豔爲誰春？消愁此地尊前酒，解嘲今年榜樣人。

與廣陵三兄還南徐州見别之作

得意桃花映曉暉，彩雲還逐杏花飛。殷勤但有長堤柳，繫得青春伴我歸。

贈墨客

草樹雲煙籠别思，相知莫漫悵前岐。百年湖海清流在，都是游人洗硯池。

宿益堂

閒邀明月過仙家，網户沈沈暗碧紗。去日濃陰渾不改，可憐新發斷腸花。

答女郎沙蘭英貽鴛鴦枕

含情少婦倚紅缸，繡罷鴛鴦日滿窗。解得世間離别苦，故將好鳥織成雙。

贈女郎章文玉

杭州姊妹解吳歌，歌罷吳儂可奈何？夜夢姑蘇韋刺史，後身即是宋東坡。

余得章文玉纔一夕耳有友人憐而奪之賦此志思

章姬試看章臺柳，眉葉腰枝爲誰有？一度春風永不離，今朝暫落遊人手。

荅麗人贈梅

紫絲頻護趙家妝，花去騮嘶空斷腸。若問枕邊誰解事？多情惟有蠟梅香。

胡效憲

字吉父，號綏山。萬曆間諸生。長身玉立，儀觀不凡。少工文，與邑屋中蔣臣一个、方拱乾肅之、葉組紫若、劉鴻乙雁先、姚孫森繩先相友善，里中有『六駿』之目，公其首也。迨諸公多貴顯，彌敦義舊，雖轟飲，必登公上坐，躬行酒炙，公亦無所不可當，時論兩賢之。生平好學汲古，不肯以口腹累人，尤喜獎引寒素，如吳冏卿國琦、張侍御孫振，皆窮約失意時鑑拔之者，學士孝標樓岡、侍御亨咸邵村，皆裒然爲朝著眉目。見父執，行必徐，坐必起，立必侍左右，其敬禮如此。所著山居詩，樓岡爲之序曰：『先生博學如倚相，知人如德操，道廣如陳實，嫻辭如屈平，詩蓋出入于曹劉、陸謝、李杜之間者。』論者以爲知言。

和坦菴

南郭驚魂亂，西州旅夢猜。瞻烏欣有託，化鶴笑重來。雲物帝鄉異，霜花客路催。不謀今夕面，到手莫辭杯。

義烏東署

西閣留人久，東風送雨頻。好花應怯醉，岐路轉憎春。雁宕將窮越，龍眠豈避秦？寸心悲復咽，不肯廢吟呻。

戊戌元旦

七旬又八到柴關，煙火叢中語大還。柏葉尊開初獻歲，菱花鏡寫舊頹顔。素書一卷供奇賞，柯局千番縱老頑。膝下有兒孫有子，窮來何必買青山？

書　懷

懶慢甘爲太瘦生，一回攬鏡一回驚。掃除白髮無長策，領略青山有遠情。到處裁衣聊爾爾，偶然伐木詠丁丁。因悲投老不更事，渭水難忘釣玉璜。

別雲翼

老至情癡不自裁，幾年懷抱向君開。心傾似灑噓枯雨，耳熱如聞破柱雷。釣講詹何搜剩水，屐追康樂躡重苔。歸途十二巫峯渡，不信離腸只九迴。

孫魯翁招晤湖南

片檄遥從天際裁，黯雲愁霧一時開。多情久絶枌榆想，覓路先從猿鳥回。古薜難封康樂屐，斷鴻初過子陵臺。南山吹盡天吴涸，蕉鹿何煩夢裏猜？

倪嘉善

字受之，號瓊圃。天啓壬戌進士。太僕吉旋公之第四子也。初官庶常太僕，以直忤璫，因請假養親。崇禎初，起翰林院簡討，召對，疏論君德甚悉。朝鮮擅廢立，上命草檄討之，義正辭嚴，推爲得體。己巳，上幸太學，命坐講易泰卦，爲目注者久之。主考北闈，文風丕振，稱一時最。嘗侍經筵，進講『益者三友』，上問：『孰爲益？孰爲損？』對曰：『堯、舜爲益，非堯、舜爲損。』當宁爲之改容。陞左諭德，卒于京邸。所著有媚筆泉集。

南陽微雨

舟行多喜霽，偶爾連陰霧。空濛乘煙艇，亦具滄洲趣。波流澌澒洞，風帆復馳騖。天際逗微峯，蒼茫浮遠樹。村落傍水鄉，每每狎釣具。捕魚馳烏鬼，揚舲驚白鷺。羣生各有適，余亦隨所寓。清夜静無喧，聊以托毫素。

許芳谷獲蘇公天然硯題贈

長公風流稱獨步，筆精噴薄吞雲霧。相傳紗縠少年行，怪石琅玕驚一顧。不用巧匠鑿山骨，形質深窪天然具。徑尺平傾萬斛泉，粲花霏屑熠縑素。斗牛寶氣漫潛藏，神物應許蛟螭護。我公重來揚清芬，落月屋粱疑見君。角巾紫髯揮玄麈，風生草閣天語聞。解得三生石非偶，玉斧雲斤出林藪。物色沈埋曠年代，一朝爲之洗塵黝。蕤賓鐵冶躍有時，竹底瓶開書未朽。千秋勝事擬靈光，什襲攜來比璚玖。越石應徵使君廉，拄笏不數南宫友。愧我輪郤墨池逋，輕翰流就滴成枯。何當一叩玄亭秘，兼把瑯環玉局圖？

署柏

華林舊傳二株樹，香葉曾經鸞鳳駐。移來丹地深處栽，百尺干霄玉墀步。紛披秀質自蘢葱，影横長庭舞碧空。翠濯金莖朝吸露，煙籠玉署晚臨風。不隨繁葩易容色，絳佩羣仙啜其實。最喜托根閬苑中，雲氣蔭藹接漢宫。古幹盤踞如虬龍，明時方資柱石功。泰嶽峯頭千尋起，武侯祠前枝靡靡。何如洞府柏蕭森，應是三株産赤水。

寒月早朝

彤闈徹曉鐘，玉佩盡朝宗。露静清暉冷，雲凝翠蓋重。氤氲天雨近，縹緲御煙濃。願得吹寒谷，輕陽護六龍。

郊遊

積雨澄初霽，春郊草欲齊。離塵當勝地，小憩愜幽棲。澗淺新流漲，峯高薄霧迷。芳菲紅滿岸，疑是武陵谿。

偶過吳明之息園

敞閣新臨水，開軒山與齊。客從無意至，花下喜相攜。石砌通流曲，雲陰覆樹低。放歌歸路晚，煙鎖小谿迷。

九　日

牢落家居久，頻逢令節過。秋聲聞雁少，霜意入林多。幽思驚時換，山遊奈雨何？韋生高臥穩，黄菊寄誰歌？

元旦寓歸義寺同姪君符

未謁金門帝，來棲玉板禪。僧猶傳舊臘，人已識新年。法喜廚中供，鐘聲客外緣。屠蘇聊應節，酌爾莫辭先。

楓　林

挂帆遵遠渚，夾岸繞村家。欲墜風前葉，猶濃霜後花。晚寒澄落照，野色散晴霞。自得深秋意，毋將春色誇。

雪厓南歸

數載心期爾共予，無端此地欲迴車。白雲夢繞親闈冷，紫陌塵分故舊疏。病骨應須求藥餌，征途好便寄魚書。從君別後空惆悵，夜月寒光落照餘。

玉河冰泮

東風吹律早寒收，天上盈盈一水流。夾岸未舒宮柳色，微澌半逐浪花浮。光摇素練澄金掌，響裊鳴珂繞玉樓。此日陽春占淑氣，好通太液待宸遊。

堤上曲

平原一望水天迷，行過淮南柳滿堤。不見長條吹絮起，還餘古幹待鴉棲。

左光先

字羅生，號三山。忠毅公之第七弟也。天啓甲子舉人。筮仕綏安，以異績行取授監察御史，代巡兩浙，廉叚官方，勤恤民隱，風采凜然。生平不避艱險，不憚威勢，在忠毅伯仲之間，如糾訐閹墨吏、殲逆賊許都、參權奸馬貴陽，皆忘身殉國，守道逐邪，有古大臣蹇諤之風。至于在浙，剔漕蠹，割重罪，改折弓矢顏料及錢糧苛派諸疏，又其舉職之小者。晚節娛情松菊，未嘗隻字入公府。古稱『鄉先生没而可祀于社』者，公足當之矣。

自祭 時乙酉春作

伊余具鬚眉，朴誠素所積。早讀父兄書，筮仕聖明季。循良媿古人，徵車至外吏。踰格入西臺，葑菲幸不棄。一飯尚難忘，曠恩兼大義。隨膺直指命，出爲兩浙使。兩浙財賦重，凜凜勤莅治。殖禾與䵷莠〔三〕，頗勵澄清志。自惟盤錯中，或可別利器。詎意期及瓜，俟代久不至。撫軍復無人，潢池突爲祟。謂許都也。東陽義烏間，鼙鼓喧動地。巡方不治兵，亦誓殲醜類。半月遂蕩平，元功歸將帥。捷音馳京師，咸謂命得寄。年來誤國臣，誤於一撫字。帝曰合機宜，稽勳紀其事。星軺遥望闕，紫薇忽焉墜。羣議趣南渡，忍死方共事。半壁僅如綫，内賊猶竊礬。君仇既不共，兄仇且安避？抗簡擊首輔，渠逆似知媿。封事竟留中，借題恣行臆。反坐殺已降，惡聲徒爾被。小人媚元凶，賢者張公議。卻賴徐與祁，肝膽竟無異。徐公虞求、祁公世培。此時天壤間，何處容我輩？魑魅必難消，舌争必不利。不利固當争，生我果何爲？嗟乎鳥覆巢，遺卵俱在地。我兄先中禍，復仇志未遂。曾弗鑑前車，姚平笑阿弟。痛哭拜鼎湖，空下孤臣淚。天上既已期，一死遑再計？即死奸人手，豈不存浩氣？吟成聊祭影，酬爾久憔悴。

祁世培具揭爲予白冤當時耑疏公疏惟恐舊巡方之持兩端觀望者不獨祁一人也書此志感

仗威成掃穴，事定議縱横。大義竟將廢，秋聲應不平。幸存知己辨，甘被黨人名。追理伏波謗，古今無異情。

同姚休那及八弟九弟守歲

蒼顏白髮共堪憐，臘盡知春煖老偏。好友最難偕此夜，濁醪還復祭新篇。華燈影耀遲朝日，爆竹聲闌逐少年。回首不應思往事，餘生守歲故人前。

吴用寬

字體嚴。中丞本如公之弟。性雅笑，每望見所知。輒軒然撫掌，雖笑比河清者莫不笑其笑。崇禎甲戌，民亂，以身爲中丞藐諸孤藩屏。里中之變，忼慨憤恚，至不欲生。宗一先生云：『好修力學，咄咄逼人，吾于體嚴則國士之。』休那先生云：『體嚴在都門，偶集唐句，初不展書排韻，但默憶所聞，觸境輒就，觀者咸服其巧。』合兩先生之言觀之，可以知公生平矣。

壽客卿叔五十

談經虎觀舊知名，坐愛清流老濯纓。自是蓬壺天外迥，可知簪笏夢中輕。駒雖伏櫪心猶在，鶴但鳴皋骨自清。争説新詩勝高適，詞壇誰復敵長庚？

方孔時

字叔茂，號紫岑。明經唐山公之叔子。以諸生隸胄子。崇禎末，睹四郊多壘，慨然欲上書討賊，聞者壯之。南渡後，知時事不可爲，遂終老丘園，年八十餘。邑令以大賓飲于鄉，里人圜橋而觀，有齒足酬德之稱，樸巢祝山如紫岑道人歌有云『老成典刑欣在座，古樂聽來不敢臥』，洵篤論也。

甲辰重陽前一日凝齋兄七十有四矣賦寄山中

皓月冰壺桂子開，香風飄拂到蓬萊。久辭鳳闕蒲輪詔，尚憶羊城錦製才。兄曾宰粵之清遠。垂老弟兄憐矍鑠，娛情丘壑任徘徊。合明深處蒼生祝，好詠南山歲歲杯。

戴時翔

字需之，號鳳皋。少業儒，數蹶于試，遂隱居，教授英、六間，張明經嗣美、潘東陽士璜、汪總戎熙載皆出其門。生平不慕仕進，重然諾，嚴取予，里黨推爲長者。爲詩不耐苦吟，取適意而已。

雜詩

壯士未遇時，弗爲人所齒。繡文刺雖工，市門不可倚。南越復北胡，豈不戀鄉里？擁篲掃王門，懼爲知者鄙。但可輕浮名，那不急知己？不見鍾子期，琴以知音毀？伯牙不復生，此琴不復理。不見韓淮陰，胯下甘受恥？漂母何人斯？進食猶如此。千金一飯恩，聊以愧俗子。

述懷

相士不在貧，相馬不在瘦。一顧遂空羣，伯樂誠難遘。駿骨已云朽，猶煩千金購。愛物既如此，名賢競輻輳。富貴非不願，勢利那堪就？王門不可掃，曳裾行亦陋。所以有心人，美玉不衒售。著書歷春秋，俯仰任凋茂。伏櫪但需時，千里志終副。何怪駑駘才，老死戀棧豆？

偕吳貞甫伯仲游龍井

繞澗來龐谷，依山入畫溪。逢僧多問訊，坐石且留題。幾樹梅花發，數聲野鳥啼。林泉幽興在，惆悵夕陽西。

登天門山

天門雙峙砥狂瀾，上下江流聳異觀。水國東連吳會闊，湖鄉南接楚天寬。雲光入户衣裳潤，石磴盤空杖履寒。避暑擬來分半閣，漫將去住問黄冠。

謝門人趙長人見贈阮臨江花卉並歸先叔父元泉公草書

繪事争傳大阮長，揮毫臣叔亦差彊。開緘盡染煙霞色，展軸猶聞翰墨香。先子政憂無手澤，草堂今幸有春光。他時過我同幽賞，半壁琴書擁竹牀。

寄表姪周重禋山中

欲晴不晴雨已淫，欲放不放梅有情。尊開美酒醇且洌，户列遠峯淒以清。世情反覆仍泛泛，吾生得失何營營？終須徜徉樂山水，奚必浮暮公與卿〔四〕？

蜈磯

漢賊江東笑仲謀，賺歸阿姊索荊州。豈知磯上魂棲處，也見降帆出石頭。

長孫剡讀上論

赤子潢池敢弄兵，及今教汝學須成。莫言此日惟弓馬，半部還能治太平。

錢潤

字澤之。萬曆末諸生。柳溪公之曾孫也。少倜儻負大志，造門者户屨恆滿，尤慷慨尚氣節，有慎菴、畏齋兩公之風。

不寐

愁心不成寐，不寐轉成愁。露冷客憎夜，月明人耐秋。蛩聲依砌出，螢火傍檐流。更值村春急，□□□肯休。

晚歸

遠山銜落日，驢背夕陽中。望裏城煙白，田間野燒紅。鴉寒争噪雪，樹老不呼風。醉看前邊路，依稀似不同。

醉登城樓

城樓乘醉上，一步一徘徊。水向東南去，山從西北來。樹頭霜月小，沙嘴晚煙開。何處人吹笛？聲聲過敵臺。

穀日郊行

偶爾踏春行，欣逢穀日晴。草鋪歌席軟，花落舞衣輕。雲影虚沈閣，山光滄入城。老農占物候，説是有秋成。

校記

〔一〕斤　當作『斥』。

〔二〕庢　疑即『底』，待考。

〔三〕耡　疑即『鋤』，待考。

〔四〕暮　當作『慕』。

龍眠風雅卷二十一

木厓潘　江蜀藻輯
江寧宗章峻無齊同里左國棅子直参

孫　晉

字明都〔一〕，號魯山。天啓乙丑進士。初授南樂令，居官三載，清驛釋繫，戢暴賑饑，政聲煽畿輔間。調繁滑縣，擢工科給事中，首參權相，疏凡九上，至請復山陵，請聚河漕，請增防戍，請嚴枚卜，請議楊忠節謚典，尤爲敢言，因忤執政左遷。俄轉大理卿，特疏出憲臣劉宗周、金光辰于獄。入對，以江北兵荒力請于上，得蠲桐邑租賦什之七。適宣大總督乏人，上曰：『卿福將也。』特簡一行。受事半載，以籌兵餉，憂瘵成疾，自免歸。公爲人白晳美髯，望之若神仙中人。初爲童子時，左忠毅公一見器重之，妻以兄子。卒相繼登朝，若傳衣鉢。所著有東甌、黄山、廬山、曹溪、楚嶽諸遊草。友人吴道新、方畿輩私謚爲孝節先生。

黄山浴湯泉

遊事歷深秋，高天白日速。策杖入寒林，息駕山之麓。仰睇壁間詩，苔封不堪讀。蘿月浸空階，松濤響幽谷。問徑晚煙迷，欲效步兵哭。沙門前致辭，且就招提宿。何以永今宵？攜來酒一斛。連牀無俗人，夢醒風敲竹。鳥鳴曙色開，趣就温泉沐。丹砂蓄此間，山靈有深祝。欲覲軒皇顔，先洗塵埃目。爲解芰荷裳，波光淡盈掬。炎涼一水分，坐久媚幽獨。强起誓再遊，築室從此卜。

哭宋九青

溟海之北泰山東，君才大雅接崆峒。燃藜讀書蓬萊閣，束髮獻賦明光宫。董筆共推如弦直，河陽小試名花叢。雒陽年少真第一，嘖嘖奏最由吴公。天子曰都用作礪，拾遺補闕呼吸通。胡爲生瑜復生亮？咄咄兩賢横相攻。金門菀枯一朝異，白眼那知惜途窮？功名氣節何多讓，十年變幻如飄風。睢陽受刃偶先後，予也曾爲訴蒼穹。葑菲不遺成浩蕩，誰實起予君之功。六垣聯轡長安道，十載論心風雨中。吴越趨庭舒大父，瀟湘秉鑑稱宗工。紫薇振衣躋容臺，佩玉蹡蹡回重瞳。棘寺種槐于門大，冏曹相馬冀北空。翺翔未幾冬官貳，論材巨細辨椅桐。兩京七發白雲什，三台八座黑頭翁。夢卜爭如人情異？廷推適與帝怒逢。七日闔扉千載遇，雷霆終歸覆載洪。宣麻策蹇何太迥，傾都八月送飛鴻。東山片石不自棄，草玄讀易事磨礱。賜玦翻成執紼緣，哀哀泣拜聖恩隆。城外合圍吹畫角，仗劍登陴禦□戎〔二〕。一木豈能支大廈？常山血染天地紅。煢煢弱息猶無恙，誰謂造物竟朦朧？到此方知張許心，相視九京不約同。予初聞之未敢信，臨戎躍馬正倥偬。郵亭忽下西州淚，雲山漫漫水沖沖。憶昔君爲語大夢，功成錫爵受彤弓。孰知天王有深意，不使爲良使爲忠。嗚呼！何必爲良不爲忠？

見道傍古樹爲雷所擊作雷樹行

越水吴山天下奇，挺生異樹枝離披。號呼有時來風雨，窟穴亦許藏龍螭。廣莫之野任所寄，蔽日參天人不視。無端工師移道旁，自是天年合憔悴。斧斤相尋衆同嗔，誓必得之以爲薪。樾蔭千間今寂寂，孤榦排雲叫蒼旻。如泣如訴如呻吟，疾雷震電苦不禁。大地潰洿歸衆水，普天鶡鳳同一音。至今根底血凝碧，剥蝕剪伐非朝夕。彼蒼何心仇一木？我獨長歌當痛哭。爲語世人休咄咄，不見地下松苓千載埋香骨？

宿文殊院觀海

白霧霏霏雨不歇，青山忽銜半邊月。翠壁苔蘚繡虎紋，千巖萬壑鋪溟渤。我欲跨海無長虹，遥看彼岸薄窮髮。日脚垂垂映彩霞，島嶼微茫出還没。夜半重登立雪臺，芙蓉的歷九天開。寒光五色盪精魄，髣髴仙人騎鶴來。須臾萬里吹長風，松濤石上起蟠龍。山中輕雷聲隱隱，檐端細露水溶溶。山前山後海平分，令人應接不辭勤。欲借玉女雙剪刀，掠取長空一片雲。海外青螺數點浮，萬頃琉璃一睫收。淡妝濃抹都難似，此際誰能紀勝遊？一回一叫眠不得，恍惚遊仙看曙色。

題恆公石

海濱之石饒奇色，强欲肖形名不得。其色似土形似月，我亦欲拜無袍笏。珊瑚叢開石菌花，合貯丹砂洪碧霞。連城價重紫金鉢，其中葯葯長仙葩。老人懷思頗有年，朝朝石上生雲煙。珍重勿與南宫見，恐彼長呼大叫欲據船。

登始信峯環觀石筍獅林散花塢諸勝

始信峯頭雲可掬，道人已去存茅屋。洞口虬枝駕鵲橋，蒼天已近白日速。晴巒斜挂瀑千縷，陰壑横鋪錦萬簇。菡萏葉間金芙蓉，奇峯何止三十六？倏忽二儀閟精光，失卻黄山真面目。閒來拍手叫秋旻，揣摹名象渾如真。如此奇形兼異境，山靈豈肯多示人？

宿南陽

緑樹晚煙微，南陽今是非？山隨河勢轉，月帶雁行飛。忽憶三年事，真成一夢歸。今宵應盡醉，買得鱖魚肥。

再宿南陽

二月水漫漫，無端春色闌。深杯嫌夜短，久客怯衣單。未見干戈滿，誰知道路難？憂時多少淚，不敢向人彈。

渡江達金陵

虎踞石頭城，居然漢兩京。野雲隨草没，瑶月帶潮生。鶯囀聲如訴，江清鏡似平。往來皆此水，悲喜不同情。

聞閩事有感

佳氣日南望，王孫且勿哀。安仁閒作賦，司馬病登臺。草色先春緑，梅花未臘開。本無軒紱意，鷗鷺莫相猜。

伯氏初會語及姜端公幽居絶勝兼出所附書卻寄

十載事何如？故人今索居。鴒原三嘆後，雁陣五更初。山水園花塢，雲霞擁素書。亂離如聚首，不敢負鱸魚。

哀江南

不見烽煙浄，徒言憶漢京。雲深春草没，雁去斗杓横。鐘鼓沈長樂，旌旗滿石城。何堪風雨夜，陵樹起邊聲。

樂清署中雪夜

雁宕陰風急，芙蓉夜月寒。王程天一線，客路雨千盤。夢斷屠羊肆，腸迴唳鶴灘。何堪頻頫首，不敢望長安。

舟發樂清入東甌二首

方舟非故國，舉目不勝情。赤樹分霜重，饑烏掠水輕。風塵還到海，廊廟正論兵。霽色先春至，依然白髮生。

環城行未遠，已在數峯西。水入河源渺，松依石磴齊。中原誰逐鹿？長夜不聞鷄。何日畬南畝，悠然憶鼓鼙。

送萬別駕之閩

落日嘆離羣，孤鴻帶雪聞。江沙連越岸，嶺樹入甌雲。二水分官道，三山擁使君。有才如鮑照，豈合老參軍？

贈樂清徐聚星

靜對無懷氏，怡然忘百憂。亂山黄葉滿，一水白鷗浮。橘頌誰能讀？鶴鳴祇自求。河陽重攜手，玉甑爾同遊。臨行有同遊玉甑峯之約。

陽湖還舟

仁王峯下水，清淺石磷磷。天瞑雲歸岫，山寒鳥近人。潮來先得月，花發不需春。何處堪逃世？相逢問子真。

樂清道中

鳴橈催客櫂，歸路晚煙迷。千嶂猿啼切，孤帆月影低。風吹鴉滿樹，水嗽石成梯。不道錢塘上，猶然競鼓鼙。

夜櫂

微明空外火，一點似寒星。流水迴長坂，高山列翠屏。舟車無定迹，身世總浮萍。夜半繁霜裏，孤鴻不忍聽。

入曹溪禮六祖暨憨大師塔瞻諸法物并似天拙和尚次龔芝麓先生韻四首

四山傳密諦，常借紫雲封。香匊溪邊水，青來天際峯。林深惟見月，市遠不聞鐘。祖意隨人授，何分南北宗？

林間常小憩，所至得繁陰。穡事秋初畢，苔痕雨後深。山光消世態，鳥語静禪心。十載南華夢，真源何處尋？

衣留有相後，法悟未生前。一語真空現，三更密意傳。腰間萬古石，壁上五宗禪。雙塔如相望，朝朝護紫煙。

重興佛祖地，宗派此中分。舍利光常現，木樨香共聞。法身還度嶺，匡岳只留雲。不是金剛在，居然一老軍。

再入曹溪禮塔兼輓天拙和尚四首

重遊真秉燭，谷口尚苔封。揭日標雙塔，驅雲掃衆峯。溪聲喧宿鳥，客夢冷晨鐘。但識西來意，何須問五宗。

僧出門常閉，空留一院陰。林疏螢火亂，秋老薜蘿深。攀陟遊人事，提攜古佛心。千峯曾識面，初地許相尋。

扶笻諸子後，結夢十年前。佛相如垂示，我心難遽傳。重來爲問法，豈是學逃禪？泉竭人何在？空飛石上煙。

受讉緣何事？人天多杞憂。羊腸雖九折，龍骨自千秋。柚落香還在，烏啼夜未休。雲端推月出，塔影漾溪流。

唐寺和壁間韻

咫尺廬山面，雲封盡欲迷。春風留古社，秋雨漲前溪。草色埋幽徑，車聲繞大隄。老僧分半榻，吾意愜衡棲。

送戴甥山民之任成都三首

慈母縫千縷，何須嘆絶裾？但茹西嶺雪，莫寄錦江魚。飲水同清白，焚香對碧虚。扁舟吾已矣，書信勿教疏。

西蜀優閒地，何緣得此鄉？去時穿棧道，來日下瞿塘。談笑三年過，徵書萬里翔。賴君辰事好，到處有輝光。

北地操刀拙，渭陽何足師。雲山看紫樹，驛路聽黄鸝。玉壘杜陵宅，錦官丞相祠。到時應俎豆，爲我一題詩。

思還龍山

三秋鴻雁至，喜得故人書。雪櫂迷新渚，雲裝返舊廬。但期居有竹，莫嘆食無魚。一入龍山路，先爲濬石渠。

居庸關出獵示諸將

熊旂十萬擁京華，韎鞨朱殷碧玉騧。大漠有閒惟校獵，寒邊無夜不吹笳。棘門雕羽休驚雁，畫帳金丸莫彈鴉。印綬纍纍懸肘後，諸君何以報皇家？

入關次易水道中

此日春風度玉門，柳條微放鳥聲繁。燕山橫隔江南夢，易水新招塞外魂。秉鉞未能窮虎穴，投簪何以答君恩？低徊北望頻搔首，薄暮空村閉小園。

懷王鐵山

君恩本是再生身，册府書勳閣畫麟。鐵騎秋高空射月，玉關春老倍懷人。匣餘一劍酬知己，朝列千章任積薪。回首十年滄海事，跂予東望欲沾巾。

閲邸報曲沃視師天子親臨宴餞爲先是所未有滅賊朝天其在此行乎鄙詞以志祝云爾

元臣奉詔出金微，玉帳郊臨亘古稀。司馬已寒西賊膽，汾陽會解鄴城圍。飛黄𫸩𫸩分天駟，祁父桓桓盡錦衣。推轂年來何太易，傾都争祝相公歸。

恆南道中

聖主今朝許乞身，東風昨歲拂征塵。羊腸夢斷恆山路，鳳渚歸殘白水春。間道何人開赤幟？中原到處有黄巾。憐予不武兼多病，豈是忘情學隱淪？

過澶州晤張元白

廿年不見老同門，聚散榮枯未可論。滿眼風塵何日定？當時故舊幾家存？莫言海内無知己，俱有今朝是主恩。此後相逢如夢寐，惟應飄泊任乾坤。

春懷三首

關塞深防列漢旌，春王歲表絶西京。轉輸久見司徒急，經略新看相國行。郊壘煙迷官路草，鼓鼙聲亂上林鶯。宸遊何日臻同樂？四海惟應不請兵。

春風無計霽天顔，社稷殷憂淚獨潸。西北烽煙猶近塞，東南虎豹已當關。修文不輟三冬講，閱武頻臨萬歲山。草野何知欲獻頌，長沙先召賈生還。

寧遠孤軍憂斷海，西秦巨寇欲憑河。神州僅恃三關險，故輔空張十面羅。是處青山埋戰骨，幾人緑水聽漁歌。天涯戎馬三年客，獨解征衫種芰荷。

次清河

湖南草色日霏霏，遠樹人家入翠微。璧馬至今沈汴水，舟航依舊祀天妃。晚來白鷺乘潮下，雨後紅梨帶血飛。息駕無勞傷歲晏，秣陵猶及送春歸。

三月三日

溪邊士女秉蘭新，云是今朝上巳辰。盛集相傳三代事，清詩應數六朝人。華林曲水知何處？南澗東堂空復春。此日祓除誰最急？天河一瀉浄邊塵。

冬懷二首

寒宵屢起問欃槍，曉鏡争看白髮生。河北新開通貢道，江南久築受降城。車徒歷亂軍書急，閩越縱横冠蓋輕。欲賦百哀哀不盡，援琴翻作百憂行。

生計飄零羨塞鴻，衡陽卻羽待春風。已知駿骨埋燕市，更説蛾眉出漢宫。結綬有人推貢禹，草玄何地著揚雄？從前浪迹經行處，盡在黄塵紫霧中。

懷仙居時伯兄奉太夫人居此予分三子以從

海雲天外擁孤臣，偕隱焉文介母倫。裾遜太真無易絶，情如令伯自宜陳。椒盤夜進他鄉橘，菽水腸迴故國蓴。兄弟二人能報主，中郎應得老垂綸。

三弟括蒼書至二首

當場結客少年行，膽氣矗豪軼兩兄。金盡牀頭無改色，月明燈市最多情。射穿七札真餘技，賦就三都早擅名。聞説中原鼙鼓競，出門便欲請長纓。

靈鵲朝來報喜頻，果然書到汝爲人。蘆中乞食烏衣敝，座右狂歌白髪新。風雨鴒原同作客，天涯稭署倍思親〔三〕。馮生且勿悲長鋏，辛苦從軍已上陳。

別吳邃菴於陽湖莊

渺渺懷人天一方，狂歌短曲顧周郎。孤舟緑水潮三尺，兩岸青山樹幾行。我自傷心看北極，君胡蒿目臥南陽？功成繪像凌煙日，莫惜飛書到草堂。

懷何玄子

李勉西來壯帝居，霍家盛氣爲君鋤。比肩七貴無私語，正色三朝數上書。嶺外白雲堪自悦，窗前紅樹未應疏。萍踪他日能相訪，天寶山中好結廬。

江心寺 宋高宗曾駐蹕于此，山上有碑刻文文山題詩，寺名中川。

萬里間關髮數絲，中川默坐獨銜悲。江山宛發金焦夢，風雨重吟信國詞。三變桑田龍去遠，千年華表鶴歸遲。潮聲夜落猶堪聽，最怕春來喚子規。

南塘夜坐感懷

寒夜孤吟見客情，白雲峯下一燈明。潮平内海漁人臥，春到前山杜若生。有酒不知今歲暮，無家自覺此身輕。憑欄忽見東方曙，古樹啼鶯報曉晴。

渡江

碧天無際海雲低，挂席乘潮日已西。秦望至今惟帶水，仙霞自昔有丸泥。嶺梅壓雪紅初綻，汀草含煙緑未齊。莫更中原詢擊楫，等閒勿照太真犀。

贈許霞城先生

尺素俄驚青鳥傳，開緘珍重問龍眠。已知梅福非終隱，始信維摩自解禪。垂釣獨邀三泖月，濯纓還泛五湖船。白頭知己惟君在，遥望參辰意黯然。

出居庸關

驅車直上古輪臺，五月風清霽色開。山後黄毛争北徙，關前紫氣自東來。健兒倚馬斜看劍，長笛催人數舉杯。生入玉門應有日，自憐不是棄繻才。

至懷隆

高旌梟梟動懷隆，舊是□人避暑宫〔四〕。螺石已隨春草没，鵝池宛在夕陽中。柝鳴漢堞憐孤戍，日落□天泣晚鴻〔五〕。咫尺華□無百堵〔六〕，只今誰念始皇宫？

黄山道中

驅車永日鏡中遊，傍岸清泉足下流。塵到山陰無世味，香生蔓草亦芳洲。村前古樹千重碧，嶺上閒雲一點浮。晚閉孤村談逸事，砧聲何處動人愁。

初抵黃山湯寺

參差翠岫插雲中，雨洗芙蓉豔許同。自是仙居通帝座，誰知鬼斧奪天工。娟娟月出千峯曉，謖謖松生萬壑風。顧影卻憐塵土面，十年身到梵王宮。

湯寺晨起聽泉

五夜鳴泉聽不窮，夢回疑雨復疑風。疇傾仙鼎飛丹液？孰挽銀河倒碧空？壁上詩篇懸日月，雲中劍佩倚崆峒。朝來獨步寒潭側，長恐青天起白龍。

投恆大師

憶別桐川三十年，雲鴻海鶴任蹁躚。桃源洞口光常現，采石峯頭月正圓。側見三珠成我拙，能除一切讓公先。何期邂逅新安道，白雪樓前繫鐵船。

繇老人峯陟文殊院

千盤萬折入天門，獅象當關叩九閽。撲面雲霞知有意，摩崖草木似無根。如聞仙樂遲青鳥，欲見精靈憶白猿。直至文殊高卧處，老人俯視又兒孫。

三姑峯

玉女飛瓊角立時，輕紈細綺步遲遲。霞裾露濕芙蓉綻，雲髻光摇瑪瑙披。待月迎風常作伴，淡妝濃抹總相宜。朝朝織就天孫錦，不假人間五色絲。

石楠樹

不知此樹種何年，楠白蓮黄兩地偏。幹倚天門迴鶴馭，根盤石竇飽龍涎。草生福地皆成藥，人到名山即是仙。未入玄元金闕裏，先應下拜老翁前。

歸途雜詠

胡爲留滯大江東？探勝尋幽覺未窮。野色嵐光仍在眼，新詩漫興已盈筒。人間誰識三山客，雲外親陪五老翁。何似塞鴻忙裏度，年年高叫夕陽中。

入曹溪三首

十年躑躅曹溪夢，此際蹁躚入寶林。雙塔峯高懸慧日，一泓水浄印禪心。松杉盡帶旃檀氣，獅象如聞鸞鳳音。天柱飛來堪卓錫，同公静對碧雲深。

竹樹菁葱一徑斜，入山棋布盡僧家。傳燈不斷還留火，説法何時更雨花。半點靈光鐫姓氏，千家寶敕燦天葩。焚香再拜空王後，細看袈裟五色霞。

雲山四合擁招提，古樹森羅蔭碧谿。偶借鏡臺空萬有，轉將肉相示羣迷。人知紫鉢求龍骨，我向南華悟馬蹄。他日西窗重剪燭，洗心池畔作衡棲。

夜雨飲僧寮有懷

輕雷動地破蒸埃，雨過雲峯四面開。澗水流將新月去，山風吹送故人來。金微信斷千家夢，玉笛聲摇五月梅。南北有懷懷不盡，强從僧舍一銜杯。

僧舍詠懷二首

暮倚層軒零露漙，依然明月上闌干。梧桐樹濕秋光老，蟋蟀聲微夜色寒。塞北健兒吹畫角，終南隱士夢彈冠。誰知蘭若能高臥，不問人間行路難。

獨坐危樓樹影斜，伊人咫尺碧雲遮。晚鐘齊送千聲梵，皓魄平鋪五色霞。宿鳥高飛羣似雁，野藤秋老葉如花。來朝擬就成都卜，始信今隨八月槎。

答友人惠詩

望重先朝老夕郎，追隨廿載鬢俱蒼。逢人怕説開元事，避地惟登選佛場。勝會歲時棋一局，畏途風雨話連牀。知君欲爲蒼生哭，莫惹移文到草堂。

懷二龍山莊因柬住僧田石

堤柳枝枝濺碧波，一春紅杏雨中過。雲迷白嶺桃花洞，泥落空梁燕子窠。俗駕山前停信宿，幽人林下笑蹉跎。殘書幾架封蛛網，歲歲勞君護薜蘿。

秋日偕友人郊遊

此日登高慰所思，往來江上片帆遲。故園菊放誰爲主？四國兵銷幸有期。月色遥連鴻雁影，秋聲低入海棠枝。明年準擬尋芳草，又向春山聽子規。

小孤

不知鬼斧何年開，玉壘儼成金粟堆。危石已分匡阜色，孤峯豈自羅浮來？江光瀲灎千帆下，山勢奔騰萬馬回。我欲摩崖登絶頂，恨無奇字拂蒼苔。

潯陽道中

風聲謖謖柳條疏，摇落西江歎索居。春去初逢彭蠡雁，秋歸仍食武昌魚。雲開石室青山出，露冷蓮房故苑虚。五岳有懷何日遂？卧遊且讀職方書。

再入廬山

十年又至曾遊處，喜踏爐峯夜未闌。屐迹乍隨秋草没，書臺常對夕陽寒。長天漠漠銀河落，密霧沈沈玉露溥。勝境幾人能再到？老僧招手碧雲端。

山行苦雨

登臨何必泣窮途？疊疊雲山入畫圖。五柳曾瞻陶令未？白蓮還拜遠公無？天低處處迷鴻雁，雨急聲聲咽鷓鴣。十里松陰行不盡，此時惟有客心孤。

僧舍喜晴

小奚窗外報初晴，誤認魚聲作雨聲。草際鳴蟲迎露出，天邊過雁掠雲輕。占星側聽西風急，待月斜看北斗横。此去青山饒黛色，客途何異到蓬瀛？

社日鄉思

兩社清酤恨未同，遥遥鄉夢隔西東。月連萬頃水鋪地，雁叫一聲秋滿空。何日能從桂樹隱？逢人輒問菊花叢。江天寂寞招提客，黄葉翻飛嘆轉蓬。

復生松

周原平樂數歸宗，客夢初回聽曉鐘。墨寶争傳逸少宅，佛光長護復生松。枝繁日暮迴高鳥，地僻雲深隱臥龍。最是經過人下拜，千秋幸不辱秦封。

宿寒谿寺

横江擊楫指寒谿，静扣禪扉路欲迷。共説高峯曾試劍，我來中夜不聞鷄。清泉只許山僧汲，白石偏遭御史題。更有西林蘭若好，懷坡亭畔草萋萋。

宿黄鶴樓看月三首

江漢滔滔二水回，萬家煙樹擁樓臺。一從鐵笛乘風去，不見仙人跨鶴來。浩淼千年淹日月，虚無半夜絶塵埃。堤邊秋草依然緑，舊苑空存麋鹿哀。

巍閣凭虚俯碧波，仙人鶴馭幾時過？帆檣晚泊依茅舍，棗樹疏枝帶女蘿。木落風高秋色老，天空氣肅白雲多。幽棲倚檻饒愁思，不寐長吟奈月何。

仙翁心事幾人知？縹緲靈踪繫我思。霧擁層樓迴過雁，臺標湧月拂殘碑。黄粱枕上功成後，白石亭前棗熟時。天爲山川增秀色，不經風雨未全奇。時微雨復霽。

贈鐵佛寺僧

一入招提興灑然，囂塵不到任蹁躚。琴心欲作無聲解，醉意難爲醒者傳。勝事莫談空涕淚，故人何在各風煙。多公能説無生法，長願拈香鐵佛前。

野泊螺山

荒臺側坐送斜曛，嘹嚦孤鴻不忍聞。天外晚霞紅片片，窗前寒月白紛紛。偶吟鵩賦愁難竟，載讀離騷夜已分。沅芷澧蘭無可採，我來何以弔湘君？

泊城陵磯

鄂渚三秋日似年，溯洄又向酒香泉。慙非范蠡五湖客，喜泛瀟湘萬里船。水落江流隨地轉，雲回星動與天旋。岳陽咫尺愁難到，欲假東風夜扣舷。

湖　泊

曾向瀟湘看畫圖，等閒得泛洞庭無？江湖客祀柳公子，荆楚人思屈大夫。疏雨淡雲瀰澤國，殘花落葉滿征途。連宵野泊都難寐，危坐頻聞雁鶩呼。

湘陰曉發

信宿隨風范蠡船，湘流九轉似登仙。谿雲欲吐波先緑，山月初銜人未眠。兩岸凝霜湖上草，千帆帶雨水中天。今宵定就長沙泊，有酒惟澆太傅前。

羅鎮侯遣弟上舍詣衡山相迎

風聲雪色伴孤征，裘馬翩翩負弩迎。西去靈丘曾折柳，南來緱嶺忽吹笙。雲山千疊旌旄擁，湖海扁舟氣色生。百里先驅煩介弟，絡絲潭水故人情。

衡鎮羅副總迎至衡山先回賦贈二首

陽和城北聽烏啼，輿疾南歸指釣溪。只道別來新定遠，誰知猶是舊安西。東洲出獵牙旗繞，南岳憑陵甲帳齊。卻憶關前曾躍馬，長圍合處見天低。
行間心事有誰知？意氣如君儗貳師。闊別廿年書偶至，重逢一夢見還疑。兵戈塞外同甘苦，雨雪山前共喜悲。最是再生人易老，春光猶記玉門時。

祝高嶺下逢霧雨

祝高嶺下且盤桓，再拜蒼天借日看。長夜何時開混沌？南荒所至見凋殘。千層鳥道溪聲澀，一帶霜林樹色寒。俯視兜羅成世界，此身宛在白雲端。

立春次日喜晴

僑居卒歲此心閒，向子初從壽岳還。雪色終朝凝屋角，春風昨夜到人間。蟲聲餞臘和羌笛，客夢衝寒越楚關。陰雨連旬方見日，軒前曝背破愁顏。

懷徐鶴洲中丞

一日丹書到水濱，八年湖海謝風塵。不知前席爲何事，豈是荒唐説鬼神？

旅宿四首

日暮停車碧水隈，羈思無賴獨登臺。山高雨後紅塵遠，夜半開窗放月來。

遨遊今日老閒身，此去桃源可避秦。明月忽來山鳥沸，隔崖驚起不眠人。

計程明日到丹丘，夜静涼生月滿樓。活活溪聲撩客夢，故將水碓作更籌。

河漢西流樹有聲，高樓獨臥不勝情。黄山頂上神遊徧，客夜秋天未肯明。

看月

清溪曉夜送潺湲，柏葉風迴滿目斑。薄暮只疑初吐月，不知落照向前山。

題禪院内甘露

味比瓊漿甘似蜜，陰同荷葉大如錢。任他祇樹三千尺，只愛窗中小緑天。

過員橋湖

平池細玉任輕風，草膩花香漾碧空。南北高峯看不盡，只疑身在聖湖中。

冰　樹

豐隆昨夜吼前峯，疑向空潭起蟄龍。静倚山窗看玉樹，未凋誰復辨寒松？

冰　竹

臥聽�枝聲飀飀，近看可是風敲竹。一朝晴日照寒空，方見此君真面目。

冰　花

萬朵瓊瑶簇畫圖，齊開不待曉風呼。看花只趁春三月，桃李芳菲得似無？

冰　草

饑軀無路泣麋猳，大地芸芸盡吐芽。瑶草滿山拾不得，欲將何物煮煙霞？

南岳後山舜井傍有舜洞

蒼梧一去不知年，古洞煙迷萬仞顛。九點青螺何處是？至今湘竹向南天。

水簾洞

簾外微曛影不流，陽光何日似三秋？星摇澗底金千點，月挂林端玉一鉤。

絶頂

上倚青天許作鄰，下睨紫蓋實無倫。若從雪後登高頂，我亦峯頭一玉人。

校記

〔一〕明都　桐城耆舊傳（宣統三年刻本）作『明卿』。

〔二〕□　原刻空白。

〔三〕蓿　疑當作『宿』。

〔四〕□　原刻爲一墨釘。

〔五〕□　原刻爲一墨釘。
〔六〕□　原刻爲一墨釘。

龍眠風雅卷二十二

木厓潘　江蜀藻輯

太倉周　肇子俶同里陳　式二如参

方拱乾

字肅之，號坦菴。弱冠負文譽，經史一覽不忘，爲文捉筆立就。諸生時，輒以天下爲己任。登崇禎戊辰進士，館選第一，假歸。十三年，授編修。稍遷至左諭德，分校禮闈，得人稱最盛。尋晉少詹，充東宫講官。甲申，不屈南歸，無意仕進。順治九年，以江督馬國柱薦起，補弘文院學士，轉少詹，與修大訓等書。嘗扈從世祖駐驆南苑，天語温問，一時傳爲異數。晚以舉場事被誣出關二年，旋得白放歸。年七十二卒，門人謚和憲先生。公偉貌修髯，風神秀朗。生平酷好爲詩，每製一篇，必經百慮。手浣花一編，探其壼奥。雖流離播遷，無一日輟吟詠，凡其憂喜悲愕、感慨閒適，以迄文章聲氣、尺牘郵筒所不能抒寫者，悉寓之于詩，故其詩獨富，所著有白門、鐵轗、裕齋、出關、入關諸集。予讀其自序何陋居集云：『他日知我者、不知我者，當亦曰此白頭老子尚能于萬死中自寫胸臆，庶幾與少陵「他鄉閲遲暮，不敢廢詩篇」之意彷彿其百一乎！』觀此可以知公之寢食于詩矣！集中録舊作纔二十餘首，乃得之扶輪選中，外此則登何陋居集什之四，登甦菴集什之六。子美夔州之句、東坡海外之篇，皆得自暮年，詩律益細，良不虚也。

雨中偶思飲酒適藏醞殊佳偕兒輩盡醉

秋霖肅晚窗，遠心忽及酒。老妻指敝廚，一甕藏已久。嘗厭兒喉饞，叫索説無有。開瓶爭雨清，香落梅花藪。薄斟答檐澌，紅上衰顔後。須臾散書堂，屐齒響廊牖。望筵意咨且，趨几脚奔走。初嘗規矩循，鞠躬長稱壽。兄弟揖讓間，始恭而終否。拜跪雜揉攫，巾袍漬餘溲。倚柱漉殘壺，取笑破老口。心愛父母懽，益盡饕餮醜。喧聲燈燼摇，盤空尚濡首。瓦盆貧家常，意不在升斗。

聽家僮述長安諸老慰問殷至感贈

有僕長安來，告我長安事。皤皤白髮翁，馬上頻致意。動口説前朝，停眸强制淚。屈曲問眠餐，周旋到童稚。簪笏共旃幃，鋒鏑偕途次。經歷已他生，入耳恍夢寐。一感故人情，一悲身世異。生非稷禼才，復乏巢由志。空慕五岳遊，難割向平累。拚死終偷生，遁荒偶然遂。豚犬代馬牛，皇天謝位置。旅食苦田荒，江船拾殘穗。破屋當深山，方塘網薜荔。栽花雜榛莽，高吟抵歌吹。竹截隔城峯，鐘落前溪寺。門巷閉春秋，杖藜溷屠肆。既許高春眠，亦容深夜醉。茹芝太荒唐，種瓜翻滋媿。本無束帛羅，誰言草木棄？腕倦京洛書，書空原無字。峨峨柱石陰，下逮煙霞茈。古今膠漆身，出處每易地。白雲懷袖多，驛騎難將寄。

烏

黑烏不白頭，觜巨翅掀翻。滿人聞聲喜，云是祖先魂。禿搶繫布絲，葳蕤短牆根。招招下來拜，懽呼慰子孫。瓜肉食必飽，陳設如祭膰。鳥獸識本性，猶知天倫恩。不聞杜鵑鳥，啼血來蜀門。帝王化羽族，到今稱至尊。

白蛉

白蛉是何物？中原初不聞。出關見種族，極東遂芸芸。逐如野馬塵，集如殘敗軍。其毒甚蜂蠆，瀰漫等浮雲。殺之既不武，縱則飛無根。清霜昨夜零，性命安足云？吾膚猶沃若，噆吮何殷勤。千古小人態，生死空紛紜。

補籬

柴籬雖微賤，難冀去者留。誰道屬吾物，皇皇議增修。既避車馬喧，復爲鷄犬謀。離山不百里，柯條亦易求。指揮先僮僕，枝撑審剛柔。仍餘屋角地，種柳東西頭。意中結方塘，蔬菜繞清流。忽念故山居，青青松竹幽。

早春雜興

春氣穉未壯，悠悠動林莽。不見斑鳩啼，流膏欲潤土。耕耘在何方？妄指城南塢。力作性不能，低頭愧場圃。典衣買丁男，越境購健牯。吐食慰朝饑，炊豆飯夜午。寸鐵未入田，望已盈倉庾。笥翻神農書，長謡學太古。平生慕老農，今日成田父。

啜茶

静啜泉味出，乳花生舊磁。童子怪舌靈，遠汲不敢欺。滌器還審火，不假他手持。笥中穀雨芽，又及穀雨時。風霜不改色，猶如初脱枝。侑以沈水香，坐對古人詩。窮居寡羶縟，至味含辛夷。飲茶如飲藥，翛然堪扶衰。

育盛買得讀書几請詩

即次尚未安，先買讀書几。讀汝途中詩，知未荒經史。秋清場圃畢，高山多杞梓。斧斤視厥力，搆屋甘陋庳。蔬園霜欲滌，西偏足容趾。誦讀三冬餘，樹藝明年始。我來行李艱，殘篇雜泥滓。合汝今所攜，分披頗不鄙。重複繙九經，繁郁逮諸子。問字老夫堪，師友柴門裏。高吟鳥獸羣，是亦伊洛里。

煮麥

煮麥堪作麋，剥豆亦成豉。瓜茄荒未鋤，朝園如市肆。舉家大半齋，不齋亦蔬食。親朋偶然飯，無復主賓義。中廚隨所供，不辭亦不愧。自食還食人，生理慙惶遂。

驅雀

雀莫啄我蔬，我蔬種已遲。老貧事事鈍，辛勤還後時。聊用悦衰眸，寧獨療長饑？甲圻纔如豆〔一〕，不及鄰家肥。肥蔬啄甚飽，瘦蔬啄成泥。饑我不飽汝，兩傷將安爲？欲驅不忍擊，短竿護疏籬。我蔬肥有日，除竿任汝飛。聽汝嗷嗷音，生事同我微。

漢槎示予金剛經乃予乙酉春手録寄林子可任不克壬辰復撿識畀兒章持誦者慨而作此

有客朝梵餘，示我貝葉字。心知是予書，蒼茫迷記憶。前後筆勢殊，年歲分遒媚。前書乙酉春，嘉興般若寺。書爲林温州，同難許相寄。時纔歷滄桑，痛矢入山志。後書壬辰冬，白門重作記。睽逖已八年，殘函塵廢置。雲樹不可攀，徒灑書空淚。那刹又十年，華夷三歷地。萬卷盡飄零，蓮花端在笥。衰睛勞摩挲，心傷魂欲墜。如出他人手，如憶他生事。甲申雖咥凶，偷生猶偶遂。林子雖别離，關山猶同類。只今天何方，踪迹胡然至？生平好臨池，工拙等兒戲。流傳夫何心？仗兹無上義。疲腕對琉璃，筆墨抒微勣。百感歸一空，羲畫融榮瘁。經歷歲月畸，佛眼應無二。

中後所遇長孫雲旂迎到

瀋陽聞汝來，星馳急一見。關外塵裏身，拜起驚目眩。頎頎顴生鬚，頗勝别時面。結塞口難開，引馬近牛韁。老兄七十三，欲問膽先戰。委宛餂以言，高聲報善飯。庶母已八旬，奉佛晨昏健。次第及諸孫，行止各鄉縣。紛如破巢鳥，饑寒幸平善。汝素工文章，對云疏筆硯。應傷陷穽深，豈徒奔馳倦？旅孫乃錚錚，行七，玄成第三子。學詩口如諺。老友嘉其才，愛女成婉孌。姚槱翁乃予竹馬弟兄，以女字旅。餘各依母居，脱粟伴殘卷。雖皆豚犬資，頗有父祖念。汝子生四齡，吳儂音睆睍。曾祖衣上環，時繫臂間線。語多令路短，斜陽憩茅店。解我舊狐裘，同兒土牀薦。夢醒摩兒頭，心疑使手顫。誰料萬死餘，再慰含飴願。情定緒稍紓，問答理後先。細述贖罪書，西曹膝欲穿。爰同驥行三，育盛第一子。若曇，行五，亨咸第一子。艱辛歷萬變。弟兄插口血，淚濺盤珠霰。思及龍鍾骨，頓覺黄金賤。周詳歸孟浪，危情恃天眷。語罷痛失聲，屋梁燈如電。自傷薄德翁，負累兒孫徧。遐哉陳太丘，車中坐羣彦。

蒲團

蒲團小復敝，甘苦十年隨。綏禿經緯錯，敗缺不成規。浸淫塞外塵，繡蝕如苔衣。山僧乞不與，殷勤重所貽。昔年古堂頭，閩僧古淵。説法越水湄。仲兒作縣令，國典苛且危。力護龍象衆，曲霽獅豸威。名山終法席，脱贈等牟尼。時木陳、夫山俱罹害，直指移檄甚嚴，兒亨力護持，終其法事，别時以此爲贈。老夫客長安，朝夕伴琉璃。遭難趨北轅，此物亦流離。土龕石佛泣，松火軍持悲。間關還故國，行李勞提攜。故物如故友，出險忍遐遺？紉以新布裳，趺坐增威儀。舊杖斷還續，對峙生光輝。王恭少長物，子敬青氈微。人生順逆境，新故心依依。

濟水

濟水行地底，曲折隱見勞。出與汶泗會，乃能通漕艘。黄河走其上，濟身薄不牢。往往河底陷，擁漕没飛濤。膚濟以載河，版築天吴操。始知趵突泉，激流所由高。舟行值積潦，間見晰秋毫。水性本就下，今則洩蓄淆。禹功且不及，羣黎胡嗷嗷？

泊宿遷陸汝七貽惠泉烹啜聊志忻慨 汝七，年家子。

飽啜惠山泉，十二年前事。提攜到長安，已怪出山異。龍荒豈無泉？掬泉如掬淚。誰料黄河濱，雙罌故人餽。白門六安芽，兒子秋前寄。兒育六月寄到翠雲茸。蓄笥不忍烹，恐爲凡泉累。及兹試乳花，水上松風吹。如逢久别友，如醒沈宵睡。再拜謝瓷甌，一啜千端至。飲啄事最微，重亦不以地。所忻白髮翁，萬里生還遂。

寫懷

日月有晦息，人生無止休。役役疲心神，聖愚同白頭。動極必思静，静即動所謀。窮達迷行藏，歌哭溷歡愁。韋布鄙軒冕，心則覬公侯。猗頓營錙銖，窮不異黔婁。誰能生不死？

誰能樂不憂？帝王鑄金穴，狐兔貢荒丘。曦光不反景，逝水絶迴流。春園昨日花，可爲今朝留。八荒大局促，千載長悠悠。

題于翔九所藏老夫庚辰年字 翔九爲舊中翰安之子

汶上故人子，手持縹緗字。驚是老夫書，廿四年前事。藏者人琴悲，作者市朝異。回思落筆時，子生纔墮地。珍重孝子心，家聲同不墜。干戈風雨交，緘縢豈容易？急濡今日筆，更爲當年誌。拙腕衰彌僵，經歷見老稚。新舊徵歲時，他年重披示。

喜陳子二如至廣陵特晤

百年幾十一，堪此離別長。生還踰三載，見子仍他鄉。前歲長安路，錯迕繆相望。只道鵬翮老，秋風當一翔。功名不足言，傷心在文章。春江深千里，感子孤櫂將。料子多白髩，披拂猶半蒼。予衰勿過悲，身在即身强。往緒千萬端，欲理紛無方。惟有少陵詩，細論口長張。老妻隔帷聽，喧笑鬧書堂。衰蹇應酬慵，今日神何揚。

得仲兒平陽書

游子遠道書，所貴平安字。老夫今日情，平安猶次義。仲也粱晉遊，秋鴻千里至。書言裕舟車，書言强寢食。故交多忠厚，窮途足糗糒。口口長安函，告急意中事。高堂勿過愁，兒甘任其勩。旅況豈真懽？餙辭娱親志。憶遭患難來，侍側未垂淚。作態學嬰兒，神傷顔益瘁。中夜號天聲，悲鳴感異類。生還肩重荷，萬端勤寤寐。父母語艱難，對曰亦容易。口甘衷則苦，鬖髿白如刺。伯也性狷謹，臨事心多悸。娱兄如娱親，百計相寬譬。遂令其神壯，驅馳有餘地。叔季走四方，學步忘憔悴。薄德值衰貧，撫躬凜淵墜。或者孝友家，皇天不終棄。生平恃蒼蒼，來復占深意。

亨咸爲其孫世黼乞書扇

津門纔晬□，已能成鳥語。爾父昨年來，之無云能數。爾祖乞予書，臨風將寄女。爾祖書勝予，學曾還學祖。爾弟亦及肩，可能解笑舞？何時繞膝前，相攜老農圃？

祇舍菴老僧過江問病〔二〕

老僧眷衰疾，遠涉長江道。相見纔五十，年頗輸予老。病緒對僧言，自然歸幽討。僧雛秃盡霜，耆宿多枯槁。佛且不能留，萬物安自保？予懷無一絲，共僧彌浩浩。但聞舊菜園，新支蓋頭草。清檜瓜蔬香，口説已堪飽。

荒田行

旅食不飽，退而力田。田荒十斛收三斛，縣吏騎馬大聲叩門索租錢。租錢入官什取五，租錢入吏什百且什千。五月糶穀從來苦，今年新穀賤如土。鉛銅錫鐵雜爲銀，官爐大鑄煙成雨。莊奴貪，莊農黠。公空倉，私狼粒。計窮只得賣荒田，舉手贈人誰人憐？富者不肯，貧者不能，賤者不敢。惟有抱磽确而顛躓，號呼於五風十雨之天。亂曰：種荒田，不得粟。賣荒田，不得金。搔首長饑，不識天心。我饑猶可，民饑勝我。荒政十二兮首蠲租，大臣不問兮吏如仇。春風吹雨兮青我疇，薫蕘古人不我欺兮夜起視牛。

邏卒歎

西湖自古無明月，錢塘門鼓黄昏發。士女齊抛簫管船，冰壺冷浸湖光歇。近來新添騎馬兵，湖煙未黑斷人行。土音全學滿州字，金丸亂射鳬鴨驚。矚目湖邊三里寺，豺狼晝號狐狸睡。上墳籩豆遭擒烹，杖藜敢理遊人事？富家有租收不得，田夫捉主賣送賊。五金十金百千金，贖歸還恐官司識。高樹栅門防賊走，賊反鎖門置人守。前宵橋東殺牛兒，昨夜溪邊賣米叟。城中有兵雄且都，賊去山中兵在衢。煌煌鐵馬四十騎，縳得倡家兩博徒。

敝觚行

市有古銅物，陋不可玩，敧不可食，歷十朔望矣，無一過問者。時之宜之，物自審哉！問之賈，賈不能名，强曰『觚』，乃作敝觚行。

敝觚千秋土花古，青崩紅剥堆蟲蠹。荒田牛脚絆鋤根，驚風怯日膠泥雨。如彝不方鼎不圓，耳折唇缺壅腫肩。鑄工名蝕款識眯，揣摩籀篆存當年。長安廟市改爲寺，金錢捆載籠高騎。貂皮貍鞟左撑天，番珠闐玉右委地。中有傖父凍欲僵，抱觚鵠立倚冰牀。莖草颭風拜復定，云是瑚璉發古光。日斜棚散無人問，觀者等閒抱者忿。吁嗟乎！此觚日月何人知？黄帝成仙照鏡時。露盤峨峨高千尺，歐治陽精同手赤。零環斷珥竊苔紋，百寶侯門裝冠舄。昨夜蒼龍吼子孫，不若宵迷雒水渾。上帝不收羲宓貢，后土難銷川瀆痕。吁嗟乎！置觚宗廟嫌鄙朴，蒼顔敢受鵜鶘濯。琮璜瓚瓘氣蒸雲，丘釁冠裳觚不樂。置觚賓筵嫌龍鍾，刓角傴腹貌蒙茸。爪指纔觸冷欲脱，扶持秩秩勞虚恭。吁嗟乎！識觚既難用更難，長松私語拂闌干。我昔身同霜雪峙，只今面逐勃溲寒。四座莫喧聽位置，高不至亢卑不墜。萬釁香林施食盤，百年農叟楓根醉。

俘妾行 陳氏，廣東香山何相國之婦，父御史，夫令尹。

穹廬有婦醜還壯，内家半掩啼痕樣。含悲約略説家門，阿翁曾拜前朝相。父列臺班夫令尹，鬼妻血刃長加頸。衾裯偏受妬婦嗔，赤脚擔柴手汲井。早知人生一死難，父翁悔作當年官。孤兒寡婦徧天下，豈只區區何香山？薄命不獨紅顔女，地老天荒恨何許？羈人萬死自甘心，轉爲閨娃淚如雨。

賣牛行

駕車老特門人贈，毛疏骨健性遲鈍。負重致遠不萬里，一石兩石差堪任。艱辛跋涉已半程，土人東指路難行。泥深石峻病牛足，不如留此事秋耕。中道棄捐客心苦，賣牛買粟充朝釜。猶幸不爲文繡犧，餘年晚食終場圃。君不見，黃鬚健兒昨朝饑，生啖牛內剥牛皮，牛生不辰生斯時。

古城行 去寧古塔百里，遺堞儼然，土人呼爲貨龍城。

野外有城磚石作，七里三里堪尺度。聞見雖多登者稀，斷碑殘瓦迷荒落。土人口説何王地，揣摩知是慕容字。苻堅敗後燕再興，國分南北堪雄視。相去遼陽一千里，高麗幅員不至此。只今落落鳳皇城，漢唐舊壘全亡矣。矧此彈丸安足齒？不毛不臣天所委。豺虎尚苦孤無鄰，帝王安肯争都市？吁嗟乎！腐儒手眼勿深怪，循經據史多拘礙。君不聞，地行天中，天包地外。天高地厚，地小天大。地中皆水，水多土隘。惟土所居，如蟻穴，如鳥巢，不知其幾百千萬億。都鄙城郭，如天宫之三萬六千户。耳目無可稽，而劫運不能壞。唐虞三代，亦不過就其力所能圖成，爲衣冠刑政之疆界。此外芸芸而生者，凡幾唐虞？凡幾三代？輿圖曠不能窮，史册莽不能載。然則此一區地，又何必問慕容爲何許人，强憑弔而發深慨？吁嗟乎！芳草濃霜冬復春，巍巍闤闠久成塵。莫傷踪迹孤窮極，城裏當年有住人。

玄成以讀書几請作歌書其面

讀書不問地，窮荒即衡泌。讀書不問几，榛棘即楩梓。勿言禍患樞，咎不關讀書。勿恨遭逢苦，讀書娱今古。寒空閒畫清霜屋，端居何以遣幽獨？縹緗出塞轉精神，蝸涎蠹蝕增金玉。笑予老鈍一無能，眊眼摩挲抱膝吟。汝年正是讀書日，丘墳以外當何營？蒐討冥搜無二理，屈宋亦在關濂裏。饑寒彌見聖賢心，千秋多少流離子？憶汝三歲識難字，鷄坫鑾坡如夢寐。名姓長勞旃幄呼，燈膏難醒氈裘睡。吁嗟乎！挂角驅鷄安足論？箕裘舊物百年存。好恃一片光明木，留印雙趺萬卷痕。

輯今年所作詩

老鈍詩篇無拘束，客愁絶塞才思縮。雕鏤既覺衰顔羞，潦略復恐先賢辱。持此兩柄將安從？汗漫經年倏盈櫝。長吟掩卷不示人，吳子漢槎時來共兒讀。丈夫僅以詩文傳，已負平生悲鹿鹿。況復荒榛絶見聞，江左鄴中只茅屋。萬事心灰一卷勞，性情陶冶娱幽獨。千古文章自有神，光芒豈在登青竹？

遊東京舊址

荒烟平斷七十里，鬱葱樓閣雲中起。心知村落無此觀，云是前王故宫址。馬近萬象漸虚無，觸眼頹牆長荆杞。衝城車軌滑於脂，崩橋留垛横流水。天街蕩漾接龍樓，右垣左个分明裏。明堂居然南面存，階墀陛墄紛堪指。寢殿回廊領六宫，瓦破鴛鴦疑墮珥。平臺柱礎布棋明，野杏花殘新結子。金刹忽聞南市陌，毗盧百尺嶙峋碧。蓮花刀削太華峯，想像莊嚴如滿月。石塔玲瓏八面虚，金莖孤峙天山雪。萬井周遭車馬痕，青苔細蝕琉璃屑。鐘鼓依稀晝漏聞，狐狸睡處鵷鸞列。宏模不讓澗瀍雄，匪同草昧蝸牛穴。惟餘閶闔缺炎方，似避當陽守臣節。不然事事等帝王，方隅割據那能測？步步披尋步步真，遍地榛蕪無字碣。巖吁嗟乎！今古興亡原等閒，聞見雖湮猶史册。如斯宫闕屬何人？稗野差訛文獻絶。巖關一線斷梯航，金亡粟死摧鹽鐵。憑誰雲搆誰星羅？六丁縮手公輸拙。朝鮮疆宇本荒唐，指畫金元亦渺茫。烏緑分封曾闢土，東京或恐是臨潢。此中大抵樂浪地，洪範千年寡記憶。土人掘得正隆錢，揣摩難合當年事。謁呼慕容爲賀龍，阿房更始多茫昧。書生耳目何内外，信其所傳置所怪。豺虎有口不能言，青竹幾曾蝌蚪在？六合奇離何不有？洪濛益見乾坤大。吁嗟乎！楚殿秦宫盡野蒿，彈丸何處問前朝？莫悲萬古無人境，多少英雄向此消。

降乩行

塊爾無靈方寸木，交横十字如車輻。截筯簪頭似珥毫，輔以書籤斷紋玉。竹皮條子澹朱書，頃刻風生兩腋如。龍蛇畫脱平沙案，大者如碗小如珠。碧落黄泉莫適主，飆輪霆駕隨心舉。李夫人自帳中來，楊玉環同樓上語。昨宵皓鶴王喬壇，今日蒼麟帝子渚。呼之若應聽無聲，不符不咒自然靈。有時鷲嶺蓮花座，驀地山魈薜荔城。筵篿不事事文字，建安才子褰裳至。滕王閣上落霞明，玉樹歌中鵑血淚。不知胡帝復胡天，作者當時未必然。董威束手靈均啞，情狀參玄更格□。虚室無人疑自動，睜眸白晝黄昏夢。若有憑焉何處神，函關誰挽青牛鞚？懷疑有客頻摇手，六合内外何不有？聽鬼由來亂世情，筵短龜長皆揪帚。

葺茅屋歌

茅屋雨小茅尚存，茅屋雨大茅翻掀。雨片如刀茅力弱，茅斷屋破驚傾盆。少陵猶有茅抱去，我茅已腐歸泥淤。天晴急向比鄰謀，家家屋漏無尋處。故人憐我書牀濕，胡子明遠、吕子玉繩。屋上分茅束百廿〔三〕。補東遺西迴難支，力到窮時視所急。公然几硯位置安，窗紗碧映護花闌。暫晴未敢矜茅勣，赤日争看露地乾。雨過誰家不營搆？營搆誰能長不漏？片時適即廣廈棲，綢繆風雨需先後。君不見，乾清天子萬年宫，鏤金削玉水衡空。前年雷雨隳牆壁，司空鐫秩勞羣工。吁嗟乎！人生寢食何醜好？阿房圭竇同草草。懷居戀土自常情，大地猶如一枝鳥。

水盡頭憶顧見山

顧子尋山如尋畫，遇峯必登石必拜。告我清溪石皴奇，李唐荆浩争靈怪。我來直溯溪之源，石光水光相吐吞。持子筆墨印水石，始知手腕元氣存。曾許老夫絹半幅，興高盤礴溪山曲。最愛臨溪青蓋松，好爲孤根添茅屋。

淮陰釣臺歌

吁嗟乎！此即手奪西楚霸王之天下，擲授沛公之韓王孫所乞食而垂釣之臺，真乎否耶？淮水千年流不絶，涓涓疑是龍且血。真王假王竟寂寥，荒椽斷瓦棲殘碣。相背相面豈不知？奚待文通掉舌時？信善將兵帝將將，自知大事無能爲。當年墓傍留萬户，規模不過公侯數。游魂雲夢尚未蘇，嘵嘵絳灌羞爲伍。吁嗟乎！重瞳鱣鮪，吕雉則鰲。釣而不獲，轉授以刀。豈徒不及任公子？胯下相逢羞欲死。帝本無情假婦人，吞鉤即在登壇裏。吁嗟乎！古今幾箇渭濱翁，嚴子灘高七里風。文叔心情類而祖，垂綸良是善藏弓。

偶簡舊西洋眼鏡戲題

眼光寧假人功作，西洋老賈好穿鑿。煉石爲之争鏡明，波生銀海浮而薄。老翁入市攫如鷙，少年嘗試翻添霧。我衰萬苦百骸摧，雙瞳落落還如故。門生贈此已十年，攜之出邊復入邊。老妻畫上數蜂蝶，偶一取照青燈前。將來明暗審目力，自然灰隤不及昔。置此尚能作字能讀書，姑留笥中以備他年不時需。

偶爲張伯頮歌

憶昔詩酒場，君壯予方少。予今已頹齡，安得君不耄？吁嗟乎！八十老翁何所之？交游莫問盛年時。古今賤老況此日，黄金散盡無還期。所欣狂奴態如昨，筆底青山囊底藥。高歌不管鬼神愁，醉鄉千載同溝壑。我貧恰有賣字錢，買船沽酒急須顛。昨日桐城姚檮叟，少予三歲已黄泉。

龍舟行

龍舟只合依江滸，窮荒幾載無端午。每逢佳節必心傷，翻笑靈均何太苦。今年端午廣陵城，廣陵江接瀟湘清。競渡流傳風俗舊，綵絲畫舸勢紛争。白龍初試邗溝水，噴珠撇浪涔蹄裏。龍尾高懸十歲兒，弄丸波上平如履。相期明日鈔關亭，簫鼓喧闐粉黛屏。家覔約束纏頭錦，鑄鑠封題撮口瓶。再生老眼驚還喜，物力猶堪裕桑梓。但當努力開口争逐衆人懽，勿問龍舟當年因緣所自始。

四壬子圖爲爾止弟題

開闢以來四壬子，支干若爲詩人使。曹劉沈宋幾時生？茫茫歲月誰縷指？哲弟稱詩世共傳，墮地同符豈偶然？衰愚莫怪難方駕，自悔先生十七年。

羅漢佛珠歌 兒標湖上寄奉老夫

桃核鏤成，凡三十六軀，備極工巧。

吾聞天台阿羅漢凡五百尊，摇山履海雲雷奔。誰使比肩連臂入予腕？三十六軀龍虎蹲。

諦觀當是蟠桃核，橄欖之實疑太窄。鸞刀歷歷太分明，鬚眉瓢衲飄高格。兒子知予老無爲，詩聲長與佛聲隨。佛眼佛身同佛號，肅肅諸天大樹時。衣袂深藏留細字，衰眸持向陰檐試。料汝瞻雲慮我毦，只兹堪慰晨昏意。記得湖南浄寺相巍峨，指爪莊嚴較若何？六橋三月懷遊子，今日如偕湖上艖。

釀金行 王子自牧爲林茂之束裝歸，同人感而作歌。

嘗讀少陵詩，安得廣廈千萬間，心笑此翁迂且頑。當今眼見王夫子，始知古人脱驂指囷事等閒。九十詩翁貧帶索，手援頓起溝中涸。舉世賤老更賤詩，層雲特爲高風薄。目前豈少石季倫？肉臭誰憐路死人？一錢能令造物轉，萬古黄金今日神。吁嗟乎！黄金益貴仁義寡，感恩不獨一受者。

六月六日兒輩集張郭王唐朱席諸君琵琶箜篌説事度曲竟日以解老夫病乃爲之歌

兒孫侍病心彌苦，百計爲懽到歌舞。善才琵琶秋娘喉，供奉詠諧龜年譜。大槽奔雷小槽珠，低聲嬌鳥高聲虎。海内好手不數人，一時羣集如風雨。四座瞪眼静不喧，破顔微覺衰容嫵。吁嗟乎！老夫伏枕百有五十日，昨日三女郎，飄然來問疾。今朝絲竹豪，聲繞蘭花屋。尚能持殘杯，尚能操短筆。枯木甘心世共捐，藥鐺檀板争眠食，只此已拜天公德。君不見，昨朝江干皇華子，樓船駟馬趨珂里，中宵無病平明死。

程穆倩爲老夫刻龍眠方某一號甦菴圖書

程生爲我鐫奇石，秦碑漢篆渾莫識。但見古光一片挾雷霆，雙睛萬象登時失。中間龍字號字更横肆，蒼頡摇頭忘記誌。程生自言生平得意章，揮畫則狂心則細。程生經年經月不動手，盤礴偶然呼斗酒。飄風驟雨頃刻成，不向人間覓蝌蚪。用刀如用劍，公孫大娘常相見。用刀如用筆，五岳峯摇鬼神泣。老夫七十賤名字，得君聲價增瞻視。不忍塗朱三摩挲，程生程生奈汝何？

纔買得茉莉盆

種賤因時貴，香從鋒鏑生。見希應共惜，枝弱不輕榮。衰鬢分朝夕，叢蘭識弟兄。常愁江路梗，今日信銷兵。

松山

前朝諳敗績，此地乃松山。一戰傾明祚，千秋輸漢關。濠深流水咽，石冷血花斑。舊鬼終年哭，誰知丞相還？

募僧收枯骨

敗亡二十載，枯骨尚如麻。中豈無才智？生原有室家。啼魂昏白晝，掩面乞黄沙。何處煩冤盡？觀空仗法華。

晤剩和尚

羅浮何國土，强説是君家。誰謂三韓草，偏殊五嶺花？道心增馬齒，佛眼小龍沙。疲茶原無恨，何勞代我嗟？

寧古塔雜詩二十四首

異俗難爲悦，平衡亦寡猜。忘情遊鹿豕，隨意侣蒿萊。塞北猶回顧，江南豈易哀？艱難兼鹵莽，吾道合塵埃。

勿言老死近，只作受生初。是地即成土，何天不可居？鴻荒隨手眼，今古總蘧廬。一室心同遠，千間誰過予？

萬法了無味，瞿曇畢竟賢。相經風雨好，燈借爨薪傳。依託八千里，顢頇六十年。蒲團相對笑，開闢此中禪。

輿圖既軼考，聞見復沈淪。廣袤凡萬里，蓁蕪絕四鄰。安知千載上，不有似予人？愚智同黄土，摧頽莫損神。

蕘稗公然熟，瓔瓢香色多。非關珍異種，久矣賤嘉禾。腹果無餘味，神充具太和。含餔疑聖訓，惡莠欲如何？

同來二三子，錯落住山樊。風俗隨鷄黍，榮華足瓦盆。烏棲柴柵巷，驢背夕陽門。何必愚公谷？枌榆已是村。

向使買山隱，那能如此深？只今坱圠外，獨具泬寥心。皂帽還言近，黄龍安可尋？惟餘檐際鳥，不譯有華音。

但作前因解，猶非素位心。勞生原自古，任運復如今。底事成完好，何方不陸沈？遁荒還逸老，蓽路亦山林。

怕作鄉關夢，生憎京洛書。冷灰原喪我，絮語轉愁予。麋鹿豈長聚？蜉蝣總太虛。象王絶回顧，久是厭離餘。

侏儺何處子？指此是中華。魚鱉長充米，貂狐欲换瓜。衣冠傳自異，風土較來嘉。益感君恩厚，投荒亦有涯。

出門隨所適，不問入門愁。漏屋睡常足，荒廚飽即休。照臨同日月，金石幾王侯。土著猶羈旅，長歌塞外秋。

狼狽何生理？經營徒自煩。先來諸長老，浪指野田園。菽豆他家困，柴桑明歲村。意中堪眼飽，饑餓忍朝昏。

版築規模隘，鉏鐮牧豎驕。蝸涎驚廣廈，象教學孤瓢。茅淺霜先老，籬疏市不囂。擬將河畔柳，傍户插山腰。

少陵夢李白，詩苦不堪吟。顧我才名媿，何人寄托深？常懷天寶恨，難問夜郎心。寂寞青山路，千秋猶舊岑。

一几同兒坐，分頭各讀書。衰年遮眼目，旅食答居諸。難字休輕過，危機莫浪吁。古人終不誤，没齒愛三餘。

飯罷扶筇出，兒隨恐力疲。閒情愛獨往，信步寡前期。屋外清溪水，霜餘黄葉籬。來迴途漸熟，僕僕復遲遲。

霜重風還善，秋晴煖似春。有聲飛過鳥，無事獨行人。緩步成幽徑，新居認舊鄰。坐談淹落日，不厭杖藜頻。

動即良朋屋，許、彭諸子。交稀地更偏。沓來眠食共，一道往還便。久坐能淹夕，如兹可送年。曩時桑柘社，尚覺費周旋。

紙貴揮毫澀，蠅頭細字餘。豈無兒代筆？聊試老能書。得句憑誰和？懷人寄復虚。敢言才未盡，吟嘯當欷歔。
鄰家邀麥飯，信宿已相期。不速寬朝粥，因循減午炊。窗銜霜煖日，階剩露殘葵。老鈍歸途晚，蒼蒼明月隨。
何處山查子，名同味亦同。故鄉霜落候，童稚摘盈籠。入口如逢舊，傷心是轉蓬。神農應憚遠，詮註有時窮。
溪清魚可鑑，不得亦怡然。共愛舟如筏，還矜鯽似拳。沿洄依岸廣，攲側倚沙眠。莫笑爲漁慣，予家江水邊。
已結此生局，登車如蓋棺。偶然餘一息，何事尚更端？不絶星辰閏，無垠天地寬。饑來隨匕箸，非是强加餐。
殊方第一節，中秋。天似眷羈人。圓月正中地，危逢初憩身。饑廚催杵急，殘帙試燈頻。客睡常愁早，今宵坐達辰。

飯後步階下

坐久思扶杖，衰筋屈待伸。青精何處飯，偶食粳米。荒飽此時身。檐際無多步，經聲試百巡。懵懵還汨汨〔四〕，又度一宵晨。

兒亨雪中遣小童持史記向吴漢槎易漢書

柴門開凍徑，雪裹送書童。亂世斯何物，清晨溷乃公。校讎當日義，斟酌幾人同？共笑雕蟲技，窮荒益覺窮。

九日

鬱鬱連朝雪，蕭蕭九日晴。異鄉誰送酒？令節但存名。目斷天無極，風高臺轉平。莫嫌人迹遠，雁亦罷南征。

移居

總一萍蓬地，安居復徙居。倦飛無定鳥，微沫且游魚。茅短山依牖，牀高雪映書。不知誰結搆，强説是吾廬。

早　起

長夜準朝眠，霜暾到枕先。家無煩老事，人愛早晴天。研洗和冰墨，爐温隔夕煙。星星平旦氣，孤坐倍醒然。

聞江南寇信

浪説樓船變，江氛接海氛。大廷正神武，小寇乃紛紜。孤迹迷青嶂，全家隔白雲。難餘輕世亂，消息任傳聞。

喜通鑑綱目到

縹緗祇舊物，邊地即奇書。義頡新蟲鳥，丘軻老蠹魚。古今歸瞬息，日月等空虚。乍到矜初獲，孤燈積雪餘。

糠燈

名借糟糠重，光争螢火微。空教照蔀屋，誰與助清輝？化燭心難問，懷珠願久違。夜深霜際月，相伴影依稀。

崇寧錢

古錢命如客，一樣嘆飄零。日月當年鑄，山川何處經？苔痕争蠹蝕，夜氣伴龍腥。金碗三朝變，猶存肉好青。

玉階怨

雖貴原因色，容華敢自傷？悔先當寢室，恨不隸平陽。掩鏡思流水，開門迎太陽。還疑天上顧，萬一到殘粧。

蔬食

經旬未肉食，卻不以齋名。佛亦難容世，人惟安此生。何顒心自好，蘇晉眼長清。夜静風如磬，新詩作梵聲。

壁間供佛

淚隨膜拜落，斯地見斯容。累佛知身業，依僧學律恭。回思千月影，遍對六朝松。誰信蓮花界，萍蓬與客從。

劉重顯卜居沙嶺

自嫌荒漠極，猶有住城名。獨去躬耕地，纔窮遠竄情。就車隴草近，繞竈澗泉清。同作辭鄉客，離羣恨亦輕。

得家書

尋常烽火裏，不易是家書。況復關山外，更經憂患餘。情危徵字澀，緘漬計時疏。今夜燈前眼，翻疑見面初。

挽廣和尚

遠竄已如死，翻憎會面多。十年隔江水，一月聚遼河。喻法寂無語，論詩耿不磨。雙趺何處見，夢裏示維摩。

寄懷赤公

撫順河邊別，心傷色故懽。至今關外水，猶帶去年寒。禪入交情古，空開絶境觀。懷人應有句，莫作棒頭看。

三月十六月上僅半輪久而知其食

月食不聞令，驚虧既望輪。占天寬外服，修政貰羈臣。太史傳應遠，朝廷德自新。春秋何數數，筆削亦勞神。

兒育兒膏至

是亦名團聚，何如離別愁？周詳勞聖澤，踪迹豈人謀？勿問稻粱計，聊紓道路憂。夜闌休秉燭，留夢守江樓。

寄張壻濬之二首

漬血浮書面，淋漓弱息情。老夫開忍視，而母痛無聲。誰識皇天眼，空勞搶地誠。悔教曾讀史，動口説緹縈。仲女刺血作書寄予。

臣罪勝喬固，寬恩感法輕。嬌孫如李燮，半子即王成。善後何長策，從前信積誠。茫茫理數外，猶自説平生。

辛丑元日二首

殊方兩易歲，節物轉尋常。自顧鬢毛定，翻嘲日月忙。眠餐馴土俗，梅柳自江鄉。蘆酒隨斟酌，偏先年少嘗。

兒鬟看半白，老子老如何？罪籍天倫具，頹齡道氣多。龐公法眷屬，杜甫句婆娑。經歷回頭幻，休驚歲似梭。

愛閏

老人翻愛閏，甲子有紆籌。萬事成餘計，浮生何足謀？閒心不記日，異域又經秋。佛火無盈縮，朝朝照白頭。

拭梅根杖上塵

敢借危途力，難爲塞上塵。涅緇留本性，樸直稱衰身。香發經冬雪，根蟠故國春。葛陂千尺影，時欲度江津。

偶得生雉畜之二首

呼吸判刀砧，藏身悔不深。幸充君子玩，聊稱道人心。歷險徵微命，全生託梵音。好同施食鳥，旦夕繞香林。

莫作羈縻恨，應懷飲啄恩。平生負文采，物色感温存。柴柵依花静，霜畦落粒繁。秋風吹羽翮，還汝舊山樊。

負暄

霜日竟如春，羲和厚老身。豈無狐貉煖？難及太陽仁。破帽攲頭白，殘書過眼新。低欄忘刻影，不厭欠伸頻。

辛丑十月十八日得召還信四首

驛騎傳何語，生還竟是真。猶疑平日夢，難信醒時身。搯臂卻知痛，歡顏轉訝人。喜狂心倍苦，不覺涙沾巾。

亦是意中事，尋思轉覺虛。誰教天上雁，真活轍間魚。魂斷招纔續，形衰命似初。神摇還手戰，怕讀寄來書。

嬌孫書十紙，一字一啼痕。新政懸天澤，書生排帝閽。共憐黄口力，能雪白頭冤。慙愧升卿硯，淋漓洗覆盆。

灰心甘異域，不敢夢鄉關。每怪兒曹語，長懷故里山。果然無妄福，竟賜再生環。繞膝燈前笑，加餐看老顔。

月集南池

爲問南池勝，名因杜甫傳。我來當暑雨，一樣晚涼天。老樹閱游客，繁荷弔古賢。娟娟明月下，流水幾千年。

偕凝齋兄過鐵塔寺登準提閣

夕陽過古寺，鐵塔映危闌。總角弟兄老，他鄉杖履難。磴高矜力健，天廣盪胸寬。鄭重追隨意，家山遠近看。

遇戴葭湄欣爲老夫寫照二首

自恨身多累，那堪身外身？灰心三大業，靦面一庸人。久識衣冠誤，誰言瓢笠真？相看成爾我，筆墨感前因。

衰醜世爭棄，偏勞顧虎頭。翻言得意筆，特仗老顔留。華表是非鶴，滄洲來去鷗。嵚崎鉤畫外，更獲解人不？

偶出

野服不驚市，兒童識老翁。時常獨來往，只在徑西東。冰釋梅應坼，湖融艇自通。青山在屋裏，步屧幾曾窮？

過道院逢浴竹

竹體本鮮浄，何須拂拭深。雨生童子手，青出道人心。頓異空階色，還留静夜音。羈棲爭尺五，分得此君陰。

客至

翟門客不乏，晴雨破蒼苔。豈爲文章顧？應憐老病來。貧無投轄井，坐有落花臺。剥啄聲元静，嵓扉長自開。

雨夜簫聲

秋燈明細雨，何處度簫聲？斷續芭蕉響，依稀蟋蟀情。客心隨老静，夜氣逐涼生。不必聽終曲，檐楹本自清。

老妻六十五初度二首

老妻偕我老，辛苦信同遭。五十二年内，百千萬種勞。翟珈難重憶，井臼至今操。鹿駕幾時遂？蹉跎慙鬢毛。

羣兒席不暖，菽水自然難。聊借門生酒，恭承堂上懽。萊衣宫錦舊，鴻案客廚寒。桃李苔岑色，移同松柏看。梁子貽尊。

外甥孫齊子升如特自桐顧老夫于廣陵

我正悲同氣，方抱先兄之戚。爾來添淚痕。因兄追痛姊，似舅只遺孫。千里江濤易，十年顏面温。他鄉驚聚首，骨肉重根源。

柬杜于皇

客裏還憐客，孤身值歲終。年輪衰叟老，詩信古人窮。酒攫屠蘇醉，春生墨瀋風。元正新試屐，先合過牆東。

謝稚恭惠鱘魚盤二首

持筯勿輕下，應憐推食心。同經患難後，益共苦甘深。舉網矜誰得，臨流羨至今。老饞忻指動，飽德感清碪。

轉是吾鄉產，廿年驚未餐。腴添邗水味，色重故人盤。張翰思徒切，馮生鋏漫彈。白頭叨口腹，飲啄見同懽。

朔日于皇見過留小飲適埜人舟次來共集

杯酒齋期供，情緣詩更真。何來門外屐，復是句中人。旅徑羊求滿，衰齡文字親。城鐘催客醉，不爲濁醪醇。

別陳二如

問字得吾髓，分霜及爾髯。驚看弟子老，莫怪歲時淹。絮語燈重接，狂歌酒漫添。積懷攄既見，路近別何嫌？

晤林茂之時年八十五矣

猶是丈人行，相看若鼎彝。別時已屢空，近日尚能詩。賓客前朝事，聲名同輩誰？對君忘我老，白髮快追隨。

再遊桃花塢 三月十四

再到桃花老，窮探悔後期。誤看已謝樹，認作未開枝。衰眼禁榮落，浮踪任合離。成功春事足，敢怨晚風吹？

忽憶

蓬門忽記憶，昨歲此時來。梅子坐看熟，萱花仍舊開。久羈忘土異，拚老任年催。庭樹新雛鵲，相依政不猜。

因仲姪歸簡陳二如問其註杜成未

共姪論詩數，興情必及髯。解人寧易得，作手幾能兼？學杜經年久，同心立格嚴。拈毫析微義，應爲老夫添。

螢　火

莫嫌螢火小，此地古揚州。曾伴隋皇帝，長爲永夜遊。至今星月影，猶帶綺羅秋。殘卷無勞照，車生已白頭。

研齋自毗陵來

奇氣降難盡，清言入道微。從來歸宿地，自有合離機。學力隨年長，空華著眼非。最憐鞭影疾，對面泯依違。

爲宣爐謝辟疆

爐傳宮鑄舊，得子品題真。物亦感知己，情非諛老人。千秋争璞玉，一顧幾麒麟。久笑囊如洗，今朝頓不貧。

喜晤吴見末論詩

詩人不厭老，白髮及兹强。海外何山水，歸來舊草堂。不須詢險阻，終只愛文章。試讀夔州句，偏勝年少狂。

喜晤施愚山

就亭傳結搆，愚山官舍内亭。江水繞孤城。恨我老難到，如君清更貞。古來峴首地，寧異宛陵名？此去新吟滿，應添邘上情。

立春日買得蘭花

土鼓朝纔擊，山蘭入市盈。易生驚物理，徵貴感人情。栽向梅根瘦，開同客眼明。閒心寄草木，又見一年榮。

吳埜人見過闕展待

偶爾看花去，虛君踏濕來。尋常艱一出，今日又空回。豈爲前期寡，難將夙抱開。古人訪窮巷，不遇亦詩媒。

鸜鵒歸二首 飛去五十日，凡三返，棲庭樹，自歸韝上。

拚與樊籠別，誰教去復迴？飄零何樹木？揀認幾樓臺？懷舊凡三顧，同儔不一猜。渾如江海上，遊子賦歸來。

稻粱寧足戀？應感主人知。毛羽憐殊衆，聰明親授詩。鷹鸇原滿眼，天地亦多岐。歷盡人間路，纔廿穩故枝〔五〕。

瓶蓮

膽瓶堪眩眼，身況在花中。勝事遊人説，穠華昨歲同。分香通枕密，借豔作顏紅。好向溪橋語，留芳待病翁。

于皇從如皋來見過

知子念予病，知予念子心。衰年危白髮，客路貴黄金。攜得水雲色，由來湖海襟。呼兒停煮藥，傾耳聽新吟。

題亨咸爲奕箴畫家山讀書圖

畫山原不盡，畫自具山奇。樹石歸形似，樓臺任意爲。彌增當日勝，益重客中思。舉目邗江壁，桐溪秋曉時。

移居後謝楊硯蓮

授餐兼問藥，不獨一廛私。只此頻移迹，追思三匝時。平臺低衆壑，叢竹隱深池。幾度看明月，依依戀舊枝。

答程端伯 端伯和老夫初度詩十二章，賦謝。

不見故人作，于今十二年。幾經猜面色，何得挹詩篇？好句忽天外，全身現眼前。喜狂呼欲絶，把卷復潸然。

朝眠甚適

夢醒微睡足，窗紙上微明。任舉世間事，無關檐鳥聲。敦頤徒有術，禪悦亦空名。何似灰心叟，濃霜布被情。

同兒膏小飲

怪我忽呼酒，挑燈一舉杯。梅花今夜霽，遊子昨朝回。絮語同詩吐，寒籌信市催。比來空斷飲，涓滴本能開。

瘦

骨已無堪瘦，顔猶借酒紅。老妻心口裏，明鏡淡濃中。自古清虚貴，難言秦越同。春花不相厭，宛轉伴衰翁。

五日開家醞小飲

亦有四方酒，偏躭家醞嘗。記從篘臘雪，即指待端陽。作手親開快，微醺病力當。老妻偷眼笑，不爲醉容狂。

忽得同年解拙存書

休沭峭函尚未兵〔六〕，幾回消息問柴荆。拙存以壬申假歸里，予先三年别。及予再出朝廷亂，念子多虞虎豹横。久病轉全參术體，周饑難悉雪霜情。此來惝怳停雲歇，乍得音書心反驚。

宿遷有西楚項王廟弔之

赤圖縱屬斬蛇人，非項那能獨破秦？櫂絶烏江餘大勇，撞翻玉斗見深仁。歌騅有血還勝毚，烹狗雖功不畫麟。成敗皆天誰敢議？黄河聲帶萬軍嗔。

檐鵲

檐鵲刷羽静不下，階空晝永時一來。盤餐分食若有意，書卷長把良無猜。繞砌乍馴忽驚顧，呼雛遠引還飛回。羽毛饑飽亦分定，人生拮拾胡勞哉？

寄鐵公

山氣四時清獨秋，老僧住山秋更幽。桃花長憶杖藜徑，木葉倏鳴城市樓〔七〕。廿里騎驢豈遼遠？經年懸榻何夷猶？松間片石知頻掃，明月岩扉幾夜留。

新月

新月羡高落日上，微風下引清光涼。蘭花不吹香近遠，梅子欲雨實青黄。野老竹徑抱琴至，故人郵筒詢藥方。北窗偃臥盡日晚，晚色獨起轉空蒼。

保障臺

傍海孤臺荒且危，昔人築此欲何爲？千門望斷平安火，五夜聲號骸骨悲。成敗敢言軍似戲？興亡自古局如棋。獨憐疲蹇閒尋處，想見當年萬馬馳。

廣寧城頭

毉巫閭是望中山，指點殘黎疑信間。北鎮神誰憑享殿，南冠人尚戀榆關。光熹往事傷心久，劉杜征魂帶血還。慙愧高岡祠李靖，紀功碑斷蘚花斑。

晤赤和尚

贊公杜老同羈旅，尚在輿圖版籍中。嗟爾竄身來絶漠，聞予去路更蒙茸。孤藤卓處心調象，片笠擎來雪印鴻。撒手幾回還執手，誰言别淚礙虚空？

雜感三首

淮海高牙仗虎臣，舳艫萬里接通津。尚書履正留天閣，漁父歌驚問水濱。豈有杜蘅終古恨？空看蘆荻大江春。轉將憔悴荒原淚，灑向從龍授鉞人。

金焦浪擁陣雲寒，怯薛驚看戰鼓殘。猰狳未曾歸右鉞，麒麟早已罣南冠。三韓血染欃槍赤，二水膏流肺石丹。縱使王章寬介胄，那堪大樹折江干？

繡衣争道出江東，貫索俄縈御史驄。省咎幸無鉛槧重，遭時亦遇網羅工。摇山羞問狐狸窟，煮海愁聽魑魅風。眼見榮枯曾幾日，殘生猶剩鹿皮翁。

給官糧種子至

公田野困分春種，黔突荒煙飽暮飧。不到千山十死地，誰知一勺九重恩？雨過牛力寬砂磧，日落鷄棲鬧瓦盆。自分生餘豺虎吻，官家猶似護殘魂。

過兒玄屋 偶作詩，書其几上，招吳漢槎來觀。

別院兒居時過訊，晴窗坐久雨冥冥。棲鷄樹隱籬根緑，牧馬山歸枕上青。棐几墨酣留句老，蓍筒香静識經靈。隔牆求仲招尋慣，踏濕應來户莫扃。

五日

湘鬼當年怨骨寒，誰教末俗轉爲懽？只今萬里孤臣淚，灑向千秋五日看。柳葉旌旗空薊北，沙棠簫鼓自江干。茅檐白水菖蒲泛，醒醉無勞問佩蘭。

聞李吉津宫詹奉詔入關 時以旱禱肆赦

桑林詔出玉門關，八載纍人此日還。臣罪寧甘六事責，君恩豈獨一人環？荒陬浩氣窮通際，薄海天心倚伏間。莫向蘇卿争伯仲，丁年甲帳尚堪攀。

聞季天中給諫奉詔歸骨

批鱗當日已無身，碧血寧須塞外燐？帝許孤魂依老父，天將一死表忠臣。若敖有姪承簪笏，詔蔭子。賈誼無年對鬼神。慙媿同行多白髮，龍鍾冰海漫垂綸。

九月十三夜月明兒輩就許姚諸子酤飲吹簫賦詩詰朝向老夫稱説亦爲勃然用漢槎秋字韻

月朗深憐霜夜秋，少年襆被强遨遊。洞簫聲變難吹市，吾土心非肯上樓。未必佯狂全是酒，也知歌笑甚于愁。三更魂轉茅檐静，白髮丹經坐未休。

悼古二首

休將玉樹泣西風，自古蛾眉幾命終。飛燕粧銷歌月冷，當熊人去獵雲空。珠銷何處連痕赤，金册前年帶印紅。料得帳中留半面，漢皇長許夢魂通。

六銖雙樹護長庚，王母中宵冷玉笙。壽聖幾能留國色？死生方得見君情。夢隨簫鳳無還羽，歌到關雎有斷聲。猶記葭飛雷擊日，特爲並輦祝瑶京。

夢遊廬山

衰脚中華再往難，況當絶域路瀰漫。他生緣結名山癖，長夜遊忘冰履寒。索句嵓頭僧面熟，濡毫江上墨池寬。冷冷枕畔清音在，猶帶松風漱石湍。

感　時

鐵甲争鳴鐵鎖聲，檻車一夜徧邊城。春風淚濕將軍樹，野月魂銷鞈鞈營。自古弓藏誰帶礪？只今盆覆幾簪纓？衰愚忘記來何事，散髮狂歌感聖明。

移窗前梨花

庭花似解居將徙，曉露繁苞故意開。宿土輕移兒子屋，濁醪依舊主人杯。豔疑南國難名種，香落東風不染苔。自顧浮踪同草木，聽誰撥棄聽誰栽？

棋子

意在楸枰未落時，纔分黑白已披離。影移長日疏簾静，聲合寒泉濺石遲。争識負中還具勝？誰當雄處肯知雌？納奩以後何消息，袖手蕭條倍可思。

得周櫟園書二首

蠅頭小字語紛披，更覺寒喧不及詩。格老應憐年共長，才多似與數争奇。驚濤百折神峭崒，漬雨重緘光陸離。自笑衰疲難遣此，一尊酬和是何時？

平江吴子兹受。知同櫂，河内張公坦公。獨出關。爲話艱難生死狀，渾如寤寐別離顔。忍將血淚拋荒塞，不負餘生是舊山。白社正寬黄犢健，遥憐應接未曾閒。

偶讀唐人白鷺詩戲而爲之

蓼花汀畔白蓮叢，素翮晶瑩映碧空。立處輕分秋水緑，飛來微點夕陽紅。鵷行玉陛疑曾共，鶴影瓊臺訝許同。肯羨九苞多絢采，越裳貢羽色朦朧。

晝長

長夏衰年無一事，清陰寂寂掩柴廬。移花偶騎細雨馬，刈圃親操斜照鋤。幽獨自怡新得句，摩挲隨眼舊藏書。燕雛翮長辭巢去，客散還能伴起居。

章鉞生子喜示

曾孫長汝且五歲，汝敢公然命是孫。累極所生幸男子，難餘誰更説家門？山川氣稟遐方異，弓治傳惟舊物存。名字筮來鴻漸吉，好憑刷羽向中原。

買魚

漁人不識齋房意，魴鯉頻從赤日攜。自愧直鉤輪渭叟，猶將老吻累萊妻。冰盤鱠憶秋風餳，小艇絲收明月溪。莫怪何顛無定力，侯鯖寧異甕頭齏？

將別寧古書茅屋壁

莫言萬里無人境，兀兀三年認作家。甕牖光微閒畫字，菜畦土潤手栽花。聽殘北屋嘶風馬，數盡南雲落暮鴉。宋玉宅同王粲井，長留名姓在天涯。

灰朳國舊址

塊石居然成國土，當年争長亦雄哉！椒花不醒君臣酒，相傳城以元旦酒醉而破。荒草猶餘部曲哀。未必輔車關大統，也知氣數合寒灰。腐儒踪迹還踰此，王會圖中去復來。

將至瀋陽四首

冰窖殘魂復見天，此生疑是再生前。殊恩豈獨叨今日？薄罰還應感去年。鵩鳥敢希宣室召？羝羊空泣茂陵煙。相逢怕説浮踪苦，只作乘槎星斗邊。

四月營州青草城，予以己亥夏發瀋陽。旗亭簇馬送長征。同罹亦痛孤臣遠，素菴諸君子。百感翻攖老衲情。剩公別予甚悲。別後死生音幾斷，重來悲喜緒難鳴。清宵自撚枯髯看，披雪凌霜莖復莖。

平津架有讀殘書，公子城南小結廬。陳心簡。悲極祇將歌代哭，交貧不礙步隨車。經過一飯愁霖裏，悵望三年落日餘。孺榻懸來應待老，月明肯使雪窗虛？

只道頑軀老玉關，那堪趺印示千山。剩公藏穸。寢門難作桑門哭，塔影長隨峯影閒。鄉國百年惟塞外，鬚眉何日不人間？珠林曾讀傷心句，知爾今朝快我還。

歡喜嶺二首

歡喜嶺頭歡喜色，恰逢詰旦是元正。記曾立馬吟春柳，今見開關捲暮旌。捫石知非前日夢，命名益顯古人情。酒泉有北踪雖異，白髮書生一樣明。

曾將尺幅圖山水，兒亨曾畫歡喜嶺歸圖，以娱老眼。每一披尋倍惘然。只道黄沙塵粉本，誰知白首理歸鞴？疾驅更上回頭處，暫佇還思落筆先。此去家鄉丘壑滿，全憑一嶺接江天。

將至都門三首

但瞻鳳闕已魂飛，況是孤臣絶塞歸？黄髪玉環恩再續，玄宫金碗夢長違。遥憐趨走煙籠地，自顧吞殘雪裏衣。蓂莢春深堯壤近，此生重飽北山薇。

去國歸朝道路同，迎人風異送人風。三年夢醒黄粱客，萬里魂還皓首翁。脚底自憐無險易，人間誰更有窮通？舊居賣盡鄰菴在，一鉢聊應伴遠公。

記曾貫械逐征塵，掩面灰心别故人。只道旗亭分永夜，誰知禁苑遘元春。楚囚猶有重冠日，遼鶴居然未化身。城郭久離疑路熟，龍沙夜夜夢魂頻。

寄陳二如二首

時以廷對入都，以予歸之兩日而至。

陳子五十纔獻策，短驢入都予已歸。川陸齟齬僅隔夕，音書還往寧多違？唾壺到此泯懽怨，華表只今忘是非。衰軀猶存中國近，咫尺誰言會面稀？

學杜從來詩句好，八章懷我當如何？二如書來云，庚子有懷予詩八章，未達。深情歲月敢磨滅，往事山川費揣摩。藺足憐予行無地，吟髯知子撚未皤。纍纍篋底還留字，相見當尊須放歌。

津門五日

白頭羞對五絲新，節物關心倍此辰。三載往還何郡縣，千秋遭際幾君臣？蘭歸故畹留餘蒂，潮滿清江縱涸鱗。簫鼓莫思桃葉渡，行吟已是再生身。

答姚彦昭

故鄉情急似忘情，書到生還眼倍驚。杜老七歌常憶妹，郗家幾葉見賢甥。新詩宛轉高堂語，良晤參差隔夕程。樅水不遥淮水接，秋鴻計日盼南征。

南池席上示蛟峯姪

官舍欣傳河朔杯，蓮花似爲竹林開。只疑羣從吾廬會，卻上古人前日臺。飲啄政隨池水冷，夢魂時帶塞風來。生平寢食夔州句，藉迹捫碑亦快哉！

楊聖喻伯季招集因園

到門高樹墮雲涼，園自先貽不厭荒。静几人同圖史古，種梅手帶雪霜香。廿年事往蒼江渡，甲申，同晁岫南渡。兩世情深玄草堂。卻笑離鄉迷世眼，叢蘭疑比月支芳。階蒔盆蘭，老眼十年不見矣。

答靳茶坡

老遇詩人老益親，況經絶域再生身。衹緣道里傳來苦，轉訝鬚眉别後新。佳句披雲徵晚節，衰蹤印雪仗芳鄰。浣花溪裏羊求徑，扶杖分題莫厭頻。

仲姪别我歸桐二首

共榻連船凡一月，廿年難得此宵晨。已經同老憐猶子，況復稱詩獲解人。驢背凍深長路雪，梅花香冷獨吟身。不因歲逼寧容别，莫負前期江水春。

樅陽曾有少陵句，昨日同仇口尚傳。姪辛卯冬有『樅陽大雪三更後，記得燒柴説少陵』之句，蓋懷予也。海陵遇田雪龕，尚誦之。尊酒此回論更細，老年相信骨應堅。揣摩千古人如在，閲歴諸縁詩最賢。知爾還家貧自得，狂吟好續四松篇。姪齋中有松，適四株，因以『四松』名。

寄長兒孝標

阿旃江上幾時來，標次子。阿旅毗陵應暫回。標三子。少子詩中斟柏酒，老僧定後散花臺。鐵帆堂頭。畫山人過時評帖，程穆倩。賣藥翁閒共訪梅。張伯頫。淮水已同邗水緑，春深漁艇恣沿洄。

春寒

脱裘纔覺早春寒，手撥爐灰香未殘。韝上鳥音如致訊，研頭花色竟堪餐。健忘書只供遮眼，坐倦行惟繞藥欄。幾日雨晴容易度，新流應上隔籬灘。

作敬亭友人書二首

海内故交半零落，傷心更是敬亭山。嵇康遺息摧殘後，張儉餘魂生死間。禍患豈關文字孽？風塵難記别離顔。題書雲鳥應相訊，望七衰翁萬里還。

同降丙申惟老友，徐接三與予同庚。暌違動復十年餘。不知筋力誰衰健，長就眠餐憶起居。江上口傳消息亂，貧來路遠信音疏。遥憐書到生驚喜，白髮還如竹馬初。

上巳日外甥姚彦昭自桐入都道過淮上同步止園

爲到園林知上巳，恰逢猶子渡江來。相攜且盡東家勝，回問何如故里臺？荏苒三春花底眼，袚除千載水邊杯。鶯聲似解遊人意，未許明朝别艇催。

繡山弟自白門見過

南風吹送惠連船，悲喜回頭别十年。前日傳書來白下，幾時知我到江邊。鬢毛顧爾逾增老，踪迹違心怕問天。話久連牀翻錯亂，但言重會是奇緣。

蕃釐觀 尚存瓊花臺

蕃釐觀創在隋前，誰遣瓊花大業傳？自是君王躭國色，遂教草木竊神仙。玉鉤夜泣雷塘月，金蕊香消閬苑天。何似舜陵松柏茂，菁葱霜雪尚年年。

兒育之青州簡周櫟園二首

龍荒三載數遺書，千里雲門轉渺如。自是萬端縈吏事，遂令兩地悵興居。曾將短句風人手，黄心甫。妄冀新題退食餘。兒子褰裳今見面，老懷無用説當初。

傳聞宿土酹吾師，日照先師荷遺奠。白髮門生感益悲。隔世根繩還累子，同岑甘苦欲憑誰？萍蓬歲月塵中換，桃葉衡茅夢裏期。種種牽腸難舉似，老夫畢竟重論詩。

落　梅

梅花半落不勝落，細雨當檐色尚繁。童懶徑留苔欲積，鳥銜枝動蒂還存。柳絲緑處縈殘影，石罅沾來帶濕痕。細數開時看到謝，冬春不負化工恩。

寄陳二如

陳髯應不憎新法，貧死何如低折腰。嘗怪鼓車難駕驥，果然鳳羽不棲條。授書錢供高堂老，按部人寬野谷樵。聞説鳩江虛絳帳，且將奇字慰飄摇。

兒孫輩齊作字

諸孫擁乞仲兒書，阿季臨池鉤畫如。繞膝魯魚無小大，喧聲詩史徹庭除。几攤㪚席争謀筆，餃飽空盤更益蔬。共笑腐儒貧且老，將雛嗜古樂蘧蘧。

廣陵城懷古 孫輩及研齋皆有作

廣陵今古此危城，豈獨隋家興廢明？晉宋疆懸南北鼎，梁唐角犄漢番兵。只今烽火悲凋瘵，倏爾笙歌答太平。衰眼懶抛憑弔淚，忘情直似不關情。

吴埜人自海甸來

海風吹客客顔秋，詩瘦那堪更倚樓。木葉到霜天地肅，菊花遇雨户庭幽。懸知静夜無他思，莫説騷人只善愁。屋裏登高高亦勝，茱萸似爲白頭留。

寄五兒章鉞長安二首

天涯又歷一年春，遠緒千端挂老親。嗟季望徒憐雨雪，在公勩可報昏晨。波遥邗水梅難寄，冰泮西山柳亦新。閶闔從來陽德近，條風應許拂勞薪。

書來滿紙客平安，不道爲山一簣難。詞到餙時心倍苦，行當半道膽翻寒。鴒原竭力應輪急，鶴髮加餐强作歡。歲月回頭堪慰藉，春光莫向別離歎。

春歸日雨

送春風雨解留春，花柳成功色尚匀。綠蔭紆條纔蔽日，露華拂檻未經旬。閒看羲馭如流水，老戀東皇似故人。別亦有情來有信，曉鐘聲裏漫逡巡。

事事

事事都從病起歡，小齋十月尚輕寒。瓦盆手煮山菘白，枯幹眼看金橘丹。試筆書經不計字，焚香驗火亦多端。霜天晏醒晝還臥，日送蘭花過藥闌。

雨後雪

凝陰十日錯昏明，雪補愁霖屋有聲。山鳥不來梅樹凍，蘭花初放篆煙清。老妻話舊如前世，稚子能詩驚後生。莫怪空街淹屐齒，潛夫晴亦寡逢迎。

途中即事三首

冰凌萬壑昏，霧隱層巒曙。風日自生寒，暖在還鄉處。

谽斷虎留迹，山危雪作梯。勿嫌雲嶺峻，家在萬峯西。

星垂幕火燦，月入井冰圓。曉卜霜華重，眠知雪印乾。

張毛道中二首

涷渡埋槎古，縷煙落日荒。鳥巢晴墮雪，馬鐙晚銜霜。

日篩樹散花，溪合雪成石。記得雨中來，征衫疑舊濕。

多洪道中

壑底後騎迷，木末前車見。日午不聞鷄，煙生即鄉縣。

雨湖二首 夏鎮以下

積潦壓平橋，市小人稀渡。一艇挂輕蓑，直入煙生處。
巨浸欲浸天，移船向屋裏。網罟有豐年，稻花結魚子。

靜泊二首

燕濕偶一飛，魚深時復躍。誤認夕陽明，漁燈傍溪爍。
木槵無定聲，靜起蒲團色。鸜鵒認作詩，操音學平仄。

野泊四首

高岸奔流急，茅檐接浪層。門維沽酒艇，兒守捕魚罾。
遠堞如輕帆，御風見還滅。争飛鷗力窮，墮水紛爲雪。
策驢上漁舠，百里川光練。目際眩明霞，意中説鄉縣。

細篠棲烏鬼，深蘆臥白跳。星芒垂大野，月影失危橋。

入閘二首 韓莊以下

犟力恃孤椿，驚濤挽船褪。古今捷徑爭，亦有時求鈍。

舟駛如鳥飛，回頭失村落。當磯立釣翁，移時不動脚。

秋階二首

黄葉如黄鸝，隱露枝頭緑。籠鳥忽流聲，秋階恍春谷。

梅葉先衆凋，知爲花時地。似有微苞生，枯榦含香意。

雪望二首

隔江山巋然，雪映山逾遠。金焦祇意中，白鷗去復返。

古今梅花多，豈獨揚州早？何遜亦何人，能令東閣好？

閒中即事四首

鳥浴半陰天，魚游落花水。詩成爐色中，磬入經聲裏。

老去無非病，閒來轉自如。山妻燒藥罷，對坐簡方書。

教孫摹漢印，形貌争是似。爲問羲頡前，乾坤可有字？

摘花入膽瓶，野色盈几研。居然苧蘿村，迥出昭陽殿。

即事二首

瓶花落研香，暗與蓮花注。持墨不輕研，噏液花心露。

梅謝成繁陰，轉勝開時好。歷歷黄鸝聲，乃出枝頭鳥。

中元步虚詞八首 坦公、德惟、漢槎、琢之及兒亨結壇頌三官經五百卷，曰以利冥。

絳節丹書散泬寥，步虚聲徹五雲霄。遥知滄海龍銜處，精衛填成白玉橋。

幽遐路不隔天閽，閶闔開時無覆盆。玉版須來銀字牓，頭行先寫汨羅魂。

皓月天壇鶴羽鮮，王喬玄馭自青田。琪花香裏金風度，恰是新秋第一圓。適以是日立秋。

赤金菡萏玉麒麟，沆瀣長敷四季春。莫怪靈章多秘教，上真今日是文人。

遐荒亘古不聞經，金字琅玕照火青。玉女收來譜牒異，玄都新攝幕南庭。

莫問沙場事若何，荒塵枯骨逐頹波。煩冤此輩猶明白，不及無端刀筆多。

函關消息問菩提，清磬聲迴地軸移。東度西來無二義，月明江海共琉璃。

地下同文有重輕，人間湛露共生成。但教臣罪容三宥，萬古天王都聖明。

京口竹枝詞二首

短艇無波也自遲，横風急槳過灘時。不知冷笑緣何事，郎試摇時郎自知。

鄰舫無心似約同，水程有準不須風。船頭男子遥相對，船尾喁喁細語中。

惠山竹枝詞三首

金谷平原名舊傳，荒池殘樹尚嫣然。當門笑捉遊人語，郎要看花儂要錢。

雙鬟灼灼彩簾邊，知是威儀不敢前。唐突貨兒偏自若，昨朝賒得小花鈿。

青帘斜映玉搔頭，笑指明璫作酒籌。酒品尋常無甚別，躊躇爲揀最高樓。

看花即事二首

幾日看花愁烈日，雷聲時送薄陰寒。過招吳老調御。辭多病，只此閒情伴亦難。

黄門陳京尹。曾許嘉茄種，瞥見惟詢雨後蕃。怪底殷勤冠蓋語，瓜蔬以外欲何言？

漁家曲四首 南陽湖所見

結伴連船趁晚風，幾家老幼浪花中。情知婚嫁不離水，小婦呼郎隨阿翁。

不事耕桑不受廛，無乾無溢比平川。滿州昨日拏船急，一葉端然斷岸邊。

風鬟綽約綰雙纏，出衆争言最少年。貪看鴛鴦擲蓮子，不知冷眼落鄰船。

鬅鬙學試手罾强，争攫魴魚二寸長。襁褓呱呱扶槳泣，白頭姑唤竈前娘。

戲爲三絶句 于皇屬拈

玉蝪梅

從來香色亂花梢，幽格孤撑絶衆呶。似惱滕王春筆豔，特將粉翅裹霜苞。

紅　梅

羅浮絶代玉爲姿，不向朱顔乞露滋。生怕六宫嫌冷淡，舊家姊妹借胭脂。

緑萼梅

明珠顆顆綴還疑，香入寒煙月上遲。子未結時先似豆，黄鸝誤認柳深枝。

漫　興

枕上寒知霜落早，未明先問屋高低。曦光不用黄金買，東出團團看到西。

病冷最嫌生炭貴，硬枝猶帶出山煙。鷓鴣紋別居奇貨，添卻門前賣字錢。

校記

〔一〕圻　當作『坼』。

〔二〕祇　當作『衹』。

〔三〕東百廿　若作『百廿東』，似於韻爲協。

〔四〕汩汩　當作『汨汨』。

〔五〕廿　疑當作『甘』。

〔六〕沭　當作『沐』。

〔七〕嗚　疑當作『鳴』。

龍眠風雅卷二十三

木厓潘　江蜀藻輯
吳門章　詔鶴書同里陳　光季白參

方若洙

字無聖，一字劬生，號蓮江。崇禎間歲貢。年十四即補弟子員，博究羣籍，研工詞翰。王父明善先生深器重之。性端重簡遠，不屑治家人生産。手定古今文數千卷，鉤玄纂要，丹黄盈篋。所與交怡園諸友，皆一時之裘領也。晚年因寇逼危城，嬰陴固守，著軍城歌一卷，論者有『詩史』之目。俄以明經公車卒于道，門人謚貞隱先生。所著有閩津、江瑟諸草。

潞河鈍涉

百丈兩岸牽，百瀨一線通。川途從此始，問程何時窮？宦遊不得意，有時亦書空。僮僕雖則親，數口寄隨同。登仙杳無分，榜人難爲功。跳波若運弩，褰裳復轉蓬。篙柁争石尤，海光曈曚中。暮艤渡頭歇，曉仍平沙叢。躑躅坐復起，日月去且忽。辛苦多如此，誰訴馮夷宮？不問濡軌盈，不問蒲帆風。倦極還無賴，悠悠數征鴻。

懷杜少陵東屯

人重少陵情，代傳詩史名。篇章接混沌，意匠入經營。屈注歸雄渾，波瀾動老成。狂無可告訴，吟乃得平生。錦自曲江濯，濤隨灩澦驚。幽居先萬里，癖性老孤城。故宅煙還斷，荒丘樹更鳴。依稀臨草閣，彷彿到柴荆。服習風流切，景行意氣横。千秋嘆驥老，三峽助猿聲。親炙光堪挹，寤歌神已并。舊基遺像在，江上有餘清。

怨婦詞

君如北楊柳，嫋嫋春風邊。妾如北轆轤，用汲容瓶泉。春風摇歷亂，曉煙籠嬋娟。瓶泉牀上轉，常自絡緯懸。秋節起涼飆，青條可長妍。井邊楊柳枝，相附沃相濺。新人承新寵，寵極還棄捐。舊人戀舊恩，意氣相周旋。妾命百種薄，君情別有緣。妾心百種癡，君情良徒然。牀頭五絃琴，心心絃可憐。新絃辭故琴，故琴抱故絃。欲撥不可尋，回軫終眼前。

江上新秋偶然作

蓼花紅且萎，蘆葦長且淫。金風火西馳，一葉嘆何深。大江翻瀾駛，寂聽空水音。前峯明滅起，惟見雲滿林。圓月上潮光，涼飆吹盈襟。春雁將南翔，羈魂寄至今。感物傷秋姿，二毛難重禁。蹉跎忽搔首，起坐鳴素琴。翩翩歌古調，諒非時所任。滄江半夜龍，應爲我沈吟。商絃轉成哀，波聲激陰森。四鄰知者稀，歸臥高山岑。

望連雲棧諸山

偃蹇連秦山，終日翳眼底。巀嶪乍孤斷，崖口倏焉止。濯足明渚沙，石髮散清泚。細瀨淺水容，浄流殊未駛。蒼茫豁達中，羣峯逼天起。舉頭問榜人，遥指雲棧是。褒斜子午谷，百道自兹始。所歷乃覺遠，舟楫何時弭？終慙鄭子真，棲隱邈難企。

將歸入緜州

捨舟已趨陸，就陸復登舟。憩宴纔幾時，即櫂長江流。親□□追送，祖席賫刀酬。五月溯漢濱，十月下緜州。蕩沸踰風波，奄忽歲已遒。冬心抱寂寥，遠雁雨雪稠。薄日澹影没，寒渚微煙收。縱爾迅歸楫，問程轉生愁。況逢凌峽險，將戒垂堂憂。朔風淒以厲，銜訴哀江頭。蒼蒼徒極目，吾安罷所投？

西陵峽

青天玉芙蓉，片片皆可拾。滅没倒景中，發櫂不能及。萇弘碧千年，到此亦應戢。下有江流聲，杜宇啼猶澀。天開大江出，峽束隘江入。獨兹傾危交，孤舟瞿然立。履危如履平，我覺忠信習。險夷視利涉，悔吝惟所汲。大江多魚龍，到此勿復集。人生固有常，胡爲自悒悒？

詠懷三首

鸒斯笑鵾鵬，鷙鶚啄鸞鷟。千載志不平，焉得不啼血？我聞蜀子規，寄生魂獨結。滿眼骨肉親，羈孤一身别。他鄉託夢魂，春心向誰説？聲聲不得訴，此血何時熱？古有傷心人，于此聽不徹。悱惻與心違，劍首試一吷。

春夏草木榮，先鳴死鶗鴂。秋冬慘風霜，孤根露窮節。卓然高枝下，泉流自寒洌。山境絶踪迹，猿鳥悲親切。肅肅懷抱間，老人如冰雪。紛馳夸呲子，何爲事罄折？峻險非所顧，終須迴故轍。俛仰經歲寒，孑孑成嗚咽。幽林歸臥來，達士安卑劣。仗劍獨出門，孤雲常相見。雙江萬里流，日夜白一片。漢濁漉水泥，巴清澄疋練。有時百丈牽，不然迅竹箭。幽怪語窟穴，滉漾目自眴。千峯逋客留，朝夕暝色變。攬結拾海月，可以爲餚饌。衾枕即煙霞，星漢在鄉縣。垂綸静者心，漁父無所羡。我有山水心，遐矚庶不倦。

北岸吟

北岸長，柳浪青以齊。北岸闊，麥秀黄以萋。北岸高，泥塗千家屋上茅。北岸低，纜牽百丈瀨上谿。大髻兒女少顔色，短衣歌曲無音節。上弦插羽夜隄防，打鼓吹簫水幽咽。行吟澤畔有孤臣，況逢支離飄泊風塵客？夢想舊山歸去來，半酣坐待波上月。

題馬道院九枝柏

劍江之陰盤渦曲，老魚潛潭瘦蛟窟。濺沫奔流異響來，山腰迴合藏石隈。中有古柏蒼虬龍，九條鐵幹枝撑空。下成澗道俱歷落，明皇駐蹕馬不發。土僧傳語碑字間，遺基古寺蒼苔没。奇木壽亘兹代聞，抗壑昂霄參入雲。世廟訪使殿材闕，搆之從此凋顔色。惟餘雙樹作龍鱗，森森奇鬼欲搏人。一株空腹直至頂，柯葉孤矗無冬春。一株石裂拔根起，九微蘭燈蕊珠似。吹香迴風遍女蘿，枯枝半峙百卉死。石泉淙淙流清澌，危橋攲側老桂枝。我遊坐卧當其下，窮山寂寞遇賞時。柏梁歌罷續招隱，青霞覆合丹霞滋。乃知凡木不敢窺，常傍灘聲龍吼無窮期。

和潛夫弟舊嘉州歌

扇頭贈我當蒯緱，主人曾失在嘉州。仗劍不辭萬里去，煙霞滿袖訪古遊。一笑燈前重回首，巫峽劍閣常在口。峯峯指點奇絶處，弟勸兄酬齊拍手。弔古同傷白帝秋，供奉拾遺稱風流。爾我後先成快事，令人搥碎黄鶴樓。浩歌長嘯復何有？遥接三巴雲外酒。爲問司馬意何如？江海易名一釣叟。

午日泛潞河同潛夫弟時弟初罷官

舟滯潞河陰，蒲觴聊共尋。絃聲撥水面，燈影映波心。喧客看争渡，解官成獨吟。乘流隨去住，不必弔冤深。

晚舟對峴山

晚星江上出，峴首獨踟蹰。遺迹人多感，古情山豈殊？苔紋片石没，秋色一亭孤。尚想羊公事，還存勝槩無？

秦川雜詩三首

舟子還相報，水程凡幾千。雲中時露巘，山外不盈天。井邑人煙少，荆榛猿鳥懸。登臨縱有興，失路豈能堅？

一夜沈沈雨，秋天半浸川。水痕侵樹杪，屋瓦出檣邊。草濕寒煙起，沙虚亂溜穿。濁醪不自遣，相對亦徒然。

滿目愁煙閉，天涯轉自迷。樹横千嶺直，山壓一舟低。秋葉將成撼，晨鷄不肯啼。船窗聊縱望，片片欲雲西。

蜀江冬夜對月有懷

漢江雨未已，巴水月多明。滴破獨何意？照來如有情。未臨初霰色，乍見冷松聲。愁對還成寢，相思竟夕盈。

蜀江雜詠三首

人家半翠微，煙樹藹依依。竹覆女羅帶，苔侵薜荔衣。石龕古佛出，山寺野僧歸。偏是黄昏候，鐘聲摇落暉。

蜀江多出霧，一霧幾朝晴。有月迴巒浄，無風去鷁輕。還看松蓋偃，復見石臺平。獨喜依人樹，枯枝冬亦榮。

巨石排高岸，玲瓏得一臺。琉璃積水挂，珠蕊帶潮來。駃溜當其下，雲波相委回。幽人如譜此，片片手中杯。

北舟對酒

五月南風水曲吹，歸舟此日去遲遲。洗晴雨氣來偏驟，入夏雲峯看屢奇。長路關心千里外，疏燈共話十年時。卻憐潦倒羈孤意，拄笏支頤有所思。

夏日舟中贈潛夫弟

遥遥南國阻行舟，消息平安解客憂。司馬由他傳北檄，農人告我及西疇。水涯窮處將辭夏，丘壑看時恰對秋。卻想此時清興發，不妨遊子坐中流。

謁諸葛丞相祠

遨遊漢沔瞻遺像，肅肅祠堂一獨尋。司馬虚推名士壘，定軍留得使君心。出師不動綸巾色，顧命真成梁父吟。因誦少陵題詠句，滿懷慨慷未能禁。

入蜀喜逢胡康生

天涯無復怨離羣，帆影參差若待君。共説家書猶寄語，更憐客路豈愁分？同舟擬宿關前月，並馬期驅劍外雲。官署寧親知色喜，殷勤爲報故人聞。

寓寧羌州山口又逢重九

萬重山裏坐秋身，節物驚心重九新。弱泥滑滑纔彌節，脱葉紛紛正落巾。卻接故知初熱面，還成幽獨轉傷神。村醪野店醉來晚，不及菊花籬下人。

經上亭驛次羅隱韻

見説明皇蹕上亭，霓裳翻作雨淋鈴。玉環睡起猶圖畫，金鈿横分忍淚零。紅荔春風千騎笑，青梧秋夜一聲聽。傷心莫是啼鵑血，古驛流成點點螢。

冬晴入射洪縣

蜀江初渡冬枯水，一片輕灘下不窮。曖曖遠村浮薄霧，鱗鱗細浪照晴空。帛鞏出没平汀外，樹影參差淺岸中。落日孤篷殊未極，偏憐風物與鄉同。

喜入夔府醉後卻賦

澄泓山水復崔嵬，將盡川原首重回。地控巴流三峽下，天分楚色九江來。黄堆橘柚盈村市，白剥蹲鴟入火灰。醉取少陵題詠遍，遥看皚雪下瑶臺。

采蓮曲

荷花欲語歡，許妾面相似。妾意驕荷花，含情照池水。

雨中舟入郢諸山

灘與雨相亂，喧聲動枕席。曉來問榜人，水高漲幾尺？

擬子夜四時歌嘲舟妓

紅裙船上住，非是欲凌波。倚楫江頭望，瞿唐賈客多。

青雀當青樓，年年水上浮。儂如江上水，滔滔向東流。

船尾可烹茶，岸頭可貰酒。歡心若肯留，許卻莫搖手。

儂西亦有船，儂東亦有船。歡心何太劇，只在儂船邊。

昨夜江上潮，曉起衣裳濕。拋鏡慵自照，斂眉凭檣立。

江水作鏡面，分明照不得。風波易憔悴，只説好顏色。

舟人催解纜，歡心不自由。含情唱巴曲，重維一日舟。

相逢胡太忽，相別胡太早。歡似江上雲，儂似江上草。

歡看三巴水，常自柁中轉。儂心願如此，與歡常相見。

紀遊集古六言

瞿唐灩澦古諺，夔府荆州勝遊。行雨行雲巫峽，三朝三暮黄牛。

黄陵碑側禹廟，白帝城邊武侯。舟過江陵一日，猿啼巫峽千秋。

滄州

莎草蛙鳴暑月清，長楊蟬噪暮風輕。雙燈夜照孤帆影，津鼓聲殘點點更。

秦蜀竹枝詞

船頭船尾任高低，欸乃聲聲各不齊。削竹一條聽打鼓，急聲灘上緩聲蹊。

方大普

字君周，號中渡。幼夙惠，授書輒解。嘗竊曾大父篋中史記，匿別室讀之。家適災，急索不得。逮火滅覓之，則讀史晏然不驚也。崇禎庚午，舉于鄉，五上公車不第。晚授建寧令，廉潔慈愛，涖事精勤。邑故多火，民緣爲利。公屬簿尉官遇發命邏卒守衢隘，悉捕奪之，還其人。居官僅二稔，挂冠歸隱梅花館，詩酒自放。所著有歸田録、指南諸稿。門人私謚文節先生。公性脱落，詩文輒隨手散去。其孫遷蒐之敝篋中及嘗所口授記憶者若干首。

清明同倪君符姚戊生彰義門曉發次戊生韻

帝城春色好，淑氣滿城邊。獨有羈愁客，歸逢禁火天。雁鴻來往路，詩酒友朋緣。並轡逢佳節，風塵莫黯然。

兩度長安道，龍顔在日邊。上書憐下第，短劍倚長天。燕市留無分，鷄窗夢有緣。與君歸去疾，膏火尚依然。

暮秋看月有懷素心大姪

秋和夜暖樹初醺，望滿清輝念逸羣。未擬大兒真是我，忽思小阮有如君。素心久已邀三益，青眼何曾盼五雲。遥憶疏狂當此際，楞嚴月下與誰分？

歲正二日喜大兄舉孫

屠蘇飲罷冢孫生，五十纔看三世人。月朔幸逢正甲子，年餘猶是臘庚申。太丘膝上居然著，荀令門前次第新。遥想鬱葱佳氣夜，知兄把酒不辭醇。

途中苦風

倦馬長途行路難，況當明發涉間關。地分瀛海滹沱界，風入燕南趙北間。岸柳驟鳴徒聒耳，村醪屢熱不酡顔。鵬程須借扶摇力，置我春明玉筍班。

水中雁字次舅氏吴客卿太史韻十首

秋空振羽破蒼苔，片片輕雲兩岸開。海外霞標同應接，江邊虹影共徘徊。關心矰繳憑人設，得意文章祇自裁。漫道波紋時隱没，須知一畫水中來。

瀚海歸來拾字奇，連篇累牘類張芝。形牽荇帶如臨草，影透鮫宫似勒碑。每到霜晨憐羽翼，更逢月夜整容儀。就中欲宿驚還起，寫盡離騷天不知。

高騫猶未附青雲，鎮日江干校典墳。但把雄詞驅萬鰐，也如健筆掃千軍。縱横還傍波紋轉，肥瘦聊因水勢分。料有馮夷供飲啄，臨流豈作送窮文？

數聲嘹嚦影沈沈，汾水相逢好論心。似我十年工八法，何人一字抵千金？冰函浪笈供誰賞？春蚓秋蛇祇自臨。禿盡中山顛未已，齊紈髮漬愈難禁。

長鳴曉渡玉門關，恰趁金梧葉落還。傳得江南霜信早，帶來塞北素書閒。墨濡蜃市千年氣，筆倚蓮花九子山。興到如椽頻點染，蘆花萬里盡朱殷。

學得王顏體勢新，换鵝乞米莫愁貧。翎編羽貫皆成帖，露布雲封不離人。周史篆時文異古，秦皇火後字無真。漁家欸乃初驚夢，急就章成若有神。

波紋清徹數行斜，自許臨池别一家。萬斛珠泉奔渴驥，千叢菱芡走驚蛇。乍疑韓氏溝中葉，轉覺江郎夢裏花。莫訝遺文天外散，才人自古在長沙。

海門秋夜月清虚，陣陣奇文映碧渠。蝌蚪篆形應未似，鵝池筆法較何如？千行莫比紛紛檄，一字猶勝咄咄書。但識天南人尚在，鸞箋不必付雙魚。

春深斂翼自南歸，凉氣乘秋漸北飛。旋轉或辭蘇蕙巧，頡頏肯令右軍肥。千封墨敕何須紙？三易麟編不用韋。若使聲聞同皓鶴，紀官未許列霏微。

禹穴幽探載九疇，江皋題徧幾春秋。魚吞墨氣松煙集，月照銀波玉筯流。不羡鵷班尋次第，還從鷗侣共沈浮。著書終日緣何事？好待鷄林倍價求。

七十初度從子且易以詩見貽次韻答之

松梅格韻鶴精神，敢曰今人非昔人？赤管媿無臺史筆，白頭羞過孝廉春。主計武陵家漸薄，握符灘水老還貧。幸有封胡與遏末，嘯歌不厭往來頻。

再用韻自嘲

臣生正月甲子朔，辱在泥塗已七旬。竹韻夜敲清鶴夢，松濤晨起奮龍鱗。常翻貝葉開心眼，時進香醪送老貧。麋鹿爲羣雲作侣，飄然世外一山人。

重九喜晴

一秋何事雨侵尋，喜報朝暾恰向晨。重九難逢晴戊子，七旬不必守庚申。支離病骨蠶眠後，脱落丰神蝶夢頻。更笑秃頭無帽落，杖藜野望任吾真。

夏承春

字廣生，孝廉愲寰公之仲子也。弱冠文譽蔚起，與弟統春、偕春俱有聲黌序。孝廉公故遺清白，而公昆季風流儒雅，輕財好客，有秦川公子之風，賓從棋酒之盛，歡劇彌日。晚乃落拓出遊，有所獲輒緣手而盡。性喜蓄書，尤精于鑑古，凡法書、名畫以及彝敦器物之款識，皆能辨其真贋〔一〕，不爲苟同。司寇姚龍懷公羈貫時，一見即目爲棟梁器，以其子妻之，其博雅能知人如此。所著有晞髮集數十卷。

從樅川歸里門

輟櫂樅水湄，直趨里門道。亂後無居人，阡陌蒙荒草。避難難方殷，言歸故山好。故山暫小康，幸脱鯨波早。望中廬舍空，孤城寒日杲。褰裳過舊墟，抆淚訊遺老。殷勤爲致辭，歲時好相保。

不寐

閣夜閉窗眠，殘燭光猶耿。天寒蟲已蟄，四壁虚且靜。攲枕苦不寐，鄉遥宵更永。側耳曙鷄啼，檐日逗線影。風吹木聲枯，霜覆山殿冷。歲晏孰華予，浪迹如漂梗。賴有鐘梵音，可以發深省。

餘姚河冰捨舟登陸

覊人昧節候，留滯海東島。歲晏無知音，薄俗賤衰老。悵然理歸楫，束裝苦不早。垂野多陰雲，彌望但荒草。水國值霜宵，堅冰結殘潦。舟停不得前，去住縈懷抱。大力難負趨，長年面如槁。沍寒陽氣微，旭日空杲杲。凝結帶洲嶼，晶瑩涵荇藻。待泮屬何時，登陸就前道。自勉勉僕夫，岐路煩探討。

姚若侯新買山莊奉尊人併伯仲往游余與張仲友亦與詩限洞字

同心得向禽，忘年交伯仲。山水挈我游，登臨浣塵夢。瀹泉沛寒流，披榛搜古洞。霜鳥聲啁嘈，竹風影摇動。村翁解祝鷄，狂客喜歌鳳。買山豈畏嘲，招隱可托諷。磐石坐多時，瑶琴思一弄。日暮酒莫沽，且盡攜來甕。

歸汎彭蠡舟中望匡廬

夙昔慕匡廬，挺秀甲區宇。背江面向湖，山澤氣吞吐。矗影薄霄漢，措趾卑培塿。崒嵂峯連緜，傾皷石支拄。緬想康樂䡵，更憶遠公塵。法會集羣英，玄風暢千古。一抹黛色濃，青生夜來雨。衰年雖力疲，餘興猶堪賈。死葬骨也清，三復昔人語。

同江向若戴東先吳湯日赴姚戊生瑞隱窩之招分得樹字

積雨霽山城，檐日忽已露。忻赴山澤招，藍輿不待具。殘葩耀陽林，纖草侵樵路。主人候荆扉，慰客停芒屨。高軒映朝暾，前峯開宿霧。緩步聽潺湲，披襟抒情愫。林鬧酣花蜂，溪閒窺魚鷺。漉酒憶陶潛，投簪美疏傅。既秉嘉遁心，無復當時務。倦鳥歸遥墟，流雲罥高樹。觴詠最怡人，淹留不覺暮。

悼亡二首

及笄登我堂，便爲姑舅恤。賦性能宛柔，束身常栗栗。黽勉五十年，萬有八千日。數歷寒暄多，寧怨居諸疾？夙締緣有期，訣絶在倉卒。見雖達鼓盆，情實慘僵瑟。霜葉隕梧桐，秋聲動蟋蟀。腹悲惟自知，含悽向誰述？可望不可親，安得少君術？

曉起拂靈牀，黯黯流塵積。淒風吹繐帷，陰壁寒螿泣。宵燈焰尚存，露下庭蕪濕。日月忽不淹，修途追莫及。觸目隨所之，宛宛多舊迹。乖別當暮年，哀至淚反澀。更無同心人，與我性相習。彷彿想音容，倚杖時獨立。落日下簾櫳，空堂愁復入。

冬日過若侯山齋同其尊人戊生諸郎魯齋敬齋夜坐深談明日齡若始至復有寶山之遊二首

畫家評冬山，黯淡形如臥。我來自城郭，淒淒谷風大。高林葉已稀，寒巢影欲墮。撫景何蕭條，游情愈無那。徑轉見精廬，雲煙生几座。少長欣已集，珠玉生咳唾。淳之與敬弘，物外交情播。日暮閉軒窗，待燭擁爐坐。盤飧薦竹廚，蔬酒熟山稬。款款話中宵，天明又唱和。

隔嶺有蘭若，凌晨同一過。墜葉聲淅瀝，霜氣滿山阿。逶迤沿溪路，路盡石嵯峨。飛泉界蒼壁，泠泠如鳴珂。陟巘窮其源，雙檜遥婆娑。老僧解憐客，圃蔬挑霜科。爲我壺觴佐，不覺癯顔酡。歸途喜幽峻，援葛更攀蘿。濟勝具猶健，少憩見庭柯。驅寒更命酒，遑問夜如何？

亡室再週

日月逝不停，歲運復再週。含淚褰素帷，黦黯煙煤浮。果蔬薦時物，魂兮歸來否？撫几發一慟，中心惄如抽。有生苦未足，殘軀爲我留。追念平生懽，恍惚如夢游。前期雖有待，觸目多煩憂。但願偕長夜，逍遥松柏丘。

重九雨中集姚翼侯齋頭得志字

山城夜風雨，攲枕杳難寐。曉起樹披離，黄葉紛委地。中心悵有違，阻我登高意。華軒幸見招，盆菊頗明媚。雖未傍芳叢，亦自有幽致。日暮簾旌摇，蕭蕭來朔吹。初寒易中人，曲室聊可避。爐熾獸炭紅，杯浮竹葉翠。夜深秉燭遊，寧與清暉異？一觴一詠間，老人多壯志。

壬寅元旦有述

昨宵歲云除，兹歲又首旦。昧爽攬寒裘，耿耿銀燭燦。起視星在天，畢昴何凌亂。四序自推遷，萬類任合散。人無九仙骨，安能保恆幹？余年今七十，衹見流光換。挈爾子與孫，出郭一臨翫。新累猶未嬰，身輕如離絆。路轉杖不顛，風敧幘仍岸。興盡返吾廬，庖人方舉案。樽内湛椒漿，爐中然獸炭。醉詠南華篇，語語非漶漫。

九日與仲寬弟及諸子孫輩登西山

西山在疇昔，比屋環山聚。舍北一徑通，每風景必赴。吹管復彈絲，曲悮周郎顧。寒食與重九，不肯令虚度。爲樂正及時，戎馬東西騖。廛市民居空，彌望榛莽濩。嗟嗟陵谷遷，人匪金石固。搶攘十餘年，天運方回步。兹逢落帽晨，還尋載酒路。雲煙不改色，城郭亦如故。兄弟兩人存，子孫四代具。衰宗賴有此，觥籌莫教住。黄花發廢墟，紅葉翻高樹。更喜日晴和，從朝又至暮。

初　寒

四運何密移，殘歲又相逼。蕭蕭風異響，黯黯雲一色。微霰下疏柯，棲禽亦斂翼。荒居畏飄摇，縈慮無寧刻。爐炭燼爲灰，檐日曝欲昃。天道總悠悠，人事亦默默。欲就仁祖餉，慙乞淵明食。老大空復悲，年少不努力。

秋霽同李未盡當衡家弟仲寛過無作上人

遥墟散積陰，霜空何明迥。出郭紆幽踪，屐喜至友並。白雲帶峯腰，丹霞冠楓頂。巖阿有頭陀，茅堂屬新肯。朝誦檐暾遲，夜禪龕燈炳。對之肅心形，玄言資苦茗。日暮渡溪橋，歸路煙未冥。

偕李當衡訪山剎因留宿即事

信宿款柴門，踐罷鷄黍約。主客興猶賒，前峯共探索。丹葩覆溪流，緑葉鬱林薄。風度笠影攲，磴轉笻力弱。危巒拔地起，勢可並廬霍。迤從一徑通，三面形如削。屢休方得躋，老僧見喜躍。午鐘聲未殘，清齋絶藜藿。少憩陟高層，四眺天宇闊。衆山如培塿，嵯峨失所著。地際露湖光，煙中辨墟落。巖深日易沈，可以理歸屩。同來三五人，留者我與若。逍遥石巖畔，乳泉當一勺。踟蹰暝色昏，竹扉早已縛。緇叟寛僧律，共客有杯酌。環論返齊諧，微醺勝魯粕。樹迥無棲禽，籬疏見陰熸。中宵千仞嶺，一榻忻有託。耳聆磬梵音，夢洗塵土惡。曉日忽曈曈，寒霧尚漠漠。安能久作緣？悵然返城郭。

漉糟行

律窮晷短逼殘年，凍雲驅雪飛翩翩。欲覓酒嘗無一錢，何以遣此寒宵天？適有餽我糟且鮮，不覺對之口流涎。呼童搏取握且堅，指縫流出何涓涓。須臾盈缶色混然，誰論清聖與濁賢？煨向鑪頭松火煎，陶然一醉穩余眠。

喜吳莘卿彦先昆仲攜網得魚

已有臨淵羡，何期載網過？舉觴忻有佐，彈鋏可無歌。宿霧收山寺，涼風起薜蘿。好朋殊可戀，況復在巖阿？

雨後厭蛙

蛙聲喧雨夜，曾未片時休。聊作公私判，難堪鼓吹幽。不離三步外，直達五更頭。明發呼童子，敲針作釣鉤。

對　月

霽月圓當户，人生能幾逢？一廬居是僦，孤魄照偏容。林繞風枝鵲，叢吟露草蟲。雖無酒堪酹，静對托微悰。

煮　雪

驟雪忽盈墀，於貧況味宜。握來輕有質，煨後漸無澌。候沸投仙茗，隨香瀹古瓷。玉川三啜後，習習腋風吹。

新燕來

江燕何微渺，能諳節候交。一從余卜宅，兩見爾營巢。檐敞雙飛入，梁空對語啁。物情深可戀，門掩畏人敲。

苦　雨

春晚雨緜緜，寒裘著欲穿。絲常縈樹杪，霤不斷檐前。巷僻無人迹，囊空負酒錢。悄然無一事，趺坐疊青氈。

乘潮至慈谿

晚泊舸依沙，篷窗月影斜。櫂幾窮水國，鴻不到天涯。半夜聞潮起，長年解纜譁。乘流飄忽去，已見曙城鴉。

喜逢潘若玒勸其歸里

逆旅相逢夜，風寒城漏微。自言五斗累，不遣一身歸。細酌忘憂酒，兼商出世薇。盍隨予返櫂，同掩故園扉？

同李未盡當衡尋河東諸新建蘭若

出郭沿溪路，僧寮隱竹籬。雲昏防雨驟，筇弱怯橋危。久没荒榛闢，方新梵宇垂。冷冷鐘磬接，何惜路逶迤？

漱石亭同諸友聽李葵陽説楞嚴二首

竹塢已幽絶，於談法更宜。溪雲度雨去，茶鼎傍泉支。不復嚴僧律，堪舒入社眉。縱言難了悟，殊勝未聽時。

士謙推往哲，君克紹前徽。博識通無際，微言會有歸。澗聲喧講席，竹氣薄絺衣。聽罷還山郭，孤亭澹夕暉。

游披雪洞

並屐衝蒼靄，游情一往深。日摩高岫頂，酒置半巖陰。流峙閲終古，登臨遞至今。石鐫荒薜合，讀罷恣長吟。

抵饒州寓永福寺

僧寮榻許借，暫可憩身心。帆影過城堞，塔端巢水禽。鄉程春樹斷，旅夢曉鐘侵。不悟無生理，塵緣空復深。

看歸雁

嘹嚦春初雁，歸聲不可聞。羣離南浦雪，行逆北風雲。路向胡天闊，情於澤國殷。倚檐聊送目，那禁思紛紛？

過姚戊生山館看桃花

陟巘見茅屋，主人倚杖斜。搴蘿掃石几，留客看桃花。水濯一溪錦，雲蒸半嶺霞。翩翩雙蛺蝶，來去意無涯。

清明登西山

不期風雨霽，相與快良晨。日暖尋芳徑，天憐垂老人。顔酡春酒洌，岫碧晚煙勻。還憶百年内，兹山登幾巡。

城外觀劇還過李當衡齋中留飲

觀止逢場戲，歸筇爲爾停。晚來深巷静，雨過小窗聽。殘斝依紅燭，鄰家續緑醽。恣情談往事，不覺醉還醒。

外孫姚注若治具邀過古塘看荷花

高樹午陰繁，笻停郭外村。溪風涼解帶，荷氣馥迎尊。白鳥翠微映，緑疇新稼盈。夕陽西漸落，峯影到籬門。

仲寬弟攜酒邀同過瑞隱山房

雖是秋爲氣，茅堂肅更閒。白衣先載酒，紅葉已盈山。歸壑泉聲小，迎霜穡事删。前峯忽送雨，歸屐任蹣跚。

姚戊生以遠寄花露酒分惠賦此答謝

昔爲於越客，花露酒曾嘗。甘味別來久，餘香入夢常。多君分遠貺，遣使到荒堂。正及春寒夜，温生琥珀光。

夏日遊姚若侯山齋

新篁翳谷口，樵徑達柴關。峯翠四圍合，雲陰一片間。衰顏宜對酒，暑氣不侵山。去郭無多路，何嫌數往還？

雨後同李當衡東郭眺望歸留小飲

年衰無至友，杖喜與君並。山色青回雨，溪流白繞城。款扉留倦屐，揮塵盡餘觥。更戀紅薇蕊，垂垂照眼明。

姚駕侯涉園茅亭落成二首

爲亭聊寄傲，日涉有餘閒。坐待城中酒，飲看檐際山。池萍風定合，林鳥日晡還。好與園丁約，余來莫掩關。

傍郭營三畝，誅茅葺一丘。引來鄰苑竹，静對此君幽。疊石堪爲几，臨池不必樓。縱横十笏地，儘可錯觥籌。

夜喜李未盡見過

僻巷犬迎吠，知君過我廬。杖諳三徑熟，扉啓一燈初。促膝逢遥夜，高談慰索居。荒樽殊未竭，城月滿前除。

姚東朗邀遊爽園

緩步秋郊外，秋風吹鬢涼。葉聲霜後厲，山氣晚來蒼。飲量隨年減，吟情逐景長。爲君拚一醉，不負菊花黄。

出門遇李未盡同至城南蘭若

老友出門遇，招提共叩關。日行冬至緩，人到古稀閒。衰草夕陽路，遠天殘雪山。沙彌能瀹茗，啜罷數杯還。

哭姚戊生二首

青陽纔獻歲，桑扈返其真。暮齒寧多日？傷心哭故人。風颸三徑竹，書掩一牀塵。惆悵軒前月，清光空滿輪。

六十年來友，交情晚更真。溪山不獨眺，肴核待予陳。精爽嗟何往，追陪迹尚新。生芻聊一束，不媿故人貧。

午日前一夜露坐有感

日落衡門掩，空階露氣微。年衰諸病集，交久故人稀。白髮刈將禿，青山願已違。泛蒲觴罷後，又復撿生衣。

七夕立秋有感

立秋逢七夕，兩節忽交加。榮落看朝槿，暄涼促歲華。笥無衣可曝，鄰有酒難賒。戚友凋零盡，徒將往事嗟。

歲之二日飲象九姪喜左子兼至限春字

白髮翁遲暮，烏衣巷早春。恰虛未滿座，喜到解吟人。事往嗟無及，時危族可親。暖將和杖履，飲取歲華新。

過北園有感

隔岸過橋路，依然迹可尋。主人成異物，遊侶少同心。樹色團青靄，亭檐列碧岑。獨憐霜鬢叟，薤露爲君吟。

苦雨

原憲貧非病，江淹恨本真。何堪半月雨，似窘暮年人。潦集庭前地，黴斑架上巾。茅檐纔住霤，又響一番新。

閒眺西山

躡屐雙塘路，水涵嵐翠沈。漸衰疏柳影，少韻病蟬吟。蘭若過橋近，秋光入院深。不知投老客，惟愛白雲岑。

同李當衡家仲寬弟南郊即事

一筇隨所適，到處愜幽尋。緑竹暗晴塢，黄鸝逗午音。家家面蔬圃，岸岸引溪潯。更值同心友，閒恬半日心。

贈李當衡

平生二三友，世外締交真。相與謝聞達，翛然學隱淪。我叨一紀長，君亦六旬人。著述千秋事，咨詢莫厭頻。

冬至作

歲殘逢至日，且喜一陽回。雖未嚴寒減，應將弱線催。酒沽來隔院，火燼撥餘灰。待雪融山路，看梅到水隈。

雪中憶李未盡

不知宵有雪，曉起壓柴關。照我室中壁，憶君門外山。擁爐看不厭，曳杖意何閒。一片凝寒色，千巖萬壑間。

送四弟之建寧

汀洲草樹歇春暉，送爾心隨去鳥飛。時值麥秋艱旅食，路經梅雨潤征衣。家貧骨月團圞少，世亂間關音信稀。到日若逢賢地主，買山錢足早言歸。

過姚戊生新營別業

羨君一榻寢于于，無復鳴騶向耳呼。花萎殘紅春欲盡，林垂濃綠日將晡。纔依籬落開三徑，未得牆頭過一壺。卻話故山從別後，東風幾度長蘼蕪。

過林生洲舊居有感

竹林游散邈何年？人事天時幾變遷。廢苑有花猶爛熳，野泉無主更潺湲。黄公壚畔餘黄土，白社池頭空白煙。此日經過倍惆悵，不堪聞笛夕陽邊。

哭内兄倪玄度

避難歸來情更親，尋常鷄黍亦論文。何期白玉樓需記，遂使黄泉路獨分。桑扈返真寧有友？遠公開社恨無君。可憐垂老知交盡，又見天風折雁羣。

次韻和楊蘭似雪中見寄

雲暗千峯鳥絶飛，朔風吹雪犯簾衣。寒將逼歲歲云暮，我亦懷君君盍歸？載詠瑶華篇有致，益令丘壑願難違。黄虞世遠人安適，好向春山學采薇。

同姚戊生泊東梁山登絶頂

來往風帆曾數過，篷窗徒羡勢嵯峨。忽逢倦櫂停江渚，得趁殘陽到薜蘿。絶頂老僧供茗碗，横江孤鶴掠漁蓑。踟躕未盡登臨興，無奈煙光向夕何。

雨抵東陽暫憩隱竹菴

楚雨淒風欲暮天，禪宫遥羡隔林煙。新篁蒙翳藏雙徑，行李沾濡息一肩。磬罷溪聲喧到枕，爐疏月色冷侵氈。驚魂栩栩回殘夢，猶在危橋斷岸邊。

同諸友登北山

故山風景尚依然，此日登臨憶昔年。一自里經多難後，幾人星散老夫前。閒雲漠漠籠殘照，遠水潺潺咽逝川。扶醉步歸城郭近，晚鐘浮動萬家煙。

别方爾止歸桐留飲

草堂尊酒屬離筵，話及行藏倍黯然。在世忽逢天地閉，論交還訂向禽緣。冥冥鴻路高侵漢，謖謖松風冷入絃。别後相思何處切？夜燈秋雨滴窗前。

同姚聖林左子兼家弟仲寬過别峯菴

秋樹陰森葉未摧，精藍遥在碧雲隈。犬如華子岡頭吠，人在山陰道上來。鐘定僧閒供茗碗，天青月白照香臺。陶潛入社難除酒，許我攜尊看早梅。

冬至

孤笻轉徙向天涯，旅食悠悠節候移。卻喜陽光添一線，難教霜鬢減千絲。夢徵還筆猶躭句，年近懸車尚履危。總是饑來驅我出，半生容易與鄉離。

喜友人見過新居

每向青山去意多，不期髮白竟蹉跎。雖無俗韻驚猿鶴，時有閒情到薜蘿。棲覓一枝仍是借，徑開二仲僅能過。向平五岳空存願，其奈桑榆暮景何？

連雨喜未盡見過留飲

階草纔除雨又滋，殘編拋去倦支頤。盤空殆欲添藜藿，薪盡災將及扊扅。蹀躞屐聲籬落外，踟躕霽色夕陽時。多君好我能來往，小酌西窗豈預期？

歲暮還家

墟里蕭條歲欲除，遥瞻衡宇意次且。數千里外歸無恙，盡一家中慶有餘。不諱屠蘇分少長，已拚霜鬢付居諸。雖然旅橐稱羞澀，春社徵錢亦可醵。

元夕飲姚翼侯宅共燈字

雪映長廊月漸升，華堂垂幕集親朋。人矜歲以兹宵重，酒較籌於往日增。銅漏頻催猶把盞，銀花屢燼更挑燈。君家樂事予長預，春至青山又可登。

同張仲友家仲寬弟過古公禪房

緩步秋郊葉未黄，相攜共叩遠公房。暫乘半日身閒暇，静聽彌天舌廣長。一簇雲山晴入户，數竿風竹影摇牆。浄緣於我何無分，投老猶難與世忘。

左子兼兄弟治具邀同廣陵周驤伯梁子武遊龍眠暮宿獅子社

同人竟日探幽去，山色秋深覺更妍。一杖高低黄葉路，千峯向背夕陽天。僧能借榻堪留飲，客解吹笙可廢眠。林月滿除尊未竭，不知今夕興何偏。

同楊蘭似過爽園賦得看竹何須問主人

郭外園亭山半横，新篁初引緑陰輕。此君即可供酬酢，幽境那從覓送迎？門掩閒僧爲啓鑰，林深野鳥自呼名。偶來嘯詠殊多致，誰道王猷不近情？

遊釣魚寺

寺背山椒面向河，岸邊盤石更婆娑。不知垂釣人何代，猶有遺踪客可過。霜葉隨風飄水際，灘聲終日響巖阿。淹留莫羨歸林鳥，已有閒心眷薜蘿。

吳雲問有詩見贈依韻答和

因卜芳鄰徙宅來，不圖三徑果予開。酒於暮夜偏多興，和屬陽春不易裁。秋老疏籬黄綻菊，霜晴暖砌緑留苔。衰年萬事都捐卻，無復閒心賦七哀。

除　夜

雙燈焰冷繐帷垂，薦罷蔬羹淚滿頤。榻上浮塵留鼠迹，壁邊僵瑟脆風絲。桑榆不恨流光速，泉路翻嗟晤語遲。白髮蕭然當此夜，癯形只欠一披緇。

暮春同李當衡過未盡山居二首

青冥路入四山虚，十畝閒閒隱者居。薄俗與君同厭棄，幽棲先我得蕭疏。繞籬抱甕捐機事，踞石看泉挾道書。從此便爲嘉遁客，多情猿鶴莫踟躕。

一泉宛轉漱峆岈，飯罷提壺徑未賒。石上蒲根流不動，巖端林葉蔭全遮。就潭挹水烹新茗，隔岫看雲變早霞。倘可比鄰分數畝，緑溪青嶂即移家。

張伯頫别四十餘年偶過桐飲我賦此贈送伯頫在前朝曾爲副總戎

别久事多天寶遺，與君細話淚交頤。相逢顔面俱非舊，不道姓名知是誰？酒注杯深春晝永，雨沾裘重客程遲。青門好卜歸休地，謾説曾驅數萬師。

祝山如以新刻佳稿過門見示恨未及面作此謝之

老向騷壇學息機，賞音識道竊心知。已憑時論推何遜，不復逢人説項斯。深掩荒扉休夏日，朗吟秀句動涼飔。微才何敢當遥擲，調絶深慙屬和遲。

初冬送李未盡之豫章

江澄如練浄寒姿，五兩風兼雁影遲。潮落岸高舟泊處，村荒酒遠月斜時。家貧未免饑驅出，歲晏無爲醴設羈。到日滕王江閣上，爲予一拭舊題詩。

予以壬寅三月十八日初度七旬夔嶺李未盡於次月初五亦是七旬予不耐人事邀同李當衡家弟仲寬造夔嶺避焉有作

春夏之交廿日内，與君俱是古稀年。不堪禮法繩嵇阮，聊向雲煙伴偓佺。室内琴書樽内酒，籬邊松竹澗邊泉。一觴一詠騰騰醉，漫擬吾儕是葛天。

偶題

支離病骨慵朝起，拂罷琴書試啓關。三徑草深無客到，一林煙合有鶯删。區區禮法寬吾老，落落襟期與世閒。更喜鬢鬚純是白，不留纖黑雜其間。

秋半過姚戊生山堂

孤情久不樂人間，每向幽棲喜叩關。霜近紅先獨樹葉，雨餘青匝四圍山。繞畦曳杖忻秋稔，對酒論心到夜閒。地迥免聞城漏促，溪聲枕畔益潺湲。

秋日苦雨

天時人事不相謀，宜雨宜晴乖所求。入夏平疇逢旱魃，及秋下潠怒陽侯。打門畏有催租吏，問字嗟無載酒儔。僻巷泥深三徑没，緑苔滋蔓上牆頭。

姚翼侯攜具招同蕙若上人遊投子山

風葉颼颼秋暮天，扶笻遥指翠微邊。没來古徑無完砌，墮後殘碑失舊鐫。因嘆禪宫亦銷歇，何疑人世不推遷？山僧清論同支許，説到忘情復惘然。

冬夜同李太素祝山如集石逋宅

歸自山中歲暮天，伻來聞信意欣然。一尊話戀二三友，半榻書分内外篇。説有長星當夜見，便將殘酒酹筵前。數竿檐際蕭蕭竹，亦解敲聲到耳邊。

聞蟬

古木森森蔭四圍，鳴蟬何事背人飛？嘶如緱嶺吹笙劇，去似湘靈鼓瑟希。翼薄風恬騰自便，涼生暑退韻應微。可憐還去情難默，又弄新聲送晚暉。

壽與疏禪師

空門雖不貴長年，遠慧精勤老更堅。入夜觀心蓮露畔，及晡送客虎溪前。偶隨甲子週僧臘，久住林泉謝世緣。丈室可容獅子座，應知獻瑞有諸天。

過李未盡山莊

未至君家方里許，嶺頭風雨妬山行。衣燎松火週身暖，門咽溪聲到耳清。呼取鄰翁堪對飲，擁來巒翠正浮觥。中宵已有疏星見，明日應邀一日晴。

送春

四月一日春告歸，榴花緑蔭荒園扉。明時好友舍我去，晚節末路與心違。捹老何用流光惜，躭空聊將釋氏依。惟有苦吟習未遣，驚人猶憶謝玄暉。

送曾孫入塾

手挈衰宗四代兒，殷勤託汝隔垣師。時違朱紫非吾願，年富青藍任爾爲。勉赴笈書趨北面，好抛竹馬挂東籬。可憐士子常爲士，嚼蠟明知不忍墮。

同楊蘭似拜謝中隱先生墓三首

一從桑扈返天真，高冢纍纍春復春。可嘆人間多事日，不如泉下穩眠人。

煙草風榛絶四鄰，誰能到此不沾襟？他年往事同流水，此日餘生哭故人。

爲嗟人世都如幻，幻到君邊數更奇。身後兒隨同伯道，女離鄉去似文姬。

立秋日喜秋葵便開

忽聞高樹曉啼鵶，蝶散空牀幽夢賒。種得秋葵期不爽，兒童□喜有新花。

校記

〔一〕質　當作『贋』。

龍眠風雅卷二十四

木厓潘　江蜀藻輯

京口程世英千一同里周孚先信臣參

張秉貞

字元之，號坤安。崇禎辛未進士。除户部主事，梳爬蠹孔，精于會計，疏陳户曹七事，皆達大體。累官藩憲，所至職辦。順治初，以祠部擢通政使。踰年，拜刑部尚書。公以名家子，擩染典故，善推情隱，執法公平廉恕，釋纍繫、全要領者無算。轉兵部尚書，與枚卜者再。時樞政繁劇，以運籌勞瘁卒于官。朝廷震悼，諭賜祭葬，謚僖和，蔭三子，一時恩遇之渥，莫與爲儷。公端凝厚重，深於經術。早年棲心禪悦，與古德耆宿相扣擊。晚嗜程、朱之學，古文辭、詩歌皆有根柢。所著即心即佛説及石林問答、石林漫語、瞿菴詩草諸稿行于世。

感賦二首

皇圖弘汲引，恩禮被南冠。蒯鋏延渠屋，珠炊給大官。懶躭賓客少，疏幸網羅寬。獨悵清宵立，懷家淚不乾。

日穩三竿睡，貧門客到稀。琴書閒獨遣，僮僕冷相依。僧寺尋花去，鄰家貰酒歸。倦禽遭弋慕，卑戢敢言飛？

弔徐固城死難二首

君出予留辨屢譁，眼憐同病落狂花。不知死償何人債，只覺生多夢裏家。矍鑠殘年扶壯氣，逗遛香骨掩平沙。朝官設遺重壇祭，更晉崇階下白麻。

長歸可有歸欣喜，大别應無别苦辛。七尺昂藏甘報主，四知精爽合爲神。衣裳後閣還諸妾，絮酒空庭哭故人。生死眼前誰得喪？多君貧老未閒身。

卜居

爲卜閒棲且退藏，荒除野性共蒼涼。衝簾雨氣疏燈濕，拂座花風散帙香。蟲急殘吟依近户，燕遲三宿戀空梁。飄飄久客居初定，只有移文愧草堂。

官閒

浪迹都忘進退身，曠懷自覺老能真。淋漓酒興難言去，曲折棋思懶應人。天幸已多休服藥，此生猶剩敢辭貧？官閒更許叨休沐，衣布長安一隱淪。

秋懷

短鬢微霜已半侵，不將分寸惜光陰。便逢伯樂寧辭顧，縱有鍾期亦罷琴。高閣束書憐病眼，蒲團結坐護殘心。日來偶爲重陽菊，閒去籬邊一再尋。

和薛大司成署中竹韻二首

雲根移植緑瑎深，一曲琅玕氣自森。清翠未容嚴暑到，蕭疏偏引惠風臨。當軒頓洗驚塵眼，横月時關問夜心。長日貪看官是主，平安應憶故園林。

一徑莓苔别院深，數竿修竹影森森。坐緣獨對成良久，客爲來看屢過臨。涼氣曾通仙史夢，青陰猶見故人心。幸逢封事稀旁午，疑是閒身入故林。

吳紹廉

字不貪，號無咎。邑諸生。大參皖山公之孫也。好古博學，工吟詠，屢困舉場。年甫四十，從子國琦舉進士，夢其祖告之曰：『貴不及子矣。』遂棄去帖括，研究禪理，與天童博山相印證，綽有領悟。以寇亂南渡，單騎走京師，客從子所。歲元正，忽戒裝趣歸，抵舍三日卒。戒妻子勿哭，曰：『吾遄旋，非無意也。』所著飲泉亭集，鄉先正多稱之。

憶家

谿山既黝藹，松杉亦不疏。繞屋皆稻田，清渠灌有餘。昔擬偕妻子，樂此衡門居。詎意扁舟情，辭我舊門閭。林寂鳥應笑，徑閒花亦舒。交知無一過，酒盞塵未除。思兒時説夢，生女貌異初。昨夜秋鴻來，遺我天際書。窮達固有命，去住當何如？

葛嶺

岧嶤出衆嶺，樓閣空中開。天風振翛羽，忽上初陽臺。落霞動危石，古井迷青苔。想像鍊丹人，跨鶴時復來。對此澄湖光，心迹曠無埃。似擲浮丘袖，暢焉臨九垓。

觀打鰣魚

五月鰣魚來皖口，横江日出船齊走。細網輕絲罥不驚，雪鱗渾入漁人手。入市賣鮮俱一空，得錢爛醉菰蘆中。待到晚涼摇艓健，妻兒飽飯從長風。

維揚古意

春風吹野花如雪，柳花自與桃花别。柳花落盡江濤深，江波到有江頭柵。江頭客子趁殘春，踏遍維揚古陌塵。芳草不留朝代迹，錦帆牽水是何人？當時行樂逐妖冶，朝朝暮暮迷樓下。今日新城非故城，夕煙望斷隋宫瓦。

早　發

潮褪江門曙，歸舟不肯眠。星疏低拂水，樹遠濇依天。省識前洲路，因辭一港煙。去來帆上月，飄泊幾回圓。

金山寺二首

古寺江心出，洪流倒案前。雨花紛浪沫，雲葉過爐煙。水逝空長住，山擎石盡懸。嵌嵓逢老衲，春到始知年。

霽景澹如秋，平波漾不流。海門雙闕峙，天塹一巒收。古殿盤馴鴿，危欄狎野鷗。山川望南紀，處處拱神州。

雪　僧

久事參尋歷百城，如今立地證無生。衣幢盡脱風塵垢，瓶鉢俱涵水乳清。香象截流元是悟，白牛露地本非情。何須日出看獅子，色即是空當下明。

雪夜柬謝中隱

一室爐存銅雀冷，疏林雪浄玉繩横。閉門不見先生迹，高卧誰知處士名？臘凍到盤畦菜小，陽生入手酒杯清。故人咫尺山陰隔，憶爾抽思賦已成。

漢陽峯

登嶽選奇峯，漢陽爲絶頂。座上漢陽來，望中楚天迥。

緑羅菴

清公宴坐處，繞屋皆蒼苔。冉冉石上雲，朝夕待君來。

爲傅遠度畫扇并題

峯明可數葉堪聽，幽徑無人户亦扃。誰汎小舠來問訊？湖風吹過浪花腥。

上七絶句

獻歲連朝總是晴，鴈行歷歷過空明。作書似亦知今日，牽起江南塞北情。

方象乾

字聖則，號廣野，一號聞菴。冏卿沖含公之第三子。崇禎間恩貢。初授監紀通判，以督餉勦寇升廣東高州府海防同知。退狼寇有功，轉廣州府同知。督師海上，有散花神女助陣之異。歷任至兵備副使，未幾解綬，流寓廣州韋村，病卒。公慷慨負氣節，振人之急，不憚傾身營救，有古人風義，惜其集不傳。

廣州懷四弟田菴五弟坦菴

嗟余同氣剩三人，異地應憐多難身。棕水可容垂釣叟，鍾山猶有種瓜臣。頻年獨夢傷池草，萬里分飛感鴈賓。極目欃槍何日靖？蕭然百口累風塵。

喜弟姪登第念幟戡兩兒

間關貧病厭餘生，南阮驚傳北阮名。豹變共推新國士，貂寒應滯舊江城。忍饑還用開荒畝，守拙寧辭困短擎？歸老但能偕二子，長將一炷答昇平。

戴君擢

字偉卿，號懸水。歲貢生。早孤，母趙年二十，矢節教之成立。以年資貢禮部，授和州訓導，改建學宮，科名蔚起。和人士至今誦之。

思　鄉

老年猶作客，念念故鄉懸。廬舍何須計？松楸最可憐。四時新孰薦，三鼎亂全愆。不爲兵戈阻，歸來掃墓田。

寇警憶兒

傳聞羣盜躝瀼陽，西望枌榆最可傷。負郭原無三畝宅，渡江又怯九秋霜。汝真進退皆成谷，我亦行藏枉斷腸。蕭寺掩門清晝裏，霏霏雨雪倍淒涼。

方元芳

字郗枝。性敏耆學，家有松鶴樓，多藏書，假者難之，公曰：『據先人之書者未必讀，讀先人之書者不必有。』歲必割筆耕資購書數十卷。卒之日，積五櫝焉。

題天筆山房爲從兄壺山先生賦

吾生耕以筆，數口苦經營。天公筆不耕，萬仞掃煙雲。上凝星與斗，不以蘸滄溟。不畫金粟影，不寫黄庭經。問汝何所益？植立亘古今。答曰爾何識？兩儀自吾闢。日月點天晴，山川充地質。太極既分明，故向此中立。蒼秀撼千岑，高寒摇太乙。若爾三寸管，碌碌供人役。惟有壺山人，握我如椽筆。

天柱峯，如椽筆。伐穎原不自中山，更名更不猶不聿。混沌是硯，雲煙爲墨，絢出文章自一家，繪成江山生五色。亘古猶然潤，至今亦不秃。不向夢中授江郎，惟與壺山相對挹。我謂而今無巨靈，一枝高插與天横。幾欲搦來紀三品，無才應似鍾繇等。如君意氣自非常，萬仞揮毫筆力强。紫霧彩雲都助趣，投向玉關殊快意。

過小關

故鄉容易過，出境便增愁。紫氣關前繞，晴雲望裏收。山高天欲落，日暝鳥知留。前路無多少，停車怯阻修。

讀桂林公詩

從來臣節幾人昭，忠直如公翊聖朝。繡斧不成無罪獄，文旌能格逆行苗。桂林八月風何遠，松鶴千齡雲自飄。七世未泯君子澤，誰將青史著芳標？

讀孝廉石洲公詩

天欲孝廉爲砥柱，先生故老不之官。一經地僻塵囂遠，六逸名齊賓主懽。公與何宗堯、吴用宣、趙子恆、張以韶、彭惟善以理學倡桐。養志豈窺遺槖厚？事詳邑志。養高寧惜敝袍寒？常拒同譜之餽。令名世世貽孫子，松鶴梅花寄羽翰。

過五溪橋

佛在須彌頂，誦聲響如雷。天台良可度，度此即如來。

舟中美人

自信心如水，身輕一葉舟。風狂猶欲渡，到處逐郎遊。

出家美人

卸卻紅塵路，空中色更殊。莊嚴花上像，若個不如無。

張秉成

字欽之。大參懷琴公之仲孫也。崇禎間歲貢。早擅時譽，視兄方伯公不啻過之，人或目以介弟，輒夷然不屑，生平恥言緣藉。年二十九始補弟子員，試即高等。自六經暨百家、諸子史，讎勘丹黄，幾萬餘卷。尤酷嗜濂洛之學，纂輯四書性理大全，稿凡數易。嘗語人曰：『此千古聖賢相授受精義，外此皆糟粕耳。』年五十有五，以諸生久次貢大廷，未及對而卒。所著詩有學未草。弔方正學先生，其絶筆也。

夏日同五友遊菁園

種竹近千竿，三五可盈把。隙地結茅亭，客來亦瀟灑。坐久欲生寒，沽酒命杯斝。樵叟世情疏，老衲塵緣寡。相對有餘懽，安問俗與雅？遲遲今日遊，林下且繫馬。試問五人中，誰是能閒者？

懷汪君酬

杖策出門去，于今越兩旬。早霜堆短鬢，層雪滯征輪。客況親僮僕，鄉心問友人。懷君不能寐，此際向誰陳？

送别王化卿

十載顏依舊，因知道氣全。萍踪能混俗，趺坐且逃禪。好句多留越，征鞍恰返燕。如何又行役，孤櫂入風煙？

逢野老

偶逢野叟日將斜，笑指前村是我家。春罷新秔堪作飯，汲來活水便烹茶。開門翠借羣峯色，掃徑風來隔岸花。草榻齁齁新月上，且同兒女話桑麻。

秋來

秋來閉户臥茅茨，不似從前掃軌時。少婦整粧慚我老，明師掩卷嘆兒癡。未知何日完愁債，難得開懷想舊詩。幾向佛光消宿業，好同野衲誦牟尼。

有感

青絲鏡裏已添霜，何事繽紛尚著忙？不笑眼前安蹇劣，還愁身後更郎當。有書慵讀空懸閣，無客同遊怯舉觴。卻怪牽衣雙稺女，鉛花猶索過年粧。

貧園懷陳文若

俠骨凌千秋，山川供爾傲。爲看日暮雲，空傍竹籬笑。

居菁園

隙地結茅亭，亭前梅與竹。有聲逐耳來，活水流空谷。

孤憤詩

三十年來學草真，筆頭瘞冢太嶙峋。猶同兒子争歪正，幾路紅描上大人。

弔方孝孺先生

先生不草奉天詔，正見高皇大用時。始信讀書争是字，卻令十族盡誅夷。

葉士璋

字允男，號玉山。大宗伯曾城公之長子也。以父蔭仕至户部郎中。性簡静，無貴游紈袴之習。屢試于主司，拔蝥先登，不知其爲長者家兒也。好讀書，手把一卷，至老不輟。見人文字，一語之善，誦揚弗去口。尤獎引寒素，不惜解推，單門後進沾其成就者甚衆〔二〕。晚歲自訂玉山課兒草、先正典刑，至今在人口頰間。有娱竹山房詩稿，藏于家。

寄贈董孔昭

宰官身是寄，禪悦味猶真。不必離塵世，居然現法身。庭除皆浄土，杖履亦禪因。欲學無生理，從君一問津。

寄贈朱子葵

只道玄亭遠，那知咫尺間。相思不命駕，徐步即開關。弦誦聲相接，雲煙賸一灣。抱琴如有意，來往未爲艱。

體元寅丈之任詩以餞之

輕舟猶未發，想像已登仙。不但之官好，兼知遊興便。青徐雲亘野，吴楚樹含煙。繫艇聊舒望，悠然別一天。

容臺署中作

悠悠冷署動經年，徙倚庭除思悄然。風送鳥聲乘蚤讀，月迴簾影待遲眠。柴荆晝閉非躭寂，步屧閒行亦懶旋。我自迂疏成小隱，休言俗吏是神仙。

送三弟還里門

聚首長安已一春，翩翩喜見錦袍新。花看上苑名纔噪，路入家園夢轉頻。駿市千金渾得價，囊餘孤劍莫言貧。如何此別難分袂，寄語高堂倍愴神。

李士雅方漢士見過

幾載柴扉只晝扃，憑他剥啄不須聽。忽聞二妙閒相訪，令我雙眸猛覺醒。簡點庖中無宿物，搜牢甕底有清醽。挑燈細話天南事，指日投戈好勒銘。士雅時來自粤東。

周法祖

字則貽，號合明。少篤志問學，淹貫羣籍，流輩不敢望，承學之徒多所成就。家世居城南，環堵蕭然，日課二子，以吟詠自適。其著述甚富，厄于寇亂，與負郭數椽同歸一炬，可慨也！

歸舍

暫息柴門下，疏籬繞徑斜。城頭餘落日，樹杪見棲鴉。兵氣寒村落，秋容老菊花。自今安蹇拙，生計託桑麻。

夏仲喜雨霽

初晴閒一望，四野水平天。山色畫中出，溪聲鳥外傳。暮雲深樹掩，斜日小窗懸。呼我高陽侶，清尊祝有年。

秋夕

空階鳴促織，秋意到孤幃。桐葉飄新子，荷花墜故衣。天清河影淡，夜静鶴聲微。起舞愁難寐，懷人興欲飛。

立秋

清風來樹杪，涼氣動柴扉。嘗稻知年熟，浮瓜賴圃肥。饑烏依母宿，乳燕護雛飛。雨後添秋水，容余坐釣磯。

清明郊遊

東郊一以望，春色政嫣然。香惹遊蜂鬧，風催去鴈翩。遠山青入畫，野水緑平田。牧豎誰家子？驅牛領暮煙。

清明偕潘緋郎維南登玉屏嶺

春色蒼蒼點翠巒，山城宛作畫圖看。草鋪翠帶今方豔，花理紅粧尚未殘。林密偶招同偃息，蘭芳恰喜共追歡。峯頭誰把驚人句，搔首還憐一鶡冠。

初夏有感

緑樹逶迤隱夕暉，孤雲天外自依依。鶯如舊識隨人囀，燕似新知傍客飛。痛飲儘堪賒夜月，無炊尚可典春衣。忘名久許甘丘壑，留取初心未敢違。

春日次韻寄友人

論文每恨不同堂，夢裏時尋薜荔牆。百斗能沽村酒熟，一盤可煮野蔬香。花容過雨紅猶嫩，草意逢春緑漸長。料得幽居誰共語，閒吟還憶老夫狂。

幽　居

幽居樂事敢言賒？曲徑疏籬到處花。早釀清醪秋後秫，時烹活水雨前茶。庭迎松竹成三友，鄰結漁樵渾一家。惟有賤貧依舊在，老來豈復計生涯？

庭前桂樹不花

露下天高别院芳，風飄到處散天香。低徊待爾開蓬户，冷淡虚子植草堂。爲謝繁華羞白髪，應嫌攀折惱紅妝。誰知寂寞秋深際，枝葉還留傲雪霜？

除　夜

獨酌終宵看曆新，曉鐘又報一年春。空囊戀我惟詩句，衰鬢逢人任笑嗔。世事已隨商陸盡，交情還覺酒杯親。不須掃徑延佳客，誰扣蓬門問隱淪？

登栲栳山題止心菴壁

捫棘披荆陟峻巔，須知呼吸可通天。望中白接三江浪，野外青浮九子煙。谷口草芳招牧唱，山腰薪爛縱樵眠。俯看城郭紛紛客，誰似蒲團一老禪？

馬懋勳

字四明。偉軀戟髯，若河朔壯士。家酷貧，挾兔園册子，走舒、六間，爲童子師。性傲岸不羈。嘗以書上從父太僕公，公一見嘆異，以粟四十斛與之。有素所善某生，以冠軍隸博士弟子，同儕競索其經義讀之，四明獨不問，寢與某疏。居數年，旅進應童子科，猶某生冠軍試題也，乃始悔之，卒不售。晚歲授徒南郊油□巷，困益甚，放意詩酒，不少嬰其懷。所作詩佚于兵火。從孫臨公口授二首。又記其警句，如放後還家云：『多情惟燕子，還傍草堂飛』，『石上藤蘿月，影有似先子』。狀貌云：『痛知貧未傳遺像，自寫真來上薜蘿』，弔友人友曾有所許云：『當時漫許徐生劍，今日仍懸季子丘』，皆秀拔可誦也。

山行

過山聞犬吠，望望有人家。瞥見翠微裏，開門掃落花。

湖上即事

一聲欸乃破蒼煙，驚起沙頭醉客眠。酒渴正思魚作鱠，問渠可是賣魚船？

程沖然

字盈之，號五嶺。郡諸生。生而夙慧，四歲能屬對，十三歲應童子試，太守林公覽其文，大奇之，取冠多士。顧數奇不偶，年餘三十始補弟子員。即以是秋赴鄉試，主司甚賞異之，復以小眚不見録。又明年，遂卒，年僅三十有六。死之日，索筆大書云：『生死場中老手，煩惱法界積慣。任他朝晴暮雨，一様鹽鹹醋淡。縱然幾件不足，總是司命註判。明知久客當歸，風急難解船纜。』書竟，擲筆而逝，論者以爲古德再來云。性耆酒，不霑醉不止，醉後縱談天下事成敗、古今人物高下，如數黑白，蓋託于酒而逃焉者也。所著詩、古文詞多放失不存。吾桐自甲戌民亂、乙亥寇至而後，兵火流離，卷帙委散，文獻之厄，惘乎有餘悲焉！

龍山歌

龍山鬱嵂天中起，雲車時過羨門子。崑崙九府半嶺開，海上三株深林裏。中有仙人清且奇，手扶百尺珊瑚枝。青泥一片吐石室，紫芝千載浸仇池。憶昔武帝好神仙，徐市入海幾經年。我今目覩青毛節，肯向閬風空手旋？君如霞蓋入天門，爲我殷勤安期生。桃花落盡川水笑，那能負爾相望情？

柬左綏之伯季

公子重雲外，書來惱殺人。相如猶喻蜀，張禄未歸秦。筆禿五經笥，弓韜千里城。饒知招隱意，山水有餘春。

立　春

去年别我去，今歲逐冬回。應知識面久，莫説是新來。

題黃檗寺壁三首

氣迸千秋雪裏，光揺萬丈雲端。百歲僧敲石磬，千年仙老金丹。

黃檗山頭佇望，紅萍水面稀傳。鸖鵁不肯停立，蠛蝱那堪惹煙？

白頭頻回蕭寺，絳唇微展潘郎。蛺蝶眉間沁粉，遊蜂翅底傳香。

白公瑾之鎮江

與君同作雙龍劍，今日翻成孤鵠飛。雷荻江濱無限月，可能分贈故人歸？

秋怨

深閨兒女年十五，未省空房獨宿苦。秋日勸郎覓封侯，別郎初解梧桐雨。

春閨

征人一半在遼陽，舍北羊田淺草荒。杜鵑枝頭知雨足，子規聲裏識農忙。

夏　閨

沐罷臨池荷自香，水傍風熱卻歸房。夜分獨解鴛鴦帳，贏得羅文簟子涼。

秋　閨

欲寄秋衣轉自哀，重雲知是爲誰裁？無心更把雲機上，促織何須夜夜催？

冬　閨

縱擁重緜夢不成，何緣卻遇玉關人？殷勤寄語梨花雪，凍損明年三月春。

次張欽之短歌

紈袖羅裙醉紫觴，緑楊堤畔晚風香。錯將郎比芙蓉面，不看芙蓉争看郎。

齊登閎

字理侯。紹興守越石公之第三子也。六歲受書外傅，一過即成誦。性恬淡，飲酒不能蕉葉。雖儼然華胄，無膏粱裙屐之習，殆濁世之佳公子也。讀書攻苦，踰於寒素。小楷規橅羲、獻，咄咄逼人。年二十餘，早卒。妻倪氏，爲太僕吉旋公孫女，勵節至六十餘歲而終。鄉黨稱其高行，請于邑宰，旌之。

夏日丘魯瞻招同方竟魯唐孟嘉陳璣先孫克咸家兄員倩仲符遊投子分得客字

春光忽已過，急著登山屐。投子有良朋，趙州無俗客。鳴泉咽曲谿，荒草埋幽石。回首夕陽斜，詠歌出林陌。

曉出峽山口

斜月催行騎，荒村亂曙鷄。白煙一峽起，蒼霧萬峯迷。松霖吹人面，莎珠滑馬蹄。莫愁江雨至，旭日已前溪。

登古道菴感懷時有宣城之役

客意憐桑梓，歸然古道存。魚龍餘舊邑，鷄犬漸荒村。長薄團秋色，高陵出水痕。念兹經歲別，未別已銷魂。

同諸友飲女郎樓頭

草率隨供帳，相攜出郭行。村煙低暝色，水碓亂溪聲。畫扇嬌歌倚，芳林片月清。酒酣情易觸，今夕定平生。

秋閨二首

正作遼陽夢，天風徹夜號。寒聲催玉杵，霜氣入金刀。淚伴征衣寄，情牽塞月高。何當看候雁，得意向南翺。

已識征人苦，翻驚朔吹時。明河催鵲駕，纖月黯蛾眉。寶靨慵無力，疏燈影自疑。歸期難預卜，瓜苦正離離。

贈豐城譚端甫〔二〕

子虛賦手舊登臺，新識遊邛司馬才。一榻古今高士重，雙龍風雨大江迴。尊開海月排空上，歌動風雲擁户來。莫向秋聲悲故國，客中猶有弟兄杯。

送教宗歸終南

蕭然一鉢臥南山，翠壁蒼苔意自閒。欲覓高踪何處是？白雲千載在秦關。

方聯芳

字杜若。與兄元芳齊名。制行剛正，有嶽嶽之槩。購異書，不惜善價。兵燹中轉徙無寧歲，猶載書與俱，它寘不問。年三十餘，即不求仕進，肆力詩、古文詞。家壁立，嘯歌自如。所著有錦洲集。

大雪歌

巽二怒顛萬竅吼，海門不守鮫人走。冰絲組織夜光寒，羅剪綃裁天孫手。撒鹽飛絮擬未工，賦形肖象鼎彝同。瓊枝瑶榦賽金谷，砌玉簪銀雕玲瓏。茅檐占得此繁華，燒酒澆筆破凍花。一觴一詠酬豐兆，酒興詩豪兩鬭奢。騎驢老友望不回，僵卧癡人唤不來。叱退肉陣遮寒輩，讀盡陶詩酒百杯。

陳友索和竹枝詞二首

儂家住在湖水灣，半捲湘簾桃柳間。儂年卻似新春柳，桃花那得勝儂顔？

多少春情未肯降，歛眉終日倚晴窗。趁遊纔及看蠶候，愁見花間蝶舞雙。

倪自清

字景北。崇禎間貢生。少負才名，篤學好修，屢試諸生高等。性狷介，尚氣節，取與之間，絲粟不苟。以年資貢禮部，由寧國訓導遷巢縣教諭。所至褎衣升堂，頌禮肅括，簡習孝秀，希風問業者户屨恆滿。比歸，垂槖而旋，不能搆一椽也。晚年手不釋書，猶教授鄉里，以著作自娱。有《遯叟遺稿》。

陳朝鼒作巢許祠詩〔三〕

燥髮讀《南華》，景仰許由躅。遐哉出世情，隱處在箕谷。箕谷豈不深？韜藏猶未篤。天子聞姓名，使長九州牧。富貴如空花，達士非所欲。不受未爲奇，洗耳翻成俗。言固聲之塵，水亦塵之屬。堯言誠汙耳，堯水亦能汩。耳根本圓通，垢浄由心觸。强汝側聞機，解一可忘六。所以巢父高，最得禪家骨。聆言飲上流，惟恐汙其犢。因念伯夷賢，扣馬多勞碌。何如采藥人，至德千古獨。世界亦微茫，滄桑常反覆。有形都有盡，那得無盡屋？云何作此祠，平地妨遊鹿。吁嗟許先生，清風未如穆。良因一念妄，留此好名窟。我今過居巢，夜半郵亭宿。晨起訪遺踪，拜瞻如有蹙。公意或不安，令我徒僕僕。我亦學先生，投淵洗雙目。

過閒雲菴

故山回望遠，此地任追攀。出郭無多路，看雲已獨閒。竹敲遊侣字，花隱定僧關。去去溪旋過，相呼一笑還。

拜廣惠神祠 神姓字不傳，雕身附梓木，或曰梓府君。

府君何代起？高廟古堤邊。姓字留疑信，精靈迥佛仙。雲霞棲冉冉，風雨應年年。祀事春秋肅，爐香萬井煙。

聞鐘

疏鐘何處發？如共客驚秋。響入庭梧亂，聲傳巷杵幽。漏遲風在枕，天浄月當樓。直躍雙龍吼，遥遥貫斗牛。

長庚星芒特耀占云吳人多壽漫紀

籟息夜涼生，蟲吟砌草横。憂危頻看劍，儆警静聞鉦。月到花沈影，風來樹作聲。欃槍何日掃？把酒酹長庚。

同宇生抱一西郭野眺

西山不可望，遊鹿逼城荒。來往樵人路，高低牧子岡。名園封野草，剩碣冷微陽。回首風流舊，淒其忍斷腸。

亂後呂亭感懷

官道夾蒿萊，猿聲到耳哀。竹因無主俗，花向路人開。使客還來否？神仙安在哉？劍泉遺可問，定有泛槎才。

周重禋見寄山居二章賦答

十載風塵面，遥牽骨月情。逢人勞問字，誤我媿浮名。小隱山無價，虚舟野自横。放懷何必醉，諳得醒來醒。

盡道儒官冷，難偷冷處閒。單衣歌白石，解印傲青山。路僻時通塞，鄰疏獨往還。新秋場圃近，暑雨課農艱。

感時

籌深帷幄事成非，黑壓城南王氣微。萬馬忽驚迷虎帳，六龍猶説肅鑾旂。冰山有恨金空盡，雪窖無文淚忍揮。惆悵烏衣門巷燕，宫樓仍繞不知歸。

秋日昭關懷古

迢遞山迴嶺路分，昔年曾此度亡臣。丹楓故染臨江色，敗堞猶祠覆楚身。兩地興衰争去住，一腔忠孝判君親。衹今剩得孤蹲石，七字碑題萬古新。

清明無酒

山村春早杏花殘，雨色冥濛問酒難。烽火儘知煙不禁，裹糧剛及食初寒。已經多故堪誰飲？況是無錢且下餐。待得暖回新釀熟，當杯重折柳條看。

泛巢湖歸里

八公誰誓渡江軍？回首巢湖失故羣。長鋏久懸猶作客，虚堂無主浪移文。且拔漁艇三更月，歸臥龍山一片雲。去去不須驚草木，釣臺千古挂斜曛。

重禋詩來見招入城和答

幽棲聊寄此山居，徑僻人稀一草廬。倚樹陰森聽語鳥，臨河清淺看游魚。亂來生事逢時懶，老去孤踪入市疏。猶有野鄰勞問訊，話終指點種園蔬。

敬亭山

國難鄉心盡，官貧客意閒。眼看雲起滅，羞對敬亭山。

松鶴菴三首

石門曲徑斜通，小院爐煙自封。爲問埋忠何處？風號謖謖長松。

虬枝翠滴週圍，遥度幽禽下□。問藥山阿客至，扶藤絶澗僧歸。

松挂石門影落，鶴歸華表聲初。鐘動纔知寺近，雲來未許林疏。

方孟圖

字無言，一字羲先。家邑東之楊樹灣。拓落爲儒，束修厲行，弟子從遊者甚衆。因屢困瑣院，遂棄去舉子業，蔬羹糲食，泊如也。里中有不平事，片言折屈，靡不就公平決，公亦引爲己任，多方譬曉，待其愧悔而後止。至同學裘馬相過存，避之若浼。每月夕花晨，一觴一詠，忻然忘世。閉浩然南山之廬，采靖節東籬之菊，時代雖遠，旨趣若符。年六十有四。有槿園遺稿若干篇藏于家。

燕

暫時離故國，誰復識烏衣？竟作尋常客，因知王謝希。低飛春事得，幽語夜深微。幸自無拘束，秋來尚可歸。

道遇姚休那有贈

來往無勞問，忻逢老逸民。淡懷清似水，衰鬢白如銀。賣賦能忘世，茹芝不厭貧。市城雖偶憩，三徑尚荆榛。

九日無菊

已覺秋光老，黄花尚未開。到門誰送酒？扶杖懶登臺。娱目惟楓葉，頹顔共草萊。東籬一片地，行坐獨徘徊。

寄族弟明農

此日猶容高蹈身，滄桑閲歷一遺民。煙霞寄託惟工賦，耆舊招攜任結鄰。心史流傳應有待，長編著就豈無因？式廬聞説饒詩句，翻恐郎官累隱淪。

贈還山家從

不戀簪纓戀芰荷，雪鴻踏徧任蹉跎。門餘桃李成蹊徑，交剩羊求足嘯歌。鎮日問奇翻卻酒，對人揮翰豈求鵝？即今仕隱誰兼得？萬卷牙籤勝已多。

過丘魯瞻齋頭感賦

相逢老大易悲傷，短髮星星徧點霜。生事都從貧裏失，流光偏向客中忙。殘書幾卷非長策，薄畝頻年是戰場。便欲與君商活計，青山緑酒一茅堂。

胡學華

字耀卿。邑諸生。遊方文學之門，稱高足。與司馬張坤菴公善，授經張之菉竹園，多所編纂。

杏　花

東風開遍上林花，文杏參差也自華。綵幄半含朝露濕，緋衣輕褪午風斜。翻階色奪千行錦，繞屋晴曛十丈霞。最喜託根猶得地，莫教紅粉妬窗紗。

夏日過黄溪渡思歸

黄梅時節雨方新，愁殺江頭楊柳春。夢與漁翁頻定日，停舟莫誤送行人。

方穀

字子桓。明經蓮江公之中子。崇禎中籍邑諸生，治易，兼通春秋四傳，讀史，手鈔三易稿，古人名姓、爵里、封國，悉録成帙，睹記靡遺。父歿于公車，佐伯兄千里歸櫬，葬管竹山，偕廬墓側。年四十，早卒，屬孤與姪三分其産，追遠祖天台之遺風。子桓與范世鑑子明，趙相如又漢，從兄以元坤丞、以智密之相友善，文名頡頏。同儕有洪敏中慧生者，亦工詩，今求之不得，僅存集唐詩，無由摭入，惜哉！

白帝子歌

四維茫茫渺難極，載方舟兮沿水入。神女璇宫當夜織，倚瑟鳴絃聲清歷。知音娱樂恣歡翕，遊放滄湄何所息？

壽春訊大兄客熙城

永懷先墓竹西山，山柏森森兄所攀。纔得展塋同歲晚，忽驚滯迹已春闌。談經濠上非吾志，載筆司空慰母顔。覲省須謀歸騎早，鴒原悵望白雲間。

校　記

〔一〕沽　當作『沾』。

〔二〕初編卷十七登閎父琦名有同題之作，『風雲』作『峯雲』，『秋聲』作『秋深』，僅二字不同。

〔三〕鼒　疑當作『鼐』。

龍眠風雅卷二十五

木厓潘　江蜀藻輯
繁昌魏壽期朋三同郡汪宗周瑤若参

汪國士

字君酬，號皖公。崇禎辛未進士。起家閩縣令，政尚静簡，革火耗，斥羡餘，爲八閩最。改揭陽，值海氛未靖，嚴保伍，勸農桑，四境帖然。擢户部主事，督運通關，持籌盡瘁，升本部郎中，以參議備兵山東，旋移疾乞休。公老于公車，岸然自異。其爲詩幽峭㝠兀，譬之服食，猶析衣之有火浣，珍廚之有江瑤也。所著簡軒十一卷，皆嘔心琢脊，刊落凡近，不屑屑行墨間。崇禎十四年冬，賊蟠踞吾桐，彈丸幾不保。其除夜詩云：『望外忽除兹歲夕，眼中猶見立春天。』未幾，愛子陷賊，憂恚以終，門人謚端簡先生。後之讀其詩者，可以論其世矣。

丈園醉歌

蟋蟀感涼夜，志士悲秋旻。黄金百鎰苦易盡，有酒不得滰車輪。兀兀復兀兀，彌空商色來。

停雲何黤黮，無庸開我懷。門前溝水倒不流，皖公山頭挂玉鉤。三尺桂樹苞新蕚，欲吐不吐香悠悠。侍兒呼我睡，我醉且欲舞。手裏青龍好自羞，多少鉛刀刺殺虎。造物小兒不我予，不我予，其奈何？霜宵冷瘦烏吪吪。安得美人挾琴嘶清歌，雙手送過金叵羅，願教一飲低天河。

贈李德林

南原雪勢不可勍，獻歲十日無逢迎。忽有平頭長二尺，短衣大叫聲砰砿。被褐出門一相向，李子蒼顔有詩相。當風佇立戳兩肩，宛在灞橋驢背上。自言薪炭一無餘，擁被蕭條也讀書。年來諳得貧滋味，水到渠成轉自如。

獨　坐

獨坐對南陌，悠然來遠風。鳥啼清晝裏，山隔緑煙中。動極不知病，静時方悟功。此生隨物理，何事哭途窮？

出門

出門無可語，徒步且歸來。日暮西山色，悠然當酒杯。牛羊下巘頂，煙火起林隈。寂寞霜天意，孤飛一雁哀。

簡軒成

端居懶人事，簡出賴幽房。月色方當牖，鴻聲正度牆。把杯觀化理，撫劍惜行藏。若問窮通事，東籬菊又黄〔二〕。

散屧

奈此憂思迫，聊爲散屧行。平田荒日色，遠刹度鐘聲。歲月渺難住，雲霞高自征。西山一翹首，又見草芽生。

雨後

雨後山光翠，晚來風氣和。緣塍聊散步，趿履更婆娑。漸老因知命，棲遲且放歌。古人稱達者，得意是煙蘿。

處州

又復趨山路，嚴州到處州。問人行樹杪，逢女只科頭。縣小無城郭，村多有店樓。所嗟薪米貴，行李亦堪愁。

臥穩

臥穩簾帷静，醒餘耳目清。近庵鳴磬午，小檻曬書晴。榴熟珠相亞，荷衰蓋只擎。秋容稍菸邑，懭悢若爲情。

高齋

高齋無所事，蕭瑟對重陰。客裏催年易，秋來帶恨深。斷杯銷酒病，攬鏡撥狂心。遥睇横雲雁，行行度碧岑。

肺氣

肺氣何時好？霜寒逼節侵。臥慵知老態，酒斷出愁心。雁過星移舍，蟲鳴月在林。自驚幽興苦，新句怯長吟。

寄沭陽令潘灼

念爾昔情親，他鄉是故人。飛騰別後事，撥棄往時貧。坐月彈琴暇，行花映綬新。千秋一漂母，憑弔亦堪論。

飲吴中丞園林四首

鎮蜀嚴公去，征蠻馬援還。家園緊舊闢，花竹是新删。匝逕添欄好，迂池養鶴閒。更堆山一座，城裏日躋攀。

總是出塵意，都來點綴佳。梅看花在閣，竹聽笋穿階。面面樓迎爽，深深水到涯。風臺兼雪洞，著處巧安排。

地即平泉里，人同白社禪。莊嚴諸佛像，瀟灑小壺天。日醉七賢竹，時看九品蓮。此心要不染，歌舞任留連。

忽憶一氈日，而今十五秋。高楊原拂砌，密竹近遮樓。賸買東山妓，仍寬北海籌。飄零猶在昔，接宴思悠悠。甲辰，予讀書園中。

西道望山作

驛道山根出，西行與畫隨。澗泉流不覺，霜樹落先知。茅屋藏何處，沙田刈此時。眷言好棲隱，奈乏買山資？

返　照

返照射屋角，片陰生遠嵎。客心異庭草，終歲有榮枯。漸老身何得，長吟興已孤。翛然一歸去，作計守樵蘇。

西館柬示中隱

不知何所爲，驅走十年餘。天亦憐衰暮，人今守故墟。舊貧通雀鼠，新懶狎禽魚。若問逢迎事，如君迹也疏。

醒　餘

飲酒但宜醉，醒餘悲故貧。一氈偏滯我，三泣未逢人。枕帙銷華鬢，封書隔老親。鼪鼯何事鬬，更益睡中嗔。

孤　坐

諸情都欲罷，孤坐自能堅。對竹娟娟色，看梅漠漠煙。俗人教僕謝，酒債典衣填。外此渾無事，閒心默似禪。

題盛屏之爽園

子猷看竹處，靈運養痾園。結構能因勢，幽深別作樊。萬松中有榻，衆鳥外無喧。何必拳花卉，居然景事繁。

雪讀

丈園三尺雪，映讀一牀書。貧極反無債，病添閒有餘。軋青看蕙發，苞紫認梅舒。卻笑南原上，琴歌是我廬。

卧雪

獻歲雪逾積，千人薪炭難。從來恥東郭，聊復效袁安。日午閉孤室，炊遲減一餐。固窮應自昔，不敢起長歎。

投子

投子東陂路，經行一惘然。翠屏飄敗葉，青鏡感流年。牧唱夕蒲地，花開晚稻田。予心終不遠，無計住山邊。

病中午坐

冬日影迷離，焚香强坐時。案書無次序，爐火有威儀。老病醫難效，妻勤婢豈知？菊花黃負我，少亦一千巵。

病後

病後淡無念，乃知身本閒。就檐烘日火，展畫玩家山。戒酒新開限，疏交不掩關。近來惟習懶，于迹似爲慳。

誕日

誕日不延賓，偏于簡淡親。自持衰拙意，難與少年論。戒酒銷多病，栽花過小春。世途無限理，諳久亦須真。

庭菊

冬嘆喜新雨，潤兹庭菊枝。廣檐聊以晤，孤酌亦能詩。得爾遺今日，與予同後時。不知高慕者，千載説東籬。

長　廊

倏然奚所務？獨倚在長廊。未晚天懸月，多風夜作霜。酒因添歲減，菊自後時香。漫漫思行逕，胡爲詠太康？

同吳湯日過訪公良邸寓

耿耿夢園邑，茲來匆遽同。笑烘春夜冷，書寄隔年窮。驛柳疑青外，鄉梅是白中。看君初一榻，無事不清通。

清　朝

清朝坐階廡，盥櫛不勝情。鏡裏頭偏禿，梳間髮易盈。病添兼病減，秋雨復秋晴。只送年光去，中懷百未成。

出檐

出檐步明月，月光清衣襟。初雁不成字，百蟲相與音。端憂弭晚節，長意軫中林。拚飲那能醉？徒令白髮侵。

客眼

好是江邊地，猶令客眼醒。駕鵝宿岸白，榆柳入冬青。漁舸寒煙櫂，夕陽荒草汀。兵戈都不到，相對掩柴扃。

静海縣

極望荒原外，旌旗轉自悲。棗田枯樹晝，旅雁斷碑詞。有雪牆陰剩，無僧殿屋墮。下車詢父老，憂旱兩年爲。

雨中過訪中隱值别出讌詩以謔之

出郭訪君子，西山徒一迴。應門兒當僕，老屋柱生苔。濕竈久無火，推窗剩有梅。卻多寬意緒，猶戀五侯杯。

飲何咸仲署中

筋骨亦云健，不然勝此勞。故人好顏色，猶未失風騷。入境喧清政，開軒飲濁醪。相詢五年事，仍是一綈袍。

擬過瑕仲東齋

窗鳴鳥聲碎，枕上報春晴。陂柳日摇蕩，東風吹我情。懷歡苦時短，立節恨名輕。櫛罷多閒思，還尋阮步兵。

初夏想虎子

遠樹縈煙帶，新荷疊水錢。子規爲夜鳥，辫麥是秋天。晝漸長無賴，人於睡有緣。他皆不作想，時一想僧顛。

醉甕蓮邊

落日過牆去，微風到户薰。亂蟬成一個，新月正三分。穀貴炊宜儉，蓮開賞獨勤。晚筵能徙倚，香露襲餘醺。

入　春

入春雖未久，春意已蜚微。雪瘦添溪飽，花艱讓柳肥。長衢車蓋溢，小市賈人圍。不見高樓外，雙雙鳩鳥飛。

姑孰九日念兒

有何佳節序，作我負黄花。天只高難問，愁無再可加。似予那用老，怪爾不思家。楊柳衰殘意，瀟瀟領暮鴉。

首夏共瑕仲小飲

高檐静閴人無事，首夏晴和氣復嘉。荷葉如錢漸如鏡，杜鵑爲鳥又爲花。長鬚奴貰清明酒，折脚鐺衝穀雨茶。不是郭林宗一到，不須常客溷停車。

道中即事

已賁弓旌使事終，王程猶自及丹楓。驅車總在千崖頂，望遠飄如一水東。蕎麥有花方賽雪，豆棚無寔已淒風。看它茅屋人家意，亟戀西坪小桂叢。

桂花

桂花欲吐復不吐，時一暗香來坐中。看到枯榮皆至理，誰言消息盡秋風？人閒得雨尤添静，詩老攄情莫論工。往事幾堪回首算，鬢毛稀秃漸成翁。

雨晨

曉起披衣愁不醒，望中煙雨復冥冥。淒迷坐失山峯緑，洗濯轉添堤樹青。得水鳧鷖來近浦，趁春蓑笠滿前汀。何年老作郊原客，把酒農謠只自聽。

病中栽花

鑿甕栽花簇倚楹，城中閉户一先生。近來養疾兼調性，只是延醫尚採名。坐就太陽筋稍展，行扶小婢脚初輕。親知莫怪交酬廢，盥櫛經旬亦未成。

日長

日長常是抱書眠，百事紛拏恥作緣。老至漸看人淡冷，向來都避客轟闐。移花蒔盎初承雨，羅縠支廚乍起煙。卻笑王修齡一箇，賴誰乞與作碑錢？

即事

繞檐孤步意于于，日影升堂桂影俱。自喜身從貧裏出，卻將詩作老來娛。人閒户静雙僮子，髮少巾攲一腐儒。不是招邀時出飲，居民不信有潛夫。

清明

晨起瀟然絶送迎，兒童插柳報清明。自驚興懶忘佳節，也恨春多溷雨聲。繞檻只看桃謝盡，捲簾又擬燕生成。東皇不合無拘束，一任韶光逝水征。

暑中晚酌

不以行藏强問天，不須夔足遞相憐。終朝事過皆如夢，偶爾詩成亦有緣。掌大蓮花高出葉，肩高竹笋大如椽。看他嫪雨嫣風意，欲傍清尊那惜錢。

借得

借得王猷種竹居，便同陶令愛吾廬。臨階日曬壺中藥，到户風掀几上書。固已能成暑不出，但猶未識死何如？雲天晚暮牆陰落，衹辦清尊賞甕蕖。

萬里橋舟中

一葉容容掉小舠〔二〕，郡城歸去趁歸潮。江天自可閒紗帽，簫鼓何勞咽石橋？四野黄雲粳稻好，幾枝紅映菊花嬌。焚香令尹無公事，挾卷看山意轉饒。

寄嗇菴吏部

自笑慵多與世違，巨源知我勝吾知。而今老豈能爲佞？此地官猶得賦詩。瘴海望鄉如望雪，嶺梅憂寄不憂遲。煩君幷向龍山道，只恁心情鬢益絲。

晚泊高要縣鎮

日銜山尾變山容，都受深藍淺翠封。一片月來臨瀚海，許多帆到落雲峯。隄村犬吠徐收旆，野寺僧閒早報鐘。紗帽也隨鷗鳥住，苦勞簫鼓震魚龍。

東莞河口

永夜孤舠海國程，水將天共一時明。波紋不展因風死，櫓唱初停待月生。船上鼠姑何所嚙，岸邊魚子若相縈。唤人開著篷窗臥，只到聽鷄夢未成。

博羅江舟中午寒因懷林二酒徒

粵江風雨驟淒然，浪冷鮫宫蜃宅偏。夜永子京無半臂，寒深孟浩有雙肩。卻思雪白楓丹地，舊是非詩即酒天。買得百壺煨得煖，髯奴一吸似鯨川。

偶醉題壁

老來作吏日波波，歸到深堂賴綺羅。卷耳細斟蓮葉酒，霏煙低唱竹枝歌。腮邊月映花光靨，頂上雲盤黛色螺。不向夜中銷一醉，不教人奈暗香何。

多病呈李雨然年兄

多病微軀强自持，侍兒支扇寫新詩。山人見餉茶方受，僚友相招酒盡辭。羣鵲噪檐家信近，一鷄啼樹午煙遲。紀綱共笑貧無俸，入市新茄乏買資。

懷齊二公遜

折角紗巾舊緼袍，曉檐孤佇意瀟騷。人過半老從頭苦，官爲分司徹底勞。涼日漸宜于曝背，好天都未一登高。卻思北郭呼盧地，各别雲山首禁搔。

夜泊

何處漁燈一點懸？孤城茫昧泊孤船。白頭浪浸先生柳，赤脚夫喧種秫田。際曉始知彭澤縣，隔江猶望馬當煙。石尤滯我胡滋甚，日睇桐廬若個邊？

寄瑕仲

此地重陽不解憐，今年空過菊花天。終宵聞有鵂鶹唱，十月書無鴻雁傳。龍嶺已知冬欲雪，鮀江猶見瘴爲煙。新來莫問潮城吏，一倍絲侵兩鬢邊。

肇慶回泊三水縣鎮

冥冥天際絶飛鴻，入望遥看杳靄同。海外一峯偏受日，夜中孤舸若凌空。猶嫌鼓吹驚漁父，自爇爐煙喜令公。歌罷擲巾燈影裏，如蓬雙鬢遽成翁。

官窑江

桂楫蒲帆不肯開，窑江閣淺待潮來。正逢一陣雲中雨，隱聽數聲天際雷。畫舸轉將官作客，閒愁卻趁老爲媒。蒼梧寄酒白如雪，買得依然懶命杯。

無題

斜月雕欄許罷凭，微風繡户掩毛氍。一爐温煖龍涎火，半盞昏明鳳脛燈。待解研羅衫未盡，只鬆金紐扣猶曾。此時已傍紅鴛枕，唤著名兒卻不應。

家宴次兒啓

一家骨肉對銀釭，共酌新槽酒一缸。榾柮火添紅入座，玉梅花噴白當窗。頭衰廢櫛絲紛墜，眼暗看人影亦雙。自分太平無我老，且拚醺醉令心降。

辛巳除夜

銀盤送酒燭光圓，一首詩成又一年。望外忽除兹歲夕，眼中猶見立春天。城頭不住鳴鉦鼓，座上相於捧豆籩。憐取兒孫當亂世，頌椒傳柏亦潸然。

偶題

春意未酣猶濯柳，鳩聲便好不離桑。泥中盡著紅梅瓣，天上初排紫燕行。

清明輿上作

尤雲殢雨偏山窪，小婦墳回一醉譁。皂隸不須呵斥起，看他頭上杜鵑花。

六月菊九月猶開

庭前野菊勝真菊，六月花于九月芳。可是天憐陶靖節，不教無菊度重陽？

十九日菊

重陽已去經旬日，菊影初移照酒杯。噀酒酹花翻下淚，此花元傍戰場開。

桃源洞二首

盈盈相望武陵津，可惜來時不及春。不見桃源花片水，何緣得遇避秦人？

我來解得陶潛意，不是仙源杳問津。能此誅茅居洞口，便應都是避秦人。

蜈蚣嶺

巑岏直撼天關出，宛轉真盤地肺來。絶頂到時無所見，紀元隆慶一碑開。

吴國琦

字公良，號雪厓。崇禎辛未進士。筮仕蘭溪，下車甫三月，有玉蘭瑞麥之異，蘭人士形諸歌詠，至今以爲美談。轉漳州司理，政寬刑簡，漳人立祠祀之。升兵部主事。公學該墳竺，援据奥衍，尤湛于經術，所著渡江九策皆切中時務，惜無有知之者。爲詩歌，力去陳言，持擇矜慎。與汪參議皖公同出何文端公之門，投分最深，而詩品亦在王、孟之間。有懷兹堂集八卷，閩中曹能始爲之序而傳之。

春曉禮佛偶憶東湖儘休

幽芳襲我户，鳩婦呼我檐。朝暾啓前林，披帷不能眠。素襟厭塵軌，閒庭殊静便。龕火有餘輝，石鼎生微煙。眷昔静者居，與我同林泉。今獨往東湖，湖水澄且漣。曠望渺無極，九華落窗前。柳青潮日白，崇情感推遷。

勞勞亭送所知

春日勞勞亭，勞勞畏芳草。以我今日情，臨此古人道。不逢董雙成，容顔豈常好？青絲繫馬蹄，君子行役早。一聞杜宇聲，柳花不可掃。願言盈青尊，努力以自保。

石浪上人見過值他之

幽壑團松篁，古澗亂魚鳥。時有薜衣人，穿雲度山表。我亦厭塵紛，玄棲頗好道。忽爾過前溪，溪聲何浩浩。藤蘿候谷口，城煙淡何有？萬物俱有緣，孤心獨無偶。低徊日云暮，幽芳湛輕露。之子得無歸，猶是來時路。

河上林男夫雪後看月

雪月夜一静，衆星亦寒徹。對飲各興懷，照人偏照别。千里浄光同，南舟與北轍。河草年年青，河流年年折。遠道不可思，遠道不可説。

采藥行至西厓

所住非所營，種藥安盈園？臥疾起櫛沐，幽禽時一喧。策杖出門去，得枝如窮猿。桐林吸晨霞，旭日昇高原。露徑入盤磴，澗湍何潺湲。上有青松覆，下有兔絲援。服苓益人壽，密葉欣其繁。水碧不可飲，靈芝不可飱。達人守微和，呼吸通天門。不以動息累，沖夷寂無言。羨門與王喬，遐齡復誰論？

同王生生石卿入褒禪山作

池草一朝發，東風昨夜生。遊子動歸思，好鳥繞屋鳴。友生意有適，搴蘭釋羈情。去郭逐流水，石壁香閣横。閣門開沈潭，野鹿潭上行。小桃映修竹，山僧出懽迎。孤塔攬八極，遠色來滄溟。淡然忘日夕，緩絃遺世榮。

再至蒼山草堂柬歷陽諸友

雙峯夾澄江，孤帆入江口。東風何處來？綠徧堤楊柳。記我別子時，不謂如斯久。一一訊所欽，所欽都在否？昨夜隔江鐘，寥寥到峯後。一片懷人心，聽之不飲酒。東風與鐘聲，慣送人老友。

喜胡躬未至

子從賊中來，絶無風霜色。知子氣力定，交子固有識。年少束髮時，其益乃在直。直爲交性命，此道久失實。前者聞賊來，問子獨不亟。貧賤百年心，何不能守塞？子其詳觀我，得無情不抑？率爾命盤蔬，願言爲我食。讀易子之素，於賊著一扐。

郭門西橋垂成予歸囑諸父老

損益還自知，川流懼其變。蜚雲易爲雨，江波改拖練。往來争渡人，胡越視鄉縣。使君常淹留，意比飛鳥倦。欲速殊可慮，有生焉得賤？憂患切予懷，深潭湧鐵牽。鬼神樂啓人，亦復助小善。誠哉浩淼中，沈溺豈難援？百航聯手足，兩岸青山見。努力圖厥終，無徒牽衣戀。橋蓋牽舟爲之，忽有鐵牽湧出，可牽十舟。

七月十五夜隨喜問公施食惠應寺

生生不知歸，大覺振寶鐸。紛然世網中，坐令憶魂魄。能于彈指頃，慈雲布寥廓。孝子心無已，奇懷泊冥漠。不暇計存時，善著無有惡。仁者更惻怛，惠弗于我著。生死日無數，豈必皆極樂？征戰悲蠢兹，恐怖難銷卻。種種良不齊，安能爲解縛？遺教云自恣，施食所利博。古德來何方？勝因欣有託。鐘磬驅繁音，明月度高閣。長松散庭陰，露下寒帷幕。終始集晝夜，罪福誰造作？斯義本尋常，輪迴等今昨。梵語未可解，解亦太穿鑿。置身香光內，浮喧自可略。諸天如不遠，瓜餅來飲酌。始悟息塵情，鹿門宜堅約。

桐江望釣臺禮嚴先生

客星墮地成雙石，懸厓直挽桐江碧。欲去不去江淙淙，石有青松皆作龍。雙石即爲客星坐，何處堪供帝子臥？古人交情澹如此，一絲長挂桐江水。我來正值千峯雪，桐江上下人行絶。桐江東流無盡時，哲哉先生真可思。

中秋明月篇有寄

明河倒瀉幾千里，大地横飛玻瓈紫。雲母屏前細剪雲，水晶簾外頻傾水。武夷鹿脯曾孫懽，文簫鶴馭彩鸞喜。瑶井金吹瓦色霜，連甍瓊户生微涼。六街昭回疑練白，萬家燦爛擬珠光。楚袖吳歌弄雪濤，嫦娥浴玉秋空高。肌骨香飄佩桂子，醉人潦倒如葡萄。秉燭不須煩過客，銀橋直接東南陌。洛陽笙管繞風塵，自爾冰壺可濯魄。可濯魄，飲文露，羅帷不寢舒毫素。星芝曳練斗横斜，還邀來夕芳暉駐。

午日文天夢先生見招阻雨歌答

欲曙未曙東風高，雄鳩呼婦何勞勞。欲眠不眠窗復黑，風雨突飛撲檐亟。巨鼇震撼三山失，雲霞倒捲翻蛟室。杏子黄時潮水多，螻蟈鳴來今幾日。小兒拍手牽綵縷，先生邀飲五月五。湘沅招魂魂弗歸，天吳地號江妃舞。炎帝凌空輟火龍，玄鳥入帷愁艾虎。我渡東溪應難渡，溪霧溪水連溪樹。遥憶銀盤剪玉蒲，獨酌高懷託毫素。恨同野老扶杖藜，水田漠漠無高低。烏送夕陽影横疾，柴門共倚看虹霓。

冰燈作歌

長安正月燈市喧，水雲空鳥何飛騫。亦作花枝紅朵朵，海岳嵯峨人騎奔。其材裁竹與縫縑，或貫晶珠手纖纖。農家剪麥似呈巧，高樓笙管輝青帘。物各肖之吸皓魄，永夜炯炯遍街陌。我來同客照眼明，樸而稱工取剪麥。中有垂英尤覺別，如日出海月出雪。冷韻宜人特矯矯，麥奇在樸此在潔。東風欲歸尚難泮，呼童買攜捲文幔。酒力雖微對讀書，寒波點點春星爛。

赤曆行

前山有虎後山狼，不知溽暑與繁霜。一亭兩亭紅未遠，半日十度等尋常。茆屋倚暑風雨周，門前尺深牛馬溲。剜松燃膏夜成晝，吁嗟擁吏乘小兜。輿中人睡無聲音，叱咤爪牙突生擒。燎原一身需四炬，蓆門蓬户皆搜尋。年來歲惡饑饉兼，下粥無豆湯無鹽。載芟載柞阻力役，昏黑馳驅覓酒帘。昨聞發粟倉廩開，呼鄰卻走城中來。市兒鬼蜮粟貸盡，夕陽咽咽徒空迴。雖是瘡痍仁者躅，亦戒寅年支卯年。千錢給我吏索百，重門虎守叫難前。東村有米西村舂，五百里外舟車供。關津鐵纜容易解，多稌多黍猶歲凶。曳雲逝水饑寒傳，調兵催餉敢遲延？前宵稽留漏纔下，亭長提去那無鞭？

聞　雁〔三〕

今夕寒林外，能生一一心。既明千里月，尤急萬家砧。燈火孤裝薄，秋聲何處深。張弦思譜入，兹意卻難尋。

囑懸采爲集開士誦華嚴經于毗尼庵予讀書處

草草出關者，函經冀一開。饑無乞米處，寒自寄衣來。松色深紅塔，溪光映綠苔。山空偏久住，纔見住山才。

雨　泊

計程纔百里，舟幾住菰蘆。江氣潮方動，詩情雨後孤。村酤逢暮好，遠雁入雲無。望望彼漁者，風波殊不虞。

晚霽之虎丘同叔父無咎胡躬未兄公著用情字

歸飛看鳥疾，聊以趁初晴。古寺危橋隔，人家溪水明。薙茶空客供，逸火肅山情。未及跏趺坐，歌聲接櫓聲。

殘　月

殘月如新出，征帆急早潮。雲平不辨樹，霜滿欲迷橋。客久思晞髮，心慵畏折腰。櫂聲如水鳥，啞啞度寒宵。

南郭有所遲

東峯連洞府，雨水護孤城。更有一山秀，朝朝與送迎。燒青官渡亂，沙浄野鷗行。委曲郭南路，遥懸驛吏情。

雪　意

雪意驚高鳥，風聲竦暮林。村煙衝水渡，孤磬隔峯沈。琴止燈初蘸，江寒夢不深。艻舟沙岸泊，漁父莫相尋。

泊　舟

人語疑城近，緑陰村舍低。水光翻白照，煙路轉青迷。隔岸羣峯色，沿堤芳草齊。江南三月裏，處處鳥争啼。

舟暮

夾岸青峯裏，翻翻白鳥光。晚風吹小艇，竹屋枕荒崗。樵影破山路，灘聲喧夕陽。印文封薄暮，好月欲琴張。

晚泊錢塘聞鐘

一櫂夕煙外，霜鐘何處鳴？忙心江岸歇，佛火樹邊明。徹入魚龍藏，偏宜吳越城。良宵應美睡，喧莫問潮聲。

新月

練文生歷歷，臨鏡擬江妃。村樹忽孤出，水禽相命飛。非關添客況，亦是樂寒威。何處懷人切，開簾恰上衣。

坐趙瀫陽先生蒼漪閣

高亭敞木末，此意與秋生。當户一峯出，雙江夾月明。藤蘿封洞壑，河漢接檐楹。坐久絺衣薄，懷人已二更。

闗居 時在劉不夷東園

尚記春初至，鶯花已漸深。難持惟浄戒，不了是名心。兀坐書空字，懷人作越吟。窮通窺物理，客夢得無侵。

雨中坐龍眠山房

入林關未啓，石壁動雲陰。微雨上峯色，焚香欲定心。蛙鳴知夏久，衣薄覺山深。永日無人迹，相看不廢吟。

入龍眠山房道中便訪姚康伯時康伯抱病

去郭適來訪，衡門映水邊。文心堪對竹，詩友易逃禪。孤坐凝朝氣，千山散暮煙。所居青嶂裏，君聽幾迴泉。

中秋前一日登西山便尋爽園靈泉寺

林色到山淡，將分天地秋。暮雲横寺冷，爽氣入園幽。雁路憑空闊，麋踪倩葉留。閒情渾不厭，殘照散峯頭。

夜　坐

起視此何候，蟲如促織鳴。我衾亦厭薄，山雨又來生。夢緒兼燈暗，雲窗代月明。遲遲猶不寐，未免遠人情。

經良鄉輿中誦金剛經薦陣亡者

歷歷驚心骨，非過古戰場。經聲如有覺，兵氣倘無傷。鴉亂孤城暮，煙吹幾竈荒。承恩俱不賤，爲鬼亦擒王。

初至長安喜汪君酬及家湯日見過

半榻予初下，門因二妙開。故鄉人問雪，新竈僕愁煤。瓶冷梅魂韻，簾疏雁影迴。細論春夜静，好月莫辭來。

山尋

荒荒寒雨外，隻隻鳥飛還。我亦從兹去，斜陽渡口山。花村春正急，草閣奕初閒。選勝煩鄰里，千林定許攀。

寄姚康伯時避賊秋浦

避賊貧難遠，蒼茫僅晝江。家山千萬岫，風雨入吟窗。病骨饑偏瘦，談鋒老不降。客愁常獨立，歸鳥自雙雙。

韓芹城招同張渌漁陸沁雪小集有贈奉答

晚霽遵前約，微涼動竹軒。昔年拜母意，兹夕致身言。安雅文章在，孤情古鑑存。明時予努力，端不遠寒暄。甲戌先母在新安，芹城不遠百里拜之于堂。

蝗

何期兵賊外，爾復早秋生。渡水移雲色，騰空亂雨聲。迎神喧戰鼓，欺客蔽行旌。畦畔勞勞者，呼天愈不平。

自漢興至建安郡舟行

愁客紅亭泊，懷人瀫雨天。叢蘭芳到市，茉莉白盈船。淮水深南國，鄉心結暮煙。橫空搜雁字，爲寄草堂前。

郊　外

窈窕尋山徑，參差賣酒家。短籬傳宿火，初日映朝霞。新水魚竿直，微風燕尾斜。經旬身懶動，處處欲飛花。

寄題劉元敬水簾居

長堤草色已成茵，更有桃花樹幾春。月冷犬聲渾似豹，庭空鶴影卻疑人。三竿潮上時乘舫，半畝煙深静理綸。偶憶天台君梓里，水簾相召只西鄰。

玉河聞春水聲有感

恰瀉昭陽二月春，馬蹄初暖響偏新。頻催花使先風信，又滯歸期後雁臣。聲動玉墀消積雪，色分銀漢浄浮塵。不須流向人間去，曲曲飛光映緑蘋。

送方君周倪君符南還

帝城朝雨蚤啼鶯，可耐名花別長卿？驛路柳深牽遠夢，故鄉人到值春耕。書于再讀如逢友，酒可消愁即養生。盛世桂叢無隱者，重來長樂候鐘聲。

汪君酬約同里諸兄集高梁橋

春深如許未開扉，邸苑紅桃昨欲飛。爲愛遠峯因命酒，但隨流水便忘歸。異鄉茶信期僧切，故國方言入字違。暝色觚稜啼篤篤，郊風寒食且寒衣。

雨止

夾岸殘楓亂野燒，江雲風後疾如潮。漁舟争米移紅蓼，病骨防寒曬紫貂。汲澌不渾茶事濟，絃初能勁譜聲調。漫愁入粤人千里，夢出篷窗半六橋。

江漲

鷺鶿灘上濕雲昏，白雁灘前浪打村。護郭圓沙全隱脊，瞰江高閣畏空蹲。卻知花沁蒸黄蜜，但祝堤開散白豚。田不勝山千澗落，迎神穀樹四郊喧。

湯日辛未春南還最遲别之兼寄同社諸友

去去移時又整裝，此中情態費商量。得無戀國兼懷我？不分難沽便易藏。馬倦夕陽河水闊，人歸春老燕聲蒼。萬峯深處多兄弟，再拭干將更有光。

内子白門除夕與男弘安奠先母

皤皤俎豆好親治，此夕椒漿婦獨持。膝下每聞傳父訓，衰年最喜弄孫枝。帝城簫管千門徹，子舍尊彝百代思。爲憶衕齋逢吉日，慈帷屈指早朝時。

秋夕方坦菴以所敘汪君酬燕鐫並自訂白門新詩見寄答之

木瓜香老度茅茨，静對新詩坐起遲。行路久知經杜甫，道心差可共王維。唱酬白露蒹葭外，簡點黄花風雨時。最喜友朋躭慧業，一尊深夜足歡持。

孫本芝招集郡齋同郭完赤姜青門

細雨黄昏芳草齊，鷓鴣啼處海天低。鮫人待月占潮信，荔子凝香踏馬蹄。臥閣官閒推汲黯，裁文鰐徙重昌黎。十年遼闊看星聚，深坐高燈聽曙鷄。『馬蹄』，蓋閩帖云。

蚤發信州柬花君御時君御先之婺州

五年人識使君舟，遺卻青霞費夢遊。新箬編篷全障雨，曉煙渡水不驚鷗。梅花歲晏懷鄉國，橘市霜寒鬧信州。世路參差徒蠟屐，山靈應自笑王猷。

雨水日大雪

長廊雨響雲俱黑，頓止雨聲雪漸明。春事一晴一動盪，梅花不冷不縱橫。老夫憂患生煩促，大地蒼涼對水晶。粗糲舊醅高臥美，江干幾日少將迎。

飲雲樓自詠

竹院藤陰傍水涼，危樓高坐日偏長。古人啼笑誰關我？老眼悲懽自許狂。善病間憑烏几隱，讀書便是白頭忙。從他剥啄生嗔得，少小殘編不肯忘。

送伯兄入白楊山中并示諸姪

水入烏金冰亂交，柳峯峯影上松梢。舟藏壑裏師莊叟，天在山中占遯爻。先世爲農僮勿惰，此身躭懶子須教。予年半百勤堂搆，簡得牙籤手自抄。

飲雲樓無題

客來客去草堂虛，自是先生交接疏。長餓厭書乞米帖，閒齋肯煮放生魚。蕉心忽動怒雷作，虹脚仍垂佳雨餘。高枕簟涼圖美睡，緑陰誰不愛吾廬？

遊報恩寺

在家常住出家遊，瓦鉢芒鞋拄杖頭。倘得坐忘應歇脚，譬如興盡也回舟。袈裟欲綻裁荷葉，塔廟難支學鵓鳩。最愛匡廬陶處士，纔聞鐘響已歸休。

圓通寺曉霽

初日上前檐，雨聲何濺濺。披衣重側耳，乃是山中泉。

宿嚴灘

徹底無纖翳，一絲牽浄渌。始知釣者心，不落風波局。

答孫宇周送秋海棠

紅于霜葉兩三枝，斜寄東籬雁到時。睡足小窗偏憶爾，西風吹入少陵詩。

宿樟樹潭

山鷄知不昧風雨，啼在深林醒在舟。人語隔江呼早起，西山黄橘已千頭。

午憩古榆菴柬諸上人二首

老農唤犢犢知歸，牆裹枝枝杏子肥。洲燕撲簾輿夢醒，香風吹綻野薔薇。

花山茶煮茶如花，泥塑伽藍渾作家。竹院半陰能坐客，又餘隙地曬袈裟。

指諸同行輿中望浮山

小窗曾繡青螺髻，此地蓮開佛面花。翻是輿中全見得，倘行山裹覺山遮。

蘭江至錢塘三首

江風漠漠山風寒，亦有鯉魚來上灘。不必桃花春水闊，溪香兩岸總多蘭。

祝年原不異三農，千日勤渠此日逢。沙白江青齊伐鼓，家家負米急流春。

鼓櫂吳人歌覺喜，滿江細浪生圓文。青霞奕者金華牧，許我成僊定幾分。

荔枝詞二首

微啓丹唇貝齒香，水晶宮殿飲瓊漿。煩襟頓醒渾如醉，笑舞風前十八娘。

珊珊移出小欄干，罏爐沈煙午夢殘。不信稱他情性熱，纖纖著手雪肌寒。

浮丘山人索贈

縹渺雷牙挾雨飛，石溪草緑犢初肥。鄉人老亦惟鄉井，日日雲歸我未歸。

過春穀懷戴叔度先生

海東纔到復江西，一路烽煙亂鼓鼙。不似當時春穀上，緑楊深處聽黄鸝。

漳南楊漣漪憲副書來並寄普賢開元寺僧書及名香一瓣書云諸寺刻檀爲予像祀之至今屢遭兵火巋然獨存予感而作詩寄答漣漪

四千里外一枝香，遺愛思如流水長。慙愧我身猶肉食，琉璃鐘磬普賢傍。

校記

〔一〕東　當作『東』。
〔二〕掉　當作『棹』。
〔三〕雁　當作『雁』。

安徽古籍叢書

黄山書社

安徽古籍叢書

黄山書社

龍眠風雅全編

三

〔清〕潘江/輯 彭君華/主編

第三册目次

龍眠風雅卷二十六

木厓潘　江蜀藻輯

武進董以寧文友同里左國材子厚参

姚　康

原名士晉，字康伯。萬曆末諸生。弱不好弄，專精經史，雅爲吳宫諭宗一先生、何相國文端公所重。以天下多故，不求仕進，肆力詩、賦、古文辭，自出鑪鞴，不踵昔人畦徑。崇禎中，有以賢良方正舉者，謝不就。史相國撫皖時，單騎造訪，延爲記室，飛書走檄，皆出其手，而絶不干以私。生平重行誼，慎廉隅，諸當道争以禮幣敦聘，不可得也。晚歲益苦貧，與左侍御三山公研究禪乘，往還扣擊。所著有安危注、借紅亭本草、籌債堂稿、宋史改本、江淮小草、掌慧軒集，僅太白劍二卷行于世。先生没已十餘年，方繡山民部復序其貨殖傳論而梓行之。卒年七十六，圖其石曰『休那』，鄉人稱休那先生。

懷方素心

天之窮方生，其窮窮于死。既殤僧虔弟，復奪履道子。但餘張儀舌，空有待詔齒。賣文三十年，所得薄如紙。途窮歲復暮，瞻烏將安止？與君少相歡，譬采蘋于沚。安得肉食人，一一盡當此？我歌以當泣，君詩可爲史。千秋萬古情，灞橋風雪裏。

哭方克壯

吁嗟乎！克壯靈鬼覩匪夷，談當碣石宮，醉當采石磯。狂當撾鼓吏，雄當捉刀兒。快當寄奴擲，怒當博浪椎。成當大風歌，敗當歌虞兮。所爲汝勿悔，一往方庶幾。

寄方小白

明妃夜看單于帳，霜月滿天角聲壯。酒闌燭滅聞悲風，琵琶一曲思漢宮。佳麗三千隊，幾人得賜青羅袋？要識娼門也自强，語笑知音多姊妹。

弔亞夫〔一〕

漢信爲能用三傑乎？曰：未盡也。楚信爲不能用范增乎？曰：未盡也。夫千載至今，知有居巢范亞父者，以楚用之也。漢之于淮陰無論，即留侯亦云：『上數在困急之中，幸用臣策；今天下既定，雖臣等百餘人，奚益？』則帝固亦用之未盡，其用之盡之者，獨一蕭相國何。顧後世之士有志者，將爲留侯乎？抑爲蕭相國乎？故楚於亞父，正不在用，而在用之不盡。夫羽之用、增之用，其妙皆在不盡，盡之而爲高帝、蕭何。一部廿一史中，纍纍者項背相望也，又何當於予歌？

天爲奇人布奇算，寧予之楚不予漢。予之以漢又何如？嗔人但作蕭何看。位次之争胡爲乎？丈夫當賴鄂君無？我來弔古極千里，往往百靈皆可呼。見説沈伎能翻泉下曲，又聞陷城時現氣中圖。此類當時無此苦，神怪何從得如許？迺知若滅若没之中間，是公君臣立命安身所。世間幾道作英雄，局格門庭各不同。楚能用公不止此，止此卻成范老子。

再弔亞父

此初作也。以其入議論，故去之；去之復存之者，或議論亦不可少也。人之有羽有增，自是天地間一種奇岸俠烈之氣所生成，所配合。極相知而微不能相用，微不相用而終不害其極相知，如陳平之間行而羽内疑增，增大怒曰：『天下事大定矣！君王自爲之。』當其時，使以高帝爲羽，既疑其人矣，其人尚得返之以怒，激之以歸，歸尤及爲彭城之鬼乎？然則增決非高帝所能用明矣！能用增者，羽也。予嘗謂秦漢之間，政由羽出，其將相多豪傑。史當特取一二人别爲立傳。季布雖有傳，其事漢者傳，事楚者不傳也。如增，年七十，好奇計，則五年之間所效之羽，羽所不能用如高帝之言者，必大有事在。今惟一鴻門之會不聽殺帝，其它皆惡得而知之？一吴王濞不用桓將軍策，其策尚附見于史，史獨于增何略邪？有史之略于傳，則有予之詳于詩。

丈夫之生良有以，徼天只在一知己。天之爲公營此人，先營其目重瞳子。三日之糧秦就釁，六王之復楚爲紀。有何一事發縱指示不由公，以此抒吐平生亦足矣！觀公之氣亦何激，獅子堂堂見胸臆。鴻門玉斗觸手碎，彭城歸車應聲飭。嗔喜去住只自由，此事漢庭寧可得？意見同異有聽争，陳平草具何曾靈？爲問彭城范亞父，何似鐘室韓淮陰？劉季徒大言，得時誇好手。以不用公爲楚詬，此語決知公不受。公之不受不爲公，爲知我者一重瞳。

石馬謡 或作謝逸中隱詩，未知孰是。

尚書墳前雙石馬，照日吹風遭雨打。歲久莓苔生滿身，泉下之人可知也？富貴功名竟若何？生居華屋死山阿。當時歌舞尊前滿，今日牛羊隴上多。

妄死歌

我妄死，君妄悲，悲者雖妄淚霏霏。君妄悲，我妄笑，爲君更述平生調。憶我飛騰佻達時，涕泣場中舞柘枝。三十之前二十後，看看惹得眉頭皺。萬事傷心疊疊來，剛腸百鍊恰成灰。月缺花殘都是淚，酒闌人散便興哀。此情此景真成幻，樂極悲生君自勘。非關我死漸漸重，當由君淚漸漸濫。君不見，霍家高冢表祁連。又不見，衛公遺像在凌煙。得君幾淚值幾錢？吁嗟乎！若使君淚果值錢，豈能滴向康生邊？

絶命歌

莫嗔骨肉死阬阱，來路原分暖與冷。崇殺汎酒共追懽，幾見團沙得成餅？轉眼即滄桑，何處認爺娘？分指即吳楚，兄弟在何許？虎皮座上談孝弟，直似元宵打燈謎。有緣鞭影度良馬，無緣棒喝皆聾啞。

紅梅

嶺上東風急，枝頭剪絳紗。居然桃杏色，不復雪霜華。玉骨多酣酒，冰肌盡染霞。燒空烹夜月，流血濺寒花。

燕京寄醫士張心恆

薄遊同一味，其味不同嘗。郭隗非吾事，并州亦汝鄉。無驅窮鬼力，有養喜神方。眷屬多相託，時煩過草堂。

清明後至弟墓

地下今安否？人間竟有斯。更無天可問，只有死堪祈。急難懷兄弟，飄零感歲時。清明寒食事，自此或愆期。

宿雙峯庵月下聞潮

琴尊淡然夕，林臥遂忘還。山鬼或同夢，世人無此閒。遥岑導鐘路，素月紊霜顏。此際聞潮響，誰能静掩關？

送相明燕回兼簡玉和

賈勇同來此，移時興已違。恐傷持鉢意，不悔出門非。作客無全好，因君當半歸。社中能見懲，早覓嫁時衣。

有感

身外關何事？胸中自不平。竟無千日酒，澆我百年情。天地俄今古，親朋隔死生。蕭蕭北邙道，風雨近清明。

寄僧可鏡

鏡公禪坐處，但到覺情忘。動是幾年別，端爲何事忙？僧于孤易定，花以衆成香。最好清明後，新茶待我嘗。

獨酌

獨酌不成醉，獨吟恆苦悲。生涯渾在客，死友竟爲誰？飽我家常飯，輸他國手棋。逍遥無小大，鵬鷃等忘機。

舟中觀奕

櫂入三千浪，枰開百二州。幾行盤雁字，一戰割鴻溝。世界浮家闊，風帆坐隱收。贏輸千古事，誰問海東流？

夜飲朱子山齋

出歿紅塵裏，剛憐此夜談。口逢知己放，句恰古人躭。看月休辭午，傷春已到三。浮生多感慨，落落與憨憨。

祝吳客卿先生六十

十年踪迹寄樵漁，彩筆曾經冠石渠。赤壁舟中蘇學士，香山社裏白尚書。字翻貝葉卿雲繞，漏刻蓮花佛日舒。自是稱觴多勝事，春風絃管譯真如。

長安道中新月

野寺鐘聲野客情，簾痕喜見月初生。謾誇京兆眉能嫵，纔出春明眼較清。茅店相依憐夜寂，花朝欲近得天晴。相看更待垂楊岸，夢裏江南路幾程？

送周恕行之越

感逝傷離共一堂，觴行酒政肅如霜。貧因穀日知農事，老學梅花避衆香。題鳳極知求友恕，亡羊莫負讀書長。只今披褐還何往？玉價從來妬歲荒。

濡須贈吳旦門

千章夏木倚窗清，黄鳥相呼喚遠聲。自是主人應勝竹，得因吾友與班荆。亂餘對酒皆兵氣，老去論詩盡史評。爲問武陵今在否，好將此地報淵明。

樵子歌

薄霧輕煙靄竹扉，露華香透芰荷衣。半生苦節居丘隴，一曲高歌出翠微。屐齒不嫌山雨滑，擔頭帶得嶺雲歸。仙人相見如相問，莫道人間是與非。

漁翁釣

華髮蕭蕭雪滿頭，平生無計覓王侯。百花潭上三間屋，萬里橋西一釣舟。短笠輕蓑煙雨曉，白蘋紅蓼海天秋。醉來懶把羊裘著，怕有君王物色求。

遊會聖巖

會聖堂開石作城，多年浪迹漫經行。蛾眉月自天邊畫，雀舌香從洞裏烹。巖上談棋歐遠法，階前竹韻陸陶名。同君嘯傲清涼域，今日追思寄友人。

慈雲庵坐雨暮歸過方克壯齋頭值諸君劇飲時爲克壯初度同汪偉長即席贈克壯

雨出偏於物對宜，聽殘僧磬下簾遲。更經文舉開尊處，便是裴休託鉢時。我已確明生是累，君應未向老前知。憑將此意參靈運，爲趁桃花正滿枝。

答幻度先生

半生多病半生貧，妝點風流一種人。約略夙因惟好怪，近來新懺在除嗔。炎涼遍閱初逢我，魔佛交參等是親。太史壯遊吾豈敢？不甘蛙井竟沈淪。

中秋夜飲

河漢微雲淡欲流，開尊幽興轉悠悠。嫦娥漫惜三分月，宋玉俄驚一半秋。桂子寄來黃正好，秫田無歲白難浮。關山不盡平生意，横笛何人在戍樓？

壽吳本如中丞

珠履如雲酒映嵐，相看重理舊時談。先庚共喜占年二，雌甲何論避舍三？繇上有田稱報母，階前種草得宜男。平泉花石東山舞，記取逢場著老憨。

南中雜詠 次松陵潘氏韻（二）

詠史中丞

獵獵朱旗映紫嵐，劍光十里雪霜含。中丞真有渾身膽，父老時爲隕涕談。馬上幾年無洗沐，鷹揚一面護東南。袈裟浮渡猶鬬夢，暇整應知自老曇。浮山嘗有魔事，賴公而靖。

憶先師宗一先生

惆悵玄珠隱碧嵐，千秋熱血一抔含。三生石畔何人到？百尺竿頭憶共談。爲法如旋軍祖左，觀根先以我圖南。衹今無可將塵刹，是則名爲負老曇。

與吴乳星

元規塵起失煙嵐，孤鶴哀猿意滿含。四海盡然何處隱，六經以外幾人談？識田有影惟浮渡，口業多生坐汝南。熟處漸生生處熟，更從鄒魯問瞿曇。

哭吳無咎

我輩如山解起嵐，但從山起復山含。平生大有胸中事，究竟纔餘紙上談。三傳雄文從癖左，兩宗公案晚依南。傳衣小謝堪相慰，噓氣能回鉢裏曇。

憶方小白

十年晤笑散如嵐，靈物都教造化含。求食無由爲鬼畫，小白亡後，其子復亡。脩文未敢信人談。楚囚對泣憐江表，汲冢無碑憶澗南。偏是逃虚增感逝，此間痛哭有羊曇。

呈何相國

非時命駕向煙嵐，賭墅安知意所含？洛下兒童皆有問，山中宰相作何談？關門羽檄俄從北，銓部除書已重南。靈鳥不聞聞醉象，金毛五指仗瞿曇。

過左子周息園 即左侍御歸隱地也

泉聲幾泒幾松虬，十里香光杖下籌。已到輞川知畫是，更看裴迪附詩幽。論交淡共梅言臘，學道慳如麥望秋。別有隔峯消息在，鷓鴣一曲石低頭。末句爲亞三師也。

春過大寧寺

山山爽氣與徘徊，況在莊嚴七寶臺。未許將心論不住，且容以色見如來。病緣有種當春發，慧業如燈或夜開。只爲荆高求懺度，梵音都作雨聲哀。

遊黄園

黄園二月草芊芊，悵望東風自歲年。漫向標題求館榭，頻將水墨看林泉。松如杜甫躭詩瘦，石似劉伶中酒眠。洞口一龕還供佛，色空成敗問香煙。

寄方爾止

人事天心總亂絲，高陽猶自酒成池。醉中竟失雷驚耳，別後頻經火到眉。避世貧無三窟想，借君讀補七分詩。憑將此意存公案，尚似旗亭貰酒時。

浪公五十

支公一衲老巖扉，課静時參向上機。已證此生原是幻，未言今日始知非。安禪石上雲同坐，出定峯前月送歸。世外交遊誰得似？問難玄度獨依依。

答何令遠

白頭無可副春妍，痛飲清言總病緣。人事盈虚如置閏，文心甘苦自因年。相看東野投金瀨，爲憶西崑暖玉田。枕上得承詩句好，長門幽恨亦嫣然。

贈朱西長四十

二水三山剩此身，歸來聊慰草堂春。馮唐未及爲郎老，鮑叔何堪對友貧？得句祇因存甲子，觀空無可避庚申。麻姑眼底滄桑事，但問樽前四十人。

從李師游浮渡

諸天歡喜湊雲煙，臺上清言曉更玄。九品幸分蓮供奉，三生愁聽石因緣。澆人壘塊黄花酒，見佛津梁白雪篇。鼻孔文殊拈得出，靈山一會尚依然。

答友人作

猶記相逢雨意寒，應門見報始呼冠。友朋以外吾何樂？文酒之間世所寬。閒亦不無窮鬼力，老纔知學古人難。朝來伏枕方無事，佳句清新得細看。

寄何相國芝岳

賦就新看雁幾行，平分秋色自明光。雲泥未敢言同調，甘苦相關在異鄉。千里定知添警悟，兩年不及論文章。救時雅有長源癖，暫領龍眠政事堂。

同何相公歷陽除夕

王氣相迎雨雪遲，官梅香倚燭花枝。江城供具因民俗，相國鄉心待客持。歲不與人天有老，愁能隨我地無私。未知白髮還公□，大抵星星自此時。

自壽

是詩也，成于丁亥之七月二十有九日，是爲予七十初度也。時在濡須之鐵山。鐵山者，予友吳汝爲讀書處。汝爲諸兄弟爲置酒召賓客，甚歡。客之歡，終不足以釋予之悲，故有是詩。詩之所以名自祭也，祭之名，生者之施於死者也，故事皆當有言。時從予者，獨予孫兩京，宏孝小字。則予言固即以代兩京子孫之用此於父祖者，禮也；亦即以代汝爲朋友之用此於朋友者，誼也：皆以述其悲者也。昔有人問蓮大師：『得了死生否？』師曰：『出家三年，已了生死。所未了者，名根耳。』予嘗深念此言。自祭之名，昉于陶先生淵明。淵明之言：『人生實難，死如之何？』真爲達矣！其言：『自予爲人，逢運之貧。』貧豈足累先生者？但拈一『貧』字，得無與幼安揮鋤之意便小一塵。至先朝何大復，臨終語其門人，有『我生多辛苦』之言。先生得年三十有九，何以不及死生也？嗚呼！此兩生皆千古高士、文人，其廓然生死者如此，而獨似不能盡置貧富，盡置甘苦。如予平生所歷，兩先生又萬不足盡之。獨大運之傾，始於名場，最予所深痛。雖足迹遍四方，而姓字不出一室，槁死草間，於予自足。顧雲棲聖人且何以處我哉？客之歡，不足以釋予悲，迺予言之悲，遂足以盡予心之悲乎？予雖未死，其去死亦復能幾時？兒輩皆失學，不能言，不知青蠅之外，有弔我者何人？予心之悲，不盡於予言，而或得盡於不知何人之言，即又代予言矣！夫所謂不知何人者，必有所謂可知者爲之導，則汝爲兄弟是也。

大事未明憐此日，古人祈死是何時？友生好我能張飲，老子貽孫更有詞。聊擬陶家爲自祭，敢將虞子問人知？有情應怪天難老，無諍憑參地用卑。世自一壺争貴賤，我經三鼓識盈虧。到頭是味皆成蠟，轉憶初生得擬麛。正值聖人方在宥，欣逢道者詫岐嶷。三生石幻緣難結，八識田空慧有基。浪説明朝如掌果，透觀重户若琉璃。予兒時或前知數日事，嘗臥中遥見舅氏吴從齋坐門外，先大人怪之。時隆冬，天未甚明，急起驗之，果然。凡隔重垣，路百步也。以兹大父虞蘭脆，反較羣兒後管窺。予八歲始授書。掞藻未從文選入，受經已對尚書疲。囈談自此時通史，駢語因之偶入詩。謬想玄黄前有我，習從青紫外詢師。縱心四部良無畏，學步三場亦不辭。牛鬼蛇神聽部署，天吴紫鳳任葳蕤。錦分散騎嫌經剪，玉簡平原務盡玼。公子投竿須用海，將軍置陣必臨泜。執殳自詭爲王導，肯播尤懷畢父緇。質業無時常傍竹，課工計歲視栽榿。能爲左傳何妨癖？不讀南華未盡奇。先大人有南華癖，予童子時節經指授。禦寇風疑堪傲鶡，壽陵步豈得超夔？此書政復何須注？即事隨拈妙在疑。未及藥成爐遽圻〔三〕，共傷天薪盡火仍貽。龍門有恨書需續，犬子迂情病復支。起色欲徼金液幻，枯腸還被石田欺。

幸便令伯爲兄快，倫纏綣因游少，世法生疏與性岐。閉户徵心恆歷歷，論文同氣亦偲偲。

舍弟陟仲才而夭，予常前禱于關廟，願爲之代。始信宗文仗母慈。誓日共爲萱草色，驚飆忽折紫荆枝。

深塹鬼録垂三曾祈漢壽靈無應，擬與王猷算正比。七尺精亡仍苟在，多生障重固難離。

肯爲童子因人熱，得不孤軍見宥，轉向人間嘆百罹。朝氣頓銷憑見獵，昔賢如對只交綏。

行求避債臺安得？敵罷。以此讀書多外傅，但言服藥憶中醫。予與仲皆善病，自仲亡，予罷服藥。

五爲賦無衣人是誰？因悟編摩皆係福，恣談遊覽正須貲。後車偶托平津契，何相國芝岳。

岳因諧向子私。客已散梁尤寫鴈，婢能蔽魯欲原龜。黑陵檜柏神靈集，青嶽雲霞造化爲。

民懌兩篇稱玉七十二家無掌故，三千諸子尚壇壝。攜愁更踏長安道，乘興曾窺太液池。

易水衣冠千古見，薊門壁壘四府，衡山十首亦珠麗。文章隨世仍相和，俠節何人許更追？

金朝遺。薊門邊牆、城堡皆營自戚大將軍，自萬曆迨崇禎，凡經四朝，金湯矻然。予嘗游其地，因得金臺、吹律等迹。

天語竊從東閣悉，捷書幾見北門馳。誰人爲漢陳三表？無樂毅聞風至，律憶鄒生冒雪吹。

當杯尚斥金盤露，持論寧輸鐵蒺何事如齊有四維？雅坐口窮深自艾，可禁心嚮烈如葵。

總緣秘枕承鴻寶，豈必高冠著鵔鸃？詎意竟成藜？錯智弗遑晁氏計，劇謀先爲魯人危。

頗爲窮交籌米戎馬識，無因闌託史魚帷。史相國道鄰。此公真有愚難及，相士偏能誕是咨。

價，忍勸廉吏作檀施？雲泥偶共三年事，桑海俄驚一劫移。兵散二陵無蹇叔，塵飛四面合元規。雙龍竟謝司空佩，八駿終爲阿母羈。席上憑看茗事酪，釜中試聽豆呼萁。村煙也學孫公竈，野火如爭項氏祠。安得圖書皆入壁，小爲語笑亦須著。虛疑政用論兵失，畢竟風從識字靡。秩秩廬陵丞相第，翩翩中壘大夫兒。昔塹徑借終南捷，今羡舟經灩澦攲。瘵鶴何由人得血？殺牛亦任我爲尸。金銀仍有彌天氣，香火全無隔宿唯。辨愛贋書嘲屬國，事疑重幣贖文姬。榜花譜映齊諧志，視草文高石鼓碑。凌厲燕臺俱是驥，保全昌邑不如鴟。英雄何處歸吾彀，廊廟當時有將戲。十目橫争朋字正，百身何救帝圖隳？蘋端瑟瑟風方始，蕉底懵懵覺已遲。不在我前真自悼，何關君事與人畸？苦衷似共窮爲約，勝事偏于老不宜。建業水甘空託鉢，龍瞑莊在未沾犂。豺狼作伴經千里，鷄犬同歸共一塒。人鮓甕中圖骨肉，昆明灰裏縛茅茨。君臣蜀國鵑相弔，伯仲金城柳在斯。逐日霧增工部眼，連年雪漫子卿脾。鷹揚以後無興渭，狼戾何方尚擬郿？漫向葛衣論世態，從來敝袴計功差。皮囊作祟能無待，般若爲糧倘不訾。曾有一人從翰苑，先師吳客卿先生也。爲拈五色出摩尼。浮山風月開生面，遠録機鋒見豎眉。解後三三無異帶，著前六六是枯棋。因張末法先空觀，爲度初根用忍持。勇猛首遮明日俟，慈悲更展隔生期。先師宗一論云：『勇于立志者，不敢懷姑待之心。深□□志者，不敢忘明日之計。』去來不過争彈指，浄垢胡爲任朵頤？慧業反憎靈運雜，行門須印普賢悲。蓮花漏爲光陰惜，具葉文緣懺悔提。居士門庭原澹泊，如來鞭影在離披。遷三痛負深陶鑄，噫五遥憐舊唱隨。夙對見尋聲赫赫，童烏相望冢纍纍。眷屬經亂，死者甚衆，如四愁、六典、七略、長干、小陸凡五孫，多以餓死。小陸但得一升米可救而不及，悲哉！甫疑笥隊旋來姤，何處蘭盆可告飢？只似隨緣同傳舍，應教思過向崦嵫。放言昔豈容呼騆，反舌今疑可貸鸝。德遠獄翻平鬼責，予讀宋史，甚不解張魏公之爲人，頗深求之，今與相忘大道矣！弇州夢斷見吾衰。平生數夢弇州，深談如面。擁書只當逢絲管，博古何從辨鼎彝？眼底笑看三冢度，胸中穩貯八蠶絲。是非有説憑臧穀，工拙無端任惠夷。話到聲華俱露電，算來遊好幾鍼磁。津津尚憶論心燭，落落都成折脚鼒〔四〕。孫子來能同啾麥，出入窮愁急難，數十年不相舍者，孫卓卿也。異同左右皆爲手，存歿春秋總在不負名芝。表弟張芝字仲英，亦生平知我一人，高才盛氣，奇蹇無年。張郎死皮。玉塵尾埋良可恤，靈光殿在亦難楮。間吟杜句寬兒懶，備述符姨助婦癡。但問品題移小草，莫尋滋味到烝棃。偶臻小悟因知歇，時抱幽懷欲有遺。最愛延陵人奕奕，即看河朔事孳孳。苦唫若在投金瀨，豪舉應標瘞鐵陂。鐵山爲魏武埋鐵處。魏武武爲今日急，米顛顛被昔人嗤。米嘗官無爲，遺迹甚衆。足明别調時時少，況復窮人局局巇。蹐地跼天尤叵測，浮家泛宅果安皒？降心久借邯鄲枕，下酒何消博浪椎。静理定能靈肺腑，喜神端可潤威儀。兩端從與予無分，百歲應推命所司。寅忝靈均爲共降，甲方中立取無雌。予生萬曆戊寅，其時爲甲寅。種松成嶺那常住？編竹爲棺不誤伊。今古轆轤書甲乙，人天階級鏡妍媸。官中漫作襄陽約，島上空爲履道治。欲學無生知不易，也從一滴學無涯。

戲作五首

世無武陵漁，安知秦可避？桃源雖不開，祇園幸不閉。

十日並出時，后羿亦何神。舉頭但一日，六國莫支秦。

恆河沙數衆，無淚餞崇禎。如何臨赤土，怪他天眼睛。

不知中國中，佛定何時有？便卻淮陰侯，得先見佛母。

激龍當以虎，誰能入虎穴？如今封使君，正擁旄仗節。

祭脩慧

才及十齡身倏忽，卻于七字意纏緜。在時曾讀書多少，文字緣深父子緣。

四十初度有感

浪裹回頭四十年，一生撑盡鬬風船。于今已是隨風打，船到江心任老天。

有感 爲孫夫人作

種得夭桃一樹紅，爲他愁雨又愁風。東籬不聽金鈴響，輸與陶家解事翁。

祭九如

舊鬼見尋曾有説，無言新鬼倍傷神。情知來意饑相告，其奈仍當乞食人。

杜鵑二首

夜啼可似晝啼情？屋角長松借汝清。歸路應憐予未徹，相邀常不過三聲。

人情寧與汝情通？若箇含情在谷中。只有昭君歸夢切，可憐不度未央宫。

茶　花

西施俠節容遮卻，逸少文心字掩將。恰與此花同一命，世人只解較旗槍。

題丁蘭廟

秋風江上客衣單，天路何由借羽翰？一日三公無換理，憑將此意問丁蘭。

題赤壁

黄州夜月蘇坡艇，赤幟秋風魏武旗。總是當年親見事，江聲便是感懷詩。

哭猶子西曙十七首

海上飛來一字新，海風海浪失根因。但將家事參天意，事事堪疑此事真。

一家猶在夢魂中，信到江干獨我逢。應是多生爲骨肉，蜀山先報未央鐘。

何病何時忒渺茫，招魂有賦向何方？吞聲欲下昌黎筆，此恨難同十二郎。

賦成幾得叫天閽，偏以脩文去者緐。地下論才超六代，時時上品選寒門。
建業城邊一醉呼，幾年消息粤耶吳？西來萬里長江内，寄有懷鄉淚點無？
脩文地下已經年，消息才從萬里傳。飲酒讀騷千古事，從今删卻遠遊篇。
天外蒼蒼更兀天，浪魂何處叫荒煙？一腔正辦慈烏血，可得餘紅化杜鵑？
自提斑管即昂藏，兩度剛腸見悼亡。若得多情同奉倩，一抔猶得衆鴛鴦。
文字漫誇巴蜀檄，聲名敢問會稽章。一抔欲乞家山土，如望瑶棺下帝旁。
曾上珍珠海客船，可能一粒作家緣。他生得托烏衣巷，死價猶嬴百萬錢。
家學稍於史傳優，時時即事有尋求。如何各爲浮情誤，竟未深談馬少游。
憐予薄福得長年，萬事紛紛到眼前。因悟不緣情字盡，何人敢學做神仙？
四海彌天氣自殊，不知絶筆有書無？毫端字與胸中淚，一一憑添合浦珠。

兔耳山前泣落花，女兒橋復嘆空華。憑君慎作探環想，別覓襄江太傅家〔五〕。

家世因緣分草萊，五言八韻即人才。東陵瓜地寬何許，得比黄臺摘幾回？

總角荷衣有雋名，但看落筆見才情。向來錦段還餘幾，乘夢來分弟與兄。

孤懷應自衆香來，只似襄陽詠不才。雪窖冰山經歷遍，到頭卻作嶺南梅。

寄方小白

長生殿裏舊商量，碧落黄泉竟渺茫。萬死阿康終不死，欠人眼淚與肝腸。

春　菜

春盤細剪碧叢叢，消息于今鼻觀通。卻憶平生孤負處，木樨花下海棠風。

哭張仲英二首

劍躍延津終得侶，琴辭王子頓亡神。將爲劍化爲琴在，可想人間活死人？

荆高以後酒人劣，汝共方郎素心。欲造端。何事未逢燕太子，便爲我輩换衣冠？

漁父

籃裏無魚欠酒錢，酒家門外繫漁船。徘徊欲把蓑衣當，又恐明朝是雨天。

贈段山人

博古圖中見鼎彝，千金一擲爲躭奇。不知誰是波斯眼，解定淮西第二碑。

贈何次德

自笑狂夫老更狂，但憑機穎避三郎。我生定辨荆軻事，不比當時得舞陽。

偶題二首

京兆雙彎久逼真，成都十樣又争新。菱花照裏成惆悵，付與東鄰二八人。

錦幔金幢隊隊開，三郎閲伎上歌臺。十三絃裏聲何壯，好避花奴羯鼓來。

自感

鴻雁無家春也歸，堂深燕子傍人飛。頭顱帶得江湖雪，仍是桐山老布衣。

校記

〔一〕夫　當作『父』。

〔二〕以下六題刻本僅詠史中丞一首標題次一級，餘五題與南中雜詠同級。按六題均爲七律體，韻脚字全同，疑均爲南中雜詠一題所攝。

〔三〕圻　當作『坼』。

〔四〕肅　當作『䔥』。

〔五〕傳　當作『傅』。

龍眠風雅卷二十七

木厓潘　江蜀藻輯
吴門沈旦初翔生同里姚文烝聲侯参

王　杰

初名卜，字不疑。萬曆末諸生。已更今名，號廩坊，以所居城西北隅爲魯子敬指廩舊迹也。家素貧，分産給諸昆，友愛最篤。居恆有志用世，嘗謂子弟曰：『經術所以經世務，此外復何事乎！』公天性磊落，所著天耳堂集皆崛强自好，獨出手眼，士林争推服之，購請詩文者趾相錯也。又遊于鄉先生方文孝、葉文莊兩公之門，問學淵凝，才力横騺。殁三十年，仲子天壁宰陽穀，爲刊其遺稿行世，而關中曹中翰玉珂爲之序。詩、古文皆百鍛千鍊，特有真詣，其諸古之振奇人與！

方斷事公幽忠録

高天黯春陽，郊壇走緇纛。吴鐘咽不鳴，蜀土血漬涕。川岳聲氣訇，英靈孤光細。身沈名冷然，蛟螭怒裂眥。百年弔汨羅，讀之陰霾霽。

笑哭篇誕日自壽四十三韻

翁歸文若武，省華子若父。富貴材偏成，卑窮偏鈍魯。六哭揔槩。江左六朝風，王謝驕門户。地軸奪天鑑，宛如夫畏姥。得靈簇冠纓，人傑衣無組。滿城里鳴珂，而獨倚市賈。青青一子衿，蟠桃花乍吐。哭門衰一。魯褒錢謂兄，於今兄作祖。滿城累金穴，而獨壁四拄。哭家乏二。十親久伶仃，十謀九鹵莽。哭遇厄三。行不採朝堂，姓不挂畿輔。哭名微四。杖履懶送迎，米鹽任散聚。面鐵愧易汗，腰鐵强難俯。哭疏傲五。六月毛髮寒，生事暗盲瞽。弟三赤手拳，兒三黄口乳。吾似曦東升，何時耀亭午？高門廣田園，列騎操鞭弣。子戚占世間，纔容登牒譜。而吾六痛哭，一淚一場雨。唐皇鬬鷄年，何堪出胞肚？唐宗崇慶日，何堪設腜脯？八字未安排，何勞排八股？髮短心髓枯，匆藥焉知痡？哭愁病六。仲兒發狂言，六哭爺何取？六笑笑其哭，戲當斑斕舞。門衰清白貽，比鄰勝德宇。王謝在筆腕，楊廖來丹腑。家乏昔曾饒，近且粟充鬴。仁儉煉鐵石，賤貧天缺補。遇厄屈蠖伸，名微伏雌鼓。疏傲龍性昂，愁病鵬飛怒。骨肉皆虬螭，男亦跳地虎。我聞拍案叫，口海成笑圃。眉山名二子，吾亦知諸豎。才可木向榮，志非草同腐。芝蘭已根荄，晞露各有主。侯封萬頃田，廟食一抔土。朝奪文章標，暮記功勳簿。千秋壯業牢，百齡童顔古。庭前種槐人，槐黄秋自睹。

吾健骨稜稜，自壽期莫數。即活七十年，尚能二十五。

宴三學師於西山老君殿

雨山似醉晴山醒，日脚翠微珊瑚影。道院香空融氣紫，仙來函谷關中子。薊北風煙淮南水，一堂西爽都清矣。松濤呼起蓮波笑，其中浩歌當長嘯，薜荔無陰寬晚照。

中秋出闈遊吳開府園

投筆問園林，清疏御史心。周遭千景好，髣髴七篇深。松石僧同古，花魚鶴太淫。不關今夜色，池老六朝陰。

畫船秋月

萬里星河白，那應坐樹樓。只須平舸小，宛在上方幽。蟹陣鋪燈面，蟾光接埠頭。最貪三五夜，不寐學垂鉤。

許開府案石 公昔紹興太守

鬼斧何年琢？奇供御史丞。檀香雲出岫，蛛網石鋪罾。土繡從靈壁〔一〕，冰聲似紹興。水晶融五色，知有補天能。

上何太常二首

聖治宗東魯，賢門世大夫。功名纔百粤，禮樂又三吳。銅柱標如馬，金甌覆是盧。青氈王子敬，坐閱縉紳圖。

大小桓君號，曾傳漢太常。公偏超緑綬，子復盛青箱。衣履如鵷序，簪纓定鴈行。豈關師訓力，家有辟雍堂。時仲兒天壁下榻太常家，訓其二子。

九日

節到秋何晚，年當老亦豪。畏風頻按帽，防雨早登高。亂後鴻留陣，荒殘菊帶蒿。酒腸饑未損，膽氣敢題糕。

鶴浴

何處羽衣客，飛來冰鏡中。細翎融濕雪，朱頂潤明虹。素影人間水，高情天外風。若教盤遠勢，清露舞虛空。

白下歸贈吴漢章聞曰唯

擊楫渡江南，歸來伴又三。筆殘仍噴彩，衣老故拖藍。雪浪江吞盡，風霜菊戰酣。一番秋氣概，只與壯夫談。

西天寺聽齊員倩琴

翛然僧榻畔，人共七絃清。對月聽經意，臨風作譜聲。彈教花雨落，坐覺水山生。安得蓬瀛處，隨君弄鶴笙。

橙山訪汪大年

人疑霄漢盡，巒處忽鬆開。秋野丹成片，陰崖緑自堆。舞鴉將客迓，唳鶴似兵來。丈石高無恙，山靈許共陪。

福興道中

海盡盡奇峯，園多荔與榕。日晴惟雨夜，雲暖不寒冬。冢仄偏多貴，田開始見農。但逢佳麗地，林氏已栽松。

雲半間

一間僧屋半間雲，還讓青氈半裏分。燧火然燈諳物候，石泉洗硯照人羣。蜂鬚釀蜜香能惹，鹿角披衣膩欲紛。鐘漏不知何處盡，滿空天籟獨先聞。

來爽齋

爲園三畝屋三椽，不放簾時萬里天。林雨瓦間敲碎玉，石苔月下繡連錢。畫成西嶺來春色，報到投山出暮煙。十里青溪楊柳緑，黄鶯都在鷺鷥邊。

寄葉大宗伯老師丐予詩序 時爲南雍司成

草茅何以上鑾坡？京邑文章舊價多。師昔貢選南雍。自到木天欺樸遬，又來花雨沐菁莪。壓秦王氣金聲賦，擁晉風流白眼歌。説向壁橋新弟子，吾曾冠帶此婆娑。

邑侯臨生社諸先達陪集次吳宮諭韻

一水無絃響自彈，冰心到此共清寒。幾多皂蓋漫天礙，猶覺蒲團片地寬。不夜有心臨彩燭，無風自霧出香檀。疏鐘斷處清歌發，半是騷人半達官。

秋日同殷梅源孝廉聞警

不堪秋字亂時聽，塞馬初肥劍血腥。藥裹寒温成慘淡，詩中平仄失勻停。黄河未漲思春雨，銀漢無氛望曉星。酒到得君揮筆陣，龍蛇聲勢帶雷霆。

史進士監軍

兜鍪粧點進賢冠，半壁乾坤借一擔。進士兵書猶自讀，將軍戰字不須談。杯中月共啼波醮，劍上星將血海含。欲挽銀河無洗處，蝶隨花氣過江南。

答杜德機

酒間索句笑難應，詩豈君家杜少陵？鐵鑄俠腸羞傅粉，珠懸慧眼識傳燈。酒如李白澆三斗，墨似張顛洗數升。一寫不知吟下淚，原來字染血成冰。

梅花次高啓韻二首

瘦疑僧老澹疑仙，韻與騷人趣作緣。黄菊曾留酸澀雨，絳桃未破囫圇煙。娟娟紅白遥江外，隱隱青蒼古峽前。自入羅浮清夢後，陰晴不惹百花天。

暗香寧許蝶蜂知？地老池荒出一枝。洗霧瓊姿天共色，撑霜玉骨月相思。粉粧鶴唳更殘夜，信報鶯歌歲早時。化作美人林下見，自然標格過於詩。

白　燕

斑襟紫吻任尋常，縞素偏宜玳瑁梁。穿入玉釵纔是夢，舞添紅縷不成粧。波紋翡翠機梭淡，箭尾茨菰剪練長。語似舊時王謝認，海風吹卸皂衣裳。

竹醉日遊燕子磯夜還宿蘭若

每望嵐陰未到雲，到時同竹醉南薰。不堪道院迎他客，何可僧房缺此君？畫舫難描江上彩，青娥争賽水中紋。笙來簫去喧明月，受用清鐘略幾分。

遊石洞菴

老健登山不杖藜，廊梯穩步更樓梯。夏秋風轉雙吹入，南北天交一望齊。燒盡劫灰高結寺，鑿開石乳溜成谿。故鄉指點猜何處，江窄雲寬樹影西。

訓　孫

十載兵凶千里客，冬寒況是老貧儒。地遺寸白晨梳髮，閣亮微紅夜擁爐。痛父望兒身内切，登官拜將眼前無。平生未了知誰補，手撫孫頭笑復吁。

喜仲弟參軍歸自定遼

昔困燕圍幸賺開，松山城破又偷回。皇恩不屑山林死，官況先捹驛路哀。行處父魂應護劍，到時兄手忽鬆杯。天涯骨肉何緣聚，喜轉如癡作夢猜。

吴予翩山房呈其尊甫先生青芝太守

君問山靈借翠微，啼麇舞鶴共忘機。不知吟客思多少，但問癯仙影瘦肥。楊柳鶯喉晴嚦喨，茨菰燕尾雨依稀。曹公倘酌青梅酒，可數英雄到布衣？

菊花限九佳四十一韻

一味冷官街，一蘗鬧客齋。低枝或掃逕，奇榦欲摩崖。五色開玄帝，千年煉女媧。香令檀麝穢，粧覺粉脂揩。六尺高逾嫩，三分媚已佳。蕭疏天自好，寂寞地偏諧。靜對應疑俗，歡呼不用俳。畫宜皴灑落，詩忌調淫哇。老圃寧嫌澮？新時只恨乖。未逢春色鬬，卻傍晚陰捱。朔氣初生楚，寒光遠在淮。蒲根梟陣陣，梧葉鳳喈喈。淚濕霑霑雨，腮凝點點霾。華芳霞暈吐，瘦影月痕叉。近夜留餘蕊，藏冬煖剩荄。蛛絲芟玉塵，蟲蠹剔銀釵。風戰撑將竹，霜欺護以柴。移株須粉鉢，分種各牙牌。盛友尋唐士，名姝比越娃。古稱真隱逸，世賞盡徘偕。北海尊多酒，江南菜有鮭。朝餐木蘭並，秋採薜蘿偕。忽到過頭杖，還遊軟步鞵。隨緣閒玩弄，好事巧安排。似舞黄皮鶴，争來白鼻騧。始知方外侶，正合物中儕。爾豔無蜂蝶，吾狂任虎豺。爲園聊伴鳥，有屋僅眠蝸。繞户峯相亞，臨池水自湝。東籬饒景候，西畝足生涯。攜子看芸草，呼奴拾稻秸。問予何所樂？觀此即其懷。桂子嫦娥遣，荔奴中使差。豈如君子境，常是主人階。白露清爲骨，黄金散滿骸。錦茵諸彩練，錢朵幾緡緡。濃映千蓮燭，孤凌萬樹櫰。愛惟元亮獨，騷與屈平皆。原憲貧非病，劉伶醉可埋。幽人知己者，花譜詠模楷。

指麾坊

富貴交中見，英雄亂後尋。而今多長者，只换指囷心。

夜

空月似無天，松陰閒自引。西風東北南，那得秋聲盡？

送友人試廬陽

昔我飄零兩到廬，詩脾泥足雪風驢。五陵裘馬鞍頭笑，花匣綾韜展四書。

新月擬古敲梢交韻二首

聽得吳剛鬼斧敲，廣寒偷斫桂枝梢。致令桂魄無全暈，晦朔連宵補不交。

素女疑將銀燭敲，燭媒雲影畫眉梢。十分黛色三分淡，兩朵蛾痕一朵交。

亂後喜遊

雨春長得避兵蒿，有犢多因是賣刀。紅杏恰來鸜鵒嘴，綠楊都上鷺鷥毛。

舊記一飯十六咽病中手書之

不臥捫心對藥牀，痛酸都在此中央。吞刀緩忍忙書記，好取兒孫淚幾行。

訊仲兒襄陽邸中

二千里外斷腸情，只候吟聲與笑聲。消得一行書上事，夢中白髮黑三莖。

七夕友人之六

野堡荒灣我舊過，今朝不合唱離歌。晚粧樓下人猶去，豈有天孫肯渡河？

舟夜二首

睡過江東無數山，醒時忽笑水天間。一江詩思隨空去，題遍菰蘆幾个灣。

聽風最喜漱聲流，槳擊空明蕩不收。掉破武昌魚子浪〔二〕，蘄州春色在黄州。

自皖城回示仲兒

老去重來未可知，衆山相送似相辭。少年赴試消魂路，今日吾兒半笑時。

曉聞吴歌

夢裏吴歌作楚腔，渾如兒女語雙雙。此身已屬蘇州月，夜半何緣到皖江？

小孤阻風遊石鐘山

東坡曾試水鐘鳴，我怯鐘鳴浪阻行。兩月從無風一順，等閒消得逆中情。

李文華

字質卿，號芝石。崇禎間歲貢生。家貧力學，教授鄉里，所入館粲，嘗以賙宗黨之窶者。天啓甲子，赴試白門，有友人父子臥病僧房，爲延醫療治之。既，子痊父殁，經紀其喪，遂攜孤扶櫬歸，不踏省門。其敦尚氣誼如此。所著有清音集。

奉贈何相國歸田

頫躬辭北闕，畢志赴西疇。致政緣明主，歸休戀故丘。堂開裴度野，瓜種邵平秋。日夕江鷗至，偏隨畫舫遊。

秋前二日懷王玉鳴讀書靈泉寺

溽暑侵衰鬢，高齋繫我思。溪迴清溜冷，嶼寂緑陰垂。鳥語窺朝帙，蟲吟響暮帷。最宜秋月近，皓魄倚欄時。

寒月

朦朧雲際月，淡漠樹間暉。窺影霜威肅，驅寒酒力微。簾開清襲幕，徑轉冷侵衣。何處疏鐘至，淒聲入晚扉。

對雪

冽冽寒威迴，空齋隱几時。亂風飄雪片，昏晝吼霜枝。偃蹇生涯薄，淒清病骨知。蕭然徒四壁，孤詠少陵詩。

過朱公墓

望望名賢迹，樵人指碧林。荒墳經雨斷，殘碣隱雲深。漢代循良政，桐民遺愛心。甘棠應不遠，謳頌到于今。

一夕夢中有云山中怡老白雲層因成一章

久欲買山恨未能，山中怡老白雲層。饒他萬里乘船客，輸卻三更入定僧。結宇依林堪獨嘯，攤書選石便閒凭。千秋不分商山叟，猶起當年羽翼稱。

燕中別胡鶴鳴

天涯分袂思茫茫，偏惹離情憶故鄉。驛路雲山欣並轡，薊門風雨喜聯牀。心摇別後花頻放，目送歸時鴈幾行。過我草堂偕二子，莫辭把酒對疏篁。

春日同許胤伯諸子登鎮皖樓

危樓峻絶倚江邊，極目風帆春景妍。汀草離披迷檻外，楊花歷亂舞尊前。風吹梵響諸天静，雲繞鶯啼孤塔懸。醉倚夕陽歸未得，最憐漁叟宿殘煙。

懷璩山甫

深掩柴荆獨委蛇，白雲縹緲繫相思。劍光射斗曾占氣，璧價連城久待時。銷夏緑荷舒淨沼，辨秋黄菊倚疏籬。同來顧我西窗下，好共論文酒一巵。

何應璿

字子政。方伯虚白公之仲子。生而淳重，不爲深中多數。少穎敏，每旦能受七藝。比長，偕兄應瓊同居，友愛如兒時。應瓊死，無子，遺言以田産畀諸弟，公一切斥去不問。從父文端公秉國鈞，公督家政，有餽遺，皆封識，無所苟。嘗從鮑泰輪先輩倡導怡園之會，同社生馬懋襄死，爲執紼引柩，哭之盡哀，有范、張遺風。晚夢異人授以石，視其鐫，乃『淡然若石』四字，遂自署『淡石居士』。有據梧軒集。

山中小蘭若

竹根連蔓草，轉路入蒼藤。地古多奇樹，山深有老僧。樵青蘿逕仄，春瀑水田崩。自有禪堪悦，何方是大乘？

岳少保墓

廟是黄龍府，燕雲一望深。千秋三字血，一片兩宫心。遺事田夫説，荒碑野燒沈。春風吹湖水，如作渡河吟。

亂後寄江外友人

亂後浮家異，相思寄碧筒。雲深山色暝，石静野煙空。戰血腥秋草，殘陽急斷鴻。年年二三月，時有可憐風。

田間晚穫

蟬鳴秋雨霽，晚景足田桑。故草抽新緑，嘉禾曬淺黄。占雲蓑笠苦，對酒韭萍香。野老閒無事，當門看築場。

粤東别張鍾陽按察

南方瘴嶺浄風煙，共羨張君爲政年。防海預嚴合浦市，泛洋先禁廣州船。荔枝紅映三春雨，梅子圓齊五月天。幾曲飛觴消永晝，那堪兹夕是離筵？

晚登邗江郡樓

江濤渺渺送寒流，倚檻風煙一望收。對楚遥吞湘浦日，憑吴欲鎖海門秋。騷人詞賦留殘雨，估客帆檣夾暮洲。燈火萬家蘆荻亂，不知何處訪迷樓？

吴用鈐

字士衡，一字逸民。廷尉玉華公之冢子也。崇禎間，以父廕奉部檄謁選，聞母訃馳歸，哀毁骨立。塑父母像，設於菟裘，曰：『以侍二人于泉下也。』桐罹寇患，諸從或饑寒轉徙，割産畀之，無德色。手輯大全、蒙引諸書，藝林稱之。

題東南從父水中雁字詩

作詩如作人，各自有本分。文士乏沈雄，武將少雅韻。此是天所爲，全不關學問。從父丁盛年，卓犖觀古訓。舞稍桓宣武，搜山謝靈運。析疑賞奇文，抱璞隱孤憤。丈夫謀千古，詎肯規淺近？五侯與七貴，延致藐不應。生我必有用，寧惜牀頭罄？西山朝爽氣，悠然豁麋性。時宜合未可，臨流動清興。賓鴻依候鳴，矯矯排筆陣。傷秋客先聞，委波人不定。感此羈旅者，慨慷唱南詠。詩律老纔工，藻思窮益振。雅韻兼沈雄，兩兩堪持贈。一時文武才，惘焉皆後瞠。賈胡喜欲狂，海舶不勝競。願爲剖腹藏，光怪恐飛迸。囊處穎立見，聲名走不脛。

病紀

絶粒浹三朝，猶如日再食。枵腹而果然，强起循牀立。跬步即須扶，坐臥皆無力。氣息僅奄奄，髀肉已全失。妻孥過我前，含淚不忍滴。好我時見存，聞之爲股慄。我生乘大化，來去何欣戚？如此多設施，天公亦不必。因憶大廷尉，辟穀者六日。含笑逝繩牀，身不著皖簀。輾轉似我今，即不肖之一。

宿銅井戴質公精舍即席感賦

路轉車門廊曲曲，高軒内有深深屋。主人倦讀偶開關，憐我褦襶聊止宿。鷄黍深譚夜漏遲，酒酣耳熱一題詩。身經多少滄桑變，話到滄桑淚滿衣。

宫諭何省齋案頭看甘仲美硯

彼美人兮在空谷，端溪百尺搜紫玉。叩之空空若球琳，龍蛇驚走妖魅哭。探得一枚或兩枚，抱出重淵笑可掬。慘淡經營盤礴時，如磨如琢聲相續。隨形肖象多巧思，務令石理完其樸。木天清几列紛披，古製新裁競相逐。所恨南宫不見我，袍笏拜之應僕僕。予才疏拙似荆公，深慙巧匠鑿山骨。

孫隨印學博魯山少司馬王顧五太史陳默公樞部家仲水部郎湯日朋尊相邀看披雪洞瀑布歸經默公滌岑樓復泥飲達曙即席口占併寄披雪地主盛雪樵上林

巨靈怒展劈山手，鐵壁雙開萬仞陡。中有銀河一線通，静日只作蛟龍吼。瀑布那從人世來？披雪衹應天上有。峯頂峯腰芳樹多，老猿接臂數經過。珍禽無數難名狀，蔽葉窺人似擲梭。爆竹一聲驚卻走，前路況復喧笙歌。羈人旅思消何處，狂嘯爲君傾叵羅。暝色寒煙相與劇，罡風陣陣催遊屐。金勒玉鞭馳後先，別墅濃陰森肘腋。濟勝之具喜有餘，競上元龍樓百尺。主人愛客客忘還，顧曲敲棋永夜間。殘醉莫辭新醉續，城裏重看城外山。卻憶披雪洞中樵隱者，曷爲匿影峭蒨菁葱間？

七夕同朱開之吳衆香吕日章分賦故事得東方朔

元封元年七月七，天子齋居宮禁密。承華殿裏晝無塵，延靈臺上風吹日。想像仙真欲見難，欻有青鳥來□室。雖雖喈喈骨相殊，舉朝錯愕無人悉。滑稽侍從東方生，自言天上長遊佚。吉雲五露琉璃青，芝田步景雲光疾。那邪汗杖幾枯榮，鏡火明莖屢軋茁。憶昔經過翠水湄，玉闕承霄迴崒嵂。紫蘭宮侍王子登，別來千載成異質。朝朝暮暮瑤池飛，肯填銀渚渡靈匹。阿母會須暫下來，將翔將翶肅警蹕。麟軿龍駕雜喧衝，百和九光仙儀秩。琅璈湘磬薦天廚，阿環通訊懽未畢。庸主對坐非仙才，靈官嚴車不可尼。始信先生豈凡人，從前相對徒相失。臣饑欲死應自知，一十八年笑狂獝。丈夫骯髒都如此，白龍魚服悲蕭瑟。何當掀翻天漢波，浄洗世間肉眼漆。歲星光芒萬丈長，射令俗子寒慄慄。痛棰蒼虎歸去來，年年七夕挂雲霄。

蚤過磸磯〔三〕

苦酒澆愁愁難掃，寒燈無焰玉山倒。酒醒燈燼夜何其，雄鷄一聲東方杲。咿咿啞啞櫓初搖，旭日流紅穿牖早。磯獰湍急飆不留，舟中無聲暗祝禱。長鬚把舵勝長年，始信江湖余已老。

獨山湖阻風

石尤嚴水氣，淒緊到虚舟。黄熟梅初夏，青寒麥未秋。潦多知赴壑，山獨不驚流。對此理孤緒，飄飄似倦遊。

暮秋理歸櫂

正值秋容老，行行客思賒。江湖一蕩子，南北兩浮家。岫遠雲添峻，楓丹松映斜。因知歸去路，是處有煙霞。

峽山道上口占

十里峽山道，山陰定弗如。朝嵐相映發，竹樹暗扶疏。怪石迂前路，奇雲隔後車。桃源即此地，吾意老樵漁。

贈鍾伯敬儀郎二首

海內文章伯，輸君久擅場。登壇南國士，典禮盛朝郎。家學竟陵體，人傾通德鄉。我來時握手，潦倒興何長。

生平傾倒處，只在楚雲邊。沽酒憑文價，看山損俸錢。每揮名士麈，時共孝廉船。時與友夏往還。深幸延陵子，頻來問草玄。

曉冷

曉冷秋衾薄，霜鷄送五更。數檽留月色，一枕受鐘聲。聒耳窗蠅亂，驚心檐雀鳴。卻憐多病眼，炯炯向天明。

寄淝水令熊公遠

豫章才子江陵俊，鞭弭相從憶昔年。屐倦石頭同作客，舄飛金斗獨疑仙。已知白雪輕城璧，還許清風折俸錢。爲問鎮淮樓上月，可容分照到龍眠？

訊耿師獻甫

不知絳帳近如何，戎馬年年轉徙多。家比仲容惟犢鼻，人同甫里只漁蓑。惜陰亭上攤書曬，避世牆東扣角歌。門下貴人今秉鉞，斜封白絹慰煙蘿。

三山姚家園

參知舊墅枕江濆，舍櫂幽尋向晚曛。石上荒臺蹲老柏，亭前小沼漾新紋。平疇香稻當窗滿，古廟疏鐘隔坂聞。熱客乍逢清美蔭，可能不待月紛紛？

賦得滿城風雨近重陽寄懷石生兄

天高風急雨霏微，此夕年年客憶歸。紅葉翻階聲歷亂，青燈綻蕊影依稀。倦遊自笑空彈鋏，忍凍誰憐未授衣？爲報難兄多藝菊，遲余九日款荆扉。

送明經方爾唯北上公車

釃酒新亭送客車，今朝去住各天涯。二千里外紅塵路，四十年來絳帳紗。虎觀譚經風滿座，龍墀射策筆生花。相逢擊筑如相問，爲報園成五色瓜。

金陵懷古二首

一曲歌殘王氣銷，臨春春盡草蕭蕭。軍書席下函仍閉，鐵騎城頭檝已調。玉璽驟驚歸北國，美人猶自説南朝。賞心亭畔孤魂在，寒雨淒風自寂寥。

孫家兒子仲謀才，大帝江東霸業開。形勝一時推虎踞，英雄半壁盡龍媒。中原巨艦終成燼，西蜀連營旋作灰。但使後傳饒勝算，樓船容易上游來。

燈　花

剔將燈蕊去，莫遺傍粧臺。如何虛報喜，不見阿歡來？

蓮　枕

新繡紅蓮枕，雙花垂弱蒂。刀環知幾時？空擬並頭意。

閨詠二首

春恨長于春晝長，偷拚一枕嫁裴航。可知幽夢多撩亂，墮卻釵頭雙鳳凰。

緑扇摇風病欲癯，擬將一葉寄狂夫。無情最是秋宵雨，曾到狂夫枕上無？

方若坤

字□□〔四〕，號陟嶺。孝廉石洲公曾冢孫，桂林公七世嫡傳孫也。桂林公璽書、誥命、奏議、袍笏藏松鶴樓，公世守之。丁丑寇至，人曰：『可以去矣！』公曰：『累世法物，俱藏斯樓。舍之去，先靈奚依？脱有不諱，亦惟效國君死社稷之義。』及樓焚，而公以身殉。

與子偕老詩四首

昌黎刺鄠人，吾曹誦周姊。此義一何幽，古來無明紀。然而慷慨捐其生，猶勝束手視其死。聖人不易吾言矣！

男子自封者杳杳，女子自封者皎皎。女子仗節死義多，男子仗節死義少。君不見，粉黛乃男子，鬚眉皆婦人。胡爲乎周母不制禮，隋主嘆不均？

啓期自幸爲男子，而我自恨非丈夫。闒茸負此昂藏軀，寧不媿我周家姑？

松石雖無子，壺山尚有妻。欒機三載割，梁案百年齊。九死天難籲，一生肝可披。此之謂自慊，非以博標題。

題天筆山房

奇峯突兀小窗前，靈氣都從造化傳。雁字幾行雲際渡，長天萬里作霞箋。

附　方若玨妻盛氏

氏本名家女，適若玨，嫻于婦道，間以其暇攻吟詠。里中女士爭延致蘭閨，佩其琚璜之訓，不獨涉獵詞場也。方子且易曾受業于若玨之門，爲予誦其詩，如『叫月一聲流碧落，空階鶴唳不成眠』，『螢火亂飛星欲落，波光一片月生塵』，惜不記其全，皆可誦也。

寄方姑

柳遶千村緑，桃開滿院紅。水流拋夜月，山静拂春風。鳥宿枝忘倦，雲飛天欲空。故人百里外，常在夢魂中。

秋　夜

别怨驚花夢，離愁斷月魂。砌荒蟲怯冷，窗外泣黄昏。

雨　夜

一夜寒生萬樹風，白雲飛出幾千重。隱隱樓頭三陣雨，鷄鳴催動五更鐘。

古　意　此首且易記憶未真，姑存之。

滿斟碧酒汎菖蒲，先醉婆婆後小姑。婆醉有儂儂有壻，小姑醉殺倩誰扶？

方若素

字小白，一字素心。少夙慧，日讀數千百言，即終身不忘。補邑諸生，屢應京兆試不售。長于詩、古文，與同里姚士晉、吴紹廉號『龍眠三珠樹』，爲金石交。

題周壺山姑丈與子偕老詩

周君舊號壺山矣，我亦謬稱壺山子。我有大姑能事君，侍御椽筆旌以文。家諸父魯岳翁有序。諸君有詩詩幾首，我亦狂歌續其後。西臺入對者何時，首採斯文爰及詩。

讀桂林公詩

公詩藏松鶴樓，百三十餘年矣。天啓五年仲冬朔日，不肖若素始發而抄之，將梓焉。手稿還之樓上，勖宗子若坤世守之。

告老歸來尚黑頭，田間十有二春秋。暫登五馬驄先脱，纔落雙鵰弓已收。星野每騰中夜氣，天章尚在舊時樓。于今無以繩其武，他日胡然貽厥謀？

讀孝廉去病公詩

公手稿甚富，諸孫各守其一。丙寅臘日，不肖若素乞而抄之，起戊子，迄丙辰，三十一年間，無一字亡逸。紀之以詩。

落落孝廉三十載，天官汲汲不能官。干旌罔識澹臺面，袍舄空傳范叔寒。松鶴韻中多遠調，梅花氣外有餘酸。三千禮樂承光寵，依舊邯鄲夢未殘。『三千禮樂承光寵，五百英豪佐聖朝』，公夢中句也。

至靜山詩 有序

至靜者，若素從弟，曠世逸才也。初事著述，生來頗多靈異。暑夜有從帷外揮扇者，窗月微茫，見之；曉行，有兩人翼衛道上，兒童駭然也。其未生也，北堂夢金甲神送梁太子爲之子，無何，至靜生。將逝之前，至靜又夢金甲神五輩，以鼓吹幢旛迎，至静與之抗禮，坐五將軍之上，訂以行期，云其捐尊人之養也。尊人思之不置，捐山十畝，爲漏澤園，成至静未竟之志。山麓擬爲庵，以祀太子統，仍以至静之字字其山，庶幾山在則至静在乎！至静之前身在，則太子之後身在乎！其尊人，吾從叔，别號龍眠。

勒石巋然至静山，蕭梁太子有芳顔。皖公不是尋常鎮，楊子寧知第幾關？一去六朝文物減，重來廿載唱酬慳。此中公案誰能勘？前後身原不等閒。

從來至静者惟山，舍卻山尋至静艱。天半雨風君怒態，路旁卉草爾懽顔。琅函大展山千疊，鐵硯平磨水一灣。南國重來根器别，前身火熱後身閒。

後身端的勝前身，拚卻千年種宿因。地主人王經歷遍，宰官居士往來頻。雨餘徑滑團蕉遠，風際煙疏香火新。大抵四時皆一氣，鳴蜩非夏鳥非春。

楊樹灣

月影疏疏風力和，玉簫遥和女郎歌。西灣一路看楊柳，況是東灣楊柳多。

斷碑

一代聲名如斗山，斷碑千載在人間。雖然添改無多字，已落名家第二班。

與姚休那論詩

萬户通侯刻印刓，十年不敢拜公安。如何七尺昂藏骨，老大隨人學瘦寒？

從父舒江招同柱峯龍眠景濂中渡諸父及陡嶺岱輿兩弟賞牡丹兼訂岱輿芍藥之約二首

怡情堂下牡丹花，富貴于今第幾家？但得諸君俱善酒，一年一度不爲賒。

牡丹花下不須詩，縱使無詩花自奇。堪羡竹林情興勃，東鄰芍藥挤千枝。

汪百谷

字克下，一字上善。與同里方素心友善。

送方素心

送送不成吟，風光慘客心。貂裘分雨濕，潭水斷腸深。茅店荒山繞，楓林晚霧沈。天涯從此別，魂夢好相尋。

秋日飲方素心

白雪才名爾大方，蓬蒿仲蔚意飛揚。論交豈獨盟車笠，作賦還應貰驌驦。蘿月一丘浮枕簟，松風千樹灑衣裳。兹宵一話成今古，明日相思託雁行。

趙連城

字聖生，一字十五。績學攻文，尤尚行誼。每歲首元旦，立一簿，逐月日登記所爲，以考功過。數奇，屢刖，不及中壽。

贈隱者

千山圍一屋，滿目白雲飛。自食惟憑力，恆年不苦饑。萍鋪新水面，苔結古牆衣。莫下悲秋淚，霜林已賜緋。

別友人

爾我論交久，知心夙有年。韻分明月下，酒對緑楊前。麥湧田田浪，榆飄樹樹錢。春風催判袂，欲別已潸然。

方叔猷

字克壯。邑諸生。明經月恆公之冢子，予之婦翁也。少豪放，佻達自恣，獨與姚休那先生善。嘗目予謂姚先生曰：『此子異時必能任重致遠。』姚先生嘗爲予勖之。晚乃游于酒人，酒酣，議論風發，目無坐客。比歿，姚先生爲詩哭之曰：『對酒風生方克壯，此行如以酒還真。祇因不是中山酒，近日醒時憶故人。』即公之襟期可見矣。

所著詩，予猶及見其全集，惜天奪之，年及三十六而卒，内弟甫髫齔，遺稿散落，廑于姚先生所輯友人詩帙中得其片臠云。

題石大士

一切都非夢，石真佛亦真。有□□□□，無□豈成因？半夜法王話，千年童子身。區區説石者，何主又何賓？

校記

〔一〕壁　疑當作『璧』。
〔二〕掉　當作『棹』。
〔三〕磲　當作『蟝』。
〔四〕□□　原刻爲一兩字長墨塊。

龍眠風雅卷二十八

木厓潘　江蜀藻輯

錫山王仁灝時大同里方中發有懷參

白　瑜

字瑕仲。崇禎間歲貢生。好學有識量，博聞强識，品行皭然。初舉賢良，不就。繼以廷對稱旨，欲大用之，爲執政所擠，僅授雲南府推官，值艱不果行。服闋，補登州。甲申之變，棄官歸里，隱居大龍山，絶意仕進。方貞述公爲作七棠先生序，亦五柳之遺意也。卒年六十，學者謚曰靖識先生。

浮海南還

魯連蹈東海，田疇入無終。節義各有適，英名千載同。志士豈爲名？心如白日中。炤徹黑水底，餘光散成虹。憂來不可寫，怒濤自生風。風濤有時息，此恨長何窮？

哭汪皖公二首

詩酒交誠快，與君俱偶然。醉醒期自適，工拙豈須傳？世法已都棄，此心真可憐。暮年割愛子，腸斷亦呼天。

老友云已没，誰念我馳驅？化鶴終當返，騎鯨應共呼。公卒於蕪陰，近采石。至情兄弟外，白首海天隅。後死知何託，魂來一慰吾。時予將之官登州。

漫興

莫逐羣芳怨歲寒，秋風原自惜齊紈。孝經一部隨玄晏，白布單衣老幼安。交到暮年無可絶，酒雖獨坐亦成歡。閒閒十畝龍山下，不向清風賦考槃。

送方仁植撫楚

於今元老推方叔，仗鉞來威及壯年。雲夢已知吞八九，鯤鵬何但擊三千。雄風坐嘯揮長劍，明月中流敞別筵。蚤晚即傳殲賊報，大龍野老抱書眠。

五旬偕門人農父爾止密之江口客度

苦思少壯亦何爲？老去龍山舊布衣。潮落海門摇客夢，雲開霜樹弄晴暉。百年如寄已過半，十月嚴寒尚未歸。博得諸生稱祭酒，且將末契暫相依。

喜密之成進士

總角城東稽古堂，高冠長劍自稱狂。凌雲當日惟司馬，流涕今時又洛陽。海内讀書知有種，山中函丈亦生光。夔龍寶篆曾占夢，佇聽賡歌爾拜揚。

長至平原道中柬李繩抑年丈

漫喜陽回一線新，天南海北正愁人。饑鳥蹲樹冰爲粒，胡馬嘶風雪作塵。六琯有心迎暖候，三江何日問歸津？已知官舍寒如我，好共煨爐説隱淪。

方鯤

字夢名，號羽南。少爲名諸生，長而博極經史，尤精易學，得葉兼山先生先天圖學之秘傳，推河洛縱横之圖，以測古人制樂用兵之法，往往吻合。既，乃取繫辭八卦相盪程子加一倍之説，衍爲卦義，撰易盪一書，黄宫詹石齋、何侍郎玄子見而激賞之，以爲得未曾有。姚子經三爲梓以行世。先生與姚樞部戊生爲髫齔交，諸子皆執經門下，自號石門易隱。卒年八十，學者私謚爲文潛先生。所著有其旋堂詩集。

孫烈卿招飲賞月

秋風吹我衣，秋容忽已老。況值授衣時，歸與胡不早？物態令人悲，愁緒爲君掃。竹葉清如泉，菊花開正好。招我醉明月，夜永還傾倒。

夏日同趙五城遊石牛古洞

泉聲響絶澗，山谷何清幽。古木鬱蒼翠，好友相綢繆。洞深迷曲徑，溪環繞石牛。黄公昔流連，蘇子繼遨遊。勝迹杳難攀，孤韻獨長留。興來偶一往，月出若相謀。披襟夜生涼，對酒心何憂？梵音下林際，塔影蕩波流。萬籟忽已寂，曠懷無所求。歸歟聊可詠，來往任悠悠。

山寺感懷

疏林雨過氣清絶，科頭坐聽泉嗚咽。倦來新汲谷泉香，煮茗啜之望晴雪。男兒生不逢明時，莫向侯門覓相知。侯門冠蓋紛相逐，往來何人不朱轂？七尺骯髒氣吐虹，且學山中老涪翁。古洞清泉流不盡，長歌樂亦在其中。

晚　櫂

風急晚催櫂，驚濤起狎鷗。岸陰連雨合，山色帶煙收。鳥語前村静，鐘鳴野寺幽。如何歸欲速，燈火炤前舟。

旅寓感懷

杏花開欲遍，散步怯春寒。沽酒偏難醉，攤書不耐看。家貧勞客夢，老健覺心安。擾擾人間世，何妨訪大丹？

夏日飲榮園

主人臺榭俯漣漪，夾道層陰暑更宜。怪石穿雲峯斷續，蒼松蟠谷影參差。荷舒綠翠迷苔徑，花吐清香到酒巵。飲罷欲歸猶未去，開窗趺坐聽黃鸝。

雪　僧

禪定何須更掩扉？臨風卻自耐寒威。珠宫湧現頭陀相，瑶室光浮釋子衣。纔覺散花身業淨，旋疑杖錫月中歸。白雲片片嘗相護，彈指雙林柳絮飛。

夏統春

字元夫。宜黄令惺寰公第三子。生而岸異，年十三，補博士弟子。七試秋闈不見收。崇禎間，舉賢良，授湖廣黄陂縣丞。居官廉能有聲，直指汪公特薦補麻陽令。未赴任，賊陷陂，執之，聞其素得民心，餌以僞守。公怒叱之曰：『吾家世清白，官雖小，臣子也，肯從死賊反乎！』賊怒殺之。事聞，下所司議贈恤，會闖逆陷京師，未果。生平好讀書，爲人慷慨重名節。所著詩有碎玉集行世。

夜半過壩

河流據高原，水爲堤所障。不有以防之，其勢易奔放。客舟泊其旁，中虛乃得上。篙櫓無所施，桔槔轉相向。幸我束裝輕，行李無兼兩。登岸夜何其，村鷄猶未唱。衣犯五更霜，客抱空惆悵。

村暮

晚雲飛不盡，孤鳥去偏遲。樹密留人處，山昏欲雨時。漁歌歸別浦，松火隔疏籬。刈得前畦麥，朝來飯可炊。

西山

花殘春欲暮，莫負郭西山。野霽連朝雨，人乘半日閒。樽開青嶂逼，鳥拂翠屏還。留得謝公屐，年年共爾攀。

春雪懷謝中隱

雪滿荒城山可知，凍雲封處樹披離。階涵素影摇虚幌，峯斂寒容逼短籬。比舍翁邀春酒罷，隔溪僧至午炊遲。憶君清況應如此，不學袁安臥不移。

建德道中

風散空濛宿雨絲，客程今日不爲疲。蹇驢耳峻溪橋窄，僮僕肩敧石磴危。松逕陰濃行恐盡，酒帘摇颺到偏遲。老于詩律吟殊苦，撚斷霜髯尚未知。

早　泊

欲霜不霜天氣昏，作客憎客旅思繁。路險泊舟未及暮，囊空貰酒難盈尊。一林楓葉紅將墜，兩岸草蟲寂不喧。薄寒中人殊可畏，何日翩然歸里門？

初秋喜姚振先見訪

蔣生三逕屬初平，惠我良朋倒屣迎。曉起藤花鋪石砌，夜來山雨過柴荆。敢言俗駕無停轍，轉覺荒居不在城。尊酒何妨時一醉，蕭蕭梧竹又秋聲。

春盡偶閒

但得居閒不厭貧，晝長軒静款殘春。落花輕颺常過院，乳燕低飛不避人。寧獨善忘書懶讀？亦緣貪臥枕常親。年來薄穫無餘秫，對影多慙漉酒巾。

渡口阻雨

渡口風狂雨驟飛，且投山店坐燎衣。欲寬寒夜羈愁劇，莫厭荒村酒力微。灘會衆流聲入市，雲蒸千嶂濕侵扉。如膏春雨雖堪羡，無奈前途客去稀。

九江晚泊

斜風一葉入江村，臨水人家早閉門。翠鳥浴隨輕浪去，白魚取趁小舟喧。罏煙漠漠連天際，溢草萋萋過雨痕。最苦夜深鐘定後，短篷殘火向誰論？

道士洑

漁歌隔浦晚猶聞，煙景迷離向夕曛。樹直鳥棲峯頂月，溪清魚戲水中雲。幸無風鶴眠何穩，賴有霜螯飲漸醺。蘭槳又催天曉發，江花渚鴈各紛紛。

月湖晚泊

瘦笻輕屐暫徘徊，宕漾湖光樹色開。細草濳生疏雨過，危橋欲斷驟潮來。争巢燕子迎風舞，緩櫓漁人落日迴。寂寂芳洲春漸晚，青帘動處有香醅。

落　葉

半欲辭條半已垂，紛紛無奈晚風吹。非關蓂莢陰偏改，不獨梧桐信早知。山客掃來旋煮茗，佳人拾得可題詩。分明濃緑深深見，珍重明年二月時。

趙士先

字元振。萬曆間諸生。性至孝，鍵户淵修，研究性理，慨然以父祖相傳之學自任。追述先集，有永思録、晚研堂稿，孝思纏緜，鬱勃行間。尋入太學，高尚不仕，號辰石山樵。所著有毙園、蝶菴諸集。邑人私謚貞静先生。

蓮花憶 有序

無蓮而憶有蓮之時，其情傷。情傷而不容默也，于是乎詩。嗟乎！西園而有勺池也，勺池而有蓮也，既多歷年所矣，復于龍眠再築玉潄，使遠近一色。薛君孟常爲繪玉潄圖而以二美人居之。今事往景，虚恍如昔。夢賦曼聲，烏烏其能已乎？

主人爲園貯傾國，百花深處驕顔色。覓得芰荷種滿池，年年歲歲稱相識。凌波照影一勺幽，左顧右盼兩悠悠。明月飄飆香入夜，涼風披拂豔臨秋。壺觴四座歌聲度，宴賞渾忘新與故。枝低葉密巧扶持，渺渺無言薌澤慕。更向龍眠開野塘，玉潄方廣儼中央。羣峯崒嵂皆争勝，一水渟泓暗襲香。畫圖尺幅鋪生絹，菡萏影現光涵練。低徊流連聚如雲，繞堤緩步窺花面。本無情處最多情，漫道看他百媚迎。惟知樂在隨緣是，未審愁從何處生。描取宮鬟雙美女，笑對荷花嬌欲語。茗碗爐香几上供，並蒂同心訂幾許。物換星流幾度移，伊人宛在伴芳枝。勺池已廢玉溆竭，兩地花開未有期。空懷往事增懊惱，病骨支離對荒草。藕絲欲續倩誰聯？紅顏委謝青娥老。滄桑變易等浮塵，何須苦憶畫中人？蟭螟世界都成夢，九品蓮花佛座親。

庚午放後述懷

射策緣何薄，追思淚不禁。易消三載日，難遣一時心。南國空探勝，西窗仍惜陰。歸舟從鈍滯，羞返舊山林。

襄兒八歲初度又漢姪賦詩見贈酬之

童年看漸長，佛日照無私。初度爲浴佛日。何意彩毫彦，還將黄絹遺。詩書須早授，堂搆可重期。舊德于門遠，吾宗望白眉。

集西郭園亭

西郭偶乘興，園亭坐竹圍。樹梢黄鳥語，峯頂白雲飛。桐葉枝枝密，蓮花瓣瓣稀。壺觴行處樂，須待夕陽歸。

除夕又雪 時在圍城中

又雪晴難必，寒窗更覺寒。重飄書卷濕，倍促酒杯乾。命定愁何益？身閒意儘寬。夜深無爆竹，只聽柝聲殘。

白門對月有感

仍是西樓月，寒宵淮水邊。有情將孰遣？無夢向他圓。風冷簫聲徹，更深樹影偏。病懷憐久鬱，踴躍梵王前。

臥　病

臥起心情懶，晴窗耐索居。春光忽已暮，人事總成虛。凭几聊題句，拈毫懶著書。文園方病渴，誰復念相如？

浮山禮本師朗目和尚塔因懷先徵君

骨山秋晚現優曇，當日維摩幾度參。曾向林巒窮六六，更從雲水辨三三。金身殿裏圓珠額，丈六像，先君施珠。貝葉書中法寶函。賜藏，先君襄事。蹭蹬自慙龍是種，朗師有『自是龍種』語。欲尋殘局禮香龕。

自秣陵歸抵家藉花齋尚爲人所據感賦

只説羈棲不若歸，豈知歸日尚無依？家鄉乍到猶如客，舟楫雖離未啓扉。亂後一枝誰復有？貧來百事總成非。翻思白下居停處，愁看庭烏繞樹飛。

次韻答又漢姪金斗見懷之作

寂寞衰宗落魄同，竹林兩地悵途窮。青氈夜半慙王敬，甲戌民亂，予遭賊掠。絳帳春深憶馬融。又漢授經金斗。新寄瑶篇真大雅，遠貽紈扇是仁風。更兼松雪工書法，不信君才老桂叢。

前湖看菊

探菊沿籬傍水涯，澄湖秋晚老蒹葭。節過九日登雲暮，人尚他鄉感倍加。但得有山皆著屐，豈因無酒不看花？扶筇到處添幽賞，且賦新詩紀歲華。

下第有感二首

老我風塵半百年，名場潦倒興蕭然。況經世亂家無定，只合蒲團了浄緣。

秋闈五度泣長干，刖足徒嗟行路難。自是衰宗門祚薄，無人博得桂花看。又漢與襄兒俱被放。

觀助兒瓶梅

老我支離又見春，花前又喜一年新。吾兒解取瓶中趣，猶有梅花識主人。

覩玉潄芙蓉有感

秋山如畫映秋光，空憶龍眠舊草堂。十載未尋巖壑勝，芙蓉仍發在横塘。

初度

浮生又是一年期，白髮鬖鬖滿鬢絲。幸有庭前雙玉樹，臘梅香處酒盈巵。

張秉彝

字孩之，號拙菴。崇禎末考授別駕。少事二親，婉容愉色。訓子弟以淳謹，勿營分外之求。蓋大參公之家教然也。崇禎十五年，歲饑，爲糜于衢，所賑活甚衆，鄉里德之。以子英貴封翰林院庶吉士。年七十有五。生平不多作詩，其子杰口授三首，黄鐘大吕，古音渢渢，猶見大雅之遺也。

歸田述志

我性本恬静，輒爲外物牽。誤落塵網中，荏苒五十年。形氣因以憊，夢魂亦不全。思欲脱纏縛，謝此塵區緣。選僕得壯健，乘春耕瘠田。買山供樵採，誅茅葺舊椽。葵藿蔭後圃，桑柘羅堂前。同心三兩人，日夕相周旋。禮法既不設，臺緇復不鮮。讀書任意解，彈棋隨手捐。稇子拾橡栗，山妻治粥饘。策杖憩危石，啜茗煮流泉。洗心皈静業，長嘯揖金仙。焚香待明月，孤村起暮煙。寤歌動林木，幽興許誰傳？

同友人過五印寺舊址喜槐公卓錫初至

荒蕪南郭地，昔日有高臺。借問興者誰？香刹朗公開。紫衣頒闕下，白馬帶經來。畫棟凌霄漢，金像迴塵埃。劫火一朝起，崔嵬安在哉？村墟殘夕照，塔影落青苔。斯道豈淪滅？禪師得古槐。妙契人天旨，夙本龍象胎。誅茅搜故址，葺屋搆新材。雲霞生户牖，蒼翠藹庭階。潤蒙甘作雨，振聵吼如雷。至誠能動物，羣趨破蒿萊。皈依常恐後，陶鑄愧非才。

讀春陵行有感作苦桐吟

天高未云高，聽我苦桐吟。甲戌亂民起，乙亥賊騎横。殺人如刈草，百里不聞聲。四郊盡焚掠，巋然峙孤城。連緜十五載，無歲不稱兵。少壯離鄉國，老弱填溝塍。青燐遍原野，白骨積嶙峋。死者既不甦，生者更惸惸。異地不我顧，愀然懷舊村。歸來望城郭，涕淚滿衣巾。相逢皆鵠面，話久始知名。親朋寧有幾，十室九伶仃。野葛蔓露井，落日照山墳。資生乏長策，努力事躬耕。青苗未�上，符牒躡我門。官司教頻下，三稅一時並。豪吏猛如虎，鷄犬那得有？鬻婦免搒笞，含悽未忍云。得錢不到手，瓶罍依然傾。富人糴新穀，穀賤賈人輕。銀鉛互雜沓，還將活火烹。烹來減其半，捫胸自酸辛。猶慮生嗔怒，斂錢丐要津。嗟彼中澤鴻，嗷嗷向誰陳？豈無歡樂家，煢獨非其人。欲言不盡意，請讀春陵行。

光時亨

字羽聖，號含萬。崇禎甲戌進士。知四川榮昌縣。以卓異考選，賜對左掖門，略言近事之謬莫如撫賊，又言諸將野戰不講陳法，條對幾萬言。上爲起立佇視。除刑科給事中，疏陳忠鯁，多所匡救。會詞臣李明睿議請親征爲南遷地，公特疏參之，時上已咈明睿議矣。京師陷，墮陴，不得死，僅折臂，又覓死不得，南歸。馬士英等以阻南遷殺之。所著有素堂集、憂患集。

齊山孤眺

山齊石不齊，齊名何自始？字斷千年垂，煙寒四時起。奇不在崖面，幽寧争谷裏？登陟吐光靈，夕照入城市。攜琴聽湖風，來往吹未已。

西湖懷古

湖光何静樸，山色與逶邐。四時但一氣，日月空煙裏。迫閲無銓次，細窮領終始。倏然身若夢，遂令魂魄止。東南靈奥區，天地殫其美。俯仰百千年，咄嗟僅彈指。古人歌舞處，滅没成荆杞。不見吴山峯，遥隔閶門水。

丁丑寇警徵鄉勇守蜀榮昌城

中原多戰伐，披猖及孤城。虎豹有爪牙，所以威其聲。下令集丘甲，荷戈皆我兵。賊情變風雨，勿畏雷霆轟。死賊無死法，審處敢不明？清内防伏莽，禦外詳遠偵。更番休爾力，纖悉揣微情。守堞如一體，節節務相生。我亦有子弟，與爾稱弟兄。不用誇三略，惟祈堅一誠。至誠物所服，山岳亦爲平。定志安膽魄，夢寐毋自驚。

南樓誓衆

人臣既委質，食禄當不苟。受事令一方，此身豈我有？即遇管葛儔，尚須争勝負。矧今逢小敵，安能遽卻走？仰視頭上天，俯視腰間綬。我心如恇怯，有劍甘在首。讀書懷古人，夙昔恥人後。睢陽與常山，不成亦匪咎。瀝血矢神明，彈劍作鳴吼。

遣子廷瑞赴郡請兵

疇不喜言兵，譚虎輒變色。賊衆數萬來，聞者空嘆息。我爲天子臣，焉敢溺厥職？安岳業報陷，揣勢亦孔亟。汝年甫十六，何忍離父側？人生達義命，少小鍊膽識。我心捍封疆，汝亦志家國。小恩可不全，何用空悲晝？速出效包胥，忍辱甘匍匐。師來勿遲遲，往返七日得。我暫張疑兵，賊至莫我測。日昨發虛符，聞賊少挫抑。浮雲蔽西隅，陰房風雨黑。丈夫存鬚眉，豈徒懷嘿塞？愧我非智勇，猶能無懼惑。汝行勿弗疑，所期往必克。

庚辰冬再值寇警誓衆

去年戰城南，醎血尚未乾。今年再寇郊，從容理征鞍。登埤矢萬衆，繁憂集千端。妻孥出視師，奴僕環執干。閉門令束伍，司馬法難寬。擊鼓起暮氣，鳴鉦催漏殘。城外流水急，城頭風日寒。月色照霜甲，爲我壯胆肝。我民未半飽，忍辭粗糲餐？我民弗寧處，忍畏衾裯單？不自親鋒鏑，安知戰守難？願言圖剪滅，長驅築京觀。我亦爾軀命，勿復徒心酸。

揚兵卻敵

昨聞下新邑，今聞陷瀘陽。虎賁十萬衆，何事空戎行？艱難集田衆，慷慨諭多方。城郭衛爾身，囷廩裕爾糧。縣官爲爾帥，七尺亦相當。所難剖示爾，區區此肺腸。萬衆環戟立，屬耳領端詳。張眉指白日，噴血瀝秋霜。開門出巾幗，使我兵氣揚。人生勿憚死，馬革庸何傷？結陣郊鵝鸛，揚旌擬順昌。忽爾賊遠遁，爲衆數舉觴。田衆告成功，各歸事稻粱。

泣黄溢

天地亦云廣，一區空爾存。江北未返骨，江南孰招魂？羈棲不得歸，日夕悲恨吞。僅餘數莖髮，未忍全爲髡。留身將有爲，反負怙恃恩。干戈塞道路，況鮮弟與昆。荒丘生淒涼，蒿萊蔽孤墩。夜夜如寒食，燈火不復温。感此溪頭月，分輝炤樵門。遥爲禮河伯，鼋鼍莫亂翻。遥爲叩山靈，猿猱莫頻喧。恐驚雙親夢，益痛遊子冤。遊子冤莫雪，有冤那敢言？涕嗟忠孝事，千秋將何論？安得死親傍，永守枯樹根？

寄内

結髮三十年，別離恆十五。昔日別離難，今日別離苦。感子明月心，炤我同終古。不怨比翼分，匪嗟北門窶。我生蹇義命，王事徒靡盬。門祚多衰薄，那得封萬户？恨不從於陵，偕子學種圃。南園日以荒，春蔬不可取。蔓草彌空山，孤蒿誰與撫？二三僮僕散，羣兒靡安堵。嗟此七尺軀，莫歷九州土。朝驚飛鳥度，夕畏室鼠侮。耿耿埋青鏡，兩地浮雲睹。不敢尋歸夢，路恐逢豺虎。閉閣斂樵煙，前檐墜微雨。

示諸子

方我讀書初，慷慨輕七略。不傍李膺門，寧慕公孫閣？其如時數違，有懷多舛錯。昔人重知幾，何事競謌謌？匪同機與雲，寧嗟華亭鶴？惟念立身難，今也更非昨。羣兒負氣誼，所勖在静約。不見數尺羅，能下層霄鵲。祖父耕桑業，自我成零落。獨有架上篇，終古聚英魄。嘗存貧賤懷，富貴毋鄙薄。嘗凜患難想，居恆無躭樂。嘗念衣食艱，出入毋浪作。嘗畏人情險，寸心毋漫託。海内亂未平，聚散如隕籜。勿言善可恃，汝父亦不惡。念之愴然悲，此身何飄泊。所以古之人，不非黄老學。

懷姊

姊年今六十，屈指設帨辰。有弟不能晤，逖遠慙情親。豈曰骨肉疏？奈此羈紲身。嗟我作廉吏，令姊長食貧。嗟我搆禍亂，令姊倍傷神。吾甥寄書來，道姊意諄諄。姊猶欣我在，旦夕解眉顰。豈知寄來書，如語泉下人。憶昔一日者，爲我説來因。長大必壽考，王家爲賓臣。父母喜動顔，姊亦愛如珍。而今回首思，星緯總不真。家園五百里，隔在河漢津。陰雲夕夕秋，巖桃空自春。欲回吾甥緘，恐姊增酸辛。吁嗟同蒂花，飄零成梗萍。

三月廿日被執密作此詩寄授兒輩

東海之水何湯湯，我欲蹈之遠難翔。西山之薇不可食，我欲採之空太息。自古聖哲良可師，此身不死將奚爲？吾君吾親恩莫報，誰家誰國忍相隨？侍中血，常山舌，寄書友人先與訣。議無補，恨轉深，題詩血淚在衣襟。城頭城下與城中，一望荒煙吹悲風。吾志已決畢義命，擬承浩氣歸太空。

月闕獨坐

園小得匡坐，無人覺自幽。護花多購石，礙竹欲移樓。榻静常隨月，詩寒可敵秋。蒼苔深徑裏，落葉至今留。

秋夜聞琴

廣陵誰謂絶？餘調滿江城。落葉一何静，月明如有聲。動操羣鳥下，觸手孤雲生。我亦移情者，長歌滄海清。

别楊錦仙父母之蜀

未陟蠶叢路，逢君話遠人。片帆江上夜，三峽夢中身。薄宦皆如水，殊鄉憶比鄰。海棠香倘在，遥贈故園春。

皖江競渡弔靈均

騷魂憑不盡，角黍禮潺湲。是冰皆湘水〔一〕，何山不楚山？江空歌棹疾，風静芰荷閒。嘆息千秋内，深波落月殷。

西山碧雲寺留宿萬公房

秋山如静友，攝坐自清心。向壁領泉氣，隔林聞鳥音。竹樓棲影暗，松徑落陰深。咫尺帝城近，登高星漢臨。

署中偶成

寸心罕所適，荒署閒鳴絃。選筆删花譜，安牀縱鶴眠。吏愚閒案牘，官拙少周旋。欲學陶元亮，踟躕乏秫田。

秋夜同方五雲在虞胡子寧吳陶義飲士新勺園

散髮步西原，雲平澗不喧。甃泉秋自落，山翠夜忘言。坐迴情逾適，談深道自尊。枯藤隨手折，帶月掩柴門。

將之昌元別史館諸年丈

尋常較古未能寬，纔得登車事已難。同籍幾時身北面？一官萬里路西盤。玉墀香篆披雲近，劍閣芙蓉徹夜寒。此去眉山視仙草，遥知蓮炬滿長安。

入　蜀

三巴文教阻荒遐，此日飛流溯遠槎。笻竹杖頭秋色老，杜鵑峽裏月光斜。因多疑字思玄草，爲洗詩腸到浣花。安得輪檣無訟芋，海棠香滿萬人家？

因籌兵過妙高寺謁馮少師化身

石自爲供花自茵，鳥聲啼亂夕陽春。尋常紀夢多疑事，今日參山識幻身。香氣滿林烹白水，虚堂一榻倚蒼�。青龜古柏年如此，何必桃源學避秦？

預懷瀑松巖

眼前巖壑曠多期，矧復孤踪任所之。七載塵勞空有骨，一腔血熱自憐癡。赤松黄石知誰是？白馬青牛幻我思。安得煙雲收剪尺，常將瀑布濯鬚眉。

淮　獄

瓦縫參差蝠鼠飛，枕邊箕斗欲浮衣。百年國事恩仇壞，半世癡腸慷慨非。鴻雁畏人書不至，干戈入夢願多違。相逢問姓無相識，幸值窮交舊布衣。

贈休上人

亂光圍屋暗香穿，幾遺詩魂寄竹邊。予有此心難贈子，佛教如是好參禪。斷巖餘翠飛殘炤，小野新春碎石煙。所事茫茫誰足信？草堂獨宿意飄然。

山居雜詠

日下藤暉剛滿樓，兼聽壑水走箜篌。煙迷蕙谷遊仙夢，風亂香汀送客秋。暝寺霜鐘容鶴管，清林竹月引花搜。詩盟酒賦酣如此，攜手重尋洞口舟。

山居雜詠二首

高齋有餘閒，牙軸滿牀積。焚香憶古人，讀書深幾尺。

鑿池通山泉，流水何朝暮。因風蘋藻開，中見明月路。

食蓮

採秋須採香，食蓮須食心。食心勿云苦，幽香正耐尋。

素堂紀懷

户外蒼涼積翠通，饑餐明月立宵中。文章别有青山價，卻訝昌黎説送窮。

王夷吾

字爾須。崇禎間諸生。家于西郊之官莊橋，好古篤學，以教授生徒爲業。予兄弟皆出其門。性豪放，負氣慷慨，高自位置。詩文皆有名于時，當其命觴染翰，雖斗酒百篇，不足多也。予初學爲詩，先生實奬借之，今追憶少時諷誦其詩有如噩夢，僅記贈先府君詩一首。每過官莊橋，訪問其宗人，不可得，爲腹痛欷歔者久之。崇禎丁丑，以賊殺其母，與賊鬭，遇害。事詳郡邑乘中，不備載。

賊退後潘九莖過訪賦贈

主賓離亂孟春餘，偶爾伻來卻夏初。我已山中辭客舍，君仍湖上借人居。清晨楊柳鳴乾鵲，向午門庭繫蹇驢。沽酒淹留須盡醉，黄壚且喜未丘墟。

高日光

字合其。邑諸生。

山　居

避俗貪高卧，深居愛掩關。逢人惟命酒，無事祇看山。月小疏林淡，風輕野水閒。夜來常夢雨，處處響潺湲。

葉士瑛

字潛之，號瀛洲。崇禎甲戌進士。大宗伯曾城公之少子也。擩染家學，詩文皆有根柢。同儕遇學行可師者擇而後交，匪是則終歲罕見其面，侃侃如也。以恩選遊北雍，舉于南宫，觀政未及期而卒。公出曹峨雪太史之門，沈博絶麗，不愧臺閣，而未究其用，士論惜之。生平愛清潔，方袍幅巾，匡坐一室，無跛倚陝輸之容。登其庭者，比之郭林宗、米海嶽。所作詩力摹初、盛，不襲郊、島，惜少有傳者。

西山别業

結廬在空谷，非敢希園綺。愛兹山水佳，且未遠鄉里。歲時定省暇，囊書即來此。編籬借荆榛，拓徑除棘枳。檐楹有餘清，空翠到窗紙。幽堪鼓素琴，静復親圖史。面几即青峯，繞砌聽流水。恍見貞白心，如洗巢由耳。孤鶴司户庭，長鬚足炊釃。溪鮮既芳潔，山蔬亦甘美。披衣入翠微，置身圖畫裏。無計慰老親，一躡春明履。愧乏賈董言，猥蒙至尊齒。衆人志飽温，予意薄金紫。歸來啓柴扉，重見舊知己。緑葉長濃陰，丹葩發新蕊。銜杯手一卷，私心竊自喜。輯我未完書，事業母乃是。丈夫重功名，謀終盍慎始？

舒城道中

山行朝雨後，一路翠微天。烽火纔過眼，桑麻喜在田。人家春柳外，鳥語落花邊。了卻邯鄲夢，投閒問輞川。

都門留別劉湛六殿元諸同年

金門柳色動驪歌，早有西山爽氣過。自飫君羹鱸思切，喜聯仙譜鳳毛多。風煙不斷黃花戍，雲日常懷太液波。欲向龍眠尋舊業，鷄聲還與聽鳴珂。

何應珽

字搢之。方伯虛白公第三子。少善文，與兄應瓊同食餼于郡庠，讀書至丙夜不懈。久次諸生，以年資例得貢禮部，會疾作，未及行而歿。

暮雨

檐溜翻盆夜有聲，案頭燈火倍分明。雨來汗漫窗前暗，詩費敲推枕上成。抱膝自憐寒到骨，掩門終日静無情。時危祇合茅齋坐，不向人間浪得名。

白筠

字子皮，號逸岑。靖識先生之子也。天啓間諸生。少有雋才，覃心經術。甲申後，棄舉子業，遨遊四方。嘗之司空訪李溉林先生。方子竹西贈之詩云：『君到山城我曰歸，可憐明月各清暉。十年老友廿年别，一處征鴻兩處飛。翻覆乾坤嘉會邈，飄零湖海壯心違。皆因有母求微養，不惜塵沙染客衣。』其風期可想見也。竹西又言：『子皮耆學，篝燈宿粻，病盲者三載，遇異人授方藥，復有城南之遊。孝事孀母，曾負米爲母備後具而身先殁，可哀也已！』

楚中初度憶老母七旬將近剋期歸

年華何太速，客裏四逢生。不使主人覺，愈增遊子情。焚香遥拜母，計日好飛舼。明發扁舟去，江風瑟瑟聲。

雪後早發

乘凍貪朝發，冰堅嚙履穿。酒無一舍力，春有半江煙。母老惟求粟，才微願執鞭。年年攜襆被，不待曉晴天。

高座寺同無可師詠梅下僧

鶴夢何須到雪堂？珊珊還整舊霓裳。渾疑衛叔風前立，更訝荀郎座有香。薄命紅顏曾並蒂，多情白髮也生光。棲鴉正好南枝穩，不負樓頭一夜霜。

都克任

字子肩。邑諸生。青田令諱昌之曾孫。年三十，食餼于庠，常註易、詩、書三經。又善秦漢篆刻。

七夕

佳夕常年引興遥，如何此夜轉無聊？不知有鵲填空闊，但見流螢照寂寥。月落遠村人語静，涼生小院晚香飄。步檐幾度呼童子，指點明星看斗杓。

同友人納涼文昌閣

高閣層欄俯碧霄，解衣施簟坐逍遥。人來不覺涼隨至，話久都令暑漸消。何處清霜飛六月，時有所感。多年好瓦覆前朝。躭閒莫問興亡事，只當逢僧憩竹寮。

白篆

字子瞉。邑諸生。子皮之兄也。

客中聞布穀

忽聽布穀動春聲，喚起征途客子情。驢背西馳六十日，烏慈南隔二千程。少年悔不遨遊徧，亂世休教然諾輕。我欲捲書還故國，龍山從此耐躬耕。

何棟

原名永棟，字克上，號退齋。銓部嗇菴公之子也。天啓間諸生。試輒領軍，才名蔚起。善臨池，得晉人筆意。性豪俠，揮千金如涕唾。晚以吟詠自適，與二三老宿賡酬無虛日，有蓮溪詩稿。年七十餘終。

獨酌

小窗懸翠靄，檐際落晴雲。密蕊蜂穿樹，香泥燕啄芹。焙茶秋露碧，曬藥夕陽曛。獨酌無兼味，葵蔬入口芬。

訪山僧不遇

寒山無客到，破寺有僧存。數折入松徑，一籬開竹門。耕牛閒曠野，饑雀噪荒村。託鉢空應返，霜天煮蕨根。

從弟三江集飲

竹裏寒香臥老梅，移尊花下恰初開。黄柑摘取留青葉，緇侶追隨破緑苔。茗碗趣從魚梵得，詩筒興自酒杯來。殘冬倘發山陰櫂，爲掃柴關雪夜陪。

懷從弟方屏

池塘草色戀斜暉，鴻雁驚秋陣陣飛。夾岸漸愁荷葉破，隔溪猶喜藥苗肥。燈青墨榻詩瓢滿，露白苔痕屐齒稀。風雨情牽如過問，銜杯待月夜深歸。

胡如瓏

字木夫。崇禎中諸生。與兄子兑、即公皆負才名，而木夫性尤温雅，有汪汪千頃之度，士林以大成期之，年三十餘早卒。

懷陳二如

都人臺笠曳瓊琚，獨校蒲編閉石渠。一去弟兄同海運，幾回烽火問鄉書。迎軒花氣香無價，戲馬芳郊興有餘。早達長門買詞賦，千金寧不富相如？

送家即公之淮安

子參幕府赴淮陰，百計難牽頃刻心。萱草春秋歷霜雪，棠華南北自蕭森。庭空似水愁無賴，命在如絲老更侵。好學攀龍頻努力，莫將衰鳳起狂吟。

校　記

〔一〕冰　疑當作『水』。

龍眠風雅卷二十九

木厓潘　江蜀藻輯

梁谿薛信辰國符同里陳　焯默公參

馬之瑛

字倩若，號正誼。崇禎庚辰進士。授廣東陽江知縣。用廉卓行取，值亂，道梗，棄官歸里。順治九年，以江督馬國柱薦，起佐長蘆鹺幕，稍遷山東定陶知縣，潔己愛民，蔚有聲望。予嘗至劉家口渡河抵曹縣，距陶四十里許，道遇曹父老，問：『曹民安否？』曰：『噫嘻！曹何敢望陶？陶，天堂也！』詢其故，曰：『陶自馬公下車來，上官但以教下縣，胥隸不敢至；即至，亦怵令清嚴，無敢犯。嚮者，陶熟地，多加空糧，半爲豪右隱占，公爲豁減之。陶舊例，如里社挂總、村集椿木、駔儈雜税之類，歲不下千金，公爲罷裁之。夏鎮壩夫舊有協濟若干名，濱河夫柳富者脱而貧者倍，公爲請于上，釋免而釐剔之。陶天堂也！』吁！觀曹民之嘆慕如此，即陶民可知矣。公爲太僕六初公冢孫，早失怙，育于祖，代父養志，執喪盡禮，凡皆太僕公之教也。公口不言詩，卷帙盈尺，從不示人。予嘗乘酒酣微言餂之，則面赤墳起，謝無有。公殁後，始得秫莊詩集四十卷于叔子繼融之手，爲節録其什一。蓋吾鄉實學率尚韞藏，公尤深自歛晦，不賈虚名者也。

感念亡荆若在初歿

結髮二十年，柔順執箕帚。踰閾戒内言，端居不出牖。名閥類貧家，操作親井臼。常嘆生不辰，未及侍姑舅。純嘏喜方隆，堂上大父母。色養貴逮時，婉約從我後。盥櫛鷄初鳴，寢門問安不。緬懷太僕公，亦嘆爲佳婦。我幼頗不羈，落落牛馬走。飲酒可千杯，讀書期二酉。下帷倦窺園，經月一聚首。爲我設壺飱，爲我浣衣垢。肅肅禮法中，訾笑亦不苟。堺内肯烹雌，尊前懼叱狗。粧畢自畫眉，案至常舉手。相對敬如賓，耳語無喁喁。太息爲我言，閨閣貴貞守。中篝或牆茨，在梁或敝笱。副笄縱六珈，可奈言之醜？男兒正少年，努力三不朽。主饋寂無聲，不時藏斗酒。知我清白貽，黄金無一有。脱珥佐朝饔，交謫未自口。止泣臥牛衣，良璞行且剖。維時急小草，天末依五斗。園葵止勿栽，饋魚勸勿受。洗手自作羹，晨夕慰紛糾。生子方比肩，長者高及肘。嬉戲常怒嗔，熊丸和座右。嗃嗃約家人，動色不笞掊。氛瘴海上多，何意三年久？瓜期奉璽書，奏最報元后。擬徼黻佩榮，爰酬扊扅厚。妖夢起長嗟，占者曰多咎。甫病即支離，鴟鳴園内杻。異路從此辭，蓋棺正重九。荒服無良材，貍首愧廣柳。一命未及膺，薤露晞朝阜。姍姍來何遲，招魂殊不偶。繐帳懸空堂，塗車委荒莠。已矣難爲情，終身矢不負！

塞上曲

塞草盡燒荒，秋防已孔亟。募卒僅三千，兵法方部勒。偵諜託降丁，真僞未可測。暴風自何來？吹我牙旗踣。平安火不傳，吏士色如墨。殺人近邊牆，監軍猶諱賊。

税穀行

筭緡及舟車，關征久爲厲。抑末寓微權，五穀獨無税。一自秋場登，千艘憑鼓枻。天災動流行，有無庶相濟。加榷肇何年？史公丁丑歲。維公惠且廉，清風襲兩袂。但以兵戎興，偶出權宜計。本擬汔小康，榷罷關毋閉。未敢聞度支，正恐沿爲例。何意逮今兹，恪守如王制。私糴動經笞，闌出必追繫。使者自監臨，會計誰敢戾？持籌析釜區，汎舟依次第。賦斂雖有程，輸納實無藝。估客豈急公？求贏計纖細。緩急善持人，恫喝能游説。操艇自逍遥，我稼日留滯。鼠雀苦益多，催科求早貰。金粟不相權，徵賤乃其勢。立法本征商，農夫反受敝。履畝亦何殊，況當旱暵際？公庾頗告盈，毋乃非豈弟？澤未霈遺黎，利仍朘季世。寄言創制者，經久晝利弊。

長夫嘆

使者頒嚴檄，屬邑徵長夫。長夫何所爲？軍糗資轉輸。料民閱丁壯，遠役懼其逋。齎送責閭里，亡匿罪妻孥。各言軍法峻，未敢試微軀。臨發復前卻，恆聞吏怒呼。力役雖古義，歲不三日逾。調發越百里，流離實載塗。軍校少矜恕，責辦在須臾。我本良家子，蹴踐如人奴。日落冀得息，馬鳴更刈芻。大府憫勞止，已下免役符。恩命誰復阻？空繪流民圖。户口漸見少，井邑更就蕪。通衢莫敢議，監謗有妖巫。

農　家

晚禾喜秋暘，晚蔬喜秋雨。拮据各自私，天地誰適主？寒早禾既稀，婦子徒作苦。嘉蔬摘復青，改田藝作圃。

喜密之至匡山

所思杳無極，萬里藤峽陰。忽聞遊子至，已入廬山深。盈几皆貝笈，放歌悉商音。惟有彭澤宰，千載知此心。

示室人桂氏

抽簪非不早，僕僕復奚之？我行方自訟，女子未易知。何以佐晨炊？塒内有伏雌。歲暮當遠别，百物無一遺。惟爾安我貧，絣纑勉自持。布席禮金粟，精懇久不移。諸孫争繞膝，含菽代我飴。我常獨循省，僮僕私語時。夫人雖不禄，攝者幸亦慈。我生飽憂患，四十鬢如絲。食指日以繁，有田蕪未治。辛苦立門户，經亂無仳離。征徭井邑迫，行矣當託誰？關塞逾千里，未敢定歸期。歲時感霜露，采蘩湘釜錡。

故山

無邑無名山，邑遠山不附。丹樓自如霞，青翠若相赴。望望總不遥，惟我龍眠路。帶郭雖有河，沙淺不設渡。村煙上田廬，春榮敷草樹。時見樵子來，亦與香車遇。野徑入巉峯，平皋開廣圃。夾岸多居人，不患桃花誤。一從京洛遊，空令芳菲度。何處望雲峯？荒煙遮古戍。

寒蠅

秉質非歲寒，撓夢無昏曉。適從何處來？素絲汙其皎。止棘一營營，類聚旋擾擾。永謂炎風薰，寧計秋霜皛？氣候既乘除，撫翼非昔蟜。弱喪自依塵，不待麈尾摽。耳目雖暫清，生成更不少。

讀達夫詩達夫滄産也

常侍磊砢姿，才譽籍天寶。篋中人日篇，傾倒杜陵老。一出即名家，學詩何在早？佳句（杜寄高詩有『佳句法如何？』）至今傳，遺迹無從考。英爽鬱名山，風流委蔓草。後起有何人，大雅還共討？

出塞行二首

輕兵度大漠，日落黄雲集。軍壘壓敵營，月黑防潛襲。康居道未通，餽餉遠莫給。萬里乞援師，死生決呼吸。鋭馬如游龍，渡河不沾濕。東南塹已填，西北攻更急。風起忽揚沙，敵勢稍稍戢。夜半突圍歸，黎明及馬邑。吏士倖生還，驚定猶飲泣。越國非萬全，懸軍忌深入。但保玉關回，何必功名立？提師三十萬，主將好用多。鳴弓朝夕馳，前臨無定河。帳下無人色，帳内舞且歌。組葦約流澌，冰堅士暗過。轉戰十餘日，腥血横琱戈。殺人非所願，介胄恥言和。軍吏翻見推，刀筆恣譴訶。封侯誠已矣，其若戰士何？

讀鄭所南鐵函心史

筆削古所難，況在勝國史？嗟彼陳氏愚，好惡淆本紀。所以百載後，發憤習鑿齒。先生宋室遺，一命未及被。錢塘潮不來，厓門颶難艤。或溺亦或俘，天意可知矣。坐上揮公卿，忌諱慷慨指。灑血紹興陵，切齒宗室子。厚德侔乾坤，自視若犬豕。奮筆數萬言，言言皆力訾。書中力詆吳興以宗室屈。長跪白世尊，宋臣爲宋死。耿耿不可磨，臣心如此水。書成身可捐，鐵爛書方燬。世代幾興亡？汗簡猶未毀。呵護有鬼神，蛟龍爲之徙。先生恨既平，先生書乃起。謝子謂皋羽也。生同時，志與先生比。徘徊吳越間，其意固有以。設位弔廬陵，慟哭不能已。得士如兩君，誰謂宋運否？至性自天成，豈必衣金紫？維彼夏與留，早已聞風靡。

贈程丈

君住山中久，山中奚所事？吹火汲清泉，耕田驅瘦牸。村鄰兩三人，淳朴不識字。荷蕢亦相訪，濁酒時共醉。經年始入城，生平未見吏。繞舍種桐梓，歲久可爲器。白髮秋來生，冉冉老將至。非不念男子，多男乃多累。卜鄰每負君，避世良匪易。

書情

行散無名園，避人依土室。聊以謝譴訶，敢曰希高逸？邑里盛金緋，我獨下士秩。餘禄得幾何，復自渡江失。衰宗多男子，問字齊繞膝。存者六丈夫，所生乃踰七。天寒裁複襦，大布裂數匹。雖與名山期，安得婚娶畢？短髮固蕭蕭，晨興不廢櫛。悲來即作歌，積久亦成帙。霜下掇菊英，秋後收橡實。被褐更何求？負暄就冬日。

詠燕

羽族爾雖微，導氣亦能蟄。春至體始輕，雨迅飛偏急。舊巢留雕梁，翔集未嘗入。徘徊更擇楹，層累泥猶濕。趨舍豈無心？牖户欲自立。卻笑鳩何貪，鵲居暗相襲。

少年行

殺人邯鄲市，亡命赴漁陽。軍吏募趫勇，拔我列前行。牙旗朝忽折，敵鋭不可當。將軍迷失道，麾下盡張皇。躍馬挽長弓，辟易左賢王。論功推第一，衣繡還故鄉。天子貰前罪，意氣何揚揚。讎家不敢問，盡室反潛藏。閭里諸俠少，匍伏進酒漿。人生等死耳，不如死沙場。

定陶小邑人易爲豪成賦額畝不知自何年隱千七百餘頃額不可少乃加賦小民曰均實不均也予力釐之彷古井田法引繩丈算隱者盡首實所虚加者可削矣數年後能無復去其籍者乎爲之憮然曰吾以盡吾心已耳

兖州鄰徐豫，河濟流所瀦。作十有三年，民力甫得舒。屬邑陶褊小，城中百室居。任土昔定賦，萬頃猶有餘。豪强肆兼併，籍爲害已除。計頃十損一，則壤亦成書。富室避夫征，鮮民其勞與。河決常蕩析，賊至多丘墟。皆嗟九式制，不及萬曆初。我來百年後，經界法益疏。焦心獨荒度，尺寸未許虚。前驅無吏騶，暮宿必僧廬。疆埸稽舊畎，耒耜辨新畬。引繩億塍接，披圖萬井臚。原隰相裒益，丘賦溯權輿。田疇誰喜伍，法立始躊躇。庶土忽改闢，積巧乃盡祛。畝略增豪右，税實減里閭。税減耕自深，比屋漸有儲。雖增亦未增，按籍適相如。敢望輿人頌？因回使者車。兵使者督視屬邑，獨未至陶。但恐歲月久，抗法復恣睢。民事安可緩？平政即衣袽。

上林行

武皇上苑雄畿甸，外立周廬中幄殿。芻蕘有禁人行稀，草茂泉甘雉兔戀。一朝講武事蒐苗，千隊貔貅明組練。設旄畫地縱韓盧，先布長圍環四面。射聲只數羽林郎，生駒亦解騎宮媛。舉幟候人報兕來，至尊命中無虛箭。壯士争求殪獸多，圍場萬馬如飛電。侍臣皆進詰戎詩，行在還開飲至宴。相如諫獵屢陳書，武帳深嚴未召見。長技猶傳下大綏，散樂空勞徵近縣。君不見，射雕伏虎幾稱能，皮革羽毛翻不賤。

車上見

彼姝十五來誰宅？學抹胭脂髮盤額。駿馬能教柳葉穿，弓鞋不遺蓮花窄。引車入市簾還揭，雙轂深埋三尺雪。瞥然含睇一回頭，似笑書生衣百結。

看市中畫

千疊雲峯封積雪，投林寒鳥飛將滅。一幅輕綃數百年，宋末元初未易別。我欲求之惜無價，彷彿溪山都不差。自有天然一畫圖，歸家但坐龍眠下。

答隱者

軍府迎降先署狀，寧肯副車椎博浪？彦回名士壽偏多，子卿足下歸無恙。故國千峯可寄家，兜鍪原不妬袈裟。金陵舊恨空沈鎖，宰相新隄自築沙。國成誰秉邦離析，黨禍亦由君子激。林宗何必獨仙舟，賓碩纔能共複壁。烽煙幾載歷江湖，萬死全憑佛力扶。游子尚堪依母隱，仇人俱已仗天誅。素心自指井中水，任是波瀾風不起。入社何妨有白衣？誤人不信皆青史。我亦雲林學駕車，風塵翻令業因加。爲語山靈休見拒，從君還一轉蓮花。

罪　言

我昔解組粤江天，松楸急欲謀新阡。霜露奄忽近十載，三喪猶未歸黃泉。偏使災祥憑術數，遂因慎重成迍邅。時平已獨悲暴露，一聞風鶴尤顛連。不知禮教誰相尼，自慟便宜未敢專。誤人最是青烏説，龍耳牛眠豈偶然？君不見，賈人贅壻之孫子，馬鬣猶能祀祭田。

長安種花行

君不見，長安戚里好蓄花，園丁助長催萌芽。焙土卻防風暗入，冪窗尤恐雪交加。一朝淑氣轉南陌，姚黄魏紫何芳華。直令天工移節候，卻憑人巧鬬豪奢。紫絲障内翻新曲，白玉舟前舞落霞。俱誇造化予能奪，歲歲枝頭花可掇。詎知生意已潛枯，翻教本實因先撥。轉瞬繁華得幾時？敗莖殘葉徒轇轕。過客留連異昔年，主人惆悵恆天末。珠簾空捲幕空垂，甘井自智膏自割。試看種菊在東籬，節物相催獨願遲。秀色不因涼露改，柔條偏與歲寒期。淩霜陽月英堪餌，封土明年荄又滋。紓餘自飲天和足，遲暮非關人力衰。白衣但肯常相餉，任是飄風亦耐吹。

哭孔璋弟

别汝已久期汝至，欲商無限家園事。三喪未葬最關心，我擬松楸爲汝累。汝身原健汝年强，醫藥經年從不試。兒婚俱畢且生孫，四女獨餘三未字。亂後田園尚盡存，林間伯仲差堪侍。不知何故動攖懷，懽喜場中亦憂恚。常勸此非適性方，我别誰人復寬譬？我年略長身倍衰，柳質恆愁先隕墜。何期門户忽凋零，汝竟匆匆忍我棄。易簀即於陳饋時，視玲諸兒同汝季。自悲禄比嶺南微，不似前分慰汝意。永訣那堪無一言？相待鴒原在夢寐。

友人釀飲設樂感賦

春風花落紛如雨，夜吹觱篥朝鳴鼓。羽書城上自張皇，列燭華堂徵歌舞。十千斗酒偶成懽，短髮鬖鬖倚檻看。惟有梨園諸子弟，威儀猶許偉衣冠。

叛　兵

關西壯士金僕姑，三百汗血青驄駒。縱轡彎弓向城駡，椎牛釃酒奚爲無。不知虎符發何處，叫城未啓入村去。丁男被逐婦女悲，安得鷄鳴天即曙？

棄婦吟

空房張燈婦獨泣，車馬皆在門前立。上堂掩涕别姑章，還君聘時衣一襲。憶昔十五嫁君子，三朝拜堂六親喜。妾貌難比枝上花，君心還似溝中水。溝水東西無定流，青絲轡頭黄金鞦。尋常門户非君匹，須得盧家女莫愁。

曾孫晬日作示敬兒

囊在神宗己未時，我祖五袠鬢將絲。顧我煢煢九齡耳，捧奠孑立常傷悲。怡園惟課書多讀，絲竹車騎非所蓄。閒信于公久必高，賦如枚子偏能速。維爾之生歲一周，錦襦翠褓金鏤鎪。別業甫成年尚健，曾孫已見祀何憂？風木相催詎相待？薦食惟餘遺像在。當年膝上尚含飴，此日庭前多戲綵。我昔舉爾方壯時，爾之抱子亦非遲。孔釋敢云天上送？桑蓬亦向户前垂。湯餅炊成賓客至，攤書試指之無字。英物誰教温嶠知？阿翁初就張憑戲。萬里歸田已數年，洗兒無復得金錢。宗衰豈望充閭慶？身老先將主祏傳〔一〕。楚楚清揚差足喜，人生寧必衣金紫？但能分授十三經，莫問飯牛與牧豕。

定陶地近黄運二河額夫歲辦不敢告勞惟夏鎮協濟初止輸金尋復輸夫歲糜民間數千金者十餘年矣予引舊制請於朱大司空合邑惴惴謂必致嚴譴不意公利病久悉即報如舊制則公之大有造於孑遺也式歌且舞聊代輿頌云爾

自昔濟河惟兗州，厥土平衍無崇丘。隄防有時薪竹竭，井邑到處魚龍遊。河伯璧馬雖虔事，尤恃人力爲綢繆。由黄入運更淺澀，新河夏鎮控中流。或濬或築諸大役，歲發屬邑丁男修。陶丘相距五百里，畚鍤日下臺符搜。初止金錢助災患，後乃力役恣誅求。維時守宰争不力，迄今征調猶貽憂。健吏皆如石壕怒，單户翻甘土國留。工程卒歲方終事，争避公命如仇讎。痌瘝幸達司空聽，興革容抒小吏謀。輸錢以外不輸役，十人已遣八人休。符檄縣堂少旁午，耕稼場圃常優游。省謡既免石人懼，娶婦何必妖巫投？仁政當爲百世守，輿頌敢告東諸侯。

夜賚行

守臣告災六郡同，賜賑新恩出兩宫。已許丁男具筥釜，夜半忽聞城上鼓。襁負及城猶未曙，傳舍咸空使者去。爲問燈前大賚誰？偏是城中輕薄兒。

征馬行

衙鼓未鳴胥未集，驛騎傳旗叫城入。將軍昨夜宿吾州，綏轡平明亦抵邑。百隊犧牲萬束芻，主掾張皇怖且泣。前驅幸有壑鄰方，乘韋境上猶堪及。從者先容盡得懽，道傍長吏惟長揖。頻催征馬不留行，鄰邑今宵愁更急。

寄爾止

充閭欲叶商瞿願，常將弓韣爲君勸。遊踪經歲滯他鄉，翻令宜男姬抱怨。誰能好客客如歸，老矣常披舊布衣。荏苒漸忘何代臘，飄零寧辨故山薇？才名未易齊江海，葑菲何妨亦就採？莫待奇章來謁時，贄詩偏在人前改。

餉李仲臣疾

不見李生久，秋風夜漸寒。故鄉今幸達，獨爾未來看。墊薄酬醫儉，城孤抗敵難。掌珠何日合？抱病動長嘆。仲臣令嗣爲賊掠去。

望父老爲先祖所樹碑巋然魯靈光矣

舊圃依村近，豐碑似昔高。凶荒人必賑，裘馬族誰豪？社爲欒公設，鄉從魯相褒。數年雖賊過，未忍犯秋毫。鄭中丞瞻禮碑下久之。

喜弱息至

信至驚相問，江干果繫船。縫衣慈母線，埋玉茂陵阡。見面能無慟？焦心不記年。分離兵甲裏，骨肉幸都全。

山間雜作示友四首

散髮依豐草，風林鮮静柯。力耕癯莫勝，採藥誤常多。次第羣峯暝，參差衆鳥過。尚餘遺烈在，片石忍重磨？先太僕公碑在竹城。

石米半千錢，皆思萬曆年。野空兵大掠，人徙呰誰聯？植竹成籬弱，編桴試渡堅。燎衣薪復濕，寒雨暮山邊。

名園誰可借？別圃擬常過。適意非絲竹，縈懷止芰荷。宦情元亮薄，酒債少陵多。種樹何年長？吾衰鬢已皤。

笳滿江南夜，天如塞北秋。塾因將徙廢，墓及未崩修。譚劍羞榆次，坑降快杜郵。理生何太晚，種橘一千頭。

哭馮夫子

烏屋瞻誰止？龍髯望易遐。君亡寧就隱？國破自無家。宅列新栽柳，村餘舊種花。讒人猶未殛，目不瞑懷沙。

江程阻風

驛路將千里，風霜客自疑。附舟求就逸，衝浪悔乘危。市小儲蔬少，帆攲展簟遲。不如驅款段，猶可踐歸期。

旅中送爾止返京口

客舍相依久，秋聲又送君。孤舟從此别，哀笛未堪聞。有襪爲生結，無金許仲分。焦山還待我，亦擬擢江雲。

舟中

雨止風猶逆，舟人亦懶操。近江潮忽長，艤岸舫微高。野市懸帘晏，關征警夜勞。喧豗聽盡日，巨石激狂濤。

野泊

永晝惟高枕，長年倦拮据。那堪連日雨，幸有一牀書。避浪依高舸，尋庵入廢墟。最憐江口泊，晚食尚無魚。

飲鄧毓之舍

未秋先刈秫，斗酒爲余藏。往事思猶悸，浮生在轉傷。渡江同返里，警夜必登堂。落木紛紛下，天心漸欲霜。

返里旬日即逢初度二首

四閱庚寅揆，皆從海國違。猶能留室在，獨未見城圍。吏恕抽簪早，人憐受禄微。斑衣如鴈序，兒子塾中歸。

白露零庭樹，高眠擁舊氈。山留芳草徑，皇覽菊花天。麈尾常懸壁，狐裘數改年。傷心皆健在，遺挂獨堂前。

赴毓之招因步城外

常作俘人懼，江南共避兵。有才仍落魄，無恙幸歸耕。倚岸看新漲，移尊就晚晴。譙樓知不遠，戍鼓最分明。

過友人舍

暝色息羣動，人聲市忽虛。尊非沽得酒，牀有讀殘書。借屋如期燕，垂綸豈在魚？編籬何太隘？惟恐駐高車。

山行

地僻兵稀至，良疇近尚蕪。草深牛背没，河漲馬轞濡。問俗山中朴，求鄰野外孤。百錢雖挂杖，村釀向誰沽？

贈許弁

髯紫聲如虎，行間久識君。望塵知敵數，飲羽失鵰羣。養士皆經戰，投戈亦學文。鴈門烽火急，推轂故將軍。

贈姚休那

相國不復作，山林意轉親。笥衣無適主，園笋可分鄰。志校同鄉恕，詩編自祭真。道中誰守劍？是昔盜牛人。

寄來元成

一自投簪去，吳門不再過。孤桐淮甸阻，修竹越山多。讀易知憂患，傷時廢嘯歌。至今遺愛在，天柱共嵬峨。

過惟聖蘭若

高樹陰常合，窗開不斷風。繡旛存亂後，浄地得城中。月色三更正，秋聲萬葉同。玉簫吹未歇，居士住牆東。

過枚及

買山尋復出，山内亦風塵。塾啓收微贄，詩成質故人。身知學道健，家悔避兵貧。此巷居雖陋，因君俗更淳。

宿莊上

舊榭惟存礎，新篁已及檐。牖開風亂帙，庭淺雨沾簾。荇動遊魚過，枝垂宿鳥添。宵長偏易醒，攬幔月纖纖。

追憶李仲臣

昔在河梁别，憂君病益羸。餉分安邑少，書報秣陵遲。孤子雖趨塾，生妻自去帷。篋開先抆淚，人日草堂詩。

示兒

吾鄉雖古處，兄弟共居稀。念有老人在，兼之舊業微。因貧常得聚，無母更何依？但省原鴒意，誰能即背飛？

感舊

名郡多靈藥，從來可避兵。城方分堞守，刃已脅箋迎。欲死人翻救，雖歸獄亦成。悲歌何所向？島上弔田横。

王柯城移賀令即贈

才大無盤錯，南訛警漸平。櫂從三楚去，吏在九疑迎。民徙還依呰，商稀偶避兵。橘山奇絶處，待爾徧題名。

贈孔方訓

九域塵飛白，靈光亦廢垣。斯文天未喪，闕里檜偏存。古學兼高第，家聲即國恩。長身誰不識？奕世聖人孫。昌黎云：『孔子三十八世孫長身而白。』

曲　宴

客自先期至，杯從密坐寬。晚花微動影，羅袖獨知寒。明月高臺迥，清霜落木殘。遠山難得見，向爾兩眉看。

寄姚若侯給諫

拾遺非不達，三徑力求歸。老至猶人役，田園顧久違。書遥難即報，兒幼幸相依。一自投林後，危言漸見稀。

示日思方思

相送無親戚，孤舟未易回。極知江路險，故待汝兄來。舊帙休潛失，寒衣已豫裁。持杯毋再泣，翻觸暮年哀。

憶省齋

相送憐雙鬢，流光鬢倍殘。事忘須夢補，宦薄作遊看。告予身粗健，兒歸室暫寬。微聞新詔意，舊學憶甘盤。

唁爾止讀禮

好遊還似昔，遺恨果終天。寢疾誰嘗藥？奇温定廢縣。舊遊千里遠，多難一身全。指斥皆時忌，新詩莫浪傳。

邊詞

侍子催猶待，輪臺塹未成。名王秋好獵，壯士夜能偵。青冢傳宫怨，黄金致敵情。傳烽都上馬，十里鐵衣聲。

野次獨遊

振衣無定處，縱步信春風。小市數家接，雙塘一水通。犬聲茅屋下，人影落花中。欲挽乘軒客，心期恐不同。

示枚及

庾嶺雄南服，孤舟路幾千。君曾來茘下，我每臥花前。粵女跟常跣，猺人耳盡穿。春風停馬處，飲水亦留錢。

送南行者

左掖經過處，銅人泣露盤。可憐遊子夢，猶作帝京看。涼榻依僧借，新書就市觀。烹蔬皆自購，安敢累園官？

采石磯泊舟有感

憶昔龍飛日，鷹揚第一功。恩深三恪後，運盡百年中。天險猶堪守，偏師不待攻。雄圖頓寂寞，松影偃長虹。

寄里人

聞君新徙宅，種柳似牆高。試浴看皃長，呼芻節犢勞。挾書兒散塾，守箔婦成繅。春水塘將滿，憑懸舊桔槔。

送友南回

下詔敷求日，猶聞獨乞身。始知明主意，原不强留人。別墅花逾昔，歸程麥漸新。送君因自省，誰負故園春？

挽外舅次魯潘翁二首

丈人雖宦達，貧不減諸生。令子多猶聚，慈親亂失迎。聰明真太露，服食竟何成？生時頗好神仙。繐帳懸中寢，賓朋有哭聲。

同坦王郎腹，恩情異館甥。謂密之也。何人爲間阻？至死莫分明。旅殯歸難定，兒婚壯未成。百年皆有盡，荒誕是蓬瀛。

朱　甍

朱甍通碧落，邸第一時新。開國威儀簡，功宗燕賚頻。旅獒堪試獵，名馬不驚塵。優孟衣冠在，東來入使臣。

集方爾止潘蜀藻談詩爾止將有遠遊

已作河梁別，還從擲果車。避兵舟暫艤，卜妾揥方加。吾黨多高步，初唐幾大家。空檐風動燭，寒色上梅花。

偶　成

曹簡何煩假，名園任自娱。賈偏乘怒馬，俗尚祀妖狐。土人謂之狐仙。勝迹惟毛井，能詩止達夫。故人誰善釀？愁問酒家壚。

運艘

古制存民力，淮船未入河。卻因疏鑿久，益致轉輸多。吳楚千檣下，幽燕五月過。常平遺法廢，歲歲漕風波。

寄秋浦所知

本謂移家近，俄成失路悲。人因流寓賤，里自聚譁危。山秀銅官冶，魚肥太子池。閒來盤石上，濯足畏潛知。

閒作

漸悟窮通理，何妨我法疏。閒情寄花鳥，鄉思及茶蔬。堞曠宵愁守，樓卑暑畏居。牙籤雖較溢，中有未還書。

贈于丞

將母趨微祿，才名渤海聞。幕依王主簿，坐異孟參軍。晚出常徒步，齋居偶賣文。報衙今忽早，訊牒長官分。

追感

秦督潼關一失機，坐看賊騎兩河飛。連營禁旅登陴散，列省援師入衛稀。寧鎮貔貅當北撤，鍾陵弓劍可南依。不知國計誰相阻，空對雲山慟落暉。

與左三山侍御談次偶成

蠡湖甫別圖經驗，牛渚方通歷數終。讎至父兄寧忍共，議關軍國敢求同？亦知有徑歸元亮，自信無書託子公。時事既更文物改，誰人還識舊時驄？

王幼公得寶應司訓

薄禄何如一逮親，知君强仕本因貧。從來淮水興王氏，此去揚州作貴人。甓社蚌光聯曉月，射陂鶴背掠秋旻。東南佳麗稱兹土，不必抽毫賦洛神。

金陵懷古

建章宮樹晚淒淒，木末亭前積甲齊。狎客詩成新綺閣，相公吏散舊沙隄。晉人遺事多江左，李氏家聲墜隴西。冷落狹斜諸女伴，采蓮不敢到青溪。

懷包長明

二月歸舟別小孤，至今音問隔江湖。建安名士餘龍尾，沛縣功臣半狗屠。曉漏催紝黃浦布，高秋先納鶴沙租。東吳饒有葫蘆種，陸子曾攜入洛無？

賦答友人

室遠誰能命駕勤，僧廬伊邇故期君。吏呼偏自春疇怖，邊警潛從客座聞。惶恐灘中文信國，浚稽山下李將軍。何言當日家皆破，青史於今必有分。

寄方爾止

客居難得草堂成，又向寒江欲戒行。且載老親歸舊里，還將荒畎募春耕。依人終有登樓恨，授簡翻虚賣卜名。君愛杜詩憑取讀，惓懷何限故鄉情？

偶遊

秋聲纔遣小車遊，新黍知君尚可謀。病後故園容抱膝，愁中明月畏登樓。竹松半剪猶侵徑，鳧雁羣浮不避舟。欲使荒疇今盡墾，勸農先拜富民侯。

晤何次德即留小飲

牛車載藁禁城過，神武門前雀可羅。此日舊遊名士少，君家賜物御書多。入朝江令青谿宅，懷古劉郎西塞歌。蒲黍來朝看節序，秦淮燈舫近如何？

辭辟上馬督府

野浦霜寒衆荻鳴，挂帆小艇御風輕。廛中白袷皆卿族，江上青山是客程。禄似曼容常願免，名非枋得亦催行。獨憐井邑多災苦，寬貸煩公緩二征。

即事

專閫將軍又渡江，平林新樹碧油幢。師行十里稱持重，諜散千金誘受降。牧馬秋原分鹵獲，椎牛山郡乞封樁。不知楚國諸耆舊，一犒還須璧幾雙？

懷古

鍾山虎踞接龍潭，誰道金埋王氣含？神策既監軍始横，南陽不問吏尤貪。强藩茅土容多請，秘閣絲綸許獨參。一自景陽歌罷後，無人烽火隔江探。

懷王子璵

江關舶税月逾千，奏記惟君力請蠲。病起即登看蜃閣，宦歸僅買載書船。每逢國諱臨郊外，欲報親慈跪佛前。猶有鄉園遺烈在，冬青潛記舊陵遷。

呈何省齋

相國諸孫少好奇，輶軒偏喜載鉛隨。兩朝制作君家事，一代文章帝簡知。豹尾車過常獻賦，鷄林賈至獨求詩。遥聞院吏私相語，彷彿端明視草時。

記聞二首

薄遊天末，南渡事一無聞知。投劾以來，間與客語，始聞所未聞，因悉次之以律。

樞密維揚代治兵，歸朝僕射各班迎。馬以定册功還朝，史代視師。山中宰相書初至，阮時居祖堂寺。幕下參軍計竟成。宗室朱入幕。幾載赭衣徒有恨，滿廷革履盡無聲。寶刀夜吼朝須試，先試橋門太學生。時捕吳次尾等甚急。

熒惑光芒掃御屏，華林酹酒勸長星。八風肯作欽明舞，三日愁看僕射醒。主器至尊酬擁戴，避兵文母報居停。太后新自豫來。一時鵲印争承寵，不辨彎弓不識丁。

漫興二首

艨艟日道守黄河，刁斗無聲任諜過。灞上軍還空議戰，會稽使遣未求和。舊招猛士封侯少，新附降人入侍多。辛苦督師誰與應？書生誓死不投戈。

播遷誰實誤乘輿？纔出宫城衛士虚。雙闕獨沾遺老淚，千官分侍貴人車。會稽邸内新垂綬，光範門前幾上書？不是王師飛渡早，江南黨禍不輕除。

室無長物呼者盈門誰云吏廉可爲乎然亦未敢悔也

醉抱離騷揖酒徒，春山安可負蘼蕪？端溪憑載多搜硯，合浦能還幾去珠？展墓三喪愁未祔，避兵百口懼將俘。殷勤使者徵求急，長物今來一簞無。

讀爾止詩卻贈

嘉遁惟君志獨堅，盋山自校十三編。帙分便可成年譜，梓授還須待俸錢。偶向鄰封看渡虎，每逢春暮拜啼鵑。唱酬別有餐霞侶，未許雞林購一篇。

送錢亦友之曹州 時與王暟文同行

杯酒諸藩盡釋兵，旅程無警送君行。蟻封試騎同王叔，犢鼻當壚別馬卿。雲起岱宗碑就讀，館鄰稷下座常傾。耦耕濟北逢予友，何限嚶鳴萬里情？

山家

春風曉日歇鳴鳩，芳杜芊芊徑轉幽。野澗援蘿猱偶聚，荒畦撤棘虎羣遊。砦平猶有頹垣繞，客至方將舊幘求。我亦草堂思小隱，故人未見寄貲修。

惟聖擬歸山居

卓錫秋雲問所如，欲安金粟必精廬。秦山自聽幽人擇，漢綱惟于老衲疏。溪静藥苗乘月採，雨過菜甲帶煙鋤。前楹多種芭蕉葉，待與懷師乞草書。

雜作三首

分閫無如黄鎮鋭，師貞移赴荻江招。誰沈北固千尋鎖，不上西陵六月潮。景略心猶存晉室，子山家尚在南朝。一開告密多收捕，夜夜青燐遍内橋。

恤緯無人不隱憂，猶將罪己詔潛收。移宫脩怨先翻案，定册論功盡許侯。内地止聞添禁旅，上流空自忌江州。試看堂阜三薰沐，誰祝君王記射鉤？

燕去還存舊草堂，北窗引枕即羲皇。敢云白社尋高士？差並黃冠老故鄉。小婦止爲司饋聘，衰宗多自遇兵傷。横筝休唱開元曲，鶴髮宫人欲斷腸。

示友

漢殿每逢佳節至，千官酺集午門前。祝釐温室班隨仗，禱雪齋宫樂撤懸。原廟忽遷諸帝祏，遺弓僅祔舊妃阡。茂陵寂寞驪山伐，銀海金鳧更可憐。

古塘

不到郊西歷歲時，忽驚土木肇淫祠。令威敢信求仙易？伯有原爲立後遲。蓀壁未昏還拊鼓，筵篿任客自稽疑。翻憐前代功臣像，荒草高臺廟享移。

感作

五夜微行勢已危，世臣猶令守閽辭。元妃自請霜絃懫，貴主親揮血刃悲。下吏百官輸犒薄，勤王諸將渡河遲。宫車即使圖還早，侍從先愁馬力疲。用張堉事。

金陵雜感

煌煌玉牒本分明，捧日何勞定策爭？切齒同朝多異己，快心天子亦門生。大權欲久先通內，秘獄雖成適召兵。無限恩仇皆代報，受降原擬一箋迎。

南郊

祠官祀典肅南郊，爟火宵明豹尾交。雍畤瘞埋陳木駟，江淮包匭薦菁茅。靈旗晝斗秦風誕，秘祝移災漢史呶。九奏既終鳴蹕遠，都人臺笠望雲旓。

漫作

春晚原期即附舟，東籬短褐尚離憂。倦遊益自慙偕計，左授何如許乞休？蟋蟀影寒霜下月，梧桐聲減雨中秋。茂陵女子無心聘，切莫懷疑賦白頭。

偶成

官制頻聞輦下更，兜鍪出牧尚專城。諸藩歲犒留常賦，萬里軍機授本兵。貢舉漸淆愁法變，逃亡益峻激廷争。魚鹽以外非吾事，使節雖過亦不迎。

別無可

南朝古寺盛威儀，結制偏鄰正學祠。才子自來知事佛，高僧無不喜吟詩。客歸行者收茶具，院静袈裟挂樹枝。鐘磬堂中燈火夜，惺惺惟懺少年時。

樓船

樓船將發詔重催，使節新從諭粵回。事涉禁闈無史筆，地鄰豐沛盡卿材。朱厓颶起舟難渡，錦石春深瘴未開。但恐功臣銅作柱，伏波終不畫雲臺。

山晚投宿

空山煙樹漸歸鴉，悔不前溪早駐車。野碓自能舂橡粉，樵風偏易落棃花。鐘聲縹緲雲中寺，鹿迹分明雨後沙。欲學烏衣堂上燕，飛棲處處可爲家。

挽沈□□開府[二]

纔泊東吳萬里船，青衣軹道上降箋。老臣厚禄身先殉，小邑重圍守未堅。陸子空傳黄犬信，謝公難度白鷄年。向來國事相稱許，何日生芻拜墓前？

弔古

王風初降黍離離，舉觶偏忘在莒時。萬里戍煙横觱篥，千村寒女廢機絲。東山猶奏期功伎，丞相常圍瓜葛棋。此日池頭誰灑淚？大酺惟有樂工悲。

示諸兒

白髮初看易愴神，燕居爲爾著綸巾。豈無玉璞頻題石，莫把金根妄改銀。畫荻未堪思往事，落花差可悟前因。江潭我亦行吟客，遲暮何曾怨美人？

呈客

花發方知二月春，柴關竹徑盡生塵。仲翔久已無知己，叔子何嘗解鴆人？稽古不勤悲歲晚，葬親獨儉慟家貧。誰將封事裾還引，災異新聞册大臣。

挽　詩

曾阻中樞浪出師，横挑强寇羽書馳。國危誰請圖遷早，事急方言用子遲。受命獨於兵敗後，全城偏在敵增時。如公大節難更僕，此日人纔一二知。

過張子猷舊居 甥幼竟礨矣

因君不到酒壚邊，每憶風流動泫然。重見蓬蒿開故徑，尚餘楊柳似當年。素車誰是生前友？薄業惟存郭外田。最是斷腸霜露久，孤墳還未卜牛眠。

過大羅菴贈與疏届遠兩上人

疏林忽度遠鐘韽，無著天親共一龕。幾次瞻依傾悍賊，獨留松檜護茅菴。鹿馴講座呼常至，泉涌香臺煮更甘。清磬數聲催入定，西來大意静中參。

眾　謁

三年重入皖江城，城内居人尚未盈。卻笑王孫先白鬢，敢如馮子忽青盲。松舟暫繫誰懸榻？箬笠常攲自正纓。欲署逸民愁見譴，舊時官閥備書名。

期　遊

積愁惟有遊差遣，幾日春光變柳條。村舍牛羊歸牧晚，獵場狐兔逸圍驕。山迴孤嶂深藏寺，溪匯諸流驟溢橋。猶與江南風景似，知君乘興不須招。

甲午初度在滄寓作先祖以御史視長蘆鹺時予生於燕署

初度問予皇覽處，桑弧原就邸中懸。偶將蒲柳餘生數，亦在魚鹽小寓遷。已佐司農捐薄俸，誰爲京兆表新阡？先太僕公未卜一抔。蕭蕭白髮休嫌早，晝夜平分九十年。

宋尚木以新集見貽兵艘旅泊未及趨候爲悵

貔貅千艇擊冰過，萬里蛟門盡倒戈。尚木從大將軍入浙，平舟山返。帳下亦招諸劍客，集中更續古鐃歌。受降始嘆兵容盛，飲至惟言廟略多。欲向仲宣還借問，從軍苦樂近如何？

招　友

丱兮城下春方啓，武帝臺邊月自來。治行尚推龔子卓，詩人偏數達夫才。河澌沍雪官艘阻，獵騎爭鮮畫角催。此夜剡舟如見訪，敝廬將近勿輕回。

憶江南

花飛已在暮春先，樹樹黄鸝與杜鵑。到處詞人攜錦瑟，有時遊女墮香鈿。戴顒肯阻雙柑興，工部曾傳再拜篇。此地自來何寂寞，鶯鳩乳燕滿林前。滄無黄鸝、杜鵑。

自滄抵津皆先大父視鹾地俯仰今昔感慨係之

司農鹽鐵漸難供，讜議賢良未見庸。三命粥饘思我祖，百年桑土賴神宗。泰壇常毖銅人戒，岱岳猶辭玉檢封。縱使甘陵爭似虎，垂衣何疏不優容。

放歌

舊遊零落今如何？一喜一憂兩鬢皤。簡書人畏我亦畏，婚娶子多孫更多。馬牛且應漆園叟，弟妹獨悲同谷歌。秋後平安信不至，側身南望愁黄河。

予昔吳遊同門張環生令武進誼甚篤愴然有懷

琴堂君獨爲予望，幾度書來始一遊。饑似淵明何必諱？食惟仁祖不妨求。各天風雨三年別，古寺鶯花兩月留。此日鄰人未吹笛，山陽猶自淚恆流。

即席漫占

高城擊柝飛晚煙，明月在地亦在天。客至因有看花約，官貧寧無沽酒錢？詞賦技小動千載，南池以杜名。疏瀹功堅難百年。人生聚會行樂耳，别後相思徒惘然。

無題

朝罷常攜衆嫭行，綢繆名士悦傾城。小垂手接大垂手，前緩聲催後緩聲。戲折桃花留呪面，教馴鸜鵒倩呼名。燭煙香篆珠簾捲，太守唐書漸易成。

朝城陳公贊化向令予桐惠人也距今三十餘年詢其里人竟無知者爲之志慨

我生備見諸循吏，豈弟惟公政更平。祠下幾人猶墮淚，碑陰當日亦書名。掖垣大節歸尤早，盡室長齋果自成。故里此時無一識，啬夫留葬有深情。

示兒

敢如花石平泉記？漫擬松筠給事莊。別業自應依古迹，畫樓翻不稱山房。酒旗市近能求夜，蔬圃渠通必傍塘。數卷圖書容膝外，蒲團須足奉空王。

都中友人長律見貽步韻代簡

草堂常晝掩，雙鯉至江南。落拓憐同學，浮沈問寄函。食貧惟尚儉，習懶遂成憨。客路憂懷璧，君恩免負擔。經年玄閣秘，一枕黑甜酣。夕浦潴時泛，秋嵓雨後探。焦心天旱魃，抵掌吏廉貪。奉倩常悲婦，延之豈易男？繁纓皆短袖，繡韈更垂髫。看竹過鄰苑，烹葵宿野菴。氈青殊足慰，衣白復何慙？曾遇危礁颶，旋揮瘴嶺嵐。聲名荒服陋，典故漢儀諳。久願駑駘老，兼愁麴糵躭。陳情如李密，問佞恥顔含。物態門前雀，殘緣帙内蟫。吴宫埋蔓草，晉室誤清談。質愧侔蒲柳，材誰似杞楠？華予名第五，不慍己無三。管帽方裁皂，陶輿舊是藍。種瓜開别圃，洗藥近澄潭。客散因彈鋏，饈捐莫淬鐔。采芝賡綺季，岐麥慕張堪。谷口青菰飯，遊人碧玉驔。鷹颺饑始附，虎乳怒尤虥。製芰孤臣許，茹荼棄婦甘。狂奴猶故態，此子亦新參。澤潞烽初舉，荆舒亂正饞。乖厓聊自況，嘍啫且須涵。循省生前業，皈心禮石龕。

和姚休那自祭詩百二十一韻聊以述懷

中天萬國衣冠會，憶是神宗恭己時。我祖受知繇赤縣，至尊常許進青規。埋輪貴戚投簪早，執簡貪汙解綬遲。褰幔爾時無墨吏，省風到處毁淫祠。瑯邪郡内方行部，御史臺中正誕岐。先祖出按鹺政，予生於燕邸。每以平反邀母喜，止留清白可孫貽。羣鳴燕市驚鶗鴂，千仞吴雲謝鵔鸃。槐柳恥齊和氏宅，芙蓉聊擬習家池。閔予少小遭多難，有弟伶仃共百罹。三世四人炊火慮，隔年雙殯蓼莪悲。鹿車坐膝忻相慰，鷄骨空牀泣自支。里社詎爲孺子罷？高閭翻令邑人疑。夐夐豈曰無同姓？了了端能不好戲。席接華生旋待割，園如董相未經浦攜笻看落鶩，齊山枕石聽鳴鸝。兩螯倘得杯浮卓，三弄還邀笛奏伊。堂處久知焚漸及，難成左顧龜。宗慤片帆風浪裏，皋通一廡大江涯。味同鷄肋真堪擲，路過羊腸更覺巇。秋捕平原弼，督責新行相國斯。虞子果然無弔客，坡公總不合時宜。灘生空泳雙飛鵜，印鑄慟羊皮。計偕奏最方高第，洛朔傳聞有異詞。孤櫂畏衝千峽險，輕裝笑度萬峯巇。儁廚忽隕淚，體因運甓便成疲。故人頻枉臨邛駕，邑子誰爲定國私？薏苡半車疑象齒，庡庌廿載葵。舉策愧還數御馬，省謡忻未謗裘麛。颶來海上雲如墨，瘴起山頭草不薙。夢到思鄉常腰折微嫌小吏卑。下下道州先自考，平平定遠竟無奇。三秋寡婦懽遺秉，百畝公田懶樹公門下登真幸，蕭傅闕前署勿辭。竻竹漢江偏叱馭，梅花庾嶺獨牽絲。才迂敢厭專城陋？生產更難治。長纓猶切終童志，白水何期仲妾知。憑籲鴻文三策就，遥瞻翟羽五雲移。李懸磬室，圖遷那得渡江貲？治兵孰肯遵程尉？殺我誠愁是太師。從此鄉園通洊亂，遂令吹？已恨頭顱良偃蹇，不禁戎馬遽流離。戍樓宵徹村村火，春墅燐荒處處犂。效死竊憐逆孤身嗟集蓼，飛棲數匝嘆無枝。先祖見背，予嬰虎口者數矣。舊氈幾屬偷兒有，寒谷誰將短律談時最解頤。飯犢深山朝扣角，篝燈小閣夜懸帷。紉蘭休羡荆州橘，種竹寧殊蜀郡榿。橫懼卿慙長，客難何妨否復唯。生事一肩供俎豆，文心萬頃浄琉璃。孫登縱達隨箕踞，匡鼎窺。揣摹記室三都賦，上下黄初五字詩。犬子當爐惟犢鼻〔三〕，孟公自況只鴟彝。家聲恆廈傾瞥見木能楮。粤還寄廡池州，時左兵、北師争下。神州蠢爾皆多事，天下繇兹莫可爲。周室東遷因徙洛，宋家南渡幸留磁。雖捹山後憑飛血，猶冀淮南再卜基。惜也鋤蘭專服艾，傷哉種豆轉爲萁。中書饒貯斜封敕，宰相都同没字碑。令尹但思求蔡佩，孟明毫不愧殽尸。謳歌頓忘吾君子，開府偏酬謁者兒。詔獄株連悲范博，江潭摇落怨湘纍。臨春豔曲競翻樹，羯鼓名園總號梨。廊廟但知同譏笑，關河誰與問盈虧？全淮列鎮旌相望，小隊揚塵轍即靡。百雉莫能九解守，兩軍僅得一旬持。師行未敢鳴刁斗，圍合纔令布蒺藜。房琯古圖迷八陣，韓原戰士奮三施。王師時謂爲南復仇，嗛南未報之也。帷中秘畫催遷蜀，塢内金錢類築郿。面縛行間俱管敢，身捐江上僅桓彝。黄大將軍死事。寢園盡撤增荒草，社木全刊止廢壝。易服忍看李若水，從亡惜少子家羈。共歡曆數移丹穴，始信驅除借赤眉。追迫不清丑父飲，救遲未擊信陵椎。義均袍澤矛空作，鬬等鄉鄰髮莫披。倏忽竟更新節序，依稀不覩舊威儀。眼前陵谷全非故，身外浮雲詎可期？争瘞爾知誰夢醒，卜居我欲問龜著。但憂下濕田難墾，尤誡高堂坐勿垂。薄禄既殫仍衣葛，敝廬尚在且誅茨。陶潛甘就潯陽隱，徐廣寧辭晉室遺？頗怪雉罿尋密施，卻聞鳳德又將衰。臣年方壯還無似，客語俱佳未敢訾。燕故依人猶舊棟，鷄皆作饌只空塒。他時致餉公忘少，今日乘騎叔不癡。門闑果應羅有雀，家貧寧覓酒如泜？慵書咄咄深源字，最愛汪汪叔度陂。搶攘幾邦爲樂王，陸沈誰處乃安轙？沈公不與何公似，馬氏難將陰氏比。曝日喜分田父暖，御風期託庶人雌。鞠凶至此生偏值，夙業伊何願每畸。聊以役車休蟋蟀，試看和轡促崦嵫。東陵瓜熟侯安在？北郭薪多負亦罷。世事通都驕魍魎，浮生永夕證菩提。焚車悔靳比鄰借，出獵愁逢醉尉欺。遠道懷人惟撲滿，荒年計口各蹲鴟。久無坐客羞文舉，擬把琴聲學孝尼。半豹甫窺才遽竭，一流將盡色全隳。褚淵洊錫貂蟬珥，江總重居獻替司。蚪篆分曹同載筆，馬醯初酎共調鼐。遐方遍遣崇班撫，逋賦嚴催健吏追。隸籍二庭多甲族，酬功五部悉名姬。見知騄駭刑書峻，放逐專憑廟筭慈。謬想明堂開左个，屢勤天子下前綏。無雙漫道曾推信，一足徒云已得夔。老我于茅凭澗石，避人秉耜理春耔。座容逆旅常争席，法倩高僧偶説棋。鬢漸向蒼緣作客，肱通未折勿言醫。筳篿虚詣靈氛卜，薈蔚真憐季女饑。林下諸賢任放誕，謝家羣從互追隨。珠投明月須防闇，玉種藍田本是玼。餘有壯心空落落，雖教執手不偲偲。製成初服歸歟早，彈出高山聽者誰？鶴唳霜皋殊寂歷，魚書天末易參差。千金寶劍交遊俠，一束生芻避縶維。此際汝南誇月旦，何人江左繫安危？輕紈自分臨秋擲，章甫翻因適越嗤。養性務教形似木，持盈頓悟器如攲。莫云瘠土艱稷黍，但是名山便産芝。馬角可能生一哭，蛾眉從昔詠羣媸。遍觀烽火魂先奪，回首瘡痍痛入脾。白袷漫勞虚左席，素絲奚以畀明咨。吹求始識聲名累，荏苒難揮歲月來。寥泬憂天還浩浩，窶貧食力固孳孳。河清共幸人能俟，試看扶桑日獨麗〔四〕。

武帝

遠求西王母，近舍東方朔。尚不知神仙，神仙安可學？

李陵

深入浚稽山，軍散鼓下起。縱使脱身歸，亦就刀筆死。

偶書

京國客何多，衢市塵常滿。一出刺一投，一歸面一盥。

戲示室人

我累多男久，汝愁無子深。縱邀諸佛力，難慰兩人心。

過友人坐久

竹影移朝旭，樓中已畫眉。佳兒聞索抱，偏是客來時。

道半鋪

農耒全荒駐戍旌，深村虎迹曉猶明。兒童生長干戈裏，不信從前有太平。

即景

橫笛誰吹出塞行？新辭但聽更傷情。不如吹作甘州曲，猶是梨園舊部聲。

宫怨

羊車鄰院久承恩，月色中天獨閉門。夜夜守宫何用擣？金籠鸚鵡自能言。

友人許覓幽莊訊之

山下斷橋湖上阜，數間茅屋滿籬花。隔牆鄰舍憑多少〔五〕？未可都無賣酒家。

市書

農圃遥知果不如，牙籤還插鄴侯書。他年即使無人讀，猶可箕裘付畫魚。

即事

長松如蓋草爲茵，微雨初晴月色新。我自欲眠君自飲，醉鄉原與睡鄉鄰。

笑賦

洛陽風俗舊難居，但得田多即勝書。季子再歸無相印，不知妻嫂更何如。

七夕 悼亡

渺渺銀河極望遥，鵲飛經歲亦成橋。傷心獨有吹簫女，一去秦臺未可招。

席上

雲和斜抱面微遮，銀燭更深自落花。試撥鎖南枝一曲，南人亦解聽琵琶。

有感

石馬淒淒噪晚鴉，寢園開徧野棠花。滿山麋鹿今何在？守冢纔留十數家。

過村中

新雨初濡菜甲齊，虛堂無户任鷄棲。爲貪天柱峯如筆，故遣柴門獨向西。

題長卿傳後

待詔何人帝不憐，書能諫獵更稱賢。爲郎未久文園免，得幸同時亦枉然。

演劇偶感

排場匆遽問團欒，試向悲懽取次看。大地此時皆是戲，卻憐悲後更無懽。

有感

白楊樹下石碑前，族葬人人隧可遷。獨有江南風土異，青烏動誤百餘年。

校記

〔一〕袥　當作『祏』。

〔二〕□□　原刻爲一二字長墨塊。

〔三〕爈　當作『壚』。

〔四〕『試看扶桑日』五字以下　四庫禁燬書叢刊本誤重本首自『崦嵫東陵瓜』至『筳篿虚詣靈』，係原刻半頁文字，實脱半頁文字。兹據國家圖書館藏善本膠片補足，自『獨麗』至過友人坐久篇末。

〔五〕此下四庫禁燬書叢刊本誤接題長卿傳後，中實脱原刻兩幅半頁文字，兹據國家圖書館藏善本膠片補足，自『未可都無賣酒家』至過村中篇末。

龍眠風雅卷三十

木厓潘　江蜀藻輯

吴門王　昊惟夏同里方嵩年東來參

蔣　臣

字一个，初名姬胤，字子卿。少負才名，風規岸異，深于經濟之學。崇禎末，詔舉賢良，侍御楊瓠菴以公應，踰年乃就徵。會貢舉發策有齮齕此舉者，公乃著書，辨其一訛、五誤、十三謬，聲噪都下。試銓部，當得邑令，辭不就。未幾，大司馬范公景文薦之，至京，撰足國三議，議漕、屯、鈔鑿鑿，可坐言起行。大司農倪公元璐見而嘆服，上書請授官。賜召對平臺，敷對詳練，纚纚數千言。退乃繕寫所著書以獻，授户部主事。甲申，京師陷，走彝倫堂自經，以所知救之，不果，遂間道歸。史相國鎮淮上，留與共事，公嘆曰：『奈何以一羊將五狼乎？』因爲策淮上情形數事，相國欲以監軍薦，固辭之。公爲人孝友淹博，事父母嘗長跽階下，不命不敢起。于書無不讀，所著作散失什九。晚多病，益侘傺不合時宜，迄未一展其用云。

吴門逢劉憲石次原韻

魂歸楚招餘，與子重覿面。茫茫噩夢中，未審何由散。憶子疇昔時，沔流深念亂。傷哉彼何人，大權迭以擅。安危利其災，淪胥若奔電。渺渺望河山，啜泣通宵倦。后羿殪陽烏，昂精爍炎漢。今我復奚爲？盧敖遊汗漫。相見不能語，但悟朱顏换。蒼松摧作薪，勁質應難變。哀衷匆具陳，别袂行當判。俯仰終古心，還同六如觀。

白門逢張素民值其初度慨然有作張爲余同庚生

灝氣結空雲，天地亦窮窘。貞婦掩幽窗，燈昏忘夜永。不悟梅已花，静聽悽風緊。羲馭久蒙塵，照臨其曷忍？含悲撥箜篌，調苦絲亦紾。陽和既啓蟄，芳緒紛相引。登樓瞰城市，繁華盡朝菌。及期崇明德，礪齒相勉黽。君子保終譽，高牖方射隼。

贈止水

止公不相見，歲月未云久。昔爲青獅兒，踞地能哮吼。今來眉髮蒼，相對成兩叟。緬懷三十年，駒電騁虚牖。廣照層城限，水雲斷塘口。香焚清梵餘，經行屢攜手。帆影度禪窗，漁罥挂楊柳。得句夕陽下，質疑鐘定後。未知惠休輩，得似今人否？別去東西馳，蓮社慙終負。持論物不遷，天運忽陽九。井竈十萬家，寥落歸何有？狐狼塞路衢，荒榛翳隴畝。一二敗琳宮，狨狖聚羣魍。腥風白晝昏，匝地青燐厚。對此淚沾襟，嘆息踆踆走。豈意靈光殿，猶逢舊時友。倏然一枝棲，結搆大如斗。牀頭挂瘿瓢，儲粟不盈缶。心同出岫雲，暫住亦成偶。我來日已暮，雙扉徙倚叩。淒淒話平生，炊爨具藜糗。驚我罹百憂，始衰遽黄耉。慰我嬰瑣尾，緼絮不掩肘。問我近來況，婆娑視余首。向平累尚賖，陶潛已斷酒。所嗟少年日，妄意三不朽。不朽亦何爲？幻夢誰當受？孔墨空筌蹄，曇老亦窠臼。任運委形骸，倏身齊夭壽。末俗安足嗤？白賁乃無咎。道味別有親，萍聚良非苟。

登招寶山

日薄風政驕，濤勢壯于天。穹窿何其隘，混濛一氣連。仙人不可求，神禹泣蒼煙。我欲往從之，褰裳徒迍邅。長鯨濆微沫，崩騰沸百川。動植無復寧，夫誰使之然？本期曠觀覽，翻令百憂煎。感彼東逝波，何時復西旋？天吳奏玅瑟，調急皆哀絃。愍茲濁世士，徒欲貴生全。運會有終極，瞬目成桑田。澄穢決其流，置身黄虞前。當軒數息坐，一笑萬慮捐。

苦雨吟留别吳幻澄父子二首

谷風何颼颼，積雨何瀰瀰。陽和一以逝，霽景杳無期。毒霧沈山川，夢寐懷暾曦。晨起支頤坐，比屋斷朝炊。居人不自聊，況乃恆苦羈。因之懷鄉縣，别已逾三時。家累廿餘口，巢棲艱一枝。城郭豺虎横，坐臥魑魅隨。瓶粟久告空，安冀命如絲。欲居無羽翼，悔出亦驅饑。千慮集寸臆，徘徊竟何之？

浮雲無定馳，飄蓬無膠枝。蹴蹴自古然，悵怳心恐迷。何意鏡湖隈，遇子成心知。蔓草欣邂逅，緇衣愧改爲。天運政玄黄，志士皆蟠泥。譬如枯魚泣，濡沫恆相遺。又如穴樹僵，念友忘其肌。始悟陶公旨，冥報各有私。謀歸久踟躕，又欲與子離。歸思絲無緒，離愁脉脉悲。執酒不辭傾，淚溢如泉滋。世亂苦别離，徘徊竟何之？

柳生爲余作天台四威儀圖詩以酬之

衰年汗漫游，誤入天台路。七月苦炎蒸，巖巒沈濁霧。性僻耽搜奇，數被山靈妬。流雲無定依，歸櫂將西沂〔一〕。寄語謝山靈，逝將從子住。縛茆棲妻孥，糞火煨新芋。倚杖華峯巔，經行朝復暮。巖頭惟晏坐，有時寒拾遇。倦即枕松眠，静聽溪聲度。鑿空窮地脉，凌險回天步。與爾爲一身，秘奥誰能護？今蹔與爾離，去矣勤復顧。有客撫掌笑，笑予疾何痼。人生如幻影，意適即成趣。何必几席間，寄形皆有寓？吾令子神游，頫仰來寐寤。經營方慘淡，意微體亦具。或如瘦鶴閒，或如蟄龍怒。或如木全槁，或如鐵生鑄。余意所偶到，楮墨已先注。旭日東溟生，萬象莽回互。幽澗笙竽哀，風驟神靈雨。劍氣耿熒熒，波明自吞吐。塵俗寧可偕？顧盼生毛羽。握荃采椒蘭，遂復掩羣娒。没迹久藏身，遭子頻露布。子能貌予真，予亦爲子賦。

感遇贈劉伯宗

夙昔秉遐尚，託契依丘樊。炯戒師明哲，息機謝羣援。山月照蘿薜，偶開松下罇。素琴發清籟，宿鳥時高翻。斯際穆懷古，孤緒於焉存。時艱亦念哉，舍藏道所尊。感彼華實滋，獨寤永弗諼。主上撫鴻運，九載未濟屯。紘網遍八埏，翹車賁菑園。是時無留良，與子同見掄。天路苦榛棘，豺虎彌川原。關洛數十郡，戰哭皆新魂。子也陋微管，奮翮必鸞騫。余方戀南陔，藝黍供晨昏。出處各有適，素節諒自敦。不聞莘渭人，婍婀效公孫。三復沔流詩，末俗誰與論？

憲石招游虎丘次韻奉答二首

木葉亦已下，蕭蕭墜白波。横空旅雁急，向晚野燐多。殘息愧猶在，名藍喜共過。相看絶勝地，朗月照琱戈。

山川猶昨日，金虎氣全凋。萬事蹉跎盡，千秋涕淚遥。寒螿依畫舫，敧柳臥平橋。異地暫相見，何年復此宵？

投贈王念尼兼用惜别

故國荒煙外，經年猶未歸。雁聲寒更急，木葉静還飛。江上悲戎馬，客中逢授衣。踟躕臨岐路，但覺素心違。

庚辰秋杪客清湖所期不至留滯數日戲拈壁間韻意緒無聊偶爾成詩索詩題不得也三首

歸去猶應熟，空山答浩歌。裝傾陸賈盡，圖列少文多。生計如鳩拙，閒庭任雀羅。佛場能及第，名起點賢科。

榛蕪悲故國，垂老更無家。寄壘如新燕，爲園學浣花。苔痕深没屐，菜甲淺含沙。即此堪終隱，人生會有涯。

微霜被衰柳，轉覺客程難。候歷四時變，所經千萬山。稻畦空翠冷，藜杖野煙閒。寥曠看鴻雪，羈棲亦破顔。

讀心史偶題其後二首

萬古共彝倫，肩承仗一身。填膺惟恨事，開眼盡讎人。歲月因循老，河山涕淚新。敷天甘北面，之子獨含辛。

吞聲無可説，淚迸自淫淫。易朽千年骨，難灰一寸心。重泉埋積憤，白日照孤吟。止畢生平事，寧論稱到今？

贈人

晴雲晻靄晝陰陰，仲蔚蓬蒿一徑深。自領寂寥參鼻觀，未忘孤憤動悲吟。陸沈畏見河山影，蒼莽難明天地心。予亦寒巖倚枯木，肯容蠟屐漫追尋。

雨歸三徑

騎驢踏爛古城東，笠子遮寒借牧童。只在望中開小徑，翻從畫裏笑山翁。平疇菜麥稍宜雨，隔岸桃梨尚卻風。拾得墮巢薪一束，撩衣炙火地罏紅。

潘映婁

字次魯，號復齋。先司馬石乳府君之仲子也。先祖楚星府君居長，早世，公爲家督，司馬府君甚珍賞之。天啓間拔貢，崇禎丙子、己卯兩中副車，入太學。會朝廷方鋭意求才，力破資格，將欲大用之。忌者揣上意所嚮，預騰蜚語，嗾言官以風聞入告，乃召而面試之。公伏地起草進獻，上覽而目注者再，御批『文理平通』，蓋直之也。順治初，以浙江台州府推官擢兩浙鹽法道，爲臺使抨罷，復以副使兵備福寧州，皆旋起旋踣，未罄厥施。其詳載予所輯家譜中。公爲文淵博瓌奇，不媿名進士，詩特其緒餘，晚年播遷閩、浙，亦與其制義泯然無有。此江所爲搤擥而歎惜者也。

從子玉芝二十勉之

記爾生時我十八，爾今二十我白髮。人生駒隙竟何常，雙丸肯把流光歇？轉憶爾翁病革時，病中猶望產佳兒。父歿三月始摩頂，試啼果然非愚癡。爾祖小字命曰念，家聲清白知無玷。尚擬焚黃樹隴碑，豈徒留硯攻鉛槧？即今霄漢争攀躋，期爾姓名榜頭題。區區終軍棄繻何足學？當學日下五色雲見韓稚圭。韓魏公年二十登進士第一。

壽光禄盛匊泉先生

今上龍飛日，明公鶴算年。三朝留柱石，幾歲暫林泉。望久蒼生重，尊應緑野偏。小儒滯南國，遥上紫霞篇。

酬何司空大瀛

大雅將誰託？斯文宛在兹。曹南多夙譽，水部最能詩。月俸存官米，風塵伴旅葵。琅玕頻贈我，慙不是潘尼。

送友人遊江東

江上楊花似落梅，輕舟遥向武林催。赤城霞氣朝朝見，滄海潮聲夜夜來。此地山川猶不改，故人樽酒好常開。況逢靈運鳴絃處，春草池塘夢幾回。

錢秉錡

字湘之，别號桂莊老人。晚年棄科舉業，以詩自娱，弟兄唱和盈帙。臨殁，猶作詩一首而逝。

和舍弟秋聲詩

蟲聲

新秋摇落後，窗外有鳴蟲。切切孤燈裏，淒淒細雨中。如哀終歲苦，自訴别來窮。不寐通宵坐，愁懷若與同。

葉聲

秋聲何太早，忽已到庭柯。井幹隨風起，山腰挾雨過。客懷成感易，人老觸悲多。滿耳亭前葉，蕭蕭奈爾何？

舂聲

納稼新秋日，舂糧薄暮天。高低聲不斷，遠近聽猶連。響入中宵急，風從隔樹傳。何如深澗裏，水碓任流泉？

紡聲

寒衣初授候，村落紡聲新。嫋嫋鳴通夕，悠悠接四鄰。殷勤忘夜永，辛苦爲家貧。隻影孤燈下，蟲音暗自親。

和舍弟秋村詩

除架

蕭瑟園中架，傾頹僅半餘。豆開花漸小，瓜臥葉先疏。老圃删殘蔓，寒蟲悲故居。一年時一換，此日不妨除。

補衣

畏冷寒偏早，三冬尚未過。裘温原不羡，衲破卻如何？線綻重縫固，襟殘著補多。水田衣樣似，人道老頭陀。

篝燈

孤館當秋杪，清燈此夕篝。户於將黑掩，蟲不向明投。偶起觀書興，何勞鑿壁偷？深談有好友，挑盡語難休。

葺茅

蕭然斗大室，草覆已經年。濕爛苔多積，披離瓜亂纏。誅茅乘白晝，補屋待晴天。從此牀無漏，安心雨夜眠。

錦莧二首

初栽猶是莧，彩葉擬秋間。何意霜時色，偏於暑月殷。因名悲老景，一名老來紅。對豔愛朱顔。好護東籬下，相留雜菊斑。

鴻雁何時到？一名雁來紅。秋光滿院賒。淺深黄間赤，舒卷葉爲花。拂砌千重錦，依牆一片霞。凋零容易事，飽看意無涯。

黄鸝

入夏樹陰陰，中多黄鳥音。雙飛穿細雨，百囀出疏林。静入閒人耳，愁添少婦心。幾迴聽不厭，幽意坐來深。

百舌

積雨空林畔，枝頭聽鳥鳴。如何一樣舌，翻出百般聲？瑣瑣喧盈耳，紛紛巧弄情。細推通物候，讒口不須驚。

惜老詩

老鷄

幾年籬下畜，未曉報窗前。登樹新晴日，棲塒薄暮天。勇猶逢鬬見，啄每讓雛先。自有故人約，聞他懶著鞭。

老犬

亂後荒村破，年年一犬存。迎人常在路，防盗獨當門。尾短愁貂續，心雄見兔奔。早留帷蓋報，真見主人恩。

老牛

終年全仗力，最苦一春忙。卸軛纔成熟，加鞭又墾荒。及時乘小雨，歸巷在斜陽。舐犢情猶戀，誰將問喘償？

老馬

原無千里足，況乃暮年時？伏櫪心徒壯，嘶風力已衰。垂垂雙耳帖，得得四蹄疲。款段稱鄉曲，惟堪野老騎。

春雪三首

夜聞風動地，曉起雪盈臺。老病終朝臥，陽春隔日回。次日立春。煎茶留臘水，問酒有新醅。忽報園梅折，呼童即看來。

已乘青帝令，底事白霏霏？食稻開正盡，炊煙逐日微。喜催梅蕊破，惱應麥苗稀。衝冷亭前立，饑烏向我依。

五日元宵節，陰晴總未知。寒天增酒價，濕路阻燈期。衣薄艱晨起，炊遲忍凍窺。尋梅兼訪友，不似少年時。

小年

一年幾節度，此節亦佳晨。曆日將辭臘，枝頭漸近春。傾囊酬債主，抆淚憶亡人。無限淒涼事，何心更厭貧？

老景

皤然六十叟，散髮詠江天。食少思常食，眠多不苦眠。心慈翻受累，口直易招愆。去死知無幾，紛紛底事牽？

夏日訪元蒼上人

精舍相違久，偶然乘興來。山深人少到，水漲路重開。屋角垂瓜蔓，牆隅種芋魁。遠公留一飯，雨霽踏泥回。

喜老僧園中種田

厭乞人間食，來耕園内田。火燒除蔓草，水灌引山泉。力作從時令，豐收仗佛緣。更期多種秫，釀酒醉逃禪。

九日同愚公暨諸弟登高限山字

不盡登臨興，扶筇步履艱。秋光深到樹，江氣遠浮山。老友吟詩苦，高僧對酒閒。賦成推伯仲，酬唱夕陽還。

秋日長河堤土[二]

天寒霜落後，秋色滿堤賒。是港皆通水，無牆不臥瓜。人疲趨野店，網集識漁家。驢背沈吟久，詩成日已斜。

思歸

避亂深山穩，經年兩度過。殘生雖得免，薄業卻荒多。白日看淫雨，青尊發浩歌。題書江上問，賊信近如何？

入浙訪五弟幼光 時弟有黨人之禍

浪迹傳聞到越城，相尋岐路卻魂驚。祇云飄泊同王粲，不道疏狂罪禰衡。兄弟睽違千里隔，妻孥闊别兩年情。寒風細雨吴江岸，難聽孤鴻天外聲。

六十初度四首

痛哭滄桑此日情，近來懷抱對誰鳴？百年幽憤空衰老，萬里艱危屬聖明。禾黍尚青先索賦，逃亡未復又徵兵。兒曹休向筵前舞，杯酒還留祝太平。

天道誰言往復還？窮愁如我自年年。披裘五月當風快，絶粒三春闔户眠。到老木彊終不改，趨時瓠落止徒然。一生微賤同牛馬，肯受他人白髮憐？

雁字同行僅半存，休誇馬齒一門尊。髮成雪色終難變，眼現金錢久已昏。孤苦相依憐寡女，癡頑不去弄孱孫。十年筋力猶能健，野外優游學種園。

人事紛紛無了期，閒中樂趣老纔知。浮名過眼都成幻，生計關心亦是癡。婚嫁粗完聊稱意，糟糠尚健喜齊眉。山中此日逢初度，恰好鷄肥酒熟時。

秋日懷幼光五弟吳門

吳門底事久淹留？日日江干望爾舟。鴻雁影疏三易歲，桂花香散兩經秋。阮途何處垂青眼？謝夢于今賦白頭。一醉他鄉明月夜，可能不動故園愁？

方君則有石屋再宿之約因何蓉菴見招不果追送江干

與君難見卻輕離，千里長江酒一巵。日落丹楓愁去路，鴉棲衰柳動寒思。蘭舟不負朱門約，竹榻還虚白社期。此去欲歸須及早，梅花臘月是開時。

哭李文若二首

時危抱影在江沱，懶向深山問薜蘿。書集亂餘留舊業，田開荒後畏徵科。笥中久秘羲文訣，壁上猶傳呼吸歌。倏忽九原成死別，曾無永訣痛如何！

天道沈沈若未知，斯人何事數多奇？種蔬易米家常乏，賣麥輸糧腹苦饑。此日孤兒恩未斷，多年親柩葬無期。可憐生死誰相念？交義于今媿昔時。

喜舍弟樂易堂初成三首

五架三間新草堂，梅花繞屋竹編牆。向陽闢户冬多煖，依樹開窗夏有涼。中座森嚴祠父主，偏隅僻静置兄房。亂藤野棘都删去，莫礙山中好月光。

汗漫從前老未休，歸來築室小山頭。草生池上謝家句，竹滿林間阮氏遊。自破窮愁書一卷，欲除渴疾茗三甌。于今永斷紅塵想，招隱無如此地幽。

我鬢蒼蒼君亦然，餘生只合此堂前。悟來周易人難領，註就南華世已傳。山色遠看渾似畫，松風静聽不須絃。自憐倘得年年健，早晚相依伴阿連。

田家晚春六首

項下髭鬚總是絲，委身丘壑政相宜。光陰似客留難久，閒適如僧睡起遲。灌圃種蔬央老婢，沿階擲果戲童兒。草玄亭静人來少，惟見梅花結子垂。

陰雨三春路不乾，冬衣未減尚餘寒。踏泥爛熳憐花賤，行路迂迴讓水寬。愁濕黃鸝深樹嶺，窺魚白鷺夕陽灘。江邊芳草連千畝，獨上高臺徙倚看。

斗室閒吟老影孤，松風引步杖藜扶。園中春色時方好，江上軍書可盡無？歸雁窗虛乘月過，落花地滿作霜鋪。寥寥人靜難消遣，鄰店常沽酒一壺。

風花煙柳豔陽天，自古閒人興較偏。極目忽來山店雨，賞心那問酒家錢。笋嘗林下行邊嫩，魚買江頭上水鮮。卻怪世間名利子，笑予老大只徒然。

荒荒數畝水田低，戴笠披蓑趁雨犂。殺草莫如先布種，防潮惟在急脩隄。時年妄聽村巫斷，人事常因候鳥啼。麥熟家家爭釀酒，何妨一飲醉如泥？

夏日園中即事三首

終歲生涯在小園，爲因性僻避人喧。老來倦眼饒春睡，病後調脾罷晚飱。茅屋拂塵招燕子，短籬插棘護龍孫。讀書有會心難禁，時覓諸兒一講論。

數間茅屋萬松遮，俗事誰尋野老家？雨過土鬆宜種竹，風吹火著待煎茶。枝頭雛鳥初成語，壁上藤蘿倒綴花。乘興偶然高唱入，僧廚煙縷隔林斜。

賦就閒居十載餘，衣冠無束意常舒。空囊村店難賖酒，老眼明窗好著書。犬吠似迎籬外客，鷺飛争攫水中魚。忘機漫説羲皇上，冷暖人情已漸疏。

葛衣初著一身輕，策杖園中緩步行。米賤不愁貧士餓，雨餘深快老牛耕。小塘宿養魚苗長，茅店新釃麥酒清。自笑終朝無別事，傍人棋子點楸枰。

落葉

摇落秋聲木葉悲，金飆不禁苦相吹。舞空幾處隨流水，墜地經時没短籬。山鹿宵行迷去路，寒蟬朝泣抱空枝。可憐一夜飄零盡，似我蕭蕭髮落時。

夕陽

自惜光陰日已非，晚來猶得見餘暉。倦飛鳥雀投林亂，抛放牛羊識路歸。返照映江帆影出，殘紅斂樹舍煙微。唵兹西下難留住，又向東湖望月輝。

種瓜

老來學圃小亭前，種得秋瓜半畝田。闢地分栽無用密，緣階引蔓漸相延。園丁頻囑鋤根誤，小僕時防内履偏。帶雨摘來堪佐酒，當年真羨邵平賢。

春日同舍弟奏公赴吳來章爾玉浮山之約二首

入山春半見羣芳，一杖相隨野興長。雨後旗槍新茁茗，風前劍戟嫩抽篁。健同穉子穿花徑，側避佳人過石廊。登眺不須愁日晚，深林月出透餘光。

蒼苔滑處客來稀，精舍僧閒晝掩扉。空谷遽聞雙屐響，石牀聊藉一樽揮。杜鵑花發春山映，布穀禽啼煙樹微。細酌長吟迷去路，冷風吹雨濕吾衣。

秋興

涼風淅淅動人衣，驟雨終朝晚細微。屋爲燒殘迎客少，園從亂後看花稀。藏書智井心難没，采菊東籬願不違。極目山川無限恨，那堪黄葉又紛飛。

詠窗前老梅

無數梅花開滿枝，老梅相向更相宜。素姿難與羣芳競，鐵骨何妨積雪欺。日對寒窗經歲久，孤生僻地得春遲。年來縱乏高人賞，一種清香自不移。

哭四弟若士四首

夜深獨坐一長吁，老淚燈前濕白鬚。次第雁行原有五，一人遠去時五弟在廣。兩人無。

孤眠數載已山僧，弟隔牀頭止一層。風雨夜來長不寐，起行向我剔殘燈。

夢回池草十年春，刻刻常懷萬里人。萬里人歸應有日，何如汝別即終身？

兄弟同時已半凋，傷心哭汝又今朝。予年花甲光陰少，相問前途恐不遥。

重陽後友人園中看菊

陶氏園中菊盡開，我從門外看花來。亦知已過重陽節，再向東籬醉一迴。

一夜兩夢五弟

阻隔鴻書已十年，夜來不覺夢緜緜。莫因池草無佳句，萬里神馳到阿邊？

楊胤昌

字蘭似。萬曆間諸生。幼穎敏絶人，吮毫無停思，屢躓瑣院。會國變，改名胄，隱居授經，不通姓字于長吏。生平孝友祥順，嶽嶽懷方。所著有逃吟、分爽諸集。

夜雨漫懷

一榻懸僧舍，悠然夜雨成。瓦傳疏密點，風送斷聯聲。縱不深歸思，其如獨臥情？更牽新插柳，贏得幾分清。

立秋前二日小莊坐雨

山莊深闃寂，風雨漫相過。坐看溪流長，頻驚樹色多。涼先生敝席，秋已薄重羅。野老能攜酒，閒中發笑歌。

試歸宿澤容方丈

勝結溪村舍，方春是事幽。緑延雲外岸，青遍雨中洲。静對常流水，閒觀不定舟。得來分半榻，翻悔逐塵遊。

九月十六日憶佑兒

不有丈夫性，其如少子牽。客中初度日，江上暮秋天。新釀經時熟，肥螯過雨鮮。年年家宴處，此際倍悽然。

新正既望同聞曰唯夏廣生看雪因探梅小園便憩慈雲庵分寒字

盛雪應占瑞，閒情共覓歡。酒餘新歲瀝，梅破入春寒。倚杖平林望，環村碧玉團。遲僧過竹院，清映滿冰盤。

過心符西社

烽警虚傳早閉城，偷閒應得訪僧行。暖回菜麥迷村路，春到園林亂鳥聲。好景得留深坐賞，新詩不惜細心評。莫嫌短髮能余累，此日偏多出世情。

吴應珙

字景孟，號東南。崇禎間武舉。少折節爲儒，久困童子科，遂棄去，讀兵法，挽弓躍馬，顧盼自喜，慨然欲立陳湯、傅介子之功。曾一舉于鄉，而迄不得當。既，因國變年邁，放懷詩酒間，雅志著撰，有渡江三弄、求存室詩稿。嘗欲作金陵賦，搜訪幽隱，捃摭閎博，所詠金陵篇，其一斑也。其爲詩麤豪自恣，多魁壘，用壯立功萬里之思。自署皖國男子，詆娸白面書生不遺餘力，于世所指爲風流儒雅、繡其鞶以工文辭者，輒𣪍之〔三〕，靡足當一顧也。子用鐸，中天啓丁卯武解元，順治丙戌又中武舉，亦早卒，未成厥志云。

從來天子占南斗，丹陽入斗十六度。龍分三幹最稱雄，澎湃嶔崎神鬼護。直至楚時王氣呈，葱葱鬱鬱紫煙生。能渠不愛寶作鎮，金陵由此獲嘉名。嬴秦欲得其氣燼，赭衣反鑿成方印。張紘玄德啓良圖，孫吳京口徙爲都。晉宋齊梁陳輯瑞，李趙各將主震器。雖然名號自言尊，總屬偏安與閏位。宅中獨有我高皇，天誅造攻載滁陽。削平吳漢開鴻業，驅逐□元撫萬方〔四〕。非不眷顧塗山里，亦思營繕舊周疆。從龜從筮從卿士，卜食惟逢此吉祥。此言金陵之盛、建都之始也。東就龍蟠西虎踞，雨施雲行乘六御。趨鏘拜舞肅冠裳，謳歌訟獄懽黎庶。黑齒白題獻壽來，沸唇反面内琛去。奠泰山兮四維之，宸遊何日非春豫？丹樓遠望燦如霞，隈隩迴遭百萬家。鳥醉平堤金色柳，猿迷遥指玉雕花。巍巍矗聳妙高闕，瓊室瑶宮礙雲月。廊腰檐牙迴插天，牛首雙峯徒虚揭。此言城郭之美、宮闕之壯也。弘開甲第錫從龍，帶礪河山盡實封。已見徐常人列鼎，又聞鄧沐户鳴鐘〔五〕。金書鐵券非爲貴，鶴蓋魚軒到處逢。相索寧辭漏正急，交酬豈畏日高春？此言世宦之隆也。王門便饒鴟義者，東市西市無休捨。一劍慙恩恩愈深，雙丸修怨怨難寡。莫愁湖畔錦聯帆，孫楚樓中玉作斝。避暑冰廚列滿庭，登高雁槓飛盈野。夜遊弗顧大誰呵，潛身强半陪妖冶。此言遊俠之衆也。妖冶咸居富樂邊，宮妝妙曲實堪憐。追懽遇席多洪醉，好客逢人便擊鮮。椒頌柳詩同奕奕，反腰舞掌各翩翩。綠鬢見日吹朱燭，赤足和塵掃翠鈿。白頭誤入心猶死，争值紅顔美少年。此言妓樂之工也。少年相聚慣恣謔，格五纔終換六博。且往觀吐火吞刀，自詡能跳丸走索。風裾月袂稱身裁，霧縠雲紈襯體著。彩鳳不去鎮常飛，繁花雖寒寧遽落？此言里巷嬉遊，服飾華整也。緣屬三吳甿富多，乘時射利仗風波。摸得明珠寐蚌窟，捫將佳絹住蛟窩。揖馬舟輿猶自可，眠濤臥浪奈公何？輸財巨萬無慳色，只買妖姬一曲歌。此言商賈之富也。靡麗慆淫真若此，昏迷顛倒底時已？欲教炎海變清涼，除是天龍特豎指。達磨立願自西來，寶誌爰將覺眼開。僧會精崇阿育塔，雲光妙現雨花臺。座上旗旛寂未悟，巖前一拶鬧如雷。又添幾輩滄霞客，名姓久填綠字册。金虎存成不老身，白鴉養就沖霄翮。痛非道骨與僊風，縱臘嘉平豈易獲？不由世俗不皈依，忍割裘輕并刺肥。築得丹庭更紫府，饒他黄冠與緇衣。塵緣未斷蓬根鈍，終落他家箭鋒機。此言仙釋之幻、廟刹之廣也。所幸帝王尊聖教，儒玄文史皆學校。焠掌三年擅義龍，澤身七日呼文豹。貪汙尚可證貞廉，頑嚚亦自期忠孝。此言聖王教育之神也。況復吳兒盡石心，通成志務讓幾深。席間函丈親師鐸，壇上尋盟盍友簪。仗鉞威名馳雁塞，揮毫聲價重鷄林。笑牒言鯖添腹笥，語眉瞬額向消沈。豪華富貴誇夷夏，人物風流映古今。此言金陵子弟之聰敏，四方莫及也。近雖天地反平覆，新亭淚濕諸公袖。克復神州指顧問，中興豈遂安江右？　飛龍正爾駕雲濤，紫蓋黄旗仍昔高。　亶以聰明稱元后，錫之智勇作人豪。　膺期撫運真英主，附翼攀鱗悉俊髦。　縞素除兇堪墜涕，臥薪雪恥詎辭勞？　億衆傳呼如挾纊，六師感激類投醪。　宰相即知難養晦，監軍孰敢太將牢？　拘儒鹿獨雖炊僥，願修矛戟賦同袍。　掃清宇縣歸福地，千秋萬祀樂陶陶。此言聖主當陽，天意助順，人心效靈，樂土宜歸也。

辛酉冬太平不第歸過采石謁虞英烈祠

采石江邊土一陌，人人作詩弔李白。　采石山下虞公祠，傾牆敗壁無人知。　立言立功俱一樣，如何食報不同狀？　衹爲國家久承平，注意文儒輕武將。　所以賊寇日就强，邊疆戰骨如山岡。　神京已輸左臂去，留都猶日試文章。　文章自有實經濟，多則千言少數字。　直抒胸臆號佳篇，拘墨牽繩亦何爲？　原是我祖賺英雄，毆事詩書不事戎〔六〕。　今已内安三百載，法窮須變變方通。　其如當途無人會，死遵功令不遵意。　摛華虚士俱蒙收，真正英雄格外棄。　春來文試下金陵，父子空回淚對傾。　漫説武科姑孰易，誰知學劍又無成。　今朝策蹇江頭立，咫尺風波渡不得。　豈真東望海雲生，還是悲羞捱一日。　偶到翰林祠宇前，欲酹先生囊無錢。　去去又復重去去，北山幾箇長松樹！　遥看一殿太皷危，客裏閒身且散步。　登堂識是宋虞公，不禁涕淚灑秋風。　追憶紹興當日事，也似于今賊内訌。　名臣宿將駢首戮，幸出儒生成大功。固宜香火千年盛，何期一旦粉牆空。吁嗟虞公勿悲酸，中原今正少登壇。天子親聞鼙鼓急，自能特新君門闌。且看李白可有此？吁嗟虞公勿悲酸！

贈舒邑李景夷

在昔秦皇併漢武，身厭宸居思紫府。飄飄海上望三山，恨不一旦生毛羽。寄言二帝亦何愚，富貴長生豈可俱？既酬好大喜功願，又佩金科玉簡符。古今那得如此理？驪山茂陵草荒蕪。惟有李生學最博，燒茆説劍人誰度？化鶴争傳飽七籤，圖麟共許諳三略。前身應是老君兒，五千玄言不用師。轉劫必又是光弼，中興唐室功第一。根器原與凡俗殊，所以事業世無匹。吁嗟李生聽我陳，功名豈盡礙脩真？軒轅問壽説騎尾，留侯鄴侯皆名臣。萬事無不可並作，秦漢之君非其人。

燕邸下第有感

太平何苦獨從戎？羸得身家兩處窮。吴地有人悲夜月，燕臺無路振秋風。千金郭隗名雖在，一飯田文事已空。寄語故鄉諸子弟，好書丁字莫持弓。

遊阮光禄園子

欲覓桃源學避秦，雙黄鶴引入嶙峋。名花貞静幽閒女，怪石嶔嵜歷落人。此外更何求緑野，其中真欲絶紅塵。殷勤爲向山靈道，莫遣漁郎再問津。

蔣岱輿席上和唐際明京回有感分得陽韻

試問邊塵幾丈黄？君來帝里定知詳。請纓許否癡男子？仗鉞停無白面郎？事到于今不破格，病臨何處始尋方？相逢都有憂天淚，祇向秋風灑一場。

水中雁字四首

鳥官亦有簿書勞，雅具文房類我曹。苔浄平鋪左伯紙，蘆銜横掃右軍毫。虔頒鳳曆辭天闕，博採萍謡滯漢皋。燕鵲緣知時日事，誰言羽族欠英髦？

長空顥顥洞庭波，正好相將踏碧莎。塞上一朝傳點畫，湖中幾度費吟哦。朔風斜逼奇餘及，錦浪平催妙補戈。人事恰宜窮體勢，霜深筆凍莫蹉跎。

羡殺鴻溝弟與兄，六書八體盡天生。篇篇帶有淩雲氣，筆筆揮聞擲地聲。一向江頭一起草，不臨池畔不謄清。二王端恨無君法，尚在人間浪得名。

澤國年來羽檄馳，雄飛猶未厭毛錐。影隨波浪雖無主，筆挾風霜肯讓誰？怨別不裁湘浦瑟，喜功偏勒漢江碑。有時露布傳沙漠，海角天涯到處知。

采石弔李太白

松楸到處盡荒涼，何獨青蓮啓畫堂？想是進賢應上賞，報君能識郭汾陽。

予弔虞英烈祠殊多感慨甲子過之廟貌新矣再賦一絶

千載荒祠久乏主，行人怯入避風雨。一言感得世重修，到底重文不重武。

春　閨

昨日鄰家女伴過，相將邀我鬬青莎。久捹薄倖無消息，一任宜男是汝多。

亂離後同蔣岱輿九日

菊綻高枝縱未黄，也須插作滿頭芳。不愁明歲無强健，祇恐花開傍戰場。

校　記

〔一〕沂　當作『泝』。

〔二〕土　疑當作『上』。

〔三〕㲉　當作『觳』。

〔四〕□　原刻如此。

〔五〕沐　當作『沭』。

〔六〕毆　當作『甌』。

龍眠風雅卷三十一

木厓潘　江蜀藻輯
武進黃　京初子同里張　度齡若參

姚孫棐

字純甫，號戊生。崇禎庚辰進士。初知浙江蘭谿縣。蘭最困莫如南米，自邑達壩，不翅三十鍾致一石也。公力請于上，改米爲折，勒石永利。以薦調繁東陽，邑人許都揭竿爲亂，公噏指草血疏，身投池水中。忽羣鵝驚鳴，家人救之得甦。遂馳入深山，招募義勇，躬冒矢石，斬馘無算。又毀産治兵□□□□轍車渠答以次修舉，餘黨□而解潰。事平，不獲敘功，反有殺降之誣，兩浙士大夫莫不訟其冤焉。公自署樗道人，嘗作樗傳云：『生平惟韻語一道，童而習之，歷久而嗜愈甚。雖愁苦相侵，羽書頻警，而觸物紀事，一一寄之于詩。』其自爲寫照者至矣。所著亦園詩集六卷，孫士堅爲損貲板行。方坦菴先生序之曰：『用衆而不徇，秉孤而不儉，總是一真，則不與時卉争榮枯；一正，則不與牛蛇争譎約。作者登壇，畢竟三舍，推此老將。』知言哉！

秋日同夏元夫四兄飲石龍峯

怪石何嵯峨，積苔石色蒼。商風悠然至，松下命壺觴。鳥倦歸密樹，洞寒背夕陽。隱隱數峯西，湖水如帶長。酒酣頻起舞，幽懷殊未央。仰臥視雲端，皎皎夜月光。

落　葉

天地方寒肅，草木不得意。密葉謝高枝，分披色憔悴。如聞入階雨，歷歷生清吹。隨風半欲飛，力弱還依地。玄化轉若環，五行遞爲吏。不覩摇落心，焉知栽培利？葉葉亂相委，棄置緣底事？最憐夜深時，窗前得月易。

送别方克壯先歸

家居咫尺間，暌違不言薄。蕭寺晨昏同，談笑猶嫌略。作客驚歲寒，天氣共寂寞。可堪去住殊，分袂神漠漠。維霰集層陰，長江潮漸落。一路布帆輕，有酒須斟酌。歸與日匪遥，風景想如昨。鄉思因君深，遊裝知予約。寄遠報平安，含情感離索。胡爲是棲棲，愧彼檐間雀。

暮過邀篴閣值四兄歸署聞予來遣送酒肴賦懷

細雨作旋止，斜陽涼在水。因憶溪上人，茗具爲予俟。披襟謝繁囂，呼童隨杖履。如何來往間，又隔尺與咫？憑几復開簾，獨坐有妙理。盆荷新試花，香與風俱起。遠山露數峯，向暮含微紫。瞻眺未及終，吟詠方經始。波際小舟來，翩然載酒簋。荷君知我懷，壺尊惟所使。清署夜何其，一觴倘相似。

雨止廬州城闉

不入復不出，一闉風雨中。仰面語城上，羡此百雉崇。門者驕鎖鑰，叱詈弗爲通。自古稱如鬼，爲暴將無同。久立人馬寒，昏昏濕氣濛。飄摇安所托？猶不如萍蓬。茅檐低於顙，傴僂息渺躬。眠餐一笏地，相依爐火紅。城頭響夜柝，城曲鳴草蟲。到耳不成夢，村醪殊無功。鼓枕望天際，明星將在東。

汲井注池橋上小酌 天雄署中作

朔方艱于雨，日昳暑猶灼。徘徊過井渫，深泉澄一勺。愛此清冷源，忽憶前池涸。挹注資衆力，轆轤聲相薄。行水濬曲渠，新流何濩濩。輕風西南來，披襟謝炎虐。快哉疏導功，板橋堪命酌。坐到月涼時，萍開知魚躍。

都門月夜大風懷夏元夫

噫氣吹四虚，纖雲無敢匿。捧月上太空，明明據高特。槁葉不勝風，飄摇任南北。挑燈事伊吾，妄冀詩書力。讀罷念友人，呼之如在側。爾病甫小康，鄭重寢與食。聖主策賢良，有求如弗得。詎爲尺蠖屈，滯此垂天翼？但慮珠桂艱，易減壯士色。往昔西山巔，尊酒助文墨。爾我共狂呼，曠懷曷有極？今此黄金臺，對月思惻惻。東西十里遥，調飢滿胸臆。

白叔明宅醉杏花 同方仁植年伯、白瑕仲、劉五玉。

晨起雙眸豁，窗罅透朝陽。新晴貴柔緩，漸令花氣揚。結侣過山來，醉日杏千章。我心如花心，爽發無覆藏。呼尊事崇飲，高人聚一堂。酣餘覓芳徑，藉草重命觴。惠風散林端，花人酒共香。遥嶺雲意白，平湖帆影長。麥疇已青青，柳絲間緑黄。色色皆生動，爲化助景光。不因晦積時，焉知霽日良？拜手謝花神，兹樂安可忘！

貸粟

黄雲覆秋場，農夫慰力作。我室如懸磬，何計處久約？阮囊錢不留，范甑塵又落。斗粟幸相假，饔飧甫有託。饑爨煙火通，遑問糲與鑿？兀坐茅檐下，不語心自怍。雖有數畝田，弗耕將焉穫？茹愁日日深，追往事事錯。矧復雲雷屯，藴隆漸爲虐。食指徒紛紜，中懷轉蕭索。且勿小樊須，勉旃稼當學。

同程非二趙耕子包元達過許裕卿虚左小集時乃郎元範出藏墨相示裕卿酌以冰壺液

春事夫如何？偶訪林塘澳。寧憚雙屐勞，微風散春服。路紆山爲廊，宛然成小築。紅餘華戀桃，翠長色凝竹。水聲何潺湲，煙影時重複。呼歸響杜鵑，催耕聞布穀。啓扉石徑幽，列几盆花馥。良朋快追隨，主人誠嘉淑。牙籤鄴架垂，展卷翫且讀。藏墨細品題，研之光可掬。應有羣龍賓，盤桓在笥簏。留客坐須摇，冰壺液初熟。勝遊談黄山，傾耳動心目。暮靄挾雨來，林樹承新沐。爲詠考槃詩，樂哉邁與軸。

今昔

羈孤易爲愁，襟抱多騷屑。拮据奚以爲？祇覺謀生拙。愁朝復愁暮，所思彌恍惚。坐寂一莞然，蚩蚩何不達？以今遡昔看，昔者愈愁切。憶我鳴琴初，從政心罔忽。優游再及期，簿書無隕越。肘腋起萑苻，患難有倉卒。荒郊獨踟躕，泣盡繼以血。北望再稽首，臣罪難擢髮。一死答高厚，弗與妻孥訣。枯骸赴重淵，波臣同汩没。宵寒闃無人，羣鵜鳴且戛。居民夜半驚，開門競呼喝。不見鵜見人，浮沈氣欲絶。衆往手援之，得生翻悲咽。留此不死身，胡能補罅缺？草屨走山谿，凍餒頻顛蹶。饔飧霜霧中，扳擠在木末。倦臥石爲枕，代步筐共挈。呼伯或助予，奔趨又改轍。竹筏載愁人，往來苦莫述。有時宿村樓，樓下環賊卒。村老前致辭，使君戒喧聒。呼吸判存亡，微服欽往哲。屏息安孤眠，猶恐聲窸窣。田夫見我來，壺漿慰饑渴。大家喜我來，雪恥腸俱熱。經營兩旬餘，履端歲云吉。奮臂偕士民，一呼志勇決。雙峴還舊觀，蛇豕失窟穴。若肯大創懲，么魔自消歇。何意上官恩，姑息容此物。似嗔令不仁，嚴霜重以雪。去惡弗務盡，枝蔓將竊發。攀髯淚未收，脱巾黨已結。吠形與吠聲，如蜩旋如沸。殺掠及鷄豚，煙火四野徹。城守職當然，燎原漸撲滅。屢捷露布傳，秋風肅旌節。撫軍來視師，登陴録微烈。衆志可成城，令也允人傑。庶無速官謗，朝論忽迴別。南渡坐未温，奸宄亂密勿。威福隻手操，魍魎清晝出。寧顧黑白淆？但快睚眥洩。反謂恢勦非，誣以殺降律。李僵先代桃，亡猿火林樾。網織日以密，髓吸日以竭。顛倒使人迷，銜冤誰肯豁？叱咤變風雲，智僅同鼠黠。倏聞東征師，望風棄城闕。萋菲竄草莽，鄙賤釋膠葛。禍始癸未冬，息肩酉五月。銷鑠三年間，有骨豈金鐵？戢影歸田廬，饘粥猶可啜。階前草萊除，膝下兒孫列。漸喜風鶴寧，數載平陂閱。君子當固窮，老至倍愛日。吾生有定分，行使止或尼。巧拙人事殊，循環天道一。旅室占清閒，春光晴可悦。我有三溪夢，按拍歌一闋。醉之酒盈杯，今昔休再説。三溪夢是樗道人自壽詞。

過惟式上人房納涼

秋熱勝三伏，蒸鑠非一端。繞室但狂走，摇箑腕欲酸。循徑叩寂寞，式公坐蒲團。几席何晏如，牖户曲愈寬。快風西南來，北窗涼氣攢。方竹倚檐隙，一一青琅玕。藤蘿施古牆，多年虬龍蟠。瓦鐺煮梅水，水聲若驚湍。點取徑山茗，色香俱可餐。煩襟斯以滌，五體漸平安。詎謂一院内，乃自岐暑寒？茶罷展楸枰，丁丁棋子彈。

尋五雲洞歸飲山家梅花下

羣往興亦勇，失道問田父。逶迤四五里，遊煙網林莽。披榛得石磴，行行忘辛苦。洞口水清深，石色含太古。陟顛望村蔚，梅花已半吐。白雲數十堆，高下自爲伍。夕陽下山來，攜尊就閒圃。花似爲人開，香光遍環堵。秉燭醉忘歸，花前頻起舞。

客中懷方夢名

一別一載餘，寒暑互授受。行居弗相謀，邈矣素心友。黄卷戀白髮，韋編常在手。逍遥山之阿，廉静應無咎。客歲乏秋歛，妻孥長飽否？豪懷少壯時，貧當荒亂後。愧無西江汲，可分升與斗。曩昔同學日，猶如耕者耦。意氣訂千秋，筆墨兼詩酒。霜雪不貫人，荏苒成皓首。鄙性拙謀食，嗷嗷嗟衆口。乃以桑榆年，東西事奔走。雖復黽勉求，何亡亦何有？簞食與疋布，餘生憑高厚。同病憐故交，棲息在南畝。情親忽入夢，爲道别離久。隨緣付笠瓢，往事等蒼狗。歡然握晤間，妙語真善誘。覺來思如何？落葉及窗牖。

頌嘉山興二首

足不踐此山，茫茫二十載。自笑牛馬勞，兼值滄桑改。痛定憶艱虞，静裏遡尤悔。客秋策杖來，水石如相待。披榛搆茅茨，薙草尋香蒞。兀然斗室中，今日知我在。及兹事幽探，春山多芳靄。邛枝與松醪，用以襄不逮。

窮老憚經營，鄙尚隨所寄。即兹數椽茅，已減饔飧費。敢曰侈園林？聊以寧興寐。山色媚幽深，鳥聲當鼓吹。鷦鷯得枝棲，自喻爲適志。即景朝復夕，栽植從簡易。種竹不須長，種樹不須芳。但願發新條，青青映短牆。辟如果虚腹，寧俟厭膏粱？

龍井石上小飲因懷方坦菴

積草錮石徑，杖撥乃幽尋。新緑影斜陽，據石聽瀑音。幾疊喧入耳，洗耳兼洗心。游情競初酌，山趣陶再斟。昔我髯史居，畫橋跨清深。瀦水摇輕舫，選石對碧岑。髯今在長安，别之若商參。春朝迨秋夕，牧唱與樵吟。人世嗟海田，山川自古今。因風懷我髯，得便好抽簪。

夏興四首

温風應小暑，樹樹送濤來。涼氣滿軒牖，瀟灑絶煩埃。嗒焉忘心形，隱几夢初回。他處自生雨，此山空聞雷。開窗睇前巘，曦輪已半隤。新竹翠如染，清陰聚小槐。羣雀依茅茨，飛止無嫌猜。

白雲通雨意，奄緣冒青嶂。飄飄復淅淅，作止互爲狀。纔注草池邊，已濕苔砌上。濯羽雙鳧喜，滌煩孤懷曠。少焉檐霤停，林木拜清貺。耨者趁新涼，緣疇發村唱。

夙尚寄林泉，學仕空顛倒。頹齡倦知還，藏身以爲寶。叢薄雉不驚，潛鱗欣在藻〔一〕。則知山中人，蓬蓽怡襟抱。北窗小眠餘，初出邯鄲道。茶烹澗汲新，風爲人開好。竹連雲作陰，階倩鵝耘草。或吟陶與謝，或讀莊與老。此外何所營？三杯圖軟飽。

四嶺渾是雲，朱曦欻不見。飛雨何處來，交馳挾雷電。密灑破紙窗，霏微旋撲面。山溜併一溝，噴薄任飄濺。行潦沛若河，小塘白已遍。竹洗得新青，風吹有餘善。運際金伏時，俄頃涼燠禪。即景蠲煩囂，冥心悟常變。邈然獨對中，爐熏香一片。

登臺玩雪兼呈方二化

嚴風吹乾雨，六出疊瑶片。寧比蜉蝣衣，詎擬齊紈扇？衝寒躡崇臺，襟眼開四面。遠林盡韜碧，高峯若垂練。漫汗萬瓦連，珪璧隨物撰。壓竹枝相亞，綴柳花驚先。盈尺兆豐年，合懽酒繾眷。入夜氣愈清，帶月光初昡。埤堄一炬行，踏雪忽隱見。尊中入碎花，方干吟未倦。

露坐酌月

明明在中階，高興我自發。弗憚寒偪宵，杯盤供倉卒。凍輪挂虚空，浄色透毫髮。願坐影裹蟾，朝昏同出没。庾亮樓可登，劉琨嘯未歇。古今無限情，裴回依素月。翫翫坐能深，青尊有微伐。

溪　漲

檐霤喧不絶，陰雲冒四宇。晨起聞驚濤，又知昨夜雨。踏淖立前阜，聲勢摇聽覩。長河激浪花，層層白雪吐。流迴觸石壁，噴薄亦何怒。觀其奔瀉時，餘勇猶可賈。晴好潤有文，水漲川能武。對之相盪滌，胸中無塵土。連風送霧來，復見商羊舞。

得大兒家信

楚山入望遥，楚雲空霮䨴。何幸西南風，高天雁羽隊。解繫得家書，字字如面對。快我數月思，釋我中心痗。勿哂分俸薄，足申遊子愛。易錢十五千，支排小稱貸。持此無久逋，再可貰鮭菜。餘付酒家胡，酤取興不廢。秉醉便狂歌，且以澆磊塊。

清　明

新霽不可知，喜與朝曦遇。譬如坐幽深，光明忽闢户。令節改新火，少長及良晤。未理登山策，共曳踏青屐。沙暖鳧睡閒，流淺橋平渡。煙霏漠漠林，蔬盈青青圃。齋魚響茅菴，花竹影回互。瓦爐沸泉聲，茗果粗能具。選地列尊罍，一帶疏篁護。北嶺遥入望，疊翠相應付。微酣杯中情，更適山邊步。紙鳶騰風高，喧笑走童孺。遊人采芳菲，翩翩詠歸路。舉頭儵晴空，圓魄已升兔。

雲夕

夏雲能爲奇，俄頃多變易。或爲人與物，或爲山與石。奔騰類波濤，片片相絡繹。落日湊明霞，乘雲互注射。熠爚復氤氳，深青蒙大赤。仰視目欲迷，忽焉如絮擘。渺渺竟何歸，長空一色碧。起滅固有相，來去仍無迹。即景會清虚，我心與之適。高樹送晚涼，寧須澄水帛？

喜七孫歸自楚雄得大郎家信

不意汝即歸，汝歸吾色喜。龍眠去滇南，千山復萬水。少年富精力，馬首惟所指。忽忽春冬間，往來萬餘里。跪拜道勝常，手捧書一紙。讀罷意悠然，因孫以詢子。乃知爲政優，黄堂堪臥理。歌頌遍黎甿，廉能稱任使。分俸寄酒錢，弗欲忘甘旨。便覺天涯人，笑語如在邇。解錢付小奚，經營尊與簋。馬金囊味甘，鷄蠟油澤齒。爆竹響喧階，梅花香盈几。偕汝共爲懽，老年興如是。

送齊仲符東遊

琴囊詩卷有行色，知君忽作東遊客。東遊意氣夫如何？齊魯山川饒勝迹。古調應爲知己彈，新詩擲地成金石。行者如君若登仙，居者如予思杳然。商風颼颼殘暑避，月影花香偏多致。此時秋色正佳哉，呼酒平章花月事。忽聞驪唱何草草，愁如落葉難頻掃。試作短歌當送行，欲作不作可勝情？薄田種秫酒初熟，瓷尊滿貯色將緑。待君歸坐西山頭，一詠一觴琴一曲。

都門過水關共憩環碧亭方肅之沽酒小酌

馬頭十尺飛塵土，天爲幽尋灑微雨。入望灌木幾千章，間泄炊煙縈數縷。意中辭喧釋重負，同儕緩步遵水滸。蒹葭摇風水面來，似與南人相賓主。禾長疏塍青尚柔，蘚沿老岸緑成古。耳目若置城西隅，朝昏繪出林水譜。一枝帘挂曲陽邊，解錢買醉亭陰午。

晚過獻花巖登拱北峯

樹影移午遊情壯，煙蘿杖屨兩相向。石磴危曲引人行，古緑層層松竹釀。尋嵓但覺雲氣深，更陟高峯寄遥況。一幅横披牛首山，林巒塔閣無遁相。老僧指點愈分明，雙闕入懷如揖讓。據石高談暮寒生，落照寫山千萬狀。

戲爲黄雪歌柬張偉讓先生索酒

市酒如錫味甚惡，百錢沽來雙眉顰。青州從事在何處？無分于人竹葉春。一觴纔舉手便停，夜漏丁丁洗耳聽。若使飲酒盡如此，何必三閭大夫能獨醒？射陽湖畔隱君子，鶴髮兒齒丹顔美。相逢正值仲冬天，家釀酌予爲色喜。雪酒香甘快飲醇，臈黄清苦味復旨。前身應是東坡仙，賦得濁醪有妙理。持觴調酒能中節，七分黄者三分雪。一杯一杯復一杯，甘苦相和更清冽。歸來寂寂坐禪宇，願乞一尊慰寒苦。杓鸕鷀，杯鸚鵡，甘向醉鄉作附庸，須防甕頭臥吏部。

飲酒

假寓山中，瓶粟且罄。有謂日來秫價稍平，予搜囊得數金，悉以糴秫。得十數斗，經營釀事十餘日而酒成。余則欣然一醉，而衆口嗷嗷。室人曰：『向固慮及此矣！君惟圖軟飽，不念衆饑耶？』予無以應之，遂成是詩。

鄙性從不治生事，入山漫説居山易。數椽寄迹何蕭條，未能謀食先謀醉。傾囊糴秫纔數斗，如逢麴車涎流口。草率釀具取新篘，好醉秋光一杯酒。衆口嗷嗷腹枵然，探向囊中無一錢。我今獨醉衆皆饑，謀生若此是耶非？持杯無語空自嗤，五柳先生是我師。彭澤公田雖種秫，在官衹有八十日。一聲長歌歸去來，秫田穫事何曾卒。饑來乞食主人門，觴至賦詩忻笑言。乃知虛腸不求飽，但求一醉忘朝昏。

歲暮舟吟

朔風剪雲天愈高，日烘嚴霜濕凍蒿。堤畔居人急歲事，魚米薪蔬紛向肆。久客卻忘歲將除，檣櫓往來意何如？空舟坐愁憐隻影，寸心鐫愁紛幻境。褐囊挂壁貯塵多，布衾覆夢飽霜冷。思家千里望鱗羽，移瞬兩丸逐烏兔。自笑懶雲山中閒，底事風吹出世間？秋帆一片摇江月，冬旅鎖鎖寄邗關。汝能菽布堪卒歲，妻孥無謫心無繫。請雲乘風歸山中，自卷自舒遥天際。斂手而對曰不能，一瓢一笠藉友朋。自是懶雲懶不得，漫漫東西與南北，且問酒杯澆寒色。

贈胡君籲

作客華陽何寂寥，六月行李冰雪似。小年如日樹影長，蕭然弗問户外履。與君相對俱閒身，楸枰丁丁頻落子。坡仙妙語我知之，勝固欣然敗亦喜。奕罷拂几調素琴，七絃冷冷清如水。古音那許世人聽，不在琴心在琴理。繞徑竹色未斷青，臨池薇花將綻紫。歛局囊琴日落時，亭畔嘯歌浮緑蟻。

題孫大宣年兄想園圖

萬丈峯嵓千頃波，豎劃寸管墨横咫。雲光杳忽疊銜山，樹影參差遥帶水。茅屋數椽謝囂塵，觴斯詠斯書盈几。有舟可泛車可乘，有田可耕亭可倚。園所應有無不有，一任流行與坎止。牖户綢繆人不勞，風月平章天相委。放乎六合卷而懷，弗常其處可以徙。許多土木費拮据，競巧誇多且鬭靡。方池曲徑碧樹周，修棟畫棁層樓起。亦有流峙依自然，亦有結搆備衆美。風吹山平波爲石，辟疆金谷今已矣。披對便是魯靈光，孰者堪悲孰者喜？神鬼尻輿誰轡輪？沐日浴月無終始。以想成園園成圖，應會感神斯得理。天上原自有非非，人間世亦當然爾。

風

九十春光只數晨，餘寒猶爾侵衣被。風聲入耳聽欲倦，朝朝暮暮無停吹。欻如急雨挾霆來，又如秋濤駕海至。大王意氣胡顛狂，少女枝頭久勞瘁。老樹何辜叫弗休，飛鳥高迅弱復墜。頽紅掃白辭園林，花信寧止二十四？窗櫺紙破響嗚嗚，燭焰不長生光細。試覓一尊近睡鄉，調刁底事驚人寐？

山雪吟

同雲四布噫氣吼，無數花飄碎瓊玖。大如粉蝶逐風飛，密如纖珠筐内剖。俄看門砌失青苔，旋驚羣山成皓首。樵蘇迹斷鳥影藏，乾坤一片白相守。茫茫漠漠無涯際，乍疏忽急還如綴。帳裏羊羔何太濃？閉户高卧形爲蜕。開窗獨對寄冰心，曠觀非復人間世。前年雪阻皖江濱，短褐濁醪過浹辰。去年瑣旅廬陽雪，古廟寒檐身影孑。可惜清景多虚度，山情雪意誰應付？今兹所得豈尋常？掃盡塵土與雲霧。一聲爆竹響遥空，幾朵瑶華墜高樹。

堅孫送酒

雨聲耐煩兼晨昏，檜樹相嗣惟淅瀝。河伯灌水限往來，奴子視瓶少涓滴。雖有青蚨乏青帘，擬剔孤燈對孤壁。赤脚亂流彼何人？白衣送酒今再覿。纔將渴吻厭垂涎，便破愁城無勁敵。秋山雨過羣籟空，煖取一壺遣岑寂。此中自有妙理存，獨謡十酌神愈逖。華胥相去路匪遥，嘉爾深情紀爾績。

小桃源瀑布

草際喧喧導泉鳴，攜策泝流渾忘倦。呼童誅茅躡徑危，噴沫乘風已迎面。曲澗碎吐數斛珠，峭壁高懸一幅練。莽壅決盡水氣懽，多歲沈淪今始見。據石寂聽聲益喧，碾玉披雪莫之先。塵俗能得幾漁郎？未許春流送花片。

五兒烹鮮午酌因過四兒亦園

急足江頭市鮮歸，盤盤嘗新酒初熟。爰知食指動有徵，懽然午酌充虚腹。爲憶西郭舊閒園，步延野色開心目。遥聽遊人鼓且歌，或坐林端或山麓。維時清和雨新霽，殘花紅表枝間緑。方塘漾水荷依依，樹下披襟風謖謖。挺爾琅玕數十箇，牆邊笋透鄰家竹。此君漸漸得相親，朝昏便可食無肉。不妨睥睨在山隅，坐來宛入幽人谷。回首常時捄度勞，三十年前予卜築。爾今種植復堪觀，即事爲功無欲速。先搆亭子好看花，次第編茅數椽屋。

過亦園看木香薔薇

微雨作止晴猶乍，午餘暫給春遊假。西郊千葉緑正新，況復芳菲枝相亞。薔薇參差錦繡文，纍纍木香雪盈架。身坐花中與花忘，四面看花目不暇。黄蜂粉蝶弗畏人，穿林上上還下下。掠取羣香歸瓷碊〔二〕，翠濤頻向花前瀉。小園閒賞曾幾回，珍重韶光信無價。花情人意兩流連，今日是春明日夏。

鎮江舟曉

夢覺鷄初唱，籧籧江上身。柝聲猶帶夜，帆影已侵晨。霧重秋光歛，湖生寒氣新。微風送清響，北固曉鐘頻。

徐三我招飲芸燀齋

一室殊幽勝，方□□舉觴〔三〕。樹疏能綴月，枝冷恰承霜。雁語留秋韻，爐煙逼酒香。觥籌倩誰唱？應共漏聲長。

張侶仲先生惠酒榼卻謝

飫此壺飧味，分從苜蓿盤。杯光纔向滿，夜色已辭寒。官冷腸偏熱，顔酡旅亦懽。坐深承酒力，忽忽寺鐘殘。

過常山縣

雨過晨光濕，頹檐溜尚新。地荒山作郭，縣小吏驕人。草樹迷行望，郵亭絶比鄰。孤懷當此際，慙愧逐車塵。

寓天寧寺聞鐘

梵鐘初報夜，喧寂總成非。韻徹林同振，階空響易歸。聽將諸累滅，心共一燈微。深省能無愧？浮生暫息機。

宿州道中逢吳湯日南歸

停車相向揖，南北往來身。不盡經年别，難從一語申。憐予方作客，羡爾漸歸人。慎勿嗟岑寂，還家慰老親。

午日偕内山行看瀑石上小飲

不憚山谿仄，攜笻先後行。水深添石過，壁峭仗蘿迎。遠白層湖見，微紅晚日明。蒲觴猶可泛，沿澗擷新英。

署中午日和女鳳儀喜雨韻

沛然何處雨，密灑到檐前。帝息惔焚勢，人平糴糴錢。榴花紅際濕，蓮葉望中鮮。蒲酒公餘醉，寧須競渡船？

山行

千林同一霧，入望總茫然。山路無情雨，行人有憾天。橋攲偏觸溜，驢弱不勝鞭。寒色空濛裏，春陽何處邊？

廣陵正月十六夜汪紀常招飲

寂坐安貧旅，招攜杖屨輕。雲將微月送，燈續昨宵明。尊酒酣中夕，笙歌夾兩城。桃花千尺水，如此故人情。

重過朱子葵太守鶴洲草堂看桂

爲踐前期至，秋晴發桂花。再來知曲徑，深坐宛山家。水石閒相抱，棋尊意正賒。幽香何處送？密樹導風斜。

寄家信自嘲

歷歷平安字，飄飄孟浪身。四時周冷暖，百念嗇風塵。落筆休言旅，臨函只寄貧。遠慙梁孺子，然寵不因人。

方坦菴見示新詩旋承招飲

索句消羈況，如蟲候至鳴。苦吟憐不肖，大雅奉吾兄。貧亦供詩趣，老能出世情。過從欣咫尺，杖屨自然輕。

月步

月意人如戀，空階脉脉行。旅中何淡莫，天上亦孤清。照影寒相惜，流光鵲乍驚。幾枝霜後柳，疏映不勝情。

雪中方坦菴送酒肴

饋亦尋常事，多君念敝裘。鄰因羈旅洽，酒爲性情謀。果腹貧廚喜，深杯百慮休。行吟如有助，耐看六花稠。

亡室倪孺人百日

雨意知人苦，朝昏滴素裳。生歡歸往事，冥福仗空王。百日忽彈指，千秋祇斷腸。幾回拈數字，瞀亂不成章。

暮靄宿檐樹，熒熒對一燈。在家如逆旅，垂老失良朋。愁極語誰向？酸深哭不能。欲隨鐘磬意，方外學閒僧。

草堂雜詠六首

老拚人共棄，山與静相宜。曝背茅檐暖，貪眠午飯遲。雖荒田數畝，不廢酒盈巵。纂纂歌能好，天慵亦我私。

亦有山中課，微劬我自怡。平安問花信，灌溉補天時。薙草因尋石，牽藤且綴籬。西隅樹影薄，指點過溪移。

預擬開三徑，經營版築先。亦知生計薄，其奈勝情偏。種竹須當牖，移梅喜及肩。自嘲還自解，省得買山錢。

山空來素友，酒熟載諸孫。添石通谿步，流觴遡水源。葉喧歸牧路，鵲鬧夕陽村。薄醉攜笻返，蒼蒼竹樹昏。

空潭澄峭壁，苔蘚老青青。徑仄緣蘿上，泉喧倚樹聽。坐沙呼石丈，汲水考茶經。枕漱高人語，于兹愜性靈。

信步紆回路，溪聲逐杖藜。石將羣壑界，松與兩峯齊。捲幔香浮坐，留賓菜剪畦。清閒山水致，話到日移西。

頌嘉春詠二首

扃扉吾自得，屐踏蘚痕殘。兩弟歌棠棣，良朋念考槃。共傾獨夜酒，預損詰朝餐。倉卒無東道，梅花且飽看。方二化，家弟晉庯、城起過訪。

新添幾箇竹，又架數椽廊。坐令西暉遠，行看碧影長。娟娟經雨洗，曲曲進風涼。便是春山課，無妨静裏忙。

瑞隱窩小集

勝地杯相引，同人坐自歡。嵐收山踴躍，晴好竹平安。新栗披黄玉，高談汎紫瀾。魯戈如可假，邀日駐西巒。

送女鳳喈歸江寧二首

憶昔于歸日，臨岐已贈詩。迢遥數百里，荏苒便三期。自是關親愛，翻令有别離。偕郎江上去，眠食好支持。

欲别難爲别，縈回在寸心。老人猶制淚，阿母已沾襟。冬暖風多便，江晴霧未侵。到時嘉慶畢，望望寄旋音。

元之四日雨集五郎書室

潤物初正雨，庭柯滌更鮮。春盤臺菜嫩，古鼎水沈然。良日逢天赦，遠心覺地偏。青尊將皓髮，温故在新年。

雨過下方渡

山雲濃釀雨，特送渡河人。一片聲如注，中流點更頻。漲高沙路失，舟溯浪花新。摇曳吾何事？生涯問水濱。

雨中到齊雲喦宿攝真處

一日雨聲裏，到來聽不同。遥谿喧入夜，懸瀑亂隨風。影静羣囂處，心清萬籟中。舉觴深向燭，和雨嚼虚空。

秋　旅

旅食竟何事？朝來罷應酬。黄花供短詠，白眼對高秋。閒似因貧得，老纔知病由。蕭然塵世外，時向睡鄉游。

夏廣生問疾

今朝纔學步，扶策過軒南。改火朱明至，論心素友諳。將衰憐瘦骨，小愈怯深談。惟訊西山緑，多應染一菴。

同夏廣生張仲友及家弟聖林過三兒新卜山莊用四兒韻

喜汝還初服，於兹度夕陽。謝將牛馬走，共就鹿麋行。一笏安身易，孤筇選勝忙。平臺堪小憩，指點任傳觴。

五兒攜具草堂

小徑行能曲，新晴欲午天。筍高抽緑直，梅熟綴黄圓。得酒吟成癖，看山坐是仙。杖頭莫羞澀，荷點一池錢。

夜　雨 半圃十詠之四

淅瀝因風至，中宵聽更清。空階初滴響，落葉似添聲。砌濕蟲相弔，燈孤夢未成。遥知籬畔石，緣引翠苔生。

寒柝

似亦叶宫商，隨風遞抑揚。驚回中夜夢，敲落五更霜。埤堄聲相送，關山曲自長。那堪莎砌下，斷續應寒螿。

摘橙

顆顆呈秋色，佳名賦在裹。移曾經細雨，題必待清霜。帶葉猶分緑，堆盤滿貯香。黄金如可縷，紫蟹正堪嘗。

掃苔

澤葵沿徑長，到處緑能稠。滋蔓因承露，蒼涼已及秋。階防雙屐滑，帚帶落花收。莫惜頻頻掃，錢多卻買愁。

戊戌除夕 共用寅字

爆竹傳聲鬧，梅花汎酒新。問年將送臘，望斗漸趨寅。天轉初陽令，杯迎向曉春。椒盤延絳燭，共慶太平人。

集飲薆霞〔四〕 塈孫治具

羣碧欲環天，空階合作便。雨從他處落，涼向此中偏。酒氣清如竹，風聲細送泉。飛飛禽集木，恰待夕陽旋。

喜雨

落在重陽後，喧當初夜時。爲霜先作汁，灑菊自生姿。葉墜添聲重，檐乾瀉溜遲。山田承潤澤，種麥正相宜。

晚酌二首

尊有涓涓酒，開窗醉緑陰。借兹連日雨，稱我住山心。水匯鳴溪壯，煙迷入靄深。歸飛林鳥語，帶濕倍相尋。

燈酌蟲蛾亂，予心謂不然。因思長夏飲，當在晚風前。近樹鸝猶囀，看山夕更妍。忽疑雲過檻，數縷是炊煙。

立秋

便覺心相向，迎秋酒一杯。涼如因候至，風亦爲人來。燈影浮檐樹，蟲聲出砌苔。幽詩吾可詠，流火此宵纔。

過武林將訪劉孔昭湖上不果兼懷潘二次魯

咫尺雲山阻晤期，江干南北獨奔馳。不逢湖畔論詩友，卻負樓頭訪友詩。風静浪平帆落後，沙明月白夜深時。懷人遠近頻搔首，悵悵清尊懶自持。

冬日訪夏廣生于會心園謝中隱山人留飲閲其近作賦贈

竹色依依寒色盈，繞林殘雪暢幽情。爲探勝友衝寒至，恰好芳尊就竹傾。歲暮益憐山徑寂，家貧偏覺老身輕。案頭如許驚人句，乘醉吟哦趣轉清。

觀遊女鞦韆戲

遊女山頭春事佳，鞦韆共戲蕩春懷。籠繩纔露纖纖手，踏板高懸小小鞵。來去凌空嬌膽怯，迎推和采笑聲諧。柳邊舞罷偏多媚，隔袖微扶欲墮釵。

過石浪上人栴檀林 時石公自博山歸

行脚歸來便掩關，錦峯深處一枝閒。籬邊怪石堪留屐，窗外疏筠不蔽山。澗水潺潺鐘韻合，晴雲澹澹篆煙環。回看塵世千重迴，願置身心几杖間。

送虎子居函雲洞二首 得一先韻

意外行藏别有禪，一枝何處不隨緣？忽然居寂山爲主，從此能清骨是仙。峯約斷雲銜怪石，洞披老樹貯寒煙。花開花落尋常事，飽爾朝昏幾覺眠。

瘦瓢布衲杖堪肩，肯受人間憎與憐？一肚皮藏不得意，三杯酒作有情緣。時開半榻邀雲駐，貪把奇書帶月編。任卻此身同草木，笑他盤古錯分天。

冷水鋪大風雨

風雨聲聲朝復昏，春寒獨自滯孤村。臨窗無一書堪讀，入耳如羣馬共喧。紅墜桃花辭樹色，白添湍勢没沙痕。冷然客況應同水，漫摘畦蔬佐酒尊。

大司空劉心盤見贈瑞荷集並催梅詩各賦一章

片枝自足競芳鮮，況復雙雙漾碧漣。君子風前簪欲盍，美人月下袂初聯。俱飛蛺蝶争香亂，並羽鴛鴦顧影憐。莫道傾城能獨立，名花已擅兩嬋娟。並蒂蓮。

不盡寒香隱躍中，凝情猶似待東風。枝頭已飽珊瑚色，蕚底微依翡翠叢。使過江南春欲寄，參横天曉夢休濃。持觴好向花神祝，莫共夭桃鬬小紅。催紅梅。

江村月步 步文然韻

落霞猶浸水痕鮮，人影平沙得月先。遠浦潮生千頃映，高林葉盡半規懸。舟孤戛櫂欣投岸，市小沽醪倍索錢。步逐清光忘夜冷，幾家燈火間疏煙。

蘭谿郊行省蟲荒

出郭連朝露氣滋，可憐呼籲盡瘡痍。惟艱天應憐民食，入告予今忝有司。單騎自甘衝暑雨，居人猶說候旌旗。予單騎走田間，村人猶問令何時至。裹糧急借村炊熟，莫誤農家午饁期。

雨　愁

晨起窺窗日出曾，漫空煙霧正飛騰。花經雨作無情別，寒與春爲耐久朋。屐齒頻喧眠莫穩，爐香帶濕篆難升。愁中欲擬登高去，竹杖芒鞋病未能。

乙酉初度雨飲

蒼蒼蘚色上柴扉，四月寒深欲授衣。烽火沿江傳信急，壺觴隨意遣愁歸。榴花厭雨舒紅小，燕子銜風帶濕飛。自笑生平無一是，先知伯玉兩年非。

方奕于過訪

一肩行李帶斜陽，急啓柴扉共納涼。坐久看山思避暑，家貧煮豆即呼觴。別來顔色驚梁月，詢罷寒暄見鬢霜。多難餘生形畏影，對君纔敢話滄桑。

百福寺重九前一日唐薇垣招飲

蕭然禪室共徘徊，檐溜涓涓濺碧苔。聽雨先爲重九惜，傳觴不待再三催。爐承濕氣生煙小，風送寒聲到樹纔。剪燭相看朋坐好，瓷瓶香動桂花開。

醉中吟二首

亭畔梅花寂寂春，暫將香韻慰羈人。半年涼燠成孤夢，百口饔飧望此身。霜到鬢髯寧諱老？天除冠服許爲民。餘生更覺無拘礙，是處煙蓑與雪綸。

頻朝懽聚趁春陽，且脱愁鄉問醉鄉。總爲滄桑逢世變，故將鷄黍話家常。貧羈共笑生涯拙，美睡先謀酒力强。茗艼歸途新月上，自鄙孤影逐清光。

過心逸上人觀化樓看牡丹　同王肇元及家弟元溪

芒屩不及俟晴霞，結伴尋山踏淺沙。石路高低林畔轉，谿泉吞咽雨餘譁。塵心暫息清涼境，冷眼驚看富貴花。猶許攢眉陶處士，階前呼酒代烹茶。

寓中得文然都門書 然兒舊秋補庶常，今春授禮垣。

南北懸懸夕復晨，迢遥忽爾獲雙鱗。經年官秩三年望，兩字平安一字貧。浪迹江干空作客，關心燕市未歸人。倚閭較我情尤迫，再爲封題寄汝親。

賦得天寒有鶴守梅花

亭亭獨立對花叢，耐冷綢繆顧盼中。衣縞欲分枝上月，頂珠先占萼頭紅。未容翠羽通香夢，寧許封姨鬧曉風？好向孤山稱眷屬，幽心瘦骨兩相同。

挽潘次魯二首

幾載流離逐海波，纔從白下問煙蘿。身經百折猶軒舉，家任長貧只嘯歌。厭世尚餘諸累在，彌天其奈一棺何？登牀不禁人琴痛，暮雨西風颯颯過。

旅食蕭然笑此身，炙鷄絮酒未能陳。死生雖判交猶合，神理常留夢可親。吾黨吁嗟亡至友，蒼天閟惜是高人。花臺桃渡經過處，無數芳菲空自春。

過龍井懷方坦菴

尋山步步寄閒神，水曲峯回自在春。過雨瀑高如曳練，迷階草緑久成茵。偶探玉蝶梅邊石，卻憶金臺馬上人。南北迢迢瞻莫及，徘徊日暮畫溪濱。畫溪，坦菴所居。

車中作

風微巷箔望平原，草色沿湖偃碧痕。白墜秧田雙鷺下，黄穿堤柳一鶯翻。驅犂稼事初知霽，近午鷄聲暗識村。遥想山中春夏際，晚花新笋稱柴門。

漫興

一縷香浮累自輕，當窗得月寫空明。老難影對全憑酒，夜值寒初幸有晴。漫以林泉供晼晚，肯將鞵杖負平生？山頭紅葉溪邊路，從此探幽處處行。

月下同麗木飲散步西山

開尊露坐自從容，乘興行吟醉未濃。千樹隙中分見月，亂蟲聲裏忽聞鐘。夜含清氣消殘暑，人帶孤情望遠峯。踏徧山頭復山麓〔五〕，邛枝到處破苔封。

僦居四首

先世農家只數椽，僦居今日亦依然。茅檐不剪瓜藤覆，竹逕初通草色連。爲蓄鷄豚編小柵，擬栽豆菜賃閒田。盛衰變化無嘗主，辛苦青門仰昔賢。

晚來山氣共煙籠，入望湖光隱躍中。峯石巃嵸遲見月，竹杉交互易爲風。即今食藿無長策，便欲誅茅鮮近功。不設籬垣聊偃息，何須避世在牆東？

姓氏應同牧與樵，圖書數卷任蕭條。家貧始覺餐蔬美，婦病偏嗟取藥遥。剩有苦吟抒夙憤，難將清夢戀中宵。調刁風起松濤壯，似送秋聲伴寂寥。

風塵回首竟何成，草草安能問泌衡？自卜池山慙孝緒，纔通煙火憶淵明。柴門漸長蒼苔色，瓜架時喧促織聲。屬耳忽聽南向鴈，江干一羽尚飛鳴。末二句懷四兄也。

皖友招飲看雨中杏花

積晦横窗午夢頻，欣逢折簡在比鄰。牆頭紅綻盈盈濕，瓶裏香浮片片新。潦倒羈懷淹暮雨，留連家釀醉寒春。卻思往日龍山曲，是處花開酒一巡。

留别維式上人

聽來鐘磬日悠然，應與嚴公宿締緣。醉裏敲棋頻剔燭，花間煮茗自添泉。可知一鉢無餘事，便是三杯别有禪。屈指重遊常不遠，南湖畫舫正秋天。

初五日迎春

爲有舟車織路頻，從來行止不由人。自嘲到處經年客，又看常州五日春。座上杯盤陳柏酒，街頭鼓吹鬧芒神。晴光淑氣微微動，已識星杓欲指寅。

遣夕 盆中虞美人初開

迷離樹色送頹陽，小雀循檐漸漸藏。瘦向燈前慙舊影，懶從病裏得真方。十杯薄酒持如律，半枕安眠託此鄉。莫道芳菲時已過，盆花新試美人妝。

和張仲友見贈山居之韻

半月眠餐博得閒，軟莎晴靄護荆關。疏梅傍牖堪晨夕，短策沿溪任往還。無計支排唯白髮，不嫌慵老有青山。攜鋤籬外開餘地，再擬誅茅一兩間。

微醉

暮色迷荒罩近村，樵蘇迹斷鳥無喧。前峯霧送黄昏雨，斗室燈開白墮尊。葉謝秋聲依檻落，爐知寒氣倩香温。周旋一覺須微醉，明日陰晴且莫論。

竹笑軒納涼

徑曲生涼氣自通，一軒恰坐衆陰中。苔錢依石疊新翠，蛛網惜花留落紅。棋局敲殘窗外月，茶鐺移就竹邊風。試開月席觴無筭，乘興登臺眺遠空。

雨中陳二如招飲

霤聲不斷和鐺聲，卜晝盤娛燭繼明。時事如斯閒裏好，春光何處話中生。家貧款客肴偏富，夜雨留人意勝晴。聞説琴書將遠適，轄投何惜再飛觥。時二如將有濡須之行。

七夕

輕陰細雨作涼秋，但得涼時醉便休。腹久無書何必曬？老安能巧不須求。那堪耳畔傳風鶴，未暇天邊問女牛。移就數枝香茉莉，將花照酒兩綢繆。

四兒載酒披雪洞

枯藤曲磴恣相羊，選石開尊不記行。樹裏看流千點白，風前舞葉半空黄。禽飛似帶聲聲瀑，洞裏斜傾淡淡陽。好事小奚趨絶頂，甕泉一決噴波長。

讀方坦菴寧古塔雜詩悵然有懷

不是尋常嘆各天，起居猶幸見長箋。多時夢境非吾土，垂老詩情在極邊。黃稗炊遲甘一飽，茅茨日暖恣三眠。閒來曳杖檐前望，草白煙黃總渺然。

方使至自寧古塔詢坦菴近況

使者因聲及遠天，細詢起處更依然。鬚猶如戟惟添雪，詩可忘愁似涌泉。漸有江濤傳鴨綠，幾曾山色類龍眠？由來名士多荒讁，見説潮陽路八千。

移舟入湖止宿岸上

舟輕一葉盪斜暉，入望青青山四圍。耳目寄來無不可，水雲起處自相依。湖光似鏡兼天淨，鳧陣如煙背網飛。止宿懽然窑火暖，恰逢酒熟與鷄肥。

孫魯山貽山園新茶

俱理山中薜荔裳，多君勝事在茶筐。紫茸手焙調生熟，白絹函題寄色香。活火煮泉魚眼沸，小瓷注液乳花嘗。醒餘午後神都爽，蝴蝶休教繞竹牀。

送十九姪望侯會試

翩翩裘馬正鮮新，不唱陽關逐路塵。弓冶好承先世澤，文章偏發少年人。家園老我惟傾耳，帝里逢時可致身。鴈塔題名雙鴈字，又當六十看花辰。先中議公、叔給諫公俱辛丑榜。

夕坐城起弟亭子

疏柳平堤欲夕天，下車試憩小亭前。殘霞浸水摇山翠，遠樹籠雲帶市煙。鴈字數行飛向月，樵歌一道緩歸田。坐來便覺心無事，寄在清池落葉邊。

西山小飲夏象九繼至飲罷過慈雲

此日西山地更偏，相尋高處展青氈。滿城煙動炊年飯，遠樹風開露雪田。中飲喜添佳士坐，閒情欲傍老僧禪。兒童也識登攀勝，爆竹聲聲鬧晚天。

山居即景二首

滴瀝頻喧噫氣豪，秋林漠漠壓林皋。雲知雨意濃生墨，樹得風聲激作濤。石咽漸聞添潤響，山暝似不識天高。紙窗拋卷渾無事，試爲吹燈覓濁醪。

役役何如落落身，不將華髮憶青春。一丘蹇劣貧隨我，竟日高閒老勝人。種樹滿來嫌地窄，吟詩狂處任天真。蜀笻蠻榼相從慣，只待秋山絳葉新。

偶同夏仲寬及兒文勲閒行便過郭超宗家小飲

形影空相惜，追陪杖履輕。胸纔開大地，望已極層城。新柳緑含意，小禽繁有聲。春光偏在野，遊事恰逢晴。圃闊看蔬長，橋低過水平。幽居驚剥啄，好友快將迎。芹采堪供筯，梅香欲滿罌。深愁憑酒豁，閒步覺心清。古寺斜陽護，高峯遠樹幷。徜徉能竟日，慰藉此平生。

田孫若年兄招予湖上遊兼寄踏莎行一詞酬之

憶君棲息處，朝夕足清娱。銷夏惟棋局，開門儼畫圖。螺青浮遠巘，練白曳長湖。近水烹鮮易，臨池染翰殊。留姬歌宛轉，懷友意踟躕。黄絹詞堪比，滄洲興不孤。榴花猶有色，竹葉可頻沽。待我歸帆便，堤邊醉一壺。

同李梅公少司馬趙洞門大中丞李腹公太史李大生太僕李小有明府王于一程穆倩李玉潤吳園次集高季鮑菽園

避暑方無地，開林氣若空。環青延薜荔，高緑覆梧桐。編竹牽花長，依臺纍石崇。徑因多樹曲，家可小舟通。築架雖伊始，經營便不同。名園當暇日，樂事集羣公。素茗堪銷夏，玄談足發蒙。居然超世外，忘卻在城東。香熟爐生篆，風涼夕奏功。歌聲蟬噪並，燭影水光中。清切蟲吟砌，霏微露滴叢。衣冠俱灑灑，酬酢未忽忽。禮恕嵇康懶，杯澆阮籍窮。仰看銀漢轉，揮翚興猶雄。

出山赴吳湯日之招同方夢名江向若夏賡生戴盂菴賦

款扉勞遠訊，躡屐就新篘。坐集香山老，談傾稷下儔。佳詩珠在篋，藏茗碧盈甌。閒甃延蒼蘚，鄰牆出絳榴。月升將挂鏡，雲淡不成樓。稱席高然炬，深杯確點籌。問年驚蟋蟀，閱世等蜉蝣。名理鎔三教，巵言獵九丘。得觴何弗舉？有轄豈須投？洵可稱良暇，于焉叶應求。行吟猶未已，天漢共悠悠。

懷方坦菴十六韻

書遠頻瞻鴈，心閒不聽猿。誦經披布衲，曳杖逐朝暾。無字蠻童唱，多情旅客尊。甘貧諳菽麥，隨俗蓄鷄豚。里樸忘人我，居安愜夢魂。樂饑如在泌，高臥可師袁。闃静機應息，艱難道益尊。糲蔬誇俊味，霜雪識天恩。漸覺玄談勝，偏依白醉温。老能寛覆載，詩欲當饔飧。蕩滌寛諸累，消摇若故園。保兹忠敬質，兼謝應酬煩。展矣行吾素，投荒詎足論？百篇新句好，知子意孤騫。一致齊生死，千端冥寂喧。蓋頭堪處處，適意自言言。

偶作

七尺巍然孰頡頏？那堪失路獨倀倀。浮雲蔽日何由霽？巨浸稽天莫可杭。鬼恃五窮貪跳踉，疾躭二豎住膏肓。傳來市語同譫語，久坐愁鄉逼睡鄉。意等水鳧隨浪遠，迹如柳絮逐風颺。時哉空羨禽斯舉，命也休言李代僵。自古戎興垂口戒，于今肱折笑醫良。艱危心已甘荼蘖，慷慨胸能起太行。徂歲漫誇鳴鐵鏑，當年總悔賦長楊。杜鵑多怨聲難聽，萇楚無知樂未央。入世紛華歸白眼，從前事業付黃粱。網開羣喜邀寬政，時有大赦。隅泣還思動滿堂。急售枝棲空所託，暫依村落亦云藏。門稀屐齒猧兒静，棟有巢泥燕子翔。郊樹成林延暮色，野花迎夏散餘芳。聚蛙田畔遥喧鼓，新月窗間淡寫光。近夜糢糊三盞醉，終朝功課一爐香。儀雖得辱舌猶在，孟忽辭貧書滿牀。適志寧分莊與蝶，食魚豈必鯉兼魴？俯憐寂寂行吾素，仰視悠悠問彼蒼。懶對妻孥憂凍餒，且將筆墨寄清狂。畦蔬咫尺供廚便，烹取頻頻佐酒觴。甲申冬，東陽城上射紅袍賊落馬。

渡淮歌

來時水腹堅，歸時水聲咽。行李未知春，依舊如冰雪。

月夕口占

促織復促織，空吟廢牆側。客子久無衣，機杼何須力？

月閨四詠

哉生明

金鉤恰西挂，正欲捲珠簾。纖影偕愁思，從教夜夜添。

弦

嫦娥舒半面，流彩徹容髮。可因上下絃，一彈關山月。

望

夜光懸正滿，皓皓鑑羅幃。所願人如月，常憐三五時。

食

似鏡羞相對，如眉亦懶描。方虧猶未吐，抑鬱共寒宵。

道院二首

誰識兩無咎理？難得一有心人。況復鼓鼙盈耳，何不丘壑藏身？

頗解幾分閒趣，難禁一刻攢眉。自是我無定力，風吹花上游絲。

花

因風香泊何處？及日豔滿疏籬。願爲蜜房羽客，飛來飛去花枝。

官橋鎮聞新蟬

夾道高槐生古陰，茅村染緑晝沈沈。新蟬鼓翼深依葉，猶怯長風作小吟。

攝山病吟

石蹲危澗鬭流泉，雨歇聲猶疊疊傳。倚杖橋邊聽未了，斜陽秋樹又鳴蟬。

點珠美人

侵曉臨粧絮粉勻，纖纖玉笋撚脂新。若教度曲敲檀板，小令先歌點絳唇。

橫釵美人

烏絲委地氣沈檀，綰就香雲十八盤。不遣春風輕掠鬢，一枝斜壓水晶寒。

鏡中美人

菱花初展映秋江，照拂新粧坐小窗。顧影憐形誰得似？嫦娥月下一雙雙。

簾内美人

隱隱朧朧若可親，畫圖髣髴有真真。正從望裏情緣熱，願逐輕風近玉人。

粧罷

臉檀眉黛鬢堆鴉，出衆風流色色嘉。猶把青銅頻照拂，端詳雲髻好簪花。

春圖

幽情巧寫白團紈，袖向燈前示所歡。多少爲情顛倒意，按圖彷彿又羞看。

素襪

妍手窗前剪素羅，鍼鍼縷縷送橫波。恰籠雙瓣深紅小，芳草堤邊試一過。

雙環

雙環約指兩情深，可比同心利斷金。爲爾珍藏羅袖裏，肯將春笋近秋砧？

縫裳

一片殷勤念曉寒，挑燈裁剪細心看。郎衣長短何須尺？昔日伸量在指端。

染翰

碧紗窗下浄無塵，微嚙毫端染墨匀。側理展來書欲徧，于今不數衛夫人。

夢回

斗帳香融夜悄然，檀郎故故惱嬌眠。惺忪枕上嗔回喜，小語雙聲唤北千。北千合爲『乖』字，見北夢瑣言。

微醺

小飲花前敵晚寒，持觴無力倚闌干。斜頽粉靨生紅暈，淡淡霞烘白牡丹。

踏青

笑攜女伴踏郊原，一帶芊緜襯履痕。忽漫情癡嗔鬭草，萋萋底事誤王孫？

拈繡

花卉勻鋪界羽毛，五絲雜組手中繅。遥山遥水無窮影，只似文人運彩毫。

圍棋

楸枰相向静垂簾，子落丁丁露指尖。火暖博山焚瑞腦，局中劫急不遑添。

躧趾

纖弱雙紅絶可憐，約縑收束似春妍。臨風小立鞦韆板，軟玉輕鉤兩瓣蓮。

門人盛念平雨中邀飲南湖二首

過橋緩緩暫停舟，入望湖光雨際秋。漁艇半依菱葉渚，人家多在豆花洲。

便將酒氣參雲氣，更取棋聲雜水聲。宛在中央閒眺望，秋光何必愛晴明？

看梅

穿橋轉逕竹林通，一室清幽水湛空。酒核便從籬下過，暗香疏影落杯中。

寓中偶然作

江湖襟帶中吳地，瓶笠飄摇久客居。笑我空彈馮子鋏，鯧魚上市又鰣魚。

紅梅載雪

大白堆成樹有光，疏枝耐凍綴紅香。水晶合内珊瑚子，應在朱顔玉手傍。

校記

〔一〕麟 當作『鱗』。

〔二〕䃗 疑當作『醆』。

〔三〕□□ 原刻漫漶，隱約似『冬試』二字。

〔四〕蕿 字待考。

〔五〕偏 當作『徧』。

龍眠風雅卷三十二

木厓潘　江蜀藻輯
采石陳醇儒蔚宗同里孫中鳳喈公参

王彭年

字幼公。崇禎己卯舉人。與同榜馬之瑛倩若、吳道觀顒若、方以智密之、吳道凝子遠，俱負一時文望。少從其父墀鳴先生學，博涉經史，有兼人之慧，年十二，即補博士弟子。生平敦崇彝紀，好振人之急，如赴焚溺，罕以力不足爲解。所著詩古文有寓園稿、大易制義、舫草、燕遊集、回里集。元配童孺人，崇禎丁丑遭寇死節，公有悼亡詩百首，悲惋淒楚，聞者泣下。以播遷失其全稿，可一慨也。

詠　史

鳳凰出丹穴，厲志在青旻。饑餐黃竹實，渴飲滄海濱。羣鳥附其翼，願可利通津。但齊德輝飛，安辨燕與鶉？憶昔魯仲尼，掩袂獲郊麟。麇鹿徧中野，謂世吾振振。鴟鴞入我室，誚鳳胡不仁。駘驥同厥櫪，瞶亂九方歅。古有陳太丘，獨醒飲其醇。

屯漕

白雲升在天，山川何碕麗。二祖經中原，普天廣植藝。塞上春風發，餼餉比阡畷。秋風入汙邪，黃雲被狼戾。榆柳樵爨深，溝渠戎騎蹶。時平美意堙，計臣階之厲。山後接居延，沃壤塵沙蔽。一線仰萬里，損益因元制。近聞地方枯，東南苦無歲。鼓枻望天津，況致遠恐泥。

鹽

水花散金錢，烹煮相輸灌。富國先富商，東齊與西漢。士人筅刀錐，劉晏紓宵旰。余行山陽道，詢老知條貫。天時無古今，地産無治亂。蒙叟去害馬，治平茲得半。

賦

東省數千里，婦子斸草根。草盡斸人骨，腥臊爲饔飧。飛蝗復障天，黃埃起北田。道上行人絶，豪客惟烏鳶。一旦桑梓空，所見盡皆同。天子發明詔，六事省厥躬。吏胥迫追呼，追呼得當無？前日勞撫字，廷議已伏誅。

餉

陛下忍嗜欲，土木與神仙。尚食省堂饌，封樁無斂錢。齋房虔露宿，請命於昊天。徒爲軍興空，剜肉未敢憐。先皇戰遼瀋，帑藏委逝川。前年寇闌入，畿甸少人煙。賊騎中原馳，中原戰伐連。下吏親民命，制府行威令。百萬一時呼，猛虎如苛政。陛下盼功成，高第河山盟。用兵益不息，反裘毛欲生。

寇

雒陽有琪樹，地建天之中。闖曹動地來，馬奔琪樹藂。琪葉委地白，琪花委地紅。荆襄前日惡，獻賊燔王宮。陛下月骨親，一旦剪桐風。馬首挾鳴箏，弓衣載寶珩。桃李雨中泣，謀臣得賄生。爲我謝謀臣，去去報聖明。生時共華鄂，死時繫長纓。

兵

蒼黄渡江南，日夕望江北。江北居無人，賊退畏兵逼。大帥擁前麾，山岳令不移。願言能剿賊，鷄犬寧敢私？唐宗苦藩鎮，天子賜璽問。豢賊自養威，驕蹇兵不慎。充國營金城，居重以馭輕。安得清土著，不復召外兵。

争

卿雲賡復旦，鳴鳥叶笙簧。嚶嚶和平中，奏假感天皇。天皇錫甫申，外攘而内匡。西漢推仲舉，唐代有奇章。損益非天命，廣願在包荒。古處崇懿德，直諒臣所當。

賄

河水闊無岸，帝子隔秋陰。古人慎李瓜，包苴來德音。文帝教恥讓，寵賂惟愧心。夷齊飲貪水，郎舍白遺金。伯起□暮夜，平津猶布衾。布衾即云矯，廉名何至今？

寄呈黄石齋先生二首

人生無羽翼，抗志在翺翔。倏然遊八極，飄爾凌大荒。朝齊若木飛，暮逐桑榆光。珍怪歷已徧，關塞歷已長。古有王子晉，白日騎鳳凰。不願學仙人，但願觀遐方。

名不出閭巷，慷慨懷讀書。讀書不成名，如菑弗及畬。日月倏云邁，老至血氣虚。退省益無營，不如還讀書。盛名不可得，盛名不可居。

汪大年回自白下招飲 宋總戎軍河上

山寨起峯煙，雕弓布野田。美人南國至，寒夜錦堂前。綺語江楓落，新愁渚雁遷。驃姚河上立，站站數飛鳶。

和王碩慰雨中讀書韻

高枕呼山鬼，文章詎薄酬？固窮吾自命，憎達爾何尤？握粟還愁卜，搴蘭喜得儔。江頭蘆葦發，乞食幾時休？

正入東省見摘參邸報

村墟幾處起寒煙，白骨餘生不敢憐。祇念飢民成政拙，豈甘逋賦累公賢？寂寥鷄犬銷殘夢，慘澹腥羶入舊年。清畝冷風人莫散，壁間有詔議蠲田。

壽徐三我

野畦浥露蕙芳時，看盡浮雲泛紫芝。不託龍門投李御，自甘鳳隱學蘭委。草堂盡日藏私史，荒徑高秋有雜詩。聖世可容垂釣客，年年進酒傍東籬。

李在公

字未盡，號我知，别號戞嶺山人。少工古文詞賦，有聲黌序間。性慷慨，好施與，屢出人于厄。崇禎末荒亂，城内外饑殍載道，骸骨撑柱如丘，公捐貲瘞掩幾數萬。史撫軍可法駐節桐邑，賓禮遇之。所著寇紀及繩衡五要，條陳時務甚悉。撫軍張公亮薦舉賢良，以明經用。晚邃心乘理，獨處窮山，吟詠自如，年七十五卒。有我言、史言、鎖言、杞言、戞嶺山房詩集。

卜居

喪亂無寧日，相逢各鎖眉。就人同畫策，較我更游移。豈是謀偏拙？祇緣數獨奇。五湖皆劍戟，何處泛鴟夷？

雨夜留仲弟飲

一尊猶未罄，冒雨欲何之？山筍甘如膾，園蔬澹勝飴。此中清苦趣，惟有弟兄知。話盡兒時事，相憐鬢已絲。

聞杜鵑

正憐春色好，花裏一聲傳。酒散雨餘樹，夢回月落天。江南文字亂，洛水羽音先。翊運何人事？相期各勉旃。

初寒

嚴威何太烈，客裏又添寒。樹久經風瘦，霜深作雪看。呵來氣已白，老去頰猶丹。爲愛三吳勝，徘徊興未闌。

投子山次元白禪師韻二首

山因水鏡稱投子，近日猶將漢代看。暮靄時翻金色相，蒼苔漸長碧琅玕。興亡滿目千峯壯，代謝無心一徑寒。自仗法雲凝蓋後，瓣香常聽祝平安。

山色迎人好共登，當時梵刹此時墳。雲封便覺東南合，路失誰將高下分？草色先除尋古道，碑陰同掃看遺文。夜深天半霞光徹，法界依稀三昧焚。

鬘嶺山居詩四首

幽心常與白雲期，洞壑空靈到始知。避世渾如隔世事，入山猶悔買山遲。布袍每爲攀藤綻，筇杖多因度嶺疲。近日鄰翁皆識性，相期尊酒水中坻。

家住鷹峯鬘嶺邊，千竿修竹一溪煙。石堆高下天然几，徑繞參差卦畫田。有客傳知乾雀喜，無人赢得小奚眠。閒看日暮歸樵侶，換取鮮魚挂杖旋。

静掩柴關百事休，山翁寧抱杞人憂？白雲出谷舒還卷，好友談心去復留。婚嫁隨緣他日事，煙霞有夢此時酬。朝來策杖巖頭坐，直到松梢月一鉤。

拄杖如篙撑上山，喜無風浪礙躋攀。溪翁不賦飄蓬性，巖壑何愁陟險艱？足下雲生千萬疊，眼前路轉兩三灣。行來絶頂憑空望，荊棘銅駝直等閒。

友人邀入城便往松山偶誦山谷詩有云明朝卻欲歸城市即用作起語續成之

明朝卻欲歸城市，漫捲新詩挈舊瓢。先囑園丁頻貯水，好將花圃及時澆。山中久矣無巾櫛，市上何人耐寂寥？惟有溪翁煙水性，松山又去看春潮。

秋　望

秋浄一天空，山山四望中。嵯峨天柱出，猶憶漢皇雄。

中秋後一夜枕上續夢中句

慷慨平生性，牢騷今夜情。夢中句。中秋看又過，殘月爲誰明？

山居

水濺石如語，山高天若鄰。閒來無箇事，溪上自垂綸。

贈李德林

由來性僻祗躭詩，生計蕭然總不知。欲識清標何處是，梅花新放點霜時。

虎丘二首

古木森森覆講臺，生公何事不重回？山巒欲語迎人意，知是當年聽法來。

千人石畔小谿頭，水月光含塔影浮。山色不隨人事改，夜深冷落轉清幽。

錢秉鐔

字幼安。少與弟鐙齊名。學宫滿歲臨貢，值世變，棄去，憂愁齎志以歿。

山中看桂喜友人見顧時舍弟滯嶺外

山中無故友，叢桂足相知。人老兵戈裏，花殘杯酒時。淮南消息好，嶺外雁鴻稀。明月猶堪賞，還期一叩扉。

丁亥元日

門鵲喧天早，山農揖歲華。幾年雙屐廢，萬里一書遐。獨酌杯中物，遥憐嶺外花。朝來風景好，高宴在誰家？

石　屋

石屋高吟處，違來十載多。山青於亂後，頭白奈秋何。僧已多年换，人還帶雨過。竹牀清夢醒，回首盡蹉跎。

登高二首

垂老看秋色，登臨興不慳。黄花羞白髮，紅樹點青山。拄杖行猶健，呼童醉早還。念兹風日好，莫惜一身閒。

僻性躭秋色，尋芳愛晚籬。菊花休負酒，楓葉好題詩。帆自前江落，人爲故國悲。況逢多難日，容易失佳期。

壬辰七夕同幼光作

竟夕看涼月，秋風憶昔年。河明今夜裏，星聚舊庭前。不定棲枝鵲，時驚咽露蟬。悄然候牛女，開著北窗眠。

夜坐叢桂園有感

憔悴南山桂樹叢，多年老在此山中。花貪夕照斜看好，詩到奇窮忽就工。閉户半生惟對月，開秋一雁可憐風。江潭有夢人千里，消息何因路豈通。

族人有譏予年强不仕爲不孝者賦此謝之

行年四十已無成，嗟我難辭不孝聲。狗監亦能誇富貴，人情豈不重科名？侍中死晉猶羞父，諸葛匡吳亦負兄。若使當時名輩在，忍將戎服抵簪纓？

送別家兄舍弟之震澤

逢人何必問滄桑？越國傷心越水長。客路夢隨今夜月，官橋迹印向來霜。老年兄弟真難別，亂日詩文不易狂。早晚柴門人獨望，迴思嶺外淚千行。

酒熟與友人飲

今歲山田只半收，牀頭釀熟不知愁。已曾敕婦開新醞，更得從君話舊遊。酒態不因荒歲減，才名敢向亂時求？太平想見先朝事，種秫年年大有秋。

辛卯臘月幼光歸喜賦

江村臘月草堂閒，恰喜遊人逼歲還。萬卷詩書煙瘴外，十年功業嘯歌間。風塵未覺鬢眉改，老病驚看步履艱。最喜嶺頭無一物，攜來春信滿青山。

壬辰憂旱

久涸滄江一滴空，旱天仍自起豐隆。北垂日脚欣占雨，西起雲頭怕是風。已厭蟬聲晴樹裏，又驚月色夜窗中。老農卜祝纔虚望，可信謀生計始窮。

辛卯元旦夢幼光歸

天南有客未歸來，傳説梅花徧嶺開。今夜分明君入夢，手中折得一枝回。

葉組

字紫若，號鏡湖。明經實齋公之仲子也。性警敏絶倫，九歲能屬文，筆如飛翰。十六補弟子員，極爲從兄文莊公所激賞。屢入鎖院不售。既疊奉家諱，號毁骨立，没于苫塊，時論以死孝旌之。所交皆一時名俊，與方太史坦庵、姚明經繩先輩有『六駿』之目。先進風流，至今猶可羡也。

遊惠山寺

貪遊忘倦涉，復此恣幽情。谷邃雷留氣，秋深樹有聲。山因泉得勝，人藉酒謀生。隨喜空堂久，無僧一送迎。

雨中登滕王閣

客路逢淫雨，聊兹閣上遊。雲迷山没岸，水漲樹低舟。帝子名誰識？才人序獨留。讀碑論往事，興廢若關愁。

遊靈谷寺

躡屩名山愜宿緣，孝陵佳氣蔚蒼煙。疏鐘風落傳松逕，空殿雲扃恍洞天。雁塔常明三世火，蜂臺昔引八功泉。寶公真法歸何處？頂禮徒依古像前。

即　事

霜濕鷄聲出翠微，和煙雜吹打寒扉。黄雲暗約梅苞綻，山鵲低隨雪片飛。除卻濁醪謍底事，好拚堅臥到斜暉。侈談若遇玄真子，莫道樵漁無是非。

山居述懷

多累還山漸欲紓，杜康隙末不須沽。減糧因放翻書鶴，破硯何煩録事珠。怪石森嚴堪作丈，野花鮮脆可充蔬。誰爲懶性生憎者？尚托長鑱藥餌扶。

戴　震

字東鮮，號盂菴。萬曆中諸生。爲人孝友淳重，以家督主家秉，待諸弟友愛，田産悉讓腴就磽，辭多取少；迨生計稍詘，資筆耕以分給之。晚年隱居龍眠，蒔花種竹，巖情谷趣，盡寓聲歌。工右軍書法，寫大士像，鑑別古書畫器物，有雅人深致。尤精醫理，能拈草活人。所著有四書五經解，手自繕寫，三十五卷，皆宣闡聖賢秘義、導後學津梁者。年七十有五，端坐誦經而逝。無幾，冠服如生，徜徉于響雪亭之顛，尋得佳兆，形如菡萏。公自題詩有『蓮花鬚裏人家』，蓋預讖也。

夏日紀異

氣至物小盈，田家正刈麥。夜來風雨聲，震蕩幾失魄。荷篠走原上，寒威壓南陌。闇闇日無光，白白霜彌夕。木樹多披枝，禽鳥亦藏迹。萬竅怒以號，茅空秃梁脊。涼生凍欲僵，狼狽走旋辟。道逢雲嶺叟，相語隔溪石。天道乖如此，愆乃人所積。不見世途險，炎涼情屢易。冷地幸棲遲，熱衷常嘍啃。宇宙結重陰，黍律亦奚益？君子貴修和，調御思無斁。

同孫畹生笪襄明訪山中道侶便過絅修兄留飯二首

行行小徑賒，青嶂列人家。移石牀堪坐，誅茅屋可遮。有園皆種竹，無地不栽茶。況奉西來偈，魚音轉法華。

久慕桃源勝，兹遊信不窮。曲藏居士宅，幽接梵王宮。果熟隨猿摘，花香有蝶逢。何緣來此地，清嘯故人風。

自述

片雲閒似我，木石與同羣。禮佛方朝曙，拈詩又夜分。喜談惟往事，懶聽是新聞。偶動臨池興，聊書半幅裙。

歲晏

歲事匆匆至，含愁獨倚闌。煙籠山翠薄，雪映日光殘。幾樹衝寒放，終朝作畫看。消貧良法在，對酒乞餘懽。

喜霽

久雪思新霽，今朝暖趁人。溪光清且駛，竹色緑初勻。踏得芳塵路，攜來草屬春。碧空遥騁望，尚得幾時晴。

雨中遲孫聲玉不至

野水田田滿，秧分秀色齊。幽懷欲有贈，悵望不成題。梅落青苔路，花殘燕子泥。雨雲層疊起，目斷數峯西。

苦　雨

菜甲沿畦吐，陰條漸可攀。流連十日雨，蒼翠萬重山。焚术常防濕，攤書不放閒。空階無遠步，深坐若緘關。

雨中扶虞美人花

芳名分綺閣，秀色上雕闌。正值新粧好，何堪積雨殘。喜猶增冷豔，懶不怯清寒。屐爲扶君折，含情應笑看。

同諸子訪崖梅璧林兩上人茶話

遥擬層層雲上人，飄然一笠此相迎。因知徇俗都無識，微想安禪別有情。祇樹密籠華藏隱，牟尼光放衆山明。浮生亦作他生夢，願托瞿曇隊裏行。

憶弟

二十年前事已非，蕭然歸采故山薇。家凡幾徙徙多累，田即開荒不救饑。兒女債催婚嫁逼，親朋誼薄往來稀。白頭兄尚龍眠隱，枕被同牀願豈違？

偶成

刹那間去一春天，淫雨經旬春可憐。攲枕驚聞鳴澗水，開窗愁對隔林煙。那知芳草歸何處，但見蓬蒿長並肩。寂歷空山人迹少，閒吟梁父漫成篇。

雜感用杜起句

嘆息人間萬事非，束修雖薄亦多違。延來絳帳千秋業，不救青閨卒歲饑。門掩空齋留鶴伴，案封殘帙映螢輝。難將劉向傳經意，更效馮驩彈鋏歸。

誦經

念佛深深歲欲除，人來山口即聞魚。閒栽小院梅堪供，新掃貧廚菜可茹。老去禪心都學澹，悟來生計總成虛。猶嫌此地非全僻，悵望西風舊隱廬。

春愁

欲遣春愁愁又來，空階明月獨徘徊。事于改歲猶全閣，花正逢時已半摧。坐擁百城徒自傲，家餘四壁實堪哀。夢隨雲去青冥裏，可望西崦帶日回。

答友

問予何事愛山居，笑指篷窗樂有餘。寫到筆酣難住手，讀來燈燼始收書。花間倚杖除閒草，溪上垂竿釣小魚。更有不堪持贈處，微醺一夢入華胥。

春雪

冬晴早已卜春陰，惟有今春雪較深。幽谷風迴先失路，寒林夜暝不棲禽。徒傳高士能堅臥，也識詩人但苦吟。訪戴孰乘王子興，扁舟一向剡溪尋。

夜遊

凍合泥塗屐可捐，夜深繞徑聽鳴泉。風清入竹成空籟，山古藏雲作伴眠。鳥雀不驚喧笑語，花汀且喜罄周旋。谷中滿翳晴雲色，坐待明光散曉天。

聽人歌

初日春林偶聽歌，情深一往奈春何？拋將滿架書生蠹，懶把臨池字換鵝。我出我歸青壁路，花開花落白雲阿。相須可許輕相悞，秉燭猶疑夢裏過。

偶病

小立階前偶受寒，就爐煨火覺纔安。本來體弱何堪病？大抵年衰亦少懽。四五篇書讀易倦，兩三行字寫難完。幾時覓得長生訣，歲歲行歌樂考槃。

病起

蕭蕭班馬戒晨征，亦有遲回緩問津。半載病甘長往客，百方醫得暫留人。忘情甲子窮還紀，不守庚申夢復親。悵望殘花容易盡，銜杯從此傲青春。

客館授經秋思即事四首

秋到林間萬木殘，霜楓零亂點高寒。衹因吹墮征人淚，故染西山樹樹丹。楓葉。

誰來問字苦紛拏，閒放兒童數落花。最是夢魂辛苦極，迢迢每夜必還家。秋夜。

憎殺青青柳色垂，怪來不作雪風吹。一聲新雁霜天警，驚喜還家漸有期。聞雁。

天涯目斷倚樓人，夢裏驚看白髮新。自是離愁容易老，畫眉應點雪山春。感夢。

夕亭

慘淡經營日已斜，低低亭子映殘霞。夜來雨壯天河落，我欲乘之泛斗槎。

周夢復

字若虛。所著有翠屏山房遺稿。

送静海仰上人顧募

乞鉢原平等，慈航覓舊歡。水雲行脚遠，霜月杖頭寒。樓起華嚴藏，幢懸實緑觀。喜捐能不吝，實媿給孤檀。

讀書白雲 時重樓未燬，古羅漢像儼生。

千尋雲洞結樓重，樓下雲深積翠封。樹暗猿猴馴聽梵，峯高鷹隼欲摩空。日懸石溜常如雨，夜落泉聲半是風。習静了遺人世事，遲遲擁臥僻成慵。

慰友人應試不遇

團扇空吟薄命難，西宫夜飲自承歡。黄金若買長門賦，賜錦應回夢裏寒。

盛斯唐

字集陶。進士世翼之孫也。博學工文，貫穿史學，所居窗几明潔，器物古雅。性好客，多長者之游。嘗僦居金陵之十廟西門，毀垣敗屋，蓬蒿滿門，與閩詩人林古度相唱和。晚以目眚屏居，悲愁嘆憤一寓于詩。錢虞山嘗贈之詩二首，又和其落葉詩二首，次他字韻五首，具見有學集中。虞山于詞墠嗤點前賢，慎所許可，而獨惓惓于集陶，其亦文昌之昌黎耶？

贈古槐上人

久不見旻公，伊蒲喜暫同。寺從前代有，人是別來窮。鶴夢滄桑外，鶯花水月中。可能分半偈，萬有一歸空。

元旦赴友人招

晨起無酬酢，相招獨古歡。問年先馬齒，累客共猪肝。柏酒情何煖，茅檐坐不寒。梅花從此好，莫使杖藜單。

浴佛後一日爲杜蒼略誕辰招同林茂之小飲

出世又一佛，成詩過八叉。雅招今日客，如在野人家。盆老難辭瓦，茶香雜帶瓜。二三真率會，寧復問豪華？

席上壽林茂之時年七十有一

八十從今數，銜杯惜盛年。起居山水裏，性命友朋邊。亂後春無主，歌來雪滿篇。幅巾兼柱杖，疑是地行僊。

春懷

一自渡江水，飄零安足論？十年身瓠落，八口命絲存。生計無黄閣，羈棲有白門。那堪官道柳，折盡客愁繁。

喜晤廿五弟

別夢迢迢已十霜，無情春草歇池塘。風高雁陣多差錯，溪冷魚書亦渺茫。杯酒山城逢落木，頻年詩客有奚囊。那堪歲穫争加薄，八口何曾足稻粱？

懷林茂之

幾度思君輒賦詩，羽飄鱗蟄每差池。舊栽柳色曾無恙，新買帆風未有期。千里夢回秋雨細，一燈愁擁夜涼遲。病中添病人無伴，老眼聞知亦淚垂。

寓中感秋

鏡裏霜華感白頭，那堪時序去如流。蟪蛄獨弔因憐月，絡緯催啼只爲秋。帶葉閒聲來晚砌，泥人暝色上高樓。小簾昨日西風急，白雁黄花也自愁。

閏午日

炎節從來不冷過，閏餘清興轉婆娑。榴花照眼何妨再，竹葉沾唇不厭多。小巷縣門無舊虎，行廚執炙有新鵝。難逢好景堪流賞，肯讓飛光一擲梭？

次韻和林茂之

雁從北候漸南過，緘素無由寄遠何。顔色屋梁明月改，淚痕衫袖晚風多。村疏葉落黄如舊，雲冷菰漂黑任他。歲月易徂離索苦，紛紛愁思繞關河。片雨高城颯颯過，已涼天氣獨居何。相如泥病知秋逼，奉倩銜悲入夜多。户外蟲鳴燈有伴，牀頭鼠嚙夢憎他。中宵忽漫思千里，夢破燈殘未濟河。

冬日同燕士棐生坐談〔一〕

望古殷遥思未窮，高談寄在小樓東。昌明碗底傾來緑，榾柮爐邊坐轉紅。友信常披蘿薜過，家風不出竹林中。歲寒心迹能相似，松雪梅花處處同。

十三夜燈

春宵三五未曾盈，龍燭銜天照滿城。豈是太平還舊俗？聊將爛熳報新晴。夜闌可禁當街鼓？樓冷誰吹隔檻笙？一曲悄然人欲睡，舞臺歌管不勝情。

十五夜雨

輕紅淺碧尺方屏，學鳥圖花手記曾。香斷綺寮無好夢，坐沈孤燭似枯僧。更逢此夕愁添病，悄避千門月與燈。歌罷酒醒無一可，闌杆風雨未堪憑。

寄友人

長歌短蒯十年游，我病君貧對白頭。南北江分初解纜，古今人重此登樓。同攜好手思陶謝，死別吞聲哭應劉。賦就大招無一寫，霜空歲晚恨悠悠。

壽古懷六十

虬欲呼髯鶴踞顛，問年六十竟居然。身從道健方爲宿，字在經先豈礙禪？登座説來容石點，半間分去讓雲眠。當窗更有梅花古，歲歲寒香破雪邊。

春日懷無可大師

風波失去黯魂消，雲水歸來行脚遥。家寄青山辭故里，寺依黄葉住前朝。梅花笛裏香孤磬，桃渡樽前月一瓢。記得客中同載酒，至今楊柳帶春潮。

舊居

剩水依然緑一灣，重來不是舊柴關。陶輪已轉三千劫，茅屋惟存八九間。廢地周遭須種竹，短牆缺略且看山。端居自覺無餘事，少箇詩人共往還。

病初起

匡牀鷄骨擁嶙峋，入酉呻吟卻自辰。每試參苓無一效，頓令桃李失三春。弓蛇静悟杯中影，簡蠹微驅架上塵。强起下階偷學步，恐驚苔滑復依人。

夜雨

密雨經風夜不休，芙蓉薜荔也生愁。敲殘枕上初成夢，滴破檐前未到秋。濕氣暗侵香篆冷，微涼偏戀竹牀幽。晨興把釣呼童子，溪水應添一尺流。

落葉八首

階前纔報一聲秋，忽漫吹殘幾處愁。黄落莫過前代寺，紅流猶憶故宮溝。枝頭翠減難成幄，水面孤漂恰似舟。倦客登樓休悵望，平林惟有暮煙浮。旋空撲地漸成堆，客至呼童掃未開。争似一身輕去國，不辭遠望自登臺。驚棲小鳥疑偷墮，落過殘花又舞來。知是階墀多繡澀，若教飄驟護莓苔。閒情每在惜花時，又對商聲怨別離。劍外變衰知氣肅，長安蕭瑟爲風吹。行踪莫向空山覓，愁緒遥令孤客知。更有飄零亡國恨，宫槐落盡管絃悲。换碧看朱思已非，褪黄脱緑望全稀。争先落木蕭蕭下，故傍離亭黯黯飛。敲碎閒聲驚曉夢，吹來寒色上秋衣。傷心最是楓江客，兩岸紅殘一櫂歸。沉寥久已覺淒清，何物當窗歷亂鳴？可是榆錢鋪較滿？莫非山果落還輕？秋從夜問休覘樹，林踏空行尚有聲。池上幾時蓮粉膩，朝來零露亦關情。虚踪浮迹似羈棲，纔見飄東又墜西。摇落遠村疏野色，静留古砌抱霜啼。林寒不愛停車坐，葉冷翻愁點筆題。底事渡頭名亦改？桃根失伴愈悲悽。桃葉渡，今改爲橋，故云。空齋樹晚儘風乾，摇曳聲頻不忍看。斷柳枯桐無意緒，清笳夜月總荒殘。吴江信是裁詩冷，南浦其如送別難。一自青楓凋玉露，巫山巫峽至今寒。

霜林昨夜盡成空，滿眼驚飛二月紅。疾響驅來如捲甲，放枝辭去任飄蓬。紛紛蟲語依其下，片片秋聲減個中。直待明年陰蔭好，還將濃緑補春風。

秋柳次王阮亭韻四首

悲秋銷盡楚江魂，那更烏啼賦白門。青減爲誰偷媚眼，翠殘枉自蹙眉痕。行驂隔水辭官渡，步屧無風出舊村。羌笛至今春不度，衹餘怨恨曲中論。

一夜涼颸散晚霜，幾株煙樹淡横塘。折殘絲縷難盈尺，染過衣裳空疊箱。且共菊芳依處士，曾争梅信報春王。耆卿自是憐風月，留得新詞滿教坊。

月墮梅心舞褪衣，蠻腰瘦比舊時非。章臺一路青何在？漢殿千門緑漸稀。蟬不倩陰遮尚咽，蟲將凋葉盡還飛。詩人多少尋秋興，及至堤邊願又違。

望斷濃陰信可憐，夕陽影裏謝朝煙。禪心已定休沾絮，詩老雖狂莫惱緜。雨露恩多思曩日，風流人獨減當年。清江一曲千條冷，空有欄楯照水邊。

夢

剪破鴛鴦被不成，昨宵幽夢忽分明。覺來幾度移衾枕，風雨吹人到五更。

方叔邵

字虎玉，號雩山。性傲岸，才氣橫騖，跅跎自喜〔二〕，見貴人、俗子輒口而誰之。家貧，嗜酒，酣飲狂叫，至拍案覆杯，酒汁沾濕。書法宕逸，在草聖懷素之間，人多藏弆之，埒于璣璧。崇禎十五年夏，忽病齒，遂具衣冠，坐棺中，凭棺援筆作絶命詞，云：『千百年之鄉而不去，爭此瞬息而奚爲？無干戈劍戟之鄉而不去，戀此枳棘而奚爲？清風明月如常在，翠壁丹崖我尚歸。筆硯攜從棺裏去，山前無事好題詩。』書罷，擲筆而逝，其豪放如此。

雨中

旅次年將盡，惟晴放足寬。浸淫連夜雨，佐助一池寒。戰後人情易，都中物力難。此身何寄泊？歸思似張翰。

留別方梅師

居市無閒榻，爲予若夙懸。似家忘日夕，因雨致連緜。呼酒常嫌薄，談詩不厭玄。山川多間阻，狂草在君前。

予爲白下無聊之遊出門同姪公林半里而別抵樅川宿二弟實甫舟中次日得舟遂宿舟中

似此無聊往，江頭少送船。通紅漁岸火，漸白月江煙。亡命侵人横，清宵領市喧。纔親孤客味，益覺故山妍。

除夕同張晳如守歲

今夕長干樂事賒，何緣孤客信陵家？不從亂後交難定，更見寒中樹益花。獨我狂歌無好興，與君爛醉是生涯。明朝春向鍾山曉，門外江潮鎮日譁。

阮季子從皖上寓書至書中稱龍潭傳予以某日死其日予正游雨花臺歸

南出林泉分外稠，杖藜歸自雨花丘。雖逢勝會同莊蝶，暫喜輕風下海鷗。鄉里浪傳身是鬼，美人猶隔日爲秋。近來寫得篔簹就，一派宜留在石頭。

清　明

去年酒緑杏村紅，題壁猖狂爛醉中。不過黄壚愁更遝，好懷禰刺路偏窮。京師欲犯漁陽火，武將都歸虎豹叢。重鎮皖公雄節鉞，扶餘萬舸下江東。

半　壁

半壁鷄聲繞客牀，不聞兵火即僊鄉。中原殺運何時盡？讓我棲遲舊草堂。

飲方維石若木宅有感

白門蘭酒是生涯，分隊藏鉤客亂譁。鄉井回看誰似我？一身存活更無家。

王珆

原名璽，字爾玉，號寧我。家故舊族，藏書萬卷。幼孤，母嘗口授之。迨爾玉就塾時，經書已成誦矣。十歲便嫻韻學，有驚人之句，制舉義風華出羣。葉宗伯曾城獨歎其不壽，無何果死，視賈長沙尚尠二歲也。所著詩有情癡草、壺天集，遭亂亦散佚不存。李子芥須僅記憶一首，又記其秀句，如『商量買幽築，須種幾株梅』；又『狂歌驚斷隔溪雲』；又『半醉顛狂斜著帽，長歌踏入賭錢場』。其風致可挹也。

春日過畫谿

風塵王粲有誰迎？獨喜青山不世情。膽放翠厓千尺瀑，魂驚弱柳一聲鶯。幾回客舉匏尊醉，此度予扶拄杖行。怪得去來無個識，莫令猿鶴浪知名。

吳日㬎

字函三，號澹庵。大司馬本如之子也。年七歲，一夕讀洪範竟，即可背誦。司馬公甚愛之，隨入蜀。蜀山川、人物、官職、軍政，耳濡目染，了了于中。又躭嗜内典，登峨眉山便有超然出塵之思，人謂其種夙因也。廕中書舍人，以璫禍起乞歸。崇禎末，鳳陵災，慷慨倡助，草疏數萬言，深切時政，以中阻不果。奉母避亂白門，孝行彌謹。所著世儀堂集，藏于家。

拜　墓

白下僑居久，身心亦漸安。祇因霜露感，不憚往來難。壠樹枝枝老，兒衣歲歲寬。傷心無限淚，忍向寢門乾。

悟　言

不耐塵緣擾，其如老病何？簡方休服藥，載酒且高歌。身外吾奚有？心閒樂已多。未知從此去，還得幾年過。

將返江寧塵事未竣雙溪舟中感賦

歸帆已指石城邊，何事淹留數日緣？晝短更兼風瑟瑟，夜長偏是雨緜緜。愁心難説臣如水，病況誰爲我問天？偷懶躭閒都不得，幾迴搔首輒茫然。

雪窗夜讀

童子焚香研墨，侍兒掃雪烹茶。獨坐危樓清夜，詩書老大生涯。

因友人話及家君撫蜀舊事感賦二首

瞿塘三峽水滔滔，氣捲長虹勢獨豪。散入荆吴流不盡，千秋和淚濕征袍。

叱馭王尊惟報國，渡瀘諸葛早登壇。老臣往迹知誰紀，濯錦江頭劍氣寒。

涉江

身在水中忘是水，心遊天外强憂天。水天一派無窮境，去住誰教不爽然？

張　礐

字學石。少攻舉子業，涉獵墳籍，尤精左傳。家貧，教授爲生，暇即吟詩不輟。案頭寘劉長卿詩一帙，口誦手抄，誦則一字不遺，抄則轉以持贈，以故生平吟詠，其佳者亦近文房。李芥須亟稱之。

拜齊羣玉太守墓

松閣凌雲曲徑通，十年一拜紹興公。許多愁緒如春草，不斷輕風細雨中。

即　事

得月樓頭竹萬竿，瀟瀟直與月光寒。昨宵有客欄干裏，吟得新詩和李端。

周述謨

字以覲。性疏放，脱略世務。自搆晴雪齋，因以爲號。樓臺清絜，日夕讀書其中。瀹茗焚香，香盡，輒拾楓毬蔗柬作窮六和代之，于家人鹽米瑣屑不問也。亂後室焚，家稍落，猶掃地爇香，歌詠自如。年八十一卒。

贈李當衡

相對都爲世外人，棕鞋不惹市塵塵。頭添霜髮渾忘老，架積牙籤豈似貧？詩酒自謀三徑樂，鶯花疑載四時春。顧予舊有荷衣在，好共南華作比鄰。

招施茶僧

別山復結一山緣，到處林泉可坐禪。休戀密雲松際月，好收盂鉢度殘年。

孫光先

字烈卿。萬曆末諸生。好賦詩結客，有河朔任俠之風。

村夜

落日歸何許？霜樹挾風響。千山忽改色，岐路罕偕往。倦鳥喧西林，驚沙飛宿莽。谷暗雲欲留，巖深月漸上。人冷多幽懷，地僻寡遠賞。深杯足夜長，殘燈炤孤幌。

范世忠

字子貞。邑諸生。篤學好修，至老不倦，與弟世鑑齊名。所著有醒齋詩稿。其再返句曲道中詩，則崇禎己卯秋偕予應録遺時所作也，回憶有如噩夢，而先生宰木且拱矣，爲之三歎！

舟中不寢

故鄉今夜月，偏上旅人舟。未有還家夢，徒勞伏枕愁。天寒江欲雨，煙老荻增秋。剩得連牀語，隨風向北流。

再返句曲道中

最是華陽道，秋風夜雨横。可堪三載事，空作兩番行。寂寞疲驢背，迢遥古帝城。誰知天下士，攬轡欲澄清。

吴用銘

字士新。萬曆間諸生。大廷尉玉華公之仲子也。詩不多見，楊子古度以寄答詩一首見貽，亦清雅可誦。

寄答楊古度見懷

寒風陣陣墨雲濃，水國蕭條雁影重。憐我一身逢世難，多君片札慰愁衷。悲來泣下都成血，客裏衣單畏近冬。聞説鄉關猶帶甲，何時杖屨得追從？

校記

〔一〕棐　疑當作『裴』。

〔二〕跑　當作『跑』。

龍眠風雅卷三十三

木厓潘　江蜀藻輯
繡水王　槩安節同里姚文焱彦昭參

方文

字爾止，號明農，别號淮西山人。天啓末諸生，司農玉峽公之子也。爲人狀貌魁傑，賦性亢爽。少負時譽，高自標表，好結納四方知名士，與從子以智聲名相頡頏。崇禎中，江上選家林立，楊廷樞維斗、錢禧吉士、劉城伯宗、吳應箕次尾諸名士狎主藝林，國門一懸，千金不易。爾止支柱其間，所選訊雅一書，壇墠相望，並重鷄林。既，因世變，不就博士弟子試，鋭志著述。其爲詩，陶冶性靈，流連物態，不屑爲章絺句繪之學。間有徑率之句，頗爲承學口實，然爾止實苦吟，含咀宫商，日鍛月鍊，凡人所輕忽視之者，皆其嘔心刻腑而出之者也。好改人詩，與人辯論，至面赤背汗不少休。人亦以此嗛之，而爾止已語罷輒忘，不復省記矣。所著嵞山集五十卷，武林吳百朋錦雯欲爲鏤行之而不果。一時詞坫耆宿若錢牧齋、林茂之、施愚山、孫豹人、宋玉叔、王涓來、顧與治、王阮亭、紀伯紫諸公，皆盛相推許，以爲必傳。今其詩具在，如『萬劫不燒惟富貴，五倫最假是君臣』；『年少才如不羈馬，老來心似後凋松』；『性情最是遊不倦，富貴何如詩可傳』；『卜肆尚能言孝弟，醫方猶可立君臣』。天下後世，必有誦其詩而知其人者，顧可以徑率少之耶？

五雲歌〔一〕

至正間，青田劉基飲西湖，見南方有五色雲，曰：『此天子氣也，應在金陵。十年後，有王者起，我當輔之。』舉酒而歌曰：

朔風吹沙兮蔽南極，玄陰慘慘兮白日匿。俄有慶雲兮起江北，天縱真人兮主中國。彼飛龍兮吾羽翼，千秋萬歲兮仰明德。

告太平歌

江西有周顛者，乞食于市，其詞曰：『告太平，不數年。』太祖取南昌，顛謁于道左，亦云然。上詰之，歌曰：

天下無主兮，暫時雖太平，太平何可爲？天下有主兮，暫時雖不太平，太平自有期。我告太平君勿疑。

醉學士歌

金華宋濂侍太祖飲，强其醉，令侍臣賦醉學士歌，曰：『俾後世知朕君臣同樂也。』濂亦歌曰：

上用神武奠八區，雅好文學禮諸儒。館閣彬彬悉髦彦，時被顧問陳弘謨。一朝玉食華蓋殿，宣召詞臣共懽燕。臣微力不勝杯杓，强飲頻頻荷天眷。黄冠昔隱龍門山，餐芝絶粒窮谷間。豈圖今日遘兹會，野鶴謬廁鵷鸞班。醉態龍鍾還彳亍，拜舞彤墀幾失足。所願陛下壽萬年，臣亦子孫世世食君禄。

寧海怨

靖難兵入南京，寧海方孝孺大駡不屈死，誅十族。門人廖鏞、廖銘收其骨，葬聚寶山。典史魏澤藏其幼子。時人哀之，作歌曰：

自古忠臣曷可數？正學奇忠古未有。一身殉難分所當，十族何辜俱授首！咄咄聚寶門外山，同時被戮者八百七十有三口。是時皇威若沸湯，探者誰不爛其手？猶有烈士出死力，收公遺骸匿公後。噫嘻吁，危乎殆哉！若三君者，庶幾無愧于師友。

雪菴行

靖難時，有和尚雪菴者走順慶大竹里。里人杜景賢察其異，結菴居之。傍有松柏灘，灘水清駛。和尚時時買楚詞袖之，櫂小舟，立湍急處，朗誦一葉則投一葉于水，投已輒哭，哭已又讀，終卷乃已。景賢知之，亦不問。作雪菴行。

萬山迴合兮絕四鄰，蘿篁叢密兮中有人。灘水湍急兮石粼粼，駕小艇兮凌秋旻。我所思兮在靈均，歌一闋兮淚霑巾。嗚呼！歌一闋兮淚霑巾。

補鍋行

蜀中有補鍋匠，不知何許人。一日，于夔州市上逢馮翁，相顧愕然，已而相持哭，哭已乃引入深巖中，語竟日，人莫得聞。但見其語已又哭，曰：『自今永訣，不復相見也！』歌而去之。

吾欲浮沈兮乖予心，吾欲抵觸兮赤予族。如何如何？言補其鍋！

東湖樵

浙東臨海東湖上有樵夫，不知何許人。建文壬午秋，詔至臨海，湖上人走縣中聽詔，歸語樵夫曰：『新皇帝即位。』樵夫愕然曰：『皇帝安在？』曰：『自焚。』樵夫大哭，遂投湖水中死。邑人哀之，歌曰：

是王臣耶？焉能負薪？非王臣耶？曷爲沈淪？彼樵夫兮，忠兮愚兮！

河西傭

建文四年六月，靖難師渡江，一人披葛衣北走，邊地寒，惟衣葛衣。明年，過河西，依莊浪豪魯家爲傭。稍取直，買羊裘披之，而覆以故葛衣。葛益破縷縷，竟不肯脱。永樂中，有留都官至河西，識傭，欲與語，傭走避之，旬月乃出。有問留都官：『彼何人者？』留都官亦不答也。爲作歌：

彼傭者誰衣葛衣？寒暑不易兮心事微。我來自東，適與之逢，傷哉！爾不爲人臣兮乃爲人傭！

金川門卒

崑山人龔翊，年十八爲卒，守金川門。靖難師入金川，翊大哭逃歸。宣德中，周巡撫忱薦爲官，曰：『翊仕無害于義，恐負往日城門一慟耳！』竟隱終身。詩曰：

城門一小卒，于義何重輕？非不愛富貴，但恐違平生。

燕山衛卒

無錫人儲福戍燕山衛，永樂初，詔調雲南衛，福仰天哭曰：『吾雖一介賤卒，義不爲叛逆之臣！』在舟中日夜泣，竟不食而死。詩曰：

匹夫有至性，萬乘豈能撓？斯人名姓傳，猶愈東湖樵。

吳門陋巷行

姚少師廣孝撫吳日，有故人王賓居陋巷。少師三往見之，匿不出。乃屏騎從，徒步造門，賓遥語曰：『和尚差矣！和尚差矣！』又謁其姊，姊亦居陋巷，揮去之曰：『世間豈有做和尚不到頭者，是好人耶？』或爲詩以解之：

姚和尚，爾何癡。棄沙門，官少師。高車駟馬還故鄉，爾不自慙人共嗤。友與姊，見何爲？少師口不言，捫心則有辭：吾雖位三公，終不改初衣。賜第吾不居，賜嬪吾不淄。賜金累千萬，散衆無餘貲。棲心古香刹，冥然一老毗。彼友與姊焉得知？

潘生謡

蒙泉岳正少游太學，與處州潘清誠相友善。潘早卒，子辰幼，流落京師。岳官内閣，訪得辰，以甥女妻之。一日，過中允陳緝熙宅，見其友季思試，愕然曰：『此吾亡友潘清誠應真也！』命良工繪以歸，示辰曰：『此爾父也！』辰初不識，持歸示其母，母大哭而藏之。時人爲之語曰：

嫪嫪潘生，幼而失怙。何感於天？錫此奇遇。天不生岳季方，那得完爾親？天不生季思試，那得見爾父？

人日酬潘蜀藻

方春至人日，欣然愜平生。令節豈不多？吾獨愛此名。江風扇園圃，天宇陰復晴。楊柳未抽條，梅花已含英。晨興坐檐隙，好鳥鳴復鳴。感物多所懷，能無求友聲？潘子居南郭，有酒召我傾。褰裳欲從之，新詩共譏評。奈何鄰家飲，羈﨟不果行？鄰家具珍膳，鼓瑟還吹笙。曷若我所懷，椒蔬極歡情？

江黄行

江黄本小國，介在蠻與荆。秦始爲郡縣，時代復幾更。江州以白著，黄州以蘇名。二公匪神物，孱然一書生。遷謫本屈辱，山川借光榮。後此千百載，誰復嗣英聲？豈無賢太守？風流莫與京。乃知三寸筦，所繫良非輕。

麻城贈槁木大師五十韻〔一〕

富貴人所欲，今人亦何偏。自少至于老，無時無糾纏。聲色好美麗，飲食求甘鮮。宫室喜華侈〔三〕，車馬争肥堅。鷄鳴日孳孳，數者恆不全。名利雖殊途，其意乃獨專〔四〕。獲什必覬百，獲百必覬千。獲千必覬萬，百萬猶欿然。所以終其身，困憊無息肩。名節亦可毁，軀命亦可捐。廉恥道盡喪，所嗜惟戔戔。末俗有通病，盧扁難以痊。達人非猶龍，烏能拔重泉？吁嗟槁大師，所謂真豪賢。師本貴公子，家世甲湘川。弱冠富文采，風流復翩翩。才名馳海内，震動三十年。注官執金吾，出入禁掖前。夷然不屑顧，逸氣凌蒼玄。平生好游俠，賓客常滿筵〔五〕。摛詞進吳越，擊劍來幽燕。一贈輒千金，一飲動萬錢。有時涉江湖，桂楫沙棠船。有時歸里舍，寶馬珊瑚鞭。良疇被原野，廣廈通市廛。歌舞充後房，諸姬鬭芳妍。及時共娛樂，寧復知憂悁？一朝遘世變，陵谷倏以遷。師乃抱大痛，祝髮逃諸禪。他人逃禪者，尚不屏世緣。師于一切累，曠然無拘牽。有子纔五齡，秀惠誕自天。厥母年始笄，嬌弱尤可憐。繼室亦蘭茂，嗣君復珠圓。師悉不介意，棄之如浮煙。芳潔且弗愛，何況腥與羶〔六〕？有田八百頃，百頃遺乃傳。其餘散宗族，以半爲佛田。世間貪慳者〔七〕，視此奚天淵？師悟懺悔理，自陳昔多愆。從此習苦作，不令體柔便。一笠一蒲團，行脚荒江邊。晝則倚樹立，夜則枕石眠。肘見知衲破，腫決知菲穿。饑時向孤村，持鉢乞粥饘。嘑爾色不怍，呵之貌益虔。或問師名字，師默不肯宣。浮雲翔野鶴，高樹鳴秋蟬。吾從出家後，名字遂忘焉。傍有識之者，此是梅惠連。

田居雜詠三首〔八〕

昔有陳元龍，豪氣凌九州。求田問舍人，嫉之如寇讎。我亦負奇氣，渺視鄉里儔。侈志營四海，豈肯潛一丘？不幸逢世變，懷璧無所投。發憤去京邑，湖山恣遨遊。雖有詠歌樂，未免饑寒憂。何如息塵鞅，還歸舊田疇？田家苦力作，衣食得自繇〔九〕。天運苟不回，已矣吾將休。

平生好結交，雅多同氣友。相見輒稱詩，詩罷即呼酒。小飲須數升，大飲必數斗。家貧苦無錢，質劑隨所有。有時酤不得，顰蹙循牆走。百畝今始歸，種秫先廿畝。秋冬計釀數，三百六十缶。一日一缶傾，早晏惟吾取。茅堂客來過，杯斝勿離手。爛醉與狂吟，兩者俱不朽。

古之英雄人，恆不事生產。子房破千金，韓侯感一飯。柴桑饑驅出，同谷拾橡返。古人以爲高，今人笑其短。我本廉吏後，田園故不腆。世亂復荒蕪，吟身逐蓬轉。至戚每揶揄，斯人合偃蹇。節操挺松筠，文詞集瑶琬。中懷浩自得，何必諧世眼？世眼闇無光，蒼黄竟誰辨？

都門懷古

柴市 在都城内宋文文山遇害處

大宋文相國，浩氣塞乾坤。一朝赴柴市，日月爲之昏。秉彝有同好，立廟太學門。崇祀四百年，凜然忠義存。此道今寂寞，誰與薦蘋蘩？

程詹事立菴齋頭夜集〔一〇〕

神京本宦海，來者不知數。上而至政府，下而至郎署。一落緇塵中，鮮不渝其素。我里程太史，蚤歲翔天路。入爲侍從臣，經述蒙眷顧。出爲多士師，幾輔歸陶鑄。名位日以崇，盛德了無預。昕夕惟閉門，讀書窮四部。墨妙宗平原，藝林稱獨步。守己最矜嚴，接物轉謙恕。豈惟今所無，古人亦罕遇。時當一陽復，霜月挂庭樹。有客夜相過，蕭然兩芒屨。秉燭開西軒，淒冷如澗户。自言新篘熱〔一一〕，可以恣良晤。旅舍何必還？且留話親故。帝鄉非吾願，所樂山水趣。回思龍眠間，峯壑有佳處。行將脱簪組，逍遥賦歸去。未幾，立菴即請告矣。

夜泊張秋

夜泊張秋河，皓月盈沙渚。大小無幾舟，歷歷可指數。鄰船有寡婦，又攜一孤女。婦年三十餘，女年十四五。縞衣立舵樓，風度疑仙侶。遠視雖不真，月光照如許。夜半聞哭聲，其聲亦何苦！嗚咽澗下泉，慘悽江上雨。聽者不能寐，觸引愁千縷。借問誰家婦，鄉關在何所？良人幾時亡，何事來羈旅？母女暗吞聲，踟躕終不語。

從楊士佳索彭城四賢詩

每上雲龍山，先謁四賢祠。四賢者何人？唐則韓退之。曾參武寧幕，表爲州節推。宋則蘇子瞻，出守熙寧時。是時黄河決，衝突城幾危。賴公捍禦力，至今黄樓垂。其友陳後山，抱道隱茆茨。公薦爲教授，儼然儒者師。又有楊龜山，理學宗濂伊。始仕郡法曹，小官亦不卑。四賢本殊産，俱宦遊于兹。徐人高其風，崇祀永不衰。楊生千載後，懷古興遐思。既輯四賢文，又輯四賢詩。合梓成一編，可用爲羽儀。我昔游彭門，頗搜山水奇。見此欣欲得，君適去江湄。今年訪君廬，握手如故知。連朝飲我酒，杯斝何淋漓。借問四賢詩，云何不見貽？

華不注

歷城東北隅，故有華不注。晉師逐齊侯，三周即此處。其山拔地起，四面無依附。孤峯秀插天，娟娟入雲霧。我來恣游覽，艱險殊不顧。磥砢千萬石，上下無一樹。遠望如芙蓉，菡萏未開露。所以名華不，古人亦善喻。今人罕識字，相呼失其故。趙李乃詞宗，如何音亦誤？不音芙，花跗也。趙子昂、李于鱗亦誤〔一二〕。

書張孝烈先生傳後 先生字玉楚，灊山人。

我友陳襄雲，抱道隱灊嶽。往歲時相過，詩篇共酬酢。爲言其鄉人，死難者鑿鑿。中間孝且烈，莫張玉楚若。厥父病在牀，羣盜肆殺掠。寧甘蹈白刃，弗忍去帷幕。幼子十六齡，奮身前往奪。傷哉三世人，頃刻同溝壑。我聞襄雲語，老淚應聲落。因欲爲之傳，軫石先有作。王于一別號軫石。序事倣歐陽，生氣宛如昨。傳後書此詩，以寄通州博。先生長子青熊，見爲通州廣文。

廬陵趙國子 嶷 讀李太虚先生召對録悲其言之不用作五言排律百韻弘瑋瑰異洵詩史也予欲取而註之幷刻以行世先成三十韻書其詩後

甲申三月中，妖星犯辰極。司馬不知兵，天子憂形色。獨有李中允，抗言利遷國。祖宗建皇居，原不限南北。六御如飛龍，兩京爲羽翼。況乎親征事，歷代有典則。赫怒整王師，小醜滅始食。豁達二祖風，慎勿拘繩墨。是時聖心動，翠華將南陟。一日三召對，安危在頃刻。腐儒昧通變，封章反見劾。卒致都城陷，國君徇社稷。漢祚遂中移，追悔不可得。假使用其言，奚至有改革？當時左右史，簪筆侍上側。記其召對語，詳盡頗不忒。廬陵草莽臣，讀之深歎息。奮筆作長句，忠憤吐胸臆。自古亡國者，往往多失德。豈有堯舜君，反困于盜賊？人心恨難平，天道窅莫測。始悟中允言，展矣萬夫特。詩成累百韻，序次得其實〔一三〕。音韻復和諧，比偶亦修飭。苟非曠世才，焉有此鉅力？但其義精奧，淺學罕能識。我欲爲之註，觀者庶無惑。尋當授梓人，永爲詞家式。即此一篇詩，足以傳趙嶷。嶷音逆〔一四〕。

哭白安石老師四首〔一五〕

玄雲匿白日，朔風淒以繁。冉冉歲方晏，游子歸江門。延首大龍山，中有高人存。褰裳欲從之，禮樂道所尊。奈何徂中路，薪者傳訃言。臨岐發一慟，雪涕如潺湲。傷哉天地變，日月欻已昏。典型在遺老，流風但丘園。彼蒼何不仁，浮雲復孤騫。善人國之紀，殄瘁曷足論！

平生懷耿介，性比金石堅。風雅謝東山，經術王臨川。鏡古以自況，名義非苟然。美人淹遲暮，霜雪凋盛年。晚乃遇明主，殊恩賁林泉。一官授南荒，親老不得前。再補東海郡，德化期已宣。鼛鼓動地來，解組遂歸田。生隱南山阿，死葬南山顛。貞碣垂千秋，有明之大賢。

小子幼罢駑，不能就馳驅。一遊吾師門，目予曰良駒。日夜鞭策之，稍與凡馬殊。本期千里足，流光躡天衢。詎知二十載，偃蹇困泥塗。狂飆吹驚沙，各在江海隅。間歲一相見，握手增悲吁。勸我脱世網，歸隱白鹿湖。湖上結比鄰，琴書聊與娱。佳期悵已矣，此恨徒區區。

避兵占笠澤，今春始一歸。歸未省親舍，先叩師巖扉。入門甚懽懌，出酒還獻欷。茅齋止我宿，秉燭夜已微。明朝過鄰叟，觴詠終落暉。送别立田畔，久語情依依。謂我速歸來，垂竿此湖磯。嘉言佩中心，夙夜願無違。拔宅今始還，物在人已非。雲樹空蕭森，淚下沾裳衣。

重登岱作

替我游泰山〔一六〕，山南無不歷。惟餘黄花洞，僻遠未搜剔。今我重來游，先訪山北石。越嶺十五里，果見千仞壁。其下有深洞，陰冷泉欲滴。危樓撫萬松，霜柯鬭寒碧。始覺玉女祠，背面分喧寂。詩人林與鍾，茂之、伯敬。題詠猶有迹。其他登岱者，此景罕能覿。我輩獨流連，回嶺日將夕。尚想鷄鳴時，東峯觀海赤。那知天色改，寒威侵枕席。曉起視階除，大雪已盈尺。

再游焦山〔一七〕

匡山以續著，嚴州以光名。二公皆寒士，千古垂英聲。乃知山水性，弗以人爵榮。我今登焦山，緬懷焦先生。蝸廬僅容膝，獨往棲柴荆。鄰火延其居，露處了不驚。斯人胸臆間，寧復有世情？所以京江上，名與匡嚴併。

齊山

振策上齊山，秋草被荒徑。巖壑雖玲瓏，峯巒卻平正。名義當在兹，匪由刺史姓。況乎刺池者，齊照非齊映。厥誤昉周叟，必大。傳譌入邑乘。司馬據爲實，温公。我獨不敢信。樊川九日詩，聲意亦凡近。和者何太多，汩發自靈性〔一八〕。不如岳鄂公，矢口成高詠。我少嘗遊此，亭臺頗繁盛。一從左帥過，毁折無復剩。九頂及華蓋，二洞尚虚静。我來坐洞中，不覺日將暝。歸路涉長隄，湖光浄如鏡。

贈徐五善生〔一九〕

古人書法各精妙，我獨酷嗜顔魯公。上凌魏晉下唐宋，皎如日月行太空。蘇米諸家法非一，何人不自此中出？縱能闌入公門牆，終未升堂與入室。我學顔書非不專，但恨落筆心茫然。昭代亦少爲此法，于今始見徐東田。東田宛陵貴公子，弱冠學書即工此〔二〇〕。文采風流五十年，窮神知化猶未止。顔公遺迹皆小書，廟碑塔碑隨卷舒。君用其法作大字，長至數尺或丈餘。聞君用筆如用鐵，累黍不差果奇絶。有時摹柳復摹歐，錯亂古人迴無別。東田抱道含天真，功名遲暮家赤貧。閉門卻掃寡游侶，不肯酬酢尋常人。以是書法備衆妙，四海聲名仍未噪。性情亦不求人知，白髮東溪守耕釣〔二一〕。我來訪君君病起，倒衣相見欲狂喜〔二二〕。呼兒剪蔬留我飯，言笑緜緜富清理。我爲君歌秋水章，君爲我書雅南堂。顔公生氣凜可見，草廬萬古生輝光。

贈雪田上人〔二三〕

雪公新自皖口還，休夏直入范羅山〔二四〕。山中一夜大雷雨，天崩地裂非等閒。園有古樹高千尺，須臾吹倒壞我壁〔二五〕。孤僧倚壁正酣臥，砰訇奚止萬斤石？此時梵刹皆攲傾，雪公閉目神不驚。天明雨止掘始出，但如入定聞磬聲〔二六〕。我來問公頽樹下，相對神情愈閒暇。擊火烹泉不停手，重拈石上三生話。遥指青峯天柱西，故人許我田數畦。欲結茅庵寄瓢笠，烈風雷雨焉能迷！

龍竹歌〔二七〕

吴城令公廟有二枯竹，圍大尺五，宛如龍形，鱗鬐俱備，但無首耳。昔有人於鄱湖中網得一竿〔二八〕，詫其神異，不敢留〔二九〕，送入廟中祀之。越數年，復有一竿浮至廟門，似欲登岸者〔三〇〕。舟人取之〔三一〕，併祀於廟，果神物也。癸巳三月〔三二〕，予過此見之〔三三〕，因作歌。

昔聞竹化龍，今見龍化竹。神龍見尾不見首〔三四〕，竹亦無首尾相屬。長梢夭矯勢入雲，密節糾互生鱗文。是龍是竹渾不辨，一雌一雄如有分。我夙好奇訪其處，摩挲驚喜復驚懼。古廟喧闐難久留，會須風雨雙飛去。

左蠡行

小艇迎風發星渚，纔到揚瀾日過午〔三五〕。榜人貪涉不肯停，黄昏必抵都昌浦。俄頃狂飆自西來〔三六〕，水聲騰沸山崩摧。況兼雷雨助其勢，同舟面色如死灰。急曳半帆回左螽，瞑黑仍馳二十里〔三七〕。依稀見岸不得近，沙淺曾無盈尺水。終宵漂泊蘆葦邊，風波震盪誰敢眠？世間平地皆好住，何事江湖年復年？

大孤山行〔三八〕

二孤並峙江湖間，大小異狀同險艱。可笑南康野人語，不曰大孤曰鞋山。大孤形似鞋，小孤形似髻。未聞小孤名髻山，獨名鞋山是何意？況復大小孤與姑，其音雖同其義殊。至今山靈塑女像，卒與洛神湘妃俱。君不見，杜拾遺爲杜十姨，伍子胥爲五髭鬚？

老姑行爲姚姊夫人七十壽

吾家先世有老姑，髫年未嫁亡其夫。竟以處子終漆室，壽介八旬貞不渝。二百年間風未墜，姚吴二姊能相繼。二姊十七守貞同，次第皆登七十歲。清芬才調更絶人，詩文秀潔無纖塵。書法直追王子敬，繪事不讓李公麟。曾輯宫閨詩一帙〔三九〕，部分邪正義凜慄。大書碑碣表深山〔四〇〕，預築佳城待同穴。凡稱婦職仰夫子，吾姊所仗不在此〔四一〕。寒幃寂寂老朱顔〔四二〕，苦節煌煌照青史。方今節義何浸淫，松柏衰頹蕭艾深。世人雖不好松柏，果見虬龍誰不欽？譬如吾家老姑去已久，閭巷高名重山斗〔四三〕。中間簪紱豈不多？悉與草木同腐朽。吾姊操行復巑岏，三老姑名應不刊。浮榮奕葉等閒事，惟有斯人良獨難。吁！惟有斯人良獨難。

吳門行

一年一度過吳閶，腰下百金千金裝。今年行李獨蕭索，布衣白帢秋風涼〔四四〕。鄰舟新到惠泉酒，青錢一緡沽一斗。顧我囊空無百錢，仰視秋天但搔首〔四五〕。可憐書劍老風塵，客路棲遲多苦辛。明朝況是重陽節，風雨飄摇愁殺人。

古藤歌爲兄子子詒比部作

四坐且勿喧，聽我古藤歌。古藤之壽如金石，金石有時而銷磨。古藤之壽如松柏，松柏有時而斧柯。卻訝此藤本柔木，結根永傍幽人屋。紀年不識定金元，生成擁腫更拳曲。密葉繁枝覆亭院，藤花開日香如楝。緑陰青靄不受暑，赤日黄塵從未見。吾家郎官僦此居，藤軒半間長讀書。客來便與飲藤下，涼風習習吹人裾。獨憐旅舍難久住，三年又欲遷官去。京師都無一可戀，所不能忘惟此樹。

露筋祠歌書梁公狄樞部詩後

甓社湖邊露筋祠，小艇來過必拜之。拜罷低徊不忍去，佇觀壁間無數詩。其詩雖多佳者少，獨愛梁生長句好。祇緣胸中有定識，以故下筆能了了。梁生道號曰鷗民，射陂菰蘆隱此身。老死南方不歸北，分明亦是露筋人。

七夕飲李笠鴻齋頭

憶昔芝田劉伯子，與客西湖弄秋水。遥望東南五色雲，狂呼大叫煙波裏。明年淮甸遇真人，運籌帷幄如有神。儒生裂土自君始，至今子孫處海濱。蹇予亦客西湖畔，遥聞鞞鼓喧江岸。畫船不許放中流，藕花蒲葉空零亂。野酌偏逢乞巧時，坐當星漢露華滋。主人釃酒更相勸，朗詠犂眉數首詩。

大明湖歌

濟南城中大明湖，乃在貢院西北隅。其南即爲藩司署，牆脚不許通樵蘇。七十二泉匯於此，嚴冬大旱水不枯。湖中芰荷雜葭菼，夏月望之如蓬壺。往時官府好事者，小舠載酒遨且娱。民間采蓮亦不禁，所以此地稱名區。崇禎戊寅十二月，遼海萬騎來燕都。前鋒直抵濟南郡，濟南防備甚疏虞。是時山東大方伯，張公鍾陽吾姊夫。公諱秉文，字含之，桐城人。萬曆庚戌進士，別號鍾陽。率彼羣吏嬰城守，辛苦半月猶枝梧。己卯元旦城竟破，公中一矢身先殂。吾姊聞難且不哭，立召二妾來咨諏〔四六〕。爺爲大臣我命婦，一死以外無他圖。嗟汝二姬各有子，長兒雖歸幼兒俱。於義猶可以緩死，抱兒且往民家逋。小婦抗言吾弗活，願與母氏同捐軀。兩人縫紉其衣帶，欣然奮身投此湖。中婦年已過四十，本欲殉難還踟蹰。腹中正懷五月孕，膝下又有雙鳳雛。私念吾家大小悉赴水，安忍此輩爲蝦蛆〔四七〕？泣拜忠謹二老婢，一婢一孩負之趨。倘遇白刃斯已矣，僥倖不殺還至此處來尋吾。大明湖邊有深潤，上用柴草雜亂鋪。蒙首潛身匿其下，六日不食氣息無。兵來見是漭泱水，水面浮尸如衆鳧。匆匆亦不暇搜索，此婦性命遂免屠。六日以後兵始去，鄉民次第來闤闠。城中殺戮十餘萬，家家骨肉哀號呼。中婦聞聲匍匐出，自言我是張老姑。張公平日多惠政，百姓聞者争前驅。因導此婦尋公尸，尸在城樓色不渝。又倩一人入湖水，撈尋大婦小婦於寒蘆。俄頃二尸得舁出〔四八〕，遂與張公之尸並陳於路衢。殘黎助錢買薄板，草草殯殮何所需。異哉二婢亦未殺，被擄爲兵鋤馬芻〔四九〕。各言此子是己子，仍以殘餅爲之餔。兵去婢留尋阿母，同日抱還其兩孤。一孤乃是己所出，一孤乃是小婦所遺珠。未幾復産遺腹子，與前二子同呴濡〔五〇〕。扶棺挈兒返故里，親戚見者咸嗟吁。此是張公盛德之所致〔五一〕，亦由此婦才智與人殊。聖朝褒忠務覈實，公膺贈典良非誣。二十年後我遊濟，大明湖邊立斯須。追惟往事不勝痛，臨風雪涕霑平蕪。忠臣烈婦分自盡，豈必求人知之乎？第恐年久事湮没，因作此詩告吾徒。

題張大風山人松石圖

泰山上有百尺松，可惜曾受秦時封。蔣山下有一片石，亦受陳時封可惜。世間土木本無情，且以微寵累其名。士人守身若處子，豈肯輕受微塵滓？張翁贈我松石圖，筆意瀟灑形高孤。自言此是唐宋物，不是陳卿秦大夫。

蔡中郎八分書歌

廣平有淳于長夏承碑，乃蔡邕隸書，其來已久。明嘉靖間〔五二〕，石工取以修城，遂失所在。今重刻于石。

漢隸石經碑第一，孔廟禮器碑第二。苦縣老子碑第三，隴西曹全碑第四。四碑俱是蔡邕書，書後卻不注名字。我昔聞諸長老言，訪求其本不易致。前年北平宋使君，惠我曹全志墓文。我乍獲此如重寶，筆法高簡更出羣。因而臨摹百餘幅〔五三〕，僅能髣髴其半分。觀者但見漢隸少，遂謂此足張吾軍。今年冬月遊洺水，聞有漢隸在城裏。欣然往觀碑果在，其傍小字敘原委〔五四〕。中郎初本不可得，此是後人重摹擬。八分瘦硬方通神，此書稍肥未盡美。雖未盡美典型存，觀者溯流而窮源。李蔡實爲篆隸祖，片石隻字皆瑤琨。寄語邦君覆以屋，勿令風雨生苔痕。至于修城石千萬，曷忍取此埋城根？

文德橋步月

青溪夜半涼風發，獨步溪橋看明月。月下何人吹玉簫？含悽吐怨聲初歇。憶昔年少來金陵，兩岸樓臺千百層。瑶笙錦瑟家家曲，畫舫珠簾夜夜燈。如今未及三十載，城市蕭條風俗改。居人對岸悄無譁，月色波光似煙海。

東湖行

南州古迹非一處，惟有滕王閣最著。滕王唐祖之從子，其性驕淫虐民庶。當時建閣亦偶然，豈知輪奐垂千年？祇因王勃一開燕，遂使閣與詩並傳。金聲桓變遭回禄，撫軍蔡公重修復。章門遊者誇勝槩，獨我來觀意不屬。南昌城内有東湖，湖水澄泓似畫圖。昔賢徐子暨蘇子，皆於此地稱潛夫。二子高風峙千古，舊宅依稀莫可覩。湖心曾搆孺子亭，湖干又築雲卿圃。先是仕客來南州，鮮不攜酒東湖遊。一從兵燹亭圃廢，因循十載無人修。郡縣有司既草草，邦人好事者亦少。高樓廣廈諒難成，種樹編籬寧不好？豈有下陳蕃榻之徐孺子，卻張浚幣之蘇雲卿，反不如奪典籤妻子之李元嬰〔五五〕？新唐書滕王元嬰傳，王都督洪州時，聞人妻美，則以妃命召而逼之。典籤崔簡妻鄭氏不受辱，抓其面破。王慙，旬月不出。

李太虛宗伯招同黎左嚴學憲飲陳士業徵君讀書樓用王子安體限樓字〔五六〕

李先生是文章伯，黎先生亦神仙客。嗚珂不忍話當年，舉杯且共延今夕。江上漁人弄小舟，煙蓑雨笠自風流。憑他斗大黃金印，不換元龍百尺樓。

除夕歎〔五七〕

去年除夕歸自北，行李到門天已黑。今年除夕客南方，江路逢兵歸不得。山妻凝望眼將穿，只道今年似去年。高樹夕陽鴉影亂，尚同小女立門前。

秋日招潘蜀藻暨諸子泛舟秦淮賦贈〔五八〕

今年三伏苦無雨，六月終旬猶酷暑〔五九〕。柴門倉猝來舊交，草舍炎蒸愧鷄黍。因呼野艇汎青溪，恰喜涼風生遠渚。雖無蘇小凭紅樓，尚有何戡歌白紵。興懷往事不勝情，欲展愁眉向誰語？我甘瓢笠老漁磯，君望煙霄競鵬舉〔六〇〕。

就亭歌爲尚白少參作

湖西分司使君署，乃在城東最高處。俯瞰蕭江水上雲，遥望閤山煙裏樹。使星本是少微星，雖居官舍風泠泠。既倚芙蓉結爲屋，又取篔簹裁作亭。世人鮮不愛華膴，高人視之同糞土。石崇金谷祇須臾，葛亮草廬自千古。厥名就亭意云何？取其簡易不煩苛。使君爲政亦如此，日日亭中聞嘯歌。

施愚山少參加惠乳山林翁不一而足詩以紀之

林翁八十有六年，敝袍遮體冬無緜。兼之眼昏復便秘，欲求藥餌囊無錢。其家雖有丈夫子，貧劇僅能供菽水。亦有良朋共唱酬〔六一〕，杯酒殷勤而已矣。施公奉使過長干，枉駕衡茅興慨嘆。曾貽苧帳防炎夏，又製緜袍禦苦寒。更憐翁病日衰老，斟酌醫方何藥好。捐金爲市地黄丸，潤臟平肝以爲寶。翁言使君義誠高，老夫貧病猶可熬。薄田預徵明歲税，縣吏追呼命莫逃。公聞斯言容慘戚，倒篋傾囊渾不惜。代輸田賦免憂煎，且得逍遥過除夕。吁嗟古道今已稀，使君高義何巍巍！佇着廣廈勢突兀，大庇天下寒士皆春暉。

汪左嚴招同孫豹人江秋澗及令兄舟次叔定季角泛舟紅橋作〔六二〕

蕪城之東河水漲，浮查直出隋堤上。主人好客移尊罍，畫舸乘風入清曠。須臾打槳過紅橋，浦溆平分十里潮。楊柳菰蒲皆浸没，藕花蓮葉未飄摇。暫憩重陰法海寺，無數蘭橈先後至。朱簾乍捲見青娥，赤日當空下秋翠。老夫豪飲興悠哉，倏忽狂飆自北來。卻笑秦翁憂且懼，便令舟子放舟回。君不見，主人情繾綣，欲去平山中道返。稍涼再作蜀岡遊，小艇沿谿莫辭遠。

老蕩子失意行爲漢陽李雲田作

八年不見漢川老，今日相逢秋浦道。其容憔悴齒凋零，卻有詩篇字字好。君詩古健霜柯撑，獨于閨閣多柔情。牀頭一册更珍異，乃老蕩子失意行。誰其作者龔司馬，麗藻妍詞妙天下。吴詹事與曹侍御，亦復魚魚而雅雅。從此繼作皆豪賢，長歌短詠何紛然。李生大笑向予説，此册待君將十年。夙聞君有寶鐙氏，蕙質蘭心稱女士。豈甘通德伴伶玄？誤學文君歸犬子。斯人才色斯世無，寒酸攫得分已逾。便應琴瑟長相守，安忍舟航又在途？飢驅出門猶可恕，再娶茂陵天所惡。莫怪閨人含怒嗔，尚冀狂夫當悔悟。那知野性同飛花，南北飄摇不憶家。曾遊燕塞迷倡女，又向蘇臺買俊娃。黄金用盡轉多累，雖云得意終失意。所以名爲老蕩子，蕩子伶仃何足異。獨憐思婦守空房，春日遲遲秋夜長。吟成紈扇先垂淚，寄到雙魚每斷腸。羣公題贈詩非一，大約勸君歸去疾。人生半百成老翁，愚夫亦解謀家室。何況君家有異人，合師梁孟敬如賓。餔糜啜茗天然樂，絶勝窮途多苦辛。張司業有傷心句：但願在家相對貧，不願天涯金繞身。

題吴平露所藏倪雲林畫〔六三〕

人愛雲林畫，我愛雲林詩。其詩沖淡有真味，其人高潔良可思。吴郎好古生來癖，珍藏此幅同圭璧。每逢嘉客索題句，焚香相對供朝夕。客有持卷裝潢齊，爲言松雪畫且題。吴郎掉頭不肯顧，百趙焉能望一倪！

桃花潭短歌

桃花潭中春水深，桃花潭上春雲陰。雲陰不見古人面，水深曾照古人心。如何李白汪倫後，雲水荒涼直至今？

謝公樓〔六四〕

北樓官舍裏，曩客少登臨。太守新年去，羣公暇日尋。太白詩『過客難登謝朓樓』，謂其在官廨中也。是時，舊守遷去，廨虚無人，故得登。交疏明木末，遠岫出城陰。懷謝兼懷李，千秋同此心。

懷三兄仁植山陰未歸〔六五〕

拂衣從遠戍，高枕臥滄溟。東壁兒雖貴，南陔母未寧。島雲翔蜃氣，江雨帶龍腥。急難何人在〔六六〕？低頭媿脊令〔六七〕。

梅墩雜詠四首〔六八〕

戰伐滿天地，何山可避兵〔六九〕？一枝惟大澤，萬水即長城。有舍容羈旅，無人曉姓名。

敢言身似鶴？　未及一毛輕。

澄湖清見底，荇藻各悠閒。鑑此空明水，嗟予顦顇顔。舊京雙鳳闕，荒冢二龍山。先府君葬處。夜夜歸吾夢，天涯何日還？

好雨應農節，平湖水接天。歸人阻前浦，落日附鄰船。數點鳧鷗影〔七〇〕，孤村桑柘煙。吾廬容易辨，破屋短牆邊。

白髮因愁長，一愁白一絲。昨宵心上事，今日鏡中窺〔七一〕。髮白有窮日，愁多無盡時。行年似潘岳，始信二毛悲〔七二〕。

中　元

吳俗尚兹節，家家俎豆馨。客居無寢廟，題主在松屏。里墓秋誰上？　園扉夜不扃。還須叉手臥，或恐見先靈。

里門贈潘蜀藻陳二如〔七三〕

岑城雖寂寞，風雅屬吾曹。近體潘江麗，長歌陳式豪。雙騫鴻鵠侶，五色鳳皇毛。憔悴林中鶴，清音亦九皋。

抵　寓

江城春水碧，驚到遠人船。小婦身將免，衡門矢未懸。謀生憂穀貴，安堵謝鄰賢。陌上桑陰滿，筐蠶知幾眠。

趙止安招同馬倩若周穎侯强恂如小集〔七四〕

委巷斜通圃〔七五〕，高人此隱居。宦歸船載鶴，家食釜生魚。佛閣病長臥，親喪滿不除。鄰軒何足寄，特喜傍君廬。

夜宿陳翼仲齋頭〔七六〕

石城尋舊侶，落落似晨星。行道畏人識，懷詩誦爾聽。山醪乘夜醉，階草望秋零。不是繁霜後，誰知竹柏青？

奉酬吕霖生〔七七〕

南澗閲芳草，忽聞鶗鴂鳴。過時既不採，晚節復何成？漫説楚三户，聊爲魯兩生。薄材甘自棄，空負贈刀情。

謝皋羽〔七八〕

翺本布衣士，先朝未受恩。祇因客文相，義不仕□元。貞骨埋嚴瀨，荒祠享婺村。至今晞髮集，讀罷暗傷魂。

哭女嬰阿罷〔七九〕

家貧欲不舉，吾意强留之。名罷雖云累，憐渠較更慈。病知求父抱，死解與人辭。八女存亡半，今朝獨爾思。

次兒彌月

入室弄孩幼，愁懷藉少舒。良辰告家廟，薄祭薦園蔬。杜老催鷄栅，桓君御鹿車。他時皆命汝，何必佩金魚？

未至楊樹灣十里而暮

馬知投店晚，雖儃撒霜蹄。山路晴偏滑，人家近轉迷。風聲吹燒急，雪意壓雲低。村小猶聞犬，柴門閉已齊。

湯仍三宅即事四首〔八〇〕

野寺日將没，香臺月又新。歸鴉巢熟樹，守犬吠生人。客訪如來理，僧談過去因。亂螢飛草際，誰解是前身？

浴罷坐林中，開襟受夕風。張燈驚宿鳥，滅燭救飛蟲。野哭聞鄰婦，方言報小童。夜深微雨過，點點在梧桐。

五月林花少，偏開榴與葵。向陽心不貳，如火色難移。嫩蕊蜂争采，微香蝶亦窺。翻憐飄忽意，似客在天涯。

一帶溪流闊，千章巨木多。引雛鵝試水，交尾鴨沈波。小艇裝新麥，低田蒔早禾。晚涼行樹下，時聽牧兒歌。

送王白虹歸餘杭兼寄嚴子餐兄弟

大滌山中路，盤紆可避秦。且尋猿鶴伴，莫逐馬牛塵。寄語訊印友〔八一〕，觀書懷古民。披裘與賣卜，俱是姓嚴人。

雨夜宿宋玉叔署齋分韻明日將之宛陵〔八二〕

江闊雨冥冥，孤槎傍驛亭〔八三〕。旅愁難自遣，檐響且同聽。樹老先秋白，燈寒入夜青。非君念疇昔，誰與慰飄零？

天逸閣懷亡友朗三用蔡四韻

峨閣居然在，幽園尚未荒。斯人既已歿〔八四〕，春草爲誰芳？蛛網先愁結，烏啼引恨長。晚來風送雨，六月助悲涼。

苦　熱

晝永宜高臥，炎威臥不寧。汲泉尋舊井，散屧待初冥。將雨蟻行路，似雷蚊聚庭。南窗風乍起，今夜勿愁醒。

夜　坐

袒裼坐庭中，寥寥天宇空。疏星明沼水，暗露濕花叢。漸老世情淡，愈貧詩律工。吟聲何太苦，不異草根蟲。

立秋後一日雨

玄雲生大壑，隱隱有輕雷〔八五〕。火到三庚伏，秋隨一雨來。高林團秀色，荒徑洗浮埃。休夏惟禁酒，從兹可漸開。

野菊花

陶公籬下物，豈是有心栽？野菊天然秀，寒花秋自開。澹香全勝橘，幽韻欲争梅。可嘆無知者，霜根混草萊。

三月二日林玉樹招同余誕北先生俞玄中陳伯璣諸子夜集坐有二妓皆吴女也〔八六〕

士女江東俗，先期即秉蕑。花前作吴語，眉際有春山。四坐頻更燭，層城欲上關。雙雙斂紅袖，問客恐須還。

飯籮山避暑〔八七〕

無計避炎暑，潛身入此林。晝長惟熟睡，客到豈關心？乍聽松風響，虚疑山雨陰。野人憂旱久，夢亦待甘霖。

癸巳初度

初度年年客，歸心黯自悲。休教僮僕拜，恐被老僧知。鏡裏媿衰白，天涯飽亂離。如何過四十，李嶠尚無兒？

家　書

家書盼不到，書到轉愁人。數紙無非怨，千言只是貧。曰歸在除夕，相憶又殘春。豈但渠交謫，飄蓬亦自嗔。

贈　内〔八八〕

小婦未三十，如將四十人。不應顔色老，祇是別離頻。望遠易憔悴，忍饑還苦辛。以兹生白髮，憐汝甚青春。

初寓天壇作

匝地馬牛塵，圜丘憩此身。尚餘松蓋古，況有井泉新〔八九〕。欲雪風號夜，無眠醒到晨。擁衾猶覺冷，愁殺早朝人。

虎坊橋訪吳見末郎中〔九〇〕

吾友本高士，雖官仍素心。驅車芳草遠，閉户白雲深。見末恤刑八閩方回。妻子無餘禄，生涯只苦吟。天街塵漠漠，半點不曾侵。

憶江南四首

江南春事蚤，口腹最難忘。白膩河魨乳，澄鮮蛤蜊湯。鱸蓴初出水，櫻笋正盈筐。何必秋風起，吳人始憶鄉？

江南長夏日，處處有鰣魚。石首隨冰至，楊梅帶雨初。菘芹鮮比荔，蓮藕賤如蔬。香茗風前酌，何愁暑不除？

江南饒美饌，收穫況逢秋。出甑子鵝熟，堆盤母蟹稠。橘紅與茭白，菱角復鷄頭。佐以黄花酒，人間何所求？

江南冬氣暖，卒歲易優哉。鯽自深泥出，梟從曠野來。白菘消酒渴，青果點茶杯。況有行根笋，霜鋤掘即開。

飲程戣章進士寓因有三泖之約

嚴城多委巷，良友惜離羣。獨爾居相近，與予情最殷。書憑汙白練，酒任漬紅裙。時有二妓在寓。還訂初陽月，雲間訪陸雲。

嚴子餐給諫以七言長歌送予歸率爾奉答

君是夔龍侶，偏於巢許親。燕山憐遠別，越調送歸人。對此長疑面，相思各損神。爭如陳處士，朝夕傍音塵〔九一〕。時陳胤倩館于其家。

補壽范眉生三十二首〔九二〕

同輩多衰白，惟君正妙年。讀書千卷破，警句萬人傳。復有養生術，能如樂志篇。微名羞李郭，終遜范滂賢。

服藥非關病，憂時感萬端。逢場休戒酒，捫腹且加餐。濁世求榮易，閒居免禍難。祇應梅與竹，不畏朔風寒。

六月廿六日内人初度予不及歸寄二首

忽報南都外，沿江列戰船。移家纔帖息，逢亂又顛連。汝是閨中子，猶知醉後天。他家願富貴，妾願老林泉。

青溪桃葉渡，新買一精廬。合與汝偕隱，雅堪吾著書。池塘收衆水，園圃植嘉蔬。便作於陵子，長貧亦晏如。

牛首雜詠五首

行行剛數里，恰遇在山僧。迴路爲吾導，攀蘿知爾能。風光剩南畝，松柏宛西陵。不似丹陽路，牛車層復層。

策蹇到山麓，西峯正夕陽。路緣危磴上，寺比昔年荒。倦且憩僧閣，明當禮覺皇。廚人供脱粟，蔬筍味偏長。

吾兄輕仕宦，五十便懸車。出世意雖切，遊山興轉疏。今宵臥雲壑，將晚聽鐘魚。始悟毗尼理，塵襟頓掃除。時與繡山從兄同宿。

文殊古洞後，石壁最嶙峋。開士新藏骨，愚夫妄捨身。入山曾有約，問法已無因。半偈題遺像，依稀見此人。鐵漢師屢招予上牛首不果，今亡矣，葬捨身崖。

散步出門外，雲梯百八重。緇衣引幽徑，黃葉没行踪。水涸桃花澗，窗臨獅子峯。古藤更奇絶，纏殺數株松。寺西有桃花澗，其下爲獅子峯。

九日飲周伯衡憲副署中同倪闇公作二首〔九三〕

主人能愛客，客亦竟忘歸。設酒多無算，談詩妙入微。曉雖牽吏事，夜必造書幃。坐久不知倦，霜寒但授衣。

年事至重九，如人漸老時。霜前催木葉，菊後少花枝。晴煦懽猶減，陰寒愁可知。祇應對風雨，爛醉復吟詩。

壬寅初度奉酬尚白使君二首〔九四〕起皆用杜句，亦一體也。

元日到人日，棲棲官舍中。稱詩懷抱合，望古詠歌同。律細頭應白，更深燭尚紅。來朝置春酒，又欲壽衰翁。

海内文章伯，聲詩妙絶倫。識途憐老馬，琢玉恕工人。交道從來厚，名言只是真。他年君不朽，吾亦附千春。

送沈治先歸宛兼寄令兄眉生二首

秋江同作客，春水又同歸。何事棲遲久，仍嗟生計微。對牀聽夜雨，把酒問漁磯。坐惜沙邊鳥，乘風忽背飛。

賢兄真處士，抱道隱深山。人世空相憶，雲鴻不可攀。舊交多白骨，辛苦老朱顔。獨有鴒原好，今年又出關。

攝山絶頂

下方惟見石，不信有柴荆。仄徑盤空上，危峯到頂平。夕陽千嶺秀，春水一江明。愁絶浮雲外，蒼茫舊帝京。

月下飲王左車〔九五〕

維舟當落日，登岸訪幽人。巷僻風塵少，庭寬月色新。舉家修淨業，藏酒待嘉賓。感此流連意，歸時想結鄰。

八月十二日自茗歸

在家思作客，客久又思家。去日黄梅雨，歸時紅蓼花。細君藏臘酒，嬌女進秋瓜。夜夜高樓上，團圓看月華。

王無異書來卻寄

君去華山陰，三年勞我心。誰傳芳信至？意與春谿深。尚有白門興，重聞黄鳥音。掃花人未老，回首一沾襟。無異在金陵時有所狎，作掃花圖以歸。

寓樓遣懷

谿上千峯雨，樓頭五月寒。欲歸仍未遂，望遠不成歡。賈客乘輕筏，奔流下急湍。倘能隨汝去，三日到長干。

友人齋頭看竹

種竹自何日，抽梢已出牆。北風疑作雨，西照亦生涼。江月隨人至，山梧引興長。渾忘在城郭，只擬對瀟湘。

徐聖開社集北樓

小謝高齋古郡中，騎鯨人去夕陽空。春江客到雙溪雨，夏屋涼生五夜風。合沓青山浮酒碗，差池紫燕掠房櫳。亭前況有桃花水，桃葉桃根相並紅。時攜二妓〔九六〕。

雨夜偕葛元士宿徐川生山房

澗户陰森瞑竹煙，匡牀時有故人眠。況逢雷雨喧溪上，似引江風到枕邊。草閣三更愁隱燭〔九七〕，絺衣六月想裝緜。荒鷄不改蕭蕭節，祖逖劉琨事偶然。

贈吳孟虎鴻臚 吳爲宋丞相潛之後，世居宣城南門〔九八〕。

狀元宰相宋時賢，賜地爲家五百年。坊占城中無別姓，山環宅後有腴田。藏書萬卷盈阿閣，進酒千鍾對綺筵。眼底兒孫三四代，如何斑鬢未皤然〔九九〕？

九日與錢馭少泛舟

客子每逢佳節恨，重陽寒食淚沾衣。今年寒食出門去，此日重陽猶未歸。往路青山烽火暗，故園黄菊信音稀。江湖滿地網羅密，白鳥一雙何處歸〔一〇〇〕？

秋　晴〔一〇一〕

東籬寂寞黄華少，南浦凋零紅葉赊。臨水幾株烏柏樹，經霜一似杜鵑花。客中愁鬢逢秋色，湖上詩情逐晚霞。獨倚柴門無客到，閒看鵝鴨戲晴沙。

夜雨

暗風吹雨打窗時，掃葉燒茶夜臥遲。門外斷蓬驚守犬，冢邊枯柳叫寒鴟。隔牆歎息聞鄰婦，當燭沈吟想舊詩。哀怨似予予更苦，十年懷抱有誰知？

將歸別内三首〔一〇二〕

漂泊東吳亦偶然，誰知嬿婉結良緣？煙波笠澤隨孤艇，風雨梅墩隱數椽。幸免豺狼頻對酒，永懷烏鳥暫歸田。莫疑蕩子輕離別，水國雙棲已半年。

鴛鴦湖上結褵新，炫服明粧似洛神。爲嫁書生操井臼，始衣椎布佐清貧。縫裳夜火針針巧，摹帖秋窗字字真。弱腕纖腰難折柳，懷中知有石麒麟。

我友潘錢北固山，江如、馭少。其妻亦與汝相關。每思家室同居好，只恐兵戈行路艱。此去江城先卜宅，重來村舍又開顏。長途若果無戎馬，一水輕舟任往還。

白門城外約顧與治相晤

龍潭風霰客初歸，望見鍾山淚已揮。不忍城中求爾巷，相期郭外話僧扉。三江寒沍鱸魚伏，萬樹凋殘鳳鳥饑。莫向水西冠蓋路，元規塵滓薜蘿衣。

祀竈夜泊魯港

六日殘年即早春，江風猶阻未歸人。瓣香無處迎先祖，寸草何時報老親？半壁已非前代曆〔一〇三〕，同舟俱是再生身。遥憐今夕茅檐下，屈指天涯各愴神。

偕鄧東之潘蜀藻訪雪上人

萬壑千峯一寺無，貧居破屋在城租。瞿曇聲裏市朝變，牛馬糞邊花葉萠〔一〇四〕。攜竹扣門春尚早〔一〇五〕，煎茶留客日將晡。言歸不省今何代，只似匡山送别圖。

松山曉行

沙村聞雁復聞鷄，野店將開月向西〔一〇六〕。主人炊黍燈未滅〔一〇七〕，客子治裝擔已齊〔一〇八〕。門外草枯霜似雪，湖中冰合路無泥。微生自許勞筋骨，安步何妨逐馬蹄。

姚休那先生七十〔一〇九〕

休那居士本天人，小謫人間甫七旬。妙解西方三揭諦，乍看東海一揚塵。田磽不飽青精飯，髮禿還飄烏角巾。自古桃源無魏晉〔一一〇〕，焉知石趙與苻秦？

自題小像〔一一一〕

山人一耒字明農，别號淮西又忍冬。年少才如不羈馬，老來心似後凋松。藏身自合醫兼卜，溷世誰知魚與龍？課板藥囊君莫笑，賦詩行酒尚從容。

三月十九日作二首〔一一二〕

鼎湖龍去再生天，荆棘銅駝已四年。太液有池誰飲馬？上陽無樹不啼鵑。真人構造千秋業，宵小嬉遊一擲錢。縱使海枯還石爛，不教此恨化寒煙。

年年今日强登高，獨立南峯北嚮號。漫野玄雲天色晦，美人黄土我心勞。虚疑楊柳牽愁緒，不忍滄浪鑑鬢毛。前輩有誰同此恨？雪菴和尚讀離騷。

午日書懷〔一一三〕

漫説遊踪在五湖，近來何地不窮途？一年節序又過半，往日風流今已無。文字浮名花共落，美人薄命草同枯。秦淮亦有傷心事，不獨沈湘楚大夫。往有愛妾，以午日死於水。

送陳伯璣歸南州兼懷徐巨源陳士業

勸君勿歸君欲歸，九江日落行人稀。城當破後難尋宅，田正荒時豈救饑？把釣尚能供菽水，乘軒未必勝柴扉。蒹葭白露章門外，野雀雲鴻何處飛？

劉遠公有扁舟江上圖命予題之

年來江上正横流〔一一四〕，何處輕舠任爾浮？小泊歐陽湖上雨，長懷徐孺宅邊秋。天空倚櫂吟霜葉，客至投竿問酒樓。我亦無家同放浪，平分汀鷺與沙鷗。

自題采藥圖用談長益韻

山人采藥向中陵，獨撫松杉慨不勝。浸酒欲收貞一子，編籬皆用忍冬藤。苗分薇蕨春煙冷，米聚菰蔣秋水澄。卻笑靈均好奇服〔一一五〕，製荷衣又索胡繩。

宛陵友人墓上作〔一一六〕

一束生芻遲五年，今朝匍匐慟君前。人須死難名方定，詩到臨刑妙始傳〔一一七〕。幽隧有時回白日，穹廬何物抵黃泉〔一一八〕？多慙佇立松門者，鋒鏑餘生亦苟延。

三月晦日與吳錦雯羅天成送春作

年年客裏換春衣，何事春歸客未歸？半日風光殊可惜〔一一九〕，暫時遊覽莫相違。花知我出猶含態，鳥見君來不忍飛。聽鳥看花一杯酒，明朝難得此芳菲。

予去宛後家人乏食蕭尺木羅天成胡允右張與瞻各餉米一石歸日賦謝〔一二〇〕

秋林旬日雨淒其，瓶罄難教小婦炊。晚臼忽舂雲子白，杜詩『飯抄雲子白』。情人先送救公饑〔一二一〕。江南謂早稻爲救公饑〔一二二〕。釜庾高義今應少〔一二三〕，管鮑貧交更有誰？燈火客窗兒女笑，老親差不怨仳離。

寄懷邢孟貞石臼〔一二四〕

倦遊歸種石湖田，數畝那能抵一氈？自壓糟牀芬最冽〔一二五〕，載過京市美争傳。倘逢嵇阮寧論直？只恐荆高有負錢。似我平生多酒債，輸君酒債在人邊。

李士雅見訪感而有作〔一二六〕

離人歸自蒼梧北，顧我茅齋牛渚西。喜見六龍翔島日，愁聞八駿蹶霜蹄。出師尚恃劉兼魯〔一二七〕，殉難無過陳與黎〔一二八〕。怪爾艱辛還故國，不争鵬舉慕鷄棲。

庚寅除夕

祖宗圖像軸高懸，常有文孫拜几筵。誰料秋霜摧玉樹，反增木主傍鑪煙。傷哉孝子兼才子，愁殺新年與舊年。獨展青蒲明燭下，回看孤影淚潺湲。

客有教予謹言者口占謝之

野老生來不媚人，況逢世變益嶙峋。詩中憒憹妻常戒，酒後顛狂客每嗔。自分餘年隨運盡，卻無奇禍賴家貧。從今卜築深山裏，朝夕漁樵一任真。

病中夜坐〔一二九〕

病體虛煩寐不成，起來孤影對寒檠。芭蕉打雨太無賴，蟋蟀傍人還有情。肺熱那能親酒盞？腸枯惟欲弄茶鐺。更教童子煨梨栗，出户拾柴鷄已鳴。

夜坐贈内佛因〔一三〇〕

秋夜張燈揜竹扉，左邊開卷右縫衣。空階不斷蕭蕭雨，鄰舍時聞軋軋機。性癖如予吟自苦，家貧賴爾敬無違。雖然環堵安閒甚，始悔從前遊不歸。

題煙波獨釣圖

一自兩京淪没後，斯人漂泊在江湖。臨流高詠有時有，觸景暗傷無處無。世難且從公望隱，運回應笑子陵愚。衣冠倘見劉司隸〔一三一〕，豈肯甘心老釣徒？

賦得鍾山梅下僧贈蕭尺木〔一三二〕

孝陵栝柏千年樹，虎倒龍顛無一存。只有寒梅藏絶谷，尚餘破衲守孤根。月明花影聞鐘梵〔一三三〕，雨漬苔衣見淚痕。不許閒人嗅香葉，春來芳草憶王孫。

飯籮山休夏

一丘一壑能銷暑，何必千峯與萬峯？密坐最宜窗北嚮，高眠嘗至日西舂。槐花打瓦聲疑雨，松樹參雲勢似龍。睡起獨行籬落外，徜徉吾亦縱天慵〔一三四〕。

左三山先生召飲閲其舊封事有感二首〔一三五〕

先朝耆舊今將盡，吾邑三君世所宗。直節更推滄海使，私心亦仰丈人峯。遼東豈有千年雀？白水真成五色龍。莫望雲霓憂老大，璜溪番髪正從容。

數載故園風景異，徉狂湖海不歸來。難將心事和人説，只有先生愛我才。諫草重教花下讀，愁顔姑向酒邊開。腐儒曾未沾微禄，一飯難忘意可哀。

鰣魚

家在江東春水邊，楊花落後此魚鮮。白於笠澤銀絲鱠，肥似襄陽縮項鯿。梅雨買來風味別，荻牙蒸就色香全。臨餐忽有傷心處，不薦園陵已十年。

哭明圃子留〔一三六〕

聖代遺民本不多，頻年鋒鏑又銷磨。衰宗尚剩農兼圃，至性同歸笠與蓑。只道陽春迴律管，豈知長夜閉煙蘿。瑶華且被霜風折〔一三七〕，冉冉孤根奈若何？

與魏辨若涵一兩孝廉談易有合兼呈令兄石生都憲

老生讀書鄙章句，玩易直窺爻象先。但與人言多不省，雖明聖道將誰傳？知君家學本儒者，聽我坐論殊豁然。閒時更就難兄問，御史中丞今鄭玄。

歲暮宿王秘書涓來邸中見其早朝甚苦戲爲此詩〔一三八〕

鄰鷄初唱勃然興，繡幕香衾戀不能。燈下重裘猶戰栗，風前瘦馬自凌兢。千官侍立足如鐵，九陌馳歸鬚有冰。始羨南窗方處士，蒙頭高臥日東升。

宋憲使玉叔署鸜鵒能言索贈〔一三九〕

河隴驅車到朔方，攜來鸜鵒挂雕梁。人雖側耳憐嬌語，鳥自低頭憶故鄉。豈望誦經成舍利？漫勞作賦動詞場。酸辛最是關山路，繞樹聲聲問上皇。

揚州飲王于一孫豹人齋頭偕宗兄聖羽學博

蕪城好友苦不多，一二寓公藏煙蘿。雄文麗句世莫敵，深巷短垣人少過。見予拊掌忽大笑，呼童貰酒且狂歌。廣文先生官雖冷，也騎瘦馬來婆娑。

祖堂待月

尋山不及望舒時，蟾兔何妨四五遲。窗外千峯如水墨，佛前一點是琉璃。微茫漸見東林白，皎潔先從上界窺。此際下方人睡熟，霜華月色有誰知？

蕭伯闇家移竹

小圃修篁數十竿，兵兒一過總摧殘。情知此物生原易〔一四〇〕，偏到吾家養亦難〔一四一〕。粉籜又從鄰友乞，霜鋤須趁雨天寒。明年便有龍孫長，索酒來將竹母看。

章門訪陳士業徵君

南州耆舊近蕭然，碩果惟君亦可憐。典册高文傳海内，短牆破屋住江邊。白頭不忍聞時事，皂帽相過説往年。欲訪故人埋骨處，茂先、武子。亂山孤冢没寒煙。

送兄子竹西歸里 竹西爲溉林李先生客凡十五年，今以母老辭歸〔一四二〕。

幕府相依十五年，論交誰似此纏緜？雲天高義應難别，烏鳥私情汝自牽。霜月暫須歸子舍，花時又可促征鞭。白頭健飯休多慮，羣從争推負米賢。

贈智劍大師

槁師出世大英雄，麻城梅槁木棄百萬家資學道，故云。師與同鄉道亦同。少學兵書三府辟，老歸佛法萬緣空。蕭蕭白髮秋霜後，黯黯青燈夜雨中。回首江淮渾似夢，圍城屢次建奇功。師曾爲史閣部參軍，屢破賊。

聞張敦復捷音有贈〔一四三〕

桃葉溪南秋水生，荒園積雨喜初晴。老夫懶問門前事，童子喧傳榜上名。鄉里推君才獨絶，尋常好我意非輕。若令天路皆如此，無復崎嶇嘆不平。

題徐仲光荷山草堂卷

嶺海歸來重歎嗟，荷山深處老煙霞。漫言此地堪終隱，底事頻年不在家？玩世且同華表雀，維舟先聽白門鴉。問君可是徐鴻客？行見桃花變李花。

倪闇公四十初度

倪生弱冠佩瓊琚，屈指爲郎典石渠。豈料壯懷猶寂寞，每逢初度卻欷歔。古人學道尊無比，亂世安貧富不如。況爾才名已流布，王維詩句李邕書。

雨後閒步

城居最喜是春陰，風雨全無俗事侵。把酒量從中歲減，著書識到老年深。貪看細字頻傷目，閒步荒園一散心。忽見柳塘新水漫，喉間不覺又微吟。

過水草庵弔黄海岸先生

靈谷西邊銅井東，昔賢於此化長虹。平生修證方成道，大事因緣豈是空？野老題詩紛滿壁，行人下馬仰嘯風。從今水草庵前路，直與燕山柴市同。

送劉輿父歸秋浦

爾去都門欸四年，一官雖授尚屯邅。閒游直出河汾外，沃野還思慶曆前。久客邊城身小病，將歸故里橐空縣。江干相見銜杯好，愁殺秋宵又放船。

九月十五夜即事

一年月色今宵好，偏是囊空乏酒錢。霜氣初寒猶未肅，秋亭獨步不成眠。醉鄉久曠因游輟，織室長勤賴婦賢。幾欲拔釵吾又止，來朝留取繼炊煙〔一四四〕。

酬胡吉甫先生見贈之作

八十六翁猶未老，新詩警策似中年。黄昏更作蠅頭字，蕭灑渾如雀背仙。望我生兒延祖澤，知君學道本師傳。先生受業于先司農之門。今冬果遂商瞿願，買酒何辭賣賦錢？

和州贈戴無忝兼懷令兄務旃

曾隱淳湖共若翁，見君兄弟始成童。既經浩劫留書種，卻訝辭家逐轉蓬。往歲游仙奇太甚，今春歸娶道方中。秋林把臂不勝喜，矯首還憐白雁風。

午日石埭姚六康明府招同諸子燕集〔一四五〕

谿雨緜緜不住聲，恰逢佳節四山晴。荒樓正擬羣公聚，綺席俄傳茂宰迎。觴有蒲榴隨俗泛，盤惟筍蕨見君清。平生故舊多仙侶，誰似陵陽竇子明？

立秋日送孫臥公歸里〔一四六〕

秋浦逢秋返舊谿，琴書以外不多攜。爲憐巧語謀鸜鵒，更愛長年養鹿麑。才似禰衡休浪擲，山如李渤合幽棲。只愁林壑難容女〔一四七〕，仍想天街逐馬蹄。

出太平門望後湖

玄武湖邊風日悽，行人策蹇舊長堤。刑曹撤後兵添冢，圖籍空來菜作畦。豈有荷花隨水長，尚餘蒲草入煙迷。春遊至此腸堪斷，況復頻聞杜宇啼。

壽李溉林明府一百韻〔一四八〕

瑞日迎長至，仁君撫壯圖。山城疑畏壘，輿誦比康衢。父老盈階舞，兒童塞巷呼。如岡爭以祝〔一四九〕，降嶽信非諛。有客寄兹土，蒙恩與衆俱。膚言那敢獻？善禱合先驅。仙種蟠根大，清芬奕葉敷。葳蕤天府國，密邇帝王都。皇考膺榮禄，史家本碩儒。功名留劍舄，銘戒在盤盂。和氏連城璧，隋侯明月珠。挺生非偶爾，内美實紛吾。材是干霄竹，文成出水芙。方思陳賈策，不待棄終繻。適與興朝會，旋將善價沽。蜚英翔輦轂，筮仕得山嵎。下邑遭羣盜，原田失上腴。闤闠惟瓦礫，阡陌悉榛蕪。芳草空鶗鴂，愁聲但蟪蛄。君來勤撫字，民始荷昭蘇。篳簬身先啓，茅茨手自誅。飯疏常不飽，酌水更何需？豈弟繇天性〔一五〇〕，温良協聖模。心誠求保赤，務急請蠲租。痌瘝纔回喘，漂流漸返逋。遺黎欣有託，慈母竟忘劬。儉德昭魚釜，仁風被雉雛。暍如逢夏蔭，網不犯秋荼。既起轍中鮒，兼推屋上烏。我方咨稼穡，鄰復嘯萑苻。威用風雷合，恩同雨露濡。黄巾胥感悔〔一五一〕，青甸免憂虞。賣劍還驅犢，承筐弗攘羭。相期安隴畝，慎勿負徵輸。考績三年最，論才一代殊。中牟無以過，單父孰能逾？尤喜文章士，先操聖哲符。審音侔季札，辨色勝離婁。南國升諸彦，西方懷彼姝。秋河澄水鏡，鐵網取珊瑚。品騭皆元凱，甄收盡顧廚。野人初入楚，蹇足適過湖。一見性情愜，重遊氣誼孚。香塵沾蝶翅，花蕊上蜂鬚。知有神明契，難將禮法拘。布衣頻入座，醇酒輒傾壺。問字驚淵海，稱詩愧小巫。夜談天拂曙，晝語日將晡。天地風沙晦，冰霜草木枯。薄材甘自棄，知己獨長吁。徐子嘗懸榻，姬公必吐餔。舉杯浮緑蟻，解橐贈青蚨。遺母懷雙橘，留賓剉束芻。欲歸仍繾綣，臨別幾踟躕。忽憶年來事，韶光日已徂。世途多枳棘，何處有枌榆？明月飛三匝，深山想一區。願言依召杜，於此聚生徒。虎拙猶能繡，龍希莫漫屠。青氈元故物，白社本潛夫。假館城南曲，横經舍北隅。義堪窮練馬，疑可釋冰狐。授業鄉名鄭，藏機谷號愚。樹蘭畦繚繞，穿竹路盤紆。釣罷谿煙冷，樵歸澗月孤。所居峯巘業，弗遘鬼揶揄。底事憎多口，無端辱厚誣？雄鳩言佻巧，貝錦色糢糊。積毀愁銷骨，微瑕懼掩瑜。幸君能察識，諒我不睢盱。此意真敻絶，終身可刻膚。豈惟今世少，只恐古人無。踪迹巢枝鳥，年華過隙駒。銜恩空抱影，酬德未捐軀。頃者逢初度，居人慶大酺。未能羞累爵，何以壽懸弧？淑氣萌葭管，台星燦斗樞。享年當耄耋〔一五二〕，奏課在須臾。行矣新驄馬，歸哉舊舄鳧。驤蹄終躡景，鵬翼必摶扶。内殿含香侍，中朝竦劍趨〔一五三〕。觸邪承密勿，持法奉訏謨〔一五四〕。統馭王綱肅，揆端帝命俞〔一五五〕。普天霑化雨，庶類仰洪鑪。盛德高彌下，貧交久不渝。雲霄勞寤寐，丘壑念崎嶇。砥志長餐蕨，徵車敢望蒲？冥心隨鹿豕，僻地遠豺貙。紱冕知無分，風騷祇自娱。曹王相激發，陶謝不枝梧。謬賞前曾受〔一五六〕，弘標後更須。困龍資尺水，矯雁借微蘆。一字當華衮，千秋匪濫竽。但希延令譽〔一五七〕，曷敢怨窮途？預訂他年約，應嗤野老迂。寸衷猶未竭，百韻豈能鋪？

戲贈左子直納妾用二十藥名〔一五八〕

今夜天仙子，當歸白玉堂。銀屏列雲母，錦幔綴流黄。重疊合懽被，氤氳沈水香。華燈出粉面〔一五九〕，明月弄珠光。竹葉杯中酒，梅花額上粧〔一六〇〕。含嬌尚紅蕊，結實定青箱。馬齒休嫌老，蜂窠一任狂。天門魂蕩颺〔一六一〕，地芐水微茫〔一六二〕。似鳳連翹足，非猿續斷腸。只愁萱草嫩，無計避淫羊。芐音户，即地黄。

移居宋家園三十韻〔一六三〕

宋公吾父執，闢館號鷗天。少小曾遊此，園林正蔚然。亂更三四主，别至廿餘年。門巷雖仍舊，風光迥異前。偶而來一問，居者又將遷。善價歸予手，幽棲絶世緣。圃畦聊自種，蔬菜不須錢。牆破憑籬補，窗稀賴竹編。杏榴開可玩，榆柳伐堪憐。從此加培植，奚難再鬱芊？仲冬陽始復，幾望月初圓。從自城南廡，家於巷北廛。孤踪有寄托，盡室得安全。夜讀層樓下，朝行曲岸邊。鐘聲殷古寺，草色媚晴川。仰首蔣山近，傷心淮水偏。比鄰多隱逸，隨分與周旋。墨妙家家有，詩神處處傳。老猶貪酒盞，貧不斷炊煙。況賣嚴京卜，兼通素難篇。細君催釀黍，小婢解烹泉。客到常留醉，吟成每共眠。胸中自浩落，身外曷憂煎？所願熊羆夢，惟期豚犬牽。衰顔纔足慰，書種但能延。便入金陵籍，長耕建業田。春波桃葉渡，秋浦藕花船。白首恣行樂，芳塵繼昔賢。懷刑知免矣，抱道合終焉。敢望宋公子，鳴珂侍講筵。宋公，如園先生也，與先司農癸卯同門。公子其武方爲經筵學士。

秋日歸里過潘蜀藻小飲談香山詩甚快賦此〔一六四〕

野老攻詩二十年，詩中警句亦流傳。貪看酷嗜無如爾，短諷長吟不論篇。自是性情真契合，豈因朋好故周旋？往時刻畫杜工部，近日沈酣白樂天。異地何曾相告語，同心不覺自鑽研。君才通敏摹應似，我筆麤疏恨未全。別後乾坤誰解此〔一六五〕？歸來閭里特懽然。乍窺草舍三間小，重覩芳詞七字妍。欲展客懷須命酒，忙分母饌已烹鮮。客非陶侃客堪比，母較茅容母更賢。況有方干從弟井公〔一六六〕。爲妹壻，也偕潘岳共留連。今宵偶聚黄花下，古調高歌翠竹邊。長慶風光如在眼，香山肌骨本來仙。三人詠歎知非苟，百遍過從期莫愆。只恐浮踪猶未定，明朝又泛五湖船。

旅思二首〔一六七〕

犬子每寄書，好寫别來事。書到未開械，先看平安字。

笑渠遵母命，勸我宜早歸。歸不待秋風，勿寄秋風衣。

正月三日抵樅川二首〔一六八〕

前日雪中去，今日雪中歸。渾身俱是雪，不認去時衣〔一六九〕。

寒江阻且修，只道歸期遠。小女門前呼，望見阿爺返。

太白酒樓

蜀客酒一杯，高樓名千古。多少後來人，紛紛委黄土。

陵谷有時壞，此樓長若新。須知賀與李，只是兩詩人。

南　池〔一七〇〕

自古有南池，如何唐始著？秋雨冷菰蒲，是憶青氈處。

遇鄉人

君從石城來，曾過青溪否？我家傍青溪，門前數株柳。

送別素姬之蕪陰〔一七一〕

木槿花開幾日新，勸君須早出風塵。明年此日還未嫁，我即相逢亦路人。

潯陽夜泊

微微秋月照江沙，兩岸楓林蘆荻花。苦憶當年白司馬，不知何處聽琵琶。

過彭澤

小孤山畔彈丸城，獨擅長江萬古名〔一七二〕。滄海不知經幾變，春風五柳尚含情。

夜半〔一七三〕

一夜無眠數首成，山妻勸我少縈情〔一七四〕。試聽窗外芭蕉雨，不是平聲便仄聲。

江上吟

下水一帆如一鷗，上水一篙如九牛。南風漸止北風發，牛亦能飛鷗不浮。

送濁師遊宛

年年夢想敬亭雲，舊友存亡久不聞。君去陵陽山頂望，白楊衰草幾人墳。

江上望九華山雪

雪後江南見九峯，九峯皆作玉芙蓉。何年始踐山僧約，掃雪烹茶過一冬？

謝侍郎建陽賣卜〔一七五〕

骯髒乾坤八尺軀，且將卜肆溷屠沽。當時猶解欽風節，今日程留輩亦無。程文海、留夢炎。

唐玉潛冬青紀骨〔一七六〕

鳳巢龍穴不成棲，玉匣珠襦踏作泥。惟有年年寒食節，冬青樹下杜鵑啼。

鄭所南鐵函藏書

吴門春草碧參差，枯井藏書那得知？三百餘年書始出，中原又似畫蘭時。

謝臯羽慟哭西臺

嚴子灘頭雨雪飄，生芻一束薊門遥。傷心豈獨悲柴市？萬古崖山恨不消〔一七七〕。

蟢子湖

蟢子湖中欲雪天〔一七八〕，歸人驅策犯寒煙。不知小婦羅帷上〔一七九〕，亦有雙雙蟢子懸。

石鐘山〔一八〇〕

怪石驚濤江水濱，老蘇遊後更無人〔一八一〕。畫師偏愛巉嵒色，絶似倪黄斧劈皴。

題　畫〔一八二〕

誰畫淵明采菊圖？柴桑橋畔獨躊躇。廬山百藥般般有，只是生憎劉寄奴〔一八三〕。

代内答二首〔一八四〕

家計蕭條吾不怨，良人飄蕩實堪嗟。一年十二回明月，十一回明不在家。

贖田非獨爲糊口，不負明農萬古名。君但結茅山下住，妾先驅犢水邊行。

江上苦雪二首〔一八五〕

大雪壓舟舟不勝，時時拂掃已成冰。三重阿閣猶嫌冷，何況籧篨覆一層。籧篨，蘆葦也〔一八六〕。

小艇惟憑一篛篷〔一八七〕，任他密霰與狂風。曉來篷上雪三尺，方信埋身雪窖中〔一八八〕。

羅溪道中

山雨朝來已漫溪，溪流深處忽平臍。沙邊久立無船渡，赤脚騎驢過水西。

除夕感懷〔一八九〕

南鳥無巢寄北枝，中間木主供先慈。一從家破蘋蘩缺，敢學長江自祭詩。

喜晤陳胤倩處士兼懷陸麗京梯霞

廬陵自古溪山好，尚有梅花冷暖殊。争似錢塘陳與陸，枝枝葉葉是林逋。

都下竹枝詞三首〔一九〇〕

前朝勳戚盛如雲，後裔同歸廝養羣。莫向灞陵嗔醉尉，何人猶識故將軍？

本司三院舊鶯花，此日飄零無一家。惟有西河沿上柳，年年春色解藏鴉。

自古長安似奕棋，一番客過一番悲〔一九二〕。許多大老休官去，幾个名娼又嫁誰？

孝陵衛〔一九二〕

當年軍衛百千家，此日離披似落花。猶有兩般人未改，孝陵棉與孝陵紗〔一九三〕。

送張楚材之碭山〔一九四〕

驢背馳驅正夕陽，路人猶指斬蛇岡。岡頭買酒憑君醉，劉四朱三總斷腸。漢高帝行四，朱温行三，皆徐人。

五月十五夜夢孫豹人 孫秦人，寓廣陵。

旅魂終夜繞天涯，又過三原處士家。似說揚州明月好，蕃釐觀裏看瓊花。

野泊

空江逢雨又逢兵，野泊孤洲已二更。喜見人家隔溪語，愁聞風霰打篷聲。

竹枝詞三首〔一九五〕

儂家住在大江東，妾似船桅郎似篷。船桅一心在篷裏，篷無定向只隨風。

樓上春風吹小窗，愁人獨坐俯晴江。沙鷗汀鷺皆成匹，豈獨鴛鴦是一雙？

春水新添幾尺波，泛舟小婦解吴歌。笑指儂如江上月，團圓時少缺時多。

贈滕錬師

仙觀仍從大宋開，道衣不學至元裁。問君可是林靈素，曾見奎星奏事來？

題倪闇公近稿

詩篇直出元和上，書法全從淳化來。與治不生于一死，眼前誰似爾通才！

雪後懷林茂之先生

凍雪初晴鳥曬毛，閒攜幼女出林皋。家人莫道兒衣薄，八十五翁猶緼袍。

李雲田乞姚氏女畫竹寄其室寶鐙夫人屬予題之〔一九六〕

楚客懷歸歸路難，先將墨竹報平安。君如粉籜隨風遠，妾似霜根抱石寒。

爲張僧持五十初度〔一九七〕

南村五十負詩名，詩似梅花徹骨清。借問天街騎馬客，幾人能作苦吟聲？

錢湘靈屈翁山鄒訏士寧山同古白上人見過草堂小飲因至晏家橋看罌粟花得四絶句〔一九八〕

長板橋頭春水波，舞衣歌扇總消磨。獨餘野圃閒花草，勾引東風蛺蝶多。

笑指城南富貴家，朱門寂寂鎖煙霞。不如老圃多幽趣，常許閒人來看花。

草堂臨水浄無塵，菜甲盈畦別有春。閉户不曾延俗客，看花時復過比鄰。

花落鶯啼春可憐，酒徒相遇發狂顛。諸君莫笑余頭白〔一九九〕，我是花中老少年。

正學祠〔二〇〇〕

正學先生十族墳，祠堂軒豁樹如雲。可憐樹伐祠因廢，每夜啼烏不忍聞。

題半山道人畫册〔二〇一〕

一著袈裟絶萬緣〔二〇二〕，獨餘破硯習難捐。江山本是無情物，畫到荒殘亦可憐〔二〇三〕。

題王元倬先生小像

神廟遺民世所稀，斯人髣髴漢官威。可憐諸葛真名士，竟作南陽老布衣。

重題採藥圖

白柄長鑱手自持，花籃盛藥步行遲。眉端尚有英雄氣，二十年前四十時。

校記

〔一〕方盦山詩集（黄山書社二〇一〇年版，以下簡稱詩集）將本詩連同以下至江黄行共十四首詩未予收録。

〔二〕詩集題作『麻城贈枯木大師四十八韻』。

〔三〕華侈　詩集作『丹臒』。

〔四〕『鷄鳴』四句　詩集無。

〔五〕常　詩集作『嘗』。

〔六〕『芳潔』二句　詩集無。

〔七〕貪慳　詩集作『慳吝』。

〔八〕詩集共六首，題下注：『甲午。』其二、其三詩集未見。

〔九〕繇　詩集作『由』。

〔一〇〕立菴　詩集作『其相』。篇末注同作『其相』。

〔一一〕熱　詩集作『熟』。

〔一二〕詩集注加詳：『不音芙，花跗也，與詩「鄂不」之「不」同，今讀如字，非。趙子昂詩「雲霧潤蒸華不注，波濤聲震大明湖」，李于鱗「我自能憐華不注，推窗君試雪中看」，則二公亦誤矣，況其他乎！』

〔一三〕實　詩集作『寔』。

〔一四〕詩集謂：『詩云「克岐克嶷」，音逆，今在職韻。』

〔一五〕詩集未收。

〔一六〕替　詩集作『昔』。

〔一七〕詩集計四首。

〔一八〕發　詩集作『没』。

〔一九〕徐五　詩集作『徐』。

〔二〇〕工　詩集作『學』。

〔二一〕東　詩集作『雙』。

〔二二〕見　詩集作『對』。

〔二三〕詩集題上多『風雷行』三字。題下注：『壬辰。』

〔二四〕范　詩集作『飯』。

〔二五〕壞　詩集作『壓』。

〔二六〕但　詩集作『怳』。

〔二七〕詩集題下注：『癸巳。』

〔二八〕竿　詩集作『株』，下同作『株』。

〔二九〕不敢留　詩集無。

〔三〇〕登　詩集作『上』。

〔三一〕之　詩集作『視』。此句下詩集有『與前竹無異，長大亦相等』二句。

〔三二〕此下詩集有『十一日』三字。

〔三三〕見之　詩集作『見而愛之』。

〔三四〕神　詩集作『羣』。

〔三五〕纔　詩集作「未」。

〔三六〕頃　詩集作「驚」。

〔三七〕暝黑仍馳　詩集作「暝黑奔馳」。

〔三八〕詩集未收。

〔三九〕輯　詩集作「集」。

〔四〇〕碑碣　詩集作「石碣」。「深」詩集作「荒」。

〔四一〕仗　詩集作「杖」。

〔四二〕寒幃　詩集作「空閨」。

〔四三〕重　詩集作「並」。

〔四四〕帢　詩集作「袷」。

〔四五〕但　詩集作「悶」。

〔四六〕諏　詩集作「謨」。

〔四七〕蝦蛆　詩集作「鰕鮔」。

〔四八〕舁　詩集作「畀」。

〔四九〕鋤　詩集作「剉」。

〔五〇〕煦　詩集作「响」。

〔五一〕是　詩集作「雖」。

〔五二〕明　詩集無。

〔五三〕幅　詩集作『日』。

〔五四〕敘　詩集作『序』。

〔五五〕子　詩集無。

〔五六〕詩集題後有『各賦詩三章』五字，計三首。

〔五七〕歡　詩集作『歎』。

〔五八〕詩集題作『秋夜邀同汪舟次程飛濤周雪客潘蜀藻王安節秦淮小泛作歌』。

〔五九〕六　詩集作『七』。

〔六〇〕競　詩集作『合』。

〔六一〕唱　詩集作『倡』。

〔六二〕角　詩集作『甪』。

〔六三〕詩集題下注：『以下戊午年作。』

〔六四〕詩集未收。

〔六五〕山陰　詩集作『先生浙東』。

〔六六〕何人　詩集作『人何』。

〔六七〕脊令　詩集作『鶺鴒』。

〔六八〕詩集計七首。

〔六九〕山　詩集作『方』。

〔七〇〕『數點』句　詩集作『萬頃芙蓉國』。

〔七一〕今日　詩集作『侵曉』。

〔七二〕『行年』二句　詩集作『不如投古刹，髡作老毗尼』。

〔七三〕本詩及抵寓一題詩集未收。

〔七四〕强恂如　詩集無。

〔七五〕斜通圃　詩集作『通場圃』。

〔七六〕夜　詩集無。

〔七七〕詩集題作『答吕霖生吏部』。篇末注曰：『吕勸予應舉，故云。』

〔七八〕詩集有組詩題作宋遺民詠十五首，其四謂謝皋羽翱，曰：『皋羽故素封，破家爲勤王。曾參文相軍，合力奮戎行。皇天不我祐，文執謝竄亡。流離閩越間，久乃至浦陽。浦陽方紹卿，言潔而行芳。皋羽依之居，倡和多篇章。玄冬至嚴瀨，上有西臺荒。設位臺東隅，慟哭裂中腸。擊石爲楚歌，竹石俱損傷。作記多隱語，祗欲名山藏。豈知晞髮集，日月争光芒。』與本詩題同而體殊。本詩第四句缺字係刻本原貌。

〔七九〕本詩及其下二題詩集未收。

〔八〇〕詩集計三首，無其三。

〔八一〕訊　詩集作『問』。

〔八二〕詩集計二首。

〔八三〕槎　詩集作『查』。

〔八四〕歿　詩集作『没』。

〔八五〕隱隱　詩集作『殷殷』。

〔八六〕諸子　詩集作『曹粱父』。

〔八七〕本詩及其下二題詩集未收。

〔八八〕詩集題作『贈内金鴛』。

〔八九〕有　詩集作『復』。

〔九〇〕詩集計二首。

〔九一〕音　詩集其下注：『一作芳。』

〔九二〕本詩及其下二題詩集未收。

〔九三〕詩集計八首。

〔九四〕詩集計四首。

〔九五〕詩集題下注：『以下甲辰年作。』詩末注：『次日，予之吳興。』

〔九六〕妓　詩集作『伎』。

〔九七〕更　詩集作『間』。

〔九八〕南　詩集作『西』。

〔九九〕斑　詩集作『班』。

〔一〇〇〕歸　詩集作『飛』。
〔一〇一〕詩集未收。
〔一〇二〕本詩及其下一題詩集未收。
〔一〇三〕半壁　詩集作『舉國』。
〔一〇四〕旉　詩集作『敷』。
〔一〇五〕扣　詩集作『叩』。
〔一〇六〕野店將開　詩集作『起視茅檐』。
〔一〇七〕炊黍燈未滅　詩集作『接淅炊未熟』。
〔一〇八〕裝擔　詩集作『任裝』。
〔一〇九〕詩集題作『壽姚休那先生』。
〔一一〇〕『自古』句　詩集作『自古花源無晉魏』。
〔一一一〕詩集未收。
〔一一二〕詩集計四題同題之作，分別標目。
〔一一三〕詩集題下多『示湯仍三』四字，計二首，于本首無篇末注文。
〔一一四〕上　詩集作『海』。
〔一一五〕笑　詩集作『訝』。
〔一一六〕詩集題作『麻孟璿墓上』，題下注：『在宣城東三十里。』

〔一一七〕詩集下注：「孟瓊遇害有『怒存千丈髮，笑砍百年頭』之句。」
〔一一八〕穹 詩集作「窮」。
〔一一九〕風 詩集作「春」。
〔一二〇〕賦謝 詩集作「賦此謝之」。
〔一二一〕情 詩集作「故」。
〔一二二〕爲 詩集作「曰」。
〔一二三〕庚 詩集作「鍾」。
〔一二四〕詩集計二首。
〔一二五〕壓 詩集作「注」。
〔一二六〕詩集題作「李士雅江上見訪談粤中事甚詳感而有作」。
〔一二七〕詩集下注：「止一、孺發。」
〔一二八〕詩集下注：「秋濤、美周。」
〔一二九〕詩集未收。
〔一三〇〕佛因 詩集無。
〔一三一〕劉 原刻爲一墨釘，據詩集補。
〔一三二〕贈蕭尺木 詩集無。詩集題下注：「壬辰。」
〔一三三〕花 詩集作「華」。

〔一三四〕亦　詩集作『自』。

〔一三五〕詩集未收。

〔一三六〕詩集題上有『水崖』，計十首。

〔一三七〕被　詩集作『受』。

〔一三八〕詩集無『涓來』、『中』三字。

〔一三九〕詩集題作『宋憲使署中鸚鵡能言索贈二首』。

〔一四〇〕原　詩集作『元』。

〔一四一〕養　詩集下注：『去聲。』

〔一四二〕詩集計二首，題下注位於篇末。

〔一四三〕敦復　詩集作『子千』。

〔一四四〕取　詩集作『以』。

〔一四五〕詩集題後多『各賦一詩』四字。題注曰：『同集者粵東盧升卿、王仁植、黎次仲、龔含五，漢陽李雲田，會稽姜鐵夫，慈谿周九逸，烏程陳宗彝，上海陳鱸江，青陽孫儼若，吾里姚彦昭。』

〔一四六〕立秋日　詩集無。

〔一四七〕女　詩集作『汝』。

〔一四八〕詩集題作『太湖壽李溉林明府百韻』，下注：『辛卯。』

〔一四九〕岡　詩集作『崗』。

〔一五〇〕繇　詩集作『由』。
〔一五一〕悔　詩集作『悟』。
〔一五二〕耄耋　詩集作『萬億』。
〔一五三〕竦　詩集作『疏』。
〔一五四〕奉　詩集作『定』。
〔一五五〕揆端　詩集作『端揆』。
〔一五六〕謬　詩集作『繆』。
〔一五七〕希　詩集作『教』。
〔一五八〕詩集題作『戲贈左子直納妾詩』，『用二十藥名』爲題下注文。
〔一五九〕出　詩集作『照』。
〔一六〇〕梅　詩集作『松』。
〔一六一〕颺　詩集作『蕩』。
〔一六二〕微茫　詩集作『汪汪』。
〔一六三〕三十韻　詩集爲題下注。
〔一六四〕詩集題作『秋日歸里飲潘蜀藻茅堂談香山詩甚快有贈并示從弟井公』。題下注：『癸巳。』
〔一六五〕後　詩集作『去』。
〔一六六〕從弟井公　詩集無。

〔一六七〕詩集未收。

〔一六八〕二首　詩集無。詩集計二首，其二互異，題下注：『甲午。』

〔一六九〕去　詩集作『舊』。

〔一七〇〕詩集計二首。

〔一七一〕本詩及其下一題詩集未收。

〔一七二〕古　詩集作『里』。

〔一七三〕詩集計二首。

〔一七四〕縈情　詩集作『經營』。

〔一七五〕詩集題六聲猿，計六題，含本詩及其下三題。

〔一七六〕紀　詩集作『記』。

〔一七七〕消　詩集作『銷』。

〔一七八〕中　詩集作『邊』。

〔一七九〕不　詩集作『遥』。

〔一八〇〕詩集爲江行十詠其五。

〔一八一〕蘇　詩集作『坡』。

〔一八二〕詩集題作『陶靖節先生小像』。

〔一八三〕生憎　詩集作『傷心』。

〔一八四〕詩集計一首，無其二。

〔一八五〕詩集題作『雪舟』，計三首。

〔一八六〕詩集無注。

〔一八七〕小艇　詩集作『舟小』。

〔一八八〕信　詩集作『悟』。

〔一八九〕詩集題下注：『六首。』

〔一九〇〕三首　詩集題下注：『二十首。』

〔一九一〕過　詩集作『到』。

〔一九二〕詩集爲金陵感懷十首其四。

〔一九三〕詩集其下注曰：『南中賣木棉、賣機紗者多孝陵衛人。』

〔一九四〕詩集計二首。

〔一九五〕詩集計十首。

〔一九六〕夫人屬予題之　詩集作『并屬予爲題小詩』。

〔一九七〕詩集計二首。

〔一九八〕詩集計七首。

〔一九九〕余　詩集作『予』。

〔二〇〇〕詩集爲金陵感懷十首其八。

〔二〇一〕詩集計二首。

〔二〇二〕著　詩集作『着』。

〔二〇三〕畫　詩集作『寫』。

龍眠風雅卷三十四

木厓潘　江蜀藻輯
吳江徐　釚電發同里李　銓石逋參

鄧森廣

字柬之，號顛厓。崇禎間貢生。少負才磊落，跌宕自喜，于時人罕所推讓。爲人重然諾，尚風義，有國士之風，急人之難，揮金如土苴，不屑也。遭時多故，慨然欲扣囊底智，以匡濟自任。崇禎末，皖撫軍張公亮、黄公配玄雅重其才略，競延致之，屢膺徵辟不就。晚乃築室北山，一意講千秋之業，與方畿還青、李銓石逋、徐翥羽先、李雅芥須輩，以觴詠爲樂，間一遊制府，爲之起草，非其好也。所著杲園集三十卷，其文則元本經術，穿穴史學；詩則含嚼風騷，浸淫三唐。龍眠多慷慨魁壘之士，若柬之者，吾目中未易數見也。年六十一卒，其義故門徒私謚爲文任先生，而李芥須爲之議：『雖中郎之有道，碑文夫何忝焉？』

詠懷

鳳鳥生丹穴，五采何飛揚。舉足亂雲紀，去去摩穹蒼。一鳴二曜朗，再鳴九州康。三鳴肅元化，主聖臣復良。進退本有時，胡乃笑榆枋？咄嗟世無人，軀命逐流光。但求老槃澗，無爲矰矢傷。

古別離

君住泗水南，妾住淮水北。相去曾幾何，黯然難爲別。青青楊柳枝，不畏西風折。西風吹客衣，爲君歌一闋。君心如行舟，去住尚悠悠。妾心如秋水，西風咽不流。流水何湯湯，行舟何猶猶。君有紫金玦，妾有玉搔頭。別後如相憶，佩之可忘憂。

別張將軍

羽書西北馳，烽燧晨暮起。哀彼郊牧間，荒煙泣新鬼。當路飭衣冠，遨遊何逶邐。城隍委丘墟，民命等敝屣。慷慨披長纓，軍中推一史。誰實左右之？京口遊俠子。寶劍光離奇，翠勒駕騄駬。擁櫜侍辛毗，軍符奪晉鄙。間道援我桐，輕車渡鹵水。寇來如飛飆，寇退如脱藟。單騎戰荒郊，被創身不死。戈矛羅女牆，格鬬睬所指。彼已按羣兵，怖死反相呰。相呰忌成功，功成呰亦止。叱咤風雲寒，氣力任驅使。以此策奇勳，張韓何足儗？胡爲不拜爵，長揖歸田里？田里蓄英風，努力修弓矢。

戰將行

八月塞馬肥，寇自雲中入。勇氣特無雙，將軍救邊急。下馬衆人扶，上馬弓不習。格鬬已難堪，況復乘夜襲？黄沙萬骨横，將軍苦被執。嗚邑跪求生，欲言聲氣歙。老上爲解縛，將軍抱頭歸。臨陣馬行遲，逃歸步行飛。天子怒議罰，逃者坐失機。賄行十萬貫，反詭透重圍。罰罷復加賞，將軍肆虎威。我笑陣亡者，魂魄何無依。不如逃歸好，壁壘多光輝。

論龍眠諸子詩

吾鄉尚風雅，龍眠諸子始。豈不懷古英？既貴洛陽紙。前有趙中丞，趙公釴。既乃齊太史。齊公之鸞。兵部吳公檄。盛威儀，容臺戴公耆顯。扈芳芷。元城方公大任。感哀音，胥靡其一泚。藻思發搴蘭，方公大鉉。宗伯葉公燦。與之比。宗一吳公應賓。乃維摩，霧霧阮公自華。一老子。落筆輕雲煙，放言振羅綺。白鹿方公孔炤。本世學，詹事方公拱乾。何清泚。簡軒汪公國士。數萬言，倔彊或足喜。後起六七人，紛紛志遐軌。老友趙相如，趙子相如。長驅屈賈壘。范二范子世鑑。良史才，鱗一江子中龍。亦具體。振臂表中江，齊名杜與李。爾止方子文。得其神，曼公方子以智。伐其髓。至之吳子道凝。紹古歌，鳳麓吳子道約。乃同軌。農父周子岐。並克咸，孫子臨。羽商雜流徵。堅倩在鼾窩，方子畿。韻言領大旨。歌行鑑在吳子德操。豪，近體方壺齊子維岳。美。方壺有難兄，翺翔煙波裏。季子齊子程。更離奇，惜哉二十死。滌岑陳子焯。與田間，錢子秉鐙。嘯詠胥鋒起。延陵好南蒼，吳子日永。人琴竟絶矣。蛟臺兩詩雄，失志行蓬藁。弼也方子兆弼。怒濤生，汲也方子兆及。波雲委。其族推爾瞻，方子爾瞻。亦如疾書倒側理。蜀藻潘子江。慎推敲，尚論多臧否。風韻自芥須，李子雅。問齋陳子式。亦如此。邵村方子亨咸。兄弟良，蒸蒸戾容止。亢烈稟光生，光子廷瑞。人或詫其傀。同志執鞭弭，齊亮哉齊子亮。方里。方子里。更有王英山，王子天壁。心血嘔不已。諸子胡英多？此道及笄珥。潄潤紉蘭工，張夫人方孟式。茹檗清芬矢。姚夫人方維儀。松閣勵秋聲，潘夫人吳坤元。自號女學士。中閨扇雅風，鬚眉所深恥。予也敦素悰，誰譽亦誰毁？努力振元聲，自笑遼東豕。

宿州阻雪

驅車渡濉水，日落前山赤。遥望挂劍臺，黄金高萬尺。倏忽三四里，狂風吹冷客。從者覓旗亭，兩足何蹴躄〔一〕。油幕張寒燈，摟衣坐茅積。墐户霜衾封，誡以晨于役。夜半鷄聲聞，已熟釜中麥。開門牽飽馬，户外一片白。累累蔽村墟，不辨郊與驛。寸步那可行，攬轡亦何益？曲柄撐長空，安得屐穿石？

蜀藻爲母夫人重葺松聲閣落成

松陰何亭亭，松風本噩噩。如沸亦如濤，有聲自雲壑。潘母愛松聲，取以名其閣。匪獨誌孤清，聊以表盤錯。勁節凌寒威，豈不誠歷落。四壁絶塗罍，無所事赭堊。中有六尺牀，陶然坐鍾郝。彈指廿年前，青青一林薄。隤廢自秋風，其門鮮施箔。縱不輟謳吟，或恐損逸樂。母也愛吾廬，因之重開拓。鑿牖透明星，選徑蹲孤鶴。婆娑千尺陰，菁葱無復昨。百年養龍鱗，人或咤其削。余曰嘐漻聲，全不自松作。詩卷有清音，停披試探索。但存歲寒心，幽懷又焉怍？遥對石經齋，讀書每應諾。種竹滿階除，霜花解夜籜。欝欝青琅玕，老鳳欣所託。閣成將進酒，逸興恣磅礴。摩挲金帶圍，春風長芍藥。

穀日

老農辨豐歉，所占在穀旦。其或愆陰陽，子婦發長嘆。大有問田園，次有營婚冠。小亦辦征徭，饔飧何足筭？苦亢蝗蝻飛，苦澇陰雲亂。常言戊子蟲，又云丙子旱。况復缺天倉，推測主饑竄。昨見田家兒，跂步望霄漢。破笠不覆顛，單衣不蔽骭。困窮良若此，奚堪增塗炭？漆憂馬踐葵，杞憂天漫漫。老夫不足云，無乃勞宵旰。

薤露歌

幸哉遺民免豺虎，開府史公莅兹土。哀哉天不祐斯民，開府史公喪嚴親。公昔來時歲乙亥，寇盜糾雜黄梅界。銅符十道一夜行，短衣鐵馬聲軯軯。死賊聞之心膽落，枵腹穿山竄英蓼。豈無制府監弓矢？豈無將軍號虎子？高牙大纛灞上營，聽説勦賊但畏死。披纓獨有史公雄，三尺芙蓉重磨礱。誓與士卒同甘苦，野行不敢亂行伍。榆林壯士新受降，戲斫賊頭血如雨。昨聞賊復寇襄陽，穀城縣官死道傍。誰椎牛酒與賊燕？至今養虎恣跳梁。又聞中軍不肯戰，短兵對壁難相見。少壯誰不樂妻孥，肯作沙場血髑髏？何如史公丹心好，腰横吴鉤申天討。豈知六月天雨霜，擐甲未除白髮亡。白髮亡，重哀毁，摐金伐鼓爲誰理？駟牡悲鳴行娑娑，以茲不如常廢市。常廢市，莫荷戈，史公行矣奈若何，史公行矣奈若何，令我空歌薤露歌。

大水歌

去年此月川似滌，桔槔長河無涓滴。今年此月路漫漫，雲低濕樹白晝寒。不見高田長青草，但見重泉喧木杪。霹靂朝發西山巔，忽忽室内成巨川。繩牀粟甕没深水，竈冷西風火不然。老農相見問參昴，禾熟田中那得飽？呼兒亟移樓上居，已是横流浸吾廬。相勸不須悲稌腐，猶勝去年食泥土。

古　意

冉冉川上萍，馥馥澗邊蘭。皎皎樓上女，戚戚撫清彈。清彈曲罷當窗織，深夜停杼三嘆息。三嘆息，亦胡爲？良人遠向心傷悲。不願雙雙守空室，但願妾身生兩翼。西抵祁連北榆關，處處高飛侍君側。

雪中古意

何處飛來一片白？撒鹽飄絮比不得。征人陌上凍馬蹄，少婦閨中失顏色。手持刀尺冷如冰，怒擲齊紈長太息。影飛亂蝶迷綺窗，花落粉奩横道側。鏡邊疑是舞春梅，懶向妝臺垂靚飾。去年夫壻黑山來，細練梳雲温姬織。今年毳縷織難成，淚灑流黄龍巾拭。誰云燕雀死檐前？河朔改元路絶食。隴右平地三丈深，毋怪穹廬人伏匿。婕妤長歎疊空牀，玉鈿零星填溝洫。流蘇低壓悽風揺，珠箔晶簾渾不識。夜烏催夢到天邊，卻恨妾身無羽翼。

四松行爲方還山賦

四松何亭亭，下有幽人醉復醒。亭亭復噩噩，幽人談笑臥雲壑。雲壑高臥奚爲乎？毋乃斯人非其徒？幽人不見才，其才如壁立，江上孤峯横千尺。幽人本無心，其心如寒冰，遠近俛仰欽霜稜。吁嗟乎！山中宰相不復作，挂冠神武門如昨。隱君以往又何人？鼾窩鼾窩亦既絶羣而軼倫。或曰鼾也狂，狂也烏足傷？又曰鼾也狷，狷亦無可羡。松下幽人良在兹，蒼鱗百丈無卑枝。雖然相君之貌毋寧讀君詩，長歌短歌有如峨峨謖謖清風馳。佐郎二，處士七。五大夫，缺其一。蔓草拘纏霜骨撑，杜甫吟聲本栗栗。借問丁固腹上惡乎生？虬龍偃蓋勢崚峥。又問鄭薰嵓畔何所住？蔦羅摩頂不知處。君不見，三徑磥砢人箕倨。遺我一百一十有二言，頃刻雲英化水去。

弔永年申端愍公冏丞

先生不幸六歲孤，甫入小學即操觚。迷離百尺珊瑚株，辛苦扶攜誰家姑？窗風零落茹荒荼，午夜劬勞泣病軀。先生晨夕繞膝呼，自署其門宅一區。和丸兩字颺金鋪，努力秋雲提鹿盧。榜名倏歷天門塗，蓁臺以北甘陵娵。遲爾十年寰瀛圖，中州分較名家駒。公道居然顔之徒，至今選部尊師模。韓城當國主模糊，中公以郄遷南都，秣陵有集胡芳膚。奸人既敗朱綬紆，奉天簡命按龍芻。亡何距衝徧直沽，八表同昏嗟烏烏。居庸内外賊交衢，議戰議守嗤其迂。一朝奮袂仰天吁：吾太安人奚以娱？手揮兩僕行于于。轆轤十丈井邊枯，輕身一擲如垂蛛。三百年來皇恩殊，生遭叛亂日月驅，如先生者古丈夫！先生死奉赤伏符，高風直與霄壤俱。天王封墓敕董狐，予祭予祠春露敷。易名巉比玉蘇屠，端則可風愍似誣。宗伯捉筆何所諏？得無掩淚慟黄壚？

九松歌

中元拜墓道，仰視九松，虬鱗千尺，因思先人手澤未斬，雖云祖德，其所以致此者，則大中丞黄公之庇爲不淺也，爲作九松歌。

九松九松競傳久，名載邑乘良不偶。世人但説九柯松，烏識此松所自有？世廟中年剪蒿萊，此山秖一小培塿。余祖贈君覓牛眠，買得胡家尋丈阜。爲種淺松近百株，漸見扶疏大如斗。改歲直歷昌啓間，屹然十四蒼髯叟。崇禎末造劫灰催，流賊殺人居民走。孤城佈置營兵驕，虞羅龐左川中狗。虞宗文、羅九武、龐添泰、左國禄，皆川將也。縱兵狂掠地無皮，斫伐不幸延山藪。世家冢樹鮮遺枝，喬柯百尺供炊臼。虬鱗倒剥霜枒横，既拔其五餘者九。營官介壽詣軍門，怒激中丞掀兩肘。大呼立得好營規，鄧家墓木今存否？倉皇失應頭低垂，鼠竄轅門突地吼。單騎星馳古塘邊，悍卒八九攀松紐。一時墮地死其三，四人折脅兩碎首。怒眥裂指氣填膺，汝曹作惡予執咎。刮取松皮火印箝，硃書犯者不容口。斷松左枝左手償，斷松右枝截右手。以此九松得苟全，至今印痕仍未朽。寒門薄劣叨殊恩，樂安黄公真高厚。公諱配玄，樂安人，時爲江北撫軍。余爲敘松松不知，招得空中張酒酒。一松試進酒一杯，醉眼看松卯至酉。吁嗟乎！醉眼看松卯至酉，問松誰是歲寒友？誌書繙罷聽余歌，鄧九松兮陶五柳。

述懷三首

天子真明聖，諸公亦相才。邊烽從此靖，黨嚳不須開。禿鬢宜髡剃，輕裾易剪裁。悠然循作息，同軌倘無猜？

羡爾南來雁，因風展素翎。寧過蕭僾墅，不到子雲亭。瞀氣舒清晝，孤吟寄紫冥。江天何所託？閒殺少微星。

湖海亦何適？元龍氣已非。空園閒灌木，荒爨夜炊薇。籬外山能古，蘆中服自微。所嗟梁上燕，猶傍舊巢飛。

姜端公率其次君見過

泥深方數尺，何處破秋雯？爲問驚魂定，能無完卵欣？披緇仍奉母，舉白且浮君。遥睇錢塘路，傷心是黑雲。時長公尚被繫。

九日同方四松併其令子幼安周信臣陳大匡犹兒銍郭外尋秋歸坐北山小飲分歸字二首

過河剛幾步，竹影亂雲衣。户敞蛛絲密，臺空鳥迹微。佛龕三徑草，野店半山扉。不盡攀躋意，爲歌緩緩歸。

尋秋當谷口，蘚徑襯斜暉。黄插滿頭菊，白輸送酒衣。選山支石好，挈榼得螯肥。徙倚霜�下，深談待月歸。

懷芥須

江北推才子，龍眠李芥須。三經席上客，五嶽夢中圖。俠骨看飛劍，哀歌擊唾壺。許多烏律操，不分是桑榆。

訪鬘嶺先生

九年前一到，籬落正蒼涼。瞥見收峯好，鬘嶺壁間有『收峯不必樓』之句。纔知避世强。延山尋檗穴，觸熱過僧房。莫問斜陽路，歸鞍晚不妨。

野園感賦

窮居漸覺世情乖，披褐投珠愜素懷。習習清風長滿閣，茸茸芳草欲侵階。閒看朱户排銅獸，倦對青山挂鐵鞵。紅藥亭前千里月，曾隨歌舞到秦淮。

寄懷左子衡

江水平連煙樹迷，懷君夜夜夢前谿。孤城白日惟防寇，四月青郊未荷犂。澤盡不聞歌碩鳥，山空但有聽寒鷄。那堪更發秦淮櫂，零落蘆花滿杖藜。

送子直子忠再泛白門

作客江南已倦遊，漁人又買武陵舟。衹今海内誰青眼？莫令天涯嘆白頭。避世亦須求故劍，投身不願入清流。别君無限傷心淚，明日灘頭一釣鉤。

元　旦

迢迢煙路望春斜，壯士飄零九棄家。城上烏棲經歲雪，河邊樹老隔年花。幾人待漏含鷄舌，何處淒風突豕牙？聖主朝元如賜問，江南江北盡炊沙。

自況

危城五月空朝炊，斗粟千錢恆苦饑。市上蒿目看人死，歸途努力還自疑。酒酣拔劍歌且舞，倒冠揖客笑復悲。兩三結伴出門去，黑雲蔽天狂風吹。

吳生飲

吳生飲我十叵羅，左持美酒右太阿。安得袖底飛霹靂，直向天門舞婆娑。醉斫黃河萬千里，倒捲白浪東西波。飲罷酣歌忽復去，試將妙墨盾頭磨。

送單達卿還臨川

客中送客意如何？客去西豐春草多。鯉石昔曾傳汝水，鯨波今已滿長河。亭移芳樹勞勞曲，棱擲流年踏踏歌。兩岸青山千里夢，應憐張祜在東阿。

元旦

花信沈沈夜正明，海門風靜浪初平。披衣纔識西園夢，秉節驚看北府兵。挂劍人猶歌石溜，承盤露不賜金莖。卻憐河雒朝正使，尚擁風塵望玉京。

冰玉堂雜興二首

百斛誰言力可扛？羽林高臥碧油幢。雖憑單騎難相見，縱築長城不受降。筭就屯兵須險隘，語云擇將必奇龐。長河南北烽煙起，安得淮陰夜渡江？

皖江風動水潺潺，江上春雲未可攀。百子嵐封天柱石，八公峯接海門關。行營幾樹花初滿，制府單車火夜還。壯士祇今能退賊，何妨高臥泐燕山？

從軍行

鐵板銀筝紫玉珂，隨征處處是行窩。攜來河北青螺髻，勝作江東白鷺蓑。曳落朝眠三獸穩，阿那夜唱五蠻多。爲官不及從軍樂，蹋踘橋邊載酒過。

贈左崑山

將軍十六擁金貂，仗節專征已四朝。鵲印夜頒千島月，牙籌朝典五溪潮。繡襠侍婢争騎馬，綺帳歌兒戲射雕。散髮花裀終自得，莫從旂上畫招摇。

喜价人登賢書兼别又漢歸里

朱纓剪剪石麟香，君下松陰六尺牀。自是雄名驚鹵簿，敢言憎命有文章？辟彊不老徐無敵，充國難封趙破羌。揮手滄江何所見？數莖殘菊抱秋霜。

慰楊機部太史

元戎露布竟銷沈，抱膝還來江上吟。常侍幕中開白望，將軍廡下積黄金。不憐宿衛師難飽，但説衝圍寇易擒。擐甲貴臣皆賜死，須知雨露爲君深。

送杜開之少保入典府兵

羽林千隊紫茸韉，賜得飛書自未央。河北健兒争飲馬，江南老將號當陽。雁門山畔三枝箭，龍驛灘前半段槍。君向秋風開曉幕，莫忘謝萬在胡牀。

喜得小范書

小范書多悲烈之語，大率爲感時憤俗而作也。滄海横流處則豈敢嗟哉！范子豈獨以其貧哉？

三千側理正飛塵，吹得松花自斬新。羊向籓中羸一角，魚從江上落雙鱗。王郎斫地非因酒，阮籍驅車豈爲貧？安得武陵秋水漲，將君高臥醉垂綸。

暑中漫興二首

策射虹橋白玉珂，龍樓日照褐衣多。五花誰入千金市？一線偏當萬目羅。有角可彈何必鷹？是眉皆妬不須蛾。詔封想見臨軒苦，縱得賢良亦譽阿。

繡斧稜稜綵棒遮，黄門鳥府兩排衙。梟音但識羣嗤鳳，豸楦何曾解觸邪？諫草削成誰拔薤？詔書頒盡當宣麻。近來一味模稜好，荆棘銅駝總莫嗟。

贈杜開之開鎮皖口

海門高纛擁金城，君是當陽第幾征？四世三公千罫列，一行十藝六蕃迎。星移蔣浦飛黄臥，浪卷錢塘太白横。下馬賦詩還擊槊，肯教豎子獨知名！

讀中丞公請蠲疏志喜

西望寒崖草不芊，亂雲荒葉與天連。原空衹有石堪煮，室盡兼無磬可懸。但得嶺南存孔橐，安知江北少由拳？流亡繪出千家淚，一紙賢於十萬錢。

閲邸報有感

雲罩銅樓月已過，鳳池鶴禁莫婆娑。弓藏不是高飛盡，仗斥還因戀棧多。白馬灘頭何日滿？盧龍塞上幾人歌？聖明有道恩如雨，千尺危濤海自波。

賊渡江

屋裹將軍臥孟勞，也排大戟舞星旄。六弢錯讀徐無鬼，四尺空聞晉有獒。但得出師何必捷？便能搦戰不須鏖。浪傳賊走湖南路，起向中梁怒折刀。

七夕

把酒爲歌鼓再行，涼風吹露冷珠纓。橋邊此夜看牛女，埭下何年薦馬卿？乞願難填雙漢鵲，同心猶膾五侯鯖。�機石畔三更月，家在寒山夢不成。

金陵感懷三首

朱欄翠杪六朝秋，剩得秦淮日夜流。天子幾時臨綺閣，將軍自此醉青樓。金鳶正見懽無極，石馬何心哭未休。寂寞臺城霜月老，又從烽火望揚州。

天壽山前勢已非，黄昏無數雁南飛。何曾銅虎頒銀鑰，但説金人臥鐵衣。帝子不歸秋又老，王孫有夢草難肥。那堪更話宫中事，皓齒蛾眉見者稀。

簫鼓樓船傍夜多，咸陽曲罷又吴歌。果然雒下閒司馬，莫問城邊載橐駝。瑶圃有尊同北海，金閨無夢不南柯。傷心猶見江東月，曾照先皇玉輦過。

抵皖城舊居

鼎湖龍去草堂秋，十二招搖散列侯。衹道舳艫銜白下，誰知烽火出黄州？曼纓一過兜鍪改，聖墨千行欄具收。嘆息海門兵變後，萬家煙井幾家留？

喜孫隨印歸里兼得司馬公書

苕霅春風斷曉茵，君從何處泣迷津？三年不到懷中字，九死初歸海上人。白社倘能書甲子，滄江慎勿嘆庚寅。傳來一札真辛苦，未及開緘淚已頻。

贈龍玄士

麴里先生破葛巾，十年姓字老風塵。蓴鱸倘可供朝夕，蕉鹿何須辨假真？籬下一花猶傲雪，門前五柳或知春。枰敲雁足燈煤落，爛盡樵柯恐是秦。

葉聖野見過

甪里村邊卻有君，十年高臥洞庭雲。漫誇諸葛真名士，不信湯陰出後軍。對月共銜千歲酒，停杯且酹五人墳。魚腸劍在專諸去，痛哭爲文弔夕曛。

送朱帛求歸銅陵

頻年作客酒杯寬，不信悲歌行路難。送子一帆辭寶婺，計程十日抵銅官。輕風野岸雲何懶，零雨秋江夜正寒。想到飛英花堰上，逢人笑整鹿皮冠。

讀王暟文近詩

詩中有畫畫中詩，舊是君家七字師。更説青鬟能發響，豈無白紵可摛詞？十年未變狂奴態，五夜還繙幼婦絲。徙倚木蘭僧莫厭，紗籠不是飯鐘時。時暟文寓崑山寺。

送恤部侯赤社北上

珊珊珮紱指長安，明發琱鞍曉露瀼。詔下金鷄題畫省，霜飛玉尺領秋官。白雲曹借真循吏，緑野堂閒老法冠。謂六息先生也。更説誡書方數紙，春回棘土不知寒。

送楊孟宣仲宣兄弟公車

驪駒並唱蜀江秋，頃刻風吹十二樓。楊柳折來三徑改，杏花看去六街遊。青綾卻羡纔揮筦，紫纈誰傳已得州。簾外春寒乘輦路，知君新賜兩黃騮。

次還青見訪

莫向風塵老客顔，幾年纔得此身閒。官如田叔雖終拜，門是盧仝竟反關。放後應思懷刺苦，髡來不畏作詩斑。憨窩羡爾真偕隱，何事浮家去復還？

僧話

昨向招提飯後歸，城南城北雨霏霏。跛驢渡水泥汙障，破蓋遮頭濕到衣。白社不聞人送酒，虎溪因有客同饑。晴明再過春郊便，一鉢清酥趁笋肥。

李生

太素先生漉酒巾，十千輸卻未愁貧。楸枰一局壺中夢，市屋三間井上春。閒濯靈苗人不識，戲騎乳虎鶴同馴。明朝再陟羅浮頂，定有丹砂辟甑塵。

紀事四首

無邊朔雪與炎風，盡説天王甸服同。況此新生泥澱地，難教獨外版圖中。不毛祇合尤時命，加税何因辨畜豊？但祝堯封長不改，年年蠲恤到江東。

九州是否亦歸墟？似有紅雲護帝居。山岳註崩曾不一，春秋紀震本無殊。車郎自識烏桓地，莊武休陳博物書。莫道長平多舊恨，黄金臺下更何如！

朝聞天子詔求言，中外争持敢諫旛。商蚷馳河難止渴，祖龍滅火祇燎原。荒坰遍灑鮫人淚，旱海誰明孝婦冤？可嘆青蒲横視草，曾無一策到金門。

錦纜斜牽舶趠風，降臣度嶺果驍雄。千帆海浪穿雲亂，夾道鑾旗耀火紅。驛傳竟持天子節，官家新敘夜郎功。廈門瞬息夷門路，翻笑終南捷徑窮。

同吳夔田方還山陳越樓劉天瓊遊晝溪分書字

三十年前老太史，誅茅偕隱兼著書。亡何草堂罹兵燹，祇今龐谷成丘墟。好山好水仍不厭，一遊再遊夫何如？桃花在樹杯在手，相看勿復增欷歔。

次韻答還山將之漢中留别

蕭蕭三徑野花香，詩卷頻年委雀牀。調律纔諳無字曲，廢吟已久，還山强我，聊復效顰，愧矣！驅車又指説經堂。千門柳向尊前緑，一路鶯翻樹杪黄。遥計歸軺關下過，桃林古寨正飛霜。

遣懷四首

老年貧病不堪支，病淺貧深苦倍兹。參术撩人功較少，巾裾揖客禮嫌遲。但憑箕踞時相見，漫説模稜竟可師。不是狂奴迂拙甚，君房原自十分癡。

澤畔行吟懶記年，盤跚爲少買山錢。亦知金盡防交改，落得才疏免世嫌。石徑漸開清似水，團瓢新築大如拳。北窗聊復憨憨睡，那計林泉與市廛？

禮法從今漸可删，稽遲豈是老逾慳？癡頑自笑三生癖，愁病多因百事艱。爲少官錢驅犢賣，兼無藥直典衣還。黑甜鄉足容吾懶，不信霜苓駐客顔。

老我甘留醉尉瞋，横塘一曲故鄉人。林中明著黄皮袴，市上難寬白氎巾。爲治逋逃苛比户，且栽罷亞避荒屯。官家近日容羣盗，不許田間有逸民。

同還山碩人閒步北郊遲士雅不至

側杖行吟傍短橋，河邊柳翠未全消。難當瀑水侵攲岸，細數茅菴半舊朝。遲客不來魂欲黯，别君既去手還招。霜�儘可偷閒看，莫待春風犯露條。

詠懷詩次四松先生原韻七首

吹竽鼓瑟總成悲，痛哭橋邊失所期。萬里風霜歸巨闕，十年辛苦託牟尼。但從長夜調新曲，莫厭飛流洗惡詩。留得迂倪初服在，此心寧復畏人知？

昨向西山頂上行，漫教草草説逃名。狂奴未灑孤臣淚，蕩子難拋少婦情。皇甫不須争黨與，司空聊復傳容成。抱頭廡下憑君臥，莫聽天邊戰鼓聲。

笑我多疑不是疑，頭顱祇許鏡光知。先生敢信歸烏有，棄婦何顏卻妬誰？羊繫藩中難再觸，馬驚橋下竟何裨？朔風吹散陰山雪，正是黄冠採藥時。

嗔殺君房忒地癡，閉門低唱舊宫詞。風人多難原同蓼，漆室殷憂豈在葵？江畔有心憐續弣〔二〕，河梁無淚濕新詩。生來七尺非侯骨，悔卻彎弓學射時。

銅柱高牙黵舊銘，方知畫虎亦難成。蹉跎白髮餘紅友，斷送朱顏是墨卿。老伴漸看爲異物，時盛子又坦訃音至。亡兄端不媿平生。傷從五兄翔之也。北邙縱有殘魂在，枉費驢鳴一片聲。

零落桃花一杖藜，東風吹徧武陵溪。多情阮肇何僥倖，薄命王郎忒慘悽。軒冕不曾辭舊家，雌黄今已到荒蹊。薑菴懶性由來辣，親向柴門小字題。

昨夜烏啼枕上霜，金閨曉夢越悲涼。學彈卻恨琴先碎，欲舞翻嫌袖不長。去婦凝粧辭翡翠，小姑新樣有琅襠。勸君莫嘆知音少，赢得知音已大傷。

次滌岑贈還山移居

庭樹曾封十八公，先生坐卧儘春融。如何不掃陶潛徑，到此翻疑阮籍窮？藏藥籠偏收涬溲，賣官誥亦付苓通。冏卿第宅雙車蓋，夢得前身洛下童。用賈島故事。

喜半僧至

半僧，予友徐子羽先別號也。別徐子且久，傳死傳病者紛至。新春，徐子倏來，驚慰交集，詩以志之。

宛在亭前識半僧，招提明月伴枯藤。壚邊笑索三升酒，醉後狂書十丈綾。老去有情甘坐廢，君來雖病亦宵興。開門瞥見驚還喜，多少傳言任愛憎。

次還山韻再贈半僧

記得清風亭名。古渡頭，同君三醉蓼花秋。祇今賸卻千言在，笑我曾無一絹酬。木榻有情誰破老？柴門借徑亦通幽。籬邊半畝消閒地，也當名山五嶽遊。

次還山韻別半僧

半个山人半个僧，若還初服竟何憑？芰荷製就雲千片，髭鬢堆來雪幾層。搔首有詩同謝眺，振衣長嘯是孫登。別君但願君無病，莫倩壺邊賣藥燈。

送還山如維揚赴季父坦菴公喪

衰年筋骨渾頽唐，七十將經强更强。霜雪兩人殘歲櫂，乙巳冬，予與還山同舟南下。煙花二月早春裝。夢驚梁木啼鸜鵒，枝老梧桐弔鳳凰。莫向東風重惆悵，揚州原不是他鄉。

草堂四首

草堂到處緑陰遮，入夏猶開滿徑花。晨起閉門修浄業，客來敲臼試新茶。松楸月見封時家，蘿薜陰連放後衙。山鵲飛銜梅子熟，一聲清磬落誰家？

蓋頭一把儘安身，强過卑田院裏人。佛火幾龕容我乞，官齋半壁許僧鄰。烏皮几借蒙恬筆，犢鼻褌羞董相綸。如璧漫勞朱絡馬，吴興東老是孤臣。

漫嫌紫揎與蒲編，吾愛吾廬十一年。無社亦甘元亮白，雖亭莫尚子雲玄。梁州司馬詩中史，謂四松也。瘴海勞人舌上蓮。謂芥須也。恁説江頭潮水闊，風吹不到硯邊田。

不是顛厓老更顛，黑甜一枕夢中仙。壺盧莫信天生種，瓢笠翻多物外緣。白苧衹應歌去後，赤松未許説從前。五千插架成何用？持與當爐算酒錢〔三〕。

過大羅菴贈與疏屆遠兩上人

舊傳無著與天親，外此誰非過量人？偶向柴關驅獨轆，來從木槵證前身。無花果熟千年核，没底鐺炊五合陳。一卷撩零君莫詫，盧能原不識風輪。

讀蛟峯遺札

竹榻蕉窗四十年，西風彈指泣新阡。傳來一紙痕成血，别去三秋淚是泉。數馬自知清吏苦，臨棺纔頌老妻賢。大夫第宅生青草，剪徑還須范仲漣。

賦得秋風獨閉門三首

不是狂夫竟閉門，祇因林下臥窮猿。空留前後千言表，未報涓涘一飯恩。近市貰來桑柘酒，沿山招得杜鵑魂。恁教歲歲啼成血，定有精靈洗帝閽。

莫逐閒行莫閉門，四衢一任石牛奔。梟音豈爲鳴斯斥？獺髓翻因補得痕。河上秋砧聽自冷，籬邊荒徑葺猶存。石壕有吏捉人去，不敢高聲淚已吞。

露下茅齋靜閉門，短松叢竹伴朝暾。衣冠不辨誰今古，臧否何須費吐吞。棄婦藁砧千載恨，公孫布被七朝恩。行吟豈必江邊路，顑頷山阿配屈原。

同還山木厓西山送秋遂過木厓索飲

遊人無計挽秋歸，手把黃花上翠微。觀是玄都桃不見，園非沁水草猶肥。祇嫌未載籬邊酒，好任牢關竹裹扉。散步石經齋下路，卻拚一醉答餘暉。

冬懷次四松韻三首

龐風吹樹雪花乾，皴手何因上井欄？祇爲六書無紙習，翻留七字與人看。冰蠶漸老絲空績，秋菊全凋夕罷餐。不是鹿門學步穩，舉頭原未見長安。

高樓百尺有人眠，不比春風王仲宣。辟世休嗔靈照女，在家亦坐懶殘禪。繩牀冷豈嫌支石？破屋疏纔得見天。解識新豊鷄犬是，舊宮人莫話從前。

户閉深山卻讓誰？晨窗僵臥雪飛時。三冬足用迂臣朔，一記研都廢左思。莫遣塵煙荒客夢，但攜酒脯祭殘詩。泥盆淺小青蛙憩，肯令春江鴨得知？

贈副憲程韋菴先生建牙江上

朱竿翠電紫遊纓，十二招摇繞步光。詔自虎林徵北府，符從鵲岸拜南陽。太平天子初承漢，江左夷吾舊破羌。已見銅駝生赤棘，誰憐金鳳失黄楊？檄書飛盡仍安土，諫草傳來但畫疆。韔内幸依程不識，軍中定畏左難當。黄龍痛飲寧辭醉？白馬横呼豈是狂！赭阜紅雲懸黑羽，丹湖清月點蒼琅。恩深敢謂身難許？仇復應知心已傷。近識與公勞賜問，承明新捧屈阿璋。

上之回

翠輦指回中，千官擁玉驄。不知誰獻頌，江漢亦朝東。

玉階怨

小院歌聲歇，空階夜月明。幾回承輦處，春草不曾生。

劉　生

白首相逢易，君恩欲報難。牀頭三尺劍，曾未借人看。

迎鑾曲

潮擁江門接御溝，漢家天子夜乘舟。兩京夾道三千里，不許垂楊壓上流。

涼州詞

霜滿孤城旅雁飛，寒時未寄熱時衣。閨中不解涼州冷，猶向纖羅泣斷機。

邊庭怨

莫向西風泣斷魂，歸心一夜過荒村。堯時有道恩如雨，夢裏還家亦是恩。

征南曲

昨夜團營又點兵，漢家新拜一儒生。銅符十道催軍出，大嘯胡牀看月明。

燕雙離

良人遥向賀蘭山，漢水桃花不度關。一十八峯春色裏，峯頭曾見幾人還？

昭君怨

蕭蕭毳幕起□塵〔四〕，望斷南雲不見人。惟有青青原上草，當年曾識漢宫春。

緑珠怨

愁對寒林滴露梢，妾身不惜掩荒郊。他生但作高梁燕，長傍春風理舊巢。

隴頭水

美人昨夜臥南樓，夢裏牽衣話隴頭。醒來不識秦川路，猶記河聲向北流。

游女曲

十五女兒著絳紗，曾將顔色比梨花。粧成結伴尋春草，羞指前村是阿家。

巫山高

巫山峭石天與齊，巫山峽裏白雲低。行人莫向巫山路，猿到巫山亦夜啼。

春詞二首

昨夜誰人吹紫簫？東風陣陣響雲翹。玉鈴小閣紅棉冷，錯過揚州刺史橋。

估客揚舲下建康，江風千里自襄陽。勸君莫愛舟行順，逆水西流是故鄉。

壽蜀藻母夫人六十二首

香娥五色不堪陳，桂影當筵脯擘麟。天上一星何所指？松聲閣裏太夫人。

不從花信問春風，手種龍鱗冰雪中。六十年來滄海變，此心直與此松同。

再贈徐子羽先二首

練川川畔老頑民，七十無家不當貧。記向隔江埋姓字，至今秋浦説詩人。

煮字齋頭耐久朋，三年不見骨崚嶒。爲君磨得青麟髓，一首新詩一幅綾。

催妝詩次還山韻爲王願五太史賦

絶世佳人冰雪姿，凌風剛趁及瓜時。遠山翠出邗江外，祇爲王郎好廣眉。

戰城南

殺氣蕭蕭鴨水秋，寒鴉銜肉下金州。爲君市盡吳蠶繭，挼取長繩繫□頭〔五〕。

玉階怨

昨夜誰人唱後庭？珠簾空捲對寒星。多情莫怨秋風冷，複道于今柳尚青。

行路難

露陌新裝塞上行，逢人莫漫説劉生。如今天下風胡少，寶劍千金枉鑄名。

戲贈江伶二首

謝家風味杜家粧，不貫珠猜是小郎。換得金蓮剛半折，也教當日嫁王昌。

一般結束埽邊垠，替父從軍不姓秦。眉上曉峯青片片，疑君竟是女兒身。

校　記

〔一〕蹩　當作『躃』。

〔二〕步　疑當作『背(嵛)』。

〔三〕爐　當作『壚』。

〔四〕□　原刻如此。

〔五〕□　原刻如此。

龍眠風雅卷三十五

木厓潘　江蜀藻輯

崑山盛符升珍示同里姚士基履若參

楊臣諍

字古度，又字無諍。生而方額豊頤，頎然長德，制行端謹。好讀書汲古，屢困童子科。與同里方中丞大任、蕭山來司理集之投分最深。司理官皖日，羽書旁午，暇時輒延之入署論文。然安貧樂饑，絶不以竿牘溷，以是益敬重之。甲申後，棄去制舉業，慨然欲爲承學南車，掩扉教授，精研訓故、考證、字學。所刊行禹貢箋、禮經會元、龍文鞭影，其一斑也，崑山徐太史與喬雅相推許。晚歲，僑寓青溪，館同里吳易久可所，欲流布其書，刊未刻諸著撰而不果。歸里，授經一載而卒，年七十有九。所著掌樹軒詩清疏婉約，有衡門風人之遺。其友李雅、陳光、許來惠輩私謚爲述古先生，而予爲哀詞以誄之。

送鍾養淳還臨邛

我登天柱峯，送子還天柱。兩山不異名，胡爲獨異路？滄江萬里舟，汎汎入煙霧。歸臥挾仙樓，峯頭狎杖屨。山礬花正濃，知可恰遲暮。寄語問君平，一散何當聚？

居巢道中望亞父山

亞父事重瞳，亦欲爲人傑。惜哉事不終，空衂彭城血。七十好奇計，腐史何多缺？當年魚水歡，一旦遂泯滅。所賴故山存，途人仰嵂崒。

董子九先生罷官居皖者有年來元成先生屢書趣其歸田過我言別賦贈

董子稱醇儒，三策明夙志。一官冷且微，聊爾寄游戲。强項恥從人，亦復遭時忌。歸櫂滯江湄，莫遂蓴鱸思。所幸富良朋，日同花鳥醉。涉筆倣米顛，落紙多殊致。安道在剡溪，何必非家地。西陵有故人，時以書來遺。柴桑五柳間，未許疏儔類。因之理歸裝，賦就初衣遂。過我倏言別，別去仍不易。鑑湖一曲中，久勞吾寤寐。狂客有遺踪，行當深仰企。兩翁夙我知，從遊應不棄。相與樂林皋，天風爲鼓吹。吸盡沈釀川，唱酬敦古義。

送方繡山先生遊匡廬時無可大師住錫歸宗寺先生擬過樅陽要錢西頑同行

江州白司馬，匡廬久在念。所以香爐峯，草堂遂戀戀。意蓋慕淵明，晚節稱獨善。公今早投老，勇退洵足羡。白門作中隱，日夕恣遊讌。莫愁湖水鮮，雨花臺草蒨。時流嶮巇徒，鍵户不相見。一旦憶匡廬，去去舟如電。錢子心不雜，維舟邀更便。況有無道人，棲息歸宗院。相期度石梁，甘露應同讌。還上五老峯，縱覩煙雲變。坐憩水簾泉，汲之資茗戰。詩尋味外味，合來成一卷。我實老煙霞，未克相扳援。此志會應酬，詎因老至倦？溢浦聽琵琶，不必淚如霰。

水草菴黄海岸先生殉節地偶同子捷過之

招提居水草，因以水草名。水潔能不波，草勁能獨榮。志士得死所，孤忠許克成。綱常萬古事，一木誰能撑？慷慨難可及，從容尤莫京。血已化爲碧，草秀水逾清。我來同令子，懷公氣不平。廬陵歌固在，聊爲一重賡。

潘母吳太夫人松聲閣落成

爲愛松風清，乃搆斯傑閣。仰止閣中人，清操類孤鶴。開檽面晉光，晷影當几落。掩映史與圖，髣髴青藜灼。詩律細堪哦，不更嗟蕭索。閣下富蘭蓀，幽香時復作。會覩河陽花，遥對增娱樂。何似懷清臺，雄峙依林薄。

淮安放生池觀競渡

自在天地間，有生何必放？惟有戕生者，斯以放爲上。一水環琳宫，危橋藜可杖。凭欄念佛慈，水日光相盪。競渡一時喧，鱗介驚多狀。江海大生場，縱去生無量。區區一杯水，雖生猶不暢。

瓜州古渡

瓜州古渡頭，蝟雜如相迫。恬不畏風波，喧競無朝夕。或客子争舟，或舟子争客。高高浮玉峯，往往繞其腋。略無山水情，芒芒亦何益？寄語古今人，奔走殊非策。

讀谷語大師黃山歌作

劉覺岸先生歸自黃山，以其賦投谷公，谷公喜而作歌。予輒併取讀之，以當臥遊，因復作此。

孫綽賦天台，杖屨何曾到？繪者圖其形，作者領其要。圖僅得其膚，賦且臻其妙。鏗鋐金石聲，山情爲寫炤。黃海天地間，已鑿元化竅。在在富奇情，古皇因證道。作賦有劉公，親詣窮其奥。寫炤殊更加，形情兩逼肖。吾師屐未著，觸賦心神造。琳瑯千百言，寄題攄所好。何必遜永嘉？均非徒覩貌。浮丘與容成，招攜在山嶠。媿我徒羈棲，不克鼓遊櫂。師拍浮丘肩，我覓容成竈。三十二峯頭，放歌成四笑。

送吳久可還里兼柬潘蜀藻方臣梅爾從諸子

之子家于此，尚有故山心。豈以我心切，而不念舊林？送子三山道，遥矚三山岑。不忍速分手，況加年鬢侵。桐鄉老兄弟，定應懷好音。三秋倘卒業，自賡歸去吟。佇立見子去，江風吹我襟。

閱瘞鶴銘

鶴骨不可拋，瘞之洵有理。更復有其銘，鐫石焦山址。華陽有真逸，譔此亦何以？惜其駕凌空，羽化偏遺此。遒致令人欽，右軍容竊比。好事有歐公，摹之貪不已。六十字有餘，奇情均克紀。鶴兮胡不歸，鳴徹秋江汜？虛令瘦骨存，銘没江之水。我來强讀之，斷續無首尾。會當摹獨完，前賢徒失喜。

辛亥夏初訪來倘湖老師于西陵下榻拂雲世兄讀書樓喜拂雲時至快譚久之因有此贈

元龍百尺樓，欣容客子臥。錢塘江上濤，聲從枕席過。日長躭晝眠，客夢頻爲破。强起面南窗，廣陌南天大。有水向山環，有山迎水坐。僧寺一浮圖，昕夕聞功課。江鄉正麥秋，田歌如屬和。胡爲客思煎，默默渾無那？賴得主人賢，談笑生珠唾。清風引竹枝，悠悠經客座。

蘇堤

蘇堤好楊柳，何年始盡禿？西子眉黛空，胡以施面目？遊客固無聊，行人徒僕僕。幸有六橋存，徙倚望天竺。遥遥一望中，更多樵與牧。嗟哉古道傍，纍纍者誰屬？向惟岳與于，今古分榮辱。此物奚宜至，增我眼中粟。幾時楊柳枝，厄盡能來復？千條與萬條，能翳北山麓。令吾畫舫中，當春迎嫩緑。眉黛但堪描，不妨時一蹙。

壬子仲冬回里留别吴久可

塞雁日南翔，吴江楓已落。鄉心忽自縈，不畏江波惡。好客古人風，憐君誠古若。頻年梅嶼梅，相將恣行樂。不惟食有魚，消遣親杯酌。亦復出有車，相羊山水國。是以至如歸，不信人情薄。咄嗟老景來，頓爾懷丘壑。君饒用世資，我姑安落魄。書畝不逢年，憔悴如孤鶴。歸覓故山春，聊以當五嶽。霖雨霈吾田，終應須汝作。

石馬潭

石馬潭中石似馬，藤蘿作轡牢堪把。吹風打雨幾千秋，渴飲長流老未休。我跨黔驢潭上立，泉聲哽咽若爲泣。誰將駿骨市千金？壯士徒懷伏櫪心。不如且作山中客，山上山花紅復白。醉采山花石馬潭，潭空一碧映山嵐。人生尋樂應在此，富貴功名槐國蟻。

千金亭閱韓侯釣臺碑

釣臺苦不高，韓侯曾戢翼。饑來誰復憐？漂母真奇識。得志投千金，國士誠無匹。可笑南昌亭長妻，爲德不終良可惜。晨炊蓐食胡爲哉？百錢之辱悔何及。我來亭欲圮，石碣空峙立。千秋淮水東南流，投釣難干漂母食。

訪林茂之先生卻贈

翁名雅並鍾譚傳，知名實在鍾譚先。霧靈先生具別眼，更名拔置稠人前。先生原名森，阮堅之先生司理福州，取冠童子軍，爲更名古度。武夷遊客屠儀部，酒酣撾發當筵鼓。司李風流集羣英，末座詩成投水乳。阮先生大宴名士于烏石山之鄰霄亭，儀部屠赤水戲爲漁陽三弄，先生與曹能始賦詩。此時知有林與曹，不信鍾譚克爲伍。從此芳聲達帝京，移家侍養秦淮滸。秦淮笙瑟自繁華，詩思文心衆口誇。雙劍不逢雷令識，孰別干將與鏌釾？鍾譚光氣初未顯，翁能辨之爲上家。厥後名始噪天下，與翁洵屬同聲者。狎主騷壇數十年，程今淑後敦風雅。翁今八十有五壽，幾度滄桑看反覆。憐吾淹蹇霧靈鄉，許吾入室親蘭臭。似翁淳樸世所希，和靖風流欣復覯。景翁高致學相如，名字何妨敢多又？余竊以先生諱爲字。

同王振先左子吉過吳汝夢園亭看六朝松歌

中丞第裏松蒼潔，蛻盡龍鱗忍霜雪。見説栽培自六朝，古幹虬枝堪寄悦。下有怪石稱紫煙，狀似胡僧難玩褻。衆石相依近遠分，環拱高僧撐歲月。松能化石昔驚奇，貞性正無優與劣。衆石安知非衆松？前身後身誰更别？幾番易主屬中山，帶礪盟寒感興滅。及歸中丞授子孫，子孫世守依庭樾。來看不必問主人，時汝夢他出。好友相尋門未闋。俯仰興情松石間，箕踞久之真快絶。俄聞松石作龍吟，如和詩歌鳴復咽。

賦得石傍梅花横

此粤東屈翁山句也。春日，同久可諸子飲梅嶼花下，摘爲題。

梅嶼怪石競嵯峨，寒梅欣託碩人薖。綴蕚含香亦已久，吐舒直待春風和。和風纔至春强半，花開頓覺春光换。有石有石傍花横，主人爲列青玉案。杯底時聞有暗香，繁星墮入影零亂。日昨曾爲花下吟，據石徵歌聲振林。歌向花神羞不語，石言應擬戛球琳。對景胡爲終默默？石自黝兮花自白。豪放還須讓酒徒，花睡石眠歌不歌？

別方爾從三月矣忽夢見之曉起遂得來書卻寄

幾月不相見，故人今何如？夜來方到夢，江上忽緘書。百里干戈後，三冬霜雪初。何時花下酒，相對慰欷歔？

夏日過孫烈卿山莊

地僻堪棲隱，龍山舊草堂。水高魚性適，雨過稻花香。鄴架縹囊富，楸枰墅局長。更容吾信宿，尊酒説滄桑。

田家即事

田家樂無極，白水滿平疇。飯犢堤邊樹，房蜂宅後樓。柰乘時作果，麥趁雨成秋。飲我牀頭酒，羞誇萬户侯。

吳爲席移寓就予賦慰

可嘆家多難，淹留白下城。一身全不惜，大怨始能平。幞被偏吾就，醇醪共爾傾。歸心知有觸，風雨夜來聲。

喜晤錢亦友即送其赴襲大司馬幕

幾載疏吾子，何緣聚石頭。謝安當日宅，孫楚舊時樓。我挾殘編老，君攜一劍遊。此行司馬幕，髣髴古宣州。

夏夜納涼有懷李士雅方爾從左谷若

我愛梧桐月，清光是雨餘。雲流星自轉，風細暑全除。鄉國頻年隔，朋儕兩地疏。何當重聚首，談笑舊蝸廬。

雨中久可致酒獨酌報以詩

積雨十餘日，愁因感病身。殘花堆曲徑，野水漲平津。强飯步能健，銜杯詩有神。多君青眼在，點撿白頭人。

宴起示内

唱隨垂老共昏晨，相敬仍宜似主賓。枕簟秋深憑晏起，干戈叢裏得閒身。女嬌學語能調舌，僕陋孄炊識徙薪。白髮慈親如有問，道吾雛鳥近尤馴。

癸卯夏仲寄懷來元成老師二首

纔當强仕即懸車，二十年間掩舊廬。出簡知防人面冷，居安能縱己情疏。倘湖非賜堪移櫂，偶筆多函附遺魚。上下昔賢何所似？香山社裏白尚書。南行偶筆，先生詩刻也。

年來倍慨久離羣，老幸仍能不倦勤。故是牆東聊避世，也教硯北有雄文。幾番欲問錢塘渡，怪底虛停皖岳雲。何日一過探禹穴，重令白首事河汾。

重過胡綏山先生賦贈

八十餘年住世仙，繁華偶寄地能偏。攜來皖岳峯前景，散入秦淮水上煙。丹竈茗香留客久，緑窗棊響讓人先。鬚眉許我同公白，一度相過一共憐。

法雲菴在攝山桃花澗北岸王茂遠先生讀書處同諸子坐恆修上人静室因贈

萬松深處桃花澗，彼岸幽棲獨結茅。半衲夏寒檐下補，一編齋飽榻前鈔。客來率意爲將送，茶至同酣作笑嘲。見説山陰王茂遠，曾從方外定深交。

蔣潛伯客鄧太史萬竹園同方繡山過訪

名園築就鳳臺寬，修竹青青足萬竿。驚見一天皆是緑，怪當六月亦生寒。主人賦就衣能遂，客子吟成夢自安。亭樹快容吾輩賞，水邊林下得搜觀。

送棲霞竺菴和尚歸衡嶽

久别衡陽舊竹關，霞棲六載陡思還。途瞻夏口仙人駕，舟覯君山帝子顔。到即摹碑搜古迹，倦應煨芋了餘閒。臨岐獨我難爲别，七十二峯雲樹間。

皖上柯敬亭守府邀同許又重暨令弟子升小飲賦贈

汗馬勳高推兩越，不關識字悟真空。公不多識字，頗悟禪理。鐵衣頓解功名謝，笻杖頻攜煙水窮。卜築已能鄰許劭，問奇偏喜覓揚雄。趙州橋上應相值，投老知吾志蚤同。

同姚聲俟王其人暨久可簡可過隱仙菴訪樵陽羽士不值

兩度相過道院清，俱逢庭際綻梅英。鍊師偶去雲深處，客子難堪日昃情。寶劍明星光可矚，丹爐活火候將成。坐來石上天風吼，傾耳如聞鶴背笙。

賦酬何省齋太史

焚魚尚屬少年場，躡屐何妨適醉鄉？謝傅弈殘方嘯詠，桓伊笛罷復彷徉。書從鰲禁攜來讀，詩聽鷄林購去藏。青眼偏加華髮客，卻令亭草頓生香。

己酉梅嶼元旦

秦淮六度逢元旦，似許幷州作故鄉。時事諳來煩撿點，人情歷盡識行藏。頻呼如願三杯酒，敬祝宜春一瓣香。遥憶家山煙柳色，又應眠起試新黄。

登采石謁太白祠

夢寐懷公數十年，纔瞻廟貌夕陽邊。騎鯨天上知何似，捉月亭前自可憐。俎豆歲時今更烈，畫圖筆墨久當傳。蕭尺木先生筆。應攜謝朓驚人句，搔首從公一問天。

飛來峯

何從震旦稱天竺？靈鷲有峯飛到來。萬佛慈航棲石定，衆僧貝葉逐嵓開。湖光空闊澄明鏡，山色紆回點翠苔。底事飛來不飛去？也貪一路竹松梅。

與諸同舟遊虎丘

姑蘇來去泊行舟，五里河干到虎丘。夾道松杉迷佛殿，沿山蒼翠繞歌樓。可中亭畝誰分食？說法臺高孰點頭？泉滿劍池僧共汲，石容趺坐客因留。王家别墅成烏有，白傅長堤尚得遊。笑底四時多皓月，吴儂看月只中秋。袁中郎謂蘇人四件正緊事，中秋無月虎丘山，其一也。

石巢故址

石巢荆棘滿，殘瓦臥鴛鴦。可怪重來燕，殷勤覓畫梁。

江城晚眺

萬方多難此淹留，日日江干見去舟。飛鳥不知人欲倦，殷勤啼向夕陽樓。

雁來紅一名老來嬌

春草芊芊漸及秋，冶容忽變訢誰儔？徐娘嫵媚憐猶在，濃把桃花插滿頭。

同唐孟嘉登射蛟臺

射蛟臺畔一維舟，結伴登臨正及秋。武帝旌旗何處是？盛唐今古枕江流。

過舊院故址

舞榭歌臺不記年，只今荒草共寒煙。慈鴉仍戀枯楊樹，飛去飛來夕照前。

臥雪口號

梅嶼方春雪滿巒，臥遊漸忘被池寒。門前幸少長安令，日出三竿夢未殘。

讀楊椒山先生登焦山詩

焦山之椒楊子碑，有句突兀光離奇。生平戇直此已見，那能不怒嚴分宜！

秦淮竹枝詞

儂家粧閣面秦淮，笑倚雕欄水鏡開。盪槳誰家儇薄子？戲將倒影拍香腮。

齊程

原名維程，字遯玄，又字子安。生有殊慧，五歲授書，一二過可覆誦。十三徧讀經史，博覽强記，能灑灑爲人言之，解剥脉理，分劃節度，不爽毫末。尤好讀離騷、古樂府，故其爲詩，原本漢、魏，叉手擊鉢，可數十篇。然未嘗存稿，詩成，明日已忘之矣。草書狂放，有筆力。爲人如海鶴臨風，貌逸神王，不可緐紲。其佳句如『幕中甲滿三千士，江左烽連十二城』；『天無日月都歸海，漢月狐狼也是星』；『羊質枝梧皆壯氣，驢鳴翁雜盡虚聲』；『蘆中有士觀流水，桁上無衣畏早秋』；『潮信只沿歸路去，秋風不顧客心愁』；或奇兀，或澹蕩，皆大雅之遺也。崇禎十五年春，吾桐兵賊交訌，大姓皆盡室南渡。河上逍遥之師憎不見援。遯玄每登陴東望，痛哭失聲，作望南畿諸臺官詩十首，音節悲壯，得風人諷諭之旨。卒以饑疫殁于圍城中，年纔二十有九，詩篇無一存者。陳子越樓爲尋憶十四首，予又徧訪之里人口中，得十首，存其崖略。遯玄與予交甚善，而不得盡表其遺文，良可惋惜！

軍城雜感

城中繡鬣撞龍牙，市上横尸雜作沙。犬吠白燐遮白燒，烏啼楊葉復楊花。婦人盈幕偏揚鼓，蕩子從軍便有家。此日羅敷前進酒，莫言夫壻執金吾。

喜大兄歸里

亂後還山掩舊扉，南窗高臥復垂幃。清琴欲鼓蘭爲操，白草先歌露易晞。鶴去不知城郭恨，雪深偏帶脊令飛。自兄一别虚堂冷，大被從今莫暫違。

贈汪大年

翩翩公子愛遊觀，南北煙塵路渺漫。閩海龍吟孤月落，薊門鼓吹落花寒。五年白社懷高士，一曲清風解佩蘭。只此和歌還把袂，不知中外幾凋殘。

喜周農父歸里

鼓楫乘潮幾度秋，故園何事一淹留？長江夢去孤猿斷，芳草人歸白鶴愁。湘水有靈雲不散，秦庭猶在淚難收。高歌一曲同君醉，南北風煙滿戍樓。

送吳湯日公車北上

天子徵書重孝廉，羡君三十美髯髯。錦袍並賜青蓮紙，繡段難酬皇甫縑。北至鴈悲霜凜凜，東征人賦石漸漸。何當折柳長安道，馬上春風舊酒帘。

雜詠三首

狹巷倌車路不平，鐵茅青草滿城生。釜邊有蕣頻來食，井裏無葵未可烹。野馬清宵行子淚，社鼷永晝逐人鳴。顛危潦倒殊無賴，痛哭空餘九辯聲。

閉户當知病與貧，王孫少小不依人。錐頭有雪何曾飽，劍上無膏未可親。浪蕩鯤鵬悲海水，亂離兄弟老江塵。昨來寄我青龍笛，吹作西州一夜春。

日出東南蓑笠違，補牢無計牧羊肥。橐中薏苡原難載，山上蘼蕪又苦饑。皓首尋盟當世少，素紈臨别贈君稀。淵明乞食羞重跰，醉卧昏昏試掩扉。

奉懷尚璽方仁植先生

居人已罷梁園賦，樅水遥連淮浦涯。江上幾迴孤櫂返，亂中曾見尺書遲。高堂白髮應無恙，帝里清風似昔時。好是唱酬三月暮，陰陰芳樹滿庭垂。

柬默公

陳子英風淩古賢，濯纓同我向清泉。沙飛隻影何勞射，壺載中流不肯眠。漢有鼓狼皆列宿，琴無宫徵莫調絃。自來惠問石交者，懷袖殷勤非一年。

望南畿諸臺官六首

漢家天子定宸居，萬里關山負璽書。黄道百年留虎帳，弋綈當日下鑾輿。夷門北向心猶在，長老西都賦已虚。多少材官承重地，飄揺風雨未應疏。

鍾陵淮水海門通，吴楚煙波一望中。鐵鎖夜銷寒浸月，戈船朝跨浪迴風。裲襠戰士歌江北，刺繡名姝怨大東。漢使節符曾不至，逍遥河上立奇功。

篳輅艅艎泛海長，九州輸貢渡維揚。桂山曾見珠璣重，越國空傳翡翠香。未有青苗供御府，幾增榷税擁貂璫。飛沙野鬼都枵腹，寧作侏儒侍武皇。

燕門露布出天山，鹵騎猶窺瀚海灣。狐嶺日斜吹觱篥，龍堆月照冷刀環。空教折柳穿金甲，不分調脂點玉顔。中外艱虞誰底定？征人白躅幾時閒？健兒十萬瀟湘道，征馬嘶來帶寳鞍。臘月羽書鴻影斷，轅門風雪劍花寒。毒狼有血誰消渴？壯士無纓未整冠。幸有漁陽今刺史，出車獨願□樓蘭〔一〕。謂史道鄰先生。太傅榮歸宴錦棚，衮衣高照滿皇京。四朝錫命三丞府，九載司綸萬里名。破斧莫辭霖雨會，鼓刀須慰大風情。故園陶穴天王地，元老還須達聖明。

古意三首

采采芙蓉夾粉蓮，煙波憶得五湖船。如今天下登徒滿，石上青苔不可憐。

美人昨夜臥南樓，羅帶因風挂玉鉤。夢裏相逢話征戰，起來夫壻隴山頭。

風前一笑舞襁襠，何處花飛白紵長？只道盈盈樓上女，未曾十五嫁王昌。

答人餉茶

日日加餐病未輕，山茶一角勝金莖。登堂未發封書看，老媪先知是少卿。

送趙又漢之白門

桃葉風清夜景寒，故人歌嘯滿長干。何當更送君南去，渡口乘船月正團。

然四有笄殤之痛詩以慰之二首

並蒂花殘風雨餘，少君原未挽香車。雙溪多少茅柴酒，空復遲君讀漢書。

淬劍光寒露雨侵，訃詞遥動海頭星。會稽折折蘼蕪草，紫玉安能憶藁砧？

爲謫凡答爾止

漏滴蓮華酒滿觥，玻瓈未賜草清平。洛陽此夜無春到，何處風吹玉笛聲？

李明柱

字仲臣。明經芝石公之伯子也。天啓間諸生。性端重，寡言笑。家居授生徒，少年學子稍知向方者，必引而進之。予兄弟受業先生之門，時有質辨詰難，剖析毫髮，疑義豁然，至今師承其風教。生平不妄交，雅與樞部馬正誼相友善。讀秫莊集中諸贈答詩，可彷彿其爲人也。

旅舍感懷

香添繡几續寒暉，一榻春風出絳幃。庭草已衰諸弟散，園梅雖茂十年違。鴈鴻江上初傳信，虎豹城邊未解圍。雲臥東山堅不起，書生何處賦無衣？

客中送别馬倩若

中流共擬布帆開，别館淹留客思催。摇落愁看河畔柳，迢遥憑寄隴頭梅。稻粱湖海還蕭瑟，松菊丘園付蘚苔。把臂鄉關堪屈指，烹鮮沽酒射蛟臺。

春日潘蜀藻歸自白門就寓書齋喜賦

落莫春風識小園，緑楊繁葉翳蘭蓀。縱横欲就功名薄，山水猶聞風雅存。簡略扁舟同郭泰，凄清一榻下陳蕃。舉杯爲理南歸計，别業論文未可諼。

旅中送馬孔璋之白下

濁酒相逢君且醉，別來累向夢中尋。泠分秋浦羈人色，歸引秦淮遊子心。渺渺有懷虛北道，招招須我報南金。長干市上煩傳語，來有狂夫碎古琴。

水中鴈字二首

矯翮揮毫落陣雲，空江終日對丘墳。馮夷便是秦丞相，羽客何如晉右軍？蹄迹旁來過九勢，墨痕穿透詎三分？懸知覆笥山頭石，也欲銜蘆搨古文。

渚闊沙寒羽翼沈，蒼翁篇外別傳心。雲書不用三都紙，海墨難酬百濟金。下視青天隨意點，空浮碧落幾人臨？萍踪浪迹皆成帖，有客旁觀俊不禁。

汪天際

字無際，號芝城。爲人白晳、美鬚髯，風流跌宕，任達不羈。制舉義脱略繩尺，在鷄壇稱飛將軍，用是坎坷不遇，卒于龍舒之講席。如此人，曾不得四十，嗚呼憯矣！所著詩有也足軒獨吟、奪愁吟諸稿，皆豪邁不經師匠。其戲和『冷』、『香』二字韻，如『花氣露薰蝶夢冷，苔痕雨洗石文香』；『砧聲碎月魂皆冷，鳥翅翻雲宿亦香』；『柳絮輕沾書帙冷，海棠嬌惹繡簾香』；『深院梨花鴉喙冷，閒汀漁笛月魂香』，豈食人間煙火者？

苦雨慰内

老龍奮鬣天門吼，崩雲掣電摩空走。漲卻平蕪十萬家，晝嚇金鴉夜抹斗。糟團甕室僅容臂，漆暗窗通眼似醉。壁頹子夜霹靂聲，兒女拳僵妻膽悸。獨有髯翁意不然，鼻鼾肘露抱書眠。古來達士都如此，幾見堯農種石田？晝棟黄茅遞作主，勞勞閒笑世人腐。何必嘈嘈說可憐，會向他年先後補。

倩白頭

緑窗有女削鉛華，壓盡都城十萬花。阿翁阿母殷勤惜，金錢暗卜落誰家？阿翁躊躕三復四，魂夢驚飛眠不寐。阿母嗔笑阿翁癡，字時珍重隨兒意。静鎖羅幃紅玉香，不逐鞦韆架底狂。十三十四工針黹〔二〕，十五梳頭便嫁郎。燭影紅摇絲竹翕，郎意綢繆妾顏澀。背人不語髻雲低，香痕印得珠痕濕。到來日共伴鬟雙，貪畫長眉傍綺窗。謔字閒情郎不減，夜深幾度冷銀缸。不事詩書加餐飯，含羞頻把阿郎勸。堂上姑章暗生嗔，呼童負笈驅兒遠。妾心如搗淚如河，執手送別立庭莎。多情年少從來損，莫擲青春等去梭。烏絲素段裁三尺，郎誓山河妾指石。豈意郎恩葉薄如，尋春柳陌無朝夕。當爐女兒煞有情〔三〕，半隱蝦鬚百媚生。村醪傾盡時調笑，問字呼名遂目成。相憐更勝新婚妾，翠羽珠襦捧滿篋。夜露蒼蒼怯見人，躡踪忘卻嬌肢茶。只有孤燈誰作憐？捉月穿羅照我眠。幾迴欲訴還停口，猶恐姑章意不然。容成顧影細評玩，弱腕寫照自題贊。紅顏命薄寧獨儂？寄與多情一封翰。鄰家有翁早白頭，憐儂爲抱不平愁。馳書齎恨千餘里，薄倖知他何處樓？君不見，架上花，開落紛紛幾樹斜；又不見，門前柳，榮枯得得幾時久。試看妾身今若此，生女雖生不如死。

夜聞子規

叫徹春心不自由，撩人枕畔五更頭。盧家小婦情何似？的的題名字莫愁。

悼天以

蕭瑟黄雲一片愁，孤懷落落向誰儔？思君不盡西風哭，明月青山憶舊遊。

女郎持美人扇乞題

描來豔質自仙仙，不必通名也得憐。阿母忙嗔收拾去，莫教平折賣嬌錢。

江南曲

有家莫向江南住，有女都被江南誤。嫁得夫壻慣經商，朝朝目斷江南路。

詠姑嫂夜奕

釵横髻溜夜燈涼，一局敲殘隔院霜。最是小姑情性重，亂抛局子不成行。

和趙又漢雜詠二首

公子衝泥覓渡頭，女兒撥悶響箜篌。妾家近住村溪裏，門外垂楊繫小舟。

郭外煙光别有天，山花山鳥醉忘年。月明更向林間臥，竹吹松濤響似泉。

胡如瑆

字即公。崇禎中諸生。淵雅有器量。史相國可法出鎮維揚，辟爲記室。露布、封事咸出其手。相國誓以死報國，晝夜籌防禦之策，即公實與共謀。未幾，維揚陷，思爲文山之時賞不可得，因與相國俱死之。

寄呈大司馬張玉笥先生四首

王臣拜命獨登壇，奕奕車徒北斗寒。轂轉繁霜辭劍閣，心懸明月待金鑾。海門自古推黄幹，淝水當時有謝安。壁上諸侯方會食，笳吹斜月倚雕鞍。

金斗和門曙色微，梅山頂上陣雲飛。曾看城闕兵車盛，又道秋高戰馬肥。臺下吴姬休再笑，日中莊賈莫相違。桓桓六郡良家子，彈指功成解鐵衣。

何處啼烏起大田？哀哀孤寡泣寒煙。自調羹飯無虛日，人慶兵戈大有年。昨日嬰城曾煮弩，早時荒政下流泉。鷹揚府尉雖多事，州郡如今已晏然。故國花飛楊柳村，東風吹雨勢翻盆。社壇二十周南畝，旗旐三千護北原。不獨國僑能代殖，須知杜預亦分屯。高低禾穟垂垂發，更有何人怨郭門？

汪必達

字以瀾。幼英敏耆學，舞象補弟子員，蜚聲藝苑。所著有高林集。

同葉以晦胡柱岳讀書王屋山房

共君今日此登樓，風景依然物外遊。山水有緣同載酒，文章無價謾悲秋。舊栽松菊情猶戀，老寄滄浪興更幽。倦讀逢僧閒唱和，新詩寫向故人留。

送　春

三春煙雨正霏霏，畫閣重陰酒力微。午夢忽隨蝴蝶散，客心偏逐杜鵑飛。青衫客矢題橋日，白髮人驚過隙時。謾道垂楊千萬縷，留春不住送春歸。

王敬修

字心谷。太學生。與弟敬德以經明行修爲鄉黨所重。

竹素山房

最此山莊處，疏狂任老翁。高低流水碧，深淺落花紅。谷静猿聲月，林寒鶴影風。杖藜時結伴，仙路許誰通？

金陵秋夜遠懷

獨立深秋裏，懷人此夜迢。蛩吟知露冷，鴈過覺天遥。邀笛空留步，沈書豈趁潮？我心憐皓月，何處照龍標？

書倪武林畫

萬里秋江拂暮清，無邊煙裏一舟横。彤雲遠向天涯出，緑水長隨峽岸平。柳葉藏魚惟看影，蘆花過鴈似聞聲。釣翁不識中流急，帆滿西風儘自行。

齊新

字子良。家貧苦吟。其從弟復菴嘗爲人誦其詩，擊節不去口。

秋夜

秋燈明滅近窗斜，深夜凭欄四望賒。葉落漸添林下月，風高危繫樹頭鴉。寒煙遠浦生虚白，老菊空庭點物華。反側不眠因往事，奈他砧杵在鄰家。

遊湧泉菴遇雨

乾坤無處覓桃源，近傍荒崖挂一尊。下注急泉噴怪石，南來細雨失孤村。接天小艇存帆影，對面懸峯戛草痕。野寺蕭條兵火後，斷牆不見舊僧門。

劉　夔

字君聽。明經古處之兄也。孝友淹雅，以獨行聞。

滴珠嵓

細流出洞口，絶壁擁飛泉。人語聲相和，容光别有天。

張克佐

字子猷。明經欽之公仲子。弱冠補諸生，博極羣書，目無時輩。爲文章根極理要，不蹈常畦，明經公特異待之，以爲亢宗之子。與予同遊王爾須先生之門，先生每手其文示予，不啻三舍避之。其弟伊記誦四首，聊采一律，虞山先生所謂借詩以存其人也。

雪晚見鄰舍梅花大開

誰家疏影傍牆隈？風遞清香一樹梅。夢到羅浮寒月白，春傳隴首凍雲迴。愁聞玉笛催詩瘦，瞥見冰姿破雪開。遥想壽陽眉上黛，黄昏何似美人來？

左國柱

字子正，一字碩人。少保忠毅公之長子。崇禎己卯副榜，考授知縣，宰浙江武康。清惠得民心，諸上官尉薦之。甲申後，挂冠歸隱。所著有醒園詩草。與弟子直、子忠、子厚鼓吹詞場，號『龍眠四左』。

賊警登陴

赤羽郊西日，黄沙塞北天。烏號驚野哭，刼火續村煙。穫稻惟齎寇，無衣孰典錢？嚴更時報警，擁褐戍樓邊。

重過西湖

憶昔宦遊地，重來覓再遊。故人零落盡，舊宅幾家留？村斷湖心闊，舟藏水面幽。更聞關塞曲，不待五更愁。

送吴湯日北上

楊柳依依送客行，春風花發到承明。多年共聽劉琨笛，此夕聊吹子晉笙。漢代四科君擅美，聖朝三策孰馳名？平臺待詔應垂問，滿地惟餘鴻雁聲。

仲弟子直山莊

爲愛三都舊館名，乍來蕪徑繞溪聲。廿年寂寞無人到，今日經營賴爾成。貧少金錢難避地，癖因丘壑自關情。秋來我若收三畝，卜築誅茅學耦耕。

吴天放

原名時逢，字素夫，别號頑叟。崇禎間諸生。性慷慨，通任俠，請絶賓客，結納賢豪。居金陵數十年，四方名士皆聞聲内交，推爲裘領。甲申後，罷去帖括業，遨遊山水間。所至輒傾其地主，以重客遇之。有閩越吟、江漢吟、齊魯吟，皆遊筇寄興之作。予嘗與同客濟上，其爲人疏通軒豁，絶去城府。日以棋酒留賓，又好爲狹斜之遊，揮金錢如土苴。歸里未幾，卒。其風致至今猶可思也。

途次夜行

礙日苦高峯，迴溪人行少。日午半山陰，林薄時聞鳥。深谷虎縱横，絶壑雲縹緲。爲問前驅人，昏黑路愈小。少選月東升，豁然寬懷抱。澗泉答鼓鐘，馬蹄舂虚島。不緣夜深行，安知明月好？

詠懷二首

里中有一士，棲棲蓬户間。動依古賢迹，居誦先民言。盎中斗無儲，桁上衣不完。藜藿併日食，纊絮莫禦寒。伏臘祀每廢，妻子生計艱。常苦志節虧，不受親知憐。

忽忽行欲暮，皇皇復何之？征馬立踟躕，遠道安可期？霜霰被原野，北風吹我衣。孤鴻飛且鳴，虎兕夾林啼。回車亦已晚，失路良可嗤。嗟哉客遊子，念此當遄歸。

習池

高陽池邊春欲暮，銅鞮坊裏歌如鶯。惆悵山公喚不醒，紅日初沈漢江渡。漢江渡口將別離，拍手尚有欄街兒。小姬願隨遊子去，駿馬不受庸夫騎。大堤煙柳盡凋落，峴山殘碑委溝壑。鹿門高致久銷沈，隆中杰士不可作。明日東歸謝故知，人生得意須行樂。

漢江

襄州之水灘復灘，千迴萬疊多波瀾。南風乍停北風起，愁殺行人牽水難。水寒石白光磷磷，鱸魚短尾黃金鱗。滄波盪漾浴明月，疑是當年解珮人。

江行早霧

不是雲能蔽，翻疑雨欲飛。隔船人影亂，到岸寺燈微。紅葉霜前鬢，蘆花江上衣。陰晴瞬刻變，彈鋏事全違。

晚泊

煙暝舟浮翠，雲連樹失青。江空吞落照，天遠動明星。估客帆檣亂，漁船網罟腥。兒童炊晚飯，薪火乞鄰燈。

留別同客諸友

共汎南來櫂，蕭然劍水濱。秋風驚落葉，寒雨送歸人。松菊堪娛老，尊罏豈厭貧？芝城分別後，回首倍傷神。

山行

路指花源入，人爲採藥行。苔文林外静，蘭氣雨前清。緱嶺分霞潤，天都借杖輕。怪他王子晉，何處獨吹笙？

沙洋阻風

渺渺輕帆入楚雲，晚風歸鴈不堪聞。空江白浪舟難定，短燭孤篷夜易分。如此羈懷真作惡，縱教豪飲豈成醺？平明舉目波濤静，倚櫂看山到夕曛。

沔口逢羅弘可率爾言别

春陵郭外分襟日，大别山前把臂時。細數年光成契闊，飽看顔色慰離思。已期赤壁呼蘇子，悔未襄陽醉習池。岐路萍逢何太遽，天涯尊酒悵難追。

弔郭節婦

早歲夫亡失所天，無兒無女復無田。心期餓死千秋事，身不歸寧十五年。碎鏡豈知華髮變，補衣那惜指痕穿？于今同穴酬初志，颯颯清風漢水邊。

閩寓夢白下

一枕黄粱白日懸，朔風遥送木蘭船。江光翠落三山外，花色青浮十廟前。酒壓吴姬春似海，香消盧女夜如年。何因唤取朱家俠？盡出紅粧玳瑁筵。

初夏閨情

輕寒猶欲戀羅裳，翠黛因風懶整粧。鳩雨喚成梅子熟，燕泥銜盡柳花香。空餘銀管隨春去，懶繡金針較日長。夜夜華燈開到曉，竟無一字寄檀郎。

同孟百聚飲于青岳園亭看梅花

亭子如船傍柳灣，窗分冷翠自遥山。攜來酒足酬花笑，入座人皆類鶴閒。影露斷籬煙乍補，光摇曲岸水迴環。隔林忽聽吳歌起，清絶寧殊澤國間？

濟上贈潘蜀藻

潘岳才名重石渠，多年詞賦敵相如。雲寒濟水歌時酒，雪擁桐山著後書。誰道龍門懸有榻，卻愁幸舍食無魚。萍踪暫聚旋分手，摇曳春風送客裾。

無字碑

十丈穹碑接帝維，岱巔聳峙使人疑。不緣秘笈焚燔盡，那得靈文渾噩垂？霧擁蛟鼉晴挂壁，星攢蝌蚪夜臨池。磨崖滅没都無迹，何必銀鉤字陸離？

秦五大夫松

似不能爲異代臣，大夫何必署先秦？也知貞幹難諧俗，豈以微名反累身？翠葉拂雲迷鶴影，蒼皮過雨長龍鱗。風前小憩濤聲起，借洗年來耳畔塵。

南陽躬耕處

春草離離鎖暮煙，英雄一去幾千年。自從伊尹耕莘後，惟有隆中一片田。

江南弄

莫買輕舟汎五湖，黄金易盡是姑蘇。鱸魚入市楊梅熟，一曲清溪酒百壺。

弔故妓魯娃

渡頭桃葉起悲風，一曲當筵樂未終。莫向山頭揮别淚，高唐原在夢魂中。

吴兆鼎

字汝調。中翰澹齋公之子。

赤石磯泛舟

城隅曲水汎輕舟，最愛巉巖映碧流。蘭槳急翻紅浪遠，榴花深蔽緑陰稠。佳人文士分相望，鳥語漁歌各自幽。對酒莫嫌頻擊楫，卻疑此地是丹丘。

齊登祚

字贊皇。朱草公之仲子也。性拓落不羣，下帷攻苦二十年，猶淹蹇童子科，陶然自放，不少介懷。早年即工詩，以兵火，轉徙失傳。其孫永於敗簏中搜一二首，亦足徵家學之有自云。

伯兄草堂成詩以落之二首

一廛翁在日，爾我髮齊眉。記立荼蘼架，教題芍藥詩。短茅新接屋，荒砌舊穿池。廿載家門事，回頭重所思。

笑軒爲底笑？堂名我笑軒。拜石石誰憐？先君有亭，榜曰拜石。各有山林興，難辭城市緣。買花

嫌徑窄，喜月到窗妍。天地蘧廬耳，何妨隱數椽？

校記

〔一〕□　原刻如此。

〔二〕蔄　當作『蕳』。

〔三〕爐　當作『壚』。

龍眠風雅卷三十六

木厓潘　江蜀藻輯
居巢葛兆熙庶咸同里方中德田伯參

吴道約

字博之，又字亞侯。幼習帖括，籍諸生，以數奇，遂棄去。用全力工詩，年三十而詩盈尺，皆沈博絶麗，規橅漢、唐。時國步多艱，公欲有所效于世，末由自見，悉攄之于詩。凡邊闗扼塞、兵制屯田、魚鹽茶馬、漕運水利之類，莫不鋪陳剴言，穿穴原委，洋洋乎，灑灑乎，若陸敬輿之奏議、蘇明允之上書，可坐言而起行也。甲申後，隱居拔茅山，自號浩菴居士，榜其齋曰『大易山房』，彷彿所南之遺意。其爲詩流連景物，陶泳山水，視昔有間矣。公詩稿甚富，前後成集者亡慮萬首。陳子默公嘗欲與予取而擇别之，其可傳者尚不下千首。公爲予外祖鶴灘公季弟，外祖以獨行稱，而公復不愧才人，方伯之澤，殆悠哉未有艾也。

猗蘭操

轔轔者車，在河之滸。猗猗者蘭，在山之塢。爲王者香，作王者輔。惜彼芬芳，未遇其主。荃亦爲鄰，蕭亦爲伍。世莫我知，今反於魯。

於忽操二首

於忽乎！不可以爲，其又奚爲？謂麟雖仁，不如虎食人。謂鳳能舞，不如烏能語。截獬豸之角兮，又若慮其觸邪。菅蒯已棄兮，尚未見其絲麻。雖分理而共襄兮，顧其才之未宜。縶奔蹄以長組兮，雖良馬亦奚以爲？

於忽乎！不可以爲，其又奚爲？謂將斯禄，何取於戮？謂相斯福，何取於獄？是皆以位而得之，吾於罪而後噫。將兮相兮，身以喪兮！

烏鵲篇

丹山有鳳皇，衆鳥得所託。烏鵲巢其南，飲啄亦淡泊。鳳皇自鳳皇，烏鵲自烏鵲。鳳皇招我遊，烏鵲且不樂。爲我謝鳳皇，兼陳妾命薄。鳳皇不得臣，奚有於鵰鶚？

南山吟

白雲灑松石，秋水鳴澗溪。徐步至東嶺，萬物和天倪。樵童輟歌笑，牧彼南山羝。斷崖纏古木，藤與空山齊。金風亦何號，似有孤猿啼。此路不可去，山行多蒺藜。

懷弟子遠

涼吹生層陰，古木何垂垂。幽林多國香，芳是蘭所爲。煙霾起河北，日照南山陲。所思悵何在？遊目空江岐。朝詠脊令句，暮吟棠棣詩。浙水豈異邦？相見未有期。遥見舟中人，不知來者誰。倘從吳越還，有書當見貽。

詠　懷

窈糾不得意，問我何所爲。把酒呼東鄰，坐久尋枯棋。日暮登高巒，曼衍當在兹。四顧匆躊躇，老大非昔時。白雲辭空山，去者無還期。不知百年後，我又將爲誰。

病起

病起看秋山，晴風動溪柳。野老試新篘，所重不在酒。剖瓜若萍實，何必大如斗？寄言張季鷹，尚念蓴鱸不？池魚懷江湖，籠鳥思山藪。初服可歸田，閒閒歌十畝。

獨坐偶成

夢登黄鵠山，醉宿赤文島。象罔拾玄珠，淮南設鴻寶。浩瀚成篇章，千言未屬藁。孤憤懷前人，離憂非遠道。王嬙豈不佳？丹青蔽其好。鴛鴦戢翼遊，清流唼蘋藻。兵甲滿四方，吐突能招討。耿鄧未逢時，英雄亦潦倒。取節不如葑，委心終以棗。野徑生蓬蒿，短僮不須掃。詞人遊岱宗，王孫别芳草。役役求浮名，浮名令人老。君看梁園花，春風落遲早。

種菜篇

西園雜花竹，最愛籬邊行。破碗不踰席，種菜生菠薐。寒柯淡冬日，翠葉何繽紛。灌園亦不俗，抗志從於陵。童子前致辭，請君看昔人。緑珠銜恩死，翔風懷怨生。明日是何日，大率陰復晴。

鳳臺歌爲陳默公移寓作

敝廬側近君家道，出門聯句與君好。惆悵昔年西蜀亭，可有微風緑春草？君住白門今幾秋？鳳皇臺畔思悠悠。長安不見日嘗見，三山二水當樓頭。故人潦倒不得遇，車到前途輒無路。月落參横夜欲闌，流水小橋桃葉渡。

春林歌

春林一片新月明，山翁夜語東風生。今日花開且對酌，莫歎世人交態薄。廚亭樂鄉何所封？得意便作胡中庸。繩樞圭竇豈不善？五湖三畝猶難容。烏臼一啼天欲曉，反謂山鷄鳴甚早。我蒸藜藿醉山翁，車馬頻年迹如掃。

兩翁對奕歌

桃花之上多春風，不知白鶴誰雌雄。兩君不笑亦不語，蕊珠相向如仙翁。仙翁姓字豈偶然？烏有先生亡是公。手拈一子勿遽下，留君此著開鴻濛。

讀史有感

千秋青史有定評，流芳遺臭皆其名。危牆排壓晉宰相，濁流投畀唐公卿。爲子不孝臣不忠，莫言此法可救窮。敢以無禮待君父，鳥雀尚有鷹鸇攻。我聞宓羲製甲子，十八甲寅自兹始。越此庚寅復幾年，三十三祀成五千。讀史未知正與閏，且向虚空問堯舜。堯舜不言湯武笑，渾沌中央鑿一竅。

集再興園分得有字 園在烏衣巷，即晉始興王公宅。

始興相公名不朽，神州克復功居首。茅土當列陶温前，勳業豈在戴劉後？園林卜築從景純，烏衣巷中公獨久。即今閥閲誰所傳？吾兄得之亦非偶。老檜爛斑立古亭，怪石崚嶒出高柳。主人醉客金叵羅〔二〕，十千旋買臨邛酒。名園精饌出中廚，授簡忽及牛馬走。柏臺體得七言詩，不似前人賦烏有。君主黄初鄴下盟，誰稱緑野文章友？爲君泚筆成古風，酒數無煩罰三斗。井華更瀹蒙山茶，不見斜陽射虚牖。竹林縱博何閒閒，有時大叫若雷吼。我亦問訊前致辭，樗蒲一擲成梟否。憶昔二孟得州時，少年同學情最厚。唐有元敬及薛收，漢有仲翁及疏受。康樂才名太傅知，當代誰能出其右？除兇雪恥立功名，纍纍鵲印懸諸肘。晉之始興君再興，輞水平泉好世守。舊燕仍尋朱雀橋，起舉一觴爲君壽。

雙雉歌

山中雙雉何文明，一鷕一雊無囂聲。近者可憐舒繡翼，遠者疑同吹玉笙。縱有文章非大鳳，滿膝不如長鬌動。蒼鷹厲吻欲何爲？貪而好殺時所重。

金陵篇答友人見訊

金陵三尺秦淮水，片帆曾向金陵艤。大雅不作正聲亡，夔牙曠乙相繼死。謾續離騷哀怨多，當代知音屬誰氏？烏衣巷口月初彎，幾處人家燕子閒。可知閱歷是何境，凡有天地皆人間。高步恐爲衆所嫉，不如遁迹歸南山。

南郭吟

南城舊廬臨清潯，柿葉挾霜紅滿林。票姚萬騎戰城南，回想昔歲感慨深。連雲大廈但餘燼，人民變革成古今。我欲作歌傷我心，半作吳吟半越吟。舊時老圃家安在？滿地瘦梅何處尋？

閔雨行

新茗一杯歌一闋，事滿五更腸百結。短歌不已忽長歌，不唱陽關忽三疊。三疊亦何多！東皙將奈何？驕陽爍碧空，有雨能滂沱。大昜山人歌當哭，擬向茂陵種苜蓿。當今仁祖屬何人？嗟來肯食黔敖粥。

東籬吟

李杜忽在南，鮑謝忽在北。攬衣欲問誰，菊華弄秋色。是時野老方據梧，況兼身歷步兵廚。笑對菊花復長嘆，慎勿欺我舊蘼蕪。蘼蕪舊，菊華秋，秋風滿園動四愁。黄鸝六月不能語，惟啄草蟲哺栗留。

謀　歸

水落河橋絶，庭荒甃井移。摽梅三有實，棲鳥一無枝。未作工緁婦，寧爲恤緯嫠。秦淮歸路熟，明發到江垂。

金粟山即事詩

松濤清暑氣，愛此竟忘歸。薄暮懷玄圃，殘煙入翠微。雀饑空嘖嘖，燕喜故飛飛。石路逢疏雨，淒涼點葛衣。

示兒子德本 本時完娶郡城

肆目宜城路，晴波正淼茫。鸞添今夕影，鴈斷昔年行。湖草籠煙弱，江蘺雜雨香。小山秋八月，吾亦望歸航。

寇警

茅山孤月白，戎馬忽驚秋。不作此鄉客，將登何處舟？圖書千載記，湖海一身謀。未得攜家去，相如敢倦遊？

懷友

五侯還待客，君又曳長裾。杜甫盤兼味，田文食有魚。美才能利用，拙計在移居。轉憶鳴椰日，誰傳尺素書？

春日書懷

春日石粼粼，吾將問水濱。縱爲多病客，或是采真人。少不求標榜，窮當安隱淪。今年初攬鏡，髪白半如銀。

喜小兒德本歸里

得解江東櫂，移書淚泫然。艱難思故國，離别厭經年。肥遁知親老，雄飛冀汝賢。清宵同臥具，不割謝公氈。

重客兄招同又康兄天邦姪斌園小集

相對已悠然，何須宴輞川？笑看桑落酒，醉誦黍離篇。黄屋幾朝盡，白門千載全。莫教王太傅，獨以始興傳。園一名再興園，晉始興公王茂弘故宅也。

病中示内

家計催人急，餘生終不閒。幾枝新緑竹，一片舊青山。遺訓留詩内，虚名脱世間。佳兒了公事，莫厭老夫頑。

懷　友

山風摇木葉，土著力田時。卓午蟬猶噪，深秋燕欲辭。羣英多健者，一老獨淒其。不見論文友，天涯憶項斯。

新　霽

曙色浮天末，青山出數重。巫風殘社舞，村響切鄰舂。濁酒能陶暑，餘蔬足御冬。晚林秋雁肅，霜飽木芙蓉。

山房雜詠

名山開士託軍持，重客清齋擇露葵。白傅飲茶方破睡，陶公戒酒不攢眉。諸天洞裏偏多鹿，萬佛牀頭各有獅。明日扶笻看施食，石臺香飯夜涼時。

哭亡兒德祚

蓬門何事病交侵，强半扶笻别舊林。溢浦有誰曾問疾？岱宗留我獨傷心。少陵在蜀思宗武，太白遊吴憶伯禽。聞道新阡容易築，北邙山下草成陰。

懷　歸

臨邛四壁又空虚，游子安貧只晏如。山倩晚花黄代菊，池留秋水白欺魚。欲探鴻寶還窺枕，不到玄亭亦著書。百里謀歸歸未得，小兒誰可舁籃輿？

閒居即事

梁園不復重鄒枚，未敢輕身别草萊。月下鴈書人字過，湖邊樹作雨聲催。康瓠自合欺周鼎，曲木還應笑楚材。昨向高陽尋酒客，晚來空出又空回。

和齊念修贈別原韻

新詩聲價重鷄林，萬壑松清一曲琴。作客儘多蠻府詠，思鄉屢作越人吟。遥知楚國存三户，偶憶家書敵萬金。招隱不期君枉駕，蓬門無雪似山陰。

訊何次德

昨來古渡一騎鯨，潭水桃花憶舊情。閶踞黄扉難假道，客過緑野亦登瀛。酬縑未敢煩中立，投刺何勞絶正平。慙愧馬當風獨便，洪都新序爲誰成？

西湖舊宅

芭蕉作紙種菴前，記得零陵是緑天。四月有燈螢作火，三春不絮柳如緜。城中命駕遊山墅，郊外裁衣著水田。昨夢五湖煙景在，酒酤先用賣琴錢。

懷瞻蘇先生

扶風獨誦馬融賢，舊有門生説鄭玄。抱病久依黄葉坐，攜家屢傍白雲眠。同時老友多忘姓，野客躬耕不記年。每憶談經成往事，皋比危坐北山前。

訪齊遯玄同友人作

茂陵司馬病如何？消渴仍教著述多。還似昔年無酒債，偏於此地得詩魔。梁園曲曲開幽徑，濮水冷冷作逝波。自有雄文驚海内，不勞車馬日經過。

軍城感懷

杖頭蕭瑟可憐貧，空憶鄰家麯米春。誰向穴中尋鸑鷟？只從楦外識麒麟。浮名幾處曾容我？生計何年不誤人？葑菲莫愁明主棄，賢良都未就蒲輪。

懷家十四弟子遠

鴻雁分飛近一年，閒庭風雨略鳴絃。愁中夢草春無句，病裏看雲晝不眠。每對遥空書咄咄，忽因遠道思緜緜。邗江又放仙舟去，矯首長干倍惘然。

東山雜贈二首

岸上殘煙接晚霞，縱横一劍舞蓮花。楚吟是處難忘越，郢曲何人不笑巴？我到崆峒尋緑字，君從勾漏得丹砂。飄零十載嘗相憶，門外清風舊柳衙。

野人病渴白雲鄉，欲賜金莖待漢皇。萬軸有書空插架，七升無酒略盈觴。雁頭雨久不能熟，湖目波深未得長。見説藍田風景在，扁舟獨往右丞莊。

郊　行

楊柳翩翩傍水涯，平原芳草緑參差。笛中絶響猶三弄，詩裏愁多爲百罹。莫惜蜉蝣空有羽，可憐相鼠亦無皮。從來老大添知己，不問田生盛壯時。

西疇藉稻

豈是相如獨倦遊？五湖新月泛輕舟。難持手板隨黄閣，好帶腰鐮進緑疇。晚樹黮呈楓葉早，曉林聲動荻花秋。恥將霸術干明主，莘野何曾不飯牛？

南山晚眺

挈榼呼童幾處行，成仙未得不吹笙。步兵校尉纔供職，麯部尚書又署名。縱有齒牙如謝朓，難將制誥與韓翃。同心莫便空歸去，今夜南山月更明。

時事有感

荆楚彌年事不同，歌鐘强半錫和戎。未能究地頻縣鼓，只道天山已挂弓。謗及三人成市虎，軍由六卒化沙蟲。極知宋玉能饒舌，賦得蘭臺幾日風。

僧舍感懷

高卧林山好放歌，邇來忽似病維摩。酒中習静紅塵少，詩裏談玄白雪多。鐵面銅頭呼作佛，玉毫金相黜爲魔。頻年婚嫁猶難畢，俟得河清壽幾何？

平湖秋望四首

三年不敢泣江頭，賸有閒身侶白鷗。門外水如桃葉渡，山中人上木蘭舟。英雄肯向華簪老？薄劣寧從皂帽遊。獨唱漁歌輕鼓枻，一竿風雨鑑湖秋。

舞罷芙蓉擊劍鐔，著書空老百花潭。天教列宿都朝北，地設長江獨限南。班簿只求庸鄭五，清流難以應朱三。持瓢痛飲消餘恨，氣識金銀總不貪。

松竹與誰稱莫逆？湖山待我作知音。舟人欸乃摇寒櫓，鄰婦丁東響暮碪。放誕只宜稱黯伯，空疏不敢號書淫。杜門謝客貪閒坐，未必同心可斷金。

便到梁園懶曳裾，獨將生業許樵漁。尋嘗世故歸烏有，多少塵緣付太虛。暮雨斜披清襏襫，晚風閒卧緑蘧篨。不須軌躅通天下，禁足空齋讀素書。

舊事感懷

組練已興彭蠡澤，樓船又會浙江灣。于今食粟翻爲義，自古流言竟作頑。阿犖豈能呼象拜？碭山空欲序猴班。瓦全玉碎憑誰説？檢點新詞换白鷴。

河亭感舊

鍼神半下水晶簾，刺繡頻將弱線添。水榭乍晴花冉冉，江天未晚月纖纖。誰憐楚客歌爲雪，且喜吳娘笑是鹽。手摘青梅纔半熟，遥知齒軟不如甜。

早春即事

蠙衣斌駁長莓苔，静向南窗剪燭煤。不賦扶桑磨鐵硯，但吟卷耳酌金罍。詩傳夔浦愁魚復，書寄衡峯惜雁迴。豈是王孫芳草怨？衹因何遜戀官梅。

冬晚述懷三首

懷古悠悠無盡愁，傷情衹合付東流。縱來交趾難題柱，曾到荆州不上樓。争餅羣兒心未足，輿瓢百客力何柔。可知麟鳳中原老，莫在尋常網内求。

醉裏狂吟氣轉豪，且將酒德頌醇醪。塵飛有意盈緗帙，葉落無心滿布袍。喜見日光催竹影，恍疑天籟接松濤。彤雲釀雪今尤甚，肯向東風唤伯勞？

此日揮毫休扼腕，當年搦管尚垂髫。顔于大藥中央駐，恨向空門何處銷？詩細已成將續趙，易林初注欲傳焦。雲關静掩懷知己，獵獵風鳴柳上條。

喜史司農晉南大司馬入參樞務二首

塞上天驕動月氏〔二〕，中原寇盜悉朱眉。先行不見元戎乘，左次偏聞長子師。使相公能輸力久，邊城將敢策勳遲。崑崑功德争傳誦，羊祜碑兼杜預碑。

籌邊指日敉功成〔三〕，繪得麒麟又不名。聖主欲除河北賊，留臺可識濟南生。祁連山下無烽火，經略胸中有甲兵。遼左佇看司馬相，契丹稽首衛神京。

聞盧總理督師宣大

楚江開府錫彤弓，三十登壇作令公。纔奉璽書還薊北，又追鐵騎入雲中。笳鳴毳帳荒煙黑，旆捲轅門落日紅。聞説盈廷多畢散，如何授職獨非熊？

即事

天寶蒙塵去不回，雨淋鈴送曲聲哀。君王自仗周黄鉞，羽較權加晉墨縗。弩發千鈞從此發，網開一面爲誰開？鄭虔風緩王維痢，辛苦長安陷賊來。

江麓感懷二首

奉詔南征不剪除，頻年厭食武昌魚。勳藏盟府勤王室，心在陪京謁帝居。蘇峻石頭功未必，王敦建業事如何？誰能跋扈無臣節，明日春秋有大書。

深林摇落起秋風，晚卉蕭疏不肯紅。美女無雙難擇配，茂才强半易從戎。蕩陰古冢非三士，淮水丹經少八公。何處牛羊歸日夕？城隅猛虎道傍熊。

移居日值子喬生偶成二首

具粥何能問薄田？文中數畝獨争傳。但於土室求明易，底事樓居愛學仙？商賈枉牟今日利，負擔權息舊時肩。古人强仕非吾力，屈指三旬又八年。

觀光無分作王賓，禄米誰能給故人？南阮一貧輸北阮，西鄰多福勝東鄰。違山夫子猶宗魯，蹈海先生不事秦。欲獻團監三十字，郇模昨已上書頻。

留別東南叔

幾時帛璧就安車？皓首窮經六十餘。誰與井公三日博？共看圯叟一編書。銅環有篆終爲鹿，石鼓惟桐可作魚。投我木瓜猶未報，不知何以答瓊琚？

庚寅元日述懷兼呈上公

四十餘年作外臣，金陵返櫂未知春。紙藏柿葉堪摇筆，酒進椒花漫入脣。漢社適聞傳丙午，楚騷空自説庚寅。支公放鶴遊何處？可念山中舊許詢？丙午，予所生之歲也。

金陵感懷四首

但見歸鴻有數行，春風三月午橋莊。暫同老叟吟新句，猶勝孤帆對夕陽。范叔相秦名作禄，留侯事漢姓爲張。把杯笑問沅湘客，澤畔行吟可是狂？

幾年問道集崆峒，又聚羣仙三島中。丹就黄房無我分，藥修絳府是誰功？驚人語在何妨死，送鬼文多不療窮。敢望詞場虚左待，江花馬繡屬漁翁。

牛山自古屬營丘，齊景何勞泣爽鳩？朝露草前看欻晃，春冰河上視王侯。白駒過隙原爲影，洪浪稽天未有舟。底事宦情今更切？南宮載寶欲何投？

三尺髇兒寶馬駝，妖姬趹舞褪黄鵝。不愁郭令提支秀，尚請元公作阿多。騎勝花門河撇烈，酒酣毳帳曲摩訶。陰山草滿牛羊下，晚唱蒼茫敕勒歌。

子遠書凡三寄不果感而賦此

憶弟千言墨未乾，總無尺素勸加餐。君臨巴水魚書便，我阻衡陽雁字難。來恐園丁供菜把，住勞邑吏饋猪肝。何堪六載西堂夢，數見池塘春草寒。

贈山叟

矍鑠山翁不杖藜，凌晨采藥度清溪。無兒衹合憐嬌女，有客先教揖老妻。幾樹朱櫻防鳥劫，兩行緑柳候鶯啼。濁醪此會尤真率，薄晚沿籬自祝鷄。

夏日束裝歸山潘蜀藻招同姚休那先生左子兼暨式昭家姪集石經齋得成字

天寶文章海内驚，百花潭築草堂成。時石經齋落成。西園勝集賓兼主，北府英風舅與甥。蜀藻，吾式昭甥也。叢桂在庭迎語燕，修篁滿砌俟啼鶯。玉壺美酒三千斛，留盡班荆一夕情。

山房晚坐

秋鳥高飛入杳冥，夕陽西下讀犧經。蕉書晝展窗摇緑，苔字晨裁砌寫青。有志不妨狂海若，無才那可怨湘靈？衹憑夜色觀乾象，南北勤看太白星。

秋懷二首

魚龍雜沓不聞雷，隨例浮沈傍水隈。坐領琴尊相倡和，行看緇錫共追陪。昭陽種粟朝元黍，凝碧成塵太液灰。莫待孝王賓客老，徒思旨酒集鄒枚。

野老三年未牧羊，讀書挾筴不如臧。喜看秋月添詩債，解對春風作酒狂。金紫百花憑節度，銀青千鳥聽平章。仙銜簡貴由天錫，差勝嵩呼拜武皇。

鼇山舟中夜作

鼇山晚泊憶江沱，小艇微吟夜色多。滿地霜華凝夾岸，一天星彩映長河。袁宏孤櫂停吳渚，杜甫新詩贈汨羅。蘆荻盡枯汀蓼伐，此行端不畏風波。

晨望雙溪

泥堙港路難移櫂，水嘯灘沙又閣船。枕上雙眸常在月，舟中一夜竟如年。賦詩酒亦思金谷，破悶茶尤想玉川。總爲沍寒吟澤畔，煙霜待曉不能眠。

湯溝舍舟步歸望靈山寺

棲遲何計避紅塵？世網年年絆此身。日照琵琶高樹嶺，風吹舴艋獨行人。披裘公老軀尤賤，作炭傭頑語勿頻。晚望翠微香刹影，靈山能隔幾由旬？琵琶山，予四世祖妣夏碩人之墓也。

西園晚詠

長安不賜月兒羹，擇藿和藜晚共烹。銀杏倚風翻鴨脚，金櫻溜雨滴猫睛。頃憐辟穀原無石，昨夢焚書別有阬。雲氣滿山春色幻，坐看斗轉復參横。

兄子式昭見過留宿不果

病後乘春獨種榿，悄然堅臥北山陲。龍鱗當户書常滿，驢背逢橋句肯遲？莫訝步兵狂在酒，已知太傅劣於棋。留君不住添惆悵，堤上寒風雜雨吹。

舊事有感

六纛雙旌御史丞，輿瓢肯讓百人能？平蠻未見趨瀘水，破楚猶聞説鄢陵。幾次捷書壇已築，舊時軍帖竈空增。關門故老吞聲泣，欲向君王借仲升。

春日感懷

春山兩月霧難晴，溪水泠泠作雨傾。紅綻美花驚睡蝶，緑摇新柳醉啼鶯。薜蘿已足全高致，薇蕨何勞獲大名？玉液千鍾留酒榼，金芽半餅付茶鐺。罾頭欸乃船初動，燈影熒煌星未明。客到不妨言市遠，舟行那可説潮平？乾坤正氣先民語，河嶽英靈後史評。詎以宦情沈宦海？且將愁賦破愁城。有聲擲地如孫綽，幾字臨池似伯英。箕踞豈堪繩禮法？

桃源深處少逢迎。

塞下四時曲

策馬歷三秦，荒城何處春？可憐青海夢，不見翠樓人。

帶甲閲寒暑，征衣蟣蝨生。元戎歌六月，重築受降城。

寒垣高萬仞，日日見秋風。底事從軍客，登樓看暮鴻？

絶漠正黄昏，彤雲帶雪屯。寒鴉鳴古堞，都護出轅門。

即事二首

詩人職在推敲，農父分當薫蓘。可知張籍不官，名徧暹羅日本。

王充豈作論衡？趙畢漫爲詩細。儘教聲振扶桑，常苦文而不貴。

西山雜詠二首

風流子晉鶴翩翩，來往緱山一少年。遍問仙家渾不識，吹笙曾到赤松前。

昨到桃源日未晡，羣仙侑食列笙竽。劉郎不待山羊脯，只問胡麻飯熟無。

送鑑在之長安

强作驪歌未有詞，問君驅馬欲何之？蕭蕭南浦無春色，不似江淹賦別時。

月夜簡心甫上人

開士山中古木平，談經初罷錫環鳴。天龍繞座無人見，夜擊蒲牢三兩聲。

秦淮雜詠二首

油壁車前納晚風，單衫杏子濕微紅。何當素手褰珠箔，秋水波横一笑中。

薄暮狂歌上酒樓，滿林煙雨滯行舟。凭闌獨笑商人婦，愁水愁風不盡愁。

古意二首

纔踏香堤楊柳邊，行纏自繡裹春妍。紅顔不及羅家雀，猶得飛飛謝少年。

緑綺初停問落暉，晚妝初卸約黄稀。不知客路曾千里，猶望檀郎今夕歸。

感雪二首

獨掩蓬門高臥時，門前無路幾人知？揚州使相能留客，可令章標賦雪詩。

寒空雨雪正霏霏，十萬蒼頭孰解圍？勃律降書原未入，將軍莫問六花飛。

遊　歸

坐領春光不肯回，北山風雨逐人來。明朝過客誰經此？尚有黎花一樹開。

何相國園亭同友人作

舊築平泉宰相堤，柳條空拂畫橋西。可能受簡同枚叔？坐聽南山春鳥啼。

東皋嵓呈家二兄明之

先生避世隱牆東，門下何人謁孔融？一局枯棋精舍裏，數聲啼鳥落花中。

見杜兵戲逐柳花作

落花無語怨春歸，賸有柔絲拂釣磯。稍喜征南諸將卒，提戈不讓柳花飛。

懷方子桓

王孫别去草萋萋，江麓殘煙逐馬蹄。我念故人腸斷絶，小橋流水夕陽西。

渡江吟三首

可操南音與北音，莫將止息又名琴。年年懶入長安市，不似韓康賣藥心。

馬迹車塵走四方，不知何處有侯王。愁聽細唾兼吳語，更問葫蘆柄可長。

金陵江色草如秋，行子孤舟決去留。不爲六朝添舊恨，豈因人唱白浮鳩？

長干雜詠

有客新從碣石來，與君劇飲各千杯。寶刀五尺中梁柱，爲問摩挲日幾迴？

題六朝松石贈家澹菴二首

甲乙蒼龍老玉鱗，雪山高聳白嶙峋。請看六代如流水，幾處衣冠是晉人？

共喜平泉在帝都，此來如對舊蘼蕪。許君閲歷南朝事，不受秦封五大夫。

出塞行二首

幾年征戍在邊州，思婦那禁萬里愁？不是斷腸歌出塞，白頭人老玉關秋。

幾番歸夢入潼關，校尉屯田總不還。十萬征人翹首望，降旗已出賀蘭山。

挽殷處士

北邙風雨夜瀟瀟，魂在虚空可速招。怪得石樓千古恨，白雲埋骨哭殷遥。

讀史有感

東晉有牛還代馬，西秦無呂孰承嬴？守宫不管椒房事，祇向沙場説戰争。

碧玉曲

碧玉凝粧下小樓，醉來不惜錦纏頭。伊州曲罷涼州曲，錯把金釵作酒籌。

射 干

笑看雙鷺立晴沙，厭聽羣蜂鬧午衙。更啓柴門看春色，射干初放兩三花。

從軍行

古戍烽煙自有春，兜鍪空老朔方身。可憐玉塞思鄉客，猶作金河渡水人。

玉關秋笛

夜捲紅旗出舊屯，曾將單騎逐烏孫。一聲長笛關山晚，九月梅花落玉門。

得鑑在書

楊柳參差發故條，遊絲帶雨濕還摇。年年離恨偏愁絶，怕過雍陶折柳橋。

校記

〔一〕巨　當作『叵』。

〔二〕氏　疑當作『氐』。

〔三〕枚　字待考。

安徽古籍叢書

黄山書社

安徽古籍叢書

黄山書社

龍眠風雅全編

七

〔清〕潘　江/輯　彭君華/主編

第七册目次

龍眠風雅續集

卷　三

卷　四

卷　五

龍眠風雅二集序

張 愸

余束髮丁丑，以後從遊四方，即奉教□□□二三子，若潘子木厓，則聞聲相思，不啻數十□久之，讀龍眠風雅一編，益慨慕其表章深心，尤亟想見其爲人。己巳春杪，始獲一造河墅訂交焉，把手歡如，各恨相見之晚。因偕滁岑、霜鶴、羹湖、家西渠諸公，盤桓晨夕，日探龍眠之勝，睹其峯巒之峭拔横亘，溪壑之澄澈迴旋，而後歎龍眠人才之盛，固本天授，抑其地之□傑相映發，奇偉不可測，而淵源未易□□如是哉。

余以九華山志之役別去秋浦，木厓復致書曰：『龍眠風雅竣于戊午之春。十數年以來，詞壇耆舊凋零殆盡，長夏無事，更爲蒐討。□吴無翁、左眠樵、李士雅、徐羽先、陳問齋、趙東岑、楊嘉樹輩，俱先後爲道山之遊，而表弟方素北近又于蒲觴次日捐賓客，尤皆後死之責，不得不亟爲表揚者也。約共廿有餘卷，吟詠之盛，接先賢騷雅之傳。擬爲續集以問世，先生弁冕數語，得無意乎？』余捧讀，爲之悚然避席，兹不能無深慨矣。

蓋先王採訪之使不作，而十五國之風無聞。近代選家不一，不過方列數人，人存數章止矣，而罣漏何限？間有標表各出者，前如畿輔、雲間、宛雅諸集，嗣録罕聞；近如太倉、淮海、溧陽，亦僅初□，未經再見。余曩有金陵先賢詩鈔之志，櫟下周公亟□□□成之。會其仙遊，余苦孱力，艱於鈔纂，即二三先輩□□遺稿尚藏匣笥，時以湮没滋懼，可感也。

今龍眠前集已傳誦宇内，而續集又將出。其于故舊遺什殘篇，不忍一字一句之散軼，廣輯博徵，不以存亡二，不以久□移，其孜孜汲汲，有心哉！若人殆歷冰霜而莫改，貫金石而彌堅者矣。木厓著等身書，樹壇坫幟，爲一代宗工，年齒與余同；而眼過雲煙，胸羅星斗，其精神耿耿不可磨滅。余卜其春秋方未艾，凡諸同人詩卷長留天地間，端有賴矣夫！

秣陵南村同學弟張惣拜題。

龍眠風雅續集序

張　英

吾友潘木厓先生爲江左道德文章之冠，曾選刊龍眠風雅一書，一時國門紙貴，坊間至欲翻版以傳。今又輯戊午後鄉梓續逝之作，重授鋟人，何木厓之不憚煩也？蓋其性喜汲引人才，遇人一語一篇之善，輒稱誦不去口實。猶記予治舉子業時，木厓與予同許子伊蒿、齊師古愚、家兄西渠輩共事選政，品藻人流，一出一入，兢兢不苟，雖藝林夙負盛名、其文字膾炙人口者，爲之刮垢磨光，弗嫌點竄，宜其于揚扢風雅之間尤勤且慎如此也。

第木厓之爲人，剛腸疾惡，不能容人過，人亦以是詆諆之，豈昌黎之磨蝎守宫、子瞻之斗箕值宿，固有莫之致而至者與？姑無論其他，即如風雅之役，嘗鬻産質田，爲人父祖謀不朽之業，其苗裔非惟不知感戢，且有起而議其後者。予誠不知其爲何心也？然木厓之爲此選，自惟崦嵫頽景，無能再圖續舉，因自摭其前後諸集，附録於諸詩人之後，以待繼起之删定，其用意良苦！善乎學士方樓岡先生之貽書木厓也，曰：『吾知足下等身之著述，異日必有輶軒之採、名山之藏，珍重愛惜，亦如足下今日之于諸先正者等矣。』然則木厓得一知己如樓岡先生，可以無憾，而況宇宙之大，將來之遠，其爲樓岡先生者豈鮤無人乎？

予獨惜木厓以金華著作之手，追綺季之迹，伏處嵁巖邃壑中，老而好學不倦，雙趺隱然。回思三十年前，與吾輩丹黄錯互，點定文聚、詩正諸書，方期其握化權以進退天下之人材，而今竟以詩人老也。向使其蚤獲枋用，珥筆承明，又奚暇晨鈔夕纂，爲諸詩人留身後之名哉！則謂木厓之不幸即諸詩人之厚幸也亦胡不可！

康熙三十年歲次辛未孟春月，同學弟張英拜撰。

龍眠風雅續集例言十二則㊀

潘江

一 風雅一書，予不揣蚊負，謬事纂輯，成於戊午之春，頗爲四方詞人所購賞。自惟數十年蒐采之功，不忍驟棄，心力已殫，戊午以後詩篇俟諸異時作者，僕華顛白紛，矢不再任勞怨。會是年，大司寇姚端恪公薨於燕邸，嗣子注若士堅輩既編排其全集，屬予爲序，板以行世，又摘其詩卷求入風雅續集。固辭不獲，故是集卷首僅以端恪公弁冕於前，未遑多及，徐待繼起操選家廣事捃摭。越七年丙寅，注若之長子崇修孔欽趨庭京兆，亦記瑶宫。崇修，予仲弟子厚之外孫也。注若又郵其詩稿，貽書諈諉。予雖不忍辭，猶逡巡未果。尋以予告歸瀞，諄懇者再。不得已，偏徵戊午後新逝諸公雅什，彙成鉅觀。然則是集之舉，實權輿于注若，子孝父慈，後先推挽，予特藉手以告成事耳。

二 宋穆伯長有言：『吾親有是而不爲之傳，是忘親也；無是而故爲之張，是愧親也。』後裔表襮先人，詎不甚善？顧往往以捉刀相欺，僕不任咎。前集中發凡已詳及之矣。友人嘗語予云：『鄙所録詩，東鄉如青山、黄華間，多失實。其鄉人、宗人皆振振有辭。』予智炬不逮牛渚之犀，藻鏡弗及鷄林之相，亦安從案驗其真贋乎？惟就詩選詩，不肯以父母之邦等諸秦、越之視。間有字句欠穩，聲韻乏調者，僭爲刊飾，刮垢磨光，以成合作，則區區善善長之厚道；若見美而嫉，聞人之善而疑，非僕所敢出也。

三　前集之刻，實頼姚端恪公龍懷、程太常公立庵，軫念桑梓文獻散佚多年，慨然捐資首倡，共節俸入襄梓，僕始敢任事開局。然兩公本懷原慮先哲無傳洎後嗣之不振者無從助梓，代爲表章耳。豈知耳食者流動云：『公費有出，甘附無傳與不振之例。』涓滴莫佽，累及選家。今則鐘鳴鼎食，頗不乏人，如兩公之好義者鮮矣。僕年老家寒，負郭數畝久授兒孫，不能如鄎之鬻産貸金。是集肇舉，即徧告親知：選額贏詘，視賢裔輸資之饒儉爲率。間有名篇儘夥，不獲盡登，非僕之過也。然亦有豐資見餌，謹謝未能：圈鹿檻豕，詎肯爲揚子雲所笑耶？

四　尊師重友，吾里素有淳風。故是刻桓譚、侯芭輒多將伯之助，如石子漢昭經之於師表李芥須雅、方鄰汝穎，前輩陳朗生昉，同學左長孺其旋、金用舟楫、丘揆以景、黄六謙永吉、金曙方文煐，捐資幾及一鎰。劉子超宗鴻儀之於婦翁盛春山璟，姚子履若士基之於中表夏掄采遠，何子孝禎方曾之於同學蔣蕙畝蕙，王子以清來雝、左子汪我之杜之於故舊周恕行孔忠，方子素北中履、有懷中發、紘長正堪、葆羽正瑫，吳子繁仲紹芳，錢子臥南象咸之於友人汪河發崑，馬子仲昭潛之於釋竺怡音時，多寡雖或有差，而忻然解橐爲之鏤版，皆諸君子之桓譚、侯芭也。之數子者，其於師友親舊之間，非有必不可逃之責，必不可諉之勢也，第以古處素期，不忍存歿歧視。若乃席父祖之餘庇，捧手澤而涕洟，長跽以請，兼金授鐫，如某某者，不勝臚載，良由仁孝至性，匪博名高。然亦有始而佯請多登，既而暗央減額，展轉踰年，貽累篤老者矣。人之度量相越，豈不遠哉！

五 禮，爲人後者，爲其承宗祧、繼嗣續、供祭祀、守宗器、任繼志述事之責，非第享其田疇廬舍，徒冒守府之名而已。前集中鉅公名卿適子冢孫往往芻狗遺文，顧而不問；至爲人後者，利其所有，行同駔儈，方摧燒父祖藏板以代薪蒸，遑棃棗之是謀？又無論矣。是集如姚子律元士塤之於小山文燕，王子儒席地鈴之於甓亭天壁，趙子孝廣錫頪之於東岑襄國，李子恒升奕豊之於芥須雅，皆汲汲以闡揚所後爲請。九原有知，應有付託得人之歎，孰謂今人不古若耶？

六 亡友徐子羽先翥、周子未艾卜年、范子汝一韓、方子子安遷、趙子志則曾、方子繼忠正言諸君，或在日悲鄧攸之無兒，或身後餘任昉之諸子，皆僕損膳服之需，仔肩剞劂，他尤不勝枚舉。其平日學書問字之徒，握手出肺肝，酒食游戲相徵逐者，頗聞户外屨滿，今撫遺編而謀不朽者幾人哉！一死一生，乃見交情，于兹益信。

七 予年踰古稀，老病頽廢，是集成於倉卒，再易暑寒，深懼一手足之力不克徧闡幽潛，猶多罣漏。嗣此三、四集之役，恐兒孫未能負荷，以俟後起有志之士。而崦嵫頽景，舊稿塵封，因敕擇一二，預綴末簡，以質海内。吾友陳子越樓雅有同志。然是集秪登既往，不録生存，略如伯璣詩慰之編，晚村質亡之集，不敢輒觸諱忌，唐突徵求也。

八　是集始事客夏，訖於今秋。屏居河墅，老友落落晨星，花會觴詠而外，罕獲過從，無由質疑送難。幼兒仁檝博于吴趨。從游二三子，或客授他所，或應舉都門，亦鮮邪許之力。一時，蒐討之責惟藐諸雛孫是賴。至整比散逸，勘正舛譌，義炳、義燦實與微勞，未忍没其勤渠耳。

九　近今選家林立，非借爲貢媚之具，即藉爲網利之囮，往往攫取多金，未録隻字，又顧而之他，無惑乎見㲉於有道也。是選不丐譽于貴游，不募資于津要，惟以賢子孫表章父祖之費委諸録人，隨到隨給，僕不與聞。間或受其誆騙，寧甘引咎，代爲賠補，庶免不韋居奇之誚、承祚索米之嫌而已。揚風扢雅則吾未之或逮。

十　吾桐地處辟匿，四方舟楫罕通。以予所獲交詩人辱臨敝邑者指不勝屈，無如鴻泥偶踏，雁帛稀聞，靡從偵其存殁；即凶問間及，亦不深諳其生平。雖有酬寄投贈之篇，未便攀附。惟皖郡與桐接壤，故前集寓公中借光一二，兹則斷自戊午已後，不敢濫登。至苾芻之翹楚者仍存崖略。雖無蔬筍之氣，亦匪機鋒之談，覽者分别觀之可也。

十一　廿年以來，里中詞墠長城鸞騫鵠峙，盛有詩名未獲録載者不少。雖賢嗣惠教已久，而不以刊資來，屢檄亦如充耳。僕實患力詘，不能代鐫，惟有什襲以藏，付之浩歎。豈唐瓢鄭匣，神物之出亦自有時節因緣耶？勿以遺闕見罪幸甚。

十二　前集網羅已備，尚多闕如。兹因續集重舉，同人競爲訪求，不遺餘力。如正德、嘉靖間遺詩，劉省元爾玉璽，得于從叔貽孫九芝之遊裝；檀孝子道清郁，得於石子漢昭經之口授；西川方公惟力克，得於族孫有四寧之舊譜；石溪王公應瑞朝禎，得於後裔□□□□之家藏。皆遄爲補綴，續入前集三卷，庶無遺憾。

康熙廿九年庚午季秋日，木厓耐翁潘江識於河墅南榮之北窗下。

注釋

㈠以下『一』至『十二』序次爲整理者所標，刻本無。

龍眠風雅續集總目

桐城潘江蜀藻輯，男仁標、仁樹、仁樾，孫義烈、義炳、義熾、義燾、義熙、義□校〔一〕。

卷一

姚文然

卷二

方亨咸　方　怡　吴　都　方若珽　方景輿

戴　碩　劉日燿　周卜年　李　銓　都　玠

卷三

朱延祚　張學博　何永虔　盛　璟　方若琮

丘　景　楊　賦　盛纘裕　孫琦枝　徐待聘

徐友蕃　方　穎　方　復　徐　岱　方殿英

王登榜　左其旋〔二〕　戴宏韞　李之輪

陶　剛　吴子宓　劉　澤　方期勳　周　蔚

卷四

吴道新　吴　氏

卷五

姚孔欽　陳文鑑　左　枚　潘仁樹　潘仁標

楊　鼎　汪　勁　謝　漢　金　楫　黄永吉

金文熿　楊泰階

卷六

周孚先　謝　錫　左國治

汪甘來

卷七

姚文燕　張氏姒誼　姚文烝

卷八

孫　頤　孫中鳳　孫中夔　戴　研

卷九

孫中礎

方民牧　方季芳　左國寵　夏遠　戴匡

卷二十三

姚士堂　陳徽鑑　王廷元　楊臣諷

卷二十四

張洵　張仲華

卷二十五

方巇　方綏遠　方育盛　姚士陞 嗣刻

方膏茂 嗣刻

卷二十六上

姚文燮　許來惠

卷二十六下

劉鴻都　姚文勳　光廷瑛　左之柳

卷二十七

范又蠡　楊昭雍　程鳳　釋興斧　釋智操

釋音時　釋照賢

卷末

潘江

門人濟寧郭璐月珮、江陰陶惟訥近山，同里高華旦兮、謝漢雲倬、何鳳翥漢客、楊周監二、謝淳蒼霖、戴名世田有、王彦月如、方朝宗泳思、謝泌次鄰、都蔚樹瞻、劉允升延譽、金城載維、胡秉文次衡、趙錧良冶、朱能文今民、姚逢吉謙六、楊揚西才、張濤大山編次。

校記

〔一〕□　原刻爲一字空。

〔二〕此下正文次序是吴子宓、戴宏韞、劉澤、李之輪、方期勳、陶剛、周蔚。

〔三〕燱　正文作『濵』。

〔四〕陳　正文作『程』。

龍眠風雅續集卷一

木厓潘　江蜀藻輯

姚文然

字若侯，號龍懷。性穎異，寡言笑。幼與方侍御邵村同硯席，邵村作賊風論，公作德風論駁之，援据古今，隱喻相業，巍然負公輔之望。秦寇圍桐，公于樓櫓刁斗中，兩閱月讀五經竣，背誦不遺，其敏而好學如此。崇禎壬午舉于鄉，癸未成進士，授庶常甫三月，甲申難作，投繯垂絶，家人救之甦。遂重趼南奔，白華矢養，作思婦詞寓意焉。尋當路舉遺逸，以庶常改授給諫。公徊翔青瑣先後十餘年，凡歷吏、户、禮、兵、工五垣，其讜論不勝述，如請改江浙漕糧，請永停大臣鎖禁，請御筆酌賜勾除，請禁大木三不採，請立由單流抵，最其大者。以内陞留任，累擢至刑部尚書，洊歷風紀，益共厥職，而三掌秋官，于刑獄出入之際，條例重輕之等，尤其難其慎，以平反爲心，病中猶口授二則，補條例之闕。至察，審江南三案，平恕無冤，事竣還朝，僅受圖書數卷，其一節耳。初典戊子山東鄉試，嗣充庚戌武會試同考，充癸丑會試副總裁，皆稱得士。年五十九，以第五弟翼侯歿，哭之慟，遂病不起。朝廷爲之震悼，賜祭葬，予謚端恪。都憲魏環極先生誌之曰：『前有直言敢諫之節，後有明刑弼教之誠。入則孝友，忠厚世其家；出則睦婣，任恤行其志。一身生天地間，如太和元氣，流行充滿，而無乎不至。』旨哉斯言，足以盡之矣。居鄉尤樂易謙厚，造福弘多，革區頭里長，至今歌思弗衰。訃至，邑父老樹碑東郭，號哭而臨者萬餘人。薨之前十日，里中有大星從東北來，隕于公北門之第，聲如泉沸，光可鑑鬢眉，久之乃滅。嗚呼！公之降也，鍾河嶽而生；公之逝也，乘箕尾而去。其爲家國所倚賴者，豈細故哉？公少以詞翰名，林居時吟詠尤工，在青蓮、浣花之間。再出登朝，遂鋭意匡主救時，不復角雕蟲之技。然讀其樂莫樂兮白雲堂之歌，又嘗口拈二語：『常覺胸中生意滿，須知世上苦人多。』直是胞與爲懷，憂深同患，此寧可作詩句觀乎？公勳名藏于國史，孝友載之家乘，區區聲悦之工，何足爲公重？惟是覽公詩而不勝老成凋謝之感焉。公得無糠粃視之曰：『夫夫也，猶管窺蠡測我哉？』

里門感懷

歸來三徑半荒蕪，月白霜黄冷碧梧。據室伊威晨自走，嗔人鳥雀晝相呼。南遷漸長金城柳，西望頻飛董澤蒲。何日凱歌傳皖上，草堂高臥著潛夫。

武昌赤壁歌

赤壁之山鬱崔嵬，驚波濁浪相喧豗。曹公樓船蔽千里，旌旗如雲天上來。嗚鉦伐鼓三軍應，江水壁立山崩摧。有時散馬飲江隈，紛紛虎脊與龍媒。健兒輕身垂紫鞚，風沙漠漠去復迴。横槊賦詩何壯哉，左立嚴馬右鄒枚。三吳局促不盈掌，孫郎顫頷捧金罍。二喬如花鎖春殿，真珠簾箔掩銅臺。豈知天道有倚伏，樓船十萬一時災。蒲葦蔽天飛，東風揚其灰。棄甲浮水上，焉知游與洄？朱光灼灼江水沸，馮夷卻走蛟龍哀。壯士死盡紫煙散，然後晴江萬頃琉璃開。散花洲上酒千杯，洲在山北岸，周瑜犒軍處。孫劉談笑無嫌猜。回思拔劍斫几何壯哉！周郎密計奪神秘，曹公逸氣凌九垓。中原未一兩賢厄，坐屈髣髴孫吳之奇材。不然水陸之師八十萬，奚啻龍驤乘流破竹如奔雷。寂寂斯人不可作，煙雨漁蓑披綠臺。

白雲閣

昔聞黃鶴樓，今上白雲閣。武昌若彈丸，蘭錡紛交錯。朱甍映旭景，歷歷見丹雘。直視出晴川，對岸樓名。高下漢陽郭。微霞遵渚飛，采虹垂天落。松風静不興，澮澮澄江郭。黄鶴杳不來，微軀欲安托？何當復來儀，翼我登廣莫。帝閽啓雙扉，羽衣紛相索。玉女列吹笙，並坐垂珠箔。左薦綏山桃，右獻浮丘爵。持謝鸚鵡洲，嗟彼羅間雀。

鸚鵡洲懷古

馮高望孤洲，悵然獨懷古。不見禰處士，悲風動寒浦。借問殺者誰？大兒孔文舉。縶鶴立階除，驅鳳入林藪。羅畢東西施，欲去將安所？遂使曹與劉，假手于黄祖。曹公亦寂寞，餘輩安足數？落落水上洲，猶得名鸚鵡。

江行雜詠二首

南眺沅湘濱，浩浩流不息。傳聞虞二妃，遺廟在其側。九疑鬱相望，慘慘長相憶。淥竹爲悲辛，千春無顔色。我來值歲暮，芳草已衰息。荷蓋與葯房，采采安可得？佇望北渚雲，髣髴見容飾。

治裝發長干，黄葉飄前除。按節停荆渚，素雪下林墟。玉樹夾道生，枝柯何扶疏。烈風自西來，洪波與之俱。帆静遠峯合，蕭蕭江上虚。獨鳥求其曹，羽翼不能舒。飛鴻一以逝，出没無樵漁。嗟此于役子，悲思鬱以紆。何當高堂上，斗酒樂相於。酋人奉甘蓄，中廚羞珍魚。徵歌合古歡，並坐佩瓊琚。

行路易二首

予以仲冬侍伯父入楚，樓船簫鼓，浮江覽勝，洵昔人所謂壯遊也。恐瀫水長干咸念我羈人，漫增菀結，故變古行路難爲行路易以慰之。

四遠茫茫天蕩蕩，安得少華仙人進我九節杖。下含龍嘯之清音，上發虎鬚之奇狀。海遊三山揚素波，陸登五嶽開青嶂。振衣高步金銀臺，浮雲入掌天風颺。誰能碌碌困坐鬱金堂，蘭燈桂酒朱軒上？外鼓玉匣之雕琴，内擁芙蓉之羽帳。鬬鷄東郊之繡茵，走馬長楸之錦障。丈夫意氣不可干，敖遊當爲天下壯。君不見，龍門司馬遷，南浮沅湘歷九疑，蕭條異代稱倜儻。

長江湛湛水淪漣，高帆如雲挂樓船。左右龍鱗紛蜿蜒，三湘健兒持戈鋋。丈八蛇矛列兩邊，挽弓一石能洞堅。金管嘒嘒鼓咽咽，廣廈十間何有焉？洛陽博山焚麝煙，葡萄清酒斗十千，中廚玉饌值萬錢。漁歌嚦嚦小舟前，舉網新得素鱗鮮。王屋之鮪縮項鯿，視此何啻若比肩？鸞刀縷切翠釜煎，水精之盤明且妍。平頭奴子髮初卷，手提玉壺左右旋。嗣宗逸興何翩翩，匹侶列坐竟長筵。明月高高霜滿天，爲君屢舞舞僊僊。

永言二首

昨夢天門開，乘槎漾日傍。僊人召我居，驂駕白鹿翔。金闕千尋餘，威蕤自生光。羽衣紛相索，綺袖何飄颻。授我緑瓊丹，飲我沆瀣漿。益我三秀草，奉藥一玉箱。詔我獻陛下，陛下歌芝房。陛下三千歲，小臣亦壽康。高者文成侯，卑者執戟郎。賤子跽自陳，踧踖不敢當。方士多矯誣，天王方聖明。長揖謝王喬，高步下玉堂。

孔雀參天翔，清音絶雲漢。叶。徘徊閬苑顛，游戲若木端。瑶光過我前，北斗在闌干。交交三黄鳥，林間振羽翰。曰將從我遊，仰視浮雲寛。我欲躬負汝，天高路漫漫。我欲捨汝去，所見無鳳鸞。五步一迴顧，十步一盤桓。

青谿月泛

誰家調玉笛，清切夜初分。垂手依簾立，焚香隔沼聞。縠衣驚夕露，羅袖動秋雲。明月高梁上，裴徊亦爲君。

輓陳大士先生兼唁孝威逸少二首

徙倚新亭望畫橈，吳宫風雨漫瀟瀟。道周杕杜無消息，江上芙蓉久寂寥。一去但歌黄鶴曲，復來難奏白雲謡。蒼茫煙水寒潮急，何處傳芭可大招？

有子涔涔涕欲枯，縞衣散髮渡江湖。驥需赤汗原千里，鳳翥丹山見九雛。孝威名鳳，逸少名驥。郭北松聲雖寂寞，亭南槐影未荒蕪。懸知春露滋蘭畹，並奠瓊漿泣畫圖。

贈爾止新居

我奏思歸引，憐君竟卜居。呼童飼好鳥，饌母有嘉魚。雲落谿光澹，風閒樹影疏。故園應寂寞，松菊近何如？

贈慰吉偶

高閣疏簾列翠屏，登樓指點索銀瓶。裁成白練詩先就，舞罷青萍酒半醒。世上何人憐孝伯？閨中有婦諫劉伶。養生莫笑丹砂拙，試讀黄庭内景經。

虎丘

千人石畔兩溪迴，傳是生公舊講臺。鐘磬迴從天上落，雲霞倒映鏡中開。滄桑寂寞還懷古，風雨飄零更舉杯。漫道館娃多勝迹，呦呦麋鹿點蒼苔。

廣陵雜詠

隋家宫殿冷斜暉，有客馮高淚欲揮。沙岸柳條堪攬結，春梁燕子故因依。雙蛾盡向金閨老，八駿難隨玉輦歸。欲問迷樓無處是，又聽鉦鼓動漁磯。

孤兒啼

孤兒啼，在道傍。孤兒胡爲在道傍？父母去兒時，語兒勿倉皇。吾蹔從此去，躑躅覓餱糧。此去亦不遠，還來相扶將。五步一回顧，十步九彷徨。如今一去不復返，東衢西巷黯相望。上無單衣，下無複裳。饑無簞食，渴無壺漿。一語淚盈眶，再語淚千行。我誓將活汝，爲汝叩穹蒼。河伯出鯉魚，北斗挹酒漿。姮娥奉瑛琚，織女錫霞裳。天門高蕩蕩，此語亦難量。孤兒胡爲在道傍？孤兒安得久道傍？

德州遇金天樞先生感賦

春風小謝共蹉跎，玉樹餘輝逮緑蘿。時令弟沖玄年兄與予同上公車。七葉衣冠南渡並，三台宦迹左遷多。誰從魚海銷金甲，空向龜山怨斧柯。雲雨紛披那可問，欲憑忠信涉風波。

題樓岡斗室

吾師清苑絶蓬萊，令子亭隅曲徑開。較史定知分太乙，占星應復傍中台。擁書諸弟環牀坐，問字高朋載酒來。四壁碣碑無不好，臨池白練幾裴徊。

送吳鹿友相國視師楚中

中台常傍紫微低，忽聽元戎甲仗齊。只擬謝安遊别墅，重勞裴度閱淮西。玉龍出匣芙蓉亂，鐵駟穿營楊柳迷。此日服成正六月，先聲應震白銅鞮。

和大人道病詩二首

范釜塵生煙火遲，天涯百口命如絲。龍媒下食虛千里，鷦翼何鄉借一枝。時鬻宅。白壁剖心天闕遠，明珠銷骨暗中疑。北堂萱草無顏色，不及牛衣對泣時。

同時按劍定兵符，亦有承恩侍掖梧。敢望萬家封即墨，寧知三至中萊蕪？蓬蓬霜鬢銷金甲，炯炯冰心碎玉壺。辛苦峴山諸父老，冤聲猶徹九闕呼。

寄懷方坦菴師二首

北固沾衣涕未乾，挑燈豈意復長干。高臺拚洒雍門淚，短髮兼焚杜甫冠。時師已方外。春草淒淒當檻碧，寺鐘歷歷度谿寒。倚笻側帽穿林立，猶作邯鄲夢裏看。

浮家江上一帆低，相送離憂到霅谿。亂後摳衣期易左，愁中閉户日難西。遥憐白社空薇蕨，倦聽青山又鼓鼙。初度此年真不易，吳雲越樹杖重攜。

炙背〔一〕

閉門炙背水雲清，回首長楊從獵情。瓜指故侯難辟世，訶來醉尉幸逃名。罾回湖落沽魚賤，村僻秋豐糴米平。鎮日垂簾車轍絶，楓霜松浪足逢迎。

偶成

蕭然彈鋏走風塵，終日低眉促膝頻。河魚仍自枯欲死，海鶴何須鳴向人。拔劍彈琴俱不得，高談密語爲誰伸？送窮文在徒如此，坐誤山村煙樹春。

田園雜詠二首

結宇風林下，所志在幽棲。鄰靡鹿門友，室無老萊妻。苦心成獨往，信杖度雲谿。碧葉浮遠岫，綠禾摇近畦。俛仰但一色，風日相與迷。泛泛魚一浴，陰陰鳥亂啼。我無琴與酒，獨步奚招攜？

酒闌起送客，策杖盼遥嶺。晚村上孤煙，夕嵐相與永。風落樹聲喧，雨定月華冷。微雲黯然深，坐失松杉影。犬吠槿籬幽，蛙噪林塘静。吾亦返柴荆，坐嘯塵囂屏。

哭憶石嶺伯父

伯父遂云歿，馮輀哭拜疑。清貧因宦積，孝友畏人知。朝雉哀歌早，將雛振羽遲。七齡重倚杖，重經未知悲。

病中詠懷古迹四首

銀牀蕭颯碧梧秋，尚憶宫嬪繡髻留。粉黛若隨流水盡，胭脂何愧緑珠樓？麗華復爲繩引出，此井亦名胭脂。可憐萬騎宫門啓，不待雙蛾曉鏡收。想是佳人難再得，瑶臺金井並風流。景陽井。

後主風流亦絶倫，吟花觴月坐臨春。至今玉樹燈前曲，不負昭陽掌上人。瓦圻鴛鴦芳草歇〔二〕，簾虚翡翠露痕新。荒臺野寺殘僧少，當日繁華難具陳。臨春閣。

今昔離歌莫具陳，勞勞亭畔幾秋春。青衫去去誰家子，緑柳飛飛愁殺人。冠蓋至今餘祖餞，亂離何日不風塵。誰能泥水譙東舍，反閉松扉對碧筠？勞勞亭。

誰道崑崙是水涯？沂流還貫斗牛槎〔三〕。早知少室九年雪，錯雨長干一里花。草蔓荒臺雲半捲，鐘傳古寺日初斜。旗亭到處笙歌沸，不異潮音轉法華。雨花臺。

金山寺三首 金山舊有六亭，今止留雲吞海存。

塔自臨江峙，亭從吞海名。丹徒微嶂接，瓜步一沙平。白日龍吹浪，清秋雁度城。天風羅袂舉，真欲駕蓬瀛。

晴閣層層敞，風濤面面號。石穿蛟殿坼，雲抱蜃樓高。吳楚迴孤柱，孫張復我曹。昔人評金山詩，以張祜、孫魴爲第一。放歌凌絶頂，秋氣徹林皋。

尚説龍王廟，猶餘忠武祠。風江如宿昔，雲旆憶當時。石磴坐懷古，塵崖洗讀詩。中冷堪手汲〔四〕，滿載夕帆遲。

夢華歌走筆李叔則兼懷張穉恭

醉後忽夢二華山，不知其幾千萬仞，但見千巖萬壑之槎枒，霜雪不死，芝苓如麻。石扉中開，元君所家。浮雲欲出不到頂，六龍失氣回日車。玉女千春閟精魄，君輩突兀吐菁華。

李叔則，張穉恭，割據一華金芙蓉。筆起霜空騰一鶚，詩成風海鬬雙龍。我來寶應縣，李侯數相見。手出枕中文，兼持十幅絹。滄江滚滚走堂前，雲峯霧壑開生面。江傾岸圻吐文章〔五〕，胡琴擲碎連城賤。我臥龍眠山，草舍煙蘿間。書焚不復讀，詩成不復删。西施甘死浣沙石，不向人間逞玉顔。露吾頂，爲君飲。披君襟，爲君吟。悲歌忼慨酒人態，磊落崎崯我輩心。吁嗟乎，天地大文不可舒，摇精走筆何爲乎？他日六丁怒，巨靈吁，收君書置宛委湖，不若晦穎和光學酒徒。酒餘醉夢華山頂，金闕銀臺光有無。

客有言寧武關周將軍遇吉事者作歌以誌

寧武關前賊騎逸，寧武將軍披甲出。壯士身當百戰餘，小臣誓守孤城畢。積骸棄甲與城齊，城邊飛騎踏如泥。將軍死戰雲梯側，血汙鐵衣歸不得。賊騎城中血洗刀，夫人初著錦戰袍。矢房蒲盡弓弦絶，手揮霜劍如剪蒿。歸向高樓縱火死，白虹貫日暮煙紫。我爲忠烈歌國殤，招魂好侍鼎湖傍。

重晤劉元公夫子詢及家君及然别後狀歌以當泣情見乎辭

欲問高堂淚不禁，雲羅風弋黯相侵。九歌難盡椒蘭怨，一篋誰憐薏苡心？瀛海潛踪蓬浪淺，天門伐鼓亂雲深。隨身短箭刀鳴急，愁殺西風變徵音。時大人以殺賊城守被誣嚴逮。

龍懷歌二首

龍懷者懷龍也。龍者邑山也，我兩尊人廬焉，故懷之也。曷不曰懷龍爾？曰：龍之懷也，視懷龍者殆有甚焉。屺岵之章曰『嗟予子』也、『嗟予季』也，故曰龍懷也。

有客有客生不諧，昔者若侯今龍懷。我懷龍山羽翼乖，河漢無梁天無階。安得浮雲與我偕，我騰而上登龍厓。吁嗟乎！我懷龍山阻且修，白日爲我踟躕愁。

我懷龍山窶且貧，茆檐土室編荆榛。山鬼夜嘯虎晝嗔，旋風簇沙如轉輪。盎無斗儲爨無薪，昔日繁華今苦辛。吁嗟乎！二人胡爲龍山裏？悲風爲我動地起。

喜重晤王敬哉

海畔雙帆淚暗揮，烏衣宵過復沾衣。可憐碧海桑三變，不待金城柳十圍。吏隱我猶艱小草，宦遊君況是當歸。朱門舊日枌榆地，池上新看鳳羽飛。時長公新捷。

讀岳朋海近詩因憶昔時同志諸子感賦二章

太華五千仞，照耀金芙蓉。之子藴瑰秀，枚馬繩高踪。筆或風雨落，思與鬼神通。天門爲子開，雲霞盪心胸。銀河倒毫末，練光飲飛龍。置身碧海上，金臺十二重。南方有佳人，玉珮空瑽瑢。寂寞苧蘿村，蘭膏誰爲容？

思婦辭效初唐四子體

廣陵曲巷，忽聽高樓琴音哀斷，有舞蛟别鶴之聲。異而詢之，鄰嫗曰：「此新嫠也，束笄于歸，未期而寡。投繯誓殉，氣絶復蘇。家貧親老，遂致再適。哀思抑壹，此聲所爲來也。」予聞而悲之，爲作思婦辭。

高樓有女拂金徽，珠淚泠泠奏楚妃。鴛鴦冢上原雙宿，燕子樓前本獨飛。憶時初嫁貼花黄，二八郎君共曲房。捲鏡手開雕玉匣，畫眉邀近鬱金牀。妾亦青春花可憐，明粧澹掃豔神仙。松蘿千歲驚風折，蒲柳三春擲水眠。郎君一去悲黄鵠，嬴女宵停棲鳳曲。寶鏡如冰不敢開，紗窗映日爲誰緑？妾時攬淚一從君，手繫雕梁白練裙。不見馬嵬銷玉骨，可憐巫岫返香雲。一自歸寧心事阻，貧家鞠女空辛苦。高堂白屋髮如霜，賤妾紅顔淚如雨。妾心一日九迴輪，欲報親恩敢顧身？鸞袖欲揚懷舊穴，蛾眉重掃事新人。新人珠箔掩璇闈，寶瑟銀箏暗苦悽。青陵臺上梧桐樹，千年猶説仲卿妻。

金臺冬嘯雜詩五首

玉勒金魚半儼然，獨餘衰草茂陵煙。難聽銀海新飛雁，愁説琴臺古杜鵑。槐市揚沙寒日暮，梧宮落葉朔雲天。不堪醉倚燕姬睇，翠袖香鬟似昔年。

款段垂鞭一刺勞，黄塵深處朔風高。道逢代馬青絲絡，臂著霜鷹白錦毛。莫唱吳歌驚冀北，重翻天問補離騷。文園近日淒涼甚，緑綺朱弦不敢驕。

凍雲輕雪掩雙扉，撾鼓彈棋生事微。北里嬋娟如昔少，江南朋好到今稀。深慙虎觀徵賢急，總悔羊裘待詔非。寒旅鷫鸘猶未買，憑誰典得玉瓶歸？

芙蓉雙闕隱相望，千歲黄雲覆苑牆。竹老連昌森似束，松分五柞儼成行。夜深鶴浴寒塘月，宮曉烏銜落葉霜。記得小臣曾獻賦，鳴鞭宵度御河傍。

小龍煙徑竹成園，陶令餘生寄釣磯。大人隱小龍山。白髮經年愁易長，青山今日遁難肥。鋤瓜種秫知多少，掃雪看雲無是非。遠望當歸歸不得，還憑幽夢叩柴扉。

輓弟烈閤季子祺

祺兄樞部君禧爲賊所略，祺徒步千餘里訪之，見於兩當山中，歸途遇害。

桃生露井李代僵，兄弟空爲侍中郎。瑣瑣人間粟與帛，耿耿天上參與商。我每爲此長太息，上留田行安可忘？開卷忽讀閤生傳，拔劍斫地淚浪浪。閤氏季子心獨苦，流連尋兄涕如雨。鸞鳳自入虞人機，鵜鴂願釁靈鼉鼓。猛虎斑斑不避豪，腐肉安能去子逃？雁行中斷復相見，捐軀絶脰如鴻毛。至今兩當山冥冥，陰崖古木鬭雷霆。山鬼夜啼文貍怒，秋菊春蘭不忍青。還因季子淚沾臆，梧宮麥秀悲何極。鴒飛倘侍鼎湖傍，龍髯一去無消息。

獨漉篇

獨漉獨漉，河大冰堅。冰堅馬滑，河大無船。饑鷹在天，羣雀相訣。仰天欲射，矢斷弦絶。落葉遊雲，隨風紛紜。客子無託，向人慇懃。空牀垂帷，若有麗人。解衣質酒，若有黄金。短劍龍鳴，切玉無聲。庖人懽喜，斷尊煮羹。荷斧上山，求薪得虎。視虎如薪，游戲爾汝。

黄陂丞歌當古雁門太守行

黄陂丞者，予姑夫子夏公統春也。公以保舉授今官，黄人惠之。黄陂爲賊陷，不屈死，死甚烈，不忍言。時楚中丞王公養基聞而義之，賻之，然後得以姑及諸子女歸江南。後，然幸讀中秘書，與邑給諫光公時亨謀，引同郡阮穀城例請，而李賊陷京矣。今予懼其事久而湮也，追作歌以紀之。阮穀城者，吾郡之懷寧人，亦以諸生保舉授穀城令，城陷以殉，蒙贈太僕卿，廕一子入胄監。初，然議請恤時，或曰是位卑不得恤。予應之曰：『功成生賞宜自貴者推，城守死恤宜自賤者始，謂其可以無死而死也。』嗟乎，生死難言之矣！予尚敢歌黄陂丞哉？

崇禎帝在時，黄陂丞夏君，本自皖郡桐城諸生。少篤孝弟，通達五經。一解

家循良吏，爲桐所推，應舉賢良方正。恪共官職，乳哺百姓，惠我黄人。二解

賊圍我黄，城圮湟堙。雲梯衝車，百道齊登。君正衣冠，誓殉以身。三解

賊曰降，爾印爾紱；曰不爾，爾鼎爾鑊。君挺立公亭，劓鼻割舌，張目而嗔。四解

身無餘膚，殁無寸棺。中丞聞訃，失箸停餐。賻俸錢二萬，歸孥江南。五解

時皖忠烈，有阮穀城。贈卿廕胄，俞部臣議。給事吉士，比例上聞。六解

昧死未上，賊陷北京。青衣載道，稽首稱臣。嗟爾殉國，黄陂縣丞。七解

日月晦蝕，大烈不宣。爲君作歌，俾被管弦。忠不必貴，壽不必年。八解

行路難二首

蛾眉高高絶雲煙，豺狸啼後虎嘯前，樵子乃得攀蘿剪棘凌其巔。渤溟深深窮黄泉，鯨鯢宵鬬龍晝眠，泅人乃得腰絙探珠没其淵。長安大道直如弦，出門十步九戈鋋。欲歌行路難，氣結不能宣。短衣疋馬何所適？鳴弓射虎向藍田。

鷹不樂，鷹坊呼。虎不樂，虎圈居。魯人苦饗爰居鳥，吴兒愁殺武昌魚。賦性各有宜，安能强相於？長安赤日如火然，炎風揚沙塵蔽天。懷刺十門九不入，驟裹款段無停鞭。酒樓日午列高筵，繁絃促管沸雲煙。握筋不下饑欲死，傳説中廚費萬錢。朝亦大道邊，暮亦大道邊。北山山中諸父老，赤脚迎風新稻田。

擬古三首

古詩，温柔濬折其質也。至其神氣生動，思婦羈人之情狀，千年而下如見其形，若

聞其聲，或密而疏，似直而曲。建安則子建庶幾近之。唐唯李供奉得其一二。杜甫雖自成一家言，未是此中入室也。

蕭蕭庭葉下，遥遥秋夜長。冷冷空房深，熒熒寒燈光。寂寂一佳人，纖纖治衣裳。穿針猶未達，淚下已盈眶。棄置笥篋中，拭淚起彷徨。復憂針線稀，遠道多風霜。遲遲熨貼平，薰以蘭蕙香。君恩若平生，薄命妾所當。安能託青鳥，舉翼一相將？

明月何遲遲，徘徊照我堂。斗帳縱横垂，髣髴有餘光。搴帷起嘆息，曳履步東廂。仰視牛女星，煢煢限河梁。人生百年中，别離安可常？灼灼桃李姿，顧盼成秋霜。如何秦氏女，雙雙驂鳳翔？

秋月照空牀，愁人夜反側。反側夜以深，髣髴見容飾。良人繫驪駒，思婦停機織。相遇閤門口，一拜淚沾臆。會面良艱難，且復進酒食。誰能訴相思，令君重慘惻。雷雨何瀟瀟，蟋蟀何唧唧。漸疑夢寐中，尚爾近顔色。願爲雲間雁，雙雙振羽翼。

送宋轅文返松江

宋郎拂袖鳴鞭去，津門帆指吴江路。長安赤日滚風沙，更應何計留君住？停君紫游繮，遲君官道傍。卻憶春風同餞别，酒闌醉臥曹卿堂。春正同餞秋岳，即宿其宅。寒燈熒熒月欲吐，明河澄碧斗低昂。回首乾坤成反覆，靦顔吾輩復飛揚。餘生斷犧與腐草，之子騏驎或鳳凰。期君兄弟謂玉叔。致日月，手啓天扉排柏梁。射策雙雙真脱穎，依然薄宦含香省。陳遵謂彦升前輩。啓事上每遲，趙壹謂韞退年執。詞壇官獨冷。詞人只剩酒猖狂，達官頗厭詩遒警。稍喜冀北賤驊騮，得返江東呼舴艋。江東渺渺雲嵯峨，漕河四月水曾波。青簾素舸晴摇曳，黄浦機山秋嘯歌。鱸魚鱠絲白勝雪，楊梅浸酒顔易酡。因君憶我同門友，轅文兄九畹、尚木皆余同門。弟唱兄酬奈爾何？

同潛柱宿百史年執署酒中話舊泫然久之分得五字

雨閣風燈影動摇，舊遊回首倍蕭條。三年重酌荆卿酒，萬里憐吹伍員簫。先生避仇，徒步萬里。玉署餘生還嘯詠，金門大隱即漁樵。尚思掩袂分攜地，凝碧煙寒罷早朝。

送宋玉叔暫假還萊陽

封禪書曾讀，蓬萊掉屢迴〔六〕。余甲申避難，浮海舟再及成山而返。蛟宫銜日躍，仙闕隔雲開。雅屐誰能共？秋吟應獨裁。新詩兼海味，取次寄金臺。

送方二吉偶之獲鹿

真成負弩吏，仍是謫仙人。草映青袍色，花移上苑春。蛾眉圖畫賤，馬首送迎頻。莫厭喧卑秩，循良慰老親。

乞米行

京華留滯，貧與日增。一日款段歸，暮矣，僕以米竭告。欲糴則無見錢，因走札程子其相，負米斗二升以來，遂作乞米行自嘲。

乞米復乞米，乞米無休已。乞米不乞豪富人，乞爾寒官更比鄰。憶昔西園振毫素，睥睨九州不足步。餉客時傾琥珀杯，贈人不惜珊瑚樹。天崩萬死歸逡巡，老父圜扉奉切綸。阿母釵釧典已盡，阿兒薄宦餘一身。空倉鳥鵲饑欲死，猛虎斑斑來噉人。蕩産鬻宅易珠玉，稽首權門稱主臣。再生適逢鼎革會，緩死豈非諸公仁？刀俎遲遲釜魚走，至今感激無怨嗔。老父歸臥龍山貧，茅檐蔬圃編荆榛。日日伐薪課僮僕，時時乞麥向西鄰。阿母十日九日病，幼弟幼妹顔苦辛。賤子中夜起嘆息，走馬復向長安塵。一滯長安寒復暑，往往晨炊至日午。艱難世人誰得知，雄豪吾輩猶堪數。海上意氣韓次卿，燕臺再見楊諧五。王君假館猶弟昆，成子經營心獨苦。不分天涯累故人，從君乞米淚如雨。吁嗟乎！龍懷乞米有其相，龍山乞米更何方？以此投箸不能食，倚劍凌雲思渺茫。

廣陵吟

朱家秋院酒三巡，翠袖當筵淚滿巾。問舞徵歌俱不解，低頭説是廣陵人。

東諺三首 予出使山東之所作也

山東田，最膏腴。蒿原能代稼，石田能納租。一門十人九人絶，一人鬻女應追呼。嗟嗟一人須努力，慎爲良民勿爲賊。不聞當年魯黔婁，守義餓死官道側。石田租

鄒平潰，棘闈沸，鄒平諸生哭震地。願歸視妻孥，不願科與第。宗公立，山東監臨。諸生集。甑已破，顧何益？諸生抆淚向公揖，歸向號房對策訖。棘闈開，諸生來。鄒平有四生，頎然美且鬈。欲出不出賴宗公，使我策馬向南宫。鄒平潰

毋張弓，十室空。毋彀弩，死無所。憶過平原與恩縣，鄉兵練總擁征傳。鄉兵毒矢與神鎗，練總白馬藍旗殿。有時鄉導引官軍，大村小落百十戰。聞命棄弓復擲戟，妻啼子逃如飛

霰。賊來但稽首，我無弓與弩。萬一見哀憐，得保子與婦。汝不聞，盛世方寬仁，省刑薄斂可深耕。山東良家好子弟，制挺亦撻秦楚兵。毋張弓

趵突泉

趵突泉源出太山，樓傍碑云。三泉噴出雪潺湲。荒樓蔓草秋風急，傳是滄溟昔閉關。有李于鱗先生白雪樓。

渡　沂

沂水空清碧玉寒，沙紋石蘚照澄湍。卻懷吳越誰堪比，記得桐廬七里灘。

白洋河

當年相國此防河，河上樓船湧白波。柴市一從摧漢節，臺城到處起邊歌。雲沙古驛更籌斷，煙火人家隔岸多。稍喜漁舟殘雪夜，烹鮮汲水艤寒莎。

送聶輯五侍御巡按淮揚聶舊令南陵

隋堤遥接縠谿雲，十月清霜擁惠文。山右近多名御史，江南猶識舊神君。搴帷鷹隼寒初擊，按部蕭蘭迥自分。來暮維桑歌幾許，青門不敢悵離羣。

寄大司農于姜黨公山中

公以冬杪請告歸里，聖眷禮遇特厚。公歸矣，上宴集大臣，樂奏猶念及公，且詢其年。聞者以爲君臣相遇，古未有也。公之歸也，予未及歌以祖道，今始作以寄公山中。

珠樹陰岑獨鶴飛，安車初見老成歸。輕裝馳驛霜隨轍，祖帳傾城淚漬衣。待漏九年臣誼歉，當歌一嘆主恩稀。開元天子櫻桃宴，誰念知章臥翠微？

題沈石友垂釣圖 高郵人

此豈高郵甓社湖？煙波杳冥蕩虛無。菱浦葦汀影微末，中有扁舟一釣徒。蓑笠翛翛雲水静，垂綸似欲挂珊瑚。細看居然沈石友，揚髭瞬目如可呼。我滯京華四五載，焚硯閣筆徒區區。風沙雨淖馬偪側，長筵急管人奔趨。達官長者能罄折，詩壇酒社成崎嶇。近日垂簾真闊略，排悶遺懷無一娛。種得三槐與五棗，雙槐微青棗盡枯。惟有滄州數竿竹，壁有滄州戴先生畫竹。時時相對傾屠蘇。見此心目更朗豁，捲浪移舟到坐隅。風塵爾我共躑躅，愧此扁舟一釣徒。

哭慈大人

哭獻京華酒一杯，諸孫共拂紙錢灰。兒能强飯渾無恙，母若含飴尚復來。緑蕚雙輧瀛海外，白雲半落太行隈。嚴君華髮今應長，苦惜餘生不敢哀。

同門吳純祐招同宋尚木年兄飲冷泉兼攬飛來峯諸勝

謝卻尋山屐，重浮載酒船。兩峯能送客，一水恣鳴舷。雲隱曾遊處，風來欲暮天。徵詩吟倍苦，投筆已三年。

訪余若水隱居五首

不見余高士，輕舠冒暑尋。柴門臨水閉，竹圃護籬深。避客還留我，披衣笑捉襟。瓶中村釀貯，語次手頻斟。

詠觴因病廢，爲爾興偏賒。瓜豆來園架，魚鰕貸姊家。世何妨晉魏，話只到桑麻。三面無鄰住，深林鳥雀譁。

不出門前路，翛然半紀餘。短牆山聽入，缺壁月同虛。貧至無書讀，閒唯抱膝居。勞勞王處士，徒步欲當車。

往年孫吏部，浩蕩紀南征。杖策來相訪，攜尊爲爾傾。居然高士傳，增重越王城。翰墨傳佳話，風流萬古情。孫少宰有南征紀，紀訪若水隱居。

休文興不淺，頻過浣花莊。出郭停騶從，維舟載酒漿。坐移漁棹晚，送過虎溪忘。別後無書訊，相思水一方。謂紹兵使者沈靜瀾。

謁禹陵

倚杖隨僧入翠微，禹陵深處藹斜暉。香爐佳氣朝金簡，大澤回風舉玉衣。萬里翠華虛駐輦，千春松栝黯成圍。辛勤絶勝蒼梧野，鼓瑟停鑾有二妃。

禹王廟

冒暑輕舠曲水通，維舟來拜禹王宫。幾年黄屋歸天上，依舊朱衣拱殿中。面面迴巒朝絳節，陰陰高棟落秋風。相傳昔日荒涼甚，苔榭梅梁夕照空。殿後梁以古梅，廟爲兵備沈公潤新修。

宿冰持澮雲菴

絶巘盤孤殿，平軒拱萬岑。遥星衡岫上，皎月貫林深。衆籟此中息，微蟲間一吟。遠公寬酒律，攜醞許頻斟。

過悦可別峯菴

何處別峯去，霜楓半嶺含？澗迴深覓路，樹轉忽開菴。茶澤龍山種，藝茶茂甚，詢之，龍山所攜子也。茆馴虎夢甘。榜書方仲筆，「別峯」二字爲方二吉偶題，時奉命楚中。離緒到湘南。

塈堂侍馬一公妹丈張齡若經三弟遊予新置竹里別業各分得五字予以病不能赴賦此二首

東轉龍眠路欲迷，買山未效鹿門棲。荒臺沙徑芟衰草，石罅泉聲合舊谿。夢中得此一聯。擬卜茆亭桃塢側，最憐石閣竹林西。嘉賓百萬如堪貸，嶺雪春雲早杖藜。

雲沙半嶺隔荆扉，瑞隱新軒通翠微。越嶺即家大人頌嘉山居。吟罷潤風醒白酒，舞餘涼月挂緇衣。西莊肯令松筠閉，錦里從看芋栗肥。捹卻薄田全種秫，祝鷄調鶴總忘歸。

寄王朴齋

江畔維舟晚，山城易騎行。病夫驚剥啄，稚子急將迎。話到三年倦，杯從永夕傾。欲留還促別，霜月趁王程。

六弟招同王申之城起楷人兩叔五弟侍大人錦叢堂賞桂因游浮山積雨更期及期復雨至莊同飲者爲晉庸城起楷人三叔信宿徒返三叔以次招集懽然率賦

蹔回蓮社杖，近指竹林棲。嵐霧連村合，谿橋一夜低。宿酲燈下解，襆被午前攜。款款慙諸叔，聯尊絆馬蹄。

栗園經始卜築暮歸道作

買山猶未住，愛山恆暮歸。漸漸遠峯一，冥冥沙徑稀。亂蟲初競響，流火乍高飛。屈指端陽後，沈酣月上扉。

栗園遇雨時草堂初構

赤日扶笻看栗花，虛檐一霎雨風斜。草堂喜蓋兩間瓦，秧隴纔停半夏車。亭午樹聲迷嶺阜，久晴溪色走泥沙。臨流衣履從教濕，木杮烘餘酒重賒。

栗園雨歸

山歸真畏雨，山雨暮仍佳。石步回看没，雲林直望乖。牆衣猶借瓦，檐溜未齊階。小待三間就，谿聲臥到齋。

藕塘夕酌

日移濃蔭失，酒壓小筒低。垣短青來座，阡連緑過谿。遲煙深樹裏，餘綺亂峯西。歸詠頻回首，城烏半欲棲。

山中風檐小酌時草堂將成

短杌如趺坐，深檐當小堂。雲山侑獨酌，風竹奏清商。圃近蔬香在，泉甘酒味長。納涼無午暮，不臥亦羲皇。

槭巖行

六月此日雲蔽日，山風蕭蕭鳴竹栗。黄翁笑腰鐮刀來，欲往槭巖此時哉。啜茗扶笻過栗園，沙草霏微古徑存。半坡以北晝冥冥，山腰澗底連青熒。仄陂恐驚龍虎睡，幽宮或爲仙靈扃。黄翁拔鐮前開道，步步有聲向幽草。雜樹繁藤應手開，碧澗蒼崖當面好。兩厓古木逐溪洄，老槭參天踞崔嵬。怒雨止從高葉過，微風疑挾萬山來。谽根樹杪石無數，層者爲階平者路。斗壁懸青午日回，陰巖沈碧炎雲暮。遊人五步可停笻，酒客十曹堪治具。對此繾綣澹忘歸，便欲誅茆巖下住。黄翁餘勇猶糾糾，搜石窮幽露雙肘。某處可亭某可臺，經綸真出老農口。憶昨炎蒸山夜寒，歷階來問有酒否。小甕剛貯兩壺春，新蔬便在籬門首。感君朝夕意慇懃，況復登臨愛奔走。黄翁愛爾懷抱好，花瓢竹杖同傾倒。翁别槭巖七八年，今日爲吾佐幽討。我病久矣廢長歌，來此伸紙筆如掃。適意相逢佃作鄰，來往風流成二老。

喜墍兒迓大人入竹里小晴即遊槭巖

晴光纔隱見，遊興已憑陵。闢草遠衣露，疏藤吐石稜。席從兒輩布，壁羡老親登。險處攜鋤過，微微階幾層。

小憩

晨餐趁早涼，攜鎌芟灌翳。竹脚出新泉，草根還古砌。竟忘日色深，方覺汗濡袂。歸檐傾沸鐺，薄拭遂小憩。依此湘簟清，臥領南風惠。樹杪青山來，嶺外白雲曳。攲枕亦疏豁，心目兩無蔽。秋蟬一聲長，鳥語迭相替。百慮此中空，澹然羲皇世。

初月獨酌

山宵白粥居然好，送酒來時肯放空。頗厭初秋餘暑氣，恰於此夕有涼風。凳移户外梅陰裏，席就軒前滿月中。一味敢嫌供給少，躬耕深愧鹿門翁。

小隱

予山堂後丈室以待大人觴臥，命之曰小隱，以瑞隱窩而賜名也。

納涼依北牖，横几面西除。全對右溪竹，偏宜左腕書。大人書以左腕。老年隨坐臥，家語只樵漁。所愧兼珍膳，山泉釀酒儲。

閱五兒悼亡詩二首

白露團梧葉，秋雲黯桂枝。不堪多病後，讀汝悼亡詩。情在誰能遣？心抽强自持。含飴猶可弄，我爾共舒眉。

昔友遺如綫，張公僅此一女。今秋盡悄然。中郎猶有女，伯道豈無天？玄室拜嘉慶，白楊待墓田。公子先逝，公今尚未葬。兩雛知健否，止望外孫賢。媳遺二子□顏延之上堂拜嘉慶。

獨酌

獨酌宜山夕，高吟恣老狂。移燈承皎月，疏樹上深堂。小栗峯頭槲，予午遊自攜。甘泉酒内嘗。山釀初熟。田家真作苦，相杵夜何長。

省松

左手攜鐮右攜杖，爲省松秧幾許長。秋色迓人住不得，攀蘿鬬草穿雲上。茫然直造石壁邊，連陰上有苦連樹。覆石平如掌。坐石芟枝秋望寬，蟲吟鳥語谷風響。萬木初霜色不齊，雙巖錦繡競鮮爽。倦起扶笻歸山半，故徑倏迷草漫漫。日日登高無定方，忽思今日是重陽。

喜望侯弟秋捷二首

頤疴躭枕簟，聞訊倒衣裳。世德重袍笏，高科殿老蒼。易慙卿共長，甘讓季尤良。喜極還悲涕，龍山墓木長。伯父尚璽公墓於小龍。

樓市金門闊，精靈爾輩堪。馬能空冀北，人合老山南。霜漢搏孤隼〔七〕，春風舞兩驂。時五弟亦公車。成名休恨早，取次宦途諳。

兒輩乞論詩

白眼青山病長卿，無端高論健縱横。酒杯容易將寒夜，詩律艱難到老成。逸氣先鋒看的破，妙姿微步欲塵生。强教重定鍾嶸品，多少風流浪得名。

撥悶

秋色峯峯妙，寒流澗澗遲。放懷無悶撥，到眼得詩奇。大地無非藥，用善財語。青山可代醫。神仙豈尤物？只是老狂癡。

有懷寶山

入城容易成羈絆，在野艱難定雨晴。恰直三秋寒照穩，定期一日寶山行。兒能供饌卿同長，予喜扶笻弟後兄。塈兒治具，候大人及予幷二兄於次日遊。何事匆匆驅出去，茅庵雙柏數年情。寶山雙柏甚古。

偶讀李集

雨過仲友室，信手手一編。乃是青蓮集，朗吟心茫然。早歲深文又强項，熟讀不肯讚其賢。百戰豈能無利鈍？日月薄蝕仍中天。當筵裂紙雖怒筆，慘澹經營亦有年。沈酣曹阮江鮑語，放浪高岑王杜前。雲車風馬翩然下，掩月欺花絶可憐。愛殺四明老賓客，據地狂呼李謫仙。

憶方邵村八首

邵村出關，每欲力疾作數章，悲來填膺，不能成也。事久心頑，餘痛漸減，然後走筆，無復詮次。

端坐無端憶邵村，側身北望竟沾巾。山齋九月寒如此，塞木蕭蕭凍殺人。

前年臘月初聞信，顛蹶提衣出户欄。長慟一聲隨便住，語兒妻父止休官。吾兒紹村壻，誑其女云然。

同時雷電下高閽，白旐連翩出國門。盡室登車休返顧，餘生邊外是君恩。

慷慨登車感路旁，衝風浩浩日荒荒。幸逢聖澤重生日，墮地何鄉是故鄉。

千里難尋賣米家，瘦瓢荑稗足豪華。村農薄福晨炊慣，浪説山田飯有沙。

吾師出塞聞還健，令子趨庭竟日閒。一縷茶香親上壽，六千里外北源山。

隔眼妻孥無處憐，隨身疾苦定由天。安禪且去參三要，學易何妨早十年。邵村四十出關。

畫溪繞舍老梅交，破衲三間蔭白茅。倘得夜郎還李白，定將鎖入小團瓢。邵村里門舊山館今爲僧舍矣。

二詠詩四首 病中率筆，詠懷詠史不復區別，名之曰二詠詩。

瞿曇爲利生，捨身若敝帚。過涉而滅頂，雖凶亦無咎。亢龍豈非龍？時乘良不偶。老氏與易異，六爻闕上九。至人際此時，杼柚仍在手。走馬滄海波，徐步蛟螭口。斯道如背水，無地曳兵走。我生嬰多難，更值衰病後。才識與精神，數者皆鈍朽。老親一在堂，萬事狼回首。甘臥碧山春，仍感君恩厚。微微三徑資，亦因薄宦有。安敢負夙心，浪比柴桑叟？

少小學放誕，開口建安前。沿流下三唐，經營亦有年。中道遭屯邅，棄若風前煙。多病貴精神，閱世賤蹄筌。錬液内景經，垂涎祖師禪。多岐竟亡羊，水馬陸地船。專心求實際，羲文先後天。豈不小弋獲？終之蠡測川。山居逸興發，高詠愛莫捐。老馬夜知道，霜鶻空不拳。偶用杜語。所向無轍迹，曲折合自然。此道有根抵，知者莫能傳。

韓休隱賣藥，兒女呼姓名。龐老耘峴南，刺史釋其耕。虛聲不可逃，生死與同並。況我市井臣，病臥碧谿濆。滿牀尚圖書，袖手看耕耘。苦心慕温飽，閉口不復云。醉尉一聲呵，已説故將軍。下愧垂竿兒，求魚志不分。上愧龍吟人，高足步青雲。

人皆遺以危，我獨遺以安。龐老人中龍，邈然雲漢間。生不五鼎食，死則五鼎烹。此子亦虓虎，負嵎誰敢攖？嘆彼容容人，所向無一成。首鼠盡兩端，狼顧憊精神。長跪叩穹蒼，賤子志未伸。君志復何如？所志亦平平。少小無宦情，黽勉滯要津。公卿侯顔色，不復記姓名。賂遺必奇珍，呵斥金與銀。子錢六萬家，作使馮先生。名園秀通都，便與臥閣鄰。沼引四時泉，巖壑若天成。退食必游衍，妙伎間嘉賓。香風隨出入，娟娟眉目人。別有傾城姿，嬌坐待君親。八十便勇退，雲臥碧山春。飲饌妙天下，坐客羅詞英。美人奏絲竹，山水音幷清。徐徐鍊玉液，沖舉慕仙真。猶有未了心，遺子以一經。遺經亦何爲？黄金期滿籯。

五弟同象九表兄集張子藝宅拉飲垂殆時五弟將北上詩以戒之

新月霏微度碧櫺，黄花寒媚郗家亭。山頽連壁顔初潤，五弟、象九皆張司馬壻。盤剥雙螯手不停。莫漫驅愁澆阮籍，真教荷鍤瘗劉伶。未知慈母松門意，聞道孀姑涕夜零。

桂龍歌慰三姪勃少

長松閣前桂一柯，往往風雨有龍過。奮鬐怒爪攖其枝榦去，閣中有人掇高科。辛卯之年及庚子，翼侯望侯皆若此。勃少朝朝臥閣中，一過桂前一心死。我兒從臥桃谿濱，閒論詩騷弁古文。笑爾熱中何太急？此事兒曹難並論。男兒仰天各有志，悲歌豈獨爲其身？我之兄弟七八人，伯也仲氏童稚親。天尺樓邊竹馬劇，棲霞古寺煙蘿春。老親脱珥買書紙，温言拊僕送盤飧。到今山居十里艱轉饋，方知往日慈母恩。棲霞三月風花新，長干女兒看殺人。珠翠如雲照林麓，香風不自百花生。我輩紫峯閣上齊閉門，足不履閾動經旬。有時兄弟拍案忽狂走，或泣或歌動鬼神。青衫皁帽難爲子，唾玉揮金始作人。是年己卯不得志，老父公車獨攬轡。曼殊惟直也悲歌，此是二十年前事。富貴今看如浮雲，冉冉同胞老將至。伯也卑棲涕泗。三人送別盤谷家，稻場明月尊前墜。痛飲千杯不醉人，長嘆一聲横已郡丞，仲氏潦倒老明經。我每念之淚濡袂，何況承顔捧檄人？阿重阿重歌莫悲，眼前英物我能知。三嘆易公惟半面，天尺樓前烏板扉。伯兄斗室逢在湄，寧馨兒郎是阿誰？呼其乳字來前揖，謂兄勿以常壻而畜之。經三祖母開弔時，嘆其孤貧揮霍有雄姿。望侯人筆兩疏豁，富貴功名定可期。所相牝牡驪黄粗不失，安有鐵網珊瑚遺一枝？但努力，且揚眉。明年後年風雨龍吟時，請我來看桂樹枝，君家癡叔癡不癡？

餞五弟席間作二首

霜下深階月上廊，與君對月不知霜。來年高第三旬少，去日公車萬里長。五弟年廿八，已四上公車。嘗盡艱難能輭弱，醉餘聲淚忽低昂。酒間五弟讀予桂龍吟，熱中泣下。可知富貴原難忽，豈爲停炊不下堂？

小謝霜空一鶚騫，望侯弟新捷。春風雙駿御街鞭。帝鄉賴爾爲前輩，同學憐渠更少年。門户峥嵘寧一第？神峯落穆望諸賢。花時並走泥金帖，攬起山窗白晝眠。

酒間慰彦昭弟

經術文章老更成，鹽車修坂歲時行。無雙人漸疑江夏，第一吾終屬阿平。酩酊莫嫌長寂寞，嘯歌不廢舊峥嵘。黑頭卻羨蕭沖子，四弟别號，時在坐。赤手焚書學耦耕。

彦昭讀桂龍吟而嘆酒間走筆感舊

我作桂龍吟，差强勃少意。那知彦昭離席起悲歌，斷縻老淚燈前墜。亦有老親孀在堂，仲也紫綬炤金章。老人眉目雖粗展，男兒身手各自强。入門僮僕分顔色，舉頭冠蓋有輝光。後塵步步青雲滿，坐逼彦昭成老蒼。科名争嘆彦昭遲，不見彦昭年少時。酒中跋扈飛揚態，醉後風流駘蕩詩。長者停車問僻巷，佳人舞紵乞新詞。老兄當日慙前輩，諸弟如今拜老師。及門翼弟便翩翩，望弟飛騰也少年。雲龍往往歸高足，霜鶻年年鈍老拳。素絲近邇朱藍色，緑綺調人燥濕絃。先生自此其升矣，都講歲一看鱣一黯然。彦昭彦昭爾莫吁，當年潛園並起五姚俱，籍咸肅爽競逸足，比時爾雖汗血尚爲駒。到今儼然吾家名士二十載，獨不見，同園兄弟存歿與榮枯？可憐天上修文也不孤，博豸許。南蒼吴。與二胡。子兑、即公。牆東避世陳二如，炎牧吴。南山歸敝廬。時炎牧將返函雲。濬之張。多病脩堂臥，頻年潦倒困公車。三方樓岡、邵村、與三。伯仲尤傑出，金馬花驄偉丈夫。一麾出關寒裂膚，盎無斗粟桁無襦。我憶邵村十八曲，每一讀之淚下纍纍如貫珠。酌酒解君愁，罝兔何如水上鷗？裂我桂龍吟，尊前燭下燒之勿復留。亦有桂樹叢生山之幽，能如是乎偕隱不？山中白飯浄如玉，碧酒黄鷄頗易求。唱酬縱少羊何輩，與君二老亦風流。知君老驥壯心殊未已，阿萬科名已若此。謂弟經三。捉鼻向君言，正恐彦昭不免耳。容容篇中八十翁，急流勇退君所喜。予容容吟有『八十便勇退，雲臥碧山春』，彦昭絶倒。彦昭未四十也。自此以往持粱齒肥者四十有餘年，綱成君倘曰足矣。

憶邵村七首

去者日以疏，昔疑今有之。我與邵村交，髮未覆額時。兄弟締婚姻，才名亦差池。搤腕談管鮑，平平何所奇？自從遠別離，不復長相思。初聞猶委頓，積久成頑癡。寄書萬里來，讀已棄如遺。叔子往徐莊，邵村食田。濬塘癖新菑。冒雨策蹇歸，淋漓漬中衣。不念遠友苦，翻憐吾兒疲。呼婢易衣裳，酌酒與兒持。

東鄰田舍翁，髮短意何長。赤脚竹風前，揖客坐茅堂。清泉浴白米，出甑如秋霜。長兒賣薪歸，換魚作羹湯。蔬摘園中新，登盤羅兩行。苦辭下箸難，滿面色慙惶。語卿勿慙惶，淚下倏沾裳。念我同袍友，攫身日月傍。錦衣白玉人，驄馬紫遊韁。納之沙漠中，初秋骨欲僵。吳人最饕餮，白日慕黃粱。旦饑面發紅，哺饑雙睛黃。如何東方生，恣睢粟一囊？

死別一垂淚，生別兩沾巾。參商不相見，已絶平生親。牛女盼河梁，一年一問津。念子偕老人，孀鰥並世生。北歌雉朝飛，南爲黄鵠吟。鵠吟長各天，雉飛永殊林。我嫂儼鬟眉，意無萬里程。誓將畢婚嫁，出關從老兄。生同黄沙風，歿幷青草塋。語兒修尺書，勸嫂且徐征。夫人坐中堂，兒女亦峥嶸。虎在谷風雄，龍去空湫清。諸雛翮未健，何以立門庭？徐步三五迴，語兒且吞聲。同穴尚艱難，何以寬悲辛？

生別已腸裂，生聚更嗚咽。兄弟四五人，盡倚寒邊月。雙親亦在斯，眼暗髮垂雪。甘旨奉夢中，菽水艱一啜。赤手望承歡，分定無巧拙。老兄素滑稽，詼諧能中節。舞衣百結餘，戲作老萊跌。破彼萬古愁，賺此片晷悦。窮邊大孝心，事與前賢别。苦地無閒身，預恐炊薪缺。荷斧笑辭親，上山淚流血。

酣眠忽恐慄，大感皇天恩。布帳垂四周，緜被實奇温。重關内外結，北牖紙塗新。不入北風氣，但聞北風聲。念我骨肉親，寒邊獨臥身。邊風利勝錐，著骨如著冰。以此淚浮枕，披衣難及晨。病妻怪我早，初勸後怒嗔。卿嗔我更喜，偕老得同衾。急起炷高香，九叩君王仁。

龍山夢邵村，手煮黄鷄熟。半以奉老親，半以犒力僕。問爾何不倫？掩面吞聲哭。長鑱白木柄，十口望果腹。闢沙藝荑稗，伐林成板屋。刁僮指昔繁，此物伴煢獨。苦地如敗軍，相隨即骨肉。聞言驚泣起，紙牖悲風逐。子有數頃田，荒蕪故山麓。圩長雨易崩，塝遠車難續。邵村徐莊舊有七道車轉水上灌，今廢矣。我兒省視歸，往往雙眉蹙。老嫂力開墾，典釵興板築。額課雖漸增，積久或怨讟。女壻終他人，牛羊難久牧。方知稼穡艱，輕言辨麥菽。安得諸雛長，把書牛背讀。

死苦一朝畢，生苦浩茫茫。懷鄉與惜别，身外總不遑。晝饑望晝短，夜寒苦夜長。邊庭一晨昏，海水三爲桑。回首造物恩，豢爾四十霜。生平悲歌心，百思無一當。七尺未遽朽，萬苦聽所將。其人有真人，沖然廣莫鄉。弦望自有時，北斗低復昂。萬一金鷄鳴，甘霖灑大荒。

寶山行　時侍大人及妻父夏廣生先生，同張齡若幷兒塈堂遊。

一月前期寶山去，俗宂如麻苦絆住。今朝真作寶山遊，仲冬風日如初秋。兩山盤折孤徑轉，中有清泉石上流。行行水石漸相阸，疊練倒挂空青坼。趙老手題瓔珞巖，回首繞雲梯百尺。石頂無端豁大陽，從横阡陌森開張。尺木樓是趙中丞公柱野休老處。基對山缺，舉首放眼浩茫茫。百里湖光當面臥，三園巒阜擁趨蹌。歌臺舞榭今蔓草，前有荒莊後佛堂。佛堂亦不復當年，低小茅齋八九椽。惟餘殿前雙檜今勝昔，車蓋亭亭直造天。横風欲度不得度，驕陽怒雨停其巔。此檜可師可鏡禪師。所手植，開山造殿金碧鮮。紫衣撾鼓升法座，龍象威儀立兩邊。霜鐘一聲入空去，仙梵絡繹合流泉。春來千樹萬樹木筆齊作花，素錦彌山香出川。酒徒詞客紛來往，花瓢挂竹踏蘿煙。就中吾翁婦翁與師最莫逆，往往叩關啜茗不參禪。遠公苦禁淵明酒，杜甫偏躭贊老眠。惟有竹林之外一片婆娑石，亦趙老泐。許其痛飲狂歌落月前。至今兩門公之年共一百三十一，信步登山如履田。酒酣絮語中外孫，此山一興一廢眉睫邊。舉杖謂雙檜，爾之生也屈指四十有七年。嗟乎此檜纔生四十有七年，未知人生能著幾量登山屐？一飯千杯莫論錢。

楓藤歌 時望侯弟中式豎旗，予至此。

昔有關西許光祚，賦我祖居錦叢堂。嘆其萬楓齊著霜，紅霞秀天絢七襄。沙塘一楓尤奇古，四望此爲楓中王。根蟠厚地幾十畝，枝挂藤梢千尺長。即論此藤亦奇絶，古榦糾紛虬龍結。遠看此楓竟不凋，高下青青敵霜雪。卻憶老祖葵軒公，課子聽玉山館中。鬻田杜俸不敢致，擊磬升堂拜祖宗。是時子衿貴一鄉，藍衫袨日驕春風。葵軒公爲族衿所凌，恆曰：『吾子得一青其衿足矣！』豈知奕葉盤根大，簫鼓朱旗歲歲同。經三以去秋成進士。我對此楓還再拜，子孫如藤祖如楓。千條萬葉布霄漢，並倚老榦盤蒼穹。前年我來雨三日，戴笠看楓衣屨濕。今朝塘上風如刀，倚風颯颯豎顛毛。安得畫史吳顧徒，爲我便寫楓藤圖。許公字賦許賦即許書屏上。並三絶，一日對之傾一壺。

訪二段舊居

西峯廟坐一片石，餘石磅礴二段宅。老父先慈昔僦居，土銼煙寒乞鄰麥。囊篋雖貧景物清，茂松高竹碧檐楹。山茶煮聽松風響，村酒傾看竹月生。今年我來疑錯悮，鬱鬱青青何處去？茅館爲場池作堆，一堂兩姓紛割據。正所別適恆所老，定生廟舊僧也。行脚他山杳。所遇無故百感生，傾衫血淚悲萱草。人生萬事難回首，十五年間何不有？君不見，朱旗閃閃龍山隅，七歲孤兒今丈夫。先伯璽丞公圻於此。予別龍山時，望侯弟僅七齡，今中式立旗於此山矣。

四弟以楚游詩請正喜之有賦

青衫投筆訣秋風，四弟已棄諸生。赤手高吟臥錦叢。頗怪王珣頭正黑，早同杜甫左書空。子美晚枯右臂，有『悠悠伏枕左書空』句，四弟亦然。新詩滿載瀟湘色，此子真宜丘壑中。漸覺駸駸凌老驥，病夫跛扈爲誰雄？

二兒塈移居有賦二首

扶牀冉冉竟成人，分得枝棲門户新。析箸久因衰母病，僦居仍愧乃公貧。時租吳屋。就籬冬補三竿竹，遣力晨偷一束薪。那得槖金分給汝，擊鮮鼓瑟莫辭頻。

背郭比鄰微轉巷，開門趿履已升堂。月移霜樹過牆影，風入寒梅隔舍香。詩向老師終日和，塈兒有和仲友贈移居詩。酒攜諸弟夜深嘗。病夫最喜含飴便，兩宅羣雛並繞牀。

口占命兒堅讀史戒詩

闗外憶詩十二首，六兒有憶其妻父邵村詩。小兒學語亦潸然。相期讀史非今日，莫浪談詩在少年。下酒定需一斗醉，解頣已覺兩兄偏。此間雄伯紛如許，翡翠蘭苕盡可憐。

堂兒乞細論詩不答口占示之

年較陸機作賦早，庭依匡鼎學詩遲。興來隨意飛騰入，妙處他年子細知。蜃氣爲樓開浩渺，龍媒若鬼合權奇。會須萬紫千紅過，漸見霜清葉脱時。

五兒獨居岑寂二兒恒招飲慰之月夜予偶過值張師先在坐

一詠一觴吾不倦，佳兒佳婦爾堪當。山中遠饋供卿長，燈下頻炊酌小郎。坐有圖書宵易短，來因孝友意偏長。霜階罷酒狂歌發，未減狂夫病後狂。

病中聞山中梅信

聞道桃源曲，寒梅徑欲開。不妨絶世立，留待病夫來。臘雪微微綻，春風緩緩催。負暄定策杖，藥罷强傳杯。

歲首病臥掩關蕭然無事其相過問率爾有賦

臘盡百勞集，餘此歲首閒。慶節亦有禮，冠蓋紛往還。皇天特佚我，一病掩重關。座右柴桑集，壁上濂溪顔。茂叔觀蓮圖。相對唯二老，爐香颺其間。好友念起居，入室雅盤桓。軟語析醫理，拊慰良多端。履閾卻我送，户外微風寒。感子澹蕩人，禮失心亦安。蕭然窗日静，雙趺禪牀寬。

偶吟九首

陶潛力躬耕，叩門乞一餐。董京棲白社，碎帛聊復完。悠悠任形骸，愉愉怡妙顏。予亦希高尚，深念饑寒難。如何當路子，追欲百不驩。朱門遞傾軋，寧在温飽間？人我參差高，隴蜀古所嘆。

無身何所樂？有身起百憂。憂樂莽相仍，縈若寒暑周。坦步信所之，委心無去留。嚴霜卻紈扇，暑擲千金裘。如何瓜埸間，猶憶東陵侯？載吟咄唶歌，時哉聊優遊。

袁安振孤貧，臥雪食不充。門户熾然昌，四世世三公。華繁悴其根，白日不再中。奉高晰幾先，履滿憂忡忡。閉身一土室，飲食自牖通。黄巾避其閭，履道以待終。穉蟠亦肥遁，寒門本素風。難蜺泥中蟬，易冥雲間鴻。千載繼者誰？杜陵逍遥翁。

向平讀損益，身外無所須。惟疑死與生，未知定何如。我惑寧止此？窘步四踟躕。富貴人所欲，性豈與之殊？衰病懼弗堪，垂翅息丘隅。寄迹良寂寞，所性在歡娱。交戰熱其中，顔色罕敷愉。兼慙俯仰人，嗷嗷視薄軀。棲烏争茂林，誰甘集於枯？截趾以適屨，吾又悲其愚。上愧冥鴻士，下憐即鹿夫。戰勝誠難希，聊復安吾癯。

母鷄將數子，啄粟我闌干。惻然懷所生，一去不復還。周墓所種松，離立青一山。人心隨物化，餘悲日以闌。逝矣空復悲，所悲生鮮歡。高門兒女繁，嗷嗷非一端。偪側縈百憂，豈惟饑與寒？梅華一何爛，梅子常苦酸。錦衣而絺裏，外豔懷中單。宦遊三千里，安知吾母艱？奔喪錯痛哭，悢悢遲撫棺。年來婚嫁逼，鬢鬢爲之頒。方知負母恩，不在永訣閒。

花缸泛薄萍，金鱗戲其中。以此三尺波，盛彼徑寸躬。所向浩滔滔，焉知江海空。黄魚湧巨浪，山頽下江東。潛身非不深，負勢亦已雄。漁師苦相慕，叢艇犯危風。連網沈霜鉤，百道穴其胸。長絙遠從遊，待其氣力窮。舉網或先時，委棹蛟龍宫。郡人取魚，舟尾網後，斃而後舉，急則沈舟。豈不亦艱辛，奈子腴且豐。玉盤待爾甘，江湖安可容？君看不才木，往往天年終。

古人牆樹桑，今人籬種菊。樹桑可光軀，種菊但娱目。生男莫願多，多男莫教讀。儒冠半饑寒，宦途頻寵辱。廉吏使親顰，貪吏使親哭。東鄰田舍翁，有子百無欲。長子把鋤犂，歲入秔百斛。仲子一擔薪，城歸挂魚肉。三子略學書，落筆五與六。幼子無所爲，鞦韆摇古木。稻場午護鷄，松嶺宵驅犢。老嫗早飯香，此翁春睡足。笑指雪漫山，仰頭坐茆屋。

秋風掃高林，隕葉集兩肩。春氣穆穆生，青青盈我前。萎草萋更碧，白髮悲不玄。難老無要眇，真人潛深淵。鉛汞歸土釜，神凝氣自專。盈縮自有期，榮悴不在天。夏姬□妖娃，鷄皮三少年。

城居苦内熱，山居苦風寒。俯仰一世間，兼娱良獨難。微雨與風俱，重裘爲之單。病夫肌理疏，當午不能餐。白樽煖餘瀝，鼓卮三五乾。温温上眉間，顴頰生微丹。乃知儀狄造，匪直也合歡。聖王及莊士，聲罪亦多端。此物終不廢，厥功安可刊？吾欲繼伯倫，狂歌舞杯槃。

送盟二吳炎牧歸白雲巖山居

快馬常苦瘦，世族常苦貧。穠華不再繁，白月無恆盈。天行使之然，豈惟子一身？城中嚴禮數，還往盛姻親。中乾而外彊，憔悴喪其真。惟有林泉棲，可以蘇涸鱗。我與諸弟昆，言此每齗齗。子歸亦云晚，去矣勿復陳。

命塈兒下鄉督視濬塘興埂歸來有作

椒酒纔稱觶，東屯早著鞭。迨天春未雨，近臘土猶堅。宦薄更農事，身衰視少年。蓬頭王霸子，藜杖晚塘邊。

力疾入山歡然有賦

畏風勉城居，百藥疾不瘳。人生亦有命，且向春山遊。揮手別塵囂，展目眺林丘。譬彼檻中虎，忽爲海上鷗。陰岡餘斷雪，晴谿漲新流。谿梅爲我來，盈盈迓道周。林鳥見我來，驩譁命其儔。籬犬聞人來，一吠垂其頭。仲子喜我來，挈注促茗甌。春光何澹澹，行雲亦浮浮。俯仰山軒前，端居寫百憂。

彥昭經三弟攜尊過訪竹里止宿次曉予亦力疾同尋梅梅谷二首

結伴搜梅谷，初暄强病身。雙鐮緣石入，萬蕊出谿新。屢奮登臨屐，深愁雨雪晨。亭中只一樹，檜步也千巡。

對酒能無酌？看花肯遽還？疏斜隨水石，芬馥入雲山。身怪今朝健，天容此地閒。層巖千尺練，乘興亦追攀。

喜月

深春纔得月，新霽便無雲。倚杖身從病，開籬酒不醺。栗疏高幹落，梅静夜香聞。歷歷羣峯近，分明過雁羣。

信步

山色經晴出，春光信步幽。入林衣惹麝，護竹杖驅牛。布地麥全碧，摇谿柳漸柔。鳥機何處響？獵客嘯峯頭。山人攜小銃擊鹿不中，更噪而逐之。

傳方邵村病卒於關外予決其訛

妄聽方生没，長號旋卻疑。定無君去日，不見夢來時。顛躓胸仍豁，風沙髮未絲。寄書瀟灑甚，學道禮丹師。

得方中丞栗亭故址

楊沖老農周士懷，烹雌擔酒來相存。爇酒留酌之，酒酣慷慨爲我言。水閣之東一茅亭，中丞當年於此逃暑醉客聽潺湲。爾時栗實如拳竹可拱，連峯喬木走平原。鑿山開洞面流水，倚石堆臺眺遠村。寇去兵來紛澒洞，往迹湮蕪難具論。我今過林露半𥗽，呼兒急掃栗葉斸竹根。石基團團開生面，嗟乎三十年來塵草昏。舉止總感前賢澤，高臥即荷皇天恩。低低補石坦，草草成竹門。此地縱不爲亭石，可藉暑月時來傾一尊。

喜積雨後瀑布

苦恨三春雨，今朝意總消。山空銀漢響，風静玉河于闐國。飄。衣任穿林濕，筇忘著屐遥。小亭需結搆，面瀑有三角亭址。拄頰當觀潮。

野步

春光歸積雨，野望趁微晴。近竹桃偏豔，臨橋柳故迎。遲遲斜照色，步步水流聲。不覺歸來晚，籬燈布地明。

四弟之全椒入山過別病中口占寄懷金沖玄年兄

山橋扶杖柳垂垂，送弟攀條遺所思。割席尚懷龍首尾，停雲空望燕差池。知君斑鬢如銀久，念我丹砂得藥遲。莫向惠連詳問訊，八年一病臥茅茨。

奉祝宜小泉操撫中丞五月初度聞疏乞休老幷致攀臥之私二首

榴花拂檻閃朱旂，鈴閣霞觴次第揮。蒲節勝餐三秀草，宮羅輕疊六銖衣。紫騮傳箭江城肅，青雀鳴鐃海戍歸。不是憂時頭似雪，丹顏玄鬢未全稀。

西莊伏枕對松筠，未上公堂酒一巡。累疏所聞陳遠志，三台可許乞閒身？愛聽充國心猶壯，愁説剡溪賜竟真。便欲力疴扶短杖，率先父老臥朱輪。

何黄州道岑惠書山中兼寄葛杯等物詩以志謝時六弟客黄

二十年前事，黄州午泊船。江山齊在眼，魚蟹不論錢。用坡書語。伏枕懷安道，佳遊屬阿連。書來恒數紙，句句主人賢。

夏仲入山即冒暑步桃谿看今年樹色小酌山軒入城仍飲堅兒宅二首

曲曲晴橋水，亭亭夏木陰。人纔一月别，山比去年深。栗古花彌屋，桐開笋上林。風軒傾茗碗，亭午未披襟。

桃溪當日盛，入谷樹千章。容易名山買，艱難夏木長。六年親攘剔，五月漸陰涼。攜茗分僮佃，揮鐮水石傍。

奉寄朱梅麓總河二首

歸帆尚憶過張秋，皓皓風濤拍日浮。予癸巳過決口。帝用作歌沈玉璧，君來乘載自瀛洲。公以學士陟今官。淇園竹葉渾無恙，春汛桃花竟穩流。早晚閣麻宣内制，争傳先作濟川舟。

九年雲樹隔江城，回首燕臺數子情。詞伯日邊頻聚散，故人别後盡公卿。君苗硯自歸田擲，叔夜書從伏枕成。采采清谿無可贈，白雲嶺上故縱横。

張子孚行人齎詔之粤東便道惠晤力疾賦贈二首

大使輕裘帶月行，六千里外五羊城。漂萍苦憶九年別，芳草堅留一日程。客位坐談西掖舊，法宮猶記遠臣名。子孚道先帝覽親政諫草，下詢病狀，聞之感泣。蒼梧雲斷盈衫淚，回首京華百感生。

別後新詩歲歲殊，如雲山色下春壺。席間子孚談海上二勞之勝，兼示遊詩。文章他日歸公等，氣色從今逮老夫。夏水九江淩浩渺，秋風五嶺歷盤紆。歸囊肯貯登高賦，重過荒庭踏雪無？

封船謡

四月六月五封船，桐山官長樅川眠。大船使風殺捕吏，小船穴板沈深淵。傳聞聯纜鎖湖邊，夜半舉火灰漲天。舟師哭罷仰頭笑，赤手生還學種田。君不見，舟斷粟死田家苦，徹夜追呼吏如虎。吞聲荷校時以懲捕賦者〔八〕。出衙前，黄稻在囷青在土。時穀賤無售。

許許吟

許許復許許，千唱萬謳汗爲雨。前行踵後行，山蹊禾隴變康莊。天生神物必大用，古屋荒塋安足藏？君不見，曲轅櫟社大蔽牛，匠伯四邊來不憂。

再蒙恩允乞養病山中感賦四首

展假三年後，恩綸五月天。白雲容偃仰，赤脚向林泉。帝德匪今日，家聲付少年。諸弟屢捷。此身無一事，服食與安禪。

小隱因瑞隱名。慙將父，經過可弄孫。擔泉催壓酒，嘗果數開園。白髮西莊杖，青山北闕恩。此中舒化日，未覺戀晨昏。

山谿沿一水，石岸補三橋。暑氣此中薄，雲峯入望遥。隨風花到鼻，蔽日柳垂腰。小築吾將老，長吟樂聖朝。

身退慙真隱，家貧敢説廉。菀枯人不免，舒卷道無嫌。煮藥風前竈，開書雨後檐。薄田籬竹外，秔秫幸能兼。

秋前苦旱

首春直接黄梅雨，月月祈晴那得晴？豈意陽烏翻一怒，頓教銅雀失三鳴。一鳴五穀生，再鳴五穀熟。暮山日落雲不接，夜簟風涼潮暗生。皆農家以爲旱占。安得叩閽伐天鼓，手挽天漢東南傾？

暑中檢帙偶韻數語世系先後不復詮次每絶各自一意庶免雷同耳七首

鹿門妻子雅團欒，椎髻偏能奉伯鸞。笑殺向平婚嫁畢，縱游五嶽也艱難。

官舍連雲照剡溪，吴中高士此棲遲。入林我亦思充隱，先賺嘉賓百萬資。剡，時冉切，音閃。

市上女兒呼姓氏，山中使者促車徒。憑君青壁千尋外，逃得韓康兩字無。

一笑何緣便墜驢？此翁豪氣未全除。愛他草屨垂絛後，御苑酣眠百日餘。

爲貧而仕仕仍貧，結綬抽簪總是真。薪水在心杯在手，訓子書中語。忘情卻是近情人。

乞杖攜兒拜郡堂，南安老叟太倉皇。人間漫道休官易，此是宣和帶職郎。

牀下贏錢積寸塵，羅沖何用贈嚴遵？終然青竹傳名姓，絕勝臨邛諸富人。

懷六弟客遊聞初至鄂渚

老母卒里寢，賤子滯燕京。未奉永訣言，九年淚霑纓。齋心時忖度，如聞臥榻聲。孀妹及弱弟，切切千春情。此弟真數奇，所之無一成。從我讀雁軒，諸兒同授經。嗇妻艱中饋，一飯百悲辛。兒分時墅兒等已析箸。而弟合，開口我顏赬。從我下金陵，旅舍冷如僧。十日九清齋，寒宵乏一升。吳令吾故人，爲爾具舟迎。相迎臨當發，仕籍除其名。薄命揚餘波，故舊與同幷。乞米水西店，書經祇樹林。時弟於水西門外庵中爲先慈書法華經。我淮倦游歸，共禮塔前燈。時識經於報恩寺塔下。老宿夜施食，星空轉梵音。塔鈴相和切，塌然摧肝心。跽階四淚墮，凝霜面面深。衝風貫耳去，著骨如懷冰。到今不敢憶，憶之魂數驚。隨我下燕關，關使夜開尊。問我寒至此，脫手贈百金。入舟各剖半，爾懽我淚傾。區區破爾顏，何以爲人昆？草草歸卒歲，再隨湖上舲。稍稍升斗水，圉圉旱沼鱗。我病臥一壑，爾歸守一塍。躬耕豈不艱？庶無異患侵。仕路日崎嶇，戚友慘崩奔。納納乾與坤，跼蹐藏一身。但饑未及死，百叩皇天仁。妻子任啼號，遑恤弟與兄？爾饑與爾寒，杜口勿復陳。去秋兒鼓盆，皓首裹白巾。黄州太守過，謂何道岑。唁我念我貧。九江頗易杭，赤壁堪深登。感子誠殷勤，病骨非所任。小人有弱弟，餬口累我君。慷慨應聲諾，不忍再丁寧。别後味餘言，欲告轉逡巡。一諾古人重，此道今已泯。昔遊必我偕，今當爾獨征。命行未及行，我腸轉車輪。果然太守賢，一見温顔春。開尊延後堂，披豁率天真。令子曰龍牧，與弟童稚親。兄子何令遠，酒後吐高吟。唱酬必午夜，款曲或連晨。解葛復解裘，問米兼問薪。客忘客中久，主人意更新。驅車向麻城，麻令笑寅賓。丈人屋上烏，到處有光榮。初聞寛相憶，三思轉怦怦。念爾拙且羸，終鮮童僕貞。從行一老力，遣歸省秋耕。旅次終艱難，薄寒漸中人。昔行桃未華，今聞庭桂馨。陟岡代倚閭，遥望武昌城。武昌有使君，高義凌霜旻。謂宋艾石。

白雁

偶張子藝惠詩，見詠白雁有『蘇書傳雪後，杜句得霜前』之句，甚爲擊節，因亦效顰。墨客揮犀所載白雁似自爲一種，予未暇詳考也。

嘹嚦晴空字字翔，白雲深處忽無行。瀟湘寒影全疑月，紫塞春深早負霜。宿鷺圓沙同皎皎，雙用杜語。昏鴉遠戍半蒼蒼。莫將加飯傳魚腹，尺素相宜道路長。

又詠白雁

偶因『蘇書傳雪後』句再詠，此寓懷邵村闕外。

白衣容易任隨陽，塞北江南未覺長。皓首可憐還道路，素心何事變炎涼？銜蘆洲渚花無色，堂註：淮南子：『雁銜蘆而飛，以避矰繳。』花，蘆花也。作字晴空筆有霜。堂註：邵村先生臺臣白筆，兼用書空事。欲繫尺書還擲卻，恐教血淚汙征裳。

得邵村闕外書

喜披闕外札，已達病中詩。得予去秋相憶詩。入手驚顔面，凝眸豈夢思？生還猶有淚，死去亦無辭。繞舍巡檐走，秋風亂雨絲。

喜韓心康擢順天巡撫二首

君爲前蒲州相國韓公爌曾孫。十齡外曾入内院試清漢字。

中條相國舊清門，馮翊新看節制尊。争羡登壇三十少，久傳升座半千孫。朝天走馬雲旗簇，饗士乘邊雪帳温。漸喜都亭枹鼓歇，行人獨騎夕陽村。時畿輔多盜，行旅甚艱。

傳來除目到山城，驚看韓朱雲門浙撫。仗鉞榮。同日故人開幕府，九年别緒慰平生。晴暉驟起柴荆色，風竹交喧喜雀聲。此夕病夫真不寐，園蔬剪盡酒還傾。

十三夜同張仲友步月歸塾偶命小酌因讀其近詩

步月長街月竟圓，歸來檐月倍娟娟。風開叢竹窗前色，雲盡重陽雨後天。試笋内廚唯鹿脯，請嘗家釀是春泉。新詩幾日又成帙，對月吟詩醉不眠。

入山

纔坐篼輿暫背城，北山爽氣便逢迎。霜初葉色分相絢，晴久谿流合有聲。喜見村莊松節長，愁看寒隴稻身輕。時秋旱甚。草橋拄杖深深立，尚是中秋此上行。

壁兒治具侍妻父大人入山同仲友及兒堂夜酌待月不至

尚餘詩爛熳，誰厭月蹉跎？忽起巡檐覓，同來據案歌。筆憐兒輩得，酒愛老人多。短燭蔬還剪，茶鐺水自波。

十六日山齋晨雨

殘尊待月月難生，山曉微雲雨便傾。轉怪迎秋祈雨苦，難爲趁月入山情。寒軒紅葉峯峯向，歸路斜陽稍稍明。徑造兒家重置酒，拚教雨月總三更。是晚亦壁兒治酌。

哭七弟介侯二首

俯仰誰憐汝？相知是長兄。漸諳生活計，堪稱老成名。驢背省秋旱，魚梁坐月明。七弟每歲觀魚湖上。經營兼弱弟，深慰二人情。同母弟夏侯家事亦介侯經理。

遺孤君可瞑，同室有聲侯。六弟同宅。知人吾不愧，此外爾何求？歲入治家事，書聲課晚樓。老兄止一慟，含笑解親愁。

送王願五太史督糧江右六十四韻

屈指同歸日，蹉跎竟九年。黄河衝溽暑，白舫次連翩。痛我堂摧竹，時予丁内艱。悲君燭撤蓮。願五以詞林外轉，值病請假。維舟頻譬解，扶病辱周旋。游子骨休立，尊君眼正穿。深懷良友意，不敢哭聲傳。迢遞炎雲路，蕭條太史船。裹餘盈案藥，牀剩賣文錢。長物無重簞，輕裝仍舊氈。皆君家物。抽簪停雀舸，垂翅息龍眠。檢點晴窗帙，淒迷藜杖煙。息機甘守黑，作賦只思玄。掃徑延三益，垂簾撫一絃。彈棋開草閣，手録滿蒲編。頻入清泉寺，時元白尊宿開堂於此。深參老宿禪。靸鞋花木徑，信杖燕鴻天。草榻團瓢下，茶鐺午夜煎。揚眉瞬目際，石火電光前。刮眼金篦妙，留山玉帶圓。宰官身自在，摩詰室翛然。抵舍憐匍匐，陳情亦接聯。予服闋，亦病臥山墅，蒙恩允調理。茅齋粗結搆，竹澗夙迴沿。臥落高春日〔九〕，躬耕下濮田。山扉閒剥啄，牧豎競鞦韆。翟尉庭原寂，陶公地更偏。犬聲松嶺下，客屐草橋邊。每喜軒車過，都忘禮數愆。掃苔隨坐石，煮茗自烹泉。尋瀑沿谿入，披榛挈杖先。玉龍騰峭壁，石蟹聚晴川。花下傾芳醑，林間布小筵。宜人風氣迴，選地樹陰全。市遠廚難敕，山幽景倍延。剖柑唯鳥語，登俎罕豚肩。禽向期山岳，裴王足往還。支離真偃息，雄俊必騰騫。沿杜語，借用「騫」字。北闕勤求舊，東山報病痊。帝心勤轉運，除日借花磚。財賦東南盛，漕儲職掌專。鷁舟喧鼓吹，鶴氅羡神仙。湓口江分九，南州里近千。稺亭凌崒嵂，滕閣俯澄鮮。帝子簾堪捲，高人榻可懸。「高人」字出杜。吹笙憶鶴嶺，望氣想龍淵。懷古能無賦？登樓定幾篇。丈人原落落，吏治雅便便。國課良云急，民生亦漸朘。敬宣天子惠，深荷使君賢。負戴千車集，脂膏一切蠲。争傳齊漢相，誰分數韋堅？寒浦牙旗肅，春河錦纜牽。雲帆傾楚越，露積潤幽燕。鵲錦褒嘉至，鸞章賜予駢。宣麻來日下，曳履踐星躔。兆叶松生腹，家傳筆似椽。圖南今始矣，臥北愧終焉。公望起安石，詞壇遠仲宣。相期終下馬，誰忍賦鳴蟬？反古『昔我同門友』語。柳折寒吹笛，梅香春扣舷。幾年同蠖伏，累夕語蟬連。直至分攜苦，方知歲月遷。倩兒詩草草，願五行迫，曾命兒堂代贈。念子意拳拳。呵凍深宵月，行吟累幅箋。報章如不惜，江鯉正聯緜。

寄王貽上 時司李揚州

博士風流馬繫階，謂令兄西樵。揚州東閣酒如淮。後來不盡烏衣秀，曩昔徒知法護佳。西樵爲予所得士。墨妙春風揮判牘，詠懷涼月步官齋。山人十載真焚硯，此日行吟破竹鞵。

送堂兒北上就婚門公王紫蘭郎署二首

行年二十未分攜，此日征衫試馬蹄。貧橐琴書誠簡略，春亭風雨易淒迷。香含粉署葭堪倚，畫罷眉山案恰齊。小立碧沙無浪語，鹿車早傍鹿門棲。

京華一別兩茫茫，因爾回眸已十霜。或有故人詢野老，總無尺素附行裝。蓬頭只合依王霸，竹笥相依仰戴良。滅刺垂簾無不可，微吟徐步月蒼蒼。

送別六弟聲侯自豫章遊粵東二首

楚江一鋏已彌年，去臈自鄂渚回。此去征帆更渺然。弱弟可堪頻遠道？炎方況值夏雲天。深慙宦罷分甘薄，强説途窮仗友賢。拜疏故人無浪語，病夫躬謁戟門前。

天隅一雁黯飛鳴，況爲孤甥代遠征。謂方甥曾祐也，少嬰家禍，産、宅蕩然。貧病坐看孀妹老，悲歌相對渭陽情。山林十載無他恨，存歿雙親念此行。計爾歸期難得近，倒尊互勞雪窗明。

輓朱二

雄俊君家有，深湛爾較過。對人豪氣盡，論世苦心多。玉折悲黄土，林棲泣碧蘿。草堂一杯酒，遥酹向山河。

入魯碶視周莊飲吴惟子山居

廿載曾過地，今朝冒暑來。每逢山徑合，又見水田開。深柳村醪店，高林石澗隈。也知延佇久，十步九徘徊。

望大人頌嘉草堂

入山迂道入，怕向草堂過。別轉龍眠口，予竹里在東龍眠，此日從西龍眠口入。難遮瑞隱窩。大人自題。一丘任薈蔚，十歲竟蹉跎。予林居十年，買山相近，冀長侍色笑，而回首因循，養志闕然，今已矣，痛哉！白帽何時著？青溪黯自波。

薄暮偶步伯氏北園率賦二首

康樂天南萬里回，便開別墅近城隈。西莊舊是吾家物，是叔祖給事公故址。北郭尤宜小弟來。予居咫尺。扶杖板橋新雨後，披襟篁徑晚風催。羊何滿座尊闌後，爲我提壺更舉杯。時伯兄小集園中。

方塘東轉草新除，小搆宜亭積雨餘。白上短垣溪漲後，青來羣嶺樹删初。看僧出郭迎樵唱，留客臨橋選釣魚。微恨月生陰較密，平臺别築面澄虛。

入山二首

積雨喜微霽，篼輿便出城。緑深山徑合，白漲野橋平。近竹煙初上，穿林犬故迎。半年成契闊，深負買山情。

小隱難深坐，大人昔過此偃息處。過則塈兒供饌。推窗百感催。兒曹仍治具，無處侍登臺。不覺爲人父，何堪此一杯？長文曾過嶺，頻御太丘來。

舟行雜詠三首

憶昔丙戌年，舟行無一友。晨興兩餐外，周流用六九。緜緜隱臍間，浮浮生腦後。道逢李叔則，飲我以杯酒。我飲昔數升，此夕三四斗。裂紙各丈餘，提筆吟在口。始信□中功，實有弄丸手。回首廿七年，蹉跎成老醜。負彼慧導師，遥拜紫峯首。慧公居攝山之紫峯閣。

長年覘風雹，荻港午泊船。炎蒸真火宅，急步大江邊。傍顧一峯秀，林木何蒼然。云是徐氏墳，僧寮亦數椽。奮身青翠中，日華迴其顛。妙石左右蟠，一徑入蘿煙。沿籬到上方，别有蔚藍天。老僧恕不揖，手茗置客前。啜茗二三杯，移椅坐前軒。夕陽沈松腰，澄江動竹根。老僧詢我里，知是有虞孫。倏然談往事，日月如崩奔。初言吾九弟，繁令同呼尊。江山攜手看，書畫縱口論。禮法脱落盡，大哉安昌恩。遺詩尚在壁，手迹風塵昏。失聲不能讀，黯然消我魂。又詢方刺史，河上建旌旛。當時髮覆額，趨庭此轅門。吁嗟三十年，月上舊江村。九弟燮爲繁令，張公所得士，今張公逝矣。方刺史謂蛟峯，其尊君曾建牙於此。

載酒置何所？平場臨曲路。江風上晚山，竹月升高樹。流螢穿我衣，鮮鮒恣下箸。山茶置一甌，老僧時自注。茶酒恣談謔，歡然爲道故。曾參老宿門，深恨諸方悮。獅蟲太可憐，羶蟻更相赴。老人無一能，淡淡寡思慮。有屋不願添，有施屋者，辭之。有疏不願募。搬柴曉破雲，鋤圃宵侵露。只此念佛人，蕭然無來去。我愛此山佳，此僧亦堪住。酒罷下山來，帆燈明遠戍。

喜晤朱雲門督府二首

越水香煙百里昏，傾城遮道盡攀轅。人傳召伯來南土，帝簡萊公鎮北門。攬轡羣寮多自劾，校旗千騎不聞喧。卻思督府初開日，小草曾蒙特旨温。予昔條議設三省總督，奉有依議行之旨。

相逢面目認難真，回首河梁十四春。日下羨君誠磊落，山中愧我復風塵。停巵錯訝更籌急，絮語翻憐幕府貧。雲門莅任以來，餽遺槩禁，幕中蕭然也。同輩故人皆節鉞，那能青鬢不如銀？

題成青壇相國浮丘山房圖

漢代有二疏，解綬出西都。都人齊太息，賢哉二大夫。大名之成兩相國，先後東山恣偃息。門第闃爾謝車騎，館榭天然去雕飾。文穆素園常下關，少傅別業浮丘山。花宮仙梵六時近，果圃蔬籬一徑閒。五石蹲騰修竹裏，雙松夭矯白雲間。大伾煙靄軒前入，衛水晴帆郭外還。冥鴻雅意翔寥廓，乞身在籍延醫藥。蒼生猶望作霖功，主人遽返歸雲閣。（圖中閣名。）予臥龍眠十載餘，拾遺重拂舊簪裾。王維復遺松筠鎖，杜甫難容水竹居。驅車過魏郡，相國情何盛。一刺纔通到錦堂，雙樽屢召開花徑。手攜兩卷命予書，（一素園圖，一浮丘山房圖。）行吟拂紙更躊躕。午橋佇起裴中立，丘壑誰過謝幼輿？因之南望雲山杳，卻憶山人舊草廬。

雨阻欒城旅店題壁

敢嫌風雨滯朱輪？深喜良苗翠色新。（時久旱。）雲裏帝城春樹近，自慚不是作霖人。

再入都中喜晤胡太乙長兄留飲觀家樂因宿其園中三首

華屋金尊簇綺筵，清歌妙舞豔神仙。名花對酒增惆悵，不早相逢二十年？

列屋花顔照眼明，平章老健勉逢迎。黄粱豈待他時覺？白髮先從夢裏生。

繡枕文茵臥曲軒，故人別去更相存。那知布被山中慣，手覆貂衾别様温。

再飲太乙内宅觀其家樂四首

下馬升堂便舉杯，青蛾白紵雅徘徊。桃花流水仙源路，何待漁郎苦賺來？時因予戒赴席，公遣急足賺致之。

急管繁絃竟日閒，清歌横笛兩相關。行雲肯逐春風散，留戀珠簾繡柱間。

百和香薰金縷衣，低徊舞袖錦成圍。珍珠百琲誰酬得？紫燕棲梁不忍飛。

凌雲司馬夙才名，珠玉隨風據案傾。一幅吳綾書不足，畫堂頻促剪刀聲。時年伯洄水龔先生即席成數章。

張天石銀臺山居十餘載矣忽以其長公光禄君抱子喜而入都晤間率賦

忽聞珠樹鶴，重踏帝城雲。雛下觀司馬，懷中得長文。遠裝身更健，家語夜長分。小暇揮紈素，煙嵐迴絶羣。

秋日同給諫吳玉騧李書雲太史張禮存素存錢董侍御易農於報國寺董時外轉隴西觀察

古寺虬松緼曉煙，高吟回首悵離筵。十年星散來何暮，一代風流去可憐。驄馬秦關曾歷地，昔巡鹽秦中。霜鴻燕市送行天。法書莫吝頻頻寄，筭入金貂質酒錢。董書法妙絶。

偶過報國寺花下花且紛紛矣啜茗賞之兩兒適至侍坐口占七絶三首

海棠報國與韋祠，二十年前痛飲時。此日太真重起睡，何妨杜老便題詩？

蒿目看春不當春，花時辜負酒千巡。如今問夜慙無補，欲作尋花中酒人。時小疏已奉温綸，部議中格。

澹日微風春可憐，憐花莫惱落花天。蹔時金谷爲房老，來歲鷄皮又少年。

校記

〔一〕炙　當作「炙」。正文首句同。
〔二〕圻　當作「坼」。
〔三〕沂　當作「泝」。
〔四〕冷　當作「泠」。
〔五〕圻　疑當作「坼」。
〔六〕掉　當作「棹」。
〔七〕搏　當作「摶」。
〔八〕捕　疑當作「逋」。
〔九〕舂　當作「舂」。

龍眠風雅續集卷二

木厓潘江蜀藻輯

方亨咸

字吉偶，別號邵村。宫詹甦菴公仲子。以順治丁亥進士，宰獲鹿。時方用兵山西，驛騎如雨，公割俸市馬，養之官齋，不括民間一錢。調繁浙之麗水，以大義諷鎮帥而戎伍戢，以奇計招流移而閭左安，以淵識校鎖闈而名儁輩出。舉卓異，擢刑部主事。會日食，復恤刑之典，廉公能且仁，兼湖廣、廣西兩省，所平反七十三事，全活千餘人。經略洪公奇其才，至欲表留之。還朝，累遷至郎中。尋特授監察御史，首抗疏以正人心，崇理學爲先。方大有所建白，而科場獄興，株連遠謫，未竟其施矣。公事親最孝，患難中猶怡聲愉色，以博歡笑。其輪工牘歸，奔馳告急，遄竣厥役，亦公之力爲多焉。少即負文譽，與大司寇姚端恪公齊名，所著有使草、班馬筆紀、塞外樂府諸集。書畫特其餘技，然上至當宁動色，嘗召入内殿，各作一卷。及選入臺班，猶手其文謂學士王公熙曰：『是前書聖主得賢臣頌者。』下至婦人孺子廝養走卒，有所陳乞，靡不濡毫立應。

嘗笑趙吳興奔至舟中，急爲解纜始得休脱。公即解纜後，猶爲人盡十數紙不休，藝林傳爲佳話，亦近今所罕覯者。年六十，疾且革，自言其前三生事甚詳，劉伉是玉源君，東坡即戒和尚，倘亦理之可信者。公髫時遇異人，謂其富貴福澤不可量，晚乃自署其居曰『邵窩』。其丰骨經濟，自是留、鄴一流人，又何疑焉？

江行雜詩 以下使草

蘭溪西上驛，遠樹與雲齊。晴港發船鼓，煙村向午鷄。潮分漢水廣，峯逼楚天低。計到君山日，春深謝豹啼。

又

深林開夕照，江氣煖氤氳。岸竹分煙色，山痕學水紋。鴉隨船接飯，潮過石留雲。客路愁摇落，漁歌不可聞。

又

蒼莽蘆花路，吴江接漢源。風凡三易候，水作兩般痕。節序游人賤，煙雲漁子尊。隨山看土著，明月正關門。

又

臘盡鄉心促，雲昏澤國寒。水緣巴字轉，月到大江寬。魚立銜沙冷，烏啼落□乾。江梅惆悵發，又向客中看。

又

煙樹接荆蠻，蒼茫不盡山。碧通鈷鉧水，青出木陵關。衰草平湖闊，殘陽對客閑。危檣憑倚眺，盡日當躋攀。

又

向晚汀沙折，舟輕浪自恬。一杯春水瀉，數點雪山尖。橋轉雲藏寺，林疏風出帘。夷猶何處叟，坐釣月纖纖。

江亭

獨上江亭客思催，亭虚面面逐江開。臨舟獨樹向人晚，帶月雙橈破渚來。潮到洑流分島嶼，山從缺角擁樓臺。無拘愧爾沙邊鳥，掠水尋魚去復回。

青溪喜黄宫律至 宫律先期十日

自寄封書下石頭，每逢驛使問宜州。多君白水三年約，爲我青溪十日留。荔子紅分瘴海雨，蘆花路共洞庭秋。此行萬里看山色，拍酒新詩好和酬。

雨泊東流縣 鄰舟有俠邪游者

凍雨迴風送客舟，亂山高下入東流。江連湖口聲偏壯，地近陶籬菊易秋。極浦魚罾雲似雪，印沙鴻爪迹如漚。多情鄰舫歌喉細，不聽歈謳也自愁。

雪入九江 楚候吏至

雪氣滿城闉，潯陽城下人。燒蘆待賈舶，伐鼓賽江神。花發一年盡，潮生九派勻。沙邊訊候吏，路入洞庭春。

自武昌至蒲圻雜詩二首

林黑防銜虎，仄徑苦彳亍。雲荒天漸昏，棲息憐不夙。炊煙動沙渚，樹杪見茅屋。破壁三兩家，支梲截青竹。居人面顜鬼〔一〕，揖讓如奔逐。廚中出新漿，殷勤勞童僕。羣孺踏牆頭，競觀招反縮。田家力作苦，歲事方云卒。門巷新過兵，昨日泥初築。茶烹松火紅，酒榨豆芻綠。明府應苦辛，支牀薦藁束。莫嫌雨雪頻，所欣占秋熟。長鞭響前岑，兒孫晚歸牧。瓦盆喧食箸，團團欣在目。眷兹骨肉歡，俛首憎簪服。屺岵望金臺，嗟予仲行役。稚子青溪廬，候門指歸軸。持觴兀不醉，所思縈心曲。嗒焉臥未溫，晨鷄聲喔喔。起掃車上霜，亂山迎雙轂。

積雪閟陰崖，疲馬嘶懸溜。蒼然夾道松，蔭鬱亘千岫。羅立貫星離，蓊翳堆雲皺。老幹拖長冰，低枝結篆籀。瘦根迸石顛，短髮碎分繡。參差互低昂，大小相先後。或宛若驚龍，或仆若寢獸。或偃若鸞翔，或挺若蛇鬭。矗矗相疊重，狀類難悉究。顧盼劃心神，驚呼未經覯。厥初孰樹植，區列胡勞疚？云昔武穆王，鎮鄂事蒐狩。雲黑防失道，表識便馳驟。

草木亦知兵，礫卓攢介冑。緬彼建牙時，英名陵宇宙。義旂曳天昏，風雷怯呵詬。三字獄不成，國事尚可救。飲血泣天地，峥嶸同松壽。至今風濤聲，猶作鼓鼙怒。踟躇嗟往迹，天事非人姤。不見汴京日，喬木欣在宥。啾啾天津橋，杜宇啼春晝。驅馬度松風，冷冷笙竽奏。

龍燈歌

山城竹節祀年豐，家家剪紙懸燈紅。近村市兒早收市，縛竹籠紗作龍勢。破鑼殘角聲不嚴，蜿蜒勃窣繞街肆。尺布纏頭作標首，擊節盤旋齊拍手。邪許聲中雜竹枝，嚶嚀不辨口支離。每遍低昂相問答，嘈嘈疑是祝釐辭。山女雙丱花滿頭，結伴看燈臨街樓。樓前雜踏走老少，盆香都賽張王廟。共道舊秋禾黍好，水田多收兵過少。亂離僅見今年燈，及時爲歡莫草草。使君新從長安來，見多眼大莫相猜。長安燈市果繁華，火樹徹天壓地花。千枝萬枝光簇簇，不分餘光照茅屋。侯家蘭膏夜萬錢，城東老農日無粟。

又宿野寺 寺名月溪

暮程遥指隔崚嶒，猿逕盤泥附葛登。幾宿郵亭荒借寺，似諳官況冷如僧。晚山當户日初落，雪氣滿樓風欲崩。爲問月溪溪上月，寒光可共客心澄？

岳陽樓晚望

迢遞層樓夕照迴，山光湖影接行杯。波摇金柱天邊□，翠擁青螺掌裏來。一片水聲飛檻入，萬艘燈火逐潮回。臨風直欲衝湖去，獨上軒轅鑄鼎臺。

屈原祠

屈子祠堂空有名，連雲城闕翳荒荆。山銜落日行人盡，花發寒汀春浪平。千載江蘺傳舊恨，一間茅屋祀先生。階前再拜申椒酒，好慰當年獨醒情。

湘江静夜聞漁歌

千古行吟地，漁歌聲合哀。況當殘月落，幾處夜潮開。魚目射星動，罾頭趁火來。咿啞風斷續，細逐客愁迴。

早春懷兩尊人

楚望山頭望，白雲湘水寬。詩擎行笥重，線挂客衣單。郢樹争枝發，春城倚斗看。退朝花下坐，應憶憶長安。

花時憶昨歲，退省集庭除。下食六衣色，焚香雙佛書。棗梨喧衆孺，屺岵定憐予。倘見朝正使，乘閑示起居。

有兄隨禁直，將杖入承明。賜想朱櫻共，詩如白雪賡。宫衣萊舞炫，春酒御廚新。歡劇看如意，應憐靡鹽情〔二〕。大兄承講幄新值賜衣。

長沙過賈誼故宅

一亭寂歷楚江濱，江草離離覆古闉。湘水有聲猶帶恨，庭花無賴自知春。時明何事輕流涕？夜半空聞説鬼神。千百年來此故宅，曾經多少怨騷人？

讀淵明詩

脱巾臥北牖，採菊見南山。此致高千祀，吾師得一斑。百年何鼎鼎，孤往意閑閑，可怪蘇居士，儋州倦始還。

石棧

沿江數里石壁平，峻嶒岇崱如環城。膚理横皴臥雲重，披髮蒙茸春草生。絶頂傳聞有棧路，墟里當年成樂土。比屋飛甍倚石堅，就中王孫稱大户。辛苦姹女工數錢，牛羊滿谷禾滿田。自矜十萬貽子孫，朝朝持籌夜當門。賊來一炬盡灰滅，丁男駢頸膏斧鉞。愍懃滿籯何所歸？遺孤伶仃寒無衣。金盡賊散兵復來，連營列帳依石偎。將軍掘石得金甕，雙手傳捧歡聲動。下馬馱金失隊行，金多馬羸壓鞍重。將軍戀金不戀戰，黄金可貴生死賤。夜圍乍合三軍懼，撫劍看金意猶豫。馬前血染將軍頭，金亦不知何處去。至今石上血痕斑，杜鵑夜月啼春山。我來問石石無語，塊然常存自今古。石脚斜插浸江波，石面横皴任風雨。

望南嶽

半壁星辰没，中流見衆峯。杯傾七澤小，兒立九疑恭。象緯山腰殿，龍迴水面鐘。遥遥青可摘，春雨沐芙蓉。

逢僧話南嶽

南嶽孤僧楚地逢，自言曾住最高峯。日明海底當窗見，雲起山腰入座封。春煖有田皆種玉，風聲無樹不成龍。津梁問得資粱具，布襪青鞵定過從。

野步

征橈暫息蹋晴沙，破寺横橋竹逕賒。小港新潮四五尺，菜田茅屋兩三家。有情芳草裙腰綻，無礙江雲衣帶斜。獨立峯頭意惆悵，山風吹落野棠花。

宿田家偶有避也墟里依然而巷無居人修竹映籬繁花垂屋掘笋煮椿欣然一飽

空堂歇馬坐斜曛，籬落鷄聲偶一聞。閃閃山花覆屋暗，琤琤澗水向田分。掘泥桂筍燒青玉，帶露春苗煮綠雲。飽飯獨行慙熱客，隔林車騎太紛紜。

鴻叟招泛愚溪適江漲初落山花如洗泝溪而東至鈷鉧潭捫鐫石緣蘿壁上謁柳侯祠祠荒未葺莽草豐碑昌黎荔子迎神曲東坡書石猶在文半落矣日斜飲大定菴佛鼓杆燈醒人耳目縱飲狂歌不覺泥醉〔三〕

片石黝如鐵，鏤文燦若星。崩煙争水面，切玉讓雲屏。潭影浮花暗，波痕帶雨腥。艤舟緣壁上，披草拜荒亭。

澹巖道中同鴻叟作

澹巖何處指玄扉？石磴層層入翠微。幾樹棕花垂日角，千山杜宇説春歸。衣冠全染蒼雲涇，風雨新收緑玉肥。不是使君能愛客，塵勞空自負晴暉。

游澮巖詩

巖有魯直詩

出郭廿五里，煙雲幻奇構。引徑青琅玕，珠函開玉竇。層巖敞萬間，廣石削平覆。兩山環抱開，華日射光透。恍入武陵源，别有一宇宙。徙倚結隊游，尋賞等園囿。池榭别低昂，堂奥分左右。怪石各逞奇，拔地互争鬭。驚翔若遊龍，飛擊似搏鷲。懸崖作門闌，垂乳紛檐溜。巖額結重樓，有佛如刻鏤。端坐相莊嚴，花冠錯分繡。衣服疊雲山，瓔珞垂兩袖。軍持插楊柳，精微儼琢就。旁有白象蹲，卷鼻雙牙露。似承法駕來，弭伏聆經呪。三步五步曲，奇幻嘆希遘。豐碑立如林，捫苔尋句讀。遷客黄公詩，淒其神削瘦。詩中澮姓人，荒遠難考究。高尚託何時？邈焉思邂逅。浯溪題次山，鈷鉧記子厚。兩公素躭奇，兹巖何獨漏？或不敢居名，闕文以俟後。不則山闕靈，顯晦各有候。愧我筆華窮，難寫巖姿富。把酒酹山靈，春風拂前岫。

巖陰有黑洞，窔奥萬古穴。蟠石鬬草萊，奇興發勇決。中疑神物藏，深隱不敢褻。佩鈴金獸獰，縛炬華焰爇。扳蘿腰傴僂，履苔足跛蹩。洞口僅容人，巨石當門闑。引燈一線光，蛇行俯躃躃。忽然天地開，空廓耳目別。石乳垂縱横，崒嵂成凹凸。林林若星羅，分置如可挈。或黑如漆髹，或紺如殷血。先後等棋布，聯束似繩紲。怒捩若婦姑，相稽而無説。接踵若昆季，大被相怡悦。聚會若賓朋，飣餖讌陳設。大小若子孫，拜起競羅列。高下若君臣，朝宗侍滕薛。方峙秉珪璋，圓削緜瓜瓞。騰空舞潛虬，浮水驚魚鱉。翔禽與寢獸，狀類難悉竭。磬折倏無地〔四〕，滑步防蹉跌。臨空忽飛雲，瀑落千丈雪。其右有仙田，疆界畫封垤。高低溝洫連，阡陌細分蝃。暗流貫其中，冷冷水清冽。上有巨龍蟠，鱗爪事拏掣。昂首吸墜露，豐頤承隆準。想因仙人呼，耕疲或蹔輟。左折華蓋巖，飛幢響環玦。其頂數行書，捫字如畫鐵。大宋皇祐初，同遊記時節。墨迹近千年，新光猶不滅。捬陰感今時，好事歆前哲。再進挺玉柱，圍抱梗楠截。輪囷迴萬牛，撑雲恐崩缺。閎中峙高門，垂垂綴閥閲。旁褉分房廊，千間支棟梲。逶迤數里長，氤氳氣蒸熱。澒洪聞水聲，泉石如訴咽。似通小有天，杳冥難窮晰。佇立不敢進，凜凜心机楻〔五〕。恨無羽翼飛，幽邃得究徹。士人云避兵，千家此盤結。曾爲數月行，欲進意每惙。中有神靈衛，沈沈閉漻泬。聞此意躊躇，攬衣盡緇涅。遲迴尋故路，俛仰驚奇絶。不數仇池幽，應鄙林屋劣。大哉造化工，神斧何巧剟。位置或偶然，奔走古今轍。塵寰動煙鐘，落日催歸陌。迴首白雲深，嗒然身世拙。

興安縣

古道無人境，春風響鷓鴣。空城荒草合，亂水落花鋪。日墮高天盡，山圍夜館孤。把茅稱縣治，不訟任庭蕪。

萬里橋西路，千峯一徑斜。江船孤糴米，空屋静飛花。白骨桑麻地，青天輸挽車。炎風勞戍卒，盜賊亦無家。

桂州雜詩六首

行旌摇白日，遠瘴接烏蠻。鞍馬當三月，波濤湧萬山。薄遊還使節，勝地略間關。珍重炎州路，峯巒未易攀。

石磴粼粼峻，江流黯黯清。雨深榕樹色，春老鷓鴣聲。座觸煙雲起，山看日月生。尋幽計稠疊，次第踏歌行。

征蠻思漢將，血食此江山。標柱功難報，還珠事等閒。荒巖雲壘合，深洞石痕斑。鼓角猶邊郡，應摧拊髀顔。

州圖分部類，錯壤雜徭民。命祀檳榔重，占春鷄骨神。負鹽歸洞女，包飯趁墟人。異俗殊聞見，陳風剩使臣。

山擁天河近，星垂月暈低。嚴城三度角，茅屋一聲鷄。遠使酣風雨，殘疆飽鼓鼙。王程催秣馬，幾日穆陵西。

斗酒餞嗚珂，晴江列綺羅。探崖尋古樂，戛石當驪歌。廟貌松杉老，螭文帝虎譌。蒼梧有離恨，載向九疑過。

浯　溪

剩迹今朝見，佳名舊日聞。窪樽魚背石，峿榭虎頭雲。夾樹排魚網，銜煙下鷺羣。溪流歲歲咽，愁自九湘分。

磨崖碑中興頌，次山撰，魯公書。

兵戈收故闕，文字落荒林。日月光芒盡，風雷呵護深。只今千載下，猶見兩人心。元氣山河裏，莓苔不敢侵。

風雨不得登嶽

浮湘遥指祝融巔，夢裏煙霄已隔年。滿儗雲霞隨步屧，卻教風雨失山川。日沈滄海迷金闕，路暗朱陵漲玉泉。天意待留婚嫁畢，葛巾藤杖恣攀緣。

再過洞庭湖

五月洞庭人兩渡，孤帆楚粤路三千。水浮日夜東西迹，波撼星辰上下天。鮫室草深沙館雨，龍堆月落郡樓煙。中流簫鼓休輕發，恐攪靈鼉石罅眠。

漢陽七夕

一年當此夕，萬里事孤征。天遠鵲橋近，雲昏兔影明。露從秋至冷，江到漢陽平。鄉思託潮汐，縈洄下石城。

夜坐 以下塞外詩

夜永覺邊深，燈寒伴獨吟。孤笳逐臣淚，落月故鄉心。往事衣塵在，年華旅鬢侵。敲窗聞野籟，疑有漏聲沈。

至日二首

陽回不異候，人自覺天殊。有氣融邊雪，無雲接帝都。斗杓貞絶域，律吕滯窮途。誰説愁隨線？愁長線較輸。

去歲宿齋壇，新恩獬豸冠。只今茅屋曉，疑帶柏臺寒。代謝古今是，榮華瞬息看。依親春正永，聖澤許承歡。

古錢 有序

塞俗雜用皮幣，不知青錢為何物。偶見一人襘袺間壓綏者，的然尋之，乃一古錢。

圜徑二寸餘，肉好周緻，土花蒼潤，其文曰『崇寧重寶』，書類古隸。異之，不識所從。人曰：『去此六十里許，有舊城一區，瓦礫蓁莽蒙焉，而壖垣猶在。人多田其中，雨過春犂，往往從土中得之，皆此錢也。』按，崇寧爲宋徽宗紀年，此地不隸瓦橋，鼓鑄何能及此？抑靖康之變，王子白衣，猶挾重寶以狩耶？惜文獻無徵，莫知城始。然冬青久落，金碗難稽，何此物猶出人間乎？其遇可悲，其壽可賀也。因念齒以用而自焚，樗以棄而多壽，使此物向處中土，椎埋之徒豈令久没？不過洪鑪一焰耳，何能猶周旋人襘袺間哉？勿謂飄零非福也。因攫之而紀以詩，非徒慰羞澀，將益徵此地前人遊之，未嘗在天外也。

地已非華土，錢胡鑄宋年？北轅傷往事，南客問殊天。花蝕蒼琅盡，環綏白練懸。興亡無限恨，輪廓怪猶全。

即事

雪擁柴門門逕幽，空庭如水屋如舟。孤雲没處看歸鳥，冷月高時起飯牛。土烓疏煙炊稗子，穀皮短帙照蘇油。翻憎多事逃秦客，遠種桃花向朗州。

五弟話石河風景

聞説田家樂，令人堅隱心。夕陽牛背草，初月犬聲林。屋在雪中見，山從畫裏尋。相期春野緑，瘦馬伴高吟。

王昭君

淚壓雕鞍澀，成功謝武臣。君王不重色，廟算急和親。非藉畫圖見，終爲金屋塵。單于猶解惜，妬殺漢宫人。

玉階怨 陳皇后

不期金屋語，竟作玉階愁。援立尚難恃，容華豈易留？淚深芳樹露，簾瑣禁花秋。拭目看新寵，長平幾葉侯？

東武吟

封侯悲少壯，百戰老歸田。我自淪微績，人誰肯戍邊？輿儓看漸貴，創血樂餘年。歷數龍沙將，功成幾姓全？

曉征 二首

土屋冷難寐，趣裝鷄再鳴。踐霜防馬滑，殘月照人行。雲臥斷山脉，谿乾落葉聲。感時因憶舊，迢遞百憂生。

莽莽嶺頭道，蕭蕭傍曙征。木凋山骨露，月落水心明。澗石響飛雨，炊煙動曉城。霜蘋起孤翼，著意向人鳴。

觀雲

維舟當落日，留眼看秋雲。黝識前峯雨，紅知返照曛。騰空驅虎豹，散影逐人羣。徙倚歸篷夜，江聲遠枕聞。

飲孟陟公香草堂分賦 二首

大隱薄林丘，門閒柳市頭。到來塵自遠，坐久客同幽。即此三間屋，何殊百尺樓。圖書紛几席，隨意恣冥搜。

改席庭能曠，鉤簾日隱牆。瓶香玫瑰紫，碗泛乳鵝黄。幽興聞吳詠，牢愁對楚狂。深杯待雙燭，轉愛鬢毛蒼。

雪後宿牛首

古寺頻經處，山容雪後新。寒鐘動夜壑，林炬識歸人。枕在松濤上，杯生芋火春。夢回瀟灑絶，解印昔賢真。

雨集杜湘草繭庵分得高字 時同式之、漢石、岵思、雲子。

銜泥不惜問東皋，細雨生寒上客袍。人老著書秋樹在，雲深擁石閉門高。閒花脉脉杯當照，往事悠悠首重搔。爲謝西溪張吏部，夜移絲竹助春醪。

送别僧輪空 輪爲其師索塔銘來

飛錫千山得得來，菊花霜滿雨花臺。礱碑爾邁承公志，銘嶽余慙子厚才。幾處梅香催杖策，一帆暝色向湖開。夾山漾裏歸逢雪，煨芋應知撥剩灰。

粵東舟中即事

自笑行踪亦偶然，篷窗盡日恣高眠。陰那樹暗雲歸寺，蓬拉濤飛雪滿舡。四季花開趨暖日，幾村農事及春田。閒看山色青無了，子規一聲破暝煙。

梅州道中

山泉夜雨滄溪落，津鼓初開曉日浮。歷歷峯頭雲裏路，青青榕蔭水邊樓。禽聲斷續變將夏，麥壟高低氣欲秋。翠竹白沙村落好，當年遷謫説梅州。

清　明　梅州作

新煙漠漠望中微，杏酪餳餐舊俗非。近海有雲長帶濕，清明無客不思歸。木棉花下喚春酒，鐵漢樓前看落暉。水繞山迴萬餘里，片帆何日傍庭闈？

讀朱能及先生遊長興畫溪見懷先學士詩感賦卻寄 二首

越人傳到畫溪詩〔六〕，讀罷潺湲淚滿頤。生死交情推老輩，覆翻雲雨薄今時。十年落月楓林遠，一字華星山水奇。聞道先生心甚壯，浩歌揮灑酒淋漓。

笑予五十已先衰，齒豁頭童異往時。祇爲飄零老干謁，遂教故舊久暌離。何由重傍耆英社？記得曾吟慶曆詩。寄語畫溪山水在，好依函丈共搜奇。

白鶴峯懷古 惠州東坡故居

兩江合處一亭虛，此地蘇公舊結廬。萬里春前百壺酒，千秋俎豆幾行書。煙鬟霧縠供吟嘯，蜑雨蠻風悶掃除。杜甫草堂王粲井，總留物色付樵漁。

神武已由弘景遁，羅浮難共稚川遊。五更好睡沈江月，三適臨風傲故侯。蓽撥苗香堪送老，木棉花落不禁秋。我行泛泛同萍梗，特爲先生十日留。余于三月二十寓鶴峯，四月朔日別去。

過大庾嶺 二首

今日真從梅嶺過，向傳圖史竟如何？石家步障千重巘，南國樓臺九折坡。楚越路分天眼在，古今人去夕陽多，相臣遺事真僧法，禾黍秋風足嘯歌。

避日循林次第行，蕉衫葵扇筍輿輕。石於嶺背偏增勢，秋到松濤分外聲。野寺當關疑少路，雜花生樹不知名。斜依挂角樓邊望，横浦平蕪水接城。南安，漢横浦。

喜晤馮玉九世兄

二十一年驚見面，百端悲喜集中腸。别離何地書常隔，少壯幾時鬢各蒼。細數舊游多蝶夢，回思患難等滄桑。怪來杜老驚呼切，不醉寧辭累舉觴？

題嶽麓圖

暇日乘春嶽麓岡，汀洲雲物藹蒼蒼。幾家薜荔依山寺，一樹櫻桃覆講堂。深井汲來觴曲水，古碑捫罷立斜陽。緬懷代續題名客，我輩登臨意更長。

題莊二澹庵所畫西山圖即和韻

立馬當年望裏秋，披圖忽自畫中收。白雲天際任舒卷，黄葉山腰有去留。歷歷川原歸几席，濛濛煙樹辨神州。追思盤礴經營意，知子難忘魏闕愁。

秋日同陳靖公周通也徐檗庵繡山叔伯兄三弟四弟六弟集周雨郇向山堂率賦題壁

鳳皇臺畔樹蒙籠，曲徑迴塘秋水通。高閣平橋長得月，小山叢桂暗隨風。久知處士岷阿宅，常傍仙翁碧玉櫳。懶去詣人欣客至，無心搜句羨詩工。地疑栗里柳深處，興與蘭亭竹下同。觴影飛從花影動，笑聲吹落水聲中。醉餘素壁留題在，數過烹葵琖莫空。

題畫 爲阿大師

望裏芙蓉徑可登，浮嵐疊處隱崚嶒。青溪幾曲三間屋，黄葉千林一箇僧。風樹無聲歸殿鐸，山河有影見禪燈。虎頭自笑莽蒼筆，欲繪維摩癡未能。

題畫 似三弟楞舟

亂雲堆裏晚秋天，疊疊青山疊疊泉。碧樹變霜陳錦樹，炊煙出谷和溪煙。陽坡對蓋東柯屋，下潩新收西瀼田。此處好留桑柘酒，弟兄共老太平年。

送五兄馬溪之官蕪湖

酒杯詩卷足輕裝，咫尺江城葦可杭。三舍擁氈原故物，十年同學半巖廊。別來池草生春夢，到日梅花覆講堂。莫道兵戈儒術賤，此方學記重元章。蕪湖縣學碑，米南宫書。

餞左車招同飲光然石登汴故宫後山 山有艮岳遺石，皆徽宗題名。

廢苑憑高攬大荒，峯欺瓦落見宫牆。行人指點長生字，往事淒凉花石綱。燕掠緑蕪迷舊堞，馬嘶青草立斜陽。酒酣莫下前朝淚，自古蒼桑未可量。

杞縣宿孟陟公齋中留別

花木蒙茸地自寬，陰濃五月坐來寒。高梧夜葉鳴疑雨，短樹春枝剪作欄。處士疏星湛河漢，行廚兼味出盤餐。交歡未罄催人别，殘月鷄聲傍馬鞍。

信陵祠

信陵祠與上方鄰，繫馬生臺石路新。一樹繁花對神座，半天高柳拂殘春。合符事了傾賓客，震主功完近婦人。獨有侯嬴北嚮地，至今芳草不承塵。

登上方寺塔

窣堵岧嶤倚漢迴，皇州一氣辨塵埃。雲連岳勢當窗盡，風帶河聲入檻來。春到平蕪秋到雁，宋時宫闕漢時臺。高標浩劫何王造？石罅苔痕有劫灰。

次滁州

過雨輕涼送客行，雲開夕□見州城〔七〕。孤樓突兀千峯繞，萬緑陰森一水明。斷碣不留王業盡，醉翁已去釀泉名。細推今古歸何處？清磬數聲山月生。

吴介兹新居題贈 居爲鄒滿節霞閣

勝地應爲勝士留，青溪一曲舊同遊。橋迴小圃門當柳，風拓閑窗山滿樓。草逕人歸問字宅，薜蘿聲識著書秋。坐來忽憶開元事，慙愧題詩在上頭。崇禎間，曾同顧、吴諸子分詠于閣。

胡安人節烈詩

旌旗四塞塵蔽野，良人角中催上馬。仗策從王遠遊粤，閨中獨看鄜州月。窮秋八月狂飆起，吹血染作黔陽水。馬前男頭馬後女，被驅何啻犬與豕？義重身輕生不苟，兒乳在懷髮在手。長號遥拜謝良人，含笑下從罵賊母。精衛寃深海水驚，精光宜與日月争。行人至今歌獨漉，濁泥猶爲安人清。

題施愚山同年所藏偃松圖歌

先生意在松石間，宦遊四海今蹔閒。手提示我偃松障，展對風雨來珊珊。長身蜿蜒横撑支，屈鐵拗折珊瑚枝。春泥半封白摧骨，凍薜慘裂黑皴皮。正如臥龍呼不起，短髮壓埋霜雪裏。雄姿寧羡聳霄漢，天全欲學支離子。幀頭細載坡公題，畫者爲誰僧石谿。先生謂我此老友，十年不見生死睽。當時未得其遺筆，對此何啻捧圭璧。徐君憐我此意真，割愛脱贈殊珍惜。畫者贈者意俱深，世多膏粱華屋人。鬱鬱荒山長年歲，翻手覆手如浮雲。先生足迹天下遍，蒐奇歷險幾嘗倦。舊游何處松最奇？丈人峯前興安縣。愚山昔衡文山左，詔使粵西。月落山窗看此圖，好松良友如重見。

瓶花

朝暄漱井華，引汲事霑灑。小童自外來，山花燦盈把。移供几研間，貯水銅瓶瀉。桃李與桂菊，芬芳並舒寫。更有海石榴，灼灼豔丹赭。四時聚一叢，疑爲剪綵假。嶺海氣候殊，季冬如初夏。昨夜薦臘餘，蟪蟈鳴中野。常怪嶺南山，倔强不相下。故多尉陀輩，椎髻躍戎馬。如何草木姿，亦競爲躍冶。節序復驕蹇，正朔失其雅。毋乃羲和倦，别有推遷者？

與鄭百崖詩

客堂面春岑，亂石雲氣翻。日夕坐其下，泠然滌煩喧。牆東鄭公隱，結廬接隤垣。曲徑俯方池，望宇帶小園。慰懷時過從，開顔數晨昏。示我瑶華篇，字挾風雷奔。夫子薈蕞儒，高價越瑶琨。開户授生徒，閉帷著述繁。惜哉廟廊具，棲遲老衡門。人生意氣合，不在寒與温。晚交素心託，疑義相與論。勿謂文章小，于道非所尊。屈宋千秋師，風流古亦敦。

完鏡篇

黑雲壓城如破屋，錦江千門車折軸。馬前男頭馬後女，哭聲干雲血染土。向家新婦亦被纍，聲小天高訴者誰？戈戟如林甘一死，義不辱身報夫子。啼嗥中夜聲慘烈，驚起蓮花幕中客。義氣忽動天地昏，手提弱質歸舊門。自分此生無見日，何期别鶴重比翼？上堂拜罷喜定定，開閤摩挲嫁時鏡。銀燭摇光對華星，滄溟水淺恩意深。願身化作雙棲族，世世傍君檐樹宿。此時日月争光明，此時萬里破愁雲。吁嗟乎！安得今時仳離薄命者，血淚一一盡向君前灑！

謝祖申至日貽我酒果晚菊率答

細雨寒風凌令節，誰念江城久行客？扣門聲急起視誰，壺漿滿擔花葳蕤。蘭水野老交晚定，會心罕儔静者性。傾壺對菊懷抱開，嘉名壽客胡爲哉？自是衆卉萎落易，晚芳焉知英獨異。移向江南不可得，珍君割取東籬色。

贈密在藏主

夙聞曹溪水，佛教之洙泗。至今珠江上，天花無數墜。我公璠璵姿，海幢尊法器。隨師度嶺來，侍講臨燕冀。同學推總持，過人德無二。功德在叢林，雖艱不辭避。以彼勤苦心，得成一切智。歸路梗軍麾，相遇長干寺。怡然話舊遊，攜手慰顛頞。憫茲豺虎亂，瓣香祝天地。廣搜法藏文，葉葉青蓮字。稽首聞妙香，開懷足勝義。

獻歲四日同諸弟侍老母飲見新月

介壽酌春酒，盤菜細生香。舉頭見初月，煙景靄敷芳。扶母下階拜，倏風吹我裳。庭樹含始苞，夕禽欻鳴翔。覽物感代謝，節序亦何常。緬彼中天月，今昔無殊光。人情欣所新，纖痕重青陽。願此韶華景，歲歲駐北堂。

人日展先詹事牛首攢屋 二首

和風扇芳甸，欣茲人日晴。出郭指雙峯，謖謖中林行。幽磴入窈窕，山雲環若城。展拜松楸地，悲濤萬里生。天地莽何闊，節序遞相成。何如寸心哀，不盡終古情？

落葉覆山路，屐滑磴如雨。將老腰脚衰，裘重怯攀舉。遥揖巖頭僧，相望隔煙語。問答互低昂，谷應聲楚楚。歸騎破春嵐，粥鼓日亭午。

即席分賦送唐二閬思兼柬唐大昭回

客裏豈常聚？言離即黯然。總因連萼誼，況值落梅天？寒月臨前席，春風逐去舡。歸當逢大陸，好話慰林泉。

二月十七展先宫詹牛首攢屋 三首

幾年寒食淚，遥灑隔江濱。花濺今朝酒，杯澆一歲春。山圍松寺隱，雲護棘籬新。牛首尋名在，牛眠事或真。

可中僧定出，炊熟午鐘催。朝菌松林得，春苗菊圃開。鼓行雲子飯，鳥下施生臺。我愧趙松雪，虚霑禪味來。別峯西印飯我新菌菊苗。

桑柘村村酒，扶歸半醉人。可憐多難日，剩有此芳春。花好沿蹊發，鶯嬌入苑頻。全身圖畫裏，豈是學逃秦？

廢花朝 爲冒青若題

春江黯淡罨春潮，芳樹繁華慘不驕。血濺杜鵑雲寂寂，淚凝叢竹雨瀟瀟。天高聲苦將毋徹，依帝魂遥未易招。莫遣行人聞痛哭，恐教終古廢花朝。

題歐陽子讀書圖

庭樹蕭森接暮雲，茅齋肅肅黯氤氲。篝燈讀罷脩然坐，一葉天風静夜聞。

送孫無言歸黄山

我昔客屯溪，春山望中出。的的青芙蓉，雨過如初沐。常恨塵網羈，不得肆游目。何當送子歸，幽懷感馳逐。多子抗高志，皦皦離垢俗。一杖入煙深，石徑往來熟。攜壺醉春雲，荷鋤擷秋木。聽泉坐松風，曠然賤榮禄。終當採藥去，共子雲際宿。或者修琴來，就我話幽獨。

丙辰午日黄大宗招同孫孝則胡天放馬西樵吴公振張雲子黄獻仲陶羽士鎮寅及兒子嵩峙集東溪水閣觀競渡限韻分賦

水嬉沿舊俗，令節盛華筵。匝地笙歌湧，如雲士女闐。鼉鳴朱鷺鼓，龍鬭錦標纏。榜砌疑無沼，讙聲欲沸淵。侵堤珠壓袚，隱浪玉壺舡。小隊郊坰出，軒車衢巷連。紅巾青鳥接，翠釜紫駝煎。帷幕排銀牓，旌旗護玉鈿。香飃歌袂翥，醉落舞釵圓。太平原有象，樂賞可忘年。多難憐羣盜，歡娱貰此偏。雍門休遽淚，酒國且高眠。檻蕊明于錦，庭莎籍似緜。主人能愛客，勝地讌名賢。八面宫棋敵，孝則、西樵、獻仲、公振、大宗互奕。三杯草聖傳。天放、雲子與余論書。劉章能佐酒，彌老捷謀篇。謂陶羽士鎮寅也。雅集存真率，深情難棄捐。良朋珍聚散，時序感推遷。飲罷蒼茫立，高吟欲暮天。

舟　晚

水窗晚浴罷，帆過送風涼。荷氣當襟裹，星飛帶水光。辨疆從土物，較雨卜斜陽。誰謂勞行役？心安無異卿〔八〕。

待　閘

待閘尋涼緣岸行，柳風蕉扇葛裙輕。相逢何處北來客？老賤多慙問姓名。

題　畫 二首

蕉樹高數尋，清陰覆我屋。微風西南來，吹滿琴書緑。飛泉落籬根，淙淙漱寒玉。孤鶴如有情，發聲相和續。夜半月當前，寒山風雨肅。秋絃泠泠思，一聞滌煩俗。何必午橋莊，始脱塵網束？愉戚隨人心，心安分易足。

嘯侶恣心賞，坐話高林間。山浄秋雲變〔九〕，潦盡溪潺湲。溪風晚蕭颯，欲拂塵襟顔。適意如有得，盡日兩忘還。是歲皆有秋，是秋皆有山。但彼役役者，少此兩人閒。

待　閘 讀樂天詩，偶述之。

臨水忽大笑，回想廿年游。兩登甲乙第，再爲專城侯。綰符蘇楚粵，衣繡立螭頭。浮雲今變遷，人事有去留。今來伴估客，待閘附人舟。

秋夜同楊四亭玉讀蒼巖司農先生集偶詠

洗瑗對晚花，華星湛秋月。月下兩閒人，把卷遞揚揭。粲粲棠村句，清光互相發。健筆走太華，紫瀾迴溟渤。讀書静氣存，冰心玉爲骨。嶺南山川奇，眼前見突兀。始知波瀾老，遺恨無毫髮。不信政事堂，深心得考核。媿我塵中人，埃翳何汩汩〔一〇〕。君才十倍余，説詩每超忽。此行苜蓿齋，多暇肆搜竭。奇思富清製，芳規得喻筏。讀罷夜蒼然，星露滿衣滑。

題百尺梧桐閣 有序

蛟門舍人，静者也。畏人小築，性好樓居，架擁百城，園開三徑，好山當户，密樹侵階，夜月窗虚，濤聲枕畔。摩詰齋無長物，唯藥臼繩牀；天隨宅有餘閒，更詩瓢酒碗。比無枝之百尺，高莫可攀；羡千頃之深陂，撓之不渴。卿行卿法，吾愛吾廬。居雖無仲統之良田，閣實寶雲林之清秘。不揣蕪筆，漫作斯圖，附以短章，爰誌其勝。

綺窗阿閣浮雲外，爽氣朝來入望清。廿四橋邊吹玉笛，欄杆倚遍暮煙生。

幾度秋聲延夜月，千章樹色映朝霞。茶香睡起攤書坐，閒捲緗簾看落花。

趵突泉 十月廿七日

漫道黄河天上來，驚看噴竇巨靈開。雲根湧出三堆雪，地軸奔騰十月雷。碧色似分華不注，怒濤欲撼百花臺。渚青冬茹温堪掇，好滌塵襟日一迴。

歷下新亭

大明湖北凌陂陀，粉雉丹軒映緑波。風落半亭吹露柳，水香十里想圓荷。分畦繞屋泉聲細，急管迴舟夕照多。皁蓋昔曾歌玉珮，古今名士復如何？

滸山濼店壁上見櫟園西樵題詩感懷 二首

當年皁蓋此經過，敗壁留題墨未磨。淚落山陽成往事，風流無復見陰何。

隙駒野馬事紛紛，不獨傷心是舊羣。海内詩人無幾輩，半從地下作修文。

贈楊水心

短籬荒宅古城隅，寂寂應稱楊子居。分住東西三架屋，居同令弟，人比二陸。消磨歲月一牀書。詩成驚奪風雷壯，酒後揶揄勢利疏。最是興酣難得在，琅玕數筆寫僧廬。于法慶寺見先生畫。

偶吟

地僻門稀客，窗開山向城。庭柯寒改色，密雪下無聲。肅肅歲時晚，棲棲鄉國情。白頭彈短鋏，深愧此平生。

除夕

守歲深更裏，翛然客況清。炙冰因釜熱，殘雪映燈明。酒力夜徵怯，鄉心曉倍生。故園椒頌後，應説未歸情。

途中雜詩二首

入春已兩旬，風威嚴未熄。大聲吹衆籟，窔奥莫可測。因知地氣殊，寒暄異南北。壞道嚙冰雪，迴車罥荊棘。朦朦煙中樹，枝間有新色。鏜荅聞水聲，大河當我側。長橋梟浮柱，支薪若旁翼。雖因風助波，波光白且湜。待渡沙際人，踽踽如樹稷。鷄鳴墟里煙，我生何時息？

麥田臨道傍，平壤無溝洫。往來路多蹊，踐踏寧滋殖？老農荷鋤歎，欲語氣填塞。婦子終歲勤，辛苦不得食。苗茁尚未青，已被追呼逼。茅屋三兩間，算税等手實。逃亡日以多，鞭撻無時息。下車語老農，縣官實仁惻。軍興急軍需，非不念民力。四方烽未寧，何以活邦國？

八月金二觀察集諸同人平山堂祀歐陽文忠公公讌詩 三首

涼飆理晨策，逶迤蜀岡道。十里芰荷香，歷歷散清曉。高臺鬱嵯峨，風静瞻林杪。白雲度江來，羣峯浮欲小。雲物爲誰妍？争向几席繞。兹堂久云頽，重搆朱甍好。口碑頌使君，事事皆再造。遥望雙旌來，秋郊歆祀禱。

嗚呼六一翁，雲旗欣賁止。荒哉二百年，瓣香從兹始。勳業仰前徽，聲名紹來只。列豆報文章，明心薦白水。昔登柳侯祠，曾讀蘇公記。兩賢每互憐，後先同一揆。將毋翁再來，嘉迹胡相似？

送神曲吟罷，改席臨前軒。鈴騶衛華伶，洲渚俯秋原。飛觴復舞筆，賓從比梁園。三吳與秦楚，密坐列璵璠。醉引著勝地，縱横無雜言。新月阻微雨，好風來前村。佳辰難再得，良會古所敦。飲罷覓歸路，秋花傍寺門。

戲贈彦度家歌兒　四首

紅燭青樽散綺羅，芙蓉花下曼聲歌。秋風亂墜蓮房粉，戢戢香生蓮子多。

杜陵御史舊情癡，愁向湘江聽竹枝。露冷無聲新月濕，那堪重唱臯晴絲？

洞簫吹徹月初明，風定胡牀第一聲。吳市秦樓時想像，等閒難盡曲中情。

酒闌月落柰何天，短笛横簫意惘然。郤怪繁欣太多事〔一一〕，如何輕賦定情篇？

喜晤宋户曹子昭兼憶令兄牧仲　二首

天門擁節坐高秋，獨嘯清風江上樓。調鼎家聲傳德裕，持籌國計重酇侯。由來晝省多才子，此地分司半勝流。湘曲暮山巴蜀雪，總教綵筆句中收。

帝城驪唱菊花芳，鳩浦秋披粉署香。隔歲停雲稀鴈足，浹朝就日近龍光。依君歡託馮生鋏，似我羞稱陸氏莊。爲話金門大蘇好，幾時同醉棣華傍？

十三弟婦節壽五十其子請詩因賦

吾弟富文藻，名噪年十七。是時賦新婚，晏爾稱良匹。閨訓秉名門，燕婉其儀一。辛苦事姑嫜，十年如一日。中道别鵠操，茹荼事一室。煢煢兩遺孤，風雨甘沐櫛。中夜課兒書，青燈照紡績。所幸兒漸成，鄉里名雙璧。茅屋薦華筵，春酒介五十。兒懽母愈悲，回慘事歷歷。安得紫鳳章，矢報其勞逸？更以此徽懿，彤管付史筆。

霸王廟 靈壁道中（一一二）

陰陵山下拜荒祠，草木猶悲失道時。颯沓靈風吹馬鬣，廟前即虞姬冢。漂摇古瓦落蛛絲。八年百戰人如見，四隊重圍天豈知？擲手帝王等閒事，千秋霸業竟如斯。

虞姬冢

麥坂豐碑撲暗塵，孤墳環珮照青燐。悲歌雨泣燈前舞，芳草風生面上春。宛轉得先魯父老，凄涼猶勝戚夫人。至今樂府名花譜，争襲香名豔説新。

過鄴陽有感 三首

金粉迴廊夜壑分，離離荒草罨斜曛。莫言甲第當年盛，瓦礫於今尚接雲。

堂陳畫雀户懸狼，赫赫繁華一電光。莫向珠簾傷燕子，未央宮殿亦凄涼。

公車曾向畫堂過，銀燭金盤醉綺羅。三十二年成底事，令威何必百年多？

成皋懷古 二首

孤城環水峙巉關，廣武蒼茫落照間。京索旌旗餘草木，漢唐宫殿已雲山。自從鹿死鴻分後，幾見龍拏虎躑閒？卻怪商於鄰咫尺，如何尚有採芝顔？

虎牢西上大河東，千載征塵在眼中。吕布廟荒秋草白，張飛城映夕陽紅。高低穴處宜新土，禾黍巖耕仍舊風。立馬沈沙思阮籍，臨皋一歎意何窮。

過紀信廟

索水城東紀信祠，幾株殘柏隱茅茨。青燐赤焰餘灰在，紅粉黄車夜出奇。欲奠忠魂歸俎豆，每傳陰火列旌旗。如何齏醢韓彭後，不見環山憶子推？

六月二日杜子濂使君招同部雪嵐王蒼嵐飲汴故宫後山分詠得十一韻

雨晴初入伏，暇景臨城隅。政簡鎖印出，賓從高李俱。芳宴追涼風，夏屋亦渠渠。檐高燕雀馴，地迥草木疏。主客愜所遇，坎鼓雜笙竽。延眺晚改席，岑巒步屧徐。石林不受暑，殘柏翠猶舒。感舊撫遺迹，懷新視平蕪。代謝有至理，滄桑慨何愚。仰視浮大白，即時資歡娱。飲罷立蒼茫，落日將安如？

贈趙韞退觀察

紫氣東懸瞻棨戟，黄河西渡覲威儀。倚樓不媿今詩伯，持節争傳舊拾遺。芒動摘星花跗筆，醉殘邀月夜深卮。暫同甲子真雌伏，不獨風流是我師。

途中雜詩 二首

垂老征塗窄，時危彈鋏難。世情原可見，吾道欲何安？嶽色迎車出，河聲入耳寒。信陵祠畔路，一過一迴看。

畏熱傍宵征，郵亭計減程。鷄聲辨地色，星影落河明。續夢瘦驢警，行歌宿鳥驚。饑驅安敢怨，逐逐負平生。

幽澗泉

謖謖來松上，飂飂含石中。無人自宛轉，冷月照山空。鶴和聲猶斷，琴言寫未工。莫輕度隴曲，嗚咽泣霜風。

前有樽酒行

莫催頭上髮，且盡手中杯。不醉復何事？獨醒能幾迴？古人寧見我，昨日豈重來？放眼看牢落，乾坤一草萊。

梁父吟

握手三分策，傷心兩出師。英雄雖得地，今古在逢時。管樂名何忝？孫曹數亦奇。蕩陰當日淚，散作蜀人悲。

銅雀臺

望陵曾幾日？遺令遂千秋。過隙空王霸，欺人到女流。綺羅難見面，松檟不埋愁。淚落清漳水，湯湯無盡頭。

擣衣

空梁落月陰，秋静自嗚砧。漏冷寧辭倦？風高不送音。短長刀尺亂，霜雪塞垣深。料得開緘日，凄其似妾心。

隴頭水

嗚咽東西水，分離日夜聲。兩行千里路，一劍萬夫征。已恨割難斷，誰憐泣不平？似諳邊塞苦，欲向玉池鳴。

戰城南

日落陣雲黄，城南古戰場。擁沙尋鐵鏃，裂旆裹金創。制勝豈多殺？開邊不問疆。將軍休色喜，白骨集旂嘗。

方怡

字子儼，一字思儼，别號醒齋。吾婦翁克壯公之子，生六歲而孤，賴世父觀察聞菴公撫育成立。乙酉春，自白門歸皖上，冀就粟于桐，入城甫一月，而左帥破皖，爲亂兵所掠，旋贖還，時年甫十五。族有虎而冠者，利其不歸，思奪其田畜僮奴，聞庵公適之官嶺表，予與其師齊子維木、陳子二如争之以免。既而家日削，鬻其市居，挈家棲官山之蕭莊。蕭莊，吾婦翁之世業也。屢爲汗漫之游，北走梁、宋，南泝楚、閩，迄不能救貧。歸而節衣縮食，支柱婚嫁，課子讀書，督奴力田，家殖稍稍起。嘗倚門而坐，見田塍如畫，桑麻蔚然，與田父野老瓦盆泥飲，致足樂也。年五十，予爲文壽之，序其亨而屯，屯而復亨。讀竟，爲之忻然引滿，繼以涕洟。與吾妻雖異母，其友愛有足多者。卒年五十有四。其子超宗、亢宗搜其半窗閒詠，長跽以請，予爲節而存之。其瀟灑安貧之況，猶可想見。

詠懷

世俗戀市城，幽人託山谷。秖知趨利名，何暇友松竹？惟士各有懷，不必分榮辱。自覺十畝閒，奚勞五車讀？予雖卜林泉，數椽不成屋。芰荷剪衣裳，盤餐供苜蓿。有時池上綸，有時林下筑。衡門泌水中，幸無愁萬斛。空山夏日長，雨窗夢蕉鹿。富貴等浮雲，簞瓢樂吾獨。寧若獻璞人，納踊沿途哭？我生不逢辰，敢怨貧徹骨？吁嗟明鏡中，倏焉雙鬢禿。

追逝 二首

漫道長安遠，黄泉路更賒。縱然逢驛使，何處寄梅花？海闊猶能渡，天高亦有涯。相思心一片，淚漬滿恆沙。

展轉懷之子，多情竟不情。卻看生死易，翻覺別離輕。雁斷天邊陣，琴寒指上聲。若存吾一息，淚眼比河傾。

感　懷

遥望雲中樹，臨風幾斷腸。水猶巫峽雨，花豈武陵香？曲徑荒芳草，沿堤冷緑楊。寸心千古恨，兩鬢爲誰霜？

秋日過訪吴默齋

聞道園亭好，新秋始一過。燕栽檐外葉，魚織水中梭。坐久衣裳薄，談深意氣多。不辭歸路晚，月影上藤蘿。

次吴天賦韻

無方能縮地，枉自動離思。欲寄三秋淚，全憑五字詩。月梁形影亂，夜雨夢魂癡。最是難消遣，飛花啼鳥時。

潘蜀藻姊夫招飲河墅

出郭無多里，天然一畫圖。沿溪憑拄杖，度險仗奚奴。修竹竿竿碧，寒梅樹樹朱。從茲還往熟，興至許來無？

上元日兒輩析炊口占示之

屈指行年苦，剛經五十三。艱危通歷盡，世味已全諳。應馬何曾辱？茹荼轉覺甘。觀燈含淚語，家務各分擔。

吳默齋以玫瑰見貽卻謝

靚止吾心悦，兼貽赤玉枝。肯分金谷種，如寄隴頭時。白髮慙忻賞，朱顔覺老衰。應嫌非我伴，帶露泣胭脂。

七夕

今夕風兼雨，銀河秋漲多。羽塡橋上鵲，機罷閣中梭。會合非容易，歡娛能幾何？可憐雲漢裏，一歲一回過。

燈花

灼灼清輝四壁風，問君花放爲誰紅？疑看火樹螢千點，似滴鮫人淚一叢。休咎他時難預卜，榮枯小兆豈教空？雖然未必全無準，且慰愁中與病中。

妄憶

富貴誰云不可求？草茅妄想覓封侯。尚存三寸張儀舌，空敝多年季子裘。滄海沈珠千古恨，楚庭泣玉幾時休？飛鴻有志休嗤雀，呼馬隨人且應牛。

母大人誕日

母老家貧愧若何？孫枝蘭茁慰親多。尊前春酒炊藜藿，階下斕衣舞芰荷。鶴鬢獨憐秋漸老，熊丸久覺夜空和。昊天欲報深無極，眼底流光去似梭。

雪窗獨坐

短景淒風逼歲歸，何堪雨雪擁柴扉？誰將玉屑漫天舞，細剪瓊花滿院飛。斗甕泥開前日酒，一家省慮隔年饑。巡檐爲探枝頭信，幾樹梅花漸著肥。

送春

林深不放春歸早，枝上愁聞泣杜鵑。飛絮忽凝三徑雪，新榆紛墜半階錢。野泉烹茗消閒悶，斗室垂簾待晝眠。自覺近來詩興減，衹緣貧病兩相牽。

除夕

送窮除夕例裁詩，窮到今茲異昔時。白雪應添明日鬢，新愁先上隔年眉。誰家爆竹聲連曉？是處桃符换不遲。且喜檐梅有消息，持杯莫問夜何其。

二兄還青先生四松軒成

解組歸來已一年，孤村自覺愛林泉。還餘松菊盈三徑，更傍湖山結數椽。滿几圖書如舊友，平窗花鳥足高眠。容顏拚與詩同瘦，興到揮毫又幾篇。

悼　逝

自來恩愛生煩惱，好物從難到底堅。枝上芳華容易落，天邊皓月豈常圓？寒爐尚剩無窮藥，孤榻惟餘一片氈。可惜倚欄人不見，垂楊疏影萬條煙。

納　涼二首

鎮日孤吟坐小園，滿懷心事與誰論？風吹菡萏香連幌，月送芭蕉影到門。遣興樓頭橫玉笛，寄情花畔倒金尊。病貧漸覺交游少，白石蒼苔冷屐痕。

欲澆塊壘難忘酒，不讀詩書心更閒。青草弗生池上夢，白鬚漸入鏡中顔。日移竹影摇千箇，水漲荷花豔一灣。好景自堪幽士賞，采芝何必慕商山？

九日

青山隱隱水湯湯，何處登高不望鄉？菊吐楊妃纔見舌，蟹肥公子本無腸。且消心上愁千種，痛飲籬邊酒一觴。落木蕭蕭疏雨岸，争教宋玉不悲涼？

夜雪

永夜寒衾襯敝裘，荒村何處聽更籌？夢回虚閣明如晝，風過衰林響似秋。廚下甑塵無白小，杯中香煖有青州。天公憐我殊岑寂，故遣連宵舞不休。

雨雪間作旬日不霽

雪久從來説易晴，豈期雪後復同雲？細舂糠粃和冰煮，倩覓荆榛帶濕焚。裘敝旗亭難貰酒，布空機柚敢思纁？柴扉晝掩渾無事，静聽兒曹讀典墳。

母大人爲潘何兩姊留度誕日

初度偶逢城市日，斑衣借舞姊庭階。稱觴道遠慙孫子，介壽尊前有壻儕。但得康寧差足慰，不須愁苦更縈懷。挑燈若話家常事，莫羡朱門十二釵。

初度日飲間談及時事示兒輩

一事無成虚度日，静思五十欠三年。髮因愁重莖莖白，菊爲風和朵朵妍。壽母猶能供菽水，課兒惟有事桑田。漫誇鄉里多冠蓋，思把青山亂質錢。

哭霞舉外甥兼憶務滋 二首

未報吾甥曾臥病，今朝訃至已云亡。庭摧玉樹階無色，蚌去明珠夜失光。淚洒晴雲都作雨，恨催衰鬢忽成霜。也知地下無才子，何故修文定兩郎？謂務滋、霞舉兩甥。

浮山往返必登堂，話到三更興轉長。向後誰來憐寂寞？頓教人復歎存亡。乍看文字松煙潤，彷彿音容笑語狂。泉下與兄依阿母，樓頭椿老太淒涼。

哭内人汪氏

前月今朝永訣時，家人分手盡銜悲。披帷似覺人還在，倚檻疑聽語較遲。始信參苓難愈病，忍教鬟鬢頓成絲。眼前兒女輕抛撇，夢裏安能話別離？

潘姊丈蜀藻移家河墅

買得青山不惜錢，經營土木已三年。東階遠引桐陂水，北牖遥招投子煙。野鳥新聲堪洗耳，名花舊種恰齊肩。塵紛謝絶成偕隱，風月從兹讓爾偏。

新　柳

拂池楊柳緑初殷，拖帶春風去復還。樹樹作嬌迎客舞，枝枝含淚向誰潸？曲中奏動征人怨，樓上看回少婦顔。不識楚腰堪似否？擬來還是白家蠻。

架上酴醿堆雪

昨宵忽覩酴醿雪，爛熳猶如二月花。怪煞朔風情太薄，等閒摇落委泥沙。

悼　亡 二首

案上燈殘鷄乍鳴，愁人一夜夢難成。簾前半枕瀟瀟雨，和我啼痕滴到明。

年年燕子赴花期，底事今年竟不歸？應念主人簾閣冷，畫堂不忍更雙飛。

吴都

字左賦。順治初諸生。曾祖海印公，祖石生公，父千里公，皆獨傳，至左賦乃有二弟，有五子，論者以爲其父祖慷慨重節槩，必有書香之報。予嘗謂延陵耆舊，實推其大父爲裘領，而左賦徊翔黌序，久困諸生，白首一經，終老牖下，命實爲之。然吾甥宗璧、宗琛輩皆孝友和順，克纘家聲，又能率其父祖累世之訓，杜門讀書，兄弟自相師友，吾以卜其後之寖昌也。左賦于詩不多作，姑摭其大略，以答吾妹與諸甥惓惓之意云。

陳滁岑假館禪度庵融遍上人招同潘木厓楊樂胥共話

招提小閣徑全幽，一榻高懸待舊遊。丈室何緣來騎省？香廚因許坐楊彪。身閑半日心如水，語藉終朝興未休。攜手散懷歸日晚，禪林新月已窺樓。

客光山送孫臥公歸里用原韻

鶴署人歸有後先，嗟余駑鈍久猶憐。倦游知爲西園夢，惜別情同北道賢。馬首雲山催日短，薜衣冰雪冷朝煙。醉中不用增惆悵，且聽清歌拚錦纏。

見慈上人招游生生社

作客天南共寂寥，忽聞香積早相招。銜杯不爲嗟彈鋏，破衲還應惜解貂。話到浮鷗輕去國，情牽健鶻動淩霄。多緣且醉東林日，莫望弦山溯水遥。

光山除夜有感

去年此日一還家，彈指經年感歲華。老至誰憐爲客苦？貧來依舊在天涯。訟庭風煖因官熱，冰署裘寒秖自嗟。長夜漫漫緣底事？明朝强起頌椒花。

方若珽

字搢公，以祖墓在邑之繡花山，因自號繡山老人。臨湘公之家孫也。家故清白吏，子孫至食貧不能贍朝夕，而興會翛然，酒酣後，揮毫屬文，千言立就。嘗與予及方子子留、臧子壽平爲文會，語輒驚人。順治丙戌以録科第一登賢書，丁亥成進士，授户部主事。戊子典試山西，嚴明公慎，一榜號得士。督餉蘭州，調停軍民，賑荒濟困，所至咸立生祠。尋榷維揚，見民貧商詘，免河岸騾行雜税，揚人德之。乙卯，江右罹變，婦女陷營伍者，悉捐金贖還，士大夫皆高其誼。晚占籍秣陵，放懷文酒，可謂急流勇退者矣。子宣嚴，丁巳孝廉。

江關贈榷使崔正誼年兄

誰築鯨鯢觀？空傳虎豹關。江帆兵甲滿，榷吏簿書閒。春到花迎客，雲來雨出山。匡時爭上疏，商算可能删？

過駱駝嶺

子午交衢道，辛勤四牡騑。地皆依口轉，天不讓雲飛。砌補人行穩，山高樵徑稀。嶺頭聊極目，村落帶斜暉。

步月過魏履素留飲

眼荒塵四壁，策杖挹清風。藏酒頻謀婦，行觴不用僮。豆香棚取給，蟹紫剥能工。竟夕偕欣賞，將無古調同？

哭從弟爾止 二首

爾止吾家彦，于予服屬緦。千秋高自命，早歲受人知。詩老細諧律，行孤不合時。豊頤期耋相，朝露乃如斯！

化去知誰道？衰存更若何？人琴遺帙散，樹劍舊交訛。賣犬寒釵苦，啼烏旅櫬多。爲君增腹痛，無復叱車過。

遊赤壁

小徑泥消蠟屐舒，江邊柳色受春初。名山此日增花鳥，有客相從挈酒魚。遠際一帆千疊浪，半亭片石數行書。漫言赤磧荒村岸，猶是風流絶代餘。

汎舟訪錢飲光

山陰曾櫂是何年？羣從高吟欲暮天。荒店即今都水國，長堤取徑過漁船。新詩快讀田間集，臘醖聊酣草榻眠。五老峯頭頻問訊，相期滿汎一江煙。

臨江晤劉崑麓司理以新喻符令屬之

庭前風景曉棲烏，攬轡争傳半剌符。奏當牘清三字獄，平反民頌一冤無。久從北固瞻金鏡，忽向南州映玉壺。晉地故人初試錦，緑陰亭樹仗相扶。新喻舊有緑陰亭。

喜同門徐子九見過

人恕衰慵過從希，疏簾高臥受風微。雙扉半剌千金簡，一話十年兩布衣。久共師門知處約，曾經宦海欲忘機。田園每嘆荒蕪甚，今昔何心較是非？

魏履素精饌招飲歡然共醉

浣花粗糲即家常，何意金尊款草堂？籬菊入盆清近座，栴檀到夜静聞香。每浮先爵能欣客，欲去還留笑更狂。潦倒故侯防醉尉，歸途扶送月如霜。

屬宗玉弟于祖墓前培樹

孫枝已老汝行衰，滿目柯條應有奇。身後可憐清白吏，家成卻在亂離時。甘棠俎豆三湘水，古柏瞻依百代祠。漫道書囊多秘法，荒郊狐兔使人悲。

方景輿

一名雲旃，字巖叟。太學生坦菴宫詹之第四孫，樓岡學士之仲子。性寬和簡易，好讀書，攻制舉義，不屑家人生產。蓋宫詹父子同躋膴仕，二門以内，封胡遏末，競以文詞相尚，其不問阿堵物者，雖曰天性，亦家教然也。以故患難後生計益窘，嘗鬻己産、質妻簪珥償公逋，不以追呼累堂上。後雖食貧屢空，終不齒及。肄業成均，衣破羊裘，傲睨公卿，座上了無怍容，一時咸器重之。鋭意鑽研，期以一第繩武，即至井凍牀寒，嘯歌自若。年甫强仕，竟齎志以殁，士林惜之。其孤世濤受知於邑侯陽信王公，以冠軍入泮，或其讀書之報歟？平生詩不多，而高響雄詞，攀提元、曆，亦可見其崖略云。

春　寒　二首

暖律應春氣，寒風忽到樓。瓶花色欲凍，鑪篆火新留。時序天何意？炎涼人自謀。匡牀容懶臥，檢點舊貂裘。

閉户客彌静，焚香自讀書。雖逢儒術賤，敢擲歲華虚？寒驟鶯聲澀，風嚴花事疏。遊筇安寂寞，只作子雲居。

人日謁禹廟

占曆兹辰貴，旭氣遍江洲。晨光動遊興，步屧隨山幽。振衣會稽岡，煙巒迷九州。緬想神禹會，功烈古無儔。巍廟宛委下，蒸祀歷千秋。金簡窆石藏，雲封不可求。豊碑樹道傍，咸曰衣冠留。逶迤接南鎮，廟貌何修修。老幼争祈禳，旦夕歌鐘稠。來逢始播日，益仰四載休。微馨薦澗藻，百拜遡徽猷。

遊曹山 二首

清溪不一畝，汦汦入山根。應有魚龍宅，□同星宿源〔一三〕。芙蓉青削岸，薜荔緑爲村。宛轉孤舟静，幽深到寺門。

初地何年闢？探尋勝事饒。短牆依古木，虚閣列僧寮。静愛人踪遠，勞憑佛火消。自嗟萍水迹，空負白雲招。

過大能仁寺訪吼堂和尚

巍峨古寺傳東晉，問法渾忘久客踪。鶴和松聲僧定出，香浮幢影佛容恭。經翻少室留前詔，派接曹溪得正宗。玄度風塵何日浄？來尋惠遠卜雲峯。

和七弟旅暨陽寄懷之什 二首

看雲心正切，書到報江春。字挾溪山秀，詩同歲月新。池塘增客夢，湖海滯歸人。盡日堪重把，塤篪儼夕晨。

執杖嚴親側，登臨小弟偕。野航牽緑水，晴岫曳青鞵。異地還行役，連牀益重懷。遊筇何日共？荆樹鳥喈喈。

望屠懿頌世兄不至 二首

冬深曾約越城來，花落還虚望眼開。應是貧裝難結束，致令遊鋏久徘徊。風帆細數心偕遠，津柳嫌看首重迴。日日江頭沽酒待，那堪獨對夕陽杯？

老母毗陵久客居，況經歲月少來書。養親貧橐慙慈鳥，望子來旌附鯉魚。豈識冰融舟尚滯？空瞻雲遠信還疏。待君不獨酬離索，益重南陔夢寐初。

賦牛麗乾世兄署中盆魚

勺水寄微命，悠然天地寬。雨餘沾潤澤，風靜隱波瀾。共頌仁人德，能令小物安。牧民同此意，膏澍遍林巒。

過寶壽寺

寺舊白雲封，到來山徑重。草荒粱宋殿，佛冷古今容。幽樹藏前碣，深苔有卧鐘。廢興增感慨，憑弔夕陽峯。

戴碩

字孔曼，號霜崖。古山公之家嗣，孟菴公之家孫也。弱冠補博士弟子，食餼于庠。爲人長厚高潔，無他嗜好，惟讀書搜奇，尤精研易理，從太極參悟星學得數。成詩多奇中。時文體波靡，公力追秦、漢、唐、宋之文，課子授徒，一歸大雅。迨屬纊之夕，詠古作弔項王、虞姬、韓信三詩，擲筆而絶。磊落慷慨之氣，略可想見。所著小園詩凡二十七種行世，其子名世、平世，余久服其家學淵源矣。

燈下獨酌

搴扉對紅鐙，寒更應初起。拈花當詩籌，此心清如水。皓月漸朦朧，穿窗影又徙。躊躇客何歸？暫歸醉鄉裏。

素馨

短竹纔爲架，高枝便作陰。當門疏蕊放，隔户暗香侵。色共儒衣白，根隨春草深。塵埃能不染，點點見冰心。

偶興

歲月流如此，他鄉滯一身。繁華供感慨，書劍任風塵。柳映青袍舊，霜生白鬢新。好花飛欲盡，相賞暫相親。

燈下書懷

照影一燈紅，高吟四壁空。風清寒雨後，蟲響樹聲中。得病詩應懶，牽懷酒亦慵。懸知孤枕上，夢繞白雲峯。

項　王

百戰縱横楚項王，旌旗指處定疆埸。何因亭長艤舟待，頓使炎劉歷祚長。紅粉别來歌一曲，烏騅辭去淚千行。可憐將士歸黄土，誰似桓周姓字香？

虞　姬

一自塗山奉酒杯，君王恩寵逼粧臺。鸞衾暫向行營煖，鳳管何堪半夜哀？淚和楚歌垓下咽，心隨雲鬢劍頭灰。玉容去後貞魂杳，餘得名花歲歲開。

兒名世就濳江塾

三春去住一行疏，忽又同依授講廬。辛苦舌耕初授爾，凄其旅況又如余。江淹筆可分才子，賀革牀堪積異書。蚤晚北窗讎校處，應須努力把經鋤。

渭公弟移居臥龍山房

回首城煙與市囂，居然漢代隔秦朝。非關水竹堪爲□，卻被林泉早見招。雲罩落紅添晚景，雪留殘白助春潮。山居最喜無街鼓，一任沈酣坐永宵。

九日攜兒子名世平世入山侍大人飲途中拈韻促和

同出郊坰陟北山，親□深隱白雲間。菊因令節花齊放，樹未經霜色蚤殷。歲惡酒猶供酩酊，家貧衣卻勝斑斕。團圞歡坐東籬下，贏得庭階一日閒。

劉日燿

字弢伯，號南高。貌魁梧，美髭髯，少讀書邑中，所交盡知名士。以崇禎辛巳明經授新安歙縣廣文。國變歸里，卜居合明之麓，構別業，植花木以適意。興至則流覽載籍，遇古忠孝節義事，輒輟卷欷歔，蓋性之所近，感發較易也。足迹不入城市者三十餘年，鄉里咸仰其高節，卒年九十有一。

飲方凝齋得仙字

剥啄荆扉偶論玄，風流應共晉人傳。鳴琴曾重栽花地，解組偏饒種秫田。步值青帘貂可易，吸傾綠甕錨常肩。更同供奉多詩思，江左羣推是謫仙。

周卜年

字未艾，號渭厓。崇禎間諸生。父合□先生以善詩鳴。君曾捧其先集長跽以請，予因録入風雅中，猶惜其燼于兵火，不多得也。君總角即能詩，嘗送中州李錬師還山，有「贈君一帶玉琅玕」之句，李芥須亟稱賞之不去口。順治辛卯，授經英、蓼間，謝去舉子業，一意吟詠。因裒其生平所作，題曰澹園集。自辛卯至己巳，得詩凡千餘首，李芥須隱居、程恆子明經、張敦復宗伯皆爲序之以行。間攜詩卷訪予河墅，屬爲弁言，雖三君子業有題詞，弗敢後也。家故食貧，暮年益如抽裂，年八十七卒。冢孫元文字覲若，美才力學，君頗器重之，未三十亦不幸早夭，詳都子樹瞻所作墓誌中。

贈包山人

暮年好静入山深，閒共煙霞話素心。迹寄花源津莫問，情鍾栗里酒堪尋。玄猿招作松間嘯，白雪期聯石上吟。英蓼誰知包處士？灌園罷去又修琴。

秋　吟

碧漢澄空鶴影横，暮煙散處草蟲鳴。飛來落木三秋色，擣盡征衣萬里情。流水清從琴底出，梅花寒向笛中生。曠懷無限誰人識？静卧孤村待月明。

訪王虎臣相留信宿

山堂下榻共追歡，相見還憐困楚冠。笑飲千杯隨衆醉，懶持一鋏向人彈。形容似鶴凌霜瘦，文字如梅傲雪寒。歸去桐溪堪釣隱，懷君遥指碧雲端。

仲夏訪友留飲

遠卻紅塵築數椽，老無俗累自恬然。隴頭笠戴黄梅雨，牛背衣沾碧草煙。夾岸野花香曲徑，孤村流水浸長天。一杯共醉他鄉酒，不泛輕舟亦是仙。

雪　夜

六花紛墜意何如？天恤奇窮綴敝廬。水取一瓶烹帝賜，酒賒三斗飲鄰餘。懷人懶命山陰棹，覓句休驅灞上驢。共説明年豐有兆，衰翁尚可飽園蔬。

十五夜對月

静坐中宵翫月明，上天亦覺有深情。一尊酒許光堪借，百結衣欣照自清。筆墨無靈還用拙，漁樵有分豈争名？廣寒應奏霓裳曲，何事秋蛩作細聲？

乙卯除夕對雨

忽驚歲月自蹉跎，七十四年電影過。殘篋恰欣書尚在，新盤只笑菜偏多。嚴霜不許凋松柏，微雨猶思潤薜蘿。歲改新來初沛澤，餘波早已及漁蓑。

丙辰除夕大雪

頻敲城鼓報更殘，卻怪天寒士愈寒。梅萼迎春舒冷豔，雪花送臘逗奇觀。市喧不到柴門靜，轍迹終疏草徑寬。豈爲無魚彈短鋏？直鉤久已寄河干。

仲春即事

欲隱何須築野坰？市棲且自搆茅亭。苔驚雨集階初緑，柳惱寒深葉未青。眼底山河爲泡影，夢中玄住一萍形。啼春又有新來鳥，聲入雲霄請静聽。

冬至後一日冒雪接信臣弟柩送葬西山

他年踏雪愛尋梅，竟日豪吟買醉回。白雪已隨流水盡，紅梅仍向故園開。化身獨作芙蓉主，執紼誰銜苜蓿來？墓側若逢高士宿，談玄應共爾徘徊。

遊大慈庵贈無上人

坐蒲鎮日可緘關，猶有春風入夢閒。細草籠煙輕着眼，濃花浥雨淡開顔。青天玩鶴隨高下，白水看鷗任往還。好把荆榛都斬絶，静看不厭是空山。

哭長孫元文和都樹瞻並謝其爲孫作墓誌

老夫夙業使孫罹，捧杖嗟無膝下兒。絶筆掮膺供蠹食，焚書揮淚避人知。祚衰空惜芝蘭折，世遠誰將姓字垂？俠友幸能敦古道，遺嫠還望惠風吹。

李銓

字當衡，初名在銓。崇禎初諸生。父房陵公，聞甲申國變，懼兵興賦重，戒子孫勿多田貽後患，乃置酒召宗戚，以家産分授三子。公遵父命，盡鬻其産，與昆弟竭力養志。乙酉兵訌，奉父避亂管粥山，病且篤，公躬舁籃輿，走峻嶺漲溪中，躑躅四十里，始達邑居，衣履皆穿，房陵公稱之曰孝。迨二親先後即世，卜兆營窀，以一身任之。事伯兄未盡公友愛盡禮，至老無間。弟唐人殁，恤其孤，經紀其後事有加。生平好急人之困，不以貧窶爲解。年七十，予爲文壽之，凡千餘言，皆實録也。市宅與予鄰，嘗邀入花會，共數晨夕。酒闌燈灺，洗盞更酌，談諧間作，聽者忘倦。花會者，予近與姚君丹楓、陳君滌岑、張君西渠、劉君西麓、姚君磐青、龔湖輩踵九老耆英之舉而起者。自公卧病幾五年，坐無車公不樂矣。晚歲自號石逋老人，書畫皆追古大家，爲世所藏弆。顧不肯多作，詼諧亦超超元著，得晉人蘊藉，年八十五卒。所著有麈略、蠡海猥談、金剛經解、映月軒詩草，藏于家。二子敦恂、敦怡皆能讀父書。

雨中讀祝山如詩賦贈

炎威正熾晨初起，乞得君詩静掩門。爍眼明珠驚滿案，飛涼驟雨急翻盆。才人命薄嗟年老，筆墨情深見淚痕。我有積懷疑萬斛，朗吟字字借君論。

畫竹歌贈葉中開

子猷愛種竹，中開善畫竹。種竹猶需培護勞，畫竹惟憑手與目。曉起磨墨一升餘，閒掃瀟湘數十幅。大者撑榦入青雲，小者匝地森如簇。客來啓户坐君堂，泠然遽愬篔簹谷。怪得江邊歲月長，寒暄風雨都忘出。葉生葉生具此技，儘可甘貧食無肉。

送伯兄未盡徙家蔓嶺

蕭蕭殘鬢已如星，五次移家不暫寧。久矣逃名宜息影，未應混俗屢勞形。閒抛書史臨溪立，倦選鶯聲倚樹聽。更有竹林休夏好，來年先搆一茅亭。

挽天界浪公

說法多年口未開，蒲鞋拶斷指西來。塵中浪蕊翻如雪，獄裏經聲吼似雷。師在獄，令獄中人皆誦經。把定綱常寧惜死？摧殘忠孝不成灰。今朝直入千峯穩，師示寂偈：『無端拶斷破蒲鞋，直入千峯萬峯去。』省得凡夫事事猜。

山居偶作

高低蹊路達幽居，取次朝昏樂事餘。引客看雲茶就石，指奴種菽手攜書。閑編籬槿牽藤固，新放杉松得雨舒。一種山鄉溪味美，兒童探取伏沙魚。

同夏廣生訪伯兄鬘嶺因登峍峍峯次廣生韻

探奇入山深，爲尋幽士約。不憚雨泥程，離居久蕭索。林風拂面輕，嵐氣侵衣薄。倚石宴坐頻，老衰筋力弱。遥瞻峍峍勝，奇峭肖童霍。雖非萬仞峯，鬱律如圭削。衆山蜿蜒來，一笴騰空躍。傍巖即僧廬，迯遊藉藜藿。未知霄漢遠，頓覺胸懷闊。翛然與世違，俗塵何處著？丙夜共談禪，天花指揮落。際曉陟危顛，髣髴凌雲屩。吐納露華新，渾疑赤松若。孰謂湖波渺？升高惟一勺。孰謂市廛寬？俯窺類繩縛。搔首問青天，四望堪引酌。世事等浮雲，功名比糟粕。曠懷古今人，石火與燐爝。不有身後名，此生何所托？兩日戀林巒，還家殊足惡。所以學道人，忘情狎冥漠。豈如逐臭夫，終身役城郭？

偕馬一公周信臣過靈泉訪介上人

久憶靈泉勝，薰修有介公。地幽山氣寂，徑轉石橋通。雲檜撐窗緑，霜楓换眼紅。因談峴子案，臨别意無窮。

筍成

空階滋雨蘚痕深，筍引珠梢漸上林。顧影期他三伏月，迎涼繞我一窗陰。冷風淅瀝常疑雨，好客淹留便理琴。獨把清閑對清景，十年無媿主人心。

過鬘嶺山莊懷伯兄未盡

到處覓花種，閑階娱老年。比園欣竹長，記候數梅妍。迂徑迴蘿薜，疏泉響石田。客穿峯頂至，留話共牀眠。

花時憶顛厓

奈此離憂無盡期，尤難撇去是春時。東風冷入棠梨路，杜宇啼殘芍藥枝。暗想風流花底笑，重吟塵土壁間詩。西山野豔三春好，獨有今年看最遲。

喜得孫皆 二首

亂後□□少，淒涼事事殊。種愁身益老，累葉祀堪虞。啜菽貧中味，含飴暗裏娱。探奇隨杖履，應不倩人扶。

我年六十四，今日始看孫。冠佩憐時尚，詩書望汝存。行能懲薄俗，天或祚衰門。待得成人後，雙眸料已昏。

題畫水仙

神工琢就玉玲瓏，綠霧遥遮粉態工。恰似太真剛出浴，渾身香汗立東風。

春仲同還山芥須郭外看櫻桃花有感用還山韻

舊是吾家塾，舍弟登之小園舊多櫻桃。今看別院花。隔牆曾過酒，散地屢烹茶。門閉防征馬，煙深老宿鴉。探春人事改，惆悵鬢增華。

寄懷章禹使

寂寞懷良友，秋雲醉遠峯。八行虛雁羽，雙嶺似蠶叢。想見籬邊菊，魂牽夢裏楓。無因藉鷄黍，潦到一樽中。

飲畢汝霖

爲念幽人好，衝寒特飲醇。鬚眉全未老，堂搆喜重新。握手嗟年闊，深杯儘夜論。舊看小兒女，揖讓已成人。

戴予翼招仝錢德愷坐響雪亭看瀑布

緑陰深峭逼人寒，彷彿匡廬五老觀。曲磴有情迂屐齒，野花隨意上闌干。何來鬼斧開山裂？故灑驪珠帶雪漫。看到晚煙猶惜别，别山容易想山難。

壽披雪山人六十

不聿爲生硯作田，輞川三昧夙因緣。豈期種得長生訣？吞吐雲煙六十年。

兵　過

楚寒烽煙急，含愁不敢論。只須千騎出，已廢萬家春。憲府需超距，貧兒志脱巾。四郊室懸磬，幾日少行人。

潘木厓繪像

當代風流彦，文章厄命仇。千巖松共古，萬事影同浮。閲世無青眼，工詩有白頭。他年懷賈島，圖祀更難休。

爲潘木厓作花卉卷因題其上

老病心情渾似麻，横拖直抹眼全遮。不知點染春風筆，可似河陽縣裏花？

偕姚駿北宿松山湖山莊分得陽字

疲驢穿狹路，就宿已斜陽。雲黯山無色，風淒夜有霜。蒼煙吞木杪，白氣敞湖光。酒盡還分韻，推敲送漏長。

和姚丹楓六十自壽韻 二首

少小推壇坫，駒光倏暮年。壯心隳戰伐，樂志有林泉。隱矣文何用？超然道自全。榮親非捧檄，身老姓名傳。

鴻案經年背，陶情與物春。高臺分遠岫，曲檻撫修筠。家園有臺榭竹松。深淺看花放，陰晴聽鳥頻。養生無別藥，惟不近朱唇。

七夕

烏鵲橋填我獨疑，雙星未斷此情癡。一年一度憐歡少，差勝人間永別離。

明妃 二首

天然佳麗筆難施，未必良工即有私。寧背漢宮歸異域，免教粉黛妬蛾眉。

馬鬣依稀野戍秋，千年宿草恨猶留。雖然異地誇青冢，不及長門賦白頭。

初夏孫焕若姻丈招同兒怡閲耕飲贈

養拙衡門齒德尊，逢年以外復何論？三春水繞白如練，四野秧齊緑到門。疏密遠嵐皆似畫，參差高柳自成村。日長飽歷羲皇夢，倦倚匡牀即抱孫。

河墅花會即事

伊人結屋倚山隈，匝月高朋聚幾迴。蠟屐喜鄰城郭近，板扉斜襯柳隄開。主因娱老防春去，客爲看花冒雨來。曲折園亭好煙景，天留逸境老奇才。

贈舊歌者

劇場影裏换嫿妍，邂逅逢君益黯然。髣髴鸞輿西幸後，江南重遇李龜年。

都玠

字彝公。順治間諸生。幼沈默如愚，父子肩公憂之。及面試，雲煙滿幅，始知其不凡。性剛介，常以正風俗、闢異端爲己任。杜户授徒，足迹不履城市，事母最孝謹，與仲弟以玉尤友愛。晚年苦目眚，終日焚香危坐，于考亭之學大有體認。易簀時，召子鎬、姪蔚屬之曰：『吾志非不如古人，而爲目患所窘，命矣夫！』端坐而逝，似有得于生死之際者。

重九

佳節遇重陽，登高秋氣涼。微風頻落帽，細雨又沾裳。紅葉添詩興，黄花送酒香。勝遊能有幾？歸路不須忙。

賦懷

一劍飄零實可憐，消磨歲月是青氈。家如南海八千路，迹似蘇卿十九年。詩易吟成爲久客，愁難遣處是孤眠。夜深人静誰堪伴？滿野蛙鳴達曉天。

久雨乍晴復雨

離家千里思無限，作客三旬雨未休。方喜晴光摇樹影，又驚陰靄出山頭。興隨春色增還減，愁與檐聲去復留。幾欲尋芳常苦濘，故鄉丘壑夢中遊。

校記

〔一〕顤　當作「類」。

〔二〕鹽　當作「鹽」。
〔三〕泝　當作「溯」。
〔四〕拆　當作「折」。
〔五〕桯　當作「陧」。
〔六〕傅　當作「傳」。
〔七〕□　原刻塗黑。
〔八〕卿　當作「鄉」。
〔九〕山浄　原刻作小字。
〔一〇〕汩汩　當作「汩汩」。
〔一一〕欣　當作「欽」。
〔一二〕璧　當作「璧」。
〔一三〕□　原刻空白。

龍眠風雅續集卷三

木厓潘　江蜀藻輯

朱延祚

字能及。天、崇間諸生。少輩文譽，磊落自喜，居『龍眠六駿』之一，尤與宫詹方坦庵公友善，杵臼車笠，初終無間，時人交賢之。性豁達，工詩嗜酒，善草書，槃案杯問間譚論娓娓，如風發泉湧。或丐其作書，龍跳虎臥，咸藏弆爲榮。老而好學，遁迹深山，與禪和野叟相酬唱，頗爲鄉里所重，年八十有一。所著有臯園詩稾十餘卷，藏于家。

夜宿鍾山

禪房閒且寂，正合臥狂夫。夜月千山白，疏鐘一院孤。逢僧須盡話，問酒即須沽。客睡從難著，今宵得穩無？

治　蕪

亂後荒園盡草萊，□昆三代我歸來。未能獻策身先老，擬欲幽棲心幾灰。菜甲聽從鄰里乞，秧針看向野田栽。敢勞世外誇山叟？或享天年是不材。

春　水

春水連朝發，前池一夜平。勢從高處落，聲向静中明。野鳥來争浴，潛蛙自在鳴。澄泓直見底，好照月初生。

琴久失彈安絃試之

不彈生荊棘，寂寞度春深。試理絲桐調，方除憂喜心。壺觴成薄醉，猿鶴助長吟。此友多年别，今朝猛盍簪。

飲溪石上

寺旁流水接，争説小蘭亭。選石宜危坐，停杯可静聽。雲煙虛作響，苔草碧成馨。恰好流觴飲，誰人伴醉醒？

初晴僧至

雨後層陰鎖緑苔，僧來傳語竹關開。山煙細染禪衣濕，溪水横拖拄杖來。竟日淹留雲滿座，三秋逼近月臨臺。躊躇正好堪長坐，未許清光送爾回。

聞蟬

禽鳥鳴多變，晨興蟬始聞。參差明氣候，吞吐咽山雲。奮翼疏林迥，藏聲密葉分。更經新雨後，落日益紛紜。

米盡

愧殺柴門數頃田，秋成必到晚秋天。幾堪樽盡無涓滴，尤惜廚寒少粥饘。不信悔從鄰舍乞，持來還仗友生賢。室人交謫終交笑，此事何勞詩裏傳？

答友人問

寺門高上一峯斜，峯下鄰居四五家。茅屋柴關依竹木，青山碧水遍桑麻。飽看林月當餐飯，慣檢閒書閱歲華。黄秫今年新種得，釀成呼摘邵平瓜。

秋月懷人

直上西山石徑斜，結茅栽竹是余家。經年樵采爲生理，剩得楓林秋當花。

信宿山家

莫道君家不姓龎，柴門蕭寂的無雙。青來四面山連屋，緑滿千林竹覆窗。洞口留人秋欲雪，池心得月夜如江。躊躇未忍輕回首，釀酒新知滿玉缸。

兒旭三十初度詩以招之〔一〕

六旬欠四白頭親，有爾争言克荷薪。雌伏奈教三鎩羽，雄鳴何日一驚人？重陽逼近逢初度，朋酒新開正及辰。剪髮縱憐無若母，也須鷄黍燕嘉賓。

偶病

野服與芒鞋，行吟闕好懷。肢柔疑中酒，食儉作持齋。鳥語紛還静，人來少正佳。不知鹽米盡，欲典婦無釵。

山僧屬予種茶

野人工課半栽花，世外閒談到種茶。得地先教除蔓草，用天自爾發靈芽。春來汲水登峯去，醉後燒松待月斜。應是安排清受享，那能偏付與僧家？

休夏八首

尋常已覺住山幽，入夏高居似是秋。有客來時茶在手，隨人坐處樹蒙頭。輸贏不較攤棋局，醒醉何妨信酒籌？白袷單衫俱未卸，水邊林下自颼颼。

柴門不閉聽人來，不著衣衫笑語催。嘉樹既兼池水合，草亭還有竹窗開。過從此地洵忘倦，淡泊能同可勿回。若到深山寒夜夜，布衾梅帳索相陪。

晨起開園自摘蔬，朝餐老嫗莫躊躇。欣然一飽田家味，坐此高談太古初。衲子有懷常問偈，農人相過勸看書。形骸撇盡饒情致，不肯將心到毀譽。

最愛鄰家一老農，無多瓜豆亦相供。往還山路竹筐滿，坐臥書齋酒盞濃。三伏炎蒸迴不記，半天清冷日相從。送君家指前峯是，茅屋松杉覆萬重。

晨興櫛沐早焚香，静念楞嚴八九行。老鈍難於希頓悟，炎歊别覺有清涼。枝篩日影窗櫺細，菊近秋光院宇芳。小子寸陰真足惜，耕餘掃灑讀書堂。

但成歡喜不須愁，即事因心作去留。散步獨憐扶老杖，飽餐全賴釣魚鉤。方塘貯月明如畫，小屋依山住似舟。恍惚置身蓬島上，庾公何必更登樓？

修竹長松執熱無？西來涼氣在須臾。峯高易作雷霆鬭，瀑落如同江海俱。婦病素能藏斗酒，兒頑才足辨行廚。安能道子連朝醉，畫作空山風雨圖。

翩翩華胄足笙歌，草服長林勝綺羅。無大水山供老懶，幾株松竹占人多。詩書才短慙前古，琴酒風高樂太和。日暮倚亭閒悵望，衰顏不覺醉微酡。

新課

煖日遲方起，梳頭放念珠。沿溪謀作碓，接水忽通廚。野老商耕理，山僧進佛圖。萬端將戒定，惟酒不曾無。

爲園先種菜，隙地亦栽花。舊日松筠盛，今來桃柳加。閒將書到眼，懶以睡爲家。莫聽城中事，添愁攪歲華。

彈琴與圓上人聽

同君話已清，況復七絃鳴？是意惟禪寂，孤懷仗茗生。盆蘭如作氣，庭樹自爲情。若不閒來往，何從聽此聲？

睡足亭畔得月

蕭然自在月臨闕，卻羨閒中更有閒。睡足野人清且健，坐當中夜老逾頑。種瓜何意藤垂瓦，移竹經時緑滿山。起坐細看渾似鑑，垂頭疑見鬢毛斑。

茅屋粗成

離家不數武，高入白雲梯。借竹安椽穩，誅茅覆屋齊。四鄰田父得，丈室老僧題。慙愧衰年隱，蓬蒿客路迷。

蕪陰不見坦菴信入山讀扇頭詩志喜

一家已無恙，又復得雙孫。山水見聞異，鄉園傳語喧。蒼顏同杖古，瘦骨挾詩存。早暮深江月，寒温好細論。

刈草

縱是蓬蒿徑，終宜用剪除。恨遮修竹色，愁隘故人車。眼界增高曠，心胸樂太虛。今朝無個事，新讀數行書。

獨坐

市井人來少，園林樂處多。夙興親灌溉，夜坐自吟哦。聞雨圖支水，看池計種荷。一亭幽獨慣，不禁老僧過。

園　蔬

細雨無多力，園蔬賴長成。隔宵藤葉蔓，指日竹筐盈。留報鄰僧至，栽同秋果榮。晚年何所好？只此當深耕。

僧　至

市井人難到，深山半是僧。減飡供月米，留火續龕燈。力小慙檀越，資愚賴上乘。連朝勤應接，耐坐莫生憎。

茅庵默坐

颯颯秋風起，寒因閉户增。心歸爐内火，影落佛前燈。破衲縫還未，黄花綻已曾。恬然成默坐，寂寞似山僧。

夜夢坦菴時自號甦老人賣字揚州

離騷讀盡記何天，浪迹揚州信果然。患難已經洵往事，衣冠忽夢是先年。翁來賣字人争識，老去更生世儘傳。一夜論交還握手，驚開蝴蝶不成眠。

幼兒置莊溪上四首

愛此溪邊石，多方爲買山。數椽修竹裏，五畝一村間。卒歲惟思静，浮生好得閒。鄰家聞我至，載酒聽潺湲。

離家不數里，鷄犬自成村。種就桑麻地，翻開松竹園。嘯歌親野老，簡易誨兒孫。只此云過分，于門何足論？

況近先人穸，寧徒隱者居？墓田良足刈，蒿逕益教鋤。耕鑿門庭久，詩書情性疏。翛然高寄外，莫漫負三餘。

晚年何得此，水碧更山青。水可安煙艇，山當作釣亭。客來詩句穩，寺近鼓鐘靈。常使機心盡，柴門夜不扃。

歸山三首

歸山不覺倦，茅屋起相隨。手自泥茶竈，行纔到菊籬。怯寒燒熱酒，帶病寫新詩。逸事終朝遍，良醫已在斯。

身心渾欲泰，是佛與延庚。舊設蒲團静，新栽竹杖輕。尋書寬眼界，選藥稱心情。送老應何事？無營度此生。

書教孫子讀，詩聽老夫吟。瘦影看方訝，荒檐坐自深，有時謀飲酒，何夜歇彈琴？寂寞林間月，悠悠照此心。

心空上人結茅山頂漫成

高山亂後人踪少，無意欣逢老衲來。稍墾荒田旋足食，且留隙地待栽梅。雪霜蓬鬢甘同拙，風雨柴門莫浪開。藜杖及時憑指點，乘閒能不共追陪？

廣州來止識阿字和尚笑而有作

自到靈州喜不勝，衰殘瘴癘忽侵凌。半年異地三旬病，幾月相知一個僧。未説閉關門不啓，每番熟睡日高升。歸來若問遨遊事，識得伊人當十朋。

惠陽初度世五贈衣

度日年年守舊丘，今年舟楫駐羅浮。家辭萬里歸猶滯，病起經旬喜莫愁。無以自酬還念佛，尚難爲步緩登樓。同人推解情何限，慙愧江干老白頭。

歸山

萬里歸舟一病夫，到門兒女恰相扶。徒驚老骨非常瘦，或恐詩腸亦太枯。驛路幾憑青白眼，姓名全任馬牛呼。傳杯欲問羈棲事，洗耳來聽唱鷓鴣。

山夜

歲事難教入市廛，老翁晚坐轉凄然。開簾尚白山頭月，放眼全空樹底煙。榾柮燒殘梅帳煖，屠蘇熟到酒杯圓。更深犬吠應何事？鹿過松陰攪醉眠。

山夜奇寒

深山十餘年，冷煖尋常過。何值此嚴冬，堅冰敲不破。陋室四壁風，擁被熏爐坐。欲書手難伸，欲詩口難和。不見季子裘，且學袁安卧。人道北地時，耳鼻吹常墮。我視此山間，真已寒無那。琉璃落髭鬚，珠璣吐涕唾。眠久不成眠，起向跏趺座。堪嗤連朝來，杳冥闍工課。止有甕頭春，了結西山餓。

雨霽有懷

細雨歇還落，竹林涼可知。鳥鳴新霽好，蟬噪夕陽宜。攲枕琴書亂，揮毫几席移。詩題驚滿眼，何必更尋思？

晚歸

嶺上春還駐，百花相聚開。蝶乘風易至，鳥背日偏來。新筍數條立，清池一道回。下驢驚暮色，鷄犬莫相猜。

菴宿

宿此非容易，斯身是老僧。愛聽窗外水，慣對佛前燈。細雨來何驟，枯藤去未能。瀟瀟連日裏，如坐玉壺冰。

夜彈

落得援琴一嘯歌，晚來工課更無他。山青水碧彈中見，酒興詩情腕上多。樂意相關佳客到，香雲不住野僧過。知音更有天邊月，也愛清宵倚薜蘿。

龍井感懷

賦詩難歇酒難停，少小登壇此聚星。賸我一身羞髮白，後來幾輩識山青？亭臺歷歷猶堪指，水石淙淙不耐聽。爲語君家兄弟好，遨遊争負草堂靈。

又喜荷葉漸長

已向山隈鑿小池，栽荷荷葉漸盈陂。秋風初起花争笑，坐到千峯月落時。

香似旃檀大似盤，一朝添得一枝看。他年早向池頭種，蓮子應收當晚餐。

閒　行

堂前趺坐久，池上一閒行。無雨樹頭静，微風水面平。翻宜看月影，忽似有秋聲。入夜猶難寐，空山處處明。

素　琴

深山兵燹後，誰認七絃琴？挂壁自秋意，來彈見素心。良朋詩裏味，老衲静中音。一笑垂髫日，相依已至今。

擁爐獨坐起視大雪盈門小童報已三尺許矣樂而成詩

春盤狼藉莫相尋，重掩柴關臥竹林。門外忽傳三尺雪，田間深慰十年心。看成萬木皆花朵，聽盡空山少足音。自取殘杯時自醉，敝裘披着韻難禁。

聞警

衰危無事掩柴荆，祇喜人來説太平。鷄犬自安桑柘色，田疇何用鼓鼙聲？誰將風鶴驚殘夢？恐使耰耡廢耦耕。倉卒短筇山下立，計將消息叩神明。

蓮開

衰老兼多病，齋居畏遠行。花開聞卻喜，客到起能迎。戒飲樽仍滿，忘言詩已成。山林添韻致，何物比幽清？

落葉

黄葉紛飛未有涯，淒風陣陣打窗紗。晴天淅瀝聽疑雨，老眼朦朧看似花。堆積不教勤掃地，安排且自待烹茶。本然逸事多如此，客到知爲田埜家。

潘蜀藻詩刊告竣予於友人几上見之稱絶意乞一本佩服蜀藻屬予作書相易笑寄一律

龍眠才子舊知名，詩句刊成海内驚。繙讀筆花飛麗藻，借看枕秘失精英。洛陽紙貴抄難得，市上金懸字莫更。呼我作書來易取，塗鴉争似换鵝情？

座上作字送客

座上無俗人，亦是一佳事。安排紙與筆，檐前多作字。遠以寄朋友，近以悦童穉。野客從何來？魚蝦持相饋。深山少殽核，烹煮同一醉。客忽遄言歸，再遊固所志。何以慰匆匆？一幅聊示意。人情此區區，恐犯蠹魚忌。

時潤師從獅山來王屋見訪即别

脚帶獅山雪，茶還擕雨前。見師惟有喜，别我是何年？語録焚香讀，禪牀住錫眠。豈堪來便去？歸雁菊花天。

戊午元日二首

老來元旦且高眠，遲起焚香各晏然。趨吉筮堪逢大畜，朗吟題不改新年。全家拜祖誇雲裔，有酒盈樽值雪天。客尚未來杯在手，梅花香到草堂前。

嶺上崎嶇人到遲，雪花拂面馬難騎。常年慣向山家飲，今日難將滑路辭。且索杯觴歌令節，無妨信宿賦新詩。相逢祇説新春樂，時事安容野老悲。

懷紫雲禪師

一箇好僧何處去？三間茅屋與誰居？青松積翠林煙迴，緑竹含雲杖履疏。卓錫應從潭水出，逃禪牢記屋山初。知師滿眼蓮花界，莫惜飛鴻片紙書。

春日懷崠崍道友兼寄方然塵遠

與師坐臥少塵心，世上如師何處尋？細字喜從燈下寫，古詩聽自夢中吟。好春定醉無窮酒，高閣曾彈幾曲琴？可亦同心相憶否？過年寥落到如今。

田家送酒病後與孫輩同飲

衰年健步費翺翔，鷄黍能攜到草堂。自向爐邊薰酒熱，也從階下惜梅香。静中冷煖嘗應慣，病裏家常話儘長。貧橐難爲賒藥餌，三杯即可當醫方。

養　病

閉門宜獨卧，啓牖只閒聽。影笑形何瘦，心因病益靈。瓶花時復换，香篆未曾停。亦有幽居趣，高山籬外青。

足疾效香山七言體

百病無干左足風，一年不到竹林中。幸加餐飯猶如昔，亦服參苓未有功。夜送睡眠看子共，早吟詩句有孫同。何須童僕勤來往？信口彌陀萬慮空。

窗　外

不出門庭已數旬，推窗時得一逡巡。呼童花種澆令長，教僕柴籬補卻匀。度日殘書猶到眼，煨寒破襖幸遮身。蔬餐茅屋忘年歉，讓盡輸贏與世人。

田家招飲

二老追隨衆少年，强爲歌笑草堂前。歲終猶聽廚無米，春到何從杖有錢。薇蕨數供能作禮，雨暘難問祇耕田。全家婦子慇勤甚，可忍推辭不醉眠？

張學博

字約之，行二，别號徙南。生之前一夕，母余夢鶴下于庭，鎩一翮，久之去，次日遂生。頭肉凸起如鶴頂，上有丹點七，若列星然。二歲失怙，母工織紝，撫之。六歲就外傅，即能讀父祖遺書。舞象後，益岐嶷，頎身玉立。宅後圃有柏一株，亭亭偃蓋，霜葉斑斕可愛，母爲起一室，顔曰柏窩。閉户其中，肆力制義、古文詞，輒以遠大自期。然命實不猶，久困童子科，至年三十餘，遇試，筮得蠱之上九，因悟夢鶴鎩羽，是其讖乎？遂絶意進取，惟傳經授徒，博束修羊以養母。而尤精于易，講論不輟，暇或寄興詩歌以自娱，家雖屢空，晏如也。晚遭喪亂，益侘傺無聊，羈寓白下，齎恨以殁，時年六十三。子度與姚子蟄存稱世交，敘其生平，屬為之傳。而予為括其梗概如此。

江浦許都闓招飲文杏園索賦 二首

別墅風光醉綺筵，同人吹笛杏花前。掾臨南國曾傳賦，劍到江東另有天。許先入南都幕，後從征遼東。鸜鵒杯紛傳獵騎，鸛鵝陣遠聽啼鵑。自辭雀印抛金甲，不夢邊烽已十年。

匣掩龍泉氣欲焚，世人誰識故將軍？喜聞開社眠花徑，懶説擒生入陣雲。狎客醉歌楊柳月，妖姬舞鬭石榴裙。他年逸史搜遺事，酒放詩豪定策勳。

寓居白下兵荒交訌南北無寧宇相依爲命惟父子而已余又將楚遊感而示度不自知其愴悦也

吹簫父子作吴遊，樂土還從何處謀？回首鼓鼙直北震，驚心杼柚大東愁。天王罪己難歸馬，相國容人不問牛。老我又挐三楚櫂，歲寒知汝念孤舟。

何永虔

字文懷，號三江。方伯、文端兩公之猶子，文學九嵎公之叔子也。少與仲兄吉人、季弟木公同治舉子業，而以家秉奉伯兄蓮濱公，玉友金昆，友愛無間。比其老也，猶寢食與共，有傅映兄弟斑白同乘、顏含侍病兄三十年之風。性孝謹，敦禮讓而輕財賄，族戚中弔災恤患，傾身營救。嘗楚游，負米數十斛歸，至洞庭遇盜，傷同行者七人，公為艤舟買槥，瘞其七人而後返。又嘗授經他郡，見道殣四屍，斥修脯殯之。公初不以告人，其傔從歸為家人述之，此其好義積善之大者。猶記壬戌秋，予訪于其家，所與言皆端人正士之論，予為之斂容服膺，信宿不忍去。因云三十年前，曾夢游冥府，其王者降階躬迎，謂君孝子也，且不犯淫戒，敕騎從導之由中道出，即公之生平可知矣。其子鳳翥從予遊久，出其遺什見屬，予謂公何必以詩傳？異時邑乘宗牒中必有摭入孝義篤行之傳，為公發潛德者。

憶故園

漫作異鄉客，哪知異鄉苦？別來垂白人，望雲隔吳楚。雁行南北分，稺子天涯阻。寒夜一燈青，三更伴蟲語。孤衾空反側，空階聞疏雨。每憶庭闈懽，肉骨還共處。村酒與山茗，隨意任煎煮。一杯復一杯，情濃興亦鼓。獨有作客時，情懷不堪舉。向來愁遠遊，豈知愁如許？

暮　雨

微雨黄昏後，羈人情思賒。雲迷征雁字，樹隱野人家。簾静生疏韻，庭閒集晚鴉。年年逢此日，骨肉阻天涯。

散　步

人語叢中出，濃陰村舍垂。水光浮遠岫，煙翠冷清池。天闊開秋雁，林深咽曉吹。愁來空散步，悵望楚江湄。

旅　夜

地僻相過少，秋深寒氣多。風聲生砌草，月色淡庭柯。伏枕難成夢，挑燈强自歌。窮途何限恨，歲月倍蹉跎。

苦雨喜至日天霽

喜得新逢至日晴，凭牀待曉聽鷄鳴。葭灰暗動陽和轉，雁陣高飛旅客驚。静對香醪愁獨醉，閒看孤影悵離情。關心賴有樅江月，隨我他鄉永夜明。

憶升公弟避賊江南

遥望烽煙徧五湖，憐君萍梗滯歸途。拋來故里家書杳，醒後他鄉月影孤。憂亂有懷兼惜别，澆愁藉酒爲誰呼？漢家聞下求賢詔，此際毛生捧檄無？

憶内

作客年年慣遠遊，半虚春月半虚秋。堂前菽水惟君託，膝下寒温減我憂。織錦應迴鴛侶夢，挑燈時憶鳳簫樓。關河浪迹空回首，何日烹雌話旅愁？

九日客長沙憶家君

經亂還從遠道來，嚴君遥憶獨登臺。誰將客裏茱萸酒，移作堂前鸚鵡杯？秋氣已隨鴻雁到，菊花應傍小窗開。他鄉寂寞音書杳，抑鬱愁腸日幾回。

發櫂長沙留別友人

四海情深調自同，喜從詩酒話萍踪。挂帆忽作天涯別，雪意江聲趁晚風。

不寐

客夢難成轉自憐，寒風冷月滿庭軒。怪來僮僕無他事，一夜鼾呼衹醉眠。

懷夏雨林

柳色青青唱渭城，梅花將放滯歸程。徘徊旅夜三更月，回首關山千里情。

盛璟

字韞生，號春山。司農若磐公之子。少負俊才，為文多奇氣。十七補弟子員，老於場屋。性至孝，晚年食貧，筆耕千里外，負米養母，雖多兄弟不累也。年五十卒，時丁内艱，遺命以衰絰斂。無子，妻陶氏成其志，治殮畢，嘔血數升而死。生平著作等身，遺稿散失，無有存者。其壻劉子鴻儀從親知口中得詩若干首，用存什一於千百云。

送陳臥子宋轅文還雲間

江上思公子，停雲望迥然。孤鶱出時秀，雙羽羨輕妍。翰海誰能及？蹄涔秪自憐。明朝霄漢路，短櫂破蒼煙。

方爾止招飲蔡臬使亭上

春雪門常掩，高歌亦晏如。何須悲短髮？幸不曳長裾。東壁三斥鹿〔二〕，南塘五尺魚。與君痛飲酒，僵臥莫攤書。

喜价人捷賢書兼别又漢歸里

朱纓剪剪石麟香，君下松陰六尺牀。自是雄名驚鹵簿，敢言憎命有文章？辟彊不老徐無敵，充國難封趙破羌。揮手滄江何所見？數莖殘菊抱秋霜。

和元白和尚登投子

踏破銀屏一羽輕，寒鴉數點入西清。甘心金粟炊香鉢，彈指滄桑失化城。碣影斜從枯澗落，村煙微與凍雲平。荒山片石猶堪枕，分得松風第幾聲？

沈崑銅招同諸子飲亭上觀演浣紗雜劇時聞勒卣之變

山畔孤亭亭畔湖，湖光十里入平蕪。伍員未必能鞭楚，鄭旦須知不沼吳。夜月鸞簫思季女，秋風鶴唳老狂夫。如泥拚取千巵醉，莫待黄昏暮草枯。

贈漳湖老人

百丈湖邊一老傖，柴門深閉足平生。青山到處渾無恙，白髮于人似有情。夜雨儘堪鋤菜甲，荒秋最苦是租丁。偶來原上看修竹，招我南溪聽雁鳴。

致井公

與君解纜鵲江邊，雪浪千尋換客船。彈指已成前代事，捫心難問此時天。元龍有夢歸湖海，謝豹何心泣墓田。多少悲歌歌不出，試將清酒洗飛泉。

方若琮

字宗玉，號誠齋。臨湘公之孫。康熙辛酉貢士。家貧，教授生徒，誘掖獎進，務盡其誠。與人交推心置腹，取與不苟一介。嘗與子弟、門徒娓娓言古今治亂成敗得失之數，分日移晷，觿解抉決，如數螺紋，古之壹行人也。以年資貢于禮部，未及筮仕而卒，時論惜之。

呈郡伯劉懷遠使君

昔在神爵時，最重二千石。金紫褒循良，超遷踰恆格。卓哉龔與黄，芳名猶赫赫。我侯汾水秀，出守蘇捐瘠。朱鳳威層霄，應龍起洪澤。省風常褰帷，造士輒前席。雩禱雨隨車，歡聲騰九陌。家蔭召伯棠，户飽張公麥。遂使都鄙間，鉏棘化戈戟。伊予蓬蓽姿，端居理殘籍。懷古企懿踪，望風景碩畫。何意當吾世，獲覩文章伯。經術既宏深，吏治復綜覈。競絿協寬猛，惠我洵無斁。願陳瓦缶音，爲侯銘竹帛。

官埠恤嫠詩和王恕行邑侯韻

夙夜永終譽，未有不如此。惻惻哀矜心，老幼咸所倚。可以泣鬼神，可以慰生死。展矣良邑侯，賢哉古君子。偉績業已多，嘉聲從玆始。報政美國門，不僅洛陽紙。

丘　景

字揆以。國學生。受業吳爾默之門。爾默素稱書笥，不及十年，揆以遂盡讀其書。至愛親敬長，尊師親友，尤時流所罕見。年甫三十，抱沈疴，有友見其病瀕危，爲泣下，揆以曰：『願于身後盡父執之道，誨兩藐孤，遵祖訓，讀父書，使我瞑目地下，拜賜多矣。若死生修短，命也，庸何傷？』

壽石伯母五十

設帨欣逢三月天，桃花開映綵衣鮮。呼卿久稱安豐度，和膽今誇仲郢賢。絡緯工勤先侍女，蘋蘩客至出華筵。庭前繞膝俱麟鳳，觴獻雙雙瑶島仙。

楊賦

字友雲。氣度沖雅。幼失怙，母陳苦節，教以義方。率唯謹，偕諸弟攻制藝，而以家秉奉伯兄旦澄，甚相友愛無間，性尤嚴取與，博經史百家詩古文詞。嘗讀書酷暑，夜不避蚊螫，母患之，障燈默誦。與其世父伯清公引錐刺股，何攻苦之一轍也。惜郡邑屢試前茅，數奇不售。没，猶屬其家砥行力學，無忘母訓。妻朱翯櫱撫三孤，仲子似蘇、季子介南甫髫髻能文，有大家風味，亦相繼殤，士林悲之。

病中哭慈大人

病中何事轉傷情？一慟孀親恨莫平。繼志有方書是業，療疴無計臂爲羹。先嚴疾，刲臂請代。晨尋菽水安姑寢，夜急繅車畏母驚。外王母養予家。腸斷孤貞無以報，冷風吹淚到荒塋。

新燕穿簾

剪尾纖纖掠淺泥，玉樓飛入影還低。纔經南國尋花畔，又逐東風拂幔西。帶縷尚難隨意舞，繞梁那得盡情啼？無端作隊頻來往，不管人間倚冷閨。

送友人之白下

纔向天涯歸故國，又攜書劍下長干。雲林棲鳥三山暮，雪岸鳴鴻二水寒。得意頻敲詩句好，積懷須藉酒杯寬。遥知别後長相憶，明月梅花兩地看。

盛纘裕

字孝寬，别號螺舟。司農蓮生公家孫，上林雪舟公長君也。公生長名門，無富貴驕人之習。早歲補博士弟子員，屢困場屋，投筆作閩、粤遊。有大帥曾受若翁德，思有以報，因以其才略言于當路，將有徵辟之舉，顧以親老堅辭歸里。不問家人生産，承歡而外，惟詩酒自娱而已。没後，其子懷屺于故舊壁間搜致近體數首，皆清越雋永，惜未窺其全豹也。

午日

儘他城市競繁華，不似山家風味賒。有紫籜能團角黍，無紅裙可妬榴花。門縣艾葉難辭俗，酒泛蒲根亦辟邪。潦倒更從溪畔坐，醉餘敲火自烹茶。

過左霜鶴龍眠山房

數年未訪龍眠勝，扶杖重來舊畫圖。且喜叩扉如有待，何妨緣徑特相呼。榻迎客至能常掃，酒出家藏不用沽。雨後新篁青欲滴，想來月下賽冰壺。

得方子山入蜀消息

年年途哭步兵窮，踪迹萍浮水上同。憶爾常看梁月白，懷余不寄嶺梅紅。魚歌西去當春半，鴻信南來正夏中。蜀道艱難依老友，蓴鱸曾否繫秋風？

寓君選弟宅

煙嵐深處接菱湖，一幅天然水墨圖。村舍編籬栽杞柳，漁舟曬網繫菰蒲。書藏架上還能讀，酒出牀頭不待沽。弟勸兄酬拚一醉，如泥莫惜倩人扶。

病

貧病年來兩折磨，今年貧甚病還多。不如人意誰能遣？安擬天心獨見苛。撥悶銜杯愁轉劇，撚鬚得句喜頻哦。臥看春色闌如許，風雨凄其喚奈何。

古塘先祠片址余昔卜居於此春雨秋霜未嘗一日離也嗣以風鶴之警徙家城内書窗竹屋改爲僧舍義林而鹿門老伴亦永辭地下矣次子醵金贖還補葺舊椽僅存什一歎時事之日非幸松竹之如故撫今追昔因成數首

曾愛先人結此廬，我來卜宅七年餘。雛孫繞膝隨漁釣，荆婦安貧挽鹿車。聞亂驚辭村舍友，攜家别覓市廛居。飄摇幸不爲堂燕，賴爾綢繆足慰余。

舊植松篁漸長成，當年此地特鍾情。前山有寺鐘能到，深境無人鳥不驚。秋月銜杯妻善釀，春風啜茗婢能烹。今過廡下難禁淚，舉案香消煙霧横。

儉歲經營仍數椽，半栽修竹半栽蓮。好隨澗竹安棋局，更種池蓮傍酒筵。架上廣收方外傳，囊中休擲杜陵錢。今朝穩作羲皇夢，一夜灘聲到枕邊。

當門最愛河如帶，況值新陰雨更宜。傾路危橋移故址，短牆茅屋異當時。鑿池引澗分春碧，夾竹編籬帶野枝。更擬憑虛開小閣，閒雲秋水伴垂絲。

孫琦枝

字元玉。天資穎異，好學深思，弱冠即補博士弟子員。為人温恭謙抑，循循若處子。其文心詩思，月之幽，花之豔，差足方其品量，一時同人争以大成期許。惜早賦玉樓，詩文苦不多見，今蒐得一律，以存其概。

香山精舍夜坐

雲散天高宿雨收，淡煙扶月上峯頭。鐘聲斷續客心静，竹影參差溪水流。蛩語草根三徑冷，風飄梧葉滿庭秋。自憐作賦才多拙，空對黄花詠四愁。

徐待聘

字養莘。以太學生丞浙之秀水，博洽有經濟才，因秦寇躪江北，拂衣而歸。適寇至其宅，爲之開陳忠孝，寇目以迂，繼而大罵，遂遇害。生平著作頗多，俱委灰燼，僅存友人處詩數首而已。

遥情

寒氣連雲重，悲風入夜長。月修千竹影，鳥戴滿城霜。積恨燈難照，遥情水一方。病中調静息，身世兩相忘。

枕上聞梵唄聲

錫自山中住，寒風徹五更。修持幾兔魄，清苦一魚聲。園薮支年歉，施臺接衆生。有時雲外去，賣藥不留名。

寄問友人山中

君遂入山願，良朋惜我稀。嶺雲任去住，城月自光輝。閉户一居士，何人識少微？子規啼劇處，梅子正初肥。

徐友蕃

字介子，别號韋菴。養莘之子也。少負俊才，所友皆一時知名士。痛父死非罪，遂絶意進取，教授生徒。著有韋菴集十餘卷。

山中寄諸社友 二首

深寒容日晚，將雪意沈時。娱老無過酒，偷閒果得詩。葉乾香近火，水碧竹分池。汐社成孤賞，中懷許不移。

寂境飛光幻，流霞蒸夕陰。石喧辭樹葉，淵聚噪霜禽。草木傳幽性，滄桑堅道心。惜非梅嶺月，終夜照君吟。

訪十廟古迹

攬勝集羣嫮，蒼茫接大觀。下方煙一片，何處辨長干？訪古前王在，登臺法物寒。南朝多少寺，此獨見衣冠。

雪中懷劉古處

因雪懷高士，山中萬古心。平湖齊野色，過嶺助雲深。苦境占賢主，寒情逼旅禽。沈陰天地意，梁父一長吟。

冬日過訪劉次頡留宿古處榻上時白林招同爾止夜飲其宅因作

數椽松共竹，三徑未曾荒。因下故人榻，得登君子堂。教兒經自授，酹我意何長。風雨青燈夜，談詩白髮揚。

龍山初度

此日猶爲客，鄉園似不歸。一身將半老，萬事早知非。到骨貧難去，依人願易違。梅花香近酒，相對且忘機。

同謝枚及齊惟木集汪大年宅賞菊分鄰字

地能合老友，又得菊爲鄰。擇里人稱智，搜詩腹乍貧。庭光終敵月，寒蕊別裁春。彥集寧辭醉，誰言白髮新？

翠旭上人閉關西山偶步過訪出詩相示

煙霞浮郭外，紅樹獻秋山。衆響紛空界，真僧正閉關。好詩緣靜得，俗累一閒删。相對無言意，拈花微笑間。

雨夜留宿古處館中

孤懷持向酒杯前，一榻還同風雨天。談到機圓燈未燼，魂將誰懟夢多牽。松因覆石生寒色，雲必依山有靜緣。自幸才疏爲世棄，漁竿從此入輕煙。

方穎

字鄰汝。邑諸生。好汲古振奇，尤寢食于腐遷、盲左兩書。詩文亦别開蹊徑，不拾人牙後。其門人石經蒐得遺句數章，以存片羽。

訪友

兀坐悲秋盡，開門望物華。邀朋來野店，乘興到君家。松結千年鶴，堂留兩部蛙。名園真足樂，看遍日將斜。

漢光武

鬱葱佳氣識春陵，謹厚由來異伯升。性比漢高難創業，笑同兄仲竟中興。張皇吏語皆成讖，汩没河澌忽已冰。獨惜富春山下遠，狂奴何必固辭徵？

贈别石維昭

家隱藍田三十餘，扁舟往復大江書。祇因乘月清音急，寧與隨船估客疏。孺子棲襌牀未穩，任公置海釣焉如？奈何我亦同心者，此後征途總問余。

方復

字震一。邑諸生。名噪鷄壇，試輒高第。餼于庠有年，生平未嘗持一刺走貴人門，于郡邑有司，應試外幾不知有方生其人者，顧往往攜所著詩文就正石經齋中。其遠勢利、勤學問如此。不幸早没。没之年，與其祖君重先生年相若。先生以高才嬰忌，震一以苦志嬰疾，枌榆咸有同慨云。

寄懷同學諸子

憶昔高齋裏，翩翩意氣新。書聲寒夜月，筆陣掃秋雲。交以貧逾篤，情因久更真。不堪思往事，回首一傷神。

竹村即事

幽事頗相愜，山深日倍長。睡嗔黄鳥唤，閒看白雲忙。松下尋棋局，花間覓酒觴。清風知我意，頻送芰荷香。

初度感懷

又驚初度日，壯志尚沈埋。交冷因多病，知希定不才。每羞貧賣賦，聊勸影揮杯。賴有東籬菊，秋深次第開。

秋日過訪湯楚家兄即席分得叢字

問爾幽棲處，煙霞曲徑通。書聲雲碓外，詩思酒瓢中。知己情原重，論心話不窮。忽聞香入座，移席桂花叢。

山中即景

蛙鼓村村水，農歌處處田。遠峯銜落日，古木逼青天。孤磬隱禪室，一蓑歸釣船。柴門獨酌罷，穩臥夕陽邊。

哭太守姚書岑先生

五年駐節皖江濱，桃李春深感倍真。秖道歸田能樂志，那知度世已無身。口碑尚見民心古，眉宇長留廟貌新。皖人肖像祀先生。歎息半生知己盡，鍾期此後更何人？

寄懷叢桂堂諸子

雁陣翩翩氣若虹，篝燈煮字十年同。桂花叢裏三更月，楊柳枝頭一院風。坐久渾忘茶竈冷，談深那許酒杯空？祇今惟有相思句，回首當初是夢中。

新鶯

著屐尋春雨乍晴，園林初到一聲鶯。織成柳浪梭偏巧，囀出松濤韻更清。幽谷無人應自惜，深閨有夢慢相驚。明朝還有看山約，斗酒雙柑信步行。

過臥雲庵訪友

山寺蕭然景物幽，老僧採藥帶雲收。松風晴聽三更雨，梧影陰含六月秋。絶境喜無塵事擾，劇談況爲故人留。紙窗夜静書聲歇，相對蒲團盡散愁。

客中送别

柳枝無計挽行驄，執手他鄉感慨同。我已艱難悲世態，君猶歷落歎途窮。去留不定風前雁，得失何常塞上翁。别後故人應有念，早將雙鯉到江東。

徐岱

字岱及，一字巖公。聰穎過人，讀書輒闇誦不忘。工制舉業，間作聲詩，清新可喜，士林多相引重。卒年僅二十有一。

家大人還自白下取道石溪因探浮渡之勝

名山不到動經年，何幸兹遊愜夙緣。石洞嶙峋天可問，松崖幽邃地原偏。半窗詩在苔生字，陸子廊深花助妍。九帶堂前風漠漠，禪機棋局尚依然。

宿華嚴寺

探幽選勝薄嶕嶢，極目空林萬葉凋。閒指竹栽從晉室，歷看松植自唐朝。揭來石畔尋新句，且宿僧房度此宵。歸憶名山須記取，天風花鳥倩誰描？

金谷巖

靈谷通天界，清霜徧野田。峽雲從石起，巖水滴珠圓。百尺危樓迥，千尋石磴縣。探幽乘逸興，方外謁金仙。

清明日偕友人登西山

城西開翠岫，同眺想當年。柳綻荒園緑，桃開古寺妍。芹泥沾語燕，芳草怯啼鵑。不覺行吟慣，頻來破野煙。

夏夜坐月

此夕涼無暑，山窗生好風。蟬聲嘶樹裹，愁思入詩中。看月娟娟静，閒吟字字工。遣懷雖借酒，移席就梧桐。

臘日掃外祖新冢

迢迢山嶺路偏攲，殘臘來澆酒一巵。三尺新墳三尺雪，慈烏相伴有寒鴟。

方殿英

字覲颺。明經誠齋公之孫，文學麗昭之子。髫齔能文章，工詞賦，年二十五而卒。

秋日登雨花臺

説法何年事，登臨得盡歡。秋光彌野畔，帆影度江干。雲薄千峯瘦，風摧萬木寒。憑高多古意，花雨映毫端。

懷衡公叔客金陵

别來曾幾日，翻覺閲多時。常有三更夢，曾無一字遺。愁隨春水去，句待竹林遲。悵望江南路，迢遥繫所思。

王登榜

字兩如。少讀書輒成誦，十歲能文，十二歲應童子試，即見知于恕行王公，拔寘前茅。居家孝友，祖母最鍾愛之。歲丙辰長至日，隨宗人展拜城東先塋，伯父别駕蒿伊公因其最少，試以屬對，曰：『詩書承祖澤。』即應聲曰：『忠孝振家聲。』初不煩思維，宗人皆悦，以爲接太史公衣鉢者此子也。第性躭孤潔，講肄之暇，即過梓潼閣與僧性空談無生之學，年甫二十卒。

鐘

纔剔殘燈睡，忽驚遠寺鐘。聲敲更漏冷，杵帶夜霜濃。不寢心俱遠，安禪聽未慵。竹簾猶見月，新影一重重。

圍爐

漫説蕭齋寂，淒清興易闌。朔風吹鴈早，冷露落燈殘。得酒紓孤憤，圍爐卻夜寒。疏簾傳細響，又聽雪漫漫。

左其旋

字長孺。明經爾戢公之子。康熙辛酉科舉于鄉。爲人孝友和順，少即攻苦負文名，爲邑侯陽信王公恕行所甄拔。其行卷淳雅超脱，予爲序之以問世。惜不多見其詩，然已足傳長孺矣。

石大維昭三十

三載比鄰似客居，同年三十卻先予。風流幾返西湖櫂，博物頻窺東壁書。瑞靄芝蘭香有待，花盈荆樹樂何如。近來斷酒雖持戒，可許談經到石渠？

吴子宓

字廣生。邑諸生。應嶼之祖。年九十三歲卒，有隱德。

老去

老去龍鍾莫漫悲，一條藜杖足追隨。孫曾繞膝椿持衆，親舊敲門應接遲。耳聵豈徒孤坐寂？眼昏秖覺晝眠宜。回思九十匆匆過，强對秋空月上時。

款客

花開如笑酒如泉，草閣招邀客盡賢。怪得老狂今夜發，懽呼直到五更天。

戴宏韞

字公玉，號竹樓。副使渾庵公曾孫，明經漢中公長子。少有文名，屢試不售，遂棄舉子業，飲酒賦詩，坎坷終老。有手録竹樓集。

過友人山莊

沿山繞去盡湖田，水長當門好繫船。高岸垂楊青作浪，遠灘芳草碧生煙。書因教子多方覓，榻爲留賓竟不縣。我老興豪長夜飲，壺中漫惜酒如泉。

晨鷄换鹽

常愛窗前報曉聲，無端提挈向山城。祇緣茹淡連三月，頓使愁眠失五更。鄰媪問來惟自愳，老妻看去若爲情。故人鷄黍虚相約，分採園蔬帶露烹。

寄山僧

沿堤深柳護流泉，修竹依山上碧天。半畝柴關翻貝葉，一聲清磬破林煙。

夏日柬余惟永

柴門寂掩小山前，花盡林深晝悄然。不是老來詩興好，如何消得日如年？

寄山僧

高踪久説占林丘，滿目山花古渡頭。枯坐蒲團清磬杳〔三〕，碧空新月上簾鉤。

劉　澤

字定侯。郡諸生。能文，吾友學博許伊蒿之高足也。

贈蕭叢玉先生

誰人林下解披裘？秖有先生第一流。宦迹渾如秋水淡，野心應被白雲留。杏村遺愛同思邈，皖口人宗比太丘。我向龍眠占斗氣，裹糧特地願從遊。

逸　興

避人小築向城幽，宅繞桐溪水碧流。四壁影横楊柳月，一庭香静菊花秋。南華道德消清晝，白眼科頭老敝裘。漫説崇朝直草草，生來骨未帶封侯。

遣懷 二首

我欲蠲愁卻又愁，傭書生活幾時休？酒逋詩債春光老，月臥雲遊劍氣浮。煮石爲糧饑不去，栽花作伴緑將抽。如今不是崇文日，何必懷才泣帝州？

聰明誰道勝庸愚？賺卻相如四壁無。姓字不求傳月旦，文章豈直避揶揄？難投我意非知己，受得人嫌是丈夫。絶技齊庭還鼓瑟，與君切莫學吹竽。

病中

已知福薄長貧慣，況復今年病更多。禁酒久辭狂客到，問方猶得老僧過。閒從道力觀心地，悟向緣空斷愛河。貧病儻來都是我，彼蒼生我待如何？

李之輪

字常一。明經未盡公冢子。吟篇甚富，惜散佚無存。

輓丘揆以 時歸自白下

射蛟臺畔論交日，鳳起山前惜别時。風雨祇嗟成遠隔，膏肓豈料竟長辭。難終慈母晨昏養，不見浮生婚嫁期。悔我秋帆湖上過，未尋病榻話相思。

方期勳

字克雅。世居邑之老洲頭，即荻埠，桐八景中所謂『荻埠歸帆』者是也。父盛吾翁豪邁尚義，常自教兒，君其冢嗣也。年二十六，偕孫司馬魯山公補博士弟子，明年飆于庠，一時才名頡頏，有連璧之譽。與吴水部湯日公尤善。天啓丁卯，應試金陵，歸泊西梁山遇盜溺死，年纔三十有二，無嗣。後五十年，季弟期猷始招魂葬銅陵之祖墓側。期猷字大升，其異母弟也，孝友性成，兄死十有六年始生。追痛汨羅之慘，每家人談往事，輒流涕被面。搜其遺什，不可得，既，于友人所獲其藺園詩六首屬予。因不復裁擇，盡登之，而附以大升葬兄之詩，亦以慰宋玉九辨之意也夫。

月夜

月明不讓晝，小園竹樹多。不是虚其中，園月能幾何？古人愛明月，嘗尋閒者過。執手一徘徊，爲樂誰如他？讀書至深夜，宿鳥嗔吟哦。積水荇藻横，我將呼東坡。

江聲

江聲清可見，遠聽月當空。摇曳乾坤冷，依稀風雨融。客懷翻覺静，詩思欲争雄。長嘯出林外，微雲生磬中。

舟訪張祠山

萬頃漾潮痕，蟬聲客到門。盤餐隨意具，尊酒隔年存。寺近僧分圃，松多鶴共村。西風饒木槿，開落自朝昏。

新柳

絲絲葉葉漸如蘿，漏洩春光的是他。憔悴路先臨水少，嫋娜風已傍村多。暖聲嘹嚦鶯初至，輕影蹁躚燕甫過。贈别由來同寄遠，梅花落盡柰人何？

雪霽對月

雪滿塵寰改舊觀，西風呼取月同看。園林袖薄修篁倚，不獨姮娥住廣寒。

宅邊田

田園亦是處藏賢，十畝居然傍宅邊。風雨一竿朝夕走，阿婆累殺鴨鵝天。

附　葬行一兄行三兄暨行二嫂

方期猷　大升

吾上有三兄，不幸皆蚤世。我生韓公同，讀之每流涕。長兄邑諸生，諱期勳，字克雅。文章振儕輩。天門遇緑林，魚腹靈均瘞。長兄應試金陵，歸泊西梁山，遇盜溺死，年三十二。後十有六年，余甫生。仲兄負鬚眉，諱世詡，字仲芳。多病羸而厲。弱弟無廢書，余時八歲。臨訣言猶記。年三十九。行三二玉兄，諱世詷。裘馬稱華麗。三十悔心萌，臝糲蚤難繼。徙家不厭頻，喀血殊堪異。痛哭慮存亡，年三十四。余曰悉惟弟。余時年二十。高厝祖塋傍，銅陵縣大父敬川公墓左。厥時猶有裔。時攀、彬二姪尚在。轉盼廿六年，鏡毛看已二。余年四十有六。長兄亦無傳，長兄有遺腹子啓聰，八歲而殤。伏臘伊誰祭？招魂共穴居，宗祖千秋侍。即厝處。仲氏有前妻，鮑氏生子啓招，美秀能文，亦夭折。啓松、啓柏，宋氏嫂出也。荆棘多年寄。四十七年。嫂溺叔宜援，今朝甫入地。兩兄墓左。維日臈庚申，維年戊辰歲。作詩示子孫，世祀永弗替。

陶剛

字挺生。邑之白楊人。性嗜酒、嗜易、嗜楞嚴。以詩文自雄，援筆立就，嘗自比青蓮。久困諸生不遇，授經廬邑，殁于皇圖山館塾。與方仲芳友善，課其子式偶。方子大升云年七八歲時，猶及見其磊砢不羣之概。其猶子式偶美秀能文，資其訓迪者久，及夭卒，挺生哭之以詩。南磯黄子元成嘗爲文書其詩後，至言其軼事云：『鄰某家祀吕仙，禱輒應，嘗降筆題詩。挺生大笑曰：「仙豈腐酒可致者哉？」仙即召陶生挺生至，遂與聯句，欲以詩困之。仙倡陶續，呼吸數千言，仙忽閣筆，左右環跽以謝。仙判云：「陶生野才，吾不與較。」竟閣筆而逝。』則挺生可知矣。

樅川關廟訪丁漢公不值

一醉何曾鬢敢斑？扶笻偶破讀書關。妙于沽酒無多路，好在開窗便得山。兼有江聲來枕上，更無俗事到人間。知君或在雲深處，只作山陰訪戴還。

得方式偶書併制藝

惟爾生憂患，書來劍亦鳴。精神疑是鶴，文字已如鶯。琴止山逾緑，煙回杖亦清。誰家無季女？宗子定維城。

醉後書杜詩五首粘壁上朗吟不知誰爲杜誰爲我也援筆記事

獨立空庭秋氣肅，哀樂無根寄所觸。翻身猛倒一千鍾，紫面赤眼對黄菊。醉後筆不知所之，横拖直拽狀如木。墨勢披離紙有聲，有如山鬼叫幽獨。一首二首猶未已，三首四首五首足。置之四壁朗然吟，喉下隱隱少陵哭。

九月八日集方夷仲席上

王郎有酒似蘭陵，一斗乾遲罰一升。九日明朝醉不起，良朋今夜病何曾？ 相思怨菊黄千樹，散步看雲白數層。故謂浮生難久聚，先期深坐剪秋燈。

遊仙體

月下山氣和，雨後蛙聲亢。雷風久相與，地乃隨天唱。新泉西到池，豁達魚龍上。感應有同然，讀易還無妄。

挽門人方式偶 二首

子在人間二十年，十年啼笑十年禪。書聲夜夜蒲團上，别卻蒲團搭漏船。

飛來鵰鳥洛陽邊，天下琴聲俱不圓。幾度思君無覓處，門前白雪是青氈。

次太僕吳雪崖先生童子理瓦成塔燃燈韻〔四〕

童子豈知道，空階信手拈。無聲誰谷响，有影到窗尖。歷亂歸全質，光明肅衆瞻。看來清浄甚，我佛亦掀髯。

過周公瑾墓

天地有溝壑，將軍何必墳？防劉端是誤，生亮自難羣。鼎折三分足，碑無一字文。颯颯橋下水，客去吐寒雲。

天　涯

莫作天涯看，天涯亦有涯。人惟愁作客，我只認爲家。白髮吟芳草，孤筇涉暮霞。俛然無旅況，不損又何加？

妾薄命

爲女不爲男，結胎便結薄。寢地異于牀，瓦豈璋所屑？父母有異心，分別種種作。豈反事他人，即望白頭約。兼郎識多人，媿以玉容詎。死心在秋閨，簡點黄花落。

訪王維三

客裏行藏興自由，全難捉定類王猷。漫來三徑有心醉，卻對孤桐無力愁。白髮數莖憐後會，青山幾處惜前遊。時宜不合些兒上，還向人前用直鈎。

茅屋數椽缺門幾於野矣冶山惠及寄謝

奇書在茅屋，多爲風雨斑。雙扉無可掩，一贈得常關。漫挂松間幘，時觀竹外山。昨來王子晉，日暮吹笙還。

劉汝京以新詩見投兼送之白門

雁不成書天地聾，多君一筆寫鴻濛。曲高若是方飛雪，詩妙何如比畫風。老影庭前孤鶴似，相思簾下美人同。一杯醉送金陵去，須問蘆花士可窮。

家艾子見過予適他出詩以寄之

孤燈照我返茅廬，影比于身大有餘。甚覺昨宵霜剪木，更聞今日雁投書。人間猿鶴窮相傍，天上星晨寒自疏。念爾此歸愁欲滴，文園渴殺漢相如。

贈冶父兄讀書樅川之關廟

白楊六十翁，把釣樅川濱。射蛟猶不屑，得魚乃津津。關老向我笑，我何遭苦辛？一刀萬人血，猶負漢家臣。昔曾來此間，江海盪精神。不得如汝逸，朝風伴夕塵。年年同室鬬，便汝爲鄉鄰。

詠風箏

一直凌風去，輕輕到紫微。入雲纔一點，比鳥不多飛。操縱雖無極，長空亦有依。年年楊柳緑，老眼望來稀。

玩鞭亭

客心如髮細，小愁莫可破。馳驅至此亭，罷馬當日暮。何年卻舍鞭，手繭如珠顆。躊躇不忍看，關山月應墮。一杯茅店酒，半生窮途過。惆悵指蕪陰，且尋赭山坐。

龍興寺

馳車今日古濠梁，只有鐘聲在夕陽。亦牧亦樵煙共雨，是笳是角月如霜。興亡過去稱三代，禮樂乖來等百王。歎我遺民頭盡白，嵩呼只聽鳥飛翔。

何文懷吳五玉見過

短笻孤劍不能長，霜影鴻聲伴草堂。剥啄忽驚雙履到，誰來分坐一爐香？

晚課

經聲如啄木，萬籟絶孤峯。物類俱從夜，天心若已冬。老僧堅認字，古佛但聞鐘。兀坐琉璃側，寒雲六月封。

湖居即事

豈料消兵甲，煙疇初見農。綑鱗春竊水〔五〕，殘月夜漂鐘。對酒江聲活，摇舟鷗鳥從。漸開楊柳緑，幽興伴孤笻。

曉起詠懷

山與人俱倦，終朝青入簾。鳥呼花魄動，雷響蕨芽尖。新雨池應善，幽窗夢亦廉。曉來隨意起，生事有楞嚴。

望湖亭

偶向鷄鳴寺裏遊，望湖亭上水千秋。臺城一段悲雙眼，應有饑魂語白鷗。

題王水部冶山詩册時冶山將有白門之役

讀君之詩不須酒，一室寒光醉聲吼。江子筆底開紅葉，字字皆往池塘走。愛客金陵是何故？使我惆悵沿江樹。水亭山閣幾經思，李白知在任華處。江影遥同雁影流，寒風借得送孤舟。别愁能使湘娥笑，雙眼看天贈斗牛。

月　下

虛室迥然秋，清光片片流。入懷成獨往，照影得雙愁。謂爾且西去，顧余難久留。小池煙水内，明夜更相求？

齋中雜興

開扉終日坐遥青，佛偈漁歌與道經。詩既可稱生李白，酒何妨學死劉伶？聽人背郭晚吹笛〔六〕，命僕尋山暖採苓。一覺酣酣誰是我？就中影子亦爲萍。

宿方漢士齋頭

昔日方居士，開窗此讀書。庭空猿穆穆，松淨鶴如如。泉可緣雙屐，花能覆一廬。我來心較細，杯酒暮煙餘。

次吳司馬本如先生雪中登冶父絶頂韻

先生寒極乃登臺，我卻攜書六月來。霜鍔蹙星堆白雪，雲英接水長蒼苔。危樓限日窗争噴，峭壁穿枝石怒開。山得冶名池得劍，從教劫火也難灰。

布穀行答子叔贈予集杜排律

曉起東牀聞布穀，客心忽向農夫撲。年來三徑已云荒，一二妻孥倚修竹。或立孤峯或聽猿，瑶琴泛罷山初緑。小圃學藝菜如麻，冬青亦以補我粟。執此爲報布穀聲，布穀飛飛勿向城。世胄豪華金屋裏，安用爾舌此縱横？左子今種南山豆，鋤披明月衣披露。知從鳥口領邠風，所貴藏身休擊缶。近復懷我獨登臺，集杜如梭織錦迴。相思畏酌飄零酒，爲問荷花幾處開。荷花開，芳草歇。王孫猶未歸，布穀頭如雪。行與子遊兮，青眼高歌謝離别。翔雲巡谷，筇瘦屐折。

逢周式玉

衣冠瘦削成枯樹，杖履清疏對遠天。漫興賒來彭澤酒，雖貧留得少陵錢。低空雁織秋雲薄，高枕心依暮杵縣。有意指頭調怨曲，周郎肯爲理煩絃？

賦得夜雨剪春韭

良友來何暮，柴門鶯語平。空階疏磬往，細雨一燈明。菜甲供春色，園丁識屐聲。衝泥頻試剪，能使主人清。

贈無可和尚 二首

求可不能可，尋思卻得無。恩傳三世甲，果證一頭珠。治亂生民久，煙霞耆臘孤。趙州茶一盞，天地雨如酥。

洗盡西園舊，端居雄自閒。乃知全佛子，仍是半尼山。春水桃花洞，秋蓮處士關。木魚聲活活，日夕養珠顏。

桐　杓

雖復孤何忌？清陰百尺臨。當秋兼客夢，入夜有琴心。柏子參來古，松風吹至今。一瓢常挂樹，安與世升沈？

重録杜集

久客無閒日，窗雲倦欲寒。愁惟書帙散，老覺杜詩難。世路皆巫峽，幽情有藥欄。風煙今未息，千古此常歎。

水中雁字 二十首

秋聲昨日到玄亭，萬里長吟動客情。先誌汨羅江上史，後删禹貢海中經。六龍池暖春生夢，五鳳樓成月滿櫺。漫發山陰王子棹，稱觴直擬泛黄庭。

幾行疏落下南溟，説法應知魚出聽。雪浪千層麻已白，煙波一望簡還青。偶經蛟室思題柱，纔過蜃樓好勒銘。疑是天孫機上織，夜來片片錯流星。

秋風染翰將焉如？飛過芭蕉墨氣疏。鳳史數篇明月下，漁歌一片夕陽餘。若闗休咎能垂象，不是封禪卻有書。相思盈盈難得語，故拋尺素寄江魚。

橫波莫識草和真，健勢摩天已絶倫。海國誰來王逸少？龍宫端坐衛夫人。文章慘淡撾鼉鼓，世路艱難摘鳳臣。莫教淪胥應自惜，湘靈一曲瑟中陳。

朔風吹起暮江濱，霞立雲騰千丈人。一筆飛原不效晉，五車書又豈遭秦？斷行花落珊瑚樹，孤影寒垂蝌斗身。豈獨招魂推宋玉？年年作賦贈靈均。

偶據胡牀動客愁，寄來家信想沈浮。妻奴兄弟皆同體，濂洛關閩共一流。洲上自裁鸚鵡賦，臺前空憶鳳凰遊。滔滔江漢詩三百，更有相思逐御溝。

豈必名山太史知？將無雅意在沈碑。墨花欲綻宣州硯，江閣何勞太乙藜？一世青氈縣碧落，千秋玄草問清漪。看來非篆還非隸，蒼頡無奇況李斯？

漫收野史註由庚，地上詞章天削成。浩浩淵淵歸一畫，飛飛躍躍共三更。賞心未必朱衣點，得意争看蓮幕行。氣肅秋高風正烈，中流擊楫好談兵。

何爲咄咄亦書空？薄妾狂夫盡倚桐。曉岸雲平將曳白，秋江楓老欲題紅。筆鋒健瘦寒山外，章草淋漓細雨中。詔下千金求不易，墨池親見米南宫。

百尺濤聲劍氣殊，天然草聖不能濡。三湘可是嫏嬛洞？七澤都成龜馬圖。烏紀雲官君子道，蟲裁柳葉小人儒。秦關昔日應狼藉，肯使蕭何收得無？

孤吟羣和若相酬，逝者如斯夫未休。司馬文章霄漢内，王家兄弟曲江頭。魚遊學海書生蠹，天雨文河粟滿舟。流落不知何日已，萬言難换黑貂裘。

波瀾左右若逢源，過化何須糟粕存？編籙庶幾七十代，著書彷彿五千言。光争日月愁如織，身棄江湖道更尊。一自東坡來海外，筆開星宿接崑崙。

揮就千行一片雲，何人能讀此形墳？必非濡髮臨張旭，豈是籠鵝習右軍？冷落吴江頻有句，蕭條楚澤細成文。故園經歲歸無計，午夜諧聲客最聞。

當年作客夢難甘，愁裏其聲聽不堪。羽檄九秋來塞北，圖書數篋下江南。孤舟杜甫詩爲事，千里玄齡若面談。鴻寶枕中無秘惜，浪花飛落現優曇。

迹含鱗甲動多端，出没無根生羽翰。氣識春秋存夏郭，身兼飛躍補冬官。相思人帶蒹葭色，高冥書成蜀道難。不必凌雲還作賦，北風吹上子陵灘。

長留清詠在滄浪，紙價何須問洛陽？海外自攜陶亮集，空中難入李奚囊。天高雪重如飛白，霧動沙虛只寫黃。上下同流秋一色，滔滔皆是結繩荒。

萬卷翛然未覺勞，無庸殺兔併焚膏。月明初刻湘妃竹，秋老重鐫楚客騷。行地經天歸一正，散衡約縱湧千濤。須臾過眼空函在，得比潛夫論更高。

多年行脚半篷窗，徹夜琵琶泛鐵腔。狂筆騎鯨來采石，垓歌躍馬在烏江。書封厥足終歸漢，人位乎中豈草降？全不陷文活潑潑，龍蛇遥落影争雙。

浣紗溪畔百花開，何必周書汲冢埋？佳札若從幽夢得，扁舟如見故人來。讀難上口存空想，看卻無文作偈猜。别有光芒齊李杜，肯同石鼓没蒼苔？

亭亭綵筆直干霄，光照臨川影動摇。書迹是蟲還是鳥，文章如海復如潮。陣回衡浦翻漁曲，聲共猿吟送客橈。暴以秋陽江漢濯，題名不省屬何朝。

周　蔚

字君豹。邑諸生。梅山先生之族父也。家東鄉碧山，嗜茶，嗜種橘，著有雪山眠雲集，自謂必傳。嘗自序山居云：『余邇來山居，一切謝絶，世不知有我，我不知有世。松爲廬，竹爲友，石成几席，雲結衣裳，橘爲並日之糧，茶爲長夜之飲，書爲説鬼之閒人，鳥爲應門之童子。應接多日，放廢睡鄉，或爲不知己者所詬厲。』云云。即雪山之襟期如見矣。君豹與陶挺生皆跅弛不羈之士〔七〕，方子大升亟搜其詩見屬，捐貲授梓，而君豹詩尤得之最艱。方子有喜周增其寄到雪山先生詩，附見于後，亦足徵方子之于友誼存亡不渝矣。方子又言，欲訪挺生之遺孤，遄反其櫬，古道深情于今僅見。

七十初度詩　並序　十首

余生四十已前無論矣，五十始作初度詩，諸同人大相倡和，散越久矣。倏忽六十，復詠之以詩及序文。今又幸晉七十，余生平行狀，見之於眠雲諸集間，再詳之於身後微言内。余今不當忘言哉？雖然，是可以忘言，又不能不言，余復勉作七十初度詩。然繼此而又不能忘言者，則亦余所不敢必矣。

石火電光生，幻作名利客。狂馳百年中，青鬢忽如雪。七十了無成，萬慮從灰滅。刻木牽絲翁，須臾弄罷歇。一朝解天弢〔八〕，詩魂伴酒魄。髑髏語莊生，王樂歸化蝶。

虞芮有閒田，拋荒余開早。不種秫與秔，種閒以終老。世路俗塵封，用詩作帚掃。癖哉陸季疵，先余嗜甘草。

鄧通有錢山，采勝不肯入。金張門如市，闇人不願識。丘中草木年，拙養貧賤力。排闥波羅門，瓶鉢如膠漆。日抱懶雲眠，難尋出岫迹。

幾人世外交，念我不置口。動别輕千年，不欲數攜手。相慕何所求？俗士不比數。屢有鷄黍招，嫌涉接梧酒。

塵暗壁間琴，經年不一彈。中散寧懶此？所貴知音難。獨孤聽不專，淵明興已闌。飛泉走浪聲，千載追季蘭。

小飲恨不多，一飲十日酲。皆醉豈盡濁？獨醒寧自清？清濁不在此，無漏兀兀成。曠渺酒天民，恕醉追淵明。

在家能出家，謝客未必然。居塵不染塵，龐藴解脱禪。白雲戀青山，出岫無心牽。高高深深間，行坐此中天。

別業人境内，自與俗人遠。林深户外幽，水漲湖光顯。春紅醉煙霞，空翠滴苔蘚。橘刺與藤梢，繞屋如設險。穢鳥割據高，美禽聲迹斂。賴有羅者多，𣪍𣪍概不免。

垂老苦諸孫，無事攬事做。大者書中嬉，小者懷中臥。女孫忽成行，拜月簪花過。嘈雜娱目前，暫使憂陣破。

世情苦求足，我無不足求。負郭少立錐，井税非我憂。賞心手一編，資身橘幾頭。醒罷竹罏紅，甌香春雪浮。萬象森羅中，茶星司照不？

樅川漁人打魚歌

蛟臺漁家江口住，年年江上寒如故。今年八月嗟無魚，重陽節後家家富。水枯魚冷奔江狂，銜鱗砌尾身不藏。截流一網千百擔，大船小船都滿艙。大魚醃盡市中鹽〔九〕，小魚遍地不論錢。遠近負販來如織，飽帆倍價他州邑。人言今年蝗苦多，會見化魚盡入河。我考蝗本出魚子，入水化魚應有理。長食五穀無遺粒，死化爲魚供人食。噫！今年報施幸若此，未知遺蝗明年死不死。

斑竹歌

我生愛看寒林竹，林風瑟瑟吹寒玉。參天拔地千萬枝，一枝兩枝看不足。此中竹好識者誰？螺紋淚痕種種奇。龍蛇破碎明月走，風雨直上青霄隨。凝寒壓盡園林雪，蒼筤怒吼冰天裂。銀瓶倒插珊瑚紅，琅干凍滴湘妃血。湘妃血，灑向枝頭不肯滅。誰知化爲尊者護桑門，野水孤雲都是色。

尋包公墓

我客汝陰久，先生墓始尋。來滋後時感，如見古人心。故物迷秋草，荒原啼暮禽。河清今已矣，千古任浮沈。

遊包孝肅公祠

先生祠宇朴，宜在水中央。繞砌無花樹，環廊只草堂。照人留古道，堂額云云。遺像想清剛。

似欲開顔笑，春風吹我裳。

讀時術集弔方直之

四十年前任俠游，翩翩公子舊風流。定交玉局三秋冷，土室奕棋相會定盟。慕義金樽五夜酬。開府佐籌清楚塞，昔乃翁撫楚，直之每陣身先士卒，賊呼方公子，避其鋒。譚兵校士試吳鉤。冬青正茂詩名起，杜宇聲聲哭未休。

挽無可大和尚

隻履逍遥物外游，合明絶學等閒休。大師廬墓合明，苦心著易。論交難下浮生淚，生未謀面，故云。慕義曾分不死憂。用王炎午生祭文丞相事。莫逮龍髯鞭石馬，幾經虎口渡泥牛。敘師出世之由。庭前佛樹争看茂，灑上啼痕一夜秋。

早春山居喜雨兼懷兩兒遠遊

屋裏雲光久不生，漸聽檐際滴成聲。便回麥汁青如染，旋潤茶枝緑可烹。引鏡瘦窺絲鬢槁，臨文愁隔紙窗明。勞勞無定春風櫂，沾濕江淮何處行？

憶兩兒行賈未回

憑將年力客無方，歸櫂踰期望欲狂。正慮南遊嚴鼙鼓，又疑北販阻津梁。勞深歲月青春損，思入江湖白髮長。割斷離腸能不挂？夢魂依舊繞艅艎。

遊大士閣

潮音誰得主？曇秀出吾鄉。主僧係吾桐人。靈草描江水，幽花綻海棠。遠帆封樹影，隔岸洗秋光。記取頭顱雪，他時訪竹房。

中秋前六日羅溪訪方大升兼期歲暮枉顧得秋字

十載瀾江想舊遊，重尋羅水豔維舟。當軒翠滴千竿竹，繞屋黄飄幾葉秋。茶竈易烹終席語，筆牀難副故人留。更期乘興迴溪櫂，夜雪何嘗滯子猷？

鸚鵡

靈鳥南來自隴西，緑毛金線喜新齊。知君應悔能言語，不得園林自在啼。

附　喜周增其寄周雪山先生遺詩

方期猷　大升

雪山家碧山，遠過羅溪沚。時余館此。贈言得秋字，堅訂遊其里。云有眠雲集，其壽堪不死。不願附青雲，付子願足矣。龍眠風雅鄉，集貴洛陽紙。續集弗難成，時聞潘耐翁復有龍眠風雅續集之舉。難者篇章美。安得雪山詩，立鶴鷄羣裏。揚雄草太玄，悠悠俟知己。汝南子孫迂，眠雲不吾起。眠雲集公遺命扃鐍，子孫以此不肯相示。公殁始二年，公言早一紀。山陰興盡頻，吾負公也已。增其阮之咸，同心足狂喜。謂公集具存，過問者誰子？增其答余書「家雪山翁往矣，其詩集無有過而問者」云云。公詩古人侔，陶杜中間擬。一函報我遥，所歎無多爾。吾篋有公歌，奇古無其比。四海豈盡盲？吾誓吾公梓。

校記

〔一〕炬　字待考。

〔二〕斥　當作「斤」。

〔三〕圃　當作「圃」。

〔四〕墖　當作「塔」。

〔五〕緥　疑當作「細」。

〔六〕晲　字待考。

〔七〕跑　當作『跪』。

〔八〕敳　當作『弢』。

〔九〕盬　當作『鹽』。

龍眠風雅續集卷四

木厓潘　江蜀藻輯

吴道新

字湯日，號無齋。方伯菲菴公第九孫。少工文藻，袖領詞壇。天啓丁卯，年纔二十六，舉于鄉，才華譽望爲一時翹楚，咸以公輔期之。屢上春官不第，家貧世亂，乞氈代負米，初司教句容，丁内艱服闋，補泰興，倡教作人，兩邑至今思之。以直指疏薦，擢國子監助教，轉工部司務，旋授都水司主事。甲申國變，被執不屈。尋得間，徒步逃歸，隱于邑東白雲巖之麓。著作自娱，荷衣芰裳，日與漁樵牧豎爲伍，視世俗富貴利達之好若將浼焉。安貧樂道，不趨公府者垂四十年。卒年八十有二。方諸昔賢，臺佟鑿穴於武安，袁閎埋名于土室，有過之無不及也。晚年自署舊山隱者，或稱函雲杜，多所著，有紀宦、紀難、紀貧、紀遊，又有函雲頭陀傳、函雲似陶説，其自爲寫照也詳矣。有潛德居詩集五十卷藏于家，文集略相埒。曾屬予爲文二篇序之，予外祖鶴灘公爲先生同祖兄。顧予小子髫齔時即辱先生器待，長而賞奇析疑，不吝下交，有忘分忘年之雅。龍眠風雅之選，實從臾而推挽之，嘗有詩見寄云：『不幸餘生偏後死，詠懷淒切憶龍眠。』予唯唯弗敢忘。岱遊後，即請得全集，手抄成帙，以篇什浩繁，艱於割愛，逡巡久之。今且柳生左肘，惴惴乎夙諾是負，急遴得晚節詩若干首，捐資續入，皆少陵作客夔州、放翁歸隱鏡水以後之作也，存此亦足覘其崖略矣。嗚呼！李杜文章在，光芒萬丈長，名山石室詎非後死之責哉？

七十自紀詩一百八十七韻

予年臻七十，回憶少壯時。遇也猶不遇，老貧長抱饑。大父踐維藩，征南建牙旗。功崇名並赫，服豸冠鵔鸃。奕葉傳雲礽，重光騰口碑。仰承清白蔭，祗受芳徽遺。予考敦醇謹，澹泊遵箴規。父書誨子讀，燕翼青箱詒。予幼沐考器，癖譽大宛兒。奉教趨鯉庭，叨聞禮與詩。孝友睦姻式，諄諄恆切劘。忠信廉節模，侃侃誡忘疲。予誓終此身，珍佩提命辭。十七採頖芹，妄負軼倫姿。竊冀獵富貴，顯揚慰嚴慈。昊穹不憖一，風木銜臯悲。欲養親既没，菽水痛淒其。廿六登賢書，囊穎甫露錐。義方訓食報，僉謂樹德滋。背萱加餐飯，稍舒畫荻眉。福輕仍顛躓，公車頻數奇。干謁致腆瀡，途窮悵安之。廣文乞薄俸，聊藉展烏私。氈擁潘輿臥，蓿佐孟筍炊。定省歷春夏，疽發迎良醫。茅岫缺赤瑛，茹疢丁百罹。捧櫬返蒿里，恰值寇猖披。兵燹連歲烈，耒耜廢胼胝。爲弟謀宜室，爲妹籌結褵。弟塾豐館飧，妹贅裕廩粢。經營骨月畢，言邁驅輧輜。屢遷迷兕野，三匝繞鵲枝。鐸秉延令署，棹鼓邗江湄。瓊樓佳麗地，豔俗沿陳隋。鱣堂羡鄭虔，兔苑肅壇壝。樽罍玉勾側，簫鼓雷塘涯。絳帳讌重客，緗笈貯腴貲。不忍自饕餮，輒廑罔極思。嗟哉仲由米，列鼎夫何裨？太姥襚襄畢，内家訃駢隨。妹夭又需殯，微予責孰尸？櫬殮迄窆厝，遑論費多靡？兩弟賊中至，依兄石城陲。解衣兼僦舍，損橐手授伊。拮据糊衆口，市穀給餔糜。棘闈戰五北，雍席幸一推。檽星髦士跔，蕭寂臨璧池。常伯齎尺一，檄晉冬官司。幡槍飛烽煙，韝韣旋登陴。督役葺櫓楯，戒工淬戈鍦。宵晝殫劼毖，天宇倏崩攲。雉摧禁血喋，龍去湖髯垂。抱弓競攀號，俘臣已縶縻。囹圄射慘日，鋃鐺動陰飈。矢膏巢逆刃，泣藏宋瑞詞。脱械倖免戮，雜估遄奔馳。瀕死盼餘生，足繭面色黧。行□止鍾阜[一]，蹙蹙騁桐陂。永嘉渡典午，泥馬殊堪疑。王謝慨斥黜，潛彦肆奸欺。予心識其敝，擾攘方阽危。史丹駐淮揚，鶚牘薦彤墀。題請樞部銜，取贊制府帷。親朋咸勸駕，子弟促歌驪。獨予見幾蚤，時事槩可知。假託叔夜疾，堅卻嚴公麾。輟步平津閣，屏息柴桑籬。漁陽突騎來，大廈果莫支。十畝藹軸閒，榛蕪待耘耔。峯巒環崒嵂，巖洞窅嵚嶔。怪石叢作供，片雲函足怡。荷鍤謳梁父，擊缶詠豆萁。茂先乘夙減，靈光壁久隳。貸書恣涉獵，肯惜傾一瓻？鄴架籤復滿，賴充著述資。缺舌希鸞噦，羊鞟冒貙皮。弇陋罕矜慎，娛悅亦贈貽。伏莽煽肘腋，揭竿踞厜㕒。軒榭燼一炬，室家竄仳傺。剽掠我圖籍，胠篋至臬絲。儲庤宛焚滌，遂令窮鬼嗤。廡棲困株守，鑿空思鈞奇。乃躡康樂屐，或濡姑臧脂。扶筇山陰道，攜柑聽黃鸝。泛剡入四明，雪舫溯逶迤。匡廬瞻五老，孤帆泳彭蠡。洞庭訪嶽麓，投句唁湘纍。擔簦陟閩嶠，揮毫賦武夷。九潨探僊源，夢魂泠碧漪。禰刺彈馮蒯，阮淚灑楊岐。江州暨安邑，顏率靦覥施。曳裾持鉢計，寧長救釜錡？非無終南徑，怯蹈衣繡犧。渚淵江總好，意不甚孜孜。栗里折腰辛，曠代洽襟期。窶詘倦過橋，恬愉寡怨咨。物態變涼燠，仕路紛險巇。箕山貞薛志，處錞甘守雌。偃蹇賃闤闠，嘯傲還委蛇。鴻竈恥因熱，任笑腐儒癡。蹄涔涸轍鮒，河潤詎強窺？貧弱墮六極，惡庸恤拙遲？幼輿置丘壑，表聖具亭基。袁閎室堊土，下澤車橫輗。匿影橥菟裘，遁迹掩茆茨。懶殘就煨芋，綺角偕斸芝。屠沽樵牧侶，願學氓蚩蚩。止合盟鷗鷺，常教羣鹿麋。閃欻三十載，荏苒蒲柳衰。目瞶漸聾耳，髮斑全皓髭。庚寅誕正則，甲子註義熙。渾忘歲月駛，惟覺精神罷。古稀人讚頌，潸然下涕洟。違親遽四紀，墓草宿葳蕤。綸綍僅郎秩，俎豆虛賢祠。倘予溘朝露，祚胤遠曷追？所欣獲吉壤，窀穸勤鎡錤。體魄誠妥侑，幽鑒應蒙祺。更扞王母兆，六秀叶四維。郭范誼雖邈，三喪力克仔。生養死葬禮，告無罪于兹。訖未煩羣從，庶其愜天彝。最傷舐犢慟，卜泗同漣洏。宗文先少陵，奄忽闋杖期。汝擬坎嬴博，我尚爲人猗。又加向平累，遺嫁適門楣。家例循處嘿，牽犬虞譏訾。黽勉餙粧奩，金釵耀黼褘。敢詡厚懿淑？笥實竭纖絺。指囷歎粺粒〔二〕，搜篚罄銖錙。春陵催租吏，哮怒驕虎貔。外彊而中乾，禦侮漫憑誰？私逋併呼索，奚恃交撐持？爰感二豎祟，頓恐四大離。昌黎窮難送，扁鵲疇能治？猛捹屬纊速，不酌介壽巵。恫父急子女，惶懼覓參芪。銜愁詮七發，帶悴哦五噫。蒼蒼迭降割，雨暘洊愆宜。始悼民其魚，繼憫谷有蓷。螟賊嚙种穟，安覬如京坻。今夏魃尤虐，村墟徧黄萎。蝨螣毒比蝗，穜稑咀及秖。鋌艾絶根蘖，哺啜乏糟醨。蟬腹對塵甑，捃橡掇臭茈。歸周媿墨胎，陁陳似宣尼。延喘屆揆覽，豈望徐迓禧？扼腕敘平生，齠齔踰艾耆。備嘗諸艱楚，儘耐荼如薺。君平衍卦象，詹尹拂蓍龜。財禄云俱盡，繁祉胡從綏？念祖企繩武，樗朽骨將骴。劬勞懷二人，再無錫命貤。慕義曾行德，其奈搆澆漓。恩者報以仇，尊者凌以卑。跋疐竟反噬，嚇鳳聲類鴟。聖人及君子，可爲不可爲？矧益增窘偪，何貴躋期頤？命舛不必永，天荒不必祈。木蠹不必植，花落不必蒔。有婦恊琴瑟，有弟賡塤篪。有子進匕筯，有孫侍盤匜。曾孫穉頗慧，儇佻愈善嬉。憂來偶填膺，撫弄懌含飴。只此稱祝嘏，較勝舞傞僛。身世原泡電，乾坤亦瘡痍。罡飆捲埃氛，大塊均一吹。亨屯顯晦理，螢爝乍蔽虧。修短久暫數，菌蛄略參差。升沈聚散緣，萍梗逝渺瀰。得失倚伏機，塞馬幻駑騏。浮山録公禪，說法拈枯棋。今古傀儡場，黑白皆如斯。若能悟其旨，尋珠即在緇。煩惱障苟撤〔三〕，放下悉已而。搏鵬運巨海，冥鴻翔高逵。逍遥避矰繳，毛羽焉用儀？掞藻枉絢爛，卷帙徒洋纚。身隱文謬彰，才盡形尩羸。縱活百四十，崦嵫異晨熹。齊作七十觀，芥子等須彌。王珣宅後山，蘭若數椽支。龕燈分半榻，趺坐習菩提。割棄萬緣了，刹那祇劫移。迴光證彼岸，破衲是吾師。敬謝賓筵俊，休辭倒接羅。季鷹生前酒，一觴且預醨。

陳廒鼠

豪家廣阡陌，此地連十里。夙貯五萬斛，金死粟亦死。其死伊曷故？蓋由貪心使。天降旱魃殃，黎民食罕秕。穀值石六錢，春初騰涌起。窮甿百青蚨，忍饑攜致彼。涸鮒與斃鄰，求活升斗耳。司庾遵主示，閉糴益堅壘。懷蚨痛哭歸，甘殍溝壑委。賈客挾貲來，六錢加五市。計穀萬有贏，六七千緡矣。依然不允糶，待價踰兩始。高廩擁稂稗，珍鐍仍儲庤。萬穀萬精鏐，洊增且倍屣。嗜利一念亢，厥毒遂莫抵。詎料秋成豐，田畯咸至喜。狼戾粒米多，誰顧陳糠粃？值減惟二錢，無復人問視。刻斂穀原濕，浥爛貫倉底。鼫鼦穴其間，飽飫殊汰侈。呼朋引類居，眷屬繁生齒。秏撒恣饕餮，盤踞輟遷徙。巨者如狸狌，肥腯疇堪比？穀厭思肉食，羣嚙雞鶩美。鼠也太無良，黨衆其横恃。將鍛張湯獄，盡磔憤乃止。

鼠作爾我言，爾胡不自擬？爾昔食貧時，啜菽兼採苜。一朝釋菜後，亨俸膺膴仕。朝廷授爾官，養廉應惜恥。朘削吸脂膏，敲朴擢筋髓。此豈宜吞嚼？飛而噬弗已。今我餐幾何？略染棼鼎指。孰若爾噉雄？兆頃更億秭。爾倘矞濟人，我焉得覬此？紅腐爾實留，損餘供我旨。況爾有主人，當宁聖天子。厚糈豢豺虎，奚啻飼犬豕？未嘗加督責，討罪究所以。爾以穀養我，亦同禄養爾。爾我倖兩容，平準適如是。鼠言頗靈通，主人須聽只。蠹國尤蠹民，穀所從積累。還以鼠蠹鼠，相償固恆理。

曝書

藏書良孔艱，天災恆特致。檇李韓求仲，卷踰千百二。感涕爲我言，一炬尠遺字。蘭陰徐元性，十樓堞間置。鄰虐絶毗連，赤烏倏飛至。石倉述其厄，水火盜賊備。又竊聆虞山，酷受祝融祟。書成鬼神泣，書積造物忌。積書與積金，其究淪一匱。我昔孝廉時，購書盈數櫃。寇氛燬東壥，散軼不復萃。散髮賦歸來，猶營鄴架四。揭竿嘯潢池，溷投亦灰棄。嗣是廿八年，篋貧蓄匪易。帙苟稍可儲，咸于子孫畀。餘供稽考資，敝簏無多秘。春夏霪雨零，溽氣蒸且漬。痕沾蠹蝕汙，迹滯蝸涎膩。六月六幸晴，炎威赫以肆。躬檢攤階除，弗敢憚勞勩。頽齡七旬三，目眚不堪視。露澮已晞微，紀載更何嗜？縹緗罔肯褻，老仍懷夙志。屆期聊免俗，因曝理倫次。温公誡後人，曝書有精意。所重宜曝腦，勿令手觸累。鑾府郝參軍，貯書惟邊笥。坦腹雖解嘲，亦云踐曝事。今我同兹心，寧與古人異？癯息一朝存，珍惜素所肄。斷簡及殘編，筆墨緣未既。豈須挾入冥，別覓嫏嬛地？

立冬雷久澍踰小雪風霆復大作燠甚變兆也憂慼而賦

仲秋雷收聲，孟冬忽大震。列缺佐之鞭，中宵愈益迅。屏翳駕飛廉，鼓勢横相競。霪雨浹兩旬，鬱蒸積迷悶。候若春夏交，小陽酷烈甚。天心怒斯激，地氣戾乃應。以之卜人事，當更兆凶釁。干戈聯翩起，風鶴警靡定。萬方多難臨，又遘龍蛇運。連歲饑饉臻，窮黎莫必命。復驚災異頻，宇宙何時靖？許伯憂世深，掩涕懷疾疢。自傷衰病年，□亂罹未盡〔四〕。逝將去道山，瞑默無所問。逍遥泉下遊，一□人間恨〔五〕。

薪盡油盡乏錢市夜無燈火坐黑暗中冷然自得目不擊而道存焉詩以紀之

猶龍門曰玄，靈鷲槃曰涅。知白能守黑，斯言證極則。冥冥至道精，昏昏至道宅。祇在暗前參，勿從明處測。無明明乃生，有明明乃滅。土以常寂光，于兹悟真訣。燈燼火消膏，硯冰水凝墨。智者炫爲愚，静者斂其哲。是故尼山聖，所識亦惟默。不覩暨不聞，闇然黜聲色。洗心密退藏，思慮渾焉絶。我潛葆中央，混沌鑿弗洩。二亮歸一晦，室與堂何别？獨坐抱希夷，如漆復如鐵。煩惱障暫空，幻軀任灰劫。

偷兒行

荼苦至斯極，偷兒何太毒。偏瞰終窶人，踰牆穿我屋。偵我老且憊，聾眊寐易熟。入室隔牀帷，潛踪類鷙伏。我雖乏長物，履舄及巾服。敝屩此青氈，豈饜狐鼠欲？致我赤一身，凍徹衰病骨。閨人失戒嚴，闔扉忘扃鐍。簪珥曁裙裳，傾筐遂覆簏。飛來殃忽臨，煩惱殊未足。我生丁困窮，垂暮尤迫促。加雪壓冰霜，增薪爍膏燭。天乎作孽誰？降罰若此酷！命蹇厄頻罹，死朽胡不速！

甘蕉歎

蕉實垂檐内，湛露弗零。苞乏甘汁，摘輒棄之，物猶如此，人何以堪也？作歎三十韻。

牆陰蕉吐苞，倒縣入檐際。露氣未能滋，墜畱浥萼蒂。金莖涸華漿，瓊液尠醇味。實用既弗嘉，虚名枉稱瑞。誕生本自天，寄託適非地。英人鍾瓌姿，抱負擅藻麗。不獲遘昌朝，偃蹇丁末世。㟴晦久沈淪，遏抑永錮閉。鬱鬱何從舒？濩落同匏繫。孔孟蚤已然，困阸貽此例。況乎後代賢，所值暌時勢。亞父詘謀猷，元直斂才智。誤隸籍與瞞，曷由展經濟？賈誼屈長沙，陳湯徙荒裔。文武足奮庸，其奈殊方置？馮唐郎署淹，鮑照參軍泥。散秩暨卑僚，懷諝安取貴？敬通罹放歸，孝標遭屏棄。竽瑟成齟齬，忠耿寧孚契？庾信離江南，虞翻遷海澨。異國恨飄零，天涯悲瘴癘。夜郎太白流，蠶叢少陵滯。光芒萬丈騰，羈愁迹迢遞。吁嗟失路人，茹傷處乖戾。山林丘壑間，黯霮浮雲蔽。蟄伏躭幽潛，藪藏任蒙翳。坎壈終其身，志業竟難遂。等一枝頭乾，扼塞伸無計。許伯山頭哀，杜默神前淚。千秋感遇心，因蕉一雪涕。

寄南豐湯惕菴司馬一百二十韻 有小引

一氈延令，三載維揚。嗟廢箸于茸齋，叨濫竽于李署。獎香山居易，鑿比逋翁；慨仲父知難，誼同鮑叔。恆倒屣而下榻，時簪筆以掄文。詎期孽起蚩尤，運去天崩地裂；遂致劫翻龍漢，別來雨散雲搖。壁壘旌旗，空指鬱孤臺上；風濤舟楫，疇憐惶恐灘頭？欲變姓更名，何處覓仙人之市？悵離家去國，無從入漁父之源。幸還鄉猶似鄭公，更焚林未搜介子。尚堪採藥，洵可餐薇。不肖新自泣鼎湖，久棲盤谷。白雲嶺畔，挂弘景之衣冠；黄菊籬邊，消義熙之歲月。每懷玄度夢迷，穴失南幽；忽接惠連貧媿，主非東道。惟是捧子卿之帛，仰睇鴻冥；因而憶伊祁之年，淒聆鶴語。煙霞痼疾，惜此骨將埋；金玉遐音，喜故人無恙。聊裁短句，漫紀長言。用致蒹葭宛在之思，兼申松柏後凋之祝云爾。

仲夏雨止晴，柴扉罨蒼翠。忽聞剥啄聲，嘉客西江至。蘭谷自豐邑來。故人司馬書，殷勤特傳致。三十五年餘，滄桑邈遐遺。鴻飛已久冥，九霄一羽墜。開緘訝音跫，捧誦歔歔淚。憶昔鐸延令，此下敘延署荷公相遇之厚誼。氈席叨廈庇。摳衣李署堂，加膝托末契。吮毫代衡文，負劍趨辟咡。叔夜才識疏，嗣宗青眼視。奬掖寓排解，甄陶厚埏埴。揣分溝斷材，何當辱懿嗜？公車賦河梁，此下敘新别公入京，北變，蒙難倖歸，遁迹雲巖。挾策走燕薊。擯斥補冬曹，一官歎匏繫。豈知社稷危，蚩尤恣狂戾。杞人徒憂天，登陴紉刀鞔。銜梯墮崇墉，攀髯横涕泗。莊舄縶南冠，梏桊扃犴狴。湯火命如鷄，願從鼎湖逝。重繭倖生還，崿巖聊棲避。揭竿煽鄰封，復罹豺虎噬。永嘉渡江東，此下敘南變，公之官粵東。泥馬化渥驥。秉軸兩僉壬，苗劉潛彥輩。青絲白馬謡，衍聽熒朱异。秣陵六朝都，羶腥汙佳麗。南北偕分崩，乾坤劇倒置。公時辭省郎，嶺表轄水利。懷忠曷吐攄？叱馭且攬轡。回首望鍾山，煙寒孝陵祀。晉安暫擁立，此下敘公閩、廣從王忠節。呼□乏餉饋。公輸六十萬，鯨波航接濟。慷慨輒請纓，鬱孤搴赤幟。周丘招募師，組練成彍騎。義聲振虔吉，揚戈待捲旆。閩亡業又墮，越播力愈敝。漢祚訖傾頹，一木非贔屭。五羊失支撐，百粵亦顛躓。途窮泣路岐，梗迹晦荒裔。誓將守箕山，薛方可追繼。黃田十畝閒，軍峯千仞嶠。此下敘公歸隱物望之重。搆亭倣中條，槃澗洽寤寐。恥依梁震臺，慵入韓康市。放歌採蕨薇，讀騷裁荷芰。武侯表悉焚，蘇卿節長棄。默銜銅駝悲，暗咽黍離思。廿載銘金人，絶口譚時事。幸杜物色窺，翻啓欽崇誼。聞公臥空谷，駿望隆羣萃。太丘暨彥方，片語比金礪。凜奉若蓍龜，孚格豚魚類。居然鄭公鄉，謳頌允無二。豫章諸大僚，仰止泰岱似。半面莫可謀，具瞻惟天際。鹿牀修竹間，伊人宛在是。曩予赴廣陵，每隨函丈侍。蕖幕及蘭舟，橐筆佐掌記。覿公甘澹素，食粟寢布被。公瑾味醇醪，安石胸坦粹。尤肖程夫子，春風拂坐惠。洎乎弼祥刑，廉能挺卓異。青霜砥潔操，紫電昭正氣。疇敢干以私？疇能撓以勢？剛方毅然持，匪石不可易。予嘗竊評公，爰取往哲譬。瓊厓海忠介，前代標伉儷。文水鄒忠介，維桑典型峙。以公媲二公，此謚堪三謚。迄遘板蕩秋，擬公殊未既。冰天雪窖中，謨烈未曾遂。可以企孔明，可以並宋瑞。卻聘拒蒲纁，知幾蘊深智。高名重于山，不受名之累。遁肥乃寧家，漸逵斯儀世。自曩予赴廣陵，下復總敘公□揚立身、居官品槩，及還山卻聘之事。又聞投紱歸，此下敘公歸家門仁孝及兵變德被鄉邦。雍熙門內備。太公老楊彪，玉鳩祝哽噎。康寧壽考終，永言思不匱。忠宣三鳳毛，命名與之儷。元方督家政，内外咸毖治。椿庭娛賓友，讌樂徵養志。卯寅丁變亂，樵川即旅次。寇躪鶴巢驚，兵訌雉堞潰。相戒戎馬行，勿犯公宅地。聚公墅保全，婦孺百千計。古之孝子廬，今之貞臣第。村氓慶安堵，胥沐一人賜。六紀七旬二，健飯侔壯士。應知樹德滋，福斂期頤歲。嗟予違桀範，此下敘新歸隱，窮困自守，以與公同志節爲幸。河山阻迢遞。因惻賢人隱，轉傷天地閉。小臣作逋臣，匿影合幽邃。華陽洞口雲，卜築剪茅茨。先人窀穸存，松楸手培植。陳咸臘仍舊，躬耕挈甿稗。偶一謁縣官，呈面釋疑貳。藩臬連帥前，從未通姓字。不秉范粲車，不過嚴遵肆。袁閎室一區，昆明土堊墍。中清以律身，中權以處廢。送窮窮益堅，遂貧貧逾崇。伯龍儘揶揄，正則拚憔悴。社續月泉吟，篋屏封禪議。近耋迫崦嵫，没齒坳垢滓。以茲謝知己，庶其告無媿。蒼葭白露詩，懷人杳難寄。適逢惠連來，池草映階卉。得詢公履旋，調饑用欣慰。詳剖别後情，諦繹牘中意。恍如覿芝顏，依稀夢魂值。人生敦大節，出處必揆義。出彈王貢冠，聯臂升樞位。處洗巢由耳，躡踵沈淵涘。謝翺與龔開，元初俱弗仕。爲感舊恩門，確乎自激勵。今予忝附公，垂暮免跋疐。胤點大小山，千里若兄弟。相期度殘齡，稽古勉游藝。不朽賴立言，著述何嫌忌？吾念鄭所南，鐵函現明季。内省齋集刊，訓誡貽奕祀。盱江下雙魚，珍重祈郵示。内省齋，公所居，有集。

薇鑒

去冬十月，移紫薇一株于二亮𡊮前，經春未發，竟死矣！六月杪忽茂，蒼翠蔚然。物情固有不測，可以鑒人事也。賦三十韻。

小陽植瓊葩，三春嗟槁木。將無根本殲，白骨不更肉。皆云宜芟除，我心獨不欲。花葉雖未敷，枝榦亦不俗。留以補檐隙，兼可支榭竹。季夏鄰初秋，生意頓發育。霖雨膏沐之，滿樹蔚新緑。諦視菁葱間，稀微繁蕊簇。因此體物情，絶者仍能續。命脉非斬然，氣候有遲速。但勿急剪傷，徐久俟其復。以是推論人，榮悴恆倚伏。先後顛倒殊，理數渺難卜。機隱不可測，常中審變局。人恃少欺老，謂老壽已促。昔有姜子牙，八旬釣渭曲。百歲甫鷹揚，老詎可驕忽？人恃盛凌衰，謂衰運已蹙。昔有孫叔敖，其子負薪鬻。公卿必復始，衰詎可恣辱？人恃安擠危，謂危禍已酷。昔有韓安國，冷灰溺于獄。燃後重登朝，孰知危歛福？人恃生滅死，謂死身已没。昔有范應侯，屍從厠舁出。綈袍乃相秦，孰知死膺禄？觀此軒前薇，意外得蕃郁。窅冥渾沌中，凡心莫能燭。夢想所弗及，静聽自轉軸。不學智短漢，休任一時目。

風祟

二年老魃蕃生齒，競逐雨師莫停止。赤熛赫怒燥多風，飛廉作祟日騰起。地捲黄埃拂紫塵，天拭空青幾萬里。拔石摧林助虐威，一日吹乾一溪水。北巖南嶺暫排雲，疾驅蕩散何其駛。舞勢吼聲不可當，豐隆遠遁列缺死。休將曷喪指金烏，力阻甘零風所使。

白雲南山歌

陶都水曰：『只可自怡悦，不堪持贈君。』紀白雲也。彭澤曰：『南山當户，白雲在天。』則並紀南山焉。予有白雲，有南山，雅與彭澤合，而元亮二語，南山與白雲比隆也，予無一言紀之，不幾山靈含慍乎？今拈元亮二語作堂聯，而以『悠然見南山』五字勒衡門之額，庶不負南山，無媿于彭澤矣。歌以志之。

通明昔隱華陽洞，一片白雲矜自奉。淵明白雲時在天，卻與南山並稱重。今我巖阿宿白雲，函雲一洞如隱君。南山隔溪相對峙，當户不殊栗里村。都水挂冠别神武，我亦拂衣從水部。柴桑蒔菊柳蔭門，我亦滿籬兼植五。我于二陶締夙因，二明得我爲三人。雲與通明偕澹蕩，山與淵明共嶙峋。南山白雲環我宅，淵明二語最親切。草堂蓬户借光輝，悠然千載堪怡悦。

戲作天意廢書歌

江楚傳烽起戰氛，朝廷急武罷掄文。汰裁贇序趨援納，蒐餉馳供鵝鸛羣。草茅賤士抱牘泣，致身無路窺青雲。弗挾朱提懷赤仄，誰排閶闔叫天門？慷慨欲捐書，感憤悔識字。雖云本廟謨，良亦由天意。倉頡作書鬼夜號，固知書乃天所忌。三皇五帝歷三王，典墳謨誥紛煇煌。假手秦人一火爍，三代以上咸銷亡。從此上帝永著爲絜令，六丁不時下取付之灰劫颶。後代守文有令主，開獻建藏積書始。麒麟天禄毗蘭臺，延閣石渠廣内府。太常博士職專司，六略七志皆惇史。豈知斗杓旋坐亂兵來，可憐宫闕成焦土。西漢三萬三千九十卷，延燒不異祖龍炬。光武遷都赴雒時，二千餘輛屬車隨。辟雍東觀增且倍，宣明鴻都益更滋。卓驅百官允攜出，乘僅七十間關遠道半棄之。迨夫洊罹兵燹後，東漢一萬三千三百卷，尺蹄寸楮靡孑遺。當塗典午加采掇，秘書中外仍三閣。縹囊緗素各標題，俄頃惠懷變復作。西晉二萬九千九百卷，頓隨胡羯風沙吹渺漠。牛晉渡江曁宋齊，續謀鳩聚𢱧存貽。李充甲乙依舊次，謝王詮補猶闕疑。總明觀與學士館，齊末更遭烈焰虧。晉惟三萬九千一十卷，宋則六萬四千五百卷有奇。齊亦一萬八千一十卷，煙飛燐滅誠堪悲。梁初二萬三千百六卷可訊，江陵七萬尤充牣。文德殿與華林園，彥升孝緒諸賢訂。周師入郢元帝殉，身衣寶玉搜書共煨燼。犇篋浩繁莫若隋，三十七萬正副本，重複猬雜嫌參差。牛弘採摭柳䛒較〔六〕，特遴十萬三千三百卷。昭垂觀文嘉則兩殿貯，錦標寶軸裝琉璃。武德五年唐取鄭，峨岢艑載回京師。舟過砥柱觸石破，波漂浪没陷馮夷。蛟潭蜃窟沈水底，亦如赤熛怒奮災南離。貞觀初迄開元季，網羅羣書殊大備。始也虞魏請購求，繼有宋蘇領署事。分置集賢諸院儲，玉潤金輝侈美麗。漁陽軍動笳鼓鳴，驚醒華清海棠睡。四庫八萬九千卷悉焚，秋槐落葉偕飄墜。此後紅籤綺帶殘，千錢一本市非難。遺括江淮苗發使，文宗之世書再完。嗟乎！十二庫中七萬卷，巢來忽又燬長安。宋平江南及荆蜀，吴越錢王亦賓服。俱收圖籍彙崇文，更募上書賜甄録。祥符昇平戎馬稀，禁宮一爝燔空煜。三萬六千三百卷，灼爛等于二千屋。端拱以後所頻搜，龍圖閣傍太清樓。景祐慶曆奏黄本，手輯詞臣李王歐宋胥名流。爰及宣和工繕寫，三萬六百七十卷彌稠。靖康二聖既北狩，盡輸敵國罕餘留。孝高二廟討散佚，陳騤讎考中興帙。淳熙嘉定數十年，庫館之書次第斥。夫何紹定熒惑臨，四萬四千五百卷，蕩如燎原黯然息。明興中山下北平，奎章書籍郵秣陵。此皆金元得于宋，浦珠趙璧還神京。永樂定鼎徙燕邸，開局編纂詔儒臣。仁宣右文兼好古，申命訪輯書益盈。科廊內殿綸扉閣，璀璨僉爲御府珍。甲申天地倏崩裂，三百年積一朝傾。硝硫礮石騰烜赫，橐駝馬矢汙羶腥。明史未修乏卷目，總侔前代淪灰塵。自古洎今書之厄，火居十九水居一。未有藏書厄不臻，彼蒼妒仇何慘極。我觀天誕累代聖，寧論華夷岐景運？借書拓跋肇昌明，孝文文治稱隆盛。宇周麟趾虎門連，高齊仁壽文林並。金源攻汴略中原，首輦經書歸北境。伯顔捃拾臨安遺，百年蒙古知尊敬。遂與漢唐明宋諸賢君，統以燕書犯天禁。卻羨如今不踵前，視書藐若善承天。凡物用之斯可貴，屏除不用曷貴焉？取士必期獲裨益，奚容聱帨尸其權？兵强國富須實利，可令蠹簡勝金錢。不用不藏洵便計，殞水檽星革制義。毀毫碎墨擲藝文，孔孟蕭閒堪避位。如茲方快上帝心，敕爾文昌魁斗扃長閉。不煩祝融朱鳥宣炎威，此道人間已自廢。

幾年 二首

四載一逢稔，除皆旱魃天。老偏多困厄，窮復苦憂煎。菽水飡猶飽，棺衾治已全。七旬今踰二，更慮幾凶年？

子亡家即破，蕩析已蕭然。畝剩猶艱税，時災幸少田。貲糧空恨絶，溝壑速求填。八十知難到，從天罰幾年？

食筍

斸來憑醉鍤，揀取貯吟瓢。淇澳溪頭濯，篔簹谷口燒。悟同參玉版，喜勝採銀苗。一飯欣然飽，難將清福消。

憶昔詩 四首

憶昔貧窶菽水娛，勉求薄禄授生徒。華陽苜少聊炊釜，延令芝繁亦濫竽。聲價鷄壇推賈董，文名馬帳重蘇胡。邗江彦集才人衆，摇筆曾驚四座隅。

薦鶚疏煩豸史多，環橋重席賴嗚珂。衡松殿角鱗方拾，宣鼓檽門手自摹。文設几筵看洗爵，潔陳俎豆聽工歌。終風霾起占天變，泣鳳悲麟奈若何？

頖水冰凝思鬱陶，郎官叨轉晉冬曹。初班首領司三月，曾繳精微册一遭。紫禁門深香霧杳，黄扉閣静日華高。當時出入雖卑秩，随例烏紗錦綉袍。

莽傳烽火逼長安，部務殷繁掣肘難。竹木冷司稍覺逸，琉璃危廠幸蒙寬。旋修雉堞承堂剳，便督鳩工勵作官。鼙鼓一聲鈴柝散，城頭先已縶南冠。

輓方四松先生 四首

識賞君從易代逢，金臺市駿北羣空。明經一榜如三榜，通隱雲中復漢中。鑷白宦情原自淡，殺青詩思老還雄。錦囊歸計貧增昔，兩袖惟攜鶴背風。

詩人不復見方干，訃至驚聞裂肺肝。遥念病中音久窨，尤憐客裏藥偏難。襜帷暫駐隨捐館，含襚誰親即蓋棺。痛殺才高耑命薄，羈魂未遂首丘安。

瑶箋尾句訊巖居，策馬期尋宿草廬。曾訂平原十日酒，猶留玄灞一函書。白雲晚岫支笻杖，紅葉秋林駐筍輿。此會此生良已矣，同遊他世莫教虚。先生詩有『策馬欲尋雲宿處』之句。

久掃柴扉爲迓君，闕前紫氣睇氤氳。三生趺石堪留記，十賚眠雲好撰文。元直欲來成絶迹，太丘未至已離羣。素車白馬翻相唁，鶏黍譚憑夢蝶聞。

白燕用袁韻

幾年舊社事全非，猶見霓裳舞未稀。宫過水晶尋夢入，樓經白玉賀巢歸。飄零樊素餘鉛粉，冷落瑶英曳羽衣。欲覓主人投縞紵，霜翎雪頷繞簾飛。

龐居士曰男亦不婚女亦不嫁大家團圞説無生話我今則懷此願矣

貧原爲極富爲福，壽既兼貧福自輕。財禄絶因求路絶，田疇傾爲析居傾。吏呼似火堪銷骨，室適如簀豈擇聲？安得龐家諸法侣，無婚無嫁學無生。

憶方還山

瀟瀟風雨滿庭柯，一載詩筒未見過。壓白誰能如汝士？和陶空復憶東坡。文隨身隱將焉用？琴與人亡柰若何？我亦别君如出世，孤雲野鶴伴巖阿。

仲弟來山中時值季弟久病感賦

春初一别忽驚秋，衰草池塘夢亦愁。兄弟七旬年並踰，往來百里路偏修。漫存大被猶連榻，欲趁殘花共倚樓。爲念季方今病劇，鴒原揮涕話綢繆。

寄懷潘蜀藻 四首

近耋猶來孫楚樓，騷壇還聚舊名流。賞心雅集西園讌，稽古清談洛水遊。闡得幽光遴百種，編成麗帙勒千秋。板輿還訊安仁樂，絳幄春暉映校讎。

座中殊愧老王筠，青眼當年譽謝真。常篤渭陽仍古道，豈占宅相是陳人。擁書萬卷斯爲貴，下筆千言信有神。架上芸香能辟蠹，可知李泌是前身。

徐凝亦有自娱篇，掉斧公輸削棘前。元禮正文宜此日，太沖索序重他年。玉壺擊碎空歌驥，銅鉢敲殘恰聽鵑。不幸餘生偏後死，詠懷淒切憶龍眠。

樸菴樽酒訂心期，春去郵筒未有詩。雁字雲峯同望處，鶯聲草閣厭聞時。蕭疏書札都成懶，衰病謳吟不耐思。幾度紙窗風雨夜，懷人魂夢暗相隨。早春別于鄧樸菴席上。

破衲

廿九年前舊水田，遮寒補破尚依然。驕他翠羽千章集，愛比鶉衣百結縣。晏子裘將同壽命，王公氅欲儷神僊。惟慙乞食無歌院，虚負雲山玉帶緣。

讀史 十四首

自昔莊蹻仗楚師，蒼山洱海肇洪基。碧鷄廟下鷄堪卜，金馬祠前馬任馳。皋伐英征功屢奏，蒙興段繼祚騈移。從來六詔源流異，倒瀉昆明天上池。

牂牁南下水迢迢，路入盤江鎖鐵橋。瘴雨蠻煙封五嶺，擁干舞籥阻三苗。尸星分野天悲慘，羅鬼稱邦地僻遥。漫詡殷宗能克敵，越裳白雉久蕭條。

五丁隘鑿啓戎氛，血冷啼鵑不忍聞。躍馬仍教歸漢統，傳柑誰與迓金軍？錦江玉壘連烽火，劍閣琴臺隱陣雲。長恨一星沈五丈，参旗井鉞變天文。

渭水東流華嶽西，咸陽宫殿草萋萋。火龍又見三藩入，鳥鼠還同一穴棲。飛棧已焚仍躍馬，重關未閉尚聞鷄。隴頭嗚咽隗囂逝，孰與丸封尺寸泥？戈船海上翔鵝鸛，笳鼓營邊聽鷓鴣。移到泉山臨大壑，會稽犀甲出勾吳。無諸甌粵古名都，九牧當年軼貢圖。鼇柱龍臺曾立國，鮫宮貝闕自稱孤。

觀築鯨鯢今議罷，澤敷鴻雁久拋殘。何時徐福求仙去，波靖氛銷踰賀蘭。海水羣飛入内灘，嗚螺吹角幾曾闌。盧循戰艦横江易，楊僕樓船下瀨難。

朱紱繡裳旂日月，缺斨破斧陣風雷。雄邊子弟多豪俊，十萬都經内徙來。鼓角三韓羽檄催，關城燎火徹平臺。天山鳴鏑龍庭發，沙磧彎弓虎帳開。

探丸郭杜藏遊俠，設帳新亭伏甲兵。非按淄青頒賚籍，何由知盜得真名？郊圻藪澤盡狐鳴，誰典薇垣護紫城？宿衛六軍皆遠戍，周廬七校亦長征。

浪湧鴟夷騰白馬，洲移龍軫駐金鼇。紫陽宫石堪圖畫，漫侈青驄玉勒豪。八月錢塘不候潮，婆留弩未射秋濤。柳堤穿札花枝盡，梅嶼連營鶴唳高。

病中 四首

兀坐蕭然有所思，多生慧業此生癡。文園渴甚猶裁賦，漳浦疴沈未廢詩。暄負檐楹朝日淺，火燃榾柮午煙遲。山間紅樹凋零盡，未步衡皋又幾時？

青山碧樹嶺頭雲，漫向雲中自署君。老去蠹魚難卒業，窮來猿鶴亦離羣。家無餘粟頻輸稅，世少閒錢孰買文？枉嗜著書藏石室，茂陵他日有誰聞？

自從神武挂衣冠，幻住原同隔世看。湘水騷辭聊漫賦，廣陵絶調豈輕彈？龜毛兔角生何有？神馬尻輪去不難。雲物溪山依舊是，病中天地儘吾寬。

一榻帷氈夜冷清，半龕燈火照殘更。松風影裏煨饘竈，蕉雨聲中煮藥鐺。絲悟蜘蛛心久隱，魂飛蝴蝶夢何驚。明晨穩臥如常寂，便是裴公時已行。

校潛德居詩文集有歎

思鍊衡研字尚乖，漫將敝帚屢編排。墨莊欲市無人買，筆冢堪營有地埋。井貯鐵函空志怪，溷投囊錦孰知佳？所忠不復求遺稿，自祭生前且詠懷。

病甚述懷 四首

未死天容碩果留，慙從世外説名流。聊歌白石稱遺叟，豈戀青門侈故侯？廿載人間成廢棄，十年海内絶交游。平生最愛孤山句，封禪無書待訪求。

玉霄峯峙白雲鄉，剩水殘山一草堂。但許狂歌臨廣武，敢言耆舊重襄陽？也知身後埋青草，自合齋前種白楊。應羨司空能蚤達，衣冠生壙預先藏。

寒食感舊 二首

宫柳千條拂御溝，春風袚禊紫煙浮。高粱錦幄衣冠盛，曲水金堤士女稠。香暖鈿車搴芍藥，歌殘麟帶控驊騮。空山寂寞啼鵑雨，望斷珠簾十二樓。

興慶樓前賜大酺，分明繪出汴河圖。金吾插羽翻身射，中貴行厨席地鋪。擊杖兒童圍蹴踘，買籌俠客角摴蒱。不知調馬韝鷹會，猶有當年冠蓋無？

讀錢牧齋金陵和盛集陶落葉詩感懷次韻 二首

蕭森故苑望依稀，禾黍西風幾處飛。凝碧詩中槐已盡，甘泉賦内樹全非。宮娥愁淚秋悲扇，商女哀歌夜擣衣。王謝宅今喬木少，也隨社燕一時歸。

六朝繁茀見應稀，蔓草寒煙慘淡飛。臺畔花殘金埒改，渡頭桃去畫舡非。和陶殿閣前朝士，弔屈江潭舊布衣。指點銅駝當日陌，雪霜荆棘事同歸。

贈蜀藻六十壽 四首

聲氣文章四十年，香山紀歲有詩傳。社中牛耳仍推長，海内龍頭不讓先。五粒著書鱗已老，千齡食字蠹成仙。瑯嬛地歛箕疇福，爲介雲腴酒似泉。

半世聲華溢雉壇，司空亭已罷彈冠。鮑昭不厭參軍拙，常建何妨一尉寒？羽扇綸巾供坐嘯，紫芝白石勸加餐。安期豈屑王侯佐，只作山中宰相看。

數奇天幸兩無權，總把功名付幻緣。百世可知惟彩筆，千秋不朽是鴻編。學人吾敬孔文舉，耆舊今推孟浩然。卻笑公麟徒作畫，直將詩史占龍眠。

文名合註在丹臺，況是雍熙門軌開。孟儘一身遵母教，蘇兼二子得翁才。閒居歲月堪常賦，自祝詩篇已預裁。元亮南山當户色，可容獻壽一銜杯？

病中雜詩

坐二亮齋中，經月餘未出户，隨意拈詠，不擇音，亦無倫次，聊以禦痛楚、釋煩悶云爾。抑虞山所謂多讔謎耶？

龍鍾遺老病虞危，舉趾彌增筋力衰。莫訝此身增瘨痏，須知滿眼盡瘡痍。憂天心痗常懷疚，感世神傷黯自悲。三十四年無異死，維摩一榻恰相宜。

扁鵲倉公世久無，但言不藥是良圖。火攻奚自求靈艾？斬鬼誰爲篆赤符？七竅背觀俱有塞，三尸膝踞任相誣。忖知物我皆如此，且儘山中草木枯。

業因難割此生休，謝盡諸緣尚有憂。葵到花敷猶衛足，筍由根壓總埋頭。遺經誦讀今皆廢，析箸饔飧各自謀。最是老貧淒絶處，看人煩惱代人愁。

灰散昆池晝霧冥，寂寥薖軸罷玄經。立夫家有遺民録，元氏居非野史亭。博與帝争惟有讓，酒從天醉勿求醒。謝敷徼倖填溝壑，賺得人稱處士星。

清淺何須問閬瀛？白衣蒼狗自紛更。幻形種種黎丘鬼，變態層層陽羡生。應有三災翻後劫，豈徒二豎攪閒情？人間多諱癱痱疾，誰聽長沙太息聲？

支離憔悴半生愁，揣分宜同鹿豕遊。郭隗豈堪稱駿骨？管寧未敢占龍頭。逸民有碣生前勒，處士無書死後求。憑此一心隨幻化，身如病鶴即輕鷗。趙岐自署碑曰『漢逸民之墓』。林逋詩：『茂陵他日求遺稿，猶喜曾無封禪書。』

窮人窮在擅文辭，況復工吟窮益奇。因信唐庚留最好，可知韓愈送非宜。數莖鬚斷拈春雪，幾曲腸枯叶鼓吹。無已莫翻歐說案，猗陶卓鄭孰能詩？陳無己翻歐公『詩能窮人』之説，謂詩不窮人。

誰能短景繫長繩？老大心情只懵騰。漫擬八哀歌杜甫，祇應七發藉枚乘。紀年籬菊香難久，向日園葵悴豈勝？回首西風金粟裏，秋原空説望昭陵。

坦静清安住此鄉，不官不役不兵荒。腸中幸少車輪轉，胸際都無舂杵忙。亂僅一身猶是贅，死雖百足亦仍僵。趾間瘍已將平復，依舊攤書憩草堂。

半生踪迹任浮漚，卻似前生夢已休。一片殘雲歸句曲，二分明月屬揚州。溪山到處留青眼，風雨頻年送白頭。今日鬢絲秋又老，冷煙衰草共閒愁。懷華陽、廣陵舊事。

嶺輿三度下閩江，畫舸千峯掠客窗。西晉名流人第一，南皮雅會世無雙。秋風鉦柝連瑶島，夜月樓船擁碧幢。海内若論文獻地，至今魂夢戀斯邦。懷閩遊。名流，謂曹能始宗伯。南皮，謂陳德采景宅諸公子也。

楚客依劉行路難，籃輿鳥道幾千盤。三湘扈芷波猶緑，二酉探書岫尚丹。儉府芙蕖花久落，漢南楊柳葉皆殘。衹今恨闕秦人洞，子驥迷津未得看。懷楚遊。儉府，謂王仍齋學使也。

朱雀烏衣桃葉溪，舊時王謝一枝棲。湖邊煙雨城頭石，花裏笙歌柳外堤。幾載山中蝴蝶夢，十年江上杜鵑啼。新亭望灑神州淚，竟與西臺共慘悽。懷秣陵舊寓。西臺，謂哭史忠惠相國也。

瓊花樓畔柳堤隈，蕭史乘鸞有舊臺。北海樽罍邀衆婥，西園書畫集羣才。鮑昭賦就吟何慘，杜牧詩成夢亦哀。最是十年君實幕，猶憐共事一龑開。又懷廣陵舊遊。北海、西園，謂鄭超宗、梁飲光、宗開先、顧修遠諸子。君實，謂湯惕菴司馬也〔七〕。

絶筆詩 二首

耐窮忍苦臥巖巒，四十年來舊考槃。聊籍詩篇愁杜甫，幸同鷄犬隱劉安。首陽未免餐周粟，下潠何曾授宋官？應是自慙還自慰，後人衡論莫譏彈。

五上公車一第艱，小臣空復憶鵷班。曾無功德酬宗祖，漫有文章落世間。洞口煙霞常日在，□頭笙鶴幾時還？清風朗月如過此，泣拜松楸訪舊山。

癸丑春入城與四松先生盤桓彌月別未得晤承寄送我長言亦一章相答初夏因葺二亮𡊮復取先生壽七句詩共黏中壁日讀一過益服而感之次原五十二韻志懷

越歲曾叨祝，佳篇贈古遺。謬將工部署，僭擬少陵司。錦水江頭墅，永安宮外祠。都緣名手筆，譜入介眉詩。羡爾能搴幟，慙予匪奏箎。翻因縣誦處，益念撰吟時。汐社音常叶，春城迹偶覊。雉壇原久要，羊徑仍依隨。倒屣迎邕户，扶笻度葛陂。花緋秦客洞，草緑謝家池。盟狎鷗兼鷺，樽邀犧共蠡。練裙書倣帖，黄絹字鋟碑。汝我文章伯，交遊讌會期。肆筵恆並坐，命駕必偕馳。矜慎娱先輩，顛狂笑市兒。避囂須疾速，戀别尚棲遲。已歎旬過七，相違月每期。舊峯招夙好，流水勝吾師。栗里非闊曠，鐘英亦怯移。晤言來適左，悵望去惟斯。冥任鴻何慕，哀憐鳳失儀。雲巖嗟地割，浮渡幸鄰比。表聖休應效，通明隱可追。鯉素殷蝸居甘屈蠖，龍臥學蟠螭。商岫求聲合，香山結侶宜。龐爲徽最渥，禽與向偏私。勤達，鸞箋次第垂。冀從朝暮見，肯忍幾時離？仰止星前嶽，經行階畔墀。便同醇對沐，遂覺惠全披。縱鶴飛遥嶼，啼烏集近陴。燕泥連月落，麈尾帶風麾。酒陣攻無壘，茶槍戰有旗。俱憑縈曉夢，未許動秋悲。笥積懷人句，筒郵送我辭。煙霞封壑樹，珠玉賁茆茨。開府清新美，瀼西頓挫奇。體裁標氣格，尺幅肅邊陲。此道誠難識，君才不用疑。世人皆目奪，作者獨心知。攬秀深研骨，乘高力抵巇。豈容爭坫席，長願奉盤匜。貞誼尤堅篤，孤衷自坦夷。宗工尊楷範，雅道賴綱維。竹簡寧煩折？籃輿莫憚疲。訪堪詢蓽竇，談待摘松枝。漢沔當如是，陳荀更屬誰？欲教烹紫蟹，還訂數黄鸝。濡墨供毫染，調笙代笛吹。瀹泉陪掞藻，煮石和歌芝。老約支林話，閒貽玄灞詞。情文今兩似，聊寄展遐思。

死不得

此身長嘯自欣然，卻累家貧無一錢。斂手足猶難備禮，且教賒死待豐年。

白芍藥苞内片縷紅名楊妃吐舌

還把名花比玉妃，中心嬌染茜痕微。君王昨夜含津透，舌亦承恩賜紫緋。

附　吴氏坤元

字璞玉，一字至士。吾友潘江蜀藻之母夫人，前太學九莖先生諱金芝之元配也。曾祖方伯菲庵公一介，祖明經霽宇公應寰，父文學鶴灘公道謙。少承父祖詩禮之訓，讀書，識大義。父病革，刲股肉進，母張夫人無子，友愛庶弟德音至老不衰。適九莖先生，事祖姑湯、孀姑陳以孝稱。九莖公不禄，喪祭殯葬盡禮，邑乘謂其不臨鏡修容，年七十猶髽而椎髻，蓋實録也。教子孫以孝友、多讀書、慎取友爲訓，毋汲汲富貴。所著有松聲閣前後三集、續集行于世。尤工書畫，寫大士像，年八十以壽終，守節凡四十餘年。所司上其狀，大中丞爲之聞于朝，禮部案驗不妄，請得表厥宅里，制曰可。以康熙辛酉，建坊于居宅之左，烏頭雙闕，旌門有閌，邑里榮之。其孀姑陳太君亦盛年賦柏舟，矢節四十九年，吾友蜀藻，恆以未被旌典爲恨。婦夏年廿三苦節，未及四十而終。三世節孝，萃于一門，吾以卜其後之熾而昌也。母爲前水部函雲先生之從女，故蜀藻屬予小子節録其詩數十篇，附于先生之後，而爲敘其崖略如此。同里通家子許來惠敬識。

追悼令芬

我生少逢迎，不藉親與故。惟爾繞膝前，恩愛日以固。固知辨慧人，造物多相妬。或者終吾身，豈意遽焉去？從兹老來情，淚盡泣日暮。俯視砌上花，仰看庭前樹。金埋猶可尋，玉墜無覓處。後會已茫茫，此意渺難住。

長孫仁樹就外塾

立秋方十日，漸覺火雲移。涼飔西南來，一枕頗相宜。午夢猶未足，因思孫與兒。何以老耄人，而多兒女悲？我姑五十四，孫婦已來歸。我今年相若，孫始就學時。不知事紙筆，嬉笑猶自怡。七月月朔日，乃令其從師。徘徊不忍遣，中懷喜復疑。初意欲少間，又恐其嬌癡。子婦俱惻惻，我心亦如之。從前五枝秀，殤折惟一枝。六歲尚不滿，莫辨賢與非。雖不事姑息，未免舐犢慈。讀書首孝弟，富貴非所期。願言良弓冶，厥意在裘箕。

戊子仲春夏氏婦三十初度賦以示之

憶爾于歸時，即能明大義。至性與人殊，婦道差不媿。所貴儉與勤，針黹猶其次。痛哉壬午春，吾兒忽見棄。永日獨悲號，長夜亦不寐。伉儷甫七霜，弱女猶嬌穉。寶鏡厭清輝，粧臺冷珠翠。厥志矢靡他，從一已四備。亂離仍相依，憔悴弗敢墜。回思乙酉秋，踉蹌歸不易。予病在膏肓，湯藥必親試。芳年曾幾何？倏忽三旬至。凄凄秋復春，教女能識字。因汝念吾兒，傷心生死淚。勉笑爲爾歡，不忍强爾醉。老病無所貽，嘉言永爲記。

六十初度 有序

余少不敏，奉母教，讀列女傳、禮經、毛詩，心竊嚮慕之，展卷輒不忍釋手。及及笄，執箕帚於河陽，恪相鳴旦，夙夜持籌，日皇皇周旋於上下諸姑，幾二十年不復親翰墨矣。自吾夫子見背，衰毁之餘，始著有愁添集，嗣成松聲閣集，多遺佚無存，然亦不欲見知於世也。惟教子一念，耿耿歷數十載如一日。每覽古賢母義方之訓，心切思齊，而卒不能致所教於青雲，天乎？人乎？余復何言！及閱吾鄉齊母方太夫人行狀，齊爲僉憲泰衢公之母，余大母之祖也。幼嫺壼範，卓有内政，人情物理，率能察識。於公雖鍾愛，教之必嚴，每出必問所與言，公具述以對，母悉昭，韙之曰：若是宜與，若是不宜與。是所宜言，是所不宜言，且以爲誡。公能束修其行，得母太夫人之教也。余覽未竟，躍然曰：是豈先得我心哉！抑百餘年遺風尚邇耶？惜時有遇不遇耳！方今，夫爲布衣之士，妻亦辟纑之妻矣；子有簪笏之榮，母即冠帔之母矣，余又何敢恃人言以邀不朽哉？雖然，人子之事親，悦耳目服食皆可以自盡其心焉。若欲祝頌稱揚，則必欲多人一口而誦説之，即無論其貴賤矣。是以吾兒江自壽其母，又欲使人壽其母，余固不能禁其行也已。今年秋八月，值余揆覽之辰，當酷暑中，宿疾立愈，加以風鶴之警頻驚，一時，佳什下頒者六十餘人，是亦人之壽余，天之所以壽余也耶？余因踧踖起謝曰：余不敏，幼奉先人教弗敢怠，春暮又遭余姑之變，何以壽爲？然琳瑯滿座，蓬蓽增光，或者瓊玖有待。偶成六十韻，自抒胸臆，適與年相符也。俚鄙不文，用求郢削。

我姑壽六十，稱觴於此廬。轉盼幾何時，我年亦相如。每惜階前玉，甘心檗自茹。人皆稱令子，我獨憶吾夫。人皆念罔極，我獨懷吾姑。但看膝下趨，不聞堂上呼。既傷瓊樹折，還哀猿嘯孤。雖有蘭與桂，翩翩集庭除。門楣與宅相，濟濟足歡娱。而我常不樂，自覺成向隅。四喪未舉一，無計歸丘墟。百年知如何？生死兩憂虞。心同髮俱悴，形與神俱枯。拜瞻增感激，行立空欷歔。古人貴適意，駕言託蓴鱸。青鸞翔碧空，梁燕嗤其迂。黄鵠摩雲中，鳴鳩笑其愚。我欲陳此情，此情竟莫舒。凝爲冰與霜，結爲璠與璵。寸心已九折，子壻忽起予。撰爲百千言，纍纍如貫珠。往往希世珍，常多韜海嵎。將謂南山豹，抑誠北溟魚。弱息復獻酬，羅列皆簪裾。豈知衣白苧，黄金非所須？薄纊差足温，短褐不厭粗。常餐無兼味，煨芋不剪蔬。已矣哉舐犢，吁嗟兮哺烏。不見斗牛纏，寧聞尾畢逋？女嫁不易從，男貧難受需。吾方慙柳母，兒益類黔婁。餘生羞晝荻，何歲不輸租？庚癸日以迫，石田仍荒蕪。百卉倏已變，三徑未教鋤。世情争向背，禮法久糢糊。榮枯各有時，白髮忽須臾。病因寒不寐，秋風霜露初。短檠煤已燼，涼月幸同余。聞昔方夫人，内範冠名姝。王母之王母，遺教安及吾？何以百年後，冰心若合符？堂搆還無恙，豈必在充閭？所嗟白日暮，更悲清夜徂。菊花全未吐，桂影半蕭疏。中懷正摇摇，俗累猶區區。駒隙真幻夢，羽化亦危途。未若棲禪定，且藉暄暖扶。晌午始禮佛，禮畢日已晡。安能香一爐？安能水一盂？逸我以遐日，遂我以容與。稽首維摩前，百憂尚馳驅。況乃衰慵人，久不事詩書。偶成口頭吟，不用章法拘。猥蒙諸君子，嘉言惠教殊。捧讀輒自媿，三復皆名儒。所得既已盈，所譽或恐虚。不揣碔砆質，謬欲附瓊琚。板輿如可待，彤管未應無。

有感示江男

甲子倏云周，六十非期頤。眼昏與齒落，何以忽衰羸？所嗟膝下人，壯年數獨奇。讀書窮萬卷，貧窶尚如斯。晚成親不待，安用富貴爲？以此長歎息，恐爲燕雀嗤。菽水可承歡，藜藿可療饑。庭闈有真樂，五鼎非所期。他日千鍾粟，只合飽妻兒。但存喜懼意，毋令風樹悲。

乙巳八月重葺松聲閣偶成

何用愛吾廬？松閣亦吾寓。借此容膝居，時或縱閒步。閒步足莫支，無心偕去住。悠悠西風來，又見落花聚。憑几朝録詩，老眼如罩霧。兩腕且不舉，雖醒猶寐寤。參木總無靈〔八〕，厥疾仍如故。惟此澹泊心，三反爲誰語？日中始禮佛，倏忽夕陽去。窗隙窺青山，白日銜高樹。開門見梅花，恍惚前朝路。閣下亦梅花當户如舊居。秋花紅滿階，秋雨碧如注。閒吟砌下蛩，閒身草頭露。爲問膝前人，何時彤管附？安得千尺松，偃息相對晤。卮酒亦成醉，菽水亦可茹。未亡三十年，貞操其殆庶。佛燈雜藜火，落霞照孤鶩。以此識天真，翻覺向禽誤。多感明辨言，鄙衷藉以固。日奉古先生，莞然發深悟。

壽方夫人五袠 夫人爲密之元配，予姑也。

寒宵耿不寐，懷舊意彌迫。涼月穿我帷，霜風吹我蓆。因思初見君，君髪未齊額。岐嶷邁等倫，光采耀晨夕。彈指四十春，滄桑屢遷易。記君歷粤嶠，艱難事行役。厥志既已酬，豈畏烽煙隔？夫子第一流，揮麈歸迦釋。君才並柳母，内外藉籌畫。德教兼義方，孝慈被仁澤。寒夜與君言，淑氣暖前席。暑日與君言，清風生兩腋。君如合浦珠，我若寒山石。貴賤雖有殊，氣味本無逆。令子媲薛鳳，佇見飛騰翮。諸孫俱神駿，渥洼産汗血。宅相及門楣，皎皎皆和璧。君誠厚福人，祝鼇聲嘖嘖。孟冬十月朔，青鳥翔君宅。阿母何所貽？應進南山核。

仲春十有三日狂風大作庭前老榴摇摇幾折不禁風樹之思因有是作

閣前山石榴，五十餘年矣。聞昔張太姑，手植乃偶爾。其榦久不繁，其根半枯死。昨鎮以兩石，此意良有以。今晨風怒號，晌午猶不已。根株皆動摇，石亦爲之起。殘枝雖欲定，其如風不止。感兹念吾親，中懷忽如此。益興風樹思，攲枕淚如水。

樹孫二十志勉

余有内外孫，二十二人矣。其中有女五，餘則皆男子。長者能屬文，少者亦媲美。三孫孫居長，二十今朝是。進退頗雍容，趨庭復唯唯。落筆成煙雲，讀書明義理。爾固知愛鼎，予尤掌珠視。岳母即姑母，珍惜如芳芷。阿翁有夙好，圖史盈牀几。勿但事皮毛，要知得其髓。請看一月前，三十乃爾姊。兩親雖壯年，余已當暮齒。歲月疾如流，書囊靡底止。騏驥若伏櫪，螻蟻過之耳。所期志千秋，非徒取青紫。願爾聆余言，聲名從茲起。

仲冬朔日偶於男江几上見次安仁悼亡詩因援筆和之既哀亡婦方氏兼用志慰 三首

寂寂春徂冬，忽忽寒燠易。小别亦悽然，況當生死隔？生死信有命，涕泗亦何益？翻悔孫與兒，春仲事行役。行役日以遠，憂危苦備歷。爾本端居人，忽欲履遊迹。出郭探園林，歸家倚四壁。似與夙昔殊，從茲心彌惕。豈知燕去巢，先秋雁影隻。吾兒踉蹌歸，號慟難分析。相顧不忍言，潛歸淚頻滴。神傷與心憂，兩兩從中積。歎息指唾壺，鼓缶應無擊。

繁露至寒霜，鬱鬱苦無端。每止遊子慟，城鐘已夜闌。臨晨入汝室，衹傷形影單。既慮獨子疾，復憂三孫寒。三孫夜讀同，涼月方朧朧。少者先兄歸，索果不忍空。食罷依阿爺，枕蓆來悲風。我聞亦慘戚，展轉思音容。音容不可見，感極摧心胸。永懷不能已，披衣復强起。起立聆啼聲，聲聲酸我耳。曙光透窗隙，呼媼訊兒子。安仁已半百，誄詞已可紀。茫茫大塊中，蒙莊未可鄙。

朝謂鍼可瘳，夕胡竟長逝！每憶握手時，烈日炎蒸厲。涕號向余言，魂魄已潛翳。所嗟秋風觴，謂余仲秋七十也。不能假半歲。屏累卻繁憂，愴然轉難制。出入掩淚過，節序聊一祭。汝逝曾幾時，暑退涼復盡。舉筆漫成詩，觸緒悲旋引。區區病廢身，戚戚其誰愍？葉落春猶榮，人亡若星隕。星隕不歸天，絃斷難續軫。欲紀疾革辭，搦管吾何忍？潦倒不成寐，中夜獨踟躕。室無滿座懷，愀然成向隅。傷懷那可極，魂返來也無？黄泉如有路，佇立望雲車。已矣衰白人，淚盡悲有餘。

題定遠節婦徐夫人褒貞册

古來節婦稱淳化，是以夫死妻不嫁。矢志柏舟以靡他，良人瞑目黄泉下。後世孰能明此義？徐氏有女誠不二。顧影自誓何磷磷，引刀斷鼻猶爲易。至今五十尚如斯，可憐滴盡千秋淚。昔人但稱共姜貞，未聞其能報所生。以兹比挈較更勝，華宗賴之家道成。柰何寡婦逢凶歲，母教安能全兩弟？哀哀悲鵠秖自知，翩翩花蕚連棠棣。厥弟雄才窮二酉，有姊如此如事母。燃鬚不惜親作羹，承顏指日拖黄綬。予亦久稱未亡人，逡巡未敢步芳塵。何日鳲雛方鵠起？幾時捧檄及青春？秖因同病憐同調，遂令相憶即相親。佇看郡邑傳青史，旦暮絲綸出紫宸。

月下觀水仙花不開率成長句

東方忽忽冰輪上，衰白嬌青兩相向。隱見含葩四五枝，生憎一月難開放。玉質空留蘭蕙幃，芳姿不先梅花帳。良辰三五竟何之？春風七五渾無恙。殷勤細囑再叮嚀，無令新詩徒悵望。只恐花開轉眼空，翻同柳絮隨風浪。

江男三十初度志勉

記爾縣弧於此宅，皆言地吉生人傑。忽忽頭顱如許年，幾翻顛倒天人策。挾策何時療我饑？謾將雨淚灑萊衣。不惜剉薦方陶母，欲勵子輿每斷機。斷機苦爲時所誚，薄俗焉知崇古教？蹉跎安敢步前人？俚語聊爲爾一陳。亂世拮据勞瘏瘵，永夜悲歌動四鄰。莫謂悲歌歲月長，迴首堂前失義方。王母七旬余半百，眼看爾子漸成行。獨不見，懷縣板輿稱色養。又不見，毛義捧檄深惆悵。慇勤勸爾酒一巵，毋輕日月隨流浪。

井公壻擬初夏南遊時久雨經旬因作久雨行

浩浩乎，井公此行日爲雨所阻。淋漓半月積庭除，疾風幾夕穿户牖。歷陽湖上春已歸，投子山前頻折柳。不覩紅日從東來，惟有西望青天一回首。回首閒吟日始長，可憐玫瑰未凝香。風摇嫩蘂花全紫，冷浸疏枝蕊半黄。拂枕偶然朝起晏，行看落花飛如霰。世間萬事每如此，高飛且視梁間燕。須臾雲散月徘徊，明朝擬定一帆開。老人剪燭時看曆，稚子牽衣日幾迴。君不見，去年客思與旅況，霜晨肅肅秋江上。如今維夏又南遊，南遊一月須西向，毋令登樓倚閭兩相望。

輓韓孝婦母女殉節歌

海門之山秀且紛，我思孝婦氣氤氲。海門之水流且沄，我思烈婦清粼粼。聞昔左師陷皖時，母子孀孤更苦貧。生事尊章孝者少，孰有死衛兩櫬猶逡巡？賊執弱女亦弗顧，目送煢塋歸水濱。母能捐軀不辱夫，女能守義不辱親。此事傳來十五載，雙貞雖没名不泯。君不見，共姜矢志只一身，未聞母子同時殺身以成仁。願使後世不貞不孝輩，改行易操知爲人。

重葺松聲閣諸公惠詩漫賦

我慕松風響天末，我愛松濤振林壑。我心匪石歲寒深，三十六回秋草萚。夫子以瘵疾捐館，今三十六年矣。貞松百尺傷吾衷，斗室自署松聲閣。竊比弘景割松風，安期棗核非靈藥。飲冰常憶鹿門虚，褰幃不怨牛衣薄。有時啼笑起煙雲，有時寫繡存大略。有時頂禮三世天竺身，有時燃燈半偈嘔心索。猶能細書蠅頭張内史，圍棋每厭東山樂。雖然琴書解娱人，巾幗誰堪此酬酢？曾向西鄰買數椽，俯視餘生或可託。五載於今檐柱頽，紛如秋木同摇落。吾兒重葺亦偶然，瓦石松杉勞斧鑿。從兹菽水日承懽，猶望龍鍾更矍鑠。豈知含飴茹檗人，旦暮將隨雲中鶴。龐公已逝衛玠亡，謂夫子及栗村壻。淚迸芳蘅與蘭葯。吾兒同學諸名儒，高文綺句縱揮霍。琅環珠玉蓬蓽輝，不鄙衰朽爲糠粕。煨芋還思剉薦時，葵蔬聊當鷄黍約。時投詩者數十人，吾兒留飲。安得彼蒼盡使窮途無親疏，奮翼雲霄辭繒繳？黄河清流滚滚來，起此枯鮒與尺蠖？

四孫仁棫入塾

若翁采芹最年少，齒同標孫今年秋。標孫年十一矣，江男遊泮正此時。寒燠忽更三十六，七上天人策未收。從來才士多數奇，瑜瑾翻爲碔砆羞。雖然落落不得志，長年著述甘黔婁。汝今七齡就外傅，猶憶初生氣食牛。魁梧不比豚犬兒，支干久識非常流。勉汝孝友力學自今日，圖史博學亦如汝父之搜求。寒門不敢望充閭，即此便足紹箕裘。我已花甲既周又逾七，婚嫁久畢可優游。若翁克家能養志，若母椎布兼和柔。三孫肩隨出入事紙筆，無煩齷齪身後謀。昨歲宅後葺小閣，貝葉丹經任較讎。今年秋帆倘無恙，若翁從兹破浪抒壯猷。塤箎好共相酬和，勿謂但希富貴爲身謀。紛紛競勢趨炎炙手熱，老眼視之如雲浮。

戊申重五後七日男江五十

爾生之辰夢李白，内外咸稱謫仙謫。甫生三日氣食牛，準擬將來搏鵬翮〔九〕。爾時我父未生兒，愛若掌珠與和璧。河陽尊人司馬公，含飴懷抱悦晨夕。十齡采芹世所推，從祖伯舅每嘖嘖。謂余從祖宗一公、伯舅鍾陽公也。生平篤好在詩文，連屋盈牀盡典籍。邑里祝諆爲人忙，長年著作如山積。不需清醪與白鵝，時時只向枯腸索。間以新詩娱老親，卅年朋好還如昔。架上有書憑取舍，囊中金盡都無惜。鬢髮雖然尚未斑，不覺春秋已半百。石經時聽有吟聲，草堂無時無屐迹。至今膠漆復幾人？相識天下誰金石？朝遊西楚暮遊齊，書劍年年頻作客。縱逢安邑餽猪肝，幾見親知濟當厄？吁嗟乎！劉蕡下第終亦售，仲舒竟掩天人策。舉世紛紛身世謀，但希官税私逋兩無責。不然且課三豚兒，亦猶爾父當年之嚴覈。白雲深處足怡情，勿但勞勞事行役。暇時骨月可盤桓，閣後前楹只咫尺。更有蒼苔錦石對青嵐，薰風朗月連天碧。

當時外孫二十

古者二十冠而字，當時父字爾何意？顧名思義慎毋忘，努力青雲須自致。惜乎爾父賫志名未揚，至今令余徒心傷。賢哉汝母撫訓儼義方，飲冰茹檗泣風霜。艱虞愁苦世無二，周旋中外猶其易。理紛就緒時所難，如兹七載成憂瘁。汝今弱冠欣采芹，有志還期事竟成。河陽宅相花千樹，桂林堪折一枝榮。獨不見，都門七貴舊閥閱，牙章金印聲名赫。又不見，里中囊昔一書生，高車駟馬耀南陌。願爾傾耳聆余言，博聞强學礪晨昏。更念渭陽時剪拂，成名乃可報親恩。

村居懷長女伯媛兼寄江男 二首

夫壻仍飄泊，微軀敢一言？從離千里路，更歷幾家村。拙性歸無策，思家淚暗吞。何人憐駑馬，束帛贖都門？

不得真消息，安知阿姊存？眼穿新血淚，衣著舊啼痕。恨別愁難託，思深語復吞。友于惟爾篤，雖死亦招魂。

送孫女歸陳氏 四首

依依楊柳絲，嫋嫋繁花枝。喜汝于歸日，桃夭正及時。春風吹幔煖，淑氣入簾遲。勿但傷離別，還聽敬戒辭。

憐汝將分席，而翁忽啓扉。展吟方五字，清淚已雙揮。賣犬良非易，乘龍實可依。叮嚀惟婉娩，婦德在無違。

梅疏影未全，落月半窗邊。童稚還如昨，連牀倏六年。女十歲即與予同榻。出惟依母側，歸必過予前。今日宜家去，清吟獨悄然。

鴻案期偕老，鶏窗早唱隨。青春欣問字，白髮愧無辭。忽漫牽衣處，猶思縣帨時。勉旃能自愛，吾亦慰衰羸。

聞鐘

曉月初沈後，晨鐘忽動時。秋風剛十日，伏暑已潛移。短葛何妨棄？單衣著正宜。老來情話減，誰與細論詩？

兒江應試金陵書此志勉

僻巷由來久寂寥，朱門未必盡人豪。三冬雪夜窺圖史，八月秋風振羽毛。亂世窮愁惟我輩，半生辛苦屬兒曹。從前剉薦非無意，努力前驅莫憚勞。

仲春朔日送方壻井公之和州

湖山煙水尚悠悠，豈是蕭郎愛遠遊？卻爲劉蕡猶下第，遂令王粲又登樓。三春楊柳催行色，隔岸桃花莫繫舟。屈指絳帷休暇日，可知少婦亦知愁？

示季女韞倩

當户梅花正早春，獨憐椎布佐清貧。不辭井臼空依母，解識詩書更可人。别去鳳臺歸夢早，重來鸞鏡畫眉頻。莫疑才子多情少，雙照燈前淚滿巾。時井公壻甫之歷陽。

贈居巢張夫人

扶風門下盡康成，絳帳淵源舊有名。不是皋比來敝邑，何由鸞珮慰平生？風牽葛藟歸樛木，日映藍田出紫瓊。翟茀香車知不遠，春明驛路馬蹄輕。

立春前一日聞外祖母張太恭人歸窆感賦

最是恩深外祖母，相憐四十有餘年。迴思昔日牽衣處，都到今朝淚眼前。淑德遺芬同皎日，春風吹煖入黄泉。佳城葱鬱應難得，定兆繩繩奕葉賢。

自訊

老較於人幾事全，春風小閣日高眠。世間冷煖非吾事，身後詩篇或可傳。故舊迴頭誰握手？孫甥滿目漸齊肩。此生甲子如周歷，猶且長吟六七年。

和州王氏五烈女詩

二女投崖事已奇，一門五烈更堪悲。當年淑範歸何處？此日芳名正在兹。碧落共驚風雨夕，黄昏争嘯月明時。由來一死人皆有，赢得清貞萬古垂。

寄懷龔氏甥女三十初度 適合肥龔孝績

已知三十將初度，慙愧疏慵六七年。尺素每憑鴻雁寄，寸心遥託彩雲邊。甯家宅相推君長，謝氏庭中覺汝賢。爲問瑶池春色滿，蘭湯曾浴幾兒錢？

步江男濟幕原韻

蓴羹思并入椒盤，冷署霜帷等一寒。正喜書從天外至，更憐珠自掌中看。挑來生菜催春至，落去梅花送臘殘。最是含飴爭笑處，滿堂獨憶爾承歡。

姚魯齋孫壻以黃白菊花見貽賦答

九月籬邊菊未華，感君投贈映窗紗。金莖露種黃龍甲，玉蕊風開白雪花。自歎衰年同草木，卻憐弱質比蒹葭。階庭更有芝蘭種，取次來看□樹芽。

哭方壻井公 四首

幾度看君拭淚痕，歸來祇覺減常飧。夜憑鄭婢專司藥，日遣奚奴一叩門。世上知無留汝計，牀前强作慰余言。最憐寂寞黃昏語，惟有城頭鵩鳥喧。

衛玠神清子幼文，每愁消渴似文園。居常嗜茶，余已深慮之。參苓倍用醫方誤，飲噉能忘佛慧存。性定肯揮兒女淚？交深但覺友朋尊。臨行不獨余心痛，多少親知哭寢門。

回輿愁聽五更悲，忍看雙雛入塾遲？予以兩孫入塾前一日從女家歸。衣上痕添慈母淚，牀前擔付阿兄知。病篤時執吾兒手云：「又添兄一擔矣！」多時不見縈懷抱，靜夜纔驚永別離。此際泉臺曾慰否？延君良友課君兒。

蓼莪讀罷淚空垂，慘淡書牀重所師。衣鉢自然傳秘藏，箕裘豈獨在奇疑？莫言薤露初無定，益信蘭交永不移。泉路若逢張孺子，爲言一室四孤兒。古愚以張方四孫同一室云。

壽姨母何太夫人七十

鍾山佳氣靄雲煙，忽憶華堂樂事全。錦繡文章歸伯仲，瑯環孫子見曾玄。魚書好繫先秋雁，江棹難乘此日船。記得射蛟臺畔柳，臨風攀折十年前。丙申晤姨母于樅川。

冬初偶見方鄧兩公挽秋詩依韻率成二章

遊人無計挽秋歸，約伴尋芳入翠微。村舍家家編竹户，茅菴處處掩柴扉。疏籬客至花無主，曲徑人稀草自肥。黄葉丹楓飄未盡，清吟或可駐斜暉。

遊人無計挽秋歸，閒步城南秋色微。總以詩詞供笑傲，原非裘馬愛輕肥。石齋竹勁霜難到，松閣梅開雪未飛。何事安仁饒唱和，分題分韻逐玄暉？閣下朱梅九月即開數枝云。

丙午冬日送江男之齊魯

膝下年年惜别離，鬢眉也覺漸如絲。長途日暮停驂早，野店霜嚴上馬遲。梁燕亦知春社至，歸鴻不待暖風吹。還家擬定垂楊緑，莫忘清明上冢時。

寫大士像偶成

空色原無相可思，濡毫約略憶慈悲。安能寫到莊嚴處？卻要心如禪定時。三拜起來開慧眼，瓣香裊去染修眉。吾宗道子遥堪倣，此地公麟近可師。敢謂閨中傳阿堵？偶然閣下暫追隨。年年不惜爲人畫，最愛晴窗日上遲。

懷長女 四首

殘臘曾相訊，期歸在早春。眼看春又去，寧不念慈親？

三徙江南北，伶仃隻影孤。凝情遵母訓，猶自説從夫。

十年愁緒結，坐久一燈微。風雪空懷汝，朝朝静掩扉。

獨醒誰爲侶？中天月正孤。遥憐愁思者，爲問亦同無？

書感

常哀羊子妻，益慕孟軻母。我亦勤機杼，牖下空白首。

瓶梅半月奄然欲謝因折枝剪紙作帳檐額喜賦 二首

爲愛梅花潔，移上寒幃幕。春風吹不去，日傍松聲閣。

□□瓶中枝，幻作窗前雪。可知珍重情，尚有經年别。

甲寅春樾孫北上率筆示之 二首

入塾同予起，停燈俟汝歸。歸時過夜半，能得幾牽衣？

稚孫如少子，竟是老來兒。朝出暮還憶，寧堪遠别離？

遣江男迎長女不果

春來消息到今稀，忍見秋風一雁歸？此後相逢惟有夢，他鄉何處哭庭闈？

夢母氏

痛別慈闈二十年，今朝幽夢忽相牽。可憐白晝消魂處，不及黄泉伴母眠。

哭方氏外孫女令芬

性敏慧，早殤，又予孫媳，情之所至，成詩百首，節存之。

前月今朝問字奇，挑燈汙卻借來詩。偶然叱汝吞聲立，俛首低眉不語時。

欲尋幽會惟尋夢，汝去煢煢我更孤。可識今宵明月夜，還能乘月一來無？

禁屠買得鮮魚至，反覆無能辨活鱗。悄語水中即可辨，便愁不是世間人。

魂消影絶夜如年，坐嘆行吟倍慘然。祇記平生歡笑處，石榴花下後堂前。

七夕同樹孫

七夕星筵處處同，偶陳瓜果小庭中。老人長祝三秋稔，稚子須乘萬里風。

六月朔三日悼亡姑大祥兼懷江男

憶昔年年當夏至，迴廊獨坐趁薰風。午餘想像歸何處，彷彿音容帷幔中。姑在，喜廊後清風，過午即臥北窗。

寄張敦復夫人

五雲深處來芳訊，貽我名香翡翠枝。可記好風清晝永，小樓同看和梅詩？

寄樾孫手繡送子像

口誦楞嚴出手裁，久藏石室爲誰開？慈悲應念惓惓意，歷盡千山抱子來。

即事感懷

四十六年事事乖，含悲掩涕向誰揩？ 横山幸剩一抔土，不用荷鋤死便埋。

附　延陵合族公祭文

嗚呼！ 古内則閨箴，女子不徒以才與學重也，尤必以節與孝重。以節孝重其才學，史稱謝氏道韞一人。 蓋韞不僅以雪吟著也，率太傅規誨，頡頏遏末封胡，不遜庭階玉樹。凝之，逸少子，阿大、中郎昆弟殉海氛後，韞縞素終身，高貞義之行，以林下風爲王、謝二家標表軌範。

自今觀之，能及我伯姬之爲潘、吴兩姓焜耀彤管乎？

予祖通奉公孝友垂訓，程太夫人六十五年令節，毓予伯父與甫公，桐百年間文章宿老，是爲伯姬也祖。予兄鶴灘公敦行醇謹，篤志好學；嫂張碩人撫鞠藐孤，慈仁姻恤，俱勤邑乘，是爲伯姬也父母。 醴源芝本，使男子荷此文章道德之薪，戛乎其難之，矧以女子嗣徽耶？ 則伯姬之嗣此徽綦難，而其嗣此徽也克全而無忝也。

以伯姬之才與學論，牙籤疊架，緗帙盈牀，松聲閣三集刊行於世，媲美清芬。 欽崇頌服者擬於崔義成、韋文宣，殘篇遺什貴踰琬琰。憶予鐸廣陵，伯姬僑寓白下，貽予句云：『近來柳絮飄零甚，懷抱何因得好開？』此洵匪謝韞所能企及者，蘇蕙、徐淑輩敢望涯涘耶？

以伯姬之節與孝論，鶴灘公疾，刲肱和藥。張碩人蚌珠衹一伯姬。內勷主饋，外毖持籌，靡不瘁心僇力。侍孀姑陳太君順旨怡顏，一如其事張碩人。相九莖夫子，燃篝舉案，一如張碩人之事鶴灘公。其孝於而室、孝於而家咸類此，不可以殫述也。張碩人徵蘭，得式昭，少伯姬廿有三齡，以嫡姊愛庶弟侔於掌珠，佐背萱拮据綢繆，爲之彖貲拓產，匡救彌縫，勉植品德。其推孝以爲友咸類此，亦不可殫述也。

九莖公捐館，伯姬曰：『吾有子如郢如修，藁砧亡乎哉？耘田築舍，吾自任之！』惟以絳帷舊業手授安仁。夫丸熊畫荻，能儲沈箱趙簡，教厥胤以英聲駿譽顯揚其親，譬猶爲忠臣之必爲功臣，旦、奭、尹、虺愈於干、逢、信、智。蜀藻才擅陳思一石，學邁淵、雲，以韓、歐、杜、白之詩文交游海內名彦，執鷄壇牛耳。軻、侃之賢固天亶，亦由聖善劬勞曲成而利導之哉！伯姬四十年歌鵠，子若孫悉吐鳳琱龍，斯其節爲忠臣也，爲功臣也，寧苐與泣筠矢柏儷乎？若乃屏簪珥，詘綺紈，餐伊蒲，齧冰檗，捧貝葉而參竺諦，析鬢縷以繡瞿曇，佩上元五嶽之形，肅魁斗九星之祀，又其幻寄緒餘，不藉是闡述者也。

嗚呼！伯姬而既逝耶？介大耋之觴，舞萊子之綵，旌綸佇賁，貤誥霈膺，奚必爲伯姬之西歸悱惻？顧其爲蜀藻母，未師諶、鄭，皆足以方之；而爲延陵女，則雖謝韞不足以方之。粵稽公孫夫人贊曰：『資三靈之淳懿，誕華宗之澄粹，行有秋霜之潔，性同青春之和，動與禮遊，静以義立。』伯姬允孚焉，則其節與孝、才與學之交重者，誠延陵間氣所特鍾也。哲媛云萎，亦不啻岱隕而梁摧。

昔在壬戌，通奉公女孫方仲姬之門，其生也榮，其死也哀矣。哭葉伯姬之門，其生也哀，其死也榮矣。□□哭於潘伯姬之門也，其生榮而死亦榮，生弗哀而死則哀矣。伯姬生爲延陵光，死爲延陵不朽，惡能已於悼痛哉？生芻一束，千載流香，蓮花浄土，其歆此椒漿也。

嗚呼！此函雲先生所撰延陵合族公祭先太安人文也。予既丐同學許子爲太安人檃括生平，作小傳弁諸首簡，猶以爲内言不出於壼，太安人延陵之自出，未若父母兄弟之言尤信而有徵也。函雲先生，太安人之謝太傅也。誄詞千言，洋洋纚纚，無夸辭，無溢美。用□□于卷末，以信于後，庶幾兩家子姓足備異時家乘之捃摭云。不孝男江敬識。

校記

〔一〕□ 原刻空白。
〔二〕粠 當作「稊」。
〔三〕撤 疑當作「撤」。
〔四〕□ 原刻空白。
〔五〕□ 原刻空白。
〔六〕簪 當作「簪」。
〔七〕惕菴 本卷「寄南豐」云云一首題作「惕菴」。
〔八〕木 當作「朮」。
〔九〕搏 疑當作「搏」。

龍眠風雅續集卷五

木厓潘　江蜀藻輯

姚孔鈫

字崇修。大司寇端恪公之孫，刑部郎魯齋之長子，予仲弟子厚之外孫也。予姪女贈宜人初有娠，夢紅日墜祖廟爐中，俄變爲金鯉躍去，寤而生。爲人資稟穎異，少即凝重如成人。比及周歲，母宜人歿，知辟踊哀毁。父以屢舉子數殤，不甚課督，能□力于學，寒暑弗輟。四歲時來予家，與陳氏外孫□嬉于石經齋，各卧一榻。予猝問之曰：『尚記阿母否？』則反面向隅，淚涇涇落枕畔矣。年二十，予贈之詩，有云：『四歲悲何恃，扶牀涕淚漣。過時猶記憶，每問必潸然。』其至性純孝如此。十八補邑諸生，輒有聲膠序間。已，入太學，從其父宦遊京師。嘗以制義就正于仲父佩若，有不愜，退而改竄字句，數易稿不倦。性沈静，垂簾危坐，恒手一編默諷，了不聞聲。初，端恪公掌邦典時，曾研究律意，有所得輒丹黄注其旁。迨其父入秋曹，繙繹遺書，患目瞀，莫辨蠅頭，崇修則别購善本，大書旁註，以資觀覽，父便之。事繼母張宜人孝謹，宜人病，侍湯藥，寢于地下，不解衣，端恪公聞之而喜。友愛少弟不啻同懷。具載佩若所作小傳中。爲詩工近體，佩若稱其思清韻遠，良不虚也。卒年二十，有六子，與淙纔彌月。魯齋有哭子詩十首，淒惻不忍讀，猶記甲子南闈之役，予夢崇修已得雋，因爲亡弟誦中郎『餘慶鍾羊祜』之句，今已矣。爰諾魯齋之請，以舒吾哀云。

北郭尋秋次陳問齋夫子韻

秋色沈沈雨尚傾，招攜恰喜值新晴。千峯絳葉迎霜迥，一徑黄花映日明。

夏日過深柳堂

蛺蝶穿荷葉，遊蜂戀紫薇。榴花方爛熳，折得數枝歸。

讀　史

破趙降燕日，龍且戰敗時。重瞳猶破膽，争被婦人欺。

怪　夢

宵來多怪夢，既寤轉忡忡。漫不關思想，何緣入夢中？

夜風雨

雨急更聲亂，風號宿鳥驚。中宵愁不寐，風雨覺無情。

七　夕

今夕幸相見，倏忽又分離。聞説天河淺，其如有定期？

紅絲秋海棠

雨後花偏盛，風翻葉轉紅。争先呈豔色，不住惹遊蜂。

閒　吟

喜詠無佳句，蓄琴不解聲。水沈香裊裊，贏得一心清。

中秋日西郊晚眺歸途聞桂香得非字次王克紹韻

霞明秋色晚，一水漾清輝。釣叟溪邊立，樵夫山外歸。月將穿樹出，鳥盡傍林飛。問桂香何處，來從月裏非。

王克紹來筠軒小飲限得亭字

君來積雨初晴後，小飲蘭香正滿庭。蕉葉風微聲細細，荷華露浴影亭亭。亂螢光動分初月，老樹枝疏見列星。何處琴聲鳴静夜？悠然入耳醉還醒。

同人過且亭小酌得青字

一徑幽篁暑自輕，同人著屐啓柴扃。紅魚水面分開緑，黄鳥枝頭點破青。斷續蟬聲連遠樹，有無山色帶閒亭。園蔬剪得供樽酒，爛醉花間不用醒。

晚坐

夕陽穿樹入，露坐暑猶攖。稍待涼風至，徐看明月生。砌螢時出没，林鳥倦飛鳴。孺子歌聲起，悠然動遠情。

秋日同左宸臣過村莊聞王克紹居甚邇因訪之同步白兔河上拉歸晚酌信宿而別 四首

幾日閒山屐，秋光滿澗阿。霜酣紅葉遍，水映白雲多。犬吠知村近，林深信鳥過。野農聞客至，嶺外罷樵歌。

我友家何處？山僧指謂余。青松成曲徑，流水繞幽居。寒砌三株菊，晴窗一卷書。盡歡乘此日，秋翠帶庭除。

閒行聊爾爾，落葉自紛紛。晚霧全疑雨，遥山半入雲。水流堤樹動，帆下夕煙分。遠近砧聲起，征人不忍聞。兔河爲往來客商泊船之所。

日映前溪水，青山送我回。太沖能作賦，小令復多才。詩酒偏饒興，蓬蒿只暫開。蹇驢秋色裏，分手重徘徊。

獨酌

户外聲如雨，推窗落葉深。霜風何太急？呼酒卻寒侵。

山行遇雨

策杖山行正喜晴，鵽聲斷續午煙横。無端霧起催寒雨，疊嶺高峯一望平。

冬日侍大人同扆臣諸子過古塘山莊 二首

爲愛晴光好，尋幽興自賒。鳥喧争煖樹，犬吠近農家。石倚松根古，魚依日影斜。終年惟閉户，漸覺戀煙霞。

漫道羣芳盡，花開有杜鵑。泉聲静裏得，山色望中連。風急疏林葉，鵶棲亂夕煙。深期梅放日，重飲短籬前。

懷藻如兄和弟讀書桃花洞

�軒寂坐旭光殘，帶雪梅花亦耐看。遥憶桃園春色好，讓君收拾入毫端。

春日同十叔及宸臣登疏影樓看雪

樓頭曉雪勢縱横，結伴登臨愜勝情。遠近疏鐘高處合，參差列岫望中平。寒松鬱鬱凝酥重，嫩柳垂垂綴玉輕。漸見庭花將吐秀，欲從杯酒乞春晴。

方受斯姑丈及章成美過兹園索飲

雨後涼風迥，朋來酒數巡。月從雲隙得，葵摘露華新。隔岸蛙聲合，穿林螢火頻。疏鐘催夜半，醉欲臥花茵。

懷王克紹

秋日呼樽菊正妍，忽驚夏緑滿窗前。荷錢浮水參差出，螢火穿林遠近縣。獨坐不堪聞鳥語，思君幾欲廢書眠。山齋夜雨如相憶，莫惜新詩託錦箋。

雨中侍飲兹園

霏灑花增豔，呼樽向夕天。遠峯屯宿霧，疏柳掠輕煙。螢火依林小，蛙聲帶雨偏。嚴更催餉酒，處處動山泉。

獨坐

獨坐閒園久，呼童半掩關。柳深迷近岸，風過見遥山。花放晴蜂聚，簾開語燕還。罷書春晝永，小憩竹林間。

秋夜侍大人諸叔父及汪夏功先生春水船酌月共得登字

高樹斜陽盡，呼觴興自增。山城煙淡淡，竹月影層層。地静蟲聲逼，霜寒野色澄。秋光今夜聚，長嘯憶孫登。

雨中宿義津橋

寂寞山村暮，歸鴻集小洲。雲林孤寺磬，風雨一燈秋。濁酒從鄰覓，殘花伴客幽。忽聞歌自遠，林外有漁舟。

石　溪

不盡尋幽興，扁舟渡水涯。煙寒明雁字，日煖見魚花。怪石迴樵徑，空山亂菊華。疏鐘何處動？野寺傍溪斜。

松茂嶺同周輿明酌月即送之回西鄉

木葉蕭蕭下，開樽菊放天。湖波摇野月，漁火點寒煙。一壑青松浄，千峯絳葉鮮。相逢須爛醉，明發掉歸船〔一〕。

冬日同友人登疏影樓醉雪 二首

草閣宜高望，衝寒興自加。雪光隨野闊，竹影逐風斜。隱几松梢接，穿窗岫色賒。酒懷羣爛熳，詩思引幽遐。

細火縣孤寺，炊煙起萬家。樓空雲氣迴，地静樹聲譁。入夜峯增白，憑欄月吐華。相期重策杖，挈榼就梅花。

同汪夏功先生雪後步月因憶山中早梅得天字

空階猶積雪，新月竟當天。冉冉煙光淡，暉暉竹色妍。寒侵禽語澀，風過漏聲傳。嶺上梅應放，銜泥一往還。

冬日同汪夏功先生賞瓶中朱梅蠟梅得生字仍次原韻

冬月瓶梅放，垂簾酒數行。歲寒驚色豔，室煖欲香生。覓句慙山谷，黄山谷初見蠟梅，作二絶，由是蠟梅重京師。題詩憶蜀城。蜀州城中有朱梅數本，花開時有麗人憑欄笑語，俄而不見，惟東壁題詩云云。興豪忘久坐，窗外暮雲平。

閒吟

歌聲嫋嫋隨風至，秋葉紛紛辭故枝。清茗一杯香一縷，挑燈閒看晚唐詩。

同汪夏功先生王克紹飲罷閒步得支字即以誌別

醉步疏籬外，輕寒自可支。殘秋風雨夜，二妙别離時。對菊誰呼飲？挑燈孰論詩？遥憐冬夕永，兩地各相思。

飲眉閣賞梅次十一叔父韻

春樽堪盡醉，竹外晚花幽。細雨寒香遠，空階亂影浮。一枝宜小閣，千樹憶東甌。東甌山中有梅千餘樹，因名梅花山。興熟頻來往，何須問杖頭？

同王克紹詠蓮花共得紅蓮二韻 二首

冶豔相扶出水中，天然容態有誰同？六郎才貌今何在？尚見蓮花處處紅。

裊裊花妍葉亦妍，清香滿座興翛然。此身便入神仙境，何用華山頂上蓮？

喜晴

久雨愁泥濘，朝晴慰客心。寒魚浮近日，濕鳥喜喧林。豆麥争囂市，樵蘇散遠岑。傍溪多野婦，笑語拭清砧。

自嚴君燕臺署歸早發雄縣遇趙玉立北上

鷄鳴村舍曉星殘，南北匆匆馬上看。日暖風微征路穩，憑君寄語到長安。

北源晚渡

止宿今何處？倉皇渡北源。空山餘落日，晚霧失前村。野闊鐘聲遠，帆歸雁語喧。老農偏自在，爛醉臥松根。

三家村

三家成市傍山深，幾處樵歌下遠岑。野老眠酣斜就日，霜溪行曲暗通林。疏雲淡淡生寒色，落葉蕭蕭動客心。極目鄉關千里外，濁醪堪醉且長吟。

商家林晚宿

勞勞棲野店，白月滿山阿。酒肆東家是，霜蔬北圃多。風微緣室小，草軟覺身和。熟寐堪忘曉，晨鷄奈爾何？

山村即事

疊嶺歸雲亂，枯棃供晚炊。寒風吹落葉，宿鳥動深枝。水漲漁歌遠，山深月影遲。客中無一事，薄醉且吟詩。

烈士尹霤歌

崇禎之末盜賊繁，風塵澒洞日月昏。民社之責屬何人？區區忠義草野存。予也驅車過恩邑，父老爲予言尹霤。幼嫺韜略長從軍，時值賊騎充原隰。鼓鼙動地槊連雲，百道雲梯勢岌岌。尹生慷慨爲城死，血淚淋漓征袖濕。丈八蛇矛左右衝，殺賊如麻賊轉集。弦絶矢盡戰不休，日暮無援被賊執。賊渠壯之脅其降，尹生大怒毛髮立。轉思城守歷春秋，易子而食危呼吸。賊中消息苦難真，人心揺揺恐不輯。强爲軟語承賊顔，願説城降揖君入。羣寇聞之意氣揚，擁生城下持且急。尹生眥裂大聲呼，諸君努力休嗚唈。賊饑馬疲難久留，官兵西來不時戢。遂爾血濺城南隅，天陰至今聞鬼泣。天道難知壯士窮，徒令千古悲遺忠。吾鄉明季有竇侯，英烈略與尹生同。崇禎壬午年，張獻忠圍桐，竇公成出探賊被執，賊囑其説降，竇僞許之，至城下，竇大呼云「賊難久留，城宜固守」云云，遂被害，事聞，建祠祀之。竇侯廟祀已前朝，尹生身後尚寂寥。感君意氣拔劍起，寒風落葉聲蕭蕭。

清溪閒步

散步清溪曲，柴門動晚炊。村幽樵徑遠，水急野橋攲。霽雪餘陰嶺，層霜帶竹籬。沙鷗飛不住，日暮欲何之？

林橋寺

何必山陰道？林橋亦迥然。峯巒羅户外，麋鹿臥籬前。嘉卉隨時有，清泉到處濺。徘徊難作别，蘿月影娟娟。

過宿州留贈左箴我姑丈

宿國如在望，逶迤逐衝飈。畢景登君室，一見慰寂寥。清寒廣文署，白月照行椒。酒殽爛熳至，羈懷鬱陶陶。猶憶君采荷，送予過溪橋。倏忽冬將晚，寒林垂冰條。别離何太頻？軟語接清朝。清朝意不盡，前途苦遥遥。揮手登車去，良覿期春宵。

宿定遠遇雪

雲低冬易夕，倦騎宿孤城。月黑窗生白，山虚夜有聲。鷄寒棲不定，鳥濕夢頻驚。敧枕何時旦？前途祝曉晴。

人日寄懷方吉士時將抵里

昔别秋光早，荷風拂檻清。到今無尺素，憶爾動深情。酒債隨時有，詩懷逐境生。西窗良覿近，滿甕爲君傾。

北歸檢笥中得夏日懷王克紹作依韻復成一律幷寄

賦就停雲梅雨天，如何裁寄雪霜前？緣予驛路清秋盡，讓爾鷄窗著述偏。李白情親頻入夢，蘇公念舊只貪眠。東坡云：『每思舊友不得見，令人白晝欲睡，庶幾夢寐遇之。』何時得共庭中月，細鬭新思寫薛箋。

到　家

竟日沙塵裏，歸來事事幽。倦軀宜煖室，初月照高樓。風栗偏多味，霜蔬不外求。壺傾春釀好，更向細君謀。

同方子期坐桃花山莊閒話大雪

袖手圍爐出手寒，懶將几上落花掃。共君閒話未經時，小童驚報青山老。

初春同王克紹過春水船次克紹韻

尋幽來別墅，山鳥畏人喧。春色還階草，林煙暗石門。高低梅一徑，磊落月千村。愧爾新詩好，長吟老樹根。

夏日省侍北上大伯邀飲隨窩共得心字

好風生薄暮，趿履喜追尋。露浴薇香遠，更移竹月深。承歡欣有日，惜別暗驚心。醉看庭前竹，重來應滿林。

北上馬仲昭及和修諸弟送別北關留贈 二首

遠送桐山外，離懷得暫寬。臨流花淡淡，逐望草漫漫。地闊禪燈小，更深野露寒。情親爲縱飲，殘月在林端。

僕夫頻促駕，欲別轉依然。野店鷄聲迴，遥峯旭景縣。徘徊谿柳下，惆悵陌花前。對策期同至，春明好著鞭。

別仲昭諸子行舒邑道上復成一律寄慰

別時心惻惻，既別亦悠然。仄徑花香引，深林鳥語傳。憑衡吟古賦，隔幕聽流泉。竹下高眠未？清閒客子偏。

雨後行定遠道上

雨後塵如掃，清涼慰遠人。岸隤樵徑滅，日驟麥花新。接葉聞黃鳥，搖風愛綠筠。前溪紛女伴，笑語采薇頻。

秋日遊祝氏園亭 二首

名園頻入夢，今始一追尋。帖石支橋穩，登樓覓徑深。溪喧魚就食，果熟鳥趨林。觸目扁舟好，鄉思忽不禁。

樹色高低合，秋聲遠近同。他時遊不厭，此日意無窮。呼酒清溪曲，敲棋深柳中。狂歌從徑遠，新月正橫空。

旅宿

風塵常竟日，旅次即安居。石轉溪聲急，林開月影疏。村幽餘雪酒，市晚得河魚。小酌槐風下，高歌意自如。

螢

無復臨書卷，荒村夜夜盈。風微偏不定，月黑倍分明。出没穿林數，飄摇入座輕。征途疏筆硯，對爾益深情。

被放詠唐人衆裏自嫌身之句感賦

三年徒苦辛，徘徊在中路。語默不自持，動静皆失措。榜前同遊人，落落誰一顧？中自有難言，不盡羞人故。潛歸避僮僕，掩臥時復寤。四壁聞蟲聲，唧唧如有訴。

秋日同十叔大兄遊平山堂

平山堂據蜀岡起，楓葉千層爛紅紫。疊翠參差古柏端，長江縈帶斜陽裏。太守風流留壯觀，江山勝迹古今看。傳花載酒誰能續？衰草離離秋月寒。

過友人山居

四面人聲静，一階秋水深。山房何所事？帶月理瑶琴。

雨中過石公上人小隱作

暑雨宜高閣，披襟得數過。雲煙浮檻外，松竹潤巖阿。觸石溪流急，歸巢鳥語多。興來忘話永，倚杖憶吳歌。時石公話吳門舊遊。

同查黼皇先生及十叔父元福宫看緑萼梅次十叔韻

尋幽將早夏，此日見寒梅。最喜脩篁外，深憐待客開。清香迎午迴，嫩蕊任春催。入暮偏增豔，踟躇未肯回。

慈壽寺次十叔父韻 明神廟，爲慈聖太后建，遺碑尚存。

法寺臨山迴，殘碑臥草深。細披當日字，因見古人心。塔聳鈴聲遠，籬攲澗水侵。高田麥早熟，幾處有春音。

聖庵小憩仍用十叔父慈壽寺韻

四山晴色聚，一徑落花深。澗石喧春水，松濤静客心。橋鼓依樹穩，碑古任苔侵。小憩茅庵裏，高吟正始音。查公吟其近作十餘首，皆新清可聽。

謁明景帝陵

紫塞郊畿亘遠烽，景皇定國獨從容。邊城死戰覘神武，土木生還孰友恭？春草凄迷當日殿，寒山寂寞夕陽鐘。陵與二聖庵相去數武。欣逢聖世嚴樵禁，留得陵前幾樹松。

雨後宿碧雲寺次十叔父韻

亂水争流半濁清，千峯向背各峥嶸。林喧野鹿銜人過，徑引春花緩步行。午寺敲鐘饑鳥下，園僧喜客帶鋤迎。坐深蓮社容狂飲，醉卧松風一夜鳴。

藏經閣遠望

偶上藏經閣，憑欄興不窮。春山無遠近，環帶夕陽中。

過先朝諸大璫墓有感

先朝大璫塋，祠屋何崢嶸。豊碑高插天，什百景帝陵。細閱碑文長，操筆盡公卿。頌揚高千古，稱謂半師生。因思漢唐世，閹豎勢縱横。國柄在掌握，羣賢每逡巡。間有强直者，力争勢終傾。以彼愚下質，鋤善何獨能？總因世俗靡，羽翼皆才人。智愚相爲用，正氣何時伸？古今同一轍，禍亂日相尋。豎子安足責？歎息倚石楹。

臥佛寺

尋幽來臥佛，路轉西山田。攀枝聞人行，深草驚臥鹿。石泉抱寺流，泛泛晴鷗浴。籬開境更清，高低散花竹。䟦坐長松下，活火湘茶緑。庭鳥何喧譁？一樹櫻桃熟。暮色自遠來，歸樵語相屬。踟躇更倚筇，新月生空谷。

卓錫泉看桃花

晚來晴潭上，沿潭放春桃。風掠花片片，杳然隨流濤。坐久心與遠，初月臨山腰。惆悵欲返策，身世何勞勞。

退谷次十叔父韻 孫退谷先生讀書處，壁間尚存先生手書黄庭。

探幽不肯住，共指退翁亭。野色連空碧，泉流夾樹青。營巢紛紫燕，倚石誦黄庭。老衲蕭疏甚，晴檐静看經。

遊隆教寺

鐘聲忽入耳，古寺傍山西。曲徑泉隨轉，層岡樹欲齊。遊魚迎日上，語燕逐風低。異卉何年得？相看倚杖藜。時庭前朝鮮牡丹盛開。

來青軒遠眺次十叔父韻

高軒春曉白雲平，四面窗虚翠色迎。麥浪青青依舊壠，峯容濯濯正新晴。閒看遊蝶穿花亂，細汲清泉倚樹烹。日暮何須煩慧遠？溪頭一笑送淵明。日暮，主僧無留宿意，因嘲之。

遊洪光寺贈復輝上人

朝遊洪光寺，芒鞵信蓬蒿。九曲取次登，行歌共逍遥。回首低雲霧，始覺所履高。遥望先行者，飄飄柏林梢。柏交不見日，風微聲滔滔。停午凜寒色，接葉藏雁巢。峻壁纏藤蘿，攀蘿渡攲橋。隔籬鐘磬聲，一僧出相邀。爛熳紛桃李，春色盈庭皋。款款留客坐，相對話耕樵。汲泉煨活火，烹茶薦山殽。徙倚斜陽盡，枝上宿鳥號。漠然歸路遠，帶月步山椒。

寶珠洞訪鬼王上人不遇留贈　上人名海岫，土人敬其道，以鬼王稱之。

西山北峥嶸，寶珠更崻嵲。巋然踞峯巔，左右兒孫列。松竹翠周遮，石色爛金碧。雲霧没山腰，宛若空中設。中有一高僧，杖錫此託迹。依洞結茅居，僅足蔽風雪。終日對法華，朗誦無朝夕。精誠仗佛力，廿里聲歷歷。聞者盡神驚，緣聲來相覓。雙趺經在手，人天仰寶筏。共推主平坡，隨時理浄業。平坡寺去洞半里許。説法欲雨花，深湫毒龍滅。香火倍當年，龍象盡人傑。奸僧覬覦生，蜚語達宫闕。春蒐過翠微，山一名翠微。萬乘臨講席。琅琅微妙音，入耳天心悦。丈室無長物，時誣以蓄聚兵器火藥。誣者安足責？秦爐頒内府，漢瓶光琥珀。賚予何繽紛？天章焕匹帛。詞臣效賡歌，中堂賜寶額。咸驚遇合奇，益顯道行潔。時上嘉其静修，特賜花瓶、香爐，并詩云：『翛然老衲静塵緣，臺殿參差藹瑞煙。池裏羣魚争受戒，林間孤鶴舞參禪。』命張、高二詞臣各贈以詩，御書扁曰『制毒龍』。鄙人久聞名，恨未得一接。今晨來相訪，聽法意切切。山行苦崎嶇，倚石困屢歇。過午方登堂，斯人不可覿。香煙自摇颺，泉聲空幽咽。蒼茫認路回，惆悵林中月。

皇姑寺 皇姑吕姓，永樂中人。焚修此山三十餘年，後因以名寺。

事留奕世豈名虛？況復焚修卅載餘。當日鬚眉傳幾個？至今樵客説皇姑。

送王司農假省歸里 二首

青箱家學孰隨肩？一代才名重木天。相士羣推韓愈最，持籌不數狄公賢。清暉侍宴詩千首，崇政譚經日幾篇。念我通門寒至此，春風時到草堂邊。

暫許寧親事遠征，慇懃天語眷朝英。心縣北闕縈羈夢，花發東山促曉行。八座趨庭初夏日，十年遠宦故鄉情。大官正借司農箸，相遲春明聽早鶯。

讀山陰張孝子傳賦贈

蓼莪讀罷淚浪浪，越水芳名重帝鄉。採椹深情同蔡順，承顔有日異曹昌。昌父斌，久客不歸，昌跋跡三年求之，始知其父已死，載骸而歸，時稱其孝。傳題孝子君無忝，銘讓文人我未遑。柳宗元嘗爲孝子李興作孝銘門。行看聖朝榮錫類，陳門岌業幷旂常。陳侃性至孝，宋太宗旌其門曰『孝門陳君』。

侍大人及五十兩叔父飲曹賓及父執瀟碧軒得空字

浴罷涼生過竹叢，披襟散坐受清風。漫言近市三間小，深喜羣芳一徑通。繞砌蔬苗頻入饌，隔牆槐影迥淩空。酒闌更指荷香近，已見青錢出水中。

曹賓及父執招同魏一齋先生晚酌兼訂訪琴師楊玉懷

嘉醖頻招客，衝泥未肯遲。荷風新雨後，松月納涼時。浸果寒冰洌，深談禁漏移。夜闌琴思動，中散待幽期。

蘇後蘇父執及查黼皇先生過飲共得歸字

滿徑蓬蒿屐齒稀，美人乘興款柴扉。空階露濕蟲吟細，中夜寒生酒力微。著述多因官署冷，疏狂久與世情違。蘇公出其詠懷十餘首，甚工。天心似亦憐佳會，風雨爲淹一妙歸。

得十叔父上谷家信知爲朱厚庵父執留署中書懷

橫空何處晚鴻聲？尺素傳來上谷城。夜月幾時觴詠共？秋風廿日別離情。殷勤縶馬通門切，淒咽鳴蟲客思生。多暇郎山高宴會，新詩莫惜寄柴荊。

自君之出矣

自君之出矣，幽夢與君期。思君如流水，悠悠無斷時。

九日曹賓及父執攜樽過寓同蘇查諸先生得花字

雨阻登臨興自賖，衝泥過訪蔣生家。先是，蘇、查有尋菊之約，以雨不果。白衣後至攜新醞，烏帽齊拋就晚花。露坐深宵寒氣逼，風飄落葉夜聲譁。不嫌地僻秋光少，重款柴扉趁月華。

送魏一齋中翰省侍歸里

比鄰聚首忽天涯，況復秋高玉露滋。從此籬邊誰對酒？猶懷月下共論詩。臨風折柳難爲別，愛日寒松幸未遲。尊公大司寇，予告歸，御書『寒松堂』賜之。卻笑梁公徒鹿鹿，白雲悵望太行陲。

秋日倪繪江表叔過飲賞菊次倪韻

客款柴關夕照斜，科頭細話興偏賒。風飄滿砌蕭蕭葉，杯醉當筵豔豔花。明月夜縣空外靜，吟蟲寒聚室中譁。更憐紫蓼依閒砌，並傲秋霜正吐葩。

曹賓及父執招同王子千水部瀟碧軒賞菊

寒林日欲盡，獨坐掩書卷。落葉聞行聲，招我陪清讌。科頭登中堂，高低花一片。翠葉何扶疏？親向花市選。指揮成幽趣，枝枝當人面。爛熳榮色殊，乘時各爭豔。燭至散清影，花葉光相絢。久欲尋秋圃，今夕愜所願。坐我飲其間，深杯不待勸。室煖逼香生，幽人增繾綣。歎息晚霜寒，清芬孰能先？如何淵明後，愛者不常見？

讀張子房傳

滅秦兼舉報韓功，今古歸功論亦同。特怪沮王六國後，不思韓後在其中。

何牧五先生方譽子姑祖丈倪繪江表叔過談留飲共得農字

客來無俗累，隨意話山農。風静遥聞雁，秋晴乍見蜂。晚寒桐酒熟，室小菊香濃。爛熳深宵飲，遲遲隔寺鐘。

秋日過飲瀟碧軒讀曹賓及父執上元看海子煙火十章神往久之因訂來年之期得人字

酒熟相招意獨親，燈前霜蔌摘來頻。蘭移屋裏寒風遠，菊市街頭翠影新。官愛清閒書度日，思窮毫髪語驚人。纔知上苑煙花盛，踏月晴郊訂早春。

時哉吟

臨機明決英雄難，歎息孟德與高歡。宇文撫軍日方淺，先主定蜀民未安。劉曄王基謀急擊，何事當日尚盤桓？星移物換嗟何及？三國周齊鼎足立。攻城殺將徒紛紛，時哉時哉不可失。

籬菊開並蒂一枝喜賦

繽紛晚菊傍東籬，忽見奇葩綴小枝。弱質幸無離索苦，同心況值歲寒時？晴香淡淡蜂雙至，夜月盈盈影並垂。蔣徑蕭蕭何意得？爲君爛醉一吟詩。

偶　詠 三首

漢亡不由曹，魏分不由齊。賈詡與子如，首禍不能辭。臍中燃火日，膝下横刀時。李郭謀解散，世隆思北歸。太阿歸王室，清寧其在兹？如何一借籌，兵戈日益滋。

吁嗟梁武皇，仁心一何固？法行不自上，王侯盡民蠹。吏治争刻深，鞫獄視貨賂。攻魏兼伐齊，兵戈恣其怒。淮堰壞還修，民力寧一顧？饑饉若罔聞，流亡不可數。同泰方捨身，持戒食嘗素。

郁郁庭中蘭，離離階前草。蒔草祝蕃滋，鋤蘭委官道。妍媸何所憑？茫然自云巧。善類輸鬼薪，貂蟬奉羣小。士生不遇時，亟宜懷其寶。不見蘭在山，幽芳常自保？

喜藻如大兄自浙中省侍入都集小遠齋小飲兼懷十叔父 二首

難得家人聚，他鄉意更深。新詩隨境得，久客爲貧侵。風雪停疲衛，蔬樽醉晚林。承歡忘漏永，不復作吳吟。

翻從相見日，深念别時情。甲子秋，予同十叔北上，與大兄别於維揚。並轡幽燕道，孤舟吳越行。寒江楓葉落，塞月雁聲清。懽喜今宵醉，天涯憶步兵。

蘇後蘇父執及查黼皇先生過飲共得天字

蓽户何期集兩賢，剪蔬高話興悠然。不妨殘葉隨風盡，深喜寒窗受日全。入暮鐘聲傳隔寺，投林鳥語帶疏煙。莫辭濁酒頻相勸，歸路遥遥欲雪天。

嚴君十二月有提牢之役即事恭紀 二首

請室嚴刑處，慈懷觸境寛。那堪形影隻，更值歲華殘。布薦皷眠穩，遺衣被體安。天心如默契，此夕雪漫漫。

壁上留詩古，從知祖德深。端恪公任大司寇，時親歷獄中，拯恤備至，戊午俞君陳琛提牢，詩紀其事，今猶于廳事壁間見之。慇懃承昔志，慷慨喜同心。衣廗之費計七八十金，不祟朝而募足，皆同人好善之力也。梵語常終日，禁囚苦悶，大人勸其日誦金剛經一卷，皆欣然從命。鵲巢應滿林。羹糜親檢點，風雪任交侵。

賀于大中丞

新捧除書節制專，于公才望更誰先？人思楚海收殊績，時以臬司提調下河工務陞任。帝眷幽燕屬大賢。夾路飛花迎上駟，垂亭翠柳引高旃。遥知潞水襜帷駐，舊日棠陰春更妍。于昔爲通州守。

賦賀袁臨張都閫

張緒風流信不虛，投壺散帙更誰如？符分玉女袁州山名。三旬少，望重金吾十載餘。以侍衛改授。燕市月明傾别酒，江城花發迓高旟。清時枹鼓聲常静，校獵平原春日舒。

送鮑漢御先生歸里二首

參軍俊逸更誰推？廿載蹉跎數太奇。捧檄有人懷切切，積薪無計悵遲遲。詠懷著述隨時得，到處疏狂與世違。准擬西山同攬勝，其如將母速歸期？

憶昔招提客影單，前綏惠我旅思寬。三年離索情剛慰，十日逢迎別更難。乳燕留人鳴乙乙，蹇驢衝暑路漫漫。最憐新月穿林出，此夕傳杯尚共看。

陳文鑑

字鹿書。樞部越樓公之仲孫，文學綏四之長君也。生三歲，能辨四聲。七歲爲詩，多警句。尤工制舉義。間出應小試輒冠輩行，鄉里以奇童目之。顧嗜學過勤，有聖小兒之癖。每置食飲几案間，遇抽思正苦，時忘其寒濕，過時而進，遂釀成痞疾，百治弗瘳。自傷命促，作病魔篇，彷佛盧照鄰之五悲，時年纔十二耳。未幾夭逝。遺詩近百首，不堪多讀。予爲擇可存者十餘章，用以慰越樓祝予之痛云。向見次德肺魔詞，有玉川詛月之致，遄摭入選。今鹿書病魔篇，風調相侔，豈詞人所見略同耶？

病魔篇

有一病書生，生長在桐邑。自度非凡人，無端被魔縶。住世幾何年？春秋纔過十。太丘之耳孫，行二又行一。名字毋勞問，生死尚莫測。旦暮長幽憂，彼魔勢方劇。念我毀齒初，就塾延師益。父指爲黄童，祖目爲李泌。豈知命不猶？耽思恆廢食。踰時或加餐，冷暖非所擇。浸淫脾胃間，久之成痞積。驅痞亦何難？只因魔作孽。玆魔幻萬狀，覼縷未易悉。人生五臟全，榮衛本堅實。魔能抵其巇，朅來據胸臆。初發痛有期，爲期定酉戌。厥後苦纏緜，不分日與夕。魔形大似拳，魔氣通於膝。彷彿物作聲，衝喉半含咽。行則聲呱呱，坐則聲唧唧。匕筯握漸稀，痛楚百端集。家君覓良醫，救療意惶迫。但得魔驅除，酬金誓勿惜。醫聞接踵來，指脾云痼疾。攻補合兼施，及時不可失。就之詢醫方，苓术並巴戟。纔餌遭魔怒，奮起與藥敵。涓滴彊入喉，觸忤至嘔溢。魔仍膠漆黏，不受百草汁。元精日消磨，刀圭徒浪擲。匍匐叩醫門，醫言須改策。藥貴力乃專，參附效什伯。但服更勿疑，服久魔自戢。㕮咀動盈把，烹煎各如式。豈惟不中魔，魔意翻自得。液甘魔平分，味厚魔竊吸。金盡藥亦殫，魔肥人愈瘠。撑蓆骨稜稜，無風寒慄慄。復有後至醫，相看勸勿急。治此有秘傳，庸師安得識？岐黄八法鍼，其經著甲乙。任督與帶圍，隨症按腧穴。投之得所宜，癥瘕無不抉。唯唯姑試之，銀絲瑩如雪。手撚入肌膚，初無血痕漬。漸刺痛莫勝，鋒攢等蠆蝎。洞穴非不深，魔則已旁匿。良久引鍼出，衆患仍交作。熏蒸雜艾葯，用助鍼芒直。鍼灸既迭加，魔損未毫末。痛哭向魔陳，君豈夙世業？得非駘沈儔，來宅我肝膈。有罪應容湔，有怨亦堪釋。況係他生讎，忍向童穉結？願悉毁藥囊，從君丐陰騭。楮鏹千百焚，牲醴三日設。束茅爲君車，裁莛爲君楫。求君暫捨予，逍遥信所適。貸以一息安，冥報在萬劫。灑血託青詞，下書年月日。

暮春遊披雪山房用飛流直下三千尺疑是銀河落九天爲韻

山城春晚百花飛，龍眠谷口留芳菲。就中碧峯最幽絶，層巒宛轉藏披雪。初行曳杖沿溪流，稍覺空濛來上頭。雜卉緣巖無定色，叢生翠篠娟娟直。遥見一丘秀而野，似有茅茨在山下。折入葱蘢杳靄間，果開軒豁徑三三。石氣磅礴紫苔鮮，虯蜷老樹年逾千。小構溪堂面崱屴，位置天然應繩尺。旋穿曲磴著迴廊，更闢陰厓安静室。纔到陰厓徙倚時，便有異響轟屜屭。共道雷聲勿復疑，主人大笑此非是。試向泬寥觀瀑勢，絶巘林端迤邐攀。孤亭雲際迷離視，瀑聲漸近影漸明。雪山之雪銀海銀，雁蕩開先定誰勝？輸此神瀵充家珍。捲黄河，恣噴薄。絮飄揚，珠錯落。在昔公麟招勝友，遠致蘇三與黄九。兹亭石畔亦題名，紹聖遊人章子厚。誰遣子厚來龍眠？元規塵欲點山川。一從收作清河墅，始信靈區别有天。

奉懷家嚴侍王父於貢院總修國書

山中宰相枕書眠，起掌編年筆削權。南董直聲因道著，談遷史學本家傳。已聞制府郊迎盛，更喜羣儒翼贊全。安得此身離木榻，來簪青鏤傍丹鉛。

購得外家文莊公天柱集志喜

老學陪京歲月賒，容臺著述浩無涯。纔從虎觀求遺草，始信龍門屬外家。用司馬遷外孫事。一代宗臣三館業，六經文焰九天霞。生徒孰是侯芭者？尚許塘棲卓左車。左車師事文莊，其孫于家學最著。

家祖自金陵寄賜人參蓋制府干公所惠也

藥裹封題寄里門，三旬兩度拜慈恩。清河雅餉分元老，白下詢方起弱孫。滋液理應扶薄劣，駘沈祟不問寒温。盈盈甘露知何補？和淚烹煎午夜吞。

閲六弟青浦署中近義口占示之

跕美相期大小山，豹姿今現管中斑。人棲峯泖清幽地，文在機雲伯仲間。留硯定符吾祖意，愈風先解阿兄顔。用琳檄愈頭風事，時予在病中。不須更問池塘草，筆底菁葱逐夢還。

題汪雲濤雙卉圖十六種

牡丹垂絲

洛花穠壓寶欄敧，蜀豔猶垂嫋嫋絲。大似太真初睡起，沈香亭畔召來時。

真珠長春

望裏新排瑟瑟匀，來從高樹伴長春。山礬玉蕊休争價，此是珠庭百斛春。

絳桃繡毬

開遍琪花十二樓，小桃猶自擅風流。絳仙初下磅塘舞，又向嵰山捧雪毬。

紫薇梔子

蓬萊闕下紫薇臣，薝蔔林中清浄身。同備中和遠霜雪，不隨梅柳競陽春。

石榴萱草

萱草油油凝黛色，安榴灼灼豔紅裙。繁陰擁得嬌嬈至，管領芳叢百和薰。

碧桃芍藥

暈碧夭桃弄晚暉，殿春紅藥静相依。羽衣緱嶺吹笙客，也愛楊州金帶圍。

金桂丹桂

丹砂的皪間黄芽，粧點瑶林兩樹花。夜半廣寒香露下，只因庭院有天葩。

蠟梅山茶

寶珠蠟瓣共晶熒，淑氣催來上膽瓶。好是仙家風雪夜，高燒紅燭誦黄庭。

左枚

字椅臣。侍御貞介公之曾孫也。少凝重穎悟過人，不輕言笑，恂恂如處子。年十三即游郡序，屢試高等，食餼，其外祖姚端恪公器重之。生平負大志，好學汲古，不問寒爐暑扇，雖病中猶不廢詩文。父箴我博于宿州，常省覲署中，菽水視膳惟以承懽爲念。

課諸弟成名。竹林間文會，得一佳篇便欣然忘寢。與人論古今成敗得失娓娓不倦。處世以謙，居家以和，少年中不多見也。與里中孫子受采相友善，同舟應試金陵，有朱陳之約。及受采病篤不起，椅臣慰之曰：『君即有不測，無慮身後事。』後果踐前言，以女字其子，不以死生異念，尤為近今所難。卒年僅二十有六，時論惜之。

卜宅 有序

家兩大人歸從宿國，别搆吾廬。鯤自北以圖南，鶯遷喬而出谷，削屢憑憑。匪曰：謀新棄舊，斯干秩秩，依然式好無尤。地僻而無車馬之喧，樓高惟聽塤篪之奏。縱雙屐看山，未許歸休乎謝傅；而三春挽鹿，且學偕隱於龐公。詩紀七言，風略擬古。

晴檐甘鵲高槐噪，次第春風簾外到。堂上齊斟花下杯，清歌一曲猗蘭操。漫説年豐博士貧，烏衣暫息鄭虔身。人纔四十未稱老，屋縱東西卻比鄰。讀書聲應機絲起，況有草堂吟子美。家伯課弟儀一堂。莫忘風培九萬程，從兹水擊三千里。

冬杪家幼仁師欲歸賦此敬留次見示元韻

閉門猶苦雪，何故獨衝寒？情重攀車易，囊空行路難。濁醪還盡醉，宿火未燒殘。廿載根繩誼，長留意始安。

步五叔父對雨韻

秋殘剛對雨，煙罩一窗中。野菊枯容潤，寒爐活火紅。諧聲殊愧拙，時左書家伯傳等韻。步韻敢求工？藥釀堪同醉，開簾豈畏風？

遊相山　二首

路僻村煙絶，蘿牽峭壁臨。白雲晴冉冉，森木晝陰陰。小憩尋平石，清音愛野禽。老僧茶話久，消卻世塵心。

相山真勝地，古刹自何年？樹怪名難識，碑殘記失傳。披襟三月候，長嘯萬峯巔。更想清幽處，人稀月影圓。

喜孫賓秋世兄惠新茶

好茗誰持贈？同心孫子荆。那精鴻漸理，且適阿奴情。片甲香還嫩，清風雨後生。醇醪連日困，得此解吾酲。

晚宿任橋驛

抆淚到任橋，辭親尚未遥。昨宵酬勸樂，今夜旅魂銷。欲覓村醪醉，愁聽近市囂。漫漫雲霧起，泥濘怯明朝。

表弟戴繩曾初度詩以贈之

三年不見汝，把醉共成詩。風雅追安道，才情壓左思。弟兄多此姓，遠大各相期。莫負吾翁意，觴君酒一巵。

三弟買蘭久而不芳對之而慍結褵方十日蘭忽吐焉遂笑曰殆徵蘭乎索我題詩戲贈口號

得意向予説，幽芳忽自開。花遲依氣候，人急媚粧臺。不負塵埃賞，偏宜閨閣栽。明春應滿砌，尊酒詠蘭陔。

贈綺合二兄

卻笑前人拙，居官不取錢。真成清白吏，翻累子孫賢。架富遺緗帙，年豐倚硯田。何當忽變化，從此擊三千？

登投子山

閒遊出郭恰晴和，踞石縣崖挂薜蘿。明滅湖光斜照遠，依稀山色暮雲多。當年姓字留高冢，此日登臨好放歌。歸醉不知前路晚，小橋流水月中過。

孟秋送仲弟之大人署中因得三律

弟兄初擬趁三春，同赴冰衙慰兩親。仰首空瞻飛朔雁，傳經不肯讓閒身。至情遥念難言別，遠道孤行秖爲貧。弱質風塵須鄭重，炎涼此日正窺人。

今年送汝登鞍日，去歲予爲返轡期。孤月似尋茅店照，秋風偏向客衣吹。莫嗟匹馬難行路，正羨趨庭好下帷。堂上關心惟大母，到時先報樂含飴。

秋蟲鳴夜晝鳴蟬，經義齋頭雨後天。閒點牙籤分甲乙，笑看萊綵亦蹁躚。三年望子情才慰，千里寧親意獨縣。諸弟詢余無別況，一看雲盡一回眠。

除夕前一夕侍諸父諸昆賞雪懷西樓限得樓字

底事勞勞未肯休？看山宜雪更宜樓。夜光觸處皆疑玉，逸興憑欄可當舟。攬筆雖無王粲賦，攜樽那遜竹林遊？須知終歲雙丸走，只有明朝一日留。

遲兩大人暨諸弟不至

不任雙丸秋又殘，他鄉底事困征鞍？傷心有翼飛能奮，叩橐無錢行卻難。千里暮雲還冉冉，中宵寒月轉團團。只愁載道留風雨，驛店鷄聲淚未乾。

病中口號

長年卻病病難除，致病須知亦有初。無力承歡慙令子，空懷壯志慣窮居。物情皆冷腸偏熱，文字雖奇世不讐。最是片雲交意厚，往來日映小窗書。

賀三弟移居

軒開二陸住東西，獨爾比鄰好共棲。不是幽偏離廣廈，還因唱和愛分題。遷鶯正值陽春暖，乳燕時通簾户低。難得孟光能舉案，著來紙閣亦眉齊。

大人新齋落成敬賦一律并以勖余兄弟焉

新開堂構孟春初，向日圖南好讀書。瀟洒竹聲清夜籟，參差柳浪惠風梳。庭高一任梅天雨，户鍵何須長者車？只望吾曹能接武，阿翁締造未全疏。

病中遷居居遷而病愈詩以志喜

廣廈層軒非所戀，但期容膝即吾廬。甕頭留得三春酒，牀上堆來數卷書。足蔽雨風狂靖節，全消渴病傲相如。蹦趺也學香山法，女唤妻呼一任渠。

堂上移居 二首

一官千里歷三年，纔得瞻依繞膝前。齊舞畫梁聽燕語，又聞出谷報鶯遷。天晴古木雙槐影，春雨高樓萬竈煙。比屋有懷多不寐，書聲争鬧五更眠。

高堂布置累難删，分住兒曹始得閒。心遠地偏陶栗里，三間五架白香山。貧家依舊藏書富，肯搆遠思創業艱。莫道此中堪久憩，皇恩未許戀鄉關。

輓孫子受采 二首

思君難作誄君詞，一字思君百感滋。虞氏孝還姜氏友，茂陵文與杜陵詩。閉門自説交遊冷，好我無端賞識奇。可歎伯牙山水操，從今能得幾人知？

兩字功名能續命，英雄底拚死生爭？受采得病闈中。慈顔何處將枯淚？伉儷奚從問不平？未讀詩書先讀禮，看憐子姪嫂氏訓子，公升撫姪。倍憐甥。慙予豈是朱文季？轉憶金陵把臂情。

松 以下次韻詠盆景

小小松偏勁，相憐手自栽。莫愁人不識，已是歲寒來。

柏

曲幹無多大，青蒼也可憐。錦官城外種，到此是何年？

梅

杜老巡檐日，襄陽踏雪時。何如盆内好？静坐對疏枝。

步慈大人韻爲兩大人解頤

年年燈火賦三餘，可有春風到草廬？讀罷忽傳家信至，朗吟新什病全除。

憶七弟

雨霽風清月更明，想君嘹喨讀書聲。傳來文字篇篇好，不負元方愛汝情。

答妻問

病中何慮復何思？惟有閒吟與病宜。欲求熟睡還耽酒，從今説過少題詩。

潘仁樹

初名仁李，字務滋。耐翁之第五郎也。先是，翁于戊寅舉一女，字陳子大匡。庚辰生一子，名高銑。壬午寓白門，生一子。丙戌歸里，又生一子，名仁桃。皆殤。故兒行第五。未試晬患瘍，仁桃夭于痘，兒迄全，故翁哭仁桃詩有『夭桃既自折，苦李必無傷』之句。既長，馴謹順祥，有萬石君家風。好讀書，嘗攜襆被入鷹阿別業，與中表張、方諸兄弟相切劘。年二十，隨翁遊太學，即爲大司成宋蓼天先生所甄賞。同鄉姚端恪龍懷公、吳助教五厓公甚器待之，爲之延譽輦下，文名籍甚。聞母病瀕危，未及闈試而返家居，以不獲與母訣爲恨。益淬勵自奮，期一當以報二親。嗣病瘵，已霍然勿藥矣，寄書都門，好語慰翁，點撇矜肅。無何，病忽劇，卒年二十有四。遺孤義炳纔及樂天識之無之日，親故痛之。所著勉齋制藝百餘篇，婁東張覲文爲光、唐實君孫華，同里業師許綏人來惠爲遴其什三，梓以問世。向者風雅之選，訖于戊午之春，方甥乘時云，務滋于輩行酒酣時自哦其詩，琅琅然聲出金石，急搜其篋衍不獲。明年，青山友人何子漢客來詢翁曰：『風雅中何弗使童烏與□耶！』翁聞而詑之，因誦其詩若干首，歸舍之次日繕寫一通椷寄。予爲之驚愕，悲喜交集，因手授未亡人藏弆以待續集。未亡人者，予外甥女張氏也。今遺孤義炳捧書而泣，附録諸英妙之後，亦以見詩是吾家事，吾兒之所長者，不獨制義云爾。

讀白氏長慶集

架上唐詩多，吾獨推白傅。語淡味彌永，辭直意微露。深得風人旨，足砭雕蟲痼。最愛秦中吟，譎諫託諷諭。鏗鏘諧律呂，春容比韶頀。閒適與感傷，一一抒情愫。孤行長慶間，牢籠及衆嫭。氣壓李文饒，目懾牛僧孺。微之偷格律，白詩有云：『每被老元偷格律。』禹錫亦依附。所以香山詩，江南稱獨步。與元微之書云：『今江南稱才子必曰元、白，以子之故，使我不能獨步吳、越間。』遠可走鷄林，近可曉老嫗。少誦琵琶行，瀟灑想風度。今兹承庭訓，益用愜素慕。何必效世人，絺章復繪句？

鷹阿即事同方當時作 五首

邑居塵累擾，山刹道心開。經罷魚歸沼，齋時鳥上臺。遠公今說法，玄度喜初來。借得跏趺榻，書聲出草萊。初至鷹阿別業。

鳥擇何枝噪？鷄從隔嶺鳴。琉璃藏佛火，金碧顯天晴。梵夾無風静，軍持汲水清。晨鐘猶未起，早有讀書聲。早起。

禪關春晝永，底事有逢迎？犬吠書聲歇，伻來客思驚。世緣嗟莫斷，俗累苦相縈。又欲陪新月，偕予夜入城。入城。

丈室吾翁築，經營爾較賒。廚分香積火，階共鉢囊花。擁被矜孤衲，藏書敵五車。夜闌猶叩户，親瀹雨前茶。贈與疏上人。

只在鷹阿畔，云胡出不歸？籬根羣犬吠，樹杪一鴉飛。穿磴雲生屨，還山月上衣。明朝重問法，厭浥叩禪扉。古鏡菴訪窮崖上人不遇。

都門謁謝大司成宋蓼天夫子

多士橋門賴總持，鯫生何幸拜臯比？梅花一賦非凡調，宋玉千秋是我師。撇卻驪黄收騄駬，直將頂踵屬鑪錘。他年篋羽夔龍上，肯讓元之獨救時？

謁謝堂師吳五厓夫子

席帽荷衣下澤車，金臺一入快連茹。京師太學星原聚，博士先生網未疏。不用碎琴徒駭俗，纔吟春草便延譽。轉疑光範門前客，底事三千宰相書？

嗚呼！義炳甫七月，先君即棄予小子矣。今悠悠二十年，而先君子之音容幾不能記憶，是予雖生，而父病吾不知省，父没吾不知痛，其何可以爲人子哉！先君少穎悟，好讀白詩，手録一本，自加丹黄，嘗與外兄弟讀書鷹阿别業，偶有吟詠輒浮白自娱。予表叔方乘時嘗爲大父述之綦詳，而至于制藝一道，尤爲鉅公所賞識。己酉，隨大父遊京師，即見重于大司成宋公，同里司寇姚公、助教吴公。時已在選額，聞大母病，踉蹌歸里，撫棺一慟幾絶。踰年，大父復謁選都門，時先君已卧病伏榻，作書慰大父曰：『大人勿以兒病爲念。』此其體親之意、孝親之心何如也！大父屢出遊四方，時兩叔年尚幼，先君爲之延師課讀，撫育倍至。大父恃以無内顧憂者，先君子也。其友愛又何如也！齊子鎛公，先君髫年友也，交好最深，齊母江孺人病亡，爲之視棺斂，出其所有以濟窘乏，而喪具禮節皆先君一人爲之贊襄焉，友誼之厚又可知矣！嗚呼！先君子之嘉言懿行，予雖未能盡悉，而約略具是，其能已于追述乎？又憶先君見背，母大人纔十九歲耳。今苦節廿年，始終如一日。上事君舅，下撫孤兒，茹齋誦經，寒暑無間，嘗泣謂予曰：『汝父病篤時曰：「吾得兒呼阿父一聲，吾可以死矣！但未及訣吾父，死不瞑目，貽兹恨耳！」時汝即連呼不已。』嗚呼！是予之生，適以速先君之死也，予能無痛乎哉！又于笥中得舅父巨源哭吾父文，愷切詳明，敘述生平甚核而真，惜我生不辰，不克博一日之歡，不孝終天之痛，曷有極耶！今先君之制藝，大父已遴其什三，刊以問世，海内操觚家莫不稱賞贊誦，謂大父之有先君，不减太丘之有紀諶焉。越數年，大父有龍眠風雅一選，呼予而詔之曰：『向者方甥乘時爲吾言，汝父讀書山中，間有所詠輒吟誦弗輟，汝盍檢以廁風雅之末乎？』予曰：『唯唯。』于是，遍探架帙，卒不得其隻字，終日悒悒，常以不得先君詩爲憾也。又踰年，青山何公漢客，爲先君執友，偶過草堂，謂大父曰：『務滋詩若某首某首俱神似香山骨力，某藏之笥中久矣，夫子何不附諸風雅乎？』大父聞之，且驚且喜，具告以故。次日歸舍即撿以寄大父，大父召予小子曰：『噫嘻！汝父可以不朽矣。』遂具道所從來，予讀未竟，悲喜交集，遂請于大父，求入風雅續選，大父曰：『固吾心也！』爰爲之傳，登之棃棗，以誌不朽。嗚呼痛哉！予小子烏足以承大父意哉！大父始刻其文，繼刊其詩，大父之念吾父，其惓惓不置有如此！假令天不奪吾先君，使先君得隨大父居河墅山水花鳥間，杖履追隨，以優遊歲月，講論風騷，其爲詩曷可量哉？不孝男義炳泣血敬識。

潘仁標

字霞起，更字霞舉。耐翁之第六郎也，今行三。幼岐嶷不羣，好汲古振奇，吾妹夫方子井公甚愛之，以爲必亢吾宗。與兄仁樹咸受業於許子伊蒿之門，屢試童子科不售，去，遊太學。爲人孝友和順，謙以自牧，居恆尚意義，重然諾，遇親故不平事輒支拄其中，爲之排解，不避怨謗。嘗與中表諸兄弟讀書鷹阿别業。鷹阿别業者，翁手搆，爲山中習静之所，倚大羅禪刹以居者也。昕夕誦課其中，夜以繼日，不間寒暑，思有所表見于世。年甫廿六而殁，時辛酉之四月也。會風雅之役甫竣，孤義燦、義烺泣搜其山居詩若干首，請續諸後，不果，今附録於仁樹之末，聊以不没吾兒云。

雪夜無酒 五首

提壺因雪阻，讀罷興蕭然。山村何處覓？惆悵一燈前。

旅况那須遠？山房便寂寥。酒卮何日斷？忽斷在今宵。

雪夜停杯可奈何？轉嗔前此太貪多。山僧窺破無聊意，笑我烹茶作酒歌。

何故今宵睡獨遲？無端愁悶與誰知？松風偏向窗前攪，燈灺寒深酒盡時。

深山無酒不成眠，况值寒宵雪後天。夜静溪聲來枕上，苦吟得句亦翛然。

詠　雪 三首

遥望山巔樹影微，冰花細剪上人衣。枝枝疏樹迎風白，陣陣寒鴉破凍飛。

連朝積雪掩春暉，寂寞山亭鳥迹稀。一樹梅花猶未放，枝頭點點落珠璣。

掩窗因畏雪風吹，寒氣侵人戀酒巵。聽説牀頭瓶漸罄，微酣觸景且題詩。

雪後臨溪邊見水中落花有感

未晴化雪知春暖，雪化溪流便有聲。片片落紅隨水去，桃源疑向此中生。

春日雨後乘時偕括弟出山房看瀑布值予小疾未得同行因感賦一絶

久雨初晴山境新，兩人相約共登臨。可知小疾難攜手，留取春光待我尋。

春日自勉兼勉諸子 二首

年來歲月愧蹉跎，勉就山房共琢磨。肄業敢存僥倖念？但求識字莫虚過。

識字無多要老成，君親兩字最分明。人生事業初何限？只在倫常是處行。

聞樵歌

山徑多幽邃，遊人處處行。樵歌何處起？和我讀書聲。

秋日偕諸子尋菊

曾看春色穠花盛，更愛西風細蕊香。鴻雁數行纔結伴，丹楓幾樹未經霜。催租吏去年纔稔，送酒人來日尚長。登眺何須到重九，攜樽且醉菊花傍。

秋日送齊子懷芬之廬州

俠骨嶙峋不受憐，喜君偏得友朋緣。長途指顧增詩興，野店蕭條有夢牽。客路慣經知自愛，世情無定莫求全。菊花未老人分袂，數日前與齊子尋菊。可待梅開始計旋。

楊鼎

字姬士。少遊於予門，横經捧手，執禮甚恭。弱冠補諸生，好績學綴文，以千秋之業自命，焚膏宿火，討論不懈。張敦復宗伯未遇時，慎選名儒爲子弟師，予爲之推薦，館於其家。今宫諭卣臣、學博次皋咸受業焉。姬士勤於講肄，後生經其指授，皆有程法。宗伯以是益敬禮之。數入鎖闈不售，無何，嬰瘵疾，臥病經年，遂不起，命矣夫！所自定艾軒詩草，備文質而兼雅怨，亦有可頗采者。嘗與吾兒仁樹善，集中多贈答、寄懷之作，易簀之夕，遺命屬其嗣子泰階，拳拳以無忘若翁師友三世之好，可感也。

我昔

我昔居城隅，雍睦稱仁里。昨歲來此方，比鄰半俗子。逐末亦何嫌？屠割寔堪鄙。嗟彼屠割人，狀貌直如豖。物命等草菅，操刀爲生理。人心本好生，欲惡差相似。胡爲若而人，殘毒至于此！今日操爾刀，明日復爾爾。未曉攪我眠，哀聲震人耳。屠割一歲中，三百六十矣。而況日再三，所屠難屈指。因思亂世人，安危争寸晷。殺戮徧方州，幾人逃刀匕？彼蒼誠有知，果報可立俟。物固不足憐，人亦安可恃？所以古仁人，人物每一視。觳觫本無辜，見生憫其死。庖廚必遠之，此意良有以。我願屠割人，聞言尚知止。前此既不臧，後悔或可企。俯仰天地間，仁術幾倍蓰。擇術正須慎，函人仁于矢。

賣書行

昔人貪買書，今人貪賣錢。買書遺孫子，賣錢圖生全。借問彼何人？居然世胄傳。距今不數載，父子雄龍眠。手澤繫於斯，丹黄猶新鮮。縱無讀書分，存之勝陌阡。如何擔入市，得售頓解縣？書價易升斗，一飽遂歡然。竊恐書有盡，性命難苟延。積書有今日，能無媿重泉？因歎世間人，但願子孫賢。我有克家子，故物守青氈。假令非賢者，流毒及遺編。書兮書兮不可保，又何問乎大廈與良田？

酒　戒

古云酒乃合歡具，養病養老皆所裕。一自人爲麯糵昏，翻覺此中失真趣。憶予昔時喜洪飲，一飲千觴無節度。大醉狂歌幾何時，老親苦口無朝暮。嗟予不省老親言，至今一病遂成痼。雖然羸弱本生成，得疾未必非此故。眼前酒戒踰三年，大斗醇醪不復慕。豈獨家居屏尊罍，招飲亦覺空相赴。自顧酒戒非不嚴，病軀仍不及平素。大抵後悔亦已遲，當年何漫不知懼？神禹古稱大聖人，儀狄作酒輒深惡。如何我本庸陋夫，厭厭夜飲學沈酗？喪身弊與喪國同，三思真足發恐怖。惡酒爲作戒酒歌，銘之座右如師傅。叮嚀吾弟與吾兒，愼勿再爲酒所誤。

潘太師母以近詩見示

不厭相過數，呼童出近詩。冰霜稱母範，風雅實吾師。筆法工尤健，才思老更奇。攜來吟詠朗，漫語細君知。

寄懷務滋長安

記得陽關別，徘徊袂欲分。溼衣猶帶淚，鳴鳥久離羣。曲曲堤邊樹，悠悠天際雲。一春詩思積，强半是懷君。

輓務滋 七首選二

吾友務滋，河陽佳公子也。少負雋才，長承家學，參軍真藻麗，競推藝苑無雙；洗馬甚風流，共目騷壇第一。方意黄金臺築，詎知白玉樓成。枕上呻吟，字字堪爲刺骨；牀頭訣絶，言言俱是傷心。吾師以謁選之時，遭喪明之慘，計程將至，竟嗟一面之艱；縮地無因，徒抱終天之恨。至二旬少婦，七月蕣孤，則又血淚幾枯、肝腸盡裂者也。余與務滋交稱三世，豈忘義海之盟？詩成七章，聊當寢門之哭云爾。

好友忽長逝，傷于此際偏。十年肝胆共，一旦死生縣。天道終難問，斯文喪可憐。不堪思展轉，捉筆便潸然。

病劇經旬愈，人言天有知。出門頻訪友，遣興欲攻詩。遥減嚴君淚，差舒王母悲。如何兩閱月，竟是斷腸時？

送何漢客返舍

交深欲别暗銷魂，多少離情未可言。訪友勞君頻作客，尋師偕我兩同門。閒時問業隨潘岳，潘木厓夫子。鎮日談經侍許渾。許伊蒿夫子。從此鷄窗餘夢冷，半牀詩史與誰論？

次皋二十初度

記我談經剛弱冠，爾今二十忽驚過。光陰漫覺催人易，著述須教逐歲多。已羡熊羆諧畫閣，更期龍鳳耀清河。科名自昔推年少，毛羽豐時盼整戈。

除　夜

爆竹聲喧促歲除，顧余生計竟何如？硯田抛後金原少，藥物酬來槖更虛。謀婦空藏殘臘酒，呼兒且筭一年書。焚香告廟無多祝，病脱親安慶有餘。

聞張卣臣登賢書喜且志感

泥金題出榜頭名，纔慰青藍期許情。信是鷄窗工簡練，果然雁塔早飛鳴。眉山姓字驚人久，天禄家聲繼武榮。好憶遠峯絃誦處，慙予潦倒尚諸生。

讀龍眠風雅

手操筆削自森然，流得餘膏及九泉。姓字不遺巖穴侶，表章豈盡士林賢？卷内隱逸詩居多，並附閨秀及羽士、衲子諸詩。搜羅一代誠爲富，譔著千秋允足傳。歎息逃吟皆散佚，數篇猶附國門縣。先曾王父著有逃吟諸集，兵燹後已不多得，入選僅數首耳。

喜潘蔚友入泮 三首

翩翩才學萃宫牆，信是天朝雨露長。極目風流誰第一？居然年少屬河陽。

阿祖成名剛幼學，多君繼起復如斯。石渠天禄聲華滿，克紹箕裘更賴誰？

我與若翁同問字，吾兒復共爾周旋。鵬程萬里全憑爾，黄口何時得比肩？

汪勁

字畏公，號拙菴。少參端簡公之次孫也。四齡失怙，母阮霧靈公孫女，年廿二即矢柏舟，教以義方。弱冠入黌序，時值鼎革之際，家殖寖落，惟筆耕養母，孝行勤學，士林推重，以故負笈于門牆者甚衆，攻苦之暇，吟詠自娱。惜賫志早殁，其子慶舞象即冠童子科，今搜遺詩若干首，亟表而出之。雖片羽一鸞，足徵全璧矣。

呈五舅父兼憶先慈

我愛步兵宅，悠然水竹居。周窗棲隱地，鄴架教兒書。村古松逾茂，堤高柳易舒。板輿曾到此，回首重躊躇。

春日同張子式盛懷屺遊古塘仙祠因贈見如長老 二首之一

似此林泉少，跏趺坐幾年。風吟千箇竹，柳帶一溪煙。隔岸通樵路，沿牆盡水田。香臺無俗事，瓢笠好安禪。

送方當時任無錫學博

幾年南國重聲名，鐸振梁谿羡此行。捧檄暫飛吳下鷁，捷書旋報上林鶯。盤充苜蓿官雖冷，案擁琴尊座卻清。獨有故人頻悵望，暮雲春樹益關情。

送楊姬士應試晉陵

文園多病又深秋，還挂帆檣事遠遊。作賦幾年誇庾信，品題從此識荆州。雲迷申浦荒祠晚，露冷吴江獨客愁。莫戀鄭虔樽酒緑，楓林摇落尚淹留。

秋日送友人歸樅江

郭外蕭疏柳影稀，不堪攀折送君歸。西窗有燭思同剪，北雁無情忍獨飛？野岸花黄村酒熟，江皋蘆白蟹螯肥。幽居知在蛟臺畔，買櫂何時一扣扉？

送吴修和歸歷陽

西風忽動故鄉情，衰柳堤邊送客行。到處秋山看不盡，今宵涼月望中明。楚王亭畔波聲冷，亞父城頭雁語清。君抱離愁予抱病，終朝遥對碧雲横。

移居有感

退守非關盡畏人，王孫碌碌困風塵。三遷仍不離幽谷，四顧那堪託此身？雄劍欲鳴思愈激，唾壺時擊恨何頻。誰言伯樂空羣馬？千里龍媒尚隱淪。

病中聞歸雁詩以送之

來賓猶記葉凋殘，又值東風振羽翰。影度黄河煙漠漠，陣歸紫塞路漫漫。春明錦樹尋常過，夜月汀莎仔細看。北向幾時復南向？銜蘆重歷玉門寒。

月夜書懷

涼夜迢迢露滴殘，中庭月色儘堪看。三春病渴偏宜酒，五月披裘更覺寒。撥悶只憑飛鳥過，翻書惟見蠹魚乾。無端野外蛙聲聒，此夕關山處處難。

賦得陰陰夏木囀黄鸝

樹影參差日影移，好鶯飛上最高枝。嬌藏葉底窺難見，聲到窗前夢始知。流過輕身如杼擲，調成巧舌當笙吹。雙雙並坐重陰裏，唤出王郎少婦詞。

劍影

霜鐔匣底氣冷冷，挂壁横窗應有痕。化去但歸牛斗畔，彈來不上列侯門。王郎秖向燈前舞，越女難攜月下論。獨坐相親雄尚在，半緱塵土繫精魂。

瓶梅

帶蕊和苞摘早梅，膽瓶斜插亦悠哉。嬌分越女腮邊色，香入羅浮夢裏來。疏影難教霜月照，幽姿肯讓曉風摧？也知不及枝頭好，怕共春花爛熳開。

讀松聲閣集爲潘太安人賦

北窗纔見早梅紅，捧讀新詩字字工。閣署松聲聽處苦，經翻貝葉坐來空。吟如定後拈成偈，人有黄初作者風。忽訝先秋萱草落，瑶池冰雪或相同。

挽潘務滋

劍化珠沈玉作灰，修文何遂赴泉臺？交因死後情逾篤，病憶痊時思轉哀。笑語幾回成夢幻，風標一旦委塵埃。遺孤賴有寧馨在，應繼安仁作賦才。

謝漢

字雲倬。邑名諸生。爲人孝友恂謹，寡言笑，温厚和平，敦行不怠，事大父及諸父無失禮。誦讀而外，纖俗不關胸臆，恂恂乎士，莊莊乎君子也。年十六，以策論見賞于邑侯孝感胡公，隨受知于督學梁公，補博士弟子，太守書岑姚公有『舉體若仙』之目，深期許之。與從弟淳、泌皆受業於予，其爲文見理明快，滿紙皆書卷之氣。所投必售，矢無虚發，十餘試皆冠軍，而於省試獨躓，每落第歸，即鍵户咿唔，帷燈達曙，二十年如一日。初治羲經，以屢試不利，改習麐經，纂蒐『三傳』，隳括成書，手録三月而業始竣。予爲顔之曰怡菽軒傳稿，惜其儉于貲，未得梓以問世也。歿之日，童叟皆太息欷歔，蓋其器識、文藝有大過人者矣。

步陽信王邑侯官埠恤嫠詩原韻

山城輿頌喧，何道而臻此？良由父母慈，羣黎得所倚。不觀無良徒，貪生利其死。留婦以事姑，贅夫以代子。此真天地心，謳歌自兹始，善政總無窮，一事書一紙。

除夜懷叔父蘇署中

几杖遥難即，那堪節序殊。惠連金谷散，阮籍竹林孤。霜葉征途醉，椒花家宴娱。愁來無限緒，穉女繞庭呼。

哭王父 十首

入秋纔幾日，遺硯想儀刑。蕭瑟風霜夜，凄涼詩禮庭。依稀聞笑語，驚定失精靈。從此書齋下，提撕不再聆。

頭角少年異，風裁似李膺。辨材來鉅匠，受知蔡公。有鳳得殊稱。渤海思舒翼，鹽車困久乘。修文歸地下，祖武媿難繩。

隨流嗟世態，古道立身孤。家有尊嚴父，鄉推樸直儒。端方逢俗忤，磊落與天徒。奈此龍蛇歲，空悲箕尾徂。

大孝能承志，先人賴有兒。精神一抔土，堂構百年規。悽惻焄蒿日，艱難菽水時。年年寒食節，血淚灑殘碑。

清風甘隱逸，壯志託兒孫。莊語徵前輩，奇書必手存。滋培槐蔭室，凝望駟填門。安得焚黄日，猶霑丹詔恩？

傷心看手澤，捧讀有遺書。筆彷名家搨，評從得意攄。英華咀欲盡，膏晷刻難疏。垂耄精禪理，參空色相除。

老來幽意愜，最愛是名花。蒲柳迎春氣，園林盼晚霞。編籬遮嫩緑，防蠹護新芽。何事旋觀化？無心玩物華。

盛德躋高壽，熙朝矍鑠翁。加餐惟藥裹，步屧卻奚童。古幹蒼虬色，霜顔幽桂叢。空餘筇竹在，淅淅冷秋風。

號哀忽不見，見影轉生哀。幽意秋風遠，畸情山色來。音容留白髮，景物冷蒼苔。繪事功殊絶，生時乍見猜。

夙根生妙慧，早自覓鯨騎。放眼乾坤外，竦身日月隨。竟無孫子戀，獨有格言垂。天竺諸真境，應推獨總持。

懷叔父吳閶客中

教誨兼恩遇，天倫愛最真。嚴師爲叔父，猶子是門人。鵠鶩書常誡，淝淮捷未伸。風流吾太傅，珍重待蒲輪。

艱難嘗偏後，設帳在吳門。目送天涯路，心依高士軒。秋聲悲壞木，昏定缺庭萱。仲蔚居停好，高談勝故園。

祝木厓潘夫子

先生華胄早稱賢，名噪于今六十年。儒俠誼高天下望，文章價重國門縣。彤廷久獻凌雲賦，石室還藏金匱篇。此日荷花香滿座，定知笙鶴繞長筵。

幾載論交附長公，摛詞分得老泉雄。鷄壇席上看同輩，椿蔭庭前有父風。徵辟他年求博士，詩書此日付終童。前身應注蓬瀛籍，不煉丹砂學少翁。

鄧孝常妹丈入泮

同氣偏艱手足緣，與君共詠脊令篇。鷄羣鶴立才名久，馬隊龍文識拔先。江左門楣推坦腹，雲臺將略冠青年。佇看秋近鶱毛羽，定字元燈賴爾傳。

叔父自吳門以所著王父行略及詩見寄讀之悽愴予懷因走筆次韻奉答

千里含悲苜蓿庭，寄來行略淚痕零。愁看滿幅心傷語，遥想孤齋骨立形。筆下備將潛德寫，讀來應有鬼神聽。諄諄總爲牛眠事，願得松楸護墓銘。

金楫

字用舟。處士以安之叔子。弱冠補郡諸生，抗志雲霄，不屑寄人廡下。隨父自新安還居桐之雙溪。與從兄載維城先後從予遊，載維磊落而英多，用舟通懷而沈静，皆未易才也。久不得志于舉場，遂棄去，游太學，未幾歸即患病，年纔二十有七。無子，僅一女，予哭之慟，爲詩輓之，有云『一女須歸粲，無孤可託嬰』，爲其至友程文濤傷也。易簀之夕，猶以不獲長侍老親搥牀泣訣，可謂孝矣！

官埠恤嫠和邑侯王恕行先生韻

盛古稱循良，未有不如此。疆禦失所憑，鰥寡得所倚。賢侯廑痌瘝，肉骨而生死。哀彼嫗命薄，無子使有子。一念拯阽危，百計籌終始。三年此惠心，奚翅千萬紙？

石瓊翁父執鄉飲

縱傍人煙結數椽，閒情多在水雲邊。常披鶴髮渾無事，望重龍眠亦有年。處士梅花香嶺上，先生楊柳種門前。聖朝側席求遺老，湛露歌中醉綺筵。

九日雨贈程文濤

東籬花向講堂開，特爲重陽冒雨迴。落帽孟嘉應折角，休官元亮獨銜杯。明知送酒無人至，料定催租少吏來。且撇漁蓑圖一醉，天涯兄弟共登臺。

雪

朔風颯颯斷鴉飛，積素凝寒達曙暉。閉户儘容高士臥，騎驢能得幾詩歸？亂飄太尉羊羔酒，細剪仙人鶴氅衣。滿砌平鋪休踏碎，愁他有客款柴扉。

送程文濤歸里

柳折離亭憶去年，今朝又喚渡江舡。故鄉風景殊堪賞，囊裏應多攜酒錢。

輓維乾伯父

憶昔南歸未幾時，殷勤指示倍堪思。那知薤露歌偏急，徒歎騎箕去莫追。架上棋枰縈月影，壁間麈尾絆蛛絲。橋頭分袂今陳迹，揾淚還吟楚些詞。

歸里宿舊廬懷子榮先兄

少壯多才客，傷哉何所之？墓田已宿草，廬舍少藩籬。古木生空地，溪流似昔時。我來悲子敬，唯有淚痕知。

秋雨晚眺和載維兄韻

閑窗獨坐把書攤，風雨淒淒草色寒。楓葉半紅因漸染，菊花將放未開殘。歸雲擁樹知村失，宿雁投湖覺陣寬。更惜幾條沿岸柳，絲絲帶濕霧中看。

甲子陽月送程羽明業師歸里

絳帳高縣二十秋，扶風化雨遍儒流。詩才不減錢劉調，學業原承伊洛儔。楓葉遥迎白嶽下，蘆花先颭大江頭。江南風景應堪賞，到處攜壺爛熳收。

盆石堆西湖景

十里西湖景，移來到目前。巉巖無客過，迂徑有魚旋。亭樹蒼苔合，堤橋碧水漣。何須遊汗漫？盆沼亦堪憐。

送陳蜚文先生之任鳩茲學博

敝廬私喜接高閭，忽爾之官我索居。苜蓿猶堪供鼎養，宮牆且喜駐花輿。水通牛渚宜釃酒，地近蟂磯好著書。暇日講堂文酒罷，臨風莫惜寄雙魚。

月夜納涼

柴門且喜近漣漪，樹影參差暑更宜。但有清風來水面，絶無塵氣到花枝。林間牧笛聞偏切，岸外漁歌聽轉悲。對此欲眠猶未去，隔鄰聽取合歡詞。鄰家新娶。

茉莉

千里花田種，隨船得得來。不因朝露放，偏爲晚粧開。香蕊添茶味，冰姿映酒杯。夜闌不肯寐，風起更徘徊。

清明偕弟茂遠姪曙方掃新安祖墓有感

卜築桐濱幾十年，每逢佳節淚潸然。紙錢常恨江山隔，麥飯惟憑里老傳。荆棘紛披猶記憶，松楸葱鬱未更遷。自憐無計繇先澤，賴爾封胡遏末賢。

力疾登高

不分虛佳節，支笻倩客扶。山容何太瘦？病骨一般枯。

臥　病

病軀無可瘦，藥裹任他肥。浮生誰不死？白髮戀庭闈。

黃永吉

字六謙。太學生。其先徽人也，僑居桐之雙溪。年少多才，任俠尚意義，一時名公鉅卿樂與之遊，客死長安，良可惋惜。

贈天樹上人

不知何事厭紅塵，浪迹天涯幾十春。但著衲衣遊世外，不談佛法惑愚人。青年只向詩中去，白髮憑他醉裏新。剩有鬚眉逢故舊，猶稱先代老遺民。

金文煐

字曙方。邑諸生。年甫六歲，過目闇記不忘，鄉里以神童目之。弱冠，與叔棏、棅同馳聲藝苑。兩入鎖闈不售，年二十六卒。

江上聞笛

秋水連天遠岸平，白蘋洲外暮煙清。梅花一曲關山月，莫向孤舟度此聲。

雙　溪

波光萬頃净琉璃，惹得遊人費品題。若使蘇公生此日，也同二客泛雙溪。

登燕子磯

兀坐篷窗不見天，忽登絶壁思茫然。江流隔岸分還合，晚櫂中流斷復連。怪石時撑孤客眼，荒村猶剩六朝煙。遊人莫道前朝事，月照山亭似昔年。

楊泰階

字肇升。吾門□□士之子也。穎悟過人，言笑不苟。少即負□□，落落不同流俗。讀書寒暑弗倦，當陸機作賦□□即已名噪鷄壇矣。邑令錢塘高公、廣文高郵陳公咸賞識之，試輒前茅。以病瘵早卒，年方二十有三。素與左子綺合、吾孫義炳相友善，臨訣時遺書吾孫，惟以不得終事孀母爲恨，更以藐孤付託，冀其成立，用慰大父榆景，亦足徵其孝思矣。一子甫週歲，士林爲之惋惜。

盆蘭

蘭生空谷底，移植小盆中。嫩蕊初含露，幽香細入風。那須滋潤久，自覺性情同。相對如良友，銜杯興不窮。

瓶梅

折來枝帶蕊，斜插古瓶開。避雪姿還冷，迎風香自來。清芬侵枕席，幽賞絶塵埃。較勝山中樹，留連日幾回。

秋日訪龍眠山房步左綺合姑父韻

選勝龍眠久，黄花冒雨行。煙同疏磬散，水共遠天清。霜葉紅如染，寒砧韻似笙。秋光何處好？天外雁來聲。

獨坐書齋有感

幾樹梧桐蔭短牆，茅齋静坐布衣涼。功名大半輕文字，著述何須問縹緗？那慣逢迎存我拙，難堪奔走爲人忙。僮嫌剥啄無心應，一任門題鳳不妨。

贈潘蔚友二十初度

才子推君迥出塵，風流今又見安仁。聲華灼灼春葩豔，丰度盈盈秋水神。蘭譜雅聯三世重，蕉窗情共廿年真。菊花纔放逢初度，醉倒坊齋月滿輪。坊齋，蔚友家塾也。

冬日詠雪寄懷友人

朔風冽冽□□□，六出奇花帶雨横。點點看來難到地，紛紛灑去竟無聲。白疑柳絮飛何早，片似梅英落更輕。門外天山渾不二，旅中岑寂豈忘情？

校記

〔一〕掉　當作『棹』。

龍眠風雅續集卷六

木厓潘　江蜀藻輯

周孚先

字信臣。明經重禋公之子。少倜儻有大志，比長，研練經史，刻意揣摩，與同學何永駿牧五、方在庭既平、姚士陞東朗、江皋在湄、鄧銍田功、左之輪扶于、張英敦復、陳堂謀大匡、方爰發子山輩爲素心之友，以制義受知于學使者，試輒前茅，邑令鄔公汝楫尤賞識而敬禮之。屢躓舉場不見收。會朝議用兵討逆，倣漢武功爵故事，博士弟子餼于庠者許入貲，不次除郡邑廣文有差，信臣食餼久，因得例授鳳陽之五河縣教諭。方拜官即病消渴，猶力疾以行，在五河甄拔孝秀，頌禮肅雍，士風一變，爲十八州邑之冠。卒以病殁于官，無知與不知莫不惜之。信臣雅好名譽，鏃礪文行，孝于親，篤于友，晚博一首蓿盤，亦欲及鋒而用，攄其經濟之略，而年不我與。其司教五河也，單騎之官，祖母、母皆家居，殆昌黎所謂詹在京師，雖有離憂，其志亦樂。雖其父母之心亦皆然耶？嗚呼！其可悲也已。所著有祓心齋詩十卷，嘗與敦復宗伯有梅花唱和詩各三十首，清婉遒麗，彷彿孤山逸調，而亦與水竹居藏稿散佚殆盡，無從搜入矣，惜哉！

俠客行步李白韻

紫燕耀朱纓，銀鞍争日明。側身騎駿馬，壯氣薄文星。自幼學劍術，絶壁可横行。不慕眼前榮，寧圖身後名？擊筑悲風起，笑談頗縱横。沽酒醉劇孟，來往半侯嬴。偶然吐大義，諾重生死輕。報仇赴國難，殺人足平生。千金求匕首，彈鋏萬夫驚。此身何足寶？縱没猶長城。所以易水上，秋風常英英。生憎劉子政，垂老獨窮經。

賦得緜緜思遠道

明月照空房，清光何皓皓。褰裳起視之，所思在遠道。遠道行不得，日夕傷懷抱。東風摇春華，蟋蟀鳴秋草。忽忽歲序遷，我心匪枯槁。歡會曾幾時，離别亦云早。願得凌風飛，隨君以終老。

賦得馨香盈懷袖

奇樹生南國，孤根來異鄉。美名常自愛，言依君子堂。二月春風吹，緑葉何飄揚。不隨秋草萎，時與蘭蕙芳。而我坐空閨，采采竟誰將？郎住三湘曲，妾住對横塘。感物念舊歡，中夜起憂傷。夢時妾與君，覺時衾與牀。展轉整襟帶，如在良人旁。

古　意

十月霜氣昏，涼風起薜荔。落葉飛上天，枯枝滿平地。野禽號失羣，鹿豕行自避。怪彼豺狼黠，恣情但游戲。時平天怒汝，安知無獵騎？我來弔寒山，因之發長喟。舉世類蟲沙，薄俗等魑魅。侏儒厭粱肉，屠沽履高位。不富不如貧，不醒不如醉。狂歌擁敝裘，展轉未曾寐。壯士苦夜長，幽懷慘莫遂。不歎無人憐，所歎無人忌。時乎肯再來，流光疾如駛。一劍又蒯緱，窮年二十四。

詠　懷

我生不得志，早歲貧行役。侯門屢上書，短衣氣蕭索。浮名總誤人，合筭曾何益？憔悴二十年，彈指流光擲。方春花事榮，扁舟趨遠客。問程曰三山，拍天風浪逆。驚心涉險途，中流乃跼蹐。旋穿虎豹行，疲蹇華陽陌。鶯啼緑樹深，荒村曬新麥。敝裘寒漸輕，炎風改絺綌。瞻望黄金臺，杳杳虛無迹。歸休返故廬，開軒□□□。不揣慕聲華，抗言擬射策。檄逐隊竊觀光，風簾森棨戟。鷄鳴好夢醒，瞬息雲泥隔。有客過慰存，謂我宜暫適。努力事桑榆，毋但滋惋惜。誰意璞不良？瀝血仍爲石。嗟哉轅下駒，伏櫪徒跼蹐。中夜起悲歌，朔風聲慘摵。

走海門濱，毒熱身如炙。世網本自疏，而我無暖席。火流秋氣清，重抵長干驛。

吴修來邀同方庭堅姚勃少江繡聞左用一泛舟秦淮

薰風五月初，榴花紅映水。扁舟一葉輕，波紋散成綺。載酒撥芳蘋，回橈驚躍鯉。桃葉古渡頭，笙歌出樓底。絶世豔如花，隱現珠簾裏。對岸簇游船，凝眸看欲死。倚掉暮煙生〔一〕，北望蔣山紫。燈火映河橋，涼飆當檻起。萬籟静良宵，清歌聆妙旨。富貴亦何常，臺榭先頹圮。白首數遺黎，扣舷悲戰壘。殘醉指雕欄，人言王謝里。

九日飲勃少庭若寓中

去年重陽晴，故園買芳菊。今年重陽陰，千人抱殘牘。蹉跎百感生，登眺滋頻蹙。同游二三子，行廚邀不速。霜飛蟹正肥，市沽酒初熟。丈夫取肆志，勿苐競微禄。張鐙良足懽，慎莫愁窮蹙。誰謂秋夜長？晨烏早啼屋。

泊池口

落日照千峯，江光明遠岸。一纜没秋煙，渡口人争唤。郵亭榜尚存，蘆花迎廢館。回首十年前，弱冠弄柔翰。小試涉春江，兹地曾躭玩。短袍仍舊青，涕淚盈河漢。視昔猶視今，中宵滋永歎。

冬日幼安牧伍扶于以匡東朗亦武見過小飲

天意苦陰寒，深居委巷僻。柴扉落葉封，何處來雙屐？蓬蒿一徑開，入門先岸幘。素心能幾人？相看氣蕭索。倉卒呼盤飧，草具捐形迹。擁爐燈火熒，號怒談在昔。往事不堪思，流光如過隙。可惜當年少，英賢争避席。飄零蒯緱身，江湖老縫掖。百罰勿辭多，瓦盆任狼藉。人生會有時，憤懣誠何益？

詠　懷

不飲令人愁，劇飲令人困。多病累微軀，服藥期善飯。怕聽曉猿啼，悽聞夜鶴怨。驊騮一顧榮，千古同遺恨。達人早解此，偃仰甘肥遁。取適在琴書，窮通焉足論？

棄婦詞

妾本貧家女，幼小薄金鈿。兔絲附喬木，矢志良貞堅。逢君采芳杜，特地與留連。交歡託毫素，寵愛軼比肩。如何類團扇，中道乃棄捐？病惜紅粧改，愁嫌翠袖偏。含情壓針線，默默白晝眠。今知繁華子，離合同朝煙。寄言閨中婦，慎勿受人憐。

拜漢司農朱邑墓

青山響杜鵑，花事日將謝。薄緑映殘紅，韶光購無價。策蹇下高岡，郵亭隔茅舍。垂鞭拜遺愛，豐碑斜日射。和風吹馬鬣，古墓藏桑柘。荒祠餘舊基，廢甓危垣卸。公故愛桐鄉，千載猶遵化。香火走村翁，歲酒人争蜡。君看漢諸陵，春秋誰薦斝？

造船詞

貔貅猛將狎江水，教習旌旗舵樓裏。軍書指日奏大功，王濬樓船寧足齒？郡符昨下收喬木，新修戰艦備敵壘。鳩工庀材敢後時？官尹含愁吏胥喜。火檄飛牒去深山，策馬連騎親閲視。沿村逐户供億繁，横索金錢免鞭箠。巨家丘壠望蓊鬱，一朝斬伐餘棘枳。百尺十圍報合式，無論梗楠幷杞梓。斫樹容易運樹難，傳呼保甲俟驅使。繩牽肩負各縱橫，丁男大小挨門起。顧此高柯空遏雲，遠近遺毒乃如此。比之花石稱不祥，何不當初先萎死？嗚呼，誰爲東市郇男子！

牧馬行

圉人新設驊騮鞚，天上房星光欲動。湖草初肥錦障連，監官不數王毛仲。守令從來重牧民，只今民命抵微塵。但豢名駒善飼秣，豐稰顯秩駕廉循。怪來馬政關吏績，手執鞭弭看伏櫪。剉芻煮豆擬香羹，畜得龍媒馳羽檄。夜放郊原曉不收，印稱官馬無絡頭。田園蹋遍何人齒？願爲驅策免誅求。暮暮朝朝愁宂食，追呼買補無時息。衙前攤派累數千，任填虛簿寧論直？吁嗟乎！古傳害馬今害人，猾胥狡吏姦如神。騏驥廐中飽欲死，貧民長饑笞不止。

山房落成 四首

數畝園林舊，棲遲遠市塵。仍言三徑宅，會是兩朝人。地僻雲藏塢，村孤竹作鄰。掃花幽客過，敢曰定迷津。

萬峯當户出，石壁對岧嶢。林隔犬聲遠，人稀鶯語驕。櫻桃初墜實，芍藥已抽苗。寂處能無累，春風酒一瓢。

亂後高柯少，寒松小有濤。插籬春護筍，落月夜焚膏。沽酒鄰翁出，燒茶稚子勞。茸茸階下草，雨色上青袍。

小徑藤蘿塞，荷鉏曲澗隈。廢畦和雨種，短樹帶花栽。紅綻莓苔面，青肥芋豆荄。鹿門初寄迹，懷古意良哀。

田家飲

曲折殘陽路，邀人傍晚過。穫空知酒熟，歲稔耐官苛。稚子追隨謹，山翁禮數多。小橋楓正赤，歸稱醉顔酡。

獨　立

門徑幽棲僻，交遊此際慵。事同前日夢，秋似去年容。緑影村村竹，寒濤處處松。蒼苔初過雨，來往鹿麋踪。

秋　雨

野色陰猶合，秋峯迴未開。溪喧無客過，鳥濕待雲來。破竈封黄葉，閒門染緑苔。新詩愁裏得，不待雨頻催。

新　燕

一春愁未破，見爾恨猶賒。暖日營新壘，空梁墜晚花。飛疑思故第，宿豈戀侯家？去去殘陽裏，風高兩兩斜。

子　規

數聲春去急，春事亦應闌。血濺山花發，魂依暮雨寒。思歸情自苦，欲唤夢先殘。聽我歌行路，何如蜀道難？

己亥五月送江在湄北上 四首

去歲花時節，聞君出帝城。今年花落後，卻望薊門行。騏驥蹄應展，鵾鵬翮已成。莫言鄉思切，辛苦是才名。

著書貧更好，喜子亦能堅。自擅長門賦，難求二頃田。銷魂芳草路，握手子規天。告我愁梅雨，輕裝總不全。

同心十數子，落落臥煙霞。獨有凌雲筆，先驅入洛車。五年通仕籍，三度歷京華。計日天香早，休疑作杏花。

不惜衝炎熱，其如別恨深？星隨流水驛，月照異鄉心。江路平如舊，宫雲候至今。秋風吹雁字，好慰故人吟。

新　秋　三首

涼飔何處發？一葉晚來飄。未覺秋偏早，因疑暑半消。橘低疏雨重，蟬寂暮鐘遥。節序關幽事，狂呼不自聊。

小閣凴虚坐，鉤簾得遠山。斷橋經雨折，老樹宿雲頑。鷺自晴沙起，鴉翻落照還。倚闌招翠色，暫借酒開顔。

雨歇苔痕碧，因貧偶索居。懶應寬叔夜，病許累相如。失路何須哭？當空未敢書。含情悲益壯，楓落草堂初。

題敦復遠峯亭 二首

城頭雙闕暮，一半夕陽縣。開户迎平楚，鉤簾認遠天。晚峯晴並出，村火夜深傳。盡日閒登眺，何曾近市廛？

六月添衣坐，涼風透碧岑。書籤分野色，棋局上花陰。市静人煙合，蟲吟草露深。知君新病起，莫被晚寒侵。

寄題鬘嶺山房 二首

聞説巖棲好，寒林别一村。鹿車妻子共，鶴髮土人尊。是徑宜栽竹，何山不向門？多慙身未到，幽夢託雲根。

移家身入畫，莫説隱無文。歲酒經冬熟，鄰花隔圃分。心閒禪共寂，人澹鶴同羣。昨日來城市，方袍帶嶺雲。

抱蜀落成詩

伊昔三都館，新成抱蜀堂。林花當牖見，庭草入春香。垣缺山爲補，崖深書可藏。問津容易指，依路有垂楊。

冬日山行

行行山色裏，歸趁夕陽時。野火連雲燒，春田隔歲犂。寒池横舊岸，老樹喜疏枝。不用尋芳草，峯巒瘦始奇。

舟過采石弔供奉祠

高祠憑采石，石色自嶙嶒。多難思天寶，憐才仰少陵。松陰迷鳥路，帆影落魚罾。借問澄潭月，如今掬未曾？

夏日山齋即事 五首

隴上春歸四月時，支笻細辨鳥聲奇。村莊水曲公麟畫，柳岸篁陰主簿祠。處處芹泥招燕子，家家麥飯賽農師。結廬近喜成幽境，醒自攤書醉詠詩。鷺穿水陌閒窺影，蝶喜晴蘭自曝衣。別有避囂尋樂地，手披荒草上漁磯。

看人毁譽盡危機，一卷常攜俗任違。忽聽鶯聲桑甚美，偶留僧飯蕨芽肥。

午夢無端不自聊，好風吹步緑楊橋。離家饁婦門閉，出谷流鶯箇箇嬌。山店雨昏收酒旆，柳塘花落賣魚苗。白蘋洲暖黄梅熟，坐看前灘幾尺潮。

敢意閒園比辟疆？護蘭采藥爲春忙。潛疏石溜依稀瀑，少插瓶花自在香。筍解干霄承曉露，槿知收蒂避斜陽。疏籬缺處無勞補，贏得茅檐一夏涼。

逐歲窮居久益堅，出門翻爲老農憐。趁晴自斸移瓜圃，帶雨重耕刈麥田。野爲時豊寬禁夜，人困穀賤倦祈年。陌頭小立微涼起，徙倚庭槐換薄緜。

七夕立秋

逆旅驚秋久索居，況逢天上渡文輿？多愁自分歡常少，用拙翻憐巧不如。臥看彩雲人散後，醉聞荒寺葉飛初。故園莫道音書隔，地接衡陽雁影疏。

登黄鶴樓

欲向高樓唤鶴回，振衣睥睨立崔嵬。豊碑仍自題仙迹，勝地何曾任劫灰？石壁千尋凌屋起，江流一線抱城來。凭欄忽道青天近，搔首深慙作賦才。

送牧伍之黄州

客歲扁舟楚水涯，岐亭猶記贈行詩。奈何此日驅車去，又是窮秋落葉時？有夢共看梁月滿，計程剛與菊花期。黄泥赤壁俱名勝，回首相思應爲誰？

小飲東朗齋中

偶逢閒日叩深居，爲我開扉獨剪蔬。夾巷秋陰微雨後，一庭寒色上燈初。蜃煙似市交難定，蝸角因人迹易疏。莫謂清貧愁遠宦，繞樓花萼覆遺書。

讀子山粤遊草

思君浪迹嶺梅邊，作客天涯易隔年。去國路隨芳草遠，新詩色帶荔枝鮮。干時賦有臨邛重，到處名依惠遠傳。何事壯遊偏不遂？歸裝惟裹瘴江煙。

重晤董率菴

幾年寄食皖江濱，門巷蕭條舊隱淪。身識浮生輕薄宦，家緣好客益堅貧。别經夏臘顔如舊，迹帶煙霞畫有神。時俗是非君莫問，貴人争似作閒人？

乍晴

山深深處有人家，數畝新晴入望賖。荒徑纔憑疏雨洗，短籬猶被濕煙遮。風高雁叫横塘影，水漲魚吹逆浪花。孤客悵然何所事？小闌貪坐夕陽斜。

題書堂壁

孤坐清宵夢不成，壯懷幽興各縱横。蒼松作雨虬龍勢，夜壑生風虎豹聲。學劍年將過鄧禹，著書天亦愛虞卿。空階覓句行吟苦，露洗蕪平月正明。

友人招看菊花

窮巷交多長者親，到門車轍日轔轔。巾裁鳥角能逃俗〔一〕，徑繞黄花不謂貧。惟愛晚香清映酒，卻憐疏影淡如人。停杯欲作東籬賦，苦竹寒松應比倫。

祀竈日有感

窮年不敢怨淒其，也向中廚禮歲時。四壁琴書楊子宅，半龕燈火董生帷。深傾緑酒愁仍劇，細檢青箱業可疑。一樣梅花霜雪裏，卻輸春色在南枝。

迎春日動公席上口號

每憶蕭齋醉玉壺，經年能得幾酣呼？逢君命酒春初逼，招我論詩日已晡。緑蟻黄柑貪嘯詠，白眉青眼任歡娱。布袍落落寒猶舊，借問東風送暖無？

夢敦信宿山齋歸贈以詩次答 三首

户繞諸峯砌枕河，長年幽事考槃阿。愁憑臘醞添生菜，病怯春衫曳女蘿。盡日花飛蜂欲去，纖泥香落燕初過。蒼苔未掃深深緑，留待君來屐齒多。

新陰覆屋囀黄鸝，可信閒身入畫題。隔岸煙浮山近遠，平溪草合水東西。浪揺野麥田田秀，風定疏篁葉葉低。獨有夜深酬唱後，月沈雲黑雁淒淒。

攜手留連悵夕暉，收來野色自開扉。行將茗碗疏泉眼，立借漁竿訪釣磯。拂石草侵碑字没，分題人帶翠微歸。年年此日能相問，不負羣鷥上下飛。

山中柬牧伍

一春風雨獨綢繆，君去惟看草更幽。地僻已無車馬迹，門開兼謝鹿麋遊。青峯色好人偏遠，白屋寒多客不留。欲賦北山歌未得，恐驚猿鶴亦知愁。

夏日山居

長日園居物外心，松涼門掩夕陰深。聽蟬多傍眠堤柳，展釣常驚汎水禽。晚岫浮煙迷遠浦，宿雲留雨洗中林。芭蕉似共幽人語，一夜瀟瀟學苦吟。

螢火

弱質全因腐草成，終宵不見有煙生。止應逐歲消三夏，莫以違時恨五更。入暮繞欄還自照，穿籬拂水爲誰營？未知野客抛書久，猶送虚窗數點明。

步韻題鄧田公北山草堂

我亦誅茆手護松，輸君半榻傍晨鐘。山中習静羞凡鳥，市上藏名勝伏龍。花覆墓門昆季集，香添佛火老僧從。荒齋來往城隅路，一度經過一度逢。

同祝山如馬一公小飲遠峯亭

種竹依城作小園，行來一壑似山村。何人踞榻先呼酒？有客攜笻卻到門。滿架圖書收野色，傍檐鳥雀下階言。深情易覺郊原晚，燈火遥看數點存。

除夕

年來年去何年勝？書劍年年年自羞。往事憶時多似夢，新詩成後總添愁。調中白雪原無和，臺上黄金未可求。莫向燕山誇射獵，我聞猿臂不封侯。

雨花臺晚步

城南風物總堪憐，獨上高臺益黯然。望裏人家秋色外，雲中帆影夕陽邊。沿村不見千年樹，遠坂猶耕六代田。剩有遺黎挈壺榼，平澆野草弔荒煙。

謁方正學祠

先生風節古人師，欲拜荒祠涕泗垂。階下尚餘前代柏，壁間重篆舊時碑。蔣山北望松楸少，蕭寺南來鐘磬遲。叩闕尚持同姓義，倘生今日更何其？

江　上

清江如練浸斜曛，爲客春歸秋又分。楓葉暮時霞片片，蘆花風處雪紛紛。常依獨戍聞宵柝，錯認前帆作遠雲。午夜夢回蒙被坐，始知辜負北山文。

初冬過遠峯亭漫賦

自返寒江渴病生，相思力疾叩柴荆。青峯不改檐前色，黄葉全吹秋後聲。失意情親惟舊友，負人辛苦是浮名。多時未作詩狂客，爲爾高吟百感平。

張敦復席上送何牧伍之黄州得州字

朔風吹客去黄州，把袂停尊欲小留。伯武清應辭賜絹，田禾義自薄輕裘。楓林好認來時路，竹葉難消别後愁。惆悵遠峯亭上月，早隨春水照歸舟。

小飲既平樓頭 二首

讀禮如君意苦辛，每譚遺澤淚痕新。巷因僻見藏身固，家以貧知待客真。好畜蹇驢猶借友，能輸官税即閒人。鷄窗倘遂春山約，不許窮年臥隱淪。

年來卜宅半樓居，應爲元龍氣未除。濁世有誰交不改？故人如爾病難疏。瓦爐榾柮棋殘後，老屋重檐月上初。最是遺書堆滿架，欲將篝火度三餘。

友人坐雨小閣

小閣圍爐火力微，紙窗風碎夜添衣。棋緣學淺停杯筭，雪爲寒初夾雨飛。病對良朋愁半減，醉論往事淚交揮。同君定計消殘歲，痛飲分題日款扉。

次答馬一公

冬晴日暖似清秋，獨聽風聲起樹頭。譽我曹劉酬好句，知君屈宋與同儔。偶逢世棄偏宜懶，不待人言已解愁。三徑莫嫌來往數，相將題偏半山樓〔三〕。

送方譽子省視吴門

歲晏趨庭此際宜，送君河上柳無絲。自經患難多行役，爲歷風波易别離。冰雪半江游子色，蒼葭一路故人思。他鄉若對鱸魚鱠，記得家園作客時。

小飲東朗樓頭

晏坐西樓酒共傾，消閒不近市喧聲。年華易去冬猶足，春草將生夢亦清。讀罷奇書連屋置，望中高樹與雲平。當窗更有宜詩處，明月千家雪一城。

小集陳遐伯張齡若張夢敦姚注若佩若即席步遐伯韻

相逢姓字十年知，剪燭圍爐醉莫辭。交許忘形躭話久，情深留客得詩遲。寒更未徹燈花滿，小雨初收月影移。怪底煙雲來几席，黄衫白髮舊名師。

春日喜外舅見過山齋 二首

十載多慙玉潤賢，蕭齋對酒話纏緜。地因小築難招友，天許窮經當力田。客過路迷修竹外，春寒門掩杏花前。青袍自是如芳草，爲説年年緑可憐。

論心只羡鹿門幽，底事江關愛遠游？好客偏嘗爲客苦，住山先爲買山愁。文章命薄誰青眼？婚嫁情多易白頭。珍重閒身成大隱，不妨市上有巢由。

題友人内齋

閒園小搆掩疏籬，自掃蒼苔自下帷。種竹漸邀幽鳥語，藏書不許外人知。良朋斗酒三更月，暖雨晴天一卷詩。最是兩闈堪慰處，青燈快讀夜分時。

送董廣文歸里

老去江鄉始倦遊，翻憐薄宦久淹留。歸田自擬陶彭澤，載石人知陸鬱州。夢裏家園遲舊主，山中猿鶴結新儔。他時定有王猷興，何處垂楊可繫舟？

夏日閒居 三首

莫歎幽居徹骨貧，匡牀棐几稱閒身。晴鶯入院常催曉，晚筍登盤又過春。卜宅欲依嚴子瀨，辭交端畏庾公塵。雲霄刷羽何年事？分作人閒詩酒人。

紈扇風爐逐事清，杜門方信此身輕。狂呼怪石爲詩友，慣剥芭蕉代楮生。酒户未寬防縱飲，硯田常歉早慵耕。北窗睡美消殘日，惱殺簾櫳燕子聲。

吾愛吾廬此一區，桐陰初密燕將雛。閒臨潭水評泥硯，正對松窗置瓦爐。未有箴銘傳陋室，敢將心事著潛夫？案頭剪得鵝溪絹，且畫龐公舊隱圖。

過山菴 三首

處處松杉疊翠螺，青峯入夏雨痕多。好山乍到憑僧指，絶澗初經倚樹過。地近慈雲塵自遠，鳥依清梵調偏和。何時不受浮名誤，半畝篔簹一釣蓑。

架引藤蘿遠世情，亂山昏處晚雲生。經翻貝葉月初上，漏滴蓮花夜更清。竹影摇窗吟正苦，泉聲入院夢難成。虚堂分得琉璃火，照徹蓬心一點明。

山僧不解苦空禪，懶讀多羅愛力田。客到望窮千里目，窗高收盡亂峯煙。青蓑著雨寒無賴，赤脚沾泥濕可憐。笑我未抛塵土夢，石牀偷得晝安眠。

秋日懷扶于讀書抱蜀

高梧夜落影初殘，數里龍眠一杖難。隔水平沙歸犢□，横堤疏柳釣魚灘。帷燈漸覺秋更永，襆被應添暮雨□。愧我久抛猿鶴伴，幾回清夢繞琅玕。

懷扶于抱蜀堂

當代何人問蒯緱？輸君土室坐高秋。無言抱蜀應馴鳥，得意長鼓且飯牛。簿領松篁勝上第，招邀猿鶴薄通侯。茶鐺酒榼靈巖畔，可有詩篇及舊游？

舟中懷既平

逋客還乘破浪船，思君轉覺意翛然。青山杖策觴應滿，白日棋枰榻尚縣。藥裹儘堪消永晝，硯田何計獲豊年？蓼汀荻岸通宵雨，想得新齋句幾聯。

養痾山中答既平見懷

經旬難得好懷開，讀罷新詩覆幾回。學道久纔知士賤，論心病不厭君來。溪雲釀雪埋枯柳，山雨催年入凍梅。殘臘終須話良夜，閒窗剪燭共新醅。

許伊蒿令似晬盤詩以賀之

國器纔經一度初，朝看旭日映扶疏。鳳毛稔兆多男瑞，鶴髮堪傳幾卷書。累世香名應繼武，如君積行合充閭。斗邊昨夜長庚爛，光帶湖南舊草廬。

五河送別陳子良明府 以丁艱去

秋風纔拂柳絲長，送別河橋客袂涼。署有縣魚知勁節，舟惟載石點歸裝。蓼莪句廢情逾切，桃李蹊成誦不忘。聞道御屏題姓字，早應側席待龔黄。

戊午仲夏張清我邀飲草堂 二首

雨歇平湖好溯洄，清淮放楫曉雲開。孤村水漲園丁避，兩槳風微散吏來〔四〕。綠竹影垂青從事，黄鸝聲過白蘋隈。看君鷄黍情無限，河朔應須倒甕醅。

欲晴欲雨樹煙含，新搆茅齋徑有三。隔院籬皆依水曲，沿堤柳亦似江南。忘機且任沙鷗狎，岸幘貪隨野客談。篳户繩牀幽事足，清宵獨寤愧華簪。

紡績婆 二首

捕來花架挂簾鉤，添得牀頭一夜秋。想到貧家寒勝熱，聲聲似欲替人愁。

底事年年未罷工？箄來杼柚總成空。繭絲布縷征無數，幸得司農不税蟲。

盆荷

曉起蕭齋静倚闌，田田小葉足閒看。莫嫌淺水難鋪緑，免受風波露也團。

哭南蔭舅氏 四首

朝露歌成涕泗横，無端怨恨總難平。多年舅氏兼師友，知己情深骨肉情。

年來蒯鋏夾風塵，馬首車前亦損神。似此珊瑚容易碎，偷生怪殺世間人。

霜林昏黑冷啼猿，招斷寒山子夜魂。婚嫁未完名未遂，九原無事不含冤。

踪迹纔驚一月稀，渭陽豪氣已全非。挑燈細讀遺詩草，猶當尋常客未歸。

謝錫

字爾玠，號銜存。邑諸生。爲文淹貫經史，精悍宏博，不屑拾人牙慧。年二十即游鄉校，試輒高等。雖屢困棘闈，而據鞍顧盼，猶輪囷于懷。事親左右無違，温凊靡間，哽噎必祝，無惰容，無憂色，未就寢，雖夜分不敢臥。事伯兄尤謹，不有私財，視猶子如己出，教之成名。課生徒先器識而後文藝，成就甚多。晚年客授吴門，與陳寄菴侍御及同里諸廣文昕夕酬唱，有聲詩壇。嗣膺含山張總戎之聘，授經環峯，其子淳欲止之，曰：『汝王母未窆，弟未婚，小妹未字，豈能鬱鬱家食哉！』凡二載，康熙辛未冬，寓書期以嘉平初遣騎往迎，忽心動趣歸，卒之前一日語家人曰：『吾八卦之數已盡，來日當與世長辭也。』及期，果趺坐，瞑目而逝。其了然于生死如此。子淳、泌，彙其己未後詩稿，屬予選定，要不足盡其長云。

同吴聽齋復過俞蔭南别業又贈

小築花居業，縹緲如蓬壺。宛然唐子畫，蕭疏在有無。對畫思别墅，對墅儼畫圖。畫圖與别墅，雙美故無殊。乾坤彈丸小，丘壑輞川紆。山有崱屴勢，石多脉理腴。桐陰消溽暑，盆盎滌繁蕪。臨池右軍迹，酌斝步兵廚。甘雨苔衣潤，牙籤鄴架鋪。有時石上奕，儷侣别凡夫。有時亭中坐，旗槍勝醍醐。清風徐徐來，瀟灑自于于。四時此中憩，寒燠鮮偏枯。臨摹堆古榻，吟詠聚吴歈。羡有棣華盛，時同姜被娱。況乃饒意氣，傾蓋平生乎。拭睫看麟鳳，繞膝怡鵷雛。何須懷小草？此樂天爲徒。

和陶雜詩

晚歲如下坡，壯年若上嶺。上嶺日月升，下坡桑榆景。蹉跎道未聞，飽歷世暖冷。終然歎癡絶，詩書味不永。潦倒無一成，留得形共影。萬事不如人，安向雲中騁？静念此中心，擾擾何由静。

登皖城樓望南湖 楊大中丞試士題

皖中迢遞勢宛委，俗呼九龍奔江水。江流浩淼阻且長，襟山帶河匯衆美。鎮皖樓前江月賒，浮屠玲瓏燦寶花。左縈右拂籠萬象，控制城闉百萬家。城南舊有灊峯閣，荆公判郡時所作。四野澄空快褰裳，哦吟此地真最樂。雉堞嵯峨臨大江，海門東控古名邦。冠蓋雲集比都會，上下估客蔽艅艎。北枕龍山南矚湖，參天古木氣昭蘇。匯爲江南一巨浸，洞庭縹緲直欲無。鶴汀梟渚島嶼洄，嶺岫嵐光螺黛堆。山水清音發琴響，江湖曙影聽潮來。何幸元輔駐上游，軒冕同登庾亮樓。庾公興會真不淺，練色煙霞一望收。千秋勝概此憑陵，闤闠閭閻萬户春。起視層霄生霽色，樓臺草樹悉增新。

與廬陵王則友話興安

卻話興安事，興安瘴癘無。山川西粤聳，聲教建陵敷。物理誰云異？人情也不殊。撫循煩長吏，内召定飛鳧。

刺　心

有淚如無淚，多愁似少愁。老鷄晨失曉，鴻雁夜悲秋。霜信嚴侵榻，風號響過樓。誰云駒隙促？歲月倍悠悠。

早春琇瞻治具勺園同木厓及令叔敦復次皋兒淳賞梅因憶如三蘇州

芳梅寥落也堪愁，幸際同人賞共幽。爽氣招來疏影亂，閣名招爽。清尊開有暗香浮。人含蘭臭花增豔，筆補天荒句自留。與木厓輩論前人詠梅詩，敦復云作者故多，而警句可傳者少。爲憶吳門苜蓿客，南園春可勺園侔。

懷李芥須先生兼憶石逋表兄 時自東皋入城

卅年青眼愜相逢，深媿雲龍逐未同。問字秖今疏硯北，懷人空自憶牆東。托根身是青蓮後，命世篇成黄絹工。此日壎篪多聚首，晤言晨夕可相通。

送張敦復學士還朝

視草承恩錫賚優，龍章旋寵秣陵秋。新膺丹詔歸鸞掖，舊制鴻文出鳳樓。驛傳心懸馳玉陛，彤庭沙暖待金甌。泰交知是鹽梅重，我已彈冠慶黑頭。

蠶竣 爲内子賦也

婦事應于蠶事虔，那堪廡下亦芊緜？戾㾏吹盡曾無夢〔五〕，筐篚提殘倍可憐。蠖屈我方甘處後，盆繅爾尚自争先。爲將杼柚當椎布，只恐新絲又質錢。

六十雜感

賞心樂事在何年？白髮婆娑恥見憐。吟咀志衰如秉燭，購求力弱每垂涎。遺金無分常懷惡，種德何能秖積愆！負病相鄰今古恨，嘯人風月自無邊。

追憶中隱公次芝岳何相國奉懷韻 二首

峨峨危聳切雲冠，丘壑蕭然獨耐寒。桂樹爲心存節勁，梅花作態任人看。琴如安道吾寧破，鋏似馮讙不妄彈。自是冥鴻天外落，許多軒冕慰加餐。

壺中棲老費長房，高冢纍纍臥北邙。自昔山丘來僕馬，于今碑碣下牛羊。詩吟古調人還識，琴入無絃世已忘。每向西山山下過，冷風瑟瑟咽枯楊。

雪後曉行口號

拚將霜鬢度流年，況是征人雪後天。茅屋朝廚煙未起，陂塘寒沍凍方堅。枝頭靈鵲喧何事？村落荒鷄叫正偏。自笑王恭披鶴氅，路人猶道是神仙。

與吳讓木寒夕圍鑪深坐

柴扉静掩對煙村，榾柮頻添話更繁。梅倚溪邊憐瘦損，月從雪後見黄昏。鐙深夜氣催衾枕，霜度寒塘冷夢魂。且伴袁安高臥穩，漫言立雪在程門。

慰贈都樹瞻授經皋城

謾説遭逢易轉難，春回寒谷此行看。家貧只合辭鄉遠，弟幼猶能奉母歡。業受河汾皆玉樹，交聯杵臼重金蘭。不須岐路成悲惋，萬里雲程指顧摶。

寄懷孫岐岑山居

雲山烘染好山居，晝景虛無嘆不如。草舍空閒堆藥草，書齋寂静看方書。米鹽小市帘沽酒，官路分岐嶺接舒。繫籍半通猶未就，煙霞深處課耕鋤。

贈内

自恨生涯硯作田，累卿心事費周旋。應憐廡下眉猶皺，常憶刀頭歲不還。長女練裳牽犬後，季兒繡幕委禽前。一尊又向居亭祝，赢得團圝子婦賢。時值初度。

輓吳五崖學使

徊翔宦海卅年餘，曾向蒲團賦遂初。五崖乃高僧轉世，恂菴先生曾爲余言。朝市本來成大隱，夜臺胡遽赴徵書？慙同年譜諸生老，痛切人琴祭主虚。大事寢丘猶未卜，松楸何地可廬居？屢卜地葬太夫人，不果。

潘木厓河墅落成

傍郭山隈葺小園，到來曲曲有花源。蒼苔繡石凉生户，緑樹含風影動門。略彴屐通三徑迴，芙蕖泉引一池渾。龍眠圖畫知多少，不及逍遥谷口尊。用唐潘師正逍遥谷事。

遣懷

浮生去住總由天，又向西山墾硯田。曉露喜看雲出岫，晴絲悵望柳含煙。頹唐已似寒螿蟄，倜儻須鳴汗血鞭。静裏關心唯遠馭，呼兒舊業課燈前。

示淳泌兩兒

何事生憎歲月闌？二毛雖見未凋殘。秖知兒輩圖南壯，不念而翁硯北寒。秋水汪洋人擊楫，春風迢遞我加餐。漫將鷄肋因予棄，拭目他年尚據鞍。

與秣陵友話報恩寺

不到禪林不記年，崚嶒猶覺似從前。斗牛堪摘長干接，龍虎全收灝氣懸。曉夜明鐙輝四面，祥光舍利散諸天。高皇建立恩重報，只對鍾山亦惘然。

左國治

字子周，號橘亭。侍御三山公之季子也。十九補諸生，十試棘闈不售，始棄去。遊太學，授州司馬職以歸。生而夙惠，經史過目輒上口。侍御公愛之，留閩之綏安署中，方就外傅，定省視問，儼若成人。迨侍御公入擢西臺，從同鄉高曙東先生遊，爲文千言立就。稍長，遊吴下，寓白門，所吟詠見賞于夏彝仲、陳臥子兩先生。今其稿散佚不可復得矣。南渡後，侍御公以擊奸嬰不測，刊章四出，君于懷寧有瓜葛，賴其妻母阮太君左右保全之，得逸去。入新安省侍御公，久之回里。嫡母張太君僅生一女，早寡。君毅然以養姊爲己任，撫孤甥女有加。尤與仲兄子永相友愛，不以異母岐，愛兄子如己子，教養倍至，其孝友天性然也。侍御公暨張太君、余太君即世，居喪悉遵古禮，卜兆營葬咸獨力肩之，弗以累諸孤。至于敦宗族、恤孤寡、急患難、息争競，懿行班班，尤不勝述。嘗曰：『吾所爲，皆體吾父之志而力行之耳。』晚年，以子畫司訓婺源，兩至其地，謁考亭故里，所交游者秖曹文季先生一人而已。居家與二三耆舊聯花會，追香山洛下之游，年六十四，無疾終。晚爲侍御公入鄉賢祠，猶及見舉孫文清，嘗曰：『老人一生，少快意事。所差强者，我父崇祀鄉賢，吾兒得見一孫，可以瞑目矣。』予爲詩挽之，有云：『負土葬親真膽識，闡幽從祀大文章。』即君之生平可見矣。詩成不存稿，今用一畫僅從友人篋中簏上得數十首，猶不足愜後死表章之素云。

看菊集陳滌岑宅滌翁初由吴門歸出自壽百韻同人即藉觴以祝

相見喜倍昔，況復得清娱。故交列前席，嘉會良匪虚。爲示攬揆什，百韻羅璣珠。早年射鵰客，拂袖去皇都。丘壑性本適，卜築愛城隅。岑高俯萬户，煙翠上衣裾。來往無俗侶，日與雲鶴俱。我喜長筵開，快飲傾醍醐。酒酣析疑義，問字宗鴻儒。願言待秉燭，惜别憐斯須。

看紅梅集潘木厓宅前此木厓已稱六十觴矣因滌岑歸亦出自壽百韻在予輩是爲長筵之再舉也

花事不避寒，芳辰勿虚過。巷僻安仁居，客滿北海坐。坐列梅一瓶，園藏竹千箇。竹梢透牆青，梅蕊衝寒破。冰堅木落時，誰遣清芬播？高風想昔賢，名逃廉復挫。只此三徑中，伏龍儘堪臥。抗言麈共揮，讀史罇還佐。鶯鳩任彼小，鵾鵬任彼大。抱膝一長吟，風散九天唾。

春日同方周滋步西園示孫韓穉

丹房列溪岫，清磬徹林巒。灼灼楊柳堤，瀼瀼朝露溥。遊魚躍春波，好鳥鳴樹端。感兹動植情，節候如轉丸。當日平泉石，隔户他人觀。惟有孫仲謀，讀書長夜闌。性不好六博，念祖爲心酸。愛爾志青雲，終當奮羽翰。

送鄔夢陽父母回里

武昌城外楚山幽，武昌城下江水流。我侯生長武昌縣，少年讀書鸚鵡洲。奇才堪與正平比，况有屈宋開其始。我侯曾註離騷經，筆綻江蘺與蘭芷。三湘七澤盡知名，甲午之秋蜚鄂城。何人碧眼識至寶？葛洪僊令開雙睛。曹家父子目如電，思王風骨尤罕見。暗中摸索得我侯，櫻桃宴上開生面。龐公本非百里才，龍眠山水得侯來。七絃琴從堂上鼓，萬樹花周郭外栽。我侯生平好黄老，清浄理桐協風草。子産相鄭鄭人歌，武侯治蜀蜀人禱。有時倚户自看山，有時調鶴自閉關。揮毫醮墨拈風雅，都在開元大曆間。馬班皆有循吏傳，無此風流令人羡。文心詩骨與賢聲，漢唐以來侯獨擅。侯乎侯乎悲秋風，一旦墨衰去吾桐。父老子弟思侯德，望侯長在楚雲東。

趙湛齋招集寶山

游懷暫歇復誰續？杜鵑啼遍春留不？家山名勝未登臨，他日五嶽徒空矚。及時招我寶山游，有客聯翩乘霡霂。清流一派出深林，遥指峯頭雲氣矗。小橋路逼雪濤翻，直上石梯人面觸。漸行幽細來高篁，古柏夭矯龍蛇束。敲門喜見白頭僧，坐對孤標烱寒玉。問訊山居已廿年，甘向窮厓禮金粟。引我捫蘿尋洞天，健步恣探勞相勖。摩空石磴怯心魂，紫苔封處留篆籙。遥思前輩飽煙霞，日事躋攀良不俗。暮尋山徑同詠歸，跪石亭前復秉燭。

滁岑招集越樓

龍眠仲舉才浩瀚，城隅小築山林看。石亭繞翠百千竿，凭欄細數峯無算。客來就榻索問奇，客去小睡關開半。梅花帳冷耐春寒，好鳥時復當窗唤。風流多是子猷身，登樓人擬追王粲。有時把酒發長歌，有時潑墨臨池换。老伴同心五六人，不向花間即林畔。岑端早夏來薰風，清泉次第新芽判。閒披手集宋元詩，詩名代史誠奇玩。倚石移陰醉醁醽，葡萄再進□□□。榴開又是看花期，杖履遲君須勿憚。

客吴門喜王貞明心古兩先生雨中枉顧話闊

芳林微雨後，雙屐印痕滋。洞口花明日，剡溪雪下時。里稱通德重，字錫子雲奇。猶幸焚芝後，尋香尚未遲。

夏日山中懷二兄子永 二首

避石開斜徑，臨池搆小堂。竹陰通杖履，荷氣襲衣裳。迥覺紅塵隔，寧知白日長？一觴還一詠，此樂詎能忘？

十日寒宵共，彌教憶惠連。新詩愁裏讀，春草夢中傳。有約同姜被，無才著祖鞭。深山歌伐木，還詠鶺鴒篇。

同兄子直子兼入社壇

山深人迹少，猿鶴欲爲羣。石壁封蒼蘚，長林挂白雲。人煙寒不起，日色午難分。跋涉雖艱苦，悠然遠世氛。

山居即事

九峯成絶頂，風送水聲迴。斷續鈞天樂，奔馳動地雷。樵歌疑遠出，鳥語向空來。到午偏思寐，何勞鐘磬催？

便足樓爲方有懷賦

咫尺龍山路，思君聚晤難。樓知雲外立，梅合月中看。帶草春星濕，懷人秋夜寒。讀來詩句好，又有一岑巒。

集張西渠勺園 二首

不倦尋芳意，因過仲蔚園。蕁生隨雨怒，草蔓任春繁。潑墨池添水，栽花砌接門。暗香無月處，有客醉黃昏。

高閣迎春靄，花明暮有光。老梅紅間白，深柳緑添黃。北海樽多酒，南城韋舊莊。淹留成永日，絶勝習家觴。

集孫嗒公西園

西園公子宅，一幅輞川圖。柳岸陰成緑，花堤色盡朱。小菴流澗水，高閣俯城隅。約共餐薇蕨，登盤世所無。

不盡春郊興，名園待品題。暖風招燕子，酥雨浸棠棃。荷出苔生髮，鷗行迹印泥。孫登長嘯處，每每徹山蹊。

雨中懷序東小咸

南北無多路，敲枰不厭頻。出門愁遇雨，入市怯逢人。儘有先機著，惟將舊局伸。近聞間架稅，輸卻一千緡。

招方榜舟小飲

爲出牀頭甕，傾來氣味深。杯邀秋夜月，話盡古人心。梁父行山句，青蓮醉臥吟。隨成一部集，險韻待君尋。

己未仲春送二姪之柳赴廷試 二首

長安欣伴侶，並轡自翩翩。羣歡今日別，遲已一年前。杏紅芻馬店，月白聽鷄天。雖是春風裏，輕寒應著緜。

柱史堪承祖，青氈有雁行。文從春草發，思入暮雲長。眼到芳堤緑，鞭垂宫柳黄。還期能敬業，染翰侍君王。

出郭登觀音巖因懷兒畫

登高憑逸興，隨步問桑麻。新酒村村釀，秋山處處花。澡青迷遠岫，投子近平沙。九月寒官署，今朝望眼賒。

飲方東來吼雲亭依姚羹湖韻 四首

問訊芳園樹，聽名耳目殊。異花隨地長，兩柏插天孤。静室泉聲動，空林杜宇呼。案頭硃迹遍，春正究河圖。

念欲挾飛仙，因過對緑天。幽篁依檻曲，曉日映窗妍。布置山當座，安排柳繫船。居然經國手，泉石令人憐。

好山兼好水，宜雨復宜晴。松覆孤雲影，春流衆壑聲。凭峯驅眼豁，選石愛人清。薄暮言歸早，今朝無限情。

買山成豹隱，自不苦沈淪。書札遲佳客，陰晴較逸民。密蘿穿谷口，深柳壓河濱。自得家園趣，幽懷應絶塵。

春　雪

雪浄草堂舒，寒梅對素書。爐殘身不煖，愁到興偏疏。娱老惟高臥，懷人獨倚閭。江南春色好，無計駕輕車。

姚丹楓招集園亭限痕朝二字　二首

何必過前村？名園郭外存。及春鋤正把，方暖鳥能言。柳放絲千縷，池連水一痕。竹亭幽絶處，隨意倒芳罇。

樂事偏妨雨，春晴忽一朝。笻扶來老伴，額挂説前朝。松竹果然翠，櫻桃無限嬌。翻疑圖畫裏，絶勝輞川描。

冬至送友人歸

老梅新蕚發枯椿，早見寒香撲玉缸。正值葭灰吹六管，送君雪掉返三江〔六〕。花前此日猶歌郢，牀下何時得拜龐？遥憶垂綸春渚畔，雙魚烹鱠獻南窗。

讀留侯傳 二首

大父臣韓世澤深，家僮三百尚如林。天爲秦逐蛇當道，帝遇公來鶴在陰。四老竟安劉氏鼎，一椎先死祖龍心。婦人狀貌推人傑，腐史毫端宛可尋。

君志原非欲拜侯，功名難向古人求。楚猴歌裏曾垂淚，吕雉宫中亦借籌。無意得傳黄石略，有心願供赤松遊。穀城山下閒來往，猶憶當年始會留。

春日飲儀園海漚亭

鶯聲唤客水中央，樹裏玄亭草自芳。鵁鶄舞殘花欲醉，鴛鴦紋動袖生香。六朝人去留松石，百代風流憶謝王。惆悵曲中聞折柳，閒乘油壁過横塘〔七〕。

懷楊維遜寓伯兄夏子館中

之子天涯盡比鄰，況爲知己作嘉賓。六朝遺迹看芳草，五月披裘對故人。出世莫教愁轉劇，論交應以淡彌親。好將白眼寬懷抱，洗鉢焚香未是貧。

問　病

百花潭曲近相依，醉後籠紗夜扣扉。新月娟娟侵瘦影，輕風習習入寒衣。金爐注火調丹藥，羽佩含香坐翠幃。予亦茂陵多病後，三更重賦阮郎歸。

讀何令遠關中游草

秦關聞道可泥封，滿幅煙霞筆墨濃。是處名山皆倚馬，從知勝地擅雕龍。蒼厓恍忽希夷駐，紫氣元教岱岳重。讀遍新詩三百首，江天何處覓芙蓉？

晤龔子棟

茶清無力佐詩瓢，混世難辭市井囂。家國半生幾故物，利名孤客一輕舠。春風悵望瀟湘雨，子夜愁深越海潮。舊歲今年梅又發，白頭悲詠轉無聊。

山　行

寒歛山城春草歸，偶然策蹇動晨暉。望中密樹含茅舍，行處香風度客衣。新漲溪橋人卻渡，乍凋木葉鳥驚飛。芳菲好倍常年發，愁緒能令到此微。

苦雨留倪仲深山居

連朝風雨不教晴，萬壑林中坐一驚。長竹拖槍披粉甲，短牆密刺貫香蘅。幼甥把卷嘔啞誦，病婢臨春斷續聲。閒裏老夫饒野興，尚攜梅杖看春耕。

早春葉因生招游初溪步姚彦昭韻

憑風策蹇踏春泥，選勝晨過郭外齊。緑葉未匀先到柳，白雲無盡且循堤。鳥啼寒谷驚人至，水漲危橋倩杖攜。爲愛碧山龐處士，風流不讓浣花溪。

同探龍井

從此沿溪別有灣，半空晴瀑點衣斑。攜來太華峯頭雨，散與終南樹杪山。密葉覆前翻覆後，落花飛去又飛還。同心竟日譚丘壑，夜月扶笻擬再攀。

庚申季春喜方樗舟歸里門 三首

如君宜喜不宜悲，厚福争傳厚德遺。顧我豈堪稱鮑子？乘龍原喜是佳兒。當年老淚多餘恨，此日鍾情轉覺癡。爲愛庭前瓊玉立，五枝人説謝家奇。

故人如問別來情，眼底青山日日行。遠岫出煙孤館暮，垂楊飛鳥亂峯晴。乘時我愧無經術，對客君饒作賦聲。夜夜懷思欲相見，白門春月憶張衡。

四十年前客舊京，兄方舞象弟髫齡。趨庭各喜聞詩禮，轉眼相逢泣梗萍。書卷父遺懷手澤，鶺鴒人去又晨星。龍眠我欲君偕隱，何用離愁數驛亭？

庚申立夏前二日仝因生栲舟世五謙六入山

老伴看山興更賒，約攜藜杖問煙霞。春歸柳畔先驚絮，巖隱香生不見花。千尺石潭通碧漢，一羣清鷺辨晴沙。得沽村酒留嘉客，愧謝君言過戴家。

楚頌亭獨坐

一堂傍右草亭開，亭外青青入户梅。緑葉陰從窗裏覆，黄鸝飛向樹頭來。安排棋局遲人過，未舉廚炊到晚催。終日星江渾在念，片時飛越幾千迴。

三姪森讀書媚筆泉訊之

望裏吾兄枕釣臺，茅齋特自翠微開。祇因廬墓懷丘壠，即此披帷羡老萊。出檻薔薇沿澗長，隔溪樵子送歌來。山僧整日無餘粟，莫候茶香奉客杯。

荅龍池上人 二首

餘生踪迹盡浮萍，一衲攜遊□影青。文字玅從歸白業，宗風微處薄玄亭。鷓鴣有恨分南北，今古無人解醉醒。只有吴江老詩叟，玉山爲骨鶴爲形。

十里煙巒不到塵，竿頭百尺置君身。行藏笑倚松�合，茗碗酣餘筆墨親。舊事益從今日冷，新知翻勝故人真。九峯得聽孫公偈，紗入無言石點頻。

柬葉備四

何處濃陰足杖藜？龍眠山對藕塘西。荷新出水團團露，網漏游魚曲曲蹊。□雨不辭今日酒，高枝近有數聲鸝。前朝曾訂看花約，來後秧針□已齊。

訪喻一婭爐峯新居

茨垣籬舍自相依，簾户新看燕子飛。梅葉覆塘當夏盛，園蔬著雨過春肥。問奇客過謀樽酒，臨水身閒樂釣磯。何必五雲樓館起？讀書廬墓奉慈幃。

和曹文季先生韻

聞道東籬意自親，星江喜見舊時人。千秋大業曾題雁，一劍孤臣似泣麟。醉飽煙霞閒裏目，苦甘霜雪老來身。紫陽若問傳薪事，垂白先生有釣綸。

飲木厓河墅限花飛二字 二首

勝覽溪山日欲斜，晴嵐破處出田家。堤栽柳盡延河岸，逕轉梅偏釀晚霞。閒憩松陰談往事，健提泉水試新茶。知君謝客能偕隱，共惜春光數落花。

輕寒二月勝遊稀，有客□□□扣扉。杜老堂開花簇簇，謝家池畔草菲菲。□薰□煖煙方斂，枝散棲雲鳥亂飛。選勝無如河墅好，最憐老大怯春歸。

對橘

老橘陰陰入夏寒，霜皮清翠比琅玕。未萌輸絹驅貧意，留得閒心對客彈。花惹狂蜂來處處，香同茉莉一般般。當年我父居廳事，垂白經時獨坐看。

廬江過周公瑾墓

小邑城邊溪水□，□□□墓枕荒丘。今朝若問周郎面，不是當年舊虎頭。

過散兵山

戰場憑弔遍青燐，芳草湖邊何處春？仗劍不銷香粉恨，可知還勝戚夫人。

荅姪孫爾戢

谷口雲深護翠巒，傳經盡日共盤桓。一聲山鳥梅花落，風度長松生夏寒。

有感

山城栽遍洛陽花，處處名園鬭麗華。忽聽笙歌聲調好，春風亦送到貧家。

汪甘來

字升侯，號漁山。崇禎初諸生。爲人事親孝，交友信。以客授爲生，傳經于江洲熙湖間，門下采芹食餼者甚衆。困于舉場五十載。晚歲隱居鷹阿，與高人逸士相唱和，八十三歲卒。子泓亦遊邑庠，能讀父書者。

元日和姚□□二首

淑氣滿孤岑，晴□□□□。人因分類少，山以避囂深。梅萼舒春色，松濤雜鳥音。曲高非屬和，乘醉自成吟。

曝背愛朝陽，趨庭柏酒香。棋敲一二局，書讀兩三行。灌水催花放，看雲送鳥翔。莫言春夜永，閒坐日尤長。

校記

〔一〕掉　當作「棹」。
〔二〕烏　當作「鳥」。
〔三〕偏　當作「徧」。
〔四〕漿　當作「槳」。
〔五〕吹　當作「炊」。
〔六〕掉　當作「棹」。
〔七〕璧　當作「壁」。

龍眠風雅續集卷七

木厓潘江蜀藻輯

姚文燕

字翼侯，號小山，大司寇端恪公之第五弟也。幼而□□□光禄公甚珍視之。年十九，登順治辛卯□□□□□□成進士。光禄公以癸卯捐館，執父□□□□□□□□之奠至鋪絞紟，營窀穸，又能□□□□□□□王戎、和嶠之孝，兼而有之。姊蕙絅適于方，少寡，病且革，公密繕緑章，請減己筭，益姊齡，待其孤曾祐之成立，匍匐至隍廟，且哭且拜，里有醫某者晨起，遇諸塗，詢之，以實告，泣而歎曰：『人間有如此姊弟乎！』其至性篤于孝友如此。己酉授江西之德安令，以廉慈稱最。江西逆賊不逞，南康、彭澤、湖口一時陷没，公與守弁魏久功誓死捍賊，曰：『吾不忍負朝廷，不忍負總憲兄也。』死守三日，用計怵賊，臨河不敢渡。會王師援至，城賴以全。兩臺交章薦于朝，又舉卓異。乙卯行取入都，以部例迴避，不獲與考，選侯補五部主事。戊午夏，游中州，卒于旅次，年四十有七。無子，以兄駕侯子士塤爲之後。訃聞，端恪公一慟竟不起。其祭弟文中有云：『崔司徒可惜，李宣城可哀！』聲淚之下，恫乎有餘畫焉。公之宰德安也，撫恤南、九兩荒，屯募佃，給牛、種，田獲有收。烏石門爲彭澤衝驛，蛟水壞道，爲鑿山開路，往來便之，立石其傍，名曰姚公墩。又，德安多虛米浮糧，力請清丈，著爲畫一之規，至今民受其賜。朝野方屬目以大用期公，謂必接武端恪公，而所就止此，人咸惜之。所著有春草園詩集，嗣子士塤屬予録其什一。予謂公忠孝智勇人，誠有如端恪公所云者，吟詠特其餘事，然未可没也，爲次之如左。

舟次鍾吾驛阻風適注若二姪价至詩以述懷

孟夏揚輕帆，圖史列左右。閨中詩畫俱，展榻摹顔柳。下水趁柔風，幾日□□□。□□家石城，掃逕呼箕帚。握晤語蟬連，咄嗟旨且□。□□雁行立，次第進大斗。炎曦苦逼迫，兩月躭北牖。竟放廣陵舡，虎丘一揮手。余擬過吴門，注若寓彼久候，而余不果行。接爾惆悵書，期醉如淮酒。幸有石尤風，急足來何後？長跽前致辭，澎湃傾千畝。河口新決。咫尺失周行，泗人皆卻走。水分舟易膠，天妃曾渡否？命我且前驅，一日九回首。太息相□□，□影終難偶。王程亦有期，停橈詎能久？喜爾□□□，□□□花綬。隔冬釀新篘，遲爾剪春韭。朝有九經庫，直講疑義剖。竹林鳴玉珂，薇省偕金友。承顔及盛年，此晤良不朽。

舟晚

微凉生北風，逆風盪逆水。水駛不受艕，牽纜岸多圮。榜人蒿目愁，中流更何倚？小船載纜行，沈錨水之底。大船亟收纜，得寸則寸耳。纜盡小船前，循環復如是。凝眸日已晡，相越不數里。瞥見晚霞明，波動散如綺。十錢市鮮鱗，烹之竟盈篚。陶然酌且吟，鼓吹舟將蟻。

瓶荷

盥罷凭一几，一編寄閒目。静中忽有聞，香氣何郁馥？推窗見小奚，隔岸聲相逐。紅飐水面華，葉盪波心緑。菰葉並蓮房，採之竟盈束。挹水肆沾洒，花葉謝霡霂。位置小瓷瓶，情親勝遥矚。

雨霽過晤沈巽涵謝宇煌留余手談小飲巽涵出近詩相示三人浮白快論遂得一章

秋雨霏微昕復夕，□□□人隔咫尺。水沈一縷茗一甌，披衣静對惟圖籍。紙窗忽見耀朝噉，便果朝饔著雙屐。紺宫鐘磬韻悠揚，踏破苔階快親炙。呼童急煖官衙酒，細嚼豬肝旅顔赤。蕭條游事漫尤人，勝敗欣然且角奕。况有新詩可送窮，篇篇擲地聲金石。開府參軍上下閒，淺斟高詠情無斁。□□大笑日西頹，分手愁看人影隻。

田家樂 集飲東朗姪軒中分詠

穫空雲水何飄渺，科頭倚杖看歸鳥。黄鷄白酒正及時，今我不樂思年少。烹鷄煮酒羅兒孫，柴門月午光皎皎。一觴再觴閒愁避，青春翻悔紅塵擾。芙蓉天半秀可餐，牛背笛聲聽未了。置身霄漢等蜉蝣，較雨量晴送昏曉。

題趙松雪洛神賦手卷

高軒剪燭酒數行，羣從作達語縱横。爲溯往事拍案叫奇絶，展來金軸牙籤光瑩瑩。云是趙公得意疾書洛神卷，鐵函沈波蛟龍争。漁父收入珊瑚網，瞬息而天朗氣清。方子字學蓋有神，謂方玉文。解錢不惜杖頭貧。開函細認行間字，迴雪流風態逼真。意匠經營不肯下，將飛未翔何逡巡。方子寶之若家珍，仲容交契兩情親。謂五姪佩若。自言絶世傾城物，合伴雕龍綉虎人。方子方子真名士，分手脱贈竟若此。二公上下數百年，眼中雙絶望吾子。

壽江眉瞻四十

我輩登科皆早歲，三上春官三不第。雖知遇合會有時，父志祖武當誰繼？□□阿大同爾阿翁游，愛爾神駿稱佳婿。峨眉公與璽卿伯，文章政事交相勵。苔岑誼久重嚶鳴〔一〕，葭莩恩好凡三世。辛丑之春又掄英，騰驤始共金臺行。相看意氣凌雲漢，昂昂天馬合長鳴。男兒致身必以道，豈肯乞墦留玉京？一麾百里竟作吏，兩邑遥聞鷄犬聲。五載漸稠桑柘影，于門得士比連城〔二〕。兒子隨宦仍操作，軋軋機杼佐冰清。善承姑顔順夫子，貽謀不屑金滿籯。長者讀書能走筆，小者棃棗讓諸兄。甲寅履端之三日，積雪嚴冰氣凜慄。風鶴俄驚三至杼，羽書雜遝蒲塘驛。牽衣頓足擁城闉，男耕女桑忽相失。兩人奮臂固吾圉，倉忙不敢問家室。朝廷張皇命六師，螻蟻穴中還自窒。安輯驚鴻苦不辭，又是南風解愠時。此日遥看瀼溪上，榴華灼灼何紛披。麟脯瓊酥金鑿落，雲璈錦瑟玉參差。云是使君强仕日，紛紛仙客下瑶池。父老臨溪酌大斗，拜歌川至壽無期。使君立擁青絲騎，慰勞皆成白雪詞。年復年來沛恩澤，佛子聲名騰廣陌。瀼民呼爲『江佛子』。公餘染翰瀉詞源，今日磊齋舊詩伯。遠心閒種潘縣花，與人羣誦萊公柏。風流仙令世無雙，旦晚召作金門客。金門同鞚紫騮車，當罏貰酒解金魚。花莊柳榭裁新句，青瑣蘭臺啓秘書。召對定承宣室命，瀼溪歷歷報新政。特頒綉斧代宸游，會看桓典威名盛。

十五夜月憶内

獨酌不成醉，況當月望時。巡檐光在地，入夢遠應知。膏沐將無減，刀鐶未有期。更愁鷄促曙，攲枕即天涯。

浸藥酒

夙病爲躭醉，獨醒病更多。醉醒俱不可，多病竟如何？風月終須飲，刀圭試早和。此中饒妙理，淺酌且高歌。

憶退軒

鄉夢輕千里，鄉心逼萬端。如何三伏暑，亦有五更寒？計拙棲靡穩，游長歸轉難。退軒一笏地，容膝儘云安。

游鐵佛寺遇粤僧茶話

古刹何年建，游情此日閒。心空皈鐵佛，望迥納青山。竹影能邀客，茶香不掩關。爲談東粤勝，小坐竟忘還。

王涓來年兄招同卞圖南小飲

羈緒秋同冷，羇情晚命觴。交能忘爾汝，論欲挾風霜。嘉旨兼吴味，聲歌媚小郎。捲簾還布酌，眉月已過牆。

中秋同左夔友王申之登黄鶴樓時新落成

月夕今宵勝，樓觀此日奇。高真臨北斗，望欲盡天涯。丹艧羣公力，青鞋我輩私。行吟還坐嘯，崔顥許題詩。

作家書寄内

一紙平安字，三時汗漫游。開緘知有喜，計日轉生愁。旅久霜侵鬢，人圓雪滿樓。酒情吾不減，釀事及高秋。

二十夜舟月

水勢秋猶漲，停橈欲二更。空明天一色，蕭爽我同清。短袂微風冷，孤舟夜語輕。懷人如有夢，應悉此宵情。

夜 雨

入耳難成寐，公然到五更。客心千里外，沙岸一舟横。草濕蟲頻咽，罾移火乍明。見聞紛若此，行止笑吾生。

沙渚阻風

盥罷窗篷啓，篙師已繫舟。北風愁上水，地勢豈人謀？鮭菜連朝減，浪花盡日浮。支寒需薄醉，提甕向前洲。

舟泊石牌金鶴林貽余酒殽期相晤於郢中

凌晨帆欲挂，壺榼遠相將。鷄黍充虚腹，瓜蔬待晚觴。同心秋共爽，一葦路非長。信宿江城裏，期君話夕陽。

過明興邸舊址小憩三教庵

城隅何曲折，此地獨峻嶒。望可來羣嶂，基從走亂藤。霓旌思往日，竹院話閒僧。拖杖行吟晚，秋山次第登。

廣陵雜詩

三月鶯花好，乘潮到廣陵。帆縣昨夜雨，友覓舊時僧。易公昔寓興教寺。徑轉來雲樹，庭空豁寢興。分攜仍數武，遥見上方燈。

孫孟伯招同孫易公左共玉小飲

鰣魚纔入市，又聽賣櫻桃。好友憐貧槖，嘗新進濁醪。疏簾摇短燭，朝雨阻輕舠。初約從舟不果。詩酒天涯遍，風期我輩高。

同門趙介山招同任訒庵飲竹舫中晚宿於訒庵齋頭

一徑花枝亞，三間蠟屐通。披襟收翠色，敞坐任天風。卜夜杯初把，占星客更同。有懷期信宿，布被隔牆東。

劉三峻度招飲園中時芍藥盛開

入檐猶樹色，累石當柴扉。筯飫銀絲鱠，花留金帶圍。廣陵芍藥多，獨此種難得。尋香風宛轉，待月影霏微。觴詠嗟何晚，今朝識孝威。

遣心

岸草平臨水，青青總不分。且無風浪慮，暫與鷺鷗羣。遠岫浮如黛，晴煙細入雲。畫圖容坐臥，一幅李將軍。

憶兄子勃少

心亦空諸累，難忘獨仲容。坐來濤任耳，如聽閣邊松。余同勃少讀書長松閣最久。甘苦十年事，圓通五夜鐘。憐渠應捧檄，未合老山農。

德藏寺前書所見

入郭催柔櫓，扁舟綰寺門。影斜全映水，客倦易消魂。夢去知爲雨，生來别有村。牽絲囑玉虎，記取舊波痕。

燈花

獨酌形酬影，燈花故故催。豬肝知計拙，雁足想書來。望霽初徵焰，挑愁數舉杯。晚粧如對爾，莫傍鏡臺開。

憶退軒

乞食非今日，忘憂在一枝。酒香人静後，詩渴茗來時。交態天難問，狂情我自持。夜闌摇鐵鳳，時寓德藏寺。倚枕夢何遲？

甲辰冬過雉川病中承葉岫雲解推周至心甚感之丙午夏偶客當湖寄懷

泛梗依三楚，炎雲又一年。乙巳夏客鄂渚。浪傳真許史，縱目好山川。閱歷交能寡，壺飧感益堅。晴霞臨乍浦，遥望箬溪煙。乍浦去當湖三十餘里，可眺遠觀潮。

浸藥酒

禪定身無累，心清日更長。欲眠徵酒力，開篋撿醫方。苦口從良藥，深杯發妙香。養生吾有論，軟飽是羲皇。

欲　雨

催詩逢此夕，待澤已經旬。雲自西郊往，杯傾河朔頻。稻粱終歲計，酬唱一門新。早起樵歌入，歡呼渡水人。

寓永慶庵雜詩 二首

社前連日雨，猶及詠豐年。密酒沽殘帙，歡呼減糴錢。燃薪分佛火，滌甕貯天泉。倦倚南軒望，旃檀一縷煙。

官貧誰似爾？謂咸寧令黄耳升。朋好獨憐余。自是催科拙，肯令保障疏？艱難分俸米，倉卒剪園蔬。滿目金銀氣，孤行且晏如。

徐蘭皋雨中餉酒 三首

層雲棲老樹，碧蘚上閒階。不斷經旬雨，難堪久客懷。盈樽勞問訊，遣夕自支排。憶共查園宴，明燈十二釵。壬寅同蘭皋飲查伊璜園中，觀女樂。

積雨疑天漏，狂風挾霧飛。老僧添舊衲，顧客問寒衣。此語如何答？有家胡不歸？未甘麋鹿聚，閒對蘚苔肥。

令弟傳芳訊，相過及早秋。總無乾鵲喜，空倚暮雲愁。涇水添新漲，瓊花想舊游。丙午同客廣陵。嚴程惟待爾，偃仰月如鉤。期涇陽任訒庵不至〔三〕。

賈中丞送松茗芝酥

霜臺傳錦字，馬上健兒飛。茗泛南源色，酥憐季女饑。鄭公能好客，杜老合忘歸。待及秋山霽，鳴鐃看打圍。

憶金陵玉峯二校書

幸乏纏頭錦，虚疑解語花。洮𣯒欺綺縠，番曲唱琵琶。憶擁青絲騎，頻過碧玉家。茶香憐小婢，十二綰雙丫。

入都呈三兄　四首

十年重握手，余以丙午相别。隔歲再生人。羣從錦衣出，二姪注若、十三姪敦仁。當街笑語新。地因衝更瘠，民以亂知淳。不盡盤根苦，初回谷裏春。

記得除書下，書來報德安。勿言百里小，須作十年觀。循吏吾家事，雄心一往難。皆書中語。

載將良藥去，勉爲起凋殘。

最是星都陷，魂消九月中。全營屯隘口，離德安十里。分校獵河東。過渡即南門城下。鼓伐三更壯，蘆燃一面紅。時賊壓蒲塘渡口，直趨南關，而城中額兵僅四十人，居民不滿百餘家。余同千總魏君久功密計之：「候賊過渡，吾事去矣。今賊隔渡可遥矚者，惟城南一面耳。不如且撤東西北三門兵民，盡登南城，燃炬張旂振金，爲虚勢怵之，或可緩渡以待援至。」魏君曰：「然。」倉卒間羅銅器以代金，裂被帛以代旂，束蘆葦以代炬，至夜半火光匝地，金鼓振天，賊疑援師至，果驚退。欣看旗轍亂，戡定果元戎。城守旬餘，尼將軍從湖廣取道瑞昌，直趨賊後，大殪之，百姓秋毫無犯。

爲報徵書下，驅車喜更驚。感真歌帝力，榮不在微名。濁酒西窗話，清風大被情。此生惟友教，辛苦奉家聲。

月夜獨酌聞朱四徽朋棋聲因成一律

漏長羣動息，子落一人知。坐隱消霜月，寒吟藉酒巵。曰歸聞訃日，朱四云以廿旬外暫歸。問夜是何時。亦有妻孥累，因君攬夢思。

除夕得内人見憶詩依韻和之 二首

符換新朱户，香濃舊碧紗。忽傳鄉信到，翻令客愁加。筆滯知呵凍，梅寒懶放花。若蘭詩律細，款款話宜家。

去歲賓筵罷，孤吟燭屢殘。今宵羞被共，不比范塵寒。越水星將聚，時同咨浙令蔣到齊。天書日下看。轉憐春事近，柳色憶長安。

酌罷 八月朔夜

酌罷疑殘夏，開簾淺受涼。風能疏酒力，波故織星光。得句燈還剪，移篝衣更香。獨醒有妙理，吾意在滄浪。

楚游代内言别

小扇輕羅五月天，閒看芳景度流年。三冬纔踏孤山雪，一葦還銜大别煙。早敕内廚修果蔌，爲資行李典金鈿。停橈莫上江州望，清夜琵琶亦可憐。

舟行感懷

疏林雨後澹無塵，山色迎暄似小春。漁趁急流帆上下，鷺矜初浴影鮮新。千愁盡入今宵夢，一葉翻羈不繫身。歸去小窗浮茗碗，得便宜處是清貧。

重九前一日馮恆山大參貽余盆梅二株欣然獨酌

疏磬聲中朝復昏，阮囊强半負芳辰。忽從幕府分霜蕚，便覺秋光眷旅人。影寫數枝渾似畫，香浮斗室迥無塵。持觴笑向花神語，乞米陶潛是後身。

九日史昌言同門招同沈巽涵謝宇煌李澹聞登松林山瞻拜明獻陵幔亭步酌帶月詠歸率賦一章

快騎璁瓏共拂鞭，軟莎晴靄媚長天。村鷄傍午還三唱，秋色憐人又一年。龍虎仍蟠當日勢，松篁遥送隔溪煙。登臨幸不歌禾黍，聖主温綸自藹然。世祖諭所司先朝陵寢加意護視。

史昌言同門餽問殷然賦此答之

冉冉香消日漸昏，煩君短札啓柴門。歌魚恰拜銀絲鱠，醉酒頻分白墮尊。一自翻雲傳杜句，倍從立雪想師恩。衙齋有暇還相和，傾耳如聞伯氏壎。

謁選北上口占別内時内子緘寄吳妹託其買雙鬟於江寧詩并及之

憐卿只合喚卿卿，錦字徵歌念此情。聞説千金方一笑，可能雙璧總連城。如賓自昔非因貴，愛我天然不爲名。買得桃根復桃葉，攜來緱嶺共吹笙。

三月朔日過青塘庵

日煖風微花暗香，憑輿翠色滿衣裳。看炊榆火期中飯，便坐茅庵問早秧。石壁當門松作筍，山蜂釀蕊蜜爲糧。漫言香案蓬萊吏，一刻蓬萊興亦長。

竹坐落成内子率虹女省侍偶得一章

隔院桑陰漸過牆，新移竹塢雅相當。頻年宦況心如水，近日愁懷鬢欲霜。有女粗能師郝法，問安閒便坐胡牀。遠山到眼青堪數，添爾閨詞又幾章。

內子爲余再買小鬟命名珠來率成二章以志門内之樂 二首

雙槳曾將桃葉迎，藍橋今又下雲英。若非蟬鬢紛相接，不信螽斯浪得名。果栗欣然催小酌，衾裯從此薄宵征。最憐枕上嬌癡意，未識承恩解珮情。

佳名珍重説珠來，入掌應知笑口開。憐爾家聲猶太僕，感君高誼果良媒。雲鬟雙侍蓮花幔，月榭同傾竹葉杯。翹首羣兒争翠羽，和鳴新詠滿粧臺。

癸丑元旦偶成

燭光纔撤曙光新，送喜欣聞鵲語頻。四載呼嵩遥上壽，一官飲水未全貧。圖書好我閒裁句，鐘鼓祈年勇賽神。彈指春風將半月，春郊想見緑初勻。

題城北古樹 每遇送迎皆立此樹下

偃蓋虬龍古道傍，折腰應笑使君忙。蘚皮剥落千年秀，濤響瀠洄六月涼。豈是論功依大樹？陽夏侯馮異每戰後諸將論功，異不言功，獨倚樹下，人稱爲『大樹將軍』。寧同分陝憩甘棠。召公同周公分陝而治，每聽訟于隴畝喬木下，土人詠甘棠焉。他時五嶽重游此，鑾榼青絲話夕陽。

仲秋寄内 時在三兄署中

帝城秋色晴偏好，馬首西山疊翠來。三綬凌晨趨柏府，百枝向夕展金罍。寒依大被猶非客，夢繞明珠未有胎。倘拜新綸容澣沐，與君同泛菊花杯。

黑龍潭閣上望西山

指點珠宫結搆難，居然城市有煙巒。未能一杖尋秋去，且借層軒拄笏看。不盡鄉心傾竹葉，幾行雁影落晴灘。杯闌好覓歸來徑，翠柏疏星水氣寒。

九日登文昌閣

客歲蒲亭當此日，城頭擐甲擁旌旄。何期黄菊重開候，得把青尊共爾曹。到眼山光雲氣盡，滿身松影月輪高。狂歌莫謂愁難遣，破硯殘燈註楚騷。時張卣臣輩被放，並慰之。

游祖園

悔不支筇納晚涼，敗荷聲裏想荷香。季夏約敦仁往游，不果。環溪疏柳摇空碧，布席平臺飽夕陽。怪石半依前代樹，新恩不改祖家莊。李生迫促歸蹄疾，蟹可登盤菊又黄。席間李元度復拉歸飲。

晚起作家書

枕邊風葉思茫茫，客滯金門苦夜長。夢去踏殘千里月，寒來添卻五更霜。披裘坐待鄰鐘動，逼案晴分圃菊香。便拂硯牀書數紙，歸心早共雁南翔。

送注若南歸

忽理歸裝慰老親，注若久依膝下不言歸，三兄力促之，始發裝。青燈緑酒送歸人。竹林五月追懽少，余同注若共晨夕者五閲月，可謂至久。馬首千山返顧頻。弱弟自能勤定省，故鄉猶可樂清貧。停杯累爾無多語，比舍時時貸米薪。

祝注若四十初度

斑馬蕭蕭説送行，嚴裝猶戀鳳凰城。始知孺慕終身願，况復弧縣此日情。堂上開顔傾竹葉，門前投刺擁車聲。不嫌癡叔清狂甚，拚醉霞樽到五更。

憶注若二姪

冉冉晴雲送馬蹄，如君高致合幽棲。兹園好共家人醉，半舫新從太史題。兹園爲注若别業，擬歸搆舫齋，張敦復以『春水舡』顔之。塞月一天看不得，吴山萬疊夢全迷。花時若許歸蓬蓽，並坐花茵聽鳥啼。

雪窗再憶注若

一片空明是雪光，巡檐映雪探詩囊。怪來帝里三冬暖，讓爾南征十日裝。注若以十一月朔南歸，都中以十二月初五得雪，計已抵家十日矣。郭外峯從亭下白，且亭可俯眺投子。牀頭酒帶洛中香。注若從輿中攜潞紅歸。霜蔬剪盡還投轄，坐滿家人説故鄉。

阿城喜晤王甓亭留飲

疏柳長堤護夕暉，牽船漸喜北風稀。晚煙忽動村將接，好友相迎馬似飛。十載重逢憐鬢改，一官如寄任知希。同君亦有雲林興，濁酒青燈話翠微。時甓亭有乞休之意。

楊青驛曉行

和風好日静維舟，意外津門此逗留。兩袖自知無税法，中流猶剩有漁謳。離離遠樹寒聞雁，漠漠平田曉散牛。慙愧今朝簫鼓發，容攜詩卷向皇州。

寄懷同門楊恂庵 時令淯川

憶共程門托素知，長鳴天馬步何遲？艱難吏道心如水，容易年華鬢有絲。半秩尚稽緣卜式，蒼生一出望楊時。比鄰近有河陽客，爲附新聲減夢思。時潘又生年兄之任汜水。

送王其人之任欒城

石渠家世本能文，才子爲郎更不羣。剖竹新分三輔地，飛鳬遥指太行雲。軟裘快馬門如市，濁酒疏燈我共君。青騎道邊紅旆影，臥龍晴樹影紛紛。

東岳陽司李連海崖十二韻 連樂安人

北海推名郡，乘州盛羽儀。看花飛玉勒，作李下彤墀。翼軫傳分野，荆襄若布棋。赤松村不遠，白鶴笛猶吹。手敏無留牘，心清自樂饑。欲仙求美酒，懷古問湘妃。憶昔長安道，曾聯連理枝。芳樽歌爾汝，逸調叶塤篪。雉兔殘年共，庚子冬盡，承分餉雉兔。風期我輩知。東西看瀉水，荏苒別經時。泛梗依黃鵠，裁書及紫芝。幸君呼阿力，款款叩相思。

內人覓小鬟至自江寧口占一笑

飲水慙余拙，忘勞賴爾賢。承歡思玉樹，選豔減金鈿。晝槳催桃葉，新聲落彩箋。相憐無綺語，攜手總芳年。不忝南州句，爭歌樛木篇。紫芝看並秀，白璧定雙褰。晝錦喧闐日，鵷鸞繞膝前。

十一月晦夜酌罷讀王西樵十笏草堂宋荔裳安雅堂詩集因憶張大芸圃

帷燈猶熠熠，風鐸倍淒淒。綠醑三更過，黃雲一望低。捫心聞塞雁，展集獲金篦。風雨驚人句，雲山足馬蹄。王維休獨駕，宋玉想肩齊。亦有同袍友，能將幼婦題。簪頭輕玳瑁，鏡裹妬鷓鴣。芸圃有『簪頭玳瑁輕如紙，釵尾珊瑚小似星』，又有『麝蘭但問爐邊鴨，脂粉難瞞鏡裹鸞』之句。唱和來荒署，艱難守故谿。倚雲惟一卷，詠絮恰雙棲。舅夫人能詩。賤子辭芻牧，他鄉盡鼓鼙。餘生纔泛蟻，幾日又歌驪。金馬三時歷，宮烏午夜啼。懷人青鬢改，剖鯉素書迷。春草容歸屐，提壺並杖藜。

喜二兄歸自金陵時六弟三姪應試南闈因懷及之

越水孤帆倦，長干大被同。榴園還命酌，桂櫂更隨風。久客歌驪易，衝炎攬轡難。余自越回，晤二兄於白下，留數日而余先歸。夢猶連棣萼，新已薦梧桐。盼極天邊雁，歡停花外驄。阿咸開宴集，展席俯芳叢。犀筯看頻下，鸞刀總不空。華燈光皎皎，家語樂融融。時集飲注若筠軒。憶遠青雲近，掄才彩筆工。霧開騰隱豹，星小祝維熊。三姪新納寵。眉閣偷分黛，宮衣穩稱紅。重觴淹戍鼓，拈韻走詩筒。

內子新買小鬟口占二章以佐茗談

如賓久識孟光賢，暫買翾風亦妙年。茗碗爐香煩料理，温柔且受細君憐。

嘲游口號 二首

相逢一歎事全非，悔不衡門早樂饑。宦況似同游況冷，教人何處賦無衣？

酒滿河橋説送行，朱提約束袖來輕。驪歌唱晚争投轄，消受春風一刻情。

章江雜詩

平生愛誦錢劉句，今日方知杜老尊。總爲問齋詩意好，一回搔首一銷魂。時讀陳問齋先生所著少陵詩意。

附　張氏姒誼

字鸞賓。張大司馬僖和公之季女，行取德安明府姚小山公之繼配也。生而柔，笄而禮，能涉獵書史，賢明識大體。小山家居需銓次十年，夫人治酒漿、腆洗，黽勉以求，克承堂上懽。迨出宰花縣，夫人偕行。蒲亭當彫瘵之餘，至僦民舍以居，左琴右書，安之無懟色，惟以清白吏相勉。初，生子女皆夙慧而殤，夫人哀之，間攄爲詩歌以寓其鬱邑不平之感。已復解簪導、捐鞶佩，爲小山卜塍視寢，閨門以内肅肅雍雍，詩筒茗碗唱和之樂無間言。小山行取入都，歿于中州，夫人扶櫬數千里間關南還，茹荼如飴，訓子女以報所天。卒年四十有六。其初刊保艾閣集，方四松爲之序以行世，比諸『荇菜』、樛木之賢，今遴其未刻諸稿及南歸嫠居之什，猶有黄鵠、孤燕之遺意焉。其已刊者不更載。

月夜示肩夢珠來

濁酒疏燈漏正遲，自拈蕉葉寫新詩。蟬因咽露聲初歇，月欲依人影漸移。冰署茹冰堪避暑，砌蟲繞砌倍含悲。年來多病眠難穩，夜盡談心淚暗垂。似我久能甘布素，如卿亦厭畫蛾眉。剪刀聲裏吴綾小，沈水香中紙閣宜。舉案慙余頻唱和，承歡賴爾叶熊羆。時肩夢已有孕。戴星不畏腰頻折，飲水何妨爨少炊？院外槐陰風細細，瓶中蓮蕊影枝枝。粧臺喜有書盈架，共典牙籤共學詩。

初度書懷

荆布同心十四年，畫眉常傍鏡臺前。求凰我慕周南化，聽訟君如召伯賢。窗下分題花正放，樓頭對飲月初圓。忽思繞膝諸兒女，雙淚盈盈湧似泉。

水　仙

繞座芳香暗襲人，寒天相對更相親。閒移曲檻承朝日，静倚疏簾望早春。雪映素姿如解語，風摇翠葉似含顰。慙余拂硯無佳句，自撿牙籤詠洛神。

甲寅攜肩夢珠來及穉女歸里留别夫子

清燈濁酒語蟬連，莫使深閨望眼穿。但下璽書書早寄，上林春暖待鶯遷。

風雨阻南康有懷夫子

一艇纔登風便狂，裹糧何事住南康？千尋雪影峯偏秀，數縷炊煙市已荒。對景難堪旬日雨，懷人不覺九回腸。遥知官舍相思處，静夜孤燈獨舉觴。

江雨感懷

攜手蒲塘作宦遊，獨憐歸去路悠悠。連宵不斷官衙夢，細雨重添客舫愁。怨逐曉雲過古堞，淚隨春水向東流。煙霞何日成偕隱，對景分題足唱酬。

和十九娣左夫人擬征婦怨

刀尺寒宵倍可憐，征衣纖手爲裝緜。霜風塞外添君恨，夜月樓頭向妾圓。玉腕漸知鬆寶釧，烏雲不耐整金鈿。雁鴻嘹嚦過妝閣，獨自焚香拂彩箋。

月夜聞孤雁

點點寒更不忍聞，翻書無奈淚紛紛。簾前睡鴨香侵案，天畔孤鴻影入雲。似我愁懷因遠別，憐君哀響爲離羣。當窗皎月明如水，葉落空階夜欲分。

初八夜月偶成

小葺新居景色和，養生吾愛静中多。月窺明鏡光疑滿，詩就殘更律若何？卻憶畫眉增寂寞，遥憐判牒廢吟哦。竹齋寒勝知高枕，飛夢應隨塞雁過。

寄夫子

强將短札寫平安，念别經年淚未乾。爲數歸期愁日永，懶吟新句任花殘。雙姝共試金錢卜，孤影余憐玉鏡寒。三月鶯啼妝閣曉，可能窗下畫眉看？

薔薇初放有懷夫子

無計留春春欲歸，夭桃謝盡放薔薇。關情未發潯陽櫂，攜手花前願已違。

病中初霽

夜深頻滴瀝，侵曉忽晴光。燕語虚堂静，花開小閣香。辛勤依藥竈，憔悴坐匡牀。病後愁兼懶，經旬未作妝。

夫子奏最入都諸弟姪同餞北關共拈甌字次日持示保艾閣留飲因和韻

一章

六載勞勞不斷愁，幸趨丹詔入皇州。烽煙已是經年别，休澣那堪十日留？彩筆人人揮錦句，香醪夕夕瀉金甌。深閨怕聽鷄鳴早，戴露兼程事遠遊。

夜雨不寐

入耳添愁思，瀟瀟直到明。眠遲知漏短，暑減喜風輕。花浄生香細，燈孤怯影清。客程憂積雨，應動故鄉情。

雨夜有懷夫子

竹扉雙掩漏何遲，坐裊爐香聽雨時。塞北夜長縈客夢，江南秋老起閨思。風中落葉聲聲急，雲外飛鴻陣陣遲。静對小梅如共語，挑燈爲作憶君詩。

讀長姊吴夫人履雪閣詩集 二首

記得趨庭日，逢迎阿母前。自歸裘褐後，倏已歲時遷。病卸鉛華色，愁償筆研緣。感君同氣雅，憔悴肯相憐。

疊翠樓居好，松筠指顧間。弄孫垂白首，供佛列青山。捲幔花陰静，窺檐雀語閒。焚檀兼瀹茗，借此駐朱顏。

哭纕芷閣左盟姊

十二年前與訂交，兩人攜手共垂髫。看花濡墨朝吟句，對月傳觴夜度簫。

孟冬得夫子寄余初度詩次韻奉答

別後愁看月每圓，新詩郵寄正寒天。冰銜大被連三月，紙閣寒幃冷半年。憔悴自驚鸞鏡影，支離猶愛鴨爐煙。刀鐶記日頻頻誤，入夢難禁意渺然。

冬日接家書 次來韻

檐前落葉影茫茫，別緒纏緜漏正長。閒撿曆頭驚節換，是日大雪節。仰看天際覺雲黄。開緘細詠新來句，煨火重添遠寄香。敦仁姪回，夫子寄余香餅。自是遊踪難自定，羨他寒雁尚回翔。

雪夜憶夫子 二首

朔風吹柳絮，點點透窗紗。心静愁將遠，寒深病又加。孤燈侵紙帳，隻影傍瓶花。更慮天涯客，殘年可憶家？

掩卷將成寐，樓頭漏已殘。淚隨檐雪墮，夢繞客窗寒。釀熟思同飲，梅開懶獨看。懷人嗟歲暮，片紙報平安。

薄暮雨後攜珠來登樓

輕寒薄暖雨初收，呼爾相隨上小樓。山影漸知秋色老，霞光欲共暮煙浮。鴉因覓食争投樹，燕欲辭巢更哺雛。何處遠砧聲斷續，暗添愁思入眉頭。

夜坐

檐外烏啼樹影移，挑燈欲寫竹枝詞。停毫卻憶柴桑月，雁唳長空入夢時。

冬日偶招長姊吴夫人表姊錢夫人及同盟諸姊妹飲保艾閣即席偶成時雪

小窗拂几理青緗，好我相邀過草堂。雁以寒深聲帶咽，人因别久話應長。梅含冷蕊枝枝豔，風送飛花陣陣狂。夕箭莫催還剪燭，香醪頻泛紫霞觴。

寒夜吟

節序將殘臘，三年盡别離。夫子三年未在家度歲。山城霜落夜，客枕夢歸時。孤雁悲明月，羣烏繞凍枝。不眠成短句，便羽寄相思。

伯姒方夫人以水仙見贈賦謝

叢叢嫩緑襯幽芳，水石參差引興長。映日半含珠作珮，翻風一片玉爲妝。冰心合在鮫人室，瓊報難分杜若香。漸覺晚涼新月吐，枝枝摇曳想清光。

新柳

幾樹垂垂拂小溪，和煙帶雨長芳隄。鶯遷上苑枝猶弱，蝶繞寒塘葉已齊。遊子江頭多逸句，閨人窗下覓新題。春來妝閣愁深淺，盡日登樓盼馬蹄。

歸鴻

緑綻紅肥花滿枝，春風漸暖雁行遲。欲歸塞北飛還緩，似戀江南語帶悲。連影恰逢明月夜，孤鳴偏趁晚霜時。病餘聽此愁無奈，獨坐西窗自詠詩。

泊采石同夫子夕酌

此地曾傳供奉樓，古松鬱鬱似高秋。峯青入坐如朝黛，茭白登盤是晚羞。獸錦賜來仍雨散，鯨魚騎去亦風流。與君合是浮家客，茗碗爐香好唱酬。

至金陵喜晤吴姑夫人即席賦得一章

十五年來歎别離，今宵把臂慰相思。開樽頻訊家園事，剪燭還吟客舫詩。二豎慰余愁未減，三遷羨爾教何奇。蘭芽早識河東秀，佳婦新妝捧玉巵。

表姊吴夫人以扇索詩偶成俚句奉答

晴雲冉冉片帆輕，五月停橈住石城。畫舫煙霞人共聚，名園松竹酒同傾。憐才似爾情無限，學語慙余句懶成。此去帝京鄉思杳，依依池草夢中生。

月夜泊清江浦

明月光如水，輕帆影趁風。人家晴浦外，客路碧波中。岸柝知宵静，魚罾與市通。推窗觀遠岫，斗柄已横空。

早起見雪

開簾先怯冷風生，一片光摇玉鏡明。侍女乍驚飛柳絮，小爐撥火試茶鐺。

寄懷履雪閣吴姊夫人

雁序分飛後，難忘疊翠樓。因君情最篤，添我淚長流。春暖花鬚放，風和蝶性柔。歸鴻來冀北，錦字慰余愁。

夫子夜飲友人宅余同珠來煮茗俟之

攤書無一語，幽恨爾難知。月上花翻影，愁多病欲絲。爲郎猶久待，夢燕果何時。賴有瓶梅放，清香到酒巵。

哭夫子 四首 有序

嗟乎！夫子見棄，悲憤難申。送别中州，尚有刀鐶之約；驚聞凶問，忽傳薤露之音。血淚千行，柔腸萬斷。捐軀就義，奈何穉女不離懷？敬守遺言，料得藐孤能繼武。詩以當哭，筆不盡哀。煢煢寡婦，愧無班大家之奇才；渺渺孤魂，深痛曹世叔之早逝。追思往事，回首酸辛，漫賦誄章，聊代黄鵠悲鳴之至云爾。

驚聞訃信出中州，搶地呼天不自由。一息雖存魂已失，寸腸盡裂淚空流。廿年恩愛成長别，兩月分離有便郵。觸目傷心悲慘絶，泉臺渺渺願同遊。

旅櫬天涯倍可傷，哀哀血淚滴麻裳。人間泡影原如此，泉路孤魂正渺茫。强惜殘生因弱女，空留薄命在他鄉。從前多少繁華境，今日都歸夢一場。

奠罷椒漿慟莫禁，追思往事更酸心。一生孝友天難問，半世功名恨轉深。埋玉枉留身後歎，種花空望子成陰。無情最是臨窗月，偏照孤幃淚滿襟。

遠寄遺書更慘然，膏肓伏枕竟難痊。捐軀一死徒無益，立繼存孤效昔賢。皆書中語。縱有佳兒承父後，可憐穉女繞靈前。唱隨恩重何由報？矢以劬勞慰九泉。

輿中吟 六首

强起科頭入筍輿，風霜未慣泣窮途。可憐縞袖層層濕，不死空教血淚枯。

半彎曉月耐清寒，紅日離山露未乾。卻憶畫船簫鼓發，窗前指點話峯巒。

客歲舟行四月□，並肩窗下日題詩。一簾疏雨黄昏後，濁酒清燈舉案時。

封緘千里囑遺言，立繼成家慰九原。從此茹荼過歲月，撫君子女報君恩。

一路秋山馬首迎，秋雲片片傍山生。楓林入望紅如血，應是愁人淚染成。

心從何處不成灰？遥見荒村草店開。爲囑孤魂須到此，今宵早向夢中來。

雪夜示塤男

北風飛柳絮，點點入簾寒。朔雁悲宵永，愁人話夜闌。望兒能映雪，有母解和丸。萬卷先人澤，鷄窗仔細看。

寫梅

爲愛寒梅玉質堅，小窗淡寫墨如煙。神疑大庾峯頭得，香似孤山頂上傳。傲骨儘教風雨恨，冰心不望雪霜憐。酸心幸有垂枝子，他日調羹爾占先。

暮春寫懷

年來血淚漬麻衣，忍見空堂燕子飛？杜宇聲聲知晝永，薔薇片片送春歸。半簾花影渾如畫，三徑苔封静掩扉。一自玉樓人去後，窗前鎮日伴鳴機。

中秋哭奠夫子 是夕大風雨

每逢佳節意難忘，病骨那堪更斷腸？無術可求懷夢草，癡情欲覓返魂香。清燈濁酒徒增恨，驟雨淒風總自傷。一滴椒漿親作奠，哀哀血淚已千行。

雨後坐月下

桂魄當空漸吐光，雨餘深院怯新涼。久荒筆硯難成句，日近參苓幸有方。塞外孤鴻初唳月，庭前衰草欲侵霜。誰家玉笛聲聲怨？落盡梅花午夜長。

寫菊

點染秋光數筆中，疏枝浄蕊意無窮。只宜素影臨宵月，一任嚴霜鬬曉風。冷淡自知留晚節，蕭條原不怨天工。春來桃李由他好，獨守東籬舊短叢。

寫蘭

寂寂虛窗晝不譁，倦來潑墨偶塗鴉。濡毫欲寫臨風葉，落紙先生倚石花。貞靜宛存幽谷致，芳香一任美人誇。謾嫌點染無丰韻，蜂蝩從今不敢加。

春暮感懷 四首

苔痕映碧雨初過，淚點成紅染素羅。屈指都門君別後，泉臺已隔二年多。

梅子青青護小窗，風來瑰蕊送餘香。可憐春在愁中盡，滿地殘紅總斷腸。
作繪拈題欲遣愁，濡毫無奈淚先流。追思畫舫同遊日，對景銜杯足唱酬。
巡檐眉月透窗明，深鎖重門夜色清。就枕欲期魂夢至，子規偏作斷腸聲。

秋日江姑太夫人招飲賞桂感賦

蕭瑟秋光積淚痕，感君慰我獨開樽。庭前丹桂花方茂，檐外金橙葉尚繁。爐爇栴檀時奉佛，袖藏棃栗日娱孫。良宵促從更籌轉，月影溶溶上短垣。

夏日述懷示女舜玉

深深碧葉覆窗勻，雨過榴花滿樹新。淚眼且開看世態，愁腸暗結歷艱辛。掌中弱息堪娱老，身外浮雲那是真？不爲貪生存病骨，總因嬌穉未成人。

夏日即事兼示塤兒

篷窗竹几對新荷，閉户看書卻病魔。經雨芭蕉心獨捲，未黄梅子苦還多。蟲呼蜞聽聲偏切，燕哺雛歡語尚訛。妄擬能飛形肖日，劬勞恩重意如何？

自慰

未亡茹苦且隨緣，忽忽離君已數年。殘喘强安皆佛力，此身原不望人憐。翻因薄宦增逋負，剩有荒田納税錢。冷暖世情都勿問，餘生尚可樂詩篇。

冬夜讀塤兒玩月詩喜用其韻

紛紛落葉别枝柯，殘菊依簾影欲過。茹檗慙余佳句少，揮毫愛爾綺才多。風侵紙帳聞鴻雁，月滿霜階冷薜蘿。屈指三年應對策，飛騰爲問志如何？

又次前韻

梅蕊臨窗放舊柯，流光倏忽日頻過。新絲入鬢眉難展，往事縈懷淚每多。玉露凝霜飛畫檻，金波送影上藤蘿。庭階種得蘭芽茂，繞膝題詩喜若何？

長至日雨窗有感兼憶兒塤鄉行 二首

無心酬令節，況值雨如絲。拙性由人哂，甘貧只我癡。囊空艱藥餌，病久廢詩詞。卻慮兒曹幼，衝寒策蹇遲。

念汝猶童稺，連朝冒雨行。山深寒氣重，野店朔風轟。嚙指心能動，還家夢屢驚。倚閭情最切，愁聽雁悲鳴。

十一月念七日卜地麻山送夫子歸窆詩以代哭 二首

自君棄妾歷風霜，縞素茹荼歲月長。逆送自安能自慰，冰心片片對重蒼。

牛眠卜得費尋思，晝夜經營乏葬資。鬻盡□簪嘔盡血，獨憐孀婦苦誰知？

初　夏

杏子纍纍壓短檐，曉窗一枕夢翻甜。昨宵細雨簾前過，今日繁花架上添。怕落燕泥移畫帙，何來蛛網挂書籤？扃扉似與塵囂遠，自撥茶爐煮貢尖。

暮春同夏姊及諸嫂入石門沖掃慈大人墓便遊方氏别業 三首

結伴春將暮，芳郊十里程。沿堤看麥秀，一路聽鶯聲。菜圃疏花滿，山田小犢耕。親塋知不遠，難制淚縱横。

拜瞻魂欲斷，何處覓慈顔？蘋藻緑浮水，杜鵑紅映山。縣崖飛瀑布，古甃積苔斑。不盡登臨意，煙霞忘世間。

倦游思小憩，連袂進柴關。曲徑都穿水，高亭遠接山。雨餘春塢静，池闊野鷗閒。日暖游蜂聚，花前自往還。

姚文烝

字聲侯，號栗岑。贈光禄戊生公之第六子也。生而穎異，戊生公深器之。及長爲諸生，即樹幟文壇，驚其長老。年二十餘，難弟介侯、夏侯相繼殁，各遺藐孤，公撫誨若己子，諸孤以次成立，姊適方子遂高，早寡，奉之惟謹。四松先生挂冠歸里，清風兩袖，尋以公事株累，家産蕩然。公讓宅迎姊居之，延師課甥曾祐，教養兼至。粤遊歸，即分貲購宅，爲甥授室，族黨咸稱重之，公曰：『此吾分内事也。』生平游轍半海内，當世名流聞聲引車，咸有把臂入林之願。然公雅負壯志，青紫可契戾取，顧以數奇，屢困棘院，晚乃屈就閒秩，謁選都門，意氣抑抑，遘疾而没。當路咸悼惜其才，以爲不及用也。而一時王公大人車蓋臨哭，闐阻行路，觀者歎曰：『今日之事，與永叔之敘聖俞先後一轍矣。』平居好佛，嘗與名衲遊。壬子再客五羊，夢老僧引登峯頂絶險處，面青石壁，僧舉杖劃壁先入，迴身招公，公知非凡境，將奮往就之，僧笑止之，曰：『子塵緣未畢，十年後吾於此地待子。』辛酉，公病于京邸瀕篤，從兄羹湖持之泣，公笑曰：『吾與壁中人有約，此行良不惡，何泣焉？』詢身後事，不答，含笑瞑目趺坐而逝，計卒之歲，與前在五羊得夢時恰十年。往聞昔人云：人一生學問於臨死時得力，今觀公之解脱如是，得非再來人耶？　公作詩甚富，然多散佚，今其子士蕃、士畬搜篋中遺稿，請予選定，爲存其若干首，以紀略云。

查淑子招同倪叔昭大安寺僧廣慧飲酒樓望水西諸勝

高揭千峯爽，俯瞷五溪碧。蓊翳蒼翠深，礀砰波濤射。晚汐與濕嵐，絪緼日易夕。三寺禪廢興，雙塔閱今昔。梅點山容白，桃綻流水赤。蓮葉昨田田，蓮房今堪擘。把琖問太清，光陰信過客。天風吹羅衣，珠塵盈綺席。長嘯山谷鳴，細酌金壺液。梅屏、桃塢皆水西絶景。

注若姪春水船落成漫賦三章

結構等閒事，幽賞屬斯人。丘壑藏胸中，疏鑿存天真。園亭互曲折，水石獨清新。位置得妙理，瀟灑誰與倫？適志匪所急，經營待老親。葺此一笏地，先駐漆園春。

三間製不同，數年謀其始。開軒面方池，微波散文綺。擷苻與搴芳，歷亂几席裏。石竇出流泉，潺湲聲在耳。何用簫鼓隨，輕橈莎岸艤。所以濠濮間，會心在止水。

疏櫺邐遠岫，依稀坐畫船。奇峯蹲石罅，老梅浸寒泉。延賞復窮勝，拾級躡其巔。且亭翼然起，書堂深柳邊。花棚沿竹圃，不知市與廛。把琖驅霜威，醉月斗十千。南山來空翠，對此更悠然。

就亭歌贈愚山使者因步龔芝麓年伯韻

就亭主人龍岡客，綬曳桃花頭正黑。七載兩遷屬巖彊，竹馬兒童争相識。盛代終軍合請纓，梅冠陶柳豈近情？使君長才疏凋敝，桑麻處處樂春醒。閒闢荆榛起危閣，煙嶂晴嵐環籬落。渭濱千畝自青青，閣阜歸雲擁秋籜。瀟灑一水復一山，到處無嗟行路難。連牀時共公孫被，綈袍誰令范叔寒？今朝豹隱藏深霧，峴山黔首泣江路。使君酹酒澤畔恣長吟，誰識使君父母孔邇之寸心？

南巖行

南巖夏木幾千章，屈幹樛枝飽雪霜。岡巒突兀復迴翔，中有古洞深且藏。題詠摩挲莓蘚蒼，法書彷彿鍾與王。風磬飄零響曲房，松名羅漢竹篔簹。峯四面兮水一方，翠巘丹崖几席傍。空濛潮氣接湖光，橘柚青青秔稻黄。時和年豐景物芳，太守張筵樂未央。政茂潁川並漁陽，子庶熙熙化日長。潮人戴公逾桐鄉，賓從騶枚無所將。願公玉液飲一箱，紫綬年年綰印牀。何時佳會飛羽觴，意中雲樹永相望。

同覺然本無二上人遊九星巖

洞口亭午受曦影，苔侵佛骨慈容静。木梯孤架石梁昏，冥晦如夜燭雙秉。上下迂迴路幾盤，鳳鳥螭龍留勝境。前躋人髻後摩肩，聲聲呼喚鷲習井。石磴暫臥筋力舒，罅漏微光泉氣冷。中豁一竇列雲峯，稻壠篠溪百萬頃。歸尋流米遺迹多，地鼓石角發深省。頻傾酒露滿瓔瓢，寒月東來挂霜嶺。

同倪繪江余淮來過華捧閣與慈濟上人茶話

孤閣臨沙渚，相將聚茗柯。風聲欺老樹，潮影暗長河。檑入晴嵐秀，香生午夢和。江南花事勝，不用唱驪歌。

讀省静堂詩集

仰止依前輩，蕭騷起後生。一年詩磊落，萬卷氣縱横。甲子義熙事，風標大曆聲。海鷗超世網，豈肯逐浮名？

宿九里潭懷楚黄李雲田家彦昭夫子

潮落灘尤險，終朝未一程。流隨晴嶂轉，橈住夜潭清。蘿月侵衣冷，莎螢掠水明。遥遥師友意，孤客倍關情。

竹湖舟泛

風景東湖好，家家傍水灣。落霞烘遠樹，微雨住前山。涼至炎威減，雲歸帆影閒。秋場茅屋小，花護槿籬斑。

滕王閣晚眺

勝地閲興廢，高風峙古今。江光吞樹遠，雲影護樓深。獵馬嘶荒草，寒禽集暮林。夢中圖蛺蝶，延賞快招尋。

望廬山瀑布懷自庵上人

舟自湖心直，山容靄碧霄。一泓垂百丈，幾折度三橋。練影樹中見，濤光望裏遥。豆坪堪卓錫，重訊酌花瓢。

舟過湖口縣用丁彼雲韻

殘雪積林柯，征帆入望過。宿鴉翻凍影，曉艇負寒蓑。城割石鍾半，潮吞章水多。敲推逢勝友，吟事未蹉跎。

同注若姪及兒蕃畬適軒酌月

向夕晚炊繁，尋幽憩小園。岕茶香入座，叢桂月當門。趣自閒中識，生從病後尊。上游烽影息，坐此足朝昏。

由萬金嶺入石柱宿查氏園亭 六首

微徑捫蘿入，穿雲屐齒孤。峯光騰野馬，帆影落平蕪。寥泬空無際，蓬瀛近可呼。古亭藏曲磴，疲茶已全蘇。

路曲防岐路，山深蔽遠山。茅菴春茗啜，石柱野雲閒。籬落煙千縷，杉苗水一灣。行行雙屩至，揖我啓柴關。

執手快升堂，將迎老雁行。離懷過十載，夏木近千章。久作金門夢，慙分陸賈裝。阿兄如念我，應憶碧山莊。

碧山舊遊地，閱歷幾悲歡。捧硯詩常滿，彈冠興未闌。何緣多難日，尚作故人看？感此綈袍意，中心矢歲寒。

高齋豐膳具，游子曠懷賒。荷蓋持承酒，筠筐競點茶。陰晴山數畝，向背屋千家。泉引方塘注，奚奴晚灌花。

石隱名堪並，逍遥論志居。爾公新築也。教兒循禮數，混迹伴樵漁。補屋杉皮接，穿廚竹梘虚。暮年抛俗累，抱膝自如如。

閻家堰别家世植禹甸同彦昭師换小舟入蕭山 二首

送别閻家堰，輸錢坐小舠。霜繁烘浦樹，穫晚苦秋潮。狹港難容槳，低頭説過橋。白沙環翠竹，村徑各蕭蕭。

大小湘湖接，煙波萬頃含。西興昏海氣，北幹點松嵐。村利多依水，官租半在蠶。眼中風景好，來不爲分甘。

賞架上薔薇時大兒應試皖城 是日立夏

種卉初無意，看花幸有時。經營常在此，爛熳忽如斯。絳萼花迎幔，繁陰緑浸池。舉杯春事餞，雀語報高枝。

聞吴太守唐風病詩以柬之

整日行臺臥紫髯，況當梅雨正連纖。病因久客非關酒，官到奇窮益見廉。方著君臣搜藥裏，史分朱墨亂牙籤。黄山風景應須惜，悵望徒歌昔昔鹽。

贈李雲程醫士

葛巾荔服自如如，壺隱蹉跎五十餘。家計落因多難後，丰神健似少年初。無田不用嗔租吏，有子還能讀父書。從此海棠巢上月，清光遥映舊蓬廬。

同程非二李雲程畢載之游寶相寺訪元旭上人不值

筇支滑徑俯藤蘿，不憚炎威嶺上過。松竹青青留午夢，煙霞歷歷起沈痾。碗傾雨荈春園好，筍斸雲根夏日多。采藥尋芳何處去？遠公踪迹遍巖阿。

贈湖北兵備施愚山先生東歸

東歸暫著遂初裳，握手殷殷道故鄉。帆外蕭疏沙磧雨，榻前飄渺墨花香。宧深更覺秋雲澹，翮健真同海鶴翔。屈指徵書來紫闕，通侯早晚趣行裝。

贈舊豐川令潛柱高爾建

偶來瀧谷聽鳴絃，便訊文翁舊宰賢。聚首始知居宧苦，歸耕偏乏買山錢。一圻花發猶沾雨，三篋書成敢問天。近日左驂誰解得？鄉思長傍白雲縣。

望湖亭遇同里友人

曲徑深深石檻斜，閒亭寂歷鳥聲譁。湖光百道連芳草，煙樹千重散落花。處處調絃催白苧，家家曝網就晴沙。故園消息勞君話，茗碗頻傾穀雨茶。

韶石舟中招歙友洪宜中飲梅花三白

峯迴艫轉水粼粼，夏木陰陰雀語頻。容易下灘連夜雨，殷勤先酌故鄉人。紅垂荔子香風遠，白漾梅花酒氣新。屈指珠江看漸近，平安何處寄雙鱗？

姪庭若招同方且易張齡若范一范吳與皆甥方受斯姪庠若過桃花洞尋梅

晴山幾疊繞溪迴，春事勞勞數往回。香到手中村酒滿，煖浮花外夕陽來。草堂舊是中丞宅，竹圃新看處士梅。繞屋更須雙樹古，午橋他日好追陪。

舟過小孤山

孤筍凌空積翠苔，蓮宫金碧映江隈。柳横彭澤春煙澹，瀑落匡山曉霧開。樹影半浮鷗影上，峯痕倒浸水痕來。漁翁路熟天台近，采藥新晴日幾回。

望海幢寺有懷惠陽上人並何玉其玉如昆季

紺宫高峙翠微間，説法生公不等閒。潮湧海珠寒月上，宗分曹洞筆花斑。飄蓬敢附東南美，問字難忘大小山。宿溜秋光今且去，孤筇未肯負煙鬟。海珠寺在水中。

題江允凝飛光岫册子

腕餘慘澹墨痕香，松黛雲鬟互渺茫。延賞溪山歸化筆，探奇林壑入奚囊。怪堪作供光難掩，顛可呼兄拜不妨。飛岫亭亭三片石，霜容隱約是江郎。

京口阻風同諸子遊金山寺

兹行蹇滯在歸途，元發輕舠興不孤。潮送繁華傳六代，山留名勝控三吴。鐘聲兩岸空今古，樹影中流乍有無。手掬寒泉塵累净，冷然一盞勝醍醐。

報國寺古松下飲

濤聲時撼讀書樓，步逐松陰踏早秋。浩劫幸存秦火外，佳名猶倩漢封留。鶴巢密葉雲歸寺，酒泛清暉月滿頭。老叟支離剛數畝，仙人掌上晚帘幽。桐邑古塘有松九株，在仙人石後，亦掩映數畝。

芙蓉曲 四首

縑上芙蓉花，持贈共晨夕。並蒂耐秋霜，未忍輕抛擲。
人愛花光豔，儂愛花影癯。亭亭待秋風，葉葉已懷珠。
芙蓉製爲裳，裳薰百和香。秋窗何所事？斗帳繡鴛鴦。
先秋芙蓉開，後秋芙蓉老。草木尚知時，郎回應及早。

夢漁婦贈詞

雲水遥遥覿面艱，呢喃私語近關關。君居灊岳神仙窟，儂寄苕溪荇帶間。

戲答漁婦

啞啞緩艣小舟横，識盡風波閲世情。夢到巫山最高處，橘黄蘆白月三更。

東口洲觀插秧

地接南天淑氣和，春殘競鬭插秧歌。青苗颭水波痕縐，晚饁催耕麥酒多。

校記

〔一〕岑　當作『芩』。

〔二〕于　當作『千』。

〔三〕期涇陽　刻本于『期』上詩末衍一大字『期』字，今删去。

龍眠風雅續集卷八

木厓潘　江蜀藻輯

孫　頤

字儀之，一字隨邛，號艾庵。少事封大夫通議公奇孝，年十六，奉諱。事母汪太淑人，以筆耕爲業，尸饔不匱。時仲、季年甫髫齔，公以兄道兼師道撫育教誨。司馬巍科著望，監軍大節成仁，皆公之素所玉成也。束髮時即具成人器，植品端亮，績學淵宏。弱冠，以七藝入泮，司衡者稱與左國争衡。前輩左忠毅公光斗、侍御公光先、方中丞公孔炤皆忘年締契。如曲江、長源，每義出，同人争録而傳誦。刻有寓言近業及過江諸稿行世。崇禎壬午，以明經就選，由京學博士遷仙居縣令。甲申春，值國步多艱，大司馬馮公元飈擬具疏，以兵部職方薦用，將母情切，掉頭南歸。公之經濟夙推隆中。甲戌，里門之亂，賴以奠安。乙亥，巨寇數十萬薄城，公毁家紓難，佐令君楊公爾銘畫策捍禦，彈丸巋然，里人至今頌之。居鄉，有太丘、彦方之風，閭左事有不平，皆就公質决。迨解組歸里，奉太淑人色笑外，雅不與聞外事，嘗有『但得慈顔添一笑，不將孺慕易三公』之句。及居太母之喪也，易戚交盡，四方于是乎觀禮。時年近古稀，猶作嬰兒啼，晨昏不輟，行路爲之感泣。尋卜佳城於三台之麓，負土成墳，欒廬號柏。著有三台紀年、廬墓雜詠諸集。至明季篇什甚富，率與時忤，以故閟而不宣者尚多也。大司馬張公秉貞素以公爲畏友，通政假歸，晤言間頗慶王貢，公婉辭之，隨有『今時未敢一干澤，前代曾經三授官』之句，足覘公之崖略矣。歸田垂二十三年，己酉秋，端坐而逝，時年七十有三。門人謚孝惠。先生子四人，長中韋，次中佐，次中儆，次中佩，皆有父風。予從事風雅之選，會諸子皆遠遊，無從捃拾，今幸續輯將竣，得藉手以效表揚，不可謂非厚幸也。

初歸泊樅川家叔維北過慰時值蒲節對飲因念三弟克咸殉難閩中

相對蒲觴歲月侵，故園簫鼓動湖陰。亂離尚喜家猶在，情話偏多酒倍斟。憶弟空悲中散調，當時誰識汨羅心？忠魂聞説依雲谷，在閩之建陽，即朱文公築晦庵處。回首滄桑淚滿襟。

余以癸未之春，適有廷對之役，秦氛沸灼，北道端征。三策方深杞憂，四愁亦等緯恤。壺漿簞食，父老殊愧馬嵬；荆棘銅駝，中樞仍躭燕處。催兵塞外，誰爲就道之汾陽？部署城頭，僅同兒戲於灞上。時緣將母，乞假旋南。指落日以驅車，斷音書者已旬月；望神皋而隕涕，謀社稷者止一人。聊紀廿絶，略存一路悲歌，用寫中心愁恨云爾。

聞秦中失守 二首

秦關幕府已蒙茸，百二全輸寇作墉。多少材官誇鉅鹿，誰將函谷一丸封？

無計除兇闢草萊，闗中鐵騎笑于顋。不知白骨誰能肉？可奈黄壚盡作灰。

聞闖賊入宣雲 二首

羽書朝夕不堪聞，引領榆闗止一軍。元老壯猶誰可恃？長陵風雪正紛紛。

壺漿滿路本吾民，三晉風靡亦似秦。銅馬近傳收上谷，恐連畿輔盡黄巾。

大封有感 二首

燕臺駿骨幾人收？匣裏新書仍逗留。戰氣何能同廣武？如今雍齒亦通侯。

未央置酒定功宗，斥堠何曾息戍烽？盛世多膺不次賞，只憐李廣竟難封。

撤寧遠戍

山海從今止一關，班超豈不願生還？共知帷幄多籌算，寧遠銷兵指顧間。

時議南遷

燕臺北拱自清寧，豈恃高皇弓劍靈？謾道東南多王氣，幾人收拾小朝廷？

別同邑諸老

尊前一夜是離情，明日春雲送客行。君輩承恩宜報稱，南還許我聽啼鶯。

別吳湯日

手談近日欲欺君，忽動歸思征馬紛。謁者謾言同鼠竊，滄桑別後不堪聞。

江干别友 二首

東風一夜柳條青，最是傷心送客亭。長鋏莫歌惟舌在，村醪覓得醉還醒。

長劍西歸學壯遊，相看今夕敝貂裘。春風亦似傷離別，江上明朝是石尤。

不寐

梨花點點落疏籬，疑是寒枝雪後垂。短榻孤檠全不寐，窗虚漸透曉風吹。

途中薄暮

芳樹深枝近暮寒，歸途今日是邯鄲。平沙四望無煙火，始信孤村一飽難。

喜近淮陽

驅車明日易舟船，春老淮南雨稻田。遥望秣陵將母近，此身猶幸未瞻天。

訪一令不值

馬首東行旬月間，客身如病客心頑。近來安邑多嚴令，姑射城頭未可攀。

將歸有感 二首

四方多事日驅車，秉鉞還同賦子虛。我挾長弓嫌既老，莫將兒子誤詩書。

風雨耘耔輟故園，一銜瓠落未承恩。更憐兒女懽相接，不信中原笳鼓喧。

孫中鳳

字喈公，號冰厓。司馬餘菴公之仲子也。少倜儻，善屬文，補博士弟子員，屢試高等。隨司馬公避地金陵，與兄振公，弟易公、臥公輩延攬四方名士，文壇詩社爭樹赤幟，一時有『荀龍謝樹』之目。及振公捷南宮，易公登賢書，公獨數奇不偶。晚歲，始以明經貢于鄉，雅爲三韓張中丞、董司馬所推重。振公、易公相繼謝世，司馬亦復捐館，公爲家督，訓子弟以禮，御僮僕以法，家政肅然。暮年娛志泉壑，尤躭吟詠，所著有雲溪、半舫、越遊、閩遊諸集，子曰瑰，兄弟方謀梓問世。第公豐于才而嗇于遇，齎志以歿，迄今言及公者，無不嗟歎慨慕，亦可以想見其生平矣。

張留侯

六王忽已畢，四海蹙秦疆。劉項共逐鹿，入關驅虎狼。雄才推漢祖，萬古稱最彊。手烹走狗將，何論沐猴王？高皇善用人，人孰用高皇？圯橋納履士，獨以柔制剛。英彭弗足恤，絳灌焉用臧？平勃雖智計，交歡亦尋常。惟公若處子，進退恣翺翔。松豈必真赤？石豈必真黄？顛倒隆準公，入我掌握藏。後有五湖客，扁舟急倘徉。如公實明哲，從容在帝旁。神龍帷幄中，吾敬張子房。

漢武侯

抱膝觀世局，圖畫決鼎分。終身號臥龍，寧澹不求聞。一言感三顧，遂爾定紛紜。赤壁出奇計，一炬靖羣氛。嗣子豈足輔？關張蚤失羣。蜀道非不難，誰封劍閣雲？鞠躬矢盡瘁，志欲立殊勳。淒風五丈原，中夜心如焚。懷忠報先主，夙念乃自忻。將略何必論？屢退祁山軍。血痕化腥碧，前後出師文。千秋真名士，吾敬諸葛君。

謝太傅

夷粹每難保，忽當險與迫。誰能懷大略？矯舉鎮横逆。江左誕偉人，東山推逸客。本爲涵養潛，豈關絲竹癖？射湖風濤中，羣紛惟獨適。性情及度量，久卜非常格。陳兵石頭城，兹會良險厄。浩浩賦洪流，望階方趨席。壁間撤阿堵，矜莊頓以釋。晉祚危復安，身寧等一擲？車騎耀山陬，内舉不煩擇。秦師七十萬，草木摧魂魄。心静原無驚，何庸疑折屐？識定神渾全，憂喜皆應迹。德業合至道，吾敬謝安石。

狄梁公

世運罹武曌，乾坤一變更。宋張諸嬖倖，狐鼠恣縱横。舉朝飲狂泉，衆濁奚獨清？梁公天所篤，翺翔歷公卿。外靖矢正直，内密涵忠誠。對御抑昌宗，褫裘憚靡争。敝袍出獄吏，告變獲重生。從容保帝子，潛移女主情。鸚鵡既垂翅，何須食鶬鶊？反周復爲唐，鰲柱一臂撑。兹力人所難，吾敬狄懷英。

郭汾陽

卓犖入宫後，唐祚又將移。鑾輿狩西蜀，兩京旋喪師。靈武偏北鄙，奉帝搴義旗。王室獲再造，元功匹者誰？賊滅四隅靖，憂讒乃委蛇。重門仍洞開，示人無猜疑。鄧辛諸大將，擁麾之邊郵。排闥見姬媵，辯役如嬰兒。窮極奢與慾，福禄亦允綏。二十增四考，中心一傾葵。晚更懾强奴，單騎解孤危。勳業奠宗社，威名播華彝。千百載一人，吾敬郭子儀。

李鄴侯

絶粒升天衢，鳴珂游帝閽。兩義能並取，福慧惟夙根。方員與動静，一賦舌可捫。平生懋相業，四語矢弗諼。德憲二宗朝，攖鱗孰承恩？飲醇復兩沙，要言每不煩。紫衣二十載，衣白志仍存。天子手燒梨，只等煨芋飧。仙人作宰官，吾敬李長源。

韓衛公

宋世多賢相，難盡屈指提。惟有衛公賢，兩宋莫與齊。鋭志禦涇虜，僇力事征鼙。洎乎陟樞要，允爲大廈枅。定策擁英廟，博陸兼日磾。置身方周旦，德業亦堪躋。鄭公戇絶交，没世未與攜。歐公癖厭孟，片言未與稽。學養及識量，孰與測端倪？堂上晝錦永，亭下晚香低。仰止遵芳躅，吾敬韓穉圭。

徐武寧

於爍明太祖，在漢高光間。臣僚所保全，良易亦良艱。若乃武寧王，首踐元勳班。韓彭暨馮耿，指麾如等閒。惟王與東甌，先識隆準顔。從此渡金陵，長驅大漠還。君臣心德合，恩義允相關。唐有李衛公，智略邁人寰。宋有曹武惠，福德堪追攀。惟公實兼此，吾敬徐中山。

王新建

漢宋諸大儒，未登師武壇。誰將朱陸旨，用兵如孫韓？宸濠謀大逆，暗結羣小歡。舉朝胥側目，攖鱗徒批肝。虔州有制府，潛伺日無端。一朝兕出柙，殲殪仍誅殘。武皇既南幸，宵士羣索瘢。天王自聖明，實鑑臣心丹。麓川與浰頭，峒箐千萬盤。蝨膦化貙虎，竊弄潢池丸。窟踞恣反側，剪滅良云難。神機運奇略，破賊心膽寒。搜捕遂蕩平，勳功勒不刊。悟道以逍遥，游刃奏舞干。立德又立功，吾敬王子安。

過南華館

條風動蘭皋，旭日泛平陸。步屧緑疇間，遠近恣游目。庶草吐春芽，新鶯出幽谷。桃李下成蹊，阡陌時驅犢。桑柘起微煙，巖壑争飛瀑。萬物會乘時，吾生獨局促。漸漸麥秀歌，聽之傷心曲。烏頭無白時，空擊燕市筑。

題金子藏曲水園

三月氣晴明，涼飇釋煩燠。策杖尋名園，羣峯煙水矗。莎徑遵城隅，篁扉凝幽谷。緩步陟層巒，川原聊屬目。芳草生萬里，淺深疊遥緑。選蔭依豐碑，穿林折迴麓。孤亭水石間，徙倚欄杆曲。高會適閒情，楸枰屢移局。呼童藝松枝，開樽注醽醁。銜杯對夕陽，嘯詠何淡足。歸興轉翛然，暮雀喧林竹。

贈姚彦昭四十

南山有嘉樹，托根青霄上。其名爲松柏，蔦蘿實相傍。姚子天下才，風流多俶儻。弱冠負令名，詞壇曰飛將。振古發奇書，英流寄高唱。交結盡名儒，沖懷軼元亮。君族盛簪裾，雅志獨超曠。介弟已先鞭，君情更孤抗。以彼命世姿，青紫豈殊望？胡爲四十春，傳經只自賞？余也寡交遊，惟君洽情況。招我池塘遊，氣誼彌天壤。我意薄輕肥，君懷尤骯髒。昨朝走燕臺，擊碎胡琴響。聲價重黃金，公卿争頡頏。歸值縣弧辰，開樽傾家釀。示我北征詩，勝事誰能尚？孔翠在煙霄，羽翮已高颺。趙璧本無雙，佇待連城償。鐘鼎非不榮，遲速安可量？會當建功名，强仕年猶壯。葛藟有本根，車笠毋相忘。

題祁氏寓園

八月潮水平，風日淡容與。一葦涉中流，言遵寓園渚。緬彼兩君子，偕隱結幽侶。我登南屏峯，旋止西山墅。蘿煙覆蒼林，水香帶青嶼。坐我碧琅玕，酌我雲腴醑。澄懷生道心，清言滌煩暑。夕陽斂峯壑，操舟溯浦漵。千紫萬緑間，翩翩告遐舉。

秋浦侍家大人晤周芮公年伯暨令嗣希韓承示嘉什賦此奉酬兼送歸里

千仞徂徠松，百尺龍門籜。威鳳翔丹霄，崑丘巢白鶴。憶昔全盛時，正笏遊京洛。老親託儔侣，心期重然諾。撇眼忽滄桑，音書久寂寞。遥遥望八閩，高蹤寄雲壑。匿影恐不深，飄然遠矰繳。冥飛天際鴻，迴異枋榆鵲。婚嫁勞向平，五岳遲芒屩。翻作舊京遊，重來問鎬毫。景物是耶非？傷心渺難託。惟有潤州民，口碑猶鑿鑿。早春來清溪，錦堂搴繡幕。公子炫門楣，勝事傳射雀。綵服新承歡，雙雙奉杯酌。嘯傲偕林宗，山水怡康樂。游歷各成詩，分題富游槖。老親喜聞聲，扁舟遠相索。往事寓不言，老淚杯中落。小子侍座隅，精神龍馬躍。肅拜交令嗣，丰儀何焯灼。執手罄交歡，素心比花萼。官舍奉盤匜，旅懷忘落拓。自是孔李交，寧比今人薄？所期天廟才，健翮搏秋鶚。安得共扶摇，聯翩仍似昨？輕風吹河梁，岸柳絲絲弱。攀折難爲懷，更訂秦淮約。良會不易期，吾翁返故閣。雲樹重相思，命予省晨朔。狂飈不相惜，冷雨連朝惡。曲巷枉軒車，爲云歸心作。相示秋水篇，字字如珠錯。以此歲寒心，深情逾毫末。草色麗芳洲，曠覽江天廓。吟上芙蓉船，解衣恣盤礴。迢遞越關山，日益詩囊博。我聞閬苑仙，絳雪充丹藥。雲輦驂虬螭，歌嘯通廣漠。願公享黄髪，齒德尊天爵。方將跨白鹿，採芝佐藜藿。倘對刺桐花，寄贈無嫌數。

寄阮生召樹梅嶺

阮生卓犖天廟器，欲剪秋衫採菱芰。飼客頻傾北海樽，卷簾坐擁南山翠。龍山秋色正沈沈，楓葉蘆花夾岸深。振衣欲著閒田賦，抱膝能爲梁父吟。草堂卜築鹿湖口，花徑藥欄隨意取。開園自種五陵松，依門更插三眠柳。有時飄緲臨丹崖，斗酒百篇真儁才。騷賦淋漓驚屈宋，文章麗藻駕鄒枚。當時二阮不足羨，文采風流君獨擅。玉案香生翡翠牀，綺窗花發琉璃硯。今年年甫二十餘，感時早著洛陽書。嶽嶽丰標推玉立，英英汗血真名駒。慕君意氣與君友，指水旌心應白首。敲銅夜鬭子安詩，燃藜對剪周顒韭。握手徘徊憶去年，扁舟同下秣陵天。孤飛不獲青雲薦，依舊重歸白下船。如君豈有長貧賤？明光起草應須見。他時應看曲江花，杏林掩映宫衣茜。經年别恨各躊躇，目斷晴江雙鯉魚。憐我空彈幸舍鋏，如君猶閉草玄廬。丈夫然諾自不苟，况吾與子交最久。秋風八月蟹螯肥，殷勤寄我共杯酒。盈盈一水隔蛟臺，江上陰雲霧不開。幾時重訪山陰戴，掉船直向剡溪來〔一〕。

山居雜興 四首

野闊孤煙直，溪苔積徑痕。霜花開帝女，秋草老王孫。僧步橋邊月，虹垂雨後村。因思避秦客，何處是桃源？

隱時同鄭谷，築室憶焦先。煖酒林間葉，支笻雨後泉。鳥驚樵路火，鷄唱嶺雲天。澗峽飛花滿，臨流想釣船。

土銼炊煙冷，清菘佐野餐。幽棲尋輞水，卜宅問王官。砌静蟲吟雨，山空月送寒。東籬數枝竹，猶可報平安。

小閣秋燈静，柴門夜月殘。江魚肥入饌，霜橘緑堆盤。緗帙映茅屋，鄉心倚釣竿。所思流水引，應向子期彈。

夏日園居 二首

繞郭千峯秀，登臺四望齊。孤雲隨上下，流水忽東西。畏俗詩將廢，徐行酒自攜。匡牀幽夢覺，起舞聽鳴鷄。

畏人思小隱，學閉子雲廬。過夜留鐺火，支筇斸圃蔬。甘蕉千疊翠，明月一牀書。僻性容吾懶，無勞長者車。

浮　渡

積翠空林色，歸樵帶落霞。春泥沾屐齒，疏樹露人家。藉草留狂客，飛觴醉野花。夜堂聲寂寂，鼓吹滿池蛙。

納涼

東籬微雨後，涼氣入簾櫳。紈扇摇明月，羅衣試晚風。流香來徑外，清吹出林中。移席疏桐下，芳樽幸未空。

送吴炎牧遊越 二首

依人良不易，劍鋏莫輕彈。覓句添春雨，乘潮怯夏寒。亂離驚鼓角，飄泊變衣冠。遠道憐孤發，封書次第看。

湖山風日好，看盡不知愁。薄醉花飛席，高吟月近舟。榔鳴孤客夜，衣搗萬家秋。何事辭佳勝，翻爲汗漫遊？

舟次荻江

扁舟思破浪，卻恨未乘風。潮襯長天碧，霞蒸晚岫紅。病多憐骨瘦，吟苦覺詩窮。隔岸青帘近，行沽路未通。

片野堂即事 二首

南郭難逃迹，東山好結廬。煙雲彭澤徑，風雨杜陵居。文草依藤几，苔花覆石渠。隱囊詩興逸，臥對一牀書。

遠岫連天碧，柴門一塢封。登樓懷庾亮，卜築近張融。疊石苔痕繡，疏燈樹影籠。步兵秋興好，詩酒號江東。

秋日江洲有感 二首

獨眺層臺上，天空起雁羣。孤城淡黄葉，落日麗秋雲。砧杵千家合，風煙萬里分。還山悲短髮，笳笛夜深聞。

熒惑連霄燦，光芒射斗明。關河鬱鄉思，鼓角亂秋聲。客夢三更斷，羈愁千里生。一樽對江月，無限古今情。

金竹屏

徙倚斜陽外，松陰亂鳥音。塔鈴摇碧瓦，金磬出珠林。樓閣蒼崖迴，芙蓉秋嶼深。浮丘如可晤，吾意老山岑。

雲興寺

躭幽忘遠近，倦憩石門笻。龍吼驚僧鉢，溪聲冷寺鐘。哀猿啼斷月，鬭鼠嚙蒼松。欲悟無生理，參禪叩雪峯。

寄劉超宗

豆花雨歇小窗虚，家對龍山搆竹廬。避地自栽彭澤柳，逃名獨釣霅溪魚。高樓待月聞清嘯，秘閣燃藜校異書。憶爾隱囊詩句好，吴江楓落近何如？

秋日楊元凱總戎招侍家大人並戴山民飲能仁院寺

幾載元戎早築壇，欣從蘭若盡清歡。筵前别校催檀板，苑外行廚浣玉盤。八陣圖開秋月白，三江波湧夜潮寒。酒酣卻話當年事，漫許僧鐘報夜闌。

宿東林

玉壺凝露碧街涼，金粟繁開見上方。出木橋邊秋草滿，放生池内晚秔香。鳥驚落葉鳴溪籟，龍吼飛虹挂石梁。爲問聰明泉尚在，可能容我滌詩腸？

遊太乙宫

九天縹緲浪花飛，卷幔嵐煙上袷衣。古殿晝陰環珮冷，石壇秋静薜蘿稀。仙宫寂寂餘丹竈，金磬泠泠出翠微。巖下杏林風夜響，常疑騎鶴十洲歸。

薛伯裔明府招遊白鹿洞

扶筇漸入白雲鄉，樹色蕭森石徑蒼。階下茵陳袁紹席，籬邊花帶令公香。觴浮曲澗泉聲細，亭近松篁秋氣涼。仙洞鹿書俱泯没，山精争向半巖藏。

東流望龍山

分飛倦羽任孤還，隔岸漁歌月一灣。遠水自流青嶂口，數峯斜出白雲間。到來秋浦東西驛，喜見龍瞑大小山。蕭瑟自憐同庾信，詩成曾否動江關？

寄王勝時

桃渡相逢暮雨收，江風先送木蘭舟。煙花到處催人老，雲樹經年繫客愁。武子狂來猶躍馬，仲宣遊罷倦登樓。縣知蓮幕花如雨，曾否行歌得自由？

九日

策杖初登望遠臺，蹣跚黄葉半峯開。幾聽畫角傷心切，見插茱萸短鬢催。江渚何人重北望？遼陽有雁復南來。菊花縱説東籬好，時事難逢笑口開。

遊石照山喜韋子寅先生許玄文胡裕明偶至

白沙翠石武陵谿，倚杖穿雲路不迷。弱草更添苔印滑，寒泉清徹雨絲低。空中曙色疑縣鏡，洞裏晴光似炤藜。幸有戴顒攜酒伴，雙柑同許聽黃鸝。

遊崑崙十二樓

高閣凌虛俯數尋，松間曲磴散微陰。人來幽谷驚樵火，客到僧房止梵音。山勢疑連衡岳遠，花源不讓武陵深。登高漫笑忘歸去，雲水招攜愜素心。

晴　眺

客裏閒遊趁筍輿，疏煙點點泛清蒲。望中遠火明還滅，雲外孤峯淡欲無。拚飲不辭金谷醉，揮毫難似輞川圖。窮途莫厭多摇落，賦得新詩了舊逋。

送方世五之長安 二首

高樓酒散曙煙殘，送别休嗟行路難。獻賦秦庭空按劍，承歡官舍且加餐。黄河人去孤舟迴，驛路花飛客夢寒。最是奚囊詩句好，萊階應作綵衣看。

幾宵梧酒聚天涯，無奈離情慘暮霞。作客那堪仍送别？知君此去等還家。春風蝶夢迷芳草，夜雨鵑啼憶落花。别後相思頻寄語，好從雲樹盼歸鴉。

贈姚翼侯

白舫青簾勝事賒，頻年詩思滿煙霞。攜來吳郡新游草，醉遍杭州舊酒家。挾瑟有人扶翠袖，徵歌到處引紅牙。扁舟又發五湖興，莫爲殷勤訪若耶。

晚過莫愁湖

城南勝地日蕭條，況是西風萬木凋。遠樹半銜初落日，亂帆争趁晚來潮。園亭寂寂名空在，煙水茫茫恨未消。惟有寒汀沙上木，年來年去認前朝。

拜武穆祠

墓側陰霾樹影孤，空餘遺像肅雄圖。蠟封西檄回犀甲，計定東窗賜屬鏤。合室依然同俎豆，六陵何處委榛梧？只今碎盡階前檜，得比黄龍痛飲無？

拜忠肅祠

廟貌蕭條峙水湄，孤忠常並岳王祠。只拚繼死酬當國，寧計虚名重盛時？血染御衣懷往事，苔封賜額認殘碑。瞻依願借遊仙枕，示我黄粱夢裏思。

姑蘇懷古

西虹橋下劫灰新，來往胥濤濺白蘋。霸業已銷花徑蝶，錦帆猶滯洞庭春。漫云粉黛能傾國，須信山川也誤人。寄語沼吴休見恨，鴟夷聞道亦沈淪。

同姚經三夜話

秋風先後動征車，懷袖存君尺素書。短鋏共彈霜落後，清樽同把月明初。乘舟敢負剡溪約，得句知探禹穴餘。怪爾久虚前席對，還容登陟滯籃輿。

宋茘裳招同蔣虎臣宋既庭小集聽曲分賦

詞客追歡每見招，四門關定管絃調。歌當細處人偏静，聲故停時韻更嬌。鸜鵒筵前翻樂府，鷓鴣城下泛金焦。身依蓮幕忘爲客，歸櫂空嫌別夢遥。

吼山

蕩漾輕舟問玉川，巨靈開闢迹依然。丹崖翠壁疑無路，錦樹青葱又一天。大壑空從神女鑿，流砂疑自葛仙傳。何堪風雨催行櫂，蠟屐難追太史船。

雲門

踏碎村橋月半天，水重山複淡生煙。乍經鷲嶺千層雪，細聽曹溪一夕禪。法雨散時花影亂，佛燈清處夜珠圓。無端塵土勞勞客，別夢空依白乳泉。

寄別錢亦友湖上

別時籬菊黄無賴，又見江梅雪滿林。雲裏雁鴻驚失序，天涯風雨隔同心。飄蓬生計誰青眼，蕭瑟秋聲入苦吟。惆悵歸舟難共發，相思不語更情深。

發石鏡亭

絶巘憑臨敞翠亭，千秋片石尚含靈。半江月影浮雕檻，萬井煙花冷畫屏。鸚鵡不言芳草緑，鳳凰何處暮山青。傴翁片晌黄粱夢，破卻人間幾醉醒。

竟陵道中

憶昔曾爲白嶽遊，驅車又值此深秋。連年幾見關山月，到處偏牽砧杵愁。五夜霜寒如北地，半生踪迹盡南州。漫憐塞雁頻來往，經歲徒爲粱稻謀。

題王青蓮方子山遊草

歷盡關山欲白頭，唱酬吟逼浣花洲。隋堤柳色看將變，御苑鶯聲聽未休。摩詰新篇真似畫，方干佳句冷如秋。他時同向旗亭醉，應有雙鬟拍板謳。

元夕集葉岫雲署中

屢邀清讌倒金罍，銀榜招攜入夜開。爆竹聲殘驚歲改，傳柑曲盡喚春回。兔凝皓魄藏冰窟，蟾引清光挂鏡臺。惆悵清宵又三五，繁絃急管苦相催。

奉陪葉岫雲遊顧渚恭祀御茶因看周園海棠漫和原韻

河橋新漲亂流波，争覩輕車問俗過。羈客自經湖海慣，宰官偏受水雲多。隴頭春去啼朝雉，驛路花飛擁緑莎。轉憶山陰修禊日，風光偏在越巖阿。

六月望夕同陳屺堂陳扆候令子思啓暨鄧田公鄒滎陽集荷亭泛月紀事次屺堂先生元韻十絶時以偶集未及奉留魏夫子並悵江非訥孟康子之逃席也八首

江城日薄燦明霞，熠熠香生菡萏花。疑是谿頭飛片出，風光引入武陵嘉。

暑氣初微冰簟收，星河耿耿淡雲浮。凭欄人指扁舟去，彷彿秦淮競渡遊。

更聽長年鼓擢歌〔二〕，田田緑葉熨輕羅。幾回艇放光無際，擊碎銀河萬顆波。

典裘貰得酒新篘，爲問奇情何處搜？最是玉繩良夜永，不教浪起動眠鷗。

笙歌漸遠櫂初開，笑語頻煩兩岸猜。驚起老僧禪定後，殷勤相喚點茶來。

何處胡麻別一天？裴航豈易説逢仙？卻教辜負今宵月，自舞荷枝唱采蓮。

江郎佯醉渡清橋，暗指兒家歎路遥。惟笑孟嘉情太減，閉門空自學參寥。

嶰谷吹來月共迎，客中留客見深情。疏豪莫笑狂奴態，意氣原從我輩生〔三〕。

孫中夔

字臥公，號章一。司馬餘庵公第四子也。少聰穎，初就塾，過目誦輒不忘。操觚綴文，驚才絶豔。流寓秣陵，補博士弟子，文名籍甚，四方人士争樂與交。會世運大革，司馬公挈家蹈海，兵戈搶攘中侍膝下共患難者，獨臥公一人。嗣後，每出遊即攜之行，故所著有江、越及楚、粤諸什焉。居家以讓，處物以和，事至共信其無争而不之怨也。性愛蕭閒，常折枝驅驢往來龍眠椒園間，蒔花、植竹于郭西片野草堂，課其子曰琦學成名立，里中咸推爲佳公子焉。憶戊子、己丑之交，振公與予交最善，頗以制舉義相簇礪，既，因文社蜀洛不能，執讒慝之口，幾逮隙末。嗜公晚歲始篤金石交，相與結花會，昕夕唱酬，而未獲與公綢繆。今讀公詩，麗而不靡，質而不俚，歎爲得未曾有。鍾長史之于魏舒不云乎：吾之不足盡公，有如此射矣。

孤山

煙雲深處昔賢祠，乘興扁舟薦芷蘺。滿徑梅殘春雨後，半山鶴唳夕陽時。斷碑已蝕元豐字，遺筆還留逸士詩。和靖有降乩詩廿餘首。熟讀離騷酣飲酒，應教子固發狂癡。山舊有曾子固讀書處。

金山即事

六朝形勝控南天，漫道江東帝業偏。濤舞魚龍吟夜月，山迴烏鵲破春煙。壁門鼓角將軍幕，射圃艨艟戍卒船。擊楫中流懷往事，英雄誰不愧先鞭？

錫山新柳

維纜春堤載酒過，絲絲垂緑覆長河。佳人對鏡新眉歛，旅客臨岐別恨多。細縷受風吹斷岸，舞腰著雨濕寒波。相從爲訊張公子，彷彿當年意若何。

姑蘇懷古

戍角悲涼對夕曛，畫帆錦纜日紛紛。水犀無處尋殘壘，金虎依然擁舊墳。蓮渚臺荒煙際月，屧廊人隔夢中雲。烏棲漫唱城南曲，孤客心酸不忍聞。

雨後宿虎丘僧房 二首

磴閣凌空逸眺偏，寺門流水碧涓涓。當窗雨氣侵綃幕，入夜風聲吼石泉。遊屐踏來苔蘚翠，妓船歸去柳條煙。老僧容結高陽伴，徙倚山樓聽暮蟬。

翠壁蹒跚似舊時，招提零落不勝悲。名山肯倦登臨興，勝地難逢絶妙辭。柳颺垂帘朝試茗，梧深賭墅夜聞棋。興亡風景茫無定，惟有千年悟石知。

贈靈巖繼起和尚并懷檗菴大師

布襪過從未有期，偶來精舍問須彌。嶺雲潤草跏趺夜，茗碗繩牀晤對時。元亮愛花還愛酒，遠公談法不談詩。何年悟得西來意，看取庭前柏樹枝。

岳王墓 二首

高宗陵廟委煙蘿，讀史人猶恨議和。泥馬但圖新甲帳，金牌不顧舊山河。風沙古墓英靈在，戍卒有踐公陵者，其日風霾晝晦。鼓角秋原血淚多。漫道全家同俎豆，兩京未返痛如何？

痛飲黄龍會有期，臨安何事詔班師？金人縱卻書生諫，新主原無帝后思。湖水日吞亡國恨，荒陵深鎖向南枝。縣知成敗關天意，腸斷延祥墮淚碑。延祥，閣名，有宋碑，歷紀公績。

蘇小墓

妓館淒涼錦樹幽，香魂無主翠娥愁。寧從泉路埋紅粉，不願人間賦白頭。妓以十四歲夭亡。夜夜琴聲鴛水月，妓落籍武林，墓在檇李。年年潮汐浙江秋。苧蘿枉有傾城色，難博蘇堤土一丘。

岳王廟

建節年何少，含冤數獨奇。渡河甘馬革，矯詔泣鴟夷。和議生前恨，偏安死後悲。忠魂知戀主，不改墓南枝。

放鶴亭

兩越躭佳勝，東西二隱同。釣魚煙水外，放鶴暮雲中。嚴瀨舟曾繫，孤山櫂未通。到來登眺意，何處問逋翁？

湖心亭

極目斜陽暮，蘭橈且暫停。金牛沈斷岸，宋時有金牛出湖中。錦樹没寒汀。雲起中流白，峯遥入望青。只今歌舞地，勝事在湖亭。

飛來峯

丹嶂穿雲立，崆峒繡碧苔。冷泉沿樹引，寒翠逼衣來。伽葉空中落，蓮華掌上開。冥冥風雨夜，只恐更飛迴。

伍相祠

靈祠威越嶠，瞻仰共躊躇。豈是仇勾踐？惟慙負闔廬。乘潮秋水闊，拂劍暮雲虚。國破西湖在，知公恨有餘。

蔣虎臣先生招同姚經三登秦望 二首

蠟屐同穿虎豹羣，丁丁樵斧半山聞。仄尋石級披紅樹，倦倚危巖墮白雲。松蝕苔斑虬影亂，竹含煙黛翠痕分。秦皇禪岱多風雨，輸我登臨對夕曛。

楓林紅逗翠屏幽，箕踞高吟最上頭。雲脚亂時飛鳥墜，石腰細處暮猿愁。糢糊蔓草登封碣，想像神山采藥舟。久矣無人搜勝迹，我曹重接舊風流。

過李公麟舊址

處士居猶在，園陵宋祚移。山川渾舊日，花鳥自今時。月散芳椒影，煙沈墨竹枝。先生喜種椒，善畫墨竹。閒來搜勝迹，登眺客心悲。

山遊候導及駕候諸子不至

之子來何時？夕陽半明滅。東風昨夜吹，好花落如雪。采采拾瑶華，行行踏玉屑。石磴俯清泉，壺觴隨意設。良朋會有期，佳辰難再得。煮茗坐煙蘿，遲君溪上月。

三月十九日聞杜鵑

啼遍春風血已枯，聽從此日倍踟躕。難消今古年年恨，常傍關山夜夜呼。雲樹傷心迷蜀道，花枝和淚染蒼梧。諸陵寂寞荒苔裏，試問魂歸定有無？

春日別錢西頑回田間

送別山城對夕暉，流連樽酒故依依。已知天地容詞客，何事風波入釣磯？寒夜歌成雙鬢改，春江雪霽一人歸。從兹珍重田間集，郢曲由來和者稀。

爲張子藝催粧

繡箔明璫擁翠軿，珊瑚鉤映月娟娟。簫吹夜露樓頭鳳，粧掠香雲鏡裏蟬。雪以謝孃題更韻，眉因張敞畫偏妍。朝來芸圃如添句，子藝有芸圃集。應有平原贈婦篇。

黄鶴樓侍黄雷岸先生家大人詠

黄鶴高飛向十洲，蒼崖猶剩舊危樓。水沈鸚鵡晴川没，濤擁魚龍碧漢浮。金枕夢酣何歲月，琪花手植自春秋。樓中有睡像，幷手植仙棗。城頭落日西風起，應是仙翁笛未休。

經楚王宫故址

楚宫花草舊山河，極目蕭條感慨多。春井荒煙啼野鳥，秋江寒月弔湘娥。千年鳳闕迷金碗，奕代龍雛委碧波。賊破武昌，悉縛高帝神孫投之漢水。自古興亡同此恨，寥寥三户近如何？

鸚鵡洲

鐵鼓横撾天地哀，追思往事重徘徊。先生擇主應歸漢，魏武何人解愛才？碧血不隨秋草變，靈旗時擁暮雲來。江流如識當年恨，夜夜驚濤吼若雷。

漢江懷古

孤舟落日任飄蓬，擊楫江流恨不窮。騷客珮捐秋浦外，雲妃珠弄月明中。餘皇百道軍容散，組練三千戰壘空。漫説滔滔天塹險，不堪回首大王風。

赤壁詠懷

赤岸晴霞繞碧城，孫曹從此建牙旌。烏棲匝樹無深志，龍戰千年有盛名。破壁久銷金炬火，洶濤猶咤鐵戈聲〔四〕。只今鶴唳亭皋夢，霸業回思一羽輕。

甲辰重過西湖

菰蒲深處重維舟，記得當年汗漫游。垂柳折殘傾國恨，寒花瘦盡六橋秋。斜陽驅馬荒村静，夜月啼烏古殿幽。縱有笙歌喧竟日，淒涼風景客心愁。

贈笑隱上人

老去投閒野外居，芰荷深處即吾廬。豆棚蒙翳防驅馬，曲沼縈迴待放魚。清磬一聲山月起，秋蟬羣噪夕陽初。遥思學士遊僊夜，應馭香風到碧渠。師所居，即蘇學士渠舊址也。

春日送黄瞿園歸省

惜别當三月，寧親此一行。江程催畫鷁，客路聽啼鶯。雲樹離人意，關山故國情。荔枝歸正熟，返櫂及春晴。

乙巳仲夏示别兒琦粤行

家事頻叮囑，謀生爾勿疏。别當三月暮，歸待半年餘。慎疾勤調藥，添孫早寄書。北堂萱草色，好自護庭除。

留别戴二道及

豈是好行役？饑軀且問津。傳經勞課子，餬口愧依人。池夢應相共，家書莫憚頻。晴江千里櫂，雲樹倍傷神。

題季遠之觀奕圖

楸枰分角暮雲天，踞坐旁觀即是仙。曹沫登壇功在劫，祖生攬轡着争先。戰經虎穴難分手，地割鴻溝好備邊。消息箇中誰解得？東山一局破苻堅。

入西山偕玉公茶話竺菴和尚繼至步家大人韻

古寺投閒遠市城，籃輿來處踏雲輕。竹聲晴送涼風爽，山色陰含暑氣清。餉客蔬盤烹紫芋，供僧茗碗斸黄精。向平婚嫁何時畢？到此先深出世情。

步歇堂禪師投家大人韻

爲訪幽居得得尋，青蓮臺上一登臨。摩空翠壁參天出，繞屋蒼松匝地陰。水碓泉舂溪雪亂，山廚蔬剪石雲深。前峯一任來蕭史，香城面對蕭峯。不聽簫音聽梵音。

侍家大人入青原喜晤無可大師 二首

不覺十年别，珠林冒暑尋。危橋騎馬滑，窄徑入雲深。乍晤無多語，相逢只此心。故人難聚首，珍重一披襟。

拈香蓮葉座，旅次祝平安。豈是因人熱？爲愁作客寒。逃禪鄉夢静，懷鋏世途艱。明日維舟處，孤峯天際看。

倒插荆 爲七祖手植，枯已多年，昨以無師挂錫復生三幹，豈師即祖再來耶？

霜雪經千劫，猶餘幻化身。空花無定相，大地有長春。暫共朝葵溘，終回律黍新。曹溪知再世，即此悟前因。

新秋雜感 二首

夜色新涼入望賒，更闌清淚濕悲笳。赤虹望斷經時雨，白雪愁深六月花。瓠子不須沈玉版，河渠已見没黄沙。故園剩有東陵地，歸向吾廬學種瓜。

短鬢蕭疏首重搔，儒生深悔誤青袍。詔除争問黄金貴，賦就空唫彩鳳高。馬槖豈真囊薏苡？張槎不信載葡萄。從今好荷劉伶鍤，世事惟應付濁醪。

舟行即事

一劍飄零客裏身，年過三十尚沈淪。祗因菽水兒全缺，頓累椿廷老向人。驛路應逢椰酒熟，秋風深負荔枝新。世途不信無青眼，漫吼龍泉泣鬼神。

將達虔州

已是悲秋客，兼乘上瀨船。水深纔及尺，路遠動經千。漸近浮屠樹，遥飛戍堞煙。預知棲泊穩，村柝不須傳。

聽斯命卣譚雙江遺事

戍笳淒切咽殘曛，往事猶追萬石君。大宛争馳沙苑馬，昆明空習水犀軍。白虹劍氣衝霄漢，碧血燐光冷暮雲。回首孤城曾百戰，至今野哭不堪聞。

湞陽峽

聞説萑苻阻石磯，即看賈舶往來稀。藤蘿風葉垂千尺，榕樹清陰覆十圍。紈素難捐秋夜扇，刀砧不擣日南衣。杜鵑遍唤春歸去，疑剩珠江春未歸。

乙巳秋日侍大人入南華禮六祖並憨山大師肉相因次總憲龔芝麓先生韻八首

寶林初躡屐，入望白雲封。一衲維摩地，諸天梵刹峯。香煙籠法席，水月淨寒鐘。紫鉢東來後，花開五葉宗。

小憩栴林畔，摩娑榕樹陰。石蟠蒼翠老，山入暮煙深。夙慧文人業，真如古佛心。暫時瞻法器，歸櫂細披尋。

蓮葉空王座，塵心此地灰。拈香因看桂，選勝待尋梅。鉢呪神龍逝，羅張獵獸迴。五燈燃不夜，鈴鐸尚餘哀。

杖錫空林外，銖衣浣石泉。法從東土演，家自范陽傳。臺鏡燈前偈，經牀夜半禪。蹤趺痕未泯，翠壁障雲煙。

獅象峯雙峙，原無先後分。偶然留色相，本自寂聲聞。唳鶴廬山月，浮鷗楚岫雲。廿年重示現，龕啓舊將軍。

已證金仙覺，仍躭玉版憂。鼉珠澄夜月，鴞語肅清秋。法相當身現，皇恩曠代休。曹溪涓滴水，分派萬支流。

入夜繩牀坐，秋山月正明。茶瓜遊子供，麻麥衆僧耕。迦葉袈裟舊，開元玉玦輕。琳宮撾法鼓，雙塔晚風清。

憶昔經行處，拈花便結菴。河橋明夕翠，山郭擁朝嵐。怖鴿棲虛檻，遊魚戲曲潭。香風吹十里，樹樹是優曇。

入廣州喜晤四兄八弟幷送之歸里

故鄉經歲愴離羣，聚首天南話夜分。蕭寺秋花同借榻，客窗燈火得論文。已迴靈運池邊夢，暫慰梁公嶺畔雲。最是老親顏色好，平安先報北堂聞。

贈趙霞湄奉養歸里

禺江忻接憲臣車，九月天南節候殊。瘴海夢回懷陸橘，故鄉秋老憶潘輿。布帆書畫丹楓外，錦幔風霜白雁初。聞説嶺梅開漸近，一時分手重躊躇。

實行上人短歌

遠公挂錫廬陵路，浮杯忽問珠江渡。布地先營選佛場，拈花倒插菩提樹。菩提柯葉碧森森，東西遞搆栴檀林。潭影山光增慧業，白雲春草静禪心。憶昔熊羆初下粤，烽火千林人迹絶。隔浦陰房海上燐，秋原野哭寒沙月。上人入望心慘然，手弄摩尼珠五色。一聲鐘撞天門開，法雨慈雲垂手接。我公氣骨本嶙峋，來往人間六十春。丰神清瘦誰堪似？自寫梅花持向人。淋漓墨妙争稱善，那知公自呈生面？乞得疏枝壁上觀，吳山越水常相見。

閨中看月 十首

綺席金樽碧玉娃，疏陰深處按紅牙。冰輪不逐歌筵散，玉笛吹殘影未斜。席上。

香雲重綰卸蟬粧，入幌穿帷夜色凉。綃幕低徊眠未穩，清光目送轉斜廊。枕上。

冷露微雲碧户幽，玉繩有意逼簾鉤。風光此夜難拋卻，展轉欄杆懶下樓。樓上。

藤蘿疏影覆階除，蟲語聲聲絡緯初。不識玉關今夜夢，隨風曾聽擣衣無？石上。

虬枝曲曲映粧臺，露白煙沈月影催。不定驚濤轟樹底，天河疑泛夜珠來。松間。

簾幕風吹翠色翻，竹間明月最銷魂。琅玕無限森疏意，猶照湘妃舊淚痕。竹間。

小苑寒梅臘後春，梢頭微露月光新。兒家一片憐香意，翠羽休驚夢裏人。梅間。

芳砌微飄舞絮輕，月輪初上雪初晴。若非星斗相參錯，天上人間一片明。雪後。

清光如鏡照窗紗，聞道秋來月有華。款步空庭紅袖濕，纔知衣帶染霜花。霜後。

雨歇梧桐已二更，銀河耿耿露華清。惱人天氣真難料，放出冰丸入夜晴。雨後。

望羅浮有感

蜃雨蜑煙黯不開，愁心空對越王臺。名山不及尋幽入，秋水徒勞放櫂來。香界久荒鸜鵒盡，丹丘深閉鷓鴣哀。嘈嘈翠羽梅花樹，贏得遊人夢一回。

豐湖懷古 二首

渚清沙碧古循州，爲侍籃輿竟日遊。海氣接天常作雨，蠻風入夜便無秋。灣空明月紅蕖滿，嶂冷披雲翠蔓幽。勝事即今寥落盡，春花不信有扁舟。豐湖一名西湖，爲坡公舊築。

危橋石翠漾晴空，薄暮登臨思不窮。城市漸殘兵火後，雲山已盡客途中。荒祠遺像餘春睡，古寺寒煙寂曉鐘。公有『爲報先生春睡足，道人輕撞五更鐘』之句。辜負解犀留勝迹，風流逸興有誰同？

經朝雲墓 二首

烏啼荒壟没平沙，憔悴朱顏冷暮霞。白法渠應空世相，青山我自弔才娃。香魂夢斷蠻鄉月，薄命愁深瘴嶺花。惟有平湖春水緑，年年蘋藻薦鉛華。

莫嗟侍妾倦沈淪，半偈如來幻化身。團扇竟抛行雨夢，舞裙不礙散花人。煙沙極目湖山改，歲月傷心蔓草湮。岑寂不堪追往事，箪牀簫譜倍傷神。

乙巳侍大人客槎江寓崇報寺守歲

宵柝聲催燭影斜，老親柏酒共天涯。園桃不信冬垂果，籬菊驚看臘綻花。鄉信何時傳驛使？春風依舊入人家。趙佗城畔休回首，客裏蔬盤度歲華。

丙午隨大人入潮宿通衢館驛次愛梅亭壁間韻

欲寄梅花驛使稀，迢遥馬首颺晴暉。蠻天海色春初到，秦嶺山光鳥任歸。蓬矢不須愁汗漫，筍輿且共對芳菲。何時刻漏隨仙仗？帝里垂鞭柳絮飛。

藍關懷古

碧檜蒼松映晚晴，先生廟貌自峥嶸。不因雪擁孤臣馬，安得忠傳侍御名？骨肉悲歌情倍切，鄉關險阻恨難平。當時諫佛曾何意？肯逐仙車赴玉京。

循江舟次喜晤雲間張子退子炎昆仲

年來歸臥碧山阿，同客天南意若何？瘴嶺梅花鴻雁少，晴江榕樹鷓鴣多。旌旗永日聽吹角，羽檄無時息荷戈。聞説鳳城春色好，且登絶頂待鑾歌。

春日拜别大人之程江

别向梅州一櫂行，渚花汀草片帆輕。雲山客路春正月，煙雨鑾鄉夢五更。旅次風寒煩絮語，老年骨肉倍關情。臨岐更囑彈緱暇，莫輟窗前夜讀聲。

贈洪暉吉明府步史立菴太史韻 二首

有兄同譜籍，賓馬曲江鞍。似我干人拙，如君作吏難。青樽聊共慰，白眼任相看。官署閒吟暇，時時問竹安。

君才非百里，驥足正難量。載酒時驚座，瞻雲日憶鄉。雨餘芳草潤，風過墨花香。治狀如清問，終知即墨良。

别洪碧槎明府

春江千里路迢遥，春山二月鳴鴟鴞。禰生懷刺何所遇？人情險似太行之山高。丈夫落拓竟如許，龍泉吼處驚風雨。越江才子獨翩翩，意氣文章邁千古。出牧程封有異聞，金魚紫綬稱神君。余也拏舟恰相值，感君傾蓋誼如雲。鏤管淋漓五色花，人人奇字問候芭〔五〕。兒童竹馬嘶芳甸，弟子笙歌隔絳紗。今時强項難爲吏，風塵碌碌空憔悴。五柳先生何許人？肯事區區五斗計？故園松菊足幽討，一聲長嘯天地小。賦就淵明歸去辭，鷓鴣啼破青山曉。屈指長安待奏除，暫時鄉國奉潘輿。官閒日永詩兼酒，宦橐風清畫與書。驪駒倏忽歌當席，杜宇催人歸去疾。别來如念薜蘿衣，莫惜梅花慰消息。

丁未仲春示别兒琦姪瓌侍大父越遊

燈火年年郭外廬，家貧累爾亦驅車。征途不慣長爲客，郵驛須教數寄書。枕共秦淮春雨夜，衣添江上曉風初。禹陵金簡多奇字，弟唱兄酬興莫疏。

九華陰雨

曲曲高登最上頭，摩空陰雨客心愁。蒼崖煙暝層層寺，紅杏花開處處樓。碧澗尋來俱勝迹，金沙隨地是丹丘。獨憐供奉多遺詠，此日無從問舊遊。

雨中楊嘉樹過訪因攜襆被留宿分得虞韻

故園三載別，離夢兩人俱。著屐尋僧寺，敲門扣酒徒。江程催去雁，春雨濕棲烏。慢策陵陽馬，陰雲尚戒塗。時嘉樹將訪姚六康明府于石埭。

黄左之攜尊過訪招董丹伯楊嘉樹懽飲竟日分十三元

亭午清陰滿苑繁，藥欄深處一開樽。尋芳客到常題壁，看竹人多不掩門。日落天連山翠色，雨餘階潤石苔痕。寥寥知己難同醉，酒散江樓戍角喧。

秋浦僧寺喜晤汪惟肖

江郭鶯花五月天，逢君客路倍歡然。錦囊詩卷消清晝，馬帳琴書載畫船。東閣高吟才子共，南皮勝會故人憐。勞勞亭畔垂垂柳，折贈相思記七年。

贈徐月鹿銓部

藻鑑冰壺畫鶴廳，十年簪筆侍彤庭。班聯薇署陪鵷鷺，疏乞蘭臺慰鶺鴒。江驛乘潮春水碧，山城攬勝暮煙青。宮雲御柳啼鶯日，曾與吾兄並馬聽。

贈姚六康明府

憶昨循州覽勝還，君家兄弟共懽顔。已知綰綬陵陽麓，何幸班荆秋浦間。客到論詩先命酒，官閒行部只看山。子明丹溜多遺迹，仙吏如今許再攀。

山足上人入華巖院詩以贈之並趣無可大師振錫東來紅樹秋山當茗話藤蘿石上也

鉢囊千里自廬陵，石窟招提最上層。講席花飛天外雨，祇林樹簇霧中燈。六時齋鼓還供佛，萬疊煙巒合住僧。况有遠公棋局在，故山蓮社待重興。

舟過彭澤弔淵明先生

彭澤彈丸邑，千秋獨擅名。去官存傲骨，嗜酒識深情。身世高懷放，江山醉眼明。蘋蘩遥致奠，今古一先生。

江行即事 二首

萍梗浮生計，狂歌對碧空。田家秋樹裏，津市暮煙中。野曠天無月，江行夜阻風。半聲何處磬？隱隱佛燈紅。

潯陽看咫尺，曳纜困長年。江驛程無定，秋聲客可憐。微茫煙市迥，摇颺戍旗偏。舟子頻相慰，潮平穩放船。

江州僧舍

勞勞湓浦櫂，僧榻暫時休。山月銜匡阜，江風撼庾樓。鐘□琳閣夜，衣擣玉關秋。只恐商人婦，琵琶引客愁。

抵武昌

八年前泛武昌舟，芳樹迷離記昔遊。漢水依人偏儉歲，楚天作客況逢秋。牙旗月照新鈴閣，碧蘚煙清舊寢樓。憑眺興亡無限恨，淒涼風景不勝愁。

仙棗亭煙月歌

仙樹蟠根突天起，虬枝受月輕煙裹。遊人愛月不肯回，銜杯取醉煙樹底。煙中玉笛梅花弄，風流都付黄粱夢。夢回鶴背舞翩翩，古往今來何歲年？仰天狂呼嘯一聲，我欲乘風御赤鯨。丹亭棗熟知何日，一望長江秋水清。

壘石曉發

幾年思破浪，今日恰乘風。戍柝寒塘側，征帆夕照中。輕鷗低掠水，俊鶻勁摩空。十月湘南路，初看木葉紅。

喜晤大錯和尚 二首

世外蕭然自隱淪，白雲深處乞閒身。南天猶幸留詞客，西土何嘗禁酒人？兩代論交情不淺，三湘投袂話偏真。回思大阮談兵日，夜半鵑啼倍愴神。

萍梗他鄉生事微，相逢瓢笠是耶非？山川回首新蓬鬢，關塞傷心舊鐵衣。雪滿巫峯猿嘯慘，雲連湘水雁來稀。老親夙有尋幽興，春草禪房待扣扉。

仲夏周伯衡邀仝方田伯從子大蘇過百花洲偶成二律用李梅公先生壁間韻

東湖留勝迹，暇日共追尋。籬落環蔬圃，煙波帶竹林。岸花僧院午，堤柳釣船陰。脱帽憑箕踞，微風上客襟。

幽人棲隱處，半圃築湖隈。蘇公亭即雲卿舊址。遺碣煙中立，虚窗水面開。鐘聲穿樹出，鳥影上花來。俱是高陽伴，山僧莫浪猜。

癸丑春日偕姚望侯戴導及周信臣諸子集且園有感

啼鳥聲聲傍藥欄，强從郊外一盤桓。春光偏向愁人老，花事難將淚眼看。好友縱歡還慘淡，新詩重和倍辛酸。憑高知有西州恨，謾説登臨興未闌。

題方有懷便足樓 二首

關山烽火事多違，有客幽居静掩扉。半嶺雲連高鳥下，平湖風送遠帆歸。避人卜築依先壟，乘興登臨駐落暉。會得猶龍知足意，此中堪息漢陰機。

白社招尋素有期，藍輿曾此共追隨。雨窗啜茗深談易，春墅銜杯快賭棋。繞砌遍添新種竹，磨崖往看舊題詩。興公亭館荒涼甚，莫厭頻頻過習池。

片野書示兒琦 二首

風雨一燈夜，琴書愜素心。榴花當户豔，竹影閉門深。薄暮牛羊下，微晴鳥雀吟。凭高閒眺望，何處不沾襟？

祖武繩非易，孤懷鬱未平。亂煙團野色，急雨壓書聲。月旦聽斯世，春秋自一經。摩天雙翮健，怒隼御風行。

秋聲到枕月影横階葉落亭皋蟲吟砌壁痛空幃之寥落感一室之孤悽夢冷湘絃淚零莊缶漫抒幽恨聊寫離愁追贈婦之篇不禁腸斷續悼亡之什惟覺神傷代楚些以招魂冀雲車其來格　八首

記得秦淮拜雁年，香雲璧月暮江天。捧匜曉日諸姑次，問寢長宵二佛前。汝自粧臺拈繡譜，我從木榻校芸編。蕭蕭白髮傷零落，又值悲風咽斷絃。

三十年來共唱隨，持家累爾日攢眉。乘潮東海花鈿失，避寇南天翠羽遺。已幸生還依阿母，何緣亂後得吾兒？相期白首聽雝雁，二月春風永訣時。

絮語家人意黯然，啼聲嗚咽倍堪憐。支牀露冷愁中夜，擣藥燈殘夢裏天。繈抱稚孫經百日，難忘孀母是衰年。即今一案憑誰對？腸斷山花哭杜鵑。

衆香國裏悟蓮華，偶謫人間佩六珈。繡閣一燈添佛火，珠龕半偈屈僧跏。無生難覓丹砂液，多病偏開藥樹花。縹緲雲軿君自得，阿誰同挽鹿門車？內人茹素奉佛，回首端坐內寢，誦觀音名號，跏趺而逝。

十二年前病莫支，繞牀兒女涕交垂。祈齡露立焚香夜，錫紀天憐續命時。纔幸危軀誇勿藥，翻因微疾竟長辭。縱横兩淚千行下，寒暑從今只自知。內人于丁未年疾篤，兒琦籲天禮斗，次女刲股和藥以進，霍然病起。

秋風蕭颯撼孤幃，步幄珊珊是也非？螺匣塵埋摧玉鏡，鈿臺香散冷春衣。招魂難望離魂返，懷夢偏逢夜夢稀。羡殺雙星天外渡，人間空剩舊支機。

分袂春宵淚滿襦，班姑遺訓足規模。願從此日皈蓮座，誓向他生斷藥爐。課子讀書繩祖武，戒予學道撫孫雛。離腸萬縷情無盡，啼殺中庭夜半烏。內人語予：『此生多病，他生皈依大士，力斬病魔。』遺訓兒琦發憤讀書，不可迷失。

姻親話别共綢繆，憶弟看雲隔海州。內人惓惓以弟樾公遠官淮南爲念。棣萼摧殘今夜月，芙蓉落送一年秋。憐予已恨分鴛侶，痛爾何時卜菟裘？碧海青天應抱恨，離鸞别鶴不勝愁。

片野紀事

夢回春草雁行斜，年逼知非兩鬢華。山静坐聽鐘出樹，夜深閒對月當花。嶙峋石色眠苔翠，寥落書聲伴暮鴉。遥憶老親扶杖處，子規啼破碧天霞。

方素北納姬秦淮賦贈 二首

移來桃葉出長干，玉茁庭階待夢蘭。衾抱三星遲夜月，衣分半臂試秋寒。蟬粧翠拾釵頭燕，螺黛香生鏡裏鸞。自是君家有鍾郝，短轅長麈不須看。

合懽堂上正銜杯，更有雙姝倚鏡臺。涼入清秋燕玉煖，光摇明月夜珠來。黛分山翠眉如畫，香逗庭荷蒂並開。孔釋自應親抱送，何煩弓韣問高禖？

送三姪馭劉之蕭山兼寄姚非庵明府 二首

西陵遠涉重躊躇，送爾霜風十月初。作客寒江憐病後，依人旅夜惜冬餘。湘湖蓴味香無似，越水花陰錦不如。最是慈帷離思切，平安早寄故園書。

曾共而翁買畫船，同看潮汐浙江邊。秋霜鬢染愁中夜，春草腸迴夢裏天。柳絮吹時須返櫂，柘枝舞處勿生憐。縣知宦況清如水，莫向姚崇乞俸錢。

方東來招同飲光扶升龍友峙匡飲吼雲亭分山門二韻

爲訪林居一扣關，芰荷香裏共追攀。名花遍乞沿三徑，怒瀑平分響半山。隨處傳杯堪縱目，無時臨水不開顔。綠雲曾入幽人夢，留得蒼虬碧蘚斑。門有古檜二株，已爲匠石所搆。東來夢綠雲入户，偶過其地，償金留樹。

古澗寒流漱雨痕，煙巒深處擘雲根。遠羅奇石支當户，細引飛泉曲繞門。竹徑鳥啼亭午樹，秧田農唱夕陽村。樓臺取次經營就，莫厭頻來醉檜軒。

戴研

字導及。崇禎末諸生。少孤，能自樹，舅父孫司馬餘庵公甚器待之，延致西塾課子弟。公博聞彊識，才思風發，落筆如蘭苕翡翠，觸目鮮新。嘗僑寓秣陵，與方民部若琠、吴文學德音、方處士授、臧孝廉天格及予五人爲聞鷄堂文會，其雋思幽致，秀絶人寰，輩行皆人人自失。兄山民以順治辛卯舉于鄉，官成都令。論者咸以修五鳳樓期之，迄不遇，餼于郡庠二十餘年，將赴廷對而歿。母夫人青年矢節，壽踰七旬，恆以未被旌典容有感而色有墨也。今其長公詩能竭蹶請于當路，迄成公之孝思，其亦可慰藉于九原乎？所著詩篇輒隨手逸去不存槀，古文辭亦淹雅可誦，吾黨中之畏友也。

魯仲連

强嬴噬六國，所恃虎狼羣。先生志俶儻，忼慨卻其軍。丈夫意氣貴，黄金何足云？監門與屠狗，世上空紛紜。何如魯仲連，談笑立功勳。英聲冠九牧，高義薄層雲。誰爲徒步者？緩急固難分。浩浩東海波，可以挹清芬。

嚴子陵

白水有真人，奮迹舂陵里。列宿一時曜，戮力平天紀。先生本客星，淪落滄江水。冠蓋盛如雲，視之同敝屣。築室大澤邊，垂釣陰崖裏。東都車騎來，傳呼爲不起。入宫詢故人，安知朝天子？共卧亦尋常，何爲驚太史？吁嗟洛陽城，雲臺半傾圮。如何桐廬山，至今猶崐崘？

嚴君平

入山何必深？涉水何必廣？大隱在人間，悠然脱塵網。抱道悟龍蠖，詮易超象罔。端策理既精，著書識何朗。與物幸無競，繕性得所養。日暮垂簾時，悠然發玄想。

游仙詩

鍾山饒奇石，丹立産靈苗。人生寄一世，奄忽若風飈。我懷王子晉，控鶴上崇霄。姮娥揚妙曲，嬴女弄清簫。雲車屢升降，絳節自飄摇。封山嗤漢武，入海笑燕昭。高步風塵外，長揖謝盧敖。

春閨思

玉階日影當花壓，龍麝薰煙浮寶鴨。弓鞋款步畫樓西，碧玉搔頭斜鬢插。流黄纖月冷空閨，蝦鬚簾捲弄金徽。芳草黦粧沾粉蝶，菱花明鏡换羅衣。寶屏繡幕銀鉤控，燕啄風箏驚午夢。葳蕤静院鎖春光，胭脂淚濕蟬紗重。憶昔相逢翡翠樓，春風步幛紫綈裘。刺繡雙花銀屈膝，盤龍百尺錦纏頭。茱萸黼帳鷄聲曉，睡起蛾眉常淡掃。綺羅燈下影徘徊，簫管風前聲縹緲。自君白馬去章臺，金鐙嘶風去不回。錦字袖中明復滅，衡陽書斷雁空來。雁來時節郎歸否？願逐香塵郎馬首。綺縠花錢翠帶垂，憔悴纖腰細如柳。羨殺東鄰輕薄郎，年年相對守閨房。

放後山居雜感 二首

谷口幽棲處，行歌正掩扉。清風蘭蕙帶，疏雨芰荷衣。俛仰才原拙，浮沈命實違。平生飛動意，默默對斜暉。

秦國書難上，齊庭瑟未工。饑寒常氣盡，奔走易途窮。壯志空投袂，浮生任轉蓬。升沈何必問？我意學冥鴻。

采石弔李供奉

李侯有遺廟，零落在山阿。曠代空文藻，陰崖自薜蘿。佯狂悲世亂，飄泊恨才多。俯仰風流盡，銜杯一浩歌。

聞雁

嘹嚦霜天鴈，分飛到隴頭。銜書來漢苑，排陣下滄洲。影落三江月，聲傳萬里秋。關山征戍客，一夜動邊愁。

憂旱

赤地應千里，三農重可哀。雲蒸都似火，電掣只空雷。澤國多鴻雁，原田半草萊。自憐生計拙，憂意總難裁。

太白晝見

太白晝猶見，兵戈氣未消。去來隨赤日，芒角射青霄。北極光凌亂，西山影動摇。冥冥氛祲在，憂思到漁樵。

少年行

結客邯鄲道，翩翩事遠遊。打毬來紫陌，挾彈過青樓。翠袖調銀管，雕鞍控玉騮。酒闌多使氣，不拜大長秋。

春閨怨

玉階紅葉潤，雕翠紫煙浮。蝶粉沾紈扇，鶯啼入畫樓。曉粧開鏡匣，春睡下簾鉤。欲寄梅花使，丁寧到隴頭。

宫月

桂魄升銀幌，冰輝入畫樓。昭陽通夜笑，長信一人愁。倚户看金鏡，凭欄望玉鉤。風光今夜好，應到未央游。

樓月

仙瀣凝朱户，明雲麗碧霄。緗簾摇素影，綺閣動輕飈。星漢當檐落，天香拂檻飄。宫中秦女在，閒坐弄清簫。

庭月

蟾光明翠竹，姮影動庭柯。空檻凝朱露，疏簾映絳河。秋聲三徑滿，雲氣九霄多。隱几愁難寐，娟娟奈爾何？

關月

平野雕旗捲，嚴更畫角稀。寒光馳玉塞，夜色照金微。邊戍應吹笛，關山正搗衣。今宵看望落，萬里共清輝。

閨月

碧宇銀河淺，瑶階玉漏殘。流光生樹杪，疏影出林端。露重羅紈濕，風飄翠袖寒。鎖窗人不到，愁倚畫欄杆。

同方繡山方鶴巖飲郝慎弓別業時王姬在座

名園幽絶處，不異在郊坰。樹簇雲邊鳥，煙籠水畔亭。苔深三徑緑，竹散一簾青。素手胡姬在，清歌佐酒醒。

烏江懷古

古廟荒原裏，登臨悵落暉。風雲回石壁，陰雨護龍旂。百戰雄圖盡，千秋伯業微。江聲如叱咤，想像翠華歸。

長干寺晤鄧叔奇兼感舊游因憶余澹心卜居金閶並寄

同君執手秣陵秋，十里長干憶昔游。萬事滄桑新鬢髮，五陵裘馬舊風流。名高白社知才子，貧卧青門識故侯。卻憶故人天際外，年年家在白蘋洲。

金陵十五夜對月

處處樓臺動晚晴，畫船簫鼓自聲聲。碧天江漢金波爽，白露梧桐玉苑清。雲氣遠浮雙闕麗，風光偏傍九霄明。最憐摇落江南客，面面憑欄發旅情。

石城晚泊

輕舠初繫暮潮横，兩岸魂消畫角聲。細雨孤帆楊子驛，殘陽衰草石頭城。飄零壯志空奔走，荏苒年華老甲兵。回首秣陵歌舞地，煙波東去不勝情。

送孫大振公之雲間

三月清江首重違，五湖煙雨正霏微。城頭落照催行旅，河上輕風動客衣。鐵甕潮來春水闊，金陵雲散故宫非。鄉園更有漁樵者，好趁秋帆入鉤磯〔六〕。

壽方鄰汝母夫人五十初度

曉起春山隱翠微，喬松臺畔鶴南飛。花間燕子巢金屋，竹下鵷雛繞繡幃。庭户自生三秀草，枌榆常挂六銖衣。閨中一片流黄月，夜夜寒窗照素機。

雨中燕子磯渡江

蘆花楓葉晚悠悠，淅瀝沙汀散白鷗。岸外秋濤迴石壁，雨中煙樹露皇州。雲連海色牙檣動，風起江潮錦纜收。爲問繁華何處是？數聲漁笛起芳洲。

登維揚舊城懷古

孤城一望海天開，千里濤聲擁座迴。雲樹關心常對酒，川原縱目獨登臺。錦帆寂寞魚龍冷，玉殿荒蕪鳥雀來。何事興亡偏此地？斜陽衰草共徘徊。

舟次邗江感懷

寒雲蕭瑟片帆收，江草江花動客愁。瓜步濤聲常帶雨，廣陵山色易爲秋。已拚湖海供多病，漫逐風塵故倦游。寂寞仲宣懷土意，不勝摇落賦登樓。

廣陵弔史相國

平林煙雨正蒼茫，相國孤忠碧草芳。血已化鵑啼蜀道，人應騎鶴去遼陽。包胥只效秦庭哭，諸葛誰知漢鼎亡？我欲招魂何處問？空餘清淚濕衣裳。

送大兄公車北上

帝城高處五雲多，曉發征軺思若何？萬里關山驚白髮，一天霜雪度黄河。吾兄意氣非裘馬，阿弟風塵老薜蘿。聞説燕臺頻市駿，莫將伏櫪怨蹉跎。

除夜

隔林殘雪隱高城，滿苑梅花入座清。濁酒淹留兒女態，孤燈摇落歲時情。春風雁影歸千里，寒雨鷄聲唱五更。腸斷東鄰歌吹夜，年來年去只心驚。

元旦

椒盤頌罷益淒其，愁絶元晨玉琯吹。淑氣漸深萱草色，春光偏入棣華枝。每逢令節多風雨，自到幽居忘歲時。何事年光流轉易，不勝憔悴髮如絲。

人日

彤雲連夜滿山家，寂寂空庭噪晚鴉。鬬巧曾無金作勝，消愁但有燭爲花。寒生小閣梅枝瘦，風透疏簾竹影斜。惆悵自憐黄髮暮，一樽相對惜年華。

元夜

天晴晚色浄銀河，愁聽春宵子夜歌。萬井樓臺燈火盛，千門簾幕管絃多。且將嬉燕消杯酒，懶逐繁華對綺羅。歸去壺觴莫辭醉，風光無奈月明何。

贈方繡山民部

清時起草漢明光，衣袖常沾御省香。才是殿中金馬客，名高天上紫微郎。偶持使節臨南土，曾輓軍儲到朔方。早晚鳳毛還獨步，何人重擁度支章？

真州署贈左鶴巖

公車三上路漫漫，歌罷陽春索和難。夜閲圖書炊杖火，朝搴苜蓿置蔬盤。囊餘白簡傳家學，被有青氈衛母寒。何事故人零落甚？江湖空老釣魚竿。

客廣陵病中偶吟

旅舍孤燈早閉門，愁聞風雨泣黄昏。饑寒自覺顔非昔，貧賤空憐舌尚存。海内詞人原薄命，天涯病客漫招魂。因知不死甘漂泊，千載寥寥一飯恩。

京口舟中即事

野曠天清駕雀航，煙波迴首更蒼茫。蕭蕭雁影横秋水，歷歷漁歌送夕陽。寂寞空村來鳥雀，高低新冢下牛羊。憐余蓬鬢滄洲老，風物年年欲斷腸。

歸自廣陵再登燕子磯臨江高閣

躋攀石磴鎖岧嶢，雲樹參差近碧霄。隔水樓臺籠晚翠，縣崖鐘磬落江潮。清秋畫角聲縹緲，滄海朱旗影動摇。愁殺湖山俱牧馬，煙波何地著漁樵？

宿李素公山房

蒼茫平楚大湖濱，竹几匡牀足隱淪。覆塔藤蘿疑鶴蓋，傍崖松樹似龍鱗。三春風雨眠荒寺，十里雲山托比鄰。知有茶瓜能餉客，只今來往莫辭頻。

過友人隱居

五松山下逸人居，擁膝高吟總宴如。小市喧囂常閉户，高樓疏豁穩藏書。香沈茗碗論文久，花隱棋枰罷講餘。最是佳兒貪夜讀，竹窗燈火倍憐渠。

贈錢西頑先生 二首

瘴海初歸華髮新，飄然瓢笠出風塵。天涯猶幸留詞客，佛國何曾禁酒人？易以難餘添醒悟，詩因老後愈清真。樽前此日重相對，卻憶鷄窗聽雨晨。

平生屈指忘年友，亂後俄驚見面稀。一別誰憐家國破？重逢卻訝姓名非。囊餘湖海新詩句，篋有雲山舊衲衣。見説吳中多勝事，徜徉蝦菜漫忘歸。

喜兄令及秋捷 二首

兄弟追隨情更親，同時懷抱共嶙峋。十年屈指成雙雋，羣從登科又一人。風雨莫忘連被日，鶯花好趁上陽春。但令伯仲彈冠遍，拚著漁蓑老釣綸。

幾度臨風刷羽翰，同棲忽向九霄看。飛騰羨爾文章健，貧病憐予骨相寒。世路已知雲壤隔，人情偏覺笑啼難。從兹莫問升沈理，老去功名興漸闌。

孫位三移居澡青山莊 三首

澡青山下鹿門居，閉户經年賦遂初。生計遍營纔任拙，世情垂老合教疏。葵園果熟從人打，藥圃花稀課婢鋤。四十已過應爛醉，比來戒酒意何如？

竹松深院緑陰繁，想見先人搆造恩。門以看山重改向，堂因留客别開軒。梁鴻有婦能操作，荀氏諸郎解討論。即此已知清福厚，些些惆悵是名根。

浮雲變幻竟何常，底事臨淵羨不忘？最合時宜惟貨殖，久拚人棄是文章。老知薑桂情難强，貧覺齏鹽味更長。惟有商量偕隱計，君居東陌我南岡。

瓶梅

幽花競向膽瓶栽，豈是秦關庾嶺梅？濃淡黄裙萱草鬭，依稀紅袖美人來。不須藉葉扶持出，也覺衝寒爛熳開。借問羅敷誰得似？暗中一樣被春催。

雜感 三首

牙檣錦纜鼓逢逢，滄海旌旗曉蔽空。茂苑荆榛殘夜雨，長陵松柏哭秋風。橐駝銜尾來燕市，苜蓿垂花滿故宫。丹帳珠簾今寂寞，斷煙衰草咽寒蟲。

翠微宫鎖玉繩低，綵鳳天書印紫泥。江上六軍同駐馬，舟中半夜厭聞鷄。淚和粉黛沾紅袖，醉飲葡萄舞白題。漏鼓嚴更人罷唱，饑烏飛過女牆西。

罘罳金雀護晴曛，鼓出章溝晝漏分。赤杖未傳銅馬帝，畫船空部水犀軍。歌殘玉樹宫中夜，舞散蓮花葉裏雲。斜抱琵琶彈出塞，胭脂淚下石榴裙。

九日

蒼蒼雲樹靄斜暉，獨上荒臺問蕨薇。風雨二陵人北望，關山千里雁南飛。孤城落日吹寒角，九月清霜點客衣。最是蕭疏蓬鬢改，菊花何用滿頭歸？

哭方子留 三首

平生求友獨君先，屈指交情二十年。世運滄桑俱足痛，美人黄土最堪憐。逃吴心事同梅福，蹈海高風似魯連。我有千行知己淚，幾時傾灑白雲邊？

神清骨瘦映冰壺，況復驚人才更殊。只有文章成薄命，遂令天地盡窮途。江湖剩有新詩句，風雅難忘舊酒壚。曾錫嘉名同博浪，不知公子報韓無？

當年流寓石頭城，咫尺從容略送迎。笑傲差同嵇阮興，風塵早訂祖劉盟。只緣破國傷懷抱，常作飄蓬隱姓名。何事東遊魂不返？珠崖山下暮雲横。

豔曲 二首

翠箔紅樓護夕曛，香爐石葉最先焚。朱絃欲撥依流水，鐵笛横吹散暮雲。粉蝶莫迷芳草鬢，黄花應妬石榴裙。東方陌上秦家女，金雀翹翹顧使君。

小築粧臺住若耶，蝦鬚簾外碧油車。香街寶騎嘶秋草，鈿閣胭脂畫曉霞。對鏡漫梳蟬翼鬢，調絃初染鳳仙花。歌成緑水催檀板，好抱箜篌問月華。

元宵

梅花帶月散輕寒，綺席傳柑興未闌。翠管銀筝樓上語，星橋火樹雪中看。佳人鎖閣扶紅袖，寶馬香街拂玉鞍。聞道漢宫祠太乙，蓬萊歌曲奏仙壇。

灊峯閣俯瞰大江

最高樓閣倚江隈，曲檻含虛倒影迴。雲樹乍迷還乍見，風帆時去亦時來。地分吴楚濤聲合，日抱黿鼉曙色開。自是上遊稱重鎮，安危曾仗濟川才。

送鴈

嘹嚦江天旅思闌，銜蘆歸去怯輕寒。洞庭水漲衝波起，衡岳春深過嶺難。故國敢辭征路遠？搶榆偏覺此身安。冥冥莫道飛鳴易，矰繳連天著眼看。

迎鵑

庭院深深鎖碧苔，聞鵑徹夜眼頻開。啼春每向枝頭入，叫月偏從枕上來。恨比蒼梧斑滿竹，心非蠟炬淚難灰。最憐左右如花女，無復粧成繞鏡臺。

聽鶯

黄鶯驚起午餘眠，不分嬌啼語太緜。林木深深時隱見，歌喉嚦嚦故匀圓。笙吹緱嶺誰爲伴？簫滿秦樓即是仙。獨有吾宗饒逸興，雙柑斗酒頓忘年。

納燕

泥梁何必是盧家？簾户微通豈用遮？幾向柳邊粘落絮，時來檐際蹴飛花。只因恩義憐闕盼，敢以輕盈鬬麗華？好去烏衣尋舊壘，漫隨蜂蝶故排衙。

調鶴

放鶴亭前好問踪，九皋清唳月明中。著來縞素通身白，煉就丹砂一點紅。飲啄衹應憐處士，雲霄那忍别司空？知君自是鴛鸞侶，縱入鷄羣迥不同。

贈張敦復宗伯 六首

才子承恩侍玉除，蘭臺聲價重璠璵。寅清自典春卿禮，中秘仍繙太史書。甲第已知連禁苑，掖垣更喜傍宸居。柏梁賡和原同調，不待金門獻子虚。

十年視草漢明光，炬撤金蓮照玉堂。家學難忘是清白，國恩思報有文章。嘗來御饌親分減，賜出宫衣稱短長。休澣足膺前席待，憑君早促舍人裝。

靈和寶柳正葱菁，風度依稀似九齡。侍從北門催應制，從容東觀坐談經。醉餘學士難勝酒，明宋文憲公侍宴，有醉學士之歌。覆卻奎文尚有亭。明宣德□製七言詩賜王淮之作奎文亭覆之〔七〕。曾向御書樓下過，榮光夜夜燭青冥。

極目南雲想故山，一時揮手謝朝班。主恩暫許親營葬，天語頻傳及早還。裝束圖書惟半載，搆成樓閣只三間。亦知光寵施泉壤，應念蒿莪不放顏。

尺五天邊曳履時，黑頭公輔定相期。祇緣清慎心如水，漸覺勤勞鬢欲絲。帝簡敬輿爲内相，□□在翰林，當時謂内相。人言蘇頲有佳兒。趨朝不用雲屏隔，已共鵷雛入鳳池。

乞歸詔許挂帆行，杜詩『乞歸優詔許』。鄉黨人誇晝錦榮。夾道喧闐徵世態，一壺冰雪見君情。升沈迥隔雲泥路，風雨寧忘杵臼盟？不是狂夫疏懶甚，自憐衰謝怯逢迎。

哭孫易公 十二首

才人客死在殊方，欲問巫咸正渺茫。我有千行知己淚，莫須鄰笛一沾裳。

兄弟情親倍篤時，卅年心事歲寒知。那堪痛哭元方後，又見荆花折一枝。

赤幟鷄壇盛五湖，同時才調似君無。題名不屑春宫榜，别有紗籠在蕊珠。

盛時叢桂已曾攀，偶屈南宫竟不還。似我半生窮且賤，猶拚生計蠹魚間。

清秋伏枕薊門城，力疾翻爲塞上行。一出居庸魂不返，鴛鴦泊上暮雲横。
君在燕山舅在吳，天涯音信總糢糊。歸來不忍過嬴博，望見臺封淚已枯。
消息傳來是也非？舉家相顧淚沾衣。嬌兒不解扶牀哭，只説燕臺去未歸。
雁行中斷倍傷情，老友情兼弟與兄。只爲慈親腸易斷，寢門欲哭又吞聲。
落日秋風匹馬遲，河梁執手送君時。臨岐不盡殷勤語，一别那知是永辭。
十載京華行路難，頻將尺素報平安。只今風雨孤燈夜，磨滅牀頭不忍看。
去時擬作金門客，豈料歸來廣柳車。檢點遺編開篋笥，最傷心是萬言書。
石榴花發滿庭除，舊是孫郎此讀書。玉軸牙籤零落盡，梁間蛛網壁間魚。

紫燕

紫燕雙雙入翠樓，芹泥香惹玉簾鉤。盧家宅裏梅梁好，飛去飛來傍莫愁。

黃鸝

黄鶯歷亂舞春風，翠領金衣何處逢？二月低飛芳草外，一羣嬌唱柳陰濃。

杜鵑

望帝春心久未還，空留蜀魄在人間。數聲血淚花枝滿，恨與蒼梧一樣班。

蝴蝶

紺縷緗紋並翅飛，花叢芳徑自依依。豈因韓掾偷香入？疑是何郎傅粉歸。

梅花

玉骨冰姿何處裁？參横花影上莓苔。莫言風雪關山冷，曾向征人笛裏開。

校記

〔一〕掉　當作『棹』。

〔二〕擢　當作「櫂」。
〔三〕本首居于刻本末行，原作雙行小字。
〔四〕咤　當作「吒」。
〔五〕傒　當作「徯」。
〔六〕鉤　當作「釣」。
〔七〕王淮　據明史，當作「黄淮」。

安徽古籍叢書

黃山書社

龍眠風雅全編

六

〔清〕潘　江/輯　彭君華/主編

第六册目次

龍眠風雅

卷六十

卷六十一

卷六十二

卷六十三

寓公

羽士

衲子

卷六十四

衲子

龍眠風雅卷五十七

木厓潘　江蜀藻輯

江都宗元鼎定九同里齊烈祖秩斯參

陳伯英

字千之。順治甲午副榜。家于東鄉之柳峯。年十二隸弟子員，鄉黨以『神童』稱之。性豪曠不羈，精河洛西銘之學，詩賦特其餘技。嘗曰：『詩道性情，非可以艱深得者也。』故衝口成章，不經師匠。年七十，步姚休那先生自祭詩百二十韻，黄岡杜于皇謂其『二酉在胸，一貧到骨。詩則雲錦立成，天衣無縫』，洵篤論也。于皇於時流多怪少可，獨推轂千之，子雲知子雲，豈阿好哉？嗟乎！千之與吾友齊子古愚同年中副車，千之詩猶賴吾門人王子浩生搜以寄予，而古愚不能詩，無從表襮，可爲三嘆。

吳素夫楚遊寄贈

湖海年年賦遠遊，逢迎到處足風流。斗間自昔推雙劍，江上無緣共一舟。太史文章因涉歷，陸生裝橐好歸休。故人饑臥空山裏，積雪何曾有敝裘？

挽高道矅先生

大江南北數才人，可惜京華未致身。鴻寶枕中堪作古，鳳毛池上又重新。交情一任淡如水，瘦骨應知別有神。一慟寢門誰和我？聲聲鴈唳徹秋旻。

步休那先生七十自祭一百二十韻

姚休那自祭百二十韻，博雅跌宕，是爲詩史，余嘗愛之。今余亦稱七十矣，老不成名，猶期聞道，不辭取笑，聊以效颦。好我者張之壁間以當頌祝之詞，庶幾陶與姚不專美也。

賜杖懸車皆此際，香山洛社正其時。藏書幸有枕中秘，挂壁何須錦上詞？日月兩丸停瞬過，乾坤一隙問心知。納新吐故方奚益？嘆老嗟貧意更卑。山海未嘗無齧陷，兔烏頻見幾盈虧。緜轄枉自囚鸚鵡，林澤憑君走鹿麛。今我頭顱成老醜，當年骨相故岐嶷。鷹揚曾入先人夢，駒血寧非夙慧基？屬對數齡霏玉屑，讀書兩目映琉璃。家嚴早背沾衣泣，大父相憐拭淚窺。百里受經形影弔，隻身寄食往還疲。偷光鄰火常繙史，學步殘編即解詩。日守寒窗寧待伴？偶成異句大驚師。欣逢當道咸邀賞，歷試艱題總不辭。鄉衮愛才争盼睞，黌宮逐隊表葳蕤。馬稱千里忘蹄嚙，寶重連城略纇玼。禹穴臥薪嘗霸越，趙軍拔幟在奔泜。鉢存餘粥猶堪畫，架剩遺田且漫菑。桃李在門偏種竹，蓬蒿塞徑更栽榿。杜陵三賦時爲獻，延水雙龍合自奇。訂僞渡河無亥豕，讀莊會意有蚿夔。筆波獨駛傾三峽，文面羣看轉九疑。篇值千金何處賣？字酬匹絹孰爲貽？中原沸鼎魚安托？大地焚林鳥豈支？鹿失韓盧空自逐，蛟潛鰍鱔亦相欺。風培已厚霜翎峻，水擊雖高雲路岐。一誤副車神忽忽，三年再舉意偲偲。眉山遂失廬陵遇，淮水空思漂母慈。燕雀豈知鴻鵠志？鷦鷯難占鳳凰枝。孟明屢北原非怯，屈子孤吟可自比。憔悴忽腴因戰勝，徉狂復醒賴塵離。玉樓不作交當緩，蟲技稍工禍又罹。食客漫連村學席，柴車浪逐玉輿綏。引商下里終奚用？長嘯蘇門樂不疲。梁棟手多蓬蓽製，□□術半馬牛醫。點頭有石今皆似，解語惟鷄別覓誰？要謁龍門羞代掃，欲懸馬帳愧須貲。因思立雪從遊日，獨擬凌雲入幕私。豎義止標一指偈，論文如錫十朋龜。王孫悔識相如晚，天子安通得意爲？鹿洞且將爭壁壘，梁園寧止樹壇壝？麟遊忽避豺狼窟，龍戰開端雁鶩池。豹在霧中文愈蔚，珠藏澤底岸終麗。東山捉鼻情如見，蓮社攢眉事可追。家史崆峒編足據，律詩長慶稿仍遺。自甘正字琴先碎，不向齊王竽妄吹。蟲臂偶沾旋謝去，豬肝纔得即歸馳。孤鴻未敢貪粱稻，野馬何當聽縶維？短褐時親收橡栗，長鑱特用劚蒲葵。濁醪吸等金莖露，枯葉焚同太乙藜。黃犢乘來三里穩，白茅捲盡數椽危。縱然伏處如蠻觸，詎羨峨冠聳駿鸃？曩日悼亡憐故劍，八年浪迹輒空帷。文君琴操非吾願，德曜荆釵必再咨。幸爾後先無異轍，不聞涼燠有殊施。兒方彭澤書知好，妻近於陵相不移。五岳未諧婚嫁愿，十洲聊作臥遊規。無功良醞雖恆戀，公述虛恭豈足羈？卜宅僅同舟作屋，耕田孰意豆爲萁？上書賈誼何庸哭？下第劉蕡今有祠。愚叟本愚休更號，晦翁終晦不因著。文章光焰凡人見，聲氣旌麾下駟靡。灌絳區區寧足伍？融修落落且稱兒。談時麈尾渾忘倦，字裏蠅頭尚未攲。擲我青衫初脱械，覷人朱轂有行尸。先生好好誰能辨？國語非非不若唯。繒裂止知妮黯姒，紈藏莫悼棄班姬。嗜音妄許無絃軫，好古惟尋没字碑。悦草徒誇皮是虎，食桑不改眼猶鵙。操觚浪覓金針度，帖括都鄰塵飯戲。焚硯欲將初業廢，握鉛便覺素心隳。霾深七里誰能撥？塵暗千層惜已遲。蓬不生麻無曲直，涇雖近渭自偏畸。嗣宗窮後能無哭？蘇軾生來不合宜。浮渡有魚堪把釣，柳峯薄畝足扶犂。夔龍接踵伊何日？顔跖同歸總一塒。半菽忘憂驕列鼎，高粱恐折亟誅茨。三冬衣葛交應絶，五月披裘某在斯。敗組不堪酬酒債，冷泉聊以沃詩脾。一丁不識才凌鄴，數斛纔收富擬郿。蘭室斷金銅聚臭，葭叢倚玉貨論差。豈知儉腹囊無量，偏是寒爐蓄不訾。赫赫桂林宗孟氏，巍巍桐坫奉宣尼。晚年獨得蒙青眼，先進因而讓白眉。兩畫玄黄寧在卦？一場黑白詎惟棋？鐵關誠意誰能入？玉鑰良知先自持。水乳原從形外合，火薪不比世中期。悠悠俗態翻騰口，逐逐時趨儘朶頤。北面自違夫子訓，西州長抱野人悲。光陰七十滄桑幻，世界三千傀儡提。懷舊終身躭寂寞，傷心觸緒總離披。經幃不煖寒氈席，詩卷徒攜冰雪隨。怪事書空常咄咄，牢騷填臆每纍纍。冷殘恥共屠兒嚼，婉孌奚辭季女飢？一局全輸争半壁，東隅已失待崦嵫。韞珠安肯輕彈雀？斗酒惟宜往聽鸝。只説梅花經臘放，那堪柳質望秋衰？蛙蝦陣内矜魴鯉，瓦礫圍中認鼎彝。鐵骨幸無腰下組，繡腸其奈鬢邊絲？勿言孰得蕉兼鹿，始信誰工聃勝夷。腐芥未聞能取珀，曲針安可槩投磁？以兹對語寒山石，斷不因人熱脚鼒〔一〕。充溢貴官猶惜李，蕭條高士僅茹芝。柑黄豈識中爲絮？狐白寧容反著皮？精衛漫存填海志，螳螂妄作輔車支。交親淡冷多因懶，山水纏緜頗似癡。可惜削平餘竹杖，無端煮熟賸哀梨。近窗素月長爲友，遠嶺閒雲疇與遺？夢裏蝶莊皆栩栩，起來跖舜各孳孳。霜凝風定蛩依砌，雲薄天高水落陂。逆旅主人都是寄，住山行脚莫相嗤。橘間勝敗從撐拄，槐上封疆任嶮巇。騎走羊腸休用策，舟過灩澦可輕艤。散材溝斷那循墨？躍冶頑金不受椎。皂帽遼東居士服，葛巾栗里達人儀。呼來牛馬吾皆應，歲在龍蛇命所司。但向壺中争甲子，恥于籠内定雄雌。千秋旦暮誰分爾？七尺昂藏肯負伊？萍迹偶遭奚聚散？花茵既褪孰妍媸？慈航弱水宜先駕，棧閣蠶叢應早治。倘悟須彌原芥子，何難跬步即天涯？

方孔矩

字爾從，號三峯。司農玉峽公之仲子也。少孤，能自立，崇禎己巳與予同補博士弟子員，予年十一，爾從年亦僅十五也。順、康以來，久屈舉場。家貧好遊，足迹所至輒歌詠成帙。性忼慨，遇不平每爲憤盈，他人雖盛氣凌之不能奪。與兄爾止、弟退谷詩名在伯仲之間。

不寐

有客有客在西湖，行李蕭瑟形容枯。沽酒一尊銷永夜，不到三更酒力無。戍鼓聲聲催旅夢，寒蛩亂泣客心孤。窗間殘月等閒色，枕上離人看不得。照我羅幃影漸寒，展轉私情徒脉脉。

李芥須東皋草堂成招飲

芥須先生茅屋成，春晴招我出郊行。扶筇安步衹里許，烏石山頭笑相迎。門開荒徑未全掃，一望便覺幽居好。塵囂不到又負郭，此中真可賦偕老。眼前春色帶煙蘿，四壁琅琅富詩歌。其間作者不一體，惟有還山詩最多。還山交君如骨月，知君生平及幽獨。贈君血性驚人詩，令我讀之轉痛哭。讀罷君呼酒滿巵，我亦爲君醉不辭。牢騷對酒不能已，須臾日落西山陲。衹今咫尺難長聚，況復饑驅愁行路？幾時結廬傍山阿，與君晨夕吟詩句。

中秋同中丞仁植兄龍山看月

長嘯對青天，山空月更圓。庭香清在樹，夜氣澹如煙。作客殊方久，思君此地偏。況逢秋色好，痛飲自忘眠。

雨後過大龍山

萬山澎湃後，曉發破新苔。雲氣尚含雨，泉聲不辨雷。水穿層嶺斷，花怨早春開。前路銜泥怯，呼童傍我來。

憶爾孚弟

憐予仍失意，安邑任淹留。枕被愁生夜，池塘夢入秋。家貧難閉户，客久倦登樓。多難應同調，寒霜泣敝裘。

夜

蕭瑟秋聲起，幽棲户不開。寒鴉窗外宿，孤鴈夜深哀。劍冷長途匣，詩親獨坐杯。窗虚留月影，暫與客徘徊。

曉發北峽關

曉起霧涵雨，東風吹漸收。路危嚴馭馬，春黯厭聞鳩。極目村煙渺，平田草樹稠。饑驅何日慰？閒卻老黔婁。

自合肥至霍山途中雜詠二首

雲捲野天空，清郊望不窮。秧針晴刺水，麥浪晚翻風。路遠催行李，春殘剩去鴻。愁心河畔草，嫩緑已成叢。

四月春猶在，殘花幾處紅。短牆茆屋閉，絶澗板橋通。林密霧成雨，山空松自風。向來人迹少，樵唱白雲中。

蘭谿道上

浪遊何所極？千里布帆輕。容似經秋倦，風因返照生。牛羊閒野浦，橘柚點山城。一望煙林渺，歸鴉處處鳴。

夜飲徐武静高會堂

獨坐愁寒夜，書來忽見招。相逢燈下話，難向酒中消。近海魚何美，初春韭正嬌。卻忘歸路遠，醉裏渡危橋。

九日同凝齋兄暨兒姪輩登高

九日多爲客，三年獨在家。浮名無我分，濁酒有鄰賒。北郭同遊屐，東籬且看花。一尊拚盡醉，隨意坐晴沙。

初冬同李士雅家梅師退谷子山訪王鑒公山莊

十月山城外，山光又不同。晴沙平欲白，凍葉尚留紅。茅舍前溪隔，柴門窄徑通。四時新釀熟，樂與故人公。

汶上夜坐寶相寺

故園千里外，月是一般圓。照得人無恙，那知客可憐？親朋書札斷，兒女夢魂牽。此地風先冷，清秋耐早眠。

感懷

牢騷無限意，又見鬢毛斑。萬事付流水，一心思買山。詩書前世業，衣食老年艱。繞膝徒多累，相看爭駐顔。

病

經秋何病苦，暑毒中人腸。痛楚誰能語？支離强自將。燈爲長夜伴，藥是老妻嘗。此外俱空幻，無須暗慘傷。

秋　雁

秋清風力勁，嘹喨自天聞。个个能成字，雙雙不亂羣。更嚴荒浦夜，響徹碧霄雲。去住知多少？空教目送君。

秋盡苦雨

飄摇常有恨，況復送秋天。積雨愁難遣，中庭濕可憐。畏寒空憶酒，卻病早宜緜。自嘆貧兼老，隆冬在眼前。

思　歸

月又圓如此，人今猶未歸。孤棲清院夜，空憶暮春衣。草已多時緑，花將間鳥飛。還家能計日，甘掩北山扉。

秋田二首

飄零幾度感滄桑，猶幸重來問稻粱。密樹蟬音分斷續，平疇秋色間青黄。午餘石榻催人睡，日落園蔬近酒香。避亂只宜農圃事，翛然身世兩相忘。

故園秋至一登臺，十畝依然半草萊。香稻刈時枯粒落，黄鷄啄處引羣來。愧當樂歲難多穫，漫喜良田可漸開。乞米久無仁祖在，獨行擊木影徘徊。

將遊吳門懷爾止兄

楚歸予正客秦淮，返櫂君先去水涯。隔歲鯉魚潮未至，近秋鴻鴈影多乖。黄冠不動鄉園思，白髮應牽旅夜懷。卻恨饑驅難閉户，茱萸插遍可能偕？

月夜同吳湯日水部潘若犴廣文暨吳于廷何令遠登玉峯

登臨聊寄客中身，俛仰翛然迹未陳。萬井煙浮隨夜静，千峯月出爲秋新。人于逆旅偏多聚，酒到名山不厭醇。聽罷吳歌歌欲起，傷心何處擣衣頻。

懷陳子垣

故人高況近何如？百尺樓頭幾卷書。三徑草深難謝客，空梁月落獨愁予。襟懷對酒疏狂甚，貧賤離家感慨虚。羡爾山田猶負郭，朝看煙雨荷犂鋤。

贈井公弟新居

流水橋邊一徑紆，十年前有阿兄居。繡山也。自從作宦攜家去，便覺經過此地疏。又喜同心爲卜宅，敢辭暇日嘆無輿？才名不減當時客，屈指秋風恐棄予。

七夕同浦甄玉張荀仲慶餘飲吕孝芝明府

槐陰歷歷好婆娑，悵望中庭夜色和。客醉共依千里外，月明偏是半輪多。人間巧向何時乞？天上橋應此際過。祇恐秋期猶有待，今宵未必渡銀河。今年閏七夕。

寓大覺寺和雲僧房

城西大寺劫灰餘，殿宇荒凉鳥雀居。剩有僧房常閉户，可容過客一停車？閒看老衲烹藏著，倦撿殘經當古書。盡日徜徉歸未得，且將踪迹任蘧廬。

東阿道上

出郭揚鞭上小堤，平明溪樹曉煙迷。傍村古廟無人迹，逐路殘墩送馬蹄。直北喜看山拱縣，多年不見柳沿蹊。縱經烽火何時事，一望荒原更慘淒。

哭退谷弟

旅櫬雖歸不見家，暫棲僧舍冷霜華。親朋一哭情難已，鞫紼頻牽恨轉加。路入深山愁雨雪，魂依慈母臥煙霞。叔母攢于龍眠，弟亦祔于此。老年兄弟分今古，腸斷龍眠日影斜。

采蓮曲

家家采蓮女，争唱采蓮曲。一樣采蓮心，幾人唱出不？

采蓮入芳浦，輕舟盪柔艣。蓮花何太香，蓮心何太苦！

春怨二首

聞說當年雙鯉魚，腹中曾有數行書。妾家住在長江曲，日日烹魚剖腹虛。

滿目春光不可留，年年常作客邊愁。閨中莫種宜男草，草未青時郎已遊。

秋　怨

花容不見主人回，記得春深手自栽。若使秋風知别苦，海棠昨夜爲誰開？

奔牛遇盗

不用彎弓不用刀，相逢羣盗正如毛。于今暮夜人多少，笑爾江湖何太勞？

僧舍除夕二首

歲暮欲歸歸未能，相親相伴佛前燈。此身疑是西來種，不作僧來也似僧。

常羨頭陀静掩關，幾時無事俗緣删。今宵客裏逢除夕，莫道僧閒我更閒。

憶海棠

移種庭前十數秋，年年花發徑偏幽。于今客裏空相憶，料得含香亦帶愁。

錢旦仍

字胤升。崇禎中邑諸生。少穎異，舞象時便露頭角，爲文不起草，嘗吮毫伸紙界畫烏闌，閉目屬思，纔半晌即一揮而竟，不更加點竄，亦無能增損一字者，其天分不可及也。順治甲午，學使者録入郡遺才第一，卒被放歸里，數月而歿。

過蕪關

孤帆摇白日，寒雨下黄昏。兵燹餘歸路，村居半掩門。趁雲悲塞鴈，吹浪隱江豚。作客無懷抱，凄涼酒一尊。

望青蓮祠

年年過此地，仰止費吟哦。白石開黄閣，青松老緑蘿。酒緣天寶醉，詩自夜郎多。莫戀君王寵，清平調幾何？

留别居停司徒斯玉

白社青尊倒接䍦〔二〕，交深翻恨訂交遲。途窮爲我開三徑，世亂從君乞一枝。江水不緣烽火斷，秋風忽與布帆期。不愁别路無消息，岸柳汀蘭寄所思。

過山莊

已向江城受一廛，更從秦火乞餘椽。舊時茂草歸無路，此日青苗賦不全。驅犢破雲耕夜月，呼鷄帶雨起朝煙。老農亦自懷先澤，爲我新開數頃田。

張秉哲

字濬之，號蔚菴。順治甲午舉人。少孤，事母孝，能讀父書。博聞彊識，每徵事，于古人姓字爵里輒能縷述其詳，鮮有罣漏。生平無二師，自結童至成人，遊吳瞻蘇先生之門，能自仞其師承，執禮久而彌恭。家有修堂，叢桂之下，與二三義故講切摩之益，雖屢罷公車，其志不少沮也。所著有菁園詩若干卷。

詠史三首

士惟無忮求，安往非天真？所以羊裘子，終爲帝者賓。太史占客宿，上云吾故人。歸作富春叟，翻笑渭濱臣。桐江千載水，煙雨颺經綸。

泜水斬陳餘〔三〕，聞者皆泣血。壯士死何嘗？所傷交道滅。在昔何交歡，今兹乃摧折。我來一憑弔，禍自刎頸決。相誓共生死，忠盡情已竭。所以古君子，淡交情彌切。殷勤豈不歡？翻覆悲晚節。

長沙既謫去，古今爲失色。世稱王佐才，所言尚變革。漢道方全盛，孝文亦盛德。致治貴和平，安用長太息？猶幸絳灌儔，排之不遺力。假令用斯人，紛更翻滋惑。

偶成

出郭瞻平楚，枯株莽水涯。凋傷乏枝葉，寒風驚白沙。借問此何種？云是桃李花。陽春昔炫耀，紅錦爛雲霞。如何敷榮澤，興兹零落嗟？榮枯亦何常，霜雪日西斜。人生無百年，春華安足誇？

孤鶴吟

黄沙捲飄雨，邊徼響輕雷。孤鶴自南翔，一步一徘徊。氣積白日蔽，素羽蒙塵灰。咫尺道路阻，不見雲霧開。振翼欲高飛，畢羅復相摧。翮鎩傷羈留〔四〕，清音亦何哀。我聞哀鳴聲，淒淒濁水隈。試觀搏天翅〔五〕，豈逾孤鶴才？摩天屢困折，動地悲風來。

閨怨

飛鳥莫求食，夫壻莫求名。求食不易足，求名不易成。況君萬里覓封侯，令妾含顰坐翠樓。擣衣對鏡長相憶，柳陌春殘榆塞秋。傳聞榆塞已投戈，從軍少年歸來多。獨有儂家音信沓，疑郎怨郎奈若何？昨夜夢魂去邊外，彷彿見郎顏色改。蓬頭早起卜金錢，不願郎歸願郎在。

宿上封寺

揮汗嗟行路，尋幽到上封。深林不見寺，曲岸但聞鐘。暑氣澄潭冷，涼聲過水重。千竿修竹裏，信宿亦從容。

野望

野步不嫌遠，閒遊旅思寬。斷橋江舫泊，臨水寺門寒。古石留仙迹，長堤引釣竿。荒村人亦好，村有野妓。也作苧蘿看。

同劉石友明府飲胡氏池亭

連袂循荒草，穿橋柳葉斜。岸迎環郭水，樹發出牆花。籬竹開微徑，池亭獨一家。烹鮮淹客坐，不畏黑雲遮。

江上二首

爛熳三山樹，洄游二月槎。驚心看節序，愁思入天涯。來若因楊柳，歸猶及杏花。不眠頻問夜，客夢已還家。

鷄鳴喧解纜，灘淺喜舟移。漁火一江滅，村煙兩岸隨。磯高流自急，帆落槳偏宜。往返嗟何事？長歌握粟詩。

喜晤宣城蔡芹溪二首

作客荒城暮，愁心對夕陽。寂寥同仲蔚，繾綣有中郎。滄海何年別，瀔川一葦行。相看頻握手，莫厭語言長。

爲憶開元盛，鷄壇數二城。江上推余桐城及宣城爲『二城』。晨星悲宿草，夜月喜班荊。白髮五湖客，青門異代名。不堪論往事，慘切杜鵑聲。

抵金陵晤與三敦四悲賦

自得燕都報，懷人幾束裝。只今纔把臂，相對共淒涼。患至非人意，交深只內傷。挑燈中夜語，嗚咽淚痕長。

答和孫易公

又共南歸櫂，重憐北上時。關河揺月冷，旅館待春遲。呵凍陳三策，銜泥賦五噫。忽聞新句好，欲和已含悲。

東彭旦兮

隔歲曾連舫，今朝又並舟。一帆收霧雨，萬里渡河流。樹隱東吳色，潮生北海愁。隋珠知在握，從此莫輕投。

盱眙孫夫子夜集玻璃泉

政事無餘暇，相攜秉燭遊。山空全夜色，地静遠更籌。微落泉聲細，深垂樹影幽。長淮一片月，共上最高樓。

東莊孤坐

舊宅原宏敞，今來剩幾椽？人皆因亂少，鵲亦爲兵遷。孤坐天難暝，窮鄉雨更連。呼童沽濁酒，猶有杖頭錢。

同諸友人坐南旺湖畔

共逐河堤步，臨流别有天。人過青草外，船繫緑楊前。淡蕩湖光動，陰濃日影偏。坐談氈著地，日落始言旋。

夜宿禪房因懷賢公

君住青山下，將招我共遊。登峯纔得至，飛錫幾曾留。園圃到今在，柴荆較昔幽。夜猿啼雨急，非只爲悲秋。

采石懷古

石壁頫江瀆，青松挂暮雲。風流供奉迹，石勒允文勳。狂客偏躭酒，書生亦冠軍。停橈懷古烈，楓落正紛紛。

宿蘭若

空山何寂歷，幽鳥獨聞聲。微月侵池冷，孤燈傍佛明。逃禪寧藉酒？偕隱不須名。卜宅何年遂？編籬便掩荆。

客攜花種來開遠齋中走筆索之

閒居無可適，春至喜花開。種憶吳中好，客從□處來。山城增豔賞，江櫂定名材。揀擇煩君手，凭欄欲□栽。

送陳二如之楚

嘗聞漢水廣，君去欲依劉。客況經千里，詩情寄一舟。雲開熊子國，月滿庾公樓。莫負高堂望，歸帆及早秋。

脩堂夜坐憶吳瞻蘇夫子

天高清露冷，小院鎖重陰。獨坐看微月，秋聲到暮林。昔年依講席，此地共披襟。自閉扶風帳，悲涼空至今。

偶賦二首

細雨孤城煙霧濛，驚看倦鳥落長空。途窮翻覺爲儒誤，興盡難言作賦工。年大豈徒慚鄧禹？秩卑尚未及王融。悠悠乞米三千里，寄食親知兩月中。

勿言邸舍雀堪羅，竹徑頻經知己過。同病結交皆管鮑，浪遊偏幸得羊何。探來金盡難拚酒，話到心傷且放歌。豈有長貧如我輩，春風幾度到巖阿？

方爾止歸里閱其近詩

昨夜江干一和歌，隔年秋向故園過。吟經吳楚家無定，感入滄桑詩較多。聲格漸趨長慶上，風流無那永嘉何。相看惟有籬邊菊，耐得繁霜映薜蘿。

南旺道中

淒涼踪迹似浮萍，千里迴流溯建瓴。入夏始知芳草緑，向南纔見遠山青。高低沙畔鴉迎纜，疏密林間水傍亭。風景漸同江左秀，歸歟何必怨湘靈？

早發濡須

天門水派入濡須，五月潮平景物殊。不盡柳絲垂兩岸，但無亭榭似三吳。青山隱現迎船出，白屋參差取道迂。最是小橋斜渡處，滿湖煙雨一洲蘆。

暑極喜雨

炎蒸夏日土爲焦，瞥見陰雲覆野橋。暑氣忽消飛過雨，流聲漸有自來潮。空濛天際窗中岫，漣漪池塘門外舠。暫憩浮生息勞勩，雖非我土亦逍遥。

淮陰送别鳴岐之盱山謁孫夫子

柳暗淮陰路忽岐，黯然把酒落暉時。起居絳帳煩傳語，南北青山怨别離。放黜自知非國士，生成俱覺負吾師。追陪函丈如相訊，從此三年再下帷。

喜光輯侯自西江還

策杖驅車路已艱，歸踪依舊出黄山。持將涕淚空含血，不爲風塵亦改顔。世亂自應無感慨，人閒且與説間關。當時沈謝俱摇落，著得新詩待爾删。

方繡山督餉蘭州書來遺我洮羢

星軺遥指玉關西，極目黄雲萬里迷。邊塞有書猶附鴈，戟門何日不聞鷄？寒煙縹緲蘭山曉，落日蒼茫洮水低。于貉舊知風俗美，恰逢風雨慰淒淒。

重入山有感

絶巘何年披草萊？衝寒重向暮雲催。橋逢屢渡溪如抱，路是前經我獨來。紅葉翻飛新雨雪，青山點綴舊莓苔。回思筇杖曾誰共？不住清猿夜壑哀。

津門

長安信宿到天津，重鎮雄開拱北辰。地接會通河道古，風高滄渤海潮春。千帆樓櫓軍輪急，萬里煙波鼓角新。偶泊此間遊覽壯，忽忘落魄是歸人。

和曹子羽憶妓詩

長堤楊柳鎖輕煙，忽憶章臺柳色妍。眉黛更添春日媚，爐香初試曉粧前。暫停刺繡尋晴陌，欲寄迴文附錦箋。知爾相思無限事，揚舲莫待落花天。

左夏子招飲西樓

微雨孤城宿霧浮，揭來著屐到西樓。竹林迂曲千竿列，山色空濛一望收。徵士丹青雲外濕，高僧翰墨壁間留。樓有文徵明畫、無可上人尺牘。論心自可消長夜，況有琴尊事事幽。

秋日郊行

閒居無事百憂深，況復郊行涼氣侵。白露團來還濕屐，黄花開到亦傷心。地連蔓草迷平楚，樹接楓林遍夕陰。澗底泉流無限水，咽吞都是斷腸音。

方還青歸里鄉居賦此柬寄

如今生計總宜休，解組歸來即勝籌。吟詠應添三徑菊，風期不負故園秋。莫將跋涉思彈鋏，但有滄浪足釣鉤。我亦病甘人世棄，龍眠山下許同遊。

嚴灘

磻溪桐水兩漁竿，石上冰霜一様寒。勳業總歸周尚父，風流只數漢嚴灘。

文君曲

金徽果遂鳳凰心，夜走文君一曲琴。爲謝故夫休悵恨，茂陵亦有白頭吟。

倪甑善

字在簡。順治初邑諸生。家素貧，以筆耕致千金。居恒節衣縮食，取予不苟。客至，命酒論文，肴核秩秩。吾友齊子然四嘗爲予稱之。

感懷

高皇百戰定神州，今日鍾山王氣浮。得意魚龍同北向，朝宗江漢自東流。誰言黑水藏兵甲？正見紅雲覆冕旒。行到秦淮歌舞地，王家絲竹謝家樓。

南渡七夕

客舍風聲喚早秋，微軀抱病欲披裘。月懸七夕蛾眉畫，燈照三年蝶夢愁。滿地征夫悲塞草，横江嫠婦泣孤舟〔六〕。倚樓正墮天涯淚，不用癡情妬女牛。

閏六月七夕

屈指天孫當渡河，偏逢月閏又蹉跎。遥憐織錦機中女，惆悵今宵懶擲梭。

方道乾

字且易。順治末歲貢生。性沈重端嚴，跬步不苟，隸黌宫四十年，未嘗一至公府。以需次學博家居，課子弟，著述自娱。間攻岐黄之術，輒有奇效，里人争迎致之，以爲韓康伯再見云。

入灊將訪汪玉倩先此寄之

日暮舟行倦，雲邊樹影移。山靈新識面，人□舊相知。代已成今古，情如未别離。秋風頻悵望，莫更誤前期。

病足痛楚作詩自遣

自知身是假，難説痛非真。但得全無痛，何須更有身？夢疑隨化蝶，醒悟寄飛塵。生事浮雲裏，僧來話宿因。

題閒老人

君從何處謫？高寄在人間。目已無千古，心還賸一閒。月來常捲幔，客去不開關。熟讀南華後，鵬飛蝶滿山。

七十初度

七十誰言老？詩情比舊强。枕無城市夢，魂伴水雲涼。斗轉星同爛，春深酒倍香。長年惟一醉，何必更稱觴？

絶筆詩寄姚注若

經年未一見，永别是今朝。命薄心原苦，年衰氣亦消。歸全寧諱死？魂去不須招。他日如相憶，青松我舊標。

雜感

冬日既愁短，冬夜復愁長。願作忘憂草，生來是樂鄉。

感懷

令甲于今儘右文，豈同秦項把書焚？自憐老大空需次，苜蓿盈盤不敢分。

左國斌

字子兼。崇禎時諸生。秀眉修髯，風神蘊藉。少與予兄弟善，至老無間。好瀏覽墳索，刻意古學，簾户靚深，書籤錯列，雖居市廛中，儼若山林。世父忠毅、貞介兩先生立朝大節，子兼每與人言井井有倫要，尤能諳曉掌故，朝章國是辨若淄澠。屢不得志於文戰，杜門讀史，自號茅田通隱。間策杖入龍眠，登爐峯，與諸從館墅相望，賦詩飲酒，致足樂也。善飲噉，酒半高歌，聲出金石，咸以爲坐無車公不樂。所著詩不下千首，子手録而别擇之，存什之一二云。

夜集蓼洲草堂聽周子佩鼓琴

明河星月皎高天，伐鼓堂中列綺筵。銅芝金藕吐青煙，庭下松風到酒邊。知君怨恨有幾千，以手代口琴爲傳。令我咄嗟憶他年，忠介先生蹭蠍先。民吏咸思廣漢旋，更有生徒哭鮑宣。一牀千卷屋相連，起看先生筆墨鮮。兩家兄弟病同憐，亂後班荆尚有緣。拂几焚香急整絃，切切淒淒斷復聯。君能贈我蜀錦箋，録古拘幽操一篇。與君嘯詠虎丘巔，攀雲掃石飲流泉，舉杯翹首望龍眠。

贈别李星白之維揚

老氏玄虚術非假，熊經鳥伸人争訝。柱下之裔濟濟多，李君星白亦其亞。少年射策不見收，道書一編手自把。我聞仙掌與蒼龍，由來勝迹紀太華。處士雖隱中條山，當時目之爲隨駕。如君彷彿近至人，呼吸竟無片刻暇。欲爲名山五嶽遊，尚平難得完婚嫁〔七〕。滄桑宅泛西復東，爲人賃春傳吴下〔八〕。近偕王子過龍眠，黄公祠宇作館舍。高樹森森雙柏垂，黄冠羽客同杯斝。莫謂山城明月殊，廿四橋邊猶此夜。吐詞雄辯皆文章，不分嬉笑與怒駡。飄飄又欲御風行，何處樓臺過長夏？便面七言聊贈君，因君增我蒲葵價。

贈胡肅公

世俗衹争儋石儲，那羡連篇與累牘？薦紳子弟亦皆然，但得金錢書可鬻。君家竟似王参元，爲君賀更爲君哭。里門博物稱前賢，風流儒雅胡公獨。伯玉先生父子雄，分校禮闈羅名宿。手貯俸錢廣購書，錦字牙籤數萬軸。將身飽作壁魚餐，宛在石渠與天禄。五十二年罹此災，天奪神物何太速！猶幸青箱託有人，遺書一一皆能讀。雖然焚燬萬卷樓，從兹取諸方寸腹。慨自嬴政湘東還，典籍往往遭百六。況復人事經滄桑，深谷爲陵岸爲谷。火宅炎炎環大千，惟有清涼水可掬。空山積雪照梅花，請往石門觀飛瀑。

吳又仲見過同集胡翁席上

君之先子逝，不記是何年。垂死躭佳句，謀生買薄田。青箱欣有託，黄犢尚親牽。好聽尊前語，知爲宅相賢。

弔龍眠

縹帙藏田舍，吾廬效墨莊。出門交鹿豕，遺迹記蘇黄。龍眠舊爲山谷、坡公唱和地。邵子瓜初熟，陶家菊正香。青氈猶在篋，經歲失胡牀。

山中曉行

緑樹排巖壑，沿流尚不迷。閒雲遮面過，片月下峯低。種竹雖千畝，擔囊只一犂。空山愁寂歷，露冷數聲鷄。

席上聽楊蟄存述光隱侯同事時

天涯雖作伴，直與死爲鄰。姓字經年變，風塵幾十旬。破鞋追瑣闥，補牘達楓宸。今夜重回首，銜杯哭故人。

示夏象九

三楚何年失？而翁裹革歸。豺狼誰與鬭？烏鵲竟無依。絶命辭存稿，開箱血滿衣。可憐形影隻，灑涕向庭闈。

人日同子直子周過彌陀菴

獻歲風光好，偏逢此日陰。幽心在水郭，信足向祇林。雪共茶煙舞，詩從粉壁吟。數聲清磬遠，覓食下春禽。

泊居鄭城下

纔與鳩兹隔，此邦便不如。魚從城上釣，浪向柳根梳。井邑何妨僻，人才尚有餘。剖符披舊籍，一半在巢廬。

過江貞烈祠有感

每向西州慟，經年不忍過。荒園祠尚在，舊宅路無多。白石移來供，青篁植數柯。短牆行徑斷，雙影或婆娑。

初夏入爐峯

松暗漸成村，吾翁手澤存。焉知非樂土，即此是親恩。纔下春霜淚，長依秋樹根。飛烏何處噪？枝上有啼魂。

會葬侍御公柏嶺宿從子山齋

前朝禪智寺，黄柏到今稱。屢負而翁約，何期此日登。跏趺三世佛，龕火一孤燈。落葉真蕭颯，相憐有病僧。

潘蜀藻擕近體三十章惠教詩中備採古今弭盜事實輯而成篇

宣室誰呼草莽臣？能將柔翰殄黄巾。僻驚工部人躭句，衰起昌黎言去陳。唱和不須羞我寡，輶軒堪使共君巡。錦囊慣把奚奴佩，反吐詩腸慰老親。母夫人工詩文，有松聲閣集。

過衆若兄山莊

蛛網常封户牖塵，羣遊麋鹿聚松筠。室中偕隱裴公美，谷口躬耕鄭子真。君已黄冠歸故里，我猶皂帽見鄉人。剡溪雨雪還乘興，野店山橋莫厭頻。

與夏子弟感賦

瑣尾流離十載同，共君憶昔避江東。草堂即在鍾山下，藜榻相連古寺中。回首長林還逐鹿，此身小技只雕蟲。狂夫但有窮愁骨，詩到窮愁總不工。

媚筆山房落成子直子厚與子永共事其中予時載酒過從賦贈

潺潺流水舊垂綸，近日茅齋結搆新。一畝宮堪堆萬卷，兩間屋恰受三人。長林薄影閒栽竹，積雪增寒自析薪。繾罷書聲喧笑語，梅花且共向檐巡。

冬日同子直子周松鶴菴謁世父忠毅公墓二首

吾祖遺封未忍聞，憂心如擣復如焚。一抔幾日乾黃土，諸父同時泣白雲。此處杉松巢野鶴，也虞雨雪透孤墳。名山果即斯丘在，狐突狐毛不忍分。

班馬曾聞山下鳴，監軍使者史先生。布袍徒步披荒草，野老清猿聽哭聲。西蜀坡公悲永叔，南州孺子拜黃瓊。如今一夜三年話，師弟居然副盛名。史公道鄰曾一宿拜墓，自云：『以一夜哭奠當三年也。』

過媚筆山房悼子永弟

築場九月萬山中，大被相攜每歲同。何事鴒原分影去？遂令馬策叩門空。書連破屋聲如在，石咽寒泉聽不窮。爲語園丁珍手植，猶留秋色到梧桐。

亡友光輯侯有女于歸同周愬行過漢白

故人門掩徑蕭條，望斷雲鄉不可招。天意無兒存伯道，室中有女哭殷遥。九秋此夕三星在，六角因風兩袖飄。莫向山陽聽弄笛，鳳凰臺畔正吹簫。

贈別東旭舅氏

揮涕中宵説廢興，自言辛苦老來增。既逢歲儉何堪久？縱屬年豐也不登。病尚談經傳弟子，暇還策杖訪山僧。柴車過市誰相送？玉佩瓊瑰我未曾。

坐開遠齋中博戲預訂釀錢過酒家

白下柳花香滿店，吳姬壓酒謫仙歌。古人遺詠傳千載，我輩風流定一過。市脯不精猶可食，酒徒有伴豈嫌多？家無儋石如劉毅，日日輸君奈若何？

晚泊

乍霽江天倒影青，每逢殘臘路曾經。湖從驢背衝泥過，舟在蛟臺隔岸停。潮水欲乘無夜信，布帆遥指似晨星。相傳豫楚連烽火，風送笳聲不忍聽。

集蜀藻石經齋夜雨

名園勝事與年加，韋氏藏書陸羽茶。風到竹齋常似雨，香生蘭室不須花。近詩果是唐長慶，末俗難爲晉永嘉。君亦出門交有道，往來寧厭過予家？

兒魯隨家君及予入下霧沖種樹魯初謁亡妻墓

荷鍤春遊歲幾回，爲乘好雨及時栽。十年樹木何難計？四面山花無數開。得妾漸看生子大，老親今始抱孫來。因呼披草孤墳處，記取梅邊是拜臺。

七世父遊披雪洞予同王以清及子直夏子子周從遊

當年持節古杭州，石鏡苕溪攬轡收。猶有豸威霜在面，未曾鶴髮雪盈頭。高眠南郭何須問？穩坐東山自乞休。緩步攀躋能曲折，呼予指似大龍湫。

挽江開遠

九月涼秋雁幾羣，爾家鴛侶忽然分。功名轉悔教夫壻，節義偏聞在細君。十日水漿無一口，千年松柏有孤墳。白楊倘共豐碑立，安見黄麻勝此文？

贈夏廣翁移居

郭外層樓倚樹紅，當年坐客不常空。家雖亂後書仍富，詩到愁時句益工。我欲城南依杜曲，人誰廡下敬梁鴻？强移棲息安枝好，小築依然三徑同。

吴民在自魯碳移家入城

東郭誰存亂後廬？棲烏不定正躊躇。廿年奚啻三遷舍？一篋惟餘數卷書。雖在青山嫌市遠，祇□白髮喜城居。吾家祠席常鄰近，免使高堂日倚閭。

雪霽同馬襄白梁子武遊披雪洞

山近城邊到幾回，偕君此度值冬來。果然消雪紛垂練，幸不層冰厚結苔。險徑常留豺虎迹，寒花驚見杜鵑開。無窮吟興將鬚撚，安用諸公擊箸催？

贈蘇良生

到即班荆話昔時，五茸城畔有棲枝。將軍西第傳刁斗，公子南橋拔酒旗。誰聽鶴聲仍淚落？難教鱸膾有鄉思。梁園雪與隋堤柳，只在君家笛裏吹。良生善笛，泛宅梁園、廣陵間。

夏象九以秋水摘橙二詩索和

清渠襟帶也堪誇，得似瀟湘泛客槎。每欲臨流分北郭，亦能高詠及南華。鳧鷗何處乘潮舫，鵝鴨常看浴浪花。猶憶五湖三畝宅，煙波無際是吾家。

舊築園亭鳥並棲，繁陰嘉木與橙齊。纍纍俱是盤中玩，顆顆難於袖裏攜。四月風花飄院落，一天星斗傍檐低。不知底事經年別，酬唱因君反借題。

阻風步十字岡

漠漠湖天任所之，浪花如雪櫂難移。暫登高岸紆安步，愁共他鄉説亂離。牧豎騎牛嫌馬過，村翁徙爨倚灘炊。尚從網架尋魚買，正是歸來彈鋏時。

同戴韓五小飲眠樵既滋堂賦得梅花落處疑殘雪蓋爲庭梅紀實也

閒門雖市不聞譁，向夕尋君值雨斜。爲訝庭空猶有雪，卻看枝上已無花。西堂池草非徒夢，相宅比鄰是外家。因對落梅吟杜句，茶鐺熟後酒頻賒。

九日前一日同孫子穀家碩人霜鶴尋菊遇雨歸飲酒肆

君隔江村九月天，白沙翠竹在城邊。雖然入市非無事，若爲看花便有緣。野店雅從鄰圃並，舊京俗借酒傭傳。來朝風雨仍難卜，壚畔何辭一醉眠？

同諸兄弟校讎忠毅貞介兩世父集

遺編重把淚縱横，臣罪何曾答聖明？已見逆閹摇北極，又看奸相誤南京。官同蘭署才難得，集是棠華慣不輕。籍甚吾宗孫子輩，幾人能復起家聲？

午日侍家君坐定公房

竹檻幽花繞徑生，老親相對眼猶明。鐺中焙藥方乘午，原上耕田不欲晴。睡寄僧窗隨處穩，盞留家醞晚來傾。清廚洗鉢鐘聲起，緩步河橋曳杖行。

熊仲超雨中過王白良宅代其尊人奉明爲家爾玉言聘

君宅久依黄荻坂，如何仍復徙湖濱？詩書聲足酬同學，媒妁言能代老親。此日微雲欣雨澤，昨宵明月照冰人。爲因吾從通家意，相對柴門卜德鄰。

喜文玉入城將爲爾玉完室

嗣宗惟爾最含情，三載何曾爾到城？卻喜近年多子息，更聞村塾慕師名。俸錢留得將孀母，婚嫁能無累阿兄。欲乞朱魚兼種竹，湖邊耕讀過餘生。

宛玉茸封大夫舊業爲其弟宗玉完室詩以贈之

知君陟岵轉生愁，爲指椿庭已數秋。那見男婚與女嫁，依然弟唱復兄酬。珠從賣後牽蘿薜，盤向房中薦石榴。一任霜風吹不盡，介眉早上畫眉樓。

信宿礪觚齋留别退齋從子

雙松吾自愛吾廬，那得高丘傍舍居？嘉客每過處士宅，清齋强半道人書。經旬草榻情難别，殘臘梅花歲漸除。蝦菜充餐兼作曋，更煩君僕策君驢。

五旬初度有感是日夏子新逝成服

與弟比鄰衹隔牆，中庭荆樹永相望。嗟君死去方成禮，逢我生辰適舉觴。講易自能通晝夜，達人原是等彭殤。何由此夕飛鴻過，也向天空泣斷行？

偶客雙溪爲進之從孫賦催妝詩

汀前蘆葦足徜徉，爾尚隨翁滯此方。多得江魚能饌客，始知騎鳳有仙郎。還家月照千年珮，拂袖風生五夜香。臘近梅舒休悵望，是花皆可助新粧。

戊申夏五爲蜀藻初度

論交豈逐世人情？閱盡升沈幾變更。對我能無思令弟？似君真可事爲兄。潘楊婚媾誇當日，金谷園林稱舊名。卻訝卅年天下士，如何仍作魯諸生？

贈夏象九移居

求忠於孝先朝命，詒厥孫謀卜世長。故里尚傳安陸宰，尊大父令安陸。巍科曾記孝廉郎。柳株手種猶陶令，帶草書成比鄭鄉。諸父俱稱天下士，若翁是我丈人行。西園公子開文苑，東壁圖書搆墨莊。幸遇聖明隆薦辟，果因方正舉賢良。哦松自許藍田尉，蔽芾何殊召伯棠？豈意赤眉分闖獻，遂令碧血灑蕲黄。郡雖廿四無河北，客有三千失孟嘗。裹去馬屍空飲泣，飛來烏鵲强回翔。欲聞楚塞鐃歌曲，且駐秦淮錦瑟傍。君在寧門爲相宅，贅於郗氏不窺廂。梁鴻仍寄皋通廡，幕燕還巢王謝堂。剉薦母能喧櫪馬，彈棋叔與賭羅囊。驚心岸谷居纔卜，回首親朋好莫忘。五色江淹今已盡，江開遠。二毛潘岳久云亡。潘子厚。惟予衡宇常鄰近，對爾高山得仰望。花徑掃除頻問字，相吟一闋滿庭芳。

重五後二日祝眠樵初度

四紀神宗垂拱日，吾家世父正垂紳。立從柱下觀周史，生比崧高降嶽神。不幸魏閹爲社鼠，更於熹廟獨批鱗。黄門校尉車相續，白馬清流禍及身。偏遇衆人酬國士，欲教孝子作忠臣。痛心旅櫬過三伏，屈指年庚僅十春。孤稚何曾藏趙氏？重綸安得布堯仁？烈皇御極當丁卯，公子嗚冤在戊辰。祠像高懸先少保，版輿猶御太夫人。手因廬墓常攀柏，額以堂名取卧薪。荆樹卻緣吹自合，桐川無那震於鄰。長驅楚塞遂亡楚，偕寓秦淮且避秦。兵氣翻疑纏大角，帝畿竊訝出鉤陳。春秋尚紀河陽狩，轍迹非關耕歛巡。但見諸藩争下席，又聞天子去蒙塵。君經此際年方壯，想到浮生懶是真。華表莫歸丁令鶴，龍眠終羨李公麟。西山頗合東山志，北阮還憐南阮貧。犢鼻挂竿勝錦繡，貂裘採藥握絲緡。願言兄事兼師事，倏忽三旬俱四旬。對我雖稱一日長，共君已屬七朝民。芝蘭玉樹閒庭滿，園柳池塘好夢頻。酒泛菖蒲逢令節，盤分桃棗樂嘉賓。風前新度吳儂曲，鏡裏奚貽越女顰。爲報惠連應有句，二毛豈即白如銀？

壽夏廣生先生七十

城西在昔卜郊原，公子清平學灌園。百尺高樓堆汗簡，千秋法物貯犧尊。石田沈氏圖堪玩，松雪吳興畫尚存。每向慈雲西郊菴名。持浄律，多緣明月倒芳罇。匡塘唼藻觀魚戲，深樹攀枝聽雀喧。池草鳴禽因夢就，芙蓉繡褥藉牀温。家傳浣滌忠移孝，義比浦江弟與昆。叔季敲枰真善奕，伯兄握管只吹壎。卅年行樂原鴒散，三徑荒蕪賊騎屯。愁適兩京更北極，歸來五柳傍南村。伯通廡下方齊案，蒙叟堂中遽鼓盆。老至何須傷令子？眼前猶得弄諸孫。心同皋羽爰名集，先生集名晞髮。詩倣淵明自祭言。姚休翁七十倣淵明自祭詩百韻，先生亦有五言自祭詩。雅調往時彈正始，新編近體步開元。方袍楚楚空留篋，華髮蕭蕭已似髡。詞賦亦能怡白首，官銜不肯借黄門。姚都諫龍懷爲先生之倩。野人卻贈筠籠滿，古道惟偕鬘嶺敦。李鬘嶺爲先生至友。長夏方交星正見，遷鶯圓囀曲初翻。時值立夏。琅玕芝草俱如此，且共先生醉竹根。

同方二吉偶月夜訪秦淮女郎

桃葉桃花帶雨濃，青樓堪穩繡芙蓉。手持紈扇新詩出，仙手書中識李邕。

代鶴吟二首

爾止有妾名鶴胎，意欲遣之，爲作送鶴詩，同人皆有代鶴吟。

蕭然書劍獨乘槎，每約瓜期不及瓜。自是萍踪何處著？非關蘭夢總無芽。

愁來久欲棄人間，忍死含悲亦厚顔。只當錢塘林處士，容留野鶴在孤山。

倪士棠

字南蔭，一字韡生。順治初遊郡學，數爲文衡所鑑拔，試輒高等。居恒尚氣誼，不侵爲然諾。所居棐几清妍，琴書整雅，屐履之間，皆得其任。與人交好，樹頰頰相抵柱，意所不可輒氣凌之，已而相折又相好也。遇豎子俗儒，一言弗合便拂衣去，甚且訶辱及之。久列諸生，將對大廷，一夕暴疾，客死于舒城葉汝錫之家塾，可哀也已。南蔭自命經濟才，吾嘗戲以管、葛呼之，居然不讓。捧腹笑曰：『公等異日知即真管、葛耳，奚戲爲？』自刊鹿蹊小言問世，頗爲承學所推。詩歌則謙讓未遑也，嘗下問于予，予爲引繩切墨，糾其踳駁，歸于大雅，今所存者皆可諷誦。

孝烈歌爲韓在商母劉孺人賦

皖城不少舊名閥，遡高先生挺名節。先生爲在商大王父，家訓以節義爲先。傳家一再遘陽九，婦能貞孝女能烈。憶昔乙酉改元初，上游逆帥逞餘孽。四月八日克皖城，韓生被執陷虎穴。回頭語母善自存，母指雙柩情淒切。賊騎如雲抱火來，繞柩號哭嗚復咽。賊亦投炬憐其誠，復有黠賊疑其譎。舉斧破柩手格之，十指斷裂濺碧血。弱女十三□來前，願保雙柩無杌隉。含悲尾女出門庭，數目清池示永訣。卓哉此女亦性成，奮臂投淵清且冽。但教枯骨獲安全，忍捹蘭玉遭摧折？痛哭池邊送女魂，聲聲詈賊常山舌。先靈無恙女無汙，母始從容自引決。嗟我六皖罹兵氛，節烈何限名湮滅。未有宛轉名義間，一時孝烈稱雙絶。韓生韓生豈長貧？早將貞珉樹碑碣。孝婦傳成附烈女，天柱比高江比潔。

喜祝山如樸巢集成

吾鄉詩人何纍纍，鳳躍龍翔不一體。近日風流宗樂天，往時沈鬱追子美。作者如林不相下，皆於樸巢屈一指。樸巢工詩三十年，其詩伐毛復洗髓。有時樸老任天真，有時勃窣精玄理〔九〕。嶽嶽如登萬仞峯，浩浩疑傾三峽水。香山浣花不足多，擲地金石滿人耳。大珠小珠赤玉盤，三都賦貴洛陽紙。余也才拙不能詩，但見君詩竊心喜。沿波追風古所稀，那能不愧遼東豕？從今余亦學爲詩，北面爲君執鞭弭。

讀周信臣張敦復秋懷同韻詩

周子倜儻士，讀書在龍眠。紅葉霜千樹，白雲水一川。有堂名水竹，茅櫓僅數椽。怡情山水間，風雅足流連。更有城西人，幽棲仲蔚徑。小亭名遠峯，煙雲相掩映。筆墨寄徜徉，遠近載酒問。秋深天氣清，周子歸省親。温清有餘暇，便過遠峯亭。户外蟲聲細，階前落葉深。張子雖近市，雅志在山林。況當黄花候，公麟迹可尋。策杖過水竹，連牀臥經旬。清歌答山響，濁醪助苦吟。兩君骨格俗情少，落筆錦奪天孫巧。分題韻限幾千言，推敲卻羨篇篇好。古來秋興推少陵，寥寥八首鮮嗣音。更有多情惟宋玉，悲秋一賦誰能續？兩君同韻有秋懷，秋懷磊落秋聲諧。我坐鹿蹊閒展讀，秋風秋月到茅齋。

訪周信臣水竹山房

小酌坐溪傍，清尊對欲狂。當門明月上，隔苑野花香。少事詩情細，無愁鶴夢長。竹牀宜晚睡，分得片雲凉。

山居

始信山居好，山靈不妬愚。石溪潛蟹甲，花露飽蜂鬚。計拙難營窟，時危只守株。高吟聊破寂，得句便狂呼。

催科

山深生事微，掩户學忘機。苔以麋遊破，身因蕨食肥。室空清夢穩，蒿滿故人稀。獨有催科吏，騎驢叩板扉。

過古雲禪室

霜急寒方至，朝陽衲自縫。樵歸扉未啓，日午飯纔舂。問客桑麻話，烹茶筍蕨供。莫嫌兹地冷，荒沼綻芙蓉。

山莊得仲兄舉子信

山深常晏起，曉日已東升。啓户僮先至，開緘喜不勝。鄧攸今有子，天道豈無憑？轉眼吾儕老，承家讓後興。

何處難忘酒

何處難忘酒？篝燈展卷吟。獨開論世眼，如見古人心。漏永更聲細，爐殘夜氣侵。此時無一盞，寥落負知音。

倦遊

頻年生事已全疏，琴劍蕭條汗漫餘。獻策曾無將母計，傳經翻未教兒書。蒿延野徑堪羅雀，户對清溪且釣魚。短翮倦飛思息影，乾坤何處是吾廬？

偶過南鄰留飲

亂峯深處老王孫，環堵無非鹿豕痕。偶爾攜笻看種竹，忻然啓户命開尊。野蔬佐酒香生筯，山色供詩翠到門。我亦疏慵荒客徑，肯來風雨共晨昏？

次韻酬潘蜀藻濟幕寄懷之作

梅花開徹歲寒心，春色新添滿院陰。蓮幕有懷貽警句，草堂無計共高吟。休嗟生事因遊廢，難遣離愁與日深。濟水盈盈牽遠思，好憑清夢一追尋。

寄東莞王子實學博

倦遊曾憩嶺南雲，邂逅論交賴有君。絃管翩然同馬帳，梅花清絕似雄文。天邊紫氣經春見，江左青箱自昔聞。别後相思定何限？珊瑚洲上月紛紛。

懷任公鼎粵東

憶昔孤征粵海漬，窮途昕夕賴參軍。花田香暖迎遊屐，銅柱功高待勒文。授簡自慙梁苑雪，還家空伴鹿蹊雲。昨來皖口青青柳，不盡攀條爲憶君。

寄懷潘蜀藻即用寄勺園原韻

去年别我時方夏，此日思君春正融。雨霽流鶯啼曉樹，月明歸雁趁斜風。好山有主添新黛，芳草無鄰怨落紅。爲過勺園詢近況，客懷如見寄吟中。

飲鄰家

盤盤曲磴繞煙霞，千挺琅玕滿苑花。客到衡門乾鵲噪，坐移深樹夕陽斜。農歌偶唱如相勸，清甕頻呼不用賒。主自醒然吾自醉，肩扶鄰叟亦歸家。

寄周汝爲京邸

滿眼風塵不乏人，那堪君亦老風塵。萬言慷慨尊前淚，千里馳驅放後身。聞道天門曾抗疏，可能澤畔免垂綸？故人裹首如相問，爲説倪生仍苦貧。

送從兄右臣之東兖兼懷潘蜀藻

比歲長征興欲闌，蕭蕭行李一身單。官齋有酒歌猶壯，客路無車鋏漫彈。五月披裘生計拙，千門持鉢乞人難。潘安幸在蓮花幕，風雨連牀旅思寬。

寄可印禪友宛陵

廿載蓁蕪滿故園，亂餘耆舊幾人存？錫飛勝地聲容杳，鶴返家山草樹昏。茗粥可思鄉土樂，風塵常憶別時言。敬亭秋色無今古，衆鳥孤雲細討論。

送吳惟子入山二首

累世安居在市廛，因予始結買山緣。誅茅補屋聊容膝，移竹當軒僅及肩。貸粟應須釀歲酒，無田幸免急官錢。從今好遂疏慵性，倚杖閒吟落日前。

憶予往歲住山初，數畝荆榛井竈無。野性已成十載僻，幽懷始得兩人俱。空庭月上眠應晚，寒澗梅開隱不孤。若過蓬門煩寄語，柴車遲返爲饑驅。

讀潘母松聲閣集

蒼枝晚節本天成，歷盡冰霜幾度更。閣上寒濤增綺思，階前瑶草助詩情。絳紗雖隔曾聞禮，黄鵠頻歌不爲名。展讀數回風雨集，如聞謖謖勁松聲。

次答周信臣月夜見懷韻

風塵牢落羨君閒，半畝城隅善閉關。繞屋寒花摇素影，一窗新月對清顔。懷人祇合多藏酒，避世何須更買山？卻笑渭陽無好況，青衫蕭瑟鬢毛斑。

練潭夜泊

一葉扁舟傍晚停，湖光如練月澄澄。風輕犬吠村前樹，沙静魚驚水上罾。

九日友人招登高不赴

籬畔孤吟首自搔，勞君結伴往登高。衰殘懶向深林坐，敗葉蕭蕭似鬢毛。

吴道坦

字次履，别號易齋。崇禎初諸生。總角時即善承親懽，有若性成。秦賊犯吾桐，乘堙窺城，王母程年已九十，公奉之避兵城中，每飯必嘗甘脆，自食糠籺而已。居貧力學，鬱鬱輩行二十年。鼎革後，遂優遊觴詠，卜居雙溪，築室三楹于水上，環以竹，顔曰『水村竹屋』，奉瞿曇其中，朝夕梵誦。顧獨喜秣陵風景，暇輒放舟而下，雨花、桃葉間屐齒殆遍，當其興到詩成，便留題而去。所著有水村集。

春日湖上

數畝湖邊地，躬耕慰老年。引流通藥圃，補埂衛畬田。脱粟堪供飯，烹蔬不用錢。食貧吾所慣，底事受人憐？

河房月下看菊

花月秦淮好，看來引興長。月因秋轉潔，花到夜添香。疏影落明水，虚光照小堂。幽尋知不厭，坐待曉天霜。

雨花館贈友人

相對俱爲客，銜杯緒萬端。霜飄秋葉老，月上酒樓寒。出語談心易，依人得路難。風波須鄭重，吾去隱漁竿。

兒御試還夜至

一片歸帆速，維舟更已闌。汀花秋色老，岸葉夜聲寒。計口離家久，關心問渡難。棘闈文事畢，竹屋且承歡。

不二師過訪示以山居十詩

忽來方外友，剥啄喜相聞。坐待溪頭月，香飄几上雲。竹窗雙影瘦，茶話一燈分。快讀山居詠，知君慧遠羣。

偕山足訪不二不值留訂再晤

結侣叩柴扉，雲深師未歸。函經虛法座，挂榻冷禪衣。舌有豐干在，爐無拾得圍。老夫思入社，笑引莫相違。

九日雨

寂寞重陽節，緘關臥水涯。淡煙籠碧樹，細雨濕黄花。筇杖迷山路，茱萸隔酒家。壁間圖五嶽，一室海天遐。

楚客訪所思於虎林詩以送之

恨殺錢塘水，難通湘漢流。蘼蕪生路口，楊柳拂樓頭。不憚山川阻，惟思花月遊。得他蘇小在，一笑解輕裘。

哭四弟岸先

到門人寂寂，涕泗曷能勝？花竟埋三徑，帷纔剩一燈。琴亡哀子敬，被冷泣姜肱。遺篋光芒在，雲霄透幾層。

寄懷友人山居

半山松柏接庭除，背郭幽棲處士廬。風户敲聲三徑竹，月窗分影一牀書。河邊日落聞歸馬，橋下煙横看釣魚。記得昔年留飲地，近來清景更何如？

金陵感懷二首

客裏金陵一櫂過，眼前猶識舊山河。宫鶯啼過江頭樹，城角吹殘塞上歌。二水不牵遊子夢，□秋常見獵羣多。可憐鍾阜松何在，惟有斜陽照緑莎。

秦淮佳麗古稱饒，何事如今異六朝？籠柳樓頭春寂寂，看花陌上草蕭蕭。畫船倚月停銀燭，繡幕沈雲冷玉簫。人迹幾來桃葉渡，曉風零露濕長橋。

留别王介眉蔡梅先還里

石頭城下水迢迢，送我橋邊折柳條。驪唱莫留歸夢住，雁聲已引去心遥。蒹葭白露催征艇，風雨寒江聽夜潮。别後相思肯相訪，期君草閣一燈挑。

石潮大師西江致書期過訪賦答兼訊

昔年冬暮雪花初，信宿高談水竹居。一自耑飛雲外錫，至今始接雁來書。寒泉浴鉢盛香飯，活火烹茶啜野蔬。何日得諧江上約，遠公瓢笠下匡廬。

奉和伯兄函雲感懷

瓁瓢瓦缶亦陶然，薄醉無煩問聖賢。喜集賓朋常滿座，懶酬書札動經年。岫雲不斷遮茅屋，溪水常流浸稻田。物理循環何定數？杖藜且作地行仙。

秋柳

煙霏雨裛影飄摇，幾樹風流嘆早凋。驄馬門前嘶墜葉，黄鸝堤上織空條。吴姬粧懶休描黛，越女歌殘倦舞腰。最是送行尤黯淡，一絲絲挂冷河橋。

吴顯之

字隱若。父越儁死于寇，年纔舞象，備嘗艱苦，躬耕釣以養母，絃誦不輟。順治初入泮，庚子餼于庠。貧不能購書，從人家借讀，口誦手鈔，貫串經史以暨諸子百家，無不覃精研思，窮極微渺。其手評、手録諸書及所撰著皆存廬江講塾中。病劇歸里，遂卒。無子，故遺稿不復可考。從弟久可曾受業其門，搜梅嶼中唱酬十餘首，屬爲選次，師恩友義，皆不負矣。

訪倪樾公孫雨田秦淮河亭各出詩卷見示

年少書生江上遊，秋雲夜雨唱還酬。非緣俠氣傾三輔，定許詩名動五侯。風細桓伊邀笛步，月明孫楚引杯樓。同將桃葉爲題句，寫盡騷人客裏愁。

九日滯雨久可弟招孫易公叔晉之弟舉之在之同飲再興園

不因舍弟尋高處，風雨翻教幽興窮。臺榭蕭條殘樹裏，寢園明滅斷煙中。莫辭緑蟻招佳客，且看黄花綻晚叢。恰集吾家諸少長，遣愁肯放酒杯空？

久可弟遊泮志喜

鳳毛光發五花明，學海波瀾近老成。晉室才名推小謝，漢家新詔重諸生。頓緜定國千年澤，大父廷尉公。竟得陳思八斗名。嘉喜堂開頻酬酒，杏花深處對延英。

校記

〔一〕鼒 當作『鼐』。

〔二〕罹 當作『䍦』。

〔三〕泜 當作『泜』。

〔四〕鍛 當作『鍜』。

〔五〕搏 疑當作『摶』。

〔六〕婺 當作『嫠』。

〔七〕尚平 當作『向平』。

〔八〕春 當作『舂』。

〔九〕窣 當作『窣』。

龍眠風雅卷五十八

木厓潘　江蜀藻輯

錫山陳大成集生同里王　玑其人參

齊繩祖

字念修。紹興守羣玉公之孫，文學理侯公之長子也。六歲而孤，能自鏃礪，胚胎前光，博綜經史，事節母倪夫人惟謹。弱冠補弟子員。順治庚寅，學使者李弦佩先生校士皖上，引繩切墨，不少假貰，念修以冠軍餼于庠，自是文譽蜚起。性敏慧絶倫，寓目不忘，嘗與予同讀制義，每掣一篇，念修讀一二過可覆誦，予必三讀然後誦，猶强記也。與人交，坦白無媕昧。每酒半，詼諧間作，或高歌度曲，移日分夜，聽者靡靡忘倦，乃至觥章之酒，博進之錢，不肯欺人苟免少許，其天性然也。然疏略不合時宜，因自署疏軒，人亦竟諒其無他云。工行草，片縑尺素，皆爲人寶惜。詩多不起草，成輒逸去，客死之明年，其孤賢重趼走皋城，得遺稿于門徒家。予爲屬兒子仁樹手録成帙，今編校及此，併録詩之兒亦與三十年之老友同歸泉壤矣，爲泫然者久之。

雨

一夏霪雨繁，歸途苦炎暑。秋霽策蹇來，疾雨妬行李。衝泥跋涉艱，五日二百里。檢校擬晴窗，彌月雨不止。棟牖積霉苔，圮户封泥滓。剥啄不復聞，著屐走屋裏。人言登陴望，茫茫接天水。輟講擁敝氈，飽食坐相視。病骨慮寒侵，醺餘時隱几。薪真與桂同，烝然涉波豕。將無歲屢豐，災祲從兹始？豈惟禾黍空？牆垣盡傾圮。吾鄉當亦然，吾廬近何似？

歸途作二首

去日柳無絲，來時田種稻。底事三月間，僕僕皋桐道？歸省實所歡，婦病銜悲悼。家書得數紙，連以凶危報。不寐心如焚，雙眸頓昏眊。吾生百憂集，遭家原不造。倘今復斷絃，伶仃苦誰告？

一春風雨湮，曾未看花鳥。今方聞杜鵑，數聲出樹杪。景物夏方濃，殊堪供遊眺。所恨驅泥中，雨勢來且慓。一陣復一陣，側避路紆繞。客衣盡沾濡，客心逾悄悄。

病中歎

余性素懶浴，亦不常跣足。今夏苦炎蒸，放意無檢束。露坐躭夜涼，羣聚論心曲。一旦病纏身，寒熱交相毒。羸骨苦莫支，呻吟在牀褥。豈惟骨肉遠，隨侍無僮僕。我生逢百罹，死亦無嫌促。但訝偶失調，虐鬼如斯酷〔一〕。吾親老且病，他鄉期負粟。詎知命蹇人，垂絶幾莫續。幸賴主人賢，藥餌適所欲。使我旅如家，此情一何篤！

聞蜀藻將入秦中賦此寄憶

在家苦匆遽，希得上君堂。及到羈旅中，思君不能忘。家季昨書來，云將治遠裝。孤客正懷舊，聞此心益傷。君才本騏驥，久宜快騰驤。乃今悲偃蹇，負粟走雍涼。雍涼名勝地，奇情恣翺翔。得金應滿篋，得句應滿囊。顧君好閒居，能勿憚途長？懸知言邁日，專待捧霞觴。與君近著詩，冬歸期互商。豈意同心人，倏爾天一方。石經齋頭菊，紛披爲誰芳？轉計入秋來，兵燹震江鄉。撫時宜念亂，須臾變滄桑。行否或未定，躑躅遥相望。

留别汪子泓

我家桐陂南，第宅先朝遺。少孤讀父書，家聲惜中墜。遭亂走四方，鼎革還舊地。饑驅事筆耕，且捐家室累。客皋幾六年，名賢快同類〔二〕。懷君獨惄如，空谷遥難致。近僦陳生居，我亦一枝寄。邂逅訝非常，御李心方遂。嗣于王子齋，閒話數相值。雅度滌塵襟，清光耐久視。弱冠噪名場，便便富腹笥。鴻文振時靡，六經資鼓吹。孤吟鶴唳皋，書法生百媚。形穢我自慙，深感無遐棄。況復下問殷，過亭晰疑義。在座輒生風，拚飲期君醉。舉席已陶然，獨醒羣稱異。維夏忽徂暑，日月迅如駛。鄉伴迭催歸，倦飛偕奮翅。非不戀梓桑，顧君難撇置。君亦屢訊歸，殷勤饒古誼。月望始分袂，先期自揮淚。敝帷經手披，念之不成寐。贈言曾四章，不盡如縷意。兹行月餘别，數語希心誌。著書可自娱，傳經良不易。老我研田中，辛苦嘗之備。憐君不勝衣，何堪此勞勩？朝夕往來頻，炎暑宜稍避。善教貴無言，損心是多記。露坐防夜深，節飲期安睡。葆此特達姿，以就三台位。重來不待秋，未忍煩縈思。裁和倘惠然，便荷彼姝畀。我歸静掩扉，几席珍奇字。展玩復沈吟，聊爾當把臂。挈裝匆遽間，韻言殊失次。詩中未悉情，緘書覓郵使。

贈張與京與瞻

山川蘊良璞，雲霞起輝光。上有碧梧桐，下有雙鳳凰。公子美無度，遨遊翰墨場。蛟臺與鳩水，南北遥相望。兹來有杜子，攜我上君堂。醇醪令人醉，名園萃羣芳。怪石攲頹樹，衰柳罥池塘。昔賢歸隱地，懷舊增悼傷。羡君二難並，尺木恣翶翔。對酒發長詠，鈞天奏徵商。丈夫雖不辰，家聲終欲揚。萬物各有適，而我空骯髒。得君慰窮途，衰颯變激昂。征邁在兹日，風雨勿遺忘。

古鼎歌

有鼎流傳在越嶠，吾祖攜歸三十年。其下如盂上如缶，細紋參差色斑然。不知何代並何器，華貴略似青瑶鐫。昔爲宗廟盛黍稷，今珍席上篆爐煙。吾祖性情嗜古玩，當年持贈想名賢。鼎兮鼎兮洵重器，汝應歸余亦有緣。兵燹之中幾淪没，寄在舅家得以全。供佛莊嚴勝珠玉，宴客古光照几筵。以示時人皆不識，静對長令俗慮捐。豈似金銀防盜賊，多藏徒復苦糾纏。

悲吾生

三十以前頗善餐，體瘦精神卻健安。一刻讀文能十首，竟日圍棋可百盤。去此於今無幾歲，久談久坐輒思睡。展卷殊難一再觀，觴政未終先起避。我生無奈百憂摧，未老先看老態催。即使一朝身富貴，眼昏髮白良可哀。争如少年得意子，及時行樂興悠哉？

蜀藻有兩烈婦詩余因並紀之

天壤之間有正氣，往往偏鍾閨閣際。前有夏氏後有潘，兩人趨死何堅鋭。江郎客死少無兒，人疑夏難柏舟誓。豈期號痛頓如狂，毁容絶食經旬斃？項生遭事死于燕，其家没入俱不貰。新法大概及妻孥，人人忍辱延斯世。潘欲速死與夏同，苦爲母氏之所制。私念大義矢靡他，聞將解行遂自縊。慷慨從容侍婢欽，婢名采蓮。相從殉節無留滯。人言潘素姤，夏素慧，余惟取大略其細。總之不謂人盡夫，生則同室死同瘞。使兩人者爲男子兮爲人臣，其不負君父一如其不負夫壻。

貧交行懷吳燕公真州

天下多富人，我與君何窶？天下多窶人，我與君何苦？憐君泛宅老江濱，幸免呼租自在貧。我患室人交徧謫，引雛聊慰白頭親。當年六子盟荆縞，左子福薄修文早。吳子趙子俱素封，方子近亦家道好。惟我與君長如斯，南北饑驅傷別離。君不見，斯世交情易陵谷，一朝富貴棄如遺，不如貧賤長相思。

敝廬歎

文中子，敝廬足以蔽風雨。我守先人之數椽，避亂歸來日傾圮。棟折榱崩難久存，客行如過魯東門。鄰人見我屋破無專管，公然縱畜觸我藩。我視世人家業富，厥考作室子堂搆。亦有其先無立錐，手創竹苞與松茂。此屋百有五十年，先朝第宅皆宛然。況于儉德僅旋馬，修葺無過數萬錢。吁嗟乎！金銀之氣不滿室，世世同居竟何益？反不如孤棲茅屋兩三間，無煩仰屋增憂恤。

徒步行爲倪右臣舅氏賦

驅馬出東門，行行十里許。有客前來扇遮面，倉卒不遑相顧語。舅氏認我旋相呼，問我婦病曾痊無。我揖舅氏答且訊，冒暑徒步胡爲乎？五馬驊騮宛在昔，三世聯翩光仕籍。柱史京師盡避驄，經筵天子嘗前席。舅氏輕肥分固然，如我饑驅合受憐。誰知廉吏之孫子，被褐唯將清白傳。即今萬事多變更，朝而軒冕暮徒行。舅氏食貧偶然耳，箆仕佇膺冠蓋榮，餘榮猶及甯家甥。

陳子垣下榻石門詩以懷之

石門春水漲，瀑布亦奇觀。偶到片時返，輸君儘日看。紫芝朝飯飽，貝葉夜鐘寒。擬就秋籬菊，遲余共館餐。

弼士緘關石經齋詩以懷之兼索飲

久有芳樽約，寒宵覺更宜。何當一謀婦，相對藉論詩。閏月占梅早，同雲與雪期。欲扶僵臥出，策杖直披帷。

家惟木授經宣大司李方還青署中寄懷

幾載同居好，移家傍水灣。貧難辭教授，老更歷邊關。客久囊應富，官清署亦閒。美人兼駿馬，何日共君還？還青許爲買妾。

杜蒼略客淝上見懷賦寄 弱摻爲徐氏歌童，蒼略與之狎，因作傳。

官貧兼客久，無過浣花翁。公子躭高尚，懷余見古風。贈金揮易盡，浪迹賦逾工。近讀弱摻傳，鍾情何更濃。

喜秩斯弟自中州來蓼因同歸省二首

書從初夏達，袂自早春分。命駕方呼僕，擔簦忽到君。話同傾醴酒，篋定富奇文。勿復愆歸候，晴空逐雁羣。

生計由來拙，經年旅食同。汝猶供嘯傲，余獨苦樊籠。禹迹渡河訊，皋城取道通。親心最欣慰，雙拜北堂中。

期頤兒

自倚性能敏，朝眠到學遲。只期粗識字，何意解吟詩？稚不憂親病，頑因恃祖慈。暮歸一揖後，叫怒亂啼饑。

初度二首

三旬俄有六，四度客皋城。負粟長懷土，茹荼送此生。性迂乖世好，老近澹時名。繞膝閒吾弟，勝予敝舌耕。

持家推健婦，一病未全瘳。漸近西成候，聊紓内顧憂。遇辰增寤歎，避俗選清幽。何以當羣彥，稱觥迭勸酬？

懷張如三兼悼令兄子亮

書室依城静，池魚入網肥。還家無暇日，未得數披幃。生事余偏拙，同遊願總違。因懷夜臺客，宿草益沾衣。

門人多移家避亂夜坐偶成

避秦争覓地，堅臥似輕生。繞屋烏誰止？傷弓鳥易驚。書幃常課寂，蕉雨一燈明。雖與巖城近，還無夜柝聲。

懷何武伯

城曲市喧遠，緘關自著書。比因遊屐久，深悵酒杯疏。果腹差能慰，顰眉不肯舒。樓頭雙樹好，何忍與人居？

孝禾生子

君身諸福聚，只是望縣弧。憶昨謀人種，而今獲鳳雛。浴盤當亂定，摩頂識形殊。他日逢衰叟，知爲父執無？

吳弼士下馬孔璋榻詩以懷之

吳子傳經處，齊生舊下帷。十年真轉盼，兩美最關思。呫嗶計同拙，疏狂性不宜。生男許招飲，謀婦更何時？

過秩斯弟館

既已捐桑梓，還於僻静宜。荷香飄入座，蕉緑滿浮巵。逸興恆題壁，諸生解誦詩。應須謝投轄，歸省未容遲。

蚤發

向北風偏勁，争程未曉驅。星光辨岐路，霜氣透重襦。蹴起煩行侣，宵餐就僕夫。飛鴻歷辛苦，能飽稻粱無？

真州船發

客途愁值雨，一雨幸能晴。策蹇防泥滑，乘舟觸霧行。僕饑餐近岸，縴滯緩朝程。聞説兵船下，移家處處驚。

不寐

無眠徵老態，心緒況紛縈。荏苒鄰殘歲，淹留負久晴。菜羹常食減，棘路旅魂驚。高枕輸童僕，鼾鼾徹夜聲。

沭陽

淮郡多名屬，凋殘是沭陽。徙衙因賊毁，攢里爲田荒。物貨争朝集，逋徵罄邑庠。主人猶款客，爲我盛供張。

瓶梅

客況渾無賴，尋花當勝遊。偶從鄰圃折，漫插小瓶幽。久對香逾逼，徐開影漸稠。珍憐同韻友，暫别幾迴眸。

哭方井公五首

交結枌榆舊，惟君閲歲深。絳紗同侍講，白水幾盟心。雁序驚中斷，龍文竟陸沈。思家方拭淚，聞此益沾襟。

去歲臨岐日，惟言瘧在身。嗣知爲弱疾，醫藥已無神。梅任依階石，書應積案塵。早年生二子，不及見成人。

廿載困場屋，三年一共遊。句分江口月，衣冷秣陵秋。佇見趨金闕，將膺歲薦。先期赴玉樓。儒冠竟誤爾，泉路恨悠悠。

四十今年是，因君轉自傷。蹭蹬虚老大，羈紲耐淒涼。揀篋珍遺札，挑燈草誄章。歸來挈芻絜，哭臨一焚將。

潘母素鍾愛，井公爲松聲閣潘太母之壻，蜀藻之妹夫也。洵過璧與珠。門楣今已矣，晚景足悲夫。合向空王解，休令老淚枯。轉煩垂白叔，同舅撫諸孤。聞井公以兩孤託令叔在簡及内兄蜀藻，知必不負託也。

即事示諸子

北風吹處盡孤烏，把酒憑軒興亦孤。未雨誰深桑土計？憂天翻笑杞人愚。世情自合招兵燹，吾輩何堪繫有無？所慮軍書紛道路，一氈未許寄江湖。

早春道中

菜盤椒酒正芬清，族姓懽聯遞送迎。破凍獨教投旅店，刻期何異赴王程？已知負米甘腰折，不分窮年只舌耕。藉慰北堂無遠顧，秋高佇愜舞衣情。

辛丑除夕皋城憶母

晚節茹齋白髮垂，承懽正是惜陰時。出門預擬還家候，除歲空勞負米思。静室娱孫嗔自息，寒天拜佛起姑遲。堪傷半世和熊苦，博得江湖賣賦兒。

憶　弟

六年旅食三年閏，七度辛盤四别家。賴率諸孫除墓草，應憐孤客頌椒花。開械惟喜親猶健，對鏡驚看鬢有華。總爲稻粱謀不易，頻教鴻陣各天涯。

憶內

生長朱門苦未知，貧家何幸最能持。經年離別煩凝望，卒歲團圞復爽期。兒女盡牽羈旅夢，糟糠休起薄情疑。北堂暫藉稱椒酒，彈指西窗剪燭時。

憶女

壯年生女始能存，愛惜無殊掌上珍。母性過嚴常畏懼，家貧從小識艱辛。荒廚脱粟難充腹，短褐裁衣可稱身？回首牽裾留戀意，今宵爲爾重霑巾。

憶期頤兒

病妻生育知難再，獨子相承望最賢。苦爲饑驅從汝懶，還因質弱動予憐。覯燈慎勿離昆季，祀臘應須侍几筵。繞膝偶違無足惜，授經猶少百餘篇。

憶諸姪

烹茶煖酒奉庭除，輒喚羣雛侍板輿。取笑盤中争攫果，課功閒處偶挑書。炎冰幾度離應慣，花爆今番望卻虚。守歲高堂含淚語，爾曹亦解動欷歔。

讀先高祖奏議有感

高祖在正、嘉間正色立朝，遍歷中外，凡上百餘疏，紀功、蓬子二疏載在史書。

封事當年累萬言，稿經焚削未全存。監門直遞流亡繪，銅柱能明薏苡冤。姓字豈期垂史籍？江湖長念答君恩。只今四世留清德，被褐翻令媿子孫。

潘蜀藻社集共君字

閒尋汐社好論文，況復茅齋對此君。鷄饌喜從堂上授，麈談時向座間聞。芳菲過眼憐春老，潦倒同心十夜分。因憶昨朝南下客，江邊寒雨悵離羣。時吳弼士應試白門。

弼士歸自白門偕飲石經齋步蜀藻韻

誅茅小築寄城隈，衆婞過從日幾迴。有客忽隨江汐至，入林正及藕花開。晝閒只合常聯句，歲旱應難日把杯。猶喜韋廚芳醑滿，不煩投轄懶歸來。

閻少尹植公徵詩賦贈 植公以登萊廣文遷桐

暫收絳帳佐花城，宦隱殊多世外情。東海賢人爲儆吏，北方學者失先生。門因問字常如市，書以傳家更滿籯。官舍只今何所事？素琴一曲萬松清。

生子志喜因步蜀藻來韻

頻年羨爾好男兒，老蚌生珠待此時。克肖自應同魯鈍，命名亦只望期頤。五旬尚覺添孫蚤，三十羣言得子遲。自分貧家無別業，可能還受一編詩？

次韻答汪會山先生見訊先生乃予婦世父也

舊築雖存葺亦艱，門庭蕭寂晝常關。插籬自看霜前菊，扶杖難尋雨後山。病久等于窮莫送，詩成亦似債初還。舅家一榻懸相待，雪嶺雲岑許共攀。

與明農談干支感賦

知君晚節當榮顯，我已三旬一第難。自識科名需養母，其如星命少催官。少年容易誇鷄口，舊業隨同食馬肝。長此學詩甘隱逸，考槃高詠碩人寬。

謁竇公祠步江向若先生韻

崇禎壬午城幾破，一死能令一邑存。爲向西山瞻廟貌，因懷高義動乾坤。當年從賊人安在？異代知君道自尊。竊怪受恩無報者，將軍寧獨受殊恩？

輓方明圃

一門高義世應希，農圃先朝兩布衣。力穡逢年猶有待，荷鋤乞食不能歸。人亡蚤定千秋是，身在徒傷萬事非。他日繪圖求隱逸，澤中空有釣魚磯。

寄亞佚

雅尚超然物外閒，離城百里是柴關。甕香因富陶公秫，閣敞時招謝傅山。綺葉燒茶收竹裏，蔬盤供客摘籬間。浩菴詩集應盈尺，分體編年手自删。

悼張圯孺

問疾看君時愴然，支離自説未能痊。由來天道難全信，幾見賢人得永年？舉世總無不死藥，歸禪益厭養生篇。經過疇昔論心地，鶴去惟餘繐帳懸。

雜詠二首

征衣纔浣又嚴裝，客況離愁已慣嘗。仕路險夷無我分，科名真贋聽人忙。從前自識貧非病，向後應成老更狂。忽憶故園新酒熟，山鷄啄粟蟹銜霜。

承顔未得苦饑驅，奄忽三旬五歲徂。我法但知循放達，人情安在免揶揄？鄰翁對菊杯堪把，逸史工詩調不孤。已識一編難果腹，訓蛾仍舊事咿唔。

除夕

重趼歸來餞殘臘，一年家食只旬餘。行裝漸與春相逼，愁緒難同歲並除。繞膝漫欣皆玉樹，供盤久已是園蔬。西泠遊舫臯城榻，何處棲遲好著書？

懷方子儼鄉居

遠市幽棲事事宜，羡君先得我心期。自收秫稻多藏酒，小搆茅齋静課兒。賣産欲捐湖課累，傍山真省爨薪資。獨憐病婦前垂死，姊妹幾無相見時。子儼爲予僚壻。

家慈壽日

三十餘齡推節苦，五旬有四漸年高。因親茹素歸禪早，念子祈安禮佛勞。適值援枹驚羽檄，未能懷橘佐冰桃。既無善養應須禄，潘岳扶輿欲二毛。

寄穆若叔

拙菴聊作草玄居，一别驚過三月餘。負粟心仍懸菽水，借棲家轉似蘧廬。兒頑猶幸傳經易，婦病殊慙設醴疏。逐鹿中原正多事，歸途安得任驅車？

壽仲父六袠

驛路高烽滯客裝，未隨斑舞獻萸觴。漸看諸父臻耆耋，轉惜吾生負盛彊。獨鶴鳴皋艱飲啄，神駒歷塊蚤騰驤。著書花舫堪娛老，甲子重編歲月長。

喜得秩斯弟書賦寄

深夏還同春氣涼，客閒惟覺日逾長。睡魔難卻朝成例，酒戒雖申興偶狂。喜爾授經鄰梓里，先余歸省獻蒲觴。弧辰五載天涯度，今歲原期拜北堂。

黄公位之任城余欲貽書潘蜀藻及裁致而公位行矣嗣蜀藻書來見訊因憶有作

遊屐偏煩第一流，也因窮欲送無由。我歸君出如相避，人去書存黯自愁。遠信殷勤淠水暮，清尊潦倒故園秋。最欣闕里瞻車服，擬讀鴻篇當臥遊。

初度憶家慈

四度皋城感歲華，昨棲秋浦亦天涯。慚非王事難將母，徒以身貧遠棄家。目病恐勞翻貝葉，人歸僅得奉山茶。稚兒暫代斑衣舞，秋到稱觴泛九霞。

宜城漫興

□□□爲臨嫁工，兼因憚暑益疏慵。但煎活水沖山茗，欲襲涼飆傍寺松。郭外三江縈縞練，望中九子簇芙蓉。菟裘他日思營此，茭菜鱘魚佐酒鍾。

姚勃少以香橼見貽代柬謝之

旅食難同餐落英，名園衆卉總關情。更思嘉實黄垂樹，摘贈多枚香滿罌。行笥應須連葉載，客窗長似對君清。北堂還作莊嚴供，能代區區懷橘誠。

寄壽方繡山民部

庭際芝蘭晚漸敷，鳳池還擬浴鵷雛。笙來緱嶺吹瑶席，露散金莖灩玉壺。在野心仍籌國計，談經門更集生徒。江南風景人稱美，洛社推君領略殊。

悼家從晉侯

寥寥古誼慨斯時，然諾多君定不移。無黨獨標諸社望，甘貧寧減祭田資？族人斂金塋鳳山祭田，供祀典外，貯建祠宇，有欲分之者，晉侯義形于色。向平婚嫁中年畢，李泌藏書力疾披。客歲霜天一爲别，詎云無復入林期？

哭倪南蔭

同盟推爾健强身，歲運胡爲遽厄辰？刑雉歷今方廿載，過駒傷逝已多人。韓歐文竟終泉壑，管樂才難遣寠貧。甥舅誼兼老兄弟，不能歸賻重酸辛。

别王蜀隱

賣賦同君辭宅里，衝寒我更走江邊。諸侯争識相如重，一榻誰因孺子懸？談橘座間惟暫適，撫桐爨下每交憐。菟裘得似蛟磯穩，歸釣還耕瀵水田。

將之淮浦憶家慈

拜别慈顔淚不揮，含悽哽咽出庭闈。長貧猶仗萱華庇，晚節深悲菽養稀。就道頻言休内顧，治裝幾次閲寒衣。情知跨鶴爲難事，霜橘還期滿袖歸。

憶舊失詩草二首

詩篇約計過千首，戌亥詩尤愜性情。編次悉經親手録，推敲兩費故人評。許綏人、潘蜀藻。忽同去鶴終無返，從此悲蟲亦倦鳴。近體有時能記憶，就中難記是歌行。

吾家故物任高峨，搜去奚囊奈爾何？可嘆稿成艱授梓，未令紙貴頓消磨。誼非勝友寧藏拙，調本巴人合和歌。或取吳江楓落句，餘篇不惜盡投波。

即事

夾岸人將户牖塗，江流千里客帆無。犒師業已疲州郡，掠食何煩艤舳艫？宵警是風還是鶴，檣旌如火亦如荼。莫疑河上逍遥慣，爲候更番拽縴夫。

安平值雪

遡風迎霰到湖皋，暮雪飛飛上布袍。日昔晴暄偏窘步，前途寒沍曷勝勞。炭艱旅店無爐火，秫賤家園負甕醪。原識閉門僵臥穩，干人冷面重蕭騷。

贈徐月鹿水部二首

榷賦鳩工任重臣，東南再委荷恩綸。命倕已著司空績，咨岳行看亮采新。莖捧天家分露液，梅開官閣詠霜晨。長淮澤沛江鄉遍，餘潤能無及窶人？

車笠長懸問舊歡，江天雲樹思漫漫。西湖虛指樓船盛，北闕遥知粉署寒。但似昔年開馬帳，不從遠道累猪肝。饑驅踏雪人千里，莫作尋常訪戴看。

徐仲子來袁浦賦示

輕肥久棄布衣羣，邂逅相過致訊殷。畫鷁隨風翔遠水，饑鳥迎雪噪同雲。佛堂供冷容僧懶，官舍愁多藉客分。不耐夷門蕭寂甚，朝來忽到信陵君。

賦得酒無通夜力

衆婞娛賓盡舊醅，不辭蟻泛倒深杯。祇期歸思眠能釋，可怪中宵夢便回。向曉柝傳城堡急，未成詩就被池裁。轉虞麴蘖還相笑，獨醒分明老態催。

歸途作

官愁客苦孰淒其，紳衮逢人盡皺眉。大抵猪肝圖自飽，不聞鷄肋棄如遺。乘車桓傅誇誠陋，捧檄毛君喜亦宜。詎曰宦途非歷險？眼前難歷是朝饑。

爲龔孝積初度

去歲兹辰正北歸，入林猶與所思違。霜天隻雁方求侶，春水閒鷗得並飛。捉鼻無言行有待，遐心自笑遁難肥。當筵不必辭深飲，伯仲稱觴廿載稀。

潘蜀藻白門握别訂菊月相晤金斗遲之不至感懷有作

相從百戰老忘疲，李杜文章竟數奇。萱蔭幸俱寬禄養，萍飄獨苦失扊炊。朋簪争盍平原席，鷄絮偕將孺子期。已語居停藏酒待，石經何乃戀霜籬？

安平值方與三孝廉邀同錢亦友王蜀隱飲舟中因閱近詩漫贈

過嗐匆匆别縞衣，湖皋重與對斜暉。蓴絲鄉味嘗能辨，時佐酒有皖江肴核。榆社天涯聚亦稀。

字裏風霜來塞徼，案頭鉛槧宛書幃。順流期艤南旋艇，廿四橋邊話釣磯。

遊放生池晤半字上人

紛紛車馬塞河干，頓豁塵襟天地寬。三面峯邀仁力解，一泓水仗佛心安。杯罌遠近穿林出，梵宇崚嶒落照寒。梓里名禪茶話久，長虹直作趙州看。半公，桐人。

李修孚招集宛在亭同雲谷兩動諸子賦

息影嘗懷搆數椽，閒亭負郭羡君偏。徑開許共呼樽酭，興到何妨解杖錢？待雪檐梅將吐馥，近春堤柳似含煙。更思水漲魚肥日，高和漁歌一扣舷。

濡須道中

底事遨遊倦未還？留眸到處是溪山。楓如列障紅千樹，河僅容舠碧一灣。背面人家環水静，成羣鵝鴨抱村閒。菟裘此日堪逃世，豈似桃源問渡艱？

題劉遠公扁舟江上圖

披裘不守舊漁磯，擊汰揚舲當采薇。詩貯鐵函聊共喻，津迷花水欲何歸？溯洄坐愛梅槲老，邂逅猶疑蘆葦稀。卻怪臨流長獨醒，離騷披處雨沾衣。

韓侯釣臺

推食當年誌兩人，沛公漂母並超塵。酬金已異幸恩輩，拒蒯何慙不貳臣？漢楚欲分須借力，始終無術自謀身。早知鳥盡弓藏急，贏得江湖穩釣綸。

得石菘和句再疊前韻

物色英流能幾人？獨從逐鹿靖氛塵。築壇事足驚軍衆，推轂功惟屬相臣。殲敵無餘原震主，將兵逾善莫全身。細思一飯千金意，誤認分茅勝繫綸。

寄懷沭陽梁含素明府兼憶方中諭廣文

秋城獻賦即言歸，良覿無能候撤闈。偶向河干驅犢出，時從雲際盼鳬飛。星文夜爛青油幕，劍氣寒生白紵衣。楊草潘花聞並茂，蓿盤分得饌鯖肥。

輯無得齋詩因懷王父四十韻

熙朝鍾秀異，華胄紹箕裘。孝友因心篤，高明入聖優。貧惟勤誦讀，學必廣咨諏。不飲同蘇老，藏書擬鄴侯。咿唔連曉夜，澹泊閱春秋。蚤歲登賢譜，中年歷宦遊。廷評勞讞獄，曹署廑持籌。御廐吟多諷，王父有御廐吟，譏馬政也。清屯策更周。有清屯疏，凡得餉數十萬。弓旌膺特簡，桃李已全收。戊午典試西蜀。非止文章彥，還多節義儔。高大司寇支樓乙酉殉難。廉能移劇郡，臥治見風流。梅閣詩頻著，蘭亭禊再修。守會稽兩年。高賢供唱和，勝地足優游。講道羣歸正，崇文重黜浮。樽常開北海，榻每下南州。仰並高山切，干難片刺投。吏民無雀鼠，子弟服田疇。撫字除刑獄，謳歌遍海陬。杵時疑薏苡〔三〕，因病憶林丘。輕擲二千石，長吟一葉舟。去越吟十二首。此身原有托，于世本無求。解組情偏適，歸田詠自幽。歸詠數十首。看山追謝傅，愛竹似王猷。棲息石門墅，馮臨嘉樹樓。彈棋常不倦，得句遂忘憂。庭對爭趨鯉，機忘任狎鷗。杞心虛慨慷，梓里盡綢繆。散逸懷丹陛，辛勤先白頭。四知傳祖德，一壑永孫謀。靜悟無絃理，閒攜漉酒篘。遠觀窮練馬，幻景識蜉蝣。壽以才名折，官因介節休。承歡悲菽水，廬墓泣松楸。調喜壎篪合，門欣蘭玉稠。晚猶翻貝葉，暇即引箜篌。遺稿亂中失，殘篇篋底搜。僅容窺半豹，未得悉全牛。性自躭佳句，詩能寫別愁。風人真不遠，斯道幸能留。家學余多愧，揄揚願未酬。

張如三招飲貽經堂共言字得二十韻

隱市聊堪從嘯傲，比鄰還得共晨昏。爲招衆婞開三徑，因聚華軒對一樽。穿石長成藤作舫，依牆編就竹爲門。深林静亦餘風籟，遠岫晴猶帶雪痕。萬石家聲傳令祖，一經世受頌文孫。昔躭工部勤摹畫，近愛香山細討論。得句争如投玉案，讀書應笑改金根。空皋誰不聞鳴鶴？巨壑行將起伏鯤。下濮田無虞旱歲，小山桂自結□村。魚絲盈市多爲膾，兔首供盤手自燔。好客清風追北海，高賢雅讌擬西園。醉當卜夜談逾永，候届迎春氣已暄。榾柮火添爐正熱，臘梅花噴圃猶繁。編鶉暫釋蕭條況，揮麈都無世俗言。窮轍每令悲阮籍，聞鷄端賴蹴劉琨。浮雲其奈人情變，舊雨相從吾道尊。研北多慙數歲長，鼎遷難忘累朝恩。樓頭吟月瞻龍臥，檐際争枝任鳥翻。大被忻輝華棣萼，貧氈莫慰白頭萱。相期努力惟知己，薄俗還徵古誼存。

范亞夫〔四〕

出其智與謀，可爲漢室輔。興項雖不成，忠貞已千古。

謝疊山

絶食期速死，不死乃復食。程嬰與杵臼，遲速匪恆識。

雨雪遲秩斯歸省

館粲汝猶供菽水，斑衣余莫慰晨昏。今年歡聚無多日，只恐饑驅又出門。

歸途口占二首

寒空雪壓萬山深，獨抱征鞍獨苦吟。來往行人共相笑，灞橋驢背直如今。

湃水還家三日程，一年于此數經行。短驢馳過梅心驛，鄉語聲聲慰客情。

風雨由來此夕多，相傳惜別淚滂沱。只愁濕砌書難曬，鵲駕天孫任穩過。

七夕

題杜蒼略霓裳悟劇四首

才人姓字月中芬，沈杜風流代出羣。渺渺雙姑來碧落，湘靈疊鼓夜深聞。

爲仙爲佛總皆情，譜作雲璈鳳吹聲。只恐情根終不斷，在天還欲卜他生。

魂飛蜀道太淒其，漢殿明妃上馬時。多少興亡繫幽恨，新聲如誦黍離詩。

舞出霓裳幾淚零，不堪重唱雨淋鈴。關山到處吹笳月，痛哭寧惟雷海青？

校記

〔一〕虐　當作『瘧』。

〔二〕顃　當作『類』。

〔三〕杵　疑當作『忤』。

〔四〕夫　當作『父』。

龍眠風雅卷五十九

木厓潘　江蜀藻輯
毗陵岳宏譽駿聲姪壻姚士塈注若参

周曰赤

字子緼。崇禎間諸生。少與方其義直之善，馳騁藝苑，落筆千言，直之亦深託肺腑，雅相推挹。直之死，遂有『畦夸誰容我』之嘆，亦灰心于文戰矣。嘗受知吳橋范質公相國、同里方仁植中丞，比殁，著弔忠稗言各二十章。陳子默公序之曰：『有靈均然後有宋景，有文山然後有臯羽。億翁有兩先生，然後有弔忠之梅山氏。』予爲各存其一，以見崖略。所著梅山詩稿，如咒雪云：『欲取烹茶難擇浄，即將照案反成陰。』唁楊嘉樹兄弟云：『秋至鄰家先罷社，夜來烏鳥亂啼更。』悼亡云：『臨河洴澼偏龜手，當户機絲屢斷頭』；『雜佩永將沈帝子，遺漿何處飯王孫？破衣重補生來巧，無米偏炊似有神』；『形同秋後將零葉，命似風中欲斷絲』。壽君豹云：『性拙自甘强項詘，途窮不受折腰憐』；『三秋露冷蓮花劍，半畝霜顛柿葉書』。夏日村居云：『低檐暗接尋巢燕，密樹交垂坐語鶯』；『布穀苦催山寺雨，提壺分送野田歌』。皆錦囊中不可多得者。

擬古

春雨知莓苔，春風識楊柳。申椒苟不芳，荃蕙亦足醜。浮雲在中天，倏忽成蒼狗。白水空浩浩，青山不可久。吁嗟金石交，一朝苗與莠。馬陵鍖厥胸，泜水斷其首〔一〕。花紅不終朝，蜉蝣不待酉。紙窗與琉屏，脆薄君知否？孟門與太行，視之若平阜。世情已如此，且進杯中酒。

寄西園

南陌逢春日，西園載酒時。乍驚花似霧，又見柳如絲。緑雨滋平仲，青天叫子規。不知今世裹，消破幾黄齏？

哭石公弟

瘦骨本嶙峋，今朝遽反真。苦催天上賦，看殺衛家人。長吉、叔寶俱年廿七卒。玄冢空啼鴂，青燈變作燐。蕭條池畔草，腸斷不知春。

得家書

遊子渺天末，高齋念倚閭。啼烏千里暮，歸雁一行疏。歷落煙中樹，蕭條雲外書。開封還自慰，母老幸安居。

和家需菴新月詩

皓魄本圓滿，初生認未真。眉留宫樣淺，指隱甲痕新。玉彈隨弓側，銀鉤入幕親。黄昏疑有約，遲我下西鄰。

寄楊嘉樹鹿湖兼憶直之丘壟

湖南十里蟪蛄鳴，湖水悠悠淺且清。野鹿銜花山日古，小龍蟠谷夜雲生。雕陵大澤歌叢桂，細雨荒村數落英。可惜樂安墳上草，年年啼破杜鵑聲。

挽吴橋范文貞先生

一片塵飛掩舊麻，心隨玉輦度京華。殘碑有字存黄絹，歌管無聲冷絳紗。秋老松雲堪唳鶴，春來梅雨亂啼鴉。長橋細草東南路，野水瀟瀟咽暮笳。

挽中丞方貞述先生

鬑齒徒勞夜枕戈，老臣無力奈愁何？雲飛彩袖歸華表，淚滴袈裟挂薜蘿。謂無大師。寢室杯棬天日少，墓門鐘磬夕陽多。招魂處處生哀怨，不忍吞聲讀九歌。

雪　行

力疾頻加酒後鞭，衝泥犯雪朔風天。同雲頓令千家合，野色平看萬壑連。歸鳥已迷前路迹，聞鷄不辨隔林煙。居人未解征途苦，笑指尋梅孟浩然。

哭分兗兄

截斷長淮水不流，豐城劍氣黯然收。張融折柳思張緒，子敬亡琴哭子猷。孤冢荒凉鸜鵒夢，野燐明滅鷓鴣秋。頑仙才鬼歸何處？天上新成白玉樓。

哭亡姪

痛定還從野外呼，一身區霧眼模糊。旛飄似覺褰帷去，燈隱忙看把袖無。始信返魂香是假，可憐垂老淚將枯。孤雛纔得成毛羽，忍見孤雛雛又孤？

登九華山望江亭

嵯峨小閣勢凌霄，天外長江一線遥。石磴幾層盤樹杪，野田無數挂山腰。塵埋俗客心初定，雲擁仙人手似招。細雨著衣染空翠，卻疑羽化共飄飖。

悼亡詩

破鏡徒勞挂鳳幃，深閨静掩笑言稀。風摇環珮魂來往，月照窗櫺影是非。死後幸無埋馬棧，生前長苦泣牛衣。淒淒白露空庭下，腸斷高天一雁飛。

秋日圩上苦雨二首

秋霖漫漫作江聲，襏襫都從水面行。饞鷺狎人窺竈立，馴鷄棲樹下田驚。千家負土防堤決，八月觀濤苦病生。最是淒涼蘆荻夜，多時不見月華明。

蘊隆纔罷桔槔聲，寒雨秋江一夜平。共指青苗爲相國，誰知烏有是先生？舊菑久失家人望，新黍猶虚祖廟馨。此日報神兼賽社，不勞擊鼓更吹豳。

哭吴又恆

馬鬣驚呼石路長，炎風當午欲飛霜。瀟湘萬點都成血，巫峽三聲總斷腸。繞樹慈烏頭已白，覆巢完𣪘口猶黄。痛君兩世稱孤子，使我重傷十二郎。

病中以舟弟不時存問口占謝之

老病憑誰冷眼温？多君高義有殊恩。牀前灼艾思分痛，别後遺甘幾到門。葭管欲回將朽色，麥舟先及未歸魂。生來豈有袁晁劫？天上人間總負冤。

長干雜興

閒過青樓學浪吟，無家司馬復無金。多情莫作求凰操，此日文君不好琴。

捨身崖

懸崖千尺石嶙峋，撒手看雲莫認真。試問蓮花獅子座，幾人跌碎本來身？

吴道合

字開先。水部無齋公之季弟也。少補諸生，蜚聲藝苑。家貧，授生徒經史用以自資，嘗施帳廬江，極爲王水部冶山所引重。又去而入幕，徊翔依劉，雅非本懷。晚乃築室山居，賫志早世。所著有冰玉軒稿。僅遴其今體之什一，亦猶水部公之詩教也。

虔州署中

十月虔州署，吹衣風不寒。雙江流郭外，五嶺出林端。橘柚黄垂屋，扶桑紅亞欄。不知秋去久，猶作暮春看。

愁

試問愁何似？愁如春草滋。草生猶有日，愁至已無時。三盞何曾減？五更祇自知。可憐明鏡裏，兩鬢忽成絲。

候趙新甫賈翔只不至

聞君同出郭，掃徑待羊求。細雨田間路，輕風河上舟。林花開復落，湖鳥没還浮。不見人來往，蒼茫起暮愁。

别胡宜公周子正歸里

春暮君同出，冬殘我獨歸。祇緣思息影，非敢説知幾。急雪驅羸馬，寒風透敝衣。還家釀新酒，相待話柴扉。

送笪人吉歸里

君從歲暮返柴扉，執手勞勞淚滿衣。驛路荒煙人獨去，江干殘雪雁孤飛。病中白髮因愁長，亂後青山有夢歸。時事漸非休戀土，五湖應共問漁磯。

江行即事

天涯此去意如何？一葉摇摇千里波。鐵版汀蘆隨水落，銅陵煙樹隔江多。故鄉書斷無鴻雁，旅客衣單少芰荷。惆悵三更山下月，鄰舟輕唱採菱歌。鐵版洲、銅陵縣，皆經過地名。

憶伯兄水部越游

葉落寒郊掩竹扉，他鄉人去帛書稀。錢塘潮汐迎仙舫，天目雲霞上客衣。夜雨聲中孤鶴唳，斜陽影裏斷鴻飛。相思夢繞江干路，鼓角秋城望遠歸。

送賀扶昆歸潤州

離亭送别酒如泉，蘆葦蕭蕭一葉舡。幾疊寒潮江上樹，數行征雁雪中天。金山寺隱孤帆出，鐵甕城高落日懸。君到故鄉除夕近，好題佳句入新年。

山居三首

陰陰松竹掩茅扉，甫里先生此息機。花蕊經春千樹滿，藥苗過雨一畦肥。犢耕隴畝奚童去，酒貰河橋稚子歸。最愛扶筇亭畔立，黄鸝百囀蝶雙飛。

柴門吟望滿煙霞，秋水秋山處士家。題句晚收楓岸葉，壓醅曉摘菊籬花。蟹螯入市霜初重，雁鶩歸田日欲斜。閒過鄰翁留薄飲，半規月映碧溪沙。

千峯晴雪炤欄干，拾得枯枝亦禦寒。鴉立牆啼禾粒盡，鹿銜門過葉聲乾。萊妻藜食炊朝熟，稚子帷燈漏夜殘。長謝利名閒散甚，袁郎高臥夢魂安。

閒居雜詠四首

深山煙處是茅扉，路轉松陰草色微。帶雨曉鋤新圃韭，入雲晴斸舊山薇。筆因擲久鋒皆盡，裘爲披多毛漸稀。獨把一竿溪上去，碧苔青柳坐漁磯。

才微安敢並時流？袖拂巖雲臥一丘。陽翟樹邊三不出，王官谷裏四宜休。暖眠澗草依山鹿，涼櫂陂荷近水鷗。筆硯盡焚無著述，惟將花葉紀春秋。

庭畔垂楊五六株，緑陰陰下席堪鋪。書抄大字防昏眼，藥選名方怯病軀。有幾錢能供酒債，無多畝易納官租。不須更覓仙源隱，繞屋煙嵐宗炳圖。

石門蘿薜雨初晴，兩兩班鳩深樹鳴。蓬滿一階張仲蔚，竹開三徑蔣元卿。事談世外言多誕，交絶城中禮漸生。野性自宜山水僻，挂瓢原不爲逃名。

得錢倩扶升書

一緘遠自故鄉來，閲罷重增旅客哀。孤館惟餘雙燕到，三春空對百花開。每因感舊枯詩思，强欲消愁泥酒杯。今夜還家應有夢，城端莫遣曉鐘催。

馬之瓊

字孔璋，號恕菴。樞部正誼公之弟也。崇禎末諸生。性坦易，無城府，早孤，事兄恭謹，勵志向學，克紹前光。每與予述太僕公立朝大節，輒拊膺流涕，過時而悲。風日晴美，步屧過從，煮茗論詩，有飄飄凌雲之概。孔璋不常作詩，顧喜吟予詩，酒酣耳熱，不減功甫七分之讀也。今采詩于其家，僅得十□首。摘最尤者以光兹集，其紅蕖一賦，清婉秀妍，則六朝鮑、謝之遺也。

九日懷伯兄正誼

連朝風雨到重陽，千里懷人逐雁行。曾記此時同哭婦，定知佳節倍思鄉。頭因落帽風逾烈，句被催租興減狂。縱是官卑猶五斗，登高不似葛衣涼。予與家兄俱以重陽前二日失偶。

答潘蜀藻戲柬之作

曾訂安仁郊外車，禪扉閒煮雨前茶。豈知積雨期偏阻，又值多愁病轉加。晴向青山催著屐，健逢黄菊始開花。琅琅雪調還投我，好挈芳樽看晚霞。

春夜集從子宅

堂開聚順然高燭，柏酒辛盤六七人。共話先朝思祖烈，獨憐薄宦爲兄貧。拔柴自分籬邊老，琢玉還期席上珍。户外春風將剪韭，竹林唱和倍情親。

送敬孝兩姪省覲滄州并寄伯兄

趨庭喜及豔陽天，彩鷁歸鴻影似聯。五載鹽官猶豹隱，三春花縣待鶯遷。父兄同覺懷思切，子弟偏教去住懸。到日篝燈浮綠蟻，殷勤和我鶺鴒篇。

方里

字井公。崇禎末補博士弟子員，年纔十六。順治乙酉餼于庠，爲諸生祭酒，每試輒領行輩。年三十九，將膺歲薦，未及期而卒。井公初操觚即學爲詩，迨與吾黨諸子討論聲律，原本漢、魏、三唐，而杼柚予懷，時有逸氣雋旨往來于行墨之間。歿六年，而其伯子將仲子來，奉母命編次栗村詩集。予爲點定而序之，鏤版以行，其詳載序中。井公尚意氣，善談論，風流文雅，綽有出塵之致。性不能飲，家居焚香掃地，悠然自得。所至，士大夫争與爲友，惟恐不得當也。予母氏一見賞識，字以小妹，而不及見其成。次井公之詩，爲之掩卷而三嘆云。

社集潘蜀藻宅限君字

梁父何其艱，雨雪何其雰。志士皎日懷，裁爲經國文。振此掃塵霧，儲此登凌雲。良玉萃名山，光氣照其羣。分席弄柔翰，晝晷舒錦雯。豪致薄紫虛，排霄蕩氤氲。芙蓉含秀姿，菡萏烈芳芬。咳唾自成珠，窮達將焉分？奇思縱横飛，主賓相與欣。餘情振雅歌，綺句何紛紛。大儒貴通才，正始從兹聞。華燈照緹幕，詩敵與酒軍。剉薦投轄風，不負古所云。各抱瓊瑶篇，爲報平原君。

予初擬遊横江至蛟臺乘便舟之豫章湖口阻風有懷同學諸子

小孤山上雲，化爲滿江雨。孤舟入葦叢，雨深風益怒。目擊暴客船，傳聞豺虎藪。楚豫水相擊，如風復如鼓。初擬遊江東，江東多儔伍。諸子折柳時，别思紛如縷。間入故人夢，應在江南浦。豈知湖口濱，日對江豚舞？窮港遵鷗道，風信叩漁父。石尤穿席來，檣燈難自主。遥念同心人，兹時吟應苦。俱在浩歌中，猶喜依環堵。相思不能寐，閒話同舟賈。鄱水何浩浩，匡雲自千古。别來曾幾時，等閒近重五。

壽岳母潘夫人

由來祝釐辭，其體多浮靡。言者無所稽，壽者無所指。泛引徒紛紜，虛擬將來祉。鬚眉罔篤行，巾幗更爾爾。恭惟松聲閣，德才稱並美。遠近景高山，矧予小子里？我聞鶴灘公，古道照桑梓。我聞張孺人，淑德聲盈耳。卓矣宗一公，理學明性始。吾母大家秀，淵源良有以。聰穎本性成，嬉笑所深恥。詩書研朝昏，五夜猶未已。餘力勿蹉跎，殫心精諸技。女紅奪天孫，書畫有神理。長跪維摩前，爲親祈麟趾。封肉治爲羹，爲翁佐藥餌。至誠感神明，孝友顛如此〔二〕。十七詠于歸，荆布謝羅綺。左手擁圖書，右手親絲枲。江陵千樹橘，家業隆隆起。堂上事孀姑，承奉惟唯唯。舟旋無間言，綢繆及姑姒。司馬石乳公，嘆爲諸婦軌。無何霜雪摧，昊天奪所倚。從此鏡臺塵，迄今椎髻似。艱難撫孤兒，丸荻無踰是。脱簪延嘉賓，自供惟蔬水。時值兵荒中，玉樹一枝萎。小婦矢靡他，周道原如砥。避地渡江東，田園失耒耜。迎姑秋浦濱，旅食備甘旨。一門集五孀，四女兼獨子。舉家三十口，經營無暇晷。扁舟歸故鄉，漸使石田耔。支吾婚嫁畢，日與老姑比。夜寢必同帷，微食憶所喜。幼女依慈母，庶幾可方擬。母也萃艱辛，天也積福履。母儀爲女師，母學爲女史。晚節詩益細，價倍洛陽紙。蜀藻天下才，淹雅名下士。詩文湖海傳，吾黨之蘭芷。同予聲氣中，姓字爲人齒。媿我忝門楣，只合執鞭弭。賢子豈在多？簪紱亦敝屣。諸孫俱神駿，慶餘自累累。今年八月秋，母之六十紀。病仗佛力康，壽自仁人恃。里也遵見聞，言之忘鄙俚。由來祝釐辭，恐爲母所鄙。

長歌壽許綏人

行行蘭澤多芳草，惟我與君交獨早。我方覆額髮如絲，君已典墳恣搜討。鏤心劌目騾文場，柔穎幽窗還脱藁。珊瑚架上多琳球，置身百尺最高樓。讀書尚友了大意，摘句尋章深所羞。亂離捲書渡江去，青溪塔映江南樹。篝火帷燈學益强，富於猗頓之積聚。惜乎年年作嫁衣，白雪歌來識者稀。嚴寒同對長干雪，秋櫂常隨落葉飛。三年兩膺鄉進士，棄之不屑如敝屣。坐擁皋比傲百城，扶風門下人如□。單衣白袷甘牛飯，夜長如此何時旦？未有君才老布衣，指顧扶摇振羽翰。近日城隅卜數椽，蘆簾笠閣須新鮮。其中有人如德耀，眼看良玉藍田緜。寒爐煨火廚煙濕，曝背研朱點白集。不知誰爲元與劉，此道牛耳輸君執。歸來愁思日相望，未典鷫裘進一觴。寒夜一曲爲君將，顛倒長歌月滿梁。君不見，當年謝石稱人豪，如君今歲始擁旄。又不見，君家有慎選，位極人臣名譽顯。集賓結客坐華茵，嗣此風流恐不免。

天界夜宿

香林飲繁露，夜静似空山。笑此多生苦，不如諸樹閒。月光穿柏隙，僧定老松關。未了飛揚意，兹時已盡删。

思友人不至

閉户一無賴，出門何所徂？日長愁作伴，病久藥爲徒。好茗烹纔熟，良朋來也無？來時談到夜，遲月上鄰梧。

初秋

節氣初秋日，空齋雨歇時。天如爲睡設，風漸與寒期。桐葉能無恙，蟲聲不自持。蕭條當此際，無事也成悲。

秋夜

雨過空階寂，閒行露白中。孤雲逢去鳥，落葉覆鳴蟲。漸覺天無事，方知月不同。悲懽吾自主，宋賦豈云工？

秋日哭子留

忽有丹山信，傳來不忍聞。令名惟死定，天意欲成君。骨作江河柱，魂依嶺海雲。西風飄細雨，思爾淚紛紛。

寄内

健婦雖持户，綢繆亦苦辛。遥憐對陰雨，終日念遊人。慈母宜常省，嬌兒莫漫嗔。江潮不到地，無計覓雙鱗。

彭澤

楊柳多於屋，斜陽彭澤城。一帆慙過客，五斗去先生。荒市人堪數，豐年米尚争。野棠開滿地，牽動菊花情。

匡廬二首

全幅匡廬畫，篷窗一望中。山容如此壯，行色已非窮。瀑水連天白，爐煙映日紅。先賢讀書處，秋老好相逢。

山嵐青可摘，歷落豁吾胸。巖抱何朝寺？雲巢幾代松？如知過湖客，一送午溪鐘。老衲芙蓉約，遥期最上峯。

春江

春洲天一色，輕櫂度晴沙。柳暗邊江寺，鶯啼隔岸花。日恬風不競，磯遠浪無譁。極目南歸雁，飄零也憶家。

寄内

空江秋色暮，無緒度斜陽。棗栗饑時稱，衣緜冷不妨。天時重九近，客思五更忙。翻悔霜江客，輕行别孟光。

春日友人投予詩並覽其全集賦贈

十年前即誦君詩，何幸樓居接一枝。遂有美人過薜荔，更憐新詠敵江蘺。燈挑欲和難爲句，病起孤吟慰所思。風雅不嫌常問字，石橋來往及花時。

夜坐柬潘蜀藻

剔盡殘燈未有光，因思同客在江鄉。茅山人共楓林悴，天界詩分祇樹香。只擬鱸魚歸便好，可知牛飯夜偏長？望君不及寒宵月，映雪乘風到草堂。

爾止兄移家還桐予亦遠歸賦贈

江湖汎宅往來繁，藥鼎詩囊返故園。息影自應親薜荔，詠懷從此擷芳蓀。□□吾道惟牛飯，心遠何方不鹿門？昨自江干逢舊侶，詩篇時復訊吾昆。

哭左子永

哲人一去盡潸然，況復交情廿載前。古道相期同白首，中年豈意到黃泉？風生孤館琴聲斷，月照空山劍影懸。從此自悲知我寡，傷心不獨爲君憐。

懷吳燕公真州

少年諸子真英絶，轉盼愁思逐歲新。獻策總無宣室召，修文復有夜臺人。交情不盡如當日，故國何勞絆此身。離别愈多詩愈好，常招清夢繞儀真。

蜀藻石經齋落成限成字

羡爾三間茅屋成，新栽竹樹已菁菁。堆來書卷自今古，移得山林入市城。花逕豈容延俗客？酒杯時復助詩情。北堂更與東牆接，静聽咿唔子夜聲。

同仁植兄夜話白鹿山房

鹿起峯高紫葉肥，青山無恙白雲依。半灣池水連春草，萬里人歸一衲衣。近事同悲壺口缺，新詩交唱月弦微。野花插向尊前豔，裹語玄心識者稀。

餞春

鎮日孤吟臥小園，雨雲翻覆不須論。風吹燕子泥飛案，月送梨花影到門。半榻琴書如素友，一龕燈火近黄昏。春光不似愁心久，芳草從兹繞夢魂。

歷陽九日苦雨同成我存作

佳節好逢良友度，相看亦覺旅心哀。青天十日不曾見，黄菊一籬都未開。鄉夢渡湖忘水闊，秋更和雨逐風來。連牀幸有詩如畫，何必同登江上臺？

懷歷陽馬平子

竟日山城雪不休，搴芳心侣阻江洲。故園偶自開三徑，新詠還期共四愁。蕭寺小樓春聽雨，荒祠高唱月當秋。予曾同平子讀書延慶寺、左公祠。舊遊歷歷紛吾思，夢逐天門碧水流。

念修舉子

楓聲菊葉拒霜新，報爾寧馨此降辰。玉擬吉人分作燕，石蒸佳氣誕爲麟。階前呼弟憐嬌女，堂上添孫慰老親。豚犬吾兒雖較早，輸君兩事倍傷神。

同人折柳詩得酣字依韻和之

饑軀旅食舊曾諳，只有離羣意不堪。人共春光相並去，酒隨詩興莫辭酣。逸才俱是鮑明遠，聖草還推虞世南。漫説素衣行李薄，珠璣錯落任吾探。

浮　山

曲洞危巖雲樹間，遊人今古費躋攀。四時只合僧閒住，孤櫂常於客倦還。天地文章奇至此，江城風景盡當删。誰言鹿起龍眠好？未許同稱褻此山。

輓石公子東壁

廉吏豈應招寇至？文人安可禦羣氛？事於曠代難經見，孝亦千秋不忍聞。魄散永成桐子霧，魂歸輕度隴西雲。夜來斗轉烏啼後，萬丈光芒應是君。

懷許綏人

人外交情我與君，連宵離索對春雲。況當平子多愁日，又草真卿祭姪文。古道光芒干象緯，人情翻覆任紛紜。盆蘭别後枝枝放，待爾挑燈話夜分。

雲間徐子朴五日招同熊雪堂先生熊孝標楚中王子雲集劍江僧舍有贈依韻答之

相看佳節共淹留，小酌招提當汎舟。人是十年勞寤寐，客從五老恣遨遊。子雲自匡山來。蓬飄幸託平津契，蒲泛聊寬岐路愁。卻笑靈均無處覓，櫂歌終古不曾休。

答王子雲

匡君一去山千古，楚客悲歌興會同。子雲結廬香鑪峯。偶向劍江搴杜若，因偕珠閣話飄蓬。交遊可盡如當日，湖海何方著此翁？老矣寒松風格在，臨池擊鉢眼還空。

鄱陽撥悶

也知悲是□□□，遣去還來容路長。彭澤先生終日酒，香山居□□□狂。敢將天地爲愁府，祇恨平生別醉鄉。贏得獨醒詩思壯，風濤相與和蒼涼。

青　山

溢口風微白浪號，黄梅陰雨復相遭。大孤渡盡河方細，五老經過天始高。惟信片帆舟似葉，頓忘大澤盜如毛。征途到處皆危地，獨慰長年此最勞。

雨泊滕王閣

高閣憑江四望宜，章門風緊雨如絲。雖無詞賦追王勃，卻喜登臨勝退之。畫棟重開當日麗，雕蟲羞見近來詩。孤帆檻外孤吟客，帝子仙人知未知？

涇陽張仲高負異才棄官浮家豫章招賞紫牡丹

張君招我百花天，種得傾城此最妍。李白以來詩可廢，姚黄縱並色難先。豔分函谷關前氣，光借香鑪頂上煙。始嘆東皇真妙手，胭脂多買亦徒然。

江上

江上輕風江浪平，江舟詩句紀江程。草知過客傷心緑，天爲看山著意晴。渚暖啼煙鋪旅雁，柳深選樹有遷鶯。由來畏作還家夢，夜夜猿聲徹五更。

初夏歷陽寄内

種藥三年未見花，花時多是客天涯。雖然健婦能持户，莫道狂夫不憶家。廿載飄零成倦羽，雙江容易泛歸槎。殘書堪理兒堪訓，穩閉柴門閲歲華。

江上有懷丘五儀

夜話高齋月欲圓，篷窗今又見娟娟。閉門羡爾書連屋，何日如君手一編？遍地緑齊新荻岸，滿江青逼長潮天。東流日夜情何極，最憶花陰石壁邊。

春日

春光又照薜蘿身，破硯殘書尚可親。門外靋叢何所適？眼前蝸角亦非真。數聲鴻雁驚清夢，一樹梅花是故人。老女緑窗隨意織，莫因遲暮苦含顰。

玉峯

信步登山山轉工，最高層處領霜風。焚香僧定黄花寺，賣石人行白玉中。平野水村收晚穫，邊城火樹亂秋楓。凭欄遥羨寒林屋，喬木清溪曲曲通。

虎丘

記得來時風雨晨，霜楓待我汎寒津。一灣流水尋花叟，三尺孤墳弔玉人。斷續簫吹今古月，高低僧老薜蘿鄰。緩歸厭去閶門路，回首煙波隔市塵。

淮寓夜雪

卻怪匡牀徹骨寒，虚疑月色照長闌。黑裘重覆温難借，赤脚雙卷夜苦漫。到曉畏風蒙首臥，凌晨衝冷啓窗看。元來雪滿淮陰道，愁殺王孫滯館餐。

懷齊念修淠水

經年離思苦紛紛，風雨瀟瀟轉羨君。吐鳳賦成驚馬帳，戲鴻書就遍羊裙。傷心蛾繭風流盡，極目蠶叢雨雪雰。客舍羈孤還自適，相期破硯與同耘。

皖江寄内

細雨蕭蕭助客思，江煙縈繞與愁期。病多莫怨醫無力，寒甚偏於旅不宜。未分花開人別後，生憎書比燕來遲。好風吹醒還家夢，記得蘆簾握手時。

秋日旅懷四首

記我出門時，兒子門邊立。兄弟牽母衣，藏鞭不肯出。

吾兒赴塾歸，應誦壁經尾。逆數曲禮頭，耶去從兹起。

遊子歸有時，鷓鴣唤不息。攜爾至家中，有人飼汝食。

黄葉飛上天，霜月皎如畫。家人望客時，正客思家候。

夜坐對水仙二首

香也如蘭態有餘，更深憐汝復愁予。寒燈挑盡君知否？不是新貪夜讀書。

便是無情亦可憐，蕭蕭如對美人前。暇時我欲修花史，更有何花壓水仙？

沙 上

百萬人家幾日平，浮來如織過江城。無情最是金山寺，聽遍歌聲與哭聲。

夜行船

露冷三更夢不成，輕舠暗度闔閭城。風來月落篷窗掩，靜聽吳孃子夜聲。

吴 循

字炎牧。無齋先生之伯子也。弱冠游鄉校，雅志墳素，覃心冥搜，筆鋒健勁，有扛鼎劓兕之力。尤工聲詩，沈博絶麗，得于庭訓者居多。無齋先生謂其七言近體彷彿文房、義山之間，同人以爲公鑑。予僅見忍齋存稿掇拾什一，惜未獲其全集，尚多闕如耳。

海魚謡

海外有巨鱗，寄迹東南隅。從者千萬族，飄忽常須臾。俯視鳳麟洲，更復凌蒼梧。一旦乘潮來，江淮恣吸呼。鼓鬣撼陵谷，揚鬐漂邑都。偶逢豫且網，佹哉喪其軀。垂首謝蛟螭，泥鮒無以殊。願言息風濤，起此溝中枯。

偶成

住市情能勝，還山趣已濃。黄精和露斸，白板倩雲封。擊鼓驅田豕，行吟答草蛩。禪關剛咫尺，不寐聽晨鐘。

嚴子陵

雪滿桐江後，先生卧幾春。半竿留歲月，一足動星辰。未敢輕天子，應知重故人。雲臺諸將相，安得此閒身？

虎丘晚眺

錦帆涇下水瀠洄，異地人驚隔代來。别墅有松巢白鶴，舊池無雨洗青苔。梵鐘欲動僧先集，漁火初明客漸回。卻喜生公亭畔月，夜深猶上講經臺。

八詠樓懷古

玄暢樓高望渺然，登樓風起詠懷天。袖多錦字人争誦，家有青箱學自傳。侍讌早陪齊相後，論功還在范雲前。可憐帶孔移難久，不見蕭公鼎盛年。

趙靈修招集桃花塢同馮硯祥卜近魯呂鐘友祝子堅

美人折柬到閒居，亂後園林總未鋤。洗馬過江名更噪，元龍入座氣都除。烹來霜後長螯蟹，釣得蘆根巨口魚。濁酒一杯吟一曲，更深休問夜何如。

青華巖方丈望雨

雨勢霏霏似建瓴，長空一瀉下郊坰。波翻遥浦全浮白，檻對層巒忽失青。十里霧迷玄豹隱，諸天雲擁毒龍腥。秋來不定陰晴意，頃刻林端破杳冥。

姚彦昭招步西郊同錢亦友孫喈公姚駕侯翼侯諸子

燒痕深淺漸含青，纔到郊原眼乍醒。醇飲真成千日酒，濟交何必五侯鯖？堤籠弱柳絲絲雨，水映疏梅點點星。莫羡王家羌笛怨，春風一曲在旗亭。

倣義山體二首

搔首長空望斗牛，銀河隔處亂雲流。久抛碎錦鮫人泣，虚帶殘紅燕子羞。紉杜幾時還得意？佩萱無計可忘憂。青青草色年年好，不見春歸十二樓。

愁城百二杳難窮，酒作奇兵不可攻。梅子酸心空早晚，柳花撲面任西東。瑯琊豈必爲情死？鸚鵡何曾有夢通？明月易沈人易散，一聲長笛五更風。

秦淮雜詠

家家河畔木蘭橈，潮去潮來十二橋。翠管別翻無字曲，絳燈休負可憐宵。乍驚螢火煙中亂，虚引星光水上飄。一闋未終銀漏促，明朝重約醉璚簫。

題彦昭半圃

避人小築與心違，曲巷編柴晝掩扉。蝴蝶自成書帶草，芰荷初製水田衣。休言世外煙霞癖，且喜城中車馬稀。若比義熙陶處士，東籬不待折腰歸。

邸舍偶作呈齊升如

我來梧葉正蕭疏，葉落庭空秋已徂。張翰有家魚作膾，陸機無使犬銜書。酒酣只畏醒時苦，夢好翻憐覺後虚。我亦懷歸君更切，片帆早爲下南徐。

晚泊西梁山

風滿輕帆葦滿汀，寒鴉孤立影亭亭。半規返照山銜紫，一派遥天水送青。賈舶漸從江口集，漁歌争向酒家停。渡南渡北人多少，誰道舟中有客星？

詠緑

蕉壓欄干碧砌深，雲鬟朝理鎖窗陰。教成鸚鵡能呼字，想到蘼蕪不廢吟。十斛買來珠是妾，七絃彈罷綺爲琴。可憐處處苔痕滿，石上何人共此心？

和秦淮宋蕙湘詩

兵起漁陽動地催，羽衣驚破玉環開。情深只有唐天子，碧海三山遣使來。

塞下曲

玉關明月照旌旂，雪夜征人卧鐵衣。萬里盧龍皆版籍，更將何處戍金微？

長門怨

夜雨空階點緑苔，昭君歌管幾聲催。珍珠還後無消息，夢裏君王亦不來。

緑珠

馬上琵琶塞上笳，一生幽恨在黄沙。何如金谷樓前死，夜夜芳魂護落花。

江南白苧詞

小舟無税不侵關，别港斜穿半里灣。市口家家籠橘柚，一時争説洞庭山。

潘天芝

字薪孫。副使復齋府君之長子也。崇禎甲戌隸學官，年甫十三，隨父僑居白門。辛巳、壬午之間，桐邑洊饑，兵賊交訌，予亦挈家南渡，嘗招予讀書秦淮何氏園，與王子曀文昕夕摩切。工二王書法，筆墨精良，爲人揮灑不倦，間遊戲丹青，烘染疏秀。五言詩尤警拔，燒香洗硯，超然埃壒之表。娶相國何文端公女孫，姻婭多膴仕，不少降屈。所著有横巖衲子詩稿。横巖，其别號也。

假館蘭若

俗多愁易劇，不耐與浮沈。暫借一枝隱，何殊三徑深？案頭來岫影，窗裏入城陰。坐覺春花寂，風聲和梵音。

歸舟

歲時供往復，遊子太孤征。夢醒詢天色，舟移識水聲。風嚴炎氣薄，霧重浪花平。屈指須三日，看看到石城。

方邵村侍御爲予畫紅楓丹桂于便面索詩

揮毫風颯颯，只當對寒林。赤似分袍色，丹如戀主心。霜清威自遠，秋興萼同深。出入吾懷袖，輕塵未許侵。

贈衣 張灣被劫作

布袍何戀戀，重著更堪憐。已被長驅累，還將敗縷牽。敝偏增我惜，朴亦受鋒全。患難嗟曾共，驚魂益黯然。

贈無可

不盡當年事，相逢笑勿言。萬山歸落魄，幾載費招魂。雖覺滄桑改，猶憐皮骨存。竹窗清絶處，鐘磬伴黄昏。

依韻和兄子蜀藻

竹林君最長，況復冠予才。身縱經年放，懷猶逐日開。因人心莫熱，是事草同摧。惟有陶潛興，高歌歸去來。

春歸皖上贈范小范

皖口春雲衆草芳，與君嘯傲挹幽香。江花廿載遥生夢，風雨雙龍夜合光。柳絮輕颺池上雪，松杉寒冒嶺頭霜。黄公帘幔青青在，猶記當年結客場。

將發白門五弟如孫送至樅川信宿蓮花池山莊雪夜對飲限寒字

暫將征櫂駐河干，强以離顔帶笑看。酒盡山莊松並色，爐圍雪夜燭同殘。啼沙雁陣愁分影，叫月漁煙憶共寒。好待春風吹暖後，天涯一艇路無難。

途中喜晤范汝一賦贈

晴郊轡繞故鄉塵，野鳥巖香意自真。雙劍忽經春草合，浮鷗曾似列星頻。功名遲暮愁添鬢，家世蕭條淚滿巾。握別亭前銜遠色，江花山月兩侵人。

蜀藻客歲貽書云草堂新成屬爲和同人落成詩適以吳遊未果今寄懷一章兼誌前約

去年書報草堂成，索我裁詩和友生。白雪三冬殘郢調，梅花二月寄鶯聲。寒江汐斷虚安道，春水鱸魚憶步兵。客思蹣跚歸倍悉，新齋遥妬列星明。

童奇珍

字獻其。與其從子學顔同予入澤宫，頗擅籍、咸之稱。家故素封，亂後中圮，猶好客，賦詩飲酒不衰。初艱嗣息，晚年連舉數子，皆國寶也。嘗與予酒罷敘述生平，謂寡欲可以生子，信然。

清明同胡康生及從子正伯登西山

共結登臨伴，青郊眺遠情。新鶯出邃谷，舊燕繞危城。柳葉緣堤嫩，桃花夾岸明。論文傷往事，清隱足平生。

瓶中桂花

誰家玉樹露凝香？午夜秋風拂素裳。摘取瓶中堪把玩，不知明月上寒牀。

何永圖

字懷仲，號陶墅。明經擂之公之次子。少習舉子業，即攻詩、古文辭。及長，補諸生，交接四方名流，頗負時譽。事孀母，孝聞閭里。年四十九，齎志早殁。其妹夫吴子汝夢以選稿郵寄，爲登十餘首，存其梗概。

詠懷二首

昔我先人訓，步趨惟六經。徽音杳難續，吾道竟無成。鄙哉雕蟲技，株守不敢更。中夜忽不寐，攬衣步前庭。微月倏已没，孤鶴時悲鳴。丈夫多坎壈，勿令傷吾情。

束髮事詩書，謀身貴有道。三十方壯年，頹然心已老。飲酒不辭醉，長恐玄髮槁。寸心得所向，醉飽各言好。玄珠索象罔，多營喪其寶。君看雲中鶴，恣意游八表。

苦雨

晚坐愁看雨，連陰六月寒。樹枝垂傍水，階草浸成灘。簟撤還容襆，衣重祇覺單。去年秋漲苦，只恐又漫漫。

送方退谷越遊

秋盡冬將至，君行及早歸。風帆隨水闊，煙雨入江微。旅夢牽桑梓，深情戀蕨薇。遥知還里日，我亦返柴扉。

別施愚山副憲二首

纔傾滄海夢，又賦別離詩。霜葉頻催客，屠蘇漸及期。感君分旅食，使我慰歸思。再拜辭清署，江帆引淚絲。

先生原愛客，于我更多情。乞米呼仁祖，忘形念步兵。尊常隨座滿，官亦似詩清。分手天涯外，孤舟夢不成。

過青原訪無可和尚

青原留古寺，中有逸人棲。石磴長橋接，山嵐宿霧齊。僧遵開士律，堂費遠公題。坐聽鐘聲歇，茶鐺待月攜。

客豫章寄憶

客遊差勝在家時，歲事繁憂總未知。室有孟光原可託，門無銀鹿亦偏宜。牀頭擬釀椒盤酒，圃上新垂生菜枝。待我歸同除夕飲，莫吟旅館不眠詩。

懷舅氏方還山先生

送別江樓何日歸？故鄉年旱事全非。若甥已自同周翼，吾舅應須學道徽。兩宿四松霜滿屋，舅家有四松齋。遥瞻三楚雪侵衣。檣烏計過楊溪後，柳漸青青草漸肥。

依韻答友人

小榻疏檽一片氈，與君長話復年年。遣愁多以詩成癖，消渴偏於水作緣。旅病日生翻畏藥，春衣初試轉加緜。何時肯破荒齋寂，攜手蒼苔緑竹前。

寄陳季白

幽居山水自追尋，獨坐頻操月下琴。顧我久無潘岳賦，與君同有向平心。窗前桐葉驚秋早，枕上松濤覺夜深。静掃山房供晚眺，披襟閒對草蟲吟。

江　迥

字開遠。崇禎末諸生。幼稱英絶，才調斐然，向若先生甚愛異之。書法、詩才亦酷似乃翁，猶右軍之有子敬，逋翁之有非熊也。順治甲午，應舉白門，卒於旅舍，妻夏氏聞凶問，絶粒七日，仰天一慟而殞，直指請于朝，旌之。

秋月夜舟次

客倦羈于役，扁舟駐埜谿。江天澹冥漠，楓影半高低。明月分漁火，繁霜覆草堤。含愁遲入夢，哀雁不勝啼。

江舟夜盡

夜盡寒知重，霜侵月半斜。長歌空有恨，歸夢已無家。宿雁留青渚，驚濤起白沙。抱衾羞作客，寥落對蒹葭。

鄧埠看月

生事經年薄，窮冬尚遠遊。繁霜霑兩鬢，微月在孤舟。客況偏宜酒，詩情賴有愁。欲眠寒不寐，無奈枕溪流。

白門賦別左夏子子永子周時有寇警

柔風送我木蘭舟，涕淚新亭感舊遊。烽火那堪多病日？別離况自及春愁。橋畝楊柳情難折，水漲桃花慘不流。爲問六朝歌舞地，古來征戰幾曾休？

亂後山居懷友人作

亂草依山碧，愁猿共鳥啼。柴門盡日掩，曲徑自花低。霧合長天暗，雲封古石迷。荒炊餘破屋，早漲湧前溪。苦盜嗟江北，題詩念瀼西。好朋驚別散，孤夢只清淒。

客中聞笛

繫馬垂楊傍草亭，青山疊疊水泠泠。誰家更弄梅花笛？腸斷行人不忍聽。

齊敕

字稷下。復齋公之子也。性拓落自放，爲文才氣横騖，有聲膠庠。無子，早卒，故不與于難。

玉峯吟

玉峯吟，吟且歌，磊磊落落多坎坷。朱門空署釣鰲版，歸去歸來又渡河。覊我乘風紫騮馬，伏櫪不如病駱駝。七日不糁煤入甑，臨邛相過莫相問。裘敝金盡典鷫鸘，何必謬爲作恭敬？銀窗繡户冷清風，笛裏楊花山幾重。回首徐晦送臨賀，不如周處彈左雄。鸊鵜腦淬芙蓉劍，鵲血鹿脂調寶弓。書成便將竹藁削，終日憂思天禄閣。君集未能涉經史，仲舒安得用博學？成童初載教一經，筆耕不解相如渴。如今墮卻黄金臺，棄我雲中白鶴才。使君結襪同紈袴，看得黄金不贈來。手持金絡索，醉舞顔如赭。玉峯風響石磴松，何必灩澦大如馬？逐逐淮陰市上塵，顛倒英雄安足論？匡鼎説詩不爲學，朱博一丁不識爲通人。孔子至聖，墨翟同稱；孟軻大賢，荀卿齊名。文章進退皆由命，辨命問天問不明。白龍失勢豫且困，何日霹靂挾海雲？

懷友

記得連君席，論文日幾過。那堪遊子淚，灑向落花多。貧甚猶躭酒，愁深每抱痾。碧山銜皎月，情在附松蘿。

方訥

字公敏。三峯之長子也。順治初諸生。風儀秀令，文藻葩流，爲柏鄉魏竟甫先生所重，延主家塾。卒于彭城署中。

丹過蕪陰〔三〕

孤櫂朝朝遲溯洄，金陵驛路半程纔。窮途興盡空囊返，久客詩多滿載來。荒徑葉隨殘雪掃，寒江舟趁好風開。北堂新釀今應熟，爲待歸人醉幾回。

曉發

江雲遥逐片帆平，霜冷東風傍曉生。欸乃數聲移渚岸，蕭疏幾樹失江城。病因長路加餐少，人爲嚴寒載酒輕。鴻雁羣飛應有意，可憐湖海倦游情。

陳鼒

字子和。世居南郊之寺莊坂。少孤窶，能力學。性耆酒，每酒後奮臂抵掌，人皆目笑之，乃更縱論天下事，旁若無人。順治庚寅，督學李弦佩先生弭節皖上，試既竣，大羅六邑童子之未與郡録者數千人，校于演武場，試經義五道，辰集申散。子和酣而往，文不起草，倚待立成，晷景猶未西斜也。吾邑獲雋者五人，而子和爲之首。屢躓省門，則抗顔坐臯比，疏疑釋難，肌劈理解，後進争延致之。邑西郊距城十里許，有漢大司農朱公墓，烝嘗之田侵牟于豪右，刊削碑字，年深莫考。子和嘗偕其同志葉履端，慷慨持大義，訴于邑宰，欲反其侵地，戟髯裂眥，奮不顧身，其言直而辯，邑宰爲之改容，雖格于中沮，其嚴氣正性，不可及也。履端名之標，束修自好，晚年精刀圭之術，亦吾黨中跬步不苟者。

句曲道中

黛色從深淺，平輿一望收。入村槐柳暗，隔岸芰荷浮。農務沿塍急，荼緣仗衲留。晚風欺落日，五月似深秋。

維揚即事

艤櫂乘朝爽，空囊亦壯遊。幾更新戰伐，不改舊風流。掩扇迎新婦，垂鞭過列侯。故人能好我，啜茗下簾鉤。

姚孫植

字建木。邑諸生。爲人沈重，不苟言笑，合族舉爲家督，人服其公。所著有悶草，皆孝友篤實、踰中而肆外者。詩篇委于兵火，不多載。

秋日江行

秋江空返櫂，觸事有餘酸。草盡疑山瘦，風高覺月寒。浪翻漁艇急，霜染樹林丹。借問長年者，經行又幾灘？

曉發

蒼茫猶及記前程，鄰舫頻驚夢不成。槳碎一江寒月影，笛來幾處豔歌聲。遠村宿霧星全隱，隔岸朝煙樹漸明。空老浮生風浪裏，幾人得遂故園情？

齊永建

字建侯。崇禎末諸生，尋入成均。晚年不求仕進，隱居七里岡，以德化鄉里，私謚貞隱先生。

板子磯有感

猶存斥堠委荆榛，曾駐當年細柳營。擐甲豈能標赤幟？援枹空説請長纓。中流尚有真飛將，西上何須老步兵？朝議若教同戮力，磯頭不用築孤城。

張曉

字宣之，號連峯。順治間諸生。性俶儻，好通任俠，急人之難不啻身受，于古今是非成敗輒揚袂奮髯，辨論不休。少食貧，晚歲稍適，不以豐約異操，爲諸生祭酒二十餘年，甫及六十而卒。

送堅兒設帳練潭

憶予當此日，曾作秣陵遊。别路江千里，還家歲一周。春風隨座滿，秋月落潭幽。莫漫思彈鋏，青氈是本謀。練潭秋月爲吾桐八景之一。

舟次三山喜風利

客緒憑舟駛，江流不許行。那知今日暮，忽見片帆輕。雨過千峯出，漁歸一火明。倚篷聽不寐，蘆荻拜風聲。

新淦發舟

纔理還家櫂，南風恰便逢。飛流奔去艇，過眼失前峯。酒自釣魚換，餐因糴米舂。遥遥江上路，何處有先容？

柬破我禪師次方能邇韻

錫聲忽定遠公還，卜得龍眠水一灣。修竹到來生别境，高人留處是名山。已知乞食難行脚，且與拈花共解顔。最愛此間幽僻地，寒風疏雨任緘關。

和十洲和尚登投子韻

百年無復見禪關，幾度扶笻不忍攀。廢址已經成往事，遺風豈獨愛名山？依稀舊井寒煙裏，漫滅殘碑落照間。且共遠公一憑眺，浮生博得片時閒。

校記

〔一〕泜　當作『泜』。

〔二〕顊　當作『類』。

〔三〕丹　當作『舟』。

龍眠風雅卷六十

木厓潘　江蜀藻輯
吳會王天階升吉門人郭　璐月珮參

丁倬

字彼雲，原字漢公。家於柳峯之東。爲人頎然長德，好古博物，舞象時即鋭意詩、古文辭。順治庚寅，以領軍采芹受知于直指李公嵩陽。五赴舉場不利，冥搜苦索，以古作者自命。江右制府董公聘入幕府，甚禮重之。其署中寄興花鳥之作頗寓興比君子，可以觀其志焉。蹉跎三載，方蓄賣賦之金歸營草堂。一子能文夭死，隨嬰疾後先棄世，可悲也已！予與彼雲交不深，間一遇於城市，寒暄而已。歿後始得其髻山堂全集，讀之嘆爲大雅復作，美不勝登。其素所善諸子無有爲予言彼雲詩人者。今人嫉忌成風，見人輯詩文，裒然成帙，非過眼一擲，則洗垢索瘢，甚矣！通懷樂善之難也。予于彼雲詩咀詠十日，稍擿其尤，以志景慕。其古文遒宕雅健，亦八家之正則也。彼雲自敘其西疇文集曰：『人之好名者，其攻必多。』悠悠之口，曷足問哉？

移居

束髮遭世亂，産業歸他家。蕭然遺數椽，風雨不可遮。窗櫺脱已盡，牆垣皆傾斜。漏痕挂壁上，虬然如龍蛇。更兼比屋衆，難禁鷄犬譁。我性躭幽僻，安能耐紛拏？冀得静者宅，閉門課栽花。此志抱已久，想像徒咨嗟。年來爲賣賦，餘錢足生涯。遂我買山志，茅屋團桑麻。斗室雖固陋，庶以樂煙霞。

先大父石嵛公性好讀書生平手不釋卷家藏書甚富兵燹之後已悉化爲無字碑矣後從里人購得數種係大父所批閲者予愀然不禁手澤之思焉遂賦此

小子有大父，號曰石嵛公。生平無别嗜，讀書稱良工。殫精積歲月，垂老興不窮。終日手一卷，藉以自磨礱。閒情及幽渺，精思遡鴻濛。手披而口誦，研討罔不通。束髮承先業，田舍亦頗豐。竭資蓄經史，遂令囊橐空。攤書數萬卷，肯學田舍翁？冀以貽後嗣，黽勉承家風。先子守遺訓，坐臥惟此中。小子及見之，牙籤集崇窿。意謂學蠹魚，可以闢蠶叢。何期當明季，賊焰彌天紅。死喪歲相繼，流竄日西東。楚人施一炬，幾灰數畝宮。遂令充棟書，飄散如秋蓬。嗟哉先人遺，守之不克終。念兹每不忘，嘆息心忼忼。今日遘兹帙，宛與寶物同。開卷睹遺筆，析義何玲瓏。長跪細讀之，豁然開我蒙。愀愀念先澤，涕泣愴私衷。

雜　感

東鄰有富賈，往昔事詩書。翩翩守縫掖，終年坐寒廬。中道棄擲去，慨然事鹽魚。端木殖屢中，計然智有餘。千金一朝致，輝煌起華居。繡户春風暖，雕櫺夜月疏。堂前列珍錯，室内羅瑶琚。嗟哉西鄰儒，枵腹賦子虚。讀書不得志，視此復何如？

寄汪瑶若兼懷劉爾仁汪禹行蔣素書諸子並悼孫不害

夢想結天涯，伊人在空谷。秋雲覆涼軒，秋花映茅屋。憶昔登君堂，琴書紛滿目。酒對聽秋荷，茗賞隱緑竹。聽秋、隱緑，瑶若軒名。分韻角新詩，彼此互相讀。倏忽兩經秋，予也空碌碌。章水通樅江，地遠不能縮。孫子竟飄然，臨風惟一哭。君家老梅湖，詩篇想盈簏。練潭秋月佳，劉伶醉幽獨。蔣子大江濱，苦吟筆幾秃。念之俱不忘，把淚盈一掬。

獨酌牡丹花下時牡丹方含蕊未開

看花莫待花狼藉，春風到處皆無價。牡丹含蕊即盛時，斯言有義君無訝。一壺獨坐牡丹前，牡丹無花自低亞。女兒十五正盈盈，早晚待得東風嫁。嗅之無香若有香，流光隱隱杯中瀉。一吟一酌醉花神，花情酒意生涼榭。蝴蝶紛紛去不知，枝頭若聽黄鶯罵。幽人醉去枕石眠，落紅無數桃花謝。

題姚休那先生畫松鶴圖

先生古文甲吾桐，機杼不與衆人同。每每側出取奇徑，矯如俊鶻翻晴空。昌黎之骨蘇之氣，舉似先朝近徐渭。詩歌別是一家言，不學唐宋非漢魏。誰人不讀先生詩歌古文詞？先生丹青妙手無人知。試看此圖松與鶴，蒼涼神骨墨淋漓。龍鱗冉冉生煙霧，一片空明老雙樹。羽衣丹頂兩翩蹮，恍惚毫端欲飛去。噫嘻！先生無事不堪傳，筆墨之間皆欲仙。此圖不知爲誰作，依稀染翰見當年。安得先生坐此青松白鶴邊，我來長跪問字先生前？

烈婦篇

婦徐州人，海氏，生有姿色。偕其夫以事至常州，夫誤交匪人，致婦以逼奸自縊。有長年首其事於常之司理，抵奸者罪〔一〕，常人醵金爲婦祠。予聞而賦此。

我聞徐州之烈女，王陵之母識真主。對使仗劍勉其兒，漢書百代揚芳矩。又聞關盼盼，身事張建封，感恩席寵矢相從。十載鎮徐不復返，高樓燕子草茸茸。貞風曠節羨不止，千年又復生海氏。家貧乞食走吴門，途窮坐困誰相視？可笑藁砧不識人，豺虎叢中索交親。無端把臂結魑魅，遂使白玉埋黄塵。嗚呼！丈夫不能飽妻子，奔走寄食至於此。雖然廟貌起江城，海氏未死陳郎死。我喜長年俠士心，司刑不貪暮夜金。又喜此事當都市，瞻風仰德動人欽。君不見，亂離以來烈節多，名埋草間可奈何？

雨意

火龍作祟雨龍睡，郊原赤地無遺穗。濃雲忽起西北隅，雖不是雨有雨意。一聲霹靂起狂風，江頭横吹塵濛濛。雲收風定青天出，明月半輪斜挂空。

人犂田歌

霜風吹面面色紫，臘月霜風割膚指。官牌火速催開荒，耕牛凍倒荒田裏。田荒土老草根齊，可憐牛耕耕不起。牽牛且去草堆眠，人多應與牛力比。一翁把犂梢後扶，六個前頭作牛使。犂頭插處用力齊，力疾犂輕生歡喜。我得田開免官刑，縱使呼我爲牛何足恥？

捕盜行二首

不捕盜，盜心寬，乘舟走馬没人闌。借問有盜何不捕？人問那得知其故。於今新令敢不遵？一家被盜官爲民。所以有盜不敢陳，鼠盜公然能殺人。君不見，前村失盜當白晝，星夜報官官不究。

不捕盜，盜猖狂，身坐大馬手執鎗。公然來向城邊宿，下馬依城占民屋。道是王子旗下來，呼官喝吏奉王差。是盜是兵誰敢指？左右居民懼欲死。君不聞，昨日鄰縣盜被盤，假扮旗兵來拜官。

驛馬行

江邊大道通南北，紛投官檄人如織。往來差使限行程，百里長途只頃刻。可憐驛馬日奔馳，無人肯惜飢與疲。夜食芻粟不滿斗，曉起星馳力不支。背瘡脱落肉消盡，但存皮骨任鞭笞。自從槽頭食官粟，東奔西突無寧時。君不見，金張高第養花驄，黄金寶勒生英風。錦連錢挂珊瑚紫，繡障泥披胭脂紅。托身幸入朱門道，顧影驕嘶弄姿好。健兒牽出不敢騎，終日雕欄飽香稻。驛馬驛馬爾何如？我今對之生欷歔。似此辛苦勞頓不得息，不如民間長耳驢。

舞碟行 并序

劇用彈唱六人。執琵琶、胡琴各一器。二幼童盛餙爲舞。女登場，兩手各持磁碟一，碟口繫金鈴十二，鈴下綴綵絲長五六寸。横一箸於碟口，以手按之。又口銜一曲箸，長出額上，餙以綵絨，上繫一鈴。頭頂置磁盞一，非有屬也，盞内坐短蠟火。行動則以口所銜之箸與盞相擊。轉側盤旋，腰反弓至地，而盞不脱手。舞碟，翻碟，翻鈴，響鈴響，綵絲飛舞，五色炫燿。而又以箸與碟口相按之響爲節；

箸與碟與鈴之響，又以絃索聲爲節，絃索聲又以歌聲之抑揚頓挫爲節，誠劇中之妙伎也。作舞碟行。

中丞夜讌華堂清，銀燭輝煌張高檠。後庭家樂饒新聲，優童隊隊美如英。不用金鼓聲錚錚，琵琶絃子夾鳴箏。兩童眉目可憐生，膩姿倩質美人名。内家粧束何盈盈，羅襦繡裙燦兩楹。白玉雙碟手中擎，金鈴十二流蘇明。頭上燈碗光晶瑩，口銜曲箸如倒莖。燭花爛照氍毹平，兩人對舞相送迎。轉側身比飛燕輕，驚鴻迴雪難其評。五花滿體光眩睛，燈碗不動同生成。舞罷發歌聲傾城，絃聲切切鈴聲鳴。歌喉嬌轉宛流鶯，司空見慣不勝情。筵前座客皆魂驚，疑是雙成與飛瓊。連朝痛飲頗病酲，對此踴躍重稱觥。不見當筵酒未傾，已報城頭月五更。

白龍潭

何處龍飛至？清潭恍惚同。逼人毛骨冷，嚙岸石嵒通。吐氣雲生壑，含珠月照空。應嫌江海濁，潛影萬山中。

烹茶聲

月團炊百沸，不獨有松濤。野笛回風細，秋蛩壓露號。既開翻帶咽，漸久若爲高。頓解詩脾渴，功應倍濁醪。

檐鵲聲

花徑晝陰陰，檐前送好音。欲從誰氏語？似學老夫吟。絜比梁間燕，親於枝上禽。小窗書倦後，聊慰寂寥心。

訪方象山二首

江上相思久，今朝始一過。草青人徑軟，日暖雀聲和。樓倚松間静，峯攢户外多。十年曾未到，無地不崇柯。

竹徑新栽好，居然覆緑陰。紆迴成勝境，佈置見閒心。花氣長春晝，林煙狎暮禽。休文今更瘦，可是爲貪吟？

寄姚揆采索畫

姚子丹青好，揮毫得未曾。霞箋纔一幅，雲樹幾千層。飛瀑疑聞響，懸峯若可登。小堂虛半壁，爲我寫崚嶒。

皖上過諸蘭若有感

殘城灰燼後，蘭若一時新。民困輸僧逸，官慳媚佛真。晴樓高插漢，香砌淨無塵。獨過培源院，故撫李建培源書院。傾敧實愴神。

舟泊皖江同姚聲侯望塔燈感賦

古寺浮圖出，風燈徹夜明。珠光懸歷亂，星影望縱橫。佛力光輝大，江天氣象生。民間煙火斷，獨照梵王城。

東亭雜詠

傍菴小閣俗塵稀，曲徑懸崖樹數圍。時有清風當牖入，日看野烏近檐飛。潮聲帶雨江頭急，帆影連雲天際微。爲愛幽閒移講席，游人莫更叩雙扉。

新柳二首

壓雪經霜剩此生，光風隨例及春明。欲垂青瑣條初軟，即覆長堤緑未成。冷讓梅花先入夢，嬌催黄鳥尚無聲。人間只愛濃如幕，淺碧輕煙倍有情。

逡巡暖律移寒律，次第池頭及隴頭。眉黛學描螺子淺，腰肢試舞女兒柔。王孫歸意先春草，少婦愁心逗翠樓。若待章臺堪走馬，何人不解説風流？

浮　山

似窮禹穴讀秦碑，想見洪荒結撰時。九帶棋殘開士少，半窗詩在和人誰？於中老我夫何恨？此外看山總不奇。可幸張公與陸子，得留名姓石間垂。浮有張公巖、陸子巖。

水中鴈字二首

憑空篆隸注文河，爲籀爲斯了不訛。萬頃平湖髹几浄，一灣荒荻管城多。纔題妃怨過湘水，又寫招魂付汨羅。別有幽懷誰寄取？遊鱗親與遞江波。

何處飛身入畫圖？度江踰嶺自摻觚。似傳露布移三楚，疑降天書下五湖。洗研一池皆錦繡，揮毫無處不明珠。争知流向天涯外，更有人能讀得無？

重客蛟臺作二首

十年詞客别江村，風景重來欲斷魂。隔岸漁家猶小艇，舊時講席已頽垣。驚心興廢同桑海，屈指知交幾墓門。獨有街頭生氣象，聯翩窮巷起華軒。

夾岸垂楊江水深，遊踪復此寄浮沈。非關駑馬難辭棧，自是窮猿不擇林。冷雨疏燈他日夢，夕陽枯樹故園心。龍光匣裏星霜色，衹伴饑驅恨莫禁。

題齋中壁

牢落風塵吾道窮，羈愁别恨寫焦桐。一頭白髪青絲裹，天下勞人静坐中。鷗鳥乾坤何泛泛，蠹魚日月總匆匆。分明蓄有鹽梅在，煮入藜羹味不同。

戎裝美人走馬燈

六街簫鼓月輝輝，新製華燈勝九微。戎婦從兵穿燧入，胡姬出獵及宵歸。滎陽詐敵添營火，西苑清遊换舞衣。想是軍前娘子出，銀鞍鐵甲走重圍。

田家樂口號二首

老婦攜筐出隴頭，春蔬手摘濯溪流。呼鷄自減朝餐飯，煮菜時添夕照油。陌上桑稀經雨長，畦間麥爛趁晴收。良人能稼妻能織，不羨人間萬户侯。

瘠田頗足供朝餐，亞旅同勤力亦寬。積穀每防春後貴，採薪爲備臘中寒。瓜蔬雨過生三徑，兒女燈前笑一團。惟祝百年無個事，自甘粗糲樂平安。

題秦淮寓壁

獨坐河亭雨後天，輕風落照拂長川。吳歌隔岸誰家院？官柳平橋幾處船？人上客樓經五度，花開秋樹又三年。他時擬斷秦淮夢，何事重來聽管絃？

喜錢西頑移居樅江時予客孫子穀家

風雅争誇絶妙辭，中原何處是壇壝？自從世有田間集，應使人傳皖上詩。書信虞卿窮後著，吟如杜甫老來奇。射蛟臺下多騷士，唱和君當共阿誰？

大醉周晴雪草堂口占

今日何日樂事賒，一觴一詠夕陽斜。尊前列坐四代客，瓶裏插梅三樣花。洗盞更移樹邊石，不飲其奈頭上華？我已十年守酒戒，卻教醉倒先生家。

梅花詩和于忠肅先生一韻百首 存四首

信説花神卻有神，百花魁首占來真。空山冷落聊爲貌，香國幽清別動人。色到素娥方是絶，文如秋水始超塵。怪來近世胭脂好，除卻紅粧不數春。

看花常是説花神，俗眼何曾看得真？共解羊膏扶翠袖，誰能驢背問詩人？清同瘦鶴池邊影，韻絶青山雨後塵。早占東風君不識，柳條漏洩始知春。

寒威栗冽愈生神，含腐銀毫詠不真。鶴氅閒披王孝伯，蛾眉淡掃虢夫人。寧甘雪徑藏香玉，不向紅亭惹市塵。桃李無言還自笑，東風猶説遜伊春。

飲露披霜看益神，乾坤清氣寄茲真。白雲峯頂留仙子，明月樓中坐美人。勾面不須何氏粉，香魂更厭石家塵。寒時莫放温時眼，杏子梅花兩樣春。

哭周晴雪

八十翁翁老蠹魚，一朝抛卻案頭書。多時學佛生猶寄，盡日吟詩病不除。有子恰先歸淨土，公迓長齋先公兩月去世。無人更忍望陶廬。公齋也。憐予頓失忘年友，酒國詞壇嘆索居。

方還山先生見訪旅寓

茅店疏籬雜市喧，忽傳詞伯到柴門。鬚眉老去風流在，杖履親來古道存。一自勳名辭絶塞，遂將詩賦霸中原。如予閒唱巴人調，白雪當筵可足論。

初入董大司空公幕

先秋書劍入華堂，别館風高十丈牆。祇爲傳經追馬鄭，不同彈鋏近侯王。戟門禮法容長揖，幕府文章愧大方。卻喜梁園賓客盛，得驂枚乘與鄒陽。

夜　雨

濃雲涼雨秋已深，幽軒孤坐宵氣沈。北風飀飀木葉下，空階寂寂草蛩吟。似醉非醉攤書卷，欲眠不眠愁客心。遥憶故鄉兒女輩，忽令愁絶欲沾襟。

清明日憶孫子穀

佳晨三載共留連，載酒尋山古寺邊。落日醉眠芳草路，春風詩寫豔陽天。騷人竟臥麒麟冢，稚子初焚蝴蝶錢。遥憶野棠花發處，聲聲杜宇最堪憐。

林君貺從署中納寵詩以賀之二首

十載京塵客久鰥，風流猶自未能删。幾時流水迎仙櫂，何處飛花引玉顔？瀹茗評香官舍靜，調鸚聽鶴繡簾閒。問君匣裏如椽筆，能否纖纖畫遠山？

爲愛遊梁薄漢郎，君覝時當謁選，以赴司空公招不就。芙蓉池畔賦求凰。雕檽自愛衙齋煖，雲鬟猶看故國粧。閒點鵶黄分彩筆，時流鶯語到書堂。語君急試緇髯法，君覝曾以烏鬚良方見示。莫遣梨花壓海棠。

哭亡兒巘三首

千里江程涕未乾，家園漸近益心酸。到門花樹容華改，閤室悲號天地寒。大廈頓教傾柱礎，春風偏與折芝蘭。髫山堂内書千卷，蛛網塵封緗帙殘。

書籤藥裹滿牀頭，手把新詩淚欲浮。句句憶予徵至性，篇篇掞藻見風流。即歸地下應才鬼，若上天堂定玉樓。顧我老年行蹩躠，整鞍可奈失驊騮？

忍痛臨岐何嘿嘿？懸崖撒手太匆匆。兒病作即不能語，越兩日而逝。怕留一句傷心語，流入雙親苦淚中。地老天荒愁莫解，海枯石爛恨何窮？恰如一片飛花影，辭樹無言逐曉風。

江右署中賦得盆花二十韻

渠渠依夏屋，落落對青氈。佈置憑参錯，高低有後先。是盆皆著土，不地也能鮮。細草垂垂碧，丹苞纍纍懸。幽蘭芳可佩，翠柏偃逾妍。半死梅椿古〔二〕，纔開薇葉圓。榴枝紅箇箇，荷蓋緑田田。倚石春桃小，依牆秋桂偏。曙迎朝帶霧，月照夕含煙。清可消煩腑，香堪快綺筵。擷華真足適，攬勝轉生憐。草木榮金谷，林柯盛輞川。琅玕生渭水，檜柏茂平泉〔三〕。物荷栽培大，英滋雨露全。何堪勤灌溉，而復苦拘攣。仙李蟠根縮，長松屈榦卷。蟄龍思奮爪，籠鳥憶高騫。梧以干宵直〔四〕，藤須任意牽。飄揚鬱以達，束縛氣難宣。豈不雕欄貴？終期浩蕩天。

子夜四時歌

郎愛芍藥花，不如愛桃李。芍藥雖嬌盈，桃李能結子。

合歡詞爲姚翼侯買姬作

螺黛鴉黄倚繡幃，主人猶説小星非。知君室内行銓法，待得功成换舞衣。

卜來人種送霞觴，知列金釵第幾行。花下添香容侍女，不勞鸚鵡作彈章。

子　規

劍門含淚向南天，啼血三更幾萬年。野鳥解懷亡國恨，不應千古有劉禪。

秋雨聲

小閣疏櫺户已扃，清宵細雨一燈青。階前錯種芭蕉樹，滴瀝空庭徹夜醒。

蟬　聲

疏桐高引晚煙齊，蟬翼聲中夕照低。不爲悲秋懷慷慨，何緣苦抱樹頭嘶？

秋霜色

月落天清霜正高，空山寂寞野猿嗥。深林不但催黄葉，更會人間染鬢毛。

霜葉色

昨夜微霜染舊林，紛披五色映江涔。如何人只言紅葉？辜負秋風造物心。

金陵竹枝詞五首

琵琶絃子與箜篌，畫舫中流挾妓遊。風煖青絲吹抹臂，月明紅玉照搔頭。

酒樓處處有笙歌，華燭紗籠映翠娥。今日河房還若此，當年舊院卻如何？

少婦晨粧掠鬢遲，蓮花高起鳳頭垂。近來不作金陵樣，也學皇城打練椎。

黄金寶劍白花驄，酒舍歸來火夜紅。不怕定更城上砲，守欄人自認燈籠。

文德橋邊朝走馬，秦淮渡口夜遊船。女兒蕩槳妖憧唱，不唱當年舊採蓮。

偶從童名侯扇頭見方象山墨竹及詩甚愛之因以素箋一幅索畫並寄詩一首

我有山中園十畝，千竿修竹覆東籬。看來不及齊紈上，傍石蕭疏一兩枝。

刺繡美人

小几疏簾花氣清，針神刺繡宛生成。兒郎莫看穿花鳳，交頸鴛鴦更有情。

度曲美人

象板銀箏簇酒巵，桃花氣暖柳初絲。郎君愛聽新翻曲，莫唱當年舊柘枝。

走馬美人

銀鞍繡勒驟紅粧，日暖煙消古道長。粉面已隨蜂蝶去，輕風猶送鬢雲香。

月下美人

明月隨風上薜蘿，玉人閒坐話嫦娥。廣寒縱道清虛府，不及河邊織女多。

吟詩美人

翠樓晴晝對芳園，楊柳枝頭春思繁。爲學含毫尋綺句，朱脣半染墨香痕。

學佛美人

已自香閨斷酒巵，談空説佛緒如絲。蒲團曉誦金剛後，自向蓮臺插柳枝。

哭何懷仲二首

我瘦君肥自昔時，君常憐我病如絲。即今楊柳纖纖在，風折楩楠合抱枝。

歲歲傷心爲鄧攸，幾番人種覓風流。黄金買得吳姬在，空閉春風燕子樓。

姚小山新納雙姝邀予輩集飲内齋江在湄成十絶句以贈余亦步韻和之三首

高衙客醉新春酒，畫閣香生絳蠟煙。莫道河陽花事少，粧臺猶自鬭花鈿。

新試風流別樣粧，金釵已自兩三行。簿書縱使勞廉吏，莫遣寒生翡翠牀。

新詩保艾詠清宵，小山夫人工詩，著有保艾閣集。還聽名姝夜弄簫。恰似鸞歌纔罷後，春鶯雙囀樹頭嬌。

孔雀 以下皆董司空署中物

錦羽珍禽致遠方，屏開修尾映華堂。只因文采生來異，不得深山樹裏藏。

鸚鵡

毛羽翩翩自隴西，重門深鎖傍人棲。消他香稻能多少？絮語終朝架上啼。

白鵬

雪徑雲欄立素衣，當軒顧盼有光輝。爲因躑躅雕籠窄，卻羡檐牙瓦雀飛。

鹿

毛斑角勁作麟文，秋院無人日色曛。細草蒙茸高臥穩，清泉白石念離羣。

方戬

字周臣。副憲聞菴公之仲子也。順治丁酉舉人。時舉場物議沸騰，上親行覆試，周臣伏墀下，揮毫肆應，文不加點，再試亦然。俄以疾卒于京邸。周臣談論亹亹，俠氣凌雲，頗爲四方士所推挽，而年不稱志，時論惜之。

遠望

柴門舒望眼，淡月隱前峯。遠陌登新穀，長堤秀老松。歸心依栗里，渴疾重臨邛。夜寂蛩吟露，聲隨枕畔鐘。

秋日江上偶作

孤帆隨日遠，秋色冷征衣。蘆渚沿潮出，沙溪載鴈飛。路遥家信杳，世亂故人稀。彈鋏空惆悵，長吟過釣磯。

春日遊謝公墩

問春特向古林中，學士風流憶謝公。屐齒猶餘今日快，燕泥不減舊時風。樓頭新樹含朝翠，山下晴雲映晚紅。最恨六朝人盡改，令人徒弔石城東。

左國鼎

字夏子。侍御貞介公之冢子也。崇禎末諸生。性孝友信順，鍵户下帷，無輕肥少年之習。南渡後，貞介公幾罹不測，夏子挈家入黄山，左右無方，卒免於難。歸里孝事二親，克稱家督。傾慕姚休那先生，輿舁至家，時其寢食，與貞介公講出世之學，其養志者微矣。所著詩、古文有濟細草、袚閏集、類觸編。休那死，夏子爲之傳，寘之掌慧軒集中，幾不可辨，其亦太玄之桓譚也夫。

詠懷五首

種桃松柏側，雨過即萌芽。倏忽一二年，灼灼盡桃花。逶迤連樓閣，夭彩燦雲霞。去來游女摘，摘去仍繁華。蓊鬱松與柏，落落空嘆嗟。桃開趁豔陽，莫謂不須誇。

鳳非竹不食，鶴非魚不餐。彼此不相羨，天地固甚寬。有角復求齒，觸虎勢必難。具翼更冀足，凌雲豈足觀？長林豐草中，云胡不盤桓？

鴻雁渡江南，無風能高飛。胡爲返河北？風高力益微。銜蘆避弋繳，所恨軀已肥。江南雖沃饒，河北亦須歸。請無伍鷄鶩，飽固不如饑。

山鷄麗羽毛，映水即起舞。有女豔顏色，覽鏡泣如雨。不解舞者意，那知泣者苦？遭逢固已殊，豈不皆美嫵？

願交游俠子，願持劍與斧。報施欲分明，豁達見肺腑。異哉爲虎噬，忘仇反媚虎。附虎作鄉導，護虎防機弩。有倀虎彌毒，毒深壽彌古。射虎技不難，制倀心獨苦。爾倀何其愚，爾死良自取。蕩陰豈不忠？君子曰無父。君父且如此，況乃皆儔伍？爲歌獨漉篇，爲君拔劍舞。

短歌行

人笑者守拙，人嫉者能巧。不材終天年，碌碌復溫飽。君不見，仲伯攜妻入武關，恐有暴者愛其顏。泥塗婦面載鹿車，每逢賊奴淚潸潸。美花繇來惹蜂蝶，何如孤松百尺老青山？

答休那先生

既壯親師不爲早，只是先生真年老。也具片時學爲文，難向先生言屬草。尹見邢妹爲逡巡，何況並非尹夫人？貶道忘年與之交，聚首何緣疑夙因。不效大春責粱肉，但令魏昭供饘粥。殷勤誘我弄柔翰，柔翰猶之雄逐鹿。與爲河西寧夜郎，不妨膽驫近倔彊。更拈禪觀深夜扣，聲聲有如獅子吼。吁嗟乎！先生長饑復何悲，不律阿堵不相知。憶昔天子舉賢良，羣附青雲覓一枝。文端不進窮時友，遠邁王貢追子期。嗣後丞相閤頻開，露布尺一多手裁。假使顧郎可衣食，何嘗廉吏不解推？吁嗟乎！綺黃既出不爲逸，淵明尚多五十日。破褐芒履竟遺形，老向祓閨看柳青。看柳逡巡意相屬，慨然而嘆，爾之所長，誰之不足？我與周生敬聽之，翻笑先生爲望蜀。得如先生亦足矣，奚問得盧與得雉？異哉周生氣太豪，獨爲先生種種不告勞。元龍不遜許汜牀，雅意擇敬陳元方。曉人抗節能折節，眼到亮時方優劣。吁嗟乎！劫灰正熱，典籍將滅。天留伏生口授書，幾人聽得向人説？周生恕行也。

上楊維斗先生

夫子關西彥，吾儒得所宗。附形因和響，歸海故從龍。世俗空操瑟，元音但鼓鐘。洞庭秋色外，縹緲是高峯。

廿二兄子直舊居新葺

羽翼多分散，君還戀舊廬。數椽容易葺，蔓草頗難鋤。驅熱頻移竹，療饑且種蔬。市囂心自寂，車馬任紛如。

悼光輯侯二首

異姓如兄弟，同庚分死生。含悽書訣語，展讀見交情。地下有元伯，人間幾巨卿？精靈應不泯，爲辦夢相迎。

有婦堪從子，牀前女一身。至今文伯母，勉慰未亡人。荼苦寧論味？楓丹不是春。此時尋聚散，一一付前因。

過義津橋擬訪姚休那先生不果

高齋相别久，近恐益淒清。月掩雙扉白，秋隨一葉鳴。書從何處借？病可到家輕。未得瑶函展，蒼頭遠寄聲。

集孫豹人方明農李仲山潘蜀藻諸子

半夜聆佳句，孤踪備苦辛。語顛全不諱，道合豈嫌真？氣冷歌偏熱，情深酒易醇。醉鄉隨處好，忘卻是西秦。

與周恕行飲

宣光短陋名還著，貌不驚人氣自如。壯志欲爲知己用，長貧願借主人書。遨遊市上多奇事，喪亂山間乏草廬。歲暮停車聊握手，酒懷漫道尚輸予。

輯侯攜妓秦淮招予同汎

有客悲秋怨故人，許多西子亦眉顰。蕭條敗葉無風落，掩映黄花傍月新。聽到曲終偏感遇，擬成宦就不思蓴。佳人獨羡年年渡，淮水知非妬婦津。

客中冬日即事

苦寒奏聽倍增愁，慘慄飄零歲暮秋。雪積竹垂山盡現，冰膠舟住水還流。僕眠爨下癡難唤，客過齋頭懶亦留。矯矢誰人猿且哭？羊羔攢飲更重裘。

哭仲弟子永

静聽鴈鳴啼不住，可憐折翼獨傷情。小園竹下如留影，遠客書來尚寄聲。爾逝豈真淪苦海？予生從此對愁城。開顔賴有維那話，清籟蕭蕭試一行。

送西頑

西頑講易里門者月餘。其考究之博，如明善鬼神之靈變，雷霆之震驚。其持論之正，又如伯生之治性情，期于得所欲言而止。若夫儒釋岐途，言下一貫，裴冀州之釋傳，茍通彼我〔五〕，不足喻矣。觀于負苓者，不病文王。我輩之樂，有西公也，豈爲蛇足哉？講訖，秋風漸高，將之吳越，取道鶴鳴，諸子羣爲詩以謝之，予最陋，附一言于其末。

江邊看釣歷殘冬，不是譚經不易逢。天自劫餘留妙舌，人于夢後聽洪鐘。周妻何肉情無礙，艮卦楞嚴意已鎔。秋興濃時偏惜别，鶴鳴山外一重重。

懷陳二如

客中一歲歷寒暄，上苑連看春色繁。同去公車都返舍，獨留太學爲承恩。離懷略減嚴親健，好事頻添故舊論。時伯鸞及家子直、子周次第至京。捧檄可甘微禄就，才人未免重名根。

葛鼎如先生五日招飲卓觀亭令嗣庶咸象交在坐

折柬頻招客不閒，惟從長者接歡顔。喧闐金鼓舟隨岸，斟酌香蒲席滿山。眼歷興亡無限恨，情如屈賈最相關。年年此日應追憶，五色絲同戲彩斑。

初度日省墓

初度觴親亦自觴，因逢寒食到荒鄉。病餘敢視此身賤？春盡無令舊俗忘。兒姪新來尋祖墓，弟兄强半集祠堂。笑予華髮新添白，可許丁年讓老狂？

巢湖遲羽士孔修之不至

懸知採藥白雲深，南北茫茫何處尋？不必引嫌迴避客，任余彈鋏爾彈琴。

孫大年

字子轂，一字不害。崇禎末邑諸生。家席温厚，弱冠能自豎立，交通任俠，結納賢豪，軒車造門，賓從填咽。中歲居樅川，所與往還皆詩人高士，四方名流至止，有如歸之樂。關中孫豹人、李屺瞻，梁苑陳簡菴，浙東駱方流，皆以訪舊來吾桐，舟過蛟臺，未有不願識子穀者。與龠山詩人投契尤深，每一篇出，咀詠贊嘆，雖唐人之鑄賈島，宋人之宗涪州，無以過也。所著有一草亭稿，讀其詩可以知其風尚矣。

同友人再遊月空菴

月空冠羣峯，遥曲山更幽。晨起策孤筇，邀伴欣相求。路逢採樵人，指點到上頭。仰看日光射，俯視雲影浮。竹樹交蒙茸，石塔被梧楸。老僧向我揖，茶果相獻酬。憶昔登兹山，乃在戊子秋。重陰臥繩牀，嵓谷未及搜。倏忽十三年，往事空悠悠。趺坐脱塵想，神飄輕若鷗。歡然恣探尋，奮袂窮林丘。小杉既成圍，細篠亦已稠。火田養茗柯，引澗□潭湫。隨意憩巉石，延望遵荒疇。大江如襟帶，小巒類蝸牛。纔歷三四山，已竭朝暮遊。西村挂夕曛，暮泉咽寒流。登臨不易盡，重來或可收。

獨坐

客至乃吾願，不至静亦佳。扃扉徒向寂，坦然豁心懷。鳥聲檐外入，山色空中排。夜光月到牀，晝影花侵階。賦詩以飲酒，四時賞心諧。豈不念離羣？常恐交成乖。

小池舉網擬少陵打魚歌

罟師漁子曉咸集，單褌裸袒雙脚赤。酹酒賽罷馮夷神，舉網提罾各有執。更有操叉没水者，跳躍快走如風疾。紛紛技取不知名，攪動澄潭千頃碧。少焉錦鱗上淺灘，小者數寸大餘尺。觀者如堵盡村鄰，柳條穿魚不取值。主人諧謔顧同儔，緣予與物無貪求。何妨月明空櫂返，將君續作濠梁遊。

三江口夜泊

殘秋天色短，薄暮野煙微。雨霽千峯出，霜寒一雁飛。小庵茅蓋頂，大路樹成圍。燈火稀疏處，人家半掩扉。

聞笛

多情何處客，吹笛入林坰。江澹月初上，煙高秋欲冥。披衣松影立，移坐竹風聽。空感愁人耳，通宵臥不寧。

旅　次

旅次經秋慣，離情半夜增。白鋪荒草月，紅露遠村燈。避世知非易，趨時媿未能。徹宵愁不寐，踪迹總難憑。

宿章江門外

章江門外客，暫息此徘徊。排悶杯堪把，添愁月又來。亂煙浮樹出，一水抱城回。旅店人難静，柴扉徹夜開。

有所見

村落誰家女？嬌羞學不成。牆頭每偷望，花底亦潛行。未免狂奴態，應鍾我輩情。微聽相顧語，若個是書生。

屯田道中作

熟識屯田道，騎驢任意行。久晴湖路穩，乍暖野風輕。籬棘鉤衣綻，山禽掠樹鳴。行行川谷應，幾處採樵聲。

再遊白花菴和姚駕侯壁間韻

亂後那堪問故墟？扶筇隨意訪幽居。高峯種竹通樵路，古刹篝燈簡佛書。一帶煙雲遊子夢，滿田瓜菜野僧鋤。悠悠孤磬香纔燼，蓮漏無聲響木魚。

訪方子留山居

早歲相逢記不真，比來晨夕最情親。年華荏苒悲才子，蔬菜尋常留故人。但有寸心明白日，曾無屐齒踏黄塵。先朝元老今多在，争似緇衣報主身？

輓方直之

哭君不是爲多才，難見衰親白首哀。孱弱藐孤誰倚著？飄零伯氏未歸來。喪家淚灑同朝露，亡國心傷向夜臺。九日榻前成永訣，至今懷抱未曾開。

答李仲山

共是疏慵失意人，相逢何用淚沾巾？但求流俗能容我，轉悔浮名誤此身。半世牢騷惟對酒，十年闃寂不知春。江村雪夜寒爐火，策杖衝泥莫厭頻。

懷方爾止

記得扁舟過太湖，倉皇就我話須臾。無邊感慨盈詩卷，難盡離愁託酒壺。忍餓寧甘薇蕨食，吞聲豈礙馬牛呼？秋來肯發還山櫂，紅葉黄花興不孤。

訪方子克止飲感賦

草堂孤坐應思我，蠟屐扶筇特訪君。過去年光那可憶？傳來時事豈堪聞？僮知客到門先掃，酒以愁多飲易醺。近日交游全任懶，等閒不作北山文。

答汪瑶若兼訂浮渡之遊

昨日書來詢近狀，與君近狀可相侔。讀書大義安能曉？飲酒沈酣不肯休。一半春從風雨過，三旬客爲友朋留。晴明我欲攜筇訪，便約浮山十日遊。

同方爾止錢幼光左子直訪汪瑶若山居得三肴即席各有賦

近市喧卑每自嘲，故人有約赴秋郊。山深遠俗閒情遂，性僻躭詩生計抛。小圃能栽花繞屋，空林時見鳥窺巢。酒闌高詠三更後，月滿庭前樹影交。

暮泊山莊即事

山館朝昏一往回，那期窮日浪成堆。中天月帶霜風入，孤雁聲隨夜杵來。犬吠荒村聽處失，燈摇隔浦望中猜。前塗漸覺家人語，候我柴門不用開。

春夜道院有感

坐看月色上枯藤，道院宵闌百感興。世法難諳藏我拙，春山雖好與誰登？忙成詩句閒忘改，醉發狂言醒自憎。碌碌半生渾一夢，幾時身定白雲層？

同左子直子厚郊遊

野燒平蕪望欲迷，竹籬茅舍午鷄啼。行看石上溪流長，坐愛山中柳色齊。但把酒杯忘記數，偶成詩句不須題。那堪刺眼春無賴，轉過城南日已西。

左子厚招飲噉椒堂夜話

噉椒書館背城陰，秋色宜人愜素心。但使舊遊長似昨，不妨故態到于今。閒譚野史多疑案，醉聽寒蟲入苦吟。見説山房新搆得，明朝期訪白雲深。

閒　居

頻年倦客暫能閒，小築臨街静掩關。病態漸看成老態，家山長覺似他山。酒因遣悶應難廢，詩爲傷時只合删。冰雪一冬寒徹骨，春風好與破愁顔。

得爾止書喜賦

別後霜毫入鬢根，許多幽恨與誰論？幾回月下無消息，數到花前有夢魂。貧向故交須自愛，亂逢當路漫開言。除君以外關心少，歷盡人情學閉門。

獨　遊

野夫到處是閒身，隨意幽探豈厭頻？高興一時難覓醉，獨遊終日未逢人。山腰僧寺依紅樹，渡口漁家住白蘋。冉冉西風吹不斷，早聞寒雁下江濱。

有所見

新花撲面笑相迎，葉葉枝枝百態生。寄語青春加愛護，狂風驟雨莫無情。

街頭偶見有持唐子畏所畫明妃圖者有作

伯虎丹青絕代無，臨街展玩眼模糊。分明出塞王妃子，錯認生還蘇武圖。

妾薄命

開過好花空自生，風風雨雨忒無情。舊人婉順千般好，不及新人罵一聲。

竹枝詞

柳浪花陰不染塵，牆頭漏洩一枝春。香魂搖曳多姿態，似欲窺人卻避人。

宮　詞

選入何曾近至尊？蛾眉不掃向長門。生來命薄休言寵，但識天顏即主恩。

客中有感

幽徑閒房且逗遛，涼風招我上城樓。須知僕本多愁者，令未行秋人已秋。

王　虬

字雲士。邑之查林人。崇禎末避亂，轉徙豫章，家于鄱陽，因占籍遊泮，中康熙丙午舉人。兩上公車，落第歸里，鬱鬱而卒。所鐫自笑草，方子素伯屬予點定，亦有可采者。

登望湖亭

濤光如雪煙如綺，漾月迢迢三百里。青螺數點望中浮，冰壺浸徹天連水。水天一色渾無際，舟去舟來何時已？最好晏坐匡山顛，坐看風波定復起。

薦福寺

斷碣知何代，遺踪自古傳。寺蟠雲外嶺，僧住水中天。蘭氣香能静，松枝老更卷。莫教輕放鶴，衝破薜蘿煙。

同張木林陳公載汎舟夜眺

一色天連水，三生□共君。雁知南去喜，湖覺夜來清。露久重衣濕，風徐兩袖輕。洞簫吹未歇，明月大江横。

答鍾樹生見懷之作

爲問名花開未曾，石臺新笋定成林。三時棋酒忘人我，四壁圖書見古今。景略漫談天下事，子期應識曲中心。黑甜幾度神先往，猶作當年夢寐吟。樹生曾夢與予夢中聯句也。

同計子卜聶公端遊靈隱寺

維舟取徑入蒼崖，緑樹陰陰兩岸苔。桂在月中時落下，峯從天外卻飛來。溪泉泠共禪心静，石室深如古德開。問道久知三竺好，十年猶自滯風埃。

湖　際

半江明月影迢迢，把酒臨風坐小舠。隔岸誰家年少客，緑楊深處更吹簫。

潘五芝

字如孫。副憲次魯府君之中子也。年少能文章，秀爽如哀棃并剪。爲人表裏洞達，無崖絶幅斬之行。遊嶺南，裝橐不減陸大夫，而好義輕財，緣手散去。與兄根孫皆不及四十而殁，悲夫！

再過采石磯

江空日暮水瀰漫，歸鴻一字鳴天畔。但見煙樹失江村，蘆葦蕭蕭舟倚岸。昔年曾向祠邊遊，予獨狂歌坐石頭。今年仍作秋江客，又上磯邊被月留。吁嗟乎！江濱之山何突兀，風流往矣人已歿。江月年年照石頭，不見磯邊人捉月。

喜四兄至自閩中即走苕溪爲六弟完姻茅宅

勞勞千里外，烽火隔頻年。慷慨交情重，苕溪閔中介爲六弟主婚。艱難客夢懸。鯉庭悲異地，姜被樂同眠。笑指樓頭月，三旬看往還。

喜方甥位伯至得仲姊消息

漫遊六七載，憶姊每臨風。喜信傳吳下，言旋自粵中。團圞今日好，辛苦昔時同。應念多年別，鄉書付北鴻。

過楊氏園林

不厭看花客，時來眺晚晴。斷橋無板渡，臥樹借人行。青草池中没，黄鸝柳外鳴。還登最上閣，遮莫暮雲横。

同顧與治余淡心梅杓司集曹梁甫水亭

偶爾逢高會，荷亭面面開。晚風吹暑去，涼氣逐人來。船火依楊柳，城陰落酒杯。接䍦休倒著，笑我習家回。

曉發石頭城

二年南國客，今始一帆隨。淼淼江聲急，翩翩雁影遲。人喧知月落，星動識舟移。木末清秋夜，何時再解維？

千峯閣寄懷三兄

風雨懷人在舊京，陟岡因見弟兄情。誰知今日分吳越，曾憶他鄉共死生。桃葉渡邊看夕照，莫愁湖上聽潮聲。得來好句頻相寄，念我漳江又遠行。

七夕友人夜集得宵字

晚風習習夜蕭條，美景良朋興更饒。天上好期愁隔歲，人間私語惜今宵。秋光最愛看銀漢，仙渡還疑過鵲橋。忽報樓頭明月盡，可憐此别又迢遥。

送五叔父之粤中

征帆煙雨宿江頭，仗劍辭家萬里遊。爲客那堪翻送别？欲言無限不能留。雪晴梅柳饒行色，歲晚關河動旅愁。莫爲家園倍惆悵，男兒寧衹稻粱謀？

修禊後一日同友人遊披雪洞

村花隄草正紛紛，天半奔濤數里聞。囓草鹿喧春澗水，穿松人踏石谿雲。傍崖春近灘聲合，夾岸山當日午分。乘興不知林谷暮，洞門煙鎖緑苔紋。

悼亡二首

廡下雙棲甫一年，記看圓月十三圓。雖無岳婦工文慧，卻似鴻妻舉案賢。祇道有家同白首，那知中路遂黄泉？難將酒楮空房泣，回憶音容愈黯然。

剩有階前月半輪，悲風蕭瑟慘愁人。難爲莊叟忘情客，轉痛王章對泣貧。鳳履空留當日迹，蛾眉不見近時新。可憐形影思何極，屈指空花十九春。

峽江阻風聞鷓鴣

數家城市在山阿，怪石亭亭長薜蘿。漫倚灘頭將櫂住，忽聽濤湧送帆過。鷓鴣日落聽殘雨，蝃蝀天空映晚波。何事聲聲長懊惱？分明怨恨别離多。

秋　夜

牀頭蟋蟀如人語，幾處悠悠不斷鳴。自是愁腸難得寐，凄涼原不爲蟲聲。

雨阻高郵聞隔岸少婦哭聲

半壁蘆扉倚岸東，斷腸嗚咽雨聲中。桃花幾片隨流水，疑是閨人淚染紅。

姚文熙

字介侯。樞部戊生公第七子也。順治間諸生。少耆學，以兄弟爲師友，嘗坐天尺樓中，焚香掃地，讀書達旦，洛誦之聲丙夜徹里巷間。以病瘵早卒。子士壐爲裒竹齋詩見貽，其風致可想見也。

山中晚眺

日夕山逾古，登高入望紛。千峯青在目，萬籟静無聞。雁寫天邊字，魚吹水面文。身閒心更豁，長嘯送歸雲。

移菊

籬邊秋漸老，次第菊花開。移植茅齋裏，同傾竹葉杯。心猶含露潤，面欲向人栽。尚有經旬賞，霜天雁到纔。

豆棚

繁花開未罷，懸實正初秋。架弱臨風怯，香微過雨疏。長藤穿小樹，接葉覆茅廬。不用靈光異，充庖當野蔬。

菜圃

數畝林間地，鋤來勝石田。葵黄含露摘，瓜老帶霜鮮。灌溉寧無力？豐凶亦有年。昔人猶學圃，予意豈徒然？

過旺龍菴贈定波上人

老僧好客能留客，旅客如僧喜近僧。深隱只將花作候，獨行自與杖爲朋。山高帶日收遥水，樹古含煙鎖緑藤。禪定卻忘清晝永，瀟然野鶴對孤燈。

過頌嘉草堂

參差送翠遠峯晴，攜杖沿溪信步行。坐静偶聞松子落，穫餘初見稻孫生。可知秋爽宜山興，信有人閒達鳥情。一院桂香傳小樹，風來贏得袖懷清。

山莊看梅

十月晴和信杖藜，嶺梅先發向南枝。風迎好客香侵袖，坐有賢人緑滿瓻。飛鳥銜花當澗落，歸雲擁樹過山遲。漸知春色催幽事，選石長吟醉不辭。

明妃上馬圖

宮中深倚玉欄干，一日和親上寶鞍。天子可憐從未識，今朝贏得萬人看。

吴日昞

字錦城。武舉幼康公之長子也。大父、父皆習孫、吴家言，錦城獨屈首受書如静女定僧，退然若不勝衣，爲文章爛若披錦。邑侯鄔公汝楫、胡公必選累拔前茅，年二十三無子早卒，可哀也。

浮　山

峭壁疑無路，盤旋到此中。畫圖難得似，天地自然工。樹隱飛泉白，山迎返照紅。如何幽静處，盡屬梵王宫？

山中雜詠

山中風俗好，淡漠益相親。鶴是人家使，龍爲古廟神。無疑那用卜？有酒便呼鄰。醉後長歌往，崑崙不染塵。

未入桃源去，安知此地偏？衣裳全古樸，鄰舍不周旋。織婦機中事，仙翁橘裏天。不愁無曆日，梅放便知年。

春日偶步

一林橫古道，峭壁長蓬蒿。化雪山流合，因風雁字高。峯青雲透影，澗湧石生濤。更到人稀處，飛煙染碧桃。

客中寄潘仲聲貽孫陳肆三綏四胡彥三諸子

蕭瑟風寒鐵馬聲，危樓獨坐不勝情。落殘梧葉空金井，開徧黄花冷石城。懷友淚窮書尺素，送秋詩老夜三更。可憐江北江南夢，只有孤鴻天外鳴。

哭　母

半生辛苦倍潸然，袖底干耶何處懸？念子賤貧知子拙，畏人摧折乞人憐。晨炊未就他家熱，蠶食空餘數畝田。身上布衣經補處，至今猶見淚痕鮮。

光廷球

字公雅。郡諸生。少卓犖，喜讀書，整衣雒誦，貫穿經史，以痛父難早卒。

懷四弟

弟在桐山我在祁，相違又是一年期。此鄉烽火人難到，歸路蕭條夢豈知？得信如同歡笑日，遥懷每憶别離時。江南江北秋風苦，空有池塘春草詩。

感　懷

往來樓上影蹁蹁，細雨山城日夕寒。愁與弟兄繙奕譜，倦從親友借書看。求名那識名多累？歸隱方知隱更難。處處悲風蕭瑟起，匣中有劍爲誰彈？

山　居

緑水波寒明月，青山秋老蒼梧。攜手採菱南浦，開關放鶴西湖。

同友人泛舟湖上

稚子尋山看落花，長湖横挂夕陽斜。遥知家在青松裏，只見青松不見家。

方　雨

字周滋。少孤，無父兄之教，能刻苦力學。酷好詩，家雖赤貧，不廢吟詠。遊吴、越，有秋江吟小刻。歸里，卧疾，左子子周以竹篢舁至楚頌亭調視醫藥，卒不起，子周爲殯而厝之東郊，士大夫皆嘉其義云。

武林秋夜懷左橘亭先生

片榻思千里，愁懷酒一卮。燈殘秋老夜，鴈過月寒時。謾道依人便，空憐涉世癡。何年酬國士，授簡賦新詩。

吴季鳳

字于廷，號遣齋。工部青芝公仲子。十歲工屬文，十六補諸生。倜儻尚氣誼，掉鞅藝苑數十年，甫及七旬而歿。何子存齋誄之曰：『先生具魁奇卓犖之才，讀書折節，落筆風生。順治辛卯已冠軍，而遽阻于例罷，康熙壬寅以停薦而不獲舉明經。』又曰：『晚年坐慰景園中，手上下十七史，取其事之是非得失，斷以臆解，名曰史論。暇時作詩歌寄興，性嗜奕，與人對局，箕踞嬉笑，輒可竟日。』其敘述大致如此。鄧君樸菴、張君觸菴復倣古私謚之義，易名文磊，而屬予爲之議。合而觀之，可髣髴先生之生平矣。

早起讀書

仲秋天氣涼，零雨苦不歇。何處避西風，清晨秃白髮。衰老類寒蟬，經年病惚突。品騭古人書，端坐儼執笏。几上蝌蚪文，筆下蛟龍窟。字辨石經訛，傳補史乘闕。烏兔日已忙，心血日已竭。匪但絶知交，方且疏月骨。乞酒陶家村，設饌西山蕨。願言抱詩書，臥看龍眠月。

春日言懷

園緑乘雨萌，萬象吐晴絢。東風薰寒帷，幸不厭貧賤。蕭條新柳姿，寂寞蘭亭宴。餞晷惜花稀，聽鶯感舌變。不見籬邊槿，朝榮亦難戀。追思髫英年，濡筆臨黄絹。中歲占鷄壇，桃李競瓊院。撫昔今已非，驥老力亦倦。蹇予疢疾深，春山空對面。豈不悦芳菲？豈不貴組練？素質易爲工，冶容難自衒。幽蘅儘有香，芳草還生怨。豔色滿東鄰，白髮羞相見。寄語韶華子，佳辰去如箭。

丁巳元旦

撫景惜餘年，所求衣食足。淹兹疢疾時，還懼流光促。晨興冒風檐，雨雪埋深屋。井爨屯煙霏，橋户戛冰玉。中堂燈燭微，椒盤薄從俗。懶性疏至交，庭草無行躅。稍輯甲子編，凍指旋拳曲。謀酒禦寒威，五斗誰曾蓄？葭律序經新，物情變益酷。同作獻歲歡，憂傷唯予獨。春氣漸入帷，孤芳聊自勖。勿厭病與貧，袁安臥正熟。

讀史雜感二首

六朝僭禪代，君臣俱不正。休文天下士，竟作梁佐命。密謀寔首倡，才智頗縱横。寧與和帝仇，都爲利名迸。奪位則已矣，醇酒胡爲進？大宴衍功臣，紅顔歌舞盛。側立有妓師，云是齊宫娉。熟視坐中沈，牢記其名姓。遥望舊衣冠，聲淚將俱併。垂老愧悔生，鬼神乃司柄。臨死信巫言，孰不笑狂病？斷舌當其辜，猶是夢中刃。老妓一聲呼，悲哉沈家令。

袁公死大義，壯節千秋顯。門户不遑計，百口罹兵燹。巢破一卵遺，情知不能免。老嫗抱赤忠，犯死留餘喘。匍匐狄氏門，舊推佐吏選。複壁身可藏，廣柳車堪輾。誰知脱網雛，竟蹈虎穴蹇。藐爾六尺孤，須臾命俱殄。生見王成羞，死對程嬰靦。殺此負心徒，誰曰舉不善？奈何俠士雄，匕首未及展？天故生靈物，假手中公讞。勇過趙氏嫛，仗義人中鮮。誓不負郎君，疾聲天地轉。扼吭中要害，深仇一朝剪。殲惡固太奇，辜恩亦不淺。傷哉石頭魂，心快淚猶泫。寄語衣冠人，身那不如犬？

予著史論百篇方還山李芥須好之余曰子豈桓譚乎吾恐後人用覆醬瓿也急掩卷爲詩以謝焉

名山有藏書，踔躡詞壇上。精氣日磅礴，蛇龍不敢向。筆陣鬱煙雲，墨光徹俯仰。姓氏不欲傳，芒穎肯輕放？忽逢碧眼人，破壁光蕩漾。其書僅寸餘，縱橫呈異狀。玄草發幽奇，騷經啓悲壯。一一如讞詞，功罪無差量。門户厭雷同，批駁匪高亢。讜論激懦頑，腕力千秋仗。頓使聞見塵，一洗千重障。持此下酒物，心胸頗開曠。展讀未及終，風霾倏震盪。誰操數寸管，手役雕龍匠？野狐竊唾餘，狂獪恣謔浪。豎儒騰百家，齟齬争抵抗。翻屈文字靈，顛倒生疑妄。汲汲閉石函，不落人間相。且免覆醬瓿，終同黄石葬。寄謝桓譚儔，秘惜中心貺。慎勿對人言，恐滋忌者謗。筆冢與詩瓢，今古同惆悵。

戴予翼招同李石逋潘木厓戴令及江四友張如三集似古山房且致觴祝

龍眠鬱奇峯，東西夾屏嶂。一派玉峽水，豁山分背向。中涵太古幽，境領靈修貺。興諧安道遊，屐展丹崖上。彷彿住鹿門，組紱等飄塊。斗室廓地天，危亭狎滉瀁。高瀑下銀河，虬濤助神壯。雨餘山色佳，飛嵐呈萬狀。荷香入夜恬，涼氣先秋放。結侶偕應劉，綺談縱俯仰。眷彼松鶴姿，執觥互酬唱。造物吝暇休，兹焉暢清曠。綢繆方永歡，夕陽忽在望。翫答招隱篇，岐路生惆悵。輿騎騁煙霏，西山日猶盪。

看菊歌柬何令遠

年年種菊東籬傍，涼風九月花芬芳。籬下准備賞花處，傾罍酒色如鵝黄。今年花繁倍可愛，紅白參差好姿態。看花還是種花人，看花故人幾個在？看花人在成老翁，餐英採實飽秋風。千花萬花争富貴，此菊蕭然大不同。甘受人憐同消瘦，常伴老翁霜露中。對花歌，酌花酒，侵辰痛飲直到酉。爾我同心古人有，喜招靖節一先生，不許坐雜黄金友。好酬明月問青天，五柳門前花在否？

臥雪吟二首

對此空庭雪，澄懷覺眼明。粘窗看没瓣，綴石聽無聲。饑鼠啾殘夜，寒鷄撲乍晴。梅花空有約，誰結歲寒盟？

短髮終須削，多僧只數莖。苦因家室累，辜負雪峯行。倦雀歡聲少，閒門葉落平。由來真悔悟，都向病中生。

荷薪老人詩爲胡永胤賦

何處山林好？容君縱斧斤。薪勞憂世切，荷力教兒勤。野況舒青眼，歌聲出白雲。公卿從不識，家鹿竟同羣。

遣齋秋詠二首

誰道逢秋好，逢秋亦可憐。寫愁看雁過，遣病學鷗眠。菊澹蕭蕭雨，心灰嘒嘒蟬。懸知霜葉重，夜夜上寒氈。

西園曾有客，消息久無憑。牛耳名成夢，鷄皮老似僧。句奇惟獨賞，命拙向誰憎？習懶終成傲，鳴騶喚不應。

西園憶舊二首

西郊春到半陰晴，極目平原忽愴神。摩詰園空猶是寺，東山棋罷更無人。閒隨鶴影分雙屐，醉賞梅花訂四鄰。記得月明書素練，徘徊疑是夢中身。

竹嶼煙溪白石梁，故人曾共坐匡牀。蘭亭醉墨隨流水，藜閣花磚冷夕陽。繁管不驚猿鶴夢，漉巾猶帶薜蘿香。玲瓏燕子勞相慰，還傍烏衣舊草堂。

春雨

蕭齋隻影重徘徊，雲掩樓西月隱臺。幾陣小鶯銜雨過，一渠新水送花來。客疏似怯苔階滑，笋茁都承夜露開。不是老夫拚醉倒，傷春情性總成灰。

鄧樸菴過齋心話

誰憐綵筆少年時？老大同餔甲子詩。豪況半隨多病減，素心全仗故人知。舊遊佳迹留春夢，近事難言付酒巵。話到月沈聲更苦，青衫幾夜淚成絲。

寒食感事

由來成敗敢輕籌？渺爾蠅聲鼓未休。材少自難生管樂，地雄還是舊孫劉。荒春土銼寒無食，鐵甲烽屯夜竟秋。有舌漫談天下事，書生元只爲身謀。

馬過後郊望

蜂屯燕壘亂春暉，驛柳牆桑樹幾圍。綠野烏啼征吏急，嚴城虎咥醉人稀。金鑣色閃桃花影，銀甲光團雪片飛。遥聽隔林春漸起，千村纔見一燈微。

重過石門沖

幽雲高鳥意悠悠，喜與山人結伴遊。竹送溪聲渾似雨，月團峯影正當秋。箄來只是尋閒好，到處還應幾日留。苦憶十年塵底事，更須扶醉一登樓。

初春懷左暝樵霜鶴山中

柳梢煙織吐絲黄，曙陌晴光漾草堂。三徑竹風摇鶴夢，一竿春水上魚梁。重翻甲子山人集，亂點梅花處士裝。但聽新鶯尋舊侶，左思招隱在柴桑。

題張齡若新居

仲蔚潛居已十霜，絳紗分處日相望。三間白屋人同老，一樹梅花影過牆。恰有奇峯供畫幅，曾無殘客到茅堂。六時但得須臾暇，送韻提壺各自將。

感遇贈舊歌者

仍舊排場百囀聲，斜風細雨聽三更。不須更唱清平曲，惹得愁人憶渭城。

村妓

楓豔蓮香滿店秋，淡粧諧弄小笠簇。不知若個盧郎在，笑插黃花上酒樓。

白綾羅襪襯衫紅，斜轉秋波店角東。滿壁詩題皆繡口，不知那首獨誇儂？

校記

〔一〕抵　當作『抵』。

〔二〕椿　當作『椿』。

〔三〕穭　當作「檜」。
〔四〕宵　當作「霄」。
〔五〕荀　疑當作「苟」。

龍眠風雅卷六十一

木厓潘　江蜀藻輯
安福吳　雲舫翁壻陳堂謀大匡參

馬敬思

字一公，號虎岑。司馬正誼公之長子。丱而遊庠，無紈袴之習，閉户績學，善書畫，尤工詩，總角時即有『無情最是青銅鏡，纔照紅顔又白頭』之句，見賞于龠山先生，邑屋中至今傳之。居家孝友，禔躬端峻，慷慨喜交遊，于貴顯則落落寡合也。中年皈心竺乾，往來皆高僧名衲，尤善淡溪僧。臥病前三日，夢緇衣人持簡至，曰：『善知識，召汝講經，淡溪當同行也。』比至，果見一老僧曰：『候子久矣，速祝髮！』遂驚寤。自度病必不起，易簀時語不及私，惟以老親遠宦未及終養爲恨。言訖，誦般若經，合十而逝。家人疾往視，淡溪果以是日順世矣，非有夙根而何？

閨情

妾住大江南，君遊大江北。相隔未千里，何以無消息？仰看秋鴈飛，雙雙常比翼。作書付歸鴻，妾字君能識。上寫早歸來，下寫長相憶。門内無男兒，黄金不得力。自昔郎别時，從未離閫閾。每日望酒旗，遥以占風色。

寄　遠

有客來遠方，裁書苦不長。鯉魚結冰雪，剖腹訴中腸。寄我相思淚，滴滴血成行。開書未及讀，化作雙鴛鴦。

寄遠曲

腰鐮非不利，刈草不斷根。妾心非不剛，感君一夜恩。青松與皎日，誓死君家門。君今一去幾時歸？妾自織機爲君衣。

打魚行

夾岸桃花水一涯，依依楊柳美人家。幾時嫁作漁家婦，春去春來水上艖。男不耕田女不紡，每日江頭捕魚網。郎在船頭試水深，女著紅裙自盪槳。夜半忽然起風波，舟人擊楫更高歌。隔浦篝燈斷復續，宛如星宿墜江沱。江流水長魚依藪，黄昏牽纜直至酉。大魚市上換米薪，小魚得錢沽美酒。得酒歸來强作懽，蓑衣爲被笠爲冠。明朝更向何方去，煙雨灘頭把釣竿。

畫竹歌

幽人無帽髪常禿，芰作雲衣荷作服。風塵陌上懶驅車，獨向山中結茅屋。家無揚子一丘田，日掃瀟湘翠數幅。平常不織亦不耕，衣食無營亦自足。臨池寫竹若有神，大者銜宵小如鏃。何能一日無此君？寧可加餐食無肉。持來市上换青錢，終日行人不矚目。試看笋價賤如蔬，誰肯人間買畫竹？

贈張敦復

世人作書多愛肉，張子作書能療俗。醉中噴墨兩三升，蚤起臨池千百幅。魯公善書紙背穿，智永嗜草筆頭禿。羲之之後有獻之，張芝之後復張旭。鍾繇索靖非等倫，世南懷素皆欽服。君家古帖滿繩牀，每日坐觀常閉目。我有尺素薛濤箋，乞君數字光茅屋。開窗對坐看君書，筆墨淋漓饒起伏。縱如歸猿攀故枝，瘦如孤鶴凌羣鶩。微如石澗瀉清流，振如秋風掃林麓。媚如美女臨風整素衣，勇如鐵騎當關獨馳逐。古釵屋漏俱有情，見者都忘寒與燠。書罷不知春草緑，嫋嫋餘風動新竹。

江寧古寺羅漢歌

南朝古寺遥相望，半是梁唐經手創。金釘玉瓦鬱嵯峨，翡翠珠簾垂甲帳。殿中伽佛静無言，大士觀音空色相。粉壁長廊數十間，畫徧三千羅漢狀。問誰手筆最能工？傳説貫休爲宗匠。强者怒目更張拳，慈者觀心持竹杖。老者眉拖尺二長，少者面似芙蓉放。降龍伏虎各飛揚，或背或面各相向。我聞繪事須繪神，不在葫蘆只依樣。有時海變與山移，何處尋君辨真妄？

題陳□□古松歌

我聞京師報國松，霜皮鐵幹如虬龍。蟠根屈節非常態，上下恆見白雲封。以爲造物真奇絶，不與凡葩鬬花葉。滄桑閲盡幾興亡，兵火猶存飽霜雪。每恨不得帝京遊，欲摩挲之卻無由。陳生聞我長太息，脱衣大叫天欲秋。呼童研墨方一斗，秃筆狂揮用左手。冰紈數丈勢縱横，虎踞龍蟠驚怒走。中堂高挂六尺寬，過客遊人争住觀。看者徘徊不忍去，彷彿微聞濤聲寒。畫者得神體亦具，乾皴濕染潑煙霧。試與兒輩詰其名，無人不道是松樹。傍邊怪石更玲瓏，蒼苔數點濃復濃。惟愛炎天六月半，我將坐臥其下受松風。

風夜懷吳惟子山居

秋杪風尤惡，懷人此夜濃。晚禾吹落實，山葉苦無容。半榻寒依草，孤窗遠送鐘。杜陵茅屋在，捲去已三重。

玉屏上人歸自匡廬以茯苓雨茶見貽賦贈

久住匡廬浄，山雲滿袖歸。茯苓供藥碗，笲箬裹茶衣。鐘冷鹿門夢，花殘鷄樹暉。偶來松下坐，枝作麈談揮。

送澹然上人南下

叩門旋作別，買就秣陵船。九月袈裟冷，三吳木葉天。寒江落僧影，霜夜逼人眠。相送無相贈，新詩待我傳。

贈竺怡上人

破衲補秋林，柴門閉夕陰。孤吟行脚苦，瘦骨坐禪深。愛竹常封徑，看花許借衾。好山當此夜，爲我一彈琴。僧善琴。

過畫溪別業

猶是當年瀑，重來曳杖聽。水逢秋際白，山送晚餘青。別業空啼鳥，書窗冷照螢。殘僧若箇在，指點石溪亭。

嘲鵲

方書占鵲噪，動即遠人歸。數日頻啼久，全家一字稀。豈真欺客慣？亦解信君非？多少空閨婦，停針盼夕暉。

隔水

隔水問乘槎，銀河一帶沙。鴛鴦文字鳥，豆蔻女兒花。屋不煩金鑄，人還比玉嘉。大堤春色好，楊柳暗啼鴉。

守歲雜感

自學龐居士，團圞小盡盤。酒常隨鍤去，經亦帶鋤看。素薄梁鴻熱，誰知范叔寒？堂前分歲燭，忽報一年殘。

送吳惟子還山

買宅當溪口，山深雲亦深。借書同杖去，採藥荷鋤尋。芳草斷車迹，松花覆石陰。幽人塵事少，流水似彈琴。

宜城即事

宜城三萬户，十載半凋零。畫閣蔬爲圃，朱門荻作屏。煙波當晚碧，汀草出寒青。獨上長亭望，漁燈亂客星。

江邊蘭若

古徑有蘭若，溪橋石補柴。竹間安客枕，花裏曬僧鞵。爐煮分秋水，鐘嚴過午齋。禪堂初止静，香氣散人懷。

晏起自嘲

過知多晏起，客至屢空回。自信貧無累，人言懶不才。茶收霉雨淡，門閉午時開。未了晨餐事，催詩索畫來。

七夕

每到雙星節，常爲兒女情。佳期空悵悵，河漢自盈盈。婚嫁何年别？機絲幾日成？細看烏鳥頂，毛落未全生。

玉屏菴哭惟聖上人

老僧周甲子，揮手謝屏峯。種樹常棲鶴，栽松半作龍。禪堂餘故物，靈座想遺容。識得西方路，還來聽舊鐘。

題陳隱士山居

羨爾深山静，連宵不掩扉。秋潭鶴影瘦，霜草鹿胎肥。歲酒先儲甕，園絲半在機。此中多隱者，相識姓名稀。

江南夜雨

江南一夜雨，深覺海棠愁。秋氣先臨水，人家半住樓。長鎗新市米，老釀碧筒油。昨過芳蘅地，笙歌冷玉鉤。

訪悟空上人

此地疑無寺，忽傳山下鐘。尋來芳草徑，踏徧落花踪。卓錫常驚鶴，焚香善呪龍。虎溪今夜月，聽爾説南宗。

歲暮

辛苦一年盡，依然舊草堂。飛將春裏雪，添作鬢邊霜。遇事偏多感，醫愁未有方。但求新歲稔，兵不亂農桑。

寄遠曲

南塘雙槳日，十里藕花多。楚客青衫淚，吳姬白紵歌。秋山眉有岫，春水臉生波。不信留人處，翻教喚奈何。

哭叔

得叔王家少，鍾情太傅深。死生如是夢，婚嫁未完心。契闊非疇昔，幽明便古今。從兹林下路，無復仲容尋。

閒居即事二首

自從摇落後，萬事不縈懷。山水託茅屋，漁樵愛笋鞵。踽行憐影獨，嘉遁及親偕。黄葉孤燈夜，蕭蕭吹滿階。

慣作溪南釣，清清白石潭。地深泉亦美，水浄酒同甘。選勝依花坐，移尊藉草談。醉來堪枕漱，隨意發幽探。

送友人入山得泥字

草閣經時閉，山猿失伴啼。芟夷沽酒路，撿校和詩題。花落收蜂蜜，書開點燕泥。一灣斜抱水，終日石橋西。

金陵弔古

佳麗江南地，詩成弔古哀。一杯桃葉渡，萬屐雨花臺。死恨王夷甫，生慙褚彦回。新亭當日淚，流落染蒼苔。

田家即事

野老三間屋，茅檐不剪茨。入門先叱犬，設饌止烹雌。採芡來前渚，栽篁補舊籬。明年春雨好，荒壤盡耕菑。

武　城

登臨無限意，弔古有餘情。水退魚梁在，秋深鴈字明。如何文學地，翻以武城名？荒市渾遊徧，蕭條誦讀聲。

江村暮宿

暫借鄉人宿，村居省市譁。橋通樵採路，罾識釣漁家。谷口暮逢雨，江頭水漲沙。夜來風更急，吹落隔籬花。

贈山中許逸人

小隱碧雲端，高懸處士冠。樹桑供繭箔，種竹作漁竿。欲雨山窗晦，將秋草閣寒。別來籬下菊，尊酒共誰看？

哭李仲山

欲效林宗哭，秋原更慘神。孟郊無健子，李白是詩人。帙草埋孤冢，江蘺薦比鄰。生來貧到老，天道果何因？

贈黄冠

小築依山麓，加餐坐石牀。鶴隨雲共白，鹿與鬢同蒼。客壘殘棋局，人求舊藥方。桃花詢往事，彷彿憶劉郎。

閨　情

萬里遼陽戍，空閨獨夜情。暗燈隨燼落，細雨打窗聲。粉黛啼時損，羅衣病後輕。昨宵曾夢見，數語未分明。

張齡若得藤杖甚佳作詩志之索和

未老先防噎，裁成白玉鳩。尋山堪作伴，步月與同遊。質較湘妃渚，書讎太乙樓。未知宣子意，能解百錢不？

田　家

田家原作苦，生事一秋强。山郭酒旗亂，村翁社鼓忙。烏啼楓子赤，鴈趁稻孫黄。自嘆先疇薄，豐年未免荒。

送朱孺緜南下移親櫬二首

年少辭親早，松楸失墓門。線痕存密處，緜性定奇温。訪寺迷前路，尋鄰向舊村。已知泉下樂，況爾復添孫？

知子行應哭，江帆趁早潮。露華摧薤速，秋色入蓬驕。地下經三世，人間换兩朝。魂原還故土，不用楚辭招。

雨中喜三弟歸里

聞道歸期急，思君卻更猜。客知烏有信，人約雁同來。布被多時夢，燈花昨夜開。柴門三徑在，親自掃莓苔。

江頭對月

秋入家山夢，涼風吹客裳。酒分荷葉緑，衣惹藕花香。河朔非吾侣，江南是故鄉。團圓今夜月，偏照估人航。

舟泊蕪湖

鄉思杳何極，迢迢旅客情。罾懸潮有信，風順浪無聲。十里橋邊市，三更月下城。嚴關無用怒，書畫入官征。

哭舅氏潘薪孫

憶别古橋頭，牽衣上酒樓。幾時芳草路，一月白楊秋。鶴怨終懷土，狐悲欲首丘。羊曇今日淚，何處是西州？

同祝山如遊龍井訪竺公蘭若因留信宿卻賦二首

昔傳三笑意，不解俗人聽。黄葉正迷路，白雲空滿庭。琴生因失譜，筆秃爲鈔經。一幅佳山水，都來入畫屏。

不識山僧姓，常呼老畫師。惜花删野蔓，種竹護疏籬。面對十年壁，心空五蘊司。懶殘爐裏芋，分療鄰侯饑。

李未盡先生索山居詩

君姓即山姓，公麟舊有名。步隨筇杖健，寒愛木緜輕。數畝供饘粥，衰年節送迎。只因兒女累，婚嫁未忘情。

江行即景限青字

野埠漁罾密，舟過水亦腥。蓼花殘尚紫，楊柳冷猶青。古剎分僧火，寒槎共客星。數峯天際外，何處弔湘靈？

李仲山至

數載曾爲汗漫遊，憐君雙鬢定緣愁。到門客至陳驚座，下筆詩成趙倚樓。楚澤蘭叢空有怨，吳山木葉早知秋。邇來自有江淹夢，好寫花箋詠玉鉤。

署中別弟

故鄉浪説滄州好，到此蕭條即欲還。薄宦門庭真似水，過河地勢總無山。風催槐葉官郵冷，霜落蒹葭臥閣閒。私把萊衣教弱弟，承歡代我奉慈顔。

晚泊

蓼花初盡雁南飛，十月涼風吹葛衣。野店鷄豚因客貴，僧房燈火避兵稀。相逢岐路何須泣？但聽鄉音即當歸。隔岸戍樓鳴夜鼓，旅人驚夢到柴扉。

贈僧

小隱深居絶送迎，偶然留客鬭楸枰。庭生蔓草原無種，手植山花應有名。虎爲過溪常欲嘯，猿知入定不聞聲。袈裟自愛頭如雪，懶去江湖卓錫行。

喜無可大師歸里門

雨花臺畔送春歸，久客還家丁令威。天地不能容白髮，君王已許著緇衣。幾迴蓮社空兼色，一任桑田是與非。烏鵲别來尋舊樹，繞枝三匝欲何依？

遊龍眠經左氏别業

十里黄雲一草廬，宛如谷口子真居。僧歸月夜常同榻，人對春燈正讀書。蕉葉錯疑山鹿夢，桃花驚散武陵漁。他年點染公麟筆，惟有龍眠畫不如。

贈潘蜀藻表兄

石經齋裏好題詩，風雅吾鄉獨爾師。南阮居常憐北阮，東施人欲笑西施。不嫌落魄垂青眼，自分無才愧白眉。近日望君何所似？儼然天半一峨嵋。

柬張齡若

不改衣裳不變名，依然魯國舊諸生。松雲贈客陶徵士，婚嫁留人向子平。我欲買山先問壑，君能畫水獨成聲。南州一榻容高臥，閒倚秋屏看月明。

訪李當衡先輩

青衫雙袖兩朝前，自築柴扉遠市廛。萬劫有情皈大士，十年無病學神仙。忙中覓句成詩癖，老去棲心託畫禪。餘得日長高枕後，閒讎秋水馬蹄篇。

喜范一范城居

我欲求田愁近市，君胡問舍轉居城？畏人小築花開徑，將母餘年筆代耕。雖説漁樵疏野客，免驅鷄犬避官兵。移家覓得牆東地，不費招尋日日行。

偶　題

庭前三徑半成荒，客至無童報草堂。晴撿蠹衣開藥臼，塵移鼠迹上琴牀。病來幸有高僧問，醉臥何嫌少婦傍？瑟瑟霜催紅葉老，不知秋色爲誰忙。

贈元白上人

遠公避世不離羣，手種黄精與客分。杖挂一瓶揚子水，足穿兩屐慧山雲。齋從午磬聲中度，葉在寒階定裏聞。向曉數椽茅屋暖，白頭日日負餘曛。

讀史

把杯擊箸恨如何？一代興亡自古多。烏鵲夜啼荒苑樹，黄牛朝飯舊宫莎。偶逢毛女詢秦事，卻憶金人别漢歌。芳草不知亡國恨，春來依舊上銅駝。

山行

逶迤山勢獨嵯峨，戎馬從無此地過。春剥筍衣僧飯飽，村傳社鼓醉人多。家家射鹿收新網，歲歲看蠶理舊梭。滿地江湖靡定處，桃源今古一農蓑。

晚眺

故國春深犢路斜，夕陽古道水穿沙。一聲初感鄰翁笛，十載前爲酒媪家。但見芳洲生杜若，不逢人面比桃花。題詩石上苔痕滿，潦倒青尊看落霞。

秋夜飲友人舍得添字

貧家茅屋竹爲檐，不用湘筠六尺簾。初月似眉描漸闊，晚雲如畫色重添。煙嵐半染尋山屐，書籍頻輸賣酒帘。别後詩情總蕭索，錦箋十幅付江淹。

同姚揆采讀小青傳分韻弔之

幽閉憑誰寄錦箋？明珠十斛亦徒然。小姑月冷青溪夜，神女雲歸巫峽天。我見猶憐今日句，他生難結後身緣。世間薄倖多如此，何必貪求並蒂蓮？

夜讀方子留詩感賦三首

翩翩年少玉壺冰，每念興亡淚即增。南國隕星占處士，西方出世託高僧。青衫骸骨歸吾土，皂帽秋風挂孝陵。魂去大招招不返，首陽山上幾人登？
鷄骨長齋可自憐，怪君忠孝兩能全。渾金璞玉人增價，翡翠蘭苕詩並傳。吳市卒歸原隱姓，龐公妻在合參禪。世間好事難兼得，天與其才不與年。
曲笠方袍隨處緣，年年灑淚泛湖船。有家不惜身填海，無計能將石補天。靈運慧來先作佛，子真遁去竟成仙。山河妄想□堯禹〔一〕，從此春心託杜鵑。

同諸子飲潄石亭分得亭字

載酒餘酣潄晚汀，狂歌坐待竹風醒。城鐘欲動鷄争唱，僧磬將昏鳥共聽。衣在乾坤諸子白，眼留今古一山青。永和他日重修禊，指點蘭亭即此亭。

過舊題詩處有感三首

燈火柴門半掩開，兒童驚問客重來。偶尋舊筆留詩處，已被春風長緑苔。彩筆昔人曾有夢，碧紗今日卻非才。傍觀應笑題橋者，仍是單衫破帽回。

記得行吟柳絮前，借君粉壁作花箋。半由燕子春巢汙，敢望鷄林賈客傳？醉後放歌翻自泣，忙中覓句倩人聯。木蘭寺裏詩雖好，也被塵封二十年。

春去江南百感生，杜鵑啼罷故鄉情。馬尋青草堤邊度，人在黄鶯樹裏行。舊榻未移愁夜漏，征衣欲洗趁天晴。自憐身賤無人識，縱解題詩不署名。

重省滄州署中二首

南望家山送夕暄，貧憐兄弟共柴門。遺民社裏猶依父，荀淑車中獨抱孫。五岳未完婚嫁願，三江空憶鱠鱸言。莊生傲世何妨達，吏隱仙踪在漆園。

春雨楊花促渡河，我來初亦諱田禾。舞餘粱月衣生綵，宦隱滄江鬢欲皤。世亂靈均憐姊寡，家貧令伯媿兄多。今秋穡事猶如舊，五斗其如百口何？

宿蛟臺僧房弔弘生上人並示其徒天然

欲訪支公過去因，素牀靈几暗封塵。舊時秋草依然在，荒徑殘僧若個貧。錫杖姑蘇求慧業，天然從姑蘇參學回。袈裟白下拜慈親。天然俗家金陵尚有母在。長卿淪落交遊少，自嘆浮生哭故人。

內人三十初度出扇索書

手執冰紈出素懷，書殘黃葉亂空階。能依母訓無爲好，方信卿言亦復佳。廚舍作羹粗麥飯，粧臺撩髮舊荆釵。家貧不厭山蔬老，何用常餐繡佛齋？

贈友人納姬

明珠十斛買娉婷，紫玉爲簫白玉屏。一寸秋波横眼碧，半簾春草上眉青。暮歸峽内常行雨，生小人間便喚星。扶卻侍兒嬌不起，海棠花下醉初醒。

喜晤愚公禹公兩舍弟

桃葉秋深一問津，木蘭舟小僅容身。帝城花萼懷中夢，故里桑麻亂後親。洗馬渡江緣病弱，士龍借屋爲家貧。憐君卻似烏衣燕，縱入高樓亦傍人。

同客過舊院有感

朱樓歌舞畫橋邊，閒述風流憶少年。紫玉千金求管笛，明珠十斛鬪花鈿。薛濤亂後多應嫁，琴操歸來又入禪。回首舊題人面處，絳桃空落院門前。

放後謁方正學先生墓

咫尺天威怒不除，怪來螳臂卻當車。遺風自爾懸金馬，葬地誰爲乞玉魚？桐葉本枝猶若此，桑田異代更何如？身先九死應無恨，報得君恩一劍餘。

再贈古顏上人

新築幽棲水一涯，石橋橋上挂袈裟。持來鐵鉢誰供米？化得雲山自種茶。生死有因歸貝葉，色香難斷是梅花。江湖滿地孤身易，但坐蒲團即是家。

過友人別業

探幽夾道暗松篁，流水清清石作梁。山路屐隨牛迹去，樹根衣惹兔絲香。安絃軫上修琴譜，臥病菴中寫藥方。猶記子西詩句好，日閒真覺似年長。

寒食前三日送姚彥昭訪何道岑先生黄州

笛吹蘄竹倚高樓，目送煙波感壯遊。地近荆襄原負險，文推屈宋舊悲秋。千行賓客尊前席，五馬風流居上頭。羨卻使君吟詠好，相傳猶似在揚州。

跪讀陶丘家報

傳聞鬚鬢半如銀，客到方知信始真。老去宦情元已淡，舊來薄畝未全畇。右軍孫衆聯娱目，陶令兒多不救貧。莫怪家書行字大，眼昏燈下白頭人。

重陽前一日登投子山

醉採茱萸繫臂間，顧予憔悴鬢毛斑。常年佳節多愁雨，今日先期早看山。特地尋僧逢病起，過橋乞菊帶霜還。秋峯好處都堪眺，何必重陽始一攀？

秋夜

消磨豪氣漫憑淩，貧賤交情愛也憎。堂上霜寒懷老佛，静中形影類孤僧。讀書快意頻呼酒，得句披衣夜點燈。漸覺疏狂無俗事，秋山黄葉一人登。

祝山如席上同錢飲光先生夜酌

熟讀離騷夜雨殘，牀頭周易共盤桓。鵑從蜀破猶稱帝，松自秦亡懶署官。鉢冷瞿曇歸後托，詩工摩詰晚年看。草堂幽處梅花發，偏與人間鬬歲寒。

得方爾止先生書

三載移家桃葉春，釣船煙雨芰荷身。他鄉白髮驚新長，故國青山依舊貧。道上曾逢秦璧使，祠前争泣漢銅人。南朝多少尊官冢，冷落高低卧石麟。

和蕪關湯玄翼先生石城懷古二首

上皇宫殿碧雲頭，憶昔繁華夢裏遊。賜姓勳臣藏券第，添香侍女曝衣樓。洲殘蘆荻空銜月，湖冷荷花不耐秋。一曲渡河公竟死，新聲彈斷舊箜篌。

王氣終殘慘客神，樵歌江上孝陵薪。金牀玉几同朝露，甲帳朱簾捲暮塵。天子不修南渡史，諸臣誰問北來人？琵琶老妓燈前訴，緑柳青蒲對白蘋。

舟中即景

雙槳蘭橈獨自乘，忽然風雨亂春燈。沙汀有警鷗先覺，水驛無更鷄可憑。古樹露根堪繫舫，敗蘆垂葉半藏罾。青青柳色龍眠岫，勞我終宵夢裏登。

江行同友人飲酒肆

幾番零落渡江東，買得舟帆未買風。紅面蓼蕖如少女，白頭鷗鷺似漁翁。晚峯殘照人爲畫，霜葉微酣詩更工。今日與君同覓醉，青帘橋畔是黄公。

贈汪羽年先生

江湖散髮混樵漁，短布單衣勝曳裾。半榻寒雲眠野寺，一犂春雨動耕鋤。瓦瓶慣講收茶法，場圃頻徵種樹書。除卻落花常載酒，柴門無事挂柴車。

哭四舅父潘根孫

怕向山陽陌上行，幾番吹笛病魂驚。同年甥舅如兄弟，半世升沈隔死生。伯道櫬原無祭主，子猷琴亦痛亡情。許多親戚凋零盡，哭到郊原暗失聲。

懷十洲和尚

三尺蒲團一杖藤，坐來説法共傳燈。春嵐散作香臺雨，夜月敲開石澗冰。山鳥聽經知念佛，土人乞米爲齋僧。凡心久戀維摩側，欲著袈裟尚未能。

寄贈戴東鮮先生山居

買山人笑住山遲，如此幽棲好賦詩。曉夢慣驚晴鳥喚，世情莫共海鷗疑。多栽蕉葉朝臨帖，熟摘櫻桃夜賭棋。輸我濁懷塵碌碌，何年卜築借鄰枝？

梅花詩和祝山如二首

雪裏吹香暗裏聞，雪飛花散惜離羣。根埋古寺依寒石，枝渡横江亞暮雲。南内娣姨蛾淡掃，西湖妻子鶴平分。尋常最愛橋頭月，茅店煙消帶夕曛。

冰散沙堤路未乾，支筇潛聽鳥聲殘。水雲迷處渾無影，香雪和時可共餐。幽性從來輕富貴，孤芳原不借欄杆。久聞鄭谷詩情好，一字重吟便覺安。

煮　酒

亂憂歲月付滄浪，暫得平安是醉鄉。採入菊花添野味，覆來荷葉引新香。春衣久典愁無賴，夜甕初開色有霜。卻怪婦言渾不解，劉伶借此示佯狂。

冬宵有感

寒葉蕭蕭風滿林，愁人當此更難禁。窮如有敵猶非極，悲到無聲始是深。病裏詩書皆夙業，夢中婚嫁亦關心。冬宵那得東方白，坐待鳴鷄夜抱衾。

江行

孤舟風雨滯河橋，解纜船頭繫柳條。隔岸燈帘懸酒字，小灣罾步插魚標。鷄啼野戍時聞鼓，鴈哺春雛夜避潮〔二〕。作客莫愁歸隱處，故山叢桂有人招。

贈茅山道士錢載陽

神仙桑梓舊茅山，羨爾人間任往還。松樹雲開晴鶴舞，蓮花池閉老龍閒。身無長物餘殘衲，囊有奇方駐少顔。獨坐一樓明月夜，跏趺雙膝自緘關。

偶憶

東風消息獨徘徊，久閉柴門手自開。寒食暖逢人病起，棃花香在燕歸來。竹鐫詩句春痕細，石補蒼苔雨意催。昨日偶從堤上過，遺簪翡翠卻攜回。

少年行贈友人

相逢陌上少年行，雙劍芙蓉匣内鳴。身欲許人猶有母，臣誣盜嫂本無兄。結成海内皆豪俠，羞向燈前説姓名。醉後自歌還自泣，彈箏一半是秦聲。

方明農先生新卜居桃葉渡東云是宋其武學士宅

閒來徧訪高人宅，曲巷幽棲一草亭。移竹無時逢上巳，灌蔬有地課園丁。橋臨桃渡三秋碧，樓望鍾山二月青。此是宋公舊池館，常將佳話與人聽。

爲淡溪上人作畫併題

未辦買山錢，徒有買山志。畫到白雲深，投筆發長嘯。

天竹

火樹三冬色，珊瑚七尺高。啄殘山鳥嘴，錯認是櫻桃。

懷潘薪孫舅氏〔三〕

嗟君明月獨南飛，奔走風塵一布衣。家是赤眉殘破後，書無黄耳寄來稀。稻粱秋入龍眠坂，芳草春過燕子磯。佳麗縱然誇建業，邇時消息恐全非。

漁　家

南浦煙雲水一涯，蓑衣盪槳荻蘆花。身隨鷗鳥堪爲侶，夢宿汀洲即是家。山暗婦收春綱雨，潮歸兒弄夕堤沙。得魚換酒橋頭市，指點青帘不用賒。

李未盡先輩以小像索題信筆應之

近來鬚鬢已成衰，此是盧郎年少時。陵谷忽隨滄海變，衣冠猶見漢官儀。畫中覓畫王摩詰，身外傳身顧愷之。即使丹青無姓字，背人摸索也應知。

秋　風

颯颯秋風葉葉催，單衣怯上最高臺。乾坤有礙寬猶窄，歲月無情去莫回。知負襄陽明主問，弔殘湘水故人哀。淮陰漂母楊家妾，何事金釵解愛才？

江行同三弟限韻

村岸漁翁各有家，柴門一道逐江斜。竹因土暖多生笋，梅爲春寒尚帶花。鳧浴不驚青草渡，鷗行常篆白堤沙。遥遥天末迷前路，蕩漾東風任小槎。

乞竹

地餘争説竹宜栽，逢著山僧乞一回。雨後正當渠醉日，閒中相約荷鋤來。縱然有肉寧求瘦？即使無花亦愛才。堪笑子猷猶借寓，吾廬雖小足徘徊。

惺非上人贈竹詩以謝之

月白沙明何處村？山僧移自給孤園。春根雉子當依母，霜籜龍鍾已抱孫。此日愛君非借□，他時過客莫題門。青青曲徑欄干外，燒得茶鐺當酒尊。

荻港晤瀛渤上人因留茶話 僧桐人

夾岸蘆深好繫舟，偶然乘步上僧樓。樹邊打坐霜埋膝，花裏焚香雪滿頭。五夜鐘殘催曉夢，三生石上記春秋。遠公況我同鄉客，白社淵明是舊遊。

猫

蘆簾紙帳小堂虛，玳瑁霜寒玉不如。寒夜有情眠共榻，春燈作伴看讎書。山田祭賽同迎虎，旅鋏歸來久乏魚。鼯鼠技窮花外影，月明未敢過吾廬。

猿

有客還棲舊草堂，何須驚怨北山旁？林間偷果逢僧擲，嵓下簪花學婦粧。三峽聽來風瑟瑟，五溪歸去路茫茫。人間自灑傷心淚，不必君啼亦斷腸。

蠹魚

神仙三食竟何如？舊業荒凉一徑餘。佐治腹邊千段錦，鄴侯家計數牀書。漫將古篆誇龍鳥，每爲加餐誤豕魚。我笑前身應是汝，終年只在此中居。

白石榴

素種覓張騫，花開白練妍。忽逢妃子笑，冰齒最嫣然。

可嘆

玉笛橫吹九辨秋〔四〕，美人煙雨曉粧樓。無情最是青銅鏡，纔照紅顔又白頭。

題嚴陵圖

蕩漾桃花夜雨時，長竿百尺坐垂絲。故人若不爲天子，老死桐江誰得知？

夜讀秋胡傳

最憺久客逢歸日，難信空閨別後心。邂逅豈真渾不識？故將金作長卿琴。

春思

眉黛秋山畫綺窗，君遊越海妾吳江。停針妬殺池邊鳥，縱繡鴛鴦不繡雙。

友人以子屬予寄名戲題

夢兒亭上舊風流，生子應如孫仲謀。小字霍家師去病，命名花譜喚忘憂。

宫怨

消瘦東風愛綺輕，漢家三十六宫名。君恩那得如春草，肯向階前處處生？

題落花美人圖

二月春深花盡發，行人賣罷鶯聲歇。殘紅羞上女兒粧，隨風吹墮鴉頭襪。

題王山人山水册子

居士維摩子晉禪，篝燈雪屋静無煙。貧來一幅丹青畫，半作樵山半作田。

清明哭亡弟禹公弟櫬寄江寧寺中

去年風雨寄書來，繚繞鶯花處處催。今日江村寒食路，長干寺裏野棠開。

庭前

庭前萱草合懽名，池畔荷花並蒂生。寄語兒家休種柳，止知送别不留行。

雪中登投子

投子峯頭雪欲封，亂來留得幾株松。土人指點棲禪處，此是山僧舊挂鐘。

戲作竹枝詞

南浦荷開雨漲時，方舟常繫木蘭祠。女郎廟裏行人少，暗訴春情乞鬼知。

經謝玉章墓

杜鵑凹裏杜鵑啼，馬鬣孤墳日欲西。幾點淚痕霑宿草，春風吹徧野棠梨。

龍眠山行憶祝山如

去年同掃嶺頭雲，忽見桃花卻憶君。昨日北邙吹暮雨，望中青草是新墳。

閨情

商量停織漫抛梭，雙繡鴛鴦並蒂荷。不是愛他名字好，只因恨客別離多。

觀鐵冠圖劇口號二首

新亭風景望中收，國破家亡事事愁。一曲商歌齊下淚，煤山猶勝景陽樓。

無端舊事落花前，細說興亡倍黯然。此曲人間聞不得，江南愁殺李龜年。

題静波方丈

手托長鑱夜不眠，山頭開得一丘田。早來種芋供常住，猶恐官家索税錢。

題　畫

九月扁舟繫晚汀，江村漁火數峯青。秋風吹冷蘆花被，詩半裁成酒半醒。

送人入空門

羡君端豈爲無家？斬斷恩緣誦法華。多少别離生死恨，從今淚不上袈裟。

渡口即事

門前春水没漁磯，採得青莎織雨衣。隔岸不通官馬路，釣船時送老僧歸。

客中夜讀錢虞山選香奩諸什所選名妓居多

老樹婆娑月似霜，孤燈不覺漏聲長。風流最愛香奩詠，伴客黄昏當女郎。

沽　酒

憂自中來强自持，典衣權買杜陵巵。酒無通夜消愁力，一醉能消一個時。

雜　感

誰家彈曲舊箜篌？歌到傷心易白頭。休弔錢塘蘇小小，紅顔□值一年秋。

謝客薦星士

韓愈憂讒蘇軾窮，生來磨蝎守身宫。才人命薄多如此，何用成都賣卜翁？

舊院

風俗江南半已非，院門空鎖綺羅稀。歸來尚有韓熙載，乞食誰憐舊衲衣？

愁

唾壺擊碎狂歌發，昨日紅顔今白髮。何處愁人易斷腸？孤舟風雨空閨月。

樂

人間樂事海無邊，不獨笙歌醉舞筵。更有關心開口處，看花馬上順風船。

蕪關

報稅千艘日不閒，蕪關官吏抱嚴關。小舟若問私藏貨，詩在秋江畫在山。

新燕

棃花如霰絮如鹽，撥亂東風半下簾。贏得美人春臥起，一條纖尾賽雙尖。

獨眠

胡牀楚簟獨相親，紙帳紗幃半似銀。斷酒每憐茶博士，同眠惟愛竹夫人。

田家早景

江南六月早禾天，農婦家家饁向田。幾處桔槔時斷續，緑楊陰裏一聲蟬。

閨燕

杏花風落漸成堆，繡箔珠簾户半開。不是因君頻出入，畫屏深閉有誰來？

官齋即事

如水門前好設羅，拂窗樹影獨婆娑。鵲聲啼處鴉聲噪，不解愁多喜亦多。

題畫贈吳閬圃

幾年人未踏長干，夢裏松聲午夜寒。試問南朝四百寺，至今多在畫中看。

江寧放後感懷

夜長鐘鼓最難眠，僮僕相看共黯然。怕説郎君年尚少，登科何必定今年？

題陳章侯人物圖

輕素松江六尺綾，剡溪藤紙潔如冰。聞君愛畫唐人物，半是山翁半醉僧。

春郊即事

大堤柳絮白如緜，愛聽提壺與杜鵑。少婦尋春香路窄，借名掃墓落花前。

山僧索詩

寒山殘雪野梅香，流水扶笻度石梁。翻向城中索詩句，不知身已入詩囊。

金百二移尊郊外送春即景

青青柳色覆長堤，苦竹菴中日欲西。婪尾花前婪尾酒，杜鵑枝上杜鵑啼。

馬孝思

字永公，號玉峯。正誼公之仲子。少補諸生，卓犖有大志。爲人爽朗軒豁，表裏洞開。正誼公捐館陶丘，積逋千餘金，雖傾産莫能償，永公留陶三年，力請于代者，清其乾没，爬其垢蠹，始獲無恙，得家書輒付之火，曰：『亂吾志耳！』陶人士嘖嘖稱孝子。曾奔其弟禹公喪于白門，執紼盡哀，觀者爲之感泣。其孝友性成如此。永公兄弟有六，方子田伯兄弟有三，皆吾從姑之子，玉友金昆，照耀寰海。永公兄弟皆工詩，而遽逝其四，使假之以年，磨礱問學，所造當不止此。然其詩已居然登制作之林矣，以視列朝集中所載，皇甫子浚諸兄弟何多讓焉？

重有感

蛾眉入宫掖，豈不冀君恩？一旦顔色衰，君恩寧久存？丈夫懷壯志，豈不羡乘軒？一旦仕路窮，乘軒何足論？蔬食可充腹，何必鷄與豚？布衣可適體，何必荚與璊？身榮既已危，何況子與孫？李斯棄上蔡，二疏出東門。即此進退間，便分智與昏。所以達士志，没齒老丘園。

手録香山集成喜賦

我聞香山集，流傳至鷄林。其國酬詩價，一首百黄金。愛才有同志，豈分古與今？素心亦慕之，無從取次吟。既未誦其詩，何由見其心？偶過曠闇齋，見此即欲讀。大小三千篇，數十餘卷軸。假來置案頭，專心手自録。冬寒日孜孜，未遑櫛與沐。錦句難盡謄，謄就十之六。點不吝丹鉛，鑽豈惜刀錐？長歌短句中，義藴粗能窺。曉吟日初出，夕讀人盡時。間出從人飲，掩卷置空帷。夜歸猶呼僮，秉燭往取之。同時酬唱者，尚有元與李。格律與歌行，猶然壓二子。作者雖云多，怡情無過此。芳名永不没，不没良有以。此本若葳蕤，重裁蔡侯紙。

陶丘村翁嘆

跨驢南郊行，暫憩僧寺住。暑氣莽侵人，乘涼依古樹。忽有老翁來，短衣髪垂素。問我爲誰與，荅云是行路。省俗過堯封，新官何如故？翁言未及伸，老眼淚如注。故侯仁且廉，窮檐溥膏露。此地苦河工，壩夫最爲蠹。舊額十餘名，誅求等正賦。僉點憑奸胥，私門羅厚賂。富者得偷安，貧者反傭募。罄盡妻與兒，逃亡不知數。故侯下車初，挺然抗章訴。但爲生民哭，那畏上官怒？一朝遂所請，西江蘇涸鮒。善政固多端，斯須難悉布。真宰誠茫茫，循良胡不祚？青山突然崩，赤日當空暮。去時有餘悲，村童及里嫗。哀哉賢令尹，安得再逢遇？

爲四姪紹平悼亡作

人生當少時，所重在伉儷。況汝值家貧，二十猶未妻。烽火逼郊原，完婚乃客歲。入門果雍雍，夭桃豔階砌。共道新婦賢，端貞且聰慧。縞衣甘適體，著簪任束髻。怡顏奉孀姑，勤學勸夫壻。下至婢僕流，無不稱仁惠。占夢既有徵，在今春夏際。生男本尋常，生女何淹滯。竭力廣延醫，一到一投劑。女生未三朝，阿母竟同逝。家門胡不祥，同病至三世。自先慈及三弟婦皆嬰此厄。汝時裂肝腸，對人惟泣涕。遺挂不忍看，空房從此閉。麥飯與菜羹，草草成家祭。回憶結褵初，僅足一年計。豈無榮華者，偕老猶不替？何獨困斯人，芳齡遂分袂？已矣痛難忘，疾風摧蘭蕙。

爲幼兒種花作

是花人盡愛，汝愛在海棠。年年阿姨家，移入到茅堂。瓦盆三四叢，一一手自將。此花異衆卉，宜雨偏忌暘。五月當霉天，陰晴倏無常。忽雨汝運出，忽日汝運藏。花固適厥性，運者無乃忙？自言當秋初，嬌豔吐花房。玉頰微潮酒，朱唇淺暈香。阿翁於此時，一詠復一觴。翁意别有屬，於汝卻相妨。杜家精文選，范家理墨莊。有兒勤讀書，身老無愁腸。願言息此勞，努力窮青緗。芝蘭與玉樹，纔是種花方。

雜詠四首

夷吾天下才，結交有鮑子。分金何獨多？仲也良有以。故人絶不嗔，知爲貧所使。感此意獨深，直與生我比。今人受惠初，許爲知己死。及至金盡後，棄舊如敝屣。朋友五倫事，今古不同揆。感嘆發長吟，頹風深足鄙。

吾憐王偉元，慟父不克終。攀柏日號泣，柏枝無春風。讀詩廢蓼莪，罔極思無窮。如何御衣血，乃有嵇侍中？食禄期報主，非不念及翁。兩賢各異趣，忠孝理亦同。

荆卿遊燕市，屠沽相與嬉。擊筑酒同酣，復有高漸離。歌泣自有意，旁觀安所知？匕首入强秦，太子猶嫌遲。蕭蕭易水寒，壯士身先危。或疑所待客，偕行尚可爲。不見報韓人，博浪又空椎。直須赤幟起，天運方轉移。

昭儀位中宫，天皇初未決。英公進一言，唐祚幾淪滅。有孫倡義旗，其氣何激烈。馳檄動四方，竟與乃祖别。乃祖貞觀朝，房杜稱同列。貽謀之不臧，私語嘗切切。其後雖不材，其先實賢哲。公爲社稷臣，置身反容悦。生慙褚遂良，死愧狄仁傑。

烈婦詞

君不見，逸士梁伯鸞，偕妻孟氏隱于野。終身不履帝王都，舉案怡然棲廡下。又不見，漢庭王仲卿，牛衣對泣羨青雲。一旦敢言身就戮，區區富貴何足云？昔時富貴人所羨，今時富貴人所賤。金釵鈿合有時窮，短布單衣終不變。吾邑項子起孤生，盛年通籍何其榮。遲之數載猶未選，前歲驅車入帝京。不獨官階耀閭里，復有微榮及妻子。春來樓頭望亦然，花箋錦幖從兹始。久羈輦轂待君恩，君恩未沐忽被論〔五〕。頸濺長安市中血，魂抱黄泉道上寃。一身雖死罪莫贖，幷坐妻孥與僮僕。遠謫中原已不堪，况投絶塞亦何辱。閨中聞此不勝悲，累欲捐生畏人知。適值夜半無人處，偷將長繩先自衰。生則同室死同穴，芳魂皎皎凌霜雪。可憐富貴似春華，不共君榮共君折。寄語貧婦戒貪求，勿教夫壻覓封侯。縱使金屋暫時榮，終不如扊扅烹雌同白頭。

署中同三舍弟幷朔朗兩兒侍宴有作

冰署秋高氣蕭索，白頭老親常獨酌。屈指我來旦暮間，坐待西山日又薄。我攜次兒到此晚，昏夜城南呼鎖鑰。長兒日午先我來，關外風塵饑且渴。計汝遠婚别一年，喜汝不似去時弱。阿弟且自帝京至，老樹枝頭噪烏鵲。斗大官齋本不寬，忽聚竹林與花萼。夜深大被榻共眠，晨起趨庭趾相錯。老親爲此懷抱開，尊前笑對燈花落。自言骨肉暫團圞，衰年苦被微官縛。户内頓覺家人多，門外依然可羅雀。但恐弟歸兒又行，相依那得常如昨？何日柴門賦歸成，繞膝諸孫真足樂。

題盦山集後

槐蔭枝繁受風大，主人愁劇情無那。惟有詩篇愜素心，對之頓覺愁顔破。盦山先生詞場宗，金石成聲珠落唾。有唐杜白若同時，應與我公三獨坐。潘生編輯假我書，日將十紙勤自課。一日十紙未爲多，十日百紙猶嫌惰。更于臨池趁曉涼，北窗不敢閒高臥。從兹苦志自鑽研，朗詠高吟日數過。生時名已四方傳，歿後風猶千載播。先生在日一詩成，輒與同心共唱和。獨是眼前詞客日紛紛，律細如君寧幾箇？潘生謂木厓也。

去鷄行

去秋田叟來市廛，縛鷄送我大如拳。老妻慈愛不忍殺，養到今年值百錢。有時土中閒搜索，有時奮翅窗户落。几邊踏藉盤案翻，滿屋淋漓遺穢惡。明朝有客到衡門，倉卒將爾供盤飧。從兹不殺亦不養，□□樹栅勿復論。

懸弧歌爲九姪作

當户今朝弧矢懸，我因爲汝歌長篇。人間兒女等閒事，惟我與汝最少年。我昔生女年十六，一門兄弟獨開先。汝今十六即生子，其年亦與我相似。衰宗子姓果蕃延，三鳳八龍從兹始。縱使商瞿晚較歡，何如二十年前心更喜？香水蘭湯看浴兒，我心獨爲汝翁思。汝翁年纔三十三，玉樹階前新長枝。汝年若到翁今年，此兒又是懸弧時。懸弧懸帨我相同，若論早歲含飴輸汝翁。

重閲徐兖草兼贈蜀藻表兄

憶昔羈棲陶丘道，憂來日夜心如擣。偶從朋好借書看，贈我以君徐兖草。入手不待全編終，久困遂覺開懷抱。短句長吟非一篇，就中最愛歌行好。良由雅尚本天然，況從弱冠工文藻。嬌如芙蓉出水新，秀似蛾眉施淡掃。山城格調有誰同？惟吾外舅盉山老。盉山詩昔追少陵，晚愛香山恣幽討。初若隨興便揮毫，卻費推敲屢削藁。不必高歌泣鬼神，但期命意通老嫗。今人謂白與杜殊，安知長慶風味同天寶？我今重閲似陶時，胸次頓豁無煩惱。獨惜才難與命争，兩地客況嗟潦倒。雖然容況嗟潦倒〔六〕，猶幸吟成山川風月刊梨棗。

遊碾玉峽二首

司農別有號，號與此山傳。鑿石通樵徑，分流灌秫田。林蘿秋礙日，茅屋午炊煙。一自騎鯨去，悲風起墓前。爲司農公作。

青山無用買，即此可圖安。谷響晴聞雨，巖深夏覺寒。江湖縈逸興，池館任凋殘。輸與荷薪者，閒來抱膝看。爲外舅龕山作。

遊龍眠二首

少保幽棲處，溪邊曲徑開。淪茶留客坐，蔬飯待僧來。引水窮泉脉，當山壘月臺。階前松柏古，猶望後人培。爲少保公作。

往哭仙郎墓，迤邐過一峯。期君終化鶴，得壻果如龍。是日同吳聿修到山。風激墳前火，聲傳僧寺鐘。欲除霜殺草，新種幾株松。爲長公作。

蒹葭

弱質葳蕤少，生來傍水涯。風摇隨岸葉，波壓暫時花。縱託江湖老，難辭霜雪賒。幾曾依玉樹，移入到人家？

古鏡

百鍊菱花鏡，誰家製作精？團圓如月出，瑩徹敵冰清。雲鬢還争愛，霜華卻恨明。妍媸原有定，分別似無情。

村居即事二首

生涯無別策，强半在耕耘。俗健兒能射，村粧婦不裙。桑榆争繞舍，鵝鴨自爲羣。聞説輸官税，三分已一分。

傳有城南寺，焚香近萬家。祇因貪事佛，不是愛看花。田父行驅蹇，鄰姑出坐車。紛紛齊入拜，歸路日西斜。

憶江南

江南縈客夢，寺苑憶凭登。香積朝炊飯，浮圖夜繞燈。茶瓜留施主，簪紱半高僧。欲學無生去，妻孥割未能。

催粧詩 爲張子藝作

旭日香車出，看君意態新。賦詩推道韞，擲果候安仁。褵結初粧際，冰當未泮辰。畫眉與視舌，俱是姓張人。

懷次女蛟臺

忽忽三年別，遥遥百里程。自憐生計苦，惟望母家迎。連歲頻添女，沿江怕過兵。書來爲壻喜，筆可代躬耕。

初度感懷二首

秋氣苦炎熱，余生及此辰。瓣香空薦廟，寸草未酬親。假我慙窺易，繩先愧析薪。祇應坐茅屋，皓首布衣貧。

騎竹纔如昨，無何又白頭。山河軍壘日，風雨秫田秋。勸學攻兒諺，談詩遣婦愁。花前閒啜茗，猶未壓新篘。

長女歸寧因懷次女蛟臺

莫道離親遠，能來只片時。臨風吹老淚，有妹繫予思。合室無生策，終年恆苦饑。何當迴小艇，同晝曉窗眉。

贈鄰人

水田纔十畝，耕作自兒時。茅屋三間小，蔬畦四季宜。榻因推客臥，囊有娶妻貲。笑我惟書癖，農桑總未知。

再過鄉村二首

不因官路近，淳朴儘堪居。竹屋生幽韻，村童聚讀書。沙明閒立鷺，溪静夜張魚。收割□□畢，空田許放驢。

消息傳倉卒，沿途忽到兵。壯夫擔子走，老婦逐牛行。餘粟坑爲廩，長圍水作城。時共避某氏水圩。頓看十里内，鷄犬静無聲。

外舅明農先生遠遊北塞久不見歸賦此懷之

行脚原同一老僧，芒鞋竹杖任凭登。人經易水空悲筑，馬度黄河直走冰。蔓草有時懷故國，白頭無路哭荒陵。含情試望煤山樹，青似當年尚幾層？

惜桂

婆娑雙桂向荒臺，俱是前人手自栽。西壁餘條猶且在，東廂弱質已全摧。每聞驟雨愁花盡，時有幽香隔户來。傳語兒童休便折，不同紫李與黄梅。

題抱鴛圖二首

水國雙飛返故園，君恩未報又銜冤。芳魂摇落隨秋草，遺挂淒涼鎖墓門。蠟燭灰成新涕淚，白楊風入舊傷痕。不知月冷霜寒夜，厲鬼嗚嗚何處村？

輕綃寫出雪霜姿，傳道金陵老畫師。頟爲傷多難點獺，心因怨劇故顰眉。東廂失卻魂歸處，北邱初張人看時。懷袖三年離不得，也同湖海舊相隨。

冬初與揆采及大兄各賦弔小青詩四首

一自芳魂摇落後，年來空羡廣陵春。知心泉路惟蘇小，分手樓前無季倫。死去已消詩字債，他生休作女兒身。當時珠淚頻飄灑，莫灑無情妬婦津。

人嘆紅顔多薄命，天因命薄與紅顔。可憐瘦影常臨水，不似高僧亦閉關。詩比芙蓉含露泣，身同鸚鵡透籠艱。畫圖縱得嬌嬈態，未及新粧畫遠山。

誰負人間薄倖名？至今猶恨武林生。花前憐我猶然我，水面呼卿豈有卿？蟬縱悲鳴難棄蜕，鶯雖學語未成聲。鶺鴒此日無尋處，芳曲空傳療妬羹。

夢魂歸去向天涯，廿四橋邊路更賒。只有霜風摧蕙帳，難將秋鏡照梅花。丹心化作山頭石，絳縷封題臂上紗。拾得窗前詩數首，也同千載奏琵琶。

壽大兄三十初度

多情留客度寒天，信是人稱内外賢。同爨未聞羹可戛，共眠常覺被相連。漫嗟馬櫪難酬志，自有狐裘足記年。今日一尊諸弟勸，庭前遑問酌誰先？

哭張氏表姊兼慰左復生二首

也知天意摧蘭蕙，但恨霜風尚早摧。贈婦陸機情緒重，悼亡潘岳語詞哀。錦衾縱爛情難共，菱鏡雖明影不來。憶昔甘貧無所怨，今朝何用送錢財？

夢既徵蘭必抱兒，豈知兒喪母同衰？幽魂至死難消恨，種玉雖成亦是悲。幷蒂蓮花空出水，雙飛烏鵲已亡雌。更憐乳母哀哀怨，怨盡辛勤襁褓時。

除　夕

常羨蝸牛尚有廬，蕭然四壁笑相如。從他歲月空流轉，泥我窮愁不幷除。蠟炬欲殘無櫪馬，椒盤將薦只園蔬。病妻中夜猶揮淚，旨蓄何曾爲我儲？

初三日同張子千德遠家渭陽出南城道經故園有感

十年戎馬渾郊坰，焚掠人煙似斷萍。到處荒燐皆化碧，何年野草不還青？雕梁泥落無棲燕，鄰架書殘空拂螢。幸有昔時鄰叟在，我來指點舊池亭。

臨鏡見有白髮感賦

曉起鏡前窺短髮，鏡明髮禿轉添憂。喬松老去能經雪，蒲柳生來怯到秋。長貌漸衰人不覺，霜華忽上影先愁。安仁何用多傷感？我少於君亦白頭。

曉發江村限韻二首

比屋蕭條亦是村，沿邊春色動蘋蘩。夢歸鄉土常多淚，衣著江泥尚有痕。擾擾哀鴻愁旅食，依依芳草送王孫。今宵須傍青帘泊，莫待提壺夜叩門。

二月濤生水面寒，村鷄初唱向江干。行廚有米炊猶易，鼓楫無風渡亦難。春意漸深鄉思亂，波聲不遣旅魂安。舉頭獨羨沙邊鳥，飛去飛來振羽翰。

南中聞嚴君量移定陶

尋親遠道值春寒，夜雨頻驚旅夢殘。解綬應抛滄海郡，折腰仍似粤東官。喜聞路尚離家近，不信冠猶倩客彈。自逐馬蹄泥濘去，久無驛使問平安。

陶丘清明

客中此日倍淒然，陌路逢人挂紙錢。未有青山埋故骨，但從平地起新阡。春增婦女襟邊淚，風動牛羊草底煙。回憶虎岑亡母墓，松楸料亦望吾還。

贈田琢如貢士

四郊鷄犬是秦餘，淳朴還推水竹居。地僻肯從遊子借，徑荒先命野人鋤。瓶封菊蕊冬儲酒，饌入溪頭早市魚。天半逢君能愛客，不妨高枕當吾廬。

龍眠山

龍眠宜是逃名地，憶昔公麟隱此間。薄有壺觴如栗里，不將疾徑比終山。桃梅逐路爭開落，麋鹿親人共往還。春色定知遊客遍，風塵憐我滯江關。

射蛟臺

武帝東遊曾駐蹕，旌旗欲返未央宫。長蛟自恃風濤險，玉弩潛翻江流中。流水無波通客舫，當山壘石賴村翁。遥看天柱層巒秀，名與兹臺萬古同。

緑琴

緑琴宜趁月明初，石上横來儘自如。恥入王門寧碎卻，幸留客爨是焚餘。高山流水隨人寫，羌笛秦箏令爾疏。一自廣陵彈罷後，至今塵土未全除。

錦瑟

清幽最愛琴兼瑟，五十朱絃操更繁。按拍可堪愁裏聽？高歌誰向曲中論？空留峯影臨湘水，不共竿聲到國門。總爲雅音難悦耳，悲笳哀角遍山林。

滄州署中同大兄一公賦三首

長蘆先世舊乘驄，我父荒齋在此中。一境官猶分大小，兩朝局已各西東。私心亦擬他時望，直節人傳漢代風。況復兖州新授地，封疆約略又相同。先太僕公曾巡按山東。

相逢漫説滄州惡，但得清閒性亦安。未有桃源堪避世，暫同柳下不卑官。人稀故里傳書少，道遠江船載米難。風土近來相習久，坐嘗杯酒更加餐。

五年猶是借人居，官況蕭條尚似初。興發窗前搜警句，俸餘郭外購遺書。久知門冷原無雀，自減盤餐不受魚，也信金多非鮑叔，遊輪一任故交疏。

園官送菜

清齋六月可烹葵，先向郊園雨後移。種好止應憑小吏，禄微難遽效公儀。壁間緑葉吟蟲篆，籬外黄花野雀窺。馬齒嘉蔬同一飽，分疏何必少陵詩？

江寧集翕山草堂

柴門曲徑柳陰遮，地僻真成處士家。引水入池凫試浴，束蘆爲架豆争花。朝廚圃近蔬堪剪，晚巷人稀犬不譁。鎮日晴窗無俗事，苦吟薄醉是生涯。

内子初度二首

愁聲從未出深閨，合是梁生操作妻。月照窗前槐影亂，霜侵檻外竹枝低。身因小病朝慵起，兒爲長饑夜慣啼。今日閣中邀女伴，半分脱粟半黄齏。

堂前同著綵衣裳，弱女於今及母長。麋鹿引麑常自乳，梅花臨老不成粧。燭從西舍休言借，棗熟東鄰未可嘗。紙閣蘆簾了生事，成仙何必羡劉剛？

晚宿村莊

秋風蕭瑟動寒林，對此偏傷旅客心。借得板扉權當榻，覆將鶉褐即爲衾。頻傾野店三升酒，敢忘王孫一飯金？牢落欲憑詩遣興，饑蟲砌下似同吟。

抵署

諸弟春歸子舍寬，朝昏誰復勸加餐？臨邛禄薄難分客，彭澤兒多不就官。旅袂盡從新雨潤，鄉書細向夜燈看。馬蹄十日輕相送，未覺人間行路難。

抵署數日即遣小力南回二首

倦鳥投林且息機，單身何事向南飛？愧非穎士留無益，得似方回見漸稀。客路莫貪殘夜出，里門須趁未霜歸。逢人若問予消息，諱卻秋窗帶減圍。

夢入家園我減餐，風煙遣爾報平安。菊經白露花將發，鴈過黄河影正寒。塵路行多歸使熟，鄉書傳到客心寬。含辛亦有千行淚，暗濕青衫未敢彈。

九月初七日

鷄聲初唱起焚香，遥望南雲拜北堂。霜露百年空有淚，蓼莪三復不成章。棬存未敢輕嘗酒，線密猶留舊製裳。回首墓門真寂寞，寒松翠柏正蒼蒼。

授衣

四面雲黄欲雪天，無衣翻動老親憐。故鄉千里寒難寄，草榻三更覆獨先。官只胡家分後絹，盜餘王氏舊時氈。一從薄殮悲慈母，闇淡青衫久廢緜。

賦得貧家養女嫁常遲

繞膝嬌姿堪慰情，學拈針線果聰明。作羹廚下先將母，詠雪堂前每讓兄。五岳欲遊留向子，十年不字問君平。家貧生計惟餘犬，底事朝朝賣未成？

出署

官如臣父幾人廉？縱不彈冠也不嫌。柳下官箴原是直，子魚家教本從嚴。千行別淚襟邊濕，一片寒雲野外瞻。獨立閒庭無客到，春來白髮鏡中添。

送姚撲采還浮渡欲同遊諸巖，以雨不果行。

還家爲問寢門安，惜別情深欲語難。有酒每從鄰舍貰，無衣空念故人寒。溪邊學釣常投餌，隴上催耕不正冠。唱和蕪關詩句好，莫教傳與貴游看。

與方三素伯有江右之役業已登程予忽興盡而返

回車中路似知幾，欲語離情心事違。可信賣文爲客苦，本知分俸罷官微。頻燒蠟炬憐同飲，細檢書籤割半歸。話到五更猶不寐，坐聽鷄唱各沾衣。

春日友人邀過西園兼懷其人北道

春到芳園喜見招，入門疏影竹蕭蕭。梅花對客如含笑，鶴步隨人又過橋。僧飯有緣沿路鉢，野墳無禁遍山樵。艱辛築得藏書處，閒付東風鎖寂寥。

紅　葉

點點霜華染素秋，吴江欲落任飄流。酒燒詞客林間煖，詩送宫娥静裏愁。太乙吹殘藜火在，杜鵑啼罷血痕留。須知不是桃花瓣，莫引漁郎錯駕舟。

哭五舅氏二首

人卻危君不自危，長庚星去及秋期。龍蛇有兆應歸命，參术無靈莫罪醫。荆樹已分田氏宅，蘆花休衣閔家兒。從今怕踏西州路，暗觸羊曇醉後悲。

飄然粤海獨乘航，意外遭逢先澤長。數畝未營元亮秫，千金空博陸生裝。倚門失汝誰將母？遺腹如男亦慰孀。我似季鷹來一哭，賞音知不向靈牀。

哭外舅方盦山先生二首

生計常言與願違，但逢行處便忘機。身來故國俄驚病，骨幸蒼頭蚤護歸。酒店尚留當日債，詩名不救闔門饑。酸辛舟過三山峽，昏黑江天失少微。

偕隱青溪性所安，灌園人去辟纑單。萁能煎豆嗟何及，蚌欲生珠老漸難。設主靈帷延客拜，寄骸野寺倩僧看。撫棺莫罪予來晚，雙淚天涯總未乾。

抵署

十年七度赴陶丘，門巷蕭疏似昔遊。鄉物卻珍來路遠，民情翻爲去官愁。宣房纔罷填河柳，幕府申催享士牛。時有兵過。遥望故園歸未得，東風吹老菊花秋。

秋日予有兖行信宿路雲麓所莊卻贈

迂道投君百里程，問人方識所莊名。登堂書有兒堪讀，負郭田惟僕代耕。王氏祚昌沿世族，李家孤在賴門生。須知遠客無歸計，莫比尋常訪戴情。

孤雁二首

何事哀鳴入夜分，一聲聲在客中聞。沙邊鷗鷺非同侶，塞上風煙想舊羣。影掠湘江空帶月，路尋衡岳獨穿雲。天涯飄泊寧多少？相對惟餘我共君。

振羽秋高盡族行，何緣抛卻獨宵征？無家寡婦經年別，失路孤臣萬里情。緑樹但聞棲衆鳥，青天誰與問前程？艱辛好入寒雲裏，幸莫相逢阮步兵。

秋日同諸友過李孟一西園因和張龍佛先生韻

登臨正及杪秋閒，十畝園林屋數間。黄菊滿籬纔半吐，白衣載酒莫空還。予自謂也。殊方漸覺朋情重，旅食常虞生計艱。花下昔曾親飲處，啼痕私向柏枝攀。先君與孟一尊公交甚善，嘗飲于此園。

四舍弟濟上信至知歸櫬將得所請矣

舍弟書從濟上來，持書未讀我心哀。髮緣旅恨霜千丈，腸似江流日九迴。荒徑痛無陶令在，佳城留待沈公開。呼天乞與冬暄穩，好向山橋野店催。

雪作謝沈涵文餉酒

擁被繩牀夢不安，天風吹雪滿闌干。青占麥甲豐將兆，白上鴉翎凍欲攢。惜莫林間同葉掃，愛留窗下映書看。解衣思質旗亭酒，望外逢君念我寒。

除夕同四弟作

淺酌村醪奠□盈，瓣香初爇淚縱橫。世情險阻嘗應遍，鄉路分明去未□。□角豈真因一哭？猿腸終必斷三聲。愁心亦似荒原草，但逐春風吹又生。

二月十九日先嚴靈櫬南回孝恨不得扶送哭呈二律兼示四弟

白髮思鄉漸減餐，蓴鱸雖在失張翰。已衰病骨歸來晚，未死官身去更難。青草雨淋塵路滑，黃河風逐怒濤寒。庾公淚落瞿塘水，穩奉靈輿過急灘。

予欲偕行此願違，老親付託爾扶歸。心傷薤露歌聲遠，目斷柴門樹影稀。幸覓寢丘同馬家，敢延弔客致烏飛。時已買山，即擬歸葬。居廬待補趨庭缺，山後山前慘落暉。

沽　酒

美名何必定青州？處處孤帘晚未收。嵇阮慣從壚畔過，荆高常向市中求。急因留客憑增價，暫爲思鄉借解愁。憶昔金釵初拔後，粧臺連日罷梳頭。

詠　茶

身披野服自年年，莫笑山人癖性偏。穀雨節來和霧採，梅花香在帶雲煎。匏尊汲澗龍驚臥，石鼎飛濤鶴避煙。新句一聯琴一曲，薰風閒啜小窗前。

讀潘蜀藻表兄徐兖草二首

頻年書劍走風塵，欲乞微膏奉老親。才似樂天無異調，生疑太白是前身。彭城趨立師門雪，濟上閒留幕府春。贏得詩篇如錦綺，歸囊不信爾猶貧。

歸日裝如去日輕，空將筆札動公卿。搏霄野鶴霜毛瘦，徹底冰壺詩思清。作客我猶遭世難，嗟君天果妬才名。謫仙昔已飄零甚，又謫人間太學生。

友人書室見有詠白鸚鵡者和之

不將錦綺豔紅粧，巧語聲聲寄恨長。弔影獨憐梁上月，隨身常帶隴頭霜。羽毛對客成佳句，縞素如予老異鄉。授得蜜多經一卷，開籠誰放雪衣娘？

初度感懷

蒲團拜爇佛龕香，背卻僧寮暗自傷。篋内綵衣空涕淚，庭前鴈序半存亡。嘔心血作詩千首，計口糧儲粟一囊。南望鄉關如絶塞，幾時趣得遠歸裝？

九月七日爲先慈忌辰詩以代哭

異地今朝恨不平，寒風吹我淚痕盈。衣邊那有親縫線？廚下何曾婦作羹？兩歲天涯爲客苦，他生日暮倚門情。虎岑多少松楸樹，愁聽嗚嗚晝夜鳴。

夏月冒雨同方俣士兄弟遊龍眠別業二首

白練千條下急湍，山深六月尚多寒。芸窗遍挂絺衣濕，草榻分眠布被單。莫倚弟兄留客慣，須憐僮僕過河難。春來聞説花如錦，惜未相將看藥欄。

雨窗遥對最高峯，欲上還愁滑短筇。犢角漸成三徑竹，濤聲不斷四山松。談深客坐頻傳盞，夢覺僧廊忽打鐘。午爨且分香積米，隔溪鄰舍未聞舂。

婦病

纔贖金釵向酒坊，日臨窗午未梳粧。貧添老態顔先瘦，雨送新寒骨暗傷。買藥自炊簾下火，呼兒同進佛前香。關心總爲糟糠重，幾夜醒聽更漏長。

夏日偶作示内

草閣連朝客到空，閒眠貪愛竹窗風。面黄憐汝將成媪，頭白嗟予已是翁。小病豈關無肉瘦？長貧莫罪有詩窮。鹿門平日堪偕隱，況復干戈在眼中。

訓　子

敢説藏書富五車，亂來猶未失張華。寒儒膏火窗前雪，亂世簪纓鏡裏花。對客最嫌狂作態，愛兒勿令早傳家。許多年少營生理，懶弄丹鉛實可嗟。「愛」一作「教」。

左霜鶴先生要予與方素伯入龍眠俱不果往

札到偏招魯兩生，天風一路熟香秔。月臨清淺河邊影，松帶陰寒雨後聲。蠟屐未乘遊子興，盤飧空費主人情。漫言五岳芒鞋遍，咫尺龍眠不易行。

夜　雨

晚占天色近何如？不見繁星帶草廬。蟋蟀聲寒四壁静，芭蕉響徹五更初。花移夕圃新添檻，水滿秋田更入渠。屋漏已拚沾濕遍，小窗愁有未收書。

題王安節所寄畫松

冰紈一樹倚高岑，白下傳來寄念深。妙筆直追前輩手，雅懷同守後凋心。依稀風度龍崖曲，彷彿濤生草閣陰。安得鬱葱真似此，石橋南畔好追尋。

惜桂

婆娑雙桂小山隈，移向尚書宅裏栽。數椽爲錢尚書舊宅。宦後吾翁猶寄憶，劫餘兵火未全灰。一株爲兵所燬。風生静夜香先露，月到中天花正開。莫遣兒僮攀折苦，好留幽韻待詩催。

葺居

老屋三間舊讀書，廿年分住作吾廬。掃來塵土連蛛網，買得松杉換蠹餘。春燕引雛巢自補，晴鳩呼婦舍同居。從今縱值風號夜，高臥茅檐儘晏如。

家醖初成二首

今年種秫未全荒，爲竭詩腸藉酒狂。漉出已同桑落色，窨來添入菊花香。乞鄰亦惜酬高價，訪舊何曾許濫觴？還是貧家新釀好，良宵多有不時藏。

獨醒何事與人殊？況復開尊不用酤。也信名難齊白墮，祇教味略比黄壚。閒尋野藥親攜銛，旋採新荷自覆瓿。卻看老妻顏亦喜，金釵免質酒家胡。

寄長安友人

鄰鄰車騎滿長安，功令新傳取士寬。遊學范滂膺郡辟，輸邊卜式拜郎官。策身人幸彈冠早，捷徑君忘行路難。涓滴媿無將伯助，王孫應恕舊交寒。

東郡偶吟四十韻

泱泱海岱正垂紳，吾祖當時漢直臣。歛手貪汙争解綬，囊頭權貴懼埋輪。甘陵不避譏朋黨，杯酒寧能假故人？共祝虞淵方浴日，那期泗鼎竟沈淪？綵縫惡少衣邊線，黄著流亡首上巾。四境鉏鉤徒望遂，孤城鼠雀獨傷巡。戚姬堌燼朝朝火，范蠡湖荒夜夜燐。惟我有親纔捧檄，單車就道始披榛。桂薑老去偏存辣，齏臼從來耐受辛。珠遁昔曾還合浦，花繁今又種安仁。村名石井常留月，瑞紀班枝尚有麟。虎爲使君過北渡，雉因童子就塒馴。輿情一任歌兼謗，廷論何妨侃復誾？惠政止餘碑在口，窮鄉安得賄焚身？聲名詎慮卿蹔長？威信咸驚吏若神。東郡趨庭當烈日，西疇祈雨值兹辰。邑侯齋向賢祠禱，太守冤爲孝女伸。從此天心稱穰穰，依然原隰慶畇畇。績當魯國成何晚，畝到南陽問必真。桃李狄門分得少，豕魚鄰架校讎頻。登陴練就彎强卒，入幕閒將作奏賓。居士暇時惟六一，勝人醒處足三旬。曹丘半是長安牘，虞芮多因隔縣民。恥託二天州刺史，懶呈尺字漢平津。謂方濟寧、孫益都也。范雲宦罷甘嘗麥，張翰秋深每憶蓴。屈指五年週甲子，遥臨九月是庚寅。故園情篤還侵夢，祇樹心虔久戒嗔〔七〕。叔可乘騎悲武子，姊能矢柏念靈均。喪猶待卜滕公家，孫盡連成謝氏姻。鷄肋眼前如可棄，棠陰別後更能新。蓼莪有淚空瞻屺，負荷無才繼析薪。作客已經難似蜀，坑儒何意酷如秦。柴車毁卻人休借，比舍炊成爨不因。赤土須磨天外劍，青氈留取坐間茵。願紉蘭佩羞同艾，敢擬金根妄改銀？栗里風傳陶靖節，龍眠山屬李公麟。東頭屋在堪消夏，下潠田開定及春。饒有壯懷仍落落，不禁狂舞自蹲蹲。棋敲涼月貪邀客，棗過前檐豈羨鄰？漫道柴桑無逸趣，烹葵釀秫未全貧。

内子初度偶吟四首

也知歲月愁中度，偏向閨中事事愁。生計有無隨分過，恐驚霜雪早侵頭。

前有霜根後有槐，隨風灑雨漬空階。不須素食依三寶，常啜糟糠即是齋。

每見卿愁我不愁，我原自許是黔婁。封侯此日何從覓，虚負凝粧上翠樓。

已經家難嗟無母，況復堂空未有姑。此日六親俱係我，我能忍作薄情夫？

題池河主人壁

野店犬方迎宿客，短牆鷄又喚行人。匆匆襆被何時息？虛負鶯花二月春。

書家信後口號五首

塞雁南飛萬里途，同聲雲裏自相呼。庭前暗數排空陣，恰恰成雙未有孤。

相約歸期今欲愆，不同鴻鴈到南天。情知客騎歸來晚，莫信君平賺卜錢。

慣得癡兒嬌更憐，終朝撩亂火堆邊。慮他吸盡三升乳，夜半長啼母不眠。

老僕騎驢先我回，呱呱偏念此嬰孩。歸囊見説無瓜果，啼向懷中不下來。

魏紫姚黄花遠攜，栽時勿棄舊丸泥。爲予寄語嬌癡女，烹去蒼苔剥啄鷄。

邊　詞

旌旗逐隊共揮戈，戰士沙場喋血多。主將論功歸上第，幾曾白骨受恩波？

渡汶河示舟子

聽説從前有客過，音容約記似予多。尋思不用求名姓，舍弟曾經此渡河。

過主人園中觀杏

倚杖尋芳一徑斜，胭脂半落雨中花。知君釀熟能留我，不必前村問酒家。

燕　語

雙雙新燕語雕梁，一日銜泥幾度忙。卻笑無家千里客，與君同是借人堂。

送　春

風飄柳絮點人衣，又見殘紅撲面飛。曾約春歸須待我，留春不住讓春歸。

七夕

瓜果初陳針線收，誰家巧婦獨登樓？凭肩漫作他生誓，且共今生到白頭。

馬方思

字江公，號屏菴。一公之第七弟也。早喪母，敏悟過人，父以少子稍姑息，能彊志力學，年方舞象，即補弟子員。大司寇姚公龍懷愛其才，以長女妻之。嘗與諸昆更番侍父任。一門之内，以父兄爲師友，先後學使者拔寘高等，飩于黌宫。年二十五卒，親知咸爲之惋嘆，不獨樞部公抱喪明之痛，一公輩銜人琴之悲也。所著有寒檜軒集，藏于家。

元宵侍大人飲有懷五兄新逝

上元當此夕，寂寞度佳辰。病起行差健，庭趨舞試新。燈花雖縱目，池草暗傷神。若得同來此，應嗟少一人。

季秋送姚庭若南下省其婦翁方邵村侍御

何事霜天忽遠征？頻年有夢憶冰清。楓林到處同秋爽，雁陣横空共客行。人入玉關驚老至，話盈甥室總離情。蟹螯蓄並東籬酒，遲爾歸鞭十月程。

姚注若招同張齡若諸子

倦向齋前步夕陽，承君招飲北山堂。酒開新釀浮尊緑，蔬出行廚帶雨香。坐有丈人寬禮法，談深今夕任疏狂。醉中更玩新圖畫，時注若新學畫山水。不問瓶傾與漏長。

友人邀遊龍井因雨阻未往詩以志悵兼和張齡若韻寄竺怡上人

有約尋山興儘賒，塵心濯向梵王家。那堪春色傷榆莢，未向茅菴惜落花。繞徑柳陰纔曳緑，傍嵓竹塢又添芽。虚予此度來聽法，乘暇還期共煮茶。

署中懷内兼和原韻

猶記離筵慘落暉，霜天開篋拂征衣。倏驚歲暮懷人急，爲戀庭幃未忍歸。繞膝諸雛猶可慰，長貧旨蓄莫教稀。勞將春酒封藏好，待我還家坐翠微。

暮春拜別大人二首

輪省庭闈輪告歸，一年幾度感暌離。衰親愛向山居老，薄宦慙因兒達遲。飴已多孫含有日，莊堪種秫釀無期。菊松此去開三徑，好是逍遥緑野時。

離筵夜夜侍庭除，話到家常意不舒。向子累纔名岳遂，小同情切暮年餘。三喪卜正無佳兆，百口貧猶共一居。狐首自當迎旅櫬，敢無撫姪待充閭？時大人命迎五兄之櫬歸桐，兼以七姪爲囑。

大人憂旱欲移家累先歸

賢勞小邑已多年，比户桑麻尚宛然。憂旱頓驚萑澤警，移家擬就秫莊田。貧憐宦槖書猶富，愚有孫謀貽亦賢。爲報鹿門須早葺，清陰依舊緑窗前。

夏日同姚庭若遊夕園偶占一絶

出郭尋山酒不賒，竹林共坐話桑麻。枯僧莫哂狂夫醉，燒笋還烹穀雨茶。

十四夜聞歸雁有賦

月明午夜正中天，歸雁聲聲掠陣旋。爲問爾從南地過，家書曾否藉君傳？

病中紀事

病覺浮生竟日□，柴關暮掩鳥飛還。忽聞静裏争喧急，鵲啄餘冰落照間。

丙午落第感懷二首

桃李公門未敢期，上林果自靳殘枝。可憐賤子投閒日，猶是嚴親遠望時。

九月江鄉蟹漸肥，東籬菊亦正芳菲。登高攜得牀頭酒，惟愛黄花待我歸。

馬日思

字禹公。順治間諸生。一公之第五弟也。弱敏悟，不好嬉，覃心腐毫，以詩書爲寢食，性簡静恬約，落落寡交。贅婦翁何辯齋家，惟浮白讀書，雨花登高之屐，秦淮泛月之船，聞一寄興而已。年三十餘早卒，樞部公哭之慟。一子殤，以一公仲子鳳翥爲之後。其詩皆散失無存，僅搜其趨庭草數首，猶陶丘署中手書者。

雪中夜坐

瑞雪年華好，殘冬夜氣寒。山陰遊有興，梁苑賦誰看？擁被爐猶冷，開窗絮已殘。豈知冰署裏，亦自臥袁安。

呈淼山先生

何事高人不肯閒？一年强半鎖柴關。貧無生計惟彈鋏，老向交遊爲買山。棃棗漫矜裝橐富，風霜須識道途艱。哺雛軒裏朝朝望，久客休教臘盡還。

壽淼山先生

頻年踪迹遍天涯，荒署經時駐客車。詩似杜陵推史筆，妻如栗里共耕畬。介眉正合傾春酒，攬鏡何嘗見雪華？岱嶽曾登有熊夢，徐卿二子送君家。

元宵月食

每對清光惟獨步，況逢佳節倍多情。嫦娥有意悲離別，不使今宵向客明。

前題翕山及愚兄弟各得一絶意調相同因復拈此

閒庭唱和興悠悠，詩思相侔句亦侔。只恐愁憑明月寄，卻因無月轉添愁。

竹枝詞二首

妾似葵花長向日，郎如柳絮只隨風。殷勤爲勸章臺客，落盡花時絮亦空。

書來但説歸心速，春仲相期秋後裝。無定光陰惟日月，郎邊偏短妾偏長。

校記

〔一〕□　原刻如此。

〔二〕本詩此下『作客』兩句至天竹全詩　刻本係兩幅半頁文字，四庫禁毁書叢刊本原誤置蠹魚詩之後，兹據國家圖書館藏善本膠片校正。

〔三〕本詩自詩題至乞竹一詩前三句　刻本係兩幅半頁文字，四庫禁毁書叢刊本原誤置江行『鴈哺』句下，兹據國家圖書館藏善本膠片校正。

〔四〕辨　當作『辯』。

〔五〕沭　當作『沐』。

〔六〕容　當作『客』。

〔七〕衹　當作『衹』。

龍眠風雅卷六十二

木厓潘　江蜀藻輯

金閶章鏡承孝可甥方　將當時參

戴　臚

字韓五。儀部梳河公之孫，文學式其之子也。少從李子芥須遊，爲及門高足。其詩原本家學，被服師傳，覃思腐毫，不肯苟作。家貧，以傳經爲業，學殖富有，津梁後學，輒能隨質導引，歸于繩尺。江州司馬江子磊齋延入瀼溪署中，訓其諸子，以病卒于邸次，聞者咸爲惋惜。韓五所作詩頗多，有存餘集、自怡草、歲寒吟諸稿。已遴其最者專爲一卷，以表幽潛，正在編摩間，客告我外邊有議予兹選稍濫者，不得已，遂自愧始，因痛加芟削，然前此已悔莫追矣。韓五有知，當不以矜嚴罪我也。

步出城東門行 爲橋成作

步出城東門，歡聲滿道旁。與客河堤立，橋成生輝光。經營已數月，風景倏異常。濟人勝舟楫，寧嘆川無梁？自今涉不病，往來免褰裳。豈獨利百姓，亦以通工商。舊署曰子來，此名差足當。側聞昔盛時，兹橋壯吾鄉。青龍落日見，彩虹臥波長。百貨左右列，市肆東西望。結隊閒遊子，拍板問笙簧。美人月下來，攜手鬬豔妝。盛事豈能久？世變遂荒涼。歷今三十載，父老臨河傷。向我談往昔，追思不能忘。不圖至今日，大舉復羣襄。朱欄照水赤，白石受苔蒼。登橋若平地，驅車可同行。請看走馬過，聯翩少年郎。誰爲題柱者？念之心飛揚。

瀼溪署中午日集種花堂限午字

客序届天中，閱俗似吾土。隨地合時宜，令節尚重五。賢侯從民風，山城狎笳鼓。公餘張讌會，親朋具賓主。娱母衣斑斕，嬉兒弄綵縷。尤快竹林歡，但少花蕚聚。談諧窮探搜，小技亦云輔。雅類西園集，勝效東山賭。居官有餘清，爲儒何必腐？冰廚出精饌，汎蒲競當午。供客炙新鵝，華筵踰常矩。倦閒覓瞻眺，行園陟花塢。輕風蕩微涼，悠然歇沈雨。仰面看濃陰，流鶯刷毛羽。葱菁露羣山，孤亭誠可補。坐久爽易招，支頤笏漫拄。豈云官且貧？菜根種盈圃。烹葵再命酌，豪致旋起舞。酒政戒苛條，詩曹習舊伍。尊前引大白，拚醉誰復數？座上抽短毫，催吟良太苦。剪燭不知夜，新月忽已吐。人生貴行樂，碌碌奚足取？牢騷會須平，當歌勿懷古。

孤兒行

吁嗟噫嘻悲哉！人生之苦，莫如無父。無父人不憐，猶且受人侮。執手雖有兄弟懽，舉目竟無伯叔撫。背人常下孤兒淚，對人吞聲不敢吐。堂上母老家徹貧，茹檗今年稱六旬。大母冰霜踰八十，白髮如雪骨嶙峋。報劉之情何日陳？曾無菽水可養親。廚中釜甑已生塵，行將負米兼負薪。自分有生數多舛，誰料天地容吾身。此身未有託，儼然獨立鷄羣鶴。垂髫擇學好詩書，父死失傅將廢學。願守我柴荆，安能事耕鑿？悲哉，男子志在淩秋雲，孤兒磊磊復落落。孤兒悲，悲歌未竟聲凄其。忍淚喉苦咽，放聲腹苦饑。吁嗟嗚呼！人生之苦，莫如無父，我生何竟爲孤兒？激烈推枕起中夜，毛豎似聞鬼相咤。久已顔面令人憎，曷不長揖向人謝？君不見，梁鴻少孤爲賃舂，未必窮年鬱鬱寄廡下。

漏雪歌

我有數椽依老樹，地無半畝亦環堵。曾避風雨不避雪，覆屋稀疏未嘗補。今年仲冬雪初見，寒花片墮攬素練。直壓屋椽椽欲頽，瓦縫參差下如霰。屋裏何異飛當空，小窗明几外内同。誰擲瓊瑶碎我室，輝我蓬蓽何時窮？貧家入夜燈每斷，藉此分光到書案。忽驚案上白盈盈，掀翻書帙濕已半。書濕不妨且不讀，冷埋地爐欺榾柮。悄然凍坐體欲僵，脱衣擁被寒生粟。稚女畏寒牀上啼，荆妻忍凍手提攜。蒙頭卷膝難安臥，夜長醒耳思聞鷄。曉起呼爨廚無煙，煮濤但聚水晶鹽。薪濕撐竈炊不熱，買薪挾價安能廉？出户劈面風雪打，可憐饑雀啄檐啞。凍翅見人不得飛，惟我與汝同病者。噫吁嘻！大雪莫蔽寒士門，空廚累日乏饔飧。大雪莫侵寒士屋，四壁虚無寒徹骨。

題孫雨田客舟草後

我愛南遊客，牢騷盡付詩。歸看囊是錦，編就色爲絲。星斗秋江落，雲煙夜櫂隨。酒酣歌莫放，遥動越吴思。

送廓也上人之白下

忽買扁舟去，何爲憶秣陵？塔尋多寳現，臺望雨花登。藉受如來戒，應參最上乘。一瓢兼一衲，猶似六朝僧。

由皖歸訪錢孝則湖上即事二首

羣從交情厚，貧還喜客來。恰乘秋月閏，遲卻好花開。黠鼠侵晨齧，驚蟬傍暮哀。已知行色慘，誰復肯憐才？

亭上俯修木，蕭疏受夏涼。拂雲叢桂暗，撑屋老梅蒼。夜月張琴理，秋風啓甕嘗。翻嫌拘禮法，信宿兩相忘。

張吉如齋頭夜話

城頭更懶報，大抵是宵分。風響疑穿竹，天空欲墮雲。架看書累帙，匣有劍藏文。得句燈殘後，鐘聲落枕聞。

憶越巢早梅

谷口層臺上，橫檐一樹梅。生因高處傲，放被暖時催。在野全增色，先春早受胎。雪寒門正掩，且問客誰來？

雪蕉初夏即事

入夏暑方侵，茅堂盡覆陰。巢存來舊燕，樹密得幽禽。晨露濯花瘦，午雲窺牖深。卻因方丈室，常繫讀書心。

贈童求上人即張僧持弟，今從石和尚遊。

年少持精戒，如君亦竟能。長齋胎已受，猛力行全憑。博學羞儒業，參禪對佛燈。阿兄雖賣藥，也是在家僧。

録姚嵩肇遺詩

知君難再世，身後類文園。未有傳書種，空招作賦魂。生承香案謫，死博玉樓恩。夙病緣吟苦，篇篇碧血存。

夏日過張我思涉園

登樓心自遠，園有心遠樓。衣冷臥雲輕。素璧分冰潔，規窗受月明。罨青山綴色，空響竹流聲。別具小丘壑，欣然忘俗情。

署中秋晚雜詠

署静渾閒事，荒園步幾回。草枯除射地，石亂紊花臺。彈雀過牆去，牽藤上架來。晚涼疏雨滴，秋意滿尊罍。

客中烹魚醉而拈此

客舍迎江路，呼船自買魚。未經供饌美，先喜出罾初。浪迹非彈鋏，思鄉故問書。吳泉堪一醉，興欲擬蓴鱸。

過江州宿興龍庵贈住持了能

古刹名曾識，高僧臘更尊。談禪宗乘熟，入世道心生。静對梅花坐，勤持貝葉翻。喜聞藏迹處，廬岳有祇園。

阻風值雨

寒滯春江櫂，無端信野横。倒風推岸浪，斜雨驟篷聲。雜語鄰舟鬧，孤吟獨夜清。淒然增客思，醒眼待天明。

阻雪

小艇争風便，驚濤不肯平。半帆難假力，雙槳竟無聲。穩泊膠冰固，輕裝載雪盈。貪眠炊熟起，只畏濕煙生。

雪

寒窗猶對雪，清趣客中賒。繪色皴皆粉，詩情淡不華。盛來烹玉茗，踏去問梅花。疑有神仙侣，凌空鶴羽斜。

碧筩杯

摘得新荷蓋，如擎裛露盤。刺香絲欲引，傾酒色争寒。象飲真堪似，鯨吞轉覺難。誰爲消暑法，頓遣甕頭乾。

磊齋以□外隙地盡爲菜圃即事漫成

民色非難起，看君此味長。衹争花譜豔，寧識菜根香？退食分賓友，加餐愧稻粱。雖從年歉計，淡泊亦何傷？

喜孫小武得幼弟消息

桑田改後不勝悲，每嘆君家會合奇。有弟皆于分散得，逢人好釋死生疑。兵争未罷仍愁隔，書覩如真豈恨遲？借問沙頭無數鳥，脊令飛到定何時？

畫　眉

山禽飲啄自無儔，閒入園林性頗幽。常顧羽毛臨水檻，獨將名字媚妝樓。青螺解用輕描勝，翠黛争看細抹留。切莫含顰效西子，恐應蹙損倍添愁。

憶錢孝則兼寄左峙臣

遥知暑不到高臺，舊向茅堂避暑來。晴嶂出雲凭案立，晚禽棲竹待鐘催。墅中鬭奕曾分局，谿上行歌定幾回？深憶越巢招隱地，賦成原讓左思才。

同孫又申張吉如左峙臣訪注我園梅留飲限梅字

籜碎因風掃砌苔，犯寒争綻一園梅。窗中影向燈前亂，席上香從暗裏來。防折户教童子閉，喜探尊爲故人開。孤山逸詠難追步，對此吟情又被催。

春雪送錢飲光先生歸江村兼和留别之作

依依送别柳條新，冷面衝風凍幅巾。豈是梁園乘暮雪，翻教下里和陽春。羈留市井成孤客，畢竟詞壇第一人。誰道方袍無處住？田間大可著遺民。

蜀客弟新婚

梅枝初亞向檐窺，正傍妝臺索笑宜。綉褥香温寒不近，珠簾月度夜猶遲。長卿自有求凰操，秦女能爲引鳳吹。從此深閨同詠絮，勸君删卻舊來詩。

喜晤楊無諍先生白下

老困才名漫乞憐，干霄筆勢尚依然。見君似欲長爲客，交我何由不論年？無術自酬梨棗富，服丹人羡鬢鬚玄。且看白下驚心處，柳外烏啼只暮煙。

白門懷皖中應試諸子

楊柳青青任别離，尊前曾與約歸期。翻悲獨客羈留久，正想諸君戰勝奇。竹響只敲連雨夢，花飛難寄送春詩。江南江北煙波迥，一樣江城聽子規。

喜報恩寺塔修成併建塔前大殿

長干古塔插雲中，五色琉璃絢碧空。不壞由來憑佛力，重修畢竟是神工。然燈夜夜明如晝，繫鐸層層静有風。禮罷更瞻新寶殿，莊嚴一代梵王宫。

潘貽孫移居即其家故宅

比舍皆居司馬孫，百年門巷舊來尊。又歸易主前人第，將築娛親大隱園。燕賀應知巢不改，鶯遷卻喜樹還存。外家閥閱今鄰並，韋杜城南許再論。舊所居爲令舅氏得之，兩宅比鄰，纔可數武。

集姚東朗想山處酌蓮是日立秋

花砌深深暑退遲，晚涼呼客醉花時。碧翻珠顆盤陳露，白擁香房粉暈脂。井畔初傳梧葉墮，燈前莫認海棠垂。迎風欲綻明朝蕊，虛遣先開第一枝。

夜過石塘湖

遠岸煙昏多夕陽，鬬風偏促槳聲忙。乍聞荻裏漁罾起，時覺衣邊荇帶香。乘去使槎星可接，過來野寺樹全藏。偶然寄宿還成夢，月滿湖心一櫂涼。

南昌喜遇孫豹人先生

當代詞壇重大名，欣逢老筆更縱横。别來尚識荆州面，年少曾聞有道聲。歷盡山川成客況，談深故舊見交情。萍踪偶自章江合，還憶龍眠感慨生。

贈江磊齋二首

君才只合侍金門，百里那堪展士元？聖主屏風新重吏，名家牀笏舊承恩。藜窺天禄聲先著，花擬河陽迹尚存。莫謂荒區遲報最，從來利器試盤根。

十年釋褐甫爲官，鄉近攜家不道難。瀼水泠然清且挹，匡廬深處秀能餐。娱親更學斑衣舞，友弟頻温大被寒。誰似平原還愛客？也隨幕裏盡君懽。

贈德安姚小山明府 邑有葛洪山

匡廬峯畔領花城，葉染霜紅擁蓋迎。才借石渠勤吏事，地非勾漏重仙名。披帷篆暖香初爇，入座琴餘韻獨清。五尺去天瞻瑣闥，鵷行争聽雁行聲。

懷張吉如幷寄吳賡虞

每尋仲蔚款扉開，隴鳥先能報客來。窗外種蕉堪聽雨，竹邊移石愛生苔。躭遊肯廢探幽屐？斷飲曾呼賭醉杯。近與吳郎數晨夕，莫忘尺素共詩裁。

見燕子

垂楊新種待鶯啼，何意開軒燕到齊。社後春深穿暖徑，雨前晴穩試香泥。雕梁選定身方主，瀚海飛來影不迷。笑爾因人偏似拙，讓誰常傍上林棲？

蛟臺贈童期公

身在塵中鶴立孤，生平豪氣對君無。青氈自是傳經物，絳帳爭來問字徒。閣上煙雲供筆墨，宅邊泉石領江湖。相逢莫作悲歌態，久已文章笑腐儒。

與蜀客弟同抵瀼水復送之楚

扁舟十日共江干，解纜其如解袂難。爲客笑予裘已敝，出門憐爾鋏初彈。晨昏遠接嚴親夢，菽水權貽大母歡。歲暮行踪休久滯，楚天愁聽雁聲寒。

蜀客弟由楚返瀼雪中送之歸里

客程計日漢川頭，曾約歸裝榻更留。姜氏被從江上暖，謝家詩自雪中收。修途未免投人刺，儉橐難爲卒歲謀。自顧旅懷猶送别，一天寒色悵孤舟。

懷龍眠二首

數椽蘭若嵌山隈，猶記支公撥草萊。謂冰上人。鋤圃每因供客饌，讀書曾許傍經臺。池邊鶴去空留月，冰上人久逝。座上獅馴又吼雷。一名獅子社。今爲無鑿禪師駐錫。懸憶虎溪宗社主，禪關春到蒲蒼苔。剩喧精舍。

入山豈必絶山幽，人境爲廬亦可求。曉霧深穿松徑濕，春風小憩橘亭秋。書牀筆格閒情適，鳥語花開野趣收。往往探梅緣分减，至今常似憶羅浮。九峯山房。

繡聞紹聞來省其兄因爲堂上獻祝喜晤賦此

伯子居官唱和稀，春帆來逆雁行飛。半留冰署花分管，看奉霞觴綵映衣。千里駕□存杵臼，三珠樹獨豔庭闈。尊前且共西堂話，聚首艱難莫易歸。

贈姚佩若

才名直噪五雲邊，世濟家聲總讓賢。鯉對又看烏府峻，雄文争領雁行先。輸君興致當尊酒，視我鬚眉更少年。喜詠新詩饒紀勝，登臨應擬壯遊篇。

李芥須夫子惠書并寄詩扇見懷次韻奉答

客心每繫故山村，回首當年立雪門。弟子琴書行李滯，先生松菊草堂存。自憐王粲依殊土，敢擬侯芭受法言。拜牘還兼詩在袖，如從杖履話寒温。

返里喜左注我兄弟連日招飲因箴我索題餘軒即席用壁間韻

佳名偏愛此軒居，事事難忘世澤餘。繩武意深披諫草，過庭悲往重遺書。徑通巷市喧能寂，窗借園林致不虚。有家初歸頻款户，須知最近是吾廬。

立春後二日同諸子訪胡彦三石門山居

早聞卜築近山村，曾是先朝大隱園。居爲外曾祖大參公讀書舊址。邑里尚存韋氏第，煙霞兼屬晉公孫。秋田負郭留餘頃，世業趨庭受雅言。大參公著有壁經雅言。幾度擬尋憐客滯，東風邀扣草堂門。

九日對雨飲袚閏齋與左注我箴我同賦（二）

西齋九日苦蕭騷，積雨愁牽興不豪。佳節城中難免俗，今年屋裏當登高。藍田勝集堪懷杜，栗里閒情合擬陶。性僻猶能追往事，風流畢竟屬吾曹。縱羞落帽全無髮，争取題詩更用餻。圃爲霜寒遲放菊，蟹因潮長乏持螯。翻虚杖底曾攜物，且破牀頭未盡醪。疏響只聞飛敗葉，乍涼微覺入單袍。雁行似帶三江濕，山瀑應添萬壑濤。好待新晴還整屐，徧探秋色莫辭勞。

無題四首

嬋娟争現月中身，清照盈盈絶點塵。每向人前偷半面，不知窺著是何人？
天然雙抹遠山横，映帶秋波分外明。乍見迴身留顧盼，極深情處似無情。
自惜如花只淡妝，芳心不禁逐蜂狂。秋容更與誰争豔？斂笑無言對海棠。
牡丹新樣學來梳，卻憶瓜含未破初。從此白頭應有歎，當壚何不嫁相如？

左國昌

字子永。侍御三山公之仲子也，爲夏子、子周異母兄弟，友愛有加。十歲隨侍御公宦閩南。强識博聞，造語必嘔心血。嘗覽邑志載譚孝子事，僅摭虎守門一節爲驗，喟然曰：『人性物性一也，虎守門已到盡物性地位，非孝子而何？』十七補諸生，與同榜生吴德音式昭、吴昌仍燕公、齊繩祖念修、方里井公、趙襄國以贊有『六駿』之稱。侍御公按浙，子永偕兄弟僑居白門，杜門謝客，了不知爲貴家兒。乙酉避亂新安，夢神人告曰：『左氏陽九當在汝二親。』遂以小年夜禱于神，願以身代，年三十早卒。卒之先一日，始爲父母言之，其純孝如此。予有事兹選，人列小傳，不以文采先行誼，其孤森以所撰行略見示，故爲標舉其大者。

夏彝仲陳臥子爲先王父序拾餘録謂其倦切黨禍稱爲知幾因憶往事感賦

刑餘呼父母，靈帝畏稱兄。堪憐陳竇輩，身爲國事争。熹廟得世父，柱下稱錚錚。抗疏李選侍，移宫著直聲。貂璫皆神叢，公卿學逢迎。或有知幾者，築室擬袁閎。城狐惟恐犯，嵎虎莫敢攖。世父獨仗劍，仇者已欲烹。檻車三千里，圜門芝草生。大父垂老别，隕涕向神京。膺滂竟碎首，天日慘不明。白雀哀家園，何殊大鳥鳴？肘腋爲敵國，朝夕有人偵。西亭與北寺，十族且數驚。所幸聖人出，江海見澄清。日月有時矣，諸公請易名。偃毛遵突抗，胥尚賴奮成。

登鷄籠山懷古

松櫝何年老？蕭梁臺殿灰。寺隨弓鼎下，門傍辟雍開。仙梵人煙出，高皇天仗來。他時侍從者，簪筆有鄒枚。

過華嚴與普光藏之兩上人茶話晚歸遇雨

空堂鳴磬罷，攜我坐香臺。二十年前願，三千界裏回。斜穿雲樹没，遠指布帆開。虎迹留山路，深防去復來。

孤城久困望援兵不至

戍樓三百雉，終夜坐塵埃。孤雁雲邊没，雙鵰城上哀。鐵衣空自冷，玉帳未曾開。日誦秦州句，將軍伐鼓來。

望碾玉峽

瀑布傳兹峽，山陰興可乘。落花沾路濕，亂石倚崖崩。欲就農家問，兼無樵子憑。煙蘿徒隔望，何日再來登？

過別峯庵

緣陂穿竹樹，又見梵王家。院俯千峯秀，門開一徑花。茶香争穀雨，飯熟煮胡麻。暫覓蕉窗夢，西林日已斜。

霧沖

地僻無兵掠，亭閒到客稀。採桑都是女，種竹盡名妃。犢子凌晨放，鵝羣傍晚歸。何分蘭與蕙，香氣出林微。

晚宿鑪峯下

萬木叢篁裹，茅齋朴正宜。借陰編虎落，補隙栅鷄塒。聽曲隨風轉，呼樽向日移。問更憑鳥報，促坐待晨炊。

憩九峯

隔嶺尋蘭若，高松隱翠微。餉人炊薏苡，供佛架薔薇。去去情難别，行行願復違。春陰遮薄日，卻恨雨催歸。

雨歸越巢

霑濕銜泥至，瓜棚當草亭。一灘沙洗白，夾岸柳摇青。留客看漁釣，呼童載酒瓶。重遊如未厭，到此亦須停。

過祝聖寺送清隱上人之白門

遠公趺坐石牀間，客到門前未掩關。荒寺雖嫌廛市近，孤雲常共鉢盂閒。詩存古調無人和，經在名山隨地頒。清隱有藏板，分散嘉善、秀水。蒲饌煙殘難挂錫，滄江秋色上容顔。

甲申秋避難新安道中

負笈擔簦敢憚遥？餐風沐雨自朝朝。逢來豪客誰憐李？逃去奚奴不愛蕭。時被盜，僕有去者。夾路但聞啼虎豹，巢林何處寄鷦鷯？莫言避禍全無策，尚有吳門乞食簫。

山齋讀書偶詠

磴引深林徑引苔，平天小閣半峯開。松宜閒聽時臨水，月稱高情一上臺。鳥逐落花穿塢入，僧從乞米破煙回。蕭條鎮日容疏放，那見披榛二仲來？

夏日山居

灌木千章覆短牆，山齋當夏傲羲皇。窗臨翠壁全消暑，花落閒階自有香。愛納晚涼憑水榭，喜聽鶯語坐風篁。敲詩瀹茗渾無事，一撥爐煙入夢鄉。

同友人春遊

芳郊春到最堪憐，偶共提壺二月天。處處水流紅杏雨，家家人住綠楊煙。輕衫廣袖看肩並，紫燕黄鸝聽語圓。數載情懷今暢好，從教春去任啼鵑。

方　碩

字俣士。李芥須之入室弟子也。在芥須門下時，年方舞勺。芥須嗜風雅，設帳古塘，偶吟『春郊花發候』，俣士輒續云：『山澗月明時。』芥須異之。嗣是工作詩。弱冠補邑諸生，冠一軍，試文傳海内。凡六入棘闈，未及艾卒。有五、七律數卷，無古詩，亦許渾之流亞也。

遲芥須李夫子不至即步原韻

何處談心好？還期欲報庵。納涼依大樹，煮茗汲深潭。孤月窗間靜，清風夢裏酣。幾番望不至，兀坐白蓮龕。

盛孝寬招集古塘得花字

已悲秋瑟瑟，又覩日暉暉。歲歉龍常蟄，霜遲蟹不肥。幽花敧亂草，墜葉響空闈。季子茱萸酒，酣時插菊歸。

砧聲

擣衣日日事，著意是深秋。寒入三更夢，風添萬里愁。紫貂裘不遍，黄菊酒難郵。惟有閨中力，聲聲寄隴頭。

北堂初度得筵字

慈親年過六，諸子總茫然。鷄逐茅容割，熊慙仲郢賢。萱花開處處，蓂莢紀年年。喜進今宵酒，盤蔬當綺筵。

山路雜興

一逕夾山水，千家静日暉。誅茅緣補漏，摘果爲防饑。甜釀經秋蜜，寒縫隔歲衣。趁晴燒栗炭，不待六花飛。

曉　發

夜漏聽纔歇，晨征路已東。雖然迎面日，不敵打頭風。人亂黄塵裏，鴉呼墨樹中。今朝何事早？納粟到衰翁。

官埠橋

一路經行處，楸梧與薜蘿。山深牛迹少，沙闊雁痕多。人盡愁霜重，橋還帶雨過。冷煙茅店裏，沽酒聽漁歌。

峽山村舍

寒村山作幛，小院草爲樓。喚犬緣防虎，鬬驢正傍牛。香然諸佛面，霜冷五更頭。未曙呼炊飯，燈花落敝裘。

諸父宗玉饋魚

吾伯生平儉，烹鮮月幾回？忽馳小力至，言送活魚來。百里塘皆涸，三星罶可哀。有肴翻覓酒，不盡是鄰醅。

雨中獨酌示内

飯減羞然火，囊空近典錢。自知惟汝苦，相對竟誰憐？煖酒纔知釀，烹魚未買鮮。今宵霉氣重，衾薄可裝緜。

送戴蜀客入蜀

錦江江畔錦官城，萊子斑衣事遠征。路入蠶叢隨馬首，人過鳥道聽猿聲。望雲劍閣憐先主，看月琴臺憶長卿。從此趨庭饒笑詠，草堂應亦有詩名。

次張澡青太史韻呈四松伯兄

早歲雙推白鹿車，鹿門偕隱復何如？宦情冷似飛霜日，賓敬莊於解綬餘。擲地吟成摩詰畫，臨池寫得右軍書。傍人莫問東山事，一枕羲皇舊草廬。

重九後三日集飲潘貽孫畏築步還山兄韻

疏籬猶帶兩三花，門逕參差路不遐。鮮鯽鱠嘗三白酒，雕胡飯煮六安茶。已從空際看孤雁，懶向高林數暮鴉。好月入簾休秉燭，知君詩思正無涯。

送潘渭臣歸白下

天門遥接石城霞，萊子思歸夢裏賒。故國是家翻作客，他鄉爲客更成家。蘆花朵朵迎人揖，雁陣蕭蕭背日斜。此去秣陵堂上問，季方合丞正年華。

不寐

露下銀河月欲西，幾回側聽雁聲低。數莖白髮敧寒枕，一盞青燈傍小奚。人爲乍貧眠即覺，兒因失乳臥還啼。從前多少邯鄲夢，徹夜醒然聽曉鷄。

爲潘連城催妝詩

兩朝伉儷結層層，櫂買秋江賦迨冰。外祖家元前宰相，曾王父是大中丞。龍乘至後陽初復，鸞噦弦時月正升。從此門闌增氣色，竹松長繞百花藤。

謁先大人攢室

呼兒策蹇意如何？泥著青松詠蓼莪。臘雪尚堆三尺許，春風又是一年過。酒䤈澆後悲猿鶴，燈欲殘時冷薜蘿。惟有山僧常作伴，白雲深處梵音多。

對雪

飄揚無定亦無瑕，帶雨隨風整復斜。已似謝庭飄柳絮，更同庾嶺落梅花。浮空不解貂裘冷，颺影還添鶴鬢嗟。鸜鵒對看如有意，飛來飛去噪窗紗。

山齋得天字

小霽輕寒二月天，山僧招我入龍眠。團瓢燕語初來澀，隔浦鶯聲取次圓。有女尋釵紅杏裏，何人吹篴緑楊邊？此時欸憶柴桑客，但撫清琴不問絃。

山中阻雨再得天字

春禽嘹嚦曉寒天，早起披衣坐一氈。卯酒自斟壺易竭，午茶僧瀹火頻然。將歸忽失漫山樹，側聽微澌古澗泉。昨日晴光今日雨，落花片片北窗前。

挽四松先生

黄金纔盡故交疏，不愛煙霞駕遠車。豈有鴆人羊叔子？可憐貴客馬相如。遊裝輕似扶筇日，長嘆多於彈鋏餘。已矣先生西去後，篋中贏得數行書。

境主廟

名園收拾種橙篁，别構三間主簿堂。歇馬聽來松樹韻，開樽嘗得菊花香。閒看獵火燒山逕，醉把漁竿釣夕陽。一路樵歌天欲暮，北風吹冷舊衣裳。

峽山歸途

峽山山路遠微微，久客思家趁鳥飛。雁宿平湖都是凍，鴉呼老樹半因饑。一園朱橘霜封瓦，十里青松露滴衣。如此隆冬閒不得，衝泥鞭馬霧中歸。

抵　家

霜風吹老客中顔，十日江城去復還。倦極惟愁前路永，貧來那得此身閒？金從盡後纔知寶，鬢到皤時漸少斑。賴有一尊能撥悶，呼兒煖著不須慳。

長至

欲買青山寄此身，尚憐兒女未成人。囊空祇覺連年老，衾薄翻愁午夜貧。幾點疏鐘敲令節，一番征雁度寒津。水仙箇箇甆盆裏，蚤孕香風到隱淪。

姚文奐

字夏侯。樞部戊生公之第八子也。順治中補諸生。與諸昆切磨問學，才藻爛發，兄司寇龍懷公甚器待之，屢見賞于文衡。年二十餘與同母兄介侯後先即世。語云：『叢蘭欲茂，秋風敗之。』君兄弟之謂矣。所著有瑞隱草。

頌嘉即事

平蕪舒早望，芳草緑萋萋。雲斂山光出，禽來樹影低。上林詩自勝，花萼景難稽。漸覺幽居好，溪邊杖可攜。

無酒

山深春氣淺，無酒覺寒多。竹暗燈光透，溪喧梵響和。客愁雙劍倚，雁陣一聲過。恍惚窗間月，依稀在薜蘿。

贈歸客

年來生計尚如蓬，旅客蕭蕭歎路窮。雁字數行秋葉老，霜華幾點嶺梅紅。帆過江寺聞清梵，櫂返家園藉好風。把袂臨岐頻有約，春樽還待故人同。

夕眺

望中野色變衰顏，雨後風光天水間。一片青苔封古石，幾行疏樹點空山。僧歸柳逕初傳磬，秋入縣衣欲掩關。暫倚草亭因待月，肯教夕照負人還？

錢瀍祖

字孝則。西頑先生之長子也。南渡時，西頑避黨禍，亡命三吳，母方夫人踪得之，遇兵亂，抱女赴水死，作兩絶句，紉孝則衣帶中，有『願作吴江一段波』之語。孝則每爲人泣述之。西頑理閩之延平，孝則親執家苦，糲食敝衣，能自得師，博通經史，文譽蒸蒸起。一夜，盗入室，執孝則，栲掠楚毒，以衛後母故被害。時守令懼禍譴，相率諱盗，盗逸去，無一獲者，反誣以他故。海内士大夫聞者，莫不冤之。

雙鳥作

雙鳥從南來，各飛天一方。相去萬餘里，日夕永相望。九月號北風，所嗟道路長。同行天南隅，忽復參與商。故人在遠途，有意不得將。奄忽浮雲去，中心悽以傷。良朋難遘會，況兹戎馬場。握手一揮淚，仰視雁北翔。願分雙羽翼，與君還故鄉。

老梅行

老梅崒嵂如鬼立，當軒對我森列戟。二更殘月西山頭，倒影虬龍走絶壁。霜皮慘裂三千尺，突兀猶爲人愛惜。不事芳菲争特奇，歲寒豈異松與柏？憶昔策杖羅浮東，千株萬株相映紅。東風一夜吹花落，回首曲江春正濃。唱詩酹酒興何極，冰姿玉態長相憶。漢宫常恨草離離，此樹不改先人植。已抽碧條弄新姿，故著寒花綴春色。可憐枯槁老江濱，孤芳肯媿桃李春？物情代謝亦常理，甘拙或爲時俗嗔。朔風颼颼鴻雁大，山木調刁聲相和。天寒歲暮落日微，烏啄雀翻山雪墮。吁嗟乎！老梅開花花不芳，陰崖骨立傲風霜，與爾日夕永相望。

放舟

最苦灘聲急，乘危任短篷。新寒緣小雨，古木自淒風。鄉國千山外，生涯五嶺中。何時長挂席，流向大江東？

過抱蜀有懷左三扶于左四壯于

一徑到茅屋，秋陰自可憐。穴檐鼯撲面，坌檻筍行邊。貧佃誰輸課？荒畦少納錢。也知逢儉歲，底忍負龍眠？

夜坐

茅齋好寂寞，獨坐萬山空。一犬疏鐘外，孤燈細雨中。身輕新脱絮，樹老夜生風。無意發清磬，何人夢許同？

清明將遊九龍先一日柬何氏兄弟

遥憶登臨勝，追陪無計過。鶯吭圓正好，江練白如何？屐齒疏苔蘚，琴心在薜蘿。二難應有待，絶頂漫高歌。

喜藏野師攜琴見訪

破衲千峯老，攜琴問隱淪。知音今日少，絶調百年新。借此談宗旨，偏能洽野人。清宵一曲後，孤月亦傷神。

山居

嚴風片片雁南征，山川肅肅客愁生。秋來秋去那堪説？野花野鳥難爲情。天涯滄桑幾更改，中原豺虎何縱横。日暮長叫歸未得，牽衣下淚如盆傾。

宿昭平

沙村漠漠雲欲歸，落日黄昏山樹稀。獨宿蕪城玩明月，誰家砧杵鳴征衣？鴻雁哀叫不知絶，秋風飄葉與俱飛。徒傷流蕩灘江裏，避亂相將覓釣磯。

贈牛山道師

大隱先生合數君，浮名塵世總銷聞。閒尋藥草經霜後，細寫方書到夜分。長物蕭然琴作侣，孤懷聊爾鶴爲羣。滿窗黄葉紛摇落，秋思應知在白雲。

過白鵠山房有感

銘旌吹雨厝山阿，此日樓頭客少過。泉路可憐癡阿叔，繩牀誰復病維摩？賣供官税田園盡，散落鄰家書籍多。滿壁銀鉤渾漫滅，吞聲猶是昔詩歌。

湖上打魚偶成

罾笱鱗鱗集水涯，支分漁子弟兄偕。江村晚歲魚爲米，官稅連年户有差。霜鬣困泥看撥剌，雪刀砍鱠敕安排。舊醅況有牀頭甕，折柬呼朋到小齋。

過舍弟聖岐

三徑無人白板扉，杖藜相訪在斜暉。雨淋老屋苔花遍，霜打疏林柿葉稀。鄰母賢能供雀乳，傭工閒與綻鶉衣。糟牀見壓新篘酒，更欲飛觴醉我歸。

贈陳山人

青烏秘笈幾人俱？驢背相逢憶得無？爲遍江南芒屩破，獨歸雲岳杖藜孤。生金不掘緣知足，靈藥能成早驗鬚。祇要如君名一藝，世間何處有窮途？

雪霽喜何三冰令見過留宿不果

凍雀喧晴不定棲，故人初過瀼溪西。水村潮落居相接，沙岸泥淤屐自攜。魯酒賒嘗鄰店缺，胡麻炊熟舍煙低。寒窗準擬燒高燭，歸去徒教夜夢迷。

初秋壽胡君渥父執六十初度

市朝遷去避江村，舊是先皇公主孫。好客共知傾白下，非時端合隱青門。盤空野鶴秋前健，列案蒼山雨後尊。我有老親新卜宅，柴桑應可伴晨昏。

方于宣

字遂高。郡司馬還青公之仲子也。順治初諸生。躭嗜圖史，齎志早喪。孤曾祜裒其遺稿，還青題之曰：『仲兒宿草十七年矣。見此卷如嚮者攜詩面質時，老夫不覺涔涔淚下。雖然，有子能集此詩與其蕙綢詩，並表章以質之當世，吾兒不死矣。』

山夜聞鐘

山夜羣音寂，翠微鐘忽鳴。聽從空處起，覺在到時生。虛谷答清響，涼風度遠聲。敲殘孤鶴夢，千嶂月初晴。

水底梅影

梅似鏡中見，清香帶濕來。有春花自發，無底樹難栽。水面蜂聲亂，池頭鶴夢迴。游魚唼荇藻，一過一疑猜。

登樓賦得舊苑荒臺楊柳新

一上迷樓感昔時，駐春歌袖竟何之？應憐廢帝荒臺苑，不似依人新柳枝。芳草銷魂含翠黛，香塵撲面損胭脂。扶筇一憩斜陽下，憑弔那堪涕淚垂。

九日侍大人暨兄子山弟幼安子將遊龍眠

曲曲清溪疊翠紋，孤村樵唱隔林聞。黄花折去詩應老，綠蟻浮來客易醺。鼯鼠徑存千岫竹，虬松枝拂半山雲。茱萸共插登高處，行盡荒郊有雁羣。

附 姚氏鳳儀

樞部戊生公之長女，諸生方于宣之妻也。所著有蕙綢閣詩集。其伯母清芬閣節婦敘之曰：『吾姪女幼而敏慧，隨宦㶚水，輒傚謝庭韻事。適吾宗遂高，益覃心風雅，生一子二女。不幸遂高早世，女年甫廿一，其境愈苦，其節愈堅，其詩亦愈工。不意癸卯冬又棄我而逝。傳其詩，正所以傳其節耳。』嗚呼！清芬氏之言如此。予録遂高夫婦之詩，既采四松之題辭，又掇清芬之弁語，毋亦以家庭之言爲信而有徵也與。

題定遠徐貞女卷

青青松與柏，結幹傲秋霜。孤雁不成偶，哀鳴何可當。我聞徐氏女，未嫁守孤孀。十七方妙年，寂寞居空房。嗟哉黄鵠歌，誰爲雙鴛鴦？夜夜聞烏啼，淚濕羅衣裳。隨母盡子道，奉事如姑嫜。荏苒五十年，中道失高堂。四顧無依倚，哀哀空斷腸。詩書教兩弟，努力攻縹緗。阿弟稱雙珠，聲名騰四方。行將膺寵錫，姓名達君王。女子有此節，家門豈尋常？皎皎徐貞女，千秋彤管光。

丁酉仲秋曾祐十歲初度予歡甚回思夫子去世兒在襁抱中撫稚之難有誰憐惻諄諄示汝讀書成名不負孀母之艱辛偶成一章用誌勉策

有子有子名曾祐，歲纔踰周已失怙。襁抱之時多疾患，輟寢忘餐倍荼苦。卜居截髮敢言貧？侍側時教中規矩。煢煢弱質掌上看，阿母百事盡艱難。天寒視衣饑視食，飲水茹蘗耐霜寒。今汝十齡喜及肩，凝眸待著祖生鞭。新秋雙桂當筵吐，祈爾繩繩望爾賢。

園亭納凉

園林無暑到，亭敞日偏長。水潤侵衣濕，風輕拂座涼。修篁聲戛戛，古柏色蒼蒼。小憩凭欄久，悠然茗碗香。

初　月

新月如弓曲，含輝渾著霜。微微臨小檻，宛宛過前廊。桂魄摇初影，銀河漾淡光。移時雖漸落，流照亦何長。

哭母

淚灑蒲觴後，俄驚一載餘。長眠人不覺，薄命女如初。繐帳秋風冷，朱樓夜月虛。歸寧當此日，禮拜倍欷歔。

送大妹和仲之江寧

尚記歸寧日，庭前款語時。看花同把袂，詠絮各成詩。忽望雲山杳，休嗟雁鯉遲。有家須自立，聽爾夢熊羆。

夢中與亡四嫂話舊有感

深山風慘慄，念爾淚雙垂。渺渺魂何適？悠悠花自悲。苔階無履迹，繡閣網蛛絲。空作相逢夢，殷勤似往時。

孤鴻曲

夜静蟲吟寂，開簾見爾飛。數聲和漏永，隻影共星稀。塞外霜風勁，天邊列宿微。可憐同此恨，輾轉淚霑衣。

上元前一日喜八弟夏侯自山中歸

春光宜筆硯，勉力趁芳辰。鳥語紛相伴，濤聲響作鄰。野梅隨路放，幽草逐溪新。明日傳柑節，君歸慰老親。

秋　月

夜半階前似有霜，閒看秋色轉蒼茫。金波宛宛臨朱户，玉樹依依上畫堂。露濕青苔侵砌潤，風吹黄菊滿籬香。清光偏照羅幃冷，倚徧欄干子夜長。

詠辛夷花步夫子韻

點綴春光小院中，開時還倩落梅風。流鶯學語穿花杪，戲蝶尋香繞樹叢。日照瓊枝光燦爛，雲連玉葉影朦朧。窗前徙倚閒無事，羡爾冰肌映碧空。

春雨

柴門深閉少逢迎，濁酒相留弟與兄。巢結空梁多乳燕，枝摇野樹有流鶯。風來天闊山猶暗，春老雲昏月未明。掃石攤書堪坐久，淒淒夜雨作溪聲。

喜接家報

閒來獨坐正沈吟，忽得家書果萬金。讀罷離騷愁夜短，歌殘別賦怨春深。老親百里傳安堵，幼弟千山寄好音。細向雨窗看轉劇，懷人兩地亦同心。

懷大人

匹馬饑驅何所之？經年未有曰歸期。孤燈獨詠長相憶，兩地同歌遠別離。旅客正愁聞信少，飛鴻猶恨寄書遲。江南江北多來往，消息如今總不知。

九日憶夫子

去年令節君同去，今日登臨我斷腸。野色宜人添悵望，秋山如畫總淒涼。征鴻塞外全無信，叢菊籬邊初有香。和淚題詩君不見，千峯忽忽又斜陽。

春日遣懷

空階小樹漸垂陰，旭日初融嵐氣侵。半捲珠簾人寂寂，斜薰寶篆晝沈沈。三眠楊柳舒新翠，百囀流鶯報好音。春到更添愁與病，憑欄不覺淚盈襟。

讀望雲集贈孫夫人並步見贈原韻

林下風流鄰下才，珊瑚架筆傍粧臺。應知漢史君能續，更見迴文手自裁。佩得蘼蕪和露種，夢回萱草望雲來。慙予茹檗無情緒，詩思還因錦字開。

春日寄訊大妹和仲

離羣長憶對嬋娟，寄爾遥函望早旋。梅信好傳芳意去，柳條偏惹別情牽。霜鴻天外飛成字，春鳥枝頭韻似絃。可記辛夷花下坐，持杯嚦嚦聽啼鵑？

十一月廿七日偶夢夫子自外歸病容枯槁口敘生計之艱予一一應對猶如在日既醒而淚痕漬枕但聞檐前風雨聲而已

遭家多難敢憂貧？蕩柝紛如亦苦辛〔二〕。授畝未曾餔弱子，寄棲一似作羈人。病容憔悴艱參朮，生計蕭條貰米薪。夢裏逢君頻對泣，醒來風雨尚霑巾。

予作夢夫子詩蒙大人及諸兄弟贈句再賦

隻影多年累老親，示予新句慰艱辛。每逢夜績分鄰火，幾斷晨炊待市薪。書積紫微堪共讀，吟成黃鵠豈傷貧？二兄詩中云慈大人臨訣時慮予貧苦。泉臺縱憶孤孀女，呼籲誰憐薄命人？

上元前二日祜兒讀書二兄竹笑軒作此勉之

王正淑氣正新鮮，好鳥關關韻似絃。柳意知春條漸緑，梅花向暖色偏妍。螢窗燈火休虛夜，鵬路風雲定有年。莫道一貧無長物，青箱舊業有家傳。

麥花

穗吐千枝亂，苞傾一半斜。風微生細浪，雨重落輕花。

河邊新柳

青青柳色拂河濱，千縷長條日日新。輕掠波紋浮水面，風來亂挽釣魚人。

夫子初度哭之

颯颯西風起暮煙，空嗟薄命怨蒼天。當年此日君招客，今夕招君影不旋。

春日吟

散步凭欄春意遲，風摇嫩緑影參差。辛夷開盡薔薇放，留得芳菲待我題。

春懷

布簾深下怯春寒，偶見飛花帶雨殘。傳語東風莫吹盡，猶留幾片待人看。

吴兆武

字汝繩。中翰澹齋公之子。生而韶令，績學精勤，早卒。妻姚氏即蕙綢閣之妹，亦以苦節聞。

題扇頭諸葛菜

武侯手植原非此，種落人間浪得名。繪向齊紈猶有致，采花能不共留情？

吴昌猷

字闐圃。父差强公家席全盛，搆别業白雲㟁，享亭榭花木、詩酒聲伎之奉者二十年。迨闐圃，家中落，非復秦川貴公子之舊矣。絳帷油幕，心織而筆耕，猶師承其風範，名噪藝林，徐子羽先每爲予亟稱之。兹集將竣，張子芸圃復爲予誦其佳句，因搜得之吴興諸子所。嘗鼎一臠，可知全味已。

郭外

過橋還過坂，初日著衣温。一夜添溪溜，千山浄雪痕。草深微有路，屋破不成村。對此青青柳，何人獨斷魂？

春雨

小霽躭閒步，青郊尚踏泥。麥肥鬚見早，豆冷甲舒遲。緑酒初殘後，黄鸝未語時。春遊惆悵晚，煙裏又如絲。

江上逢陸質夫還吴

年深夢亦未頻通，萬里來如兩世逢。緑鬢冢抛荒磧外，白頭人出亂軍中。吴門舊業桑陰在，遼海還家藥技工。送不肯行留不住，青山江上泣殘紅。

客中憶姚駕侯入閩

郭北離歌咽暮鴻，滿天黄葉舞秋風。難辭雨雪千山外，卻憶煙波一櫂中。黎嶺深陰榕樹碧，甌城荒鎖荔枝紅。相思最是蕭蕭夜，酒醒鴉啼水驛空。

贈徐羽先

謝絶塵緣好放歌，非僧非俗戀煙蘿。偶然句就都焚硯，隨意書成不换鵝。蒼骨健于年少倍，高名賢勝子孫多。山山水水常相左，幾度臨風唤奈何。

寄大人

秣馬寒郊雪滿林，東風思入鯉庭深。青山幾處歸藤杖，白髮經年上竹簪。善飯不嗔蔬水養，逃禪宜淡水雲心。燈前能否蠅頭字？少向花間費苦吟。

散　兵

軍容想像舊苔痕，故壘蕭條月易昏。一自健兒鴉散後，至今殘破不成村。

除夕言懷

不用爲文薦歲除，隨天留棄寄枯魚。窮愁料必都如我，忍向誰家送柳車？

丁舟巘

字玉及。彼雲之子也。彼雲閱兒子詩，喜示云：『吾兒學步時，騰踔過乃翁。經營頗慘淡，穆然成歌風。』嘗省其父于章江，歸里甫踰年而卒，年猶未逮三十也。彼雲爲搜其掃煙樓遺詩，刊而序之曰：『吾兒生六歲，即能拈平上四聲，十歲後能成短章。今其存者，皆予客豫章後所作，風流藻麗，在錢、劉、温、李之間。』嗚呼！合彼雲之詩與序觀之，玉折蘭摧，可傷者不獨詩矣，彼雲豈譽兒者哉！

三月十日蔣蕙畝過訪同周男玉分韻得春字

垂楊飛絮草如茵，松徑陰陰到故人。滿院鶯花消濁酒，一天煙雨洗殘春。風流詩思生銀燭，邂逅談鋒訝比鄰。樹色山光真似畫，儘堪連榻臥經旬。

冬日洲行

梅花含蕊雪初晴，一騎衝寒傍晚行。落日沙前迴雁冷，孤雲天外挾風鳴。沿江白水堅成渡，斷岸黄蘆折有聲。遥憶青氈當改歲，敝裘霜夜不勝情。

七夕

纔隔銀河路不迂，今宵烏鵲復何須？人間多少天涯路，得借橋邊一渡無？

古梅

野竹懸崖水一涯，虬枝古幹老煙霞。山中竟日無人到，莫向春風浪著花。

春望有感

柳暗花明燕語時，春風極目向天涯。堤邊多少相思樹，不獨垂楊管別離。

姚士垐

字嵩肇。楚雄守屺懷公之第三子。生數歲即酷好書籍，十歲許從父官漢南，日誦唐人詩，岳陽、洞庭之間，多有題詠。迨父致官歸，距城邑數舍買郭北近地爲園，嘯歌其中，病且亟，猶徙几榻往焉。日有詩，家人或戒之，曰：『舍是病轉劇，盍聽吾以生乎？』殁後，詩多散佚，友人江子在湄梓之瀼溪，而屬戴子韓五、江子少文删定成帙，曰如舫齋詩存，凡百有十首。

秋懷

素月破寒煙，對之不成寢。昔照桃花肥，今照菊花冷。擲人歲月去，四海志未騁。斂翼待春風，翺翔摩蒼冥。今日有佳色，披衣且再飲。高歌燈和予，舉杯神勸影。悠悠一醉足，興盡復就枕。

采蓮曲

采蓮女兒新妝靚，葉嶼花潭飛小艇。雲中齊唱采蓮歌，沙堤風吹鴛鴦醒。碧浪輕翻蓮葉裙，翠眉愁鎖蓮花粉。桂棹齊摇玉腕酸，蘭橈斜逗金楊静。困頓愁添千萬縷，夕陽山外送微暑。夫壻年年愛遠遊，花下朝朝淚如雨。思如藕絲長，心似蓮心苦。紅枝眠蛺蝶，緑葉翻鸂鶒。更憐雙蒂花，低頭向人語。噴香衣袖濕，含色煙霞碧。萬頃離懷千頃愁，折花歸去蓮洲寂。

不寐

不寐匡牀冷，褰帷且放歌。一天明月在，半夜客愁多。溪響連霄漢，蟲聲挂薜蘿。夢來驚復醒，試聽幾更過。

過方晏閣

數日總無事，思君過薜門。草深微有徑，樹静渾如村。留飯瓜親摘，呼罇詩共論。小窗新雨好，歸屐破苔痕。

探晏閣病

臥病門常閉，相過省送迎。竹間多藥氣，枕上有詩聲。影共梅花瘦，神同夜月清。應須憑静攝，莫遣俗塵生。

上元日柬晏閣

又是上元日，春光到處增。鳥銜梅落樹，魚戲藻吹冰。賦性亦何拙，除詩無所能。唯君是知己，相約夜看燈。

落花

百舌叫春去，東風吹樹斜。可憐一夜雨，零落幾枝花。點點凝芳逕，飛飛過別家。餘香猶滿苑，新葉蔭窗紗。

雨中言懷

山外雨初歇，含愁溪上行。少年成隱士，末世賤書生。虛谷雲千疊，空林磬一聲。豁然塵事絶，山水解幽情。

喜孫雨田見過

日來溪路濕，喜有故人過。相對貧如此，經時病柰何？萬山争送雨，雙澗悄生波。細草庭前坐，飛煙滿薜蘿。

遊畫溪二首

七月初涼堪探勝，諸峯招我破氤氳。登山十丈倚巉石，長嘯一聲驚野雲。無限夕陽杯裏盡，幾條秋水樹頭聞。老翁爲述前朝事，溪上煙波籠畫裙。

烽火頻仍三十年，空將風景説從前。笙歌聲斷猿常嘯，臺榭基存鹿穩眠。臈信到梅偏傲雪，春情歸柳尚含煙。淒涼倒覺荒殘好，留得山川本色全。

招同學戴子韓五蜀客潘子貽孫左子注我箴我江子繡聞少文吳子天況過村家見籬菊分韻

竹塢陰深野老莊，破籬菊綻一枝香。根留秋色雪中白，花帶冷雲梅下黄。苔點落英鷄睡穩，簾摇疏影雁聲長。桃源依郭容人到，與客提壺問夕陽。

到北園

爲問吾廬渡水來，柴門依舊白雲隈。半牆風積一秋葉，連日雨荒三逕苔。濕翠雲籠亭子小，新香石壓水仙開。從今不發江湖興，多覓梅花繞澗栽。

嘉平廿四日

一年懷抱總難舒，今日春光到草廬。掃石看花新釀酒，敲門催債舊賒書。頻移歲月陰難惜，幸有詩篇興未除。兄弟承歡堪永夜，謝家蘭樹較何如？

過陳大匡齋中看牡丹

疏疏楊柳覆雙門，林外鶯啼香滿園。春色一年三月好，花枝五代幾家存。影移蛺蝶夢還處，葉染芭蕉書破痕。嬌豔無情階下立，最堪憐是月黄昏。

吴　熹

字志和。予從姑之子也。父弼士與婦翁張如三皆吾從祖之壻，兩家一子一女，予因爲蹇修焉。志和風神秀朗，語輒驚人，試文屢見賞于主者。病數月而歿。塵兩女，如三攜之吴門，不半載相繼殤。因貽書與予，待志和第二姪生，立爲後。弼士爲之首肯，其庶足慰蔞節于萬一。

山居招隱詩

野老殷勤問我名，我生書劍一無成。才疏懶作詩詞客，世亂偏宜山水情。松下不衫兼不履，石頭爲枕亦爲枰。子規何事聲聲泣？徒向人間叫不平。

殷邦

字正萬，自號江海游鴻。所著有旅居、粤遊諸草。

山中即事

風暖梅開早，山深月到遲。隔牆頻有約，釀熟酒香時。

還青亭和還字韻

爲愛池邊鷗鷺閒，客來煮茗坐亭間。笑談鎮日渾忘倦，不問客從何處還。

吴席

字大夏。予妹夫左賦之長子也。總角精文選，帖括之暇，輒工推敲。與兩弟肄業心遠亭，互相送難。時取士額隘，家貧，視子衿□登天然，蜀中簡謙居先生拔入黌舍，士林傳爲美談。遊泮甫半載，病瘵死，親知莫不惜之。吾甥詩予寓目頗多，殁後撿篋衍，不可得。吾兒仁樹少與諸外兄講求聲律，方甥乘時謂我曰：『務滋于燈灺酒闌時，頗自誦其詩，琅琅盈耳，今搜之亦烏有矣。』然不肯以贋筆誣吾兒也。

早梅和友人韻

玉骨翻嗔雪到遲，霜天初霽曉風吹。爲防春信來三徑，先冒寒威放一枝。架上水仙纔著蕊，牆邊蓴緑尚含姿。知君歲歲催粧早，不與隋堤柳鬭眉。

姚鼎孝

字勒先。少警悟，家貧，彊志問學，以文藝知名，能率其從祖休那先生之教，與吴甥大夏皆以寒素受知于简謙居先生，同入黌序。好吟詠，凡羈愁困悴無聊之感，一寓諸詩。于詠物尤工，搜奇抉巧，屬對精妍，皆出人牙慧。嘗讀書皖之迎江寺，時臬司韓一佟公駐節皖上，其公子儼若名下士也，偶見勒先題壁上詩，即就寺訪之，一見成僑肸交。後佟公開府虔州，延入幕府，將授以官，因病謝歸，歸遂不起。所著約齋遺稿散佚過半，友人方子有懷爲予稱美不置。而戴子導及、孫子喈公、周子式玉又廣爲蒐摭，因采其一二，不使其湮没無傳云。

促織

孤鳴如絡繹，節奏特分明。蟲羽憐微族，瓜藤寄此生。未能驚懶婦，翻覺助秋聲。誰念無衣者？因君一動情。

蟬

遁迹藏深葉，聲聞忽滿林。飲雖承白露，人亦愛清音。勞鼓雙鳴翼，全虚一片心。年年秋樹底，枵腹自長吟。

和家叔陵陽署沼白蓮

香滿銀塘露正團，珠光千點上雕闌。雪兒歌醉三更酒，湘女波生六月寒。色映蘆簾何處是？神傳秋水許人看。幽姿清絶誰同調？庾嶺梅花楚澤蘭。

水中雁字詩十五首 有引

賦詩行樂，止堪即事拈題；詠物難工，況復多篇拘韻。秋空征雁，既借字以相形；水底驚鴻，益憑虚而無據。湖光天影，合成一片琉璃；霜穎秋毫，摇落千行蝌蚪。若論風檣陣馬，何足喻其雄奇；極之水弩杯蛇，未可方其巧幻。空明淡蕩，從何著力尋求；恍惚虚玄，到底空勞指示。雲邊或來或往，江間時有時無。紅蓼沙頭，翻令魚書落色；黄蘆澤畔，頻看兔筆生花。弟兄聯結于江湖，毛羽翱翔乎豐滿。何須才八斗，偏能奮臂青雲；未讀書五車，自爾文驚白帝。望影下征人之淚，聞聲斷嫠婦之腸。陣陣驚寒，行行舞羽。起孤忠于雪窖，沙漠傳書；寄遐想于天涯，衡陽斷影。流民集中澤，肅肅于征；歸妻迨泮冰，嗈嗈旭日。秋懷蘊結，敢煩載筆以寫憂；野水蒼茫，肯許乘風而破浪。必具精工之筆，乃不愧夫鴻譽高文；似余鈍拙之姿，竟何有乎殘雲剩水？研精竭慮，思不越乎尋常；窮日終宵，韻幸滿乎三十。始悟少之爲貴，即隻字片言，畢竟揀金批玉；翻悔多而無取，雖連篇累牘，終成賸馥殘膏。詩題久播于騷壇，和歌偶拈于氈席，聊云備數，敢曰誇多？丙午秋杪霜降日，白苓小休氏漫識。

澄澄秋水曉雲紅，錦字飄來上下同。應是江湖多鳥迹，翻疑文物讓鴻濛。臨池翰墨誰操管？學草龍蛇別樣工。何事霜天愁太劇？向人無賴只書空。

雲水迢遥隔幾重，同羣異地恰相逢。驚飛颭浪書偏誤，側陣凌波筆有鋒。漫自飄零依四海，分來文史足三冬。天南霜信多年斷，影落衡陽第一峯。

雲中嚦嚦影差池，濃淡分明次第宜。天本無心憑寫照，書從何處寄流離？鷗盟未許窺文藻，鴻序由來重羽儀。應有伊人堪問字，行行都向大江湄。

水天明浄似冰壺，秋染霜毫一筆塗。分布章程通鳥譯，全收江海入鴻圖。影隨烏鵲歌三匝，名讓鴟夷占五湖。幾度長征涇渭水，聯翩還爲寫陰符。

陣亂煙雲日已西，波光飄渺字全迷。沈霞影勒丹崖篆，封事書沾紫塞泥。點水輕毫欺綵鷀，乘風霜翮闘文犀。蓼花似火蘆如雪，直把秋江作畫題。

秋影涵空逐陣排，六書繩墨未全乖。事雖歷歷知誰指？聲喜嗈嗈本自喈。行錯亂時因浪起，字磨滅處恨雲埋〔三〕。江淮霜信無人問，振翼臨流寫素懷。

陣陣飛鳴去復回，秋江尺素爲誰裁？共驚澤國分符至，恰似波臣捧檄來。鴻史何心沈漢水，鸞文有意避秦灰。弋人底事煩矰繳，消息冥冥莫浪猜。

盈盈秋水喜來賓，天外雲章認未真。不是五湖招羽客，還應中澤詠流民。圖成篆籀毫偏巧，影落江峯句入神。自是鴻才多浪迹，鳳池休道有絲綸。

鷗鷺平分託水雲，天涯辛苦敢離羣？隨陽銜帛來南國，破陣臨池壓右軍。漫道羽毛還異俗，須知江漢本同文。瀟湘明月秋如洗，奮翼争書白練裙。

水國煙雲動碧霄，聯翩折簡向誰招？當空一畫天心見，遼海千羣露布遥。岐路斷行應賦別，河梁疏影恰題橋。靈均憂思娥皇怨，都向瀟湘筆底描。

龍蛇飛動陣雲高，羣闘鷹揚奮六韜。遼海素書傳漢節，洞庭秋影寫離騷。銜蘆原不須斑管，集蓼驚看落綵毫。漫向江天誇羽翼，人間文字本鴻毛。

影摇蝌蚪落文河，長短連行字轉多。欲爲古今留翰墨，拚將毛羽託風波。書來白水休烹鯉，草就黄庭肯换鵝。底事勞勞飛不斷？空中消息定如何？

寥寥煙水曉雲清，海國飛來不計程。行列鴻臚應序爵，江横塔影看題名。溪風析羽文旌動，秋翰生花綵筆輕。書遍長空猶未了，天涯何事太關情？

兄弟詩篇比脊令，江湖原不畏飄零。龍文躍影休競綵，鳥篆成章本象形。卻寫秋思沈楚澤，應書清怨弔湘靈。圖分禹貢居彭蠡，字字看來山海經。

秋江晴浪影深深，羡爾鴻文自古今。霄漢高飛憐羽翼，風霜奇字任浮沈。憑空寫出青天意，到處書傳白水心。莫道聲名流落久，會看雲路有知音。

白　雁

嘹嚦紛飛素羽輕，獨披霜雪向南征。想應遠去烏孫塞，疑是生來白帝城。煙水蘆花何處影？瀟湘明月只聞聲。當空摩出中郎字，未必遺書屬子卿。

枯樹二首

十載芳華事已休，霜皮蒼幹冷荒丘。藤蘿百尺空相附，苔蘚多時色尚留。不惜疏陰微蔽日，幸無落葉免悲秋。園林蕭瑟西風晚，幾點寒鴉在上頭。

古木凋殘歲月深，疏枝猶自繞鳴禽。飄零剩有風霜骨，消瘦唯餘朽蠹心。槁矣何堪斧剪伐，蕭然原不礙山林。春來莫對鶯花泣，爨下焦桐本是琴。

和五松侯明府鏡中牡丹

雕砌銀槃一樣紅，露華掩映特玲瓏。香生月窟容人到，春在壺天不易逢。玉宇光涵花滿縣，冰輪影綴錦爲宫。相看主客皆圖畫，北海清尊未許空。

燕子四首

合向烏衣老結鄰，高飛底事遠銜春？都從座上憎泥落，誰對梁間愛語新？異地獨憐容借廡，棲身何必定依人？一年一度梨花雨，牖户綢繆亦苦辛。

爲爾珠簾下不成，香泥零落曉窗晴。影隨掠水蜻蜓小，翅比穿花蛺蝶輕。樓上清宵空有夢，掌中妙舞舊知名。他時巢向春宫裏，莫負窮檐飲啄情。

隨處門庭有路通，飛飛輕漾任西東。泥從補後占陰雨，雛喜多時驗歲豐。小翼緑沾芳草色，舞筵紅蹴落花風。春來無限空閨恨，都在雕梁細語中。

銜得春光到草廬，藥闌雙立午晴餘。驚人飛去常迎面，帶雨歸來每濕書。自是羽毛堪野宿，翻從棟宇作巢居。避風豈必端門好？應笑鶢鶋智不如。

送别佟儼若之豫章

河橋高柳拂行旌，海口江潮已漸平。千里客裝容易束，十年官槖本來輕。丈夫雖别原無淚，我輩交游不爲名。惟有隨風心一片，送君直到豫章城。

寄懷周梅墅先生洲居

簾户蕭條静掩關，經年衰鬢想尤斑。寒憑燈火支清夜，晴喜江天出遠山。尊酒貧猶貪客過，才名老不放人閒。愁深積雨知多少，病裏詩情可耐删？

張竑

字禹仲。孝廉蔚菴公之仲子也。性英敏絶倫，落落有大志。父殁，年纔舞象，母方夫人治家嚴，竑事之純孝，躬操家秉，見事明決，兄弟四人獨不辭勞瘁，以故内外雍肅，視孝廉公存日有加焉。暇則下帷别墅，壎唱篪和，引泉種竹，疊石蒔花，以奉板輿。舉業而外，博覽墳素，工詩、古文詞。游太學，籍籍有聲，與人交，不侵然諾。詩壇酒社，雖復高談雄辨，而温和之氣盎然眉宇，凡朋酒獻酬，莫不樂有張仲子云。年甫三十卒。卒之前一夕，自言爲祖西禪師後身。祖西者，孝廉公所敬禮數十年之戒僧也。三生石上舊精魂，古人豈欺我哉？詩多閎音亮節，主于蒼渾，然不喜存稿，輒多散佚。其弟仲華從扇頭壁間搜得數十首，予爲録而存之，寸臠片甲，亦可知其風尚矣。

新月

春色已云暮，春月今始看。年年月如此，今年看獨難。霪雨六十日，日日埋雲端。一朝雲霧開，花影移欄干。皎皎朝霜潔，沈沈秋水寒。蛾眉向人展，對月眉休攢。天地不終晦，豈惜青春殘？

聞雁

夜寂忽聞雁，不似秋來聲。秋來春歸去，時序良足驚。誰不思故鄉？爾胡獨哀鳴？嗚豈分哀樂？聞者測其情。惜哉凌雲翮，僕僕終平生。

戴蜀客以松石見贈詩以答之

青松百尺參雲漢，黛色霜皮鐵爲幹。白石玲瓏質更奇，疊嶂層巒飽人玩。古人癖愛若奇珍，或稱石丈或龍鱗。更喜千年不改色，以之論交情倍真。交情此日無管鮑，我與戴子敦古道。蜀遊貽我松與石，示我同心投我好。蒼翠欲滴石上浮，恍如松下風颼颼。又如畫工得意筆，筆墨精巧真銀鉤。山川變幻胡至此？松石之奇他莫比。静置几上作曠觀，錦江雲樹留眼底。

秋日山中恭讀先大人懷克賢上人并悼祖西禪師詩不禁痛哭賦示兩弟

憶昔趨庭嘗稱述，古塘深處有幽築。軍持説法木樨香，帶月鐘聲來雪谷。遠公梵行本精巖，蒲團趺坐儼天竺。蒼苔封處碧流斜，空翠倒結青茅屋。菴名三慧振天葩，人疑羣玉山頭宿。借師行修爲皈依，誰是青原稱高足？烽煙起後走江南，靈谷長松高突兀。愛客不肯渡虎溪，長嘯何人同躑躅？户外梅花滿珠林，挑燈詠雪慰幽獨。先君嘗與祖公靈谷看梅。鹿苑花雨不飛來，吁嗟宗風孰堪續？相從掃逕過碧峯，書牀夜静茶初熟。克賢上人住碧峯，先君讀書于此。青氈白氍有餘悲，高懷猶寄昔林麓。刹竿倒卻幾何年？菁園涕淚漬修竹。揮毫念舊發長歌，故人會面不再卜。當時龍象何崔嵬，今朝相見倍局促。蘼蕪依舊蝶夢非，雖有父書不忍讀。猶記昔年吟詠時，呼我夜坐燒銀燭。月照屋梁天已秋，嘆息别離如在目。我今追維廿年前，荒煙無地尋曲盝。幾回全盛幾蕭條，不禁窮途發痛哭。悵望吞聲泣數行，簾捲寒雲秋山緑。天高日薄更淒其，野樹悲風吹落木。

冬夜兀坐竹映月窗命酒獨賞欣然成詩

窗月謝惠愛月無此君，子猷癖好不在影。滿窗明月竹影摇，個中佳趣誰能領？吁嗟乎！竹影何地無之？焉能兀兀坐糜歲時？河漢色娟娟，琅玕響瑟瑟。感兹摇落餘，節節當窗出。當窗摇曳去復來，焚香飽翫且銜杯。杯中有酒須盡醉，眼前美景懷爲開。陶窗面北納風好，我窗面東邀月早。但使三冬常如此夕閒，羲皇以上之人應絶倒。

夜座

才拙動違時，自憐還自疑。孤燈愁影暗，長夜喜眠遲。歌缺唾壺口，尊消博浪椎。打窗嫌落葉，不住朔風吹。

入山

茅屋白雲遮，峯環路轉賒。水聲春雪化，池影野梅斜。喔喔鷄喧午，青青麥放芽。誰云兵甲滿？絶不礙山家。

庭前老少年

秋色已垂暮，繁華特地開。豈同脂粉豔？未許蝶蜂來。籬畔驕黄菊，窗前點碧苔。青春人不愛，合傍老人栽。

和東田吳夫子夜雨見懷之作

珍重雲箋寄，高吟夜雨詩。庭花紅已潤，檐柳緑初垂。舊榻留晴閣，新編想絳帷。東田春課畢，早訂入城期。

會聖崑納涼 崑一名隱賢

舊説隱賢處，今當逃暑時。老僧閒入定，遊客倦吟詩。石缺雲來補，山深日到遲。飄然有秋意，直欲覓天池。

栽菊

何必陶公宅？東籬亦自開。秋英他日勝，春圃及時栽。雨後分根出，鄰家乞種來。意中香滿袖，采采佐銜杯。

方禾客以詩期遊披雪洞依韻答之

鐵騎横郊不敢遊，黄花蕭索負三秋。松筠笑我門常鎖，山水邀人願未酬。霜重楓應飛落葉，雨餘溪定漲清流。與君試訂閒吟處，載酒何妨信宿留？

姚佩若庠若左注我箴我過飲秋樹堂看紅葉

霜催紫柏變丹楓〔四〕，點綴青山色盡紅。瀑引客筇登石頂，秋隨峯影落杯中。清泉能助茶香淡，兼味還因市遠窮。爲約分題須剪燭，林梢同看月朦朧。

過友人故居

黄昏漠漠暮雲飛，一過烏衣淚一揮。苔迹尚餘求仲屐，書聲長歇董生幃。棄繻有志人先去，作賦招魂事總非。可惜手栽階下竹，空留蒼翠拂荆扉。

酬姚庠若惠筆

彩毫攜自上林回，爲我輕將篋笥開。錦繡忽從懷内擲，蓬蒿投向徑中來。右軍虚費臨池墨，司馬空慚作賦才。珍重芸窗花案上，捲簾香染一株梅。

宿方子將四松山莊送伯兄之任崇明學博限韻四章

冉冉春風逐澗阿，柴關初啓客同過。柳飛驛路催行色，雁落横塘起别歌。千里壯遊開錦纜，一杯心事藉雲蘿。明知此後多離别，聚首其如牖下何？

燈火連牀陸氏阿，登臨何處不同過？幾回欲赴看松約，五夜翻增折柳歌。薄宦喜君膺紱冕，小山容我卧煙蘿。鴒原無限消魂處，鶴髮堂前更若何？

郭外青山有卷阿，春來常奉板輿過。攤書略慰和丸志，捧檄應增陟岵歌。洱海瞻雲翻碧浪，清宵看月上藤蘿。知君不盡鄉關夢，離别人間可奈何？

冰衙可當碩人阿，況復三吴次第過。夾岸花陰童貰酒，平沙鷗煖客徵歌。黄梅潮信連桃葉，帶草官閒接女蘿。屈指秋風知不遠，别時如此聚如何？

春日姚天池招飲月臺

層臺面面接峯巒，醉裏春風不覺寒。解舞隔牆楊柳弱，初飄别苑杏花殘。晴雲輕捲開簾幕，乳燕低飛貼畫欄。贏得勞勞尋勝客，繁華都向座中看。

任戴仁招飲西園同方譽子便過慈雲菴

綺席名園歇酒籌，笑歌濃處梵音幽。誰從世外尋佳趣？別有閒情狎野鷗。佛火春風高座穩，梅花溪水一灣流。歸途漫道斜陽迫，深樹村煙望裏收。

病中聞子規

緘關虛卻豔陽天，曉怯衣單未脱緜。將落花從油幕護，欲歸春被鳥聲傳。乍驚旅舍難成夢，喚起深閨也廢眠。豈獨閒居憔悴者，坐抛書帙恨啼鵑。

聞鶯

户外流雲壓樹生，病中那復問陰晴？幾時春到鶯先覺，百囀聲中意不平。帶露肯緘垂柳舌，飛紅應重落花情。由來俗耳堪鍼砭，誰解雙柑載酒行？

夜間作

夜色沈沈冷碧紗，帷燈影射薄衾斜。多情客夢如飛雨，無樣春愁共落花。病卧圖書堆几席，詩成池草隔天涯。愁腸不耐更聲急，漏促東風起宿鴉。

宫怨四首

隔苑西風動管絃，欲從銀漢妬嬋娟。承恩粉黛知誰好？帶露芙蓉獨自妍。夜漏有聲催月落，寒燈無語炤人眠。六宫姊妹多寥落，若箇傷心莫浪傳。

寂寞欄干對晚春，朝來女伴過東鄰。爲憐同病看愁黛，縱托知音亦效顰。薄命自甘清晝永，宫粧競説逐時新。池邊試把朱顔照，可是昭陽第一人？

楊柳絲絲漾碧空，年年花事負東風。御溝水長沈新緑，妝閣春深鎖落紅。别苑閒過看鬬草，空階獨詠送歸鴻。凭欄多少閒情緒，消盡朝雲暮雨中。

長門何處覓相如？吟得新詞手自書。紅燭籠紗愁不剪，香塵拂硯懶休除。月中歌舞成烏有，夢裏恩波托子虚。筆墨難將心事遣，教人望斷七香車。

口占答方子將

紅綃初著粉初施，不似當年淡掃時。寄語同心休問訊，笑儂臨鏡學趨時。

並頭蘭

芙蕖本自擅風流，誰解蘭花亦並頭？恰是同心堪作佩，清芳應只傍妝樓。

周孔雯

字漢舒，號筠軒，又稱東湖。順治辛卯，冒劉姓補邑弟子員。所著有偶然草、五松遊草。

尋菊伯純齋頭用王子兼原韻

寒花繞砌最清幽，攜手閒過即勝遊。錦句漫從知己索，緑尊還與細君謀。久拚鎮日籬邊醉，盡掃經年客裏愁。自是陶家風味好，殷勤不負碧雲秋。

周肯堂

字爾搆，一字希白，號安貧。梅山之從子也。著有蘭皋雜詠、醉吟集、宣愁詩。

燕子

小步荒郊外，參差燕子飛。香泥霑翠袖，紅雨滴烏衣。欲傍誰家去？曾依故主非？春巢應未穩，零落舊柴扉。

聞雁次陳臥子先生韻

風静夜潮平，沙汀新雁鳴。雲邊天外字，腸斷月中聲。漫度烏孫塞，應傷白帝城。此時秋更慘，斟酌向南征。

校記

〔一〕袚　當作『被』。

〔二〕柝　當作『析』。

〔三〕滅　當作『滅』。

〔四〕柏　疑當作『柏』。

龍眠風雅卷六十三

木厓潘　江蜀藻輯
富平趙　述述古門人高　華旦兮參

寓公

王宣

字化卿，號虚舟。世居江右金谿之潘方里，父客桐，家焉，因生于桐。結童時即喜作詩歌，一日，隨父之樅陽，客有屬賦遊女詩者，輒應聲曰：『江邊客子思悠悠，江上女兒花滿頭。三三兩兩踏歌去，零落碧雲生暮愁。』遂以詩得名。弱冠反金谿，補郡諸生。復來桐，益覃力稽古，博極羣書，桐人士翕然嚮風。友事者葉文莊燦、方中丞大任、何文端如寵、劉評事胤昌、左忠毅光斗、齊山人鼎名、方司農大鉉、林文學胤瀘、方中丞孔炤、謝處士逸、李山人遇芳、吴水部道新也。師事者周司理岐、方處士文、方簡討以智、孫監軍臨、吴奉化道凝、方處士豫立也。十三經皆有疏解，尤邃易學，著風姬易遡，與方中丞周易時論互相發明。又有龍馬言、物理所、金剛解諸書。

同方玉成之元城别弟寅寬

風吹楊柳花，高舉復低傾。丈夫學書劍，白首一無成。退耕苦無土，進謁非所營。吾友東南美，烏奕領專城。永惟谷風誚，念此生平盟。煙花首前路，輜軿將我行。歲月不可問，山川非一程。牽衣别骨肉，亦復難爲情。

嶧山

仙人收羣羊，萬羣如一隻。仙去羊不隨，化爲此山石。又云太古荒，此石在沙磧。有人揮赭鞭，鞭之血流赤。驅將置海東，棄此曰鄒嶧。平疇曠蕩中，突爾紛狼藉。簸地走員方，到天森劍戟。贔屭相支撑，谽谺開罅隙。風生萬竅怒，雨注奔雷砉。精靈綴巖阿，隱躍見丹碧。豐碑勒秦政，孤桐標禹益。吾將老一拳，舍此更安適？

涿州九日

九日北庭菊，香如南國秋。啜英一以汎，徙倚城東樓。正爾塞鴻去，茫茫萬里愁。

中秋自五老峯下月菴翫月作

天上坐秋色，毛骨亦蒼翠。歸來臥空山，衣薄雲猶漬。白榆歷歷青女寒，高歌擊節碎琅玕。古今令節人同月，誰向匡廬絶頂看？

詠　史　一作劉公未洙詩

相如罷車騎，高臥秋風時。門掩茂陵草，夢繞甘泉枝。寂寞竟何事？歲月忽已馳。賴有長門賦，能充取酒資。

過田家

田家隔朝市，抱犢良優游。到門見垂柳，屋角飛鳴鳩。前溪漲新雨，良耜刺平疇。余亦躬耕者，因之懷故丘。

汪未央攜酒見過其人東魯高士極慎許可

紫馬玉盤陀，黄流金叵羅。感時深謝客，愛我獨相過。共作蘇門嘯，羞爲燕市歌。向來知己少，此日一人多。

懷方嘉州濳夫計此日已抵任矣一作劉公未洙詩

之子三刀夢，嘉州萬里行。舟過神女峽，境入錦官城。杜宇千林合，峨眉片月明。此時端手板，從事恰相迎。

贈楊古度

楊生江上抱殘經，落落虛疑處士星。三月鶯花歸未得，半天風雨酒初醒。有時得句驚髯白，何處逢人不眼青？舊業關西頻入夢，肯教虛臥子雲亭？

酬葉濳之夜飲兼訂斐園之約

石城秋色移舟遠，山郭寒更對酒遲。多病尚餘司馬渴，下關初傍董生帷。楮裁玉葉文心巧，花絢春叢筆夢奇。見説斐園堪嘯詠，何妨乘興一臨窺？

飲方玉成園亭

花前十日三相見，習習香風步履輕。馬笠故人悲半在，雀羅門客見交情。檐飛乳燕過新社，草緑横塘對晚晴。萬事共君頭白裏，獨餘尊酒是生平。

豫章藩署送朱山人還姑蘇

一尊風雨暮江頭，遥識仙家傍十洲。飛舄自于天上去，著書不爲世間留。劍分南斗雙龍夜，練合吳門白馬秋。到得碑陰逢若士，可能聳臂復來遊？

集劉未沫宅賞桂花

又是秋陰恰半時，桂香盈座酒盈巵。虚疑白晝煙籠樹，忽覩青天月滿枝。投轄孟公能好客，如泥周澤是吾師。衰年日日憂羣盗，醉殺還勝死亂離。

曹元甫攜具謝樓同方密之賦

樓頭美酒如黄金，樓外高天覆緑岑。蛤吠稻粱千畝合，鴉翻雲雨一溪陰。桓劉草草興亡事，謝李寥寥正始音。俛仰只今吾輩在，相逢惟有淺深斟。

兒子振初便道省覲

天涯正爾憐形影，拜起俄驚汝到來。衣上雪霜千里色，手中書信隔年裁。恆饑弟妹容應改，垂老而翁病轉催。好耐心情修藥物，漫言歸去使予哀。

初春送周農父赴苛侍御賓席

亂離何處控征鞍？獻歲椒盤且共歡。羣盜未隨春氣解，嚴城初閉日光寒。時來驄使相迎好，老去驪歌欲賦難。想到冶亭愁不寐，妖星時向劍頭看。

周公廟

周公遺廟魯城東，想像靈光識故宮。碧瓦金題人不見，離離禾黍動秋風。

山莊

背郭松陰十里斜，到來無處不煙霞。門前流水溪頭瀑，幾樹新開杏子花。

答客

劍隱芙蓉臥草茨，十年心事藥爐知。何人錯認田光在，不似先生少壯時。

福州飛鸞嶺口號

草逕穿雲十二盤，若爲無事度飛鸞。愁來忽聽鷓鴣語，山鳥亦知行路難。

鮑仲熊

字虎子。廬江人，自言常州武進人。流寓桐城爲僧，不斷酒肉，好大言，酒後狂歌，聲振林木。方宫詹坦菴、姚樞部戊生極賞識之，相與唱和甚懽。無何，又棄去軍持、漉囊，衣山人巾服，遊放山水間。其跅跎不羈皆此類也。所著虎子我詩亂後無有存者。予門人王子浩生偶得之石溪村塾中，予手録副本，今爲分别存之。姚棨靖非僧也，錢虞山不以冠功臣；虎子僧也，予不以附開士。議者謂錢爲衍公知己，則謂予爲虎子知己亦奚不可？

小梅舟次

岸山横暮雨，孤艇意俱遲。殘日避高嶺，斷雲補破堤。人家楊柳近，湖水稻粱低。長歌復長嘯，乘風知幾時？

官凝之園亭招飲

園亭非不有，愛此城中山。静聽萬家語，忙偷半日閒。偶憐花倚檻，爲放月開關。即此便安樂，何須更駐顔？

泊蕪湖同姚純甫

蕪陰風月夜，半接晚煙中。平白浪無際，遠蒼知有窮。鄉心隨水泊，家計與舟同。不盡江天意，對之如畫空。

山居

清供隨時有，常如客到門。掃花煎竹葉，破石煮雲根。往者明時去，終焉古道存。敢言躭寂寞？無鬼不須論。

月夜即事

明月照人近，良宵只自看。徘徊不肯寐，孤潔轉相安。樹影常疑鬼，天高豈讓山？清平纔一曲，香露著衣寒。

同趙叔厚遊水西

聞鐘知遠意，破俗借雲山。竹杖溪邊寺，松門日下關。野僧開冷面，熟鳥認生顔。梅子何時落，夷然共往還。

盛蓮生爽園

朝來有爽氣，日涉趣爲園。一部修花史，三間拜石軒。平臺儲月殿，亂竹奏雲門。城市下方近，終年未覺喧。

方坦菴龍井二首

龍井疑乎非世間，髯翁偷得不曾閒。栽花就石央雲灌，補壑藏舟付水關。客至有言頻擊磬，日來無事但看山。陰晴予奪皆相適，更覓何方可駐顏？

置身幽壑已忘還，應是天緣非等閒。文字何曾煙火氣，衣冠全染薜蘿斑。飛橋棧月空懸壁，接屋連溪湊作山。形影此中多少日，寧容一刻不追攀？

寶山

山老不如人耐秋，黄葉漸脱紅顔愁。有聲盡是落花韻，無計可爲歸燕留。香月入林清見骨，寒雲愛日懶成樓。三春每訂三秋去，及至三秋依舊休。

遊敬亭山

春纔十日入山行，新緑枯枝相次生。年煖困人依樹息，餘香出閣伏龍腥。野花無怨自開落，怪石當機不送迎。兩度此中窮眼力，敬亭十載笑虚名。

山居詩六首

自許愚癡不願行，寧終清苦慰空生。完全舊我還他去，博得新閒遠物争。洗菜臨池猜面色，折松下爨息虚聲。横衝絶頂誰相識？静夜山風嘯月明。

這裏雖忙無世情，山靈信美喻殷勤。歸猿攀碎林間月，去鳥飛開石上雲。塵不到門心路絶，聲垂過枕覺塲分。風霜保得孤根在，不受些兒亂斧斤。

芭蕉覆屋鬼藏頭，枕熟黄粱夢未收。一葉人情風上下，半窗天色日輪流。僧歸常帶溪聲入，雲去不貪山影浮。怪底鴻濛傳異事，隨他寒熱報春秋。

半壁煙綃分遠林，日將短褐據蒼岑。風期遇竹時爲籟，山不厭雲常作陰。脉望未成先滿字，奚囊無底謝長吟。閒來贏得多餘事，梁月穿花一曲琴。

菴前樹棄半秋黄，物自榮枯人自忙。曉露霑衣千户月，暮雲歸壑一溪霜。只言紙上功名薄，誰信山中節令長？更憶萬峯深處好，縱開猿鳥脱行藏。

隻履繁霜星火焚，拳頭紫翠搏薌芸。三生石上閒風月，一片山中懶雨雲。花托流泉香出世，木依衆草得超羣。怪來相笑猩猩酒，我自無爲不敢聞。

春日遊龍眠古渡三首

閒溪不作聲，暗暗吞今古。往來渡頭人，不知溪是主。

耳熱李龍眠，眼紅鮑虎子。風流五百年，不爲風流死。

拄杖帶香泥，應是春深處。遊人不肯歸，盡被春深誤。

水陽河

一日只行六十里，水陽河下船如齒。月明不見月中人，一枕相思隨夢起。

自祭四首

生不遇時死不傳，且將杯酒祭生前。予生在世成何事？吾亦難言敢問天。

三十一年骨半枯，敢言痛哭舊頭顱。有家咫尺如千里，只爲顛狂錯讀書。

冷面紅心自作人，風霜雨露樂天行。任他笑破狐狸口，莫把骷髏對鬼吟。

囊有新詩可療貧，肯攜面目與人憎。年來多少英雄淚，盡向風花雪月傾。

別餘溪

山似多情人似雲，忽相聚也忽離羣。雲情似與人情愜，常作山靈露布文。

雨竹贈小玉校書

星星夜雨度修篁，乘醉西風小玉狂。刀尺輕寒敲不醒，美人和夢到瀟湘。

山　中

午煙到枕從來睡，小犬窺爐不管寒。惟有青山相信得，今年還是舊年看。

和吳師時

滿面紅塵杯酒洗，箇中涇渭許誰分？獨憐壯士無顔色，意氣紛紛化作雲。

汪之順

字平子，一字禹行。懷寧人，家於龍山，與桐人士唱酬最密。性温雅藴藉，跌宕風流，每酒後擫竽揳瑟，度曲高歌，使人忘倦。爲詩蕭閒淡遠，有孟襄陽、韋蘇州之風。同里若范小范又蠡、汪瑶若宗周、任克家塾、程子先從大、錢枚一選、蔣素書瑶芝，皆一時詞壇之袖領也。平子晚年自署梅湖老人，所著詩文甚富。瑶若貽我十數篇，卓爾不羣，竊光拙集。予于流寓諸公，必僑居最久者方敢借重；若雪泥鴻爪，偶留筇迹，則未易更僕也。録平子之詩，因念我亡友吴端儀、王仲夷、吴退之、阮子静諸子，不禁憮然。

客來

烈風蕩湖泊，春氣未和柔。物色慘以悴，鳥鳴聲啾啾。夙昔負大志，緬邈思壯遊。乘傳過上邑，擊汰歌中流。結交天下士，輸寫千載憂。此志竟沈淪，徒然守樊丘。黃馘垂素髮，鶉衣披鹿裘。別離鄉里笑，迂拙妻孥羞。半菽日難飽，遑論終歲謀？今晨有客來，時事談不休。弔我老失路，功名等浮漚。聖朝復舊制，明經卒見收。從容待次薦，爵禄沾爾儔。胡爲輕棄擲，日暮空夷猶？予聞三嘆息，塞默還低頭。甚感客意厚，甚愧客念周。士各有微尚，兹焉非所求。平生幽獨意，不爲升斗愁。千鈞弩牙折，鼷鼠寧足酬？斷木被丹黃，何如壑與溝？勸子且飲酒，命婦開新篘。客去予亦臥，到門惟沙鷗。

寄瑶若兼柬不害

又忽一年過，春來憶所爲。看花何處醉，詠史幾篇詩。歲月閒難得，山林老莫疑。孫郎煩寄語，新柳倍相思。

山　行

不厭山行苦，春深聽子規。亂蛩衰草路，一緉夕陽時。野碓春溪緩，繩橋過澗危。久晴知欲雨，撲面有游絲。

甘露寺夜坐

門閉孤燈夜，風生萬壑秋。寒蟲溪共語，古佛客同愁。瓜菜分僧供，衾裯爲病留。疏鐘人定後，殘月上山頭。

谿　邊

谿邊深靚裏，古木響流沙。石髮披山鬼，松鱗蟠怪蛇。渾淪元晝夜，清浄自魚蝦。側岸多幽意，茸茸瞿麥花。

得丁漢公孫子穀家園長寄詩

仲夏竹中飲，秋風又早吹。蒹葭千里夢，鴻雁一羣思。古調向誰操？深心許獨知。開椷蘇老病，吾道果如斯。

飲鄰家

春飲鄰家早見招，不煩争席坐逍遥。高粱魚子滑流筋，蠟酒鵝兒黄滿瓢。真率盡人忘主客，談諧終日是漁樵。歸來膽勇殊堪羡，安步徐過窄板橋。

同麐山漢公不害集園長荷亭分侵字

短檻疏簾夏日陰，過牆新笋緑沈沈。尊前松響茶聲亂，衣上荷香雨氣侵。半夜狂談人縱酒，一燈清照樹横參。中原我輩看摇落，獨有千秋只此心。

汪宗魯

字子梟，號竹巖。懷寧人，侍御時菴公之仲子。順治壬辰進士。初宰浙之縉雲，陞山西沁州知州，奏最，擢工部主事，歷宦二十餘年，所至皆有善狀。與兄宗周家于邑之戴沖，以刑部郎中卒于京邸。瑶若出其漳源近草見貽，爲登其一二，以存崖略。

晉祠登望川亭

夾道飛泉吼玉龍，憑虚霽色想桐封。珠簾欲濺梁園雪，畫閣疑通長樂鐘。古洞老蛟翻怒舞，靈旗水母獨春容。片時少借晴瀾浴，幽澗臨流響夕蛩。

謁文中子祠

學就堪爲帝者師，衡門偃仰託河湄。至今遊笈銅川下，遥憶先生講肄時。

羽士

吴道隆

字易水。邑之麻溪人。九歲出家于郭西太霞宫，從師祖盛東陽遊。東陽爲司徒公族子，嘗攜之入見，司徒公目而異之曰：『此他日瑶臺貝闕中人也。』崇禎末，秦寇躏吾桐，太霞宫圮。會靖南黄將軍援桐，桐人德焉，謀搆祠生祀之，僉謂非吴真人不足潔明禋答父老報功之意，因徙而居焉。易水有道術，驅魅祈雨，屢著奇驗。好畜書，凡真經秘籙、金簡玉繩之篇，以及儒墳梵筴，靡不裝潢精好，手自標記，玉軸牙籤，充牣篋衍。嘗撫而嘆曰：『子孫賢，守吾書；不賢，則粥等敗楮，不如焚之。』徒孫輩執不可，乃止。殁後，斗室扃鐍，封識有年。忽一日火自内出，併其冠劍鐘磬、流鈴羽衣亦盡于一炬中矣。豈神物不久留人間，上帝遣六丁雷電追取耶？吾邑黄冠能詩者，前代頗不乏人，亂後皆莫可考。易水有蟲吟一函，自序而録之。關中李子屺瞻遊吾桐，假館黄祠，見其詩，頗加奬詡而序之，以爲唐吳筠之後身云。卒年八十有一。今其孫陳廷謨亦能詩，豈獨陰符寶訣流傳後人哉？

贈爽園上人

地現仙人掌，林藏佛子家。誦經聞石磬，聽法悟曇花。塔聚烏巢穩，城過日影斜。空談無我相，高致託煙霞。

謁黄公二首 虎山將軍

羽檄轅門至，將軍不願生。雷霆初下擊，風雨但聞聲。死賊退三舍，生靈全一城。至今遺老祭，俎豆萬年情。援桐。

英雄經百戰，忠勇實無雙。浩氣今猶壯，丹心死不降。虞淵争墮日，楚些哭長江。薄暮烏啼急，陰雲繞法幢。殉難。

黄祠前雙柏

我愛古蒼姿，風霜性不移。恥争春色豔，直到歲寒知。西指禪師意，高連丞相祠。老夫多冷落，對此覺偏宜。祠與史相祠、禪度菴鄰近。

招鶴

野性難羈絡，高天何處飛？只貪雲不礙，未報客初歸。刷羽防秋冷，餐芝耐曉饑。好來緱嶺上，笙響振仙衣。

寄友人山居

西來爽氣近何如？君在其中好著書。已識天關多虎豹，肯教霞渚遯樵漁？坐沈紅燭茶聲細，吟倦蒼梧鳥夢疏。爲語山靈休逐客，秋深來訪薜蘿居。

遊齊山

江南風力老蒹葭，北陟齊山望九華。人共白雲棲石屋，歌聞紅葉隔漁家。牧之原上餘秋草，武穆亭前亂暮鴉。憑弔不堪秋思起，疏林遥見月痕斜。

寄古槐上人

萬緣俱已託虚空，秉燭風吹調自同。手植一槐佛子種，身依五柳梵王宫。通宵坐悟蒲團上，竟日行吟竹徑中。飲水尋源誰得解？好將四大任西東。

衲子

以下係諸方高僧，或卓錫桐邑各刹，或瓢笠偶憩者。

釋浄倫

字大巍。雲南昆明人。生宣德丁未，以正統庚申出家，禮本府太華無極泰和上受禪學，戊辰徧歷諸方。天順癸未，參古庭和上，于浮山住持最久。有竹室集。與天童懷讓同時並闡宗風。錢虞山選其詩入列朝詩集，虞山謂大巍得法于浮山古庭堅公，今山足斧公輯浮山志，但以爲參古庭和上，乃詩篇中載七絶一首，直以爲古庭學公。按，虞山稱學公以洪武三年居光福，浮山志稱古庭以宣德二年見知于侍御張公，至弘治六年癸丑坐化，年歲相距懸絶，意大巍得法之師，其爲學公、堅公均未可臆測也。虞山録學公詩三首，頗有可采。浮山七絶，苦不甚佳，寧闕疑以俟後之君子。

松陰小憩

風來石上松，僧坐松下石。洗鉢將煮茶，溪流漾晴碧。

釋洪恩

字雪浪。金陵黄氏子。年十二出家長干寺。錢牧齋云：『事無極法師，般若内熏，夙習頓現。讀内外典，利如奔馬，不勞問辨而堂奥歷然，以無師智得大辨才。憨大師北遊，遂以弘法爲己任，日據華座，講演諸經，盡掃訓故，單提本文，拈示言外之旨，恒教學人以理觀爲入法之門。説法三十年，如摩尼圓照，一雨普沾。賢首一宗爲得法弟，得繼席者以百計，秉法而轉教者以千計，南北法席之盛，近代所未有也。』又云：

『公自言不讀萬卷書，不知佛法。博綜外典，旁及唐詩、晉字，帷燈□被，日夜不置，丹黄紛披，几案盡黑。萬曆中，江南開士多博通詩翰者，亦公與憨大師爲導師也。』虞山之言如此，其推崇者至矣。公嘗開講華嚴，有浮山長歌。志稱，公愛連雲峽如雪浪翻空，因以雪浪名之，即用此署别號。虞山謂公晚年開接待院于吴之望亭，以勞苦示寂，歸葬于雪浪山。又似乎雪浪非連雲公之别號，亦不因連雲得名也。然觀虞山所録，如夜泊慈姥磯、望江南諸山及廬江冶父山居諸作，則公之開講華嚴無疑矣。

遊浮渡長歌

紫霞關外逢吴季，滿目山湖共相計。福城東畔澹居來，頓入聖巖歡喜地。宰邑祠堂不用尋，白雲紅樹亦森森。蒸嘗俎豆惟衰草，蔽芾甘棠勿剪陰。遠祖因棋曾説法，坐隱嵓中留卵塔。想像當時舌上鋒，勍敵歐陽亦解甲。太古初開此畫廊，虚空爲牖石爲梁。雲興霞蔚風司閉，蘿薜垂檐覆篠篁。忽然步出蜿蜒竇，千尺蒼龍亦何瘦。遍身鱗甲點莓苔，萬里風煙若馳驟。凝眸左盼仙人橋，只合凌虚上紫霄。奈何珠宫秘叢棘，致令鸞鶴杳難招。一派河山横九帶，假説三車在門外。鏡臺交涉影重重，草木騰暉俱法界。當年法雨潤閻浮，今日蒿里山鬼愁。須知極樂七行樹，只是西陵松與楸。臨岐側入滄溟島，拾得交棃並火棗。

比鄰羅漢石爲僧，鎮日談玄似娱老。連雲峽映繞雲梯，雲開雲斂行欲迷。煉藥臺邊聊爾過，圓通祇在小橋西。太華峯頭飄一瓣，梅恆利國濟悲願。非關蜃氣結樓臺，準的循聲現宮殿。紫竹林中鸚鵡飛，躋攀磴道陟崔巍。松間忽賜金莖露，望入天池下翠微。歸去仍經三曲洞，三十六嵓口裏誦。纖毫不動往來遊，始知無用成真用。暫息重登補衲臺，半壁青蓮雲外開。夾道垂藤間修竹，箇中能有幾人來？路寢張筵邀夜月，茗碗爐煙緣小結。橘樹栴檀信手拈，那辨淄澠黑白葉？霏微露氣冷侵人，一語能回滿坐春。直下盡抛人我相，何妨雅俗事兼陳？道本並行不相悖，鹹淡甘辛名五味。性相禪宗縱爾分，要在伊人自心會。病若痊時藥亦忘，五更枕上再思量。直木先伐甘井竭，好處抽身羨子房。世出世間元大夢，傀儡登場須撮弄。驀然平地起風波，覺後還自知身痛。

夜泊慈姥磯登絶頂坐月

踪迹元蓬藁，天涯自往迴。秋風隨去櫂，夜色共登臺。石面潮初落，江頭月正來。最高思欲卧，清磬一聲催。

出劉菴晚步望江南諸山有感寄同社諸友

荒原無歷覽，直視但丘陵。斥鷃飛盈步，波臣水僅升。莽煙孤晚岫，疏樹出寒燈。目斷鍾山色，空餘望裏登。

答王百穀虎丘送別

林棲同倦鳥，山寺晚鐘殘。霜涸秋潭冷，風疏夜磬寒。榻方懸半偈，錫更指長干。欲就浮丘聽，難禁別鶴彈。

秋日過蓀谷訪石公

盤溪曲磴趁攲斜，行盡芳蓀始見家。門外空多萬巖壑，可中不滿一袈裟。經年石瀨常疑雨，每日林香未辨花。此處白雲紅樹好，休容車馬破煙霞。

秋日過吳氏經閣

誰向空門學布金？新開龍藏樹衹林〔一〕。衣裁薜荔頭陀製，人類蓮花不染心。旛影到溪成梵字，經聲出閣總潮音。氤氲細細靈香散，識得諸天莫外尋。

冶父山居四首

亂石砌成茅屋，編柴夾就疏籬。繩樞葦門晝掩，任教霧鎖風吹。

風雨杳無人至，閉門静裏生涯。詩字蒲團經卷，燒香汲水烹茶。

定起一聲清磬，經行幾轉雲堂。課畢篝燈松火，摘來柏葉生香。

食至三聲鼓響，茶來半點經圓。四衆和雲散去，衹留明月階前。

冶父山中有懷方丈菴

東嶺初升皓月，西林漸没殘霞。散步歸尋邊筭，乘涼摘到新茶。

望亭飯僧作二首

借得人家隙地，中藏幾樹梅花。旋搆數間茅屋，欲談一卷楞伽。

屋後一灣流水，門前幾點青山。雲去月來橋上，鳥啼花落林間。

祇樹菴

竹映窗前水漱門，數聲幽鳥報朝昏。行來恐踏苔痕破，目送山雲過遠村。

釋德清

字澄印，號憨山。族姓全椒蔡氏。年十二入報恩寺，與雪浪恩公並事無極法師北遊，參徧融、笑巖，偕妙峯登公棲北臺之龍門。大事既徹，慈聖皇太后建祈儲道場，實主其事。未幾，黄冠難作，坐私造寺院戍雷陽，時兩粤患税礦之使，公以佛法攝受，所全活無算。嘗挂錫浮山，有詩，錢虞山謂其伸紙信筆，一一從光明藏中流出。萬曆間，公與雪浪恩公先後來浮渡，不可謂非山靈之幸也。

癸卯初度自五羊之曹溪舟中作

今朝五十八，明日五十九。未來不可思，過去何所有？世相空裏花，毁譽鏡中醜。不推羊鹿車，喜隨牛馬走。自媿膝穿蘆，卻怪肘生柳。髮散少冠束，面厚多塵垢。戰退生死軍，打碎無明臼。使盡老婆心，笑破虛空口。兩岸既不容，中流非所守。來往任風波，去住絶偕耦。天際望長安，寒空一回首。回首問時人，誰是儂家友？

遊浮渡歌

空中一島鎖青霞，宛如香海浮蓮花。巖龕石竇花簇蕊，又如帝網珠交加。我來遥登華藏界，一開雙眼無遮礙。周圍行樹影重重，分明炳若瓶中芥。横空殿閣雲中影，法身不動青山穩。飛來花氣暗香浮，習習侵人重衲冷。曳杖撥開巖中霧，怪石崢嶸若棋布。指點還如數列星，一噴青天灑飛唾。石門磴道一線通，側身半壁足不重。猿行鳥度亦不易，何如使我筋力窮？扳蘿直上妙高頂，眼底湖光霞布錦。足未離地身合空，回看亦似冰壺影。小轉還過會聖巖，雲廊石室何奇哉。遠老因棋善説法，黑白未兆令人猜。渡溪西上蓮花石，朵朵金蓮從地出。徘徊不見花中人，但聽松風廣長舌。回禮金谷丈六身，虛明無地容纖塵。劫火洞然此不壞，始信蒼崖是本真。我欲誅茅依石室，餘生借此藏踪迹。倘得安眠白日高，身心世界都抛擲。如何捨此從他去，一葉浮空總是寓。不若快便早歸來，休教猿鶴長相憶。華藏從來是故宅，行盡十方出不得。潛身頓入一微塵，何人于此知消息？

山居

髮不如心白，形還似木枯。衆緣閒處盡，一念看來孤。天已容疏拙，禪應離有無。餘生當落日，步步是歸途。

舟行

湘水通巴漢，孤帆入楚天。片雲低遠樹，晴日照斜川。處世常如寄，浮生莫問年。縱遵歸去路，亦似渡頭船。

抵廣州寓海珠寺

天涯歷盡尚遐征，百粤風煙不計程。涉險始知塵海闊，道窮轉見死生輕。暫依水月光明住，偶向琉璃寶地行。到岸舟航今已棄，上方鐘鼓爲誰鳴？

寄浮山澹居鎧公

浮山九帶事如何？回首當年已爛柯。爲問夜深趺坐處，白雲明月是誰多？

釋法鎧

字澹居。長洲趙氏子，紫柏可公之法嗣也。住持浮山之會聖嵓，曾主華嚴寺法席。道望隆重，詩詞書法，皆傾一時，示寂于雙徑。門人清隱亮公奉全身歸浮山，塔于翠微峯之西。

醉翁巖

靈芝石下路難通，逕轉峯頭憶醉翁。豈謂醉翁嵓寂寞？更聞鷄犬在其中。

釋本智

字朗目。雲南人。其地有朗目山，因以爲號。徧參諸方，遇紫柏老人，參扣入室，署爲首座。至邑之浮山，見遠祖道場久圮，與吴觀我宫諭、阮澹宇太守倡議興復，檀施雲涌，頓成寶坊。萬曆中，敕賜藏經，永鎮祖庭。公即雲遊五臺，甲辰再至燕中寶塔寺。

乙巳冬，寓廣慈菴，爲衆講楞嚴經，甫第二卷，一日，以書辭丘太史禾實，丘甚疑之。三日後過訪，公以閉目示寂，端坐如生。遂荼毗，塔于浮山。

坐木蓮閣

小閣千嵓下，幽棲一病禪。燈懸天上月，茶煮谷中泉。石潤巖飛瀑，林昏樹吐煙。有人來問法，惟指木開蓮。

懷古

憶昔歐陽子，來參遠祖禪。收枰談實相，豎拂了重玄。究竟形名外，單傳黑白前。至今趺坐處，枯石長金蓮。

浮山解制

千日禪關解制時，秋風吹動紫伽黎。白雲片片横金谷，流水潺潺下石溪。錫杖竟飛天柱北，鉢囊争出石門西。因缘聚散初何著？獨向寒山樹影棲。

護敕藏歸浮山

紫泥飛上妙高峯，水石山雲寂照中。三十六嵓沾化雨，百千萬劫吼仁風。木人來問三生訣，石女親承九帶宗。世出世間無異法，只教心與太虚同。

蓮花石

三十六嵓今又别，蓮花一日幾經行。道人去住原無著，爲憶天池夜月明。

釋佛光

字慈照。新安人。臺山月川之嗣，朗公剃染之孫也。萬曆甲寅夏，掃朗公塔于浮渡妙高峯，吳太史客卿司馬本如請主五印寺。晚年以百金入浮山華嚴寺，爲歲輸賦入之資。未幾遷化，其徒覺成塔于寺莊之後。所著有石林水居詩一卷。

亂後歸浮山草堂

且喜干戈息，雲門返客舟。青山仍在眼，白髮未盈頭。風月供新偈，煙霞守故丘。籬邊松與菊，猶爲草堂留。

垂虹井

千尋裂石罅，迸出流泉泠。菴廢緑蘿凋，井前有緑蘿菴。渴虹垂下飲。

釋行岡

字千仞。楚中名家子。少隸諸生，以秦寇之難皈心浄業，薙髮出家，得法於箬菴問公。開堂五祖，拈椎豎拂，有一代龍門之風。因掃遠祖塔至浮山，遂主華嚴法席。據室云：『未開雙眼，誰敢當軒？死卻偷心，方許入室。然雖如是，更須勘過。』始得詳載語録中。曾有重修華嚴序，欲振起圓鑑宗風，與姚休那居士爲方外交甚善，後復歸五祖。吾鄉聖安省禪師，亦其嗣法龍象也。予族叔秀三名瑜芝者，年二十，已婚冠矣，一旦徒步謁五祖，腰包杖錫，從公受具戒，非聞風而興者與？

九日懷友

兩度逢重九，偏君不在家。昨年頭未秃，此日帽尤斜。是處罹烽火，何心問菊花？故鄉已愁絶，況復走天涯？

金　山

到來山寺裏，不復記寒温。瓜潤風煙介，波濤晝夜奔。三秋淹越客，千里見荆門。天下滔滔日，中流一柱存。

贈姚休那居士

此去欲何之？叢林有一枝。藏身兵燧日，投足水雲時。莫厭儒無術，甘同我不辭。消磨俠烈氣，木槵與軍持。

示居士

浄名終假相，示迹滯毗耶。病是衆生病，家非居士家。磨磚難作鏡，種粟反成麻。心境俱忘處，長宗一雁斜。

和文光法師挂瓢半塘寺

生平無奈此瓢何，齋罷應須挂薜蘿。不逐孤雲千里去，且同流水半塘過。心頭自覺無些子，肩上如今輕許多。樹有松花池有芰，免將口腹累檀那。

淮陰雪中過通源寺訪萬年少先寄至拙上座

淮水東頭叩夜禪，此身來往意飄然。玉禾疑是栽天上，金粟分明現寺邊。古路竟封三日雪，故人只隔一林煙。待君爲我開方丈，不是山陰訪戴船。

同何無咎遊江心寺

不妨喚作小蓬萊，懷抱欣然到此開。萬里潮方將塔撼，兩邊山欲渡江來。忽增陸地浮沈感，因想中流砥柱才。好向海天窺彼岸，與君更上一層臺。

示、、菴

拂衣不使染紅塵，三十年來出世身。開士曾爲名下士，道人原是讀書人。法從白馬經中悟，心與黄金座上親。此日既承予記莂，圓、、三點越尖新。

與宿松下院月珠和尚

十里鐘聲覺路賒，微分蓮漏滴平沙。上堂自任新靈隱，下院重開小法華。月印長川珠吐蚌，松凝宿露石生霞。高樓莫厭無酬和，時聽樵歌送晚鴉。

寒夜同友宿育王寺

嶺松凍色轉蒼蒼，老至重來禮育王。客暮但聞僧梵唄，童時曾見佛毫光。芒鞵踏碎寒山月，竹杖敲殘曉院霜。一夢恰如過一世，與君商略覓津梁。

釋大艤

一名元來，學者稱無異和尚。舒城沙氏子。生而白衣重包，葷酒不入口。十六遊金陵，聞法華于雪浪恩公，遂禮五臺，祝髮于静菴通公，得法于壽昌老人。二十八居信州博山之能仁寺，六和麇至，四事雲興，博山宗風烜赫義林，才辨聞望傾于一時。天啓丁卯，聞父訃，奔舒城，取道吾鄉，盍簪盈缶，實蕃有徒。予小子年方髫齔，親受摩頂之記，惜稚齒無知，不能入其鉗錘。師慈容浄滿，道骨堅凝，眉采煒然，春秋在顙，法筵清衆，不肅而嚴，刈麥負薪，無不人人，委蛇詳敘，若有深湛之思者。行業具宗一先生塔銘中。予捃摭師詩不可得，方子素伯從錫類法檀中搜得十餘篇，皆慈社贈答之作也。嗚呼，師豈以詩重哉！

次韻答謝中隱居士

錫飛桐子國，皈向意紛然。不染三乘教，寧參五味禪。經行稽古道，趺坐聽鳴泉。笑徹清涼夜，相逢話月圓。

釣魚臺度歲

臘盡纔聞訃，孤舟趁夜回。澄沙無鳥迹，深樹有猿哀。江岸何時到？家庭少客來。思親兩行淚，先落釣魚臺。

雪夜哭父

昔世尊爲父金棺扶櫬，涅槃時，諸天血淚如雨，大權示現，不斷世緣。戒經云：『孝名爲戒，亦名制止。』慟哭深思，非情想所及。因書哭父偈示諸從行者。

親墳在咫尺，何事苦羈留？夜雪飄無歇，寒鷄叫不休。悲思驚坐寢，血淚染溪流。天憫緇衣孝，青山盡白頭。

舒城渡河

河下白如練，煙雲照淺流。近城禽解語，抵舍客生愁。骨肉無青眼，兒童半白頭。荒郊高纍纍，盡是故人丘。

過水松方丈

水勢穿山谷，松聲落澗泉。凭欄占雨候，正值杏花天。

舟次梅溪

水闊如舟小，雲深見樹低。掀篷問渡子，説是小梅溪。

謝吳石生居士

會晤須臾與道交，泥途百里不辭勞。將何人事酬君去？獨有歸家路一條。

釋元亮

字清隱。河南郾城崔氏子。三歲出家于里之普濟寺，既而參學諸方，慕紫柏老人之風，徑造浮山，見澹居鎧公而皈心焉。深究大乘，卓然有得，還郾省親，開講廣教寺。天啓辛酉，鎧公世壽六十，特來浮山祝之。慕壽昌經和尚，開田説法，爲本分鉗鎚，遂于石龍峯左，就地高下畇壄數畝。博山老人别浮山，公送至皖上，博語諸君子曰：『老僧去後，欲了此事者，當知四卷楞伽在清公處。』厥後，公名益著。一日，忽示微疾，偈云：『逢場一事正商量，拂枕秋風一夜凉。紅葉更從霜借色，清泉好爲月儲光。臨川魯叟寧知老？藏壑莊生不是狂。了了乾坤雙眼在，鏡中花發木樨香。』又自撰塔疏。集衆辭行，衆問曰：『師此行後何處相見？』曰：『迸水定香侵案濕，雨花應供石牀平。』向空一擲而逝。

吴蓮舟居士雨中見寄依韻奉和

妙高峯頂白雲深，流水桃花滿碧岑。拄杖有無誰與奪？空拳破雨好追尋。

釋戒顯

字願雲，號晦山。族姓吴門王氏。本先朝明經，少與吴太史梅村同學。甲申後，薙髮出家于玉峯之海藏，爲靈隱具德禮公嗣法弟子。公嘗語之曰：『網宗者，人能講，我能用。先師當日鉗錘，晚年始獲其益。此即我三峯家法也。』其接引直截如此。曾住黄梅四祖，又挂錫匡廬，道經浮山，流連不忍去。有别金谷巖詩。

別金谷巖

浮渡名嵓金谷傳，嵓中石壁滿金仙。當頭突起碑無字，滴水飛來甕有天。樓瞰千峯青嶂鎖，關通一竇紫霞懸。出門纔揖塵中去，又向漁磯覓去船。

釋慧琛

字魯南。自稱西蜀趙氏子。與檗菴熊魚山同門，投分最深，皆嗣法於靈嵓繼起儲禪師。人以爲雪菴和尚之流，公終不自言何許人也。因禮投子，遂主崇福祖庭八載，復振慧燈宗風。著有語録一卷，程奉常立菴爲序其首。後入南泉示寂，建塔獅山。臨行，屬侍者以衲衣拂子寄息心居士云。

洞天深處在王屋崇福寺西澗

洞口流雲濕，煙花接翠微。參差藏怪石，縹緲映斜暉。懸瀑傾松頂，鳴禽繞竹飛。悠然尋樂處，誤入竟忘歸。

酬趙以贊居士時往靈嵒省覲老人方歸

多年淪世路，幽夢到天涯。短杖親師日，深山舊士家。倩啼尋宿鳥，過樹看飛花。遥憶溪邊月，輕舠歸路賖。

禮浮山遠祖塔

多年棋局未曾終，此日看山到此中。舉手不辭三拜竟，識心猶賴幾人同。巖深無隙投新月，洞冷當門拂曉風。策杖且隨流水去，漸看蒼翠濕空濛。

丙戌春侍本師儲老人南還兵阻平江老人以蠻奴赤脚上皇州之句命成一絶

蠻奴赤脚上皇州，暮雨酸風大地秋。古廟裏頭回避得，一身還有一身愁。

朱能及居士七十

大道由來絶古今，殷勤何必問從心？野情豈效華封祝？指出南山最上岑。

浴佛日趙以贊四十步韻

梅子青青接暮春，碧池摇影笑相親。一年一度花開日，七步周行試此身。

釋道盛

字覺浪，别號杖人。閩浦張氏子。戒秉博山，法弘東苑，曹洞一宗，賴以振起。順治戊子春，從白門來會聖巖禮遠祖塔，時方觀察蛟峯欲請主浮山法席，會白雲巖有揭竿起者，寇且至，四衆駭散，公晏然端坐，笑而遣之，不獨名山祖庭旛幢無恙，環山村舍亦安耕芸，公之賜也。小龍山中方寺迎請應浴佛之期，猶有再來重興之約。後十年，其門人藥地智公自青原諾浮渡之請，非再來之徵耶？公行業詳劉黄門良弼所撰塔銘中。其徒竺菴成公狀之曰：『師雖嗣法洞宗，五宗並舉；主盟佛教，三教並弘。』劉黄門以爲定論。公與憨、雪諸公不必以詩重，吾取其不落禪諦者，爲風雅之一助云爾。

再入武夷見玉女峯

山水有奇姿，幽貞夙自負。亦時懷隱憂，未獲良人晤。我憐窈窕情，惻然返故步。初見恍夢思，如怨復如慕。深感白頭吟，素琴猶在御。一撫心爲悲，再撫心爲悟。指月盟寒潭，佳期勿再悞。

與方爾止紀伯紫唐髯孫諸子夜坐尚論古今忽及方子留少年英烈創感于懷賦此

人如比干心可剖，心如比干人可友。泰伯文王尼父取，舜子丹朱誰下手？文字知見怪掣肘，癡忠愚孝視敝帚。試問于今還有否？驀然叫出方子某，驚起杖人只搔首。

張興公六十拈此示之

在昔嘗高陶靖節，退身一步真人傑。門栽五柳自依依，乞食不愧言辭拙。如今想慕無其人，喜君學道能安貧。甘老丘園課耕讀，自呼六十葛天民。

山事二首

十年隨一杖，所至草離離。樹是團蕉屋，石爲無字碑。此中休夢語，別路有誰知？兩袖乘雲起，飛花點墨池。

小窗收靉靆，古澗送潺湲。苦竹常留徑，高松自護關。眼惟憐白紙，天只許青山。出没浮雲態，容予坐看閒。

懷浮山遠祖

尚論宗門奇特事，輒於遠祖不勝情。五絲將絶誰兼命？二桂中興獨主盟。葉縣盤根千古峭，太陽翻茂兩眉清。兒孫碌碌盈寰宇，幾識浮山脚下行？

博山老參往桐城候何芝岳相國吴觀我太史

博山雷雨過龍眠，潘窟騰空總電鞭。瓔珞光中垂兩手，雷霞洞裏只孤拳。浮丘金鳳飛還息，投子青鷹夢自圓。赤脚油餅相見笑，千秋一帶與誰傳？

南屏懷古似左三山侍御

重振孤笻入武林，湖山影影照人深。南屏一帶春風起，吹我蒼茫弔古心。

浮山嚴公來

青鷹收翼入人懷，赤脚桐城特地來。話到指天金谷下，棋盤石爲掃蒼苔。

皖桐王以介太史過訪

歐公曾試浮山遠，棋局拈來別有禪。今日儼然相晤對，當機一著請君先。

山遊次更生韻示竹關無可

神烈山前剩幾松，冰霜有路護茅蓬。竹關枕子墮地否？濺血漫天感此風。

釋如清

字石浪。族姓陝西城固顧氏子。七歲謁際虚和上，祝髮紫柏山。九歲依梅谷和上，研摩内典。十九入都，徧參講席，雪浪、月川、高源諸老人以法器期之。二十五受具于古心律師。喜修禪觀，嘗結茅于匡廬金輪峯之下，禮憨山清公，多所咨扣。又訪博山，謁壽昌，遊峨嵋，登瓦屋，提杖參方幾半天下。晚乃歸憩慈雲，應檀施張方伯之請，結宇栴檀，以崇禎庚午仲春示寂，塔于栴檀錦峯之左。世壽五十三，僧臘四十六。有枯木吟、幻關草，博山老人與吴樞部雪厓爲之序。五言近體其最優者。予嘗謂慶陽學杜，其悲壯處猶有車轔、駟鐵之遺。公秦人也，何其喈喈雝雝似吾桐音？其寶月、清晝之後身乎？公順世已五十年，予采詩榆社，摭及緇黄，其孫擴慈禪公出其遺篇，繕寫精好，新如未觸，且縮其伊蒲之饌，用供殺青。又屬予點定全集，將鍥專稿以行世，法中未易多得也。

宿彭澤縣懷陶淵明先生

維舟彭澤岸，遥懷靖節風。詩書自娱樂，微官糟粕同。永辭五斗禄，歸臥柴桑中。豈知利名貴？惟虞尊酒空。或飲栗里間，或醉籬菊叢。門前種五柳，鄰多素心翁。相與話桑麻，歡笑忘其窮。誰是知音者？東林一遠公。

坐桂花下寄成都離微兄

桂影婆娑大如斗，落花滿地莓苔厚。香風吹月上花梢，月照花神開笑口。忽憶成都闢主師，未知近狀能佳否？別後音塵十載餘，我意問花花不吐。欲折一枝贈遠人，水遠山長不耐久。摘花和墨寫新詩，寄與竹林蓮社友。一年一度見花開，百斛離愁掃復來。安得雲中飛錫至？與君共笑桂花臺。

信州江行

好山連不斷，江路轉迢遥。曉霧半帆雨，秋雲一潤潮。高樟藏野寺，古柏隱危橋。慣得遨遊趣，孤身未寂寥。

匡廬雜詠

逕隨流水入，門向衆峯開。亂竹排雲上，一聲幽鳥來。繙經花影動，鳴磬鶴飛回。招隱泉非遠，攜鐺就緑苔。

不寐

夜長清不寐，擁衲坐焚香。霜氣肅羣動，燈光冷一房。秋蟲鳴古砌，疏月卜寒塘。遥憶山中侶，藤蘿覆石牀。

憶廬上舊居

出户見層峯，悠然憶舊踪。門應荒草合，路是白雲封。霜落初收稻，天寒未種松。塵紛不可住，歸去學降龍。

賦得白雲多在山

本是無拘物，如何意不閒？暫隨龍出岫，又逐鶴飛還。静宿池邊樹，閒依户外山。知予多寂寞，夜夜伴柴關。

留别知己

蘭若西山静，安禪不記春。言辭同席友，歸覲倚門親。沔水元通楚，江帆望入秦。縱然重聚首，俱是白頭人。

霧中山宿見宗老人房

信宿雲中寺，欄干薄暮凭。因尋功德水，得訪薜蘿僧。下榻千峯雪，懸燈一澗冰。石楠花樹上，山月影層層。

憶舊遊

西川饒勝概，瓦屋與峨山。奇妙甲天下，高寒出世間。僧居雲霧窟，人訪雪花關。曾記攜詩句，峯頭對月删。

謝中隱居士雨後見過

山寺雨初霽，詞宗著屐過。雙塘春草合，一逕暮煙多。芳樹徧喦谷，寒泉挂薜蘿。竹房懸半榻，留待老維摩。

送姚純甫居士由浙之閩訪兄心甫明府

山水有知己，忻君快意行。趁潮逢夏爽，得句愛江清。帆影懸吳越，琴堂憶弟兄。荔枝逢到日，飽食話離情。

過劉白林居士小山

幽尋得此地，不與世人通。盡攬千峯色，都收一户中。風摇藤壁亂，花逗嶺雲紅。小坐消塵想，彌知君念空。

新秋酬汪克下居士

好雨灑新秋，乾坤暑氣收。雲依山谷動，溪抱石塘流。作賦看司馬，談經憶惠休。匡廬蓮社近，吾意一瓢遊。

酬劉大理燕及先生

遺民歸社早，支遁尚躭吟。偶爾一交臂，永懷千古心。春花連雨發，紫蕨入林尋。脱粟黄齏供，何妨亦抱琴？

題楊蘭似居士書堂兼示倪君夷茂才

楊子愛禪棲，書堂傍虎溪。龕燈分佛火，林吹送仙鷄。牀下泉聲響，松梢月影低。詩情兼梵詠，踏徧數峯西。

春日贈能止兄

一鉢辭岷水，長年未得歸。禪詩貧後進，鄉夢定中違。蘿薜裁春服，雲泉暢道機。夜涼羣籟静，山月映柴扉。

早春送印弟過九華訪青蓮社友

春澗冰初泮，芒鞵别玉屏。渡江一水白，到岸九華青。秋浦雨中過，寒潮月下聽。芙蓉多舊識，杖笠莫辭經。

別岷嶽弟

纔辭巫峽險，又進劍門程。只是添愁思，那能增道情？荒煙迷野戍，大雪擁山城。行盡褒斜谷，應知白髮生。

柬謝中隱居士

出郭山根五里遥，錦雲峯對矮松寮。千章古木圍溪口，一道寒流鎖石橋。眼倦抛除文字障，心閒贏得酒杯消。幾回掃徑茶瓜熟，爲愛清言破寂寥。

自博山回柬諸知己

博山參罷趁寒歸，幾度懷人在翠微。江雨半帆懸客夢，溪光數畝染僧衣。雛僧掃石和雲動，倦鳥投林帶雪飛。自是名心都歇盡，錦峯深處掩柴扉。

送岷嶽師弟習静江南

江南名勝多奇絶，九子齊山可卜居。臨壑有階須種竹，傍湖搆閣好收書。天台雨過諸峯净，秋浦霜歸萬木疏。若向翠微亭畔望，試尋山谷字何如？

冬夜書懷

木落猿啼霜滿空，露華寒浸梵王宫。百般幽事來心上，幾處名山入夢中。樹影静依蘿薜引，泉聲遥與石龕通。應知此夕懷人處，月照松堂萬壑風。

思鄉

一度春風一倍愁，思鄉無日不登樓。愁心欲寄襄江水，不肯回頭西北流。

方赤城先生來遊匡廬覓予時予居金輪峯不果一晤賦此寄之

瀑布金輪景更奇，美人何事不攀躋？自慙住處雲峯冷，拄杖無緣伴虎溪。

張欽之梨園

十里松聲爽客心，蘿門窈窕碧沈沈。殷勤預與梨花約，待到春來月下尋。

送剡水公齎錫類法檀上博山

兩岸霜林映水紅，法檀穩載碧流中。秋山似識曾遊客，齊立江頭送剡公。

答客問小徒到家消息

瓢笠星霜三月周，計程應到錦江頭。縱教雨雪羈行李，不在嘉州在簡州。

釋海珳

字與疏。舒城羅氏子。年二十剃染于大羅菴。大羅者，先高祖侍御成宇府君萬曆中建于郭北，延律師祖西印公結方外交。印公戒律精嚴，單提念佛以攝禪淨，邑屋中緇素傾慕，法施雲湧。高足首推克賢，次則與疏。崇禎末，菴火于賊，偕師弟屆遠訂公溯遊三吳，參訪耆宿。順治初返鷹阿，就其田廬，以興復爲己任。不數年，殿宇告成，弘敞鉅麗，視昔有加，公與訌公之力也。公專修净土，晝夜可四五萬聲，行業專勤，風規温雅，里人無知與不知，皆爲公屈第一指。康熙癸丑除日，示微疾，沐浴而逝。所著有鷹峯散話。予爲詩挽之，有云：『龕室在時常入定，佛聲寂後尚如聞。』蓋實録也。世壽六十有九，僧夏亦幾五十，塔于大羅菴之西。一時古鏡有寂弘字窮崖者，與公兄弟善，公嘗誦其秀句，如梅花云：『流香出古洞，和月照柴關』，『恐教春草見，預向冷泉開』，『澹月霜中洗，疏煙石上籠』，『曉含江日笑，晚逐笛聲涼』；雁字云：『一片錦心藏萬古，幾回霜翮掃孤峯』，『四海坑儒因獨免，何人把筆再删書』，『數行整似連珠體，一陣斜如指日戈』；雪夜云：『翻疑林下春催到，只道窗前月曬來』，皆賦物之雅奏也。或以其出于青衣也而少之，不知吾鄉青衣能詩者頗多，如桂林馮來子之『月來梳石影，風過縐溪痕』，『臨池徒乞米，彈鋏不歌魚』，『淒風敲瓦背，孤月到牀頭』，『楊柳欲花堤影白，芰荷得葉水痕青』，『夜當涼後纔躭酒，月到明時卻戀秋』，『家貧未畢兒婚願，道阻難尋父骨歸』；延陵孫肇先之『霜草無人迹，枯枝有雀巢』，『亂煙縈柳絮，細雨落桃花』，『寒江帆影落，古戍角聲高』，『沙田留鹿迹，煙樹隱烏窠』，『三湘柳色空迎眼，二月梅花未寄家』，『兩度桃花千樹滿，百年耆舊幾人存』；

廣陵蔣慧士之『窺窗微月影，覆屋老桐陰。鳥語一時歇，鐘聲數里聞』，『選樹鶯啼如喚友，浴溪鷗夢解參禪』，『病倚孤燈爲老伴，身如落葉逐輕塵』，『黃金結客交難薄，白髮驚人老未歸』，或清雋，或輕妍，俱有鑪鞴，豈呻吟左氏，解讀靈光？其漸摩者，素與吾家蒼頭師善者，年垂七十，亦知詩，今且長齋持誦，皈心禪悦，而惜乎予之不及穎士也。

夜坐

坐看秋夜月，風動衲衣寒。雲隱山光浄，臺空鳥迹殘。心閒名利薄，事少夢魂安。遥想彌陀院，情深法喜餐。

登投子山和韻

尋幽趨勝地，芳草帶春寒。曲徑雲埋久，祇園鹿占寬。鐘聲前代迹，檀板俗人彈。先哲歸何處？遺踪淚眼看。

過三慧菴訪古達師拈翠旭韻

緑樹參新竹，茅菴舊隱家。有池堪映月，無地不栽花。列石先爲座，開山已種茶。劇談時易久，窗影日西斜。

山居雜詠

一寓鷹阿已十年，眼前木石盡皆禪。消閒曳杖行松徑，解渴攜盂汲澗泉。掣斷玄關堪脱屣，吸乾香海可栽蓮。年來行脚根機劣，説法何須豎大拳？

重過海會菴訪憨石禪師

芒鞋不怯路行難，重破雲關躡碧巒。登嶺衣霑朝露濕，渡溪足踏夜泉寒。凌空松竹增新翠，彈指樓臺勝舊觀。話久頓忘更漏永，頻添薪火足盤桓。

次哂大師韻

細縫雲衲禦寒霜，懶與鄰家較短長。風捲秋階桐葉冷，月明茅屋老梅香。閒常倒屣迎佳士，貧不將詩謁貴郎。無限清幽消未盡，名場蝸角任人忙。

悶雨柬蜀藻居士

春花失意也堪悲，每恨風敲雨打時。茅屋破愁禪榻冷，竹簾輕怕佛燈危。一條白瀑雲遮練，數朵青峯翠斂眉。鐺底縱餘三合粟，生柴旋斫午炊遲。

悼汪海度居士

撥草瞻風事正濃，誰堪遽隱入雲峯？緇衣也灑青山淚，門徑空餘碧蘚封。

奉和蓮池和尚多娑婆韻

月到幽居趣更多，竹窗斜照影婆娑。謾言古道青煙合，勘破雲山指路婆。

釋本正

字曹水。西蜀之瓦屋山人也。爲石浪清公上首，禪定之餘，旁通儒典，肆力詞章，有清公風。

聞蟬

天朗暢新晴，春山蟬忽鳴。予心渾不覺，客意若爲驚。花暗聲逾切，風迴響更清。微依松竹下，如助苦吟情。

山夜

涼宵羣籟寂，事事愜幽情。竹影摇窗浄，松梢挂月明。鵲來林有伴，犬静夜無聲。徙倚孤燈下，吟詩一倍清。

秋日歸栴檀林

入郭情偏倦，歸林興轉幽。亂山黄葉落，一逕碧溪流。古木寒鴉集，新霜淡日收。千峯頻到榻，坐看野雲遊。

薄暮喜虎子見過

淡日落谿口，薰風送竹涼。晚煙迷野岫，好友到閒房。纖月挂林杪，微蟲鳴夜廊。高蹤欣邂逅，益助我詩狂。

重陽期張堯仙居士見過雨阻有懷

掃徑迎君晝已昏，層層夕霧蔽柴門。窺窗但見秋花笑，獨坐空聞流水喧。隔嶺猿聲啼暮雨，鄰家砧響咽空村。相思又聽西風起，黄菊叢中何處尊？

釋音可

字元白。楚武岡鄧氏子。年二十，謁顓愚衡公，遂祝髮學圓通法門。參訪博山、湛然、憨山、雪嶠諸老。二十四，謁天童密公，多所咨扣，支柱大法，頗爲同參所忌，遂辭去。過江陰，黄介子請開堂豎拂。嗣溯江右，恢復澍潭誼庭〔二〕，金碧輝煌，法道烜赫。乃來浮山掃遠祖塔，闔邑衿衮請弘法慧山二十餘年，佛刹僧寮焕然重新。居無何，挈院事付十洲禪師，退休舒城華蓋山。紺宇落成，復應撫軍張公之請，住錫郡城之清涼菴。撰集圓通廣懺六十卷，板行于世。一日，示微疾，委順而化，弟子奉全身塔于灊之天柱，世壽七十六，僧臘五十六。所著語録若干卷。公道行超卓，詞致非其所長，其次栯堂禪師山居詩有可採者。五印古槐懷公，吾邑人也，曾開講章江之嵯峨山，亦有次栯堂山居詩，如『落花滿徑和煙掃，舊茗生塵趁雪烹』；『插棘編籬遮夏笋，開池引水灌春花』；『清影半龕孤月照，潮音一派萬松號』；『看圓新月看殘月，聽罷晴鳩聽雨鳩』；『折脚瓦鐺時煮茗，尖頭茆屋晝焚香』；『忙裏不知頭似雪，静中始覺日如年』，若與靈一處默相遇，詎復多讓？蓋吾邑騷雅之盛，即緇流中亦不可勝數。因思天、崇之交未罷兵火，設有注念斯文者，早爲收輯，勒成一書，不可謂非枌榆之幸也，惜哉！

次栯堂禪師山居韻三首

清閒偶爾問兒曹，野馬塵埃作底勞？一點古今天下雨，大千世界海浮毛。碧池霧起龍方躍，寒竇風生虎便號。未許聲名向門外，山居何事更增高？

紫芋黄精種幾叢，了無紅粟累人春。牀頭落枕能驅夢，鉢裏生雲不呪龍。風起天浮清漢水，土肥地養翠濤松。看來仍是閒家具，何必蒲牢更吼鐘？

卻憶雲遊在路途，曾將無隱問樵夫。珠穿九曲蟻何智？字啞千行蠹不愚。怒髮原非争玉璽，傾家衹爲賭珊瑚。從來得失都成辱，夢幻虚名未可圖。

柬趙以贊居士

陣陣香風掃玉蘭，秋光照落一輪寒。衣珠未得人收拾，且把心王獨自看。

校　記

〔一〕衹　當作『祇』。

〔二〕㳙　字待考。

龍眠風雅卷六十四

木厓潘　江蜀藻輯

豫章釋興斧山足同里釋智操寒松參

衲　子 以下係邑人弘法諸方者

釋明雪

字瑞白，入就別號也。樅陽楊氏子，事母卓以孝聞。年二十，薙染于九華，圓具于雲棲。初遇西倩師，令持毗舍，浮半偈。偶聽楞嚴，忽悟身世空花，渴慕向上，聞湛然澄公大闡宗風於雲門，遂往從焉。每有咨扣，澄公輒笑而頷之，欲有所付，不受。天啓丙寅秋，復以衣拂授之，始不敢辭。未幾，澄公順世，衆請繼席。崇禎庚午夏，將之終南，道經吳興，爲弁山僧遮道留主龍華法座。緇衲如雲，道風弘扇，嗣是開堂延慶，説法白雀，疊應諸宰官請。凡住弁山七年，梵刹一新。丙子，欲遂終南初志，又爲黑風所阻，挂錫崆峒山。吳興諸宰官趣歸弁山不果，適有幣聘主洪都百丈山者，勉强往赴，以辛巳三月十九日示疾，説偈吉祥而逝。世壽五十八，僧臘三十八，塔全身于弁山龍華寺。

吴宗一先生云：『吾邑之有弁山，猶龍舒之有博山，此非尋常，定知地湧菩薩，不忘慈誓，以佛□見，爲我等留影是邦。』其推服者至矣。公行録詳余中丞蟄庵所作塔銘中。所著有語録並闢叛十餘卷、異方便一卷。九坐道場，得法者三十餘人，法席隆重，烜赫東南，嗚呼，可謂盛已！

遊桃源洞

昔年懷此勝，今日始親來。劉阮仙何在？胡麻迹未灰。曉花迎日媚，野鳥帶雲回。徑轉情猶適，還親石上苔。

尋　路

興來曳杖行，信步入荒草。問取採樵人，皆云此路好。

宿栴檀林

林中無異木，純是栴檀繞。一宿此林中，時覺香風好。

德山托鉢

木偶何曾唤得醒？牽絲徒作幾般聲。不如收起優棚好，對月空庭談更清。

遊雲棲五雲峯

循溪直上五雲峯，絶頂渾如霄漢中。緑水青山環滿目，何須更羡梵王宫？

詠　雪

冽冽寒威遍界周，六花飄蕩滿空浮。乾坤今日一時老，處處青山盡白頭。

青石塢山居

榮辱無干樂有餘，瓢囊高挂隱山墟。茅庵結在窮幽谷，野鹿閒雲伴我居。

釋净燈

字破闇，號客菴，又號棘園。邑人汪氏子。初習儒，旋禮博山無異和尚，薙染受具。梵行精嚴，支柱末流，法門推爲義虎。禪定之餘，旁通儒學，嘗提唱良知，宗旨與餘姚相發明。後嗣法弁山瑞老人，居第十三座。順治庚寅，鄉衮方仁植中丞、孫魯山司馬、汪坤生明經齋書幣迎請于華山中方寺，開堂説法。所著有語録十卷、詩文五卷、楞嚴律部、南華諸解及大學續語、中庸截流諸集。公住道場凡十三，法嗣凡二十八，講席之盛亦近今所僅見。以順治己亥秋示寂，塔全身于三祖山。

病中書懷寄一句法姪

久病碧山貧，時思午後臥。松風枕畔鳴，梅雨檐前唾。歷落珠千斛，浮沈月一個。蕭蕭幻影殊，此曲如何和？

三山舟中别吴朗函廣文

遠岸垂楊緑，荒林落日斜。相逢煙雨闊，惜别海雲賒。旅邸悲春寂，書齋放早衙。君今揮手去，無復問官家。

壬辰秋底自桐城來弁山禮先老人窣堵寓草庵塔院夜坐有懷

冰花三兩樹，霜葉幾千枝。鳥宿櫓前月，雲來洗鉢池。

留雪

昨夜來時興不同，如何今日便西東？留君暫且中原住，免得征鴻唳曉鐘。

避風

嚼雪應知冰是寒，趨風争似避風安？閒來每讀陶潛賦，坐對南山不忍看。

寄林樵

自古梅花臘月開，隴頭消息帶春來。今年不見江南客，莫是江南梅少栽？

編籬

編籬不是趁雲飛，每爲莓苔失粉衣。多插桑條少插柳，免教明月逗晴暉。

再遊虎丘題劍池

最喜逢人説虎丘，劍池峯冷紫雲浮。峭崖陡壁芙蓉面，雨洗寒濤石點頭。

釋存省

字聖安，自號人山道者。邑中許楊氏子。幼讀書，應童子試。婚娶後，一夕，月下閒行，見道旁古井，默計曰：『入世滋味不過如此，盍早覓回頭，解脱生死乎？』遂躍入。少選，身自浮而上，從者訝其故，公笑曰：『偶然耳。』年十七，臥塾中，夢白髮老人持大文簿至，一頁可十餘行，字畫微細，中有『鹽關』二字。老人指之曰：『此汝八字，至此便好。』又夢老人捧大柈，盛煮熟僧頭，眉目口鼻悉具，忽驚寤。時秦寇蟠踞山中，公曰：『吾不生矣。』果被執，旋釋之。遂棄家潛行，祝髮于空徹和上。廿四，隨具德禮公至揚州，頓有省發，適符『鹽關』之夢。一耆宿謂之曰：『汝是熟和尚，他日爲僧之首，又何疑？』在靈隱，已爲具老人所器待。偶遊廬山，遂爲磬山入室弟子。公素善病，受東山付後開堂于贛州静聖、吉安聳福。復歸桐，隱居深雲禪院，與州司馬趙子湛齋往還印證，以拂子手卷授之。康熙丙辰首春，方禮佛名經畢，忽示微疾，于所善緇素悉作偈爲别，沐浴更衣，端坐而逝，其門人海策輩奉全身塔于深雲。所著語録二卷，趙子爲之刊以行世，而予與越樓陳子序之。

冬日

孤坐擁衾帷，東方白上眉。風淒鳴鳥少，霜重曉煙遲。平野羅丹樹，陽崖放紫枝。遥思無褐者，曝背亦熙熙。

陶谷

昔喚陶家谷，今開衲子扉。山清無盜入，雲密有僧歸。夜梵停猿泣，晨鐘飯虎饑。桑門神化遠，含識盡依依。

鷦鷯

不曾卑枳棘，豈復羡椒蘭？色淺心常下，形微求易完。鸛猶俄翼過，弋亦寘羅看。衆鳥多憂畏，誰如爾最安？

感歎吟

幼齡亦敏誦，祇欲博浮榮。未展青雲步，俄遭白刃驚。熱中渾底冷，暗裏當時明。幸爾頭顱在，因堅出世情。

自詠

老來懶復下幽岑，古德芳規尚可尋。閒坐每修無縫塔，開懷時弄没絃琴。匣中皓月光華滿，屋裏揚州花木深。自信世間知己少，風流原不在簪纓。

詠茶

青青不畏雪和霜，摘葉裁枝總不妨。烈焰場中收氣色，清泉浪裏展旗槍。味回那見當初苦？性潔偏留久後香。若遇睡魔來作祟，儘教一碗便生涼。

喜雨

風吹西嶺千條雨，到我幽林一夜涼。閉户惟聞蕉葉響，開門忽覺豆花香。蛙從牆外池邊噪，蟹向階前石底藏。野老隔溪招手喚，水消烹茗待君嘗。

影

暗裏相隨猶未覺，明中回顧始知親。短長大小雖成假，坐立閒忙卻似真。辨色最宜臨水鏡，開言總不涉聲塵。四方上下無拘束，百歲殷勤伴此身。

武林飛來峯

靈鷲異羣山，千峯滴翠顔。何年飛至此？切莫又飛還。

詠古

司馬琴挑意，文君夜遁心。可知身未老，便有白頭吟？

繡毬花

天上仙人打玉毬，輥來多少碧枝頭。山僧懶費閒心力，坐看清風踢不休〔一〕。

古　松

根托名山斤斧無，祁寒暑雨色仍敷。青枝猶在秦何在？笑爾封渠作大夫。

古硯石

奇峯爲筆石爲硯，池水煙籠噴墨香。萬象森羅皆是字，寫成今古大文章。

講經臺

高士曾兹宣貝葉，空餘臺石挂藤蘿。莫言後代無人講，泉樹風雲口更多。

洗月池

嫦娥似不耐高秋，面上輕雲暗帶愁。夜半偶經池裹浴，玉顔從此更風流。

早梅

草木蕭蕭雪未休，數枝新放暗香浮。花中亦有真豪傑，地凍天寒也出頭。

偶成

晚節榮華世所希，古人何事獨歔欷？重陽過後還登眺，箇箇青山著錦衣。

偶詠

散步春風花灼灼，閒吟夜月草芊芊。空林密徑無人識，惟任山僧去復旋。

對雪

六花一夜染瓊枝，小小青山白髮垂。屋裏年年飛不到，滿頭何故亦如斯？

釋大寧

字石潮，別號笠山。雙溪傅氏子也。崇禎末寇亂，父母轉徙困苦，不能自存，十餘歲寄食鄰庵，披緇爲僧，日從事齋鐘粥鼓間，未嘗知學也。浪杖人掃塔浮渡，過其庵，呼與語，器之，録爲侍者，時年踰二十矣。始令讀儒書，上口較能闇誦，若夙記者。聞杖人説法，肌劈理解，神悟頓超，自是手不釋卷，貫通内外典。其所撰法語及世諦文字，援筆立成，距初識字時纔五稔耳。與竹菴、梅逢諸公受杖人記莂。主席天界寺，緇素雲歸，再應江右新城之請，移錫福山，宗風益振。及棲霞竹公既寂，而世遂以浪公滴乳首奉笠山矣。康熙壬子秋，方建佛殿，子籥曲拮据瘏瘁，感微疾，沐浴禮佛而終，年四十餘。所著卮稿、莊我等書行世，語録數十卷藏福山。予采方外諸公詩，强半出山足斧公手授，兹卮稿一帙，則得自滁岑陳子者。陳子又誦其見贈詩二首，因併録之。

山中雜詩

竹門藤花開，岑寂自幽適。孤倚松上雲，羣奔澗中石。著我出世書，刈我壟西麥。悠然獨往情，流泉亂阡陌。落日生涼風，天香拂枕席。

對松吟二首

老枝不苦青，恥學尚顔色。孤盤荒徑傍，行者賴休息。光薄兩跳丸，空陰匪幽黑。下視棟梁材，委質受繩墨。反喜藤與蘿，相附爲高直。

秦皇最可笑，强官青松枝。豈知彼不受，至今居山陲。喪卻繁華兒，耐盡寒風吹。千秋只此物，誰比凌雲姿？我將作古佛，禮之忘歲時。

輓石開瓊公同參

卯齋院裏別，不覺十五年。公死何郡縣？行脚皆浪傳。同參子與我，豈讓鼇山賢？天地一古夢，海嶽幾點煙。秋使暮雲瘦，春將枯卉鮮。此性已無本，誰能知其然？哭作招魂詩，交道賴以全。拭淚望遠岫，風神如在焉。

寄方羽南

遥想冶塘人，幽遁在空翠。湖水映茅茨，湖雲拂衣被。煙艇春風揺，雁字秋天至。案上一函開，波際數鷗睡。早晚心神清，鐘聲出山寺。何時提杖來，一了疇昔意。

哭　母

我昔念生死，我母許別離。倏忽廿五載，一身無定期。擬參大事畢，願學睦州師。梅花屋初搆，接母恨太遲。遺舟未旬日，我母遽棄遺。溯流駕孤舟，哀哀泣河湄。既無母可奉，徒有學佛兒。佛登忉利天，度母展化儀。我愧無神足，我母難追隨。但依佛垂教，七七琅函披。我母久念佛，心浄如蓮枝。生天固不必，西方願所宜。母生極樂國，見佛承提持。永坐寶華上，勿爲兒愛移。

張南村過山堂夜話次日同步萬松看梅

城南此山深，客至慰幽寂。天風吹夜寒，奔濤半峯擊。默坐傾淡懷，素心竟難覓。詰朝過翠岑，看花博閒適。雲際空香來，講堂隔松壁。我返君遂留，春雨滿林滴。

天目大師來訪即歸巢庵

遠從江上來，支杖向山寺。相別遽十年，各自行其志。寄託果何爲，斯道尚獨至。盤桓宜盡言，此懷念深閟。林外孤鳥還，松風動高吹。篋笥出詩篇，吟詠見宏邃。峯陰夕照翻，爽色破空翠。睥睨千古流，感遇豈無事？憐茲知己情，真誠不容易。細大有所關，淺近奚足異？鬚鬢共驚霜，坐臥起遐思。暫晤今又歸，片帆忽天際。

弘濟方丈題贈蒲菴和尚

大江横脚下，日夕波流奔。空光渺無際，孤帆來天根。一室層雲上，雄踞敞高軒。中有織蒲老，事母如世尊。清興發長嘯，聲與寒波翻。此意自千古，相對難具論。明月夜深出，獨起窺巖門。

答訪魏惟度

一榻清涼山，不知在城郭。日夕多遐心，超然脱糟粕。春風吹樹林，春雲映江閣。我來逢出遊，空堂自花萼。令子語意殊，留坐亦成樂。只尺烏龍潭，隨步度丘壑。

種豆歌

我昔開山自種豆，豆未萌芽草先透。日夕去草草青青，草青豆苗出難秀。努力去草存豆苗，所去未盡又蕤蕤。可憐豆苗不得長，蕤蕤之草隨風摇。豆苗豆苗知我苦，青草青草何不腐？正喜晴光曬草根，草根未死復逢雨。

送陳坦山明府歸武陵歌

八月重尋松下來，言别江門舟將開。旅懷詩草我初閲，名人序跋皆雄才。喜君性情最超逸，三載金陵寓僧室。遊興翩然隨遇安，奚囊唱和無虚日。老僧一榻鄰半峯，蠟屐詩瓢屢過從。高秋覓句送君返，長江兩岸開芙蓉。芙蓉嬌豔傍秋水，直向洞庭霜曉裏。家山遠隔洞庭湖，洞庭湖盡家可指。君家武陵即桃源，此中山水稱絶倫。只恐避秦人尚在，鷄鳴犬吠桃花根，桃花遠近皆煙村。歸家得失不足道，應將桃源山水重討論。

投贈藥地和尚

挂錫文殊草，懸空有薜蘿。不容黄菜出，惟許白雲過。衍易宗通佛，譚莊怪入魔。睡殘蝴蝶醒，涼月向秋多。

雨花臺

細草沿山緑，春風徧酒罍。屐從今日問，花傍舊祠開。江暝人俱散，月明僧獨來。逍遥一曠覽，鐘磬起峯隈。

棲霞歸過藥師菴訪完樸兄

適逢春曉際，雙屐度江岑。入郭問香刹，到門聞磬音。山房開逕曲，池水映階深。日暮難言别，殷勤説此心。

梅花雜詠

漁家環水住，花亦逐江開。赤岸少人立，青天獨鳥來。春心奚足問？冬意莫相猜。爲此衝寒色，常時坐釣臺。

聞人説山中佳處

深谷有人住，山田隨力開。種茶依白石，采藥破蒼苔。結屋樹相倚，補衣雲共裁。一溪流水外，唯見鳥飛來。

牛首

煙開天闕迥，絳屋滿青岑。石磴松根轉，山樓磬響沈。春郊含落照，幽徑適孤心。卻憶黄梅老，初從此地尋。

壽遠峯琮子

吾子逢生日，應思顧復人。出家存萬世，學道報雙親。白業根初熟，青山宅永鄰。何期冰雪裏，窺見劫前春。

送劉海門大參之粤東

千里春江外，雲山天際看。心隨明月動，夢向夕陽安。香浦花初暖，羅浮雪不寒。石城言別處，迢遞望晴瀾。

送安士之湖上二首

片帆天際下，因識舊遺民。去泛湖頭月，還尋谷口人。孤山原在水，獨鶴不爲鄰。樵盡梅花影，難教冰雪春。

一湖春水緑，隨意作浮家。僧住岸邊寺，鷗眠煙際沙。小舟依柳葉，深磬出桃花。殊慰孤征者，悠然對落霞。

大悲閣題贈智公

一閣開林麓，崔嵬出衆峯。虛窗含遠景，杳靄入深松。香雨浄僧意，苔牀散鶴蹤。晚聞鐘磬罷，瞻眺興猶濃。

天濟大師書來卻寄

南北一江隔，天涯何處尋？夢隨疏磬斷，詩向別峯吟。友道古難得，師門今易任。遠懷應有共，風雨念山深。

喜劉仕詒書法華經成

書經十二部，端爲報親恩。一字不容怠，三年未出門。焚香存佛念，禮像憶慈言。人子應如此，傳家孝有源。

周元亮大參枉過

白晝空山静，松門忽到車。一茶分野席，半日坐荒廬。方外逢高韻，人間傳異書。縱談名理好，秋色滿階除。

哭子林球子

子病經多月，曾無愁愠顔。化時猶右臥，别夢欲西還。灑淚向斜照，焚身來遠山。佛聲師友送，知不戀人間。

贈方望子

弘濟今年寓，江流何混茫。詩囊臨水石，屐齒帶冰霜。天外雲光白，松間月色蒼。此懷都莫問，風雨到山堂。

輓楊季采

寄我書猶在，空憐夢未圓。論文如昨日，謝世已經年。殘雪人間事，孤雲鳥外天。有心應不滅，春樹問啼鵑。

寄胡柏庵

時有渡江夢，孤懷歷歲深。暮雲歸鳥意，春樹野人心。岸草青連屋，山花紅滿林。好知千古事，明月幾回尋。

登迴瀾磯

獨登孤嶼望，天逐大荒流。晚照開江底，春煙集岸頭。僧隨山影定，鷗與鏡光浮。四顧蒼茫裏，風帆此暫留。

宿迴瀾磯下

江半依山宿，波平亦有聲。孤舟危石繫，片月遠空生。長鏡中涵影，橫峯上出城。一鐘煙際落，魂夢爽然清。

友人至

前歲廬山去，春江今始來。一帆收白鷺，雙屐到蒼苔。參話疑應豁，藏詩篋不開。長干舊遊處，花鳥絶相猜。

舟次上河問王汾仲宅聞出遊未返

宅傍垂楊處，伊人尚未歸。江隨春水闊，雲出晚山微。詩爲懷深述，書因地近稀。平生何事業？風雨一柴扉。

送澹遂現姪省覲歸粤

來是曹溪路，還從庾嶺歸。江干生客夢，天際念慈幃。法乳新禪板，煙霜舊葛衣。白雲遥在望，心與日俱飛。

廬山

空青萬仞傍湖横，五老香罏雪可耕。瀑布如從天上落，石梁宛入鏡中行。六朝開士疑猶在，千里遊人夢不成。欲向莽蒼深静處，住間茅屋聽松聲。

山居二首

燒芋烹茶此碧岑，從來絶境少人尋。坐殘榻上雲歸久，睡熟門前花落深。古佛經函慵更展，寒山詩句喜頻吟。老僧不是忘機客，纔説無心已有心。

蒼茫曉色忽黄昏，此意分明不可言。雲上數峯容我嘯，溪前片月待誰論？松杉日與鳴禽静，瀑水時同過雨奔。怪問如何貪木石，青山中有一乾坤。

寄懷木立和尚

盱江兩寺定幡風，緇白親承古鏡中。選社不知天地别，放身原識鳥魚同。墨池落筆翻波黑，屐齒殘花踏雨紅。歸到廩山閒把翫，留予相對漫譚空。

雨中寄鄧元昭太史

欣逢涼雨灑芳洲，回憶青蓮太史樓。萬竹自宜棲鷟鷟，一溪應許到凫鷗。座中客滿吟詩好，江上花開載酒遊。只恐日邊丹詔至，不容高臥北山秋。

浮　山

浮山直似少陵詩，平裏含奇未易知。衆壑翠從當路潑，九華青許隔江窺。淺深巖洞僧棲穩，高下煙雲客到疑。雷雨連朝春水足，峯根白處即湖湄。

蒼翠庵看梅尋寄公不值

曲徑通幽又一門，花光交錯出山園。主人未返香堪護，客子相延日已昏。想到羅浮空入夢，吟來東閣實驚魂。雖憐春事將三月，賴得天寒是舊恩。

松風閣贈張瑶星

登到松風景自殊，軒窗蒼莽帶平蕪。榻前獨見青山滿，江上斜飛白鳥孤。嘯落高巖狂阮籍，談空絶嶼傲林逋。常將雙眼窺河漢，月映春郊醉一壺。

贈楊古度

老入江南混俗居，身輕時已七旬餘。鄉園事事都憑夢，旅舍年年只著書。擬向象先窺所以，卻來松下問何如。偶然談到吾無隱，風送秋香滿草廬。

題　畫

一雪滿江干，孤舟釣客寒。誰知煙水上，最好是冬殘。

崇先寺

崇先寺在皋亭前，歇祖開山是宋年。門外桃花紅十里，不知溪上有人煙。

送袍山大師之關中省親

之秦省覲正春寒，不畏孤筇行路難。見説終南山最好，可能寄我數峯看？

湖　頭

湖頭古木已全虚，嫩緑新紅總不如。唯有孤山林處士，梅花還剩兩三株。

胡星卿索題三友圖

多年寄托傍孤村，夢裏雲山好共論。碩果苦寒顔色在，江南猶有此株存。

張南村訪吳興太守近聞在一山寺度夏兼閲藏

聞入山中較梵華，尋人只作問煙霞。歸舟應待秋江晚，一路芙蓉看到家。

至雙溪

廿里河干緑柳遮，中開一半野棠花。泊舟獨上溪樓望，空外横青是九華。

留別方太華

先柩三年閏子山，多君旦晚獲松關。今朝移向金陵去，魂夢猶依雙渡間。

秦淮曲二首

是誰溪上打歌聲？手把花枝步懶行。賒得酒家三白酒，攜來春樹就啼鶯。

今日城南遊雨花，明朝桃葉弄琵琶。囊空那有閒錢使？典卻春衣醉落霞。

贈陳滌岑樞部二首

何須郭外看東山，屋後高樓萬竹間。風雨著書消歲月，乾坤留得此人閒。

晨齋日復理疏�，風度何如谷口人？能隱市廛山自遠，孤亭直與九華鄰。

釋弘智

字無可，别稱藥地，即翰林方公以智也。甲申後，轉側苗峒，遂棄家爲僧。當路前後欲强之出，至脅以封刀，終不爲動。敝衣糲食，堪人所不能堪，怡然樂之。得法于天界覺浪盛公，住江右青原山，法化大行，期衆萬指。山有七祖倒插荆枯數百年，至是復榮，人以爲思公再來。公會通三教，志在因法救法，剥爛貫穿，著書數百卷，承三世淵源，窮盡差别，乃決從來理窟，宎奥膠葛灼然無疑，而備開物成務之用，聖域祖燈，可謂絶學集大成矣。公爲人平恕，飲人以和，教人以無我爲過關，因物爲適當，慎獨于未發，明徵于中節，尤諄諄于『好學』、『毋自欺』兩言。人有一長，輒稱之不容口。扣擊者，未嘗不反覆開示，惟恐其不盡。其所以愛才造就之者，□内外不可勝數。歿之日，聞者莫不爲之流涕焉。

和陶飲酒九首 辛卯梧州冰舍作，□尚白倡之（二）。

論詩于陶，不必其飲酒二十首也。和者，風其風耳。栗里如故，葛巾常著，豈非天乎？予雖不飲，倘然若醉。不飲，非戒，亦非不戒，予當爲淵明受雙非之戒。

北窗草木盛，壁立如深山。四顧雖無人，可歌不可言。短歌四五字，上下常千年。終古北窗下，一片心誰傳？

子安問黄鵠，萬里將安飛？八極紛茫茫，中路能無悲？三萍飄大海，風波還相依。安得如潮頭，朝夕自言歸？一經離亂中，盛年忽已衰。有心不敢椎，有口當猗違。

衰柳蔽秋日，黄花紛落英。慨然一念至，一往無人情。不知地氣熱，不知天河傾。溪水日夜流，蟋蟀隨時鳴。哀樂所不受，樂得蜉蝣生。

荆扉當谷口，一徑臨流開。逍遥足千古，想見前人懷。珍重此顛沛，自問何當乖。所見不空曠，長林如羈棲。出門風以雨，杖屨皆汙泥。洸洋任蒙莊，志怪聽齊諧。直下無可悟，悟者天然迷。途窮亦常事，何用慟哭回？

自然林藪命，何論天一隅。風波卷地起，蓬海皆危塗。一進不能退，枉爲世所驅。到處容木榻，抱膝原無餘。自非一莖草，廣廈難安居。

我聞鄱陽岸，尚有淵明宅。潯陽彭澤路，所至傳遺迹。亂後村煙少，千家不滿百。匡廬三疊泉，至今飛空白。予時寫一紙，自病自愛惜。風雨不嘗翻博物志，流覽神異經。飛身不可信，黄冶知無成。篝燈對古人，開卷常三更。風雨不出户，披衣周中庭。閉目若有見，兩耳時一鳴。蠹魚成神仙，此是天地情。豈少五斗米？乃公多一仕。貧賤分所甘，何必求知己？青蠅爲弔客，自聽溝渠耻。獨以老親故，淒然念鄉里。老大愛忘事，甲子猶可紀。人傳鳳凰山，枳棘非所止。寧且隨鷦鷯，一枝良可恃。

修士多顧忌，吾寧率吾真。末世風俗薄，猶喜山中淳。終歲無聞見，但道禾苗新。雖歷干戈後，口不言胡秦。茅屋各相望，永無車馬塵。始知衡山懶，無異丈人勤。遠公不飲酒，偏與陶公親。飽食但高枕，絶迹不問津。有時濯清流，漉以手中巾。古今不同調，同是羲皇人。

梅川奇峯行

梅川西山麓，奇峯拔地起。截取陽朔道，劍鋩四十里。削立數百尺，巉絶成塹壘。鬼斧劈崑崙，其頂大于趾。幔亭似武夷，但少九曲水。懸瀑似龍湫，莫以剪刀比。金精舊仙窟，避世聊徙倚。赤面望三巘，環巒如列指。移家冠石者，種茶采蘭芷。俗聽無終約，學滿公超市。鷄犬喧雲間，子弟甘蓬虆。我來自黎川，峯頂熟相視。送我遊三巖，伏虎且枕几。踰月過碧開，寫此伸長紙。諸公皆古處，相聚藝經史。唐述許津逮，靈威藏宛委。笑傲此閬苑，煙塵脱敝屣。呼風拍掌歌，一聲長不死。

寄施尚白少參

冰舍遂一紀，竹關別九年。山谷與冷齋，此自多生緣。憑空飛寶蓋，傳是臨江仙。猶意蒼梧夢，寄語到黎川。飛峽曹溪路，急流同刺船。歸宗披舊衲，大呼三疊泉。山中開路人，太息非偶然。君建瓔珞幢，我揮牯牛鞭。萍逢西江口，舊榻知新懸。隨場布薰風，四野無荒田。是壤皆可擊，是簾皆可塵。藥籠一莖草，瓦竈薑棗煎。請君試吞吐，瓶水傾雲天。匡廬草堂在，早寫香山篇。冬雪中立春，句報梅花先。

隨余老師及諸公遊春浮遁圃

春浮四十年，遂作愚公谷。手造此山川，兀然超往復。鞭石成島磯，插草爲古木。方輿收圖記，山載文人福。今隨吾師杖，別展鴻濛目。蓬萊幾回淺，謨觴失書屋。野水波浩浩，栴檀藏岸曲。中洲無片瓦，林杪巢鳴鵠。將立神道碑，饗堂建其麓。老僧啞然笑，遊者觀不足。未有此山先，高深媚幽獨。

二林

雙林古道多荒草，北面之麓此間好。不煩樓鑰辯三笑，且誦往來成二老。誓文鑱石讀勿哀，草堂香谷花常開。龍眠下筆開生面，古今杖屨欣然來。可惜靈運一去不回首，可惜淵明不載東林酒！獨賞宗家解臥遊，一木一石皆不朽。舉鐵如意來此庭，化城猶隔殘沙汀。渾身坐在青青裏，不説青山青又青。

五老行

亂世尋山恐不深，三峽九疊千樹林。古人欲識廬山面，何人能識廬山心？五老峯上看雲海，襟江帶湖原不改。五老峯下瞿唐傾，白虹噴沫驅雷霆。懸巖無路死躋攀，捫蘿濺冰號鬼關。等閒借得樵人斧，劈破西天造北户。重陽日，真第一。山有靈，我有筆。闕同郭熙寫不出，請叫一聲千年畢。千年饒有題詩人，雕鏤刻畫皆不真。自非放眼長空者，此心那與名山親？ 廬山有心問五老，五老面面對人好。眼前半句聊草草，一世機鋒此間掃。

廬山問

廬山問客幾時到，客除箬笠仰天嘯。九州定數峨嵋高，五嶽惟稱華山峭。南方雁宕勝天台，武夷還讓陽朔道。江湖久慕天池名，一生結尾來登眺。山公自知實不如，問客曾翻宛委唐述之奇書。當面未識匡公廬，皮相此老何其迂。蘇迷盧是山川祖，欲遊不在中華土。三界鯤鵬卮寓言，脚跟依舊桑麻園。此去君鄉本不遠，今始識面恨君晚。君請吟，我知音。此山淺，其中深。匡公名目東西林，高人達士争相尋。名山自有名山筆，五老獨得江湖心。

與黄俞郃

高者高，深者深，平者平。有溪有江有滄溟，有日有月有列星。或爲瞿塘太行阪，或爲原野或都城。蝴蝶丹青是誰染？草木夭矯何多情。蠹魚亦具神仙福，大鼎正須薪火烹。天予手筆不可負，只是莫與時人争。

讀愚山集因畫得浮雲一洗萬峯出

愚山生就名山筆，十洲五岳供塗乙。瑶石瓊林浴天日，波摇霧合風馳疾。我欲贊歎不能悉為畫，子春島上絃歌室。忽然潑墨得句一，浮雲一洗萬峯出。

寄曾止山

蒼梧冰舍投滴血，匡廬竹關兩面鐵。送君一篇不可説，至今枕子夢寒熱。感恩只在潛龍訣，隨寓垂簾路自別。君住懸崖四壁絶，黄龍白鷺關心切。近聞遠遊挾短策，其家日貧日好客。且喜新詩變一格，渴旦鉤輈憐羽翮。若肯穿破玄黄眼青白，得輿亦可行蠻貊。

鐵笛歌為季蘆夫子作

讀書鼓琴真樂窩，吾曾見李孝光為之仰天歌。以才老韻駕古語，吾曾見張伯雨為之題樂府。恆山鳥當上留田，壽巖遺老存長篇。自是黍離配三閣，卻喜富春門下重新編。乃者鐵笛圖片紙，作賦幸有偓佺子。壺山耕隱更采藥，秉燭南汪判經史。想像鶴氅華陽巾，江海弄出梅花痕。高樓聽雨綽山醉，遊絲墮地琴傳神。總此一聲裂金石，古人發揮天地碧。撐腸萬卷喙三尺，乃以七孔試霹靂。箕山瓢裏呼吾師，扶桑日落田家移。聊借鐵老加鑪錘，鼠肝鵬背同支離。忽然覿面不相識，重展此幅長太息。門牆班草藉香林，蒼莽堆頭破顏色。我欲聞此笛，此笛不可聞。但見飛流驅石雷霆奔，秋風雁影崩層雲。窮子叩鉢作何曲？布鼓當軒拍直木。須知瓦缶藏黄鐘，萬古鳳凰鳴嶰谷。

一覽歌

南北奇峯數不足，溪邊見者三十六。百尋削鐵無寸土，拔笋成林染青緑。丁香鬼面蟹瓜皴，李成郭熙皆逡巡。從來圖畫恨優孟，凌空倒景難傳真。我乘竹筏至其下，流峙相鮮應接暇。崖嶙嶂角争拏雲，魚龍起舞鸞驂駕。乃登天游一覽亭，仙掌玉華扶隱屏。胡麻剩水茶洞傾，忽然粉碎蓬萊青。峯峯盤髻皆可上，棲真避亂兩無恙。接梯負米不言勞，煙嵐簇擁巢居壯。南遊虎嘯一綫天，兜率玉版環沸泉。北則水雲與水簾，馬頭鷹觜鐵郎穿。東則獅子王幔把溪口，西則鼓樓三教收平川。最高三仰碧霄洞，蜂窠梟峽行長庠。桃源火焰雙石門，倒水分溪各相送。此山崛起一百二十里，中流白戰成壁壘。勿令茅塞奇山水，不覺墨酣伸五指。請看懸瀑試人誰過關，問取拄杖今朝閒。

禮佛

雪山冰化水，只破一微塵。餓是生來飯，灰翻死過人。掀天猶有手，下地本無身。黑焰車輪火，燒雲寄老親。

庚寅仲冬自南洞縶出

本爲林藪客，自小恥公卿。抱筆知無命，封刀豈望生？國恩三世重，覺路一身輕。大笑西風裏，何方非化城？

哭弟直之

鋒頭經八載，度日强沈吟。一綫緇衣命，千迴白髮心。在敓方待刃，設榻痛亡琴。仗汝空中力，因風返故林。

度梅嶺

此嶺原無險，征夫勞不辭。開山留漢姓，鑿路識唐碑。但有松千尺，難求梅一枝。古今南北淚，非但爲流離。

白香山草堂

多謂青衫濕，名山灑墨痕。寫詩留寺院，將佛作兒孫。雖發匡廬誓，終歸履道園。但傳雲確語，讀者爲招魂。

答長干舊韻似旻昭覺岸

高岡謝疏雨，獨立自泠泠。空數南朝寺，休傷東冶亭。江留天外白，山洗晉時青。木末遊人少，松濤不許聽。

新竹 中德傳寄遠社文初諸子

白日壺中冷，依人滿坐陰。一生全是節，出世竟何心？天地果然碧，門牆從此深。松風相問答，原不望知音。

和笠山韻

竹皆銜碧落，松更挂青蘿。石不隨流去，秋先送葉過。略知醫用藥，閒許病來魔。掃蕩殘昏曉，涼風嶺上多。

乙巳元旦中通呈二律因而拈此

第一書雲句，誰來問得親。下流驚白浪，高者畏紅塵。朔定千秋曆，冬知四季春。苦心輪扁手，難以告他人。

山泉惟一味，藥自備温涼。背謝青天日，毫生白紙霜。壁非龍窟穴，雲是鶴家鄉。萬卷藏何處？看看老去忘。

與徐仲調高阮懷閒敘

平生詩五變，不識是何聲。落雁水中字，寒蟬秋尚鳴。老知當日病，衰讓少年行。熟唱文殊問，脣牙自不争。

次信公遊青原韻二首

文山遊青原詩云：『鐘魚閒日月，竹樹老風煙。一徑溪流滿，四山天影圓。無言都是趣，有想便成緣。夢破啼猿雨，開元六百年。』『空庭橫蝃蝀，斷碣偃龍蛇。活火參禪筍，清泉透佛茶。晚鐘何處雨，春水滿城花。夜影燈前客，江西七祖家。』

古今相見處，一點自生煙。屋背青天落，潭心白日圓。鷓鴣啼不歇，蝴蝶夢何緣。請看山門字，題來四百年。

石闕真似象，藤路不疑蛇。塔護黄荆樹，爐烹碧乳茶。晴雲知夜雨，冬雪發春花。共説龍潭夢，多生到此家。

寄梅子長 朗三之子

夢吟當日句，僧老六朝松。高枕三更雪，寒林一陣風。讀書原有種，遁世不逃空。土竈桑薪火，簞瓢足送窮〔三〕。

出杉關入閩口號四首

水窮山不盡，過嶺又漂萍。喜作長橋屋，多修過路亭。是村喧水碓，種藥屬茅丁。蓊鬱峽峒裏，鐘聲許客聽。

怪石連山起，灘高人不愁。推篷三扇箬，臨水五層樓。櫓更纏麻石，廚皆信梘溝。編椶抄柬紙，枕席市中收。

福城原覆瓦，榕樹老街坊。乳橘隨蕉實，黃彈雜荔香。釀留紅麯酒，果薦白糖霜。更喜臨烏石，芙蓉翠滿堂。

此地無榆杏，奇材剥卷杉。甜藷龕紫菜，番菊勝紅藍。鯽墨蝦須杖，鱆花鱟尾帆。邇來嚴禁澥，珍品寫空函。

鯉湖漫興

谷口傳鳴鼓，峯頭趁落星。珠簾穿雪月，丹竈煮雷霆。氣吐雲根白，詩開天眼青。奇山待奇筆，畫出與誰聽？

難中示中履

北都南徼外，白刃剩家庭。我老惟高枕，兒曹善抱經。鑊湯爲五岳，風浪驗三萍。喜汝生憂患，應無媿汗青。中履讀書處取名汗青閣。

回東山石宸東文燈巖

癖好窮山水，勾雲覿面皴。晴秋逢勝地，此事讓閒人。觀瀑能醫病，臨池亦養神。松風容几席，白紙最相親。

鼓櫂漫興

多年山有夢，今日始逢君。九曲乘秋水，諸峯學夏雲。草堂遺額在，丹竈借香薰。定踏天遊頂，從吾指掌分。

梅花十首

仙迴西溪，梅花十里，嚴伯玉引至此，不覺呻吟。

第一天心只愛寒，東風珍重寫來難。眼開便見千秋白，蕊破先傳五葉丹。黍谷吹成香道路，蘆笙解唱玉闌干。真人面目誰能識？壁立崖前仔細看。

繞屋扶疏本故鄉，化成蓬影自翱翔。久知鐵是前生骨，偶爾風傳蠻地香。掌上折盤鷩割水，眉間挂劍冷吹光。千年卻遇悲歌者，一紙投空淚數行。

步障銀鉤罩曲阿，四天螺黛散兜羅。衣飛小白巖前像，雪擁空青海裏波。癡坐竟拋班草杖，飽看懶唱採薇歌。不勞帝釋珠宫雨，埋怨空生漏洩多。

向爲花神作誓文，荆榛櫟社任紛紛。東皇難保無風雨，西岸何緣脱斧斤？憶遠忽同千里色，參天能隔幾重雲。玻璃嚼碎敲空問，鐵笛横吹總不聞。

雷擊冰山浪潑天，草鞋何異鐵爲船？素車哭盡山陰雪，白練平穿谷口煙。玄夢鳳凰誰吐出？粉身蝴蝶在春前。可容破帳支籬壁，自植松根靠一椽。

巉巖石骨倚香林，零雨連旬滿地陰。忽挂神州天盡月，暗傳盤古歲寒心。檜低索笑如澆酒，紋斷無絃久碎琴。一片魂成華表鶴，唳空長作海潮音。

霧收蒼峽覓林光，返照紅塵夾路長。天女當空無異色，行人到此不聞香。詞壇豈可誇胡粉？窮谷何緣點壽陽？惟有冰心在溪水，任他老死白雲鄉。

攔路先封没字碑，逢君鐵筆送鉗鎚。丸泥枉費當關種，樂府翻驚出寒吹。鬢斷西州空托夢，灰飛東閣恨題詩。普天一窖槎枒骨，雪上加霜好剔眉。

憀慄傷心此一回，腥風匝地苦相催。慘知漠北春無草，哀寄江南信不來。天上招魂非筆墨，空中埋玉免塵埃。和根擲向蓬萊外，枉費深山瘠土栽。

桃源留得漢家春，草木當時善避秦。瘴癘未聞花變色，風霜直以句投人。寧甘化作三江水，那可飄同五市塵？歲歲一場年少夢，惟餘老幹自嶙峋。

聽人彈琴作

莫是佯爲河上謳，移情苦海舊滄洲。木魚可當蘇門嘯，落雁彈成異國秋。藥罷烹葵愁客餓，詩終削草聽江流。卻憐漢曲關山月，直過千年劫後留。

冰井和施尚白懷元次山

荒亭猶足撰良辰，抱甕烹茶久作鄰。歷盡滄桑留此水，可憐天地重詩人。濁流懶照緇衣面，長袖能揮青草塵。坐定枯腸爲君洗，猗玕洞裏血痕新。

在梧州冰舍作粥飯主二年待刃而已既放回因拈示彭孔皙何叔鑑

圜城玉貌不言功，蹈海還齊久看空。避世仍憑三寸筆，渡人常送半江風。孤蓬死後輪猶轉，兩路歸時夢自同。此去廚牀隨地設，不將經典語遼東。

同素臣露坐蘧庵門外

翡翠山前屋一椽，開門橘柚晚生煙。桃源飲食惟留飯，栗里聲音不在絃。洞裏星知當日客，湖中月載古來天。此番相對蒲團影，吞卻逍遥內七篇。

再詠三疊泉

三峽巴江似直流，疊溪屏嶂幾層收。周武改疊州，以其山水層疊也，今爲疊溪。冰綃剪破裁雲幔，銀漢斜傾作玉溝。畫角鼓聲催急雨，宋璟以雨點論鼓法，鼓角一通爲一疊。陽關笛曲送深秋。唐有陽關三疊。誰將折筆圖成後，書家用三折筆。可挂松風最上樓。弘景三層樓。

壬辰除夕歸省白鹿度歲於海門江口

此回蓬徑果桑田，竊比遺民入社緣。遺民即驎之從□公事佛而養其□。久望里中如北塞，得依膝下即西天。詩題且記廬山臘，雪浪從過海口年。長跪南浮荒草地，伽梨兩袖雨潸然。

和白門梅花韻四首

萬代皆傷此日寒，枯腸冰冷墨痕乾。人間屬和千篇易，世外傳真一筆難。還是深山還太古，不知大地不平安。逢場眼見繁華盡，翻笑雕蟲興未闌。

舊家手迹白描新，想像羅浮見不親。雙鬢久忘江北信，一枝空憶嶺南春。晚聽玉珮疑山鬼，坐取金壺寫谷神。古木懸崖難得到，除非鐵骨再來人。

刀鎗林裏轉身難，説甚桃源老幹殘。敗竹那能藏隱士，孤松未免作秦官。種留野寺安灰冷，雪識天心重歲寒。同一陸沈翻白浪，覆舟山後豎橈看。

年年忍凍不曾閒，臘底春風自往還。脂粉掃來惟白戰，根芽托處只青山。畫成女字枝無葉，點作吴粧苔有斑。折向寒窗無可寄，一時飛舞墨池間。

涉江阮仙諸公送住高座竹軒閉關

竹影虚堂破竈寒，衆人舉火勸加餐。原來座上拈花易，畢竟城中乞食難。千古風傳今日笑，六朝雲入夕陽殘。面前木末鍾山在，當作匡廬絶壁看。

次杜于皇見贈韻

鐵椎直碎玉連環，隻履何須度雪山？筆下尚愁前世累，刀頭信得古人閒。白毫對月休看指，黄面焚香莫厚顔。但叫蒼天能瓦解，半空劈破鳳林關。

雨夜過臥蛟樓同寓公默公分得先字

過海還鄉木榻懸，臥蛟樓信舊龍眠。爲君破涕成花雨，隨手傾瓶洗碧天。燭影燒殘前世夢，詩魂銷入此聲先。墨池乾盡灰難畫，仍種寒山父祖田。

墓前號忌

銜土成墳忽一年，霜風滑路草鞵穿。漏瓢滿飲先天藥，禿筆愁荒後世田。痛潑三杯茶當酒，枉燒四壁紙爲錢。長號倒地千層斷，迸作人間破竈煙。

題金精洞示諸公

百丈陰崖朽柱支，一門塞卻水簾垂。佳人舊説能遺世，遊子傳神只是詩。家在峯頭親過劫，書藏洞裏古來疑。蓮花八歲能彈指，笑殺男兒面壁時。

余老師過汋林

蔦蘿松柏嶺煙平，夾路黄花重晚晴。幸有青山殘瓦礫，尚容白髮舊師生。秋添兩袖雲霞色，溪和三門鈴鐸聲。大笑汋林橋上影，蒼蒼下視甚分明。

登快閣次魯直韻

百尺高樓聳出城，遠峯沙嶼喜冬晴。古人到處心常在，此意從來説不明。破瓦千家黄草裏，江帆幾點白雲横。杖藜一過誰知者？惟有浮鷗是舊盟。

得施愚山書約來年遊黄山

年來三疊煮山茶，笑得臨江送落花。正借青原爲白社，又期黄海浴朱砂。焦村路上乘朝霽，石筍岡頭看晚霞。丘壑未忘閒養老，夕陽不畏亂雲遮。

和江在湄見贈韻

水磨竹杖不沾塵，信得青山待客真。直木歌逢新拍扳，讀書聲愛故鄉人。十洲夢醒詩如畫，九曲花開秋亦春。浮渡報親庵有約，寒巖樹下屋相因。

同錢飲光李磊英入裴村口作

扁舟一筆老來同，天地藏身托畫工。出世相逢黄葉裏，有人先住碧雲中。信知巖壑非凡骨，且拾滄洲入藥籠。對面寫成歌擊節，何須雀躍問鴻濛？

偶　題

年年芳樹一番風，誰信桃源滿地紅？憶斷梅花看不見，從來春在有無中。

匡山懷古

三疊千年少客尋，黄巖一望即知音。當時太白香山輩，乘興看山總不深。

與蔣用弢語

毘江猶有石倉基，盛事興公譜荔支。一自林鴻傳雅調，三山樓閣盡能詩。

與徐器之語

霧靈老將舊登壇，招客如雲宴道山。乾海吹灰猶有夢，越王臺下草斑斕。萬曆庚申，阮堅之先生倡道山詩社，一時和者百人。

茶　坑

百里山坑盡種茶，御園久廢落民家。雲窩自造熏籠片，先采漳州縠雨芽。

校　記

〔一〕踢　疑當作『踼』。

〔二〕□　原刻空白。

〔三〕簟　當作『簟』。